उपकार

प्रवक्ता भर्ती परीक्षा
समाजशास्त्र

पी.जी.टी. के लिए

लेखक
एस. के. चौधरी

उपकार प्रकाशन, आगरा-2

प्रकाशक

उपकार प्रकाशन

2/11 ए, स्वदेशी बीमा नगर (शाह सिनेमा के सामने), **आगरा**–282 002

फोन : 4053333, 2530966, 2531101; **फैक्स** : (0562) 4053330

E-mail : care@upkar.in, **Website :** www.upkar.in

ब्रांच ऑफिस :

4845, अन्सारी रोड, दरियागंज, **नई दिल्ली**– 110 002 **फोन** : 011–23251844/66

पारस भवन (प्रथम तल), खजांची रोड, **पटना**– 800 004 **फोन** : 0612-2303340

16-11-23/37, मूसारामबाग, टीगन गुडा आर.टी.ए. ऑफिस के सामने मेन रोड (आन्ध्रा बैंक के बगल में), **हैदराबाद**– 500 036 (तेलंगाना) **फोन** : 040–24557283

H-3, ब्लॉक-B, म्यूनिसिपल प्रीमिसेस No. 15/2, गालिफ स्ट्रीट, पी. एस. श्यामपुकुर, **कोलकाता**– 700 003 (W.B.) **फोन** : 033–25551510

B-33, ब्लंट स्क्वायर, कानपुर टैक्सी स्टैण्ड लेन, मवइंया, **लखनऊ**– 226 004 (U.P.) **फोन** : 0522–4109080

8-310/1, ए. के. हाउस, हीरानगर, **हल्द्वानी**, **जिला–नैनीताल**– 263 139 (उत्तराखण्ड) **मोबा.** : 7060421008

1461, जूनी शुक्रवारी, सक्करदरा रोड, हनुमान मन्दिर के सामने, **नागपुर**– 440 009 (महाराष्ट्र) **फोन** : 0712–6564222

30-31, जिन्सी हाट मैदान, बाबा रामदेव मन्दिर के निकट, मलहारगंज, **इन्दौर**– 452 002 (M.P.) **फोन** : 9203908088

ISBN : 978-81-7482-531-5

मूल्य : ₹ 390·00 मात्र

(Rs. Three Hundred Ninety Only)

Code No. 635

मुद्रक : उपकार प्रकाशन (प्रिंटिंग यूनिट) बाई-पास, आगरा

विषय-सूची

उपकार प्रकाशन

2/11ए, स्वदेशी बीमा नगर, आगरा–2; फोन : 4053333, 2531101, 2530966; फैक्स : (0562) 4053330

फोन : दिल्ली 23251844/66, लखनऊ 4109080, पटना 2303340, हैदराबाद 24557283, कोलकाता 25551510, हल्द्वानी 7060421008, नागपुर 6564222, इन्दौर 9203908088

(A) झुग्गी-झोपड़ियों की (B) नगरीय क्षेत्रों की
(C) ग्रामीण क्षेत्रों की (D) जनजातियों की

92. "आज की निराश्रिता कल की वेश्या है." सही या गलत–
(A) अंशतः सही (B) पूर्णतः सही
(C) अंशतः गलत (D) पूर्णतः गलत

93. आन्तरिक तथा बाह्य संघर्ष के प्रत्यय को निम्नलिखित में से किसने प्रतिपादित किया ?
(A) कोजर (B) वेबर
(C) डाहरेन्डार्फ (D) सिम्मेल

94. यूनेस्को अध्ययन समूह के अनुसार, निम्नलिखित में से किस आधार पर प्रजातियों को वर्गीकृत किया जा सकता है ?
(A) प्रजाति की शुद्धता (B) शारीरिक विशेषताएँ
(C) बौद्धिकहीनता (D) बौद्धिकउच्चता

95. भारत में आधुनिकीकरण के बारे में निम्नलिखित संयोजनों में से कौनसा संघ है ?
(A) विसरण तथा परसंस्कृतिग्रहण
(B) उद्विकास तथा विसरण
(C) उद्विकास तथा पुनर्जनन
(D) विकास एवं आत्मीकरण

96. समाजशास्त्र का अर्थ है–
(A) सामाजिक विज्ञान (B) मिलनसार विज्ञान
(C) सामाजिक अध्ययन (D) समाज का विज्ञान

97. "समाजशास्त्र मानव सम्बन्धों को वैज्ञानिक शाखा के रूप में से परिभाषित कर सकता है." परिभाषा किसने प्रतिपादित की है ?
(A) मैकाइवर पेज (B) गिन्सबर्ग
(C) जे.एफ. क्यूबर (D) आरनाल्ड रोस

98. स्वरूपात्मक सम्प्रदाय से कौन सम्बन्ध रखता है ?
1. वीरकान्त 2. हाब हाउस
3. सोरोकिन 4. मैक्स वेबर

कूट :
(A) केवल 1 (B) 1 और 2
(B) 1 और 4 (D) 1, 2 और 4

99. निम्नलिखित में से किसमें समाज की विशेषताएँ हैं–
1. पारस्परिक जागरूकता 2. समानता, असमानता
3. सहयोग, सहायता 4. सरलता, जटिलता

कूट :
(A) केवल 1 (B) 1 और 2
(B) 1, 2 और 4 (D) 1, 3 और 4

100. जब प्रतिस्पर्धा अपने नियमों का अनुपालन नहीं करती है, तब वह रूपान्तरित हो जाती है–
(A) सहयोग (B) आत्मसात्करण
(C) संघर्ष (D) समझौते

101. समाजशास्त्र किसका अध्ययन है ?
(A) मानव व्यवहार का
(B) समाज का
(C) राजनैतिक व्यवस्था का
(D) आर्थिक समस्याओं का

102. समाजशास्त्र का जनक किसे कहा जाता है ?
(A) अगस्त कॉम्टे (B) हरबर्ट स्पेन्सर
(C) इमाइल दुर्खीम (D) मैक्स वेबर

103. समाजशास्त्र किस प्रकार का विज्ञान है ?
(A) भौतिक (Physical)
(B) सामाजिक (Social)
(C) गणितीय (Mathematical)
(D) प्राकृतिक (Natural)

104. समाजशास्त्र का जन्म स्थान है–
(A) अमरीका (B) इंगलैण्ड
(C) फ्रांस (D) जर्मनी

105. अगस्त कॉम्टे को समाजशास्त्र का जनक कहा जाता है, क्योंकि सर्वप्रथम उन्होंने–
(A) समाजशास्त्र की परिभाषा दी
(B) समाजशास्त्र शब्द की रचना की
(C) समाज के अध्ययन का वैज्ञानिक तरीका सुझाया
(D) समाजशास्त्र पर पुस्तक लिखी

106. निम्नलिखित में से कौनसा कथन सही है ?
(A) समाजशास्त्र विशिष्ट ढंग से सामाजिक समस्याओं का अध्ययन करता है
(B) समाजशास्त्र विशिष्ट सामाजिक समस्याओं का अध्ययन करता है
(C) समाजशास्त्र विशिष्ट तकनीक द्वारा सामाजिक समस्याओं का अध्ययन करता है
(D) समाजशास्त्र विशिष्ट दृष्टिकोण से सामाजिक समस्याओं का अध्ययन करता है

107. समाजशास्त्र के प्रार्दुभाव के लिए कौनसी मुख्य घटना जिम्मेदार है ?
(A) फ्रांस की राजक्रान्ति
(B) औद्योगिक क्रान्ति
(C) प्रथम विश्वयुद्ध
(D) (A) एवं (B) दोनों

108. समाज का कौनसा सिद्धान्त हरबर्ट स्पेन्सर द्वारा प्रतिपादित है ?
(A) उद्विकासीय सिद्धान्त
(B) प्रकार्यात्मक सिद्धान्त
(C) संघर्ष का सिद्धान्त
(D) (B) और (C) दोनों

109. इमाइल दुर्खीम ने समाजशास्त्र की प्रकृति के विषय में क्या विचार दिया है ?
(A) कलात्मक (B) दार्शनिक
(C) वैज्ञानिक (D) साहित्यिक

110. समाजशास्त्र अन्य सामाजिक विज्ञानों की .... के समान है.
(A) दासी (Handmaid)
(B) मालकिन (Mistress)
(C) बहन (Sister)
(D) प्रतिद्वन्दी (Competitor)

111. समाज बनता है–
(A) व्यक्तियों से
(B) व्यक्तियों के सम्बन्धों से
(C) संस्थाओं से
(D) समितियों से

112. पशुओं में समाज तो होता है पर .... नहीं.
(A) संस्कृति (B) संगठन
(C) समिति (D) संस्था

113. हम .... के सदस्य होते हैं संस्थाओं के नहीं.
(A) समाज (B) संगठन
(C) समिति (D) संस्कृति

114. समाजशास्त्र ही भाषा में एक गाँव क्या है ?
(A) समाज (B) संगठन
(C) समिति (D) संस्कृति

115. समाजशास्त्र के भारतीय विचारक कौन हैं ?
(A) महात्मा गांधी (B) राधाकमल मुकर्जी
(C) श्री अरबिन्दो (D) उपर्युक्त सभी

116. समाजशास्त्र में आत्महत्या का सिद्धान्त किसने प्रतिपादित किया ?
(A) इमाईल दुर्खीम (B) हरबर्ट स्पेन्सर
(C) मैक्स वेबर (D) इनमें से कोई नहीं

117. समाजशास्त्र में अद्यतन सिद्धान्त कौनसा है ?
(A) प्रत्यक्षवाद
(B) प्रकार्यवाद
(C) आत्महत्या का सिद्धान्त
(D) उद्विकासीय सिद्धान्त

118. किसी संगठन की औपचारिक संरचना में निहित है–
(A) वैयक्तिक भूमिकाएँ
(B) सत्ता का प्रत्यायोजन
(C) गुट
(D) वैयक्तिक हित

119. 'मानव समाज' (Human Society) पुस्तक के लेखक कौन हैं ?
(A) अगस्त कॉम्टे (B) मैक्स वेबर
(C) किंग्स्ले डेविस (D) हरबर्ट स्पेन्सर

120. ऐसी कौनसी सामाजिक संस्था है, जो यौन सम्बन्धों को नियमितता एवं वैधता प्रदान करते हुए उनसे उत्पन्न सन्तानों को समाज में उचित स्थान दिलाती है ?
(A) परिवार (B) विवाह
(C) नातेदारी (D) धर्म

121. भारत के जॉनसार बावर की खासा जनजाति में किस प्रकार की विवाह पद्धति प्रचलित है ?
(A) एक विवाह (B) बहु–विवाह
(C) बहुपति विवाह (D) बहुपत्नी विवाह

122. बहुपति विवाह (Polyandry) का अर्थ है–
(A) एक विधवा पुनर्विवाह करती है
(B) अनेक स्त्रियाँ अनेक पुरुषों से विवाह करती हैं
(C) एक स्त्री एक समय में एक से अधिक पुरुषों से विवाह करती है
(D) एक तलाकशुदा स्त्री पुनर्विवाह करती है

123. विवाह का किस प्रकार का स्वरूप विश्व में कहीं नहीं पाया जाता है ?
(A) एक विवाह (B) बहुपति विवाह
(C) बहुपत्नी विवाह (D) समूह विवाह

124. किसी समाज में विवाह का स्वरूप अन्ततः निश्चित होता है–
(A) जनसंख्या में लिंगों के अनुपात द्वारा
(B) धर्म द्वारा
(C) कानून द्वारा
(D) सरकार द्वारा

125. गोडार्ड के अनुसार, निम्नलिखित में से कौन बाल-अपराध का सर्वप्रमुख कारण है ?
(A) अनैतिक गृह
(B) मानसिक दुर्बलता
(C) खराब आर्थिक स्थिति
(D) नगरीकरण

उत्तर व्याख्या सहित

1. (B) खासी जनजाति मातृवंशीय जनजाति है, जो भारत के मेघालय असम तथा बांग्लादेश के कुछ क्षेत्रों में निवास करती है.

2. (C)

3. (D) वर्ष 1985-86 में पूर्ववर्ती कल्याण मंत्रालय को महिला एवं बाल विकास विभाग तथा कल्याण विभाग में विभक्त किया गया था. इसी के साथ तत्कालीन कल्याण मंत्रालय बनाने के लिए अनुसूचित जाति विकास प्रभाग, जनजातीय विकास प्रभाग तथा पिछड़ा वर्ग कल्याण प्रभाग को गृह मंत्रालय से तथा वक्फ प्रभाग को कानून मंत्रालय से हटाया गया था. तदुपरान्त मई 1998 में मंत्रालय का नाम बदलकर सामाजिक न्याय एवं अधिकारिता मंत्रालय रख दिया गया था.

4. (B) 5. (A) 6. (C) 7. (C) 8. (A)

9. (A) जर्मन समाजशास्त्री मैक्स वेबर ने धर्म का सम्बन्ध पूँजीवादी व्यवस्था के उद्भव से जोड़ा है.

10. (A) 11. (B) 12. (C) 13. (A) 14. (B)
15. (D)

16. (C) संस्था कुछ आदर्श नियमों का संग्रह है, जो हमारी सामाजिक क्रियाओं के प्रमुख पक्षों से सम्बद्ध होता है.

17. (B) 18. (D) 19. (B) 20. (A) 21. (B)
22. (B)

23. (C) जनजाति स्थानीय समूह का द्योतक है.

24. (A) 25. (B)

26. (A) जाति मनुष्यों का वह समूह है जिसकी सदस्यता जन्म पर आधारित होती है. डॉ. मजूमदार के अनुसार जाति एक बन्द वर्ग है.

27. (C) 28. (A) 29. (D) 30. (D) 31. (B)

32. (A) हर्स्कोविट्ज ने संस्कृति की अत्यन्त संक्षिप्त सारगर्भित परिभाषा देते हुए कहा है. संस्कृति पर्यावरण का मानव निर्मित भाग है.

33. (C)

34. (B) अभौतिक संस्कृति से भौतिक संस्कृति से पिछड़ जाना ही सांस्कृतिक विलम्बना है.

35. (B) 36. (A) 37. (B) 38. (C)

39. (D) सांस्कृतिक विलम्बना की कल्पना सबसे पहले ऑगबर्न ने अपनी पुस्तक 'Social Change' में सन् 1922 में की थी.

40. (A) 41. (B) 42. (A) 43. (B) 44. (D)
45. (A)

46. (C) टी.बी. बोटोमोर ने सामाजिक नियंत्रण की व्याख्या करते हुए कहा है कि "सामाजिक नियंत्रण का अभिप्राय मूल्यों एवं आदर्शों के उस संकलन से है जिसके द्वारा व्यक्तियों और समूह के बीच तनाव और संघर्षों को दूर अथवा कम किया जा सकता है जिससे किसी अधिक समावेशी समूह की सुदृढ़ता बनाई रखी जा सके."

47. (C) 48. (C) 49. (D)

50. (D) मूलरूप से सामाजिक परिवर्तन के सिद्धान्त दो प्रमुख श्रेणियों में बाँटे जा सकते हैं– रेखीय सिद्धान्त (अगस्त कॉम्टे, हरबर्ट स्पेंसर, एल.टी. हॉबहाउस एवं कार्ल मार्क्स) तथा चक्रीय सिद्धान्त (पिटरिम. ए. सोरोकिन, विलफ्रेड परेटो एवं टॉयनबी).

51. (A) 52. (D) 53. (A) 54. (A) 55. (C)
56. (B) 57. (D) 58. (B) 59. (B)

60. (B) हिन्दू विवाह एक धार्मिक संस्कार है. इसे एक पवित्र बन्धन (Sacred Bond) भी माना जाता है, हिन्दू विवाह के साथ अनेक प्रकार के संस्कार जुड़े हुए हैं.

61. (C) 62. (B) 63. (A) 64. (C) 65. (A)

66. (A) जजमानी प्रथा भारत में ग्रामीण समुदाय के अन्तर्गत विभिन्न जातियों के परिवारों के बीच एक सामाजिक और आर्थिक व्यवस्था है. जिसके अनुसार एक परिवार दूसरे को सम्पूर्ण रूप से कुछ नियत सेवाएँ देता है. ये सम्बन्ध पीढ़ियों तक जारी रहते हैं और भुगतान सामान्यत: नकद की अपेक्षा फसल के एक नियत भाग के रूप में किया जाता है.

67. (C) 68. (B) 69. (A) 70. (D)

71. (A) पंचायतें भारत के राष्ट्रीय जीवन की रीढ़ हैं. देश के राजनीतिक भविष्य एवं भावी राजनीतिक चाल का निर्धारण संघीय व्यवस्था में बैठे बड़े-बड़े राजनीतिज्ञ की अपेक्षा विभिन्न राज्यों के ग्रामीण अंचलों में विद्यमान पंचायती राज संस्थाएँ ही करती हैं.

72. (C) 73. (C)

74. (A) पीटर बर्गर के अनुसार, धर्म निरपेक्षीकरण वह प्रक्रिया है, जिसके द्वारा समाज व संस्कृति के विभिन्न पहलुओं को धर्म के प्रभाव से दूर रखा जाता है. भारत में धर्म निरपेक्षता शब्द से अभिप्राय है कि राज्य किसी एक धर्म विशेष से अपना सम्बन्ध नहीं रखेगा वरन् सभी धर्मों के व्यवहार को समान रूप से मानेगा.

75. (C) 76. (D)

77. (C) जर्मन समाजशास्त्री मैक्स वेबर ने 1920 में (Sociology of Religion) नामक पुस्तक की रचना की.

78. (A) 79. (C) 80. (A) 81. (B) 82. (A)

83. (C) 84. (B) 85. (B)

86. (B) अपराध एक कानूनी अवधारणा है.

87. (A) 88. (B) 89. (B) 90. (C) 91. (A)

92. (A) 93. (A) 94. (B) 95. (A) 96. (D)

97. (C)

98. (C) स्वरूपात्मक सम्प्रदाय के समर्थकों में जार्ज सिमेल, मैक्स वेबर, टॉनीज, वीरकान्त, वानविजे आदि आते हैं. इस सम्प्रदाय के अनुसार, समाज के व्यक्तियों और समूहों में सामाजिक सम्बन्ध होते हैं. यह सम्बन्ध सामाजिक जीवन के विशेष क्षेत्रों- सामाजिक, नैतिक, आर्थिक, राजनीतिक आदि में दिखाई देते हैं. इन सामाजिक सम्बन्धों का एक स्वरूप होता है और इस स्वरूप के अन्तर्गत अन्तर्वस्तु होती है. इस प्रकार समाजशास्त्र का कार्य अन्तर्वस्तुओं से पृथक् करके समाज के अमूर्त स्वरूपों का अध्ययन करना है.

99. (B) 100. (C) 101. (B) 102. (A) 103. (B)

104. (C) फ्रांसिसी क्रांति द्वारा उत्पन्न सामाजिक अस्थिरता ने कॉम्टे के विचारों को एक निश्चित दिशा प्रदान की तथा समाजशास्त्र के विकास में अपना योगदान दिया.

105. (B) 106. (D) 107. (D) 108. (A) 109. (C)

110. (C)

111. (B) समाज एक अमूर्त धारणा है, जो एक समूह के सदस्यों के बीच पाए जाने वाले पारस्परिक सम्बन्धों की (जटिलता) सम्पूर्णता का बोध कराती है.

112. (A) 113. (C) 114. (D) 115. (B) 116. (A)

117. (B) 118. (B) 119. (C) 120. (B) 121. (C)

122. (C) 123. (D) 124. (A) 125. (B)

समाजशास्त्र

प्रवक्ता भर्ती परीक्षा

का हल प्रश्न-पत्र

2013

(22 फरवरी, 2015 को आयोजित)

समाजशास्त्र

1. सामाजिक प्रणाली को अक्षुण्ण रखने के लिए निम्नलिखित में से कौनसे कार्य आवश्यक हैं ? नीचे दिए गए कूटों में से सही उत्तर का चयन कीजिए–

1. अनुकूलन	2. सामाजिक क्रिया
3. एकीकरण	4. लक्ष्य प्राप्ति
5. प्रच्छन्नता	6. सामाजीकरण

कूट :

(A) 1, 2, 3 तथा 4

(B) 4, 5, 1 तथा 6

(C) 1, 3, 4 तथा 5

(D) 1, 2, 4 तथा 5

उत्तर–(C)

व्याख्या–टॉलकट पारसन्स का मानना है कि एक व्यवस्था के रूप में समाज में कुछ खास प्रकार्यों की पूर्व कल्पना निहित होती है जिसके सम्पादन की उम्मीद व्यवस्था के अंगों से की जाती है. इस सन्दर्भ में पारसन्स ने चार प्रकार्यों का एक पैराडाइम (Paradigm) प्रस्तुत किया है, जिसकी पूर्ति किसी भी सामाजिक व्यवस्था के अस्तित्व के लिए जरूरी है. इसे (AGIL Model) या प्रकार्यात्मक पूर्व आवश्यकता के नाम से जाना जाता है. ये आवश्यकताएँ या प्रकार्य हैं–अनुकूलन (Adaptation), लक्ष्य प्राप्ति (Goal Attainment), एकीकरण (Integration) तथा प्रतिमान अनुरक्षण (Latency).

2. किस वर्ष छठी पंचवर्षीय योजना प्रारम्भ हुई ?

(A) 1980 ई. (B) 1979 ई.

(C) 1978 ई. (D) 1901 ई.

उत्तर–(A)

3. निम्नलिखित में से कौनसी सामाजिक प्रक्रिया नहीं है ?

(A) सामाजिक संघर्ष (B) एकीकरण

(C) सामाजिक विघटन (D) संवेदनशीलता

उत्तर–(D)

4. निम्नलिखित में से कौनसा एक तृतीयक नातेदार है ?

(A) दादा (B) पिता का भाई

(C) माता का भाई (D) ससुर का भाई

उत्तर–(D)

व्याख्या–तृतीयक नातेदारी द्वितीयक नातेदारी से एक अंश पर होती है, अतः ससुर का भाई तृतीयक नातेदार है.

5. भारत में समन्वित जनजातीय विकास योजना आरम्भ की गई–

(A) 1975 ई. से (B) 1980 ई. से

(C) 1983 ई. से (D) 1987 ई. से

उत्तर–(A)

6. सामाजिक गतिशीलता को क्षैतिज और उदग्र गतिशीलता के रूप में किसने वर्गीकृत किया है ?

(A) मिलर ने

(B) लिपसेट ने

(C) बेनडिक्स ने

(D) उपर्युक्त में से कोई नहीं

उत्तर–(D)

7. जब हम परिवार को व्यक्तियों के एक गठित समूह के रूप में देखते हैं, तब उसे कहते हैं–

(A) समिति (B) संस्था

(C) समुदाय (D) बाह्य-समूह

उत्तर–(A)

8. इको. फेमिनिज्म के विकास का मुख्य आधार क्या है ?

(A) औद्योगिक समाज में वनोन्मूलन

(B) स्त्रियों का जीवन एवं प्रकृति से उनका सम्बन्ध

(C) प्रदूषण तथा पर्यावरणीय पतन

(D) वैश्विक ऊष्मीकरण

उत्तर–(B)

9. निम्नलिखित में से कौन, समिति का एक लक्षण नहीं है ?

(A) लोगों की सामूहिकता

(B) कतिपय उद्देश्यों का होना

(C) स्वैच्छिक सदस्यता

(D) आदर्श मानदण्डों का अनुसरण

उत्तर–(D)

व्याख्या–आदर्श-मानदण्डों का अनुसरण संस्था की प्रमुख विशेषता है.

10. किस पंचवर्षीय योजना का मुख्य उद्देश्य 'गरीबी हटाओ' था ?

(A) चौथी पंचवर्षीय योजना

(B) पाँचवीं पंचवर्षीय योजना

(C) छठी पंचवर्षीय योजना

(D) सातवीं पंचवर्षीय योजना

उत्तर–(B)

11. पर्यावरण की समस्याओं और पर्यावरण सम्बन्धित ज्ञान में वृद्धि किस बात को अस्वीकार नहीं करती ?

(A) प्रभावी सामाजिक रूपावली या प्रभावी पश्चिमी विश्व दृष्टि

(B) बीसवीं शताब्दी के अन्त में कोई उत्तरवर्ती या जोखिम-समाज संस्थाएँ

(C) औद्योगिक समाजों की भौतिक उपलब्धियाँ

(D) जीवनाभिमुखी मूल्यों की गुणता

उत्तर–(B)

12. सामाजिक संस्था का समुचित उदाहरण निम्नलिखित में से कौनसा है ?

(A) बाजार (B) मजदूर संघ

(C) राजनीतिक दल (D) गैर-सरकारी संगठन

उत्तर–(A)

13. निम्नलिखित में से कौन सामाजिक नियन्त्रण की एक औपचारिक एजेन्सी है ?

(A) परिवार (B) परम्परा

(C) राज्य (D) प्रथा

उत्तर–(C)

14. सामाजिक स्तरीकरण की प्रक्रियाओं का सही अनुक्रम बताइए–

(A) मूल्यांकन, विभेदीकरण, श्रेणीबद्धता, लाभप्रद

(B) विभेदीकरण, श्रेणीबद्धता, मूल्यांकन, लाभप्रद

(C) श्रेणीबद्धता, मूल्यांकन, विभेदीकरण, लाभप्रद

(D) विभेदीकरण, मूल्यांकन, लाभप्रद, श्रेणीबद्धता

उत्तर–(D)

15. निम्नलिखित में से कौनसा सामाजिक विभेदीकरण का उदाहरण है न कि सामाजिक स्तरीकरण का ?

(A) वर्ग (B) लिंग

(C) भू-स्वामित्व (D) शक्ति

उत्तर–(B)

16. भारतीय प्रसंग में मलिन बस्ती की जनसंख्या में वृद्धि यह बताती है–

(A) ग्रामीण गरीबी का विस्तार

(B) ग्रामीण सम्पन्नता का विस्तार

(C) शहरी सम्पन्नता का विस्तार

(D) उपर्युक्त में से कोई नहीं

उत्तर–(A)

17. निम्नलिखित में से कौनसा लिंग समता से सम्बन्धित है ?

(A) आर्थिक सशक्तीकरण

(B) समतावादी सम्बन्ध

(C) महिलाओं की स्वतन्त्रता और स्वाधीनता

(D) शक्ति तथा अन्य संसाधनों तक समान पहुँच

उत्तर–(D)

18. मैक्स वेबर के अनुसार सामाजिक कृत्य का दृष्टान्त निम्नलिखित में से कौनसा है ?

(A) दो साईकिल सवारों का एक-दूसरे के साथ टकराना

(B) ट्रेन में सफर कर रहे व्यक्ति

(C) दो साईकिल सवारों का एक-दूसरे से टकराने के बाद घूँसेबाजी करना

(D) वर्षा प्रारम्भ होने पर व्यक्तियों का छाता खोलना

उत्तर–(C)

19. वह प्रक्रिया निम्नलिखित के रूप में जानी जाती है, जिसके द्वारा असहाय मानव शिशु को धीरे-धीरे आत्म-बोध होता है, उस संस्कृति का ज्ञान कौशल प्राप्त होता है, जिसमें उसका जन्म हुआ हो–

(A) पुनः समाजीकरण

(B) सामाजिक स्थिति

(C) समाजीकरण

(D) समझ का आदान-प्रदान

उत्तर–(C)

20. आधुनिकीकरण के सम्बन्ध में निम्नलिखित व्याख्याओं पर विचार कीजिए–

1. कृषि के क्षेत्र में, आधुनिकीकरण निर्वाह खेती से व्यावसायिक उत्पादन की ओर रूपान्तरण है.
2. उद्योगों के क्षेत्र में, आधुनिकीकरण मानव एवं पशु शक्ति के उपयोग से शक्ति चालित मशीनों की ओर रूपान्तरण है.

उपर्युक्त व्याख्याओं में से कौनसी सही है ?

(A) केवल 1
(B) केवल 2
(C) 1 और 2 दोनों
(D) न तो 1 और न ही 2

उत्तर–(C)

21. भारतीय संविधान की अनुसूची VI सम्बन्धित है–

(A) अनुसूचित जनजाति से
(B) अनुसूचित जाति से
(C) अन्य पिछड़ा वर्ग से
(D) अल्पसंख्यकों से

उत्तर–(A)

व्याख्या–भारतीय संविधान की छठी अनुसूची में असम मेघालय, त्रिपुरा और मिजोरम के जनजाति क्षेत्रों के प्रशासन के बारे में उपबन्ध है.

22. महुआ में "संयुक्त परिवार की संरचनात्मक एवं प्रकार्यात्मक एकता" का अध्ययन किसने किया है ?

(A) के.एम. कपाड़िया (B) नीरा देसाई
(C) आई.पी. देसाई (D) ए.एम. शाह

उत्तर–(C)

23. निम्नलिखित में से कौनसा अनुच्छेद पिछड़े वर्गों के कल्याण से सम्बन्धित है ?

(A) अनुच्छेद 15(4) व 16(4)
(B) अनुच्छेद 39 व 40
(C) अनुच्छेद 110 व 112
(D) अनुच्छेद 50 व 51

उत्तर–(A)

24. हिन्दू विवाह अधिनियम 1955 निम्नलिखित किन विवाहों की मनाही करता है ?

(A) सगोत्र विवाह (B) सप्रवर विवाह
(C) सपिण्ड विवाह (D) उपर्युक्त सभी

उत्तर–(C)

25. सिद्धान्तवादियों का समीक्षात्मक सम्प्रदाय आर्थिक निश्चयवाद तथा सामाजिक जीवन के अन्य पहलुओं का असन्तुलन किस प्रकार ठीक करता है ?

(A) आर्थिक तथा सामाजिक क्षेत्र पर ध्यान केन्द्रित करके
(B) आर्थिक तथा ऐतिहासिक क्षेत्र पर ध्यान केन्द्रित करके
(C) आर्थिक तथा सांस्कृतिक क्षेत्र पर ध्यान केन्द्रित करके
(D) आर्थिक तथा उत्पादक क्षेत्र पर ध्यान केन्द्रित करके

उत्तर–(C)

26. निम्नलिखित में से कौनसा ऐसा कारक नहीं है, जिससे लोग गाँवों से शहरों की ओर आ रहे हैं ?

(A) ग्रामीण बेरोजगारी
(B) ग्रामीण क्षेत्रों में दहेज प्रथा में वृद्धि
(C) ग्रामीण गरीबी
(D) ग्रामीण क्षेत्रों में कुटीर और घरेलू उद्योगों का ह्रास

उत्तर–(B)

27. कॉम्टे के परामर्शदाता कौन थे ?

(A) मोंटेस्क्यु (B) मॉर्गन
(C) सेंट साइमन (D) रॉबर्ट रैडफील्ड

उत्तर–(C)

28. एक संस्कृति से दूसरी संस्कृति में विशेषताओं के पारेषण को समाजशास्त्र की शब्दावली में कहा जाता है–

(A) परसंस्कृतिकरण
(B) विस्तारण
(C) आत्मसातीकरण
(D) संस्कृतिकरण

उत्तर–(B)

29. भारतीय संविधान का कौनसा अनुच्छेद अस्पृश्यता के उन्मूलन से सम्बन्धित है ?

(A) अनुच्छेद 16 (B) अनुच्छेद 17
(C) अनुच्छेद 335 (D) अनुच्छेद 340

उत्तर–(B)

30. ई. दुर्खीम के अनुसार, आधुनिक विधि की प्रकृति क्या है ?

(A) दमनकारी (B) क्षतिपूरक
(C) आदर्शात्मक (D) औपचारिक

उत्तर–(B)

31. निम्नलिखित में से किसे प्रघटनाशास्त्रीय समाजशास्त्र का जनक समझा जाता है ?
(A) जे. हेबरमास (B) ए. शुट्ज
(C) एच.आर. वेगनर (D) के. मैनहाइम
उत्तर–(B)

32. भारतीय ग्रामीण समाज में ग्रामीण विकास कार्यक्रमों के परिणामस्वरूप निम्नलिखित में से कौनसी सर्वाधिक अवांछित स्थिति उत्पन्न हुई ?
(A) वि-कृषिकरण और आत्महत्याएँ
(B) वि-कृषिकरण
(C) कृषकों की समृद्धि
(D) कृषकों के बीच आत्महत्याएँ
उत्तर–(A)

33. निम्नलिखित में से कौनसा वैवाहिक प्रतिबन्ध से सम्बन्धित नहीं है ?
(A) निकटाभिगमन निषेध
(B) बहिर्विवाह
(C) अन्तःविवाह
(D) बहुपति विवाह
उत्तर–(D)

34. भारतीय परिवार में माता-पिता अपनी पुत्रियों को ससुराल में उत्तम पत्नी/पुत्री के रूप में बनने के लिए तैयार करते हैं. यह किसका एक उदाहरण है ?
(A) समाजीकरण
(B) पुनर्समाजीकरण
(C) प्रौढ़ समाजीकरण
(D) प्रत्याशित समाजीकरण
उत्तर–(D)

35. शक्ति के परिवर्तनशील जोड़ की संकल्पना इस धारणा पर आधारित है कि–
(A) मूल्य सामंजस्य समाज के लिए अनिवार्य है
(B) मूल्य विरोध समाज के लिए अनिवार्य है
(C) मूल्य तटस्थता समाज के लिए अनिवार्य है
(D) मूल्य समाज के लिए अनिवार्य हैं
उत्तर–(A)

36. नशामुक्ति केन्द्र निम्नलिखित में से कौनसी सुविधाएँ प्रदान करते हैं ?
(A) परामर्श (B) मेडिकल सहायता
(C) योगिक आसन (D) ये सभी
उत्तर–(D)

37. निम्नलिखित में से कौनसा प्राथमिक समूह नहीं है ?
(A) स्कॉउट (B) साथी समूह
(C) विद्यार्थियों की कक्षा (D) परिवार
उत्तर–(A)

38. 'सममित परिवार' की अवधारणा किसने प्रतिपादित की थी ?
(A) यंग तथा विलमॉट (B) ओकले
(C) बॉमैन एवं स्मार्ट (D) स्मार्ट
उत्तर–(A)

39. संस्कृतिकरण का तात्पर्य है–
(A) जाति संरचना में परिवर्तन
(B) जाति संरचना का परिवर्तन
(C) जाति संरचना हेतु परिवर्तन
(D) उपर्युक्त में से कोई नहीं
उत्तर–(D)

40. इस सैद्धांतिक परिप्रेक्ष्य को क्या कहते हैं जो इस बात पर बल देता है कि समाज कुछ ज्ञात अवस्थाओं से होकर एकाधिक बार अथवा बारम्बार गुजरता है ?
(A) पुनरावर्ती उद्विकास सिद्धान्त
(B) समरेखीय उद्विकास सिद्धान्त
(C) चक्रीय उद्विकास सिद्धान्त
(D) प्रतिवर्ती उद्विकास सिद्धान्त
उत्तर–(C)

41. निम्नलिखित में से कौनसी एक संस्कृति की विशेषता है ?
(A) संस्कृति दैवीय उपहार है
(B) संस्कृति समाज के द्वारा निर्मित है
(C) संस्कृति आनुवंशिक विरासत है
(D) संस्कृति पर्यावरण का हेर-फेर है
उत्तर–(B)

42. आधुनिक भारत में पंचायतों को निम्नलिखित रूप में विशेषित किया जाता है–
1. तृणमूल स्तर पर लोगों की भागीदारी
2. आत्म निर्भरता/आत्म-विश्वास
3. स्त्रियों का सशक्तिकरण
4. नौकरशाही नियन्त्रण

नीचे दिए गए कूटों से सही उत्तर का चयन कीजिए–

कूट :
(A) 4, 2, 3
(B) 1, 2, 3, 4
(C) 4, 3, 1
(D) 2, 3, 4
उत्तर–(B)

43. निम्नलिखित में से किसने ज्ञान के पदक्रम का पक्ष नहीं लिया ?
(A) ई. दुर्खीम (B) ए. कॉम्टे
(C) एम. वेबर (D) एम. फूको
उत्तर–(D)

44. सामाजिक नियन्त्रण क्रियाशील होता है–
(A) औपचारिक नियमों और नियमावलियों द्वारा
(B) अनौपचारिक नियमों और नियमावलियों द्वारा
(C) औपचारिक एवं अनौपचारिक दोनों प्रकार के नियमों और नियमावलियों द्वारा
(D) उपर्युक्त में से किसी के द्वारा नहीं
उत्तर–(C)

45. जब दूसरी संस्कृति के प्रभाव से सम्पूर्ण जीवन-पद्धति परिवर्तन की प्रक्रिया में हो, तब उसे कहते हैं–
(A) प्रसार (B) परसंस्कृति ग्रहण
(C) संस्कृतिग्रहण (D) प्रति-परसंस्कृति ग्रहण
उत्तर–(B)

46. निम्नलिखित में से कौन एक समिति की विशेषता नहीं है ?
(A) इसका एक उद्देश्य होता है
(B) औपचारिक नियम
(C) सहयोग
(D) स्थायी प्रकृति
उत्तर–(D)

47. हिन्दू उत्तराधिकार अधिनियम, 1956 जिन समुदायों के उत्तराधिकार सम्बन्धी विषयों को नियन्त्रित करता है, वे हैं–
(A) मात्र हिन्दू
(B) हिन्दू एवं सिख
(C) हिन्दू, सिख, बौद्ध एवं जैन
(D) वर्ष 1947 से भारत में रहने वाले सभी समुदाय
उत्तर–(C)

व्याख्या–हिन्दू उत्तराधिकार अधिनियम 1956 हिन्दुओं के अलावा जैन, बौद्ध तथा सिखों पर लागू होता है.

48. 'यांत्रिक समैक्य' का सिद्धान्त किसने प्रतिपादित किया ?
(A) मार्क्स (B) वेबर
(C) दुर्खीम (D) कॉम्टे
उत्तर–(C)

49. पंचायती राज का मुख्य उद्देश्य क्या है ?
(A) कृषि उत्पादन को बढ़ाना
(B) रोजगार बढ़ाना
(C) लोगों में राजनीतिक जागरूकता को बढ़ाना
(D) लोगों को विकास मूलक प्रशासन में भागीदार बनाना
उत्तर–(D)

50. किसने समाज का सावयवी दृष्टिकोण रखा ?
(A) हरबर्ट स्पेंसर (B) डब्ल्यू.आई.थॉमस
(C) वी. पैरेटो (D) मैक्स वेबर
उत्तर–(A)

51. कुछ पश्चिम यूरोपीय देशों में अप्रवासियों के सांस्कृतिक अधिकारों को मान्यता देना निम्नलिखित में से किसका अच्छा उदाहरण है ?
(A) आत्मसात्करण (B) पृथक्करण
(C) एकीकरण (D) परसंस्कृतिग्रहण
उत्तर–(C)

52. सामुदायिक पुलिस व्यवस्था का लक्ष्य निम्नलिखित के माध्यम से अपराध को रोकना तथा नियन्त्रित करना है–
(A) जनता (B) पुलिस
(C) पुलिस तथा जनता (D) सेना
उत्तर–(C)

53. दुर्खीम के अनुसार "मानव अभिकरण" किसके द्वारा निरुद्ध होता है ?
(A) राजनीतिक प्रक्रिया
(B) सामाजिक संरचना
(C) आर्थिक संसाधन
(D) दूसरे कर्ताओं के अभिकरण
उत्तर–(B)

54. निम्नलिखित में से किस अवधारणा का सीधा सम्बन्ध सामाजिक परिवर्तन से है ?
(A) संस्कृतिकरण (B) समाजीकरण
(C) परकीकरण (D) एकीकरण
उत्तर–(A)

55. भारत में सामुदायिक विकास कार्यक्रम का अन्तिम उद्देश्य है–
(A) रहन-सहन की दशा को ऊँचा उठाना
(B) कृषि उत्पादन को बढ़ाना
(C) राष्ट्रीय आय को बढ़ाना
(D) नवीन ग्रामीण संस्कृति का सृजन करना
उत्तर–(D)

व्याख्या–सामुदायिक विकास में भारतीय ग्रामीण जीवन में सुधार लाने और उसका विकास करने से सम्बन्धित सभी कार्यों को पूर्ण करने का कार्यक्रम बनाया जाता है ताकि ग्रामीण जीवन का सम्यक् और सम्पूर्णतः सुधार तथा विकास हो सके.

56. पुनः समाजीकरण ऐसे समय स्पष्टतः प्रत्यक्ष होता है जब–

(A) लड़की का विवाह अभी-अभी हुआ है

(B) बच्चे ने जन्म लिया है

(C) व्यक्ति क्रान्तिकारी दल के सदस्य के रूप में कार्य करता है

(D) बच्चा विद्यालय जाना प्रारम्भ करता है

उत्तर–(C)

57. ग्रामीण समुदाय का तत्व निम्नलिखित में से कौनसा नहीं है ?

(A) हम की भावना (B) सांस्कृतिक विविधता

(C) क्षेत्र (D) आत्म निर्भरता

उत्तर–(B)

58. भारत के संविधान की किस धारा में व्यक्त है कि "चौदह वर्ष से नीचे की आयु का कोई भी बालक किसी फैक्ट्री या खान में काम नहीं करेगा और न ही किसी खतरनाक रोजगार में नियुक्त होगा" ?

(A) धारा 24 (B) धारा 45

(C) धारा 330 (D) धारा 335

उत्तर–(A)

59. सन्दर्भ समूह व्यवहार के मुख्य आधार का निर्माण किससे होता है ?

(A) ईर्ष्या से

(B) तुलना से

(C) तुलनात्मक अभावबोध से

(D) उपर्युक्त में से किसी से नहीं

उत्तर–(C)

60. 'अर्ध-प्राथमिक समूह' की अवधारणा को प्रस्तुत किया–

(A) टानीज ने (B) कूले ने

(C) डेविस ने (D) बीरस्टीड ने

उत्तर–(B)

61. निम्नलिखित में से कौनसा सामाजिक संरचना का पहलू नहीं है ?

(A) भाषा

(B) प्रतिमान

(C) भूमिकाएँ एवं प्रस्थितियाँ

(D) संस्थाएँ

उत्तर–(A)

62. मानव समाजों का कृषि से उद्योग और पश्च उद्योग में स्थानान्तरण मुख्य रूप से निम्नलिखित के कारण हुआ है–

(A) प्रौद्योगिकीय नवीनताएँ

(B) उत्पादकता के लिए ज्ञान का प्रयोग

(C) (A) और (B) दोनों

(D) कार्य के लिए प्रशिक्षण

उत्तर–(C)

63. 'औद्योगिक समाज' का प्रयोग समाजों के वर्गीकरण में किसने किया ?

(A) कोंत (B) दुर्खीम

(C) मैक्स वेबर (D) स्पेंसर

उत्तर–(D)

64. 'सम्पूर्णानन्द आश्रम' निम्नलिखित में से किससे सम्बद्ध है ?

(A) बॉर्स्टल स्कूल (B) ओपन जेल

(C) बन्द जेल (D) प्रतिप्रेषण गृह

उत्तर–(B)

65. स्वास्थ्य तथा शारीरिक क्रियाशीलता बनाए रखने के लिए आवश्यक मूलभूत संसाधनों के अभाव के साथ किस प्रकार की निर्धनता से सम्बन्धित किया जा सकता है ?

(A) पूर्ण निर्धनता (B) सापेक्षिक निर्धनता

(C) निर्धनता की संस्कृति (D) प्रवर्तित निर्धनता

उत्तर–(A)

66. मैक्स वेबर के अनुसार, नौकरशाही की अभिलाक्षणिक विशेषता क्या है ?

(A) यह नेता के संकल्प का प्रतिनिधित्व करती है

(B) यह तार्किक-विधिक सत्ता पर आधारित है

(C) यह वंशानुगत प्रस्थिति पर आधारित है

(D) यह नैतिक सत्ता पर आधारित है

उत्तर–(B)

67. "लिव-इन रिलेशनशिप" एक नवीनतम प्रघटना है, जो निम्न में से किस समाज में पाई और स्वीकार की जाती है ?

(A) जनजातीय (B) ग्रामीण

(C) शहरी (D) विश्वनगर

उत्तर–(D)

68. लुई ड्यूमां ने जाति को निम्नलिखित में से किस आधार पर संप्रत्ययीकृत किया ?

(A) सामाजिक विभेदीकरण एवं अस्पृश्यता

(B) वर्ग एवं असमान शक्ति सम्बन्ध

(C) पवित्र एवं अपवित्र का द्वन्द्वात्मक विरोध

(D) कार्यपरक एकता एवं विभेदीकरण

उत्तर–(C)

69. संघर्षरत् दम्पति को न्यायिक पृथकता अधिकतम कितनी अवधि के लिए दी जाती है ?

(A) 7 वर्ष (B) 3 वर्ष

(C) 2 वर्ष (D) 5 वर्ष

उत्तर–(C)

70. कृषक समाज के सामाजिक-सांस्कृतिक विश्लेषण के लिए किसने लघु परम्परा एवं वृहत परम्परा की अवधारणाओं को प्रतिपादित किया ?

(A) रॉबर्ट रेडफिल्ड (B) मैकिम मैरिएट

(C) एम.एन. श्रीनिवास (D) मिल्टन सिंगर

उत्तर–(A)

71. 'सोसाइटी इन इंडिया' का लेखक कौन है ?

(A) ए.पी. बार्नबास (B) आन्द्रे बैतेई

(C) किंग्सले डेविस (D) डेविड जी. मैण्डेलबॉम

उत्तर–(D)

72. भारत में जजमानी व्यवस्था व्यक्त करता है–

(A) वस्तु और सेवाओं का आदान-प्रदान

(B) अन्तर जातिगत सम्बन्ध

(C) पवित्रता एवं अपवित्रता की अभिव्यक्ति

(D) उपर्युक्त में से कोई नहीं

उत्तर–(*)

व्याख्या–विलियम वाइजर ने अपनी पुस्तक The Hindu Jajmani System में जजमानी व्यवस्था को एक प्रकार्यात्मक संस्था माना है, जिसमें प्रत्येक जाति अपनी सेवा या वस्तु के लिए अन्य जाति से सेवा या वस्तुएं प्राप्त करती हैं. यह अन्तर जातिगत सम्बन्धों की एक सामाजिक-आर्थिक व्यवस्था है. इस व्यवस्था में पवित्रता तथा अपवित्रता की अभिव्यक्ति होती है.

73. निम्नलिखित का वर्द्धमान जटिलता के अनुसार सही अनुक्रम बताइए–

(A) आखेट, एकत्रीकरण, कृषिक, चरागाही, औद्योगिक तथा उत्तर औद्योगिक समाज

(B) एकत्रीकरण, चरागाही, आखेट, औद्योगिक तथा उत्तर औद्योगिक समाज

(C) आखेट, चरागाही, कृषिक, औद्योगिक तथा उत्तर औद्योगिक समाज

(D) कृषिक, एकत्रीकरण, आखेट, बागवानी औद्योगिक तथा उत्तर औद्योगिक समाज

उत्तर–(C)

74. कृषिक सामाजिक संरचना की विशेषता निम्नलिखित में से क्या है ?

1. भू-स्वामी तथा भूमिहीन मजदूर
2. भू-स्वामी तथा व्यापारी
3. किसान तथा ग्राम साहूकार
4. किसान तथा फसल साझेदारी

नीचे दिए कूटों से सही उत्तर का चयन कीजिए–

कूट :

(A) 1, 2, 3

(B) 2, 3, 4

(C) 1, 3, 4

(D) 4, 2, 3

उत्तर–(C)

75. स्थायी जनसंख्या संरचना के लिए निम्नलिखित में से एक प्रक्रिया का चयन कीजिए–

(A) स्थिर जन्म और मृत्यु दर

(B) बढ़ती हुई जन्म दर और मृत्यु दर

(C) घटती हुई जन्म दर और बढ़ती हुई मृत्यु दर

(D) स्थिर जन्म दर और घटती हुई मृत्यु दर

उत्तर–(A)

76. निम्नलिखित में से कौनसा उपागम गरीबी उन्मूलन, कल्याण और निष्पक्षता पर तैयार कार्यक्रमों को सम्मिलित करता है ?

(A) विकास में महिलाएँ

(B) महिलाएँ और विकास

(C) लिंग और विकास

(D) महिलाएँ, पर्यावरण और विकास

उत्तर–(A)

77. वर्ण-व्यवस्था का प्रथम उल्लेख होता है–

(A) ऋग्वेद (B) अथर्ववेद

(C) यजुर्वेद (D) सामवेद

उत्तर–(A)

78. सामाजिक स्तरीकरण सिद्धान्त में किसे कार्यात्मक सिद्धान्त के रूप में जाना जाता है ?

(A) पार्सन्स

(B) डेविस एवं मूर

(C) मैक्स वेबर

(D) उपर्युक्त में से कोई नहीं

उत्तर–(B)

79. समाजशास्त्रीय दृष्टिकोण प्राथमिक रूप से क्या करने की चेष्टा से सम्बन्धित है ?

(A) सामाजिक व्यवस्था को बदलने की

(B) सामाजिक व्यवस्था को समझने की

(C) सामाजिक व्यवस्था को सुधारने की

(D) सामाजिक व्यवस्था के साथ समायोजित होने की

उत्तर–(B)

80. नीचे उल्लिखित जनजातियों में कौनसी मातृवंशीय है ?

(A) खरिया (B) टोडा

(C) खासी (D) संथाल

उत्तर–(C)

81. "क्लास एण्ड क्लास कॉनफ्लिक्ट इन इण्डस्ट्रीयल सोसाइटी" पुस्तक किसने लिखी है ?

(A) कार्ल मार्क्स (B) राल्फ डैहरेनडॉर्फ

(C) मैक्स वेबर (D) टी.बी. बोटोमोर

उत्तर–(B)

82. निम्नलिखित कथनों के उपयुक्त संयोजन का चयन कीजिए, जो घटनाशास्त्र को स्पष्ट करता है–

1. घटनाशास्त्र रोजमर्रा के सामाजिक जीवन से सम्बन्धित है.

2. घटनाशास्त्र साझे सामान्य ज्ञान को केन्द्रित करता है.

3. घटनाशास्त्र मानव व्यवहार की कारणात्मक व्याख्या से उसी प्रकार सम्बन्धित है जिस प्रकार अन्य परिप्रेक्ष्यों से.

4. घटनाशास्त्र सामाजिक जीवन के संरचनात्मक नियमों की खोज के प्रयास करता है.

नीचे दिए गए कूट से सही उत्तर का चयन कीजिए–

(A) 1 और 4 (B) 2 और 3

(C) 3 और 4 (D) 1 और 2

उत्तर–(D)

83. मूल्यों के समाजशास्त्र के जनक कौन हैं ?

(A) राधाकमल मुकर्जी (B) राधाकृष्ण मुकर्जी

(C) रामकृष्ण मुकर्जी (D) डी.पी. मुकर्जी

उत्तर–(A)

84. यह किसका कथन है कि "भारत में, परिवर्तन की दिशा परम्परा उन्मुखीकरण से आधुनिकीकरण की ओर रैखिक विकासात्मक रूप निरूपित करती है" ?

(A) एम.एन. श्रीनिवास (B) एस.सी. दुबे

(C) मिल्टन सिंगर (D) योगेन्द्र सिंह

उत्तर–(D)

85. एल.आई.सी. के कलकत्ता स्थित प्रधान कार्यालय में क्लर्क के पद पर कार्यरत् व्यक्ति का दिल्ली स्थित कार्यालय में उसी पद पर आना किसका उदाहरण है ?

(A) क्षैतिज गतिशीलता (B) ऊर्ध्वमुखी गतिशीलता

(C) ऊर्ध्वाकार गतिशीलता (D) अधोमुखी गतिशीलता

उत्तर–(A)

86. निम्नलिखित में से कौनसी सहयोगात्मक प्रक्रियाएँ हैं ?

1. सहयोग 2. संघर्ष

3. प्रतिस्पर्धा 4. सात्यीकरण

नीचे दिए गए कूटों में से सही उत्तर का चयन कीजिए–

(A) 1 और 2 (B) 1, 2 और 3

(C) 2, 3 और 4 (D) 1 और 4

उत्तर–(D)

87. निम्नलिखित में से कौनसी औद्योगिक समाज की विशेषता/विशेषताएँ नहीं हैं ?

1. विषमांगता 2. यांत्रिक संहति

3. गतिशीलता 4. दमनकारी विधियाँ

नीचे दिए गए कूट का प्रयोग कर सही उत्तर चुनिए–

(A) केवल 1 (B) 1, 2 और 3

(C) 2 और 4 (D) 1 और 4

उत्तर–(C)

88. बूर्जुआकरण क्या है ?

(A) श्रमिक वर्ग की गतिशीलता की विफलता

(B) उद्योग का स्वचालन

(C) मध्यवर्गीय पहचान का पुनर्निरूपण

(D) श्रमिक वर्ग में मध्यवर्गीय आकांक्षाओं जीवन-शैली की रचना प्रक्रिया

उत्तर–(D)

89. 'ज्वाइंट फेमिली इन अर्बन सेटिंग' पुस्तक किसने लिखी ?

(A) एस.सी. दुबे (B) आर.एन. सक्सेना

(C) टी.बी. बोटोमोर (D) ए.डी. रास

उत्तर–(D)

90. सामाजिक परिवर्तन की प्रक्रिया, जिसके लिए व्यक्तियों के सकारात्मक मूल्य होते हैं, उन्हें कहते हैं–
(A) वैश्वीकरण (B) शहरीकरण
(C) विकास (D) आर्थिक संवृद्धि
उत्तर–(C)

91. "मानव चक्र" पुस्तक के लेखक कौन हैं ?
(A) भगवानदास (B) अरविन्द
(C) एम.के. गांधी (D) राधाकमल मुकर्जी
उत्तर–(B)

92. एक गतिशील समाज का सर्वाधिक विशिष्ट लक्षण है–
(A) वाहनों का आधिक्य
(B) बहुउद्देशीय भवनों की उपस्थिति
(C) प्रस्थितियों में परिवर्तन का अवसर
(D) उपर्युक्त में से कोई नहीं
उत्तर–(C)

93. किस वर्ष के हिन्दू विवाह अधिनियम के अन्तर्गत हिन्दुओं को तलाक के प्रावधान प्रदान किए गए ?
(A) 1955 (B) 1956
(C) 1961 (D) 1973
उत्तर–(A)

94. निम्नलिखित में से कौनसा समुदाय का तत्व नहीं है ?
(A) भू-भाग (B) हम हैं की भावना
(C) सांस्कृतिक वैविध्य (D) आत्मनिर्भरता
उत्तर–(C)

95. बॉर्स्टल स्कूल किसके सुधार के लिए है ?
(A) किशोर अपचारी
(B) महिला अपराधी
(C) बन्दी
(D) उपर्युक्त में से कोई नहीं
उत्तर–(A)

96. समाज में संघर्ष के सकारात्मक प्रकार्यों पर निम्नलिखित में से किसने बल दिया है ?
(A) जॉर्ज सिमेल (B) कार्ल मार्क्स
(C) मैक्स वेबर (D) नोआम चोम्सकी
उत्तर–(A)

97. निम्नलिखित अध्ययनों में से कौनसा नियोजित सामाजिक परिवर्तन पर अध्ययन से सम्बन्धित है ?
(A) ऐन इंडियन विलेज
(B) ए राजस्थान विलेज
(C) द रिमेम्बर्ड विलेज
(D) इंडियाज चेंजिंग विलेजेज
उत्तर–(D)

98. सामाजिक परिवर्तन में 'सीमा सिद्धान्त' किसने दिया ?
(A) सोरोकिन (B) आगबर्न
(C) मार्क्स (D) मैक्स वेबर
उत्तर–(A)

99. एक नगर, एक कस्बा और एक गाँव उदाहरण है–
(A) सामाजिक समूह के (B) समिति के
(C) समुदाय के (D) भौगोलिक क्षेत्र के
उत्तर–(C)

100. प्रतीकात्मक अन्तःक्रियावाद के मूलभूत सिद्धान्तों में समाविष्ट है–
(a) सोचने की क्षमता
(b) सामाजिक संस्थाएँ तथा सामाजिक अन्तःक्रियाएँ
(c) मानस तथा सामाजिक चेतना
(d) अर्थ तथा प्रतीक, जो क्रिया तथा अन्तःक्रिया को सुलभ बनाती है
नीचे दिए कूटों से सही उत्तर का चयन कीजिए–
(A) (a) और (b) (B) (b) और (c)
(C) (c) और (d) (D) (a) और (d)
उत्तर–(D)

101. "अर्बनाइजेशन एण्ड फैमिली चेंज" नामक पुस्तक किसने लिखी है ?
(A) इरावती कर्वे (B) एम.एस. गोरे
(C) लीला दुबे (D) आई.पी. देसाई
उत्तर–(B)

102. जाति प्रणाली के अन्तर्गत गतिशीलता का विश्लेषण करने के लिए निम्नलिखित में से किसने सन्दर्भ-समूह सिद्धान्त का अनुप्रयोग किया था ?
(A) एम.एस.ए. राव (B) जी.एस. घुर्ये
(C) एम.एन. श्रीनिवास (D) योगेन्द्र सिंह
उत्तर–(C)

103. पिछड़ा वर्ग आयोग का अध्यक्ष कौन था जिसने "अन्य पिछड़े वर्गों" के लिए 27% आरक्षण का प्रस्ताव रखा था ?
(A) काका कालेलकर (B) बी.आर. अम्बेडकर
(C) बी.पी. मण्डल (D) जगजीवन राम
उत्तर–(C)

104. भारत में जनसंख्या शिक्षा में निम्न में से किस पर ध्यान केन्द्रित नहीं किया गया है ?

(A) शहरीकरण और पर्यावरण सम्बन्धी समस्याओं के प्रति जागरूकता पैदा करना

(B) जनसंख्या गतिकी पर जागरूकता विकसित करना

(C) जनसंख्या नियन्त्रण के लिए मुख्य उपाय तैयार करना

(D) जनसंख्या नीति के सम्बन्ध में ज्ञान सृजन करना

उत्तर–(A)

105. निम्नलिखित में से कौनसी संस्था कृषक समाज व्यवस्था से नहीं है ?

(A) जाति (B) संयुक्त परिवार

(C) तृतीयक उद्योग (D) कुटीर उद्योग

उत्तर–(C)

106. मीड़ के लिए 'सामान्यीकृत अन्य' तथा 'महत्वपूर्ण अन्य' किसके सृजनकर्ता हैं ?

(A) आई (मैं)

(B) मी (मुझे)

(C) इगो (अहमः)

(D) सुपर इगो (परा अहमः)

उत्तर–(B)

107. सामाजिक परिवर्तन सम्बन्धी किस सिद्धान्तकार का विचार 'दबाव-सिद्धान्त' पर आधारित है ?

(A) राल्फ डैहरेनडॉर्फ (B) कोजर

(C) टायनबी (D) स्पेंगलर

उत्तर–(A)

108. भारतीय राजनीति में 'सर्वोदय' शब्द का प्रयोग सर्वप्रथम किसने किया ?

(A) विनोबा भावे (B) राधाकमल मुकर्जी

(C) एम.के. गांधी (D) नरेन्द्र देव

उत्तर–(C)

109. निम्नलिखित में से कौनसा भारत में सांस्कृतिक विविधता का सूचक नहीं है ?

(A) प्रजाति (B) जाति

(C) वर्ग (D) धर्म

उत्तर–(C)

110. मानव विकास के प्रमुख पहलू हैं–

1. जीवन प्रत्याशा
2. साक्षरता का प्रतिशत
3. रहन-सहन की दशा
4. प्रौद्योगिकीय उन्नति
5. प्राकृतिक संसाधनों की खोज

नीचे दिए गए कूट से सही उत्तर का चयन कीजिए–

(A) 1 और 2 (B) 3 और 4

(C) 1, 2 और 3 (D) 3, 4 और 5

उत्तर–(C)

111. दृश्य घटना विज्ञान किसका आमूलचूल विकल्प है ?

(A) प्रत्यक्षवाद (B) उद्विकासवाद

(C) प्रकार्यवाद (D) विसरणवाद

उत्तर–(A)

112. मुस्लिम सम्प्रदाय में पाया जाने वाला विवाह का अस्थायी रूप–

(A) निकाह (B) मुता

(C) मेहर (D) परदा

उत्तर–(B)

113. निम्नलिखित में से कौन सामाजिक परिवर्तन का अवरोधक नहीं है ?

(A) आर्थिक लागत

(B) आर्थिक प्रतिस्पर्धा

(C) निहित स्वार्थ

(D) जड़ता

उत्तर–(B)

114. किस समिति ने पंचायती राज के लिए तीन स्तरीय व्यवस्था की सलाह दी ?

(A) बलवन्त राय मेहता समिति

(B) अशोक मेहता समिति

(C) संगमा समिति

(D) संसदीय समिति

उत्तर–(A)

115. निम्नलिखित में से कौनसी सामाजीकरण की एजेंसी नहीं है ?

(A) परिवार

(B) स्कूल

(C) सम-समूह (पियर ग्रुप)

(D) मीडिया

उत्तर–(D)

116. निम्नलिखित में से कौनसा संस्कृति का तत्व नहीं है ?

(A) प्रतीक (B) भाषा

(C) प्रतिमान (D) स्तरीकरण

उत्तर–(D)

117. शास्त्रीय तथा आधुनिक समाजशास्त्रीय दृष्टिकोणों के बीच मूलभूत अन्तर निम्नलिखित में से दृष्टिगोचर होता है–

(A) समष्टि से व्यष्टि सैद्धान्तिक दृष्टिकोण तक निःशब्द स्थानान्तरण

(B) व्यष्टि से समष्टि दृष्टिकोण तक उन्मूलक स्थानान्तरण

(C) मध्यम विन्यास के सिद्धान्तों का विकास

(D) उपर्युक्त में से कोई नहीं

उत्तर–(A)

118. गांधी के सत्याग्रह को वेबर की निम्नलिखित में से किस एक सामाजिक क्रिया के प्रकार के उदाहरण के रूप के माना जा सकता है ?

(A) नैमित्तिक-तार्किक क्रिया

(B) भावात्मक क्रिया

(C) मूल्य-तार्किक क्रिया

(D) मूल्य-उदासीन क्रिया

उत्तर–(C)

119. प्रौद्योगिक आधुनिकीकरण निम्नलिखित में से किसकी और ले जाता है ?

(A) श्रमिकों की संख्या में वृद्धि

(B) श्रमिकों का विस्थापन

(C) बाल श्रमिकों की वृद्धि

(D) संविदा श्रमिकों की वृद्धि

उत्तर–(B)

120. "इकोनॉमी एण्ड सोसाइटी" नामक पुस्तक के लेखक निम्नलिखित में से कौन हैं ?

(A) मैक्स वेबर (B) एन्थनी गिडेन्स

(C) ई. दुर्खीम (D) ए. कॉम्टे

उत्तर–(A)

121. निम्नलिखित में से कौनसा, विकास के गांधीवादी पथ का भाग नहीं है ?

(A) सामाजिक न्यासिता (B) अहिंसा

(C) सहकारी संघर्ष (D) संरचनात्मक कार्य

उत्तर–(C)

122. मरडॉक के अनुसार कितने सम्बन्धी 'द्वैतीयक नातेदारी' की श्रेणी में आते हैं ?

(A) 33 (B) 99

(C) 125 (D) 151

उत्तर–(A)

123. धर्म, विवाह, परिवार, जाति आदि उदाहरण हैं–

(A) सामाजिक मूल्यों के

(B) सामाजिक संस्थाओं के

(C) सामाजिक मानकों के

(D) समाज के सामाजिक खण्डीय खण्ड के

उत्तर–(B)

124. कुछ यात्री रेलवे स्टेशन पर ट्रेन का इन्तजार कर रहे हैं, इन यात्रियों को कहा जाएगा–

(A) एक संस्था

(B) एक समुदाय

(C) एक समिति

(D) उपर्युक्त में से कोई नहीं

उत्तर–(D)

125. अन्तर्जातीय विवाह के कारण किसी व्यक्ति का अपनी जाति से निष्कासन उदाहरण है–

(A) सकारात्मक नियन्त्रण का

(B) नकारात्मक नियन्त्रण का

(C) अप्रत्यक्ष नियन्त्रण का

(D) उपर्युक्त में से कोई नहीं

उत्तर–(B)

समाजशास्त्र

इकाई-I

मूल अवधारणाएँ
(Basic Concepts)

"सुनिश्चित अवधारणाएँ ही किसी विचार को वैज्ञानिक स्वरूप प्रदान करती है." — जे.ए. लुण्डबर्ग

समाज
(Society)

एक संगठित विज्ञान के रूप में समाजशास्त्र 'सामाजिक जीवन' का ही अध्ययन करता है और सामाजिक जीवन समाज की परिधि में ही फलीभूत होता है. अर्थात् समाजशास्त्र समाज एवं समाज के विविध आयामों का ही वैज्ञानिक विश्लेषण है. इस दृष्टिकोण से समाजशास्त्र की विभिन्न बुनियादी अवधारणाओं में 'समाज' की अवधारणा का केन्द्रीय स्थान का होना स्वाभाविक है.

अर्थ एवं परिभाषा (Meaning and definition)

समाज का अस्तित्व तो काफी प्राचीन समय से है, लेकिन समाज की अवधारणात्मक विश्लेषण की शुरूआत आधुनिक-काल में हुई. 16वीं से 18वीं शदी के कुछ समझौतावादी विचारकों ने मत प्रकट किया कि समाज मनुष्यों के आपसी समझौते का प्रतिफल है, जिसकी रचना मनुष्य ने या तो अव्यवस्था की समाप्ति अथवा प्रकृति के नियमों से मुक्ति पाने के लिए की. समाज की यह व्याख्या समाजशास्त्रीय दृष्टिकोण से महत्वपूर्ण नहीं है. समाजशास्त्रीय दृष्टिकोण से समाज की अवधारणात्मक व्याख्या में यह जानने का प्रयास किया जाता है कि समाज क्यों और कैसे बनते हैं तथा अस्तित्व में रहते हैं. इस दृष्टिकोण से विभिन्न समाजशास्त्रियों ने समाज की जो परिभाषाएँ दी हैं. वे इस प्रकार हैं—

आर. एम. मेकाइवर एवं सी. एच. पेज (R. M. Mac Iver and C. H. Page) ने कहा है कि "समाज अधिकार एवं पारस्परिक सहायता, अनेक समूहों तथा अनेक विभाजनों, मानव व्यवहार के नियन्त्रणों और स्वतन्त्रताओं से सम्बन्धित प्रथाओं तथा कार्यविधियों की प्रणाली है. **यह सामाजिक सम्बन्धों का जाल है**, जो सतत् परिवर्तनशील और जटिल है."

मोरिस गिन्सबर्ग (Morris Ginsberg) का कहना है कि "समाज ऐसे व्यक्ति का संग्रह है जो कुछ सम्बन्धों अथवा व्यवहार की विधियों द्वारा संगठित है तथा उन व्यक्तियों से भिन्न है जो इस प्रकार के सम्बन्धों द्वारा बँधे हुए नहीं हैं अथवा जिनके व्यवहार उनसे भिन्न हैं."

गिडिंग्स (Giddings) के अनुसार, "समाज स्वयं संगठन है औपचारिक सम्बन्धों का भाग है, जिसमें सहयोग देने वाले व्यक्ति एक-दूसरे के साथ जुड़े हुए या सम्बद्ध हैं."

ई. बी. रयूटर (E.B. Reuter) का कथन है कि "समाज एक अमूर्त धारणा है जो एक समूह के सदस्यों के बीच पाए जाने वाले पारस्परिक सम्बन्धों की सम्पूर्णता का बोध कराती है."

टालकॉट पार्सन्स (Talcott Parsons) के अनुसार, "समाज को उन मानवीय सम्बन्धों की पूर्ण जटिलता के रूप में परिभाषित किया जा सकता है जो साधन और साध्य के सम्बन्ध द्वारा क्रिया करने से उत्पन्न हुए हों, चाहे वे यथार्थ हो या प्रतीकात्मक."

जॉर्ज सिमेल (George Simmel) ने माना है कि "समाज उन व्यक्तियों का समूह है जो अन्तःक्रिया द्वारा सम्बन्धित है."

के. डेविस (K. Davis) ने समाज की परिभाषा में कुछ नवीनता लाते हुए कहा है कि "यह ध्यान रखने योग्य है कि केवल सामाजिक सम्बन्ध का ढेर ही समाज नहीं होता है. जब सामाजिक सम्बन्धों की एक व्यवस्था बनती है, तभी हमें इस शब्द का उचित प्रयोग करना चाहिए." अर्थात् जब कुछ व्यक्ति व्यवस्थित रूप से सम्बन्धों की स्थापना करते हैं, तो वे समाज का निर्माण करते हैं. डेविस ने समाज के निर्माण हेतु चार आवश्यक तत्वों का उल्लेख किया है—

(1) जनसंख्या की निरन्तरता

(2) जनसंख्या में श्रम विभाजन

(3) सामूहिक एकता और

(4) सामाजिक व्यवस्था में स्थायित्व

उपर्युक्त परिभाषाओं से स्पष्ट है कि सभी समाजशास्त्रियों का मत लगभग एक जैसा ही है. सभी मानवीय सम्बन्धों के आधार पर ही समाज के निर्माण की बात स्वीकार करते हैं.

वास्तव में, जब दो व्यक्ति आपस में मिलते हैं, तो उनके मध्य अन्तःक्रियाओं का एक सिलसिला प्रारम्भ होता है. अन्तःक्रिया का तात्पर्य एक व्यक्ति का दूसरे व्यक्ति के सापेक्ष सम्बन्धित व्यवहार से है. जब इन अन्तःक्रियाओं का एक निश्चित उद्देश्य होता है, तो ये सामाजिक क्रिया (Social Action) कहलाती है. इन अन्तःक्रियाओं के आधार पर ही दो व्यक्तियों के बीच मानवीय सम्बन्ध स्थापित होते हैं. इन्हीं मानवीय सम्बन्धों का समुच्चय 'समाज' कहलाता है. जब लोग आपस में सुसंगठित एवं सुपरिचित ढंग से सम्बन्धित हो जाते हैं, तो ये मानवीय सम्बन्ध सामाजिक सम्बन्ध के रूप में संस्थागत बन जाते हैं और समाज की निरन्तरता बनी रहती है. समाज के निर्माण में सामाजिक सम्बन्धों की केन्द्रीय भूमिका होने के कारण ही समाज को 'सम्बन्ध मूलक अवधारणा' भी कहा जाता है.

समाज की विशेषताएँ (Characteristics of Society)

मेकाइवर एवं पेज ने अपनी पुस्तक 'Society' में समाज की निम्नलिखित विशेषताओं का उल्लेख किया है—

(1) **अमूर्तता** (Abstractness)—समाज का निर्माण व्यक्ति नहीं, बल्कि विभिन्न व्यक्तियों के बीच स्थापित होने वाले सामाजिक सम्बन्धों से होता है, चूँकि ये सामाजिक सम्बन्ध अमूर्त होते हैं इसलिए स्वाभाविक रूप से समाज भी अमूर्त है. अर्थात् समाज कोई तात्विक अवधारणा नहीं है. इससे किसी भी ठोस यथार्थ का पता नहीं चलता है.

(2) **जागरूकता** (Awareness)—मानव के जागरूक प्रयत्नों द्वारा स्थापित सम्बन्धों से ही समाज का निर्माण होता है. जागरूक प्रयत्न का तात्पर्य उद्देश्य पूर्ण क्रिया है. उद्देश्य भी समाज के सापेक्ष ही होते है. पार्सन्स ने अपनी परिभाषा में समाज की इसी विशेषता पर सबसे अधिक जोर दिया है.

(3) **समानता तथा विभिन्नता** (Equality and Difference)—प्रत्येक समाज में समानता तथा विभिन्नता के अंश आवश्यक रूप से निहित होते हैं. समानता का तात्पर्य समाज के विभिन्न व्यक्तियों के उद्देश्य, प्रकृति, चेतना, शारीरिक रूप, ढंग आदि में एकरूपता से है. यह समानता की भावना ही सदस्यों को संगठित रूप में रहने के लिए प्रोत्साहित करती है. इसलिए समानता को समाज के निर्माण का प्रारम्भिक तत्व माना जाता है. समाज को संगठित एवं प्रगतिशील बनाए रखने के लिए विभिन्नता का होना भी जरूरी होता है. इस सम्बन्ध में उल्लेखनीय है कि असमानताओं का स्वरूप द्वैतीयक होता है. अर्थात् व्यक्ति अथवा समाज की जो मुख्य आवश्यकताएँ या उद्देश्य हैं उनके स्वरूप में समानता अधिक होती है. असमानता उन आवश्यकताओं की पूर्ति या उद्देश्यों को प्राप्त करने के लिए अपनाई गई प्रविधियों में होती है. जैसे—भोजन प्राप्त करना सभी व्यक्तियों एवं समाजों का प्रमुख उद्देश्य होता है, लेकिन इस आवश्यकता पूर्ति के लिए व्यवसाय का स्वरूप अलग-अलग होता है. कहने का तात्पर्य है कि समाज में समानता का तत्व सर्वव्याप्त होने के कारण ही असमानता का अस्तित्व होता है.

(4) **अन्योन्याश्रितता** (Interdependency)—अन्योन्याश्रितता का तात्पर्य सामाजिक सम्बन्धों की पारस्परिक निर्भरता से है. व्यक्ति अपने उद्देश्यों की पूर्ति के लिए सामाजिक सम्बन्धों की स्थापना करता है. व्यक्ति की अनेक आवश्यकताएँ ऐसी होती हैं जिनकी पूर्ति वह अकेले नहीं कर सकता. इसलिए वह अन्य व्यक्तियों से सम्बन्ध स्थापित करके अपनी आवश्यकताओं की संस्थागत आपूर्ति का प्रयास करता है. इसलिए अन्योन्याश्रितता समाज निर्माण के लिए एक आवश्यक दशा हो जाती है. सरल समाजों में व्यक्ति की आवश्यकताओं का स्वरूप सीमित होने के कारण यह तत्व मुखरता प्राप्त नहीं करता है, लेकिन आधुनिक जटिल समाजों में इसे स्पष्ट तौर पर देखा जा सकता है.

(5) **सहयोग और संघर्ष** (Co-operation and conflict)—समानता एवं विभिन्नता की ही तरह समाज में सहयोग एवं संघर्ष का भी समान अस्तित्व होता है. व्यक्ति अपनी आवश्यकताओं की पूर्ति के लिए ही पारस्परिक सहयोग करता है, लेकिन उद्देश्यों की विभिन्नता के कारण व्यक्ति एक-दूसरे से संघर्ष भी करता है. हालांकि संघर्ष का मुख्य कारण असीमित साध्यों की प्राप्ति के लिए साधनों की सीमित उपलब्धता है. समाज के लिए ये दोनों ही स्थितियाँ पूरक की तरह कार्य करती हैं. इसलिए मेकाइवर का मानना था कि "समाज संघर्ष-मिश्रित सहयोग है."

(6) **सर्वव्यापकता** (Universality)—समाज का अस्तित्व सभी कालों एवं सभी भूक्षेत्रों में रहा है. समाज के कारण ही मनुष्यों में सामाजिक विशेषताएँ उत्पन्न होती हैं. हालांकि मनुष्य के अतिरिक्त अन्य जीवों में भी बहुत हद तक समाज के गुण पाए जाते हैं. जैसे—पशु-पक्षी भी समूह में रहना पसन्द करते हैं. कुछ अध्ययनों से पता चला है कि हाथी, मधुमक्खी, चींटी, दीमक आदि जैसे जीवों में सामाजिकता के गुण अत्यधिक पाए जाते हैं, परन्तु पर्याप्त मानसिक चेतना के अभाव में ही पशु-समाज को समाज की संज्ञा नहीं दी जा सकती है.

एच. एम. जॉनसन (H. M. Johnson) ने समाज की निम्नलिखित चार विशेषताओं का उल्लेख किया है—

(1) **निश्चित भू-भाग**—प्रत्येक समाज का एक निश्चित स्थान होता है. इस स्थान का सामाजिक-सांस्कृतिक अर्थ महत्वपूर्ण होता है न कि भौगोलिक विशेषताएँ. गाँव, बस्ती, शहर, जिला, तहसील आदि को जॉनसन ने समाज के अन्तर्गत पाया जाने वाला विभिन्न भू-भागीय समूह माना है.

(2) **यौन-प्रजनन**—जॉनसन ने समाज के भीतर की जाने वाली यौन प्रजनन की प्रक्रिया को ही समाज में नए सदस्यों की भर्ती के लिए आधारभूत स्रोत माना है. विवाह संस्था द्वारा इस प्रक्रिया को वैधता प्राप्त होती है. युद्ध एवं प्रवास की घटना द्वारा बाहर के सदस्यों को भी समाज के सदस्य के रूप में स्वीकृति दी जाती है, लेकिन वह नए सदस्यों की भर्ती के लिए आधारभूत स्रोत नहीं है.

(3) **सर्वांगव्यापी संस्कृति**—किसी समाज की संस्कृति में समस्त मानव संस्कृति के गुण समाहित नहीं होते हैं. यह संस्कृति मात्र इस अर्थ में सर्वांगव्यापी होती है कि सामाजिक जीवन की सभी आवश्यकताओं की पूर्ति के लिए समूह को योग्य बनाने हेतु सांस्कृतिक संरचना में पर्याप्त विभिन्नता पाई जाती है, लेकिन सम्पूर्ण संस्कृति समाज के किसी एक सदस्य में नहीं पाई जाती है. प्रत्येक सदस्य संस्कृति के उतने ही भाग को आत्मसात् करता है जितने से वह अन्तःक्रिया की प्रणाली में अपनी भूमिका पूरा करने के योग्य हो जाता है.

(4) **अनिर्भरता**—समाज किसी अन्य समूह का उपसमूह नहीं होता है. इस विशेषता के आधार पर जॉनसन ने उन समूहों को भी समाज माना है जो राजनीतिक दृष्टि से किसी अन्य समूह के अधीन होने के बावजूद उसमें पूर्णतः समाहित न हो पाए हैं.

इन विशेषताओं के आधार पर ही जॉनसन ने समाज को विशिष्ट विशेषताओं वाला समूह माना है. जॉनसन का मानना है कि जिन समूहों में उपर्युक्त चारों विशेषताएँ एक साथ पाई जाएँ उसे समाज कहा जा सकता है.

समाज की कुछ अन्य विशेषताएँ इस प्रकार हैं—

(1) **संस्थाओं का अस्तित्व**—प्रत्येक समाज में कुछ संस्थाएँ विद्यमान होती हैं. कुछ संस्थाओं का स्वरूप सर्वव्यापी है. जैसे—परिवार, विवाह, नातेदारी, राज्य, धर्म संस्कृति, आर्थिक व्यवस्था इत्यादि. इसके अलावा प्रत्येक समाज में कुछ विशिष्ट संस्थाएँ भी होती हैं. इन संस्थाओं के आधार पर ही व्यक्ति एवं समूह के क्रिया-कलापों का नियमन होता है.

(2) **निरन्तरता एवं परिवर्तन की प्रक्रिया**—समाज का अस्तित्व निरन्तरता एवं परिवर्तन के साथ सदैव कायम रहती है. प्रत्येक समाज के अतीत के विभिन्न आयामों के आधार पर ही उसके वर्तमान और भविष्य की रूपरेखा निर्धारित होती है. परिवर्तन से समाज का अस्तित्व समाप्त नहीं होता, बल्कि उसके बाह्य रूपाकारों में बदलाव आता है.

(3) **समाजीकरण एवं सामाजिक नियंत्रण**—प्रत्येक समाज अपने नए सदस्यों को समाजीकरण के माध्यम से सामाजिक प्रशिक्षण की व्यवस्था करता है. इस प्रशिक्षण से ही वह समाज की संस्कृति, मूल्य, प्रतिमान, आदर्श आदि को आत्मसात् करता है. समाज द्वारा निर्धारित मानदण्डों के अनुरूप व्यवहार करने के लिए सामाजिक नियंत्रण की प्रतीकात्मक अभिव्यक्ति भी प्रत्येक समाज की विशेषता है.

समाज तथा 'एक समाज' (Society and 'A Society')

व्यावहारिक जीवन में 'समाज' शब्द का प्रयोग सदैव उपर्युक्त संदर्भ में ही नहीं किया जाता है. समाज शब्द के कुछ ऐसे भी प्रयोग प्रचलित हैं जो समाज की समाजशास्त्रीय अवधारणा के सम्बन्ध में भ्रम उत्पन्न करते हैं. जैसे—पश्चिमी समाज, भारतीय समाज, ब्रह्म समाज, आर्य समाज, ब्राह्मण समाज, वैश्य समाज इत्यादि. वास्तव में ये समाज नहीं है, बल्कि एक विशिष्ट समूह मात्र है. समाजशास्त्रीय विवेचना में ऐसे समाजों को 'एक समाज' के नाम से जाना जाता है.

रयूटर ने 'समाज' तथा 'एक समाज' के अवधारणात्मक विभिन्नता को स्पष्ट करते हुए कहा है कि "समाज से बिल्कुल भिन्न 'एक समाज' कोई भी ऐसा संगठन है जिसके माध्यम से व्यक्ति अपना जीवन व्यतीत करते हैं."

रोनाल्ड फ्रीडमैन (Ronald Freedman) ने 'एक समाज' की कुछ विशेषताओं को स्पष्ट करते हुए कहा है कि "एक समाज विस्तृत अर्थों में वह संगठन है जिसको कार्यात्मक और सांस्कृतिक क्षेत्रों में स्वतन्त्र अधिकार होता है तथा जिसका कुछ दूसरे संगठनों पर भी प्रभुत्व रहता है."

इस प्रकार स्पष्ट है कि 'समाज' जहाँ सामाजिक सम्बन्धों की व्यवस्था के रूप में एक अमूर्त, जटिल एवं व्यापक अवधारणा है वहीं 'एक समाज' कुछ व्यक्तियों के विशिष्ट समूह के रूप में मूर्त, सरल एवं लघु संगठन है.

समाज के निर्णायक तत्व

समाज का अर्थ जान लेने के पश्चात् इसके निर्णायक तत्वों अथवा सामाजिक आवश्यकताओं (Social necessities) का पता होना अनिवार्य है.

ये निर्णायक तत्व प्रत्येक समाज में, चाहे वह पशु समाज हो या मानव समाज, पाये जाते हैं.

डेविस के विचार–किंग्सले डेविस ने समाज की प्राथमिक आवश्यकताओं को चार श्रेणियों में विभाजित किया है–

(1) **जनसंख्या**–वे आवश्यकताएं जिनकी सम्बन्ध समाज के व्यक्तियों से है जिन्हें भौतिक जीव-रचना के रूप में देखा जा सकता है.

(2) **विशेषीकरण**–वे आवश्यकताएं जिनका सम्बन्ध विभिन्न व्यक्तियों के बीच कार्य-विभाजन से होता है.

(3) **संगठन**–वे आवश्यकताएं जिनका सम्बन्ध समाज के अन्तर्गत विभिन्न व्यक्तियों के बीच पारस्परिक सद्भावना से है.

(4) **निरन्तरता**–वे आवश्यकताएं जो पीढ़ियों के द्वारा समाज के संग उन समाज के संगठन से सम्बन्धित है.

इन चारों सामाजिक आवश्यकताओं को डेविस ने निम्न प्रकार से समझाया है–

(1) **जनसंख्या का प्रतिपालन**–
 (i) पोषण का प्रबन्ध
 (ii) क्षति के विरुद्ध संरक्षण
 (iii) प्रजनन अर्थात् नये जीवों का पुनरुत्थान
(2) जनसंख्या के बीच कार्यों का विभाजन
(3) समूह संगठन
 (i) सदस्यों के बीच में सम्पर्क की प्रेणना
 (ii) पारस्परिक सहिष्णुता की प्रेणना तथा बाह्य तत्वों का प्रतिरोध.
(4) सामाजिक व्यवस्था की निरन्तरता.

इन सामाजिक आवश्यकताओं या निर्णायक तत्वों की संक्षिप्त व्याख्या निम्न प्रकार से की जा सकती है–

(1) **जनसंख्या को बनाये रखना**–जनसंख्या को बनाये रखने के लिये कुछ आवश्यकताएं होती हैं जिनकी पूर्ति के द्वारा जनसंख्या का निर्वाह होता है. वे आवश्यकताएं निम्नांकित हैं–

 (i) **पालन-पोषण के द्वारा**–जनसंख्या में सदस्यों को उचित पालन-पोषण की आवश्यकता होती है. भोजन के द्वारा उन्हें जीवन सम्बन्धी सुरक्षा की प्राप्ति होती है.

 (ii) **दुर्घटना से रक्षा**–जनसंख्या को बनाये रखने के लिये सदस्यों को सुरक्षा प्रदान करना समाज का दूसरा कार्य है. बाढ़, महामारी, अकाल इत्यादि ऐसी दुर्घटनाएं हैं जिनसे मनुष्य का सम्पूर्ण अस्तित्व नष्ट हो सकता है, समाज इनसे विरुद्ध सुरक्षा प्रदान करता है.

 (iii) **प्रजनन कार्य**–नवीन प्राणियों की उत्पत्ति समाज की जनसंख्या को बनाये रखने में सहायक होती है. यदि उत्पत्ति न हो, तो केवल सदस्य भरते रहेंगे जिससे समाज ही समाप्त हो जायेगा. इसलिये नवीन प्राणियों की उत्पत्ति आवश्यक तत्व है.

(2) **सदस्यों में श्रम का विभाजन**–सदस्यों में उचित श्रम-विभाजन समाज के अस्तित्व को बनाये रखने के लिये आवश्यक है. इससे न केवल मनुष्य में पारस्परिक सहयोग की भावना बनती है, वरन् सहयोग की भावना के होने से संगठन में दृढ़ता भी आती है. श्रम-विभाजन से मनुष्य को पदों के विषय में जानकारी प्राप्त होती है और वे पदों के अनुरूप दायित्वों का निर्वाह करते हैं.

(3) **समूह की एकता**–समाज के सदस्यों के मध्य एकता की भावना अनिवार्य तत्व है. सम्पर्कों के आधार पर प्राणियों में अन्तःक्रियाएं होती हैं, भावनाओं के विकास के फलस्वरूप सहयोगात्मक व असहयोगात्मक भावनाएं विकसित होती हैं. समूह सहिष्णुता एवं सहयोग की सभी सदस्यों से आशा करता है. भेद-भाव, असहयोग, असहिष्णुता कटुता को जन्म देते हैं.

(4) **सामाजिक व्यवस्था का स्थिर होना**–प्रत्येक समाज में स्थायित्व एवं निरन्तरता के लिये सामाजिक व्यवस्था में स्थिरता अनिवार्य है. सामाजिक व्यवस्था की निरन्तरता एवं स्थिरता के फलस्वरूप व्यवस्था पीढ़ी दर पीढ़ी हस्तान्तरित होती रहती है. इस प्रकार सामाजिक व्यवस्था का स्थिर होना अत्यन्त ही आवश्यक है.

समाज का महत्व

व्यक्ति के जीवन में समाज का अत्यधिक महत्व है. मनुष्य एक सामाजिक प्राणी है. केवल समाज द्वारा ही मनुष्य सामाजिक बनता है. समाज के अभाव में जीवन का अभाव होना है. समाज ही जीवन को सम्भव बनाता है और बनाये रखता है. इसमें कोई संदेह नहीं हैं कि मनुष्य अधिक अंशों में अपने समाज व सामाजिक जीवन की देन है. समाज सामूहिक अन्तःक्रियाओं की विधाओं के माध्यम से जीवन और अस्तित्व की मौलिक और इनसे प्रादुर्भूत आवश्यकताओं की संतुष्टि प्रदान करता है. मैकाइवर ने ठीक ही कहा है कि समाज एक पर्यावरण से कुछ अधिक है. उस भूमि की अपेक्षा भी अधिक है जिससे हमारा पालन-पोषण होता है. सामाजिक विरासत से हमारा सम्बन्ध उस बीज और मिट्टी के सम्बन्ध से भी अधिक घनिष्ठ है जिसमें कि वह उगता है.

जोसेफ फिचर ने समाज के कार्यों को दो मुख्य श्रेणियों में बाँटा है–सामान्य कार्य तथा विशिष्ट कार्य. फिचर के अनुसार सामान्य कार्यों में हम साथ-साथ रहना, परस्पर सम्पर्क व सम्बन्ध के अवसर प्रदान करना, भाषा व संचार की व्यवस्थित कार्यप्रणाली के माध्यम से विचार व अनुभव के पारस्परिक आदान-प्रदान व समझ को सम्भव बनाना, व्यवहार के सामान्य प्रतिमान या ढाँचे का निर्धारण तथा समाज में व्यक्ति के निर्धारण को सम्मिलित कर सकते हैं. विशिष्ट कार्यों से आशय समाज द्वारा व्यक्ति की प्राथमिक व मौलिक आवश्यकताओं की संतुष्टि से है जिसमें संतानोत्पति, समाजीकरण, आवश्यक वस्तुओं का उत्पादन एवं आध्यात्मिक तथा मनोरंजनात्मक आवश्यकताओं की संतुष्टि आदि को सम्मिलित किया जाता है.

इस प्रकार देखा जाता है कि वैयक्तिक जीवन से लेकर सामूहिक जीवन को सम्भव, सुदृढ़ व प्रगतिशील बनाने में समाज अनेक महत्वपूर्ण कार्यों का सम्पादन करता है. हम समाज के मुख्य आधारों पर स्पष्ट कर सकते हैं–

(1) **जनसंख्या की निरन्तरता**–व्यक्ति के जीवन का विस्तार सीमित है, जबकि समाज अनवरत. किन्तु समाज का इस प्रकार अनवरत बना रहना जनसंख्या की निरन्तरता पर ही निर्भर करता है. अगर व्यक्ति ही न हो तो समाज के अस्तित्व का कोई प्रश्न ही खड़ा नहीं होता. इसलिये संतानोत्पत्ति एवं संतान का भरण-पोषण आवश्यक है जो सामूहिक या सामाजिक जीवन में ही सम्भव है. समाज पारस्परिक अंतःक्रिया को प्रोत्साहित करता है और इसके अवसर प्रदान करता है.

(2) **आवश्यकताओं की संतुष्टि**–समाज का महत्वपूर्ण कार्य है कि वह प्राकृतिक साधनों का उपयोग व समुचित वितरण कर जनसंख्या का भरण-पोषण करे. अनेक विपत्तियों से व्यक्ति की सुरक्षा की समुचित व्यवस्था करे. दूसरे शब्दों में समाज व्यक्ति को पारस्परिक अंतःक्रियाओं का क्षेत्र व अवसर प्रदान करे, अनुकूल परिस्थितियों का निर्माण करे, सामूहिक जीवन को संचालित-नियमित व व्यवस्थित करे तथा परिवार्तित दशाओं में व्यक्ति के सम्बन्धों में आवश्यक परिवर्तनों को स्वीकार करे. इस प्रकार स्पष्ट है कि समाज व्यक्ति की प्राथमिक आवश्यकता और व्यवस्था से उत्पन्न व्यक्ति तथा समूह की अन्य अनेक आवश्यकताओं की संतुष्टि के अवसर प्रदान करता है.

स्व का विकास–व्यक्ति जन्म से न तो सामाजिक होता है और न ही समाज विरोधी. समाज के द्वारा ही जैवकीय प्राणी से एक सामाजिक प्राणी में विकसित होता है. मानव व्यक्तित्व के विकास व समाजीकरण के सन्दर्भ में सर्व श्री मीड तथा कूले का नाम विशेष रूप से उल्लेखनीय है. व्यक्तित्व के विकास का प्रारम्भिक स्तर 'स्व' का विकास है. यह स्व का विकास ही व्यक्ति में सामाजिक जीवन की क्षमता का द्योतक है. जो निःसंदेह व्यक्ति और समूह की पारस्परिक अन्तःक्रिया व अन्तर्सम्बन्धों से विकसित होता है. इस प्रकार जैसे ही व्यक्ति में एक स्वायत्त सत्ता आ जाती है, वह सामाजिक सम्बन्धों के विकास में सक्षम हो जाता है. एक शिशु आरम्भ में किसी वस्तु और व्यक्ति में भेद नहीं कर पाता और अपने आसपास की समस्त वस्तुओं को अपना अथवा अपने लिये ही समझता है. वह शुरू में अकेले अपने आप ही बातें करता है, हँसता है, खेलता है. लेकिन पारस्परिक सम्पर्क व पारस्परिक क्रियाओं के दौरान वह अपने आसपास के दूसरों में भी अपने समाज 'स्व' का अनुभव करने लगता है. इनमें से कुछ को वह अपना समझता है, जबकि कुछ को बाहरी, जो अपने हैं उन्हें 'हम' और जो दूसरे हैं उन्हें 'वे' के अन्तर्गत रखता है. यह विकास 'मैं' से 'हम' और 'हम' से 'वे' के रूप में है. बालक धीरे-धीरे दूसरों के साथ बात करना, दूसरों के साथ खेल खेलना सीखता है, जिससे दूसरों के साथ उसका विचार एवं व्यवहार का आदान-प्रदान सम्भव होता है. यही 'स्व केंद्रीयता' से 'तार्किक समन्वयता' की ओर बढ़ने की स्थिति है. जिससे व्यक्ति में अपने और अपने चारों ओर की दुनिया से, जिसका कि वह एक भाग है, सम्बन्धों का विचार पैदा होता है, किन्तु व्यक्ति में 'स्व का विकास' तथा दूसरों का अनुकरण एवं दूसरों से व्यवस्थित करने का गुण, केवल समाज में ही सम्भव है, केवल सामूहिक अन्तःक्रियाओं व पारस्परिक आदान-प्रदान के द्वारा ही सम्भव होता है इसके अभाव में नहीं.

संस्था
(Institution)

आम बोलचाल में प्रत्येक समिति को एक संस्था ही समझा जाता है, लेकिन समाजशास्त्र में संस्था की एक सुस्पष्ट अवधारणा है, जो समिति की अवधारणा से बिल्कुल अलग है. समाजशास्त्रीय अर्थ में 'संस्था' शब्द के प्रथम प्रयोग का श्रेय प्रसिद्ध समाजशास्त्री हरबर्ट स्पेन्सर (Herbert Spencer) को है. स्पेन्सर ने अपनी पुस्तक 'First Principal' में संस्था को समाज के कार्यों को क्रियान्वित करने वाला माध्यम माना. स्पेन्सर के पश्चात् डब्ल्यू. ओ. समनर (W.O. Sumner) ने अपनी पुस्तक 'Folkways' में संस्था को विस्तृत रूप से स्पष्ट किया. समाजशास्त्र की बुनियादी अवधारणाओं में 'संस्था' की अवधारणा अन्य अवधारणाओं से बिल्कुल अलग है, क्योंकि इसका आशय किसी भी प्रकार के जन-समूह से नहीं है.

अर्थ एवं परिभाषाएँ
(Meaning and Definitions)

प्रत्येक समाज में प्रत्येक कार्य को करने के लिए कुछ नियम या तरीके निर्धारित किए जाते हैं. इससे समाज में व्यवस्था बनी रहती है. समाज द्वारा निर्धारित ये नियम, तरीके, पद्धति अथवा कार्यविधि ही समाजशास्त्रीय अर्थ में 'संस्था' कहलाती है.

विभिन्न समाजशास्त्रियों द्वारा 'संस्था' को निम्नलिखित रूप से परिभाषित किया गया है—

मेकाइवर एवं पेज (MacIver and Page) का कथन है कि "संस्था कार्यप्रणालियों के उन प्रतिष्ठित स्वरूपों अथवा स्थितियों को कहते हैं जो समूह की क्रियाओं की विशेषता को स्पष्ट करती है."

ई. एस. बोगार्डस (E. S. Bogardus) का मानना है कि "एक सामाजिक संस्था समाज की वह संरचना है, जिसको सुस्थापित कार्यविधियों द्वारा व्यक्तियों के आवश्यकताओं की पूर्ति के लिए संगठित किया जाता है."

जे. एल. गिलिन और जे. पी. गिलिन (J. L. Gillin and J. P. Gillin) ने लिखा है कि "एक सामाजिक संस्था

सांस्कृतिक प्रतिमानों का वह क्रियात्मक स्वरूप है जिसमें कुछ स्थायित्व होता है तथा जिसका कार्य सामाजिक आवश्यकताओं को संतुष्ट करना है."

एण्डरसन (Anderson) के अनुसार, "संस्था कुछ आदर्श नियमों का संग्रह है जो हमारी सामाजिक क्रियाओं के प्रमुख पक्षों से सम्बद्ध होता है."

चार्ल्स कूले (Charles Cooley) ने संस्थाओं को अनेक आदर्श नियमों की व्यवस्था माना है.

डेविस सी. किंग एवं कोलर (David C. King and Marvin R. Coler) के अनुसार, "संस्था से तात्पर्य मानदण्डों (आदर्श नियमों) की ऐसी व्यवस्था है, जोकि कार्य को करने के लिए शनैः-शनैः विकसित हुई है."

एच. एम. जॉनसन (H. M. Johnson) ने संस्था को वह संकुल (Complex) माना है, जो समाज द्वारा स्वीकृत मानदण्डों से निर्मित होती है.

उपर्युक्त परिभाषाओं से स्पष्ट है कि विभिन्न समाजशास्त्रियों के बीच संस्था की अवधारणा के सम्बन्ध में किसी प्रकार का मतैक्य नहीं है. सभी इस बात से सहमत हैं कि व्यक्ति की आवश्यकताओं को पूरा करने के लिए बनाए गए नियम रूपी संरचनाएँ ही संस्था है.

संस्था की विशेषताएँ (Characteristics of Institution)

गिलिन एवं गिलिन ने 'संस्था' की छः विशेषताओं का उल्लेख किया है. ये विशेषताएँ निम्नलिखित हैं—

(1) **सांस्कृतिक व्यवस्था की इकाई** (Unit of Cultural System)—प्रत्येक संस्था में संस्कृति द्वारा परिभाषित मानदण्ड ही समाहित रहते हैं. इसलिए संस्कृति के विभिन्न तत्वों में संस्था भी एक महत्वपूर्ण तत्व है.

(2) **स्थायित्व** (Permanence)—संस्था में परिवर्तनशीलता का गुण तो अवश्य होता है, परन्तु यह अपेक्षाकृत अधिक स्थायी होता है. जैसे—किसी कॉलेज, अस्पताल आदि में कार्य करने वाले कर्मचारी तो बदल जाते हैं, लेकिन नए कर्मचारियों के लिए विहित कार्यप्रणाली पूर्ववत् ही रहती है. संस्थाओं में परिवर्तन मात्र सुधार के रूप में होता है, उन्मूलन के रूप में नहीं.

(3) **स्पष्ट उद्देश्य** (Clear Objectives)—किसी-न-किसी आवश्यकता को पूरा करने के लिए ही नियमों की एक व्यवस्थित प्रणाली विकसित की जाती है. इसलिए प्रत्येक संस्था का एक निश्चित एवं स्पष्ट उद्देश्य होता है.

(4) **परम्पराएँ** (Traditions)—प्रत्येक संस्था में कुछ परम्पराओं का समावेश होता है. कुछ परम्पराएँ लिखित भी हो सकती हैं और कुछ मौखिक भी. जैसे—परिवार रूपी समिति के विभिन्न संस्थाओं में वंश परम्परा, विवाह की स्वीकृति आदि.

(5) **प्रतीक** (Symbol)—प्रत्येक संस्था में कुछ प्रतीकों का भी समावेश होता है. ये प्रतीक भौतिक भी हो सकते हैं और अभौतिक भी. सगाई की संस्था में अँगूठी भेंट करना एक भौतिक प्रतीक है.

(6) **सांस्कृतिक उपकरण** (Cultural Equipment)—प्रत्येक संस्था के कुछ सांस्कृतिक उपकरण भी होते हैं. इससे संस्थाओं का स्वरूप स्थिर होता है. जैसे—हिन्दू विवाह मण्डप, कलश वेदी आदि.

संस्थाओं के प्रकार (Types of Institutions)

जहाँ कुछ विशिष्ट हितों को लेकर समितियाँ बनाई जाती हैं, वहाँ उनके कार्य-संचालन की दृष्टि से कुछ संस्थाएं भी विकसित हो जाती हैं. मैकाइवर व पेज के अनुसार प्रत्येक समिति का संस्थात्मक पक्ष होता है जिसके अभाव में कोई भी समिति अपने लक्ष्य को प्राप्ति नहीं कर सकती. इन विद्वानों ने तालिका के माध्यम से यह स्पष्ट करने का प्रयत्न किया है कि विभिन्न प्रकार की समितियों के साथ-साथ उनसे सम्बन्धित संस्थाएं भी होती हैं. उनके द्वारा दी गयी तालिका इस प्रकार है–

समिति (Association)	विशिष्ट संस्थाएँ (Characteristic Instituitions)	विशेष हित (Special interests)
परिवार	विवाह, घर, उत्तराधिकार व्याख्यान, परीक्षा-प्रणाली, स्नातकत्व	यौन-सम्बन्ध, घर वंशावली शिक्षण, व्यावसायिक तैयारी
व्यापार	हिसाब-किताब की प्रणाली, लाभ संस्थापन, अंश पूँजी	लाभ
व्यापारिक-संघ (मजदूर संघ)	सामूहिक सौदेबाजी, हड़ताल, धरना	नौकरी की सुरक्षा, मजदूरी दरें, कार्य की दशाएं,
चर्च (गिरजाघर) (धार्मिक समिति)	सम्प्रदाय, धर्म भ्रातृत्व उपासने के तरीके, प्राथमिक	धार्मिक विकास
राजनीतिक दल	इकाइयाँ, यंत्र, राजनीतिक मंच विधान, वैधानिक	कार्यालय, शक्ति, सरकारी नीति
राज्य	संहिता, सरकार के स्वरूप	सामाजिक व्यवस्था का सामान्य नियमन

उपर्युक्त तालिका से स्पष्ट है कि जहाँ विभिन्न प्रकार की समितियाँ पायी जाती हैं, वहाँ साथ ही विभिन्न प्रकार की संस्थाएं भी विभिन्न संस्थाओं को प्रमुखतः निम्नलिखित श्रेणी में वर्गीकृत किया जा सकता है—

(1) सामाजिक संस्थाएं (Social Institutions)

(2) आर्थिक संस्थाएं (Economic Institutions)

(3) राजनीतिक संस्थाएं (Political Institutions)

(4) धार्मिक संस्थाएं (Religious Institutions)

(5) शैक्षणिक संस्थाएं (Educational Institutions)

(6) मनोरंजनात्मक संस्थाएं (Recreational Institutions)

ये संस्थाएं मनुष्यों के विभिन्न हितों या उद्देश्यों की पूर्ति के माध्यम के रूप में कार्य करती हैं. इनमें से प्रत्येक प्रकार की संस्था के अन्तर्गत नियम विधि-विधान और कार्य-प्रणाली की एक व्यवस्था आती है.

संस्था का सामाजिक महत्व

(1) **व्यक्ति के कार्यों को सरल बनाना**—सामाजिक जीवन के लगभग सभी कार्यों से सम्बन्धित संस्थाएं स्थापित होती हैं. ये संस्थाएं सम्बन्धित कार्यों को करने के लिए समाज के सदस्यों के सम्मुख निश्चित ढंग प्रस्तुत करती हैं. इससे व्यक्तियों को अपना कार्य करने में सरलता हो जाती है, उन्हें स्वयं इन कार्यों को करने के लिये ढंग नहीं ढूँढ़ने पड़ते.

(2) **मार्गदर्शन करना**—संस्थाएं विभिन्न परिस्थितियों में व्यक्ति का मार्गदर्शन करती हैं. यह मार्गदर्शन व्यक्तियों के आचरणों तथा व्यवहारों को निर्देशित करने के लिए भी करती हैं.

(3) **मनुष्य की आवश्यकताओं की पूर्ति करना**—संस्थाओं द्वारा मनुष्य की विभिन्न आवश्यकताओं की पूर्ति होती है. मनुष्य की आवश्यकताओं की पूर्ति के लिए ही किसी संस्था का जन्म होता है. इस प्रकार संस्थाएं साध्य न होकर आवश्यकताओं की पूर्ति का साधन मात्र है.

(4) **मानव-व्यवहारों पर नियन्त्रण रखना**—संस्थाएं व्यक्तियों को निश्चित व परम्परागत व्यवहार प्रतिमानों को आवश्यक रूप में स्वीकार कराती हैं. इस प्रकार संस्थाएं मानव व्यवहार पर नियन्त्रण रखती हैं, जिससे मनुष्य समाज विरोधी कार्य नहीं कर पाता.

(5) **अनुरूपता उत्पन्न करना**—संस्थाओं के द्वारा समूह के विभिन्न व्यक्तियों के व्यवहार में अनुरूपता उत्पन्न होती है. इस अनुरूपता के कारण ही एक समाज के मनुष्यों के व्यवहार में एकरूपता पायी जाती है.

(6) **संस्कृति वाहक**—संस्थाएं संस्कृति की वाहक होती हैं. उनके द्वारा संस्कृति के तत्व एक पीढ़ी को हस्तान्तरित होते हैं. वास्तव में समाजीकरण का अर्थ ही संस्थागत व्यवहार का अन्तरीकरण करना है.

(7) **सामाजिक विरासत की रक्षक**—संस्थाओं द्वारा हमारी परम्पराओं, संस्कृति तथा अनुभवों की रक्षा होती है. संस्थाओं के कारण उन पर काल का प्रभाव नहीं पड़ता.

(8) **प्रस्थिति प्रदान करना**—संस्थाएं व्यक्तियों को सामाजिक प्रस्थिति प्रदान करती हैं. विवाह-संस्था इसका प्रमुख उदाहरण है. इस संस्था में पुरुष को पति की प्रस्थिति मिलती है और स्त्री को पत्नी की प्रस्थिति.

(9) **व्यक्तित्व के विकास में बाधक**—यह सत्य है कि संस्थाएं व्यक्ति की विभिन्न आवश्यकताओं की पूर्ति करती हैं, परन्तु कभी-कभी वे व्यक्ति के व्यक्तित्व के विकास में बाधा उत्पन्न करती हैं.

(10) **प्रगति में बाधक**—संस्थाओं का एक गुण स्थायित्व भी है. अतः उसका स्वरूप जटिल और जड़ होता है. युगों से चली आ रही परम्पराओं और रीति-रिवाजों में सरलता से परिवर्तन नहीं हो सकता. अतः ये समाज की बदलती परिस्थितियों के प्रतिकूल सिद्ध होती हैं. हमारे देश की आर्थिक, सामाजिक और राजनीतिक प्रगति में कुछ रूढ़िवादी सामाजिक संस्थाएं विशेष रूप से बाधक सिद्ध हो रही हैं.

समिति तथा संस्था में तुलना (Comparison between Association and Institution)

समानताएँ (Similarities)

(1) दोनों ही व्यक्ति की आवश्यकताओं की पूर्ति का माध्यम है.

(2) दोनों के ही कुछ निश्चित उद्देश्य होते हैं.

(3) उद्देश्य प्राप्ति के पश्चात् दोनों में ही समाप्ति की सम्भावना बनी रहती है.

(4) दोनों में ही व्यक्ति के नीतिगत समर्थन की अपेक्षा निहित है.

(5) संस्था प्रत्येक समिति के निर्माण के लिए आधार स्तम्भ होती है.

असमानताएँ (Differences)

(1) समिति कुछ व्यक्तियों के समूह के रूप में मूर्त है, जबकि नियमों की व्यवस्था के रूप में संस्था अमूर्त है.

(2) समिति का निर्माण कुछ तत्कालीन असंगतियों को दूर करने के लिए अचानक भी हो सकता है, लेकिन संस्था

कुछ क्रमिक प्रक्रिया से गुजरते हुए धीरे-धीरे निर्मित होती है.

(3) संस्था में लोक-कल्याण की भावना निहित होती है, लेकिन समिति में व्यक्तिगत कल्याण की भावना प्रबल होती है.

(4) समिति के नियम औपचारिक होते हैं. इसे साधारण विचार-विमर्श द्वारा बदला जा सकता है, लेकिन संस्था के नियम अनौपचारिक होते हैं. इन्हें आसानी से नहीं बदला जा सकता है.

(5) समिति की प्रकृति की अपेक्षा संस्था की प्रकृति अधिक स्थायी होती है.

(6) संस्था, सामाजिक नियंत्रण में अप्रत्यक्ष लेकिन महत्वपूर्ण योगदान करती है. समिति का सामाजिक नियंत्रण से कोई सरोकार नहीं होता है, क्योंकि समितियों के उद्देश्य आत्मकेन्द्रित होते हैं.

(7) संस्था, संस्कृति के वाहक के रूप में कार्य करती है. इससे सांस्कृतिक धरोहर सुरक्षित रहती है. संस्कृति के संदर्भ में समितियों का कोई विशिष्ट योगदान नहीं होता.

(8) समिति में सदैव 'सदस्यता' का बोध अंतर्निहित रहता है, संस्था में नहीं.

समिति एवं संस्था के उपर्युक्त तुलनात्मक अध्ययन के बाद एक स्वाभाविक प्रश्न उठता है कि दोनों की अवधारणा में इतने स्पष्ट अन्तर के बावजूद इन दोनों का इतना भ्रमात्मक प्रयोग क्यों किया जाता है? क्यों अक्सर किसी समिति को एक संस्था कह दिया जाता है? वास्तव में समिति तथा संस्था का अन्तर बहुत कुछ हमारे दृष्टिकोण पर निर्भर करता है. इसे स्पष्ट करते हुए **मैकाइवर एवं पेज** ने कहा कि "यदि हम किसी वस्तु को एक संगठित समूह के रूप में लें, तब इसे समिति कहा जाएगा, लेकिन यदि किसी वस्तु को कार्यप्रणाली के रूप में लिया जाए, तो वह एक संस्था होगी." जैसे—विद्यालय एक समिति भी है और एक संस्था भी. विद्यालय को यदि एक जन-समूह के नजरिए से देखें वहाँ कुछ अध्यापक, कुछ विद्यार्थी, कुछ कर्मचारी तथा अन्य सदस्यगण हैं. इसलिए वह समिति है, लेकिन साथ ही विद्यालय को नियमों की प्रणाली के नजरिए से देखें, तो वहाँ विद्यालय में प्रवेश के नियम, पढ़ाई का तरीका, परीक्षा का तरीका, अन्य कार्यकलापों का विशेष ढंग है इसलिए वह एक संस्था भी है. इसी प्रकार से परिवार, व्यक्ति समूह के रूप में एक समिति है. साथ ही विवाह, उत्तराधिकार के नियम एवं अन्य रीति-रिवाजों के विशेष ढंग के संकुल के रूप में एक संस्था भी है. भारत में जाति प्रथा के सम्बन्ध में अक्सर विवाद उठता रहा है. वस्तुतः जाति में भी दोनों के गुण हैं. प्रत्येक जाति के कुछ निश्चित सदस्य होते हैं. अतः जाति एक समिति है. दूसरी ओर विवाह के तरीके, वंश परम्परा के नियम, जाति बन्धन के नियम आदि के रूप में यह एक संस्था भी है. महत्वपूर्ण यह है कि जाति के दोनों गुणों में से हम किसे अधिक महत्ता प्रदान करते हैं?

समिति
(Association)

जिस प्रकार से आदिम एवं सरल समाजों की प्रकृति को सामुदायिक विशेषताओं के आधार पर स्पष्ट किया जा सकता है, उसी प्रकार से आधुनिक जटिल समाजों की प्रकृति को समिति की विशेषताओं द्वारा स्पष्ट किया जा सकता है. कहने का तात्पर्य यह है कि समिति आधुनिक समाजों की मुख्य विशेषता है. **टॉनीज** ने 'जेसिलशैफ्ट' के नाम से सामाजिक संगठन के जिस आदर्श प्रारूप की कल्पना की वो वास्तव में 'समिति' की विशेषताओं को ही परिलक्षित करती है.

अर्थ एवं परिभाषाएँ
(Meaning and Definitions)

सरल समाजों में सदस्यों के बीच समरूपता पाई जाती है. उनके व्यक्तिगत उद्देश्य एवं उनको प्राप्त करने के साधन लगभग एक ही प्रकार के होते हैं. इसलिए उनमें सहयोग की भावना अधिक प्रभावी होती है. सदस्यों के व्यक्तिगत अथवा सामूहिक हितों में किसी प्रकार का द्वंद्व नहीं पाया जाता है, परन्तु आधुनिक जटिल समाजो में समाज के सदस्यों के बीच अत्यधिक विभिन्नता पाई जाती है. उनके उद्देश्य एवं सामूहिक हित एक नहीं होते हैं. इसलिए वे अपने हितों की पूर्ति एवं रक्षा के लिए संघ या समितियों का निर्माण करते हैं.

विभिन्न समाजशास्त्रियों ने 'समिति' को इस प्रकार से परिभाषित किया है—

ऑगबर्न तथा निमकॉफ (Ogburn and Nimkoff) ने लिखा है कि "समिति एक ऐसा संगठन है जो प्रायः विशेष स्वार्थों की पूर्ति के लिए बनाया जाता है. इसका उद्देश्य अपने सदस्यों की विशेष या सामान्य इच्छाओं की संतुष्टि के अतिरिक्त और कुछ नहीं है."

फेयर चाइल्ड (Fair Child) के अनुसार, "समिति एक ऐसा संगठनात्मक समूह है जिसका निर्माण सामान्य उद्देश्यों की पूर्ति के लिए किया जाता है और जिसका अपना आत्म-निर्भर प्रशासकीय ढाँचा तथा कार्यकर्त्ता होते हैं."

मेकाइवर एवं पेज (MacIver and Page) ने माना है कि "समिति वह समूह है, जोकि किसी एक हित अथवा अनेक हितों की सामान्य पूर्ति के लिए संगठित हुआ हो."

एम. गिन्सबर्ग (M. Ginsberg) का कथन है कि "समिति एक-दूसरे से सम्बन्धित उन सामाजिक प्राणियों का समूह है जो एक निश्चित लक्ष्य अथवा लक्ष्यों की पूर्ति के लिए एक सामान्य संगठन का निर्माण करते हैं."

ई. एस. बोगार्डस (E.S. Bogardus) के अनुसार, "साधारणतया किसी उद्देश्य को प्राप्त करने के लिए व्यक्तियों द्वारा मिलकर कार्य करने वाले संगठन को ही समिति कहते हैं."

गिलिन एवं गिलिन (Gillin and Gillin) ने समिति की एक अन्य विशेषता को उद्‌धृत करते हुए कहा कि "समिति, व्यक्तियों का ऐसा समूह है जो किसी निश्चित उद्देश्य अथवा उद्देश्यों के लिए संगठित होता है तथा मान्यता प्राप्त अथवा स्वीकृत कार्य-प्रणालियों और व्यवहारों द्वारा कार्य करता है."

उपर्युक्त परिभाषाओं से स्पष्ट है कि समिति की अवधारणा के संदर्भ में विभिन्न समाजशास्त्रियों में किसी प्रकार का वैचारिक द्वंद्व नहीं है. सभी ने अपनी परिभाषा द्वारा एक ही तथ्य को केवल शाब्दिक अन्तर के साथ प्रतिपादित किया है. सभी ये स्वीकार करते हैं कि समिति कुछ व्यक्तियों द्वारा स्थापित किया गया विशिष्ट संगठन है जो कुछ नियमों के आधार पर चलते हुए अपने लक्ष्य या उद्देश्य को प्राप्त करता है. जैसे—क्लब, चर्च, राजनीतिक दल, व्यापारिक संगठन, बैंक श्रमिक संघ इत्यादि.

समिति की विशेषताएँ (Characteristics of Association)

उपर्युक्त विश्लेषण के आधार पर समिति की निम्नलिखित विशेषताएँ स्पष्ट होती हैं—

(1) **सीमित व्यक्तियों का संगठन** (Organisation of Limited Indivisuals)—किसी समिति का निर्माण उन्हीं व्यक्तियों द्वारा होता है जिनके उद्देश्य एवं उद्देश्य की प्राप्ति के लिए स्वीकृत साधन एक होते हैं. इस दृष्टिकोण से समिति सीमित व्यक्तियों का संगठन है.

(2) **निश्चित उद्देश्य** (Definite Aim)—समिति के निर्माण की प्रथम शर्त निश्चित उद्देश्य है. किसी निश्चित उद्देश्य की प्राप्ति के लिए सामूहिक प्रयास की आवश्यकता की भावना द्वारा ही विभिन्न व्यक्ति एक्यबद्ध होते हैं. फलतः समिति का निर्माण होता है.

(3) **ऐच्छिक सदस्यता** (Voluntary Membership)—किसी समाज या समुदाय में एक प्रकार के उद्देश्यों की प्राप्ति के लिए कई समितियाँ होती हैं. जैसे—राजनीतिक दल, श्रमिक संघ आदि. ऐसी स्थिति में एक व्यक्ति उन्हीं समितियों का सदस्य बनता है जिसके द्वारा उसके व्यक्तिगत हितों की पूर्ति हो सके. मतान्तर होने पर वह उस समिति से नाता तोड़कर दूसरी समिति का सदस्य बन सकता है. इसलिए किसी समिति की सदस्यता पूर्णतः व्यक्तिगत इच्छा पर निर्भर करती है.

(4) **नियोजित स्थापन** (Planned Establishment)—एक ही प्रकार की समस्या से ग्रस्त विभिन्न व्यक्ति एकत्रित होकर प्रथमतः अपने उद्देश्यों और उसे प्राप्त करने के लिए विभिन्न तरीकों पर सूक्ष्मता से विचार करते हैं. यदि सभी या अधिकांश व्यक्ति उद्देश्य प्राप्ति के प्रति आश्वस्त हो जाते हैं तत्पश्चात् ही समिति की स्थापना की जाती है.

(5) **निश्चित कार्य प्रणाली** (Definite Working Policy)—प्रत्येक समिति की एक निश्चित कार्य-प्रणाली होती है. समिति स्थापना से पूर्व ही कार्य प्रणाली से सम्बन्धित नियमों का निर्धारण कर लिया जाता है. इन्हीं नियमों के आधार पर समिति के सभी सदस्य अपनी भूमिका पूरा करते हैं. संगठित एवं समरूप कार्य प्रणाली द्वारा ही समान लक्ष्यों को आसानी से प्राप्त किया जाता है.

(6) **अस्थायी प्रकृति** (Temporary Nature)—चूँकि प्रत्येक समिति का निर्माण एक निश्चित उद्देश्य की प्राप्ति के लिए किया जाता है. इसलिए उद्देश्य प्राप्ति के पश्चात् समितियों का अस्तित्व स्वतः समाप्त हो जाता है, लेकिन प्रत्येक स्थिति में ऐसा नहीं होता है. कभी-कभी एक उद्देश्य की प्राप्ति के पश्चात् समिति अन्य उद्देश्यों की प्राप्ति में संलग्न हो जाती है अथवा अनेक समितियों का निर्माण ही कुछ स्थायी उद्देश्यों के आधार पर किया जाता है. जैसे—राजनीतिक व्यवस्था को बनाए रखने के लिए राजनीतिक दल. इसलिए ये समितियाँ कभी समाप्त नहीं होती हैं.

(7) **निश्चित संरचना** (Fix Structure)—प्रत्येक समिति की एक निश्चित संस्तरणात्मक संरचना (Hierarchical Structure) होती है. समिति के कुछ सदस्यों को विशेष अधिकार प्राप्त होते हैं, जबकि अन्य सामान्य सदस्य होते हैं. समिति में इस संस्तरणात्मक संरचना को व्यवस्थित बनाने के लिए भी कुछ नियम होते हैं.

(8) **दण्ड का प्रावधान** (Provisions for Punishment)—यदि समिति के कोई सामान्य सदस्य अथवा पदाधिकारी निर्दिष्ट भूमिका से हटकर अथवा समिति के सामान्य हितों के विरुद्ध कोई आचरण करते हैं, तो समिति उनके विरुद्ध कानूनी कार्यवाही का प्रावधान करती है.

समिति एवं औपचारिक संगठन (Association and Formal Organisation)

समिति एवं विभिन्न औपचारिक संगठनों में अत्यधिक समानता होने के कारण अक्सर इनका पर्यायवाची अर्थों में प्रयोग किया जाता है. ये सच है कि इन दोनों में अत्यधिक समानता है, परन्तु दोनों में एक सूक्ष्म अन्तर भी है. दोनों ही आधुनिक औद्योगिक-राजनीतिक व्यवस्था की देन है. दोनों में ही कार्य प्रणाली की एक निश्चित व्यवस्था पाई जाती है. इसके अलावा दोनों ही उद्देश्य, सदस्यता, संस्तरणात्मक संरचना आदि में समानता प्रदर्शित करते हैं, लेकिन दोनों में सूक्ष्म अन्तर यह है कि समितियों का स्वरूप स्वयंसेवी होता है, जबकि औपचारिक संगठन औद्योगिक अथवा राजनीतिक

संगठन के अन्तर्गत ही संगठित होता है. इनका स्वतन्त्र अस्तित्व नहीं होता है. इसकी सदस्यता ऐच्छिक नहीं होती है. सदस्यता के नियम अपेक्षाकृत अधिक कठोर होते हैं. इसलिए कर्मचारीतन्त्र और सेना जैसे—औपचारिक संगठनों को समिति नहीं कहा जा सकता है. सार तत्व के रूप में कहा जा सकता है कि प्रत्येक समिति एक औपचारिक संगठन भी है, परन्तु प्रत्येक औपचारिक संगठन एक समिति नहीं हो सकती है.

समिति के अनिवार्य तत्व

समिति के निम्नलिखित चार अनिवार्य तत्व हैं–

(1) **व्यक्तियों का समूह**–समिति व्यक्तियों का एक संकलन है. दो या दो से अधिक व्यक्तियों का होना समिति के लिये अनिवार्य है.

(2) **सामान्य उद्देश्य**–समिति का दूसरा आवश्यक तत्व सामान्य उद्देश्य अथवा उद्देश्यों का होना है. व्यक्ति इन्हीं सामान्य उद्देश्यों की पूर्ति के लिए संगठन बनाते हैं जिसे समिति कहा जाता है.

(3) **पारस्परिक सहयोग**–सहयोग समिति का तीसरा अनिवार्य तत्व है तथा इसी के आधार पर समिति का निर्माण होता है. सहयोग के बिना समिति का कोई अस्तित्व नहीं है.

(4) **संगठन**–समिति के उद्देश्यों की पूर्ति के लिए संगठन का होना जरूरी है. संगठन द्वारा समिति की कार्य-प्रणाली में कुशलता आती है.

समिति के प्रकार
(Types of Association)

समिति और हित (Interest) या उद्देश्य के बीच गहरा सम्बन्ध है. समान हितों या उद्देश्यों को लेकर समिति की जानबूझकर स्थापना की जाती है. समिति के निर्माण का आधार व्यक्तियों के भिन्न-भिन्न प्रकार के हित हैं. हितों, रुचियों या उद्देश्यों की भिन्नता के कारण ही अनेक प्रकार की समितियाँ देखने को मिलती हैं. सभी समितियाँ मुख्यतः निम्न प्रकारों के अन्तर्गत वर्गीकृत की जा सकती हैं–

(1) आर्थिक समितियाँ (व्यापारिक समितियाँ, मजदूर संघ, व्यावसायिक समितियाँ आदि),
(2) राजनीतिक समितियाँ (राजनीतिक दल),
(3) सांस्कृतिक समितियाँ (धार्मिक समाज, रामकृष्ण मिशन),
(4) शैक्षणिक समितियाँ (समाजशास्त्र परिषद्, वैज्ञानिक–संघ, शिक्षामण्डल),
(5) मनोरंजनात्मक समितियाँ (व्यायामशाला, क्लब, नाट्य-मण्डल, खेलकूद परिषद्),
(6) सेवा एवं समाज कल्याण समितियाँ (अनाथालय, हरिजन सेवक संघ, कानूनी सलाहकार समिति, आदिवासी कल्याण परिषद्).

मेकाइवर तथा पेज ने हितों (Interests) के आधार पर समितियों का वर्गीकरण निम्नलिखित प्रकार से किया है–

हित (Interests)	समितियाँ (Associations)
(A) अविशेषीकृत (Unspecialized)	वर्ग एवं जातीय संगठन जनजातीय तथा सरल समाजों के अर्द्ध राजनीतिक संगठन आयु समूह और लिंग समूह पितृसत्तात्मक परिवार.
(B) विशेषीकृत (Specialized)	
I. द्वैतीयक (सभ्यता सम्बन्धी या उपयोगितावादी)	
(A) आर्थिक हित	प्रकार–व्यापारिक, औद्योगिक, वित्तीय तथा कृषि सम्बन्धी संगठन, व्यावसायिक एवं रोजगार सम्बन्धी संगठन, रक्षात्मक एवं बीमा समाज, दान एवं मानवोपकारी समाज.
(B) राजनीतिक हित	प्रकार–राज्य, नगरपालिका, दल, मण्डल, प्रचारवादी समूह.
(C) तकनीकी हित	प्रकार–तकनीकी अनुसन्धान तथा विभिन्न किस्म की व्यावहारिक समस्याओं के समाधान हेतु समितियाँ.
II. मध्यस्थ शैक्षणिक हित	प्रकार–स्कूल, महाविद्यालय, विश्वविद्यालय, अध्ययन समूह, सुधार-गृह आदि.
III. (प्राथमिक सांस्कृतिक)	
(A) सामाजिक सम्पर्क या सहवास	प्रकार–क्लब, अन्य हितों की पूर्ति के लिए विभिन्न संगठन.
(B) स्वास्थ्य व मनोरंजन	प्रकार–खेलकूद, नृत्य, व्यायाम आदि से सम्बन्धित समितियाँ.
(C) यौन तथा प्रजनन	प्रकार–परिवार.
(D) धर्म	प्रकार–चर्च, धार्मिक प्रचारवादी समितियाँ, मठ आदि.
(E) सौन्दर्यात्मक, हित कला, संगीत, साहित्य आदि.	इनसे सम्बन्धित समितियाँ.
(F) विज्ञान एवं दर्शन	विद्वत् (विद्वान्) समाज.

समिति का महत्व

विकसित व सभ्य समाजों में सामाजिक आर्थिक, सांस्कृतिक एवं राजनीतिक आदि सामाजिक लक्ष्यों की प्राप्ति में व्यक्तियों के व्यवहारों को नियोजित करने में समितियाँ अत्यधिक महत्वपूर्ण हैं. गैर-सामाजिक हितों की प्राप्ति हेतु बने किसी संगठन को हम समिति की संज्ञा नहीं दे सकते. इस तरह सहकारी खेती, ऋणसमिति, बहुउद्देशीय समिति, तृतीय श्रेणी के कर्मचारी संघ, मजदूर यूनियन, सफाई समिति, विद्यालय तथा क्लब जैसी संगठन समिति हैं. किन्तु समाज विरोधी हितों पर आधारित चोरों, गिरहकटों या डाकुओं आदि के संगठन को समिति नहीं कहा जा सकता. केवल उद्देश्यों का होना ही समिति के लिए पर्याप्त नहीं होता. उद्देश्यों का सामाजिक होना भी आवश्यक होता है.

हमारा समाज जिसमें हम रहते हैं अनेक छोटे-बड़े संगठनों से बना है. मुख्य रूप से आज की सभ्यता की माँग है–शिक्षा एवं सामुदायिक जीवन, आर्थिक एवं राजनीतिक भागीदारी, आवास तथा कृषि अर्थात् सामाजिक जीवन के विभिन्न क्षेत्रों में अधिक से अधिक संगठन. संगठन प्राप्ति का एक महत्वपूर्ण जरिया है. संगठन में शक्ति होती है. आज वह समाज अधिक प्रगतिशील कहा जाता है जिसमें अधिक से अधिक छोटे-बड़े संगठन या समितियाँ हों. वह समाज अधिक विकसित व जटिल कहा जाता है, जिसकी अधिक और अधिक जटिल किस्म की आवश्यकताएं एवं उन आवश्यकताओं की पूर्ति के लिए स्थापित प्रणालियाँ हों. चूँकि समितियाँ आवश्यकताओं की पूर्ति की एक महत्वपूर्ण साधन हैं. अतः स्वाभाविक है कि ऐसे समाजों में अधिक-से-अधिक किस्म की समितियों की आवश्यकता होगी. व्यक्ति एवं समूह की दृष्टि से समिति के अनेक कार्य हैं. इनमें से कुछ मुख्य निम्नलिखित हैं–

(1) समिति लक्ष्यों की प्राप्ति में सहायक है. असंगठित व वैयक्तिक प्रयत्नों की अपेक्षा संयुक्त व संगठित प्रयत्नों से लक्ष्य की प्राप्ति सरल व सम्भव हो जाती है.

(2) समिति समान उद्देश्य रखने वाले विभिन्न लोगों को एक कार्यक्षेत्र प्रदान करती है, जिससे लोग एक-दूसरे को अधिक अच्छी तरह समझते हैं. एक-दूसरे के अधिक नजदीक आते हैं. इससे सामाजिक एकता व संगठन को प्रोत्साहन मिलता है.

(3) समिति से आशय है लोगों का मिल-जुल कर काम करना. समिति का आधार सहयोग है. सहयोग के आधार पर समिति बनती है और समितियों के माध्यम से सहयोग की प्रवृत्ति विकसित होती है. लोग अन्य लोगों के संयुक्त प्रयत्नों एवं उनकी सफलता को देखकर समितियों के संगठन एवं निर्माण में रुचि लेते हैं. सहयोग के विकास का आशय है. सामाजिक प्रजातन्त्र का मजबूत होना.

(4) समितियों के माध्यम से व्यक्ति को अधिक-से-अधिक व्यक्तियों के नजदीक आने तथा साथ काम करने का मौका मिलता है, जिससे व्यक्ति को अधिक अनुभव प्राप्त होता है. विस्तृत अनुभव व्यक्ति में व्यापक व्यक्तित्व एवं विस्तृत दृष्टिकोण के विकास में सहायक होता है.

(5) समिति अपने सदस्यों में अधिकार एवं दायित्व की भावना जाग्रत करती है. नागरिकों में इन क्षमताओं का होना स्वस्थ प्रजातन्त्र के विकास में अत्यधिक सहायक है.

(6) समाज में अनेक लोग अपने अधिकारों व हितों की रक्षा करने में सक्षम नहीं होते. समितियों के माध्यम से यह कार्य बहुत कुछ सम्भव हो जाता है. खासतौर पर सौदेबाजी, शोषण व अन्याय के विरुद्ध अपने हितों की रक्षा करने में समितियाँ अत्यधिक महत्वपूर्ण हैं.

समुदाय तथा समिति की तुलना (Comparison between Community and Association)

समानताएँ (Similarities)

(1) दोनों जन-समूहों की एक लघु इकाई है.

(2) दोनों ही व्यक्ति की आवश्यकताओं की पूर्ति करने का माध्यम है.

असमानताएँ (Differences)

(1) समुदायों का अस्तित्व कभी भी समाप्त नहीं होता. इनकी प्रकृति स्थायी होती है, लेकिन समिति द्वारा संरक्षित उद्देश्यों की प्राप्ति के बाद समिति का अस्तित्व समाप्त हो सकता है.

(2) समुदायों का विकास स्वतः होता है, जबकि समितियों का विकास मनुष्य के उद्देश्यपूर्ण प्रयत्नों के फलस्वरूप होता है.

(3) समुदाय के अन्तर्गत व्यक्ति अपना सामान्य जीवन व्यतीत करता है, लेकिन समिति के तहत् व्यक्ति अपने एकाध विशिष्ट उद्देश्यों की ही प्राप्ति करता है.

(4) निश्चित नियमों की प्रणाली समुदाय की अपेक्षा समितियों में अधिक संगठित रूप में पाई जाती है.

(5) समुदाय की सदस्यता ऐच्छिक नहीं होती है. समितियों की सदस्यता ऐच्छिक होती है. इसलिए व्यक्ति एक ही समय में एक से अधिक समितियों का सदस्य होता है.

(6) समुदायों में सदस्यों से अपनी भूमिका के उचित ढंग से निर्वाह की मात्र अपेक्षा की जाती है. सदस्यों के विपथगामी व्यवहार पर मात्र उन्हें सामुदायिक अवहेलना का सामना करना पड़ता है, लेकिन समितियों में सदस्यों

के विपथगामी व्यवहार करने पर उनके विरुद्ध कानूनी कार्यवाही की जाती है.

(7) समुदाय के निर्माण में 'सामुदायिक भावना' का महत्वपूर्ण योगदान होता है. यह भावना व्यक्ति विशेष में स्वयं उत्पन्न होती है. इसी कारण समुदाय के सदस्यों में सहयोग एवं एकता अधिक पाई जाती है. समिति में ऐसा नहीं होता है. समिति के सदस्यों में वैचारिक संघर्ष की स्थिति अक्सर उत्पन्न होती रहती है. इसे समिति के लिए हानिकारक नहीं बल्कि प्रगतिशीलता का सूचक माना जाता है.

समुदाय (Community)

समाजशास्त्र की बुनियादी अवधारणाओं में 'समुदाय' की अवधारणा कई मायने में विशिष्ट है. इस विशिष्टता का प्रमुख कारण यह है कि प्रारम्भ में समुदाय की व्याख्या जिन अर्थों में की जाती थी वह बदलते समय के साथ परिवर्तित हो गया. प्रारम्भ में समुदाय के अवधारणात्मक विश्लेषण का आधार संरचनात्मक था, लेकिन आधुनिक समय में इसे एक प्रकार्यात्मक इकाई के रूप में विश्लेषित किया जाने लगा. इस बदलाव का मुख्य कारण आधुनिक समय में समाज का जटिल से जटिलतर होते जाना है. दूसरा प्रमुख कारण यह है कि वर्तमान में इस शब्द के अत्यधिक प्रयोग होने के बावजूद भी अभी तक इसकी अवधारणात्मक संकल्पना पूर्ण स्थिर नहीं हो पाई है. अनेक स्थितियों में यह निर्धारित करना थोड़ा कठिन हो जाता है कि आम बोलचाल में हम जिसे समुदाय कहते हैं वह वास्तव में समाजशास्त्रीय अर्थों में भी समुदाय है अथवा नहीं. इस संशय की स्थिति के कारण ही हमें **लुइस विर्थ** का ये कथन स्वीकार करना पड़ता है कि "समुदाय के प्रयोग में अत्यधिक काव्यात्मक मनमानी दिखलाई पड़ती है."

अर्थ एवं परिभाषाएँ (Meaning and Definitions)

यदि शाब्दिक दृष्टि से समुदाय के अर्थ पर विचार करें तो हम पाते हैं कि अंग्रेजी का 'Community' (समुदाय) शब्द को लैटिन शब्दों–'Com' तथा 'Munis' से बना है. 'Com' शब्द का अर्थ 'Together' अर्थात् 'एक साथ से' और 'Munis' का अर्थ 'Serving' अर्थात् 'सेवा करने' से है. इन शब्दों के आधार पर समुदाय का तात्पर्य साथ-साथ मिलकर सेवा करने से है, अन्य शब्दों में, समुदाय का अर्थ व्यक्तियों के ऐसे समूह से है जो निश्चित भू-भाग पर साथ-साथ रहते हैं और वे किसी एक उद्देश्य के लिए नहीं, बल्कि सामान्य उद्देश्यों के लिए इकट्ठे रहते हैं, उनका सम्पूर्ण जीवन सामान्यतः यहीं व्यतीत होता है.

समुदाय के अर्थ को स्पष्ट करने में तीन समाजशास्त्रियों का सामाजिक संगठन से सम्बन्धित विश्लेषण महत्वपूर्ण है. इन विचारकों ने सम्पूर्ण सामाजिक संगठन को दो आदर्श प्रारूपों के माध्यम से स्पष्ट किया है. यहाँ इन आदर्श प्रारूपों को समझ लेना आवश्यक है.

फर्डीनेन्ड टॉनिज (Ferdinand Tonnies) ने अपने आदर्श प्रारूपों का नामकरण जर्मन भाषा में किया है. इनका पहला आदर्श प्रारूप 'जैमिनशेफ्ट' (Gemien Schaft) है. जैमिनशेफ्ट ऐसा जन-समूह है जिसमें लोग भावना के आधार पर एक-सूत्र में बँध जाते हैं. इन समूहों में समूह के सभी सदस्यों द्वारा समूह के पारम्परिक उद्देश्य तथा विश्वासों में समान रूप से आस्था व्यक्त की जाती है. इसलिए ऐसे समूहों में पारस्परिक कल्याण तथा एकता की भावना अधिक होती है. इनका दूसरा आदर्श प्रारूप 'जेसिलशेफ्ट' (Gesells Schaft) है. ऐसे जन समूहों में सदस्यों के सम्बन्ध स्थापन का कारण किसी प्रकार का भावनात्मक लगाव नहीं होता है, बल्कि उद्देश्यों की उपयोगिता का मूल्यांकन करके ही सम्बन्ध स्थापित किया जाता है. इसलिए ये सम्बन्ध अस्थायी तथा औपचारिक होते हैं. इस प्रकार के संगठन किसी निश्चित उद्देश्य की प्राप्ति के लिए ही बनाए जाते हैं. अर्थात् ऐसा संगठन कुछ व्यक्तियों के सचेष्ट प्रयास का प्रतिफल होता है.

इमाइल दुर्खीम (Emile Durkheim) ने अपने 'श्रम विभाजन सिद्धान्त' में दो आदर्श प्रारूपों की कल्पना की. इनका पहला आदर्श प्रारूप 'यांत्रिक दृढ़ता' (Mechanical Solidarity) है. दुर्खीम के अनुसार यह सरल समाजों की विशेषता है. इसमें समूह के सभी सदस्य एक-दूसरे के समरूप दिखाई देते हैं. समरूप का आशय मानसिक और विश्वासगत समानताओं से है. उन समूहों में विभेदीकरण और विशेषीकरण का महत्व अल्प होता है. दूसरा, आदर्श प्रारूप 'सावयवी या जैविक दृढ़ता' (Organic Solidarity) है. दुर्खीम के अनुसार यह आधुनिक समाजों की विशेषता है. इन समूहों में विभेदीकरण तथा विशेषीकरण का महत्व अत्यधिक बढ़ जाता है. इसलिए इनमें अत्यन्त जटिल श्रम विभाजन की विशेषता सम्मिलित हो जाती है. सदस्यों की पारस्परिक निर्भरता बढ़ जाती है, लेकिन सामूहिक चेतना में कमी आ जाती है.

रॉबर्ट रेडफील्ड (Robert Redfield) ने अपनी पुस्तक 'The little community' में लघु समुदाय की अवधारणा का प्रतिपादन किया रेडफील्ड ने लघु समुदाय की चार विशेषताओं का उल्लेख किया है—(i) लघुता, (ii) भिन्नता, (iii) सजातीयता तथा (iv) स्वावलम्बन.

समुदाय की अवधारणा में टॉनीज के 'जैमिनशेफ्ट', दुर्खीम के 'यांत्रिक दृढ़ता' तथा रेडफील्ड के 'लघु समुदाय' रूपी आदर्श प्रारूपों की विशेषताएँ समाहित हैं.

अन्य समाजशास्त्रियों द्वारा समुदाय को इस प्रकार परिभाषित किया गया है—

किंग्सले डेविस (Kingsley Devis) ने समुदाय को परिभाषित करते हुए कहा कि "समुदाय सबसे छोटा वह क्षेत्रीय समूह है जिसके अन्तर्गत सामाजिक जीवन के सभी पहलू समा जाते हैं."

मेकाइवर (Mac Iver) के अनुसार, "समुदाय सामान्य जीवन का एक क्षेत्र है. जब किसी समूह के सदस्य चाहे वह छोटा हो या बड़ा, इस प्रकार साथ रहते हैं कि उनका एक साथ रहना किसी विशेष प्रयोजन या स्वार्थ से नहीं होता है, बल्कि उनके साथ रहने की आधारभूत सब बातें एक-सी होती हैं तब हम उसे समुदाय कहते हैं."

एम. गिन्सबर्ग (M. Ginsberg) के अनुसार, "समुदाय का अर्थ सामाजिक प्राणियों का ऐसा समूह है जो सामान्य जीवन व्यतीत करता हो. इस सामान्य जीवन में हम उन सभी सम्बन्धों को सम्मिलित करते हैं जो इसका निर्माण करते हैं तथा, इसके परिणामस्वरूप उत्पन्न होते हैं."

जॉर्ज लुण्डबर्ग (George Lundberg) का कथन है कि "एक मानव जनसंख्या जो एक निश्चित भौगोलिक क्षेत्र में निवास करती है और जो सामान्य एवं दूसरों पर आश्रित जीवन व्यतीत करती है, एक समुदाय है."

किम्बाल यंग (Kimball Young) का मानना है कि "समुदाय एक ऐसा समूह है जो एक ही संस्कृति के अधीन एक स्थान अथवा क्षेत्र में रहता है और अपनी प्रमुख क्रियाओं के लिए एक सामान्य भौगोलिक क्षेत्र से ही प्रभावित होता है."

ऑगबर्न एवं निमकॉफ (Ogburn and Nimkoff) ने लिखा है कि "किसी सीमित क्षेत्र के अन्दर रहने वाले सामाजिक जीवन के सम्पूर्ण संगठन को समुदाय कहा जाता है."

इस प्रकार स्पष्ट है कि समुदाय, एक निश्चित भौगोलिक सीमाओं के अन्तर्गत निवास करने वाला व्यक्तियों का छोटा/बड़ा समूह है, जिसके सदस्य किसी विशिष्ट उद्देश्य की पूर्ति हेतु परस्पर सम्बन्धित नहीं होते हैं, बल्कि उसमें वे अपना सामान्य जीवन व्यतीत करते हैं, इसी आधार पर एक गाँव, नगर, राज्य आदि एक समुदाय हैं.

समुदाय की विशेषताएँ (Characteristics of Community)

उपर्युक्त विश्लेषण के आधार पर समुदाय की निम्नलिखित विशेषताएँ स्पष्ट होती हैं—

(1) **निश्चित भौगोलिक क्षेत्र** (Fix Geographical Area)—समुदाय के निर्माण की प्रथम शर्त एक निश्चित भौगोलिक क्षेत्र है. निश्चित भौगोलिक क्षेत्र के अभाव में किसी भी समुदाय की कल्पना नहीं की जा सकती है. हालांकि कुछ खानाबदोश जनजातियाँ एक निश्चित भौगोलिक सीमाओं के अन्दर ही विचरण करती है. इसलिए ये जनजातियाँ भी निश्चित रूप से एक समुदाय का निर्माण करती हैं. किसी क्षेत्र विशेष की भौगोलिक सामाजिक, आर्थिक एवं सांस्कृतिक दशाएँ एक जैसी होने के कारण ही उस क्षेत्र में निवास करने वाले समुदाय के सदस्यों के जीवन में भी एकरूपता आ जाती है. यही एकरूपता उन्हें अन्य समुदायों से अलग करती है.

(2) **सामुदायिक भावना** (Community Sentiment)—एक ही भौगोलिक क्षेत्र में निवास करने के कारण एक समुदाय के विभिन्न सदस्यों की समस्याएँ तथा उनको प्राप्त सुविधाएँ एक जैसी ही होती हैं. फलतः व्यक्ति में सामुदायिक भावना का विकास होता है. प्रत्येक व्यक्ति समुदाय के हित में ही अपनी भूमिका को सम्पादित करने का प्रयास करते हैं. जो व्यक्ति ऐसा नहीं करते हैं, समुदाय उन्हें हेय दृष्टि से देखता है. सामुदायिक भावना के तीन प्रमुख पक्ष हैं. पहला **'हम की भावना'** (We Feeling) है. एक स्थान पर रहने के कारण व्यक्तियों में प्रत्यक्ष सम्पर्क स्थापित होता है. लोगों को एक-दूसरे के सुख-दुःख तथा आवश्यकताओं को समझने का अधिक अवसर प्राप्त होता है, इससे उनमें अपनत्व एवं आत्मीयता की भावना बढ़ती है. यही भावना 'हम की भावना' कहलाती है. दूसरा **'दायित्व की भावना'** (Role Feeling) है. समुदाय के सदस्य अपने उत्तरदायित्वों को एक भार के रूप में नहीं बल्कि नैतिक कर्त्तव्य के रूप में समझता है. इससे उसमें समुदाय से सम्बन्धित कार्यों में योगदान एवं सहयोग की भावना प्रबल होती है. तीसरी **'आश्रितता की भावना'** (Dependency Feeling) है. इसके कारण समुदाय के सदस्यों में व्यक्तिवादिता का लोप होता है, सभी सदस्य पारस्परिक निर्भरता के महत्व एवं आवश्यकता को अच्छी तरह समझते हैं. सभी ये महसूस करते हैं कि अन्य सदस्यों के सहयोग से ही व्यक्तिगत आवश्यकताओं को पूरा किया जा सकता है. इसी भावना के कारण सामुदायिकता की भावना उत्तरोत्तर दृढ़ होती जाती है और व्यक्ति में दूसरे व्यक्ति अथवा सम्पूर्ण समुदाय के प्रति विरोध की भावना समाप्त हो जाती है.

(3) **सामान्य जीवन** (Common Life)—सामान्य जीवन का आशय मूलभूत आवश्यकताओं की पूर्ति से है. व्यक्ति जिस समूह में रहकर अपनी मौलिक आवश्यकताएँ (भोजन, वस्त्र, आवास, स्वास्थ्य, शिक्षा, मनोरंजन आदि) पूरी करता है, उसी समूह के प्रति उसमें सामुदायिक भावना विकसित हो जाती है. इसलिए सामान्य जीवन व्यतीत करना, समुदाय की प्रमुख विशेषता मानी गई है. यद्यपि समुदाय के प्रत्येक सदस्य अपने सामान्य जीवन का एक विशेष रंग-ढंग विकसित कर

लेते हैं, परन्तु प्रत्येक आवश्यकता की पूर्ति वे समुदाय की सीमाओं के भीतर ही करते हैं.

(4) **स्वाभाविक विकास** (Natural Formation)—समुदाय का विकास स्वतः स्फूर्त होता है. किसी योजना के तहत् व्यक्तिगत या सामूहिक प्रयासों से इसका निर्माण नहीं किया जा सकता है. वस्तुतः किसी स्थान पर जब कुछ व्यक्ति निवास करने लगते हैं, तो उनमें आत्मीयता की भावना स्वयं ही क्रमिक रूप से बढ़ने लगती है. फलतः वहाँ एक समुदाय निर्मित होता है.

(5) **विशिष्ट नाम** (Particular Name)—समाज की अपेक्षा समुदाय मूर्त संगठन है. इसका स्वरूप निश्चित होता है. इसलिए प्रत्येक समुदाय का अपना एक विशिष्ट नाम भी होता है. इसी नाम से वह पहचाना जाता है. अक्सर व्यक्ति समुदाय के नाम से ही अपनी पहचान प्रकट करते हैं. जैसे मैं भारतीय हूँ, मैं गुजराती हूँ आदि.

(6) **स्थायित्व** (Permanence)—समुदाय में स्थायित्व का गुण पाया जाता है, क्योंकि इसके विभिन्न सदस्य किसी विशिष्ट उद्देश्य की पूर्ति मात्र के लिए परस्पर सम्बन्धित नहीं होते हैं. यह उनकी आवश्यकताओं की पूर्ति का एक माध्यम होता है. कोई प्राकृतिक आपदा ही किसी समुदाय के अस्तित्व को समाप्त कर सकती है. अन्यथा यह स्थायी रहता है.

(7) **नियमों की एक सामान्य व्यवस्था** (Common Structure of Rules)—इसे गिन्सबर्ग ने समुदाय की प्रमुख विशेषता माना है. प्रत्येक समुदाय में व्यवहार के कुछ सामान्य नियम और मानदण्ड विकसित होते हैं. इन्हीं के अनुरूप सदस्यों को व्यवहार करना आवश्यक होता है.

सामुदायिक भावना के अन्तर्गत प्रमुखतः तीन बातें पाई जाती हैं–

1. हम की भावना की अभिव्यक्ति (Expression of We-Feeling)
2. योगदान या दायित्व निर्वाह की भावना (Role Feeling)
3. निर्भरता की भावना (Dependancy Feeling)

1. **हम की भावना की अभिव्यक्ति** (Expression of We-Feeling)—हम की भावना व्यक्तियों को एक-दूसरे के दुःख-सुख में साथ देने और मिलकर काम करने को प्रोत्साहित करती है. स्थान या क्षेत्र विशेष के साथ लोगों का विशेष लगाव पाया जाता है. वे अपने समुदाय के लोगों को अपना समझते हैं. इनमें भाईचारे के सम्बन्ध पाये जाते हैं. हम सब एक हैं, हमारे सबके हित सामान्य हैं और सब एक-दूसरे के साथ जुड़े हुए हैं, इस प्रकार की बलबली भावना समुदाय के सदस्यों को एकता के सूत्र में बाँधे रखती है.

2. **योगदान या दायित्व निर्वाह की भावना** (Role Feeling)—सामुदायिक भावना का एक अन्य तत्व सदस्यों में समुदाय के कार्यों में सम्मिलित होने और देने की भावना है. समुदाय से सम्बन्धित अनेक ऐसे सामूहिक कार्य होते हैं जिन्हें पूरे समुदाय के सहयोग के बिना पूर्ण नहीं किया जा सकता. अतः विभिन्न सदस्य अपनी-अपनी प्रस्थितियों के अनुसार भूमिका निभाते हुये समुदाय के कार्यों में योग देते हैं, अन्य सदस्यों की सहायता करना अपना दायित्व समझते हैं.

3. **निर्भरता की भावना** (Dependancy Feeling)—सामुदायिक भावना के अन्तर्गत निर्भरता की भावना एक आवश्यक तत्व है. व्यक्ति अपने को एक-दूसरे पर और सम्पूर्ण समुदाय पर निर्भर समझते हैं. उन्हें अपनी विभिन्न आवश्यकताओं की पूर्ति के लिए अन्य के सहयोग पर निर्भर रहना पड़ता है. पारस्परिक रूप से निर्भर रहने की भावना सामुदायिक भावना को बढ़ाने में योग देती हैं.

समुदाय : परिवर्तित परिप्रेक्ष्य (Community : Changing Perspective)

समुदाय की अवधारणा विश्लेषण में समुदाय की जिन विशेषताओं का उल्लेख किया जाता है, वे सभी एक साथ किसी आदिम अथवा सरल समाजों के अन्तर्गत ही देखी जा सकती थीं. वर्तमान के जटिल समाजों में सामाजिक जीवन का आधार काफी विस्तृत हो चुका है. व्यक्ति की आवश्यकताओं का स्वरूप काफी बदल चुका है. इसलिए इन समाजों के अन्तर्गत पाए जाने वाले समुदायों में समुदाय की सभी विशेषताएँ एक साथ नहीं दिखाई देती हैं या फिर परिवर्तित रूप में दिखाई देती हैं.

सामान्य जीवन व्यतीत करने को समुदाय निर्माण का एक प्रमुख आधार तत्व या विशेषता माना गया है. अर्थात् समुदाय के अन्तर्गत ही व्यक्ति अपनी सभी आवश्यकताओं की पूर्ति करता है. वस्तुतः आदिम समाजों में व्यक्ति की आवश्यकताएँ अल्प थीं. आवश्यकताओं का स्वरूप भी सामान्य था. इसलिए उन समाजों में ये सम्भव था कि एक सीमित क्षेत्र में रहकर ही व्यक्ति अपनी समस्त आवश्यकताओं की पूर्ति कर ले. फलतः उन समाजों में समुदाय ही व्यक्ति की प्रत्येक आवश्यकता को पूरा करने वाला संगठन था, लेकिन वर्तमान के जटिल समाजों में व्यक्ति की आवश्यकताएँ काफी विस्तृत हो चुकी हैं. आवश्यकताओं का स्वरूप भी सरल से जटिल हो गया है. ऐसी आवश्यकताओं की पूर्ति न तो सीमित क्षेत्र में सम्भव हो पाती है और न ही सीमित सम्पर्क से. व्यक्ति अपनी आवश्यकताओं की पूर्ति के लिए अपने पड़ोस से लेकर अन्य राष्ट्रों पर निर्भर है. इसलिए

वर्तमान में समुदाय के आकार को किसी निश्चित सीमा क्षेत्र से बाँधना कठिन प्रतीत होता है.

सीमित क्षेत्र में व्यक्ति की सभी आवश्यकताओं की पूर्ति न होने का एक प्रमुख परिणाम है सामुदायिकता की भावना का लोप होना. वर्तमान में अन्य समुदायों से भी आवश्यकताओं की पूर्ति होने के कारण स्वाभाविक रूप से व्यक्ति की निष्ठा किसी एक समुदाय से बँधी नहीं रह सकती है. अब व्यक्ति उन सभी समुदायों के प्रति निष्ठावान रहता है जहाँ उसके उद्देश्यों की पूर्ति होती है. निष्ठा, स्वार्थ की तराजू पर ही तोली जाती है.

अब व्यक्ति ऐसे क्षेत्रों की ओर अधिक आकृष्ट हो रहा है जहाँ उसके स्वार्थों की पूर्ति अधिक आसानी से हो जाए. व्यक्ति सर्व सुलभ सुविधाओं के लालच में ही आसानी से समुदाय परिवर्तित कर रहा है. औद्योगीकरण, नगरीकरण एवं संचार साधनों के विकास से इस प्रवृत्ति को और बढ़ावा मिल रहा है. ग्रामीण समुदायों में भी जहाँ कि सामुदायिक भावना अपने चरम रूप में पाई जाती थी, नगरीकरण के कारण वहाँ द्वितीयक सम्बन्धों का विकास होता जा रहा है.

आवश्यकताओं का बदलता स्वरूप ही हमें स्थानीय सामुदायिकता की भावना को त्यागने और विश्व समुदाय की भावना को अपनाने के लिए प्रेरित करता है. इसलिए वर्तमान में 'विश्व समुदाय' की भावना ही आदर्शतम सामुदायिक भावना है.

जहाँ तक समस्या सभी विशेषताओं के एक साथ मिलने की है, इस सम्बन्ध में वास्तविकता यह है कि हम समझौतावादी रुख अपनाकर ही समुदाय का उपयोग कर सकते हैं. जैसे—मेकाइवर ने कारागार को एक समुदाय माना, क्योंकि उसमें निश्चित भू-क्षेत्र के साथ बहुत हद तक सामुदायिकता की भावना भी पाई जाती है, लेकिन यदि समुदाय की सभी विशेषताओं को एक कारागार में ढूँढ़ा जाए, तो वहाँ स्वाभाविक विकास की विशेषता नहीं मिलेगी. इसी प्रकार से 'जाति' (Caste) है. जाति का प्रयोग साधारणतः एक समुदाय के अर्थ में ही होता है, क्योंकि जाति में सामुदायिक भावना अत्यधिक प्रबल होती है, लेकिन समुदाय की कुछ विशेषताएँ इसमें नहीं हैं जैसे—स्थानीयता, सामान्य जीवन की विशेषता, नियमों की एक सामान्य व्यवस्था. इसी प्रकार के अन्तर्विरोध अन्य समुदायों में भी देखे जा सकते हैं. समुदाय के परिवर्तित परिप्रेक्ष्य के बारे में उपर्युक्त विश्लेषण के पश्चात् निष्कर्षतः यही कहा जा सकता है कि प्रयोग की अस्पष्टता और समुदायों की मौजूदगी के बीच सह-अस्तित्व का संघर्ष चल रहा है. इच्छित परिणाम की प्राप्ति के लिए कुछ संगठित प्रयास किया जाना जरूरी है.

समाज तथा समुदाय की तुलना (Comparison between Society and Community)

समानताएँ (Similarities)

(1) समाज तथा समुदाय दोनों ही विशेष प्रकार का जन-समूह है.

(2) दोनों का ही स्वतः विकास होता है.

असमानताएँ (Differences)

(1) सामाजिक सम्बन्धों की व्यवस्था के रूप में समाज अमूर्त अवधारणा है, जबकि व्यक्ति-समूहों के संगठन के रूप में समुदाय मूर्त है.

(2) समाज में समानता तथा विभिन्नता सहयोग तथा संघर्ष आदि का सह-अस्तित्व पाया जाता है. समुदाय में केवल समानता तथा सहयोग का ही दर्शन होता है.

(3) समाज की अवधारणा को किसी भौगोलिक सीमाओं में संकुचित नहीं किया जा सकता है. (हालांकि केवल H. M. Johnson ने निश्चित भू-भाग को समाज की आवश्यक विशेषता बताया है.) जबकि निश्चित भौगोलिक सीमा समुदाय की प्रमुख विशेषता है.

(4) समाज के अन्दर विभिन्न हितवाले अनेक समूह विद्यमान होते हैं. इसलिए समाज में 'हम की भावना' प्रबल नहीं होती. दूसरी ओर समुदाय में सामुदायिकता की भावना (हम की भावना एवं अन्य भावना) एक आधारभूत तत्व है.

(5) समाज का कोई विशिष्ट नाम नहीं होता है, जबकि प्रत्येक समुदाय का एक विशिष्ट नाम होता है.

(6) समाज एक सम्पूर्ण इकाई है अर्थात् समाज किसी अन्य समूह का उप-समूह नहीं होता है, लेकिन समुदाय के अन्दर भी कई समुदाय पाए जाते हैं. जैसे—गाँव के अन्दर पड़ोस, विद्यालय इत्यादि.

सामाजिक संगठन (Social Organisation)

समाज का प्रमुख आधार संगठन है. प्रत्येक समाज पारस्परिक सहयोग, सहकारिता और संगठन पर ही स्थिर रहता है. अन्य शब्दों में, सहकारिता, सहयोग और संगठन एक संगठित समाज के लक्षण हैं.

सामाजिक संगठन का अर्थ एवं परिभाषाएं

'सामाजिक संगठन' शब्द दो शब्दों से मिलकर बना है–'सामाजिक' तथा 'संगठन'. सामान्य अर्थों में इसका तात्पर्य हुआ समाज का संगठन. संगठित समाज वह है जिसके समस्त सदस्यों में स्थितियों और कार्यों के सम्बन्ध में मतैक्य

पाया जाता है. दूसरे अर्थों में, संगठित समाज में विभिन्न अंग संतुलित रहते हैं और सुचारु रूप से अपना कार्य करते हैं. समाज को संगठित तभी माना जायेगा, जबकि भिन्न-भिन्न अवयव भली प्रकार अपना कार्य करते रहें. सामाजिक संगठन के अर्थ को भली-भाँति समझने के लिये विभिन्न विद्वानों द्वारा प्रतिपादित सामाजिक संगठन की परिभाषाओं का विवेचन करना भी अनिवार्य है.

(1) अर्नेस्ट जोन्स के शब्दों में–"सामाजिक संगठन वह व्यवस्था है जिससे कि समाज के विभिन्न अंग एक-दूसरे तथा पूरे समाज के साथ सार्थक ढंग से सम्बन्धित रहते हैं."

"Social organisation is the system by which the parts of society are related to each orther and to the whole society in a meaningfully."

—**Joncs**

(2) इलियट और मैरिल के मत में–"सामाजिक संगठन वह दशा अथवा स्थिति है जिसमें किसी समाज की विभिन्न संस्थाएं अपने स्वीकृत और पूर्व-निर्धारित उद्देश्यों के अनुसार कार्य कर रही होती हैं."

"Social organisation is a state of being, a condition in which the various institution in a society are Functioning in accordance with their recognized or implied purposes."

—**Elliott and Merrill**

(3) जॉनसन ने सामाजिक संगठन को इन शब्दों में परिभाषित किया है–"सामाजिक संगठन के अन्तर्गत वे समस्त प्रक्रियाएं मानी जाती हैं जो सामूहिक जीवन का निर्माण करती हैं और इस संकट और संघर्ष की स्थितियों का सामना करने की क्षमता प्रदान करती हैं. इसके अतिरिक्त इसमें वे समस्त सम्बन्ध आते हैं, जिन्हें व्यक्ति या समूह सन्तोषजनक समझते हैं."

"Social organisation may be considered as comprising all those processes that build up group like and enable it to meet crises and conflict situation."

(4) समाजशास्त्र शब्दकोष के अनुसार–सामाजिक संगठन से आशय–"समाज के उन उप-समूहों के संगठन से है जिनमें विशेष कर आयु, लिंग, नातेदारी, पेशा, निवास, सम्पत्ति, विशेष अधिकार, सत्ता और पद की भिन्नताओं पर आधारित समूहों को सम्मिलित किया जाता है."

(5) लूम्ले के शब्दों में–"सामाजिक संगठन एक पूर्णता है, जो सहयोगी और विशेषीकृत अंगों से मिलकर बनता है."

"Social organisation is a whole composed of co-operating and specializing parts."

सामाजिक संगठन की उपर्युक्त परिभाषाओं के आधार पर हम यह कह सकते हैं कि सामाजिक संगठन से अभिप्राय समाज के विभिन्न अंगों में सामंजस्यपूर्ण सम्बन्धों तथा समस्त प्रकार्यों का पाया जाना है.

सामाजिक संगठन की विशेषताएं

सामाजिक संगठन की मुख्य विशेषताएं निम्नलिखित हैं–

(1) सामाजिक संगठन सामाजिक प्रयोजनों की सामूहिक पूर्ति का ढंग है.

(2) जिसमें व्यक्ति समूह में संगठित होकर सामूहिक लक्ष्यों की प्राप्ति के लिए संयुक्त प्रयास करते हैं.

(3) संगठन का एक ढाँचा होता है, भले ही वह बहुत स्पष्ट हो अथवा ढीला-ढाला हो.

(4) ढाँचे में इकाइयों (व्यक्ति या उप-समूह) के निश्चित स्थान एवं प्रकार्य होते हैं. जब इकाइयाँ अपने निर्दिष्ट स्थान एवं कार्यों के अनुरूप व्यवहार करती हैं तो उनमें एक सत्य और सौहार्द बना रहता है.

(5) सामाजिक संगठन के कुछ लिखित अलिखित सामाजिक नियम होते हैं जो व्यक्तियों एवं समूहों के व्यवहारों का नियमन करते हैं और उनमें अनुरूपता लाते हैं.

(6) निर्धारित लक्ष्यों एवं प्रयत्नों के विचलन को रोकने के लिये सामाजिक संगठन में नियंत्रण की कोई न कोई व्यवस्था होती है.

(7) संगठन की प्रकृति स्थायी होती है, किन्तु इसमें परिवर्तन भी छोटा है.

सामाजिक संगठन के तत्व

(1) **सामूहिकता**–सामाजिक संगठन व्यक्तियों के समूह का बोध करता है,

(2) **उद्देश्य**–सामाजिक संगठन किसी या किन्हीं सामाजिक प्रयोजनों की पूर्ति को लेकर बनता है अथवा विकसित होता है.

(3) **ढाँचा एवं प्रकार्य**–सामाजिक संगठन की एक निश्चित संरचना होती है जो किसी या किसी प्रकार्यों की पूर्ति करती है.

(4) **नियम**–संगठन में व्यक्तियों एवं समूहों की स्थिति एवं प्रकार्यों को स्पष्ट करने के लिये कुछ लिखित या अलिखित नियम होते हैं.

(5) **एकमत्य**–सामाजिक संगठन में व्यक्तियों या समूहों में एकमत्य पाया जाता है.

(6) **नियंत्रण**–सामाजिक संगठन में व्यक्तियों एवं समूहों के व्यवहारों पर नियन्त्रण का प्रावधान होता है.

सामाजिक संगठन का महत्व

सामाजिक संगठन सामाजिक प्रयोजन की पूर्ति का प्रभावकारी माध्यम है. यह सामाजिक एकता को बनाये रखता है और समाज को स्थायित्व प्रदान करता है. इसका यह अर्थ नहीं कि संगठन परिवर्तन का विरोधी है या इसमें परिवर्तन की कोई गुंजाइश नहीं होती है. कभी-कभी तो परिवर्तन लाने के लिये संगठन बनाया जाता है, किन्तु परिवर्तन के दौरान भी संगठन समाज में व्यवस्था बनाये रखने का प्रयास करता है जिससे कि सदस्यों के सामने अनिश्चितता की स्थिति पैदा न हो और समाज को टूटने से बचाया जा सके.

संस्कृति
(Culture)

संस्कृति मानवीय जीवन की अमूल्य धरोहर है. संस्कृति के निर्माण, धारण एवं संवर्द्धन करने की क्षमता के कारण ही मनुष्य अन्य प्राणियों से श्रेष्ठतर हो सका है. एक जैविक प्राणी की श्रेणी से हटाकर मानव को एक सामाजिक प्राणी की श्रेणी में स्थापित करने में कुछ जैविक विशेषताओं के अलावा संस्कृति का योगदान सर्वोत्तम है. यह मानव की अद्वितीय क्षमताओं और सम्भावनाओं की अभिव्यक्ति है. विकास प्रक्रिया में संस्कृति मानव जाति के जीवित रहने का साधन रही है, इसलिए संस्कृति का समाजशास्त्र में ही नहीं, बल्कि मानवशास्त्र के भी बुनियादी अवधारणा में अति महत्वपूर्ण स्थान हैं.

अर्थ एवं परिभाषा
(Meaning and Definitions)

आम बोलचाल में संस्कृति शब्द का प्रयोग कई अर्थों में किया जाता है. एक बहुप्रचलित प्रयोग व्यक्ति विशेष की कुछ विशिष्टताओं को इंगित करने के लिए किया जाता है, ये विशिष्टताएँ व्यक्ति के बोलने का तरीका, उसका विचार एवं व्यवहार, कला सम्बन्धी गुण आदि हो सकते हैं. इस अर्थ में हम किसी व्यक्ति को 'सुसंस्कृत' व्यक्ति कहते हैं. इसके अलावा अक्सर सौन्दर्य की अभिव्यक्ति के लिए भी इस शब्द का प्रयोग किया जाता है. इसी अर्थ में हम किसी ललित-कला से सम्बन्धित कार्यक्रम को 'सांस्कृतिक कार्यक्रम (का समारोह' कहते हैं.

मानवशास्त्रीय या समाजशास्त्रीय सम्बोध के रूप में संस्कृति के उपर्युक्त दोनों ही प्रयोग अप्रासांगिक हैं. शास्त्रीय अर्थों में संस्कृति का तात्पर्य उन सभी तथ्यों से है जिन्हें मनुष्य ने सामाजिक प्राणी होने के नाते उपार्जित किया है अथवा सीखा है.

संस्कृति को व्यवस्थित ढंग से परिभाषित करने का प्रथम प्रयास मानवशास्त्री **ई. बी. टॉयलर** (E.B. Tylor) द्वारा किया गया. **टॉयलर** ने संस्कृति को "ऐसी जटिल सम्पूर्णता माना है जिसमें सभी प्रकार के ज्ञान, विश्वास, विचार, प्रथा, कानून, आदर्श, कला तथा अन्य निपुणताओं एवं दक्षताओं का समावेश रहता है, जिन्हें व्यक्ति समाज का सदस्य होने के नाते ग्रहण करता है."

लेस्ले व्हाइट (Lesle Whyte) ने संस्कृति को परिभाषित करने में संस्कृति के प्रतीकात्मक पक्षों पर जोर दिया है. **व्हाइट** के अनुसार, "संस्कृति, प्रघटना की व्यवस्था है जिसमें क्रियाएँ, व्यवहार, प्रतिमान, वस्तुएँ, औजार, औजारों से निर्मित वस्तुएँ, विचार, विश्वास, ज्ञान, भावनाएँ, दृष्टिकोण एवं मूल्य आते हैं और जो प्रतीकों के प्रयोग पर निर्भर है. ...... संस्कृति प्रतीकात्मक, निरन्तर, संचयी एवं विकासमान प्रक्रिया है."

मैलिनोवस्की (Malinowski) के अनुसार, "संस्कृति जीवन व्यतीत करने की एक सम्पूर्ण विधि है, जोकि व्यक्ति की शारीरिक, मानसिक एवं अन्य आवश्यकताओं की पूर्ति करती है और उसे प्रकृति के बन्धनों से मुक्त करती है."

एम. जे. हर्सकोविट्स (M.J. Herskovits) ने संस्कृति को संक्षिप्त रूप से परिभाषित करते हुए कहा कि "संस्कृति पर्यावरण का एक मानव निर्मित भाग है."

फेयर चाइल्ड (Fair Child) का कथन है कि "प्रतीकों द्वारा सामाजिक रूप से प्राप्त और संचारित सभी व्यवहार प्रतिमानों का सामूहिक नाम 'संस्कृति' है."

हॉबेल (Hoebel) ने माना है कि "संस्कृति सीखे हुए व्यवहार प्रतिमानों का कुल योग है, जो किसी समाज के सदस्यों की विशेषता है और जोकि प्राणीशास्त्रीय विरासत का परिणाम है."

राल्फ लिन्टन (Ralph Linton) का मानना है कि "एक समाज की संस्कृति अपने सदस्यों के लिए जीवन का ढंग है, विचारों और आदतों का संग्रह है, जोकि वे सीखते हैं, जिससे समूह में सहभागी बनते हैं और एक पीढ़ी से दूसरी पीढ़ी को हस्तांतरित होते हैं."

टालकॉट पार्सन्स (Talcott Parsons) ने कहा है कि "संस्कृति वह पर्यावरण है जो मानव क्रियाओं का निर्माण करने में आधारभूत है." इस प्रकार पार्सन्स ने संस्कृति को कार्य प्रणाली का एक मौलिक निर्माणकर्ता माना है.

रॉबर्ट बीरस्टीड (Robert Bierstedt) का कथन है कि "संस्कृति एक जटिल संग्रह है जिसमें वे सभी विशेषताएँ सम्मिलित हैं जिन पर हम विचार करते हैं, कार्य करते हैं और समाज का सदस्य होने के नाते उन्हें अपने पास रखते हैं."

मेकाइवर और पेज (MacIver and Page) के अनुसार "हमारे रहने, विचार करने, प्रतिदिन के कार्यों, कला, साहित्य, धर्म, मनोरंजन और आनन्द में, संस्कृति हमारी प्रकृति की अभिव्यक्ति है." मेकाइवर एवं पेज के इस कथन को मान

लिया जाए, तो संस्कृति एवं व्यक्तित्व को अलग करना कठिन हो जाएगा.

लुण्डबर्ग (Lundberg) के अनुसार "संस्कृति को उस व्यवस्था के रूप में परिभाषित किया जा सकता है जिसमें हम सामाजिक रूप से प्राप्त और आगामी पीढ़ियों को संचालित कर दिए जाने वाले निर्णयों, विश्वासों, आचरणों तथा व्यवहार के परम्परागत प्रतिमानों से उत्पन्न होने वाले प्रतीकात्मक और भौतिक तत्वों को सम्मिलित करते हैं."

उपर्युक्त परिभाषाओं से स्पष्ट है कि संस्कृति के सम्बन्ध में विभिन्न मानवशास्त्रियों एवं समाजशास्त्रियों में एक मत नहीं है. कुछ प्रारम्भिक विचारकों ने संस्कृति को एक जटिल समग्र माना है जिसमें उन्होंने अमूर्त मानवीय कृतियों को ही प्रमुखता से शामिल किया, परन्तु बाद के विचारकों ने इसमें मूर्त मानवीय कृतियों को भी समान महत्व दिया. इसी अर्थ में ये विचारक संस्कृति को लोगों की सम्पूर्ण जीवन-शैली के रूप में परिभाषित किया है, लेकिन सभी विचारक लगभग इस बात से सहमत हैं कि संस्कृति मानव द्वारा रचित कृतियों की सम्पूर्णता है, जिसे व्यक्ति समाज के सदस्य होने के नाते ग्रहण करता है और उसमें अपना सम्पूर्ण जीवन व्यतीत करता है.

संस्कृति की विशेषताएँ (Characteristics of Culture)

उपर्युक्त परिभाषाओं के आधार पर संस्कृति की निम्नलिखित विशेषताएँ स्पष्ट होती हैं—

(1) **सीखने का गुण** (The Quality of Learning)—**हॉबेल** ने इसी तथ्य को अपनी परिभाषा में मुख्य आधार बनाया है. **लुण्डबर्ग** ने भी स्पष्ट शब्दों में लिखा है कि "संस्कृति व्यक्ति की जन्मजात प्रवृत्तियों अथवा जैविक विरासत से सम्बन्धित नहीं होती है, बल्कि यह सामाजिक सीख एवं अनुभव पर आधारित है." अर्थात् संस्कृति जैविक गुणों का अंग नहीं होता है. प्रत्येक दशा में संस्कृति सीखी ही जाती है. समाजीकरण की प्रक्रिया द्वारा व्यक्ति अपने सांस्कृतिक आदर्शों एवं प्रतिमानों को ही आत्मसात् करता है. इसलिए प्रत्येक समाज में संस्कृति को आत्मसात् कराने अर्थात् समाजीकरण की एक संस्थात्मक व्यवस्था होती है.

(2) **सहभागिता का गुण** (The Quality of Co-operativeness)—किसी वस्तु या व्यवहार को तब तक संस्कृति का अंग नहीं माना जाएगा, जब तक कि उसे कोई समाज, समुदाय या समूह स्वीकार नहीं कर लेता है. इस प्रकार कोई व्यक्तिगत मानदण्ड संस्कृति का भाग नहीं हो सकता, जब तक कि उसमें अन्य लोगों की भागीदारी न हो. किसी व्यक्ति के कार्य करने के ढंग या उसका विचार सिर्फ व्यक्तिगत आदत ही माना जा सकता है. व्यक्तिगत आदतों या विचारों को सम्पूर्ण समूह या समाज द्वारा अपनाए जाने में ही संस्कृति की सहभागिता की विशेषता अन्तर्निहित है.

(3) **हस्तान्तरण का गुण** (The Quality of Transmission)—संस्कृति सामाजिक विरासत के रूप में मनुष्य को प्राप्त होती है, जिसका हस्तान्तरण पीढ़ी-दर-पीढ़ी अनेक माध्यमों एवं साधनों से होता रहता है. इस हस्तान्तरण की प्रक्रिया में ही संस्कृति के तत्व समाज में संचित होते रहते हैं. पशुओं के भी कुछ व्यवहार सीखे हुए होते हैं, लेकिन पशुओं में इनके हस्तान्तरण की क्षमता नहीं होती है. अर्थात् संस्कृति के हस्तान्तरण का गुण मानव समाज की विशिष्ट विशेषता है. इस प्रक्रिया के परिणामस्वरूप ही समाज की भावी पीढ़ी को ज्ञान के नए आयामों की खोज के लिए नए सिरे से शुरूआत नहीं करनी पड़ती है. इस प्रक्रम में संस्कृति भी परिष्कृत होती रहती है.

(4) **सामंजस्य का गुण** (The Adaptive Quality)—सामंजस्य का आशय भौगोलिक और सामाजिक पर्यावरण से सामंजस्य से है. संस्कृति की इसी विशेषता के कारण किसी विशिष्ट संस्कृति को अपनाने वाले जन समूह अपने भौगोलिक दशाओं के अनुकूल अपने आपको ढाल पाने में सक्षम हो पाते हैं. संस्कृति की इसी विशेषता में सांस्कृतिक विभिन्नता के कारण भी अन्तर्निहित हैं. यदि हम किसी समाज में प्रचलित किसी विशेष प्रथा का कारण जानना चाहें, तो इसका उत्तर हमें उन भौगोलिक दशाओं एवं सामाजिक परिस्थितियों में मिलेगा जिनसे सामंजस्य स्थापित कर संस्कृति ने उन परम्पराओं या प्रथाओं को अपना अंग बनाया है. इस सामंजस्य के कारण ही संस्कृति का स्थानीय महत्व होता है. जैसे टुण्ड्रा प्रदेश की संस्कृति रेगिस्तानी प्रदेशों के लिए अर्थहीन होगी.

सामंजस्य की विशेषता के कारण ही संस्कृति में स्वाभाविक रूप से परिवर्तनशीलता की भी विशेषता होती है. परिवर्तनशील क्षमता से युक्त होने के कारण ही संस्कृति समय एवं परिस्थिति के अनुसार परिवर्तित होकर स्थायी बनी रहती है.

(5) **सम्पूर्णता का गुण** (The Integrative Quality)—संस्कृति के सभी तत्व-संकुल एवं प्रतिमान आपस में जुड़कर एक सम्पूर्णता का निर्माण करते हैं. इस सम्पूर्णता में ही प्रत्येक तत्व का समान महत्व होता है. यह ठीक उसी प्रकार से होता है जैसे एक मोटर गाड़ी में विभिन्न पार्ट-पुर्जों को यथाक्रम में संगठित करने पर ही एक समग्रता का निर्माण होता है. जिस प्रकार इन पार्ट-पुर्जों में एक निश्चित सामंजस्य होता है उसी प्रकार संस्कृति के विभिन्न भाग भी आपस में एक निश्चित सामंजस्य स्थापित करते हुए जुड़े होते हैं. इसलिए किसी एक भाग में परिवर्तन उत्पन्न होने पर दूसरे भाग को परिवर्तित करना आवश्यक हो जाता है.

(6) **आवश्यकता पूर्ति का गुण** (The Gratifying Quality)—आवश्यकता पूर्ति की विशेषता को ही **मेलिनोवस्की** ने संस्कृति का 'प्रकार्यात्मक पक्ष' माना है. सम्पूर्ण संस्कृति या संस्कृति का कोई विशिष्ट भाग व्यक्ति के किसी-न-किसी आवश्यकता की पूर्ति से अवश्य जुड़ा हुआ होता है. ये आवश्यकताएँ जैविक, सामाजिक या सांस्कृतिक भी हो सकती हैं. आवश्यकता पूर्ति के दृष्टिकोण से कभी-कभी संस्कृति के कुछ भाग निरर्थक प्रतीत होते हैं, लेकिन सूक्ष्म दृष्टि से देखने पर सम्पूर्ण सांस्कृतिक ढाँचे में उस भाग का स्पष्ट महत्व परिलक्षित होता है.

(7) **आदर्श होने का गुण** (The Ideational Quality)—समूह में प्रचलित व्यवहार प्रतिमान, मूल्य एवं आदर्श नियमों से ही संस्कृति का निर्माण होता है. इसलिए प्रत्येक संस्कृति उस समूह के सदस्यों के लिए आदर्श होती है. समूह का प्रत्येक सदस्य अपनी संस्कृति को सम्मान की नजर से देखता है. वह अपनी संस्कृति को अलौकिक एवं उच्च समझता है, जबकि दूसरे समूहों की संस्कृति को तुच्छ वस्तु मानता है.

(8) **सामाजिकता का गुण** (The Quality of Sociality)—पहले ही कहा जा चुका है कि संस्कृति में सहभागिता का गुण होता है. इससे स्पष्ट होता है कि संस्कृति का जन्म और विकास मानवीय अन्तःक्रियाओं के परिणामस्वरूप ही होता है. इसके अलावा संस्कृति में सभी सामाजिक तथ्यों का भी समावेश रहता है. जैसे—धर्म, कला, विज्ञान, साहित्य, प्रथा, परम्परा, जनरीति, कानून इत्यादि. इन सभी अर्थों में संस्कृति पूर्णतः सामाजिक तथ्य है.

(9) **पृथकता एवं स्थानीयता का गुण** (The Quality of Distinctive and Locality)—भौगोलिक एवं सामाजिक परिस्थितियों से सामंजस्य स्थापित करने के क्रम में ही संस्कृति का स्वरूप निर्धारित होता है. साथ ही, हम यह भी जानते हैं कि प्रत्येक स्थान की भौगोलिक परिस्थितियाँ एक जैसी नहीं होती हैं. इसलिए प्रत्येक समाज की अपनी पृथक् संस्कृति होती है. स्थानीय आवश्यकताओं के अनुसार विकसित होने के कारण कोई संस्कृति उसी समाज के लिए प्रासंगिक होती है जिसके बीच से वह उत्पन्न होता है. स्थानीयता की विशेषता के कारण ही प्रत्येक संस्कृति के अपने-अपने आचार तत्व (Ethos) होते हैं. जैसे—भारतीय संस्कृति में सबसे महत्वपूर्ण आचार तत्व धर्म है. इसलिए यहाँ प्रत्येक क्रिया-कलाप धार्मिक प्रेरणा के आधार पर ही सम्पन्न होती है.

संस्कृति की संरचना (Structure of Culture)

संस्कृति का निर्माण अनेक छोटी-बड़ी इकाइयों के अर्थपूर्ण सम्मिलन से ही होता है. इसलिए प्रत्येक संस्कृति में एक एकीकरण का सिद्धान्त और जीवन दर्शन होता है, जो संस्कृति के प्रत्येक पहलू में व्याप्त होता है. इस सम्मिलन या एकीकरण में ही संस्कृति की संरचना शामिल है. समाजशास्त्रियों ने संस्कृति की संरचना को चार प्रमुख इकाइयों में विभाजित कर स्पष्ट किया है. ये इकाइयाँ निम्नलिखित हैं—

(1) **सांस्कृतिक तत्व** (Cultural traits or Components)—सांस्कृतिक तत्व, सम्पूर्ण सांस्कृतिक ढाँचे की सबसे छोटी इकाई होती है. इसे सार्थक रूप में पुनः विभाजित नहीं किया जा सकता है. अर्थात् सांस्कृतिक तत्व वे ईंटें हैं जिसके द्वारा सम्पूर्ण समाज की संस्कृति का निर्माण होता है. **हॉबेल** (Hobel) ने इसे स्पष्ट करते हुए लिखा है कि "एक संस्कृति-तत्व व्यवहार का एक प्रकार या इस व्यवहार के परिणाम-स्वरूप बनी एक भौतिक वस्तु है जिसे सांस्कृतिक व्यवस्था की सबसे छोटी इकाई माना जाता है."

परिभाषात्मक दृष्टिकोण से एकमत होने के बावजूद विभिन्न समाजशास्त्रियों ने संस्कृति के भिन्न-भिन्न तत्वों का उल्लेख किया है. उदाहरणार्थ **आर. लिंटन** (R. Linton) ने संस्कृति के तीन तत्वों का उल्लेख किया है. सर्वमान्य तत्व, वैकल्पिक तत्व तथा विशिष्ट तत्व. लिंटन ने संस्कृति की उन विशेषताओं को सर्वमान्य तत्व माना है जिसे समाज के सभी सदस्य सामान्य रूप से स्वीकार करते हैं. जैसे—राज्य के नियम, आर्थिक और वैज्ञानिक पद्धतियाँ आदि. वैकल्पिक तत्व वे क्रियाएँ हैं जिनमें व्यक्तियों को चुनाव का अधिकार होता है. कुछ कार्यों और व्यवसायों की विशिष्ट विशेषताओं को लिंटन ने विशिष्ट तत्व के अन्तर्गत समाहित किया है. **रॉबर्ट बीरस्टीड** (Robert Bierstedd) ने भी संस्कृति के तीन तत्वों का उल्लेख किया है. ये हैं—विचार (Idea), व्यवहार आदर्श (Norms) और भौतिक पदार्थ (Material). **एच. एम. जॉनसन** (H.M. Johnson) ने संस्कृति के चार तत्वों का उल्लेख किया है. संज्ञानात्मक तत्व, विश्वास, मूल्य व प्रतिमान तथा चिह्न. **लेविल जे. कार** ने संस्कृति के पाँच तत्वों की चर्चा की है. ये हैं—भाषा, भौतिक तत्व एवं वस्तुएँ, सामंजस्य प्रतिमान, मूल्य व आदर्श तथा प्रकार्यों की परस्पर निर्भरता.

समन्वयात्मक दृष्टिकोण से संस्कृति के सार्वभौमिक तत्वों को निम्नलिखित इकाइयों के तहत समूहबद्ध किया जा सकता है—

(i) **प्रौद्योगिकी**—इसमें संस्कृति के उन सभी तत्वों को शामिल किया जा सकता है जिन्हें यंत्र, उपकरण तथा शिल्प के रूप में मनुष्य ने अपनी बुनियादी आवश्यकताओं की पूर्ति हेतु बनाया है.

(ii) **आर्थिक संगठन**—इसमें वे तकनीक शामिल हैं जिनके माध्यम से उत्पादन को संगठित एवं वस्तुओं तथा कार्यों के वितरण को नियंत्रित किया जाता है.

(iii) **सामाजिक संगठन**—इसमें सामाजिक सम्बन्ध तथा व्यक्तियों के पारस्परिक सम्बन्धों की स्थापना तथा नियन्त्रण से सम्बन्धित नियमों का समावेश है.

(iv) **राजनीतिक संगठन**—समाज में मतभेदों को दूर करने तथा सामाजिक व्यवस्था को बनाए रखने वाली पद्धतियों तथा उपायों का इसमें संकलन है.

(v) **विचारधारा**—इसमें विश्वासों, मान्यताओं तथा आदर्शों के रूप में ऐसे तथ्यों का संकलन है जो व्यक्ति के मार्ग दर्शक की भूमिका निभाते हैं.

(vi) **कला**—सौन्दर्य के प्रति अभिव्यक्ति को कला के अन्तर्गत समेकित किया जाता है.

(vii) **भाषा**—सामूहिक संचार के लिए भाषा एक माध्यम का कार्य करती है.

(2) **सांस्कृतिक संकुल** (Cultural Complex)—**सदरलैण्ड और वुडवर्ड** ने लिखा है कि "सांस्कृतिक संकुल, सांस्कृतिक तत्वों की वह सम्पूर्णता है जो अर्थपूर्ण अन्तर्सम्बन्धों द्वारा परस्पर गुँथे रहते हैं." **बीरस्टीड** ने भी कहा है कि "जब हम संस्कृति के तत्वों के एक संयोग (Combination) की बात करते हैं तब सम्भवतः हम 'संस्कृति संकुल' शब्द का ही प्रयोग करते हैं." वास्तव में, सांस्कृतिक तत्वों का पृथक् रूप में कोई सार्थक महत्व नहीं होता है. विभिन्न सांस्कृतिक तत्व आपस में एक निश्चित क्रम के अनुसार मिलकर ही अपनी सार्थकता एवं महत्व को साबित करते हैं. सांस्कृतिक तत्वों का यह सम्मिलित योग ही सांस्कृतिक संकुल कहलाता है. जैसे, किसी विशिष्ट 'खेल' के सांस्कृतिक संकुल में खिलाड़ी निर्णायक, नियम, कोई भौतिक वस्तु आदि विभिन्न सांस्कृतिक तत्व हैं.

(3) **सांस्कृतिक प्रतिमान** (Cultural Pattern)—बहुत से सांस्कृतिक तत्व एवं सांस्कृतिक संकुल आपस में संयोजित होकर सांस्कृतिक प्रतिमानों का निर्माण करते हैं. यह सामान्यतः हमारे मस्तिष्क में अवस्थित होते हैं और हमारे व्यवहार के माध्यम से प्रकट होते हैं. **हर्सकोविट्स** ने सांस्कृतिक प्रतिमानों को स्पष्ट करते हुए कहा कि "संस्कृति के तत्वों का वह रूप जो एक समाज के सदस्यों के व्यक्तिगत व्यवहार प्रतिमानों के माध्यम से व्यक्त होता हुआ, जीवनप्रणाली को एकरूपता, निरन्तरता और विशिष्ट रूप देता है, वह सांस्कृतिक प्रतिमान कहलाता है." एक सांस्कृतिक प्रतिमान किसी संस्कृति की सबसे महत्वपूर्ण प्रकार्यात्मक इकाई होती है.

लघु रूप में सांस्कृतिक प्रतिमान व्यक्तिगत व्यवहारों से सम्बद्ध होते हैं, लेकिन वृहत् रूप में प्रत्येक समुदाय, समूह एवं राष्ट्र का भी एक निश्चित सांस्कृतिक प्रतिमान होता है. **मेरिल एवं एल्ड्रिज** ने अमेरिका के सांस्कृतिक प्रतिमानों का उल्लेख किया है. इन्होंने अमरीका प्रतिमानों में, विभिन्न संस्थाओं को अनुपात रहित महत्व देना, आर्थिक संस्थाओं को अधिक महत्व, आक्रामकता, असमानता, गतिशीलता, नगरीयता, भविष्योन्मुखता, विरोधाभासी, समूहवादी तथा भौतिकवादी मूल्यों का समर्थन इत्यादि को शामिल किया है. इसी प्रकार से भारतीय संस्कृति के सांस्कृतिक प्रतिमानों में जाति-प्रथा, आश्रम-व्यवस्था, संयुक्त परिवार, आध्यात्मवाद, कर्म का आदर्श इत्यादि प्रमुख हैं.

(4) **सांस्कृतिक क्षेत्र** (Cultural Area)—ऐसा भौगोलिक क्षेत्र जहाँ समान सांस्कृतिक विशेषताएँ पाई जाती हैं, वह सांस्कृतिक क्षेत्र कहलाता है. **क्लार्क विसलर** (Clark Wissler) ने इसे परिभाषित करते हुए कहा कि "एक संस्कृति क्षेत्र वह भौगोलिक प्रदेश है जहाँ समान सांस्कृतिक विशेषताओं वाले अनेक स्वतन्त्र जनजातियाँ या समूह निवास करते हों." इस दृष्टिकोण से विभिन्न देश एवं समुदाय एक सांस्कृतिक क्षेत्र है. भारत में भाषाओं के आधार पर राज्यों का विभाजन किया गया है, परन्तु प्रत्येक राज्य अलग-अलग सांस्कृतिक विशेषताओं का भी प्रतिनिधित्व करते हैं. इस दृष्टिकोण से भारत का प्रत्येक राज्य भी एक सांस्कृतिक क्षेत्र है.

सांस्कृतिक क्षेत्र के सम्बन्ध में दो बातें उल्लेखनीय हैं. पहली, एक सांस्कृतिक क्षेत्र में समान सांस्कृतिक विशेषताओं के साथ-ही-साथ सांस्कृतिक विविधताएँ भी पाई जाती हैं. दूसरी, किसी भी संस्कृति की विशेषताओं को विशुद्ध रूप में किसी भौगोलिक सीमा के साथ बाँधा नहीं जा सकता है. एक सांस्कृतिक क्षेत्र की सांस्कृतिक विशेषताएँ कमोबेश दूसरे सांस्कृतिक क्षेत्र में भी पाई जाती है.

संस्कृति का वर्गीकरण (Classification of Culture)

कई मानवशास्त्रियों एवं समाजशास्त्रियों के द्वारा संस्कृति को वर्गीकृत करने का भी प्रयास किया गया है. इस सम्बन्ध में मानवशास्त्री **क्रोबर एवं क्लुखोन** तथा समाजशास्त्री **ऑगबर्न** का योगदान उल्लेखनीय है.

ए. एल. क्रोबर (A.L. Kroeber) ने संस्कृति के दो पक्षों का उल्लेख किया है. **ईडांस** (Idans) एवं **ईथांस** (Ethans). संस्कृति का निर्माण करने वाले तत्वों के औपचारिक, एवं व्यक्त स्वरूप को **क्रोबरने ईडांस** कहा है, जबकि इथांस, संस्कृति का वह क्रियासाध्य है जो संस्कृतियों की विशेषताएँ, संस्कृतियों की प्रेरक मान्यताओं तथा संस्कृतियों की अभिरुचियों को निर्धारित करते हैं.

सी. क्लुखोन (C. Kluckhohn) ने भी दो प्रकार के सांस्कृतिक तत्वों की चर्चा की है. यह विभाजन मूलतः इस मान्यता पर आधारित है कि कोई व्यक्ति या व्यक्ति समूह जो एक विशिष्ट संस्कृति में आस्था रखते हैं, वे उस संस्कृति के

कुछ पक्षों से अनभिज्ञ भी हो सकते हैं. इस मान्यता के आधार पर क्लुखोन ने संस्कृति के **अभिहित** (Explicit) तथा **निहित** (Implicit) तत्वों का उल्लेख किया है. जिन सांस्कृतिक यथार्थों को आँख और कान की सहायता से अनुभव किया जा सके वे अभिहित तत्व हैं. संस्कृति विशेष के वाहक इन तत्वों से अच्छी तरह परिचित होते हैं. इसके अतिरिक्त एक संस्कृति में कुछ ऐसे भी अप्रकट तत्व होते हैं जिनका उस संस्कृति विशेष को अपनाने वाले लोग सही-सही वर्णन नहीं कर पाते हैं या प्रायः अवगत ही नहीं होते हैं या जिनके अनुभवीकरण के लिए विशेष प्रशिक्षण की आवश्यकता होती है. ये 'निहित' तत्व कहलाते हैं. ये तत्व मानव व्यवहार में निहित अभिप्रेरकों एवं मनोवेगों के रूप में होते हैं.

संस्कृति का सबसे अधिक मान्यता प्राप्त वर्गीकरण **डब्ल्यू. एफ. ऑगबर्न** (W.F. Ougburn) का है जो उन्होंने अपनी पुस्तक 'Social Change' में 'सांस्कृतिक विलम्बन सिद्धान्त के स्पष्टीकरण में प्रस्तुत किया था. इन्होंने भी संस्कृति के दो भागों का उल्लेख किया था जो निम्नलिखित हैं—

(1) **भौतिक संस्कृति** (Material Culture)—भौतिक संस्कृति, संस्कृति का मूर्त, पार्थिव एवं पदार्थगत पक्ष है. इसके अन्तर्गत उन सभी भौतिक आविष्कारों को शामिल किया जाता है जिनका निर्माण मनुष्य ने अपने अनुभव एवं प्रयास के आधार पर किया है. इन्हें आँखों से स्पष्ट रूप में देखा जा सकता है तथा हाथों से छूकर अनुभव किया जा सकता है. विभिन्न प्रकार के उपकरण, शिल्प वस्तुएँ, गृह निर्माण, प्रौद्योगिकी, कला, वस्त्र इत्यादि भौतिक संस्कृति के उदाहरण हैं. **ऑगबर्न** ने वैकल्पिकता, परिवर्तनशीलता एवं सरलता को भौतिक संस्कृति की मुख्य विशेषता बताया है.

(2) **अभौतिक संस्कृति** (Non-Material Culture)—अभौतिक संस्कृति, संस्कृति का अमूर्त, अपार्थिव एवं अपदार्थ-गत पक्ष है. इसमें मनुष्य द्वारा विकसित सभी प्रकार के विचार, विश्वास, मूल्य एवं आदर्श, व्यवहार प्रतिमान, परम्परा, प्रथा आदि को शामिल किया जाता है. स्पष्ट है कि इन तत्वों को कभी भी आँखों से देखकर या हाथों से छूकर अनुभव नहीं किया जा सकता है. इन्हें हम केवल अपनी आन्तरिक संवेदनाओं के आधार पर ही महसूस कर सकते हैं. इसलिए इसका भौतिक मापन सम्भव नहीं है. इस संस्कृति की मुख्य विशेषताएँ, स्थिर प्रकृति, बाध्यकारी गुण एवं जटिलता है.

अन्त में, यहाँ यह समझ लेना आवश्यक है कि संस्कृति को वर्गीकृत करने का जो भी प्रयास किया गया है वह मात्र सुविधा के दृष्टिकोण से है. प्रत्येक वर्ग किसी आदर्श स्थिति का द्योतक नहीं है, बल्कि प्रत्येक वर्ग एक-दूसरे के पूरक हैं. प्रत्येक वर्ग के सह-अस्तित्व में ही संस्कृति सम्पूर्ण अर्थ में क्रियाशील हो सकती है. **ऑगबर्न** ने स्वयं भी लिखा है कि "जहाँ विश्लेषण के उद्देश्य से भौतिक और अभौतिक संस्कृति के बीच भेद करना उचित है, वहीं इस बात का भी ध्यान रखना आवश्यक है कि ये दोनों (भौतिक एवं अभौतिक संस्कृति) विस्तृत सांस्कृतिक इकाई, अर्थात् संस्थाओं के परस्पर सम्बन्धित अंग हैं."

संस्कृति के सिद्धान्त (Theories of Culture)

किसी संस्कृति-विशेष का जन्म कैसे होता है तथा उसमें सांस्कृतिक प्रतिमानों और संकुलों का विकास कैसे होता है? इस बात को अनेक मानवशास्त्रियों एवं समाजशास्त्रियों ने अपने-अपने विचारों के आधार पर विश्लेषण किया है. यह विश्लेषण ही 'संस्कृति के सिद्धान्त' के रूप में जाना जाता है. इस सिद्धान्त को तीन भागों में बाँटा गया है. इसका विस्तृत विश्लेषण इस प्रकार है—

(1) **उद्विकासवादी सिद्धान्त** (Evolutionary Theory)—**चार्ल्स डार्विन, हरबर्ट स्पेन्सर, टायलर, मॉर्गेन, हेड्डन, लेवीब्रुहल, कॉम्टे, मार्क्स, दुर्खीम, गार्डन चाइल्ड** आदि विचारक उद्विकास-वाद के प्रमुख समर्थक रहे हैं. इन लोगों ने संस्कृति को भी सामाजिक उद्विकास का ही प्रतिफल माना है.

उद्विकासवादी विचारकों की यह मान्यता थी कि मानसिक बनावट की दृष्टि से मनुष्य सर्वत्र एकसा ही है. इसलिए समान समस्याओं की स्थिति में मनुष्य एक जैसे समाधानों को ही खोज निकालते हैं. मनुष्य के इसी खोजमूलक प्रवृत्ति के कारण संस्कृति का जन्म हुआ. सांस्कृतिक विभिन्नता का कारण इन लोगों ने पर्यावरण की वैविध्यता को माना है. इन विचारकों ने इस बात पर विशेष जोर दिया है कि संस्कृति भी सरल से जटिल एवं विभिन्नीकृत स्थिति की ओर बढ़ती है. इस सिद्धान्त में यह भी बताया गया कि प्रत्येक संस्था का विकास संस्कृति के स्थानीय परिवेश के अन्तर्गत स्वतन्त्र रूप में होता है.

अपने सिद्धान्त के समर्थन में उद्विकासवादियों द्वारा जिन क्रमिक अवस्थाओं का उल्लेख किया गया वह ऐतिहासिक प्रमाणों से पूर्णतः सिद्ध न हो सका. इसलिए प्रारम्भिक मान्यता के बावजूद इस सिद्धान्त का महत्व कम ही रहा. साथ ही इस सिद्धान्त से सम्पूर्ण सांस्कृतिक प्रक्रियाओं के कार्यकरण को भी उद्घाटित नहीं किया जा सकता है.

(2) **प्रसारवादी सिद्धान्त** (Diffusionist Theory)—बाद के कुछ विचारकों ने उद्विकासवादियों के इस धारणा को पूर्णतः नकार दिया कि संस्कृति-विशेषकों का विकास सदैव स्वतन्त्र तौर पर होता है और सांस्कृतिक समानताएँ समाभिमुखी उद्विकास (Conversent Evalution) का परिणाम होती है. इन विचारकों का मानना था कि संस्कृति-विशेषक (तत्वों) और अक्सर पूरे संस्कृति-संकुल भी एक समूह से दूसरे समूह तक सम्प्रेषण या प्रव्रजन के माध्यमों द्वारा पहुँचा दिए जाते

हैं. अर्थात् संस्कृति का विकास प्रसार के रूप में होता है. इस सिद्धान्त में तीन सम्प्रदाय विकसित हुए—

(i) **जर्मन प्रसारवादी** (German Diffusionist)—**एफ. ग्रेबनर** (F. Grebner), **एफ. रॉट्ज़ेल** (F. Rotzel), **एंकरमेन, लिवी फ्रोवेन्स, एवं ई. डब्ल्यू. स्मिथ** (E.W. Smith) जैसे जर्मन विचारकों ने प्रसारवाद का विशिष्ट सिद्धान्त प्रतिपादित किया. इन विचारकों का मानना है कि संस्कृति विशेषक एवं संकुल, विभिन्न कालों में विकसित होकर समय के साथ अन्य भागों में प्रसारित होते रहते हैं. ऐसा प्रसार एक क्रमिक प्रक्रिया है. इसी मान्यता के कारण यह सिद्धान्त 'संस्कृति चक्र सिद्धान्त' या 'संस्कृति वृत्त सिद्धान्त' (Culture Circle Theory) भी कहलाता है. इस सिद्धान्त का एक अन्य नाम 'संस्कृति इतिहासात्मक सिद्धान्त' (Culture Historical Theory) भी है.

इस सिद्धान्त की सबसे बड़ी कमी यह थी कि इसके प्रणेताओं ने प्रसार-सम्बन्धी व्याख्या को सामाजिक संस्थाओं के सन्दर्भ में प्रमाणित करने का प्रयास नहीं किया. इन्होंने प्रमाण के रूप में अपने-आपको केवल भौतिक संस्कृति के तत्वों तक ही सीमित रखा. इसलिए कुछ आलोचकों ने इस सिद्धान्त को रहस्यवादी सिद्धान्त की संज्ञा दी है.

(ii) **अमरीकी प्रसारवादी** (American Diffusionist)—इस सम्प्रदाय के प्रणेता **फ्रांज बोआस** (F. Boas), **क्लार्क विसलर** (Clark Wisler) एवं **ए. एल. क्रोबर** (A. L. Kroebur) थे. अमरीकी प्रसारवादियों ने संस्कृति-सम्पर्क के कारण तथा इसके सक्रिय प्रभावों पर विशेष रूप से प्रकाश डाला है.

बोआस ने प्रसार सम्बन्धी अध्ययनों के लिए विश्लेषणात्मक अध्ययन पद्धति अपनाने का सुझाव दिया. जिसमें अध्ययन, विशेष से सामान्य अर्थात् तथ्य से सिद्धान्त की ओर बढ़ती है. बोआस का विचार है कि सम्पर्क की गत्यात्मकता के कारणों को व्यक्ति के मानसिक गठन में ढूँढ़ा जाना चाहिए.

बोआस ने प्रसारित तथ्यों के सन्दर्भ में जिन निश्चित भू-क्षेत्रों का उल्लेख किया, **विसलर** ने उसे सांस्कृतिक क्षेत्र का नाम दिया. विसलर का मत है कि कोई भी सांस्कृतिक तत्व (मुख्यतः अभौतिक तत्व) रास्ते में क्षीण हुए बिना लम्बी दूरियाँ तय नहीं करता है. विसलर का मानना था कि यह क्षीणता अपने से भिन्न तत्वों के सन्दर्भ या मिश्रण से भी उत्पन्न होती है. सार रूप में, विसलर ने बताया कि प्रत्येक सांस्कृतिक क्षेत्र में एक केन्द्रीय विसरण बिन्दु का पता लगाया जा सकता है. साथ ही, उन सीमाओं को भी मापा जा सकता है जहाँ तक पहुँचते-पहुँचते मूल सांस्कृतिक तत्व एवं संकुल अत्यधिक क्षीण हो जाते हैं तथा जहाँ एक अनिश्चित, लेकिन स्पष्ट अन्तर्क्षेत्रीय प्रभाव दिखलाई पड़ता है. विसलर ने अपने मत के प्रमाणस्वरूप अमरीका के विभिन्न संस्कृति क्षेत्रों का चित्रण किया है. इस क्रम में विसलर ने 'सीमान्त क्षेत्र' (Marginal Area) की भी चर्चा की. ये ऐसे क्षेत्र हैं जहाँ दो सांस्कृतिक क्षेत्रों की सीमाएँ मिलती हैं. इसलिए इस क्षेत्र में दोनों ही प्रकार की संस्कृतियों का मिला-जुला रूप देखने को मिलता है.

(iii) **ब्रिटिश प्रसारवादी** (British Diffusionist)—इस सम्प्रदाय के प्रतिपादकों में **डब्ल्यू. एच. रिवर्स** (W.H.R. Rivers), **जी. ई. स्मिथ** (G.E. Smith) एवं **डब्ल्यू. जे. पेरी** (W.J. Perry) के नाम उल्लेखनीय हैं. प्रसार के सम्बन्ध में इन अंग्रेज विद्वानों ने एक विचित्र धारणा प्रस्तुत की.

इन अंग्रेज विद्वानों का मानना था कि मनुष्य अत्यधिक कल्पनाशील तथा अन्वेषणशील प्राणी नहीं है. अत्यन्त अनुकूल वातावरण में ही मनुष्य कुछ अन्वेषण कर सकने में सक्षम हो पाता है. इन विद्वानों का मानना था कि अन्वेषण के लायक ऐसी अनुकूल परिस्थितियाँ सिर्फ प्राचीन मिस्र में ही उपलब्ध थीं. इसलिए प्रत्येक सांस्कृतिक विशेषकों एवं संस्थाओं का जन्म प्राचीन मिस्र में ही हुआ और यहीं से इसका सम्पूर्ण विश्व में प्रसार हुआ है. इस प्रकार मिस्र को ही प्रत्येक सांस्कृतिक प्रसार का मूल स्रोत मान लेने के कारण इन विद्वानों को 'मिस्रवादियों' के नाम से भी जाना जाता है.

ऐतिहासिक प्रमाणों के आधार पर यह सिद्धान्त पूर्णतः एकपक्षीय साबित हुआ. **हट्टन** ने इस सिद्धान्त की आलोचना करते हुए एक लम्बी सूची पेश की, जिससे यह प्रमाणित होता है कि कई एक से परिणाम काफी भिन्न कारणों एवं क्षेत्रों से प्राप्त होते हैं. सांस्कृतिक प्रसारवाद में ब्रिटिश सम्प्रदाय का उदय तो सबसे अन्त में हुआ, लेकिन प्रमाणों के अभाव में ये सबसे पहले विलुप्त हो गए.

(3) **प्रकार्यवादी सिद्धान्त** (Functional Theory)—संस्कृति के उद्भव तथा विकास के बाद महत्वपूर्ण प्रश्न यह था कि वे कौनसे तत्व या कारक हैं जो संस्कृति को एक अर्थपूर्ण समग्र बनाते हैं. इस प्रश्न के उत्तर में जो विचार प्रस्तुत किए गए उन्हें संस्कृति के प्रकार्यवादी सिद्धान्त की संज्ञा दी गई. प्रकार्यवादी सिद्धान्तों में **मैलिनोवस्की एवं रेडक्लिफ ब्राउन** का नाम प्रमुख रूप से आता है. मैलिनोवस्की तो इस सिद्धान्त के जनक के रूप में ही जाने जाते हैं.

मैलिनोवस्की संस्कृति के विकास को मनुष्य की आवश्यकताओं के सन्दर्भ में ही विश्लेषित करने के पक्षधर थे. उनका मानना था कि प्रत्येक संस्कृति का विकास लोगों की स्थानीय, शारीरिक और मनोवैज्ञानिक आवश्यकताओं के अनुसार ही होता है. इसलिए संस्कृति के प्रत्येक पक्ष में किसी-न-किसी मानवीय आवश्यकता की पूर्ति का गुण होता है. चूँकि मानवीय आवश्यकताएँ मूलतः अन्तर-सम्बन्धित होती हैं, इस कारण संस्कृति के सभी पक्ष भी अन्तर-सम्बन्धित होते हैं. किसी भी एकल-विशेषक (तत्व एवं संकुल) का स्वयं में कोई अर्थ नहीं होता, जब तक कि इसे समग्र सन्दर्भ में न

देखा जाए. प्रसार के सन्दर्भ में मैलिनोवस्की का कहना है कि एक विशेषक प्रसार के बाद अपना मूल स्वरूप तो बनाए रख सकता है, लेकिन इसकी भूमिका बदल जाती है. प्रसार के बाद वह वही भूमिका सम्पादित कर पाएगा जिसकी गुंजाइश नई संस्कृति में मौजूद होगी. अन्ततः उन्होंने यह भी बताया कि संस्कृति के किसी पक्ष में परिवर्तन का प्रभाव पूरे संस्कृति पर पड़ता है.

रेडक्लिफ ब्राउन ने **मैलिनोवस्की** के विचार से अपनी भिन्नता दर्शाते हुए यह मत व्यक्त किया कि किसी संस्कृति का आन्तरिक एकीकरण ही समाज के अस्तित्व के लिए एकमात्र रास्ता है. प्रत्येक संस्कृति विशेषक का प्रकार्य सम्पूर्ण समूह की सुदृढ़ता को बनाए रखने में योगदान देना है, न कि व्यक्तिगत, शारीरिक, मनोवैज्ञानिक और सामाजिक-सांस्कृतिक आवश्यकताओं की पूर्ति करना. इस प्रकार ब्राउन ने संस्कृति के प्रकार्य के रूप में व्यक्ति के अस्तित्व-निर्वाह की तुलना में समाज के अस्तित्व निर्वाह पर विशेष जोर दिया है.

इस प्रकार प्रकार्यवादियों ने माना है कि संस्कृति के प्रत्येक तत्व आपस में एकीकृत होकर समाज के एकीकरण और अनुरक्षण में सहायक होता है. इस सिद्धान्त की आलोचना में यह कहा गया है कि कोई भी संस्कृति इतनी एकीकृत नहीं होती कि उसका प्रत्येक पक्ष समाज या व्यक्ति के लिए सकारात्मक योगदान ही करे. संस्कृति के कुछ तत्व समाज के लिए नकारात्मक भूमिका भी निभाते हैं. इसके अलावा यह तथ्य भी नहीं माना जा सकता है कि संस्कृति के स्वरूप उसके प्रकार्यों की अनुगामी है. वास्तव में, संस्कृति के स्वरूप की अपनी स्वतन्त्र सत्ता होती है.

संस्कृति और सभ्यता
(Culture and Civilization)

प्रायः 'संस्कृति' और 'सभ्यता' का समान अर्थों में ही प्रयोग किया जाता है, लेकिन आधुनिक समाजशास्त्रियों ने इसे एक-दूसरे से पृथक् कर, पूर्णतः समाजशास्त्रीय अर्थ प्रदान करने का प्रयास किया है.

मैकाइवर एवं पेज ने सभ्यता को परिभाषित करते हुए कहा कि "सभ्यता से हमारा तात्पर्य अपने जीवन की दशाओं को नियन्त्रित करने के लिए मानव द्वारा नियोजित सम्पूर्ण संगठन और यान्त्रिकता (Mechanism) से है."

टी. बी. बॉटोमोर (T.B. Bottomore) ने संस्कृति एवं सभ्यता के अन्तर को स्पष्ट शब्दों में आलेखित करते हुए कहा कि "संस्कृति का सम्बन्ध सामाजिक जीवन के विचारात्मक पक्ष से है, जबकि सभ्यता विशेष रूप से भौतिक पक्ष से सम्बन्धित है."

वस्तुतः मनुष्य के सामाजिक जीवन में अनेक विचार, विश्वास एवं धारणा के अलावा बहुत से भौतिक पदार्थ का भी सकारात्मक योगदान होता है. प्रत्येक भौतिक पदार्थ मनुष्य की किसी-न-किसी आवश्यकता को संतुष्ट करती है. इसके अलावा अपने सामाजिक आचरण की अभिव्यक्ति में भी मनुष्य कुछ भौतिक पदार्थों का सहारा लेता है. इन भौतिक पदार्थों के सहयोग से मनुष्य अपने व्यवहार को व्यवस्थात्मक एवं मूर्त रूप देता है. इसी प्रकार के भौतिक पदार्थों का सम्मिलित योग 'सभ्यता' कहलाता है. संक्षेप में हम कह सकते हैं कि सभ्यता, उन सभी मूलभूत भौतिक पदार्थ एवं प्रविधियों का संग्रह है जिसका प्रयोग हम अपनी आवश्यकताओं की पूर्ति के लिए एक साधन के रूप में करते हैं.

उपर्युक्त विवेचन से सभ्यता की अग्रलिखित विशेषताएँ स्पष्ट होती हैं—

(1) संस्कृति का भौतिक पक्ष ही सभ्यता है.
(2) संस्कृतिनिष्ठ लक्ष्यों को प्राप्त करने के लिए सभ्यता एक साधन के रूप में प्रयुक्त होता है.
(3) मूर्त भौतिक पदार्थों के अलावा एक साधन के रूप में प्रयुक्त ज्ञान या प्रविधि भी सभ्यता के अंग हैं.
(4) सभ्यता परिवर्तनशील धारणा है, क्योंकि सभ्यता के अनुपयोगी तत्वों का त्याग अधिक सरल है.

संस्कृति तथा सभ्यता में अन्तर
(Difference between Culture and Civilization)

मैकाइवर एवं पेज ने सभ्यता एवं संस्कृति के अन्तरों को स्पष्ट करने के लिए चार आधारों का उल्लेख किया है. ये आधार निम्नलिखित हैं—

(1) **मापन** (Measurement)—प्रत्येक स्थिति में सभ्यता का सम्बन्ध उपयोगिता से होता है. उपयोगिता के आधार पर ही किन्हीं दो भौतिक वस्तुओं का माप करना सम्भव है. जैसे—साईकिल और मोटरकार, वस्तु विनिमय प्रणाली और मुद्रा प्रणाली, लेकिन संस्कृति में भाव प्रधानता का अंश अधिक है. इसलिए संस्कृति का निश्चित मापन सम्भव नहीं है.

(2) **प्रगति** (Progress)—सभ्यता सदैव प्रगति की दिशा में आगे की ओर बढ़ती है. आग और पहिए के आविष्कार से सभ्यता का विकास हुआ जो आज प्रगति करते हुए विभिन्न प्रकार के यान और आण्विक-भट्टी तक पहुँच गया है, लेकिन संस्कृति के सम्बन्ध में ऐसा कहना गलत होगा. सांस्कृतिक परिवर्तनों की कोई निश्चित दिशा नहीं होती है. यह कभी-कभी नकारात्मक दिशा में भी अग्रसर होती है.

(3) **प्रयास** (Efforts)—संस्कृति का सम्बन्ध मानवीय चेतना से है. इसलिए इसे तब तक ग्रहण नहीं किया जा सकता है जब तक कि हमारी चेतना ऐसा करने के लिए पूर्ण

तैयार न हो. जैसे—किसी कला को सीखने के लिए हमारा उस कला में रुचि होना प्रथम शर्त है, लेकिन सभ्यता के विकास के लिए किसी विशेष प्रयास की आवश्यकता नहीं होती है. हम अपने साधारण ज्ञान क्षमता के द्वारा भी सभ्यता के तत्वों का उपयोग आसानी से कर सकते हैं.

(4) **ग्राह्यता** (Adaptiveness)—सभ्यता के तत्व अधिक सुग्राह्य होते हैं. हम अपने मनोवृत्ति, रुचियों और विचारों को परिवर्तित किए बिना ही सभ्यता के तत्वों को ग्रहण कर सकते हैं. इसलिए सभ्यता के तत्व अपनाने में किसी प्रकार की सामाजिक हानि की आशंका नहीं होती है, लेकिन संस्कृति के तत्वों को अपनाने में हमें अपनी मनोवृत्ति, रुचि एवं विचारों को कुछ हद तक परिवर्तित करना पड़ता है. चूँकि व्यक्तिगत रुचि को पूर्णतः नहीं बदला जा सकता इसलिए व्यक्ति संस्कृति के तत्वों को ही कुछ बदलाव के साथ स्वीकार करता है फिर भी, दूसरे संस्कृति के तत्वों को ग्रहण करने में कुछ-न-कुछ सामाजिक हानि की आशंका बनी ही रहती है.

संस्कृति और सभ्यता का सम्बन्ध (Relation between Culture and Civilization)

वास्तव में, संस्कृति साध्य है और सभ्यता साधन. पारस्परिक पूरक की भूमिका अदा करते हुए ये एक-दूसरे से घनिष्ठ रूप से जुड़े होते हैं. **मेकाइवर एवं पेज** ने दोनों के सम्बन्ध को स्पष्ट करने के लिए निम्नलिखित तथ्यों का उल्लेख किया है—

(1) **सभ्यता संस्कृति की वाहक है**—संस्कृति की अभिव्यक्ति सभ्यता के किसी-न-किसी साधन के माध्यम से ही होती है. कला एवं साहित्य की अभिव्यक्ति के लिए भी हम कुछ यंत्र और प्रविधियों का उपयोग करते हैं. इस अर्थ में सभ्यता संस्कृति की वाहक है.

(2) **सभ्यता सांस्कृतिक क्रियाओं को सबल बनाती है**—चूँकि सभ्यता संस्कृति की वाहक है, इसलिए सभ्यता के उन्नतशील साधनों के माध्यम से ही हम सांस्कृतिक प्रक्रियाओं को सर्वसुलभ और सरल बना सकते हैं. सभ्यता के उन्नतशील साधनों की सुलभता एवं बहुलता ही संस्कृति के विकास की मात्रा को निर्धारित करती है.

(3) **सभ्यता, संस्कृति के स्वरूप को निर्धारित करती है**—किसी समाज की सांस्कृतिक विशेषताएँ, उस समाज की सभ्यता के साधनों द्वारा निर्मित पर्यावरण के अनुसार ढल जाती है. जैसे—वर्तमान भारत में आवागमन एवं संचार के साधनों के विकास के साथ सम्पूर्ण सामाजिक एवं सांस्कृतिक संरचना एक नवीन स्वरूप ग्रहण करती जा रही है.

(4) **संस्कृति सभ्यता की दिशा को निर्धारित करती है**—हम अपनी सांस्कृतिक मूल्य एवं आदर्श के अनुसार ही किसी भौतिक आविष्कार को प्रश्रय देते हैं अथवा त्याग करते हैं. केवल वस्तुओं के निर्माण ही नहीं, बल्कि उसके प्रयोग के सम्बन्ध में भी प्रत्येक समाज की संस्कृति कुछ दिशा-निर्देशों को तय करती है. इस दृष्टिकोण से संस्कृति सभ्यता के लिए नियंत्रक की भूमिका निभाती है.

अन्य अवधारणाएँ (Other Concepts)

सांस्कृतिक परिवर्तन (Cultural Change)

जैसाकि हम जानते हैं मनुष्य द्वारा निर्मित मूर्त और अमूर्त स्वरूपों को ही संस्कृति कहा जाता है. इसी आधार पर इन स्वरूपों में होने वाला प्रत्येक परिवर्तन सांस्कृतिक परिवर्तन कहलाता है.

के. डेविस (K. Davis)—ने सांस्कृतिक परिवर्तन को स्पष्ट करते हुए लिखा है कि "संस्कृति की किसी शाखा, जैसे—कला-साहित्य, दर्शन, प्रविधि, विज्ञान, साहित्य, ज्ञान, फैशन, कानून आदि में तथा सामाजिक संगठन के रूपों और नियमों में परिवर्तन होना सांस्कृतिक परिवर्तन है."

मैकाइवर तथा पेज ने सांस्कृतिक परिवर्तन के अन्तर्गत विचारधारा, शासन पद्धति, प्रौद्योगिकी आदि में होने वाले परिवर्तनों को शामिल किया है.

इस सम्बन्ध में **एफ. एफ. मैरिल** (F.F. Merrill) ने लिखा है कि "सांस्कृतिक परिवर्तन का अर्थ सीख के तरीकों, विज्ञान, प्रौद्योगिक उपकरणों, धर्म, अभिव्यक्ति और कलात्मक रुचियों में परिवर्तन होता है."

सांस्कृतिक परिवर्तन के सम्बन्ध में एक महत्वपूर्ण समस्या तब उत्पन्न होती है जब इसका प्रयोग सामाजिक परिवर्तन के सन्दर्भ में किया जाता है. इसलिए यहाँ इन दोनों के बीच जो अन्तर है, उसे भली-भाँति समझ लेना आवश्यक है. इस सम्बन्ध में **क्रोबर एवं पार्सन्स** का एक संयुक्त लेख अति महत्वपूर्ण है. इस लेख में इन्होंने स्पष्ट शब्दों में लिखा है कि "समाज का तात्पर्य व्यक्तियों तथा समूहों के बीच होने वाली अन्तर्क्रिया की व्यवस्था से है, जबकि संस्कृति से हमारा तात्पर्य अनेक मूल्यों, विचारों तथा अर्थपूर्ण प्रतीकों की व्यवस्था से है. इस आधार पर स्पष्ट है कि सामाजिक परिवर्तन का अर्थ समाज की उस संरचना में परिवर्तन होना है जिसके द्वारा व्यक्ति एक-दूसरे से अन्तर्क्रिया करते हैं, जबकि सांस्कृतिक परिवर्तन का तात्पर्य उन सीखे हुए और प्रतीकात्मक व्यवहारों में परिवर्तन होना है जो अतीत की अन्तर्क्रियाओं का परिणाम होते हैं और बाद में हमारी भविष्य की अन्तर्क्रिया को प्रभावित करते हैं" वास्तव में सामाजिक

परिवर्तन किसी सांस्कृतिक परिवेश में ही फलीभूत होते हैं, लेकिन यह सम्पूर्ण संस्कृति को न छूकर सिर्फ उसके किसी विशिष्ट सामाजिक पक्ष को ही परिवर्तित करते हैं.

किसी समाज में सांस्कृतिक परिवर्तन की प्रक्रिया दो प्रकार से क्रियान्वित होती है. पहली प्रक्रिया 'नवाचार' कहलाती है. इसके तहत् किसी समाज के कुछ लोगों द्वारा किसी नए विचार को प्रतिपादित किया जाता है या किसी भौतिक आविष्कार को प्रस्तुत किया जाता है. अपने आरम्भिक अवस्था में नवाचार मनुष्य की बुनियादी आवश्यकताओं और उसके अस्तित्व के संघर्ष की प्रक्रिया के प्रतिफल के रूप में सामने आते हैं. ये नवाचार 'प्राथमिक नवाचार' कहलाते हैं. बाद में मनुष्य अपनी इन कृतियों का विस्तार और परिवर्द्धन करता है. इस स्तर के बाद ये नवाचार 'द्वितीयक नवाचार' कहलाते हैं. दूसरी प्रक्रिया 'प्रसार' की है. इसके अन्तर्गत किसी समाज विशेष में उत्पन्न संस्कृति के नए तत्वों को दूसरे समाज द्वारा अपनाई जाती है. कभी-कभी यह प्रक्रिया एक ही समाज के विभिन्न समूहों में भी दिखलाई पड़ती है. संस्कृतिकरण की प्रक्रिया को प्रसार की प्रक्रिया के रूप में ही समझा जा सकता है.

सांस्कृतिक विलम्बना (पश्चता) (Cultural lag)

ऑगबर्न ने 1922 में प्रकाशित अपनी पुस्तक 'Social Change' में सामाजिक परिवर्तन की प्रक्रिया को स्पष्ट करने के क्रम में 'सांस्कृतिक विलम्बना सिद्धान्त' को प्रस्तुत किया. यह सिद्धान्त 'सांस्कृतिक पिछड़' या 'सांस्कृतिक पश्चता' सिद्धान्त के नाम से भी प्रसिद्ध है.

अपने सिद्धान्त को स्पष्ट करने के लिए ऑगबर्न ने सर्वप्रथम संस्कृति को दो भागों में विभाजित किया. भौतिक तथा अभौतिक. भौतिक संस्कृति के अन्तर्गत उन्होंने तकनीकी ज्ञान एवं प्रविधि तथा अन्य भौतिक वस्तुओं को शामिल किया और अभौतिक संस्कृति में धर्म, कला साहित्य, मनोवृत्ति, विश्वास, विचार इत्यादि को शामिल किया. तत्पश्चात् ऑगबर्न ने बताया कि संस्कृति में परिवर्तनशीलता की विशेषता होती है, लेकिन संस्कृति के भौतिक पक्ष शीघ्रता और आसानी के साथ परिवर्तित हो जाते हैं, जबकि अभौतिक पक्ष या तो स्थिर होते हैं अथवा इनमें परिवर्तन की गति अत्यंत धीमी होती है. इसलिए सांस्कृतिक विकास की प्रक्रिया में संस्कृति के भौतिक पक्ष, अभौतिक पक्षों से काफी आगे निकल जाते हैं. इस स्थिति को ऑगबर्न ने 'सांस्कृतिक विलम्बना' कहा है. इससे सांस्कृतिक संतुलन भंग होता है. संस्कृति के दोनों पक्षों में संतुलन या सामन्जस्य स्थापित करने के प्रयास के परिणाम-स्वरूप ही सामाजिक परिवर्तन होता है.

1947 में **निमकॉफ** के साथ लिखी गई पुस्तक 'A handbook of Sociology' में ऑगबर्न ने अपने सिद्धान्त को कुछ संशोधित किया. इस पुस्तक में सांस्कृतिक विलम्बन को परिभाषित करते हुए **ऑगबर्न** ने लिखा कि "सांस्कृतिक विलम्बन वह तनाव है जो तीव्र और असमान गति से परिवर्तित होने वाली संस्कृति के दो परस्पर सम्बन्धित भागों में विद्यमान होती है." अर्थात् इस पुस्तक में ऑगबर्न ने यह स्वीकार किया है कि प्रत्येक स्थिति में भौतिक संस्कृति ही अभौतिक संस्कृति को पीछे नहीं छोड़ती है, बल्कि अभौतिक संस्कृति भी भौतिक संस्कृति को पीछे छोड़ सकती है. दूसरे शब्दों में संस्कृति के दोनों भागों में से किसी भी एक भाग का दूसरे की तुलना में आगे निकल जाना या पिछड़ जाना ही 'सांस्कृतिक विलम्बना' है.

ऑगबर्न ने अपने सिद्धान्त के समर्थन में अमरीकी समाज का उदाहरण दिया है. द्वितीय विश्वयुद्ध से पहले अमरीका में भौतिक उत्पादन एवं आण्विक शक्तियों में तो काफी वृद्धि हुई, लेकिन इसी मात्रा में वहाँ अन्य देशों से आर्थिक सम्बन्ध तथा समाज के कल्याणकारी कार्यों में कोई विशेष प्रगति न हो सकी. **टी. बी. बोटोमोर** (T.B. Bottomore) ने ऑगबर्न के सिद्धान्त का परीक्षण भारतीय समाज के सन्दर्भ में किया है. बोटोमोर का कहना है कि भारत में निःसन्देह जाति-प्रथा, राजनैतिक शासन, शैक्षणिक प्रणाली तथा उद्योग की आवश्यकताओं की मान्यता में संघर्ष दिखाई देता है.

ऑगबर्न ने सांस्कृतिक विलम्बना के कई कारणों का उल्लेख किया है. उन्होंने व्यक्तियों की रूढ़िवादी प्रवृत्ति को इसके लिए मुख्य कारण माना है. अन्य कारणों में नवीन वस्तु अथवा नए विचारों के प्रति भय, अतीत के प्रति निष्ठा, निहित स्वार्थ तथा नए विचारों के परीक्षण की कठिनाई महत्वपूर्ण है. **मैकाइवर एवं पेज** ने **ऑगबर्न** के इस सिद्धान्त की आलोचना करते हुए 'सांस्कृतिक विलम्बना' शब्द के औचित्य पर ही प्रश्न चिह्न लगाया है. इनका मानना है कि भौतिक एवं अभौतिक संस्कृति की परस्पर तुलना करना न तो सम्भव है और न ही उचित, क्योंकि दोनों की प्रकृति एक-दूसरे से बिल्कुल अलग है. इसलिए बिना किसी निश्चित माप के एक को आगे बढ़ा हुआ और दूसरे को पिछड़ा कहना बिल्कुल अतार्किक होगा. इसलिए मैकाइवर एवं पेज ने सांस्कृतिक विलम्बना के बदले 'प्रौद्योगिक या तकनीकी विलम्बना' 'तकनीकी प्रतिबन्ध' तथा 'सांस्कृतिक संघर्ष' जैसे शब्दों के प्रयोग को उचित एवं तर्कसंगत बताया है.

सांस्कृतिक प्रसार (Cultural Diffusion)

संस्कृति के विशेष तत्व या संकुल किसी स्थान-विशेष पर ही विकसित होते हैं. संस्कृति के ऐसे नवीन विशेषक

'नवाचार' कहलाते हैं. जब एक समाज द्वारा निर्मित नवाचार किसी दूसरे समाज द्वारा सीखे जाते हैं, अपनाए जाते हैं या उधार लिए जाते हैं, तो यह प्रक्रिया 'सांस्कृतिक प्रसार' कहलाती है.

(नोट—विस्तृत विवेचन के लिए संस्कृति के प्रसारवादी सिद्धान्त को देखें.)

सांस्कृतिक सापेक्षवाद (Cultural Relativism)

सांस्कृतिक सापेक्षवाद का तात्पर्य यह है कि किसी समाज विशेष की संस्कृति के मूल्य एवं आदर्शों का मूल्यांकन उस समाज के लोगों की दृष्टि से ही किया जाना चाहिए न कि अपने स्वयं के मूल्य एवं आदर्शों द्वारा. यदि हम स्वयं के आदर्श एवं मूल्य के द्वारा दूसरे समूह के सांस्कृतिक आदर्श एवं परम्पराओं का मूल्यांकन उचित अनुचित के रूप में करेंगे, तो हम उस संस्कृति की वास्तविकताओं को नहीं समझ सकते हैं. अपनी-अपनी परिस्थितियों में सभी समाजों के सांस्कृतिक नियम और कायदे उचित ही होते हैं. इसी आधार पर **रुथ बेनेडिक्ट** (Ruth Benedict) ने यह निष्कर्ष दिया था कि "हमें सभी संस्कृतियों को समान रूप से वैध मानना चाहिए."

सांस्कृतिक सापेक्षवाद की अवधारणा इस बात पर बल देती है कि हमें अपनी सांस्कृतिक अनुकूलन से बाहर निकलकर दूसरी संस्कृति को समझने के लिए उस संस्कृति के मानने वालों के द्वारा प्रयुक्त दृष्टिकोण का ही प्रयोग करना चाहिए. इसके लिए व्यापक कल्पना शक्ति, परानुभूति एवं पूर्वाग्रहों से मुक्त मानसिकता आवश्यक है.

स्व-संस्कृति केन्द्रीयता का जातीय संकेन्द्रणवाद (Ethnocentricism)

यह सांस्कृतिक सापेक्षवाद की प्रतिरोधी विचारधारा है. यह विचारधारा है तो संकुचित, लेकिन सर्वव्याप्त है. **गिलिन एवं गिलिन** (Gillin and Gillin) ने समूह की विशेषता के रूप में इस धारणा का प्रथमतः उल्लेख किया था. उन्होंने सामाजिक समूहों की एक महत्वपूर्ण विशेषता के रूप में समूह के सदस्यों में समूह के हितों के प्रति निष्ठा होना आवश्यक बताया था. इस विशेषता के परिणामस्वरूप ही समूह के प्रत्येक सदस्य अपने समूह एवं समूह के आदर्शों को अन्य समूहों से श्रेष्ठ समझता है. इसी आधार पर प्रत्येक व्यक्ति अपनी संस्कृति को भी दूसरे समूहों की संस्कृति से उच्च मानता है तथा दूसरे समूहों की संस्कृति के प्रति हीन भावना या घृणा का भाव प्रदर्शित करता है.

पर-संस्कृति-ग्रहण (Acculturation)

पर-संस्कृति-ग्रहण, सांस्कृतिक प्रसार की ही पूरक प्रक्रिया है. जैसाकि **सम्बोध** से ही स्पष्ट है, किसी दूसरे समूह के सांस्कृतिक विशेषकों को आत्मसात् करना या ग्रहण करना ही पर-संस्कृति-ग्रहण कहलाता है. यह किसी एक संस्कृति का दूसरी संस्कृति पर पड़ने वाले प्रभावों को स्पष्ट करता है.

एम. जे. हर्सकोविट्ज (M.J. Herskovits) ने इसे स्पष्ट करने के लिए कुछ अन्य सम्बोधों का प्रयोग किया है. ये सम्बोध निम्नलिखित हैं—

(1) **संस्कृति अंतःग्रहण** (Anculturation)—जब एक बच्चा अपनी ही सांस्कृतिक विशेषताओं और परम्पराओं को सीखता है, तो यह प्रक्रिया संस्कृति अन्तःग्रहण कहलाती है.

(2) **अन्तरसंस्कृतिकरण** (Transculturation)—दो संस्कृतियों के बीच सांस्कृतिक तत्वों एवं संकुलों के पारस्परिक आदान-प्रदान की प्रक्रिया को अन्तरसंस्कृतिकरण कहा जाता है.

(3) **परसंस्कृतिग्रहण** (Acculturation)—एक जीवन पद्धति का दूसरी जीवन पद्धति द्वारा विस्थापन परसंस्कृति-ग्रहण है.

(4) **प्रतिपरसंस्कृतिग्रहण** (Anti-Acculturation)—पर-संस्कृतिग्रहण के कारण प्रभावित संस्कृति की संरचना पहले तो टूटती है, लेकिन बाद में अपनी मूल संरचना की प्राप्ति हेतु प्रतिक्रियाशील हो उठती है. ऐसी प्रतिक्रियात्मक अभिव्यक्ति ही प्रतिपरसंस्कृतिग्रहण कहलाती है. भारत की कई जनजातीय संस्कृति अभी इसी प्रक्रिया से गुजर रही है.

सांस्कृतिक निर्धारणवाद (Cultural Determinism)

जिस प्रकार **मार्क्स** ने सभी प्रकार के मानवीय पहलुओं के मूल में आर्थिक स्थितियों को निर्णायक मानकर आर्थिक निर्धारणवाद (Economic Determinism) सिद्धान्त प्रस्तुत किया था, ठीक उसी प्रकार कुछ मानवशास्त्रियों एवं समाजशास्त्रियों का एक ऐसा वर्ग है जो सभी प्रकार के मानवीय पहलुओं के मूल में संस्कृति को ही मुख्य नियंत्रक मानते हैं. इन विचारकों का मत है कि न केवल आर्थिक संगठन, बल्कि स्वयं समाज भी संस्कृति से ही उत्पन्न होता है. इन लोगों का यह भी मानना है कि संस्कृति की अभिवृद्धि एवं क्रियाशीलता भी अपने ही नियमों के द्वारा संचालित होती है. इन सांस्कृतिक निर्धारणवादियों में **लेस्ले ह्वाइट** अग्रगण्य है. संस्कृति से सम्बन्धित व्यापक अध्ययनों से यह साबित हो चुका है कि यह अवधारणा पूर्णतः एकपक्षीय है. वास्तव में व्यक्ति ही संस्कृति का निर्माता, संवर्द्धक और वाहक है. ये सच है कि अधिकतर मानवीय पहलुओं में संस्कृति नियन्त्रक की भूमिका अदा करती है, लेकिन दूसरी ओर संस्कृति स्वयं भी अन्य मानवीय पहलुओं से अवश्य प्रभावित होती है.

उप-संस्कृति (Sub-Culture)

प्रत्येक समाज विशेष की एक सामान्य संस्कृति होती है. इससे समाज का प्रत्येक सदस्य जुड़ा होता है, लेकिन प्रत्येक

समाज में कई प्रकार के विजातीय समूह भी पाए जाते हैं. इन विजातीय समूहों की जीवनशैली अन्य समूहों की जीवनशैली से अलग होती है. सम्पूर्ण समाज के अन्दर इस प्रकार की भिन्नता वाले समूहों की संस्कृति को 'उपसंस्कृति' कहा जाता है जैसे—भारतीय समाज की एक सामान्य भारतीय संस्कृति है जो पश्चिमी संस्कृति से भिन्न है, लेकिन भारतीय समाज में कई विजातीय समूह भी हैं जैसे—बंगाली, आसामी, राजस्थानी, तमिल, कन्नड़ इत्यादि. इन सभी समूहों की अपनी-अपनी एक विशिष्ट संस्कृति है. यह संस्कृति सम्पूर्ण समाज की संस्कृति के लिए उप-संस्कृति है.

उप-संस्कृतियों के विकसित होने के कई आधार हैं. जैसे—पारिस्थितिक या भौगोलिक विभिन्नता, ग्रामीण एवं नगरीय समुदाय, आर्थिक वर्ग, व्यावसायिक विभिन्नता, भाषाई विशेषता, विभिन्न धर्म इत्यादि.

प्रतिरोधी संस्कृति (Countro Culture)

उप-संस्कृति के सदस्य समाज की सामान्य संस्कृति का अनुपालन करते हुए ही अपनी सांस्कृतिक विशेषताओं को आत्मसात् करते हैं अर्थात् उप-संस्कृति के सदस्यों का समाज की सामान्य संस्कृति के प्रति किसी प्रकार का विरोध नहीं होता है. प्रतिरोधी संस्कृति भी एक प्रकार की उप-संस्कृति ही है. दोनों में मुख्य अन्तर यह है कि प्रतिरोधी संस्कृति के सदस्य ऐसे उप-संस्कृति का पालन करते हैं जो सामान्य समाज की संस्कृति द्वारा बनाए नियमों, मूल्यों एवं नैतिक आदर्शों का खुल्लम-खुल्ला विरोध करते हैं. वे अपनी उप-संस्कृति के तहत् जिस जीवन शैली को अपनाते हैं, उसके आदर्श और प्रतिमान सामान्य सामाजिक संस्कृति के विपरीत होते हैं. जैसे—20वीं सदी के छठे-सातवें दशक में कुछ पश्चिमी समाजों में पनपी 'हिप्पी संस्कृति' एक प्रतिरोधी संस्कृति ही थी.

सांस्कृतिक पारिस्थितिकी (Cultural Ecology)

संस्कृति का पारिस्थितिकी और भौगोलिक पर्यावरण के साथ घनिष्ठ सम्बन्ध होता है. सांस्कृतिक पारिस्थितिकी के अन्तर्गत इसी सम्बन्ध का अध्ययन किया जाता है. चूँकि प्रत्येक पारिस्थितिकी चुनौती ही मनुष्य को नवीन आविष्कारों के लिए प्रेरित करती है, इसलिए किसी सांस्कृतिक परम्परा के मूल में कौनसी भौगोलिक परिस्थितियाँ उत्तरदायी रही हैं इसकी जानकारी सांस्कृतिक पारिस्थितिकी के समुचित विश्लेषण से ही समझा जा सकता है.

सांस्कृतिक पारिस्थितिकी सम्बन्धी अध्ययन की आवश्यकता पर सर्वप्रथम **जूलियन स्टीवर्ट** ने पहल की थी. उन्होंने पर्यावरण और उसके कारण होने वाले कुछ सांस्कृतिक परिवर्तनों का वस्तुनिष्ठ अध्ययन भी प्रस्तुत किया था.

सामाजिक संरचना
(Social Structure)

संरचना शब्द मूलरूप से लैटिन भाषा के 'Structure' शब्द का हिन्दी रूपान्तरण है. लैटिन एवं अंग्रेजी भाषा में इस शब्द का अर्थ निर्माण की बनावट है. 16वीं सदी तक यह शब्द इसी अर्थ में प्रयुक्त होता रहा, लेकिन इसी सदी के अन्त में इस शब्द का अर्थ बदल गया. इसके बदले हुए अर्थ में इस शब्द का प्रयोग किसी वस्तु के विभिन्न घटकों के बीच परस्पर सम्बन्धों के सन्दर्भ में किया जाने लगा. इस अर्थ में इस शब्द का प्रयोग प्राणीशास्त्रीय विवेचनों में अत्यधिक लोकप्रिय हुआ.

समाजशास्त्र में यह शब्द प्राणीशास्त्रीय विवेचनों से ही आया है. सर्वप्रथम **हरबर्ट स्पेन्सर** ने 'सामाजिक संरचना' शब्द का प्रयोग किया था. स्पेन्सर ने जैविक संरचना के आधार पर ही सामाजिक संरचना को स्पष्ट करने का प्रयास किया था. स्पेन्सर के बाद सामाजिक संरचना की अवधारणा को विकसित करने में **दुर्खीम** ने अपना योगदान दिया. हालांकि दुर्खीम ने सामाजिक संरचना की प्रत्यक्ष रूप से चर्चा नहीं की है, लेकिन उनके कुछ लेखों में अप्रत्यक्ष रूप से इससे सम्बन्धित कुछ पक्षों का उल्लेख मिलता है. इन विद्वानों ने इस शब्द की चर्चा तो की परन्तु इस शब्द को बहुत स्पष्ट अर्थ नहीं दे पाए. इन विचारकों के बाद सामाजिक संरचना की अवधारणात्मक विकास में **रेडक्लिफ ब्राउन** का अति महत्वपूर्ण योगदान रहा. उनके विवेचन में भी कुछ दोष हैं, लेकिन उनके विवेचनोपरान्त यह शब्द समाजशास्त्र की बुनियादी अवधारणाओं में शामिल करना आवश्यक हो गया.

अर्थ एवं परिभाषाएँ (Meaning and Definition)

प्रत्येक भौतिक और अभौतिक वस्तुओं का एक निश्चित आकार-प्रकार होता है. इस आकार-प्रकार में वस्तु के विभिन्न तत्वों का क्रम विन्यास अन्तर्निहित होता है. एक निश्चित क्रम के अनुसार ही वस्तु के विभिन्न तत्व आपस में संयोजित होकर वस्तु को एक निश्चित और स्थिर ढाँचा प्रदान करते हैं. वस्तु का यही बाहरी ढाँचा उसकी संरचना कहलाती है. जैसे—एक भवन निर्माण में ईंट, पत्थर, लोहा, सीमेंट, लकड़ी आदि वस्तुओं का प्रयोग होता है. ये वस्तु भवनरूपी संरचना के विभिन्न तत्व हैं, लेकिन सिर्फ इन वस्तुओं को किसी स्थान पर एकत्रित कर देने से ही भवन नहीं बन जाता है. इन वस्तुओं को एक निश्चित विधि द्वारा एक निश्चित क्रम में सजाने से ही भवन का निर्माण होता है. भवन की बाहरी रूप-रेखा या आकार-प्रकार ही भवन की संरचना कहलाती है. इसी प्रकार से प्रत्येक जीव की भी एक जैविक संरचना होती है.

प्रत्येक भौतिक-अभौतिक वस्तुओं की तरह प्रत्येक समाज का भी एक निश्चित ढाँचा होता है जो 'सामाजिक

संरचना' कहलाती है. किसी भौतिक वस्तुओं की संरचना की तुलना में सामाजिक संरचना इस अर्थ में विशिष्ट होती है कि इसके निर्माण में अनेक प्रकार के भौतिक एवं अभौतिक तत्वों का समावेश रहता है. भौतिक या मूर्त तत्वों के रूप में सामाजिक संरचना में जितना महत्व समितियों, समूहों, संघों आदि का होता है, अभौतिक तत्वों के रूप में उतना ही महत्वपूर्ण सामाजिक प्रतिमान, मूल्य, आदर्श इत्यादि भी है. ये सभी आपस में क्रमबद्ध होकर ही सामाजिक संरचना का निर्माण करते हैं. विभिन्न समाजशास्त्रियों ने सामाजिक संरचना को निम्नलिखित प्रकार से परिभाषित किया है—

हरबर्ट स्पेन्सर (Herbert Spencer) के अनुसार, "सामाजिक संरचना को भूमिकाओं के उन परिचित प्रतिमानों के रूप में परिभाषित किया जा सकता है, जोकि मुख्यरूप से सामाजिक कार्य या क्रिया की पूर्ति के लिए संगठित है."

रेडक्लिफ ब्राउन (Redcliff Brown) ने कहा है कि "सामाजिक संरचना, संस्थाओं द्वारा परिभाषित और नियमित सम्बन्धों में बँधे हुए व्यक्तियों की एक क्रमबद्धता है." **ब्राउन** के अनुसार, 'संस्थाओं से परिभाषित और संचालित' सम्बन्ध वैसे ही हैं जैसे राजा और प्रजा, पति और पत्नी के बीच सम्बन्ध है.

कार्ल मैनहीम (Karl Mannheim) के अनुसार, "सामाजिक संरचना परस्पर अन्तर्क्रिया करने वाली उन सामाजिक शक्तियों के ताने-बाने को कहते हैं जिसके फलस्वरूप अवलोकन और चिन्तन के तरीके या ढंग विकसित होते हैं."

मोरिस गिन्सबर्ग (Morris Ginsberg) का कहना है कि "सामाजिक संरचना का सम्बन्ध सामाजिक संगठन के प्रमुख स्वरूपों अर्थात् समूहों, समितियों तथा संस्थाओं और इन सबके संकुल से है."

टालकॉट पार्सन्स (Talcott Parsons) ने कहा है कि "सामाजिक संरचना का आशय परस्पर सम्बन्धित संस्थाओं, एजेन्सियों, सामाजिक प्रतिमानों तथा समूह के प्रत्येक सदस्य द्वारा ग्रहण किए गए पदों (Status) तथा कार्यों (Role) की क्रमबद्धता से है." इस प्रकार पार्सन्स ने सामाजिक संरचना की विशेषता के रूप में क्रमबद्धता पर विशेष जोर दिया है.

एस. एफ. नेडेल (S. F. Nadel) ने सामाजिक संरचना को परिभाषित करने के साथ ही इसकी एक मुख्य विशेषता का भी उल्लेख किया है. नेडेल के अनुसार, "सामाजिक संरचना अनेक अंगों की क्रमबद्धता को स्पष्ट करती है. यद्यपि यह स्वयं तुलनात्मक रूप से स्थिर होती है, लेकिन इसका निर्माण करने वाले अंग परिवर्तनशील होते हैं."

मैकाइवर एवं पेज (MacIver and Page) का कहना है कि "समूह निर्माण के विभिन्न तरीके संयुक्त रूप से सामाजिक संरचना के जटिल प्रतिमान का निर्माण करते हैं."

एच. एम. जॉनसन (H.M. Johnson) ने इसे संक्षिप्त रूप से परिभाषित करते हुए कहा है कि "किसी वस्तु की संरचना से हमारा तात्पर्य उसके भागों में सापेक्षिक रूप से पाए जाने वाले स्थायी अन्तःसम्बन्धों से है."

इस प्रकार उपर्युक्त परिभाषाओं से यही तथ्य उभरकर सामने आता है कि संरचना विभिन्न तत्वों के मध्य व्यवस्थित विन्यास है. सामाजिक संरचना के मुख्य तत्व विभिन्न समूह, संस्थाएँ तथा संगठन हैं. इन तत्वों का एक निश्चित सीमा में स्वतन्त्र अस्तित्व भी होता है. इसलिए इनका पृथक् रूप में भी अध्ययन किया जा सकता है, परन्तु समाज में ये एक निश्चित क्रम के अनुसार व्यवस्थित होकर सामाजिक संरचना का निर्माण करते हैं.

सामाजिक संरचना की विशेषताएँ (Characteristics of Social Culture)

उपर्युक्त विश्लेषण के आधार पर सामाजिक संरचना की निम्नलिखित विशेषताएँ स्पष्ट होती हैं—

(1) **सामाजिक संरचना का आशय समाज के बाह्य स्वरूप से है**—किसी वस्तु की संरचना में उसके तत्वों की आन्तरिक विशेषताओं का महत्व नहीं होता है. हम संरचना के अध्ययन में उस वस्तु के विभिन्न तत्वों की क्रियाविधि का अध्ययन नहीं करते हैं, बल्कि उन तत्वों से निर्मित होने वाले बाह्य रूपों का ही अध्ययन करते हैं. इस दृष्टि से सामाजिक संरचना से मात्र समाज के बाह्य ढाँचे का ही बोध होता है.

(2) **सामाजिक संरचना एक क्रमबद्धता है**—किसी भी वस्तु की संरचना कभी-भी अव्यवस्थित नहीं होती है. वस्तु के विभिन्न तत्व आपस में एक निश्चित क्रम के अनुसार संयोजित होकर ही संरचना का निर्माण करते हैं.

(3) **सामाजिक संरचना में स्थायित्व का अंश**—अधिकतर विचारकों ने सामाजिक संरचना को एक स्थायी धारणा के रूप में स्वीकार किया है. **नेडेल** ने स्पष्ट शब्दों में कहा है कि "सामाजिक संरचना तुलनात्मक रूप से एक स्थायी धारणा है, क्योंकि इसके द्वारा हम किसी सम्पूर्ण वस्तु के विभिन्न अंगों के पारस्परिक सम्बन्धों का अध्ययन करते हैं." **जॉनसन** का भी विचार है कि जिन तत्वों से सामाजिक संरचना का निर्माण होता है उनके अपेक्षाकृत स्थायी होने के कारण सामाजिक संरचना का भी स्थायी अस्तित्व होता है.

वास्तव में यह सच है कि सामाजिक संरचना में स्थायित्व का अंश अधिक है, लेकिन इसे पूर्णतः स्थिर तत्व मानना उचित नहीं होगा. बदलती परिस्थितियों के अनुसार यह परिवर्तित भी हो जाती है. जैसे भारतीय सामाजिक संरचना अपने उदय से वर्तमान तक कई बार परिवर्तित हो चुकी है.

(4) **अमूर्तता की विशेषता**—**मैकाइवर** का मानना है कि जिस प्रकार हम समाज को देख नहीं सकते हैं, उसी प्रकार सामाजिक संरचना को भी नहीं देखा जा सकता है. **राइट** (Wright) ने भी इसे एक दशा या स्थिति के द्योतक के रूप में अमूर्त माना है. यद्यपि सामाजिक संरचना के कुछ अंग मूर्त हैं जैसे विभिन्न समितियाँ, जाति, वर्ग, नगर, गाँव इत्यादि, लेकिन हमें यह नहीं भूलना चाहिए कि ये अंग स्वयं में सामाजिक संरचना नहीं है. सामाजिक संरचना के इन अंगों की क्रमबद्धता महत्वपूर्ण तथ्य है जो अमूर्त है.

(5) **सामाजिक प्रक्रियाओं का महत्व**—सामाजिक संरचना के विभिन्न अंगों की क्रमिक सम्बद्धता में सामाजिक प्रक्रियाओं का योगदान महत्वपूर्ण होता है. समाज में सामाजिक प्रक्रियाओं (सहयोग, संघर्ष, अनुकूलन आदि) का स्वरूप जैसा होता है, उसी के अनुसार विभिन्न तत्व आपस में संयोजित होकर एक विशेष संरचना का निर्माण करते हैं. इसलिए यदि सामाजिक प्रक्रियाओं को सामाजिक संरचना का निर्धारक तत्व कहा जाए तो कोई अतिश्योक्ति नहीं होगी, हालांकि अक्सर सामाजिक संरचना ही सामाजिक प्रक्रियाओं के लिए नियन्त्रक एवं निर्धारक की भूमिका अदा करती है.

(6) **उप-संरचनाओं का अस्तित्व**—सामाजिक संरचना का निर्माण अनेक उप-संरचनाओं के द्वारा होता है. सामाजिक संरचना की विभिन्न उप-संरचनाएँ परिवार, क्लब, विद्यालय, राज्य, नातेदारी समूह, जाति, वर्ग, आर्थिक संस्थाएँ, राजनैतिक संघ, धार्मिक संघ आदि हैं. इन इकाई रूपी विभिन्न उप-संरचनाओं को मिलाकर ही सामाजिक संरचना रूपी बृहत समग्र का निर्माण होता है.

(7) **स्थानीयता की विशेषता**—प्रत्येक समाज की संरचना एक-दूसरे से भिन्न होती है. इसका मुख्य कारण स्थानीय विशेषताएँ हैं. किसी क्षेत्र विशेष में एक विशिष्ट संस्कृति के अलावा भौगोलिक एवं राजनीतिक दशाओं में भी विशिष्टता पाई जाती है. इन दशाओं के अनुरूप ही वहाँ के व्यक्तियों का व्यवहार और सामाजिक जीवन विशेष साँचे में ढल जाता है. फलस्वरूप वहाँ एक अलग प्रकार की सामाजिक संरचना का निर्माण होता है. उदाहरणस्वरूप भारतीय सामाजिक संरचना, रूसी, चीनी, जापानी या अमरीकी सामाजिक संरचना से अलग है. उल्लेखनीय है कि स्थानीयता की विशेषता के कारण ही सामाजिक संरचना में उपयोगिता के गुण का भी समावेश हो जाता है.

(8) **संगठन एवं विघटन का सह-अस्तित्व**—समाज को कैसे संगठित रखा जाए या सामाजिक विघटन के प्रेरक तथ्य कौन से हैं? आदि जैसे प्रश्नों का सामाजिक संरचना से कोई सम्बन्ध नहीं होता है. ये सामाजिक व्यवस्था से जुड़े पहलू हैं. सामाजिक संरचना का सम्बन्ध मुख्य रूप से प्रतिमानों और संस्थाओं से होता है जिसका कुछ व्यक्ति अनुपालन करते हैं तथा कुछ विरोध करते हैं. इससे सामाजिक संगठन एवं विघटन की स्थिति उत्पन्न होती है जो प्रत्येक समाज में कुछ-न-कुछ अंशों में अवश्य पाए जाते हैं.

सामाजिक संरचना के तत्व (Elements of Social Structure)

एच. एम. जॉनसन (H.M. Johnson) ने सामाजिक संरचना के चार मुख्य तत्वों का उल्लेख किया है. ये तत्व निम्नलिखित हैं—

(1) **विभिन्न समूह तथा संगठन**—ये सामाजिक संरचना के मूर्त पक्ष हैं. अलग-अलग सामाजिक संरचनाओं में अलग-अलग प्रकार के समूह एवं सामूहिक संगठन पाए जाते हैं. जैसे—सरल समाजों में परिवार, नातेदारी समूह, जातीय, पंचायत आदि ही मुख्य संगठन होते हैं. वर्तमान के जटिल समाजों में सामाजिक संगठनों का स्वरूप औपचारिक, विविधतापूर्ण तथा विशाल होता है. ये समूह एवं संगठन आपस में कुछ प्रतिमानों द्वारा अन्तर्सम्बन्धित होते हैं.

(2) **भूमिका** (Role)—सामाजिक आवश्यकताओं की पूर्ति के लिए प्रत्येक व्यक्ति से सांस्कृतिक मूल्यों के अनुरूप कुछ क्रिया सम्पादित करने की अपेक्षा की जाती है. इस अपेक्षानुरूप व्यक्ति द्वारा सम्पादित व्यवहार ही भूमिका कहलाती है. व्यक्ति द्वारा सम्पादित भूमिकाओं के आधार पर ही समाज में उसकी प्रस्थिति का निर्धारण होता है. इस भूमिका एवं प्रस्थिति के अनुरूप ही सामाजिक संरचना और उप-संरचना विकसित होती है. जैसे—यौनगत आवश्यकता की पूर्ति के लिए विवाह की संस्था है. विवाह के द्वारा पति-पत्नी एवं बच्चों के लिए जो भूमिका एवं प्रस्थिति जुड़ी हुई है उससे परिवार एवं नातेदारी जैसे सम्बन्धों की संरचना विकसित होती है.

(3) **प्रतिमान**—प्रत्येक भूमिका में कुछ कर्त्तव्य और दायित्व अन्तर्निहित होते हैं. इन कर्त्तव्य एवं दायित्वों का निर्धारण प्रतिमानों के द्वारा होता है. इस प्रकार प्रतिमान समाज में अपेक्षित एवं प्रत्याशित व्यवहारों को निरूपित करते हैं. कुछ प्रतिमान नियमनात्मक या निषेधात्मक प्रकृति के भी होते हैं. ये व्यक्तियों के व्यवहारों का नियमन और नियंत्रण करते हैं.

(4) **सांस्कृतिक मूल्य**—सांस्कृतिक मूल्यों के द्वारा समाज अपने सदस्यों को उचित-अनुचित का बोध कराता है. इसमें व्यवहार के उच्च आदर्श अन्तर्निहित होते हैं.

सामाजिक संरचना के स्तर (Levels of Social Structure)

एच. एम. जॉनसन (H. M. Johnson) के अनुसार प्रत्येक सामाजिक प्रणाली की चार मुख्य समस्याएँ हैं—प्रतिरूप

या प्रतिमान अनुरक्षण और तनाव तिरोहत, अनुकूलन, लक्ष्य प्राप्ति और एकीकरण. जॉनसन का मानना है कि इन समस्याओं के समाधान में समाज में दो प्रकार की उप-प्रणालियाँ विकसित होती हैं. इन उप-प्रणालियों को जॉनसन ने सामाजिक संरचना के दो स्तर माने हैं. ये उप-प्रणालियाँ निम्नलिखित हैं—

(1) **प्रकार्यात्मक उप-प्रणालियाँ** (Functional Sub-system)—सामाजिक प्रणाली की प्रत्येक समस्या के समाधान में कुछ प्रकार्यात्मक उप-प्रणालियों का जन्म होता है. ये पूर्णतः अमूर्त होते हैं. उदाहरणस्वरूप—अर्थव्यवस्था वह प्रकार्यात्मक उप-प्रणाली है जो समाज की अनुकूलन की समस्या से सम्बन्धित है, प्रतिमान अनुरक्षण और तनाव तिरोहन की समस्या में परिवार की भूमिका महत्वपूर्ण होती है. लक्ष्य प्राप्ति की समस्या को हल करने में राजव्यवस्था की भूमिका प्रधान होती है. एकीकरण से सम्बन्धित उप-प्रणालियाँ बिखरे रूप में प्राप्त होती हैं. यह कार्य कई अन्य उप-प्रणालियों द्वारा किया जाता है.

यंग और मैक ने एक अन्य महत्वपूर्ण उप-प्रणाली का उल्लेख किया है. यह है विचारधारा और उद्देश्य की भावना के प्रसार से सम्बन्धित उप-प्रणाली. इन उप-प्रणालियों में शिक्षा, धर्म, संस्कृति आदि मुख्य भूमिका निभाते हैं. सामाजिक लक्ष्यों और विचारधारा के विकास में सामाजिक प्रतिमानों और मूल्यों का विशेष योगदान होता है.

(2) **संरचनात्मक उप-प्रणालियाँ** (Structural Sub-system)—संरचनात्मक उप-प्रणालियाँ मूर्त समूहों से बनती हैं. इस उप-प्रणाली का समाज के एक से अधिक प्रकार्यात्मक समस्याओं से सम्बन्ध होता है. **पारसंस**, **जॉनसन** तथा **यंग** और **मैक** ने जिन संरचनात्मक उप-प्रणालियों का उल्लेख किया है उन्हें सम्मिलित रूप से निम्नलिखित भागों में बाँटा जा सकता है—

(i) राजनीतिक उप-प्रणाली, (ii) धार्मिक उप-प्रणाली, (iii) आर्थिक उप-प्रणाली, (iv) नातेदारी उप-प्रणाली, (v) शैक्षिक उप-प्रणाली

अगर सम्पूर्ण समाज को एक प्रणाली माना जाए, तो उसकी विभिन्न आवश्यकताओं की पूर्ति उपर्युक्त वर्णित संरचनात्मक उप-प्रणालियों के द्वारा ही होती है. इन प्रत्येक उप-प्रणालियों का सामाजिक प्रणालियों के एक से अधिक समस्याओं के समाधान में थोड़ा बहुत योगदान होता ही है. जैसे नातेदारी उप-प्रणाली परिवार, कुल समूह, रक्त सम्बन्धित आदि समूहों से मिलकर बनती है. नातेदारी उप-प्रणाली का मुख्य प्रकार्य समाजीकरण, पारस्परिक सहयोग, आर्थिक प्रक्रिया का निष्पादन आदि है. इसमें परिवार का मुख्य प्रकार्य प्रजनन है, जिससे सामाजिक अस्तित्व की निरन्तरता बनी रहती है. इन प्रकार्यों के द्वारा नातेदारी उप-प्रणाली प्रतिमान अनुरक्षण, तनाव प्रबन्ध, अनुकूलन, लक्ष्य प्राप्ति एवं एकीकरण जैसे सभी सामाजिक प्रणालीगत समस्याओं से जुड़ी होती है और इन समस्याओं के समाधान में महत्वपूर्ण भूमिका निभाती है. इसी प्रकार से अन्य संरचनात्मक उप-प्रणालियों की भूमिका भी बहुआयामी है. वस्तुतः प्रत्येक संरचनात्मक उप-प्रणालियों का सम्बन्ध अनेक प्रकार्यात्मक उप-प्रणालियों से होता है. इसलिए प्रत्येक संरचनात्मक उप-प्रणालियों का अध्ययन उनके प्रकार्यात्मक पक्षों के द्वारा ही किया जा सकता है.

सामाजिक प्रकार्य की अवधारणा (Concept of Social Function)

संरचना के साथ ही प्रकार्य की अवधारणा जुड़ी हुई है. किसी भी संरचना में संयुक्त होने वाली इकाइयाँ संरचना में विशेष भूमिका निभाती हैं. इकाई का पूर्ण संरचना को बनाये रखने के लिये दिये जाने वाले योगदान के लिये समाजशास्त्र में प्रकार्य शब्द का प्रयोग किया जाता है. इस शब्द का समाजशास्त्र में प्रयोग करने का सर्वप्रथम श्रेय हरबर्ट स्पेन्सर को ही दिया जाता है. जिन्होंने प्राणी के अंगों की तरह समाज के भी अनेक अंग होते हैं और निश्चित प्रकार्य होता है. इसे प्रमुख विद्वानों ने निम्नलिखित रूप में परिभाषित किया है—

(1) **दुर्खीम** के अनुसार—"प्रकार्य शब्द का प्रयोग दो अलग-अलग अर्थों में किया गया है—प्रथम, इससे किसी प्राणाधार गतिविधियों की व्यवस्था का ज्ञान होता है जहाँ इसके परिणामों से कोई आशय नहीं होता, जबकि द्वितीय अर्थ में इससे उस सम्बन्ध का पता चलता है, जो प्राणी की सम्बन्धित आवश्यकताओं और इन प्राणाधार गतिविधियों के बीच विद्यमान है." समाजशास्त्र में इसका प्रयोग दूसरे अर्थ में ही किया जाता है.

(2) **रैडक्लिफ ब्राउन** के अनुसार—"प्रकार्य किसी आंशिक क्रिया का वह योगदान है, जोकि वह उस सम्पूर्ण क्रिया में प्रदान करती है जिसका कि वह भाग है." इनका विचार है कि हम किसी भी घटना को उसकी संरचना एवं प्रकार्य के बिना नहीं समझ सकते.

(3) **मैलिनोवस्की** के अनुसार—"संस्कृति की प्रत्येक इकाई का प्रकार्य व्यक्ति की इच्छाओं तथा आवश्यकताओं की पूर्ति करना है. इनके अनुसार प्रकार्यात्मक विधि का उद्देश्य ही किसी सांस्कृतिक घटना के विकास के प्रत्येक चरण पर यह पता लगाकर है उसका विश्लेषण करना है कि उसके क्या प्रकार्य हैं, वह अन्य सांस्कृतिक प्रघटनाओं से किस प्रकार सम्बन्धित है तथा समस्त सांस्कृतिक व्यवस्था अपने भौतिक परिवेश से किस प्रकार सम्बन्धित है."

(4) **मर्टन** के अनुसार—"प्रकार्य किसी इकाई का वह अवलोकित परिणाम है जो व्यवस्था के अनुकूलन या

समायोजन में योगदान देता है. उपर्युक्त परिभाषाओं से यह स्पष्ट हो जाता है कि प्रकार्य का अर्थ किसी इकाई का वह योगदान है जो वह उस सम्पूर्णता को बनाये रखने के लिये देती है जिसका कि वह एक भाग है. सामाजिक प्रकार्य किसी भी समूह, संस्था, सामाजिक आदर्श या व्यक्ति की भूमिका का वह योगदान है जो वह सामाजिक व्यवस्था को सुचारु रूप से गतिमान रखने, उसके अस्तित्व को बनाये रखने और उसमें निरन्तरता लाने में प्रदान करता है. प्रकार्य की परिभाषाओं से इसकी निम्नलिखित विशेषताएं स्पष्ट होती हैं–

(i) प्रकार्य प्रयोजन या उद्देश्य नहीं है, क्योंकि प्रकार्य सदैव वस्तुनिष्ठ होता है.

(ii) प्रकार्य का अर्थ सदा लाभदायक या वांछनीय नहीं है.

(iii) प्रकार्य समाज के अस्तित्व की अनिवार्य दशाओं को बनाये रखने में योगदान देते हैं.

(iv) प्रकार्य क्रिया नहीं है, अपितु उस क्रिया का योगदान है.

(v) प्रकार्य की अवधारणा सामाजिक जीवन और सावयवी जीवन की उपमा पर आधारित है.

(vi) प्रकार्य एक जटिल अवधारणा है.

समाजशास्त्र में प्रकार्य के साथ रैडक्लिफ–ब्राउन, मैलिनोवस्की, दुर्खीम तथा मर्टन का नाम मुख्यतः जुड़ा हुआ है. मर्टन ने प्रकार्य को जो योगदान दिया है वह प्रकार्य के साथ अकार्य की अवधारणा को जोड़ने तथा प्रकार्य को दो प्रकार्यों–प्रत्यक्ष एवं अप्रत्यक्ष (प्रच्छन्न) में विभाजन के रूप में है. इनका कहना है कि प्रत्यक्ष प्रकार्य वे हैं. जिनकी घोषणा की जाती है या जिन्हें स्पष्ट रूप से स्वीकार किया जाता है, जबकि प्रच्छन्न प्रकार्य किसी संरचना का वह योगदान है जिसकी न तो घोषणा की गयी थी और न उसका इरादा किया गया था. **मर्टन** के अनुसार, "प्रत्यक्ष प्रकार्य वे वस्तुनिष्ठ परिणाम होते हैं जो व्यवस्था से सामंजस्य या अनुकूलन में योगदान देते हैं और व्यवस्था में भाग लेने वालों के द्वारा अभीष्ट होते हैं और स्पष्ट रूप से स्वीकार किये जाते हैं." इनके अनुसार, "प्रच्छन्न प्रकार्य तुलनात्मक दृष्टि से वे हैं जो न तो अभीष्ट होते हैं और न ही स्पष्ट रूप से स्वीकार किये जाते हैं."

मूल्य की अवधारणा

सामाजिक मूल्यों के आधार पर ही किसी समाज की प्रगति, उन्नति, अवनति अथवा परिवर्तन की दिशा निर्धारित होती है. अतः ये समाज के प्रमुख तत्व हैं. मूल्यों से ही हमें यह पता चलता है कि समाज में क्या अच्छा और क्या बुरा है. प्रत्येक समाज के अपने-अपने मूल्य होते हैं. सामाजिक मूल्यों में समानता सामाजिक संगठित में भी वृद्धि करती है. प्रमुख विद्वानों ने सामाजिक मूल्यों को निम्नांकित रूप से परिभाषित किया है–

(1) **इलियट** एवं **मैरिल** के अनुसार—"सामाजिक मूल्य वे वस्तुएँ हैं जो हमारे लिये अर्थपूर्ण होती हैं और जिन्हें हम अपनी जीवनचर्या में महत्वपूर्ण मानते हैं."

(2) **जॉनसन** के अनुसार–"मूल्य को अवधारणा या प्रतिमान के रूप में परिभाषित किया जा सकता है जो सांस्कृतिक या केवल व्यक्तिगत हो सकता है और जिसके द्वारा चीजों की एक-दूसरे के साथ तुलना की जाती है, स्वीकृति या अस्वीकृति प्राप्त होती है, एक-दूसरे की तुलना में उचित या अनुचित, अच्छा या बुरा, ठीक अथवा गलत माना जाता है."

(3) **मुकर्जी** के अनुसार—"मूल्य समाज द्वारा मान्यता प्राप्त वे इच्छाएँ तथा लक्ष्य हैं जिनका आंतरीकरण समाजीकरण की प्रक्रिया के माध्यम से होता है और जो व्यक्तिपरक अधिमान्यताएँ, मानदण्ड तथा अभिन्न अंग बन जाती हैं."

(4) **बुड्स** के अनुसार—"मूल्य दैनिक जीवन के व्यवहार को नियन्त्रित करने के सामान्य सिद्धान्त हैं. मूल्य न केवल मानव व्यवहार को दिशा प्रदान करते हैं–अपितु वे अपने आप में आदर्श एवं उद्देश्य भी हैं. जहाँ मूल्य होते हैं वहाँ न केवल यह देखा जाता है कि क्या चीज होनी चाहिये, बल्कि यह भी देखा जाता है कि वह सही है या गलत."

(5) **रोबर्ट बीरस्टीड** के अनुसार—"जब किसी समाज के स्त्री पुरुष अपने ही तरह के लोगों के साथ मिलते हैं, काम करते हैं या बात करते हैं, तब मूल्य ही उनके क्रमबद्ध सामाजिक संसर्ग को सम्भव बनाते हैं."

उपर्युक्त परिभाषाओं से यह स्पष्ट हो जाता है कि सामाजिक मूल्य एक ऐसे पैमाने हैं जिनके माध्यम से विभिन्न सामाजिक परिस्थितियों और घटनाओं का मूल्यांकन किया जाता है. वे समाज द्वारा मान्यता प्राप्त लक्ष्यों की अभिव्यक्ति करते हैं और व्यक्तियों को अच्छे तथा बुरे में अन्तर करने में सहायता प्रदान करते हैं.

सामाजिक मूल्यों की विशेषताएं

सामाजिक मूल्यों की निम्नलिखित प्रमुख विशेषताएं होती हैं–

(1) **मानसिक धारणाएं**—मूल्यों का सम्बन्ध मानव मस्तिष्क से है. अतः ये मानसिक धारणाएं हैं.

(2) **अमूर्तता**—मूल्य अमूर्त होते हैं अर्थात् इन्हें न तो देखा जा सकता है और न ही इनका स्पर्श ही किया जा

सकता है. मूल्यों को केवल मातृ अनुभव किया जा सकता है.

(3) **सांस्कृतिक उपज**—मूल्य प्रत्येक समाज की संस्कृति द्वारा निर्धारित होते हैं और इसलिए इन्हें सांस्कृतिक उपज कहा जाता है. प्रत्येक समाज में मूल्यों से भिन्नता भी इसी कारण होती है.

(4) **व्यवहार के मापदण्ड**—मूल्य व्यवहार के माप दण्ड होते हैं, क्योंकि इन्हीं के माध्यम से उचित अनुचित तथा नैतिकता-अनैतिकता का पता चलता है.

(5) **चयन के पैमाने**—मूल्य व्यक्तियों को समाज द्वारा स्वीकृत लक्ष्यों, साधनों व तरीकों के चयन में सहायता प्रदान करते हैं. इतना ही नहीं इसके द्वारा मानव व्यवहार को प्रेणना भी मिलती है.

(6) **स्थायित्व**—सामाजिक मूल्यों के प्रति व्यक्तियों में प्रतिबद्धता पायी जाती है तथा इसलिए इनमें स्थायित्व पाया जाता है. स्थायित्व के कारण ही मूल्य में सरलता से परिवर्तन नहीं किया जा सकता है.

(7) **सामाजिक विरासत**—सामाजिक मूल्य एक प्रकार से सामाजिक विरासत है, क्योंकि इन्हें थोपा नहीं जाता अपितु ये समाजीकरण के माध्यम से एक-पीढ़ी से दूसरी-पीढ़ी में हस्तांतरित होते रहते हैं.

सामाजिक जीवन में मूल्यों का अत्यन्त महत्वपूर्ण स्थान है. इन्हीं के आधार पर व्यक्ति को उचित व अनुचित का ज्ञान होता है. इन्हीं में समानता के कारण समाज में एकरूपता का विकास होता है. मानवीय प्रवृत्तियों के निर्धारण में भी मूल्यों का महत्वपूर्ण स्थान है.

सामाजिक मूल्यों के प्रकार

राधाकमल मुकर्जी के अनुसार, सामाजिक मूल्य प्रत्यक्ष रूप से सामाजिक संगठन व सामाजिक व्यवस्था से सम्बन्धित हैं. इन्होंने चार प्रकार के मूल्यों का उल्लेख किया है—

(1) वे मूल्य जो सामाजिक संगठन व व्यवस्था को सुदृढ़ बनाने के लिये समाज में समानता व सामाजिक न्याय का प्रतिपादन करते हैं.

(2) वे मूल्य जिनके आधार पर सामान्य सामाजिक जीवन के प्रतिमानों व आदर्शों का निर्धारण होता है. इन मूल्यों के अन्तर्गत एकता व उत्तरदायित्व की भावना आदि समाहित होती है.

(3) वे मूल्य जिनका सम्बन्ध आदान-प्रदान व सहयोग आदि से होता है. इन मूल्यों के आधार पर आर्थिक जीवन की उन्नति होती है व आर्थिक जीवन सन्तुलित होता है.

(4) वे मूल्य जो समाज में उच्चता लाने व नैतिकता को विकसित करने में सहायता प्रदान करते हैं.

सामाजिक व्यवस्था
(Social System)

सर्वप्रथम **थॉमस हॉब्स** ने अपने 'सामाजिक संविदा सिद्धान्त' के माध्यम से सामाजिक व्यवस्था की अवधारणा, आवश्यकता और उत्पत्ति पर विस्तृत रूप से प्रकाश डाला. इस सिद्धान्त के माध्यम से हॉब्स ने यह बताया है कि प्राकृतिक अवस्था में अपने निम्नस्तरीय एवं पाश्विक, जीवन शैली से ऊपर उठने के लिए मनुष्य ने आपसी समझौते द्वारा समाज और राज्य की नींव डाली जिससे सामाजिक व्यवस्था अस्तित्व मे आई. बाद के दिनों में कुछ और समझौतावादी विचारक हुए जिनमें **लॉक** और **रूसो** प्रमुख थे. कालांतर में समझौतावादी सिद्धान्त को तो नकार दिया गया, परन्तु समाजशास्त्रीय चिन्तन की धारा इस सिद्धान्त से प्रभावित अवश्य हुई. **हॉब्स** से प्रभावित होकर ही **स्पेंसर** ने 'संविदात्मक सम्बन्ध' की अवधारणा प्रस्तुत की. इसी सम्बन्ध को उन्होंने वर्तमान सामाजिक व्यवस्था का मूल आधार बताया. स्पेंसर के बाद **दुर्खीम** ने सामाजिक व्यवस्था को अपने अध्ययन के मुख्य विषय में शामिल किया. दुर्खीम का मानना था कि सामाजिक व्यवस्था का अस्तित्व व्यक्तियों के समूहीकरण और उनके व्यवहारों के क्रमबद्ध नियमन पर आधारित है.

सामाजिक व्यवस्था की तार्किक एवं सुदृढ़ व्याख्या करने वाले आधुनिक समाजशास्त्रियों में **पारसंस, ऑगबर्न, निमकॉफ** तथा **किंग्सले डेविस** प्रमुख हैं. इन विचारकों ने समाजशास्त्र को मुख्य रूप से सामाजिक व्यवस्था का ही विश्लेषण करने वाला विज्ञान माना है. सामाजिक प्रणाली, सामाजिक संरचना तथा सामाजिक संगठन की अवधारणा से सामाजिक व्यवस्था की अवधारणात्मक पृथक्करण में इन विचारकों का योगदान अति महत्वपूर्ण है. इन विचारकों का मानना है कि सामाजिक व्यवस्था एक वृहत अवधारणा है जिसके अन्तर्गत सामाजिक प्रणाली, संरचना, संगठन और उनके प्रकार्य की अवधारणाएँ समाविष्ट हैं.

अर्थ एवं परिभाषाएँ (Meaning and Definitions)

व्यवस्था उस स्थिति का द्योतक है जिसमें किसी संरचना के सभी तत्व आपस में एक निश्चित क्रम से सम्बद्ध होकर अपने-अपने निर्धारित प्रकार्यों को पूरा करते हुए अन्य तत्वों के प्रकार्य को पूरा करने में सहयोग भी देते हैं. इस प्रकार किसी संरचना के तत्वों की अनेकता व्यवस्थित होकर संरचना के प्रकार्यात्मक एकता में बदल जाती है. सामाजिक संरचना इस तथ्य का अपवाद नहीं है. समाज का निर्माण करने वाले विभिन्न तत्व भी आपस में सम्बद्ध होकर एक ऐसे सन्तुलन

का निर्माण करते हैं जिसमें विभिन्न व्यक्ति एवं समूह अपने उद्देश्यों की प्राप्ति करते रहते हैं. सामाजिक व्यवस्था के मूल में व्यक्तियों के पारस्परिक सम्बन्ध तथा अन्तःक्रियाएँ अन्तर्निहित होती हैं. उन्हीं आदर्शों के तहत मानव व्यवहार नियन्त्रित एवं व्यवस्थित होकर सामाजिक घटनाओं की क्रमबद्धता, नियमितता एवं निरन्तरता में योगदान देती है जिससे सामाजिक व्यवस्था बनी रहती है.

एम. ई. जोन्स (M.E. Jones) के अनुसार, "सामाजिक व्यवस्था वह स्थिति है जिसके अन्तर्गत समाज की विभिन्न क्रियाशील अंग एक-दूसरे से तथा सम्पूर्ण समाज के साथ अर्थपूर्ण ढंग से सम्बद्ध होकर अपनी भूमिकाओं को पूरा करते हैं."

टालकॉट पार्सन्स (Talcott Parsons) ने सामाजिक व्यवस्था को परिभाषित करते हुए लिखा है कि "सामाजिक व्यवस्था क्रिया की एक संगठित प्रणाली है, जिसमें बहुत से कर्ताओं की अन्तर्क्रियाओं का समावेश होता है" अन्यत्र उन्होंने इस सम्बन्ध में विस्तृत रूप से समझाते हुए लिखा कि "एक सामाजिक परिस्थिति में जब अनेक वैयक्तिक कर्ता सामान्य रूप से स्वीकृत सांस्कृतिक प्रतीकों की व्यवस्था के अन्तर्गत अपने आदर्श लक्ष्यों की प्राप्ति के लिए अन्तर्क्रिया कर रहे होते हैं, तब इसी स्थिति को हम सामाजिक व्यवस्था कहते हैं."

उपर्युक्त विश्लेषण के आधार पर सामाजिक व्यवस्था की निम्नलिखित विशेषताएँ स्पष्ट होती हैं—

(1) सामाजिक व्यवस्था अनेक कर्ताओं (व्यक्ति का चेतन प्रयास) के मध्य होने वाली अन्तर्क्रियाओं के व्यवस्थित स्वरूप से सम्बन्धित है.

(2) सामाजिक व्यवस्था समाज-सापेक्ष होती है अर्थात् प्रत्येक समाज की सामाजिक व्यवस्था दूसरे समाज से भिन्न होती है. इसका मुख्य कारण प्रत्येक समाज की पर्यावरणीय विभिन्नता है.

(3) सामाजिक व्यवस्था परिवर्तनशील होती है. समय के साथ इसमें कुछ बदलाव आता रहता है.

(4) इसमें मानवीय आवश्यकताओं की पूर्ति का गुण पाया जाता है.

(5) सामाजिक व्यवस्था का स्वरूप सांस्कृतिक मूल्यों एवं आदर्शों के द्वारा निरूपित होता है. इसलिए सामाजिक व्यवस्था की अवधारणा को सांस्कृतिक व्यवस्था से अलग करके नहीं समझा जा सकता है.

(6) परिवर्तनशीलता की विशेषता के कारण सामाजिक व्यवस्था में अनुकूलन का भी गुण पाया जाता है.

(7) सामाजिक व्यवस्था का प्रमुख प्रकार्य समाज में व्यक्तियों की भूमिका और प्रस्थिति को निर्धारित करना है.

(8) सामाजिक व्यवस्था का निर्माण करने वाली विभिन्न इकाइयाँ प्रकार्यात्मक दृष्टिकोण से आपस में सम्बद्ध होकर समाज में एक स्थायी सन्तुलन की स्थिति उत्पन्न करती हैं.

सामाजिक व्यवस्था के तत्व (Elements of Social Structure)

चार्ल्स पी. लूमिस (Clarles P. Loomis) ने सामाजिक व्यवस्था के सात प्रमुख तत्वों का उल्लेख किया है. ये तत्व निम्नलिखित हैं—

(1) **सामाजिक और पारलौकिक ज्ञान तथा विश्वास**—ये व्यक्ति को मानसिक तनाव की स्थिति से निजात दिलाते हैं.

(2) **सदस्यों की पारस्परिक भावनाएँ.**

(3) **आवश्यकता, उद्देश्य और लक्ष्यों का निरूपण**—ये सम्पूर्ण सामाजिक व्यवस्था को सदस्यों के लिए उपयोगी बनाने में महत्वपूर्ण हैं.

(4) **मूल्य एवं व्यवहार, प्रतिमान की एक व्यवस्था**—ये व्यक्ति के व्यवहारों को नियंत्रित रखते हैं.

(5) **प्रस्थिति एवं भूमिका**—सामाजिक व्यवस्था की अपेक्षित क्रियाशीलता के लिए ये आवश्यक हैं.

(6) **शक्ति व्यवस्था या सत्ता**—ये व्यक्ति के आपसी संघर्षों पर अंकुश लगाते हैं.

(7) **समाज द्वारा उपलब्ध कराई गई सुविधा**—ये व्यक्तियों को अपने दायित्व तथा कर्त्तव्यों को पूरा करने में प्रेरक की भूमिका निभाते हैं.

पार्सन्स द्वारा सामाजिक व्यवस्था की दी गई परिभाषा से इसके तीन तत्व स्पष्ट होते हैं—वैयक्तिक कर्ता, कर्ताओं की पारस्परिक क्रियाओं की व्यवस्था तथा सांस्कृतिक व्यवस्था. सम्पूर्ण सामाजिक व्यवस्था के पक्षों को दो भागों में बाँटकर इन तत्वों को अधिक स्पष्टता के साथ समझा जा सकता है. ये दो पक्ष निम्नलिखित हैं—

(1) **संरचनात्मक पक्ष** (Structural Aspect)—सामाजिक व्यवस्था के संरचनात्मक पक्ष के तहत मुख्यरूप से कर्ताओं से सम्बन्धित अन्तःक्रियाओं की उस व्यवस्था का अध्ययन किया जाता है जो एक विशेष सांस्कृतिक व्यवस्था द्वारा निर्धारित या प्रभावित होती है. **पार्सन्स** ने इस पक्ष के तहत चार मुख्य तत्वों का उल्लेख किया है. ये तत्व इस प्रकार हैं—

(A) **नातेदारी व्यवस्था** (Kinship System)—सामाजिक व्यवस्था की संरचना में नातेदारी व्यवस्था व्यक्तियों की आरम्भिक एवं बुनियादी सामाजिक प्रस्थिति तथा भूमिकाओं को निर्धारित करने वाला महत्वपूर्ण तत्व है. समाज में नातेदारी व्यवस्था द्वारा ही यह निर्धारित होता है कि परिवार एवं परिवार के आधार पर बनने वाले उप-समूहों (जैसे—गोत्र,

वंश, जाति आदि में) व्यक्ति की प्रस्थिति क्या होगी तथा उससे कौन-कौनसी भूमिकाएँ अपेक्षित हैं?

(B) **सामाजिक स्तरीकरण** (Social Stratification)—स्तरीकरण की क्रिया विधि द्वारा एक समूह के विभिन्न सदस्य अपनी प्रस्थिति के आधार पर उच्च अथवा निम्न को श्रेणी में विभाजित होते हैं. स्तरीकरण कुछ नियमों पर आधारित होता है. जैसे—जाति के नियम, आयु, लिंग, सम्पत्ति, सामाजिक प्रतिष्ठा आदि के आधार पर. **पार्सन्स** के अनुसार सामाजिक स्तरीकरण जिन नियमों पर आधारित होता है उन्हीं के अनुरूप सामाजिक व्यवस्था एक विशेष स्वरूप ग्रहण कर लेती है. पार्सन्स के अनुसार स्तरीकरण की प्रणाली सामाजिक व्यवस्था के लिए दो दृष्टिकोण से उपयोगी है. पहला इससे सामाजिक व्यवस्था में स्थापित उत्पन्न होता है. दूसरा इसके आधार पर समाज में सदस्यों के बीच पुरस्कार का वितरण करना आसान हो जाता है.

(C) **शक्ति व्यवस्था** (Power System)—प्रत्येक समाज की एक अनिवार्य विशेषता सहयोग एवं संघर्ष का सह-अस्तित्व है. सामाजिक व्यवस्था के निर्माण के लिए इन दोनों के मध्य एक सन्तुलन स्थापित होना आवश्यक होता है. समाज में यह सन्तुलन शक्ति व्यवस्था के माध्यम से आता है. शक्ति व्यवस्था के अनुसार ही एक समाज विभिन्न शक्ति समूहों में इस प्रकार बँट जाता है जिससे प्रत्येक समूह एक-दूसरे के उच्छृंखल व्यवहार पर अंकुश लगा सके.

(D) **मूल्यों का एकीकरण** (Integration of Values)—व्यक्तियों के व्यवहारों एवं मनोवृत्तियों को निर्धारित तथा नियंत्रित करने में सामाजिक मूल्यों का महत्वपूर्ण स्थान है. समान मूल्यों में जीवन व्यतीत करने के कारण ही समाज के सदस्यों में एकरूपता आती है इसलिए **पार्सन्स** ने सामाजिक व्यवस्था में मूल्यों के एकीकरण को महत्वपूर्ण तथ्य माना है. एकीकृत मूल्यों के माध्यम से ही विभिन्न कर्ता नैतिक आधार पर परस्पर सम्बद्ध रहते हैं.

(2) **प्रतिमानात्मक या संस्थात्मक पक्ष** (Normative or Institutional Aspect)—सामाजिक व्यवस्था के संरचनात्मक तत्वों को क्रियाशील बनाए रखने के लिए प्रत्येक सामाजिक व्यवस्था में कुछ नियमों की पद्धति अथवा संस्थाओं का भी समावेश अवश्य रहता है. **पार्सन्स** ने ऐसे तीन नियम पद्धतियों की संस्थाओं का उल्लेख किया है. ये इस प्रकार हैं—

(A) **सम्बन्धमूलक संस्थाएँ** (Relational Institutions)—इसके अन्तर्गत उन नियमों को शामिल किया जाता है जो विभिन्न सदस्यों के बीच प्रस्थिति एवं भूमिकाओं के वितरण को नियंत्रित करते हैं. सामाजिक स्तरीकरण के सिद्धान्त इन्हीं नियमों के द्वारा क्रियान्वित होते हैं.

(B) **नियामक संस्थाएँ** (Regulative Institutions)—इसके अन्तर्गत उन नियमों को रखा गया है जो कर्ता के व्यक्तिगत स्वार्थों पर अंकुश लगाते हैं. अगर कर्ता के व्यक्तिगत स्वार्थों पर अंकुश न लगाया जाए, तो सामाजिक व्यवस्था के विखण्डित होने का भय सदा बना रहता है.

(C) **सांस्कृतिक संस्थाएँ** (Cultural Institutions)—कुछ सामाजिक क्रियाएँ व्यक्ति के बदले समूह से अधिक घनिष्ठ रूप से जुड़ी होती हैं. इन्हीं क्रियाओं के स्वरूप से किसी समूह विशेष की विशिष्ट पहचान बनती है. जैसे—धर्म, विश्वास, प्रतीक, सामाजिक मूल्य आदि से जुड़ी क्रियाएँ. इन क्रियाओं को व्यवस्थित एवं स्थायी बनाने के लिए भी प्रत्येक समाज में कुछ नियम होते हैं जो सांस्कृतिक संस्थाएँ कहलाती हैं.

सामाजिक व्यवस्था के स्तर (Levels of Social System)

सामाजिक व्यवस्था के स्थायित्व अथवा सफलता के लिए व्यक्तिक एवं सामूहिक मूल्यों के बीच एक सामन्जस्य स्थापित करना आवश्यक होता है. इसके अलावा समाज में विभिन्न व्यक्तियों के व्यक्तिगत स्वार्थ और लक्ष्य तथा उनको प्राप्त सुविधा और साधन भी एक नहीं होते. इसलिए व्यक्ति अपने साध्य एवं साधनों के बीच भी सामन्जस्य स्थापित करने का प्रयास करता है. समाज में विभिन्न स्तरों पर सामन्जस्य की यही प्रक्रिया 'सामाजिक व्यवस्था के स्तर' कहलाते हैं. **किंग्सले डेविस** (Kingsley Davis) ने सामाजिक व्यवस्था के ऐसे तीन स्तरों का उल्लेख किया है. ये स्तर निम्नलिखित हैं—

(1) **प्राविधिक-आर्थिक सामन्जस्य का स्तर** (Technological-Economic Accomodation)—प्राविधिक एवं आर्थिक सामंजस्य का तात्पर्य व्यक्तियों के उन कुशल व्यवहारों से है, जिसके द्वारा वह अपने सीमित साधनों एवं असीमित लक्ष्यों के बीच एक सन्तुलन स्थापित करता है. इस सन्तुलन में व्यक्तिगत कौशल के अलावा कुछ सामाजिक नियमों का भी योगदान होता है. इन सामाजिक नियमों का मुख्य उद्देश्य समाज में आर्थिक विषमता के कारण उत्पन्न संघर्षपूर्ण स्थिति को समाप्त करना है. इस स्तर पर समाज में विभिन्न व्यक्तियों के अनेक लक्ष्यों में एकीकरण की स्थिति उत्पन्न करके तथा प्रतियोगिता के नियमों की एक आदर्श व्यवस्था लागू करके समाज को व्यवस्थित रखने का प्रयास किया जाता है.

(2) **राजनीतिक-वैधानिक सामन्जस्य का स्तर** (Political-Legal Accomodation)—सामान्यतः समाज में विभिन्न व्यक्ति एवं समूह समाज की जनरीतियों एवं परम्पराओं के अनुसार ही व्यवहार करते हैं, परन्तु कभी-कभी कुछ व्यक्ति इन नियमों का उल्लंघन भी करते हैं. ऐसे में बल-प्रयोग की

आवश्यकता होती है. इसके लिए प्रत्येक समाज राजनीतिक एवं वैधानिक सत्ता की स्थापना के लिए भी कुछ नियमों की रचना करता है. यह सत्ता कानूनों का निर्माण करके और उनको समाज में लागू करके लक्ष्यों के एकीकरण का प्रयास करती है और व्यक्ति के व्यवहारों को सामाजिक व्यवस्था के अनुकूल बनाती है.

(3) **धार्मिक-नैतिक सामन्जस्य का स्तर** (Religious-Moral Accomodation)—समाज में कुछ लक्ष्य ऐसे भी होते हैं, जो किसी एक व्यक्ति से सम्बन्धित न होकर सम्पूर्ण समूह या समुदाय से सम्बन्धित होते हैं. ये लक्ष्य समाज के लिए 'सामान्य और अन्तिम लक्ष्य' होते हैं. यही लक्ष्य बुनियादी रूप से सामाजिक व्यवस्था के स्वरूप को निर्धारित करते हैं तथा सदस्यों को उचित अनुचित से अवगत कराते हैं. इसी प्रकार के लक्ष्य मानव समाज में लक्ष्यों के एकीकरण के प्रमुख आधार पर होते हैं. सामन्जस्य के इसी स्तर के नियमों के अनुरूप ही अन्य स्तर भी निर्देशित एवं नियन्त्रित होते हैं.

सामाजिक व्यवस्था की संरचना के प्रकार (Structural Types of Social System)

टालकॉट पार्सन्स (Talcott Parsons) ने सामाजिक व्यवस्था तथा सामाजिक संरचना के अन्तर को स्पष्ट करते हुए लिखा है कि "सामाजिक व्यवस्था (प्रणाली) की अभिव्यक्ति सिद्धान्तों के समग्र रूप से होती है जिसके माध्यम से सामाजिक अन्तःक्रिया की भूमिकाएँ और सम्बन्धित तत्वों का व्यवस्थापन होता है, जबकि सामाजिक संरचना उस विशिष्ट प्रकार को इंगित करती है जिसमें अन्तःक्रिया की दशाओं में ये भूमिकाएँ साथ-साथ व्यवस्थित और प्रतिफलित होती हैं." पार्सन्स के इस विवेचन से ही यह स्पष्ट है कि प्रत्येक समाज की सामाजिक व्यवस्था की अपनी एक विशिष्ट संरचना होती है जो समाज की सम्पूर्ण सामाजिक संरचना से कुछ मायने में विभिन्नता प्रदर्शित करती है. अपनी पुस्तक 'The Social System' में पार्सन्स ने सामाजिक व्यवस्था की संरचनाओं के चार प्रकारों का उल्लेख किया है. ये चार प्रकार निम्नलिखित हैं—

(1) **सार्वभौमवादी अर्जित विन्यास** (Universalistic Achievement Pattern)—इस प्रकार की संरचना की भूमिकाओं में मूल्यपरक उन्मुखता (Value Orientation) अर्थात् क्रिया के मूल्यानात्मक विवेचन की प्रधानता होती है. इस व्यवस्था में सदस्यों की तार्किक एवं वैधानिक उपलब्धियों को अधिक तरजीह दी जाती है. आधुनिक समाज इसी प्रकार का उदाहरण है. पार्सन्स ने ऐसी सामाजिक व्यवस्था का सबसे अच्छा उदाहरण अमरीकी समाज को माना है.

(2) **सार्वभौमवादी प्रदत्त विन्यास** (Universalistic Ascriptive Pattern)—इस प्रकार की संरचना में भूमिकाओं के निष्पादन में तार्किकता एवं वैधानिकता को प्रोत्साहन मिलता है, लेकिन इसमें अधिकारों के वितरण में समानता या लोकतन्त्रात्मक सिद्धान्तों को नहीं अपनाया जाता है. समाज की कार्यात्मक इकाइयों में तो आधुनिक मूल्यों को लागू किया जाता है, लेकिन वैचारिक निर्णयों में प्रदत्तता के सिद्धान्त का अनुपालन किया जाता है. पार्सन्स ने नाजी शासन के दरम्यान जर्मन समाज को ऐसी ही सामाजिक व्यवस्था का उदाहरण माना है.

(3) **विशिष्टतावादी अर्जित विन्यास** (Particularistic Achievement Pattern)—ऐसे समाजों में पेशा, अधिकार, प्रबन्ध व्यवस्था आदि विशिष्टतावादी सिद्धान्तों पर आधारित होते हैं जिसमें जन्म और नातेदारी सम्बन्धों को प्रमुखता दी जाती है, लेकिन साथ ही ऐसा समाज भूमिकाओं के निर्वाहण में उपलब्धि और औचित्य के नियमों को भी समान महत्व देता है. पार्सन्स ने प्राचीन चीनी समाज को ऐसी सामाजिक व्यवस्था का मुख्य उदाहरण माना है.

(4) **विशिष्टतावादी-प्रदत्त विन्यास** (Particularistic Ascriptive Pattern)—इस प्रकार की सामाजिक व्यवस्था की संरचना में भूमिकाओं का संगठन जन्म, रिश्ते-नाते एवं अन्य प्रदत्त लक्षणों पर आधारित होता है. इसमें व्यक्तिगत प्रयासों एवं उपलब्धियों को कोई महत्व नहीं दिया जाता है. ऐसे समाज परम्परावादी होते हैं. पार्सन्स ने स्पैनिश अमरीकी समाज को इसी श्रेणी में रखा है. कुछ संशयता के साथ उन्होंने प्राचीन भारतीय समाज को भी इसी श्रेणी में शामिल किया है.

सामाजिक क्रिया (Social Action)

व्यक्ति की आवश्यकताएँ असीमित हैं. कुछ आवश्यकताएँ अपरिहार्य होती हैं अर्थात् इनकी पूर्ति किए बिना उसका अस्तित्व सम्भव नहीं है, जबकि कुछ आवश्यकताएँ औपचारिक (Formal) होती हैं. अधिकतम सुख-समृद्धि को प्राप्त करने के लिए ही व्यक्ति इन आवश्यकताओं की पूर्ति हेतु उन्मुख होता है. आवश्यकताएँ चाहे जो भी हो, इतना तय है कि प्रत्येक आवश्यकता की पूर्ति हेतु व्यक्ति कुछ-न-कुछ कार्य करता है. इसलिए प्रत्येक व्यक्ति प्रतिदिन और प्रतिपल किसी-न-किसी क्रिया में अवश्य संलग्न रहता है, परन्तु प्रश्न यह है कि क्या मनुष्य द्वारा की जाने वाली प्रत्येक क्रिया सामाजिक क्रिया है?

सामाजिक क्रिया की अवधारणात्मक विकास में प्रथम उल्लेखनीय नाम **दुर्खीम** का है. दुर्खीम ने अप्रत्यक्ष रूप से

सामाजिक क्रियाओं का विश्लेषण किया. दुर्खीम के बाद **पैरेटो, वेबर, पारसन्स एवं डेविस** ने प्रत्यक्ष रूप से सामाजिक क्रियाओं का विश्लेषण करके इसे समाजशास्त्र के सबसे बड़े आधारभूत संकल्पनाओं में स्थापित किया. यहाँ हम सामाजिक क्रिया के सम्बन्ध में उन समाजशास्त्रियों के विचारों को यथारूप में रखकर ही सामाजिक क्रिया की अवधारणा को स्पष्ट करेंगे.

सामाजिक क्रिया पर इमाइल दुर्खीम के विचार (Emile Durkheim's View about Social Action)

दुर्खीम ने अपनी पुस्तक 'The Rules of Sociological Method' में 'सामाजिक तथ्य' के विश्लेषण के क्रम में सामाजिक क्रिया पर अप्रत्यक्ष रूप से प्रकाश डाला है. सामाजिक तथ्य को स्पष्ट करते हुए दुर्खीम ने लिखा है कि "सामाजिक तथ्यों में कार्य करने, विचार करने तथा अनुभव करने के उन सभी तरीकों का समावेश होता है, जो व्यक्ति के लिए बाहरी होते हैं और जो अपनी दबाव शक्ति के द्वारा व्यक्ति को नियन्त्रित करते हैं." इस प्रकार स्पष्ट है कि दुर्खीम ने सामाजिक क्रिया को एक मुख्य सामाजिक तथ्य (Social Fact) माना है. दुर्खीम ने सामाजिक तथ्यों की मुख्य विशेषता बाह्यता (Exteriority) तथा बाध्यता (Constraint) का गुण माना है. इसी आधार पर दुर्खीम का कहना है कि, "जो क्रियाएँ समाज द्वारा बाध्य होकर की जाती हैं, कर्ता की दृष्टि से दूसरों की क्रियाओं से प्रभावित होकर की जाती है और जो सामाजिक दशाओं के परिणाम हैं, वे सामाजिक क्रियाएँ हैं."

दुर्खीम ने सामाजिक क्रिया को सामूहिक चेतना (Collective Consciousness) का परिणाम माना है. दुर्खीम का मानना है कि सामूहिक चेतना का निर्माण अनेक व्यक्तिगत चेतनाओं के सम्मिलन से ही होता है, लेकिन जब एक बार सामूहिक चेतना विकसित हो जाती है तब व्यक्ति का मस्तिष्क उसके अधीन हो जाता है. सामूहिक चेतना से बनने वाली धारणाएँ ही बाद में व्यक्ति के विचारों तथा उसकी क्रियाओं को निर्धारित करती है.

सामाजिक क्रिया पर विल्फ्रेड पैरेटो के विचार (Vilfrelo Pareto's View about Social Action)

पैरेटो ने सामाजिक क्रिया को प्रत्यक्ष रूप से अपने अध्ययन के मूल विषयवस्तु में शामिल किया. पैरेटो ने क्रिया सम्बन्धी विचारों को अपनी प्रसिद्ध पुस्तक 'Man and Society' (मूल कृति 'Trattato de Sociologia Generale' का अंग्रेजी अनुवाद) में व्यक्त किया है. पैरेटो ने तर्कपूर्ण क्रियाओं को ही सामाजिक क्रिया माना है तथा इन्हीं क्रियाओं को उन्होंने समाजशास्त्रीय अध्ययनों के लिए प्रासंगिक बताया है.

पैरेटो का मानना है कि किसी भी मानवीय क्रियाओं में दो महत्वपूर्ण तत्व होते हैं, साधन और साध्य. साध्य की प्राप्ति के लिए जिस प्रकार की क्रिया को एक व्यक्ति अपनाता है उसके अनुरूप ही वह साधनों का चुनाव करता है. अर्थात् साध्य एवं साधनों का औचित्य क्रियाओं द्वारा ही प्रमाणित होता है. इस मान्यता के आधार पर पैरेटो ने सभी मानवीय क्रियाओं को दो भागों में विभक्त किया है.

(1) **तार्किक क्रियाएँ** (Logical Actions)—पैरेटो ने इसे परिभाषित करते हुए कहा है कि "हम उन प्रक्रियाओं को तार्किक क्रिया का नाम देते हैं जो तर्कयुक्त रीति से साध्यों के साथ सम्बन्धित हो, केवल उस कर्ता की दृष्टि से ही नहीं जो प्रक्रिया सम्पन्न करता है, बल्कि उसकी दृष्टि से भी जो अधिक व्यापक ज्ञान रखते हैं." इस प्रकार विशेषज्ञों की दृष्टि में जिन कार्यों की प्रकृति वैषयिक हो अथवा जो साध्यों एवं साधनों से तार्किक रीति से सम्बन्धित हो वे तार्किक क्रियाएँ वस्तुनिष्ठ (Objective) होती हैं. पैरेटो का मानना है कि समाजशास्त्रीय अध्ययनों के लिए केवल तार्किक क्रियाएँ ही उपयुक्त हैं.

(2) **अतार्किक क्रियाएँ** (Non-logical Actions)—तार्किकता की परिधि से बाहर प्रत्येक क्रिया अतार्किक क्रिया है. इन क्रियाओं का आधार भावनात्मक (Subjective) होता है. ये क्रियाएँ भ्रामक तर्क, भावनाओं और संवेगों पर आधारित होती हैं. इन क्रियाओं में साध्य एवं साध्यों के बीच किसी प्रकार की तार्किक संगति नहीं दिखलाई पड़ती है.

अतार्किक क्रियाओं के सम्बन्ध में पैरेटो ने स्पष्ट किया कि इनके पीछे भी कुछ तर्क दिया जाता है. ऐसी क्रियाओं के लिए कर्ता जो तर्क देता है वह अनुभव सिद्ध एवं प्रमाणिक न होकर केवल उसी के दृष्टिकोण से उचित होता है. ऐसे तर्कों को पैरेटो ने भ्रान्त तर्क (Derivations) कहा है.

पैरेटो का यह मानना था कि अधिकांश मानवीय क्रियाएँ अतार्किक होती हैं. अक्सर जिन क्रियाओं को तार्किक समझ लिया जाता है, वे भी व्यावहारिक स्तर पर अतार्किक ही होती हैं. जैसे सामाजिक निषेध (Social Taboos). इनके औचित्य को प्रमाणित करने के लिए ईश्वरीय नियमों से लेकर पौराणिक गाथाओं तक का सहारा लिया जाता है, किन्तु वास्तव में, ये अनुभव सिद्ध न होने के कारण तर्कसंगत नहीं होते हैं. इसी प्रकार से एक उदाहरण देते हुए पैरेटो ने कहा कि प्रायः समाज द्वारा नागरिक कानूनों को सैद्धान्तिक रूप में तार्किक क्रिया की श्रेणी में रखा जाता है, लेकिन इस पर आधारित न्यायाधीश का व्यवहार साधारणतः अतार्किक ही होता है.

सामाजिक क्रिया पर मैक्स वेबर के विचार (Max Weber's View about Social Action)

अवधारणात्मक दृष्टिकोण से सामाजिक क्रिया को ठोस आधार प्रदान करने में मैक्स वेबर का योगदान किसी भी अन्य समाजशास्त्री से अधिक महत्वपूर्ण है. अधिकांश समाजशास्त्रियों ने यह स्वीकार किया है कि समाजशास्त्र के लिए वेबर का प्रमुख योगदान सामाजिक क्रिया का अवधारणात्मक विश्लेषण ही है. कुछ ने तो यहाँ तक कहा है कि वेबर द्वारा सामाजिक क्रिया को समाजशास्त्र के अध्ययन की प्रमुख इकाई के रूप में स्थापित करने के कारण एक नई अध्ययन पद्धति का आरम्भ हो सका है.

अपनी प्रमुख कृति 'The Theory of Social and Economic Organization' में सामाजिक क्रिया को समाजशास्त्र की सबसे बुनियादी विषय-वस्तु मानते हुए वेबर ने लिखा है कि "समाजशास्त्र वह विज्ञान है, जो सामाजिक क्रिया का व्याख्यात्मक बोध इस तरह करने का प्रयत्न करता है जिससे सामाजिक क्रिया के कार्यकारण सम्बन्धों तथा इसके परिणामों को समझा जा सके." इस प्रकार वेबर ने सामाजिक क्रिया को ही समाजशास्त्र की मौलिक इकाई माना है. इसी कृति में वेबर ने सामाजिक क्रिया का प्रमुखता से विश्लेषण किया है.

सामाजिक क्रिया को स्पष्ट करने के लिए वेबर ने प्रथमतः इसे मानवीय व्यवहारों से पृथक् किया है. वेबर का कहना है कि 'व्यवहार' के अन्तर्गत वे सभी तथ्य आ जाते हैं जो मनुष्य की मूल प्रवृत्तियों से सम्बन्धित है, जबकि क्रिया का सम्बन्ध मनुष्य के अर्थपूर्ण व्यवहार से है. इस प्रकार 'व्यवहार' एक विस्तृत एवं व्यापक धारणा है अपेक्षाकृत 'क्रिया' के.

सामाजिक क्रिया को परिभाषित करते हुए वेबर ने लिखा है कि "सामाजिक क्रिया वह क्रिया है जिसमें कर्ता या कर्ताओं के द्वारा स्वीकार किए गए व्यक्तिनिष्ठ अर्थ के अनुसार उस क्रिया में दूसरे व्यक्तियों की क्रियाओं और दृष्टिकोणों का समावेश होता है तथा जो दूसरों को प्रभावित करती है." दूसरे शब्दों में इसे व्यक्त करते हुए वेबर ने कहा है कि "सामाजिक क्रिया कोई भी वह मानवीय दृष्टिकोण अथवा कार्य है जिसका सम्बन्ध कर्ताओं के अर्थपूर्ण व्यवहार से है, चाहे वह कार्य करने की असफलता को स्पष्ट करता हो अथवा निष्क्रिय स्वीकारोक्ति को." इस प्रकार वेबर ने केवल शारीरिक प्रयत्नों को ही नहीं वरन् मानसिक इच्छाओं को भी सामाजिक क्रिया के अन्तर्गत सम्मिलित किया है. साथ ही इन्होंने यह भी बताया है कि सामाजिक क्रिया में मानवीय प्रयास ही महत्वपूर्ण तथ्य हैं न कि उनके परिणाम.

सामाजिक क्रिया की अवधारणा को और अधिक स्पष्ट करने के लिए वेबर ने इसकी दो विशेषताओं का प्रमुखता से उल्लेख किया है. पहला अर्थपूर्णता, दूसरा बाह्यता. इन दोनों विशेषताओं को निम्नलिखित तथ्यों के सन्दर्भ में अधिक स्पष्ट रूप से समझा जा सकता है—

(1) सामाजिक क्रिया सदैव अर्थपूर्ण होती है. इस अर्थपूर्ण का तात्पर्य किसी क्रिया अथवा घटना के यथार्थ अर्थ के आधार पर की जाने वाली क्रिया से है. वेबर के शब्दों में, "किसी कर्ता द्वारा अपनी विशिष्ट क्रियाओं की व्याख्या के लिए तार्किक आधार पर जो कारण स्थापित किए जाते हैं वे ही क्रिया की अर्थपूर्णता को स्पष्ट करते हैं."

(2) सामाजिक क्रिया सदैव अन्य व्यक्तियों के सापेक्ष होती है. इस सन्दर्भ में सामाजिक क्रियाभूत, वर्तमान या भविष्य के व्यवहारों से प्रभावित हो सकती है.

(3) सामाजिक क्रिया का सम्बन्ध बाह्य क्रियाओं से होता है, लेकिन प्रत्येक बाह्य अथवा प्रत्यक्ष क्रिया को सामाजिक क्रिया नहीं कहा जा सकता है. वे बाह्य क्रियाएँ जो पूर्णतः अचेतन वस्तु अथवा काल्पनिक प्रेरणाओं से सम्बन्धित या प्रभावित हो, सामाजिक क्रिया के अन्तर्गत शामिल नहीं होते हैं.

(4) सामाजिक क्रिया के लिए दो या दो से अधिक व्यक्तियों का प्रत्यक्ष या अप्रत्यक्ष सम्पर्क आवश्यक है, लेकिन प्रत्येक सम्पर्क सामाजिक क्रिया का आधार नहीं होता है. जिस सम्पर्क द्वारा दो व्यक्ति परस्पर प्रभावित होते हैं, सामाजिक क्रिया के लिए केवल वही सम्पर्क प्रासंगिक हैं.

(5) कई व्यक्तियों की सभी एक समान क्रियाएँ भी सामाजिक क्रिया नहीं हैं, क्योंकि इनमें लोग अर्थपूर्ण रीति से परस्पर सम्बन्धित नहीं होते हैं. इसी प्रकार किसी व्यक्ति की क्रिया का बिना किसी उद्देश्य के अनुकरण भी सामाजिक क्रिया नहीं होगा, जब तक कि उस अनुकरण का दोनों को ज्ञान न हो और कोई उद्देश्य न हो.

वेबर का मानना है कि समाज में व्यक्ति के साध्य एवं साधनों के दो मुख्य आधार होते हैं. ये हैं व्यक्ति का संवेग और प्रथाएँ. इसी आधार पर वेबर ने सामाजिक क्रिया के चार प्रकारों का भी उल्लेख किया है. ये प्रकार निम्नलिखित हैं—

(1) **लक्ष्य से सम्बन्धित तर्कपूर्ण क्रिया** (Goal Oriented Rational Action)—साध्य एवं साधनों को ध्यान में रखकर जब किसी व्यक्ति द्वारा एक निश्चित योजना के अनुसार कार्य किया जाता है, तो ऐसा कार्य, क्रिया की इसी श्रेणी में शामिल किया जाता है. वेबर ने इसी प्रकार की क्रिया को मूलरूप से तार्किक क्रिया माना है. ये क्रियाएँ व्यक्ति के आन्तरिक क्षमताओं तथा व्यक्तिगत अभिव्यक्ति की प्रतीक होती है. वेबर ने इन्हीं क्रियाओं के अध्ययन पर अधिक जोर दिया है.

(2) **मूल्यात्मक क्रिया** (Value Oriented Action)—इस प्रकार की क्रिया में कर्ता किसी लक्ष्य को प्राप्त करने के

लिए साधनों का जो तार्किक उपयोग करता है कुछ विशेष मूल्यों पर आधारित होते हैं. ये मूल्य सामाजिक होने के साथ-ही-साथ धार्मिक और राजनीतिक आदि भी हो सकते हैं. इन क्रियाओं का उद्देश्य जीवन के अन्तिम लक्ष्यों या यथार्थों को प्राप्त करना होता है.

(3) **भावनात्मक अथवा संवेगात्मक क्रिया** (Affectual or Emotional Action)—इन क्रियाओं में भावना तथा आवेग की मनोवृत्ति अधिक प्रभावपूर्ण होती है. इन क्रियाओं में प्रतिक्रिया का पुट अधिक होता है. विवेकशीलता का अंश कम होने के कारण वेबर ने इन क्रियाओं को अविशिष्ट श्रेणी की क्रियाएँ माना है.

(4) **परम्परागत क्रियाएँ** (Traditional Actions)—वेबर ने सामाजिक क्रिया के इस प्रकार में मनुष्य के उन क्रियाओं तथा व्यवहारों को सम्मिलित किया है जिनमें साध्य और साधनों का निर्धारण प्रथाओं, लोकाचारों, उत्सवों तथा परम्पराओं के आधार पर होता है. इन क्रियाओं को सम्पन्न करने में मनुष्य अपने विवेक का प्रयोग नहीं करता है. ऐसी क्रियाओं का उद्देश्य अपनी परम्पराओं का संरक्षण करना मात्र होता है. इन क्रियाओं का महत्व इस रूप में अधिक है कि ये क्रियाएँ समाज के आदर्शों और उसकी सामाजिक तथा सांस्कृतिक परम्पराओं को स्पष्ट करती है.

सामाजिक क्रिया पर टालकॉट पार्सन्स के विचार (Talcott Parson's View about Social Action)

मैक्स वेबर ने सामाजिक क्रिया की अवधारणा को यदि ठोस आधार दिया, तो उस आधार को व्यापक आयाम देने में पार्सन्स का योगदान सबसे महत्वपूर्ण है. पार्सन्स ने सामाजिक क्रिया सम्बन्धी अपने विचारों को दो पुस्तकों के माध्यम से प्रस्तुत किया. अपनी पहली पुस्तक 'The Structure of Social Action' में पार्सन्स ने अपने पूर्ववर्ती विचारों की व्यापक समीक्षा करते हुए, सामाजिक क्रिया की अवधारणा को एक नए स्वरूप में प्रस्तुत किया. अपनी दूसरी पुस्तक 'The Social System' में पार्सन्स ने सामाजिक क्रिया के अपने पूर्व के सिद्धान्त को संशोधित करते हुए इसे सामाजिक व्यवस्था से जोड़कर प्रस्तुत किया. इसी सन्दर्भ में शिल्स (Edward Shills) के साथ लिखी गई पुस्तक 'Towards a General Theory of Action' भी महत्वपूर्ण है.

अपने पूर्व के सिद्धान्त में पार्सन्स ने सामाजिक क्रिया को परिभाषित करते हुए कहा कि "सामाजिक क्रिया वे क्रियाएँ हैं जिसमें कर्ता अपनी अभिप्रेरणाओं से लक्ष्यों की प्राप्ति का प्रयास करता है." इस प्रकार पार्सन्स ने सामाजिक क्रिया के लिए कर्ता, लक्ष्य, परिस्थितियाँ और साधन को प्रमुख तत्व माना है. इन तत्वों का विस्तृत विवेचन इस प्रकार है—

(1) **कर्ता** (Actor)—पार्सन्स ने अपने सिद्धान्त में कर्ता को केन्द्रीय स्थान दिया है. पार्सन्स का मानना है कि व्यक्ति एक जैविक प्राणी भी होता है. दोनों ही रूप में उसके द्वारा की जाने वाली क्रिया सामाजिक परिवेश से जुड़ी होती है. इसलिए कर्ता की प्रत्येक क्रिया उसकी सामाजिक सांस्कृतिक विशेषता से प्रभावित होती है.

(2) **साध्य या लक्ष्य** (Goal)—पार्सन्स के अनुसार एक या एक से अधिक लक्ष्यों की प्राप्ति के लिए ही कोई क्रिया की जाती है. इन लक्ष्यों का निर्धारण समाज की मूल्य-व्यवस्था के आधार पर ही होता है. समाज की मूल्य व्यवस्था के अनुसार ही कर्त्ताओं के विभिन्न लक्ष्य वांछनीय एवं अवांछनीय की श्रेणी में विभाजित होते हैं.

(3) **परिस्थिति** (Situation)—पार्सन्स का मानना है कि कर्ता की प्रत्येक क्रिया एक विशेष परिस्थिति से प्रभावित होती है. विशेष परिस्थिति का आशय कर्ता के सांस्कृतिक परिवेश, उसकी आनुवंशिक विशेषता तथा अर्जित मानसिक स्थिति से है. इसके अलावा विभिन्न प्रकार के विश्वास, मूल्य, आदर्श, कानून तथा ज्ञान भी विशेष परिस्थिति के निर्धारक तत्व हैं.

(4) **साधन** (Means)—लक्ष्य प्राप्ति के क्रम में कर्ता द्वारा कुछ साधनों को भी अवश्य अपनाया जाता है. पार्सन्स का कहना है कि प्रत्येक क्रिया का कोई-न-कोई अन्तिम मूल्य होता है. अन्तिम मूल्य के अनुसार ही क्रिया व्यवस्था में साधनों का चयन किया जाता है.

अपने इस पूर्व सिद्धान्त के निष्कर्ष के रूप में पार्सन्स ने कहा है कि "किसी क्रिया व्यवस्था में साध्य-साधन सम्बन्धों के रूप में परिवर्तन की कोई भी प्रक्रिया केवल तार्किक आदर्शों की ओर ही अग्रसर हो सकती है, जिसे एक सामाजिक व्यवस्था से सम्बन्धित अन्य कर्ता भी स्वीकार करते हैं."

पार्सन्स ने सामाजिक क्रिया के तीन आधारों का उल्लेख किया है. ये आधार निम्नलिखित हैं—

(1) **व्यक्तित्व व्यवस्था** (Personality System)—पार्सन्स का मानना है कि अन्य व्यक्तियों के सम्पर्क में आने से ही एक व्यक्ति के व्यक्तित्व का निर्माण होता है. व्यक्तित्व व्यवस्था ही क्रिया व्यवस्था का मुख्य आधार है, क्योंकि एक कर्ता अपने व्यक्तित्व से इतर कोई कार्य करना पसन्द नहीं करता है.

(2) **सामाजिक व्यवस्था** (Social System)—पार्सन्स के मतानुसार व्यक्ति सामाजिक परिस्थिति तथा व्यवस्था के सम्पर्क एवं प्रभाव में दो माध्यमों से आता है. एक माध्यम सामाजिक है, जिसमें विभिन्न समूह, समुदाय आदि आते हैं और दूसरा माध्यम गैर-सामाजिक है जिसमें सांस्कृतिक व्यवस्था आती है. इन दोनों तत्वों के सम्पर्क में आने से

व्यक्ति को सामाजिक परिस्थिति का ज्ञान होता है जिसके आधार पर व्यक्ति अपनी भावी क्रिया को निरूपित करता है.

आगे पार्सन्स ने बताया कि व्यक्तित्व व्यवस्था एवं सामाजिक व्यवस्था परस्पर पूरक के रूप में कार्य करती है.

(3) **सन्दर्भ संरचना** (Frame of Referencess)—यह पार्सन्स की क्रिया सिद्धान्त की एक मौलिक विशेषता है. इसके अन्तर्गत पार्सन्स ने विभिन्न तत्वों को समाहित करते हुए उनके आपसी सम्बन्धों पर प्रकाश डाला है. इसके प्रमुख तत्वों के रूप में पार्सन्स ने कर्ता, समूह और परिस्थिति आदि का उल्लेख किया है. पार्सन्स का कहना है कि इन सभी तत्वों के परस्पर सम्बन्धों के सन्दर्भ में ही क्रिया व्यवस्था की वास्तविक व्याख्या की जा सकती है.

बाद के दिनों में अपने पूर्व सिद्धान्त को संशोधित करते हुए पार्सन्स ने कहा कि सामाजिक क्रिया की अवधारणा को किसी कर्ता के सन्दर्भ में नहीं, बल्कि सम्पूर्ण सामाजिक व्यवस्था के सन्दर्भ में ही समझा जा सकता है. इस दृष्टिकोण से उन्होंने सामाजिक व्यवस्था को परिभाषित करते हुए कहा है कि "सामाजिक व्यवस्था सामाजिक क्रियाओं की एक संगठित प्रणाली है, जिसमें अनेक कर्ताओं द्वारा की जाने वाली क्रियाओं का समावेश होता है." सामाजिक क्रिया को पुनर्परिभाषित करते हुए पार्सन्स ने कहा है कि "क्रिया-कर्ता-परिस्थिति व्यवस्था (Actor Situation System) में एक प्रक्रिया है, जिसका एक वैयक्तिक कर्ता अथवा एक समूह के सन्दर्भ में उसके सदस्यों के लिए प्रेरणात्मक महत्व होता है." इस प्रकार स्पष्ट है कि नए विवेचन में पार्सन्स ने सामाजिक क्रिया के दो तत्वों में सुधार किया है और एक नए तत्व को सम्मिलित किया है. नए विवेचन से सामाजिक क्रिया के पाँच तत्व स्पष्ट होते हैं. ये हैं—कर्ताओं की बहुलता, लक्ष्यों की अनेकता, साधनों की विविधता, परिस्थितियाँ तथा उत्प्रेरणा.

अपने नए विवेचन में पार्सन्स ने प्रतिमानित विकल्प (Pattern Variable), प्रेरणा की परिस्थितियाँ तथा भूमिका व्यवस्था की अवधारणा को प्रस्तुत करके तथा इन सभी को सामाजिक क्रिया से सम्बन्धित करते हुए सामाजिक क्रिया का अवधारणात्मक दृष्टिकोण से अपेक्षित सुदृढ़ीकरण किया है.

प्रस्थिति एवं भूमिका (Status and Role)

समाजशास्त्र में प्रस्थिति (Status) एवं भूमिका (Role) की अवधारणा घनिष्ठ रूप से अन्तर्सम्बन्धित है. इन्हें एक-दूसरे से अलग करके नहीं समझा जा सकता है. इन अवधारणाओं के विकास में सबसे महत्वपूर्ण योगदान देने वाले **राल्फ लिंटन** (Ralph Linton) का भी ऐसा ही मानना था. वास्तव में, सामाजिक आवश्यकताओं की पूर्ति हेतु सांस्कृतिक प्रणाली के अनुरूप सामाजिक जीवन में प्रत्येक व्यक्ति की एक भूमिका निर्धारित होती है. व्यक्ति अपनी पूर्व निर्धारित भूमिका के अनुसार ही सामाजिक जीवन में विभिन्न कार्यों को सम्पादित करता है. व्यक्ति की भूमिका के अनुरूप ही समाज में उसकी प्रस्थिति का निर्धारण होता है. इस प्रकार व्यक्ति द्वारा सम्पादित भूमिका उसके प्रस्थिति का द्योतक है तथा व्यक्ति की प्रस्थिति उसकी भूमिका को इंगित करती है. भूमिका एवं प्रस्थिति के अनुसार ही प्रत्येक व्यक्ति का समाज में एक विशेष पदानुक्रम निर्धारित होता है. भूमिका एवं प्रस्थिति समाज में सामाजिक स्तरीकरण को एक निश्चित आधार प्रदान करते हुए सामाजिक संगठन को दृढ़ बनाए रखने में सक्रिय सहयोग देती है. यहाँ प्रस्थिति एवं भूमिका की समाजशास्त्रीय अवधारणा को पृथक् रूप में समझ लेना आवश्यक है.

प्रस्थिति (Status)

समाज में व्याप्त पारस्परिक सम्बन्धों के संगठन में प्रत्येक व्यक्ति की एक सुपरिभाषित एवं निश्चित जगह होती है. व्यक्ति की यही सुपरिभाषित एवं निश्चित जगह उसकी प्रस्थिति कहलाती है. समाज में प्रत्येक व्यक्ति पारस्परिक प्रस्थिति के अनुसार ही अन्तर्क्रिया सम्पन्न करता है.

प्रस्थिति को परिभाषित करते हुए **राल्फ लिंटन** (Ralph Linton) ने कहा है कि "किसी विशेष व्यवस्था में कोई व्यक्ति, समय विशेष में जो स्थान प्राप्त करता है, उस व्यवस्था के अनुसार वह उसकी प्रस्थिति की ओर संकेत करता है."

इलियट एवं मैरिल (Elliutt and Merrill) का कहना है कि "प्रस्थिति व्यक्ति का वह पद है जिसे व्यक्ति किसी समूह में अपने लिंग, आयु, वर्ग, परिवार, व्यवसाय, विवाह अथवा विशेष प्रयत्नों आदि के कारण प्राप्त करता है."

एम. जॉन लेवी (M. John Levy) के अनुसार "किसी सामाजिक संरचना में व्यक्ति अलग समूह के संस्थागत पदों की सम्पूर्णता का नाम ही प्रस्थिति है."

ऑगबर्न एवं निमकॉफ (Ogburn and Nimcoff) ने प्रस्थिति को "दूसरे व्यक्तियों की तुलना में एक व्यक्ति के स्थान" को माना है.

मेकाइवर एवं पेज (MacIver and Page) का कथन है कि "प्रस्थिति वह सामाजिक पद है, जोकि धारण करने वाले के लिए उसके व्यक्तिगत गुणों या सामाजिक सेवा के अतिरिक्त आदर, प्रतिष्ठा तथा प्रभाव की कुछ मात्रा निश्चित करती है."

किंग्सले डेविस (Kingsley Davis) के शब्दों में "प्रस्थिति किसी भी सामान्य संस्थात्मक व्यवस्था में किसी पद की

सूचक है, ऐसा पद जो समाज द्वारा स्वीकृत है और जिसका निर्माण स्वतः ही हुआ है तथा जो जनरीतियों एवं रूढ़ियों से सम्बद्ध है."

उपर्युक्त परिभाषाओं से स्पष्ट है कि सभी समाजशास्त्री प्रस्थिति को 'एक विशिष्ट पद' के रूप में स्वीकार करते हैं. कुछ मतान्तर उक्त पद को प्राप्त करने के तरीके एवं मान्यता के सम्बन्ध में दिखलाई पड़ती है, लेकिन हमें स्पष्ट शब्दों में यह समझ लेना चाहिए कि प्रस्थिति उस पद का सूचक है, जोकि एक समूह अथवा समाज निर्मित करता है. इसलिए प्रत्येक समाज या समूह के मूल्य एवं आदर्शों के अनुसार ही इसे प्राप्त करने के तरीके भी अलग-अलग हो सकते हैं. जैसे—सरल समाजों में प्रदत्त गुणों के आधार पर ही एक व्यक्ति के प्रस्थिति का निर्माण होता है, जबकि जटिल एवं आधुनिक औद्योगिक समाजों में व्यक्ति के अर्जित गुण ही व्यक्ति के प्रस्थिति निर्धारण में मुख्य कारक होते हैं. यहाँ यह भी स्पष्ट हो जाना चाहिए कि प्रत्येक व्यक्ति की अनेक प्रस्थितियाँ हो सकती हैं. यहाँ तक कि एक नवजात शिशु भी एक साथ पुत्र, पौत्र, भाई, भतीजा, भांजा आदि हो सकता है. शिशु की उम्र वृद्धि के साथ उसकी प्रस्तिथियों में भी क्रमशः बढ़ोत्तरी ही होती है. फिर भी हरएक व्यक्ति की प्रमुख प्रस्थिति केवल एक ही होती है, जिसके आधार पर उसे पहचाना जाता है और उसकी परख होती है.

प्रस्थिति एवं सामाजिक प्रस्थिति
(Status and Social Status)

प्रस्थिति एवं सामाजिक प्रस्थिति के अन्तर को स्पष्ट करने में **टी. एच. मार्शल** (T.H. Marshall) का योगदान अति महत्व-पूर्ण है. **मार्शल** ने **लिण्टन** एवं **पार्सन्स** की आलोचना करते हुए कहा कि इन लोगों ने जिस प्रकार से प्रस्थिति के सम्बोध का प्रयोग किया है, उसमें ऊँचे या नीचे के क्रम का बोध नहीं है. वास्तव में, प्रस्थिति के सम्बोध के अन्तर्गत किसी अधिक्रम या सोपान का अर्थ नहीं लगाया जा सकता, जबकि सामाजिक प्रस्थिति के अन्तर्गत स्तरीकरण एवं सम्मान का बोध आवश्यक रूप से अन्तर्निहित रहता है. मार्शल के अनुसार, एक व्यक्ति की विभिन्न प्रस्थितियों से जो सम्पूर्ण प्रस्थिति योग बनता है, वह सामाजिक प्रस्थिति है. जैसे—एक व्यक्ति, एक डॉक्टर होने के अलावा एक पति, एक पिता, एक नागरिक, एक खिलाड़ी आदि भी हो सकता है. मार्शल का मानना है कि एक पिता के रूप में उस व्यक्ति की प्रस्थिति वर्ग-बोध का सूचक नहीं है, क्योंकि पिता की प्रस्थिति सभी वर्गों में एक सी है, लेकिन उस व्यक्ति की सभी प्रस्थितियों के मिलने से जो प्रस्थिति योग बनेगा उस योग के आधार पर समुदाय में उसे अन्य व्यक्तियों की तुलना में अधिक सम्मान प्राप्त होगा. इसलिए यह योग सामाजिक प्रस्थिति कहलाएगी. मार्शल ने सामाजिक प्रस्थिति (Social Status) शब्द के बदले सामाजिक संस्थिति (Social Standing) शब्द को अधिक उपयुक्त एवं तर्कसंगत माना है.

प्रस्थिति से सम्बन्धित अन्य अवधारणाएँ
(Status Related Other Concepts)

डेविस ने प्रस्थिति से सम्बन्धित तीन महत्वपूर्ण अवधारणाओं का उल्लेख किया है. ये अवधारणाएँ निम्न-लिखित हैं—

(1) **प्रस्थिति एवं पदानुषंग** (Status and Office)—डेविस ने ऐसे पदों को 'प्रस्थिति' कहा है, जोकि सामान्य संस्थात्मक व्यवस्था में सम्पूर्ण समाज द्वारा स्वीकृत एवं समर्थित हो तथा जिसका जन्म स्वतः ही हुआ हो न कि किसी विशिष्ट प्रयास द्वारा. प्रस्थिति सामान्यतः जनरीतियों एवं रूढ़ियों से सम्बद्ध होते हैं. इसके विपरीत डेविस के अनुसार 'पदानुषंग' का तात्पर्य उन पदों से है जो किसी औपचारिक समिति या संगठन में विशिष्ट प्रयास द्वारा बनाया गया हो, जो विशिष्ट और सीमित नियमों के द्वारा किसी समूह-विशेष के लिए ही प्रासंगिक हो तथा जिस पद को सामान्यतः अर्जित करके ही पाया जा सकता है न कि जन्म के द्वारा. इस प्रकार पदानुषंग किसी विशिष्ट समिति, संस्था एवं संगठन से ही सम्बद्ध होते हैं. संक्षेप में कहा जा सकता है कि प्रस्थिति सामान्य पद का सूचक है, जबकि पदानुषंग एक विशिष्ट पद का प्रतीक है.

उल्लेखनीय है कि दोनों अवधारणाओं का प्रयोग बिल्कुल विपरीत अर्थों में नहीं किया जा सकता है. प्रत्येक पदानुषंग किसी व्यक्ति को एक प्रस्थिति अवश्य प्रदान करता है, लेकिन प्रत्येक प्रस्थिति व्यक्ति को पदानुषंग प्रदान नहीं करती है, हालांकि प्रत्येक समाज में कई ऐसे तरीके अवश्य होते हैं, जिनके माध्यम से व्यक्ति की सामान्य प्रस्थिति उसे पदानुषंग प्राप्त करने में सहायक होती है. विशिष्ट पद प्राप्त कर लेने के बाद समाज में व्यक्ति की प्रस्थिति का पुनर्मूल्यांकन एवं निर्धारण होता है.

(2) **प्रस्थिति एवं स्टेशन** (Status and Station)—डेविस के अनुसार, 'स्टेशन' विभिन्न प्रस्थितियों एवं पदानुषंग के समन्वय से निर्मित होता है. समाज में व्यक्ति अनेक प्रस्थितियों एवं पदानुषंगों को प्राप्त करता है, लेकिन सभी प्रस्थितियों को मिलाकर व्यक्ति की एक सामान्य प्रस्थिति बनती है जिससे वह व्यक्ति पहचाना जाता है. इसी सामान्य प्रस्थिति को डेविस ने 'स्टेशन' शब्द से सम्बोधित किया है. इस प्रकार किसी व्यक्ति का स्टेशन, विभिन्न क्षेत्रों से प्राप्त उसके प्रस्थितियों एवं पदानुषंगों का कुल योग होता है. व्यक्ति के विभिन्न प्रस्थितियों में शीघ्रता से उतार-चढ़ाव हो सकता है, लेकिन उसके स्टेशन में एकाएक कोई परिवर्तन

नहीं होता, क्योंकि इसकी प्रकृति अपेक्षाकृत स्थायी होती है. इसे 'प्रस्थिति-विशेष', 'प्रस्थिति-संकुल' तथा 'प्रस्थिति समग्र' आदि से भी सम्बोधित किया जाता है.

(3) **प्रस्थिति एवं प्रस्थिति-समूह या स्तृत** (Status and Stratum)—डेविस ने उन व्यक्ति-समूह को 'Stratum' शब्द से सम्बोधित किया है जो एक ही प्रस्थिति या एक ही स्टेशन के सदस्य होते हैं. ये सदस्य स्तर के दृष्टिकोण से समान होते हैं इसलिए ये एक स्तृत का निर्माण करते हैं. समाज में प्रत्येक स्तृत के सदस्य आपस में 'हम की भावना' के द्वारा जुड़े रहते हैं. इनकी समस्याएँ तथा स्वार्थ लगभग समान होते हैं. प्रत्येक स्तृत के सदस्य दूसरे स्तृत के लोगों से एक सामान्य अन्तर बनाए रखने का प्रयास करते हैं, ताकि उनकी सामूहिक विशेषता अक्षुण्ण बनी रहे. इस सामूहिक रक्षा की भावना को डेविस ने 'Stratum Solidarity' कहा है.

प्रस्थिति से सम्बन्धित कुछ अन्य महत्वपूर्ण अवधारणाएँ इस प्रकार हैं—

(4) **प्रस्थिति एवं प्रतिष्ठा** (Status and Prestige)—समाज में सभी पद एक जैसे नहीं होते हैं. जिन पदों को प्राप्त करने में अधिक ज्ञान, कुशलता एवं योग्यता की आवश्यकता होती है, समाज में उनका महत्व अधिक होता है. इसके विपरीत जिन पदों को प्राप्त करने में कम ज्ञान की आवश्यकता होती है, समाज में उनका महत्व कम होता है. समाज में अधिक महत्व के पदों के साथ अधिक प्रतिष्ठा तथा कम महत्व के पदों के साथ कम प्रतिष्ठा जुड़ी होती है. इस प्रकार समाज में प्रत्येक प्रस्थिति का एक विशेष महत्व या मूल्य होता है, जिसे प्रस्थिति की प्रतिष्ठा से सूचित किया जाता है.

(5) **प्रस्थिति एवं सम्मान** (Status and Esteem)—एक पद पर कार्य करने वाले विभिन्न व्यक्तियों की प्रस्थिति एवं प्रतिष्ठा एक होती है, लेकिन उनके सम्मान में अन्तर हो सकता है, क्योंकि सम्मान का सम्बन्ध कार्य कुशलता से होता है. जो व्यक्ति अपनी प्रस्थिति से सम्बन्धित कार्यों को अधिक उत्तरदायित्व की भावना तथा उचित ढंग से सम्पन्न करते हैं, उन्हें समाज में अधिक सम्मान प्राप्त होता है. इसके विपरीत जो व्यक्ति अपने कार्यों के प्रति लापरवाह होते हैं उन्हें समाज में कम सम्मान प्राप्त होता है. एक ही प्रस्थिति के विभिन्न व्यक्तियों के कार्य कुशलता में अन्तर का मुख्य कारण व्यक्तियों के प्रयास, क्षमता एवं रुचि में असमानता है. समाज में समान प्रस्थिति ही नहीं, बल्कि विभिन्न प्रस्थितियों के व्यक्तियों को भी कार्यकुशलता के अन्तर के आधार पर कम या अधिक सम्मान वाले व्यक्ति के रूप में निरूपित किया जा सकता है.

(6) **प्रस्थिति एवं श्रेणी** (Status and Rank)—उच्च एवं निम्न के सोपान क्रम में स्तरीकृत प्रस्थितियों की समग्रता ही 'श्रेणी' कहलाती है. सामाजिक स्तरीकरण की प्रकृति को भी श्रेणियाँ ही निश्चित करती हैं.

प्रस्थिति के प्रकार
(Types of Status)

प्रस्थिति निर्धारण के आधारभूत कारकों के आधार पर प्रस्थिति को दो भागों में बाँटा गया है. प्रदत्त एवं अर्जित. इनका विस्तृत विवेचन निम्नलिखित है—

प्रदत्त प्रस्थिति (Ascribed Status)

जो प्रस्थिति व्यक्ति जन्म से ही या बिना किसी प्रयत्न के प्राप्त करता है उसे 'प्रदत्त प्रस्थिति' कहा जाता है. जैसे—किसी राजा के पुत्र का पहले युवराज और फिर राजा बनना.

जॉर्ज लुण्डबर्ग (George Lundberg) ने प्रदत्त प्रस्थिति के लिए निम्नलिखित चार आधारों का उल्लेख किया है—

(1) **लिंग भेद** (Sex Difference)—प्रत्येक समाज में स्त्री एवं पुरुषों की प्रस्थिति एक-दूसरे से भिन्न होती है. यह लिंग सापेक्ष प्रस्थिति उन्हें जन्म से ही प्राप्त हो जाती है. प्रत्येक समाज में स्त्री-पुरुष के कार्य एवं उनसे सामाजिक अपेक्षाएँ भी भिन्न-भिन्न होती हैं. अधिकांश संस्कृतियों में स्त्रियों को कमजोर, सहज विश्वासी, कोमल एवं भावुक समझा जाता है. इसके विपरीत पुरुषों को साहसी, वीर, संघर्षशील एवं अधिक तार्किक क्षमता से युक्त माना जाता है. ऐसे समाजों में पुरुषों से साहसिक कार्य जैसे—युद्ध, शिकार, पशुचारण एवं अन्य आर्थिक वृत्तियों की अपेक्षा की जाती है, जबकि स्त्री का कार्यक्षेत्र घर के अन्दर तक ही सीमित होता है. स्त्रियाँ घर में रहकर ही बच्चों के पालन-पोषण, सिलाई-कढ़ाई तथा रसोई से सम्बन्धित कार्यों को पूरा करती हैं. अपेक्षाओं में यह अन्तर स्त्री-पुरुष के शारीरिक बनावट में विभिन्नता के कारण भी होता है. इन्हीं कार्यों के आधार पर समाज में प्रायः स्त्रियों को निम्न प्रस्थिति तथा पुरुषों को उच्च प्रस्थिति प्राप्त होती है. इन प्रस्थितियों में धार्मिक मान्यताओं का योगदान भी अतिमहत्वपूर्ण होता है, जोकि भारतीय समाज में स्पष्टतः देखा जा सकता है, हालांकि किसी समाज में स्त्री एवं पुरुष की प्रस्थिति क्या होगी, यह बात बहुत हद तक उस समाज की सांस्कृतिक मान्यताओं एवं परम्परा के द्वारा निर्धारित होती है. जैसे—मातृसत्तात्मक परिवारों में स्त्रियों की प्रस्थिति ही उच्च होती है अपेक्षाकृत पुरुषों के. इस प्रकार स्त्री-पुरुष के प्रस्थिति एवं कार्यों में भेद सांस्कृतिक मूल्य एवं मान्यताओं के आधार पर जन्म से ही सामाजीकरण की प्रक्रिया में स्वीकार कर लिए जाते हैं.

(2) **आयु-भेद** (Age-Difference)—लिंग की तुलना में आयु एक परिवर्तनशील घटना है. इसलिए विभिन्न आयु वर्गों

के साथ विभिन्न प्रस्थिति जुड़ी होती है. आयु में वृद्धि के साथ व्यक्ति की प्रस्थिति भी बढ़ती जाती है. प्रस्थिति निर्धारिण के दृष्टिकोण से सामान्यतः आयु को पाँच वर्गों में विभाजित किया जाता है. ये हैं—शैशवावस्था (Infancy), बाल्यावस्था (Childhood), युवावस्था (Puberty), प्रौढ़ावस्था (Maturity) एवं वृद्धावस्था (Old-age). युवावस्था से व्यक्ति की प्रस्थिति में प्रतिष्ठा एवं आदर का भाव समाहित हो जाता है, जो वृद्धावस्था में अपने चरम उत्कर्ष पर होता है. इन अवस्थाओं में वृद्धि के साथ व्यक्ति की प्रस्थिति में क्षैतिज विस्तार भी होता जाता है.

प्रत्येक समाज आयु-भेद के आधार पर अपने सदस्यों को आवश्यक रूप से विशिष्ट प्रस्थिति प्रदान करता है, परन्तु कम उम्र वाले की प्रस्थिति ऊँची होगी या अधिक उम्र वाले की अथवा समाज में आयु को, प्रस्थिति निर्धारण में कितना महत्व दिया जाए, यह पूर्णतः संस्कृति द्वारा निर्धारित होता है.

लुण्डबर्ग ने भी कहा है कि "आयु के मामलों में प्रस्थिति का निर्धारण जैविकीय कारणों की अपेक्षा सांस्कृतिक कारणों से अधिक होता है." प्रायः सरल एवं ग्रामीण समाजों में आयु को अधिक महत्व दिया जाता है, जबकि जटिल एवं नगरीय समाजों में इसका महत्व अधिक नहीं होता है.

(3) **नातेदारी सम्बन्ध** (Kinship Relationship)—नातेदारी सम्बन्ध जन्म के परिवार (Family of Orientation) एवं जनन के परिवार (Family of Procreation) के मध्य विकसित होते हैं. जन्म प्रदत्त प्रस्थिति के निर्धारण में नातेदारी सम्बन्धों का भी महत्वपूर्ण स्थान होता है. नातेदारी सम्बन्धों के कारण एक ओर जहाँ व्यक्ति को अनेक प्रस्थिति जन्म के साथ ही प्राप्त हो जाती हैं, वहीं दूसरी ओर उसके नातेदारी की सामाजिक प्रस्थिति भी उसे विरासत में स्वतः ही प्राप्त हो जाती है. एक शिशु जन्म के साथ ही पुत्र, पौत्र, भांजा, भतीजा, तत्पश्चात्, चाचा, मामा, साला आदि प्रस्थितियाँ स्वतः ही प्राप्त कर लेता है. इन प्रत्येक प्रस्थितियों से कुछ विशेष प्रकार के अधिकार तथा कर्त्तव्य जुड़े होते हैं, जिनसे व्यक्ति के सामाजिक स्थिति की पहचान होती है. साथ ही प्रत्येक समाज में यह नियम भी प्रचलित है कि व्यक्ति के नातेदार उच्च जाति या उच्च वर्ग के होंगे, तो वह व्यक्ति भी स्वतः ही समाज में उच्च प्रस्थिति प्राप्त कर लेगा. यदि नातेदार निम्न प्रस्थिति के होंगे, तो व्यक्ति को भी निम्न प्रस्थिति का माना जाएगा. परिवार की प्रस्थिति के आधार पर बच्चे की प्राथमिक प्रस्थिति के निर्धारण की संस्था विश्व में सर्वव्याप्त है, लेकिन भारतीय समाज में (खासकर हिन्दू समाज में) जाति की संस्था द्वारा प्रस्थिति का निर्धारण, प्रदत्त प्रस्थिति का सर्वश्रेष्ठ एवं अद्वितीय उदाहरण है. जाति व्यक्ति को एक स्थायी प्रस्थिति प्रदान करती है, जिसे किसी भी प्रकार के ज्ञान या कुशलता अर्जित कर लेने के बावजूद कभी भी बदला नहीं जा सकता है.

(4) **सामाजिक कारक** (Social Factors)—कई सामाजिक कारक ऐसे हैं जो व्यक्ति के प्रस्थिति निर्धारण में महत्वपूर्ण स्थान रखते हैं. भारतीय समाज में जाति व्यवस्था द्वारा प्रस्थिति का निर्धारण व्यापक अर्थ में एक सामाजिक कारक ही है. विश्व के अन्य समाजों में प्रजाति एवं रंग के आधार पर प्रस्थिति निर्धारण की परम्परा आमतौर पर प्रचलित रही है. पश्चिमी समाजों में उच्च पदों पर आसीन तथा शिक्षित होने के बावजूद भी नीग्रो लोगों की प्रस्थिति समाज में निम्न स्तर पर ही है. इसके अलावा अवैध सन्तान होना, कुवृत्ति वाले परिवारों की सन्तान होना, गोद लिए गए बच्चे, तलाकशुदा दम्पत्ति के बच्चे आदि की प्रस्थिति भी अन्य बच्चे, की तुलना में निम्न होती है. शारीरिक सौन्दर्य भी इस दृष्टिकोण से एक महत्वपूर्ण कारक है.

प्रदत्त प्रस्थिति के सम्बन्ध में सबसे महत्वपूर्ण तथ्य यह है कि यह व्यक्ति को जन्म के साथ ही एक विशेष प्रस्थिति तो प्रदान करती ही है साथ ही व्यक्ति भविष्य में किन-किन योग्यताओं को अर्जित कर किस हद तक अपनी प्रस्थिति परिवर्तित कर सकता है? बहुत हद तक इसका भी निर्धारण करती है. समाज में इस तथ्य के कुछ अपवाद अवश्य मिल जाते हैं, लेकिन इसमें कोई सन्देह नहीं है कि प्रदत्त प्रस्थिति, अर्जित प्रस्थिति की प्रकृति को प्रभावित अवश्य करती है.

अर्जित प्रस्थिति (Achieved Status)

प्रत्येक व्यक्ति कुछ प्रयत्न एवं अपनी योग्यता द्वारा अपनी प्रदत्त प्रस्थिति को कुछ हद तक परिवर्तित करने में अवश्य सफल होता है. इस प्रकार से उसकी परिवर्तित प्रस्थिति ही 'अर्जित प्रस्थिति' कहलाती है. अर्थात् प्रयत्न एवं योग्यता के आधार पर प्राप्त की गई प्रस्थिति ही अर्जित प्रस्थिति है. जैसे—किसी व्यक्ति का डॉक्टर, इन्जीनियर, प्रशासनिक अधिकारी, मैनेजर, प्राध्यापक, नेता आदि बनना अर्जित प्रस्थिति के द्योतक हैं.

अर्जित प्रस्थिति की मुख्य विशेषताएँ इस प्रकार हैं—

(i) अर्जित प्रस्थिति व्यक्ति के किसी निर्दिष्ट लक्ष्य की दिशा में किए गए सतत् प्रयास, दृढ़ इच्छा शक्ति एवं योग्यता का सम्मिलित प्रतिफल होता है.

(ii) चूँकि अर्जित प्रस्थिति योग्यता पर आधारित होती है इसलिए अधिक योग्य व्यक्ति के आ जाने पर इसे खो देने की आशंका सदैव बनी रहती है.

(iii) अर्जित प्रस्थिति के साथ सम्मान (Esteem) का भाव सदैव जुड़ा रहता है. यदि अर्जित प्रस्थिति के अनुरूप कोई व्यक्ति कुशलतापूर्वक अपना कार्य सम्पादित नहीं करता

है, तो वह सामाजिक आलोचना का शिकार होने के साथ ही उस व्यवस्था (जिसमें वह प्रस्थिति प्राप्त करता है) में विघटन के लिए भी उत्तरदायी होता है.

(iv) अर्जित प्रस्थिति प्राप्त व्यक्ति सदैव कुछ निश्चित नियमों से बँधा रहता है. उन नियमों का उल्लंघन कर वह कोई निर्णय नहीं ले सकता है.

(v) अर्जित प्रस्थिति के कारण किसी व्यक्ति की पूर्व की प्रस्थितियाँ गौण हो जाती हैं. अर्जित प्रस्थिति ही व्यक्ति की प्रमुख प्रस्थिति बन जाती है.

वर्तमान समय में अर्जित प्रस्थिति के मुख्य आधार निम्नलिखित हैं—

(1) **व्यक्तिगत योग्यता एवं कुशलता** (Personal Ability)—योग्यता एवं कुशलता ही अर्जित प्रस्थिति के मुख्य आधार हैं. समाज में अनेक पद ऐसे होते हैं जिन्हें किसी भी प्रकार से मात्र जन्म के आधार पर स्वतः प्रदान नहीं किया जा सकता है. इन पदों को विशिष्ट योग्यता एवं लम्बे प्रशिक्षण के उपरान्त ही प्राप्त किया जा सकता है. वास्तव में, सभी अर्जित प्रस्थितियाँ, व्यक्ति के व्यक्तिगत योग्यता, कुशलता, क्षमता, प्रयत्न एवं रुचि पर ही आधारित होती है.

(2) **सम्पत्ति** (Wealth)—सम्पत्ति, व्यक्ति की प्रस्थिति का प्रत्यक्ष मापक होने के साथ-ही-साथ उच्च प्रस्थिति से सम्बन्धित सभी सुविधाओं को अर्जित करने का महत्वपूर्ण साधन भी है. प्राचीन समय में भी अधिक भू-क्षेत्र अर्जित करने वाले व्यक्तियों की प्रस्थिति उच्च होती थी. वर्तमान में यह मानक कुछ हद तक परिवर्तित हो गया है. अब बैंकों में जमा-राशि, बंगला, कार इत्यादि के आधार पर किसी व्यक्ति की प्रस्थिति निर्धारित होती है. उल्लेखनीय है कि वैध तरीके से अर्जित की गई सम्पत्ति ही उच्च प्रस्थिति का आधार हो सकती है.

प्रदत्त प्रस्थिति तथा अर्जित प्रस्थिति में अन्तर
(Difference between Ascribed and Achieved Status)

क्र.	प्रदत्त प्रस्थिति	क्र.	अर्जित प्रस्थिति
1.	प्रदत्त प्रस्थिति व्यक्ति को स्वतः प्राप्त हो जाती है. व्यक्ति को इसके लिए किसी प्रकार का प्रयत्न नहीं करना पड़ता है.	1.	अर्जित प्रस्थिति के लिए व्यक्ति को विशेष प्रयत्न करने पड़ते हैं, जो वह अपनी योग्यता एवं कुशलता के आधार पर करता है.
2.	यह बहुत हद तक व्यक्ति के माता-पिता एवं अन्य नातेदारों की स्थिति के समान होती है.	2.	अर्जित प्रस्थिति व्यक्ति के माता-पिता एवं अन्य नातेदारों की स्थिति से बिल्कुल भिन्न हो सकती है.
3.	प्रदत्त प्रस्थिति की प्रकृति अपेक्षाकृत स्थायी होती है. इसमें बहुत उलट-फेर की सम्भावना नहीं होती है.	3.	यह परिवर्तनशील होती है. व्यक्ति के जीवनकाल में ही इसमें एक से अधिक बार परिवर्तन हो सकता है.
4.	प्रदत्त प्रस्थिति, बन्द समाज की मुख्य विशेषता है. इसकी प्रधानता वाली सामाजिक संरचना में बन्द स्तरीकरण पाया जाता है.	4.	अर्जित प्रस्थिति, खुले समाजों की मुख्य विशेषता होती है. इसकी प्रधानता वाली सामाजिक संरचना में मुक्त स्तरीकरण पाया जाता है.
5.	इससे सामाजिक गतिशीलता लगभग अप्रभावित रहती है.	5.	यह सामाजिक गतिशीलता को प्रोत्साहित करती है.
6.	यह सामूहिकता की भावना को बढ़ावा देती है.	6.	व्यक्तिगत योग्यता एवं प्रतियोगिता के द्वारा संयोजित होने के कारण यह व्यक्तिवादिता को प्रोत्साहित करती है.
7.	प्रदत्त प्रस्थिति और इससे सम्बद्ध भूमिका में सामंजस्य का प्रश्न जुड़ा रहता है, क्योंकि प्रदत्त प्रस्थिति की भूमिका व्यक्ति की रुचि एवं मनोवृत्ति के विपरीत भी हो सकती है.	7.	अर्जित प्रस्थिति के साथ ऐसी समस्या नहीं उत्पन्न होती है. व्यक्ति अपनी रुचि एवं मनोवृत्ति के अनुकूल ही प्रस्थिति एवं भूमिका को प्राप्त करता है.
8.	आयु बढ़ने के साथ प्रदत्त प्रस्थिति का विस्तार ही होता है. इसमें किसी पूर्व प्रस्थिति के लुप्त होने की सम्भावना नहीं रहती है.	8.	अर्जित प्रस्थिति को खो बैठने की आशंका सदैव बनी रहती है. इसलिए व्यक्ति इसे पुनः प्राप्त करने के लिए भी विशेष प्रयत्न करता है.
9.	प्रदत्त प्रस्थिति में कार्य कुशलता का कोई विशेष महत्व नहीं होता है.	9.	अर्जित प्रस्थिति में व्यक्ति यदि प्रस्थिति के अनुरूप कार्य कुशलता का प्रदर्शन नहीं करता है, तो सामाजिक आलोचना का शिकार होता है.
10.	प्रदत्त प्रस्थिति में स्व-विवेक के आधार पर निर्णय लेने की अधिक स्वतन्त्रता होती है.	10.	अर्जित प्रस्थिति में व्यक्ति सदैव कुछ संस्थागत नियमों से बँधा रहता है. वह उन नियमों का उल्लंघन कर कोई निर्णय नहीं ले सकता है.

(3) **शिक्षा** (Education)—आधुनिक प्रगतिशील समाजों में शिक्षा को अर्जित प्रस्थिति का सबसे अधिक बुनियादी आधार माना जाता है. उचित शिक्षा के द्वारा ही एक व्यक्ति उच्च योग्यता एवं कुशलता प्राप्त करने में सक्षम हो पाता है. उचित शिक्षा के माध्यम से ही एक व्यक्ति में आवश्यक नैतिक एवं चारित्रिक गुणों का विकास हो पाता है जो उन्हें समाज का जिम्मेदार सदस्य तथा देश का जागरूक नागरिक बनाता है.

(4) **सत्ता** (Authority)—सभी कालों में सत्ता प्रस्थिति के मुख्य निर्धारक तत्वों में से एक रही है. अन्तर सिर्फ इतना है कि राजतंत्र-व्यवस्था वाले समाजों में यह प्रदत्त प्रस्थिति का मुख्य आधार था, लेकिन आधुनिक लोकतांत्रिक समाजों में यह अर्जित-प्रस्थिति का मुख्य आधार है. अब आवश्यक नहीं है कि किसी राष्ट्र के राष्ट्रपति या प्रधानमन्त्री का पुत्र राष्ट्रपति या प्रधानमन्त्री बन ही जाए. अपनी योग्यता के आधार पर निम्न कुल में जन्मे व्यक्ति भी इन पदों को प्राप्त कर अपनी प्रस्थिति को ऊँचा उठा सकते हैं.

(5) **व्यवसाय** (Profession)—प्रत्येक समाज में केवल व्यक्ति का ही नहीं, बल्कि व्यवसायों का भी स्तरीकरण पाया जाता है. कुछ व्यवसायों को निकृष्ट माना जाता है, जबकि कुछ व्यवसायों को उत्कृष्ट. इन व्यवसायों से जुड़े व्यक्तियों की प्रस्थिति भी व्यवसाय के स्तर के समानान्तर होती है. भारतीय समाज में जातीय बन्धनों के कमजोर पड़ने के कारण ही व्यवसाय अर्जित प्रस्थिति का मुख्य आधार बनता जा रहा है.

(6) **बदलती परिस्थितियाँ** (Changing Situations)—समाज में बदलते परिदृश्यों के साथ नवीन प्रस्थितियों की स्थापना होती है. जैसे—कृषि व्यवस्था के बदले औद्योगिक व्यवस्था के प्रसार के कारण विभिन्न समाजों में श्रम-विभाजन एवं विशेषीकरण का महत्व बढ़ा. इसके परिणामस्वरूप किसी विशेष योग्यता वाले व्यक्ति को अपनी योग्यता प्रदर्शित करने का विशिष्ट अवसर प्राप्त हुआ. जिससे वे उच्च प्रस्थिति प्राप्त करने में अधिक सक्षम हो सके. बदलती परिस्थितियों का ही मुख्य परिणाम है कि आज सूचना तकनीक (Information Technology) से जुड़े लोग समाज में प्रतिष्ठित एवं उच्च प्रस्थिति से युक्त हैं.

अर्जित प्रस्थिति के उपर्युक्त सभी आधार समाज सापेक्ष होते हैं. किसी समाज में कौनसे आधार अर्जित प्रस्थिति के निर्धारण में अधिक महत्वपूर्ण होंगे, यह उस समाज की सामाजिक-सांस्कृतिक व्यवस्था पर निर्भर करती है. जैसे—भौतिकवादी संस्कृति की प्रधानता वाले समाजों में सम्पत्ति मुख्य निर्णायक तत्व होगा. इसी प्रकार विचार प्रधान संस्कृति वाले समाजों में व्यक्ति का मौलिक चिन्तन एवं शिक्षा ही मुख्य निर्णायक तत्व होगा. इसलिए अर्जित प्रस्थिति की धारणा को विशिष्ट सामाजिक-सांस्कृतिक व्यवस्था के संदर्भ में ही समुचित रूप से विश्लेषित किया जा सकता है.

वर्तमान के प्रत्येक समाज में प्रदत्त प्रस्थिति के बदले अर्जित प्रस्थिति का महत्व बढ़ता जाता रहा है. औद्योगीकृत, आर्थिक व्यवस्था, नगरीय जीवन प्रणाली एवं प्रजातांत्रिक मूल्यों के प्रसार के साथ ही अब किसी भी समाज में व्यक्ति की योग्यता एवं कुशलता का तिरस्कार करना सम्भव नहीं है. इसलिए सभी समाजों में महत्वपूर्ण पदों पर भर्ती के लिए आवश्यक रूप से प्रतियोगिता की व्यवस्था की जाती है.

भूमिका
(Role)

आम जन-जीवन में भूमिका शब्द का प्रयोग किसी नाटक या फिल्म में किसी पात्र द्वारा अदा की जाने वाली भूमिका के लिए किया जाता है. समाजशास्त्र में भूमिका की अवधारणा इस सामान्य प्रयोग से काफी भिन्न है. समाजशास्त्र में भूमिका का अर्थ प्रस्थिति के अनुरूप अपेक्षित व्यवहार होता है. अर्थात् समाजशास्त्रीय अर्थ में भूमिका किसी भी प्रस्थिति का व्यवहारात्मक पहलू अथवा प्रस्थिति का प्रकार्य है. चूँकि मानव समाज में प्रत्येक व्यक्ति की छोटी या बड़ी प्रस्थिति होती ही है इसलिए समाजशास्त्र में प्रत्येक व्यक्ति का अध्ययन एक भूमिकाधारी (Role-holder) के रूप में ही किया जाता है.

समाजशास्त्र में भूमिका की अवधारणात्मक प्रयोग की शुरूआत 1936 में **राल्फ लिण्टन** (Ralph Linton) ने की थी. लिण्टन के अनुसार "भूमिका, प्रस्थिति (अधिकारों और कर्तव्यों का समुच्चय) का गत्यात्मक पक्ष (Dynamic Aspect) है." अन्यत्र उन्होंने इसे परिभाषित करते हुए कहा है कि "भूमिका का अर्थ हम किसी विशिष्ट प्रस्थिति के लिए निश्चित सांस्कृतिक प्रतिमानों से लेते हैं. इस प्रकार भूमिका विचारों, मूल्यों एवं व्यवहार को इंगित करती है, जोकि उस प्रस्थिति के व्यक्ति के लिए समाज द्वारा निर्धारित है."

एम. ई. ओल्सेन (M.E. Olsen) के अनुसार "सामाजिक भूमिका कुछ प्रत्याशाओं और क्रियाओं की वह परस्पर सम्बन्धित व्यवस्था है जिसे सामाजिक संगठन का सबसे आन्तरिक अंग कहा जा सकता है."

सार्जेन्ट (Sargent) का कहना है कि "किसी व्यक्ति की भूमिका, सामाजिक व्यवहार का ही प्रतिमान अथवा प्रारूप है, जिसे वह अपने समूह के सदस्यों की प्रत्याशाओं के अनुसार एक विशेष परिस्थिति में ठीक समझता है."

जे. एम. फिचर (J.M. Fichter) के शब्दों में "जब एक-दूसरे से सम्बद्ध व्यवहार के बहुत से प्रतिमान किसी विशेष

सामाजिक कार्य को पूरा करते हैं, तब व्यवहार के इसी संयोग (Combination) को भूमिका कहा जाता है."

माइकल बेन्टन (Micheal Benton) के अनुसार "भूमिका नियमों और अपेक्षाओं का एक ऐसा समूह है जो किसी पद विशेष पर आसीन व्यक्ति पर लागू होता है." इन्होंने नियमों और अपेक्षाओं में अन्तर करते हुए कहा कि, नियम वे हैं जिनका पालन करना अनिवार्य होता है, जबकि अपेक्षा का आशय किसी पद पर आसीन व्यक्ति से किसी विशेष परिस्थिति में एक निश्चित ढंग के व्यवहार करने की आशा से है. बेन्टन ने भूमिका में नियम एवं अपेक्षा, दोनों के ही अनिवार्य समावेश को स्वीकार किया है.

कुछ समाजशास्त्रियों ने भूमिका को परिभाषित करने के बजाय इसके कतिपय पहलुओं के विश्लेषण तक ही अपने आपको सीमित रखा है. जैसे—**पॉपीज** (Popitz) ने भूमिका की उत्पत्ति तथा सामाजिक व्यवस्था में इसके महत्व पर प्रकाश डाला है. इनका मानना है कि भूमिका का सम्बोध अन्ततः सामाजिक विभेदीकरण (Social Differentiation) एवं सामाजिक मानदण्ड (Social Normation) के प्रत्युत्तर एवं प्रभाव से ही उत्पन्न हुआ है. आगे इनका कहना है कि भूमिका के माध्यम से हम समाज में विभेदीकरण उत्पन्न करते हैं, जोकि सुचारु सामाजिक संचालन की व्यवस्था के लिए आवश्यक है तथा प्रत्येक भूमिका सामान्यतः सामाजिक मानदण्डों से निर्देशित होती है.

सामाजिक भूमिकाओं के सन्दर्भ में **नैनिकी** द्वारा प्रतिपादित **'सामाजिक वृत'** की अवधारणा महत्वपूर्ण है. अपनी भूमिका निर्वाह करने वाले व्यक्ति को 'सामाजिक व्यक्ति' की संज्ञा देते हुए इन्होंने कहा कि सामाजिक भूमिका की पूर्ति केवल व्यक्तिगत पक्ष ही नहीं है. सामाजिक व्यक्ति की भूमिका की पूर्ति में लोगों का एक छोटा अथवा बड़ा समूह भी भाग लेता ही है. इन्हीं छोटे अथवा बड़े समूहों को नैनिकी ने 'सामाजिक वृत' (Social Circle) कहा है.

अन्त में, यहाँ यह समझ लेना आवश्यक है कि भूमिका एक तुलनात्मक धारणा है. प्रत्येक व्यक्ति की भूमिका सदैव किसी दूसरी प्रस्थिति अथवा व्यक्ति की तुलना में ही विश्लेषित और निर्धारित होती है. इसलिए भूमिका की धारणा परिस्थिति एवं प्रस्थिति के अनुसार परिवर्तित होती रहती है.

उपर्युक्त विश्लेषण के आधार पर सामाजिक भूमिका की निम्नलिखित विशेषताएँ स्पष्ट होती हैं—

1. प्रस्थिति से सम्बन्धित अधिकार एवं कर्त्तव्यों को व्यवहार में लाना ही भूमिका है.
2. भूमिका के दो पक्ष हैं—व्यक्तित्व एवं संस्कृति. व्यक्तित्व का अर्थ प्रवृत्तियों के प्रतिमान से है. संस्कृति का अर्थ समूह द्वारा अपेक्षित और आशानुरूप व्यवहारों के प्रतिमान से है.
3. सामाजिक प्रणाली में स्वीकृत भूमिका के सम्पादन के अनुरूप ही व्यक्ति की स्थिति और प्रतिष्ठा का निर्धारण होता है.
4. व्यक्ति की भूमिका का निर्धारण सांस्कृतिक नियमों एवं आदर्शों के द्वारा होता है.
5. प्रत्येक व्यक्ति से एक निर्धारित भूमिका के निर्वाह की आशा दो कारणों से की जाती है. पहला, व्यक्ति का व्यवहार समाज के सांस्कृतिक मूल्य एवं आदर्श के अनुरूप हो तथा दूसरा, सामाजिक संगठन बना रहे.
6. सामाजिक भूमिका की प्रकृति परिवर्तनशील होती है. एक व्यक्ति की भूमिका विभिन्न क्षेत्रों में भिन्न-भिन्न हो सकती है तथा समय के अनुसार इसमें परिवर्तन होता रहता है. समय के साथ व्यक्ति की भूमिका निर्वाह की क्षमता में परिपक्वता आती जाती है.
7. व्यक्ति की भूमिका का उसकी रुचियों, मनोवृत्तियों और योग्यता से विशेष सम्बन्ध होता है.
8. व्यक्ति की सभी भूमिकाएँ समान महत्व की नहीं होती हैं.
9. प्रस्थिति और भूमिका का सन्तुलन ही सामाजिक व्यवस्था का मुख्य आधार होता है.

भूमिकाओं का वर्गीकरण (Classification of Roles)

भूमिकाओं के वर्गीकरण के सन्दर्भ में **लिण्टन, नेडेल एवं बेन्टन** जैसे समाजशास्त्रियों द्वारा कुछ प्रयास किए गए हैं. इनका यहाँ संक्षिप्त विवरण दिया जा रहा है—

(1) **लिण्टन** के अनुसार (According to Linton)—लिण्टन ने प्रस्थिति के अनुरूप भूमिकाओं को भी दो भागों में विभाजित किया है—

(A) प्रदत्त भूमिका (Ascribed Role)

(B) अर्जित भूमिका (Achieved Role)

प्रदत्त प्रस्थिति से सम्बन्धित भूमिका प्रदत्त भूमिका कहलाती है. इसकी प्रकृति जन्मजात होती है. इस प्रकार की भूमिकाओं का पालन व्यक्ति के जन्म के साथ ही शुरू हो जाता है. अर्जित प्रस्थिति से सम्बन्धित भूमिका अर्जित भूमिका कहलाती है. यह आवश्यक योग्यता और प्रतियोगिता के जरिए हासिल की जाती है.

(2) **नेडेल** के अनुसार (According of Nadel)—नेडेल ने लिण्टन के वर्गीकरण को स्वीकार करते हुए भूमिकाओं को पुनः दो वर्गों में उप-विभाजन किया है.

(A) सम्बन्धात्मक भूमिका (Relational Role)

(B) गैर सम्बन्धात्मक भूमिका (Non-Relational Role)

सम्बन्धात्मक भूमिका केवल पूरक भूमिका के रूप में ही अदा की जाती है, जबकि गैर सम्बन्धात्मक भूमिकाएँ स्वतन्त्र प्रकृति की होती हैं. इस प्रकार की भूमिकाओं के लिए किसी पूरक भूमिका की आवश्यकता नहीं होती है. जैसे—पति की भूमिका की कल्पना पत्नी की भूमिका के बगैर नहीं की जा सकती है. दुकानदार की भूमिका के लिए ग्राहक की भूमिका पूरक भूमिका होगी. इसके विपरीत एक कवि, लेखक, विद्वान् आदि की भूमिका के लिए किसी पूरक भूमिका की आवश्यकता नहीं होती है.

(3) **बेन्टन** के अनुसार (According to Michael Banton)—बेन्टन ने तीन प्रकार की भूमिकाओं का उल्लेख किया है.

(A) **मूल भूमिका** (Basic Role)—बेन्टन ने लिंग आधारित भूमिकाओं को मूल भूमिका की संज्ञा दी है.

(B) **सामान्य भूमिका** (General Role)—बेन्टन ने उम्र एवं व्यवसाय से सम्बन्धित भूमिकाओं को सामान्य भूमिका के अन्तर्गत रखा है.

(C) **स्वतन्त्र भूमिका** (Independent Role)—व्यक्ति द्वारा फुरसत के क्षणों में सम्पादित क्रियाओं को बेण्टन ने स्वतन्त्र भूमिका कहा है.

बेण्टन ने इस भूमिकाओं की पारस्परिक तुलना करते हुए ये निष्कर्ष दिए हैं कि स्वतन्त्र भूमिकाओं की तुलना में व्यावसायिक भूमिकाएँ अलग-अलग सन्दर्भ में अन्य व्यक्तियों के व्यवहार को भी निर्धारित करती है. इसके अलावा किसी स्त्री या पुरुष की उम्र और लिंग आधारित भूमिकाएँ अधिकांश स्थितियों में उसके आचरण को निरूपित करती है. अन्त में बेण्टन ने यह भी स्पष्ट किया है कि अलग-अलग समाजों में इन भूमिकाओं की स्थिति अलग-अलग होती है. अपने वर्गीकरण के महत्व को स्पष्ट करते हुए बेण्टन ने कहा है कि इस प्रकार के वर्गीकरण से सामाजिक संगठन के नए तथ्य उजागर होते हैं और अनुसन्धान के लिए नई समस्याओं का आविर्भाव होता है.

एक अन्य महत्वपूर्ण वर्गीकरण **ए. एस. हॉल** (A.S. Hall) का है. इन्होंने विभिन्न सामाजिक क्षेत्र के अनुसार भूमिकाओं का वर्गीकरण किया है. इन्होंने ऐसे पाँच क्षेत्रों का उल्लेख किया है. ये क्षेत्र हैं—सगोत्रीय, आर्थिक, राजनीतिक, धार्मिक और मनोरंजन.

भूमिका के स्वरूप
(Forms of Role)

प्रत्येक व्यक्ति द्वारा सम्पादित विभिन्न भूमिकाओं की प्रकृति के आधार पर समाजशास्त्रियों ने भूमिका के स्वरूप को मोटेतौर पर चार भागों में विभाजित किया है. भूमिका के ये चार स्वरूप इस प्रकार हैं—

(1) **अधिकारात्मक भूमिका** (Rightful Roles)—अधिकारात्मक भूमिका के अन्तर्गत व्यक्ति के उन कार्यों को शामिल किया गया है, जो वह किन्हीं अधिकारों को प्राप्त करने के लिए सम्पन्न करता है.

(2) **आभार्यात्मक भूमिका** (Obligatory Roles)—समाज में लोग एक-दूसरे के प्रति कृतज्ञतावश जो कुछ भी कार्य करते हैं, उसे इस श्रेणी में रखा गया है. समाज में ऐसे कार्यों अथवा भूमिकाओं का भी एक निश्चित विधान होता है.

(3) **परम्परागत भूमिका** (Traditional Roles)—व्यक्ति अपनी सामान्य सांस्कृतिक परम्परा को बनाए रखने के लिए जो कार्य सम्पन्न करता है वह परम्परागत भूमिका कहलाती है. ऐसा कार्य एक प्रकार से अपने पूर्वजों द्वारा किए गए कार्यों का अन्धानुकरण होता है. अभिवादन करना, पूजा करना, सांस्कृतिक या आनुष्ठानिक क्रिया-कलापों को सम्पन्न करना आदि परम्परागत भूमिकाओं के ही मुख्य उदाहरण हैं.

(4) **व्यवहारात्मक भूमिका** (Behaviour Roles)—समाज में व्यक्ति विभिन्न मनोवृत्ति एवं सम्बन्धों वाले लोगों के साथ रहता है. इन सभी प्रकार के लोगों के साथ कोई व्यक्ति एक ही प्रकार का व्यवहार नहीं कर सकता है. अतः वह अपने साथी, सगे-सम्बन्धी एवं अन्य प्रकार के लोगों के साथ भिन्न प्रकार के व्यवहार एवं कार्य करता है. ये विभिन्न व्यवहार एवं कार्य ही व्यवहारात्मक भूमिका कहलाते हैं.

सामाजिक भूमिका के विविध पक्ष
(Different Aspects of Social Role)

सामाजिक भूमिका से सम्बन्धित कई अन्य सम्बोध भी अति महत्वपूर्ण हैं. इन सम्बोधों को यहाँ स्पष्ट रूप से समझ लेना आवश्यक है. ये विभिन्न सम्बोध इस प्रकार हैं—

(1) **भूमिकापालन** (Role-Playing)—समाज द्वारा निर्धारित एवं अपेक्षित प्रतिमानों के अनुरूप जब कोई व्यक्ति अपनी भूमिका सम्पादित करता है, तो इसे भूमिकापालन करना कहा जाता है.

(2) **भूमिकावरण** (Role-Taking)—किसी विशिष्ट भूमिका से सम्बन्धित प्रतिमानों को आत्मसात् करना ही भूमिकावरण कहलाता है. वास्तव में, भूमिकावरण सामाजीकरण की प्रक्रिया के ही समान है.

(3) **भूमिकाबाधा** (Role-Handicap)—इसके अन्तर्गत उन तत्वों का विश्लेषण किया जाता है, जो किसी विशिष्ट भूमिका को सम्पन्न करने में किसी भी प्रकार का व्यावधान उत्पन्न करते हैं. वस्तुतः किसी भी भूमिका का निर्वाह करने में कुछ पूरक सुविधाओं की आवश्यकता होती है. यह सुविधा भौतिक एवं संस्थात्मक होती है. इन सुविधाओं के अभाव में भूमिकापालन का ही स्वाभाविक परिणाम भूमिकाबाधा है.

(4) **भूमिकावंचन** (Role-Dispossession)—यह भूमिकाओं में परिवर्तन की प्रक्रिया से सम्बद्ध है. प्रस्थिति में परिवर्तन के कारण अक्सर व्यक्ति को कुछ नई भूमिकाओं का वरण करना पड़ता है. नई भूमिकाओं का वरण करने के क्रम में व्यक्ति को अपनी पूर्व भूमिका से सम्बन्धित कुछ व्यवहारों को त्यागने की आवश्यकता होती है. इससे वह नई भूमिकाओं का निर्वाह यथोचित ढंग से कर पाने में सक्षम हो जाता है. इस प्रकार की भूमिका त्याग की प्रक्रिया ही भूमिकावंचन कहलाती है.

(5) **भूमिकासंक्रमण** (Role-Transition)—भूमिका-संक्रमण का सम्बोध भूमिकावंचन के साथ ही जुड़ा हुआ है. व्यक्ति जब किसी भूमिका को पूर्णतः त्याग करके किसी दूसरी भूमिका को ग्रहण करता है, तो उस बीच की स्थिति को भूमिका-संक्रमण की स्थिति कहा जाता है. इस स्थिति में भूमिका तनाव (Role-Strain) की सम्भावना बढ़ जाती है.

(6) **भूमिकास्ववृत्ति** (Role-Disposition)—भूमिका-स्ववृत्ति का सम्बोध व्यक्तित्व से जुड़ा हुआ है. अक्सर ऐसा देखने को मिलता है कि कुछ व्यक्तियों को एक विशेष प्रकार की भूमिका के निर्वाह में अधिक सरसता एवं सरलता का अनुभव होता है. ऐसी भूमिकाओं के निर्वाह में वे अधिक दिलचस्पी लेते हैं. इसे ही भूमिकास्ववृत्ति कहा जाता है.

(7) **भूमिकाचिह्न** (Role-Sign)—कुछ भौतिक-अभौतिक प्रतीक प्रत्येक भूमिका से जुड़े होते हैं. इन प्रतीकों को ही भूमिका-चिह्न कहा जाता है. संसार की सभी संस्कृतियों में पहनावा या वेशभूषा ऐसा मुख्य चिह्न है. बोलकर बताने की अपेक्षा भूमिकाचिह्न, भूमिका से सम्बन्धित बुनियादी जानकारी प्राप्त करने के बेहतर साधन हैं.

(8) **भूमिका प्रतिमान** (Role-Set)—किसी प्रस्थिति से सम्बद्ध विभिन्न कार्यों के प्रतिमान को ही भूमिका प्रतिमान कहा जाता है. जैसाकि हम जानते हैं, सामान्य जीवन में एक व्यक्ति अनेक प्रस्थितियों का धारक होता है. इसके अलावा किसी एक प्रस्थिति के साथ विभिन्न प्रकार की कार्य अपेक्षाएँ जुड़ी होती हैं. ऐसे में एक व्यक्ति की भूमिका का दायरा काफी विस्तृत होता है. यह विस्तृत भूमिका, बहुविध भूमिका (Multiple Role) कहलाती है, परन्तु जब एक व्यक्ति अपनी किसी एक विशिष्ट प्रस्थिति के अनुसार विभिन्न प्रस्थितियों वाले व्यक्तियों के साथ जिन भूमिकाओं का निर्वाह करता है वह भूमिका प्रतिमान कहलाती है. जैसे—एक व्यापारी को, व्यापारी होने के नाते, ग्राहक, कम्पनी एजेन्ट, आयकर-अधिकारी, बिक्रीकर अधिकारी, व्यापार यूनियन आदि के साथ विभिन्न प्रकार की भूमिकाओं का निर्वाह करना है. अतः इन सबसे व्यवहार करने में भूमिका के जो प्रतिमान हैं वे प्रतिमान ही एक व्यापारी के भूमिका प्रतिमान होंगे.

(9) **भूमिका संघर्ष** (Role-Conflict)—जैसाकि पिछले विश्लेषणों से स्पष्ट है समाज में प्रत्येक व्यक्ति से अपनी प्रस्थिति के अनुसार भूमिकापालन की अपेक्षा की जाती है, लेकिन प्रत्येक प्रस्थिति में ऐसा करना किसी व्यक्ति के लिए सम्भव नहीं हो पाता है. प्रत्येक व्यक्ति के जीवन में ऐसे अनेक अवसर आते हैं जब वह पूर्णतः या अंशतः सामाजिक अपेक्षाओं के अनुसार भूमिकापालन न किया हो अथवा दो भिन्न प्रस्थितियों से सम्बन्धित भूमिकापालन के क्रम में किसी व्यक्ति के लिए मानसिक अन्तर्द्वन्द्व की स्थिति उत्पन्न हो जाए, तो यह भूमिका संघर्ष कहलाएगी. जैसे—किसी कार्यालय में कार्यरत् एक महिला की दो मुख्य भूमिकाएँ हो सकती हैं. पहली, माँ होने के नाते अपने बच्चों की देखभाल एवं दूसरी, कार्यालय से सम्बन्धित कार्यों का निपटारा करना. बच्चों के पालन-पोषण करने के क्रम में वह कार्यालय से सम्बन्धित कार्यों को सम्पन्न नहीं कर सकती है और कार्यालय में कार्य करते समय वह बच्चों का पालन-पोषण नहीं कर सकती है. इस प्रकार उसकी माँ की भूमिका एवं कार्यालय के कर्मचारी की भूमिका आपस में टकरा जाती है. ऐसी स्थितियों में व्यक्ति किसी एक ही भूमिका को सम्पन्न कर पाता है. इस सम्बन्ध में **लुण्डबर्ग** ने कहा है "हम भूमिका संघर्ष की स्थिति में प्रभावी भूमिका को ही चुन लेते हैं. भूमिका संघर्ष की स्थिति में जब तनाव उत्पन्न होता है, तब हम एक या दो भूमिकाओं को छोड़ देते हैं. जो लोग ऐसा नहीं कर पाते हैं, उनका व्यक्तित्व खण्डित होकर गम्भीर परिणामों का शिकार हो जाता है." भूमिका संघर्ष की स्थिति में व्यक्ति किस भूमिका को चुनेगा यह समाज द्वारा निर्धारित भूमिकाओं की प्राथमिकता, व्यक्तिगत रुचि एवं परिस्थिति पर निर्भर करती है.

भूमिका संघर्ष मुख्यतः तीन परिस्थितियों में उत्पन्न होती है. पहली, जब व्यक्ति को ऐसी भूमिकाएँ निभानी पड़ती हैं जिसमें परस्पर तालमेल नहीं होता है. दूसरी, जब प्रतिबद्धता दो या उससे अधिक भूमिकाओं में बँट जाती है. तीसरा, जब व्यक्ति उस भूमिका के लिए उपयुक्त नहीं होता है.

प्रत्येक समाज का ढाँचा इस तरीके से बनाया गया होता है कि उसमें भूमिका संघर्ष कम-से-कम हो, लेकिन सच ये भी है कि भूमिका संघर्ष प्रत्येक समाज में विद्यमान अवश्य होता है. किसी में कम तो किसी में ज्यादा. वर्तमान के जटिल समाजों में एक ओर परम्परा को जीवित रखने का प्रश्न तो दूसरी ओर बदलती आवश्यकताओं एवं परिस्थितियों के अनुकूल व्यवहार प्रतिमानों में परिवर्तन की अपरिहार्यता के कारण विश्व के सभी समाजों में भूमिका संघर्ष अपने चरमोत्कर्ष पर दिखाई देता है. आधुनिक समाजों में सामाजिक परिवर्तन का यह महत्वपूर्ण कारण है.

(10) **भूमिका शृंखला** (Role-Sequence)—एक ही समय में किसी व्यक्ति की विभिन्न प्रस्थितियों एवं भूमिकाओं

को प्रस्थिति प्रतिमान (Status Set) एवं भूमिका प्रतिमान (Role Set) द्वारा व्यक्त किया जाता है, परन्तु उल्लेखनीय है कि समय के अन्तर के साथ व्यक्ति की प्रस्थिति एवं तदनुरूप भूमिकाएँ भी परिवर्तित होती रहती हैं. समय के अन्तर के साथ एक व्यक्ति की विभिन्न प्रस्थितियाँ, 'प्रस्थिति शृंखला' (Status Sequence) तथा विभिन्न भूमिकाएँ, 'भूमिका शृंखला' (Role Sequence) कहलाती है. अर्जित प्रस्थिति ही नहीं वरन् प्रदत्त प्रस्थिति में भी यह एक स्वाभाविक प्रक्रिया है. जैसे—प्रत्येक व्यक्ति पहले अविवाहित होता है. विवाह के उपरान्त वह पति की प्रस्थिति प्राप्त करता है. तत्पश्चात् पिता और फिर दादा की प्रस्थिति प्राप्त करता है.

सामाजिक प्रतिमान एवं मूल्य (Social Norms and Values)

समाज की निरन्तरता को बनाए रखने के लिए समाज का संगठित एवं व्यवस्थित होना आवश्यक होता है. कोई समाज संगठित एवं व्यवस्थित तभी रह सकता है, जब उस समाज के विभिन्न व्यक्ति एवं व्यक्ति-समूह कुछ निश्चित नियमों के अनुसार ही अपनी भूमिकाओं को सम्पादित करें. इसलिए प्रत्येक समाज, व्यवहार के कुछ नियमों और आदर्शों को निर्धारित करता है जो उस समाज की संस्कृति के अभिन्न अंग के रूप में विद्यमान होते हैं. सामाजिक प्रतिमान एवं मूल्य इन्हीं नियमों एवं आदर्शों के दो पहलू हैं. सामाजिक प्रतिमान एवं मूल्य द्वारा ही व्यक्ति के व्यवहार एवं आचरण में एकरूपता आती है जो सामाजिक व्यवस्था का सबसे आधारभूत तथ्य है. **के. डेविस** ने भी इसके महत्व पर प्रकाश डालते हुए कहा है कि "यही वह प्रस्थिति है जिसके अन्तर्गत एक व्यवस्थित सामाजिक ढाँचे का निर्माण होता है और सामूहिक जीवन को एक व्यवस्थित रूप प्राप्त होता है."

सामाजिक प्रतिमान (आदर्श) (Social Norms)

सामाजिक प्रतिमान, समाज द्वारा विकसित और स्वीकृत वे नियम होते हैं जिनके द्वारा समूह के सदस्यों के प्रत्येक व्यवहार को नियमित और नियन्त्रित किया जाता है. दूसरे शब्दों में हम कह सकते हैं कि व्यक्ति एवं समूह अपनी विभिन्न आवश्यकताओं की पूर्ति हेतु संस्कृति द्वारा अनुमोदित जिन तरीकों को अपनाते हैं वे 'सामाजिक प्रतिमान' कहलाते हैं. सामाजिक प्रतिमान को 'सामाजिक आदर्श-नियम', 'सामाजिक प्रमाप', 'सामाजिक मानदण्ड' आदि सम्बोधों से भी सम्बोधित किया जाता है.

रॉबर्ट बीरस्टीड (Robert Bierstedt) ने सामाजिक प्रतिमान को अति विस्तार से समझाते हुए कहा है कि "सामाजिक प्रतिमान एक प्रकार के आदर्श-नियम हैं जो एक विशेष परिस्थिति में हमारे आचरण के रूप का निर्देशन करते हैं. यह एक सामाजिक प्रत्याशा (Expectation) है जो हमसे एक विशेष प्रकार का व्यवहार करने की आशा करती है, चाहे वास्तव में हम वैसा व्यवहार करें अथवा नहीं. सामाजिक प्रतिमान एक विशेष प्रकार का सांस्कृतिक निर्देश है जो समाज में हमारे व्यवहारों को व्यवस्थित बनाता है. यह कार्यों को पूरा करने का एक तरीका है जिसे स्वयं हमारा समाज नियोजित करता है. संक्षेप में, सामाजिक प्रतिमान कार्य-प्रणाली का एक प्रमाणित रूप है जो हमारे समाज को स्वीकार होता है."

किम्बाल यंग (Kimball Young) ने इसे अति संक्षिप्त रूप से परिभाषित करते हुए लिखा है कि "सामाजिक प्रतिमान, व्यक्ति के प्रति समूह की आकांक्षाएँ हैं." अर्थात् समाज अपने सदस्यों से जिस विशिष्ट व्यवहार की आशा करता है, वही प्रतिमान है.

एस. एफ. वुड्स (S.F. Woods) के अनुसार "सामाजिक प्रतिमान वे नियम या मानदण्ड हैं जो मानव व्यवहार को नियन्त्रित करते हैं, व्यवस्था में सहयोग देते हैं तथा किसी विशेष स्थिति में व्यवहार की भविष्यवाणी करना सम्भव बनाते हैं."

किंगसले डेविस (Kingsley Davis) के शब्दों में "सामाजिक प्रतिमान एक प्रकार के नियन्त्रण हैं. इनके माध्यम से मानव समाज अपने सदस्यों के व्यवहार को इस प्रकार नियमित करता है कि वे सामाजिक आवश्यकताओं की पूर्ति करते हुए अपने कार्य सम्पन्न करते रहें, भले ही इस क्रम में उन्हें अपनी जैविकीय आवश्यकताओं को त्यागना भी पड़े."

एच. एम. जॉनसन (H.M. Johnson) ने सामाजिक प्रतिमान के दो रूपों का उल्लेख किया है; सामाजिक प्रतिमान तथा कार्यकारी सामाजिक प्रतिमान. इन्हें परिभाषित करते हुए जॉनसन ने लिखा है कि "सामाजिक प्रतिमान एक भावगम्य नियम है, जो मस्तिष्क में रहता है और व्यवहार की कुछ मर्यादाएँ निश्चित करता है. कार्यकारी सामाजिक प्रतिमान वह है जो केवल मस्तिष्क में नहीं रहता वरन् जिसे वास्तविक व्यवहार के लिए अनुकरणीय माना जाता है और जिनकी अनुशास्तियाँ (Sanctions) उन्हें भंग करने वालों को दण्ड देने और पालन करने वाले को पुरस्कृत करने में समर्थ होती हैं." इन्होंने यह भी स्पष्ट किया है कि एक समाजशास्त्री की रुचि मुख्यतः कार्यकारी सामाजिक प्रतिमानों में ही होती है.

उपर्युक्त विश्लेषण के आधार पर सामाजिक प्रतिमान की निम्नलिखित विशेषताएँ स्पष्ट होती हैं—

1. सामाजिक प्रतिमान अनेक नियमों एवं उपनियमों का समग्र है, जिनके पालन की अपेक्षा समाज के प्रत्येक सदस्य से की जाती है.

2. सामाजिक प्रतिमान किसी विशेष व्यवहार को करने पर बल नहीं देते, बल्कि परिस्थिति-विशेष में सांस्कृतिक स्वीकृतियों के अनुरूप एक आदर्श व्यवहार को विहित करते हैं, जिसे सम्पादित करने के अनेक व्यवहारात्मक विकल्प हो सकते हैं.
3. सामाजिक प्रतिमान बाध्यकारी नहीं होते हैं. इनका पालन व्यक्ति किसी दबाव में नहीं, बल्कि नैतिक कर्तव्य की भावना से करता है.
4. सामाजिक प्रतिमान समाज की वास्तविक परिस्थितियों को परिलक्षित करती है.
5. सामाजिक प्रतिमानों की प्रकृति सरल एवं परिवर्तनशील होती है. समाज की आवश्यकताओं में बदलाव तथा प्रत्येक सामाजिक परिवर्तन के साथ इनके स्वरूप में भी कुछ परिवर्तन होता है.
6. सामाजिक प्रतिमानों की शक्ति में विभिन्नता होती है.
7. यह सामाजिक सीख की प्रक्रिया तथा निर्णय लेने की प्रक्रिया को सरल बनाते हैं. **मैकाइवर** का विचार है कि प्रतिमानों के बिना व्यक्ति के लिए निर्णय लेने का भार असहनीय हो जाएगा तथा एक भ्रम की स्थिति भी उत्पन्न हो जाएगी.
8. सभी सामाजिक प्रतिमान मनुष्य की मौलिक आवश्यकताओं की पूर्ति में सहायक है.
9. सामाजिक प्रतिमान समय एवं स्थान सापेक्ष होते हैं. अर्थात् जो प्रतिमान किसी एक समाज में प्रचलित हैं वे आवश्यक नहीं कि दूसरे समाज में भी प्रचलित हों. इसी प्रकार एक ही समाज के विभिन्न कालखण्डों में भिन्न-भिन्न प्रतिमान हो सकते हैं.

प्रतिमानों का वर्गीकरण
(Classification of Social Norms)

सामाजिक प्रतिमानों के वर्गीकरण में सबसे बड़ी समस्या यह है कि इनका वर्गीकरण अनेक आधार पर अनेक प्रकार से हो सकता है. इसलिए इसका कोई सर्वस्वीकृत वर्गीकरण उपलब्ध नहीं है. तथापि इस सन्दर्भ में कुछ समाजशास्त्रियों द्वारा किए गए प्रयासों को यहाँ संक्षेप में जान लेना आवश्यक है.

नॉरमन स्टोरर (Norman Storer) ने अपनी पुस्तक 'Focus on Society' में सामाजिक प्रतिमानों के चार प्रकार का उल्लेख किया है—

(i) **निर्धारित प्रतिमान** (Prescribed Norms)—जो प्रत्येक व्यक्ति के लिए समाज द्वारा व्यवहार में अपेक्षित होते हैं.

(ii) **अधिमान्य प्रतिमान** (Preferred Norms)—जिनका पालन करना व्यक्ति के लिए अनिवार्य नहीं होता है, लेकिन यदि कोई इन प्रतिमानों का पालन करे, तो वह समाज में प्रशंसा का पात्र होता है.

(iii) **स्वीकृत प्रतिमान** (Permitted Norms)—ये अंशतः निषेधात्मक होते हैं.

(iv) **निषेधात्मक प्रतिमान** (Proscribed Norms)—इनकी प्रकृति पूर्णतः निषेधात्मक होती है. अर्थात् ये हमें किसी काम को करने से रोकते हैं.

आर. बीरस्टीड (R. Bierstedt) ने दूसरे आधार पर प्रतिमानों का वर्गीकरण किया है. इन्होंने तीन मुख्य सामाजिक प्रतिमानों का उल्लेख किया है—(i) जनरीतियाँ, (ii) रूढ़ियाँ, (iii) कानून.

के. डेविस (K. Davis) ने बीरस्टीड की परम्परा को ही आगे बढ़ाते हुए सामाजिक प्रतिमानों का विस्तृत वर्गीकरण प्रस्तुत किया. डेविस के अनुसार सामाजिक प्रतिमानों के निम्नलिखित प्रकार हैं—

(i) **जनरीतियाँ** (Folkways)—इस शब्द का प्रथम प्रयोग डब्ल्यू. जी. समनर (W.G. Sumner) ने अपनी पुस्तक 'Folkways' में किया था. **मैकाइवर** ने इसे परिभाषित करते हुए कहा कि "जनरीतियाँ समाज में आचरण करने की मान्यता प्राप्त व स्वीकृत पद्धतियाँ हैं." ये समाज में व्यक्ति के व्यवहार नियन्त्रण के अनौपचारिक साधन होते हैं. इनका उल्लंघन करने वाले व्यक्ति पर किसी प्रकार की कानूनी कार्यवाही नहीं की जाती है, बल्कि वह मात्र सामाजिक निन्दा और उपहास का पात्र बन जाता है.

(ii) **रूढ़ियाँ** (Mores)—कई जनरीति अत्यधिक व्यवहृत होने पर, यदि समूह के लिए आवश्यक मान ली जाएं, तो वह 'रूढ़ि' कहलाती हैं. **समनर** ने इसे परिभाषित करते हुए कहा है कि "जब जनरीतियों में जीवन को उचित रूप से व्यतीत करने का दर्शन और उनमें समूह के कल्याण की भावना जुड़ जाती है, तो जनरीतियाँ ही रूढ़ियों का रूप लेती हैं." रूढ़ियाँ व्यक्तियों के व्यवहार को विशेष एवं मान्य रूप से संचालित करने में महत्वपूर्ण भूमिका अदा करती हैं. इसलिए प्रत्येक समाज में रूढ़ियों को अनुष्ठानों, संस्कारों और प्रथाओं द्वारा प्रभावपूर्ण बनाने की कोशिश की जाती है. ग्रामीण, आदिम एवं सरल समाजों में रूढ़ियों का आधुनिक समाज की अपेक्षा अधिक महत्व रहा है.

(iii) **कानून** (Law)—सामाजिक व्यवस्था में समूह द्वारा महत्वपूर्ण माने जाने वाली प्रथाओं एवं रूढ़ियों को जब लिखित रूप दिया जाता है, तो वे कानून बन जाती हैं. इनका पालन करना प्रत्येक व्यक्ति के लिए अनिवार्य होता है. इनका पालन कराने के लिए जहाँ सरल समाज में कुछ व्यक्तियों के

एक विशिष्ट समूह मात्र होते हैं वहीं जटिल समाजों में कई औपचारिक और वैधानिक संगठन होते हैं. प्रत्येक कानून के उल्लंघन पर एक निश्चित दण्ड की व्यवस्था होती है.

(iv) **संस्थाएँ** (Institutions)—**जी. ए. लुण्डबर्ग** (G.A. Lund-berg) के शब्दों में "सामाजिक संस्थाएँ समाज की मूल-भूत आवश्यकताओं एवं कायदा-कानून को व्यवहार में लाने का साधन है. संस्थाएँ, स्थायी आदतें, दृष्टिकोण एवं भौतिक तत्वों से निर्मित होती हैं." व्यक्ति के प्रत्येक पहलू से सम्बन्धित कुछ बुनियादी संस्थाएँ इस प्रकार हैं—सामाजिक–परिवार, विवाह, राजनीतिक–सरकार, धार्मिक–धर्म, आर्थिक–व्यापार.

(v) **प्रथा** (Customs)—जनरीतियों एवं रूढ़ियों का स्थायी स्वरूप प्रथा कहलाती है. प्रथाओं में समूह कल्याण की भावना दृढ़ रूप से जुड़ी होती है. इसलिए प्रथाओं का पालन न होने पर सम्पूर्ण समूह का अस्तित्व ही खतरे में पड़ जाता है. प्रत्येक सामाजिक संस्थाओं की अपनी-अपनी प्रथाएँ होती हैं. पीढ़ी-दर पीढ़ी हस्तान्तरित होने के कारण इसे सांस्कृतिक धरोहर के रूप में स्वीकार किया जाता है.

(vi) **नैतिकता और धर्म** (Morality and Religion)—नैतिकता, उचित एवं अनुचित का बोध कराती है. **डेविस** के अनुसार "नैतिकता, कर्त्तव्य की आन्तरिक भावना अर्थात् उचित और अनुचित पर बल देती है."

नैतिकता से सम्बन्धित नियमों का पालन मात्र 'ऐसा होता है' की भावना से प्रेरित होकर नहीं किया जा सकता है, बल्कि तर्क, न्याय, पवित्रता, औचित्य तथा सत्य के सिद्धान्तों पर आधारित होने के कारण ही व्यक्ति सहज भाव से इनका पालन करता है.

धर्म की अवधारणा नैतिकता से घनिष्ठ रूप से सम्बन्धित है. धर्म से जुड़े नियम अलौकिक शक्ति के आधार पर नैतिकता के पालन पर जोर देते हैं. अधिकांश नैतिक नियम धार्मिक सिद्धान्तों पर ही आधारित होते हैं. कुछ नैतिक नियम सामान्य सामाजिक जीवन से भी उदभुत होते हैं.

(vii) **परिपाटी एवं शिष्टाचार** (Convention and Ettiquettes)—परिपाटी किसी भी कार्य को करने का परम्परात्मक तरीका है. परिपाटी का पालन भी बहुत हद तक परम्परा के पालन के समान है. इसके पालन में व्यक्ति उचित अनुचित या अन्य किसी प्रकार का तर्क नहीं करता है.

शिष्टाचार प्रत्येक समाज में उचित व्यवहारों का प्रतिमान प्रस्तुत करता है. यह व्यक्ति की प्रस्थिति से सम्बन्धित होता है. समाज में प्रस्थिति के अनुसार ही वांछित व्यवहारों का स्वरूप निर्धारित होता है.

(viii) **फैशन एवं धुन** (Fashion and Fad)—समाजशास्त्र में फैशन का अर्थ शृंगार प्रदर्शन तथा धुन का अर्थ पागलपन नहीं होता है. समाजशास्त्रीय अर्थ में, मूल व्यवस्था को हानि पहुँचाए बगैर प्रथा के अन्तर्गत होने वाले परिवर्तन 'फैशन' कहलाते हैं. इनकी प्रकृति अल्पकालीन होती है अर्थात् ये कम समय के लिए ही व्यवहार में आते हैं. **धुन एवं क्रेज**, फैशन की चरम स्थितियाँ हैं. इनकी प्रकृति अतिअल्पकालीन होती है. इनके सम्बन्ध में **डेविस** ने कहा है कि "फैशन तो फिर भी सामाजिक व्यवहार के मानदण्डों का स्वरूप है, लेकिन धुन भीड़-व्यवहार से अधिक कुछ नहीं है."

विश्लेषणात्मक प्रकृति का होने के कारण डेविस का यह वर्गीकरण महत्वपूर्ण माना जाता है, लेकिन उपर्युक्त प्रकार परस्परव्यापी (Overlapping) होने के कारण एक-दूसरे से पूर्णतः पृथक् नहीं किए जा सकते हैं. यह इस वर्गीकरण का मुख्य दोष है.

सामाजिक मूल्य
(Social Values)

सामाजिक संरचना की प्राथमिक इकाई सामाजिक क्रिया है, लेकिन समाज में मनुष्य जब क्रिया करता है, तो उसके सामने अनेक विकल्प होते हैं. इन विकल्पों में से किसी एक विकल्प को चुनकर तदनुसार व्यक्ति अपनी भूमिका सम्पादित करता है. यहाँ एक स्वाभाविक प्रश्न उठता है कि आखिर किस आधार पर व्यक्ति सामाजिक क्रिया के अनेक विकल्पों में से एक विकल्प को चुनता है? वास्तव में प्रत्येक समाज के कुछ आदर्श होते हैं जिनके आधार पर विभिन्न प्रकार की सामाजिक परिस्थितियों का मूल्यांकन किया जाता है. ये आदर्श ही 'सामाजिक मूल्य' कहलाते हैं.

इलियट एवं मैरिल (Eliott and Merril) ने इसे परिभाषित करते हुए कहा कि "सामाजिक मूल्य वे वस्तुएँ हैं जो हमारे लिए अर्थपूर्ण होती हैं और जिन्हें हम अपनी जीवनचर्या में महत्वपूर्ण मानते हैं."

वुडस (Woods) के शब्दों में "मूल्य दैनिक जीवन के व्यवहार को नियन्त्रित करने के सामान्य सिद्धान्त हैं. मूल्य न केवल मानव व्यवहार को दिशा प्रदान करते हैं, बल्कि वे अपने आप में आदर्श एवं उद्देश्य भी हैं."

डॉ. राधाकमल मुखर्जी (Dr. Radhakamal Mukherjee) के अनुसार, "मूल्य समाज द्वारा स्वीकृत वे इच्छाएँ एवं लक्ष्य हैं जिनका आन्तरीकरण सीखने अथवा सामाजीकरण की प्रक्रिया के माध्यम से आरम्भ होता है और जोकि इनके पश्चात् प्रातीतिक अभिमान्यताएँ और मान्य अभिलाषाएँ बन जाती हैं."

एच. एम. जॉनसन (H.M. Johnson) का कथन है कि "मूल्य को सांस्कृतिक या वैयक्तिक धारणा या मानक के रूप में परिभाषित किया जा सकता है जिसके आधार पर वस्तुओं

की तुलना की जाती है और एक-दूसरे के सन्दर्भ में अनुमोदित अथवा अननुमोदित की जाती हैं—अपेक्षाकृत अधिक वांछित या अवांछित, अधिक या कम अलाध्य, अधिक या कम उचित मानी जाती है." इनका मानना है कि इस दृष्टिकोण से सभी प्रकार की वस्तुएँ मूल्यांकित की जा सकती हैं; भावनाएँ, विचार, अभिनय, गुण, पदार्थ, समूह, लक्ष्य, साधन इत्यादि.

उपर्युक्त विवेचन से स्पष्ट है कि सामाजिक मूल्य, व्यवहार के उच्च आदर्शों को निर्दिष्ट करने वाले प्रतिमान हैं. ये सामाजिक-सांस्कृतिक लक्ष्यों की वरीयता एवं वांछनीयता को निर्धारित करने वाले मुख्य कारक होते हैं. सामाजिक व्यवहार में एकरूपता बनाए रखने तथा सामाजिक सम्बन्धों में सन्तुलन बनाए रखने में सामाजिक मूल्यों की महत्वपूर्ण भूमिका के कारण मनुष्य के जीवन में इनका व्यापक महत्व है.

मूल्य एवं प्रतिमान में अन्तर (Difference between Norms and Values)

सामाजिक मूल्यों का सामाजिक प्रतिमानों से घनिष्ठ सम्बन्ध होने के कारण अक्सर इन्हें एक ही अर्थ में प्रयुक्त कर दिया जाता है, लेकिन जैसाकि स्पष्ट हो चुका है, दोनों एक-दूसरे से भिन्न सम्बोध हैं. इसलिए इन दोनों के अन्तरों को स्पष्ट रूप से समझ लेना आवश्यक है. मूल्य तथा प्रतिमान में निम्नलिखित अन्तर होते हैं—

1. प्रतिमान किसी परिस्थिति विशेष में अपेक्षित सभी सम्भावित व्यवहारों के द्योतक हैं, जबकि मूल्य सामान्य मानक है जो सम्भावित व्यावहारात्मक विकल्पों में से उच्चस्तरीय व्यवहार के निर्धारण के लिए एक आधार प्रस्तुत करता है. इस प्रकार प्रतिमानों के पीछे मूल्य का आधार होता है.
2. प्रतिमानों में स्थान और समय की सापेक्षता अधिक स्पष्ट एवं द्रष्टव्य है, जबकि मूल्यों में चिरन्तरता का बोध होता है. स्थान की सापेक्षता कुछ हद तक मूल्यों के साथ भी जुड़ी है, लेकिन प्रतिमानों की अपेक्षा इसका विस्तार अधिक व्यापक है.
3. मूल्य साधारण स्तर पर वांछनीयता का विचार है, जबकि प्रतिमान विशिष्ट स्थितियों में क्रिया में व्यावहारिक स्वरूप की वांछनीयता से जुड़े हुए हैं.
4. प्रतिमान व्यवहारात्मक स्थितियों के परिचायक हैं, जबकि मूल्य आदर्शात्मक स्थितियों के.
5. प्रतिमान मूर्त होते हैं, जबकि मूल्य कमोवेश अमूर्त होते हैं.
6. प्रतिमान सांस्कृतिक और सामाजिक रूप से सापेक्ष हैं, जबकि मूल्यों में सापेक्षता का बोध न्यून होता है.
7. विचार अथवा भावना के स्तर पर जुड़े होने के कारण मूल्य व्यक्ति में आन्तरीकरण की प्रक्रिया के द्वारा प्राप्त होते हैं. क्रिया के स्तर पर जुड़े होने के कारण प्रतिमान समाज में संस्थात्मक स्वरूप ग्रहण कर लेते हैं.
8. समाज के संचालन में प्रतिमानों का प्रत्यक्ष योगदान होता है. एक तरह से यह कहा जा सकता है कि समाज का संचालन एक प्रतिमानात्मक आवश्यकता है. समाज के संचालन में मूल्यों का अप्रत्यक्ष योगदान होता है. प्रत्येक परिस्थिति में समाज का संचालन मूल्यसंगत ही नहीं होता है.

सामाजिक अनुरूपता एवं विचलन (Social Conformity and Deviance)

प्रत्येक समाज अपने सदस्यों से समूह द्वारा निर्धारित प्रतिमान और मूल्य के अनुसार व्यवहार करने की अपेक्षा करता है. अपेक्षा ही नहीं करता, बल्कि सामाजिक नियन्त्रण की क्रियाविधि द्वारा इसके लिए सचेष्ट प्रयास भी करता है. फिर भी प्रत्येक समाज में व्यक्ति के व्यवहार में निर्धारित मानकों से अलग हटने की प्रवृत्ति हमेशा बनी रहती है. इस पर पूरी तरह अंकुश लगाना सम्भव नहीं होता है. सामाजिक अनुरूपता एवं विचलन का सम्बोध सामाजिक व्यवहार की इन्हीं स्थितियों से सम्बन्धित है.

सामाजिक अनुरूपता (Social Conformity)

व्यक्ति के व्यवहारों का निर्धारण समाज के मूल्यों एवं प्रतिमानों के आधार पर ही होता है. इन मूल्यों तथा प्रतिमानों की अपेक्षाओं के अनुसार किया गया व्यवहार ही 'सामाजिक अनुरूपता' कहलाता है. सामाजिक नियन्त्रण का मुख्य उद्देश्य सामाजिक अनुरूपता को ही प्रोत्साहित करना होता है. **जॉनसन** ने इसे परिभाषित करते हुए कहा है कि "अनुरूपता वह क्रिया है जो (i) सामाजिक प्रतिमानों की ओर उन्मुख होती है तथा (ii) उस व्यवहार में आती है जो प्रतिमान द्वारा अनुज्ञित होती है."

व्यक्ति किन कारणों से सामाजिक मूल्य एवं प्रतिमानों के अनुरूप व्यवहार करता है इसकी सूची काफी लम्बी हो सकती है. **जॉनसन** ने मोटेतौर पर छः कारणों को महत्वपूर्ण माना है. ये कारण निम्नलिखित हैं—

(1) **सामाजीकरण** (Socialisation)—सामाजीकरण की प्रक्रिया द्वारा सिखाए जाने वाले महत्वपूर्ण तथ्यों में सबसे प्रमुख प्रतिमान एवं मूल्य ही होते हैं. ये इस प्रकार से सिखाए जाते हैं, ताकि वे व्यक्ति के व्यक्तित्व का अंग बन जाएं.

(2) **विसंवाहन** (Insulation)—व्यक्ति द्वारा निभाई जाने वाली भूमिकाओं में यदि आपसी तालमेल और सन्तुलन बना रहे, तो व्यक्ति अनुरूपता को ही स्वीकार करता है. यदि इस तालमेल में किसी प्रकार की असंगति उत्पन्न होती है, तो व्यक्ति प्रतिमानों से हटने के लिए मजबूर हो जाता है.

(3) **पद-सोपान या उत्क्रम** (Post-Hierarchy)—समाज में सभी प्रतिमान प्राथमिकता की दृष्टि से क्रमांकित होते हैं. इस आधार पर व्यक्ति को अपनी दो परस्पर विरोधी भूमिकाओं में से किसी एक को चुनने का एक निश्चित आधार प्राप्त हो जाता है.

(4) **सामाजिक नियन्त्रण** (Social Control)—सामाजिक नियन्त्रण वह प्रक्रिया एवं साधन है जिसके द्वारा समूह में सामाजिक प्रतिमानों से विचलन को सीमित करने का प्रयास किया जाता है. **पार्सन्स** ने कहा है कि "सामाजिक नियन्त्रण विपथगामी प्रवृत्तियों की कली को फूल बनने से पहले ही कुचल देता है."

(5) **विचारधारा** (Ideology)—चूँकि विचारधारा सामाजिक प्रतिमानों को एक बौद्धिक आधार प्रदान करती है, इसलिए यह सदैव लोगों को प्रतिमानों के अनुरूप व्यवहार करने के लिए प्रेरित भी करती है.

(6) **निहित स्वार्थ** (Intended Interest)—निहित स्वार्थ का आशय यहाँ किसी बुरे सन्दर्भ में नहीं है. वास्तव में निहित स्वार्थ का तात्पर्य उन लाभों से है जो समाज में वैधता प्राप्त कर चुके हैं. इसलिए निहित स्वार्थों की पूर्ति होते रहने पर व्यक्ति एवं समूह उन प्रतिमानों को अधिक संरक्षण देते हैं.

सामाजिक विचलन (Social Deviance)

सामाजिक विचलन, सामाजिक अनुरूपता के ठीक विपरीत की स्थिति है. 'विचलन' अथवा 'विपथगमन' का तात्पर्य उन सभी व्यवहार एवं आचरण से है जिसमें प्रतिमानों का स्पष्ट उल्लंघन किया गया हो या प्रतिमानों द्वारा स्वीकृत मार्ग से अलग हो.

मार्शल बी. क्लीनार्ड (Marshall B. Clinard) ने विचलन के सम्बन्ध में कहा है कि "विचलन को उन परिस्थितियों के सन्दर्भ में परिभाषित किया जाए, जिनमें व्यवहार अस्वीकृत दिशा की ओर है और एक पर्याप्त अंश तक समुदाय को सहन करने की सीमा से अधिक है."

अल्बर्ट के. कोहेन (Albert K. Cohen) के अनुसार "हम विचलित व्यवहार को एक ऐसे व्यवहार के रूप में परिभाषित कर सकते हैं, जोकि संस्थात्मक प्रत्याशाओं का उल्लंघन करते हैं."

एलेक्स इंकल्स (Alex Inkles) के शब्दों में "सामाजिक विचलन की स्थिति तब उत्पन्न होती है, जब स्वीकृत आदर्श-नियमों से दूर हट जाना ऐसी अवस्था उत्पन्न करता है जिसको समुदाय गम्भीरता से महसूस करता है."

इस प्रकार स्पष्ट है कि समाज में स्थापित प्रतिमान एवं मूल्यों द्वारा निर्दिष्ट व्यवहार से दूर हट जाना ही 'सामाजिक विचलन या विपथगमन' है. यह उल्लेखनीय है कि सामाजिक प्रतिमानों का समय एवं स्थान सापेक्ष होने के कारण विचलन भी निरपेक्ष नहीं है. विचलन सदैव किसी विशिष्ट समाज की सामाजिक आकांक्षाओं, प्रतिमानों और नियमों से जुड़ा होता है. इसलिए विचलन की व्याख्या उसी सामाजिक-सांस्कृतिक परिवेश के सन्दर्भ में की जा सकती है जिसमें वह घटित होता है. इसी प्रकार से किसी एक परिस्थिति विशेष में कोई व्यवहार विचलित व्यवहार हो सकता है, जबकि परिस्थिति के बदल जाने पर वही व्यवहार आदर्श व्यवहार या अनुरूप व्यवहार भी हो सकता है. इस प्रकार समय, संस्कृति एवं सामाजिक परिस्थिति के अनुसार ही किसी व्यवहार को अनुरूप व्यवहार या विचलित व्यवहार की संज्ञा दी जा सकती है.

सामाजिक विचलन के प्रकार (Types of Social Deviance)

पी. बी. होर्टन एवं सी. एल. हंट (P.B. Horton and C.L. Hunt) ने सामाजिक विचलन के तीन श्रेणियों का उल्लेख किया है. ये श्रेणी निम्नलिखित है—

(1) **सांस्कृतिक एवं मनोवैज्ञानिक विचलन** (Cultural and Psychological Deviance)—सांस्कृतिक विचलन का आशय किसी व्यक्ति का अपने सांस्कृतिक प्रतिमानों से विचलित होने से है. व्यक्तित्व के मनोवैज्ञानिक पक्षों में विचलन मनोवैज्ञानिक विचलन का द्योतक है. यह दोनों प्रकार किसी एक ही व्यक्ति में एक ही साथ देखी जा सकती है.

(2) **व्यक्तिगत एवं समूह विचलन** (Personal and Group Deviance) जब एक व्यक्ति एक उप-संस्कृति के प्रतिमानों से विचलित होता है, तो यह व्यक्तिगत विचलन कहलाता है. समूह विचलन में कुछ लोग मिलकर एक नवीन उप-संस्कृति का निर्माण कर लेते हैं जिनकी आलोचना या भर्त्सना समाज के अन्य लोगों द्वारा समाज की पारम्परिक नैतिकता के आधार पर की जाती है.

(3) **प्राथमिक एवं माध्यमिक विचलन** (Primary and Secondary Deviance)—समाज में विचलित व्यवहारों का भी एक सोपान होता है. कुछ विचलित व्यवहारों को समूह द्वारा बर्दाश्त कर लिया जाता है, तो कुछ के प्रति तीखी प्रतिक्रिया व्यक्त की जाती है. जब विचलन किसी ऐसे व्यक्ति से सम्बन्धित हो, जो अपने जीवन में सामान्यतः अनुरूप व्यवहार वाला रहा हो और उसका विचलित व्यवहार समूह द्वारा बर्दाश्त करने योग्य हो, तो यह प्राथमिक विचलन कहलाता है. इसके विपरीत किसी व्यक्ति को सार्वजनिक तौर पर विचलक घोषित किए जाने के बाद उसके द्वारा किया गया विचलित व्यवहार माध्यमिक विचलन कहलाता है. सामान्यतः माध्यमिक विचलन का अर्थ दण्डनीय अपराध होता है.

जॉनसन ने सभी प्रकार के विचलित व्यवहारों को दो ही प्रकार में समाहित किया है—

सक्रिय और निष्क्रिय विचलन (Active and Non-active Deviance)—जब किसी व्यक्ति द्वारा कुछ प्रतिमानों पर प्रत्यक्ष प्रहार करते हुए उसे तोड़ने का प्रयास किया जाए, तो यह सक्रिय विचलन कहलाता है. इसके विपरीत उन स्थितियों से चेष्टापूर्वक बचने का प्रयास किया जाए जिसके अनुरूप व्यक्ति को व्यवहार करना हो अथवा व्यक्ति कुछ अपेक्षित कार्य करना भूल जाए अथवा उसे अधूरा ही छोड़ दे अथवा उसमें किसी प्रकार की गलतियाँ करता हो, तो यह निष्क्रिय विचलन कहलाएगा.

सामाजिक विचलन के कारण (Causes of Social Deviance)

सामाजिक विचलन के कई कारण हो सकते हैं. कुछ कारण परिस्थितिजन्य होते हैं, तो कुछ संस्थात्मक भी. **जॉनसन** ने ऐसे 11 कारणों का उल्लेख किया है. ये कारण निम्नलिखित हैं—

(1) **सामाजीकरण का अभाव या दोषपूर्ण सामाजीकरण**—सामाजीकरण ही वह प्रक्रिया है जिसके माध्यम से एक जैविक शिशु एक सामाजिक प्राणी में परिणत होता है. यदि सामाजीकरण की एजेन्सियाँ दुर्बल हों या प्रक्रिया ही अपूर्ण या दोषपूर्ण हो, तो ऐसी परिस्थितियों में निश्चित रूप से व्यक्ति में विचलन की प्रवृत्ति बढ़ेगी.

(2) **दुर्बल अनुशास्तियाँ** (Weak Sanctions)—जब समाज में अनुशास्तियाँ कमजोर पड़ने लगती हैं, तो उसमें न ही व्यक्ति के अच्छे व्यवहार के लिए पुरस्कृत करने की क्षमता रह जाती है और न ही गलत व्यवहार के लिए दण्ड देने की क्षमता ही. ऐसी स्थिति में व्यक्ति के लिए सामाजिक अनुशास्तियों का महत्व शून्य हो जाता है और वह विचलित व्यवहार की ओर बढ़ जाता है.

(3) **कानून लागू करने में कमी**—किसी भी कारण से यदि कानून को समाज में उचित ढंग से लागू नहीं किया जाए, तो ऐसी परिस्थिति में सामाजिक प्रतिमानों की वैधता स्वाभाविक रूप से घट जाती है.

(4) **तार्किकीकरण की सरलता**—यह एक सामान्य मानव स्वभाव है कि हम गलत आचरणों को भ्रान्त तर्कों के आधार पर उचित ठहराने का प्रयास करते हैं. कभी-कभी सामाजिक परिस्थिति भी तार्किकीकरण को इतनी सरलता से प्रस्तुत कर देती हैं कि वे एक प्रकार से सामान्य प्रचलन में आ जाते हैं.

(5) **सामाजिक प्रतिमानों की अनिश्चित सीमा विस्तार**—समाज में कुछ कार्यक्षेत्र ऐसे होते हैं जिनके सम्बन्ध में एक स्पष्ट सीमा रेखा खींचना काफी कठिन होता है. जैसे—स्वतन्त्रता या समानता से सम्बन्धित प्रतिमान. अतः ऐसे कार्य क्षेत्रों में जो विचलित व्यवहार भी होते हैं, अक्सर उन्हें सामाजिक प्रतिमानों के अनुरूप ही मान लिया जाता है.

(6) **उल्लंघनकारी व्यवहार की गोपनीयता**—समाज में अक्सर विचलित व्यवहार गोपनीय परिस्थितियों में ही सम्पन्न होते हैं और वे अन्दर ही अन्दर बढ़ते चले जाते हैं.

(7) **अनुचित या भ्रष्ट ढंग से कानून का प्रवर्त्तन**—यदि कानून को लागू करने में भ्रष्ट आचरणों का सहारा लिया जाए, तो स्पष्टतः ऐसे में कानून की वैधता और महत्ता कम हो जाती है. फलतः कानून विचलित व्यवहार को रोकने में अक्षम्य हो जाता है.

(8) **अपराध के शिकार का सहयोग**—कुछ अपराध-शास्त्रियों ने अपने अध्ययन के आधार पर यह बताया है कि कुछ प्रकार के अपराध जैसे—बलात्कार, ठगी, हत्या आदि वारदातों में शिकार अपने अबुद्धिमत्तापूर्ण व्यवहार के कारण अचेतन रूप से अपराधी को उसके लक्ष्य प्राप्ति में सहयोग कर बैठते हैं.

(9) **सामाजिक नियन्त्रण के अभिकर्त्ताओं की उदासीनता**—जिन पर विचलित व्यवहार के नियन्त्रण का दायित्व हो, यदि वे लोग ही अपने दायित्व के प्रति उदासीन हो या दायित्व का निर्वाह उचित ढंग से न करें, तो समाज में विचलित व्यवहारों का बढ़ना स्वाभाविक ही होगा.

(10) **उप-संस्कृति द्वारा विचलन का वैधकरण**—अक्सर जिन व्यवहारों को समाज में विचलित व्यवहार की श्रेणी में रखा जाता है वे किसी उप-समूह की संस्कृति में अनुरूप व्यवहार की श्रेणी में गिने जाते हैं. ऐसे समूहों द्वारा उन व्यवहारों का सम्पोषण ही किया जाता है.

(11) **विचलित समूहों के प्रति वफादारी की भावना**—विचलित समूह का कोई सदस्य यदि उस समूह से अलग होकर अनुरूप व्यवहार की ओर अग्रसर होता है, तो वह समूह उसके ऐसा करने में बाधा डालता है, क्योंकि समूह त्याग विचलित समूह की दृढ़ता को ही नष्ट कर देता है.

विचलित व्यवहार के कारण चाहे जो भी हो, सत्य यही है कि विचलित व्यवहार सदैव अप्रकार्यात्मक होते हैं. यदि यह वैयक्तिक स्तर से सम्बन्धित हो, तो पहले व्यक्ति का व्यक्तित्व और तत्पश्चात् सामाजिक संगठन प्रभावित होता है और यदि यह सामाजिक स्तर से सम्बन्धित हो, तो सीधे ही सामाजिक संगठन पर प्रहार करता है. दोनों ही स्थितियों में यह बुरे परिणामों वाला ही होता है.

कानून एवं प्रथाएँ (Law and Customs)

विचलन की प्रवृत्ति को रोकने तथा अनुरूपता की प्रवृत्ति को प्रोत्साहित करने हेतु प्रत्येक समाज द्वारा सामाजिक नियन्त्रण की क्रियाविधि आवश्यक रूप से अपनाई जाती है. कानून एवं प्रथा सामाजिक नियन्त्रण की ही दो प्रमुख विधियाँ

या साधन हैं. एक यदि व्यक्ति की आन्तरिक प्रवृतियों को प्रभावित करती हैं, तो दूसरे व्यक्ति के बाह्य व्यवहारों को नियन्त्रित करती है. इसलिए समाज के सभी प्रकारों एवं सभी कालों में इनका अस्तित्व एक साथ विद्यमान रहता है.

कानून (Law)

सामाजिक नियन्त्रण के औपचारिक साधनों में कानून का स्थान सर्वोपरि है. वर्तमान की जटिल तथा विजातीय सामाजिक व्यवस्था में विशाल जनसमूह और उनके अदैयक्तिक एवं अप्रत्यक्ष अन्तःक्रियात्मक सम्बन्धों के कारण धर्म एवं समुदाय निरपेक्ष, लिखित और औपचारिक नियमों की आवश्यकता पड़ती है. इस आवश्यकता की पूर्ति कानून द्वारा की जाती है. कानून के पीछे एक विधायी संगठन की सत्ता होती है जो व्यक्ति को कानून के अनुसार ढलने के लिए बल प्रयोग भी कर सकती है. इसलिए कानून का पालन करना समाज के सभी व्यक्तियों के लिए समान रूप से अनिवार्य होता है.

विभिन्न विचारकों ने कानून को निम्नलिखित प्रकार से परिभाषित किया है—

रॉस्की पाउण्ड (Roscoe Pound) के अनुसार, "कानून शक्ति के व्यवस्थित प्रयोग द्वारा सामाजिक नियन्त्रण का राजनीतिक आधार है."

ए. एम. रोज (A.M. Rose) के अनुसार, "कानून उस व्यवहार को नियन्त्रित करता है जो आसानी से देखा जा सकता है. अर्थात् कानून हमारे बाह्य व्यवहार में परिवर्तन लाने में अधिक सफल होता है, यह बात दूसरी है कि कुछ समय बाद बाह्य व्यवहारों से आन्तरिक व्यवहार (विचार, मनोवृत्ति, विश्वास) में भी परिवर्तन हो जाए."

मैकाइवर एवं पेज (MacIver and Page) के अनुसार, "कानून नियमों की वह व्यवस्था है जिन्हें राज्य के न्यायालयों द्वारा मान्यता प्राप्त होती है, न्यायालयों के द्वारा उनकी विवेचना होती है और किसी विशेष परिस्थिति के सन्दर्भ में ही इन्हें लागू किया जाता है."

मैलिनोवस्की (Malinowski) के अनुसार, "कानून का मौलिक कार्य व्यक्ति के स्वाभाविक उद्देश्यों और मूल प्रवृत्तियों के प्रभाव को कम करना तथा एक सामाजीकृत और अनिवार्य व्यवहार को प्रोत्साहन देना है. कानून का कार्य व्यक्तियों के बीच ऐसा सहयोग उत्पन्न करना है जिससे वे सामान्य लक्ष्यों के लिए अपने व्यक्तिगत हितों का बलिदान कर सके."

हॉबेल (Hoebel) के अनुसार, "कानून एक प्रकार का सामाजिक आदर्श-नियम है जो धमकी अथवा शारीरिक बल के माध्यम से उस पक्ष द्वारा प्रस्तुत किया जाता है जिसे इस प्रकार कार्य करने की सामाजिक मान्यता मिली होती है."

एफ. एम. मैरिल (F.M. Merrill) के अनुसार, "कानून केवल लोकाचारों का एक औपचारिक स्वरूप है जिसमें मात्रा के दृष्टिकोण से दबाव, बाध्यता और दण्ड अधिक होता है."

हॉलेण्ड (Holland) के अनुसार, "कानून मनुष्य की बाह्य क्रियाओं से सम्बद्ध एक सामान्य नियम है जिसे एक प्रभुता सम्पन्न राजनीतिक सत्ता के द्वारा लागू किया जाता है."

मैक्स वेबर (Max Weber) के अनुसार, "कानून का अधिक सम्बन्ध दण्ड से नहीं, बल्कि संघर्षरत् मूल्यों के बीच अभियोजन करने की प्रक्रिया से है."

उपर्युक्त विश्लेषण से कानून की निम्नलिखित विशेषताएँ स्पष्ट होती हैं—

1. कानून वे औपचारिक नियम हैं, जिनकी प्रकृति मौखिक के बदले लिखित होती है.
2. कानूनों के पीछे एक प्रभुतासम्पन्न सत्ता का बल होता है.
3. कानूनों में बाध्यकारी तत्व अन्तर्निहित होते हैं.
4. कानून की रक्षा करने के लिए एक न्यायिक संगठन की व्यवस्था प्रत्येक समाज में की जाती है.
5. कानून के साथ न्याय की धारणा अनन्य रूप से जुड़ी होती है.
6. यह व्यक्ति के बाह्य व्यवहारों (अर्थात् दूसरे व्यक्ति के सन्दर्भ में किया गया व्यवहार) को नियन्त्रित करती है.
7. कानून की व्याख्या में परिस्थिति को सबसे अधिक महत्व दिया जाता है.
8. कानून का निर्माण समाज के विधायी संगठनों द्वारा किया जाता है जो इसके लिए प्रथा एवं परम्परा को आधार बनाते हैं.
9. सभी कानून की प्रकृति एक समान नहीं होती है. कुछ स्थायी होती है और कुछ तात्कालिक .
10. कानून समाज के सभी सदस्यों पर समान रूप से लागू होता है.

कानून के प्रकार (Types of Law)

दुर्खीम ने दो प्रकार के कानूनों का उल्लेख किया है—

(A) **दमनकारी कानून** (Repressive Law)—दमनकारी कानून को दुर्खीम ने आदिम समाजों की विशेषता बताया है. दुर्खीम के अनुसार आदिम समाजों में अपराध को सम्पूर्ण समूह के विरुद्ध किया गया कार्य माना जाता है और इस दृष्टिकोण से अपराधी को दण्ड दिया जाता है. इन समाजों में कुछ अधिक कड़े दण्डों का प्रयोग किया जाता है.

(B) **प्रतिकारी कानून** (Restitutive Law)—दुर्खीम के अनुसार यह आधुनिक समाजों की विशेषता है. इस प्रकार के

कानूनों में अपराध को व्यक्ति के विरुद्ध किया गया कार्य माना जाता है. इस कानून के तहत् व्यक्ति के नुकसान की भरपाई करने पर अधिक जोर दिया जाता है न कि अपराधी को कड़ा-से-कड़ा दण्ड देने पर.

वर्तमानकाल में, कानूनों के कुछ अन्य प्रचलित प्रकार निम्नलिखित हैं—

(A) **सांविधिक कानून** (Statutory Law)—ये विधायी संगठनों द्वारा निर्मित साधारण कानून होते हैं. इनका पालन करना सदैव अनिवार्य होता है.

(B) **वैधानिक कानून** (Legal Law)—उल्लेखनीय है कि सभी कानून स्वयं में वैधानिकता के प्रतीक होते हैं. यहाँ वैधानिक कानून का तात्पर्य उन उपबन्धों से है जो सरकार एवं सरकारी निकायों के गठन एवं कार्यों से सम्बन्धित होते हैं.

(C) **प्रथात्मक कानून** (Customary Law)—परम्पराओं एवं प्रथाओं पर आधारित कानून प्रथात्मक कानून कहलाते हैं.

(D) **अध्यादेश** (Ordinance)—यह आधुनिक व्यवस्था की देन है. जब किसी राष्ट्र में विधानमण्डलों की बैठक नहीं हो रही हो, तो उस समय बनाए गए अस्थायी कानून 'अध्यादेश' कहलाते हैं. बाद में आवश्यकता पड़ने पर इन्हें सांविधिक रूप भी दिया जाता है.

(E) **फौजदारी कानून** (Criminal Law)—ये कानून ऐसे अपराधों से सम्बन्धित होते हैं जो किसी व्यक्ति के मौलिक अधिकारों का हनन करते हों. सामान्यतः व्यक्ति-व्यक्ति के बीच होने वाले अपराधों को रोकने के लिए ही ऐसे कानूनों को प्रवर्तित किया जाता है.

(F) **दीवानी कानून** (Civil Law)—ये कानून ऐसे अपराधों से सम्बन्धित होते हैं जिनसे समूह की एकता और आदर्श नियमों पर प्रहार किया गया हो. सामान्यतः व्यक्ति-समूह के बीच होने वाले अपराधों को रोकने के लिए ऐसे कानूनों को प्रवर्तित किया जाता है.

सामाजिक नियन्त्रण और कानून (Social Control and Law)

कानून में वैधानिक सत्ता तथा दबाव और बाध्यता के तत्व अन्तर्निहित होने के कारण यह सामाजिक नियन्त्रण के विभिन्न साधनों में सबसे अधिक शक्तिशाली है. प्रत्येक कानून के उल्लंघन पर एक निश्चित दण्ड का प्रावधान होता है. अतः दण्ड का खौफ ही व्यक्ति को कानून के अनुरूप आचरण करने के लिए बाध्य करता है. सामाजिक नियंत्रण के साधन के रूप में **रॉस्की पाउण्ड** ने कानून के तीन मुख्य कार्यों का उल्लेख किया है.

(i) सामाजिक सम्बन्धों में समायोजन स्थापित करना तथा व्यक्तिगत आचरणों को व्यवस्थित बनाए रखना.

(ii) समाज द्वारा स्वीकृत आदर्शों के आधार पर सामाजिक विवादों को सुलझाना.

(iii) प्रशासनिक संरचना को सुदृढ़ बनाए रखना.

कानून के उपर्युक्त प्रकार्य व्यक्त प्रकार्य (Menifest Function) है अर्थात् इन्हें समाज में स्पष्ट और मूर्त रूप में देखा जा सकता है. इन प्रकार्यों के अलावा कानून के कुछ अव्यक्त प्रकार्य (Latent Function) भी हैं. जैसे—समाज की प्रथा एवं परम्पराओं की रक्षा करना, समाज में अवांछित परिवर्तनों पर अंकुश लगाना, सामूहिक चेतना का विकास करना इत्यादि. इन कार्यों को सम्पादित करने में कानून की भूमिका अद्वितीय है. इसलिए **ई. ए. रॉस** (E.A. Ross) ने भी कहा है कि "कानून सामाजिक नियन्त्रण का सबसे अधिक विशेषीकृत और अत्यधिक स्पष्ट वाहक है जिसे स्वयं समाज क्रियाशील बनाता है."

प्रथाएँ या रीति-रिवाज (Customs)

सामाजिक नियन्त्रण के अनौपचारिक साधनों में प्रथाओं का स्थान महत्वपूर्ण है. इनका संगठन एवं विस्तार कानून के समान व्यवस्थित तो नहीं होता है, परन्तु इनका प्रभाव कानूनों के समान ही होता है.

व्यक्तिगत स्तर पर यदि किसी क्रिया को बार-बार दोहराया जाता है, तो वह क्रिया उस व्यक्ति की 'आदत' कहलाती है. इसी प्रकार से यदि कोई क्रिया सामाजिक स्तर पर बार-बार दोहराया जाए, तो वह 'प्रथा' कहलाती है. इस दृष्टिकोण से यह कहा जा सकता है कि सामाजिक आदतें ही 'प्रथाएँ' हैं.

प्रथाओं में मुख्य रूप से तीन तत्व अन्तर्निहित होते हैं. पहला-व्यवहार की निरन्तरता, दूसरा-सामाजिक स्वीकृति, तीसरा-आदर्शात्मकता की विशेषता के आधार पर ही व्यक्तिगत आदतों को प्रथाओं से पृथक् किया जाता है.

जनरीतियाँ, लोकाचार, रूढ़ियाँ तथा शिष्टाचार सामाजिक प्रथाओं के ही विभिन्न अंग हैं. जब विभिन्न जनरीतियों को इतना स्थायित्व प्राप्त हो जाता है कि ये सामाजिक कल्याण के लिए आवश्यक मानी जाने लगती है, तो यह प्रथाओं का रूप ले लेती है. प्रथाएँ जब इतनी अधिक प्रयुक्त होने लगती हैं कि वे व्यवहार को पूर्णतः नियमबद्ध कर दें, तो वे 'संस्था' (Institution) बन जाती हैं.

प्रथा से ही मिलती-जुलती अवधारणा 'परम्परा' (Tradition) की है. अक्सर इसे एक ही अर्थ में प्रयुक्त कर दिया जाता है. वास्तव में, परम्परा ऐसी प्रथाएँ होती हैं जो बहुत पुरानी हों और जो बहुत दिनों से समाज में पीढ़ी-दर-पीढ़ी हस्तान्तरित होते हुए चली आ रही हों. दोनों में मुख्य अन्तर यह है कि प्रथाओं का सम्बन्ध मनुष्य के दिन-प्रतिदिन के

व्यवहार से है, जबकि परम्पराएँ किसी अवसर विशेष से सम्बन्धित होती हैं. इसके अतिरिक्त जनरीतियाँ एवं प्रथाएँ समाज द्वारा स्वीकृत विचारों और कार्य करने के ढंग को ही परिलक्षित करती हैं, जबकि परम्परा में पीढ़ीगत दार्शनिक विश्वासों और कलापूर्ण पद्धतियों को भी सम्मिलित किया जाता है.

मेकाइवर एवं पेज (MacIver and Page) ने प्रथाओं को परिभाषित करते हुए कहा है कि "सामाजिक रूप से विश्वसनीय और मान्यता प्राप्त विधियाँ ही प्रथाएँ हैं."

बोगार्डस (Bogardus) के शब्दों में "प्रथाएँ समूह द्वारा स्वीकृत नियन्त्रण की ऐसी विधियाँ हैं जो इतनी शक्तिशाली हो जाती हैं कि उन्हें बिना विचारे ही समाज द्वारा मान्यता दे दी जाती है और इस प्रकार यह एक पीढ़ी से दूसरी पीढ़ी को हस्तान्तरित होती रहती हैं."

प्रथाओं के निर्माण के सम्बन्ध में बोगार्डस ने स्पष्ट किया है कि एक लम्बी अवधि में जब लोकाचारों (Mores) को एक निश्चित ढाँचा मिल जाता है अर्थात् इसमें बहुत से स्पष्ट आदेशों और निषेधों का समावेश हो जाता, तब यही लोकाचार, प्रथाओं के रूप में बदल जाते हैं.

ऑगबर्न एवं निमकॉफ ने भी प्रथाओं को एक 'सुपरिभाषित लोकाचारों' (Well Defined Mores) के रूप में ही स्पष्ट किया है.

उपर्युक्त विश्लेषण के आधार पर प्रथा की निम्नलिखित विशेषता स्पष्ट होती हैं—

1. ये व्यवहार की ऐसी विश्वसनीय विधियाँ हैं जिसे समूह कल्याण के लिए आवश्यक समझा जाता है.
2. प्रथाएँ किसी समाज की संस्कृति तथा एक व्यक्ति के व्यक्तित्व को प्रतिबिम्बित करती है.
3. धार्मिक तथा सामूहिक स्वीकृति पर आधारित होने के कारण ये अधिक स्थायी होते हैं.
4. इसका कोई लिखित रूप नहीं होता है. ये मौखिक रूप से पीढ़ी-दर-पीढ़ी संचरित होती हैं.
5. प्रथाओं में भी बाध्यता के तत्व अन्तर्निहित होते हैं, हालांकि इनका पालन हम अचेतन रूप से ही करते हैं.
6. ऊपरी तौर पर कुछ प्रथाएँ अतार्किक प्रतीत होती हैं, परन्तु उन प्रथाओं के भी कुछ-न-कुछ आन्तरिक प्रकार्य अवश्य होते हैं.
7. हमारा प्रत्येक व्यवहार किसी-न-किसी प्रथा से अवश्य प्रभावित होता है.
8. प्रथा की अवहेलना करने पर किसी निश्चित दण्ड का प्रावधान नहीं होता है, परन्तु प्रथा की अवहेलना एक अधार्मिक कार्य समझा जाता है. इस दृष्टिकोण से अवहेलना करने वाला व्यक्ति सामाजिक घृणा या उपहास का पात्र बन जाता है.

इन विशेषताओं की समुचित अवलोकन से प्रथाएँ, रूढ़ियों या लोकाचारों के समान ही प्रतीत होती हैं. इसलिए यहाँ हमें स्पष्ट रूप से समझ लेना चाहिए कि जनरीतियों या रूढ़ियों की तुलना में प्रथाएँ अधिक स्पष्ट, व्यवस्थित और दृढ़ होती हैं. किसी संस्कृति के आदर्शात्मक मूल्यों के आवश्यक अंग के रूप में भी प्रथाओं का महत्व इसे अन्य व्यवहारिक विधियों से पृथक् करती है.

सामाजिक समूह
(Social Group)

व्यक्ति का जन्म एवं एक सामाजिक प्राणी के रूप में विकास व्यक्तियों के सामूहिक जीवन का ही प्रतिफल होता है. व्यक्ति अपनी सभी छोटी-बड़ी आवश्यकताओं की पूर्ति किसी-न-किसी समूह के सदस्य के रूप में ही आजीवन करता रहता है. अर्थात् बगैर समूह के किसी भी जीवन की कल्पना नहीं की जा सकती है. इसलिए समाजशास्त्र की बुनियादी अवधारणाओं में समूह को अति महत्वपूर्ण स्थान प्राप्त है. अनेक समाजशास्त्रियों का तो यहाँ तक मानना है कि केवल समूहों के अध्ययन द्वारा ही सामाजिक प्रबन्ध का पूर्ण अध्ययन किया जा सकता है. इसी आधार पर बोगार्डस् ने समाजशास्त्र को समूहों का ही अध्ययन माना है. जॉनसन ने भी लिखा है कि "समाजशास्त्र सामाजिक समूहों का विज्ञान है."

समाजशास्त्रीय अर्थ में समूह के अवधारणात्मक विकास में विलियम ग्राह्म समनर (1906), चार्ल्स हार्टन कूले (1906), टी. एच. न्यूकॉब (1950), जॉर्ज होमान्स (1950) और रॉबर्ट के. मर्टन (1957) आदि जैसे समाजशास्त्रियों का योगदान प्रमुख रहा है.

अर्थ एवं परिभाषाएँ
(Meaning and Definitions)

सामाजिक समूह, सामान्यतः वैयक्तिक रूप से एकरूपता प्रदर्शित करने वाले विभिन्न व्यक्तियों का एक संगठन है. इसके अन्य विशेषताओं को स्पष्ट करते हुए विभिन्न समाजशास्त्रियों ने इसे निम्नलिखित प्रकार से परिभाषित किया है—

मैकाइवर एवं पेज (MacIver and Page) के अनुसार, "समूह से हमारा तात्पर्य व्यक्तियों के किसी भी ऐसे संग्रह से है जो सामाजिक सम्बन्धों के कारण एक-दूसरे के समीप हों."

ऑगबर्न एवं निमकॉफ (Ogburn and Nimkoff) ने कहा है कि "जब दो या दो से अधिक व्यक्ति एकत्रित होकर एक-दूसरे को प्रभावित करते हैं, तब वे एक समूह का निर्माण करते हैं."

गिलिन एवं गिलिन (Gillin and Gillin) ने समूह को विस्तृत रूप से परिभाषित करते हुए कहा है कि "सामाजिक समूह की उत्पत्ति के लिए एक ऐसी स्थिति का होना आवश्यक है. जिसमें सम्बद्ध व्यक्तियों में अर्थपूर्ण अन्तः उत्तेजना और अर्थपूर्ण प्रत्युत्तर सम्भव हो सके तथा जिसमें उन सबका सामान्य उत्तेजकों अथवा हितों पर ध्यान केन्द्रित रहे और उनमें चालकों, प्रेरकों और संवेगों का विकास हो सके."

आर. एम. विलियम्स (R. M. Williams) के अनुसार, "सामाजिक समूह मनुष्यों के उन निश्चित संग्रह को कहा जाता है. जो पारस्परिक अन्तःक्रियाएँ करते हैं और उस अन्तःक्रिया की इकाई के रूप में ही आपस में और दूसरों के द्वारा पहचाने जाते हैं."

हाट एवं रेस (Hott and Race) ने कहा है कि "समूह अन्तःक्रिया में संलग्न व्यक्तियों का एक संगठित संग्रह है."

ई. एस. बोगार्डस (E. S. Bogardus) के शब्दों में "एक सामाजिक समूह दो या दो से अधिक व्यक्तियों की ऐसी संस्था है जिसका ध्यान कुछ सामान्य उद्देश्यों पर हों और जो एक-दूसरे को प्रेरणा दें. जिनमें भक्ति हो और जो सामान्य क्रियाओं में सम्मिलित हों."

एल्बियन स्मॉल (Albian Small) का कथन है कि "समूह का अर्थ व्यक्तियों की किसी भी उस छोटी अथवा बड़ी इकाई से है जिनके बीच इस प्रकार के सम्बन्ध विद्यमान हों कि उन्हें एक सम्बद्ध इकाई के रूप में देखा जाने लगे."

आर. के. मर्टन (R. K. Merton) ने भी समूह को सामाजिक सम्बन्धों द्वारा आपस में जुड़े हुए व्यक्तियों का संकलन माना है, परन्तु इन्होंने सामाजिक सम्बन्धों की स्थापना के लिए बार-बार अन्तःक्रिया का होना भी आवश्यक माना है. इसलिए इनके अनुसार क्षणिक या तात्कालिक अन्तःक्रिया द्वारा किसी समूह का निर्माण नहीं हो सकता है.

एच. एम. जॉनसन (H. M. Johnson) ने सामाजिक समूह को सामाजिक अन्तःक्रियाओं की प्रणाली माना है. इन्होंने समूह के निर्माण के लिए दो विशेषताओं का उल्लेख किया है, सहकारिता तथा संगभाव (एक साथ होने का भाव).

समूह की विशेषताएँ (Characteristics of Social Group)

उपर्युक्त परिभाषाओं के आधार पर समूह की निम्नलिखित विशेषताएँ स्पष्ट होती हैं—

(1) समूह कुछ व्यक्तियों का एक संगठन है.

(2) समूह के सदस्यों के बीच प्रत्यक्ष या अप्रत्यक्ष सामाजिक सम्बन्ध पाए जाते हैं.

(3) प्रत्येक समूह का एक निश्चित ढाँचा होता है. इस ढाँचे में स्तरीकरण की विशेषता अन्तर्निहित है.

(4) पारस्परिक जागरूकता सामाजिक समूह का विशेष गुण है. इस गुण के अभाव में ही पशुओं के समूह को सामाजिक समूह नहीं कहा जा सकता है.

(5) प्रत्येक समूह के कुछ आदर्श, प्रतिमान, मूल्य एवं मौखिक प्रतीक होते हैं. इन्हीं के माध्यम से उस समूह की पहचान होती है. इसी अर्थ में मानव समूह को सामाजिक-सांस्कृतिक समूह (Social-Cultural Group) के नाम से भी जाना जाता है.

(6) एक सामाजिक समूह के सदस्यों में समान स्वार्थ की भावना पाई जाती है.

(7) समूह में सापेक्ष रूप से लम्बी अवधि की अन्तःक्रिया का होना आवश्यक है.

(8) समूह की सदस्यता ऐच्छिक होती है, लेकिन कोई व्यक्ति तभी किसी समूह का सदस्य बनता है जब वह स्वयं 'हम की भावना' के साथ अपने आपको समूह का सदस्य स्वीकार करे तथा समूह के अन्य सदस्यों द्वारा भी उसे समूह के सदस्य के रूप में मान्यता दी जाए. इसी कारण समूह के सदस्यों में एक इकाई की भावना विकसित होती है जिससे सामूहिक एकता में वृद्धि होती है.

(9) समूह अपेक्षाकृत एक स्थायी संगठन है, लेकिन कुछ समूह अल्पजीवी तथा तात्कालिक भी होते हैं.

कुछ समानार्थक अवधारणाएँ (Some Similar Concepts)

आम बोलचाल में कुछ शब्दों का प्रयोग अक्सर सामाजिक समूह के अर्थ में ही किया जाता है, परन्तु वास्तव में ये शब्द सामाजिक समूह की अवधारणा के निकट होते हुए भी अपने विशिष्ट अर्थों में एक सामाजिक समूह से भिन्न हैं. इन शब्दों या अवधारणाओं का सामाजिक समूह की अवधारणा से विभिन्नता को स्पष्ट रूप में समझ लेना आवश्यक है.

समूह और समष्टि (Group and Collectivity)—समष्टि में सामाजिक समूह के सभी लक्षण पाए जाते हैं, लेकिन अन्तःक्रिया का अभाव ही समष्टि को सामाजिक समूह से अलग श्रेणी में स्थापित करता है. समष्टि के विभिन्न सदस्यों में भी एक ही प्रकार के विश्वास, मूल भावना, उद्देश्य आदि पाए जाते हैं, परन्तु उनमें पारस्परिक अन्तःक्रिया द्वारा किसी प्रकार का सम्बन्ध स्थापित नहीं होता है और न ही वे एक-दूसरे को जानते हैं. एक समष्टि के एक सामाजिक समूह के रूप में परिणत होने की सम्भावना सदैव बनी रहती है. इस सम्बन्ध में **मर्टन** ने कहा है कि "समष्टि के सामाजिक समूह होने के अवसर हमेशा विद्यमान रहते हैं, क्योंकि व्यक्तियों में मूल्य, आदर्श, मान्यताएँ, विचारधारा एवं 'हम

की भावना' तो हमेशा रहती ही है. इस आधार पर अन्तःक्रिया के शुरू होने की सम्भावना भी सदैव बनी रहती है."

सामाजिक समूह और सामाजिक संवर्ग (Social Group and Social Category)—सामाजिक संवर्ग के अन्तर्गत उन व्यक्तियों को शामिल किया जाता है जो किसी एक ही आधार पर समान विशेषता को प्रदर्शित करते हैं. जैसे—जाति, प्रजाति आदि. अन्तःक्रिया के अभाव में ही किसी सामाजिक संवर्ग को सामाजिक समूह नहीं कहा जा सकता है.

जॉसेफ डी. गिटलर (Joseph D. Gitler) ने लिखा है कि "सामाजिक संवर्ग में वे व्यक्ति आते हैं जिनमें कुछ सामान्य सामाजिक अथवा शारीरिक गुण होते हैं. इन व्यक्तियों के व्यवहार में एक विशिष्टता होती है और समाज इनके लिए कुछ पूर्व निश्चित मान्यताएँ बना लेता है, जिन्हें इसके सदस्य भी स्वीकार कर लेते हैं."

आर. के. मर्टन (R. K. Merton) का भी कहना है कि "जिन व्यक्तियों में एक-सी सामान्य विशेषता है—शारीरिक अथवा सामाजिक-वे एक ही सामाजिक संवर्ग के सदस्य हैं."

सामाजिक समूह एवं भीड़ (Social Group and Crowd)—किसी सामान्य घटना के प्रति अस्थायी रूप से एकत्रित जन-समूह को आम बोलचाल में सामाजिक समूह कह दिया जाता है, परन्तु वास्तव में वो सामाजिक समूह नहीं, बल्कि एक भीड़ है. भीड़ को परिभाषित करते हुए **मेकाइवर एवं पेज** ने कहा है कि "भीड़ उन मनुष्यों का शारीरिक रूप से घना एकत्रीकरण है जिनका एक-दूसरे के साथ प्रत्यक्ष अस्थायी और असंगठित सम्पर्क होता है." यद्यपि सामाजिक समूह की भाँति भीड़ में भी समान उद्देश्य के प्रति लोगों में जागरूकता होती है, लेकिन इसमें लोगों की अन्तःक्रियात्मक सम्बन्ध अल्पकालिक होते हैं, भीड़ की प्रकृति अत्यधिक अस्थिर होती है. जिस किसी घटना के प्रति भीड़ आकृष्ट होती है, उस घटना की समाप्ति के पश्चात् भीड़ अपने आप तितर-बितर हो जाती है, जबकि समान लक्ष्यों की प्राप्ति के लिए लम्बी अवधि की पारस्परिकता अथवा अन्तःक्रियात्मक सम्बन्ध ही समूह की संरचना का प्रमुख आधार है. इसलिए भीड़ को एक आकस्मिक समूह ही कहा जा सकता है, सामाजिक समूह नहीं.

समूहों का वर्गीकरण (Classification of Groups)

सामाजिक समूहों का वर्गीकरण अनेक आधारों पर किया जा सकता है. जैसे—सदस्यों की संख्या के आधार पर, स्थायित्व के आधार पर, 'हम की भावना' के आधार पर प्रकार्य के आधार पर, आकांक्षा के आधार पर इत्यादि, परन्तु इन सभी आधारों में सामाजिक सम्बन्धों की गहनता के आधार को ही सबसे अधिक महत्व दिया गया है. सामाजिक समूहों के वर्गीकरण के सम्बन्ध में विभिन्न समाजशास्त्रियों द्वारा किए गए प्रयासों का संक्षिप्त विवरण निम्नलिखित है—

(1) **मैकाइवर एवं पेज** (MacIver and Page) ने तीन प्रकार के सामाजिक समूहों का उल्लेख किया है—

(A) **क्षेत्रीय समूह** (Territorial Group)—ऐसे समूह व्यक्ति के सम्पूर्ण हितों से सम्बन्धित होते हैं. ऐसे समूहों के उदाहरण—समुदाय, राष्ट्र, नगर, गाँव, जिला आदि हैं.

(B) **हितों के प्रति चेतन समूह, जिनका निश्चित संगठन नहीं होता है** (Interest Conscious Unities without Definite Organisation)—इस प्रकार के समूह के सदस्यों में समान मनोवृत्तियाँ पाई जाती हैं, परन्तु उनका कोई संगठन नहीं होता या फिर संगठन का स्वरूप अनिश्चित होता है. ऐसे समूहों के उदाहरण—जाति, प्रजाति, शरणार्थी समूह, राजकीय समूह, भीड़ आदि हैं.

(C) **हितों के प्रति चेतन समूह जिनका निश्चित संगठन होता है** (Interest Conscious Unities with Definite Organisation)—ऐसे समूह व्यक्ति के सम्पूर्ण हितों से सम्बन्धित नहीं होते हैं. समूह में हितों का दायरा सीमित होता है. इन समूहों के सामाजिक संगठन का स्वरूप निश्चित आकार-प्रकार एवं सुदृढ़ता वाला होता है. ऐसे समूहों के उदाहरण—परिवार, पड़ोस, खेल-समूह, क्लब, राज्य, चर्च, आर्थिक समिति, श्रम संघ इत्यादि हैं.

(2) **गिलिन एवं गिलिन** के अनुसार (According to Gillin and Gillin)—गिलिन एवं गिलिन ने समूह निर्धारण के कुछ विशिष्ट आधारों द्वारा ही समूह को वर्गीकृत करने का प्रयास किया है. इनके द्वारा उल्लिखित प्रमुख आधार निम्नलिखित हैं—

(A) **रक्त सम्बन्धी समूह**—ऐसे समूह जिनमें समरक्तता की भावना अन्तर्निहित हो. जैसे—परिवार, जाति, गोत्र आदि.

(B) **शारीरिक विशेषता वाले समूह**—जिनमें सदस्यों की शारीरिक विशेषता एकसमान हों. जैसे—प्रजाति समूह, आयु-समूह, लिंग समूह आदि.

(C) **क्षेत्रीय समूह**—ऐसे समूह जिनके निर्माण में क्षेत्रीय भू-भाग की प्रधानता हो. जैसे—जनजाति, राज्य, राष्ट्र, गाँव, नगर इत्यादि.

(D) **अस्थिर समूह**—ऐसा जनसमूह जिसके एकत्रीकरण का कारण कोई तात्कालिक घटना हो. जैसे—भीड़, श्रोता-समूह आदि.

(E) **सांस्कृतिक समूह**—ऐसे समूह जिसके अन्तःक्रियाओं का आधार सांस्कृतिक तत्व हों. जैसे—धार्मिक समूह, मनोरंजनात्मक समूह, आर्थिक समूह, शैक्षणिक समूह इत्यादि.

(F) **स्थायी समूह**—ऐसा समूह जिनका अस्तित्व सदैव बना रहे. जैसे—गाँव, कस्बा, नगर, महानगर इत्यादि.

(3) **विलियम जी. समनर के अनुसार** (According to William G. Sumner)—समनर ने समूह निर्धारण में केन्द्रीय तत्व व्यक्ति को माना है. व्यक्ति का विभिन्न समूहों के प्रति घनिष्टता एवं सामाजिक दूरी की भावना के आधार पर समनर ने दो प्रकार के सामाजिक समूहों का उल्लेख किया है.

(A) **अन्तः-समूह** (In-group)—व्यक्ति जिन समूहों के प्रति अत्यधिक आत्मीयता एवं घनिष्ठता का भाव प्रदर्शित करता है वह 'अन्तः-समूह' कहलाता है. उन समूहों का आकार अपेक्षाकृत छोटा होता है. इसमें 'हम की भावना' अपने चरमोत्कर्ष पर होती है. समूह के सदस्यों में एकता, मित्रता, कर्त्तव्य बोध तथा सहयोग की भावना अधिकतम होती है. इसलिए समूह के सदस्य अपने व्यक्तिगत हितों के स्थान पर समूह कल्याण को अधिक महत्व देते हैं. इस प्रकार के उदाहरण गाँव, जाति, धार्मिक सम्प्रदाय आदि हैं.

(B) **बाह्य-समूह** (Out-group)—व्यक्ति जिन समूहों के प्रति सामाजिक दूरी की भावना प्रदर्शित करता है, वे बाह्य समूह कहलाते हैं. ऐसे समूह के प्रति व्यक्ति पूर्वाग्रह, उदासीनता, उपेक्षा, प्रतिस्पर्धा और कभी-कभी संघर्ष का भाव रखता है. इन समूहों को व्यक्ति सन्देह, घृणा और भेदभाव पूर्ण नजरिए से ही देखता है. इन समूहों का आकार अपेक्षाकृत बड़ा होता है. ऐसे समूहों से व्यक्ति सदैव दूरी बनाए रखने का प्रयास करता है.

इस प्रकार स्पष्ट है कि सामाजिक समूहों का उपर्युक्त विभाजन प्रकार्यात्मक है. इस विभाजन में निर्धारक तत्व व्यक्ति होने के कारण समूह का स्वरूप व्यक्ति की मान्यता पर निर्भर करता है. किसी व्यक्ति के लिए जो अन्तः-समूह होगा वही समूह किसी दूसरे व्यक्ति के लिए बाह्य-समूह होगा.

(4) **आर. के. मर्टन के अनुसार** (According to R. K. Merton)—कुछ समूहों की सदस्यता व्यक्ति को अपने-आप प्राप्त हो जाती है, जबकि कुछ समूहों की सदस्यता के लिए उसे कुछ प्रयास करने पड़ते हैं. इसी तथ्य को ध्यान में रखते हुए मर्टन ने सामाजिक समूहों को दो भाग में विभाजित किया.

(A) **सदस्यता समूह** (Membership Group)—कुछ समूहों की सदस्यता व्यक्ति के जन्म से ही निर्धारित हो जाती है. ये सदस्यता समूह कहलाते हैं. इन समूहों की सदस्यता के लिए उसे कोई प्रयास नहीं करना पड़ता है. यह प्रदत्त सदस्यता है. जैसे—परिवार, गाँव, राष्ट्र, जाति, धर्म इत्यादि.

(B) **असदस्यता या गैर-सदस्यता समूह** (Non-membership Group)—कुछ समूहों की सदस्यता व्यक्ति को उसकी आयु के अनुसार प्राप्त होती है. इन समूहों की सदस्यता के लिए उसे कुछ प्रयास करना पड़ता है. ऐसे प्रयासों में विशिष्ट शिक्षा, समाजीकरण तथा प्रशिक्षण शामिल हैं. ये समूह सांस्कृतिक एवं सामाजिक विविधता से परिपूर्ण होते हैं. इसलिए इन समूहों में नए सदस्यों के लिए उचित सामंजस्य की समस्या बनी रहती है. व्यक्ति द्वारा इन समूहों की सदस्यता प्राप्ति से पूर्व की गई तैयारी इन्हीं समस्याओं के संदर्भ में होती है. इस प्रकार के समूह विद्यालय, व्यावसायिक समिति, क्लब, राजनीतिक दल, श्रमिक संघ इत्यादि हैं.

किसी समूह की सदस्यता निर्धारण के लिए मर्टन ने तीन आवश्यक दशाओं का उल्लेख किया है—

(i) समूह के सदस्यों में बार-बार के अन्तःक्रिया द्वारा सामाजिक सम्बन्ध की स्थापना.

(ii) व्यक्ति स्वयं अपने आपको समूह का सदस्य स्वीकार करे.

(iii) समूह के अन्य सदस्यों द्वारा उसकी सदस्यता को मान्यता प्रदान की जाए.

(5) **न्यूकॉम्ब के अनुसार** (According to Newcomb)—न्यूकॉम्ब ने व्यक्ति की पसन्द तथा नापसन्दगी के आधार पर दो प्रकार के सामाजिक समूहों का उल्लेख किया है—

(A) **सकारात्मक समूह** (Positive Group)—न्यूकॉम्ब के अनुसार कुछ समूह ऐसे होते हैं जिनके प्रति किसी व्यक्ति का झुकाव अधिक होता है. उस समूह के मूल्य, आदर्श तथा प्रतिमानों को वह सहज ही स्वीकार कर लेता है. ऐसे समूहों को न्यूकॉम्ब ने 'सकारात्मक समूह' कहा है.

(B) **नकारात्मक समूह** (Negative Group)—कुछ समूह ऐसे होते हैं जिन्हें व्यक्ति पसन्द नहीं करता है. इन समूह के मूल्य, आदर्श तथा मान्यताओं को वह स्वीकार नहीं करता है. ऐसे समूहों को न्यूकॉम्ब ने 'नकारात्मक समूह' कहा है.

सामाजिक समूहों का यह विभाजन भी पूर्णतः व्यक्ति केन्द्रित है. इसीलिए किसी समूह को उपर्युक्त वर्गों में से किस वर्ग में रखा जाए यह व्यक्ति स्वयं अपनी इच्छा, रुचि, रुझान और उन्मुखता के आधार पर निर्धारित करता है.

(6) **टॉनिज के अनुसार** (According to F. Tonnies) —टॉनिज ने सामाजिक संगठन को स्पष्ट करने के लिए सामाजिक समूह के दो आदर्श प्रारूपों का उल्लेख किया.

(A) **जैमिनशेफ्ट** (Gemienshaft)—समूह के इस आदर्श प्रारूप में समुदाय की विशेषताएँ निहित हैं. इसमें लोग भावनात्मक आधार पर एक सूत्र में बँधे होते हैं. लोग समूह के परम्परात्मक उद्देश्य तथा विश्वासों को समान रूप से स्वीकार करते हैं. इनमें एकता की भावना अधिक प्रबल होती है. सभी सदस्य व्यक्तिगत हितों के बदले सामूहिक हितों को अधिक तरजीह देते हैं. सभी सदस्य सह-अस्तित्व के महत्व को स्वीकारते हुए अन्य सदस्यों के प्रति सहयोगी भूमिका का

निर्वाह करते हैं. इस प्रकार के समूह के उदाहरण, परिवार, नातेदारी समूह, पड़ोस, मित्र समूह आदि हैं.

(B) **जेसिलशेफ्ट** (Gesselschaft)—इसके तहत् ऐसे समूहों को शामिल किया जाता है जो किसी निश्चित उद्देश्य की प्राप्ति के लिए ही निर्मित किए जाते हैं. ऐसे समूहों की सदस्यता व्यक्ति के जागरूक प्रयत्नों के फलस्वरूप ही प्राप्त होती है. समूह के सदस्यों के बीच किसी प्रकार का भावनात्मक लगाव नहीं पाया जाता है. सदस्यों का आपसी सम्बन्ध पूर्णतः स्वार्थ एवं उपयोगिता पर आधारित होता है. इसलिए ऐसे समूहों की सदस्यता अनिवार्य न होकर ऐच्छिक होती है टॉनिज के अनुसार आधुनिक समाजों के विभिन्न समितियाँ इसी प्रकार के समूह हैं. जैसे—श्रमिक संघ, आर्थिक संघ, व्यापारिक संगठन, सट्टा बाजार, शैक्षिक संगठन इत्यादि. इन प्रकार के समूहों का स्वरूप अपेक्षाकृत अधिक परिवर्तन-शील होता है.

(7) **चार्ल्स एच. कूले के अनुसार** (According to Charles H. Cooley)—सामाजिक समूहों के वर्गीकरण में सबसे अधिक मान्यता प्राप्त वर्गीकरण अमरीकन समाजशास्त्री चार्ल्स कूले का है. इन्होंने 1909 में अपनी पुस्तक 'Social Organisation' में प्रथमतः 'प्राथमिक समूह' शब्द का प्रयोग किया तथा इसकी अवधारणात्मक व्याख्या की. बाद में कुछ अन्य विद्वानों ने इस समूह से भिन्न विशेषताओं को प्रदर्शित करने वाले समूह को 'द्वैतीयक समूह' नाम दिया. सामाजिक समूहों का यह वर्गीकरण समूह के आकार, महत्व तथा सदस्यों के पारस्परिक सम्बन्धों की प्रकृति पर आधारित है. अन्य वर्गीकरण की तुलना में यह वर्गीकरण सबसे अधिक मान्य तथा वैज्ञानिक होने के कारण इसका विस्तृत विवरण आवश्यक है.

प्राथमिक समूह
(Primary Group)

प्राथमिक समूह के अर्थ एवं प्रकृति को विस्तृत रूप से समझाते हुए **कूले** ने कहा कि "प्राथमिक समूहों से मेरा अभिप्राय उन समूहों से है. जिनकी प्रमुख विशेषता आमने-सामने के घनिष्ठ सम्बन्ध और सहयोग की भावना है. ये समूह अनेक प्रकार से प्राथमिक है, लेकिन प्रमुख रूप से इस अर्थ में कि यह व्यक्ति की सामाजिक प्रकृति और आदर्शों का निर्माण करने में मौलिक है. मनोवैज्ञानिक रूप से इन घनिष्ठ सम्बन्धों के फलस्वरूप सभी व्यक्तियों का एक सामान्य सम्पूर्णता में इस प्रकार मिल जाना है कि अनेक उद्देश्यों की पूर्ति के लिए एक ही व्यक्ति के विचार और उद्देश्य सम्पूर्ण समूह का सामान्य जीवन और उद्देश्य बन जाते हैं. इस सम्पूर्णता की अभिव्यक्ति करने के लिए सम्भवतः सबसे सरल ढंग यह है कि इसे 'हम' शब्द द्वारा सम्बोधित किया जाए. इस सम्पूर्णता में इस प्रकार की सहानुभूति और पारस्परिक एकरूपता की भावना पाई जाती है जिसके लिए 'हम' एक स्वाभाविक अभिव्यक्ति है."

प्राथमिक समूह के उदाहरण के रूप में **कूले** ने परिवार, पड़ोस तथा खेल-समूह का उल्लेख किया था. वास्तव में ये ऐसे समूह हैं जहाँ एक बच्चा प्राथमिक शिक्षा ग्रहण करता है. यही शिक्षा बच्चे में ऐसी बुनियाद रखती है जिसके आधार पर उसका भावी जीवन एवं व्यक्तित्व निर्भर करता है. इसलिए **कूले** ने प्राथमिक समूहों को 'मानव स्वभाव की पोषिका' बताया है.

लुण्डबर्ग ने इसे संक्षिप्त रूप से परिभाषित करते हुए कहा कि "प्राथमिक समूह का तात्पर्य दो या दो से अधिक ऐसे व्यक्तियों से है जो घनिष्ठ, सहयोगी और वैयक्तिक ढंग से एक-दूसरे से व्यवहार करते हैं."

इस प्रकार स्पष्ट है कि प्राथमिक समूह के सदस्यों के बीच घनिष्ठ, अनौपचारिक, आमने-सामने के, व्यक्तिगत और प्रत्यक्ष सम्बन्ध पाए जाते हैं. इसी आधार पर सदस्यों में गहरी आत्मीयता तथा 'हम' की भावना पाई जाती है. सामूहिक हितों के लिए प्रत्येक सदस्य अपने व्यक्तिगत हितों का त्याग करते हैं. इनमें सम्बन्धों का नियमन प्रथा, परम्परा तथा जनरीतियों के माध्यम से होता है.

कूले सहित अन्य समाजशास्त्रियों ने भी प्राथमिक समूह के लिए आमने-सामने के अन्तःक्रियात्मक सम्बन्ध को आवश्यक माना है., लेकिन **फैरिस** (Fillsworth Faris) ने इसे प्राथमिक समूहों के लिए आवश्यक मानदण्ड नहीं माना है. **फैरिस** का कहना है कि अनेक समूह ऐसे होते हैं जिनके मध्य आमने-सामने का सम्बन्ध होने के बावजूद उसे प्राथमिक समूह नहीं कहा जा सकता है. जैसे—न्यायिक समूह-विद्यालय समूह आदि. दूसरी ओर परिवार या नातेदारी समूह के सदस्य भौगोलिक रूप से चाहे कितनी ही दूरी पर क्यों न अवस्थित हों उनके मध्य पारस्परिक एकरूपता तथा 'हम की भावना' हमेशा मुखर होती है. **डेविस** ने भी आमने-सामने के सम्बन्धों के बारे में ऐसे ही तर्कों का उल्लेख किया है.

कूले ने प्राथमिक समूह के महत्व को स्पष्ट करते हुए लिखा है कि "ये समूह व्यक्ति की सामाजिक प्रवृत्ति और आदर्शों का निर्माण करने में आधारभूत हैं और साथ ही ये सामाजिक नियंत्रण में महत्वपूर्ण भूमिका निभाते हैं."

मेकाइवर एवं पेज ने भी प्राथमिक समूह के महत्व के बारे में कहा है कि "प्राथमिक समूह, परिवार के रूप में हमारा परिचय समाज की रहस्यपूर्ण बातों से कराता है. यह ऐसा समूह है जिसके द्वारा हम खिलाड़ी और मित्र के रूप में अपनी सामाजिक मनोवृत्तियों को क्रियात्मक रूप देते हैं. यह हमारी रूढ़ियों के पालन-पोषण का स्थान है. हमारी कृतज्ञता

का नर्स है. यह सर्वप्रथम है और साधारणतया सामाजिक संतोष के लिए मुख्य केन्द्र है."

प्राथमिक समूह की विशेषताएँ (Characteristics of Primary Group)

कुछ समाजशास्त्रियों ने प्राथमिक समूह की विशेषताओं को दो भागों में बाँटा है—

भौतिक, संरचनात्मक अथवा बाह्य तथा अभौतिक, मानसिक अथवा आन्तरिक.

प्रथम भाग का सम्बन्ध समूह के ढाँचे से है और द्वितीय भाग समूह के सदस्यों में पाए जाने वाले सम्बन्धों की प्रकृति तथा सदस्यों के मनोवृत्ति से सम्बन्धित है. इन विशेषताओं को विस्तार से इस प्रकार स्पष्ट किया जा सकता है—

(1) **बाह्य विशेषताएँ** (External Characteristics)—(A) **शारीरिक समीपता** (Physical Proximity)—शारीरिक निकटता से समूह के सदस्यों को एक-दूसरे के सुख-दुःख को समझने का अधिक अवसर प्राप्त होता है. इससे उनमें अपनेपन की भावना का विकास होता है जो उनके सम्बन्धों को स्थायी बनाती है. उल्लेखनीय है कि **डेविस** (Kingsley Davis) ने प्राथमिक समूहों के निर्माण में आमने-सामने के निकट सम्पर्क को आवश्यक तो माना है, लेकिन साथ ही इन्होंने यह भी कहा है कि जहाँ आमने-सामने के सम्बन्ध हैं वहाँ प्राथमिक समूह ही हैं प्रत्येक दशा में यह आवश्यक नहीं है. जैसे—भीड़ में किसी अपरिचित से शारीरिक समीपता, वेश्या-ग्राहक का सम्बन्ध आदि. अर्थात् शारीरिक समीपता मात्र ही प्राथमिक समूहों को जन्म नहीं देती है.

(B) **लघु आकार** (Small Size)—समूह के सदस्यों के बीच प्रत्यक्ष एवं व्यक्तिगत सम्पर्क छोटे आकार वाले समूहों में ही हो सकता है. छोटे समूह में ही सदस्य एक-दूसरे को व्यक्तिगत रूप से जान सकते हैं और एक-दूसरे के कार्यों में प्रत्यक्ष एवं व्यक्तिगत रूप से सहयोग दे सकते हैं. इस सम्बन्ध में **डेविस** ने भी कहा कि "प्राथमिक समूह को आकार में छोटा ही होना चाहिए, क्योंकि यह असम्भव है कि एक ही समय बहुत से व्यक्तियों से बुद्धिमतापूर्ण सम्बन्ध स्थापित किए जा सकें."

(C) **सम्बन्धों की अवधि** (Duration of Relationship)—प्राथमिक समूहों के निर्माण में यह भी महत्वपूर्ण तथ्य है कि सदस्यों के बीच कितनी अवधि के लिए सामाजिक सम्पर्क स्थापित होता है. यदि प्रत्यक्ष सम्पर्क अल्प अवधि के लिए होता है, तो इससे प्राथमिक समूह का निर्माण नहीं हो सकता है. प्राथमिक समूह के सामाजिक सम्बन्धों में निरन्तरता तथा स्थिरता का होना अति आवश्यक है.

(D) **सामान्य स्वरूप** (Unspecialized Structure)—प्राथमिक समूहों का कभी भी कोई निश्चित या विशिष्ट उद्देश्य नहीं होता है. यह कमोवेश व्यक्ति के सभी हितों से सम्बन्धित होता है. इसलिए इसके अन्दर सभी सदस्यों के दायित्व और कर्तव्य असीमित होते हैं.

(2) **आन्तरिक विशेषताएँ** (Internal Characteristics)—(A) **समान उद्देश्य** (Common Purposes)—प्राथमिक समूह में व्यक्तिगत स्वार्थों का कोई स्थान नहीं होता है. समूह के सदस्य हरेक समय सामूहिक उद्देश्यों को ही सर्वोपरि मानते हैं. इसलिए समूह के प्रत्येक सदस्यों का उद्देश्य समान हो जाता है. उद्देश्य की प्राप्ति के क्रम में प्रत्येक सदस्य द्वारा दूसरे सदस्यों के हितों को यथासम्भव मान्यता देने के कारण भी सामूहिक उद्देश्यों में एकरूपता आ जाती है.

(B) **सम्बन्ध, साध्य के रूप में** (Relationship as an End)—प्राथमिक समूहों में सम्बन्ध स्थापन अपने आप में एक साध्य है, न कि किसी उद्देश्य की प्राप्ति के लिए एक साधन (Means). इस सम्बन्ध में **डेविस** ने लिखा है कि "ये सम्बन्ध समझौते, आर्थिक लाभ अथवा राजनीतिक उद्देश्यों से प्रभावित नहीं होते, बल्कि व्यक्तिगत, आत्मिक, भावनात्मक तथा अपने आप में पूर्ण होते हैं."

(C) **वैयक्तिक सम्बन्ध** (Personal Relationship)—प्राथमिक समूहों में सम्बन्ध का स्वरूप वैयक्तिक होता है. अर्थात् किसी व्यक्ति में निहित सम्बन्धों का अस्तित्व तभी तक कायम रहता है जब तक कि उक्त व्यक्ति का अस्तित्व कायम रहे. इन सम्बन्धों का न तो कोई विकल्प होता है और न ही ये हस्तांतरित हो सकते हैं. उदाहरणस्वरूप—किसी पदाधिकारी के स्थानान्तरण पर दूसरे पदाधिकारी आ जाते हैं, लेकिन परिवार में किसी सदस्य की मृत्यु हो जाने पर अन्य व्यक्ति उस सदस्य का स्थान ग्रहण नहीं कर सकता है.

(D) **सम्बन्धों की सम्पूर्णता** (Inclusive Relationship)—प्राथमिक समूह में सदस्यों के जीवन के सभी पक्ष सम्मिलित रहते हैं. व्यक्ति किसी विशेष उद्देश्य की पूर्ति के लिए प्राथमिक समूह का सदस्य नहीं बनता है, बल्कि इसके अन्तर्गत वह अपनी सभी आवश्यकताओं की पूर्ति करता है. इसलिए प्राथमिक समूहों के अन्तर्गत स्थापित सम्बन्ध अपने आप में सम्पूर्ण होते हैं. **डेविस** ने भी कहा है कि "प्राथमिक समूह एक संयुक्तता की स्थिति है जिसमें, वैधानिक, प्रथागत, आर्थिक, तकनीकी और मनोरंजनात्मक आदि सभी प्रकार के सम्बन्धों का समावेश होता है."

(E) **स्वतः विकसित सम्बन्ध** (Sponteneous Relation)—प्राथमिक समूहों के अन्तर्गत स्थापित सम्बन्धों में स्वाभाविकता का गुण होता है. अर्थात् यह किसी बाहरी दबाव या आदेश के कारण स्थापित नहीं होते हैं. यह व्यक्ति-हृदय में स्वतः उद्भूत प्रेरणाओं का प्रतिफल होता है. इसलिए ये सम्बन्ध अविच्छेद होते हैं, इसे समाप्त नहीं किया जा

सकता है. इस सम्बन्ध में कोई छल या दिखावा नहीं होता है.

(F) **सामाजिक नियंत्रण की क्षमता** (Capecity of Social Control)—प्राथमिक समूह अपने सदस्यों के लिए सम्बन्धों का ऐसा प्रतिमान प्रस्तुत करता है जिससे सदस्यों के बीच घनिष्टता एवं आत्मीयता दिनोंदिन बढ़ती ही जाती है. स्नेह, प्यार, त्याग, दायित्व तथा कर्त्तव्य के रूप में सदस्यों को ऐसी शिक्षा मिलती है जिसके बन्धनों को तोड़ना आसान नहीं होता है. इसका असर उनके जीवन पर आजन्म पड़ता रहता है. इसलिए प्राथमिक समूहों में सामाजिक नियंत्रण की क्षमता राज्य जैसे शक्तिशाली संस्था की तुलना में कई गुणा अधिक होती है.

प्राथमिक समूह का महत्व

प्राथमिक समूहों का व्यक्ति के जीवन में विशेष महत्व है जिसे निम्न प्रकार से स्पष्ट किया जा सकता है–

(1) प्राथमिक समूह मानव व्यक्तित्व का निर्माण करते हैं.
(2) प्राथमिक समूह मनुष्य का समाजीकरण करते हैं.
(3) प्राथमिक समूह में नियन्त्रण अन्य समूहों की अपेक्षा अधिक शक्तिशाली होता है.
(4) प्राथमिक समूह समाज को संगठित करते हैं.
(5) प्राथमिक समूह अनुकूलन का आधार है.
(6) प्राथमिक समूह व्यक्ति को आन्तरिक सन्तोष प्रदान करते हैं.
(7) प्राथमिक समूह व्यक्ति में सुरक्षा की भावना पैदा करते हैं.
(8) प्राथमिक समूह व्यक्ति का मानवीयकरण करता है.

इस प्रकार प्राथमिक समूह का महत्व बहुत अधिक है. ये प्रत्येक समाज के आधार हैं, जिस पर समाज का अस्तित्व निर्भर है.

द्वैतीयक समूह
(Secondary Group)

चार्ल्स कूले ने समूह की अवधारणात्मक विश्लेषण में केवल प्राथमिक समूह का उल्लेख किया था. बाद के कुछ समाजशास्त्रियों ने प्राथमिक समूह के विपरीत विशेषताओं को प्रदर्शित करने वाले समूहों के लिए 'द्वैतीयक समूह' की अवधारणा का विकास किया.

ऐसे समाजशास्त्रियों में **होमन्स एवं डेविस** के नाम उल्लेखनीय हैं—

डेविस एवं बीरस्टीड ने सीधे शब्दों में कहा कि "वे सभी समूह द्वैतीयक हैं, जो प्राथमिक नहीं हैं."

ऑगबर्न एवं निमकॉफ ने कहा कि "द्वैतीयक समूहों का तात्पर्य व्यक्तियों के उन समूहों से है जो द्वैतीयक सम्बन्धों द्वारा संगठित होते हैं."

फेयर चाइल्ड ने इसे परिभाषित करते हुए लिखा है कि "समूह का वह रूप जो अपने सामाजिक सम्पर्क और औपचारिक संगठन की मात्रा में प्राथमिक समूहों की घनिष्ठता से भिन्न हो, द्वैतीयक समूह कहलाता है."

इस प्रकार स्पष्ट है कि द्वैतीयक समूहों के बारे में समाजशास्त्रियों में किसी भी प्रकार का मतान्तर नहीं है. सभी यह स्वीकार करते हैं कि द्वैतीयक समूह प्राथमिक समूहों के ठीक विपरीत की स्थिति है इसके सदस्यों के बीच अप्रत्यक्ष, औपचारिक तथा अवैयक्तिक सम्बन्ध पाए जाते हैं. ये सम्बन्ध पारस्परिक उपयोगिता के आधार पर स्थापित किए जाते हैं जिनमें कुछ व्यक्तिगत स्वार्थ अन्तर्निहित रहता है. राजनीतिक दल, धार्मिक संघ, व्यावसायिक संघ, श्रमिक संघ आदी द्वैतीयक समूहों के ही उदाहरण हैं.

द्वैतीयक समूह की मुख्य विशेषताएँ (Characteristics of Secondary Group)

(1) द्वैतीयक समूह की स्थापना कुछ विशिष्ट उद्देश्यों की प्राप्ति के लिए की जाती हैं.
(2) इसमें आमने-सामने का घनिष्ठ सम्पर्क आवश्यक नहीं होता है.
(3) ये किसी एक क्षेत्र तक ही सिमटे हुए नहीं होते हैं. इसके सदस्य काफी दूर तक फैले रहते हैं. इसलिए इन समूहों का आकार बड़ा होता है और सदस्यों के आपसी सम्पर्क में संचार साधनों का महत्व अधिक होता है.
(4) इन समूहों में प्रत्येक सदस्य के उत्तरदायित्व और भूमिका सीमित होते हैं.
(5) द्वैतीयक समूह का विकास स्वतः नहीं होता है. किसी आवश्यकता की पूर्ति के लिए एक निश्चित कार्य योजना के तहत् इसे स्थापित किया जाता है. इसलिए ये स्थायी नहीं होते हैं.
(6) इन समूहों में सम्बन्ध स्थापित करने के कुछ विशेष नियम और कायदे होते हैं.
(7) इन समूहों के संगठन में स्तरीकरण की विशेषता स्पष्ट रूप से परिलक्षित होती है. समूह में प्रत्येक सदस्य का सोपान-क्रम पूर्णतः निश्चित रहता है.
(8) इनमें स्थापित सम्बन्ध परिवर्तनीय होते हैं.

वास्तव में, वर्तमान के वृहत् समाज (Mass Society) द्वैतीयक समूहों के योग से ही बने हुए हैं. ये समाज जहाँ एक ओर व्यक्ति की बदलती आवश्यकताओं के अनुरूप एक

स्वाभाविक परिणति है, वहीं दूसरी ओर इसने औपचारिक सम्बन्ध, कुण्ठा, यान्त्रिक जीवन, मानसिक तनाव आदि के रूप में कुछ समस्याओं को भी जन्म दिया है. **डेविस रिजमैन** ने अपनी पुस्तक 'Lonely Crowd' में इन समस्याओं को गम्भीरता से उठाया है. असल समस्या प्राथमिक समूहों की संरचना पर द्वैतीयक समूहों की विशेषताओं का हावी होता जाना है. परिणामस्वरूप प्राथमिक समूहों का अस्तित्व तो उन वृहत् समाजों में अवश्य कायम है, लेकिन वे प्राथमिक समूह के बदले आभासी प्राथमिक समूह ही प्रतीत होते हैं.

प्राथमिक एवं द्वैतीयक समूहों में अन्तर (Distinction between Primary and Secondary Groups)

प्राथमिक समूह एवं द्वैतीयक समूहों के अन्तर को निम्नलिखित आधारों पर स्पष्ट किया जा सकता है—

(1) **सम्बन्धों की प्रकृति** (Nature of Relationship)—प्राथमिक समूहों के अन्तर्गत स्थापित सम्बन्ध घनिष्ठ एवं आत्मीय होते हैं. इसमें किसी प्रकार का औपचारिकता अथवा दिखावा नहीं होता है. इस कारण ये सम्बन्ध स्थायी होते हैं. प्राथमिक समूह के सम्बन्ध के बारे में **डेविस** ने कहा है कि "प्राथमिक समूहों के सम्बन्ध सदस्यों में एकीकरण की भावना उत्पन्न करते हैं, लेकिन साथ ही ये विभिन्न प्रतिबन्धों से भी मुक्त होते हैं."

द्वैतीयक समूहों के तहत् प्रत्यक्ष एवं घनिष्ट सम्बन्धों का अभाव होता है. इसलिए इसमें दिखावे की औपचारिकता तथा उपयोगिता के आधार पर मूल्यांकन की प्रवृत्ति पाई जाती है. सम्बन्धों की प्रकृति स्वतन्त्र होती है. इसलिए सम्बन्धों में स्थायित्व के बदले गतिशीलता का गुण अधिक पाया जाता है.

(2) **हितों की पूर्ति** (Fullfilment of Interests)—प्राथमिक समूह किसी विशेष हित अथवा उद्देश्य से सम्बन्धित नहीं होते हैं. इसके तहत् व्यक्ति अपनी सभी सामान्य आवश्यकताओं की पूर्ति करता है. **ऑगबर्न एवं निमकॉफ** ने भी कहा है कि "प्राथमिक समूह सदस्यों के सम्पूर्ण व्यक्तित्व से सम्बन्धित होते हैं. उसमें व्यक्ति का अधिकांश समय तो व्यतीत होता ही है साथ ही उससे अपेक्षाएँ भी अधिक रखी जाती हैं."

द्वैतीयक समूह कभी भी व्यक्ति के सम्पूर्ण हितों से सम्बन्धित नहीं होते हैं. इसमें व्यक्ति के किसी विशिष्ट स्वार्थ की ही पूर्ति होती है. इसलिए व्यक्ति इन समूहों में अपने स्वार्थ पूर्ति की आवश्यकतानुसार ही समय व्यतीत करता है.

(3) **सदस्यता** (Membership)—प्राथमिक समूहों की सदस्यता अनिवार्य होती है. बहुत हद तक तो इसकी सदस्यता व्यक्ति के जन्म के साथ स्वतः ही प्राप्त हो जाती है.

द्वैतीयक समूहों की सदस्यता ऐच्छिक होती है. उपयोगिता के आधार पर ही कोई व्यक्ति किसी द्वैतीयक समूह की सदस्यता ग्रहण करता है अथवा त्याग करता है.

(4) **हम की भावना** (We Feeling)—आत्मीय एवं प्रत्यक्ष सम्बन्ध के कारण प्राथमिक समूहों में 'हम की भावना' अधिक प्रबल होती है. सभी सदस्य अपने-आपको एक इकाई के रूप में महसूस करते हैं. इसी भावना के आधार पर समूह के सदस्य एक-दूसरे के प्रति अधिक सहयोगी रुख का प्रदर्शन करते हैं. फलतः प्राथमिक समूहों में व्यक्तिगत हितों के बदले सामूहिक हितों को सर्वोपरि समझा जाता है.

द्वैतीयक समूहों में 'हम की भावना' के स्थान पर 'मैं की भावना' प्रबल होती है. सदस्य अपने स्वार्थ को ध्यान में रखते हुए ही अन्य सदस्यों को सहयोग या असहयोग करते हैं. इसलिए इन समूहों में व्यक्तिगत स्वार्थ के आगे सामूहिक स्वार्थों का कोई महत्व नहीं होता है.

(5) **सामाजिक नियंत्रण** (Social Control)—प्राथमिक समूह के सदस्यों के लिए अपने समूह के नियमों का पालन करना अनिवार्य होता है. इन नियमों के विरुद्ध आचरण करना नैतिकता का उल्लंघन माना जाता है, लेकिन इन नियमों का पालन कराने के लिए किसी प्रकार का दबाव या बल प्रयोग नहीं किया जाता है, बल्कि समूह में स्नेह, प्यार और सौहार्द का एक ऐसा माहौल तैयार किया जाता है जिसके तहत् सदस्य स्वतः ही सामूहिक नियमों के प्रति श्रद्धा व्यक्त करते हैं और उसी के अनुरूप आचरण करते हैं. इसलिए प्राथमिक समूहों को 'सामाजिक नियंत्रण का सर्वश्रेष्ठ अभिकरण' माना जाता है.

द्वैतीयक समूहों के नियम स्वयं में स्थायी नहीं होते हैं. समय व आवश्यकता के अनुसार इनमें परिवर्तन होते रहते हैं. साथ ही, सदस्यों के लिए प्रत्येक नियमों का यथारूप में पालन करना अनिवार्य नहीं होता है, लेकिन जिन नियमों का पालन अपरिहार्य होता है, उन नियमों का उल्लंघन करने पर समूह कानून एवं अन्य सामाजिक अभिकरणों के माध्यम से दण्ड की व्यवस्था करती है.

(6) **व्यवहार प्रतिमान** (Behaviour Pattern)—प्राथमिक समूहों के सभी सदस्यों में समानता का व्यवहार होता है. वे वैयक्तिक रूप से परस्पर मिलते हैं. इसलिए इनमें किसी प्रकार का सामाजिक संस्तरण नहीं पाया जाता है.

द्वैतीयक समूहों में दो व्यक्तियों का सम्पर्क केवल वैयक्तिक सम्पर्क नहीं होता है. उन व्यक्तियों में निहित वैधानिक अथवा संस्थागत सत्ता एवं अधिकारिता का भी मिलन होता है. अतः दोनों व्यक्तियों का आचरण अपने पद एवं प्रतिष्ठा के अनुसार ही निर्देशित होता है. इसलिए द्वैतीयक समूहों में सामाजिक संस्तरण का मूर्त स्वरूप स्पष्ट रूप में देखा जा सकता है.

(7) **निर्माण की प्रक्रिया** (Process of Formation)—प्राथमिक समूहों का निर्माण व्यक्ति द्वारा सोच-विचार कर नहीं किया जाता है. इनका विकास स्वतः ही होता है इसलिए ये अधिक स्थायी होते हैं.

विभिन्न आवश्यकताओं की पूर्ति के माध्यम के रूप में द्वैतीयक समूहों की स्थापना कुछ व्यक्तियों द्वारा काफी सोच-विचार कर किया जाता है. समूह के अस्तित्व एवं उत्तरोत्तर विकास के लिए भी एक निश्चित कार्ययोजना तैयार की जाती है, ताकि समूह के कार्यक्रम द्वारा निश्चित उद्देश्यों की पूर्ति की जा सके. इस प्रकार द्वैतीयक समूह के प्रत्येक चरण में व्यक्ति की चेतना क्रियाशील रहती है.

(8) **आकार** (Size)—प्राथमिक समूहों के लिए आमने-सामने का सम्बन्ध महत्वपूर्ण होता है. यह तभी सम्भव है, जबकि समूह का आकार छोटा हो. छोटा आकार होने के कारण ही समूह के सदस्यों के लिए एक-दूसरे को अच्छी तरह पहचान पाना सम्भव हो पाता है.

लेकिन द्वैतीयक समूहों में आमने-सामने का व्यवहार कोई मायने नहीं रखता है. इसलिए इन समूहों का आकार काफी विस्तृत होता है.

संदर्भ समूह
(Reference Group)

सामाजिक समूहों के वर्गीकरण के विभिन्न आधारों में एक महत्वपूर्ण आधार आकांक्षा (Aspiration) का आधार भी है. 'संदर्भ समूह' की अवधारणा इसी आधार पर प्रस्तुत की गई है. संदर्भ समूह के अवधारणात्मक विकास में **हरबर्ट हायमैन** (Herbert Hyman), **एम. शेरिफ** (M. Sherrif) तथा **रॉबर्ट के. मर्टन** (Robert K. Merton) का उल्लेखनीय योगदान है. इन सभी में **मर्टन** की विवेचना अतिमहत्वपूर्ण है जिसे उन्होंने अपनी पुस्तक 'Social Theory and Social Structure' में प्रस्तुत किया था. बाद में **स्टाउफर** (Stauffer) ने इससे सम्बन्धित अनेक व्यावहारिक अध्ययन कर इसे ठोस रूप प्रदान किया.

आर. के. मर्टन (R. K. Merton) ने उन समूहों को संदर्भ समूह के रूप में सम्बोधित किया है जिसका कोई व्यक्ति सदस्य नहीं है, लेकिन उसका सदस्य बनना चाहता हो.

एम. शेरिफ (M. Sherrif) ने उन समूहों को संदर्भ समूह के रूप में चित्रित किया है जिनके साथ व्यक्ति एक अंश के रूप में सम्बन्धित होता है या जिनके साथ वह वैज्ञानिक रूप में सम्बन्धित होने की आकांक्षा करता है.

न्यूकॉम्ब (Newcomb) का कहना है कि "एक संदर्भ समूह वह है, जिससे व्यक्ति अपनी तुलना करने के लिए प्रयोग करता है, अर्थात् जिससे व्यक्ति अपने मूल्य और आदर्शों को ग्रहण करता है."

इस प्रकार स्पष्ट है कि व्यक्ति अपने आदर्श, मूल्य, विश्वास, विचारधारा और व्यवसाय की खोज में जिन समूहों की ओर उन्मुख होता है, वे संदर्भ समूह कहलाते हैं. ये समूह व्यक्ति की मनोवृत्ति, व्यवहार तथा धारणा को दूर से ही प्रभावित करते रहते हैं, फलतः व्यक्ति उन समूहों की सदस्यता ग्रहण करने का प्रबल इच्छुक रहता है.

संदर्भ समूह के निर्माण की दशाएँ (Conditions for Formation of Reference Group)

मर्टन का मानना है कि संदर्भ समूह सापेक्षिकहीनता (Relative Deprivation) के कारण बनता है. सापेक्षिक-हीनता से **मर्टन** का आशय यह है कि व्यक्ति संदर्भ समूह की तुलना में अपने सदस्यता समूह को हीन समझता है. इसलिए व्यक्ति अपनी हीन भावना को दूर करने के लिए अपने समूह से ऊँचे समूह की ओर उन्मुख होता है, लेकिन हमें यह याद रखना चाहिए कि संदर्भ समूह सदैव सापेक्षिकहीनता के कारण ही नहीं बनता है, बल्कि कभी-कभी महत्वाकांक्षा या किसी विशिष्ट उद्देश्य को प्राप्त करने के लिए ी बन सकता है. जैसाकि वर्तमान समाज में स्पष्ट रूप से देखा जा सकता है. किसी बड़े पदाधिकारी का एम. एल. ए. या एम. पी. का चुनाव लड़ना सापेक्षिकहीनता नहीं, बल्कि महत्वाकांक्षा को ही परिलक्षित करता है. निष्कर्ष के तौर पर यह कहना ही उचित होगा कि व्यक्ति अपनी सामाजिक परिस्थिति को ऊँचा उठाने के लिए सदैव प्रयासरत रहता है. यह एक स्वाभाविक मानवीय गुण है. मनुष्य के इसी गुण के कारण संदर्भ समूहों का निर्माण होता है.

एच. एम. जॉनसन (H. M. Johnson) ने चार ऐसी परिस्थितियों का उल्लेख किया है जिनमें से किसी एक के भी उपस्थित होने पर किसी एक समूह के सदस्यों के लिए अन्य दूसरे समूह संदर्भ समूह हो जाते हैं—

(1) किसी समूह के कुछ या सभी सदस्य अन्य किसी समूह की सदस्यता प्राप्त करने के इच्छुक हों.

(2) किसी समूह के सदस्य किन्हीं बातों में दूसरे समूहों के सदस्यों के समान होने की इच्छा रखें या अपने सदस्य समूह को किन्हीं बातों में दूसरे समूह के समान बनाने का प्रयत्न करें.

(3) किसी समूह के सदस्यों को इस बात में सन्तोष मिले कि वे किसी दूसरे समूह से कुछ बातों में भिन्न हैं और दोनों समूहों के बीच वे तुलनात्मक रूप में अन्तर बनाए रखने का प्रयास करें.

(4) दूसरे समूहों के समान या भिन्न रहने का प्रयास न करते हुए भी वे अपने समूह की समीक्षा के लिए दूसरे समूहों की विशेषताओं को मापदण्ड के रूप में प्रयोग करें.

उपर्युक्त परिस्थितियों के आधार पर **जॉनसन** ने लिखा है कि "कोई ऐसा समूह जिसके विषय में किसी व्यक्ति की धारणा, चाहे यथार्थवादी हो या न हो, अपने स्वयं के या अपनी स्थिति के समीक्षण के लिए, अपनी महत्वाकांक्षाओं के लिए या उन समूहों (जिनका कि वह सदस्य है) में से किसी समूह के समीक्षण अथवा उसकी महत्वाकांक्षाओं के लिए, उसकी संदर्भ परिधि का अंग हो, तो वह समूह उसके लिए संदर्भ समूह होगा."

संदर्भ समूह की सदस्यता के चरण

संदर्भ समूह की सदस्यता प्राप्त करने में तीन मुख्य चरण हैं. ये चरण निम्नलिखित हैं—

(1) प्रथमतः कोई व्यक्ति किसी समूह के प्रति संदर्भ समूह की तरह व्यवहार करता है और उसकी सदस्यता प्राप्त करने की कामना करता है. यह उसकी महत्वाकांक्षा से सम्बन्धित है.

(2) दूसरे चरण में व्यक्ति उन समूहों की सदस्यता प्राप्त करने के लिए कुछ तैयारी करता है. पूर्वाभ्यासी समाजीकरण (Anticipatory Socialisation) इसी चरण का अंग है.

(3) आवश्यक तैयारी के कारण व्यक्ति संदर्भ समूह के सदस्य बनने की स्थिति के निकट आ जाता है. अन्ततः वह व्यक्ति संदर्भ समूह द्वारा अंगीकार कर लिया जाता है. अतः तीसरे एवं अन्तिम चरण में व्यक्ति द्वारा सदस्यता प्राप्त कर लेने के बाद वह समूह संदर्भ समूह के स्थान पर सदस्यता समूह में परिणत हो जाता है.

उल्लेखनीय है कि यह प्रक्रिया यहीं समाप्त नहीं होती है. एक संदर्भ समूह की सदस्यता प्राप्त कर लेने के बाद व्यक्ति के लिए पुनः कुछ अन्य समूह संदर्भ समूह हो जाते हैं. व्यक्ति अब इन नए संदर्भ समूहों की सदस्यता प्राप्त करने के प्रयास में संलग्न हो जाता है.

संदर्भ समूह के प्रकार
(Types of Reference Group)

मर्टन ने संदर्भ समूह के दो प्रकारों का उल्लेख किया है. ये दो प्रकार निम्नलिखित हैं—

(1) **आदर्श प्रकार** (Normative Type)—आदर्श प्रकार के संदर्भ समूहों में व्यक्ति के स्वयं के आदर्श तथा संदर्भ समूहों के आदर्शों में समानता होती है और व्यक्ति मात्र इसी आधार पर उन समूहों की सदस्यता प्राप्त करना चाहता है.

(2) **तुलनात्मक प्रकार** (Comparative Type)—यदि व्यक्ति अपने समूह की तुलना अन्य दूसरे समूह से करे तथा दूसरे समूह को आंशिक या पूर्ण रूप में श्रेष्ठ समझे और मात्र इसी आधार पर उन समूहों की सदस्यता प्राप्त करना चाहता हो, तो ऐसे संदर्भ समूह तुलनात्मक संदर्भ समूह होंगे.

इसके अलावा अभिमुखन (Orientation) के आधार पर भी संदर्भ समूहों को वर्गीकृत किया जा सकता है. इस आधार पर भी संदर्भ समूहों के दो प्रकार हो सकते हैं—

(1) **सकारात्मक संदर्भ समूह** (Positive Reference Group)—जब एक व्यक्ति किसी समूह के प्रति आकर्षित हो तथा उसका सदस्य भी बनना चाहता हो, तो वह 'सकारात्मक संदर्भ समूह' होगा. यदि कोई व्यक्ति किसी समूह के प्रति आकर्षित हो, उसकी प्रशंसा करता हो, लेकिन उसका सदस्य नहीं बनना चाहता हो तब भी वह समूह सकारात्मक संदर्भ समूह ही होगा, क्योंकि आकर्षण एवं प्रशंसा भाव के कारण यह बहुत सम्भव है कि भविष्य में वह उस समूह का सदस्य बनने की भी इच्छा रखने लगे.

(2) **नकारात्मक संदर्भ समूह** (Negative Reference Group)—यदि कोई व्यक्ति किसी समूह की आलोचना करने के साथ-ही-साथ उसका सदस्य बनने की इच्छा न रखे, तो ऐसे समूह को 'नकारात्मक संदर्भ समूह' कहेंगे.

संदर्भ-समूह-व्यवहार की भूमिका
(Role of Reference Group Behaviour)

संदर्भ-समूह-व्यवहार की भूमिका समाज में प्रकार्यात्मक एवं अप्रकार्यात्मक दोनों ही हैं. इसकी सबसे महत्वपूर्ण प्रकार्यात्मक भूमिका यह है कि यह व्यक्ति में सामंजस्य का भाव उत्पन्न करता है. व्यक्ति संदर्भ समूह की केवल कामना ही नहीं करता है, वरन् उसमें शामिल होने के लिए अपने व्यक्तित्व एवं सम्पूर्ण क्रियाकलापों में कुछ अपेक्षित परिवर्तन भी करता है. इसके अलावा यह व्यक्ति में प्रतियोगिता की भावना भी उत्पन्न करता है, जिससे समाज में योग्य व्यक्तियों का चयन सम्भव हो पाता है.

प्रतियोगिता की भावना उत्पन्न करने के कारण संदर्भ-समूह-व्यवहार की भूमिका प्रकार्यात्मक के साथ-ही-साथ अप्रकार्यात्मक भी हो जाती है. यदि व्यक्ति अपने इच्छित उद्देश्यों की प्राप्ति में सफल नहीं हो पाता है, तो वह मानसिक तनाव का शिकार हो जाता है. कभी-कभी व्यक्ति संदर्भ समूह की सदस्यता प्राप्त करने के लिए गलत तरीकों का भी प्रयोग करता है, जिससे समाज में भ्रष्टाचार को प्रोत्साहन मिलता है. अक्सर संदर्भ समूह की सदस्यता प्राप्त करने के क्रम में व्यक्ति अपनी सदस्यता समूह से भी कट जाता है. ऐसे में वह एक सीमान्त व्यक्ति (Marginal man) मात्र बनकर ही रह जाता है. फलतः उसमें अलगाववादी भावना पनप जाती है जो किसी भी समाज के लिए अन्ततः घातक ही होती है. इस व्यवहार से उचित समायोजन की समस्या भी उत्पन्न होती है. यदि कोई व्यक्ति बगैर पूर्ण तैयारी के किसी संदर्भ

समूह की सदस्यता प्राप्त कर लेता है, तो ऐसे में नए समूह के आदर्शों को पूर्णतः आत्मसात् करना उसके लिए चुनौती हो जाती है. वह न तो नए समूह के आदर्शों को पूर्णतः आत्मसात् कर पाता है और न ही पुराने समूह के आदर्शों को पूर्णतः भूल पाता है. भारत में संस्कृतीकरण एवं नगरीकरण की प्रक्रिया के परिणामस्वरूप उत्पन्न, व्यक्तियों की इस मानसिक दुविधा को स्पष्ट रूप में देखा जा सकता है.

संदर्भ-समूह-व्यवहार के सम्बन्ध में वेबलेन के विचार (Thorstein Veblen's View in the Context of Reference Group)

वेबलेन ने विलासी वर्ग के संदर्भ में ही संदर्भ-समूह-व्यवहार की व्याख्या की है. वेबलेन का कहना है कि समाज का प्रत्येक वर्ग अपने से उच्च वर्ग के अनुसार विलास और उपभोग के सम्बन्ध में अनुसरण का प्रयास करता है. इस प्रकार निम्न वर्गों के लिए प्रत्येक उच्च वर्ग एक संदर्भ-समूह है.

निम्न वर्गों के संदर्भ-समूह-व्यवहार के रूप में वेबलेन ने अपने सामाजिक स्तर का आडम्बरपूर्ण प्रदर्शन तथा जीवन-स्तर, व्यवहार-प्रतिमान, वेशभूषा आदि में ऐशो-आराम के तत्वों को शामिल करना बताया है. वेबलेन ने इसका मुख्य कारण मानसिक सन्तोष बताया है. मानसिक सन्तोष के आधार पर ही निम्न वर्ग गर्व का अनुभव करता है और यह समझने लगता है कि वह उच्च वर्ग के ही समान है.

द्वैतीयक समूहों का महत्व

द्वैतीयक समूहों का महत्व निम्नांकित बातों से स्पष्ट किया जाता सकता है—

(1) द्वैतीयक समूह व्यक्ति को उसके कार्य-क्षेत्र में कुशल एवं योग्य बनाने में सहायक होते हैं.

(2) द्वैतीयक समूह नवीन प्रेरणाएं देकर व्यक्ति को अधिक कर्मठ तथा प्रयत्नशील बनाते हैं.

(3) द्वैतीय समूह मानवीय आवश्यकताओं की पूर्ति करते हैं.

(4) द्वैतीयक समूह नवीन आविष्कार होते हैं जिनसे हमारी सभ्यता का विकास होता है.

(5) द्वैतीयक समूह मानव समाज को जागरूकता प्रदान करते हैं.

(6) द्वैतीयक समूह सामाजिक सहिष्णुता में आवश्यक हैं.

(7) ये जीवन में प्रतिस्पर्द्धा और व्यक्तिवादिता को बढ़ाते हैं.

(8) ये सामाजिक गतिशीलता में वृद्धि करते हैं.

(9) ये सभ्यता तथा विशेषीकरण को जन्म देते हैं.

(10) द्वैतीयक समूह के द्वारा हम समस्त विश्व के ज्ञान और विज्ञान के उदार अनुभवों को प्राप्त करते हैं.

भीड़ (Crowd)

समूह का एक वर्गीकरण स्थायित्व के आधार पर भी किया जाता है. भीड़ एक अस्थायी एवं असंगठित समूह है. साधारण बोलचाल में भीड़ का सम्बन्ध हम लोगों के एकट्ठा होने के रूप में सम्मिलित करते हैं. हम अक्सर कह देते हैं कि आज बस में बहुत भीड़ थी, रेलवे स्टेशन पर बड़ी भीड़ है, लेकिन समाजशास्त्रीय दृष्टि से ऐसे असंगठित मिलन को भीड़ नहीं कहा जा सकता, क्योंकि लोगों का ध्यान कोई सामान्य केन्द्र बिन्दु नहीं होता न ही वे परस्पर अन्तःक्रिया करते हैं. उनमें वे मानसिक एवं भावनात्मक विशेषताएँ भी नहीं होती हैं जो एक भीड़ के लिए होनी चाहिए. मनोवैज्ञानिक एवं समाजशास्त्री भीड़ को सामान्य अर्थ से भिन्न प्रकार से परिभाषित करते हैं.

भीड़ की परिभाषा (Definition of Crowd)

भीड़ एक स्थान पर एक वस्तु या घटना के चारों ओर एकत्रित लोगों का असंगठित, अव्यवस्थित एवं अस्थिर समूह है. इसे परिभाषित करते हुए किम्बाल यंग लिखते हैं, "किसी सामान्य केन्द्र या आकर्षण के चारों और पर्याप्त संख्या में एकत्रित लोगों का समूह ही भीड़ है." किम्बाल यंग ने भीड़ के लिए पर्याप्त संख्या में लोगों के एकत्रित होने को ही पर्याप्त नहीं कहा है वरन् यह भी कहा है कि किसी सामान्य ध्यान से केन्द्र के चारों ओर एकीकरण का होना भी आवश्यक है.

मैकाइवर एवं **पेज** लिखते हैं, "भीड़ मनुष्यों का शारीरिक रूप से बना एक ऐसा संगठन है जिसमें एक-दूसरे के साथ प्रत्यक्ष, अस्थायी एवं असंगठित सम्पर्क पाया जाता है."

उपर्युक्त परिभाषाओं से स्पष्ट है कि भीड़ लोगों का एक अस्थायी एवं असंगठित समूह है जो ध्यान के एक केन्द्र बिन्दु के चारों ओर एकत्रित हो जाता है. भीड़ में समान संवेग एवं उद्वेग पाये जाते हैं और व्यक्तिगत चेतना सामूहिक चेतना में बदल जाती है. भीड़ के सदस्यों में समान अनुभूति पायी जाती है.

भीड़ की विशेषताएँ (आवश्यक लक्षण) (Characteristics or Essential Features of Crowd)

(1) **शारीरिक निकटता** (Physical Proximity)—भीड़ निर्माण के लिए यह जरूरी है कि उसके सदस्य शारीरिक रूप से एक-दूसरे से चिपटे हुए हों, उनमें कन्धे-से-कन्धे की रगड़ हो. **किम्बाल यंग** कहते हैं, "भीड़ में लोगों का इतना घनिष्ठ सम्पर्क होना चाहिए कि वे कन्धे-से-कन्धा भिड़ाये हुए हों."

(2) **अस्थायी प्रकृति** (Transitory Nature)—भीड़ की प्रकृति की दृष्टि से अस्थिर होती है–एक समय की दृष्टि से एवं दूसरी विचार और संवेगों की दृष्टि से. समय की दृष्टि से भीड़ शीघ्र बनती है और शीघ्र बिखर जाती है. सड़क पर दुर्घटना होने पर लोग एकत्रित हो जाते हैं और दुर्घटनाग्रस्त व्यक्ति की वहाँ से हटाते ही तितर-बितर हो जाते हैं. **डेविस** कहते हैं, "भीड़ एक अस्थायी तथा क्षणभंगुर सामाजिक समूह है. यह सदैव ही समय पर निर्भर होती है, जिसका न कोई अतीत होता है और न ही भविष्य."

(3) **सीमित आकार एवं क्षेत्र** (Limited size and Aera)—किम्बाल यंग कहते हैं, "भीड़ का फैलाव एक सीमित क्षेत्र के अन्दर ही होता है."

(4) **असंगठित** (Unorganized)—भीड़ असंगठित होती है. इसका कोई नेता हो सकता है, लेकिन इसमें श्रम-विभाजन और पदों की कोई व्यवस्था नहीं होती. इसका न कोई स्थान निश्चित होता है और न समय ही. इसकी अन्तःक्रिया अनियन्त्रित होती है. इसकी सदस्यता के कोई नियम नहीं होते. कोई भी इसकी सदस्यता जब चाहे ग्रहण कर सकता है और जब चाहे छोड़ सकता है.

(5) **ध्यान का सामान्य केन्द्र** (A common point of Attention)—किम्बाल यंग का मत है कि मनोवैज्ञानिक दृष्टि से भीड़ के लिए सामान्य ध्यान का केन्द्र, रुचि एवं वस्तु होनी चाहिए. मदारी के खेल में सभी दर्शकों के ध्यान का केन्द्र-बिन्दु मदारी होता है. अतः उसके द्वारा इकट्ठा किया गया मजमा भीड़ कहलाएगा.

(6) **सीधा सम्पर्क** (Direct Contact)—भीड़ के सदस्यों में शारीरिक समीपता होती है और वे किसी घटना या वस्तु के चारों और इकट्ठे होते हैं. अतः उनमें सीधा सम्पर्क पाया जाता है.

(7) **समानता** (Uniformity)–भीड़ में सभी लोगों के अधिकार समान होते हैं. सामाजिक प्रस्थिति के अनुसार पद एवं स्थिति प्रदान नहीं की जाती.

(8) **अनामिकता** (Anonymity)—भीड़ में किसी भी व्यक्ति को दूसरे व्यक्तियों के नाम व सामाजिक पद का बोध नहीं होता. इसी कारण व्यक्ति भीड़ में निडर होकर हरेक कार्य करता है. जो वह सामान्य दशा में नहीं कर पाता.

(9) **अत्यधिक संकेतग्राही** (Toomuch suggestibility)–"भीड़ अत्यधिक संकेतग्राही होती है. वास्तविक अधिकतम अभिक्रियायें अनुकरणात्मक प्रकार की होती हैं और प्रत्येक व्यक्ति ठीक दूसरे के समान ही कार्य करता है.

(10) **पारस्परिक प्रभाव** (Mutual Influence)–भीड़ में शारीरिक समीपता तथा व्यक्ति कंधे-से-कंधे रगड़कर चलता है तथा एक-दूसरे से जल्दी प्रभावित होते हैं.

(11) **सामूहिक शक्ति की अनुभूति** (Sense of Collective Power)—शारीरिक समीयता एवं कन्धे-से-कन्धे की रगड़ के कारण भीड़ के लोगों को सामूहिक शक्ति की अनुभूति होती है. भीड़ में जाकर व्यक्ति, मारपीट, दंगा, हत्या, अपराध आदि कर बैठता है. उसे मालूम होता है कि सम्पूर्ण समूह उसके साथ है. वह समूह की शक्ति को अपनी शक्ति मानने लगते हैं.

(12) **स्वतः निर्माण** (Spontaneous Formation)—भीड़ का निर्माण योजना के द्वारा नहीं होता है वरन् स्वतः होता है. भीड़ के लिए समय एवं स्थान निर्धारित नहीं किया जाता है. किसी भी समय एवं स्थान पर किसी भी घटना दुर्घटना, तमाशा एवं विशेष स्थिति पैदा होने के कारण व्यक्ति इकट्ठे हो जाते हैं. इसी तरह भीड़ का निर्माण हो जाता है.

भीड़ का वर्गीकरण (Classification or Types of Crowd)—अलग-अलग विद्वानों ने भीड़ का वर्गीकरण अलग-अलग आधारों पर किया है.

मैकाइवर तथा पेज का वर्गीकरण (Classification by Maclver and Page)—मैकाइवर एवं पेज ने रुचि या हित के आधार पर भीड़ का वर्गीकरण चार प्रमुख भागों में किया है. उसे हम चार्ट द्वारा स्पष्ट कर सकते हैं—

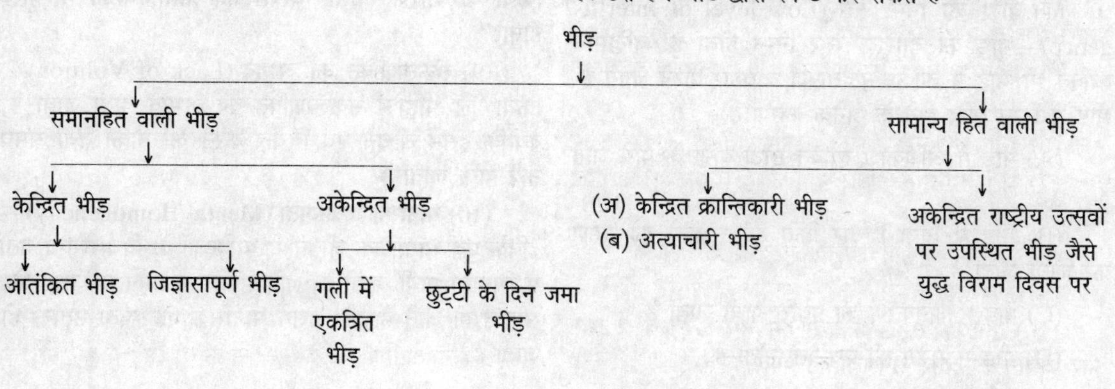

(1) **समान हित वाली भीड़** (Like Interest Crowd)—एक ही कारण के द्वारा जमा भीड़ समान हित वाली भीड़ कही जाएगी, जैसे–प्लेट फोर्म पर जमा व्यक्ति. समान हित वाली भीड़ को मैकाइवर ने केन्द्रित और अकेन्द्रित दो उपभागों में बाँटा है. केन्द्रित भीड़ में मैकइवर ने आतंकित एवं जिज्ञासापूर्ण भीड़ को शामिल किया है. आतंकित भीड़ किसी डर के कारण भागना चाहती है. जिज्ञासु भीड़ किसी घटना के कारण को समझने के लिए इकट्ठी होती है. समान रुचि वाली दूसरे प्रकार की भीड़ आतंकित भी हो सकती है. इसमें वे भीड़ें सम्मिलित की जाती हैं, जो समान रुचि के कारण बिना किसी केन्द्र-बिन्दु के ही इकट्ठी हो जाती हैं. उदाहरण के लिए, छुट्टी के दिन जमा या गली में इकट्ठी भीड़.

(2) **सामान्य हित वाली भीड़** (Common Interest)–ऐसी भीड़ का कारण व्यक्तियों के हित या उद्देश्य के कारण होती है. भीड़ के सभी व्यक्तियों की कोशिश एक ही हित या उद्देश्य की पूर्ति करना होता है. आन्दोलनकारी भीड़ इसका सर्वश्रेष्ठ उदाहरण है. इस प्रकार की भीड़ अपनी माँगें मँगवाने के लिए सामूहिक कोशिश करती है. इस प्रकार की भीड़ अपेक्षाकृत अधिक हिंसक एवं क्रान्तिकारी होती है. इस प्रकार की भीड़ को सामान्य एवं केन्द्रित हित वाली भीड़ कहा जाता है. अकेन्द्रित हित वाली भीड़ किसी त्यौहार, उत्सव, आदि के अवसरों पर मिलती है.

क्रियाशील भीड़ की मानसिक विशेषताएँ (Mental Characteristics of Active Crowd or MOB)

भीड़ का प्रमुख रूप से दो भागों में वर्गीकरण किया जाता है–साधारण भीड़ एवं क्रियाशील भीड़.

किम्बाल यंग लिखते हैं, "क्रियाशील भीड़ वह है जिसमें प्रेम, भय, क्रोध या लड़ाई-झगड़ा पैदा होता है."

हम यहाँ क्रियाशील भीड़ की मानसिक विशेषताओं एवं मनोवैज्ञानिक का उल्लेख करेंगे.

(1) **बुद्धि का निम्न स्तर** (Low level of Interlligence)—भीड़ का बौद्धिक स्तर निम्न होता है. बुद्धिमान व्यक्ति भी भीड़ में आकर मूर्खतापूर्ण व्यवहार करने लगते हैं. भीड़ में निम्न बुद्धि होने के अनेक कारण हैं–

(A) भीड़ में अधिकांश व्यक्ति छोटी बुद्धि के पाये जाते हैं.

(B) भीड़ में बिना विचार किए हुए सुझावों को ग्रहण कर लिया जाता है.

(C) भीड़ में अनुकरण की प्रवृत्ति पायी जाती है.

(D) भीड़ में संवेग की प्रधानता होती है.

(E) क्रियाशील भीड़ में उत्तेजना एवं जोश की प्रबलता होती है जिससे वह अपना विवेक खो बैठता है.

(2) **संवेगात्मकता** (Emotionalism)—क्रियाशील भीड़ में संवेगात्मक उत्तेजना पायी जाती है. इसका कारण यह पाया जाता है कि इस प्रकार की भीड़ में विचार एवं तर्क की अपेक्षा भावनाओं की प्रधानता पायी जाती है.

(3) **सहज विश्वास** (Credulity)—सुझाव ग्रहणशीलता में वृद्धि होने के कारण क्रियाशील भीड़ जल्दी विश्वासी होती है.

(4) **अस्थिरता** (Instability)—भीड़ में विचारों एवं संवेगों की अस्थिरता पायी जाती है. एक क्षण पहले जो भीड़ का नेता है, दूसरे क्षण भीड़ उसे मार-पीट कर भगा देती है.

(5) **समूह शक्ति की अनुभूति** (Feeling of Collective Power)—चूँकि भीड़ में बहुत से लोग होते हैं, इसलिए सदस्यों को उसकी सामूहिक शक्ति का आभास होता है. इसी वजह से भीड़ में आकर व्यक्ति ऐसे कार्य करने को तैयार हो जाता है, जो वह अकेले कभी नहीं कर सकता.

(6) **उत्तरदायित्व की भावना का अभाव** (Lack of Sense of Responsibility)—भीड़ में उत्तरदायित्व का विभाजन हो जाता है तथा व्यक्ति यह जानते हैं कि भीड़ में कोई किसी को नहीं पहचानता, इसलिए भीड़ के किसी भी कार्य के लिए किसी व्यक्ति को उत्तरदायी नहीं ठहराया जा सकता. भीड़ द्वारा किए गए अच्छे-बुरे कार्य के लिए सभी व्यक्ति सामूहिक रूप से उत्तरदायी होते हैं.

(7) **आवेगात्मकता** (Impulsiveness)—भीड़ में आत्म-चेतना नहीं पायी जाती है. भीड़ में उत्पन्न होने वाले विचार इच्छात्मक न होकर आवेगात्मक होते हैं, क्योंकि भीड़ में विचार शक्ति शून्य हो जाती है. भीड़ में व्यक्ति अपनी मूल प्रेरणाओं (Instincts) से प्रेरित होकर व्यवहार करते हैं. इसी वजह से भीड़ अनुत्तरदायी एवं अनैतिक भी होती है.

(8) **सामाजिक सौकार्य** (Social Facilitation)—सामाजिक सौकार्य का अर्थ है–"दूसरे लोगों की उपस्थिति या क्रिया के कारण किसी व्यक्ति की प्रतिक्रियाओं में वृद्धि होना."

(9) **संकल्पशक्ति का अभाव** (Lack of Volition)—क्रियाशील भीड़ में संकल्पशक्ति का अभाव पाया जाता है, क्योंकि इसमें सोचने एवं विचार करने का मौका तथा समय नहीं पाया जाता है.

(10) **मानसिक एकरूपता** (Mental Homogeneity)—दैनिक एवं सामाजिक जीवन में व्यक्तियों के विचारों एवं मतों में भिन्नता पायी जाती है, लेकिन भीड़ में आने पर सभी भेद समाप्त हो जाते हैं और उसमें मानसिक एकरूपता उत्पन्न हो जाती है.

(11) **अनैतिकता की प्रधानता** (Dominace of Immorality)—भीड़ में अनैतिकता की प्रधानता पायी जाती है. भीड़ में व्यक्ति नैतिकता के सभी नियमों का त्यागकर देता है और वह निर्दयी, अत्याचारी, लुटेरा, क्रूर एवं दुष्ट स्वभाव का हो जाता है.

(12) **असम्भावना के विचार की समाप्ति** (Lack of the Notion of Impossibility)—भीड़ में आने पर व्यक्ति को सामूहिक शक्ति का अनुभव होता है, उसमें उत्तेजना, आवेग एवं जोश पाया जाता है, इसलिए वह यह जानने लगता है कि दुनिया के सभी कार्य सम्भव हैं.

(13) **दमित इच्छाओं का प्रकाशन** (Release of Repressed Desires)—सामान्य दिनों में सामाजिक प्रतिष्ठा की हानि एवं नियन्त्रण के कारण व्यक्ति अपनी कई मौलिक इच्छाओं को दबा देता है. ये इच्छाएं भीड़ में पूर्ण कर ली जाती है.

(14) **नेता का अनुसरण** (Following of the Leader)—भीड़ का कोई एक नेता भी होता है. नेता ही भीड़ का आकर्षण-बिन्दु, मार्गदर्शक एवं प्रेणना-स्रोत होता है.

भीड़ व्यवहार की व्याख्या (Explanation of Crowd Behaviour)

(1) **समूह-मन का सिद्धान्त** (The Theory of Group Mind)—इस सिद्धान्त के प्रतिपादकों में ली बॉन तथा मैकडूगल प्रमुख हैं, ली वॉन लिखते हैं, "भीड़ में समस्त व्यक्तियों के उद्वेग एवं विचार एक ही दिशा में क्रियाशील हो जाते हैं और उन व्यक्तियों का चेतनात्मक व्यक्तित्व समाप्त हो जाता है. इसमें एक समूह-मन का निर्माण होता है.

इसी प्रकार ली बॉन 'मानसिक एकता के सिद्धान्त' (Law of mental unity) को जन्म देते हैं. व्यक्ति के मस्तिष्क पर समूह का प्रभाव होता है.

(2) **'अवरुद्ध चालकों की युक्ति' का सिद्धान्त** (Theory of Repressed Drives)—इस सिद्धान्त के प्रतिपादक आस्ट्रिया के मनोवैज्ञानिक फ्रॉयड एवं उनके अनुयायी हैं. फ्रॉयड ने मन को चेतन मन एवं अचेतन मन में विभाजित किया है.

हम दैनिक जीवन में अनेक प्रकार की इच्छाएँ करते हैं जो हमारे चेतन मन में होती हैं और हम उन इच्छाओं को पूरा करने की कोशिश करते हैं, लेकिन कुछ इच्छाएँ ऐसी भी होती हैं जो सामाजिक आदर्शों के विपरीत होती हैं.

ऐसी इच्छाएँ सामाजिक नियमों एवं नियन्त्रण के द्वारा दबा दी जाती हैं. ये इच्छाएँ व्यक्ति के अचेतन मन में छुपी रहती हैं. फ्रॉयड इन्हें 'दमित इच्छाएँ' (Repressed desires) कहा है. भीड़ में आने पर ये दमित इच्छाएँ उभर आती हैं और सामाजिक नियन्त्रण की शिथिलता के कारण वे वहाँ पूरी हो जाती हैं. इसी वजह से भीड़ में व्यक्ति का व्यवहार अलग हो जाता है.

(3) **सामाजिक दशाओं एवं सामाजिक व्यवहार का सिद्धान्त** (Theory of Social Condition and Social Behviour)—मैकाइवर एवं पेज ने लिखा है, "यदि हम विभिन्न स्थानों एवं कालों में भीड़ व्यवहार का विश्लेषण करें तो यह निश्चित रूप से समाज की सामाजिक एवं सांस्कृतिक स्थितियों से सम्बन्धित दिखाई देगी" उदाहरण के लिए, भारत में कोई भी हिंसक भीड़ गाय की हत्या करने या मन्दिरों की तोड़-फोड़ करने के लिए मजबूर नहीं होगी, क्योंकि यह हिन्दू आदर्शों एवं धर्म के विरुद्ध कार्य हैं. भीड़ उग्र होने पर भी अपने मूल्यों, आदर्शों, प्रथाओं एवं सांस्कृतिक व्यवहार की अवहेलना नहीं करती है.

(4) **पारस्परिक उत्तेजना का सिद्धान्त** (Theory of Inter-stimulation)—इस सिद्धान्त के प्रतिपादक आलपोर्ट (Alport) है. आलपोर्ट भीड़ व्यवहार के लिए पारस्परिक उत्तेजना एवं सामाजिक सौकार्य (Social Facilitation) को उत्तरदायी कहा है. भीड़ में बहुत से व्यक्तियों की उपस्थिति होती है जो व्यक्ति के व्यवहार को प्रभावित करती हैं. भीड़ में व्यक्ति का व्यवहार इसलिये असामान्य हो जाता है, क्योंकि वह दूसरे के कार्यों को अपनाता है और दूसरे व्यक्ति उसे उत्तेजना प्रदान करते हैं. वह दूसरे व्यक्तियों की क्रियाओं को अपना लेता है. दूसरे व्यक्ति जैसा कर रहे होते हैं, वह भी वैसा ही करने लगता है.

श्रोता समूह (Audience)

श्रोता-समूह औपचारिक एवं संगठित भीड़ का नाम है. भीड़ के लिए समय व स्थान निश्चित नहीं होता है, उसमें कोई व्यवस्था नहीं पायी जाती है, जबकि श्रोता समूह का समय एवं स्थान निश्चित होता है एवं व्यवस्था पाई जाती है. भीड़ में सामाजिक व्यवस्थाएँ होती हैं, श्रोता-समूह में सामाजिक व्यवस्थाएँ पायी जाती हैं. भीड़ से अधिक श्रोता-समूह में विचारों की प्राधनता होती है. भीड़ एवं श्रोता-समूह दोनों में ही ध्यान का एक केन्द्र-बिन्दु होता है. भीड़ में व्यक्ति का व्यवहार अनियन्त्रित होता है, जबकि श्रोता-समूह में नियन्त्रित है.

श्रोता-समूह की परिभाषा एवं अर्थ (Definition and Meaning of Audience)

किम्बाल यंग ने श्रोता-समूह को एक प्रकार की संस्थात्मक भीड़ (Institutionalized Crowd) कहा है. इस परिभाषा से स्पष्ट है कि जो विशेषताएँ एक संस्था में देखने को मिलती हैं, वहीं श्रोता-समूह में देखी जा सकती हैं. डेविस ने श्रोता-समूह

को सामाजिक संरचना का एक अंग माना है. इस अर्थ में श्रोता-समूह सामाजिक संगठन को बनाये रखने वाला समूह है.

स्पष्ट है कि श्रोता-समूह एक औपचारिक एवं संस्थागत भीड़ है जो किसी पूर्व निश्चित लक्ष्य के लिए निश्चित समय एवं स्थान पर इकट्ठी होती है और जो समूह द्वारा मान्य व्यवहारों को अपनाती है.

श्रोता-समूह की विशेषताएँ (Characteristics of Audience)

(1) प्रत्येक श्रोता-समूह का कोई-न-कोई पूर्व निश्चित लक्ष्य होता है. वे किसी का भाषण सुनने, उपदेश सुनने, सांस्कृतिक कार्यक्रमों एवं उत्सवों को देखने, आदि के उद्देश्य से इकट्ठे होते हैं.

(2) श्रोता-समूह भीड़ की तरह अचानक इकट्ठा नहीं होता है, इसके लिये निश्चित समय एवं स्थान की सूचना दी जाती है.

(3) श्रोता-समूह के व्यक्ति व्यवहार के समाज स्वीकृति ढंगों को अपनाते हैं, क्योंकि वे आरम्भ से अन्त तक एक संगठन के रूप में बने रहते हैं.

(4) श्रोता-समूह के ध्यान को एक स्थान पर केन्द्रित करने के लिए हरेक तरह की व्यवस्थाएँ की जाती हैं. जैसे–स्टेज, रोशनी, माइक आदि जिससे वक्ता एवं कार्यक्रम को लोग देख सकें.

(5) भीड़ की तरह श्रोता-समूह में शारीरिक सम्पर्क निकट का नहीं होता है. इसमें कन्धे-से-कन्धे की रगड़ नहीं होती है. श्रोता-समूह के व्यक्तियों के बैठने या खड़े होने की उचित व्यवस्था होती है. शारीरिक निकटता के अभाव के कारण श्रोता-समूह के सदस्य एक-दूसरे को पारस्परिक उत्तेजना नहीं दे पाते हैं.

(6) श्रोता-समूह के सदस्यों की मानसिक स्थिति अनुकरण करने की होती है. उन्हें वक्ता द्वारा जो सुझाव दिया जाता है, वक्ता यह चाहता है कि वे उसे अपना लें.

श्रोता-समूह के प्रकार (Types of Audience)

ब्रिट (Britt) ने पाँच प्रकार के श्रोता-समूहों का उल्लेख किया है—

(1) **पैदल श्रोता-समूह**—इसमें वे व्यक्ति आते हैं जो पैदल चलते-चलते किसी गीत, तमाशा, भाषण आदि सुनने अथवा जादू का खेल तमाशा देखने के लिए इकट्ठे होते हैं.

(2) **निष्क्रिय श्रोता-समूह**—शान्तचित्त होकर सिनेमा, नाटक, नृत्य, समारोह देखने व सुनने वाले व्यक्ति इस श्रेणी में आते हैं.

(3) **चुना हुआ श्रोता-समूह**—कुछ सभा व समारोह, आदि सभी लोगों के लिए न होकर कुछ विशिष्ट चुने हुए एवं आमन्त्रित लोगों के लिए ही होते हैं.

भीड़ एवं श्रोता-समूह में अन्तर (Distinction between Crowd and Audience)

भीड़	श्रोता-समूह
1. भीड़ का कोई निश्चित समय एवं स्थान नहीं होता है.	1. श्रोता-समूह का समय एवं स्थान पूर्व निश्चित होता है.
2. भीड़ एक अनौपचारिक समूह है.	2. श्रोता-समूह एक औपचारिक समूह है जिसमें व्यवस्था एवं संगठन पाया जाता है.
3. भीड़ अनियन्त्रित होती है.	3. श्रोता-समूह नियन्त्रित होता है.
4. भीड़ में कोई नियम नहीं होते हैं.	4. श्रोता-समूह सामाजिक नियमों, आदर्शों एवं मर्यादाओं का पालन करता है.
5. भीड़ का नेतृत्व अस्थिर एवं परिवर्तनशील होता है.	5. श्रोता-समूह का नेतृत्व स्थिर एवं सुपरिभाषित होता है.
6. भीड़ में वही लोग उपस्थित होते हैं, जो घटना के घटित होते समय वहाँ होते हैं,	6. श्रोता-समूह के सदस्यों को दूर-दूर से आमन्त्रित किया जाता है.
7. भीड़ के सदस्यों में समान भाव एवं संवेग होते हैं.	7. श्रोता-समूह के सदस्यों में मत-भिन्नता एवं तर्कशक्ति के बने रहने के कारण भावनाओं एवं संवेगों की असमानता पायी जाती है.
8. भीड़ में बुद्धि की भिन्नता एवं अनैतिकता की प्रधानता होती है.	8. श्रोता-समूह में बुद्धि एवं नैतिकता पायी जाती है.
9. भीड़ का कोई निश्चित उद्देश्य नहीं होता है.	9. श्रोता-समूह किसी निश्चित उद्देश्य की पूर्ति के लिए एकत्रित होता है.
10. भीड़ में एक व्यक्ति के व्यवहार का दूसरे व्यक्ति पर अधिक प्रभाव पड़ता है.	10. श्रोता-समूह में एक व्यक्ति के व्यवहार का दूसरे व्यक्ति पर अधिक प्रभाव नहीं पड़ता है.

(4) **केन्द्रित श्रोता-समूह**—कुछ सभाएँ चुने हुए या निर्वाचित सदस्यों के लिए ही सीमित होती हैं, उदाहरण के लिए विधान सभा, लोक सभा, मन्त्रिमण्डल, आदि इसी श्रेणी के अन्तर्गत आते हैं.

(5) **व्यवस्थित श्रोता-समूह**—जब किसी समूह को किसी विशेष उद्देश्य हेतु आमन्त्रित किया जाता है और उसके लिए व्यवस्था की जाती है, जैसे–प्रशिक्षण/शिवर, आदि तो इसे व्यवस्थित श्रोता-समूह कहते हैं.

ब्राउन ने दो प्रकार के श्रोता-समूहों का उल्लेख किया है–

(1) आकस्मिक श्रोता-समूह जो बिना किसी पूर्व सूचना के तात्कालिक परिस्थितियों के कारण एकत्रित हो जाता है.

(2) संकल्पिक श्रोता-समूह जिसे किसी उद्देश्य के लिए निश्चित स्थान पर निश्चित समय में इकट्ठे किया जाता है.

जनता
(The Publics)

जनता का अर्थ (The meaning of Pubics)

साधारण बोलचाल में 'जनता' शब्द का अर्थ लोगों से लिया जाता है. परन्तु वास्तव में जनता लोगों का एक भाग है. सामान्य अर्थ में, जनता लोगों का एक विशाल वर्ग है, जिनके समान विचार, रुचि अथवा हित हैं, परन्तु जो संगठित नहीं हैं, बल्कि इधर-उधर तितर-बितर हैं. इस प्रकार जनता विविध प्रकार की होती है, यथा–खेलकूद प्रेमी जनता, अध्ययन प्रेमी जनता आदि. 'जनता' शब्द की कुछेक परिभाषाएँ निम्नलिखित हैं—

(1) "जनता वैयक्तिक अन्तःक्रिया पर आधारित न होकर समान उद्दीपन (Stimuli) के प्रति प्रतिक्रिया–ऐसी प्रतिक्रिया जो सदस्यों के शारीरिक रूप से आवश्यकता निकट न होने के कारण उत्पन्न होती है, पर आधारित लोगों का.एकीकरण है." **–जे. एस. इरोस**

(2) "जनता अन्तर्मुखी हित समूह है, जिसके सामाजिक प्रश्नों पर विभिन्न विचार होते हैं." **–ऑगबर्न**

(3) "शब्द 'जनता' लोगों के समूह के लिये प्रयुक्त होता है. जिनके सामने कोई समस्या है, जो उस समस्या के समाधान के बारे में विभिन्न विचार रखते हैं एवं उस समस्या पर विचार-विमर्श करते हैं." **–हरबर्ट ब्लूमर**

(4) "जनता सामान्य हित अथवा उद्देश्य द्वारा परस्पर सहमत लोगों का समूह है." **–शैटलर**

(5) "जनता किसी विषय पर विभक्त एवं रुचिगत लोगों का समूह है, जो उस पर विचार-विमर्श में लीन हैं, ताकि एक सामूहिक मत का निर्माण हो सके, जो किसी-न-किसी समूह अथवा व्यक्ति के आचरण को प्रभावित करेगा." **–किलियन**

(6) "जनता किसी विशिष्ट विषय में रुचि रखने वाले लोगों का समूह है." **–हार्टन एवं इंट**

इस प्रकार जनता लोगों का समूह है जिसकी किसी विषय में सामान्य रुचि है. इसका संगठित होना अनिवार्य नहीं है. यह एक तितर-बितर समूह हो सकता है. शारीरिक सामीप्य आवश्यक नहीं है. जनता के सदस्य परस्पर अपरिचित हो सकते हैं.

जनता का स्वरूप (Nature of Publics)

(1) **बिखरा हुआ समूह** (A dispersed group)—भीड़ के असमान, जनता बिखरा हुआ समूह है. यह कभी इकट्ठा नहीं मिलता. इसमें अन्तःक्रिया लोक संचरण के माध्यम द्वारा होती है. लोक-संचरण जनता को दूर-दूर तक अपनी सदस्यता बनाने में समर्थ बनाता है. किसी विषय पर विश्व-जनता भी हो सकती है.

(2) **विचारशील समूह** (A deliberative group)—द्वितीय, जनता एक विचारशील सामूहिकता है. जनता की विशेष अन्तःक्रिया प्रक्रिया विचार-विमर्श है. इसमें संवेगात्मक तीव्रता नहीं होती. जनता के सदस्यों में विचारों का आदान-प्रदान एवं नये तथ्यों की खोज. सदस्य किसी विषय पर विचार-विमर्श द्वारा सहमति पर पहुँचने का प्रयत्न करते हैं.

(3) **निश्चित विषय** (A definite issue)—जनता के सम्मुख कोई निश्चित विषय होता है. जनता के सदस्यों में एक ही सामान्य बात मिलती है और वह है उनकी किसी विषय में रुचि. यह विषय राजनीतिक, आर्थिक, स्थानीय, राष्ट्रीय एवं अन्तर्राष्ट्रीय कोई भी हो सकती है. जनता का निर्माण उसी समय होता है, जब कोई विषय उत्पन्न होता है.

(4) **संगठन का अभाव** (Lack of Organization)—जनता का कोई संगठन नहीं होता. इसमें लोगों की कोई निश्चित स्थिति भूमिकाएँ नहीं होती. इसमें कोई 'हम-भावना' (We-feeling) नहीं होती. जनता एक आकारहीन समूह है, जिसका आकार एवं जिसकी सदस्यता विषय के अनुसार बदलते रहते हैं.

(5) **मतभेद** (Disagreement)—जनता में मतभेद एवं वाद-विवाद पाया जाता है. जनता में वाद-विवाद आरम्भ होता है, जिसके दौरान तर्क दिये जाते हैं, आलोचना की जाती है तथा प्रतितर्क प्रस्तुत किये जाते हैं. इसमें तर्क-वितर्क पाया जाता है.

(6) **स्व-जागरूकता** (Self-awareness)—जनता का सदस्य आत्मा एवं आत्महित के प्रति जागरूक होता है. उस पर दूसरों की उत्तेजक उपस्थिति का कोई प्रभाव नहीं पड़ता. वह किसी विषय में रुचि लेता है, उस पर विचार-विमर्श करता है तथा उस पर निर्णय में सम्बन्धित होता है. निस्संदेह कुछ लोगों की अन्य की अपेक्षा उस विषय में अधिक रुचि हो सकती है.

जनता के स्वरूप के बारे में निम्नलिखित बातों पर भी ध्यान दिया जा सकता है—

(1) जनता के केन्द्रीय (Ore) एवं तृतीय (Fringe) सदस्य होते हैं. केन्द्रीय सदस्य वे होते हैं जो किये गये निर्णय पर सर्वाधिक प्रभाव डालते हैं.

जनता तथा भीड़ में अन्तर

(Difference between Public and Crowd)

जनता तथा भीड़ में कुछेक बातें सामान्य हैं. दोनों व्यक्तियों की समग्रताएँ हैं तथा साधारणतया असंगठित होती हैं. परन्तु दोनों समग्रताओं का स्वरूप भिन्न है—

भीड़ (Crowd)	जनता (Public)
1. भीड़ के सदस्यों में शारीरिक समीप्य होता है.	1. जनता के सदस्य अनेक स्थानों पर बिखरे हुये होते हैं.
2. भीड़ जनता की अपेक्षा कम विशाल समूह है.	2. जनता भीड़ की अपेक्षा अधिक विशाल समूह है.
3. (a) भीड़ पर 'बोले हुए' शब्दों का प्रभाव पड़ता है,	3. (a) जनता 'प्रकाशित शब्दों' से प्रभावित होती है.
(b) भीड़ में सम्पर्क के माध्यम से संक्रामक प्रभाव फैलता है.	(b) जनता में सम्पर्क के बिना ही ऐसा प्रभाव हो जाता है.
4. (a) भीड़ में उत्तेजना एक साथ फैलती है.	4. जनता में यह बिखरी हुई होती है.
(b) भीड़ जनता की अपेक्षतया अधिक सुझाव ग्रहणीय होती है.	
5. (a) भीड़ में कोई आलो-चनात्मक विचार-विमर्श सम्भव नहीं होता.	5. (a) जनता में विषय पर आलोचनात्मक ढंग से विचार-विमर्श होता है.
(b) भीड़ अस्थायी एवं संवेगात्मक होती है.	(b) जनता भीड़ की भाँति मार-पिटाई प्रक्रिया, तीक्ष्ण ध्यान बिन्दु, संवेगात्मक महनता एवं भावनात्मक सहमति प्रदर्शित नहीं करती.

(2) जनता की रचना निरन्तर परिवर्तित होती रहती है, जब किसी विषय पर लोगों की रुचि उत्पन्न होती है अथवा ठंडी पड़ जाती है.

(3) एक व्यक्ति एक ही समय अनेक जनताओं का सदस्य हो सकता है.

(4) जनता में गुट सम्मिलित होते हैं.

(5) आधुनिक समाज में अधिकांश सामाजिक परिवर्तन का निर्णय प्रजातंत्र में होता है.

(6) जनता जितनी अधिक होगी तथा उनका आकार जितना विशाल होगा, प्रजातन्त्र उतना ही अधिक होगा.

सामाजिक दूरी

(Social Distance)

'सामाजिक दूरी' की अवधारणा का समाजशास्त्र में सर्वप्रथम प्रयोग जॉर्ज सिमेल के द्वारा हुआ था. ई. एस. बोगार्डस ने पूर्वाग्रह सम्बन्धी मनोवृत्ति के माप के क्षेत्र में इस अवधारणा का प्रयोग सबसे पहले किया. व्यक्तियों तथा समूहों के मध्य पृथक्करण की भावना या वास्तविक पार्थक्य, सीमित सामाजिक सम्बन्ध अथवा सामाजिक अन्तःक्रियाओं में किसी प्रकार की बाधा सामाजिक दूरी का इशारा देती है. सामाजिक दूरी की भावना में प्रायः भय तथा विद्वेष निहित होता है. लेकिन अनेक बार सामाजिक दूरी समाज की भूमिका एवं प्रस्थिति की संरचना का एक हिस्सा होती है. तब यह समाज द्वारा मान्यता प्राप्त एवं अपेक्षित भी मानी जाती है.

एक व्यक्ति की अन्य समूह के प्रति पसन्द और नापसन्द की मनोवृत्ति को मालूम करने के लिये सामाजिक दूरी को बोगार्डस ने आधार बनाया, उसने अमरीका में रह रहे चालीस विभिन्न राष्ट्रीयता से सम्बन्धित, 1,725 अमरीकन सूचनादाताओं से अनेक प्रश्न पूछे और प्रत्येक प्रश्न दूरी की एक श्रेणी से जुड़ा हुआ था. उसने सूचनादाताओं से इस प्रकार के प्रश्न पूछे कि वे एक विशेष राष्ट्रीयता से जुड़े व्यक्ति को विवाह साथी के रूप में क्लब के सदस्य के रूप में, पड़ोसी के रूप में या अपने ही समान व्यवसाय में नियोजन देने आदि में से क्या पसन्द करेंगे ? उनकी पसन्द और नापसंद के आधार पर उसने सामाजिक दूरी से सम्बन्धित कई एक नतीजे मालूम किये और यह ज्ञात हुआ कि अमरीका के लोग दूसरी राष्ट्रीयता के लोगों को पसन्द नहीं करते अथवा उनके मन में उनके प्रति निम्न स्थान है.

उपर्युक्त वर्णन के बाद गिडिन्स ने सामाजिक दूरी को परिभाषित करने की कोशिस की. उन्होंने लिखा है, "जब व्यक्ति जोकि एक-दूसरे को अच्छी तरह नहीं जानते, परस्पर अन्तःक्रिया करते समय स्थानिक अलगाव (Spatial separation) बनाये रखते हैं तो उसे सामाजिक दूरी कहते हैं."

सामाजिक दूरी के प्रकार

सामाजिक दूरी को दो भागों में विभाजित किया है—

(1) क्षैतिज सामाजिक दूरी

(2) उदग्र सामाजिक दूरी

(1) **क्षैतिज सामाजिक दूरी** (Horizontal Social Distance)—जब व्यक्तियों या समूहों के मध्य मौजूद सामाजिक दूरी समान पद व्यवस्था पर निर्भर रहती है तथा परस्पर उच्च निम्न का भाव नहीं पाया जाता है इस प्रकार इसे क्षैतिज सामाजिक दूरी कहा जाता है. क्षैतिज सामाजिक दूरी स्वच्छन्द अन्तःक्रिया में कम या अधिक बाधाओं की सूचना देती है. उदाहरण के लिए, एकसी महाविद्यालय में कार्य करने वाले विभिन्न प्राध्यापकों के मध्य पाये जाने वाली सामाजिक दूरी को क्षैतिज सामाजिक दूरी कहेंगे. इस दूरी का एक कारण उनमें परस्पर सामाजिक अन्तःक्रिया न होना है. अन्तःक्रिया के अभाव के कई कारण हो सकते हैं, जैसे उनके पढ़ाने के समय अलग-अलग हों, विषयों की विभिन्नता तथा आवास की दूरी, आदि.

(2) **उदग्र सामाजिक दूरी** (Vertical Social Distance)—इस प्रकार की सामाजिक दूरी असमान सामाजिक स्तर वाले व्यक्तियों या समूहों के मध्य पाई जाती है. उदाहरण के लिये, भारतीय जाति व्यवस्था में द्विज जातियों एवं अस्पृश्य जातियों के मध्य पाई जाने वाली सामाजिक दूरी को उदग्र सामाजिक दूरी कहा जाएगा. इस प्रकार की सामाजिक दूरी में परस्पर भय तथा विद्वेष की भावना पाई जाती है तथा घनिष्ठता का अभाव पाया जाता है फिर भी सामाजिक संस्तरण वाले समाजों में सामाजिक दूरी को वैध और वांछित मानते हैं. इस प्रकार के समाजों में सामाजिक दूरी समाज में प्रस्थित तथा भूमिका की संरचना का एक हिस्सा होता है. दूसरे शब्दों में उदग्र सामाजिक दूरी, सामाजिक संस्तरण व्यवस्था का अभिन्न अंग होता है.

बोगार्डस ने सामाजिक दूरी को मापने का एक अनूठी कोशिश की है. यहाँ हम बोगार्डस के सामाजिक दूरी मापक पैमाने का संक्षेप में वर्णन करेंगे.

बोगार्डस का सामाजिक दूरी मापक पैमाना

सामाजिक दूरी मापन के लिये बोगार्डस ने एक पैमाने का निर्माण किया जिसको बोगार्डस सामाजिक दूरी मापक पैमाना कहा जाता है. इसके निर्माण में बोगार्डस ने स्वयं अपने निर्णयों एवं अनुभवों का उपयोग किया है, साथ ही उसने सामाजिक दूरी के अंशों के निर्धारण के लिये एक बड़ी संस्था में निर्णायकों की सहायता ली. बोगार्डस का यह पैमाना उच्चतम आत्मनिष्ठ (Mighty Subjective) मनोवृत्तियों को मापने के लिये हैं.

(1) किसी विषय से सम्बन्धित व्यक्तियों की मनोदशा ज्ञात करने के लिये इस पैमाना में सर्वप्रथम सामाजिक दूरी की समान श्रेणियों को दर्शाने वाले सम्बन्धों का एक बड़ी संख्या में चुनाव किया जाता है.

(2) बोगार्डस ने बड़ी संख्या में इस प्रकार के सम्बन्धों का चयन करके सौ निर्णायकों को बाँटा और उन्हें कहा कहा कि उन्हें ऐसे बाँट दें जिससे कि सामाजिक दूरी बढ़ती या घटती हुई प्रतीत हो. इस प्रकार व्यवस्थित सम्बन्धों के विभिन्न स्तरों में से बढ़ती हुई सामाजिक दूरी की तीव्रताओं के आधार पर इन पदों में से सात पदों का चुनाव किया तथा एक से सात तक विभिन्न स्तरों वाले पदों को स्वैच्छिक अंक प्रदान किये जो क्रमशः इसी अनुपात में बढ़ती हुई दूरी का प्रतिनिधित्व करते हैं. उपर्युक्त सात पदों के आधार पर बोगार्डस ने विभिन्न समूहों के प्रति लोगों की मनोवृत्ति का पता लगाया कि वे आपस में कितना निकट या दूर का सम्बन्ध रखना चाहते हैं. विभिन्न प्रजातियों के सम्बन्ध में लोगों की मनोवृत्ति जानने के लिये बोगार्डस द्वारा प्रयुक्त पैमाने का एक उदाहरण इस प्रकार है–

प्रजातीय दूरी मापक पैमाना

क्र.	वर्ग	अंग्रेज	स्वीडिश	पोलिश	कोरियन
1.	विवाह करने की स्वीकृति				
2.	अपने देश के बाहर निकाल देने की इच्छा				
3.	देश में केवल यात्री के रूप में अनुमति देने को तैयार				
4.	अपने देश में नागरिक के रूप में स्वीकार करने को तैयार				
5.	एक ही दफ्तर में साथ काम करने को तैयार				
6.	पड़ोस में रहने की स्वीकृति				
7.	क्लब में साथी बनाने की स्वीकृति				

यह अनुसूची पैमाना 1,725 अमरीकन नागरिकों में उनकी मनोवृत्ति जानने के लिये वितरित किया गया. साथ ही उन्हें अग्रकांकित निर्देश दिये गये—

(1) प्रत्येक अवस्था में दायें तरफ के वाक्य को देखते ही तुरन्त जो भावात्मक प्रतिक्रिया आपके मन में आए वही लिखें.

(2) अपनी प्रतिक्रिया प्रत्येक प्रजाति को एक समूह मानकर दीजिए. समूह के अपने परिचित उत्कृष्ट या निकृष्ट सदस्यों के प्रति अपनी प्रतिक्रिया मत दीजिए.

(3) प्रत्येक प्रजाति के खाने में सात वर्गों के समाने-निशान लगायें जिनसे आप सहमत हों.

इसके बाद प्रत्येक प्रजाति वर्ग के सम्बन्ध में सम्बन्धों की प्रत्येक श्रेणी का कुल योग ज्ञात किया गया और इसको प्रतिशत में लिख दिया गया. कुल 1,725 उत्तरदाताओं को 100 मानकर उसके अनुपात में सभी स्तरों को सारणी द्वारा निम्न प्रकार व्यक्त किया जा सकता है–

प्रजाति	विभिन्न श्रेणी के सम्बन्धों के लिए % में स्तर						+
	1	2	3	4	5	6	7
अंग्रेज	93.7	96.7	97.3	95.4	95.9	1.7	1.9
स्वीडिश	45.2	62.1	75.3	78.0	86.0	5.4	1.0
पोलिश	11.0	11.6	28.3	44.3	58.3	19.7	4.7
कोरियन	1.1	6.8	13.0	21.4	23.7	47.1	19.1

उपर्युक्त सारणी से अमरीका में बसे विभिन्न अल्पतम समूहों के प्रति अमरीका के नागरिकों की मनोवृत्ति मालूम होती है. सामाजिक दूरी को क्रमशः बढ़ती हुई दिखाने के लिये एक से सात अंक दिये गये हैं. दूरी का न्यूनतम अंक या स्तर निकटता का सूचक है और बड़ा अंक-क्रमशः बढ़ती हुई दूरी का प्रतीक है. प्रत्येक स्तर के सम्बन्धों के नीचे अमरीकी लोगों की मनोदशा का प्रतिशत दिया गया है जिससे यह ज्ञात होता है कि विभिन्न अल्पतम समूह के साथ अमरीकन लोगों का कितना प्रतिशत किस प्रकार के सम्बन्ध रखने को तैयार हो सकता है. इस प्रकार प्राप्त हुई सामाजिक दूरी के माप को ग्राफ द्वारा भी प्रदर्शित किया जा सकता है.

सापेक्ष वंचना (हीनता)
(Relative Deprivation)

सापेक्षिक वंचना (हीनता) की अवधारणा का सर्वप्रथम प्रयोग प्रो. सेमुअल स्टाउफर एवं उसके साथियों ने 1949 में अमरीकन सिपाहियों के अध्ययन के समय किया. बाद में रॉबर्ट के. मर्टन ने अपनी पुस्तक 'Social Theory and Social structure', 1961 में इसे और विस्तृत रूप दिया तथा सन्दर्भ समूह की विचारधारा के साथ इसे जोड़ दिया.

सापेक्ष वंचना को परिभाषित करते हुए **हारालॉम्बोस** लिखते हैं–"सापेक्ष वंचना (हीनता) से तात्पर्य आत्मनिष्ठ रूप (Subjectively) से बोध की गई वंचना से है जिसे व्यक्ति वास्तव में अनुभव करते हैं."

गिडिन्स के अनुसार, "वंचना की भावना एक समूह से सम्बन्धित है जिससे एक व्यक्ति अपनी तुलना करता है."

इस सिद्धान्त से ज्ञात होता है कि व्यक्ति अपनी परिस्थितियों का मूल्यांकन किस प्रकार से करते हैं, यह इस बात पर निर्भर है कि वे अपनी तुलना किससे करते हैं.

सापेक्षिक वंचना (हीनता) एक ऐसी स्थिति है जिसमें व्यक्ति अपनी परिस्थितियों को दूसरे व्यक्तियों (सन्दर्भ समूह) की तुलना में हीन एवं कमजोर महसूस करता है. उदाहरण के लिये, एक गरीब व्यक्ति अमीर व्यक्ति के सम्मुख अपने आपको हीन मानता है. इस प्रकार से वंचना या हीनता की भावना सापेक्षिक है, क्योंकि इसकी माप किसी निरपेक्ष या स्थायी मानदण्ड के आधार पर सम्भव नहीं है. उदाहरण के लिये, सामान्यतया यह माना जाता है कि मध्यम वर्ग की तुलना में गरीबा लोग अधिक वंचित हैं या हीन भावना से ग्रसित हैं.

हारालाम्बोस कहते हैं कि केलिफोर्निया के मध्यमवर्गीय हिप्पियों पर सापेक्ष वंचना की अवधारणा सही अर्थों में लागू होती है. ये हिप्पी भौतिकवादी मूल्यों एवं उपलब्धियों को नकारते हैं और उसके स्थान पर ईश्वर में ध्यान लगाने में अधिक सन्तुष्टि महसूस किया करते हैं.

अतः सापेक्ष वंचना सीधे भौतिक गरीबी से जुड़ी हुई नहीं है. एक परिवार जो मलिन बस्ती में एक कमरे में रहता है वह उस क्षेत्र के दूसरे परिवारों से हीनता महसूस नहीं करेगा, क्योंकि वहाँ सभी लगभग इसी दशा में रहते हैं. इसकी तुलना में वह परिवार जो किसी सम्पन्न गाँव में एक कमरे में रहता है अधिक हीन भावना महसूस करेगा, क्योंकि उस गाँव में दूसरे परिवार अच्छे मकानों में रहते हैं.

भारतीय सन्दर्भ में अनुसूचित जातियों, जनजातियों एवं कमजोर वर्गों के लोग द्विज जातियों की तुलना में अधिक हीन भावना महसूस करते हैं, क्योंकि उन्हें अनेक सामाजिक, आर्थिक, धार्मिक, शैक्षणिक एवं राजनीतिक अधिकारों से वंचित रखा गया है. इस प्रकार सापेक्ष वंचना तुलनात्मक होती है. निरपेक्ष नहीं और इसकी माँग की कोई स्थायी इकाई भी नहीं होती है.

सापेक्ष वंचना के क्षेत्र में स्टाउफर एवं उसके साथियों द्वारा किया गया अमरीकन सिपाहियों का अध्ययन सर्वाधिक चर्चित एवं महत्वपूर्ण है.

स्टाउफर ने अमरीकन सिपाहियों की महत्वाकांक्षा का अध्ययन किया तथा उनके व्यवहार एवं कुण्ठाओं के अध्ययन को सन्दर्भ समूह से जोड़ा.

सापेक्ष वंचना की विचारधारा इस बात को मालूम करने में सहायता देती है कि एक व्यक्ति को अपनी प्रस्थिति एवं व्यवसाय या कार्य में संतोष प्रदान करने में शिक्षा की क्या भूमिका होती है. अधिक पढ़े-लिखे एवं कम पढ़े-लिखे व्यक्ति सेना पदोन्नति के अवसरों को किस प्रकार से अपनी स्वीकृति या आलोचना का अंग बनाया करते हैं. स्टाउफर ने अपने अध्ययन में यह हासिल किया कि उच्च शिक्षा पाने वाले व्यक्तियों को जब सेना में उनकी आकांक्षाओं के अनुरूप पद नहीं पाते हैं, तो वे स्वयं अपनी निगाहों में तथा अपने मित्रों की निगाहों में हीन भावना महसूस करते हैं. इस प्रकार से दूसरे लोगों की तुलना में ऐसे व्यक्तियों में निराशा अधिक बढ़ जाती है जब वे अपने द्वारा वांछित उद्देश्यों को प्राप्त नहीं कर पाते हैं.

स्टाउफर ने अपने अध्ययन में हासिल किया कि समान स्तर की शिक्षा प्राप्त मिलिट्री पुलिस में काम करने वाले व्यक्ति एयर फोर्स में कार्य करने वाले व्यक्ति की तुलना में अधिक सन्तोष का अनुभव करते थे, क्योंकि उनके पदोन्नति के अवसर अधिक थे.

स्टाउफर के अध्ययन को मर्टन ने व्यवस्थित रूप देने की कोशिश की. उसने कहा सन्दर्भ समूह सापेक्षिक हीनता के कारण बनता है. ये सन्दर्भ समूह दो प्रकार के हो सकते हैं—

प्रथम, सदस्यता वाले समूह (Membership group) तथा द्वितीय, असदस्यता वाले समूह (Non-membership group)

एक व्यक्ति उस समूह से भी तुलना कर सकता है जिसका कि वह स्वयं सदस्य होता है तथा उस समूह से भी तुलना कर सकता है जिसका वह सदस्य नहीं है. असदस्यता वाले समूह उसकी अपनी प्रस्थिति के समान और असमान दोनों प्रकार के हो सकते हैं.

इस तरह से सापेक्ष हीनता सन्दर्भ समूह निर्माण का आधार है. सापेक्षिक हीनता का आशय यह है कि व्यक्ति सन्दर्भ समूह को अपने से उच्च जानता है तथा उसके दिमाग में अपने प्रति हीनता का भाव दिखाई पड़ता है. उदाहरण के लिये एक 'बाबू' ऊँचा अधिकारी बनना चाहता है, वह अधिकारी इसलिये बनना चाहता है कि वह 'बाबू' पद के लिये हीनता का भाव महसूस करता है और जब वह अधिकारी से अपनी तुलना करता है, तो वह स्वयं को वह अधिकारी से नीचा मानता है. अतः हीनता के भाव के कारण वह अपना सन्दर्भ समूह 'अधिकारी समूह' की बना लेता है.

सापेक्ष वंचना की विचारधारा सन्दर्भ समूह व्यवहार की व्याख्या करने का एक प्रकार से यन्त्र है साथ ही यह इस बात को भी उजागर करती है कि व्यक्ति किन बातों को लेकर सन्तुष्ट या असन्तुष्ट हैं. यह विचारधारा व्यक्ति के स्वयं का मूल्यांकन करने और उसकी मनोवृत्तियों का निर्माण को पता करने में भी सहायता प्रदान करती है. अमरीकन सिपाहियों के अध्ययन में प्रयुक्त सापेक्ष वंचना की विचारधारा भावी आनुभाविक अध्ययनों (Empiricalstudy) में सैद्धान्तिक रूप से स्पष्टीकरण करने वाली उत्प्रेरक तथा समस्याओं के निर्माण में सहायता प्रदान करती हैं.

सापेक्ष वंचना के आधार पर हम सामाजिक आन्दोलनों, सामाजिक आन्दोलनों, सामाजिक क्रान्ति एवं विद्रोहों की पृष्ठभूमि एवं कारणों को भी समाजशास्त्रीय परिप्रेक्ष्य में जानकारी ले सकते हैं.

समाजशास्त्रियों के अनुसार, किसी आन्दोलन का जन्म उस समय भी हो सकता है जब समाज में ऐसे व्यक्ति ज्यादा हों जिन्हें सुविधाओं से वंचित किया गया हो या कुछ व्यक्तियों को विशेषाधिकार एवं अधिक सुविधाएँ प्राप्त हों तथा कुछ को इनसे वंचित किया गया हो, उसके लिये इन लाभों एवं सुविधाओं को हासिल करने के लिये रास्ते कठिन या अवरुद्ध हों. ऐसी स्थिति में व्यक्तियों में असन्तोष उत्पन्न होना और वह एक आन्दोलन के रूप में अभिव्यक्त होना है. उदाहरण के लिए, भारत में अस्पृश्य जातियों एवं जनजातियों द्वारा भौतिक सुविधाएँ प्राप्त करने के लिए किए गए आन्दोलन सापेक्ष वंचितता के कारण ही थे. समाज में इनको जिन सामाजिक, धार्मिक, राजनीतिक, आर्थिक एवं शैक्षणिक सुविधाओं में वंचित किया गया था उन्हें प्राप्त करने के लिये ही ये आन्दोलन हुए. इस प्रकार से अमरीका में 'नागरिक अधिकार आन्दोलन' (Civi Right Movement) एवं नारी स्वतन्त्रता आन्दोलन (Women Liberty Movement) भी सापेक्ष वंचितता के कारण हुए.

सापेक्ष वंचितता का सिद्धान्त दो भिन्न उपागमों या आधारों पर विकसित हुआ–एक सामाजिक गतिशीलता के सन्दर्भ में तथा दूसरा, सामाजिक संघर्ष के सन्दर्भ में. सामाजिक गतिशीलता के सन्दर्भ में सापेक्ष वंचितता की विचारधारा का प्रयोग सन् 1950 में अमरीकन समाजशास्त्री रॉबर्ट के मर्टन ने तथा 1966 में रनसीमैन (Runciman) ने सन्दर्भ समूह (Reference Group) की विचारधारा के विकास के तहत् किया. मर्टन ने ही इसकी व्यवस्थित रूप में एवं विस्तार से व्याख्या की और इस आधार पर सामाजिक गतिशीलता का विश्लेषण किया. रनसीमैन ने मर्टन का अनुगमन किया और सन्दर्भ समूहों के सम्बन्धों का विकास

किया. उसने विषमता एवं सामाजिक न्याय की समस्याओं के सन्दर्भ में भी सापेक्ष वंचितता की विचारधारा का प्रयोग किया. इस उपागम में सापेक्ष वंचितता को सामाजिक गतिशीलता के अध्ययन का आधार माना गया, जोकि प्रतिस्पर्द्धा एवं सकारात्मक सन्दर्भ समूह व्यवहार के कारण उत्पन्न होती है.

इस उपागम के विपरीत मार्क्स एवं अबेल (Aberle) द्वारा विकसित सापेक्ष वंचितता का संघर्ष उपागम है. मार्क्स एवं एंजिल्स का विचार था कि समाज में यथास्थिति के प्रति असन्तोष तुलनात्मक अपेक्षाओं (Relative expectation) के कारण उत्पन्न होता है. अबेल ने वैधानिक अपेक्षाओं एवं वास्तविकता के बीच अन्तर को ही सापेक्ष वंचितता कहा जाता है (Discrepancy between Legitimate Expectations and Actuality).

गूर (Gurr) ने अपनी पुस्तक 'Why men Rebel' में सापेक्ष वंचितता की विचारधारा के बारे में अनेक स्पष्टीकरण दिये हैं. उसने सापेक्ष वंचितता का उल्लेख अपेक्षाओं के सन्दर्भ में ही नहीं किया, अपितु उसे क्षमता (Capability) के साथ भी जोड़ा है. वह अपेक्षाओं एवं क्षमताओं के बीच अन्तर (Gap between Expectation and Capabilities) को ही तुलनात्मक वंचितता कहता है. यह वंचितता हमें समाज के तीन मूल्यों–आर्थिक दशाओं, राजनीतिक शक्ति एवं प्रस्थिति में देखने को मिलती है. अपेक्षाओं एवं क्षमताओं में अन्तर तीन कारणों से उत्पन्न हो सकते हैं–

(i) जब अपेक्षाएं तो स्थिर हों लेकिन क्षमताएं घर जाएँ,

(ii) जब अपेक्षाएँ बढ़ जाएँ, लेकिन क्षमताएं घट जाएँ,

(iii) जब अपेक्षाएं बढ़ जाएं, लेकिन क्षमताएं एक जैसी बनी रहें और उन्हें पूरा नहीं कर पाएँ तो सापेक्ष वंचितता पैदा होती है.

इस प्रकार सापेक्ष वंचितता सामाजिक आन्दोलन को जन्म देने के लिए उत्तरदायी है, लेकिन एकमात्र यही कारण सामाजिक आन्दोलन को जन्म नहीं देता है वरन् इसके साथ दूसरे कारण भी जुड़े हुये हैं. यह तो उसकी एक जरूरी दशा है.

प्रजाति
(Race)

समाजशास्त्र में अन्य सामाजिक तथा प्राकृतिक विज्ञानों की तरह कुछ इस प्रकार के मूल शब्दों का प्रयोग किया जाता है, जिसे हम समाजशास्त्र की विचारधाराएं पुकार सकते हैं. इन विचारधाराओं का स्पष्टीकरण समाजशास्त्र को समझाने के लिए आवश्यक है. प्रजाति, संस्कृति, समाज, समूह, प्रस्थिति, भूमिका, सामाजिक संगठन, संरचना एवं प्रकार्य, समिति, संस्था तथा समुदाय इत्यादि अनेक प्रकार की समाजशास्त्रीय विचारधाराएं हैं जिनकी ठीक प्रकार से समझे बिना हम समाजशास्त्रीय घटनाओं की विवेचना नहीं कर सकते और न ही इस विषय का गहन ज्ञान ही प्राप्त कर सकते हैं.

प्रजाति की अवधारणा
(Concept of Race)

प्रजाति (जिसे नस्ल भी कहा जाता है) एक बहुचर्चित अवधारणा है जो आज भी अनेक देशों में रंग भेद नीति का प्रमुख आधार है. यह एक जैवकीय अवधारणा है, जिसका प्रयोग एक समाज शारीरिक लक्षणों वाले समूह के लिए होता है. ये शारीरिक लक्षण प्रजातीय शुद्धता की स्थिति में, पीढ़ी-दर-पीढ़ी हस्तांतरित होते रहते हैं, कुछ पश्चिमी देशों के व्यक्ति अपने को उच्च प्रजातियों के व्यक्ति कहते हैं और इसे अपने विकसित संस्कृति का मूल आधार कहते हैं. दक्षिण अफ्रीका में प्रजातीय आधार पर रंग-भेद नीति और काले-गोरे में श्रेष्ठता तथा निम्नता आज भी देखी जा सकती है. भारतीय सन्दर्भ में प्रजातीय भिन्नता के सन्दर्भ में यह कह सकते हैं कि यहाँ संसार की सभी प्रमुख प्रजातियों के व्यक्ति और रहने लगे जिसके परिणामस्वरूप प्रजातियों का इतना अधिक मिश्रण हुआ कि सर हरवर्ट रिजले (Sir Herbert Risle) जैसे विद्वानों ने भारत को प्रजातियों का अजायबघर (Museum of Races) ही कहा.

प्रजाति की अवधारणा के स्पष्टीकरण की दिशा में पहला कार्य इनको परिभाषित करने का है. यह एक प्राणीशास्त्रीय समूह है जिसके सदस्यों में सामान्य शारीरिक लक्षण दिखाई पड़ते हैं. प्रमुख विद्वानों ने इसे निम्नलिखित प्रकार से स्पष्ट करने की कोशिश की है–

(1) **होबेल** के अनुसार, "प्रजाति एक प्राणीशास्त्रीय समूह है, जोकि शारीरिक लक्षणों का विशिष्ट योग धारण करता है."

(2) **मैकाइवर** तथा **पेज** के अनुसार, "प्रजाति एक ऐसा विस्तृत मानव समूह है जो सामान्य रूप से एक ही वर्ग में पायी जाने वाली शारीरिक विशेषताओं के कारण दूसरे विस्तृत मानव समूह से भिन्नता के कारण आनुवंशिकता रखता हो."

(3) **मजूमदार** के अनुसार, "यदि कोई मानव समूह कुछ सामान्य शारीरिक लक्षणों से युक्त होने के कारण दूसरे वृहत् मानव समूह से पृथक् किया जा सकता है, चाहे इस मानव समूह के सदस्य दूर-दूर तक फैले हों, वह एक प्रजाति है."

(4) **रेमण्ड फिर्थ** के अनुसार, "प्रजाति वह समूह है जिसके कुछ वंशानुक्रमण द्वारा निर्धारित सामान्य लक्षण हैं."

(5) **क्रोबर** के अनुसार, "प्रजाति एक प्रमाणित प्राणीशास्त्रीय अवधारणा है. यह वह समूह है जो कि वंशानुक्रमण,

नस्ल, प्रजातीय गुणों अथवा उपजातियों के द्वारा जुड़ा हुआ है."

उपर्युक्त परिभाषाओं के विश्लेषण से यह स्पष्ट हो जाता है कि प्रजाति वह मानव समूह है जिसके शारीरिक लक्षण एक समान होते हैं तथा ये लक्षण व्यक्तियों को जन्म से ही प्राप्त हो जाते हैं. एक प्रजाति अपने शारीरिक लक्षणों के कारण ही दूसरी प्रजाति से अलग होती है. प्रजाति के लक्षण पीढ़ी-दर-पीढ़ी हस्तांरित होते हैं. इन परिभाषाओं से प्रजाति की अवधारणा के बारे में निम्नलिखित लक्षण स्पष्ट होते हैं–

(1) प्रजाति एक विस्तृत मानव समूह है.

(2) इस मानव समूह में सामान्य शारीरिक लक्षण पाये जाते हैं.

(3) प्रजातीय लक्षण पीढ़ी-दर-पीढ़ी हस्तांरित होते हैं.

(4) विभिन्न प्रजातियों के शारीरिक लक्षण भिन्न-भिन्न होते हैं.

(5) प्रजातीय आधार पर सामाजिक भिन्नता पायी जाती है तथा विभिन्न प्रजातियों में श्रेष्ठता तथा निम्नता के भाव पाये जाते हैं.

भारत का प्रजातीय इतिहास

भारत प्रजातियों का अजायबघर है तथा यहाँ संसार की लगभग सभी प्रमुख प्रजातियों के लोग हैं जिनमें परस्पर इतना अधिक मिश्रण हुआ है कि अब प्रजातीय आधार पर (अर्थात् शारीरिक लक्षणों के आधार पर) उन्हें एक-दूसरे से अलग करना कठिन है. मोहनजोदड़ो तथा हड़प्पा की खुदाइयों में जो अस्थिपंजर मिले हैं वे मुख्यतः चार प्रजातियों के बताये जाते हैं–(1) प्रोटोआस्ट्रालॉयड, (2) मंगोलॉयड, (3) भूमध्य सागरीय, तथा (4) अल्पाइन. भारतीय प्रशासनिक सेवा के अधिकारी सर हरबर्ट रिजले ने अपनी पुस्तक 'The People of Inida' में यह बताने की कोशिश की है कि भारत में द्रविड़, मंगोल तथा इण्डो-आर्यन प्रजातियों के मिश्रण से चार प्रजातियों का प्रादुर्भाव हुआ–(1) तुर्को–इरानियन, (2) सीथी–द्रविड़ियन, (3) आर्यो–द्रविडियन, तथा (4) मंगोलो–द्रविडियन, इस प्रकार भारत में रिजले के अनुसार, सात प्रजातियों के तत्व देखने को मिलते हैं. द्रविड़ियन (द्रविड़) प्रजाति आज की अत्यन्त प्राचीन प्रजाति है. इस प्रजाति के लोग कद में छोटे, सामान्य व लहरदार बालों वाले, काले रंग, भारी चौड़ी नाक, काली व गहरी आँखें तथा लम्बे सिर वाले होते हैं. चेन्नई, हैदराबाद, मध्य प्रदेश तथा नागपुर में इस प्रजाति के लक्षणों वाले लोग देखे जा सकते हैं. इण्डो-आर्यन प्रजाति के तत्व पंजाब, राजस्थान, कश्मीर और पश्चिमी उत्तर प्रदेश में देखे जा सकते हैं. इसके सदस्य लम्बे कद, गोरे और गेहुँए रंग, लम्बे सिर, पतली लम्बी नाक तथा काली आँखों वाले होते हैं. मंगोलॉयड (मंगोल) के लोग हिमालय की तलहटी, हिमाचल प्रदेश, बिहार और असम के उत्तरी सीमा प्रान्त में निवास करते हैं, तथा इनके प्रमुख लक्षण इस प्रकार हैं–चौड़ा सिर, औसत कद, पीला रंग, गोल चेहरा, भारी व अधखुली आँखें, चपटी नाक, इत्यादि. आर्यो–द्रविड़ियन प्रजाति (आर्य द्रविड़ प्रजाति का मिश्रण) के व्यक्ति राजस्थान, दक्षिण-पश्चिमी असम, मध्य प्रदेश, उत्तर प्रदेश व पंजाब के क्षेत्रों में फैले हुए हैं तथा इनके लक्षण मध्यम कद, गेहुँआ या साँवला रंग, लम्बी नाक तथा काले बाल हैं. मंगोल-द्रविड़ियन प्रजाति के लोग चौड़े सिर वाले (पीछे से कुछ चपटा सिर) मध्यम कद, काले रंग तथा चेहरे पर घने वालों वाले पाये जाते हैं. पश्चिमी बंगाल में इस प्रजाति के व्यक्ति (मंगोल और द्रविड़ प्रजाति का मिश्रण) अधिकतर पाये जाते हैं. सीथी-द्रविड़ियन (सीथियन व द्रविड़ प्रजाति का मिश्रण) प्रजाति के व्यक्ति मुख्यतः मध्य प्रदेश और महाराष्ट्र में रहते हैं तथा इनका रंग गोरा, सिर चौड़ा, कद मध्यम, नाक चौड़ी व सुन्दर होती है. ऐसी प्रजाति के व्यक्तियों के शरीर पर बाल बहुत होते हैं. तर्की–इरानियम प्रजाति के व्यक्तियों उत्तरी पश्चिमी प्रान्त में पाये जाते हैं.

बी. एस. गुहा भी भारत में प्रजातियों का अध्ययन करने वाले प्रमुख विद्वान् पाये जाते हैं. इनकी पुस्तक 'The Racial Element in Indian Population' इस दृष्टि से एक महत्वपूर्ण कृति मानी जाती है. इसके अनुसार भारतीय जनसंख्या में निम्नलिखित छः प्रजातियों के तत्व देखे जा सकते हैं–

(1) निग्रीटो

(2) प्रोटो–आस्ट्रालॉयड

(3) मंगोलॉयड

- (i) पेली मंगोलॉयड
  - (अ) लम्बे सिर वाले
  - (ब) चौड़े सिर वाले
- (ii) तिब्बती–मंगोलॉयड

(4) मेडिटरेनियम (भूमध्य सागरीय)

- (i) पेली मेडिटरेनियन
- (ii) मेडिटरेनियन
- (iii) ओरियण्टल टाइप

(5) पश्चिमी चौड़े सिर वाले

- (i) एल्पाइन
- (ii) डिनारक
- (iii) आर्मोनॉयड

(6) नार्डिक

भारत में प्रजातीय वितरण सम्बन्धी अध्ययन करने सम्बन्धी एक-दूसरे विद्वान् जे. एच. हट्टन हैं जिन्होंने 1931 की जनगणना के आधार पर प्रजातियों का वर्गीकरण पेश किया हट्टन 1931 में भारतीय जनगणना के अध्यक्ष थे. इन्होंने 'Consus of India' में इस बात पर जोर दिया कि भारत में पाँच प्रजातियों का मिश्रण पाया जाता है–

(1) निग्रीटो, (2) प्रोटो-आस्ट्रालॉयड, (3) भूमध्य-सागरीय, (4) इण्डो-अल्पाइन, (5) मंगोल, तथा (6) इण्डो-आर्यन.

उपर्युक्त विवेचन से यह स्पष्ट हो जाता है कि भारत वास्तव में प्रजातियों का अजायबघर है तथा यहाँ पर संसार की सभी प्रमुख जातियों के व्यक्ति निवास करते रहे हैं. उनमें परस्पर इतना अधिक मिश्रण हुआ है कि आज भारतीय जनसंख्या में किसी भी विशुद्ध प्रजाति के लक्षण नहीं पाये जाते हैं. इसी कारण भारत को प्रजातियों के लक्षण नहीं पाये जाते हैं. इसी वजह से भारत को प्रजातियों का गलन पात्र (Melting pot) भी कहा जाता है.

प्रजाति के निर्धारण के अनेक आधारभूत लक्षण हैं, इनमें सिर की बनावट, कद नाक का अभिसूचक, खोपड़ी की क्षमता, जबड़ा, रक्त समूह, बालों की बनावट, त्वचा का रंग, आँखों का रंग तथा शरीर की गंध प्रमुख हैं.

प्रजातीय आधार पर ऊँच-नीच ने प्रजातिवाद (Recism) की समस्या को जन्म दिया है. प्रजातिवादी एक पूर्वाग्रह है जिसके अनुसार एक प्रजाति अपने को अन्य प्रजातियों से ऊँची मानती है. प्रजातिवाद के आधार पर केवल शारीरिक रचना सम्बन्धी उच्चता व निम्नता के भाव ही नहीं पाये जाते, अपितु यह मनोवैज्ञानिक उच्चता तथा सांस्कृतिक उच्चता पर भी आधारित है. प्रजातियाँ अपने आपको मनोवैज्ञानिक (मानसिक योग्यता) तथा सांस्कृतिक (सांस्कृतिक विकास) के आधार पर दूसरी प्रजातियाँ समझती हैं, लेकिन यह बात ध्यान देने योग्य है कि आज संसार की कोई भी प्रजाति अपने आप में शुद्ध नहीं है. उत्परिवर्तन और विवाह द्वारा प्रजातियों में सुख सम्मिश्रण हुआ है. ऐसी अवस्था में प्रजाति की शुद्धता तथा इसके आधार पर प्रजातिवाद धारणा एक भ्रान्ति मात्र है. आज इस बात पर बल दिया जाने लगा है कि सभी मानव एक ही जीव अर्थात् मेधावी मानव से पैदा हुए हैं और वे एकसमान हैं तथा कानून के सामने सभी को समान अवसर प्राप्त होने चाहिए.

सामाजिक-सांस्कृतिक प्रक्रियाएँ
(Social-Cultural Processes)

जैसाकि हम सभी जानते हैं, समाज सामाजिक सम्बन्धों की एक व्यवस्थित प्रणाली है. इस प्रणाली में प्रत्येक व्यक्ति की एक निश्चित भूमिका होती है. भूमिका पूर्ति के क्रम में एक व्यक्ति समाज के अन्य व्यक्तियों के सम्पर्क में आता है. इस सम्पर्क में आने का एक बुनियादी कारण है मनुष्य की आवश्यकताएँ. मनुष्य की अनेक आवश्यकताओं में से थोड़ी सी आवश्यकताओं की पूर्ति ही व्यक्तिगत स्तर पर हो सकती है. अधिकांश आवश्यकताएँ अन्य व्यक्तियों के सहकार से ही पूरी की जा सकती हैं अर्थात् आवश्यकता पूर्ति का स्वार्थ ही मनुष्य को एक-दूसरे के सम्पर्क में आने के लिए प्रेरित करता है. सम्पर्क का एक तीसरा कारण मनुष्य की सामाजिकता का स्वाभाविक गुण भी माना जा सकता है. सम्पर्क में आने के पश्चात् व्यक्ति एक-दूसरे के प्रति कुछ क्रियाएँ सम्पन्न करता है जो 'अन्तर्क्रिया' कहलाती है. अन्तर्क्रिया के विभिन्न रूप समाज में सतत् चलते रहते हैं, जिन्हें सम्मिलित रूप से 'सामाजिक प्रक्रिया' कहा जाता है. इसके महत्व को स्पष्ट करते हुए **सदरलैण्ड** तथा **वुडवर्ड** ने लिखा है कि "सम्पूर्ण संस्कृति और समाज वास्तव में सामाजिक प्रक्रियाओं की ही उपज है. ये प्रक्रियाएँ ही सभी स्थानों और सभी अवसरों पर व्यक्ति और समूह के सम्बन्धों के स्वरूप को निर्धारित करके समाज को व्यवस्थित बनाती है. इसलिए समाजशास्त्रीय अध्ययन का सबसे आधारभूत सम्बन्ध सामाजिक प्रक्रियाओं से ही है."

सामाजिक प्रक्रियाएँ मोटेतौर पर दो प्रकार की होती हैं—सहकारात्मक तथा विरोधात्मक. इन दोनों के कई अन्य प्रकार हैं. सभी प्रक्रियाओं में चार को मूलभूत प्रक्रिया माना जाता है. ये हैं—सहयोग, विरोध, विभेदीकरण और सामाजीकरण. इन चार के अतिरिक्त अन्य मुख्य प्रक्रियाओं का यहाँ विस्तृत विश्लेषण दिया जा रहा है.

समाजीकरण
(Socialization)

जब शिशु जन्म लेता है, तो वह एक जैविकीय प्राणी मात्र होता है. धीरे-धीरे अपने समाज के प्रतिमानों और अन्य विशेषताओं को सीखने की प्रक्रिया द्वारा आन्तरीकृत करता हुआ बड़ा होता है. फलतः वह सामाजिक गतिविधियों में भाग लेने की योग्यता प्राप्त करता है और समाज का एक प्रकार्यात्मक सदस्य बन जाता है. इस प्रकार वह शिशु जैविकीय प्राणी से सामाजिक प्राणी के रूप में परिणत हो जाता है. सीखने की यह प्रक्रिया ही 'समाजीकरण' कहलाती है.

किम्बाल यंग (Kimball Young) ने इसे परिभाषित करते हुए कहा कि "समाजीकरण वह प्रक्रिया है जिसके द्वारा व्यक्ति सामाजिक और सांस्कृतिक क्षेत्र में प्रवेश करता है, समाज के विभिन्न समूहों का सदस्य बनता है तथा जिसके द्वारा उसे समाज के मूल्यों और मानकों को स्वीकार करने की प्रेरणा मिलती है."

ए. डब्ल्यू. ग्रीन (A.W. Green) ने कहा है "समाजीकरण एक प्रक्रिया है जिसके द्वारा बच्चा सांस्कृतिक विशेषताओं, 'आत्म' और व्यक्तित्व को प्राप्त करता है."

गिलिन और गिलिन (Gillin and Gillin) के शब्दों में, "समाजीकरण से हमारा तात्पर्य उस प्रक्रिया से है, जिसके द्वारा व्यक्ति समूह में एक क्रियाशील सदस्य बनता है. समूह की कार्य विधियों से समन्वय स्थापित करता है, उसकी परम्पराओं का ध्यान रखता है और सामाजिक परिस्थितियों से अनुकूलन करके अपने साथियों के प्रति सहनशीलता की भावना को विकसित करता है."

ई. जे. रोज (E.J. Rose) ने इसे अत्यंत सरल ढंग से परिभाषित करते हुए कहा है कि "समाजीकरण समाज और संस्कृति के विश्वासों, मूल्यों, प्रतिमानों तथा सामाजिक भूमिकाओं को सीखने की प्रक्रिया है."

गुडे (Goode) का कथन है कि "समाजीकरण के अन्तर्गत वे सभी प्रक्रियाएँ आती हैं, जिनसे कोई बचपन से लेकर वृद्धावस्था तक अपने सामाजिक कौशल, भूमिका, प्रतिमान, मूल्य तथा व्यक्तित्व का प्रतिरूप ग्रहण करता है."

न्यूमेयर (Neumeyer) ने इसे संक्षिप्त रूप से परिभाषित करते हुए कहा है कि "एक व्यक्ति का सामाजिक प्राणी के रूप में परिवर्तित होने की प्रक्रिया का नाम ही समाजीकरण है."

टालकॉट पार्सन्स (Talcott Parsons) ने इसे सामाजिक तथा सांस्कृतिक मूल्यों के आन्तरीकरण की प्रक्रिया माना है.

एच. एम. जॉनसन (H.M. Johnson) ने इसके अर्थ को स्पष्ट करते हुए लिखा है कि "वह शिक्षण जो सीखने वाले को सामाजिक भूमिका सम्पन्न करने के लिए समर्थ बनाता है, समाजीकरण कहलाता है. दूसरे शब्दों में, समाजीकरण सीखने की वह प्रक्रिया है जो समाज के नियमों के अनुसार मान्य है."

उपर्युक्त परिभाषाओं से स्पष्ट है कि सभी समाजशास्त्रियों ने लगभग एक ही तथ्य को अलग-अलग शब्दों में व्यक्त किया है. इन सभी परिभाषाओं के सम्मिलन से समाजीकरण की निम्नलिखित विशेषता स्पष्ट होती हैं–

1. समाजीकरण सीखने की एक प्रक्रिया है.
2. यह प्रक्रिया सामाजिक सम्पर्क के दायरे में सम्पन्न होती है जिसमें भौगोलिक पर्यावरण, समूह और संस्कृति की महत्वपूर्ण भूमिका होती है.
3. सीखने की इस प्रक्रिया में मनुष्य अपने समाज एवं संस्कृति की प्रथाओं, परम्पराओं, मूल्यों, आदर्शों, मान्यताओं, प्रतिमानों को आन्तरीकृत करता है.
4. इस प्रक्रिया के परिणामस्वरूप मनुष्य के सामाजिक-सांस्कृतिक पक्ष का विकास होता है, जिसमें 'स्व' या 'आत्म' (Self) तथा व्यक्तित्व का निर्माण सबसे महत्वपूर्ण चरण है.
5. इस प्रक्रिया के द्वारा समाज की सांस्कृतिक विशेषताएँ पीढ़ी-दर-पीढ़ी हस्तांतरित होती रहती हैं.
6. यह सामाजिक नियन्त्रण की प्रक्रिया को अप्रत्यक्ष रूप से सहयोग प्रदान करता है.
7. समाजीकरण की प्रक्रिया समाज एवं स्थान सापेक्ष होता है.

समाजीकरण के सोपान एवं सम्बन्धित संस्थाएँ (Stages of Socialization and Corresponding Agencies)

समाजीकरण की प्रक्रिया एक लम्बे समय तक चलने वाली प्रक्रिया है. जो कई चरणों में सम्पन्न होती है. प्रत्येक चरण में इसके अभिकर्ताओं की भूमिका भी अलग-अलग होती है. **फ्रायड** ने ऐसे सात स्तरों का उल्लेख किया है, जबकि **पार्सन्स** ने चार स्तरों का ही उल्लेख किया है जिसका समर्थन **जॉनसन** ने भी किया है. ये चार स्तर या सोपान इस प्रकार हैं—

(1) **मौखिकावस्था** (Oral Stage)—मनुष्य के जीवन और समाजीकरण की यह पहली अवस्था है. यह चलने-फिरने तथा बातचीत करना सीखने से पहले की स्थिति है. इस समय एक शिशु अपनी आवश्यकताओं को शारीरिक और मौखिक रूप से व्यक्त करता है. इस अवस्था में शिशु अपने भोजन के बारे में संकेत देना सीख जाता है. इसके अलावा माँ के सम्पर्क से कुछ आनन्द का भी अनुभव करने लगता है, हालांकि वह अपने और अपनी माँ के बीच अन्तर करने में असमर्थ होता है.

इस अवस्था में समाजीकरण का मुख्य अभिकर्ता परिवार ही होता है और खासकर माँ. पार्सन्स का कहना है कि इस अवस्था में माता और शिशु की उप-प्रणाली बन जाती है. शिशु परिवार के अन्य सदस्यों को पहचान नहीं पाता है तथा परिवार के अन्य सदस्यों के लिए शिशु एक 'मनोरंजक वस्तु' के रूप में ही होता है.

(2) **शौच अवस्था** (Anal Stage)—शौच अवस्था का प्रारम्भ विभिन्न समाज एवं संस्कृति में विभिन्न आयु के साथ होता है. इस अवस्था में सबसे पहले बच्चे को शौच सम्बन्धी क्रिया से स्वयं निपटने का तरीका सिखाया जाता है. इस अवस्था में ही माँ उसके दूध पीने की आदत में परिवर्तन लाना चाहती है. अब वह सिर्फ माँ का प्यार पाना ही नहीं चाहता, बल्कि माँ को प्यार देने लगता है. इसी स्तर पर बच्चे के उचित कार्यों के लिए माँ उसे प्यार का पुरस्कार और गलत कार्यों के लिए डाँट या नाराजगी का दण्ड देना प्रारम्भ करती है.

इस अवस्था में भी मुख्य अभिकर्त्ता परिवार ही होता है. इस स्तर पर बच्चा परिवार के अन्य सदस्यों से भी परिचित होता है. अन्य सदस्यों का व्यवहार उसे प्रभावित करने लगता है. पार्सन्स के अनुसार व्यक्तित्व की विविधता के आन्तरिक तत्व इसी स्तर में उत्पन्न होने लगता है.

(3) **ऑडिपल या गुप्तावस्था** (Oedipal Stage)—यह अवस्था सामान्यतः तीन-चार वर्ष से बारह-तेरह वर्ष के बीच की है. बच्चे में यौन-भावना विकसित होना इस अवस्था की मुख्य घटना है, हालांकि इस अवस्था में वह यौन-व्यवहार से पूर्ण परिचित नहीं हो पाता है. यहीं से बच्चे में अपने लिंग के अनुरूप व्यवहार करने की आशा की जाने लगती है. लड़के तथा लड़की को अलग-अलग वस्त्र पहनाना-अलग प्रकार के खिलौने देना, अलग प्रकार के पारिवारिक कार्यों की शिक्षा देना आदि के द्वारा बच्चे में अप्रत्यक्ष रूप से अपने लिंग के अनुरूप चेतना विकसित की जाती है. बच्चा जब अपने लिंग के प्रति पूर्ण परिचित हो जाता है, तो उसकी रुचि विपरीत लिंग के सदस्यों में बढ़ने लगती है.

इस अवस्था में परिवार के अलावा समाज के कुछ अन्य समूहों से बच्चों का परिचय होता है. इसलिए इस काल में परिवार के अलावा अन्य नातेदार, पड़ोस, मित्र-मण्डली तथा अध्यापक गण, समाजीकरण के मुख्य अभिकर्त्ता होते हैं. इन नए अभिकर्ताओं के द्वारा समाज के मूल्य , आदर्श, परम्परा, शिष्टाचार आदि की वास्तविक शिक्षा प्रारम्भ हो जाती है.

(4) **किशोरावस्था** (Adolescence)—यह यौवनारम्य का काल होता है. इस अवस्था में बच्चे में कुछ जैविक परिवर्तन भी होता है. जैसे—लड़कों में दाढ़ी-मूँछ का उगना, आवाज का भारी होना, लड़कियों में मासिक धर्म (Mensturation) शुरू होना आदि. यह अवस्था व्यक्ति के लिए सबसे अधिक मानसिक तनाव का काल होता है. एक तरफ बच्चा घर में अधिक-से-अधिक स्वतन्त्र होना चाहता है, दूसरी तरफ घर तथा समाज के अन्य सदस्यों द्वारा उस पर निषेधात्मक नियमों का शिकंजा कसता जाता है. समाज में वह पूर्ण वयस्क की हैसियत का प्रदर्शन करता है, लेकिन अभी उसे अपरिपक्व ही माना जाता है. उससे अब महत्वपूर्ण निर्णयों को स्वयं लेने की अपेक्षा की जाने लगती है, साथ ही यह भी आशा की जाती है कि वह किसी भी प्रकार का विपथगामी व्यवहार न करे. कई समाज एवं परिवारों में इसी समय से व्यक्ति को आर्थिक वृत्तियों में भी संलग्न होना पड़ता है.

इस काल में समाजीकरण के अभिकर्त्ता के रूप में परिवार का महत्व कम होने लगता है. बालक के जीवन में विद्यालय, शिक्षक, सहपाठी, मित्र मण्डली, मनोरंजन के साधन, खेलकूद, पुस्तक आदि का महत्व बढ़ जाता है. समायोजन का प्रारम्भिक ज्ञान इसी स्तर से शुरू हो जाता है.

समाजीकरण के उपर्युक्त चार स्तर ही मुख्य सोपान हैं. यहाँ स्वाभाविक प्रश्न उठता है कि क्या इसके बाद समाजीकरण की प्रक्रिया समाप्त हो जाती है? बिल्कुल नहीं. वास्तव में व्यक्ति आजन्म कुछ न कुछ सीखता ही रहता है. नई परिस्थितियाँ तथा नए व्यक्तियों के साथ व्यक्ति को नित नए अनुभव होते रहते हैं. इस दृष्टिकोण से व्यक्ति में समाजीकरण आजन्म होता रहता है. साथ ही, वास्तविकता यह भी है कि व्यक्ति जब किशोरावस्था से वयस्क और वयस्क से वृद्ध की ओर बढ़ता है, तो उसका व्यवहार, विचार तथा चेतना परिपक्व होती जाती है. उसका लचीलापन घट जाता है. इसलिए उसमें सीखने और अनुकरण के स्थान पर सामंजस्य की क्षमता बढ़ जाती है. अतः इन स्तरों पर समाजीकरण का कोई कथित अभिकर्त्ता नहीं होता. व्यक्ति जिस प्रकार के द्वैतीयक संस्थाओं जैसे—शिक्षण संस्थाएँ, राजनीतिक संस्थाएँ, व्यवसाय समूह आदि के सम्पर्क में होता है उन्हीं के अनुरूप अपने विचार एवं व्यवहार को स्वयं ढालता रहता है. व्यक्ति का वास्तविक व्यक्तित्व उपर्युक्त चार अवस्थाओं के दरम्यान ही निर्मित हो जाता है. आगे के जीवन में व्यक्ति के इसी व्यक्तित्व के प्रतिबिम्ब परिलक्षित होते रहते हैं.

समाजीकरण के सिद्धान्त (Theories of Socialization)

समाजीकरण की प्रक्रिया की क्रियाविधि, प्रभावी कारक तथा 'स्व' के विकास के सम्बन्ध में विभिन्न समाजशास्त्री एवं कुछ मनोवैज्ञानिकों ने भिन्न-भिन्न विचार प्रस्तुत किए हैं. इन्हीं विचारों को समाजीकरण के सिद्धान्त के रूप में जाना जाता है. यहाँ ऐसे कुछ प्रमुख सिद्धान्तों का संक्षिप्त विवरण दिया जाता है—

(1) **चार्ल्स कूले का सिद्धान्त** (Charles Cooley's Theory)—कूले के सिद्धान्त को 'आत्मदर्पण का सिद्धान्त' (Theory of Looking-glass Self) कहा जाता है.

कूले के अनुसार समाजीकरण का सबसे महत्वपूर्ण पक्ष 'स्व' का विकास है. 'स्व' अथवा 'मैं' का निर्धारण व्यक्ति द्वारा स्वयं अपने बारे में सोचने से होता है, लेकिन यह दूसरों के सम्पर्क में ही विकसित हो सकती है. कूले ने इसे तीन दशाओं के माध्यम से स्पष्ट किया है जिनसे होकर प्रत्येक व्यक्ति गुजरता है—

(i) दूसरे व्यक्ति उसके बारे में क्या सोचते हैं?

(ii) दूसरों की सोच के संदर्भ में अपनी सोच;

(iii) अपनी सोच के आधार पर अपना मूल्यांकन हीन अथवा श्रेष्ठ में करना.

कूले का मानना है कि 'स्व' सम्बन्धी विचार कल्पना की एक प्रक्रिया है. इस प्रक्रिया में व्यक्ति समाज रूपी दर्पण में स्वयं को देखता है. समूह की दृष्टि से अपने बारे में सोचता है. दूसरों के द्वारा की गई प्रतिक्रिया के अनुसार ही व्यक्ति अपने 'स्व' का निर्माण करता है. इस प्रकार कूले का यह सिद्धान्त प्रमाणित करता है कि व्यक्ति समाज का ही प्रतिबिम्ब होता है.

(2) **जी. एच. मीड का सिद्धान्त** (G.H. Mead's Theory)—मीड के सिद्धान्त को 'भूमिका ग्रहण का सिद्धान्त' (Theory of Role-Taking) कहा जाता है. ऊपरी तौर पर यह सिद्धान्त कूले के सिद्धान्त के समान ही प्रतीत होता है, लेकिन इस सिद्धान्त में बाल-मनोविज्ञान के अति सूक्ष्म पहलुओं का विश्लेषण अधिक है.

मीड का कहना है कि अपने विषय में दूसरे व्यक्ति के विचार और भावनाओं को स्वीकार करना ही दूसरे से भूमिका ग्रहण करने की प्रक्रिया है और इस प्रक्रिया पर 'स्व' का विकास निर्भर करता है. मीड का मानना है कि इसी आधार पर एक बालक भूमिका अदा करना भी सीखता है. नाटकीय और खेलपूर्ण घटनाओं के माध्यम से बालक भूमिकाओं के अन्तर को समझता है तथा इस क्रम में वह भूमिकाओं को सीखता भी है.

अपना सिद्धान्त स्पष्ट करने के लिए मीड ने 'मैं' (I) और 'मेरे' (Me) शब्द का प्रयोग किया है. मीड के अनुसार 'मैं' दूसरे के व्यवहार का प्रत्युत्तर है तथा 'मुझे' बालक द्वारा किए गए व्यवहार पर दूसरों की प्रतिक्रिया है. बालक प्रथमतः अपने परिवार के साथ अन्तःक्रिया करते हुए इस भेद की स्थापना करता है. इस भेद-स्थापन के साथ ही बालक के 'स्व' का निर्माण होता है.

मीड के सिद्धान्त में एक अन्य महत्वपूर्ण अवधारणा 'सामान्यीकृत अन्य' (Generalised Other) का है. इस अवधारणा का आशय किसी व्यक्ति के स्वयं के बारे में उस धारणा से है जो दूसरे लोग उसके बारे में रखते हैं. व्यक्ति के परिवार की परिधि से बाहर आने के बाद इस अवधारणा का महत्व बढ़ जाता है. अब यह सामान्यीकृत अन्य के माध्यम से पूरे समूह और समाज के मनोभावों और विश्वासों को ग्रहण करता है. इस तरह इस अवस्था में व्यक्ति के स्व के विकास में समूह के नियम और प्रथाओं का योगदान प्रारम्भ हो जाता है.

(3) **फ्रायड का सिद्धान्त** (Sigmund Freud's Theory)—फ्रायड ने अपने सिद्धान्त को यौनवृत्तियों एवं व्यक्ति के मनोविश्लेषण की मौलिक व्याख्या के आधार पर स्पष्ट किया है. फ्रायड का मानना है कि मानव व्यवहार का अधिकांश भाग कुछ अचेतन शक्तियों द्वारा ही संचालित होता है. इन अचेतन शक्तियों को फ्रायड ने तीन सम्बोधों द्वारा स्पष्ट किया है—

(i) **इड** (Id)—यह व्यक्ति की मूल प्रेरणाओं, इच्छाओं और स्वार्थों का योग है.

(ii) **पराहम्** (Super Ego)—यह सामाजिक मूल्यों और आदर्शों का योग है, जो व्यक्ति आत्मसात् करता है.

(iii) **अहम्** (Ego)—यह व्यक्ति का चेतन और तार्किक पक्ष है जो 'इड' द्वारा व्यक्त इच्छाओं के 'पराहम्' द्वारा स्वीकृत या अस्वीकृति के उपरान्त निर्मित होता है.

फ्रायड का मानना है कि चूँकि समाज यौन इच्छाओं और आक्रामक भावनाओं पर प्रतिबन्ध आरोपित करता है इसलिए 'इड' और 'पराहम्' के बीच निरन्तर संघर्ष चलता रहता है. इसी संघर्ष से अहम् का निर्माण होता है जो व्यक्ति के 'स्व' का सबसे महत्वपूर्ण पक्ष है. व्यक्ति अपने अहम् के अनुसार ही किसी कार्य को करने और न करने का अंतिम निर्णय लेता है. इन तीन प्रत्ययों के आधार पर ही व्यक्ति के यौन-भेद का समाजीकरण होता रहता है तथा इस क्रम में उसके 'स्व' का निर्माण होता है.

(4) **इमाइल दुर्खीम का सिद्धान्त** (Emile Durkheim's Theory)—समाजीकरण की प्रक्रिया के सन्दर्भ में दुर्खीम ने किसी विशिष्ट सिद्धान्त का प्रतिपादन नहीं किया है, बल्कि उनके 'सामूहिक प्रतिनिधान' (Collective Representation) तथा 'सामूहिक चेतना' (Collective Consciousness) जैसी अवधारणाओं से ही समाजीकरण के सम्बन्ध में कुछ महत्वपूर्ण तथ्य उभरकर सामने आते हैं.

दुर्खीम का मानना है कि समाज में प्रत्येक विचार तथा भावनाएँ अपने प्रारम्भिक चरण में व्यक्तिगत स्तर पर ही उदित होती हैं. समाज के अन्य सदस्यों से अन्तःक्रिया करने के क्रम में ये विचार तथा मनोभाव सामूहिक चेतना का रूप ग्रहण करते हैं. इस सामूहिक चेतना से उत्पन्न होने वाले विचार तथा मनोभावों को दुर्खीम ने 'सामूहिक प्रतिनिधान' कहा है. परम्परा, मूल्य, आदर्श, प्रतिमान आदि सामूहिक प्रतिनिधानों के ही मुख्य उदाहरण हैं. इन प्रतिनिधानों को सम्पूर्ण समूह की स्वीकृति मिली होती है. दुर्खीम के अनुसार सामूहिक प्रतिनिधान मुख्य सामाजिक तथ्य (Social Fact) है, क्योंकि इनमें बाह्यता तथा बाध्यता की विशेषता होती है. इन्हीं विशेषता के कारण व्यक्ति इनका आन्तरीकरण करता है जो समाजीकरण है. इस प्रकार दुर्खीम के अनुसार सामूहिक प्रतिनिधान का आन्तरीकरण ही समाजीकरण है.

(5) **पियाजे का सिद्धान्त** (John Piazae's Theory)—पियाजे ने बालक के खेल सम्बन्धी व्यवहार का अध्ययन करके ही अपने सिद्धान्त का प्रतिपादन किया है. पियाजे का मानना है कि बालकों द्वारा खेले जाने वाले खेल की प्रक्रिया के अनुसार ही बालक का नैतिक विकास होता है.

पियाजे का कहना है कि प्रारम्भ के दो वर्षों तक बालक का 'स्व' अविकसित होता है. दो से पाँच वर्ष की अवस्था में बालक अकेले ही खेलना पसन्द करता है. इसलिए इस अवस्था को पियाजे ने 'आत्मकेन्द्रित अवस्था' कहा है. इसी अवस्था में बालक भाषा सीखता है. पाँच से दस वर्ष की अवस्था में वह अन्य खेल-सहयोगियों की आवश्यकता महसूस करने लगता है, खेल के नियमों को समझने लगता है तथा जीत की इच्छा भी रखता है. दस वर्ष की अवस्था के बाद उसमें यह बोध हो जाता है कि खेल का नियम एक स्वतन्त्र क्रिया है जो दूसरों द्वारा बनाया जाता है. इस तरह खेल प्रक्रिया में बालक का नैतिक विकास होता रहता है.

(6) **टालकॉट पार्सन्स का सिद्धान्त** (Talcott Parson's Theory)—पार्सन्स ने भी समाजीकरण के सन्दर्भ में किसी विशिष्ट सिद्धान्त की रचना नहीं की है. इनके सामाजिक व्यवस्था सम्बन्धी विचार तथा 'प्रतिरूप विकल्प' (Pattern Variable) की अवधारणा में ही समाजीकरण से सम्बन्धित कुछ तथ्यों की जानकारी प्राप्त होती है.

पार्सन्स का मानना है कि सामाजिक प्रणाली के सदस्य एक-दूसरे से सामाजिक भूमिकाओं के निर्वाह की प्रत्याशा भी रखते हैं. यह प्रत्याशा एवं अन्तःप्रेरणा ही समाजीकरण के मुख्य आधार हैं तथा भूमिका की प्रत्याशा को सीखना ही समाजीकरण है. इस प्रक्रिया में कर्त्ता समाजीकरण के अभिकर्त्ताओं के मूल्यों का आन्तरीकरण करता है. इस आन्तरीकरण की प्रक्रिया को ही पार्सन्स ने प्रतिरूप विकल्पों के माध्यम से स्पष्ट किया है. ये प्रतिरूप विकल्प चार हैं—सार्वभौम अर्जित, सार्वभौम प्रदत्त, विशिष्ट अर्जित तथा विशिष्ट प्रदत्त. पार्सन्स के अनुसार इन प्रतिरूपों के अनुरूप ही समाजीकरण तथा मूल्यों के आन्तरीकरण की प्रक्रिया चलती रहती है.

समाजीकरण से सम्बन्धित अन्य अवधारणाएँ (Socialization Related other Concepts)

समाजीकरण की प्रक्रिया को स्पष्ट करने में समाजीकरण से सम्बन्धित कुछ अवधारणाओं का महत्वपूर्ण स्थान है. ऐसी ही कुछ अवधारणाओं का संक्षिप्त परिचय यहाँ दिया जा रहा है—

(1) **नकारात्मक समाजीकरण** (Negative Socialization)—समाज विरोधी व्यवहारों को सीखना 'नकारात्मक समाजीकरण' कहलाता है. ये ऐसे व्यवहार होते हैं जो समाज स्वीकृत प्रतिमानों के विरुद्ध होते हैं. जैसे—चोरी करना, हिंसा फैलाना, गाली देना आदि.

(2) **वि-समाजीकरण** (De-Socialization)—किसी व्यक्ति का नकारात्मक समाजीकरण समाज के हित में नहीं होता है. इसलिए समाज उसे पुनः सही रास्ते पर लाने का प्रयास करता है. इसके लिए व्यक्ति द्वारा पहले सीखे हुए समाज विरोधी कार्यों को भूलना या छोड़ना आवश्यक होता है. यह भुलाने की प्रक्रिया ही वि-समाजीकरण है. उल्लेखनीय है कि वि-समाजीकरण सदैव बुरे सन्दर्भ में ही नहीं होता है. कभी-कभी व्यक्ति अपने बचपन में सीखे हुए कुछ व्यवहारों को अल्प प्रयोग या बिल्कुल प्रयोग नहीं किए जाने के कारण भी भूल जाता है. यह भी वि-समाजीकरण ही है. अर्थात् पहले सीखे हुए व्यवहारों को भूलना या छोड़ना ही विसमाजीकरण है.

(3) **पुनर्समाजीकरण** (Re-Socialization)—नकारात्मक समाजीकरण को त्यागकर फिर से सामाजिक प्रतिमानों के अनुरूप व्यवहारों को सीखने की प्रक्रिया प्रारम्भ करना ही पुनर्समाजीकरण है. जैसे—बाल-अपराधियों को अपराध वृत्ति से हटाकर सामान्य जीवन के लिए प्रेरित करना पुनर्समाजीकरण है. पुनर्समाजीकरण का एक अन्य आशय एक जीवन शैली से दूसरी जीवन शैली को अपनाने से भी है. जैसे—ग्रामीण परिवेश से किसी व्यक्ति के महानगर में आने पर उसके पुनर्समाजीकरण की आवश्यकता होती है.

(4) **पूर्वाभ्यासी समाजीकरण** (Anticipatory Socialization)—भविष्य की भूमिकाओं के लिए जब व्यक्ति वर्तमान में ही तैयारी करता है तब उसे 'पूर्वभ्यासी समाजीकरण' या 'पूर्वापेक्षित समाजीकरण' कहा जाता है. यह अवधारणा 'सन्दर्भ-समूह' (Reference Group) की अवधारणा से जुड़ी हुई है. किसी सन्दर्भ-समूह की सदस्यता ग्रहण करने के लिए व्यक्ति पहले से ही कुछ विशेष व्यवहारों को सीखता है, ताकि एक तो सदस्यता आसानी से प्राप्त हो और दूसरा सदस्यता ग्रहण करने के पश्चात् नए समूह में उसे किसी प्रकार की मानसिक परेशानी न हो.

(5) **प्राथमिक एवं द्वितीयक समाजीकरण** (Primary and Secondary Socialization)—समाजीकरण के अभिकर्त्ताओं या संस्थाओं को मुख्यतः दो भागों में बाँटा गया है, प्राथमिक और द्वितीयक. प्राथमिक अभिकर्त्ता, परिवार, मित्र-समूह, पड़ोस तथा नातेदारी समूह है. द्वितीयक अभिकर्त्ता शिक्षण संस्थाएँ, राजनैतिक, आर्थिक, धार्मिक, सांस्कृतिक, व्यावसायिक आदि है. सामान्यतया किशोरावस्था में एक व्यक्ति के समाजीकरण का मुख्य दायित्व प्राथमिक अभिकर्त्ताओं पर ही होता है, इसलिए इस अवस्था के समाजीकरण को 'प्राथमिक

समाजीकरण' कहा जाता है. इस काल में व्यक्ति के मूलभूत व्यक्तित्व का निर्माण होता है. किशोरावस्था के पश्चात् व्यक्ति के समाजीकरण में द्वितीयक अभिकर्त्ताओं का महत्व बढ़ जाता है. इसलिए इस अवस्था के समाजीकरण को 'द्वितीयक समाजीकरण' कहा जाता है.

सहयोग
(Co-operation)

मानव समाज के संगठनात्मक सामाजिक प्रक्रियाओं में सबसे बुनियादी प्रक्रिया 'सहयोग' ही है. समाज की आधारभूत संस्थाएँ मूलरूप से सहयोग की प्रक्रिया पर ही आधारित होती हैं. इसलिए बिना सहयोग के किसी समाज की कल्पना भी नहीं की जा सकती है. साधारण अर्थों में सहयोग का आशय विभिन्न व्यक्तियों द्वारा मिल-जुल कर कार्य करने से है.

किंग्सले डेविस ने इसे स्पष्ट करते हुए लिखा है कि "एक सहयोगी समूह वह है जो किसी विशेष उद्देश्य को प्राप्त करने के लिए मिल-जुल कर काम करते हैं एवं जिसे पाने की इच्छा वे सभी रखते हैं."

ग्रीन ने इसे "दो या दो से अधिक व्यक्तियों द्वारा कोई कार्य करने या सामान्य रूप से अपेक्षित किसी उद्देश्य तक पहुँचने के लिए किए जाने वाला निरन्तर एवं सामूहिक प्रयत्न" कहा है.

किम्बाल यंग का कथन है कि "सहयोग सामान्य लक्ष्य की प्राप्ति के लिए मनुष्यों के पारस्परिक सम्पर्क का एक विशिष्ट पक्ष है जिसमें पारस्परिक सहायता और एकजुटता पाई जाती है."

फेयरचाइल्ड के अनुसार "सहयोग वह क्रिया है जिसके द्वारा अनेक व्यक्ति अथवा समूह, सामान्य लक्ष्यों की प्राप्ति के लिए अपने प्रयत्नों को संगठित रूप में परस्पर सम्बद्ध करते हैं."

मेरिल और एलड्रिज के शब्दों में "सामाजिक अन्तःक्रिया के उस रूप को सहयोग कहते हैं, जिसमें दो या दो से अधिक व्यक्ति एक सामान्य ध्येय की पूर्ति के लिए साथ-साथ कार्य करते हैं."

किम्बाल यंग का कथन है कि "सहयोग सामान्य लक्ष्य की प्राप्ति के लिए मनुष्यों के पारस्परिक सम्पर्क का एक विशिष्ट पक्ष है जिसमें पारस्परिक सहायता और एकजुटता पाई जाती है."

उपर्युक्त परिभाषाओं से स्पष्ट है कि सहयोग दो या दो से अधिक व्यक्तियों या समूहों के बीच होने वाली एक विशेष अन्तःक्रिया है. इस अन्तःक्रिया का आधार किसी समान उद्देश्य की प्राप्ति के लिए मिलकर प्रयत्न करना है. इस प्रकार सहयोग की प्रक्रिया में निम्नलिखित तत्व (Elements) अनिवार्य रूप से होते हैं—

(i) पारस्परिकता अर्थात् एक-दूसरे के प्रति जागरूकता.

(ii) समान लक्ष्य.

(iii) सहयोग के लाभ के विषय में चेतना.

(iv) साथ काम करने और उससे प्राप्त प्रतिफल में भागीदार होने की भावना.

(v) कार्य सम्पादित करने की अपेक्षित कुशलता.

सहयोग का सैद्धान्तिक पक्ष
(Theoritical Aspects of Co-operation)

सामाजिक संगठन में सहायक और विभाजक प्रक्रियाओं के सैद्धान्तिक विवेचन की शुरूआत जर्मन समाजशास्त्री **जॉर्ज सिमेल** (George Simmel) द्वारा की गई. इन्होंने समाजशास्त्रीय अध्ययन की मुख्य विषय-वस्तु ही सामाजिक अन्तःसम्बन्धों के विभिन्न स्वरूप अर्थात् सहयोग, प्रतिस्पर्द्धा, संघर्ष एवं समाजीकरण को माना है.

सिमेल ने 'समूहबद्धता की भावना' को ही समूह का मूल तत्व माना है. सहयोग के सैद्धान्तिक विवेचन में सिमेल ने 'तृतीय तत्व' का विशेष रूप से उल्लेख किया है. सिमेल ने माना है कि सामाजिक अन्तःक्रिया के लिए कम-से-कम दो व्यक्तियों का होना आवश्यक है, जिसमें तृतीय तत्व की विशेष भूमिका होती है. तृतीय तत्व, अन्तःक्रिया से उपजे, सहयोग की भावना को बढ़ा देती है. जैसे—पति-पत्नी की अन्तःक्रिया में बच्चा तृतीय तत्व है, जिसकी उपस्थिति से पति-पत्नी के सम्बन्ध में प्रगाढ़ता आती है. इसी प्रकार जब दो राष्ट्रों के कोई एक ही राष्ट्र शत्रु होते हैं ऐसी दशा में उन दोनों राष्ट्रों के आपसी सहयोग की मात्रा बढ़ जाती है. इसके अलावा सिमेल ने सहयोग के लिए संघर्ष की प्रकार्यात्मक भूमिका का भी विशेष रूप से उल्लेख किया है. सिमेल के अनुसार संघर्ष एक ओर कुछ सम्बन्धों को तोड़ता है, तो दूसरी ओर समाज की एकता को स्थिर भी करता है अर्थात् समाज में सहयोग की भावना को प्रोत्साहित करता है.

इमाइल दुर्खीम (Emile Durkheim) ने सहयोग को श्रम-विभाजन का एक आवश्यक परिणाम बताया है. दुर्खीम के अनुसार जैविकीय सुदृढ़ता (Organic Solidarity) और आधुनिक श्रम-विभाजन की जटिल प्रक्रिया में जब समाज में प्रत्येक व्यक्ति दूसरे लोगों द्वारा उत्पादित वस्तुओं पर निर्भर होने लगता है, तो प्रत्येक व्यक्ति द्वारा दूसरों को सहयोग देना और उनसे सहयोग प्राप्त करना व्यक्तियों की आवश्यकता बन जाती है. दुर्खीम का कहना है कि आदिम समाजों में जहाँ 'सामूहिक चेतना' सहयोग को बढ़ाने वाली थी वहीं, आधुनिक समाजों में श्रम-विभाजन ही सहयोग की मात्रा को समाज में

बढ़ा देती है. साथ ही दुर्खीम ने यह भी बताया है कि श्रम-विभाजन के कारण जिस सहयोग में वृद्धि होती है वह हित-प्रधान तथा तार्किकता पर आधारित होती है.

मैलिनोवस्की तथा **लेवी स्ट्रॉस** जैसे मानवशास्त्रियों ने सहयोग के सैद्धान्तिक विवेचन में पारस्परिकता पर अधिक बल दिया है. इन लोगों ने कुछ जनजातीय समाजों का अध्ययन करके यह निष्कर्ष दिया है कि सरल समाजों में लेन-देन की क्रियाओं (विशेषकर वस्तु-विनिमय और उपहारों का आदान-प्रदान) द्वारा एक परिवार या समूह, दूसरे परिवार या समूह से आपसी आर्थिक रिश्ता और सामाजिक सहयोग विकसित करते हैं.

सहयोग के प्रकार (Types of Co-operation)

समय, स्थान तथा सामाजिक सम्बन्ध के अनुसार सहयोग की प्रकृति में होने वाले परिवर्तन के आधार पर विभिन्न समाजशास्त्रियों ने सहयोग के भिन्न-भिन्न प्रकारों का उल्लेख किया है. ऐसे समाजशास्त्रियों में तीन महत्वपूर्ण हैं. इनका वर्गीकरण निम्नलिखित है—

(1) **मेकाइवर एवं पेज का वर्गीकरण**—इन्होंने सहयोग के दो प्रकारों का उल्लेख किया है—

(A) **प्रत्यक्ष सहयोग** (Direct Co-operation)—आमने-सामने के सम्बन्धों द्वारा जब विभिन्न व्यक्ति समान लक्ष्य की प्राप्ति हेतु समान कार्य करते हैं, तो यह 'प्रत्यक्ष सहयोग' कहलाता है. दूसरे शब्दों में, प्रत्यक्ष सम्बन्धों के आधार पर विकसित सहयोग ही प्रत्यक्ष सहयोग है. जैसे—एक खेल टीम के सदस्यों का आपसी सहयोग.

(B) **अप्रत्यक्ष सहयोग** (Indirect Co-operation)—जब सहयोग करने वाले व्यक्तियों का उद्देश्य समान हो, लेकिन उनके कार्यों की प्रकृति असमान हो, तो ऐसा सहयोग अप्रत्यक्ष सहयोग कहलाता है. आधुनिक श्रम-विभाजन अप्रत्यक्ष सहयोग का सबसे श्रेष्ठ उदाहरण है.

(2) **ग्रीन का वर्गीकरण**—ग्रीन ने सहयोग के तीन प्रकारों का उल्लेख किया है—

(A) **प्राथमिक सहयोग** (Primary Co-operation)—प्राथमिक समूहों में पाया जाने वाला सहयोग प्राथमिक सहयोग कहलाता है. इस प्रकार के सहयोग में व्यक्तिगत स्वार्थ का कोई स्थान नहीं होता है. व्यक्ति समूह के उद्देश्यों को ही अपना उद्देश्य समझने लगता है तथा उसी के अनुरूप कार्य करने लगता है.

(B) **द्वितीयक सहयोग** (Secondary Co-operation)—द्वितीयक समूहों में पाया जाने वाले सहयोग, द्वितीयक सहयोग कहलाता है. यह सहयोग औपचारिक तथा व्यक्ति-प्रधान होते हैं. व्यक्ति, समूह के साथ सहयोग अपनी स्वार्थ सिद्धि के लिए करता है. स्वार्थ-सिद्धि के पश्चात् सहयोग स्वतः समाप्त हो जाता है.

(C) **तृतीयक सहयोग** (Tertiary Co-operation)—दो संघर्षशील समूहों में संघर्ष के पश्चात् समायोजन या व्यवस्थापन (Accommodation) के लिए होने वाला सहयोग तृतीयक सहयोग कहलाता है. ऐसा सहयोग अस्थिर प्रकृति का होता है. ऐसा सहयोग व्यक्ति या समूह अपनी अस्तित्व-रक्षा के लिए ही करता है.

(3) **ऑगबर्न और निमकॉफ का वर्गीकरण**—इन्होंने भी सहयोग के तीन प्रकारों का उल्लेख किया है—

(A) **सामान्य सहयोग** (General Co-operation)—सहयोग की मौलिक प्रकृति को ही ऑगबर्न एवं निमकॉफ ने सामान्य सहयोग कहा है. इस प्रकार के सहयोग में सहयोगी व्यक्तियों की मनोवृत्तियाँ एक-जैसी होती हैं.

(B) **मित्रवत् सहयोग** (Friendly Co-operation)—मित्र-मण्डली या हित-समूहों में पाया जाने वाला सहयोग मित्रवत् सहयोग है. ऐसे सहयोग का मुख्य उद्देश्य सामूहिक आनन्द तथा कभी-कभी मात्र व्यक्तिगत सुख प्राप्त करना होता है.

(C) **सहायतामूलक सहयोग** (Helping Co-operation)—दुःख पीड़ित व्यक्तियों की सहायता के लिए किया गया सहयोग सहायतामूलक सहयोग है. श्रम-विभाजन में पाया जाने वाला सहयोग ऑगबर्न एवं निमकॉफ के अनुसार इसी श्रेणी का सहयोग है, क्योंकि श्रम-विभाजन में विभिन्न व्यक्ति मौलिक रूप से एक-दूसरे की सहायता ही करते हैं.

समायोजन या व्यवस्थापना (Accommodation)

समायोजन, दो संघर्षरत् व्यक्ति या समूह के बीच (संघर्ष की समाप्ति के उपरान्त) उत्पन्न सामंजस्य की स्थिति है. समायोजन की प्रक्रिया संघर्ष के चरमोत्कर्ष पर उस समय उत्पन्न होती है जब दोनों पक्ष यह समझने लगते हैं कि संघर्ष से किसी पक्ष को कोई लाभ होने वाला नहीं है, बल्कि यह व्यर्थ और हानिकारक है. ऐसी स्थिति में वे एक-दूसरे को बिना हस्तक्षेप किए पारस्परिक तालमेल स्थापित करने का निर्णय लेते हैं. यह पारस्परिक तालमेल स्थापित करना ही समायोजन है. इस प्रक्रिया में संघर्ष के मूल कारणों की समाप्ति नहीं होती है, बल्कि मूल कारणों के साथ दोनों पक्ष एक-दूसरे को सहन करते रहते हैं. इसलिए समायोजन की प्रक्रिया अस्थायी और अवसरवादिता जैसी विशेषताओं से युक्त होती है.

पार्क एवं बर्गेस ने समायोजन को संघर्ष का स्वाभाविक परिणाम माना है. समायोजन को स्पष्ट करते हुए इन्होंने कहा

है कि "समायोजन में आक्रामक तत्वों का विरोध कुछ समय के लिए शिथिल पड़ जाता है. यद्यपि बाह्य क्रियाओं के रूप में संघर्ष समाप्त हो जाता है, लेकिन आन्तरिक रूप से उसकी सम्भावना सदैव बनी रहती है."

इसे परिभाषित करते हुए **रयूटर और हार्ट** ने कहा है कि "समायोजन प्रयत्नों का वह क्रम है जिसके द्वारा व्यक्ति स्वयं ही अपनी आदतों और मनोवृत्तियों का नए सिरे से निर्माण करके परिवर्तित दशाओं से सामंजस्य स्थापित करते हैं."

गिलिन एवं गिलिन के शब्दों में "समायोजन वह प्रक्रिया है, जिसके द्वारा संघर्ष एवं प्रतिस्पर्द्धा करने वाले व्यक्ति या समूह अपने सम्बन्धों में सामंजस्य स्थापित कर लेते हैं जिससे प्रतियोगी की संघर्ष के कारण उत्पन्न कठिनाई हल हो सके."

ग्रीन ने समायोजन को 'विरोधपूर्ण सहयोग' के रूप में स्पष्ट किया है.

इस प्रकार उपर्युक्त विवेचन से स्पष्ट है कि समायोजन एक प्रकार का समझौता है, सामंजस्य है, विरोधपूर्ण भावनाओं के बावजूद अस्तित्व की स्वीकार्यता है तथा संघर्ष के समाप्ति की एक युक्ति है. उल्लेखनीय है कि इन रूपों में समायोजन एक संगठनात्मक सामाजिक प्रक्रिया होने के साथ-ही-साथ एक विशिष्ट सामाजिक दशा भी है. जब संघर्ष की समाप्ति हेतु व्यक्ति या समूह एक सामान्य समझौता की ओर कदम बढ़ाते हैं, तो व्यक्ति या समूह का यह चेतन प्रयत्न समायोजन की प्रक्रियात्मक पक्ष को निर्दिष्ट करती है. इस चेतन प्रयत्न से दोनों पक्षों के बीच जो एक संतुलन स्थापित होता है वह समायोजन की दशा है.

समायोजन के प्रकार (Types of Accommodation)

गिलिन एवं गिलिन ने समायोजन के दो प्रकारों का उल्लेख किया है—

(1) **समान-प्रस्थिति समायोजन** (Co-ordinate Accommodation)—दो समान शक्ति तथा संसाधन वाले संघर्षरत् पक्षों में होने वाला समायोजन 'समान प्रस्थिति समायोजन' है.

(2) **असमान-प्रस्थिति समायोजन** (Super-ordinate-Subordinate Accommodation)—संघर्षरत् समूहों में यदि एक पक्ष दूसरे से अधिक शक्तिशाली और साधन सम्पन्न हो और एक की प्रस्थिति उच्च और दूसरे की निम्न हो तो ऐसे पक्षों के बीच होने वाला समायोजन 'असमान-प्रस्थिति समायोजन' होगा. इसमें शक्तिशाली पक्ष द्वारा दुर्बल पक्ष के दमन और शोषण की सम्भावना अधिक होती है.

समायोजन के कुछ अन्य महत्वपूर्ण स्वरूप इस प्रकार हैं—

(1) **अनौपचारिक और औपचारिक समायोजन** (In-formal and Formal Accommodation)—समायोजन के लिए व्यवहृत आधारिक सिद्धान्त यदि प्रथा, परम्परा और जनरीतियों द्वारा निर्देशित हों, तो ऐसा समायोजन 'अनौपचारिक समायोजन' होगा. इसके विपरीत कानूनी सिद्धान्तों द्वारा निर्देशित लिखित समझौते या सन्धियों पर आधारित समायोजन 'औपचारिक समायोजन' है.

(2) **बाह्य और आन्तरिक समायोजन** (External and Internal Accommodation)—परस्पर दो विरोधी समूहों के बीच होने वाला समायोजन 'बाह्य समायोजन' है, जबकि एक ही समूह के विभिन्न उप समूहों और व्यक्तियों के बीच होने वाला समायोजन 'आन्तरिक समायोजन' कहलाएगा.

समायोजन के तरीके या पद्धतियाँ (Methods of Accommodation)

परिस्थिति एवं प्रस्थिति के अनुसार समायोजन करने के कई तरीके हो सकते हैं. **किम्बाल यंग एवं डब्ल्यू. आर. मैक** ने ऐसे पाँच तरीकों का उल्लेख किया है—(1) दबाव, (2) समझौता, (3) मध्यस्थता, (4) सहमति, (5) सहनशीलता.

गिलिन एवं गिलिन ने समायोजन की सात सम्भावित पद्धतियों की चर्चा की है. ये पद्धतियाँ निम्नलिखित हैं—

(1) **बल प्रयोग** (Coercion)—इस पद्धति में समायोजन का आधार शक्ति और बाध्यता होती है. इसमें एक पक्ष, दूसरे पक्ष को अपनी शारीरिक या बौद्धिक शक्ति के माध्यम से अपनी शर्त मानने के लिए मजबूर करते हैं.

(2) **समझौता** (Compromise)—जब दोनों पक्षों के बीच कई बातें विवादपूर्ण हों, तो वे दोनों समायोजन के लिए अपनी कुछ विशिष्ट माँगों का त्यागकर एक सामान्य निष्कर्ष पर आते हैं. यह समायोजन समान प्रस्थिति वाले व्यक्तियों या समूहों में होता है.

(3) **मध्यस्थता** (Arbitration)—इसमें समायोजन के लिए आवश्यक शर्तों का निर्धारण और उन शर्तों के अनुकूल वातावरण का निर्माण दोनों पक्षों के बदले किसी तीसरे पक्ष द्वारा किया जाता है.

(4) **सहिष्णुता** (Toleration)—यह 'जियो और जीने दो' के सिद्धान्त पर आधारित होता है. इसमें कोई औपचारिक समझौता होने के बजाय एक आन्तरिक समझ बनी रहती है. अर्थात् व्यक्ति एवं समूह आपसी मतभेद के बावजूद एक-दूसरे को सहन करते रहते हैं. **किम्बॉल यंग** ने इसे 'सहनशीलता में भाग लेना' (Tolerant Participation) कहा है. **रॉस** ने इसे 'नियमित उपेक्षा' (Regulated Avoidence) कहा है.

(5) **स्थिति परिवर्तन** (Conversion)—स्थिति परिवर्तन का तात्पर्य व्यक्ति या समूह द्वारा अपने धर्म, संस्कृति या सामाजिक मान्यताओं को त्यागकर दूसरे धर्म, संस्कृति या सामाजिक मान्यताओं को अपनाने से है. समायोजन के लिए कभी-कभी एक पक्ष द्वारा अपनी स्थिति में परिवर्तन लाना आवश्यक हो जाता है.

(6) **उदात्तीकरण** (Sublimation)—जब किसी एक क्षेत्र में मिली असफलता की क्षतिपूर्ति किसी व्यक्ति द्वारा अन्य दूसरे क्षेत्र में सफल होकर की जाए, तो यह उदात्तीकरण कहलाता है. यह व्यक्तिगत प्रवृत्ति भी समायोजन की एक मुख्य पद्धति है.

(7) **तार्किकीकरण** (Rationalization)—इस पद्धति का आधार मनोवैज्ञानिक है. इसमें कुछ तर्कों के आधार पर व्यक्ति अपने आन्तरिक विचारों और अपनी क्रियाओं को उचित ठहराने का प्रयास करता है. जैसे—किसी के घर चोरी करने के बाद कोई व्यक्ति यह तर्क दे कि 'यह मेरी आर्थिक मजबूरी का सहज परिणाम था' या 'ऐसा करने से उसके काले धन का सदुपयोग' हो सकता है आदि.

सात्मीकरण (स्वांगीकरण) (Assimilation)

सात्मीकरण का समाजशास्त्रीय विश्लेषण सर्वप्रथम **ई. आर. पार्क एवं ई. डब्ल्यू. बर्गेस** (E.R. Park and E.W. Burgess) ने अपनी पुस्तक 'Introduction to the Science of Sociology' में किया. यह दो समूहों के सम्मिलन की प्रक्रिया है जो उत्प्रवास के सहज परिणाम के रूप में होती है. इस सम्मिलन की प्रक्रिया में किसी व्यक्ति या समूह की संस्कृति, विचार एवं क्रियाएँ दूसरे व्यक्ति या समूह द्वारा पूर्णरूप से आन्तरीकृत या आत्मसात् की जाती है. इस प्रक्रिया के बाद दोनों समूह में कोई स्पष्ट अन्तर नहीं रह जाता है.

सात्मीकरण को विभिन्न समाजशास्त्रियों ने निम्नलिखित प्रकार से परिभाषित किया है—

पार्क एवं बर्गेस के अनुसार, "सात्मीकरण सम्मिलन की वह प्रक्रिया है जिसके द्वारा व्यक्ति और समूह, दूसरे व्यक्तियों या समूहों की स्मृतियों, संवेगों एव प्रवृत्तियों को ग्रहण करते हैं और इस तरह उनके अनुभव, इतिहास के भागीदार बनकर उनके सांस्कृतिक जीवन में सम्मिलित कर लिए जाते हैं."

डॉसन और गेटिस के अनुसार, "सांस्कृतिक रूप से दो समूहों का समान और अभिन्न हो जाना ही सात्मीकरण है."

ऑगबर्न एवं निमकॉफ के अनुसार, "दो समूहों के दृष्टिकोण और स्वार्थों में समानता स्थापित होने की प्रक्रिया ही सात्मीकरण है."

बीसेन्ज और बीसेन्ज के अनुसार, "सात्मीकरण एक सामाजिक प्रक्रिया है, जिसके द्वारा व्यक्ति तथा समूह, समान भावनाओं, मूल्यों और उद्देश्यों में भाग लेते हुए एक-दूसरे के निकट आते हैं."

बोगार्डस के अनुसार, "सात्मीकरण की प्रक्रिया द्वारा अनेक व्यक्तियों की मनोवृत्तियाँ समान हो जाती हैं और ये एक संयुक्त समूह के रूप में विकसित हो जाते हैं."

उपर्युक्त विश्लेषण के आधार पर सात्मीकरण की निम्नलिखित **विशेषताएँ** स्पष्ट होती हैं—

1. सात्मीकरण एक सामाजिक प्रक्रिया है. जो सामाजिक जीवन के सभी पक्षों को आत्मसात् करने से सम्बन्धित है.
2. इस प्रक्रिया में दो विभिन्न समूहों की विशेषताओं में साम्य स्थापित होता है.
3. इस प्रक्रिया के दो पक्ष हैं. इस प्रक्रिया के तहत् जहाँ तक दो अनजान समूहों के निकट आने का प्रक्रम है वहाँ तक यह समायोजन के निकट है और जहाँ तक दोनों समूह के सम्मिलन का प्रश्न है, वहाँ एकीकरण के निकट है.
4. यह प्रक्रिया आन्तरिक रूप से सम्पन्न होती है. इसका मुख्य उद्देश्य एक स्थायी सन्तुलन का निर्माण करना होता है.
5. सात्मीकरण की पूर्णावस्था क्रमागत रूप से कई चरणों में स्वयं विकसित होती है.
6. इसके पूणविस्था के बाद व्यक्तिवादिता का लोप स्वयं हो जाता है.
7. सात्मीकरण के विभिन्न चरणों के साथ इसकी मात्रा जुड़ी हुई है. दोनों समूहों (आप्रवासी तथा मूल समूह) के बीच विवाह सम्बन्ध के प्रचलन के बाद पूर्ण सात्मीकरण माना जाता है.

सात्मीकरण के सहायक कारक (Helping Factors of Assimilation)

सात्मीकरण की प्रक्रिया काफी धीमी होती है. यह कई चरणों अथवा सोपानों से गुजरने के बाद पूर्णता को प्राप्त करती है, परन्तु प्रत्येक समाज में कुछ ऐसे कारक या दशाएँ अवश्य विद्यमान होते हैं जो इस प्रक्रिया को प्रोत्साहित करती रहती है तथा उन कारकों की मात्रात्मक अधिकता सात्मीकरण की प्रक्रिया में तेजी लाती है. ऐसे करकों में भौतिक समीपता सबसे आधारभूत कारक है. भौतिक समीपता से प्रत्यक्ष सामाजिक सम्पर्क और अन्तःक्रिया के अधिक अवसर प्राप्त होते हैं. इसके अलावा समान आर्थिक और सांस्कृतिक दशाएँ, समान सामाजिक और आर्थिक अवसर, समान शैक्षिक स्तर, समान राजनीतिक विचारधारा और उद्देश्य, सहिष्णुता की उच्च स्तरीय भावना, प्रजातीय शुद्धता की लचीली धारणा,

समान समस्याएँ उन्नत परिवहन और संचार साधन आदि कारक महत्वपूर्ण हैं.

प्रत्येक समाज में कुछ कारक ऐसे भी होते हैं जो सात्मीकरण की प्रक्रिया में बाधा उत्पन्न करते हैं. ऐसे बाधक कारकों में सांस्कृतिक पृष्ठभूमि की अत्यधिक विभिन्नता, भौतिक विभिन्नताएँ तथा पूर्वाग्राही धारणाएँ महत्वपूर्ण हैं.

एकीकरण (Integration)

सामान्यतया सात्मीकरण और एकीकरण को एक ही अर्थ में प्रयुक्त किया जाता है, लेकिन सामाजिक प्रक्रिया के रूप में दोनों की अवधारणा एक-दूसरे से काफी भिन्न हैं. एकीकरण का तात्पर्य समाज या अन्य सामाजिक तथ्यों के सम्पूर्ण संरचना और उसके विभिन्न इकाइयों के बीच पाए जाने वाले सुदृढ़ता, एकजुटता या परस्पर आबद्धता से है.

ऑगबर्न एवं निमकॉफ ने इसे परिभाषित करते हुए कहा कि "पृथक् अंगों को मिलाकर एकांकी इकाई निर्मित करने की प्रक्रिया ही एकीकरण है." अन्यत्र इन्होंने लिखा है कि "एकीकरण का तात्पर्य उन बन्धनों से है जो किसी प्रणाली के सदस्यों में एक-दूसरे के प्रति पाए जाते हैं." इन्हीं अर्थों में **गिलिन तथा गिलिन** का कहना है कि "एकीकरण, समरूपता (Hemogeneity) के बजाय संगठन है."

समायोजन की भाँति एकीकरण भी प्रक्रिया एवं दशा, दोनों ही हैं. सामाजिक परिवर्तन की निरन्तरता के कारण समाज और उसकी विभिन्न इकाइयों में भी निरन्तर परिवर्तन होता रहता है. परिवर्तित परिप्रेक्ष्य में समाज एवं उसकी विभिन्न इकाइयों में सामन्जस्य स्थापित होता रहता है. इस दृष्टिकोण से एकीकरण एक प्रक्रिया है. दूसरी तरफ प्रत्येक परिवर्तन के बाद जो एक नवीन संतुलन कायम होता है उस रूप में एकीकरण एक दशा है. इस संतुलन का भंग होना ही सामाजिक विघटन का द्योतक होता है.

एकीकरण के सम्बोध से ही दो अन्य महत्वपूर्ण सम्बोध जुड़े हुए हैं. ये हैं—**परकीयकरण या विलगीकरण**. एकीकरण में व्यक्ति अपने समूह से आबद्ध होता है, लेकिन यदि व्यक्ति अपने समूह के विरोध में अपने आपको स्थापित करने लगे, तो यह प्रक्रिया 'परकीयकरण' कहलाती है. इसी प्रकार जब किसी व्यक्ति को उसके समूह से बहिष्कृत कर दिया जाता है या निकाल दिया जाता है, तो यह प्रक्रिया 'विलगीकरण' कहलाती है.

एकीकरण को प्रभावित करने वाले कारक (Factors Affecting Integration)

ऑगबर्न एवं निमकॉफ ने एकीकरण को प्रभावित करने वाले मुख्य तीन कारकों का उल्लेख किया है—

(1) **समूह का आकार** (Size of Group)—समूह का आकार तथा एकीकरण की मात्रा में विपरीत सम्बन्ध है अर्थात् छोटे समूह में एकीकरण उच्च स्तर पर और बड़े समूहों में एकीकरण न्यून मात्रा में पाया जाता है. इसी कारण प्राथमिक समूहों की तुलना में द्वितीयक समूहों में एकीकरण की समस्या अत्यधिक होती है.

(2) **सजातीयता** (Homogeneity)—सजातीयता का तात्पर्य किसी 'समग्र' की विभिन्न इकाइयों के एक जैसा होने से है. स्वाभाविक रूप से जिन समूहों जैविकीय, मानसिक या अन्य आधारों पर सजातीयता अधिक होगी वहाँ एकीकरण की मात्रा भी अधिक होगी.

(3) **भौगोलिक गतिशीलता** (Geographical Mobility)—एकीकरण के लिए यह आवश्यक है कि व्यक्ति अपने समूह में दृढ़ और शाश्वत इच्छा के आधार पर निवास करे, परन्तु भौगोलिक गतिशीलता के कारण व्यक्ति का समूह परिवर्तित होता रहता है. फलतः प्रत्येक समूह के साथ उसके लिए एकीकरण एक समस्या बनी रहती है.

प्रतियोगिता या प्रतिस्पर्द्धा (Competition)

समाज के असहयोगी या विभाजक प्रक्रियाओं में प्रतिस्पर्द्धा का महत्वपूर्ण स्थान है. प्रतिस्पर्द्धा का आशय उस स्थिति से है जिसमें किसी एक ही लक्ष्य या साध्य को अनेक व्यक्ति प्राप्त करना चाहते हों, लेकिन व्यक्तियों की तुलना में साध्य की उपलब्धता कम हो. प्रतिस्पर्द्धा के मूल में भी व्यक्ति की विभिन्न आवश्यकताएँ ही हैं. जिस प्रकार व्यक्ति अपनी विभिन्न आवश्यकताओं की पूर्ति के लिए एक-दूसरे को सहयोग करते हैं, ठीक उसी प्रकार व्यक्ति एवं समूह अपनी आवश्यकता की पूर्ति हेतु प्रतिस्पर्द्धा के लिए अनुप्रेरित होते रहते हैं.

सहयोग की तरह प्रतिस्पर्द्धा का अस्तित्व भी प्राचीन समय से ही है, लेकिन पूँजीवाद के उदय के पश्चात् एक अवधारणा के रूप में प्रतिस्पर्द्धा को विस्तृत आयाम मिला. सर्वप्रथम ब्रिटिश अर्थशास्त्री **एडम स्मिथ** ने अपनी पुस्तक 'The Wealth of Nations' में आर्थिक क्रियाओं के विश्लेषण के क्रम में प्रतिस्पर्द्धा की भूमिका का विस्तृत विवेचन किया. बाद में इसके विभिन्न पक्षों का उदभेदन कर इसे समाजशास्त्रीय अध्ययनों के लिए भी प्रासंगिक बनाया गया.

गिलिन एवं गिलिन ने इसे विस्तृत रूप से परिभाषित करते हुए कहा कि "प्रतिस्पर्द्धा वह सामाजिक प्रक्रिया है जिसके अन्तर्गत विरोधी व्यक्ति या समूह किसी जनता का पक्ष या प्राथमिकता प्राप्त करने की कोशिश करते हैं तथा उन व्यक्तियों या उस समूह से अपने हित के समर्थन में

पक्षपातपूर्ण अपील करते हैं न कि अपने लक्ष्य को पाने के लिए हिंसा या आतंक का प्रयोग."

बीसन्ज एवं बीसेन्ज के अनुसार, "प्रतिस्पर्द्धा दो या दो से अधिक व्यक्तियों के समान उद्देश्य (जो सीमित हैं, अर्थात् सब उसके भागीदार नहीं बन सकते हैं.) के पाने के प्रयत्न को कहते हैं."

ग्रीन ने इसे स्पष्ट करते हुए लिखा है कि "प्रतिस्पर्द्धा में दो या दो से अधिक समूह उन समान उद्देश्यों को प्राप्त करने का प्रयास करते हैं, जिसको उनमें से कोई भी दूसरे के साथ बाँटने के लिए तैयार नहीं होते हैं."

सदरलैण्ड का कहना है कि "प्रतिस्पर्द्धा व्यक्तियों या समूहों के बीच उन सन्तुष्टियों (जिन्हें उनके सीमित होने के कारण सब प्राप्त नहीं कर सकते) को प्राप्ति के लिए एक अवैयक्तिक, अचेतन एवं निरन्तर संघर्ष है."

बोगार्डस के शब्दों में "प्रतिस्पर्द्धा किसी ऐसी वस्तुओं को प्राप्त करने की होड़ है, जिसकी मात्रा इतनी अधिक नहीं होती है कि उसकी माँग की पूर्ण पूर्ति की जा सके."

फेयरचाइल्ड ने इसे अति संक्षिप्त रूप से परिभाषित करते हुए कहा है कि "प्रतिस्पर्द्धा सीमित वस्तुओं के उपभोग के अधिकार के लिए होने वाला संघर्ष है."

ऑगबर्न एवं निमकॉफ के अनुसार, "प्रतिस्पर्द्धा सामाजिक संघर्ष का मूलभूत प्रकार है, जो आपूर्ति की तुलना में माँग की अधिकता की स्थिति में घटित होती है."

उपर्युक्त परिभाषाओं के आधार पर प्रतिस्पर्द्धा की प्रकृति या **विशेषताओं** के सम्बन्ध में निम्नलिखित बातें कही जा सकती हैं—

1. प्रतिस्पर्द्धा हिंसारहित विरोधात्मक प्रक्रिया है.
2. इस प्रक्रिया में दो या दो से अधिक व्यक्ति या समूह किसी समान लक्ष्य की प्राप्ति के लिए एक-दूसरे से आगे बढ़ने का प्रयास करते हैं.
3. प्रतिस्पर्द्धा के कुछ निश्चित नियम तथा कुछ निश्चित कारण होते हैं.
4. यह अवैयक्तिक प्रक्रिया है, क्योंकि प्रतिस्पर्धी प्रायः एक-दूसरे से अपरिचित ही रहते हैं.
5. यह एक अचेतन प्रक्रिया भी है. इसमें भाग लेने वाले व्यक्ति की चेतना केवल अपने लक्ष्यों के प्रति जागरूक होती है. यदि सभी प्रतिस्पर्द्धी एक-दूसरे को भली-भाँति जानने के बाद प्रतिस्पर्द्धा में भाग लें, तो यह 'प्रतिद्वन्द्विता' कहलाएगी.
6. यह प्रक्रिया व्यक्ति के जीवन एवं समाज में निरन्तर चलती रहती है.
7. यह एक सार्वभौमिक एवं सार्वकालिक प्रक्रिया है. प्रत्येक समाज में यह सदैव विद्यमान रहा है.
8. इस प्रक्रिया में एक 'तीसरे पक्ष' की उपस्थिति प्रायः अनिवार्य होती है. जैसे—दो दुकानदारों की प्रतिस्पर्द्धा में 'ग्राहक' तीसरा पक्ष है. दो विद्यालयों की प्रतिस्पर्द्धा में 'विद्यार्थी' तीसरा पक्ष है. **गिलिन एवं गिलिन** ने अपनी परिभाषा में इसी 'तीसरे पक्ष' को महत्वपूर्ण स्थान दिया है.
9. इसके माध्यम से व्यक्ति एवं समूह अपने निजी हितों की पूर्ति करते हैं. इसलिए यह प्रक्रिया व्यक्तिगत प्रयत्न, योग्यता, क्षमता, कठोर परिश्रम पर आधारित होती है. इस रूप में प्रतिस्पर्द्धा सामाजिक गतिशीलता की सहायक प्रक्रिया है.
10. प्रतिस्पर्द्धा की प्रकृति अत्यन्त परिवर्तनशील होती है. अपने विकास के दरम्यान् यह कई अन्य रूप ग्रहण कर लेती है, जिसमें तनाव एवं संघर्ष भी है.

प्रतिस्पर्द्धा के प्रकार (Types of Competition)

प्रतिस्पर्द्धा को कई आधारों पर विभाजित किया जा सकता है. एक सर्वप्रचलित आधार वैयक्तिकता का है. इस आधार पर प्रतिस्पर्द्धा के दो प्रकार हैं—

(1) **वैयक्तिक प्रतिस्पर्द्धा** (Personal Competition)—यह प्रतिस्पर्द्धा विभिन्न व्यक्तियों के बीच व्यक्तिगत लक्ष्यों को प्राप्त करने के लिए होती है. इसमें प्रतिस्पर्द्धियों में एक-दूसरे से प्रतिस्पर्द्धा इसी प्रकार की होती है.

(2) **अवैयक्तिक प्रतिस्पर्द्धा** (Impersonal Competition)—यह विभिन्न समूहों के बीच होने वाली प्रतिस्पर्द्धा है. यद्यपि इसमें भी प्रतिस्पर्द्धी तो व्यक्ति ही होते हैं, लेकिन वे किसी समूह का प्रतिनिधित्व करते हैं. जैसे—दो खेल टीमों में होने वाली प्रतिस्पर्द्धा.

एक अन्य महत्वपूर्ण आधार नियमों की प्रणाली है. इस आधार पर भी प्रतिस्पर्द्धा के दो प्रकार हैं—

(1) **संस्थागत प्रतिस्पर्द्धा** (Institutional Competition)—संस्थागत प्रतिस्पर्द्धा किसी समाज द्वारा स्वीकृत समिति या संस्था द्वारा पूर्णतः प्रायोजित होती है. ऐसी प्रतिस्पर्द्धा में निश्चित नियम तथा मानदण्डों का प्रत्येक स्थिति में यथारूप पालन अनिवार्य होता है. इसमें प्रतिस्पर्द्धियों का प्रत्यक्ष सम्बन्ध नहीं होता है. उदाहरणस्वरूप किसी संस्था द्वारा आयोजित प्रतियोगी परीक्षाएँ संस्थागत प्रतिस्पर्द्धा है.

(2) **गैर-संस्थागत प्रतिस्पर्द्धा** (Non-Institutional Competition)—जब प्रतिभागी बगैर किसी नियम या मानदण्डों की बाध्यता के स्वतन्त्र रूप से प्रतिस्पर्द्धा में शामिल होते हैं, तो यह गैर-संस्थात्मक प्रतिस्पर्द्धा होगी. जैसे—दो पड़ोसी का अपनी पार्टी में बेहतर सजावट के लिए प्रतिस्पर्द्धा

दो प्रेमियों में अपनी प्रेमिका को पाने के लिए प्रतिस्पर्द्धा, आदि.

गिलिन एवं गिलिन तथा ग्रीन ने मानवीय पहलुओं के आधार पर प्रतिस्पर्द्धा को विभाजित किया है. इस आधार पर गिलिन एवं गिलिन ने प्रतिस्पर्द्धा के चार स्वरूपों का उल्लेख किया है. ये हैं—(1) आर्थिक, (2) सांस्कृतिक, (3) प्रस्थिति एवं भूमिका से सम्बद्ध, (4) प्रजातीय.

ग्रीन ने भी प्रतिस्पर्द्धा के चार स्वरूपों का उल्लेख किया है. ये हैं—(1) आर्थिक, (2) सामाजिक, (3) राजनीतिक, (4) प्रस्थिति सम्बन्धी. इस आधार पर सम्मिलित रूप से प्रतिस्पर्द्धा के प्रकार निम्नलिखित हैं—

(1) **आर्थिक प्रतिस्पर्द्धा** (Economic Competition)—उत्पादन, उपभोग, विनिमय तथा वितरण से सम्बन्धित प्रतिस्पर्द्धा को आर्थिक प्रतिस्पर्द्धा के अन्तर्गत शामिल किया जाता है. वर्तमान में आर्थिक प्रतिस्पर्द्धा का क्षेत्र ही सबसे अधिक विस्तृत है.

(2) **सांस्कृतिक प्रतिस्पर्द्धा** (Cultural Competition)—जब दो विभिन्न संस्कृति वाले समूहों का सम्पर्क होता है, तो वे अपनी सांस्कृतिक विशेषताओं के अधिक-से-अधिक प्रसार के लिए एक-दूसरे से प्रतिस्पर्द्धा करते हैं. सांस्कृतिक प्रतिस्पर्द्धा का मुख्य आधार धर्म, भाषा, पोशाक, जीवन-शैली, आदर्श और मूल्य, मान्यता, विचारधारा आदि होते हैं.

(3) **प्रस्थिति और भूमिका से सम्बन्धित प्रतिस्पर्द्धा** (Status and Role Oriented Competition)—समाज में प्रत्येक व्यक्ति उच्च-से-उच्च प्रस्थिति प्राप्त करने का इच्छुक होता है. साथ ही प्रत्येक व्यक्ति इस प्रकार का कार्य (भूमिका) करना चाहता है जिससे अधिक-से-अधिक व्यक्ति उसके बारे में जान सकें. इन दोनों के लिए ही व्यक्ति को दूसरे व्यक्तियों के साथ प्रतिस्पर्द्धा करनी होती है. वर्तमान युग में अर्जित प्रस्थिति का अधिक महत्व होने के कारण प्रस्थिति तथा भूमिका से सम्बन्धित प्रतिस्पर्द्धा काफी बढ़ चुकी है. इसलिए वर्तमान युग को प्रतिस्पर्द्धा का युग कहा जाता है.

(4) **प्रजातीय प्रतिस्पर्द्धा** (Racial Competition)—विश्व की विभिन्न प्रजातियों में प्रजातीय श्रेष्ठता की भावना पाई जाती है. प्रत्येक प्रजाति अपने को दूसरी प्रजाति से उच्च साबित करने के लिए प्रतिस्पर्द्धा करते हैं. अमरीकी एवं यूरोपीय समाज में काले एवं गोरे लोगों के बीच की प्रतिस्पर्द्धा, प्रजातीय प्रतिस्पर्द्धा ही है. भारतीय समाज में जातीय प्रतिस्पर्द्धा भी इसी प्रकार की है.

(5) **राजनीतिक प्रतिस्पर्द्धा** (Political Competition)—प्रत्येक व्यक्ति-समूह तथा राज्य अधिक-से-अधिक राजनीतिक सम्प्रभुता प्राप्त करना चाहता है. इसके लिए होने वाली प्रतिस्पर्द्धा, राजनीतिक प्रतिस्पर्द्धा कहलाती है. विभिन्न राजनीतिक दलों का औपचारिक संघर्ष तथा विभिन्न राष्ट्रों की अन्य राष्ट्रों के प्रति कूटनीतिक चालों के कारण प्रतिस्पर्द्धा के अन्य सभी स्वरूपों में राजनीतिक प्रतिस्पर्द्धा सबसे अधिक उग्र एवं जटिल रूप धारण कर चुकी है.

प्रतिस्पर्द्धा के आधार (Bases of Competition)

प्रतिस्पर्द्धा प्रत्येक समाज की एक स्थायी विशेषता है. समाज के प्रत्येक पहलू में प्रतिस्पर्द्धा किसी-न-किसी रूप में अवश्य विद्यमान रहती है, परन्तु महत्वपूर्ण बात यह है कि प्रत्येक समाज में प्रतिस्पर्द्धाओं के स्वरूप एक जैसे नहीं होते हैं. इसलिए यहाँ स्वाभाविक प्रश्न उठता है कि वे कौनसे आधार हैं जिस कारण विभिन्न समाजों में प्रतिस्पर्द्धा के स्वरूप भिन्न-भिन्न होते हैं. **गिलिन एवं गिलिन** ने ऐसे दो प्रमुख आधारों का उल्लेख किया है जो निम्नलिखित हैं—

(1) **मूल्यों की व्यवस्था** (System of Values)—समाज के मूल्यों द्वारा ही यह निर्धारित होता है कि किस समाज में सहयोग, संघर्ष अथवा प्रतिस्पर्द्धा में से कौनसी प्रक्रिया अधिक प्रभावशाली होगी? जैसे—प्रोटेस्टेन्ट धर्म में, कड़ी मेहनत के आधार पर धन अर्जन को अधिक तरजीह दी जाती है. इसलिए इस धर्म को मानने वाले समाजों में धार्मिक मूल्य के कारण उच्चस्तरीय प्रतिस्पर्द्धा देखने को मिलती है. इसके विपरीत भारतीय हिन्दू धर्म में त्याग, बलिदान, निरंकार जैसे मूल्यों पर अधिक जोर दिया गया है तथा अतिरिक्त धन अर्जन की आलोचना की गई है. इसलिए यहाँ निम्नस्तरीय आर्थिक प्रतिस्पर्द्धा देखने को मिलती है. यहाँ व्यक्ति आर्थिक प्रतिस्पर्द्धा के बदले धार्मिक या सांस्कृतिक प्रतिस्पर्द्धा को अधिक तरजीह देता है.

(2) **समूह-संरचना** (Group Structure)—किसी समाज में प्रतिस्पर्द्धा की मात्रा कितनी होगी यह बहुत हद तक उसकी सामाजिक संरचना पर भी निर्भर करता है. जैसे—खुले स्तरीकरण वाले समाजों या वर्ग आधारित समाजों में व्यक्ति के प्रस्थिति में परिवर्तन की सम्भावनाएँ अधिक होती हैं, क्योंकि ऐसे समाजों में व्यक्ति के प्रस्थिति का मुख्य आधार उसकी योग्यता, कुशलता तथा दक्षता होती है. इन गुणों में वृद्धि कर एक व्यक्ति निम्न प्रस्थिति से उच्चतर प्रस्थिति प्राप्त कर सकता है. इसलिए ऐसे समाजों में प्रस्थिति एवं भूमिका से सम्बन्धित प्रतिस्पर्द्धा उच्च स्तर पर होती है. इसके विपरीत बन्द स्तरीकरण वाले समाज या जाति आधारित समाजों में व्यक्ति के प्रस्थिति में परिवर्तन की सम्भावना अत्यन्त क्षीण होती है. ऐसे समाजों में व्यक्ति की प्रस्थिति का निर्धारण उसके जन्मजात जातीय विशेषताओं के आधार पर होता है, जिसमें किसी भी प्रयास द्वारा कोई परिवर्तन नहीं लाया जा सकता है. इसलिए स्वाभाविक रूप से ऐसे समाजों में प्रतिस्पर्द्धा प्रायः शून्य होती है.

प्रतिस्पर्द्धा के प्रकार्य (Functions of Competition)

प्रतिस्पर्द्धा की प्रक्रिया में ईर्ष्या, द्वेष और अक्सर शोषण का भाव अन्तर्निहित होने के कारण अधिकांश विचारकों ने इसे एक विघटनात्मक प्रक्रिया माना है, किन्तु वास्तविकता सदैव ऐसी ही नहीं होती है. कई मायने में प्रतिस्पर्द्धा समाज के लिए संगठनात्मक और सहयोगी प्रक्रिया भी है. इसके मुख्य प्रकार्य निम्नलिखित हैं—

1. समाज में किसी वस्तु एवं पद के महत्व स्थापन में प्रतिस्पर्द्धा प्रभावी भूमिका अदा करती है. जिस वस्तु या पद को पाने के लिए समाज में जितनी अधिक प्रतिस्पर्द्धा होती है उसे उतना अधिक मूल्यवान और ऊँचा माना जाता है.
2. प्रतिस्पर्द्धा के कारण ही व्यक्ति एवं समूह को आवश्यकता पूर्ति के लिए अनेक विकल्प उपलब्ध होते हैं. ये विभिन्न विकल्प उनके जीवन एवं उद्देश्य प्राप्ति को सुविधाजनक बना देती है.
3. प्रतिस्पर्द्धा के माध्यम से ही विभिन्न संस्थाओं को उनकी आवश्यकता के अनुकूल योग्य व्यक्ति मिल जाते हैं तथा योग्य व्यक्तियों को अपने मनोनुकूल कार्य और कार्य करने का विशिष्ट पर्यावरण प्राप्त हो जाता है.
4. व्यक्ति के व्यक्तित्व में प्रतिस्पर्द्धा के माध्यम से रचनात्मकता का समावेश होता है. इस तथ्य पर प्रकाश डालते हुए **कूले** ने लिखा है कि "प्रतिस्पर्द्धा व्यक्तित्व पर गहरा प्रभाव डालती है. यह हमारे दृष्टिकोण को व्यापकता प्रदान करती है. दो व्यापारी पारस्परिक प्रतिस्पर्द्धा में एक-दूसरे की व्यापार विधि को, उसके व्यापार संचालन एवं विक्रय पद्धति को समझने की कोशिश करते हैं. वे उनमें से अच्छे विचारों को सीखते हैं तथा उनकी प्रशंसा करते भी हैं, चाहे उनमें कितने ही विरोधी स्वार्थ क्यों न हों?"
5. प्रतिस्पर्द्धा समाज में योग्य व्यक्तियों को श्रेष्ठ पद दिलाकर सामाजिक संगठन में प्रत्यक्ष सहयोग देती है. इससे जहाँ एक ओर व्यक्ति का मानसिक तनाव कम होता है, वहीं दूसरी ओर उसे अपनी सामाजिक व्यवस्था के प्रति आस्था भी दृढ़ होती है.
6. आर्थिक एवं व्यावसायिक क्षेत्रों में प्रतिस्पर्द्धा के कारण ही एकाधिकार की स्थिति पर नियंत्रण लगा रहता है. इससे उपभोक्ता एवं सामान्य व्यक्तियों के हितों की उचित रक्षा सम्भव होती है.
7. प्रतिस्पर्द्धा व्यक्ति को अपने सर्वश्रेष्ठ क्षमता के आधार पर कठोर परिश्रम, ईमानदारी तथा लगन से कार्य करने को प्रेरित करती है. परिणामस्वरूप सम्पूर्ण समाज प्रगति की दिशा में आगे बढ़ता है.
8. प्रतिस्पर्द्धा के कारण समाज में कार्य करने के नवीन तरीकों का अन्वेषण होता रहता है जो नवीन आविष्कारों को जन्म देती है.

उपर्युक्त प्रकार्यों के सन्दर्भ में **किंग्सले डेविस** का यह निष्कर्ष है कि "प्रतिस्पर्द्धा की प्रक्रिया अत्यधिक गतिशील है. यह महत्वाकांक्षाओं में वृद्धि करके, असफलता को चुनौती देकर, सफलता का विश्वास दिलाकर और प्रतिद्वन्द्विता के तत्व को जन्म देकर व्यक्ति को उच्च स्थितियाँ प्राप्त करने की सदैव प्रेरणा देती रहती हैं." प्रतिस्पर्द्धा के संदर्भ में डेविस का यह निष्कर्ष बिल्कुल सही प्रतीत होता है.

प्रतिस्पर्द्धा के अकार्य (Dysfunctions of Competition)

अनियन्त्रित एवं अनियोजित स्थिति में प्रतिस्पर्द्धा अपने मूल प्रकार्यों से भटक जाती है, फलतः इसके विभिन्न प्रकार्य अकार्य में बदल जाते हैं–

1. अक्सर प्रतिस्पर्द्धा अपने वांछित नियमों और सीमाओं से अलग होकर अवैयक्तिक के स्थान पर वैयक्तिक संघर्ष का रूप धारण कर लेती है. इस रूप में प्रतिस्पर्द्धा अहिंसात्मक के बदले हिंसात्मक हो जाती है.
2. सामाजिक विषमता की स्थिति में स्वतन्त्र प्रतिस्पर्द्धा एक दिवास्वप्न जैसी ही है. सामाजिक विषमता की स्थिति में प्रतिस्पर्द्धा का अर्थ 'जिसकी लाठी उसकी भैंस' ही हो जाती है.
3. प्रतिस्पर्द्धा, भौतिक आविष्कारों को बढ़ावा देती है और भौतिक आविष्कार तकनीकी प्रगति को प्रोत्साहित करता है, किन्तु प्रत्येक तकनीकी प्रगति समाज के लिए लाभदायक ही नहीं होती. जैसे—वृहत् उद्योगों के विकास से लघु एवं कुटीर उद्योग नष्टप्रायः हो गए. कम्प्यूटर तकनीक से बेरोजगारी काफी बढ़ी है.
4. वर्तमान औद्योगिक व्यवस्था में प्रतिस्पर्द्धा ने एकाधिकार तथा अनावश्यक पूँजी संग्रह को ही बढ़ावा दिया है.
5. गलाकाट प्रतिस्पर्द्धा के कारण वस्तुओं का उत्पादन मूल्य बढ़ जाता है, क्योंकि वस्तु के प्रचार पर उत्पादन करने वाले प्रतिष्ठान को अत्यधिक व्यय करना पड़ता है.

संघर्ष
(Conflict)

समाज के विघटनात्मक या असहयोगी प्रक्रियाओं में संघर्ष का स्थान सर्वोपरि है. वास्तव में संघर्ष, प्रतिस्पर्द्धा का

ही विकृत स्वरूप है. जब दो या दो से अधिक व्यक्ति अथवा समूह आपस में प्रतिस्पर्द्धा करते हुए एक-दूसरे के प्रति हिंसा का रुख अख्तियार कर लेते हैं, उनके पारस्परिक व्यवहार शत्रुतापूर्ण हो जाते हैं, तो यह स्थिति ही 'संघर्ष' कहलाती है. संघर्ष की स्थिति में व्यक्ति अपने लक्ष्यों को प्राप्त करने के लिए अपने प्रतियोगियों के विरुद्ध किसी भी हद तक जाने के लिए तैयार हो जाते हैं. इस प्रकार संघर्ष, सहयोग के ठीक विपरीत की स्थिति है. वस्तुतः सामाजिक प्रक्रियाओं में सहयोग एवं संघर्ष दो ध्रुव के समान हैं. इन दोनों में एक निरन्तरता (Continum) का सम्बन्ध पाया जाता है. इन सामाजिक प्रक्रियाओं के सम्बन्ध में **मेकाइवर एवं पेज** की यह उक्ति अत्यंत सटीक प्रतीत होती है कि "मानव जीवन में ये सार्वभौम तत्व है. जिस प्रकार भौतिक जगत् में आकर्षण और विकर्षण की शक्तियाँ साथ-ही-साथ काम करती रहती हैं ठीक वैसे ही सामाजिक जीवन में सहयोग और संघर्ष का समन्वय है जो मनुष्यों और समूहों के सम्बन्धों में प्रकट होता है."

गिलिन एवं गिलिन ने इसे परिभाषित करते हुए कहा है कि "संघर्ष वह सामाजिक प्रक्रिया है जिसमें व्यक्ति या समूह अपने उद्देश्य को प्राप्त करने के लिए अपने विरोधियों के प्रति सीधी हिंसा या हिंसा की धमकी का प्रयोग करते हैं."

ग्रीन का कहना है कि "संघर्ष किसी अन्य व्यक्ति अथवा समूह की इच्छाओं का विचारपूर्वक विरोध करने, रोकने अथवा शक्ति द्वारा पूर्ण कराने से सम्बन्धित प्रयत्न है."

किम्बाल यंग एवं मैक के शब्दों में "संघर्ष विरोध का संवेगात्मक और हिंसात्मक रूप है जिसमें विरोधी को पराजित कर पुरस्कार अथवा लक्ष्य प्राप्त कर लेने की चिन्ता प्रमुख होती है."

किंगसले डेविस ने प्रतिस्पर्द्धा तथा संघर्ष के सम्बन्ध को स्पष्ट करते हुए कहा है कि "प्रतिस्पर्द्धा और संघर्ष में केवल मात्रा का ही अन्तर है." अर्थात् प्रतिस्पर्द्धा में विरोध की जो आन्तरिक प्रवृत्ति पाई जाती है संघर्ष में वही विरोध की प्रवृत्ति अपने चरम उत्कर्ष पर पहुँचकर हिंसा का रूप धारण कर लेती है.

उपर्युक्त परिभाषाओं द्वारा संघर्ष की निम्नलिखित **विशेषताएँ** स्पष्ट होती हैं—

1. संघर्ष की प्रक्रिया का मुख्य और अन्तिम ध्येय विरोध, आक्रामकता और हिंसा के द्वारा अपने विरोधी पक्ष को सीमित, नियन्त्रित अथवा पूर्णतः समाप्त करना होता है.
2. व्यक्तिगत या समूहगत हितों के टकरव के चरमोत्कर्ष पर ही संघर्ष की प्रक्रिया प्रारम्भ होती है.
3. संघर्ष एक चेतन एवं वैयक्तिक प्रक्रिया है. संघर्ष में व्यक्ति या समूह अपने उद्देश्य की अपेक्षा प्रतिपक्ष पर ही अधिक ध्यान केन्द्रित करता है.
4. संघर्ष की प्रकृति अस्थायी होती है. संघर्ष निरन्तर नहीं चल सकता है.
5. संघर्ष में सामाजिक कानूनों की पूर्ण अवहेलना की जाती है. प्रतिस्पर्द्धा के विपरीत इसमें कोई नियम नहीं होता है.
6. संघर्ष में सहयोग के तत्व भी अन्तर्निहित होते हैं. वाह्य-समूहों से संघर्ष की स्थिति में अन्तर्समूहों में आन्तरिक सहयोग का बढ़ा हुआ रूप स्पष्टतः दिखाई देता है.
7. संघर्ष के परिणाम अक्सर गम्भीर होते हैं, लेकिन कुछ विशेष परिस्थितियों में संघर्ष सामाजिक संगठन के एकीकरण में सहायक भी होता है.
8. संघर्ष एक सार्वभौमिक प्रक्रिया है.

संघर्ष का सैद्धान्तिक पक्ष (Theoretical Aspects of Conflict)

इस बात में कोई दो मत नहीं हैं कि सहयोग की तरह ही समाज में संघर्ष का भी व्यापक महत्व है. **रयूटर एवं हार्ट** (Reuter and Hart) ने तो यहाँ तक कहा है कि "संघर्ष समस्त आत्मचेतना तथा सामाजिक चेतना का आधार और इसके विकास का कारण है." **मेकाइवर एवं पेज** ने तो संघर्ष को सहयोग का पूर्वशर्त ही माना है. इस तथ्य को स्पष्ट करते हुए इन्होंने कहा है कि "समाज संघर्ष की स्थिति से गुजरने के बाद स्थापित किया गया है." संघर्ष के इन्हीं व्यापक महत्व के परिप्रेक्ष्य में कई विचारकों ने संघर्ष की प्रवृत्ति, इसके स्रोत, सीमाएँ तथा अन्य सैद्धान्तिक पक्ष को स्पष्ट करने के लिए अपना विशिष्ट 'संघर्ष सिद्धान्त' विकसित किया. ऐसे विचारकों में **कार्ल मार्क्स, हीगेल, सिमेल, पार्सन्स, डेहरेनडॉर्फ, कोजर, लॉकवुड, ग्लकमैन, मैनहीम** आदि प्रमुख हैं. यहाँ कुछ प्रमुख विचारकों के सिद्धान्त का संक्षिप्त विवरण दिया जा रहा है.

(1) **कार्ल मार्क्स का सिद्धान्त** (Karl Marx's Theory)—मार्क्स ने अपने अध्ययन में सभी मानवीय पहलू तथा सभी मानवीय प्रक्रियाओं में संघर्ष को मूलभूत माना है. इन्होंने अपने अनेक सिद्धान्तों के आधार पर ये निष्कर्ष दिया है कि "सभी मानवीय समाजों का इतिहास वर्ग-संघर्ष का ही इतिहास है." मार्क्स का मानना था कि प्रत्येक समाज कुछ वर्गों में बँटे होते हैं. अपने हितों की पूर्ति के क्रम में इनमें टकराव होता है. आरम्भ में यह टकराव तो अन्तर्मुखी होता है, लेकिन वर्ग चेतना बढ़ने के साथ ही यह टकराव मुखर

रूप धारण करके क्रान्ति में परिणत हो जाती है. इस क्रान्ति के पश्चात् अनिवार्य रूप से समाज के आर्थिक शक्ति का रूपान्तरण होता है जिसके परिणामस्वरूप पहले वर्ग-संरचना तत्पश्चात् सम्पूर्ण सामाजिक संरचना ही बदल जाती है.

इस प्रकार मार्क्स ने अपने सिद्धान्त में संघर्ष को एक स्वाभाविक प्रक्रिया माना है जिसका मूल कारण व्यक्तिगत सम्पत्ति तथा वर्गगत असमानता है. इसी आधार पर मार्क्स ने यह निष्कर्ष दिया कि जब तक समाज में व्यक्तिगत सम्पत्ति और असमान वर्गों का अस्तित्व रहेगा, तब तक समाज में संघर्ष भी चलता रहेगा. मार्क्स ने अपने सिद्धान्त के अन्त में, पूँजीवादी व्यवस्था के पूर्ण उन्मूलन तथा उसके स्थान पर साम्यवादी व्यवस्था की कल्पना की है. मार्क्स के अनुसार, साम्यवादी व्यवस्था में निजी सम्पत्ति, वर्ग, असमानता एवं शोषण का अस्तित्व मिट जाएगा और एकीकृत तथा व्यवस्थित सामाजिक संरचना की नींव पड़ेगी. इस प्रकार स्थापित यह समाज पूर्णतः संघर्ष विहीन होगा.

मार्क्स के उपर्युक्त सिद्धान्त में सबसे महत्वपूर्ण बात यह है कि इन्होंने संघर्ष को स्वयं में लक्ष्य नहीं माना है, बल्कि वर्ग आधारित समाज, असमानता, व्यक्तिगत सम्पत्ति और शोषण को समाप्त कर एक व्यवस्थित और एकीकृत सामाजिक संरचना बनाने का एकमात्र साधन माना है.

(2) **जॉर्ज सिमेल का सिद्धान्त** (George Simmel's Theory)—सिमेल का मानना है कि समाज में विभाजक कारकों के रूप में कुछ मनोवैज्ञानिक तत्व अवश्य विद्यमान होते हैं. जैसे—घृणा, ईर्ष्या, नापसन्दगी, द्वेष आदि. इनके कारण ही समाज में विरोध एवं द्वंद्व की स्थिति उत्पन्न होती है. संघर्ष के द्वारा समाज में व्याप्त विरोध और द्वंद्व समाप्त होती है, जिससे अन्ततः सामाजिक एकता में वृद्धि होती है. इस प्रकार सिमेल के अनुसार संघर्ष सामाजिक एकता में वृद्धि करने का एक माध्यम है.

विभिन्न सामाजिक सम्बन्धों एवं संरचनाओं में संघर्ष की भूमिका को स्पष्ट करते हुए सिमेल ने कहा है कि संघर्ष एक ओर जहाँ कुछ सामाजिक सम्बन्धों को भंग करता है वहीं दूसरी ओर यह समाज में एकजुटता को भी बढ़ाता है. संघर्ष की सबसे महत्वपूर्ण भूमिका आन्तरिक संतुलन स्थापित करने में है. बड़े समूहों में संघर्ष इस तथ्य का संचार करता है कि व्यक्ति परिस्थिति का दास-मात्र नहीं है, बल्कि उचित प्रतिक्रिया के द्वारा वह प्रतिकूल परिस्थितियों को भी अनुकूल कर सकता है. अन्त में सिमेल ने यह निष्कर्ष दिया है कि संघर्ष स्वयं ही नवीन सामाजिक संरचना को जन्म देने वाला कारक नहीं है. नवीन सामाजिक संरचना का सृजन करने में संघर्ष, समाज के अन्य संगठनात्मक कारकों का सदैव सहयोग करता है.

(3) **लुइस कोजर सिद्धान्त** (Louis Coser's Theory)—कोजर का सिद्धान्त, सिमेल के सिद्धान्त पर ही आधारित है. सिमेल की तरह ही कोजर का भी मानना है कि 'संघर्ष' समूह में एकता स्थापित करने वाला महत्वपूर्ण तथ्य है, क्योंकि एक समूह के सदस्य दूसरे समूह से संघर्ष की परिस्थिति में अंततः अपने मतभेदों को त्यागकर एक हो जाते हैं.

कोजर का कहना है कि समूहों के सीमा निर्धारण में संघर्ष की भूमिका महत्वपूर्ण है. इतना ही नहीं बल्कि संघर्ष समूह में नेतृत्व, एकता एवं संगठन भी प्रदान करता है. संघर्ष के कारण तनाव का उन्मूलन होता रहता है जो समूह को विघटन से बचाती है. फलतः समूह में रचनात्मकता तथा नवीनता बनी रहती है. इस प्रकार तनाव के समाधान द्वारा संघर्ष सामाजिक स्थिरता को दृढ़ बनाता है. इसी आधार पर कोजर ने यह निष्कर्ष दिया है कि किसी समाज-व्यवस्था में जितने अधिक संघर्ष होंगे वे उस समाज व्यवस्था के लिए उतने ही कम घातक होंगे.

(4) **राल्फ डेहरेनडॉर्फ का सिद्धान्त** (Ralph Dahrendorf's Theory of Conflict)—मार्क्स की तरह डॉहरेनडार्फ ने भी संघर्ष को एक सामाजिक यथार्थ माना है. इनके अनुसार संघर्ष स्थायी एवं सामान्य घटना है.

डेहरेनडॉर्फ का मानना है कि प्रत्येक समाज में शक्तियों का एक निश्चित संतुलन होता है. इस शक्ति-सन्तुलन में परिवर्तन के कारण ही सामाजिक परिवर्तन की प्रघटना प्रतिफलित होती है जो अनिवार्य है. डेहरेनडॉर्फ के अनुसार किसी संघर्ष में जितने अधिक निष्ठा एवं संकल्प के साथ लोग भाग लेंगे उससे उतने ही क्रान्तिकारी परिवर्तन होंगे और उन परिवर्तनों के उतने ही दूरगामी प्रभाव होंगे.

डेहरेनडॉर्फ ने सामाजिक संगठन में स्थिरता एवं सहमति की धारणा को अवास्तविक माना है. इनके अनुसार सामाजिक संगठन की एकजुटता में बाध्यता की भूमिका ही सर्वोपरि है. निष्कर्ष के रूप में, डेहरेनडॉर्फ का कहना है कि स्थिरता के बदले परिवर्तन, संतुलन के बदले हितों का द्वन्द्व, सहमति के बदले बाध्यता और व्यवस्था अनुरक्षण के बदले सामाजिक संघर्ष ही समाज की वास्तविक स्थति के विश्लेषक हैं.

संघर्ष के प्रकार
(Types of Conflict)

मेकाइवर एवं पेज (MacIver and Page) ने संघर्ष के दो प्रकारों का उल्लेख किया है—

(1) **प्रत्यक्ष संघर्ष** (Direct Conflict)—प्रत्यक्ष सम्पर्क में आने के पश्चात् किया जाने वाला संघर्ष 'प्रत्यक्ष संघर्ष'

कहलाता है. जैसे—युद्ध, साम्प्रदायिक हिंसा, औद्योगिक प्रतिष्ठानों में होने वाला संघर्ष, तलाक आदि.

(2) **अप्रत्यक्ष सम्बन्ध** (Indirect Conflict)—अप्रत्यक्ष संघर्ष एक तरह से अनियन्त्रित प्रतिस्पर्द्धा की ही स्थिति है. इस प्रकार के संघर्ष में संघर्षरत् समूहों में प्रत्यक्ष सम्बन्ध या सम्पर्क स्थापित नहीं हो पाता है. इसमें संघर्ष की वास्तविक स्थिति अदृश्य होती है, लेकिन संघर्ष के लिए आवश्यक घृणा एवं शत्रुता की भावना को स्पष्टतः महसूस किया जा सकता है. अमरीका एवं सोवियत रूस का 'शीत युद्ध' अप्रत्यक्ष संघर्ष का ही उदाहरण है. वर्तमान में कोका-कोला एवं पेप्सी जैसी बहुराष्ट्रीय कम्पनियों का व्यापारिक संघर्ष भी संघर्ष की इसी श्रेणी में आता है.

किंग्सले डेविस (Kingsley Davis) ने भी संघर्ष के दो प्रकारों का उल्लेख किया है—

(1) **आंशिक संघर्ष** (Partial Conflict)—व्यक्ति एवं समूह में जब किसी मुद्दे के कुछ पहलुओं पर एक सामान्य सहमति बन जाए, लेकिन कुछ पहलुओं के सम्बन्ध में विवाद आरम्भ हो जाए, तो यह 'आंशिक संघर्ष' कहलाता है. जैसे—कुछ राजनीतिक दलों द्वारा मिलकर सरकार बनाने का फैसला कर लिया जाए, लेकिन मन्त्रालय के बँटवारे को लेकर उनमें विवाद उत्पन्न हो जाए, तो यह आंशिक संघर्ष होगा. इसमें अक्सर लक्ष्य के बारे में एक सामान्य समझौता हो जाता है, लेकिन उन लक्ष्यों को प्राप्त करने के साधनों को लेकर ही विवाद उत्पन्न हो जाता है.

(2) **पूर्ण संघर्ष** (Complete Conflict)—बगैर किसी समझौता की स्थिति उत्पन्न किए, लक्ष्यों को प्राप्त करने के लिए शक्ति का प्रयोग करना ही 'पूर्ण संघर्ष' है. वास्तव में, आंशिक या पूर्ण संघर्ष में केवल संघर्ष की मात्रा का ही भेद होता है.

लुइस कोजर (Louis Coser) ने भी संघर्ष के दो प्रकारों का उल्लेख किया है—

(1) **वास्तविक संघर्ष** (Realistic Conflict) यह पूर्ण संघर्ष एवं प्रत्यक्ष संघर्ष के ही समान है.

(2) **अवास्तविक संघर्ष** (Non-Realistic Conflict)—यह आंशिक संघर्ष एवं अप्रत्यक्ष संघर्ष के ही समान है.

गिलिन एवं गिलिन ने संघर्ष के चार प्रकारों का उल्लेख किया है—

(1) **वैयक्तिक संघर्ष** (Personal Conflict)—किसी संघर्ष का कारण यदि दो या दो से अधिक व्यक्तियों का आपसी मनमुटाव या विरोध हो ऐसा संघर्ष 'वैयक्तिक संघर्ष' कहलाता है. यह अत्यधिक अनिरंतर प्रकृति का होता है.

(2) **प्रजातीय संघर्ष** (Racial Conflict)—दो विभिन्न प्रजातीय समूहों के बीच श्रेष्ठता की भावना या अन्य किसी कारणवश होने वाला संघर्ष 'प्रजातीय संघर्ष' है. वर्तमान में नीग्रो एवं श्वेत लोगों में प्रजातीय संघर्ष अपने चरमोत्कर्ष पर है.

(3) **वर्ग संघर्ष** (Classconflict)—समाज के विभिन्न वर्गों के बीच होने वाला संघर्ष वर्ग-संघर्ष है. औद्योगिक प्रतिष्ठानों में होने वाला मालिक एवं मजदूरों का संघर्ष वर्ग संघर्ष का सबसे स्पष्ट उदाहरण है. **कार्ल मार्क्स** ने अपने सम्पूर्ण अध्ययन में वर्ग संघर्ष को महत्वपूर्ण मानते हुए ही यह निष्कर्ष दिया है कि "आज तक अस्तित्व में रहे समाज का इतिहास, वर्ग-संघर्ष का ही इतिहास है."

(4) **राजनीतिक संघर्ष** (Political Conflict)—राजनीतिक हितों को लेकर होने वाला संघर्ष राजनीतिक संघर्ष है. इसके मुख्यतः दो प्रकार हो सकते हैं. पहला किसी राष्ट्रविशेष के विभिन्न राजनीतिक दलों में होने वाला संघर्ष अन्तःदेशीय संघर्ष है तथा दो या दो से अधिक राष्ट्रों के बीच होने वाला संघर्ष अन्तर्देशीय संघर्ष है. युद्ध, संघर्ष के इसी स्वरूप से सम्बन्धित है.

गिलिन एवं गिलिन ने अपने वर्गीकरण में वैयक्तिक संघर्ष के अलावा संघर्ष के जिन प्रकारों का उल्लेख किया है, वास्तव में वे सामूहिक संघर्ष के ही विभिन्न रूप हैं. इन संघर्षों में किसी व्यक्ति विशेष के बदले दो समूह ही प्रमुख रूप से भाग लेते हैं.

उल्लेखनीय है कि संघर्ष के उपर्युक्त प्रकारों के अलावा भी संघर्ष के कई अन्य प्रकार हो सकते हैं. जैसे—आज सम्पूर्ण विश्व में धार्मिक भेदभाव के कारण साम्प्रदायिक हिंसा सबसे उग्र रूप धारण किए हुए है. भारतीय समाज में धर्म के अलावा भाषा भी संघर्ष का एक महत्वपूर्ण कारण रहा है. इसलिए वर्तमान में संघर्ष का सर्वमान्य वर्गीकरण करने के बजाय संघर्ष में निहित मूलभावों के समुचित विश्लेषण पर ही ध्यान केन्द्रित करना अधिक युक्तिसंगत है.

संघर्ष के कारण (Causes of Conflict)

संघर्ष के कारणों के सम्बन्ध में कुछ मनोवैज्ञानिक का कहना है कि प्रत्येक व्यक्ति में दूसरे व्यक्ति पर प्रभुत्व स्थापित करने की स्वाभाविक प्रवृत्ति ही व्यक्ति को संघर्ष के लिए प्रेरित करती है. समाजशास्त्रीय सन्दर्भ में **गिलिन एवं गिलिन** ने संघर्ष के निम्नलिखित चार मुख्य कारणों का उल्लेख किया है—

(1) **व्यक्तिगत भिन्नताएँ** (Indivisual Difference)—समाज में सभी व्यक्ति एकसमान नहीं होते हैं, उनमें विभिन्न आधारों पर कुछ भिन्नताएँ होती हैं. जैसे—जैविकीय भिन्नता, मानसिक भिन्नता, प्रस्थितिगत भिन्नता, क्षमता एवं कुशलता

में भिन्नता आदि. इन व्यक्तिगत विभिन्नताओं के आधार पर व्यक्तियों के मूल्य एवं आदर्श में जो अन्तर होता है वे ही संघर्ष को जन्म देने वाले मूल कारण हैं.

(2) **सांस्कृतिक भिन्नता** (Cultural Difference)—व्यक्ति का व्यक्तित्व मुख्य रूप से उस संस्कृति की ही देन होती है जिसमें व्यक्ति अपना सामान्य जन-जीवन व्यतीत करता है. सांस्कृतिक विशेषताओं में भिन्नता होने के कारण ही व्यक्ति के व्यक्तित्व में भी भिन्नता आती है जो संघर्ष को जन्म देती है. सांस्कृतिक श्रेष्ठता की भावना भी परस्पर विरोधी संस्कृति में संघर्ष उत्पन्न करते हैं.

(3) **विरोधी स्वार्थ** (Opposite Interest)—यह एक प्रकार से संघर्ष का तात्कालिक कारण है. दो व्यक्ति या समूहों के परस्पर हितों या स्वार्थों में टकराव की स्थिति में उनके हितों के शोषण की सम्भावना बनी रहती है. इसलिए व्यक्ति या समूह अपने हितों की रक्षा के लिए संघर्ष को एक साधन के रूप में चुन लेते हैं.

(4) **सामाजिक परिवर्तन** (Social Change)—सामूहिक संघर्षों का एक मुख्य परिणाम सामाजिक परिवर्तन होता है, लेकिन प्रत्येक सामाजिक परिवर्तन समाज में कुछ संघर्ष को भी जन्म देता है. प्रत्येक परिवर्तन से समाज में सामाजिक सम्बन्ध या व्यवहार के कुछ नए प्रतिमान उभरते हैं. कुछ व्यक्ति पुराने प्रतिमान के पक्षधर होते हैं, तो कुछ नए प्रतिमानों के समर्थक बन जाते हैं. फलतः उनमें पुरानी एवं नई व्यवस्था को लेकर कुछ मतभेद पनप जाते हैं जो अन्ततः संघर्षों को जन्म देता है.

संघर्ष के परिणाम (Effects of Conflict)

असहयोगी प्रक्रिया के रूप में संघर्ष को सामान्यतः बुरे परिणामों वाली प्रक्रिया ही माना जाता है, लेकिन संघर्ष के विभिन्न सिद्धान्तों में हम देख चुके हैं कि संघर्ष सदैव समाज विरोधी नहीं होता है. **गिलिन एवं गिलिन** ने संघर्ष के निम्नलिखित परिणामों का उल्लेख किया है—

(1) **समूह एकता में बाधक**—यदि किसी समूह के अन्दर संघर्ष की स्थिति उत्पन्न हो जाए, तो ऐसे में समूह की एकता तथा सुदृढ़ता भंग होने लगती है. समूह के सदस्य एक-दूसरे पर ही कीचड़ उछालने लगते हैं जिससे समूह की संस्कृति ही छिन्न-भिन्न होने लगती है.

(2) **व्यक्तित्व पर प्रभाव**—संघर्ष में व्यक्ति का व्यक्तित्व अस्थिर हो जाता है. उसमें मानसिक दुविधा की स्थिति उभरने लगती है. उसके सामने यह चुनौती होती है कि किसी पक्ष के समर्थन में दृढ़ता से साथ दे अथवा तटस्थ व्यक्ति की भूमिका निभाए. किसी व्यक्ति की संघर्ष के प्रति सहानुभूति की मात्रात्मक विभिन्नता ही उसके व्यक्तित्व का स्वरूप निर्धारित करती है.

(3) **संसाधनों की क्षति**—संघर्ष का एक परिणाम जन-धन की क्षति होना है. संघर्ष जितने बड़े स्तर पर होगा जन-धन का नुकसान भी उतने ही बड़े पैमाने पर होगा. सामूहिक संघर्ष के रूप में दो विश्व-युद्धों से होने वाली अपार जन-धन की क्षति से हम सभी परिचित हैं. वैयक्तिक संघर्ष की स्थिति में भी लोग अपनी आय के बड़े भाग का व्यय मुकदमेबाजी, आपराधिक तत्वों के सहयोग आदि जैसे अनावश्यक कार्यों पर करते हैं.

(4) **समझौता एवं समायोजन**—संघर्ष निरन्तर चलने वाली प्रक्रिया नहीं है. कुछ अवधि के पश्चात् इसका समाप्त होना निश्चित होता है. संघर्षरत् पक्षों में सहयोग होने पर समायोजन एवं सात्मीकरण की प्रक्रिया प्रारम्भ होती है. यदि दोनों पक्ष समान शक्ति एवं संसाधन वाले होंगे, तो उनमें सात्मीकरण की प्रक्रिया फलीभूत होगी, लेकिन यदि दोनों पक्ष असमान शक्ति एवं संसाधन वाले होंगे, तो उनमें दबाव के रूप में समायोजन की प्रक्रिया ही फलीभूत होगी. इनमें अधीनता का सम्बन्ध ही विकसित होता है, जो अस्थायी होता है.

(5) **समूह-एकता में सुदृढ़ता**—कुछ समाजशास्त्रियों ने संघर्ष के प्रकार्यात्मक परिणाम के रूप में इस तथ्य पर सबसे अधिक बल दिया है कि संघर्ष से समूह एकता में सुदृढ़ता आती है. वास्तव में, यदि संघर्ष समूह के अन्दर हो, तो इससे समूह एकता विखण्डित होता है, लेकिन यदि संघर्ष दो समूहों में हो तो समूह की आन्तरिक एकता सुदृढ़ अवश्य होती है.

महत्वपूर्ण तथ्य

- सूक्ष्म समाजशास्त्र का सम्बन्ध समाज के मध्य अन्तः-क्रिया से है. **मैक्स बेबर और जॉर्ज सिमेल** नामक जर्मन विचारक इसके मुख्य प्रतिपादक हैं. सूक्ष्म (Micro) सिद्धान्त का समर्थन घटना के एक सीमित आकार पर केन्द्रित है. इन विचारों का एक सीमित निर्देश आधार है.
- वृहत् समाजशास्त्र सिद्धान्तवादी समाज को एक समग्र के रूप में देखते हैं. यह सिद्धान्त विशाल सिद्धान्तों का एक प्रकार है, जिनकी पुष्टि केवल एक प्राथमिक ढंग से होती है.
- समाज, संस्कृति और संस्था के सिद्धान्त वृहत् समाज-शास्त्र की परम्परा को निर्मित करते हैं.
- सूक्ष्म सिद्धान्त लघु सिद्धान्तों की श्रेणी से सम्बन्धित है और इनका परीक्षण वैज्ञानिक अर्थ में किया जा सकता है.
- स्वरूपात्मक सम्प्रदाय के समर्थकों में **जॉर्ज सिमेल, मैक्स बेबर, टॉनीज, वॉनविजे** आदि आते हैं. इसे विशेषात्मक सम्प्रदाय भी कहते हैं. यह सम्प्रदाय जॉर्ज सिमेल की विचारधारा से प्रभावित हुआ है. इस सम्प्रदाय के

अनुसार समाज के व्यक्तियों और समूहों में सामाजिक सम्बन्ध होते हैं. यह सम्बन्ध सामाजिक जीवन के विशेष क्षेत्रों—सामाजिक, नैतिक, आर्थिक, राजनीतिक आदि में दिखाई देते हैं. इन सामाजिक सम्बन्धों का एक स्वरूप होता है और इस स्वरूप के अन्तर्गत अन्तर्वस्तु होती है. इस प्रकार समाजशास्त्र का कार्य अन्तर्वस्तुओं से पृथक् करके समाज के अमूर्त स्वरूपों का अध्ययन करना है.

- 'समन्वयात्मक सम्प्रदाय' के प्रमुख विद्वान् **दुर्खीम**, **वार्ड**, **हॉबहाउस**, **सोरोकिन**, **मोरिस गिंसबर्ग** आदि हैं. इनके अनुसार समाजशास्त्र एक विशेष विज्ञान नहीं, बल्कि सामाजिक सम्बन्धों का एक सामान्य विज्ञान है. सामान्य विज्ञान के रूप में इसका कार्य सम्पूर्ण समाज की सामान्य विशेषताओं का अध्ययन करना है.

समाज	एक समाज
1. सम्बन्धों की व्यवस्था	1. व्यक्तियों का समूह
2. अमूर्त	2. मूर्त
3. कोई निर्धारित क्षेत्र नहीं	3. एक सीमित भौगोलिक क्षेत्र
4. आकार में बहुत बड़ा	4. अपेक्षाकृत छोटा संगठन
5. अत्यधिक जटिल व्यवस्था	5. तुलनात्मक रूप से सरल संगठन
6. सहयोग एवं संघर्ष का समान महत्व	6. सहयोग की प्रधानता
7. स्थायित्व	7. परिवर्तनशीलता
8. बड़ा आकार	8. अपेक्षाकृत छोटा आकार
9. सदस्यों के व्यवहारों और मनोवृत्तियों में भिन्नता	9. व्यवहारों और मनोवृत्तियों में काफी समानता

समाजीकरण करने वाले प्रमुख समूह तथा संस्थाएँ

(1) परिवार	(2) क्रीड़ा-समूह
(3) पड़ोस	(4) शिक्षण संस्थाएँ
(5) विवाह	(6) आर्थिक संस्थाएँ
(7) सांस्कृतिक संस्थाएँ	(8) धार्मिक संस्थाएँ

समाजशास्त्र की परिभाषाएँ

समाजशास्त्र की अनेक विद्वानों द्वारा परिभाषाएँ दी गई हैं, जिनमें से कुछ परिभाषाएँ निम्नलिखित हैं—

1. **एलेक्स इंकलस** (Alex Inkles) के अनुसार, "समाजशास्त्र वह विज्ञान है जिसमें अध्ययन और विश्लेषण की इकाई समाज है और जिसके अन्तर्गत सामाजिक संस्थाओं और सामाजिक सम्बन्धों का अध्ययन किया जाता है."
2. **एल. एफ. वार्ड** (L.F. Ward) के अनुसार, "समाजशास्त्र समाज का विज्ञान है."
3. **गिलिन और गिलिन** (Gillin and Gillin) के अनुसार, "समाजशास्त्र मनुष्यों के सम्बन्धों से उत्पन्न अन्तःक्रियाओं का अध्ययन है."
4. **हैरी एम. जॉनसन** (Harry M. Johnson) के अनुसार, "समाजशास्त्र वह विज्ञान है, जोकि सामाजिक समूहों का अध्ययन करता है."
5. **पी. ए. सोरोकिन** (P.A. Sorokin) के अनुसार, "समाज-शास्त्र सामाजिक, सांस्कृतिक घटनाओं के सामान्य स्वरूपों, प्रकारों और उनके अन्तःसम्बन्धों, उनकी दशाओं और परिणामों का अध्ययन है."
6. **मोरिस गिन्सबर्ग** (Morris Ginsberg) के अनुसार, "समाजशास्त्र मानवीय अन्तःक्रियाओं और अन्तः-सम्बन्धों, उनकी दशाओं और परिणामों का अध्ययन है."
7. **जॉर्ज सिमेल** (George Simmel) के अनुसार, "समाजशास्त्र अन्तःसम्बन्धों के स्वरूपों का विज्ञान है."
8. **आगस्ट कॉम्टे** (Auguste Comte) के अनुसार, "समाजशास्त्र सामाजिक व्यवस्था और सामाजिक परिवर्तन का विज्ञान है."
9. **गिडिंग्ज** (Giddings) के अनुसार, "समाजशास्त्र समाज का वैज्ञानिक अध्ययन है."
10. **किंग्सले डेविस** (Kingsley Davis) के अनुसार, "समाजशास्त्र मानव समाज का अध्ययन है."
11. **मेकाइवर और पेज** (MacIver and Page) के अनुसार, "समाजशास्त्र सामाजिक सम्बन्धों के बारे में है और सामाजिक सम्बन्धों का ताना-बाना ही समाज है."
12. **ग्रीन** (Green) के अनुसार, "समाजशास्त्र मनुष्य के सभी सामाजिक सम्बन्धों का साधारणीकरण और संकलन करने का विज्ञान है."
13. **मेक्स वेबर** (Max Weber) के अनुसार, "समाजशास्त्र वह विज्ञान है, जो सामाजिक क्रियाओं का विश्लेषणात्मक बोध कराने का प्रयत्न करता है."
14. **इमाइल दुर्खीम** (Emile Durkheim) के अनुसार, "समाज-शास्त्र समाज के अध्ययन का विज्ञान है."
15. **हरबर्ट स्पेन्सर** (Herbert Spencer) के अनुसार, "समाज-शास्त्र के अध्ययन की इकाई सम्पूर्ण समाज है."
16. **जे. एफ. क्यूबर** (J.F. Cuber) के अनुसार, "समाजशास्त्र को मानवीय सम्बन्धों के वैज्ञानिक ज्ञान की व्याख्या के रूप में परिभाषित किया जा सकता है."

समाज सम्बन्धी आवश्यकताएँ

(1) जनसंख्या को बनाए रखने की आवश्यकता
(2) जनसंख्या में कार्यों का विभाजन करना
(3) सामाजिक एकता की स्थापना करना
(4) सामाजिक व्यवस्था की निरन्तरता को बनाए रखना

मानव तथा पशु समाज में सामाजिक-सांस्कृतिक अन्तर

(1) सांस्कृतिक सीख की भिन्नता
(2) भाषा के आधार पर अन्तर
(3) सामाजिक सीख की भिन्नता
(4) नैतिकता के आधार पर अन्तर
(5) स्थायित्व तथा संगठन में भिन्नता
(6) यौन व्यवहारों के आधार पर अन्तर
(7) सामाजिक शक्ति के आधार पर अन्तर

बीरस्टीड के कथनानुसार,

समाजशास्त्र क्या है?	क्या नहीं है?
1. सामाजिक विज्ञान	1. प्राकृतिक विज्ञान
2. वास्तविक विज्ञान	2. आदर्शात्मक विज्ञान
3. विशुद्ध विज्ञान	3. व्यावहारिक विज्ञान
4. सामान्य विज्ञान	4. मूर्त विज्ञान
5. तार्किक तथा अनुभव सिद्ध विज्ञान	5. विशेष विज्ञान

- **हरबर्ट मार्कोस** द्वारा क्रान्ति की अवधारणा की पुनर्परीक्षा मार्क्सवादी समाजशास्त्र में एक महत्वपूर्ण योगदान है.
- **सी राइट मिल्स** के सिद्धान्त का मुख्य अथवा केन्द्रीय आधार अमरीकन समाज की आर्थिक, सामाजिक और राजनीतिक सत्ता है, जोकि तीन अन्तः सम्बन्धित संस्तरणों–सेना, उद्योग और राजनीति द्वारा संचालित होती है.
- **रॉबर्ट बीरस्टीड** ने समाजशास्त्र की वैज्ञानिक प्रकृति की सीमाओं का उल्लेख अपनी पुस्तक 'The Social Order' में किया है. सीमाएँ समाजशास्त्र की वास्तविक प्रकृति को स्पष्ट करती हैं.
- समाजशास्त्र एक सामाजिक विज्ञान है, प्राकृतिक विज्ञान नहीं. यह सामाजिक तथ्यों और सामाजिक प्रक्रियाओं का अध्ययन करता है, प्राकृतिक घटनाओं का नहीं.
- समाजशास्त्र एक विशुद्ध विज्ञान है. समाजशास्त्र का उद्देश्य मानव समाज से सम्बन्धित वास्तविक ज्ञान का संग्रह करना है. समाजशास्त्र सामाजिक सिद्धान्तों का निर्माण करता है, उनको सामाजिक जीवन पर लागू नहीं करता है.
- समाजशास्त्र सामान्य विज्ञान है. समाजशास्त्र किसी घटना का विवेचना करते समय किसी एक कारण को महत्व नहीं देता, बल्कि यह सभी सामान्य सम्बन्धों का अध्ययन करता है.
- समाजशास्त्र एक अमूर्त विज्ञान है. समाजशास्त्र सामाजिक सम्बन्धों का अध्ययन करता है जो स्वयं अमूर्त है.
- समाजशास्त्र तार्किक व अनुभव सिद्ध विज्ञान है. समाजशास्त्र वैज्ञानिक पद्धति पर निर्भर होने के कारण तार्किक है. इसके अतिरिक्त समाजशास्त्र में हमारे द्वारा एकत्रित अनुभवों का भी विशेष स्थान है.
- समाजशास्त्र एक वास्तविक विज्ञान है. समाजशास्त्र आदर्शात्मक विज्ञान नहीं है. समाजशास्त्र केवल वास्तविक परिस्थितियों का अध्ययन करता है, अर्थात् 'क्या है?' का अध्ययन करता है न कि 'क्या होना चाहिए?' का.

समाजशास्त्र की प्रकृति
(Nature of Sociology)

समाजशास्त्र एक विज्ञान है, क्योंकि—
(i) समाजशास्त्र वैज्ञानिक पद्धति का प्रयोग करता है.
(ii) यह वास्तविक घटनाओं का विवेचन करता है.
(iii) समाजशास्त्र के नियम सर्वव्यापी हैं.
(iv) समाजशास्त्र कार्य-कारण के सम्बन्धों का विश्लेषण करता है.
(v) समाजशास्त्र नियमों की परीक्षा और पुनःपरीक्षा करता है.
(vi) वर्तमान के आधार पर भविष्यवाणी करता है.

समाजशास्त्र का अध्ययन क्षेत्र
(Scope of Sociology)

समाजशास्त्र की परिभाषाओं से स्पष्ट होता है कि समाजशास्त्र के अध्ययन क्षेत्र को दो प्रकार से स्पष्ट करने का प्रयत्न किया गया है—
(i) समाजशास्त्र एक विशेष विज्ञान है.
(ii) समाजशास्त्र एक सामान्य विज्ञान है.

इन विचारधाराओं को हम क्रमशः—
(i) स्वरूपात्मक सम्प्रदाय (Formal School)
(ii) समन्वयात्मक सम्प्रदाय (Synthetic School) में बाँट सकते हैं.

- **इमाइल दुर्खीम** के अनुसार, समाजशास्त्र की विषयवस्तु को तीन भागों में विभाजित किया जा सकता है—

  (i) सामाजिक रचनाकार
  (ii) सामाजिक दैहिकी
  (iii) सामान्य समाजशास्त्र
- सामाजिक रचनाकार के अन्तर्गत मनुष्य के जीवन के भौगोलिक आधार और विभिन्न प्रकार के सामाजिक संगठनों का अध्ययन किया जाता है.

- सामाजिक दैहिकी के अन्तर्गत धर्म का समाजशास्त्र, परिवार का समाजशास्त्र, विधि का समाजशास्त्र, भाषा का समाजशास्त्र आदि आते हैं. यह सभी समाजशास्त्र के विभिन्न अंग हैं. सामाजिक जीवन के विभिन्न पहलुओं का अध्ययन समाजशास्त्रीय दृष्टिकोण से किया जाता है.
- सामान्य समाजशास्त्र के अन्तर्गत उन सामान्य सामाजिक नियमों का अध्ययन किया जाता है, जो समाज के विभिन्न क्षेत्रों में फैले हुए हैं या उनसे सम्बन्धित हैं.
- **सोरोकिन** के अनुसार समाजशास्त्र की विषयवस्तु निम्न-लिखित है—

  (अ) सामाजिक घटनाओं के विभिन्न वर्गों के पारस्परिक सम्बन्ध और सह-सम्बन्धों का अध्ययन, जैसे पारिवारिक, आर्थिक, धार्मिक, राजनीतिक और आर्थिक घटनाओं का सह-सम्बन्ध.

  (ब) सामाजिक और असामाजिक घटनाओं के पारस्परिक सम्बन्धों का अध्ययन-भौगोलिक और प्राणिशास्त्रीय घटनाओं का सामाजिक जीवन से सम्बन्ध.

  (स) समस्त सामाजिक घटनाओं की सामान्य विशेषताओं का अध्ययन-सामाजिक जीवन के उन समस्त सामान्य लक्षणों का अध्ययन, जो समाज के सभी वर्गों में पाए जाते हैं.

समिति और समाज में अन्तर

समिति	समाज
1. समिति व्यक्तियों का एक संगठन है और इसलिए यह मूर्त है.	1. समाज सामाजिक सम्बन्धों की व्यवस्था होने के कारण अमूर्त होता है.
2. समितियों का निर्माण बहुत बाद की घटना है. व्यक्तियों की आवश्यकताएँ बढ़ने से ही इनका निर्माण सम्भव हो सका.	2. समाज का अस्तित्व असभ्यता और बर्बरता के युग में भी था. इस प्रकार समाज का इतिहास पुराना है.
3. समिति का निर्माण किसी विशेष उद्देश्य को पूरा करने के लिए होता है.	3. समाज की प्रकृति सामान्य होती है, क्योंकि इसमें सभी प्रकार के सम्बन्धों का समावेश होता है.
4. समिति के सदस्यों के बीच सहयोग का होना बहुत आवश्यक है.	4. समाज के निर्माण में सहयोग तथा संघर्ष का समान महत्व है.
5. समिति की सदस्यता ऐच्छिक है. व्यक्ति अपनी आवश्यकतानुसार किसी भी समिति की सदस्यता ग्रहण कर सकता है.	5. समाज की सदस्यता व्यक्ति के लिए अनिवार्य होती है. कोई भी व्यक्ति समाज के बिना एक सामाजिक प्राणी नहीं बन सकता है.
6. व्यक्ति एक ही समय अनेक समितियों का सदस्य बन सकता है.	6. एक व्यक्ति एक समय में एक से अधिक समाजों का सदस्य नहीं हो सकता है.
7. समिति का निर्माण विचार-पूर्वक और योजनाबद्ध रूप से किया जाता है.	7. समाज का विकास स्वतः और बहुत धीरे-धीरे होता है.
8. समिति एक अस्थायी संगठन है.	8. समाज तुलनात्मक रूप से एक बहुत स्थायी व्यवस्था है.
9. समिति एक कृत्रिम संगठन है.	9. समाज एक प्राकृतिक उपज है.

समिति तथा संस्था में अन्तर

समिति	संस्था
1. समिति व्यक्तियों का समूह है.	1. संस्था कार्य के ढंगों अथवा नियमों की एक व्यवस्था है.
2. समिति मूर्त है.	2. संस्था अमूर्त होती है.
3. समिति किसी विशेष उद्देश्य अथवा उद्देश्यों को पूरा करने के लिए स्थापित की जाती है.	3. संस्था धीरे-धीरे विकसित होती है. इसका एकाएक निर्माण नहीं किया जा सकता.
4. समिति व्यक्तिगत कल्याण से अधिक सम्बन्धित है.	4. संस्था सामूहिक कल्याण को अधिक महत्व देती है.
5. समिति के नियम औपचारिक होते हैं जिनको व्यक्ति इसलिए बदलने का प्रयत्न करते हैं जिनसे उनके निजी स्वार्थ पूरे हो सकें.	5. संस्था की अवहेलना करना एक असामाजिक कार्य समझा जाता है और इसलिए इसकी नियन्त्रण शक्ति बहुत अधिक होती है.
6. समिति अपेक्षाकृत अस्थायी होती है.	6. संस्था अपेक्षाकृत कहीं अधिक स्थायी होती है.
7. समितियों का संस्कृति के विकास में विशेष योगदान नहीं होता.	7. संस्था सांस्कृतिक विशेषताओं को एक-पीढ़ी से दूसरी पीढ़ी तक पहुँचाने का महत्वपूर्ण कार्य करती है.
8. समिति के अधिकांश प्रतीक भौतिक होते हैं.	8. संस्था के प्रतीक सांस्कृतिक विशेषताओं द्वारा निर्धारित होते हैं.

- **मोरिस गिन्सबर्ग** ने समाजशास्त्र को चार भागों में विभाजित किया है—

  (i) **सामाजिक रचनाकार**—इसके अन्तर्गत प्रमुख सामाजिक समूहों एवं संस्थाओं के वर्णन और वर्गीकरण का अध्ययन किया जाता है.

  (ii) **सामाजिक नियन्त्रण**—इसमें कानून, नीति, धर्म, परम्परा, फैशन आदि का अध्ययन किया जाता है, जोकि हमारे व्यवहार को व्यवस्थित और नियन्त्रित रखते हैं.

  (iii) **सामाजिक प्रक्रियाएँ**—इसके अन्तर्गत व्यक्तियों और समूहों के मध्य होने वाली विभिन्न प्रकार की अन्तर्क्रियाओं का अध्ययन किया जाता है.

(iv) **सामाजिक व्याधिकी**—इसके अन्तर्गत सामाजिक विघटन, अनुकूलन की असफलता आदि का अध्ययन किया जाता है.

- समाजशास्त्र के अध्ययन की पद्धतियाँ समाजशास्त्र की प्रकृति पर निर्भर हैं. विज्ञान व्यवस्थित रूप से संगृहीत विज्ञान है. प्राकृतिक विज्ञानों के क्षेत्र में किसी भी प्रकार के शोध या अनुसन्धान में निम्नलिखित तत्वों पर ध्यान दिया जाता है—

1. **नियमितता** (Regularity)—प्रकृति के सभी तत्व एक-दूसरे से इस प्रकार बँधे हुए हैं कि उनमें कार्यकारण का नियम कार्य करता है और इस आधार पर नियमितता पाई जाती है.
2. **प्राकृतिक सम्बन्ध** (Natural Relationship)—विज्ञान, घटनाओं का विश्लेषण उनके अन्दर के तत्वों के आधार पर करता है. भौतिक वस्तुओं की क्रियाओं को उनके अन्दर के तत्वों के आपसी सम्बन्धों के अध्ययन द्वारा समझा जा सकता है.
3. **माप और अवलोकन** (Measurement and Observation)—विज्ञान परिमाणात्मक तथ्यों को प्राप्त करने का प्रयत्न करता है. विज्ञान, पर्यवेक्षण और अवलोकन के द्वारा तथ्यों को एकत्रित करता है.
4. **प्रयोगशाला** (Laboratory)—विज्ञान के अध्ययन के लिए प्रयोगशाला का होना आवश्यक है.
5. **अलगाव और वैषयिकता** (Detachment and Objectivity)—वैज्ञानिक को तथ्य एकत्रित करते समय तटस्थ रहना पड़ता है. उसे किसी भी तथ्य या पदार्थ के लिए पूर्ण विचार या पक्षपात नहीं करना चाहिए.
6. **धैर्य** (Patience)—वैज्ञानिक को अध्ययन करने हेतु धैर्य रखना पड़ता है. वैज्ञानिक हम जैसे साधारण स्वभाव के नहीं होते हैं. धैर्य विज्ञान की कसौटी है.
7. **कठिन कार्य** (Hard Work)—वैज्ञानिक को अनुसंधान हेतु कठिन परिश्रम करना पड़ता है. कठिन कार्य करने की क्षमता न हो, तो सभी व्यर्थ है.

- आगमन और निगमन पद्धतियाँ, सामाजिक घटनाओं के कारण और परिणाम का सम्बन्ध स्थापित करके भिन्न-भिन्न रूप से निष्कर्ष निकालती है. अतीत में जो घटनाएँ घटित हो चुकी हैं. उनके आधार पर महत्वपूर्ण सामाजिक नियमों का निर्माण किया जा सकता है. इस प्रकार की पद्धति को आगमन विधि कहा जाता है. जब हम सामान्य से विशिष्ट की ओर चलते हैं, तो इसे निगमन विधि या पद्धति कहेंगे.
- ऐतिहासिक पद्धति के अन्तर्गत घटनाओं, समाजों, सभ्यताओं की उत्पत्ति, विकास और रूपान्तर की समस्याओं का अध्ययन किया जाता है. **कॉम्टे, स्पेन्सर, हॉबहाउस** और **ई. वेस्टरमार्क** ने इस पद्धति का प्रयोग किया.
- **दुर्खीम** ने सर्वप्रथम तुलनात्मक पद्धति के महत्व पर बल दिया. दुर्खीम का मत है कि "चूँकि समाजशास्त्र में प्रयोग सम्भव नहीं. अतः हमें तुलनात्मक विधि के प्रयोग के लिए बाध्य होना पड़ता है." **रेडक्लिफ ब्राउन** का कहना है कि 'तुलनात्मक पद्धति' परिकल्पना का परीक्षण करने का ढंग मात्र है.
- प्रकार्यवादी पद्धति सामाजिक प्रकार्य के विचार का 19वीं शताब्दी में **हरबर्ट स्पेन्सर** के द्वारा स्पष्ट रूप से निरूपण हुआ था. दुर्खीम ने भी अपनी रचनाओं में सर्वप्रथम सामाजिक प्रकार्य की धारणा का निरूपण किया. **मैलिनोवस्की** की रचनाओं में प्रकार्यवादी विधि में संस्थाओं के परस्पर सम्बन्धों के बारे में प्राकल्पनाओं के काम चलाऊ निरूपण की अपेक्षा प्रत्येक प्रकार्यवादी एकीकरण से सम्बन्धित दृढ़ कथनों का समावेश है.
- परिमाणात्मक पद्धतियाँ मूर्त तथ्यों का अध्ययन करती हैं.
- सर्वप्रथम इस पद्धति का प्रयोग **लीप्ले** ने किया. **मार्क एब्रम्स** के अनुसार, "सामाजिक सर्वेक्षण एक ऐसी प्रक्रिया है जिसके द्वारा सामाजिक संगठन और सामाजिक क्रिया से सम्बन्धित संख्यात्मक तथ्य एकत्रित किए जाते हैं."

समिति, संस्था और हित में सम्बन्ध
(मैकाइवर एवं पेज के अनुसार)

क्र.	समिति	संस्थाएँ	विशेष हित
1.	परिवार (Family)	विवाह, घर, सम्पत्ति, उत्तराधिकार	यौन-सम्बन्ध, सन्तानोत्पत्ति, गृह निर्माण
2.	महाविद्यालय (College)	व्याख्यान, परीक्षा-पद्धति, उपाधि	शिक्षण, व्यावसायिक तैयारी
3.	व्यापार (Business)	बहीखाता, हिसाब-किताब, अंश पूँजी	लाभ
4.	श्रमिक संघ (Trade Union)	सामूहिक सौदेबाजी, हड़ताल, धरना	नौकरी सुरक्षा, वेतन-वृद्धि, कार्य करने की दशाएँ
5.	गिर्जाघर (Church)	सम्प्रदाय, धर्म, भ्रातृत्व, पूजा के स्वरूप	धार्मिक-विश्वास
6.	राजनीतिक दल (Political Parties)	प्राथमिक इकाइयाँ, दल का विधान	कार्यालय, शक्ति, सरकारी नीति
7.	राज्य (State)	विधान, वैधानिक संहिता, सरकार के स्वरूप	सामाजिक व्यवस्था का साधारण नियमन

समाज और समुदाय में अन्तर	
समाज (Society)	**समुदाय (Community)**
1. समाज सामाजिक सम्बन्धों की व्यवस्था है.	1. समुदाय व्यक्तियों का समूह है.
2. समाज अमूर्त है.	2. समुदाय मूर्त है.
3. समाज में केवल सहयोग ही नहीं व्यक्ति संघर्ष, विरोध और प्रतियोगिता भी पाई जाती है.	3. समुदाय का सबसे प्रमुख लक्षण सामुदायिकता की भावना है. ऐसी भावना केवल सहयोग में ही विकसित हो पाती है.
4. समाज में कोई निश्चित भू-भाग नहीं होता.	4. समुदाय के निर्माण के लिए एक निश्चित भू-भाग का होना अत्यधिक आवश्यक है.
5. समाज अपेक्षाकृत अधिक व्यापक और अधिक स्थायी होता है.	5. समुदाय समाज की तुलना में बहुत छोटा होता है तथा इसमें समाज की अपेक्षा कम स्थायित्व होता है.
6. एक समाज के अन्तर्गत अनेक समुदाय हो सकते हैं.	6. एक समुदाय का निर्माण कभी भी अनेक समाजों के मिलने से नहीं होता है.
7. समाज के सभी सदस्यों की स्थिति एक-दूसरे की तुलना में उच्च अथवा निम्न होती है. स्थिति की यह विषमता, आर्थिक, सामाजिक, राजनीतिक और शैक्षणिक भिन्नता पर आधारित होती है.	7. समुदाय की एक महत्वपूर्ण विशेषता इसके सभी सदस्यों के जीवन में लगभग समानता के कारण उनकी सामुदायिकता की भावना का विकास हो पाता है.
8. समाज एक सामान्य व्यवस्था है. इसका कोई विशेष नाम नहीं होता.	8. प्रत्येक समुदाय का एक विशेष नाम होता है. इस नाम के कारण ही एक समुदाय के सदस्यों की सामुदायिकता की भावना इतनी प्रबल होती है.

- सांख्यिकीय पद्धति द्वारा आँकड़ों का संकलन किया जाता है. सांख्यिकी का मुख्य सम्बन्ध गणना से है. यह पद्धति कार्यकारण को संख्या तथा प्रतिशत के आधार पर स्पष्ट करती है. इसके अतिरिक्त इस पद्धति का कार्य वर्गीकरण करना भी है. इसी वर्गीकरण के आधार पर निष्कर्ष निकाले जाते हैं. सांख्यिकी पद्धति एक ऐसी विधि है जो तथ्यों को संख्या में प्रस्तुत करके परिमा-णात्मक निष्कर्ष देती है.
- ऐतिहासिक पद्धति में ऐतिहासिक घटनाओं के आधार पर सामाजिक तथ्यों की प्रमाणिकता को नष्ट किया जाता है. ऐतिहासिक पद्धति के द्वारा तीन प्रकार के तथ्यों का ज्ञान प्राप्त किया जाता है, जोकि निम्नलिखित हैं—

(i) सांस्कृतिक व विश्लेषणात्मक इतिहास

(ii) लेखपत्रों या ऐतिहासिक साधन

(iii) भूतकाल में अनेक व्यक्तियों द्वारा किए गए ऐतिहासिक अध्ययन एवं उनकी साक्षियाँ और विश्लेषण

- गुणात्मक पद्धतियाँ सामाजिक घटनाओं का एक बड़ा भाग अमूर्त है. अनेक गुणात्मक विशेषताओं का माप करने हेतु समाजशास्त्र में गुणात्मक पद्धतियों का विकास हो चुका है. इन पद्धतियों में से निम्नलिखित पद्धतियाँ महत्वपूर्ण हैं—

1. समाजमिति पद्धति का प्रयोग **मोरेनो** ने किया था. इस पद्धति द्वारा व्यक्तियों के पारस्परिक सम्बन्धों, सामाजिक दूरी, सामाजिक घनिष्ठता को माप सकते हैं.
2. सामाजिक दूरी का पैमाना संस्थागत व्यवहारों का अध्ययन करने में एक महत्वपूर्ण पद्धति है. इस पद्धति के अन्तर्गत किसी भी घटना को कुछ स्तरों में विभाजित कर लिया जाता है और फिर विभिन्न स्तरों के प्रति किसी समुदाय के सदस्यों की रुचि देखकर उसे अंकित कर लिया जाता है.
3. वैयक्तिक जीवन पद्धति सामाजिक जीवन की वह विधि है जिसके द्वारा अध्ययनकर्ता किसी व्यक्ति, परिस्थिति अथवा संस्था का अध्ययन इतने समीप से करता है कि विषय का आन्तरिक ज्ञान सम्भव हो सके. **गुडे तथा हाट** के अनुसार, "वैयक्तिक जीवन अध्ययन पद्धति सामाजिक तथ्यों को व्यवस्थित करने की एक ऐसी विधि है, जिसके द्वारा अध्ययन के अन्तर्गत आने वाले सामाजिक तथ्यों की एकात्मक प्रकृति का अध्ययन किया जाता है." **लीप्ले और जैननकी** ने इस पद्धति को अपने अध्ययनों में व्यापक उपयोग किया है.

- भारत में समाजशास्त्र का इतिहास एक स्वतन्त्र विषय के रूप में लगभग 80 वर्ष पुराना है. भारत में सर्वप्रथम मुम्बई विश्वविद्यालय में सन् 1924 में स्नातकोत्तर कक्षाओं में समाजशास्त्र विषय पढ़ाना आरम्भ हुआ.
- 1924 से ही मुम्बई विश्वविद्यालय में समाजशास्त्र में शोध कार्य सम्बन्धी सुविधाएँ प्रदान की गईं, इसके बाद उस्मानिया विश्वविद्यालय एवं मैसूर विश्वविद्यालय में समाजशास्त्र विषय पढ़ाया जाने लगा. मुम्बई में समाजशास्त्र और राजनीतिशास्त्र एक ही विभाग के अन्तर्गत थे.
- 1955 तक लखनऊ विश्वविद्यालय में समाजशास्त्र एवं अर्थशास्त्र दोनों एक ही विभाग के अन्तर्गत थे.

- मैसूर विश्वविद्यालय में समाजशास्त्र, दर्शनशास्त्र विभाग के साथ जुड़ा हुआ था. भारतीय विश्वविद्यालयों में समाजशास्त्र के प्रवर्तकों में **पैट्रिक गीड्स**, **डॉ. जी.एस. घुरिए**. मुम्बई विश्वविद्यालय, **राधाकमल मुखर्जी** एवं **डॉ. डी.पी. मुकर्जी**. लखनऊ और **ए.आर. वाडिया** मैसूर का नाम उल्लेखनीय है.
- **गिडिंग्स** के अनुसार, "समाज स्वयं संगठन है, औपचारिक सम्बन्धों का योग है, जिसमें सहयोग देने वाले व्यक्ति एक-दूसरे के साथ जुड़े हुए या सम्बद्ध हैं."
- **रयूटर** के अनुसार, "समाज एक अमूर्त धारणा है जो एक समूह के सदस्यों के बीच पाए जाने वाले पारस्परिक सम्बन्धों की (जटिलता) सम्पूर्णता का बोध कराती है."
- **मेकाइवर एवं पेज** के अनुसार, "समाज रीतियों, कार्यों विधियों, अधिकार और पारस्परिक सहायता, अनेक समूहों तथा उनके विभाजनों, मानव व्यवहार के नियन्त्रण तथा स्वतन्त्रताओं की व्यवस्था है."
- **गिन्सबर्ग** के अनुसार, "समाज ऐसे व्यक्तियों का संग्रह है जो कुछ सम्बन्धों अथवा व्यवहार की विधियों द्वारा संगठित है तथा उन व्यक्तियों से भिन्न है जो इस प्रकार के सम्बन्धों द्वारा बँधे हुए हैं."

संस्था की परिभाषा

1. **बोगार्डस** (Bogardus) के अनुसार, "एक सामाजिक संस्था समाज की वह संरचना है, जिसको सुस्थापित कार्य-विधियों द्वारा व्यक्तियों की आवश्यकताओं की पूर्ति के लिए संगठित किया जाता है."
2. **गोल्डनर हेमिलटन** और अन्य के अनुसार, "संस्था का तात्पर्य केवल व्यवहार के स्वीकृत प्रतिमानों से है."
3. **मेकाइवर और पेज** के अनुसार, "संस्था को संस्थापित पद्धति के स्वरूपों में परिभाषित किया जाता है."
4. **डब्ल्यू. जी. समनर** (W.G. Sumner) के अनुसार, "संस्था के अन्तर्गत अवधारणा (विचार, मत, सिद्धान्त, स्वार्थ) और संगठन होता है."

संस्था की विशेषता
(Features of Institution)

गिलिन और गिलिन के अनुसार संस्था की निम्नलिखित विशेषताएँ हैं—

1. संस्था सम्पूर्ण सांस्कृतिक व्यवस्था की इकाई है.
2. संस्था अधिक स्थायी है.
3. संस्था का निर्माण एक या अनेक उद्देश्यों को सामने रखकर होता है.
4. संस्थाओं में परम्पराओं का अधिक महत्व होता है.
5. प्रत्येक संस्था के कुछ प्रतीक होते हैं.
6. संस्था के सांस्कृतिक उपकरण होते हैं.

- **पार्सन्स** के अनुसार, "समाज को उन मानवीय सम्बन्धों की पूर्ण जटिलता के रूप में परिभाषित किया जा सकता है जो साधन और साध्य के सम्बन्ध द्वारा क्रिया करने से उत्पन्न हुए हों, चाहें वह यथार्थ हो या प्रतीकात्मक."
- **जॉर्ज सिमेल** के अनुसार, "समाज उन व्यक्तियों का समूह है जो अन्तःक्रिया द्वारा सम्बन्धित है."
- **एच.पी. फेयरचाइल्ड** के अनुसार, "समाज एक ऐसा समूह है, जो अपने बहुत से हितों (उद्देश्यों) जिसमें अनिवार्य रूप से स्वयं की रक्षा, भरण-पोषण तथा स्वयं को स्थायित्व प्रदान करना सम्मिलित है, को पूरा करने के लिए सहयोग करते हैं."
- **किंग्सले डेविस** ने अपनी पुस्तक 'ह्यूमन सोसाइटी' (Human Society) में समाज के निर्माण हेतु निम्नलिखित आवश्यक दशाओं का उल्लेख किया है—
  (i) जनसंख्या की निरन्तरता को बनाए रखना
  (ii) जनसंख्या में श्रम विभाजन
  (iii) सामूहिक एकता
  (iv) सामाजिक व्यवस्था में स्थायित्व

मेकाइवर और पेज के द्वारा समूहों का वर्गीकरण

समूह	विशेषताएँ	उदाहरण
1. क्षेत्रीय समूह	(अ) सम्पूर्ण हितों से सम्बन्धित (ब) एक ही क्षेत्र में व्यवसाय	समुदाय, राष्ट्र, नगर, गाँव, पड़ोस
2. हितों के प्रति चेतन समूह जिनका संगठन नहीं होता	(अ) समूह के सदस्यों में समान मनोवृत्तियाँ (ब) अनिश्चित सामाजिक संगठन (स) पद, प्रतिष्ठा और अवसरों में अन्तर	सामाजिक वर्ग, जाति, प्रजातीय समूह, राजकीय समूह, भीड़, समान और असमान हितों का
3. हितों के प्रति चेतन समूह जिनका निश्चित समूह होता है.	(अ) हितों का सीमित क्षेत्र (ब) निश्चित सामाजिक संगठन	प्राथमिक समूह परिवार, पड़ोस, खेल के साथी, क्लब, चर्च, आर्थिक संघ

- **हेरी.एम. जॉनसन** के अनुसार समाज की निम्नलिखित विशेषताएँ हैं—
  (i) **निश्चित भू-भाग**—समाज एक निश्चित भू-भागीय समूह है. समाज में भू-भागीय समूह होते हैं, जैसे—गाँव, बस्ती, शहर, तहसील, जिला आदि.
  (ii) **यौन प्रजनन**—समूह के भीतर की जाने वाली प्रजनन प्रक्रिया द्वारा ही समाज में नए सदस्यों की भर्ती होती है. समाज में बाहर से नए सदस्यों को भी लिया जाता है.
  (iii) **सर्वांगव्यापी संस्कृति**—एक समाज की संस्कृति सर्वांगव्यापी होती है. उसमें समस्त मानव-संस्कृति सम्मिलित होती है.
  (iv) **अनिर्भरता**—समाज किसी और समूह का उप-समूह नहीं होता. उन समूहों को समाज माना जाएगा जो राजनीतिक दृष्टि से किसी अन्य समूह के अधीन होने पर भी पूर्णतया उसमें समाहित न हो पाएं.
- प्राचीन समय में समुदाय का अर्थ एक संरचना था जिसमें लोग निश्चित भौगोलिक क्षेत्र में रहते थे. समुदाय के प्रति दृष्टिकोण संरचनात्मक था.
- 19वीं शताब्दी के अन्तिम वर्षों में सामाजिक परिवर्तन की प्रक्रिया औद्योगिक क्रान्ति के कारण तीव्र हो गई. सभ्यता के चरण गाँव के झोपड़ों पर जाकर रुके और तब लोगों ने समुदाय को एक संरचना के साथ-साथ प्रक्रिया के रूप में देखा. समाज सुधारकों ने कहा है कि समुदाय केवल परिवार का एक भू-खण्ड पर सम्मेलन ही नहीं है यह एक व्यवस्था है, प्रक्रिया है जिसमें समुदाय के लोगों में अपनी संस्थाएँ होती हैं. आपस में मिलते-जुलते हैं, सामाजिक नियन्त्रण रखते हैं और सामाजिक उत्तरदायित्वों का भार भी उठाते हैं. इस नवीन विचारधारा के अनुसार समुदाय जहाँ एक संरचना है, वहाँ एक कार्यात्मक इकाई भी है.
- **लिंडमैन** ने समुदाय की परिभाषा देने में समुदाय के संरचनात्मक और कार्यात्मक दोनों पहलुओं पर जोर दिया है. उनके अनुसार, "यदि हम समुदाय के स्पष्ट तत्वों की परिभाषा दें, तो यह एक जागरूकता से बनाया गया संघ है जो एक निश्चित क्षेत्र या बस्ती में रहता है. इसके पास सीमित राजनीतिक प्रजातन्त्र होता है और यह सामाजिक संस्थाएँ जैसे कि स्कूल, गिरजाघर आदि की देखरेख करता है."
- **मेकाइवर** ने समुदाय की परिभाषा देने में समुदाय की संरचना पर अधिक जोर दिया है. वे लिखते हैं "जब किसी समूह के सदस्य चाहे वह छोटा हो या बड़ा, इस प्रकार साथ रहते हैं कि उनका एक साथ रहना किसी विशेष प्रयोजन या स्वार्थ से नहीं होता अपितु, उनके साथ रहने की आधारभूत सब बातें एकसी होती हैं, तब हम उसे समुदाय कहते हैं."
- **ऑगबर्न और निमकॉफ** ने समुदाय को एक, "सीमित क्षेत्र में सामाजिक जीवन के सम्पूर्ण संगठन" से परिभाषित किया.
- **मेन्जर** ने भी भू-भाग पर अधिक जोर दिया है—"वह समाज जो किसी निश्चित भौगोलिक स्थान पर रहता है, समुदाय कहा जाता है."
- **जॉर्ज लुण्डबर्ग** के अनुसार, "एक मानव जनसंख्या जो एक निश्चित भौगोलिक क्षेत्र में निवास करती है और जो सामान्य एवं दूसरों पर आश्रित जीवन व्यतीत करती है." एक समुदाय है इस परिभाषा के आधार पर समुदाय के मुख्य तत्व हैं—
  (i) जनसंख्या
  (ii) निश्चित-भू-भाग या क्षेत्र
  (iii) सामान्य जीवन
  (iv) पारस्परिक एवं आश्रित जीवन है
- **ई. एस. बोगार्डस** के अनुसार, "समुदाय एक ऐसा सामाजिक समूह है, जिसमें हम की भावना के कुछ अंश पाए जाते हैं और एक निश्चित क्षेत्र में निवास करता है."
- **किंग्सले डेविस** ने अपनी पुस्तक ह्यूमन सोसाइटी में भौगोलिक और सामाजिक आधार पर समुदाय की व्याख्या की है. आपके अनुसार किसी समूह को समुदाय कहलाने के लिए तीन बातों की आवश्यकता होती है—
  (i) व्यक्तियों का समूह
  (ii) एक निश्चित भौगोलिक क्षेत्र
  (iii) सामाजिक जीवन में सभी का समावेश
- **रेडफील्ड** ने अपनी पुस्तक 'The Little Community' में लघु समुदाय की चार विशेषताओं का उल्लेख किया है—
  (i) भिन्नता
  (ii) स्वावलम्बन या स्व-पर्याप्तता
  (iii) समजातीयता
  (iv) लघुता
- **ऑगबर्न और निमकॉफ** के अनुसार, "समिति एक ऐसा संगठन है जो प्रायः विशेष स्वार्थों की पूर्ति के लिए बनाया जाता है. इसका उद्देश्य अपने सदस्यों की विशेष या सामान्य इच्छाओं की सन्तुष्टि के अतिरिक्त और कुछ नहीं है."

- **फेयर चाइल्ड** ने अपनी रचना में लिखा है, "समिति एक ऐसा संगठनात्मक समूह है जिसका निर्माण सामान्य उद्देश्यों की पूर्ति के लिए किया गया है और जिसका आत्म-निर्भर प्रशासकीय ढाँचा तथा कार्यकर्त्ता होता है."
- **मैकाइवर एवं पेज**—"समिति वह समूह है, जोकि किसी एक हित अथवा अनेक हितों की सामान्य पूर्ति के लिए संगठित हुआ हो."
- **मोरिस गिन्सबर्ग**—"समित एक-दूसरे से सम्बन्धित उस सामाजिक प्राणियों का समूह है जो एक निश्चित लक्ष्य अथवा लक्ष्यों की पूर्ति के लिए, एक सामान्य संगठन का निर्माण करते हैं."
- **ई.एस. बोगार्डस**—"साधारणतयः किसी उद्देश्य को प्राप्त करने के लिए व्यक्तियों द्वारा मिलकर कार्य करने को ही समिति कहते हैं."

पेरेटो की वैज्ञानिक समाजशास्त्र की अवधारणा (Pareto's Conception of Scientific Sociology)

1. **विल्फ्रेडो पेरेटो** (Vilfredo Pareto) एक सुप्रसिद्ध इटेलियन अर्थशास्त्री एवं समाजशास्त्री थे (1848-1923), जो एक ऐसे समाजशास्त्र का निर्माण करना चाहते थे, जोकि वास्तविक रूप से यथार्थ और वैज्ञानिक हो.
2. **पेरेटो** (Pareto) ने समाजशास्त्र को तार्किक-प्रयोगात्मक (Logico-experimental) विज्ञान माना है, जोकि तार्किक-प्रयोगात्मक पद्धति का प्रयोग करेगा.
3. **पेरेटो** के अनुसार तार्किक प्रयोगात्मक पद्धति के तीन प्रमुख स्तर या आधार हैं—
   (i) निरीक्षण, (ii) तथ्ययुक्त या वैषयिक अनुभव, (iii) निरीक्षण या अनुभव के आधार पर निकाले गए तर्क-सम्मत निष्कर्ष
4. **पेरेटो** अनुभव एवं निरीक्षण को ही अपने समाजशास्त्र में मार्गदर्शक के रूप में ग्रहण किया है और उनकी सहायता से प्रयोगात्मक परीक्षा द्वारा विभिन्न घटनाओं में समानताओं को ढूँढ़ निकालकर सत्य के अधिक निकट पहुँचना है,
5. **पेरेटो** का समाजशास्त्र ठोस प्रमाणों या तथ्यों (Facts) पर आधारित है.
6. तार्किक-प्रयोगात्मक समाजशास्त्र की पद्धति पूर्णतया प्राकृतिक विज्ञानों की पद्धति के अनुरूप है.
7. वैज्ञानिक समाजशास्त्र के नियम पूर्णतया वास्तविक तथ्यों पर आधारित हैं.

- **गिलिन और गिलिन**—"समिति व्यक्तियों का एक ऐसा समूह है जो उद्देश्य अथवा उद्देश्यों के लिए संगठित होता है तथा कुछ मान्यता अथवा स्वीकृत कार्य-प्रणालियों और व्यवहारों द्वारा कार्य करता है."
- समाजशास्त्रीय अर्थ में, संस्था शब्द का प्रयोग सर्वप्रथम **हरबर्ट स्पेन्सर** ने किया था.
- **स्पेन्सर** के अनुसार, "संस्था वह अंग है, जिसके माध्यम से समाज के कार्यों को क्रियान्वित किया जाता है."
- **एण्डरसन** के अनुसार, "संस्था कुछ आदर्श नियमों का संग्रह है जो हमारी सामाजिक क्रियाओं के प्रमुख पक्षों से सम्बद्ध है."
- **चार्ल्स कूले**, संस्थाओं को अनेक आदर्श नियमों की व्यवस्था मानते हैं.

वेबर और समाजशास्त्र (Weber and Sociology)

1. **वेबर** (Weber) के समाजशास्त्र की अध्ययन वस्तु 'सामाजिक क्रिया' (Social action) है.
2. समाजशास्त्र सामाजिक क्रिया का एक निर्वचनात्मक बोध करने का प्रयत्न करता है.
3. **वेबर** के समाजशास्त्र में सामाजिक क्रिया और अर्थपूर्ण बोध. ये दो महत्वपूर्ण पक्ष हैं.
4. **वेबर** के अनुसार सामाजिक घटनाएँ व्यक्तियों की अन्तः-क्रियाओं का ही परिणाम है. इसलिए समाजशास्त्र घटनाओं के उद्देश्य और अर्थ दोनों पर अपना ध्यान केन्द्रित करता है.
5. **वेबर** के अनुसार समाजशास्त्रियों को प्रत्येक सामाजिक घटना (Social Phenomenon) या क्रिया (Action) का यथार्थ अर्थ खोजने का प्रयत्न करना चाहिए.

समिति के प्रकार (Types of Association)

(i) सांस्कृतिक समितियाँ
(ii) शैक्षणिक समितियाँ
(iii) आर्थिक समितियाँ
(iv) राजनीतिक समितियाँ
(v) मनोरंजनात्मक समितियाँ
(vi) सेवा एवं समाज कल्याण समितियाँ

- **मेकाइवर और पेज** ने प्रस्थिति की परिभाषा देते हुए लिखा है कि "प्रस्थिति वह सामाजिक पद है, जोकि रखने वाले के लिए उसके व्यक्तिगत गुणों या सामाजिक सेवा के अतिरिक्त आदर, प्रतिष्ठा तथा प्रभाव की कुछ मात्रा निश्चित करती है."
- **मार्टिनडेट तथा मौनेकसी** ने कहा है कि "हम प्रस्थिति की परिभाषा सामाजिक झुंड के स्थान से करते हैं, जो आदर के चिह्न पर कार्यों के प्रतीक से पहचाना जाता है."
- **लिंटन** के शब्दों में—"भूमिका एक निश्चित स्थिति में व्यक्ति के अधिकार तथा कर्त्तव्य को सम्बोधित करती है."
- **ग्रीन** के अनुसार—"भूमिका वह तरीका है, जिससे स्थिति पूर्ण हुई मानी जाती है."

- **किंग्सले डेविस** कार्यों (भूमिका) की धारणा व्यक्त करते हुए लिखा है कि "एक व्यक्ति दी हुई स्थिति के प्रति कैसा व्यवहार करता है, उसे हम उसका कार्य कहते हैं. इस प्रकार कार्य एक ढंग है जिसके द्वारा वह वास्तव में अपने पद को पूरा करता है."

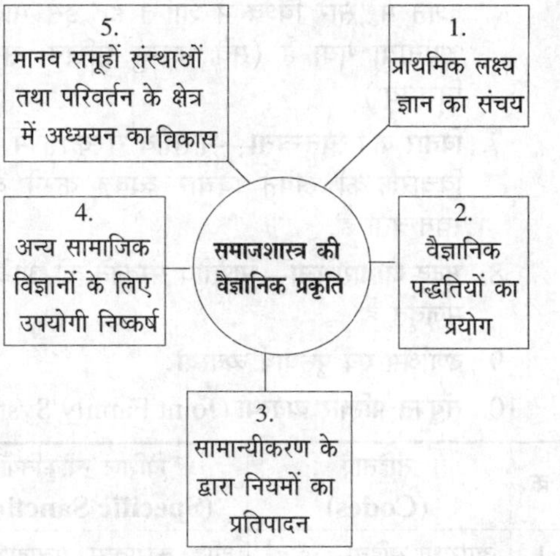

संस्कृति का विस्तारवादी सम्प्रदाय (Diffusionist School of Culture)

1. इस सम्प्रदाय के अनुसार संस्कृति इतिहास के मध्य विकसित हुई है. इसका विकास ऐतिहासिक घटनाओं एवं पारस्परिक सम्बन्धों के कारण हुआ है.
2. इस सिद्धान्त को 'विस्तारवाद' के नाम से जाना जाता है.
3. इस सिद्धान्त के अन्तर्गत तीन सम्प्रदाय हैं—
   (अ) **ब्रिटिश विस्तारवादी सम्प्रदाय**—इसके प्रतिपादकों में, डब्ल्यू. एच. आर. रिवर्स (W.H.R. Rivers), जी. ई. स्मिथ (G.E. Smith) एवं जे. पेरी (J. Perry) के नाम उल्लेखनीय हैं.
   (ब) **जर्मन विस्तारवादी सम्प्रदाय**—इसे 'संस्कृति वृत्त सम्प्रदाय' (Culture Circle School) के नाम से भी जाना जाता है. इसके समर्थकों में एफ. ग्रेबनर (F. Grabner), एफ. रॉट्ज़ेल (F. Rotzel), लियो फ्रोवेन्स एवं एफ. डब्ल्यू. स्मिथ के नाम उल्लेखनीय हैं.
   (स) **अमरीकन विस्तारवादी सम्प्रदाय**—इस सम्प्रदाय के प्रतिपादक फ्रांज बोआस (F. Boas), क्लार्क विस्लर (Clark Wisler) और ए. एल. क्रोबर (A. L. Kroeber) हैं.

भूमिका (Role) की व्याख्या

1. भूमिका, प्रस्थिति का प्रकार्य है.
2. **राल्फ लिण्टन** (Ralph Linton) के अनुसार, "कोई भी भूमिका, प्रस्थिति (Status) का गत्यात्मक पक्ष है."
3. भूमिका के अन्तर्गत हमारे मूल्य, विश्वास और व्यवहार तीनों आते हैं.
4. **किंग्सले डेविस** के अनुसार, "भूमिका किसी भी व्यक्ति द्वारा अपने पद की आवश्यकताओं के अनुसार सम्पन्न क्रिया है."
5. **भूमिकापालन** (Role Playing)—जब कोई व्यक्ति अपनी भूमिका समाज द्वारा अपेक्षित प्रतिमानों के आधार पर निभाता है.
6. **भूमिकावरण** (Role Taking)—इस प्रक्रिया में हम विशिष्ट भूमिका को सीखते हैं.
7. **भूमिका संघर्ष** (Role Conflict)—जब किसी प्रस्थिति की अपेक्षाओं के अनुसार भूमिका का पालन नहीं किया जाता.

संस्कृति की संरचना

सांस्कृतिक संक्रमण—दो संस्कृतियों में सम्पर्क स्थापित होना, जिसके परिणामस्वरूप एक संस्कृति-दूसरी संस्कृति से प्रभावित हो जाती है.

सांस्कृतिक क्षेत्र—ऐसा क्षेत्र है जिसमें एक ही प्रकार की सांस्कृतिक विशेषताएँ प्रचलित होती हैं.

सांस्कृतिक सापेक्षवाद—किसी संस्कृति की मान्यताओं और आदर्शों को उसके ही दृष्टिकोण के सन्दर्भ में परख करना.

सांस्कृतिक प्रत्यय—ऐसी संस्थाएँ और सांस्कृतिक प्रतिरूप जो सभी मानव समाजों में समान रूप से पाए जाते हैं.

सांस्कृतिक समूह—सांस्कृतिक विशेषताओं का संग्रह.

सांस्कृतिक प्रतीक—वे विषय एवं वस्तुएँ जिनके साथ किसी जाति द्वारा विशिष्ट अर्थ या अभिव्यंजना जुड़ी होती है.

सांस्कृतिक लोकाचार—एक जाति का सांसारिक दृष्टिकोण.

सांस्कृतिक अनुकूलन—वह प्रक्रिया जिसके द्वारा समाज विशेष में व्यक्तियों के विचार एवं आचरण उनकी संस्कृति द्वारा प्रभावित होती है.

सांस्कृतिक विशेषक—किसी संस्कृति की लघुत्तम अभिज्ञेय इकाई.

सांस्कृतिक प्रसारण—सांस्कृतिक मदों एवं लक्षणों को सभ्यता के मुख्य केन्द्रों से छोटे-छोटे क्षेत्रों तक विस्तरण.

सांस्कृतिक आदर्श (प्रतिमान)—सांस्कृतिक आदर्श, आचरण के सुव्यवस्थित क्रम पर आधारित होता है.

विचार (Ideas)	व्यवहार-आदर्श (Norms)	भौतिक पदार्थ (Material)
वैज्ञानिक सत्य (Scientific Truths)	कानून (Law)	मशीन (Machines)
धार्मिक विश्वास (Religious Beliefs)	स्टैट्यूट्स (Statutes)	उपकरण (Tools)
पुराण कथा (Myths)	नियम (Rules)	बर्तन (Utensils)
उपाख्यान (Legends)	रेगुलेशन (Regulation)	इमारतें (Building)
साहित्य (Literature)	प्रथाएँ (Customs)	सड़कें (Roads)
अन्धविश्वास (Superstitions)	लोकरीतियाँ (Folkways)	पुल (Bridges)
सूत्र (Aphorisms)	रूढ़ियाँ (Mores)	हथियार (Weopons)
लोकोक्ति (Proverbs)	निषेध (Taboos)	कला की पुस्तकें (Objects of Art)
लोक कथाएँ (Folkore)	फैशन (Fashion)	वस्त्र (Clothing)
	धार्मिक रीतियाँ (Rites)	गाड़ियाँ (Vehicles)
	अनुष्ठान (Rituals)	फर्नीचर (Furniture)
	संस्कार (Ceremonies)	खाद्य सामग्री (Food stuffs)
	लोकरीति (Conventions)	दवाइयाँ (Medicines)
	सदाचार (Etiquette)	

संस्कृति के मुख्य तत्व

1. प्रौद्योगिकी (Techonology)
2. आर्थिक संगठन (Economic Organization)
3. सामाजिक संगठन (Social Organization)
4. राजनीतिक संगठन (Political Organization)
5. विचारधारा-विश्वास, मान्यताएँ, आदर्श
6. कला (Art)
7. भाषा (Language)

भारतीय संस्कृति की प्रमुख विशेषताएँ

1. **प्राचीनता**—भारत की संस्कृति संसार की प्राचीनतम् संस्कृतियों में से एक है. इसका इतिहास पाषाणकाल तक चला जाता है.
2. **धर्म की प्रधानता**—भारतीय संस्कृति में धर्म को विशेष महत्व दिया गया है.
3. **आध्यात्मवाद** (Spritualism).
4. **विभिन्नताओं में एकता** (Unity in Diversity).
5. **समन्वय बुद्धि**—शुरू से ही भारतवासियों ने विभिन्न विचारधाराओं के समन्वय पर बल दिया.
6. **सबके कल्याण की भावना**—सभी भारतीय धर्म एवं दर्शन में 'सारे विश्व में शान्ति हो' इस भावना को अपनाया गया है (सर्वे भवन्तु सुखिनः सर्वे सन्तु निरामयः).
7. **विचार की स्वतन्त्रता**—भारतीय संस्कृति में प्रत्येक विचारक को अपने विचार व्यक्त करने की पूर्ण स्वतन्त्रता है.
8. **सुदृढ़ आधारशिला**—भारतीय संस्कृति की आधारशिला मजबूत है.
9. **वर्णाश्रम एवं पुरुषार्थ व्यवस्था.**
10. **संयुक्त परिवार व्यवस्था** (Joint Family System).

क्र.	संहिताएँ (Codes)	विशिष्ट स्वीकृतियाँ (Specific Sanctions)
1.	अपराधी संहिता (Legal Code)	दण्ड, कारावास, मृत्युदण्ड
2.	सामाजिक संहिता (Social Code)	हानियों की क्षतिपूर्ति या निवारण
3.	धार्मिक संहिता (Religious Code)	बहिष्कार, प्रायश्चित, देवी-देवता की अप्रसन्नता का भय
4.	व्यावसायिक संहिता (Occupational Code)	सदस्यता से निकाला जाना प्रेक्टिस पर प्रतिबन्ध
5.	पारिवारिक संहिता (Family Code)	पौत्रिक दण्ड, जायदाद से वंचित करना आदि

सामाजिक नियन्त्रण (Social Control)

1. **टालकॉट पारसन्स** ने सामाजिक नियंत्रण को सामाजिक मानदण्डों के अनुरूप व्यवहार और वास्तविक व्यवहार के बीच अन्तर कम करने को स्वीकार किया है.
2. **चार्ल्स एच. कूले** ने सचेत एवं अचेत नियन्त्रण पर विस्तृत रूप से व्याख्या की है.
3. **कार्लमैनहीम** ने अपनी पुस्तक 'Man and Society' में प्रत्यक्ष और अप्रत्यक्ष नियन्त्रण का उल्लेख किया है.
4. **गुरविच और मूर** ने तीन प्रकार के सामाजिक नियन्त्रण के स्वरूप का उल्लेख किया है—(i) संगठित, (ii) असंगठित और (iii) सहज नियन्त्रण.
5. **किम्बाल यंग** ने सकारात्मक और नकारात्मक का उल्लेख किया है.
6. **सामाजिक नियन्त्रण के साधन**—जनरीतियाँ, रूढ़ियाँ, प्रथाएँ, नैतिकता, धर्म, परिवार, शिक्षा, कानून, प्रचार, जनमत, नेतृत्व, फैशन आदि.

बी. मैलिनोवस्की (B. Malinowski) का प्रकार्यवाद

1. **मैलिनोवस्की** ने ट्रॉबिराण्ड द्वीपों (Trobriand Islands) और न्यूगिनी (New Guinea) की जनजातियों के सांस्कृतिक अध्ययन के आधार पर प्रकार्यवाद (Functionalism) के सिद्धान्त को प्रस्तुत किया है.
2. **मैलिनोवस्की** के अनुसार मनुष्य की शारीरिक, मानसिक और सामाजिक आवश्यकताएँ होती हैं. इन आवश्यकताओं की पूर्ति हेतु मनुष्य ने संस्कृति को जन्म दिया.
3. आपके अनुसार किसी भी संस्कृति का निर्माण अनेक सांस्कृतिक तत्वों द्वारा होता है (भौतिक एवं अभौतिक तत्व).
4. **मैलिनोवस्की** ने मानव की 7 आधारभूत आवश्यकताओं का उल्लेख किया है—(i) शरीर पोषक (Metabolic), (ii) उत्पादक (Reproductive), (iii) शारीरिक आराम (Body Comfort), (iv) सुरक्षा (Safety), (v) गति (Movement), (vi) वृद्धि (Growth) एवं (vii) स्वास्थ्य.
5. मनुष्य की इन आवश्यकताओं की पूर्ति मानव निर्मित सांस्कृतिक तत्वों द्वारा होती है.
6. सांस्कृतिक तत्वों के मध्य एक प्रकार्यात्मक सम्बन्ध या एकता पाई जाती है. प्रकार्यात्मक एकता द्वारा एकीकरण की स्थिति पैदा होती है.
7. किसी भी सांस्कृतिक तत्व द्वारा मानव आवश्यकता की पूर्ति न होने पर वह तत्व नष्ट हो जाता है, यही मैलिनोवस्की का प्रकार्यवाद (Functionalism) है.

संरचना और प्रकार्य

(Structure and Function)

1. सामाजिक संरचना और प्रकार्य की अवधारणा ने समाजशास्त्र को विस्तृत रूप से प्रभावित किया है.
2. **हरबर्ट स्पेन्सर** (1877), **इमाइल दुर्खीम** (1899), **विल्फ्रेड पेरेटो** (1915), **ए.आर. रेडक्लिफ ब्राउन** (1935), **बी. मैलिनोवस्की** (1936), और **रॉबर्ट के. मर्टन** (1949) आदि ने सामाजिक संरचना और प्रकार्य के सिद्धान्त के प्रतिपादन में अपना महत्वपूर्ण योगदान दिया है.
3. **हरबर्ट स्पेन्सर** ने संरचना और प्रकार्य के सिद्धान्त को विकसित करने में अपना महत्वपूर्ण योगदान दिया है. आपने समाज को अधिजैविक (Super–Organism) माना है. शरीर के अनेक अंग शरीर संरचना को निर्मित करते हैं जिस प्रकार शरीर के अनेक अंग परस्पर सम्बन्धित हैं, उसी प्रकार समाज के अनेक अंग सामाजिक संरचना का निर्माण करते हैं.
4. अध्ययन की प्रकार्यात्मक पद्धति के व्यवस्थित विकास में **दुर्खीम** का योगदान महत्वपूर्ण है.
5. **दुर्खीम ने कारण**—परिणाम विश्लेषण और प्रकार्यात्मक विश्लेषण में भेद किया है.
6. **मैलिनोवस्की** के अनुसार मानव आवश्यकताएँ प्रकार्य का आधार है.

प्रतिस्पर्द्धा

(Competition)

1. **सी.एच. कूले** के अनुसार, "प्रतिस्पर्द्धा व्यक्तित्व पर गहरा प्रभाव डालती है."
2. प्रतिस्पर्द्धा किसी सीमा तक तो प्रकार्यात्मक है, किन्तु उसके बाद इसकी प्रवृत्ति विघटनात्मक हो जाती है.
3. प्रतिस्पर्द्धा विभिन्न प्रकार्यात्मक समूहों के सदस्यों का चयन करती है.
4. संस्थात्मक प्रतिस्पर्द्धा का आयोजन किसी संस्था द्वारा होता है.
5. असंस्थात्मक प्रतिस्पर्द्धा में प्रतियोगी स्वतन्त्र रूप से प्रतिस्पर्द्धा करते हैं और किन्हीं मापदण्डों द्वारा व्यवहार करने को बाध्य नहीं होते.

रॉबर्ट के. मर्टन (Robert K. Mertan) के अनुसार,

"प्रकार्य (Functions) वे निरीक्षित परिणाम हैं, जोकि एक व्यवस्था विशेष के अनुकूलन या सामंजस्य को सम्भव बनाता है." आपने प्रकार्यात्मक विश्लेषण के सन्दर्भ में निम्नलिखित अवधारणाओं को विकसित किया है–

1. प्रकार्य (Functions)
2. अकार्य (Dysfunctions)
3. प्रकट प्रकार्य (Manifest Functions)
4. अन्तर्निहित प्रकार्य (Latent Functions)

- **टाइलर** ने संस्कृति की अत्युत्तम परिभाषा दी थी. उन्होंने कहा—"संस्कृति वह संश्लिष्ट अभियोजना है, जिसमें समाजगत ज्ञान, विश्वास, कला, नैतिकता, विधि (कानून), रस्म-रिवाज तथा लोगों की सभी प्रकार की क्षमताएँ तथा आदतें सम्मिलित रहती हैं."
- **लैस्ली ह्वाइट** ने संस्कृति के लाक्षणिक (Symbolic) पहलुओं पर बल देते हुए कहा है—"संस्कृति कुछ अद्‌भुत पदार्थों का संगठन है क्रियाएँ (व्यवहार आदर्श) और वस्तुएँ (उपकरण, उपकरणों से बनी हुई वस्तुएँ), विचार (विश्वास, ज्ञान) और भावनाएँ (मनोवृत्तियाँ, मूल), जोकि लाक्षणिक संकेतों के प्रयोग पर निर्भर करता है.
- **कून** ने सीखने के गुण (Learned Quality) पर बल दिया है. इसका कहना है कि "संस्कृति उन विधियों का समुच्चय है, जिसमें मनुष्य, एक पीढ़ी से दूसरी पीढ़ी तक सीखने के कारण रहता है." संस्कृति में जो तत्व सम्मिलित हैं उनका वर्णन करते हुए कून कहता है कि "इसके अन्दर जोड़ों और समूहों के रूप में लोगों के सम्बन्ध, मनुष्य के कार्य जिनमें भौतिक पदार्थ भी हैं और लाक्षणिक संकेतों के क्षेत्र में अपनी शक्ति का व्यय जिसमें भाषा, संगीत, कलाएँ और मानव शरीर भी सम्मिलित है."

- **बिडनी** ने विचार किया है वह कहता है "संस्कृति में समाज के अन्दर व्यक्तियों को प्राप्त था बनाए गए व्यवहार, विचार और साथ में बौद्धिक, कलात्मक और सामाजिक आदर्श और संस्थाएँ हैं, जोकि समाज के सदस्य स्वीकार करते हैं और जिसके अनुसार कार्य करने की चेष्टा करते हैं."
- **पार्सन्स** ने संस्कृति को कार्य-प्रणाली का एक मौलिक निर्माणकर्त्ता बताया है, पार्सन्स के विचार में संस्कृति सामाजिक अन्तःक्रिया की उपज है और अन्तःक्रियाओं में होने वाले व्यवहार की पथ-प्रदर्शक है."
- **मेलिनोवस्की** के अनुसार, "संस्कृति जीवन व्यतीत करने की एक सम्पूर्ण विधि है, जोकि व्यक्ति की शारीरिक, मानसिक एवं अन्य आवश्यकताओं की पूर्ति करती है और उसे प्रकृति के बन्धनों से मुक्त करती है."
- **फेयर चाइल्ड** के अनुसार, "प्रतीकों द्वारा सामाजिक रूप से प्राप्त और संचारित सभी व्यवहार प्रतिमानों के लिए सामूहिक नाम 'संस्कृति' है.,"
- **हॉबेल** (Hoebel) के अनुसार, "संस्कृति सीखे हुए व्यवहार प्रतिमानों का कुल योग है, जो किसी समाज के सदस्यों की विशेषता है और जोकि प्राणीशास्त्रीय विरासत का परिणाम नहीं है."
- **रॉल्फ लिंटन** (Ralph Linton) के अनुसार, "एक समाज की संस्कृति अपने सदस्यों के लिए जीवन का ढंग है, विचारों और आदतों का संग्रह, जोकि वे सीखते हैं, सहभागी बनते हैं और एक पीढ़ी से दूसरे पीढ़ी को हस्तान्तरित होते हैं."
- **क्लाइड क्लकहॉम** (Clyde Kluckholm) के अनुसार, "एक विशेष समाज के सदस्यों द्वारा ग्रहण किए गए जीवन का ढंग (Design forliving) ही संस्कृति है."
- **बीरस्टीड** के अनुसार, "संस्कृति उन वस्तुओं का गूढ़ संग्रह है जो समाज के सदस्यों के रूप में हम सोचते, करते और रखते हैं."

संस्कृति के गुण

1. संस्कृति सामाजिक अन्तःक्रिया की मानव उपज है.
2. संस्कृति सीखी जाती है.
3. संस्कृति हस्तान्तरित की जाती है.
4. संस्कृति में सामाजिक गुण निहित होते हैं.
5. प्रत्येक समाज की अपनी एक विशिष्ट संस्कृति होती है.
6. संस्कृति समूह के लिए आदर्श है.
7. संस्कृति में अनुकूलता की क्षमता पाई जाती है.
8. संस्कृति मानव आवश्यकताओं की पूर्ति करती है.

- **लिंटन** ने संस्कृति को तीन भागों में विभाजित किया है—मौलिक सर्वमान्य तत्व (Universal), वैकल्पिक तत्व (Alternatives) और विशिष्ट तत्व (Specialities).
- मौलिक सर्वमान्य तत्व से **लिंटन** का अर्थ संस्कृति के उन गुणों या विशेषताओं से है, जिनको सामान्य रूप से सर्वसाधारण स्वीकार करते हैं और जो समाज में आवश्यक हैं जैसे कि राज्य के नियम या कार्य प्रणालियाँ, आर्थिक और वैज्ञानिक पद्धतियाँ, वैकल्पिक तत्व वे क्रियाएँ हैं, जिनमें व्यक्तियों को चुनाव का अधिकार है. उदाहरण के लिए, वैकल्पिक तत्व एक ही समाज के अन्दर विभिन्न वर्गों की आवश्यकताओं पर आश्रित रहते हैं. संस्कृति के तीसरे पक्ष में उसके विशिष्ट तत्व आते हैं. यह कुछ कार्यों या व्यवसायों की विशिष्ट विशेषताएँ हैं. चिकित्सक के पास एक विशेष ज्ञान और कार्यक्षमता ही नहीं होती, बल्कि एक व्यावसायिक भाषा और मूल्य-पद्धति भी होती है, जिसके आधार पर वह मंत्री, वकील और इन्जीनियर से अलग किया जा सकता है.
- **बीरस्टीड** ने संस्कृति के तीन भाग बताए हैं—विचार (Ideas), व्यवहार आदर्श (Norms) और भौतिक पदार्थ (Material). इनमें से विचार और व्यवहार-आदर्श दोनों ही अभौतिक संस्कृति के अंग हैं.
- **जॉर्ज पीटर मरडाक** (George Peter Murdock) ने संस्कृति के निम्नलिखित गुण बताए हैं—
  1. सीखने का गुण (The Quality of Learning)
  2. हस्तान्तरण का गुण (The Transmissive Quality)
  3. सामाजिक गुण (The Social Quality)
  4. आदर्श होने का गुण (The Ideational quality)
  5. इच्छा पूर्ति का गुण (The Gratifying quality)
  6. सामंजस्य करने का गुण (The adaptive quality)
  7. पूर्णता का गुण (The Integrative quality)
- संस्कृति के छोटे-छोटे गुण शायद ही कभी बिल्कुल अलग रहते हों. प्रत्येक सांस्कृतिक गुण दूसरे सांस्कृतिक गुणों के साथ समन्वय (Combine) करता है और संस्कृति संश्लेष (Culture Complex) को जन्म देता है. बीरस्टीड ने कहा है कि जब हम सांस्कृतिक गुणों के समन्वय के बारे में बात करते हैं तब हम सम्भवतः 'संस्कृति-संश्लेष' शब्द का प्रयोग करते हैं.

सांस्कृतिक विलम्बन (Culture leg)

सांस्कृतिक विलम्बन की कल्पना (Hypothesis) सबसे पहले ऑगबर्न (Ogburn) ने अपनी 'Social change'' नामक पुस्तक में सन् 1922 में की थी, ऑगबर्न ने कहा—

1. ऑगबर्न ने दो प्रकार की संस्कृतियों का उल्लेख किया है—
   (i) भौतिक संस्कृति (Material culture)
   (ii) अभौतिक संस्कृति (Non-Material culture).
2. भौतिक संस्कृति में ऑगबर्न ने भौतिक प्रविधि और भौतिक वस्तुओं को लिया है.
3. अभौतिक संस्कृति में ऑगबर्न ने धर्म, कला, साहित्य आदि को लिया है.
4. ऑगबर्न के अनुसार, पिछले कई वर्षों में भौतिक और अभौतिक दोनों संस्कृतियों में काफी विकास हुआ है, किन्तु विकास में इस प्रक्रिया में भौतिक संस्कृति ने अभौतिक संस्कृति को काफी पीछे छोड़ दिया है.
5. अभौतिक संस्कृति का भौतिक संस्कृति से पिछड़ जाना ही सांस्कृतिक विलम्बन है.

- **रेडक्लिफ ब्राउन** (Redcliff Brown) के अनुसार, "सामाजिक संरचना के अंग मनुष्य ही हैं स्वयं संरचना, संस्था द्वारा परिभाषित और नियमित सम्बन्धों में लगे हुए व्यक्तियों की एक क्रमबद्धता है." श्री ब्राउन के अनुसार, "वास्तविक जीवन में हम देखते हैं कि मनुष्य परस्पर सामाजिक सम्बन्धों द्वारा बँधे हुए हैं. वास्तविक रूप में पाए जाने वाले इन सम्बन्धों के द्वारा ही सामाजिक संरचना का निर्माण होता है."

प्राथमिक और द्वैतीयक समूहों में अन्तर
(Difference between Primary and Secondary Groups)

1. प्राथमिक समूह छोटे समाज में होते हैं, द्वैतीयक समूह जटिल और विशाल समाजों में.
2. प्राथमिक समूह के सदस्य कम होते हैं, द्वैतीयक में असंख्य.
3. प्राथमिक समूह में आमने-सामने सम्पर्क होते हैं, द्वैतीयक समूहों में अप्रत्यक्ष.
4. प्राथमिक समूह में सम्बन्ध वैयक्तिक होते हैं, द्वैतीयक समूह में अवैयक्तिक.
5. प्राथमिक समूह में नियंत्रण परम्पराओं और रीतियों द्वारा होता है, द्वैतीयक समूह में औपचारिक.
6. प्राथमिक समूह अपने सदस्यों को सभी क्षेत्रों में प्रभावित करता है, जबकि द्वैतीयक समूह केवल कुछ क्षेत्रों में.
7. प्राथमिक समूह में अनुकूलन सरल है, द्वैतीयक समूह में कठिन.

- **टालकॉट पारसन्स** (Talcott Parsons) के अनुसार, "सामाजिक संरचना, परस्पर, सम्बन्धित संस्थाओं, एजेन्सियों, सामाजिक प्रतिमानों तथा साथ ही समूह के प्रत्येक सदस्य द्वारा ग्रहण किये गये पदों (Statuses) तथा कार्यों (Roles) की विशिष्ट क्रमबद्धता को कहते हैं."
- **कार्ल मैनहीम** (Karl Mahnheim) के अनुसार, "सामाजिक संरचना परस्पर अन्तःक्रिया करने वाली उन सामाजिक शक्तियों के ताने-बाने को कहते हैं, जिसके फलस्वरूप अवलोकन तथा सोचने-विचारने के तरीके या ढंग विकसित होते हैं."
- हरबर्ट स्पेन्सर (Herbert Spencer) के अनुसार, "सामाजिक संरचना को भूमिकाओं के उन परिचित प्रतिमानों के रूप में परिभाषित किया जा सकता है जो कि मुख्य रूप से सामाजिक कार्य या क्रिया की पूर्ति के लिए संगठित है."

- **रॉबर्ट के. मर्टन** के अनुसार समूह के लिए निम्नलिखित आवश्यक हैं—
  (i) दो या दो से अधिक व्यक्ति का होना.
  (ii) इसमें सामाजिक सम्बन्धों का पाया जाना.
  (iii) व्यक्ति के किसी समूह का सदस्य माना जाने के लिए यह आवश्यक है कि वह स्वयं अपने को किसी समूह विशेष का सदस्य समझे और उसके प्रति 'हम' की भावना रखे. समूह के अन्य सदस्य तथा दूसरे समूह भी उसे उस समूह विशेष का सदस्य समझें.

- **प्राथमिक समूह की विशेषताएँ (Characteristics of Primary Group)**

1. भौतिक समीपता (Physical Proximity).
2. समूह का छोटा आकार (Small in Size).
3. सम्बन्धों की अवधि (Period of Relations).
4. समान उद्देश्य की प्राप्ति (Common Purpares).
5. प्राथमिक समूह के सम्बन्ध साध्य होते हैं, साधन नहीं (Ends and not Means).
6. प्राथमिक समूह में सम्बन्ध वैयक्तिक होते हैं (Personal Relations).
7. प्राथमिक समूह में सम्पर्क सम्पूर्ण (Inclusive) होते हैं.
8. प्राथमिक समूह में सम्बन्ध स्वाभाविक होते हैं. (Naturality).
9. प्राथमिक समूहों में सम्बन्ध में नियन्त्रण की शक्ति होती है (Controlling Power).

- **हेरी एम. जॉनसन** (H.M. Johnson) के अनुसार, "किसी वस्तु की संरचना से हमारा तात्पर्य उसके भागों

में सापेक्षिक रूप से पाए जाने वाले स्थायी अन्तःसम्बन्धों से है."

- **नेडेल** (Nadel) के अनुसार, "सामाजिक संरचना के अध्ययन में हम समग्र या सम्पूर्ण वस्तु (Totalentity) के अन्तर्गत विभिन्न अंगों के अन्तःसम्बन्धों या क्रमबद्धता (Arrangement) का अध्ययन करते हैं."
- **मेकाइवर और पेज** (MacIver and Page) के अनुसार, "समूह निर्माण के विभिन्न तरीके संयुक्त रूप से सामाजिक संरचना के जटिल प्रतिमान का निर्माण करते हैं. सामाजिक संरचना के विश्लेषण में सामाजिक प्राणियों की विभिन्न प्रकार की मनोवृत्तियाँ तथा रुचियों के कार्य प्रकट होते हैं."
- **सी.ए. कोजर और रोजनबर्ग** के अनुसार, "संरचना का तात्पर्य सामाजिक इकाइयों के तुलनात्मक स्थिर और प्रतिमानित सम्बन्धों से है."

सामाजिक संरचना के तत्व (Elements of Social Structure)

(i) **सामाजिक प्रस्थिति**—सामाजिक प्रस्थिति सामाजिक संरचना की सबसे छोटी इकाई है. प्रस्थिति दो प्रकार की होती है—प्रदत्त प्रस्थिति और अर्जित प्रस्थिति.

(ii) **सामाजिक भूमिका**—प्रस्थिति के अनुसार व्यक्ति से जिस व्यवहार की आशा की जाती हे, उसे भूमिका कहते हैं. सामाजिक संरचना का यह एक महत्वपूर्ण तत्व है. भूमिका का सम्बन्ध व्यक्ति के कर्त्तव्यों और शक्तियों से होता है.

(iii) **आदर्श नियम**—सामाजिक संरचना का एक महत्वपूर्ण आदर्श नियम है. हमारा व्यवहार आदर्श नियमों द्वारा निर्धारित होता है.

- सामाजिक संरचना अमूर्त होती है.
- सामाजिक संरचना का निर्माण अनेक उपसंरचनाओं द्वारा होता है. सामाजिक संरचना की विभिन्न उप-संरचनाएँ परिवार, नातेदारी समूह, जाति, वर्ग, आर्थिक, राजनैतिक एवं धार्मिक संस्थाएँ आदि हैं.
- सामाजिक संरचना में क्रमबद्धता पाई जाती है.
- सामाजिक संरचना समाज के बाह्य स्वरूप को प्रकट करती है. सभी इकाइयाँ (जैसे—जाति, धर्म, परिवार, विवाह आदि) संरचना के एक प्रतिमान (Pattern) को प्रकट करती है.
- सामाजिक प्रक्रियाएँ (जैसे—सहयोग, प्रतिस्पर्द्धा, संघर्ष आदि) सामाजिक संरचना का महत्वपूर्ण पक्ष है.
- प्रत्येक समाज की संरचना एक विशिष्ट प्रकार की होती है. दूसरे शब्दों में, प्रत्येक समाज की एक संस्कृति होती है. जोकि दूसरे समाज की संस्कृति से भिन्न होती है. सांस्कृतिक भिन्नता के कारण, विभिन्न सामाजिक संरचनाओं में भी अन्तर पाया जाता है. उदाहरणार्थ, भारतीय सामाजिक संरचना, रूसी, चीनी, जापानी या अमरीकी सामाजिक संरचना से भिन्न है.
- सभी सामाजिक संरचना की इकाइयों के पद और स्थान समाज में पूर्व निर्धारित होते हैं और इन्हें एक-दूसरे के स्थान पर बदला या प्रतिस्थापित नहीं किया जा सकता है.
- सामाजिक संरचना में स्थिरता होती है, फिर भी उसमें समय के अनुसार परिवर्तन होते रहते हैं.
- सामाजिक संरचना में संगठन और विघटन दोनों तत्व पाये जाते हैं.
- सामाजिक संरचना की विभिन्न इकाइयों में परस्पर सम्बन्ध पाए जाते हैं. इन इकाइयों मे सम्बन्धों का निर्धारण सामाजिक नियमों, मूल्यों प्रतिमानों और आदर्शों द्वारा होता है.
- **हेरी एम. जॉनसन** ने सामाजिक संरचना के दो स्तरों का उल्लेख किया है—

  (i) प्रकार्यात्मक उप-प्रणालियाँ (Functional Sub-system)

  (ii) संरचनात्मक उप-प्रणालियाँ (Structural Sub-system)

  समाज की प्रकार्यात्मक उप-प्रणालियाँ अमूर्त होती हैं जबकि संरचनात्मक उप-प्रणालियाँ मूर्त समूहों से बनी होती हैं.
- **रेडक्लिफ ब्राउन** के लिए संरचना एक अमूर्त कल्पना न होकर एक अनुभाविक तथ्य है.
- **रेडक्लिफ ब्राउन** के अनुसार, प्रत्येक प्रकार के सामाजिक समुदायों की खोजकर उनकी संरचना का परीक्षण करना आवश्यक है. इन समुदायों में लोग-वर्ग, श्रेणी या जातियों के आधार पर विभाजित होते हैं.
- **रेडक्लिफ ब्राउन** के अनुसार, सबसे महत्वपूर्ण सम्बन्ध एक व्यक्ति से दूसरे व्यक्ति के बीच का युग्मीक (Dyadic) सम्बन्ध है, जैसे मालिक-नौकर, मामा-भांजे, चाचा-भतीजे आदि के सम्बन्ध.
- सामाजिक संरचना के निर्माण में व्यक्तियों और उनके बीच सम्बन्धों का हाथ होता है.
- **रेडक्लिफ ब्राउन** के अनुसार, सामाजिक संरचना एवं संरचनात्मक रूप (Structural form) के बीच अन्तर है. संरचना में सदैव अदल-बदल की स्थिति बनी रहती है, जबकि समाज के संरचनात्मक रूप में काफी स्थायित्व होता है.

- समाज का संरचनात्मक रूप, समाज द्वारा स्वीकृत तौर-तरीकों और नियमों में प्रतिबिम्बित हैं.
- सामाजिक संरचना, रेडक्लिफ ब्राउन द्वारा विकसित एक महत्वपूर्ण सामाजिक नृशास्त्रीय (Anthropology) अवधारणा है. इस अवधारणा के द्वारा अनुभवसिद्ध तथ्यों के आधार पर समाज के सदस्यों के पारस्परिक सम्बन्ध और उनके गठन का अध्ययन किया जा सकता है.
- सामाजिक जीवन के विभिन्न अंगों की निश्चित स्थितियों, उनकी पारस्परिक प्रकार्यात्मक सम्बद्धता तथा प्रतिमानात्मक क्रियाशीलता से उत्पन्न क्रमबद्ध निरन्तरता को सामाजिक व्यवस्था कहा जाता है.
- **टालकॉट पारसन्स** के अनुसार, सामाजिक व्यवस्था अनिवार्य रूप से अन्तःक्रियात्मक सम्बन्धों (Interactive relations) का जाल है.
- सामाजिक व्यवस्था का निर्धारण सांस्कृतिक व्यवस्था के द्वारा होता है.
- व्यक्तित्व व्यवस्था (Personality System) में होने वाला विघटन और असन्तुलित सामाजिक व्यवस्था में असन्तुलन और विघटन उत्पन्न करता है.
- **मैक्स वेबर** के अनुसार, सामाजिक व्यवस्था के तीन प्रमुख तत्व हैं—(i) सामाजिक व्यवस्था (ii) आर्थिक व्यवस्था (iii) वैधानिक व्यवस्था.
- **चार्ल्स पी. लूमिस** के अनुसार, (i) विश्वास और ज्ञान (ii) भावनाएँ (iii) आवश्यकताएँ, लक्ष्य एवं उद्देश्य, (iv) प्रस्थिति एवं भूमिकाएँ (v) शक्ति या सत्ता (vi) अभिमति (Sanctions) एवं सुविधाएँ (Privileges) सामाजिक व्यवस्था के तत्व हैं.
- **टालकॉट पारसन्स** के अनुसार, सामाजिक व्यवस्था के भौतिक तत्वों में (i) अनेक वैयक्तिक कर्त्ता (ii) अन्तःक्रिया (iii) प्रेरक इच्छाएँ (iv) परिस्थिति (v) सांस्कृतिक व्यवस्था है.
- सामाजिक व्यवस्था के संरचनात्मक तत्व हैं—(i) नातेदारी व्यवस्था, (ii) संस्तरण, (iii) शक्ति विभाजन एवं (iv) धर्म और मूल्य संगठन.
- सामाजिक व्यवस्था के दो पहलू हैं—(i) सकारात्मक व्यवस्था (Positive system) (ii) नकारात्मक व्यवस्था (Negative system).
- पारसन्स के अनुसार, सामाजिक व्यवस्था में तीन प्रकार की संस्थाएँ होती हैं, वे हैं—(i) सम्बन्धात्मक व्यवस्था (ii) नियामक (Regulative) संस्थाएँ (iii) सांस्कृतिक संस्थाएँ.

विपथगामी व्यवहार के मुख्य कारण
(Main Causes of Devient behaviour)

(i) गलत सामाजीकरण या सामाजीकरण का अभाव (Faulty or Lacking socialization)
(ii) दुर्बल मान्यताएँ या अनुशस्तियाँ (Weak sanctions)
(iii) कानून के लागू करने सम्बन्धी कमजोरी (Poor enforcement of law)
(iv) तार्कीकरण की सरलता (Ease of rationalization)
(v) उल्लंघनकारी व्यवहार की गोपनीयता (Secrecy of Violations)
(vi) सामाजिक मानदण्डो की अनिश्चित सीमा (Indefinite range of social norms)
(vii) अपराध के शिकार का सहयोग (Co-operation of the victim)
(viii) उप-संस्कृति द्वारा विषयगमन का वैधकरण (Sub-Cultural legitimation of deviation)
(ix) सामाजिक नियन्त्रण के अभिकर्ताओं का उभयभाविता (Ambivalence of the agent of Social control)
(x) विपथगामी समूह के प्रति वफादारी की भावना (Sentiments of loyalty to deviant groups)

- **मैक्स वेबर** ने सामाजिक व्यवस्था के तीन प्रमुख तत्व बताए हैं—
  (i) **सामाजिक व्यवस्था** (Social order)—जिसके द्वारा समाज के सदस्यों में सामाजिक शक्ति का वितरण होता है.
  (ii) **आर्थिक व्यवस्था** (Economic order)—जिसके द्वारा आर्थिक शक्ति के वितरण के आधार पर समाज में विभिन्न आर्थिक समूहों अथवा वर्गों का निर्माण होता है.
  (iii) **वैधानिक व्यवस्था** (Legal order)—जिसके द्वारा राजनीतिक एवं प्रशासनिक दरों का वितरण होता है.
- **चार्ल्स पी. लूमिस** (Charles P. Loomis) के अनुसार, सामाजिक व्यवस्था के निम्नलिखित तत्व हैं—
  (i) विश्वास एवं ज्ञान (Belief and knowledge)
  (ii) भावनाएँ (Sentiments)
  (iii) आवश्यकताएँ, लक्ष्य एवं उद्देश्य
  (iv) आदर्श नियम (Norms)
  (iv) प्रस्थिति (Status) या पद एवं भूमिकाएँ
  (vi) शक्ति या सत्ता (Power or authority)

(vii) अभिमत (Sanction)
(viii) सुविधाएँ (Priveleges)

- **टॉलकॉट पारसन्स** के अनुसार सामाजिक व्यवस्था के निम्नलिखित संरचनात्मक तत्व हैं—
 (i) नातेदारी व्यवस्था (Kinship system)
 (ii) संस्तरण
 (iii) शक्ति विभाजन
 (iv) धर्म एवं मुख्य संघटन
- **सामाजिक व्यवस्था की विशेषताएँ**—सामाजिक व्यवस्था की विशेषताएँ निम्नलिखित हैं—
 (i) सामाजिक अन्तःक्रिया (Social interaction)
 (ii) निर्माणक इकाइयों में प्रकार्यात्मक सम्बन्ध
 (iii) प्रेरक इच्छा (Motivational purpose)
 (iv) सांस्कृतिक व्यवस्था (Cultural system)
 (v) संरचनात्मक प्रकार्यात्मक व्यवस्था
 (vi) भौतिक अथवा पर्यावरणीय महत्व
 (vii) अनुकूलन का गुण (Adaptive quality)
 (viii) सामाजिक जीवन में सन्तुलन
 (ix) मानवीय आवश्यकताओं की पूर्ति
- **टी.बी. बाटमोर** के अनुसार, सामाजिक समूह व्यक्तियों के उस संकलन को कहते हैं जिसमें—
 (i) विभिन्न व्यक्तियों के बीच निश्चित सम्बन्ध होते हैं.
 (ii) प्रत्येक व्यक्ति समूह और उसके प्रतीकों के प्रति सचेत होता है.
- **इमाइल दुर्खीम** के अनुसार, प्रत्येक सामाजिक क्रिया सामूहिक चेतना का परिणाम है.

जो क्रियाएँ समाज द्वारा बाध्य होकर की जाती हैं, जो सामाजिक दशाओं के परिणाम हैं और जिनकी उत्पत्ति का स्रोत व्यक्तिगत चेतना नहीं है, वे सामाजिक क्रियाएँ हैं.

वह क्रिया जो कर्ता की दृष्टि से दूसरों की क्रियाओं से प्रभावित होकर की जाती है, वह सामाजिक क्रिया है.

- **मैक्स वेबर** (Max Weber) के अनुसार, क्रिया तब सामाजिक होती है, जब क्रिया करने वाले व्यक्ति या व्यक्तियों के द्वारा समझे जाने वाले प्रतीतिक अर्थ के आधार पर यह दूसरों के व्यवहार को ध्यान में रखकर की जाती है.
- **थॉमस** और **जनेनिकी** ने मूल्यों (Values) को सामाजिक क्रिया का आधार बताया है.
- **टालकॉट पारसन्स** के अनुसार, "क्रिया कर्ता-परिस्थिति (Actor-action system) व्यवस्था में वह प्रक्रिया है जिसका किसी वैयक्तिककर्ता (Individual actor) के लिए अथवा समूह के व्यक्तियों के लिए उद्देश्यपूर्ण महत्व होता है."
- **पारसन्स** के अनुसार, सामाजिक क्रिया के निर्माण में तीन उपव्यवस्थाओं (Sub-system) का योगदान होता है, वे हैं—(i) कर्ता (Actor), (ii) क्रिया की प्रस्थिति (Situation of action), (iii) स्थिति के प्रति कर्ता का सुझाव (Orientation of actor to the situation).

 क्रिया की स्थिति लक्ष्यों से सम्बन्धित होती है, क्रिया की स्थिति में दो प्रकार के उद्देश्य होते हैं—(i) सामाजिक उद्देश्य (ii) असामाजिक उद्देश्य.
- **विल्फ्रेड पेरेटो** ने समाजशास्त्र को तर्कसंगत और तर्कहीन क्रियाओं का समाजशास्त्र माना है.
- **विल्फ्रेड पेरेटो** ने दो प्रकार की क्रियाओं का उल्लेख किया है.
 (i) तर्कसंगत क्रियाएँ (Rational actions)—वे क्रियाएँ जो वैषयिक दृष्टि से लक्ष्य और साधन को तर्कपूर्ण आधार पर जोड़ती हैं, तर्कसंगत क्रियाएँ कहलाती हैं.
 (ii) तर्कहीन क्रियाएँ (Non-Logical actions)—वे क्रियाएँ जो लक्ष्यों एवं साधनों (Ends and means) में तर्कपूर्ण सम्बन्ध स्थापित नहीं करती और जो प्रतीकिक आधार पर अर्थ रखती है, उन्हें तर्कहीन क्रियाएँ कहा जाता है.
- **सामाजिक संगठन**
 1. एकमत
 2. सामाजिक दृष्टिकोण
 3. रूढ़िवादिता
 4. कर्त्तव्यपरायणता
 5. सन्तोष
 6. शान्ति
 7. विश्वास
 8. सामाजिक नियमों का पालन
 9. व्यक्ति और समाज में सहयोग
 10. जनसंख्या में एकरूपता
- **किम्बाल यंग** (Kimball Young) के अनुसार, "सामाजिक प्रतिमान समूह की आकांक्षाएँ हैं, अर्थात् समाज व्यक्तियों से व्यवहार की जो आशा करता है, वही प्रतिमान है."
- **वुड्स** (Woods) के अनुसार, "सामाजिक प्रतिमान वे नियम हैं जो मानव व्यवहार को नियंत्रित करते हैं, व्यवस्था बनाए रखने में सहयोग देते हैं तथा किसी

विशेष परिस्थिति में व्यवहार की भविष्यवाणी करना सम्भव बनाते हैं."

- **किंग्सले डेविस** के अनुसार, "सामाजिक प्रतिमान एक प्रकार के नियंत्रक हैं. समाज इन्हीं नियंत्रणों के बल पर अपने सदस्यों के व्यवहार पर इस प्रकार अंकुश रखता है, जिससे वे सामाजिक आवश्यकताओं की पूर्ति के साधन के रूप में कार्य करते हैं, भले ही उनकी प्राणि-शास्त्रीय आवश्यकताओं में उससे बाधा पहुँचती हो."
- प्रतिमानों की संख्या इतनी अधिक है कि उन्हें व्यवस्थित रूप से किसी भी प्रकार के वर्गीकरण में रखना कठिन है. फिर भी कुछ विद्वानों ने प्रतिमानों का वर्गीकरण इस प्रकार किया है—
  1. अधिनियम (Legislation)
  2. कानून (Law)
  3. जनरीतियाँ (Folkways)
  4. निषेध (Taboos)
  5. रूढ़ियाँ (Mores)
  6. रीति-रिवाज (Customs)
  7. शिष्टाचार (Etiquette)
  8. प्रथा (Convention)
  9. संस्कार (Rites)
  10. फैशन (Fashion)
- **डॉ. मुकर्जी** के अनुसार, "मूल्य समाज के द्वारा स्वीकृत वे इच्छाएँ तथा लक्ष्य हैं जिनका अन्तरीकरण सीखने अथवा सामाजीकरण की प्रक्रिया के माध्यम से आरम्भ होता है और जोकि प्रतीतिक अभिमान्यताएँ, मान और अभिलाषाएँ बन जाती हैं."
- **इलियट और मैरिल** (Elliott and Merrill) के अनुसार, "सामाजिक मूल्य वे वस्तुएँ जो हमारे लिए अर्थपूर्ण होती हैं और जिन्हें हम अपनी जीवनचर्या में महत्वपूर्ण मानते हैं."
- **वुड्स** के अनुसार, "मूल्य दैनिक जीवन के व्यवहार को नियंत्रित करने के सामान्य सिद्धान्त हैं. मूल्य न केवल मानव व्यवहार को दिशा प्रदान करते हैं, अपितु वे अपने आप में आदर्श एवं उद्देश्य भी हैं."
- **एच. एम. जॉनसन** के अनुसार, "मूल्य को अवधारणा या प्रतिमान के रूप में परिभाषित किया जा सकता है."
- **मूल्यों की विशेषताएँ**
  1. **डॉ. मुकर्जी** के अनुसार, मूल्य सार्वभौमिक (Universal) है, परन्तु वह इस बात से सहमत नहीं है कि मूल्य की प्रवृत्ति सार्वभौमिक होती है.
  2. मूल्यों में परिवर्तन होता है.
  3. मूल्य के संघर्ष एवं सहयोग पर सभी सामाजिक सम्बन्ध और व्यवहार आधारित हैं.
- **डॉ. राधाकमल मुकर्जी** के विचार में मूल्य सामाजिक होते हैं. अतः मनुष्य ही सामाजिक मूल्यों को जन्म देता है. आपके समाज के दो पहलू होते हैं—(1) मूर्त और अमूर्त (Concrete and Abstrat) आपके अनुसार, सामाजिक व्यवहार और प्रतिमान मूर्त होते हैं. इसका दूसरा पहलू मूल्य आदर्श तथा प्रमाप है. इनको केवल अनुभव किया जा सकता है. देखा नहीं जा सकता.
- मूल्यों के उदय और विकास में सामाजिक और मनो-वैज्ञानिक कारकों का योग रहता है. मूल्य के निर्धारक तत्व निम्नलिखित हैं—

  (1) चालक (2) प्रतिक्रिया (3) अनुकरण (4) मत या सुझाव (5) नेता वर्ग (6) लोककथाएँ (7) धर्म एवं आर्थिक संस्थाएँ.
- हमारे सामाजिक जीवन में समूह का एक महत्वपूर्ण स्थान है. समाज में रहने वाले व्यक्ति किसी-न-किसी समूह के सदस्य होते हैं. सामाजिक समूहों की व्यक्तित्व के विकास सामाजीकरण में महत्वपूर्ण भूमिका है. जॉर्ज सी. होमन्स के अनुसार, ऐसे व्यक्तियों से है जो स्थापित प्रतिमानों के अनुसार अन्तःक्रिया करते हैं.
- **ऑगबर्न और निमकॉफ** के अनुसार, "जब दो या दो से अधिक व्यक्ति एक साथ मिलते हैं और एक-दूसरे को प्रभावित करते हैं, तो वे एक समूह का निर्माण करते हैं."
- **हॉट और रेस** के अनुसार, "समूह अन्तःक्रिया में संलग्न व्यक्तियों का एक संगठित संग्रह है."
- **मेकाइवर और पेज** के अनुसार, "समूह से हमारा तात्पर्य व्यक्तियों के किसी भी ऐसे संग्रह से है जो एक-दूसरे के साथ सामाजिक सम्बन्ध स्थापित करते हैं."
- **गिलिन और गिलिन** के अनुसार, "सामाजिक समूह की उत्पत्ति के लिए एक ऐसी स्थिति का होना आवश्यक है जिसमें सम्बद्ध व्यक्तियों में अर्थपूर्ण अन्तः उत्तेजना और अर्थपूर्ण प्रत्युत्तर सम्भव हो सके तथा जिसमें उन सबका सामान्य उत्तेजकों अथवा हितों पर ध्यान केन्द्रित रहे उनमें चालकों, प्रेरकों और संवेगों का विकास हो सके."
- **ई. एस. बोगार्डस** के अनुसार, "एक सामाजिक समूह दो या दो से अधिक व्यक्तियों की एक ऐसी संस्था है जिसका ध्यान कुछ सामान्य उद्देश्यों पर हो और जो एक-दूसरे को प्रेरणा दें जिनमें भक्ति हो और जो सामान्य क्रियाओं में सम्मिलित हों."

- **सामाजिक समूह की विशेषताएँ**
    1. व्यक्तियों का समूह
    2. सामान्य रुचि
    3. सामाजिक सम्बन्ध
    4. पारस्परिक जागरूकता
    5. एक संरचना या ढाँचा
    6. स्थायित्व
    7. सामूहिक आदर्श
    8. ऐच्छिक सदस्यता
    9. कार्य विभाजन
    10. समूह में एकता
    11. आदान-प्रदान
    12. स्तरीकरण
    13. समझौता
- **विलियम जी. समनर** ने अन्तः समूह और बाह्य समूह की अवधारणा को प्रस्तुत किया है. प्राथमिक और द्वैतीयक समूह आधार संरचना का प्रतिनिधित्व करते हैं. अन्तः समूह (In-groups) वह है जिनके लिए 'हम' का प्रयोग करते हैं और बाह्य समूह (Out-group) के लिए 'वह' (They) का प्रयोग करते हैं.
- प्राथमिक समूह में निम्नलिखित बातें पाई जाती हैं—
    1. प्राथमिक समूह सबसे सरल, मनुष्य जीवन में सर्वप्रथम और सारे विश्व में पाए जाते हैं.
    2. इस समूह में सदस्यों की संख्या थोड़ी होती है और उनमें प्राथमिक प्रकार का सम्बन्ध होता है.
    3. इन सम्बन्धों में अन्तः सम्बन्धित गुण होते हैं.
    4. ये सम्बन्ध कुछ भौतिक दशाओं पर आधारित होते हैं.
    5. प्राथमिक समूह द्वारा ही व्यक्ति विशाल समाज से परिचित होता है.
- **द्वैतीयक समूह की विशेषताएँ**—

    (i) द्वैतीयक समूह बड़े समूह होते हैं.

    (ii) द्वैतीयक समूह में पाए जाने वाले सम्बन्ध अव्यक्तिगत (Impersonal) आकस्मिक (Casual) और प्रतिस्पर्धात्मक (Competitive) होते हैं.

    (iii) द्वैतीयक समूहों की स्थापना जानबूझकर कुछ उद्देश्यों या लक्ष्यों की पूर्ति के लिए किया जाता है. इनके नियम एवं उपनियम होते हैं.

    (iv) द्वैतीयक समूहों में अप्रत्यक्ष सहयोग पाया जाता है.

    (v) द्वैतीयक समूहों में प्रस्थितियाँ उच्च और निम्न क्रम में बँटी हुई होती हैं.

    (vi) द्वैतीयक समूहों में औपचारिक सम्बन्ध पाए जाते हैं. इनक एक संगठन होता है.
- **वृहत् समाज** (Mass Society)

    (i) वृहत् समाज द्वैतीयक समूहों में योग से बनते हैं.

    (ii) यंत्रीकरण के विकास एवं जनसंख्या में वृद्धि के फलस्वरूप वृहत् समाज बनता है.

    (iii) वृहत् समाज में औपचारिक सम्बन्ध पाए जाते हैं.

    (iv) वृहत् समाज में जीवन व्यस्त होने के कारण व्यक्ति समूह में रहकर भी अपने आपको अकेला महसूस करता है.

    (iv) डेविड रिजमैन ने अपनी पुस्तक 'Loneyl Crows' में लिखा है कि व्यक्ति भीड़ में भी अकेला महसूस करता है, क्योंकि वह समूह में रहकर भी अपने ही संसार में खोया रहता है. यह उस पर द्वैतीयक समूहों के प्रसार का प्रभाव है.
- व्यक्ति का जन्म समूह में होता है और समूह में ही बड़ा होता है. समूह में ही व्यक्ति का समाजीकरण होता है.
- सुप्रसिद्ध समाजशास्त्री **इमाइल दुर्खीम** का कहना है कि समूह और समाज स्वरचित है.
- **चार्ल्स एच. कूले** के अनुसार, व्यक्ति और समूह एक ही वास्तविकता के दो पहलू हैं.
- मनोवैज्ञानिकों के मतानुसार समूह का निर्माण व्यक्तियों के संकलन (Collection) से होता है. व्यक्ति के बिना समूह के विषय में नहीं सोचा जा सकता.
- **रॉबर्ट के. मर्टन** (Robert K. Merton) के अनुसार, "सन्दर्भ समूह वह समूह है, जिसका कोई व्यक्ति सदस्य नहीं है, किन्तु उसका सदस्य बनना चाहता है."
- **शैरिफ** (Sheriff) के अनुसार, "सन्दर्भ समूह इन समूहों के रूपों में चित्रित किए जाते हैं जिनके साथ व्यक्ति एक अंश के रूप में सम्बन्धित होता है या जिनके साथ वह वैज्ञानिक रूप से सम्बन्धित होने की आकांक्षा करता है."
- **न्यूकॉम्ब** (Newcomb) के अनुसार, "एक सन्दर्भ समूह वह है, जिससे व्यक्ति अपनी तुलना करने के लिए प्रयोग करता है, अर्थात् जिससे व्यक्ति अपने मूल्यों को प्राप्त करता है."
- **क्लाइनबर्ग** (Klienberg) के अनुसार, "सन्दर्भ समूह काल्पनिक और नकारात्मक दोनों होते हैं."
- भीड़ एक आकस्मिक समूह है जिसके सदस्य किसी तत्कालीन घटना के कारण एकत्रित हो जाते हैं.

- भीड़ के सदस्य एक विशेष प्रकार का व्यवहार करते हैं जो अधिकतर उनके सामान्य व्यवहार से भिन्न होते हैं.
- अनेक मनोवैज्ञानिक और सामाजिक गुत्थियों से भीड़ व्यवहार प्रेरित होता है.
- **मेकाइवर और पेज** के अनुसार, "भीड़ उन व्यक्तियों का शारीरिक संगठन है जिसमें एक-दूसरे के साथ प्रत्यक्ष अस्थायी व असंगठित सम्पर्क पाया जाता है."
- **किम्बाल यंग** के अनुसार, "भीड़ एक बड़ी संख्या में एकत्रित व्यक्तियों का वह समूह है, जो सामान्य ध्यान के एक केन्द्र के चारों ओर एकत्रित है."
- समाजशास्त्रियों ने अन्तःक्रिया को भीड़ का महत्वपूर्ण पक्ष माना है, जबकि मनोवैज्ञानिकों ने मानसिक एवं भावनात्मक स्थिति को महत्वपूर्ण पक्ष के रूप में स्वीकार किया है.
- 'सामूहिक मस्तिष्क सिद्धान्त' के समर्थक मेकडूगल और लीबोन हैं, परन्तु 'एसपीनास' इस सिद्धान्त के प्रतिपादक हैं, इस सिद्धान्त के अनुसार भीड़ में व्यक्ति अपना मानसिक अस्तित्व खो देता है और समूह का अनुसरण करता है.
- दमित प्रेरणाओं का सिद्धान्त का प्रतिपादन 'सिगमण्ड फ्रायड' ने किया है, फ्रायड के अनुसार जब अचेतन मन अपने चेतन मन पर हावी हो जाता है तब व्यक्ति का व्यवहार उसके सामान्य व्यवहार से भिन्न हो जाता है. भीड़ व्यवहार में अचेतन मन की भूमिका अधिक रहती है, क्योंकि अचेतन मन अवसर मिलते ही अपनी इच्छा पूरी करने के लिए तड़पता रहता है.
- पारस्परिक उत्तेजना का सिद्धान्त के संदर्भ में आत्मपोर्ट ने भीड़ व्यवहार की व्याख्या हेतु दो विशेषताओं को आधार माना है—(1) सामाजिक क्रिया का सरलीकरण एवं (2) परस्पर उत्तेजना. आपके अनुसार व्यक्ति का भीड़ व्यवहार असामान्य इसलिए हो जाता है कि भीड़ में प्रत्येक व्यक्ति के कार्य को दूसरा व्यक्ति ग्रहण कर लेता है इसलिए पारस्परिक उत्तेजना होती है. व्यक्ति के मस्तिष्क का प्रसार दूसरे की भावनाओं द्वारा होता है और वही मनःस्थिति भीड़ व्यवहार में प्रकट होती है.
- भीड़ व्यवहार का सांस्कृतिक व्याख्या के सिद्धान्त के लिए सांस्कृतिक कारक उत्तरदायी है. सांस्कृतिक कारकों में सामाजिक मूल्य, मानदण्ड, सामाजीकरण की प्रक्रिया, आकांक्षाएँ, संस्थापक व्यवहार, उद्देश्य आदि निहित हैं. किसी घटना को लेकर भीड़ जमा होती है यह संस्कृति पर निर्भर है. संस्कृति न केवल भीड़ को बल्कि भीड़ के प्रकारों को भी निर्धारित करती है.
- सामाजिक दशाओं एवं व्यवहार का सिद्धान्त का आधार भीड़ व्यवहार का कारण सामाजिक परिस्थितियाँ और सामाजिक व्यवहार है. समाज द्वारा व्यक्ति की इच्छाओं पर नियंत्रण के कारण व्यक्ति अपने मन में कुण्ठाएँ रखता है. इन कुण्ठाओं को निकालने हेतु वह मौका देखता रहता है. समाज ही उसे कुण्ठा निवारण का अवसर देता है.
- **भीड़ की विशेषताएँ**

1. ध्यान का सामान्य केन्द्र
2. स्वतः निर्माण
3. अस्थिर प्रकृति
4. संख्यात्मक लक्षण
5. शारीरिक समीपता
6. सीधा सम्पर्क
7. व्यवहार सम्बन्धी विशेषताएँ—
   (i) असंगठित प्रकृति
   (ii) सुविधापूर्ण सामाजिक अन्तःक्रिया
   (iii) निम्न बौद्धिक स्तर
   (iv) नैतिकता का निम्न स्तर
   (v) भावुक दृष्टिकोण
   (vi) अपरिचित भाव एवं सुरक्षा की भावना
   (vii) आत्मनियंत्रण का अभाव (अ) सहज विश्वास (ब) सुझाव ग्रहण करने की क्षमता (स) उत्तरदायित्व की भावना का अभाव.
   (viii) भीड़ के सदस्यों में धैर्य का अभाव
   (ix) भीड़ की भावनाओं में उग्रता
   (x) संकेतों के द्वारा भावनाओं की अभिव्यक्ति

- **किंग्सले डेविस** ने भीड़ के मुख्य तीन प्रकारों का उल्लेख किया है—

(अ) **सामाजिक संरचना से सम्बद्ध भीड़**—इस प्रकार की भीड़ का सम्बन्ध सामाजिक संरचना से होता है, इस भीड़ के दो उप प्रकार हैं.
   (i) औपचारिक श्रोता समूह
   (ii) नियोजित अभिव्यक्ति करने वाले समूह

(ब) **आकस्मिक भीड़**—ऐसी भीड़ जो अचानक किसी कारण से कहीं भी एकत्रित हो जाती है. इस भीड़ के तीन उप-प्रकार हैं—
   (i) आतंकित भीड़ (Panic crowd)
   (ii) असुविधाजनक भीड़ (Inconvenient Aggregation)
   (iii) दर्शक भीड़ (Spectator crowd)

(स) **नियमहीन भीड़** (Law less crowd)—ऐसी भीड़ जिसमें व्यक्ति उत्तेजित होकर कुछ भी करने को तैयार हो जाते हैं. यह भीड़ दो प्रकार की होती है—
(i) क्रियाशील भीड़ (Active crowd)
(ii) अनैतिक भीड़ (Immoral crowd)

- **मेकाइवर और पेज** ने अपनी पुस्तक 'Society' में भीड़ को चार भागों में बाँटा है—
  (i) केन्द्रित और समान रुचि वाली भीड़ (Focussed and like interest crowd)
  (ii) अकेन्द्रित और समान रुचि वाली भीड़ (Unfocussed and like interest crowd)
  (iii) केन्द्रित और सामान्य रुचि वाली भीड़ (Focussed and common interest crowd)
  (iv) अकेन्द्रित और असामान्य रुचि वाली भीड़ (Unfocussed and common interest crowd)
- **ब्ल्यूमर** (Blumer) ने भीड़ को निम्नलिखित भागों में विभाजित किया है—
  (i) आकस्मिक भीड़
  (ii) परम्परागत भीड़
  (iii) क्रियाशील भीड़
  (iv) अभिव्यक्ति सम्बन्धी भीड़
- **श्रोता समूह की विशेषताएँ**
  1. श्रोता समूह किसी निश्चित उद्देश्य से बुलाया जाता है.
  2. श्रोता समूह में एक आदर्श प्रकार का अभिस्पन्दन पाया जाता है.
  3. श्रोता समूह के सदस्यों की मानसिक स्थिति अनुसरण करने वाले व्यक्तियों के समान होती है.
  4. उस समूह के सदस्यों में शारीरिक निकटता होने पर भी वे एक-दूसरे की उपस्थिति से बिल्कुल कम प्रभावित होते हैं.
  5. श्रोता समूह का स्थान और समय निश्चित है.
- आधुनिक समाज में मानव जीवन प्रतियोगिता का जीवन है. जीवन के किसी भी क्षेत्र में देखें, सर्वत्र प्रतियोगिता दृष्टिगोचर होती है. प्रतिस्पर्धा तब पैदा होती है जब अनेक लोग सीमित लक्ष्यों को प्राप्त करना चाहते हैं.
- **बीसन्ज और बीसन्ज** का कथन है—"प्रतियोगिता दो या दो से अधिक व्यक्तियों के समान उद्देश्य, जो सीमित हैं कि सब उसके भागीदार नहीं बन सकते, पाने के प्रयत्न को कहते हैं."
- **ग्रीन** (Green) का कथन है, "प्रतियोगिता में दो या दो से अधिक दल एक ही उद्देश्य को प्राप्त करने का प्रयत्न करते हैं. जिसको उनमें से कोई भी दूसरे के साथ बाँटने के लिए तैयार या उम्मीदवार नहीं है."
- **बोगार्डस** (Bogardus) का कथन है, "प्रतियोगिता किसी ऐसी वस्तु को प्राप्त करने के विवाद को कहते हैं जो इतनी मात्रा में नहीं पायी जाती जिससे माँग की पूर्ति हो सके."
- **फेयरचाइल्ड** (Fairchild) का कथन है, "प्रतियोगिता सीमित वस्तुओं के उपभोग या अधिकार के लिए किए जाने वाले परिश्रम को कहते हैं."
- **सदरलैण्ड** (Sutherland) का कथन है, "प्रतियोगिता व्यक्तियों या समूहों के बीच उन सन्तुष्टियों जिन्हें उनके सीमित होने के कारण सब प्राप्त नहीं कर सकते, की प्राप्ति के लिए एक अवैयक्तिक, अचेतन एवं निरन्तर परिश्रम को कहते हैं."
- **गिलिन और गिलिन** के अनुसार, "प्रतिस्पर्धा (प्रतियोगिता) वह सामाजिक प्रक्रिया है जिसके अन्तर्गत विरोधी व्यक्ति या समूह किसी जनता का पक्षया प्राथमिकता प्राप्त करने का प्रयास करते हैं तथा उन व्यक्तियों या समूह से अपने हित के समर्थन में पक्षपात-पूर्ण अपील करते हैं, न कि अपने लक्ष्य को प्राप्त करने के लिए हिंसा या आतंक का प्रयोग."
- **प्रतियोगिता के तत्व**
  1. प्रतियोगिता में वस्तु की माँग अधिक होती है और पूर्ति सीमित. इस सीमित वस्तु को प्रतियोगी आपस में बाँटना नहीं चाहते.
  2. प्रतियोगिता वस्तुओं और समूहों में होती है.
  3. प्रतियोगिता में व्यक्ति या समूह अपने-अपने उद्देश्यों को लेकर आगे आते हैं.
- प्रतियोगिता दो प्रकार की होती है—
  (i) **वैयक्तिक प्रतियोगिता**—व्यक्तियों के बीच में होती है. व्यक्ति एक-दूसरे से परिचित होते हैं. प्रतिदिन एक दूसरे के सम्पर्क में आते हैं.
  (ii) **अवैयक्तिक प्रतियोगिता**–समाज में प्रायः पाई जाती हैं. यह प्रतियोगिता विभिन्न समूहों के मध्य होती है.
- संघर्ष को समाज के एक केन्द्रीय तथ्य के रूप में स्वीकार किया गया. प्रत्येक समाज में संघर्ष पाए जाते हैं और व्यक्तियों को उनका सामना करना पड़ता है. प्राचीन ग्रीस विचारकों में 'हेराक्लाइट्स' (Heraclitus) से लेकर 'सोफिस्ट्स' (Sophists) तक ने संघर्ष को एक प्राथमिक तथ्य (Social fact) माना है. 'पॉलीबियस' के लिए संघर्ष राजनीतिक संस्थाओं के उद्विकास में सार्वभौमिक तथ्य था.

- **ग्रीन** के अनुसार—"संघर्ष दूसरे या दूसरों की इच्छा के विरोध प्रतिकार या बलपूर्वक रोकने के विचारपूर्वक प्रयत्न को कहते हैं."
- **गिलिन और गिलिन** के अनुसार, "संघर्ष वह सामाजिक प्रक्रिया है जिसमें व्यक्ति या समूह अपने उद्देश्यों की प्राप्ति अपने विरोधी को हिंसा के भय द्वारा प्रत्यक्ष आह्वान करके करते हैं."
- **मेकाइवर और पेज** के अनुसार, "सामाजिक संघर्ष में वे सभी क्रिया-कलाप सम्मिलित हैं जिनमें मनुष्य किसी भी उद्देश्य के लिए एक-दूसरे के विरुद्ध लड़ते हैं."
- **संघर्ष की प्रकृति** (Nature of Conflict)
  1. संघर्ष चेतन प्रक्रिया है.
  2. संघर्ष वैयक्तिक प्रक्रिया है.
  3. संघर्ष अनिरन्तर प्रक्रिया है.
  4. संघर्ष सार्वभौमिक प्रक्रिया है.

सामाजिक संरचना और प्रकार्य की अवधारणा ने समाजशास्त्र को व्यापक रूप से प्रभावित किया है. इस क्षेत्र में हरबर्ट स्पेन्सर (1877), इमाइल दुर्खीम (1899), विलफ्रेट परेटो (1935), ए. आर. रेडक्लिफ ब्राउन (1935), बी. मैलिनोवस्की (1936), और रॉबर्ट के. मर्टन (1949), आदि विद्वानों ने सामाजिक संरचना और प्रकार्य की अवधारणा के विकास में अपना महत्वपूर्ण योगदान दिया है. सामाजिक संरचना के सम्बन्ध में हमने इससे पूर्व इस पुस्तक में विस्तृत विवरण दिया है. यहाँ पर हम संक्षेप में सामाजिक संरचना एवं प्रकार्य के विषय में कुछ महत्वपूर्ण तथ्यों का उल्लेख करेंगे–

1. प्रत्येक सामाजिक व्यवस्था (Social system) के दो पहलू होते हैं—संरचनात्मक (Structural) और प्रकार्यात्मक (Functional).
2. संरचना तुलनात्मक रूप से स्थिर (Static) पहलू है, जबकि प्रकार्य (Function) व्यवस्था का गतिशील पहलू है.
3. मानव आवश्यकताएँ सामाजिक संरचना के आधार हैं.
4. सामाजिक संरचना प्रस्थिति (Status) और भूमिका (Role) पर आधारित है.
5. समुदाय, समूह, समिति एवं संगठन सामाजिक संरचना के अंग हैं.
6. सामाजिक संरचना मूल्य (Value oriented) है. इस पहलू में संरचना, लोकरीतियाँ, प्रतिमान, मूल्य और प्रतीक आदि आते हैं. इन सभी की व्यक्तिगत या स्वतन्त्र भूमिका है.

वस्तुनिष्ठ प्रश्न

1. ऐसी स्थिति जिसमें लोग अपने सांस्कृतिक मूल्यों को सार्वभौमिक रूप से वैध मानते हैं और अन्य सभी संस्कृतियों की तुलना में उन्हें श्रेष्ठ मानते हैं, को क्या कहते हैं ?
   (A) सांस्कृतिक अन्तर्लयन
   (B) समंजन
   (C) नृजातिकेन्द्रवाद
   (D) सांस्कृतिक उभयभाविता

2. निम्नलिखित कथनों पर विचार कीजिए—
   टालकॉट पारसन्स के प्रकार्यात्मक परिप्रेक्ष्य के अनुसार, सारे समाज निम्नलिखित प्रकार्यात्मक समस्याओं का हल करते हैं—
   1. विन्यास अनुरक्षण
   2. लक्ष्य प्राप्ति
   3. अनुकूलन
   4. समाकलन

   उपर्युक्त कथनों में से कौनसा/से सही है/हैं ?
   (A) केवल 1 (B) 1 और 2
   (C) 2 और 3 (D) 1, 2, 3 और 4

3. परिवार को प्राथमिक समूह की श्रेणी में रखा जाता है. परिवार को प्राथमिक समूह की तरह दर्शाने के लिए समाजशास्त्रियों द्वारा किन अन्य शब्दों का प्रयोग किया जाता है ?
   (A) जननिक, स्वाभाविक, अन्तःसमूह, समरक्तता
   (B) जननिक, ऐच्छिक, अन्तःसमूह, संघ
   (C) जननिक, स्वाभाविक, बहिर्समूह, संस्था
   (D) स्वाभाविक, संस्थात्मक, समरक्तता, संघ

4. निम्नलिखित में से कौनसा युग्म सही रूप से सुमेलित नहीं किया गया है ?
   (A) सी. एच. कूले — प्राथमिक समूह
   (B) टालकॉट पारसन्स — प्रत्यक्षवाद
   (C) आर. के. मर्टन — सन्दर्भ-समूह
   (D) डब्ल्यू. जी. समनर — अन्तःसमूह, बहिर्समूह

5. 'गेमाइनशाफ्ट' शब्द के लिए निम्नलिखित में से कौन सर्वश्रेष्ठ व्याख्या है ?
   (A) यह एक सुस्पष्ट सामाजिक संरचना वाला समाज है

(B) यह मधुर सम्बन्धों वाला एक छोटा समाज है

(C) यह एक ऐसा समाज है जिसमें सर्वाधिक सम्बन्ध या तो वैयक्तिक हैं या पारम्परिक

(D) यह एक ऐसा समाज है जिसमें जाति/धर्म का अन्तर रहता है

6. सूची-I को सूची-II के साथ सुमेलित कीजिए तथा सूचियों के नीचे दिये गए कूट से सही उत्तर का चयन कीजिए—

सूची –I (समूहों के प्रकार)

(a) अन्तःसमूह (b) सम-समूह

(c) प्राथमिक समूह (d) द्वितीयक समूह

सूची –II (समूहों की विशेषताएँ)

1. आमने-सामने के सम्बन्ध, लघुता, संवेगात्मक शर्तें.
2. बड़ा आकार, अवैयक्तिक सम्बन्ध, संविदात्मक शर्तें.
3. समूह के सदस्यों की समान प्रस्थिति एवं भूमिकाएँ.
4. शान्तिपूर्ण सम्बन्ध, व्यवस्था तथा विषयीपरकतापूर्ण भावनाएँ.
5. पारस्परिक समायोजन, सहयोग एवं एकीकरण के सम्बन्ध.

कूट :

	(a)	(b)	(c)	(d)
(A)	1	2	4	5
(B)	4	3	2	5
(C)	3	4	1	2
(D)	4	3	1	2

7. सूची–I को सूची–II के साथ सुमेलित कीजिए तथा सूचियों के नीचे दिये गए कूट से सही उत्तर का चयन कीजिए—

सूची –I	सूची –II
(a) स्पेन्सर	1. प्रकार्यवाद
(b) रैडक्लिफ ब्राउन	2. भौतिकवाद
(c) कॉम्टे	3. व्यक्तिवाद
(d) मार्क्स	4. प्रत्यक्षवाद
	5. तार्किकवाद प्रत्यक्षवाद

कूट :

	(a)	(b)	(c)	(d)
(A)	1	3	2	5
(B)	3	1	4	2
(C)	3	4	1	2
(D)	2	1	4	3

8. निम्नलिखित में से किसने विचलन को समाज के लिए प्रकार्यात्मक माना है ?

(A) ए. कोहन

(B) ई. दुर्खीम

(C) आर. के. मर्टन

(D) एल. के. ह्वाइट

9. समाज में कानून से क्या अभिप्राय है ?

1. अनौपचारिक सामाजिक प्रतिमानों को औपचारिक प्रतिमानों में बदलना.
2. अस्पष्ट दायित्वों एवं विशेषाधिकारों को अधिकारों एवं कर्त्तव्यों के स्तर पर उठाना.
3. औपचारिक दायित्वों का क्षेत्र.
4. विशेष प्रकार के कार्यों से दूर रखने के लिए लोगों पर अधिरोपित भय.

नीचे दिये गए कूट का प्रयोग कर सही उत्तर चुनिए—

(A) 1, 2 और 4 (B) 1, 3 और 4

(C) 1, 2 और 3 (D) 2, 3 और 4

10. सिगमण्ड फ्रॉयड के अनुसार प्रतिपादित समाजीकरण के बारे में निम्नलिखित कारकों पर विचार कीजिए—

1. जब सही तथा गलत के बारे में व्यक्ति अपने माता-पिता के विचारों को आत्मसात कर ले तब उसमें पराहम् का विकास होता है.
2. व्यक्ति के इदम् का तार्किक अंश अहम् का रूप धारण कर लेता है.
3. व्यक्ति का जीव बाह्य संसार के सम्पर्क में आता है.
4. इदम् में संगृहीत सहज प्रवृत्तियाँ बाह्य संसार में सन्तुष्टि खोजती हैं.

उपर्युक्त कारकों का सही अनुक्रम निम्नलिखित कूटों में से कौनसा एक है ?

(A) 2, 1, 4, 3 (B) 4, 3, 2, 1

(C) 2, 3, 4, 1 (D) 4, 1, 2, 3

11. सूची–I को सूची–II के साथ सुमेलित कीजिए और सूचियों के नीचे दिये गए कूट की सहायता से सही उत्तर का चयन कीजिए—

सूची –I	सूची –II
(a) उत्पादन की शक्तियाँ	1. हर्बर्ट स्पेन्सर
(b) जैव सादृश्य	2. कार्ल मार्क्स
(c) धार्मिक नैतिकता	3. ऑगबर्न
(d) सांस्कृतिक अन्तराल	4. मैक्स वेबर
	5. इमाइल दुर्खीम

कूट :

	(a)	(b)	(c)	(d)
(A)	2	3	4	1
(B)	1	2	5	4
(C)	4	3	2	5
(D)	2	1	5	3

12. निम्नलिखित में से मानव समाज के विकास की रेखीय व्याख्या किसने दी ?
(A) पैरेटो (B) वेबर
(C) स्पेन्सर (D) सोरोकिन

13. नीचे दो वक्तव्य दिए गए हैं जिनमें से एक को कथन (A) तथा दूसरे को कारण (R) कहा गया है—
कथन (A) : समाज की उत्पत्ति को स्पष्ट करने के लिए अनेक सिद्धान्त प्रतिपादित किये गए हैं.
कारण (R) : समाज की उत्पत्ति के सिद्धान्त पर्याप्त अन्वेषण प्रदान नहीं करते इसलिए अनेक सिद्धान्त हैं.
उपर्युक्त दोनों वक्तव्यों के सन्दर्भ में निम्नलिखित में से कौन एक सही है ?
(A) (A) और (R) दोनों सही हैं तथा (R), (A) की सही व्याख्या है
(B) (A) और (R) दोनों सही हैं, परन्तु (R), (A) की सही व्याख्या नहीं है
(C) (A) सही है, परन्तु (R) गलत है
(D) (A) गलत है, परन्तु (R) सही है

14. नीचे दो वक्तव्य दिए गए हैं जिनमें से एक को कथन (A) तथा दूसरे को कारण (R) कहा गया है—
कथन (A) : मनुष्य जहाँ पैदा होता है उसी सांस्कृतिक वातावरण का होता है.
कारण (R) : संस्कृति मानव व्यक्तित्व के प्रत्येक पहलू को निर्धारित करती है.
उपर्युक्त दोनों वक्तव्यों के सन्दर्भ में निम्नलिखित में से कौन एक सही है ?
(A) (A) और (R) दोनों सही हैं तथा (R), (A) की सही व्याख्या है
(B) (A) और (R) दोनों सही हैं, परन्तु (R), (A) की सही व्याख्या नहीं है
(C) (A) सही है, परन्तु (R) गलत है
(D) (A) गलत है, परन्तु (R) सही है

15. निम्नलिखित में से कौनसा एक जनजातीय समूह आदि, आस्ट्रेलॉयड नहीं है ?
(A) सन्थाल (B) मुण्डा
(C) ओरांव (D) गारो

16. असदस्य समूह की सदस्यता प्राप्त करने के लिए व्यक्ति को दिया जाने वाला प्रशिक्षण कहलाता है—
(A) अनुरूपता
(B) विचलन
(C) पुनःसमाजीकरण
(D) पूर्वाभासी समाजीकरण

17. 'ख्याति प्राप्ति-प्रस्थिति' एक उच्च प्रस्थिति है जो अर्जित होती है—
(A) उच्च पारिवारिक पृष्ठभूमि से
(B) उच्च आय से
(C) उच्च उपलब्धि से
(D) उच्च व्यावसायिक पृष्ठभूमि से

18. संस्कृति और सभ्यता में एक मुख्य भिन्नता है—
(A) संस्कृति वह है जो हमने अर्जित किया है और सभ्यता वह है जो अर्जित करने की हम आकांक्षा करते हैं
(B) संस्कृति वह है जो बुद्धि से आती है और सभ्यता नहीं आती
(C) संस्कृति द्वितीयक है और सभ्यता प्राथमिक है
(D) संस्कृति वह है जो हम हैं और सभ्यता वह है जो हमारे पास है

19. नीचे दो वक्तव्य दिए गए हैं जिनमें से एक को कथन (A) तथा दूसरे को कारण (R) कहा गया है—
कथन (A) : हालाँकि संस्कृति मानव व्यवहार पर नियन्त्रण रखती है फिर भी हम इसे दमनकारी नहीं कह सकते.
कारण (R) : यह प्रायः अन्तर्नोदों का दमन करती है, किन्तु पूर्णरूप से ऐसा नहीं करती.
उपर्युक्त दोनों वक्तव्यों के सन्दर्भ में निम्नलिखित में से कौनसा एक सही है ?
(A) (A) और (R) दोनों सही हैं तथा (R), (A) की सही व्याख्या है
(B) (A) और (R) दोनों सही हैं, परन्तु (R), (A) की सही व्याख्या नहीं है
(C) (A) सही है, परन्तु (R) गलत है
(D) (A) गलत है, परन्तु (R) सही है

20. सूची–I को सूची–II के साथ सुमेलित कीजिए और सूचियों के नीचे दिए गए कूट की सहायता से सही उत्तर का चयन कीजिए—

सूची –I	सूची –II
(a) आगस्त कॉम्टे	1. भौतिकवाद
(b) कार्ल मार्क्स	2. विकासवाद

(c) हर्बर्ट स्पेन्सर — 3. प्रत्यक्षवाद

(d) रेडक्लिफ ब्राउन — 4. प्रकार्यवाद

5. अस्तित्ववाद

कूट :

	(a)	(b)	(c)	(d)
(A)	3	1	2	4
(B)	4	2	1	5
(C)	3	2	1	4
(D)	2	1	5	4

21. अन्तर्राष्ट्रीय सन्दर्भ में निम्नलिखित में से किस एक पर विवाद भारतीय वैज्ञानिकों को प्रभावित कर रहा है ?

(A) विदेशी सहायता

(B) विदेशी सहयोग

(C) प्रौद्योगिक हस्तान्तरण

(D) बौद्धिक सम्पत्ति अधिकार

22. निम्नलिखित में से किसका आधार सापेक्ष वंचना है ?

(A) दर्पणित व्यक्तित्व सिद्धान्त

(B) मनो-विश्लेषणात्मक सिद्धान्त

(C) सन्दर्भ समूह सिद्धान्त

(D) सांस्कृतिक सापेक्षतावाद

23. सूची–I (पुस्तक) को सूची–II (लेखक) से सुमेलित कीजिए और सूचियों के नीचे दिए गए कूट का प्रयोग कर सही उत्तर चुनिए—

सूची –I (पुस्तक)

(a) सोशल स्ट्रक्चर

(b) दि गोल्डन बाउ

(c) ओरिजिन ऑफ सिविलाइजेशन

(d) दि मदर्स

सूची –II (लेखक)

1. जे. पी. फ्रेजर
2. जी. पी. मरडॉक
3. आर. ब्रिफॉल्ट
4. जे. लुवॉक
5. टी. वेब्लन

कूट :

	(a)	(b)	(c)	(d)
(A)	4	3	5	1
(B)	2	1	4	3
(C)	4	1	5	3
(D)	2	3	4	1

24. निम्नलिखित कथनों पर विचार कीजिए—

1. सामाजिक रूप से मान्य व्यवहार के मानदण्ड को प्रतिमान कहते हैं, जबकि क्या अच्छा, सही, विवेकपूर्ण या हितकारी है, के बारे में विचार को मूल्य कहते हैं.
2. प्रतिमान सदैव लागू अनुज्ञाओं से अनुमोदित होते हैं, जबकि मूल्य के साथ यह बात नहीं है.
3. मूल्य सामान्य या आम होते हैं, परन्तु प्रतिमान विशिष्ट होते हैं.
4. प्रतिमान सांस्कृतिक विशेषताएँ हैं, जबकि मूल्य ऐसे नहीं हैं.

उपर्युक्त में से कौनसे कथन सही हैं ?

(A) 1, 2 और 3 (B) 1, 2 और 4

(C) 3 और 4 (D) 1, 2, 3 और 4

25. निम्नलिखित कथनों पर विचार कीजिए—

1. व्यक्ति विशेष का वह कार्य भूमिका कहलाता है, जो उसके पद से जुड़े दायित्व को निभाने के लिए किया जाता है.
2. उस स्थिति को भूमिका संघर्ष कहते हैं जिसमें व्यक्ति विशेष के समक्ष अनुकूल भूमिकागत अपेक्षाएँ आती हैं.
3. विभिन्न समूहों में विभिन्न पदों पर आसीन व्यक्ति की विभिन्न भूमिकाओं को भूमिका-पटल कहते हैं.
4. सामाजिक संस्तरण व्यवस्था में व्यक्ति विशेष के पद को प्रस्थिति कहते हैं.

उपर्युक्त में से कौनसे कथन सही हैं ?

(A) 1, 2 और 3 (B) 2, 3 और 4

(C) 1, 2 और 4 (D) 3 और 4

26. अभिवृत्तियों को मापने के लिए 'सामाजिक दूरी सोपान' तकनीक का विकास किया—

(A) एल. थर्स्टन ने (B) एल. गुटमैन ने

(C) ए. एल. लुण्डबर्ग ने (D) ई. बोगार्ड्स ने

27. निम्नलिखित में से कौनसा एक पूर्वभासी या प्रत्याशी समाजीकरण का उदाहरण है ?

(A) विवाहोपरान्त पति के परिवार में यथावत् अनुकूलन के लिए माता-पिता द्वारा अविवाहित पुत्रियों का समाजीकरण

(B) घर में ठीक से काम करने के लिए गृहणी द्वारा अपनी काम करने वाली को काम सिखाना

(C) शत्रु से लड़ने के लिए सैनिकों का प्रशिक्षण

(D) अपनी सम्प्रेषण दक्षता में सुधार हेतु मैनेजर का प्रशिक्षण कार्यक्रम में भाग लेना

28. सूची–I को सूची–II के साथ सुमेलित कीजिए तथा सूचियों के नीचे दिए गए कूट से सही उत्तर का कथन चयन कीजिए—

सूची –I

(a) विरोधात्मक वर्ग स्थिति
(b) संक्रमणकालीन वर्ग
(c) सफेदपोश अपराध
(d) जीवन-यात्रा संस्कार

सूची –II

1. हैरी ब्रेवरमैन
2. एडविन एच. सदरलैण्ड
3. कार्ल मार्क्स
4. एरिक ओलिन राइट
5. आरनॉल्ड वान गेनप

कूट :

	(a)	(b)	(c)	(d)
(A)	4	5	1	3
(B)	4	3	2	5
(C)	1	3	2	4
(D)	1	4	2	5

29. एक उपसंस्कृति जो कुछ विश्वासों एवं मूल्यों से सम्बद्ध है, समाज की प्रभावी संस्कृति को आमूल रूप से नकारती है तथा जिस वैकल्पिक संस्कृति का प्रतिपादन करती है, वह है—

(A) भावपरक संस्कृति (B) उपसंस्कृति
(C) प्रतिसंस्कृति (D) यथार्थ संस्कृति

30. सूची–I को सूची–II के साथ सुमेलित कीजिए तथा सूचियों के नीचे दिए गए कूट से सही उत्तर का चयन कीजिए—

सूची–I (भूमिका से सम्बन्धित उदाहरण)

(a) एक बीमार बच्चों वाली कामकाजी महिला
(b) सुनील गावस्कर का अनुकरण करने वाला एक उदीयमान क्रिकेट खिलाड़ी
(c) कक्षा में पढ़ाने वाला एक शिक्षक
(d) बिना दवाइयों एवं उपकरणों के मरीजों का इलाज करने वाला एक गाँव का डॉक्टर

सूची–II (अवधारणाएँ)

1. भूमिका निर्वाह
2. भूमिका संघर्ष
3. प्रति भूमिका
4. भूमिका प्रतिरूप
5. भूमिका अभिनय

कूट :

	(a)	(b)	(c)	(d)
(A)	1	2	5	3
(B)	2	4	1	3
(C)	3	4	5	2
(D)	2	3	1	4

31. नीचे दो वक्तव्य दिए गए हैं जिनमें से एक को कथन (A) तथा दूसरे को कारण (R) कहा गया है—

कथन (A) : संस्कृति अमूर्त है.

कारण (R) : संस्कृति व्यवहार में व्यक्त होती है और व्यवहार के परिणामों में, किन्तु न यह स्वयं व्यवहार है और न उसका साकार परिणाम

उपर्युक्त दोनों वक्तव्यों के सन्दर्भ में निम्नलिखित में से कौन एक सही है ?

(A) (A) और (R) दोनों सही हैं तथा (R), (A) की सही व्याख्या है
(B) (A) और (R) दोनों सही हैं, परन्तु (R), (A) की सही व्याख्या नहीं है
(C) (A) सही है, परन्तु (R) गलत है
(D) (A) गलत है, परन्तु (R) सही है

32. निम्नलिखित में से किसने मानव समाज के विकास की तीन अवस्थाओं जंगलीपन, बर्बरता एवं सभ्यता को चिह्नांकित किया ?

(A) ए. एल. क्रोबर (B) सी. डार्विन
(C) एच. स्पेन्सर (D) एल. एच. मॉर्गन

33. प्रत्येक चीज कहीं तो उचित होती है, किन्तु हर जगह नहीं. इसका सन्दर्भ है—

(A) सांस्कृतिक सार्वभौम (B) सांस्कृतिक सापेक्षता
(C) प्रति-संस्कृति (D) बहुसंस्कृतिवाद

34. जब सांस्कृतिक विशेषक एक समाज से दूसरे समाज में फैलते हैं, वह प्रक्रिया कहलाती है—

(A) विसरण (B) समान्तरवाद
(C) विकास (D) बहुवाद

35. नीचे दो वक्तव्य दिए गए हैं जिनमें से एक को कथन (A) तथा दूसरे को कारण (R) कहा गया है—

कथन (A) : प्रतिस्पर्धा में दो अथवा अधिक व्यक्ति/समूह किसी व्यवसाय, पुरस्कार, लाभ आदि की प्राप्ति हेतु एक-दूसरे के साथ होड़ करते हुए देखे जाते हैं तथा अपने लक्ष्य की प्राप्ति हेतु अहिंसात्मक तरीके का प्रयोग करते हैं.

कारण (R) : प्रतिस्पर्धा किसी भी समाज में लोगों का ध्यान विकल्पों की ओर केन्द्रित करती है तथा व्यापक वरण परास प्रदान करती है और नवीन आवश्यकताओं एवं वस्तुओं के प्रति प्रोत्साहन प्रदान करती है.

उपर्युक्त दोनों वक्तव्यों के सन्दर्भ में निम्नलिखित में से कौन एक सही है ?

(A) (A) और (R) दोनों सही हैं तथा (R), (A) की सही व्याख्या है

(B) (A) और (R) दोनों सही हैं, परन्तु (R), (A) की सही व्याख्या नहीं है

(C) (A) सही है, परन्तु (R) गलत है

(D) (A) गलत है, परन्तु (R) सही है

36. हीगल के अनुसार समाज में द्वन्द्वात्मक तर्क का सही क्रम क्या है ?

1. संश्लेषण
2. वाद
3. प्रतिवाद

निम्नलिखित कूट में से सही उत्तर का चयन कीजिए—

(A) 2, 3, 1 (B) 1, 2, 3

(C) 1, 3, 2 (D) 3, 2, 1

37. सूची–I को सूची–II के साथ सुमेलित कीजिए तथा सूचियों के नीचे दिए गए कूट से सही उत्तर का चयन कीजिए—

सूची–I (लेखक)

(a) मैक्स वेबर

(b) ए. डब्ल्यू. गोल्डनर

(c) जे. एच. गोल्डथॉर्प

(d) पीटर ब्लाउ

सूची–II (योगदान)

1. बुर्जुआपन
2. एक तार्किक प्रक्रिया के रूप में नौकरशाही
3. नौकरशाही की अनौपचारिक संरचना
4. नौकरशाही बनाने की डिग्री
5. युक्तीकरण

कूट :

	(a)	(b)	(c)	(d)
(A)	1	2	3	5
(B)	2	4	1	3
(C)	5	4	2	3
(D)	2	3	1	4

38. सूची–I को सूची–II के साथ सुमेलित कीजिए तथा सूचियों के नीचे दिए गए कूट से सही उत्तर का चयन कीजिए—

सूची–I (अवधारणाएँ)

(a) सांस्कृतिक सम्पर्क

(b) सांस्कृतिक सार्वभौम

(c) सांस्कृतिक सापेक्षवाद

(d) सांस्कृतिक बहुवाद

सूची–II (अर्थ)

1. नवीन सांस्कृतिक प्रतिमानों को अपनाना
2. संस्कृतियों के मध्य प्रभावशाली एकरूपता
3. संस्कृतियों के मूल्यांकन हेतु किसी सार्वभौमिक मानक का प्रयोग नहीं किया जा सकता
4. बिना एक-दूसरे का मूल्यांकन किए संस्कृतियाँ सह-अस्तित्वमान हैं

कूट :

	(a)	(b)	(c)	(d)
(A)	2	1	3	4
(B)	3	2	4	1
(C)	1	3	4	2
(D)	1	2	3	4

39. संस्कृति के बारे में निम्नांकित कथनों में से कौन सत्य है ?

1. प्रत्येक संस्कृति सम्पूर्ण है.
2. संस्कृति सम्पुज संस्कृति की लघुतम इकाई है.
3. एक प्रदत्त समूह के सदस्यों की संस्कृति में आपसी भागीदारी होती है.
4. संस्कृति के द्वारा लोगों के भौतिक तथा जैविकीय लक्षणों का निर्धारण किया जाता है.

निम्नलिखित कूट की सहायता से सही उत्तर का चयन कीजिए—

(A) 1, 2 तथा 3 (B) 2, 3 तथा 4

(C) 1 तथा 3 (D) 2 तथा 4

40. निम्नलिखित में से सांस्कृतिक पिछड़ापन की परिभाषा कौनसी है ?

(A) एक संस्कृति की दूसरी संस्कृति के लक्षणों को अपनाने में असमर्थता

(B) भौतिक एवं अभौतिक संस्कृति के मध्य दूरी

(C) वैयक्तिक संस्कृति तथा समूह की संस्कृति के मध्य असंगतता

(D) भौतिक एवं अभौतिक संस्कृति के मध्य भागीदारी

41. यह धारणा कि पुरुष स्त्रियों की अपेक्षा अधिक शक्तिशाली हैं, एक–

(A) विश्वास है (B) मानदण्ड है

(C) मूल्य है (D) संस्वीकृति है

42. नीचे दो वक्तव्य दिए गए हैं जिनमें से एक को कथन (A) तथा दूसरे को कारण (R) कहा गया है—

कथन (A) : कोई समाज विचलन से पूर्णरूप से मुक्त नहीं हो सकता.

कारण (R) : विचलन तथा अनुरूपता समाज में अविरल प्रक्रिया है.

उपर्युक्त दोनों वक्तव्यों के सन्दर्भ में निम्नलिखित में से कौनसा कथन सही है ?

(A) (A) और (R) दोनों सही हैं तथा (R), (A) की सही व्याख्या है

(B) (A) और (R) दोनों सही हैं, परन्तु (R), (A) की सही व्याख्या नहीं है

(C) (A) सही है, परन्तु (R) गलत है

(D) (A) गलत है, परन्तु (R) सही है

43. "व्यक्ति नियम को भूल जाता है, इसके आशय का गलत अर्थ लगाता है." इसमें निहित है—

(A) अनुरूपता (B) विद्रोह

(C) विचलन (D) पश्चगमनवाद

44. निम्नलिखित में से सही कथन कौनसा है ?

(A) मूल्य व्यक्तियों अथवा समूहों द्वारा धारित विचार है

(B) मूल्यों की प्रकृति सार्वभौमिक है तथा ये सभी संस्कृतियों के लिए प्रयुक्त हैं

(C) व्यक्तिगत तथा समूह लक्ष्यों के एकीकरण के लिए मूल्य आवश्यक संगठन-सिद्धान्त प्रदान करते हैं

(D) मूल्य सामाजिक संरचना के अन्य नाम हैं

45. एक समूह जिससे तुलना करके हम अपनी प्रस्थिति की परख करते हैं, कहलाता है—

(A) स्वजन समूह (B) समकक्षी समूह

(C) द्वितीयक समूह (D) सन्दर्भ समूह

46. सामाजिक स्थिति में एक ऐसा परिवर्तन जिससे एक व्यक्ति की प्रस्थिति नहीं बदलती, कहलाती है—

(A) सामाजिक गतिहीनता

(B) समस्तरीय गतिशीलता

(C) उदग्र गतिशीलता

(D) संरचनात्मक गतिशीलता

47. सूची–I को सूची–II के साथ सुमेलित कीजिए और सूचियों के नीचे दिए गए कूट की सहायता से सही उत्तर का चयन कीजिए—

सूची–I

(a) एक प्रस्थिति विशेष के साथ जुड़ा हुआ अपेक्षित व्यवहार

(b) एक प्रस्थिति विशेष के साथ जुड़ा हुआ भूमिका द्वन्द्व

(c) दो या दो से अधिक उन भूमिकाओं से अभियाचन जिनमें द्वन्द्व नहीं होता

(d) एक ही भूमिका से द्वन्द्वपूर्ण अभियाचन

सूची–II

1. भूमिका
2. भूमिका-द्वन्द्व
3. भूमिका तनाव
4. भूमिका विन्यास
5. भूमिका प्रतिरूप

कूट :

	(a)	(b)	(c)	(d)
(A)	1	3	2	4
(B)	2	5	3	4
(C)	1	4	2	3
(D)	2	5	4	1

48. निम्नलिखित में सामाजिक समूह की मूलभूत विशेषताएँ कौनसी हैं ?

1. दो या अधिक व्यक्तियों की शारीरिक रूप से उपस्थिति.
2. दो या अधिक व्यक्तियों के मध्य अन्तर्क्रिया.
3. सम्बन्ध का निश्चित प्रतिमान.
4. समूह में सम्बद्ध होने के प्रति सदस्यों की जागरूकता.

निम्नलिखित कूट में से सही उत्तर चुनिए—

(A) 1, 2 तथा 3 (B) 2, 3 तथा 4

(C) 1, 3 तथा 4 (D) 1, 2 तथा 4

49. नीचे दो वक्तव्य दिए गए हैं जिनमें से एक को कथन (A) तथा दूसरे को कारण (R) कहा गया है—

कथन (A) : कानून द्वारा प्रदत्त समानता मात्र से ही समाज में स्त्रियों की प्रस्थिति का निर्धारण नहीं किया जा सकता है.

कारण (R) : दैनिक सामाजिक अन्तःक्रियाओं में परम्परा एवं प्रथाएँ निहित होती हैं.

उपर्युक्त दोनों वक्तव्यों के सन्दर्भ में निम्नलिखित में से कौनसा एक सही है ?

(A) (A) और (R) दोनों सही हैं तथा (R), (A) की सही व्याख्या है

(B) (A) और (R) दोनों सही हैं, परन्तु (R), (A) की सही व्याख्या नहीं है

(C) (A) सही है, परन्तु (R) गलत है

(D) (A) गलत है, परन्तु (R) सही है

50. भूमिका सम्बन्धों का निर्वाह जो एक कॉलेज अध्यापक अपने छात्रों, सहयोगियों, प्राचार्य तथा लिपिकवर्गीय कर्मचारियों के साथ करता है, उसे कहा जाता है—
(A) बहुल भूमिकाएँ (B) भूमिका संघर्ष
(C) भूमिका निष्पादन (D) भूमिका विन्यास

51. निम्नलिखित में से इन विचारों वाला कौन है कि सामाजिक संरचना सामाजिक यथार्थता की अमूर्त रचना है, जिसका विद्यमान यथार्थता से कोई सम्बन्ध नहीं है ?
(A) स्पेन्सर (B) लेवी स्ट्रॉस
(C) लीच (D) ब्राउन

52. सूची–I को सूची–II के साथ सुमेलित कीजिए तथा सूचियों के नीचे दिए गए कूट का प्रयोग करते हुए सही उत्तर चुनिए—

सूची–I (भूमिका)
(a) अपने फैसले का ऐलान करता है और उसे लागू करवा सकता है
(b) संचारण में सहायता करता है
(c) विवादों को सुलझाने में सहायता करता है
(d) समूह को मजबूत रखता है एवं अपनी खुद की स्थिति बनाए रखता है

सूची–II (प्रस्थिति)
1. निदेशक
2. न्यायाधीश
3. नेता
4. बिचौलिया
5. मध्यस्थ

कूट :

	(a)	(b)	(c)	(d)
(A)	5	2	3	1
(B)	2	5	4	3
(C)	5	2	4	3
(D)	2	5	3	1

53. प्रकार्यवादियों के अनुसार सामाजिक एकीकरण के लिए कौनसा सबसे महत्वपूर्ण तथा मूल घटक है ?
(A) मूल्य-मतैक्य
(B) सापेक्ष स्थिरता का अनुरक्षण
(C) संरचनात्मक अन्तर्निर्भरता
(D) प्रतिमानहीनता की दशा

54. निम्नलिखित में से कौनसा एक 'सामाजिक संरचना के तत्व' के अन्तर्गत नहीं आता है ?
(A) विसामान्यता (B) पालन
(C) संस्वीकृति (D) समूह क्रिया

55. सूची–I को सूची–II के साथ सुमेलित कीजिए तथा सूचियों के नीचे दिए गए कूट का प्रयोग करते हुए सही उत्तर चुनिए—

सूची–I (संस्कृति के तत्व)
(a) सांस्कृतिक परम तत्व
(b) सांस्कृतिक सामान्य
(c) सांस्कृतिक विकल्प
(d) सांस्कृतिक विशिष्टताएँ

सूची–II (परिभाषा)
1. व्यवहार के वे रूप जो किसी समाज द्वारा वैध रूप में स्वीकृत किए जाते हैं, किन्तु वे वर्ग, व्यवसाय और लिंग की सीमा रेखाओं से परे हैं.
2. व्यवहार के वे पहलू जो एक अपेक्षाकृत बड़े समाज के अन्तर्गत विशिष्टीकृत समूहों के सदस्यों को अभिलक्षित करते हैं.
3. वे मानक जो निश्चित होते हैं और भिन्न संस्कृतियों में भिन्न नहीं होते हैं.
4. व्यवहार के वे रूप जिनकी समाज के किसी भी सामान्य सदस्य से अपेक्षा की जाती है.

कूट :

	(a)	(b)	(c)	(d)
(A)	4	3	1	2
(B)	3	4	2	1
(C)	3	4	1	2
(D)	4	3	2	1

56. सूची–I को सूची–II के साथ सुमेलित कीजिए तथा सूचियों के नीचे दिए गए कूट का प्रयोग करते हुए सही उत्तर चुनिए—

सूची–I (संकल्पना)
(a) प्राथमिक समूह (b) द्वितीयक समूह
(c) सन्दर्भ समूह (d) अन्तः समूह

सूची–II (उदाहरण)
1. हम भारतीय
2. अविभाजित हिन्दू परिवार
3. एम. टी. एन. एल. श्रमिक संघ
4. अप्रवासी विद्यार्थी की तुलना में अमरीकी विद्यार्थी
5. रोगी

कूट :

	(a)	(b)	(c)	(d)
(A)	2	3	1	5
(B)	3	2	4	1
(C)	2	3	4	1
(D)	3	2	1	5

57. सूची–I (अवधारणाएँ) को सूची–II (प्रस्तावक) के साथ सुमेलित कीजिए तथा सूचियों के नीचे दिए गए कूट का प्रयोग करते हुए सही उत्तर चुनिए—

सूची–I (अवधारणाएँ)	**सूची–II (प्रस्तावक)**
(a) अवकाश वर्ग	1. दुर्खीम
(b) सावयविक एकात्मकता	2. वेब्लन
(c) प्रस्थिति समूह	3. ल्योनार्ड
(d) उत्तर आधुनिकता	4. मैक्स वेबर
	5. गोल्डनर

कूट :

	(a)	(b)	(c)	(d)
(A)	4	3	5	1
(B)	2	1	4	3
(C)	4	1	5	3
(D)	2	3	4	1

58. नीचे दो वक्तव्य दिए गए हैं जिनमें से एक को कथन (A) तथा दूसरे को कारण (R) कहा गया है—

कथन (A) : अक्सर एक निम्न जाति का व्यक्ति धनाढ्य होने पर उच्च जाति के जीवन के तरीके तथा संस्कारों को अपनाता है.

कारण (R) : संस्कृतिकरण की प्रक्रिया नवीन अर्जित सम्पत्ति तथा निम्न सांस्कृतिक स्थिति के बीच असंगति को दूर करती है.

उपर्युक्त दोनों वक्तव्यों के सन्दर्भ में निम्नलिखित में से कौनसा एक सही है ?

(A) (A) और (R) दोनों सही हैं तथा (R), (A) की सही व्याख्या है

(B) (A) और (R) दोनों सही हैं, परन्तु (R), (A) की सही व्याख्या नहीं है

(C) (A) सही है, परन्तु (R) गलत है

(D) (A) गलत है, परन्तु (R) सही है

59. निम्नलिखित में से कौनसी एक समाज की प्रकार्यात्मक पूर्वपिक्षा नहीं है ?

(A) इसके सदस्यों के लिए शारीरिक क्रियान्वयन का प्रावधान

(B) सदस्यों का प्रतिस्थापन

(C) विघटनकारी शक्तियों का प्रावधान

(D) वितरण की एक व्यवस्था

60. भारत में आधुनिकीकरण के बारे में निम्नलिखित संयोजनों में से कौनसा सही है ?

(A) विसरण तथा परसंस्कृतिकरण

(B) उद्‌विकास तथा परसंस्कृतिकरण

(C) उद्‌विकास तथा विसरण

(D) उद्‌विकास तथा पुनर्जनन

61. दो जनजातियाँ जो एक भौगोलिक क्षेत्र में निवास करती हैं, सांस्कृतिक लक्षणों का पारस्परिक आदान-प्रदान करती हैं तथा आपसी भेदभावों को कम करती हैं. यह प्रक्रिया कही जाती है—

(A) वयस्क समाजीकरण (B) सहयोग

(C) समंजन (D) आत्मसात्करण

62. सामाजिक संरचना के निर्माण के लिए आधार के रूप में 'भूमिका द्विभाजन तथा सम्बन्ध के त्रिपदीकरण' का प्रयोग किसने किया है ?

(A) लेवी स्ट्रॉस (B) एम. फोर्टेज

(C) एस. एफ. नैडल (D) मारियॉन जे. लेवी

63. नीचे दो वक्तव्य दिए गए हैं जिनमें से एक को कथन (A) तथा दूसरे को कारण (R) कहा गया है–

कथन (A) : मर्टन के अनुसार विचलित व्यवहार सामाजिक संरचना का प्रकार्य है.

कारण (R) : सामाजिक विचलन वैयक्तिक या जैविक कारकों की अपेक्षा सामाजिक कारकों से अधिक होता है.

उपर्युक्त दोनों वक्तव्यों के सन्दर्भ में निम्नलिखित में से कौनसा एक सही है ?

(A) (A) और (R) दोनों सही हैं तथा (R), (A) की सही व्याख्या है

(B) (A) और (R) दोनों सही हैं, परन्तु (R), (A) की सही व्याख्या नहीं है

(C) (A) सही है, परन्तु (R) गलत है

(D) (A) गलत है, परन्तु (R) सही है

64. निम्नलिखित में कौनसी एक घटना है जिसको मानवों द्वारा किसी कार्य-योजना को उचित ठहराने या उसका विरोध करने में प्रयुक्त मानक या सिद्धान्त के रूप में पहचाना जाता है ?

(A) विश्वास (B) विशिष्टाचार

(C) नियम (D) मूल्य

65. सूची–I को सूची–II के साथ सुमेलित कीजिए तथा सूचियों के नीचे दिए गए कूट का प्रयोग करते हुए सही उत्तर चुनिए—

सूची–I (अवधारणाएँ)

(a) यान्त्रिक एकात्मकता

(b) प्राथमिक समूह

(c) लघु समुदाय

(d) कुल (Kula)

सूची–II (विशेषताएँ)

1. आमने-सामने के सम्बन्ध
2. सामाजिक समानताएँ
3. अन्तःनिर्भरता
4. उपहार विनिमय
5. सजातीयता

कूट :

	(a)	(b)	(c)	(d)
(A)	2	1	5	4
(B)	2	3	1	5
(C)	1	2	5	3
(D)	5	1	2	4

66. सूची–I (अवधारणा) को सूची–II (प्रतिपादक) के साथ सुमेलित कीजिए तथा सूचियों के नीचे दिए गए कूट का प्रयोग करते हुए सही उत्तर चुनिए—

सूची–I (अवधारणा)	सूची–II (प्रतिपादक)
(a) सांस्कृतिक पश्चता	1. जीन बोद्रिलार्ड
(b) परा-यथार्थ	2. कार्ल मार्क्स
(c) मध्यवर्ग	3. डब्ल्यू. एफ. ऑगबर्न
(d) उत्तर-आधुनिकतावाद	4. इमाइल दुर्खीम

कूट :

	(a)	(b)	(c)	(d)
(A)	3	1	2	5
(B)	2	5	4	1
(C)	3	5	2	1
(D)	2	1	4	5

67. 'वयोवृद्ध-तन्त्र' का क्या आशय है ?

(A) वे समाज जिनमें वृद्धतम पुरुष निर्णय लेने तथा राजनीतिक नियम बनाने में प्रधान भूमिका निभाते हैं

(B) वे समाज जिनमें युवा पुरुष एवं महिलाएँ निर्णय लेने तथा राजनीतिक नियम बनाने में प्रधान भूमिका निभाते हैं

(C) वृद्ध होने के सामाजिक पक्षों का अध्ययन

(D) देश में प्रजनन शक्ति की प्रवृत्ति और विन्यास

68. निम्नलिखित कथनों पर विचार कीजिए—

1. सर हेनरी जेम्स समनर ने इस मत को समर्थन नहीं दिया कि आदिम समाजों का विधिक आधार रक्त तथा बंधुता की अन्तर्बद्धताओं में विद्यमान था.
2. लुइस हेनरी द्वारा विकसित बन्धुत्व वर्गीकरण के फलतः अन्ततोगत्वा फ्रेडरिक एंजल्स ने परिवार तथा राज्य की उत्पत्ति के विषय में कार्य किया.

उपर्युक्त कथनों में से कौनसा/से सही है/हैं ?

(A) केवल 1 (B) केवल 2

(C) दोनों 1 और 2 (D) न ही 1 और न ही 2

69. जब दो सांस्कृतिक समूह एक-दूसरे के सम्पर्क में आते हैं और परिणामस्वरूप कुछ निश्चित समय में एक समूह दूसरे समूह से इतना अधिक ग्रहण करता है कि अपनी पहचान खो देता है और दूसरे समूह में विलीन हो जाता है. इस प्रक्रिया को कहते हैं—

(A) संस्कृतिग्रहण (B) समाजीकरण

(C) समाकलन (D) आत्मसात्करण

70. प्रतिस्पर्धा को 'शान्तिपूर्ण संघर्ष' के रूप में किसने वर्णित किया ?

(A) स्पेन्सर (B) कोजर

(C) वेबर (D) फ्रेजर

71. सूची–I को सूची–II के साथ सुमेलित कीजिए तथा सूचियों के नीचे दिए गए कूट का प्रयोग करते हुए सही उत्तर चुनिए—

सूची–I

(a) सार्थक अन्य पुरुष

(b) प्रतिबिम्बित आत्मरूप

(c) सामूहिक प्रतिनिधित्व

(d) इदम्, अहम् एवं पराहम

सूची–II

1. फ्रायड
2. कूले
3. मीड
4. दुर्खीम
5. माइकल युंग

कूट :

	(a)	(b)	(c)	(d)
(A)	2	3	4	1
(B)	4	5	1	3
(C)	3	2	4	1
(D)	3	5	4	2

72. नीचे दो वक्तव्य दिए गए हैं जिनमें से एक को कथन (A) तथा दूसरे को कारण (R) कहा गया है—

कथन (A) : एक ओर पिता को स्नेही होना होता है तो दूसरी ओर बेटे को अनुशासित करने हेतु कड़ाई बरतनी पड़ती है, अतः उसे भूमिका-तनाव का सामना करना पड़ता है.

कारण (R) : अपने भूमिकागत कर्त्तव्यों की माँगों को पूरा करने में कठिनाई अथवा भार की भावना से भूमिका तनाव पैदा होता है.

उपर्युक्त दोनों वक्तव्यों के सन्दर्भ में निम्नलिखित में से कौनसा एक सही है ?

(A) (A) और (R) दोनों सही हैं तथा (R), (A) की सही व्याख्या है

(B) (A) और (R) दोनों सही हैं, परन्तु (R), (A) की सही व्याख्या नहीं है

(C) (A) सही है, परन्तु (R) गलत है

(D) (A) गलत है, परन्तु (R) सही है

73. नीचे दो वक्तव्य दिए गए हैं जिनमें से एक को कथन (A) तथा दूसरे को कारण (R) कहा गया है—

कथन (A) : भविष्य के समाज में कामकाज की महत्ता और उसकी बारम्बारता में अत्यधिक कमी का अनुभव नहीं होने जा रहा है.

कारण (R) : लोगों के जीने के लिए आवश्यक धन अथवा आय लचीले-समय पर आधारित होंगे.

उपर्युक्त दोनों वक्तव्यों के सन्दर्भ में निम्नलिखित में से कौनसा एक सही है ?

(A) (A) और (R) दोनों सही हैं तथा (R), (A) की सही व्याख्या है

(B) (A) और (R) दोनों सही हैं, परन्तु (R), (A) की सही व्याख्या नहीं है

(C) (A) सही है, परन्तु (R) गलत है

(D) (A) गलत है, परन्तु (R) सही है

74. समाज के मूल्यों, प्रतिमानों और लोकरीतियों से हटकर किए जाने वाले व्यवहार को कहते हैं—

(A) नियतिवाद (B) विभेदीकरण

(C) विचलन (D) दुष्प्रकार्य

75. अत्यधिक व्यक्तिगत एवं भावनात्मक रूप से सहारा देने वाली निरन्तर घनिष्ठ अन्तःक्रिया वाले लघु समूह को कहते हैं—

(A) सन्दर्भ समूह (B) प्राथमिक समूह

(C) हित समूह (D) गौण समूह

76. किसी संगठन की औपचारिक संरचना में निहित हैं—

(A) वैयक्तिक भूमिकाएँ तथा सम्बन्ध

(B) गुट

(C) सत्ता का प्रत्यायोजन

(D) वैयक्तिक होना

77. निम्नलिखित चार विचारकों ने संरचना तथा प्रकार्य के सम्बन्ध में अवधारणाओं तथा सिद्धान्तों का योगदान दिया है—

1. रॉबर्ट के. मर्टन 2. आगस्त कॉम्टे

3. टी. पारसन्स 4. बी. मैलिनोवस्की

इनके योगदान के पूर्वापरक्रम की दृष्टि से निम्नलिखित में कौनसा सही क्रम है ?

(A) 1, 2, 3, 4 (B) 2, 1, 4, 3

(C) 2, 4, 3, 1 (D) 2, 3, 4, 1

78. मूर्त सामाजिक संरचना तथा संरचनात्मक स्वरूप में निम्नलिखित में से किसने अन्तर किया है ?

(A) रेडक्लिफ-ब्राउन (B) मैलिनोवस्की

(C) लुई (D) मर्टन

79. सूची–I को सूची–II के साथ सुमेलित कीजिए तथा सूचियों के नीचे दिए गए कूट का प्रयोग करते हुए सही उत्तर चुनिए—

सूची–I (संरचनात्मक-प्रकार्यात्मक सिद्धान्त की अवधारणाएँ)

(a) प्रकार्यात्मक आदेशक

(b) प्रकार्यात्मक परिणामों के निवल सन्तुलन

(c) सार्वभौमिक प्रकार्यवाद

(d) प्रत्यक्षवादीय सावयवीवाद

सूची–II (अवधारणाओं से सम्बन्धित विचारक)

1. आर. के. मर्टन 2. बी. मैलिनोवस्की

3. आगस्त कॉम्टे 4. टी. पारसन्स

5. मेरियन जे. लेवी

कूट :

	(a)	(b)	(c)	(d)
(A)	1	3	4	5
(B)	4	1	5	3
(C)	4	1	2	3
(D)	2	4	5	1

80. निम्नलिखित में से समाज की सामाजिक संरचना की कौनसी विशेषताएँ हैं ?

1. समाज अन्तःसम्बन्धित भूमिकाओं की संरचना है.

2. समाज एक व्यापक सामाजिक व्यवस्था रखने वाला विशेष प्रकार का समूह है.

3. एक समाज लम्बे समय के लिए जीवित रहने की ओर अभिमुख रहता है.

4. एक समाज आर्थिक रूप से आत्मनिर्भर होता है.

निम्नलिखित कूट की सहायता से सही उत्तर का चयन कीजिए—

(A) 1, 2 और 3 (B) 1, 2 और 4

(C) 1, 3 और 4 (D) 2, 3 और 4

81. एक समूह में व्यक्तियों की प्रस्थितियों तथा भूमिकाओं के सन्दर्भ में उनके परस्पर सम्बन्धित अधिकारों तथा दायित्वों के संगठित प्रतिमानों का चित्रण दर्शाता है, उनकी—

(A) सामाजिक गतिशीलता (B) सामाजिक संरचना
(C) सामाजिक निर्माण (D) सामाजिक वर्ग

82. सूची–I को सूची–II के साथ सुमेलित कीजिए तथा सूचियों के नीचे दिए गए कूट का प्रयोग करते हुए सही उत्तर का चयन कीजिए–

सूची–I	सूची–II
(a) कूवेद (Cauvade)	1. परिवार
(b) प्राथमिक समूह	2. अन्तर्विवाह
(c) जाति	3. वैवाहिक सम्बन्ध
(d) कुल (Kula)	4. नातेदारी प्रथा
	5. बहिर्विवाह

कूट :

	(a)	(b)	(c)	(d)
(A)	3	4	5	2
(B)	4	3	2	1
(C)	4	1	2	5
(D)	2	1	4	5

83. निम्नलिखित में प्रतिस्पर्धा के सम्बन्ध में कौनसा सही है ?
1. राज्य
2. जनजाति
3. सम्पत्ति
4. सरकार

निम्नलिखित कूट से सही उत्तर का चयन कीजिए—
(A) 1 और 2 (B) 2 और 3
(C) 3 और 4 (D) 2 और 4

84. निम्नलिखित संगठनों में से कौनसी पूर्ण संस्थाएँ कही जा सकती हैं ?
1. अनाथालय तथा वृद्ध लोगों के लिए घर
2. मानसिक चिकित्सालय तथा कारावास
3. आवासीय विद्यालय तथा विहार

निम्नलिखित कूट की सहायता से सही उत्तर का चयन कीजिए—
(A) 1, 2 और 3 (B) 1 और 2
(C) 2 और 3 (D) 1 और 3

85. सूची–I को सूची–II के साथ सुमेलित कीजिए तथा सूचियों के नीचे दिए गए कूटों का प्रयोग करते हुए सही उत्तर चुनिए—

सूची–I (प्रस्थिति)	सूची–II (विशेषताएँ)
(a) प्रदत्त	1. प्रजाति
(b) अर्जित	2. पुरोहितपद
	3. लिंग तथा आयु
	4. नृजातीय पहचान
	5. ज्ञान तथा कौशल

कूट :

	(a)	(b)
(A)	1	3
	2	4
(B)	5	2
	1	4
(C)	3	2
	4	5
(D)	1	4
	3	5

86. सांस्कृतिक विश्लेषणों में कालक्रमिक अभिविन्यास उपस्थित नहीं है—
(A) ऐतिहासिक विशिष्टवाद के सिद्धान्तों में
(B) विकासवाद के सिद्धान्तों में
(C) विसरणवाद के सिद्धान्तों में
(D) संरचनावाद के सिद्धान्तों में

87. जोर-जबरदस्ती निर्दिष्ट करती है—
(A) अपनी स्वार्थसिद्धि के लिए शारीरिक बल के प्रयोग को
(B) सामाजिक जीवन का विध्वंस करने वाली बड़े पैमाने की हिंसा को
(C) समाज में युद्धरत समूहों के प्रचलन को
(D) सामाजिक अन्तक्रिया को जिसमें कि एक व्यक्ति या समूह अपनी इच्छा को दूसरे पर थोपता है

88. निम्नलिखित में से कौन राष्ट्र के रूप में पुष्टि करता है ?
(A) अल्पकालिक हित और अस्थायी समूह
(B) हितों का सर्वाधिक अन्तर्वेश परिसर और निश्चित क्षेत्रों का स्वामित्व
(C) समूह सदस्यों की एकसमान अभिवृत्तियाँ तथा अनिश्चित सामाजिक संस्था
(D) हितों का सीमित परिसर तथा निश्चित सामाजिक संस्था

89. जीवन में अवसर तथ्य हैं. वे समूह विशेष के वास्तविक भौतिक लाभ तथा अवसरों का वर्णन करते हैं, भले ही समूह-सदस्य इन्हें मानें या न मानें. जीवन में अवसरों की भिन्नता किस प्रकार की असमानता को इंगित करती है ?
(A) वस्तुपरक असमानता
(B) व्यक्तिपरक असमानता
(C) जीवन शैली में अन्तर
(D) उपभोग विन्यास में अन्तर

90. समनर का समाज-मॉडल कहलाता है—
(A) विकास मॉडल (B) संघर्ष मॉडल
(C) प्रगतिशील मॉडल (D) सर्वसम्मति मॉडल

91. सांस्कृतिक सापेक्षता के बारे में निम्नलिखित कथनों पर विचार कीजिए—
1. अन्य संस्कृतियों का मूल्यांकन अपनी संस्कृति के अनुसार करने की प्रवृत्ति होती है.
2. हर समाज का मूल्यांकन उसकी परिस्थितियों तथा उसके मूल्यों के अनुसार होता है.
3. समसामयिक समाज का मूल्यांकन उसके अतीत के अनुसार किया जाता है.
4. क्रियाएँ, जो कुछ समाजों में नैतिक होती हैं, वही दूसरे समाजों में अनैतिक हो सकती हैं.

उपर्युक्त में से कौनसे कथन सही हैं ?
(A) 1 और 2 (B) 1 और 4
(C) 2 और 3 (D) 2 और 4

92. सूची–I को सूची–II के साथ सुमेलित कीजिए तथा सूचियों के नीचे दिए गए कूट का प्रयोग करते हुए सही उत्तर चुनिए—

सूची–I (निर्धनता के कारण)
(a) औपनिवेशिक शोषण
(b) चक्रिल कार्योत्पादन एवं संचयी बदलाव
(c) तार्किक संकल्प का अभाव
(d) पारलौकिकता

सूची–II (अध्येता)
1. एफ. हीगल
2. गुन्नार मिर्डल
3. कार्ल मार्क्स
4. पी. सी. महालनोबिस
5. मैक्स वेबर

कूट :

	(a)	(b)	(c)	(d)
(A)	2	3	5	4
(B)	2	3	1	5
(C)	3	2	1	5
(D)	3	2	5	4

93. सूची–I को सूची–II के साथ सुमेलित कीजिए तथा सूचियों के नीचे दिए गए कूट का प्रयोग करते हुए सही उत्तर चुनिए—

सूची–I
(a) फ्रायड (b) दुर्खीम
(c) पारसन्स (d) कूले

सूची–II
1. सामाजिक तथ्य
2. आत्म-विकास
3. सामाजिक-मनोवैज्ञानिक आयाम
4. भूमिका अपेक्षा तथा प्रोत्साहन

कूट :

	(a)	(b)	(c)	(d)
(A)	3	1	2	4
(B)	3	1	4	2
(C)	1	3	2	4
(D)	2	3	2	4

94. सूची–I (कृति) को सूची–II (लेखक) के साथ सुमेलित कीजिए तथा सूचियों के नीचे दिए गए कूट का प्रयोग करते हुए सही उत्तर चुनिए—

सूची–I (कृति)
(a) कल्चरल सोशियोलॉजी
(b) माइण्ड, सेल्फ एण्ड सोसाइटी
(c) हैण्डबुक ऑफ सोशल साइकोलॉजी
(d) ह्यूमन सोसाइटी

सूची–II (लेखक)
1. जी. एच. मीड
2. किंग्सले डेविस
3. किम्बाल यंग
4. गिलिन और गिलिन

कूट :

	(a)	(b)	(c)	(d)
(A)	3	2	4	1
(B)	4	1	3	2
(C)	3	1	4	2
(D)	4	2	3	1

95. समाज में पृथक् नृजातीय समूहों के शान्तिपूर्ण सह-अस्तित्व को कहते हैं—
(A) समाकलन
(B) सदृशीकरण
(C) विलयन
(D) सांस्कृतिक बहुलतावाद

96. सूची–I (लेखक) को सूची–II (अवधारणा) के साथ सुमेलित कीजिए तथा सूचियों के नीचे दिए गए कूट का प्रयोग करते हुए सही उत्तर चुनिए—

सूची–I (लेखक)
(a) डब्ल्यू. एफ. ऑगबर्न
(b) टी. पारसन्स

(c) आर. के. मर्टन

(d) डब्ल्यू. जी. समनर

सूची–II (अवधारणा)

1. भूमिका-पटल 2. नृजातीयतावाद
3. लोकाचार 4. सामाजिक प्रणाली
5. सांस्कृतिक विलम्बन

कूट :

	(a)	(b)	(c)	(d)
(A)	5	4	1	3
(B)	1	3	2	4
(C)	5	3	1	4
(D)	1	4	2	3

97. अति विशिष्ट भूमिकाओं के समूह के माध्यम से सामाजिक एकता प्राप्त करने वाला समाज आधारित होता है—

(A) आत्मीय सामाजिक सम्बन्ध पर

(B) सावयवी एकता पर

(C) यान्त्रिक एकता पर

(D) निर्भरता पर

98. सामाजिक पद विशेष से जुड़े विशिष्ट कर्त्तव्यों तथा अधिकारों के इर्द-गिर्द संगठित व्यवहार के विन्यास को कहते हैं—

(A) भूमिका (B) प्रस्थिति

(C) प्रतिष्ठा (D) शक्ति

99. निम्नलिखित कथनों पर विचार कीजिए—

आधुनिकता से आधुनिक सांस्कृतिक प्रभावों का प्राधान्य आता है और परम्पराओं में बदलाव आता है—

1. जनजातीयवाद का उन्मूलन करने से
2. विधिक प्रतिमानों को लागू करने से
3. आय बढ़ने से
4. राज्य की प्रभुता को मजबूत बनाने से

इन कथनों में से कौनसे सही हैं ?

(A) 1 और 3 (B) 2 और 4

(C) 1, 2 और 3 (D) 2, 3 और 4

100. "कोई उत्कृष्ट अन्तर्राष्ट्रीय या सार्वभौमिकता नैतिकता नहीं होती है और सभी संस्कृतियों के नीति आचारगत तथा नैतिक नियम समान आदर के अधिकारी होते हैं." इस तर्क के लिए निम्नलिखित में से किस शब्दावली का प्रयोग किया जाता है ?

(A) सांस्कृतिक समानान्तरवाद

(B) स्वसांस्कृतिक केन्द्रीयतावाद

(C) सांस्कृतिक सापेक्षवाद

(D) सांस्कृतिक निश्चयवाद

101. सूची–I (अवधारणा) को सूची–II (लक्षण) के साथ सुमेलित कीजिए तथा सूचियों के नीचे दिए गए कूट का प्रयोग करते हुए सही उत्तर चुनिए—

सूची–I (अवधारणा)

(a) स्व-सांस्कृतिक केन्द्रीयतावाद

(b) सांस्कृतिक विलम्बन

(c) सांस्कृतिक सर्वव्यापकताएँ

(d) सांस्कृतिक विशेषताएँ

सूची–II (लक्षण)

1. संस्कृति विशेष के उपादान, विश्वास, मूल्य और काम करने के विशिष्ट तरीके.
2. श्रम-विभाजन, कौटुम्बिक व्यभिचार, निषेध, परिवार, जीवन-चक्र के अनुष्ठान और विचारधारा
3. अपने मूल्यों एवं प्रथाओं के आधार पर अन्य संस्कृतियों को परखने की प्रवृत्ति.
4. वह परिस्थिति जो तब उत्पन्न होती है जब व्यवहार के नए विन्यासों का पारम्परिक मूल्यों से संघर्ष होता है.
5. अपनी संस्कृति से भिन्न सांस्कृतिक परम्पराओं से साक्षात्कार होने के समय लोगों की प्रतिक्रिया.

कूट :

	(a)	(b)	(c)	(d)
(A)	2	4	5	1
(B)	3	1	2	4
(C)	2	1	5	4
(D)	3	4	2	1

102. निम्नलिखित में से किसने जनजातीय आत्मसात्करण की प्रक्रिया की व्याख्या करने के लिए जनजातीय-जाति सातत्यक प्रतिरूप प्रस्तुत किया है ?

(A) एन. एन. श्रीनिवास

(B) सुरजीत सिन्हा

(C) एस. सी. दूबे

(D) डी. एन. मजूमदार

103. सूची–I को सूची–II के साथ सुमेलित कीजिए तथा सूचियों के नीचे दिए गए कूट का प्रयोग करते हुए सही उत्तर चुनिए—

सूची–I	सूची–II
(a) आदर्शवादी संस्कृति	1. सोरोकिन
(b) किरायाजीवी वर्ग	2. पैरेटो
(c) अभौतिक संस्कृति	3. ऑगबर्न
(d) सावकाश वर्ग	4. वेब्लेन

कूट :

	(a)	(b)	(c)	(d)
(A)	1	2	3	4
(B)	2	1	4	3
(C)	2	1	3	4
(D)	1	2	4	3

104. एक सभ्यता के पतन की प्रक्रिया के दौरान, टॉयनबी का यह दावा है कि चार प्रकार के उद्धारकों का उदय होता है, इनमें शामिल हैं–
(A) पुरातनतावादी, भविष्यवादी, अनासक्त एवं उदासीन स्टोइक
(B) पुरातनतावादी, परिरक्षक, स्थिरतावादी तथा राजनीतिक उद्धारक
(C) परिकल्पक, भविष्यवादी, उदासीन स्टोइक एवं महिमान्वित धार्मिक उद्धारक
(D) भविष्यवादी, परिरक्षक, स्थिरतावादी तथा महिमान्वित धार्मिक उद्धारक

105. निम्नलिखित में से किस विद्वान् ने वृहत् सामाजिक संरचनाओं के संगठनात्मक सिद्धान्त 'संसाधनों और लाभों पर नियन्त्रण' को प्रस्तुत किया ?
(A) एम. फोर्ट्स (B) एफ. जी. बैले
(C) एम. जे. लेवी (D) एस. एफ. नाडेल

106. निम्नलिखित में से किसने दावा किया है कि सामाजिक संरचना बदल नहीं सकती ?
(A) लेवी ब्रूहल (B) लेवी स्ट्रॉस
(C) पियरे बोर्दे (D) रेमण्ड ऐरॉं

107. टी. पारसन्स के अनुसार सामाजिक व्यवस्था की रचना और निरन्तरता के होने में प्रमुख प्रक्रिया होती है—
(A) लक्ष्य प्राप्ति (B) एकीकरण
(C) संस्थायन (D) अनुकूलन

108. अगर एक गिरोह किसी एक प्रतिद्वन्द्वी गिरोह के साथ संघर्ष में सम्मिलित होता है, तो अंतरासमूह संघर्ष सामान्यतः—
(A) बढ़ने लगता है
(B) घटने लगता है
(C) लुप्त होने लगता है
(D) अप्रभावित बना रहता है

109. "संघ (एसोसिएशन) ऐसे व्यक्तियों का समूह है जो विशिष्ट उद्देश्य अथवा उद्देश्यों के लिए संगठित होते हैं अथवा किसी मान्यता प्राप्त या संस्वीकृत कार्य-प्रणाली अथवा व्यवहार द्वारा एकत्र होते हैं." यह मत है–
(A) मैकाइवर का
(B) गिलिन और गिलिन का
(C) टी. बी. बोटोमोर का
(D) हॉर्टन और हन्ट का

110. संस्था को सर्वोत्तम वर्णित इस प्रकार किया जा सकता है कि वह संकुल है—
(A) सत्ता का (B) प्रस्थितियों का
(C) भूमिकाओं का (D) प्रणालियों का

111. निम्नलिखित में से कौनसा कथन सही है ?
(A) 'सामाजिक संरचना' तथा 'सामाजिक संगठन' एक ही घटना को निर्दिष्ट करने वाले दो सम्प्रत्यय हैं
(B) 'सामाजिक संरचना' तथा 'सामाजिक संगठन' दोनों का कोई आनुभविक प्रसंगार्थ नहीं है
(C) एक संगठन एक लक्ष्य की पूर्ति के लिए प्रकार्य करता है, जबकि संरचना नहीं करती
(D) सामाजिक संरचना का प्रकार्य से कोई सम्बन्ध नहीं है

112. सूची–I को सूची–II के साथ सुमेलित कीजिए तथा सूचियों के नीचे दिए गए कूट का प्रयोग करते हुए सही उत्तर चुनिए—

सूची–I	सूची–II
(a) अर्थव्यवस्था	1. अनुकूलन
(b) राज्यव्यवस्था	2. अव्यक्तता
(c) परिवार	3. लक्ष्य प्राप्ति
(d) धर्म	4. एकीकरण

कूट :

	(a)	(b)	(c)	(d)
(A)	1	3	2	4
(B)	3	1	4	2
(C)	1	3	4	2
(D)	3	1	2	4

113. जब सांस्कृतिक प्रतिमान एवं मूल्य पीढ़ी दर-पीढ़ी संचरित होते हैं तो वह प्रक्रिया कहलाती है—
(A) सांस्कृतिक पुनरुत्पादन
(B) परसंस्कृतिग्रहण
(C) सांस्कृतिक विसरण
(D) सांस्कृतिक उद्दीपन

114. सूची–I को सूची–II के साथ सुमेलित कीजिए तथा सूचियों के नीचे दिए गए कूट का प्रयोग करते हुए सही उत्तर चुनिए—

सूची–I (अवधारणाएँ)
(a) विकासात्मक सार्वभौम
(b) अन्योन्यता का स्पेक्ट्रम
(c) अतिरिक्त-मूल्य का सिद्धान्त
(d) सृजनात्मक विनाश

सूची–II (विचारक)
1. शुम्पीटर
2. पारसन्स
3. साहलिंस
4. मार्क्स

कूट :

	(a)	(b)	(c)	(d)
(A)	3	2	4	1
(B)	2	3	1	4
(C)	2	3	4	1
(D)	3	2	1	4

115. अशीर्षी समाज वह है जिसमें—
(A) सदस्यों में बौद्धिकता न्यून होती है
(B) कोई औपचारिक मुखिया नहीं होता है
(C) कोई राजनीतिक व्यवस्था नहीं होती
(D) अराजकता व्याप्त होती है

116. वह प्रक्रिया जिसके द्वारा एक राष्ट्र के विविध संघटकों के पृथक्, किन्तु समान प्रस्थितियों को स्वीकृति देते हुए राष्ट्रीय एकीकरण प्राप्त किया जाता है, उसे कहते हैं—
(A) बहुसंस्कृतिवाद (B) पंथ निरपेक्षता
(C) अलगाववाद (D) द्वि-राष्ट्र सिद्धान्त

117. सूची–I को सूची–II के साथ सुमेलित कीजिए तथा सूचियों के नीचे दिए गए कूट का प्रयोग करते हुए सही उत्तर चुनिए—

सूची–I (प्रभेद)
(a) प्रस्थिति तथा संविदा
(b) प्रस्थिति तथा भूमिका
(c) समुदाय तथा समिति (गैसिलशाफ्ट तथा गैमिनशाफ्ट)
(d) 'मैं' तथा 'मुझे'

सूची–II (सम्बन्धित लेखक)
1. रॉल्फ लिन्टन
2. जॉर्ज हर्बर्ट मीड
3. हैनरीमैन
4. फर्डीनाण्ड टॉनीज

कूट :

	(a)	(b)	(c)	(d)
(A)	3	1	4	2
(B)	1	3	4	2
(C)	3	1	2	4
(D)	1	3	2	4

118. सूची–I को सूची–II के साथ सुमेलित कीजिए तथा सूचियों के नीचे दिए गए कूट का प्रयोग करते हुए सही उत्तर चुनिए—

सूची–I
(a) आत्म-दर्पण
(b) नाट्यकलात्मक परिनिरीक्षण
(c) सामूहिक चेतना
(d) इड, ईगो तथा सुपर ईगो

सूची–II
1. ई. गाफमेन
2. चार्ल्स कूले
3. सिगमण्ड फ्रायड
4. इमाइल दुर्खीम
5. मार्गरेट मीड

कूट :

	(a)	(b)	(c)	(d)
(A)	1	2	3	4
(B)	1	4	5	3
(C)	2	1	4	3
(D)	2	1	4	5

119. जब एक आप्रवासी समूह अपनी पूर्व की सांस्कृतिक पहचान छोड़ देता है तथा मेजबान समूह को अपनाता है, तो उसे कहा जाता है—
(A) आत्मसात्करण (B) एकीकरण
(C) परसंस्कृतिकरण (D) संस्कृतिकरण

120. जब किसी समाज में कई प्रजातीय समूह अपनी विशिष्ट संस्कृति के अस्तित्व को बनाए रखते हैं, तो उस समाज को इस रूप में सर्वाधिक जाना जाता है—
(A) बहुसामुदायिक समाज (B) विभेदीकृत समाज
(C) मिश्रित समाज (D) आदिम समाज

121. निम्नलिखित में कौनसा एकीकरण का उदाहरण नहीं है ?
(A) 1947 में स्वतन्त्रता के पश्चात् भारतीय रियासतों का भारत संघ में विलयन
(B) शिक्षा में त्रि-भाषायी सूत्र का प्रारम्भ
(C) अनुसूचित जातियों तथा अनुसूचित जनजातियों के लिए आरक्षण का प्रावधान
(D) विभिन्न धार्मिक समूहों के लिए विभिन्न विधानों का अधिनियम

122. पारसन्स के अनुसार सामाजिक संरचना को बने रहने के लिए उसे निम्नलिखित में से कौन-कौनसे प्रकार्य करने आवश्यक हैं ?

1. अनुकूलन
2. सामाजिक क्रिया
3. एकीकरण
4. समाजीकरण
5. लक्ष्य प्राप्ति
6. प्रतिरूप अनुरक्षण

नीचे दिए हुए कूट का प्रयोग करते हुए सही उत्तर चुनिए—

कूट :

(A) 1, 2, 3 और 4 (B) 2, 4, 5 और 6
(C) 1, 3, 5 और 6 (D) 1, 2, 4 और 5

123. निम्नलिखित में से किसने सहयोग के चार मुख्य प्रकारों अर्थात् स्वतः स्फूर्त तथा संविदात्मक की पहचान की ?
(A) लुइस कोजर (B) जॉर्ज सिम्मेल
(C) रॉबर्ट निस्बेट (D) जॉर्ज. सी. होमन्स

124. एक समाज को, जिसमें सांस्कृतिक समूहों का बलात् आत्मसात्करण नहीं होता, बल्कि वे एक-दूसरे के साथ पारस्परिक सम्मान और राष्ट्रीय संसाधनों के उचित सहभाजन के साथ सह अस्तित्व में होते हैं, वर्णित किया जाता है—
(A) एक गलन पात्र के रूप में
(B) लोकतन्त्रीय के रूप में
(C) बहुवादी के रूप में
(D) मोजेक के रूप में

125. परसंस्कृतिग्रहण क्या सूचित करता है ?
(A) बढ़ने के साथ-साथ अपने समाज के मूल्यों तथा मानकों का आभ्यंतरीकरण करना
(B) किसी सांस्कृतिक तत्व का उत्पत्ति के केन्द्र से अन्य समाजों में प्रसार
(C) समाजों के बीच संस्कृति के तत्वों की अदला-बदली
(D) अन्य संस्कृति से संस्कृति के किसी तत्व का इसकी पहचान बनाए रखते हुए समावेशन

126. सूची–I को सूची–II के साथ सुमेलित कीजिए तथा सूचियों के नीचे दिए गए कूट का प्रयोग करते हुए सही उत्तर चुनिए—

सूची–I (सामाजिक संस्थाएँ)	सूची–II (स्थान)
(a) किबुट्ज़िम	1. न्यूगिनी
(b) कुला	2. आस्ट्रेलिया
(c) पोट्लैच	3. इजराइल
(d) बहुपति प्रथा	4. भारत
	5. यू. एस. ए.

कूट :

	(a)	(b)	(c)	(d)
(A)	4	3	1	5
(B)	3	2	5	4
(C)	3	1	5	4
(D)	5	1	2	3

127. सामाजिक संस्था—
(A) एक सुस्थापित कार्यविधि है, जो मानव व्यवहार का नियमन करती है
(B) एक स्थान है जहाँ सामाजिक प्रकार्य संगठित होते हैं
(C) एक संगठन है जिसमें सामाजिक पद औपचारिक रूप से परिभाषित है
(D) एक संगठन है जो सामाजिक सेवाओं की व्यवस्था करती है

128. निम्नलिखित विद्वानों में किसने घरेलू समूह के विकास-परक चक्र का विचार सर्वप्रथम प्रतिपादित किया ?
(A) रॉबिन फॉक्स (B) जैक गुडी
(C) आर. फर्थ (D) एम. फोर्टेज

129. नीचे दो वक्तव्य दिए गए हैं जिनमें से एक को कथन (A) तथा दूसरे को कारण (R) कहा गया है—

कथन (A) : कहा जाता है कि कई आदिवासी समुदायों का इर्द-गिर्द के हिन्दू समुदायों में विलय हो गया.

कारण (R) : आत्मसात्करण की प्रक्रिया में समूहों की सापेक्ष शक्ति निर्णायक कारक है.

उपर्युक्त दोनों वक्तव्यों के सन्दर्भ में निम्नलिखित में से कौन एक सही है ?
(A) (A) और (R) दोनों सही हैं तथा (R), (A) की सही व्याख्या है
(B) (A) और (R) दोनों सही हैं, परन्तु (R), (A) की सही व्याख्या नहीं है
(C) (A) सही है, परन्तु (R) गलत है
(D) (A) गलत है, परन्तु (R) सही है

130. सूची–I (अवधारणा) को सूची–II (अवधारणा का अर्थ) के साथ सुमेलित कीजिए तथा सूचियों के नीचे दिए गए कूट का प्रयोग करते हुए सही उत्तर चुनिए—

सूची–I (अवधारणा)

(a) संस्कृतिकरण
(b) पाश्चात्यीकरण
(c) आधुनिकीकरण
(d) विमुखता

सूची–II (अवधारणा का अर्थ)

1. ऊँची जातियों द्वारा नीची जातियों की जीवन-शैली का अनुकरण करना.
2. ऊँची जातियों द्वारा उन्नत जीवन-शैली को अपनाना.
3. धार्मिक दृष्टिकोण की जगह धर्मनिरपेक्ष दृष्टिकोण को लाना.
4. नीची जातियों द्वारा ऊँची जातियों के तौर-तरीकों का अनुकरण करना.
5. अपने समूह से व्यक्ति की विरक्ति होना.

कूट :

	(a)	(b)	(c)	(d)
(A)	4	2	3	5
(B)	5	3	1	4
(C)	4	3	1	5
(D)	5	2	3	4

131. सामाजिक सम्बन्ध में होता है—
(A) सहयोग
(B) संघर्ष
(C) सहयोग एवं संघर्ष
(D) आमने-सामने का सम्पर्क

132. सूची–I को सूची–II के साथ सुमेलित कीजिए तथा सूचियों के नीचे दिए गए कूट का प्रयोग करते हुए सही उत्तर चुनिए—

सूची–I
(a) सामान्य अर्थों की नैतिकता
(b) व्यक्तिगत उत्तरदायित्व की नैतिकता
(c) तर्कसंगत-विधिक प्रतिमान
(d) जादुई-ज्योतिषिक व्यवहारशीलता

सूची–II
1. आचरण, अनुष्ठान
2. प्रतिमान, स्वीकृति
3. कठोर सिद्धान्त
4. आत्मार्थकीय सिद्धान्त

कूट :

	(a)	(b)	(c)	(d)
(A)	2	1	3	4
(B)	3	4	2	1
(C)	2	4	3	1
(D)	3	1	2	4

133. चिकित्साशास्त्र के छात्र की क्रमिक रूप से आने वाली आभ्यन्तर (Intern), आवासी (Resident) और स्वतन्त्र प्रस्थितियों को समाजशास्त्रीय शब्दों में कहा जाएगा—
(A) प्रस्थिति क्रम (B) प्रस्थिति समूह
(C) प्रस्थिति पटल (D) अर्जित प्रस्थिति

134. निम्नलिखित कथनों में से कौनसा एक भूमिका-पटल को सही परिभाषित करता है ?
(A) विभिन्न प्रस्थितियों वाले विभिन्न व्यक्तियों की विभिन्न भूमिकाएँ
(B) विभिन्न हैसियतों में एक ही व्यक्ति की विभिन्न भूमिकाएँ
(C) एक ही हैसियत में एक व्यक्ति की अनेक भूमिकाएँ
(D) एक ही प्रस्थिति वाले अनेक व्यक्तियों की समान भूमिकाएँ

135. निम्नलिखित में से कौनसा एक समूह सही सुमेलित है ?
(A) अव्यक्त प्रकार्य — मैक्स वेबर
(B) प्रतिमान अनुरक्षण तथा तनाव प्रबन्ध — एस. एफ. नॉडेल
(C) प्रकार्य तथा दुष्कार्य — कार्ल मार्क्स
(D) मानक शून्यता — इमाइल दुर्खीम

136. सूची–I (अवधारणाएँ) को सूची–II (विचारक) के साथ सुमेलित कीजिए तथा सूचियों के नीचे दिए गए कूट का प्रयोग करते हुए सही उत्तर चुनिए—

सूची–I (अवधारणाएँ)
(a) सावयविक एकात्मकता
(b) तार्किकरण
(c) अलगाव
(d) पश्चिमीकरण

सूची–II (विचारक)
1. एम. एन. श्रीनिवास 2. इमाइल दुर्खीम
3. मैक्स वेबर 4. कार्ल मार्क्स

कूट :

	(a)	(b)	(c)	(d)
(A)	3	2	1	4
(B)	2	3	4	1
(C)	2	3	1	4
(D)	3	2	4	1

137. सांस्कृतिक-पश्चता के सिद्धान्त के अनुसार—
(A) भौतिक तथा अभौतिक दोनों ही संस्कृतियाँ साथ-साथ परिवर्तित होती हैं
(B) अभौतिक संस्कृति में परिवर्तन तीव्रतर होते हैं

(C) अभौतिक संस्कृति की अपेक्षा भौतिक संस्कृति तेजी से बदलती है

(D) कभी भौतिक संस्कृति और फिर कभी अभौतिक संस्कृति अधिक तेजी से बदलती है

138. सन्दर्भ समूह व्यवहार में मूल तत्व हैं ?

(A) ईर्ष्या (B) सापेक्ष वचन

(C) बाह्य-समूह (D) सदस्यता

139. अल्पसंख्यक अपनी पूर्वज-प्रथाओं को छोड़ते हुए बहुसंख्यक की प्रथाओं को अपनाते हैं, तो उसे कहते हैं–

(A) एकीकरण (B) सात्मीकरण

(C) समंजन (D) समाजीकरण

140. निम्नलिखित में से 'विचलन' के विषय में कौनसा एक कथन सही नहीं है ?

(A) समाज के प्रथागत प्रतिमानों के अनुरूप होने में असफलता

(B) किसी व्यक्ति की इस प्रकार आचरण करने की प्रवृत्ति कि उससे अन्तःक्रियात्मक प्रक्रिया के सन्तुलन में बाधा आए

(C) विचलन का सम्प्रत्यय सापेक्ष है चरम नहीं

(D) विचलित व्यवहार समाज के लिए कभी उपयोगी नहीं होता है

141. प्रत्येक सामाजिक प्रस्थिति किसी एक सम्बद्ध भूमिका को नहीं वरन् भूमिकाओं के विन्यास को आवृत्त करती है. यह निम्नलिखित में से किस एक अवधारणा में निहित है ?

(A) बहुल भूमिकाएँ (B) प्रस्थिति अनुक्रम

(C) भूमिका-समुच्चय (D) प्रस्थिति समुच्चय

142. सूची–I (अवधारणा) को सूची–II (विद्वान्) के साथ सुमेलित कीजिए तथा सूचियों के नीचे दिए गए कूट का प्रयोग करते हुए सही उत्तर चुनिए—

सूची–I (अवधारणा)

(a) तार्किक-लक्ष्योन्मुख कार्य

(b) गेसलशाफ्ट

(c) थ्योरीऑफ कलैक्टिव बिहेवियर

(d) ऐतिहासिक भौतिकवाद

सूची–II (विद्वान्)

1. फर्डिनाण्ड टॉनीज
2. फ्रेडरिक एन्जिल्स
3. मैक्स वेबर
4. एन. जे. स्मेल्सर

कूट :

	(a)	(b)	(c)	(d)
(A)	4	1	3	2
(B)	3	2	4	1
(C)	4	2	3	1
(D)	3	1	4	2

143. निम्नलिखित में से किसके उदय हेतु प्रथमतः इच्छाशक्ति का होना आवश्यक है ?

(A) सन्दर्भ-समूह (B) गेसलशाफ्ट

(C) गेमिनशाफ्ट (D) गौण-समूह

144. समाज के निम्नलिखित प्रकारों पर विचार कीजिए—

1. मध्यवर्गीय समाज
2. आदिम समाज
3. सामन्ती समाज
4. प्राचीन समाज

कार्ल मार्क्स के अनुसार इन समाजों का सही कालानुक्रम निम्नलिखित कूटों में से कौनसा एक है ?

(A) 3, 1, 2, 4 (B) 2, 4, 3, 1

(C) 3, 4, 2, 1 (D) 2, 1, 3, 4

145. एक प्रस्थिति विशेष में केवल एक सम्बद्ध भूमिका नहीं होती है, बल्कि उसमें अनेक सम्बद्ध भूमिकाएँ होती हैं. इसे आर. के. मर्टन ने क्या कहा था ?

(A) प्रस्थिति पटल (B) बहुल प्रस्थितियाँ

(C) बहुल भूमिकाएँ (D) भूमिका-पटल

146. समुदाय को परिभाषित करने के लिए निम्नलिखित में से कौनसी विशेषताएँ मैकाइवर द्वारा प्रयोग की गई हैं ?

1. सामान्य धर्म
2. हम भावना
3. सामान्य भाषा
4. सामान्य क्षेत्र

नीचे दिए गए कूट का प्रयोग कर सही उत्तर चुनिए—

(A) 1, 2, 3 और 4 (B) 1, 3 और 4

(C) 1, 2 और 3 (D) 2 और 4

147. निम्नलिखित में से यह किसका दावा है कि सामाजिक संरचना का आनुभविक वास्तविकता से कोई लेना-देना नहीं है ?

(A) सी. लेवी-स्ट्रास (B) मेरियन जे. लेवी

(C) रेमण्ड फिर्थ (D) इवान्स प्रिचार्ड

148. निम्नलिखित में से कौन प्रदत्त प्रस्थिति का प्रतिनिधित्व नहीं करता है ?

(A) एक पिता (B) एक पुरोहित

(C) एक ब्राह्मण (D) एक एटा

149. भर्ती (Recruitment) की भूमिकाओं की अवधारणा का प्रयोग किया गया था—
(A) रॉल्फ लिन्टन द्वारा
(B) टालकॉट पारसन्स द्वारा
(C) एस. एफ. नाडेल द्वारा
(D) ई. हॉफमैन द्वारा

150. निम्नलिखित में से कौनसी विशेषताएँ समितियों से सम्बद्ध है/हैं ?
1. निश्चित लक्ष्य
2. विशिष्ट स्वार्थ
3. घनिष्ठ अन्तःक्रिया
4. सदस्यता के नियत मानदण्ड
नीचे दिए गए कूट का प्रयोग कर सही उत्तर चुनिए—
(A) 1, 2 और 4 (B) 1 और 4
(C) 2 और 3 (D) 1, 2, 3 और 4

151. मैलिनोवस्की के अनुसार, प्रत्येक सांस्कृतिक मद प्रकार्यात्मक है—
(A) केवल व्यक्तियों के लिए
(B) केवल समूह के लिए
(C) संस्थाओं तथा व्यक्तियों के लिए
(D) व्यक्तियों तथा समूहों के लिए

152. निम्नलिखित में से मूल्यों की कौनसी विशेषताएँ हैं ?
1. सामान्यीकृत नियम
2. समूह का सदस्यों के लिए प्रबल प्रतिबद्धता
3. व्यवहार का निर्धारित परिसर
4. उद्देश्यों के निर्धारण के लिए मानक
निम्नलिखित कूट की सहायता से सही उत्तर का चयन कीजिए—
(A) 1, 2 और 3 (B) 1, 2 और 4
(C) 1, 3 और 4 (D) 2, 3 और 4

153. एक प्रयोगात्मक समूह गतिशील स्थिति में नए सामाजिक मानक तब उत्पन्न होते हैं, जब—
(A) प्रयोगकर्ता अनुदेश देता है
(B) व्यक्ति संदिग्ध परिस्थितियों का सामना करते हैं
(C) साधन भूमिकाएँ निष्पादित की जाती हैं
(D) अभिव्यंजन भूमिकाएँ निष्पादित की जाती हैं

154. निम्नलिखित में कौनसी बात विश्वास व्यवस्था से सम्बन्धित नहीं है ?
(A) जादू (B) टोटमवाद
(C) सामाजिक संरचना (D) मूल्य

155. निम्नलिखित में कौनसा समुदाय का उदाहरण नहीं है ?
(A) एक किबुट्ज (B) एक प्रतिवेश
(C) एक सम्प्रदाय (D) एक ग्राम

156. निम्नलिखित में से किस वर्गीकरण के साथ हर्बर्ट स्पेन्सर का नाम जुड़ा है ?
(A) गैमिनशाफ्ट — गैसिलशाफ्ट
(B) प्रस्थिति — अनुबन्ध
(C) सैनिक समाज — औद्योगिक समाज
(D) यान्त्रिक समाज — अवयवी या आंगिक समाज

157. एक व्यक्ति विशेष के लिए निम्नलिखित में से कौनसा एक सन्दर्भ समूह बन सकता है ?
(A) वह समूह, जिसका व्यक्ति सदस्य है या नहीं है
(B) केवल वही समूह, जिसका व्यक्ति सदस्य नहीं है
(C) केवल वही समूह, जिसका व्यक्ति सदस्य है
(D) केवल वही समूह, जिसका व्यक्ति केवल उपलब्धियों के आधार पर सदस्य है

158. सूची–I (समूहों) को सूची–II (समाजशास्त्रियों) के साथ सुमेलित कीजिए तथा सूचियों के नीचे दिए गए कूट का प्रयोग करते हुए सही उत्तर चुनिए—
सूची–I (समूहों)
(a) प्राथमिक समूह
(b) सांख्यिकीय समूह
(c) सन्दर्भ समूह
(d) अन्तर्समूह और बहिर्समूह
सूची–II (समाजशास्त्रियों)
1. आर. के. मर्टन
2. सी. एच. कूले
3. डब्ल्यू. जी. समनर
4. आर. बर्डस्टैड
कूट :

	(a)	(b)	(c)	(d)
(A)	1	3	2	4
(B)	1	4	2	3
(C)	2	4	1	3
(D)	2	3	1	4

159. निम्नलिखित में से कौनसा कथन सही है ?
(A) प्राथमिक समूह कभी भी गौण समूहों से नहीं निकल सकते हैं
(B) प्राथमिक समूह, गौण समूहों से निकल सकते हैं
(C) गौण समूह, प्राथमिक समूहों से कम महत्वपूर्ण होते हैं

(D) प्राथमिक समूह, गौण समूहों से कम महत्वपूर्ण होते हैं

160. सांस्कृतिक मदों को दूसरी संस्कृतियों से स्वीकार करने की प्रक्रिया को कहते हैं—

(A) परसंस्कृतिग्रहण (B) समाजीकरण
(C) संस्कृतिग्रहण (D) अधिग्रहण

161. एक संस्कृति को अपने ही निबन्धन के अन्तर्गत समझना व विचार करना चाहिए न कि दूसरी संस्कृति के मूल्यों के सन्दर्भ में. इस नियम को कहते हैं—

(A) सांस्कृतिक विशिष्टता
(B) सांस्कृतिक बहुलवाद
(C) सांस्कृतिक प्राधान्य
(D) सांस्कृतिक सापेक्षवाद

162. नीचे दो वक्तव्य दिए गए हैं जिनमें से एक को कथन (A) तथा दूसरे को कारण (R) कहा गया है—

कथन (A) : कभी-कभी लोग महँगी वस्तुएँ इसलिए नहीं खरीदते कि वे गुणात्मक रूप से श्रेष्ठ हैं, वरन् इसलिए कि वे अधिक मूल्य की हैं.

कारण (R) : अधिक मूल्य की वस्तुओं को खरीदना क्रेता के लिए प्रतीकात्मक रूप से उच्च सामाजिक प्रस्थिति का सूचक है.

उपर्युक्त दोनों वक्तव्यों के सन्दर्भ में निम्नलिखित में से कौन एक सही है ?

(A) (A) और (R) दोनों सही हैं तथा (R), (A) की सही व्याख्या है
(B) (A) और (R) दोनों सही हैं, परन्तु (R), (A) की सही व्याख्या नहीं है
(C) (A) सही है, परन्तु (R) गलत है
(D) (A) गलत है, परन्तु (R) सही है

163. नीचे दो वक्तव्य दिए गए हैं जिनमें से एक को कथन (A) तथा दूसरे को कारण (R) कहा गया है—

कथन (A) : जनजातीय संस्कृति अपनी अस्मिता खो रही है.

कारण (R) : जनजातियों में आत्मसात्करण के कारक संक्रियाशील रहते हैं.

उपर्युक्त दोनों वक्तव्यों के सन्दर्भ में निम्नलिखित में से कौन एक सही है ?

(A) (A) और (R) दोनों सही हैं तथा (R), (A) की सही व्याख्या है
(B) (A) और (R) दोनों सही हैं, परन्तु (R), (A) की सही व्याख्या नहीं है
(C) (A) सही है, परन्तु (R) गलत है
(D) (A) गलत है, परन्तु (R) सही है

164. "समाज केवल व्यक्तियों का समूह नहीं, बल्कि विभिन्न समूहों के व्यक्तियों के बीच के सम्बन्धों की व्यवस्था है."

समाज की उपर्युक्त परिभाषा निम्नलिखित में से किस समाजशास्त्री द्वारा दी गई है ?

(A) टालकॉट पारसन्स (B) एफ. एच. गिडिंग्स
(C) एफ. जे. राइट (D) समनर

165. "भोजन तथा सम्पत्ति के सम्बन्ध में मनुष्य की क्रियाएँ आर्थिक संस्थाओं का निर्माण करती हैं."

उपर्युक्त कथन निम्नलिखित में से किस समाजशास्त्री का है ?

(A) ऑगबर्न और निमकॉफ
(B) मेकाइवर और पेज
(C) एण्डरसन और पारकर
(D) किंग्सले डेविस

166. "निरीक्षण, प्रयोग और वर्गीकरण की व्यवस्थित कार्य-प्रणाली द्वारा न केवल प्राकृतिक घटनाओं का ही अध्ययन सम्भव है, बल्कि समाज का भी, क्योंकि समाज भी प्रकृति का एक अंग है."

(A) एच. एम. जॉनसन (B) मैक्स वेबर
(C) आगस्ट कॉम्टे (D) कार्ल मार्क्स

167. "प्रत्यक्षवाद के जन्मदाता स्वयं ही सबसे कम प्रत्यक्षवादी थे." यह निम्नलिखित में से किस विद्वान् के विषय में कहा जाता है ?

(A) इमाइल दुर्खीम (B) सी. एच. कूले
(C) किंग्सले डेविस (D) आगस्ट कॉम्टे

168. "सामाजिक तथ्य व्यवहार का वह पक्ष है, जिसका निरीक्षण वैषयिक रूप से सम्भव है और जोकि एक विशेष ढंग के व्यवहार करने को बाध्य करता है." सामाजिक तथ्य के विषय में उपर्युक्त कथन निम्नलिखित में से किसका है ?

(A) इमाइल दुर्खीम (B) कार्ल मार्क्स
(C) मैक्स वेबर (D) विल्फ्रेड परेटो

169. "समाज उन मानवीय सम्बन्धों की पूर्ण जटिलता के रूप में परिभाषित किया जा सकता है, जो क्रियाओं को करने से उत्पन्न हुए हैं और वे कार्य साधन व साध्यों के सम्बन्धों के रूप में परिभाषित किए गए हों, चाहे वे यथार्थ हों या चित्रित हों."

समाज की उपर्युक्त परिभाषा निम्नलिखित में से किस विद्वान् ने दी है ?

(A) मेकाइवर और पेज (B) किंग्सले डेविस
(C) टालकॉट पारसन्स (D) रॉबर्ट बीरस्टीड

170. 'सोशल थॉट फ्रॉम लोर टू साइंस' पुस्तक के लेखक हैं—
(A) आर. एम. मेकाइवर
(B) हॉवर्ड बेकर
(C) सी. राइट मिल्स
(D) टी. बी. बाटोमोर

171. जब एक व्यक्ति जानबूझकर दूसरे समूह की सांस्कृतिक वृत्ति को प्रयोग करने में वर्जन करता है, तो उस व्यवहार को कहा जाता है—
(A) बाह्य समूह व्यवहार
(B) अन्तःसमूह व्यवहार
(C) द्वितीयक समूह व्यवहार
(D) सन्दर्भ समूह व्यवहार

172. निम्नलिखित विशेषताओं में से प्रस्थिति एकरूपता की कौनसी एक आधारभूत विशेषता है ?
(A) व्यक्ति की प्रस्थितियों में सादृश्य
(B) समूह के सदस्यों की प्रस्थितियों में सादृश्य
(C) व्यक्ति की प्रस्थितियों के सम्बन्ध में सामाजिक सांस्कृतिक प्रत्याशाओं में सादृश्य
(D) विभिन्न समूहों के विशेषाधिकारों में सादृश्य

173. निम्नलिखित प्रकार्यों में कौनसा एक प्रकार्य व्यक्ति की प्रस्थिति के अनुरूप नहीं किया जाता है ?
(A) सामाजिक समूह में उसका स्थान
(B) सत्ता की मात्रा जो वह काम में लाता है
(C) अधीनता की मात्रा जो अपेक्षित है
(D) धार्मिक प्रतिमान जो उसे स्वीकार ही करने हैं

174. नॉडल के अनुसार, भूमिका संघर्ष विद्यमान होता है, जब—
(A) एक व्यक्ति अपनी भूमिका को ठीक से नहीं समझता है
(B) एक व्यक्ति दो या अधिक भूमिकाओं को करने के लिए पर्याप्त समय नहीं निकाल पाता है
(C) दो भूमिकाओं की भूमिका प्रत्याशाएँ असंगत हों
(D) उसी व्यक्ति द्वारा दो या अधिक भूमिकाओं को करना होता है

175. एक सर्जन ऑपरेशन करते समय अपनी चिकित्सा टीम के सदस्यों के साथ मजाक करता है. उसका व्यवहार एक उदाहरण है—
(A) भूमिका अनवधान का
(B) भूमिका निष्पादन का
(C) भूमिका अपेक्षा का
(D) भूमिका अन्तर का

176. "समाज सामाजिक प्रस्थितियों का जाल है." यह कथन निम्नलिखित में से किस समाजशास्त्री द्वारा दिया गया है?
(A) कार्ल मार्क्स (B) टी.बी. बाटोमोर
(C) रॉबर्ट बीरस्टीड (D) मेकाइवर और पेज

177. "समुदाय की पहचान यह है कि व्यक्त अपना सम्पूर्ण जीवन पूर्णरूप से उसी में व्यतीत कर सकता है." लेखक बताइए—
(A) सोरोकिन (B) मेकाइवर
(C) जॉनसन (D) डेविस

178. "समाजशास्त्र एवं मानवशास्त्र जुड़वाँ बहनें हैं." यह कथन निम्नलिखित में से किसका है ?
(A) मेकाइवर और पेज (B) ए. एल. क्रोबर
(C) हर्सकोविट्स (D) इनमें से कोई नहीं

179. 'मॉडर्न सोशियोलोजिकल थ्योरी—एन इन्ट्रोडक्शन' नामक पुस्तक के लेखक का नाम है—
(A) एम. फ्रांसिस अब्राहिम
(B) जॉर्ज सी. होमन्स
(C) थॉमस जे. वार्ड
(D) केल्विन लारसन

180. 'विलेज कम्युनिटी इन दी ईस्ट एण्ड वेस्ट' नामक पुस्तक के लेखक का नाम है—
(A) एच. एस. मेन (B) मैकिम मेरियट
(C) एफ. जी. बेले (D) एस. सी. दुबे

181. "समाजशास्त्र सामाजिक क्रियाओं का अध्ययन करता है. इस विज्ञान का उद्देश्य सामाजिक व्यवहारों को समझाना और उनकी व्याख्या करना है. सामाजिक क्रियाओं के अध्ययन के द्वारा ही समाजशास्त्रीय नियमों को तार्किक और अनुभव सिद्ध बनाया जा सकता है."
(A) मेकाइवर और पेज (B) किम्बाल यंग
(C) रॉबर्ट बीरस्टीड (D) मैक्स वेबर

182. "एक सामान्य व्यक्ति अधिक प्रतिष्ठा अर्जित करने की कामना से भी अधिक अपनी प्रतिष्ठा की हानि से डरता है. सत्ता के बनाए रखने में यह तथ्य महत्वपूर्ण है."
उपर्युक्त कथन निम्नलिखित में से किस समाजशास्त्री का है ?
(A) टालकॉट पारसन्स (B) होमन्स और बर्नार्ड
(C) एच. एच. जॉनसन (D) इनमें से किसी का नहीं

183. ऑगस्ट कॉम्टे ने समाजशास्त्र को 'सोशियोलॉजी' नाम देने से पूर्व किस नाम से पुकारा था ?
(A) सामाजिक भौतिकी (B) समाज विज्ञान
(C) समाजमिति (D) सामाजिक अनुसंधान

184. "समाजशास्त्र का लक्ष्य सामाजिक व्यवहारों की व्याख्या करना या समझना है." समाजशास्त्र के महत्व के विषय में यह टिप्पणी किस समाजशास्त्री ने की है ?
(A) रॉबर्ट बीरस्टीड (B) टालकॉट पारसन्स
(C) सी. राइट मिल्स (D) मोरिस गिन्सबर्ग

185. "समाज, रीतियों, कार्यविधियों, अधिकारों और पारस्परिक सहायता, अनेक समूहों तथा उनके विभाजनों मानव व्यवहार के नियन्त्रण तथा स्वतन्त्रताओं की व्याख्या है." यह कथन निम्नलिखित में से किस समाजशास्त्री का है ?
(A) रॉबर्ट वीरस्टीड (B) मेकाइवर और पेज
(C) रॉबर्ट मर्टन (D) ऑगस्ट कॉम्टे

186. निम्नलिखित में से तथ्य तथा मूल्य के बीच सम्बन्ध के बारे में कौनसे सत्य हैं ?
1. व्यक्ति अपने मूल्यों के समर्थनकारी तथ्यों के प्रति अधिक जागरूकता दर्शाते हैं.
2. व्यक्ति तथ्यों के प्रति अन्धे हो जाते हैं अगर वे उनमें मूल्यों का समर्थन नहीं करते हैं.
3. मूल्य सामाजिक तथ्य नहीं होते हैं.

निम्नलिखित कूटों से सही उत्तर का चयन कीजिए–
(A) 1 और 2 केवल (B) 1 और 3 केवल
(C) 2 और 3 केवल (D) 1, 2 और 3

187. विचलन के सम्बन्ध में वैयक्तिक अनुकूलता के निम्नलिखित कुछ प्रकार हैं—
1. अनुरूपता 2. निवर्तनवाद
3. विप्लव 4. कर्मकाण्डवाद
5. नवप्रवर्तन

इनके प्रवर्तन का निम्नलिखित में से कौनसा सही अनुक्रम है ?
(A) 1, 2, 4, 5, 3 (B) 4, 2, 3, 1, 5
(C) 1, 5, 4, 2, 3 (D) 3, 4, 5, 2, 1

188. एक समूह अपनी एकता के लिए तब सर्वाधिक जागरूक हो जाता है—
(A) जब उसके सदस्यों के सामान्य हित होते हैं
(B) जब वह दूसरे द्वारा डराया-धमकाया जाता है
(C) जब उसके सदस्य यथार्थता में अलगाव का जीवन व्यतीत करते हैं
(D) जब वह टूटने के बिन्दु पर होते हैं

189. "संस्थाएँ, संस्कृति की वाहक हैं." यह कथन किसका है?
(A) मेकाइवर एवं पेज (B) समनर
(C) कूले (D) गिडिंग्स

190. निम्नलिखित विशेषताओं में से प्रस्थिति एकरूपता की कौनसी एक आधारभूत विशेषता है ?
(A) व्यक्ति की प्रस्थिति में सादृश्य
(B) समूह के सदस्यों की प्रस्थिति में सादृश्य
(C) व्यक्ति की प्रस्थिति के सम्बन्ध में सामाजिक सांस्कृतिक प्रत्याशाओं में सादृश्य
(D) विभिन्न समूहों में विशेषाधिकारी से सादृश्य

191. "भूमिका वह कार्य है जिससे व्यक्ति अपनी स्थिति सम्बन्धी आवश्यकताओं की पूर्ति करता है."
भूमिका की उपर्युक्त परिभाषा निम्नलिखित में से किस समाजशास्त्री ने दी है ?
(A) हार्टन और हण्ट (B) के. डेविस
(C) इलियट और मैरिल (D) एस. एस. सार्जेन्ट

192. "एक व्यक्ति की कई प्रस्थितियाँ होती हैं और प्रत्येक प्रस्थिति के साथ एक भूमिका होती है."
प्रस्थिति की उपर्युक्त अवधारणा निम्नलिखित में से किस विद्वान् द्वारा दी गई है ?
(A) सी. ए. मोसर (B) राल्फ लिन्टन
(C) पार्क और बर्गेस (D) थॉमस और जनेनिकी

193. "यह संसार एक प्रक्रिया है जिसमें प्रत्येक खिलाड़ी की अपनी-अपनी ...... होती है." इस वाक्य के रिक्त-स्थान में निम्नलिखित में से कौनसा शब्द आएगा ?
(A) संरचना (B) प्रस्थिति
(C) प्रतिष्ठा (D) भूमिका

194. 'स्टडी इन एथनोमेथेडोलॉजी' नामक पुस्तक के लेखक का नाम क्या है ?
(A) हेरी एम. जॉनसन (B) पीटर बर्गर
(C) राबर्ट के. मर्टन (D) हेरोल्ड गारफिंकल

195. सूची–I को सूची–II के साथ सुमेलित कीजिए तथा सूचियों के नीचे दिए गए कूट का प्रयोग करते हुए सही उत्तर चुनिए—

सूची–I (संकल्पना)
(a) भूमिका विन्यास (b) बहुल भूमिका
(c) भूमिका द्वन्द्व (d) व्यक्तिकार्य तनाव

सूची–II (परिभाषा)
1. व्यक्ति की अनेक प्रस्थितियों से सम्बद्ध भूमिका-सम्मिश्र
2. एक विशेष सामाजिक प्रस्थिति से सम्बन्धित भूमिकाओं का क्रम-विन्यास
3. क्रिया के दो अथवा दो से अधिक क्रमों के द्वन्द्व से निर्मित एकल भूमिका
4. एक ही व्यक्ति की विभिन्न भूमिकाओं के बीच द्वन्द्व

कूट :

	(a)	(b)	(c)	(d)
(A)	1	2	3	4
(B)	2	1	3	4
(C)	1	2	4	3
(D)	2	1	4	3

196. सूची–I को सूची–II के साथ सुमेलित कीजिए तथा सूचियों के नीचे दिए गए कूट का प्रयोग करते हुए सही उत्तर चुनिए—

सूची–I (संकल्पना)

(a) अगम्यगमन (b) निषेध
(c) विचारधारा (d) नवप्रवर्तन

सूची–II (परिभाषा)

1. संस्कृति और समाज के पूर्व विद्यमान प्रतिमानों का रूपान्तरण करने वाली प्रतिक्रियाएँ.
2. गहनता में धारित विश्वास और मूल्य जिनके प्रति समूह के सदस्य पूर्णतया प्रतिबद्ध हों.
3. एक विशेष क्रिया के प्रति निषेध.
4. परिवारों के अन्दर घृणित समझे जाने वाले लैंगिक सम्बन्धों को वर्णित करने के लिए प्रयुक्त पद.
5. मानकीकृत अनुष्ठान.

कूट :

	(a)	(b)	(c)	(d)
(A)	4	3	1	5
(B)	3	4	2	1
(C)	4	3	2	1
(D)	3	4	1	5

197. निम्नलिखित में से कौनसा एक भूमिका-विन्यास का उदाहरण है ?
(A) एक अध्यापक का उसके शिष्यों, सहयोगियों, प्राचार्य तथा माता-पिता के साथ सम्बन्ध
(B) एक अध्यापक पति, पिता, खिलाड़ी तथा सामाजिक सक्रियतावादी बनता है
(C) एक अध्यापक जो कालान्तर में विभागाध्यक्ष, प्राचार्य तथा पंजीयक बनता है
(D) एक छात्र जो समय के साथ पति, पिता और बाबा/नाना बनता है

198. अपनी संस्कृति के मूल्यों को प्रयोग किए बगैर सभी दूसरों का निर्णय करने का दृष्टिकोण कहलाता है—
(A) व्यक्तिवाद
(B) नृजातिकेन्द्रिता
(C) वस्तुनिष्ठता की संस्कृति
(D) सांस्कृतिक सापेक्षवाद

199. सूची–I को सूची–II के साथ सुमेलित कीजिए तथा सूचियों के नीचे दिए गए कूट का प्रयोग करते हुए सही उत्तर चुनिए—

सूची–I

(a) सर्व-मिश्रवादी संस्कृति उपागम
(b) सांस्कृतिक ऐतिहासिक उपागम
(c) संरचनात्मक उपागम
(d) विकासवादी उपागम

सूची–II

1. एल. एच. मार्गन
2. इलियट स्मिथ
3. एफ. ग्रैबनर
4. सी. लेवी-स्ट्रॉस

कूट :

	(a)	(b)	(c)	(d)
(A)	3	2	1	4
(B)	2	3	4	1
(C)	2	3	1	4
(D)	3	2	4	1

200. निम्नलिखित कथनों पर विचार कीजिए—
सभा अपने लक्षणों में औपचारिक समूह से भिन्न होती है, क्योंकि इसमें—
1. सदस्यों की सीमित भागीदारी होती है.
2. अवैयक्तिक सम्बन्धों की अतिप्रभुता होती है.
3. वैयक्तिक सम्बन्धों की अतिप्रभुता होती है.
4. सदस्यों की अधिकाधिक भागीदारी होती है.

उपर्युक्त कथनों में से कौनसे सही हैं ?
(A) 1 और 2 (B) 2 और 3
(C) 3 और 4 (D) 1, 2 और 4

उत्तर व्याख्या सहित

1. (C) नृजातिकेन्द्रवाद की विचारधारा डब्ल्यू. जी. समनर ने अन्तःसमूह और बाह्य समूह के मध्य ऐसी पक्षपातपूर्ण मनोवृत्तियों को समझाने के लिए दी जिनके द्वारा हम अपने रीति-रिवाजों, व्यवहार प्रतिमानों और विश्वासों को बिना किसी नानुकुर के अच्छा एवं ऊँचा मानते हैं.

2. (D) पारसन्स ने अपनी पुस्तक 'दि सोशल सिस्टम' में कहा है कि सामाजिक व्यवस्था कायम रखने के लिए अनेक सामाजिक नियम हैं और इनमें से सभी नियमों के कुछ-न-कुछ सामाजिक प्रकार्य अवश्य ही होते हैं. पारसन्स ने केन्द्रीय मूल्य प्रतिमानों का एक सामान्य

वर्गीकरण प्रकार्यात्मक दृष्टिकोण से चार श्रेणियों में किया–

(1) विन्यास अनुरक्षण

(2) गोल लक्ष्य प्राप्ति

(3) अनुकूलन

(4) समाकलन

3. (A) प्राथमिक समूह की विचारधारा सी. एच. कूले ने अपनी पुस्तक 'सोशल ऑर्गनाइजेशन' (1909) में दी. प्राथमिक समूह में परिवार को इसलिए रखा गया कि परिवार में जननिक, स्वाभाविक, अन्तः समूह तथा समरक्तता का सम्बन्ध होता है, जो प्राथमिक समूह की विशेषताओं में है.

4. (B) सी. एच. कूले–प्राथमिक समूह

टॉलकाट पारसन्स–सामाजिक क्रिया का सिद्धान्त

आर. के. मर्टन–सन्दर्भ समूह

डब्ल्यू. जी. समनर–अन्तःसमूह, बहिर्समूह

आगस्त कॉम्टे–प्रत्यक्षवाद

5. (C) गेमाइनशाफ्ट (Gemeinschaft) की अवधारणा एफ. टॉनीज ने प्रस्तुत की. टॉनीज ने घनिष्ठता, स्थायित्व तथा समाज में एक-दूसरे की प्रस्थिति के स्पष्ट बोध पर आधारित सामाजिक सम्बन्धों के ताने-बाने द्वारा बने समूह के लिए इस अवधारणा का प्रयोग किया.

6. (D) अन्तःसमूह–शान्तिपूर्ण सम्बन्ध, व्यवस्था तथा विषयीपरकतापूर्ण भावनाएँ

सह-समूह–समूह के सदस्यों की समान प्रस्थिति एवं भूमिकाएँ

प्राथमिक समूह–आमने-सामने के सम्बन्ध, लघुता, संवेगात्मक शर्तें

द्वितीयक समूह–बड़ा आकार, अवैयक्तिक सम्बन्ध, संविदात्मक शर्तें

7. (B)

8. (C) आर. के. मर्टन ने विचलन को समाज के लिए केवल दुष्प्रकार्यात्मक ही न मानकर प्रकार्यात्मक भी स्वीकार किया है. विचलन के द्वारा समाज में परिवर्तन सम्भव होता है. समाज के विकास या उत्पादन के लिए यह उतना ही आवश्यक है. जितनी अनुरूपता की.

9. (B) बुडरो विल्सन के अनुसार, कानून, स्थापित सोच और आदतों का वह अंश है जो सरकार की सत्ता और शक्ति के द्वारा समर्पित एकरूप नियमों की शक्ल में सबसे अलग और औपचारिक पहचान हासिल कर चुका है. बल प्रयोग या अवपीड़न का संकेत देने वाले कानून जहाँ अवपीड़क, दैहिक या शारीरिक या शारीरिक कम, और नैतिक अधिक होते हैं.

10. (B) सिगमण्ड फ्रायॅड के अनुसार, Self के अन्तर्गत Id, Ego, Super Ego पाया जाता है. इड Id एक अचेतन अवस्था है जो व्याक्यों की सहजात इच्छाओं, विशेषकर वासना एवं आक्रमण का ज्ञान करती है. अहम् की उत्पत्ति इसी Id पर नियन्त्रण रखने के लिए हुई है. पराअहम् (Super Ego) वह है जो व्यक्तियों में सामाजिक मूल्यों एवं आदर्शों के रूप में व्यक्तित्व का अभिन्न अंश है, वह इसे समाज से सीखता है.

11. (D) हर्बर्ट स्पेन्सर–जैव सादृश्य

कार्ल मार्क्स–उत्पादन की शक्तियाँ

ऑगबर्न–सांस्कृतिक अन्तराल

मैक्स वेबर–नौकरशाही

इमाइल दुर्खीम–धार्मिक नैतिकता

12. (C) स्पेन्सर विकास की प्रक्रिया को एकीकरण की प्रक्रिया कहते हैं. सामाजिक उद्‌विकास की प्रक्रिया कुछ निश्चित स्तरों (Stages) से होकर जाती है. इसी प्रक्रिया के समय समाज का सरल स्वरूप जटिलता को प्राप्त कर लेता है. समाज के दो चरण युद्धप्रिय (सैनिक) से औद्योगिक में गुजरा है.

13. (A) समाजशास्त्र के लिए सम्पूर्ण समाज ही प्रयोगशाला है. आरम्भिक काल से लेकर आज तक समाज का सतत् विकास हो रहा है. विकास में उन्नति और प्रगति की विचारधाराएँ भी शामिल हैं.

14. (A) समाजीकरण के द्वारा बच्चे जो अपने माता-पिता, पड़ोसी, संगी-साथी, शिक्षक के संसर्ग में सीखते हैं, वही संस्कृति है.

15. (D) People of India नामक पुस्तक में K. S. Singh ने भारतीय जनजातियों को तीन प्रकार से बाँटा है–Proto, Australoid, Mangoloid, Negroid, गारो मंगोलॉयड प्रजाति के हैं.

16. (D) किसी भावी सामाजिक भूमिका से सम्बन्धित दायित्वों, अधिकारों, अपेक्षाओं, मनोभावों तथा व्यवहारों को सीखने तथा उसके लिए तैयारी करने की प्रक्रिया पूर्वाभासी समाजीकरण कही जाती है. इस विचारधारा की रचना प्रो. आर. के. मर्टन तथा ए. एस. किट्ट ने की है.

17. (D) जे. एच. फिक्टर के अनुसार प्रस्थिति दो प्रकार की होती है—

(1) अर्जित

(2) अरोपित

अर्जित प्रस्थिति स्वतंत्र–समाज में बहुलता में दिखाई पड़ती है. अर्जित प्रस्थिति में समाज की इच्छाएँ कम व्यक्ति की अपनी इच्छाएँ प्रमुख होती हैं.

18. (D) श्री अज्ञेय के अनुसार, "सभ्यता वह है जिसमें हम जीते हैं और संस्कृति वह है जो हममें जीती है." जो कुछ हम हैं वही संस्कृति है तथा जो कुछ हमारा है, वही सभ्यता है.

19. (A) ई. बी. रायलर के अनुसार, संस्कृति वह जटिल सम्पूर्णता है जिसमें ज्ञान विश्वास, कलाएँ, नैतिकता विधि, प्रथाएँ और वे सभी योग्यताएँ एवं क्षमताएँ सम्मिलित की जाती हैं जिन्हें समाज के एक सदस्य के रूप में मानव अर्जित करता है.

20. (A) आगस्त कॉम्टे–प्रत्यक्षवाद
कार्ल मार्क्स–भौतिकवाद
हर्बर्ट स्पेन्सर–विकासवाद
रेडक्लिफ ब्राउन–प्रकार्यवाद
ज्यापाल स्त्रार्त्र–अस्तित्ववाद

21. (D) TRIPS समझौते में निम्नलिखित को बौद्धिक सम्पदा माना गया–Copyright and Neighbouring Rights Trademark, Geographical Indications, Industrial Designs, Topographics undisclosed Information ट्रिप्स समझौते में सदस्य राष्ट्रों के लिए बाध्यकारी है कि वे औद्योगिक सम्पदा पर पेरिस अभिसमय व कॉपीराइट पर बने अभिसमय पर प्रावधानों को लागू करें.

22. (C) सन्दर्भ समूह का सर्वप्रथम प्रयोग हर्बर्ट हाइमैन ने अपने लेख 'The Psychology of status' में 1942 ई. में किया. सापेक्ष वंचना की विचारधारा सेम्युअल स्टाउफर द्वारा दी गयी. सन्दर्भ समूह वह समूह है जिसका व्यक्ति सामान्यतः सदस्य तो नहीं होता, लेकिन जिसका सदस्य बनने की वह आकांक्षा रखता है. यह वह समूह है जिसके साथ व्यक्ति अपने आपको मनोवैज्ञानिक रूप से अपने को सम्बन्धित कहता है.

23. (B)

सोशल स्ट्रक्चर	— जी. जी. मरडॉक
दि गोल्डन बाउ	— जे. पी. फ्रेजर
ओरिजिन ऑफ सिविलाइजेशन	— जे. लुबॉक
दि मदर्स	— आर. ब्रिफॉल्ट
दि थ्योरी ऑफ लेजर क्लास	— टी. वेब्लन

24. (A) सामाजिक रूप से मान्य व्यवहार के मानदण्ड को समनर प्रतिमान कहा जाता है, जबकि उचित, अनुचित, विवेकपूर्ण एवं हितकारी के बारे में विचार, मूल्य है. प्रतिमान सदैव लागू अनुज्ञाओं से अनुमोदित होते हैं. मूल्य सामान्य होते हैं, जबकि प्रतिमान विशिष्ट.

25. (C) विभिन्न समूहों में पदों पर आसीन व्यक्ति की विभिन्न भूमिकाओं को बहुल भूमिका कहा जाता है.

सामाजिक संस्तरण व्यवस्था में व्यक्ति विशेष के पद को प्रस्थिति कहा जाता है.

विभिन्न समूहों में विभिन्न पदों पर आसीन व्यक्ति की विभिन्न भूमिकाओं को भूमिका-पटल कहा जाता है.

26. (D) सामाजिक दूरी सोपान की विचारधारा सर्वप्रथम, जार्ज सिमेल ने प्रस्तुत की, लेकिन सामाजिक दूरी सोपान मापने का सर्व प्रथम कोशिश ई. एस. बोगार्डस ने पूर्वाग्रह सम्बन्धी मनोवृत्तियों के अपने अध्ययन में किया है.

27. (A) रॉबर्ट मर्टन ने पूर्वाभासी समाजीकरण की विचारधारा सन्दर्भ समूह तथा सन्दर्भ व्यक्ति के सन्दर्भ में दी. पूर्वाभासी समाजीकरण (Anticipatory Socialization) वह प्रक्रिया है जिसके अन्तर्गत व्यक्ति किसी भूमिका को इस उम्मीद में पूरा करते हैं कि भविष्य में उन्हें वैसा ही करना है.

28. (B)

विरोधात्मक वर्ग स्थिति	— एरिक ओलिन राइट, 1985
संक्रमणकालीन वर्ग	— कार्ल मार्क्स
सफेदपोश अपराध	— एडविन एच. सदरलैण्ड
जीवन यात्रा संस्कार	— आरनॉल्ड वान गेनप

29. (C) प्रतिरोधी संस्कृति एक प्रकार की उपसंस्कृति है, जो मुख्य संस्कृति, जिसका कि वह उपभाग है, की कुछ आवश्यक विशेषताओं को अस्वीकार या उनका विरोध करती है. प्रतिरोधी संस्कृति स्वीकार करने वाला समूह विरोधी दंगों, विचारों व नियमों को सामान्य संस्कृति से अधिक महत्व देता है.

30. (B)

एक बीमार बच्चों वाली कामकाजी महिला	— भूमिका संघर्ष
सुनील गावस्कर का अनुकरण करने वाला एक उदीयमान क्रिकेट खिलाड़ी	— भूमिका प्रतिरूप
कक्षा में पढ़ाने वाला एक शिक्षक	— भूमिका निर्वाह
बिना दवाइयों एवं उपकरणों के मरीजों का इलाज करने वाला एक गाँव का डॉक्टर	— प्रति भूमिका

31. (A) संस्कृति अमूर्त है. संस्कृति व्यवहार में व्यक्त होती है और व्यवहार के परिणामों में, लेकिन न यह स्वयं व्यवहार है न उसका साकार परिणाम.

32. (D) एल. एच. मॉर्गन ने अपनी पुस्तक 'Ancient Society' में उद्‌विकास के तीन मुख्य स्वरों का वर्णन किया है–जंगली स्वर (Savagery), बर्बर स्वर

(Barbarism). एवं सभ्य स्वर (Civilization) स्पेन्सर के अनुसार–सैनिक एवं औद्योगिक समाज.

33. (B) प्रत्येक संस्कृति अपनी-अपनी विशिष्ट परिस्थितियों के साथ अपने तरीके से समायोजन करती है. अतः किसी एक संस्कृति का मूल्यांकन किसी दूसरी संस्कृति के मानदण्डों की तरह नहीं किया जा सकता. यह स्थिति ही सांस्कृतिक सापेक्षतावाद कहलाती है.

34. (A) किसी वस्तु, विचार, पार्थिव-अपार्थिव तत्व नवोन्मेष आदि के अपने उत्पत्ति स्थल से दूसरे क्षेत्रों में उत्तरोत्तर फैलाने की प्रक्रिया को प्रसार कहा जाता है.

35. (A) प्रतिस्पर्धा किसी भी समाज में व्यक्तियों का ध्यान विकल्पों की ओर केन्द्रित करती है तथा व्यापक वरण परास प्रदान करती है व नवीन आवश्यकताओं एवं वस्तुओं के प्रति प्रोत्साहन प्रदान करती है. प्रतिस्पर्धा अहिंसात्मक संघर्ष है.

36. (A) हीगल के लिए अनुभव का परिभ्रमण स्वयं यथार्थ द्वारा संचालित एक तरह के तर्कसंगत लड़ाई-झगड़े को निरूपित करता है, जिसके अन्तर्गत 'तार्किक थीसिस' (वाद) का विरोध तार्किक 'एन्टीथीसिस' (विवाद) द्वारा होता है जो अन्ततः एक उच्चतर संश्लेषण (सिंथिसिस) की असमान्य गतिमयता (Movement) को जन्म देता है.

37. (B) मैक्स वेबर — एक तार्किक प्रक्रिया के रूप में नौकरशाही
ए. डब्ल्यू. गोल्डनर — नौकरशाही बनाने की डिग्री
जे. एच. गोल्डथॉर्प — बुर्जुआपन
पीटर ब्लाउ — नौकरशाही की अनौपचारिक संरचना

38. (D) सांस्कृतिक सम्पर्क में नवीन सांस्कृतिक प्रतिमानों को स्वीकार किया जाता है. सांस्कृतिक सापेक्षवाद के अनुसार प्रत्येक संस्कृति का अपना महत्व एवं जगह होती है. सांस्कृतिक बहुवाद में किसी समाज में एकाधि संस्कृतियों में व्यक्तियों का बिना एक-दूसरे का मूल्यांकन किए, उनकी संस्कृतियों के सह-अस्तित्व का समर्थन किया जाता है.

सांस्कृतिक सार्वभौम संस्कृतियों के बीच प्रभावशाली एकरूपता को प्रकट करती है.

39. (C) ई. बी. टॉयलर के अनुसार, संस्कृति वह जटिल सम्पूर्णता है जिसमें ज्ञान, विश्वास, कलाएँ, नैतिकता, विधि, प्रथाएँ और वे सभी योग्यताएँ एवं क्षमताएँ सम्मिलित की जाती हैं. जिन्हें समाज के एक सदस्य के रूप में मानव अर्जित करता है.

40. (B) सांस्कृतिक पिछड़ापन विचारधारा का प्रयोग सबसे पहले ऑगबर्न ने 1922 ई. में अपनी पुस्तक 'Social Change' में किया है. ऑगबर्न के अनुसार, संस्कृति के भौतिक पक्ष की अपेक्षा जब अभौतिक पक्ष पिछड़ने लगता है तब सांस्कृतिक पिछड़ापन की स्थिति पैदा होती है.

41. (A) किसी प्रस्ताव—विचार को सत्य मानना विश्वास का द्योतक है. सामान्यतः यह स्वीकृति बौद्धिक होती है, लेकिन कभी-कभी यह उद्वेगों द्वारा प्रेरित भी हो सकती है. विश्वास व्यक्ति में एक ऐसी मानसिक दशा को निर्मित करते हैं जो उसके स्वैच्छिक क्रिया के जनक का काम करती है.

42. (A) निश्चित तौर पर कोई समाज विचलन से पूरी तरह से मुक्त नहीं हो सकता, क्योंकि विचलन तथा अनुरूपता समाज में अविरल प्रक्रिया है.

43. (C) ऐसी संस्थागत अपेक्षाओं के उल्लंघन किये जाने वाले व्यवहार को पथगमन/विचलन कहा जाता है जिन्हें किसी समाज-विशेष में स्वीकार तथा वैध समझा जाता है.

44. (A) किसी वस्तु की मानवीय आकांक्षा को पूरा करने की विश्वसनीय क्षमता, अथवा किसी वस्तु का वह गुण जो एक व्यक्ति अथवा समूह में रुचि पैदा करता है, उसके मूल्य का द्योतक है.

45. (D) सन्दर्भ समूह की विचारधारा को हर्बर्ट हाइमन ने 1942 ई. में स्कूल के बच्चों के एक अध्ययन के एक सन्दर्भ में किया. एक सन्दर्भ समूह ऐसा सन्दर्भ समूह या संग्रह या व्यक्ति होता है. जिसे कर्त्ता व्यवहारों के वैकल्पिक समूहों में से अपने किये व्यवहारों के रूप में इकट्ठा करते हैं.

46. (B) सोरोकिन के अनुसार–"किसी व्यक्ति अथवा सामाजिक तथ्य का स्थानान्तरण समान स्थिति में ही जब एक समूह से दूसरे समूह में होता है, तो उसे क्षैतिज या समस्तरीय गतिशीलता कहा जाता है."

47. (C) **भूमिका**–एक प्रस्थिति विशेष के साथ जुड़ा हुआ अपेक्षित व्यवहार

भूमिका-द्वन्द्व–दो या दो से अधिक उन भूमिकाओं से अभियाचन जिनमें द्वन्द्व नहीं होता

भूमिका तनाव–एक ही भूमिका से द्वन्द्वपूर्ण अभियाचन

भूमिका विन्यास–एक प्रस्थिति विशेष के साथ जुड़ा हुआ भूमिका द्वन्द्व

48. (B) सामाजिक समूह से आशय व्यक्तियों के एक ऐसे समुच्चय या संकलन से है जिसके सदस्यगण सामान्य

हित एवं रुचियों के आधार पर सामाजिक सम्बन्धों के ताने-बाने द्वारा आबद्ध होते हैं तथा अपनी क्रियाओं द्वारा एक-दूसरे को प्रभावित करते हैं.

49. (A) दैनिक सामाजिक अन्तःक्रियाओं में परम्परा एवं प्रथाएं समावेश होती हैं, इसलिए कानून द्वारा प्रदत्त समानता मात्र से ही समाज में स्त्रियों की प्रस्थिति का निर्धारण नहीं किया जा सकता.

50. (D) प्रो. मर्टन के अनुसार—भूमिका विन्यास से तात्पर्य भूमिका-सम्बन्धों के उस ताने-बाने से हैं, जिसमें एक व्यक्ति एक विशिष्ट सामाजिक प्रस्थिति को ग्रहण करने के कारण बँधा होता है.

51. (B) लेवी स्ट्रॉस के अनुसार—सामाजिक संरचना सामाजिक यथार्थता की अमूर्त रचना है. जबकि ब्राउन के अनुसार सामाजिक संरचना संस्था द्वारा परिभाषित और नियमित सम्बन्धों में लगे हुए व्यक्तियों की एक क्रमबद्धता है.

52. (B) अपने फैसले का ऐलान करता है और उसे लागू करवा सकता है–न्यायाधीश
संचारण में सहायता करता है–मध्यस्थ
विवादों को सुलझाने में सहायता करता है–बिचौलिया
समूह को मजबूत रखता है एवं अपनी खुद की स्थिति बनाए रखता है–नेता

53. (A) समाज की संरचना की प्रकृति मूल्यों पर आधारित होती है और संरचना की प्रकृति व नवीन मूल्यों की स्थापना के लिए उत्तरदायी होती है. इस दृष्टिकोण से सामाजिक संरचना मूल्यों के आधार पर निर्मित होती है. यह संरचना नवीन मूल्यों की प्रकृति वे स्वरूप को निर्धारित करती है.

54. (D) सामाजिक संरचना का अंग समूहों की सामाजिक क्रिया है न कि समूह क्रिया, जबकि विसामान्यता, पालन तथा संस्वीकृति संरचना के तत्व हैं. एच. एल. मॉर्गन ने अपनी पुस्तक 'सिस्टम ऑफ कंसेंग्वीनिटी एण्ड एफीनिटी' में सामाजिक संरचना को प्रथम मानवशास्त्रीय अध्ययन के रूप में प्रस्तुत किया है.

55. (A) **सांस्कृतिक परम तत्व**–वे मानक जो निश्चित होते हैं और भिन्न संस्कृतियों में भिन्न नहीं होते हैं
सांस्कृतिक सामान्य–व्यवहार के वे रूप जिनकी समाज के किसी भी सामान्य सदस्यों से अपेक्षा की जाती है
सांस्कृतिक विकल्प–कला, वास्तुकला व फैशन के क्षेत्र में पाये जाते हैं.
सांस्कृतिक विशिष्टताएँ–संस्कृति के भाग हैं जिनको सीखना प्रत्येक व्यक्ति के लिए आवश्यक नहीं है.

56. (C) प्राथमिक समूह–सी. एच. कूले
द्वितीयक समूह–डेविस, होमन्स
सन्दर्भ समूह–आर. के. मर्टन
अन्तः समूह–समनर

57. (B) अवकाश वर्ग–टी. वेब्लन
सावयविक एकात्मकता–दुर्खीम
प्रस्थिति समूह–मैक्स वेबर
उत्तर आधुनिकता–ल्योनार्ड

58. (A) एम. एन. श्रीनिवास ने अपनी पुस्तक Religion and Society Among the Coorgs of South India में संस्कृतिकरण की विचारधारा उजागर की थी. एक निम्न जाति का व्यक्ति धनाढ्य होने पर उच्च जाति के जीवन के ढंग तथा संस्कारों को अपना लेता है.

59. (C) पारसन्स ने सामाजिक क्रिया व्यवस्था के सिद्धान्त The Theory of Social Action System में सामाजिक क्रिया की संरचना के लिए प्रमुख तत्वों को इस प्रकार कहा है—
1. कर्त्ता
2. कर्त्ता का उद्देश्य
3. उद्देश्य प्राप्ति का एकाधिकविकल्प
4. सामाजिक मानदण्ड
5. कर्त्ता का व्यक्तिपरक निर्णय

60. (A) आधुनिकीकरण राजनीतिक, सांस्कृतिक एवं सामाजिक परिवर्तन तथा आर्थिक विकास की एक मिलती-जुलती पारस्परिक प्रक्रिया है जिसके द्वारा ऐतिहासिक तथा समकालीन अविकसित समाज अपने आपको विकसित करने में जुड़े रहते हैं.

61. (C) सामाजिक समायोजन की एक प्रक्रिया को समंजन कहा जाता है, जिसके द्वारा संघर्षरत् व्यक्ति अथवा समूह स्थायी रूप में या कुछ समय के लिए शान्तिपूर्ण अन्तर्क्रिया द्वारा संघर्ष को रोकने चलने को स्वीकार करते हैं. 'समंजन की स्थिति 'शान्तिपूर्ण सहअस्तित्व को प्रकट करती है.

62. (D) एम. जे. लेवी सामाजिक संरचना एवं प्रकार्यों की घनिष्ठता से सहमति व्यक्त करते हैं. उनका विचार है कि समाज के अलग-अलग अंगों द्वारा अपने कार्य करने से ही सामाजिक संरचना में स्थिरता एवं निरन्तरता बनी रहती है.

63. (D) मर्टन के अनुसार, विचलित व्यवहार सामाजिक संरचना के अकार्य हैं. सामाजिक विचलन वैयक्तिक या जैविक कारकों की अपेक्षा सामाजिक कारकों से अधिक होता है.

64. (B) किसी वस्तु की मानवीय आकांक्षा को पूरा करने की विश्वसनीय क्षमता अथवा कोई वस्तु जो एक व्यक्ति अथवा समूह में रुचि पैदा करती है, उसका मूल्य ही द्योतक है. मूल्य वे सांस्कृतिक. व्यक्तिगत विचार हैं जिसके द्वारा वस्तुओं अथवा घटनाओं की एक-दूसरे के साथ तुलना की जाती है.

65. (A) यान्त्रिक एकात्मकता–सामाजिक समानताएँ
प्राथमिक समूह–आमने-सामने के सम्बन्ध
लघु समुदाय–सजातीयता
कुल–उपहार विनिमय

66. (C) सांस्कृतिक पश्चता–डब्ल्यू. एफ. ऑगबर्न
परा-यथार्थ–जे. एफ. ल्योटार्ड
मध्यवर्ग–कार्ल मार्क्स
उत्तर-आधुनिकतावाद–जीन बोद्रिलार्ड

67. (A) समाज में वृद्ध व्यक्तियों द्वारा शासन किये जाने वाली पद्धति वृद्ध-तन्त्र (Gerentocracy) कही जाती है. ऐसा कहा जाता है कि शासन का विकास वृद्ध-तन्त्र से ही हुआ है. वृद्ध-तन्त्र शासन के उद्‌विकासीय तन्त्र का प्रारम्भिक चरण रहा होगा जब समाज के वयोवृद्ध व्यक्तियों के हाथ में समाज की बागडोर थी. अनुभवी, ज्ञान के अपार भण्डार, जादुई शक्ति के जानकार के रूप में वृद्धो को जो सम्मान प्राप्त था, उसी के कारण वे दूसरे पर शासन करते हैं. किसी सीमा तक वृद्धों द्वारा शासन की प्रवृत्ति आज भी जीवित है. सामाजिक मानवशास्त्रियों ने कुछ अफ्रीकी देशों में सामाजिक स्तरीकरण की व्याख्या में इस शब्द का प्रयोग किया था.

68. (B)

69. (D) एक संस्कृति द्वारा अपने से अलग दूसरी संस्कृति को अपने में घुला-मिला लेने की प्रक्रिया को आत्म-सात्करण कहा जाता है. इस प्रक्रिया में धीरे-धीरे दूसरी संस्कृति के पृथक् अस्तित्व का कोश हो जाता है.

70. (C) मैक्स वेबर के अनुसार, "प्रतिस्पर्धा शान्तिपूर्ण संघर्ष है, जिसमें शान्तिपूर्ण प्रयत्नों द्वारा ऐसे अवसरों तथा लाभों पर नियन्त्रण प्राप्त किया जा सकता है, जो दूसरों के द्वारा भी वांछित है."

71. (C) सार्थक अन्य पुरुष–जार्ज हर्बर्ट मीड
प्रतिबिम्बित आत्मरूप–माइकल युंग
सामूहिक प्रतिनिधित्व–इमाइल दुर्खीम
इदम्, अहम् एवं पराहम–सिगमण्ड फ्रायॅड

72. (A) भूमिका तनाव की अवधारणा (Role strain) विलियम गुडे (William Goode) द्वारा दी गई. किसी व्यक्ति द्वारा एक ही पद प्रस्थिति से जुड़े दायित्वों की आवश्यकताओं को पूरा करने में अनुभव की गई कठिनाइयों अथवा दबाव को स्थिति भूमिका तनाव कहलाती है.

73. (B)

74. (C) ऐसी संस्थागत अपेक्षाओं के उल्लंघन किए जाने वाले व्यवहार को विपथगमन या विचलन कहते हैं जिन्हें किसी समाज विशेषज्ञों अपनाया तथा वैध समझा जाता है.

75. (B) प्राथमिक समूह की अवधारणा का सर्वप्रथम प्रयोग चार्ल्स कूले ने अपनी पुस्तक 'Social Organization' में 1909 ई. में किया. प्राथमिक समूह है जिसमें घनिष्ठ आमने-सामने का सम्बन्ध तथा सहयोग पाया जाता है.

76. (C) सामाजिक संरचना किसी बड़ी रचना के अलग-अलग भागों अथवा निर्माणक तत्वों के आपसी सम्बन्धों में, जो एक व्यवस्था/संगठन पाया जाता है, उसे संरचना कहा जाता है. संरचना अंगों की एक व्यवस्थित क्रमबद्धता को दर्शाती है, जिसे अपरिवर्तनीय कहा जाता है.

77. (C) आगस्त कॉम्टे, बी. मैलिनोवस्की, टी. पारसन्स, रॉबर्ट के. मर्टन
आगस्त कॉम्टे–1798–1857
बी. मैलिनोवस्की–1884–1942
टी. पारसन्स–1902–1978
रॉबर्ट के. मर्टन–1920

78. (A) रेडक्लिफ–ब्राउन ने सामाजिक संरचना (Social Structura) व संरचनात्मक स्वरूप (Structural Form) में अन्तर बताया है. उन्होंने संरचनात्मक प्रकार्यवाद की विचारधारा का विकास किया.

79. (C) आर. के. मर्टन–प्रकार्यात्मक परिणामों के निवल सन्तुलन
बी. मैलिनोवस्की–सार्वभौमिक प्रकार्यवाद
आगस्त कॉम्टे–प्रत्यक्षवादी सावयव
टी. पारसन्स–प्रकार्यात्मक आदेशक

80. (A) जब किसी सामाजिक समूह की संरचना की बात करते हैं तब हमारा आशय उस समूह के आन्तरिक संगठन के स्थायी प्रतिमान अर्थात् समूहों के सदस्यों के मध्य पाये जाने वाले सामाजिक सम्बन्धों के सम्पूर्ण ताने-बाने से होता है. इन सम्बन्धों में सामाजिक क्रिया, भूमिकाएँ, प्रस्थितियाँ, संचार-व्यवस्था, श्रम विभाजन तथा आदर्शात्मक व्यवस्था को शामिल किया जाता है.

81. (B) सामाजिक संस्थाओं का संकलन मातृ नहीं है, अपितु संस्थाओं की एक जटिल संरचना है. ये संस्थाएँ एक-दूसरे से जुड़ी हुई होती हैं और एक-दूसरे पर दबाव युक्त होती हैं. प्रस्थिति और भूमिकाओं की विचारधाराओं के आलोक में समाज को एक संरचना या ढाँचे के रूप में देख सकते हैं.

82. (C) कूवेद–नातेदारी प्रथा
प्राथमिक समूह–परिवार
जाति–अन्तर्विवाह
कुल–बहिर्विवाह

83. (C)

84. (A) 'संस्था' शब्द का प्रयोग सार्वजनिक अथवा अर्ध-सार्वजनिक प्रकृति के किसी संगठन के लिए किया जाता है, जिसका एक संचालक मण्डल, भवन अथवा किसी प्रकार की भौतिक व्यवस्था होती है जिसकी रचना किन्हीं समाजोनुमोदित तथा प्राधिकृत उद्देश्यों की प्राप्ति के लिए होती है. कॉलेज, विश्वविद्यालय, चिकित्सालय, अनाथालय, दसगृह संस्था के उदाहरण हैं.

85. (C) लिंटन के अनुसार, किसी विशेष व्यवस्था (System) में कोई व्यक्ति निर्दिष्ट समय में जो स्थान प्राप्त करता है, उस व्यवस्था के अनुसार वह उसकी प्रस्थिति की ओर संकेत करता है.
प्रस्थिति के दो प्रकार हैं–
(i) प्रदत्त प्रस्थिति (Ascribed Status)
(ii) अर्जित प्रस्थिति (Achieved Status)
प्रदत्त प्रस्थिति उसको कहा जाता है जो किसी व्यक्ति को जन्म के आधार पर प्राप्त होती है–लिंग भेद, आयु भेद, नातेदारी के सम्बन्ध, सामाजिक कारक प्रदत्त प्रस्थिति के लिए उत्तरदायी है.

86. (A) ऐतिहासिक विशिष्टवाद के सिद्धान्तों में एक काल विशेष का अध्ययन किया जाता है न कि कालक्रमिक अभिविन्यास का.

87. (D) मानव पर प्रभुत्व करने, उन्हें भयभीत करने तथा नियन्त्रित करने, आज्ञापालन करवाने, उनकी स्वतन्त्रताओं में दखल करने तथा उनके व्यवहार को एक विशिष्ट दिशा में मोड़ने के लिए बाध्य करने की योग्यता को शक्ति कहा जाता है.

88. (B) मैकाइवर एवं पेज द्वारा समाज में पाये जाने वाले समूहों में क्षेत्रीय एकता वाले समूह के वर्गीकरण के अनुसार क्षेत्रीय एकता वाले समूह के सदस्य साधारणतः एक निश्चित क्षेत्र में ही पाये जाते हैं. ऐसे समूहों के हित अत्यन्त व्यापक होते हैं. जिसका उदाहरण राष्ट्र है.

89. (A) जीवन में अवसर तथ्य है, ऐसा वेबर का कहना है. वेबर के अनुसार पर अधिकार और आमदनी की सुविधाएँ विभिन्न वर्णों के निर्धारण में महत्वपूर्ण है, क्योंकि उसी के अनुसार उन समूह के सदस्यों की जीवन के कुछ विशिष्ट अवसर प्राप्त हो पाते हैं.

90. (D) समनर के समाज मॉडल को सर्वसम्पत्ति मॉडल कहा जाता है. समनर अपनी पुस्तक Folkways (1966) में समाज मॉडल की बात कहते हैं. समनर Folkways में समाज के नियम कानून, मानदण्ड, आदर्श को इस रूप में देखते हैं, जिसे समाज द्वारा सर्वसम्मति ही की चर्चा करते हैं.

91. (D) प्रत्येक संस्कृति अपनी-अपनी विशिष्ट परिस्थितियों के साथ अपने ढंग से समायोजन करती है. अतः किसी संस्कृति के मानदण्डों के अनुसार नहीं किया जा सकता है. यह स्थिति सांस्कृतिक सापेक्षता कही जाती है. एक संस्कृति दूसरे की दृष्टि में बुरी हो सकती है, लेकिन जिस समुदाय की वह संस्कृति है उसके लिए वह हितकर है.

92. (C) औपनिवेशिक शोषण–कार्ल मार्क्स
चक्रिल कार्योत्पादन एवं–गुन्नार मिर्डल संचयी बदलाव
तार्किक संकल्प का अभाव–एफ. हीगल
पारलौकिकता–मैक्स वेबर

93. (B) फ्रायड–सामाजिक-मनोवैज्ञानिक आयाम
दुर्खीम–सामाजिक तथ्य
पारसन्स–भूमिका अपेक्षा तथा प्रोत्साहन
कूले–आत्म-विकास

94. (B)

कृति	**लेखक**
कल्चरल	गिलिन और गिलिन
माइण्ड, सेल्फ एण्ड सोसाइटी	जी. एच. मीड
हैण्डबुक ऑफ सोशल साइकोलॉजी	किम्बाल यंग
ह्यूमन सोसाइटी	किंग्सले डेविस

95. (D) जब किसी समाज में एकाधिक संस्कृतियों के लोग साथ-साथ रहते हैं तथा उनके इस प्रकार के सह-अस्तित्व का समर्थन किया जाता है. तब यह स्थिति सांस्कृतिक बहुलवाद के नाम से कही जाती है.

96. (A) सांस्कृतिक विलम्बन–डब्ल्यू. एफ. ऑगबर्न
सामाजिक प्रणाली–टी. पारसन्स
भूमिका-पटल–आर. के. मर्टन
लोकाचार–डब्ल्यू. जी. समनर

97. (B) दुर्खीम के अनुसार, समाज के यान्त्रिक एकता से सावयवी एकता में जाने पर श्रम-विभाजन के कारण

कार्यों का विशेषीकरण अनिवार्य हो जाता है जिससे विशिष्ट भूमिका महत्वपूर्ण हो जाती है.

98. (A) किसी विशिष्ट समूह व सामाजिक स्थिति में किसी विशिष्ट पद-प्रस्थिति के साथ जुड़े हुए तथा किन्हीं विशिष्ट दायित्वों एवं अधिकारों में आबद्ध व्यवहार प्रतिमान की भूमिका कहा जाता है.

99. (D) एम. एन. श्रीनिवास के अनुसार आधुनिकता मूल्यों से जुड़ी है, ऐसे मूल्य जो मानव के विकास और भौतिक समृद्धि को आगे बढ़ाते हैं.

100. (C) सांस्कृतिक सापेक्षवाद की विचारधारा हर्सकोविट्स ने पेश की थी. सांस्कृतिक सापेक्षवाद इस तथ्य पर निर्भर है जब हम किसी संस्कृति का उसी संस्कृति के व्यक्तियों के सन्दर्भ में वस्तुनिष्ठ विश्लेषण करते हैं.

101. (D) **सांस्कृतिक सर्वव्यापकताएँ**–श्रम विभाजन कौटुम्बिक व्यभिचार निषेध, परिवार, जीवन चक्र के अनुष्ठान और विचारधारा.

सांस्कृतिक विलम्बन–तब उत्पन्न होता है जब व्यवहार के नए विन्यासों का पारम्परिक मूल्यों में संघर्ष होता है.

स्व-सांस्कृतिक केन्द्रीयवाद–अपने मूल्यों एवं प्रथाओं के आधार पर अन्य संस्कृति से तुलना.

सांस्कृतिक विशेषताएँ–संस्कृति विशेष के उत्पादन, विश्वास मूल्य और काम करने के विशिष्ट ढंग.

102. (B) जनजातीय आत्मसात्करण की प्रक्रिया के लिए जनजातीय-जाति सातत्यक प्रतिरूप सुरजीत सिन्हा ने पेश किया सात्यीकरणवादी विचार का प्रतिपादन मानव-शास्त्री एस. सी. राय ने किया है.

103. (A) आदर्शवादी–सोरोकिन

किरायाजीवी वर्ग–पैरेटो

अभौतिक संस्कृति–ऑगबर्न

सावकाश वर्ग–बेब्लेन

104. (B) टॉयनबी ने अपनी पुस्तक 'Study of History' में पुरातनवादी परिरक्षक, स्थितावादी एवं राजनीतिक उद्धारकों का वर्णन किया है.

105. (D) एस. एफ. नाडेल ने सामाजिक संरचना में भूमिका व्यवस्था के समन्वय में दो औपचारिक सिद्धान्तों की पहचान की है–

(1) क्रिया पर नियन्त्रण

(2) संसाधनों व लाभों पर नियन्त्रण

106. (B) लेवी स्ट्रॉस के अनुसार संरचना मनुष्य के मस्तिष्क की संरचना है. नातेदारी, गोत, मिथक मस्तिष्क, मनुष्य द्वारा पैदा की गयी संरचनाएँ हैं तथा मस्तिष्क की यह संरचना ही निर्णायक संरचना है जो बदल नहीं सकती.

107. (C) पारसन्स के अनुसार, सामाजिक व्यवस्था की रचना और निरन्तरता होने में प्रमुख प्रक्रिया संस्थायन होती है. संस्थायन जो एक प्रक्रिया भी है व संरचना भी.

108. (B)

109. (B) जबकि मैकाइवर के अनुसार, "संघ मनुष्यों का समूह है जिसे किसी सामान्य उद्देश्य या उद्देश्यों को प्राप्त करने के लिए संगठित किया जाता है. इसके सदस्य इसमें सामान्य सहभागी होते हैं."

110. (D) संस्था नियमों एवं कार्य-पद्धतियों का मिला-जुला स्वरूप है. पीटर बर्जर के अनुसार, संस्थाएँ वह पद्धति प्रदान करती हैं जिससे मानव व्यवहार एक निर्धारित प्रतिमान मे ढलता है और समाज व्यक्ति से अपेक्षा करता है कि वह व्यवहार उसकी आदत बन जाए.

111. (A) व्यवस्थित सामाजिक स्तरण, उपयुक्त स्थितियों एवं भूमिकाओं का वितरण तथा विभिन्न इकाइयों के बीच जितनी व्यवस्थित क्रमबद्धता होगी, सामाजिक संरचना भी उतनी ही होनी अच्छी होगी, सामाजिक संगठन भी उतना अच्छा ही मजबूत होगा.

112. (C) अर्थव्यवस्था — अनुकूलन

राज्यव्यवस्था — लक्ष्य प्राप्ति

परिवार — एकीकरण

धर्म — अव्यक्तता

113. (A) सांस्कृतिक पुनरुत्पादन की विचारधारा बीरडयू ने प्रतिपादित की है. उनका मानना है कि आधुनिक शिक्षा-प्रणाली प्रभुत्व सम्पन्न वर्गों की संस्कृति का वाहक एवं पोषण है. आधुनिक शिक्षा के माध्यम से समाज के प्रभावशाली वर्ग के व्यक्ति अपनी संस्कृति को समस्त समाज पर डालने की कोशिश करते हैं.

114. (C) विकासात्मक सार्वभौम — पारसन्स

अन्योन्यता का स्पेक्ट्रम — साहलिंस

अतिरिक्त मूल्य का सिद्धान्त — मार्क्स

सृजनात्मक विनाश — शुम्पीटर

115. (B) 'अशीर्षी समाज' पद का प्रयोग ऐसे समाजों की राजनीतिक व्यवस्था के लिए किया गया है, जो केन्द्रीय सत्ताविहीन होते हैं. ऐसे समाजों में सत्ता पर नियन्त्रण गोत्र, वंश-समूह या वंश के किसी एक भाग के हाथ में होता है.

116. (A) जब किसी समाज में एकाधिक संस्कृतियों के व्यक्ति साथ-साथ रहते हैं तथा उनके इस प्रकार के सह-अस्तित्व का समर्थन भी किया जाता है, तब यह स्थिति सांस्कृतिक बहुलवाद के नाम से जानी जाती है.

117. (A) प्रस्थिति — हैनरीमैन
प्रस्थिति तथा भूमिका — रॉल्फ लिन्टन
समुदाय तथा समिति — फर्डीनाण्ड टॉनीज
मैं तथा मुझे — जॉर्ज हर्बर्ट मीड

118. (C) आत्म-दर्पण का सिद्धान्त — सी. एच. कूले
नाट्यकलात्मक परिनिरीक्षण — ई. गॉफमेन
सामूहिक चेतना — इमाइल दुर्खीम
इड, ईगो व सुपर ईगो — सिगमण्ड फ्रायड
सामान्यीकृत — मीड

119. (A) किसी गैर-संस्कृति को अपने आप में मिला लेना परसंस्कृति ग्रहण है. भारत में हिन्दुओं के द्वारा मुसलमानों एवं अंग्रेजों की संस्कृति को स्वीकार किया गया. आत्मसात्करण एक ऐसी प्रक्रिया है जिसमें व्यक्ति अथवा समूह एक-दूसरे के व्यवहार प्रतिमानों, भावनाओं, मूल्यों एवं लक्ष्यों को अपनाते हैं. इसमें विभिन्नता रखने वाले व्यक्ति एवं समूह अपने स्वार्थ एवं दृष्टिकोण में समान हो जाते हैं.

120. (A) जब किसी समाज में एकाधिक संस्कृतियों के व्यक्ति व्यक्तियों साथ-साथ रहते हैं तथा उनके इस प्रकार के सह-अस्तित्व का भी समर्थन किया जाता है, तब यह स्थिति बहुसामुदायिक समाज के नाम से जानी जाती है.

121. (D) एकीकरण/समाकलन एक ऐसी प्रक्रिया है जिसमें किसी रचना के निर्णायक भागों में विभिन्नता होते हुए भी उनके आपसी सम्बन्धों में संगठन होता है.

122. (C) पारसन्स के अनुसार सामाजिक संरचना को बने रहने के लिए निम्न प्रकार्य करने आवश्यक हैं–अनुकूलन, उद्देश्य प्राप्ति, एकीकरण, प्रतिरूप अनुरक्षण. पारसन्स ने केन्द्रीय मूल्य प्रतिमानों का एक सामान्य वर्गीकरण प्रकार्यात्मक दृष्टिकोण से इन चार श्रेणियों में वर्गीकृत किया है.

123. (C) रॉबर्ट निस्बेट ने सहयोग के चार प्रकार–स्वतः-स्फूर्त परम्परागत, निर्देशित तथा संविदात्मक की पहचान की.

124. (C) इसका वर्णन बहुलवादी के रूप में किया जाता है जैसे भारत की राष्ट्रभाषा हिन्दी है, किन्तु तमिल इसकी उपसंस्कृति है. बहुल समाज (Plural Societies) धर्म, भाषा, जाति, प्रजाति, नस्ल आदि के आधार पर अलग-अलग समूहों और समाज में विभाजित होते हैं. कभी-कभी इस विचारधारा का प्रयोग 'बहुल-सांस्कृतिक समाज' के पर्यायवाची के रूप में किया जाता है.

125. (D) संस्कृति सम्पर्क द्वारा होने वाले परिवर्तनों की प्रक्रिया को परसंस्कृति ग्रहण कहा जाता है. इस प्रक्रिया में एक संस्कृति के तत्वों की स्वेच्छा से अथवा दबाव से अपनाती है. यह एक द्विवर्ती या उभयपक्षीय प्रक्रिया है जिसमें सम्पर्क में आई हुई दोनों संस्कृतियों के मध्य न्यूनाधिक मात्रा में सांस्कृतिक तत्वों, विशेषताओं एवं संकुलों का लेन-देन होता है.

126. (B) किबुट्ज़िम–इजराइल (जनजाति)
कुला–आस्ट्रेलिया (उपहार विनिमय प्रथा)
पोट्लैच–यू. एस. ए. (सामाजिक प्रस्थिति प्राप्त करने हेतु वस्तु विनिमय एवं उत्सवी विनिमय की एक प्रथा)
बहुपति प्रथा–भारत (जौनसार, होड़ा आदि जनजातियों में)

127. (A) किसी मुख्य सामाजिक उद्देश्यों के आधार पर निर्मित प्रतिमानों, सम्बन्धों, प्रक्रियाओं तथा भौतिक उपकरणों की व्यवस्था को सामाजिक संस्था कहते हैं.

128. (D)

129. (A) आत्मसात्करण की प्रक्रिया भारतीय समाज में प्राचीन समय से चली आ रही है जिसके तहत् बहुत से शक्तिशाली आदिम समूहों का अपने आसपास के हिन्दू समुदाय में सात्मीकरण हो गया है. एक संस्कृति द्वारा अपने से अलग दूसरी संस्कृति को अपने में घुला-मिला देने की प्रक्रिया को आत्मसात्करण कहा जाता है. इस प्रक्रिया में शनैः-शनैः दूसरी संस्कृति के अलग अस्तित्व का लोप हो जाता है.

130. (A) **संस्कृतिकरण**–नीची जातियों द्वारा ऊँची जातियों के तौर-तरीकों का अनुकरण करना
पाश्चात्यीकरण–ऊँची जातियों द्वारा उन्नत जीवन शैली को अपनाया
आधुनिकीकरण–धार्मिक दृष्टिकोण की जगह धर्मनिरपेक्ष दृष्टिकोण को लाना.
विमुखता–अपने समूह से व्यक्ति की विरक्ति होना

131. (C) लेस्ली ह्वाइट सामाजिक सम्बन्धों में पाँच प्रकार की प्रक्रियाओं की विवेचना करते हैं–सहयोग, प्रतियोगिता, संघर्ष, समायोजन तथा आत्मसात्करण.

132. (C) सामान्य अर्थों की नैतिकता–प्रतिमान स्वीकृति
व्यक्तिगत उत्तरदायित्व की नैतिकता–आत्मर्थकीय सिद्धान्त
तर्कसंगत-विधिक प्रतिमान–कठोर सिद्धान्त
जादुई ज्योतिषिक व्यवहारशीलता–आचरण, अनुष्ठान

133. (A) प्रस्थिति कम की विचारधारा प्रो. आर. के मर्टन ने दी है. एक व्यक्ति द्वारा उत्तरोत्तर क्रम में धारण की गई प्रस्थितियों की श्रृंखला को प्रस्थिति क्रम कहते हैं.

134. (C) किसी भी सामाजिक प्रस्थिति में एक व्यक्ति अनेक सामाजिक सम्बन्धों में घिरा होता है. जोकि व्यक्तियों के लिए उस सामाजिक प्रस्थितियों में सर्वथा अथवा सामान्यतः आवश्यक होते हैं.

135. (D) अव्यक्त प्रकार्य–मर्टन
प्रतिमान अनुरक्षण तथा तनाव प्रबन्ध–पारसन्स
प्रकार्य व दुष्प्रकार्य–मर्टन
मानक शून्यता–इमाइल दुर्खीम

136. (B) सावयविक एकात्मकता–इमाइल दुर्खीम
तार्किकरण–वेबर
अलगाव–कार्ल मार्क्स
पश्चिमीकरण–एम. एन. श्रीनिवास

137. (C) सांस्कृतिक–पश्चता की विचारधारा का प्रयोग ऑगबर्न ने सन् 1922 में प्रकाशित पुस्तक Social change में किया. ऑगबर्न ने संस्कृति के दो पक्षों की बात कही–भौतिक तथा अभौतिक

138. (B) एक ऐसे समूह को सन्दर्भ–समूह की संज्ञा की जाती है जिसके साथ एक व्यक्ति अपना समीकरण देता है अथवा समीकरण देने की आकांक्षा रखता है तथा जिसके अनुसार एक व्यक्ति अपने मूल्यों विश्वास तथा मनोवृत्तियों को ढालने की कोशिश करता है और उसी रूप के भाँति अपने व्यवहार को निर्देशित करता है.

139. (B) बोगार्डस के अनुसार, "सात्मीकरण वह प्रक्रिया है जिसके द्वारा अनेक व्यक्तियों की मनोवृत्तियों एकीकृत हो जाती हैं और इसके फलस्वरूप वे एक संयुक्त समूह के रूप में विकसित हो जाते हैं.

140. (D) ऐसी संस्थागत अपेक्षाओं के उल्लंघन किए जाने वाले व्यवहार को विपथगमन/विचलन कहा जाता है. जिन्हें किसी समाज विशेष में स्वीकार तथा वैध माना गया है.

141. (C) किसी भी प्रस्थिति के साथ एक प्रकार की ही कार्य अपेक्षा नहीं, अपितु विभिन्न प्रकार का कार्य अपेक्षाएँ होती हैं. जब व्यक्ति एक विशिष्ट प्रस्थिति से सम्बन्धित विभिन्न प्रस्थिति के अनुसार कार्य करता है, तो उसे भूमिका समुच्चय कहा जाता है.

142. (D) तार्किक लक्ष्योन्मुख कार्य की विचारधारा मैक्स वेबर ने दी. गेसलशाफ्ट तथा गेमिनशाफ्ट की अवधारणा एन. जे. स्मेल्सर द्वारा दी गयी. ऐतिहासिक भौतिकवाद–कार्ल मार्क्स द्वारा दी गयी विचारधारा है.

143. (B) प्रसिद्ध जर्मन समाजशास्त्री एफ. टॉनीज ने गेसलशाफ्ट (Gesellschaft) शब्द का प्रयोग ऐसे सामाजिक सम्बन्धों का ज्ञान देने वाले सामाजिक समूह ने किया जिसकी प्रवृत्ति अवैयक्तिक, अनुबन्धात्मक तथा स्वार्थमय होती है. इस प्रकार के सम्बन्धों की दूसरी विशेषताएँ उनकी आंशिकता, उपयोगवादिता तथा विशिष्टता है.

144. (B) मार्क्स ने अपनी पुस्तक 'जर्मन आयडियोलॉजी' में समाज के विकासक्रम को जनजातीय समाज, पुरातन समाज, सामन्ती समाज तथा मध्यवर्गीय समाज के रूप में वर्गीकृत किया.

145. (D) आर. के. मर्टन के अनुसार, जब व्यक्ति की एक स्थिति में परिवर्तन आता है तो उसके स्थिति समुच्चय में भी परिवर्तन आता है चूँकि स्थितियों के अनुसार ही व्यक्तियों की भूमिकाएँ होती हैं. इसलिए एक व्यक्ति की जितनी स्थितियाँ होंगी उतनी ही उसकी भूमिकाएँ भी. जब किसी व्यक्ति की एक से अधिक स्थितियाँ होती हैं, तो उसी के अनुरूप विभिन्न भूमिकाएँ बनती हैं. जिसे भूमिका पटल कहते हैं.

146. (D) मैकाइवर के अनुसार, "समुदाय सामाजिक जीवन के उस क्षेत्र को कहते हैं जिसे सामाजिक सम्बद्धता अथवा सामंजस्य की कुछ मात्रा द्वारा पहचाना जा सके." ये समुदाय को एक ऐसा क्षेत्रीय समूह मानते हैं जो जीवन जीता है.

147. (A) लेवी-स्ट्रास तथा पारसन्स की मान्यता है कि सामाजिक संरचना अमूर्त होती है. भौतिक वस्तुओं की तरह इसका कोई ठोस रूप या आकार नहीं होता. सामाजिक संरचना की विभिन्न इकाइयाँ जैसे–सामाजिक सम्बन्ध, सामाजिक संस्थाएँ आदि अमूर्त होती हैं.

148. (A) प्रदत्त प्रस्थिति व्यक्ति को जन्म के आधार पर प्राप्त होती है, इसमें उसे मेहनत एवं कोशिश नहीं करनी पड़ती, जबकि एक पिता की प्रस्थिति व्यक्ति की स्वयं की इच्छा एवं कोशिश से एक निश्चित समय बाद प्राप्त होती है जो अर्जित प्रस्थिति के अन्तर्गत आता है.

149. (D) ई. हॉफमैन ने भर्ती की भूमिकाओं की विचारधारा का प्रयोग किया था. इनकी पुस्तक का नाम 'द प्रजेन्टेशन ऑफ सेल्फ इन एवरीडे लाइफ' और 'इनकाउन्टर्स' है. टालकॉट पारसन्स द्वारा एक बीमार की भूमिका का विश्लेषण भूमिका सिद्धान्त का एक सुप्रसिद्ध एवं प्रतिष्ठित उदाहरण है.

150. (A) जिन्सबर्ग के अनुसार, "समिति लोगों के समूह से मिलकर बनती है जो किसी विशिष्ट उद्देश्य की पूर्ति हेतु संगठित हुए हों." इसका निर्माण एक संगठन के रूप में होता है. प्रत्येक समिति के कुछ नियम उपनियम होते हैं जिनके माध्यम से सदस्यों के आचरण को निर्देशित एवं नियमित किया जाता है.

151. (A) मैलिनोवस्की ने संस्कृति के प्रकार्यवाद सिद्धान्त को स्थापित किया. उनके अनुसार संस्कृति का कोई भी तत्व अवांछित नहीं होता है, वह मानव की किसी-न-किसी आवश्यकता की पूर्ति अवश्य करता है. इनको व्यक्तिगत प्रकार्यवादी कहते हैं.

152. (C) किसी भी वस्तु की मानवीय आकांक्षा को पूरा करने की विश्वसनीय क्षमता अथवा वस्तु का वह गुण, जो एक व्यक्ति अथवा समूह में रुचि पैदा करता है उसके मूल्य का द्योतक है.

153. (B) S.F.J. Woods के अनुसार, सामाजिक मानक वे नियम या प्रतिमान हैं जो मानव व्यवहार को नियन्त्रित करते हैं, व्यवस्था में सहयोग करते हैं तथा किसी विशेष स्थिति में व्यवहार की भविष्यवाणी करना सम्भव बनाते हैं.

154. (C) पार्सन्स के अनुसार, "सामाजिक संरचना एक ऐसा पद है. जिसका प्रयोग परस्पर सम्बन्धित संस्थाओं, संगठनों तथा सामाजिक प्रतिमानों की एक विशिष्ट व्यवस्था के साथ-साथ किसी समूह में प्रत्येक सदस्य द्वारा ग्रहण की गयी परिस्थितियों एवं भूमिकाओं की विशिष्ट क्रमबद्धता के लिए किया जाता है."

155. (C) व्यक्तियों के एक ऐसे संकलन को समुदाय कहा जाता है जिसके सदस्य अपने प्रतिदिन की क्रियाओं के सम्पादन हेतु एक सामान्य भू-भाग को सहभागियों के रूप में प्रयोग करते हैं तथा जिनमें 'हम की भावना' प्रबल रूप में विद्यमान रहती है.

156. (C) गैमिनशाफ्ट–गैसिलशाफ्ट–टॉमीज
प्रस्थिति–अनुबन्ध–एच. मेन
सैनिक समाज–औद्योगिक–स्पेन्सर
यान्त्रिक समाज–अवयवी–दुर्खीम–समाज

157. (A) सन्दर्भ समूह की विचारधारा हर्बर्ट हाइमेन ने 1942 ई. में अपने लेख The Psychology of status में दी. सामान्यतः एक ऐसे समूह को सन्दर्भ समूह की संज्ञा दी जाती है जिसके साथ एक व्यक्ति अपना समीकरण बिठाता है अथवा समीकरण बिठाने की आकांक्षा रखता है तथा जिसके अनुसार एक व्यक्ति अपने मूल्यों, विश्वासों, मनोवृत्तियों को ढालने की कोशिश करता है.

158. (C) प्राथमिक समूह–सी. एच. कूले
सांख्यिकीय समूह–आर. बर्डस्टैड
सन्दर्भ समूह–आर. के. मर्टन
अन्तर्समूह और बहिर्समूह–डब्ल्यू. जी. समनर

159. (B) प्राथमिक समूह की विचारधारा सी. एच. कूले ने दी प्राथमिक समूह से ही गौण समूह निकला है. कूले ने अपनी पुस्तक 'Social organization' (1909) में स्पष्ट किया है कि प्राथमिक समूह वह समूह है, जिसके सदस्यों के मध्य घनिष्ठ सम्बन्ध एक पारस्परिक सहयोग की विशेषता होती है.

160. (A) संस्कृति सम्पर्क द्वारा होने वाले परिवर्तनों की प्रक्रिया को परसंस्कृतिग्रहण कहा जाता है. इस प्रक्रिया में एक संस्कृति दूसरी संस्कृति के तत्वों की स्वेक्षा से अथवा दबाव से ग्रहण करती है.

161. (D) प्रत्येक संस्कृति अपनी-अपनी विशिष्ट परिस्थितियों के साथ अपने तरीके से समायोजन करती है. अतः किसी एक संस्कृति का मूल्यांकन किसी दूसरी संस्कृति के मानदण्डों के अनुसार नहीं किया जा सकता. यह स्थिति ही सांस्कृतिक सापेक्षवाद कही जाती है.

162. (A) उच्च सामाजिक प्रस्थिति में व्यक्ति अपने को श्रेष्ठ दर्शाने के लिए अधिक मूल्य की वस्तुओं को खरीद लेता है. जैसे–मकबूल फिदा हुसैन की पेन्टिंग्स खरीद लेना.

163. (A) जनजातियों में आत्मसात्करण के कारक संक्रिया-शील रहते हैं इसलिए वे अपनी सांस्कृतिक अस्मिता को खो रही हैं. एक संस्कृति द्वारा अपने से अलग दूसरी संस्कृति को अपने में घुला-मिला लेने की प्रक्रिया आत्मसात्करण (Assimilation) है. इस प्रक्रिया में शनैः-शनैः दूसरी संस्कृति के अलग अस्तित्व का लोप हो जाता है.

164. (C) 165. (A) 166. (C) 167. (D) 168. (A)
169. (C) 170. (B)

171. (D) ऑगबर्न एवं निमकॉफ के अनुसार, "हमने अपने अन्तःसमूह के सदस्यों के लिए सहानुभूति एवं सहकारिता की भावना पाई जाती है, जबकि इसके विपरीत बाह्य समूह के प्रति विरोधी भावना पाई जाती है."

172. (C) प्रत्येक समाज में एक प्रस्थिति और उससे सम्बन्धित भूमिका का निर्धारण उस समाज के सांस्कृतिक कारकों एवं मूल्य द्वारा तय होता है. संस्कृति द्वारा ही निर्धारित होता है कि किसे कौनसी प्रस्थिति प्रदान की जाएगी.

173. (D) धार्मिक प्रतिमान जो व्यक्ति के मानने के लिए मजबूर है यह प्रकार्य प्रस्थिति के अनुरूप न कर धार्मिक सदस्यता के अनुरूप प्रतिपादित किया जाएगा.

174. (C) जब दो या दो से अधिक भूमिकाओं का एक साथ निभाना इतना मुश्किल हो जाता हो कि हम किसी भी भूमिका को सही प्रकार से नियति में समर्थ नहीं रह पाते हैं, तो भूमिका द्वन्द्व (Role conflict) की स्थिति पैदा हो जाती है.

175. (A) भूमिका अपेक्षा किसी विशिष्ट भूमिका के सम्बन्ध में समाज द्वारा अपेक्षित एवं इच्छित व्यवहारों अथवा

प्रत्युत्तरों के सम्पूर्ण पुंज को भूमिका अपेक्षा कहा जाता है.

भूमिका निष्पादन–किसी सामाजिक स्थिति में एक व्यक्ति. जिस तरह वास्तविक रूप में अपनी भूमिका को अदा करता है, भूमिका सम्पादन कही जाती है.

भूमिका अन्तर–दो या दो में अधिक भूमिकाओं में अन्तर को भूमि का अन्तर कहा जाता है.

176. (C) 177. (B) 178. (B) 179. (A) 180. (A)

181. (D) 182. (B) 183. (A) 184. (D) 185. (B)

186. (A) व्यक्ति अपने मूल्यों के समर्थनकारी तथ्यों के प्रति अधिक जागरूकता प्रकट करते हैं. व्यक्ति तथ्यों के प्रति अन्धे हो जाते हैं अगर वे उनमें मूल्यों का समर्थन नहीं करते हैं. मूल्य सामाजिक तथ्य होते हैं.

187. (C) मर्टन ने विचलन के सम्बन्ध में वैयक्तिक अनुकूलता के पाँच प्रकार कहे हैं, जो सांस्कृतिक उद्देश्य और संस्थागत साधन के आधार पर निर्भर होते हैं—

(1) **अनुरूपता**–लक्ष्य एवं साधन दोनों मान्य होते हैं.

(2) **नवाचार**–इनके उद्देश्य मान्य होते हैं.

(3) **विधिवाद**–इनको साध्य मान्य होते हैं.

(4) **निवर्तनवाद**–इनको उद्देश्य एवं साध्य मान्य नहीं होते हैं.

(5) **विद्रोह**–ये अपना नया लक्ष्य एवं साध्य बनाते हैं.

188. (B) एक समूह में वर्ग चेतना का आशय है कि उसमें वास्तविक स्थितियों के प्रति झूठी चेतना के स्थान पर पूर्ण जागरूकता आ जाती है. समूह के सदस्यों में यथार्थता का ज्ञान होने पर उनमें एकता के लिए जागरूकता आ जाती है.

189. (B) 190. (B) 191. (C) 192. (B) 193. (D)

194. (D)

195. (D) **भूमिका विन्यास**–एक विशेष सामाजिक प्रस्थिति से सम्बन्धित भूमिकाओं का क्रम-विन्यास.

बहुल भूमिका–व्यक्ति की अनेक प्रस्थितियों से सम्बद्ध **भूमिका**–सम्मिश्र.

भूमिका द्वन्द्व–एक ही व्यक्ति की विभिन्न भूमिकाओं के मध्य द्वन्द्व.

व्यक्तिकार्य तनाव–क्रिया के दो अथवा दो से अधिक क्रमों के द्वन्द्व से निर्मित एकल भूमिका.

196. (C) **अगम्यगमन**–परिवारों के अन्दर घृणित समझे जाने वाले लैंगिक सम्बन्धों को वर्णित करने के लिए प्रयुक्त पद

निषेध–एक विशेष क्रिया के प्रति निषेध

विचारधारा–गहनता में धारित विश्वास और मूल्य जिनके प्रति समूह के सदस्य पूर्णतया प्रतिबद्ध हों

नवप्रवर्तन–संस्कृति और समाज के पूर्व विद्यमान प्रतिमानों का रूपान्तरण करने वाली प्रतिक्रियाएँ

197. (A) भूमिका विन्यास (Role set) की विचारधारा आर. के मर्टन ने प्रस्तुत की है. मर्टन के अनुसार भूमिका-पुंज से आशय भूमिका सम्बन्धों के उस ताने-बाने से है जिसमें एक व्यक्ति एक विशिष्ट सामाजिक प्रस्थिति को धारण करने के कारण जुड़ा होता है.

198. (D) जब हम किसी संस्कृति का उसी संस्कृति के व्यक्तियों के सन्दर्भ में वस्तुनिष्ठ विश्लेषण करते हैं तो उसे सांस्कृतिक सापेक्षवाद कहा जाता है.

199. (B) सर्व-मिस्रवादी संस्कृति उपागम–इलियट स्मिथ

सांस्कृतिक ऐतिहासिक उपागम–एफ. ग्रेबनर

संरचनात्मक उपागम–सी. लेवी-स्ट्रॉस

विकासवादी उपागम–एल. एच. मार्गन

200. (A) सभा अपने लक्षणों में औपचारिक समूह से अलग होती है, क्योंकि सभा की विशेषताओं के अन्तर्गत व्यक्तियों का समूह, निश्चित उद्देश्य, विचारपूर्वक स्थापना, एक निश्चित संगठन, नियमों पर आधारित, ऐच्छिक सदस्यता, अस्थायी प्रकृति, औपचारिक सम्बन्ध आदि आते हैं.

इकाई-II

विवाह, परिवार और नातेदारी
(Marriage, Family and Kinship)

"विवाह स्त्री और पुरुष के पारिवारिक जीवन में प्रवेश करने की संस्था है." —**बोगार्डस**

विवाह
(Marriage)

यौन-व्यवहार प्रत्येक जीवित प्राणी में आवश्यक रूप से पाया जाने वाला जैविकीय लक्षण है. पशु समाज में जहाँ यह मात्र एक स्वतंत्र व्यवहार है, वहीं मानव समाज में इसकी संस्थागत आपूर्ति के लिए अनेक सामाजिक एवं सांस्कृतिक प्रतिमानों के दायरे में 'विवाह' जैसी संस्था का विकास किया गया है, ताकि इस आपूर्ति का प्रबन्ध नियंत्रित एवं नियमित हो सके. इस विभिन्न नियमन में ही विवाह संस्था की व्यापकता अन्तर्निहित है. इसमें कोई संदेह नहीं है कि विवाह के मूल में यौन-सन्तुष्टि की अन्तःप्रेरणा ही निहित है, परन्तु साथ-ही-साथ बच्चों के पालन-पोषण की विश्वसनीय व्यवस्था तथा संस्कृति के हस्तान्तरण की आवश्यकता भी इसमें निहित अन्य प्रमुख अन्तःप्रेरणा है. इस प्रकार विवाह द्वारा वैयक्तिक स्तर पर यौन सन्तुष्टि के रूप में शारीरिक सुख प्राप्त होता है और सन्तान प्राप्ति के रूप में मनोवैज्ञानिक संतोष. इसके अलावा व्यापक सामूहिक स्तर पर इससे समूह और संस्कृति के अस्तित्व रक्षा में भी सहयोग मिलता है.

विवाह के द्वारा ही परिवार का निर्माण होता है. विवाह और परिवार एक-दूसरे के पूरक हैं. वास्तव में विवाह और परिवार एक ही सामाजिक यथार्थ के दो पहलू हैं. इस सामाजिक यथार्थ का तात्पर्य मनुष्य की शारीरिक-मानसिक और सामाजिक आवश्यकताओं से है. इसलिए परिवार की भाँति विवाह का स्वरूप भी सार्वदेशिक और सार्वकालिक है. यह पश्चिम के आधुनिक विकसित समाजों में भी उतना ही व्याप्त है, जितना कि किसी आदिम या जनजातीय समाज में. हाँ, प्रत्येक समाज में, समाज की ढाँचागत विभिन्नता के कारण विवाह की प्रकृति में अन्तर अवश्य पाया जाता है. जैसे कुछ समाजों में यह एक धार्मिक संस्कार है तो कुछ समाजों में मात्र एक समझौता. कुछ समाजों में मित्रता का एक सुविधापूर्ण बन्धन है तो कुछ समाजों में एक आर्थिक संस्था मात्र, परन्तु सभी संस्कृतियों में संस्थागत यौन- तृप्ति एवं प्रजनन की मुख्य पद्धति विवाह ही है.

विवाह का अर्थ एवं परिभाषा
(Meaning and Definition of Marriage)

साधारण अर्थों में दो विपरीत लिंगों के यौन सम्बन्धों का नियमन तथा परिवार की स्थापना करना ही विवाह का प्रमुख उद्देश्य है, परन्तु कई समाजशास्त्रियों ने इसके अन्य संरचनात्मक पहलुओं को भी समाहित करते हुए इसे व्यापक सन्दर्भ में परिभाषित करने का प्रयास किया है.

वेस्टरमार्क ने एक या एक से अधिक स्त्री-पुरुषों के बीच होने वाले उस सम्बन्ध को 'विवाह' माना जो प्रथा अथवा कानून के द्वारा मान्य होता है और जिसमें विवाह से सम्बन्धित दोनों पक्षों और उनसे उत्पन्न होने वाले बच्चों के अधिकारों तथा कर्त्तव्यों का समावेश होता है.

मजूमदार एवं मदान के अनुसार, "विवाह में कानून और धार्मिक आयोजन के रूप में उन सामाजिक अनुशस्तियों (Sanctions) का समावेश रहता है, जो दो विभिन्न लिंगों को यौन क्रियाओं और तद्जनित एवं तत्सम्बन्धी सामाजिक-आर्थिक सम्बन्धों में संलग्न होने का अधिकार प्रदान करती है." इस प्रकार इन विचारकों ने विवाह से सम्बन्धित आर्थिक पहलुओं को भी अपनी परिभाषा में समाहित किया है.

हॉबेल ने लिखा है, "विवाह सामाजिक आदर्श नियमों की एक समग्रता है जो विवाहित व्यक्तियों के पारस्परिक सम्बन्धों को उनके रक्त सम्बन्धियों और अन्य नातेदारों के प्रति परिभाषित करती है और उन पर नियंत्रण रखती है." दो व्यक्तियों के सम्बन्ध के कारण कुछ व्यक्तियों पर पड़ने वाले प्रभावों को भी अपनी परिभाषा में समेटकर हॉवेल ने निश्चित रूप से विवाह की व्यापकता को स्पष्ट किया है.

एच.एम. जॉनसन का मत है कि "विवाह एक स्थिर सम्बन्ध है जिसकी अनुमति समुदाय के मध्य अपनी स्थिति खोए बगैर पुरुष और स्त्री को समाज प्रदान करता है. इस तरह के स्थिर सम्बन्ध की दो और शर्तें हैं—यौन सन्तुष्टि तथा बच्चों का प्रजनन" **मरडॉक** इन शर्तों में दो शर्तें और जोड़ते हैं. एक साथ रहते हुए नियमित यौन सम्बन्ध और आर्थिक सहयोग.

उपर्युक्त परिभाषाओं के आधार पर हम यह कह सकते हैं कि विवाह दो विषम लिंगियों को पारिवारिक जीवन में प्रवेश करने की सामाजिक, धार्मिक अथवा कानूनी स्वीकृत है. स्त्री, पुरुषों एवं बच्चों को विभिन्न सामाजिक व आर्थिक क्रियाओं में सहगामी बनाना, सन्तानोत्पत्ति करना तथा उनका लालन-पालन एवं समाजीकरण करना, विवाह के प्रमुख कार्य हैं. विवाह के परिणामस्वरूप माता-पिता एवं बच्चों के बीच कई अधिकारों एवं दायित्वों का जन्म होता है.

विवाह के उद्देश्य (Aims of Marriage)

विवाह दो विषय-लिंगियों को यौन-सम्बन्ध स्थापित करने की सामाजिक या कानूनी स्वीकृति प्रदान करता है. विवाह ही परिवार की आधारशिला है और परिवार में ही बच्चों का समाजीकरण एवं पालन-पोषण होता है. समाज की निरन्तरता विवाह एवं परिवार से ही सम्भव है. यह नातेदारी का भी आधार है. विवाह के कारण कई नातेदारी सम्बन्ध पनपते हैं. विवाह आर्थिक हितों की रक्षा एवं भरण-पोषण के लिए भी आवश्यक है. विवाह संस्था व्यक्ति जो शारीरिक, सामाजिक एवं मानसिक सुरक्षा प्रदान करती है. मरडॉक (Murdock) ने 250 समाजों का अध्ययन करने पर सभी समाजों में विवाह के तीन उद्देश्यों का प्रचलन पाया–

(1) यौन सन्तुष्टि,

(2) आर्थिक सहयोग,

(3) सन्तानों का समाजीकरण एवं लालन-पालन.

संक्षेप में, विवाह के उद्देश्यों को हम इस प्रकार प्रकट कर सकते हैं–

1. यौन इच्छाओं की पूर्ति एवं समाज में यौन क्रियाओं का नियमन करना.

2. परिवार का निर्माण करना एवं नातेदारी का निर्माण करना.

3. वैध सन्तानोत्पत्ति करना व समाज की निरन्तरता को बनाये रखना.

4. सन्तानों का लालन-पालन एवं समाजीकरण करना.

5. मानसिक सन्तोष प्रदान करना.

6. माता-पिता एवं बच्चों में नवीन अधिकारों एवं दायित्वों को जन्म देना.

7. स्त्री-पुरुष में आर्थिक सहयोग पैदा करना.

8. संस्कृति का एक-पीढ़ी से दूसरी-पीढ़ी को हस्तान्तरण करना.

9. धार्मिक, सामाजिक एवं सांस्कृतिक उद्देश्यों की पूर्ति करना.

10. सामाजिक सुरक्षा प्रदान करना.

स्पष्ट है कि विवाह केवल वैयक्तिक सन्तुष्टि का साधन मात्र ही नहीं है, वरन् एक सामाजिक क्रिया-विधि भी है, जिससे समाज की संरचना को सुदृढ़ता प्रदान की जाती है. मजूमदार एवं मदान के शब्दों में, "विवाह से वैयक्तिक स्तर पर शारीरिक (यौन) और मनोवैज्ञानिक (सन्तान प्राप्ति) सन्तोष प्राप्त होता है, तो व्यापक सामूहिक स्तर पर इससे और संस्कृति के अस्तित्व निवाह में योग मिलता है."

विवाह के निर्धारित मानदण्ड (Criteria of Marriage)

कोई भी समाज जीवन साथी के लिए मुक्त चयन की अनुमति नहीं देता है. इसके लिए समाज में सांस्कृतिक मूल्य एवं परम्परा के अनुसार कुछ-न-कुछ मानदण्ड अवश्य निर्धारित रहते हैं. ये मानदण्ड ही वैवाहिक निषेध या विवाह के नियम कहलाते हैं. इन निषेधों का मुख्य उद्देश्य पारिवारिक संगठन को सुदृढ़ता प्रदान करना है. ये निषेध निम्नलिखित हैं—

1. **निकटवर्ती रक्त सम्बन्धी मानदण्ड**—सभी समाजों में निकट के रक्त सम्बन्धी (माता-पिता और उनके सन्तान तथा सहोदर) के बीच वैवाहिक सम्बन्ध (यौन सम्बन्ध) की मनाही होती है. ऐसे सम्बन्धों पर रोक लगाने के लिए अनेक कठोर नियम बनाए जाते हैं, जो निकटाभिगमन निषेध (Incest taboos) कहलाते हैं. प्रत्येक समाज में इसे अति अनैतिक तथा असभ्य अपराध के रूप में देखा जाता है इसलिए इसके उल्लंघन पर कठोर दण्ड की व्यवस्था होती है. इन निषेधों के कई कारण हैं. प्रथम, यदि परिवार के अन्दर ही यौन सम्बन्धों की स्वीकृति दे दी जाए तो एक तो पारिवारिक संरचना ही भ्रमपूर्ण हो जाएगी साथ ही, परिवार के सदस्यों के बीच श्रद्धा सम्मान एवं प्रतिष्ठा की भावना विकसित नहीं हो पाएगी. दूसरा, वेस्टरमार्क के अनुसार, यदि विवाह के पूर्व ही व्यक्तियों के बीच अधिक घनिष्ठता हो तो यौन आकर्षण विकसित नहीं हो सकता. तृतीय, फ्रांटिन के अनुसार, इससे व्यक्ति को विवाह द्वारा दूसरे समूहों से मित्रता स्थापित करने का अवसर मिल जाता है. चौथा, समाजीकरण की सफलता के लिए भी यह आवश्यक है.

अति प्राचीन सभ्यता में इसके अपवाद भी मिलते हैं. जैसे—पेरू के इंका, कांगो की कुछ जनजातियों तथा हवाई द्वीप के राजघरानों में लोग अपने रक्त की शुद्धता को बनाए रखने के लिए सहोदरों में विवाह को मान्यता देते थे. मिस्र के राजघरानों में सम्पत्ति के संरक्षित स्वामित्व के कारण सहोदर भाई बहिन में ही विवाह हो सकता था, परन्तु ऐसा तत्कालिक समय में ही आम जनसामान्य में प्रचलित नहीं था. सेमा नागाओं में भी पुत्र एवं उसकी विधवा माताओं के बीच विवाह की प्रथा है, परन्तु यह मात्र सम्पत्ति के बाहरी हस्तान्तरण को रोकने के लिए है, यौन-सम्बन्धों की स्थापना के लिए नहीं.

2. **नातेदारी से सम्बन्धित मानदण्ड**—विकसित समाजों में जहाँ अपने कुल, गोत्र, प्रवर या पिण्ड में विवाह करने की मनाही है, वहीं अनेक जनजातियों में किसी विशिष्ट स्वजन के साथ विवाह को ही वरीयता दी जाती है. जैसे—मध्य प्रदेश के गोंडो में अपने विषमलिंगीय सहोदर के साथ ही विवाह करना अनिवार्य होता है. यदि कोई इस वरीयता से बचना चाहे तो उसे हर्जाना देना पड़ता है. खरिया, उरांव, खासी एवं कादर जनजातियों में भी ऐसी ही प्रथा है.

3. **आयु से सम्बन्धित मानदण्ड**—स्त्री या पुरुष की आयु में यदि विशेष अन्तर हो तो ऐसे विवाह भी प्रायः निषिद्ध होते हैं. यह उल्लेखनीय है कि भारतीय समाज में बेमेल-विवाह एवं बाल-विवाह जैसे कई वैवाहिक कुरीतियाँ प्रचलित थीं. ऐसे विवाहों में या तो विवाह के समय स्त्री-पुरुष दोनों की आयु बहुत ही कम होती थी या दोनों की आयु में अन्तर बहुत अधिक होता था. इस प्रथा को समाप्त करने के लिए एक तरफ राजा राममोहन राय, ईश्वरचन्द्र विद्यासागर, ज्योतिबा फुले आदि जैसे समाज सुधारकों ने सामाजिक आन्दोलन चलाया तो दूसरी तरफ समय-समय पर ब्रिटिश भारतीय सरकार ने भी अधिनियमों के द्वारा स्त्री-पुरुष के विवाह के लिए न्यूनतम आयु को निश्चित किया है.

4. **पारिवारिक और सांस्कृतिक विभिन्नता**—सभी समाजों में यह एक सर्वमान्य अपेक्षा होती है कि विवाहित जोड़ों की पारिवारिक और सांस्कृतिक पृष्ठभूमि में समानता हो अर्थात् दोनों सम्बन्धित परिवारों में पारम्परिक व्यवसाय, शिक्षा, खान-पान, वेशभूषा, भाषा, रीति-रिवाज इत्यादि में अधिक अन्तर न हो.

5. **वर्गगत् विभिन्नता**—स्त्री-पुरुष के आर्थिक एवं वर्गगत विभिन्नता भी वैवाहिक सम्बन्धों के लिए एक रुकावट है. दहेज प्रथा के प्रचार के कारण वर्तमान समय में दो परिवार अन्य पहलुओं को दरकिनार करते हुए इस तथ्य पर ही सर्वप्रथम विश्लेषण करते हैं.

विवाह के प्रकार (Types of Marriage)

विवाह के वर्गीकरण के लिए मुख्यतः दो आधार हैं—

1. आन्तरिक और बाह्य, तथा
2. संख्या

विवाह के प्रकार (Kinds of Marriage)

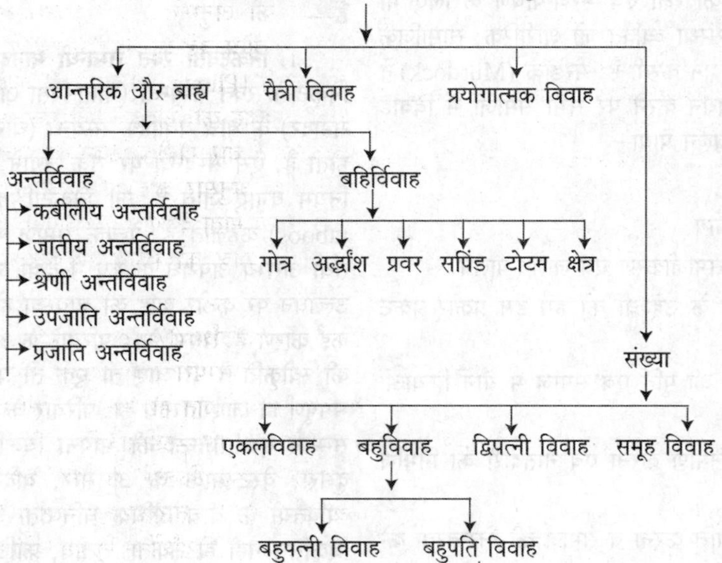

(1) **आन्तरिकता और बाह्यता**—विवाह के लिए यह एक अति रोचक तथ्य है कि व्यक्ति को एक परिधीय सीमांकन की बाध्यता स्वीकार करनी पड़ती है. कुछ सीमाएँ ऐसी हैं जिनके भीतर रहकर ही वैवाहिक सम्बन्ध बनाये जा सकते हैं तो कुछ सीमाएँ ऐसी हैं जिनके बाहर रहना अनिवार्य है. इसी सिद्धान्त के आधार पर विवाह को दो भागों में बाँटा गया है—

(A) **अन्तर्विवाह** (Endogamy)—इसके अन्तर्गत एक स्त्री या पुरुष को अपने ही जाति, प्रजाति, धर्म, भौगोलिक क्षेत्र या समुदाय के अन्दर विवाह करना अनिवार्य होता है. इसके बाहर विवाह करना सामुदायिक या पारिवारिक मर्यादा का उल्लंघन माना जाता है. इस नियम का पश्चिम के समाजों से लेकर जनजातीय समाजों तक में समान रूप से पालन किया जाता है. अमरीकी समाजों में भी गोरे लोग (कॉकेशायड प्रजाति) काले लोगों (निग्रायड प्रजाति) के साथ वैवाहिक सम्बन्ध स्थापित नहीं करते हैं. भारतीय समाज में हिन्दू समुदाय में अन्तर्विवाह सबसे अधिक दृढ़ एवं स्पष्ट है, क्योंकि इनमें यह न केवल एक परम्परा है, बल्कि धर्म ग्रन्थों द्वारा निर्देशित कानून भी. मुसलमानों में भी यह विवाह व्यापक रूप से प्रचलित है. सबसे श्रेष्ठ मुसलमान जो 'सैयद' कहलाते हैं, कई अंतर्विवाही समूहों में बँटे हुए हैं. अन्तर्विवाही नियमों के कारण ही मुसलमानों में ममेरे-फुफेरे (मामा के बच्चे और बुआ के बच्चे) और चचेरे-मौसेरे भाई-बहिनों के बीच विवाह की अनुमति है. जनजातियों में भी कोरबा, टोडा, भील, बुल्सा आदि पूर्णतः अन्तर्विवाही जनजाति हैं.

रक्त की शुद्धता को बनाए रखना ही अन्तर्विवाह का प्रमुख कारण है, जिसके लिए लगभग सभी समूह एवं समुदाय समान रूप से प्रयासरत् रहे हैं. इसके अलावा इस पद्धति द्वारा सांस्कृतिक एवं व्यावसायिक गोपनीयता बनाए रखने में मदद मिलती है. पति-पत्नी में सरलतापूर्वक अनुकूलन स्थापित करने के लिए भी विभिन्न समूहों द्वारा इसे आवश्यक समझा गया. अजनबी एवं अपरिचित लोगों के प्रति डर (खासकर जादू-टोने एवं तंत्र मंत्र से) ही जनजातियों में इस व्यवस्था को दृढ़ किया है.

अन्तर्विवाह के रूप (Forms of Endogamy)

भारत में अन्तर्विवाह के निम्नलिखित रूप मिलते हैं—

(1) **कबीलीय अन्तर्विवाह** (Tribal endogamy)–इस प्रकार के अन्तर्विवाह में व्यक्ति अपने कबीले से बाहर विवाह नहीं कर सकता.

(2) **जातीय अन्तर्विवाह** (Caste endogamy)—इस प्रकार में विवाह जाति के अन्दर होने चाहिए.

(3) **श्रेणी अन्तर्विवाह** (Class endogamy)—इस प्रकार के अन्तर्विवाह में विवाह एक ही श्रेणी अथवा एक ही प्रस्थिति वाले व्यक्तियों के बीच हो सकता है.

(4) **उपजाति अन्तर्विवाह** (Subcaste endogamy)—इस प्रकार के अन्तर्विवाह में विवाह उपजातियों के बीच ही हो सकता है.

(5) **प्रजाति अन्तर्विवाह** (Race endogamy)—इस प्रकार में व्यक्ति प्रजाति (Race) के अन्दर ही विवाह कर सकते हैं.

समूह के बहिर्विवाह पर रोक लगाकर अन्तर्विवाह–

(i) समूह की सजातीयता को सुरक्षित रखता है,

(ii) इसके मान एवं पद को स्थिर रखता है,

(iii) समूह की संख्यात्मक शक्ति को कायम रखता है,

(iv) समूह की रक्त-शुद्धता को बनाये रखता है,

(v) समूह में एकता की भावना को बढ़ाता है.

(B) **बहिर्विवाह** (Exogamy)—अन्तर्विवाह के विपरीत बहिर्विवाह है. इसमें कुछ समूहों से बाहर वैवाहिक सम्बन्ध स्थापित करना अनिवार्य होता है. यह दायरा कहीं-कहीं इतना छोटा है कि इसमें केवल सहोदर ही आते हैं, तो कहीं-कहीं इतना विस्तृत कि इनमें वे व्यक्ति भी शामिल किये जाते हैं जिनके साथ वंशावली में नातेदारी का सम्बन्ध होता है. बहिर्विवाह के विभिन्न आधार निम्नलिखित हैं—

(i) **गोत्र**—'गोत्र' का प्रयोग सामान्यतः जाति में बहिर्विवाह श्रेणी बताने के लिए होता है. एक ही गोत्र के सदस्य एक ही पूर्वज के वंशज माने जाते हैं और इस नाते वे एक-दूसरे के भाई बहिन हो जाते हैं इसलिए इनके बीच विवाह की अनुमति नहीं है. कभी-कभी एक ही समूह के बहुत से गोत्र बड़े-बड़े गोत्र समूहों में विभाजित हो जाते हैं जो फ्रेटरी (Phratry) कहलाते हैं. कहीं-कहीं इन गोत्र समूहों में भी विवाह को निषिद्ध माना गया है. उत्तर भारत में हिन्दू जातियों में चार गोत्रीय नियम का पालन किया जाता है. इस नियम के अनुसार कोई भी व्यक्ति (1) अपने पिता के गोत्र (2) अपनी माता के गोत्र (3) अपनी दादी के गोत्र (4) अपनी नानी के गोत्र की किसी भी लड़की से विवाह नहीं कर सकता है.

(ii) **अर्द्धांश** (Moiety or Clave)—कभी-कभी सम्पूर्ण समूह वंश परम्परा तथा अपने संगठन के आधार पर दो भागों में विभाजित हो जाती है. ऐसे में प्रत्येक भाग अर्द्धांश कहलाते हैं. जैसे—उड़ीसा की 'बोल्डो' जनजाति दो अर्द्धांशों- 'ओंतल' तथा 'किल्लों' में विभाजित हैं. टोडा जनजाति के अर्द्धांश क्रमशः 'तारकारोल' और 'तेइवालिओल' हैं. ऐसी दशा में अपने अर्द्धांशों में विवाह वर्जित होता है.

(iii) **प्रवर**—कपाड़िया के अनुसार, 'प्रवर', समान संस्कारों और ज्ञान से सम्बन्धित एक सम्प्रदाय है, जिससे एक व्यक्ति सम्बद्ध होता है. जबकि 'प्रभु' के अनुसार, यज्ञ के

समय समान पूर्वज या समान ऋषि का नाम लेने वाले व्यक्ति अपने को एक प्रवर से सम्बन्धित मानते हैं. इनमें भी वैवाहिक सम्बन्ध अनुचित माना जाता है. वर्तमान समय में 'प्रवर' जैसी किसी धारणा का प्रचलन नहीं है.

(iv) **सपिंड**—'सपिंड' का एक शाब्दिक अर्थ है 'उसी शरीर का अंश' और दूसरा अर्थ है एक पूर्वज (मृत) के श्राद्ध के समय पके चावल के गोले (पिंड) अर्पित करने वाले लोग. इस आधार पर पितृ-पक्ष को ही नहीं बल्कि मातृ-पक्ष के सम्बन्धी भी सपिण्ड होते हैं. आम प्रचलन के अनुसार पितृ पक्ष के सात पीढ़ियों के सदस्य और मातृ-पक्ष के पाँच पीढ़ियों के सदस्यों के बीच विवाह वर्जित माना जाता है. हिन्दू विवाह अधिनियम, 1955 में भी पितृ-पक्ष के पाँच पीढ़ियों और मातृ-पक्ष के तीन पीढ़ियों के सदस्यों में विवाह की अनुमति नहीं है.

(v) **टोटम**—'टोटम' केवल जनजातियों से सम्बद्ध एक धारणा है. जनजातियों में पशु-पक्षी, पेड़-पौधे के रूप में टोटम एक प्रतीक है, जिससे जनजाति अपनी उत्पत्ति मानते हैं. एक ही टोटम वाले समूह आपस में विवाह नहीं करते हैं.

(vi) **क्षेत्र**—अनेक समूहों में गाँव से बाहर विवाह करने का नियम पाया जाता है, क्योंकि एक गाँव में जन्मे स्त्री-पुरुष आपस में भाई-बहिन माने जाते हैं. उत्तर भारत के कुछ क्षेत्र विशेष में अपने गाँव से बाहर, परन्तु तेरह किलोमीटर की परिधि वाले गाँवों में ही 'विवाह' का प्रचलन है.

परिवार में अनैतिक एवं अनाचार जैसी स्थितियों पर अंकुश लगाए रखना ही बहिर्विवाह का सबसे प्रमुख नियम है. फ्रायडवादी विचार के अनुसार भी बहिर्विवाह निकटाभिगमन निषेधों की सार्थकता को बनाए रखने के लिए प्रमुख सामाजिक क्रियातंत्र है. रिजले के अनुसार, मनुष्य में अन्य लोगों से भिन्न होने की प्रवृत्ति के कारण ही मनुष्य को अजनबी, अपरिचित और अनजान लोगों के साथ विवाह हेतु प्रेरित किया है. आडरे रिचर्डस के अनुसार हरण-विवाह के विकास और प्रचलन के कारण ही बहिर्विवाह के नियम बने, क्योंकि अपने समूह के सदस्यों का हरण नहीं किया जा सकता था. टॉयलर के अनुसार जनजातियों में पारस्परिक संघर्ष को कम कर शांतिपूर्ण जीवन व्यतीत करने की इच्छा ही बहिर्विवाह के कारणों के मूल में है. दूसरे समूहों से मैत्रीपूर्ण सम्बन्ध स्थापित करने के लिए विवाह ही सबसे उत्कृष्ट युक्ति है.

वास्तव में, आधुनिक सभ्य समाजों में अंतर्विवाह एवं बहिर्विवाह के सिद्धान्त विवाह के दो प्रकार नहीं वरन् एक-दूसरे के पूरक हैं. एक समूह अपने सदस्यों से जीवन-साथी चुनने के क्रम में दोनों सिद्धान्तों के पालन की अपेक्षा रखता है. जाति-व्यवस्था के अन्तर्गत भी एक जाति के सदस्यों से यह अपेक्षा की जाती है कि वे अपने ही जाति या उपजाति में विवाह सम्बन्ध स्थापित करें, परन्तु साथ-ही-साथ उनसे यह भी अपेक्षा की जाती है कि वह अपने परिवार, कुल, गोत्र के सदस्यों के साथ विवाह न करें. यदा-कदा मिलने वाले कुछ समूहगत रीति-रिवाज या एकल उदाहरणों को छोड़ दिया जाय तो वर्तमान संदर्भ में यही पूरकता की प्रवृत्ति सर्वव्यापक है.

(2) **संख्या**—किसी समय विशेष में किसी स्त्री-पुरुष को कितने जीवन साथी चुनने का अधिकार है, इस आधार पर विवाह के दो प्रकार हैं.

(A) **एकल विवाह**—एकल विवाह का तात्पर्य एक जीवन साथी के जीवित रहते हुए किसी स्त्री या पुरुष के साथ विवाह न करने से है. एक पति एवं एक पत्नी का उपर्युक्त सिद्धान्त ही सभी समाजों में विवाह का आदर्श प्रारूप रहा है. ईसाई एवं पारसी समुदाय में एकल विवाह का प्रतिमान ही सदा से पाया जाता है, परन्तु हिन्दुओं एवं मुस्लिमों में ऐसा नहीं रहा है. भारत में 1955 से पहले हिन्दुओं में एक से अधिक पत्नी रखने के कई उदाहरण मिल जाते थे. सामान्यतः समाज के समृद्ध वर्ग ही ऐसा किया करते थे, परन्तु हिन्दू विवाह अधिनियम, 1955 के द्वारा हिन्दू, सिख, जैन तथा बौद्ध धर्मानुयायियों के लिए एक विवाह का सिद्धान्त अनिवार्य कर दिया गया. मुस्लिमों में अभी भी यह बन्धन नहीं है. कुछ जनजातियों को छोड़कर अधिकांश जनजातियों में भी यही विवाह पद्धति प्रचलित है. लिंगानुपात, दाम्पत्य सम्बन्ध, बच्चों की देखभाल, स्त्रियों की सामाजिक प्रस्थिति इत्यादि दृष्टिकोण से एकल विवाह ही सर्वोत्तम है. इसी के द्वारा व्यक्ति अपने साध्य एवं साधनों के बीच उचित सन्तुलन स्थापित करके सुखी एवं शांतिपूर्ण जीवन व्यतीत कर सकता है.

(B) **बहु विवाह**—किसी समय विशेष में किसी स्त्री या पुरुष का दो या दो से अधिक विवाह सम्बन्ध स्थापित करना ही बहु विवाह कहलाता है. इसके दो उपभेद हैं—

(i) **बहुपत्नी विवाह**—जैसा कि नाम से ही स्पष्ट है, किसी पुरुष का एक से अधिक स्त्रियों के साथ विवाह करना बहुपत्नी विवाह है. पहली पत्नी का जीवित होना या न होना इसके तहत् कोई मायने नहीं रखता है. इसका एक अन्य रूप एक पक्षीय बहुपत्नी विवाह (Bigamy) है. इसमें पुरुष जिन स्त्रियों के साथ विवाह करता है वे आपस में बहिनें होती हैं.

विवाह का यह प्रकार भी व्यापक रूप से प्रचलित रहा है. मुस्लिम कानून एक समय में चार पत्नियाँ रखने की अनुमति देता है. इसलिए मुस्लिमों में सदा से ही यह एक सामान्य परम्परा रही है. भारत में वैदिककाल से लेकर स्वतन्त्रता तक इस व्यवस्था का प्रचलन था. तत्कालीन समय में यह व्यक्ति की सामाजिक प्रतिष्ठा एवं सम्मान की उच्चता को प्रदर्शित करता था. अनेक भारतीय जनजातियाँ, जैसे—नागा, गोंड, बैगा, लुशाई और मध्य भारत की अधिकांश प्रोट्रो–आस्ट्रेलॉयड जनजातियों में यह अभी भी प्रचलित है.

प्राचीन समय से ही सामाजिक प्रतिष्ठा का विषय होने के कारण बहुपत्नी विवाह को प्रोत्साहन मिलता रहा है. दूसरा मुख्य कारण लिंगानुपात में स्त्रियों की बहुलता का होना है. कभी-कभी स्त्रियों का बाँझपन भी इसका कारण हो जाता है. बहुपत्नी विवाह के कारण चाहे जो भी हों, हकीकत यही है कि ऐसे परिवारों में स्त्रियों को प्रतिष्ठापूर्ण स्थान नहीं मिल पाता. स्त्रियाँ मात्र भोग-विलास का एक साधन बनकर रह जाती हैं. पारिवारिक कलह, अत्यधिक बच्चे तथा उनका कुंठित विकास ही ऐसे परिवारों में देखने को मिलता है. एक तरफ ये उपर्युक्त दोष, दूसरी तरफ विभिन्न अधिनियम, आर्थिक कठिनाइयों तथा स्त्रियों में सामाजिक जागरूकता के कारण वर्तमान में यह पद्धति तेजी से समाप्ति की ओर अग्रसर है. बहुपत्नी विवाह आज मुख्य रूप से जनजातीय एवं मुस्लिम समाज की ही विशेषता मानी जाती है जो अपने धर्म एवं संस्कृति के नाम पर इसे आज भी बनाए रखने के पक्ष में है.

(ii) **बहुपति विवाह**—एक समय में किसी स्त्री का एक से अधिक पुरुषों का पति के रूप में वरण करना ही बहुपति विवाह कहलाता है. इसका एक रूप 'मातृ बहुपति विवाह' (Maternal Polyandry) है जिसमें विवाहित पुरुष आपस में भाई होते हैं. कभी-कभी परिवार में दो या दो से अधिक पत्नी भी होती है. ऐसी स्थिति में सभी भाइयों का सभी पत्नियों पर समान अधिकार होता है. भ्रातृ बहुपति विवाह स्पष्ट रूप से हिमाचल प्रदेश के 'खस' जनजाति में मिलता है. इसके अलावा भारत के नीलगिरि के टोडा, हिमाचल प्रदेश के ही किन्नर, उत्तरांचल के जौनसार बाबर की जनजातियाँ, नेपाल के शेरपा, कुजुम्ब, कुर्ग पहाड़ी की जनजातियाँ और भूटान में इस प्रकार के विवाह का प्रचलन है.

आज पूरे विश्व के बहुत सीमित समुदायों में ही यह व्यवस्था प्रचलित है. जनजातियों में वधू मूल्य चुकाने की प्रथा तथा पैतृक सम्पत्ति को विभाजित न होने देने की इच्छा जैसे आर्थिक कारण ही बहुपति विवाह के मुख्य कारण रहे हैं.

बहुपतित्व विवाह के दो रूप हो सकते हैं–

(1) **भ्रात्रीय बहुपतित्व** (Fraternal Polyandry)—इस प्रकार के बहुपतित्व में एक पत्नी सभी भाइयों की पत्नी समझी जाती है, जो उसके साथ लैंगिक सम्बन्ध रखते हैं. बच्चे ज्येष्ठतम भाई की संतान समझे जाते हैं. टोड़ो में बहुपतित्व भ्रातीय प्रकार का है.

(2) **अभ्रात्रीय बहुपतित्व** (Non-Fraternal polyandry)—इस प्रकार में एक स्त्री के अनेक पति होते हैं, जिनके साथ वह बारी-बारी से सहवास करती है. इन पतियों का भाई होना आवश्यक नहीं है. जब भी किसी बच्चे का जन्म होता है तो उसके पिता का निर्धारण एक धार्मिक संस्कार द्वारा किया जाता है, जो उसका सामाजिक पिता कहलाता है.

समूह विवाह (Cenogamy or Group Marriage)

एक पुरुष-समूह एक स्त्री-समूह के साथ विवाह करना समूह विवाह है. समूह विवाह बहुपति विवाह का एक स्वरूप है, जिसमें पुरुषों का एक समूह स्त्रियों के एक समूह के साथ विवाह करता है. इस तरह इस विवाह में प्रत्येक पुरुष प्रत्येक स्त्री (समूह की) के साथ यौन-सम्बन्ध स्थापित करता है. समूह विवाह की प्रथा बहुत कम समाजों में सुनी जाती है. भारत की टोडा जनजाति में कभी-कभी बहुपति विवाह की प्रथा के कारण समूह विवाह भी हो जाता है. इसी प्रकार कहीं-कहीं अन्य 'बहुपति विवाहमय समाजों' (Polyandrous Societies) में समूह विवाह प्रचलित है. सामान्य रूप से यह प्रथा सिक्किम, भूटान, तिब्बत, श्रीलंका सिंघली (Singhales of SriLanka) जाति में प्रचलित है. रिवर्स इस प्रकार के विवाह न कहकर 'लिंग सम्बन्धी साम्यवाद' (Sexual Communism) कहकर पुकारना अधिक अच्छा समझते हैं. आजकल इस प्रथा का लोप-सा हो गया है. आर. एच. लॉवी (R. H. Lowie) ने ठीक ही कहा है, "इस प्रकार के समूह विवाह का उद्‌विकास आधुनिक युग में तथा तुलनात्मक रूप में मिथ्यावादी समाज में हो सकता है. अतएव हम समूह विवाह की एक अनिवार्य या मानव विवाह से इतिहास में आवश्यक रूप से प्राचीन स्तर का होने से हटा सकते हैं."

(1) **मैत्री विवाह** (Compantionate Marriage)—यह दो व्यक्तियों का इस समझौते पर विवाह है कि जब तक कोई बच्चा पैदा नहीं होता, विवाह सम्बन्ध को दोनों की इच्छा पर बड़ी आसानी से भंग किया जा सकता है. जज बैन बी. लिंडसे (Judge Ben B. Lindesy) का यह विचार है कि यह ढंग उन्मुक्त प्रेम अथवा परीक्षण विवाह से बहुत अच्छा है, क्योंकि इस बात की जानकारी कि यदि कोई बच्चा न हुआ हो तो तलाक प्राप्त किया जा सकता है, विवाह की ओर पूर्ण रुचि आकर्षित करेगी. इस विधि के आलोचक, चाहे इसके पक्ष में कुछ भी कहा जाए, यह कहते हैं कि इसका परिणाम 'तुरन्त विवाह' और 'तुरन्त तलाक' होता है तथा इसका एक मात्र आशय लैंगिक सम्बन्ध होता है.

(2) **प्रयोगात्मक विवाह** (Experimental Marriage)—कुछ विचारकों ने स्थायी एकता का जीवन व्यतीत करने से पूर्व नर और नारी की संगतता को जानने के लिए प्रयोगात्मक विवाह की राय दी है. नर और नारी को अस्थायी रूप से विवाहित जीवन व्यतीत करने की स्वीकृति दी जानी चाहिए, ताकि यह जाना जा सके कि वे स्थायी रूप से विवाहित सम्बन्ध में बँध सकते हैं या नहीं. इस प्रकार के विवाह से बाद में सम्बन्ध-विच्छेद के अवसरों में कमी हो जाएगी. प्रयोगकाल में वे एक-दूसरे के व्यक्तित्व से परिचित हो जाएंगे. यदि वे अनुभव करें कि उनके व्यक्तित्व संगत हैं तो वे पक्के

विवाह-सम्बन्ध में बँध जाएँ, अन्यथा एक-दूसरे से अलग हो जाएँ. प्रयोगात्मक विवाह के पक्ष में अवश्य कुछ कहा जा सकता है, परन्तु प्रयोगात्मक उपागम प्रयोगशाला में ही बढ़िया है, विवाह में नहीं.

कुछ अन्य प्रकार

(i) **अनुलोम विवाह**—यह मुख्यतः हिन्दू समुदाय से सम्बन्धित विवाह-प्रणाली है. यद्यपि, हिन्दू धर्मशास्त्रों में अन्तर्विवाही सिद्धान्तों को ही प्राथमिकता दी गई है. फिर भी, अपने वर्ण या जाति से बाहर के विवाह को ही अनुलोम या प्रतिलोम सिद्धान्त के अनुसार मान्यता प्रदान की गई है.

अनुलोम नियम पद्धति के अनुसार एक पुरुष अपने या अपने से नीची जाति की स्त्री से विवाह कर सकता है. इस प्रकार इस नियम के तहत् पुरुषों के लिए निम्नलिखित विवाह मान्य हैं–

ब्राह्मण पुरुष—ब्राह्मण, क्षत्रिय, वैश्य, शूद्र स्त्री
क्षत्रिय पुरुष—क्षत्रिय, वैश्य, शूद्र स्त्री
वैश्य पुरुष—वैश्य, शूद्र स्त्री
शूद्र पुरुष—शूद्र स्त्री

इसी प्रकार इस नियम के तहत् स्त्रियों के लिए निम्नलिखित विवाह मान्य हैं–

शूद्र स्त्री—शूद्र, वैश्य, क्षत्रिय, ब्राह्मण पुरुष
वैश्य स्त्री—वैश्य, क्षत्रिय, ब्राह्मण पुरुष
क्षत्रिय स्त्री—क्षत्रिय, ब्राह्मण पुरुष
ब्राह्मण स्त्री—ब्राह्मण, पुरुष

भारतीय समाज में व्यावहारिक मान्यता के अनुसार एक पुरुष अपने से नीची जाति की स्त्री के साथ विवाह करके भी अपनी जाति-प्रस्थिति या सांस्कृतिक शुद्धता यथावत् बनाए रख सकता है, परन्तु स्त्रियों के साथ ऐसा नहीं होता है. इसलिए, एक स्त्री को अपनी जाति से वंचित होने और सांस्कृतिक दृष्टि से अपवित्र होने से बचाने के लिए ही प्राचीन विधि निर्माताओं ने अनुलोम विवाह का कानून बनाया है.

(ii) **प्रतिलोम विवाह**—अनुलोम विवाह के ठीक विपरीत प्रतिलोम विवाह-प्रणाली है. किसी स्त्री का अपने से नीची जाति के पुरुष के साथ विवाह करना प्रतिलोम विवाह कहलाता है. हिन्दू धर्मशास्त्रों में ऐसे विवाहों को अवैध माना गया है तथा स्मृतिकारों ने इनकी घोर निंदा की है. खासकर ब्राह्मण स्त्री का शूद्र पुरुष के साथ विवाह को अति निकृष्ट बताया गया है तथा उनसे उत्पन्न सन्तानों को चंडाल की श्रेणी में रखा गया है. इसलिए ऐसा विवाह अतीत में भी बहुत कम प्रचलित रहा है.

(iii) **समोदर विवाह**—जब किसी विशेष स्वजन के साथ ही विवाह सम्बन्ध स्थापित करने की वरीयता दी जाती है, तो ऐसा विवाह समोदर विवाह कहलाता है. यह मुख्यतः जनजातियों में ही प्रचलित है, जैसे—गोंडों में अपने विषम लिंगीय सहोदर के साथ विवाह करना अनिवार्य होता है. खरीया, उराँव, खासी, कादर में भी समोदर विवाह प्रचलित हैं. मध्य प्रदेश के गोंड ऐसे विवाह को 'दूधलौटावा' कहते हैं.

(iv) **पति भ्रातृ (देवर) और पत्नी भगिनी (साली) विवाह**—अपने पति के भाई की वास्तविक या सम्भावित यौन-संगिनी होने की प्रथा पति-भ्रातृ विवाह कहलाती है. इसी प्रकार जब कई बहिनें एक ही समय या सम्भावित रूप में एक ही व्यक्ति की जीवनसंगिनी होती हैं तो ऐसा विवाह पत्नी-भगिनी विवाह कहलाता है. यह विवाह दो परिवारों के बीच सौहार्द एवं घनिष्ठ सम्बन्धों को बनाए रखने में महत्वपूर्ण हैं खासकर जब पति या पत्नी की मृत्यु हो जाए.

हिन्दू विवाह के उद्देश्य (Aims of Hindu Marriage)

हिन्दू विवाह के उद्देश्यों को बताते हुए डॉ. कपाड़िया लिखते हैं, "हिन्दू विवाह के उद्देश्य धर्म, प्रजा (सन्तान) तथा रति (आनन्द) बताये गये हैं." हम यहाँ हिन्दू विवाह के इन तीन उद्देश्यों का उल्लेख करेंगे–

1. **धर्म या धार्मिक कार्यों की पूर्ति** (Dharmaor Religious Duties)—हिन्दू-विवाह में धर्म व धार्मिक कार्यों की पूर्ति के लिए सबसे उच्च स्थान दिया गया है. धार्मिक कार्यों की पूर्ति के लिए पत्नी का होना अति आवश्यक होता है अन्यथा वे अपूर्ण ही माने जाएंगे. प्रत्येक गृहस्थ को प्रतिदिन ब्रह्म यज्ञ, देवयज्ञ, भूतयज्ञ, पितृयज्ञ एवं नृयज्ञ आदि पाँच महायज्ञ करें.

2. **प्रजा अथवा पुत्र-प्राप्ति** (Progeny)—विवाह का दूसरा उद्देश्य सन्तान उत्पत्ति माना गया है. हिन्दुओं में पुत्र का स्थान विशेष माना गया है, वही पिता के लिए तर्पण और पिण्डदान करता है, उसे मोक्ष दिलाता है.

3. **रति आनन्द** (Sexual Pleasure)—हिन्दू विवाह का तीसरा उद्देश्य यौन सन्तुष्टि है. उपनिषदों में यौन सुख को सबसे बड़ा सुख कहा गया है. वात्स्यायन ने रति आनन्द की तुलना ब्रह्मानन्द से की है. इस प्रकार धर्मशास्त्रों में यौन इच्छाओं की पूर्ति को आवश्यक माना गया है, किन्तु वह मनमाने ढंग से नहीं वरन् समाज द्वारा स्वीकृत तरीकों से होनी चाहिए.

हिन्दू विवाह के उपर्युक्त तीन उद्देश्यों के अतिरिक्त कुछ अन्य उद्देश्य भी हैं, जो इस प्रकार हैं–

(1) हिन्दू विवाह स्त्री-पुरुषों के व्यक्तित्व के समुचित विकास में योग देता है. उन्हें जीवन की वास्तविकताओं से परिचित कराता है और वैयक्तिक जीवन को संगठित करता है.

(2) हिन्दू विवाह का एक अन्य उद्देश्य स्त्री-पुरुषों को गृहस्थ आश्रम में प्रवेश करने तथा चार पुरुषार्थों–धर्म, अर्थ, काम, मोक्ष की प्राप्ति में भोग देना है.

(3) एक धार्मिक संस्कार के रूप में हिन्दू विवाह व्यक्ति में त्याग की भावना भरता है और पारिवारिक दायित्वों के निर्वाह की प्रेरणा देता है.

हिन्दू विवाह के प्रकार या स्वरूप (Kinds of Hindu Marriage or Forms)

वैदिक शास्त्रों में हिन्दू विवाह के आठ प्रकारों या स्वरूपों का उल्लेख मिलता है जो निम्नलिखित प्रकार से हैं–

(1) **ब्रह्म विवाह** (Brahma Marriage)—यह विवाह सभी प्रकार के विवाहों में श्रेष्ठ माना गया है. मनु ने ब्रह्म विवाह को परिभाषित करते हुए लिखा है, "वेदों के ज्ञाता शीलवान वर को स्वयं बुलाकर, वस्त्र एवं आभूषण आदि से सुसज्जित कर पूजा एवं धार्मिक विधि से कन्यादान करना ही ब्रह्म विवाह है." गौतम ने धर्मसूत्र में ब्रह्म विवाह का वर्णन करते हुए लिखा है, "वेदों का विद्वान्, अच्छे आचरण वाला, बन्धु-बान्धवों से सम्पन्न, शीलवान वर को वस्तु के जोड़े एवं अलंकारों से सुसज्जित कन्यादान देना ही ब्रह्म विवाह है." याज्ञवल्क्य लिखते हैं, "ब्रह्म विवाह उसे कहते हैं जिसमें वर को बुलाकर शक्ति के अनुसार अलंकारों से अलंकृत कर कन्यादान दिया जाता है. ऐसे विवाह से उत्पन्न पुत्र इक्कीस पीढ़ियों को पवित्र करने वाला होता है."

(2) **दैव विवाह** (Daiva Marriage)—गौतम एवं याज्ञवल्क्य ने दैव विवाह का उल्लेख इस प्रकार किया है–"वेदों में दक्षिणा देने के समय पर यज्ञ कराने वाले पुरोहित को अलंकारों से सुसज्जित कन्या दी जाती है तो इसे दैव विवाह कहते हैं." प्राचीन समय में यज्ञ और धार्मिक अनुष्ठानों का अधिक महत्व था, जो ऋषि अथवा पुरोहित इन पवित्र धार्मिक कार्यों को सम्पन्न कराता, यजमान उससे अपनी कन्या का विवाह कर देता था. कुछ स्मृतिकारों ने इस प्रकार के विवाह की आलोचना की है, क्योंकि कई बार वर एवं वधू की आयु में बहुत अन्तर होता था. वर्तमान समय में इस प्रकार के विवाह नहीं पाये जाते हैं.

(3) **आर्ष विवाह** (Arsha Marriage)—मनु के अनुसार, "गाय और बैल का एक युग्म वर के द्वारा धर्म कार्य हेतु कन्या के लिए देकर विविधत् कन्यादान करना आर्ष विवाह कहा जाता है." आर्ष का सम्बन्ध ऋषि शब्द से है. जब कोई ऋषि किसी कन्या के पिता को गाय और बैल भेंट के रूप में देता है तो यह समझ लिया जाता था कि अब उसने विवाह करने का निश्चिय कर लिया है. कई आचार्यों ने गाय बैल भेंट करने को कन्या मूल्य माना है. किन्तु यह सही नहीं है, गाय व बैल भेंट करना भारत जैसे देश में पशुधन के महत्व को प्रकट करता है. वर्तमान में इस प्रकार के विवाह प्रचलित नहीं हैं.

(4) **प्रजापत्य विवाह** (Prajaptya Marriage)—प्रजापत्य विवाह भी ब्रह्म विवाह के समान होता है. इसमें लड़की का पिता आदेश देते हुए कहता है, "तुम दोनों एक साथ रहकर आजीवन धर्म का आचरण करो." याज्ञवल्क्य कहते हैं कि इस प्रकार के विवाह से उत्पन्न सन्तान वंश की बारह पीढ़ियों को पवित्र करने वाली होती हैं. वशिष्ठ और आपस्तम्ब ने प्रजापत्य विवाह का कहीं उल्लेख नहीं किया है. डॉ. अल्टेकर का मत है कि विवाह के आठ प्रकार की संख्या को पूर्ण करने हेतु ही इस पद्धति को पृथक् रूप दे दिया गया है.

(5) **असुर विवाह** (Asur Marriage)—मनु लिखते हैं, "कन्या के परिवार वालों एवं कन्या को अपनी शक्ति के अनुसार धन देकर अपनी इच्छा से कन्या को ग्रहण करना 'असुर विवाह' कहा जाता है." कन्या मूल्य की प्रथा विशेषतः निम्न जातियों में प्रचलित है, उच्च जातियाँ इसे घृणा की दृष्टि से देखती हैं.

(6) **गान्धर्व विवाह** (Gandharva Marraige)—मनु कहते हैं, "कन्या और वर की इच्छा से पारस्परिक स्नेह द्वारा काम और मैथुन युक्त भावों से जो विवाह किया जाता है, उसे गान्धर्व विवाह कहते हैं." प्राचीन समय में गन्धर्व नामक जाति द्वारा इस प्रकार के विवाह किये जाने के कारण ही ऐसे विवाहों का नाम गान्धर्व विवाह रखा गया है. वर्तमान में हम इसे प्रेम विवाह के नाम से जानते हैं जिसमें वर एवं वधू एक-दूसरे से प्रेम करने के कारण विवाह करते हैं. इस प्रकार के विवाह में धार्मिक क्रियाएं सम्बन्ध स्थापित होने के बाद की जाती है. कुछ स्मृतिकारों ने इस प्रकार के विवाह को स्वीकृत किया है तो कुछ ने अस्वीकृत. बोधायन धर्म सूत्र में इसकी प्रशंसा की गयी है. वात्स्यायन ने अपने 'कामसूत्र' में इसे एक आदर्श विवाह माना है. दुष्यन्त का शकुन्तला के साथ गान्धर्व विवाह हुआ था.

(7) **राक्षस विवाह** (Rakshasa Marriage)—मनु कहते हैं, "मारकर, अंग-छेदन करके, घर को तोड़कर, हल्ला करती हुई, रोती हुई कन्या को बालात् अपहरण करके लाना, 'राक्षस विवाह' कहलाता है." इस प्रकार के विवाह उस समय अधिक होते थे. जब युद्धों का महत्व था और स्त्री को युद्ध का पुरस्कार माना जाता था.

महाभारत काल में इस प्रकार के विवाह के अनेक उदाहरण मिलते हैं. श्रीकृष्ण का रुक्मणी एवं अर्जुन का सुभद्रा के साथ भी इसी प्रकार का विवाह हुआ था. राक्षस विवाह में वर एवं वधू पक्ष के बीच परस्पर मारपीट एवं लड़ाई-झगड़ा होता है. इस प्रकार के विवाह क्षत्रियों में अधिक होने के कारण इसे 'क्षात्र विवाह' भी कहा जाता है.

(8) **पैशाच विवाह** (Paishacha Marriage)—मनु कहते हैं, "सोयी हुई, उन्मत्त, घबराई हुई, मदिरा पान की हुई अथवा राह जाती हुई लड़की के साथ बलपूर्वक कुकृत्य करने के बाद उससे विवाह करना पैशाच विवाह है." इस प्रकार के विवाह को सबसे निकृष्ट कोटि का माना गया है. वशिष्ठ एवं आपस्तम्ब ने इस प्रकार के विवाह को मान्यता नहीं दी है, किन्तु इस प्रकार के विवाह को लड़की का दोष न होने के कारण कौमार्य भंग हो जाने के बाद उसे सामाजिक बहिष्कार से बचने एवं उसका सामाजिक सम्मान बनाये रखने के लिए ही स्वीकृति प्रदान की गयी है.

'सत्यार्थ प्रकाश' में ब्रह्म विवाह को सर्वश्रेष्ठ, प्रजापत्य को मध्यम एवं आर्ष, असुर तथा गान्धर्व को निम्न कोटि का बताया गया है. राक्षस विवाह को तो अधम तथा पैशाच विवाह को महाभ्रष्ट माना गया है. वर्तमान समय में हिन्दुओं में ब्रह्म असुर, गान्धर्व एवं कहीं-कहीं पैशाच विवाह प्रचलित है. दैव, आर्ष, प्रजापत्य एवं राक्षस विवाह पूर्णतः समाप्त हो चुके हैं. डॉ. मजूमदार कहते हैं, "हिन्दू समाज अब केवल दो स्वरूपों को मान्यता देता है–ब्रह्म तथा असुर. उच्च जातियों में पहले प्रकार का और निम्न जातियों में दूसरे प्रकार का विवाह प्रचलित है. यद्यपि उच्च जातियों में असुर प्रथा पूर्णतः नष्ट नहीं हुई है. वर्तमान समय में पढ़े-लिखे लोगों में गान्धर्व विवाह, जिसे हम प्रेम-विवाह कहते हैं, का भी प्रचलन माया जाता है."

हिन्दू विवाह : एक धार्मिक संस्कार (Hindu Marriage : A Religious Sacrament)

हिन्दू विवाह के उद्देश्यों एवं स्वरूपों का अवलोकन करने पर जात होता है कि यह एक धार्मिक संस्कार है. कपाड़िया ने लिखा है "हिन्दू विवाह एक धार्मिक संस्कार है. यह पवित्र समझा जाता है, क्योंकि यह तभी पूर्ण होता है जबकि में पवित्र कृत्य पवित्र मन्त्रों के साथ किए जाए." संस्कार का तात्पर्य है कि व्यक्ति का शुद्धिकरण करना. विवाह भी अनेक संस्कारों में से एक संस्कार माना गया है, यह गृहस्थाश्रम का प्रवेश द्वार है. निम्नांकित विशेषताएँ हिन्दू विवाह को एक धार्मिक संस्कार के रूप में प्रकट करती हैं–

1. **विवाह का धार्मिक आधार** (Religious Basis of Marriage)—हिन्दू विवाह के उद्देश्यों का उल्लेख करने पर, धर्म को प्रधानता दी गयी है. प्रत्येक हिन्दू को प्रतिदिन पंच महायज्ञ करना आवश्यक है, लेकिन ये यज्ञ बिना पत्नी के पूर्ण नहीं माने जाते. इसलिए विवाह एक हिन्दू के लिए आवश्यक धार्मिक कर्तव्य है. डॉ. कपाड़िया ने उचित ही लिखा है, "यह स्पष्ट है कि जब हिन्दू विचारकों ने धर्म को विवाह का प्रथम तथा सर्वोच्च उद्देश्य तथा सन्तानोत्पादन को दूसरा श्रेष्ठ उद्देश्य माना तो स्वाभाविक रूप से विवाह पर धर्म का आधिपत्य हो गया. विवाह की इच्छा रति या सन्तानोत्पात्ति के लिए इतनी अधिक नहीं की जाती थी जितनी अपने धार्मिक कर्तव्यों के पालनार्थ एक साथी प्राप्त करने के लिए." हिन्दू विवाह का दूसरा उद्देश्य पुत्र प्राप्ति है, क्योंकि वह पिण्डदान एवं तर्पण आदि के द्वारा पितरों को नरक से बचाता है. रति को विवाह में सबसे नीचा स्थान दिया गया है. स्पष्ट है कि विवाह के उद्देश्य इसे एक धार्मिक संस्कार का रूप प्रदान करते हैं.
2. **विवाह की अविच्छेद प्रकृति** (Irrevocable Nature of Marriage)—हिन्दू विवाह पति-पत्नी का जन्म-जन्मान्तर का पवित्र एवं अटूट बन्धन माना जाता है. ऐसी मान्यता है कि जो इस जन्म में पति-पत्नी हैं, वे अगले जन्म में भी फिर पति-पत्नी बनेंगे. भारतीय धर्मशास्त्रों में तलाक एवं परित्याग का कोई स्थान नहीं है. पत्नी के लिए पति-परमेश्वर, पतिव्रत एवं सतीत्व की धारणा दी गयी है और पति के लिए पत्नीव्रत की.
3. **ऋणों से उऋण होने के लिए विवाह आवश्यक है** (Marriage is essential for getting rit of Rinas)–गृहस्थ बनकर ही व्यक्ति अपने देव-ऋण, पितृ-ऋण ऋषि-ऋण से उऋण हो सकता है.
4. **पतिव्रत का आदर्श** (Ideal of Pativrata)—एक हिन्दू, स्त्री से यह अपेक्षा की जाती है कि यह पतिव्रत-धर्म का पालन करे, स्वप्न में भी पर पुरुष का चिन्तन न करे.
5. **स्त्री के लिए एकमात्र संस्कार** (The only Sanskar for Woman)—एक हिन्दू पुरुष अपने जीवनकाल में अनेक प्रकार के संस्कार सम्पन्न करता है. इन संस्कारों से उसका शुद्धिकरण एवं व्यक्तित्व का विकास होता है, किन्तु स्त्री के जीवनकाल में विवाह ही एकमात्र संस्कार है. अन्य संस्कार उसके द्वारा सम्पन्न नहीं किये जा सकते.
6. **पत्नी के सम्बोधक शब्द**—हिन्दुओं में पत्नी को सम्बोधित करने के लिए 'धर्म-पत्नी' एवं 'सहधर्मचारिणी' आदि

शब्दों का प्रयोग किया गया है जिसका अर्थ है धार्मिक कार्यों में सहयोग प्रदान करने वाली. पत्नी ही पति के धार्मिक कार्यों को पूर्णता प्रदान करती है.

7. **धार्मिक अनुष्ठान एवं विधि-विधान** (Religious Rituals and Ceremonies)—हिन्दू विवाह को संस्कार बनाने के लिए वे सारे अनुष्ठान और विधि-विधान भी हैं जो विवाह के दौरान किये जाते हैं. पी. वी. काणे ने हिन्दू विवाह के दौरान सम्पन्न किये जाने वाले 39 प्रमुख अनुष्ठानों एवं विधि-विधानों का उल्लेख किया है. इन धार्मिक कृत्यों के अभाव में विवाह को पूर्ण नहीं माना जाता है. हम विवाह के दौरान सम्पन्न किये जाने वाले कुछ प्रमुख-संस्कारों का उल्लेख यहाँ करेंगे जो विवाह की धार्मिक प्रकृति के सूचक हैं—

(i) **वाग्दान**—यह वह संस्कार है जिसमें वर-पक्ष की ओर से विवाह का प्रस्ताव रखा जाता है और कन्या-पक्ष द्वारा उसे स्वीकार किया जाता है. वैदिक मंत्रों एवं गृह-सूत्रों में वर-पक्ष द्वारा प्रस्ताव रखने एवं कन्या-पक्ष द्वारा स्वीकार किये जाने की व्यवस्था है, किन्तु वर्तमान समय में विवाह का प्रस्ताव कन्या-पक्ष के द्वारा रखा जाता है एवं वर पक्ष द्वारा उसे स्वीकार किया जाता है.

(ii) **कन्यादान**—इसमें कन्या का पिता धार्मिक एवं पवित्र भाव से अपनी कन्या का दान वर को करता है. कन्यादान को धर्मशास्त्रों में श्रेष्ठ दान बताया गया है.

(iii) **विवाह होम**—विवाह के समय अग्नि प्रज्वलित की जाती है और उसकी साक्षी में विवाह बन्धन सम्पन्न होता है. वर एवं वधू अग्नि में अनेक आहुतियाँ देते हैं तथा अग्नि से याचना की जाती है कि वह कन्या की रक्षा करे, उसकी सन्तान को चिरायु करे, स्त्री बाँझ होने के दोष से बची रहे और जीवित रहने वाली सन्तानों की माता बने और पुत्र सम्बन्धी आनन्द को प्राप्त करे.

(iv) **पाणिग्रहण**—पाणिग्रहण का अर्थ है वर-वधू द्वारा एक-दूसरे के हाथ को स्वीकार करना. इस समय छः यन्त्रों का उच्चारण किया जाता है और वर-वधू परस्पर प्रतिज्ञाएँ करते हैं. इन मन्त्रों में वर-वधू से कहता है–"मैं ऐश्वर्य, सुसन्तान एवं सौभाग्य के लिए तेरे हाथ को ग्रहण करता हूँ, तू मुझ पति के साथ वृद्धावस्था को सुखपूर्वक प्राप्त हो." वधू कहती, "हे वीर ! मैं सौभाग्य की वृद्धि के लिए आपके हाथ को ग्रहण करती हूँ, आप मुझ पत्नी के साथ वृद्धावस्था तक प्रसन्न और अनुकूल रहिए. सभा मण्डप में बैठे विद्वान् लोग गृहस्थाश्रम के अनुष्ठान के लिए तुझको मुझे देते हैं. आज से मैं आपके हाथ और आप मेरे हाथ बिक चुके हैं, कभी हम एक-दूसरे के प्रति अप्रिय आचरण नहीं करेंगे."

(v) **अग्नि परिणयन**—इसमें वर एवं वधू अग्नि की प्रदक्षिण करते हुए अग्नि की साक्षी में परिणय बन्धन स्वीकार करते हैं. वर कहता है–"हे वधू मैं सामवेद के समान प्रशंसित हूँ, तू ऋग्वेद के समान प्रसंसित है, तू पृथ्वी के समान गर्भादि, गृहस्थाश्रम के व्यवहारों को धारण करने वाली है और मैं वर्षा करने वाले सूर्य के समान हूँ, हम दोनों मिलकर विवाह करें, बहुत से पुत्रों को जन्म दें, हमारे पुत्र सौ वर्ष तक देखते-सुनते रहें और सौ वर्ष तक जीवित रहें."

(vi) **अश्मारोहण**—इसमें कन्या का भाई कन्या का पैर उठाकर एक पत्थर की शिला पर रखता है. उस समय वर वधू से कहता है–हे देवी ! तू इस पत्थर पर चढ़ और इस पत्थर के तुल्य ही तू धार्मिक कार्यों में दृढ़ हो. कलहकारियों को दबाकर स्थिर हो, लड़ाई करने वालों को नीचा करके पीड़ित कर. इस प्रकार कन्या को सभी स्थितियों में दृढ़ रहने के लिए कहा जा जाता है.

(vii) **लाजहोम**—इसमें वर और वधू पूर्व की ओर मुँह करके खड़े हो जाते हैं फिर वधू अपने भाई से 'खीलें' (भुने हुए चावल) लेकर अग्नि में डालते हुए तीन मन्त्रों का उच्चारण करती है. कन्या कहती है कि वह ईश्वर की आज्ञापालन के लिए अपने पिता के कुल को छोड़कर पति के कुल में जाने को तैयार है. मेरे पति दीर्घ जीवी हों, मेरे पितृकुल एवं पतिकुल के लोग धन-धान्य से सम्पन्न हों. वह ईश्वर से प्रार्थना करती है कि उसका पति के साथ प्रेम बढ़े.

(viii) **सप्तपदी**—इसमें पति-पत्नी ग्रन्थि-बन्धन किए हुए उत्तर दिशा की ओर सात कदम साथ-साथ चलते हैं. प्रत्येक कदम के साथ मन्त्रोच्चारण किया जाता है और इन सात पदों के चलने के दौरान सात कामनाएं की जाती हैं जो क्रमशः इस प्रकार हैं–अन्न की कामना, बल की कामना, धन की कामना, सुख, सन्तान, प्राकृतिक सहायता एवं पारस्परिक सखाभाव की कामना.

8. **ब्राह्मणों की उपस्थिति** (Presence of Brahmins)—हिन्दू समाज व्यवस्था में ब्राह्मणों को सर्वश्रेष्ठ माना गया

है. विवाह कार्य उन्हीं के द्वारा सम्पन्न कराया जाता है. किसी कार्य में ब्राह्मण की उपस्थिति उस कार्य की पवित्रता एवं गरिमा को बढ़ाने वाली होती है.

9. **वेदमन्त्रों का उच्चारण** (Recitation of Vedic Mantras)—विवाह के समय वैदिक रीति-रिवाजों का पालन और वैदिक मन्त्रों का उच्चारण किया जाता है.
10. **अग्नि की साक्षी** (Presence of fire)—ब्राह्मणों एवं वेदों की भाँति अग्नि को भी पवित्र माना गया है. उसकी साक्षी में ही वर-वधू विवाह बन्धन में बँधते हैं.

उपर्युक्त सभी तत्वों से हिन्दू विवाह की धार्मिक प्रकृति स्पष्ट हो जाती है. इसी प्रकार पी. एच. प्रभु ने लिखा है—"अतः हिन्दू के लिए विवाह एक संस्कार है तथा इस कारण विवाह सम्बन्ध में जुड़ने वाले पक्षों का सम्बन्ध संस्कार रूपी है न कि प्रसंविदा, समझौते की प्रकृति का." किन्तु हिन्दू विवाह अधिनियम, 1955 के पारित हो जाने के बाद हिन्दू विवाह की संस्कारात्मक प्रकृति कमजोर हुई है और यह मातृ सामाजिक समझौता माना जाने लगा है. यद्यपि न्यायालय ने हिन्दू रीति से सम्पन्न विवाह को एक संस्कार के रूप में स्वीकार किया है, फिर भी विवाह-विच्छेद की स्वीकृति के कारण अब विवाह अटूट बन्धन नहीं रहा है.

मुस्लिम विवाह का अर्थ (Meaning of Muslim Marriage)

मुसलमानों में विवाह को 'निकाह' कहते हैं, जिसका शाब्दिक अर्थ है नर-नारी का विषयी समागम. मुस्लिम विवाह एक धार्मिक संस्कार नहीं वरन् एक दीवानी समझौता है जिसका उद्देश्य घर बनाना, सन्तानोत्पत्ति करना एवं उन्हें वैध घोषित करना है. इसे परिभाषित करते हुए 'मुल्ला' ने लिखा है, "निकाह (विवाह) एक विशिष्ट समझौता है जिसका उद्देश्य बच्चे उत्पन्न करना और उनको वैध घोषित करना है." अमीर अली के अनुसार मुस्लिम विवाह एक कानूनी संविदा है जिसके लिए न तो किसी पुरोहित (मुल्ला) की आवश्यकता है और न किसी धार्मिक कर्मकाण्ड की.

हेदया ने लिखा है, "मुस्लिम विवाह एक समझौता है जिसके उद्देश्य यौनिक सम्बन्धों और बच्चों के जन्म को कानूनी रूप देना है तथा समाज के हित में पति-पत्नी और उनसे उत्पन्न सन्तानों के अधिकारों एवं कर्तव्यों को निर्धारित करके सामाजिक जीवन का नियमन करना है." मुस्लिम विवाह कानून के अनुसार, "विवाह स्त्री-पुरुष के बीच किया गया वह बिना शर्त का समझौता है जिसका उद्देश्य सन्तानोत्पत्ति कर बच्चों को वैध रूप प्रदान करना है."

कपाड़िया लिखते हैं, "इस्लाम में विवाह एक अनुबन्ध (Contract) है जिसमें दो साक्षियों के हस्ताक्षर होते हैं. इस अनुबन्ध का प्रतिफल 'महर' अर्थात् वधू को भेंट दी जाती है." इस प्रकार मुसलमानों में विवाह को दो विषम लिंगियों के बीच एक समझौते के रूप में स्वीकार किया है. अतः इसमें भारतीय समझौता अधिनियम की सभी आवश्यक बातें मौजूद हैं, **जैसे**—(i) समझौते के लिए किसी भी पक्ष से एक प्रस्ताव रखा जाए, (ii) इस प्रस्ताव को दोनों पक्षों की ओर से स्वतन्त्र स्वीकृति प्राप्त हो, (iii) समझौता करने के लिए दोनों पक्ष सक्षम हों अर्थात् वे अल्पवयस्क या पागल न हों, अल्पवयस्क होने की स्थिति में उनके संरक्षकों द्वारा इसकी स्वीकृति प्रदान की जाए, (iv) समझौते के प्रतिफल के रूप में कुछ धन हो.

मुस्लिम विवाह भी समझौता है जिसमें उपर्युक्त सारी शर्तें लागू होती हैं. मुस्लिम विवाह को समझौता बनाने में दो बातों का प्रभाव पड़ा है–एक प्राचीन अरबी व्यवस्था में स्त्री को दी गयी अधिक स्वतन्त्रता और दूसरी मुसलमानों की सुख सम्बन्धी विचारधारा का प्रभाव.

मुस्लिम विवाह के उद्देश्य (Aims of Muslim Marriage)

1. स्त्री-पुरुषों को यौन सम्बन्ध स्थापित करने की वैध स्वीकृत प्रदान करना.
2. बच्चों को जन्म देना तथा उनका पालन-पोषण करना.
3. पति-पत्नी के पारस्परिक अधिकारों को 'महर' के द्वारा स्वीकृति प्रदान करना.
4. एक संविदा के रूप में पति-पत्नी को यह अधिकार देना कि एक पक्ष द्वारा संविदा का पालन न करने पर दूसरा पक्ष उसे छोड़ सकता है.
5. बच्चों के पालन-पोषण को ध्यान में रखकर मुस्लिम-समाज में बहुपत्नी विवाह प्रथा को मान्यता प्रदान की गयी है.

मुस्लिम विवाह की शर्तें

1. प्रत्येक मुसलमान जो बालिग (15 वर्ष की आयु का) हो, पागल न हो और सही मस्तिष्क का हो, निकाह कर सकता है.
2. नाबालिग बच्चों का विवाह उनके संरक्षकों की स्वीकृति द्वारा किया जा सकता है, किन्तु ऐसे विवाह को वर-वधू को बालिग होने पर समाप्त करने का अधिकार है. इस अधिकार को 'खयार-उल-बुलूग' या बालिग होने का विकल्प (Option of puberty) कहते हैं, किन्तु साधारणतः पिता या दादा द्वारा तय किये गये विवाह समाप्त नहीं किये जाते.
3. विवाह की स्वीकृति दोनों पक्षों की स्वतन्त्र इच्छा से होनी चाहिए न कि धोखे या जबरदस्ती से.

4. विवाह की स्वीकृति के अवसर पर गवाह के रूप में दो पुरुष अथवा एक पुरुष और दो स्त्रियों का होना आवश्यक है.
5. एक मुसलमान पुरुष एक समय में चार स्त्रियों तक से विवाह कर सकता है, किन्तु मुस्लिम स्त्री एक समय में केवल एक ही पुरुष से विवाह कर सकती है.
6. तीर्थयात्रा के समय वैवाहिक सम्बन्ध स्थापित नहीं किये जा सकते.
7. विवाह की स्वीकृति काजी के सम्मुख होनी चाहिए.
8. जो स्त्री इद्दत की अवधि (चार मासिक धर्मों के बीच की तीन माह की अवधि) में हो, उसके साथ विवाह अनियमित है.
9. विवाह की एक आवश्यक शर्त 'मेहर' अर्थात् स्त्री धन है जो विवाह के समय पुरुष द्वारा स्त्री को चुका दिया जाना चाहिए या तय कर लिया जाना चाहिए.
10. विवाह में किसी प्रकार की बाधाएँ नहीं होनी चाहिए. ये बाधाएँ दो प्रकार की हैं–एक वे जिनमें विवाह शून्य या बातिल (Void) हो जाता है. अर्थात् ऐसे विवाह को माना नहीं जाता है और दूसरी वे बाधाएँ जिनसे विवाह अनियमित या फासिद (Irregular) माना जाता है और इन बाधाओं को दूर करने पर विवाह पुनः मान्य हो जाता है. निम्नांकित अवस्थाओं में विवाह समाप्त हो जाता है.
    (i) कोई स्त्री एक समय में एकाधिक पति से विवाह कर ले अर्थात् बहुपति विवाह होने पर दूसरा विवाह शून्य हो जाता है, किन्तु प्रथम विवाह मान्य बना रहता है.
    (ii) निकट सम्बन्धियों जैसे माता, दादी, नानी, सास, पुत्री, सभी बहन, चाची, भाभी, दोहती आदि से विवाह करने पर वह विवाह शून्य हो जाता है, किन्तु एक व्यक्ति चचेरी बहिन से विवाह कर सकता है.
    (iii) मूर्ति-पूजकों से विवाह भी शून्य माना जाता है.
    (iv) पागल या अल्पवयस्क द्वारा बिना संरक्षकों की स्वीकृत के विवाह शून्य माना जाता है.

निम्नलिखित परिस्थितियों में विवाह अनियमित हो जाता है—

(1) **पाँचवीं पत्नी से विवाह**—एक समय में एक पुरुष चार स्त्रियों तक से विवाह कर सकता है. यदि कोई पाँचवीं स्त्री से विवाह करता है, तो वह अनियमित है, परन्तु किसी एक स्त्री को तलाक देकर वह विवाह नियमित किया जा सकता है. जॉन गान्थर ने लिखा है कि सऊदी अरब के संस्थापक इब्बत सौदी ने 120 स्त्रियों से विवाह किया. यात्रा चलने से पूर्व वह किसी एक स्त्री को तलाक दे देता था.

(2) **साक्षियों का अभाव**—दो पुरुष या एक पुरुष और दो स्त्रियों का विवाह के समय गवाह के रूप में उपस्थित होना आवश्यक है, इनके अभाव में विवाह अनियमित हो जाता है.

(3) **विधर्मियों से विवाह**—शिया कानून के अनुसार, वर एवं वधू दोनों मुसलमान होने चाहिए. विधर्मी होने पर विवाह अनियमित हो जाता है, किन्तु अस्थायी विवाह जिसे 'मुताह' कहते हैं, एक किताबिया अर्थात् जो धर्म किसी किताब पर आधारित हो, जैसे ईश्वरीय ग्रन्थ तौरेत, इन्जील को मानने वाले यहूदी एवं ईसाई तथा अग्निपूजक पारसियों के साथ भी हो सकता है.

मुस्लिम विवाह में मेहर या स्त्रीधन (Dower in Muslim Marriage)

विवाह के परिणामस्वरूप मुस्लिम स्त्री को 'मेहर' का अधिकार प्राप्त होता है. मेहर का एक लाभ यह है कि इससे पुरुष पर एकाधिक पत्नियाँ रखने एवं तलाक देने पर कुछ नियन्त्रण हो जाता है, क्योंकि कई पुरुष एकाधिक स्त्रियों के लिए मेहर जुटाने की आर्थिक स्थिति में नहीं होते हैं. इससे परिवार में स्त्री का सम्मान बना रहता है.

मुस्लिम विवाह के प्रकार

मुस्लिम विवाह के चार प्रमुख प्रकार हैं. इनका संक्षिप्त विवरण निम्नलिखित है—

1. **निकाह**—मुस्लिमों में विवाह का यह प्रकार ही सबसे अधिक प्रचलित है. सुन्नी सम्प्रदाय में केवल यही विवाह मान्य है. इसमें विवाह का प्रस्ताव वर पक्ष की ओर से कन्या पक्ष को पेश किया जाता है. गवाहों की उपस्थिति में इकरारनामे पर वर एवं वधू की सहमतिपूर्ण हस्ताक्षर लेने के बाद सम्पूर्ण रीति-रिवाज के साथ विवाह सम्पन्न होता है. इसलिए इस विवाह की प्रकृति स्थायी होती है.

2. **मुताह**—यह केवल शिया सम्प्रदाय में ही मान्य है. यह अस्थायी प्रकार का विवाह है. इसमें विवाह से पहले ही विवाहित जीवन की अवधि तय कर ली जाती है. अवधि समाप्ति के पश्चात् विवाह स्वतः ही समाप्त हो जाता है. पति-पत्नी यदि चाहें तो ऐसे विवाह को स्थायी रूप भी प्रदान कर सकते हैं.

3. **फासिद विवाह**—वैवाहिक समझौते के दौरान यदि कोई समस्या उत्पन्न हो और अगर बिना समस्या समाधान किए ही विवाह कर लिया जाये तो ऐसा विवाह फासिद विवाह

कहलाता है, जैसे—कोई मुस्लिम पाँचवीं स्त्री से विवाह करे या किसी मूर्तिपूजक स्त्री से विवाह करे या बिना गवाहों की उपस्थिति के ही विवाह कर ले आदि. समस्या समाधान के बाद ऐसा विवाह नियमित विवाह मान लिया जाता है.

4. **बातिल या अवैध विवाह**—मुस्लिम शरीयत का उल्लंघन कर, विवाह किया जाए और बाद में तलाक लेने पर राजी न हो तो ऐसा विवाह बातिल विवाह कहलाता है.

विवाह : एक अनुबन्ध के रूप में (Marriage : As a Contract)

किसी भी विवाह प्रणाली में दो पक्षों का होना आवश्यक रूप से पाया जाता है. यह दो पक्ष या तो समष्टि रूप में (परिवार) हो सकते हैं या मात्र व्यष्टि रूप में (केवल वर और वधू). दोनों परिस्थितियों में एक सामान्य अनुबन्ध की भावना भी अन्तर्निहित होती है. यह अनुबन्ध दो रूप में दिखाई पड़ता है—पहला, जिसे हम विनिमय की प्रणाली कह सकते हैं. किसी भी विवाह प्रणाली को दो पक्षों के बीच विनिमय की प्रणाली माना जा सकता है. प्रत्येक परिवार में निकटाभिगमन निषेध के बन्धन निश्चित रूप से पाए जाते हैं, ताकि एक अविवाहित पुरुष अपने ही परिवार से जीवन-साथी को न चुने. इन निषेधों के क्रियान्वयन में एक सामान्य अपेक्षा निहित होती है कि ऐसा ही बन्धन दूसरा समूह या परिवार भी अपने सदस्यों पर क्रियान्वित करेगा जिससे कि किसी एक परिवार को हरेक परिस्थितियों में अपना सदस्य खोना ही न पड़े, बल्कि दूसरे परिवार से वह अपने परिवार के लिए सदस्य प्राप्त भी कर सकता है. इस प्रकार उपर्युक्त विनिमय की प्रणाली में अनुबन्ध की मान्यताएँ समूह में आन्तरिक भावनात्मक स्तर पर ही एक प्रेरक के रूप में कार्य करती हैं.

विवाह में अनुबन्ध का एक दूसरा स्वरूप विवाह का समझौतावादी स्वरूप है जो मुस्लिम विवाहों में सबसे स्पष्ट रूप में दिखलाई पड़ता है. मुस्लिमों में विवाह को एक सामाजिक समझौता माना जाता है न कि कोई धार्मिक संस्कार ! समझौते के रूप में वर पक्ष की ओर से वधू पक्ष को विवाह के लिए प्रस्तावित किया जाता है. प्रस्ताव की स्वीकृति का अधिकार वधू पक्ष को होता है, जिसके लिए गवाहों के रूप में दो पुरुष या एक पुरुष और दो महिला का होना आवश्यक है. समझौते के प्रतिफल के रूप में धन की महत्वपूर्ण भूमिका भी मुस्लिम विवाहों में निहित है जो 'मेहर' कहलाती है. मेहर वह धनराशि है जो विवाह के समय लड़के की ओर से अदा करने का वचन दिया जाता है. यह धनराशि या तो पति-पत्नी में यौन सम्बन्ध स्थापित होने से पूर्व दी जाती है या फिर पत्नी को तलाक देने के समय. इस मेहर की राशि पर लड़की का ही पूर्ण अधिकार होता है न कि पिता या अन्य किसी रिश्तेदार का. इसके अलावा इनमें 'इकरारनामा' नामक एक औपचारिक पत्र भी होता है, जिस पर वर-वधू एवं गवाहों के हस्ताक्षर, प्रस्तावना एवं मेहर का सम्पूर्ण विवरण होता है. इस प्रकार मुस्लिम विवाह में किसी व्यापारिक अनुबन्ध के सभी विशिष्ट लक्षण विद्यमान होते हैं.

मुस्लिमों में उपर्युक्त विवाह प्रणाली 'निकाह' कहलाती है. यह प्रणाली अपेक्षाकृत स्थायी प्रकृति की है. इसके अलावा 'शिया' सम्प्रदाय में एक अस्थायी प्रकार का भी विवाह भी प्रचलित है जो 'मुताह' कहलाता है. जिसके अनुसार एक निश्चित अवधि (एक दिन, एक मास एक वर्ष या कई वर्ष) के लिए ही विवाह किया जाता है. अवधि समाप्त होने पर ऐसा वैवाहिक सम्बन्ध स्वतः ही समाप्त हो जाता है, परन्तु यदि पति-पत्नी चाहें तो ऐसे विवाह को स्थायी रूप भी दे सकते हैं.

इस प्रकार मुस्लिम विवाहों में अनुबन्धात्मक प्रवृत्ति अत्यधिक मुखर रूप में है. उल्लेखनीय है कि जिस किसी समाज या समुदाय में विवाह प्रणाली का स्वरूप अनुबन्धात्मक प्रवृत्ति पर अत्यधिक केन्द्रित हो वहाँ विवाह में अस्थायित्व का गुण भी उतना ही अधिक पाया जाता है. जैसे मुस्लिमों में ही विवाह के समझौतेवादी स्वरूप के कारण विवाह को जन्म-जन्मांतर का बंधन नहीं माना जाता है इसलिए इनमें विवाह विच्छेद को कोई अशुभ धारणा की दृष्टि से नहीं देखा जाता है. परम्परागत मुस्लिम कानून तलाक का अधिकार केवल पुरुष को देता है जो मेहर की राशि चुकाकर तलाक ले सकता है, परन्तु अदालत की सहायता से अब यह अधिकार स्त्रियों को भी है.

मुस्लिम विवाहों के अतिरिक्त अन्य समुदाय के विवाहों में विवाह पूर्व दोनों पक्षों द्वारा विभिन्न दृष्टिकोण से पारस्परिक निरीक्षण विवाह के संविदात्मक पक्ष को ही उजागर करता है.

मुस्लिम समाज में विवाह को एक समझौता माने जाने के कारण इनमें विवाह-विच्छेद की परम्परा भी प्राचीन समय से ही रही है. मुस्लिम समाज में तलाक को न केवल न्याय-संगत माना गया है, अपितु इसकी प्रक्रिया भी अत्यधिक सरल है. प्राचीन अरबी समाज में 'खोल' की प्रथा पाई जाती थी. इस प्रथा के अनुसार लड़की या लड़की के पिता विवाह में प्राप्त 'सदक' (वधु-मूल्य) को लौटा कर लड़की को तलाक दिलवा सकता था, परन्तु जब 'सदक' का स्थान 'मेहर' ने ले लिया तो तलाक की प्रक्रिया भी कुछ कठिन हो गई. अब कुछ विशिष्ट परिस्थितियों में ही पत्नी 'मेहर' की राशि को लौटाकर तलाक ले सकती है, लेकिन इसके लिए पति का राजी होना आवश्यक है.

परम्परागत मुस्लिम कानून में तलाक का अधिकार मात्र पुरुषों को ही दिया गया है. इन कानूनों में तलाक के कई प्रकारों का उल्लेख किया गया है—

1. **तलाक-ए-अहसन**—इसके अन्तर्गत पति-पत्नी के 'तुहार' (मासिक धर्म) के समय एक बार तलाक की घोषणा कर देता है. इसके बाद 'इद्दत' (तलाक की घोषणा के बाद चार मासिक धर्मों के बीच की अवधि, जो तीन महीने की ही होती है) की अवधि में अगर पति, पत्नी के साथ सहवास न करे तो तलाक हो जाता है. इद्दत की अवधि का उद्देश्य स्त्री के गर्भवती होने की जाँच करना मात्र है. इद्दत की अवधि में यदि पति-पत्नी के बीच यौन सम्बन्ध स्थापित हो जाए तो तलाक टूट जाता है.

2. **तलाक-ए-हसन**—यह विधि तलाक-ए-अहसन जैसी ही है. अन्तर सिर्फ इतना है कि पति को तीन तुहारों के अवसर पर तलाक की घोषणा को दोहराना पड़ता है.

3. **तलाक-उल-बिद्दत**—इसके अन्तर्गत एक ही मासिक धर्म के अवसर पर अगर थोड़े-थोड़े समयान्तराल पर तलाक की तीन बार घोषणा की जाए तो तलाक हो जाता है.

4. **इला**—यदि पति चार महीने तक पत्नी के साथ सहवास न करने की प्रतिज्ञा करे तो इस अवधि की समाप्ति पर तलाक हो जाता है.

5. **जिहर**—यदि पति अपनी पत्नी की तुलना किसी ऐसी स्त्री से करे जिसके साथ विवाह वर्जित हो तो पत्नी पति को प्रायश्चित के लिए कह सकती है और यदि प्रायश्चित न करे तो पत्नी तलाक की माँग कर सकती है.

6. **खुला**—इसके अन्तर्गत पत्नी मेहर की राशि को लौटाने का वादा कर पति से तलाक की माँग कर सकती है. यदि पति प्रस्ताव को स्वीकार कर ले तो तलाक हो जाता है.

7. **मुबारत**—इसमें पति-पत्नी दोनों की पारस्परिक सहमति से तलाक होता है. पत्नी को 'मेहर की राशि' लौटाना भी आवश्यक नहीं होता है.

8. **लियान**—यदि पति पत्नी पर व्यभिचार का आरोप लगाए और अदालत में यह आरोप झूठा सिद्ध हो, तो पत्नी को तलाक का अधिकार मिल जाता है.

9. **तलाक-ए-तफबीज**—इसके अन्तर्गत विवाह के अवसर पर पति द्वारा पत्नी को दिए गए अधिकार के आधार पर पत्नी पति से तलाक की माँग कर सकती है.

सन् 1939 में मुस्लिम विवाह-विच्छेद अधिनियम (Dissolution of Muslim Marriage Act, 1939) बना. इस अधिनियम ने मुस्लिम स्त्री को निम्नांकित आधारों पर तलाक देने का अधिकार प्रदान किया है—

(1) यदि चार वर्ष से पति का कोई पता न हो.

(2) यदि पति दो वर्ष से पत्नी का भरण-पोषण करने में असमर्थ हो.

(3) यदि पति को सात या अधिक वर्षों के लिए जेल की सजा हुई हो.

(4) यदि पति तीन वर्ष से बिना किसी कारण के अपने वैवाहिक कर्तव्यों को निभाने में असमर्थ रहा हो.

(5) यदि पति नपुंसक हो.

(6) यदि पति पागल हो.

(7) यदि पति संक्रामक यौन रोग एवं कोढ़ से ग्रस्त हो.

(8) यदि उसका विवाह 15 वर्ष से कम की आयु में उसके पिता या अन्य संरक्षकों द्वारा कर दिया गया हो और इस अवधि में पति-पत्नी में यौन सम्बन्ध स्थापित नहीं हुए हों और लड़के की 18 वर्ष की आयु पूर्ण होने के पहले ही ऐसे विवाह के विरुद्ध प्रतिवेदन कर दिया गया हो.

(9) यदि पति पत्नी के साथ क्रूरतापूर्ण व्यवहार करता हो.

(10) यदि पति चरित्रहीन स्त्रियों से सम्पर्क रखता हो.

(11) यदि पत्नी को व्यभिचारपूर्ण जीवन व्यतीत करने को बाध्य करता हो.

(12) यदि पति पत्नी की सम्पत्ति को बेचता हो, उसके सम्पत्ति सम्बन्धी अधिकारों में बाधा डालता हो.

(13) यदि पति पत्नी के धार्मिक कार्यों में बाधा डालता हो.

(14) एक से अधिक पत्नियाँ होने पर पति समान व्यवहार नहीं करता हो.

(15) किसी अन्य आधार पर जो मुस्लिम कानून के अनुसार तलाक के लिए मान्य हो.

वैवाहिक समस्याएँ
(Marriage : Related Problems)

वर्तमान समय में कई सामाजिक परिवर्तनों के कारण व्यक्ति की मनोवृत्तियों में काफी बदलाव आया है. परिवर्तित व्यक्तिगत मनोवृत्तियों के कारण विवाह से सम्बन्धित कई समस्याओं को मोटेतौर पर पश्चिमी समाज एवं भारतीय समाज के सन्दर्भ में ही विश्लेषित करना अधिक समीचीन है.

पश्चिमी समाज

व्यापक वैज्ञानिक प्रगति, औद्योगीकरण के कारण बदलती अर्थव्यवस्था, महानगरीय संस्कृति तथा दो-दो विश्व युद्धों ने पश्चिमी समाज के स्वरूप को पूर्णतः बदल सा दिया है. इन समाजों में निम्नलिखित वैवाहिक समस्याएँ दृष्टिगोचर होती हैं—

1. **बदलता वैवाहिक आधार**—पश्चिमी समाजों में विरले ही ऐसा विवाह देखने को मिलता है, जो पूर्णतः माता-पिता या अन्य पारिवारिक सदस्यों द्वारा तय किया गया हो. रोमांटिक प्रेम के बढ़ते प्रचलन के साथ ही विवाह का मुख्य

आधार पारस्परिक आकर्षण हो गया है. ऐसे विवाहों में माता-पिता के हस्तक्षेप से सम्बन्धित तीन स्थितियाँ प्रायः देखी जाती हैं. पहला, माता-पिता विवाह तय करते हैं, परन्तु अपनी सन्तान की स्वीकृति भी ले लेते हैं. दूसरा, वर-वधू स्वयं अपने साथी का चुनाव कर अपने माता-पिता की स्वीकृति पा लेते हैं और तीसरा, वैवाहिक जोड़ा बिना माता-पिता की सहमति के ही विवाह कर लेते हैं. उपर्युक्त तीनों स्थितियों से स्पष्ट है कि पश्चिमी समाजों में विवाह के मामले में माता-पिता एवं परिवार की भूमिका औपचारिक है.

2. **यौन सम्बन्धों की टूटती वर्जनाएँ**—द्वितीय विश्व युद्ध के बाद लिंगानुपात में व्यापक असमानता, स्त्रियों की आर्थिक स्वावलम्बता, नारी स्वतन्त्रता से सम्बन्धित आन्दोलन तथा नगरीय संस्कृति के कारण द्वैतीयक सम्बन्ध आदि के कारण यौन सम्बन्धों के लिए पूर्व स्थापित मान्यताएँ टूटती जा रही हैं. विवाह के पूर्व यौन-सम्बन्ध स्थापित करना पश्चिमी समाजों में एक सामान्य सी बात है. विवाह के पूर्व बच्चों को जन्म देना भी आपत्तिजनक नहीं माना जाता है. इन सबसे बढ़कर बिना विवाह के ही स्त्री-पुरुष का एक साथ रहना एक सामान्य फैशन-सा बनता जा रहा है.

3. **समलैंगिक विवाहों की समस्या**—पश्चिमी समाजों में समलैंगिक विवाहों की एक नई लहर-सी चली हुई है. कई देशों में इस प्रकार के विवाहों को कानूनी मान्यता दे दी गई है. हालांकि समाजशास्त्रीय दृष्टिकोण से ऐसे सम्बन्धों को किसी भी प्रकार का विवाह नहीं माना जा सकता है, लेकिन यह सम्बन्ध विवाह संस्था की जड़ों पर एक कुठाराघात है, इससे इनकार भी नहीं किया जा सकता है.

4. **बढ़ती तलाक दर**—कई सर्वेक्षणों से स्पष्ट होता है कि पश्चिमी समाजों में तलाक की दर सबसे अधिक है. हालांकि इन समाजों में पुनर्विवाह की सम्भावित परिस्थितियाँ भी अधिक होती हैं, परन्तु वैवाहिक जीवन के सम्पूर्ण उद्देश्यों की प्राप्ति के लिए विवाह संस्था में स्थायित्व होना भी जरूरी है.

भारतीय समाज

भारतीय समाज में वैवाहिक समस्याओं की प्रकृति दो तरह की है. एक तो परम्परागत है जो कई शताब्दियों से चली आ रही है. दूसरी आधुनिक है जो पश्चिमीकरण के कारण पिछले कुछ दशकों से समाज में परिलक्षित हो रही है.

परम्परागत समस्याएँ

1. **बाल विवाह**—उत्तर-वैदिककाल से ही भारतीय समाज में बाल विवाह की प्रथा प्रचलित है. मध्यकाल में विदेशी आक्रांताओं के कारण इसे अत्यधिक प्रोत्साहन मिलने लगा, परन्तु 19वीं शताब्दी में राजा राममोहन राय एवं ईश्वरचन्द्र विद्यासागर जैसे समाज सुधारकों ने इसे एक सामाजिक कुरीति की संज्ञा देकर इसके उन्मूलन के लिए हर सम्भव प्रयास किए. सर्वप्रथम 1860 में अंग्रेजों ने इसे रोकने के लिए सरकारी अधिनियम पास किया जिसके तहत् लड़कियों की विवाह की निम्नतम आयु 10 वर्ष तय की गयी. 1872 के भारतीय विवाह कानून के द्वारा बाल विवाह को गैर-कानूनी घोषित किया गया. 1891 में एक अन्य अधिनियम द्वारा इसे बढ़ाकर 12 वर्ष कर दिया गया. 1929 में श्री हरविलास शारदा के प्रयास से 'बाल विवाह निरोधक अधिनियम (Child Marriage Restraint Act, 1929) पारित हुआ जो 'शारदा एक्ट' के नाम से भी जाना जाता है. इसके तहत् लड़के की आयु कम-से-कम 18 वर्ष और लड़की की आयु कम-से-कम 14 वर्ष विवाह योग्य निश्चित की गई. हिन्दू विवाह अधिनियम 1955 द्वारा भी विवाह के लिए इसी उम्र को स्वीकार किया गया, परन्तु इस अधिनियम में 1976 में सुधार करके लड़कों के लिए 21 वर्ष तथा लड़कियों के लिए 18 वर्ष की आयु को विवाह के लिए सर्वमान्य घोषित किया गया, जो आज तक लागू है.

उपर्युक्त कानूनी प्रावधानों के कारण कोई दो मत नहीं कि बाल विवाह की संख्या आज काफी घट गई है, परन्तु साथ ही सच्चाई यह है कि यह प्रथा उन्मूलित नहीं हुई है. आज भी विशेषकर उत्तरी भारत के ग्रामीण इलाकों में यह प्रथा अंशतः ही सही पर अपना अस्तित्व बनाए हुए है. बाल विवाह के कारण दम्पत्ति पर पड़ने वाले, कुप्रभाव, दुर्बल सन्तान, अवरुद्ध शिक्षा तथा खासकर जनसंख्या वृद्धि पर पड़ने वाले ऋणात्मक कुप्रभावों के कारण इस समस्या से निजात पाना अति आवश्यक है.

2. **दहेज प्रथा**—विवाह के लिए एक आवश्यक शर्त के रूप में विवाह के पूर्व, विवाह के समय या विवाह के बाद वधू पक्ष द्वारा वर पक्ष को दी जाने वाली सम्पत्ति ही 'दहेज' कहलाती है. आज भारतीय समाज में विवाह के लिए दहेज प्रथा सबसे बड़ी बाधा है. यों तो इस प्रथा का प्रचलन प्राचीन समय से ही है. ब्रह्म विवाहों (हिन्दू विवाह का सर्वश्रेष्ठ प्रकार) में भी कन्या के पिता द्वारा वर के पिता को वस्त्र, आभूषण या अन्य वस्तुएँ दी जाती थीं जो 'गौतुक' कहलाती थीं, लेकिन यह लेन-देन की प्रथा स्वेच्छात्मक थी. यह एक समस्या के रूप में तब उभरी जब यह विवाह के लिए एक अनिवार्य शर्त बन गयी और जब मोल-भाव के कारण विवाह को एक व्यापारिक विनिमय का स्वरूप प्रदान किया. दहेज प्रथा के कारण ही लड़कियों का विवाह अभिभावकों के लिए एक चिन्ता का विषय बना रहता है; जिसके परिणामस्वरूप कहीं जन्म के समय ही बालिका की हत्या देखने को मिलती है, तो कहीं युवा लड़कियों द्वारा आत्महत्या की प्रवृत्ति, तो कहीं दहेज की बलिबेदी पर अर्पित होती नव-वधुएँ.

आज प्रत्येक समुदाय दहेज प्रथा को समाप्त करने के प्रति अत्यधिक प्रयासरत है. सरकार ने भी 1961 में 'दहेज

निवारक अधिनियम' पारित करके दहेज लेना एवं देना दोनों को निषिद्ध घोषित किया है, परन्तु दहेज की वर्तमान स्थिति को देखकर सिर्फ यही कहा जा सकता है कि "मर्ज बढ़ता गया, ज्यों-ज्यों दवा की."

3. **विधवा पुनर्विवाह**—हिन्दू समुदाय और खासकर उच्च वर्गों में न केवल विधवाओं के पुनर्विवाह पर निषेध आरोपित किया गया, बल्कि उन पर कई बन्धनों को भी लाद दिया गया है जैसे—सफेद साड़ी पहनना, कोई शृंगार न करना, बाल कटवाना, शुभ कार्यों से अलग रहना इत्यादि. विधवाओं के लिए विवाह के बारे में सोचना या यौन सम्बन्ध स्थापित करना एक पाप के समान माना जाता है. इन्हीं कारणों से सती प्रथा प्रचलित हुई थी.

ईश्वरचन्द्र विद्यासागर के प्रयासों से 1856 में 'हिन्दू विधवा पुनर्विवाह अधिनियम' पारित किया गया. इस अधिनियम द्वारा विधवा पुनर्विवाह को कानूनी मान्यता दी गई. 1937 में विधवाओं को अपने पति की सम्पत्ति का उत्तराधिकारी बनाने के लिए भी कानूनी प्रावधान किए गए. इन प्रयासों के द्वारा विधवाओं की स्थिति में सुधार तो अवश्य हुआ, परन्तु अज्ञानता, रूढ़िवादिता, अन्धविश्वास एवं धार्मिक प्रतिबन्धों के कारण विधवा पुनर्विवाह करने वाले लोगों की संख्या आज भी बहुत सीमित है.

4. **बेमेल विवाह**—सामान्यतः लड़की की विवाह के लिए अपने से उच्च प्रस्थिति वाले परिवार में वैवाहिक सम्बन्ध स्थापित करने की प्रवृत्ति विश्व के सभी भागों में देखी जाती है. समाजशास्त्रियों ने इसे 'कुलीन विवाह' की संज्ञा दी है. भारत में इस प्रवृत्ति के कारण बेमेल विवाह को प्रोत्साहन मिलता रहा है. अक्सर विधुर व्यक्ति द्वारा गरीब परिवार की कम आयु की लड़कियों से कुछ कन्या मूल चुकाकर विवाह कर लिया जाता है. यह समस्या मुस्लिम समाजों में बहुविवाह प्रचलित होने के कारण अधिक है. इन विवाहों का स्वाभाविक परिणाम पारिवारिक अनुकूलन की समस्या, प्रजनन का अभाव तथा वैधव्य की प्रबल सम्भावनाएँ इत्यादि के रूप में सामने आता हैं.

आधुनिक समस्याएँ

आधुनिक वैवाहिक समस्याओं के अन्तर्गत उन सभी समस्याओं को शामिल किया जा सकता है जो पश्चिमी समाजों की वैवाहिक समस्याएँ हैं. पश्चिमीकरण के बढ़ते प्रभाव के कारण ये समस्याएँ भारतीय समाज में भी घर कर चुकी हैं. रोमांटिक प्रेम के साथ ही 'Living together' की भावना नगरीय समाजों में बलवती हो रही है. हालांकि अभी तक मात्र सम्भ्रांत वर्ग के लोगों में इक्के दुक्के ही इसके उदाहरण मिलते हैं.

विवाह-विच्छेद (तलाक)

इलिएट एवं मौरिल ने अपनी पुस्तक 'Social Disorganisation' में लिखा है कि "विवाह-विच्छेद सदैव करीब-करीब एक दुःखद धारणा के रूप में ही होता है, क्योंकि इसका साधारण तात्पर्य है—विश्वास की समाप्ति. प्रतिज्ञा को तोड़ना और गम्भीर मोह भंग." इसलिए विवाह-विच्छेद को मात्र एक कानूनी समस्या के रूप में ही नहीं देखा जा सकता है. इसमें व्यक्तिगत अनुभवों की संवेदनशीलता का पक्ष ज्यादा प्रभावी रूप में निहित है. विवाह-विच्छेद पति-पत्नी के बीच परस्पर बढ़ती हुई दूरी की प्रक्रिया का परिणाम होता है, इसलिए तलाक का निर्णय एक व्यक्तिगत निर्णय है, परन्तु इस व्यक्तिगत निर्णय को अमली जामा पहनाने के लिए राज्य अथवा समाज की स्वीकृति अत्यन्त आवश्यक है. इसी कारण किसी समाज की संस्कृति और सामाजिक ढाँचा तलाक की दर को नियंत्रित करने में अहम् भूमिका निभाते हैं.

वर्तमान समय में सभी समाजों में तलाक की ऊँची दर एक प्रमुख वैवाहिक समस्या बनी हुई है.

जॉनसन ने तलाक की ऊँची दर के लिए निम्नलिखित कारणों को महत्वपूर्ण माना है—

1. **तलाक के प्रति धार्मिक एवं कानूनी सहिष्णुता**—जहाँ कहीं भी तलाक के प्रति धर्म एवं कानून द्वारा विशिष्ट बाधा आरोपित नहीं की गई है वहाँ तलाक की दर काफी ऊँची हैं. जैसे प्रोटेस्टेंट धर्म मानने वाले लोगों की बहुलता वाले देश में तलाक दर ऊँची हैं, क्योंकि कैथोलिक की अपेक्षा प्रोटेस्टेंट धर्म तलाक के प्रति अधिक उदार है. इसी प्रकार इंग्लैण्ड में भी पहले मात्र व्यभिचार के आधार पर ही तलाक मिल सकता था. 1923 में वहाँ स्त्री-पुरुष दोनों को ही तलाक माँगने का अधिकार दिया गया तथा 1937 में तलाक के लिए कुछ अन्य आधार भी जोड़ दिए गए, जैसे—छोड़कर भागना, दुष्ट आचरण और पागलपन. परिणामस्वरूप वहाँ तलाक की दर काफी ऊँची हो गई.

2. **औद्योगीकरण**—औद्योगीकरण के कारण परिवार व्यवस्था गम्भीर रूप से प्रभावित हुई. प्रथम कि परिवार अब उत्पादन की इकाई नहीं रहा. दूसरा, इससे स्त्रियों के लिए भी आर्थिक स्वावलम्बन के मार्ग खुल गए. तीसरा, घर पर होने वाली सहकारी गतिविधियाँ कम होने लगीं. चौथा, पुरुषों का अधिकार क्षेत्र सीमित हो गया जिससे उनकी सत्ता में ह्रास हुआ है. इन सबका स्वाभाविक परिणाम तलाक की दर ऊँची होना है.

3. **शहरीकरण**—औद्योगीकरण का ही एक प्रमुख परिणाम शहरीकरण है. शहरी समाजों में द्वितीयक सम्बन्धों की प्रधानता के कारण पड़ोसियों का सामाजिक नियंत्रण में कोई

असर नहीं होता है. यही कारण है कि लगभग एकसी संस्कृति के होते हुए भी औद्योगीकृत एवं शहरीकृत स्वीडन में तलाक की दर ऊँची है, जबकि ग्रामीण वातावरण वाले नार्वे में तलाक की दर न्यूनतम स्तर पर है.

4. **गर्भ निरोध**—आधुनिक शहरी परिस्थितियों ने सन्तान न उत्पन्न करने की प्रकृति को प्रोत्साहित किया है, क्योंकि शहरी परिस्थितियों में बच्चे पारिवारिक आय में कोई योगदान नहीं करते. उनका होना मात्र आर्थिक भार में वृद्धि का संकेतक है. निःसंतान दम्पत्तियों में तलाक लेने की प्रवृत्ति सन्तान वाले दम्पत्तियों की अपेक्षा अधिक होती है.

5. **भौगोलिक गतिशीलता में वृद्धि**—विकसित यातायात के साधनों के कारण भौगोलिक गतिशीलता सहज हो जाती है. ऐसे में स्थानीय समूहों का प्रभाव घट जाता है.

6. **ऊर्ध्वाधर गतिशीलता में वृद्धि**—प्रस्थिति से सम्बन्धित बदलाव के कारण नये सामाजिक परिवेश में पति-पत्नी समान गति एवं समान रूप से सामंजस्य नहीं बैठा पाते हैं. ऐसे में तलाक की सम्भावना बढ़ जाती है.

7. **जनसंख्या की विविधरूपता**—जिन समाजों में धार्मिक अथवा प्रजातीय विविधता अधिक होती है, वहाँ सांस्कृतिक और सामाजिक दृष्टि से असंगति वाले व्यक्तियों के बीच विवाह अधिक होते हैं. ऐसे वैवाहिक सम्बन्धों में अनुकूलन की समस्या सदैव बनी रहती है.

पश्चिमी समाजों में जहाँ कि तलाक के बाद पुनर्विवाह की सम्भावनाएँ अधिक होती हैं वहाँ भी तलाक एक सामान्य घटना नहीं माना जाता है. बुद्धिजीवी वर्ग एवं न्यायालयों द्वारा तलाक की दर को कम करने के लिए हरसम्भव प्रयास किये जाते हैं, परन्तु परिवार का एकाकी स्वरूप, जहाँ कि व्यक्तिगत निर्णय ही सर्वोच्च होते हैं तथा सामाजिक नियंत्रण में परिवार की सीमित भूमिका के कारण तलाक की दर को कम करना सम्भव नहीं हो सका है.

भारतीय समाज में तलाक

हिन्दुओं में विवाह एक संस्कार होने के कारण इनमें विवाह-विच्छेद की परम्परा नहीं के बराबर है, परन्तु प्राचीन हिन्दू समाज में विवाह-विच्छेद की परम्परा सीमित अंशों में अवश्य पाई जाती थी. कुछ प्रमुख स्मृतिकारों ने विशेष परिस्थितियों में विवाह-विच्छेद की आज्ञा प्रदान की है. जैसे नारद स्मृति एवं पाराशर स्मृति के अनुसार यदि पति अज्ञात हो, संन्यासी हो, पतित हो तो स्त्री अन्य पुरुष से विवाह कर सकती है. 'मनु स्मृति' के अनुसार, "यदि एक स्त्री मद्यपान करती है या बुरे चरित्र की है, अपने पति के अनुकूल चलने वाली नहीं है, रोगिणी है या अपव्यय करने वाली है या भयंकर स्वभाव की है तो उसके रहते हुए भी दूसरा विवाह कर लेना उचित है." इसी प्रकार कौटिल्य ने पति के अधिक समय तक विदेश में रहने अथवा राजद्रोही, दुश्चरित्र, जाति बहिष्कृत या नपुंसक होने पर स्त्री को विवाह-विच्छेद की आज्ञा दी है. इसी प्रकार अनेक बौद्ध ग्रन्थों में भी विवाह विच्छेद के उदाहरण मिल जाते हैं.

ईसा काल के प्रारम्भ से ही स्त्रियों के लिए पतिव्रता धर्म के पालन पर अधिक जोर दिया जाने लगा. साथ ही नैतिकता के कुछ नये मानदंड विकसित हो जाने के कारण विवाह विच्छेद धार्मिक दृष्टि से अपवित्र एवं घृणित कार्य समझा जाने लगा, परन्तु ऐसा उच्च वर्गों में ही हुआ. शूद्र एवं निम्न वर्गों में विवाह-विच्छेद पहले भी होता था और बाद में भी होता रहा.

इस प्रकार 1955 ई. में हिन्दू विवाह अधिनियम पारित कर हिन्दुओं में भी स्त्री-पुरुषों को अदालत द्वारा तलाक की माँग करने का अधिकार दिया गया. इस अधिनियम को 1978 में अन्तिम बार संशोधित कर तलाक के लिए निम्नलिखित आधारों को विहित किया गया—

1. 7 वर्षों तक लोप होना.
2. नपुंसकता.
3. विक्षिप्तता (एक निर्धारित समय तक).
4. संक्रामक रोग.
5. बलात्कार.
6. समलैंगिकता.
7. व्यभिचार एवं निर्दयता.
8. पशु-मैथुन (मानव द्वारा निम्नतर पशु के साथ सम्भोग).
9. संन्यासी बन जाना.

इस अधिनियम की मुख्य विशेषता यह थी कि इसमें स्त्रियों के लिए चार अन्य आधारों को भी उल्लेखित किया गया–

(i) यदि पति ने पहली स्त्री के जीवित रहते दूसरे शादी कर ली हो,
(ii) विवाह के पश्चात् यदि पति बलात्कार, गुदा मैथुन या पशुता का अपराधी हो,
(iii) यदि पति द्वारा भरण-पोषण की राशि न दी जा रही हो.
(iv) यदि विवाह के समय लड़की की आयु 15 वर्ष से कम हो, तो वह 18 वर्ष की आयु के पूर्व तक तलाक की माँग कर सकती है.

1976 में इस अधिनियम में कई नए प्रावधान जोड़े गए जिसमें सबसे महत्वपूर्ण था, पारस्परिक सहमति के आधार पर तलाक. इसके लिए शर्त यह है कि यदि पति-पत्नी पिछले एक वर्ष से अलग रहते हों तथा महसूस करते हों कि अब उनका साथ रहना सम्भव नहीं है, तो न्यायालय द्वारा तलाक के लिए दिए गए प्रार्थना-पत्र को स्वीकार करने के लिए पूर्व में

निर्धारित न्यूनतम अवधि को 3 वर्ष (विवाह तिथि से प्रार्थना-पत्र देने की तिथि तक) से घटाकर एक वर्ष कर दिया गया.

इस प्रकार उपर्युक्त कानूनी प्रावधानों द्वारा निश्चित रूप से पुरुषों की स्वेच्छाचारिता पर बहुत हद तक अंकुश लगाया गया. अधिनियम पर चर्चा के दौरान बहुत से लोगों का ये तर्क था कि उपर्युक्त प्रावधानों के कारण तलाक की दर तेजी से बढ़ेगी और हो सकता है कि विवाह संस्था का महत्व कम होता जाए. वास्तव में इन कानूनी प्रावधानों द्वारा तलाक की प्रक्रिया सरल तो अवश्य हुई, लेकिन इसमें कहीं भी तलाक के लिए किसी प्रेरक तत्व का समावेश परिलक्षित नहीं होता है. इसलिए ऐसी आशंकाएँ महत्त्वहीन लगती हैं. डा. के.एम. कपाड़िया ने लिखा है कि "साधारणतः तर्क प्रस्तुत किया जाता है कि यदि कानून को विवाह संस्कार में हस्तक्षेप करने दिया गया तो विवाह संस्था नष्ट हो जाएगी. यह तर्क भयरहित एवं निराधार है. अगर विवाह-विच्छेद का तात्पर्य विवाह संस्था का विनाश है, तो यह बात स्पष्ट है कि मात्र स्त्रियों पर प्रतिबन्ध लगाकर यह विनाश केवल कृत्रिम रूप से रोका गया है."

निःसन्देह कानूनी प्रावधानों के धार्मिक संस्कारों की तुलना में अधिक उदार होने के कारण आज तलाक की दर बढ़ रही है, परन्तु इसके लिए कानूनी प्रावधानों को दोषी नहीं ठहराया जा सकता है. इस सन्दर्भ में यह व्यापक विवाद का विषय बन सकता है कि कलहपूर्ण एवं असन्तुलित वातावरण में पति-पत्नी के लिए विवाह-विच्छेद न करने के आदर्शवाद को ढोते रहना बेहतर है या तलाक लेकर नवीन परिस्थितियों की तलाश करना. इस सम्बन्ध में कई तर्क आ सकते हैं. सच्चाई तो यही है कि दाम्पत्य सम्बन्ध एक नाजुक एवं व्यक्तिगत मामला है. अतः इसकी सफलता के लिए कोई एक निश्चित फार्मूला नहीं बनाया जा सकता है. सुखी वैवाहिक जीवन के लिए पति-पत्नी दोनों के ही द्वारा आत्मनियंत्रण एवं उत्तरदायित्व के उच्च भावों का विकास एवं आत्मसात करना आवश्यक होता है और ये तभी हो सकता है जब धार्मिक संस्कारों के बन्धनों को स्वीकार करते हुए विवाह सम्बन्ध को स्थायी और अविच्छेद माना जाय. इसलिए किसी भी समाज या समुदाय के लिए विवाह-विच्छेद उस सीमा तक ही उचित है, जहाँ उसे अन्तिम उपचार के रूप में चुना जाता है.

परिवार
(Family)

सार्वदेशिक एवं प्राचीनता जैसी विशेषताओं के कारण ही समाजशास्त्र की आधारभूत संकल्पनाओं में परिवार का महत्वपूर्ण स्थान है. प्लेटो एवं अरस्तू जैसे प्राचीन विचारकों ने परिवार के विकास को अपने अध्ययन की महत्वपूर्ण विषयवस्तु बनाकर इसके प्राचीनता जैसे लक्षण का सबसे ठोस प्रमाण दिया है. कालान्तर में इसका सार्वदेशिक स्वरूप ही विभिन्न विचारकों को अपनी ओर आकृष्ट करता रहा. फलतः परिवार की उत्पत्ति के सम्बन्ध में कई सिद्धान्तों का प्रतिपादन किया जाता रहा है, जैसे—मॉर्गन, लुबॉक एवं फ्रेजर जैसे मानवशास्त्रियों द्वारा यौन सम्बन्ध का सिद्धान्त, बैकोफेन द्वारा विकासवादी सिद्धान्त (जिसका समर्थन हरबर्ट स्पेन्सर ने भी किया), रॉबर्ट बिफ्राल्ट का मातृसत्तात्मक सिद्धान्त, वेस्टरमार्क का एक विवाह सिद्धान्त इत्यादि.

परिवार की उत्पत्ति के चाहे जो भी कारण हों, इसमें कोई दो मत नहीं कि मनुष्य की स्वयं की शारीरिक अक्षमता एवं प्रकृति पर विजय प्राप्त करने के सतत् प्रयास ने ही उसे कई भौतिक एवं अभौतिक आविष्कारों के प्रति उकसाया है, निश्चित तौर पर परिवार भी उसके इसी प्रयास का एक सुन्दरतम् प्रतिफल है. किंग्सले डेविस ने भी कहा है, "वर्तमान युग में मनुष्य ने आश्चर्यजनक वस्तुओं का आविष्कार किया है, लेकिन इस तथ्य का शायद ही कोई अपवाद हो कि परिवार और विवाह जैसी सुन्दर संस्थाओं की खोज आज भी मानव की सबसे बड़ी उपलब्धियों में से एक है."

वास्तव में, यदि कहा जाय कि मानव सभ्यता का इतिहास ही परिवारों के संगठन का इतिहास है तो कोई अतिशयोक्ति नहीं होगी, क्योंकि मानव सभ्यता के प्रत्येक स्तर पर सदैव से परिवार का अस्तित्व रहा ही है. किसी भी समाज की बगैर पारिवारिक अस्तित्व के कल्पना ही नहीं की जा सकती. चाहे वह आदिम हो या सभ्य, जनजातीय हो या कृषक, ग्रामीण हो या नगरीय, किसी भी धर्म को मानने वाले हों या किसी भी संस्कृति को अपनाने वाले. हालांकि परिवार के इस सार्वदेशिक स्वरूप के बावजूद विभिन्न समाजों में इसके विभिन्न संरचनात्मक स्वरूप दृष्टिगोचर होते हैं, जैसे—जनजातीय या कृषक समाज में कई पीढ़ी के लोग एक साथ रहते हैं, जिस कारण परिवार का आकार बड़ा होता है, लेकिन ठीक इसके विपरीत आधुनिक औद्योगिक समाजों में परिवार का काफी सिमटा हुआ आकार देखने को मिलता है जिसमें मात्र पति-पत्नी और अविवाहित बच्चे ही होते हैं. एण्डरसन का भी कथन है कि "सामाजिक जीवन में परिवार का महत्व इस बात से स्पष्ट हो जाता है कि हममें से कोई भी व्यक्ति ऐसा नहीं है जो किसी-न-किसी परिवार का सदस्य न हो. जो व्यक्ति विवाह नहीं भी करते वे भी उस परिवार के सदस्य अवश्य होते हैं, जिसमें उन्होंने स्वयं जन्म लिया हो".

परिवार ही किसी समाज की प्राथमिक इकाई होता है. चूँकि मनुष्य परिवार में ही जन्म लेता है. इसलिए प्रारम्भ में तो मात्र पालन-पोषण होता है, लेकिन तदुपरान्त बच्चे में भाषा, व्यवहार, पद्धति तथा सामाजिक प्रतिमानों के विकास की प्राथमिक जिम्मेदारी परिवार की ही होती है. यही सीख

किसी मनुष्य के सम्पूर्ण व्यक्तित्व का प्रथम आधार होता है. यही सीख प्रारम्भ में तो बच्चे में अनुशासित जीवन जीने की भावना को विकसित करती है और यही अनुशासन बाद में राज्य के नियमों का पालन कर समाज का एक जिम्मेदार सदस्य बनने की प्रेरणा भी देता है. इसलिए सामाजिक विघटन के अध्ययन में संदर्भित समाज के पारिवारिक संगठन का अध्ययन अनिवार्य हो जाता है.

एक सामाजिक तथ्य के रूप में परिवार के अध्ययन के दो पक्ष हैं. पहला, संरचनात्मक और दूसरा संस्थागत. यदि परिवार का अध्ययन कुछ सदस्यों के साथ रहने तथा कुछ निश्चित लक्ष्यों को प्राप्त करने के लिए पूर्व स्थापित पारस्परिक सम्बन्धों के विश्लेषण के आधार पर किया जाय तो यह दृष्टिकोण संरचनात्मक होगा. इन्हीं अर्थों में परिवार एक समूह या एक समिति होगा. बर्गेस एवं मडेकि जैसे विद्वानों ने परिवार का इसी दृष्टिकोण से अध्ययन प्रस्तुत किया है. परिवार के संरचनात्मक पक्ष का प्रमुख आधार एक स्त्री एवं पुरुष का विवाह संस्था द्वारा परिणत पति-पत्नी सम्बन्ध है. दूसरा आधार बच्चे तथा तीसरा आधार एक सामान्य निवास स्थान है. इसके अलावा भावनात्मक सम्बन्धों, सामाजिक मूल्य, रीति-रिवाज तथा परम्परा, जीवनयापन के साधन आदि भी अन्य महत्वपूर्ण आधार हैं. इसके अलावा परिवार की संरचना के मूल में कुछ निश्चित नियम एवं कार्य प्रणाली भी होती है. इस दृष्टिकोण से परिवार का अध्ययन इसका संस्थागत पक्ष है. ऑगबर्न, जिमरमैन एवं डेविस जैसे विचारकों का परिवार सम्बन्धी अध्ययन इसी दृष्टिकोण के सन्दर्भ में है. उल्लेखनीय है कि परिवार का यह संस्थागत पक्ष ही अधिक महत्व रखता है; क्योंकि व्यक्ति की मौलिक आवश्यकताओं की पूर्ति (जैसे, भोजन, आवास और यौन क्रिया) का स्वरूप भी संस्थागत ही है, जिसकी पूर्ति परिवार द्वारा ही की जाती है. परिवार द्वारा पूर्ति की गई इन आवश्यकताओं को संस्थागत तरीके तथा परिवार का संस्थागत पक्ष में अति निकट का अन्तः सम्बन्ध होने के कारण ही एक में परिवर्तन, सम्पूर्ण समाज के संरचना को प्रभावित करने की क्षमता रखता है.

परिवार का अर्थ एवं परिभाषा (Meaning and Definitions of Family)

शाब्दिक व्युत्पत्ति के दृष्टिकोण से 'परिवार' या अंग्रेजी का शब्द 'Family' लैटिन भाषा के 'Famulius' शब्द से बना है, जिसका अर्थ है 'सेवा करने वाला'. इससे स्पष्ट है कि सेवा भावना द्वारा परस्पर सम्बन्धित कुछ व्यक्ति-समूह से परिवार की रचना होती है. विभिन्न समाजशास्त्रियों द्वारा दी गई परिवार की परिभाषाओं से इसके व्यापक परिप्रेक्ष्यों का पता चलता है; जो निम्नलिखित हैं—

(i) **मेकाइवर एवं पेज** (MacIver and Page) का कहना है कि "परिवार यौन सम्बन्धों के द्वारा परिभाषित एक निश्चित और दीर्घकालीन समूह है जो बच्चों का प्रजनन और लालन-पालन करता है." इस प्रकार उपर्युक्त विचारकों ने केवल यौन सम्बन्धों को ही परिवार का मुख्य आधार माना है, लेकिन उल्लेखनीय है कि यह दृष्टिकोण पूर्णतः या अंशतः पश्चिमी समाज के लिए ही प्रासंगिक हो सकता है. यौन सम्बन्ध परिवार के विशिष्ट कार्यों में से एक हो सकता है, लेकिन इसे परिवार निर्माण का एकमात्र आधार नहीं माना जा सकता.

(ii) **ऑगबर्न एवं निमकॉफ** (Ogburn and Nimkoff) ने अपनी प्रारम्भिक पुस्तक 'A Hand book of Sociology' में कहा कि "परिवार कमोवेश एक स्थायी समिति है जो पति-पत्नी से निर्मित होती है, चाहे उनके सन्तान हो अथवा न हो." निमकॉफ ने अपनी बाद की पुस्तक 'The family' में यह स्वीकार किया कि परिवार निर्माण के लिए बच्चों का होना आवश्यक है, क्योंकि बिना बच्चों के पति-पत्नी के सम्बन्ध को मात्र 'दाम्पत्य सम्बन्ध' ही कहा जा सकता है, परिवार नहीं.

(iii) **बर्गेस एवं लॉक** (Burgess and Locke) ने परिवार को व्यापक रूप से परिभाषित करते हुए कहा है कि "परिवार विवाह, रक्त या गोद लेने की प्रथा द्वारा बँधे हुए ऐसे व्यक्तियों का समूह है जो एक छोटी-सी गृहस्थी का निर्माण करते हैं. इसके सदस्य पति-पत्नी, माता-पिता, पुत्र-पुत्री एवं भाई-बहिन के रूप में अन्तःक्रियात्मक करते रहते हुए एक सामान्य संस्कृति का निर्माण और देखरेख करते हैं."

(iv) **किंग्सले डेविस** (Kingsley Davis) के शब्दों में, "परिवार ऐसे व्यक्तियों का समूह है जिनमें पारस्परिक रूप से सगोत्रता आधारित सम्बन्ध होते हैं, अर्थात् वे एक-दूसरे के रक्त सम्बन्धी होते हैं."

(v) **ब्यूरो ऑफ सेन्सस** (Bureau of Census U.S.A.) के अनुसार, "उन दो या दो से अधिक व्यक्तियों का समूह जो रक्त, विवाह या गोद लिए जाने से सम्बन्धित हो और साथ-साथ रहते हों, ऐसे सभी व्यक्ति एक परिवार के सदस्य माने जाएंगे."

उपर्युक्त परिभाषाओं के आधार पर परिवार के अनिवार्य तत्व या मुख्य विशेषताएँ स्पष्ट होती हैं, जो निम्नलिखित हैं—

1. परिवार, पति-पत्नी के सापेक्षिक रूप में स्थायी साहचर्य और यौन सम्बन्धों पर आधारित एक प्राथमिक, निश्चित और दीर्घकालीन समूह है.
2. बच्चे परिवार के लिए एक आवश्यक घटक है, जिनका प्रजनन और लालन-पालन परिवार द्वारा ही सम्पन्न होता है.

3. परिवार का आकार केवल एक स्त्री-पुरुष और बच्चे तक भी हो सकता है. जिसमें कई पीढ़ी के लोग एक साथ रह सकते हैं जिसे ऑगबर्न एवं निमकॉफ ने 'घराना' कहा है.
4. परिवार सामाजिक नियमन का सबसे प्राथमिक और सबसे महत्वपूर्ण साधन है.
5. पारिवारिक वातावरण सेवा एवं सहयोगपूर्ण होता है.
6. एक समिति के रूप में परिवार की प्रकृति अस्थायी है, परन्तु एक संस्था के रूप में स्थायी.

परिवार के प्रकार (Kinds of Family)

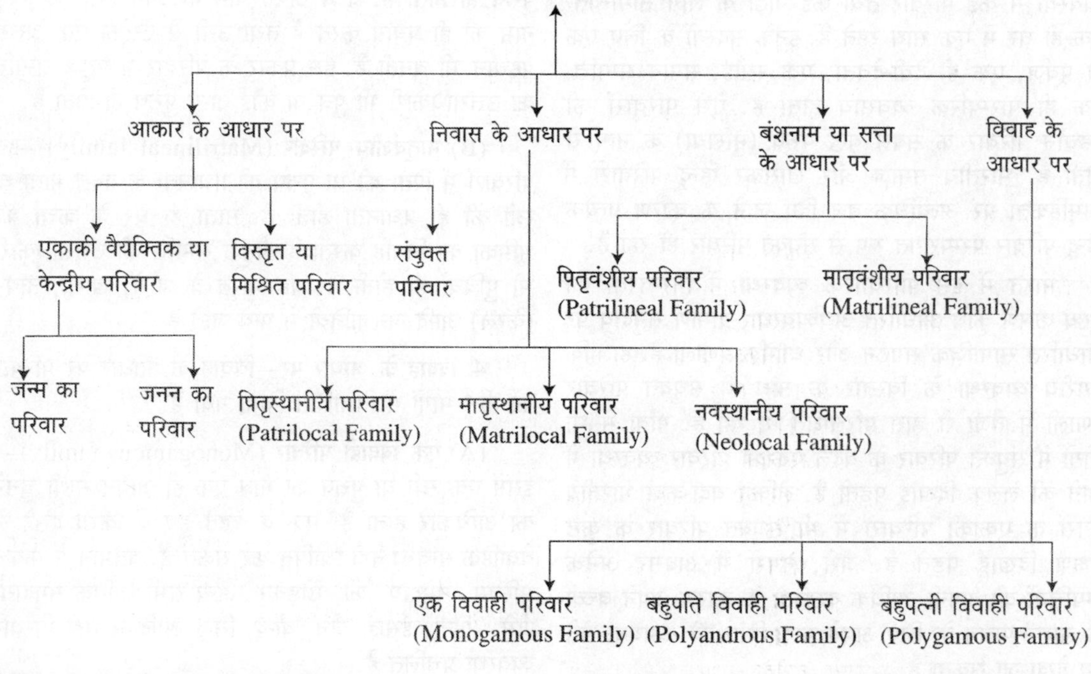

परिवार के प्रकार (Types of Family)

समय एवं स्थान के अनुसार परिवार की संरचना में उसके आकार, बनावट, व्यक्तियों की भूमिका और प्रस्थिति, पारिवारिक एवं सामाजिक प्रतिमानों और स्वीकृति की दृष्टि से परिवर्तन होते हैं. इसलिए परिवार के स्वरूप में अत्यधिक भिन्नता पाई जाती है. इन विभिन्नताओं को स्पष्ट करने के लिए या परिवार के समुचित वर्गीकरण के लिए उन कारकों का भी सम्पूर्ण अवलोकन आवश्यक है, जो विभिन्नताओं के मूल में सन्निहित हैं.

1. **आकार**—इसके आधार पर परिवार को तीन श्रेणियों में विभाजित किया गया है—

(A) **एकाकी, वैयक्तिक या केन्द्रीय परिवार**—आकार के दृष्टिकोण से यह सबसे छोटा परिवार है जिसमें मात्र पति-पत्नी और उनके अविवाहित बच्चे ही शामिल होते हैं. इस प्रकार की पारिवारिक व्यवस्था एक तरह से आधुनिक औद्योगिक नगरीय व्यवस्था की ही देन है व्यक्तिवादी विचारधारा, आर्थिक एवं निवास सम्बन्धी समस्याएँ, सम्पत्ति सम्बन्धी समस्याएँ, सम्पत्ति सम्बन्धी कानून तथा प्रेम विवाह जैसे—आधुनिक तथ्यों के कारण इस परिवार व्यवस्था को काफी प्रोत्साहन मिलता रहा है. इसके दो उपभेद हैं—

(a) **जन्म का परिवार**—इसका अभिप्राय उस परिवार से है जिसमें व्यक्ति जन्म लेता है और समाज में जीवन बिताने का प्रशिक्षण प्राप्त करता है. इसमें एक व्यक्ति पुत्र अथवा पुत्री के पद पर होता है और उसके साथ उसके माता-पिता या भाई-बहिन ही होते हैं.

(b) **जनन का परिवार**—इसका अभिप्राय उस परिवार से है जिसमें व्यक्ति बच्चे को जन्म देता है. यह परिवार व्यक्ति विवाह के बाद स्वयं बनाता है. इस परिवार में एक व्यक्ति पति या पत्नी के पद पर होता है और उसके साथ मात्र उसके अविवाहित बच्चे ही होते हैं.

(B) **विस्तृत या मिश्रित परिवार**—इस प्रकार के परिवार में एकाकी एवं संयुक्त दोनों प्रकार की पारिवारिक व्यवस्था के कुछ लक्षण दृष्टिगोचर होते हैं. इस प्रकार के परिवार में या तो एकाकी परिवार के साथ कुछ अन्य स्वजन सदस्यों को शामिल कर लिया जाता है या अनेक एकाकी परिवार एक

साथ ही रहते हैं. संयुक्त परिवार में जहाँ पितृ पक्ष से ही सम्बन्धित अनेक पीढ़ियों के रक्त सम्बन्धी एक साथ एक घर में रहते हैं वहीं विस्तृत परिवार में पितृ पक्ष का बन्धन अपरिहार्य नहीं रह जाता. इसमें मातृ पक्ष के सदस्य भी शामिल हो सकते हैं. यह परिवार मुख्यतः जनजातीय समाजों में ही देखने को मिलता है. जैसे—खरिया, पासी, गोंड आदि लेकिन दिन-पर-दिन इनकी संख्या भी कम होती जा रही है.

(C) **संयुक्त परिवार**—संयुक्त परिवार प्रणाली मुख्यतः भारतीय समाज में ही पाई जाती है. एक तरह से संयुक्त परिवार भारतीय समाज की पहचान ही है. इस पारिवारिक व्यवस्था में कई परिवार तथा कई पीढ़ी के लोग सामान्यतः एक ही घर में एक साथ रहते हैं. इनके सदस्यों के लिए एक ही पूर्वज, एक ही देवी-देवता, एक रसोई, समान सम्पत्ति, एक ही पारम्परिक व्यवसाय होता है. ऐसे परिवारों की पहचान परिवार के सबसे वृद्ध पुरुष (मुखिया) के नाम से होती है. भारतीय समाज और खासकर हिन्दू परिवारों में सामूहिकता पर अत्यधिक बल दिए जाने के कारण प्रत्येक हिन्दू परिवार परम्परागत रूप से संयुक्त परिवार ही रहा है.

भारत में इस पारिवारिक व्यवस्था में निरन्तरता का मुख्य कारण कृषि आधारित अर्थव्यवस्था, ग्रामीण समुदाय पर आधारित सामाजिक संगठन और धार्मिक प्रणाली है. हालांकि नगरीय व्यवस्था के विस्तार के साथ ही संयुक्त परिवार प्रणाली में तेजी से ह्रास परिलक्षित हो रहा है. गाँवों में भी लोगों में संयुक्त परिवार के बदले एकाकी परिवार व्यवस्था में जीने की ललक दिखाई पड़ती है, लेकिन यदा-कदा भारतीय नगरों के एकाकी परिवारों में भी संयुक्त परिवार के कुछ लक्षण दिखाई पड़ते हैं. जैसे, नगरों में अक्सर अनेक दम्पत्तियों को अपनी आर्थिक व्यस्तता के कारण अपने बच्चों के लालन-पालन के लिए अपने माता-पिता की सहायता लेते हुए देखा जा सकता है.

2. **निवास के आधार पर**—इस आधार पर भी परिवार को तीन श्रेणियों में विभाजित किया गया है—

(A) **पितृस्थानीय परिवार** (Partilocal family)—विवाहोपरांत जब पत्नी अपने पति के घर जाकर निवास करती है तो ऐसा परिवार पितृस्थानीय परिवार कहलाता है. निवास के आधार पर विश्व में इन परिवारों की संख्या ही सबसे अधिक है.

(B) **मातृस्थानीय परिवार** (Matrilocal family)—यदि विवाहोपरांत पति अपनी पत्नी के घर निवास करे तो ऐसा परिवार मातृस्थानीय परिवार कहलाता है. उत्तरी भारत में इसे 'घर जमाई' प्रथा कहा जाता है. भारत के मेघालय राज्य के खासी. जयंतिया और गारो जनजाति में यह परिवार व्यवस्था प्रचलित है.

(C) **नवस्थानीय परिवार** (Neolocal family)—विवाह के पश्चात् यदि पति-पत्नी दोनों मिलकर अपने पारम्परिक परिवार से हटकर कहीं अन्यत्र नया घर बसा लें, तो ऐसे परिवारों को नवस्थानीय परिवार कहते हैं. वर्तमान समय में औद्योगीकरण के कारण यह एक मजबूरी एवं नगरीकरण के कारण फैशन या शौक बनता जा रहा है.

3. **वंशनाम या सत्ता के आधार पर**—इस आधार पर परिवार के दो प्रकार हैं—

(A) **पितृवंशीय परिवार** (Partilineal family)—इस प्रकार के परिवारों में परिवार का पूर्वज एवं प्रधान पिता या पुरुष ही होता है. बच्चे अपने नाम के आगे पिता के वंश-नाम का ही प्रयोग करते हैं तथा उसी से उसकी एक अलग पहचान भी बनती है. इस प्रकार के परिवार में पैतृक सम्पत्ति का उत्तराधिकारी भी पुत्र या कोई अन्य पुरुष ही होता है.

(B) **मातृवंशीय परिवार** (Matrilineal family)—इन परिवारों में पिता की या पुरुष की प्रधानता के बदले माता या स्त्री की ही प्रधानता होती है. माता ही घर के कर्त्ता की भूमिका का निर्वाह करती है. पैतृक सम्पत्ति की उत्तराधिकारी भी पुत्रियाँ ही होती हैं. यह भारत के गारो, खासी, नायर (केरल) आदि जनजातियों में पाये जाते हैं.

4. **विवाह के आधार पर**—विवाह के आधार पर परिवार को तीन भागों में विभाजित किया गया है.

(A) **एक विवाही परिवार** (Monogamous family)—इसमें एक स्त्री या पुरुष को मात्र एक ही जीवन साथी चुनने का अधिकार होता है. एक के रहते हुए वे किसी दूसरे से वैवाहिक सम्बन्ध नहीं स्थापित कर सकते हैं. वर्तमान में केवल मुस्लिम समुदाय को छोड़कर अन्य सभी धार्मिक समुदायों जैसे—हिन्दू, ईसाई, जैन, बौद्ध, सिख आदि में यही परिवार व्यवस्था प्रचलित है.

(B) **बहुपति विवाही परिवार** (Polyandrous family)—जब एक स्त्री कई पुरुषों के साथ वैवाहिक सम्बन्ध स्थापित करती है तो ऐसा परिवार बहुपति विवाही परिवार कहलाता है. अर्थात् इसमें पत्नी एक, लेकिन पति कई होते हैं. भारत में हिमालय क्षेत्र की जनजातियाँ, जैसे—किन्नर (हिमाचल प्रदेश) जोनसार बाबर के खस (उत्तरांचल), शेरपा (नेपाल), भोटिया (भूटान) आदि में यह व्यवस्था प्रचलित है.

(C) **बहुपत्नी विवाही परिवार** (Polygamous family)—जब एक पुरुष एक से अधिक स्त्रियों से विवाह कर परिवार का निर्माण करते हैं तो इसे बहुपत्नी विवाही परिवार कहा जाता है. अर्थात् इसमें पति एक होता है, परन्तु पत्नी अनेक. भारत में 1955 से पहले ऐसे परिवारों की बहुतायता थी, परन्तु सन् 1955 में हिन्दू विवाह अधिनियम को पारित कर

हिन्दू, सिख, जैन तथा बौद्ध पर एक से अधिक विवाह करने पर कानूनी नियंत्रण लगा दिया गया. केवल मुस्लिमों को उनकी धार्मिक मान्यता (कुरान में चार विवाह की अनुमति) के कारण इस बन्धन से मुक्त रखा गया. इसके अलावा कुछ भारतीय जनजातियों में यह प्रायः पाये जाते हैं. जैसे—नागा, बैगा, लुगाई तथा खस आदि.

परिवार के कार्य एवं महत्व (Functions and Importance of Family)

व्यक्ति की शारीरिक अक्षमता के कारण उत्पन्न समस्याओं के समाधान के सन्दर्भ में ही परिवार का विकास हुआ है. इसलिए अपनी स्वरूपगत विभिन्नता के बावजूद प्रत्येक समाज में परिवार कुछ निश्चित प्रकार्यात्मक भूमिकाओं का निर्वहन अवश्य करता है. परिवार द्वारा इन भूमिकाओं के सफल सम्पादन के कारण ही एक शिशु अपने समाज के प्रति एक उत्तरदायी नागरिक के रूप में परिणत होता है. इन प्रकार्यों के सम्पादन में समाज के अन्य संस्था या समूह भी परिवार के सहयोगी या विकल्प का कार्य करते हैं; परन्तु परिवार के सन्दर्भ में सबसे महत्वपूर्ण इसकी कार्य प्रणाली है जिसे 'किंग्सले डेविस' ने अपनी पुस्तक **'Human Society'** में स्पष्ट करते हुए लिखा है कि "परिवार के सभी कार्य इतने स्वतंत्र प्रकृति के होते हैं कि उन सभी कार्यों को अन्य संगठनों के द्वारा भी पूरा किया जा सकता है, लेकिन परिवार के अतिरिक्त ऐसी कोई संस्था नहीं है जो इन कार्यों को असीमित उत्तरदायित्व की भावना और नैतिक नियमों के साथ पूरा कर सके."

मरडॉक ने परिवार के चार प्रकार्यों को गिनाया है—(i) यौनगत, (ii) प्रजननात्मक, (iii) आर्थिक, तथा (iv) शैक्षणिक.

गुड के अनुसार परिवार के पाँच प्रकार्य हैं—

(i) बच्चों का प्रजनन.

(ii) पारिवारिक सदस्यों का भौतिक अनुरक्षण.

(iii) बच्चों एवं वयस्कों के सामाजिक स्थान का निर्धारण.

(iv) समाजीकरण एवं भावनात्मक सहारा.

(v) सामाजिक नियंत्रण.

परिवार के कार्य (Functions of Family)

परिवार के प्रमुख कार्य निम्नलिखित हैं–

1. प्राणिशास्त्रीय कार्य (Biological Functions)
2. सामाजिक कार्य (Social Functions)
3. मनोवैज्ञानिक कार्य (Psychological Functions)
4. धार्मिक कार्य (Religious Functions)
5. आर्थिक कार्य (Economic Functions)
6. सांस्कृतिक कार्य (Cultural Functions)
7. शैक्षिक कार्य (Educational Functions)
8. मनोरंजनात्मक कार्य (Recreational Functions)
9. राजनीतिक कार्य (Political Functions)

1. प्राणिशास्त्रीय कार्य (Biological Functions)

इन कार्यों का सम्बन्ध मनुष्य की शारीरिक अभि-प्रेरणाओं या आवश्यकताओं को सन्तुष्ट करने से है. इसके अन्तर्गत परिवार के तीन मुख्य कार्य हैं—

(A) **यौन संतुष्टि**—विवाह के माध्यम से परिवार अपने सदस्यों की इस आवश्यकता की पूर्ति को संस्थागत स्वरूप प्रदान करता है. हालांकि बिना परिवार निर्मित किये भी व्यक्ति की इस इच्छा की पूर्ति की जा सकती है, परन्तु परिवार के माध्यम से व्यक्ति की इस जैविकीय इच्छा को सामाजिक स्वीकृति मिलती है जिससे समाज में व्यवस्था बनाए रखने में सहयोग प्राप्त होता है.

(B) **बच्चों का प्रजनन**—बच्चों को जन्म देना, उनको वैधता प्रदान करना तथा उनके पालन-पोषण की समुचित व्यवस्था करना भी परिवार का ही कार्य है. इसके द्वारा न केवल मनुष्य सन्तान के रूप में वंशज का सन्तोष, सम्पत्ति के लिए उत्तराधिकारी तथा वंशज के रूप में अपनी स्मृति और धरोहर की रक्षा करता है, बल्कि अपने सदृश प्राणी के अस्तित्व की निरन्तरता को बनाए रखकर सामाजिक दृष्टि से एक अतिमहत्वपूर्ण तथ्य की परिपूर्ति भी करता है.

(C) **सदस्यों को शारीरिक सुरक्षा प्रदान करना**—इसके अन्तर्गत मनुष्य के भौतिक अस्तित्व को संरक्षित करना ही परिवार का मुख्य कार्य होता है. बीमारी, बेकारी एवं दुर्घटनाओं की स्थिति में संरक्षण, उम्र एवं लिंग के अनुसार, विभिन्न आवश्यकताओं की पूर्ति, मानसिक विचारों को संगठित करना आदि, इसके अन्तर्गत परिवार द्वारा सम्पादित कार्य हैं.

2. सामाजिक कार्य (Social Functions)

परिवार ही जीवन की प्रारम्भिक पाठशाला होती है. इस नाते परिवार को अनेक सामाजिक दायित्वों को निभाना पड़ता है.

(A) **समाजीकरण का कार्य**—एक जैविकीय शिशु को एक सामाजिक प्राणी के रूप में बदलना ही समाजीकरण कहलाता है. समाजीकरण का प्राथमिक दायित्व परिवार पर ही होता है. एक शिशु अपने परिवार के बीच ही अपने भाषा, रीति-रिवाज, परम्परा, आचार-विचार, वेशभूषा, विश्वास, मान्यता, मूल्यों आदि को सीखता है जिससे उसके 'स्व' का

निर्माण होता है. परिवार के इस कार्य के अन्तर्गत 'एण्डरसन' ने व्यक्ति की पाश्विक प्रवृत्तियों पर रोक, आदतों का निर्माण, उत्तरदायित्वों का एहसास तथा व्यक्ति में 'आत्म' का विकास करना परिवार द्वारा किये जाने वाले महत्वपूर्ण कार्यों के रूप में स्वीकार किया है.

(B) **सामाजिक नियंत्रण का कार्य**—स्थान परिस्थिति एवं समय के अनुसार, उचित एवं अनुचित व्यवहारों की शिक्षा परिवार ही अपने सदस्यों को देता है. इससे व्यक्ति के व्यवहार का नियमन होता है. यह शिक्षा पूर्णतः परिवार द्वारा अनुमोदित और समाज द्वारा स्वीकृत मूल्यों पर आधारित होती है. यह कार्य प्रतिदिन के अनुशासनात्मक कार्यवाही, प्रशंसा, आलोचना, मनोरंजन तथा परस्पर निहित उत्तरदायित्वों की पूर्ति के द्वारा किया जाता है. इन सबका व्यक्ति के मानस पटल पर असर इतना गहरा और व्यापक होता है कि आजीवन व्यक्ति की विपथगामी प्रवृत्तियों पर अंकुश लगा रहता है.

(C) **सामाजिक प्रस्थिति (Social Status) प्रदान करना**—बड़े होकर किसी व्यक्ति को समाज में कौनसी भूमिका का निर्वाह करना है इसका निर्धारण परिवार की प्रस्थिति के आधार पर ही होता है. चूँकि किसी व्यक्ति की बदनामी, अपमान या असफलता पूरे परिवार की प्रतिष्ठा को धूमिल करती है, इसलिए इन सबसे सुरक्षित करते हुए अपने सदस्य को समाज में सम्मानजनक प्रतिष्ठा दिलाना परिवार का महत्वपूर्ण दायित्व होता है.

(D) **सामाजिक विरासत का हस्तान्तरण व प्रसार करना**—परिवार सामाजिक विरासत का प्रसार तथा हस्तान्तरण करता है. जनरीतियाँ, कानून विश्वास, रूढ़ियाँ, नैतिक नियम, शिक्षा आदि को एक पीढ़ी से दूसरी पीढ़ी को प्रदान करता है तथा उनका संग्रह और विस्तार करता है.

(E) **सदस्यों को सामाजिक सुरक्षा प्रदान करना**—परिवार अपने सदस्यों के सामाजिक अपमान, दिवालियेपन आदि से सुरक्षा प्रदान करने का प्रयास करता है. परिवार ही एक ऐसा संगठन है जो व्यक्ति के सामाजिक सम्मान की सुरक्षा प्रति चिन्तित रहता है तथा यथासम्भव सामाजिक सुरक्षा प्रदान करता है.

(F) **जीवन साथी के चुनाव में सहायक**—परिवार अपने सदस्यों के विवाह या जीवन साथी के चुनाव में योगदान प्रदान करता है. इस प्रकार परिवार अन्य परिवार को जन्म देने में सहायक होता है.

(G) **मानवता का विकास करना**—परिवार में जो क्रियाएं होती हैं, वे सब सदस्यों के सामूहिक हित के लिए होती हैं. इस प्रकार व्यक्ति स्वार्थी होने से बचा रहता है और मानवता को विकसित करता है.

(H) **व्यवहार का एक निश्चित मापदण्ड**—परिवार, पारिवारिक मान्यताओं के अनुरूप खानपान, विवाह व व्यवहार सम्बन्धी सम्बन्धों को बनाये रखता है और इस प्रकार व्यवहार का एक निश्चित मापदण्ड कायम रखता है.

3. मनोवैज्ञानिक कार्य (Psychological Functions)

परिवार का एक अतिमहत्वपूर्ण कार्य मनोवैज्ञानिक और भावनात्मक आवश्यकताओं की भी पूर्ति करना है जिससे इसके सदस्यों में मानवीय गुणों का विकास होता है. बच्चा अनुकरण की जैविकीय विशेषता के कारण पारिवारिक वातावरण में ही साहचर्य, प्रेम, सहानुभूति, दया, एकता, सद्भावना, भ्रातृत्व आदि जैसे गुणों को सीखता है. यही प्रारम्भिक सीख व्यक्ति के व्यक्तित्व का प्राथमिक आधार होती है.

4. धार्मिक कार्य (Religious Functions)

परिवार वह स्थल है जहाँ अनेक धार्मिक एवं आध्यात्मिक बातों की पृष्ठभूमि तैयार होती है. परिवार के समस्त सदस्य सामान्य रीति से ईश्वर की उपसना करते हैं. छोटे-छोटे बालक अपने माता-पिता से कहानियाँ सुनकर ईश्वर और आध्यात्म सबन्धी ज्ञान प्राप्त करते हैं. माता-पिता के धार्मिक आचरण बालकों को प्रभावित करते हैं और वे अनुकरण द्वारा अनेक धार्मिक क्रियाएं सीख जाते हैं. परिवार में आयोजित होने वाले धार्मिक उत्सवों द्वारा भी बालकों को धर्म का ज्ञान होता है.

5. आर्थिक प्रकार्य (Economic Functions)

वर्तमान औद्योगिक समाज से पूर्व सभी समाजों में परिवार ही सभी आर्थिक कार्यों का केन्द्र बिन्दु रहा है. परिवार ही उपयोग से लेकर उत्पादन, विनिमय और वितरण तक के सभी प्रासंगिक पहलुओं को सुनिश्चित और यथाक्रम पूर्ति करता रहा है. आर्थिक दृष्टिकोण से परिवार के मुख्य कार्य निम्नलिखित हैं—

(A) **आर्थिक सुरक्षा प्रदान करना**—जीविका उपार्जन की व्यवस्था, कार्य क्षमता के आधार पर सदस्यों के बीच श्रम विभाजन की व्यवस्था तथा पारम्परिक व्यवसाय का ज्ञान संचित कर परिवार अपने सदस्यों को आर्थिक सुरक्षा प्रदान करता है. आखेट युग से ही परिवार इन सभी आर्थिक दायित्वों को निभाता रहा है. प्राचीन भारतीय वर्ण-व्यवस्था की उत्पत्ति एवं संपोषण परिवार के इन्हीं आर्थिक दायित्वों के साथ जुड़ा हुआ था. परिवार इस प्रक्रम में जहाँ एक ओर अपने सभी समर्थ सदस्यों का योगदान लेता है वहीं दूसरी ओर इसके द्वारा अपने सदस्यों की बुनियादी आवश्यकताओं जैसे—भोजन, सुरक्षा, आवास, कपड़ा तथा बीमारी में देखभाल की भी व्यवस्था करता है.

(B) **उत्तराधिकार का हस्तान्तरण**—परिवार अपने संगठन की प्रकृति के आधार पर अपने वंशानुगत सम्पत्ति के लिए उत्तराधिकार सम्बन्धी नियम भी निर्धारित करता है. यदि परिवार इस सम्बन्ध में समुचित दायित्व का निर्वाह न करे तो इसमें कोई संदेह नहीं कि सम्पत्ति पर अधिकार के लिए शक्ति सिद्धान्त ही निर्णायक होगा जो समाज में एक अतिरिक्त संघर्ष का कारण होगा. इसलिए परिवार इसके लिए न केवल समय एवं समाज के अनकूल नियम विकसित करता है, बल्कि प्रासंगिक परम्परा का अनुरक्षण भी करता है.

(C) **सम्पत्ति का प्रबन्ध**—परिवार सम्पत्ति सम्बन्धी उत्तराधिकार के अलावा अपने वर्तमान चल-अचल या भौतिक-अभौतिक सम्पत्तियों का भी अपने सदस्यों के बीच समान रूप से विभाजन करके संघर्ष को कम करता है.

वर्तमान औद्योगिक युग में व्यक्ति के प्रदत्त प्रस्थिति की तुलना में अर्जित प्रस्थिति का महत्व बढ़ जाने के कारण आर्थिक सुरक्षा से जुड़े पहलुओं के सन्दर्भ में परिवार की भूमिका सीमित है, परन्तु इसके अलावा उत्तराधिकार सम्बन्धी परम्परा तथा सम्पत्ति प्रबन्ध इत्यादि मामले में परिवार की प्रासांगिकता वर्तमान समय में भी अतीत की भाँति बरकरार है.

(D) **श्रम विभाजन**—श्रम विभाजन परिवार से ही प्रारम्भ होता है. आज भी परिवार में महिलाएँ, बचावों, बूढ़ों आदि में कुछ-न-कुछ श्रम-विभाजन पाया जाता है. इस प्रकार परिवार श्रम-विभाजन की अच्छी खासी व्यवस्था है.

(E) **व्यावसायिक प्रशिक्षण**—परिवार में बालक व्यावसायिक प्रशिक्षण प्राप्त करता है. पिता यदि दुकानदार, लुहार या बढ़ई है तो बालक बचपन से ही उसके साथ रहकर उसके व्यवसाय में दक्षता प्राप्त कर लेते हैं. इस प्रकार परिवार व्यावसायिक प्रशिक्षण देने का कार्य करता है.

(F) **उत्पादन की प्रेरणा**—परिवार अपने सदस्यों को आर्थिक उत्पादन की प्रेरणा प्रदान करता है. प्रत्येक सदस्य परिवार की दशा को सुधारने के लिए कुछ न कुछ आर्थिक उत्पादन की चेष्ठा करता है.

6. सांस्कृतिक कार्य (Cultural Functions)

परिवार का संस्कृति के विकास में महत्वपूर्ण स्थान है. परिवार में रहकर बालक अपनी संस्कृति से परिचित होता है. परिवार का सांस्कृतिक वातावरण बालक को समाज की संस्कृति का ज्ञान कराता है बालक अनुकरण द्वारा भाषा और अच्छी बातें सीखते हैं और उन्हें अपने जीवन का अंग बनाते हैं. रीति-रिवाज, परम्पराओं तथा रीतिओं को सुरक्षित रखने के साथ-साथ परिवार बालकों को उनका ज्ञान भी कराता है. परिवार की सामाजिक एवं सांस्कृतिक विरासत का एक पीढ़ी में हस्तान्तरण करने में महत्वपूर्ण योगदान देता है.

7. शैक्षिक कार्य (Educational Functions)

परिवार को बच्चों की प्रथम पाठशाला कहा गया है. ऑगस्ट कॉम्टे के शब्दों में, "परिवार सामाजिक जीवन की अमर पाठशाला है." पेस्तालांजी के अनुसार, "परिवार शिक्षा का सबसे उत्तम और बालक का प्रथम विद्यालय है." वास्तव में परिवार में बालक अपने माता-पिता तथा बड़ों का अनुकरण करके अनेक बातें सीखता है तथा अपना बौद्धिक विकास करता है. प्राचीन समाजों में शिक्षा संस्थाओं का कार्य भी परिवार ही करते रहे थे तथा आज भी औपचारिक शिक्षा प्रदान करने में परिवार महत्वपूर्ण भूमिका निभा रहे हैं.

8. मनोरंजनात्मक कार्य (Recreational Functions)

परिवार के सदस्य आपस में मिलकर सामूहिक रूप से गीत, भजन आदि से मनोरंजन करते रहते हैं. इस प्रकार परिवार निर्धन समाज को सस्ते मनोरंजन के साधन प्रस्तुत करता है.

9. राजनीतिक कार्य (Political Functions)

बच्चों को राज्य के अनुसार, आदर्श नागरिक बनाने का सर्वप्रथम कार्य परिवार में ही होता है. कन्फ्यूसियश (Confucious) नामक चीनी विद्वान् का विचार है कि "मनुष्य सबसे पहले परिवार का सदस्य है और फिर राज्य का, जिसका निर्माण परिवार के रूप के अनुसार ही होता है." (Man is the first of all a member of family, then of the State which would model itself on the family.) इसी प्रकार मैजिनी (Magini) ने भी राजनीतिक क्षेत्र में परिवार की महत्वपूर्ण भूमिका को स्पष्ट करते हुए लिखा है, "बच्चा माता के चुम्बन और पिता की वीर बाँहों (संरक्षण) के मध्य नागरिकता का सर्वश्रेष्ठ पाठ सीखता है." (The child learns the lesson of citizenship between the kiss of mother and cares of the father.)

आधुनिक परिवर्तन (Recent Changes)

वर्तमान समय में विकसित समाजों के नवीन मानदण्डों (जैसे—औद्योगीकरण, नगरीकरण, यातायात एवं संचार साधनों का चरम विकास, आप्रवास, राज्य के प्रभाव क्षेत्र में विस्तार तथा व्यक्तिवादी जीवन दर्शन के प्रसार आदि) के प्रचार के कारण परम्परागत समाजों का स्वरूप बदलता जा रहा है. समाजों के इन बदलते स्वरूपों में परिवार अपने निहित कार्यों को तो यथावत् सम्पादित कर ही रहा है, परन्तु इन कार्यों को करने की विधियों और इनसे सम्बन्धित मनोवृत्तियों में काफी परिवर्तन दृष्टिगोचर होता है. ये परिवर्तन मुख्य रूप से निम्नलिखित हैं—

1. **भौतिक निकटता में कमी**—जनजातीय या कृषक समाजों में कृषि तथा लघु उद्योगों में लगे हुए लोगों के लिए

परिवार ही आर्थिक उत्पादन की इकाई था. जैसाकि गाँवों में आज भी देखने को मिलता है. किसान या कारीगर अपने पारिवारिक सदस्यों के निकट सहयोग से ही आर्थिक प्रतिफल की प्राप्ति करते थे, परन्तु वर्तमान औद्योगिक नगरीय व्यवस्था में आधुनिक परिवार उस प्रकार से उत्पादन की आर्थिक इकाई नहीं रह गया है. औद्योगिक व्यवस्था में श्रमिक उद्योगपतियों के अधीन काम करते हैं. श्रमिकों का निवास स्थान तथा कार्य स्थान एक नहीं होता है. अक्सर श्रमिकों को वर्षों तक अपने परिवार से दूर रहकर काम करना होता है. श्रमिकों के काम करने का स्थान, समय तथा सेवा की शर्तों पर उनका कोई अधिकार या नियंत्रण नहीं होता है. परिणामतः परिवारों की भौतिक निकटता क्रमशः समाप्त हो रही है.

2. **व्यक्तिवादी विचारधारा का प्रसार**—वर्तमान युग प्रजातांत्रिक या लोकतांत्रिक व्यवस्था का युग है जिसमें व्यक्तिगत स्वतन्त्रता पर अत्यधिक जोर दिया जाता है. यह स्वतन्त्रता सामाजिक दायरे के प्रति समर्पित तो अवश्य होता है, परन्तु इस स्वतन्त्रता के व्यापक प्रसार के कारण परिवार के सदस्यों के पुराने रिश्तों तथा उनकी भूमिकाओं में व्यापक परिवर्तन हुआ है. इस परिवर्तन में एक महत्वपूर्ण योगदान उत्पादन पद्धति का भी है. वर्तमान उत्पादन पद्धति में किसी स्त्री का भी उतना ही सापेक्षिक महत्व है जितना किसी पुरुष का. फलतः अब अक्सर पति-पत्नी स्वतन्त्र रूप से किसी व्यवसाय में व्यस्त दिखाई पड़ते हैं. इससे निश्चित तौर पर ये पुरानी धारणा दम तोड़ रही है कि पत्नी का काम मात्र पति के कामकाज को सँभालना या बच्चों का पालन-पोषण करना है. अब स्त्रियाँ अपने जीवन, विवाह तथा अस्तित्व आदि के विषय में स्वतन्त्र रूप से निर्णय लेने की इच्छा तथा क्षमता रखती हैं. व्यक्तिवादिता के कारण ही निजी सम्पत्ति की भावना प्रबल हुई है इसलिए आर्थिक क्रियाओं का चुनाव और उसके लाभ-हानि का दायित्व व्यक्तिगत आधार पर ही निश्चित होने लगा है. इस प्रकार, व्यक्तिवादी विचारधारा का पति-पत्नी के सम्बन्धों, उनकी भूमिकाओं, बच्चे के लालन-पालन, माता-पिता के नियंत्रण आदि पर गहरा प्रभाव पड़ा है. व्यक्तिवादिता के प्रसार के कारण ही व्यक्ति आज प्रथा, परम्परा, धर्म रीति-रिवाज आदि का अन्धानुकरण नहीं करता, बल्कि प्रत्येक स्थिति में व्यक्ति इन सबको तर्क के तराजू पर तौलता रहता है. इसलिए परिवार भी अपने सदस्यों को आज परम्परागत संस्कृति की शिक्षा देना, आवश्यक नहीं समझते, बल्कि इसके स्थान पर व्यवहार के नये आदर्श और संस्कृति के आधुनिक रूप की शिक्षा को अधिक उपयोगी मानते हैं.

3. **परिवार के एकाकी स्वरूप में वृद्धि**—व्यक्तिवादी विचारधारा के प्रसार के कारण वर्तमान परिवार का आकार भी प्रभावित हुआ है. अब विस्तृत या संयुक्त प्रणाली के स्थान पर एकाकी या वैयक्तिक परिवार प्रणाली का प्रचलन बढ़ रहा है. उल्लेखनीय है कि एकाकी परिवार के अन्तर्गत भी छोटा परिवार तथा कम-से-कम बच्चों पर जोर दिया जा रहा है. दो बच्चों का परिवार आजकल का व्यापक सामाजिक नियम या आदर्श है. नगरीय समाजों में तत्जनित समस्याओं के कारण परिवार का आकार छोटा रखना अपरिहार्य भी हो जाता है, क्योंकि वहाँ कृषि कार्य की प्रासंगिकता न होने के कारण अधिक सदस्यों की आवश्यकता नहीं होती है. इसलिए अधिक सदस्य परिवार पर मात्र आर्थिक बोझ ही होते हैं. कई देशों में व्यापक सर्वेक्षण से यह भी स्पष्ट हुआ है कि स्त्री या पुरुष विवाह तो करना चाहते हैं, परन्तु बच्चे उत्पन्न करना उपयुक्त नहीं समझते. जैसे—U.S.A. में निःसन्तान परिवारों की संख्या अत्यधिक है. भारत में भी इस विचारधारा का प्रसार हो रहा है.

4. **परिवार के भूमिका क्षेत्र सीमा में संकुचन**—आज कई विशेषीकृत संस्थाओं ने परिवार के कार्यों का उत्तरदायित्व अपने ऊपर ले लिया है. पहले जहाँ सदस्यों की बुनियादी आवश्यकताएँ (जैसे—शिक्षा, स्वास्थ्य, स्थान, खान-पान इत्यादि) की पूर्ति का पूर्ण भार परिवार पर ही था, वहीं अब इस कार्य को राज्य, विद्यालय, अस्पताल, शिक्षक, नर्स आदि भी निभाते हैं. कल्याणकारी और समाजवादी राज्य की धारणा के साथ शिक्षा तथा स्वास्थ्य का प्रबन्ध, बूढ़े, बच्चों, गर्भवती महिलाओं, अपंगों आदि के देखभाल का काफी हद तक उत्तरदायित्व राज्य ने लिया है. इसके अलावा पहले परिवार के सदस्य अवकाश के क्षणों में एक साथ बैठकर भजन-कीर्तन या किस्से कहानियों के द्वारा परस्पर मनोरंजन प्राप्त करते थे, परन्तु अब यह कार्य क्लबों, नाटक घर, चलचित्र, रेडियो, दूरदर्शन आदि ने ले लिया है. मनोरंजन के इन साधनों के कारण भी परिवार के सदस्यों के बीच भौतिक निकटता में कमी तथा व्यक्तिवादिता का प्रसार हो रहा है.

5. **विवाह के सम्बन्ध में परिवर्तित मान्यता**—विवाह अब दो परिवारों का मिलन तथा आपसी सम्बन्ध ही नहीं, बल्कि यह दो व्यक्तियों के पारस्परिक आकर्षण और निर्णय का प्रतिफल हो गया है. विवाह अब माता-पिता द्वारा निर्धारित होने के बजाय वर-वधू का अपना निर्णय होता है. यह परिवर्तन प्रथमतः पश्चिमी राष्ट्रों में दृष्टिगोचर हुआ. तदुपरान्त इसका विकासशील राष्ट्रों में भी काफी हद तक अनुकरण होने लगा. भारतीय समाज में भी प्रेम-विवाह (Love Marriage) अब एक फैशन बनता जा रहा है, लेकिन इस प्रकार का विवाह वैयक्तिक आकर्षण के कारण जितनी शीघ्रता से सम्पन्न होता है, उतनी ही शीघ्रता से इनमें विच्छेद की प्रवृत्ति भी पाई जाती है. चूँकि इसमें वर-वधू ही विवाह का निर्णय लेते हैं, इसलिए स्वाभाविक रूप से विवाह विच्छेद का अधिकार भी उन्हें प्राप्त हो जाता है. पश्चिमी देशों में इन्हीं कारणों से तलाक की दर काफी ऊँची रही है. भारत में कानूनी

रूप से हिन्दू विवाह अधिनियम 1955 के बाद हिन्दुओं में भी तलाक का प्रावधान कर दिया गया है. इन सबसे परिवार की सुदृढ़ता तथा स्थिरता की परम्परागत मान्यता प्रभावित हुई है.

6. **पारिवारिक सम्बन्ध के आधार में परिवर्तन**—द्वितीय विश्व युद्ध के पश्चात् पश्चिमी समाज का लिंगानुपात काफी असन्तुलित हो चुका था. इन परिस्थितियों में वहाँ कई नवीन धारणाएँ प्रचलित हुईं. साथ-ही-साथ विवाह के पूर्व उत्पन्न होने वाले बच्चों एवं उनके माता के प्रति समाज का दृष्टिकोण काफी उदार हुआ था. वहाँ बिना विवाह के ही स्त्री-पुरुष के साथ रहने की प्रवृत्ति विकसित हुई और कालान्तर में ऐसे जोड़ों की संख्या बढ़ती ही गई. यह प्रवृत्ति फैलकर आज पूरे विश्व में फैल चुकी है. ऐसी स्थितियों ने विवाह और परिवार की भूमिका को दुर्बल किया है.

7. **नातेदारी का घटता महत्व**—वर्तमान समय में परिवार के लिए नातेदारी एक औपचारिक महत्व की वस्तु बनती जा रही है. लोग अपने रिश्तेदारों से सम्बन्ध रखना उतना आवश्यक नहीं मानते हैं. पहले व्यक्ति अपनी सामाजिक प्रस्थिति को सुस्पष्ट करने के लिए अपनी नातेदारी का पूर्ण विवरण दिया करते थे, परन्तु अब व्यक्ति अपनी सामाजिक प्रस्थिति को स्पष्ट करने के लिए मात्र अपने पेशे, कार्य एवं योग्यता को ही आवश्यक मानने लगा है. इसलिए नातेदारी अब मात्र रूढ़िवादिता से परिपूर्ण व्यवस्था मात्र ही रह गयी है.

8. **स्त्रियों की परिवर्तित स्थिति**—पहले कुछ जनजातीय समाजों को छोड़कर सभी समाजों में पुरुष ही परिवार का निरंकुश शासक हुआ करता था. बदलती परिस्थितियों के सम्बन्ध में R. Mowrer ने सही ही लिखा है कि "यद्यपि अब भी पति परिवार को नाम प्रदान करता है तथा उसकी पत्नी उसका उपनाम अधिक औपचारिक अवसरों पर प्रयोग किया करती है. इन तथ्यों के होते हुए भी पति अब अनेक परिवारों में परिवार का मुखिया न रहा. वह पारिवारिक दायरे में उस निरंकुश राजा के समान भी नहीं रहा, जिसके शब्द ही विधि हों. इसके विपरीत पत्नी पारिवारिक दायरे में अपने आपको अपने पति से उच्चतर नहीं तो पूर्णतः समान अवश्य समझती हैं. वह पारिवारिक समूह के भाग्य को सहानुभूतिपूर्वक नियन्त्रित करती है, लेकिन अल्पप्रतिज्ञ व्यक्ति की तरह नहीं. वह दास वृत्ति करने वाली गुलाम नहीं रही." इन सबके अलावा बढ़ी हुई आर्थिक आवश्यकताओं की पूर्ति के लिए स्त्रियों का घर से निकलकर आर्थिक गतिविधियों में संलिप्त होना भी उनके सार्वजनिक जीवन में महत्व को बढ़ाना ही है.

वर्तमान सन्दर्भ में उपर्युक्त परिवर्तनों को अक्सर पारिवारिक विघटन की संज्ञा दे दी जाती है. तलाक की दर में उत्तरोत्तर वृद्धि, पारिवारिक नियंत्रण के अभाव में बढ़ते बाल-अपराध की संख्या, परिवार के बड़े आकार की अपेक्षा बढ़ता छोटा आकार, व्यक्तिवादिता का प्रकार, स्वच्छंद यौन व्यवहार, परिवार के कार्यों का अन्य संस्थाओं में हस्तान्तरण आदि को लोग विघटन का प्रतीक मानते हैं. कुछ लोग इन्हीं परिस्थितियों के आधार पर परिवार के भविष्य पर ही प्रश्न चिन्ह लगा देते हैं.

वास्तव में परिवर्तन मात्र परिवार के पुराने ढाँचे में हो रहा है जिसे विघटन नहीं कहा जा सकता. किसी भी संस्था या समिति की संरचना अपने तत्कालीन समय के ही अनुकूल होती है. इसलिए समय में परिवर्तन के साथ तथाकथित संस्था एवं समितियों में परिवर्तन होना भी उसके अस्तित्व के लिए आवश्यक हो जाता है. वर्तमान समय में पारिवारिक परिवर्तनों को भी इसी सन्दर्भ में देखा जाना चाहिए. इसलिए उपर्युक्त परिवर्तनों को विघटनकारी तत्व के बदले यदि प्रगतिवादी तत्व कहा जाय तो कोई अतिशयोक्ति नहीं होगी. जैसे—एक ओर समाज में निश्चित रूप से तलाक की दर में वृद्धि हो रही है, परन्तु वहीं पर दूसरी ओर विधवा पुनर्विवाह या तलाकशुदा दम्पत्तियों का पुनर्विवाह करना सामाजिक संगठन का ही परिचायक है.

तर्क ही वर्तमान युग की सबसे बड़ी कसौटी है. ज्ञान की आधुनिक प्रवृत्तियों के कारण कोई व्यक्ति किसी तथ्य को तब तक हृदयंगम नहीं करता जब तक वही तर्क की कसौटी पर स्वयं तथ्यों को तौल न लें. आज धार्मिक मान्यताओं में आमूल परिवर्तन हो रहे हैं. यह सच है कि तर्क की कसौटी ने वैयक्तिक मनोवृत्तियों को अत्यधिक परिवर्तित कर नई और पुरानी पीढ़ी के बीच मतभेद को बढ़ाया है, लेकिन वहीं पर इस सच से भी इंकार नहीं किया जा सकता है कि इसके कारण परिवार से कई अन्धविश्वास, पाखंड, कुरीतियाँ आदि का भी लोप हुआ है. परम्पराओं और रूढ़ियों को छोड़कर नवीन परिस्थितियों के अनुसार ढ़ल जाना किसी भी दृष्टिकोण से विघटन का सूचक नहीं हो सकता.

इन परिवर्तनों के सम्बन्ध में एण्डरसन ने भी कहा कि "यह सत्य है कि पिछली कुछ दशाब्दियों में परिवार में होने वाले तीव्र परिवर्तनों के फलस्वरूप इसमें कुछ अस्थायित्व आ गया है; लेकिन यह स्थिति परिवार के विघटन से सम्बद्ध न होकर परिवार को एक ऐसा रूप प्रदान करती है जिससे सदस्यों के सम्बन्ध पहले की अपेक्षा कहीं अधिक मधुर और स्थायी हो सकेंगे." वर्तमान परिवारों में स्नेह के द्वारा विवाह का आरम्भ आर्थिक दबाव में कमी और ऐच्छिक रूप से बच्चों का पालन-पोषण वे दशाएँ हैं जिन्हें भविष्य में परिवारों की स्थिरता का अभिन्न स्रोत कहा जा सकता है.

ऑगबर्न एवं निमकॉफ ने भी कहा कि "स्नेह की लालसा तथा बच्चों का पालन-पोषण निःसन्देह परिवार के निर्माण में मौलिक कारक रहे हैं जो आज भी उतने ही अधिक सर्वव्यापी हैं." इसलिए हर परिवर्तन के बाद आज भी परिवार ने एक बुनियादी संस्था के रूप में अपनी प्रभावशीलता को बनाए

रखा है, क्योंकि सम्पूर्ण रूप से परिवार का कोई विकल्प नहीं हो सकता है.

भारतीय संयुक्त परिवार (Indian Joint Family)

संयुक्त परिवार भारतीय समाज का आधार स्तम्भ है. इसके समग्र अध्ययन के बिना भारतीय समाज की जटिलताओं को सुव्यक्त नहीं किया जा सकता है. वास्तव में भारतीय संस्कृति के सम्पूर्ण मानव मूल्यों को व्यक्त करने एवं सामूहिक कल्याण के श्रेष्ठतम आदर्श को प्रस्तुत करने का जितना सुन्दर समन्वय भारतीय संयुक्त परिवार में मिलता है उतना अन्य किसी समाज की किसी संस्था में नहीं. यह परिवार व्यवस्था कमोवेश उन सभी क्षेत्रों में पाई जाती है जहाँ अर्थव्यवस्था मुख्यतः कृषि आधारित हो, परन्तु भारतीय सन्दर्भ में इसकी मौलिकता एवं संस्थागत जटिलता इसे अन्य स्थान की ऐसी व्यवस्थाओं से अधिक रुचिकर एवं अन्वेषण के लिए प्रासांगिक बनाती है.

श्रीमती इरावती कर्वे के अनुसार, "संयुक्त परिवार उन व्यक्तियों का एक समूह है, जो साधारणतया एक मकान में रहते हैं, जो एक रसोई में बना भोजन करते हों, जो सामान्य सम्पत्ति के स्वामी होते हैं और जो सामान्य पूजा में भाग लेते हैं तथा जो किसी-न-किसी प्रकार से एक-दूसरे के रक्त-सम्बन्धी होते हैं."

डॉ. आई.पी. देसाई ने संयुक्त परिवार को परिभाषित करते हुए लिखा है कि "हम उस परिवार को संयुक्त परिवार कहते हैं जिसमें मूल परिवार से अधिक पीढ़ियों के सदस्य (अर्थात् तीन या अधिक) रहते हों और जिसके सदस्य एक-दूसरे से सम्पत्ति, आय और पारस्परिक अधिकारों तथा कर्त्तव्यों द्वारा सम्बद्ध हों."

डॉ. एम.सी. दुबे ने लिखा है, "यदि कई मूल परिवार एक साथ रहते हों और उनमें निकट का सम्बन्ध हो, एक ही स्थान पर भोजन करते हों और एक आर्थिक इकाई के रूप में कार्य करते हों तो उन्हें उनके सम्मिलित रूप में संयुक्त परिवार कहा जा सकता है."

उपर्युक्त परिभाषाओं के आधार पर संयुक्त परिवार की विशेषताओं को निम्नलिखित बिन्दुओं के आलोक में और अधिक स्पष्ट किया जा सकता है—

1. **बड़ा आकार**—सामान्यतः संयुक्त परिवार की पहचान तीन पीढ़ियों वाले परिवार के रूप में की जाती है, जिसमें कम-से-कम दो या उससे अधिक परस्पर सम्बन्धित विवाहित युग्म हों. ऐसे में सदस्यों की अधिकता के कारण परिवार का आकार बड़ा होना स्वाभाविक है.

2. **संयुक्त निवास**—डॉ. आई.पी. देसाई ने संयुक्त निवास को संयुक्त परिवार के लिए आवश्यक लक्षण नहीं माना है; लेकिन संयुक्त निवास के कारण ही परिवार के सदस्यों के लिए सहभोजिता एवं सामान्य (Common) पाकशाला की व्यवस्था हो पाती है. सदस्यों के बीच सहयोगी सम्बन्ध के बने रहने के लिए भी संयुक्त निवास संयुक्त परिवार के लिए अपरिहार्य हो जाता है.

3. **संयुक्त सम्पत्ति**—संयुक्त परिवार में चल या अचल सम्पत्ति पर अधिकार किसी व्यक्ति विशेष का नहीं वरन् सम्पूर्ण परिवार का होता है. परिवार के सभी सदस्य अपनी योग्यतानुसार सम्पूर्ण परिवार के लिए उत्पादन में सहयोग करते हैं, परन्तु परिस्थिति एवं आवश्यकतानुसार खर्च करने का अधिकार परिवार के मुखिया या कर्ता को ही होता है.

4. **सामूहिक उपासना एवं धार्मिक अनुष्ठान**—धार्मिकता के तत्व संयुक्त परिवार व्यवस्था की मूल संरचना में ही समाहित हैं. एक ही पूर्वज तथा एक ही कुल देवी या देवता होने के कारण उनके धार्मिक क्रियाकलापों में एकरूपता होती है. धार्मिक अनुष्ठान, व्रत, श्राद्ध, तर्पण, पिण्ड दान तथा विहित संस्कारों का यथासम्भव सम्पादन ही इनका सबसे बड़ा उत्सव होता है तथा इन सबमें सम्पूर्ण नातेदारी का आगमन तथा उनके लिए निर्दिष्ट कर्त्तव्य परिवार के सदस्यों के लिए एक सूत्रता की भावना को प्रबलता प्रदान करता है.

5. **सहयोगात्मक वातावरण**—सहयोगात्मक प्रवृत्ति ही संयुक्त परिवार के सदस्यों को संयुक्तता में संजोने वाला मुख्य आधार है. इसी कारण सभी सदस्य एक इकाई के रूप में अपनी योग्यतानुसार कार्य करते हैं तथा आवश्यकतानुसार एक-दूसरे का सहयोग प्राप्त करते हैं.

6. **कर्त्ता का सर्वोच्च स्थान**—जो स्थान किसी राष्ट्र के लिए राष्ट्राध्यक्ष का होता है. वही स्थान संयुक्त परिवार के लिए कर्ता का होता है. भारतीय समाज पुरुष प्रधान समाज होने के कारण भारतीय संयुक्त परिवारों में कर्ता की भूमिका परिवार का कोई वयोवृद्ध पुरुष ही अदा करता है. परिवार से सम्बन्धित महत्वपूर्ण निर्णय लेना, समाज में परिवार का प्रतिनिधित्व करना तथा आन्तरिक कलह की स्थिति में शान्ति स्थापना कर पारिवारिक एकता को बनाए रखना आदि पूर्ण रूप से कर्त्ता का ही दायित्व होता है. परिवार के अन्य सदस्यों द्वारा कर्त्ता के प्रति श्रद्धा रखना, आज्ञापालन करना, अनुशासित जीवन व्यतीत करना प्रत्येक स्थिति में अपेक्षित होता है.

7. **निश्चित संस्तरण**—संयुक्त परिवार के सभी सदस्यों के बीच एक निश्चित संस्तरण पाया जाता है. परिवार में कर्ता का सर्वोच्च स्थान होता है, उसके बाद कर्त्ता की पत्नी का स्थान आता है जिनका परिवार की स्त्रियों पर पूर्ण नियंत्रण होता है. इसके बाद कर्त्ता के भाईयों का स्थान आता है. चौथा स्थान कर्ता के बड़े पुत्र का होता है. श्राद्ध के अवसर पर अंत्येष्टि कार्य सम्पन्न करना बड़े पुत्र का ही दायित्व होता है. इसके बाद क्रमशः छोटे पुत्र, पुत्र वधू एवं पुत्रियों

का स्थान आता है. इस सीढ़ीनुमा व्यवस्था में बड़े छोटे पर अधिकार प्रयोग का हक रखते हैं तथा छोटों से बड़ों के लिए कर्त्तव्य-निर्वाह की अपेक्षा की जाती है.

8. **स्थायित्व**—अधिकारों की अपेक्षा कर्त्तव्य-परायणता, त्याग, दया, प्रेम आदि मानवीय गुणों का सदस्यों की शिक्षा में अधिक अंश होने के कारण संयुक्त परिवार व्यवस्था में अन्य पारिवारिक व्यवस्थाओं की तुलना में स्थायित्व का गुण अधिक पाया जाता है.

संयुक्त परिवार के गुण (Merits of Joint Family)

कृषि आधारित अर्थव्यवस्था, धार्मिक संस्कार एवं कर्मकाण्डों की निर्णायक भूमिका, त्याग, तपस्या एवं बलिदान जैसे मानवीय गुणों का व्यक्ति के दैनिक कार्यों में समावेश इत्यादि ने न केवल भारतीय समाज में परिवार को संयुक्तता का स्वरूप दिया, बल्कि संयुक्त परिवार की निरन्तरता बहुत समय तक बनाये रखी इसी कारण इसको अन्य समाजों में भी यह देखा जा सकता है, जो निम्नलिखित हैं—

1. **बच्चों का समुचित पालन-पोषण**—एकाकी परिवारों में पति-पत्नी के अपने-अपने कामों में व्यस्त रहने के कारण बच्चों की समुचित देखभाल के लिए या तो नौकरों को रखा जाता है या फिर व्यवसायिक पालना घर की मदद ली जाती है परन्तु, संयुक्त परिवारों में जहाँ इस काम के लिए अन्य सदस्यों की मदद मिल जाती है, वहीं साथ-ही-साथ दादा-दादी का इस मामले में लम्बा अनुभव भी. इसलिए इन परिवारों में बच्चों के पालन-पोषण की कोई समस्या नहीं होती.

2. **स्वस्थ समाजीकरण**—संयुक्त परिवार में एक बच्चा प्रेम, सहयोग, त्याग, सहनशीलता, परोपकार सेवा आदि गुणों को सीखता है. परिणामस्वरूप बच्चे में व्यक्तिवादी प्रवृत्तियों पर अंकुश लगा रहता है. उनमें हरेक समय सामूहिकता और सामुदायिक भावनाओं का ही विकास होता है, जो परिवार समाज एवं राष्ट्र के लिए अत्यन्त लाभकारी है.

3. **सम्पत्ति का सदुपयोग**—भूमि जोतों के उप-विभाजन एवं उपखण्डन पर रोक लगाने में संयुक्त परिवार काफी सहायक सिद्ध हुआ हैं.

4. **श्रम विभाजन**—संयुक्त परिवार श्रम विभाजन का उत्कृष्ट उदाहरण प्रस्तुत करता है. ऐसे परिवारों में उन सभी कार्यों का भार वयस्क पुरुष पर ही होता है जिसमें अधिक शक्ति की आवश्यकता होती है. स्त्रियों पर घरेलू कामकाज का ही भार होता है. वृद्ध एवं बच्चे यथाशक्ति इन कार्यों में अपना सहयोग देते हैं.

5. **दुर्घटना में संरक्षण**—संयुक्त परिवार एक बीमा एजेन्सी की तरह कार्य करता है. आपत्तिकाल में किसी व्यक्ति विशेष की देखभाल सेवा-सुश्रुषा तथा भरण-पोषण परिवार के अन्य सदस्यों की भाँति ही होती है. अनाथ बच्चे, विधवा, वृद्ध व्यक्ति एवं परित्यक्त स्त्रियों के लिए भी संयुक्त परिवार उत्तम आश्रय स्थल की भूमिका अदा करता है.

6. **अनुशासन एवं नियंत्रण**—एकाकी परिवार में व्यक्ति विशेष को स्वतंत्र जीवन जीने का अवसर अधिक प्राप्त होता है. इसलिए उसके व्यवहार में स्वच्छंदता एवं कभी-कभी उच्चछृंखला का समावेश हो जाता है, लेकिन संयुक्त परिवारों में बड़े-बुजुर्गों के नियंत्रण एवं नित्य प्रति के उपदेशों के कारण सदस्यों का व्यवहार नियंत्रित एवं अनुशासित रहता है. परिवार के सदस्य पारिवारिक प्रतिष्ठा को बनाए रखने तथा परम्परागत रूढ़ियों आदि का पालन करने के प्रति प्रत्येक समय सचेष्ट रहते हैं.

7. **सांस्कृतिक सबलता**—संयुक्त परिवारों में सदस्यों को प्रचलित एवं सुस्थापित सांस्कृतिक एवं सामाजिक मान्यताओं के अनुसार ही व्यवहार करने की शिक्षा दी जाती है. इनसे अलग व्यवहार करना इन परिवारों में विपथगामी प्रवृत्ति माना जाता है, जिससे संस्कृति की निरन्तरता एवं स्थायित्व बनी रहती है.

8. **राष्ट्रीय एकता को प्रोत्साहन**—व्यक्तिवादिता पर अंकुश लगाते हुए, जिस त्याग, परोपकार, सहयोग एवं सामूहिकता की शिक्षा संयुक्त परिवारों में अपने सदस्यों के मानस-पटल पर रखी जाती है वही आगे चलकर राष्ट्र प्रेम एवं एकता की भावना को भी प्रोत्साहित करती है.

संयुक्त परिवार के दोष (Demerits of Joint family)

समय की माँग एवं विशिष्ट सामाजिक संरचना के अनुसार संयुक्त परिवार व्यवस्था में उत्कृष्टता का गुण विद्यमान था, परन्तु लचीलापन के अभाव के कारण बदली हुई परिस्थिति एवं सामाजिक संरचना के साथ संयुक्त परिवार सामंजस्य न स्थापित कर सका. फलतः इस व्यवस्था में कई दोष उजागर होने लगे, जो निम्नलिखित हैं—

1. **औपचारिक सम्बन्ध**—परिवार का आकार बड़ा होने के कारण सिद्धान्त के विपरीत व्यवहार में ऐसे परिवारों में सदस्यों के बीच परस्पर आत्मीयता एवं घनिष्ठता का अभाव पाया जाता है. ऐसे औपचारिक सम्बन्धों के कारण गृह-परिवेश शुष्क एवं नीरस होना स्वाभाविक है.

2. **द्वेष एवं कलह का केन्द्र**—एक कहावत प्रचलित है कि संसार में यदि किसी को नरक का दर्शन करना हो तो वह एक भारतीय संयुक्त परिवार को देख ले. सम्पत्ति विभाजन, आय-व्यय, बच्चों का पालन पोषण, कर्त्ता का पक्षपात पूर्ण रवैया आदि को लेकर नित्य नये विवाद और कलह का जन्म संयुक्त परिवार का एक अहम् हिस्सा होता है. कभी कर्त्ता एवं युवा सदस्य के बीच पीढ़ीगत मतान्तर के कारण तो कभी

स्त्रियों के बीच छोटी-मोटी घरेलू बातों को लेकर घर का वातावरण कलहपूर्ण एवं तनावयुक्त बना रहता है जो शांत एवं सुखी पारिवारिक जीवन को लगभग असम्भव सा बना देता है.

3. **अकर्मण्यता को प्रोत्साहन**—संयुक्त परिवार के कुछ सदस्यों में अक्सर कामचोरी का गुण आ जाता है, क्योंकि बिना काम किए भी उन्हें अन्य सदस्यों की भाँति सारी सुख-सुविधाएँ उपलब्ध हो जाती हैं. कई बार परिश्रमी सदस्य भी इसी कारण आलसी हो जाते हैं. इससे एक ओर जहाँ कमाने वाले में असन्तोष की भावना घर कर जाती है, वहीं दूसरी ओर परिवार के रहन-सहन में भी क्रमिक रूप से ह्रास होता जाता है. अपने श्रम का यथोचित पुरस्कार मिलने की गारण्टी न होने के कारण व्यक्ति को कठोर परिश्रम करने की प्रेरणा नहीं मिल पाती है.

4. **संतुष्टि की भावना**—संयुक्त परिवार का स्नेहशील एवं सामान्य-सुविधायुक्त वातावरण व्यक्ति में जहाँ एक ओर अपने घर-परिवार के प्रति मोह उत्पन्न कर देता है, वहीं दूसरी ओर उसके आगे बढ़ने की चाह भी खत्म कर देता है. व्यक्ति अपने जीवन स्तर से सन्तुष्ट होकर न ही उच्चता की चाह में कोई जोखिम उठाने को प्रेरित होता है और न ही किसी अन्य स्थान पर जाने को उत्सुक. यह स्थिति आर्थिक विकास की दृष्टि से भी हानिकारक है.

5. **व्यक्तित्व विकास में बाधक**—संयुक्त परिवारों में बाल्यावस्था से ही परतन्त्र एवं परोपजीवी रहने के कारण सदस्यों में आत्मविश्वास की कमी और दूसरों पर निर्भरता अधिक पाई जाती है. उनमें चेतना, स्वावलम्बन एवं वैयक्तिक योग्यताओं के विकास के सम्बन्ध में स्वनिर्णय का अभाव पाया जाता है. कठोर अनुशासन एवं सभी के साथ समानता बरते जाने के कारण प्रगतिशील व्यक्तियों की क्षमता का कुंठित होना स्वाभाविक है.

6. **स्त्रियों की दयनीय स्थिति**—संयुक्त परिवारों में स्त्रियों की स्थिति वैदिककालीन शूद्रों के समान ही होती है. आठों प्रहर पति एवं श्रेष्ठों की सेवा तथा बच्चे का लालन-पोषण ही उनका परम कर्त्तव्य होता है. पर्दा-प्रथा के कठोर नियंत्रण के कारण खुले वातावरण में साँस लेना उनके लिए एक सपना ही होता है. इतने पर भी ताना, प्रताड़ना एवं दुर्व्यवहार का प्रसाद ग्रहण करना जैसे उनके नित्य-प्रति की नियति बन जाती है. स्वतन्त्र जीवन का आनन्द ही आज शिक्षित महिलाओं को एकाकी परिवार की ओर अधिक आकृष्ट कर रहा है.

7. **दाम्पत्य सम्बन्धों पर कुप्रभाव**—डॉ. राजेन्द्र प्रसाद ने उचित ही लिखा है कि "संयुक्त परिवार में पति-पत्नी इतनी कृत्रिम एवं अस्वाभाविक परिस्थितियों में मिलते हैं कि उनमें प्रेम का विकास तो दूर की बात है, मामूली परिचय भी कम होता है." ऐसे परिवारों में दिन के समय अन्य सदस्यों की उपस्थिति में पति-पत्नी का आपस में बातचीत करना या मिलना अनुचित समझा जाता है. रात में भी स्थानाभाव के कारण पति-पत्नी का मिलना एक औपचारिकता मात्र रह जाता है. ऐसे माहौल में वास्तविक दाम्पत्य प्रेम का विकास कैसे हो सकता है ?

8. **कुरीतियों को प्रोत्साहन**—चूँकि संयुक्त परिवारों का नेतृत्व पूर्णतः वृद्धों के नियंत्रण में रहता है, इसलिए ऐसे परिवार परिवर्तन विरोधी एवं रूढ़िवादी प्रवृत्ति के संपोषक बन जाते हैं. कर्त्ता परम्पराओं की रक्षा के नाम पर विधवा विवाह, अन्तर्जातीय विवाह, दहेज उन्मूलन, पर्दा प्रथा का अन्त, आदि का विरोध ही करते हैं.

9. **परिवार नियोजन में 'बाधक'**—प्रथम तो बाल विवाह, द्वितीय, कोई व्यक्तिगत जिम्मेदारी न होने के कारण अधिक सन्तान के प्रति इन परिवार में कोई चिन्तित नहीं होता है; बल्कि ऐसे परिवार सन्तानों के सम्बन्ध में "जितना हाथ, उतना साथ' जैसी मान्यताओं का अनुसरण करते हैं. परिवार का कर्त्ता भी परिवार नियोजन के साधनों के प्रति विरोधी तेवर ही प्रदर्शित करता है.

10. **कर्त्ता की निरंकुशता**—अहंवादी प्रवृत्ति के कारण परिवार का कर्त्ता अन्य सदस्यों के विचारों की अक्सर अनदेखी करता है. कर्त्ता के अधिकारों पर कोई अंकुश न होने के कारण कर्त्ता का स्वेच्छाचारी एवं निरंकुश होना स्वाभाविक ही है.

वर्तमान परिप्रेक्ष्य में संयुक्त परिवार

सदियों से संयुक्त परिवार व्यवस्था ही भारतीय समाज में आदर्श परिवार व्यवस्था थी, परन्तु वर्तमान की बदली हुई परिस्थितियों ने इसके आदर्शतम स्वरूप पर एक गम्भीर प्रश्न चिह्न आरोपित कर दिया है. औद्योगीकरण, शहरीकरण, शैक्षिक विकास, नवीन आर्थिक चुनौतियाँ, विशिष्ट कानूनी प्रावधान, बीमा एजेन्सियों आदि के कारण वर्तमान समय में संयुक्त परिवार का विकल्प अपनाने के लिए मजबूर सा कर दिया है. परिणामस्वरूप भारतीय समाज में एक ओर जहाँ एकाकी परिवारों की संख्या उत्तरोत्तर बढ़ती जा रही है, वहीं दूसरी ओर संयुक्त परिवार में संरचनात्मक परिवर्तन की गति भी तेज है. अब कहीं संयुक्त निवास है, तो संयुक्त रसोई नहीं, अगर सम्पत्ति संयुक्त है, तो संयुक्त कोष नहीं. कर्त्ता का पद, तो मात्र औपचारिक, न एक व्यवसाय, न मतैक्य और न व्यक्तिवादिता पर अंकुश. ऐसा प्रतीत होता है जैसे संयुक्त परिवार अपनी आधी-अधूरी काया के साथ अन्तिम साँसें गिन रहा है.

वास्तव में, भारतीय समाज आज संक्रमण के दौर से गुजर रहा है. भारतीय परिवार भी इससे अछूता नहीं है. आज शायद ही कोई ऐसा परिवार मिले जो पूर्णतः संयुक्त हो या पूर्णतः एकाकी. प्रत्येक परिवार एक मध्यवर्ती व्यवस्था का ही

प्रतिनिधित्व करता प्रतीत होता है. वी. के. रामानुजम ने अपनी पुस्तक 'The Indian family in transition' में बिल्कुल सही लिखा है कि "अधिक महत्वपूर्ण यह है कि यदि संरचनात्मक दृष्टि से संयुक्त परिवार नाभिक परिवारों में टूटता भी है, तो भी प्रकार्यात्मक दृष्टि से परिवार के सभी सदस्य उसके प्रति निष्ठा के रूप में संयुक्तता को बनाए रखते हैं. पृथक् होने के बाद भी मूल परिवार के साथ उनका शक्तिशाली उद्वेगात्मक सम्बन्ध पाया जाता है." कुछ लोग शहरों में आवास बनाकर एकाकी परिवार स्थापित करने का सन्तोष प्राप्त करते हैं, परन्तु यह भी उनका आधा-अधूरापन ही है. जन्म, विवाह, मृत्यु, बीमारी या अन्य उत्सवों में वे अपने मूल परिवार के साथ नातेदारी और संयुक्त परिवार के प्रतिमानों का पालन करते ही हैं. दूसरी ओर, रोजगार, उच्च शिक्षा, बीमारी का इलाज, कार्यालय से सम्बन्धित कार्य आदि के लिए गाँवों से लोग उनके यहाँ आते हैं. ऐसे में यही कहना ज्यादा उपयुक्त लगता है कि एक संयुक्त परिवार शहर में भी जन्म ले लेता है. डॉ. आर. एन. सक्सेना ने इसी कारण कहा है कि "यह तय है कि आज संयुक्त परिवार विभाजन की संख्या बढ़ गई है, पर प्रत्येक विभाजित संयुक्त परिवार कालान्तर में कई नए संयुक्त परिवारों को जन्म देता है."

डॉ. के.एम. कपाड़िया ने व्यापक शोध के आधार पर ये निष्कर्ष दिया कि "यद्यपि युवा पीढ़ी अक्सर संयुक्त परिवार के दमघोटू वातावरण की शिकायत करती है तथापि साथ ही ऐसा प्रतीत होता है कि वह संयुक्त रूप में रहने के कुछ लाभों के प्रति जागरूक भी है; जैसे—आर्थिक सहायता, संकट की परिस्थितियों में आश्रय, छोटे बच्चों का पालन-पोषण आदि. इन लाभों के कारण लोग आज भी संयुक्त परिवार से मनोवैज्ञानिक दृष्टि से पृथक् होने को तैयार नहीं हो रहे हैं. जो असन्तोष पाया जाता है, वह इस व्यवस्था के विरुद्ध इतना नहीं है, जितना उस वातावरण के जो परिवार के कुछ सदस्यों के व्यवहार के कारण उत्पन्न होता है. इस सम्बन्ध में आवश्यकता, समझौते और अनुकूलन की है." निश्चित तौर पर डॉ. कपाड़िया की ये शब्द संयुक्त परिवार की वर्तमान स्थिति को प्रतिबिम्बित करता एक आइना है. उपर्युक्त वाक्यांश के आधार पर यह कहा जा सकता है कि संयुक्त परिवार का भविष्य अंधकारमय नहीं, बल्कि पुनर्गठित स्वरूप में उज्ज्वलमय ही होगा.

नातेदारी व्यवस्था (स्वजनत्व)
(Kinship System)

नातेदारी व्यवस्था व्यक्तियों और परिवारों को जोड़ने वाली एक कड़ी है. आदिकाल से ही परिवार व्यवस्था सामाजिक संगठन का आधार रही है और नातेदारी व्यवस्था उसका मुख्य सिद्धान्त. प्रत्येक समाज में परिवार, विवाह और इनसे उत्पन्न समान वंश-परम्परा के कारण व्यक्तियों के बीच एक विशेष प्रकार का सम्बन्ध बनता है. समाज के सदस्य इन विभिन्न प्रकार के सम्बन्धों के आधार पर कई समूहों के रूप में एक-दूसरे के साथ बँधे रहते हैं. इन विशिष्ट सम्बन्धों को एक विशिष्ट सम्बोधन से इंगित किया जाता है. यही सम्बन्ध एवं सम्बोधन नातेदारी के आधार होते हैं. इन सम्बन्धों के साथ अनेक प्रकार के अधिकार और कर्त्तव्य भी जुड़े होते हैं, जो नातेदारी व्यवस्था को स्थायित्व एवं एक निश्चित प्रणाली के रूप में व्यवस्थित करते हैं. इस प्रकार नातेदारी व्यवस्था एक परिवार के सदस्यों के सम्बन्धों और कई पारिवारिक इकाइयों के सम्बन्धों को निर्दिष्ट करने वाली व्यवस्था है, जो उनके अधिकार, कर्त्तव्य और दायित्वों को भी परिभाषित करती है.

औद्योगिक नगरीय संरचना में नातेदारी की मान्यता एवं प्रभाव काफी कमजोर होता गया है, जबकि जनजातीय एवं ग्रामीण समाजों में यह आज भी उतना ही महत्वपूर्ण है जितना की अतीत में रहा है. इसलिए समाजशास्त्रियों की अपेक्षा मानवशास्त्रियों ने ही नातेदारी सम्बन्धी अध्ययन एवं इसके विविध पक्षों के विश्लेषण में अधिक योगदान दिया है. ऐसे मानवशास्त्रियों में लुइस मॉर्गन, रेडक्लिफ, ब्राउन, मर्डाक एवं लेबी स्ट्रास ने नातेदारी की विभिन्न समस्याओं का अध्ययन प्रस्तुत किया है. रेडक्लिफ ब्राउन ने अफ्रीका की नातेदारी व्यवस्था पर प्रकाश डाला है. रॉबिन फॉक्स का शोध कार्य, नातेदारी के क्रमबद्ध अध्ययन के लिए अत्यन्त उपयोगी है. भारतीय समाज में नातेदारी व्यवस्था का विश्लेषण इरावती कर्वे, के. एम. कपाड़िया तथा पी. एच. प्रभू द्वारा किया गया है. उपर्युक्त विचारकों द्वारा नातेदारी को निम्नलिखित रूप में परिभाषित किया गया है—

(i) **चार्ल्स विनिक** ने मानवशास्त्रीय शब्दकोश में लिखा है, "नातेदारी व्यवस्था के तहत् समाज द्वारा स्वीकृत वे सभी सम्बन्ध शामिल किए जाते हैं जो कल्पित तथा रक्त सम्बन्धों पर आधारित होते हैं." यहाँ कल्पित का तात्पर्य विवाह द्वारा उत्पन्न सम्बन्ध अथवा गोद लेने की प्रथा से है.

(ii) **रॉबिन फॉक्स** के अनुसार, "नातेदारी व्यवस्था का तात्पर्य कुछ स्वजनों के मध्य स्थापित होने वाले सम्बन्धों से है, यह स्वजन चाहे वास्तविक हों अथवा कल्पित समान रक्त वाले हो."

(iii) **रेडक्लिफ ब्राउन** ने इसे परिभाषित करते हुए कहा है कि "नातेदारी सामाजिक उद्देश्यों के लिए स्वीकृत वंश सम्बन्ध है तथा वह सामाजिक सम्बन्धों के प्रथागत स्वरूप का आधार है."

बिर्क ने नातेदारी को ऐसे सम्बन्ध के रूप में स्वीकार किया है, जो वंशावालियों के माध्यम से निर्धारित तथा वर्णित

की जा सकती है. उपर्युक्त विश्लेषण के आधार पर नातेदारी व्यवस्था की निम्नलिखित विशेषताएँ स्पष्ट होती हैं—

1. रक्त अथवा विवाह के द्वारा उत्पन्न होने वाले दो व्यक्तियों के पारस्परिक सम्बन्धों को नातेदारी व्यवस्था स्पष्ट करती है.
2. रक्त सम्बन्ध केवल वास्तविक आधार पर ही नहीं वरन् कल्पित आधार पर भी स्थापित हो सकता है, जैसे—गोद ली गयी सन्तान व्यक्ति की रक्त सम्बन्धी ही मानी जायेगी.
3. नातेदारी के सम्बन्ध कुछ नियमों के अनुसार स्थापित होते हैं. इन नियमों का स्वरूप प्रथाओं द्वारा निर्देशित होता है. इसलिए नातेदारी व्यवस्था समाज के सापेक्ष होती है.
4. नातेदारी व्यवस्था से ही पंक्तिवंश सम्बन्ध तथा गोत्र और कुल का निर्माण होता है, इसलिए नातेदारी के नियम के अनुसार ही परिवार एवं विवाह का स्वरूप निर्धारित होता है.

नातेदारी के प्रकार (Types of Kinship)

नातेदारी मुख्यतः दो प्रकार की होती हैं—

1. **रक्तमूलक नातेदारी**—समाजशास्त्र में रक्तमूलक सम्बन्धों को व्यक्त करने के लिए तकनीकी शब्द 'समरक्तता' (Consanguanity) का प्रयोग किया जाता है. इस शब्द से ही स्पष्ट है कि समान रक्त कण की सम्भावना वाले व्यक्ति नातेदारी की इस श्रेणी के अन्तर्गत शामिल किए जाते हैं. ऐसा माना जाता है कि एक-माता-पिता से उत्पन्न सन्तानों के रक्त कण समान होंगे (हालांकि इस तथ्य का कोई जैविकीय प्रमाण नहीं है). अतः एक बच्चे में उसके पिता, दादा-दादी, माता, नानी और नाना के रक्त कण होने की सम्भावना व्यक्त की जा सकती है, इसलिए ये सभी व्यक्ति उस बच्चे के समरक्तता या रक्तमूलक नातेदार होंगे. इसी तरह भाई एवं बहिन का सम्बन्ध भी समरक्त ही होगा.

उल्लेखनीय है कि रक्तमूलक सम्बन्धों के निर्धारण में जैविकीय (Biological) तथ्य के वनिस्पत सामाजिक मान्यता का तथ्य अधिक महत्वपूर्ण है. यह उन समाजों में स्पष्ट रूप से लागू होती है, जहाँ बहुपति विवाह के कारण या यौन सम्बन्धों की अत्यधिक स्वतन्त्रता के कारण सन्तान के जन्म में पिता का निर्धारण करना कठिन हो जाता है. उदाहरण-स्वरूप, मेलानेशिया के ट्रोवियंड द्वीप के निवासियों में स्त्रियों को अत्यधिक यौन स्वतन्त्रता मिली हुई है. इनमें संतानोत्पत्ति के पश्चात् परम्परानुसार पत्नी के पति को सन्तान का पिता मान लिया जाता है. इसी प्रकार भारत के नीलगिरी की पहाड़ियों में रहने वाले टोडा जनजाति में बहुपति विवाह प्रचलित हैं. इनमें पैतृक्ता निर्धारण के लिए 'पुरसुतपियों' नामक रस्म होती है. इस रस्म के तहत् कोई एक पति अपनी पत्नी को धनुष बाण-भेंट करता है. सन्तानोत्पत्ति की स्थिति में सन्तान का पिता उसी को माना जाता है जिसने यह रस्म पूरी कर ली हो. चाहे वह गर्भ धारण के समय लम्बे समय से घर से दूर रहा हो अथवा मर चुका हो. इन सबके अलावा गोद लिए हुए बच्चे से माता-पिता का वास्तविक रक्तमूलक सम्बन्ध न होने के बावजूद भी उसे समरक्त नातेदार की ही मान्यता मिलती है.

2. **विवाहमूलक नातेदारी**—विवाह के द्वारा मात्र एक स्त्री या एक पुरुष ही आपस में सम्बन्धित नहीं होते हैं, वरन् कई व्यक्तियों के बीच भी एक निश्चित सम्बन्ध स्थापित होता है. ऐसे नातेदारों को विवाहमूलक नातेदारी की श्रेणी में रखा जाता है. जैसे—सास, श्वसुर, ज्येष्ठ, जेठानी, भाभी, बहनोई, ननदोई, साढू, बुआ-फूफा, दामाद, मौसा, साला, साली इत्यादि. आश्चर्य नहीं कि विवाहमूलक नातेदारी अक्सर रक्त मूलक नातेदारी से ज्यादा विस्तृत एवं व्यापक होती है.

नातेदारी की श्रेणियाँ (Categories of Kinship)

नातेदारी व्यवस्था में सभी व्यक्तियों के बीच समान मात्रा में निकटता या घनिष्ठता के अंश नहीं पाये जाते हैं. व्यक्तियों के बीच अपनत्व के आधार पर एक विशेष प्रकार की क्रमिक रूप से बढ़ते हुए क्रम में दूरी पायी जाती है. इस आधार पर नातेदारी के अंशभेद की गणना दस से बीस अंशों तक की जा सकती है, लेकिन इन अंशों का स्तर सैद्धान्तिक ही होगा. व्यावहारिक स्तर पर इनको तीन श्रेणियों में ही समाहित किया गया है—

1. **प्राथमिक नातेदारी** (Primary Kinship)—प्रत्यक्ष एवं अति निकट सम्बन्ध वाले व्यक्ति प्राथमिक नातेदारी के अन्तर्गत माने जाते हैं. डॉ. एस. सी. दुबे ने प्राथमिक नातेदारी के अन्तर्गत आने वाले सम्बन्धों का उल्लेख किया है. जैसे—पति-पत्नी, पिता-पुत्र, पिता-पुत्री, माता-पुत्र, माता-पुत्री, भाई-बहिन, भाई-भाई, बहिन-बहिन.

2. **द्वितीयक नातेदारी** (Secondary Kinship)—किसी व्यक्ति के प्राथमिक नातेदारों के प्राथमिक सम्बन्धी उस व्यक्ति के लिए द्वितीयक नातेदार होंगे. अर्थात् व्यक्ति एवं द्वितीयक नातेदारों के बीच प्राथमिक नातेदार एक कड़ी के रूप में कार्य करते हैं. उदाहरणस्वरूप, किसी व्यक्ति के लिए उसका 'पिता' प्राथमिक नातेदार है; लेकिन उसका दादा (जो पिता का प्राथमिक नातेदार है) उसके लिए द्वितीयक नातेदार होगा. इसी प्रकार बुआ, चाचा, मामा, नाना, नानी, बहनोई, भाई की पत्नी एवं पत्नी के ये सारे रिश्ते द्वितीयक नातेदारी की श्रेणी में आएंगे. मरडॉक ने द्वितीयक नातेदारी की संख्या 33 बताई है. यह संख्या विभिन्न समाजों के अनुसार कम या ज्यादा भी हो सकती है.

3. **तृतीयक नातेदारी** (Tertiary Kinship)—किसी व्यक्ति के लिए उसके द्वितीयक नातेदारों के प्राथमिक सम्बन्धी, तृतीयक नातेदार होंगे, **जैसे**—एक व्यक्ति के बहिन का पति (जीजा) व्यक्ति के लिए द्वितीयक नातेदार होगा, जबकि जीजा के भाई, बहिन, माता-पिता आदि व्यक्ति के तृतीयक नातेदार होंगे. इसी प्रकार सभी फुफेरे, मौसेरे, ममेरे, चचेरे, भाई-बहिन एक-दूसरे के तृतीयक नातेदार होंगे.

इन्हीं उत्तरोत्तर क्रम में नातेदारी की श्रेणियों का विस्तार किया जा सकता है, इसलिए प्रत्येक अगली श्रेणियों में नातेदारी सदस्यों की संख्या भी बढ़ती जाती है.

नातेदारी की संज्ञाएँ (सम्बन्ध) (Terms of Kinship)

किसी व्यक्ति के साथ अपना रिश्ता व्यक्त करने के लिए लोगों द्वारा प्रयुक्त शब्द नातेदारी की संज्ञाएँ कहलाती हैं. अर्थात् ये नातेदारी के सम्बन्धों का उल्लेख करने वाले सम्बोधन हैं. नातेदारी की संज्ञाओं में सामान्यतः दो बातें महत्वपूर्ण होती हैं—पहला, वक्ता को 'स्व' (Self) शब्द से इंगित किया जाता है. यह शब्द प्रथम पुरुष का एकवचन (व्याकरण की दृष्टिकोण से) है. दूसरा, नातेदारी शब्द के दो प्रकार हैं—एक प्रकार में उन शब्दों को शामिल किया जाता है जिसे व्यक्ति आपस में एक-दूसरे को सम्बोधित करने के लिए प्रयुक्त करते हैं. दूसरे प्रकार में वे शब्द आते हैं जिन्हें प्रत्येक रिश्ते का उल्लेख करने के लिए प्रयोग किया जाता है.

प्रथमतः मॉरगन ने ही अमरीका की 'इराक्यूस' जनजाति का अध्ययन कर नातेदारी संज्ञाओं के महत्व को स्पष्ट किया. मॉरगन ने नातेदारी संज्ञाओं को दो मुख्य भागों में बाँटा—

1. **वर्गात्मक नातेदारी संज्ञाएँ** (Class Oriented Kisnhip)—नातेदारी व्यवस्था के कुछ श्रेणी सदस्यों के लिए सामान्यतः एक ही संज्ञा या शब्द का प्रयोग किया जाता है. प्रायः विवाहमूलक सम्बन्धियों के सन्दर्भ में ऐसा ही किया जाता है. ये संज्ञाएँ सभी सम्बन्धियों को एक वर्ग के रूप में समान मानती हैं. ऐसे शब्द नातेदारी की तुलना में सम्बन्ध के द्योतक अधिक होते हैं. ये संज्ञाएँ वर्गात्मक श्रेणी की हैं. अंग्रेजी भाषा के कई सम्बन्ध सूचक शब्द इसी प्रकार के हैं.

जैसे—

अंकल (Uncle)—चाचा, मामा, मौसा, फूफा आदि.

नेफ्यूज (Nephews)—भतीजा, भतीजी, भानजा, भानजी.

आंटी (Aunty)—चाची, मामी, मौसी, बुआ.

कजिन्स (Cousins)—चचेरे, ममेरे, मौसेरे, फुफेरे भाई बहिन.

ब्रदर-इन-लॉ (Brother-in-law)—साला, बहनोई.

सिस्टर-इन-लॉ (Sister-in-law)—साली, सरहज, भाभी.

ग्रांडफादर (Grandfather)—दादा, नाना.

ग्रांडमदर (Grandmother)—दादी, नानी.

जनजातीय समाजों में भी ऐसी कई संज्ञाओं का प्रचलन है. जैसे—असम के 'सेमा' नागाओं में 'अजा' शब्द का प्रयोग माँ, चाची, मौसी, सभी के लिए होता है. 'अपू' शब्द का प्रयोग पिता, चाचा तथा मौसा के लिए होता है. 'आभी' शब्द बुआ तथा सास के लिए प्रयुक्त होता है.

कुछ वर्गात्मक नातेदारी संज्ञाएँ विभिन्न आयु वर्ग (पीढ़ियों) के लोगों तथा विपरीत लिंगीय सदस्यों के लिए भी समान रूप से प्रयुक्त होती हैं. जैसे—'कूकी' जनजाति में 'हेपू' शब्द दादा, नाना, श्वसुर, मामा, ममेरा भाई, साला, भतीजा आदि के लिए प्रयुक्त किया जाता है. इसी प्रकार 'अंगामी' नागाओं में 'शी' शब्द का प्रयोग बड़े भाई, पत्नी की बहिन, पति के बड़े भाई, बड़ी बहिन के पति, बड़े भाई की पत्नी, माँ के भाई की पत्नी, पिता के भाई की पत्नी आदि सभी के लिए किया जाता है.

हिन्दी भाषा का सम्बन्धसूचक शब्द 'समधी' और 'समधीन' (केवल उत्तर भारत में प्रचलित) एकमात्र वर्गात्मक संज्ञा है.

2. **वैयक्तिक नातेदारी संज्ञाएँ** (Individual Oriented Kinship terms)—किसी विशिष्ट (Particular) व्यक्ति के सन्दर्भ में या सम्बोधन के लिए प्रयुक्त शब्द वैयक्तिक नातेदारी संज्ञाएँ कहलाती हैं, **जैसे**—फादर (पिता), मदर (माँ), वाइफ (पत्नी) आदि. ब्रदर (भाई) एक वैयक्तिक संज्ञा है, लेकिन अगर इसे जन्म के क्रम के साथ जोड़ा जाय तो यह वर्गात्मक संज्ञा होगी.

नातेदारी की रीतियाँ (Kinship Usages)

नातेदारी व्यवस्था के अन्तर्गत विभिन्न प्रकार के सम्बन्धों की अभिव्यक्ति में कुछ विशेष प्रकार के व्यवहार प्रतिमान (Behaviour norms) पाये जाते हैं. इन व्यवहार प्रतिमानों में कुछ का आधार जहाँ श्रद्धा और सम्मान होता है, वहीं कुछ का आधार स्नेह, प्रेम और परिहास होता है. कुछ प्रतिमानों का उद्देश्य व्यक्तियों के बीच घनिष्ठता उत्पन्न करना होता है तो कुछ का उद्देश्य सम्बन्धित व्यक्तियों के बीच पृथकता बरतने की भावना उत्पन्न करना. इन्हीं विशिष्ट व्यवहार प्रतिमानों को नातेदारी की रीतियाँ कहा जाता है. इनके विभिन्न प्रकार निम्नलिखित हैं—

1. **परिहार** (Avoidance)—परिहार की रीतियाँ दो विशेष सम्बन्धियों के प्रत्यक्ष अन्तःक्रिया पर प्रतिबन्ध आरोपित करती हैं. पुत्र-वधू एवं सास-श्वसुर तथा जमाई एवं सास-ससुर के बीच किसी-न-किसी प्रकार का परिहार सभी समाजों में पाया जाता है. जैसे—अफ्रीका के योकाधिर जनजाति में बहु या

जमाई कभी भी अपने सास-ससुर का चेहरा नहीं देख सकते हैं. वे एक-दूसरे से बातचीत करने के पहले ही पर्दा कर लेते हैं. आस्ट्रयाक् जनजाति में बहु अपने सुसर के सामने और दामाद अपनी सास के सामने तब तक नहीं आते जब तक कि वे किसी सन्तान को जन्म न दे दें. कुछ जनजातियों में भाई-बहिन के बीच भी परिहार का प्रचलन होता है. जैसे—श्रीलंका के वेद्दा नामक जनजाति में.

परिहार के कारण के सम्बन्ध में कई मानवशास्त्रियों ने अलग-अलग राय दी है. **फ्रेजर एवं फ्रायड** के अनुसार निषिद्ध यौन सम्बन्धों के प्रति सचेतता ही परिहार का मुख्य कारण है. **लोवी** ने बाहरी सांस्कृतिक प्रभावों से परिवार को बचाना ही परिहार का मुख्य कारण माना है. **टर्नो-हार्ड** ने परिवार में पति-पत्नी की सत्ता को प्रधानता देने के साथ-ही-साथ माता-पिता की सर्वोच्चता को बरकरार रखना, परिहार का कारण माना है. **रेडक्लिफ ब्राउन** ने परिहार को एक सामाजिक तथ्य माना है. उनके अनुसार परिवार में संघर्ष, ईर्ष्या एवं द्वेष की भावना को नियंत्रित रखने के लिए परिहार का विकास किया गया है. वास्तव में विभिन्न समाजों में परिहार के कारण अलग-अलग हैं. अतः इन्हें किसी एक मानदण्ड के तहत् स्पष्ट नहीं किया जा सकता है.

2. **परिहास सम्बन्ध** (Jocking Relation)—परिहार के ठीक विपरीत परिहास सम्बन्ध है. परिहास दो नातेदारों के बीच प्रगाढ़ता बढ़ाने का एक तरीका है. इसके अन्तर्गत परस्पर हँसी-मजाक करना, गाली-गलौज, यौन सम्बन्धित भद्दे व्यंग्य तथा एक-दूसरे की सम्पत्ति को नुकसान पहुँचाना आदि शामिल होता है, लेकिन इन बातों का दूसरा पक्ष कभी भी बुरा नहीं मानता है. सभी जगह जीजा-साली, देवर-भाभी तथा ननद-भाभी का सम्बन्ध परिहास का सम्बन्ध माना जाता है, परन्तु कुछ स्थानों पर दादा-पोता, मामा-भांजा तथा चाचा-भतीजा में भी ऐसा सम्बन्ध पाया जाता है. जैसे—भारतीय जनजाति उराँव और बैगा में दादा-दादी तथा पोते-पोतियों के बीच परिहास सम्बन्ध प्रचलित हैं. मैलिनेशिया की जनजातियों में चाचा-भतीजा के बीच परिहास सम्बन्ध पाया जाता है. अफ्रीका की 'सौगा' जनजाति में मामा-भांजे के बीच परिहास सम्बन्ध की प्रधानता है.

वेस्टरमार्क के अनुसार, जिन नातेदारों में विवाह-सम्बन्ध स्थापित होने की सम्भावना हो सकती है, उन व्यक्तियों के बीच घनिष्ठता बढ़ाने के लिए परिहास सम्बन्ध एक प्रयत्न है, अर्थात् ये सम्भावित यौन-सम्बन्ध के सूचक हैं. जबकि **ब्राउन** के अनुसार, परिहास सम्बन्ध एक प्रकार की ऐसी मित्रता है. जो शत्रुता प्रदर्शन द्वारा व्यक्त की जाती है, लेकिन इन व्याख्याओं के आधार पर दादा-दादी एवं पोते-पोतियों के बीच पाये जाने वाले परिहास सम्बन्धों को स्पष्ट नहीं किया जा सकता है. इसलिए **चेपल** और **कून** का कहना ही सही प्रतीत होता है कि इस प्रथा को कुछ व्यक्तियों के बीच अंतःक्रिया की मात्रा बढ़ाने का उत्प्रेरक तरीका ही माना जा सकता है.

3. **अनुनामिता** (Teknonymy)—अक्सर ऐसा देखा जाता है कि पति या पत्नी एक-दूसरे को सम्बोधित करने के लिए या एक-दूसरे को पुकारने के लिए वे अपने बेटे या बेटी के नाम को साथ में जोड़ते हैं. जैसे—अमुक की माँ, अमुक के पिता ! परिवार के कुछ अन्य सदस्यों से भी ऐसी अपेक्षा की जाती है कि वे अपने श्रेष्ठों के सम्बोधन के लिए नाम का प्रयोग न करे. सम्पूर्ण भारतीय ग्रामीण समाज तथा कुछ भारतीय जनजातियों के अलावा विश्व की अन्य जनजातियों में भी ऐसी प्रथा प्रचलित है. **टॉयलर** ने मातृसत्तात्मक परिवार व्यवस्था को ही अनुनामिता के प्रचलन के लिए उत्तरदायी माना है. जिसमें पुरुषों को बाहरी व्यक्ति समझने के कारण उनसे दूरी दिखाने के लिए अनुनामिता जैसे माध्यमिक सम्बोधनों का प्रचलन हुआ, परन्तु यह व्याख्या उचित प्रतीत नहीं होती. यदि यह सही होता तो स्त्रियों के लिए अनुनामिता का प्रचलन नहीं होता. वास्तव में इसके पीछे आदर एवं सम्मान की भावना ही मूल रूप से अंतर्निहित है.

4. **मातुलेय** (Avunculate)—यह मातृसत्तात्मक समाजों में प्रचलित एक सामान्य प्रथा है. इसके तहत किसी परिवार में पिता के वनिस्पत मामा की भूमिका अधिक महत्वपूर्ण होती है. अर्थात् भांजे-भांजियों का दायित्व निर्वाह तथा वफादारी प्रमुख रूप से अपने मामा की ओर ही उन्मुख होता है. मामा भी अपनी सम्पत्ति का हस्तान्तरण अपने भांजे को ही करता है. ऐसे समाजों में अक्सर भांजे-भांजियों का पालन-पोषण अपने मामा के घर पर ही होता है. मामा की ऐसी सत्ता मातुल सत्तात्मक कही जाती है. कुछ पितृ प्रधान समाजों में भी यह प्रथा मातृ प्रधान समाजों के अवशेष के रूप में यदा-कदा दिखाई पड़ती है. जैसे—'कोमांचे' तथा 'भोंगा' जनजाति में.

5. **पितृत्वेय** (Amitate)—जिस प्रकार मातुलेय प्रथा में मामा की भूमिका महत्वपूर्ण होती है. उसी प्रकार पितृ प्रधान समाजों में बुआ (पिता की बहिन) की महत्वपूर्ण भूमिका पितृत्वेय की प्रथा कहलाती है. ऐसे परिवारों में सन्तानों पर अपनी माता की अपेक्षा बुआ का ही अधिकार अधिक होता है.

चेपल एवं **कून** का मत है कि "वंश निर्धारण के दृष्टिकोण से महत्व न दिए जाने वाले नातेदारों की अपने जन्म के परिवार के सदस्यों के साथ अंतःक्रिया की मात्रा को बरकरार रखने के लिए ही ऐसी रीतियों का प्रचलन हुआ".

6. **सहकष्टी या कूवेद** (Cauvade)—इस प्रथा के अन्तर्गत एक गर्भवती स्त्री को गर्भकाल एवं प्रसव के समय जिन कष्टपूर्ण एवं नियंत्रित जीवन शैली से गुजरना पड़ता है, उसके पति को भी उस दरम्यान उन्हीं स्थितियों में जीने के

लिए बाध्य किया जाता है. जैसे—प्रसूति के लिए नियत भोजन ही पति को भी दिया जाता है. यह प्रथा भारत की खासी एवं टोडा जनजातियों तथा विश्व की कुछ अन्य जनजातियों में भी प्रचलित है. खासी जनजाति में एक पति अपनी गर्भवती पत्नी की ही तरह तब तक नदी के पार नहीं जा सकता या कपड़े नहीं धो सकता है, जब तक शिशु जन्म के उपरान्त होने वाले देवी-देवताओं की पूजा सम्पन्न न कर ली जाए.

अनेक मानवशास्त्रियों का मानना है कि नातेदारी की इस प्रथा या रीति का प्रारम्भ पत्नी के प्रति संवेदना प्रकट करने के लिए ही हुआ है. **मैलिनोवस्की** ने इसे वैवाहिक जीवन के सम्बन्धों को अधिक दृढ़ बनाने तथा पैतृक प्रेम प्राप्त करने का एक सामाजिक नियंत्रण माना है. **रेगलन** ने इसे विवाह के विकास के पूर्व प्रचलित एक विवेकहीन विश्वास और विवाह नामक संस्था के उद्भव का सहयोगी कारण भी बताया है.

नातेदारी सम्बन्धों का आरेखीय चित्रण (Graphic Presentation of Kinship Relations)

नातेदारी के विभिन्न सम्बन्धों को आरेख चित्रों द्वारा आसानी से व्यक्त किया जा सकता है. मानवशास्त्री एवं समाजशास्त्री विभिन्न प्रकार की नातेदारी संरचनाओं को स्पष्ट करने के लिए इन आरेख चित्रों का लगातार प्रयोग करते आ रहे हैं.

नातेदारी के आरेखन में कई प्रकार के प्रतीक चिह्नों का प्रयोग किया जाता है. इन चिह्नों का संक्षिप्त विवरण इस प्रकार है—

1. Δ यह प्रतीक चिह्न जीवित पुरुष के लिए प्रयोग किया जाता है.
2. ▲ यह प्रतीक चिह्न मृत पुरुषों के लिए प्रयुक्त होता है.
3. O यह जीवित महिलाओं के लिए प्रयोग किया जाता है.
4. ● यह मृत महिला के लिए प्रयोग किया जाता है.
5. [यह प्रतीक सहोदर सम्बन्धों को दिखाने के लिए होता है, जैसे—भाई-भाई, भाई-बहिन, बहिन-बहिन.
6.] यह प्रतीक पति-पत्नी के विवाह सम्बन्ध को व्यक्त करता है
7. — दो प्रतीक चिह्न ([और]) को जोड़ने वाली क्षैतिज रेखा माता-पिता और उनकी सन्तान के सम्बन्ध को व्यक्त करती है.

उपर्युक्त प्रतीक चिह्नों का प्रयोग करते हुए नातेदारी की तीन पीढ़ियों को प्रदर्शित करने के लिए बनाया गया एक साधारण रेखाचित्र निम्नलिखित प्रकार का होगा—

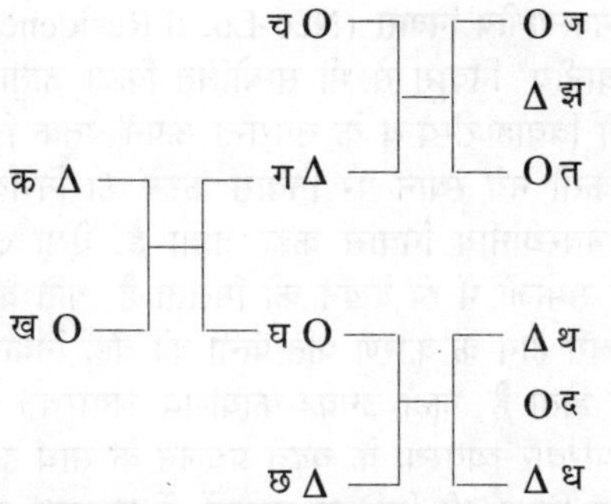

उपर्युक्त रेखाचित्र से स्पष्ट है कि 'क' का विवाह 'ख' से हुआ. उनकी सन्तानें क्रमशः 'ग' और 'घ' हैं. 'ग' का विवाह 'च' से हुआ तथा 'घ' का विवाह 'छ' से. 'ग' और 'च' की सन्तानें 'ज', 'झ' और 'त' हैं. इसी प्रकार 'घ' और 'छ' की सन्तानें 'थ', 'द' और 'ध' आपस में ममेरे या फुफेरे भाई-बहिन हैं. 'ज', 'झ' और 'त' के दादा 'क' दादी 'ख' और 'घ' बुआ है. 'थ', 'द', 'ध' के नाना 'क' नानी 'ख' तथा मामा 'ग' है. यह विवाह के साधारण नियमों पर आधारित रेखाचित्र है. इसी प्रकार विवाह के अन्य नियमों के आधार पर बनने वाली नातेदारी को भी उपर्युक्त आरेखन सिद्धान्तों द्वारा सरलता से व्यक्त किया जा सकता है.

निवास के नियम (Rules of Residence)

निवास के नियम के अन्तर्गत उन तत्वों को समाहित किया जाता है जो किसी नवविवाहित दम्पत्ति को घर बसाने से सम्बन्धित निर्देश देते हैं. नातेदारी व्यवस्था में यह कई दृष्टिकोणों से महत्वपूर्ण होता है. जैसे—वंशक्रम निर्धारण में गोत्र एवं गोत्र समूह की पहचान में, विस्तृत परिवारों के स्वरूप निर्धारण में और सम्बन्ध प्रणालियों के परिवर्तन में.

मोटे तौर पर तीन प्रकार के निवास के नियम होते हैं—

1. **पितृस्थानीय निवास** (Patrilocal Residence)—विवाह सम्बन्ध स्थापित होने के पश्चात् यदि पति के पिता का घर ही नव दम्पत्ति के लिए निवास बने तो यह 'पितृस्थानीय निवास' कहलाता है. पितृ प्रधान समाजों में यही निवास का नियम सामान्य रूप से प्रचलित है.

2. **मातृस्थानीय निवास** (Matrilocal Residence)—विवाह के बाद यदि पति अपनी पत्नी की माता के घर जाकर निवास करे, तो यह मातृस्थानीय निवास कहलाता है. ऐसा मातृ-प्रधान वाले समाजों में ही होता है. जैसे—भारत की गारो, खासी, जयंतिया, नायर आदि जनजातियों में. ऐसे समाजों में माता अपने घर में अपने अविवाहित सन्तानों के साथ ही रहती है. उसके घर के अगल-बगल उसकी विवाहित पुत्रियाँ घर बनाकर अपने पति के साथ निवास करती हैं.

3. **नवस्थानीय निवास** (Neo-Local Residence)—इसे 'मातुलस्थानीय' निवास से भी सम्बोधित किया जाता है. जब पति-पत्नी विवाह सम्बन्ध के उपरान्त अपने पैतृक निवास से हटकर किसी नये स्थान पर निवास करने का निर्णय लेते हैं तो इसे नवस्थानीय निवास कहा जाता है. ऐसा आधुनिक विकसित समाजों में ही देखने को मिलता है. पति के नौकरी पेशा में लगे होने के कारण पति-पत्नी को वहीं निवास करना अनिवार्य होता है, जहाँ उनका कार्यालय अवस्थित होता है. एकाकी परिवार व्यवस्था के बढ़ते प्रचलन के साथ इस प्रकार के निवास नियम भी विभिन्न समाजों में प्रमुखता प्राप्त कर रहे हैं.

इसके अलावा दो गौण और भी हैं.

4. **उभयवाही निवास** (Bilocal Residence)—इसमें मातृवंशीय निवास तथा पितृवंशीय निवास का विकल्प खुला होता है. वर-वधू अपनी मर्जी से कहीं भी निवास कर सकते हैं.

5. **द्विस्थानीय निवास** (Didlocal Residence)—इसमें पति-पत्नी अपने-अपने स्थानों में निवास करते हैं. पति रात को ही पत्नी के घर जाता है.

सम्पत्ति उत्तराधिकार : जेष्ठाधिकार एवं कनिष्ठाधिकार (Inheritance : Primogeniture and Ultimogeniture)

जब हम पद एवं पदवी के संचालन की बात कहते हैं तो इसके लिए पदोन्तराधिकार शब्द का प्रयोग करते हैं, लेकिन जब हम सम्पत्ति के संचालन की बात करते हैं तो उसके लिए सम्पत्ति भी एक व्यक्ति से दूसरे व्यक्ति को हस्तान्तरित की जाती है. उत्तराधिकार को परिभाषित करते हुए डॉ. रिवर्स ने कहा है, "उत्तराधिकार से मेरा आशय है सम्पत्ति के संचारण से है."

पिडिंगटन लिखते हैं, "एक-पीढ़ी से दूसरी-पीढ़ी में संचारण को नियमित करने वाले नियम उत्तराधिकार हैं."

लिंग, वंश, आयु तथा वसीयत लिखने की प्रथा के आधार पर सम्पत्ति संचारण के अनेक रूप देखने को मिलते हैं, जोकि उत्तराधिकार के प्रकार को तय करते हैं. उत्तराधिकार के प्रमुख निम्न चार आधार हैं—

(1) वंश एवं लिंग (Lineage and sex)
(2) आयु एवं वरीयता (Age and Preference)
(3) वसीयत अथवा स्वेच्छा (Will)
(4) अन्य आधार (Other Bases)

(1) वंश एवं लिंग पर आधारित उत्तराधिकार

जब सम्पत्ति के उत्तराधिकार का निर्धारण वंश एवं लिंग के आधार पर किया जाता है तो इसके दो रूप सामने देखने को मिलते हैं–पितृवंशीय एवं मातृवंशीय. पितृवंशीय उत्तराधिकार में सम्पत्ति पिता से पुत्रों को मिलती है. भातृवंशीय उत्तराधिकार में सम्पत्ति का संचारण माँ से पुत्री को मिलता है.

(2) आयु एवं वरीयता के आधार पर उत्तराधिकार

पिता एवं माता की मृत्यु के बाद भाइयों में सम्पत्ति वितरण को लेकर अनेक नियम देखने को मिलते हैं. कई समाजों में सभी भाई व बहिनों को सम्पत्ति का वितरण कर दिया जाता है, लेकिन कुछ समाजो में सम्पत्ति का वितरण सबसे बड़े पुरुष या छोटे पुरुष अथवा स्त्री संतान को ही सम्पत्ति का मालिक बनाया जाता है.

जब सम्पत्ति का संचारण सम्पत्ति के मालिक की सबसे बड़ी सन्तान को किया जाता है तो इसे ज्येष्ठाधिकार (Primogenitura) कहा जाता है, लेकिन जब सम्पत्ति का संचारण सम्पत्ति के स्वामी की सबसे छोटी सन्तान को किया जाता है, तो उसे कनिष्ठाधिकार (Ultimageniture) कहा जाता है.

(3) वसीयत अथवा स्वेच्छा

आधुनिक विकसित समाजों में सम्पत्ति के स्वामी को यह अधिकार होता है कि वह अपनी सम्पत्ति किसी को भी वसीयत कर सकता है. इसके लिए वह वसीयतनामा (Will) लिख देता है और उसकी मृत्यु के बाद वह सम्पत्ति सम्बन्धित व्यक्ति या संस्था को प्रदान कर दी जाती है.

(4) अन्य आधार

उपर्युक्त नियमों से यह नहीं जानना चाहिए कि सभी समाजों में सम्पत्ति संचारण में इन नियमों का कठोरता से पालन किया जाता है.

मातृवंशीय ट्रोब्रियाण्डा लोगों में एक व्यक्ति अपनी कुछ सम्पत्ति एवं जादू अपने पुत्र को प्रदान करता है न कि भानजे को. सम्पत्ति उत्तराधिकार में लिंग के आधार पर किया जाने वाला श्रम-विभाजन भी महत्वपूर्ण पक्ष है. यही कारण है कि घर-गृहस्थी की वस्तुएँ एवं बर्तन स्त्रियों को दे दिए जाते हैं, जोकि स्त्रियाँ पुनः अपनी लड़की को प्रदान करती हैं. अरण्डा जनजाति में 'जुरंगा' (Tjurunga), जोकि एक पवित्र वस्तु होती है एक स्त्री अपने छोटे भाई को ही देती है. कुछ प्रकार की सम्पत्ति के तो हस्तान्तरण का प्रश्न ही नहीं उठता है, क्योंकि वह उसके स्वामी की मृत्यु के साथ ही या तो जला दी जाती है या गाड़ दी जाती है. लोबी जनजाति में पिता से पुत्र व लड़की को माँ से सम्पत्ति प्राप्त होती है, लेकिन पशु हमेशा पुत्रों एवं भतीजों को ही प्रदान किये जाते हैं, क्योंकि इसका सम्बन्ध कठोर श्रम से है.

एक सामान्य प्रवृत्ति यह देखने को मिलती है कि पितृवंशीय या मातृवंशीय उत्तराधिकार पर ही लोग अधिक जोर देते हैं और सम्पत्ति ज्येष्ठ या कनिष्ठ पुत्र अथवा पुत्री को हस्तान्तरित की जाती है, लेकिन इन नियमों में समय एवं परिस्थितियों के अनुसार परिवर्तन पाया जाता है. उत्तराधिकार में सम्पत्ति के स्वामी की इच्छा, उत्तराधिकारी की आयु, लिंग एवं दूसरी विशेषताओं को भी ध्यान में रखा जाता है. कभी-कभी पुरुष के अभाव में स्त्री को सम्पत्ति विरासत में मिलती है तो कभी स्त्री, पुरुष में से किसी एक को. कभी-कभी उत्तराधिकारी छोटा होता है तो युवा होने तक सम्पत्ति किसी रिश्तेदार के संरक्षण में सौंप दी जाती है. इस प्रकार से सम्पत्ति उत्तराधिकार के नियमों में लचीला पन देखा जाता है.

वंशक्रम के नियम (Rules of Descent)

किसी व्यक्ति का अपने रक्त सम्बन्धियों के साथ (अन्य सम्बन्धियों की तुलना में) निकट का अंतःक्रियात्मक सम्बन्ध होता है. रक्त सम्बन्धी अपने सदस्यों के लिए भावात्मक अवलम्ब की तरह होते हैं; क्योंकि आधारभूत आवश्यकताओं की पूर्ति के लिए किसी व्यक्ति की अपने रक्त सम्बन्धियों से ही सहायता की अपेक्षा प्रबल होती है. वास्तव में कुछ नियमों के द्वारा रक्त सम्बन्धियों को सीमित किया जाता है, ताकि इनके द्वारा प्रदत्त सहायता की प्रकृति, समाज के सदस्यों के बीच पारस्परिक सहायता की तुलना में विशिष्ट हो और इस कारण रक्त सम्बन्धियों की आपसी आबद्धता दृढ़ से दृढ़तर होता रहे. इन्हीं नियमों को 'वंशक्रम' का नियम कहा जाता है. मूलभूत रूप से इसके दो प्रकार हैं—

1. **एकवाही या एकपक्षीय वंशक्रम**—इस नियम के तहत् वंश का पता केवल एक वंश परम्परा के माध्यम से होता है. इसके दो उपभेद हैं—

(A) **पितृवंशीय वंशक्रम** (Patrilineal Descent)—इसमें वंशक्रम के निर्धारण का आधार पुरुष होता है. अर्थात् वंश की परम्परा पिता से पुत्र को हस्तान्तरित होती है और इसी क्रम में यह चलता रहता है. ऐसी व्यवस्था पितृसत्तात्मक परिवार और पितृस्थानीय आवास नियमों के साथ जुड़ी हुई होती हैं.

(B) **मातृवंशीय वंशक्रम** (Matrilineal Descent)—इसमें वंशक्रम के निर्धारण का आधार स्त्री होती है. अर्थात् वंश क्रम का निर्धारण माँ से पुत्री की परम्परा में होता है. ऐसी व्यवस्था मातृसत्तात्मक परिवार और मातृस्थानीय निवास के नियमों के साथ जुड़ी हुई होती है. इसलिए एक व्यक्ति इसमें माता और नाना या नानी के अधिक निकट सम्पर्क में होता है.

उल्लेखनीय है कि अक्सर मातृवंशीय परम्परा और मातृसत्तात्मक व्यवस्था को पर्यायवाची संदर्भ में प्रयुक्त कर दिया जाता है, परन्तु वास्तविक अर्थों में इसमें अन्तर है. मातृसत्तात्मक व्यवस्था में स्त्रियों में शक्ति भी निहित होती है, जबकि मातृवंशीय परम्परा में वंशक्रम की पहचान महिलाओं से ही चलती है, लेकिन शक्ति का उनमें निहित होना अपरिहार्य नहीं होता. सामाजिक नियंत्रण तथा भूमि और अन्य सम्पत्तियों के मामले में निर्णय लेने की शक्ति पुरुष के पास भी हो सकती है.

भारतीय समाज में सामान्यतः एकवाही वंशक्रम की पद्धतियाँ ही प्रचलित हैं. उसमें भी पितृवंशीय परम्परा ही अधिक देखने को मिलती है. मातृवंशीय परम्परा केवल कुछेक जनजातियों में ही पायी जाती है.

एकवाही वंशक्रम नियमों से सम्बद्ध रक्त-सम्बन्धियों में कुछ विशिष्ट समूह भी पाये जाते हैं. इन समूहों में 'वंश' (Lineage) तथा 'सिव' (गोत्र) समूह या कुल हैं. वंश चाहे पितृवाही हो या मातृवाही उनमें वंशावलियों से सम्बन्धित ज्ञान निश्चित रूप में होता है. सिव के सदस्य केवल इस धारणा में विश्वास करते हैं कि वे एक ही पूर्वज की सन्तान हैं. अपने वंशावलियों का उत्तरोत्तर क्रम में ज्ञान वे आवश्यक रूप से नहीं रखते हैं. इनके सदस्यों में विश्वास, निषेध तथा धार्मिक संस्कारों में एकरूपता पाई जाती है, चाहे वे अलग-अलग जगह बिखरे हुए ही क्यों न हों. कभी-कभी सिव छोटे समूहों में बँट जाती है या फिर बड़े समूहों में मिल जाती है, जिन्हें स्थान के अनुसार अलग-अलग नामों से जाना जाता है. वंश और सिव बहिर्विवाह के नियमों का पालन करते हैं. सिव का एक निश्चित नाम होता है. 'वंश' के साथ ऐसा नहीं है. इनका कोई नाम नहीं होता.

2. **उभयवाही या द्विपक्षीय वंशक्रम** (Bilateral Descent)—इसमें वंशक्रम के निर्धारण के लिए माता एवं पिता दोनों का समान महत्व होता है. अर्थात् इस समूह की सदस्यता पितृ या मातृ वंश परम्परा दोनों से ही मिलती है. वंशक्रम की इस प्रणाली में व्यक्ति के दादा-दादी तथा नाना-नानी चारों समान रूप से सम्बन्धित होते हैं.

स्वाभाविक रूप से इस प्रणाली में सम्बन्धियों का दायरा कुछ बड़ा होगा. अतः इस विस्तृत दायरे में कहाँ तक सम्बन्धी सम्बन्ध को माना जाय (अर्थात् जिनके बीच सामाजिक दायित्व भार न हो) यह विभिन्न उभयवाही समाजों के अनुरूप भिन्न हो जाता है.

उभयवाही रक्त सम्बन्धियों के समूह में एक महत्वपूर्ण समूह 'किन्डर्ड' है. किसी व्यक्ति के किन्डर्ड में व्यक्ति के दोनों ओर के (पितृ पक्ष एवं मातृ पक्ष) वे सम्बन्धी आते हैं, जिनसे यह अपेक्षा की जाती है कि वे उसके बड़े धार्मिक

आयोजनों (जैसे—विवाह, अंत्येष्टि) में शामिल होंगे, परन्तु उनका शामिल होना ऐच्छिक ही होता है. किन्डर्ड की सदस्यता और कर्त्तव्य किसी एक व्यक्ति के सन्दर्भ में ही परिभाषित होता है.

वंशक्रम के इन मूलभूत विषयों के अतिरिक्त कुछ जटिल नियम भी पाये जाते हैं—

3. **वैकल्पिक वंश क्रम** (Alternative Descent)—इस वंशक्रम का सीमित उदाहरण इण्डोनेशिया के समाजों में मिलता है. यहाँ जिस परिवार में पुत्र नहीं होते वहाँ पितृवंशीय वंशक्रम के नियम को एक पीढ़ी के लिए छोड़ दिया जाता है. पुत्री द्वारा मातृस्थानीय निवास के नियम को ही अपना लिए जाने के कारण उस पीढ़ी के लिए मातृवंशीय वंशक्रम के नियम को ही लागू किया जाता है.

4. **सामानान्तर वंशक्रम** (Collaterals Descent)—इसमें वंश क्रम लिंग के आधार पर निर्धारित होता है. अर्थात् पिता का वंशक्रम पुत्र को प्राप्त होता है और माता का वंशक्रम पुत्रियों को प्राप्त होता है. जैसे—ब्राजील के 'अपिनाये' समाज में. वहाँ महिलाओं में 'मातृ वंश क्रम' का और पुरुषों में पितृ वंश क्रम का प्रचलन है.

5. **वक्र वंशक्रम** (Cross Descent)—इसमें पिता का वंश क्रम पुत्रियों को और माता का वंशक्रम पुत्रों को प्राप्त होता है. यह वंश क्रम बहुत कम ही पाया जाता है. न्यू मुंडगुमोर में इस वंशक्रम का प्रचलन है. वहाँ सम्बन्धी समूह पीढ़ी दर पीढ़ी महिलाओं और पुरुषों के बीच बदलता रहता है.

6. **दोहरा वंशक्रम**—इसमें भी पितृवंशीय एवं मातृवंशीय वंशक्रम एक साथ ही प्रयुक्त होता है. यह उभयवाही वंशक्रम से ही मिलता जुलता वंशक्रम है, जो केवल कुछ आदिवासी समाजों में ही पाया जाता है, परन्तु दोनों में कुछ भिन्नताएँ हैं—उभयवाही वंशक्रम में व्यक्ति के पितृवंशीय सम्बन्धी और मातृवंशीय सम्बन्धी जैविकीय और सामाजिक निकटता के दृष्टिकोण से समान महत्व के होते हैं, परन्तु दोहरे वंशक्रम में ऐसा नहीं होता है. साथ ही दूसरे वंशक्रम में व्यक्ति को अपने पिता के पितृवंशीय और माता के मातृवंशीय सम्बन्धी और माता के पितृवंशीय सम्बन्धी नहीं प्राप्त होते हैं.

वंशक्रम का महत्व (Importance of Descent)

एच. एम. जॉनसन ने ऐसे दो कारणों को गिनाया है, जिसके कारण सभी समाजों में वंशक्रम के नियम का महत्वपूर्ण स्थान है.

1. **अधिकार और दायित्व का निर्धारण**—वंशक्रम के नियम के अनुसार ही नातेदारी व्यवस्था में विभिन्न व्यक्तियों के लिए अधिकार और दायित्व का स्वरूप निर्धारित होता है. इन निर्धारित अधिकार और दायित्वों में कई प्रकार की पारस्परिक सहायता के अलावा विवाह और यौन-सम्बन्धों के नियम भी शामिल होते हैं.

2. **सम्पत्ति के अधिकार का नियमन**—बहुत हद तक वंशक्रम का नियम, पद एवं सम्पत्ति के उत्तराधिकार को भी निर्धारित करता है. वंशक्रम के नियमों से यह स्वतः ही पता चल जाता है कि व्यक्ति की मृत्यु के बाद उसकी सम्पत्ति पर किसका स्वामित्व होगा. (अगर इस सम्बन्ध में कानून एवं किसी प्रासंगिक रिवाज द्वारा कोई विशिष्ट प्रावधान न किया गया हो.)

आधुनिक समाज में नातेदारी व्यवस्था (Kinship System in Modern Society)

नातेदारी की प्रणालियाँ परिवर्तनशील होती हैं. नातेदारी के विभिन्न संरचनात्मक पक्षों, जैसे—विवाह का प्रकार, वंशक्रम का नियम, निवास का नियम, सम्बन्धी समूहों की रचना आदि में धीमी गति से परिवर्तन होता है. ये परिवर्तन कुछ दिन या वर्षों में नहीं, बल्कि कुछ पीढ़ियों के बाद ही परिलक्षित होते हैं. इन परिवर्तनों के पीछे कई अंतःसम्बन्धित कारक हैं. जैसे—जनसंख्या के आकार और उसके आयु एवं लिंग संरचना में परिवर्तन, नवीन संसाधनों या प्रविधियों की खोज, भौतिक-अभौतिक विकास या उत्पादन क्रम में नये सम्बन्धों का विकास इत्यादि. इन सबके अलावा सबसे महत्वपूर्ण कारक है—जनजातीय और कृषि समाजों के स्थान पर आधुनिक नगरीय और औद्योगिक समाजों का उदय और तेजी से प्रसार. इस प्रकार के समाजों की कतिपय विशिष्टताओं (जैसे—औद्योगिक व्यवस्था के उत्पादन सम्बन्ध, नगरों की व्यक्ति केन्द्रित एवं अपरिचितता सदृश्य जीवन प्रणाली आदि) ने नातेदारी व्यवस्था की व्यापकता को काफी कमजोर किया है.

आधुनिक समाजों में किसी व्यक्ति का केवल अपने प्राथमिक नातेदारों के साथ ही जीवित सम्बन्ध देखने को मिलता है. द्वितीयक नातेदारों के साथ मात्र एक औपचारिक सम्बन्ध ही होता है. इससे आगे के नातेदारों को शायद ही कोई व्यक्ति याद रखना भी आवश्यक समझता हो. दायित्व एवं अधिकार की भावना केवल प्राथमिक नातेदारों के साथ ही जुड़ी होती है. इन समाजों में व्यक्ति का अपने 'कल्पित नातेदारों' के साथ ही कुछ अधिक गहरा सम्बन्ध होता है. यहाँ 'कल्पित नातेदारों' से हमारा तात्पर्य ऐसे व्यक्तियों से है, जो एक तरह से आपस में दोस्त होते हैं, लेकिन राजनीतिक, व्यवसायगत या पेशागत रूप से जुड़े होने के कारण इनका पारस्परिक व्यवहार अपने रक्तमूलक नातेदारों की तरह ही होता है. व्यक्ति में इनके प्रति दायित्व निर्वाह की प्रबल भावना (ऐच्छिक ही सही) भी देखी जा सकती है. छोटे-से-छोटे

आयोजनों (जैसे—बच्चों का जन्मदिन) में भी ये शामिल होते ही हैं और नातेदारी व्यवस्था की तरह उपहारों का आदान-प्रदान करते हैं.

विवाह संस्था नातेदारी व्यवस्था का एक अतिमहत्वपूर्ण ढाचागत पक्ष है. इस दृष्टिकोण से कि एक ओर जहाँ नातेदारी नियमों के अनुसार ही समाज में विवाह का प्रकार निर्धारित होता है, वहीं दूसरी ओर विवाह के परम्परागत रस्मों में लगभग सभी नातेदारों के लिए विहित कर्त्तव्य नातेदारी व्यवस्था को स्थायित्व एवं सुदृढ़ता प्रदान करते हैं, परन्तु आधुनिक समाजों में 'रोमांटिक प्रेम' एवं 'कोर्ट मैरिज' के बढ़ते प्रचलन ने नातेदारी के इन महत्वपूर्ण नियमों को भी बौना कर दिया है. इसी प्रकार एकाकी परिवार के बढ़ते प्रचलन के साथ ही निवास के नियमों में नवस्थानीय निवास प्रमुखता पा रहा है. वंशनाम के प्रयोग में भी अक्सर लोग स्वतंत्र शब्दों का प्रयोग करने लगे हैं.

इस प्रकार आधुनिक समाजों में नातेदारी व्यवस्था का महत्व दिनोंदिन घटता जा रहा है. कहने की आवश्यकता नहीं कि इनका एक स्वाभाविक परिणाम व्यक्ति में सामूहिकता की भावना की कमी होते जाना है, जो सामाजिक नियंत्रण के दृष्टिकोण से हानिकारक है.

Important Books

Books	Authors
Marriage and Family in India	K.M. Kapadia
Kinship Organisation in India	Dr. Irawati Karve
The History of Human Marriage	E. Westermark
Regional Differences in Family Structure in India	Pawlin Kolenda
Urbanisation and Family Change in India	M.S. Gove
Sociology of Kinship	Leela Dubey
The Indian family in Iransition	J.S. Augustien
Family and Kinship : A Study of the Pandit of Rural Kashmir	T.H. Madan
The Hindu Joint Family	T.H. Madan
Hindu Social Organisation	P.N. Prabhu
Indian Social Structure	M.N. Sriniwas
Marriage and Kinship	Robin fox
Hindu Kinship	K.M. Kapadia
The Study of Man	R. Linton
Primitive Society	R. Lowie
Society	R.M. MacIver and C.H. Page
Ancient Society	L.H. Morgan
Social Structure	G.P. Murdock
African System of Kinship and Marriage	Radcliffe Brown and Daryll Fonde
Human Society	K. Davis
The family	M.F. Nimkoff
Society : Its Organisation and Denation	Andersan and Parker
The Mothers	R. Briffault
The Joint Family in India	I.P. Desai
The Social Order	Robert Biested

महत्वपूर्ण तथ्य

- विवाह का शाब्दिक अर्थ है, 'उद्वेह' अर्थात् वधू को वर के घर ले जाना.
- **लूसी मेयर** के अनुसार, "विवाह, स्त्री पुरुष का ऐसा योग है, जिससे स्त्री से जन्मा बच्चा माता-पिता की वैध सन्तान माना जाए."
- **बोगार्डस** के अनुसार, "विवाह स्त्री और पुरुष के पारिवारिक जीवन में प्रवेश करने की संस्था है."
- **मजूमदार एवं मदान** का मत है, "विवाह में कानूनी या धार्मिक आयोजन के रूप में उन सामाजिक स्वीकृतियों का समावेश होता है जो विषम-लिंगियों की यौन-क्रिया और उससे सम्बन्धित सामाजिक-आर्थिक सम्बन्धों में सम्मिलित होने का अधिकार प्रदान करती है."
- मौटेतौर पर विवाह को परिभाषित करते हुए कहा जा सकता है कि विवाह दो विषम-लिंगियों को पारिवारिक जीवन में प्रवेश करने की सामाजिक धार्मिक अथवा कानूनी स्वीकृति है. स्त्री-पुरुषों एवं बच्चों को विभिन्न सामाजिक व आर्थिक क्रियाओं में सहभागी बनाना, सन्तानोत्पत्ति करना तथा उनका लालन-पालन एवं समाजीकरण करना विवाह के प्रमुख कार्य हैं.
- मरडॉक ने 250 समाजों का अध्ययन किया, उसके पश्चात् उसने सभी समाजों में विवाह के तीन उद्देश्यों का प्रचलन पाया—

  (i) यौन सन्तुष्टि

  (ii) आर्थिक सहयोग

  (iii) सन्तानों का समाजीकरण एवं लालन-पालन.
- **मैलिनोवस्की** की मान्यता है कि "एक-विवाह ही विवाह का सच्चा स्वरूप है, रहा था और रहेगा."
- वर्तमान में हिन्दू विवाह अधिनियम, 1955 के द्वारा एक-विवाह को आवश्यक कर दिया गया है.
- एक विवाह में एक समय में एक पुरुष एक ही स्त्री से विवाह करता है.
- **लूसी मेयर** के अनुसार, "एक विवाही और बहु-विवाही शब्द विवाह या समाज के लिए प्रयुक्त होते हैं, व्यक्तियों के लिए नहीं. निष्ठाहीन पति या कामाचारी व्यक्ति को बहु-विवाही कहना भाषा के साथ खिलवाड़ करना है, यद्यपि कुछ लोग ऐसा करते हैं."
- जब एकाधिक पुरुष या एकाधिक स्त्रियाँ विवाह बन्धन में बँधते हैं, तो ऐसे विवाह को बहु-विवाह कहते हैं.
- बहु-विवाह के चार प्रमुख रूप पाए जाते हैं—

  (i) बहुपति विवाह (Polyandry)

  (ii) बहुपत्नी विवाह (Polygamy)

  (iii) द्विपत्नी विवाह (Bigamy)

  (iv) समूह विवाह (Group Marriage)
- बहुपति विवाह में एक स्त्री का एकाधिक पुरुषों से वैवाहिक सम्बन्ध स्थापित होता है. प्राचीनकाल से भारत में बहुपति प्रथा का प्रचलन रहा है. महाभारत में ऐसे विवाहों के उदाहरण मिलते हैं किन्तु ऐसे विवाह नियम न होकर अपवाद स्वरूप थे.
- डॉ. के. एम. कपाड़िया के अनुसार, बहुपति विवाह एक प्रकार का सम्बन्ध है जिसमें एक स्त्री के एक समय में एक से अधिक पति होते हैं जिसमें सब भाई एक पत्नी या पत्नियों का सम्मिलित रूप से उपभोग करते हैं."
- बहुपति विवाह के दो रूप पाए जाते हैं.

  (i) भ्रातृक बहुपति विवाह (Fraternal or Adelphic Polyandry)

  (ii) अभ्रातृक बहुपति विवाह (Non-Fraternal or Adelphic Polyandry)
- जब दो या दो से अधिक भाई मिलकर किसी एक स्त्री से विवाह करते हैं अथवा सबसे बड़ा भाई किसी एक स्त्री से विवाह करता है और अन्य भाई स्वतः ही उस स्त्री के पति माने जाते हैं तो इस प्रकार के विवाह को भ्रातृक बहुपति विवाह कहते हैं. भ्रातृक बहुपति विवाह का प्रचलन खस, टोडा एवं कोटा लोगों में तथा पंजाब के पहाड़ी भागों, लद्दाख, कांगड़ा जिला के स्पीति और लाहौल परगनों में पाया जाता है. रूस के कुछ क्षेत्रों में सबसे बड़ा भाई ही विवाह करके स्त्री लाता है और शेष भाई स्वतः ही उस स्त्री के पति बन जाते हैं.
- अभ्रातृक बहुपति विवाह में पति परस्पर भाई नहीं होते हैं. स्त्री बारी-बारी से समान अवधि के लिए प्रत्येक पति के पास रहती है. यह प्रथा टोडा तथा नायरों में पाई जाती है.
- बहु-विवाह का एक रूप बहुपत्नी विवाह भी है, जिसमें एक पुरुष एकाधिक स्त्रियों से विवाह करता है.
- डॉ. के. एम. कपाड़िया के अनुसार, भारतवर्ष में बहुपत्नी विवाह का प्रचलन वैदिक युग से वर्तमान युग तक रहा है. शूद्रों को छोड़कर अन्य तीन उच्च वर्गों को बहुविवाह की अनुमति थी.
- आल्टेकर के अनुसार, बहुपत्नी प्रथा धनी, शासक एवं अभिजात वर्ग के लोगों में सामान्य थी. बहुपत्नी विवाह के दो स्वरूप पाए जाते हैं. सीमित बहुपत्नी प्रथा तथा असीमित बहुपत्नी प्रथा. सीमित बहु पत्नित्व में एक के मरने पर ही दूसरी स्त्री से विवाह किया जाता था. असीमित बहुपत्नित्व में स्त्री के बांझ होने की स्थिति में

अथवा अपनी प्रतिष्ठा बढ़ाने के लिए पुरुष एकाधिक स्त्रियों से विवाह करता है.

- बहुविवाह का एक रूप द्विपत्नी विवाह भी है. इस प्रकार के विवाह में एक पुरुष एक साथ दो स्त्रियों से विवाह करता है. कई बार प्रथम पत्नी से सन्तान न होने पर दूसरा विवाह कर लिया जाता है. आरेगन एवं एस्किमो जनजातियों में यह प्रथा प्रचलित है, किन्तु वर्तमान में ऐसे विवाह पर कानूनी रोक लगा दी गई है.
- समूह विवाह में पुरुषों का एक समूह, स्त्रियों के एक समूह से विवाह करता है और समूह का प्रत्येक पुरुष समूह की प्रत्येक स्त्री का पति होता है. परिवार और विवाह की प्रारम्भिक अवस्था में यह स्थिति रही होगी, ऐसी उद्विकासवादियों की धारणा है. यह प्रथा आस्ट्रेलिया की जनजातियों में पायी जाती है जहाँ एक कुल की सभी लड़कियाँ दूसरे कुल की पत्नियाँ समझी जाती हैं. वेस्टरमार्क के अनुसार, ऐसे विवाह तिब्बत, भारत एवं लंका के बहुपतित्व वाले समाजों में पाए जाते हैं.
- **प्रभु** के अनुसार, "हिन्दू धर्मशास्त्रों में जीवन साथी के चुनाव को नियंत्रित करने की दृष्टि से हिन्दू विवाह को व्यवस्थित करने हेतु अन्तर्विवाह और बहिर्विवाह के कुछ नियम निर्धारित किए गए हैं."
- हिन्दू विवाह से सम्बन्धित सभी नियमों को चार भागों में विभाजित किया जा सकता है, जो इस प्रकार हैं—

  (i) अन्तर्विवाह (Endogamy)

  (ii) बहिर्विवाह (Exogamy)

  (iii) अनुलोम विवाह (Hypergamy)

  (iv) प्रतिलोम विवाह (Hypogamy)
- अन्तर्विवाह के अन्तर्गत एक व्यक्ति अपने जीवन साथी का चुनाव अपने ही समूह से करता है. यह समूह अलग-अलग लोगों हेतु अलग-अलग हो सकता है.
- **डॉ. एच. आर. रिवर्स** के अनुसार, "अन्तर्विवाह से अभिप्राय उस विनियम से है, जिसमें अपने समूह में से ही विवाह साथी चुनना अनिवार्य होता है."
- वैदिक एवं उत्तर वैदिककाल में द्विजों (ब्राह्मण, क्षत्रिय, वैश्य) का एक ही वर्ण था और द्विज वर्ग के लोग अपने वर्ग में ही विवाह करते थे. शूद्र वर्ण पृथक् था.
- स्मृतिकाल में अन्तर्वर्ण विवाहों को स्वीकृति प्राप्त थी, लेकिन जब एक वर्ण कई उपजातियों में विभाजित हुआ तो विवाह का क्षेत्र सीमित हो गया और लोग अपनी जाति एवं जनजाति में विवाह करने लगे और इसे अन्तर्विवाह माना जाने लगा.
- **केतकर** के अनुसार, "कुछ हिन्दू जातियाँ ऐसी हैं जो पन्द्रह परिवारों के बाहर विवाह नहीं करतीं."
- बहिर्विवाह से तात्पर्य है कि व्यक्ति जिस समूह का सदस्य है उससे बाहर विवाह करे.
- **एच. आर. रिवर्स** के अनुसार, "बहिर्विवाह से बोध होता है उस विनियम का जिसमें एक सामाजिक समूह के सदस्य के लिए यह अनिवार्य होता है कि वह दूसरे सामाजिक समूह से अपना जीवन साथी ढूँढ़े."
- हिन्दुओं में बहिर्विवाह के नियमों के अनुसार एक व्यक्ति को अपने परिवार, गोत्र, प्रवर, पिण्ड आदि समूहों के बाहर विवाह करना पड़ता है.
- जनजातियों में एक ही टोटम को मानने वाले लोगों को परस्पर विवाह करने की मनाही है.
- हिन्दुओं में सगोत्र विवाह निषेध है, गोत्र का सामान्य अर्थ उन व्यक्तियों के समूह से है, जिनकी उत्पत्ति एक ही ऋषि-पूर्वज से हुई हो.
- गोत्र का शाब्दिक अर्थ गो + त्र अर्थात् गाय के बाँधने का स्थान अथवा गौपालन करने वाले समूह से है. जिन लोगों की गायें एक स्थान पर बँधती थीं, उनमें नैतिक सम्बन्ध बन जाते थे और सम्भवतः वे रक्त सम्बन्धी भी होते थे. अतः वे परस्पर विवाह नहीं करते थे.
- विज्ञानेश्वर ने गोत्र का अर्थ स्पष्ट करते हुए कहा कि वंश परम्परा में जो नाम प्रसिद्ध होता है, उसी को गोत्र कहते हैं.
- **डॉ. के. एम. कपाड़िया** के अनुसार, वैदिककाल में सगोत्र, विवाह निषद्ध नहीं थे, क्योंकि इस समय गान्धर्व विवाह एवं स्वयंवर की प्रथा का प्रचलन था जिसमें गोत्र सम्बन्धी निषेधों का बना रहना असम्भव था.
- **डॉ. आल्टेकर** के अनुसार, ईसा से 600 वर्ष पूर्व सगोत्र विवाह का निषेध नहीं था.
- मनु ने भी सगोत्र विवाह को निषेध नहीं माना है.
- सर्वप्रथम गृहसूत्र साहित्य में सगोत्र विवाह की मनाही की गई.
- बोधायन धर्म के अनुसार, यदि अज्ञानवश भी सगोत्र कन्या से विवाह हो जाता है, तो उसका पालन पिता की तरह किया जाए.
- स्मृतिकारों ने सगोत्र विवाह करने वालों के लिए अनेक दण्ड, प्रायश्चित एवं जाति से बहिष्कृत करने की व्यवस्था की है. ऐसे व्यक्ति को चाण्डाल की संज्ञा दी गई है.
- हिन्दू विवाह अधिनियम द्वारा वर्तमान में सगोत्र विवाह सम्बन्धी प्रतिबन्ध हटा दिए गए हैं, किन्तु व्यवहार में आज भी इसका प्रचलन है.

- गोत्र से सम्बन्धित ही एक शब्द है 'प्रवर' जिसका अर्थ वैदिक इंडेक्स के अनुसार है, 'आह्वान करना'.
- **कर्वे** के अनुसार, "प्रवर का अर्थ क्षत्रियों में लगभग वंशकार या कुलकार की तरह है."
- प्रवर का अर्थ है 'महान्'. ब्राह्मण लोग हवन-यज्ञ आदि के समय गोत्र या वंशकार के नाम का उच्चारण करते थे. इस अर्थ में प्रवर का अर्थ 'श्रेष्ठ' से ही था.
- **डॉ. के. एम. कपाड़िया** के अनुसार, "प्रवर संस्कार अथवा ज्ञान के उस समुदाय की ओर संकेत करता है जिससे एक व्यक्ति सम्बन्धित होता है."
- प्रवर केवल ब्राह्मणों के ही होते थे, किन्तु बाद में क्षत्रियों एवं वैश्यों ने भी इसे अपना लिया. शूद्रों के कोई प्रवर नहीं थे.
- ऐसी मान्यता है कि धर्मसूत्रकाल व मनु के समय में सप्रवर विवाह पर कठोर निषेध नहीं था.
- **पी. वी. काणे** के अनुसार, सप्रवर विवाह निषेध तीसरी शताब्दी से प्रारम्भ हुए और नौवीं शताब्दी तक चलते-चलते इनका रूप कठोर हो गया.
- हिन्दू विवाह अधिनियम द्वारा 'सप्रवर' विवाह सम्बन्धी निषेधों को समाप्त कर दिया गया है.
- सप्रवर एवं सगोत्र बहिर्विवाह के नियम पितृपक्ष के सम्बन्धियों से विवाह की स्वीकृति नहीं देते.
- **इरावती कर्वे** के अनुसार, सपिण्डता का अर्थ है—स + पिण्ड अर्थात् मृत व्यक्ति को पिण्ड देने वाले या उसके रक्तकण से सम्बन्धित.
- जब एक उच्चवर्ण, जाति, उपजाति, कुल एवं गोत्र के लड़के का विवाह ऐसी लड़की से किया जाए जिसका वर्ण, जाति, उपजाति कुल लड़के से नीचा हो तो ऐसे विवाह को अनुलोम विवाह कहते हैं.
- मनुस्मृति के अनुसार, एक ब्राह्मण को अपने से निम्नलिखित तीन वर्णों क्षत्रिय, वैश्य एवं शूद्र की कन्या से, क्षत्रिय अपने से निम्नलिखित दो वर्णों, वैश्य एवं शूद्र कन्या से तथा वैश्य अपने वर्ण के अतिरिक्त शूद्र की कन्या से विवाह कर सकता है, किन्तु मनु पाणिग्रहण संस्कार करने की स्वीकृति केवल सवर्ण विवाह के लिए ही देते हैं.
- याज्ञवल्क्य ने ब्राह्मण को चार, क्षत्रिय को तीन, वैश्य को दो और शूद्र को एक विवाह करने की बात कही है.
- **डॉ. राधाकृष्णन** के अनुसार, "भारत में अनुलोम विवाह का प्रचलन दसवीं शताब्दी तक रहा."
- **रिजले** के अनुसार, "आरम्भ में अन्तर्वर्ण विवाहों का प्रचलन इण्डो आर्यन प्रजाति में स्त्रियों की कमी को पूरा करने के लिए हुआ, जैसे ही उनकी आवश्यकता पूरी हो गई, उन्होंने ऐसे विवाह पर प्रतिबन्ध लगा दिया."
- अनुलोम विवाह के विपरीत, प्रतिलोम विवाह में लड़की उच्च कुल, वर्ण, जाति, उपजाति या वंश की होती है और लड़का निम्न वर्ण, जाति, उपजाति या वंश का होता है.
- स्मृतिकारों ने प्रतिलोम विवाह की कड़ी आलोचना की है. ऐसे विवाह से उत्पन्न सन्तान को 'चाण्डाल' अथवा 'निषाद' कहा जाता था.
- 'हिन्दू विवाह अधिनियम, 1944' एवं 'हिन्दू विवाह अधिनियम, 1955' में अनुलोम एवं प्रतिलोम दोनों ही विवाह के स्वरूपों को वैध माना गया है.
- मुस्लिम विवाह एक 'धार्मिक संस्कार नहीं वरन् एक दीवानी समझौता है. जिसका उद्देश्य घर बसाना, सन्तानोत्पत्ति करना एवं उन्हें वैध घोषित करना है.
- मुस्लिम विवाह कानून के अनुसार, "विवाह स्त्री-पुरुष के बीच किया गया वह बिना शर्त समझौता है जिसका उद्देश्य सन्तानोत्पत्ति कर बच्चों को वैध रूप प्रदान करना है.
- विवाह के परिणामस्वरूप मुस्लिम स्त्री को 'मेहर, का अधिकार प्राप्त होता है, क्योंकि यह एक दीवानी समझौता है और मेहर उसका आवश्यक परिणाम. मेहर वह धन या सम्पत्ति है जो पति पत्नी के सम्मान में देता है.
- मेहर निम्नलिखित प्रकार का होता है—
  (i) निश्चित मेहर
  (ii) उचित मेहर
  (iii) सत्वर मेहर
  (iv) स्थगित मेहर
- प्राणीशास्त्रीय सम्बन्धों के आधार पर बने समूहों में परिवार सबसे छोटी इकाई है. अनेक समाजशास्त्रियों का मत है कि परिवार समाज रूपी भवन के कोने का पत्थर है. यह सामाजिक संगठन की मौलिक इकाई है.
- **मेकाइवर एवं पेज** के अनुसार, "परिवार पर्याप्त निश्चित यौन सम्बन्ध द्वारा परिभाषित एक ऐसा समूह है जो बच्चों के जनन एवं लालन-पालन की व्यवस्था करता है."
- **लूसी मेयर** के अनुसार, "परिवार एक गार्हस्थ समूह है जिसमें माता-पिता और सन्तान साथ-साथ रहते हैं. इसमें मूल रूप में दम्पत्ति और उसकी सन्तान रहती है".
- मोटेतौर पर परिवार को जैविकीय सम्बन्धों पर आधारित एक सामाजिक समूह के रूप में परिभाषित कर सकते हैं

जिसमें माता-पिता और बच्चे होते हैं तथा जिसका उद्देश्य अपने सदस्यों के लिए सामान्य निवास, आर्थिक सहयोग, यौन-सन्तुष्टि और प्रजनन, समाजी-करण और शिक्षण आदि की सुविधाएँ जुटाना है.

- **मेकाइवर एवं पेज** ने परिवार की निम्नलिखित विशेषताएँ बताई हैं—
  - (i) विवाह सम्बन्ध (Mating Relationship)
  - (ii) विवाह का एकस्वरूप (A Form of Marriage)
  - (iii) वंशनाम की व्यवस्था (System of Nomenclature)
  - (iv) आर्थिक व्यवस्था (Economic System)
  - (v) सामान्य निवास (A common Habitation)
- परिवार की विशिष्ट विशेषताएँ हैं—
  - (i) सार्वभौमिकता (Universality)
  - (ii) भावात्मक आधार (Emotional Basis)
  - (iii) रचनात्मक प्रभाव (Formative Influence)
  - (iv) सीमित आकार (Limited Size)
  - (v) सामाजिक संरचना में केन्द्रीय स्थान (Nuclear Position in the social structure)
  - (vi) सदस्यों का उत्तरदायित्व (Responsibility of the Members)
  - (vii) सामाजिक नियंत्रण (Social Regulation)
  - (viii) परिवार की स्थायी व अस्थायी प्रकृति (Parmanent and Temporary Nature of the Family)
- परिवार की उत्पत्ति के सिद्धान्तों में प्राचीन सिद्धान्त सबसे पुराना है. जिसका प्रतिपादन प्लेटो और अरस्तू ने किया था.
- प्लेटो और अरस्तू ने ग्रीक, रोमन और यहूदी समाजों से प्राप्त ऐतिहासिक प्रमाण देते हुए यह बताया कि परिवार का आरम्भिक रूप पितृसत्तात्मक था. ऐसे परिवारों में एक प्रधान पुरुष सभी नीतियों और दण्ड व्यवस्था का निर्धारण करता था और परिवार की किसी भी समस्या पर कर्त्ता का निर्णय अन्तिम माना जाता था.
- मॉगर्न, लूबॉक, फ्रेजर और ब्रिफाल्ट ने परिवार के आरम्भिक रूप को स्पष्ट करते हुए कहा कि मानव समाज के आरम्भिक काल में न तो विवाह का अस्तित्व था और न ही परिवार का. बल्कि पशुओं की तरह अनियमित यौन-स्वतन्त्रता की स्थिति पाई जाती थी.
- विकासवादी सिद्धान्त को परिवार की उत्पत्ति को स्पष्ट करने में विशेष रूप से महत्वपूर्ण माना जाता है. इस सिद्धान्त की रूपरेखा को सबसे पहले बैकोफेन ने प्रस्तुत किया जिसे बाद में लुइस मॉर्गन ने और अधिक व्यवस्थित रूप से प्रस्तुत किया. इस सिद्धान्त के अन्य समर्थकों में स्पेन्सर का नाम भी प्रमुख है.
- मातृसत्तात्मक सिद्धान्त के प्रतिपादकों में रॉबर्ट ब्रिफाल्ट का नाम उल्लेखनीय है. ब्रिफाल्ट ने अपनी पुस्तक 'दि मदर्स' में यह स्पष्ट किया है कि आरम्भिक समय में बच्चे अपने पिता को भी नहीं जानते थे.
- **ब्रिफाल्ट** के अनुसार, "पशु परिवार जिससे मानव-समूह विकास की सम्भावना व्यक्त की जाती है, वह भी मातृसत्तात्मक ही है."
- वेस्टरमार्क ने यौन साम्यवाद, समूह विवाह अथवा बहुविवाह के आधार पर परिवार के विकास को स्पष्ट करने का तीव्र विरोध किया. उसके अनुसार आरम्भिक परिवार 'एकविवाही' ही थे और आज भी उसी रूप में विद्यमान हैं.
- वेस्टरमार्क ने अनेक उच्च व निम्न प्राणियों तथा छोटी बड़ी जनजातियों में एक विवाह का प्रचलन पाया और इस आधार पर उन्होंने अपनी पुस्तक 'The History of Human Marriage' में यह निष्कर्ष दिया कि कामाचार अथवा समूह विवाह की स्थिति सामाजिक नियमों का उल्लंघन मात्र था, इनको कभी भी स्थायी रूप में नहीं पाया गया.

  मैलिनोवस्की का मत है कि "एकविवाह ही परिवार का एकमात्र सच्चा रूप है, जो अतीत में रहा है और भविष्य में रहेगा."
- आकार के दृष्टिकोण से एकाकी अथवा केन्द्रक परिवार सबसे छोटी इकाई है. इसके सदस्य केवल पति-पत्नी तथा उनके अविवाहित बच्चे ही होते हैं.
- हैरिस ने एकाकी परिवार को परिभाषित करते हुए कहा है, "एक एकाकी परिवार उन व्यक्तियों का छोटा समूह है जो जैविकीय भूमिका निभाने के अतिरिक्त एक-दूसरे के प्रति संस्थागत सामाजिक दायित्वों को पूरा करते हैं तथा ऐसा करने के साथ ही उन विश्वासों और मूल्यों का पालन करते हैं जिनकी उनसे परिवार के अन्तर्गत पूरा करने की आशा की जाती है."
- विवाह सम्बन्धी परिवार एकाकी परिवार की अपेक्षा कुछ बड़े होते हैं. इसके सदस्य केवल वही व्यक्ति नहीं होते जिन्होंने उसमें जन्म लिया हो बल्कि इसमें पत्नी पक्ष के कुछ दूसरे सदस्यों को भी सम्मिलित कर लिया जाता है. साधारणतया ऐसे परिवार केवल उन्हीं समूहों में पाये जाते हैं, जो विवाह को व्यक्तियों का सम्बन्ध न मानकर दो परिवारों का सम्बन्ध मानते हैं. ऐसे परिवार

को 'मिश्रित परिवार' भी कहा जाता है क्योंकि इनमें 'एकाकी अथवा संयुक्त परिवार' की विशेषता मिली-जुली होती है.

- संयुक्त परिवार भारतीय समाज की एक प्रमुख विशेषता रही है. लगभग इन्हीं से मिलते-जुलते परिवारों को संसार के दूसरे भागों में विस्तृत परिवार (Extended family) कहा जाता है.
- **डॉ. दुबे** के अनुसार, "यदि कई एकाकी परिवार एक साथ रहते हों, उनमें निकटता का सम्बन्ध हो, वे एक ही स्थान पर भोजन करते हों, तथा एक ही आर्थिक इकाई के रूप में कार्य करते हों, तब ऐसे सम्मिलित परिवार को संयुक्त परिवार कहा जाता है."
- जिस परिवार में सामाजिक, आर्थिक तथा धार्मिक दायित्वों के क्षेत्र में पुरुषों की अपेक्षा स्त्रियों की प्रधानता हो, उसे मातृसत्तात्मक परिवार कहा जाता है. ऐसे परिवार में कोई स्त्री ही परिवार की कर्त्ता होती है तथा उसी के द्वारा दूसरे सदस्यों के अधिकारों व कर्त्तव्यों का निर्धारण किया जाता है.
- पितृसत्तात्मक परिवार पुरुष प्रधान होते हैं. इनमें परिवार की सत्ता किसी पुरुष में निहित होती है जिसे परिवार का कर्त्ता कहा जाता है. ऐसे परिवारों में पुरुष कर्त्ता ही सदस्यों के अधिकारों तथा कर्त्तव्यों का निर्धारण करता है तथा उसी का परिवार की सम्पत्ति के उपयोग और वितरण पर अधिकार होता है.
- जब पुरुष अथवा स्त्री के द्वारा एकविवाह करके परिवार का निर्माण किया जाता है तब ऐसे परिवार को हम एकविवाही परिवार कहते हैं.
- भारत में परिवारों का एक अनोखा रूप देखने को मिलता है वह है—बहुपति-विवाही परिवार. इसका निर्माण एक स्त्री के द्वारा एक साथ अनेक पुरुषों से विवाह करने से होता है.
- भारत में खस, कोटा, टोडा, नायर, टियान, कुसुम्ब और कम्मल आदि जनजातियों में आज भी बहुपति-विवाही परिवारों का आंशिक रूप से प्रचलन पाया जाता है.
- जब एक पुरुष एक से अधिक स्त्रियों से विवाह करता है तथा परिवार की स्थापना करता है तब ऐसे परिवार को बहुपत्नी-विवाही परिवार कहा जाता है.
- 1955 के बाद प्रत्येक हिन्दू, सिख, जैन और बौद्ध के लिए बहुपत्नी विवाह पर कानूनी नियन्त्रण लगा दिया गया है.
- मुसलमानों में आज भी बहुपत्नी विवाही परिवार प्रचुरता से पाए जाते हैं. भारत की बहुत-सी जनजातियों में अभी भी बहुपत्नी-विवाही परिवार मिलते हैं.
- **एण्डरसन** का मत है कि "एक कार्यात्मक इकाई के रूप में परिवार इतनी महत्वपूर्ण संस्था है कि सभी समाज परिवार से माध्यम से ही अपने मान्यता प्राप्त लक्ष्यों को पाने का प्रयत्न करते हैं."
- **किंगसले डेविस** ने कहा है कि परिवार के "सभी कार्य इतने स्वतन्त्र प्रकृति के होते हैं कि उन सभी कार्यों को अन्य संस्थाओं के द्वारा भी पूरा किया जा सकता है लेकिन परिवार के अतिरिक्त ऐसी कोई संस्था नहीं है जिसमें इन कार्यों को असीमित उत्तरदायित्व की भावना के साथ किया जाता हो."
- परिवार के जैविकीय कार्य निम्नलिखित हैं—

  (क) यौन सम्बन्धों की सन्तुष्टि.

  (ख) सन्तानोत्पत्ति की व्यवस्था करना.

  (ग) सदस्यों को शारीरिक सुरक्षा प्रदान करना.
- परिवार का समाजीकरण के कार्य निम्नलिखित हैं—

  (क) सामाजिक सीख प्रदान करना.

  (ख) पद तथा कार्य प्रदान करने वाला प्रतिनिधि.

  (ग) सामाजिक नियंत्रण की स्थापना.

  (घ) मानवीय गुणों का विकास करना.
- परिवार के आर्थिक कार्य निम्नलिखित हैं—

  (क) आवश्यकतानुसार सुविधाएँ प्रदान करना.

  (ख) श्रम-विभाजन की व्यवस्था करना.

  (ग) उत्तराधिकार की व्यवस्था करना.

  (घ) सम्पत्ति का प्रबन्ध करना.
- परिवार के सांस्कृतिक कार्य निम्नलिखित हैं—

  (क) सांस्कृतिक व्यवहारों की शिक्षा.

  (ख) प्रत्येक पीढ़ी के लिए संस्कृति का संचरण.
- धार्मिक कार्यों के क्षेत्र में तो परिवार का एकाधिकार ही है. प्रत्येक परिवार किसी-न-किसी धर्म में अवश्य विश्वास करता है और इस धर्म से सम्बन्धित आचरण और आदर्शों की ही सीख बच्चों को भी देता है.
- **गोल्डस्टीन** का मत है, "परिवार वह स्थान है जिसमें भविष्य का जन्म होता है और ऐसा शिशुगृह है जिसमें एक नवीन प्रजातान्त्रिक सामाजिक व्यवस्था का निर्माण होता है. परम्परा के द्वारा परिवार अतीत से सम्बन्धित है लेकिन सामाजिक उत्तरदायित्वों और सामाजिक विश्वास के आधार पर यह भविष्य से भी सम्बन्धित है."
- **मॉरर** के अनुसार, "पारिवारिक विघटन का अर्थ पारिवारिक सम्बन्धों में बाधा पड़ना है, अथवा यह संघर्षों की शृंखला का वह चरम रूप है जो परिवार की

एकता को खतरा पैदा कर देता है. ये संघर्ष किसी प्रकार के भी हो सकते हैं और संघर्षों के इसी क्रम को पारिवारिक विघटन कहा जाता है."

- इलिएट और मैरिल ने पारिवारिक विघटन के छः कारण बतलाये हैं, जो निम्नवत् हैं—

  (i) सामाजिक संरचना में परिवर्तन.
  (ii) परिवार के कार्यों में परिवर्तन.
  (iii) वैयक्तिक तनाव.
  (iv) सामाजिक तनाव.
  (v) आर्थिक तनाव.
  (vi) व्यावसायिक तनाव.

- **श्री पणिक्कर** का मत है, "हिन्दू समाज की इकाई व्यक्ति नहीं वरन् संयुक्त परिवार है."
- संयुक्त परिवार की निम्नलिखित विशेषताएँ हैं—

  (i) बड़ा आकार.
  (ii) सहयोगी व्यवस्था.
  (iii) संयुक्त सम्पत्ति.
  (iv) सामान्य निवास स्थान तथा रसोई.
  (v) सदस्यों में निश्चित संस्तरण.
  (vi) कर्त्ता का सर्वोच्च स्थान.
  (vii) समाजवादी प्रकृति.
  (viii) असीमित उत्तरदायित्व.
  (ix) परम्पराओं की प्रधानता.
  (x) तुलनात्मक स्थायित्व.

- अंग्रेजी भाषा के 'Kinship' शब्द की हिन्दी सगोत्रता, बंधुत्व, नातेदारी एवं स्वजन की गई है. नातेदारी एवं विवाह जीवन के आधारभूत तथ्य हैं. यौन इच्छा विवाह को जन्म देती है, और विवाह परिवार एवं नातेदारी को.
- **रेडिक्लिफ ब्राउन** के अनुसार, "नातेदारी सामाजिक उद्देश्यों के लिए स्वीकृत वंश सम्बन्ध है जो कि सामाजिक सम्बन्धों के परम्परागत सम्बन्धों का आधार है."
- **चार्ल्स विनीक** के अनुसार, "नातेदारी व्यवस्था में समाज द्वारा मान्यता प्राप्त वे सम्बन्ध आ सकते हैं जो कि अनुमानित और वास्तविक वंशावली सम्बन्धों पर आधारित हों".
- **डॉ. एच. आर. रिवर्स** के अनुसार, "सगोत्रता की मेरी परिभाषा उस सम्बन्ध से है जो वंशावलियों के माध्यम से निर्धारित तथा वर्णित की जा सकती है."
- **लूसी मेयर** के अनुसार, "बंधुत्व में सामाजिक सम्बन्धों को जैविक शब्दों में व्यक्त किया जाता है."
- **रॉबिन फोक्स** के मतानुसार, "नातेदारी केवल मात्र स्वजन अर्थात् वास्तविक अथवा कल्पित समरक्तता वाले व्यक्तियों के मध्य सम्बन्ध है."
- मोटेतौर पर हम नातेदारी में उन व्यक्तियों को सम्मिलित करते हैं जिनसे हमारा सम्बन्ध वंशावली के माध्यम से होती है और वंशावली सम्बन्ध परिवार से उत्पन्न होते हैं एवं परिवार पर ही आश्रित होते हैं. ऐसे सम्बन्धों को समाज की स्वीकृति आवश्यक है.
- सामाजिक सम्बन्धों में से सार्वभौमिक और आधारभूत सम्बन्ध वे हैं जो प्रजनन पर आधारित होते हैं. प्रजनन की इच्छा दो प्रकार के सम्बन्धों को जन्म देती है.

  (i) माता-पिता एवं सन्तानों के बीच तथा भाई-बहिन के बीच बनने वाले सम्बन्ध को हम समरक्ता के सम्बन्ध कहते हैं.
  (ii) पति-पत्नी के बीच बनने वाले सम्बन्ध एवं इन दोनों पक्षों के बीच बनने वाले सम्बन्ध, जिन्हें हम विवाह सम्बन्ध कहते हैं.

- प्राथमिक सम्बन्धी वे हैं जिनसे हमारा सीधा सम्बन्ध है या जिनके सम्बन्ध को प्रकट करने के लिए कोई और सम्बन्धी बीच में नहीं है.
- एक परिवार में आठ प्रकार के प्राथमिक सम्बन्धी हो सकते हैं, सात रक्त सम्बन्धी और एक विवाह सम्बन्धी होता है. पिता-पुत्री, पिता-पुत्र, माता-पुत्री, माता-पुत्र, भाई-भाई, बहिन-बहिन, भाई-बहिन ये सभी रक्त सम्बन्धी हैं. पति पत्नी का प्राथमिक सम्बन्ध विवाह पर आधारित है.
- द्वितीयक सम्बन्धी, प्राथमिक सम्बन्धियों के प्राथमिक सम्बन्धी हैं. उदाहरण के लिए, एक व्यक्ति की दादी उसकी द्वितीयक सम्बन्धी है, क्योंकि दादी से पोते का सम्बन्ध पिता के द्वारा है और पिता तथा पिता की माता आपस में प्राथमिक सम्बन्धी हैं.
- तृतीयक सम्बन्धी वे हैं, जो हमारे द्वितीयक सम्बन्धियों के प्राथमिक सम्बन्धी हैं या हमारे प्राथमिक सम्बन्धियों के द्वितीयक सम्बन्धी हैं.
- **मजूमदार एवं मदान** के अनुसार, "सगोत्र सूचक शब्द ऐसी संज्ञाएँ होती हैं जिनका प्रयोग विभिन्न प्रकार के सम्बन्धों के उल्लेख के लिए किया जाता है".
- मॉर्गन पहला विद्वान् था जिसने नातेदारी शब्दावलियों के अध्ययन में महत्वपूर्ण योगदान दिया. उसने न्यूयॉर्क राज्य की इराक्विस जनजाति का जीवनपर्यन्त अध्ययन किया.

- मॉर्गन ने विश्व में प्रचलित नातेदारी शब्दों का अध्ययन करके उन्हें मुख्य रूप से दो भागों में बाँटा है.
    1. वर्गात्मक सम्बन्ध सूचक संज्ञाएँ (Classificatory terminology)
    2. वर्णात्मक सम्बन्ध सूचक संज्ञाएँ (Descriptive Terminology)
- वर्गात्मक पद्धति के अन्तर्गत एक शाखीय एवं भिन्न शाखीय कई व्यक्तियों और प्रायः विवाह मूलक सम्बन्धियों के लिए एक ही सम्बन्ध सूचक शब्द का प्रयोग किया जाता है.
- वर्णनात्मक पद्धति यथार्थ सम्बन्ध सूचक होती हैं और केवल उन्हीं व्यक्तियों के लिए प्रयुक्त होते हैं जिनके सन्दर्भ में या जिनको सम्बोधित करते हुए बात कही जाती है.
- परिहार का आशय है कि कुछ सम्बन्धी आपस में विमुखता बरतें, एक-दूसरे से दूरी बनाए रखने का प्रयत्न करें और पारस्परिक सामाजिक अन्तःक्रिया को टालने का प्रयास करें.
- परिहार के सम्बन्ध भाई-बहिन, सास-दामाद, सास-बहू, सुसर-पुत्रवधू, ससुर-दमाद, ज्येष्ठ एवं छोटे भाई की पत्नी स्त्री के पति और पत्नी की बड़ी बहिन आदि सम्बन्धियों के बीच देखने को मिलता है.
- परिहास सम्बन्धों के अन्तर्गत दो रिश्तेदारों के मध्य परस्पर हँसी-मजाक, गाली-गलौज, यौन सम्बन्धी अश्लील और भद्दे कथन, एक-दूसरे के सम्पत्ति को नुकसान पहुँचाना आदि सम्मिलित किए जाते हैं. इस प्रकार के सम्बन्ध मुख्यतः विवाह सम्बन्धियों के बीच पाए जाते हैं. जैसे—जीजा-साली, जीजा-साला, देवर-भाभी परिहास, ननद-भाभी परिहास, मामा-भांजा, मामी-भांजा आदि.
- अरापोह समाज में जीजा-साली में से कोई भी अगर देर तक सोता है, पहले जगाने वाला, सोने वाले पर ठण्डा पानी डाल सकता है और परस्पर चुम्बन का आदान-प्रदान भी कर सकता है.
- मातृसत्तात्मक परिवार में मामा का अधिक महत्व और विशेषाधिकार होता है. वैसे ही पितृसत्तात्मक परिवार में पिता ही बहन (बुआ) जिसे पितृश्यता कहते हैं का विशेष महत्व पाया जाता है.
- डॉ. रिवर्स ने बैक्सद्वीप में पितृश्वश्रेय परिवार का प्रचलन पाया है. वहाँ बुआ ही भतीजे के लिए वधू ढूँढ़ती है, भतीजा माँ से अधिक बुआ का सम्मान करता है. वही बुआ की सम्पत्ति का उत्तराधिकारी होता है और उसकी सम्पत्ति को मनमाने ढंग से खर्च कर सकता है.
- सह-प्रसविता प्रथा का सम्बन्ध प्रसवकाल से है. कुछ जनजाति समाजों में जब पत्नी के सन्तान होने वाली हो तब पुरुष को उन सारे निषेधों का पालन करना पड़ता है जिनका पालन उसकी पत्नी करती है. वह भी उसी प्रकार के कष्टों को झेलता है, जो कष्ट प्रसवा को होते हैं. वह भी पथ्य का भोजन करता है, उसे भी प्रसवा पत्नी के कमरे में ही रखा जाता है तथा उसे भी प्रसवा की तरह अछूत माना जाता है.
- भारत में खासी व टोड़ा जनजाति में सह-प्रसविता प्रथा प्रचलित है. एक खासी पति को पत्नी की तरह नदी पार करने एवं कपड़े धोने की उस समय तक मनाही रहती है जब तक कि सन्तान होने के बाद देवी-देवताओं की पूजा नहीं कर ली जाती है.
- मैलिनोवस्की ने सहप्रसविता को वैवाहिक सम्बन्धों को अधिक दृढ़ बनाने और पैतृक प्रेम प्राप्त करने का एक सामाजिक क्रियातंत्र माना है.
- **मरडॉक** के अनुसार, "वंशानुक्रम पूर्णतः एक सांस्कृतिक सिद्धान्त की ओर संकेत करता है जिसमें एक व्यक्ति को सामाजिक दृष्टि से एक विशेष रक्त सम्बन्धी से जोड़ा जाता है."
- **फोरटेस** के अनुसार, "एक वंशानुक्रम समूह व्यक्तियों की ऐसी व्यवस्था है जो वैध सामाजिक एवं वैयक्तिक उद्देश्यों को प्राप्त करने में सहायक होती है."
- रिवर्स ने 1907 में ब्रिटिश एसोसिएशन के समक्ष वंशानुक्रम की परिभाषा इस प्रकार से दी है, "वंशानुक्रम का तात्पर्य ऐसे समूह से है जिसकी सदस्यता जन्मजात है, जहाँ लोग यह निश्चित कर सकते हैं कि वे माता-पिता में से किस पक्ष के हैं."
- मोटेतौर पर कहा जा सकता है कि वंशानुक्रम वह जैविकीय एवं सामाजिक सांस्कृतिक व्यवस्था है जो सन्तानों को उनके माता-पिता एवं पूर्वजों से जोड़ती है.
- पृथक्-पृथक् समाजों में वंशानुक्रम निर्धारण की तीन अलग-अलग विधियाँ हैं—
    (1) पितृ पक्ष.
    (2) मातृ पक्ष.
    (3) द्विपक्षीय.
- **लूसी मेयर** की मान्यता है कि "सरल प्रविधि वाले समाजों में किसी व्यक्ति का समाज में स्थान, उसके अधिकार एवं कर्त्तव्य, सम्पत्ति पर उसका दावा, अधिकतर दूसरे सदस्यों के साथ उसके जन्मजात सम्बन्धों पर निर्भर होते हैं. ऐसे समाजों में संगठन के

चाहे जो भी सिद्धान्त हों, प्राथमिक समूह बन्धुत्व से जुड़े रहते हैं."

- मरडॉक ने 6 प्रकार के निवासों का वर्णन किया है—
  (i) पितृस्थानीय (Patrilocal)
  (ii) मातृस्थानीय (Matrilocal)
  (iii) मातृपितृस्थानीय (Matri-Patrilocal)
  (iv) नवस्थानीय (Neolocal)
  (v) मामा स्थानीय (Avuneulocal)
  (vi) द्विस्थानीय (Dilocal)

धर्म और जादू (Religion and Magic)

धर्म और जादू अलौकिक शक्तियों से जुड़े हुए हैं तथा काफी सीमा तक एक-दूसरे से सम्बन्ध रखते हैं. जब प्राकृतिक शक्तियों को अपने वश में करके अपने उद्देश्य की प्राप्ति की कोशिस की तो जादू की उत्पत्ति हुई. जब आलौकिक शक्तियों के प्रति समर्पण करने तथा उनकी पूजा द्वारा अपने उद्देश्यों की प्राप्ति का प्रयास प्रारम्भ हुआ तो धर्म की उत्पत्ति हुई. जादू की उत्पत्ति धर्म से पहले हुई मानी जाती है.

धर्म की अवधारणा

धर्म एक जटिल एवं बहुपक्षीय अवधारणा है. यह प्रत्येक समाज में व्यक्तियों के सामाजिक जीवन में महत्वपूर्ण स्थान रखता है. किसी अलौकिक शक्ति की पूजा करना या उसे प्रसन्न रखना धर्म कहा जाता है. शाब्दिक दृष्टि से इसका अर्थ संस्कारों के प्रतिपादन से है. इसे निम्नलिखित प्रकार से परिभाषित किया गया है—

1. **टॉयलर** के अनुसार, "धर्म आध्यात्मिक शक्तियों में विश्वास का नाम है. ये शक्तियाँ दैविक या राक्षसी दोनों ही प्रकार की हो सकती हैं."
2. **फ्रेंजर** के अनुसार, "धर्म से अभिप्राय मनुष्य में श्रेष्ठ उन शक्तियों की सन्तुष्ट या आराधना से है जिनके सम्बन्ध में यह विश्वास किया जाता है कि वे प्रकृति और मानव जीवन को मार्ग दिखलाती और नियन्त्रित करती है."
3. **मजूमदार एवं मप्त** के अनुसार, "धर्म किसी भय की वस्तु अथवा शक्ति का मानवीय प्रत्युत्तर तथा अनुकूलन का वह प्रकार है जो लोगों के अलौकिक शक्ति के अर्थ में प्रभावीत होता है."
4. **मैलिनोवस्की** के अनुसार, "धर्म के अन्तर्गत मनुष्य का वह सारा व्यवहार आ जाता है, जिससे वह अपनी दैनिक अनिश्चिता को दूर कर देना चाहता है. अनपेक्षित तथा अज्ञात से मनुष्य को भय बना रहता है, वह उसे पार कर लेता है. धर्म जब प्रथम बार उत्पन्न हुआ तब वह मनुष्य की आशाओं तथा आकांक्षाओं का परिणाम नहीं था, बल्कि वह किसी अज्ञात शक्ति के प्रति भय का परिणाम था."

उपर्युक्त परिभाषाओं से यह स्पष्ट हो जाता है कि धर्म आज्ञात शक्ति के प्रति विश्वास है. यह जीवन का एक सत्य है और प्रत्येक समाज में किसी-न-किसी रूप में पाया जाता है.

धर्म के तत्व

धर्म के निम्नांकित प्रमुख तत्व हैं—

1. **पवित्र विश्वास**—पवित्र विश्वास धर्म का प्रमुख तत्व है. धर्म के साथ हमेशा कुछ घटनाओं व वस्तुओं के प्रति पवित्र विश्वास जुड़े हुए हैं, **जैसे**—पीपल का पेड़, गंगा पवित्र है.
2. **संवेगात्मक भावनाएँ**—संवेगात्मक भावनाएँ पवित्र विश्वासों के प्रति दृढ़ श्रद्धा उत्पन्न करती है. प्रेत और भय इन भावनाओं का प्रमुख आधार है.
3. **धर्म आचरण**–अलौकिक शक्तियों को खुश करने के लिए कुछ विधान होते हैं. जो आराधना के तरीके होते हैं. इनका लक्ष्य देवी-देवताओं को प्रसन्न करना होता है.
4. **प्रतीक**–प्रत्येक धर्म के साथ कुछ प्रतीक जुड़े होते हैं. ये प्रतीक मूर्त तथा अमूर्त दोनों रूप में हो सकते हैं.

धर्म की प्रमुख विशेषताएँ

धर्म की प्रमुख विशेषताएँ निम्नलिखित हैं—

1. **अलौकिक शक्ति में विश्वास**—धर्म अलौकिक शक्ति पर विश्वास है जिसे देखा नहीं जा सकता. विश्वास के आधार पर व्यक्ति अलौकिक शक्ति के प्रति श्रद्धा-भाव रखता है.
2. **आत्मसमर्पण**—अलौकिक शक्ति में विश्वास के कारण व्यक्ति में अलौकिक शक्ति के प्रति समर्पण की भावना पाई जाती है.
3. **सफलता की अनिश्चिता**—यद्यपि धर्म व्यक्ति को शुभ कार्यों के लिए प्रेरित करता है फिर भी इसमें सफलता की अनिश्चिता पाई जाती है.
4. **पूजा की विशिष्ट प्रक्रिया**—प्रत्येक धर्म में पूजा उपसना की एक विशिष्ट प्रक्रिया होती है. इसमें जादू-मन्त्रों का विशेष स्थान रहता है.
5. **उद्वेग**—धर्म व्यक्तियों के मन में उद्वेग पैदा करता है. इन्हीं उद्वेगों के कारण व्यक्ति धर्म का पालन करता है.

6. **पूजा-पाठ**—अलौकिक शक्ति की प्रसन्नता के लिए धर्म के साथ पूजा-पाठ अनिवार्य रूप से जुड़ा हुआ है.
7. **आत्मशुद्धि**—धर्म में आत्म-शुद्धि पर बल दिया जाता है, क्योंकि ऐसा विश्वास किया जाता है कि आत्मशुद्धि ही व्यक्ति को मनोबल प्रदान करती है.
8. **संस्कार एवं उत्सव**—प्रत्येक धर्म के अन्तर्गत अनेक संस्कार एवं उत्सव भी पाये जाते हैं. धर्म की अभिव्यक्ति इन्हीं संस्कार एवं उत्सवों के माध्यम से होती है.

जादू की अवधारणा

आदिकाल में धर्म और जादू आपस में जुड़े हुए थे. जादू धर्म से पुराना माना जाता है. जादू का सम्बन्ध अलौकिक शक्तियों को अपने वश में करके अपना कार्य सिद्ध करने से है. इसका उद्देश्य ऐसे कार्य सिद्ध करने से है जिन्हें मनुष्य सामान्य रूप से अपनी शक्ति द्वारा नहीं कर सकता. इसका विकास मानव को कठिन परिस्थितियों में सहायता पहुँचाने तथा दुःखों को दूर करने के साधन के रूप में हुआ. इसे निम्नलिखित प्रकार से परिभाषित किया है—

1. **रॉस** के अनुसार, "जादू प्रविधियों एवं सूत्रों के प्रयोग द्वारा प्राकृतिक शक्तियों को नियन्त्रण में लेने की एक कला है."
2. **फ्रेजर** के अनुसार, "जादू एक आभासी विद्वान् है जिसमें कार्य-कारण सम्बन्ध के एक जटिल नियम के अनुसार प्रकृति पर दबाव डाला जाता है."
3. **एस. सी दुबे** के अनुसार, "जादू उस शक्ति विशेष का नाम है; जिससे अतिमानवीय जगत् पर नियन्त्रण प्राप्त किया जा सके और उसकी क्रियाओं को इच्छानुसार भले या बुरे, शुभ या अशुभ प्रयोग में लाया जा सके."
4. **जॉनसन** के अनुसार, "जब किसी कार्य के उद्देश्य अनुमानाश्रित होते हैं और साधन अलौकिक, तो उस क्रिया को जादू कहते हैं."

उपर्युक्त परिभाषाओं से यह स्पष्ट हो जाता है कि जादू से अभिप्राय व्यक्ति द्वारा अलौकिक शक्ति को अपने अधिकार में लेकर अपने उद्देश्य पूर्ति हेतु प्रयोग करना है.

जादू के प्रकार

फ्रेजर ने जादू के दो प्रकारों—अनुकरणात्मक जादू एवं सांसर्गिक जादू का उल्लेख किया है.

1. **अनुकरणात्मक जादू** (Imitative Magic)—यह जादू 'समान क्रिया का समान परिणाम' (Like produces like) अर्थात् 'समानता का नियम' (Law of similarity) पर निर्भर है. इसके अन्तर्गत जिस प्रकार की जुदाई क्रिया की जाती है. जिसके परिणाम भी समानधर्मी अर्थात् वैसे ही होते हैं, जैसे किसी व्यक्ति का पुतला बनाकर उसमें सुइयाँ चुभोने पर ऐसा कहा जाता है कि वास्तव में इनका दर्द उस व्यक्ति के भी होगा जिसका पुतला बनाया गया है.
2. **सांसर्गिक जादू** (Contagious Magic)—यह जादू 'सम्पर्क या संसर्ग के नियम' (Law of Contact) पर निर्भर है जिसका आशय है कि जो वस्तु एक बार हमारे सम्पर्क में आ जाती है, हमेशा वह सम्पर्क में ही रहती है. अतः उन वस्तुओं पर जादुई क्रिया करने का प्रभाव हम पर भी पड़ेगा. इसलिए ही लोग जादू करने के लिए व्यक्ति के कपड़े, बाल, नाखून आदि पर जादुई क्रियाएँ करते हैं.

डॉ. दुबे ने तीन प्रकार के जादुओं का उल्लेख किया है—

1. **संबर्द्धक जादू**—इसका उद्देश्य उत्पादन बढ़ाना, वर्षा लाना एवं व्यापार में लाभ कमाना होता है.
2. **संरक्षक जादू**—इसका उद्देश्य दूसरे जादूगर द्वारा किये गये जादू से रक्षा, सम्पत्ति की सुरक्षा एवं दुर्भाग्य से बचना है.
3. **विनाशक जादू**—इसका उद्देश्य दूसरों को मारना या हानि पहुँचाना व बीमार करना होता है.

मैलिनोवस्की ने दो प्रकार के जादू बताएँ हैं—सफेद एवं काला जादू. सफेद जादू का उद्देश्य दूसरों की भलाई करना होता है और उसे सामाजिक स्वीकृति प्राप्त होती है. काला जादू दूसरों को हानि पहुँचाने के लिए किया जाता है.

जादुई क्रियाओं के तत्व

जादुई क्रियाओं में अनेक तत्व पाये जाते हैं. मैलिनोवस्की ने इनमें से चार प्रमुख कही हैं—

1. **मन्त्र**—मन्त्रों को जादुई क्रिया का आधारभूत तत्व माना गया है जिसके बिना जादुई क्रिया सम्पन्न नहीं होती. यन्त्रों में ही वह शक्ति मानी जाती है जो अलौकिक शक्ति को अपने वश में कर लेती है.
2. **भौतिक पदार्थ**—भौतिक पदार्थ का प्रयोग भी जादुई क्रिया से जुड़ा हुआ है. काले जादू में कटार या चाकू या जहरीली वस्तुएँ प्रयोग होती हैं तो सफेद जादू में इत्र, फूल या दूसरे प्रकार की वस्तुएँ प्रयोग में लायी जाती हैं.
3. **क्रियाओं की नियमबद्धता**—जादुई क्रिया में नियमबद्धता पायी जाती है अर्थात् जादुई क्रिया मनमाने तरीके से नहीं की जा सकती. इसे करने की एक निश्चित विधि तथा क्रम होता है.
4. **संवेगों की अभिव्यक्ति**—प्रत्येक प्रकार की जादुई क्रिया में जादूगर के चेहरे पर जादुई उद्देश्यों के अनुरूप संवेगों की अभिव्यक्ति होती है. उदाहरण के लिए काले जादू

को करते समय जादूगर के चेहरे पर क्रूरता के भाव देखे जा सकते हैं.

धर्म एवं जादू (Religion and Magic)

धर्म एवं जादू दोनों का सम्बन्ध अलौकिक शक्ति से है, दोनों का सम्बन्ध मानसिक तनावों एवं उद्वेगों से मुक्त करना है फिर भी दोनों में अन्तर पाया जाता है, जैसे—

(i) धर्म में अलौकिक शक्ति की पूजा व आराधना की जाती है, व्यक्ति उसके सम्मुख झुकता है, जबकि जादू में व्यक्ति अलौकिक शक्तियों को आदेश करता है उसे अपने नियन्त्रण में करता है.

(ii) धर्म को पवित्र एवं जादू को अपवित्र माना जाता है.

(iii) धर्म सामाजिक तथ्य है, जादू व्यक्तिगत.

(iv) धर्म में प्रार्थना सफल व असफल हो सकती है जादू में सफलता की ही कामना की जाती है.

(v) जादू में विज्ञान की तरह कार्य-कारण पर प्रभाव डालते हैं, धर्म में ऐसा कुछ नहीं होता.

वस्तुनिष्ट प्रश्न

निर्देश—आगामी 1 से 7 तक के प्रश्नांशों में वक्तव्य हैं. एक को 'कथन A' तथा दूसरे को 'कारण R' कहा गया है. आपको दोनों वक्तव्यों का सावधानीपूर्वक परीक्षण करना है और निर्णय करना है कि क्या 'कथन A' और कारण R' पृथक्-पृथक् सही हैं और यदि ऐसा है, तो क्या कारण, कथन का सही स्पष्टीकरण है. इन प्रश्नांशों के उत्तर नीचे दिए हुए कूट की सहायता से चुनिए—

कूट :

(A) (A) और (R) दोनों सही हैं और (R), (A) का सही स्पष्टीकरण है

(B) (A) और (R) दोनों सही हैं और (R), (A) का सही स्पष्टीकरण नहीं है

(C) (A) सही है, परन्तु (R) गलत है

(D) (A) गलत है, परन्तु (R) सही है

1. **कथन (A)** : विस्तृत परिवार के सदस्य खासतौर से एक ही मकान में साथ-साथ रहते हैं या पास के मकान में रहते हैं.

   कारण (R) : वे एक एकीकृत आर्थिक इकाई के रूप में कार्य करते हैं.

2. **कथन (A)** : नातेदारी, स्पष्टतया परिवार की अपेक्षा एक वृहत् श्रेणी है.

   कारण (R) : इसमें न केवल पति, पत्नी तथा उनके बच्चे, बल्कि दादा-दादी, चाचा-चाची एवं चचेरे लोग भी शामिल होते हैं.

3. वह धन या सम्पत्ति क्या कहलाता है जो एक मुस्लिम पति अपनी पत्नी को विवाह के उपलक्ष्य में देता है ?

   (A) वर-मूल्य (B) कन्या-मूल्य
   (C) मेहर (D) वर-मूल्य

4. उस अधिकार को क्या कहते हैं जब मुसलमानों में नाबालिक बच्चों का विवाह हो जाने पर यदि वे चाहें, तो बालिग होने पर ऐसे विवाह को समाप्त कर सकते हैं ?

   (A) तलाके हसन (B) इद्दत
   (C) नियान (D) खयार-उल-बुलूग

5. मुसलमानों में विवाह की एक आवश्यक शर्त को कहते हैं—

   (A) मेहर
   (B) पर्दा रखना
   (C) इनमें से कोई भी नहीं
   (D) पत्नी को खर्च-ए-पान-दान देना

6. किस अधिनियम के अन्तर्गत एक हिन्दू किसी भी जाति या धर्म को मानने वाली स्त्री से विवाह कर सकता है ?

   (A) हिन्दू विवाह अधिनियम, 1955
   (B) विशेष विवाह अधिनियम, 1954
   (C) आर्ष-विवाह वैधानिकरण अधिनियम, 1937
   (D) शरीयत अधिनियम, 1937

7. यह किसका कथन है "परिवार ही एक ऐसा समूह है जिसे मनुष्य पशु अवस्था से अपने साथ लाया है ?"

   (A) ब्रिफाल्ट का (B) मरडॉक का
   (C) टॉयलर का (D) मैलिनोवस्की का

8. 'Family' शब्द का उद्भव 'Famulus' शब्द से हुआ है. Famulus शब्द किस भाषा का है—

   (A) अमरीकन (B) अंग्रेजी
   (C) लैटिन (D) हिब्रू

9. यह कथन किसका है, "परिवार पर्याप्त निश्चित यौन सम्बन्ध द्वारा परिभाषित ऐसा समूह है जो बच्चों के जनन एवं लालन-पालन की व्यवस्था करता है ?"

   (A) टॉयलर का
   (B) मेकाइवर एवं पेज का
   (C) मरडॉक का
   (D) डॉ. दुबे का

10. यह कथन किसका है, "परिवार में स्त्री और पुरुष दोनों को सदस्यता प्राप्त रहती है, उनमें से कम-से-कम दो विपरीत यौन व्यक्तियों को यौन सम्बन्धों की सामाजिक स्वीकृति रहती है और उनके संसर्ग से उत्पन्न सन्तान मिलकर परिवार का निर्माण करते हैं ?"
(A) डॉ. रिवर्स (B) मजूमदार
(C) डॉ. दुबे (D) लूसी मेयर

11. सूची-I (अवधारणा) को सूची-II (स्पष्टीकरण) के साथ सुमेलित कीजिए और सूचियों के नीचे दिए गए कूट का प्रयोग कर सही उत्तर चुनिए—

सूची-I (अवधारणा)	**सूची-II (स्पष्टीकरण)**
(a) विवाह सम्बन्धी	1. पुरुष पूर्वज नातेदारी
(b) वंशानुक्रम	2. तीन पीढ़ियों के सम्बन्धी
(c) पितृबन्धु	3. पत्नी
(d) कुल	4. माता
	5. संदिग्ध वंशानुक्रम

कूट :

	(a)	(b)	(c)	(d)
(A)	3	5	1	2
(B)	2	1	4	3
(C)	3	1	4	2
(D)	2	5	1	3

12. सूची-I (आवास) को सूची-II (किसके साथ आवास) से सुमेलित कीजिए और सूचियों के नीचे दिए गए कूट का प्रयोग कर सही उत्तर चुनिए—

सूची-I (आवास)	**सूची-II (किसके साथ आवास)**
(a) मातृस्थानिक आवास	1. वधू के मामा
(b) पितृस्थानिक आवास	2. वर के माता-पिता
(c) मातुलस्थानिक आवास	3. वधू के माता-पिता
(d) उभयस्थानिक आवास	4. वधू की बड़ी बहिन
	5. वधू अथवा वर के सम्बन्धी

कूट :

	(a)	(b)	(c)	(d)
(A)	5	2	1	3
(B)	3	1	4	5
(C)	5	1	4	3
(D)	3	2	1	5

13. सूची-I (शब्द) को सूची-II (अवधारणा) के साथ सुमेलित कीजिए और सूचियों के नीचे दिए गए कूट का प्रयोग कर सही उत्तर चुनिए—

सूची-I (शब्द)	**सूची-II (अवधारणा)**
(a) परिहार	1. विवाह
(b) संयुक्त परिवार	2. नातेदारी समूह
(c) गोत्र	3. बहिर्विवाह
(d) साली-विवाह	4. नातेदारी प्रयोग
	5. पंथ

कूट :

	(a)	(b)	(c)	(d)
(A)	3	5	1	4
(B)	4	2	3	1
(C)	3	2	1	4
(D)	4	5	3	1

14. 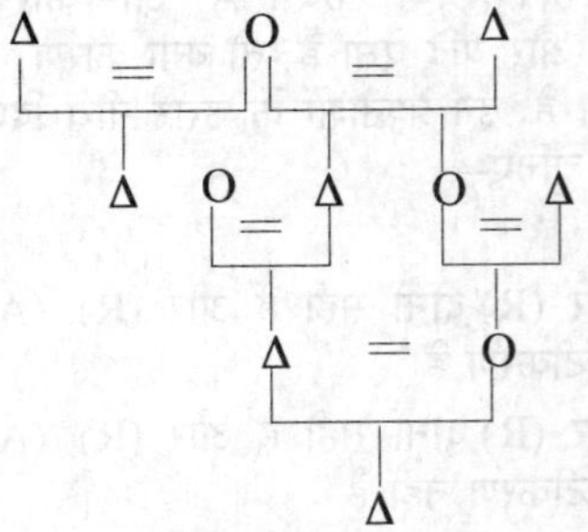

उपर्युक्त आरेख, निम्नलिखित में से कौनसे सम्बन्ध दर्शाता है?
(A) बहुपत्नी विवाह तथा विलिंग सहोदर विवाह
(B) बहुपति विवाह तथा साली-विवाह
(C) मातृसत्तात्मक संयुक्त परिवार
(D) बहुपति विवाह तथा विलिंग सहोदर विवाह

15. निम्नलिखित में से कौनसा समूह सही सुमेलित है?
(A) प्राथमिक समरक्तता : रक्त सम्बन्धी
(B) द्वैतीयक नातेदारी : पत्नी
(C) विस्तारित परिवार : द्वैतीयक समूह
(D) बहुपति विवाह : पत्नियों की बहुलता

16. जो विवाह सदैव, एक निश्चित समूह के सम्बन्धों के बाहर होता है, उसे कहते हैं—
(A) अनुलोम विवाह (B) अन्तर्विवाह
(C) बहिर्विवाह (D) प्रतिलोम विवाह

17. हिन्दू परम्परागत विश्वास के अनुसार, विवाह एक—
(A) समझौता है (B) संस्कार है
(C) बन्धन है (D) औपचारिकता है

18. निम्नलिखित विशेषताओं पर विचार कीजिए—
    1. पति एक अनियमित आगन्तुक हो सकता है.
    2. पत्नियाँ उनके पतियों के घर आकर रहती हैं.
    3. साधारणतया बच्चों का माता के परिवार की सम्पत्ति पर अधिकार नहीं होता है.
    4. पिता परिवार का सर्वोच्च मुखिया होता है.

    इनमें से कौनसी पितृसत्तात्मक परिवार की विशेषताएँ हैं?

    कूट :
    (A) 2, 3 तथा 4 (B) 1, 3 तथा 4
    (C) 2 तथा 3 (D) 1, 2 तथा 4

19. निम्नलिखित में से कौनसी एक विशेषता परिवार को मातृसत्तात्मक तथा पितृसत्तात्मक परिवार में वर्गीकृत करती है?
    (A) पति या पत्नी का आवास
    (B) लैंगिक श्रम-विभाजन
    (C) एक ही पूर्वज के वंशानुक्रम
    (D) स्त्री तथा पुरुष की विभिन्न शक्तियाँ

20. उद्‌विकास की निम्नलिखित अवस्थाओं पर विचार कीजिए—
    1. एक विवाह 2. बहुपत्नी विवाह
    3. बहुपति विवाह 4. स्वच्छन्द सम्भोग

    एकपक्षीय उद्‌विकासवादियों के अनुसार, इन उद्‌विकासों का सार्वभौमिक रूप से सही क्रम है—
    (A) 3, 4, 1 तथा 2 (B) 4, 3, 1 तथा 2
    (C) 4, 3, 2 तथा 1 (D) 3, 4, 2 तथा 1

21. विवाह को किसने बच्चों को पैदा करने और पालन-पोषण करने के लिए एक 'संविदा' के रूप में परिभाषित किया है ?
    (A) मैलिनोवस्की (B) वेस्टरमार्क
    (C) मरडॉक (D) टेलर

22. निम्नलिखित में से कौनसी जनजातियों में बहुपति प्रथा का चलन था ?
    (A) टोडा, कोटा, खस, भील और गोंड
    (B) कोटा, खासा, टोडा और भील
    (C) टोडा, कोटा और खस
    (D) केवल टोडा

23. मॉगर्न ने पाँच विभिन्न प्रकार के परिवार बताए हैं, वे हैं—
    1. सिनडेस्मियन 2. समूह विवाह
    3. समरक्त 4. एक विवाह
    5. पितृतन्त्रात्मक

    नीचे दिए गए कूट में से उत्तर चुनकर मॉर्गन द्वारा यथा–वर्णित, इनके प्रकटन का सही क्रम बताइये—
    (A) 3, 2, 5 और 4 (B) 2, 1, 3, 5 और 4
    (C) 1, 2, 3, 4 और 5 (D) 3, 2, 1, 5 और 4

24. सूची-I (विद्वान्) को सूची-II (परिवार पर मत) से सुमेलित कीजिए और सूचियों के नीचे दिए गए कूट का प्रयोग कर सही उत्तर चुनिए—

    सूची–I (विद्वान्)
    (a) मॉर्गन (b) वेस्टरमार्क
    (c) ब्रिफॉल्ट (d) मरडॉक

    सूची–II (परिवार पर मत)
    1. मानव समाज के प्रारम्भ में न तो विवाह था और नहीं परिवार था.
    2. पुरुषों द्वारा कब्जा जमाने की भावना से परिवार की उत्पत्ति हुई.
    3. सारे पारिवारिक मामलों में माँ की सर्वोच्च सत्ता का महत्व है.
    4. परिवार एक बहुप्रकार्यात्मक संस्था है.

    कूट :

	(a)	(b)	(c)	(d)
(A)	1	2	3	4
(B)	3	4	1	2
(C)	1	4	3	2
(D)	3	2	1	4

25. सूची-I को सूची-II से सुमेलित कीजिए तथा सूचियों के नीचे दिए गए कूट का प्रयोग करते हुए सही उत्तर चुनिए—

    सूची-I
    (a) पारिवारिक समूह
    (b) स्थानीय वंशानुक्रम समूह
    (c) वंश
    (d) कुल

    सूची-II
    1. खानदान 2. परिवार
    3. कुल 4. गोत्र
    5. प्रवर

    कूट :

	(a)	(b)	(c)	(d)
(A)	2	1	4	3
(B)	1	4	3	5
(C)	2	1	3	4
(D)	5	3	1	4

26. सूची-I को सूची-II से सुमेलित कीजिए तथा सूचियों के नीचे दिए गए कूट का प्रयोग करते हुए सही उत्तर चुनिए—

सूची-I

(a) फैमिली एण्ड किन इन इण्डो-यूरोपियन कल्चर
(b) किनशिप ऑर्गेनाइजेशन इन इण्डिया
(c) मैरिज एण्ड फैमिली इन इण्डिया
(d) फैमिली एण्ड किनशिप : ए स्टडी ऑफ दि पंडित्स इन रूरल कश्मीर

सूची-II

1. के. एस. कपाड़िया
2. टी. एन. मदन
3. इरावती कर्वे
4. जी. एस. घुरिए
5. मैकिम मैरियट

कूट :

	(a)	(b)	(c)	(d)
(A)	4	3	5	1
(B)	3	4	1	2
(C)	4	3	1	2
(D)	3	4	5	1

27. एक पुरुष सहपूर्वज के वंशजों को कहते हैं—
(A) पितृबन्धु (B) संगठन
(C) वंशबन्धु (D) भिन्नशाखीय स्वजन

28. उन आवास नियमों की पहचान कीजिए जिनसे वर-वधू विवाह के पश्चात् वर की माता के भाई के पास रहने आते हैं—
(A) पतिस्थानिक (B) पत्नीस्थानिक
(C) मातुल्यस्थानिक (D) नवस्थानिक

29. निम्नलिखित में से कौनसा एक युग्म सही सुमेलित नहीं है ?
(A) देवर-भाभी : परिहास सम्बन्ध
(B) माता के भाई के साथ सम्बन्ध : प्रायोगिक विवाह
(C) भ्राता-भगिनी : अधिमान्य प्रकार का विवाह
(D) पिता के भाई के साथ विवाह : अगम्यगम निषेध

30. क्रय द्वारा किया गया विवाह कहलाता है—
(A) आर्ष विवाह (B) असुर विवाह
(C) राक्षस विवाह (D) पैशाच विवाह

31. एक ऐसी व्यवस्था, जिसके अन्तर्गत एक स्त्री को नीची जाति के व्यक्ति से विवाह की अनुमति है, किन्तु इसके विपरीत विवाह की अनुमति नहीं है, कहलाती है—
(A) अनुलोम विवाह (B) प्रतिलोम विवाह
(C) स्वैरिता (D) बहुविवाह

32. विस्तृत परिवार मूल परिवार का उल्टा है, यह विद्यमान नहीं है—
(A) संयुक्त राज्य अमरीका में
(B) भारत में
(C) जापान में
(D) चीन में

33. निम्नलिखित में से कौनसा एक युग्म सही सुमेलित है ?
(A) बन्धुता व्यवहार : गोत्रज
(B) वर्गात्मक बन्धुत्व शब्द : वर्ग सम्बन्ध
(C) वर्णात्मक बन्धुत्व शब्द : विशिष्ट सम्बन्ध
(D) मातुल्य सम्बन्ध : ताऊ/चाचा

34.

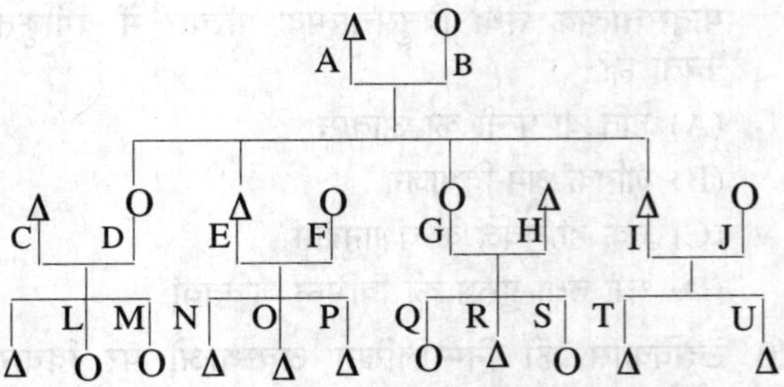

दिए गए बन्धुत्व आरेख के आधार पर जो चचेरे-मौसेरे भाई-बहिन नहीं हैं, उनमें सम्मिलित होंगे—
(A) L, M, Q और S (B) N, P, T और U
(C) Q, R, K और M (D) K, L, M और O

35. उत्तराधिकार और विरासत का पुरुष-ज्येष्ठाधिकार रूप अपनाया जाता था—
(A) मराठों में
(B) नायरों में
(C) कर्नाटक के ब्राह्मणों में
(D) नम्बूदरी ब्राह्मणों में

36. उत्तर भारत में अपनाए जाने वाले जीवन-साथी चयन प्रतिबन्धों में इरावती कर्वे चार नियम बताती हैं. निम्नलिखित में से कौनसा एक उक्त चार कुल नियम में सम्मिलित नहीं हैं ? एक पुरुष को उस स्त्री से विवाह नहीं करना चाहिए जो पुरुष के—
(A) पिता के गोत्र की हो
(B) माता के गोत्र की हो
(C) पिता के माता के गोत्र की हो
(D) माता के पिता के गोत्र की हो

37. जननिक विशेषताएँ प्रत्यक्ष हैं—
(A) वैवाहिक स्वजनों में
(B) समरक्त स्वजनों में

(C) एकशाखीय स्वजनों में
(D) द्विपक्षीय स्वजनों में

38. "स्त्रियों के लिए विवाह अनिवार्य कहा जाता है, क्योंकि यही एकमात्र संस्कार है जो उनके द्वारा सम्पन्न किया जाता है."
(A) पी. एच. प्रभु के अनुसार
(B) के. एम. कपाड़िया के अनुसार
(C) पी. वी. काणे के अनुसार
(D) ए. एस. आल्टेकर के अनुसार

39. यह कथन कि "यह जरूरी नहीं है कि आनुष्ठानिक रूप से विवाहित पति ही अपनी पत्नी से उत्पन्न बच्चों का 'वैधानिक जनक' हो." निम्नलिखित जातियों या समुदायों में से किस एक पर, पुराने जमाने में, लागू होता था ?
(A) कुर्गी
(B) नम्बूदरी
(C) नायर
(D) खासी

40. पी. कोलेन्डा ने भारत के नाभिकीय परिवार की कुछ संघटन कोटियाँ दी हैं. निम्नलिखित में से कौनसी एक कोलेन्डा द्वारा प्रस्तुत कोटियों में से नहीं है ?
(A) अनुपूरित नाभिकीय
(B) उपनाभिकीय
(C) एकल व्यक्ति-गृहस्थी
(D) अनुपूरित वंशज

निर्देश—आगामी 37 से 40 तक के वक्तव्यों में से पहले को 'कथन A' तथा दूसरे को 'कारण R' कहा गया है. आपको दोनों वक्तव्यों का सावधानीपूर्वक परीक्षण करना है और निर्णय करना है कि क्या 'कथन A' और, कारण R' पृथक्-पृथक् सही हैं और यदि ऐसा है तो क्या कारण, कथन का सही स्पष्टीकरण है. इन प्रश्नांशों का उत्तर नीचे दिए हुए कूट की सहायता से चुनिए—

कूट :
(A) (A) और (R) दोनों सही हैं और (R), (A) का सही स्पष्टीकरण है
(B) (A) और (R) दोनों सही हैं और (R), (A) का सही स्पष्टीकरण नहीं है
(C) (A) सही है, परन्तु (R) गलत है
(D) (A) गलत है, परन्तु (R) सही है

41. **कथन (A)** : वैवाहिक सम्बन्धों के लिए, उच्च जाति के लोगों में वर्ग चेतना, जाति चेतना से अधिक होती है.
कारण (R) : परिवार की आर्थिक स्थिति विवाह के तय होने में एक महत्वपूर्ण कारक है.

42. **कथन (A)** : यह मान लेना सही नहीं है कि मातृ-वंशीय परिवार रक्तसम्बन्धी परिवार है.
कारण (R) : रक्त सम्बन्धी होने के बावजूद भी नायरों में तारवाड में औपचारिक सम्बन्ध भी है.

43. **कथन (A)** : विवाह एक पुरुष तथा एक महिला का आपस में सम्मिलन है.
कारण (R) : यह लिंग-संभोग की वैधता को और सन्तानों की वैधता को प्रतिष्ठित करता है.

44. सूची–I को सूची–II के साथ सुमेलित कीजिए तथा सूचियों के नीचे दिए गए कूट का प्रयोग करते हुए सही उत्तर चुनिए—

सूची–I
(a) 'फैमिली एण्ड किनशिप अमंग पण्डित्य ऑफ कश्मीर'
(b) 'किनशिप एण्ड मैरिज'
(c) 'एलीमेन्ट्री स्ट्रक्चर्स ऑफ किनशिप'
(d) 'फैमिली एण्ड किनशिप इन इण्डोयोरोपियन कल्चर'

सूची–II
1. रॉबिन फॉक्स
2. जी. एस. घुरिये
3. राधाकमल मुखर्जी
4. टी. एन. मदान
5. लेवी स्ट्रॉस

कूट :

	(a)	(b)	(c)	(d)
(A)	3	1	5	2
(B)	4	1	5	2
(C)	4	2	3	5
(D)	2	1	4	3

45. **कथन (A)** : क्षेत्रीय बहिर्विवाह आवश्यक रूप से उत्तरी नातेदारी अंचल तक सीमित नहीं है.
कारण (R) : कर्नाटक के गंगादिकार ओक्कालिगा का 'देवरा वोक्कालु' क्षेत्रीय बहिर्विवाह का एक प्रकार था.

46. विवाह तथा परिवार मामलों से सम्बन्धित विवादों पर विचार करने के लिए परिवार न्यायालय अधिनियम पारित किया गया था, वर्ष—
(A) 1984 में
(B) 1961 में
(C) 1955 में
(D) 1971 में

47. निम्नलिखित युग्मों पर विचार कीजिए—
1. विवाह : समूह
2. परिवार : संस्था
3. कुल : सम्बन्धी
4. जनजाति : समुदाय

नीचे दिए गए कूट का प्रयोग करते हुए सही उत्तर चुनिए—

कूट :

(A) 2, 3 और 4

(B) 1 और 4

(C) 2 और 3

(D) 1, 2, 3 और 4

48. लेविरेट का अर्थ है—

(A) पत्नी के जीवित होते हुए किसी व्यक्ति का अपनी पत्नी की बहिन से विवाह करना

(B) पत्नी की मृत्यु के पश्चात् किसी व्यक्ति का पत्नी की बहिन से विवाह करना

(C) किसी महिला का पति की मृत्यु के बाद पति के भाई से विवाह करना

(D) किसी महिला का पति के जीवित होते हुए पति के भाई से विवाह करना

49. लक्षद्वीप का मुस्लिम समुदाय अनुसरण करता है—

(A) मातृवंशीय नातेदारी एवं द्विस्थानिक आवास का

(B) पितृतंत्रात्मक नातेदारी एवं नवस्थानिक आवास का

(C) मातृवंशीय नातेदारी एवं मातृस्थानिक आवास का

(D) पितृवंशीय नातेदारी एवं परिस्थानिक आवास का

50. निम्नलिखित में से किस एक समुदाय में पिता की बहिन की पुत्री के साथ विवाह की अनुमति है ?

(A) उत्तरी महाराष्ट्र के कुर्गों तथा मराठों में

(B) दक्षिणी महाराष्ट्र के मराठों तथा मैसूर (कर्नाटक) के ओक्कालिंगा

(C) सम्पूर्ण महाराष्ट्र के मराठों में

(D) कुर्गों में

51. सूची-I (विवाह के प्रकार) को सूची-II (जनजातियाँ) से सुमेलित कीजिए तथा सूचियों के नीचे दिए गए कूट का प्रयोग करते हुए सही उत्तर चुनिए—

सूची-I (विवाह का प्रकार)

(a) माँ के भाई के साथ विवाह

(b) भ्रातृत्व बहुपति-प्रथा

(c) भ्रातृक तथा अभ्रातृक बहुपति-प्रथा

(d) देवर-विवाह

सूची-II (जनजातियाँ)

1. टोडा
2. तिब्बती
3. कुर्ग
4. कर्नाटक के देशस्थ ब्राह्मण

कूट :

	(a)	(b)	(c)	(d)
(A)	1	4	2	3
(B)	4	1	2	3
(C)	4	1	3	2
(D)	1	4	3	2

52. भ्राता भगिनी संतति विवाह का एक रूप 'दूध लौटावा' प्रचलित है—

(A) मध्य प्रदेश के गोंडों में

(B) उड़ीसा के संथालों में

(C) छोटा नागपुर के मुंडाओं में

(D) राजस्थान के भीलों में

53. एक-दूसरे के साथ अनन्य सहवास के अधिकार शामिल किए बिना एकल युग्मों के बीच विवाह को कहा जाता है—

(A) सिनेडैसनियन परिवार

(B) दाम्पत्यमूलक परिवार

(C) पितृतंत्रात्मक परिवार

(D) स्वैर परिवार

54. सूची-I को सूची-II के साथ सुमेलित कीजिए और सूचियों के नीचे दिए गए कूट का प्रयोग कर सही उत्तर चुनिए—

सूची-I (नातेदारी अथवा परिवार सूचक शब्द)

(a) 'प्राथमिक, द्वितीयक, तृतीयक सम्बन्धी'

(b) 'प्रजनन' का परिवार तथा 'अभिविन्यास' का परिवार

(c) 'परिहास सम्बन्ध'

(d) 'प्रारम्भिक परिवार'

सूची-II
(समाजशास्त्रियों के नाम जिन्होंने उनका प्रयोग किया)

1. पारसन्स 2. मरडॉक
3. रेडक्लिफ-ब्राउन 4. ऑगबर्न

कूट :

	(a)	(b)	(c)	(d)
(A)	1	2	4	3
(B)	2	1	3	4
(C)	1	2	3	4
(D)	2	1	4	3

55. निम्नलिखित नातेदारी के गठन तथा परिवार के प्रकार के युग्मों में से कौन एक युग्म सही सुमेलित है ?

(A) अहम् व्यक्ति के माता, पिता और सहोदर—प्रजनन परिवार

(B) अहम् व्यक्ति के भाई, बहिन और माँ—मातृवंशीय परिवार

(C) अहम् व्यक्ति की पत्नी, और पत्नी का भाई—पितृस्थानीय परिवार

(D) अहम् व्यक्ति का पति और बच्चे—जन्म परिवार

56. लेविरेट की प्रथा पाई जाती है—

(A) मातृवंशीय समाजों में

(B) पितृवंशीय समाजों में

(C) द्विवंशीय समाजों में

(D) उपर्युक्त सभी समाजों में

57. 'किबूजिम' है—

(A) एक जनजातीय नृत्य

(B) आर्थिक रूप से समाज परिवारों का समुदाय

(C) विस्तृत परिवारों के लिए 'गारो' शब्द

(D) मैक्सिको का एक धार्मिक पंथ

58. फ्रेटरी शब्द निर्दिष्ट करता है—

(A) विभिन्न कुलों के बहिर्विवाही समूहों में एकत्र हो जाने को

(B) मूल परिवारों के एक सामान्य कुटुम्ब में समूहगत होने को

(C) जीववादी धर्म के अनुयायियों को

(D) कुल विनिमय भागीदारों के द्विक को

59. निम्नलिखित में से कौन एक नातेदारी शब्द यह इंगित करता है कि माता की अपेक्षा पिता की बहिन को अधिक महत्ता प्रदान की जाती है ?

(A) पितृश्वसा

(B) मातुल सम्बन्ध

(C) ब्याज प्रसूति

(D) अनुसंतति सम्बोधन

60. निम्नलिखित में से संप्रत्यय और परिभाषा का कौनसा एक युग्म सही सुमेलित है ?

(A) बहिर्विवाह—वह नियम जिसमें व्यक्ति से अपेक्षा की जाती है कि वह अपने ही समुदाय में से साथी चुने

(B) नातेदार—वे व्यक्ति जो या तो रक्त से या विवाह से सम्बन्धित हैं

(C) अन्तर्विवाह—वह नियम जो व्यक्ति से अपने कुल के बाहर विवाह की अपेक्षा करता है

(D) पितृस्थानीय परिवार—वह परिवार जिसमें व्यक्ति अपने पिता के वंश के होते हैं

61. नीचे दो वक्तव्य दिए गए हैं जिनमें से एक को कथन (A) तथा दूसरे को कारण (R) कहा गया है—

कथन (A) : महिलाएँ प्रायः कम दूर स्थानों को प्रवास करती हैं.

कारण (R) : महिलाओं का प्रयास प्रधानतः विवाह से सम्बद्ध होता है.

उपर्युक्त दोनों वक्तव्यों के सन्दर्भ में निम्नलिखित में से कौन एक सही है ?

(A) (A) और (R) दोनों सही हैं तथा (R), (A) की सही व्याख्या है

(B) (A) और (R) दोनों सही हैं, परन्तु (R), (A) की सही व्याख्या नहीं है

(C) (A) सही है, परन्तु (R) गलत है

(D) (A) गलत है, परन्तु (R) सही है

62. नीचे दो वक्तव्य दिए गए हैं जिनमें से एक को कथन (A) तथा दूसरे को कारण (R) कहा गया है—

कथन (A) : प्रत्येक समाज में कुछ सम्बन्धियों के बीच किसी-न-किसी प्रकार का परिहार निभाया जाता है.

कारण (R) : ऐसे परिहार का मुख्य उद्देश्य ऐसी लैंगिक घनिष्ठता को रोकना होता है जिससे अगम्यगम होता है.

उपर्युक्त दोनों वक्तव्यों के सन्दर्भ में निम्नलिखित में से कौन एक सही है ?

(A) (A) और (R) दोनों सही हैं तथा (R), (A) की सही व्याख्या है

(B) (A) और (R) दोनों सही हैं, परन्तु (R), (A) की सही व्याख्या नहीं है

(C) (A) सही है, परन्तु (R) गलत है

(D) (A) गलत है, परन्तु (R) सही है

63. सूची–I को सूची–II के साथ सुमेलित कीजिए तथा सूचियों के नीचे दिए गए कूट का प्रयोग करते हुए सही उत्तर चुनिए–

सूची–I

(a) अन्तर्विवाही (b) पितृप्रधान परिवार

(c) 'कर्ता' (d) अनुलोम

सूची–II

1. परिवार का मुखिया
2. जाति के बाहर विवाह
3. समूह के अन्दर विवाह
4. पुरुष परिवार का मुखिया है
5. उच्च जाति के पुरुष का निम्न जाति की स्त्री से विवाह

कूट :

	(a)	(b)	(c)	(d)
(A)	3	4	1	5
(B)	5	4	1	2
(C)	2	5	4	3
(D)	3	4	2	5

64. निम्नलिखित में से कौनसे सही रूप में विषम युग्म हैं ?

1.	ज्येष्ठाधिकार	कनिष्ठाधिकार
2.	बहिर्विवाह	अन्तर्विवाह
3.	जन्म परिवार	प्रजनन परिवार
4.	अवशिष्ट रूप से संयुक्त परिवार	सम्भाव्य रूप से परिवार

निम्नलिखित कूट से सही उत्तर का चयन कीजिए—

कूट :

(A) 1, 2 तथा 3

(B) 1, 3 तथा 4

(C) 2, 3 तथा 4

(D) 1, 2, 3 तथा 4

65. नीचे दो वक्तव्य दिए गए हैं, जिनमें से एक को कथन (A) तथा दूसरे को कारण (R) कहा गया है—

कथन (A) : हमारे समकालीन समाज में बहुपति विवाह प्रथा बहुत संकुचित रूप में वितरित है.

कारण (R) : बहुपति विवाह की प्रथा कई सामाजिक जनसांख्यिकीय कारकों पर निर्भर है.

उपर्युक्त दोनों वक्तव्यों के सन्दर्भ में निम्नलिखित में से कौन एक सही है ?

(A) (A) और (R) दोनों सही हैं तथा (R), (A) की सही व्याख्या है

(B) (A) और (R) दोनों सही हैं, परन्तु (R), (A) की सही व्याख्या नहीं है

(C) (A) सही है, परन्तु (R) गलत है

(D) (A) गलत है, परन्तु (R) सही है

66. विवाह का एक प्रकार जो देवर-विवाह कहलाता है सम्पन्न होता है एक पुरुष और—

(A) उसकी मृत पत्नी की बहिन के बीच

(B) उसके मृत भाई की पत्नी के बीच

(C) निम्न जाति की महिला के बीच

(D) उच्च जाति की महिला के बीच

67. नीचे दो वक्तव्य दिए गए हैं जिनमें से एक को कथन (A) तथा दूसरे को कारण (R) कहा गया है—

कथन (A) : समकालीन समाज में एक विवाह प्रथा ही सबसे अधिक आम है.

कारण (R) : महिलाओं की प्रस्थिति में एक विवाह प्रथा से वृद्धि होती है.

उपर्युक्त दोनों वक्तव्यों के सन्दर्भ में निम्नलिखित में से कौनसा सही है ?

(A) (A) और (R) दोनों सही हैं तथा (R), (A) की सही व्याख्या है

(B) (A) और (R) दोनों सही हैं, परन्तु (R), (A) की सही व्याख्या नहीं है

(C) (A) सही है, परन्तु (R) गलत है

(D) (A) गलत है, परन्तु (R) सही है

68. नीचे दो वक्तव्य दिए गए हैं जिनमें से एक को कथन (A) तथा दूसरे को कारण (R) कहा गया है—

कथन (A) : बहुपति विवाह प्रथा आधुनिक समाज में विचित्र लगती है, किन्तु इसमें कोई सन्देह नहीं कि यह विश्व के कई भागों में प्रचलित है.

कारण (R) : बहुपति विवाह के परिणामस्वरूप महिलाओं के अधिक बच्चे होते हैं, कभी-कभी अधिक लड़के होते हैं और महिलाओं में बांझपन घटता है.

उपर्युक्त दोनों वक्तव्यों के सन्दर्भ में निम्नलिखित में से कौन एक सही है ?

(A) (A) और (R) दोनों सही हैं तथा (R), (A) की सही व्याख्या है

(B) (A) और (R) दोनों सही हैं, परन्तु (R), (A) की सही व्याख्या नहीं है

(C) (A) सही है, परन्तु (R) गलत है

(D) (A) गलत है, परन्तु (R) सही है

69. नीलगिरि पहाड़ियों की टोडा जनजाति के लोगों द्वारा अपनाए गए विवाह के निम्नलिखित विभिन्न प्रकारों का सही क्रम क्या है ?

1. एक विवाह
2. बहुपत्नी विवाह
3. बहुपति विवाह

निम्नलिखित कूट में से सही उत्तर का चयन कीजिए—

कूट :

(A) 3, 2, 1

(B) 1, 2, 3

(C) 2, 3, 1

(D) 3, 1, 2

70. निम्नलिखित में से किस-किस को जन्ममूलक परिवार में सम्मिलित किया जाता है ?

1. माता-पिता
2. पति-पत्नी
3. सहोदर

निम्नलिखित कूट में से सही उत्तर का चयन कीजिए—

कूट :

(A) 1, 2 तथा 3 (B) 1 तथा 2

(C) 2 तथा 3 (D) 1 तथा 3

71. सूची–I को सूची–II के साथ सुमेलित कीजिए तथा सूचियों के नीचे दिए गए कूट का प्रयोग करते हुए सही उत्तर चुनिए—

सूची–I (लेखक)

(a) आई. पी. देसाई (b) एच. एम. शाह

(c) के. एम. कपाड़िया (d) एम. एस. गोरे

सूची–II (पुस्तकें)

1. हाउसहोल्ड डाइमेन्शन ऑफ दि फैमिली इन इण्डिया
2. मैरिज एण्ड फैमिली इन इण्डिया
3. अर्बनाइजेशन एण्ड फैमिली
4. सम एस्पैक्ट्स ऑफ फैमिली इन महुबा
5. वर्ल्ड रिवोल्यूशन एण्ड फैमिली पैटर्न

कूट :

	(a)	(b)	(c)	(d)
(A)	4	1	2	3
(B)	4	5	2	3
(C)	1	4	5	2
(D)	3	5	4	2

72. सूची–I को सूची–II के साथ सुमेलित कीजिए तथा सूचियों के नीचे दिए गए कूट का प्रयोग करते हुए सही उत्तर चुनिए–

सूची–I (जनजाति)	**सूची–II (विशेषता)**
(a) भील	1. पितृतन्त्रात्मक
(b) टोडा	2. मातृतन्त्र
(c) खासी	3. बहुपत्नी प्रथा
(d) उरांव	4. बहुपति प्रथा

कूट :

	(a)	(b)	(c)	(d)
(A)	3	4	1	2
(B)	3	4	2	1
(C)	4	3	2	1
(D)	4	3	1	2

73. नीचे दो वक्तव्य दिए गए हैं जिनमें से एक को कथन (A) तथा दूसरे को कारण (R) कहा गया है—

कथन (A) : संयुक्त परिवार ग्रामीण सामाजिक दृश्य से लुप्त होते जा रहे हैं.

कारण (R) : संयुक्त परिवारों में व्यक्तिगत उपलब्धियों को यथोचित मान्यता नहीं दी जाती.

उपर्युक्त दोनों वक्तव्यों के सन्दर्भ में निम्नलिखित में से कौन एक सही है ?

(A) (A) और (R) दोनों सही हैं तथा (R), (A) की सही व्याख्या है

(B) (A) और (R) दोनों सही हैं, परन्तु (R), (A) की सही व्याख्या नहीं है

(C) (A) सही है, परन्तु (R) गलत है

(D) (A) गलत है, परन्तु (R) सही है

74. निम्नलिखित युग्मों में से कौनसा एक सही सुमेलित है ?

(A) अन्तर्विवाह : ब्याज प्रसुति

(B) नामकरण संस्कार : जीवन-यात्रा संस्कार

(C) किबूज : प्रजनन परिवार

(D) अगम्यागमन : धार्मिक संस्कार

75. नीचे दो वक्तव्य दिए गए हैं जिनमें से एक को कथन (A) तथा दूसरे को कारण (R) कहा गया है—

कथन (A) : यदि हम समाज और सामाजिक जीवन को समझना चाहते हैं तो परिवार की उपेक्षा करना असम्भव है.

कारण (R) : यह असम्भावनीय है कि कोई ऐसा समाज रहा हो जिसमें कोई ऐसा सामाजिक प्रबन्ध न रहा हो जिसको परिवार कहा जा सकता है.

उपर्युक्त दोनों वक्तव्यों के सन्दर्भ में निम्नलिखित में से कौन एक सही है ?

(A) (A) और (R) दोनों सही हैं तथा (R), (A) की सही व्याख्या है

(B) (A) और (R) दोनों सही हैं, परन्तु (R), (A) की सही व्याख्या नहीं है

(C) (A) सही है, परन्तु (R) गलत है

(D) (A) गलत है, परन्तु (R) सही है

76. किसने कहा है कि "विवाह एक या अधिक पुरुषों का एक या अधिक स्त्रियों के साथ होने वाला वह सम्बन्ध है जिसे प्रथा या कानून स्वीकार करता है और जिसमें इस संगठन में आने वाले दोनों पक्षों एवं उनसे उत्पन्न बच्चों का अधिकार एवं कर्तव्यों का समावेश होता है ?"

(A) जॉनसन (B) बोगार्डस

(C) बीरस्टीड (D) वेस्टरमार्क

77. किस विद्वान् ने विवाह की परिभाषा देते हुए कहा है कि "विवाह में कानूनी या धार्मिक आयोग के रूप में उन सामाजिक स्वीकृतियों का समावेश होता है जो विषम लिंगियों की यौन-क्रिया और उससे सम्बन्धित सामाजिक-आर्थिक सम्बन्धों में सम्मिलित होने का अधिकार प्रदान करती है ?"
(A) लूसी मेयर
(B) मजूमदार एवं मदान
(C) हॉवेल
(D) के. डेविस

78. किसने विवाह को परिभाषित करते हुए कहा है कि "विवाह सामाजिक आदर्श-मानदण्डों (Social Norms) की वह समग्रता है जो विवाहित व्यक्तियों के आपसी सम्बन्धों को उनके रक्त-सम्बन्धियों, सन्तानों तथा समाज के साथ सम्बन्धों को परिभाषित और नियंत्रित करती है ?"
(A) जॉनसन ने (B) मैकाइवर एवं पेज ने
(C) हॉवेल ने (D) रिवर्स ने

79. वेस्टरमार्क के अनुसार विवाह का आदिम स्वरूप है—
(A) एक विवाह (B) बहुपति विवाह
(C) समूह विवाह (D) बहुपत्नी विवाह

80. यह कथन किसका है कि "एक विवाह ही विवाह का सच्चा स्वरूप है, रहा था और रहेगा ?"
(A) मैलिनोवस्की (B) मैकाइवर
(C) मॉर्गन (D) डेविस

81. यह परिभाषा किस विद्वान् के द्वारा दी गई है, "बहुपति विवाह एक प्रकार का सम्बन्ध है जिसमें एक स्त्री के एक समय में एक से अधिक पति होते हैं या जिसमें सब भाई एक पत्नी या पत्नियों का सम्मिलित रूप से उपभोग करते हैं ?"
(A) रिवर्स (B) कपाड़िया
(C) हॉवेल (D) मिचेल

82. यह परिभाषा किसने दी, "एक स्त्री का कई पतियों के साथ विवाह बहुपति विवाह कहलाता है ?"
(A) कपाड़िया (B) मॉर्गन
(C) रिवर्स (D) दुबे

83. यह कथन है "एक स्त्री द्वारा एक पति के जीवित होते हुए अन्य पुरुषों से भी विवाह करना या एक समय पर ही दो या दो से अधिक पुरुषों से विवाह करना बहुपति विवाह है."
(A) मिचेल का (B) सक्सेना का
(C) कपाड़िया का (D) दुबे का

84. सूची–I (नाम/परिवार) को सूची–II (जनजातियाँ/जातियाँ) के साथ सुमेलित कीजिए तथा सूचियों के नीचे दिए गए कूट का प्रयोग करते हुए सही उत्तर चुनिए—

सूची–I (नाम/परिवार)	**सूची–II (जनजातियाँ/जातियाँ)**
(a) धारवाड़	1. कुर्ग
(b) ओका	2. नायर
(c) नोक	3. गारो
(d) इलम	4. नम्बूदरी

कूट :

	(a)	(b)	(c)	(d)
(A)	1	2	3	4
(B)	2	1	4	3
(C)	2	1	3	4
(D)	1	2	4	3

85. सूची–I (परिभाषा) को सूची–II (संकल्पना) के साथ सुमेलित कीजिए तथा सूचियों के नीचे दिए गए कूट का प्रयोग करते हुए सही उत्तर चुनिए—

सूची–I (परिभाषा)
(a) एक ऐसी दशा जिसमें लोग मिल-जुलकर काम करते हैं, हालांकि उनमें विभेद होते हैं जो उनको अलग करते हैं.
(b) सामाजिक अन्योन्य क्रिया का वह रूप जिसमें लोग सामान्य हितों को बढ़ावा देने के लिए मिल-जुलकर कार्य करते हैं.
(c) अनुकूलन की वह प्रक्रिया जिसमें संस्कृति के तत्व एक समरूप समग्र का रूप धारण करते हों.
(d) एक ऐसी प्रक्रिया जिसमें एक अल्पसंख्यक समूह धीरे-धीरे सांस्कृतिक प्रतिरूपों को छोड़ता है और प्रबल समूह के सांस्कृतिक प्रतिरूपों को अपनाता है.

सूची–II (संकल्पना)
1. सहयोग
2. समंजन
3. एकीकरण
4. आत्मसात्करण
5. समाजीकरण

कूट :

	(a)	(b)	(c)	(d)
(A)	4	2	3	5
(B)	1	3	5	4
(C)	2	1	3	4
(D)	2	1	4	5

86. समनर, कनिंघम एवं डॉ. सक्सेना ने बहुपति विवाह के लिए उत्तरदायी माना है—
(A) लिंग अनुपात का असन्तुलन
(B) वधू-मूल्य
(C) भौगोलिक परिस्थितियाँ
(D) गरीबी

87. किसने कहा है "बहिर्विवाह का प्रचलन अगम्यगमन (Incest) अर्थात् निकट सम्बन्धियों से यौन सम्बन्धों को रोकने के लिए हुआ ?"
(A) मॉर्गन (B) वेस्टरमार्क
(C) दुर्खीम (D) कनिंघम

88. यह कथन किसका है "बहिर्विवाह के द्वारा एक पीढ़ी को अपने दोष दूर करने का मौका मिल जाता है, क्योंकि इसके द्वारा रक्त के संयोग हमेशा नवीन रूप ग्रहण करते रहते हैं ?"
(A) दुबे का (B) ब्लण्ट का
(C) कपाड़िया का (D) पी.वी. काणे का

89. किसने कहा है "पिता की ओर से सात व माँ की ओर से पाँच पीढ़ियों को छोड़कर विवाह करने से करीब 21-21 सम्भाव्य सम्बन्धियों से विवाह वर्जित हो जाता है?"
(A) वेस्टरमार्क (B) रिवर्स
(C) पी.वी. काणे (D) ब्लण्ट

90. हिन्दू विवाह का उद्देश्य नहीं है—
(A) रति आनन्द (B) प्रजा
(C) अर्थोपार्जन (D) धर्म

91. वेदों के ज्ञाता, शीलवान वर को स्वयं बुलाकर, वस्त्र एवं आभूषण आदि से सुसज्जित कर पूजा एवं धार्मिक विधि से कन्या का दान करने को कहते हैं—
(A) प्रजापत्य विवाह (B) आर्ष विवाह
(C) ब्रह्म विवाह (D) दैव विवाह

92. उस विवाह को क्या कहते हैं जो "सोई हुई, उन्मत्त, घबड़ाई हुई, मदिरापान की हुई अथवा राह में जाती हुई लड़की के साथ बलपूर्वक कुकृत्य करने के बाद किया जाता है ?"
(A) बलात्कार विवाह (B) असुर विवाह
(C) राक्षस विवाह (D) पैशाच विवाह

93. मुस्लिम विवाह की विशेषता नहीं है—
(A) बच्चों के जन्म को कानूनी रूप देना
(B) घर बसाना
(C) धार्मिक कर्मकाण्ड को सम्पन्न करना
(D) यौन सम्बन्धों की स्थापना

94. निम्नलिखित युग्मों में से कौनसा एक सही सुमेलित है ?
(A) पैशाचिक : विवाह का स्वरूप
(B) पत्नी भगनी विवाह : उपजाति
(C) प्राथमिक समूह : नियोग
(D) बहुपति विवाह : धार्मिक प्रथा

95. सूची–I को सूची–II के साथ सुमेलित कीजिए तथा सूचियों के नीचे दिए गए कूट का प्रयोग करते हुए सही उत्तर चुनिए–

सूची–I
(a) महिला वंशक्रमानुसार वंशक्रम को पदांकित करने की प्रथा
(b) पुरुष तथा महिला वंशक्रमानुसार वंशक्रम पदांकित करने की प्रथा
(c) पारवारिक सत्ता संरचना का रूप जिसमें पुरुष ही निर्णय लेते हैं
(d) पारिवारिक सत्ता संरचना का रूप जिसमें शक्ति तथा निर्णय सहभागिता होती है

सूची–II
1. महिला प्राधान्य 2. पुरुष प्राधान्य
3. मातृवंशपरम्परा 4. द्विपक्षीय
5. समता

कूट :

	(a)	(b)	(c)	(d)
(A)	5	4	2	3
(B)	3	2	1	5
(C)	5	2	1	3
(D)	3	4	2	5

96. यह परिभाषा किसकी है "परिवार एक ऐसा सामाजिक समूह है जिसके लक्षण सामान्य निवास, आर्थिक सहयोग और जनन हैं. इसमें दोनों लिंगों के बालिग शामिल हैं जिनमें कम-से-कम दो व्यक्तियों द्वारा स्वीकृत यौन सम्बन्ध होता है और जिन बालिग व्यक्तियों में यौन सम्बन्ध हैं, उनके अपने या गोद लिए हुए एक या अधिक बच्चे होते हैं ?"
(A) टॉयलर की (B) मरडॉक की
(C) मॉगर्न की (D) रिवर्स की

97. यह कथन किसका है "परिवार एक गृहस्थ समूह है जिसमें माता-पिता और सन्तान साथ-साथ रहते हैं. इसके मूलरूप में दम्पति और उसकी सन्तान रहती है ?"
(A) बोगार्डस (B) मैकाइवर एवं पेज
(C) के. डेविस (D) लूसी मेयर

98. किस समाजशास्त्री ने परिवार की 5 सामान्य और 8 विशिष्ट विशेषताओं का उल्लेख किया है ?
(A) मैकाइवर एवं पेज ने
(B) मजूमदार एवं मदान ने
(C) डॉ. दुबे ने
(D) गिलिन एवं गिलिन ने

99. किसने परिवार की उत्पत्ति का शास्त्रीय सिद्धान्त दिया है ?
(A) प्लेटो एवं अरस्तू (B) टॉयलर
(C) वेस्टरमार्क (D) फ्रेजर

100. मॉगर्न के अनुसार परिवार की प्रथम अवस्था थी—
(A) पुनालुअन (B) एक विवाही परिवार
(C) सिण्डेस्मियन (D) समरक्त परिवार

101. किसने परिवार की उत्पत्ति के बारे में यह कहा है—"परिवार की इस दृष्टि से कोई उत्पत्ति नहीं हुई है कि मानव जीवन की कभी कोई ऐसी अवस्था थी जिसमें परिवार नहीं पाया जाता था अथवा कोई दूसरी अवस्था ऐसी थी जिसमें परिवार का उदय हुआ ?"
(A) मैकाइवर एवं पेज ने
(B) गिलिन एवं गिलिन ने
(C) वेस्टरमार्क ने
(D) ब्रिफाल्ट ने

102. किस प्रकार के परिवार विश्व के सभी समाजों में पाये जाते हैं ?
(A) विस्तृत परिवार
(B) पितृवंशीय परिवार
(C) नाभिक या एकाकी परिवार
(D) संयुक्त परिवार

103. उस परिवार को क्या कहते हैं, जो पति-पत्नी और उनके आश्रित बच्चों से मिलकर बना है ?
(A) संयुक्त परिवार
(B) समरक्त परिवार
(C) केन्द्रीय या नाभिक परिवार
(D) पितृवंशीय परिवार

104. ऐसे परिवार को क्या कहते हैं जिस परिवार में तीन या अधिक पीढ़ियों के सदस्य साथ-साथ निवास करते हैं, जिनकी रसोई, पूजा-पाठ एवं सम्पत्ति सामूहिक होती है और जो सामान्य रक्त सम्बन्धों से सम्बन्धित होते हैं—
(A) पितृसत्तात्मक परिवार
(B) जन्ममूलक परिवार
(C) संयुक्त परिवार
(D) विस्तृत परिवार

105. उसे क्या कहते हैं जिसमें विवाह के बाद स्त्री को अपने पति एवं उसके माता-पिता के घर जाकर रहना आवश्यक हो ?
(A) एक विवाह परिवार
(B) पितृस्थानीय परिवार
(C) केन्द्रीय परिवार
(D) मातृसत्तात्मक परिवार

106. वैसे परिवार को क्या कहते हैं, जिसमें विवाह के बाद पति अपने पत्नी के माता-पिता के निवास-स्थान पर रहने लगता है ?
(A) द्विस्थानीय परिवार
(B) मातृवंशीय परिवार
(C) मातृस्थानीय परिवार
(D) पत्नी स्थानीय परिवार

107. ऐसा परिवार जिसमें सत्ता एवं अधिकार पिता से पुत्रों को मिलता है—
(A) पितृसत्तात्मक परिवार
(B) पति सत्तात्मक परिवार
(C) पितृवंशीय परिवार
(D) इनमें से कोई नहीं

108. वैसा परिवार जिसमें सत्ता एवं अधिकार माता से पुत्रियों को मिलता है—
(A) मातृ स्थानीय परिवार
(B) मातृसत्तात्मक परिवार
(C) पितृवंशीय परिवार
(D) पत्नी सत्तात्मक परिवार

109. सूची–I (शयनागार) को सूची–II (जनजाति) के साथ सुमेलित कीजिए तथा सूचियों के नीचे दिए गए कूट का प्रयोग करते हुए सही उत्तर चुनिए—

सूची–I (शयनागार)	**सूची–II (जनजाति)**
(a) रंगबंग	1. मुण्डा
(b) घोटुल	2. आओ नागा
(c) यो	3. मुरिया
(d) गिटीओरा	4. भोटिया

कूट :

	(a)	(b)	(c)	(d)
(A)	2	1	3	4
(B)	3	4	2	1
(C)	2	4	3	1
(D)	3	1	2	4

110. सूची–I को सूची–II के साथ सुमेलित कीजिए तथा सूचियों के नीचे दिए गए कूट का प्रयोग करते हुए सही उत्तर चुनिए—

सूची–I

(a) मातृ-पितृ सम्बन्धी

(b) आधुनिक परिवार

(c) सामाजीकरण

(d) मातुल-अधिकार

सूची–II

1. पारिवारिक प्रकार्य
2. मामा
3. समान पूर्वज
4. सीमित श्रेणी वाली नातेदारी
5. वर्गात्मक बन्धु

कूट :

	(a)	(b)	(c)	(d)
(A)	2	4	1	3
(B)	3	1	4	2
(C)	2	1	4	3
(D)	3	4	1	2

111. वह परिवार जिसमें वंश परम्परा पिता के नाम से चलती है—

(A) पितृस्थानीय परिवार (B) पितृवंशीय परिवार

(C) पितृमार्गी परिवार (D) पितृसत्तात्मक परिवार

112. वह परिवार कहलाता है, जिसमें वंश परम्परा माँ के नाम से चलती है—

(A) मातृमार्गी परिवार (B) मातृस्थानीय परिवार

(C) मातृवंशीय परिवार (D) मातृसत्तात्मक परिवार

113. वह परिवार कहलाता है, जिसमें एक ही व्यक्ति एक ही समय में अपने दादा और नानी से सम्बद्ध रहता है—

(A) उभयवाही परिवार (B) द्विनामी परिवार

(C) द्विस्थानीय परिवार (D) पितृमार्गीय परिवार

114. निम्नांकित में वेस्टर्मार्क का कथन—

(A) "व्यक्ति नहीं वरन् परिवार ही समाजशास्त्र के अध्ययन की इकाई है"

(B) "सभ्यता की भावी अवस्था में घर (परिवार) मानव जाति की अनौपचारिक शिक्षणशाला और मानव स्नेहों का उत्तम केन्द्र बना रहेगा"

(C) "परिवार वह झूला है जिसमें भविष्य का जन्म होता है और वह शिशु-गृह है जिसमें नए प्रजातंत्र का जन्म होता है"

(D) "व्यक्ति समाज का एक पक्ष है"

115. इनमें से कौनसा वाक्य परिवार के ढाँचे में होने वाले परिवर्तनों को नहीं दर्शाता?

(A) स्त्रियों के अधिकारों में वृद्धि

(B) पति-पत्नी के सम्बन्धों में परिवर्तन

(C) परिवार में स्नेह व प्रेम का घटना

(D) नातेदारी के महत्व का घटना

116. इनमें से कौनसा वाक्य परिवार के कार्यों में होने वाले परिवर्तनों से सम्बन्धित नहीं है?

(A) परिवार में नियंत्रण शक्ति का कम होना

(B) परिवार द्वारा पूजा-पाठ, धार्मिक उत्सवों को कम करना

(C) परिवार में मनोरंजन का घटना व क्लबों में इस हेतु जाना

(D) पति-पत्नी के पारस्परिक सम्बन्धों में घनिष्ठता एवं आत्मीयता में कमी आना

117. पारिवारिक सम्बन्धों में तनाव और संघर्ष, परिवार में मतैक्य और निष्ठा का भंग होना, पारिवारिक चेतना का नष्ट होना और उदासीनता का विकास होना कहलाता है—

(A) सामाजिक विघटन (B) पारिवारिक विघटन

(C) सामुदायिक विघटन (D) तलाक

118. इनमें से कौनसा कारक पारिवारिक विघटन के लिए उत्तरदायी नहीं है ?

(A) जनसंख्या वृद्धि (B) प्रेम विवाह

(C) नगरीकरण (D) औद्योगीकरण

119. किसकी पुस्तक है 'हिन्दू लॉ एण्ड कस्टम' ?

(A) जे.डी. मेन (B) डा. दुबे

(C) एफ.डी. मुल्ला (D) हेनरीमेन

120. सूची–I (अवधारणा) को सूची–II (आवास नियम) के साथ सुमेलित कीजिए तथा सूचियों के नीचे दिए गए कूट का प्रयोग करते हुए सही उत्तर चुनिए—

सूची–I (अवधारणा)

(a) नवस्थानिक (b) द्विस्थानिक

(c) मातृस्थानिक (d) पितृस्थानिक

सूची–II (आवास नियम)

1. विवाहित युगल पति या पत्नी की माँ के घर में रहते हैं.
2. विवाहित युगल को पति या पत्नी के जन्म परिवार में रहने की अनुमति है.
3. विवाहित युगल अपने-अपने परिवारों के बाहर कहीं भी अपने-अपने रहते हैं.
4. विवाहित मुगल पति के पिता के घर में रहते हैं.

कूट :

	(a)	(b)	(c)	(d)
(A)	1	4	3	2
(B)	3	2	1	4
(C)	1	2	3	4
(D)	3	4	1	2

121. सूची–I को सूची–II के साथ सुमेलित कीजिए और सूचियों के नीचे दिए गए कूट का प्रयोग करते हुए सही उत्तर चुनिए—

सूची–I	**सूची–II**
(a) परिहास सम्बन्ध	1. एच. एल. मॉर्गन
(b) वर्जना	2. एफ. जे. फेडलर
(c) वर्गात्मक पदावली	3. ई. दुर्खीम
(d) टोटमवाद	4. सर जेम्स फ्रेजर

कूट :

	(a)	(b)	(c)	(d)
(A)	1	4	2	3
(B)	2	3	1	4
(C)	1	3	2	4
(D)	2	4	1	3

122. किसने लिखा है "सम आस्पेक्ट्स ऑफ फैमिली इन महुवा ?"
(A) केतकर (B) के. एम. कपाड़िया
(C) आई. पी. देसाई (D) नर्मदेश्वर प्रसाद

123. किसकी रचना है "हिन्दू सोसाइटी एट क्रॉस रोड ?"
(A) के. एम. पणिक्कर (B) डा. घुरिये
(C) बी. कुप्पुस्वामी (D) सर जदुनाथ सरकार

124. किसकी रचना है "मैरिज एण्ड फैमिली इन इण्डिया ?"
(A) डॉ. दुबे (B) मजूमदार
(C) पणिक्कर (D) के. एम. कपाड़िया

125. किसकी रचना है "हिन्दू सोशियल ऑर्गेनाइजेशन ?"
(A) पी. एन. प्रभु (B) एम. एन. श्रीनिवास
(C) के. एम. कपाड़िया (D) हेनरीमेन

126. 'मनुस्मृति' के लेखक कौन हैं ?
(A) पाराशर (B) बोधायन
(C) मनु (D) याज्ञवल्क्य

127. किसने लिखा है "हिस्ट्री ऑफ ह्यूमन मैरिज' ?
(A) वेस्टरमार्क (B) मॉगर्न
(C) ब्रिफाल्ट (D) टॉयलर

128. किसने लिखा है 'दी मदर्स' ?
(A) बैकोफन (B) हेनरीमेन
(C) ब्रिफाल्ट (D) वेस्टरमार्क

129. वर्तमान में हिन्दुओं में वैधानिक रूप से वर एवं वधू के लिए विवाह की आयु है—
(A) 18 एवं 15 वर्ष (B) 14 एवं 12 वर्ष
(C) 21 एवं 18 वर्ष (D) 24 एवं 21 वर्ष

130. बहुपत्नी विवाह का प्रमुख कारण है—
(A) अधिक स्त्रियाँ, कम पुरुष
(B) आर्थिक लाभ
(C) अधिक पुरुष, कम स्त्रियाँ
(D) (A) अथवा (C) दोनों

131. किसने विवाह को एक संविदा (Contract) के रूप में परिभाषित किया है जिसमें बच्चों की उत्पत्ति और लालन-पालन का प्रावधान है ?
(A) मरडॉक (B) वेस्टरमार्क
(C) मैलिनोवस्की (D) टॉयलर

132. किसके अनुसार यह प्रतिबन्ध लगाया गया है कि हिन्दू विवाह अवैध (गैर-कानूनी) है यदि दोनों पक्षों में से किसी एक का भी जीवन-साथी जीवित हो, तो ?
(A) संविधान
(B) हिन्दू सक्सैसन अधिनियम
(C) सिविल प्रोसीजर कोड
(D) हिन्दू विवाह अधिनियम

133. इनमें से किस शर्त का हिन्दू विवाह अधिनियम 1955 के अन्तर्गत उल्लेख नहीं किया है ?
(A) वर और वधू में से कोई भी विवाह के समय मूर्ख एवं मानसिक रूप से विक्षिप्त नहीं होना चाहिए
(B) वर ने निर्धारित आयु प्राप्त कर ली हो
(C) जब तक प्रथा और परिपाटी द्वारा दोनों सपिण्ड होने के बावजूद विवाह के लिए अनुमोदित नहीं हो
(D) वर एवं वधू में से किसी का भी जीवन-साथी विवाह के समय जीवित नहीं होना चाहिए

134. किस अधिनियम द्वारा मुस्लिम स्त्री को न्यायिक तलाक का अधिकार दिया गया ?
(A) शरीयत अधिनियम, 1937 द्वारा
(B) मुस्लिम न्यायिक तलाक अधिनियम, 1961 द्वारा
(C) मुस्लिम विवाह-विच्छेद अधिनियम, 1939 द्वारा
(D) (B) तथा (C)

135. इनमें कौन-कौनसे बाल-विवाह के कारण हैं ?

(A) आक्रमणकारियों का प्रभाव

(B) अनुलोम विवाह

(C) ब्राह्मण साहित्य में विकृतियाँ

(D) उपर्युक्त सभी

136. सूची–I (पुस्तक) को सूची–II (लेखक) के साथ सुमेलित कीजिए तथा सूचियों के नीचे दिए गए कूट का प्रयोग करते हुए सही उत्तर चुनिए—

सूची–I (पुस्तक)

(a) फेमिली, किनशिप एण्ड मैरिज इन इण्डिया

(b) किनशिप ऑर्गेनाइजेशन इन इंडिया

(c) फेमिली एण्ड किनशिप ए स्टडी ऑफ पण्डित्स ऑफ रूरल कश्मीर

(d) मैरिज एण्ड फेमिली इन इण्डिया

सूची–II (लेखक)

1. इरावती कर्वे 2. टी. एन. मदान

3. पैट्रीशिया ओबेरॉय 4. के. एम. कपाड़िया

कूट :

	(a)	(b)	(c)	(d)
(A)	4	2	1	3
(B)	3	1	2	4
(C)	4	1	2	3
(D)	3	2	1	4

137. सूची–I (अवधारणा) को सूची–II (वाच्यार्थ) के साथ सुमेलित कीजिए तथा सूचियों के नीचे दिए गए कूट का प्रयोग करते हुए सही उत्तर चुनिए—

सूची–I (अवधारणा)

(a) मातुलीय (Avunculate)

(b) परती भूमि

(c) घोटुल

(d) कुला

सूची–II (वाच्यार्थ)

1. उपहार विनिमय 2. युवा शयनगृह

3. नातेदारी प्रयुक्ति 4. झूम कृषि

कूट :

	(a)	(b)	(c)	(d)
(A)	2	4	3	1
(B)	3	1	2	4
(C)	2	1	3	4
(D)	3	4	2	1

138. मुसलमानों में उसे क्या कहते हैं ? जब पति अपनी पत्नी की तुलना किसी ऐसे सम्बन्धी से करे जिनसे विवाह निषेध है तब पत्नी अदालत से तलाक की माँग करती है—

(A) इला (B) खुला

(C) जिहर (D) मुबारत

139. "जिन साधनों द्वारा मानव समाज यौन सम्बन्धों का नियमन करता है, उन्हें विवाह की संज्ञा दी जा सकती है." यह कथन किसका है ?

(A) लूसी मेयर

(B) बोगार्डस

(C) डब्ल्यू.एच.आर. रिवर्स

(D) वेस्टरमार्क

140. विवाह की यह परिभाषा किसकी है "वह स्त्री पुरुष का ऐसा योग है, जिससे स्त्री से जन्मा बच्चा माता-पिता की वैध सन्तान माना जाए ?"

(A) लूसी मेयर (B) बोगार्डस

(C) वेस्टरमार्क (D) जॉनसन

141. "विवाह स्त्री और पुरुष के पारिवारिक जीवन में प्रवेश करने की संस्था है." यह कथन है—

(A) बोगार्डस का (B) हॉबल का

(C) जॉनसन का (D) मरडॉक का

142. "विवाह के सम्बन्ध में अनिवार्य बात यह है कि यह एक स्थायी सम्बन्ध है जिसमें एक पुरुष और स्त्री समुदाय में अपनी प्रतिष्ठा को खोये बिना सन्तान उत्पन्न करने की सामाजिक स्वीकृति प्राप्त करते हैं." यह कथन है—

(A) जॉनसन का (B) मिचेल का

(C) मदान का (D) हॉवेल का

143. एक समय में एक पुरुष एक स्त्री से विवाह करता है, तो ऐसे विवाह को क्या कहते हैं ?

(A) एक विवाह (B) बहुपति विवाह

(C) अनुमेल विवाह (D) द्वि-विवाह

144. जब एकाधिक पुरुष अथवा स्त्रियाँ विवाह बन्धन में बँधते हैं, तो ऐसे विवाह को कहा जाता है—

(A) एक विवाह (B) बहु-विवाह

(C) द्वि-विवाह (D) बहुपति-विवाह

145. "एक स्त्री का कई पुरुषों के साथ विवाह बहुपति विवाह कहलाता है." यह कथन है—

(A) डॉ. रिवर्स का (B) डॉ. कपाड़िया का

(C) मिचेल्स का (D) इनमें से कोई नहीं

146. एक समय में एक पुरुष एकाधिक स्त्रियों से विवाह करता है, तो ऐसे विवाह को कहते हैं ?
(A) द्वि-विवाह (B) समूह विवाह
(C) बहुपत्नी विवाह (D) साली विवाह

147. जब सब भाई मिलकर एक स्त्री से विवाह करते हैं, तो वैसे विवाह को कहा जाता है—
(A) बहुपति विवाह (B) समूह विवाह
(C) देवर विवाह (D) भ्रातृक बहुपति विवाह

148. जब एक स्त्री के एक समय में एक से अधिक पति होते हैं, तो वैसे विवाह को कहा जाता है—
(A) बहु विवाह (B) समूह विवाह
(C) अन्तर्विवाह (D) बहुपति विवाह

149. एक पुरुष एक साथ दो स्त्रियों से विवाह करता है, उस विवाह को कहा जाता है—
(A) द्वि-पति विवाह (B) समूह विवाह
(C) गोत्र बहिर्विवाह (D) इनमें से कोई नहीं

150. पुरुषों का एक समूह स्त्रियों के एक समूह से विवाह करता है और समूह का प्रत्येक पुरुष समूह की प्रत्येक स्त्री का पति होता है वैसे विवाह को क्या कहा जाता है ?
(A) द्वि-पतिविवाह (B) समूह विवाह
(C) भ्रातृक पति विवाह (D) इनमें से कोई नहीं

151. एक व्यक्ति अपने जीवन-साथी का चुनाव अपने ही समूह से करे, तो वैसे विवाह को कहा जाता है—
(A) गोत्र बहिर्विवाह (B) सप्रवर बहिर्विवाह
(C) अन्तर्विवाह (D) इनमें से कोई नहीं

152. सूची–I (प्रतिबन्ध का नियम) को सूची–II (नियम का नाम) के साथ सुमेलित कीजिए तथा सूचियों के नीचे दिए गए कूट का प्रयोग करते हुए सही उत्तर चुनिए—

सूची–I (प्रतिबन्ध का नियम)
(a) अपने वंश का समूह के बाहर से जीवन-साथी का चुनाव
(b) उच्च जाति की महिला के निम्न जाति के पुरुष के साथ विवाह का निषेध
(c) अपने जाति समूह के भीतर ही विवाह करना
(d) उच्च जाति के पुरुषों द्वारा निम्न जाति की महिलाओं के साथ विवाह

सूची–II (नियम का नाम)
1. प्रतिलोम विवाह
2. बहिर्विवाह
3. अनुलोम विवाह
4. अन्तर्विवाह

कूट :

	(a)	(b)	(c)	(d)
(A)	4	1	2	3
(B)	2	3	4	1
(C)	4	3	2	1
(D)	2	1	4	3

153. सूची–I (अवधारणा) को सूची–II (वाच्यार्थ) के साथ सुमेलित कीजिए तथा सूचियों के नीचे दिए गए कूट का प्रयोग करते हुए सही उत्तर चुनिए—

सूची–I (अवधारणा)	सूची–II (वाच्यार्थ)
(a) गोत्र	1. निषेध
(b) कौटुम्बिक व्यभिचार	2. माँ
(c) प्राथमिक नातेदार	3. बहिर्विवाह
(d) अन्तर्विवाह	4. जीजा
	5. जाति

कूट :

	(a)	(b)	(c)	(d)
(A)	2	1	4	5
(B)	3	5	2	1
(C)	2	5	4	1
(D)	3	1	2	5

154. एक व्यक्ति जिस समूह का सदस्य है उससे बाहर विवाह करे वैसे विवाह को कहा जाता है—
(A) बहिर्विवाह (B) अन्तर्विवाह
(C) बहुपत्नी विवाह (D) इनमें से कोई नहीं

155. "अन्तर्विवाह से अभिप्राय उस विनियम से है जिसमें अपने समूह में ही विवाह साथी चुनना अनिवार्य रहता है." यह कथन है—
(A) रिवर्स का (B) हॉबल का
(C) जॉनसन का (D) मरडॉक का

156. निम्नांकित में से किस जनजाति में भ्रातृक बहुपति प्रथा पाई जाती है ?
(A) टोडा (B) भील
(C) कुकी (D) नागा

157. निम्नलिखित में से वेस्टरमार्क ने बहुपति विवाह का प्रमुख कारण किसको माना है ?
(A) कम पैदावार
(B) गरीबी
(C) धार्मिक कारण
(D) लिंग अनुपात का असमान होना

158. प्रवर का अर्थ है—
(A) गोत्र (B) दूसरा वर
(C) श्रेष्ठ ब्राह्मण (D) इनमें से कोई नहीं

159. ग्राम बहिर्विवाह का तात्पर्य है—
(A) वधू को गाँव से बाहर ले जाकर विवाह करना
(B) नगर में विवाह करना
(C) अपने गाँव के बाहर विवाह साथी का चयन कर विवाह करना
(D) इनमें से कोई नहीं

160. "हिन्दू विवाह एक संस्कार है." किसने कहा है ?
(A) कपाड़िया (B) मेघातिथि
(C) हेदया (D) हॉवेल

161. "विवाह कन्या को पत्नी बनाने के लिए एक निश्चित क्रम से की जाने वाली अनेक विधियों से सम्पन्न होने वाला पाणिग्रहण संस्कार है जिसकी अन्तिम विधि सप्तर्षि-दर्शन है". यह कथन है—
(A) कपाड़िया का (B) मेघातिथि का
(C) हॉवेल का (D) इनमें से किसी का नहीं

162. हिन्दू विवाह के उद्देश्य हैं—
(A) धार्मिक कार्यों की पूर्ति
(B) पुत्र-प्राप्ति
(C) रति आनन्द
(D) उपर्युक्त सभी

163. हिन्दू विवाह के उद्देश्य हैं—
(A) व्यक्ति का विकास
(B) समाज के प्रति कर्त्तव्य का निर्वाह
(C) परिवार के प्रति दायित्वों का निर्वाह
(D) उपर्युक्त सभी

164. अन्तर्विवाह को रूढ़िवादी और बहिर्विवाह को प्रगतिवादी बताने वाले विद्वान् हैं—
(A) मैकाइवर एवं पेज (B) गिलिन एवं गिलिन
(C) समनर एवं केलर (D) इनमें से कोई नहीं

165. जब एक समूह का लड़का अपने से निम्न समूह की लड़की से विवाह करता है, तो उसे कहते हैं—
(A) अनुलोम विवाह (B) प्रतिलोम विवाह
(C) अन्तर्विवाह (D) बहिर्विवाह

166. "भारत में तो अनुलोम विवाहों का प्रचलन दसवीं शताब्दी तक रहा." यह मत है—
(A) पी.वी. काणे का (B) डॉ. घुरिये का
(C) डॉ. दुबे का (D) इनमें से किसी का नहीं

167. निम्नलिखित में विवाह का उद्देश्य है—
(A) यौन इच्छाओं की पूर्ति
(B) सन्तानोत्पत्ति
(C) परिवार का निर्माण
(D) उपर्युक्त सभी

168. हिन्दुओं में विवाह के कितने परम्परागत स्वरूप माने गए हैं ?
(A) 16 (B) 12
(C) 8 (D) 5

169. प्रेम विवाह का परम्परागत नाम है—
(A) गन्धर्व विवाह (B) ब्राह्म विवाह
(C) दैव विवाह (D) प्रजापत्य विवाह

170. सूची–I (लक्षण) को सूची–II (अवधारणा) के साथ सुमेलित कीजिए तथा सूचियों के नीचे दिए गए कूट का प्रयोग करते हुए सही उत्तर चुनिए—

सूची–I (लक्षण)
(a) परिवार की महिलाओं के माध्यम से वंशक्रम सम्बन्धों का निर्धारण करना
(b) परिवार के महिला एवं पुरुष दोनों सदस्यों के माध्यम से वंशक्रम सम्बन्धों का निर्धारण करना
(c) परिवार के पुरुष सदस्यों के माध्यम से वंशक्रम सम्बन्धों का निर्धारण करना
(d) ऐसे परिवार जिसमें अधिकतम पारवारिक मामलों में महिलाओं का प्राधान्य होता है

सूची–II (अवधारणा)
1. पितृपरम्परा
2. मातृपरम्परा वंशक्रम
3. मातृसत्ता का विकासवादी सिद्धान्त
4. उभयवंश क्रम

कूट :

	(a)	(b)	(c)	(d)
(A)	2	4	1	3
(B)	1	3	2	4
(C)	2	3	1	4
(D)	1	4	2	3

171. एक गाय और एक बैल अथवा इनके दो जोड़े वर द्वारा कन्या के पिता को देकर विवाह करने को कहते हैं—
(A) असुर विवाह
(B) गन्धर्व विवाह
(C) आर्ष विवाह
(D) प्रजापत्य विवाह

172. मारकर, अंग छेदन करके, घर को तोड़कर हल्ला करती हुई, रोती हुई कन्या को बलात हरण करके विवाह करने को कहते हैं—
(A) राक्षस विवाह (B) असुर विवाह
(C) पैशाच विवाह (D) हरण विवाह

173. कन्या-मूल्य देकर सम्पन्न किए जाने वाले विवाह को कहते हैं—
(A) गन्धर्व विवाह (B) असुर विवाह
(C) ब्राह्म विवाह (D) इनमें से कोई नहीं

174. यज्ञ करने वाले पुरोहित को अलंकारों से सुसज्जित कन्यादान को कहते हैं—
(A) दैव विवाह (B) प्रजापत्य विवाह
(C) वर-मूल्य विवाह (D) धर्म विवाह

175. हिन्दू विवाह अधिनियम कब पारित हुआ था?
(A) 1954 में (B) 1955 में
(C) 1956 में (D) 1959 में

176. मुसलमानों में विवाह को माना जाता है—
(A) सामाजिक समझौता (B) कानूनी सम्बन्ध
(C) धार्मिक संस्कार (D) इनमें से कोई नहीं

177. 'मेहर' का प्रचलन है—
(A) सिखों में (B) मुसलमानों में
(C) ईसाइयों में (D) बौद्धों में

178. मुसलमानों में अस्थायी विवाह को कहते हैं—
(A) मेहर (B) निकाह
(C) मुताह (D) जिहर

179. मुताह विवाह का प्रचलन है—
(A) सुन्नियों में (B) शियाओं में
(C) ईसाइयों में (D) सिखों में

180. मुस्लिम कानून के अनुसार एक पुरुष एक समय में कितनी स्त्रियों से विवाह कर सकता है?
(A) एक (B) दो
(C) तीन (D) चार

181. 'विशेष विवाह अधिनियम' कब पारित हुआ?
(A) 1954 में (B) 1955 में
(C) 1956 में (D) 1957 में

182. 'हिन्दू विधवा पुनर्विवाह अधिनियम' कब पारित हुआ ?
(A) 1855 में (B) 1856 में
(C) 1857 में (D) 1858 में

183. शरीयत अधिनिमय कब पारित हुआ—
(A) 1935 में (B) 1936 में
(C) 1937 में (D) 1938 में

184. मुस्लिम विवाह-विच्छेद अधिनियम कब पारित हुआ ?
(A) 1937 में (B) 1939 में
(C) 1954 में (D) 1955 में

185. मुसलमानों में इद्दत कहते हैं—
(A) इज्जत को
(B) तलाक को
(C) तीन मासिक धर्मों को
(D) चार मासिक धर्मों के बीच तीन माह की अवधि को

186. मुसलमानों में विवाह के कितने प्रकार प्रचलित हैं ?
(A) 2 (B) 3
(C) 4 (D) 5

187. निम्नांकित में से परिवार की उत्पत्ति के यौन साम्यवाद या कामायार की स्थिति को प्रथम अवस्था मानने वाले विद्वान् हैं—
(A) अरस्तू (B) रॉयलर
(C) मॉर्गन (D) मैलिनोवस्की

188. विवाह एवं परिवार की उत्पत्ति के 'एक विवाह सिद्धान्त' के समर्थक हैं—
(A) बैकोफेन (B) प्लेटो
(C) वेस्टरमार्क (D) फ्रेजर

189. परिवार का आदिम स्वरूप पितृसत्तात्मक परिवार को मानने वाले विद्वान् हैं—
(A) टायलर (B) मॉर्गन
(C) फ्रेजर (D) हेनरीमेन

190. टॉयलर के अनुसार परिवार का आदिम स्वरूप क्या था ?
(A) पितृवंशीय (B) मातृसत्तात्मक
(C) सिण्डेस्मियन (D) पुनालुअन

191. स्मृतियों में हिन्दू विवाह के कितने प्रकार मिलते हैं ?
(A) 12 (B) 8
(C) 4 (D) 2

192. हिन्दू विवाह के अन्तर्गत जब एक पिता अपनी कन्या को चरित्रवान् व्यक्ति को देता है, तो उस विवाह को कहते हैं—
(A) प्रजापत्य (B) आर्ष
(C) पिशाच (D) इनमें से कोई नहीं

193. संयुक्त परिवार को नायरों में कहते हैं—
(A) सुसु (B) गोतुल
(C) तारवाड (D) इलाम

194. शारदा एक्ट कब पारित हुआ?
(A) 1829 में (B) 1929 में
(C) 1954 में (D) 1955 में

उत्तर व्याख्या सहित

1. (A) के. एम. कपाड़िया के द्वारा विस्तृत परिवार उस परिवार को कहा जाता है जिसमें कई पीढ़ियों के सदस्यों का एक सामान्य निवास के साथ-साथ एक रसोई हो. जिसकी एक आर्थिक कार्य-प्रणाली हो और जो परस्पर रक्त सम्बन्धों से बँधे हों.
2. (A) प्रत्येक समाज में परिवार, विवाह और समान वंश परम्परा के लोगों के मध्य सामाजिक सम्बन्ध बनते हैं और उन्हें सम्बोधन का नाम—पितामह, पिता, माता, भाई, चाचा, भतीजा आदि दिया जाता है. सम्बन्ध व सम्बोधन के ही आधार पर नातेदारी सम्भव है.
3. (C) जो धन एक मुसलमान पति द्वारा, स्त्री को 'मेहर' के रूप में चुकाता है.
4. (D) नाबालिग बच्चों का विवाह उनके संरक्षकों की स्वीकृति द्वारा किया जा सकता है, किन्तु ऐसे विवाह को वर-वधू को बालिग होने पर समाप्त करने का अधिकार है. इस अधिकार को 'खयार-डल-बुलूग' या बालिग होने का विकल्प (Option of puberty) कहते हैं.
5. (A) विवाह की एक आवश्यक शर्त 'मेहर' अर्थात् स्त्रीधन है जो विवाह के समय पुरुष द्वारा स्त्री को चुका दिया जाना चाहिए या तय कर लिया जाना चाहिए.
6. (B) 7. (D) 8. (C)
9. (B) विवाह सम्बन्धी—पत्नी
वंशानुक्रम—संदिग्ध वंशानुक्रम
पितृबन्ध—पुरुष पूर्वज नातेदारी
कुल—तीन पीढ़ियों के सम्बन्धी
10. (C) 11. (A)
12. (D) मातृस्थानिक आवास—वधू के माता-पिता
पितृस्थानिक आवास—वर के माता-पिता
मातुलस्थानिक आवास—वधू के मामा
उभयस्थानिक आवास—वधू अथवा वर के सम्बन्धी
13. (B) परिहार—नातेदारी प्रयोग
संयुक्त परिवार—नातेदारी समूह
गोत्र—बहिर्विवाह
साली विवाह—विवाह
14. (D)
15. (A) प्राथमिक समरक्तता—रक्त सम्बन्धी
द्वैतीयक नातेदारी—पत्नी की माँ, भाई
विस्तारित परिवार—दो मूल परिवारों का समायोजन
बहुपति विवाह—पतियों की बहुलता
16. (C) हिन्दुओं में बहिर्विवाह के नियमों के अनुसार एक व्यक्ति को अपने परिवार, गोत्र, प्रबर, पिण्ड एवं जाति के कुछ समूहों के बाहर विवाह करना ही बहिर्विवाह कहलाता है.
17. (B) हिन्दू विवाह स्त्री व पुरुष के बीच सामाजिक मान्यता प्राप्त सम्बन्ध मात्र ही नहीं है, बल्कि इसके साथ ही एक दूसरा धार्मिक एवं आध्यात्मिक पक्ष भी जुड़ा हुआ है. यह मूलतः एक पवित्र-बन्धन एवं एक धार्मिक संस्कार है.
18. (A) पितृसत्तात्मक परिवार, परिवार का वह रूप है जिसमें शक्तियों का केन्द्रीयकरण परिवार के सबसे जेष्ठ पुरुष मुखिया के हाथ में होता है.
19. (C) जब परिवार का सर्वोच्च या प्रमुख अधिकार माता या स्त्री में केन्द्रित हो तब मातृसत्तात्मक परिवार तथा जब परिवार का सर्वोच्च या प्रमुख अधिकार पिता या पुरुष में केन्द्रित हो, तब पितृसत्तात्म परिवार कहा जाता है.
20. (C) बच्चे के जन्म के बाद स्त्री के रजःस्राव नहीं होने तक के समय को प्रसवोत्तर अनार्तव कहलाता है.
21. (A) मैलिनोवस्की के अनुसार 'विवाह बच्चों को पैदा करने तथा पालन-पोषण करने के लिए एक संविदा (इकरारनामा) है.
22. (C) टोडा, खासा एवं कोटा जनजाति में पितृपक्षीय बहुपति प्रथा का प्रचलन है, जिसमें स्त्री विवाह के बाद या तो पतियों के सामूहिक निवास पर जाकर रहा करती है या क्रमशः सभी पतियों के पास कुछ समय के लिए रहा करती है.
23. (D) यह—योजना पूर्णतया वर्गात्मक सम्बन्ध व्यवस्था पर आधारित थी. इनके प्रकरण का सभी क्रम इस प्रकर है—
समरक्त–समूह–सिनडेस्मियन–पितृसत्तात्मक–एक विवाही परिवार.
24. (A) मॉर्गन–मानव समाज के प्रारम्भ में न तो विवाह था और न ही परिवार था.
वेस्टरमार्क–पुरुषों द्वारा कब्जा जमाने की भावना से परिवार की उत्पत्ति हुई.
विफॉल्ट सारे पारिवारिक मामलों में माँ की सर्वोच्च सत्ता का महत्व है.
मरडॉक–परिवार एक बहुप्रकार्यात्मक संस्था है.

25. (C) पारिवारिक समूह–परिवार
स्थानीय वंशानुक्रम समूह–खानदान
वंश–कुल
कुल–गोत्र
26. (C) फैमिली एण्ड किन इन इण्डो–यूरोपियन कल्चर–जी. एस. घुरिये
किनशिप ऑर्गेनाइजेशन इन इण्डिया–इरावती कर्वे
मैरेज एण्ड फैमिली इन इण्डिया–के. एम. कपाड़िया
फैमिली एण्ड किनशिप–ए स्टडी ऑफ दि पण्डित्स इन रूरल कश्मीर–टी. ए. मदान
27. (A) जब एक व्यक्ति का वंशानुक्रम उसके पिता के पक्ष से गिना जाता है तो उसे पितृवंशीय वंशानुक्रम कहते हैं. पितृवंशीय वंशानुक्रम से सम्बन्धित सभी बन्धुओं को पितृबन्धु (Agnates) कहते हैं.
28. (C) जब विवाहित दम्पत्ति पति की माँ के भाई (पति के मामा) के साथ या उसके सानिध्य में रहते हैं, तब ऐसे परिवार को मातुल्य स्थानीय परिवार कहा जाता है.
29. (B) प्रयोगिक विवाह की कोई प्रथा नहीं चल रही है.
30. (B) विवाह का वह रूप जिसमें वर विवाह के लिए कन्या के पिता या रिश्तेदारों को क्या मूल्य देता है असुर विवाह कहलाता है.
31. (B) एक स्त्री अपने से निम्न जाति के पुरुष से विवाह करती है तो ऐसे विवाह को प्रतिलोम विवाह कहते हैं. अनुलोम विवाह के अन्तर्गत वर उच्च कुल का होता है और वधू निम्न कुल की होती है.
32. (A) डॉ. श्याम सी. दुबे के अनुसार विस्तृत परिवार की संज्ञा उस परिवार संकुल को दे दी जाती है जो वंशानुक्रम से सम्बद्ध होते हुए भी अपनी भिन्न-भिन्न इकाइयों के रूप में परिवार में बँटे हुए हैं.
33. (C) स्वजन व्यवस्था को मार्गन ने वर्गात्मक एवं व्यक्तिकात्मक नामकरण के साथ दो श्रेणियों में बाँटा है. वर्गात्मक प्रणाली के अन्तर्गत एकशाखीय एवं भिन्नशाखीय कई व्यक्तियों और विवाह मूलक सम्बन्धियों के लिए एक ही सम्बन्धसूचक का प्रयोग किया जाता है. व्यक्तिकात्मक शब्द यथार्थ सम्बन्ध-सूचक होते हैं और केवल उन्हीं व्यक्तियों के लिए प्रयुक्त होते हैं, जिनके सन्दर्भ में या जिनको सम्बोधन करते हुए बात की जाती है.
34. (D)
35. (D) जब सम्पत्ति का संचारण सम्पत्ति के मालिक की सबसे बड़ी संतान को देते हैं, तो इसे ज्येष्ठाधिकार कहा जाता है. नम्बूदरी ब्राह्मणों में इकम, आवास तथा पितृवंशीय व्यवस्था पायी जाती है, जबकि नायरों में मातृसत्तात्मक व्यवस्था पायी जाती है.
36. (A) उत्तर भारत में ब्राह्मणों और उच्च जातियों में चार गोत्र नियम का पालन किया जाता है या पिता, माता, दादी और नानी के गोत्रों के परिवारों के साथ विवाह सम्बन्ध स्थापित करना वर्जित समझा जाता है, लेकिन कुछ मध्यम जातियों और अधिकतर निम्न जातियों में केवल पिता और माता के गोत्रों को ही विवाह सम्बन्ध करने में टाला जाता है.
37. (B) माता-पिता एवं सन्तानों की बीच तथा सहोदरों के बीच पाये जाने वाले सम्बन्धों को रक्तमूलक (सुमरक्त) स्वजन कहा जाता है.
38. (B)
39. (C) नायर जाति में बहुपति विवाह पाया जाता है. अतः कोई भी पति जन्मे बच्चे का पिता हो सकता है. उत्तरांचल के जौनसार, नायर, खस, नीलगिर के टोडा एवं कोटा तथा मालबार के नायर, हरावान तथा कुर्गवासियों में बहुपति विवाह प्रचलित रहा है.
40. (C) पॉलिन कोलेन्डा ने भारत में परिवार को 12 कोटियों में वर्गीकृत किया है, जिनमें अनुपूरित नाभिकीय, उप-नाभिकीय एकल व्यक्ति शामिल हैं, लेकिन वंशज (Supplemented lined) की कोई नहीं है.
41. (D) वैवाहिक सम्बन्धों को लेकर उच्च जाति के लोगों में जाति चेतना अत्यधिक होती है. वे अपनी जाति को श्रेष्ठ मानते हुए स्वयं को एक अलग अस्तित्व में देखना चाहते हैं. विवाह को तय करने में आदिम से उग्रटूटन समाज तक में परिवार की आर्थिक स्थिति को एक महत्वपूर्ण कारक माना है.
42. (A) दक्षिणी भारत के नायर, तियान, मुसलमानों में मोपला, कनारी जिले के बंट आदि भागों में मातृसत्तात्मक व मातृस्थानीय परिवार पाये जाते हैं. इन मातृसत्तात्मक संयुक्त परिवारों को धारवाड़ पुकारते हैं. धारवाड़ संयुक्त परिवार में स्त्री उसके भाई और बहन तथा उसकी बहन के लड़के व लड़कियाँ संयुक्त परिवार रूप में रहते हैं.
43. (B) विवाह एक पुरुष तथा एक महिला का आपस में सम्मिलित है व यह लिंग सम्भोग की वैधता को और सन्तान्नों की वैधता को प्रतिष्ठित करता है. के. एम. कपाड़िया के अनुसार, हिन्दू विवाह एक स्त्री और पुरुष के मध्य सामाजिक मान्यता प्राप्त बन्धन है जिसका उद्देश्य धर्म, प्रज्ञा, रति तथा कुछ दायित्वों का निर्वहन है.
44. (B) 'फैमिली एण्ड किनशिप अमंग पण्डित्स ऑफ कश्मीर'–टी. एन. मदान
'किनशिप एण्ड मैरिज'–रॉबिन फॉक्स
'एलीमेन्ट्री स्ट्रक्चर्स ऑफ किनशिप'–लेवी स्ट्रॉस
'फैमिली एण्ड किनशिप इन इण्डोयोरोपियन कल्चर'–जी. एस. घुरिये
'सोशल स्ट्रक्चर ऑफ वैल्यूज'–राधाकमल मुखर्जी

45. (A) देवरा वोक्काल् क्षेत्रीय बहिर्विवाह का एक प्रकार है, जो कर्नाटक के गंगादिकार वोक्कालिंगों में प्रचलित है तथा यह प्रथा उत्तरी भारत के क्षेत्रीय बहिर्विवाह का सम्पूरक है.

46. (A)

47. (A) विवाह समूह न होकर एक संस्था है. परिवार एक संस्था समूह और समिति है. कुल के सदस्यों के लिए यह आवश्यक है कि वे एक ही रक्त सम्बन्ध के हों तथा एक निश्चित भौगोलिक क्षेत्र में रहने के कारण जनजाति का रूप एक समुदाय कहा जाता है.

48. (D) एक विधवा अपने पति के किसी भी एक भाई के साथ विवाह करती है. पतिभ्राता विवाह या लेविरेट कहते हैं.

49. (C)

50. (B) उत्तरी महाराष्ट्र के कुर्गों तथा मराठों में फुफेरी बहन से विवाह करने की प्रथा पायी जाती है. यह प्रथा मध्य प्रदेश की गोंड जनजाति में भी प्रचलित है.

51. (C) माँ के भाई के साथ विवाह–कर्नाटक के देशस्थ ब्राह्मणों का

भ्रातृक बहुपति प्रथा–टोडा

भ्रातृक का अभ्रातृक बहुपति प्रथा–तिब्बती

देवर विवाह–कुर्ग

52. (A) मध्य प्रदेश के गोंडों में दूध लौटावा विवाह का प्रचलन है.

53. (A) सिण्डेस्मियन परिवार में विवाह तो एकल युग्म के मध्य होता है, लेकिन परिवार के सभी पुरुष सदस्य सभी विवाहित स्त्रियों के साथ समान रूप से यौन सम्बन्ध स्थापित करते हैं.

54. (B) प्राथमिक, द्वितीयक एवं तृतीयक सम्बन्धी–मरडॉक

प्रजनन का परिवार तथा अभिविन्यास का पारिवारिक–पारसन्स परिहास का सम्बन्ध–रेडक्लिफ-ब्राउन

प्रारम्भिक परिवार–ऑगबर्न

55. (B) परिवार का वह रूप जिसमें वंश का निर्धारण माँ की तरफ से किया जाता है, मातृवंशीय परिवार कहा जाता है. मातृवंशीय परिवार में एक व्यक्ति अपने मातृकुल से सम्बद्ध होता है.

56. (B) पितृवंशीय समाजों की एक प्रथा जिसके अनुसार एक विधवा अपने पति के किसी एक भाई के साथ विवाह करती है.

यह दो प्रकार का होता है–(1) देवर-भाभी विवाह (2) ज्येष्ठ विवाह.

57. (B) किबूजिम आर्थिक रूप से परिवारों के एक समुदाय का रूप होता है.

58. (A) अलग-अलग कुलों के बहिर्विवाही समूह में इकट्ठे हो जाने की प्रक्रिया फ्रेटरी कहलाती है. यह किसी भी जनजाति का प्रारम्भिक उप-विभाजन है. जबकि कई वंश समूह मिलकर एक गोत्र का निर्माण करते हैं. गोत्र की तरह ये भी बहिर्विवाही समूह हैं.

59. (A) कुछ पितृसत्तात्मक समाजों में पाई जाने वाली एक ऐसी प्रथा को पितृश्वसा कहा जाता है, जिसमें पिता की बहन का अपने भतीजे एवं भतीजियों के साथ विशिष्ट सम्बन्ध हुआ करता है. डॉ. रिवर्स ने बैक्स द्वीप में इस प्रथा का प्रचलन पाया है.

60. (B) बहिर्विवाह—एक प्रथा नियम या चलन जिसके द्वारा एक व्यक्ति का अपने समुदाय/गोत्र/वंश के बाहर विवाह करना आवश्यक होता है.

नातेदार—रक्त एवं विवाह सम्बन्धी

अन्तर्विवाह—विवाह का ऐसा नियम, जिसके द्वारा व्यक्ति को अपने समूह जाति, धर्म, प्रजाति, जनजाति आदि में विवाह करने के लिए मजबूर होना पड़ता है.

पितृस्थानीय परिवार—वह परिवार जिसमें व्यक्ति विवाहोपरान्त पत्नी सहित अपने माता-पिता के घर रहता है.

61. (B) महिलाओं का प्रवास मुख्य रूप से विवाह से सम्बन्धित होता है. महिलाओं का विवाह निकटस्थ होता है. इसी वजह से उनका प्रवास कम दूरी तक ही पाता है.

62. (C) सभी समाजों में कुछ सम्बन्धियों के मध्य किसी-न-किसी प्रकार का परिहार्य निभाया जाता है. फ्रेजर व फ्रॉयड परिहार की व्याख्या यौन-सम्बन्धी निषिद्धता के सभी समाजों में मौजूद घृणा अथवा विरोध जैसे कारकों पर आधारित है.

63. (A) अन्तर्विवाही—समूह के अन्दर विवाह

पितृप्रधान परिवार—पुरुष परिवार का मुखिया है

'कर्ता'—परिवार का मुखिया

अनुलोभ—उच्च जाति के पुरुष का निम्न जाति की स्त्री से विवाह

64. (D)

65. (A) निश्चित रूप से बहुपति विवाह प्रथा संकुचित होती जा रही है. बहुपति विवाह की प्रथा कई सामाजिक जनसांख्यिकीय कारकों पर निर्भर है.

66. (B) विधवा अपने पति के किसी भी एक भाई के साथ विवाह करती है, देवर विवाह कहा जाता है.

67. (B) समकालीन समाज में एक विवाह आमतौर पर प्रचलित है. एक विवाह प्रथा से निश्चित तौर पर महिलाओं की प्रस्थिति में वृद्धि होती है.

68. (C) नीलगिर के टोडा, खस तथा कोटा जनजाति में बहुपति विवाह का प्रचलन है. यह आवश्यक नहीं है कि इस प्रथा में अधिक बच्चे जन्म लें या जन्म लेने वाले लड़के ही हों साथ ही महिलाओं में बांझपन हो.

69. (A) भारत के दक्षिणाचल में नीलगिरि के पर्वतीय क्षेत्रों में इस क्षेत्र की प्राचीनतम जनजाति टोडा रहती है. इनमें बहुपति प्रथा प्रचलित है, किन्तु वर्तमान में एक विवाही प्रथा का भी प्रचलन बढ़ने लगा है.

70. (D) वह परिवार जिसमें व्यक्ति जन्म होता है तथा उसका पालन-पोषण होता है, जन्म-मूलक परिवार (Family of orientation) कहा जाता है. ऐसे परिवार में व्यक्ति के माता-पिता एवं अविवाहित भाई-बहन आते हैं.

71. (A) एम. एस. गोरे—अर्बनाइजेशन एण्ड फैमिली
आई. पी. देसाई—सम एस्पैक्ट्स ऑफ फैमिली इन इण्डिया
के. एम. कपाड़िया—मैरिज एण्ड फैमिली इन इण्डिया
एम. एम. गोरे—वर्ल्ड रिवोल्यूशन एण्ड फैमिली पैटर्न

72. (B) भील—बहुपत्नी प्रथा
टोडा—बहुपति प्रथा
खासी—मातृतन्त्र
उरांव—पितृतन्त्रात्मक

73. (B) औद्योगिक विकास के दरम्यान पड़े प्रभाव से ग्रामीण सामाजिक परिदृश्य से संयुक्त परिवार लुप्त होता जा रहा है. संयुक्त परिवारों में व्यक्तिगत उपलब्धियों को प्रमुखता न देकर परिवार को प्रमुखता प्रदान की जाती है.

74. (B) बहिर्विवाह में ब्याज प्रसूति व्यवस्था है. जीवन यात्रा के संस्कार में नामकरण संस्कार जुड़ा है.

75. (A) मानव जीवन की समस्त सामाजिक सांस्कृतिक संस्थाओं में परिवार एक आधारभूत सर्वव्यापी एवं सर्वकालिक संस्था रही है. यह सामाजिक विकास के सभी स्तरों में किसी-न-किसी रूप में मौजूद रही है.

76. (D) 77. (B) 78. (C) 79. (A) 80. (A)

81. (B) 82. (C) 83. (A)

84. (C) धारवाड़—दक्षिण भारत के नायरों में
ओका—कुर्ग जनजाति में
नोक—गारो जनजाति में
इलम—नम्बूदरी में

85. (C) समंजन एक ऐसी दशा है जिसमें व्यक्ति आपस में मिल-जुलकर कार्य करते हैं, वास्तव में उनमें भी विभेद पाये जाते हैं जो उनको अलग कर देते हैं. सहयोग सामाजिक अन्तःक्रिया का वह रूप है जिसमें दो या अधिक व्यक्ति अथवा समूह किसी सामान्य रूप से इच्छित लक्ष्य की प्राप्ति के लिए संगठित रूप से मिलकर प्रयत्न करते हैं.

एकीकरण अनुकूलन की वह प्रक्रिया है जिसमें संस्कृति के तत्व एक समनुरूप समग्र का रूप धारण करते हों.

आत्मसात्करण एक ऐसी प्रक्रिया है जिसमें एक अल्पसंख्यक समूह धीरे-धीरे अपने सांस्कृतिक प्रतिरूपों को छोड़ता है और प्रबल समूह के सांस्कृतिक प्रतिरूपों को अपनाता है.

86. (D) 87. (B) 88. (D) 89. (D)

90. (C) हिन्दू-विवाह का उद्देश्य रति आनन्द, प्रजा तथा धर्म है.

91. (C) 92. (D)

93. (C) मुस्लिम विवाह की विशेषताएँ बच्चों के जन्म को कानूनी रूप देना, घर बसाना तथा यौन सम्बन्धों की स्थापना करना है.

94. (A) शास्त्रों में हिन्दू विवाह के 8 प्रकारों की चर्चा की गयी है–
(1) ब्रह्म विवाह, (2) दैव विवाह, (3) आर्ष विवाह, (4) असुर विवाह, (5) गन्धर्व विवाह, (6) प्रजापत्य विवाह, (7) राक्षस विवाह, (8) पैशाचिक विवाह.

95. (D) महिला वंशक्रमानुसार वंशक्रम को पदांकित करने की प्रथा मातृवंशपरम्परा है. पुरुष तथा महिला वंशक्रमानुसार वंशक्रम को पदांकित करने की प्रथा-द्विपक्षीय प्रथा है. पारिवारिक सत्ता संरचना का रूप जिसमें पुरुष ही निर्णय लेते हैं–पुरुष प्राधान्य प्रथा है. पारिवारिक सत्ता संरचना का रूप जिसमें शक्ति तथा निर्णय की सहभागिता होती है–समता है.

96. (B) 97. (D)

98. (A) मैकाइवर एवं पेज की निम्नलिखित सामान्य तथा विशिष्ट विशेषताएँ हैं.
सामान्य विशेषताएँ—विवाह सम्बन्ध, विवाह का एक स्वरूप, वंशनाम, अर्थ-व्यवस्था, सामान्य विकास.
विशिष्ट विशेषताएँ—सार्वभौमिक, भावात्मक आधार, रचनात्मक, प्रभाव, केन्द्रीय स्थिति, सदस्यों का उत्तर-दायित्व, सीमित आकार, सामाजिक नियमन, परिवार की स्थायी और अस्थायी प्रकृति.

99. (A) 100. (D) 101. (A) 102. (C) 103. (C)

104. (C) 105. (B) 106. (C)

107. (A) इस प्रकार के परिवारों परिवार का पूर्वज एवं प्रधान पिता या पुरुष ही होता है. बच्चे अपने नाम के आगे पिता के वंश नाम का ही प्रयोग करते हैं तथा उसी से उसकी एक अलग पहचान भी बनती है. इस प्रकार के परिवार में पैतृक सम्पत्ति का उत्तराधिकारी भी पुत्र या कोई अन्य पुरुष ही होता है.

108. (B) इस प्रकार के परिवारों में पिता की या पुरुष की प्रधानता के बदले माता या स्त्री की ही प्रधानता होती है. माता ही घर के कर्ता की भूमिका का निर्वाह करती है. पैतृक सम्पत्ति की उत्तराधिकारी भी पुत्रियाँ ही होती हैं. यह भारत के गारो खासी, नायर (केरल) आदि जनजातियों में पाये जाते हैं.

109. (B) भारतीय जनजातियों में युवागृहों को अलग-अलग नामों द्वारा पुकारा जाता है. गिटिओरा—मुण्डा व हो, घोटुल—मध्य प्रदेश के मुरिया, गोण्ड, यो—आओ नागा, रंगबंग—भोटिया, मोरुंग—नागानोकपांत—गारो इत्यादि.

110. (D) मातृ-पितृ सम्बन्धी—समान पूर्वज

आधुनिक परिवार—सीमित श्रेणी वाली नातेदारी

समाजीकरण—पारिवारिक प्रकार्य

मातुल अधिकार—मामा

111. (B) 112. (C) 113. (B) 114. (A) 115. (C)
116. (D) 117. (D)

118. (B) पारिवारिक विघटन के लिए जनसंख्या वृद्धि, नगरीकरण तथा औद्योगीकरण हैं.

119. (A)

120. (B) द्विस्थानिक—विवाहित युगल को पति या पत्नी के जन्म परिवार में रहने की अनुमति है.

नवस्थानिक—विवाहित युगल अपने-अपने परिवार से बाहर कहीं भी अपने-आप रहते हैं.

मातृस्थानिक—विवाहित युगल पत्नी की माँ के घर में रहते हैं.

पितृस्थानिक–विवाहित युगल पति के पिता के घर में रहते हैं.

121. (D) परिहास सम्बन्ध—एफ. जे. फेडलर

वर्जना—सर जेम्स फ्रेजर

वर्गात्मक पदावली—एच. एल. मॉर्गन

टोटमवाद—दुर्खीम

122. (C) 123. (A) 124. (D) 125. (A) 126. (C)
127. (A) 128. (C)

129. (C) अधिनियम 1976 में सुधार करके लड़कों के लिए 21 वर्ष तथा लड़कियों के लिए 18 वर्ष की आयु को विवाह के लिए सर्वमान्य घोषित किया गया, जो आज तक लागू है.

130. (A) जहाँ पर अधिक स्त्रियाँ तथा पुरुष कम पाये जाते हैं तो वहाँ बहुपत्नी विवाह पाये जाते हैं. कुछ भारतीय जनजातियों में यह प्रायः पाये जाते हैं, जैसे–नागा, बैगा, लुगाई तथा खस आदि.

131. (C) मैलिनोवस्की के अनुसार, 'विवाह बच्चों को पैदा करने तथा पालन-पोषण करने के लिए एक संविदा (इकरारनामा) है.

132. (D) 133. (C) 134. (D) 135. (D)

136. (B) फेमिली, किनशिप एण्ड मैरिज इन इण्डिया'—पैट्रीशिया ओबेरॉय

'किनशिप ऑर्गेनाइजेशन इन इंडिया'—इरावती कर्वे

'फेमिली एण्ड किनशिप ए स्टडी ऑफ पण्डित्स ऑफ रूरल कश्मीर'—टी. एन. मदान

'मैरिज एण्ड फेमिली इन इण्डिया'–के. एम. कपाड़िया

137. (D) मातुलीय—कुछ समाजों में विशेषतः मातृसत्तात्मक समाजों में, एक व्यक्ति के अपने माँ के भाई (मामा) के साथ विशिष्ट प्रकार के सम्बन्ध पाये जाते हैं. इन विशिष्ट सम्बन्धों को अभिव्यक्त करने के लिए ही 'मातुलेय' शब्द का प्रयोग किया जाता है.

झूम कृषि—झूम का अर्थ स्थान परिवर्तन से है. इस प्रकार के कृषि कार्य में जमीन के किसी भाग में अस्थायी समय के लिए कृषि कार्य करके उसे छोड़ दिया जाता है तथा फिर अन्य दूसरे भाग में कृषि कार्य किया जाता है.

युवा शयन गृह—जनजातियों में अविवाहित युवकों एवं युवतियों के लिए अलग-अलग अथवा मिश्रित निवास होते हैं, जिन्हें हम युवा शयनगृह कह सकते हैं.

कुला—बी. मैलिनोवस्की द्वारा वर्णित मलेनेशिया के ट्रोबियण्ड द्वीपवासियों की उपहार—विनिमय की एक ऐसी प्रथा 'कुला' के नाम से जानी जाती है.

138. (C) 139. (C) 140. (A) 141. (A) 142. (A)
143. (A) 144. (B) 145. (A) 146. (C) 147. (D)
148. (D) 149. (A) 150. (B) 151. (C)

152. (D) अनुलोम विवाह—जब एक उच्च वर्ण, जाति, उपजाति, कुल एवं गोत्र के लड़के का विवाह ऐसी लड़की से किया जाय जिसका वर्ण, जाति, उपजाति कुल लड़के से निम्न हो तो ऐसा विवाह प्रतिलोम विवाह कहलाता है.

प्रतिलोम विवाह—जब लड़की उच्च वर्ण, जाति, उपजाति, कुल या वंश की हो और लड़का निम्न वर्ण, कुल, उपजाति, जाति का हो तो ऐसे विवाह को प्रतिलोम विवाह कहते हैं.

बहिर्विवाह—परिवार, गोत्र, प्रजाति, आदि के बाहर विवाह करना आवश्यक होता है, तो इस प्रकार के विवाह को बहिर्विवाह कहते हैं.

अन्तर्विवाह—व्यक्ति को अपने समूह (जाति, धर्म, प्रजाति, जनजाति आदि) में विवाह करने के लिए बाध्य होना पड़ता है, अन्तर्विवाह कहलाता है.

153. (D) गोत्र—गोत्र शब्द का प्रयोग कई वंशजों के एक ऐसे व्यापक समूह से लिया जाता है जिसके सदस्य अपने को किसी दूरस्थ या कल्पित पूर्वज की संतान मानते हैं.

कौटुम्बिक व्यभिचार—विवाह एवं नातेदारी की रीतियों के सन्दर्भित यह आशा की जाती है कि एक जाति, व्यक्ति या समूह क्षेत्रीयता, वंश-वृक्ष, गोत्र आदि के आधार पर कौटुम्बिक व्यभिचार के निषेध का पालन करें.

प्राथमिक नातेदार—एक व्यक्ति से प्रत्यक्षतः नातेदारी के आधार पर जुड़े व्यक्ति प्राथमिक स्वजन श्रेणी में गिने जाते हैं. पिता-पुत्र, पिता-पुत्री, माता-पुत्र, माता-पुत्री, भाई-भाई, भाई-बहिन, बहिन-बहिन तथा पति-पत्नी प्राथमिक स्वजनों की श्रेणी में आते हैं.

अन्तर्विवाह—विवाह का ऐसा नियम है जिसके द्वारा व्यक्ति को अपने (जाति, धर्म, प्रजाति, जनजाति आदि) में विवाह करने के लिए बाध्य होना पड़ता है, अन्तर्विवाह कहलाता है.

154. (A) अन्तर्विवाह के विपरीत बहिर्विवाह है. इसमें कुछ समूहों से बाहर वैवाहिक सम्बन्ध स्थापित करना अनिवार्य होता है. यह दायरा कहीं-कहीं इतना छोटा है कि इसमें केवल सहोदर ही आते हैं, तो कहीं-कहीं इतना विस्तृत कि इनमें वे व्यक्ति भी शामिल किये जाते हैं जिनके साथ वंशावली में नातेदारी का सम्बन्ध होता है.

155. (A) 156. (A) 157. (D)

158. (D) कपाड़िया के अनुसार, 'प्रवर', समान संस्कारों और ज्ञान से सम्बन्धित एक सम्प्रदाय है, जिससे एक व्यक्ति सम्बद्ध होता है.

159. (C) 160. (A) 161. (B)

162. (D) डॉ. कपाड़िया लिखते हैं, 'हिन्दू विवाह के उद्देश्य धर्म, प्रजा (सन्तान) तथा रति (आनन्द) बताये गये हैं."

163. (D) हिन्दू विवाह के उद्देश्य निम्न प्रकार हैं—

(1) हिन्दू विवाह, स्त्री पुरुषों के व्यक्तित्व के समुचित विकास में योग देता है. उन्हें जीवन की वास्तविकताओं से परिचित कराता है और वैयक्तिक जीवन को संगठित करता है.

(2) हिन्दू विवाह का एक अन्य उद्देश्य स्त्री-पुरुषों को गृहस्थ-आश्रम में प्रवेश करने तथा चार पुरुषार्थों धर्म, अर्थ, काम, मोक्ष की प्राप्ति में योग देना है.

(3) एक धार्मिक संस्कार के रूप में हिन्दू विवाह व्यक्ति में त्याग की भावना भरता है और पारिवारिक दायित्वों के निर्वाह की प्रेरणा देता है.

(4) हिन्दू विवाह समाज में व्यक्ति की स्थिति का निर्धारण करता है. यहाँ उसी व्यक्ति को पूर्ण माना गया है जो पत्नी प्राप्त करता है और सन्तानों को जन्म देता है."

164. (C)

165. (A) जब एक उच्च वर्ण, जाति, उपजाति, कुल एवं गोत्र के लड़के का विवाह ऐसी लड़की से किया जाय जिसका वर्ण, जाति, उपजाति, कुल एवं वंश लड़के से नीचा हो तो ऐसे विवाह को अनुलोम विवाह कहते हैं.

166. (D) 167. (D)

168. (C) हिन्दुओं में विवाह के परम्परागत स्वरूप आठ बताये गये हैं, जो निम्नलिखित हैं—

(1) ब्रह्म विवाह, (2) दैव विवाह, (3) आर्ष विवाह, (4) प्रजापत्य विवाह, (5) असुर विवाह, (6) गान्धर्व विवाह, (7) राक्षस विवाह, (8) पैशाच विवाह.

169. (A) मनु कहते हैं, "कन्या और वर की इच्छा से पारस्परिक स्नेह द्वारा काम और मैथुनयुक्त भावों से जो विवाह किया जाता है, उसे गान्धर्व विवाह कहते हैं.

170. (A) **पितृपरम्परा वंशक्रम**—इस तरह के परिवारों में वंश परम्परा पिता के नाम से चलाई जाती है. पुत्र पिता का वंशनाम प्राप्त करता है. हिन्दुओं में पितृवंशीय परिवार कहलाता है.

मातृपरम्परा वंशक्रम—ऐसे परिवारों में वंश परम्परा माँ के नाम से चलाई जाती है और माँ से पुत्रियों को वंश नाम मिलते हैं. यह प्रथा मालाबार के नायरों में पायी जाती है.

मातृसत्ता का विकासवादी सिद्धान्त—इस तरह के परिवार में स्त्री में ही अधिकार तथा सत्ता पाई जाती है, वह ही पारवारिक नियन्त्रण बनाने में कार्य करती है. इस तरह के परिवार भारत में नायर, खासी, गारो लोगों में पाये जाते हैं.

उभयवंश क्रम—इस तरह के परिवारों में वंश परिचय वंशानुगत सम्बन्ध पर न होकर सभी निकट सम्बन्धियों पर समान रूप से आधारित होता है. ऐसे समाजों में पैतृक व मातृक दोनों वंशनाम परम्पराएं साथ-साथ चलती हैं. उभयवाही परिवारों में एक व्यक्ति अपने दादा-दादी एवं नाना-नानी चारों सम्बन्धियों से समान रूप से सम्बद्ध होता है.

171. (C) गौतम ने धर्मसूत्र में लिखा है, "आर्ष विवाह में वर कन्या के पिता को एक गाय और एक बैल प्रदान करता है."

172. (A) मनु कहते हैं, "मारकर अंग–छेदन करके, घर को तोड़कर, हल्ला करती हुई, रोती हुई कन्या को बालात् अपहरण करके लाना, 'राक्षस' विवाह कहा जाता है." जैसे–श्रीकृष्ण का रुक्मणी एवं अर्जुन का सुभद्रा के साथ भी इसी तरह का विवाह हुआ था.

173. (B) "कन्या के परिवार वालों एवं कन्या को अपनी शक्ति के अनुसार धन देकर अपनी इच्छा से कन्या को ग्रहण करना 'असुर विवाह' कहा जाता है."

174. (A) गौतम एवं याज्ञवल्क्य ने दैव विवाह के लक्षण का उल्लेख इस प्रकार किया है–वेदों में दक्षिणा देने के समय पर यज्ञ कराने वाले पुरोहित को अलंकारों से सुसज्जित कन्या दान ही 'दैव' विवाह है.

175. (B)

176. (A) मुस्लिम विवाह कानून के अनुसार, "विवाह-स्त्री-पुरुष के बीच किया गया वह बिना शर्त का समझौता है, जिसका उद्देश्य सन्तानोत्पत्ति कर बच्चों को वैध रूप प्रदान करना है."

177. (B) विवाह के परिणामस्वरूप मुस्लिम स्त्री को 'मेहर' का अधिकार प्राप्त होता है.

178. (C) सुन्नियों में केवल स्थायी विवाह ही हो सकता है, किन्तु शिया मुसलमानों में अस्थायी विवाह जिसे मुताह (Mutah) कहते हैं.

179. (B) मुताह विवाह केवल शिया सम्प्रदाय में ही मान्य है. यह अस्थायी प्रकार का विवाह है. इसमें विवाह से पहले ही विवाहित जीवन की अवधि तय कर ली जाती है. अवधि समाप्ति के पश्चात् विवाह स्वतः ही समाप्त हो जाता है.

180. (D) एक मुसलमान पुरुष एक समय में चार स्त्रियों तक से विवाह कर सकता है, किन्तु मुस्लिम स्त्री एक समय में केवल एक ही पुरुष से विवाह कर सकती है.

181. (A) 182. (B) 183. (C) 184. (B) 185. (D)

186. (B) मुसलमानों में विवाह तीन प्रकार के होते हैं, जो निम्नलिखित हैं–(1) सही या वैध, (2) मुताह विवाह, (3) अनियमित.

187. (C) 188. (C) 189. (D) 190. (B)

191. (D) स्मृतियों में हिन्दू विवाह के दो प्रकार हैं—
(1) अनुलोम विवाह, (2) प्रतिलोम विवाह.

192. (D) हिन्दू विवाह के अन्तर्गत जब एक पिता अपनी कन्या को चरित्रवान् व्यक्ति को देता है, तो उस विवाह को ब्रह्म विवाह कहते हैं.

193. (C)

194. (B) 1929 में श्री हरविलास शारदा के प्रयास से 'बाल विवाह निरोधक अधिनियम (Child Marriage Restraint Act, 1929) पारित हुआ जो 'शारदा एक्ट' के नाम से भी जाना जाता है.

●●●

इकाई-III

सामाजिक स्तरीकरण
(Social Stratification)

"सामाजिक स्तरीकरण समाज का उन समूहों अथवा श्रेणियों में विभाजन है जोकि आपस में श्रेष्ठता एवं अधीनता के सम्बन्धों द्वारा सम्बद्ध होते हैं." —**जिंसबर्ट**

सामाजिक स्तरीकरण
(Social Stratification)

प्रत्येक समाज व्यक्ति में अंतर्निहित विभिन्नताओं के आधार पर विभिन्न श्रेणियों में विभाजित होता है. इन श्रेणियों में एक निश्चित स्थान निर्धारित रहता है जिस आधार पर इन श्रेणियों के बीच सामाजिक जीवन में एक स्पष्ट सी असमानता दिखाई पड़ती है. सर्वाधिक सुविधा, शक्ति तथा प्रतिष्ठा प्राप्त श्रेणी समाज में सबसे उच्च मानी जाती है. क्रमागत रूप से कम सुविधा, साधन तथा शक्ति सम्पन्न श्रेणी या श्रेणी सदस्यों का स्तर निम्न माना जाता है. समाज में इन्हीं उच्च और निम्न श्रेणियों के निर्माण, उनके स्थान क्रम का निर्धारण, उनके मध्य सुविधा और शक्ति के बँटवारे में असमानता की पद्धति और प्रक्रिया सामाजिक स्तरीकरण कहलाती है.

सामाजिक स्तरीकरण की सार्वभौमिकता एवं सार्वकालिकता की विशेषता ने ही इसे ज्ञान निर्माण के दृष्टिकोण से एक महत्वपूर्ण स्थान प्रदान किया है. हालांकि स्तरीकरण से सम्बन्धित प्रारम्भिक विश्लेषण मात्र सामाजिक असमानता के शास्त्रीय विश्लेषण तक ही सीमित था. इस क्रम में प्लेटो एवं अरस्तू के अनुसार समाज में असमानता मात्र उसी सीमा तक वांछित है जहाँ असमानता का सम्बन्ध मनुष्य में जन्मजात असमानता से है. आधुनिक विचारकों में जैसे—मार्क्स, अगस्ट कांट, सेण्ट साइमन, हरबर्ट स्पेन्सर आदि ने विभिन्न समाजों के विभिन्न वर्गों को अपने-अपने दृष्टिकोण से उद्धृत किया. इसके बाद वार्ड, समनर, पेज, कूले आदि समाजशास्त्रियों की रचनाओं में सामाजिक स्तरीकरण की अवधारणा का विस्तृत विश्लेषण मिलता है, परन्तु इस अवधारणा पर व्यवस्थित अध्ययन का विकास 1953 में **'लिप्सेट एवं बेनेडिक्स'** की पुस्तक 'Class, Status and Power' के प्रकाशन के बाद प्रारम्भ हुआ. 1955 में मेयर ने अपनी पुस्तक 'Class and Society' में इस अवधारणा के विभिन्न पहलू एवं उसकी व्यापकता को उजागर किया. 1957 में प्रकाशित बर्नाड की पुस्तक 'Special Stratification' के साथ ही विश्वविद्यालय स्तर पर भी यह एक मान्य प्रतिपाद्य विषय के रूप में स्थापित हो गया.

प्रारम्भिक विश्लेषण में जहाँ सामाजिक स्तरीकरण से सम्बन्धित विभिन्न पहलुओं का ही आभास मिलता है, वहीं बाद के विश्लेषण में इसकी प्रासंगिकता को लेकर दो विचारधारा का आगाज हुआ. कुछ विचारक समाज की उन्नति के लिए स्तरीकरण को अपरिहार्य मानते हैं; लेकिन कुछ विचारक इसे अन्यायपूर्ण एवं सामाजिक समानता के विरुद्ध मानते हुए सामाजिक संघर्ष का एक मुख्य कारण मानते हैं. यह अन्तर्विरोध ही लगभग सभी प्रमुख सामाजिक विज्ञानों में सामाजिक स्तरीकरण को मुख्य स्थान दिलाता है ताकि विभिन्न दृष्टिकोण से इसका अध्ययन किया जा सके. राजनीतिशास्त्र एवं अर्थशास्त्र में इसके ऐतिहासिक पृष्ठभूमि से सम्बन्धित व्यापक अध्ययन हुए. सामाजिक मनोविज्ञान में समाज के विशिष्ट वर्गों की जीवन-शैली, मूल्य एवं मनोवृत्तियों को समाजीकरण की प्रक्रिया से सम्बन्धित कर सामाजिक स्तरीकरण को स्पष्ट किया गया है. मनोविज्ञान ने मनुष्यों की एवं व्यक्तियों की मानसिक स्थिति को सामाजिक परिस्थिति के साथ जोड़कर अपूर्ण वर्ग आकांक्षाओं के मनोवैज्ञानिक प्रभावों का विशुद्ध विवेचन किया जो सामाजिक स्तरीकण के मनोवैज्ञानिक पक्ष को स्पष्ट करते हैं. समाजशास्त्रीय अध्ययन में स्तरीकरण के अन्य पक्षों के अलावा असमानता की उत्पत्ति के कारण तथा असमानता का व्यक्तिगत व्यवहार एवं सम्पूर्ण सामाजिक व्यवस्था का उपव्यवस्था पर प्रभाव आदि का भी अध्ययन किया गया है, जो इस अध्ययन की विशिष्टता एवं परिपूर्णता का द्योतक है.

अर्थ एवं परिभाषाएँ (Meaning and Definitions)

प्रायः सभी समाजशास्त्री यह स्वीकार करते हैं कि समाज में स्तर निर्माण की प्रक्रिया सामाजिक स्तरीकरण है जिसके द्वारा व्यक्ति एवं समूह की प्रस्थिति उच्च एवं निम्न के स्तर में विभाजित रहती है.

सदरलैण्ड एवं मैक्सवेल के अनुसार, "स्तरीकरण अन्तर्क्रिया अथवा विभेदीकरण की प्रक्रिया है, जिसके आधार पर कुछ लोगों का स्थानक्रम अन्य लोगों की तुलना में उच्च होता है."

जिंस्बर्ट ने माना कि "सामाजिक स्तरीकरण का अर्थ समाज को कुछ ऐसे स्थायी समूहों और श्रेणियों में विभक्त कर देने वाली व्यवस्था से है, जिसके अन्तर्गत सभी समूह और श्रेणियाँ उच्चता तथा अधीनता के सम्बन्धों द्वारा एक-दूसरे से बँधी हों."

मूरे ने इसे संक्षिप्त रूप से परिभाषित करते हुए कहा है कि "स्तरीकरण समाज का वह क्रमबद्ध विभाजन है जिसमें सम्पूर्ण समाज को कुछ उच्च अथवा निम्न सामाजिक इकाइयों में विभक्त कर दिया गया है."

विलियम जे. गुडे के विचार में "वह पद्धति जिससे संसाधनों और पुरस्कारों का वितरण और इनका एक पीढ़ी से दूसरे पीढ़ी में हस्तान्तरण होता है, उसे स्तरीकरण कहते हैं."

टी. पारसन्स के अनुसार, "सामाजिक स्तरीकरण का अर्थ किसी सामाजिक व्यवस्था में व्यक्तियों का ऊँचे और नीचे के क्रम-विन्यास में विभाजन है." अर्थात् पारसन्स के दृष्टिकोण से स्तरीकरण के अन्तर्गत समाज व्यवस्था में प्रस्थितियों का क्रम-विन्यास महत्वपूर्ण है.

उपर्युक्त विश्लेषण के आधार पर सामाजिक स्तरीकरण की निम्न विशेषताएँ स्पष्ट होती हैं—

1. समाज व्यवस्था में सभी व्यक्ति एक जैसी सुविधा, संसाधन, पुरस्कार, शक्ति और प्रतिष्ठा प्राप्त नहीं कर पाते हैं.
2. इस असमान वितरण के आधार पर समाज में श्रेणी या स्तर का निर्माण होता है.
3. सामाजिक संरचना में इन श्रेणियों का क्रम-विन्यास उनके द्वारा धारित सुविधा, शक्ति तथा प्रतिष्ठा के आधार पर होता है.
4. ये श्रेणियाँ आपस में उच्चता तथा निम्नता के सम्बन्ध एवं अंतर्कियात्मक सम्बन्धों द्वारा जुड़ी होती हैं.
5. इन अंतर्क्रियात्मक सम्बन्धों को (जो क्रमबद्ध असमानता को परिलक्षित करते हैं) सामाजिक प्रतिमानों से ही परिभाषित किया जा सकता है.

सामाजिक स्तरीकरण के उद्देश्य (Objectives of Social Stratification)

सामाजिक स्तरीकरण एक उद्देश्यपूर्ण प्रक्रिया है. इसमें अन्तर्निहित प्रमुख उद्देश्य निम्नलिखित है—

1. **पद की प्रतिष्ठा**—समाज में सभी पद एक जैसे नहीं होते. कुछ पदों से सम्बन्धित भूमिका-निवाह के लिए विशिष्ट योग्यता की आवश्यकता होती है तो कुछ के लिए साधारण योग्यता ही काफी होती है, जबकि कुछ के लिए किसी मानसिक योग्यता की आवश्यकता नहीं होती सिर्फ शारीरिक योग्यता ही पर्याप्त होती है. पद के अनुसार ही उत्तरदायित्व का अंश भी कम या ज्यादा होता है. अतः पदों की प्रकृति के अनुसार ही उसे धारण करने वाले व्यक्ति को पारिश्रमिक पुरस्कार या अन्य सुविधाएँ दी जाती हैं, जो स्वतः ही समाज को विभिन्न स्तरों में विभाजित कर देती हैं. इसका मुख्य परिणाम यह होता है कि व्यक्तियों में आगे बढ़ने तथा एक विशिष्ट स्थिति को प्राप्त करने की इच्छा जाग्रत होती है, जो अपने समुचित कर्तव्य निर्वाह के द्वारा ही प्राप्त किया जा सकता है. अतः व्यक्ति में कर्त्तव्य निर्वाह की भावना बनी रहती है.

2. **समाज व्यवस्था को सन्तुलित बनाए रखना**—यदि सभी व्यक्तियों को एक जैसी प्रस्थिति प्रदान भी कर दी जाय तब भी अपनी योग्यता के आधार पर कोई उच्च स्थिति को प्राप्त करेगा और कोई यथावत् बना रहेगा या निम्नता को प्राप्त करेगा, परन्तु इस प्रकार से ज्ञात उच्चता या निम्नता समाज में असन्तुलन की स्थिति पैदा कर सकती है, क्योंकि ऐसी स्थिति में सदस्यों की कुशलता और योग्यता में वृद्धि के लिए कोई मानदण्ड नहीं होगा. अतः समाज स्तरीकरण की व्यवस्था द्वारा सामाजिक सन्तुलन को बनाए रखने का प्रयास करता है.

3. **योग्यता का मूल्यांकन—के. डेविस** (K. Davis) के अनुसार "सामाजिक असमानता अचेत रूप से विकसित एक विधि है जिसके द्वारा समाज अपने सदस्यों को यह विश्वास दिलाता है कि सबसे अधिक महत्वपूर्ण पदों पर सबसे अधिक योग्य व्यक्ति ही कार्य कर रहे हैं." यह विश्वास व्यक्ति को एक विशिष्ट प्रकार की मनोवैज्ञानिक संतुष्टि प्रदान करता है जिससे वह अपने कार्य के प्रति और अधिक समर्पित होता जाता है.

सामाजिक स्तरीकरण के आधार (Bases of Social Stratification)

जैसा कि ऊपर के विश्लेषण से स्पष्ट है कि सामाजिक स्तरीकरण की प्रक्रिया कोई यादृच्छिक प्रघटना (Random Phenomenon) नहीं है. इसके कुछ निश्चित आधार हैं जिनके अनुसार ही विभिन्न स्तरों को समाज में क्रमबद्ध

किया जाता है. सामाजिक स्तरीकरण का सबसे मुख्य आधार 'प्रस्थिति' है जो स्वयं मूल्यों एवं संस्कृति के द्वारा निर्देशित होती है. प्रस्थिति का सीधा सम्बन्ध समाज स्वीकृत मूल्यों से है. अर्थात् किसी विशिष्ट समाज में ज्ञान, धन या सत्ता में से कौन सबसे अधिक महत्वपूर्ण है. इसका निर्धारण समाज में प्रचलित मूल्यों के द्वारा होता है, परन्तु मूल्य स्वयं में कोई स्थिर मानक नहीं है. यह समाज एवं समय के अनुसार परिवर्तनशील होता है, क्योंकि मूल्यों का सम्बन्ध संस्कृति से है. संस्कृति का समाज एवं समय के सापेक्ष होने के कारण मूल्यों में अन्तर होना स्वभाविक है. मूल्यों के अन्तर के कारण किसी विशेष प्रस्थिति का ऊँचा या नीचा होना निर्भर करता है और प्रस्थिति के ऊँचे नीचे होने पर सामाजिक स्तरीकरण निर्भर करता है.

टॉलकॉट पारसन्स ने प्रस्थिति निर्धारण में निम्नलिखित छः कारकों को महत्वपूर्ण माना है. ये कारक ही स्तरीकरण के मुख्य आधार हैं—

1. **नातेदारी समूह की सदस्यता** (Membership of a Kinship group)—प्रस्थिति के निर्धारण में यह सबसे प्राथमिक एवं सबसे महत्वपूर्ण होता है कि व्यक्ति की पारिवारिक प्रस्थिति क्या है और उसका सम्बन्ध किन-किन नातेदारों से है. पारिवारिक पृष्ठभूमि ही व्यक्ति की प्राथमिक प्रस्थिति का निर्धारण करती है. जैसे—इंगलैण्ड के समाज में प्रभु वर्ग के लोगों का स्तर निर्धारण आज भी उनके जन्म के आधार पर ही होता है. तत्पश्चात् ही व्यक्ति अपनी क्षमता एवं योग्यता के आधार पर सामाजिक स्तर की प्राप्ति करते हैं. भारतीय समाज में जाति के आधार पर प्रस्थिति निर्माण को इसी कारक के व्यापक रूप में इंगित किया जा सकता है.

2. **व्यक्तिगत विशेषता** (Personal Qualities)—कुछ व्यक्तिगत विशेषताएँ जन्मजात होती हैं. इन्हें 'God gifted attributes' के रूप में जाना जाता है. जैसे—सुन्दरता, मधुर आवाज आदि. इनके आधार पर भी प्रस्थिति का निर्धारण होता है. हालांकि इसमें भी वर्तमान के वैज्ञानिक अनुसंधानों की मदद से कुछ विशिष्टता लाई जा सकती है, परन्तु यह सीमित मात्रा में ही सम्भव हो सकता है.

3. **अर्जित उपलब्धियाँ** (Achievements)—इसके अन्तर्गत उन विशिष्टताओं को सम्मिलित किया जाता है जो व्यक्ति अपनी योग्यता, क्षमता एवं प्रयास के द्वारा प्राप्त करता है. हालांकि योग्यता एवं क्षमता स्वयं भी एक अर्जित उपलब्धि ही है. किसी व्यक्ति का सुन्दर होना एक जन्मजात गुण है, परन्तु सौंदर्य प्रतियोगिता में विजयी होना उसकी एक अर्जित उपलब्धि होगी, क्योंकि इसके लिए प्रयास एवं लगन की भी आवश्यकता होती है. वर्तमान समय के सभी प्रकार के समाजों में इसकी महत्ता बढ़ती जा रही है.

4. **द्रव्यजात** (Possessions)—इसके अन्तर्गत भौतिक या हस्तान्तरित की जा सकने वाली वस्तुएँ शामिल की जाती हैं. ये वस्तुएँ अर्जित भी हो सकती हैं या प्रदत्त भी. जैसे—मकान, कार, आभूषण आदि. समाज में ये वस्तुएँ सीधे तौर पर प्रस्थिति की प्रतीक (Status Symbol) मानी जाती हैं, इसलिए प्रस्थिति निर्धारण में इनका महत्वपूर्ण स्थान होता है.

5. **सत्ता** (Authority)—सत्ता कानून या विधान के द्वारा प्रदत्त वह अधिकार है जिसके द्वारा एक व्यक्ति, दूसरे व्यक्ति या समूहों को निर्देशित करने की क्षमता प्राप्त करता है. स्पष्टतः समाज के कुछ पदों में सत्ता के अधिक अंश निहित होने के कारण उस व्यक्ति की प्रस्थिति उच्च होती है.

6. **शक्ति** (Power)—शक्ति का सम्बन्ध व्यक्तिगत योग्यता से है, जिसके आधार पर दूसरे व्यक्ति को प्रभावित किया जा सके. जैसे—महात्मा गांधी के पास कोई पदेन राष्ट्राध्यक्ष की शक्ति नहीं थी, लेकिन सभी श्रद्धावश गांधीजी का आदर करते हैं. इसी प्रकार एक ही पद पर कार्यरत दो व्यक्तियों की सत्ता तो एक ही प्रकार हो सकती है, परन्तु उनकी शक्ति में उनके व्यक्तिगत गुणों के कारण अन्तर हो सकता है. स्वाभाविक है कि उच्च शक्ति सम्पन्न व्यक्ति समाज में उच्च प्रस्थिति को प्राप्त करेगा.

के. डेविस (K. Davis) ने सम्मान एवं प्रतिष्ठा के अन्तर को भी प्रस्थिति के निर्धारण में महत्वपूर्ण माना है. डेविस के अनुसार प्रतिष्ठा पद पर निर्भर करती है, जबकि सम्मान उस पद के अनुरूप कार्य करने का व्यक्तिगत गुण है. एक ही पद पर कार्यरत दो व्यक्तियों की प्रस्थिति में अन्तर की व्याख्या करने में डेविस का यह विवेचन प्रासंगिक हो सकता है.

उपर्युक्त आधारों के अलावा स्तरीकरण के कई अन्य आधार भी हो सकते हैं. जैसे—आयु, लिंग, व्यवसाय इत्यादि, परन्तु उल्लेखनीय है कि वर्तमान समय में सभी समाजों में योग्यता एवं कार्यक्षमता ही स्तरीकरण का सबसे प्रमुख आधार है. अर्थात् प्रदत्त् के बदले अर्जित आधारों का महत्व बढ़ता जा रहा है.

सामाजिक स्तरीकरण के सिद्धान्त
(Theories of Social Stratification)

सामाजिक स्तरीकरण के विभिन्न पक्षों की व्याख्या में समाजशास्त्रियों द्वारा अनेक सिद्धान्तों का प्रतिपादन किया गया है. इनमें प्रमुख सिद्धान्त निम्नलिखित हैं—

1. **द्वन्द्वात्मक सिद्धान्त**—इस सिद्धान्त के अनुसार सामाजिक स्तरीकरण का मुख्य आधार आर्थिक आधार पर निर्मित होने वाले वर्ग और उनमें परस्पर हितों के टकराव के कारण होने वाला वर्ग संघर्ष है. इस श्रेणी में तीन समाज-शास्त्रियों के विचार अति प्रासंगिक हैं—

(A) **कार्ल मार्क्स के विचार**—द्वन्द्वात्मक सिद्धान्त में सबसे प्रमुख विचार कार्ल मार्क्स का ही है. मार्क्स का सम्पूर्ण चिन्तन ही विभिन्न कालों में वर्ग की संरचना एवं उनके बीच होने वाले वर्ग संघर्ष पर आधारित है. कार्ल मार्क्स का मानना ही था कि "मानव समाज का इतिहास वर्ग संघर्ष का इतिहास है."

मार्क्स के अनुसार सामाजिक स्तरीकरण का मुख्य आधार 'वर्ग-संरचना' (Class-Structure) है, जिसका अस्तित्व प्रत्येक काल एवं प्रत्येक समाज में रहा है. प्राचीन कृषि आधारित समाज एवं नगर राज्यों में विशिष्ट और सामान्य वर्ग थे. सामंतवादी सामाजिक संरचना में स्वामी, अर्द्धदास और कारीगरों का वर्ग था. सामंतवादी युग में ही उत्पादन के नवीन साधनों का प्रादुर्भाव हुआ जो मुख्यतः बड़े-बड़े कारखानों पर आधारित था. परिणामस्वरूप पूँजीवाद का उद्‌भव हुआ और सामंतशाही समाप्त होने लगी. इस पूँजीवाद के विकास से उत्पादन के साधन कम-से-कम लोगों के हाथ में केन्द्रित होने लगे जिससे कुछ लोग काफी धनवान हो गए और मध्यम वर्ग के लोग तेजी से निम्न वर्ग में परिणत हो गए. परिणामस्वरूप समाज में दो नए वर्गों का जन्म हुआ. पहला, पूँजीपति या बुर्जुआ वर्ग (Bourgeosie) जिनका पूँजी पर पूर्ण स्वामित्व था. दूसरा, सर्वहारा वर्ग (Proletariate) जो पूँजीपतियों के हाथों अपना काम या श्रम बेचने को मजबूर है.

मार्क्स के अनुसार, आर्थिक कारण ही वर्ग के आधार हैं. धर्म, कला, साहित्य, संस्कृति आदि सभी किसी समाज की आर्थिक व्यवस्था पर ही निर्भर करते हैं. मार्क्स के अनुसार वर्ग के निर्माण में दो बातें महत्वपूर्ण हैं. पहला, उत्पादन के प्रकार या साधन (Mode of Production) जैसे—कृषि, हस्तशिल्प और औद्योगीकरण, दूसरा, उत्पादन की प्रणाली के अन्तर्गत स्थापित सम्बन्ध जो परस्पर विरोधी हितों से बँधे होते हैं.

'वर्ग' से मार्क्स का तात्पर्य आर्थिक वर्ग से है, जो अपना जीविकोपार्जन एक ही तरह से करते हैं. इसलिए इनमें विशिष्ट प्रकार की वर्ग चेतना (Class Consiousness) पाई जाती है. मार्क्स के अनुसार उत्पादन के साधनों में विकास के साथ ही वर्ग-चेतना से उत्पन्न वर्ग एकता के कारण उत्पादन के सम्बन्धों में संघर्ष की स्थिति उत्पन्न होती है, जो वर्ग संघर्ष है. यह वर्ग संघर्ष अपने चरमोत्कर्ष पर क्रांति का रूप धारण कर लेती है जो सम्पूर्ण आर्थिक व्यवस्था को समाप्त कर देती है. परिणामस्वरूप, नवीन आर्थिक ढाँचे का उदय होता है. मार्क्स ने बुर्जुआ एवं सर्वहारा वर्ग के संघर्ष के परिणामस्वरूप साम्यवादी आर्थिक ढाँचे की कल्पना की जो स्तर विहीन होगा.

(B) **राल्फ डॉहरेनडॉर्फ के विचार** (Views Ralf Dohrendorf)—डॉहरेनडॉर्फ के अनुसार, सामाजिक संगठन के अन्तर्गत संघर्ष का मुख्य कारण सत्ता का असमान वितरण है. इनके अनुसार समाज में Imperatively Co-Ordinated Associations का अस्तित्व होता है. इस संगठन में 'शासक' और 'शासित' दो संघर्षरत् समूह होते हैं. शासक वे लोग हैं जिनमें आदेश देने एवं दूसरे के व्यवहार को नियंत्रित करने की शक्ति होती है. शासित वे लोग हैं जो आदेशों का पालन करते हैं. ये दो विरोधी हित वाले लोग प्रारम्भ में या आरम्भ में मात्र अर्द्धसमूह का निर्माण करते हैं, परन्तु बाद में अपने हितों के प्रति चेतना जाग्रत होने के पश्चात् ये हित समूहों के रूप में परिणत हो जाते हैं. इन हित-समूहों में संरचना को यथावत् रखने या परिवर्तित करने के दो विरोधी उद्देश्यों को लेकर संघर्ष चलता रहता है. हित-समूहों के संघर्ष के परिणामस्वरूप सामाजिक सम्बन्धों में परिवर्तन आता है. यह परिवर्तन सत्ता परिवर्तन या प्रभुता के सम्बन्धों में परिवर्तन के रूप में परिलक्षित होता है. पुनः नये संघर्ष की शुरूआत हो जाती है. इस प्रकार डॉहरेनडॉर्फ के अनुसार वर्ग संघर्ष मुख्यतः सत्ता का संघर्ष है.

(C) **लुइस कोजर के विचार** (Views of Louis Coser)—लुइस कोजर ने अपने संघर्ष सम्बन्धी विचारों का प्रतिपादन 1956 में प्रकाशित पुस्तक 'The Function of Social Conflict' में किया. कोजर के अनुसार प्रारम्भिक समाजों में स्तरीकरण का अस्तित्व नही था. समाज में वस्तु विनिमय प्रणाली के साथ ही स्तरीकरण भी अस्तित्व में आया. इस विनिमय प्रणाली में जब किसी व्यक्ति को वांछित मात्रा में वस्तु या धन नहीं मिलता है तो उसमें विरोध का भाव उभरता है. जो अपने प्रारम्भिक स्तर पर अंतर्मुखी (Introvertive) रूप में होता है. शैक्षिक विकास के साथ ही यह विरोध मुखरित होता है और संघर्ष का रूप ग्रहण कर लेता है.

कोजर ने इस संघर्ष को समाज के लिए सकारात्मक प्रकार्य वाला माना है, क्योंकि इससे एक समूह के सदस्यों में अपने समूह के प्रति एकता तथा निष्ठा की भावना बढ़ती है. कोजर के अनुसार, समाज में कुछ ऐसी प्रक्रियाएँ कार्यरत रहती हैं जो दो समूहों के बीच तनाव को कम करने का प्रयत्न करती हैं. साथ ही एक समूह एक ही समय में कई प्रकार के हितों की रक्षा के लिए संघर्षरत रहता है. इसलिए उसकी ऊर्जा बँट जाती है. इन स्थितियों के परिणामस्वरूप ही यह संघर्ष उग्र रूप धारण नहीं कर पाता है. कोजर का मानना है कि वस्तुतः संघर्ष तभी लम्बा खींचता है जब यह भावनात्मक तथा विचारात्मक प्रश्नों से जुड़ा रहता है, परन्तु भावनात्मक संघर्ष समाज में यदा-कदा ही उत्पन्न होते हैं.

अधिकतर संघर्ष जीवन के वस्तुनिष्ठ प्रश्नों अथवा सामाजिक हितों को लेकर ही किये जाते हैं.

2. **प्रकार्यवादी सिद्धान्त** (Functional Theory)—प्रकार्यवादी सिद्धान्त निम्नलिखित मान्यताओं पर आधारित है—

(i) स्तरीकरण सार्वभौमिक प्रक्रिया है.

(ii) सामाजिक संरचना में स्तरीकरण का योगदान प्रकार्यात्मक है.

(iii) स्तरीकरण का मुख्य आधार सामाजिक आवश्यकता है.

(iv) स्तरीकरण श्रम विभाजन के लिए सहयोगी प्रक्रिया की भूमिका अदा करती है.

(v) सामाजिक आवश्यकता एवं मानदण्डों के अनुरूप सम्पादित कार्यों के आधार पर ही सम्बन्धित व्यक्तियों का समाज में स्थान क्रम निर्धारित होता है.

प्रकार्यवादी सिद्धान्तों में अमरीकी समाजशास्त्री टॉलकॉट पारसन्स तथा किंगसले डेविस एवं इल्बर्ट मूर का योगदान महत्वपूर्ण है.

(A) **टालकॉट पारसन्स के विचार**—पारसन्स ने अपने स्तरीकरण सम्बन्धी सिद्धान्त में सामाजिक मूल्यों की भूमिका को महत्वपूर्ण माना है. पारसन्स के अनुसार मूल्यों के चार प्रमुख प्रतिरूप हैं. अनुकूलन, लक्ष्य प्राप्ति, एकीकरण और प्रतिरूप अनुरक्षण (उल्लेखनीय है कि ये चार सामाजिक संरचना की प्रमुख प्रकार्यात्मक समस्याएँ भी हैं). विभिन्न समाज अपने समस्याओं एवं आवश्यकताओं के अनुसार इन अलग-अलग मूल्य प्रतिरूपों को प्रमुखता देती है. जैसे—प्रतिस्पर्धापूर्ण एवं उद्योग प्रधान अमरीकी समाज में विशेष बल अनुकूलन पर दिया जाता है. विकासशील समाज एकीकरण और प्रतिरूप अनुरक्षण के मूल्यों पर अधिक बल देते हैं, ताकि परम्परागत सद्‌भाव को बनाए रखा जा सके.

पारसन्स के अनुसार व्यक्ति के गुणों, उसके कार्य सम्पादन और स्वामित्व का मूल्यांकन समाज के केन्द्रस्थ मूल्यों के आधार पर होता है. अनुकूलन को प्राथमिकता देने वाले समाज में व्यक्ति के गुण का तात्पर्य व्यक्ति की योग्यता और क्षमता से है. कार्य सम्पादन का तात्पर्य प्राविधिक कुशलता से है. स्वामित्व का अर्थ है पद के अनुरूप कार्य सम्पादन की दक्षता है. अतः अनुकूलन प्रधान मूल्य प्रतिरूप वाले समाजों में जिन व्यक्तियों की प्राविधिक कुशलता, योग्यता, क्षमता और अपने कार्यों से अनुकूलन की योग्यता अधिक होगी, उनका स्थान समाज में अधिक महत्वपूर्ण होगा. पारसन्स के अनुसार इसी प्रकार से दूसरे मूल्य प्रतिरूप पर जोर देने वाले समाजों में व्यक्ति के गुण, कार्यों तथा स्वामित्व के मूल्यांकन की पद्धति भिन्न होगी और उसी अनुसार समाज में स्तरों का निर्धारण होगा.

(B) **किंगसले डेविस एवं विल्बर्ट मूर के विचार** (Views of Davis and More)—डेविस एवं मूर के अनुसार समाज में सभी पदों का महत्व एक जैसा नहीं होता है. कुछ पद अधिक अपरिहार्य एवं महत्वपूर्ण होते हैं, वनस्पित अन्य पदों के. ऐसे पद समाज द्वारा उन्हीं व्यक्तियों को प्रदान किए जाते हैं जो निहित पद के लिए सर्वाधिक योग्य, प्रतिभावान या विशिष्ट प्रशिक्षण से युक्त होते हैं. ऐसे पदों के महत्व को आँकने के लिए समाज पुरस्कार, सम्मान या अन्य भौतिक सुविधाओं के रूप में तार्किक आधार अपनाती है जो अन्य लोगों को इन पदों की प्रतियोगिता के लिए प्रेरित करती है, ताकि समाज को सर्वश्रेष्ठ व्यक्तियों की सेवाएँ प्राप्त होती रहें. ऐसी स्थिति में कुछ व्यक्ति अधिक पुरस्कार एवं सुविधा सम्पन्न हो जाते हैं तो कुछ इससे वंचित रह जाते हैं. परिणामस्वरूप समाज में असमानता संस्थात्मक रूप ले लेते हैं और स्तरीकरण स्वतः ही जन्म ले लेती है.

डेविस एवं मूर के अनुसार, किसी पद का प्रकार्यात्मक महत्व दो आधारों पर मापा जा सकता है. पहला यह कि किसी पद पर स्थापित व्यक्ति वह भूमिका कितनी सक्षमता के साथ निभा पाता है. दूसरा कि उस पद की भूमिका पर समाज में कितने अन्य लोगों की निर्भरता है.

इस प्रकार डेविस एवं मूर के अनुसार स्तरीकरण में व्यक्तियों का क्रम विन्यास नहीं होता है अपितु सापेक्षिक महत्व के आधार पर पदों का क्रम-विन्यास होता है.

3. **मैक्स वेबर के विचार** (Views of Max Weber)—मैक्स वेबर के अनुसार सामाजिक स्तरीकरण का आधार समाज में शक्ति का असमान वितरण है. बेवर ने शक्ति के तीन आयामों की चर्चा की है. पहला, आर्थिक शक्ति अर्थात् सम्पत्ति जिसके आधार पर समाज में विभिन्न वर्ग बनते हैं. दूसरा, सामाजिक शक्ति अर्थात् प्रतिष्ठा या सम्मान, जिसके आधार पर विभिन्न दलों का निर्माण होता है. शक्ति की अभिव्यक्ति इसी वर्ग प्रस्थिति और दल के रूप में होती है. अतः वेबर के अनुसार वर्ग प्रस्थिति एवं दल ही सामाजिक स्तरीकरण के आधार हैं.

वेबर के अनुसार, विभिन्न समाजों में शक्ति के वितरण के आधार अलग-अलग होते हैं. अतः स्तरीकरण का स्वरूप भी विभिन्न समाजों में भिन्न-भिन्न प्रकार का होता है. जैसे—पूँजीवाद समाज में चार प्रकार के वर्ग निर्मित हुए हैं—(i) सम्पत्तिवान उच्च वर्ग, (ii) सम्पत्तिरहित सफेदपोश वर्ग, (iii) निम्न मध्यम वर्ग, (iv) निम्नवर्गीय मजदूर वर्ग. जाति, प्रजाति, धर्म, भाषा क्षेत्र इत्यादि के आधार पर विभिन्न दलों का निर्माण हुआ है. इसी प्रकार यूरोपीय समाज के मध्य युग में सम्पूर्ण समाज तीन प्रस्थिति समूहों में बँटा हुआ था—First estate (पुजारी वर्ग) Second estate (शासक या

कुलीन वर्ग) तथा Third estate (साधारण वर्ग). भारतीय समाज सदा से ही जाति के आधार पर विभिन्न प्रस्थिति समूहों में बँटा रहा है.

वेबर के अनुसार एक ही प्रकार के वर्ग के लोग एक समुचित सम्मान के साथ एक प्रस्थिति समूह के सदस्य हो जाते हैं और कालान्तर में उनको शक्ति मिल जाती है. इस प्रकार उनका दल स्तरीकरण को एक ठोस आधार प्रदान करता है जो अपने हितों के संरक्षण की ओर ज्यादा उन्मुख होता है. अतः इनमें संघर्ष की सम्भावना कम हो जाती है.

4. **डब्ल्यू. लॉयड वारनर का सिद्धान्त** (Theory of W. Loyed Warner)—वेबर के मत का अनुसरण करते हुए वारनर ने भी आर्थिक वर्गों के स्थान पर प्रस्थिति को ही अपने स्तरीकरण सम्बन्धी सिद्धान्त में प्रमुखता दी है. सामाजिक प्रस्थिति के मूल्यांकन के लिए वार्नर ने तीन कारकों को मुख्य कारक माना है—(i) आय (ii) व्यवसयात्मक प्रतिष्ठा तथा (iii) शिक्षा. इसके अतिरिक्त तीन गौण कारक हैं. (i) मित्रता (ii) स्वयंसेवी समूह की सदस्यता (iii) अवकाश के कार्यकलाप.

अपने मापकों के आधार पर वार्नर ने तीन प्रस्थिति समूहों का उल्लेख किया है.

(1) उच्च वर्ग—

(i) उच्चतम—कुलीन परिवार

(ii) उच्च—अन्य समृद्ध परिवार

(2) मध्यम वर्ग—

(i) उच्च—स्वतंत्र व्यवसायी

(ii) निम्न—दफ्तरों के अधिकारी

(3) निम्न वर्ग—

(i) उच्च—निर्धन और ईमानदार लोग

(ii) निम्न—समाज से बहिष्कृत लोग

इस प्रकार वार्नर ने विश्लेषणात्मक प्रविधि के आधार पर विश्लेषित करके स्तरीकरण को वैज्ञानिक दिशा प्रदान की है.

सामाजिक स्तरीकरण के स्वरूप (Forms of Social Stratification)

यद्यपि स्तरीकरण प्रत्येक समाज की एक अपरिहार्य स्थिति है, परन्तु इसके स्वरूप विभिन्न समाजों की सामाजिक संरचना के अनुरूप भिन्न-भिन्न रही है. टी.वी. बोटोमोर ने स्तरीकरण के निम्नलिखित चार स्वरूपों का उल्लेख किया है—

1. **दास प्रथा**—यह समूह भेद का आदिम स्तर है जो मुख्य रूप से प्राचीन ग्रीस एवं रोम में प्रचलित था. 19वीं सदी तक U.S.A. के दक्षिणी राज्यों में यह प्रणाली प्रचलित थी. हॉबहॉउस के अनुसार, "दास एक ऐसा व्यक्ति है जिसे कानून एवं परम्परा दोनों ही किसी दूसरे की सम्पत्ति मानते हैं." सामान्यतः यह अधिकार विहीन व्यक्ति होता है.

बोटोमोर के अनुसार, दासता का आधार आर्थिक ही रहा है, क्योंकि यह प्रणाली मालिकों (स्वामी) को हमेशा अपने दासों से एक आर्थिक इकाई के रूप में कार्य लेने को प्रेरित किया है. आधुनिक मानव-अधिकार संरक्षण एवं प्रजातांत्रिक दौर में संस्तरण का यह स्वरूप लगभग समाप्त हो चुका है.

2. **इस्टेट प्रथा**—'इस्टेट' सामंती संरचना के अंग के रूप में विकसित हुई थी. यह मुख्यतः मध्ययुगीन यूरोपीय समाजों की मुख्य व्यवस्था थी. इसके तीन वर्ग थे—(i) पादरी या पुजारी वर्ग, (ii) संभ्रांत या कुलीन वर्ग और (iii) साधारण जनता. बोटोमोर ने इस्टेट प्रथा के तीन विशेषताओं का उल्लेख किया है—

(i) इस्टेट प्रथा कानून एवं प्रथा द्वारा मान्य व्यवस्था थी. अतः प्रत्येक वर्ग का प्रस्थिति, अधिकार तथा दायित्व सुनिश्चित था.

(ii) इनमें श्रम विभाजन की स्पष्ट व्यवस्था थी. कुलीन वर्ग का कार्य सबकी रक्षा करना था. पादरियों का कार्य सबके लिए प्रार्थना करना था तथा सामान्य जन का कार्य सबके लिए खाद्य पदार्थ का प्रबन्ध करना था.

(iii) यह वर्ग विशिष्ट प्रकार का राजनैतिक समूह भी था.

उपर्युक्त तीन विशेषताओं के कारण ही इस्टेट स्तरों में विभाजित थी. औद्योगीकरण के प्रसार के साथ ही यूरोप में यह व्यवस्था समाप्त हो गई.

3. **जाति-व्यवस्था**—आदिकाल से लेकर वर्तमान समय तक जाति व्यवस्था भारतीय समाज की मुख्य विशेषता रही है, खासकर हिन्दू सामाजिक व्यवस्था की. जाति-व्यवस्था का मूल प्राचीन वर्ण-व्यवस्था में है, जिसमें चार वर्ण थे. ब्राह्मण, क्षत्रिय, वैश्य तथा शूद्र. ब्राह्मणों का कार्य विद्या तथा ज्ञान का अर्जन और विकास करना था. क्षत्रिय युद्ध एवं रक्षा कार्य तथा वैश्य व्यापार कर्म से सम्बन्धित थे. शूद्रों का कार्य इन तीनों की सेवा करना था. इस व्यवस्था में एक व्यक्ति किसी वर्ण विशेष में जन्म लेकर भी अपने कार्यों के आधार पर ही वर्ण विशेष की सदस्यता ग्रहण करता था.

कालान्तर में इसी वर्ण व्यवस्था से कई जातियों का उद्‌भव हुआ जो कई उपजातियों में बँट गईं. जाति का तात्पर्य ऐसे संवर्ग (Category) से है, जिसकी सदस्यता जन्म के आधार पर ही निर्धारित होती है और मृत्युपर्यन्त इसमें किसी प्रकार का बदलाव सम्भव नहीं है. यह अनेक अन्तर्विवाही परिवारों का समूह है जिसका व्यवसाय, जीवन-शैली, धार्मिक क्रियाकलाप एवं अधिकार तथा दायित्व जन्म से ही निश्चित रहता है.

फ्रेंच समाजशास्त्री ड्यूमा ने जाति व्यवस्था का मुख्य आधार 'शुद्धता तथा प्रदूषण' की अवधारणा को माना है. जाति व्यवस्था में शुद्धता का तात्पर्य कुछ वांछित विधान आचरण, खानपान और छुआछूत के नियमों के पालन करने से है. इन नियमों की कसौटियों पर जो सबसे अधिक शुद्ध (अर्थात् ब्राह्मण जाति) है उसे सामाजिक स्तरीकरण में सबसे उच्च स्थान प्राप्त है. शूद्र जाति को क्रमागत रूप से स्तरीकरण में निम्न श्रेणी के अन्तर्गत रखा गया है.

यद्यपि जाति व्यवस्था में गतिशीलता सम्भव नहीं है तथापि अंग्रेजी शासन के दरम्यान कई निम्न श्रेणी की जातियों ने अपने गोत्र तथा व्यवसाय को परिवर्तित कर उच्च जाति प्रस्थिति को प्राप्त किया है, परन्तु ऐसे उदाहरण बहुत कम ही हैं. साथ-ही-साथ मूल जातियों को समाज में जो प्रस्थिति प्राप्त है, उसमें अभी कोई परिवर्तन नहीं आया है.

वर्तमान में तार्किकता, प्रजातांत्रिक तथा धर्मनिरपेक्ष मूल्य, औद्योगीकरण, नगरीकरण, शैक्षिक एवं संवैधानिक प्रयासों के द्वारा जाति-व्यवस्था के कई बन्धन टूटते जा रहे हैं, परन्तु स्तरीकरण के आधार एवं स्वरूप में जाति व्यवस्था की महत्ता अभी भी यथावत् बनी हुई है, जिसके निकट भविष्य में समाप्ति की कोई सम्भावना नहीं है.

4. **वर्ग-व्यवस्था**—वर्तमान में विश्व के अधिकांश क्षेत्रों में स्तरीकरण का प्रचलित स्वरूप वर्ग-व्यवस्था ही है. वर्ग का तात्पर्य एक समान प्रस्थिति वाले व्यक्ति समूहों से है. जाति-व्यवस्था का मुख्य आधार जहाँ धार्मिक मानदण्ड है, वहीं वर्ग व्यवस्था का मुख्य आधार आर्थिक संरचना है. वर्गों की सामाजिक प्रस्थिति का निर्धारण सम्पत्ति, अर्जित उपलब्धि तथा व्यक्तिगत योग्यता द्वारा होता है. जाति-व्यवस्था के वनिस्पत वर्ग व्यवस्था एक लचीली प्रक्रिया है. उपर्युक्त वर्णित आधारों पर वर्ग परिवर्तन एक आसान प्रक्रिया है.

मार्क्स ने वर्तमान के पूँजीवादी औद्योगिक व्यवस्था में दो ही वर्गों का उल्लेख किया है. पूँजीपति या बुर्जुआ वर्ग और श्रमिक या सर्वहारा वर्ग. जबकि बोटोमोर ने चार वर्गों की चर्चा की है—(i) उच्च वर्ग, जिनका आर्थिक संसाधनों पर स्वामित्व हो. (ii) मध्यम वर्ग अर्थात् विभिन्न ऑफिस के प्रशासक तथा अन्य सहायक एवं अन्य पेशेवर समूह. (iii) श्रमिक वर्ग अर्थात् उद्योगों में वेतन भोगी मजदूर वर्ग तथा (iv) कृषक वर्ग यानि कृषि द्वारा जीविका चलाने वाला वर्ग.

वर्ग व्यवस्था एक खुले समाज का रूप है. प्रत्येक वर्ग की अपनी एक उप-संस्कृति होती है. अर्थात् प्रत्येक वर्ग की जीवन-शैली, व्यवहार प्रतिमान तथा मूल्य आदर्श आदि में भिन्नता पाई जाती है. जिसके द्वारा वे पहचाने जाते हैं.

उल्लेखनीय है कि स्तरीकरण के उपर्युक्त चारों स्वरूपों को, स्तरीकरण के दो प्रकार बंद एवं खुला स्तरीकरण में बाँटा जा सकता है. बंद स्तरीकरण का तात्पर्य एक बार प्राप्त स्तर या प्रस्थिति के परिवर्तित न होने से है, जबकि खुला स्तरीकरण में स्तर या प्रस्थिति परिवर्तित हो सकती है. दासता, इस्टेट एवं जाति व्यवस्था बंद स्तरीकरण के रूप हैं तथा वर्ग व्यवस्था खुला स्तरीकरण का.

सामाजिक स्तरीकरण के प्रकार्य (Functions of Social Stratification)

सामाजिक स्तरीकरण की सार्वकालिकता जैसी विशेषता ही इसके प्रकार्यात्मक महत्व को सम्पुष्ट करती है. समाज को सन्तुलित करने की शक्ति तथा श्रेष्ठ पद पर श्रेष्ठ व्यक्तियों के स्थापना जैसे गुणों से युक्त होने के कारण इसकी प्रासंगिकता सभी कालों एवं सभी समाजों में रही है. स्तरीकरण वैयक्तिक स्तर पर भी उतना ही महत्वपूर्ण है. जितना कि समूह एवं समाज के स्तर पर. अतः स्तरीकरण के प्रकार्यों की व्याख्या इन दोनों स्तरों पर अलग-अलग करना ही अधिक तर्कसंगत एवं समीचीन है.

व्यक्ति के लिए सामाजिक स्तरीकरण के कार्य (Functions of Social Stratification for the Indiviual)

1. **आवश्यकताओं की पूर्ति में सहायक**—वर्तमान समय में व्यक्ति की विभिन्न आवश्यकताओं का स्वरूप काफी कुछ बदल चुका है. ऐसी आवश्यकताओं की आपूर्ति के लिए समाज का विशेषीकरण, श्रम विभाजन एवं औद्योगीकरण जैसी आधुनिक विशेषताओं पर आधारित होना अति आवश्यक है. सामाजिक स्तरीकरण इन सभी विशेषताओं को न केवल प्रोत्साहित करता है, बल्कि इन सबके लिए उचित आधार भी प्रदान करता है.

2. **श्रेष्ठ कार्य की प्रेरणा**—सामाजिक स्तरीकरण की प्रक्रिया लोगों को सामाजिक मूल्यों के अनुरूप परिश्रम करने के लिए प्रेरित करती है. जो व्यक्ति समाज के मूल्य एवं आदर्शों के अनुरूप श्रेष्ठ कार्य करते हैं. उन्हें समाज में ज्यादा सम्मान, ज्यादा पुरस्कार एवं सुविधाएँ उपलब्ध होती हैं. एम.एम. ट्युमिन के अनुसार, "प्रसिद्धि पाने और बड़ा बनने की इच्छा सभी व्यक्तियों में होती है. इस इच्छा की पूर्ति के लिए स्तरीकरण की प्रणाली व्यक्ति को अधिक कार्य करने की प्रेरणा देती है और इस प्रकार उसे पहले की अपेक्षा उच्च स्थिति प्राप्त करने का आश्वासन भी देती है."

3. **पारस्परिक संघर्ष पर नियंत्रण**—इसमें कोई शक नहीं कि यदि सामाजिक स्तरीकरण की व्यवस्था न हो, तो व्यक्ति बगैर अपनी योग्यता एवं कुशलता का मूल्यांकन किए उच्च पदों को प्राप्त करने के लिए संघर्ष का सहारा लें, लेकिन स्तरीकरण व्यवस्था के द्वारा ऐसी स्थितियों को नियंत्रित किया

गया है. स्तरीकरण व्यवस्था के कारण ही समाज में ऐसी प्रविधि विकसित होती है, जिसके आधार पर उच्च महत्व के पदों पर उच्च प्रशिक्षण प्राप्त और उच्च मानसिक क्षमता वाले व्यक्ति पदस्थापित होते हैं. इससे पदों का महत्व भी बना रहता है.

4. **मनोवृत्ति का निर्धारण**—सामाजिक स्तरीकरण प्रत्येक व्यक्ति को अपनी मनोवृत्तियों के प्रति जागरूक बनाकर उन्हें अपना विकास करने की प्रेरणा देता है. इसके द्वारा उच्च वर्ग एवं पद के लोगों को भी इस बात के लिए प्रोत्साहित किया जाता है कि वे परिश्रमपूर्वक अपनी स्थिति को बनाए रखें या और ऊँचा उठावें.

5. **विशिष्टता का सदुपयोग**—स्तरीकरण के माध्यम से विशेष प्रशिक्षण प्राप्त व्यक्तियों के समय एवं ऊर्जा का समाजोपयोगी कार्यों में सही ढंग से इस्तेमाल किया जाता है. अर्थात् जो विशिष्ट प्रशिक्षण प्राप्त व्यक्ति हैं, उन्हें उनके प्रशिक्षण के लायक पद एवं प्रतिष्ठा उपलब्ध कराई जाती है.

सामाजिक स्तरीकरण के समूह सम्बन्धित प्रकार्य (Group Oriented functions of Social Stratification)

1. **प्रतियोगिता के द्वारा सामाजिक प्रगति में योगदान**—प्रतियोगिता के माध्यम से यह सुनिश्चित किया जाता है कि समाज के सर्वाधिक प्रतिभा सम्पन्न व्यक्ति ही समाज के श्रेष्ठ पदों पर आसीन हों. साथ ही अपनी यथास्थिति को बनाए रखने के लिए कठिन परिश्रम की प्रेरणा में भी प्रतियोगिता की भावना महत्वपूर्ण है. इसलिए प्रतियोगिता की भावना सामाजिक प्रगति में मुख्य भूमिका निभाती है, लेकिन यदि व्यक्ति मनमाने ढंग से एक-दूसरे के प्रतियोगी बन जायें तो समाज में अराजकता की स्थिति उत्पन्न हो सकती है. इसलिए स्तरीकरण की व्यवस्था व्यवहार के नियमों को निर्धारित करते हुए स्वस्थ प्रतियोगिता की स्थितियाँ उत्पन्न करके सामाजिक प्रगति में सहयोग देती है.

2. **सामाजिक एकीकरण**—सामाजिक स्तरीकरण के द्वारा समान विचार एवं मूल्यों वाले लोग एक जगह एकत्रित होते हैं जिससे उनके बीच सौहार्द एवं एकता का भाव उत्पन्न होता है. इस एकता से सामाजिक मूल्य एवं आदर्शों के सुदृढ़ीकरण में सहायता मिलती है जो अंततः सामाजिक एकीकरण में सहायक होता है.

3. **अन्तर्क्रियात्मक विभेदीकरण**—सामाजिक स्तरीकरण यह भी सुनिश्चित करता है कि विभिन्न सामाजिक स्तर वाले लोगों के बीच सामाजिक अन्तःक्रिया में विभेद हो. सामाजिक एकीकरण के साथ ही इस प्रकार का विभेदीकरण भी समाज के लिए अति अनिवार्य है. इस विभेदीकरण के परिणामस्वरूप ही विभिन्न व्यक्तियों का सामाजीकरण भिन्न वातावरण में होता है, इसलिए वे अपने समाजीकरण के अनुरूप ही, अपने लिए छोटे या बड़े लक्ष्य निर्धारित करते हैं. छोटे लक्ष्य भी समाज के लिए आवश्यक होते हैं, क्योंकि समाज में साधारण या शारीरिक श्रम वाले कार्यों की भी उतनी ही आवश्यकता होती है, जितनी उच्च प्रतिष्ठा वाले पदों की.

4. **समाज में शक्ति का सन्तुलन**—सामाजिक स्तरीकरण प्रत्येक वर्ग में अधिकार एवं शक्ति का वितरण इस प्रकार करता है जिससे प्रत्येक समूह दूसरे समूह के अनियमित कार्यों पर नियंत्रण लगाए रख सके. समाज के उच्च वर्ग अपने राजनीतिक एवं प्रशासनिक अधिकारों के आधार पर तथा निम्न वर्ग अपने संख्या बल के आधार पर यह भूमिका अदा करते हैं.

5. **सामाजिक नियंत्रण एवं परिवर्तन**—सामाजिक स्तरीकरण के माध्यम से मिलने वाली प्रतिष्ठा, समाज में गैर-कानूनी गतिविधियों पर अंकुश प्रत्यारोपित करती है, क्योंकि व्यक्ति में प्रतिष्ठा के प्रति उत्पन्न लालसा उसे ऐसे कार्यों में संलिप्तता से रोकती है. साथ ही व्यक्ति ऊँची स्थिति में पहुँचने के लिए अपने व्यवहार, मनोवृत्ति तथा कार्य करने के ढंग एवं जीवन स्तर को परिवर्तित करने का प्रयास करता रहता है. इन सबसे सामाजिक नियंत्रण एवं परिवर्तन को प्रोत्साहन मिलता है.

सामाजिक स्तरीकरण के अकार्य (Disfunctions of social Stratification)

इसमें कोई दो मत नहीं हैं कि समाज के लिए स्तरीकरण प्रणाली एक लाभदायी व्यवस्था है, परन्तु इसके कुछ दोषों से भी इंकार नहीं किया जा सकता है. स्तरीकरण के प्रमुख दोष या अकार्य निम्नलिखित हैं—

1. व्यवहार में प्रायः देखा जाता है कि उच्च वर्ग की भावी पीढ़ी सरलता से उच्च स्थान प्राप्त कर लेती है, परन्तु निम्न वर्ग के बच्चे बहुत कठिन परिस्थितियों में ही अपनी स्थिति में कुछ परिवर्तन कर पाते हैं. इसका मुख्य कारण निम्न वर्ग के बच्चे को उन्नत पर्यावरण एवं अन्य सुविधाओं का न मिल पाना है.

2. उच्च वर्ग के सदस्य उच्चता के कारण अहं भाव से ग्रस्त हो जाते हैं. वे अपने वर्ग के प्रति पक्षपात तथा निम्न वर्ग के हितों की अपेक्षा भी करने लगते हैं. फलस्वरूप निम्न वर्ग के योग्य व्यक्ति भी अपनी कुशलता में वृद्धि नहीं कर पाते, जबकि उच्च वर्ग के व्यक्ति भ्रष्ट एवं आलसी होने के बावजूद भी लम्बे समय तक अपने आपको यथास्थिति में बनाए रखते हैं.

3. स्तरीकरण बहुत हद तक सामाजिक संघर्ष को प्रोत्साहित भी करता है. ऐसा तब होता है जब उच्च वर्ग के लोग धन संग्रह करने लगते हैं और निम्न वर्ग के लोग अपने परिश्रम का यथोचित प्रतिफल भी नहीं प्राप्त कर पाते या फिर एक वर्ग के सदस्यों को सर्वाधिकार सम्पन्न बना दिया जाए और दूसरे वर्ग को बिलकुल अधिकार विहीन कर दिया जाए. जैसे—भारतीय जाति-व्यवस्था ने सामाजिक भेदभाव, पक्षपात और संकुचित मनोवृत्तियों का जो बीज बोया है, उसने सामाजिक विघटन का ही मार्ग प्रशस्त किया है. अक्सर सामाजिक स्तरीकरण ने श्रम विभाजन द्वारा समाज को लाभ न पहुँचाकर वर्ग विभेद और वर्ग संघर्ष को ही उकसाया है.
4. स्तरीकरण द्वारा विभिन्न कार्यों का भी क्रम विन्यास निर्धारित होता है. ऐसे में कम महत्वपूर्ण समझे जाने वाले कार्य को सम्पादित करने वाले व्यक्ति हीन-भावना से ग्रस्त हो जाते हैं. इसके अलावा निरन्तर स्पर्धा के कारण व्यक्ति में असुरक्षा की भावना भी पैदा हो जाती है. ऐसी स्थितियों में व्यक्तियों की चेतना कुंठित होने लगती है.

कहने की आवश्यकता नहीं कि स्तरीकरण की विशिष्ट परिस्थितियाँ हैं. ये स्थितियाँ समाज में तभी प्रभावी हो सकती हैं जब स्तरीकरण की प्रणाली और समाज का सम्पूर्ण ढाँचा अपरिवर्तनशील हो. परिवर्तित आवश्यकताओं के अनुरूप यदि यथासम्भव स्तरीकरण की प्रणाली में भी परिवर्तन कर दिया जाय, तो स्तरीकरण व्यवस्था प्रत्येक स्थिति में समाज के लिए उपयोगी एवं लाभदायी व्यवस्था ही है.

सामाजिक स्तरीकरण और सामाजिक गतिशीलता (Social Stratification and social Mobility)

किसी समाज में बंद या खुला स्तरीकरण के मापने का पैमाना सामाजिक गतिशीलता है. गतिशीलता का साधारण सन्दर्भ में तात्पर्य किसी भी प्रकार के प्रचलन (Movement) से है, परन्तु सामाजिक गतिशीलता का तात्पर्य व्यक्ति की प्रस्थिति (Status) में होने वाले विभिन्न प्रकार के परिवर्तनों से है. सॉरोकिन के अनुसार, "सामाजिक गतिशीलता का अर्थ एक सामाजिक स्थिति से दूसरी स्थिति में किसी व्यक्ति के सामाजिक तथ्य अथवा सामाजिक मूल्य का संक्रमण होता है अथवा किसी भी उस वस्तु का संक्रमण होता है जो मनुष्य के प्रयत्नों द्वारा निर्मित या संशोधित है." खुला सामाजिक स्तरीकरण के अन्तर्गत सामाजिक गतिशीलता के लिए अवसरों की पर्याप्त सुलभता होती है, परन्तु बंद सामाजिक स्तरीकरण के अन्तर्गत सामाजिक गतिशीलता पर अनेक प्रकार के पाबंदियों को आरोपित कर उसे काफी हद तक नियंत्रित करने का प्रयास किया जाता है.

गतिशीलता के दो मुख्य प्रकार हैं—

1. **भौतिक अथवा भौगोलिक गतिशीलता** (Physical or Geographical Mobility)—यदि किसी व्यक्ति के कार्य करने का भौगोलिक सीमा क्षेत्र बदल जाये, परन्तु पद का स्तर या प्रस्थिति अपरिवर्तित रहे तो ऐसी गतिशीलता भौगोलिक गतिशीलता होगी. जैसे—किसी बैंक के मैनेजर का स्थानान्तरण कलकत्ता से दिल्ली होना.

2. **सामाजिक गतिशीलता** (Social Mobility)—इसके अन्तर्गत व्यक्ति की 'प्रस्थिति' परिवर्तित होती है. इसके निम्न तीन प्रकार हैं—

(A) **लम्बवत् गतिशीलता** (Vertical Mobility)—इसके अन्तर्गत व्यक्ति की प्रस्थिति में निम्न स्तर से उच्च स्तर की ओर परिवर्तन होता है. जैसे—किसी उप-निदेशक का निदेशक बनना, किसी अध्यापक का प्रधानाध्यापक बनना.

(B) **पतनोन्मुख गतिशीलता** (Downward Mobility)—कुछ विशिष्ट परिस्थितियों में व्यक्ति को उच्च स्तर से निम्न स्तर भी प्राप्त होता है. ऐसी गतिशीलता पतनोन्मुख गतिशीलता कहलाती है. भारत में जमींदारी उन्मूलन कानून के लागू होने के बाद जमींदारों की सामाजिक प्रस्थिति निम्न हुई है.

(C) **क्षैतिज गतिशीलता** (Horizontal Mobility)—इसके अन्तर्गत व्यक्ति की प्रस्थिति अपरिवर्तित रहती है, परन्तु पद, व्यवसाय, कार्य, नागरिकता, परिवार, औपचारिक समूह की सदस्यता इत्यादि बदल जाती है.

गतिशीलता के कुछ अन्य महत्वपूर्ण प्रकार निम्नलिखित हैं—

1. **व्यक्तिगत गतिशीलता** (Individual Mobility)—किसी भी प्रकार की गतिशीलता (अर्थात् लम्बवत्, पतोन्मुख या क्षैतिज) यदि किसी एक व्यक्ति मात्र से सम्बन्धित हो, तो वह व्यक्तिगत गतिशीलता कहलाएगी. जैसे—किसी व्यक्ति की आय में वृद्धि या पदोन्नति के कारण प्रस्थिति में परिवर्तन होना.

2. **सामूहिक गतिशीलता** (Group Mobility)—कभी-कभी कुछ संरचनात्मक कारणों से पूरे समूह की ही प्रस्थिति परिवर्तित हो जाती है. यह सामूहिक गतिशीलता कहलाती है. जैसे—यूरोप में प्रोटेस्टेंट धर्म के उत्थान के साथ ही प्राचीन कैथोलिक समूह की प्रस्थिति कुछ निम्न हो गई.

3. **अन्तः पीढ़ी गतिशीलता** (Intra-generational Mobility)—ऐसी गतिशीलता का सम्बन्ध एक ही पीढ़ी से होता है. अर्थात् यदि कोई व्यक्ति अपने जीवनकाल में ही एक प्रस्थिति से दूसरी प्रस्थिति प्राप्त करता है तो यह अन्तः पीढ़ी गतिशीलता कहलाएगी. जैसे—भारतीय उद्योगपति

स्व. धीरूभाई अम्बानी का प्रस्थिति सम्बन्धी विकास अन्तः पीढ़ी गतिशीलता का एक श्रेष्ठ उदाहरण है.

4. **अन्तर पीढ़ी गतिशीलता** (Inter-generational Mobility)—ऐसी गतिशीलता का सम्बन्ध एक से अधिक पीढ़ियों से होता है. जैसे—यदि किसी लिपिक का पुत्र भारतीय प्रशासनिक सेवा के लिए चयनित हो जाए तो यह अन्तर पीढ़ी गतिशीलता होगी, क्योंकि इस गतिशीलता में दो पीढ़ियों का अन्तर है.

5. **आभासी गतिशीलता** (Ficticious Mobility)—उच्चतर गतिशीलता की आकांक्षा सभी व्यक्तियों में होती है, लेकिन यदि किसी कारणवश व्यक्ति मनोवांछित प्रस्थिति प्राप्त नहीं कर पाता है, तो वह मनोवैज्ञानिक संतोष के लिए कुछ अन्य विधियों का प्रयोग करने लगता है. ऐसा तब भी होता है, जब व्यक्ति इच्छित पद के लिए प्रयत्नशील हो, परन्तु वह पद वास्तविक रूप से मिलने में कुछ विलम्ब है. जैसे—मेडीकल कॉलेज में प्रवेश के साथ ही विद्यार्थियों द्वारा परस्पर 'डॉक्टर' सम्बोधन प्रयुक्त करना या एक लेक्चरर द्वारा अपने नाम के आगे 'प्रो.' लिखना. आभासी गतिशीलता एक प्रकार से सन्दर्भ समूह व्यवहार के समान ही है.

सामाजिक गतिशीलता के कारक (Factors Influencing social Mobility)

सामाजिक गतिशीलता एक बहुकारकीय सामाजिक प्रघटना है. इन कारकों को मुख्यतः दो भागों में समाहित किया जा सकता है.

1. **संरचनात्मक कारक** (Structural factors)—शैक्षिक विकास, औद्योगीकरण, नगरीकरण, श्रम विभाजन आधारित पूर्ण प्रतियोगी बाजार एवं जनतांत्रिक विचारधारा जैसे कारक वर्तमान समाज के ढाँचागत एवं संरचनात्मक परिवर्तन में मुख्य भूमिका अदा करते हैं. औद्योगीकरण एवं नगरीकरण के कारण कई प्रकार के शारीरिक श्रम आधारित कार्य समाप्त हुए हैं और उनके बदले में कई प्रकार के नए सेवा क्षेत्र समाज में स्थापित हुए हैं. जनतांत्रिक मूल्यों ने भी समाज में स्वतंत्रता की भावना को बल प्रदान किया है. इन्हीं कारकों के कारण पुरातन की अपेक्षा वर्तमान समाज में गतिशीलता की दर तेजी से बढ़ रही है.

2. **वैयक्तिक कारक** (Individual factors)—इसके अन्तर्गत व्यक्ति का जन्म स्थान (गाँव या नगर), पारिवारिक पृष्ठभूमि (मुख्यतः माता-पिता का व्यवसाय), व्यक्तिगत शैक्षणिक उपलब्धि (जिससे कि योग्यता, दक्षता एवं निपुणता का मूल्यांकन हो सके) परिवार का आकार तथा विवाह आदि मुख्य कारक हैं. शैक्षणिक उपलब्धियाँ वर्तमान समय में उदग्र गतिशीलता के लिए सबसे मुख्य कारक साबित हो रही हैं. प्राचीन भारतीय समाज (कई समाजशास्त्रियों का मानना है कि उस समाज में गतिशीलता का कोई अस्तित्व नहीं था) में भी अनुलोम एवं प्रतिलोम विवाह पद्धति के कारण गतिशीलता के कई उदाहरण मिल जाते हैं.

सामाजिक गतिशीलता के अवरोधक (Barriers of Social stratification)

सामाजिक स्तरीकरण का सम्बन्ध सामाजिक मूल्य, विश्वास, विचारधारा एवं सरंचना से है. इन सामाजिक चरों (Social Variables) से उत्पन्न कुछ विशिष्ट प्रावधान ही सामाजिक गतिशीलता के लिए अवरोधक की भूमिका अदा करते हैं. भारतीय जाति-व्यवस्था से सम्बन्धित परम्पराएँ, रूढ़ियाँ, पारिवारिक सम्बन्ध तथा सामाजिक विधान ही जाति परिवर्तन या जाति से सम्बन्धित विशिष्टताओं में परिवर्तन को असम्भव बनाते हैं. **लिपसेट एवं बेण्डिक्स** ने अमरीकी औद्योगिक व्यवस्था के अध्ययन के सन्दर्भ में स्पष्ट किया है कि—निर्धनता, शिक्षा का अभाव, व्यक्तिगत सम्पर्क का अभाव, उपलब्ध अवसरों के सम्पूर्ण उपयोग की असमर्थता जैसी विशेषताओं के मिले-जुले प्रभाव के कारण सुविधा के अभाव की जो स्थिति बनती है. वही मुख्य रूप से सामाजिक, गतिशीलता में बाधक बनती है. यद्यपि उपर्युक्त विचारकों का उक्त विचार अमरीकी सन्दर्भ में है, परन्तु वर्तमान के सभी समाजों में यह समान रूप से लागू होता है. भारतीय समाज में भी वर्तमान में अगर गतिशीलता की दर कम है तो इसका मुख्य कारण जातीय बन्धन नहीं विभिन्न प्रकार की सुविधाओं का अभाव ही है.

सामाजिक गतिशीलता के कुछ अन्य पहलू (Some other aspects of social mobility)

सैद्धान्तिक परिप्रेक्ष्य में 'बंद स्तरीकरण' के साथ नगण्य गतिशीलता एवं 'खुला स्तरीकरण' के साथ सर्वसुलभ एवं आसान गतिशीलता की मान्यता जुड़ी हुई है, परन्तु वास्तविक सन्दर्भ में ऐसा स्तरीकरण किसी भी समाज में दृष्टिगोचर नहीं हुआ है. व्यवहार में प्रत्येक समाज दोनों प्रकार के स्तरीकरण का मिला-जुला रूप ही प्रदर्शित करता है. इस सन्दर्भ में कुछ महत्वपूर्ण तथ्य निम्नलिखित हैं—

1. कोई भी समाज पूर्णतः बन्द स्तरीकरण का साक्ष्य प्रस्तुत नहीं करता है. बंद स्तरीकरण प्रधानता वाले समाजों में भी कुछ-न-कुछ अंशों में सामाजिक गतिशीलता अवश्य पाई जाती है. जैसे—प्राचीन भारतीय जाति-व्यवस्था प्रधान समाज जो बंद स्तरीकरण का श्रेष्ठ उदाहरण है. उस समाज में अनुलोम एवं प्रतिलोम विवाह की रीतियाँ मौजूद थीं, जिस कारण एक निम्नवर्गीय स्त्री का स्तर

उच्च हो सकता था या एक उच्चवर्गीय पुरुष का स्तर निम्न हो सकता था.

2. किसी भी समाज में लम्बवत् गतिशीलता की दशाएँ पूर्णतः बन्धन मुक्त या सर्वसुलभ नहीं हैं. जैसे—अमरीकी समाज जिसे वर्तमान में सबसे अधिक खुले समाज के रूप में जाना जाता है. वहाँ भी जातिगत बन्धन तो नहीं, परन्तु प्रजातिगत (Race Oriented) दुर्भावनाएँ अवश्य विद्यमान हैं. अभी भी वहाँ किसी गरीब निग्रो के लिए राष्ट्रपति बनना एक दुष्कर कार्य है.
3. एक ही समाज में विभिन्न समय काल में सामाजिक गतिशीलता की मात्रा में अन्तर होता है. जैसे—वर्तमान भारतीय समाज में सामाजिक गतिशीलता में तेजी आई है, क्योंकि किसी व्यक्ति के व्यवसाय निर्धारण में जाति का महत्व घटता जा रहा है.
4. सामाजिक गतिशीलता की दर समाज सापेक्ष है. विभिन्न समाजों में इसका मात्रात्मक भेद सुस्पष्ट है.
5. लम्बवत् सामाजिक गतिशीलता के विभिन्न रूप किसी निश्चित क्रमागत लक्षण का अनुसरण नहीं करते हैं.

जाति एवं वर्ग
(Caste and Class)
जाति
(Caste)

मानव समाज की विविध विशेषताएँ ही विभिन्न वर्गों की उत्पत्ति का कारण हैं. यदि इन वर्गों के पारस्परिक अन्तर को जन्म के आधार पर विश्लेषित किया जाए, तो ऐसा वर्ग ही 'जाति' कहलाती है. जाति-व्यवस्था का आधारभूत तत्व एवं मूल भावना है, एक मानव समूह को जन्म के आधार पर दूसरे से भिन्न करना उनमें भेद बताना तथा उच्च एवं निम्न की श्रेणी में स्थापित करना.

यद्यपि जाति-व्यवस्था संसार के सभी भागों में पाई जाती है, परन्तु भारतीय जाति-व्यवस्था अपनी विलक्षण विशिष्टताओं के कारण जाति सम्बन्धी किसी भी प्रकार के अध्ययन में शीर्ष स्थान रखती है. एक तरह से जाति व्यवस्था हिन्दू धर्मशास्त्रियों द्वारा अनुमोदित ऐसी सामाजिक संस्था है, जिसके मूल में प्राचीन वर्ण-व्यवस्था की उत्पत्ति ऋग्वेद के पुरुष सुक्त पर आधारित है. जिसके अनुसार सृष्टि के रचयिता ब्रह्मा के मुख से ब्राह्मण, भुजाओं से क्षत्रीय, जंघा से वैश्य तथा पैरों से शूद्र वर्ण की उत्पत्ति हुई. जिस प्रकार एक शरीर में सबसे ऊपर मुख, उससे नीचे भुजाएँ फिर जंघा और सबसे नीचे पैर होते हैं, उसी प्रकार सम्पूर्ण समाज को एक शरीर मानते हुए इन अंगों के यथाक्रम में ही इन वर्णों को भी समाज में स्थान दिया गया. यद्यपि एक अन्य आधार इनके द्वारा सम्पादित कर्म भी था. भारतीय समाज का जातीय स्तरीकरण इसी चतुर्वर्ण सिद्धान्त पर आधारित है.

कालान्तर में इन्हीं चार वर्णों से सैकड़ों जातियाँ एवं हजारों उपजातियाँ उत्पन्न हुईं. इसका मुख्य कारण जनसंख्या वृद्धि तथा अन्तरवर्गीय विवाह था. वर्ण-व्यवस्था जहाँ कर्म पर आधारित एक लचीली व्यवस्था थी, वहीं जाति-व्यवस्था जन्म पर आधारित अत्यन्त कठोर व्यवस्था के रूप में अवतरित हुई. इस जाति-व्यवस्था में न केवल व्यवसाय और प्रस्थिति जन्मगत हो गये, बल्कि विवाह, व्यवहार, खान-पान, रीति-रिवाज आदि के कई कठोर मानदण्ड भी विकसित हुए.

सम्पूर्ण भारतीय सामाजिक संरचना में जाति का केन्द्रीय स्थान होने के कारण अनेक समाजशास्त्रियों ने इसे परिभाषित करने का प्रयास किया है.

मजूमदार तथा **मदान** के अनुसार, "जाति एक बंद वर्ग है." इन विचारकों ने जाति की इस अति संक्षिप्त परिभाषा द्वारा जाति को पूर्णतः अपरिवर्तनशील समूह माना है.

सी.एच कूले के अनुसार, "जब एक वर्ग पूर्णतः वंशानुक्रम पर आधारित हो तो उसे हम जाति कह सकते हैं." प्रसिद्ध मानवशास्त्री हॉबेल ने लिखा है, "अन्तर्विवाह तथा आनुवंशिक पद के द्वारा सामाजिक वर्गों को एक स्थायी रूप देना जाति है." **केतकर** के अनुसार, "जाति एक सामाजिक समूह है जिसकी दो विशेषताएँ हैं—(i) सदस्यता उन्हीं लोगों तक सीमित होती है जो इस समूह में जन्म लेते हैं. (ii) सदस्यों को एक कठोर सामाजिक नियम द्वारा समूह से बाहर विवाह करने की मनाही होती है. **डॉ. जी. एस. घुरिये** ने जाति की अति विस्तृत परिभाषा देते हुए कहा है कि "जाति व्यवस्था समाज का एक खण्डात्मक विभाजन है जो व्यवसायों के आधार पर होता है. जिसमें खण्ड श्रेणीक्रम के आधार पर व्यवस्थित होते हैं और जिसमें खण्डों अथवा जातियों से विवाह, खानपान तथा सामाजिक व्यवहार की दूरी होती है."

उपर्युक्त विश्लेषण से जाति-व्यवस्था की निम्नलिखित विशेषताएँ स्पष्ट होती हैं—

1. जाति-व्यवस्था में किसी जाति की सदस्यता तथा व्यक्ति की प्रस्थिति का निर्धारण जन्म के आधार पर होता है.
2. जाति-व्यवस्था एवं जातिगत प्रस्थिति में परिवर्तन सम्भव नहीं है.
3. जाति पूर्णतः अन्तर्विवाही समूह है.
4. जातियों के अपने-अपने निश्चित व्यवसाय होते हैं.
5. जाति अपनी सामाजिक प्रस्थिति को शुद्धता के नियमों, खानपान के प्रतिबन्ध, दूरी तथा अन्तर्विवाह के नियमों का कठोरता से पालन कर बनाए रखती है.

6. प्रत्येक जाति का अपना एक नाम होता है.
7. जाति-व्यवस्था का एक परिणाम 'छुआछूत' की भावना है.

जाति-व्यवस्था के प्रकार्य (Functions of Caste System)

भारतीय जाति व्यवस्था को एक सामाजिक बुराई के रूप में ही देखा जाता रहा है. किंगसले डेविस ने तो यहाँ तक कह दिया कि "सम्पूर्ण मानव इतिहास में भारतीय समाज वह महत्वपूर्ण प्रयत्न है, जिसने सामाजिक सम्बन्धों की स्थापना में जन्मजात असमानता को पथ-प्रदर्शक सिद्धान्त के रूप में लागू किया है." परन्तु वास्तव में जाति व्यवस्था के कई गुण या लाभ भी हैं जिनके कारण जाति-व्यवस्था का अस्तित्व वर्तमान तक कायम है.

जे.एच हटन ने जाति के गुण या प्रकार्यों को तीन भागों में विभक्त किया है—(i) व्यक्ति के लिए कार्य, (ii) जाति समुदाय के लिए कार्य, (iii) सम्पूर्ण समाज और राष्ट्र के लिए कार्य.

(1) व्यक्ति के लिए कार्य (Functions for an Individual)

(A) **व्यवसाय का निर्धारण**—प्रत्येक जाति का एक परम्परागत व्यवसाय निर्धारित रहता है. यही व्यवसाय जाति के नये सदस्यों को विरासत के रूप में स्वतः प्राप्त होता है. इससे जाति के सदस्यों को जहाँ आर्थिक सुरक्षा मिलती है, वहीं दूसरी ओर व्यवसाय में निपुणता में वृद्धि के साथ समाज को विशेषीकरण का लाभ भी मिलता है. जाति इसके लिए सम्पूर्ण प्रशिक्षण की भी व्यवस्था करती है.

(B) **सामाजिक सुरक्षा**—जाति यह प्रकार्य कई प्रकार से सम्पन्न करती है. प्रथमतः जाति ही समाज में व्यक्ति की प्रस्थिति को निर्धारित करती है. चूँकि प्रत्येक जाति की स्थिति समाज में पूर्व निर्धारित होती है. अतः एक व्यक्ति जिस जाति में जन्म लेता है. उस जाति की सामाजिक प्रस्थिति ही व्यक्ति की व्यक्तिगत प्रस्थिति को निर्धारित करती है. चूँकि प्रत्येक जाति या उपजाति एक अंतर्विवाही समूह है, इसलिए व्यक्ति के वैवाहिक समूह एवं मानदण्डों का चुनाव भी जाति ही करती है. इसके अलावा पर्व-त्यौहारों के अवसर पर या आकस्मिक विपत्तिकाल में एक जाति के सदस्य ही दूसरी जाति के सदस्यों की मदद करते हैं. वर्तमान में नगरीय समाज में भी इसी कारण कई औपचारिक संगठन निर्मित हो रहे हैं. जैसे—वैश्य समाज, कुर्मी समाज आदि.

(C) **व्यवहारों पर नियंत्रण**—खान-पान, विवाह, व्यवसाय, पारस्परिक सम्बन्ध इत्यादि के सन्दर्भ में प्रत्येक जाति के अपने-अपने नियम बने हुए हैं. जाति अपने सदस्यों से इन नियमों का कठोरता से पालन कराती है. किसी सदस्य द्वारा इन नियमों के उल्लंघन किये जाने पर उसे जाति विरोधी घोषित किया जाना तथा उसके लिए उपयुक्त दण्ड की व्यवस्था जाति पंचायत द्वारा कार्यान्वित की जाती है. दण्ड के रूप में जाति से बहिष्कृत कर देना, आर्थिक जुर्माना करना, जाति-भोज देना, या कुछ धार्मिक अनुष्ठान का आयोजन करना इत्यादि मुख्य रूप से प्रचलित हैं.

(2) जाति समुदाय से सम्बन्धित कार्य

(A) **शैक्षिक एवं मनोरंजनात्मक कार्य**—जाति ही अपने सम्पूर्ण समुदाय के लिए विहित व्यवसाय सम्बन्धित शिक्षण एवं प्रशिक्षण की सम्पूर्ण व्यवस्था करती है. इसके अलावा विभिन्न पर्व त्यौहारों के आयोजन द्वारा जाति अपने सदस्यों के मनोरंजन की भी व्यवस्था करती है.

(B) **जातीय संस्कृति की रक्षा**—प्रत्येक जाति के अपने-अपने देवी-देवता, व्रत, त्यौहार, रीति-रिवाज आदि होते हैं. इसके कारण प्रत्येक जाति में सांस्कृतिक विभिन्नता स्पष्टतः देखी जा सकती है. अपनी सांस्कृतिक विशिष्टताओं को पीढ़ी-दर-पीढ़ी हस्तान्तरित कर जाति अपने अस्तित्व को बनाये रखने का प्रयास करती है.

(C) **रक्त की शुद्धता**—रक्त की शुद्धता बनाए रखने को प्राचीन धर्मशास्त्रों में विशेष महत्व दिया गया है, इसलिए अंतर्विवाह के मानदण्डों का जातीय सन्दर्भ में विकास किया गया. वर्तमान में इस विचारधारा का न तो कोई वैज्ञानिक महत्व है और न ही प्रमाण, परन्तु व्यवहार में प्रत्येक जाति अभी भी इस दिशा में प्रयासरत् है.

(3) समाज एवं राष्ट्र के लिए कार्य

(A) **सामाजिक एकीकरण**—जाति को हमेशा समाज को बाँटने वाले आधार के रूप में ही परिभाषित किया गया है, लेकिन जाति-व्यवस्था से ही जूड़ी 'जजमानी-व्यवस्था' के सम्पूर्ण एवं यथार्थ विश्लेषण से जाति-व्यवस्था के संयोजनात्मक महत्व का पता चलता है. जैसे—श्रम विभाजन व्यवस्था में सभी व्यक्ति पृथक्-पृथक् कार्य करते हुए भी एक ही लक्ष्य को प्राप्त करते हैं वैसे ही जाति-व्यवस्था में प्रथम तो खण्डात्मक विभाजन तत्पश्चात् खण्डों के एकीकरण का भी गुण है. **हट्टन** ने भी स्वीकार किया है कि "जाति व्यवस्था का प्रमुख कार्य भारतीय समाज को संगठित तथा विभिन्न प्रतिद्वन्द्वी समूहों को एक समुदाय से जोड़ना है."

(B) **श्रम विभाजन की व्यवस्था**—आधुनिक औद्योगीकृत समाज में विभिन्न प्रकार के कार्यों में छोटी-बड़ी मशीनों का प्रयोग अवश्य किया जाता है, परन्तु अभी भी ऐसे कई कार्य हैं जिनमें शारीरिक श्रम की महत्ता बरकरार है. हालांकि ऐसे कार्यों को निम्न श्रेणी के अन्तर्गत ही रखा गया है. जाति-व्यवस्था व्यक्ति में ऐसे कार्यों के प्रति भी प्रेम एवं निष्ठा की

भावना उत्पन्न करती है. इसके अलावा सभी जातियों को अलग-अलग पेशा सौंपकर जाति-व्यवस्था श्रम विभाजन की व्यवस्था को सुदृढ़ता ही प्रदान करती आई है.

(C) **राजनैतिक स्थायित्व**—यद्यपि जाति आधारित राजनीतिक व्यवस्था वर्तमान में एक व्यापक विवाद का विषय है, लेकिन इस तथ्य को भुलाया नहीं जा सकता है कि सदियों से व्यक्तियों में राजनीतिक भावना के संचार में जाति की भूमिका ही स्थायी रूप से प्रभावी सिद्ध हुई है. इस कारण न केवल जाति का आंतरिक संगठन सुदृढ़ हुआ है, बल्कि एक राष्ट्र के लिए आवश्यक राजनीतिक सहभागिता (Political Participation) में भी सकारात्मक योग मिला है.

जाति व्यवस्था के दोष
(Demerits of Caste System)

अपने आदर्श प्रारूप में जाति-व्यवस्था सदियों से उपर्युक्त प्रकार्यात्मक भूमिका का सफल अदाकार बना रहा है लेकिन समय के साथ इसके दोष भी उजागर हुए हैं. इसमें प्रमुख दोष निम्नलिखित हैं—

1. **निम्न जातियों का शोषण**—जाति-व्यवस्था ने कुलीनता के महत्व को अत्यधिक बढ़ाया. इस कारण कुलीन वर्ग अपने आपको समाज का सर्वेसर्वा समझने लगा. कुलीन वर्ग ने ही कालान्तर में ऐसे नियमों को विकसित किया जिसके आधार पर निम्न जातियाँ कभी समाज में श्रेष्ठ स्थान प्राप्त नहीं कर सकती थीं. इन पर कई प्रकार के प्रतिबन्ध आरोपित कर दिए गए. उल्लेखनीय है कि इस वर्ग ने स्त्री को भी एक विशिष्ट जाति के संवर्ग में ही रखकर इन पर भी कई प्रकार के प्रतिबन्ध लगाये परिणामस्वरूप स्त्रियों की प्रस्थिति भी निम्नतर होती गई.

2. **अस्पृश्यता**—जाति-व्यवस्था ने कुछ व्यक्ति समूह को 'अस्पृश्य' (Untouchable) की संज्ञा दी. अर्थात् जो स्पर्श के लायक भी नहीं है. इसी से समाज में छुआछूत की भावना का प्रसार हुआ. इन अस्पृश्य जातियों को कई प्रकार की निर्योग्यताओं का शिकार होना पड़ा. इस स्थिति ने हिन्दू समाज में पारस्परिक घृणा एवं द्वेष को चरम सीमा पर पहुँचा दिया. इसी कारण एक बड़ी संख्या में निम्न जाति हिन्दू धर्म परिवर्तित कर मुस्लिम या ईसाई धर्म ग्रहण करने को प्रेरित हुई.

3. **सामाजिक संघर्ष को बढ़ावा**—जातीय संस्तरण में कुछ जातियाँ तो स्पष्ट रूप से शीर्ष पर हैं और कुछ आधार स्थल पर, परन्तु इन दोनों के बीच भी कई जातियों एवं उपजातियों का अस्तित्व है. इन जातियों में परस्पर श्रेष्ठता सिद्ध करने के लिए अक्सर संघर्ष की स्थिति उत्पन्न होती है. जाति सम्बन्धित सांस्कृतिक विशेषताएँ भी कभी-कभी इस संघर्ष को बढ़ावा देती हैं.

4. **वैवाहिक समस्या**—भारतीय समाज की कुछ प्रमुख कुरीतियाँ (जैसे—दहेज प्रथा, विधवा पुनर्विवाह, बाल विवाह, कुलीन विवाह, बेमेल विवाह आदि) मुख्य रूप से जाति व्यवस्था के अन्तर्विवाही स्वरूप का ही प्रतिफल हैं. यदि जाति अन्तर्विवाह के नियम इतने कठोर न होते तो सम्भवतः ये वैवाहिक समस्याएँ भी देखने को न मिलतीं.

5. **व्यावसायिक गतिशीलता में बाधक**—जाति व्यवस्था में प्रत्येक व्यक्ति का व्यवसाय जन्म से ही निर्धारित होता है, जिसमें परिवर्तन नहीं हो सकता है. अतः किसी व्यक्ति के लिए वह कार्य अरुचिकर होते हुए भी वह उसे करने को बाध्य रहता है. इससे श्रमिक की गतिशीलता एवं कुशलता प्रभावित होती है. यह उद्योगों में श्रमिकों के असन्तुलित वितरण की समस्या भी उत्पन्न करती है.

6. **भाग्यवाद का प्रसार**—जैसाकि सर्वविदित है जाति-व्यवस्था का धर्म से गहरा सम्बन्ध है. धार्मिक प्रभाव के कारण ही जाति-व्यवस्था इस मान्यता पर आधारित है कि वर्तमान जाति प्रस्थिति व्यक्ति के पूर्वजन्म में किए कार्यों का ही प्रतिफल है; जिसे इस जन्म में बदला नहीं जा सकता. फलतः व्यक्ति अपनी प्रस्थिति में परिवर्तन के लिए उद्यत नहीं होता है.

7. **प्रजातंत्र विरोधी**—प्रजातांत्रिक विचारधारा के आधार समानता, स्वतन्त्रता एवं सामाजिक चेतना हैं, जबकि जाति व्यवस्था भाग्यवादिता एवं असमानता के विचार पर आधारित है. अर्थात् ये दोनों परस्पर विरोधी दिशाएँ हैं.

8. **राष्ट्रीय एकता में बाधक**—राष्ट्र हित के स्थान पर जातीय हितों को महत्व देना निःसन्देह राष्ट्रीय एकता में एक बाधक तथ्य है.

जातिवाद : एक समस्या
(Castism : As a Problem)

जातिवाद, जाति से सम्बन्धित संकीर्ण मनोवृत्ति का परिणाम है. जातिवाद वह भावना है, जिसके अनुसार एक जाति के लोग सम्पूर्ण सामुदायिक हितों के स्थान पर अपनी जाति या उपजाति के हितों को ही प्राथमिकता देते हैं. जातिवाद के आधार पर ही एक जाति के लोग अपने को परस्पर सम्बन्धित समझते हैं तथा दूसरी जाति के सदस्यों को अपने से पृथक्. जाति-व्यवस्था के दोषों के मूल में घृणा एवं संघर्ष को संरक्षण देने वाला यह जातिवाद ही है.

कुछ दशक पूर्व तक जातिवाद को मुख्यतः ग्रामीण समाज की विशेषता के रूप में देखा जाता था, लेकिन वर्तमान में ग्रामीण समाज के साथ ही नगरीय समाज में भी इसका स्पष्ट अस्तित्व व प्रभाव दृष्टिगोचर हो रहा है. जैसे-जैसे जातीय बन्धन (मुख्यतः) खान-पान एवं व्यवसाय सम्बन्धित) शिथिल होते जा रहे हैं वैसे-वैसे ही जातिवाद की

भावना प्रबल होती जा रही है. अब जाति पंचायतों के स्थान पर प्रान्तीय एवं राष्ट्रीय स्तर पर कई प्रकार के जातीय संगठनों का निर्माण किया गया है. जैसे—अखिल भारतीय वैश्य महासभा, अखिल भारतीय कुशवाहा संघ, भारतीय ब्राह्मण सभा, राजस्थान महेश्वरी संघ इत्यादि. ये संगठन अपनी जाति के सदस्यों के लिए स्कूल, छात्रावास, कॉलेज, अस्पताल, धर्मशाला आदि की सुविधा भी उपलब्ध कराते हैं.

जातिवाद का सबसे विकृत प्रतिफल वर्तमान की दूषित राजनीति है. आज सम्पूर्ण राजनीति का ताना-बाना जाति से ही बुना जाता है. चुनावों में जाति के आधार पर ही किसी क्षेत्र विशेष में उम्मीदवार खड़े किये जाते हैं तथा मतदान भी जातीय आधार पर ही होता है. समाज में उच्च पदस्थ व्यक्ति द्वारा शिक्षा, नौकरी, उद्योग, व्यापार, राजनीति, न्याय आदि सभी क्षेत्रों में जातिगत पक्षपात की नीति अपनाई जाती है. ऐसी स्थितियों में जातिवाद के कारण न केवल योग्यता उपेक्षित रह जाती है, बल्कि प्रजातंत्र के वास्तविक उद्देश्य भी समाज से कोसों दूर होते जा रहे हैं.

जाति व्यवस्था की ऐतिहासिक पृष्ठभूमि ही जातिवाद की उत्पत्ति में मुख्य रूप से जिम्मेदार है. इसके अलावा जातिवाद के विकास में प्राचीन जजमानी व्यवस्था का टूटना मुख्य कारण रहा है. जजमानी व्यवस्था के कारण विभिन्न जातियों के बीच अन्योन्याश्रित का सम्बन्ध कायम था, लेकिन जजमानी व्यवस्था के टूटने से यह पारस्परिक निर्भरता समाप्त हो गई. इसलिए सभी जातियाँ अपने जातिगत हित साधनों को ही प्रमुखता देने लगीं. वर्तमान में जातिवाद के प्रसार का सबसे मुख्य कारण कुछ संवैधानिक प्रावधान हैं जिनके अनुसार कुछ निम्न एवं अछूत जातियों को संरक्षण प्रदान किया गया है.

जातिवाद का विकास चाहे जिस तरीके से भी हुआ हो इतना तय है कि किसी भी समाज के लिए यह आदर्श स्थिति नहीं है. जाति व्यवस्था के गुणों को जातिवाद के कारण ही ग्रहण लगता है. अतः इसे समाप्त करना आवश्यक है.

डॉ. प्रभु ने उचित शिक्षा को ही जातिवाद के निराकरण का साधन माना है. डॉ. राव ने जाति के बदले वैकल्पिक समूहों की स्थापना का सुझाव दिया है. डॉ. घुरिये के अलावा आज बहुत से लोगों का मत है कि जातिवाद की समाप्ति के लिए अन्तर्जातीय विवाह को प्रोत्साहित किया जाय, परन्तु इस सम्बन्ध में हमें याद रखना चाहिए कि प्रारम्भ में मात्र चार ही वर्ण थे. अन्तर्वर्णीय विवाह के कारण उत्पन्न वर्ण संकर समूहों के कारण ही इतनी जाति एवं उपजातियाँ अस्तित्व में आई हैं, जिससे जातिवाद उत्पन्न हुआ. अतः अन्तर्जातीय विवाह द्वारा जाति एवं जातिवाद के उन्मूलन की सम्भावनाएँ काफी क्षीण हैं. इस सम्बन्ध में डा. इरावती कर्वे का विचार ही उचित प्रतीत होता है कि "विभिन्न जातियों में आर्थिक एवं सांस्कृतिक समानता लाने से जातिवाद को समाप्त किया जा सकता है."

वर्तमान में कई राजनीतिक दल "जाति तोड़ो समाज जोड़ो" का नारा बुलंद कर रहे हैं, लेकिन इन दलों की वास्तविकता यही है कि इनका सम्पूर्ण संगठन एवं क्रियाकलाप ही विभिन्न जातीय समीकरणों पर आधारित है. जातिवाद के खात्मे के लिए इस प्रकार के दोमुहाँपन का खात्मा सबसे प्रथम आवश्यकता है. जब तक यह दोमुँहापन रहेगा जातिवाद को एक खरोंच भी नहीं लगाया जा सकता है.

जाति-व्यवस्था में आधुनिक परिवर्तन (Modern Change in Caste System)

औद्योगीकरण, नगरीकरण, वाणिज्य की वृद्धि, मौद्रिक अर्थव्यवस्था, आधुनिक बैंकिंग व्यवस्था, ग्रामीण विकास के नए कार्यक्रम, व्यवसाय के विभिन्न प्रकार, पाश्चात्य विचारधारा का प्रसार, विभिन्न संवैधानिक प्रावधान तथा व्यापक शैक्षिक विकास के कारण परम्परागत जाति संरचना में कई परिवर्तन दृष्टिगोचर हो रहे हैं.

खानपान, छुआछूत तथा व्यवसाय चयन से सम्बन्धित जातीय प्रतिबंध वर्तमान में लगभग पूर्ण शिथिल पड़ चुके हैं. इसलिए आज समाज में कई शूद्र जाति के व्यक्ति शिक्षण संस्थाओं में ब्राह्मण जाति के बच्चों को शिक्षा प्रदान कर रहे हैं. साथ ही कई ब्राह्मण जाति के लोग स्वास्थ्य एवं सफाई विभाग, चर्म उद्योग आदि में कार्यरत हैं. प्रेम विवाह के साथ ही अन्तर्जातीय विवाहों का समाज में बढ़ता प्रचलन इस बात का स्पष्ट प्रमाण है कि जाति निर्धारित वैवाहिक मानदण्ड भी टूट रहे हैं. समाज में योग्यता एवं कुशलता का महत्व बढ़ने के साथ ही जन्म का आधार महत्वहीन होता जा रहा है. अब व्यक्तियों का जाति व्यवस्था के अलौकिक आधारों के प्रति भी विश्वास नहीं रहा. संक्षेप में, अगर कहा जाय कि जाति-व्यवस्था अब बंद स्तरीकरण का प्रतिरूप नहीं रही, तो कोई अतिश्योक्ति नहीं होगी.

उल्लेखनीय है कि उपर्युक्त परिवर्तन आज नगरों में अधिक मात्रा में दिखाई दे रहे हैं वनिस्पत ग्रामीण क्षेत्रों के. तर्क के बदले धर्म प्रधान ग्रामीण संरचना में जाति अपनी प्रभावशीलता यथावत् बनाये हुए हैं. कर्मकांडों का प्रभाव पारम्परिक पदानुक्रम को बनाए रखने में सहायक सिद्ध हो रहा है. एक व्यक्ति शहर में आकर खानपान के प्रतिबंध को त्याग देता हे, लेकिन ऐसा वह अपने गाँव में नहीं कर पाता है, क्योंकि ऐसा करने पर वहाँ अब भी दण्ड का भागीदार

होना होगा. हालांकि नगरीकरण के कारण जाति-व्यवस्था सम्बन्धी परिवर्तन की लहर ग्रामीण क्षेत्रों में भी बह रही है.

भारत में उपर्युक्त परिवर्तनों की शुरूआत 18वीं शताब्दी के धार्मिक एवं सामाजिक आन्दोलनों के साथ हुई. राजा राममोहन राय, ईश्वरचन्द्र विद्यासागर, स्वामी विवेकानन्द, महात्मा गांधी, भीमराव अम्बेडकर, जैसे—प्रगतिवादी विचारकों ने जाति व्यवस्था की कुसंगतियों के विरुद्ध जनसामान्य को जाग्रत किया. इसलिए स्वतन्त्रता प्राप्ति के पश्चात् पारित कुछ अधिनियमों तथा संवैधानिक प्रावधानों की भी इस परिवर्तन में महत्वपूर्ण भूमिका रही है. ऐसे मुख्य अधिनियम हैं—विशेष विवाह अधिनियम, 1954, अस्पृश्यता उन्मूलन अधिनियम, 1955, हिन्दू विवाह अधिनियम, 1955. इसके अलावा संविधान की अनेक धाराओं में भी स्पष्ट किया गया है कि धर्म रंग या जाति के आधार पर व्यक्ति या व्यक्ति समूहों के बीच भेदभाव नहीं किया जा सकता है. संविधान के अनुच्छेद 17 के अनुसार अस्पृश्यता को अपराध घोषित किया गया है. इन प्रयत्नों के परिणामस्वरूप परम्परागत जाति आधारित मनोवृत्ति भी बदल रही है.

जाति-व्यवस्था के वर्तमान परिवर्तनों में कुछ विचारक इसके उन्मूलन का दृश्य देख रहे हैं. इस सम्बन्ध में मजूमदार का कथन अति प्रासंगिक है. मजूमदार के अनुसार, "एक जाति का दूसरे जाति के द्वारा शोषण और इसी प्रकार की दूसरी सहयोगी प्रथाओं को नष्ट कर देना चाहिए न कि सम्पूर्ण व्यवस्था को, टूटी हुई या विषपूर्ण उँगली को ही काटना चाहिए, न कि सम्पूर्ण हाथ को." आवश्यकता जातिवाद उन्मूलन की है, जाति-व्यवस्था की नहीं.

वर्ग
(Class)

'वर्ग' का तात्पर्य एक समान सामाजिक प्रस्थिति वाले व्यक्ति समूहों से है. जिस प्रकार जाति का मुख्य आधार जन्म एवं कुछ धार्मिक मान्यताएँ हैं, ठीक वैसे ही वर्ग का मुख्य आधार आर्थिक संरचना है. वर्गों की सामाजिक प्रस्थिति का निर्धारण सम्पत्ति, अर्जित उपलब्धि तथा व्यक्तिगत योग्यता द्वारा होता है. वर्ग-व्यवस्था एक लचीली व्यवस्था है. वर्ग परिवर्तन की सुलभ सम्भावनाओं के कारण ही वर्ग-व्यवस्था को खुला स्तरीकरण का प्रतिरूप माना जाता है, इसलिए वर्तमान विश्व के अधिकांश भू-भागों में सामाजिक स्तरीकरण का प्रचलित स्वरूप वर्ग व्यवस्था ही है.

यद्यपि वर्ग वर्तमान की पूँजीवादी औद्योगिक व्यवस्था के प्रमुख समूह हैं, परन्तु विभिन्न वर्गों के अस्तित्व का प्रमाण कुछ पूर्वकाल भी देते हैं. जैसे मध्ययुगीन यूरोप की 'इस्टेट' व्यवस्था एक वर्गगत संरचना का ही प्रतिरूप था, जिसका आधार पूर्णतः आर्थिक नहीं था इसलिए सामाजिक वर्ग की प्रकृति की विभिन्न आधारों पर समाजशास्त्रियों ने व्याख्या की है.

एम. गिन्सबर्ग (M.Ginsberg) के अनुसार, "एक सामाजिक वर्ग ऐसे व्यक्तियों का समूह है जो व्यवसाय, धन, शिक्षा, जीवन यापन की विधियों, विचारों, भावनाओं, मनोवृत्तियों और व्यवहारों में एक दूसरे के समान होते हैं अथवा इनमें से कुछ आधारों पर एक-दूसरे से समानता का अनुभव करते हुए अपने को एक समूह का सदस्य समझते हैं." इस प्रकार इन्होंने वर्ग निर्माण के विभिन्न आधारों का स्पष्ट उल्लेख किया है.

ऑगबर्न एवं निमकॉफ का कहना है कि "सामाजिक वर्ग की मौलिक विशेषता दूसरे सामाजिक वर्ग की मौलिक विशेषता दूसरे सामाजिक वर्गों की तुलना में उसकी उच्च या निम्न सामाजिक स्थिति है."

मैकाइवर एवं पेज के अनुसार, "सामाजिक वर्ग समुदाय का वह भाग है जिसे सामाजिक स्थिति के आधार पर शेष भाग से अलग कर दिया गया है."

कार्ल मार्क्स (Karl Marx) पूर्णतः आर्थिक आधार पर वर्ग को परिभाषित करते हुए कहा, "एक सामाजिक वर्ग को उसके उत्पादन के साधनों और सम्पत्ति के वितरण के साथ स्थापित होने वाले सम्बन्धों के सन्दर्भ में ही परिभाषित किया जा सकता है."

गोल्डनर (Gouldner) ने भी कहा, "एक सामाजिक वर्ग उन व्यक्तियों अथवा परिवारों की समग्रता है, जिनकी आर्थिक स्थिति लगभग समान होती है."

मैक्स वेबर (Max Weber) के अनुसार, "वर्ग व्यक्तियों का ऐसा समूह है, जिन्हें सुविधा प्राप्त करने के समान अवसर उपलब्ध रहते हैं तथा जिनका जीवन स्तर समान होता है. यह समुदाय का एक अंश या व्यक्तियों का संग्रह है जिसके सदस्य एक-दूसरे के समान होते हैं तथा जो समुदाय के अन्य अंशों से श्रेष्ठता एवं अश्रेष्ठता के मान्य मापदण्डों के आधार पर पृथक् होते हैं."

एम. ई. ओल्सेन (M.E. Olsen) का कहना है कि "सामाजिक वर्गों का निर्माण उन व्यक्तियों के द्वारा होता है जिन्हें लगभग समान मात्रा में शक्ति, सुविधाएँ और सम्मान मिला होता है."

उपर्युक्त परिभाषाओं के आधार पर वर्ग की मुख्य विशेषताएँ निम्नलिखित रूप में गिनाई जा सकती हैं—

1. **समान प्रस्थिति**—एक वर्ग से सम्बन्धित व्यक्तियों की प्रस्थिति एक जैसी होती है. इसी आधार पर अलग-अलग व्यवसाय, उप-संस्कृति, जाति, क्षेत्र के व्यक्ति भी एक ही वर्ग के सदस्य हो सकते हैं. प्रस्थिति की श्रेष्ठता का निर्धारण

समाज स्वीकृत मूल्यों के आधार पर होता है और इसी आधार पर समाज में वर्ग का स्थान निर्धारित होता है.

2. **प्रतियोगिता की संस्थात्मक स्वीकृति**—वर्ग की प्रकृति खुली हुई होती है. अर्थात् व्यक्ति योग्यता एवं कुशलता के आधार पर अपनी प्रस्थिति को सुधारकर श्रेष्ठ वर्ग की सदस्यता के लिए प्रयास कर सकता है. इस कारण प्रतियोगी भावनाओं का सहज ही विकास होता है.

3. **वर्ग संरचना की स्थायी प्रवृत्ति**—वर्ग व्यवस्था में वर्ग परिवर्तन सम्भव तो है, लेकिन यह एक दीर्घकालीन प्रक्रिया है. प्रायः एक व्यक्ति अपने जीवनकाल में अधिक वर्गों का सदस्य नहीं हो सकता है.

4. **वर्ग की व्यक्तिपरक विशेषताएँ**—व्यक्ति के सामाजिक वातावरण एवं समाजीकरण की प्रक्रिया के अनुरूप प्रत्येक व्यक्ति में एक वर्ग चेतना की भावना पाई जाती है. गिन्सबर्ग ने ऐसी तीन प्रकार की भावनाओं का उल्लेख किया है—(i) उच्चता की भावना. (ii) हीनता की भावना, (iii) समानता की भावना विभिन्न व्यक्तियों के बीच इन्हीं भावनाओं के आधार पर अन्तर्क्रियात्मक सम्बन्ध निर्धारित होते हैं.

5. **वर्ग की वस्तुनिष्ठ** (Objective) **विशेषता**—कुछ वस्तुपरक कारकों द्वारा वर्ग की विशिष्ट पहचान बनती है. जैसे—मकान का बाहरी स्वरूप एवं आन्तरिक सज्जा, मोहल्ले की प्रतिष्ठा, शिक्षा, आय, व्यवसाय आदि. इन कारकों के आधार पर व्यक्ति विशेष के प्रस्थिति को देखा और पहचाना जा सकता है.

6. **सम्बन्ध स्थापना**—वर्ग चेतना से ही समानता की चेतना उत्पन्न होती है. अतः एक वर्ग के सदस्यों के बीच सहज रूप में सम्बन्ध स्थापित हो जाते हैं.

वर्ग निर्माण का आधार
(Bases of Class formulation)

रॉबर्ट बीरस्टीड (Robert Bierstead) ने वर्ग निर्माण के सात आधारों का उल्लेख किया है. जो निम्नलिखित हैं—

1. **सम्पत्ति एवं आय**—वर्ग निर्माण का सबसे महत्वपूर्ण आधार सम्पत्ति एवं आय को ही माना जाता है. मार्क्स ने तो इसे वर्ग निर्माण का एकमात्र आधार माना है. चूँकि धन के द्वारा ही अन्य सुविधाएँ खरीदी जा सकती हैं, अतः इसका अधिक महत्व होना स्वाभाविक है, लेकिन यहाँ यह भी ध्यान देने योग्य तथ्य है कि मात्र सम्पत्तिवादी होना ही उच्च वर्ग के लिए पर्याप्त नहीं होता. आय का स्रोत तथा खर्च के तरीके भी सामाजिक मूल्यों के अनुरूप होने चाहिए. साथ-ही-साथ जीवन शैली व्यवहार-प्रतिमान, रहन-सहन, विचारधारा आदि भी उच्च वर्ग के लिए आवश्यक हैं.

2. **परिवार एवं नातेदारी**—व्यक्ति ने किस परिवार में जन्म लिया तथा व्यक्ति के अन्य रिश्तेदारों की सामाजिक-आर्थिक स्थिति क्या है, इस आधार पर भी वर्ग का निर्धारण होता है. इस आधार के सम्बन्ध में बीरस्टीड का कहना है कि "सामाजिक वर्ग की कसौटी के रूप में परिवार और नातेदारी का महत्व सभी समाजों में समान नहीं है, बल्कि यह अनेक आधारों में से केवल एक विशेष आधार है."

3. **व्यवसाय की प्रकृति**—डेविस एवं मूर के अनुसार, "जिन व्यवसायों के लिए अधिक प्रशिक्षण एवं विशिष्ट तकनीकी ज्ञान एवं मानसिक क्षमता की आवश्यकता होती है; उन व्यवसाय से सम्बन्धित व्यक्ति की प्रतिष्ठा समाज में उच्च होती है." इसके विपरीत गैर-कानूनी या सामाजिक रूप से अवांछित कार्यों या व्यवसायों में संलग्न लोग उच्च वर्ग में सम्मिलित नहीं किए जा सकते, चाहे वह कितनी ही सम्पत्ति क्यों न अर्जित कर लें. इसी प्रकार धर्म प्रधान समाजों में पुरोहित के व्यवसाय को उच्च माना जाता है. जबकि प्रगतिशील समाज में शिक्षा एवं विज्ञान से जुड़े व्यवसाय को श्रेष्ठ माना जाता है.

4. **आवास की स्थिति**—मकान की बाह्य एवं आन्तरिक संरचना तथा सज्जा, मुहल्ले की प्रतिष्ठा, मुहल्ले का भौगोलिक और सामाजिक पर्यावरण, नगर के केन्द्रीय भाग से निवास स्थान की दूरी इत्यादि भी वर्ग निर्माण के निर्धारक तत्व हैं.

5. **निवास स्थान की अवधि**—वार्नर (Warner) ने बताया है कि कुछ बहुत पुराने परिवार जो एक ही शहर में कई पीढ़ियों से रहते आये हों. उन्हें भी उच्च वर्ग की सदस्यता प्राप्त हो जाती है. यह भावना प्रत्येक समाज में अवश्य पाई जाती है. हालांकि इसके कारण की व्याख्या करना काफी मुश्किल है.

6. **शिक्षा का स्तर**—वर्ग निर्माण का एक प्रमुख आधार शिक्षा का स्तर भी है. अक्सर जो लोग शिक्षित एवं तकनीकी रूप से विशेषज्ञ माने जाते हैं, उन्हें समाज में उच्च प्रस्थिति प्रदान की जाती है, क्योंकि 'शिक्षित' शब्द के साथ ही जागरूक, विवेकशील तथा वैज्ञानिक दृष्टिकोण से युक्त की मान्यता जुड़ी हुई है.

7. **धर्म**—परम्परावादी एवं धर्म समुदाय बहुल समाजों में ही व्यक्ति की प्रस्थिति निर्धारण में धर्म का मुख्य स्थान होता है.

जाति और वर्ग में अन्तर
(Difference between Caste and Class)

सामाजिक स्तरीकरण के आधार के रूप में जाति और वर्ग में कई समानताएँ हैं, लेकिन प्रकृति, कार्य, एवं निषेधों के सन्दर्भ में जाति एवं वर्ग में कई अन्तर हैं.

जाति (Caste)	वर्ग (Class)
1. जाति एक सांस्कृतिक संस्था है, क्योंकि जाति निर्माण के मुख्य आधार विभिन्न प्रकार के धार्मिक और सांस्कृतिक विश्वास हैं.	1. वर्ग एक आर्थिक संस्था है. वर्ग का सम्बन्ध पूर्णतः व्यक्ति के वर्तमान से होता है.
2. जाति सदस्यता का आधार जन्म है.	2. वर्ग की सदस्यता व्यक्ति के कार्य एवं प्रयत्न पर आधारित होती है.
3. जातिबंद स्तरीकरण का प्रतिरूप है, क्योंकि जाति व्यवस्था में जाति परिवर्तन का कोई प्रावधान नहीं है.	3. वर्ग खुला स्तरीकरण का प्रतिरूप है, क्योंकि एक व्यक्ति सम्पत्ति, योग्यता तथा कुशलता के आधार पर अनेक बार वर्ग परिवर्तित कर सकता है.
4. जाति प्रदत्त प्रस्थिति की द्योतक है.	4. वर्ग अर्जित प्रस्थिति (Achieved status) का प्रतीक है.
5. प्रत्येक जाति एक निश्चित परम्परागत व्यवसाय से सम्बद्ध होती है जिसे छोड़ा नहीं जा सकता है.	5. वर्ग-व्यवस्था में व्यक्ति अपनी रुचि और साधनों के अनुसार किसी भी व्यवसाय को चुन सकता है या छोड़ सकता है.
6. जाति अन्तर्विवाही समूह है. जाति व्यवस्था में इसके लिए व्यापक नियमों के साथ ही नियम उल्लंघन पर दण्ड की भी व्यवस्था है.	6. हालांकि वर्ग सदस्य भी अपने से निम्न वर्गों में साधारणतः विवाह नहीं करते हैं, लेकिन वर्ग-व्यवस्था में इस सम्बन्ध में कोई प्रतिबन्ध आरोपित नहीं किया गया है.
7. जाति की मौलिक विचार धारा में अनन्योन्याश्रियता, पारस्परिक सहयोग और सामूहिकता की भावना समाहित है.	7. वर्ग की मौलिक विचार धारा में प्रतिस्पर्धा तथा वैयक्तिकता को संस्थागत स्वीकृति प्राप्त है.
8. जाति, जाति पंचायत के द्वारा बहुत हद तक मूर्त रूप ग्रहण करती है.	8. वर्ग में इस प्रकार के किसी संगठन का अस्तित्व नहीं होता.

शुद्धता एवं अपवित्रता (Purity and Pollution)

जाति-व्यवस्था का जन्म के अलावा एक महत्वपूर्ण आधार एवं विशेषता शुद्धता एवं अपवित्रता की अवधारणा है. ये ऐसी कसौटी है जिसके आधार पर जातियों का मूल्यांकन कर सामाजिक स्तरीकरण में उनका स्थानक्रम निर्धारित किया जाता है. वांछित विधान एवं आचरण, खान-पान और छुआछूत के नियमों का पालन ही शुद्धता के प्रमुख मानदण्ड है. इन मानदण्डों के आधार पर जिस जाति में शुद्धता के सबसे अधिक अंश तत्व पाये जाते हैं, उन्हें समाज में सर्वोच्च स्थान प्रदान किया जाता है तथा जिन समूहों में शुद्धता के तत्व कम पाए जाते हैं, उन्हें संस्तरण में निम्न श्रेणी के अन्तर्गत गिना जाता है.

शुद्धता एवं अपवित्रता के दृष्टिकोण से सम्पूर्ण जाति-व्यवस्था का अध्ययन करने वाले समाजशास्त्रियों में **बोगले एवं लुई ड्यूमों** का नाम प्रमुख रूप से आता है. बोगले के अनुसार, "जातीय संस्तरण वस्तुतः अशुद्धि का ही संस्तरण (Hierarchy of Pollution) है." लुई ड्यूमों ने अपनी पुस्तक "Homo-Hierarchis" में बताया कि जाति व्यवस्था का आधार शुद्धता एवं अपवित्रता के मध्य विरोध है. इसी विरोध के परिणामस्वरूप जो शुद्ध है, उसे उच्च माना जाता है और जो अशुद्ध या अपवित्र है उसे निम्न मानकर दूर रखने का प्रयास किया जाता है. ड्यूमों के अनुसार, "सम्पूर्ण जाति व्यवस्था इन्हीं दो अवधारणाओं के संस्तरित स्वरूप पर आधारित है. शुद्धता एवं अपवित्रता का सम्पूर्ण क्रियातंत्र एवं विशेषताएँ निम्न बिन्दुओं के सहारे स्पष्ट की जा सकती हैं—

धार्मिक कर्मकाण्डों के सम्पादन के लिए धर्मशास्त्रों द्वारा पवित्रता की भावना पर अत्यधिक बल दिया गया है. एक ओर जहाँ धार्मिक क्रियाएँ सम्पन्न करने के लिए व्यक्ति का पवित्र होना आवश्यक है, वहीं दूसरी ओर इन क्रियाकलापों का उद्देश्य व्यक्ति एवं समाज को और अधिक पवित्र करना है.

अपवित्रता का सम्बन्ध व्यक्ति की जैविक एवं शारीरिक क्रियाओं जैसे—जन्म, मृत्यु एवं शरीर के अवशिष्ट पदार्थों के त्याग आदि से है. इस आधार पर प्रत्येक व्यक्ति अपने दैनिक जीवन के कुछ पल एवं सम्पूर्ण जीवन के कुछ कालखण्ड में अशुद्ध या अपवित्र हो जाता है. धर्मशास्त्रों में इस तात्कालिक अशुद्धता की समाप्ति के लिए व्यापक विधि विधानों का उल्लेख है. जिसको विधिपूर्वक सम्पन्न करके व्यक्ति पुनः शुद्ध हो सकता है. जैसे—ब्राह्मण पुरोहित पूजा-पाठ एवं वैदिक मंत्रोच्चारण के साथ व्यक्ति में आलौकिक शुद्धता का संचार करते हैं. इसलिए ब्राह्मणों को समाज में अतिशुद्ध समझा जाता है. इसके विपरीत कुछ जातियाँ भौतिक सफाई का कार्य सम्पन्न करती हैं. जैसे—धोबी, नाई, चमार, डोम, मुसहर इत्यादि. चूँकि ये जाति समूह अशुद्ध कार्यों में ही संलग्न रहते हैं और उसी से अपनी जीविका चलाते हैं. अतः इन्हें सम्पूर्ण रूप से अपवित्र मानते हुए 'अशुद्ध' की संज्ञा के साथ जातीय संस्तरण में निम्नतम स्थान पर अवस्थित किया गया है. इस प्रकार शुद्धता एवं अपवित्रता की अवधारणा द्वारा सम्पूर्ण जाति व्यवस्था को ही शुद्ध एंव अशुद्ध के दो संवर्गों में विभक्त कर दिया गया है.

शुद्धता एवं अपवित्रता की उपर्युक्त अवधारणा ही समाज में दो जातियों के सदस्यों के बीच सम्पर्क, स्पर्श एवं अन्तर्क्रियात्मक सम्बन्ध की रूपरेखा को निर्धारित करती है. हरिजनों के प्रति छुआछूत का व्यवहार इसी अवधारणा का प्रतिफल है. डेविड जे. मेंडल बाम (David J. Mandelboum) का कहना है कि उच्च जातियों द्वारा हर प्रकार की अशुद्धता से अपने को बचाने का प्रयास किया जाता है, क्योंकि शुद्धता को कायम रखना कठिन है और यह अपने स्वयं के प्रयासों पर ही निर्भर है. इसके विपरीत अशुद्धता आसानी से सम्पर्क द्वारा प्राप्त हो जाती है. इस सन्दर्भ में अशुद्धता एक संक्रामक रोग जैसा है, जबकि शुद्धता किसी भी परिस्थिति में हस्तांतरित नहीं की जा सकती है. इसलिए एक अछूत जाति के स्पर्श मात्र से एक ब्राह्मण अशुद्ध हो जाता है, लेकिन ब्राह्मण के स्पर्श से एक हरिजन कभी भी पवित्र की श्रेणी में नहीं आ सकता है.

निम्न जातियों में भी शुद्धता एवं पवित्रता के आधार पर कई श्रेणियाँ निर्धारित की गई हैं. उन जातियों को सबसे अधिक अपवित्र माना जाता है, जिनका व्यवसाय मृतकों के दाह-संस्कार, मृत जानवरों के निपटारे या शारीरिक अशुद्धि की सफाई से जुड़ा है. यहाँ पर बिहार के महापात्र ब्राह्मणों का उल्लेख अति प्रासंगिक है. यह जाति, कुल एवं गोत्र के आधार पर ब्राह्मण में गिने जाते हैं. इनका पारम्परिक व्यवसाय श्राद्ध में पिंडदान करवाना है. ऐसी मान्यता है कि मृतक के परिजनों द्वारा इन्हें कराया गया भोजन इनके माध्यम से मृतक को प्राप्त होता है. अर्थात् इनमें दैवी शक्ति की संकल्पना भी निहित है. लेकिन इन सबके बावजूद इन्हें किसी आँगन में प्रवेश का अधिकार नहीं है. इनका घर, गाँव से अलग एक टोले के रूप में होता है अर्थात् इनकी सामाजिक हैसियत एक अछूत जैसी ही है; जबकि ये धन धान्य से सम्पन्न वर्ग है.

उच्च जातियाँ अपनी शुद्धता को बनाये रखने के लिए दैनिक आचार-व्यवहार में भी सफाई एवं विभिन्न निषेधों का ध्यानपूर्वक पालन करती है. इसके लिए कई दैनिक कर्मकाण्डों का भी विधान है ताकि वे अलौकिक ही नहीं, वरन् पारलौकिक आधारों पर भी शुद्ध एवं पवित्र रह सके. यह सुविधा निम्न जातियों को उपलब्ध नहीं है, क्योंकि ऐसा माना जाता है कि वे इतने पवित्र हो ही नहीं सकते कि ईश्वर के निकट या ईश्वर के प्रतिनिधि ब्राह्मणों के निकट जा सकें.

शुद्धता और अपवित्रता का यह विभाजन केवल जातियों के बीच ही नहीं, बल्कि शारीरिक अंगों, पशुओं, पौधों, भौतिक वस्तुओं आदि के साथ भी जुड़ा हुआ है. उदाहरणस्वरूप शरीर का दाहिना हिस्सा बायें हिस्से की तुलना में अधिक शुद्ध माना जाता है. इसी कारण दाहिने हाथ से भोजन ग्रहण करने की परम्परा है. पशुओं में सर्वाधिक शुद्ध गाय मानी जाती है. कुछ पौधों पीपल, तुलसी आदि को ईश्वर का प्रतीक माना गया है. धातुओं में सर्वाधिक शुद्ध सोने को माना गया है.

शुद्धता-अशुद्धता के सम्बन्ध में एक महत्वपूर्ण पहलू खानपान है. भोज्य पदार्थों को भी तुलनात्मक शुद्धता के क्रम में संस्तरित किया गया है. धर्मशास्त्रों में उल्लेखित 'अमृतम क्षीर भोजनम्' के आधार पर दूध को अतिशुद्ध माना गया है. घी, दूध तथा अन्य धान्य के मेल से बने भोजन को उत्कृष्ट की संज्ञा दी गई है; जबकि उसी धान्य को अगर पानी में पकाया जाय तो ऐसे भोजन को निकृष्ट की संज्ञा दी गई है. इसी प्रकार भोजन किसके साथ किया जाय इसका निर्धारण भी जातीय शुद्धता के आधार पर ही निर्धारित होता है. सामूहिक भोज के अवसर पर उच्च एवं निम्न जातियों की अलग-अलग पंगत इसी कारण देखने को मिलती हैं. अंतजार्तीय सम्बन्धों में 'पानी चलना' महत्वपूर्ण होता है. इसके आधार पर यह तय होता है कि कौनसी जाति किस-किस जाति द्वारा स्पर्श किया पानी व्यवहार कर सकती है.

इस प्रकार सम्पूर्ण जातीय संरचना शुद्धता एवं अपवित्रता की मान्यता पर आधारित है. उल्लेखनीय है कि विभिन्न जातियों के बीच व्याप्त सामाजिक एवं मनोवैज्ञानिक विभेद का एक महत्वपूर्ण कारण यह पवित्रता एवं अपवित्रता की धारणा ही है, जिसने जाति को उत्तरोत्तर रूप से जहरीला बनाया है.

जजमानी व्यवस्था (Jajmani-System)

जाति व्यवस्था का एक प्रमुख प्रकार्य समाज का खण्डात्मक विभाजन (Segmental Division) है. यह खण्ड (जाति) ही अपने सदस्यों के पद प्रस्थिति एवं कार्यों को तय करता है. इस सन्दर्भ में यह खण्ड स्वायत्तशासी समूहों (Autonomous Group) की तरह है; लेकिन इन खण्डों को एक सूत्र में पिरोने वाली कड़ी 'जजमानी व्यवस्था' है. जजमानी व्यवस्था श्रम विभाजन के सिद्धान्त पर आधारित विभिन्न जातियों के मध्य सेवाओं के विनिमय की प्रणाली है. जाति-व्यवस्था के साथ अनन्यतम रूप से जुड़ी इस व्यवस्था का आधार आर्थिक एवं व्यावसायिक है.

जैसाकि सर्वविदित है, जाति व्यवस्था के अन्तर्गत प्रत्येक जाति का एक परम्परागत व्यवसाय पर एकाधिकार होता है. जैसे—ब्राह्मण पुरोहित का कार्य करता है, नाई बाल काटने का, धोबी कपड़ा धोने का, बढ़ई लकड़ी का सामान बनाने का आदि. एक गाँव में ऐसे कई कामगार परिवार हो सकते हैं. जजमानी व्यवस्था के प्रावधान के अनुसार ये परिवार अपनी सेवाओं को स्वतन्त्र रूप से नहीं बेच सकते हैं. ये कामगार परिवार केवल उन्हीं परिवारों को अपनी सेवाएँ

प्रदान कर सकते हैं, जिनसे उनका सेवा सम्बन्ध वंश परम्परा से चला आ रहा हो या फिर उस कामगार जाति की जाति पंचायत जिन परिवारों के साथ सेवा सम्बन्ध की इजाजत दे और इस प्रकार सेवाओं का आदान-प्रदान पीढ़ी-दर-पीढ़ी चलता रहता है. इस व्यवस्था में जिस परिवार की सेवा की जाती है, वह परिवार अथवा परिवार का मुखिया ऐसा करने वाले का 'यजमान' कहलाता है. सेवा प्रदान करने वाला व्यक्ति या परिवार 'कमीन', 'परजन', 'प्रजा' 'पवनी', 'पंसारी' आदि नामों से जाना जाता है. इन कमीनों को सेवा कार्य के बदले में अनाज, भोजन, वस्त्र, निवास स्थान इत्यादि दिया जाता है. समय-समय पर कुछ नकद धनराशि भी इन्हें प्राप्त हो जाती है. उल्लेखनीय है कि एक कमीन यदि दूसरे की सेवा ले रहा है तो वह 'यजमान' होता है. जैसे—एक बढ़ई का नाई से बाल कटवाना या एक नाई द्वारा धार्मिक अनुष्ठान के लिए ब्राह्मण पुरोहित की सेवा लेना.

जजमानी व्यवस्था 'जजमानी' नाम से केवल उत्तर एवं पश्चिम भारत में प्रचलित है. महाराष्ट्र में इसे 'बलूटे', मद्रास में 'मिरासी' तथा मैसूर में 'अछे' नामों से जाना जाता है. इस प्रकार जजमानी व्यवस्था का अस्तित्व सम्पूर्ण भारतवर्ष में सदियों से रहा है. हालांकि इसमें स्थानीय आधार पर कुछ अन्तर भी पाया जाता है. इसके प्रथम विस्तृत अध्ययन का श्रेय विलियम वाइज को ही है, जिन्होंने मैनपुरी जिले (U.P.) के करीमपुर गाँव का अध्ययन कर 'The Hindu Jajmani System' पुस्तक लिखी थी. वाइजर के शब्दों में, "इस प्रथा के अन्तर्गत प्रत्येक जाति का कोई निश्चित कार्य पीढ़ी-दर-पीढ़ी चलता रहता है. इस कार्य पर उसका एकाधिकार होता है. इसमें एक जाति दूसरी जाति की आवश्यकताओं की पूर्ति करती है."

ऑस्कर लेविस (Oscar Lewis) के अनुसार, "इस व्यवस्था में गाँव में हरेक जाति समूह से अन्य जातियों के परिवारों के लिए कुछ विशेष निश्चित सेवाएँ ली जाती हैं."

एन.एस. रेड्डी का कथन है कि "जजमानी व्यवस्था में पुश्तैनी तौर पर एक जाति का सदस्य दूसरी जाति को अपनी सेवाएँ परम्परागत आधार पर प्रदान करता है. ये सेवा सम्बन्ध जो पुश्तैनी तौर पर शामिल होते हैं, जजमान-कमीन सम्बन्ध कहलाते हैं".

उपर्युक्त विश्लेषण के आधार पर जजमानी व्यवस्था की निम्न विशेषताएँ गिनायी जा सकती हैं—

1. जजमानी व्यवस्था द्वारा उच्च एवं निम्न जातियाँ परस्पर सेवा सम्बन्धों के द्वारा एकताबद्ध होते हैं.
2. इस सेवा सम्बन्ध की प्रकृति स्थायी होती है. अर्थात् इसे तोड़ा नहीं जा सकता है. सम्बन्ध तोड़ने वाले परिवार को हानि उठानी पड़ती है.
3. इसमें सेवाओं का विनिमय अनुवांशिक आधार पर पीढ़ी-दर-पीढ़ी चलता रहता है.
4. पारितोषिक का भुगतान वस्तुओं एवं सेवाओं के रूप में होता है. पारितोषिक की कोई निश्चित दर नहीं होती. यह जजमान की क्षमता पर निर्भर करती है.
5. स्थानीय परिस्थिति, सेवाओं की माँग एवं आपूर्ति तथा कमीनों की व्यक्तिगत कुशलता के आधार पर कमीनों का कार्य क्षेत्र सीमित या विस्तृत हो सकता है.

जजमानी व्यवस्था के गुण एवं दोष (Merits and Demerits of Jajmani System)

जजमानी व्यवस्था के प्रमुख गुण निम्नलिखित हैं—

1. **आर्थिक सुरक्षा**—इस व्यवस्था के तहत् व्यक्ति आर्थिक रूप से सुरक्षित रहते हैं. व्यक्ति को न तो व्यवसाय निर्धारण की फिक्र रहती है और न ही व्यवसाय से आय की. इसी प्रकार जजमान भी अपनी आवश्यकताओं की आपूर्ति के सन्दर्भ में निश्चित रहते हैं.

2. **सामाजिक सुरक्षा**—आकस्मिक विपदाओं, शादी-व्याह तथा जन्म-मृत्यु के समय जजमान ही अपने कमीनों की हर प्रकार से सम्भव सहायता करता है.

3. **प्रतिस्पर्धा का उन्मूलन**—चूँकि इस व्यवस्था में प्रत्येक कमीन के लिए यजमानों की संख्या निश्चित रहती है, इसलिए कमीनों के बीच किसी प्रकार की स्पर्धा या व्यावसायिक संघर्ष नहीं पाया जाता. व्यक्ति आश्वस्त रहता है कि उसकी कमाई कोई और नहीं ले सकता. जाति पंचायत की सक्रिय भूमिका के कारण ही ऐसा सम्भव होता है.

4. **सुदृढ़ सामाजिक सम्बन्ध**—यजमान एवं कमीन का सम्बन्ध प्रत्यक्ष तथा घनिष्ठ होता है. वे आत्मीय भाव से पारस्परिक कर्त्तव्य एवं दायित्व का निर्वाह करते हैं. इस कारण समाज में सुदृढ़ सामाजिक सम्बन्ध स्थापित होते हैं.

जजमानी व्यवस्था के प्रमुख दोष

जजमानी व्यवस्था के प्रमुख दोष निम्नलिखित हैं—

1. **आर्थिक शोषण**—जजमानी व्यवस्था में 'मजदूरी' के बदले 'पारितोषिक' दिया जाता है. कहने का तात्पर्य यह है कि कमीनों को उनकी सेवा के बदले दिये जाने वाले लाभों की कोई निश्चित दर नहीं होती है. यह मुख्यतः जजमान की क्षमता पर निर्भर करता है. ऐसी स्थिति में ही यह व्यवस्था आर्थिक शोषण का एक जरिया बन जाती है.

2. **अमानवीय व्यवहार**—सिद्धान्त रूप में तो जजमान एवं कमीन का पारस्परिक सम्बन्ध घनिष्ट एवं आत्मीय माना जाता है, परन्तु व्यवहार में ऐसा नहीं होता है. इस व्यवस्था के तहत कमीनों की स्थिति एक बँधुआ मजदूर जैसी ही होती है. जोर जबरदस्ती से काम लेना जजमानों की आदत तथा हर जुल्म को सहते रहना कमीनों की नियति बन जाती है.

3. **श्रमिक गतिशीलता में बाधक**—यह व्यवस्था व्यक्ति को परम्परागत व्यवसाय अपनाने को मजबूर करती है. यदि

व्यक्ति अपनी रुचि के अन्य व्यवसाय को अपनाना चाहे तो ऐसा करने से जजमान एवं जाति-पंचायत दोनों ही रोकते हैं. ऐसे में श्रमिक की गतिशीलता बाधित होती है.

जजमानी व्यवस्था ग्रामीण समाजों की ही आर्थिक व्यवस्था रही है. नगरों में इसका अस्तित्व नगण्य ही रहा है, लेकिन ग्रामीण समाजों में भी कई संरचनात्मक परिवर्तन होने के कारण जजमानी व्यवस्था समाप्ति की ओर अग्रसर है. जाति-व्यवस्था की संरचना में परिवर्तन तथा मौद्रिक अर्थव्यवस्था का प्रचलन, इसके टूटने के मुख्य कारण हैं. गाँवों में अब इसकी छाया ही शेष रह गई है.

प्रभु जाति (Dominant Caste)

भारतीय गाँवों को विभिन्न जाति एवं उपजातियों के संगठित समूह के रूप में परिभाषित किया जा सकता है. जातीय संस्तरण की तरह ही ग्रामीण संरचना में सभी जातियों एवं उपजातियों की अवस्थिति एक समान नहीं होती है. किसी एक जाति में अन्य जातियों की जीवनशैली तथा प्रस्थिति प्रभावित करने की क्षमता होती है. इस प्रभाव शक्ति से युक्त जाति ही प्रभु जाति (Dominant Caste) कहलाती है. गाँव की न्याय व्यवस्था, राजनैतिक व्यवस्था, शक्ति संरचना एवं प्रभुता तथा नेतृत्व के विश्लेषण में प्रभु जाति की अवधारणा का विशेष महत्व है.

प्रभु जाति की अवधारणा 1959 ई. में डॉ. एम.एन. श्रीनिवास द्वारा मैसूर राज्य के रामपुरा गाँव के अध्ययन के आधार पर प्रतिपादित की गई. डॉ. श्रीनिवास के अनुसार, "एक जाति तब 'प्रभु' कही जाती है, जब वह संख्या के आधार पर गाँव अथवा स्थानीय क्षेत्र में शक्तिशाली हो और प्रभावशाली आर्थिक एवं राजनैतिक शक्ति रखती हो. यह आवश्यक नहीं कि वह परम्परात्मक जाति पदक्रम सोपान में सर्वोच्च जाति ही हो." श्रीनिवास ने रामपुरा में 'ओक्कालिंगा' जाति को प्रभु जाति के रूप में पाया. डा. श्रीनिवास ने अन्यत्र लिखा कि "यद्यपि कोई भी जाति कुछ निश्चित आधार पर एक क्षेत्र में प्रभु जाति हो सकती है, लेकिन मैंने अब तक किसी भी अछूत जाति को प्रभु जाति के रूप में नहीं पाया."

अधिकांश गाँवों में वर्ण श्रेष्ठता के कारण ब्राह्मण जाति ही 'प्रभु जाति' की भूमिका निभाती है, परन्तु श्रीनिवास ने कुछ अन्य आधारों का भी उल्लेख किया है जिसके आधार पर कई क्षेत्र में अन्य जातियाँ भी 'प्रभु जाति' के रूप में विद्यमान है. ऐसे क्षेत्र में भी ब्राह्मणों की स्थिति औपचारिक प्रभुता के रूप में अवश्य स्थापित है.

डॉ. श्रीनिवास द्वारा उल्लेखित प्रभु जाति के मुख्य आधार निम्नलिखित हैं—

1. **संख्यात्मक शक्ति** (Numerical Strength)—कई गाँव में जिस जाति की संख्या सबसे अधिक है, वही जाति प्रभु जाति है. अन्य अल्पसंख्यक जातियों को उनकी संख्या शक्ति के कारण ही उनका प्रभुत्व स्वीकार करना पड़ता है.

2. **आर्थिक एवं राजनैतिक शक्ति** (Economic and Political Power)—ग्रामीण क्षेत्रों में भूमि-क्षेत्र की मात्रा ही मुख्य रूप से आर्थिक शक्ति की परिचायक है. अतः जिन जातियों के अन्तर्गत भूमि स्वामित्व अधिक होता है, वे ही प्रभु जाति होती हैं. आर्थिक शक्ति के कारण ही तथाकथित प्रभु जातियाँ राजनैतिक प्रभुत्व को भी प्राप्त कर लेती हैं. डॉ. योगेन्द्र सिंह ने अपने अध्ययन में पाया कि मैसूर के वानगला और डेलान गाँव में वहाँ की ओक्कालिंगा प्रभु जाति के पास गाँव की 80% भूमि थी. उत्तर प्रदेश के सेनापुर में राजपूत प्रभु जाति है, क्योंकि उनके पास 82% भूमि है. गुजरात के सेन्द्रा गाँव में गाँव की सम्पूर्ण भूमि पर बघेला राजपूतों का स्वामित्व होने के कारण बघेला ही प्रभु जाति है.

3. **जातीय प्रस्थिति** (Caste Status)—कई क्षेत्रों में ऐसा देखा गया है कि अधिक संख्या एंव आर्थिक सम्पन्नता (मौद्रिक रूप में) के बावजूद भी जातीय संस्तरण में निम्न स्थिति होने के कारण कुछ जातियाँ प्रभु जाति का रूप ग्रहण नहीं कर पाती हैं. जैसा कि डा. श्रीनिवास ने स्वयं भी उल्लेख किया है कि "मैंने किसी अछूत जाति को प्रभु जाति के रूप में कहीं नहीं पाया."

4. **आधुनिक शिक्षा** (Modern Education)—अधिक शिक्षित होने के कारण ही ब्राह्मणों का एक लम्बे समय तक समाज में प्रभुत्व कायम रहा है. आधुनिक शिक्षा का महत्व बढ़ने के साथ ही कई अन्य जातियाँ भी उच्च शिक्षित होकर प्रभु जाति के रूप में स्थापित हुईं. वर्तमान में राजनैतिक प्रभुत्व में आधुनिक शिक्षा का योगदान सर्वविदित है.

उल्लेखनीय है कि अलग-अलग क्षेत्र विशेष में अलग-अलग आधार महत्वपूर्ण हैं. कहीं एक ही आधार तो कहीं विभिन्न आधारों का सम्मिलित योगदान ही प्रभु जाति को निर्धारित करता है. अपनी इन्हीं आधारिक विशिष्टाताओं के कारण प्रभु जाति जहाँ एक ओर ग्रामीण विकास, न्याय, शांति, नेतृत्व एवं एकता में सकारात्मक योग देती है, वहीं दूसरी ओर ये अल्पसंख्यक जातियों पर अत्याचार एवं शोषण के लिए भी जिम्मेदार है, जिससे वर्ग (जाति) संघर्ष को प्रोत्साहन मिलता है.

प्रभु जाति का अवधारणात्मक समर्थन (Conceptual Support of Dominant Caste)

डॉ. एम. एन. (Dr. M.N. Srinivas) द्वारा प्रतिपादित प्रभु जाति की अवधारणा का कई अन्य समाजशास्त्रियों द्वारा

परीक्षण किया गया. अपने व्यापक अध्ययन के आधार पर ए. सी. मेयर (A.C. Mayer) ने निष्कर्ष दिया कि प्रभु जाति की अवधारणा को केवल ग्रामीण संरचना के सन्दर्भ में ही नहीं देखना चाहिए. कोई भी जाति यदि एक क्षेत्र विशेष के अधिकांश गाँवों में प्रभु जाति हो, तो वह उस क्षेत्र की प्रभु जाति का दर्जा प्राप्त कर लेती है. विभिन्न शासकीय एवं राजनैतिक पदों पर आसीन होकर कोई जाति विशेष जिला या राज्य स्तर पर भी प्रभु जाति बन सकती है.

लुइस ड्यूमाँ (Lewis Dumont) ने अपनी पुस्तक 'Homo Hiearchious' में विचार व्यक्त किया है कि प्रभु जाति की अवधारणा भारत में सामाजिक मानवशास्त्र के क्षेत्र में किये गए अध्ययनों की ठोस एवं लाभदायक उपलब्धि का प्रतिनिधित्व करती है.

अन्य अध्ययनों में आन्द्रे बिताई (Andre Beteue) ने तंजौर जिला (तमिलनाडु) के श्रीपुरम गाँव में ब्राह्मण जाति को प्रभु जाति के रूप में पाया. ऑस्कर लेविस (Oscur Lewis) ने उत्तर प्रदेश के रामपुर गाँव में जाट जाति का प्रभु जाति के रूप में उल्लेख किया है. इसी प्रकार, मेयर ने देवास जिले (मध्य प्रदेश) के रामखेड़ी गाँव में राजपूत का, के.एल. शर्मा ने राजस्थान के छः गाँवों में राजपूत का तथा एन. शुक्ला ने भागलपुर जिला (बिहार) के भारको गाँव में यादव जाति का प्रभु जाति के रूप में उल्लेख किया है.

प्रभु जाति की अवधारणात्मक आलोचना

(Concept Oriented Criticism of Dominant Caste)

कई समाजशास्त्रियों ने 'प्रभु जाति' की अवधारणा के कुछ पहलुओं पर अपनी आपत्ति जतायी है.

1. **एस.सी. दुबे** (S.C. Dube) का कहना है कि "संख्या की अधिकता के बावजूद भी यदि जाति सदस्यों में एकता एवं जागरूकता का अभाव हो तो वह जाति प्रभु जाति नहीं बन सकती है. पुनः दुबे का कहना है कि राजनैतिक एवं आर्थिक शक्ति का यदि सम्पूर्ण जाति के हित में प्रयोग किया जाय तब ही यह शक्ति प्रभुत्व का आधार बनती है, परन्तु वास्तव में इस शक्ति का प्रयोग व्यक्तिगत हित में ही अधिक किया जाता है. इससे जाति की एकता भंग होती है. इसी आधार पर दुबे 'प्रभु जाति' के स्थान पर 'प्रभुत्वशाली व्यक्ति' के प्रयोग का सुझाव देते हैं.

2. **डी.एन. मजूमदार** की भी मुख्य आपत्ति संख्यात्मक आधार को लेकर ही है. मजूमदार के अनुसार, "बहुसंख्यक की अवधारणा आधुनिक प्रजातंत्र की देन है. सामन्ती भारत में तो बहुसंख्यक के बदले प्रत्येक समय में किसी ब्राह्मण, सन्त, जमींदार या किसी एक सामाजिक कार्यकर्त्ता का ही अधिक प्रभाव रहा है."

3. **एल. ड्यूमाँ** (L. Dumont) का मानना है कि "प्रभुत्व केवल भूमि पर स्वामित्व का परिणाम है. साथ ही ड्यूमाँ ने संख्यात्मक शक्ति को प्रभुत्व का परिणाम माना है."

4. **एन्थोनी कॉर्टर** (Anthony Corter) ने कहा कि प्रभुत्व एक राजनैतिक अवधारणा है, परन्तु जातियाँ राजनैतिक दृष्टि से संगठित रूप में कार्य नहीं करतीं. अतः प्रभुत्व को जाति के साथ जोड़ना उचित नहीं है. इसके अलावा कभी भी सम्पूर्ण जाति प्रभावशाली नहीं होती है. जाति का एक भाग ही प्रभावी भूमिका निभाता है. कार्टर प्रभुत्वशाली समूह का प्रयोग सुझाते हैं.

उपर्युक्त आलोचनाओं के सन्दर्भ में उल्लेखनीय है कि प्रत्येक आधार स्वतन्त्र रूप में बहुत कम क्षेत्र में ही उत्तरदायी है. अधिकांश क्षेत्रों में विभिन्न आधार एक-दूसरे के लिए पूरक का ही कार्य करते हैं. कई प्रभु जातियाँ ऐसी भी हैं जिनमें ये सभी आधार एक साथ ही पाई जाती हैं. अतः केवल संख्यात्मक आधार पर पूरी अवधारणा को नकारना उचित प्रतीत नहीं होता है.

प्रभु जातियों की वर्तमान परिस्थिति के दृष्टिकोण से ग्रामीण क्षेत्रों में एक विचित्र विरोधाभास दिखाई देता है. जमींदारी उन्मूलन, भूमि सुधार कार्यक्रम, निम्न जातियों का विभिन्न क्षेत्रों में आरक्षण तथा जाति व्यवस्था के कुछ पहलुओं में परिवर्तन तथा पंचायती राज के प्रसार के कारण 'प्रभु जाति' की प्रभुता एवं शक्ति कमजोर पड़ती दिखाई देती है. दूसरी तरफ जातिवाद की बढ़ती प्रवृत्ति में 'प्रभु जाति' का दबदबा अभी भी कायम है. ये दोनों ही तथ्य वर्तमान समाज के शक्ति-सन्तुलन की विसंगतियों को स्पष्ट करते हैं. इसी विसंगति के कारण कई क्षेत्रों में निम्न जातियाँ प्रभु जातियों को चुनौती दे रही हैं; लेकिन प्रभुता अभी तक ग्रहण नहीं कर पायी हैं.

संस्कृतिकरण (Sanskritization)

जातीय संस्तरण में प्रायः देखा जाता है कि निम्न जातीय समूह अपनी प्रस्थिति को ऊँचा उठाने या किसी उच्च जाति के समान सामाजिक प्रतिष्ठा प्राप्त करने के लिए प्रयासरत रहते हैं. इस प्रयास में उच्च जाति की जीवनशैली एवं सांस्कृतिक क्रियाकलापों के अनुकरण की प्रवृत्ति पाई जाती है. अनुकरण की यही प्रक्रिया 'संस्कृतिकरण' कहलाती है. अर्थात् संस्कृतिकरण जातीय गतिशीलता का विशिष्ट रूप है. संस्कृतिकरण की अवधारणा डॉ. एम.एन. श्रीनिवास द्वारा प्रतिपादित की गई है. भारतीय समाज में परिवर्तन की प्रक्रियाओं के अध्ययन क्रम में मैसूर के कुर्ग लोगों के अध्ययन के आधार पर श्रीनिवास द्वारा लिखित पुस्तक

'Religion and Society among the Coorgs of South India'. में इस अवधारणा का प्रथम प्रयोग किया गया. कुर्ग समाज के अध्ययन क्रम में श्रीनिवास ने पाया कि निम्न जाति के लोग ब्राह्मणों के भोजन सम्बन्धित आदत, वेषभूषा तथा कर्मकाण्डों को अपना रहे हैं. साथ ही माँसाहार, मदिरापान, पशु बलि, विवाह विच्छेद, विधवा पुनर्विवाह इत्यादि प्रथाओं को त्याग रहे हैं. ताकि वे अपनी जातीय प्रतिष्ठा को ऊँचा उठा सकें. इस कारण श्रीनिवास ने जातीय गतिशीलता के इस रूप को प्रारम्भ में 'ब्राह्मणीकरण' शब्द से सम्बोधित किया, किन्तु बाद में कई शोधकर्त्ताओं ने यह कहा कि कुछ क्षेत्र विशेष में ही निम्न जातियाँ ब्राह्मणों का अनुकरण कर रही है, जबकि कई अन्य क्षेत्र में निम्न जातियाँ दूसरी अन्य जातियों खासकर प्रभु जातियों की जीवनशैली का अनुकरण कर रही हैं. साथ ही इतिहास के प्रत्येक कालखण्ड में ब्राह्मणों की स्थिति एक जैसी नहीं रही है. जैसे ऋग्वैदिक काल में ब्राह्मणों के लिए माँसाहार एवं मदिरापान वर्जित नहीं था, तथा उत्तर वैदिककाल में ब्राह्मणों की अपेक्षा क्षत्रियों को श्रेष्ठतर प्रस्थिति प्राप्त थी. अतः शोधकर्त्ताओं ने यह निष्कर्ष निकाला कि जातीय गतिशीलता के इस रूप के लिए 'ब्राह्मणीकरण' शब्द अनुपयुक्त है. श्रीनिवास ने इन तर्कों से सहमत होकर ब्राह्मणीकरण के संशोधित रूप में 'संस्कृतिकरण' शब्द का प्रयोग किया जो उपयुक्त के साथ व्यापक भी है.

संस्कृतिकरण को परिभाषित करते हुए डा. श्रीनिवास ने कहा है, "संस्कृतिकरण वह प्रक्रिया है जिसके द्वारा कोई निम्न हिन्दू जाति अथवा कोई जनजाति अथवा अन्य समूह किसी उच्च और प्रायः द्विज जाति के समान अपनी रीति-रिवाजों, कर्मकाण्डों, विचारधारा और जीवन पद्धति को बदलने लगता है." इस प्रक्रिया के परिणाम के सन्दर्भ में श्रीनिवास ने कहा कि 'सामान्यतः ऐसे परिवर्तनों के बाद निम्न जाति, जातीय संस्तरण की प्रणाली में पहले से प्राप्त स्थिति की अपेक्षा उच्च स्थान का दावा करने लगती है. सामान्यतः बहुत दिनों तक बल्कि वास्तव में एक-दो पीढ़ियों तक दावा किये जाने के बाद ही उसे स्वीकृति मिलती है."

इस प्रकार श्रीनिवास ने यह माना है कि संस्कृतिकरण के परिणामस्वरूप निम्न जाति की प्रस्थिति उच्च होती है, लेकिन व्यवहार में ऐसे कई उदाहरण मिलते हैं जिसके आधार पर यह कहा जा सकता है कि प्रत्येक स्थिति में ऐसा नहीं होता है; क्योंकि उच्च जातियाँ अपनी श्रेष्ठता एवं पृथक् अस्तित्व कायम रखने के लिए निम्न जातियों को अपनी सम्पूर्ण जीवन शैली या जीवन शैली से जुड़े किसी विशिष्ट प्रतिमान के अनुकरण की छूट नहीं देना चाहती हैं. इसलिए वे निम्न जातियों के संस्कृतिकरण की प्रक्रिया को बाधित करने का प्रयास करती हैं. जैसे—उत्तर प्रदेश के सोनपुर गाँव में 'नोनी' जाति के कुछ लोग यज्ञोपवित धारण करने लगे तो वहाँ के क्षत्रिय जमींदारों ने उनके यज्ञोपवीत को उतरवा दिया. दण्ड स्वरूप उनकी मुँछें मुड़वा दी गईं ओर आदेश दिया गया कि वे स्वयं को क्षत्रिय के समान प्रदर्शित न करें. ऐसे कई अन्य उदाहरण हैं, फिर भी इस बात से इनकार नहीं किया जा सकता है कि प्रयत्न एवं परिवर्तन की यह प्रक्रिया भारत में सदियों से चली आ रही है. हाँ, इतना अवश्य है कि विभिन्न कालों एवं स्थानों में इसके प्रभाव एक जैसे नहीं रहे हैं.

संस्कृतिकरण के कारक
(Factors of Sanskritization)

संस्कृतिकरण की प्रक्रिया को प्रोत्साहित करने में अनेक कारकों का योगदान रहा है. इनमें सबसे प्रमुख कारक प्राचीन राजनीतिक व्यवस्था है. भारतीय राजतंत्र के युग में राजनीतिक शक्ति या सत्ता प्रमुख रूप से क्षत्रिय वर्गों के साथ ही जुड़ी रही. चूँकि धर्मशास्त्रों में क्षत्रिय वर्ण का यही कार्य बताया गया है, इसलिए कई अन्य जाति के सदस्यों द्वारा सत्ता प्राप्त करने के बाद या सत्ता प्राप्त करने के लिए क्षत्रिय वर्ण के आचार-विचार तथा व्यवहार का अनुकरण किया गया. संस्कृतिकरण का यह प्रारम्भिक दौर भी माना जा सकता है. इसके बाद विभिन्न धार्मिक स्थल, मंच एवं सम्प्रदायों ने इस दिशा में विशेष योगदान दिया है. अन्य कारकों में यातायात एवं संचार के साधन, आर्थिक सुविधाएँ, शिक्षा का प्रचार, 18वीं एवं 19वीं सदी के विभिन्न सामाजिक सुधार आन्दोलन, नगरीकरण एवं नवीन संवैधानिक प्रयास आदि महत्वपूर्ण हैं.

संस्कृतिकरण से सम्बन्धित कुछ अन्य अवधारणाएँ
(Some other concepts related to Sanskritization)

1. **असंस्कृतिकरण** (De-Sanskritization)—असंस्कृतिकरण की अवधारणा संस्कृतिकरण के ठीक विपरीत है. यदि उच्च जातियाँ अपनी परम्परागत जीवन शैली का त्याग करें अथवा निम्न जाति की जीवन शैली को अपनाने लगें तो यह स्थिति असंस्कृतिकरण कहलाती है. डॉ. डी.एन. मजूमदार का विचार है कि "यदि भारतीय सामाजिक संरचना का सूक्ष्म अवलोकन किया जाय तो ऐसा प्रतीत होता है कि भारत में संस्कृतिकरण की अपेक्षा असंस्कृतिकरण की प्रक्रिया ही अधिक क्रियाशील है." समाज में असंस्कृतिकरण के कई दृष्टान्त स्पष्ट रूप से दिखलाई पड़ते हैं. जैसे—परम्परा के अनुसार ब्राह्मणों का कार्य अध्ययन, अध्यापन तथा धार्मिक अनुष्ठान सम्पादित करना था, परन्तु आज कई ब्राह्मण निरक्षर हैं. कई साक्षर तो हैं, लेकिन संस्कृत नहीं पढ़ सकते. कई संस्कृत पढ़ तो सकते हैं, परन्तु ईश्वर में आस्था ही नहीं रखते हैं, इसलिए पूजा-पाठ, यज्ञ एवं अन्य धार्मिक अनुष्ठान के विरोधी हैं. कई ब्राह्मण चर्म उद्योग, शराब उद्योग द्वारा अपनी जीविका

उपार्जित करते हैं. कृषि कार्य अब केवल निम्न जातियों का ही व्यवसाय नहीं रहा. इसमें ब्राह्मण के साथ कई अन्य उच्च जातियाँ भी संलग्न हैं. उच्च जातियाँ ऐसा जानबूझकर कर रही हैं या अनजाने में हो रहा है या यह बदलते वक्त की माँग है, यह निर्णय देना थोड़ा कठिन है, लेकिन इतना अवश्य कहा जा सकता है कि असंस्कृतिकरण की प्रक्रिया समाज में क्रियाशील है. मिल्टन सिंगर, एस.एल. कालिया आदि जैसे समाजशास्त्रियों ने भी अपने-अपने अध्ययन द्वारा इसका समर्थन किया है.

2. **पुनःसंस्कृतिकरण** (Re-Sanskritization)—डा. योगेन्द्र सिंह ने अपनी पुस्तक 'Modernization of an Indian tradition' में इस अवधारणा का प्रतिपादन किया है. इसे परिभाषित करते हुए डा. सिंह ने लिखा है, "पुनः संस्कृतिकरण एक ऐसी घटना है जिसमें पहले से पश्चिमीकृत या आधुनिकीकृत समूह आधुनिकीकरण के बहुत से प्रतीकों जैसे—वेशभूषा, भाषा, खानपान, जीवन शैली एवं राजनैतिक विचारों का त्याग करता है और परम्परात्मक सांस्कृतिक प्रतीक एवं विश्वासों की ओर पुनः लौटता है." प्राचीन भारतीय परम्पराओं का यशोगान आज भारत में हर तरफ सुनने को मिल रहा है. कई सामाजिक संगठन इस दिशा में लोगों को जाग्रत कर रहे हैं. इसलिए पुनः संस्कृतिकरण मंद दर से ही सही, लेकिन भारतीय समाज में क्रियाशील अवश्य है.

संस्कृतिकरण की अवधारणात्मक आलोचना

(Concept Oriented Criticism of Sanskritization)

1. श्रीनिवास ने माना है कि संस्कृतिकरण की प्रक्रिया लम्बवत् सामाजिक गतिशीलता (Vertical Social Mobility) को जन्म देती है. डा. डी.एन. मजूमदार इस तथ्य को अस्वीकार करते हैं. मजूमदार का कहना है कि "सैद्धान्तिक रूप में ही ऐसी स्थिति की कल्पना की जा सकती है. यदि विशिष्ट मामलों पर ध्यान दिया जाय तो ऐसी सैद्धान्तिक मान्यता गलत साबित होती है." मजूमदार प्रश्न करते हैं कि तमाम कुप्रथा को त्यागने के बावजूद किसी चमार का जातीय संस्तरण में ऊपर उठने का क्या एक भी प्रमाण है ? मजूमदार का मानना है कि संस्कृतिकरण के फलस्वरूप यदि जातीय स्थिति में कुछ परिवर्तन होता है, तो यह लम्बवत् (Vertical) न होकर क्षैतिज (Horizontal) ही होता है.
2. बी. कुप्पू स्वामी संस्कृतिकरण की अवधारणा को कोई नवीन या मौलिक अवधारणा नहीं मानते हैं. इनके अनुसार संस्कृतिकरण 'संदर्भ-समूह व्यवहार' का ही एक संशोधित रूप है.
3. डॉ. योगेन्द्र सिंह ने संस्कृतिकरण को सांस्कृतिक एवं सामाजिक गतिशीलता की एक प्रक्रिया माना है.
4. कुछ समाजशास्त्रियों के अनुसार, यह एक अनुकरण की प्रक्रिया मात्र है, तो कुछ इसे परसंस्कृति ग्रहण का ही विशिष्ट रूप बताया है.

इसी प्रकार से संस्कृतिकरण के अवधारणा की अनेक आलोचनाएँ की गई हैं. संस्कृतिकरण की समालोचना में श्रीनिवास ने स्वयं लिखा है कि "इसमें कोई संदेह नहीं कि संस्कृतिकरण एक बेढंगा शब्द है. भारतीय समाज के विश्लेषण में एक उपकरण के रूप में संस्कृतिकरण की उपयोगिता इस अवधारणा की जटिलता और साथ-ही-साथ इसके ढीलेपन के कारण सीमित है. संस्कृतिकरण एक अति जटिल विभिन्न तत्वीय अवधारणा है." इसके उपयोग के सन्दर्भ में श्रीनिवास ने लिखा है कि "व्यापक सामाजिक और सांस्कृतिक प्रक्रिया के लिए यह केवल एक नाम है और हमारा प्रमुख कार्य इन प्रक्रियाओं की प्रकृति को समझना है जैसे ही यह पता चले कि संस्कृतिकरण शब्द विश्लेषण में सहायक की अपेक्षा बाधक है; उसे निःसंकोच और तुरन्त छोड़ देना चाहिए."

डॉ. श्रीनिवास के उपर्युक्त स्पष्टीकरण से एक ही यथार्थ उभरता है कि आवश्यकता है एक वैकल्पिक एवं सटीक अवधारणा की खोज की, जो समाज में हो रहे सांस्कृतिक परिवर्तन के अन्तर्गत क्रियाशील संस्कृति-संक्रमण की प्रक्रियाओं का सम्पूर्ण रूप से प्रतिनिधित्व कर सके न कि संस्कृतिकरण की आलोचना में समय व्यर्थ गँवाने की.

महत्वपूर्ण तथ्य

* सामाजिक स्तरीकरण वह प्रक्रिया है जिसके द्वारा समाज विभिन्न समूहों में विभाजित रहता है, जिनके बीच सामाजिक प्रतिष्ठा का असमान वितरण होता है.
* स्तरीकरण के परिणामस्वरूप निर्मित सामाजिक समूह एक-दूसरे से उच्चता और निम्नता की विभेदपूर्ण भावना अथवा श्रेणीक्रम से जुड़े रहते हैं.
* मौल्विन एम. ट्यूमिन के अनुसार सामाजिक स्तरीकरण की निम्नांकित विशेषताएँ हैं—
  (i) सामाजिक स्तरीकरण की प्रकृति सामाजिक है,
  (ii) सामाजिक स्तरीकरण पुरातन है,
  (iii) सामाजिक स्तरीकरण प्रत्येक समाज में रहा है,
  (iv) सामाजिक स्तरीकरण के स्वरूप में भिन्नताएँ निहित हैं,
  (v) सामाजिक स्तरीकरण के परिणाम सामाजिक होते हैं यानि स्तरीकरण के परिणामस्वरूप स्तर और जीवन शैली में विभेद उत्पन्न होता है.

* सामाजिक स्तरीकरण के दो आधार होते हैं.
  1. प्रदत्त आधार (Ascribed Basis) एवं.
  2. अर्जित आधार (Achieved Basis)
* प्रदत्त आधार निम्नांकित है—
  (i) लिंग (Sex)
  (ii) आयु (Age)
  (iii) जाति (Caste)
  (iv) प्रजाति (Race)
* अर्जित आधार निम्नांकित हैं—
  (i) व्यक्तिगत उपलब्धियाँ (Personal Achievements)
  (ii) स्वअर्जित धन (Self acquired wealth)
  (iii) व्यवसाय (Occupation)
  (iv) राजनीतिक शक्ति (Political Power)
  (v) शिक्षा (Education)
  (vi) जीवन पद्धति (Life Style)
* टॉलकॉट पारसन्स ने स्तरीकरण के छः आधारों की चर्चा की है, जोकि प्रदत्त एवं अर्जित दोनों ही आधारों का सम्मिलित स्वरूप है.
  (i) नातेदारी समूह की सदस्यता (Membership of a Kinship Group)
  (ii) व्यक्तिगत विशेषताएँ (Personal Qualities)
  (iii) अर्जित उपलब्धियाँ (Acquired Achievements)
  (iv) सत्ता (Authority)
  (v) भौतिक वस्तुएँ (Possessions)
  (vi) शक्ति (Power)
* प्रदत्त आधारों पर आधारित प्रतिष्ठा को प्रदत्त प्रस्थिति (Ascribed Status) कहा जाता है.
* अर्जित आधारों पर प्राप्त प्रतिष्ठा को अर्जित प्रस्थिति (Achieved Status) कहा जाता है.
* टी.बी. बॉटामोर ने सामाजिक स्तरीकरण के चार प्रकारों की चर्चा की है.
  (i) दास प्रथा (Slavery)
  (ii) इस्टेट व्यवस्था (Estates)
  (iii) जाति (Caste)
  (iv) सामाजिक वर्ग (Social Class)
* दास प्रथा के अन्तर्गत आर्थिक आधार पर दो वर्ग बनते थे.
  (i) मालिक अथवा अभिजात्य वर्ग (Master/Aristocrat)
  (ii) गुलाम/दास (Slave)
* इस्टेट व्यवस्था में तीन स्टेट थे, जिनका आधार कार्य विभाजन था. ये तीन वर्ग निम्नांकित थे–
  (i) पादरी
  (ii) शासक
  (iii) आम जनता,
* जाति व्यवस्था के अन्तर्गत समाज जन्म के आधार पर कई वर्गों में बँटा रहता है. भारतीय समाज हजारों जातियों में बँटा है.
* जी.एस. घुरिये के अनुसार जाति की निम्नांकित विशेषताएँ हैं.
  (i) समाज खण्डों में विभक्त होता है (Segmental Division of Society)
  (ii) संस्तरण का होना (Hierarchy)
  (iii) इच्छानुसार व्यवसाय के चुनाव पर प्रतिबंध (Prohibition of self choice of occupation)
  (v) विभिन्न जातियों की सामाजिक एवं धार्मिक निर्योग्यताएँ एवं विशेषाधिकार (Civil and Religious disabilities and privileges)
  (vi) सहभोज एवं सामाजिक अन्तःक्रिया पर प्रतिबंध (Restriction on feeding and social interaction)
* जाति व्यवस्था का 'सांस्कृतिक' तथा 'संरचनात्मक' दृष्टिकोणों से अध्ययन किया जाता है.
* सांस्कृतिक दृष्टिकोणों से अध्ययन करने वालों में घुरिये, होकॉर्ट, लीच, श्रीनिवास, मैरियट, ऑस्कर लेविस, ड्यूमो आदि प्रमुख हैं. इनके अनुसार जाति व्यवस्था भारतीय संस्कृति का एक विशिष्ट लक्षण है. यह भारतीय समाज के लिए एक उपयोगी संस्था है.
* संरचनात्मक दृष्टिकोण से जाति व्यवस्था का अध्ययन करने वाले समाजशास्त्रियों में रामकृष्ण मुखर्जी, डी.पी. मुखर्जी, ए.आर. देसाई, आंद्रे बेतेई, अनिल भट्ट, पी.सी. अग्रवाल आदि प्रमुख हैं. इनके अनुसार जाति-व्यवस्था भारतीय संस्कृति की विशेषता नहीं, बल्कि एक असमानतावादी शोषणकारी व्यवस्था है.
* जाति व्यवस्था को लुई ड्यूमों ने पवित्रता और अपवित्रता के दो विभेदात्मक तथ्यों पर आधारित संस्तरीकरण की व्यवस्था माना है. इनके अनुसार ब्राह्मण सर्वाधिक पवित्र और शूद्र सर्वाधिक अपवित्र होने के कारण जातीय संस्तरण के दो चरम बिन्दुओं का प्रतिनिधित्व करते हैं. इनके मध्य हजारों जातियाँ तुलनात्मक शुद्धता के आधार पर श्रेणीबद्ध हैं.

* एम.एन. श्रीनिवास ने संस्कृतिकरण की अवधारणा अपनी पुस्तक 'Religion and Society among the Coorgs of South India' (1952) में प्रस्तुत की थी.

* संस्कृतिकरण का तात्पर्य सामाजिक गतिशीलता की उस प्रक्रिया से है, जिसके अन्तर्गत निम्न जातियाँ उच्च जातियों के रीति-रिवाज और कर्मकाण्डों को ग्रहण करके जातीय संस्तरण में अपनी स्थिति को ऊँचा उठाने का प्रयास करती हैं.

* संस्कृतिकरण के लिए सिर्फ उच्च जातियाँ ही नहीं, बल्कि अनेक स्थानों पर मध्यम जातियाँ आदर्श बन रही हैं, क्योंकि वे उस क्षेत्र में प्रभु जाति के रूप में प्रतिष्ठित हैं.

* एम.एन. श्रीनिवास ने प्रभु जाति की अवधारणा का विस्तृत विवेचन 1959 में प्रकाशित एक लेख—'The Dominant Caste in India' में किया था.

* श्रीनिवास के अनुसार काई जाति तब प्रभु जाति कहलाती है जब वह आर्थिक एवं राजनैतिक दृष्टि से शक्ति सम्पन्न होती है, उसके पास संख्या बल होता है एवं जाति व्यवस्था के श्रेणीक्रम में उसका स्थान ऊँचा होता है.

* कर्नाटक की 'लिंगायत' और 'ओकालिंगा', आन्ध्र प्रदेश के रेड्डी और कम्मा, तमिलनाडु के 'गाउन्दर', 'पादयाकी' और मुदालियर, केरल के नायर, महाराष्ट्र के मारण, गुजरात के पाटीदार तथा उत्तर भारत के राजपूत, जाट, गुजर, अहीर/यादव आदि प्रभु जातियों के उदाहरण हैं.

* कुछ जातियाँ जो जातीय संस्तरण में ऊँचा स्थान नहीं भी रखती हैं वे आर्थिक एवं राजनैतिक शक्ति प्राप्त कर लेने के बाद अपने कर्मकाण्डीय स्तर (Ritual Staus) को उठाने में सफल हो जाती हैं और प्रभु जाति का स्थान प्राप्त कर लेती हैं.

* संस्कृतिकरण के साथ-साथ सामाजिक गतिशीलता की एक और प्रक्रिया पश्चिमीकरण की चर्चा एम.एन. श्रीनिवास ने की. पश्चिमीकरण की प्रक्रिया उन परिवर्तनों को प्रतिबिम्बित करती है जो तकनीकी, संस्थागत, विचारधारा एवं मूल्यों के स्तर पर 150 वर्षों के अंग्रेजी शासनकाल के परिणामस्वरूप आई.

* भारतीय ग्रामीण सामाजिक संरचना के अन्तर्गत विभिन्न जातियों की व्यावसायिक और सामाजिक अन्तनिर्भरता को दर्शाने वाली एक व्यवस्था का नाम 'जजमानी प्रथा' है.

* जजमानी प्रथा के सम्बन्ध में ऑस्कर लेविस, डब्ल्यू. एच. वाइजर, हैरोल्ड गुल्क, योगेन्द्र सिंह, पॉलीन कोलेन्डा, हेनरी ओरेन्सटीन, एडम्ड लीच, थॉमस बीडलमैन, डेविड पोकॉक आदि ने महत्वपूर्ण अध्ययन किए हैं.

* जाति व्यवस्था में परिवर्तन के लिए उत्तरदायी कुछ प्रमुख कारक निम्नांकित हैं–

(i) पश्चिमी सभ्यता का प्रभाव,

(ii) आधुनिक आवागमन के साधनों का प्रभाव,

(iii) नई आर्थिक व्यवस्था का प्रभाव,

(iv) नगरीकरण का प्रभाव

(v) सामाजिक-धार्मिक आन्दोलनों का प्रभाव,

(vi) अर्थव्यवस्था में परिवर्तन का प्रभाव,

(vii) संवैधानिक और कानूनी प्रयासों का प्रभाव.

* जाति-व्यवस्था में कुछ परिवर्तन ऐसे आये हैं जो इसे वर्ग की विशेषताओं या लक्षणों से युक्त कर रहे हैं. ये परिवर्तन निम्नांकित हैं–

(i) जाति व्यवस्था के नियमों में शिथिलता

(ii) जाति का एक राजनीतिक दबाव समूह के रूप में उभरना,

(iii) जातियों का आर्थिक एवं व्यावसायिक हितों की प्राप्ति के लिए संगठित होना,

(iv) विभिन्न जातियों के बीच प्रतिस्पर्धा की भावना का विकास होना,

* परिवर्तन के बावजूद जाति-व्यवस्था अभी भी मजबूत बनी हुई है, इसके कारण निम्नांकित हैं.

(i) विवाह के आधार के रूप में जाति का महत्व कायम रहना,

(ii) जाति के राजनैतिक महत्व में वृद्धि

(iii) आरक्षण हेतु जाति को आधार मानने की सरकारी अधिसूचनाएँ या नियमावली,

(iv) जाति का व्यक्ति के लिए एक समर्थक समूह के रूप में कार्य करना.

* जाति और जनजाति के समन्वय यानि दोनों की विशेषताओं के परस्पर सम्मिलन की अवधारणा पर नाईक, टी.एस. घुरिये, एफ.जी. बेली आदि ने विचार किया है.

प्रमुख अवधारणाएँ एवं सम्बन्धित समाजशास्त्री

1. मानावाद या जीवसत्तावाद —कॉडरिंगटन एवं मैरिट
2. रेखीय परिवर्तन —कॉम्ट, मॉर्गन एवं स्पेन्सर
3. स्वजाति केन्द्रीयता (Ethnocentrism) —समनर
4. भूमिका प्रतिमान एवं प्रस्थिति शृंखला —मर्टन
5. एकगामी उद्विकासवाद का सिद्धान्त —मॉर्गन
6. कुला व्यापार चक्र —मैलिनोवस्की
7. नव विकासवाद एवं संस्कृतिवाद —लेस्की वाइट
8. बहुमार्गी उद्विकासवाद का सिद्धान्त —जूलियन स्टीवर्ट

9. स्वाभाविक परिवर्तन का सिद्धान्त —सोरोकिन
10. संरूपणात्मक दृष्टिकोण —राल्फ लिंटन, बेनेडिक्ट
11. जाति की उत्पत्ति का वर्ण का सिद्धान्त —सोरोकिन
12. तार्किक एवं अतार्किक क्रियाओं का सिद्धान्त, अवशेषों विशिष्ट चालकों/की अवधारणा, भ्रान्त तर्क की अवधारणा, अभिजात वर्ग का परिभ्रमण (Circulation of Elite) की अवधारणा —विल्फ्रेड पैरेटो
13. सामाजिक समझौते का सिद्धान्त —हॉब्स, लॉक और रूसो
14. चक्रीय परिवर्तन —स्पेंगलर एवं टायनबी
15. एक विवाह का सिद्धान्त —वेस्टरमार्क
16. आत्मावाद या जीववाद —टायलर
17. धर्म की उत्पत्ति का प्रकृतिवादी सिद्धान्त —मैक्समूलर
18. परिवार की उत्पत्ति का शास्त्रीय सिद्धान्त —प्लेटो, अरस्तू, हेनरीमेन
19. अपराध का प्रारूपवादी सम्प्रदाय —लोम्ब्रोसो
20. श्वेतवसन अपराध, अपराध का विभिन्न संगीतियों का सिद्धान्त —सदरलैण्ड
21. माध्यमिक सम्बोधन —टॉयलर
22. उत्तर औद्योगिक समाज —एलेन टोरेन, ब्रजेन्सिस्की, रेमण्ड ऐरो
23. मिताक्षरा संहिता —विज्ञानेश्वर
24. अभिजन का संचार —पेरेटो
25. सन्दर्भ समूह —हर्बर्ट हाइमैन
26. नगरवाद —लुईस वर्थ
27. स्तरीकरण का प्रकार्यात्मक सिद्धान्त —पारसन्स, डेविस, एवं मूर
28. मूल्यों की सामाजिक संरचना की अवधारणा — राधाकमल मुखर्जी
29. परिवर्तन के अन्तर्निहित स्रोत —सोरोकिन
30. आत्मदर्पण दर्शन सिद्धान्त —कूले
31. अवरुद्ध चालकों की मुक्ति का सिद्धान्त —फ्रॉयड

Authors	**Books**
1. M.M. Tumin	Social Stratification
2. K. Davis and W. Moor	Some Principles of Stratification
3. Karl Marx	Capital
4. T.B. Bottomore	Sociology
5. Ralf Dahrendorf	Class and Class Conflict in Industrial Society
6. Max weber	Class, States, Party
7. F.G. Bailey	Tribe, Caste and Nation
8. W.H. Wiser	The Hindu Jajmani system
9. M.N. Srinivas	Religion and Society among the Coorgs of South India.
10. K.M. Panikkar	Hindu Society at Crossroad
11. J.H. Hutton	Caste in India
12. S.C. Dube	Indian Village
13. G.S. Ghurye	Caste and Class in India
14. Yogesh Atal	The Changing Frontiers of Caste
15. Morris Carstairs	Twice Born
16. Louis Coser	The Function of Social Conflict
17. M.N. Srinivas	Caste in Modern India
18. Victor S. Dsouza	Inequality and its Perpetuation. A Theory of Social Stratification
19. Y. Singh	Modernization of Indian Tradition
20. M.N. Srinivas	Social change in Modern India
21. Y. Singh	Social Stratification and Change in India

22. K.L. Sharma	Social Stratification and Mobility
23. Andra Beteille	Caste, Class and Power
24. Andre Beteille	Caste, old and New
25. Moekim Marriot	Caste Ranking and Community Structure in Five Regions of India and Pakistan
26. Adrion C. Mayer	Caste and Kinship in Central India
27. Sachidanand	The Harijan Elite
28. F.G. Bailey	Caste and Economic Frontier

जागीर (सम्पत्ति) (Property)

प्राचीन काल से ही सम्पत्ति समाज की एक महत्वपूर्ण संस्था रही है. आदिमकाल में सम्पत्ति का सामूहिक रूप से प्रचलन था, लेकिन शनैः-शनैः उसका व्यक्तिगत रूप अस्तित्व में आया. सामान्यतः सम्पत्ति का अर्थ भौतिक वस्तु पर स्वामित्व से लिया जाता है, किन्तु वैज्ञानिक दृष्टि से सम्पत्ति का आशय भी भौतिक और अभौतिक वस्तु पर स्वामित्व एवं अधिकार से है, जोकि मात्रा में सीमित होती है तथा जिसे समाज मान्य और कीमती जानता है.

हॉबहाउस के अनुसार, "सम्पत्ति का अर्थ वस्तुओं पर मनुष्यों के नियन्त्रण से है, ऐसे नियन्त्रण से जो समाज द्वारा मान्यता प्राप्त होता है तथा जिसे समाज मान्य और मूल्यवान समझता है."

डेविस के अनुसार, "सम्पत्ति वितरण व्यवस्था का एक स्थायी पक्ष है. इसमें कुछ सीमित वस्तुओं पर अन्य व्यक्तियों तथा समूहों की तुलना में कुछ व्यक्तियों या समूहों के अधिकार तथा कर्त्तव्यों का समावेश होता है."

मिचेल (Mitchell) ने लिखा है, "सम्पत्ति का अभिप्राय उन सभी भौतिक अथवा अन्य उन वस्तुओं से हेजिन पर व्यक्तियों को अधिकार प्राप्त होता है.

गिन्सबर्ग के अनुसार, "सम्पत्ति की व्याख्या अधिकारों तथा कर्तव्यों की ऐसी समग्रता के रूप में की जा सकती है जो कुछ भौतिक वस्तुओं पर नियन्त्रण के बारे में व्यक्तियों अथवा समूहों के पारस्परिक सम्बन्धों को परिभाषित करती है."

जानसन (Johnson) के अनुसार, "किसी भी समाज में सम्पत्ति की संस्था दुर्लभ, मूल्यवान वस्तुओं में अधिकारों को सीमित रहती है."

उपर्युक्त परिभाषाओं से सम्पत्ति की निम्नांकित विशेषताएं प्रकट होती हैं.

1. सम्पत्ति मूर्त एवं अमूर्त होती है.

2. सम्पत्ति हस्तान्तरित की जा सकती है.

3. सम्पत्ति सीमित होती है, सम्पत्ति वही वस्तु हो सकती है, जो सीमित मात्रा में उपलब्ध हो और जिस पर साधारणतः सभी अधिकार करना चाहते हों. धूप, पानी, हवा असीमित होने से किसी की सम्पत्ति नहीं है.

4. सम्पत्ति का सम्बन्ध अधिकार एवं कर्तव्यों से होता है–कोई वस्तु सम्पत्ति उसी समय बनती है जब उस पर किसी का स्वामित्व कायम हो जाता है. सम्पत्ति के साथ कुछ अधिकार, दाबे, दायित्व एवं कर्तव्य भी जुड़े होते हैं.

5. सम्पत्ति कीमती होती है–कोई भी वस्तु सम्पत्ति तभी कहलाएगी जब समाज उसे कीमती समझे.

6. सम्पत्ति का विनिमय सम्भव है.

7. सम्पत्ति का सम्बन्ध सामाजिक मूल्यों व आदर्शों से है–किसी वस्तु को सम्पत्ति कहा जाएगा या नहीं यह उस समाज की कीमत एवं सांस्कृतिक आदर्शों पर आधारित है.

सम्पत्ति के प्रकार (Types of Property)

1. व्यक्तिगत, सार्वजनिक एवं सामूहिक सम्पत्ति (Private, Public and Collective Property)–प्रो. डेविस ने सम्पत्ति पर अधिकार की दृष्टि से उसे तीन भागों में विभाजित किया है.

हॉबहाउस ने सम्पत्ति के प्रमुख दो रूपों–व्यक्तिगत एवं सामूहिक का उल्लेख किया है.

2. चल एवं अचल सम्पत्ति (Movable and Immovable Property)–चल सम्पत्ति का आशय उस सम्पत्ति से है जिसे व्यक्ति एक स्थान से दूसरे स्थान तक ले जाए. उदाहरण के लिए, मोटर साइकिल, कुर्सी, बर्तन, घड़ी, पंखा आदि सभी चल सम्पत्ति हैं. अचल सम्पत्ति को एक स्थान से दूसरे स्थान पर नहीं ले जाया सकता. जैसे–भूमि, भवन, उद्यान, आदि अचल सम्पत्ति हैं.

3. दृश्य (भौतिक एवं अदृश्य (अभौतिक) सम्पत्ति (Tangible and Intangible Property)–दृश्य सम्पत्ति से आशय भौतिक सम्पत्ति या वस्तुओं से है, जिन्हें देख सकते हैं, छू सकते हैं और माप-तौल कर सकते हैं. मकान, भूमि, कार, आभूषण हीरे-जवाहरात आदि सभी दृश्य या भौतिक सम्पत्ति अदृश्य या अमूर्त होती है. उदाहरण के लिए गुडविल, कॉपीराइट, एकस्व अधिकार (Patent Right) आदि अदृश्यमान सम्पत्ति के उदाहरण कहलाते हैं.

वस्तुनिष्ठ प्रश्न

1. समाज का तीन स्तरों पर वर्गीकरण-संरक्षक, सहायक तथा मजदूर निम्नलिखित में से किसने किया है?
(A) अरस्तू (B) प्लेटो
(C) वेब्लन (D) मैकियावेली

2. सर्वहाराकरण की प्रक्रिया का अर्थ है–
(A) बुर्जुआ वर्ग का अवरोहरण श्रमिक वर्ग में होना
(B) मध्यम वर्ग का अवरोहण श्रमिक वर्ग में होना
(C) निम्न मध्यम वर्ग का अवरोहण श्रमिक वर्ग में होना
(D) किसी भी वर्ग का अवरोहण श्रमिक वर्ग में होना

3. मैक्स वेबर ने जाति के ये लक्षण बताए हैं–
(A) एक नृजाति समूह
(B) एक समुदाय
(C) हिन्दुओं की धर्म-सभा
(D) एक संवृत्त प्रस्थिति समूह

4. उस समूह को, जिसकी सुनिश्चित सत्ता हो, अपना नाम हो, जो परिबद्ध हो, जिसमें अपने अस्तित्व की चेतना हो और जिसमें सांस्कृतिक सजातीयता हो, कहा जाता है–
(A) जाति (B) वर्ग
(C) दल (D) गोत्र

5. एक ग्राम जिसमें जजमानी व्यवस्था अपनाई जाती है, उसमें नाई और धोबी का समबन्ध निम्नलिखित में से किससे है?
(A) कारीगर जातियाँ (B) सेवक जातियाँ
(C) भूतपूर्व अछूत वर्ग (D) मध्यम जातियाँ

6. सूची-I को सूची-II से सुमेलित कीजिए तथा सूचियों के नीचे दिए हुए कूट का उपयोग करते हुए सही उत्तर का चयन कीजिए–

सूची-I (लेखक के नाम)
(a) सी. एन. चेपेकर
(b) एस. सी. दुबे
(c) डी. एन. मजूमदार
(d) टी. बी. नायक

सूची-II (पुस्तकों के नाम)
1. दी कामार
2. दी भील्स : ए स्टडी
3. ठाकुर्स ऑफ सहयाद्री
4. दी सन्थाल : ए स्टडी इन कल्चरल चेंज
5. दी पारसीज

कूट :

	(a)	(b)	(c)	(d)
(A)	1	4	2	5
(B)	3	1	4	2
(C)	5	1	4	2
(D)	3	2	5	4

7. निम्नलिखित में से जाति व्यवस्था की कौनसी आवश्यक विशेषता नहीं है?
(A) शुद्धता तथा अपवित्रता
(B) सोपानिक व्यवस्था
(C) वंश के आधार पर विशेषीकरण
(D) सहपूर्वज-पूजा

8. 'क्लास एण्ड क्लास कान्फ्लिक्ट इन एन इण्डस्ट्रियल सोसायटी' नामक पुस्तक का लेखक कौन है?
(A) एस. एम. लिपसेट (B) कार्ल मार्क्स
(C) रेमण्ड ऐरेन (D) रॉल्फ डेहरनडॉर्फ

9. जाति-प्रस्थिति में सुधार की आकांक्षाएं साधारण हैं, परन्तु वे तब तक प्राप्त नहीं होतीं जब तक जाति प्राप्त नहीं कर लेती हैं–
(A) आनुष्ठानिक पवित्रता
(B) समूह स्वीकृति
(C) शक्ति और विशेषाधिकार
(D) शासकीय सम्बन्धन

10. निम्नलिखित में कौनसी जाति व्यवस्था की आवश्यक विशेषता नहीं है?
(A) अन्तर्विवाह (B) सोपान
(C) गतिशीलता (D) पुनर्जन्म में विश्वास

11. जजमानी व्यवस्था प्रदर्शित करती है–
(A) संविदा सम्बन्ध समुच्चय
(B) राजनीतिक सम्बन्ध
(C) वैवाहिक सम्बन्ध समुच्चय
(D) आर्थिक सम्बन्ध समुच्चय

12. नीचे दो वक्तव्य दिए गए हैं, जिनमें एक को कथन (A) तथा दूसरे को कारण (R) कहा गया है–

कथन (A) : व्यवस्था के चुनाव में आजकल जाति का कोई बन्धन नहीं है.

कारण (R) : भारतीय जनतन्त्र अपने लोगों को व्यवसाय को चुनने की स्वतन्त्रता की प्रत्याभूति करता है.

उपर्युक्त दोनों वक्तव्यों के सन्दर्भ में निम्नलिखित में से कौनसा कथन सही है?

(A) (A) और (R) दोनों सही हैं तथा (R), (A) का सही स्पष्टीकरण करता है

(B) (A) और (R) दोनों सही हैं, परन्तु (R), (A) का सही स्पष्टीकरण नहीं है

(C) (A) सही है, परन्तु (R) गलत है

(D) (A) गलत है, परन्तु (R) सही है

13. सूची-I को सूची-II से सुमेलित कीजिए तथा सूचियों के नीचे दिए गए कूट का प्रयोग करते हुए सही उत्तर चुनिए–

सूची-I (पुस्तकें)

(a) होमो हाइरार्किकस

(b) कास्ट इन मॉर्डन इण्डिया

(c) कास्ट, क्लास एण्ड पॉवर

(d) कास्ट इन इण्डियन पॉलिटिक्स

सूची-II (लेखक)

1. ए. बेते
2. एल. डूमां
3. आर. कोठारी
4. एम. एन. श्रीनिवास

कूट :

	(a)	(b)	(c)	(d)
(A)	2	4	3	1
(B)	4	2	1	3
(C)	2	4	1	3
(D)	4	2	3	1

14. जिन व्यक्तियों में निम्न प्रदत्त और उच्च साधित प्रस्थितियों का संयोजन होता है, वे प्रायः 'दाबपूर्वक' क्रिया करते हुए अपनी साधित प्रस्थिति पर बल देने का प्रयास करते हैं. इस संकल्पना को कहते हैं–

(A) मीडियोक्रेसी (B) दोहरा खतरा

(C) प्रस्थिति असंगति (D) सापेक्षिक गतिशीलता

15. एक जाति प्रबल तब बनती है जब वह अन्यों पर प्रधानता प्राप्त करे संख्या के साथ-साथ–

(A) आर्थिक और राजनैतिक शक्ति में

(B) सामाजिक और धार्मिक शक्ति में

(C) धार्मिक और आर्थिक शक्ति में

(D) राजनैतिक और सामाजिक शक्ति में

16. परम्परागत जजमानी व्यवस्था की पारिभाषिक विशेषता है, अदला-बदली–

(A) प्रलेखों की

(B) भूमि की

(C) वस्तुओं की सेवाओं की

(D) मुद्रा की

17. सामाजिक केशिकत्व की अवधारणा निम्नलिखित में से किसने प्रयोग की?

(A) ए. बोस (B) एल. विर्थ

(C) एल. डूमों (D) आर. के. मुखर्जी

18. जाति-प्रस्थिति में सुधार हेतु अभिलाषाएँ सामान्य हैं पर यह तब तक उपलब्ध नहीं होतीं जब तक जाति–

(A) अनुष्ठानिक शुद्धता प्राप्त न कर ले

(B) समूह मान्यता प्राप्त न कर ले

(C) शक्ति तथा विशेषाधिकार प्राप्त न कर ले

(D) शासन में जान-पहचान प्राप्त न कर ले

19. जातिगत स्तरीकरण के सन्दर्भ में निम्नलिखित में से किसने पदक्रम को प्रयोग में लिया तथा भारतीय समाज को पदक्रमित माना?

(A) एल. डूमों (B) एम. एन. श्रीनिवास

(C) एस. सी. दुबे (D) एफ. बेली

20. सामाजिक स्तरीकरण के अध्ययन के लिए मैक्स वेबर का उपागम निम्नलिखित में से है–

(A) एकलआयामी (B) द्विआयामी

(C) त्रिआयामी (D) चतुर्आयामी

21. सामाजिक स्तर से अभिप्राय अनेक ऐसे व्यक्तियों से है जिनका अपेक्षतः समान–

(A) प्रस्थिति, भूमिका अथवा अन्य सांस्कृतिक प्रासंगिक लक्षणों का समूह हो

(B) भूमिका, स्थिति अथवा अन्य आर्थिक प्रासंगिक लक्षणों का समूह हो

(C) स्थिति, प्रस्थिति अथवा अन्य राजनीतिक प्रासंगिक लक्षणों का समूह हो

(D) प्रस्थिति, पद अथवा अन्य सामाजिक प्रासंगिक लक्षणों का समूह हो

22. सूची-I को सूची-II के साथ सुमेलित कीजिए और सूचियों के नीचे दिए गए कूट की सहायता से सही उत्तर का चयन कीजिए–

सूची-I (पुस्तकों के नाम)

(a) कास्ट इन मॉडर्न इण्डिया

(b) कास्ट, क्लास एण्ड पॉवर

(c) होमो हाईरारकस

(d) कास्ट इन इण्डियन पॉलिटिक्स

सूची-II (लेखक)

1. ए. बेतेई
2. एल. ड्यूमा
3. आर. कोठारी
4. एम. एन. श्रीनिवास
5. योगेश अटल

कूट :

	(a)	(b)	(c)	(d)
(A)	4	1	2	3
(B)	3	2	1	5
(C)	1	2	4	3
(D)	4	2	3	1

23. किसी समाज में एक वर्ग का सर्वाधिक मूलभूत विभाजन मिलता है–
(A) धनी तथा निर्धन के बीच
(B) जनसाधारण तथा शासकों के बीच
(C) कृषक तथा उद्योगपति के बीच
(D) ईश्वरवादी तथा निरीश्वरवादी के बीच

24. मार्क्स के अनुसार बुर्जुआ को इसके यथोचित हिस्से से अधिक मिलता है, मुख्यतः
(A) उत्पादन के साधनों पर पूर्ण नियन्त्रण के कारण
(B) उद्योग पर एकाधिकार के कारण
(C) वैध साधनों से लाभ संग्रह के कारण
(D) सर्वहारा वर्ग पर नियन्त्रण के कारण

25. जाति और वर्ग में मुख्य भेद यह है, कि–
(A) जाति वर्गहीन समाज में परिचालित है तथा वर्ग जातिविहीन समाज में परिचालित होता है
(B) जाति सदैव संवृत होती है, जबकि वर्ग सदैव विकृत होता है
(C) जाति के मामले में व्यक्ति की प्रस्थिति आरोपित होती है जबकि वर्ग में अर्जित होती है
(D) जाति के मामले में व्यक्ति को सर्वाधिक हानि उठानी पड़ती है, जबकि वर्ग में ऐसा नहीं होता

26. प्रकार्यात्मक स्तरीकरण के रूप में द्वैध संगठन किनमें प्रचलित है?
(A) जातियाँ (B) वर्ग
(C) एथक्लास (D) जनजातियाँ

27. निम्नलिखित विशेषताओं पर विचार कीजिए–
1. समाज का खण्डात्मक विभाजन
2. व्यवसायों का बेरोक विभाजन
3. नागरिक और धार्मिक निर्योग्यताएँ एवं विशेषाधिकार

इनमें से जाति व्यवस्था की विशेषताएँ कौन-कौनसी हैं ?
(A) 1, 2 और 3 (B) 1 और 2
(C) 2 और 3 (D) 1 और 3

28. यह दृष्टिकोण, कि वर्ण व्यवस्था एक व्यवस्था है तथा जाति व्यवस्था एक वर्गात्मक योजना, अपनाया–
(A) मैकिम मैरियट ने (B) मिल्टन सिंगर ने
(C) आन्द्रे बेते ने (D) दीपांकर गुप्ता ने

निर्देश–आगामी प्रश्न में दो वक्तव्य हैं एक को कथन (A) तथा दूसरे को कारण (R) कहा गया है. इन दोनों वक्तव्यों का सावधानीपूर्वक परीक्षण कर इस प्रश्न का उत्तर नीचे दिए गए कूट की सहायता से चुनिए–

कूट :
(A) (A) और (R) दोनों सही हैं तथा (R), (A) की सही व्याख्या है
(B) (A) और (R) दोनों सही हैं, परन्तु (R), (A) की सही व्याख्या नहीं है
(C) (A) सही है, परन्तु (R) गलत है
(D) (A) गलत है, परन्तु (R) सही है

29. **कथन (A) :** संस्कृति का सम्प्रत्यय परिबद्धता, सजातीयता, सम्बद्धता और स्थिरता की ओर संकेत करता है.

कारण (R) : परिवर्तनशीलता, असंगतियाँ और व्यक्तिगत अभिकरण सामाजिक यथार्थ की विशेषताएँ हैं.

30. निम्नलिखित में से किसने हिन्दुओं में प्रदूषण की प्रक्रिया की व्याख्या करने हेतु 'ऐकिक कूटात्मक तत्व' अवधारणा का प्रयोग किया है?
(A) पॉलीन कोलेंदा
(B) मैकिम मेरियट तथा आर. बी. इन्देन
(C) एम. एन. श्रीनिवास
(D) टी. एन. मदान

31. निम्नलिखित में से किस अवधारणा से एम. एन. श्रीनिवास ने जाति में गतिशीलता को सामाजिक एवं सांस्कृतिक परिवर्तन की प्रक्रिया की तरह समझाया?
(A) संस्कृतिकरण (B) निरपेक्षतावादीकरण
(C) पाश्चात्यीकरण (D) आधुनिकीकरण

32. निम्नलिखित कथनों पर विचार कीजिए–
1. अब शक्ति पहले की तरह न होकर वर्ग से स्वतन्त्र हो गई है.
2. भूमि स्वामित्व अब शक्ति अधिग्रहण में एक निर्णायक तत्व नहीं रह गया है.
3. जाति व्यवस्था में गतिशीलता सदैव ही एक अत्यन्त मन्द तथा क्रमिक प्रक्रिया रही है.

उपर्युक्त कथनों में से कौनसा/से आन्द्रे बेतेई के अनुसार शक्ति के सन्दर्भ में सही है/हैं?
(A) 1 और 3 (B) 2 और 3
(C) 1 और 2 (D) 1, 2 और 3

33. निम्नलिखित कथनों पर विचार कीजिए–

1. सामाजिक स्तरण के प्रकार्यवादी सिद्धान्त में सामाजिक स्तरण को प्रतिफल तन्त्र, जिसके फलस्वरूप सामाजिक प्रतिष्ठा में परिवर्तन होता है, के रूप में व्यक्त करने पर बल नहीं दिया.
2. जहाँ तक सार्वजनिक नीतियों का सम्बन्ध है, सामान्यतः सामाजिक स्तरण के प्रकार्यवादी सिद्धान्तों को माना जाता है, क्योंकि वे यथापूर्व स्थिति को समर्थन देते हैं तथा उन्हें प्रतिबिम्बित करते हैं.

उपर्युक्त कथनों में से कौनसा/से सही हैं?

(A) केवल 1 (B) केवल 2
(C) दोनों 1 और 2 (D) न ही 1 और न ही 2

निर्देश–आगामी (तीन) प्रश्नांशों में दो वक्तव्य हैं, एक को कथन (A) तथा दूसरे को कारण (R) कहा गया है. इन दोनों वक्तव्यों का सावधानीपूर्वक परीक्षण कर इन प्रश्नांशों का उत्तर नीचे दिए गए कूट की सहायता से चुनिए–

कूट :

(A) (A) और (R) दोनों सही हैं तथा (R), (A) का सही स्पष्टीकरण है
(B) (A) और (R) दोनों सही है, परन्तु (R), (A) का सही स्पष्टीकरण नहीं है
(C) (A) सही है, परन्तु (R) गलत है
(D) (A) गलत है, परन्तु (R) सही है

34. **कथन (A) :** विभेदीकरण निर्दिष्ट करता है कि कैसे वस्तु अथवा लोग एक-दूसरे से अलग पहचाने जा सकते हैं.

कारण (R) : स्तरीकरण वस्तुओं अथवा लोगों के श्रेणी-करण को निर्दिष्ट करता है.

35. **कथन (A) :** जाति साहचर्य में सदस्यता विशुद्ध रूप से प्रदत्त नहीं होती है.

कारण (R) : जाति में जन्म लेना तो आवश्यक है, किन्तु जाति साहचर्य की सदस्यता के लिए यह पर्याप्त शर्त नहीं है.

36. **कथन (A) :** जाति व्यवस्था के विपरीत, जोकि शुद्धता-प्रदूषण के सिद्धान्त पर आधारित है, सम्पदा व्यवस्था कानून पर आधारित है.

कारण (R) : जाति व्यवस्था के विपरीत, सोपानिकी सम्पदा व्यवस्था को अभिलक्षित करने वाली विशेषता नहीं है.

37. 'संस्कृतिकरण' की संकल्पना घनिष्ठ रूप से सम्बन्धित है–

(A) सन्दर्भ समूह की संकल्पना से
(B) प्राथमिक समूह की संकल्पना से
(C) हित समूह की संकल्पना से
(D) तृतीयक समूह की संकल्पना से

38. सामाजिक स्तरण, जो सम्बद्ध व्यक्तियों द्वारा निष्पादित किए हुए वास्तविक कार्य से विशेष व्यक्तियों, संस्थाओं या दोनों, के अधीन, संसाधनों की उत्कृष्ट शक्ति तथा नियन्त्रण से निकलते हैं, से अभिप्राय है–

(A) असमानता (B) अनुचित वितरण
(C) भेदभाव (D) शोषण

39. एम. एन. श्रीनिवास ने अपनी पुस्तक 'सोशल चेन्ज इन मॉडर्न इण्डिया' में निम्नलिखित में से कौनसा मत प्रस्तुत किया है?

(A) जाति-व्यवस्था पूर्णतया बन्द व्यवस्था है
(B) जाति-व्यवस्था पूर्णतया खुली व्यवस्था है
(C) जाति-व्यवस्था में गतिशीलता का अवसर निहित है
(D) जाति वर्ग की तरह होती है

40. जजमानी व्यवस्था है–

(A) आदान-प्रदान सेवा तथा जाति-अन्तर्निर्भरता का प्रकार है और परम्परागत ग्रामीण भारत में व्याप्त है
(B) एकान्तिक सेवा तथा जाति अन्तर्निर्भरता का प्रकार है और भारत में व्याप्त है
(C) पारस्परिक सेवा तथा जाति अन्तर्निर्भरता का प्रकार है और ग्रामीण भारत में व्याप्त है
(D) आदान-प्रदान सेवा तथा जाति-अन्तर्निर्भरता का प्रकार है और आधुनिक भारत में व्याप्त है

41. मैक्स वेबर के अनुसार, निम्नलिखित में से जाति-व्यवस्था की कौनसी दो विशेषताएँ हैं?

1. सहभोजित्व 2. पदक्रम
3. शुद्धता 4. वैवाहिकता

नीचे दिए गए कूट का प्रयोग कर सही उत्तर चुनिए–

(A) 1 और 2 (B) 2 और 3
(C) 1 और 4 (D) 2 और 4

42. सूची-I (अवधारणा) को सूची-II (स्पष्टीकरण) के साथ सुमेलित कीजिए और सूचियों के नीचे दिए गए कूट का प्रयोग कर सही उत्तर चुनिए–

सूची-I (अवधारणा)

(a) वर्ग (b) प्रस्थिति समूह
(c) जागीर (d) प्रजाति सम्बन्ध

सूची-II (स्पष्टीकरण)

1. राजनैतिक स्वीकृति 2. शारीरिक विशेषताएँ
3. जीवन के अवसर 4. जीवन के तरीके

कूट :

	(a)	(b)	(c)	(d)
(A)	4	3	1	2
(B)	4	3	2	1
(C)	3	4	2	1
(D)	3	4	1	2

निर्देश–(प्रश्न 43 से 45 तक) में दो वक्तव्य हैं. एक को कथन (A) तथा दूसरे को कारण (R) कहा गया है. इन दोनों वक्तव्यों का सावधानीपूर्वक परीक्षण कर इन प्रश्नांशों का उत्तर नीचे दिए गए कूट की सहायता से चुनिए–

(A) (A) और (R) दोनों सही हैं और (R), (A) का सही स्पष्टीकरण है

(B) (A) और (R) दोनों सही हैं, परन्तु (R), (A) का सही स्पष्टीकरण नहीं है

(C) (A) सही है, परन्तु (R) गलत है

(D) (A) गलत है, परन्तु (R) सही है

43. **कथन (A) :** वर्गीय समाजों में, आवश्यक रूप से जातीय समाजों की अपेक्षा अधिक सामाजिक गतिशीलता होती है.

कारण (R) : एक अकेला व्यक्ति वर्ग समाज में उसके जन्म की अपेक्षा वर्ग में उच्चता प्राप्त करता है.

44. **कथन (A) :** भारत में धर्म परिवर्तन करना सम्भव है न कि जाति.

कारण (R) : भारत में व्यक्ति जन्म से जाति प्राप्त करता है, जबकि धार्मिक समूहों की सदस्यता अर्जित की जाती है.

45. **कथन (A) :** पारम्परिक तौर से जाति प्रस्थिति तथा व्यवसाय प्रस्थिति अन्तर्सम्बन्धित रही है.

कारण (R) : श्रम विभाजन आर्थिक दक्षता बढ़ाता है.

46. निम्नलिखित विशेषताओं पर विचार कीजिए–

1. पितृसत्तात्मक   2. अन्तर्विवाह
3. सोपान   4. समानता

इनमें से कौनसी विशेषता हिन्दू जाति व्यवस्था की प्रारूपी है?

(A) 1 तथा 2   (B) 2 तथा 4
(C) 2 तथा 3   (D) 1 तथा 4

47. भौतिक या सांकेतिक पारितोषकों की अन्तरीय पहुँच के सन्दर्भ में समाज के समूहों में संरचनात्मक असमानताओं का अस्तित्व कहलाता है–

(A) विभेदीकरण   (B) स्तरीकरण
(C) बहुसंस्कृतिवाद   (D) विजातीयता

48. स्तरीकरण के अध्ययन का ख्यातिसूचक उपागम सम्बद्ध है–

(A) रिचर्ड सेन्टर्स से   (B) रॉबर्ट लीड से
(C) लॉयड वार्नर से   (D) मैक्स वेबर से

49. निम्नलिखित में से कौनसे कथन सही हैं?

1. जाति तथा वर्ग दोनों ही सामाजिक स्तरीकरण के रूप हैं.
2. जाति आरोपण पर आधारित है, जबकि वर्ग उपलब्धि पर आधारित है.
3. वर्ग अनेक हो सकते हैं पर जातियाँ केवल चार हैं.
4. जाति एवं वर्ग दोनों ही व्यक्ति को प्रस्थिति प्रदान करते हैं.

(A) 1, 2, 3 और 4   (B) 3 और 4
(C) 1, 2 और 4   (D) 1, 2 और 3

50. निम्नलिखित में से जाति की राजनीतिक गतिशीलता के कौनसे प्रकारों का रूडोल्फ एवं रूडोल्फ ने उल्लेख किया है?

1. ऊर्ध्व गतिशीलता
2. समस्तर गतिशीलता
3. व्यावसायिक गतिशीलता
4. विभेदक गतिशीलता

नीचे दिए गए कूट का प्रयोग करते हुए सही उत्तर चुनिए–

(A) 1 और 2   (B) 3 और 4
(C) 1, 3 और 4   (D) 1, 2 और 4

निर्देश–दिए गए कूट की सहायता से चुनिए–

कूट :

(A) (A) और (R) दोनों सही हैं और (R), (A) का सही स्पष्टीकरण है

(B) (A) और (R) दोनों सही हैं, परन्तु (R), (A) का सही स्पष्टीकरण नहीं है

(C) (A) सही है, परन्तु (R) गलत है

(D) (A) गलत है, परन्तु (R) सही है

51. **कथन (A) :** जीवन-शैली जीवन-संयोगों को निर्धारित करती है.

कारण (R) : व्यक्ति की वर्ग स्थिति उसके जीवन-संयोगों को बढ़ाती या घटाती है.

52. बहुपक्षीय समाज के एक समूह के द्वारा स्वजातिवाद की भावना दर्शाती है–

(A) सभी संस्कृतियों की विश्वसनीयता को मजबूत करना

(B) सभी संस्कृतियों की विश्वसनीयता को कमजोर करना
(C) सांस्कृतिक समन्वय
(D) सांस्कृतिक संघर्ष

53. सामाजिक, आर्थिक परिवर्तन की दर में अवनति की स्थिति में उसी तरह सामाजिक गतिशीलता में अवनति होती है–
(A) जाति स्तरीकरण में
(B) भू-सम्पत्तीय स्तरीकरण में
(C) वर्ग स्तरीकरण में
(D) नृजातीय स्तरीकरण में

54. स्तरीकरण व्यवस्था के अनुसार, एक व्यक्ति के जीवन काल में उदग्र या अधो-सामाजिक गतिशीलता को कहते हैं–
(A) शून्य-योग गतिशीलता
(B) क्षैतिज गतिशीलता
(C) अन्तरपीढ़ीय गतिशीलता
(D) अन्तःपीढ़ीय गतिशीलता

55. एम. एन. श्रीनिवास ने भारतवर्ष में जाति व्यवस्था के अन्दर अव्यक्त रूप में पाई जाने वाली सामाजिक गतिशीलता को अभिज्ञानित किया है–
(A) संस्कृतिकरण के रूप में
(B) ब्राह्मणीकरण के रूप में
(C) परम्परागतीकरण के रूप
(D) आधुनिकीकरण के रूप में

56. शक्ति का अन्ततः व्यक्तियों के एक छोटे समूह के हाथों में आ जाना प्रकार्यात्मक रूप से आवश्यक है, ऐसा सिद्धान्त है–
(A) अल्पतन्त्र का लौह नियम
(B) अभिजन संचलन
(C) फासिस्टवाद
(D) संरचनाकरण सिद्धान्त

57. नीचे दो वक्तव्य दिए गए हैं जिनमें से एक को कथन (A) तथा दूसरे को कारण (R) कहा गया है–

कथन (A) : सामाजिक स्तरीकरण सामाजिक विभेदीकरण का एक स्वरूप है.

कारण (R) : सामाजिक विभेदीकरण कुछ सामाजिक कसौटी के आधार पर एक प्रदत्त समाज में व्यक्तियों में विभेद करने का ढंग है.

उपर्युक्त दोनों वक्तव्यों के सन्दर्भ में निम्नलिखित में से कौनसा कथन सही है?
(A) (A) और (R) दोनों सही हैं तथा (R), (A) की सही व्याख्या है
(B) (A) और (R) दोनों सही हैं, परन्तु (R), (A) की सही व्याख्या नहीं है
(C) (A) सही है, परन्तु (R) गलत है
(D) (A) गलत है, परन्तु (R) सही है

58. सूची-I को सूची-II के साथ सुमेलित कीजिए तथा सूचियों के नीचे दिए गए कूट से सही उत्तर का चयन कीजिए–

सूची-I (अवधारणाएँ)
(a) उदग्र गतिशीलता
(b) समस्तरीय गतिशीलता
(c) अन्तर-पीढ़ी गतिशीलता
(d) आन्तर-पीढ़ी गतिशीलता

सूची-II (अर्थ)
1. प्रस्थिति में नहीं अपितु भूमिका में परिवर्तन
2. पुत्र की व्यावसायिक प्रस्थिति पिता से भिन्न होना
3. किसी व्यक्ति के दूसरे व्यवसाय का प्रथम व्यवसाय से निम्न होना
4. अपनी प्रस्थिति में सुधार करती हुई एक जाति
5. गाँव से नगर की ओर गमन

कूट :

	(a)	(b)	(c)	(d)
(A)	3	5	2	1
(B)	2	1	4	3
(C)	4	3	1	2
(D)	4	1	2	3

59. निम्नलिखित में से कौनसा एक कथन सही है?
शुचिता और प्रदूषण के विचारों के विश्लेषण को शामिल किया गया है–
(A) अन्तःक्रियात्मक प्रकृति के जाति-कोटिक्रम सिद्धान्त में
(B) संरचनात्मक प्रकृति के जाति-कोटिक्रम सिद्धान्त में
(C) गुणात्मक प्रकृति के जाति-कोटिक्रम सिद्धान्त में
(D) परम्परात्मक प्रकृति के जाति-कोटिक्रम सिद्धान्त में

60. निम्नलिखित समाजशास्त्रियों में से किस एक ने जाति को विस्तृत स्वजन समूह के रूप में लिया है?
(A) जी. एस. घुरिए (B) मैकिम मेरिअट
(C) एम. एन. श्रीनिवास (D) इरावती कर्वे

61. निम्नलिखित में से कौनसा एक कथन सही है?
मैक्स वेबर के अनुसार, प्रस्थिति समूह सामाजिक विभेद का प्रमुख रूप होते हैं–
(A) सारे समाजों में
(B) पूँजीवादी समाजों में

(C) समाजवादी समाजों में
(D) पूर्व-पूँजीपति समाजों में

62. गुजरात क्षत्रिय सभा निम्नलिखित में से किस एक का उदाहरण है?
(A) जाति पंचायत
(B) जाति सभा (कास्ट एसोसिएशन)
(C) जाति संघ (कास्ट फेडरेशन)
(D) जाति व्यवस्था

63. सूची-I को सूची-II से सुमेलित कीजिए तथा सूचियों के नीचे दिए हुए कूट का उपयोग करते हुए सही उत्तर का चयन कीजिए–

सूची-I (सामाजिक स्तरीकरण)
(a) शक्ति-विशेषाधिकार
(b) प्रकार्यात्मक सिद्धान्त
(c) संघर्ष सिद्धान्त
(d) सामाजिक स्तरीकरण के रूप में

सूची-II (अवधारणा तथा सिद्धान्तों से सम्बन्धित विद्वान्)
1. टी. बी. बोटोमोर
2. गेरहार्ड लेंस्की
3. किंग्सले डेविस
4. कार्ल मार्क्स
5. जॉर्ज सिमेल

कूट :

	(a)	(b)	(c)	(d)
(A)	2	1	4	5
(B)	3	5	2	1
(C)	4	3	1	2
(D)	2	3	4	1

64. सामाजिक स्तरीकरण शब्द सन्दर्भित करता है–
(A) विभिन्न श्रेणियों में जनसंख्या के विभाजन को
(B) वर्ग के सन्दर्भ में जनसंख्या के विभाजन को
(C) श्रेष्ठता तथा हीनता की भावना से जनसंख्या के विभाजन को
(D) सामाजिक विभेदीकरण तथा श्रेणीकरण के एक प्रकार को

65. मैक्स वेबर के अनुसार, एक ही–
(A) वर्ग के सदस्यों का जीवन तरीका सामान्य होता है
(B) वर्ग के सदस्यों का जीवन अवसर सामान्य होता है
(C) वर्ग के सदस्य एक ही प्रस्थिति समूह से सम्बन्धित होते हैं
(D) प्रस्थिति समूह, एक ही वर्ग से सम्बन्धित होते हैं

66. निम्नलिखित कथनों पर विचार कीजिए–
1. मार्क्स ने वर्ग-निहित तथा वर्ग के लिए में विभेद किया है.
2. मार्क्स ने वर्ग तथा प्रस्थिति समूह में विभेद किया है.
3. मार्क्स ने पूँजीपति तथा सर्वहारा में विभेद किया है.
4. मार्क्स ने उत्पादकता से सम्बन्धों तथा उत्पादकता के साधनों में विभेद किया है.

इनमें से कौनसे सही हैं?
(A) 1, 2 और 3 (B) 1, 3 और 4
(C) 1, 2 और 4 (D) 2, 3 और 4

67. कार्ल मार्क्स के अनुसार, वर्ग की सदस्यता निर्भर करती है–
(A) शक्ति पर
(B) प्रतिष्ठा पर
(C) उत्पादकता के साधन पर
(D) उत्पादकता से सम्बन्धों पर

68. 'द स्टडी ऑफ मैन' नामक पुस्तक के लेखक हैं—
(A) लेपियर (B) मर्टन
(C) गांधी (D) राल्फ लिण्टन

69. "आज तक जो भी समाज अस्तित्व में आए उनका इतिहास वर्ग-संघर्ष का इतिहास है." यह कथन किस विद्वान् का है ?
(A) मार्क्स (B) वेबर
(C) पारसन्स (D) लेनिन

70. 'The Theory of Leisure Class' किसकी रचना है ?
(A) सी. राइट मिल्स (B) पारसन्स
(C) वेब्लन (D) मर्टन

71. "एक सामाजिक वर्ग समुदाय का वह भागहै जो सामाजिक स्थिति के आधार पर दूसरों से पृथक् किया जा सके." यह कथन किसका है?
(A) मैकाइवर एवं पेज (B) मर्टन
(C) ऑगबर्न (D) इनमें से कोई नहीं

72. 'रिफ्लेक्सिव रोल टेकिंग' की अवधारणा किसने दी है?
(A) मीड (B) कूले
(C) मर्टन (D) मार्क्स

73. "धर्म आध्यात्मिक शक्ति में विश्वास है." यह कथन है–
(A) एडवर्ड टॉयलर का (B) लिण्टन का
(C) लेवी का (D) हॉबेल का

74. "धर्म अलौकिक शक्ति में विश्वास पर आधारित है, जिसमें आत्मवाद और मानववाद दोनों सम्मिलित हैं." यह कथन है–
(A) हॉबेल का (B) लेवी का
(C) लिण्टन का (D) एडवर्ड हायलर का

75. "धर्म क्रिया की एक विधि है और साथ ही विश्वासों की एक व्यवस्था भी. धर्म एक समाजशास्त्रीय घटना के साथ-साथ एक व्यक्तिगत अनुभव भी है." यह कथन है–

(A) हॉबेल का (B) लिण्टन का
(C) मैलिनोवस्की का (D) लेवी का

76. "प्रत्येक उस मनोवृत्ति को धर्म कहेंगे जो इस विश्वास पर आधारित है कि अलौकिक शक्तियों का अस्तित्व है तथा उनसे सम्बन्ध स्थापित करना न केवल एक महत्वपूर्ण है वरन् सम्भव भी है" यह कथन है–

(A) लिण्टन का (B) पी. हॉनिगशीम का
(C) मार्क्स का (D) गांधी का

77. निम्नलिखित में से कौनसा एक कथन सत्य है?

(A) सामाजिक स्तरीकरण का अर्थ वही है जो सामाजिक विभेदीकरण का
(B) सामाजिक स्तरीकरण एक विशेष प्रकार का श्रेणी अनुक्रम है
(C) लिंग असमानता सामाजिक स्तरीकरण का एक स्वरूप है
(D) सामाजिक असमानता का अस्तित्व सामाजिक स्तर के बिना मुमकिन है

78. एक दलित जाति का व्यक्ति मांसाहारी भोजन खाना छोड़ देता है और आनुष्ठानिक-उपासना को अपनाता है. निम्नलिखित में से कौनसा एक इस व्यवहार को सर्वोत्तम रूप में वर्णित करता है?

(A) संस्कृतिकरण (B) परसंस्कृतिग्रहण
(C) संस्कृतिग्रहण (D) समाजीकरण

79. 'प्रदूषण के लिए सम्मान' की अवधारणा का प्रवर्तक है–

(A) एल. डूमां (B) मिल्टन सिंगर
(C) एस. सी. दूबे (D) इ. बी. हार्पर

80. निम्नलिखित में से किस एक के लिए यह विश्वास किया गया है कि वह जाति ऊर्ध्वाधर इकाई को निरूपित करता है?

(A) वर्ण-व्यवस्था (B) जजमानी-व्यवस्था
(C) संस्कृतिकरण (D) अन्तर्विवाह

81. निम्नलिखित युग्मों में से कौन-कौनसे सही सुमेलित हैं?

1. संस्कृतिकरण – एम. एन. श्रीनिवास
2. लघु एवं वृहत् परम्परा – मैकिम मैरियट
3. ब्राह्मणीकरण – अयप्पन
4. संकीर्णीकरण – एफ. जी. बैले

नीचे दिए गए कूट का प्रयोग कर सही उत्तर चुनिए–

कूट :

(A) 2,3 और 4 (B) 1, 3 और 4
(C) 1, 2 और 4 (D) 1, 2 और 3

82. सूची-I को सूची-II से सुमेलित कीजिए तथा सूचियों के नीचे दिए हुए कूट से सही उत्तर का चयन कीजिए–

सूची-I

(a) पश्चिमीकरण तथा संस्कृतिकरण
(b) सार्वभौमीकरण तथा संकीर्णताकरण
(c) वृहत् परम्परा तथा लघु परम्परा
(d) सार्वभौमिकवाद तथा विशिष्टवाद

सूची-II

1. मैकिम मैरियट 2. रॉबर्ट रेडफील्ड
3. एम. एन. श्रीनिवास 4. टाल्कॉट पारसन्स
5. आर. के. मर्टन

कूट :

	(a)	(b)	(c)	(d)
(A)	2	1	4	3
(B)	3	1	2	4
(C)	3	4	2	1
(D)	5	3	1	4

83. "जाति-च्युत, जाति अवस्था का उपोत्पाद है ...... जाति व्यवस्था का उन्मूलन करने के सिवाय अन्य किसी तरह जाति-च्युत को मुक्ति नहीं दिलाई जा सकती है." यह कथन किसका माना जाता है?

(A) जवाहरलाल नेहरू (B) महात्मा गांधी
(C) कामराज (D) अम्बेडकर

84. 'प्रस्थिति समूह' शब्द गढ़ा था–

(A) रॉबर्ट मर्टन ने (B) मैक्स वेबर ने
(C) टॉल्काट पारसन्स ने (D) राल्फ लिन्टन ने

85. जाति स्तरीकरण की व्यवस्था किस पर आधारित है?

(A) पुनर्जन्म (B) चातुर्वर्ण
(C) वर्णाश्रम व्यवस्था (D) गोत्र

86. किसके अनुसार जाति प्रथा ने भारत को बर्बरता की ओर जाने से रोका था?

(A) मैण्डलबाम (B) दुबे
(C) अबे डूबोइस (D) ड्यूमा

87. वर्ग स्तरीकरण में अयथार्थ चेतना अप्रकार्यात्मक होती है, क्योंकि यह अभिज्ञता में बाधा डालती है–

(A) व्यवस्था में उनकी भूमिका के विषय में
(B) उनकी माँगों के विषय में

(C) उनकी वास्तविक प्रस्थिति के विषय में

(D) उनके स्वयं के विषय में

88. डेविस एवं मूरे ने किस शीर्षक के अन्तर्गत सामाजिक स्तरीकरण के क्षेत्र में ज्वलन्त और निरन्तर प्रेरकवाद-विवाद किया?

(A) स्तरीकरण का प्रकार्यात्मक विश्लेषण

(B) स्तरीकरण के कुछ सिद्धान्त : एक आलोचनात्मक विश्लेषण

(C) स्तरीकरण के कुछ सिद्धान्त

(D) स्तरीकरण का द्वन्द्वात्मक विश्लेषण

89. अपने विचारों को आदर्श सिद्धान्तों पर आधारित करके लीच एवं बैले जैसे पर्यवेक्षकों ने यह निष्कर्ष निकाला है कि भारत में जाति प्रथा मुख्य रूप से–

(A) एक गैर-प्रतियोगी व्यवस्था है

(B) एक प्रतियोगी व्यवस्था है

(C) प्रतियोगी एवं गैर-प्रतियोगी दोनों व्यवस्था है

(D) न तो प्रतियोगी और न ही गैर-प्रतियोगी व्यवस्था है

90. निम्नलिखित में से कौन, सामाजिक स्तरीकरण को प्रकार्यात्मक आवश्यकता मानते थे?

(A) वेबर और डेह्रेनडॉर्फ

(B) वेन्डिक्स और लिप्सेट

(C) मार्क्स और ट्यूमिन

(D) पारसन्स और मूर

91. जैविकीय रूप में भिन्न समूह जो सामान्य तथा विशिष्ट आनुवंशिकता को निरूपित करता है, कहलाता है–

(A) जाति (B) सम्पदा

(C) नृजातीय समूह (D) प्रजाति

92. कौन स्तरण को समाकलनात्मक सिद्धान्त के रूप में देखता है?

(A) मैक्स वेबर (B) रैल्फ डैह्रेनडॉर्फ

(C) टालकॉट पारसन्स (D) सी. राईट मिल्स

93. सूची-I को सूची-II से सुमेलित कीजिए तथा सूचियों के नीचे दिए गए कूट का प्रयोग करते हुए सही उत्तर चुनिए–

सूची-I (अनुसन्धानकर्ता)

(a) एम. एन. श्रीनिवास (b) ए. बेते

(c) एस. सी. दुबे (d) मैकियम मैरियट

सूची-II (किसी गाँव का अध्ययन किया)

1. शमीरपेट 2. रामपुरम्

3. किशनगढ़ी 4. श्रीपुरम्

कूट :

	(a)	(b)	(c)	(d)
(A)	2	4	1	3
(B)	4	2	1	3
(C)	2	4	3	1
(D)	4	2	3	1

94. सामाजिक स्तरीकरण का अध्ययन है–

1. सामाजिक समस्याओं का अध्ययन
2. सामाजिक विभेदों का अध्ययन
3. सामाजिक असमानताओं का अध्ययन
4. सामाजिक विघटन का अध्ययन

नीचे दिए कूट का प्रयोग करते हुए सही उत्तर चुनिए–

(A) 1 और 2 (B) 1 और 3

(C) 1 और 4 (D) 2 और 3

95. निम्नलिखित कथनों पर विचार कीजिए–

जाति विशेष की प्रधानता होती है जब वह जाति–

1. संख्या प्रचुर हो.
2. आनुष्ठानिक शुचितापूर्ण हो.
3. राजनीतिक रूप से शक्तिशाली हो.
4. ग्राम की अधिकांश भूमि का स्वामी हो.

इन कथनों में से कौनसे सही हैं?

(A) 1 और 4 (B) 1 और 2

(C) 1, 2 और 3 (D) 1, 2, 3 और 4

96. यह किसने बताया कि प्रभावशाली भूमिका निर्वाह और भूमिका आवंटन को सुनिश्चित करने के लिए सामाजिक संस्तरण की आवश्यकता होती है?

(A) मूर और पारसन्स (B) डेविस और पारसन्स

(C) पारसन्स और वेबर (D) डेविस और मूर

97. निम्नलिखित में से कौनसा विभेदीकरण का बोध कराता है न कि संस्तरीकरण का?

(A) वर्ग

(B) महिला पुरुष सामाजिक भेदभाव

(C) जाति

(D) लिंग

98. निम्नलिखित कथनों पर विचार कीजिए–

संस्तरण के प्रकार्यात्मक सिद्धान्त के अनुसार–

1. सामाजिक संस्तरण एक आवश्यकता है.
2. सामाजिक पदों की लम्बी-चौड़ी विभिन्नताओं को भरने हेतु हर समाज को व्यक्तिगत सदस्यों में से चुनाव करना पड़ता है.
3. हर पद के लिए सर्वश्रेष्ठ प्रतिभाशाली व्यक्तियों को आकर्षित करने हेतु समाज अलग-अलग प्रतिफल की प्रणाली स्थापित करता है.

इन कथनों में से सही हैं?

(A) 2 और 3 (B) 1 और 3

(C) 1, 2 और 3 (D) 1 और 2

99. अध्यापन और प्रवचन, प्रशासन और सुरक्षा, कृषि और वाणिज्य तथा सेवाएँ और शारीरिक श्रम जैसे वर्ण-व्यवस्था के चार प्रकार्यात्मक समूह किस आवश्यकता के परिणाम हैं?

(A) सामाजिक जीवन-शैली के आधार पर विभाजन के

(B) महिला-पुरुष में सामाजिक भेदभाव के आधार पर विभाजन के

(C) सामाजिक श्रेणियों के आधार पर विभाजन के

(D) श्रम के आधार पर विभाजन के

100. प्रस्थिति समूहों को किसके अनुसार स्तरीकृत नहीं किया जाता?

(A) आवास के प्रकार

(B) आहार सम्बन्धी आदतें

(C) मनोरंजनात्मक क्रियाएं

(D) सम्पत्ति का अर्जन

101. सामाजिक स्तरीकरण का प्रकार्यात्मक सिद्धान्त किसकी कृति में प्रतिपादित किया गया है?

(A) डेविस तथा ब्लैक (B) डेविस तथा मूर

(C) पार्सन्स तथा बेल्स (D) मार्क्स तथा वेबर

102. नीचे दो वक्तव्य दिए गए हैं, जिनमें से एक को कथन (A) तथा दूसरे को कारण (R) कहा गया है–

कथन (A) : सामाजिक स्तरीकरण सामाजिक व्यवस्था के लिए प्रकार्यात्मक है.

कारण (R) : सामाजिक स्तरीकरण व्यक्तियों को विशेषाधिकार तथा उत्तरदायित्व सौंपता है.

उपर्युक्त दोनों वक्तव्यों के सन्दर्भ में निम्नलिखित में से कौनसा कथन सही है?

(A) (A) और (R) दोनों सही हैं तथा (R), (A) का सही स्पष्टीकरण करता है

(B) (A) और (R) दोनों सही हैं, परन्तु (R), (A) का सही स्पष्टीकरण नहीं है

(C) (A) सही है, परन्तु (R) गलत है

(D) (A) गलत है, परन्तु (R) सही है

103. वर्णों के सम्बन्ध में सेनार्ट ने अपने शास्त्रीय अध्ययन में जो विवेचन किया है वह मूलतः कुछ दशाओं में सामन्ती व्यवस्था से मिलती-जुलती है.

निम्नलिखित विशेषताओं में उसने किन पर बल दिया है?

1. ऊर्ध्वगामी गतिशीलता की सम्भावनाएं विद्यमान थीं.
2. वे वस्तु विनिमय के उपकरण थे.
3. समूहों का सोपानिक क्रम था.
4. समूहों में सुनिश्चित पृथक्करण विद्यमान था.
5. उनकी प्रस्थिति सम्मिश्र अधिकारों तथा कर्तव्यों पर आधारित थी.

निम्नलिखित कूट से सही उत्तर का चयन कीजिए–

(A) 2, 3 और 5 (B) 1, 3 और 5

(C) 1, 2 और 4 (D) 3, 4 और 5

उपर्युक्त दोनों वक्तव्यों के सन्दर्भ में निम्नलिखित में से कौनसा कथन सही है?

(A) (A) और (R) दोनों सही हैं तथा (R), (A) का सही स्पष्टीकरण करता है

(B) (A) और (R) दोनों सही हैं, परन्तु (R), (A) का सही स्पष्टीकरण नहीं है

(C) (A) सही है, परन्तु (R) गलत है

(D) (A) गलत है, परन्तु (R) सही है

104. **कथन (A) :** एक जाति व्यवस्था में, जिसमें समायोजन एक लम्बी अवधि तक कायम रहता है, स्तरित समूहों के सदस्यों की मनोवृत्तियाँ व्यवस्था से अनुकूलन कर लेती हैं.

कारण (R) : समायोजन शुद्ध रूप से एक बाह्य-सम्बन्ध से अधिक है और व्यक्तियों की सामाजिक मनोवृत्तियों को स्वरूप देने में एक अनुकूलन की शक्ति बन गया है.

105. **कथन (A) :** नार्डिक प्रजाति उच्च है और उच्च संस्कृति का सृजन करती है.

कारण (R) : एक उच्च प्रजाति संस्कृति का सृजन नहीं करती है.

106. **कथन (A) :** इरावती कर्वे के विचार में, जाति एक विस्तारित बन्धु-समूह है.

कारण (R) : एक जाति के सभी सदस्य विश्वास करते हैं कि वे एक समान पूर्वज के वंशज हैं.

107. निम्नलिखित में से किसने जादू को एक 'मिथ्या-विज्ञान' के रूप में माना है?

(A) टायलर (B) फ्रेजर

(C) मॉर्गन (D) मैलिनोवस्की

108. वर्ग और प्रस्थिति (स्टेटस) में मुख्य अन्तर यह है कि–

(A) वर्ग आर्थिक समूह को निर्दिष्ट करता है और प्रस्थिति परिवार की आनुवांशिक अधिश्रेणिकता को

(B) वर्ग उत्पादन के साधनों के स्वामित्व से सम्बद्ध है और प्रस्थिति जीवनशैलियों से

(C) वर्ग व्यक्तिगत शक्ति को निर्दिष्ट करता है और प्रस्थिति व्यक्ति द्वारा उपयोग किए जाने वाले विशेषाधिकारों को

(D) वर्ग राजनीतिक शक्ति के अधिग्रहण को निर्दिष्ट करता है और प्रस्थिति सामाजिक शक्ति के अर्जित करने को

109. आनुष्ठानिक अशौच के मुख्य स्रोत हैं–

(A) जन्म

(B) शारीरिक उत्सर्जन

(C) मृत्यु

(D) जन्म, शारीरिक उत्सर्जन तथा मृत्यु

110. एस. सी. दुबे द्वारा वर्णित आनुष्ठानिक पवित्रता के दो चरण हैं–

(A) शारीरिक स्वच्छता एवं सामाजिक दूरी

(B) दीर्घ प्रक्षाला क्रियाविधि एवं दीक्षा संस्कार

(C) एकान्तवास एवं पृथग्वास

(D) औपचारिक पूजा एवं कर्मकाण्ड

111. निम्नलिखित में से कौनसे कथन वर्ग व्यवस्था के सम्बन्ध में सही हैं?

1. एक वर्ग व्यवस्था को एक 'बन्द' व्यवस्था माना जा सकता है.
2. एक वर्ग व्यवस्था को एक 'मुक्त' व्यवस्था माना जा सकता है.
3. एक वर्ग व्यवस्था में व्यक्ति सामाजिक स्तरीकरण में ऊपर-नीचे नहीं जा सकता.
4. एक वर्ग व्यवस्था को सामान्यतः सामाजिक गतिशीलता से पहचाना जाता है.

निम्नलिखित कूट की सहायता से सही उत्तर का चयन कीजिए.

(A) 1 तथा 3 (B) 2 तथा 3

(C) 1 तथा 4 (D) 2 तथा 4

112. निम्नलिखित युग्मों में से कौनसा एक सही सुमेलित नहीं है?

(A) कैथलीन गफ — तंजौर

(B) एफ. जी. बैले — बिस्सीपाड़ा

(C) एस. सी. दुबे — श्रीपुरम

(D) एम. एन. श्रीनिवास — रामपुर

113. जाति संस्तरण में 'सोपानतन्त्र' की संकल्पना दी थी–

(A) टी. एन. मदान ने

(B) गोपाल शरण ने

(C) डी. एफ. पोकोक ने

(D) एल. ड्यूमा ने

114. आदिम धर्म के बारे में सर्वप्रथम सिद्धान्त किसने प्रस्तुत किया ?

(A) टॉयलर (B) लिण्टन

(C) लेवी (D) दुर्खीम

115. 'Elementary forms of Religious Life' किसकी रचना है ?

(A) लेवी (B) दुर्खीम

(C) लिण्टन (D) लेवियर

116. किसने आदिम मानव में दो प्रकार की आत्माओं—मुक्त आत्मा (Free Soul) तथा शरीर आत्मा (Body Soul) की कल्पना की है ?

(A) टॉयलर (B) बोहनल

(C) पिडिंगटन (D) जॉनसन

117. धर्म की उत्पत्ति के प्रकृतिवादी सिद्धान्त के समर्थक हैं—

(A) मैरेट (B) ब्रिफाल्ट

(C) मैक्समुलर (D) कॉडरिंगप्न

118. "टोटमवाद ही समस्त धर्मों का प्रारम्भिक स्तर रहा है." यह मत है—

(A) दुर्खीम का (B) फ्रायड का

(C) होपी का (D) स्पेन्सर का

119. "जादू विशुद्ध व्यवहारिक क्रियाओं का एक योग है, जिसे उद्देश्यों की पूर्ति के साधन के रूप में किया जाता है." यह कथन है—

(A) मैलिनोवस्की का (B) फ्रेजर का

(C) लिण्टन का (D) लेवी का

120. डॉ. दुबे ने जादुई क्रिया के कितने तत्व बतलाए हैं ?

(A) दो (B) तीन

(C) चार (D) पाँच

121. मैलिनोवस्की ने जादुई क्रिया के कितने तत्वों की चर्चा की है ?

(A) दो (B) तीन

(C) चार (D) पाँच

122. निम्नलिखित कथनों पर विचार कीजिए–

सामाजिक स्तरीकरण–

1. समाज का अधिश्रेणिक विभाजन है.
2. लोगों की सांस्कृतिक पृष्ठभूमि पर आधारित है.
3. समाज की समूहों में विभाजन की संविदात्मक व्यवस्था है.

उपर्युक्त में से कौनसा/कौनसे कथन सही है/हैं?

(A) 1 और 2 (B) 2 और 3

(C) केवल 1 (D) केवल 3

123. निम्नलिखित समाजशास्त्रियों पर विचार कीजिए–
1. पियरे वान डेरबर्ग
2. किंग्सले डेविस
3. मेल्विन ट्यूमिन
4. गेहार्ड लॉस्की

इनमें से किन समाजशास्त्रियों ने सामाजिक स्तरीकरण के मार्क्सवादी और प्रकार्यवादी सिद्धान्तों के मध्य समाधान का प्रयास किया?
(A) 1 और 2 (B) 2 और 3
(C) 1 और 4 (D) 3 और 4

124. निम्नलिखित कथनों पर विचार कीजिए–
1. भाषा पृथक्कीकरण के जैव-सामाजिक रूप का आधार है.
2. आयु पृथक्कीकरण के सामाजिक-सांस्कृतिक रूप का आधार है.
3. लिंग पृथक्कीकरण के जैव-सामाजिक रूप का आधार है.
4. धर्म पृथक्कीकरण के सामाजिक-सांस्कृतिक रूप का आधार है.

(A) 1, 2 और 3 (B) 1 और 3
(C) 2, 3 और 4 (D) 1, 2 और 4

125. पुस्तक 'ह्वाइट कॉलर : अमरीकन मिडिल क्लासेज' का लेखक कौन है?
(A) जॉन एच. गोल्डथॉर्प (B) विलियम फूट ह्वाइट
(C) बारबरा ऊटेन (D) सी. राइट मिल्स

126. निम्नलिखित में से कौनसा सिद्धान्त इस दृष्टिकोण का समर्थन करता है कि असमानता न केवल विशेषक्षेत्री होती है, बल्कि जरूरी भी?
(A) संघर्ष (B) प्रकार्यवादी
(C) भारतीय विद्या (D) संरचनावादी

127. निम्नलिखित में से कौन एक जातियों के बीच संरचनात्मक दूरी बनाए रखने में सहायता करता है?
(A) आर्थिक प्रस्थिति (B) राजनीतिक शक्ति
(C) भू-स्वामित्व (D) शुचिता और प्रदूषण

128. निम्नलिखित लक्षणों पर विचार कीजिए–
1. संख्या बल 2. आर्थिक प्रस्थिति
3. राजनीतिक शक्ति 4. विधिक प्रस्थिति
5. विधिक सिद्धान्त

इनमें से कौन प्रबल जाति का/के लक्षण नहीं है/हैं?
(A) 2 और 5 (B) केवल 1
(C) केवल 5 (D) 3, 4 और 5

129. आधुनिक समाज में यदि एक किसान का पुत्र एक शहर में कुशल कारखाना श्रमिक हो जाता है, तो यह उदाहरण है–
(A) क्षैतिज गतिशीलता का
(B) ऊर्ध्वमुखी गतिशीलता का
(C) अधोमुखी गतिशीलता का
(D) भौगोलिक गतिशीलता का

130. निम्नलिखित जाति समूहों पर विचार कीजिए–
(A) पंजाब के जाट सिख
(B) तमिलनाडु के नाडार
(C) उत्तर प्रदेश के जाटव
(D) कर्नाटक के वोक्कलिंग

131. "सामाजिक स्तरीकरण समाज का उन स्थायी समूहों अथवा श्रेणियों में विभाजन है जोकि आपस में श्रेष्ठता एवं अधीनता के सम्बन्धों द्वारा सम्बद्ध होते हैं".
यह कथन है—
(A) रेमण्ड मूरे का
(B) जिसबर्ट का
(C) टालकॉट पारसन्स का
(D) उपर्युक्त में से किसी का नहीं

132. "स्तरीकरण उच्चतर एवं निम्नतर सामाजिक इकाइयों में समाज का क्षैतिज विभाजन है." यह कथन किसका है ?
(A) टालकॉट पारसन्स (B) मर्टन
(C) रेमण्ड मूरे (D) जिसबर्ट

133. "किसी समाज व्यवस्था में व्यक्तियों का ऊँचे और नीचे क्रम विन्यास में विभाजन ही स्तरीकरण है." यह कथन किस विद्वान् का है ?
(A) टालकॉट पारसन्स (B) मर्टन
(C) कार्ल मार्क्स (D) वेबर

134. वह प्रक्रिया जिसके द्वारा व्यक्तियों और समूहों को कुछ मूर्त आधारों पर विभाजित किया जाता है, उसे कहा जाता है—
(A) स्तरीकरण (B) जाति
(C) वर्ग (D) विभेदीकरण

135. "समाज सामाजिक प्रस्थितियों का जाल है." यह कथन किसका है ?
(A) बीरस्टीड
(B) मैकाइवर एवं पेज
(C) लेपियर
(D) लिण्टन

136. किसने कहा कि "प्रस्थिति की सबसे सरल परिभाषा यह है कि समूह में व्यक्ति के पद का प्रतिनिधित्व करती है ?"
(A) लेपियर
(B) बीरस्टीड
(C) ऑगबर्न एवं निमकॉफ
(D) लिण्टन

137. "प्रस्थिति वह सामाजिक पद है जो व्यक्तिगत गुण तथा सामाजिक सेवा से पृथक् व्यक्ति के आदर, प्रतिष्ठा तथा प्रभाव की मात्रा का निर्धारण करती है." यह कथन है—
(A) मैकाइवर एवं पेज का (B) लिण्टन का
(C) लेपियर का (D) मार्क्स का

138. निम्नलिखित में से किन अवधारणाओं के अन्तर्गत मेरियट ने रचनान्तरण की व्याख्या धर्मग्रन्थीय रोस्टर से ईश्वर को एक विशिष्ट स्थान के वास्तविक तथा स्थानीय प्रवृत्तियों द्वारा की है?
(A) सार्वभौमीकरण तथा संकुचितीकरण
(B) सामान्यीकरण तथा सार्वभौमीकरण
(C) संकुचितीकरण तथा विशिष्टीकरण
(D) विशिष्टीकरण तथा बहुलवाद

139. संस्कृतिकरण का व्यापक अर्थ है–
(A) क्षैतिज गतिशीलता
(B) सांस्कृतिक ऊर्ध्वगामी गतिशीलता
(C) संरचनात्मक गतिशीलता
(D) स्थानीयकरण

140. स्तरीकरण व्यवस्था सामान्य मूल्यों से व्युत्पन्न होती है, निम्नलिखित में से किसने कहा है?
(A) किंग्सले डेविस (B) टाल्कॉट पारसन्स
(C) मेलविन एम. टुमिन (D) माइकल यंग

141. नीचे दो वक्तव्य दिए गए हैं, जिनमें से एक को कथन (A) तथा दूसरे को कारण (R) कहा गया है–

कथन (A) : वर्तमान समय में सार्वजनिक जीवन में जाति सम्बन्धी भेदभाव नहीं बरते जाते हैं.

कारण (R) : स्पृश्य जातियों ने जातिगत भेदभाव बरतना बन्द कर दिया है.

उपर्युक्त दोनों वक्तव्यों के सन्दर्भ में निम्नलिखित में से कौनसा कथन सही है?
(A) (A) और (R) दोनों सही हैं तथा (R), (A) की सही व्याख्या है
(B) (A) और (R) दोनों सही हैं, परन्तु (R), (A) की सही व्याख्या नहीं है
(C) (A) सही है, परन्तु (R) गलत है
(D) (A) गलत है, परन्तु (R) सही है

142. निम्नलिखित में से एक जाति की विशेषताएँ कौनसी हैं?
1. अन्तर्विवाही 2. बहिर्विवाही
3. आनुष्ठानिक प्रस्थिति 4. संस्कृति
निम्नलिखित कूट से सही उत्तर का चयन कीजिए–
(A) 1, 2 तथा 3 (B) 1, 3 तथा 4
(C) 2, 3 तथा 4 (D) 1, 2 तथा 4

143. डॉ. घुरिये ने जाति की कितनी विशेषताओं का उल्लेख किया है ?
(A) 4 (B) 6
(C) 8 (D) 10

144. "व्यवसाय और केवल व्यवसाय ही जाति-प्रथा की उत्पत्ति के लिए उत्तरदायी है." यह मत है—
(A) नेसफील्ड का (B) मदान का
(C) मजूमदार का (D) रिजले का

145. 'प्रभु जाति की अवधारणा' किस समाजशास्त्री ने दी ?
(A) एम.एन. श्रीनिवास (B) रिजले
(C) मदान (D) लेवी

146. भारत में जजमानी प्रथा का उल्लेख सर्वप्रथम किसने किया ?
(A) ऑस्कर लेविस (B) लेवी
(C) विलियम वाइजर (D) रिजले

147. 'Who is Sudra' के लेखक कौन हैं ?
(A) महात्मा गांधी
(B) बी.आर. अम्बेडकर
(C) एम.एन. राय
(D) उपर्युक्त में से कोई नहीं

148. "किसी सामाजिक संरचना में व्यक्ति अथवा समूह के संस्थागत पदों की सम्पूर्णता का नाम ही प्रस्थिति है." यह कथन किसका है ?
(A) जॉन लेवी (B) बीरस्टीड
(C) लेपियर (D) लिण्टन

149. "सामाजिक प्रस्थिति सामान्यतः उस पद के रूप में समझी जाती है जो एक व्यक्ति समाज में प्राप्त किए होता है." यह कथन है—
(A) लेपियर का
(B) लिण्टन का
(C) जॉन लेवी का
(D) इनमें से किसी का नहीं

150. "प्रस्थिति व्यक्ति का वह पद है जिसे व्यक्ति किसी समूह में लिंग, आयु, परिवार, वर्ग, व्यवसाय, विवाह अथवा प्रयत्नों आदि के कारण प्राप्त करता है." यह कथन किसका है ?

(A) लेपियर (B) लेवी

(C) लिण्टन (D) इलियट एवं मैरिल

151. "सामाजिक पद जिसे व्यक्ति अपनी इच्छा एवं प्रतिस्पर्द्धा के द्वारा प्राप्त करता है, अर्जित-प्रस्थिति के नाम से जाना जाता है." यह कथन है—

(A) मैकाइवर एवं पेज का

(B) डेविस का

(C) हार्टन एवं हण्ट का

(D) इनमें से किसी का नहीं

152. वर्ग भेद को लक्षणित करने वाला मूल अन्तर निम्नलिखित के बीच के भेद को निर्दिष्ट करता है–

(A) किरायाजीवी तथा उद्यमी

(B) श्रमजीवी तथा व्यवसायी

(C) प्रवरजन तथा जनसाधारण

(D) सम्पत्तियुक्त तथा सम्पत्तिहीन

153. सम्पदा व्यवस्था में जो असमानता है उसका मुख्य आधार है–

(A) सम्पत्ति (B) व्यवसाय

(C) कानूनी अधिकारी (D) शिक्षा

154. निम्नलिखित में से कौन एक पंथ का उदाहरण नहीं है?

(A) कैल्विनवाद (B) राधास्वामी

(C) आर्य समान (D) बौद्ध धर्म

155. नीचे दो वक्तव्य दिये गए हैं, जिनमें से एक को कथन (A) तथा दूसरे को कारण (R) कहा गया है–

कथन (A) : लोग किसी पंथ में शामिल नहीं होते हैं, वरन् व्यवहार के विशिष्ट सिद्धान्तों या निर्धारित विधियों का अनुसरण करते हैं.

कारण (R) : सदस्यों को आमतौर पर अनुमति है कि वे अन्य धार्मिक सम्बन्ध बनाए रखें.

उपर्युक्त दोनों वक्तव्यों के सन्दर्भ में निम्नलिखित में से कौनसा कथन सही है?

(A) (A) और (R) दोनों सही हैं तथा (R), (A) की सही व्याख्या है

(B) (A) और (R) दोनों सही हैं, परन्तु (R), (A) की सही व्याख्या नहीं है

(C) (A) सही है, परन्तु (R) गलत है

(D) (A) गलत है, परन्तु (R) सही है

156. जजमानी व्यवस्था संस्था उपलक्षित करती है–

1. जातियों की कार्यमूलक अन्योन्याश्रितता को.
2. अन्यत्रवासी भू-स्वामित्व को.
3. सामाजिक परस्परता के सिद्धान्त को.
4. संरचनात्मक गतिशीलता को

नीचे दिए गए कूट का प्रयोग करते हुए सही उत्तर चुनिए–

(A) 1 और 2 (B) 1 और 3

(C) 1 और 4 (D) 2 और 3

157. सूची-I को सूची-II से सुमेलित कीजिए तथा सूचियों के नीचे दिए गए कूट का प्रयोग करते हुए सही उत्तर चुनिए–

सूची-I (सामाजिक नृविज्ञानी)

(a) आई. ए. शपेरा (b) मेयर फोरटेस

(c) एस. एफ. नांडेल (d) हिल्डा कुपेर

सूची-II (क्षेत्रीय अध्ययन)

1. विचुवाना 2. तेलेन्सी

3. नाइजीरिया के न्यूप 4. स्वाजी

5. सूडान के न्यूर

कूट :

	(a)	(b)	(c)	(d)
(A)	1	2	3	4
(B)	1	5	2	3
(C)	5	3	1	4
(D)	5	2	3	1

158. मार्क्स के सिद्धान्त में वर्ग-चेतना का केन्द्रीय तत्व क्या है?

(A) वर्ग और संस्कृति

(B) वर्ग और श्रेणीकरण

(C) अपने आप में वर्ग

(D) अपने आप के लिए वर्ग

159. सूची-I (जाति की व्याख्या) को सूची-II (विद्वानों) के साथ सुमेलित कीजिए और सूचियों के नीचे दिए गए कूट का प्रयोग कर सही उत्तर चुनिए–

सूची-I (जाति की व्याख्या)

(a) जाति एक बन्द व्यवस्था है

(b) बन्द अवयवी स्तरीकरण

(c) पूर्णतः कठोर वर्ग का चरम रूप जाति का प्रकार है

(d) स्तरण की बजाय पदक्रम की अभिव्यक्ति को जाति कहते हैं

सूची-II (विद्वान्)

1. लुई ड्यूमो 2. गुन्नार मिर्डल

3. फ्रेडरिक बेली 4. मैक्स वेबर

कूट :

	(a)	(b)	(c)	(d)
(A)	1	2	3	4
(B)	4	3	2	1
(C)	1	3	2	4
(D)	4	2	3	1

160. सूची-I को सूची-II के साथ सुमेलित कीजिए और सूचियों के नीचे दिए गए कूट का प्रयोग कर सही उत्तर चुनिए–

सूची-I

(a) शुचिता और प्रदूषण में विरोध

(b) प्रधान जाति

(c) जनजाति-जाति-कृषक निरन्तरता

(d) जाति का गुणात्मक और अन्तःक्रियात्मक विश्लेषण

सूची-II

1. सुरजीत सिन्हा
2. लुई ड्यूमो
3. मैकिम मेरियट
4. एम. एन. श्रीनिवास

कूट :

	(a)	(b)	(c)	(d)
(A)	1	4	2	3
(B)	2	3	1	4
(C)	1	3	2	4
(D)	2	4	1	3

161. निम्नलिखित में से कौनसा जाति का मानक नहीं है?

(A) वंशानुगत व्यवसाय (B) अन्तर्विवाह

(C) बहिर्विवाह (D) पदक्रम

162. सामाजिक स्तर की पहचान के लिए निम्नलिखित में से किसे प्रयुक्त नहीं किया जाता है?

(A) व्यवसाय (B) आय

(C) बुद्धि (D) शिक्षा

163. सामाजिक स्तरीकरण की अवधारणा की परिभाषा निम्नलिखित में से कौनसा सही रूप से करता है?

(A) भौतिक अथवा प्रतीकात्मक पुरस्कारों तक पहुँच के सन्दर्भ में समूहों के मध्य संरचित असमानताएँ

(B) विभिन्न नृजाति समूहों के मध्य सांस्कृतिक असमानताएँ

(C) बुद्धि के सन्दर्भ में व्यक्तियों के मध्य असमानताएँ

(D) सापेक्ष वंचन की जागरूकता

164. निम्नलिखित में से कौनसा कथन जाति व्यवस्था में सामाजिक गतिशीलता को सबसे अच्छे ढंग से परिभाषित करता है?

(A) जाति व्यवस्था में गतिशीलता सम्भव नहीं है

(B) धन संग्रह करके एवं प्रतिष्ठा प्राप्ति के पश्चात् एक व्यक्ति के लिए जाति परिवर्तन करना सम्भव है

(C) जाति समूहों के लिए जाति पदसोपानक्रम में उदग्र गतिशीलता सम्भव है

(D) स्त्रियाँ सदैव उत्पीड़ित समूह में रहेंगी

165. जाति एक विस्तृत स्वजन समूह है, इस विचार के प्रवर्तक थे–

(A) इरावती कर्वे (B) जी. एस. घुरिये

(C) एच. रिजले (D) जे. एच. हट्टन

166. 'प्रबल जाति' के बारे में निम्नलिखित कथनों में कौन सत्य हैं?

1. एम. एन. श्रीनिवास ने मैसूर के एक गाँव के अपने अध्ययन में एक 'प्रबल जाति' की अवधारणा का प्रथम बार उल्लेख किया.
2. भूमि का स्वामित्व, संख्या की अधिकता तथा राजनीतिक पैबन्द जाति के एक समुदाय में प्रभुता स्थापित करने में मदद करते हैं.
3. प्रबल जाति एक क्षेत्र विशेष में सदैव एक उच्च आनुष्ठानिक प्रस्थिति प्राप्त करती है.
4. प्रबल जाति एक क्षेत्र की अन्य निम्न जातियों के लिए सदैव एक 'सन्दर्भ समूह' के रूप में हो सकती है.

निम्नलिखित कूट से सही उत्तर का चयन कीजिए–

(A) 1 तथा 2 (B) 1, 2 तथा 3

(C) 1, 2 तथा 4 (D) 3 तथा 4

167. "भूमिका किसी भी व्यक्ति का समूह में वह अपेक्षित कार्य या व्यवहार है जो समूह या संस्कृति के द्वारा परिभाषित किया गया है." यह कथन है–

(A) फेयर चाइल्ड का (B) डेविस का

(C) लेवी का (D) फियर का

168. "भूमिका वह ढंग है, जिसके द्वारा व्यक्ति अपनी स्थिति सम्बन्धी आवश्यकताओं की पूर्ति करता है." यह कथन है–

(A) फेयर चाइल्ड का (B) डेविस का

(C) लिण्टन का (D) बीरस्टीड का

169. "एक विशिष्ट सामाजिक पद सम्बन्धित व्यवहार के प्रतिमान को भूमिका के रूप में परिभाषित किया जा सकता है." यह कथन है–

(A) हर्टन एवं हण्ट का

(B) मैकाइवर एवं पेज का

(C) आमण्ड एवं पावेल का

(D) ऑगबर्न एवं निमकॉफ का

170. निम्नलिखित कथनों पर विचार कीजिए–
जजमानी-व्यवस्था की संस्था में निहित है–
1. जातियों की प्रकार्यात्मक अन्तःनिर्भरता.
2. अनुपस्थिति भूस्वामीवाद.
3. गाँव में विभिन्न समूहों की प्रस्थिति में असमानता.
इन कथनों में कौन-कौनसे सही हैं?
(A) 1 और 2 (B) 1 और 3
(C) 2 और 3 (D) 1, 2 और 3

171. पारम्परिक भारतीय समाज में उस व्यवस्था को जिसके आधार पर यह अपेक्षा होती थी कि प्रत्येक जाति समूह अन्य जाति समूहों को कुछ मानवीकृत सेवाएँ प्रदान करेगा, उसे कहते थे–
(A) जमींदारी-व्यवस्था (B) तिनकठिया-व्यवस्था
(C) वर्ण-व्यवस्था (D) जजमानी-व्यवस्था

172. सबसे पहले 'प्रभावी जाति' की अवधारणा विकसित की गई–
(A) एन. के. बोस (B) ए. बेते
(C) एम. एन. श्रीनिवास (D) एस. सी. दूबे

173. सामाजिक स्तरीकरण एक प्रकार्यात्मक जरूरत है, इस पर बल दिया था–
(A) गेरहार्ड लेंस्की ने (B) आर. के मर्टन ने
(C) किंग्सले डेविस ने (D) लुइस कोजर ने

174. निम्नलिखित में से कौन जजमानी व्यवस्था को चरितार्थ करते हैं?
1. जातियों की प्रकार्यात्मक अन्तर्निर्भरता
2. महालवाड़ी व्यवस्था
3. ग्रामीण सामाजिक संरचना
नीचे दिए हुए कूट का प्रयोग कर सही उत्तर चुनिए–
(A) 1 और 2 (B) 2 और 3
(C) 1 और 3 (D) 1, 2 और 3

175. संस्कृतिकरण के विषय में निम्नलिखित कथनों में कौनसा एक सही है?
(A) यह एक संरचनात्मक परिवर्तन की प्रक्रिया है
(B) यह भारत में अंग्रेजी शासन के आगमन के साथ प्रारम्भ हुई
(C) यह सामाजिक परिवर्तन का बहिर्जात स्रोत है
(D) यह एक स्थितिक परिवर्तन की प्रक्रिया है

176. सूची-I (धर्म के उद्‌भव सम्बन्धी सिद्धान्त) को सूची-II (प्रवर्तक) के साथ सुमेलित कीजिए तथा सूचियों के नीचे दिए गए कूट से उत्तर चुनिए–

सूची-I (धर्म के उद्‌भव सम्बन्धी सिद्धान्त)
(a) जीववाद (b) प्रकृतिवाद
(c) प्रकार्यात्मक

सूची-II (प्रवर्तक)
1. मैलिनोवस्की 2. मैक्समूलर
3. टायलर 4. मैरेट

कूट :

	(a)	(b)	(c)
(A)	2	1	3
(B)	3	2	1
(C)	2	4	3
(D)	3	1	4

177. निम्नलिखित में से किसने सामाजिक स्तरण को 'सामाजिक प्रतिष्ठा और भौतिक प्रतिफलों' के असमान विभाजन की तरह देखा है?
(A) मैक्स वेबर
(B) किंग्सले डेविस और विल्बर्ट मूर
(C) कार्ल मार्क्स
(D) मेल्विन ट्यूमिन

178. कार्ल मार्क्स के अनुसार, पूँजीपति वर्ग के लाभ कहाँ से आते हैं?
(A) सम्पत्ति पर पूर्ण नियन्त्रण के द्वारा
(B) कामगारों द्वारा सृजित अतिरिक्त मूल्यों द्वारा
(C) उत्पादन में पूँजी के अधिक निवेश द्वारा
(D) उत्पादन के बढ़े साधनों द्वारा

उत्तर व्याख्या सहित

1. (A)
2. (B) मार्क्स के द्वन्द्वात्मक सिद्धान्त के अनुसार सामाजिक स्तरीकरण का मुख्य आधार–आर्थिक हितों की भिन्नता इनके आधार पर वर्गों की संरचना तथा आर्थिक हितों के परस्पर विरोध के कारण होने वाले वर्ग संघर्ष हैं. इतिहास के सभी कालखण्डों में धनी एवं निर्धन विजेता एवं विजित शासक–शोषित ये दो वर्ग रहे हैं. इनमें से पहला वर्ग बुर्जुआ तथा दूसरे वर्ग को सर्वहारा वर्ग कहते हैं.
3. (D) मैक्स वेबर के अनुसार प्रस्थिति समूह भारत में परम्परात्मक हिन्दू समाज की जाति व्यवस्था में अधिक विकसित रूप से देखा जा सकता है.
4. (A) आन्द्रे बेतई की पुस्तक 'Caste Class and Power' है. जी. एस. घुरिये ने अपनी पुस्तक 'Caste, Class and Occupation' में जाति के निम्न लक्षण बताए हैं–

1. समाज का खण्डनीय बँटवारा.
2. सोपानिकी व्यवस्था.
3. खान-पान व सामाजिक संसर्ग पर प्रतिबन्ध.
4. धन्धे के चयन में स्वतन्त्रता एवं प्रतिबन्ध.
5. विभिन्न जातियों को धार्मिक और दूसरे से सम्बन्धित निर्योग्यता एवं विशेषाधिकार.
6. विवाह पर रोक.

5. (B) विलियम वाइजर की पुस्तक 'The Hindu Jajmani System' में सुनार, लुहार, बुनकर, तेली, मोची, नाई, धोबी, गायक जैसी कारीगर जातियाँ और व्यावसायिक निपुणता वाले दूसरे कई समूह व खेतिहर मजदूरी करने वाले पारम्परिक भूमिहीन अछूत जातियों के लोग सेवक जातियों में आते हैं.

6. (C) सी. एन. चेपेकर – दी पारसीज
एस. सी. दुबे – दी कामार
डी. एन. मजूमदार – दी सन्याल : ए स्टडी इन कल्चरल चेंज
टी. बी. नायक – दी भील्स : ए स्टडी

7. (D) आन्द्रे बेतई की पुस्तक 'Caste Class and Power' है. जी. एस. घुरिये ने अपनी पुस्तक 'Caste, Class and Occupation' में जाति के निम्न लक्षण बताए हैं–
1. समाज का खण्डनीय बँटवारा.
2. सोपानिकी व्यवस्था.
3. खान-पान व सामाजिक संसर्ग पर रोक.
4. धन्धे के चयन में स्वतन्त्रता एवं रोक.
5. विभिन्न जातियों को धार्मिक और दूसरे से सम्बन्धित निर्योग्यता एवं विशेषाधिकार.
6. विवाह पर रोक.

8. (D) रॉल्फ डेहरनडॉर्फ ने अपनी पुस्तक 'Class and Class Conflict in Industrial Society' में संघर्ष सिद्धान्त को समर्थन दिया है. डेहरनडॉर्फ मानते हैं कि प्रत्येक एक सामाजिक व्यवस्था का आधार व्यक्ति का सोपानक्रम (Hierar Chies of Power) होता है. समाज का शक्तिशाली व्यक्ति अपने से कमजोर व्यक्ति को दबाता है. वह व्यक्तियों को सामाजिक नियमों एवं कानूनों में बाँधकर समाज में अनुरूपता एवं एकमतता (Confarmity and Consensus) उत्पन्न करता है, अर्थात् समाज में अनुरूपता एवं एकमतता स्वाभाविक रूप से पैदा नहीं होती, बल्कि उत्पीड़न (Coercion) से उत्पन्न की जाती है.

9. (B) संस्कृतिकरण की प्रक्रिया के बाद एक जाति में आये परिवर्तनों के पश्चात् एक जाति, जातीय संस्तरण में परम्परा से स्थानीय समाज द्वारा सोपान में जो स्थान वे ग्रहण करते हैं. उससे ऊँचे स्थान का दावा करने लगते हैं. साधारणतः एक-दो पीढ़ी के बाद उन्हें समूह स्वीकृति प्राप्त हो जाती है. समूह स्वीकृति ही उन्हें जाति प्रस्थिति में सुधार देती है.

10. (C) सेनार्ट के अनुसार, जाति एक बन्द कॉर्पोरेशन है. यह भयंकर रूप से वंशानुक्रम पर आधारित है. एक जाति का सम्बन्ध व्यवसाय के कारण अन्य जातियों के साथ होता है.

11. (D) जजमानी व्यवस्था विलियम वाइजर की अवधारणा है. उनके अनुसार जजमानी व्यवस्था में माल व सेवाओं के उत्पादन और विनिमय में विभिन्न जातियाँ एक-दूसरे से क्रय-विक्रय करती हैं.

12. (A) भारतीय लोकतन्त्र अपने लोगों को व्यवसाय को चुनने की स्वतन्त्रता को प्रत्याभूत करता है. जिस कारण व्यवसाय के चुनाव में जाति कोई बन्धन नहीं रहा.

13. (C) Homo Hierarchicus —Louisdum out
Caste in Modern India —M. N. Shri Nivas
Caste, Class and Power —Andre Beitelle
Caste in Indian Politics — R. Kothari

14. (C) अधिकांश जटिल समाजों की संस्तरण व्यवस्था में व्यक्तियों की पद-परिस्थितियाँ कई विशेषताओं जैसे– व्यावसायिक प्रतिष्ठा, शिक्षा, आय और कई बार, जाति, प्रजाति, लिंग और आयु पर आधारित होती हैं.

15. (A) प्रबल/प्रभु जाति की अवधारणा का भारतीय समाजशास्त्र में सर्वप्रथम प्रयोग एम. एन. श्रीनिवास ने किया है. इनके अनुसार उस जाति को प्रबल या प्रभु जाति कहा जा सकता है जो किसी गाँव या क्षेत्र विशेष में आर्थिक एवं राजनीतिक दृष्टि से महत्वपूर्ण प्रभाव डालती है. इस जाति का पारम्परिक एवं प्रभानुगत जातीय श्रेणी में सर्वोच्च स्थान होना आवश्यक नहीं है. क्षेत्र विशेष में प्रमुखता प्राप्त करने के लिए किसी जाति के पास पर्याप्त मात्रा में स्थानीय कृषि योग्य भूमि, संख्या बल तथा उस क्षेत्र के सामाजिक अनुक्रम में ऊँचा स्थान होना चाहिए.

16. (C) जजमानी व्यवस्था की विचारधारा विलियम वाइजर ने 'The Hindu Jajmani System' नामक पुस्तक में 1936 में अपने करीमपुर (उत्तर प्रदेश) के अध्ययन के समय स्पष्ट किया. जजमानी प्रथा में माल व सेवाओं के उत्पादन और विनिमय ये विभिन्न जातियाँ लेती-देती हैं.

17. (C) सामाजिक कोशिकत्व की विचारधारा एल. डूमों द्वारा दी गई. डूमों ने जाति प्रथा द्वारा प्रलक्षित हिन्दू

समाज का वैचारिक आधर पवित्रता-अपवित्रता की मान्यता दी है.

18. (B) एम. एन. श्रीनिवास के अनुसार निम्न जाति द्विज जाति के रीति-रिवाज, कर्मकाण्ड, विचारधारा और जीवन-पद्धति को अपनाती है. ऐसे परिवर्तनों के बाद जाति परम्परा से स्थानीय समाज द्वारा जातिगत सोपान में उसे स्थान मिलता है. इससे वह ऊँचे स्थान का दावा करने लगती है, जबकि वास्तव में एक दो पीढ़ी के बाद ही ऐसा सम्भव हो पाता है.

19. (A) एल. डूमों जातिगत स्तरीकरण शुद्धता व अशुद्धता के आधार पर वर्गीकृत करते हैं. लुई डूमों ने भारतीय समाज को एक 'जाति समाज' के रूप में बताया है. पवित्रता-अपवित्रता के द्विचर प्रतिकूलता पर आधारित सोपान की विचारधारा में द्विचर प्रतिकूलता से इनका तात्पर्य है कि जाति व्यवस्था में प्रत्येक वस्तु को पवित्र और अपवित्र के रूप में देखा जा सकता है.

20. (C) मैक्स वेबर के अनुसार सामाजिक हैसियत (Status), दल (Party) एवं आर्थिक कारकों के मध्य में एक अन्तःसम्बन्ध है. ये तीनों मिलकर ही समाज में पाए जाने वाले सामाजिक स्तरण का निर्माण करते हैं.

21. (D) पारसन्स ने स्तरण के लिए छः निर्धारकों की चर्चा की है–
    1. नातेदारी समूह की सदस्यता
    2. व्यक्तिगत विशेषताएँ
    3. उपलब्धियाँ
    4. स्वामित्व
    5. सत्ता
    6. शक्ति

22. (A)
    (a) कास्ट इन मॉर्डन इण्डिया – एम. एन. श्रीनिवास
    (b) कास्ट, क्लास एण्ड पॉवर – ए. बेतेई
    (c) होमो हाईरारकस – एल. ड्यूमा
    (d) कास्ट इन इण्डियन पॉलिटिक्स – आर. कोठारी

23. (A) मार्क्स ने वर्ग के आर्थिक आधार को अपनाते हुए कहते हैं कि–जीविका उपार्जन के विभिन्न साधनों के कारण मनुष्य अलग-अलग वर्गों में बँट जाते हैं.

24. (D) मार्क्स के द्वारा इतिहास के प्रत्येक युग में दो वर्ग रहे हैं. मानव समाज का इतिहास इन दो वर्गों के संघर्ष का इतिहास है. एक वर्ग वह है, जिसका उत्पादन के साधन पर स्वामित्व रहा है वह दूसरा जो श्रम द्वारा जीवनयापन करता है.

25. (C) जाति व्यक्ति की एक प्रदत्त प्रस्थिति है, जबकि वर्ग व्यक्ति की अर्जित प्रस्थिति है.

26. (B) किसी अस्तरीकृत समाज में जहाँ सभी कार्यों के लिए आपेक्षिक रूप से समान प्रतिफलों की व्यवस्था होती है, जिन पदों पर बने रहने के लिए कठोर मेहनत, अधिक कष्ट, दृष्टि के भाव का त्याग और ऐसी इसकी बातें जरूरी होती हैं. उन पर ऐसे लोगों की नियुक्ति नहीं होती, जो उनके लिए सबसे योग्य है.

27. (D) डॉ. घुरिये ने जाति की छः विशेषताओं का वर्णन किया है–
    (i) समाज का खण्डात्मक बँटवारा.
    (ii) संस्तरण.
    (iii) भोजन तथा सामाजिक सहवास पर रोक.
    (iv) नागरिक एवं धार्मिक निर्योग्यताएँ एवं विशेषाधिकार.
    (v) पेशे के अप्रतिबन्धित चुनाव का अभाव.

    इसके अलावा जाति की दूसरी विशेषता जन्मजात, सदस्यता इसका राजनीतिक रूप आदि हैं.

28. (C) आन्द्रे बेते ने अपनी रचना 'इनक्वेलिटी एण्ड सोशल चेन्ज' में स्पष्ट किया है कि वर्ण-व्यवस्था एक व्यवस्था है तथा जाति-व्यवस्था एक वर्णात्मक योजना है.

29. (D) संस्कृति नहीं रहती, बल्कि व्यक्तियों की भौगोलिक व सामाजिक आवश्यकता के अनुसार बदलती है. वह नयी परिस्थितियों के अनुसार अपना अनुकूलन कर लेती है. संस्कृति अनुकूलनशील है. इसका आशय है कि यह विशिष्ट, भौतिक व सामाजिक परिस्थिति में ही अनुकूलन करती है, एक पर्यावरण के लिए जो संस्कृति अनुकूलन-शील होती है, वह आवश्यक नहीं कि अन्य पर्यावरण के लिए भी हो.

30. (A)

31. (A) एम. एन. श्रीनिवास ने संस्कृतिकरण की अवधारणा अपने रामपुर ग्राम के अध्ययन में स्पष्ट किया है–यह एक ऐसी प्रक्रिया है, जिसके अनुसार निम्न हिन्दू जातियों या जनजातीय समूह उच्च या द्विज कही जाने वाली जातियों की दिशा में अपनी प्रथाओं, संस्कारों, विचारों तथा जीवन शैली बदलाव का प्रयत्न करती है.

32. (D) आन्द्रे बेतेई ने अपनी पुस्तक 'क्लास, कास्ट एण्ड पॉवर' में जाति के बारे में स्पष्ट किया–जाति से शक्ति स्वतन्त्र होकर वर्ग के पास चली गई है. भूमि स्वामित्व अब शक्ति अधिग्रहण में एक निर्णायक तत्व नहीं रह पाया है. जाति व्यवस्था में गतिशीलता हमेशा ही एक अत्यन्त धीमी तथा क्रमिक प्रक्रिया रही है.

33. (B) सामाजिक स्तरण के प्रकार्यवादी सिद्धान्त का प्रतिपादन किंग्सले डेविस एवं विल्बर्ट मूर ने अपने लेख 'Some Principles of Stratification' में लिखा है. डेविस मूर के अनुसार स्तरण एक विश्वव्यापी सामाजिक यथार्थ है व दूसरे यह कि स्तरण के आधार सभी समाजों के लिए समान नहीं है.
प्रकार्यवादी सिद्धान्त सामाजिक स्थिरता का समर्थक है. यह समाज की वर्तमान व्यवस्था की सैद्धान्तिक रूप से पुष्टि करता है.

34. (B) विभेदीकरण स्तरण के सन्दर्भ में भूमिकाओं, अधिकारों और जिम्मेदारियों का विभाजन है. समाज में विभिन्न समूहों का कार्य भिन्न-भिन्न होता है.
स्तरीकरण में ऊँच-नीच की भावना होती है, जबकि विभेदीकरण विभाजन की एक प्रक्रिया है.

35. (A) जी. एस. घुरिये के अनुसार जाति साहचर्य में सदस्यता विशुद्ध रूप से प्रदत्त नहीं होती है, क्योंकि जाति में जन्म लेना तो आवश्यक है, लेकिन जाति साहचर्य की सदस्यता के लिए यह पर्याप्त शर्त नहीं है.

36. (C) सम्पदा व्यवस्था जो पूर्व औद्योगिक समाज की देन भी, में अधिकारों एवं कर्तव्यों को कानूनी रूप से परिभाषित स्तरीकरण की व्यवस्था पाई जाती है, जो याचक या पुजारी वर्ग, कुलीन और जनसामान्य में स्तरीकृत है.

37. (A) एम. एन. श्रीनिवास ने अपनी पुस्तक 'Religion and Society among the coorgs of South India' में जाति की गतिशीलता को व्यक्त करने हेतु संस्कृतिकरण के प्रत्यय का प्रयोग किया. संस्कृतिकरण की संकल्पना घनिष्ठ रूप से सन्दर्भ समूह की संकल्पना से जुड़ा हुआ है.

38. (A) सामाजिक स्तरण का स्वरूप विभिन्न समाजों में अलग-अलग होता है. समाज में भूमिकाओं, अधिकारों व दायित्वों का स्तरण में विभाजित होता है. सामाजिक स्तरण का आधार असमानता है.

39. (C) श्रीनिवास संस्कृतिकरण की प्रक्रिया के द्वारा जाति व्यवस्थाओं में गतिशीलता की व्याख्या करते हैं. श्रीनिवास के मतानुसार संस्कृतिकरण की प्रक्रिया द्वारा जाति में 'स्थितिगत परिवर्तन' आते हैं. स्थितिगत परिवर्तन जाति के भीतर आते हैं न कि व्यवस्था परिवर्तित होती है. जाति परिवर्तित नहीं होती, परिवर्तन जाति के अन्दर होते हैं.

40. (C) जनव्यवस्था पारस्परिक सेवा तथा जाति अन्त-र्निर्भरता का भेद है. जजमानी पद्धति विलियन वाइजर (The Hindu Jajmani System) की देन है. विलियन वाइजर ने अपने करीमपुर के अध्ययन में जजमानी प्रथा की व्याख्या की और 24 प्रकार के जजमानों का वर्णन किया है.

41. (C) मैक्स वेबर के अनुसार जाति व्यवस्था में सहभोजित्व एवं वैवाहिकता होती है. मैक्स वेबर का विचार है कि जाति हिन्दू धर्म के पारलौकिक सिद्धान्तों पर निर्भर है.

42. (D)

वर्ग	– जीवन के अवसर
प्रस्थिति समूह	– जीवन के ढंग
जागीर	– राजनैतिक स्वीकृति
प्रजाति-सम्बन्ध	– शारीरिक विशेषताएँ

ऐतिहासिक और संरचनात्मक दृष्टि से वोटोमोर स्तरीकरण के चार प्रकारों–दासता, इस्टेट, जाति और सामाजिक वर्ग पर जोर देते हैं.

43. (A) वर्ग समाज में उदग्र गतिशीलता पायी जाती है, जो अर्जित की जाती है, जबकि जातीय समाज में क्षैतिज गतिशीलता पायी जाती है, इसमें सामाजिक प्रस्थिति में कोई उल्लेखनीय परिवर्तन नहीं होता है.

44. (A) भारत में धर्म परिवर्तन करना सम्भव है न कि जाति, क्योंकि भारत में जाति को व्यक्ति जन्म से प्राप्त करता है, जबकि धार्मिक समूहों की सदस्यता अर्जित की जाति-व्यवस्था मूलतः स्तरीकरण की एक व्यवस्था है, जबकि धार्मिक समूह एक सांस्कृतिक तत्व है.

45. (B) प्रत्येक जाति का एक निश्चित वंशानुगत पेशा होता है. जाति द्वारा थोपे गये व्यावसायिक प्रतिबन्धों के पीछे सामान्यतः धार्मिक लक्ष्य होता है, परन्तु साथ ही आर्थिक उद्देश्य भी होता है.

46. (C) अन्तर्विवाह, जन्म पर आधारित श्रेणीक्रम, सहभोजी प्रतिबन्ध, सामाजिक भागीदारी पर धार्मिक मान्यताओं की बाध्यता, अस्पृश्य उपस्तर, प्रदत्त प्रस्थिति, निश्चित व्यवसाय, जाति पंचायत आदि हिन्दू जाति व्यवस्था की आवश्यक प्रारूपी है.

47. (B) किसी भी सामाजिक व्यवस्था में प्रतिष्ठा, प्रभाव, शक्ति, सम्पत्ति तथा सुविधाओं आदि की भिन्नता के आधार पर प्रस्थितियों एवं भूमिकाओं की एक अपेक्षाकृत स्थायी श्रेणीबद्धता को सामाजिक स्तरीकरण कहलाते हैं.

48. (C) वार्नर ने यांकी शहर के अध्ययन में ख्याति सूचक उपागम का प्रयोग किया था.

49. (C) वर्ग अनेक हो सकते हैं व जातियाँ केवल चार न होकर वर्ण चार होते हैं, जातियों की कोई निश्चित संख्या नहीं होती है. वर्ग की अपेक्षा जातियों का संस्तरण

अधिक निश्चित एवं स्पष्ट है. जाति एक बन्द वर्ग है, जबकि वर्ग में खुलापन होता है.

50. (C) रुडोल्फ और रूडोल्फ के द्वारा जाति के राजनीतिक गतिशीलता में ऊर्ध्व गतिशीलता, व्यावसायिक गति-शीलता, विभेदक गतिशीलता है.

51. (B) वेबर के द्वारा व्यक्ति की वर्ग स्थिति वस्तुतः उसकी बाजार स्थिति है, जो समान वर्ग स्थिति को ग्रहण करती है, एवं जीवन संयोगों में भी समान होती है या उसकी वर्ग स्थिति उसके जीवन संयोगों को कम या अधिक करती है. जीवन-शैली वर्ग से अलग व्यक्ति की प्रस्थिति होती है, जो जीवन संयोगों को भी निर्धारित करती है, लेकिन जीवन अवसर से जीवन शैली निर्धारित नहीं होती.

52. (D) जब दो या दो से अधिक समूहों/समुदायों के मध्य कोई वैचारिक मतभेद या विरोध हो, तो उसे सांस्कृतिक संघर्ष कहते हैं. सही अर्थ में यह विचारधारा एक प्रकार का पद लोप (Ellipis) है, इसलिए कि द्वन्द्व. संघर्ष तो दो अलग संस्कृतियों के मध्य नहीं होता है, बल्कि दो भिन्न समाज के लोगों के मध्य होता है.

53. (C) सामाजिक, आर्थिक परिवर्तन की दर से वर्ग स्तरीकरण पर सर्वाधिक प्रभाव पड़ता है.

54. (D) एक पीढ़ी से दूसरी पीढ़ी की सामाजिक प्रस्थिति में होने वाला उदग्र परिवर्तन अन्तर-पीढ़ी गतिशीलता का द्योतक है. ऊर्ध्वगामी अथवा अधोगामी गतिशीलता का अध्ययन करते समय सामान्यतः युत् की व्यावसायिक प्रस्थिति की तुलना उसके पिता की व्यावसायिक प्रस्थिति से की जाती है.

55. (A) भारत की पारम्परिक सामाजिक संरचना में सांस्कृतिक गतिशीलता का विश्लेषण संस्कृतिकरण की विचारधारा करती है. इस अवधारणा के प्रणेता एम. एन. श्रीनिवास हैं. श्रीनिवास ने कुर्म का अध्ययन किया था व इसमें पाया कि निम्न जातियाँ, जाति की सोपानिक व्यवस्था में अपनी प्रस्थिति को ऊँचा उठाने के लिए ब्राह्मणों के रीति-रिवाज को अपनाने लगीं. इन निम्न जातियों का विश्वास है कि एक दो पीढ़ी में चलकर उनका स्थान जाति की सोपानिक व्यवस्था में ऊँचा उठ जाएगा.

56. (A) सरकार का एक स्वरूप जिसमें कुछ व्यक्तियों द्वारा शासन किया जाता है, अल्पतन्त्र के नाम से जानते हैं.

57. (A) सामाजिक स्तरीकरण सामाजिक विभेदीकरण का स्वरूप है. सामाजिक विभेदीकरण कुछ सामाजिक कसौटी के आधार पर एक प्रदत्त समाज में व्यक्तियों में प्रभेद करने का तरीका है.

58. (D)

उदग्र गतिशीलता	–	अपनी प्रस्थिति में सुधार करती हुई एक जाति
समस्तरीय गतिशीलता	–	प्रस्थिति में नहीं अपितु भूमिका में परिवर्तन
अन्तर-पीढ़ी गतिशीलता	–	पुत्र की व्यावसायिक प्रस्थिति पिता से भिन्न होना
अन्तर-पीढ़ी गतिशीलता	–	किसी व्यक्ति के दूसरे व्यवसाय का प्रथम व्यवसाय से निम्न होना

59. (B) शुचिता और प्रदूषण (Purity and Pollution) के विचारों के विश्लेषण की संरचनात्मक प्रकृति के जाति-कोटिक्रम सिद्धान्त में शामिल किया गया है. शुचिता (पवित्रता) और प्रदूषण (अपवित्रता) की विचारधारा अस्पृश्यता से सम्बन्धित है. लुई ड्यूमाण्ट के अनुसार शुचिता प्रदूषण दृष्टिकोण. हिन्दू समाज का आधार है जो जाति-व्यवस्था द्वारा होता है. भारतीय समाज में जाति प्रथा का एक केन्द्रीय स्थान है. जाति, प्रथा का एक पहलू है, जिसे सांस्कृतिक पवित्रता (शुद्धता) अपवित्रता (अशुद्धता) के नाम से जानते हैं.

60. (D) इरावती कर्वे ने जाति अन्तर्विवाह को इतना अधिक महत्व दिया है कि वे जाति को मूलतः एक अन्तर्विवाही समूह मानती हैं. इसके अनुसार जाति वस्तुतः एक विस्तृत नातेदारी समूह है.

61. (B) 'प्रस्थिति समूह' उन व्यक्तियों का समूह है जिनकी एक जैसी जीवन-शैली होती है और जो एक ही प्रकार की चेतना अभिव्यक्त करते हैं. जाति और वर्ग, मैक्स वेबर के अनुसार दोनों ही प्रस्थिति समूह हैं. जाति, प्रजाति, पूर्वज परम्परा तथा उपयोग प्रतिमानों के आधार पर निर्मित प्रतिष्ठा लिए हुए व्यक्तियों का संकलन प्रस्थिति समूह कहलाता है. वर्ग इस अर्थ में प्रस्थिति समूह है, जिसका निर्माण उत्पादन सम्बन्धों के आधार पर होता है, जबकि जाति एक वंशानुगत समूह होता है, जिसकी एक निश्चित सांस्कारिक प्रस्थिति होती है. एक प्रस्थिति समूह में सम्मिलित व्यक्तियों को एक समान सामाजिक प्रतिष्ठा प्राप्त होती है. वेबर के अनुसार प्रस्थिति समूह, भारत के पारम्परिक हिन्दू समाज की जाति व्यवस्था में अपने सर्वाधिक विकसित रूप में मौजूद हैं. यहाँ जातियों और उपजातियों में विभेद उनकी सामाजिक प्रतिष्ठा में भिन्नता के अनुसार तय होता है.

62. (B)

63. (D) टी. बी. बोटोमोर – सामाजिक स्तरीकरण के रूप में
गेरहार्ड लेंस्की – शक्ति-विशेषाधिकार
किंग्सले डेविस – प्रकार्यात्मक सिद्धान्त
कार्ल मार्क्स – संघर्ष सिद्धान्त

64. (D) किसी सामाजिक व्यवस्था में प्रतिष्ठा, प्रभाव, शक्ति, सम्पत्ति तथा सुविधाओं आदि की भिन्नता के आधार पर प्रस्थितियों एवं भूमिकाओं की एक अपेक्षाकृत स्थायी श्रेणीबद्धता को सामाजिक स्तरीकरण कहा जाता है. यह एक विशिष्ट प्रकार का विभेदीकरण है, जिसमें सामाजिक पदों की ऊँच-नीच पर निर्भर श्रेणीबद्धता होती है.

65. (B) सामाजिक वर्ग से मैक्स वेबर का आशय उस समूह से है, जिसे कि आर्थिक कारणों से निर्धारित समान सामाजिक अवसर या जीवन सम्बन्धी सुविधाएँ प्राप्त हैं. मैक्स वेबर का कहना है कि प्रत्येक वर्ग को एकसी आर्थिक सुविधाओं के अवसर प्राप्त होते हैं. प्रत्येक वर्ग का एक आर्थिक हित होता है और उन वस्तुओं पर अधिकार और आमदनी के सम्बन्ध में कुछ निश्चित अवसर प्राप्त होते हैं जो वस्तुओं एवं श्रमिकों के बाजार भाव के अनुसार बदलते रहते हैं.

66. (B) मार्क्स ने वर्ग-निहित तथा वर्ग के लिए विभेद किया है. पूँजीपति तथा सर्वहारा एवं उत्पादकता के सम्बन्धों तथा उत्पादकता के साधनों में विभेद किया है, जबकि वर्ग समूह तथा प्रस्थिति समूह में विभेद मैक्स वेबर ने किया.

67. (C) मार्क्स के अनुसार किसी भी युग में, जीविका उपार्जन की प्राप्ति के विभिन्न साधनों के कारण प्राणी अलग-अलग वर्गों में बँट जाते हैं और प्रत्येक वर्ग में एक विशेष वर्ग चेतना उत्पन्न हो जाती है. वर्ग का जन्म उत्पादन के नवीन साधनों के आधार पर होता है.

68. (D) 69. (A) 70. (C) 71. (A) 72. (A)
73. (A) 74. (A) 75. (C) 76. (A)

77. (A) असमानताएँ मानव प्रकृति में निहित होती हैं. असमानताओं का ही एक रूप सामाजिक स्तरीकरण एवं विभेदीकरण है. स्तरीकरण एक जागरूक एवं जानबूझकर अपनायी जाने वाली प्रक्रिया है, जबकि विभेदीकरण स्वतः एवं स्वाभाविक रूप से उत्पन्न होने वाली प्रक्रिया है.

78. (A) एम. एन. श्रीनिवास के अनुसार संस्कृतिकरण सामाजिक गतिशीलता का परिचय है. संस्कृतिकरण वह प्रक्रिया है, जिसके द्वारा कोई निम्न हिन्दू जाति या कोई जनजाति किसी उच्च जाति की दशा में अपने रीति-रिवाज, कर्मकाण्ड, अवधारणा व प्रणाली को अपनाने का प्रयत्न करती है.

79. (A) एल. डूमां के अनुसार प्रदूषण शुद्धता (Pollution Purity) सम्बन्धी दृष्टिकोण हिन्दू समाज का आदर्शात्मक आधार है, जोकि जाति व्यवस्था द्वारा होता है. इन्होंने जाति प्रथा द्वारा प्रलक्षित हिन्दू समाज का वैचारिक आधार-पवित्रता को स्वीकार किया है.

80. (B) वर्ण-व्यवस्था के अन्तर्गत समाज परम्परागत चार वर्णों–ब्राह्मण, क्षत्रिय, वैश्य और शूद्र में बाँटा गया था. जिसको कर्म के आधार पर स्पष्ट किया गया है. प्राचीन काल में वर्ण-व्यवस्था इस देश की संस्कृति तथा सामाजिक संघटना का प्राण थी, लेकिन यह व्यवस्था आज की जाति-व्यवस्था से बिल्कुल ही अलग थी. वर्ण जाति समूहों से अलग है, क्योंकि वर्ण हिन्दू, समाज का बड़ा भाग है, जबकि जातियाँ विशिष्ट अन्तःवैवाहिक समूह है. विभिन्न जातियों की पारस्परिक सम्बन्धों की अभिव्यक्ति जजमानी प्रथा है. इस प्रथा के अन्तर्गत एक ग्राम में बसे हुए प्रत्येक जाति-समूह से यह आशा की जाती है कि वह अन्य जाति के परिवारों को कुछ प्रामाणिक सेवाएँ प्रदान करे.

81. (D) संस्कृतिकरण – एम. एन. श्रीनिवास
लघु एवं वृहत् परम्परा – मैकिम मैरियट
ब्राह्मणीकरण – अयप्पन श्रीनिवास
संकीर्णीकरण – मैकिम मैरियट

82. (B) पश्चिमीकरण तथा
संस्कृतिकरण – एम एन. श्रीनिवास
सार्वभौमीकरण तथा
संकीर्णताकरण – मैकिम मैरियट
वृहत् एवं लघु परम्परा – रॉबर्ट रेडफील्ड
सार्वभौमिकवाद तथा
विशिष्टवाद – टाल्कॉट पारसन्स

83. (D) डॉ. बी. आर. अम्बेडकर के अनुसार जाति-च्युत जाति अवस्था का उपोत्पाद है. जाति-व्यवस्था का उन्मूलन करने के सिवाय दूसरी किसी जाति-च्युत को मुक्ति नहीं दिलाई जा सकती है.

84. (B) रॉबर्ट के. मर्टन – प्रस्थिति प्रतिमान
मैक्स वेबर – प्रस्थिति समूह
टी. पारसन्स – सामाजिक व्यवस्था के प्रकार्यवादी सिद्धान्त
लिन्टन – प्रदत्त एवं अर्जित प्रस्थिति

85. (B) उपर्युक्त विकल्पों में चातुर्वर्ण (ब्राह्मण, क्षत्रिय, वैश्य एवं शूद्र) व्यवस्था जाति स्तरीकरण की व्यवस्था पर निर्भर है.

86. (D) अबे डूबोइस (Abbe Dubois) ने कहा है कि जातियों का निर्माण ब्राह्मणों द्वारा हुआ है. ये ब्राह्मण ही थे, जिन्होंने खान-पान विवाह और सामाजिक सम्बन्धों पर प्रतिबन्ध लगाए थे.

87. (D) प्रत्येक वर्ग के सदस्यों में एक प्रकार की वर्ग-चेतना पायी जाती है. फलतः निम्न वर्ग निर्मित हो जाते हैं, जोकि अप्रकार्यात्मक रूप से अपने वर्ग के प्रति पक्षपातपूर्ण एवं दूसरे वर्गों के प्रति उपेक्षापूर्ण दृष्टिकोण स्वीकार करता है.

88. (C) डेविस व मूर के अनुसार, "सामाजिक स्तरण समाज की आवश्यकताओं की उपज है न कि व्यक्तियों की आवश्यकताओं की. स्तरण एक विश्वव्यापी सामाजिक यथार्थ है, स्तरण सभी समाजों के लिए समान नहीं है." डेविस एवं मूर ने भूमिका ग्रहण एवं भूमिका निर्वाहन के आधार पर सामाजिक स्तरीकरण का प्रकार्यवाही सिद्धान्त प्रस्तुत किया है.

89. (A) एफ. जी. बैले ऐसे पहले सामाजिक मानवशास्त्री थे, जिन्होंने जाति और भू-स्वामित्व के मध्य सम्बन्ध को अपने अध्ययन का विषय बनाया. उन्होंने उड़ीसा में क्षेत्रीय अध्ययन किया व पास की भूमि का बाजारीकरण हुआ और यह परम्परागत भू-स्वामी ब्राह्मण से निकल कर गैर-ब्राह्मणों के हाथों में आ गई, जिनके पास पहले से जमीन न थी.

90. (D) सामाजिक स्तरण के प्रकार्यवादी अवधारणा के प्रमुख प्रवर्तक किंग्सले डेविस तथा बिल्बर्ट मूर हैं. सामाजिक स्तरीकरण के प्रकार्यवादी सिद्धान्त का प्रतिपादन डेविस और मूर ने अपने लेख 'Some Principles of Stratification' में किया है. इस सिद्धान्त के अनुसार सामाजिक स्तरण समाज की आवश्यकताओं की उपज है, न कि व्यक्तियों की आवश्यकताओं की.

91. (D) प्रजाति प्राणिशास्त्रीय आधार पर बना व्यक्तियों का एक ऐसा समूह है, जिसमें कुछ सामान्य शारीरिक लक्षण तथा आनुवांशिक गुण होते हैं. ये लक्षण एक समूह में दीर्घकाल तक विवाह सम्बन्ध करने तथा प्रजनन द्वारा नियमित रूप से एक पीढ़ी से दूसरी पीढ़ी में संचरण की प्रक्रिया द्वारा बने रहते हैं.

92. (C) टालकॉट पारसन्स के अनुसार, सामाजिक स्तरण का अर्थ किसी सामाजिक व्यवस्था में व्यक्तियों का ऊँचे-नीचे के क्रम विन्यास में बँटवारा करता है. व्यक्ति की प्रस्थिति निर्धारण में पारसन्स ने 6 कारकों का योगदान बताया है–

नातेदारी समूह की सदस्यता, व्यक्तिगत विशेषताएँ या गुण अर्जित उपलब्धियाँ, द्रव्यजात, सत्ता व व्यक्ति.

93. (A)

एम. एन. श्रीनिवास	– रामपुरा (मैसूर)
एस. बेते	– श्रीपुरम् (तमिलनाडु में तन्जौर जिला)
एस. सी. दुबे	– शमीर पेट
मैकियम मैरियट	– किशनगढ़ी (उत्तर प्रदेश)

94. (D) सामाजिक स्तरीकरण में सामाजिक विभेदों तथा सामाजिक असमानताओं का अध्ययन किया जाता है. सामाजिक विभेदीकरण वह प्रक्रिया है, जिसके द्वारा व्यक्तियों और समूहों को कुछ मूर्त आधार पर विभाजित किया जाता है. जब सामाजिक विभेदीकरण में उच्चता एवं निम्नता के भाव जुड़ जाते हैं, तो वह सामाजिक स्तरीकरण को जन्म देता है.

95. (D) एम. एन. श्रीनिवास के अनुसार 'प्रभुजाति' से तात्पर्य है, वह जाति जो उस गाँव या समुदाय में संख्या की दृष्टि से अधिक हो, जिसका कृषि योग्य भूमि के बड़े भाग पर स्वामित्व हो, जिसके पास आर्थिक राजनीतिक शक्ति हो और जिसे जातीय संस्तरण में उच्च स्थान प्राप्त हो.

96. (D) सामाजिक स्तरण के प्रकार्यवादी सिद्धान्त का प्रतिपादन किंग्सले डेविस तथा बिल्बर्ट मूर ने अपने लेख 'Some Principles of Stratication' में दिया है. डेविस और मूर के अनुसार सामाजिक संस्तरण समाज की जरूरतों की उपज है, न कि व्यक्तियों की जरूरत. प्रत्येक समाज में लगभग समान प्रकार से विभिन्न स्तरों के बीच प्रतिष्ठा का बँटवारा है.

97. (D) सामाजिक विभेदीकरण वह प्रक्रिया है, जिसके द्वारा व्यक्तियों और समूहों को कुछ मूर्त आधारों पर बँटवारा किया जाता है. उदाहरणार्थ यदि आयु, लिंग, बुद्धि, व्यक्तित्व, धर्म, प्रजाति, शिक्षा भाषा एवं सम्पत्ति आदि के आधार पर व्यक्तियों को अनेक वर्गों में बँटवारा कर दिया जाए, तो इस प्रक्रिया को हम सामाजिक विभेदीकरण कहेंगे.

98. (C) संस्तरण के प्रकार्यात्मक सिद्धान्त के प्रमुख प्रवर्तक डेविस और मूर के अनुसार सामाजिक स्तरण समाज की जरूरतों की उपज है, न कि व्यक्तियों की जरूरतों की. स्तरण एक विश्वव्यापी सामाजिक यथार्थ है. स्तरण के आधार सभी समाजों के लिए समान नहीं हैं.

99. (D) वर्ण उत्पत्ति को समझने के लिए कर्म व धर्म सिद्धान्त का सहारा लिया जाता है. ऐसा कहते हैं कि

वर्ण व्यवस्था सामाजिक व्यवस्था का ही एक अभिन्न अंग है. समाज व्यवस्था को तभी बनाये रखा जा सकता है, जबकि तत्कालीन समाज की मूलभूत आवश्यकताओं की पूर्ति के लिए समाज के विभिन्न अंगों में कार्यों का उचित बँटवारा तथा नियमन हो. वैदिक युग में वर्णों की उत्पत्ति से इसी आधार पर हुई.

100. (D) प्रस्थिति समूह सामाजिक सम्मान के वितरण में असमानता को प्रकट करता है. प्रस्थिति समूह के सदस्य एक समान जीवन शैली में भागीदार होते हैं. भारतीय जाति-व्यवस्था इसका प्रमुख उदाहरण है, जहाँ सम्पत्ति की तुलना में जीवन शैली के दूसरे पहलू को अधिक महत्व दिया जाता है.

101. (B) सामाजिक स्तरीकरण के प्रकार्यवादी विचारधारा के प्रमुख किंसले डेविस तथा बिलबर्ट मूर हैं. इस सिद्धान्त के अनुसार सामाजिक स्तरण समाज की आवश्यकताओं की उपज है, न कि व्यक्तियों की आवश्यकताओं की.

102. (A) डेविस तथा मूर के अनुसार सामाजिक स्तरण प्रकार्यात्मक है. इससे व्यक्तियों को विशेषाधिकार तथा उत्तरदायित्व सौंपा जाता है. प्रत्येक समाज में लगभग समान प्रकार से विभिन्न स्तरों के मध्य प्रतिष्ठा का विभाजन है.

103. (D) सेनार्ट ने वर्णों के अध्ययन में उनके बारे में स्पष्ट किया कि उनमें सोपानिक क्रम था. उनमें सुनिश्चित पृथक्करण विद्यमान था तथा उनकी प्रस्थिति सम्मिश्र अधिकारों तथा कर्त्तव्यों पर निर्भर थी.

104. (A) समायोजन एक प्रक्रिया व अवस्था है. अवस्था के रूप में समायोजन के द्वारा हिन्दू जाति व्यवस्था में प्रत्येक जाति एक व्यक्ति की एक निश्चित प्रस्थिति है, जिसे जाति एवं व्यक्ति अपनाते हैं तथा उसी के अनुरूप आचरण करते हैं.

105. (D) प्रजाति शुद्धता का दावा एक मिथक मात्र है. कोई भी प्रजाति किसी दूसरे प्रजाति से श्रेष्ठ नहीं होती, अपितु श्रेष्ठता का निर्धारण भौगोलिक परिस्थितिकीय जलवायु, सामाजिक कीमत संरचना, राजनीतिक व आर्थिक व्यवस्था से निधारित होती है. स्वसंस्कृति केन्द्रता की भावना का उचित नहीं माना गया है.

106. (A) जाति एक विस्तारिक बन्धु समूह है. जाति विशेष के सभी सदस्य स्वयं के गोल के माध्यम से वंश का निर्धारण करते हैं. एक गोत्र विशेष के सदस्य अपने को समान पूर्वज के वंशज कहे जाते हैं. जैसे–गर्ग, गौतम, शाण्डिल्य, भारद्वाज, वत्स इत्यादि.

107. (B) फ्रेजर के द्वारा जादू व विज्ञान आधारतः एक हैं. दोनों में अन्तर इतना है कि इनमें से जादू कारण व कार्य सम्बन्धी गलत विचारों पर आधारित होता है. इसलिए वे जादू को विज्ञान की अवैध बहिन कहते हैं. उनका विचार है कि जादू झूठा होता है, इसलिए निष्फल भी.

108. (A) मार्क्स के द्वारा वर्ग समान विशेषताओं के व्यक्तियों का एक समूह है. वर्ग आर्थिक उत्पादन की प्रक्रिया से जुड़ा हुआ है. गिडेन्स के अनुसार सामाजिक स्थिति इस बात पर निर्भर नहीं करती कि कोई व्यक्ति किस वर्ग का प्रतिनिधित्व करता है. एक ही वर्ग में रहकर तमाम व्यक्तियों की सामाजिक स्थिति समान नहीं होती है.

109. (D) आनुष्ठानिक अशौच के मुख्य स्रोत–जन्म, शारीरिक उत्सर्जन तथा मृत्यु हैं.

110. (A) शेष तीनों कथन एस. सी दुबे के हैं, जबकि दुर्खीम का कथन है कि पवित्र एवं अपवित्र मानव मस्तिष्क द्वारा हर जगह वह पेशा दो वर्गों और यहाँ तक कि दो दुनिया के रूप में स्वीकार किये जाते हैं. जिनके मध्य कुछ भी सामान्य नहीं होता.

111. (D) वर्ग व्यवस्था खुली व्यवस्था है, जबकि जाति व्यवस्था बन्द व्यवस्था है. वर्ग व्यवस्था में ऊर्ध्व या निम्न सामाजिक स्तरीकरण पाया जाता है.

112. (C)

स्थान	अध्ययनकर्ता
तंजौर	कैथलीन गफ
बिस्सीपाड़ा	एफ. जी. बैले
श्रीपुरम्	आन्द्रे बेतेई
रामपुर	एम. एन. श्रीनिवास

113. (D) लुई ड्यूमा ने अपनी पुस्तक Homo Hierarchicus में कहा है कि जाति एक सोपानिक व्यवस्था है और इसका आधार समाजशास्त्र और प्राच्य विद्या है.

114. (A) 115. (B) 116. (A) 117. (A) 118. (A)
119. (A) 120. (B) 121. (C)

122. (A) किसी सामाजिक व्यवस्था में प्रतिष्ठा, प्रभाव, शक्ति, सम्पत्ति तथा सुविधाओं की एक अपेक्षाकृत स्थायी श्रेणीबद्धता को सामाजिक स्तरीकरण कहा जाता है. सामाजिक स्तरीकरण का प्रमुख तत्व संस्तरण है. यह संस्तरण असमानता या विषमता को जन्म देता है.

123. (D) मेल्विन ट्यूमिन व गेहार्ड लॉस्की ने सामाजिक स्तरीकरण के मार्क्सवादी व प्रकार्यवादी सिद्धान्तों के बीच समाधान की कोशिश की.

124. (C) सामाजिक पृथक्कीकरण (विभेदीकरण) वह प्रक्रिया है, जिसके द्वारा व्यक्तियों और समूहों को कुछ मूर्त आधारों पर बँटवारा किया जाता है. आयु पृथक्कीकरण के सामाजिक-सांस्कृतिक रूप का आधार है, लिंग

पृथक्कीकरण के जैव सामाजिक रूप का आधार है. धर्म पृथक्कीकरण के सामाजिक-सांस्कृतिक रूप का आधार है, जबकि भाषा पृथक्कीकरण के सांस्कृतिक क्षेत्रीय रूप का आधार है.

125. (D) ह्वाइट कॉलर : अमरीकन मिडिल क्लासेज–सी. राइट मिल्स, 'ब्लैक क्वोटिड वर्कर–जॉन एच. गोल्ड थॉर्प, 'दि आर्गेनाइजेशन मैन'–विलियम फूट ह्वाइट.

126. (B) सामाजिक स्तरीकरण के प्रकार्यवादी सिद्धान्त का प्रतिपादन किंग्सले डेविस तथा बिल्बर्ट मूरे ने अपने लेख 'Some Principles of Stratification' में किया. डेविस व मूरे के अनुसार समाज में असमानता अचेतन रूप में व्याप्त है, जिसके अनुसार समाजों में ऐसी व्यवस्था होती है कि बहुत अधिक महत्व के पद, उन पदों के लिए सबसे योग्य व्यक्तियों में ही बाँटे जाते हैं. कुछ पद ऐसे होते हैं कि जो समाज के लिए अपरिहार्य एवं महत्वपूर्ण होते हैं. कुछ दूसरे पद ऐसे होते हैं कि जिनमें विशेष बुद्धि की आवश्यकता होती है और जिनसे सम्बन्धित कार्य प्रत्येक व्यक्ति नहीं कर सकता.

127. (D) लुई ड्यूमो ने अपनी पुस्तक 'Homo Hierarchicus' में जाति स्तरीकरणी का अध्ययन शुचिता एवं प्रदूषण के आधार पर किया था. आर्थिक राजनीतिक तथा भू-स्वामित्व जातियों के मध्य संरचनात्मक दूरी को कम करते हैं. शुचिता व प्रदूषण के मध्य का विरोध हिन्दू जाति व्यवस्था का मौलिक सिद्धान्त है.

128. (C) प्रभु जाति की अवधारणा एम. एन. श्रीनिवास ने दी. उनके अनुसार, उस जाति को प्रबल या प्रभु जाति कहा जा सकता है कि जो किसी ग्राम अथवा क्षेत्र विशेष में आर्थिक एवं राजनीतिक दृष्टि से महत्वपूर्ण प्रभाव डालती है. इस जाति का पारम्परिक एवं प्रथानुगत जातीय श्रेणी में सर्वोच्च स्थान होना आवश्यक नहीं है. किसी जाति की जनसंख्या की ताकत, शिक्षा एवं सांस्कारिक प्रस्थिति जैसे कुछ ऐसे कारक हैं, जो किसी जाति को किसी एक ग्राम विशेष में उसे प्रभु जाति का दर्जा देते हैं.

129. (B) सोरोकिन ने सामाजिक गतिशीलता में ऊर्ध्व तथा क्षैतिज गतिशीलता की विचारधारा को स्पष्ट किया है. ऊर्ध्वमुखी सामाजिक गतिशीलता में प्रस्थिति एवं भूमिका में परिवर्तन के साथ-साथ सामाजिक वर्ग-प्रस्थित में भी बदलाव आ जाता है. इनमें से किन समूहों में जाति-व्यवस्था में ऊर्ध्वमुखी गतिशीलता हुई है.

130. (D) 131. (B) 132. (C) 133. (A) 134. (D)
135. (A) 136. (C) 137. (A)

138. (A) व्याख्या मैकिम मेरियर ने भारत के किशनगढ़ी नामक गाँव के अपने अध्ययन में लघु एवं महत् परम्पराओं के बीच सम्प्रेषण की प्रक्रियाओं के स्पष्टीकरण हेतु सार्वभौमीकरण तथा संकुचितीकरण की दो अवधारणाओं का विकास किया है. जब लघु परम्परा के तत्व (देवी-देवता, प्रथाएं, अनुष्ठान आदि) ऊपर की ओर बढ़ते हैं, उनके फैलाव का क्षेत्र बढ़ता है, तब वे महत् परम्परा के स्वर तक पहुँच जाते हैं और उनका मूल स्वरूप परिवर्तित हो जाता है, तब इस प्रक्रिया को सार्वभौमीकरण कहा जाता है. बोधगम्यता के क्षेत्र को सीमित करने, व्यवस्थित एवं चिन्तनशील आयामों में कमी लाने स्थानीयकरण तथा साहित्यिक रूपों के अभाव की प्रक्रिया को संकुचीकरण कहा जाता है. गोवर्धन पूजा, नवदुर्गा, पर्व और इसी प्रकार शुक्राचार्य में विश्वास संकुचितीकरण के उदाहरण हैं. संकुचितीकरण की प्रक्रिया किसी संस्कृतनिष्ठ देवी-देवता अथवा संस्कार के स्थानीय परिवेश में परिवर्तन को इंगित करती है.

139. (B) डॉ. एम. एन. श्रीनिवास ने अपनी पुस्तक 'Religion and Society Among the Coorgs of South India' में जाति की गतिशीलता की प्रक्रिया को व्यक्त करने हेतु संस्कृतिकरण के प्रत्यय का प्रयोग किया. संस्कृतिकरण का सम्बन्ध निम्न जातियों से है. यह सामाजिक गतिशीलता को प्रकट करने वाली प्रक्रिया है. यह संस्कृतिकरण करने वाली जाति में केवल पदमूलक परिवर्तन को प्रकट करती है न कि संरचनात्मक परिवर्तन को. एम. एन. श्रीनिवास के अनुसार संस्कृतिकरण एक ऐसी प्रक्रिया है, जिसके माध्यम से कोई निम्न जाति या जनजाति या कोई समूह किसी अपेक्षाकृत ऊँची जाति के रीति-रिवाज पर्व-त्यौहार, विश्वास, विचारधारा और रहन-सहन की शैली अपनाते हैं.

140. (B) टाल्कॉट पारसन्स के अनुसार सामाजिक स्तरीकरण का प्रकार्यात्मक महत्व होता है, जिसकी विवेचना वैयक्तिककर्ता के दृष्टि से नहीं बल्कि सम्पूर्ण समाज-व्यवस्था के सन्दर्भ में की जाती है.

141. (C) भारतीय संविधान के अनुच्छेद 17 में निहित प्रावधानों की मदद से अस्पृश्यता के उन्मूलन की व्यवस्था से जातिगत भेदभाव पर काफी अंकुश लगा है, परन्तु स्पृश्य जातियों ने जातिगत भेदभाव बरतना बन्द नहीं किया है.

142. (B) जी. एस. घुरिये ने अपनी पुस्तक 'Cast Class and Occupation' में जातियों की निम्नलिखित विशेषताएँ बताई हैं–

1. समाज का खण्डीय विभाजन.
2. सोपानिक व्यवस्था.
3. खान-पान और सामाजिक संसर्ग पर प्रतिबन्ध.

4. जातिगत निर्योग्यता व विशेषाधिकार.
5. धन्धे के स्वतन्त्र चयन पर प्रतिबन्ध.
6. विवाह पर प्रतिबन्ध.

143. (B) 144. (A) 145. (A) 146. (C) 147. (B)
148. (A) 149. (A) 150. (D) 151. (C)

152. (D) मार्क्स के अनुसार वर्ग, पूँजी उत्पादन के साधनों पर स्वामित्व के विचार पर निर्भर हैं. वर्गभेद दो प्रकार के हैं–एक सम्पत्तियुक्त तथा दूसरा सम्पत्तिहीन.

153. (C) सम्पदा व्यवस्था (जागीर) में लोग तीन समूहों में बँटे थे–

1. याजक या पुजारी वर्ग
2. कुलीन वर्ग
3. जनसाधारण

सामन्ती जागीर के लक्षण–इन जागीरों को कानूनी तौर पर परिभाषित किया जाता था. जागीर एक स्थूल विभाजन थी. सामन्ती जागीर राजनैतिक समूह थे.

154. (D) कैल्विनवाद ईसाई धर्म की एक विचारधारा है. आर्य समाज तथा राधास्वामी भारत में सामाजिक सुधार के आन्दोलन थे, जबकि बौद्ध धर्म एक धार्मिक समूह है.

155. (B) व्यक्ति किसी पंथ में शामिल नहीं होते हैं, बल्कि व्यवहार के विशेष सिद्धान्तों या निर्धारित विधियों का अनुकरण करते हैं. सदस्यों को आमतौर पर अनुमति है कि वे अन्य धार्मिक सम्बन्ध बनाए रखें.

156. (B) जजमानी प्रथा की विचारधारा विलियम वाइजर की देन है. ऑस्कर लेविस के अनुसार इस प्रणाली के अन्तर्गत गाँव में रहने वाले प्रत्येक के अनुसार जाति समूह को अन्य जातियों के परिवारों को एक निश्चित मानदण्ड के अनुसार सेवाएं प्रदान करनी होती हैं.

157. (A)

आई. ए. शपेरा	– विचुवाना
मेयर फोरटेस	– तेलेन्सी
एस. एफ. नॉडेल	– नाइजीरिया के न्यूप
हिल्डा कुपेर	– स्वाजी

158. (A) मार्क्स के अनुसार एक सामाजिक समूह केवल तभी पूर्णतया वर्ग हो सकता है, जब वह स्वयं के लिए वर्ग हो जाय. इस स्थिति में इसके सदस्यों में वर्ग चेतना व वर्ग एकता आ जाता है. प्रत्येक वर्ग में एक विशेष वर्ग-चेतना उत्पन्न हो जाती है.

159. (B) जाति एक बन्द व्यवस्था है – मैक्स वेबर

जाति एक बन्द संस्तरण की व्यवस्था है – एफ. जी. बेली

जाति पूर्णतः कठोर वर्ग का चरम रूप है – गुन्नार मिर्डल

स्तरण की बजाय पदक्रम की अभिव्यक्ति को जाति कहते हैं – लुई ड्यूमो

160. (D) शुचिता और प्रदूषण में विरोध – लुई ड्यूमो

प्रधान जाति – एम. एन. श्रीनिवास

जनजाति-जाति कृषक निरन्तरता – सुरजीत सिन्हा

जाति का गुणात्मक और अन्तःक्रियात्मक विश्लेषण – मैकिम मेरियट

161. (D) जाति के लक्षण हैं–जन्म पर आधारित सोपान, भोजन सम्बन्धी प्रतिबन्ध, धार्मिक निर्योग्यताएं, प्रदत्त प्रस्थिति अन्तर्विवाह, निश्चित धन्धे, जाति का संरचनात्मक स्वरूप, केवल मूल्यों का मिश्रण, भोजन तथा सामाजिक सहवास पर प्रतिबन्ध पवित्र-अपवित्र की धारणा आदि.

162. (C) किसी भी व्यक्ति की आय, व्यवसाय व शिक्षा व्यक्ति की अर्जित प्रस्थिति कहलाती है.

163. (A) किसी सामाजिक व्यवस्था में प्रतिष्ठा, प्रभाव, शक्ति, सम्पत्ति तथा सुविधाओं आदि की भिन्नता के आधार पर प्रस्थिति एवं भूमिकाओं की एक अपेक्षाकृत स्थायी श्रेणीबद्धता को सामाजिक स्तरीकरण कहा जाता है.

164. (A) जाति एक बन्द कॉर्पोरेशन है. यह भयंकर रूप से वंशानुक्रम पर आधारित है. एक जाति का सम्बन्ध व्यवसाय के दूसरी जातियों के साथ होता है.

165. (A) इरावती कर्वे जाति अन्तर्विवाह को अधिक-से-अधिक महत्व देते हुए जाति को मूलतः एक अन्तर्विवाही समूह मानती हैं. उनके अनुसार जाति वस्तुतः एक विस्तृत नातेदारी समूह है.

166. (C) एम. एन. श्रीनिवास ने जाति की व्याख्या मूल्यों के आधार पर की है. उन्होंने कुर्म जाति के अध्ययन के दौरान अवधारणा प्रभु जाति की अवधारणा दी. प्रभु जाति की प्रमुख विशेषताएँ हैं–

1. अधिक जनसंख्या
2. भू-स्वामित्व
3. एक सांस्कृतिक प्रतिष्ठा का होना
4. राजनैतिक प्रभुत्व

167. (A) 168. (B) 169. (A)

170. (B) जजमानी-व्यवस्था की विचारधारा विलियम वाइजर की देन है जो उन्होंने 'The Hindu Jajmani System' में करीमपुर गाँव (उ. प्र.) के अध्ययन में दी जजमानी प्रथा विभिन्न जातियों की प्रकार्यात्मक अन्तःनिर्भरता है. इस प्रथा के अन्तर्गत एक ग्राम में बसे हुए प्रत्येक जाति

समूह से यह आशा की जाती है कि वह दूसरी जाति के परिवारों को कुछ प्रामाणिक सेवा में प्रदान करें. जिन लोगों के लिए कार्य किया जाता है वे जजमान कहे जाते हैं और जो लोग सेवा करते हैं वे कमीन कहे जाते हैं.

171. (D) जजमानी-व्यवस्था की विचारधारा विलियम वाइजर की देन है जो उन्होंने 'The Hindu Jajmani System' में करीमपुर गाँव (उ. प्र.) के अध्ययन में दी.

172. (C) एम. एन. श्रीनिवास ने सर्वप्रथम 'प्रभावी जाति' की विचारधारा विकसित की थी. 'American Anthropologist' के 1959 ई. के अंक में प्रकाशित लेख 'Dominent Cost in Rampura' में सर्वप्रथम उल्लेख किया.

173. (C) किंग्सले डेविस के अनुसार, सामाजिक स्तरीकरण, एक प्रकार्यात्मक जरूरत है. डेविस मूर ने अपने लेख 'Some Principles of Stratification' में सामाजिक स्तरीकरण का प्रकार्यवादी सिद्धान्त प्रस्तुत किया है.

174. (C) जी. एस. घुरिये ने जजमानी व्यवस्था के निम्न छः प्रमुख लक्षणों–व्यवसायों की पारिवारिक पारम्परिक सेवा, परिवारों के मध्य प्राथमिक सम्बन्ध, स्थायी आर्थिक व्यवस्था विनिमय, की परम्परा, उदग्र सम्बन्धों की व्याख्या, उपयोगिता मूल्य में अन्तर का वर्णन किया है.

175. (D) डॉ. एम. एन. श्रीनिवास ने अपनी पुस्तक 'Religion and Society among the coorgs of South India' में जाति की गतिशीलता की प्रक्रिया को व्यक्त करने हेतु संस्कृतिकरण के प्रत्यय का प्रयोग किया. संस्कृतिकरण सामाजिक गतिशीलता को प्रकट करने वाली प्रक्रिया है. यह संस्कृतिकरण करने वाली जाति में केवल पदमूलक परिवर्तन (Positional Change) को प्रकट करती है न कि संरचनात्मक परिवर्तन को.

176. (B) आदिम धर्म के बारे में सबसे पहला नृतत्वीय सिद्धान्त टायलर द्वारा प्रस्तुत किया गया. इसमें धर्म की उत्पत्ति की खोज की गई है. मैक्समूलर धर्म का प्रारम्भिक स्वरूप प्रकृति के उपादानों की पूजा से मानते हैं. ट्रोबियान्ड दीपवासियों के सन्दर्भ में मैलिनोवस्की कहते हैं कि धर्म कई संवेगी स्थितियों, जो तनाव की स्थितियाँ होती हैं, से जुड़ा हुआ है. मैलिनोवस्की एवं रेडक्लिफ ब्राउन ने आदिम धर्म की प्रकार्यवादी व्याख्या की. रैडक्लिफ ब्राउन का कहना है कि मनुष्य की समाज पर आश्रितता का प्रकट करने के लिए ही धर्म का उदय हुआ. कॉडरिंगटन एवं मैरेट ने धर्म की उत्पत्ति का 'मानावाद' सिद्धान्त प्रस्तुत किया.

177. (A) मैक्स वेबर के अनुसार सामाजिक प्रतिष्ठा, राजनीतिक दल व आर्थिक कारकों के बीच एक अन्तः सम्बन्ध है. ये तीनों मिलकर ही समाज में पाये जाने वाले सामाजिक स्तरण का निर्माण करते हैं. इनके अनुसार सम्पत्ति, शक्ति और सम्मान समाज में स्तरीकरण पैदा करते हैं.

178. (B) मार्क्स का अतिरिक्त मूल्य का सिद्धान्त यह है कि मजदूर को वह कीमत दी जाती है जो एक वस्तु की तरह उसके श्रम की होती है और वह कीमत बाजार के नियमों के अधीन, एक ऐसी रकम होती है, जिससे वह मानव-वस्तु बराबर प्राप्त होती रहे.

●●●

इकाई-IV

समाज के प्रकार
(Types of Society)

"जहाँ कहीं जीवन है, वहीं समाज है." —*मैकाइवर एवं पेज*

समाज में प्रत्येक जीवित प्राणी कुछ सामाजिक विशेषताओं का प्रदर्शन करते हैं. कुछ प्राणी-समूह 'जैविक-सामाजिक' (Bio-Social) विशेषताओं के धारक होते हैं जिनकी सामाजिक विशेषताएं वंशानुक्रम से प्राप्त मूल प्रवृत्तियों को ही परिलक्षित करती हैं. दूसरी ओर मानव एक ऐसा प्राणी है जो जैविक सामाजिक विशेषताओं के साथ ही मूलतः सामाजिक-सांस्कृतिक (Social-Cultural) विशेषताओं का भी धारक है. मानवीय सामाजिक विशेषताओं के निर्धारण में वंशानुक्रम के साथ-ही-साथ जिस अन्य तथ्य का अति महत्वपूर्ण योगदान होता है, वह संस्कृति है. यह संस्कृति ही है, जो व्यक्तियों के पारस्परिक उत्तेजना (Stimulation) एवं अनुक्रिया (Response) के आधार पर सम्बन्धों की एक व्यवस्था के रूप में निर्मित 'समाज' को सुदृढ़ता एवं स्थायित्व प्रदान करती है. अर्थात् संस्कृति आधारित सामाजिक विशेषताएँ ही 'समाज' की शास्त्रीय अवधारणा को निरूपित करती है. इसी आधार पर समाजशास्त्र के अध्ययन का केन्द्र 'समाज' का तात्पर्य सिर्फ 'मानव समाज' से है न कि किसी अन्य समाज अर्थात् 'पशु-समाज' से.

समाजशास्त्र में समाज को विश्लेषित करने की दो परम्परा रही हैं–एक परम्परा के द्वारा समाज को मात्र 'सामाजिक सम्बन्धों की व्यवस्था' के रूप में परिभाषित किया गया. यह दृष्टिकोण बहुत लम्बे समय तक समाज में बनी रही. कुछ आधुनिक समाजशास्त्रियों ने समाज की इस व्याख्या को अपूर्ण एवं अति सामान्यीकृत मानते हुए समाज को 'एक समग्रता' के रूप में देखे जाने के लिए पर बल दिया. **किंग्सले डेविस** (Kingsley Davis) ने इसे स्पष्ट करते हुए बताया कि समाज को सामाजिक सम्बन्धों की व्यवस्था के रूप में तब तक स्पष्ट नहीं किया जा सकता है जब तक कि सामाजिक जीवन की आवश्यकताओं, सामाजिक सम्बन्धों की प्रेरणाओं तथा सामाजिक संरचना को व्यवस्थित रखने वाले तत्वों को न समझ लिया जाय. डेविस का मानना है कि इन्हीं तत्वों के आधार पर मानव समाज की मुख्य विशेषताओं को समझा जा सकता है और ये सभी तत्व मिलकर ही समाज को सामाजिक सम्बन्धों की व्यवस्था के बजाय एक समग्र के रूप में निरूपित करते हैं. जे. एच. फिचर (J. H. Ficher) ने समाज को एक समग्र के रूप में विश्लेषित करने के लिए समाजशास्त्र के अध्ययन का केन्द्र 'समूह' माना है. इन्होंने समाज को एक नवीन आयाम प्रदान करते हुए कहा कि "समान संस्कृति के अन्तर्गत परस्पर सम्बन्धित अनेक समूहों के जाल का नाम ही समाज है."

समाज की उपर्युक्त नवीन व्याख्या ने ही वह आधार प्रस्तुत किया जिससे मानव समाज का तुलनात्मक अध्ययन सम्भव हो पाया. इस व्याख्या ने स्पष्ट कर दिया कि मानव समाज के रूप में उस विशाल जनसंख्या या मानव प्रजाति को इंगित नहीं किया जा सकता जो सम्पूर्ण पृथ्वी पर फैले हुए हैं. वस्तुतः पृथ्वी पर फैली सम्पूर्ण जनसंख्या सांस्कृतिक आधार पर कई सामाजिक श्रेणियों में बँटे हुए हैं. पुनः प्रत्येक सामाजिक श्रेणियाँ व्यक्तिगत मौलिक आवश्यकताओं की पूर्ति के दृष्टिकोण से कई प्रकार के सामाजिक समूहों में बँटे हुए हैं. ये मौलिक आवश्यकताएँ भोजन, सुरक्षा प्रजनन आदि हैं. यही विभिन्न समूह आपस में संगठित होकर एक पृथक् समाज का रूप धारण करते हैं. इसलिए जॉनसन ने भी समाजशास्त्र को 'सामाजिक समूहों के विज्ञान' के रूप में निरूपित किया है तथा सामाजिक समूहों को 'सामाजिक अन्तःक्रियाओं की प्रणाली' बताया है.

इस प्रकार स्पष्ट है कि संस्कृति ही वे मूल तत्व है जिसने मानव समाज को पशु समाज की तुलना में श्रेष्ठता के चरमोत्कर्ष पर प्रतिस्थापित किया है, परन्तु समाज के सन्दर्भ में संस्कृति की भूमिका इसी चरमोत्कर्ष पर समाप्त नहीं हो जाती. मानव ने अपनी सांस्कृतिक उपलब्धियों में निरन्तर विकास भी किया है. यह विकास सभी समाजों में एक समान नहीं रहा है. इस असमान सांस्कृतिक विकास के कारण ही विभिन्न समाजों में सांस्कृतिक भिन्नता एवं सांस्कृतिक सापेक्षता परिलक्षित होती है. यह भिन्नता एवं सापेक्षता ही

प्रत्येक समाज की सामाजिक विशेषताओं को विशिष्ट आयाम प्रदान करते हैं. इन सामाजिक विशेषताओं के आधार पर समाज को मुख्यतः चार भागों में विभाजित किया गया है. ये चार भाग या प्रकार निम्नलिखित हैं–

1. जनजातीय समाज (Tribal Society)
2. कृषक समाज (Agarian Society)
3. औद्योगिक समाज (Industrial Society)
4. औद्योगिकोत्तर समाज (Post-Industrial Society)

इन चारों प्रकारों के सम्बन्ध में विस्तृत विश्लेषण की ओर आगे बढ़ने से पहले हमें यहाँ यह स्पष्ट रूप से समझ लेना चाहिए कि ये प्रकार एक तरफ समाज के क्रमबद्ध विकास में मुख्य पड़ाव होने के साथ-ही-साथ वर्तमान में समाज के विभिन्न आदर्श प्रारूप (Ideal Model) भी हैं, क्योंकि अभी भी इन प्रारूपों का प्रतिनिधित्व करने वाले विभिन्न समाजों का अस्तित्व एक ही साथ कायम है.

जनजातीय समाज (Tribal Society)

जनजातीय समाज के विविध पक्षों के बारे में कुछ जानने से पहले यह अति आवश्यक है कि 'जनजाति' की अवधारणा का सम्यक् विश्लेषण कर लिया जाय. इस आवश्यकता के दो प्रमुख कारण हैं–**प्रथम**, "सामान्य व्यक्ति जनजाति के सन्दर्भ में कई अपूर्ण एवं भ्रामक धारणाओं का प्रयोग करते हैं," जैसे–"यह एक ऐसा जन-समुदाय है जो जीवन की मुख्य धारा से कटा हुआ है", "ये पहाड़ी क्षेत्रों में निवास करने वाले लोग हैं", 'इनका सामान्य जनजीवन आदिम प्रकृति का है" इत्यादि. **दूसरा**, अवधारणात्मक अज्ञानता की दशा में जनजाति को जाति एवं प्रजाति के पर्यायवाची रूप में भी प्रयुक्त कर लिया जाता है. यद्यपि कई मानवशास्त्रियों एवं समाजशास्त्रियों ने भी स्वीकार किया है कि जनजाति की कोई ऐसी परिभाषा देना जो यथेष्ट एवं सर्वमान्य हो, अत्यन्त दुष्कर कार्य है. तथापि समाजशास्त्र के विद्यार्थी होने के नाते हम ऐसा प्रयास करने से मुँह नहीं मोड़ सकते हैं.

जनजाति (The Tribes)

जाति या जाति व्यवस्था भारतीय समाज और खासकर हिन्दू समाज में पायी जाने वाली वह विभाजक प्रक्रिया है जो समाज के संस्तरणात्मक व्यवस्था को जन्म के आधार पर दृढ़ बनाती है तथा अपने सदस्यों के प्रत्येक व्यवहार के सम्बन्ध में कई प्रतिबंधात्मक नियमों को निर्धारित करती है, जबकि प्रजाति का तात्पर्य आनुवंशिक शारीरिक लक्षणों के आधार पर संसार के मनुष्यों को वर्गीकृत करने वाली श्रेणियों से है.

शाब्दिक व्युत्पत्ति के दृष्टिकोण से 'जनजाति' शब्द अंग्रेजी शब्द 'ट्राइब' का हिन्दी रूपान्तर है. अंग्रेजी का ट्राइब शब्द मूलतः लैटिन भाषा के 'ट्राइबस' से बना है जो प्राचीन रोमनों के तीन वर्गों को इंगित करता था. 16वीं सदी में अंग्रेजी में ट्राइब शब्द का आशय 'सामान्य पूर्वज के उत्पत्ति' से था. वर्तमान में इस शब्द का जिन अर्थों में प्रयोग किया जा रहा है वह उस यूरोपीय औपनिवेशिक शासन की देन है जो अफ्रीका एवं एशिया के कुछ भागों को इंगित करने के लिए इस शब्द का प्रयोग किया करते थे.

भारत में जनजाति शब्द के प्रचलन का श्रेय अंग्रेजी शासन को ही है. सन् 1935 ई. के शासन अधिनियम में कुछ अति-पिछड़े जन-समूहों की एक सूची बनाई गई, जिनके सर्वांगीण विकास के लिए समुचित कदम उठाए जाने थे. इन्हें 'अनुसूचित जनजाति' कहा गया. स्वतंत्रता प्राप्ति के पश्चात् इस सूची को यथावत् रखा गया तथा जनजातियों को अनुसूचित जनजातियों के रूप में संवैधानिक अस्तित्व प्रदान किया गया. आज इन अनुसूचित जनजातियों को आदिवासी, आदिमवासी, वनवासी वन्यजाति आदि जैसे शब्दों से भी जाना जाता है.

जहाँ तक जनजाति को परिभाषित करने का प्रश्न है, इस सम्बन्ध में प्रथम संगठित प्रयास **लोवी, मार्गन, पैरी** एवं **टायलर** जैसे मानवशास्त्रियों द्वारा किया गया है, जिन्होंने इसकी कोई संक्षिप्त परिभाषा देने के बजाय उन मौलिक तत्वों का ही सीधा उल्लेख किया जो इनमें पायी जाती है. इन लोगों के अनुसार, "जनजाति का तात्पर्य एक ऐसे समूह से है जिसका सामान्यतः एक क्षेत्र, बोली, सांस्कृतिक संगठन होता है. इसमें नातेदारी समूह जैसे अनेक उप-समूह हो सकते हैं. प्रत्येक जनजाति में सामान्यतः एक नेता, समान पूर्वज तथा एक संरक्षक देवी/देवता होते हैं. जनजाति का निर्माण करने वाले जो परिवार या छोटे समूह होते हैं वे आर्थिक, धार्मिक, सामाजिक एवं पारिवारिक सम्बन्धों से जुड़े रहते हैं."

डॉ. रिवर्स ने इसे परिभाषित करते हुए कहा कि "जनजाति एक सरल समुदाय है जो कि एक निश्चित भू-भाग पर निवास करती है, एक ही भाषा बोलती है और समान कार्यों जैसे युद्ध आदि में संगठित होने की क्षमता रखती है."

रिचर्डस् के शब्दों में, "जनजाति आर्थिक रूप से एक स्वतंत्र समुदाय है, जो एक भाषा बोलता है और बाह्य जनों से सुरक्षा हेतु संगठित रहता है."

हॉबेल ने कहा है कि "जनजाति एक सामाजिक समुदाय है, जो एक विशिष्ट भाषा बोलती है, जिसकी एक विशिष्ट संस्कृति होती है, इनका राजनीतिक आधार पर संगठित होना आवश्यक नहीं होता है."

लिंटन का कहना है कि "जनजाति अपने सरलतम स्वरूप में दलों का एक समुदाय है जोकि समीपवर्ती क्षेत्रों में निवास करते हैं, जिनमें एकता की भावना होती है, जो अनेक समानताओं, समाज अभिरुचि व मैत्रीपूर्ण सम्बन्धों के कारण उदित होती है." इस प्रकार लिंटन ने जनजातियों में 'एकता' पर अधिक बल दिया है.

पिडिंगटन ने जनजातियों में अन्तर्विवाही की विशेषता पर अधिक बल दिया है.

उपर्युक्त परिभाषाओं से स्पष्ट है कि जनजातियों के सम्बन्ध में विभिन्न विचारकों के बीच अत्यधिक मतान्तर होने के कारण किसी सामान्य निष्कर्ष पर पहुँचना आसान नहीं है. यह समस्या तब कुछ और बढ़ जाती है जब कुछ विचारक किसी विशेषता का पुरजोर खण्डन करते हैं. जैसे–**रिवर्स** क्षेत्रीय आवास को जनजाति का प्रमुख लक्षण नहीं मानते हैं. जबकि **पेरी** ने इस विशेषता पर काफी जोर देते हुए बताया है कि खानाबदोश जनजातियाँ भी एक निश्चित क्षेत्र के अन्तर्गत ही घूमती रहती हैं. **रेडक्लिफ ब्राउन** ने इनके एकतामूलक सामाजिक संगठन की विशेषता के विरुद्ध कई प्रमाण प्रस्तुत किए हैं.

जनजाति की विशेषताएं (Characteristics of Tribes)

ऊपर दी गई परिभाषाएँ पृथक् रूप में जनजातियों की सभी विशेषता का प्रतिनिधित्व तो नहीं करती, परन्तु सभी परिभाषाओं के समायोजन से जनजातियों की मुख्य विशेषताओं को अवश्य ज्ञात किया जा सकता है–

1. जनजाति एक क्षेत्रीय समूह है. एक जनजाति का पारम्परिक भूखण्ड होता है जिससे उनका जुड़ाव तब तक भी बना रहता है जब वे किसी कारणवश अपनी मातृभूमि से दूर रह रहे होते हैं.
2. एक जनजाति के सभी सदस्य एक-दूसरे के नातेदार नहीं होते, किन्तु नातेदारी के नियम जनजातीय जीवन को एकीकृत, सुदृढ एवं नियमित करते हैं. परिणामतः जनजातीय समाज में गोत्र एवं उपगोत्र बहिर्विवाही होते हैं, क्योंकि नातेदारी के नियम ऐसा ही कहते हैं. साथ ही सभी जनजातियाँ अपनी जनजाति के अन्तर्गत ही विवाह करना अनिवार्य मानती हैं, क्योंकि जनजाति के बाहर विवाह नातेदारी के नियमों के विरुद्ध है.
3. जनजाति के सदस्य एकसमान भाषा बोलते हैं जो उनकी विशिष्ट पहचान होती है.

   डेविड जी. मेंडलबॉम ने जनजाति की विशेषताओं को बताते हुए लिखा है—

   (a) जनजाति जीवन को जोड़ने वाला प्रमुख आधार नातेदारी का सम्बन्ध होता है. वंश समूह एवं गोत्र से जुड़े लोग जनजातीय लोगों के जीवन प्रमुख सहायक एवं संबल होते हैं. कहा जाता है कि जो लोग नातेदार नहीं हैं वे शत्रु हैं.

   (b) जनजातीय समाज में सामाजिक संस्तरण की विकसित व्यवस्था का अभाव होता है. अर्थ यह है कि जनजातीय समाज में ऐसा संस्तरण नहीं पाया जाता है जो समाज को बहुत ज्यादा विभक्त कर दे. कुछ परम्परागत नेतृत्व के पदों को छोड़कर जनजातीय समाज के सभी लोग आमतौर पर एक-दूसरे के बराबर होते हैं.

   (c) जनजातीय समाजों में भू-स्वामित्व सामूहिक होता है. इन समाजों में जमीन का स्वामित्व एक गोत्र के लोगों के पास होता है न कि किसी व्यक्ति के नाम. एक गोत्र के सभी लोग उस भूखण्ड के बराबर के हिस्सेदार होते हैं.
4. जनजातीय समाजों का राजनैतिक संगठन बहुत जटिल नहीं होता है. कुछ ही जनजातियों में राजतन्त्र जैसे संगठन विकसित हो पाए हैं अन्य सभी जनजातीय समूहों का नेतृत्व परम्परागत सरदारों द्वारा किया जाता है.
5. जनजातीय समुदाय सांस्कृतिक रूप से सामान्यतः समरूप एवं सजातीय होते हैं. उनके रीति-रिवाज, धार्मिक परम्पराएँ, नृत्य और संगीत उन्हें एक-दूसरे से जोड़े रखते हैं. उनका सामाजिक जीवन आपसी विभेद पर नहीं, बल्कि आपसी समन्वय, एकता और समरूपता पर आधारित होता है.
6. जनजातीय लोग धन संचय, पूँजी के उपयोग एवं व्यापार वाणिज्य को ज्यादा महत्व नहीं देते. उनका आर्थिक जीवन मूलतः निर्वाह अर्थव्यवस्था (Subsistence Economy) पर आधारित होता है. वे उतना ही उपार्जित करते हैं जितना उनकी दैनिक जीवन की आवश्यकताओं के लिए जरूरी है. वे धन संचय एवं वस्तु संग्रह में विश्वास नहीं रखते.
7. जनजातीय समाज के लोग जीवन का आनंद लेना आवश्यक समझते हैं. वे भविष्य की चिंता में वर्तमान की खुशियों से अपने को वंचित रखना पसंद नहीं करते. दैनिक श्रम के बाद खाना-पीना एवं नृत्य-संगीत का आनंद लेना उनकी दिनचर्या का हिस्सा होता है.
8. जनजातीय धर्म व्यवहारिक एवं अध्यात्मिक पक्ष में भेद नहीं करता है. उनके धार्मिक रीति-रिवाज, दैनिक जीवन की समस्याओं के समाधान से जुड़े होते हैं. उनमें समाज एवं व्यक्ति के दूरगामी कल्याण, आत्मा और परमात्मा

से सम्बन्धित तथ्य एवं जीवन और मृत्यु के चक्र से मुक्ति जैसी गूढ़ बातें ज्यादा महत्व नहीं रखतीं. उनका धार्मिक और नैतिक जीवन उनके वर्तमान से ज्यादा जुड़ा होता है, भविष्य से कम.

कृषक समाज (Peasant Society)

कृषक समाज वस्तुतः ग्रामीण समाज का ही दूसरा नाम है. भारतीय संदर्भ में देखा जाए, तो भारतीय गाँव कृषि अर्थव्यवस्था पर आधारित होने के कारण कृषक समाज के रूप में विकसित हुए हैं. कृषक समाजों का उदय जनजातीय समाजों के शिकारी और घुमन्तु जीवन के स्वरूप में परिवर्तन आने के कारण हुआ. जब लोगों ने अस्थायी अथवा घुमन्तु जीवन का त्यागकर कृषि और बागवानी को आजीविका का आधार बनाना आरम्भ किया, तो धीरे-धीरे कृषि पर आधारित स्थायी गाँवों का विकास होने लगा. वैसे यह परिवर्तन सभी ग्रामीण समाजों में पूरी तरह नहीं हो पाया है. विश्व के कई ग्रामीण समुदायों की अर्थव्यवस्था का मूल आधार आखेट, पशुपालन एवं बागवानी है, कृषि नहीं.

भारतीय ग्रामीण अर्थव्यवस्था अभी भी विकास के उस स्तर तक नहीं पहुँच पाई है जहाँ वह कृषि पर निर्भरता से मुक्त हो पाए, इसलिए भारतीय ग्रामीण समाजों का मूलाधार अभी भी कृषि ही बनी हुई है. कृषक समुदायों की विशेषता का विश्लेषण करने का अर्थ है कि भारतीय ग्रामीण समुदायों की अधिकांश विशेषताओं का विश्लेषण. कृषक समाजों की विशेषताओं का उल्लेख निम्नलिखित रूप में किया जा सकता है—

1. कृषक समाज परिवेश की दृष्टि से प्रकृति के निकट होते हैं. उनका पर्यावरण कृत्रिम न होकर प्राकृतिक अधिक होता है. वे शहरी कोलाहल से दूर बसे होते हैं, जहाँ खेत, बाग-बगीचे, स्वच्छ हवा और खुली धूप होती है.
2. कृषक समाजों का आर्थिक जीवन खेती-बाड़ी पर निर्भर होता है. ऐसे समाजों की अधिकांश जनसंख्या प्रत्यक्ष या परोक्ष रूप से खेती और उससे जुड़ी अन्य गतिविधियों पर निर्भर होती है. कृषि उत्पादों की खरीद-बिक्री एवं भण्डारण उनकी आय का प्रमुख साधन होता है.
3. कृषक समुदायों के हस्तशिल्प एवं गृह उद्योग भी किसी-न-किसी प्रकार कृषि सम्बन्धित उपकरणों के निर्माण एवं कृषि उत्पादों के प्रसंस्करण से सम्बन्धित होते हैं.
4. कृषक समुदायों में विशेषीकरण का अभाव पाया जाता है. गाँव के सभी लोग अपनी आवश्यकता की विभिन्न वस्तुओं के निर्माण एवं उत्पादन का कुछ-न-कुछ हुनर अवश्य रखते हैं. दूसरे शब्दों में इनकी निर्भरता विशेषज्ञों या तकनीकी प्रशिक्षण प्राप्त लोगों पर बहुत अधिक नहीं होती. वे अपनी रोजमर्रा की कठिनाइयाँ आमतौर पर खुद ही दूर करने में सक्षम होते हैं.
5. कृषक समुदायों का आकार प्रायः सीमित होता है और जनसंख्या का घनत्व भी कम होता है. गाँव के लोग छोटी आबादी की वजह से प्रत्यक्षतः एक-दूसरे से परिचित होते हैं और प्रायः एक-दूसरे के गुण और दोष की जानकारी रखते हैं.
6. कृषक समुदायों में जनसंख्या प्रायः समरूप होती है. अधिकांश लोगों की निर्भरता कृषि पर होने के कारण उनकी आर्थिक स्थिति, रहन-सहन का तरीका, सोच-विचार, व्यवहार-प्रतिमान आदि प्रायः एक जैसे होते हैं. एक और तथ्य यह भी है कि कृषक समुदाय के लोग नवीनता और विविधता के प्रति ज्यादा आकर्षित नहीं होते. कोई नया विचार या परम्पराओं से हटकर कही गई कोई नई बात उन्हें आसानी से पसन्द नहीं आती. कुल मिलाकर कृषक समाज के लोगों का प्रयास समरूपता को कायम रखने की ओर ही होता है.
7. इन समाजों में प्राथमिक सम्बन्धों की प्रधानता होती है. गाँव के सभी लोग, चूँकि कई पीढ़ियों से एक साथ रह रहे होते हैं. अतः उनमें आत्मीयता, अनौपचारिकता एवं पारस्परिक निर्भरता का भाव विकसित हो जाता है. कृषक समाज की एक अनिवार्य शर्त आपसी सहयोग का होना है. इस कारण कृषक समाज के लोगों के लिए एक-दूसरे से सहयोग करना अनिवार्य हो जाता है, भले ही यह सहयोग अनिच्छा से ही दिया गया क्यों न हो.
8. कृषक समाजों की सर्वाधिक महत्वपूर्ण इकाई परिवार होती है. सच कहा जाए, तो व्यक्ति की पहचान ऐसे समाजों में परिवार के ही माध्यम से होती है. व्यक्ति के निजी जीवन, सामाजिक-आर्थिक जीवन, विवाह एवं नौकरी के चयन आदि सभी विषयों पर व्यक्ति की राय से ज्यादा परिवार की राय अहमियत रखती है. व्यक्ति पारिवारिक परम्पराओं को आगे बढ़ाने का एक माध्यम मात्र होता है. परिवार ही उत्पादन एवं खपत की मूल इकाई होता है और परिवार ही सारी गतिविधियाँ, परिवार के मुखिया के निर्देशानुसार चलती हैं.
9. कृषक समुदायों का जीवन धर्म से गहराई से जुड़ा होता है. भारतीय सम्बन्ध में तो खेती-गृहस्थी का कार्य धार्मिक उत्सवों एवं त्यौहारों का अवसर प्रदान करता है. हर नई फसल के बाद कोई-न-कोई उत्सव मनाया जाता है. हर नए त्यौहार में चढ़ावे के रूप में नई फसल और उससे जुड़े उत्पाद अर्पित किए जाते हैं. अतिवृष्टि और अनावृष्टि या खेती गृहस्थी से जुड़ी अन्य कठिनाइयों को दैविक प्रकोप माना जाता है और इसे दूर करने के लिए ईश्वर की आराधना की जाती है.

10. कृषक समाजों में गतिशीलता काफी कम देखी जाती है. लोगों की संतोषी प्रकृति के कारण उनमें आगे बढ़ने की और जीवन में सकारात्मक परिवर्तन लाने की इच्छा का अभाव देखा जाता है. लोग अपनी बँधी-बँधाई दिनचर्या को जोड़कर कुछ नया करने के प्रति उत्सुक नहीं रहते. नतीजा यह है कि उनमें उद्यमशीलता का अभाव देखा जाता है और लोग पीढ़ी-दर-पीढ़ी एक ही व्यवसाय को करते चले जाते हैं और परम्परागत जीवन में ही अपने आप को सुरक्षित महसूस करते हैं. कुछ नया करना उन्हें खतरे से खाली नहीं लगता.

11. भारतीय संदर्भ में कृषक समाजों की एक महत्वपूर्ण विशेषता जाति व्यवस्था का वर्चस्व होना है. सम्पूर्ण कृषक समाज विभिन्न जातियों के आधार पर संस्तरित होता है. सभी जातियों के लोग जाति के नियमों द्वारा बँधकर एक-दूसरे से अन्तर्क्रिया करते हैं. जाति व्यवस्था उनके निवास, खान-पान, सामाजिक स्थिति, शादी-ब्याह, व्यवसाय आदि हर पहलू को नियंत्रित और निर्देशित करती है. जाति-व्यवस्था जहाँ कृषक समाज के लोगों को एक-दूसरे से बाँटती है वहीं दूसरी ओर जजमानी प्रथा द्वारा एक-दूसरे पर निर्भर भी बना देती है. जजमानी प्रथा के अन्तर्गत हर जाति अपनी परम्परागत सेवाएँ दूसरी जाति के लोगों को प्रदान करती है और इस प्रकार गाँव के लोगों की आवश्यकताएँ पूरी होती रहती हैं. जातियों का यह सामाजिक और आर्थिक सम्बन्ध पीढ़ी-दर-पीढ़ी चलता है.

12. कृषक समुदायों की राजनीतिक संरचना बहुत कुछ जाति व्यवस्था से जुड़ी हुई होती है. गाँव की पंचायतें स्थानीय प्रभुत्व वाली जाति के संरक्षण में कार्य करती है. गाँव की राजनीति को वही जाति नियंत्रित करती है जो एम.एन. श्रीनिवास के अनुसार संख्या बल एवं भू-स्वामित्व की दृष्टि से बलशाली होती है. जातीय संस्तरण में ऐसी जाति प्रायः उच्च अथवा मध्यम श्रेणी की होती हैं.

कृषक समुदायों को **रॉबर्ट रेडफील्ड ने लघु समुदाय** (Little Community) कहा है. सच्चिदानंद के अनुसार "भारत के कृषि समाज में व्यक्ति की पहचान उसके वृहत् परिवार के संदर्भ में ही होती है." क्रोबर के अनुसार "कृषक समाज मध्यवर्ती स्थिति में है. इसके एक ओर जनजातीय समाज है, तो दूसरी ओर नगरीय समाज है."

रॉबर्ट रेडफील्ड ने अपनी पुस्तक 'Peasant Society and Culture' में कृषक उन छोटे खेतिहर लोगों को कहा है जो केवल अपने उपभोग के लिए उत्पादन कर पाते हैं. इसके विपरीत किसान वे लोग हैं जो कृषि को लाभ का साधन मानते हैं. रेडफील्ड के अनुसार कृषक समाज की पाँच मूलभूत विशेषताएँ हैं—

1. कृषक समाज एक समरूप समुदाय है,
2. इस समाज के सदस्यों की आजीविका का प्रमुख साधन भूमि पर नियंत्रण तथा भूमि को जोतना है,
3. कृषक समाज एक अविभेदीकृत और अस्तरित समुदाय है,
4. कृषक समाज नगरों के कुलीन वर्ग से भिन्न है,
5. कृषक समाज को आर्थिक आधार पर अन्य समाजों से पृथक् किया जा सकता है.

आन्द्रे बिताई के अनुसार, भारतीय कृषक समाज रेडफील्ड की अवधारणा से थोड़े भिन्न हैं. आन्द्रे बिताई ने 'Six essays in Comparative Sociology' में लिखा है कि भारतीय गाँव की परिस्थितियाँ यूरोप के गाँव से भिन्न हैं. यहाँ कृषक होने के लिए भू-स्वामी होना आवश्यक नहीं है. उसकी स्थिति भारतीय संदर्भ में एक श्रमिक के समान ही होती है, क्योंकि वह बड़े भू-स्वामियों यानि गाँव के कुलीन वर्गों के शोषण का शिकार होता है. आन्द्रे बिताई के अनुसार भारतीय ग्रामीण संरचना में वह समरूपता और सजातीयता देखने को नहीं मिलती जो रेडफील्ड की अवधारणा के अनुसार हो, क्योंकि यहाँ कृषक समाज विभिन्न धर्मों, जातियों एवं अनेक छोटे-छोटे व्यवसायी वर्गों में बँटे हैं.

औद्योगिक समाज (Industrial Society)

औद्योगिक समाज का प्रारम्भ—औद्योगिक क्रांति जिसमें 16वीं शताब्दी में यूरोप के अन्धकार युग को समाप्त किया, के परिणामस्वरूप माना जा सकता है. औद्योगिक क्रांति ने 18वीं शताब्दी के अन्त आते-आते सम्पूर्ण यूरोप को गतिमान कर दिया. 19वीं शताब्दी के प्रारम्भ में यूरोप में आर्थिक गतिविधियाँ, मुद्रा के प्रवाह एवं लोगों की गतिशीलता ने जोर पकड़ा. नए औद्योगिक युग का प्रमुख लक्षण कारखाना उत्पादन पद्धति का उदय था जिसने गृह उद्योगों को ध्वस्त कर दिया. जैसे-जैसे औद्योगिकीकरण की रफ्तार बढ़ी वैसे-वैसे नए-नए औद्योगिक केन्द्र विकसित होते गए. ये औद्योगिक केन्द्र सामाजिक, आर्थिक एवं पारिस्थितिकी के दृष्टिकोण से नगरीय स्वरूप के थे. इन नवविकसित नगरों की विशेषताएँ परम्परागत समाजों से भिन्न थीं.

सबसे पहली बात, तो यह थी कि इन औद्योगिक समाजों का आर्थिक आधार कृषि न होकर गैर-कृषि कार्य यानि उत्पादन, वाणिज्य-व्यापार एवं विविध प्रकार की सेवाएँ थीं. कारखाना उत्पादन पद्धति के कारण भारी संख्या में श्रमिकों का आगमन इन नवविकसित नगरीय केन्द्रों की ओर होने लगा. इन अप्रवासी मजदूरों के कारण नगरों में गंदी-बस्तियों

का उदय होने लगा. साथ ही एक विषमतापूर्ण समाज का भी उदय होना प्रारम्भ हुआ. इस विषमतापूर्ण समाज में विभिन्न क्षेत्रों, जातियों, धर्मों, भाषाओं सांस्कृतिक परम्पराओं का समन्वय देखा जाने लगा, लेकिन इस विषमतापूर्ण समाज के उदय के साथ-साथ कुछ अन्य विशिष्ट विशेषताएँ भी उभरीं जिन्होंने औद्योगिक समाज को एक अलग स्वरूप प्रदान किया. **लुई विर्थ** ने इन्हीं विशेष लक्षणों को **नगरवाद** (Urbanism) का नाम दिया. उन्होंने अपने लेख 'Urbanism is a way of life' में नगरवाद के तीन प्रमुख लक्षणों की चर्चा की है—

1. जनसंख्या का बड़ा आकार,
2. जनसंख्या की विजातीयता तथा
3. जनसंख्या का अधिक घनत्व.

इन तीनों लक्षणों के परिणामस्वरूप ही औद्योगिक समाज में अनेक अन्य लक्षण उत्पन्न हुए, जिनकी चर्चा निम्नलिखित रूप में की जा सकती है—

1. औद्योगिक समाजों में भौतिकवाद की प्रधानता होती है. लोग पैसे को महत्व देते हैं और अधिकाधिक धनोपार्जन को अपने जीने का उद्देश्य मानते हैं.
2. औद्योगिक समाजों में द्वितीयक सम्बन्धों की प्रधानता होती है. जनसंख्या का आकार, चूँकि बड़ा होता है, इस कारण लोग एक-दूसरे को व्यक्तिगत रूप से नहीं जान पाते. दूसरी बात यह है कि लोग, चूँकि भिन्न-भिन्न जाति, धर्म एवं भाषायी क्षेत्रों के होते हैं इसलिए एक-दूसरे में ज्यादा रुचि रखना जरूरी नहीं समझते. इससे सम्बन्धों में प्रगाढ़ता नही आ पाती. सम्बन्ध कामकाजी स्तर के ही बने रहते हैं.
3. औद्योगिक समाजों में अपरिचय बोध (Anonymity) का लक्षण देखा जाता है. कहने का तात्पर्य यह है कि औद्योगिक समाजों के लोग सघन आबादी के बीच रहकर भी एक-दूसरे से अपरिचित होते हैं. उन्हें एक-दूसरे को न तो जानने की जरूरत पड़ती है और न जानने की इच्छा होती है.
4. औद्योगिक समाजों में अकेलापन (Isolation) भी एक महत्वपूर्ण सामाजिक लक्षण होता है. चूँकि लोग आत्म-केन्द्रित होते हैं, एक-दूसरे की पहचान, आवश्यकताओं एवं भावनाओं से अपरिचित होते हैं और सम्बन्धों का स्तर द्वितीयक रखना पसंद करते हैं, तो परिणाम यह होता है कि उन्हें शांति तो मिलती है, किन्तु तनाव के क्षणों में यही शांति अकेलेपन का रूप ले लेती है. मानसिक तनाव के क्षणों में किसी का सहारा न मिल पाना औद्योगिक समाज के लोगों की आम समस्या है और यह अनेक मानसिक बीमारियों को जन्म दे रही है.
5. औद्योगिक समाजों में जीवन घड़ी की सुई से बँध जाता है. **नेल्स एण्डरसन** ने अपनी पुस्तक 'Urban Sociology' में लिखा है कि घड़ी औद्योगिक शहरी समाज के लोगों के जीवन के संचालन एवं संयोजन का माध्यम होती है. शहरी व्यक्ति समय के प्रति बहुत जागरूक और सजग होता है, क्योंकि समय की पाबंदी उसे सामाजिक और आर्थिक उपलब्धियाँ प्रदान करती है.
6. औद्योगिक समाजों में समय के प्रति जागरूकता अनेक दूरगामी परिणामों को उत्पन्न करती है. **नेल्स एण्डरसन** के अनुसार इन परिणामों में से एक है कार्य की अवधि और अवकाश की अवधि का स्पष्ट विभाजन. औद्योगिक समाजों में काम के घण्टे निश्चित होते हैं और इस अवधि के बाद उसे आराम करने की पूरी छूट होती है.
7. औद्योगिक समाजों में अवकाश के क्षणों को बिताने के लिए मनोरंजन के अनेक साधनों का विकास किया गया है. जिसने स्वतः एक उद्योग का रूप ले लिया है. औद्योगिक के समाजों का व्यक्ति इस बात के लिए भी जागरूक रहता है कि उसके अवकाश के क्षण व्यक्तित्व विकास एवं शैक्षणिक गतिविधियों से जुड़े हुए हों, जिससे कि इन क्षणों का सदुपयोग हो सके और जीवन में प्रगति के दरवाजे खुल सकें. वस्तुतः औद्योगिक समाज का व्यक्ति अपने जीवन के किसी भी क्षण को बेकार नहीं जाने देना चाहते, क्योंकि वह भविष्य के प्रति आशंकित एवं चिन्तित होते हैं.
8. औद्योगिक समाज में वैज्ञानिक दृष्टिकोण, तार्किकता, बौद्धिकता एवं विवेक को काफी महत्व दिया जाता है. व्यक्ति की सोच रूढ़ियों और परम्पराओं से आगे बढ़कर वस्तुनिष्ठ विश्लेषण की ओर उन्मुख होती है. किसी भी विषय पर व्यक्तिगत निर्णय लाभ-हानि को ध्यान में रखकर सोच-समझकर लिया जाता है. वैज्ञानिक दृष्टि-कोण अन्धविश्वासों से बचने में व्यक्ति की मदद करता है. धर्म के प्रति आस्था तो होती है, परन्तु ईश्वर के प्रति समर्पण का आधार अन्धविश्वास एवं भय नहीं बल्कि सोचा-समझा हुआ विश्वास होता है जो व्यक्ति को मानसिक शांति एवं कठिनाइयों में संबल प्रदान करता है. शहर के भीड़ भरे माहौल, किन्तु व्यक्तिगत अकेलेपन में ईश्वर के प्रति आस्था ही व्यक्ति को भावनात्मक सहारा प्रदान करती है.
9. औद्योगिक समाजों में सामाजिक नियंत्रण औपचारिक प्रवृत्ति का होता है, यानि व्यक्ति और समूह के व्यवहारों को नियंत्रित करने में न्यायालय, पुलिस, विभिन्न संस्थानों के नियम और कानून, देश का संविधान आदि महत्वपूर्ण

भूमिका निभाते हैं. धर्म, सामाजिक परम्पराएँ, परिवार के सदस्यों के आदेश आदि उतने प्रभावी नहीं रह जाते हैं. सच कहा जाए, तो व्यक्ति द्वितीयक समूहों से इतना जुड़ा रहता है कि इन समूहों के नियम ही उसकी सफलता और असफलता के निर्णायक होने लगते हैं. यही कारण है कि व्यक्ति कभी-कभी परिवार से भी ज्यादा अहमियत द्वितीयक समूहों के नियमों और अपेक्षाओं को देने लगता है.

10. औद्योगिक समाज में उपभोक्तावाद का बोलवाला होता है. आधुनिक तकनीक का प्रयोग करके नई-नई वस्तुओं का उत्पादन किया जाता है और उनका जोर-शोर से प्रचार-प्रसार करके लोगों को इन वस्तुओं को खरीदने के लिए प्रेरित किया जाता है. लोगों की हैसियत का निर्धारण इस आधार पर किया जाता है कि उनके पास कौन-कौनसी नई उपभोक्ता सामग्री हैं और वह कितनी महँगी हैं? अर्थ यह है कि ऐसे समाजों में जीवन स्तर को ऊँचा बनाए रखने के लिए लोग नित्य नए उपकरण और प्रसाधन खरीदते हैं और पुरानी वस्तुओं को हटा देते हैं.

11. औद्योगिक समाजों का राजनैतिक ढाँचा प्रजातंत्र एवं व्यक्तिगत स्वतन्त्रता पर आधारित होता है. इन समाजों में व्यक्तियों को अभिव्यक्ति की पूरी स्वतन्त्रता होती है, और वह राजनीति एवं अर्थनीति में गहरी रुचि रखता है, क्योंकि इन नीतियों का प्रभाव उसके दैनिक जीवन और उसके भविष्य पर पड़ता है. साथ ही नागरिक समानता, मानवाधिकार, शोषण के विरुद्ध मुखर आन्दोलन, तानाशाही का विरोध आदि बातें औद्योगिक समाज की विशेषताएँ होती हैं. जहाँ एक ओर आर्थिक और राजनैतिक लाभ के लिए विभिन्न राष्ट्रों और समाजों में संघर्ष होता रहता है वहीं शांति और सद्भाव के लिए विश्वस्तरीय चिन्तन और सक्रियता भी देखी जाती है.

औद्योगिकोत्तर समाज (Post-Industrial Society)

औद्योगिक समाज की अवधारणा का विश्लेषण ब्रिटिश समाज विज्ञानी **डेनियल बेल** ने अपनी पुस्तक 'The Coming of Post Industrial Society' (1973) में प्रस्तुत किया. वैसे यह अवधारणा उन्होंने 'तकनीकी और सामाजिक परिवर्तन' पर हुए एक सेमिनार में 1962 में ही प्रस्तुत की थी. इस अवधारणा को विकसित करके उन्होंने 21वीं शताब्दी के समाज के सम्बन्ध में भविष्यवाणी करने का प्रयास किया.

डेनियल बेल के अनुसार किसी भी समाज के तीन हिस्से होते हैं—

1. सामाजिक संरचना
2. राजनीति
3. संस्कृति

औद्योगिकोत्तर समाज की अवधारणा मूलतः सामाजिक संरचना में परिवर्तन से सम्बन्धित है. सामाजिक संरचना के विभिन्न पहलू जैसे—अर्थव्यवस्था, तकनीक एवं व्यवसायिक व्यवस्था में जो परिवर्तन आता है उनका विश्लेषण ही औद्योगिकोत्तर समाज की अवधारणा का मुख्य चिन्तन बिन्दु है.

डेनियल बेल के अनुसार औद्योगिकोत्तर समाज का अर्थ समझने के लिए इसके निम्नलिखित पाँच पहलुओं पर ध्यान देना आवश्यक है—

1. **आर्थिक पक्ष** (Economic Sector)—इसके अन्तर्गत वस्तु उत्पादन, अर्थव्यवस्था का रूपांतरण सेवा पर आधारित अर्थव्यवस्था में होता है. इस परिवर्तन के तहत् डेनियल बेल ने कहा है कि औद्योगिकोत्तर समाज की सबसे सामान्य एवं प्राथमिक विशेषता यह है कि इसमें मजदूर वर्ग कृषि या उत्पादन कार्य में अधिकाधिक संख्या में संलग्न न होकर सेवाएँ प्रदान करने के क्षेत्र में संलग्न होता है. इन सेवाओं के अन्तर्गत उन्होंने व्यापार, वित्तीय-प्रबंधन, परिवहन, स्वास्थ्य, मनोरंजन, शोध या अनुसंधान, शिक्षा एवं सरकारी सेवा की चर्चा की है. यह सेवा क्षेत्र ही नवबुद्धिजीवियों के विकास का प्रतीक है और ये ही बुद्धिजीवी जो विश्वविद्यालयों, शोध संस्थानों, व्यवसायिक संगठनों एवं सरकार में शामिल होते हैं, समाज को नई दिशा देते हैं.

2. **पेशागत वितरण** (Occupational Distribution)—डेनियल बेल ने पेशागत वितरण के तहत् व्यवसायिक (Professional) एवं तकनीकी (Technical) वर्ग के वर्चस्व को औद्योगिकोत्तर समाज का महत्वपूर्ण लक्षण बताया है. इनके अनुसार औद्योगिकोत्तर समाज में महाविद्यालय एवं तकनीकी संस्थानों में प्रदान की जा रही शिक्षा का महत्व बढ़ा है. मजदूरों, किसानों एवं अन्य मेहनतकश लोगों की तुलना में इंजीनियरों, मैनेजरों, तकनीकी अधिकारियों एवं शिक्षाविदों की संख्या में बढ़ोत्तरी हुई है.

3. **सैद्धान्तिक ज्ञान की प्रधानता** (Centrality of theoritical knowledge)—डेनियल बेल के अनुसार औद्योगिकोत्तर समाज में सैद्धान्तिक ज्ञान की प्रधानता होती है. यही ज्ञान नवाचार (Innovation) एवं नीति-निर्धारण का आधार बनता है. जहाँ औद्योगिक समाज मशीन एवं मानव की गतिविधियों के समन्वय पर बल देता है, ताकि वस्तुओं का अधिकतम उत्पादन हो सके वहीं औद्योगिकोत्तर समाज ज्ञान के संगठन पर बल देता है जिससे सामाजिक नियंत्रण हो सके तथा नवाचार एवं परिवर्तन को दिशा दी जा सके. इससे नए सामाजिक सम्बन्ध बनते हैं एवं नई संरचना का उदय होता है जिनका राजनैतिक प्रबन्धन जरूरी हो जाता है.

बेल के अनुसार ज्ञान का महत्व हर समाज में होता है, लेकिन औद्योगिकोत्तर समाज में ज्ञान व्यवहारिक से ज्यादा

सैद्धान्तिक प्रकृति का होता है. इसी ज्ञान के आधार पर भविष्य के सम्बन्ध में योजनाएँ बनाई जाती हैं और समाज की दशा और दिशा के सम्बन्ध में भविष्यवाणी सम्भव हो पाती है.

4. **तकनीकी विकास की योजना एवं नियंत्रण** (The Planning and Control of Technological Growth)—डेनियल बेल के अनुसार औद्योगिकोत्तर समाज में सामाजिक परिवर्तन का एक नया आयाम सामने आता है जिसके अन्तर्गत तकनीकी विकास की योजना एवं नियंत्रण आवश्यक हो जाता है. औद्योगिकोत्तर समाज में यह आवश्यक होता है कि उच्च जीवन स्तर एवं उत्पादकता को बनाए रखने के लिए नई तकनीकी का निरन्तर विकास होता रहे, लेकिन बेल का यह भी कहना है कि निरन्तर तकनीकी प्रगति का कुछ अनावश्यक और अवांछित परिणाम भी सामने आते हैं. इन अवांछित परिणामों जैसे प्रदूषण, पर्यावरण के विनाश, जीव-जन्तुओं का विनाश, आदि को रोकने के लिए तकनीकी विकास पर नियंत्रण भी लगाना आवश्यक हो जाता है. औद्योगिकोत्तर समाज में तकनीक के विकास की योजना एवं नियंत्रण पर विशेष बल दिया जाता है. इसके लिए राजनैतिक प्रयास की आवश्यकता होती है जो नई तकनीक का सही आकलन कर सके और इस पर आवश्यक नियन्त्रण लगा सके.

5. **नई बौद्धिक तकनीक का उदय** (Rise of New Intellectual Technology)—डेनियल बेल के अनुसार औद्योगिकोत्तर समाज की प्रमुख बौद्धिक एवं सामाजिक समस्या यह है कि इसे संगठित जटिलता (Organised Complexity) का समन्वय करना पड़ता है. दूसरे शब्दों में कहा जाए, तो इस समाज में वृहद् स्तर पर व्यवस्थाओं का प्रबन्धन करना होता है जिससे विशिष्ट लक्ष्यों की प्राप्ति की जा सके. इस प्रबन्धन के लिए बौद्धिक तकनीक की आवश्यकता पड़ती है. कम्प्यूटर इसी बौद्धिक तकनीक का एक उदाहरण है.

बौद्धिक तकनीक की विशिष्टता यह है कि यह तार्किक क्रियाओं को परिभाषित करता है एवं तार्किक लक्ष्यों की प्राप्ति का मार्ग बताता है. इन लक्ष्यों की प्राप्ति के लिए कई वैकल्पिक मार्ग उपलब्ध होते हैं. इनमें से सर्वोत्कृष्ट मार्ग जिसमें सबसे कम अनिश्चितताएँ हों तथा सर्वाधिक लाभ हो उन्हें चुनने का तरीका बौद्धिक तकनीक द्वारा ही बताया जाता है.

बौद्धिक तकनीक व्यवस्था विश्लेषण का भी कार्य करता है. व्यवस्था विश्लेषण के अन्तर्गत आपसी सम्बन्धों के बदलाव एवं समाज के अन्य अंगों पर पड़ने वाले इसके सम्भावित प्रभाव का विश्लेषण शामिल होता है. बेल के अनुसार जटिल समाजों में कार्य-करण सम्बन्धों की व्याख्या आसान नहीं होती. कारण यह है कि जटिल परिस्थितियों के वास्तविक कारण आसानी से पहचाने नहीं जाते और वे कहीं गहराई में छिपे होते हैं. बौद्धिक तकनीक का कार्य इन्हीं कारणों की खोज करना होता है. बौद्धिक तकनीक का लक्ष्य वस्तुतः पूर्वाभास के आधार पर समाज में व्यवस्था लाने का प्रयास करना है जिससे विचलित मानव को एक विवेकपूर्ण मार्गदर्शन मिल सके.

Anthony Giddens ने बेल द्वारा दी गई औद्योगिकोत्तर समाज की अवधारणा का मूल्यांकन करते हुए लिखा है कि बेल द्वारा बताए गए कुछ लक्षण वर्तमान युग में प्रगट अवश्य हुए हैं, लेकिन उन्होंने सामाजिक परिवर्तन लाने में आर्थिक कारकों की भूमिका को बढ़ा-चढ़ाकर बताया है. वर्तमान युग में परिवर्तनों के पीछे आर्थिक कारकों के साथ-साथ राजनीतिक एवं सांस्कृतिक कारकों की भी महत्वपूर्ण भूमिका है. बेल ने सेवाओं की महत्ता में वृद्धि को भी जरूरत से ज्यादा महत्व दिया है. गिडिंस के अनुसार सर्वाधिक महत्वपूर्ण परिवर्तन कृषि-कार्यों के स्थान पर अनेकानेक विविध प्रकार के व्यवसायों का बढ़ना है जिनमें सेवा भी एक है. इनमें से व्यवसायों के लिए किसी विशिष्ट ज्ञान की आवश्यकता नहीं पड़ती, जबकि बेल ने विशिष्ट ज्ञान को काफी महत्व दिया था. गिडिंस ने औद्योगिकोत्तर समाज के बेल द्वारा बताए गए लक्षणों जैसे व्यवस्थित एवं समन्वित सूचना पर समाज की निर्भरता की भी आलोचना की है. उनका कहना है कि समन्वित ज्ञान ही समाज का मुख्य संसाधन होगा यह कहना कठिन है.

वस्तुतः वर्तमान औद्योगिकोत्तर समाज जिसे उत्तर आधुनिक समाज के नाम से भी जाना जाता है वह एक जटिल समग्र है. यह विविधताओं से परिपूर्ण है. कुछ विद्वानों का मानना है कि वर्तमान युग में दुनिया का पुनर्निर्माण हो रहा है. इस नई दुनिया में विविधता, विभेद, गतिशीलता, लचीलापन, संचार साधनों की बहुलता, विकेन्द्रीकरण, वैश्वीकरण आदि के लक्षण सामने आ रहे हैं. व्यक्ति की पहचान, स्व के सम्बन्ध में उसका विचार आदि सभी कुछ बदल रहे हैं. दूसरे शब्दों में कहा जाए, तो व्यक्ति और समाज एक संक्रमण के दौर से गुजर रहा है जिसकी सामान्य शब्दावली में व्याख्या करना बड़ा कठिन कार्य है.

महत्वपूर्ण तथ्य

- जनजाति निश्चित भौगोलिक क्षेत्र में निवास करने वाले लोगों का समूह है, जिनकी विशिष्ट सामाजिक संस्कृति एवं संगठन होता है.
- जनजातीय समाज कई गोत्रों में बँटा होता है. गोत्र बहिर्विवाही समूह है. गोत्र को अमरीकी शब्दावली में 3ib भी कहा जाता है.
- गोत्र (Clan) नातेदारों का ऐसा समूह है जो समरक्तता के आधार पर संगठित होते हैं और अपने को एक ही

पूर्वज की संतान मानते हैं. यह पूर्वज बहुधा कोई पौराणिक या काल्पनिक व्यक्तित्व, जीव-जन्तु या कोई प्राकृतिक वस्तु हो सकता है.

- एक गोत्र के अन्तर्गत कई वंश (Lineage) सम्मिलित होते हैं.
- वंश वैसा नातेदारी समूह है जिसके सदस्य किसी ज्ञात व्यक्ति के वंशज होते हैं. एक वंश के लोग रक्त-सम्बन्धी होते हैं इस कारण वंश भी एक बहिर्विवाही समूह है.
- एक वंश में कई परिवार सम्मिलित होते हैं.
- कई गोत्र मिलकर एक समूह का निर्माण करते हैं जिसे भातृदल (Phratry) कहा जाता है.
- एक जनजातीय समाज में कई भातृदल होते हैं. भातृदल बहिर्विवाही भी हो सकते हैं और अन्तर्विवाही भी.
- टोडा लोगों में दो भातृदल हैं जिनके नाम 'तारंथरोल' तथा 'तिललिओल'. ये दोनों अन्तर्विवाही हैं, लेकिन प्रत्येक भातृदल कई बहिर्विवाही कुलों में बँटा है.
- उत्तर-पूर्व के अंगामी नागा पहले अन्तर्विवाही भातृदलों में बँटे थे जो अब बहिर्विवाही हो गए हैं.
- कुछ जनजातीय समाज मात्र दो भातृदलों में बँटे होते हैं, तो इनमें से प्रत्येक भातृदल को Moiety (द्वि-अंशक या अर्द्धांश) कहा जाता है.
- ये अर्द्धांश सामान्यतः बहिर्विवाही होते हैं यानि जीवन-साथी का चुनाव दूसरे अर्द्धांश से किया जाता है.
- प्रयेक अर्द्धांश (Moiety) पुनः कई भातृदल (Phratry) में बँटा होता है. प्रत्येक भातृदल कई गोत्र और गोत्र कई वंश तथा वंश कई परिवारों में बँटे होते हैं.

  जनजाति → अर्द्धांश → भातृदल → गोत्र → वंश → परिवार

  Tribe → Moiety → Phratry → Clan → Lineage → Family.
- जनजातीय समाज के लोग होत्मवादी होते हैं.
- होत्म कोई पेड़-पौधा, पशु-पक्षी या भौतिक वस्तु होता है जिसे एक गोत्र के सदस्य पूज्यनीय मानते हैं और कभी-कभी उसे पूर्वज के रूप में भी स्वीकार करते हैं.
- एक होत्म को मानने वाले आपस में विवाह नहीं करते यानि होत्म समूह बहिर्विवाही होते हैं.
- जनजातीय समाज में होत्म के प्रति बड़ी श्रद्धा व्याप्त होती है. होत्म को गोत्र का रक्षक माना जाता है.
- जनजातीय समाजों में कुछ कठोर सामाजिक नियम होते हैं जो उनकी गतिविधियों पर नियंत्रण रखते हैं. इनका उल्लंघन होने पर समुदाय दण्ड देता है अथवा अलौकिक एवं जादुई परिणामों द्वारा दण्ड की आशंका रहती है. इन कठोर नियमों को मानवशास्त्रीय भाषा में 'निषेध' (Taboo) कहा जाता है.
- जनजातीय समाज में से कुछ पितृवंशीय है, तो कुछ मातृवंशीय.
- पितृवंशीय जनजातियों में उराँव, मुण्डा, संथाल, बैगा, गोंड, भील आदि सम्मिलित हैं.
- मातृवंशीय जनजातियों में खासी, नायर, गारो प्रमुख हैं.
- भारतीय जनजातियों में कुछ विशेष प्रकार के व्यवहार प्रचलित हैं जिन्हें नातेदारी के व्यवहार कहा जाता है. इनमें से कुछ प्रमुख हैं—

  (i) परिहास (Joking Relationship)

  (ii) परिहार (Avoidance)

  (iii) मातुलेय (Avunculate)

  (iv) पितृश्वश्रेय (Amitate)

  (v) अनुनामिता (Teknonymy)

  (vi) कुवैद (Couvade)
- परिहास के सम्बन्ध कुछ नातेदारों के मध्य आपसी मजाक, नोक-झोक आदि को बढ़ावा देते हैं.
- परिहार के सम्बन्ध द्वारा नातेदार एक-दूसरे के प्रति परहेज और दूरी बनाकर रखते हैं.
- मातुलेय की रीति मातृसत्तात्मक समाजों की विशेषता है. इनमें मामा का स्थान भांजे-भांजियों के जीवन में पिता से भी अधिक महत्वपूर्ण होता है. भांजा ही मामा की सम्पत्ति का वारिश होता है और मामा ही उसके अभिभावक होते हैं.
- पितृश्वश्रेय की रीति पितृसत्तात्मक समाजों में देखी जाती है. यहाँ पिता की बहन की भूमिका विशिष्ट होती है.
- अनुनामिता के व्यवहार के अन्तर्गत कुछ नातेदार नाम लेकर एक-दूसरे को सम्बोधित नहीं करते, बल्कि किसी दूसरे के नाम को साथ जोड़कर सम्बोधित करते हैं या बताते हैं. जैसे कुछ समाजों में स्त्रियाँ अपने पति का नाम नहीं लेतीं.
- कुवैद को सहकष्टी भी कहा जाता है. इस प्रथा में पति अपनी पत्नी के प्रसवकाल का साथी बन जाता है. वह उन्हीं निषेधों का पालन करता है जो पत्नी करती है तथा पत्नी की तरह ही सक्रिय जीवन से अलग रहता है.
- जनजातीय समाजों में धर्म की उत्पत्ति से सम्बन्धित कुछ सिद्धान्त दिए गए हैं जो निम्नलिखित हैं—

  (i) आत्मावाद (Animism)

  (ii) जीवित सत्तावाद या मानावाद (Animatism or Manism)

(iii) प्रकृतिवाद (Naturism)
(iv) सामाजिक सिद्धांत (Social theory)
(v) प्रकार्यवादी सिद्धांत (Functional theory)
(vi) फ्रेजर का सिद्धांत (Frazer's theory)

- आत्मावाद का सिद्धांत ब्रिटिश मानवशास्त्री ई.बी. टायलर ने दिया था. लैटिन भाषा में एनिमा (Anima) का अर्थ होता है आत्मा (Soul).
- आत्मावाद (Animism) के सिद्धांत के अनुसार धर्म की उत्पत्ति आत्मा के अस्तित्व में विश्वास के आधार पर हुई है. इनके अनुसार पूर्वजों की आराधना धर्म का आरम्भिक स्वरूप है.
- जीवित सत्तावाद या मानावाद का सिद्धांत मैक्समूलर, प्रीयस, कॉडरिंगटन, मैरेट आदि ने दिया था.
- जीवित सत्तावाद या मानावाद के अनुसार धर्म की उत्पत्ति 'माना' की शक्तियों में विश्वास से हुई है.
- 'माना' एक अलौकिक शक्ति है जो किसी भी जड़ या चेतन में पाई जाती है. यह शक्ति समुदाय या व्यक्ति के लिए लाभकारी या हानिकारक दोनों ही हो सकती हैं.
- प्रकृतिवाद का सिद्धांत जीवित सत्तावाद या मानावाद का ही एक रूप है. इसका प्रतिपादन मैक्समूलर ने किया था. मैक्समूलर के अनुसार प्रकृति के प्रति श्रद्धा या भय ने जनजातियों में धर्म जैसी धारणा को जन्म दिया होगा.
- सामाजिक सिद्धांत का प्रतिपादन इमाइल दुर्खीम ने किया था. इनके अनुसार धर्म किसी देवता की पूजा नहीं, बल्कि समाज या सामूहिकता की पूजा है. व्यक्ति के मन में समाज के प्रति श्रद्धा, भक्ति और भय की भावना होती है जो उसे त्यौहारों और उत्सवों से जुड़े रहने को प्रेरित करती है. दुर्खीम ने सामाजिक सिद्धांत आस्ट्रेलिया की 'असन्ता जनजाति' में पाए गए तथ्यों के आधार पर दिया था.
- प्रकार्यवादी सिद्धांत की विवेचना मुख्य रूप से बी. मैलिनोवस्की ने की थी.
- मैलिनोवस्की ने यह सिद्धांत आस्ट्रेलिया ट्रॉब्रियाण्ड द्वीपवासियों के जीवन के अध्ययन के आधार पर दिया था.
- फ्रेजर का सिद्धांत धर्म की उत्पत्ति को जादुई क्रियाओं से जोड़ता है. उनका मानना है कि धर्म अपनी आरम्भिक अवस्था में जादू का स्वरूप ग्रहण किए हुए था. जादुई क्रियाओं में असफलता ने मनुष्य को किसी अलौकिक शक्ति में विश्वास के लिए प्रेरित किया और धर्म की उत्पत्ति हुई.
- फ्रेजर ने अपना सिद्धांत (The Golden Bough) नामक पुस्तक में प्रस्तुत किया है.
- जनजातीय समाजों में विवाह के निम्नलिखित स्वरूप देखे जा सकते हैं—

(1) एक विवाह (Monogamy)
(2) बहुविवाह (Polygamy)
(3) बहुपति विवाह (Polyandry)
(4) बहुपत्नी विवाह (Polygyny)

- एक विवाह का अर्थ है एक पत्नी के जीवित रहते दूसरे किसी से विवाह नहीं करना. तलाक के बाद किसी दूसरे से विवाह करना भी एक विवाह ही कहा जाएगा.
- भारत की अधिकांश जनजातियों में एक विवाह ही प्रचलित है. जैसे—संथाल, मुण्डा, उराँव, कादर आदि.
- बहुविवाह का अर्थ है कि एक पति या पत्नी के रहते दूसरी स्त्री या पुरुष से विवाह. ऐसे विवाह के लिए पहले पति या पत्नी से तलाक लेना आवश्यक नहीं. बहुविवाह के दो रूप हैं—

(a) **बहुपति विवाह**—इस प्रथा के अन्तर्गत एक स्त्री के अनेक पति होते हैं. इसके भी दो रूप हैं—
(i) भातृक बहुपति प्रथा (Adelphic Polyandry)
(ii) अभातृक बहुपति प्रथा (Non-Adelphic Polyandry)

- भातृक बहुपति प्रथा के अन्तर्गत एक स्त्री के सारे पति आपस में भाई होते हैं. यह प्रथा उत्तरांचल की जौनसार बाबर या खासा जनजाति एवं नीलगिरी की टोडा जनजाति में पाई जाती है.
- अभातृक बहुपति प्रथा के अन्तर्गत एक स्त्री के कई पतियों के बीच परस्पर कोई सम्बन्ध नहीं होता है. यह प्रथा केरल की नायर जनजाति में पाई जाती है.
- अनेक जनजातियाँ बहुपत्नी विवाह की प्रथा का पालन करती हैं इनमें नागा, गोंड, बैगा, लुसाई, भील आदि हैं.
- कृषक समाज (Peasant Society) की अवधारणा के विश्लेषण का श्रेय रॉबर्ट रेडफील्ड को दिया जाता है.
- कृषक समाज के निम्नलिखित महत्वपूर्ण लक्षणों की चर्चा रॉबर्ट रेडफील्ड ने की है—

(i) ग्रामीणों के जीवन निर्वाह का ढंग भूमि के जोत पर निर्भर होता है.
(ii) कृषक समाज आदर्श रूप में एक अविभेदीकृत और अस्तरीत समुदाय है, लेकिन लोगों के जीवनयापन के ढंग और सामाजिक आर्थिक स्थिति में बहुत मेल भले ही नहीं पाया जाता हो, किन्तु व्यवसायिक विभाजन और जातीय विभाजन अवश्य पाया जाता है.

- कृषक समाज के अन्तर्गत एक कृषक का खेत ही उसकी सम्पत्ति, सामाजिक स्थिति एवं पारिवारिक हैसियत का आधार होता है.
- कृषक समाज में उत्पादन परिवार की आवश्यकताओं की पूर्ति के लिए ही मूल रूप से किया जाता है.
- प्रत्येक कृषक समाज की परम्परागत संस्कृति होती है जो लघु परम्पराओं को प्रतिबिम्बित करती है.
- कृषक समाज पर शहरी समाजों का प्रभाव पड़ रहा है और परिवर्तन की एक प्रक्रिया आरम्भ हो चुकी है जिसके तहत् कृषक समाजों और शहरी समुदायों के बीच एक सातत्य या निरन्तरता विकसित हुई है.
- सातत्य की अवधारणा को पहली बार रॉबर्ट रेडफील्ड ने अपनी पुस्तक 'The Folk Culture of Yucatan' में विकसित किया था जो मैक्सिको के गाँव के अध्ययन पर आधारित था.
- सातत्य की अवधारणा का अर्थ ग्रामीण एवं शहरी संस्कृति में समानता एवं निरन्तर बढ़ती निकटता से है. इसे ही ग्रामीण-नगरीय सातत्य के रूप में जाना जाता है.

प्रमुख अवधारणाएँ व सम्बन्धित समाजशास्त्री

क्र.सं.	पुस्तकें	लेखक
1.	प्राथमिक समूह	सी.एच. कूले
2.	जैमिनशाफ्ट एवं जेसेलशाफ्ट	टानीज
3.	समाजशास्त्र का स्वरूपात्मक सम्प्रदाय	सिमैल, वानविज एवं वीरकान्त
4.	प्रौद्योगिक विलम्बना, सीमावर्ती समुदाय	मैकाइवर एवं पेज
5.	समाज का सावयवी सिद्धान्त	हरबर्ट स्पेन्सर
6.	प्रत्यक्षवाद (पॉजिटिविज्म); तीन स्तरों का नियम	ऑगस्ट कॉम्टे
7.	सांस्कृतिक विलम्बना या पिछड़न का सिद्धान्त	ऑगबर्न
8.	पैटर्न वेरियेबल्स, सामाजिक क्रिया, प्रकार्यवाद, व्यवस्था विश्लेषण	पारसन्स
9.	विलासी वर्ग	वेब्लिन
10.	सांस्कृतिक सापेक्षवाद	हर्षकोविट्स
11.	ग्राम-नगर सातत्य	रॉबर्ट रेडफील्ड
12.	सामाजिक दूरी	बोगार्डस
13.	मुख्य प्रस्थिति	ई.टी. हिलर
14.	नवाचार	बार्नेट
15.	पंच परम्परा सूत्र	डॉ. एस.सी. दुबे
16.	संस्कृति संकुल	क्लिसलर
17.	संस्कृति प्रतिमान	रूथ बेनेडिक्ट
18.	बन्धुता बीजगणित	मैलिनोवस्की
19.	आदर्श प्रारूप	मैक्सवेबर
20.	दायभाग के प्रवर्तक	जीमूतवाहन
21.	सत्ता-अभिजन	सी. राइट मिल्स
22.	आर्थिक निर्धारणवाद	मार्क्स
23.	स्तरीकरण का शक्ति सिद्धान्त	वेबर
24.	लोक ग्राम्य	रॉबर्ट रेडफील्ड
25.	धर्म की उत्पत्ति का सामाजिक या टोटमवादी सिद्धान्त	इमाइल दुर्खीम
26.	उद्विकासीय सिद्धान्त	मार्गन
27.	परिवार एवं विवाह की उत्पत्ति का यौन साम्यवाद का सिद्धान्त	मार्गन, फ्रेजर, ब्रिफाल्ट
28.	समानता की चेतना (Conciousness of kind)	गिडिंस
29.	समाजशास्त्र का समन्वयात्मक सम्प्रदाय	सोरोकिन, दुर्खीम, हॉबहाउस एवं गिन्सबर्ग
30.	प्रभुजाति, संस्कृतिकरण, ब्राह्मणीकरण, पश्चिमीकरण, लौकिकीकरण	एम.एन. श्रीनिवास
31.	अर्थशास्त्र का संस्थापक सिद्धान्त, मूल्यों की संरचना, महाविज्ञान (Master Science)	सदरलैण्ड

S.N.	Books	Authors
1.	The Coming of Post-Industrial Society	*Daniel Bell*
2.	Indian Village	*S.C. Dube*
3.	The Folk Culture of Yucatan	*Robert Redfield*
4.	India's Changing Villages	*S.C. Dube*
5.	India's Villages	*M.N. Srinivas*
6.	Social System of a Mysore Village	*M.N. Srinivas*
7.	Ramembered Village	*M.N. Srinivas*
8.	Rural Profiles	*D.N. Majumdar*
9.	Caste and Communication in an Indian Village	*D.N. Majumdar*
10.	The Dynamics of a Rural Society	*R.K. Mukherjee*
11.	Six Villages of Bengal	*R.K. Mukherjee*
12.	Village India	*M.Marriot*
13.	Caste, Class and Power: Changing Patterns of Startification in a Tanjore Village	*Andre Beteille*
14.	Tribe, Caste and Nation	*F.G. Bailey*
15.	Indian Society	*D.G. Mandelbaum*
16.	Studies in India's Urbanization	*A. Bose*
17.	Rural Sociology in India	*A. Desai*
18.	The Little Community	*Robert Redfield*
19.	Human Soeiety	*Kingsley Davis*
20.	The Urban Community	*W.F. Willcox*
21.	Rajasthan Village	*B.R. Chauhan*
22.	Peasant Society and Culture	*Robert Redfield*
23.	Indias Urban Future	*R. Turner*
24.	Urban Society: An Ecological Approach	*A HAWLEY*
25.	Post-Industrial America	*David Clark*
26.	The Post Modern Condition	*Jean Frencois Lyotard*
27.	The Post-Industrial Society	*Atain Touraine*

कार्ल मार्क्स की रचनाएँ

1. The Economic and Philosophical Manuscript
2. The Poverty of Philosophy
3. The Communist Manifesto
4. Das Capital
5. Calass Struggle in France
6. The Eighteenth Brumaire of Louis Bonaparte
7. The Critidue of Political Economy
8. Value, Price and Profit
9. The civil war in France
10. The Gotho Programme
11. Origin of the Family, Private Property and state
12. Socialism : Litopian and Scientific

जे.एस. मिल की रचनाएँ

1. Political Economy
2. Essay on Liberty
3. Thought Parliamentary Reforms
4. Consideration of Representative Government
5. Utilitarianism
6. Subjection of Women

वस्तुनिष्ठ प्रश्न

1. निम्नलिखित कारकों में वे कौनसे हैं जो कृषक समाज के सामाजिक जीवन को संचालित करते हैं?
   1. व्यक्ति न कि नियम
   2. नातेदारी न कि औपचारिक संगठन
   3. द्वितीयक समूह न कि प्रतिवेश
   4. प्राथमिक समूह न कि स्वैच्छिक संगठन

   निम्नलिखित कूट से सही उत्तर का चयन कीजिए–

   (A) 1 और 2 (B) 1 और 3
   (C) 3 और 4 (D) 2 और 3

2. 'सार्वभौमिक ग्राम' के विचार में अन्तर्निहित है–
   (A) कृषि सबसे महत्वपूर्ण व्यवसाय हो जाता है
   (B) सामाजिक-सांस्कृतिक अन्तर समाप्त हो जाते हैं
   (C) संचार व्यवस्था संसार के लोगों को एक सूत्र में बाँधती है
   (D) सभी देशों का एक सरकार प्रशासन करती है

3. आदिम समाज में आत्मा की अवधारणा (अणिमा) सम्बन्धी विश्वास व्यवस्था के सिद्धान्त का सूत्रपात किसके द्वारा किया गया?
   (A) इमाईल दुर्खीम (B) ई. बी. टॉयलर
   (C) मैक्स वेबर (D) फ्रेजर

4. ऐसे विश्वास को कि जादुई वृत्ति जो एक वस्तु पर निष्पादित की जाती है, उसका प्रभाव दूसरी वस्तु पर पड़ता है, कहा जाता है–
   (A) पुनरावर्ती जादू (B) काला जादू
   (C) अनुकम्पी (D) सफेद जादू

5. सूची-I (श्रमिक संघवाद का सिद्धान्त) को सूची-II (विद्वान्) से सुमेलित कीजिए तथा सूचियों के नीचे दिए गए कूट का प्रयोग कर सही उत्तर चुनिए–

   सूची-I (श्रमिक संघवाद का सिद्धान्त)
   (a) आर्थिकीवाद
   (b) समावेशन
   (c) कुलीनतन्त्र
   (d) न्यासिता

   सूची-II (विद्वान्)
   1. लेनिन 2. मिशेल
   3. ट्रॉटस्की 4. वेबर
   5. गाँधी

   कूट :

	(a)	(b)	(c)	(d)
(A)	5	2	4	1
(B)	1	3	2	5
(C)	5	3	2	1
(D)	1	2	4	5

6. नीचे दो वक्तव्य दिये गए हैं, जिनमें से पहले को कथन (A) तथा दूसरे को कारण (R) कहा गया है. नीचे दिए गए कूट की सहायता से सही उत्तर का चयन कीजिए–

   कथन (A) : आदिवासी एवं कृषक समाजों की तुलना में औद्योगिक समाज में गौण समूह अधिक प्रभावशाली हैं.

   कारण (R) : औद्योगिक समाज में अधिक जटिल एवं तकनीकीयुक्त प्रणाली होती है.

   कूट :
   (A) (A) और (R) दोनों सही हैं तथा (R), (A) का सही स्पष्टीकरण है
   (B) (A) और (R) दोनों सही हैं, परन्तु (R), (A) का सही स्पष्टीकरण नहीं है
   (C) (A) सही है, किन्तु (R) गलत है
   (D) (A) गलत है, किन्तु (R) सही है

7. औद्योगिक समाजों में निम्नलिखित में से कौनसी विशेषता पायी जाती है?
   (A) अत्यधिक उत्पादन हेतु कठोर उद्यम
   (B) अत्यधिक प्रतिस्पर्धा
   (C) विशाल औद्योगिक अशांति
   (D) सावकाश का बाहुल्य

8. उत्तरी जापान के आयनों लोगों में परम्परा से प्रचलित वह परिपाटी, जिसके तहत् किसी व्यक्ति द्वारा अपने शत्रु की मूर्ति के सिर और वक्ष में कील ठोककर पेड़ पर टाँगा जाता है, निम्नलिखत का उदाहरण है–
   (A) होम्योपैथिक जादू (B) सहानुभूतिपूर्ण जादू
   (C) अनुकारी जादू (D) संक्रामक जादू

9. निम्नलिखित में से 'मैजिक, साइन्स एण्ड रिलीजन एण्ड अदर ऐसेज' पुस्तक का लेखक कौन है?
   (A) बी. मैलिनोवस्की
   (B) ए. आर. रेडक्लिफ ब्राउन
   (C) जे. जी. फ्रेजर
   (D) इ. बी. टॉयलर

10. निम्नलिखित में जादू का वर्गीकरण किसने किया है?
(A) मॉर्गन (B) स्पेन्सर
(C) मेन (D) फ्रेजर

11. सूची-I (राज्य) को सूची-II (प्रमुख अनुसूचित जनजाति) के साथ सुमेलित कीजिए और सूचियों के नीचे दिए गए कूट का प्रयोग कर सही उत्तर चुनिए–

सूची-I (राज्य)
(a) मध्य प्रदेश (b) राजस्थान
(c) मेघालय (d) उड़ीसा

सूची-II (प्रमुख अनुसूचित जनजाति)
1. बोडो 2. जयन्तिया
3. भील 4. गोंड

कूट :

	(a)	(b)	(c)	(d)
(A)	2	1	4	3
(B)	4	3	2	1
(C)	2	3	4	1
(D)	4	1	2	3

12. निम्नलिखित में से किसने धार्मिक संगठनों को पन्थ और सम्प्रदाय में विभाजित किया है?
(A) मैक्स वेबर (B) अर्न्स्ट ट्रॉल्ट्श्च
(C) हॉवर्ड बेकर (D) रॉबर्ट के. मर्टन

13. मध्यकालीन समय में शिल्पकार अपना व्यापार निम्नलिखित में से किस माध्यम से किया करते थे?
(A) वाणिज्य समूहों के (B) बाजारों के
(C) समुदायों के (D) श्रेणियों (गिल्ड) के

14. निम्नलिखित में से कौनसी आर्थिक प्रवृत्तियाँ उपभोक्तावाद की ओर रुझान पैदा करती हैं?
(A) वस्तु विनिमय (B) बाजार
(C) मिश्रित (D) संतुलित

15. चर्च तथा पन्थ की अवधारणाओं में भेद निम्नलिखित में से किसने किया है?
(A) दुर्खीम तथा वाख
(B) वेबर तथा ट्रोइल्टरा
(C) बेकर तथा फेनेरबारव
(D) मैलिनोवस्की तथा रेडक्लिफ ब्राउन

16. 'राइट्स डी पैसेज' शब्दावली किसने प्रस्तुत की?
(A) रेडक्लिफ ब्राउन (B) रॉबर्टसन स्मिथ
(C) एडमण्ड लीच (D) अर्नोल्ड वान गेनैप

17. वे राज्य/केन्द्रशासित क्षेत्र, जिनमें किसी भी समुदाय को अनुसूचित जनजाति घोषित नहीं किया गया है, उन्हें–
(A) गोआ, गुजरात और उत्तर प्रदेश
(B) राजस्थान, त्रिपुरा और पश्चिम बंगाल
(C) केरल, तमिलनाडु और महाराष्ट्र
(D) हरियाणा, पंजाब और पाण्डिचेरी

18. सूची-I को सूची-II के साथ सुमेलित कीजिए तथा सूचियों के नीचे दिए कूट में से सही उत्तर का चयन कीजिए–

सूची-I (जनजाति)	**सूची-II (राज्य)**
(a) गैडीज	1. मध्य प्रदेश
(b) साबरस	2. महाराष्ट्र
(c) महादेव कोलिस	3. हिमाचल प्रदेश
(d) कामार	4. उड़ीसा
	5. गुजरात

कूट :

	(a)	(b)	(c)	(d)
(A)	5	4	1	3
(B)	4	3	2	1
(C)	3	4	2	5
(D)	3	4	2	1

19. निम्नलिखित में से कौनसी जनजाति भारत के उत्तर-पूर्व में नहीं पाई जाती है?
(A) नाभा (B) कुकी
(C) बोडो (D) खस

20. निम्नलिखित जनजातियों में से किसमें स्त्रियों द्वारा हल छूना तथा घर पर छप्पर डालना वर्जित है?
(A) खरिया (B) खासी
(C) सन्याल (D) गोण्ड

21. जनजातीय समाजों में समष्टि समूह है–
(A) नातेदारी के आधार पर स्थायी सम्पत्ति को रखने वाला समूह
(B) बस्तियों के आधार पर स्थायी रूप में एक साथ रहने वाला समूह
(C) नातेदारी के आधार पर एक साथ न रहने वाला स्थायी समूह
(D) समझ के आधार पर स्थायी स्वैच्छिक समूह

22. सूची-I (लेखक) को सूची-II (योगदान) के साथ सुमेलित कीजिए और सूचियों के नीचे दिए गए कूट का प्रयोग कर सही उत्तर चुनिए–

सूची-I (लेखक)
(a) मैक्स वेबर (b) आर. डेहरेनडॉर्फ
(c) इमाइल दुर्खीम (d) टी. बेब्लन

सूची-II (योगदान)

1. 'डिवीजन ऑफ लेबर'
2. 'दि लेजर क्लास'
3. इकोनॉमी एण्ड सोसायटी'
4. 'क्लास एण्ड क्लास कन्फ्लिक्ट इन इण्डस्ट्रियल सोसायटी'

कूट :

	(a)	(b)	(c)	(d)
(A)	1	4	3	2
(B)	3	2	1	4
(C)	1	2	3	4
(D)	3	4	1	2

निर्देश–आगामी में दो वक्तव्य हैं. एक 'कथन (A)' तथा दूसरे को 'कारण (R)' कहा गया है. इन दोनों वक्तव्यों का सावधानीपूर्वक परीक्षण कर इस प्रश्न का उत्तर नीचे दिए गए कूट की सहायता से चुनिए–

(A) (A) और (R) दोनों सही हैं और (R), (A) का सही स्पष्टीकरण है.

(B) (A) और (R) दोनों सही हैं, परन्तु (R), (A) का सही स्पष्टीकरण नहीं है.

(C) (A) सही है, परन्तु (R) गलत है.

(D) (A) गलत है, परन्तु (R) सही है.

23. **कथन (A) :** साधारण समाजों का एक सामान्य लक्षण श्रम विभाजन की उच्च श्रेणियों का अभाव होना/होता है.

कारण (R) : साधारण समाज श्रम विभाजन के बिना बना रह सकता है.

24. साम्यवादी समाजों को वर्गीकृत किया गया है–
(A) प्रथम विश्व के रूप में
(B) दूसरे विश्व के रूप में
(C) तीसरे विश्व के रूप में
(D) चौथे विश्व के रूप में

25. निम्नलिखित में से किसने ग्रामीण समुदाय को लघु समुदाय कहा है?
(A) मैक्स मूलर (B) टॉनीज
(C) हेनरीमैन (D) रॉबर्ट रेडफील्ड

26. उत्तर-औद्योगिक समाजों में निम्नलिखित में से आर्थिक कार्यकलापों के कौनसे क्षेत्र (क्षेत्रों) का अधिक प्राधान्य होगा?
(A) प्राथमिक क्षेत्र
(B) प्राथमिक एवं द्वितीयक क्षेत्र
(C) तृतीयक क्षेत्र
(D) द्वितीयक एवं तृतीयक क्षेत्र

27. निम्नलिखित में से सरल समाजों की राजनीति की एक विशेषता कौनसी सही नहीं है?
(A) राजनीतिक प्रकार्य (B) राज्य
(C) सामाजिक नियन्त्रण (D) अपराध

28. स्वतन्त्रता-पूर्व काल के दौरान ग्रामीण भारत के अन्तर्जातीय सम्बन्ध अधिकांशतः निम्नलिखित में से किसके द्वारा परिचालित होते थे?
(A) परम्परता और प्रभुता के सम्बन्ध में
(B) सेवाओं का आदान-प्रदान
(C) शासकीय अभिजात्य वर्ग से गठबन्धन
(D) अपनेपन की भावना पर आधारित सम्बन्ध

29. सूची-I को सूची-II के साथ सुमेलित कीजिए और सूचियों के नीचे दिए गए कूट की सहायता से सही उत्तर का चयन कीजिए–

सूची-I (समाजों के प्रकार)

(a) दासता (b) जनजातीय
(c) पूर्व-पूँजीवादी (d) पूँजीवादी

सूची-II (विशिष्ट लक्षण)

1. मजदूर
2. बटाईदारी
3. अन्धविश्वास
4. निजी स्वामित्व वाली जिन्दगी
5. अपेक्षाकृत सजातीय

कूट :

	(a)	(b)	(c)	(d)
(A)	2	1	3	4
(B)	4	5	2	1
(C)	4	2	3	5
(D)	2	3	5	1

30. सूची-I को सूची-II के साथ सुमेलित कीजिए और सूचियों के नीचे दिए गए कूट की सहायता से सही उत्तर का चयन कीजिए–

सूची-I

(a) कदार (b) कोसग
(c) टोडा (d) ट्रोब्रियाण्ड द्वीप

सूची-II

1. भ्रातीय बहुपति विवाह 2. कुल प्रथा
3. वर्ग चेतना 4. मंगोलाभ विशेषक
5. नीग्रोसम विशेषक

कूट :

	(a)	(b)	(c)	(d)
(A)	5	3	2	4
(B)	5	4	1	2
(C)	3	2	4	1
(D)	4	3	2	1

31. निम्नलिखित में से कौन फसल लगाने के विन्यासों का विविधीकरण करने हेतु बेहतर कृषि तरीके अपनाने का सम्वर्द्धन करते हैं?
1. संचार सुविधाएँ 2. आर्थिक उद्दीपक
3. गरीबी 4. परम्परावाद
नीचे दिये गए कूट का प्रयोग कर सही उत्तर चुनिए–
(A) 1 और 4 (B) 1 और 2
(C) 1, 2 और 3 (D) 2, 3 और 4

32. महाराष्ट्र में पाये जाने वाले जनजतीय समूह हैं–
(A) कटकरी, कोरकू, मारिया, गोण्ड
(B) कोलम, कोरकू, पौरा
(C) कटकरी, मारिया, गोण्ड राठव
(D) कटकरी, कोलम, मारिया, गोण्ड

33. निम्नलिखित में से किस एक अनुसूचित जनजाति की जनसंख्या निरन्तर घटती जा रही है?
(A) मीना (B) गोण्ड
(C) ओंग (D) मुण्डा

34. समाज के विकास की तीन स्थितियाँ नामतः, असभ्यता, बर्बरता तथा सभ्यता किसके अनुसार हैं?
(A) डार्विन (B) मॉर्गन
(C) स्पेन्सर (D) बैकोफेन

35. वह सामाजिक समूह जिसमें आमतौर से निश्चित क्षेत्र, बोली, सांस्कृतिक समरूपता तथा एकताकारी सामाजिक संगठन हो, उसे कहते हैं–
(A) जाति (B) वर्ग
(C) कृषक वर्ग (D) जनजाति

36. एक समाज को, जिसकी विशेषता, प्राथमिक की अपेक्षा द्वितीयक समूह अन्तःक्रिया है, प्रतिमानहीनता जिसकी पहचान है और सामान्यतः जीवनशैलियों के लिहाज से मन्द समरूपता जिसकी विशेषता है, कहते हैं–
(A) जन समाज (B) लोक समाज
(C) कृषक समाज (D) कृषिक समाज

37. 'भारतीय समाज तथा सामरिक संस्थाएं' नामक पुस्तक के लेखक हैं–
(A) इरावती कर्वे
(B) डॉ. आर. एन. सक्सेना
(C) डॉ. दुबे
(D) मजूमदार एवं मदान

38. 'किनशिप ऑर्गेनाइजेशन इन इण्डिया' नामक पुस्तक किस समाजशास्त्री ने लिखी है?
(A) इरावती कर्वे ने
(B) डॉ. घुरिए ने
(C) नर्मदेश्वर प्रसाद ने
(D) इनमें से किसी ने भी नहीं

39. 'रेसेज एण्ड कल्चर्स इन इण्डिया' नामक पुस्तक के रचियता हैं–
(A) मजूमदार (B) डॉ. बी. आर. चौहान
(C) हट्टन (D) डॉ. इन्द्रदेव

40. 'कॉस्ट इन इण्डिया' नामक पुस्तक लिखी है–
(A) हट्टन ने (B) दुबे ने
(C) ब्लण्ट ने (D) रिजले ने

41. 'दी पीपुल ऑफ इण्डिया' नामक पुस्तक लिखी है–
(A) घुरिए ने (B) एन. के दत्ता ने
(C) रिजले ने (D) कूले ने

42. किसने कहा है कि "किसी भी समाज में सम्पत्ति की संस्था दुर्लभ मूल्यवान वस्तुओं में अधिकारों को सीमित करती है."
(A) जानसन का (B) मैक्स वेबर का
(C) मार्क्स का (D) बोगार्डस का

43. किस विद्वान् ने कहा कि "अब तक के समस्त समाजों का इतिहास वर्ग-संघर्ष का इतिहास है?"
(A) मार्क्स ने (B) जयप्रकाश नारायण ने
(C) मैकाइवर ने (D) महात्मा गांधी ने

44. 'द डिविजन ऑफ लेबर इन सोसायटी' नामक पुस्तक के लेखक कौन हैं?
(A) मैक्स वेबर (B) दुर्खीम
(C) ऑगस्ट कॉम्टे (D) मार्क्स

45. 'दास कैपीटल' नामक पुस्तक के लेखक हैं–
(A) हरबर्ट स्पेन्सर (B) स्टालिन
(C) मैक्स वेबर (D) कार्ल मार्क्स

46. 'कम्यूनिस्ट घोषणा-पत्र' (कम्यूनिस्ट मैनिफेस्टो) के लेखक हैं–
(A) मार्क्स एवं ऐंजिल्स (B) जयप्रकाश नारायण
(C) जवाहरलाल नेहरू (D) मैकाइवर एवं पेज

47. हरबर्ट स्पेन्सर ने समाज के प्रकारों को उनके निम्न-लिखित में से किसके अंशों के अनुसार सरलतम से सर्वाधिक जटिल होने के रूप में वर्गीकृत किया है?
(A) सम्मिश्रण (B) समुच्चयन
(C) सामाजिक बन्धन (D) ज्ञान

48. मैलिनोवस्की ने किसके लिए अभिचार के समाकलनात्मक महत्व पर जोर दिया है?
(A) प्राकृतिक सक्रियता (B) धार्मिक सक्रियता
(C) सामाजिक सक्रियता (D) आर्थिक सक्रियता

49. आरोपित प्रतिमान एवं विशिष्टतापरक सामाजिक सम्बन्धों की ऊँची दर को सामान्यतः सम्बद्ध किया जाता है–
(A) आदिमता से (B) पिछड़ापन से
(C) आधुनिकता से (D) पश्चिमीपन से

50. सापेक्ष रूप से लघु, अशिक्षित, एक रूप तथा संशक्ति-शील समाज का कहा जाता है–
(A) लोक समाज (B) शहरी समाज
(C) ग्रामीण समाज (D) औद्योगिक समाज

51. निम्नलिखित में से कौनसे सही सुमेलित नहीं हैं?
(A) गारो – मेघालय
(B) भूरिया – मध्य प्रदेश
(C) चेन्चू – आन्ध्र प्रदेश
(D) खासी – मणिपुर

52. किसने कहा कि "मनुष्य एक सामाजिक प्राणी है, परन्तु अधिक स्पष्टतः वह एक 'वर्ग-प्राणी' है?"
(A) अरस्तू ने (B) स्टालिन ने
(C) लेनिन ने (D) मार्क्स ने

53. किसने कहा कि "आर्थिक संगठन व्यवहारों के प्रतिमान हैं तथा समाज का वह परिणामस्वरूप संगठन है, जोकि वस्तुओं और सेवाओं के उत्पादन, वितरण तथा उपभोग से सम्बन्धित है?"
(A) रेमण्ड फर्थ (B) थर्नवाल्ड
(C) मजूमदार एवं मदान (D) बील्स तथा हाईजर

54. किसने कहा कि "सामाजिक समूहों और मानवों की भौतिक आवश्यकताओं को संतुष्ट करने के लिए स्रोतों, प्रविधि और कार्य को संगठित करने का जो तरीका है उसे ही हम एक अर्थव्यवस्था कह सकते हैं?"
(A) डॉ. खिसं का (B) बोहनन का
(C) मजूमदार एवं मदान (D) पिडिंगटन का

55. अभिवृत्तियों को मापने के लिए 'सामाजिक दूरी सोपान' तकनीक का विकास किया—
(A) एल थर्सटन ने (B) एल. गुटमैन ने
(C) ए.एल. लुण्डबर्ग ने (D) इ. बोगार्डस ने

56. निम्नलिखित में से किस समाजशास्त्रीद्वय ने कहा है कि "वर्ग उन विभिन्न स्थितियों के, जोकि व्यक्ति समाज की उत्पादन व्यवस्था में धारित करते हैं, आधार पर विकसित होते हैं?"
(A) कार्ल मार्क्स और टालकॉट पार्सन्स
(B) कार्ल मार्क्स और मैक्स वेबर
(C) मैक्स वेबर और डॉहरेनडॉर्फ
(D) मैक्स वेबर और टालकॉट पार्सन्स

57. निम्नलिखित में से किसने सामन्तशाही समाज को दासता तथा आधुनिक पूँजीवाद के मध्य की क्रमानुसार तथा तार्किक दोनों ही रूप से अन्तरमध्यता की अवस्था कहा था?
(A) लेनिन ने (B) स्टालिन ने
(C) दुर्खीम ने (D) मार्क्स तथा एन्जिल ने

58. 'पॉलिटिक्स ऑफ दी कुला रिंग' नामक पुस्तक लिखी थी—
(A) बी. मैलिनोवस्की ने
(B) ए.आर. रेडक्लिफ-ब्राउन ने
(C) डी.एन. मजूमदार ने
(D) जे.पी.एस. ओबेरॉय ने

59. निम्नलिखित में से किसने सामाजिक संस्थाओं को सामाजिक संरचना और तन्त्र के उस रूप में परिभाषित किया है जिसके द्वारा मानव समाज मानव आवश्यकताओं को सन्तुष्ट करने के लिए जरूरी बहुविध क्रियाकलापों को संगठित, निर्देशित तथा कार्यान्वित करता है?
(A) ई.ए. रॉस (B) के. डेविस
(C) सी.एच. कूले (D) एच.ई. बार्न्स

60. 'प्रिमिटिव सोसाइटी' नामक पुस्तक के लेखक कौन हैं?
(A) रॉबर्ट एच. लेवी (B) मॉर्गन
(C) गोल्डन वीजर (D) हेनरीमेन

61. निम्नलिखित में से किस समाजशास्त्रीय ने कहा है कि वर्ग उन विभिन्न स्थितियों के, जोकि व्यक्ति समाज की उत्पादन व्यवस्था में धारित करते हैं, आधार पर विकसित होते हैं?
(A) कार्ल मार्क्स और टाल्कॉट पारसन्स
(B) कार्ल मार्क्स और मैक्स वेबर
(C) मैक्स वेबर और डेहरेनडॉर्फ
(D) मैक्स वेबर और टाल्कॉट पारसन्स

62. निम्नलिखित में से कौनसा एक, आदत की पवित्रता और एक व्यक्ति के प्रति आज्ञाकारिता की आस्था पर आधारित है, जिसकी एक प्रथागत सत्ता की स्थिति है?
(A) सामन्ती सत्ता (B) परम्परागत सत्ता
(C) चमत्कारी सत्ता (D) विधिक सत्ता

63. इस विचार का कि समाज धर्मरूढ़ से धर्मनिरपेक्ष की अवस्था की ओर बढ़ता है, प्रतिपादन किया है–

(A) डेविड रीसमैन ने (B) हॉवर्ड बेकर ने

(C) मैक्स वेबर ने (D) कार्ल मार्क्स ने

64. नीचे दो वक्तव्य दिये गए हैं, जिनमें से एक को कथन (A) तथा दूसरे को कारण (R) कहा गया है–

कथन (A) : ग्रामीण भारत में सामाजिक-राजनीतिक प्राधान्य अधिक यूयुत्सु और संख्यात्मक श्रेष्ठता, किन्तु कर्मकाण्डीय रूप में निम्न जातियों के हाथों में चला गया है.

कारण (R) : ग्रामीण भारत में भूमि सुधार लागू होने के फलस्वरूप जातिगत प्राधान्य में परिवर्तन सम्भव हुआ है.

उपर्युक्त दोनों वक्तव्यों के सन्दर्भ में निम्नलिखित में से कौनसा कथन सही है?

(A) (A) और (R) दोनों सही हैं तथा (R), (A) की सही व्याख्या है

(B) (A) और (R) दोनों सही हैं, परन्तु (R), (A) की सही व्याख्या नहीं है

(C) (A) सही है, परन्तु (R) गलत है

(D) (A) गलत है, परन्तु (R) सही है

65. सूची-I को सूची-II से सुमेलित कीजिए तथा सूचियों के नीचे दिए गए कूट का प्रयोग कर सही उत्तर चुनिए–

सूची-I

(a) प्रक्रम उत्पादन (b) क्षेत्र-विशेष सिद्धान्त

(c) फ्रेटरी (समाज) (d) बन्धुआ मजदूर

सूची-II

1. कृषक समाज 2. जनजातीय समाज

3. नगरीय समाज 4. औद्योगिक समाज

5. उत्तर-औद्योगिक समाज

कूट :

	(a)	(b)	(c)	(d)
(A)	3	5	1	4
(B)	5	3	1	4
(C)	3	5	2	1
(D)	5	3	2	1

66. सूची-I को सूची-II से सुमेलित कीजिए तथा सूचियों के नीचे दिए गए कूट का प्रयोग करते हुए सही उत्तर चुनिए–

सूची-I

(a) टोटेमवाद (b) कुटुम्बवाद

(c) गतिशीलता (d) प्रौद्योगिकी बौद्धिकता

सूची-II

1. औद्योगिक समाज
2. जनजातीय समाज
3. कृषक समाज
4. उत्तर-औद्योगिक समाज
5. मध्यकालीन समाज

कूट :

	(a)	(b)	(c)	(d)
(A)	2	3	1	4
(B)	3	2	1	4
(C)	3	2	4	5
(D)	2	3	4	5

67. निम्नलिखित समाजों का प्ररूपी समूह भारतीय बहु-सामुदायिक समाज के लिए सर्वाधिक उपयुक्त है–

(A) आदिम, पूर्व-औद्योगिक, औद्योगिक

(B) जनजातीय, कृषक, औद्योगिक

(C) पूर्व-आधुनिक, आधुनिक, उत्तर आधुनिक

(D) मध्यकालीन, औद्योगिक, उत्तर औद्योगिक

निर्देश–आगामी प्रश्न में दो वक्तव्य हैं. एक को कथन (A) तथा दूसरे को कारण (R) कहा गया है. इन दोनों वक्तव्यों का सावधानीपूर्वक परीक्षण कर प्रश्न का उत्तर नीचे दिए गए कूट की सहायता से चुनिए–

68. **कथन (A) :** परम्परागत समाजों के आर्थिक तथा सामाजिक उन्नयन के लिए औद्योगिकता को प्रायः एक जादुई सूत्र समझा गया था.

कारण (R) : सम्पूर्ण विश्व के परम्परागत समाजों ने औद्योगीकरण को बगैर किसी झिझक के स्वीकार किया.

(A) (A) और (R) दोनों सही हैं तथा (R), (A) का सही स्पष्टीकरण है

(B) (A) और (R) दोनों सही हैं, परन्तु (R), (A) का सही स्पष्टीकरण नहीं है

(C) (A) सही है, परन्तु (R) गलत है

(D) (A) गलत है, परन्तु (R) सही है

69. निम्नलिखित कथनों में से कौनसा मैलिनोवस्की की साक्षरतापूर्व समाज विषयक समझ के सर्वाधिक निकट है?

(A) धर्म, जादू तथा विज्ञान एक-दूसरे से असंगत हैं

(B) धर्म, जादू तथा विज्ञान साक्षरतापूर्व समाजों के अभिन्न अंग हैं

(C) जादू तथा धर्म वस्तुनिष्ठ परिणामी नहीं हैं, क्योंकि वे पूर्णतः कल्पनात्मक हैं

(D) साक्षरतापूर्व लोगों के जीवन में विज्ञान कोई भूमिका निष्पादित नहीं करती है

70. आदिम समाजों में दीक्षा-समारोह प्रकार्यात्मक है, क्योंकि वे–

(A) सर्वोच्च शक्ति तथा परम्परा के मूल्य के अनुष्ठान और उनकी नाटकीय अभिव्यक्ति है
(B) सर्वोच्च शक्ति तथा परम्परा के मूल्य की प्रथागत तथा लोक अभिव्यक्ति है
(C) सर्वोच्च शक्ति तथा परम्परा के मूल्य की परम्परागत तथा धार्मिक अभिव्यक्ति है
(D) सर्वोच्च शक्ति तथा परम्परा के मूल्य की अन्ध-विश्वासीय तथा नातेदारी अभिव्यक्ति है

71. निम्नलिखित में में कौनसा सुमेलित नहीं है?

(A) परम्परागत	पैतृक सरदार
(B) तर्कसंगत विधियुक्त सत्ता	जनतान्त्रिक व्यवस्था
(C) चमत्कारी सत्ता	उद्देश्यों की दृष्टि से अक्रान्तिकारी
(D) चमत्कार का नियमीकरण	चमत्कारी प्रभाव के विस्तार का या तो परम्परागत या तर्क-संगत सत्ता के स्वरूप में परिवर्तन

72. सूची-I को सूची-II के साथ सुमेलित कीजिए तथा सूचियों के नीचे दिए गए कूटों से सही उत्तर का चयन कीजिए–

सूची-I (अध्ययनगत ग्राम)	**सूची-II (लेखक का नाम)**
(a) कुम्बापिट्टैई	1. एस. सी. दुबे
(b) रामपुरा	2. कैथलीन गॉफ
(c) शमीरपेट	3. एम. एन. श्रीनिवास
(d) विशिपारा	4. एफ. जी. बैले

कूट :

	(a)	(b)	(c)	(d)
(A)	1	3	5	2
(B)	2	4	3	1
(C)	2	3	1	5
(D)	3	4	1	2

73. निम्नलिखित में से किस एक ने राय व्यक्त की कि भारतीय ग्रामों में आत्म-निर्भरता एक मिथक है?

(A) चार्ल्स टी. मेटकॉफ (B) ऑस्कर लेविस
(C) लूइस ड्यूमा (D) एम. एन. श्रीनिवास

74. रेखीय प्रकार की ग्राम बस्तियाँ पाई जाती हैं–

(A) केरल, कोंकण और बंगाल की डेल्टा भूमि में
(B) पंजाब, हरियाणा और हिमाचल प्रदेश में
(C) तमिलनाडु, आन्ध्र प्रदेश और उड़ीसा में
(D) उत्तर-पूर्वी राज्यों में

75. निम्नलिखित कथनों पर विचार कीजिए–
इम्पीरियल गजेटियर ऑफ इण्डिया के अनुसार एक जनजाति है–

1. एक सामान्य नाम वाले परिवारों का समूह.
2. उत्पादन के प्राचीन साधनों का उपयोग करने वाला.
3. एक सामान्य बोली बोलने वाला समुदाय.
4. सामान्यतया बहिर्विवाह करने वाला समुदाय.
5. एक सामान्य क्षेत्र में निवास करने वाला समुदाय.

उपर्युक्त कथनों में से कौन-कौनसे सही हैं?

(A) 1, 2, 3 और 4 (B) 2, 3 और 4
(C) 1, 2 और 5 (D) 1, 3 और 5

76. समाज के निम्नलिखित प्रकारों में से किस एक का आल्विन टाफ्लर थर्ड वेव में विवेचन करता है?

(A) औद्योगिक समाज
(B) उत्तर-औद्योगिक समाज
(C) सूचना समाज
(D) सांस्कृतिक आधुनिकतावाद

77. स्पेन्सर ने सम्पूर्ण विकास को समाज के दो प्रकारों में समझा है–

(A) कृषिक तथा औद्योगिक
(B) सैन्य तथा औद्योगिक
(C) चारागाही तथा औद्योगिक
(D) जनजातीय तथा औद्योगिक

78. 'प्राच्य स्वेच्छाचारी शासन' मुख्यतः सम्बन्धित है–

(A) प्राच्य-शासक के वैयक्तिक गुणों से
(B) कानून और व्यवस्था बनाए रखने के लिए सेना के प्रयोग
(C) कच्चे माल के अपर नियन्त्रण से
(D) जल संसाधनों के अपर नियन्त्रण से

उत्तर व्याख्या सहित

1. (D) कृषि पर आधारित समाज ग्रामाभिमुखी (Village Oriented) है. प्राथमिक समूह सम्बन्ध इस समाज में सर्वाधिक प्रचलित होते हैं. लोक रीतियाँ व रूढ़ियों द्वारा सामाजिक नियंत्रण निर्देशन का कार्य होता है.

2. (C) विश्व के लोग जब समग्र रूप में एक समुदाय की तरह अन्तःक्रिया करते हैं, जो संचार व्यवस्था पर निर्भर है, तो यह 'सार्वभौमिक ग्राम' की धारणा को जन्म देता है?

3. (B) आदिम धर्म के बारे में सबसे पहला नृतत्वीय सिद्धान्त टॉयलर द्वारा प्रस्तुत किया गया. इसमें धर्म की उत्पत्ति की खोज एवं व्यवस्था की गई है. सभी धर्मों के मूल में केवल एक विचार निहित है. इसे टॉयलर ने आत्मा में विश्वास कहा है.

4. (A) फ्रेजर ने जादुई नुस्खा को दो सिद्धांतों के रूप में बाँटा है–

1. समान क्रिया का समान परिणाम होता है.
2. एक बार रहा सम्पर्क सदैव का सम्पर्क होता है.

पहले को उन्होंने 'समानता का नियम' तथा दूसरे को 'सम्पर्क का नियम' कहा है.

5. (B) श्रमिक संघवाद का तात्पर्य 'मजदूर' जिन परि-स्थितियों में काम करते हैं और रहा करते हैं, उन पर अकेले मजदूरों का नियंत्रण होना चाहिए.

आर्थिकीवाद	लेनिन
समावेशन	ट्रॉटस्की
कुलीन-तन्त्र	मिथेल
न्यासिता	गांधी

6. (B) आदिवासी एवं कृषक समाज सरल प्रकार का समाज है. इनमें घनिष्ठ एवं आमने-सामने के सहयोग पाए जाते हैं, जो प्राथमिक समूह की विशेषता है. गौण समूह प्राथमिक समूहों की अपेक्षा बड़े अधिक औपचारिक विशेषीकृत, अस्थायी तथा सम्पर्क की दृष्टि से अप्रत्यक्षता के लिए होते हैं.

औद्योगिक समाज में अधिक जटिल एवं तकनीकीयुक्त प्रणाली होती है. औद्योगिक समाज से तात्पर्य एक ऐसी सामाजिक व्यवस्था से है, जिसमें उत्पादन की विधि के रूप में शक्ति संचालित मशीनों का प्रयोग किया जाता है.

7. (D) डेनियल बेल के अनुार उत्तर-औद्योगिक समाज के पाँच आयाम हैं–

1. सर्विस इकोनॉमी
2. ऑक्युपेशनल स्ट्रक्चर
3. धुरी का सिद्धान्त
4. भविष्य का अभिमुखन
5. निर्णय-निर्धारण

8. (C) अनुकारी जादू 'समानता के नियम' पर आधारित है. जिसके अनुसार यह मान लिया जाता है कि समान क्रिया समान प्रभाव को जन्म दे सकती है. इसे होम्योपैथिक जादू भी कहते हैं.

काला जादू–इस प्रकार की जादुई क्रियाऐं हैं. जिनका उद्देश्य किसी को क्षति देना होता है.

संक्रामक जादू–सहानुभूति जादू का एक रूप है, जो 'सम्पर्क के नियम' पर टिका हुआ है. इसके अनुसार यह मान लिया जाता है कि जो वस्तु किसी समय सम्पर्क में रही है, वह हमेशा सम्पर्क में रहकर क्रिया-प्रतिक्रिया करती रहेगी. किसी व्यक्ति को हानि पहुँचाने के उद्देश्य से उसके कटे हुए बालों के द्वारा जादुई क्रियाऐं सम्पादित की जा सकती हैं.

9. (A) भैलिनोवस्की ने अपनी इस पुस्तक में जादू की मनोवैज्ञानिक व्याख्या के आधार पर बताया कि जब किसी विषय के बारे में तकनीकी ज्ञान अपर्याप्त और अपूर्ण होता है, तब जादू शक्तियों की आवश्यकताओं को पूरी कर उन्हें भावनात्मक दृष्टि प्रदान करता है.

10. (D) फ्रेजर ने जादू को दो भागों में विभक्त किया है–

1. अनुकरणात्मक जादू (Homoeopathic or Initative magic) जो समानता के नियम (Law of similarity) पर निर्भर है तथा सांसर्गिक जादू (Contagious Magic) जो सम्पर्क के नियम (Law of Contact) पर निर्भर है.

11. (B)

राज्य	प्रमुख अनुसूचित जनजाति
मध्य प्रदेश	गोंड, बैगा, सहरिया, कोरकू, मारया
राजस्थान	भील, मीणा, गरसिया, कोली
मेघालय	जयंतिया, खासी, गारो, हमर
उड़ीसा	बोडो, खरिया, जुआंग, खोंड

12. (B) धार्मिक संगठनों का पंथ एवं सम्प्रदाय में अर्न्स्ट ट्रॉल्ट्रथ ने विभाजित किया. पंथ एक धार्मिक समूह है, जिसमें एकात्तिकता, अपेक्षाकृत मानसिक गतिहीनता तथा किसी पंथ विशेष के विचारों की अन्ध एवं हठधर्मी अनुसरण की विशेषताऐं निहित रहती है.

13. (D) मध्यकालीन समय में शिल्पकार अपना व्यापार श्रेणियों (गिल्ड) के माध्यम के द्वारा करते थे.

14. (B) बाजार वह जगह है जहाँ पर वस्तुओं का क्रय-विक्रय होता है. आज की औद्योगिक पूँजीवादी व्याख्या में श्रम, उद्यमी उपभोग की वस्तुओं तथा पेशेवर सेवाओं सभी का अपना बाजार है. बाजार का अस्तित्व वस्तुओं के एक से अधिक विक्रेताओं के अस्तित्व पर निर्भर करता है.

15. (B) एक धार्मिक समूह जिसमें एकान्तिकता, अपेक्षाकृत-मानसिक गतिहीनता तथा किसी पन्थ विशेष के विचारोंके अन्य एवं हठधर्मी समुदाय को सम्प्रदाय (पन्थ) के नाम से जानते हैं.

16. (D) एक व्यक्ति के जीवन की संक्रमणकालीन स्थितियों को प्रदर्शित करने वाले उत्सव तथा समारोह जीवन पथ के संस्कार (Rites de passage) कहे जाते हैं. यह एक

सामाजिक प्रस्थिति के अन्त और दूसरी के सभारम्भ का एक संस्थागत ढंग है.

17. (D) 2001 की जनगणना के अनुसार निम्न राज्यों में अनुसूचित जनजाति को शून्य माना गया है– पंजाब, चंडीगढ़, हरियाणा, दिल्ली, पाण्डिचेरी.

18. (D)

गैडीज	हिमाचल प्रदेश
साबरस	उड़ीसा
महादेव कोलिस	महाराष्ट्र
कामार	मध्य प्रदेश

19. (D) नागा, कुकी, बोडो ये उत्तर-पूर्व भारत में पाई जाती है खस जनजाति उत्तरांचल में पाई जाती है.

20. (A) खरिया जनजाति में स्त्रियों के हाथ से हल स्पर्श करना तथा घर पर छप्पर डालना अशुभ माना जाता है. डॉ. डी. एन. मजूमदार उरांव जनजाति में नव प्रसूता स्त्री के लिए किसान का हल स्पर्श नहीं करने की परम्परा है.

21. (A) जनजाति समाजों में समष्टि समूह नातेदारी के आधार पर स्थायी सम्पत्ति को रखने वाला समूह है.

22. (D)

'डिवीजन ऑफ लेबर इन सोसाइटी'	इमाइल दुर्खीम
'दी लेजर क्लास'	टी. बेब्लन
'इकोनॉमी एण्ड सोसाइटी'	मैक्स बेबर
'क्लास एण्ड क्लास कन्फ्लिक्ट इन इण्डस्ट्रियल सोसाइटी'	आर. डेहरेनडॉर्फ

23. (C) दुर्खीम ने अपनी पुस्तक 'Social Division of Labour' में श्रम-विभाजन की धारणा विकसित की. दुर्खीम के अनुसार सबसे प्राचीन समाजों में श्रम-विभाजन स्त्री-पुरुष के भेद पर आधारित था. पुरुष शिकार करने या फल इकट्ठे करने जाते थे और स्त्रियाँ घर का कार्य तथा बच्चों का पालन-पोषण करती थीं. इसलिए श्रम विभाजन नहीं था, इस वजह से विशेषी-करण का सवाल नहीं था.

24. (B) आर्थिक विकास के स्तर को आधार मानकर गिडेन्स ने समाज को उद्विकासीय अंदाज से सात भागों में विभाजित किया है.

1. शिकारी एवं एकत्रीकरण समाज
2. कृषक समाज
3. पशुचारी समाज
4. परम्परागत समाज
5. पहली दुनिया का समाज (यूरोप व अमरीका)
6. दूसरी दुनिया का समाज (1917 ई. की रूसी क्रान्ति के बाद)
7. तीसरी दुनिया का समाज (एशिया, अफ्रीका आदि).

25. (D)

26. (C) उत्तर-औद्योगिक समाज शब्द डेनियल बेल द्वारा दिया गया था. इस समाज में तृतीयक क्षेत्रों का अधिक प्राधान्य होगा. सर्विस इकोनोमी, ऑक्युपेशनल, स्ट्रक्चर, प्रौद्योगिकी नियन्त्रण का आयाम होगा.

27. (B)

28. (A) एम. एन. श्रीनिवास के अनुसार जजमानी प्रथा के माध्यम से परस्परता और प्रभुता में सम्बन्ध था.

29. (B)

दासता	निजी स्वामित्व वाली जिन्दगी
जनजातीय	अपेक्षाकृत सजातीय
पूर्व-पूँजीवादी	बटाईदारी
पूँजीवीदी	मजदूर

30. (B)

कदार	नीग्रोसम विशेषक
कोसग	मंगोलाभ विशेषक
टोडा	भ्रातीय बहुपति विवाह
ट्रोब्रियाण्ड द्वीप	कुल प्रथा

31. (B) क्रोवर एवं फास्टर के अनुसार संचार सुविधाएं एवं आर्थिक उद्दीपक फसल लगाने के विन्यासों का विविधी-करण करने के लिए बेहतर कृषि ढंग अपनाने का सम्वर्द्धन करते हैं.

32. (D) महाराष्ट्र में रहने वाले जनजातीय समूहों में कटकरी, कोलम, मारिया, गोण्ड आदि हैं.

33. (C) अण्डमान निकोबार द्वीप समूह पर पायी जाने वाली ओंग जनजाति जो निग्रेटो समूह में सम्मिलित है, की जनसंख्या घटती जा रही है. दिसम्बर 2004 के सुनामी के कारण इसका अस्तित्व ही खतरे में पड़ गया है. ये जनजाति मूलतः जंगली पशु-पक्षी, जलचर एवं फल, सब्जी आदि से जीवनयापन कर रही हैं.

34. (B) एल. एच. मार्गन ने अपनी पुस्तक 'Ancient Society' में समाज के तीन मुख्य स्तरों का उल्लेख किया है, जंगली (Savagery) बर्बर (Barbarism) सभ्य (Civilization) हरबर्ट स्पेन्सर ने सैनिक समाज तथा औद्योगिक समाज के दो रूपों की कल्पना करते हैं.

35. (D) Imperial Gazetteer of India के अनुसार, एक जनजाति परिवारों का एक संकुलन है, जिसका एक नाम होता है, जो एक बोली बोलते हैं, एक सामान्य भू-भाग पर अधिकार रखती हैं और जो सामान्यतः अन्त-र्विवाह के नियमों का पालन करती हैं.

36. (A) जन समाज एक विशेष प्रकार के सम्बन्धों का परिचायक समाज है, जिसका किसी सम्पूर्ण समाज अथवा उसके किसके किसी एक भाग पर प्रभुत्व होता है. इस प्रकार के समाजों में व्यक्तियों के मनोभावों एवं व्यवहार की समानताओं, भिन्नताओं की अपेक्षा अधिक महत्व दिया जाता है.

37. (B) 38. (A) 39. (A) 40. (A) 41. (C)

42. (A) 43. (A) 44. (B) 45. (D) 46. (A)

47. (B) स्पेन्सर के उद्‌विकासीय सिद्धान्त के दो मुख्य आधार हैं–

1. सरल समाजों में मिश्रित समाज.
2. यूयुत्सु समाज से औद्योगिक समाज.

48. (C) ब्रोनिसलॉ मैलिनोवस्की ने समाजिक सक्रियता के लिए अभिचार के समाकलानात्मक महत्व पर जोर डाला है.

49. (A) व्यवहार के ये मानक, जिन्हें मानदण्ड कहते हैं, जनसामान्य के सांस्कृतिक जीवन में रमे हुए होते हैं. सांस्कृतिक प्रतिमान का सूक्ष्म विश्लेषण इसके निर्देशात्मक या अनुशासित और निषेधात्मक तत्वों को उजागर करता है.

50. (A) प्रो. रेडफील्ड के अनुसार एक ऐसा समाज जो अपेक्षाकृत छोटा, पृथक्कृत, अप्रबुद्ध, समरूप तथा समूह एकता के प्रगाढ़-भाव से ओत-प्रोत होता है, लोक समाज कहा जाता है.

51. (D) गारो – मेघालय
भूरिया – मध्य प्रदेश
चेम्बू – आन्ध्र प्रदेश
खासी – असम

52. (D) 53. (D) 54. (B) 55. (D) 56. (B)

57. (D) 58. (A) 59. (D) 60. (A) 61. (B)

62. (B) परम्परागत सत्ता की वैधता का आधार प्राचीन काल से चली आ रही व्यवस्था, परम्परा अथवा स्वीकृत प्रतिमान होता है. पारस्परिक सत्ता एक व्यक्ति को परम्परा द्वारा स्वीकृत पद पर बने रहने के कारण प्राप्त होती है.

63. (B) हॉवर्ड बेकर ने समाज को धर्मरूढ़ व धर्म-निरपेक्ष समाज में वर्गीकृत किया है. मार्क्स ने धर्म की जनता के लिए अफीम माना है. मैक्स वेबर प्रोटेस्टेन्ट इथिक्स व केल्विनवाद के समर्थक कहे जाते हैं.

64. (D) निश्चित तौर पर ग्रामीण भारत में भूमि सुधार लागू होने के फलस्वरूप जातिगत प्राधान्य में परिवर्तन सम्भव हुआ है, लेकिन कर्मकाण्डीय व्यवस्था निम्न श्रेणी की जातियों के पास अभी भी नहीं है.

65. (D) प्रक्रम उत्पादन – उत्तर-औद्योगिक समाज
क्षेत्र-विशेष सिद्धान्त – नगरीय समाज
फ्रेटरी (समाज) – जनजातीय समाज
बन्धुआ मजदूर – कृषक समाज

66. (A) टोटेमवाद – जनजातीय समाज
कुटुम्बवाद – कृषक समाज
गतिशीलता – औद्योगिक समाज
प्रौद्योगिकीय बौद्धिकता – उत्तर-औद्योगिक समाज

67. (B) भारतीय समाज में कृषक समाज, जनजातीय समाज तथा औद्योगिक समाज इन तीनों प्रकार से समाज का अस्तित्व देखने को मिलता है. बिहार, उत्तर प्रदेश का समाज कृषक बहुल है, तो उड़ीसा, छत्तीसगढ़ का समाज जनजातीय समाज. महाराष्ट्र, कर्नाटक के समाज में औद्योगिक समाज के प्रमुख लक्षण पाए जाते हैं.

68. (C) परम्परागत समाजों के आर्थिक तथा सामाजिक उन्नयन के लिए औद्योगिकता को प्रायः एक जादुई सूत्र समझा गया था, लेकिन आज भी सम्पूर्ण विश्व के परम्परागत समाजों ने औद्योगीकरण के हर स्तर को नहीं माना है.

69. (B) मैलिनोवस्की ट्रोबियाण्ड द्वीपवासियों के सन्दर्भ में कहते हैं कि धर्म कई संवेग स्थितियों, जो तनाव की स्थितियाँ होती हैं, से निकट से जुड़ा होता है. इन द्वीप वासियों की कई जादुई तथा धार्मिक क्रियाएँ मछली मारने के अभियानों पर केन्द्रित होती हैं.

70. (B) मैलिनोवस्की तथा रैडक्लिफ ब्राउन ने आदिम धर्म की प्रकार्यवादी व्याख्याएँ प्रस्तुत की हैं. रैडक्लिफ ब्राउन के अनुसार धर्म का प्रकार्य मानव मस्तिष्क से भय और अन्य संवेगी सन्तापों को दूर करना नहीं है, बल्कि इसमें अतितता की भावना प्रतिष्ठित करना है.

71. (B) पैतृक सरदार परम्परागत होते हैं. तर्कसंगत विधियुक्त सत्ता में कोई आवश्यक नहीं कि जनतान्त्रिक व्यवस्था ही हो. चमत्कारी सत्ता उद्देश्यों की दृष्टि से अक्रान्तिकारी होती है.

72. (C) कुम्बापिट्टैई कैथलीन
रामपुरा एम. एन. श्रीनिवास
शमीरपेट एस. सी. दुबे
विशिपारा एफ. जी. बैले

73. (D) एम. एन. श्रीनिवास ने अपनी पुस्तक 'The Myth of Self Sufficiency of Indian Village' में यह सिद्ध किया है, कि भारतीय गाँव में पायी जाने वाली

आत्मनिर्भरता के तत्व एक मिथक हैं. भारतीय गाँव अनेक सामाजिक, सांस्कृतिक एवं आर्थिक प्रकार्य के लिए दूसरे गाँव पर आधारित रहते हैं. 'जजमानी व्यवस्था' के आधार पर गाँव एक-दूसरे पर निर्भर रहते हैं.

74. (A) रेखीय प्रकार के या पंक्तिनुमा ग्राम किसी सड़क/रास्ते के दोनों ओर एक ही लम्बी कतार में बने होते हैं. भारत में कोंकण तट तथा समुद्री किनारे पर इस प्रकार के ग्राम देखने को मिलते हैं.

75. (D) इम्पीरियल गजेटियर ऑफ इण्डिया के अनुसार जनजाति के लक्षण–सामान्य भू-भाग, सामान्य भाषा, विस्तृत आकार, अन्तर्विवाह, राजनीतिक संगठन, सामान्य निवेदन इत्यादि.

76. (B) आल्विन टाफ्लर ने थर्ड वेव में उत्तर-औद्योगिक समाज का वर्णन किया है. उत्तर-औद्योगिक समाज का आशय एक ऐसे समाज से है जहाँ केन्द्रीय महत्व के रूप में सम्पत्ति/धन सम्पदा का स्थान ज्ञान लेता जा रहा है और यही शक्ति और सामाजिक गतिशीलता का स्रोत बनता जा रहा है.

77. (B) स्पेन्सर ने सभ्यता के विकास के आधार पर समाज को युयुत्स (सैन्य) समाज एवं औद्योगिक समाज में बाँटा है. सैनिक समाज में क्रियात्मक शक्तियों को सैनिकों के लिए सुख-सुविधाओं को जुटाने के उद्देश्य से नियोजित किया जाता है और समाज में सैनिक क्रिया-कलापों का बोलबाला होता है. दूसरी ओर औद्योगिक समाज में सैनिक शक्ति का प्रयोग केवल आन्तरिक शक्ति व व्यवस्था को बनाये रखने तथा बाहरी अक्रमणों से रक्षा करने के लिए किया जाता है.

78. (A)

इकाई-V

अर्थव्यवस्था और समाज
(Economy and Society)

"किसी भी समाज में सीमित वस्तुओं के वितरण को नियंत्रित करने वाले आधारभूत विचार, आदर्श नियम तथा पद ही आर्थिक संस्थाएँ हैं."
—के. डेविस

अर्थव्यवस्था और समाज
(Economy and Society)

मनुष्य को अपनी सुख-सुविधाओं की पूर्ति हेतु कुछ भौतिक वस्तुओं एवं अन्य लोगों की सेवाओं की आवश्यकता होती है. इन आवश्यकताओं की प्राप्ति न तो कोई व्यक्ति स्वतंत्र रूप से कर सकता है, और न ही इसकी प्राप्ति के अवसर पूर्णतः खुले होते हैं. समाज के सदस्य के रूप में व्यक्ति इन आवश्यकताओं की पूर्ति कुछ परम्पराओं, नियमों तथा कार्यप्रणालियों के आधार पर ही कर सकता है. प्रत्येक समाज में ये परम्पराएँ, नियम तथा कार्य-प्रणाली आपस में संगठित होकर एक ऐसी स्थायी व्यवस्था का निर्माण करती हैं, जिसके माध्यम से व्यक्ति आवश्यक भौतिक वस्तुओं का निर्माण कर सके, अन्य जरूरी संसाधनों को जुटा सके तथा उनमें अपनी सहभागिता सुनिश्चित कर सके. यही व्यवस्था प्रत्येक समाज में आर्थिक व्यवस्था कहलाती है, जो वस्तुओं एवं सेवाओं के उत्पादन, वितरण एवं उपभोग से सम्बन्धित क्रियाओं के इर्द-गिर्द घूमती है.

सर्वविदित है कि वस्तुओं एवं सेवाओं के उत्पादन, उपभोग तथा वितरण से सम्बन्धित क्रियाओं के विश्लेषण एवं समुचित सिद्धान्तों के निर्माण के लिए सामाजिक विज्ञान की एक विशिष्ट शाखा (अर्थशास्त्र) का अस्तित्व प्राचीनकाल से ही रहा है. ऐसे में एक स्वाभाविक प्रश्न उठता है कि अर्थशास्त्र के पूर्ण विकसित अवस्था में होने के बावजूद समाजशास्त्र की रुचि इस क्षेत्र में क्यों है ? और अगर है तो आखिर इस सम्बन्ध में इसका दृष्टिकोण क्या है ? तथा प्राप्त निष्कर्षों की महत्ता क्या है ?

वस्तुतः अर्थशास्त्र का अध्ययन क्षेत्र वैध आर्थिक क्रिया तथा उत्पादित वस्तु तक ही सीमित है. विभिन्न आर्थिक चरों (Variable) की स्वतंत्र व्याख्या करते हुए अर्थशास्त्र उनके अंतर्सम्बन्धों को प्रमुखता से उद्‌घाटित करता है. यह अपने विश्लेषण में आर्थिक क्रियाओं के सांस्कृतिक और सामाजिक पक्ष की पूर्ण अवहलेना करता है. फलस्वरूप आर्थिक क्रियाओं के कुछ महत्वपूर्ण पहलू अनछुए ही रह जाते हैं. जैसे—समय निर्धारण, जन-मनोविज्ञान, राजनैतिक-बाधाएँ, सामाजिक व्यवस्था की समस्या इत्यादि. इसी कारण विभिन्न अर्थशास्त्रीय निष्कर्ष इतने अमूर्त प्रकृति के होते हैं कि वे किसी भी समाज सापेक्ष या स्थिति सापेक्ष भविष्यवाणी करने में असमर्थ होते हैं. विभिन्न अर्थशास्त्रियों द्वारा निर्मित सैद्धान्तिक मॉडल भी किसी समाज पर पूरी तरह से लागू नहीं होता है.

आर्थिक क्रियाओं और आर्थिक समस्याओं के समाजशास्त्रीय विश्लेषण में उपर्युक्त अनछुए पहलुओं को ही छूने का प्रयास किया जाता है. समाजशास्त्र आर्थिक क्रियाओं में विकसित सामाजिक सम्बन्ध एवं प्रक्रियाओं का अध्ययन करता है. यह विभिन्न समाजों में आवश्यकताओं और आर्थिक क्रियाओं का तुलनात्मक अध्ययन भी करता है. आर्थिक क्रियाओं एवं संस्थाओं के अध्ययन में एक समाजशास्त्री की रुचि सम्पूर्ण संरचना पर केन्द्रित होती है. अपने अध्ययन में वह उन संस्थात्मक प्रतिमानों को स्पष्ट करता है, जिनके दायरे में आर्थिक क्रियाएँ सम्पन्न होती हैं, जो विभिन्न समाजों में एक जैसे होते हैं, जो विभिन्न समाजों में विभिन्न होते हैं और किस प्रकार स्वयं उनमें परिवर्तन होते रहते हैं. समाज की अन्य संस्थाओं से आर्थिक संस्थाओं के अन्तर्सम्बन्ध तथा विभिन्न उत्पादों के प्रकार्यों एवं उपकार्यों का विश्लेषण, आर्थिक संस्थाओं के समाजशास्त्रीय विश्लेषण की मुख्य विषय वस्तु है. इस प्रकार स्पष्ट है कि आर्थिक क्रियाओं के मानवीय, सांस्कृतिक एवं सामाजिक पक्षों का विश्लेषण ही समाजशास्त्र के लिए मूलभूत और प्राथमिक है.

आर्थिक संस्थाएँ (Economic Institutions)

वे सभी नियम एवं कार्यप्रणाली जिनके तहत् आर्थिक क्रियाएँ सम्पादित की जाती हैं 'आर्थिक संस्था' कहलाती है.

दूसरे शब्दों में, उत्पादन, वितरण तथा उपभोग से सम्बन्धित, समाज स्वीकृत नियम तथा कार्यप्रणालियों का प्रतिमान ही 'आर्थिक संस्था' है.

मैकाइवर एवं **पेज** (MacIver and Page) ने इसे परिभाषित करते हुए कहा है कि "आर्थिक संस्थाओं का आशय वस्तुओं और सेवाओं का उत्पादन, वितरण तथा विनिमय की प्रतिस्पर्द्धा और मोल-भाव (Bargain) की कार्य प्रणाली से है."

जोन्स (Jones) के अनुसार, "आर्थिक संस्थाएँ विभिन्न प्रविधियों, विचारों तथा प्रथाओं की उस समग्रता को कहते हैं जो जीवन-निर्वाह की आवश्यकताओं की पूर्ति के लिए भौतिक पर्यावरण के अधिकतम उपभोग से सम्बन्धित हैं."

ऑगबर्न एवं **निमकॉफ** (Ogburn and Nimcoff) ने इसकी संक्षिप्त व्याख्या करते हुए कहा कि "आर्थिक संस्था का अर्थ धन की प्राप्ति और व्यय करने की पद्धति से है." **के. डेविस** (K. Davis) का कहना है कि "किसी भी समाज में, सीमित वस्तुओं के वितरण को नियन्त्रित करने वाले आधार-भूत विचारों, आदर्श नियमों तथा पद को ही हम आर्थिक संस्था कहते हैं."

एण्डरसन तथा **पार्कर** (Anderson and Parker) ने इसकी विशिष्टताओं को स्पष्ट करते हुए कहा है कि, "आर्थिक संस्थाएँ वस्तुओं के उत्पादन तथा वितरण के माध्यम से समाज के अस्तित्व की रक्षा करती हैं. यह कार्य पूँजी, श्रम, भूमि, कच्चे माल तथा व्यवस्था सम्बन्धी योग्यता के अधिकतम उपभोग द्वारा सम्भव होता है."

उपर्युक्त विश्लेषण के आधार पर आर्थिक संस्थाओं की निम्नलिखित विशेषताएँ स्पष्ट होती हैं—

1. आर्थिक संस्थाओं के निर्माण में मनुष्य एवं उसकी आर्थिक आवश्यकताएँ ही मूल तथ्य हैं.
2. मनुष्य की कुछ क्रियाएँ मुख्यतः उत्पादन, विनिमय तथा वितरण से सम्बन्धित होती हैं. मनुष्य की ये क्रियाएँ आर्थिक क्रियाएँ कहलाती हैं.
3. आर्थिक क्रियाओं के नियम कार्य-विधियाँ एवं प्रतिमान ही आर्थिक संस्था कहलाती है.
4. आर्थिक प्रक्रिया में मानवीय अंतर्किया तथा कुछ सामाजिक सम्बन्ध (**जैसे**—सहयोग, प्रतिस्पर्द्धा) आदि विकसित होते हैं.
5. आर्थिक संस्थाएँ श्रम विभाजन एवं विभेदीकरण पर आधारित होती हैं.
6. इसकी प्रकृति संगठनात्मक है.
7. यह सामान्य हित की भावना पर आधारित होती है.
8. प्रत्येक आर्थिक संस्था का एक विशिष्ट लक्ष्य होता है.

आर्थिक संस्थाओं का सैद्धान्तिक विवेचन (Theoritical Analysis of Economic Institutions)

आर्थिक संस्थाओं के सम्पूर्ण सामाजिक प्रणाली पर प्रभाव को लेकर समाजशास्त्रीय चिन्तन में दो धाराएँ विकसित हुईं. एक धारा के समर्थकों का मानना है कि समाज में आर्थिक संस्थाएँ ही वास्तविक एवं मूल हैं और यही सम्पूर्ण समाज की संरचना को निर्धारित करती हैं, जबकि दूसरी धारा के समर्थकों का मानना है कि आर्थिक व्यवस्था सम्पूर्ण सामाजिक प्रणाली की एक उप-प्रणाली है. इसलिए सम्पूर्ण सामाजिक प्रणाली के अनुसार ही किसी समाज में आर्थिक संस्थाओं का स्वरूप निधारित होता है. इन धाराओं से सम्बन्धित कुछ प्रमुख समाजशास्त्रियों के विचार निम्नलिखित है—

(1) **कार्ल मार्क्स के विचार** (Views of Karl Marx)—मार्क्स ने अपनी पुस्तक 'Critique of Political Economy' में सभी प्रकार के मानवीय सम्बन्धों तथा राजनीतिक संरचना पर आर्थिक व्यवस्था की प्राथमिकता को सिद्ध करने का प्रयास किया है. इसलिए इनका यह सम्पूर्ण सिद्धान्त ही 'आर्थिक निर्धारणवाद' के नाम से जाना जाता है. अपने इस सिद्धान्त के द्वारा मार्क्स ने यह बताया है कि आर्थिक व्यवस्था ही समाज की मूल संरचना (Intra-Structure) है. उस समाज में पाये जाने वाले मूल्य, रीति-रिवाज, संस्कृति, कानून, नियम तथा सामाजिक, प्रतिमान की अधिसंरचनाएँ (Super structure) हैं जिनका विकास आर्थिक व्यवस्था रूपी मूल संरचना की प्रकृति के अनुसार ही होता है.

मार्क्स का मानना है कि समाज की मूल संरचना का निर्माण 'उत्पादन की भौतिक शक्तियों, अर्थात् उत्पादन के साधन तथा 'उत्पादन के सम्बन्धों' अर्थात् उत्पादन के तरीकों के आधार पर ही होता है. इसी आर्थिक संरचना के आधार पर समाज की कानूनी, राजनीतिक तथा सामाजिक संरचना अथवा समाज का ऊपरी ढाँचा (Super-structure) तैयार होता है. निष्कर्ष के रूप में मार्क्स का कहना है कि समाज की इस मूल संरचना तथा अधि-संरचना के बीच जो अन्तर्विरोध बने रहते हैं उसी के फलस्वरूप क्रांति का जन्म होता है. जिससे सम्पूर्ण व्यवस्था ही बदल जाती है. इस प्रकार मार्क्स ने सभी सामाजिक परिवर्तनों के लिए उत्पादन की भौतिक शक्तियों तथा उत्पादन के सम्बन्धों को जिम्मेदार माना है.

(2) **मैक्स वेबर के विचार** (Views of Max Weber)—दूसरी धारा के प्रमुख समर्थक मैक्स वेबर हैं. वेबर ने अपने विचारों को 'The Protestent Ethic and the spirite of Capitalism' नामक पुस्तक में प्रस्तुत किया. वेबर का

मानना था कि आर्थिक संरचना और सामाजिक संस्थाओं तथा विचार के बीच जो सम्बन्ध है उसे मार्क्स के दृष्टिकोण के विपरीत देखना चाहिए. इस आधार पर विचार और मूल्य ही भौतिक परिस्थितियों के स्वरूप का निर्धारण करते हैं.

वेबर ने उत्पादन की किसी विशिष्ट पद्धति के आविर्भाव में विचारों और मूल्यों को सबसे अधिक महत्वपूर्ण माना है. वेबर ने समाज में प्रौद्योगिकी की भूमिका तथा पूँजीपति और श्रमिक के बीच पाए जाने वाले सम्बन्धों के विश्लेषण में पाया कि ये मात्र युक्तिसंगतता (Rationality) के सिद्धान्त के आधार पर ही संगठित होते हैं. उन्होंने स्पष्ट शब्दों में अपना यह मत व्यक्त किया कि जब उत्पादन के सम्बन्धों में परिवर्तन होता है और एक ऐसी समाजवादी व्यवस्था स्थापित होती है, जिसमें उत्पादन के साधनों पर पूरे समाज का अधिकार होता है तब भी काम के युक्तिसंगत संगठन की प्रवृत्ति में कोई परिवर्तन नहीं आता है. निष्कर्ष के रूप में वेबर का कहना है कि आधुनिक समाज में उत्पादन के सम्बन्धों का कोई महत्व नहीं होता है, सिर्फ युक्तिसंगतता की भावना ही महत्वपूर्ण है जो आज समाज में चारों ओर व्याप्त है.

अपने सिद्धान्त के समर्थन में वेबर ने यूरोप में पूँजीवाद के उदय और विकास के कारणों का समुचित विश्लेषण प्रस्तुत किया है. अपनी व्याख्या में वेबर ने बताया है कि जिस समय यूरोप में पूँजीवाद का विकास हुआ उस समय चीन एवं भारत की सभ्यताएँ कुछ मायने में यूरोप की सभ्यताओं से अधिक विकसित थीं. जैसे चीन में छपाई प्रौद्योगिकी तथा बारूद का प्रयोग, भारत में खगोल एवं गणित विज्ञान आदि. इसके वाबजूद यूरोप में पूँजीवाद के उदय का मुख्य कारण वेबर ने उन तथ्यों को बताया है जो प्रोटेस्टेंट ईसाई मत के मुख्य आचार (Ethic) हैं. ये धार्मिक आचार व्यक्ति को युक्तिसंगत रूप से आर्थिक वृत्तियों में संलग्न होकर अधिक-से-अधिक धनोपार्जन के लिए प्रेरित करते हैं.

(3) **इमाइल दुर्खीम के विचार** (Views of Emile Durkheim)—इमाइल दुर्खीम ने एक महत्वपूर्ण आर्थिक संस्था 'श्रम विभाजन' के सम्बन्ध में सिद्धान्त का प्रतिपादन कर दोनों धाराओं में समन्वय का प्रयास किया है. उन्होंने श्रम विभाजन से सम्बन्धित सिद्धान्त को अपनी पुस्तक 'Division of Labour in Society' में प्रस्तुत किया.

दुर्खीम से पहले अनेक अर्थशास्त्रियों ने आर्थिक आधार पर श्रम विभाजन को स्पष्ट करते हुए कहा है कि "श्रम विभाजन मनुष्य द्वारा निर्मित एक ऐसा महत्वपूर्ण साधन है जिसके द्वारा समूह की उत्पादकता को बढ़ाने का प्रयास किया जाता है." दुर्खीम ने इन विचारों से असहमति व्यक्त करते हुए श्रम-विभाजन को पूर्णतः सामाजिक आधारों पर विश्लेषित किया.

दुर्खीम का मानना था कि 'श्रम विभाजन' मुख्य रूप से एक सामाजिक कारक है. उन्होंने श्रम विभाजन को एक ऐसा चर (Variable) बताया है जिसे सामाजिक परिवर्तन के मुख्य कारक के रूप में स्वीकार किया जाना चाहिए. साथ ही दुर्खीम ने अपने सिद्धान्त द्वारा यह भी स्पष्ट किया है कि श्रम विभाजन उन प्रमुख आधारों में से एक है जो समाज में एकता उत्पन्न करता है और लोगों को एक-दूसरे के निकट लाता है. इस प्रकार दुर्खीम के अनुसार श्रम विभाजन समाज की एक प्रकार्यात्मक आवश्यकता है.

(4) **अन्य सैद्धान्तिक विवेचन** (Other Theoritical Analysis)—उपर्युक्त विचारकों के अलावा कई अन्य विचारकों ने भी आर्थिक संस्थाओं के कुछ महत्वपूर्ण पक्षों का विशिष्ट विवेचन प्रस्तुत किया है. जैसे—ब्रिटिश समाज-शास्त्री हॉबहाउस ने 'सम्पत्ति' की अवधारणा के विश्लेषण में अपना महत्वपूर्ण योगदान दिया. लोवी एवं हर्सकोविट्स ने आदिम अर्थव्यवस्था के विभिन्न पक्षों पर विशेषरूप से प्रकाश डाला है. द्वितीय विश्व युद्ध के पश्चात् सम्पूर्ण विश्व की आर्थिक परिस्थितियों तथा विभिन्न समाजों की सम्पूर्ण सामाजिक संरचना में अत्यधिक परिवर्तन होने के कारण 'आर्थिक विकास का समाजशास्त्र' के नाम से समाजशास्त्र की एक नवीन उपशाखा का विकास हुआ. इस शाखा के विकास में डब्ल्यू. ई. मूर, वी. एफ. हाजलिट्स तथा एन. जे. स्मेलजर जैसे—समाजशास्त्रियों का योगदान महत्वपूर्ण है.

मुख्य आर्थिक संस्थाएँ (Important Economic Institutions)

सभी प्रकार की आर्थिक व्यवस्थाओं में कुछ विशिष्ट आर्थिक संस्थाओं का महत्व समान होता है. ऐसी कुछ मुख्य आर्थिक संस्थाओं की अवधारणा को यहाँ समाजशास्त्रीय अर्थ में समझ लेना आवश्यक है.

सम्पत्ति (Property)

मानव सभ्यता के प्रत्येक स्तर में सम्पत्ति सबसे अधिक महत्वपूर्ण तथा आधारभूत आर्थिक संस्था रही है. सामान्य बोलचाल की भाषा में सम्पत्ति का तात्पर्य कुछ अधिकृत वस्तुओं से है. समाजशास्त्रीय अर्थ में सम्पत्ति केवल वस्तुओं को ही नहीं, बल्कि एक विशिष्ट अधिकार को भी इंगित करती है.

के. डेविस (K. Davis) ने सम्पत्ति को परिभाषित करते हुए कहा कि "सम्पत्ति वितरण व्यवस्था का एक स्थिर पहलू है. इसमें कुछ सीमित वस्तुओं के प्रति दूसरे व्यक्तियों एवं समूहों की तुलना में कुछ व्यक्तियों अथवा समूहों के अधिकारों एवं कर्त्तव्यों का समावेश होता है."

एम. गिन्सबर्ग (M. Ginsberg) के अनुसार, "सम्पत्ति का तात्पर्य अधिकारों और दायित्वों की ऐसी समग्रता से है जो किन्हीं भौतिक वस्तुओं के नियंत्रण को लेकर व्यक्तियों तथा समूहों के पारस्परिक सम्बन्धों को परिभाषित करते हैं."

उपर्युक्त विश्लेषण से सामाजिक अर्थों में सम्पत्ति के निम्नलिखित अभिलक्षण या विशेषताएँ स्पष्ट होती हैं—

1. सामाजिक अर्थ में सम्पत्ति के दो पक्ष अनिवार्य रूप से होते हैं.
2. एक पक्ष का सम्बन्ध मूल्यवान वस्तुओं से है. यह मूर्त एवं अमूर्त दोनों हो सकती हैं. भूमि, मकान, मोटर, कार, फर्नीचर, कपड़े, आभूषण आदि मूर्त सम्पत्ति हैं, जबकि पुस्तकें, पेंटिंग, ट्रेडमार्क आदि अमूर्त सम्पत्ति हैं.
3. दूसरे पक्ष का सम्बन्ध सम्पत्ति के अधिकार या स्वामित्व से है. अधिकार के कारण दायित्व की भावना भी इसमें अन्तर्निहित होती है.
4. सम्पत्ति का अधिकार या स्वामित्व भौतिक और वैधानिक होता है. अनैतिक रूप से प्राप्त धन सम्पत्ति नहीं है.
5. डेविस ने सम्पत्ति की एक अनिवार्य विशेषता के रूप में 'हस्तान्तरणशीलता' (Transferability) का उल्लेख किया है. इसके तहत् सम्पत्ति के स्वामित्व का हस्तान्तरण होता है.
6. सम्पत्ति में दुर्लभता का गुण होता है. इसी आधार पर वायु, सूर्य-प्रकाश, नदियों का पानी इत्यादि सम्पत्ति नहीं है.
7. प्रत्येक सम्पत्ति का एक निश्चित मूल्य होता है जो उपयोगिता एवं दुलभता के आधार पर मुद्रा के रूप में मापा जा सकता है.
8. सम्पत्ति की अवधारणा समाज सापेक्ष भी है. अर्थात् कौनसी वस्तु सम्पत्ति है और कौनसी नहीं, यह समाज के प्रतिमानों तथा सांस्कृतिक मूल्यों द्वारा निर्धारित होती है.

सम्पत्ति के स्वामित्व, गतिशीलता एवं दृश्यता के आधार पर सम्पत्ति को विभिन्न भागों में बाँटा गया है. **जैसे**—स्वामित्व के आधार पर, निजी तथा सार्वजनिक सम्पत्ति; गतिशीलता के आधार पर चल (Movable) तथा अचल (Immovable) सम्पत्ति दृश्यता के आधार पर दृश्य (Tangible) तथा अदृश्य (Intangible) सम्पत्ति. उल्लेखनीय है कि विभिन्न आर्थिक व्यवस्थाओं में इन प्रकारों में से कुछ प्रकार ही प्रमुखता प्राप्त करते हैं. **जैसे**—पूँजीवादी आर्थिक व्यवस्था में निजी सम्पत्ति के सिद्धान्त को स्वीकार किया जाता है, लेकिन समाजवादी आर्थिक व्यवस्था में सार्वजनिक सम्पत्ति के सिद्धान्त को स्वीकार किया जाता है. साथ ही, आदिम एंव सरल समाजों में सम्पत्ति के स्वामित्व की धारणा भी सरल थी, लेकिन वर्तमान के औद्योगीकृत आधुनिक जटिल आर्थिक व्यवस्था में सम्पत्ति के स्वामित्व की धारणा भी जटिलतर होती जा रही है.

श्रम विभाजन (Division of Labour)

श्रम विभाजन की प्रक्रिया द्वारा विभिन्न व्यक्ति मिलकर किसी एक उत्पादन प्रक्रिया को सम्पन्न करते हैं. श्रम विभाजन की प्रक्रिया द्वारा उत्पादन प्रणाली में विभेदीकरण और विशेषीकरण लाया जाता है. श्रम विभाजन की आर्थिक संस्था प्रत्येक समाज में विकसित या अविकसित रूप में अवश्य पायी जाती है. इसके मुख्यतः चार कारण हैं—

1. प्रत्येक मनुष्य में बुद्धि, शक्ति, योग्यता रुचि तथा कार्यक्षमता एक जैसी नहीं होती है.
2. सभी स्थानों का भौगोलिक पर्यावरण एक जैसा नहीं होता है.
3. ज्ञान के भंडार का विस्तार होने पर किसी एक व्यक्ति के लिए उन सब की समुचित जानकारी रखना तथा उसे उत्पादन प्रक्रिया में प्रयुक्त करना कठिन हो जाता है.
4. श्रम विभाजन से उत्पन्न होने वाले विशेषीकरण के कारण व्यक्तिगत कुशलता में वृद्धि होती है.

आर्थिक आधार पर श्रम विभाजन को उत्पादकता बढ़ाने के लिए किया गया प्रयास माना जाता है, लेकिन दुर्खीम ने श्रम विभाजन को एक प्रमुख, सामाजिक तथ्य माना है. दुर्खीम के अनुसार श्रम विभाजन प्रत्येक युग में सभी समाजों की आवश्यक विशेषता रही है. आदिम एवं जनजातीय समाजों में उत्पादन का स्वरूप सरल था इसलिए उनमें उत्पादन सम्बन्धी कार्यों का विभाजन आमतौर पर केवल लिंग एवं आयु पर ही आधारित था. इसके विपरीत औद्योगिक समाजों में उत्पादन प्रणाली व्यक्ति की भूमिका तथा कार्यों के विशेषीकरण पर जोर देती है. इसी के अनुरूप श्रम का बाजार भी आवश्यकताओं के अनुरूप श्रम विभाजन की प्रक्रिया में योगदान करता है. अर्थात् औद्योगिक समाजों में श्रम विभाजन की संस्था द्वारा समाज का प्रत्येक हिस्सा एक विशेषीकृत कार्य सम्पादित करता है और उनके इस सम्पादन का योगदान समाज की सम्पूर्ण संरचना को बनाए रखने के लिए होता है.

आधुनिक व्यवसाय (Modern Occupation)

औद्योगिक व्यवस्था में श्रम विभाजन एवं विभेदीकरण की प्रक्रिया ने कई प्रकार के आधुनिक व्यवसायों को जन्म दिया है. एच. एम. जॉनसन (H.M. Johnson) ने आधुनिक

व्यवसायों की निम्नलिखित छः विशेषताओं का उल्लेख किया है—

1. आधुनिक व्यवसाय विशेषीकरण के चरम उत्कर्ष पर होते हैं.
2. आधुनिक व्यवसाय प्रदत्त भूमिकाओं के बदले अर्जित भूमिकाओं के सिद्धान्त पर आधारित होते हैं. सैद्धान्तिक रूप से ये व्यवसाय उन सभी के लिए खुले होते हैं, जो अपनी रुचि, क्षमता और योग्यता के आधार पर इनके लिए आवश्यक अहर्ताएँ प्राप्त कर लेते हैं.
3. आधुनिक व्यवसायों में भूमिका निभाने के लिए एक औपचारिक संविदा होती है. कार्य के बदले में एक निश्चित राशि या वेतन प्रदान किया जाता है.
4. इसमें भूमिका धारियों का कार्यस्थल और निवासस्थल एक ही जगह पर अवस्थित नहीं होता है.
5. भूमिका पूर्ति के लिए आवश्यक सुविधा एवं उपकरण भूमिकाधारी के नहीं होते हैं. अधिकांश उपकरण एवं सुविधाएँ व्यवसायिक निगमों (जिनमें व्यक्ति काम करता है) की ही होती हैं.
6. लम्बवत् गतिशीलता के अवसर सदैव विद्यमान होने के कारण आधुनिक व्यवसायों में प्रतिस्पर्द्धा का महत्वपूर्ण स्थान होता है. ऊँचे पद सोपानों के साथ अधिक वेतन, सम्मान, सुविधाएँ एवं अधिकार जुड़े होते हैं.

विनिमय के प्रकार (Types of Exchange)

विभिन्न व्यक्तियों तथा समूहों के बीच वस्तुओं तथा सेवाओं का पारस्परिक हस्तान्तरण ही 'विनिमय' कहलाता है. प्रत्येक समाज की आर्थिक व्यवस्था में विनिमय की पद्धति किसी-न-किसी रूप में अवश्य पाई जाती है. सम्पत्ति एवं श्रम-विभाजन की संस्थाओं की तरह ही विनिमय को नियमित करने वाली संस्थाएँ भी प्रत्येक आर्थिक व्यवस्था का महत्वपूर्ण अंग है. सामान्य संदर्भ में विनिमय की संस्थाओं का महत्व जहाँ व्यक्ति एवं समूह की पारस्परिक आवश्यकताओं की पूर्ति में है; वहीं सूक्ष्म रूप में यह उत्पादन के क्षेत्र में उच्चतम कुशलता और दक्षता प्राप्त करने तथा श्रम-विभाजन की संस्थाओं को मूर्त रूप देने में भी महत्वपूर्ण है.

सामान्य अर्थों में विनिमय के दो ही मुख्य प्रकार हैं—पहला, वस्तु विनिमय—यह सरल एवं आदिम समाजों में पाया जाता था. दूसरा—मौद्रिक विनिमय—यह आधुनिक जटिल समाजों में पाया जाता है. एच. एम. जॉनसन (H.M. Johnson) ने विस्तृत रूप से विनिमय के प्रकारों का उल्लेख करते हुए प्रथमतः इसे दो मुख्य वर्ग तत्पश्चात् अन्य उप-वर्गों में विभाजित किया है. ये मुख्य वर्ग एवं इनके उपवर्ग निम्नलिखित हैं :

(I) **प्रत्यक्ष विनिमय** (Direct Exchange)—इसके चार भेद हैं—

(1) **वस्तु विनिमय** (Goods Based Exchange or Barter System)—इस प्रकार के विनिमय में मुद्रा की कोई प्रासंगिकता नहीं होती है. इस पद्धति में वस्तुओं के बदले वस्तुएँ, सेवाओं के बदले वस्तुएँ तथा सेवाओं के बदले सेवाओं की ही अदला-बदली की जाती है.

(2) **प्रशासित व्यापार** (Administered Trade)—प्रशासित व्यापार का तात्पर्य विनिमय के उन रूपों से है जिनमें कीमतें (वस्तु या मुद्रा के रूप में) राजनीतिक सत्ता द्वारा निर्धारित की जाती हैं. वेतन एवं कीमतों की आधुनिक व्यवस्था प्रशासित व्यापार के ही उदाहरण हैं.

(3) **बिना कीमत निश्चित किये मुद्रा का प्रयोग** (Use of Money wthout value determination)—सैद्धान्तिक रूप से विक्रेताओं तथा क्रेताओं के बीच होने वाली प्रतियोगिता के आधार पर ही कीमतों का निर्धारण होता है, परन्तु कभी-कभी अपूर्ण परिस्थिति में बगैर कीमत निर्धारण के भी विनिमय के लिए मुद्रा का प्रयोग होता है.

(4) **मौद्रिक विनिमय** (Money Based Exchange)—सैद्धान्तिक रूप से विनिमय के इस प्रकार में कोई मूल्यवान वस्तु ही विनिमय के माध्यम के रूप में प्रयुक्त होती है. व्यवहारिक अर्थ में मौद्रिक विनिमय का तात्पर्य एक सांकेतिक मुद्रा के माध्यम से किया गया विनिमय है. यह मुद्रा विनिमय के माध्यम के अतिरिक्त मूल्य के मानक भुगतान के साधन तथा मूल्य के संग्रहण की भूमिका भी निभाती है. आधुनिक अर्थव्यवस्था मुख्य रूप से मौद्रिक विनिमय पर ही आधारित है.

(II) **अप्रत्यक्ष विनिमय** (Indirect Exchange)—इसके दो मुख्य भेद हैं—

(1) **उपहार विनिमय** (Gift Exchange)—यह पारस्परिक आदान-प्रदान की सामान्य प्रक्रिया है. इसमें लेन-देन अपनों के बीच होता है किसी अजनबी के बीच नहीं. इसमें न तो उपहार देने वाला उपहार के बदले कुछ प्राप्त करने की इच्छा रखता है और न ही उपहार ग्रहण करने वाला उपहार के बराबर मूल्य की वस्तु को लौटाने का प्रयास करता है, इसमें न तो कोई विवशता होती है न ही किसी प्रकार के भौतिक लाभ का लालच ही. कभी-कभी इसमें लेन-देन सन्तुलित भी होता है. अर्थात् एक निश्चित अवधि में वस्तुओं और सेवाओं का प्रत्यक्ष आदान-प्रदान होता है, लेकिन उसमें कोई विवशता नहीं होती है.

(2) **पुनर्वितरण** (Re-Distribution)—अप्रत्यक्ष विनिमय के इस स्वरूप में समूह द्वारा उत्पादित वस्तुओं को पहले एक स्थान पर एकत्रित किया जाता है, तत्पश्चात् उनका समूह के सदस्यों के बीच बँटवारा किया जाता है. इसमें पारस्परिक दायित्व की भावना से वस्तुओं का पुनर्वितरण किया जाता है. उपहार विनिमय की भाँति इसमें भी समान व्यवहार, निष्पक्ष वितरण तथा समतुल्यता का भाव नहीं होता है. पुनर्वितरण का स्पष्ट रूप पारिवारिक स्तर पर सभी जगह दिखाई देता है. आधुनिक समाजों में 'कर प्रणाली' पुनर्वितरण का ही उदाहरण प्रस्तुत करती है.

बाजार
(Market)

आधुनिक औद्योगिक एवं पूँजीवादी व्यवस्था में आर्थिक क्रियाएँ एवं संविदाएँ मुख्य रूप से बाजार में ही किए जाते हैं. सैद्धान्तिक तौर पर बाजार का उदय तब होता है जब किसी वस्तु और सेवाओं की पूर्ति करने वाले और उसको प्राप्त करने की इच्छा रखने वाले कई व्यक्ति एवं संगठन हों तथा उनमें अपने हितों को लेकर एक स्पष्ट सी प्रतियोगिता की भावना हो. ऐसे बाजारों में वस्तुओं एवं सेवाओं की पूर्ति करने वाले (बेचने वाले) तथा उसे प्राप्त करने की इच्छा रखने वाले (खरीदने वाले) की आपसी प्रतियोगिता तथा मोलभाव के कारण कीमत, वस्तुओं के गुण तथा संविदा के मध्य एक सन्तुलन बना रहता है.

अर्थशास्त्रियों ने बाजार को प्रतियोगिता के आधार पर दो भागों में विभाजित किया है—

(I) **पूर्ण बाजार** (Perfect Market)—जिस बाजार में पूर्ण प्रतियोगिता (Perfect Competition) की स्थिति विद्यमान हो, उसे पूर्ण बाजार कहा जाता है. पूर्ण प्रतियोगिता उस स्थिति की द्योतक है जिसमें क्रेताओं एवं विक्रेताओं की संख्या इतनी अधिक होती है कि कोई भी क्रेता या विक्रेता अपने व्यक्तिगत प्रयास से मूल्य को प्रभावित नहीं कर पाता है. ऐसे बाजारों में वस्तु के मूल्य, गुण, रूप तथा वजन में एकरूपता होती है. साथ ही क्रेताओं तथा विक्रेताओं को बाजार का पूर्ण ज्ञान रहता है तथा उन पर किसी प्रकार का प्रतिबन्ध नहीं होता है.

(II) **अपूर्ण बाजार** (Imperfect Market)—जिस बाजार में अपूर्ण प्रतियोगिता की स्थिति हो उसे अपूर्ण बाजार कहा जाता है. ऊपर पूर्ण प्रतियोगिता की जिन विशेषताओं का वर्णन किया गया है वे किसी भी बाजार में वास्तविक रूप से नहीं पाई जाती हैं. वास्तव में पूर्ण प्रतियोगिता की स्थिति आदर्शात्मक है. अतः आधुनिक अर्थशास्त्रियों के अनुसार बाजार में अपूर्ण प्रतियोगिता की स्थिति ही पाई जाती है, जिसमें पूर्ण प्रतियोगिता की शर्तों का अभाव रहता है. अपूर्ण बाजार की कुछ विशेष स्थितियाँ या विभिन्न रूप निम्नलिखित हैं—

(1) **एकाधिकार** (Monopoly)—जब बाजार में किसी वस्तु की पूर्ति केवल एक उत्पादक करता हो तो उसे एकाधिकार कहते हैं.

(2) **द्वैधिकार** (Duopoly)—यदि बाजार में पूर्ति मात्र दो उत्पादकों द्वारा की जाती है तो उसे 'द्वैधिकार' कहते हैं.

(3) **अल्पाधिकार** (Oligopoly)—बाजार में वस्तुओं की पूर्ति जब दो से अधिक, लेकिन सीमित संख्या में उत्पादकों द्वारा की जाती है तो उसे 'अल्पाधिकार' कहते हैं.

(4) **एक क्रेताधिकार** (Monopsony)—बाजार में जब किसी वस्तु को खरीदने वाला एक ही क्रेता हो तो उसे एक क्रेताधिकार कहते हैं.

उल्लेखनीय है कि बाजारों का अस्तित्व सभी समाजों तथा अर्थव्यवस्था में इतने संगठित रूप में नहीं मिलता है. समाजवादी व्यवस्था के समर्थकों ने तो इसकी पूर्ण समाप्ति को ही आवश्यक माना है. इनका मानना है कि पूँजीवादी आर्थिक व्यवस्था बाजार की खोज में ही साम्राज्यवाद का रूप ग्रहण कर लेती है. इस रूप में यह एकाधिकार तथा शोषण को ही आश्रय देती है. इसलिए समाजवाद के समर्थक केवल पूँजीवाद के ही विरुद्ध नहीं हैं, बल्कि बाजार, प्रतिस्पर्द्धा तथा साम्राज्यवाद की समाप्ति पर भी जोर देते हैं.

सरल समाजों की अर्थव्यवस्था
(Economic System of Simple Societies)

सरल समाज का तात्पर्य उन लघु समाजों से है जो अपेक्षाकृत सरल प्रौद्योगिकी पर आधारित होते हैं. ऐसे समाजों में व्यक्तियों की प्राकृतिक पर्यावरण के साथ प्रत्यक्ष अन्तर्क्रिया होता है. व्यक्ति एवं समूह की विभिन्न आर्थिक क्रियाएँ भौगोलिक प्रस्थितियों पर ही निर्भर करती हैं, लेकिन जहाँ तक प्रकृति पर प्रौद्योगिक नियंत्रण की बात है उस मामले में इनकी उपलब्धियाँ नगण्य होती हैं.

सरल समाजों की अर्थव्यवस्था प्रायः जीवन निर्वाह के लिए वस्तुओं के उत्पादन तक ही सीमित होती है. जीवन निर्वाह के लिए वस्तुओं के उत्पादन की विधि के आधार पर सरल समाजों की अर्थव्यवस्था को मुख्यतः चार भागों में बाँटा जा सकता है–

(1) **आखेटन और संग्रहण** (Hunting and Gathering)—अनेक सरल समाजों में व्यक्ति छोटे बड़े शिकार करके तथा कंदमूल और फलों को इकट्ठा करके ही अपने दैनिक जीवन के निर्वाह के लिए आवश्यक सामग्री जुटाते हैं. ऊपरी तौर पर ऐसे समाज एक जैसे दिखते हैं, लेकिन उनके

निवास क्षेत्र तथा शिकार किये जाने वाले जानवर आदि के आधार पर इनमें काफी भिन्नता होती है. ऐसे समूहों की प्रकृति खानाबदोश की होती है. प्रकृति से अनुकूलन के क्रम में ये एक जगह से दूसरे जगह घूमते रहते हैं. सामान्यतः सभी आदिम समाज ऐसे ही थे, परन्तु वर्तमान में भी विश्व के कई समुदाय अभी तक उपर्युक्त जीवन पद्धति को ही अपनाये हुए हैं.

(2) **पशु चारण** (Pastoral)—अनेक समुदाय ऐसे होते हैं जिनकी अर्थव्यवस्था मुख्यतः उनके द्वारा पालतू बनाये गये पशुओं पर आधारित होती है. इनका मुख्य आहार, माँस, दूध और रक्त जैसे पशु उत्पाद होते हैं. कुछ समुदायों में अपने पशुओं से कुछ वाणिज्यिक उत्पाद भी प्राप्त किये जाते हैं. **जैसे**—भारत के जम्मू एवं कश्मीर की बकरवाल जनजातियों में भेड़ पालन के द्वारा माँस के अलावा उनसे ऊन का संग्रह भी किया जाता है. कुछ समुदाय पशुचारण के साथ लघु स्तर पर कृषि कार्य भी करते हैं. अपने पशुओं के लिए पर्याप्त पानी एवं चारागाह की खोज में ये समुदाय अक्सर स्थान परिवर्तन करते हैं. कुछ तो केवल मौसमी आवाजाही ही करते रहते हैं, जबकि कुछ लगातार स्थान परिवर्तन करते हैं. इन समुदायों के धार्मिक क्रियाकलाप में भी इनके पशुओं का महत्वपूर्ण स्थान होता है.

(3) **झूम कृषि** (Shifting Agriculture)—झूम कृषि की तकनीकें कुछ जनजातीय समुदायों द्वारा अपनाई जाती हैं. कृषि की इस तकनीक में सम्पूर्ण समुदाय किसी स्थान पर झाड़ी एवं जंगलों को जला कर अस्थायी रूप से कृषि कार्य प्रारम्भ करते हैं. सामान्यतः एक या दो फसल के बाद वे अपना स्थान परिवर्तित कर लेते हैं. पशुचारी समाजों की तुलना में झूम कृषि अपनाने वाले लोग अपेक्षाकृत एक स्थान पर लम्बे समय तक रुकते हैं. ऐसे समाजों में सम्पत्ति पर सम्पूर्ण समुदाय का अधिकार होता है.

18वीं सदी तक भारत में ऐसे अनेक समुदाय थे, परन्तु भूमि की उर्वरता का क्षरण होने के कारण ब्रिटिश सरकार द्वारा इस पद्धति पर रोक लगाए जाने के कारण कृषि की यह प्रवृत्ति लगभग समाप्त हो गई. फिर भी, भारत की कुछ जनजातियों समेत विश्व की अन्य कई जनजातियों में अभी भी कुछ सीमित पैमाने पर कृषि की यह तकनीक अपनाई जाती है. **जैसे**—भारत में मेघालय की गारो जनजाति, मध्य प्रदेश की वैगा और अबूझमार, उड़ीसा की सावरा तथा अरुणाचल प्रदेश की कई जनजातियों समेत अफ्रीका की बांतु जनजाति में यह पद्धति अब भी प्रचलित है.

(4) **स्थायी कृषि** (Settled Cultivation)—सरल समाजों का सर्वाधिक अनुपात वर्तमान में स्थायी कृषि द्वारा ही अपनी उत्पादन प्रणाली का संचालन करता है. स्थायी कृषि में भूमि का निश्चित स्वामित्व होता है, जिस पर उसके स्वामी प्रतिवर्ष लगातार खेती करते हैं. मानवीय सभ्यता के नवपाषाण काल में स्थायी कृषि तकनीक के अविर्भाव के कारण ही गाँव के स्थायी स्वरूप का उदय हुआ. स्थायी कृषि में व्यक्तिगत सम्पत्ति की धारणा मजबूत हो जाती है.

स्थायी कृषि से सम्बन्धित अधिकांश समुदाय मैदानी क्षेत्रों में निवास करते हैं जो कृषि कार्य में मुख्यतः कुदाल (Hoc) या हल (Plough) जैसे उपकरणों का प्रयोग करते हैं. इसके विपरीत कुछ पहाड़ी एवं पठारी क्षेत्रों में भी पहाड़ी ढालों को सीढ़ीनुमा बनाकर उन पर स्थायी कृषि की जाती है. भारत की नागा जनजाति में इसी प्रकार की स्थायी कृषि प्रचलित है. स्थायी कृषि करने वाले सरल समाज में पशुचारण की व्यवस्था भी सहायक कार्य होता है. सरल समाजों में विभिन्न प्रणाली के रूप में सामान्यतः वस्तु विनिमय प्रणाली ही अपनाई जाती है. इनमें अप्रत्यक्ष विनिमय प्रणाली के विभिन्न स्वरूप अनिवार्य रूप से पाये जाते हैं, जिनकी प्रकृति काफी जटिल होती है.

सरल समाजों में बाजार अधिक विकसित अवस्था में नहीं होता है. सरल समाज में बाजार का तात्पर्य मात्र उस स्थान से है जहाँ अधिकांश वस्तुओं का विनिमय होता है. ये बाजार उन समाजों की आर्थिक प्रणाली को गतिमान बनाये रखने के अलावा मिलने-जुलने के एक स्थान के रूप में भी सामाजिक अर्थ में महत्वपूर्ण भूमिका अदा करते हैं. सरल समाजों के बाजार को 'ग्रामीण हाट' के संदर्भ में ही सही ढंग से समझा जा सकता है. कुछ सरल समाजों में कुछ वस्तुओं के कई सौदे बिना बाजार के भी सम्पन्न होते हैं.

सरल प्रौद्योगिकी पर आधारित उत्पादन प्रणाली के कारण सरल समाजों में उत्पादन के सम्बन्ध भी अत्यन्त सरल प्रकृति के होते हैं. इनमें बड़े भू-स्वामी, कृषक, खेतिहर मजदूर, कुटीर उद्योगों में काम करने वाले कारीगर जैसे—लोहार (लोहे का औजार बनाने वाले), कुम्हार (मिट्टी का बर्तन बनाने वाले) राज मजदूर (मकान सम्बन्धी कार्य करने वाले), बढ़ई (लकड़ी का फर्नीचर बनाने वाले) आदि ही उत्पादन के सम्बन्धों का प्रतिनिधित्व करते हैं. इन श्रम सम्बन्धों की प्रकृति व्यक्तिगत एवं परम्परागत ही होती है. इन समाजों में विशेषीकरण और श्रम विभाजन की व्यवस्था अपने आरम्भिक स्तर पर ही होती है. आयु, जाति एवं लिंग के आधार पर ही श्रम विभाजन की कुछ प्रक्रिया इनमें पाई जाती है. इन समाजों में मुद्रा का प्रचलन अत्यन्त सीमित स्तर पर होता है. मजदूरों के मजदूरी का भुगतान भी सामान्यतः अनाज के रूप में ही होता है. भारतीय समाज में पायी जाने वाली 'जजमानी व्यवस्था' सरल समाजों में मालिक एवं कामगार के आपसी सम्बन्धों को स्पष्ट करने वाली एक

अद्वितीय व्यवस्था है. यह व्यवस्था श्रम की स्थायी पूर्ति की विशेषता को भी उजागर करती है. सरल समाजों में सामाजिक गतिशीलता का अत्यन्त आभाव पाया जाता है. व्यक्ति की अन्य प्रस्थितियों के अलावा उसकी आर्थिक प्रस्थिति शायद ही अपने सम्पूर्ण जीवनकाल में परिवर्तित होती है.

सरल समाजों की अर्थव्यवस्था में मुनाफावृत्ति की कोई धारणा नहीं होती है. व्यक्ति अपनी आर्थिक क्रियाओं का सम्पादन पारस्परिक दायित्व की भावना से प्रेरित होकर ही करता है. इनमें सामुदायिक आर्थिकी के लक्षण सशक्त रूप में विकसित होते हैं. इनकी आर्थिक क्रियाएँ भी मुख्यतः उपभोक्ता वस्तु पर ही केन्द्रित होती हैं, जिसमें उपभोग की प्रवृत्ति ही अधिक होती है बजाय संग्रहण के.

जटिल समाज की अर्थव्यवस्था (Economic System of Complex Societies)

जटिल समाज सरल समाजों के ठीक विपरीत है. जटिल समाजों में विस्तृत क्षेत्र और उसकी विशाल जनसंख्या के कारण व्यक्तिगत एवं सामूहिक आवश्यकताओं की पूर्ति के लिए विशिष्ट आर्थिक संस्थाएँ अपरिहार्य हो जाती हैं. जटिल समाजों में प्रौद्योगिकी का विकास अपने चरमोत्कर्ष पर होता है. इसलिए आधुनिक जटिल समाजों को सामान्यतः 'औद्योगिक समाज' (Industrial Society) के रूप में ही जाना जाता है. जटिल समाजों में आर्थिक क्रियाओं का सम्पादन मात्र व्यक्तिगत स्तर से सम्बन्धित न होकर विभिन्न आर्थिक समितियों से सम्बन्धित हो जाता है. इन समाजों में आर्थिक समितियों का तात्पर्य आर्थिक क्रियाओं में संलग्न ऐसे संगठित समूहों से होता है जो लाभ प्राप्त करने के उद्देश्य अर्थात् 'मुनाफावृत्ति' से प्रेरित होते हैं. सरल समाजों में उत्पादन के साधन के रूप में जहाँ केवल भूमि, पूँजी एवं श्रम का ही महत्व होता है वहीं जटिल समाज में उत्पादन के अन्य दो प्रमुख साधन संगठन एवं साहस का महत्व बढ़ जाता है. संगठन एवं साहस की धारणा पर आधारित होने के कारण ही इन आर्थिक समितियों का स्वरूप भी अत्यधिक जटिल हो जाता है. इन आर्थिक समितियों में पूँजीपति, श्रमिक, शेयर-धारक तथा प्रबन्धकर्मी आदि सभी सहभागी के रूप में सम्मिलित होते हैं.

जटिल समाजों की आर्थिक व्यवस्था की विशेषताओं को निम्नलिखित बिन्दुओं के आलोक में स्पष्ट रूप से समझा जा सकता है—

(1) **उच्चतर प्रौद्योगिकी** (Developed Technology)—जटिल समाज के प्रौद्योगिकी विकास में उस स्तर का दर्शन होता है जहाँ पर्यावरण से अनुकूलन के लिए प्रौद्योगिकी का प्रयोग नहीं होता, बल्कि प्रौद्योगिकी के आधार पर मनुष्य अपने प्राकृतिक पर्यावरण को ही नियंत्रित करने का प्रयास करता है. इन समाजों में मनुष्य अपनी भौतिक परिस्थितियों पर आश्रित होने के बदले प्रौद्योगिकी द्वारा निर्मित परिस्थितियों पर अधिक निर्भर होता है.

(2) **विशेषीकरण** (Specialization)—जटिल समाजों में प्रौद्योगिकी के विकास के कारण आर्थिक कार्य विशेषीकृत हो जाते हैं. इसका मुख्य कारण प्रौद्योगिकी ज्ञान का विस्तार होता है, जिसे कोई एक ही व्यक्ति संचित नहीं कर सकता है. विशेषीकरण के कारण विस्तृत विनिमय व्यवस्था जन्म ले लेती है. कार्यों के विशेषीकरण में वृद्धि के साथ व्यक्तियों की अपनी आवश्यकताओं की पूर्ति के लिए दूसरे व्यक्ति पर निर्भरता बढ़ जाती है.

(3) **बड़े बाजारों की स्थापना** (Establishment of big market)—जटिल समाजों की आर्थिक क्रियाओं में बड़े बाजारों की प्रासंगिकता अत्यधिक बढ़ जाती है. सभी प्रकार की वस्तुओं एवं सेवाओं का अपना-अपना विस्तृत बाजार होता है. बाजार की वास्तविक अवधारणा जटिल समाजों में ही व्यवहारिक रूप ग्रहण करती है. जटिल समाजों के एक ही नगर में कई छोटे और बड़े बाजार होते हैं. अलग-अलग वस्तुओं की बिक्री के लिए अलग-अलग बाजार देखने को मिलते हैं. बाजार में क्रेता एवं विक्रेता में प्रत्यक्ष के साथ ही साथ कभी-कभी अप्रत्यक्ष सम्बन्ध भी होते हैं. उनके बीच मध्यस्थों की भूमिका महत्वपूर्ण होती है. साधारणतः क्रेता एवं विक्रेता में अपरिचितता का सम्बन्ध होता है. वे न तो एक-दूसरे को जानते हैं और न ही जानना आवश्यक होता है.

(4) **बड़े पैमाने पर उत्पादन** (Large Scale Production)—जटिल समाजों में व्यक्ति एवं समूहों का उपभोक्ता वस्तुओं के अलावा व्यापारिक वस्तुओं के उत्पादन की ओर भी ध्यान केन्द्रित होता है. इन समाजों में उत्पादन काफी वृहत स्तर पर किया जाता है, ताकि वस्तु की स्थानीय माँगों की पूर्ति के बाद उसकी राष्ट्रीय एवं अन्तर्राष्ट्रीय माँगों की भी पूर्ति की जा सके और अधिक-से-अधिक मुनाफा अर्जित किया जा सके. फलतः जटिल समाजों में आयात-निर्यात की विशिष्ट संस्थाएँ जन्म लेती हैं.

(5) **व्यवसायों की बहुलता** (Plurality of Occupation)—जटिल समाजों में विस्तृत श्रम-विभाजन एवं विशेषीकरण के कारण अनेक प्रकार के व्यवसायों का उदय होता है. विशिष्ट शिक्षण एवं प्रशिक्षण तथा कुशलता अर्जित करने की धारणा समाहित होने के बाद विभिन्न व्यवसाय विभिन्न पेशों में परिणत हो जाते हैं. **जैसे**—डॉक्टर, वकील, इंजीनियर, नर्स, अध्यापक, प्रबन्धकर्त्ता आदि. आन्तरिक स्वायत्तता, पेशेवर तथा मुवक्किल के सम्बन्ध, वेतन के बदले परामर्श शुल्क तथा पेशों में प्रवेश के लिए प्रमाण-पत्र आदि पेशों की मुख्य विशेषताएँ हैं.

(6) **गतिशीलता** (Mobility)—जटिल समाजों में व्यावसायिक, सामाजिक और स्थानीय गतिशीलता अधिक पाई जाती है. स्तरीकरण के खुले प्रतिरूप को अधिक महत्ता देने के कारण ऐसा सम्भव होता है. इन समाजों में लोग अक्सर एक व्यवसाय को छोड़कर दूसरे व्यवसाय तथा एक आर्थिक प्रतिष्ठान को छोड़कर दूसरे प्रतिष्ठान में कार्य प्रारम्भ कर देते हैं. इस क्रम में उनकी प्रस्थिति उच्च या निम्न होती रहती है. स्तरीकरण के खुले प्रतिरूप को महत्व दिये जाने के कारण ही इन समाजों में वर्ग आधारित व्यवस्था पाई जाती है जो सामान्यतः तीन भागों में विभाजित होते हैं—उच्च वर्ग, मध्य वर्ग एवं निम्न वर्ग. इन वर्गों के साथ अधिक सुविधा, दायित्व, सम्मान तथा अधिकार की भावना जुड़ी होती है.

(7) **आर्थिक विषमता** (Economic differentiation)—जटिल समाजों में व्यक्ति की जीवन शैली में एकरूपता के बजाय अत्यधिक विभेद दिखाई पड़ते हैं. सभी व्यक्तियों की आय एक जैसी नहीं होती है. लोग अपने व्यवसाय एवं प्रस्थिति के अनुसार ही आय अर्जित करते हैं जो एक जैसी नहीं होती है. फलतः लोगों के रहन-सहन, खानपान तथा उपभोग की गई भौतिक सुविधाओं में अत्यधिक विषमता दिखलाई पड़ती है.

(8) **मौद्रिक विनिमय** (Money Based Exchange)—जटिल समाजों में विनिमय की प्रणाली मुख्य रूप से मुद्रा पर आधारित होती है. इन समाजों में मुद्रा न केवल विनिमय के माध्यम का कार्य करती है, बल्कि सभी वस्तुओं एवं सेवाओं के मूल्यांकन के लिए भी एक मानक तथा विभिन्न प्रकार के भुगतानों के लिए एक साधन की भूमिका भी अदा करती है. लोग मजदूरी, वेतन या मुनाफा के रूप में मुद्रा ही प्राप्त करते हैं तथा अपने अधिशेष को मुद्रा के रूप में ही संग्रह करते हैं. इस प्रकार जटिल समाजों की अर्थव्यवस्था पूर्णतः मौद्रिक अर्थव्यवस्था होती है. यद्यपि इन समाजों में राष्ट्रीय और अन्तर्राष्ट्रीय व्यापार भी मुद्रा के द्वारा ही संचालित होता है तथापि इनमें कभी-कभी वस्तु विनिमय के लक्षण भी दिखलाई पड़ते हैं, **जैसे**—भारत से लौह अयस्क का निर्यात जापान को होता है और जापान से आधुनिक मशीनों एवं प्रौद्योगिकी का भारत में आयात किया जाता है. इस वस्तु विनिमय में भी मुद्रा वस्तुओं के मूल्य के मापक के रूप में प्रयुक्त होती है.

(9) **औद्योगीकरण और नगरीकरण** (Industrialization and urbanization)—जटिल समाजों की एक प्रमुख विशेषता औद्योगीकरण एवं नगरीकरण का तेजी से प्रसार है. वृहत् उत्पादन के लिए आवश्यक वृहत कल कारखानों की स्थापना के कारण उद्योग धन्धों का केन्द्रीयकरण होने लगता है. रोजगार एवं अन्य भौतिक सुविधाओं की उपलब्धता के कारण ऐसे औद्योगिक केन्द्रों के चारों ओर नगर और महानगर स्थापित हो जाते हैं.

जटिल समाजों की अर्थव्यवस्था की कुछ अन्य विशेषताएँ इस प्रकार हैं—

1. जटिल समाजों में उत्पादन की इकाई परिवार नहीं रह जाती है. परिवार के बदले कारखाने एवं आर्थिक समितियाँ ही उत्पादन की इकाई हो जाती हैं. इससे परिवार एवं विवाह की संस्थाएँ प्रभावित हो जाती हैं.
2. उत्पादन में प्रयुक्त ऊर्जा के रूप में शारीरिक श्रम या पशुश्रम का महत्व नगण्य होता है. ऊर्जा के रूप में भाप, बिजली तथा आण्विक ऊर्जा का प्रयोग होता है.
3. उत्पादन की प्रक्रिया में जीविका निर्वाह के बदले मुनाफावृत्ति का समावेश होता है.
4. आर्थिक प्रक्रियाओं में सहयोग के बदले प्रतिस्पर्द्धा का ही बोलवाला होता है.
5. विशेषीकरण के आधार पर अत्यन्त जटिल श्रम विभाजन की पद्धति क्रियाशील होती है.
6. आर्थिक क्रियाओं में यातायात एवं संचार के विकसित साधनों का महत्व अत्यधिक होता है.
7. कृषि में पारस्परिक तकनीक के बदले प्रौद्योगिक तकनीक का प्रयोग होता है. इन समाजों में कृषि उत्पादों का भी व्यापारीकरण हो जाता है.
8. वर्ग संघर्ष का एक सन्तुलनकारी शक्ति के रूप में स्थाई महत्व होता है.
9. आर्थिक क्रियाएँ व्यक्तिगत हों या सामूहिक, सभी में एक स्पष्ट संविदात्मक प्रवृत्ति दिखलाई पड़ती है.
10. निजी एवं सामूहिक सम्पत्ति का एक मिला-जुला रूप 'सम्मिलित सम्पत्ति' या 'निगम सम्पत्ति' का भी समाज में अस्तित्व होता है.

आर्थिक क्रियाओं के निर्धारक तत्व (Determinants of Economic Behaviour)

सर्वविदित है कि प्रत्येक मानवीय क्रिया का कुछ-न-कुछ उद्देश्य होता है. उद्देश्यपूर्ण मानवीय क्रियाओं को ही हम 'सामाजिक क्रिया' कहते हैं. आर्थिक क्रियाओं का सामाजिक क्रियाओं के एक महत्वपूर्ण भाग होने के नाते मुख्य उद्देश्य भौतिक आवश्यकताओं की पूर्ति के लिए आवश्यक संसाधन जुटाना होता है, परन्तु जिस प्रकार सामाजिक क्रिया में अनेक व्यक्तिगत एवं सामूहिक संप्रेरणाएँ (Motivations) क्रियाशील होती हैं, उसी प्रकार आर्थिक क्रिया में भी कुछ व्यक्तिगत एवं सामूहिक संप्रेरणाएँ महत्वपूर्ण होती हैं. ये संप्रेरक ही आर्थिक

क्रियाओं के निर्धारक तत्व हैं. एच. एम. जॉनसन (H.M. Johnson) ने आर्थिक क्रियाओं के संप्रेरक के रूप में निम्नलिखित तथ्यों का उल्लेख किया है—

(1) **पारिश्रमिक पाने की इच्छा**—आर्थिक क्रियाओं के निर्धारक तत्वों में यह सबसे स्पष्ट तत्व है. आर्थिक क्रियाओं के विस्तृत दायरे में प्रत्येक क्रिया 'लाभ की भावना' के आधार पर ही नहीं की जाती है, लेकिन अधिकांश समाजों में अधिकतर आर्थिक क्रियाओं को सम्पादित करते समय व्यक्ति में लाभ प्राप्ति की सामान्य इच्छा अवश्य होती है. वस्तुतः व्यक्ति इसी भावना के साथ आर्थिक क्रियाओं में सम्मिलित होता है या होने की इच्छा रखता है, जिससे उसके सहकार के बदले वस्तुओं एवं सेवाओं के रूप में कुछ पुरस्कार मिलने की आशा होती है. इस प्रकार से प्राप्त लाभ जिसे व्यक्ति कुछ मान्य प्रतिमानों के आधार पर समाज के अन्य सदस्यों में पुनर्वितरित कर सकता है वह 'पारिश्रमिक' कहलाता है. इसी पारिश्रमिक के अनुसार व्यक्ति अपनी जीवन शैली निर्धारित करता है और उस जीवन शैली के लिए आवश्यक संसाधन जुटाने का प्रयास करता है. सरल समाजों में अतिरिक्त लाभ प्राप्त करना एक अनैतिक कर्त्तव्य माना जाता है, जबकि आधुनिक जटिल समाज में अधिक-से-अधिक लाभ प्राप्त करना ही व्यक्ति का प्रमुख उद्देश्य होता है.

(2) **आन्तरीकृत सांस्कृतिक मूल्य और प्रतिमान**—जिस प्रकार सम्पत्ति की संस्था में नैतिकता और वैधानिकता का तत्व समाहित है उसी प्रकार प्रत्येक आर्थिक क्रिया से भी नैतिकता और वैधानिकता का प्रश्न जुड़ा होता है. नैतिकता और वैधानिकता के मानदण्ड पर खरा न उतरने के कारण ही प्रत्येक समाज में चोरी और डकैती को आर्थिक क्रिया के बदले एक अनैतिक क्रिया माना जाता है. जब व्यक्ति अपने सांस्कृतिक मूल्य और प्रतिमान के मानदण्डों के अनुरूप आर्थिक क्रिया सम्पन्न करता है तभी ही उसकी क्रिया को समाज के अन्य सदस्यों द्वारा मान्यता प्रदान की जाती है जो उस व्यक्ति में आत्मसम्मान के भाव को सन्तुष्ट करती है. आत्मसम्मान की प्राप्ति तथा समूह के अन्य सदस्यों द्वारा अनुमोदन प्राप्त करने के लिए ही यह आवश्यक होता है कि प्रत्येक आर्थिक भूमिका को उसके मानकों के अनुसार ही सम्पादित किया जाय.

(3) **अपने कार्य समूह के भीतर सामाजिक लगाव बनाये रखने की भावना**—कार्यस्थल पर सामाजिक सौहार्द एवं पारस्परिकता की भावना का संचार भी आर्थिक क्रियाओं का मुख्य संप्रेरक तत्व है. इसके लिए भी भूमिका के निर्धारित मानदण्डों का उचित मात्रा में पालन आवश्यक होता है.

(4) **कार्य समूह के बाहर भी सामाजिक लगावों को बनाये रखना**—केवल अपनी जीविका निर्वाह के लिए ही नहीं वरन् अपने नातेदारों, मित्रमण्डली एवं अन्य द्वितीयक सहयोगियों के प्रति कुछ औपचारिकताएँ निभाने के लिए भी व्यक्ति को कुछ आवश्यक संसाधनों को जुटाना पड़ता है. ऐसी औपचारिकताओं से व्यक्ति एवं समाज के अन्य सदस्यों के बीच घनिष्ठता बढ़ती है. ऐसी आवश्यकताओं की पूर्ति के लिए भी व्यक्ति आर्थिक क्रियाओं की ओर प्रेरित होता है. व्यक्ति यदि अपने परिवार से दूर रहकर कहीं आर्थिक क्रिया सम्पादित करता है तो परिवार के पोषण की भावना एक ऐसा ही स्थायी प्रेरक तत्व होता है.

(5) **अपनी योग्यता के उपयोग का आनन्द**—आनन्द प्राप्ति के कई साधनों में एक साधन आर्थिक वृति भी है. व्यक्ति जब अपनी आर्थिक क्रिया की प्रकृति को अपने मनोनुकूल मानता है तो उस क्रिया को सम्पादित करने में व्यक्ति आनन्द का अनुभव करता है. ऐसी दशा में ही व्यक्ति, क्रिया से प्राप्त पारिश्रमिक के कुछ कम होने पर भी उससे वह सन्तुष्ट होता है. वास्तव में यह योग्यता के उपयोग का आनन्द ही है. यद्यपि सच यह भी है कि कोई भी व्यवसाय किसी भी व्यक्ति के पूर्णतः मनोनुकूल नहीं होती है, लेकिन कुछ व्यवसायों में समायोजन की अधिक सम्भावना होती है तो कुछ में कम.

उपर्युक्त निर्धारकों के अतिरिक्त उच्च प्रस्थिति की प्राप्ति, सुरक्षा, प्रगति के अवसर, समाज के अन्य सदस्यों से मिलने वाली प्रशंसा, अपने ज्ञान को प्रदर्शित करने का अवसर इत्यादि भी आर्थिक कार्यों के प्रमुख निर्धारक हैं.

बाजार (मुक्त) अर्थव्यवस्था और नियन्त्रित (योजनाबद्ध) अर्थव्यवस्था
[Market (Free) Economy and Controlled (Plannd) Economy]

स्वतन्त्र (बाजार) अर्थव्यवस्था या निर्बन्ध (पूँजीवादी अर्थव्यवस्था
(Free Market Economy or Capitalism)

एडम स्मिथ की पुस्तक 'An Enquiry in to the Nature and Causes of wealth of Nations' के प्रकाशन के साथ पूँजीवादी या अहस्तक्षेपवादी पूँजीवादी की अवधारणा का उद्‌गम 1776 में हुआ. वणिकवादी पूँजीवादी की अवधारणा के विपरीत निर्बन्ध पूँजीवादी में बाजार शक्तियाँ एवं मूल्य संयंत्र से ही हीन निर्देशन का स्वतन्त्र कार्यभार सौंपा गया तथा किसी भी प्रकार के सरकारी हस्तक्षेप को अनुचित बताया गया. एडम स्मिथ ने सरकारी क्रिया-कलापों की केवल देश की न्याय, पुलिस, सीमा सुरक्षा आदि तक ही सीमित करने के लिए जोर डाला.

निर्बन्ध पूँजीवाद की विशेषताएँ

निर्बन्ध पूँजीवाद की निम्नलिखित विशेषताएँ हैं–

(i) व्यक्तिगत सम्पत्ति का अधिकार.

(ii) कोई सरकारी हस्तक्षेप नहीं अर्थात् अहस्तक्षेप की नीति.

(iii) व्यक्तिगत लाभ एवं हित की भावना सर्वोपरि.

(iv) स्वतन्त्र प्रतियोगिता.

(v) कीमत संयन्त्र का स्वतः संचालन.

(vi) व्यावसायिक स्वतन्त्रता–व्यक्तिगत व्यवसाय चुनने की स्वतन्त्रता.

(vii) उपभोक्ता की प्रभुसत्ता.

जॉन प्रिबला (Jon S. Prybyla) के द्वारा इस प्रणाली को चार प्रमुख निम्नलिखित विशेषताएँ पाई जाती हैं–

1. उत्पत्ति के साधनों के आधार पर आर्थिक इकाइयों का अधिकार होता है, अर्थात् व्यक्तिगत सम्पत्ति का अधिकार पाया जाता है.

2. ये व्यक्तिगत इकाइयाँ अपनी इच्छानुसार विनिमय सम्बन्ध स्थापित करती हैं, जिसका आधार पारस्परिक विनिमय समझौता होता है. अन्य शब्दों में उपभोग क्षेत्र– उत्पादन क्षेत्र आपस में विनिमय द्वारा सम्बन्धित होते हैं जहाँ भूमि, पूँजी, श्रम, साहस का क्रय-विक्रय होता है.

3. विनिमय सम्बन्ध का केन्द्रीय बिन्दु मूल्य संयन्त्र है, जिसके अनुसार माँग एवं पूर्ति दो बल स्वतन्त्र रूप से क्रिया करते हुए एक ऐसी सन्तुलन कीमत निर्धारित करते हैं, जो उपभोक्ता एवं उत्पादक दोनों को मान्य होती है. कीमत संयन्त्र के सफल क्रियान्वयन की शर्त है कि कीमत संयन्त्र के दोनों घटकों–उत्पादकों एवं उपभोक्ताओं को अर्थव्यवस्था एवं बाजार की दशाओं की पूरी जानकारी होती है.

4. स्वतन्त्र कार्य करने वाला कीमत संयन्त्र उपभोक्ता वरीयता के अनुसार ही साधनों का आवंटन नहीं करता, बल्कि साथ-साथ संसाधनों का अनुकूलतम आवंटन (Optimum Allocation of the Resources) को भी सम्भव बनाता है. कीमत संयन्त्र की इस प्रक्रिया में प्रत्येक आर्थिक इकाई अधिकतम प्रतिफल हासिल करने की चेष्टा करती है, जिसके कारण समुदायों के संसाधनों का कुशलतम आवंटन सम्भव हो पाता है. इस प्रकार स्वतन्त्र कार्य करने वाला मूल्य संयन्त्र इस पद्धति में एक ईष्टतम फल प्राप्ति का 'असला' है.

इस प्रकार पूर्ण प्रतियोगी बाजार ढाँचा वाली आर्थिक पद्धति में व्यक्तिगत सम्पत्ति का अधिकार, व्यक्तिगत स्वतन्त्रता एवं स्वतन्त्र कार्य करने वाला मूल्य संयन्त्र सम्मिलित है, जो समुदायों के संसाधनों से ईष्टतम फल प्राप्त करने की चेष्टा करते हैं. इस आर्थिक प्रणाली में 'कोई हस्तक्षेप नहीं' (Laissez Faire) की नीति का पालन किया जाता है और व्यक्तियों की आर्थिक क्रियाओं को इस विचार के साथ स्वतन्त्र छोड़ दिया जाता है कि पूर्ण प्रतियोगी बाजार संरचना में व्यक्ति विशेष मूल्य संयन्त्र के साथ अधिकतम सन्तुष्टि एवं उत्पादन के बिन्दु तक अपने आप पहुँचेगा.

नियन्त्रित (योजनाबद्ध) अर्थव्यवस्था अर्थात् समाजवाद (Controlled Economy or Socialism)

समाजवादी आर्थिक पद्धति में उत्पत्ति के साधनों पर व्यक्तिगत स्वामित्व न होकर सामाजिक स्वामित्व (Social Ownership) होता है. साथ ही इन उत्पत्ति के साधनों का प्रयोग किसी व्यक्ति के हित के लिए नहीं किया जाता है, बल्कि सामाजिक एवं सामूहिक हित में किया जाता है. इसके अलावा समाजवादी आर्थिक पद्धति में उत्पादन एवं राष्ट्रीय आय का न्यायोचित वितरण किया जाता है, जिससे मनुष्य द्वारा मनुष्य का शोषण नहीं होता.

समाजवाद की विशेषताएँ

एक समाजवादी आर्थिक पद्धति में पाई जाने वाली विशेषताएँ निम्नलिखित हैं–

1. समाजवादी अर्थव्यवस्था में अपनी ही सम्पत्ति का अति सीमित अधिकार होता है

2. उत्पत्ति के साधनों पर सामूहिक एवं सामाजिक स्वामित्व होता है.

3. समाजवाद में केन्द्रीकृत नियोजन सत्ता समाज में उपलब्ध उत्पत्ति के साधनों का अनुकूलतम प्रयोग (Optimum Expoloitation of Resources) करने के लिए एवं अधिकतम सामाजिक कल्याण के लिए नियोजन का सहयोग लेती है.

4. समाजवादी आर्थिक पद्धति में उत्पादन एवं वितरण सम्बन्ध क्रियाओं पर सरकार का स्वामित्व एवं नियन्त्रण होता है.

5. समाजवादी आर्थिक पद्धति में उत्पादन एवं वितरण दोनों पर सरकार का अधिकार एवं नियन्त्रण होने के कारण पारस्परिक प्रतियोगिता की सम्भावना ही नहीं रहती.

6. समाजवादी आर्थिक पद्धति में आर्थिक क्रियाओं का संचालन करने के लिए एक केन्द्रीकृत नियोजन सत्ता का गठन होता है.

7. समाजवादी आर्थिक पद्धति में धन के वितरण की असमानताएँ समाप्त हो जाती हैं.

8. समाजवादी आर्थिक पद्धति में उत्पत्ति के साधनों पर सामाजिक स्वामित्व होने के कारण मानव द्वारा मानव के शोषण की सम्भावना समाप्त हो जाती है.

9. समाजवाद में सरकार निजी अपने अनुभव के आधार पर मूल्य का निर्धारण करती है. आर्थिक क्रियाओं के लिए लेखा कीमतों (Accounting Prices) का प्रयोग किया जाता है.

10. समाजवादी आर्थिक पद्धति में उत्तराधिकार के नियम की समाप्ति होने के कारण किसी भी व्यक्ति को अनार्जित आय प्राप्त होने की कोई सम्भावना नहीं पाई जाती है.

भारत में उदारीकृत अर्थव्यवस्था (Liberalised Economy in India)

भारत में उदारीकरण की दृष्टि से आर्थिक सुधारों का प्रारम्भ 1985 से माना जा सकता है, जब सरकार ने कुछ लाइसेंस नियन्त्रणों को अलग कर दिया था. इस समय उदारीकरण हेतु दूसरे कोई कोशिश नहीं की गई थी. वास्तव में भारतीय अर्थव्यवस्था में उदारीकरण (Liberalization) की प्रक्रिया नरसिम्हाराव सरकार के कार्यकाल में सन् 1991 में शुरू हुई. अर्थव्यवस्था में उदारीकरण सरकार के वैचारिक परिवर्तन के परिणामस्वरूप आरम्भ हुआ.

उदारीकरण के अन्तर्गत नियमों तथा नियन्त्रणों, नियन्त्रित मूल्यों आदि को इस प्रकार उदार बनाने की कोशिश की जाती है, ताकि देश आर्थिक उद्देश्य को प्राप्त कर सके. उदारीकरण की प्रक्रिया शुरू में देश विशेष के लिए बहुत सी समस्याओं को जन्म भी दे सकती है, लेकिन यदि पूर्ण निष्ठा और तत्परता के साथ उदारीकरण की नीति को लागू किया जाए, तो स्वस्थ प्रतिस्पर्द्धा आरम्भ होती है तथा देश प्रगति की दिशा में आगे की ओर जाता है. उदारीकरण के परिणामस्वरूप निजी क्षेत्र का प्रभुत्व शनैः-शनैः बढ़ता चला जाता है. निजीकरण केवल मात्र आय को अधिकतम करने का लक्ष्य लेकर ही नहीं चलता वरन् स्वस्थ प्रतिस्पर्द्धा के लिए वातावरण भी निर्माण करना चाहता है.

निजीकरण का आशय यह नहीं है कि सार्वजनिक एकाधिकार को समाप्त करके निजी व्यक्तियों का एकाधिकार स्थापित कर दिया जाय वरन् यह आवश्यक है कि अर्थव्यवस्था में स्वस्थ प्रतिस्पर्द्धा बनी रहे, सार्वजनिक उद्यमों में निजी क्षेत्र का अंश बढ़ाया जाए, साथ ही यह प्रक्रिया स्पष्ट, खुली एवं सन्तुलित होनी चाहिए, ताकि किसी प्रकार के भ्रष्टाचार का आरोप नहीं लगे. निजीकरण के अन्तर्गत प्राप्त आय का प्रयोग मुख्यतः बजट के घाटे को पूरा करने की बजाय राष्ट्रीय ऋणों को चुकाने में किया जाना चाहिए. ऐसा करने पर ही देश को अधिक लाभ प्राप्त होगा. जिस समय निजीकरण की प्रक्रिया के अन्तर्गत सरकार सार्वजनिक उद्योगों के अंशों को विक्रय करती है, उस समय सरकार को ऋणों के लिए जनता के समक्ष नहीं जाना चाहिए, वरना सार्वजनिक अंशों को निजी व्यक्तियों को बेचने का पूरा लाभ राष्ट्र को नहीं प्राप्त हो सकेगा.

उदारीकरण व निजीकरण के प्रारम्भिक दौर में श्रमिकों की बेरोजगारी की समस्या प्रमुखतः सामने आ सकती है. ऐसी दशा में सरकार को श्रमिकों को नये उद्योगों एवं अवसरों का लाभ उठाने की दृष्टि से प्रशिक्षित करना चाहिए न कि नौकरी देने के झूठे आश्वासन देने चाहिए. उदारीकरण की प्रक्रिया का पूरा लाभ देश को मिल सके. इसके लिए विभिन्न राजनीतिक दलों द्वारा उदारीकरण एवं निजीकरण के लिए विभिन्न राजनीतिक दलों द्वारा उदारीकरण एवं निजीकरण के लिए देश में अनुकूल वातावरण बनाया जाना चाहिए. भारत सरकार ने जब उदारीकरण की दशा में आगे बढ़ने का निश्चय किया तब कई महत्वपूर्ण कदम देश की आर्थिक परिस्थितियों को ध्यान में रखकर उठाये गये. इस समय भारत भुगतान सन्तुलन की प्रतिकूल स्थिति का सामना कर रहा था. भुगतान सन्तुलन की प्रतिकूल स्थिति ने आर्थिक सुधारों की गति को तेज करने में योग दिया.

परिणामस्वरूप–

1. जून 1991 में भारत में रुपए का अवमूल्यन (Devaluation) किया गया और इसे पहले आंशिक और बाद में पूर्ण परिवर्तनशील बना दिया गया.

2. आयतों पर से अधिकतर नियन्त्रण हटा लिए गए और पूँजीगत समान पर आयात शुल्क कम कर दिए गए.

3. अनुदानों (Subsidies) में कमी की गई तथा ब्याज दरों को घटाया गया.

4. अधिकांश उद्योगों को उत्पादन लाइसेंसों से स्वतन्त्र कर दिया गया.

5. सार्वजनिक क्षेत्र के उद्योगों के अंश पत्र निजी व्यक्तियों को बेचने का कार्य आरम्भ हुआ.

6. विदेशी कम्पनियों पर लगे नियन्त्रणों को काफी कुछ कम कर दिया.

इस प्रकार भारत में उदारीकरण की प्रक्रिया का प्रथम चरण 1991 से आरम्भ हुआ तथा इस प्रक्रिया को पूर्ण होने में करीब 15–20 वर्ष लगने की सम्भावना है. उदारीकरण की प्रक्रिया के परिणामस्वरूप भारत में विदेशी विनियोगों में वृद्धि हुई है. सम्भावना यह है कि बढ़े हुए विदेशी विनियोगों के कारण देश में करीब 20 लाख लोगों को रोजगार प्राप्त हो सकेगा.

महत्वपूर्ण तथ्य

- सभी समाजों–जनजातीय, कृषक और औद्योगिक समाजों में उत्पादन, वितरण, उपभोग, सम्पत्ति, श्रम विभाजन और उत्तराधिकार से सम्बन्धित परम्पराएं, नियमों की व्यवस्था और सुस्थिर कार्य-पद्धति होती है.
- ऑगबर्न और निमकॉफ के अनुसार, "आर्थिक क्रियाओं का अर्थ कमाने की व्यवस्था और पैसा खर्च करने से है."
- मैकाइवर और पेज के अनुसार, "आर्थिक संस्थाओं का अर्थ वस्तुओं और सेवाओं का उत्पादन और वितरण है एवं प्रतिस्पर्द्धा की कार्य-पद्धतियाँ और विनिमय में मोलभाव करने से है."
- आर्थिक संस्थाओं का अर्थ उत्पादन, वितरण, उपभोग, कार्य-प्रणाली और प्रतिमानों के नियम कार्य-विधियों एवं प्रतिमानों से है.
- समाजशास्त्रियों के एक समूह का यह विश्वास है कि अर्थव्यवस्था समाज की एक उपव्यवस्था है.
- सभी समाजों—जनजातीय, कृषक और औद्योगिक समाजों में उत्पादन, वितरण, उपभोग, सम्पत्ति, श्रम विभाजन और उत्तराधिकार से सम्बन्धित परम्पराएँ, नियमों की व्यवस्था और सुस्थिर कार्य पद्धति होती हैं.
- ऑगबर्न और निमकॉफ के अनुसार, "आर्थिक क्रियाओं का अर्थ कमाने की व्यवस्था और पैसा खर्च करने से है."
- मैकाइवर और पेज के अनुसार, "आर्थिक संस्थाओं का अर्थ वस्तुओं और सेवाओं का उत्पादन और वितरण है एवं प्रतिस्पर्द्धा की कार्यपद्धतियाँ और विनिमय में मोलभाव करने से है."
- आर्थिक संस्थाओं का अर्थ उत्पादन, वितरण, उपभोग, कार्य-प्रणाली और प्रतिमानों के नियम कार्य विधियों एवं प्रतिमानों से है.
- समाजशास्त्रियों के एक समूह का यह विश्वास है कि अर्थव्यवस्था समाज की एक उपव्यवस्था है.
- मार्क्सवादी विचारकों का यह कहना है कि आर्थिक और भौतिक पहलू वास्तविक संरचना है. समाज के अन्य दूसरे पहलू जैसे—कानून, धर्म, राज्य, दर्शन, विचारधारा आदि अधिसंरचना हैं, जो वास्तविक संरचना पर आधारित हैं.
- कार्ल मार्क्स (1845) के अनुसार आर्थिक और भौतिक पहलू सामाजिक संरचना में सर्वोच्च हैं.
- दुर्खीम (1893) ने श्रम विभाजन को आर्थिक संरचनाओं के एक पहलू के रूप में माना है.
- मैक्स वेबर ने सामाजिक संरचना और आर्थिक संस्थाओं के सम्बन्ध का विश्लेषण किया है.
- लोवी और हर्सकोविट्ज ने आदिवासी अर्थव्यवस्था की समीक्षा की है.
- आखेट युग की मुख्य विशेषताएँ निम्नलिखित हैं—
  1. मनुष्य अपने जीवन-निर्वाह के लिए शिकार करता था या जंगली पेड़ों के फल-फूल तोड़कर पेट भरता था.
  2. मनुष्य प्रायः नंगे रहते थे, परन्तु कभी-कभी वह अपने शरीर को पशुओं की खालों या पेड़ों की छाल से ढकते थे.
  3. मनुष्य की आवश्यकताएँ बहुत ही थोड़ी थीं.
  4. उनके हथियार आरम्भ में पत्थर के होते थे और धीरे-धीरे वे धातुओं का प्रयोग करने लगे.
  5. भोजन की तलाश में उन्हें घूमना पड़ता था.
  6. शिकार के पीछे आपस में झगड़े भी करते थे.
- पशुपालन की निम्नलिखित विशेषताएँ हैं—
  1. मनुष्य गाय, भैंस, भेड़, बकरियाँ आदि पालने लगे.
  2. पशु को सवारी के काम में लाया जाने लगा.
  3. पराजित व्यक्तियों को दास बनाकर उनसे सेवा कराई जाने लगी.
  4. पशुओं को चराने का काम पुरुष द्वारा किया जाता था, जबकि स्त्रियाँ दुग्ध निकालने का काम करती थीं.
  5. भ्रमणकारी स्वभाव कुछ कम हुआ.
  6. व्यक्तिगत सम्पत्ति के अन्तर्गत पशुओं, दासों और हथियारों के अतिरिक्त चरागाह और स्त्रियाँ भी गिनी जाने लगीं.
  7. खाल के तम्बुओं और झोपड़ियों का प्रयोग किया जाने लगा.
- कृषि व्यवस्था की निम्नलिखित विशेषताएँ हैं—
  1. मनुष्य द्वारा कृषि कार्य आरम्भ किया गया और पौधे लगाए जाने लगे.
  2. भ्रमणशील जीवन लगभग समाप्त हो गया. स्थायी निवास के फलस्वरूप गाँव बसने लगे. झोपड़ियाँ और कच्चे मकान बनाये जाने लगे.
  3. भूमि मनुष्य की व्यक्तिगत सम्पत्ति बन गई.
  4. दास प्रथा अधिक मजबूत हो गई.
  5. सामन्तशाही का जन्म इसी युग में हुआ.

6. गाँवों के विकास ने व्यवस्थित समाज को बढ़ावा दिया.
7. गाँव स्वावलम्बी बन गये.
8. वस्तु विनिमय और मजदूरी प्रथा का प्रचलन हुआ.
9. श्रम-विभाजन की प्रथा आरम्भ हुई.

● दस्तकारी युग की विशेषताएँ निम्नलिखित हैं—

1. नये-नये वस्त्रों का हाथ से निर्माण किया जाने लगा.
2. श्रम-विभाजन और विशिष्टीकरण को प्रोत्साहन मिला.
3. बढ़ई, लुहार, कारीगर, राज आदि वर्गों का उदय हुआ.
4. वस्तु विनिमय की असुविधा के कारण मुद्रा का जन्म हुआ, जिसके फलस्वरूप क्रय-विक्रय प्रणाली का विकास हुआ.
5. मुद्रा का प्रयोग किए जाने के फलस्वरूप बाजारों का विस्तार हुआ.
6. उत्पादक और उपभोक्ता के बीच व्यवसायी वर्ग का जन्म हुआ.
7. कच्चा माल मिलने के स्थानों या बाजारों के निकट कुटीर उद्योगों का विस्तार होने लगा.
8. व्यवसाय के रहस्यों को गुप्त रखने के फलस्वरूप जाति और परिवार प्रथा अधिक सुदृढ़ हुई.

● अठारहवीं शताब्दी के अन्त और उन्नीसवीं शताब्दी के शुरू में औद्योगिक क्रान्ति हुई. औद्योगिक क्रान्ति इंग्लैण्ड से शुरू होकर अन्य दूसरे देशों में फैल गई. इस युग की प्रमुख विशेषताएँ निम्नलिखित हैं—

1. जल, भाप और बिजली द्वारा संचालित मशीनों का निर्माण हुआ.
2. बड़े पैमाने पर वस्तुओं का उत्पादन और वितरण होने लगा.
3. स्वतंत्र व्यापार की नीति को अपनाया गया.
4. मशीन द्वारा बनाई गई वस्तुओं की बाजार में माँग बढ़ने पर गृह और कुटीर उद्योगों का पतन हुआ.
5. बड़े पैमाने पर उत्पादन होने के फलस्वरूप आन्तरिक और विदेशी व्यापार को बढ़ावा मिला.
6. समाज में दो नये वर्ग—पूँजीपति वर्ग तथा श्रमिक वर्ग उत्पन्न हुए.
7. पूँजीपति वर्ग का उत्पादन के साधनों पर अधिकार बढ़ा.
8. उत्पादन एवं वितरण के क्षेत्र में प्रतियोगिता बढ़ी.

● सरल समाजों में लोग जंगलों, रेगिस्तानों, पहाड़ों आदि पर रहते थे. वे इधर-उधर से खाद्य सामग्री एकत्रित करके अपना भरण-पोषण करते थे. वह शिकार के लिए धनुष वाण जैसे सरल शस्त्रों का प्रयोग करते थे. लोग पशुओं की खाल पहनते थे या नग्न रहते थे. शिकार करने हेतु कुत्ते भी पालते थे. खाद्य सामग्री एकत्रित करने के लिए या शिकार की तलाश में वे घुमन्तु जीवन व्यतीत करते थे.

भारत में औद्योगीकरण के मुख्य सामाजिक प्रभाव

1. नगरीकरण एवं गन्दी बस्तियों की स्थापना.
2. जनसंख्या का स्थानान्तरण.
3. कुटीर उद्योगों का पतन.
4. श्रम-विभाजन एवं विशेषीकरण.
5. परिवहन एवं संचार के साधनों का प्रचार.
6. रहन-सहन के स्तर में वृद्धि.
7. संयुक्त परिवार का विघटन.
8. अपराध दर में वृद्धि.
9. व्यवसायिक मनोरंजन एवं शिक्षा का प्रसार.
10. सामाजिक मूल्यों में परिवर्तन.
11. भौतिकवादिता एवं व्यक्तिवादिता.
12. पूँजीवाद का विकास.
13. वैवाहिक सम्बन्धों में परिवर्तन.
14. स्त्रियों की स्थितियों में परिवर्तन.
15. धार्मिक जीवन में लौकिकीकरण.

● सरल समाजों की अर्थव्यवस्था भूमि उत्पादन के क्षेत्र में एक महत्वपूर्ण साधन है. इन समाजों में लोगों का मुख्य व्यवसाय खेती है. इनमें जमींदार, किसान, खेती करने वाले मजदूर, गृह और कुटीर उद्योगों में काम करने वाले कारीगर, लुहार, कुम्हार, बढ़ाई, राज मजदूर आदि सरल समाजों की अर्थव्यवस्था का प्रतिनिधित्व करते हैं.

● सरल समाजों में व्यक्तिगत और परम्परागत श्रम-सम्बन्ध पाये जाते हैं. स्थानीय लोगों की आवश्यकताओं के आधार पर वस्तुओं का उत्पादन किया जाता है. इन समाजों में विशेषीकरण और श्रम-विभाजन अत्यन्त ही सरल होता है. आयु, जाति और लिंग के आधार पर श्रम विभाजन पाया जाता है, वस्तुओं और सेवाओं का विनिमय होता है. खेतों पर काम करने वाले मजदूरों को उनके काम के बदले अनाज दिया जाता है.

● आज भी जनजातीय समाजों में शिकार करना, फल-फूल एकत्रित करना, मछली मारना आदि क्रियाओं का प्रचलन है. समकालीन आदिम या जनजातीय अर्थव्यवस्था प्राग् ऐतिहासिक युग की आर्थिक व्यवस्था के काफी समान

है. आदिम अर्थव्यवस्था में तकनीकी उपकरण के उपयोग का अभाव रहता है. जनजातियों में आज भी स्थानान्तरित खेती का प्रचलन पाया जाता है.

- जनजातीय लोग अपने भरण-पोषण की न्यूनतम आवश्यकताओं की पूर्ति बड़ी कठिनाई से कर पाते हैं.
- मुद्रा का उपयोग आदिम समाजों में उतने व्यापक रूप से नहीं होता जितना कि आधुनिक समाजों में होता है.
- जनजातियों में आर्थिक सम्बन्ध वस्तु विनिमय या बारटर के रूप में प्रचलित होते हैं.
- आदिम अर्थव्यवस्था में मुनाफावृत्ति का प्रायः अभाव रहता है. ऐसा पारस्परिक दायित्व की भावना से प्रेरित होकर किया जाता है.
- आदिम अर्थव्यवस्था में सामुदायिक आर्थिक लक्षण सशक्त रूप में विकसित होते दिखाई देते हैं.
- आदिम अर्थव्यवस्थाओं में नियमित बाजार का संस्थात्मक रूप नहीं पाया जाता.
- जनजातीय समाजों में साप्ताहिक हाट या त्यौहार एवं सामाजिक अवसरों पर लगने वाले बाजार अवश्य ही देखने को मिलते हैं. इन बाजारों में एकाधिकार और प्रतिस्पर्द्धा नहीं पाई जाती.
- आदिम लोगों की अधिकतर आर्थिक क्रियाएँ उपभोक्ता वस्तुओं पर केन्द्रित होती हैं.
- आदिवासियों द्वारा उपभोक्ता वस्तुओं का उपभोग ही किया जाता है न कि उनका संग्रह किया जाता है.
- आदिम समाजों में आयु और लिंगीय आधार पर श्रम-विभाजन पाया जाता है.
- आदिम समाजों में सम्पत्ति की धारणा उपार्जित सम्पदा के प्रदर्शन और खर्च के साथ जुड़ी हुई है.
- सम्पत्ति पर संयुक्त या व्यक्तिगत स्वामित्व होता है.
- पशुपालक संयुक्त रूप में चरागाहों के स्वामी होते हैं.
- जनजातीय अर्थव्यवस्था के व्यवसायों में विशिष्टीकरण नहीं पाया जाता.
- जटिल समाजों में विस्तृत अर्थव्यवस्था पाई जाती है. आर्थिक व्यवस्था में बाजारों का महत्वपूर्ण स्थान है. जटिल समाजों में बाजार के लिए अनेक प्रकार की आर्थिक समतियाँ कार्य करती हैं. दूसरे शब्दों में, बाजार जटिल समाजों की आर्थिक व्यवस्था के केन्द्र होते हैं. बाजार में मुद्रा के माध्यम द्वारा वस्तुओं और सेवाओं का विनिमय होता है. प्रत्येक आर्थिक समितियों का प्रत्यक्ष उद्देश्य अतिरिक्त धन की मात्रा में वृद्धि करना है. इस प्रकार विशुद्ध आर्थिक समिति वह है, जिसका मुख्य उद्देश्य धन को प्राप्त करना और उस पर नियन्त्रण करना है. इस प्रकार समिति के सदस्य अनेक प्रकार के लक्ष्यों को प्राप्त करते हैं और उन पर नियंत्रण करते हैं. आर्थिक समितियों के सदस्य निजी उद्देश्यों द्वारा प्रेरित होते हैं.
- सीमित अर्थ में आर्थिक समिति वह है, जोकि लाभ प्राप्त करने के उद्देश्य द्वारा प्रेरित होती है, परन्तु विस्तृत अर्थ में इसमें प्रबन्ध, पूँजीपति, श्रमिक, शेयर-धारक आदि सभी सहभागी के रूप में सम्मिलित हैं.
- जटिल समाजों की अर्थव्यवस्था की मुख्य विशेषताएँ निम्नलिखित हैं—
  1. विशिष्टीकरण
  2. बड़े बाजारों की स्थापना
  3. बड़े पैमाने पर उत्पादन
  4. अनेक व्यवसाय
  5. गतिशीलता
  6. आर्थिक विषमता
  7. व्यापार और लाभ, उत्पादन से सम्बन्धित
  8. औद्योगीकरण और नगरीकरण
- किसी भी समाज की अर्थव्यवस्था केवल उसके सामाजिक मानकों से ही सम्बन्धित नहीं होती, बल्कि समाज विशेष में पाए जाने वाले औजार और खोजों की भी उसमें भूमिका होती है.
- भौतिक वस्तुओं और सेवाओं से मानव की शारीरिक एवं सामाजिक आवश्यकताओं की स्वतः पूर्ति नहीं हो सकती. इनकी पूर्ति हेतु किसी व्यावहारिक व्यवस्था का होना आवश्यक है, जिससे व्यक्ति आवश्यक भौतिक वस्तुओं का निर्माण कर सके और इसके साथ ही आवश्यक साधन जुटा सके. ऐसी व्यवस्था है—आर्थिक व्यवस्था जो उत्पादन, वितरण एवं दक्षता की क्रियाओं के इर्द-गिर्द घूमती है.
- सरल समाज से लेकर आधुनिक समाज तक कई चरणों में यंत्रों और प्रौद्योगिकियों का विकास हुआ है.
- अर्थव्यवस्था की धारणा का अभिप्राय भौतिक वस्तुओं और सेवाओं के उत्पादन, वितरण और उपभोग से है.
- बाजार अर्थव्यवस्था की विशेषताएँ—
  1. इस अर्थव्यवस्था में माँग और पूर्ति के नियम के अनुसार वस्तुओं और सेवाओं का विनिमय होता है. इसमें वस्तुएँ और सेवाएँ पैसे में बेची और खरीदी जाती हैं.

2. वस्तुओं और सेवाओं का मूल्य माँग और पूर्ति के अवैयक्तिक सिद्धान्त से निर्धारित होता है.

3. पारस्परिक आदान-प्रदान और पुनर्वितरण वाली पद्धति में विनिमय करने वालों की सामाजिक एवं राजनीतिक भूमिका महत्वपूर्ण होती है, परन्तु इस अर्थव्यवस्था में ऐसा नहीं है.

4. इस अर्थव्यवस्था में प्रतिस्पर्द्धा पाई जाती है.

- भौतिक वस्तुओं के उत्पादन के लिए निम्नलिखित की आवश्यकता होती है—

1. कच्चा माल
2. औद्योगिकी
3. श्रम

- उत्पादन की व्यवस्था से ही लोग आपस में सामाजिक सम्बन्ध स्थापित करते हैं. उत्पादित वस्तुओं का समाज के विभिन्न वर्गों में वितरण किया जाता है.
- समाज विभिन्न प्रकार की सेवाओं की आवश्यकताओं की पूर्ति करता है.

आर्थिक संस्थाओं की विशेषताएँ

1. मनुष्य और उसकी आर्थिक आवश्यकताएँ
2. अन्तःक्रिया और सामाजिक सम्बन्ध, सहयोग और प्रतिस्पर्द्धा
3. उत्पादन, वितरण और विनिमय सम्बन्धी क्रियाएँ
4. इन क्रियाओं के नियम, कार्य-विधियाँ एवं प्रतिमान
5. श्रम-विभाजन और विभेदीकरण
6. सामान्य अच्छाई की भावना
7. सामान्य लक्ष्य
8. संगठन

- आधुनिक औद्योगिक समाजों की सामान्य विशेषताएँ निम्नलिखित हैं :

1. एक राष्ट्र के रूप में राजनीतिक समुदाय
2. राजनीतिक दलों और दबाव समूहों का अस्तित्व
3. राजनीतिक कार्यपालिका का सार्वभौमिक प्रौढ़ मताधिकार के आधार पर चुनाव.
4. सार्वजनिक कार्यों का एक केन्द्रीय प्रशासन

वस्तुनिष्ठ प्रश्न

1. पूर्व-साक्षर समाजों की उत्पादन व्यवस्थाओं की निम्नलिखित में से कौनसी एक चारित्रिक विशेषता नहीं है?
(A) संगठित श्रम बाजार की अनुपस्थिति
(B) सहयोगात्मकता
(C) मौद्रिक प्रोत्साहन तथा पुरस्कार का अनस्तित्व
(D) उत्पादन के साधनों का निजी स्वामित्व

2. पोटलाश एक उदाहरण है–
(A) प्रस्थिति प्रतिस्पर्धा का
(B) ऋण-निपटान की एक व्यवस्था का
(C) पूँजी संचयन की व्यवस्था का
(D) वस्तुओं के अनुष्ठानिक विनिमय की व्यवस्था का

3. स्वचालन किसके द्वारा औद्योगिक रोजगार को प्रभावित करता है?
(A) थोड़े समय के लिए नौकरियों में कमी
(B) स्थायी रूप से नौकरियों में कमी
(C) लम्बे समय के लिए नौकरियों में वृद्धि
(D) थोड़े समय के लिए नौकरियों में वृद्धि

4. निम्नलिखित में से कौनसे युग्म सही सुमेलित हैं?
1. मार्क्स – उत्पादन की विधि
2. वेबर – वर्ग, जाति और शक्ति
3. सेन्टर्स – व्यक्तिनिष्ठ विशेषताएँ
4. वार्नर – आत्म-तादात्मीकरण

नीचे दिए गए कूट का प्रयोग करते हुए सही उत्तर चुनिए–
(A) 1, 2, 3 और 4
(B) 1, 3 और 4
(C) 2 और 4
(D) 1, 2 और 3

5. उत्पादन की एशियाई विधि में एक ऐसे राज्य की सम्भावना अन्तर्निहित है, जिसमें न हो–
(A) विरोधी वर्ग (B) क्षेत्रीय सीमाएँ
(C) कराधान प्रणाली (D) स्थायी कृषि

6. सूची-I (कथन) को सूची-II (वाच्यार्थ) के साथ सुमेलित कीजिए और सूचियों के नीचे दिये गए कूट का प्रयोग कर सही उत्तर चुनिए–

सूची-I (कथन)

(a) परिवार उत्पादन प्रक्रम की एक इकाई की तरह काम करता है.
(b) काम प्रायः सामाजिक इकाइयों पर आधारित होता है, विशेषतः उन इकाइयों पर जो उस प्रक्रिया के लिए संगठित की जाती हैं.

(c) फैक्ट्री, खदानें, दफ्तर, गोदाम और इसी तरह की इकाइयाँ संगठन का उदाहरण है.

(d) फसल काटने में या सर्दी के चरागाहों से गर्मी के चारागाहों में मवेशियों को लाने में वृहतर सामाजिक समूह, यहाँ तक कि पूरा गाँव सहकारिता करते हैं.

सूची-II (वाच्यार्थ)

1. सरल समाजों में काम करने का विन्यास.
2. भरण-पोषण की आर्थिकी वाले लघु-स्तरीय समाज
3. औद्योगिक समाज
4. औद्योगिक समाजों में काम से जुड़े संगठन

कूट :

	(a)	(b)	(c)	(d)
(A)	2	3	4	1
(B)	1	4	3	2
(C)	2	4	3	1
(D)	1	3	4	2

7. भारत में मुद्रा-सम्बन्धी प्रभुता निम्नलिखित में से किसके हाथ में है?
(A) स्टेट बैंक ऑफ इण्डिया
(B) रिजर्व बैंक ऑफ इण्डिया
(C) योजना आयोग
(D) वित्त मंत्रालय

8. निम्नलिखित में से कौनसी एक मानवीय पूँजी है?
(A) उद्योग से प्रतिफल
(B) बचत से प्रतिफल
(C) शिक्षा से प्रतिफल
(D) व्यापार से प्रतिफल

9. निम्नलिखित में से किसने कहा "उद्योग आधुनिक भारत के मन्दिर हैं"?
(A) अम्बेडकर (B) जवाहरलाल नेहरू
(C) महात्मा गांधी (D) एस. राधाकृष्णन

10. मूल्य-तन्त्र का अर्थ है–
(A) उत्पादकों द्वारा मूल्य परिचालन
(B) उपभोक्ताओं द्वारा मूल्य परिचालन
(C) मूल्य निर्धारण करने वाली बाजार शक्तियों की स्वतः प्रवर्तित गतिविधि
(D) विनियमित बाजार

11. क्रोनी पूँजीवाद में प्राधान्य होता है–
(A) मध्य स्तरीय उद्योगों का
(B) शक्तिशाली व्यापारी परिवारों का
(C) साझेदारी वाली कम्पनियों का
(D) यन्त्रचालित खेती करने वाले भू-स्वामियों के शक्तिशाली समूह

12. सूची-I को सूची-II से सुमेलित कीजिए तथा सूचियों के नीचे दिए हुए कूट से सही उत्तर का चयन कीजिए–

सूची-I (समाज)

(a) लोक (b) औद्योगिक
(c) सामन्त (d) उत्तर औद्योगिक

सूची-II (मूल्यों के प्रभावी प्रकार)

1. मानवतावाद
2. व्यक्तिवाद
3. स्वामिभक्ति
4. साहचर्यवाद
5. सामूहिकवाद

कूट :

	(a)	(b)	(c)	(d)
(A)	1	3	2	5
(B)	3	4	2	1
(C)	5	2	3	4
(D)	3	1	5	2

13. कोई समाज जितना आर्थिक रूप से विकसित होता जाता है उतना ही अधिक वह औद्योगिक देशों के अनुरूप बनता जाता है. इस स्थापना को संकल्पित किया गया है इस रूप में–
(A) सार्वभौमीकरण (B) अभिकरण
(C) पश्चिमीकरण (D) विसरण

14. विसम्बन्धन घटित होने की तब सबसे अधिक सम्भावना है जब एक व्यक्ति है–
(A) बैंक क्लर्क (B) बुनकर
(C) भूमिरहित मजदूर (D) समनुक्रम श्रमिक

15. तकनीकी संरचना की विशेषता है–
(A) द्रवचालित समाज (B) उद्योगोत्तर समाज
(C) सैनिक समाज (D) औद्योगिक समाज

16. मैक्स वेबर ने पूँजीवाद के विकास का सम्बन्ध जोड़ा है–
(A) पुनर्जागरण से (B) कृषक प्रतिवाद से
(C) कैल्विनवाद से (D) कैथोलिकवाद से

17. निम्नलिखित में से कौनसी एक खासतौर से समाजशास्त्रीय दृष्टिकोण से आर्थिक संस्था नहीं है?
(A) अनुबन्ध (B) बाजार
(C) श्रम-विभाजन (D) कारखाना

18. विभिन्न व्यवसायों में श्रम कार्यों के विशिष्टीकरण का उत्पादन व्यवस्था के साथ जोड़ा जाना कहलाता है–
(A) उत्पादन व्यवस्था
(B) उत्पादन सम्बन्ध
(C) उत्पादन प्रणाली
(D) श्रम-विभाजन

19. इच्छाओं की सन्तुष्टि के लिए किए गए उत्पादन तथा वस्तुओं एवं सेवाओं के विनिमय को कहते हैं–
(A) उत्पादित क्रिया (B) विनिमय
(C) आर्थिक क्रिया (D) तार्किक क्रिया

20. लुई वर्थ प्रथम विश्लेषण करने वालों में से एक थे–
(A) स्वचलन के प्रभावों का
(B) उद्योगवाद के प्रभावों का
(C) उत्तर-उद्योगवाद के प्रभावों का
(D) नगरीयवाद के प्रभावों का

21. निम्नलिखित विशिष्ट विशेषताओं पर विचार कीजिए–
1. औपचारिक संगठन
2. आतंकवाद
3. सामूहिक सौदाकारी
4. राजनैतिक सम्बन्ध
इनमें से कौनसे प्रामाणिक श्रमिक संघ के प्ररूपी हैं?
(A) 1, 2 और 4 (B) 3 और 4
(C) 2, 3 और 4 (D) 1, 3 और 4

22. हर्बर्ट स्पेन्सर ने समाजों के प्ररूपों का वर्गीकरण किसकी कोटि के आधार पर सरलतम से जटिलतम तक किया है?
(A) संघटन (B) समुच्चयन
(C) सामाजिक बन्धन (D) ज्ञान

23. सूची-I को सूची-II के साथ सुमेलित कीजिए तथा सूचियों के नीचे दिए गए कूट से सही उत्तर का चयन कीजिए–

सूची-I
(a) सेन्ट साइमन (b) स्पेन्सर
(c) टॉनीज (d) मॉर्गन

सूची-II
1. सैनिक तथा औद्योगिक
2. समाज तथा नगर
3. सैनिक, कानूनी तथा औद्योगिक
4. गेमाइन तथा गेसेलशाफ्ट
5. औद्योगिक तथा उद्योगोत्तर

कूट :

	(a)	(b)	(c)	(d)
(A)	2	1	3	4
(B)	5	2	4	1
(C)	3	1	4	2
(D)	3	4	2	5

24. सरल समाजों में कृषि है–
(A) विकास का प्रथम सोपान
(B) विकास का द्वितीय सोपान
(C) विकास का तृतीय सोपान
(D) विकास का चतुर्थ सोपान

25. कृषिक समाजों तथा जनजातीय समाजों की सामाजिक संरचनाओं की तुलना प्रायः निम्नलिखित में से दो के आधार पर की गयी है–
1. जनसंख्या आकार 2. भौगोलिक पृथक्करण
3. स्तरीकरण 4. नातेदारी व्यवस्था
उपर्युक्त में कौन दो सही हैं?
नीचे दिये गए कूट की सहायता से सही उत्तर चुनिए–
(A) 1 तथा 4 (B) 2 तथा 3
(C) 2 तथा 4 (D) 1 तथा 3

26. पोलान्यी के अनुसार, ट्रोब्रिअंड आर्थिक का केन्द्रीय सिद्धान्त क्या है?
(A) आदान-प्रदान (B) पुनर्वितरण
(C) बाजार विनिमय (D) विनिधान

27. निम्नलिखित लक्षणों पर विचार कीजिए–
1. निजी सम्पत्ति का अभाव
2. हस्तशिल्प तथा कृषि में एकत्व
3. निर्बल राजकीय उपकरण
4. दक्ष नौकरशाही
उपर्युक्त के किस संयोजन में एशियाई उत्पादन प्रणाली का संगठन होता है?
(A) 1 और 2 (B) 1 और 3
(C) 1, 2 और 3 (D) 2, 3 और 4

28. विद्वानों ने अल्प-विकास और विकास के सिद्धान्त सुस्पष्ट किए–
(A) अफ्रीका के उप-सहारा क्षेत्र के सम्बन्धित अनुभवों से
(B) दक्षिण एशिया क्षेत्र से सम्बन्धित अनुभवों से
(C) दक्षिणी-पश्चिमी अफ्रीका क्षेत्र से सम्बन्धित अनुभवों से
(D) लैटिन अमरीका क्षेत्र से सम्बन्धित अनुभवों से

29. दोहरी अर्थव्यवस्था का अर्थ है–
   1. काले धन एवं सफेद धन का विद्यमान होना.
   2. कृषि एवं उद्योग का विद्यमान होना.
   3. व्यावसायिक कृषि एवं सहायक खेती का विद्यमान होना.
   4. आधुनिक उद्योग एवं व्यावसायिक कृषि के साथ निर्वाह खेती एवं परम्परागत हस्तशिल्प का सह-अस्तित्व होना

   नीचे दिए गए कूट का प्रयोग करते हुए सही उत्तर चुनिए–
   (A) 1 और 4 (B) 1 और 2
   (C) 2, 3 और 4 (D) 1, 2 और 4

30. निर्धनता की संस्कृति की संकल्पना का पहली बार प्रयोग किया–
   (A) चार्ल्स स्टोक्स ने (B) ऑस्कर लेविस ने
   (C) लुई वर्थ ने (D) चार्ल्स बूथ ने

31. निम्नलिखित में से कौनसा क्रम औद्योगिक समाज के विकास को सर्वोत्तम रूप से निरूपित करता है?
   (A) जागीरदारी प्रथा, श्रेणी पद्धति, गृह उत्पादन प्रणाली तथा औद्योगिक समाज
   (B) श्रेणी पद्धति, जागीरदारी प्रथा, गृह उत्पादन प्रणाली तथा औद्योगिक समाज
   (C) गृह उत्पादन प्रणाली, श्रेणी पद्धति, जागीरदारी प्रथा तथा औद्योगिक समाज
   (D) जागीरदारी प्रथा, गृह उत्पादन प्रणाली, श्रेणी पद्धति या औद्योगिक समाज

32. सूची-I को सूची-II के साथ सुमेलित कीजिए और सूचियों के नीचे दिये गए कूट की सहायता से सही उत्तर का चयन कीजिए–

   सूची-I (लेखक)
   (a) पीटर वर्सले
   (b) डब्ल्यू. डब्ल्यू. रोस्टो
   (c) आन्द्रे गुन्डर फ्रैंक
   (d) रीहार्ड बैंडिक्स

   सूची-II (पुस्तकें)
   1. दि स्टेजिज ऑफ इकोनॉमिक ग्रोथ.
   2. अण्डरडेवलपमेंट और रिवोल्यूशन.
   3. दि थर्ड वर्ल्ड
   4. नेशन बिल्डिंग स्टडीज ऑफ ऑवर चेंजिंग सोशल ऑर्डर
   5. एशियन ड्रामा

   कूट :

	(a)	(b)	(c)	(d)
(A)	1	2	5	3
(B)	3	1	2	4
(C)	4	3	2	1
(D)	4	1	2	5

33. निम्नलिखित में से कौनसी एक विशेषता उद्योगोत्तर समाज से सम्बन्धित नहीं है?
   (A) वर्धित स्रोतों का सामाजिक कल्याण एवं सुरक्षा के लिए विभाजन
   (B) उपभोग के स्वरूप का भोजन, वस्त्र और आवास की मूल आवश्यकताओं से बढ़कर होना
   (C) समाज प्रौद्योगिक परिपक्वता से आगे बढ़ता है
   (D) समाज की अर्थव्यवस्था शेष संसार से अपेक्षाकृत पृथक् है

34. निम्नलिखित में से कौनसी एक प्राथमिक उप-व्यवस्था समाज के अनुकूली कार्य के सम्बन्ध में विशेषीकृत है?
   (A) राज्य व्यवस्था (B) अर्थव्यवस्था
   (C) संस्कृति (D) धर्म

35. सूची-I को सूची-II के साथ सुमेलित कीजिए और सूचियों के नीचे दिये गए कूट की सहायता से सही उत्तर का चयन कीजिए–

   सूची-I (उत्पादन के कारक)
   (a) भूमि (b) श्रम
   (c) पूँजी (d) संगठन

   सूची-II (आय के भाग)
   1. लाभ 2. ब्याज
   3. मजदूरी 4. लगान

   कूट :

	(a)	(b)	(c)	(d)
(A)	3	4	1	2
(B)	4	2	3	1
(C)	3	1	2	4
(D)	4	3	2	1

36. उत्पादन की औद्योगिक प्रणाली अन्य प्रणालियों से भिन्न मानी गई है–
   (A) कुशल श्रमिक की उपलब्धता के आधार पर
   (B) उत्पादन के साधनों की उपलब्धता के आधार पर
   (C) पूँजी की उपलब्धता के आधार पर
   (D) निर्जीव ऊर्जा स्रोत की उपलब्धता के आधार पर

37. अन्तःजनजातीय आर्थिक सम्बन्ध अधिकतर आधारित होते हैं–
(A) सीपी-मुद्रा पर
(B) जजमानी व्यवस्था पर
(C) वस्तु विनिमय और अदला-बदली पर
(D) प्रस्तर मुद्रा पर

38. पॉटलैच की संस्था का प्रच्छन्न प्रकार्य क्या है?
(A) सम्पत्ति का आडम्बरपूर्ण प्रदर्शन
(B) आर्थिक संसाधनों का अविवेकपूर्ण प्रयोग
(C) सतत् आर्थिक क्रियाकलाप
(D) बन्धुत्व प्रतिमानों का निर्वहन

39. सूची-I (अवधारणा) व सूची-II (चिन्तक) को सुमेलित कीजिए तथा सूचियों के नीचे दिये गए कूट का प्रयोग कर सही उत्तर चुनिए–

सूची-I (अवधारणा)
(a) तार्किकताकरण
(b) सामरिक समाज और औद्योगिक समाज
(c) यान्त्रिक एकता और अवयवी एकता
(d) प्राथमिक, द्वितीयक और तृतीयक क्षेत्र

सूची-II (चिन्तक)
1. सेन्ट सिमो 2. कॉलिन क्लार्क
3. मैक्स वेबर 3. इमाइल दुर्खीम

कूट :

	(a)	(b)	(c)	(d)
(A)	3	2	4	1
(B)	4	1	3	2
(C)	3	1	4	2
(D)	4	2	3	1

40. निम्नलिखित औजार में से किस औजार से एक 'नीरव क्रान्ति' हुई, जिसमें घुमन्तू से कृषि समाज में बदलाव आ गया?
(A) चकमक पत्थर (B) गुलेल
(C) हस्तकुठार (D) कुदाल

41. (a) सूची-I को सूची-II के साथ सुमेलित कीजिए और सूचियों के नीचे दिये गए कूट का प्रयोग कर सही उत्तर चुनिए–

सूची-I
(a) नगरीयतावाद
(b) लोक-नगरीय निरन्तरता
(c) लघु परम्परा और वृहद् परम्परा
(d) गरीबी की संस्कृति

सूची-II
1. ऑस्कर लेविस 2. एल. वर्थ
3. आर. रेडफील्ड 4. मिल्टन सिंगर

कूट :

	(a)	(b)	(c)	(d)
(A)	4	1	2	3
(B)	2	3	4	1
(C)	4	3	2	1
(D)	2	1	4	3

41. (b) निम्नलिखित में से किसने 'राज्यविहीन समाज' शब्द का सर्वप्रथम प्रयोग किया?
(A) पॉल बोहानन
(B) ई. ई. एवास-प्रिचर्ड
(C) ए. पॉवेल
(D) ए. गीडन्स

42. वर्ष 1917 की रूसी क्रान्ति तथा वर्ष 1949 की चीनी क्रान्ति घटित हुई–
(A) अत्यधिक ग्रामीण समाजों में
(B) अत्यधिक औद्योगीकृत तथा अल्प नगरीकृत समाजों में
(C) अल्प नगरीकृत तथा अल्प औद्योगीकृत समाजों में
(D) अत्यधिक नगरीकृत तथा अल्प औद्योगीकृत समाजों में

43. निम्नलिखित में से कौनसी एक जनजाति पशुचारण समुदाय है?
(A) अपटनी (B) बैगा
(C) मिशमी (D) टोडा

44. समाजवाद उद्योगवाद की संगठनात्मक विशेषताओं की पूर्णतः उपेक्षा कर सका, इसे अस्वीकार किया है–
(A) डेनियल बेल ने (B) मैक्स वेबर ने
(C) गुन्नार मिर्डल ने (D) डेविड हार्वे ने

45. वर्ग संरचना के सन्दर्भ में डेनियल बेल का 'अक्षीय सिद्धान्त' क्या है?
(A) राजनीतिक अभिजन की सर्वोच्चता
(B) नौकरशाही की बढ़ती हुई शक्ति
(C) व्यावसायिक तथा तकनीकी पेशों की सर्वोच्चता
(D) शैक्षिक अभिजन की सर्वोच्चता

46. निम्नलिखित में से किसने कहा है कि मानव विकास के उपागम में ज्ञान, कर्म और भक्ति सम्मिलित है?
(A) महात्मा गांधी (B) स्वामी विवेकानन्द
(C) अमर्त्य सेन (D) मुरारी बापू

47. आर्थिक विशेष वर्ग–

(A) जीवन शैली, व्यवसाय तथा सामाजिक कार्यकलापों पर आधारित है

(B) में नृजातीय अथवा पारिवारिक पृष्ठभूमि व महत्व-पूर्ण कारक सम्मिलित हैं

(C) ऐसे व्यक्तियों से गठित होता है, जिनकी आय का स्रोत तथा स्तर, व्यवसाय का प्रकार एक समान है तथा सामाजिक सम्पत्ति एक समान अंश है

(D) ऐसे व्यक्तियों से गठित है, जिन्हें समाज में समान स्तर के प्रतिष्ठा प्रतीक प्राप्त हैं

48. सूची-I (लक्षण) को सूची-II (जटिल अर्थव्यवस्था) के साथ सुमेलित कीजिए और सूचियों के नीचे दिये गए कूट का प्रयोग करते हुए सही उत्तर चुनें–

सूची-I (लक्षण)

(a) वस्तुओं का विनिर्माण

(b) श्रमिक संघ

(c) भूमण्डलीय प्रतिस्पर्द्धा

(d) विपुल उत्पादन

सूची-II (जटिल अर्थव्यवस्था)

1. श्रम नेता
2. कारखाना
3. राजकीय हस्तक्षेप
4. मुक्त अर्थव्यवस्था
5. उपभोक्तावाद

कूट :

	(a)	(b)	(c)	(d)
(A)	5	4	3	2
(B)	2	4	3	5
(C)	5	1	4	2
(D)	2	1	4	5

49. सूची-I को सूची-II के साथ सुमेलित करें व सूचियों के नीचे दिये गए कूट का प्रयोग करते हुए सही उत्तर चुनें–

सूची-I

(a) परम्पराओं की प्रधानता

(b) विशेषज्ञता तथा तकनकी निपुणता

(c) प्रतिस्पर्द्धा की प्रधानता

(d) राष्ट्र द्वारा नियन्त्रण

सूची-II

1. जटिल अर्थव्यवस्था
2. कृषि भूमि अर्थव्यवस्था
3. नियोजित अर्थव्यवस्था
4. बाजारोन्मुख अर्थव्यवस्था
5. राजनैतिक अर्थव्यवस्था

कूट :

	(a)	(b)	(c)	(d)
(A)	4	1	2	3
(B)	2	3	4	5
(C)	4	3	2	5
(D)	2	1	4	3

50. मैक्स वेबर के अनुसार, कौनसे आर्थिकेत्तर कारक आर्थिक व्यवहार पर प्रभावी होते हैं?

(A) पारिवारिक सम्बन्ध (B) राजनीति

(C) धर्म (D) संस्कृति

51. निम्नलिखित कथनों पर विचार करें–

1. बाजारी पूँजीवाद
2. बहुराष्ट्रीय उपभोक्ता पूँजीवाद
3. साम्राज्यवादी पूँजीवाद
4. भू-मण्डलीय पूँजीवाद

बाजार (मुक्त) अर्थव्यवस्था के उद्‌गम के सन्दर्भ में सही उपक्रम कौनसा है?

(A) 4, 3, 2, 1 (B) 1, 2, 3, 4

(C) 4, 2, 3, 1 (D) 1, 3, 2, 4

निर्देश–आगामी प्रश्न में दो वक्तव्य हैं. एक को कथन (A) दूसरे को कारण (R) कहा गया है. इन दोनों वक्तव्यों का सावधानीपूर्वक परीक्षण कर इस प्रश्न का उत्तर नीचे दिये गए कूट की सहायता से चुनिए–

कूट :

(A) (A) और (R) दोनों सही हैं तथा (R), (A) का सही स्पष्टीकरण है

(B) (A) और (R) दोनों सही हैं, परन्तु (R), (A) का सही स्पष्टीकरण नहीं है

(C) (A) सही है, परन्तु (R) गलत है

(D) (A) गलत है, परन्तु (R) सही है

52. **कथन (A) :** पूँजीवादी व्यवस्था बाजार अर्थव्यवस्था को प्रोत्साहित करती है.

कारण (R) : पूँजीवादी व्यवस्था विश्वव्यापी विकल्प है.

53. निम्नलिखित पर विचार कीजिए–

1. सोपानिकी
2. प्रदत्त प्रस्थिति
3. लक्ष्य
4. अवैयक्तिक सम्बन्ध
5. वस्तु के रूप में क्षतिपूर्ति

इनमें से औद्योगिक नौकरशाही के कौन-कौनसे विशेष गुण हैं?

(A) 1, 3 और 4 (B) 2, 4 और 5

(C) 1, 2 और 3 (D) 1, 4 और 5

54. सूची-I (औद्योगिक समाजशास्त्री) को सूची-II (उनके योगदान) से सुमेलित कीजिए तथा सूचियों के नीचे दिए गए कूटों का प्रयोग करते हुए सही उत्तर चुनिए–

सूची-I (औद्योगिक समाजशास्त्री)

(a) वेब्स (b) लिपसेट

(c) टेलर (d) मायो

सूची-II (उनके योगदान)

1. यूनियन डेमोक्रेसी 2. साइन्टिफिक मैनेजमेंट
3. ह्यूमैन रिलेशन्स 4. इण्डस्ट्रियल डेमोक्रेसी

कूट :

	(a)	(b)	(c)	(d)
(A)	4	1	3	2
(B)	4	1	2	3
(C)	1	4	2	3
(D)	1	4	3	2

निर्देश–आगामी प्रश्न में दो वक्तव्य हैं. एक को कथन (A) तथा दूसरे को कारण (R) कहा गया है. इन दोनों वक्तव्यों का सावधानीपूर्वक परीक्षण कर इस प्रश्न का उत्तर नीचे दिए गए कूट की सहायता से चुनिए–

कूट :

(A) (A) और (R) दोनों सही हैं तथा (R), (A) की सही व्याख्या है

(B) (A) और (R) दोनों सही हैं, परन्तु (R), (A) की सही व्याख्या नहीं है

(C) (A) सही है, परन्तु (R) गलत है

(D) (A) गलत है, परन्तु (R) सही है

55. **कथन (A) :** मध्ययुगीन नगरों के विकास के लिए प्रमुख कारण व्यापारिक क्रान्ति थी.

कारण (R) : उपनिवेशन तथा विजयों ने पूर्व के लिए पश्चिमी बाजार का द्वार खोल दिया है.

56. फ्राइडसन के अनुसार निम्नलिखित में कौनसे ऐसे कारक हैं जिन पर संगठन के अन्दर पेशेवर लोगों के प्राप्त नियन्त्रण अधिकार की मात्रा निर्भर होती है?

1. संगठन के अधिकारीतन्त्रीकरण का आकार तथा स्तर.
2. प्रश्नगत व्यवसाय का स्वरूप.
3. व्यावसायिक संघ की कुल सदस्य संख्या जिसका प्रत्येक कर्मचारी सदस्य है.
4. वैयक्तिक प्रतिभा.

निम्नलिखित कूट से सही उत्तर का चयन कीजिए–

(A) 1 और 4 (B) 2 और 3

(C) 1, 2 और 3 (D) 2, 3 और 4

57. निम्नलिखित उदाहरणों में पूर्ण संस्थाएँ कौन-कौनसी हैं?

1. कारागार 2. शरणस्थल
3. होटल 4. छात्रावास

निम्नलिखित कूट से सही उत्तर का चयन कीजिए–

(A) 1 और 2 (B) 2 और 3

(C) 2, 3 और 4 (D) 1, 2 और 3

58. मैक्स वेबर के अनुसार, पूँजीवादी समाज में वर्ग की रचना का सही आधार निम्न में से कौनसा है?

(A) सम्पत्ति का स्वामित्व अथवा अस्वामित्व

(B) बाजार परिस्थिति में सम्पत्ति सम्बन्ध

(C) व्यक्तियों की आय

(D) व्यक्तियों की सत्ता

59. निम्नलिखित में 'सम्पदा' व्यवस्था का कौनसा एक तत्व है?

(A) भवन (B) संरचना

(C) पादरी वर्ग (D) बुर्जुआ वर्ग

60. निम्नलिखित में से किसने यह बतलाया है कि संयुक्त राज्य अमरीका में मुख्य प्रशासक तथा अत्यधिक धनवान, दोनों एक ही वर्ग के हैं?

(A) जे. के. गैलब्रेथ (B) जी. मिर्डल

(C) सी. डब्ल्यू. मिल्स (D) एन. स्पेन्सर

61. सूची-I को सूची-II से सुमेलित कीजिए और सूचियों के नीचे दिये गए कूट का प्रयोग कर सही उत्तर चुनिए–

सूची-I

(a) हैबिटाट इकोनॉमी एण्ड सोसायटी

(b) रिलीजन एण्ड द राइज ऑफ कैपिटलिज्म

(c) पीजैन्ट स्ट्रगल इन इण्डिया

(d) कास्ट एण्ड द इकोनॉमिक फ्रन्टियर

सूची-II

1. एफ. जी. बैले
2. ए. आर. देसाई
3. एच. टॉनी
4. डी. फोर्ड

कूट :

	(a)	(b)	(c)	(d)
(A)	4	3	2	1
(B)	4	3	1	2
(C)	3	4	2	1
(D)	3	4	1	2

62. "स्वामित्व को वस्तुओं पर मनुष्य के नियन्त्रण के रूप में समझना चाहिए, जो एक ऐसा नियन्त्रण है, जिसे समाज न्यूनाधिक स्थायी तथा विशिष्ट रूप में स्वीकर करता है." यह मत है–
(A) एल. एच. मॉर्गन का
(B) आर. एच. लोई का
(C) एल. टी. हॉबहाउस का
(D) एडम स्मिथ का

63. मार्क्स के अनुसार निम्नलिखित में से, 'प्रकृति' पर मनुष्य की क्रिया के कौन-कौनसे क्षण हैं?
1. श्रम
2. विसम्बन्धन
3. उत्पादन के सामाजिक सम्बन्ध
4. प्रतिमानहीनता
5. सामाजिक चेतना
नीचे दिये गए कूट का प्रयोग करते हुए सही उत्तर चुनिए–
(A) 1, 2 और 5
(B) 1, 3 और 5
(C) 1, 4 और 5
(D) 2, 3 और 4

64. किसके नाम के साथ ट्रॉब्रियेण्ड आइलैण्ड्स की अर्थ-व्यवस्था का अध्ययन सम्बद्ध किया जाएगा?
(A) जे. पी. एस. ओबेरॉय
(B) ई. ईवान्स प्रिचार्ड
(C) बी. मैलिनोवस्की
(D) आर. फर्थ

65. नीचे दो वक्तव्य दिये गए हैं, जिनमें एक को कथन (A) तथा दूसरे को कारण (R) कहा गया है–
कारण (A) : भारत के कृषि समुदाय काफी अधिक स्तरबद्ध हैं.
कारण (R) : स्तरीकरण व्यवस्था और कार्य विभाजन के बीच एक सम्बन्ध रहता है.
उपर्युक्त दोनों वक्तव्यों के सन्दर्भ में निम्नलिखित में से कौनसा कथन सही है?
(A) (A) और (R) दोनों सही हैं तथा (R), (A) की सही व्याख्या है
(B) (A) और (R) दोनों सही हैं, परन्तु (R), (A) की सही व्याख्या नहीं है
(C) (A) सही है, परन्तु (R) गलत है
(D) (A) गलत है, परन्तु (R) सही है

66. भारत में किसान के रूप में उसे पहचाना जाता है, जो–
(A) भूमि का स्वामी है तथा भाड़े की मजदूरी की सहायता से खेती करता है
(B) भूमि का स्वामी है तथा पारिवारिक मजदूरी की सहायता से खेती करता है
(C) खेती के पारम्परिक तरीके अपनाता है
(D) भाग्यवादी दृष्टिकोण रखता है

67. मार्क्स के अनुसार कृषक वर्ग क्रान्तिकारी वर्ग नहीं हो सकता, क्योंकि–
(A) वे सम्पत्ति के स्वामी हैं
(B) वे गरीब हैं
(C) वे भौगोलिक दृष्टि से छितरे हुए हैं
(D) उनका दृष्टिकोण पारम्परिक है

68. "नगरीकरण एक प्रक्रिया है जिसके कारण लोग नगरीय कहलाने लगते हैं, नगरों में रहने लगते हैं. कृषि के स्थान पर अन्य व्यवसायों को अपनाते हैं, जो नगर में उपलब्ध हैं और अपने व्यवहार प्रतिमान में अपेक्षाकृत परिवर्तन का समावेश करते हैं." यह किसने माना है ?
(A) थॉमसन (B) ब्रीज
(C) डेविस (D) बर्गल

69. किसने कहा कि "नगरीकरण नगरीय बनने की प्रक्रिया है जिसमें लोग नगरों की ओर गमन करते हैं, कृषि को छोड़कर अन्य नगरीय व्यवसायों को ग्रहण करते हैं और इसके साथ-साथ व्यवहार प्रतिमानों में भी परिवर्तन लाते हैं ?"
(A) डेविस (B) मिचेल
(C) ब्रीज (D) फेयरचाइल्ड

70. किसने माना है कि "नगरीकरण का अर्थ नगरीय बनने की प्रक्रिया से है अर्थात् व्यक्तियों का नगरीय क्षेत्रों को गमन तथा नगरीय प्रक्रियाओं, जनसंख्या तथा क्षेत्रों की वृद्धि."
(A) ब्रीज (B) फेयरचाइल्ड
(C) थॉमसन (D) बर्गल

71. किसने माना है कि "औद्योगीकरण का अभिप्राय एक ऐसी स्थिति से है जिसमें पहले का कृषक अथवा व्यापारिक समाज एक औद्योगिक समाज की दिशा में परिवर्तित होने लगता है ?"
(A) बर्गल
(B) क्लार्क केर
(C) ब्रीज
(D) गोराल्ड ब्रीज

72. किसने कहा कि "औद्योगीकरण का अभिप्राय एक ऐसी स्थिति से है जिसमें पहले का कृषक अथवा व्यापारिक समाज एक प्रौद्योगिक समाज की दिशा में परिवर्तित होने लगता है ?"
(A) थॉमसन (B) क्लार्क केर
(C) बर्गल (D) ब्रीज

73. 1991 की जनगणना के अनुसार भारत में नगरीय जनसंख्या का प्रतिशत क्या है ?
(A) 22 (B) 20
(C) 25 (D) 27·78

74. 2001 की जनगणना के अनुसार भारत में 10 लाख से अधिक जनसंख्या वाले नगरों की संख्या कितनी है ?
(A) 55 (B) 12
(C) 35 (D) 47

75. भारत का सबसे बड़ा नगर कौनसा है ?
(A) मुम्बई (B) दिल्ली
(C) कोलकाता (D) चेन्नई

76. "स्वामित्व को वस्तुओं पर मनुष्य के नियंत्रण के रूप में समझना चाहिए, जो ऐसा नियन्त्रण है, जिसे समाज न्यूनाधिक स्थायी तथा विशिष्ट रूप से स्वीकार करता है." यह मत है–
(A) एल. एच. मॉर्गन का
(B) आर. एच. लोई का
(C) एल. टी. हॉब हाउस का
(D) एडम स्मिथ का

77. जुलाई 1991 में घोषित नई औद्योगिक नीति के अन्तर्गत कितने विशिष्ट उद्योगों को छोड़कर शेष के लिए लाइसेंस की व्यवस्था समाप्त कर दी गई है ?
(A) 18 (B) 16
(C) 10 (D) 14

78. नई औद्योगिक नीति के अन्तर्गत औद्योगिक लाइसेंस से छूट की सीमा बढ़ाकर कितनी कर दी गई है ?
(A) 15 करोड़ (B) 20 करोड़
(C) 10 करोड़ (D) 25 करोड़

79. प्रत्यक्ष विदेशी विनियोग के लिए विदेशी कम्पनियों को विदेशी इक्विटी में पहले के 40% की बजाय अब कितने प्रतिशत स्वचालित हिस्सा दिया गया है ?
(A) 48 (B) 55
(C) 51 (D) 45

80. समाजशास्त्रीय चलन में समाजवाद, पूँजीवाद तथा समाजवाद जैसे शब्द हवाला देते हैं–
(A) आर्थिक व्यवस्था का
(B) राजनीतिक व्यवस्था का
(C) विश्वास प्रणाली का
(D) आर्थिक, राजनीतिक तथा विश्वास प्रणालियों का

81. मैक्स वेबर के अनुसार–
(A) ऐतिहासिक दृष्टि से सभी समाज वर्ग के आधार पर विभाजित हैं
(B) ऐतिहासिक दृष्टि से मात्र पश्चिमी समाज वर्ग के आधार पर विभाजित है
(C) ऐतिहासिक दृष्टि से मात्र सामंती समाज वर्ग के आधार पर विभाजित है
(D) ऐतिहासिक दृष्टि से मात्र कृषिक समाज वर्ग के आधार पर विभाजित है

82. सम्पदा प्रणाली एक लक्षण है–
(A) औद्योगीकरण के बाद यूरोपीय समाज का
(B) सामन्ती यूरोप का
(C) भारतीय समाज का
(D) प्राचीन मिस्र के समाज का

83. 'औद्योगिक-पूर्व समाज' की अवधारणा का प्रस्ताव रखा था–
(A) सेन्ट साइमन ने (B) किंग्सले डेविस ने
(C) स्वोवर्ग ने (D) रॉबर्ट पार्क ने

84. वह स्थान जिसकी दो-तिहाई जनसंख्या कृषि कार्य करती है तथा एक-तिहाई जनसंख्या द्वितीयक तथा तृतीयक व्यवसायों में रत है, उसे सबसे सही रूप में कहा जाता है, एक–
(A) नगर (B) कस्बा
(C) ग्रामीण कस्बा (D) ग्रामीण बाजार

85. पुस्तक 'ह्वाइट कॉलर : अमरीका मिडिल क्लासेज' का लेखक कौन है?
(A) जॉन एच. गोल्ड थॉर्प (B) विलियम फूट ह्वाइट
(C) बारबरा ऊटेन (D) सी. राइट मिल्स

86. (a) निम्नलिखित में से किसने कहा है कि "मानव विकास के उपागम में ज्ञान, कर्म और भक्ति सम्मिलित हैं"?
(A) महात्मा गांधी (B) स्वामी विवेकानन्द
(C) अमर्त्य सेन (D) मुरारी बापू

86. (b) पुस्तक 'सोशियोलॉजी ऑफ इकनॉमिक लाइफ' का लेखक है–
(A) ए. एट्ज़िओनी (B) जे. शुम्पीटर
(C) नील जे. स्मेलर (D) एम. वेबर

87. उत्पादन की प्रक्रिया चार कारकों की अपेक्षा करती है नामतः भूमि, पूँजी, श्रमिक और उद्यमवृत्ति–
(A) मैकाइवर और पेज के अनुसार
(B) मार्क्स और एंगेल्स के अनुसार
(C) पार्सन्स और स्मेल्सर के अनुसार
(D) रोथलीजबर्गर और डिक्सन के अनुसार

88. निम्नलिखित में से किसने कहा है कि "सम्पत्ति की वृद्धि उसी अनुपात में होती है जिसमें निर्धनता"?
(A) मार्क्स (B) इंजेल्स
(C) वेबर (D) हीगल

89. निम्नलिखित में से किसने यह बतलाया है कि "संयुक्त राज्य अमरीका में मुख्य प्रशासक तथा अत्यधिक धनवान, दोनों एक ही वर्ग के हैं?
(A) जे. के. गैलब्रेथ (B) जी. मिर्डल
(C) सी. डब्ल्यू. मिल्स (D) एन. स्मेल्सर

90. निम्नलिखित राज्यों पर विचार कीजिए–
1. महाराष्ट्र 2. तमिलनाडु
3. राजस्थान 4. बिहार
इन राज्यों का, गरीबी रेखा के नीचे के व्यक्तियों के प्रतिशत के आधार पर, अवरोही क्रम में सही अनुक्रम है–
(A) 4, 2, 3, 1 (B) 4, 2, 1, 3
(C) 4, 1, 2, 3 (D) 2, 4, 3, 1

91. निम्नलिखित में से कौनसा एक भारत में बेरोजगारी की बढ़ती हुई दर का एक कारण नहीं है?
(A) आर्थिक मन्दी
(B) उद्योगों में सूक्ष्म-इलेक्ट्रॉनिकी का बढ़ता हुआ प्रयोग
(C) शासकीय नीति में भारी झुकाव
(D) कर्म का सिद्धान्त

92. सूची-I (उत्पादन व्यवस्था के प्रकार) को सूची-II (उनमें पाई जाने वाली पेशागत श्रेणियों) से सुमेलित कीजिए तथा सूचियों के नीचे दिए गए कूटों का प्रयोग करते हुए उत्तर चुनिए–

सूची-I (उत्पादन व्यवस्था के प्रकार)
(a) कारखाना व्यवस्था
(b) श्रेणी व्यवस्था
(c) घरेलू व्यवस्था
(d) पारिवारिक उत्पादन प्रणाली

सूची-II (उनमें पायी जाने वाली पेशागत श्रेणियाँ)
1. शिल्पकार 2. प्रचालक
3. शिक्षु 4. वणिक उद्यमी

कूट :

	(a)	(b)	(c)	(d)
(A)	3	2	1	4
(B)	2	3	4	1
(C)	2	3	1	4
(D)	3	2	4	1

93. उत्पादन की प्रक्रिया चार कारकों की अपेक्षा करती है नामतः भूमि, पूँजी, श्रमिक और उद्यमवृत्ति–
(A) मैकाइवर और पेज के अनुसार
(B) मार्क्स और एन्जिल्स के अनुसार
(C) पारसन्स के अनुसार
(D) रोथलीजबर्गर और डिक्सन के अनुसार

94. पारसन्स के अनुसार, आधुनिक औद्योगिक समाज की सामाजिक संरचना को सर्वार्थवादी उपलब्धि प्रवण मानकों के रूप में प्रस्तुत करते हुए वर्णन किया गया–
(A) आर्थिक भूमिकाओं के निर्धारण में
(B) पारिवारिक भूमिकाओं के निर्धारण में
(C) संस्थागत भूमिकाओं के निर्धारण में
(D) सामाजिक भूमिकाओं के निर्धारण में

95. निम्नलिखित में किसने कहा है कि सम्पत्ति की वृद्धि उसी अनुपात में होती है जिसमें निर्धनता?
(A) मार्क्स (B) एंजिल्स
(C) वेबर (D) हीगल

96. भारत की निम्नलिखित पंचवर्षीय योजनाओं में किस एक में मानव विकास को मुख्य विषय के रूप में स्वीकार किया गया?
(A) चौथी (B) पाँचवीं
(C) सातवीं (D) आठवीं

97. सूची-I (समाजशास्त्री) को सूची-II (उनके योगदान) से सुमेलित कीजिए और सूचियों के नीचे दिए गए कूट का प्रयोग कर सही उत्तर चुनिए–

सूची-I
(a) लुई वर्थ
(b) एल्टन मेयो
(c) रॉबर्ट रेडफील्ड
(d) फ्रेड्रिक टेलर

सूची-II
1. लोक-नागरिक सातत्य
2. वैज्ञानिक प्रबन्ध
3. नगरवाद एक जीवन दर्शन के रूप में
4. मानव सम्बन्ध

कूट :

	(a)	(b)	(c)	(d)
(A)	3	4	2	1
(B)	3	4	1	2
(C)	4	3	1	2
(D)	4	3	2	1

98. नीचे दो वक्तव्य दिये गए हैं, जिनमें से एक को कथन (A) तथा दूसरे को कारण (R) कहा गया है–

कथन (A) : औद्योगिक समाज में संघर्ष आवश्यक रूप से आमूल परिवर्तन नहीं लाते हैं.

कारण (R) : औद्योगिक समाज में संघर्षों का स्थायी समाधान हो सकता है, क्योंकि न्यायपालिका जैसी संघर्ष समाधानकारी संस्थाएँ मौजूद हैं.

उपर्युक्त दोनों वक्तव्यों के सन्दर्भ में निम्नलिखित में से कौनसा कथन सही है?

(A) (A) और (R) सही हैं तथा (R), (A) की सही व्याख्या है

(B) (A) और (R) दोनों सही हैं, परन्तु (R), (A) की सही व्याख्या नहीं है

(C) (A) सही है, परन्तु (R) गलत है

(D) (A) गलत है, परन्तु (R) सही है

99. निम्नलिखित में से बाजार अर्थव्यवस्था की प्रमुख विशेषताएँ कौनसी हैं?

1. संस्थागत मानदण्ड
2. सभी समाजों में सर्वव्यापी
3. वस्तुओं एवं सेवाओं के विनिमय की व्यवस्था
4. विशेषीकृत आर्थिक प्रकार्य

निम्नलिखित कूट से सही उत्तर का चयन कीजिए–

(A) 1, 2 तथा 3 (B) 2, 3 तथा 4

(C) 1, 3 तथा 4 (D) 1, 2 तथा 4

100. कार्ल मार्क्स के अनुसार सामुदायिक भूमि-स्वामित्व पाया जाता है–

(A) एशियाई उत्पादन रीति में

(B) प्राचीन उत्पादन रीति में

(C) सामन्ती उत्पादन रीति में

(D) पूँजीवाद उत्पादन रीति में

101. निम्नलिखित दो वक्तव्य दिए गए हैं, जिनमें से एक को कथन (A) तथा दूसरे को कारण (R) कहा गया है–

कथन (A) : पुरातन समाजों में श्रम विभाजन बहुत अधिक सीमित होता है.

कारण (R) : पुरातन समाज शेष समाजों से वियुक्त होते हैं.

उपर्युक्त दोनों वक्तव्यों के सन्दर्भ में निम्नलिखित में से कौनसा कथन सही है?

(A) (A) और (R) दोनों सही हैं तथा (R), (A) का सही स्पष्टीकरण करता है

(B) (A) और (R) दोनों सही हैं, परन्तु (R), (A) का सही स्पष्टीकरण नहीं है

(C) (A) सही है, परन्तु (R) गलत है

(D) (A) गलत है, परन्तु (R) सही है

102. जटिल समाजों में सफल आर्थिक विकास के लिए न केवल औद्योगिक तथा कृषि विकास के बीच सन्तुलन बनाए रखना अपेक्षित है, वरन् निम्नलिखित की सन्तुलित वृद्धि भी अपेक्षित है–

(A) वितरण व्यवस्था (B) नगरीकरण

(C) विदेशी व्यापार (D) आधुनिकीकरण

103. कामगारों की अगले उच्चतर स्तर में स्थानान्तरित होने की बढ़ती हुई संख्या आधुनिक औद्योगिक समाज की विशेषता मानी गई है. इस प्रक्रिया को कहा गया है–

(A) संस्कृतिकरण

(B) अनुकूलन

(C) बूर्जुआयीकरण (एमबूर्जुआजमेन्ट)

(D) वर्ग-सजातीयकरण

निर्देश (प्रश्न 104 से 107 तक)–आगामी प्रश्नांशों में दो वक्तव्य दिए गए हैं. एक को 'कथन (A)' तथा दूसरे को 'कारण (R)' कहा गया है. इन दोनों वक्तव्यों का सावधानीपूर्वक परीक्षण कर इन प्रश्नांशों का उत्तर नीचे दिए हुए कूट की सहायता से चुनिए–

कूट :

(A) (A) और (R) दोनों सही हैं और (R), (A) का सही स्पष्टीकरण है

(B) (A) और (R) दोनों सही हैं, परन्तु (R), (A) का सही स्पष्टीकरण नहीं है

(C) (A) सही है, परन्तु (R) गलत है

(D) (A) गलत है, परन्तु (R) सही है

104. **कथन (A) :** व्यावसायिक विशेषज्ञता औद्योगिक समाजों की एक विशिष्टता है.

कारण (R) : औद्योगीकरण व्यावसायिक विविधता की ओर ले जाता है.

105. **कथन (A) :** डहरेनडॉर्फ का यह दावा है, कि यह संदेहास्पद हो गया है कि श्रमिक वर्ग की अवधारणा में अब भी बहुत अर्थ व्यक्त होता है.

कारण (R) : बीसवीं शताब्दी के दौरान श्रम का अपघटन हुआ है.

106. **कथन (A) :** किसी समाज में, आत्महत्या की दर गाँवों की अपेक्षा नगरों में सुस्पष्टतया अधिक है.

कारण (R) : श्रम के सामाजिक विभाजन में वृद्धि के साथ-साथ व्यक्ति की स्वायत्तता की वृद्धि होती है.

107. **कथन (A) :** निम्न जातियों के सदस्यों को अपने गाँव की प्रभावी जातियों के व्यवहार-वैचित्र्यों तथा जीवन शैलियों को अंगीकार करना व्यावहारिक रूप से उपयोगी लगा.

कारण (R) : निम्न जातियों के सदस्य अपनी स्वयं की जीवन शैलियों से ऊब गए थे और उनमें परिवर्तन चाहते थे.

108. निम्नलिखित समाजशास्त्रियों में से किसने दक्षिण सूडान के पशुचारण समाज-न्यूर (Nuer) का अध्ययन किया?

(A) ई. ई. इवांस-प्रिटकार्ड

(B) जी. पी. मर्डोक

(C) किंग्सले डेविस

(D) ओलिवर सी. कॉक्स

109. सरल समाजों में लोग मामूली औजारों का उपयोग करते थे, तदुपरान्त निम्नलिखित में से किन आविष्कारों से उनका आखेदमय जीवन आर्थिक संगठन के नए रूपों में शनैःशनैः बदलता गया?

(A) मिट्टी के बर्तन बनाना और ऊन को बुनना

(B) मछली मारना और लोहे को गलाना

(C) जानवरों को पालतू बनाना और खेती

(D) चरखा कातना और आग जलाना

110. औद्योगिक समाज में परिवार किस प्रकार की इकाई है?

(A) आर्थिक (B) उपभोग

(C) उत्पादन (D) लाभ

उत्तर व्याख्या सहित

1. (D) पूर्व साक्षर समाजों की उत्पादन व्यवस्था में उत्पादन के साधनों पर समुदाय का अधिकार होता था. परिवार ही उत्पादन करने वाली आधारभूत इकाई थी, जबकि पूँजीवादी व्यवस्था में यह अधिकार व्यक्तिगत हो गया.

2. (A) पोटलाश एक भोज होता है. उत्तरी अमरीका के उत्तरी-पश्चिमी तट पर निवास करने वाली जनजातियों में अलास्का और ब्रिटिश कोलम्बिया में निवास करने वाली चार जनजातियों–हैडा, लिगिट, शिमशियन और क्वाम्बिटल में पाई जाने वाली यह प्रथा जिसमें सामाजिक प्रस्थिति प्राप्त करने अथवा बनाए रखने के उद्देश्य से सम्पत्ति को अत्यन्त उदारता से विभाजित तथा नष्ट किया जाता है. इससे उसकी प्रतिष्ठा में वृद्धि होती है.

3. (D) स्वचालन कम समय के लिए नौकरियों में वृद्धि करके औद्योगिक रोजगार को प्रभावित करता है.

4. (A) मार्क्स के अनुसार "सामाजिक सम्बन्ध उत्पादक शक्तियों से घनिष्ठ रूप से जुड़े हुए हैं. नयी उत्पादक शक्तियों को प्राप्त होने पर मनुष्य अपनी उत्पादन प्रणाली तथा अपनी जीविकोपार्जन की प्रणाली बदलने से अपने समस्त सामाजिक सम्बन्धों को परिवर्तित करते हैं. मार्क्स की भाँति वेबर भी स्तरीकरण उत्पन्न करने में वर्गों के महत्व को स्वीकार करते हैं. वेबर के अनुसार सम्पत्ति शक्ति एवं सम्मान समाज में स्तरीकरण पैदा करते हैं.

5. (A) मार्क्स के अनुसार, एशियाई समाज एक ऐसा समाज है, जिसकी कृषि-प्रधान आर्थिक व्यवस्था उत्पादन की छोटी इकाइयों पर निर्भर है. साथ ही जिसमें केन्द्रीय राज्य और नौकरशाही हैं, जिसकी शक्ति जल-पूर्ति नियमन पर निर्भर करती है. मार्क्स ने भारत को एशियाई समाज का एक उदाहरण माना है.

6. (D)

सूची-I (कथन)

(a) परिवार उत्पादन प्रक्रम की एक इकाई के रूप में कार्य करता है.

(b) काम प्रायः सामाजिक इकाइयों पर आधारित होता है. विशेषतः इन इकाइयों पर जो उस प्रक्रिया के लिए संगठित की जाती हैं.

(c) फैक्ट्री, खदानें, दफ्तर, गोदाम और इसी तरह की इकाइयाँ संगठन का उदाहरण हैं.

(d) फसल काटने में या सर्दी के चरागाहों से गर्मी के चरागाहों में मवेशियों को लाने में वृहत्तर सामाजिक समूह, यहाँ तक कि पूरा गाँव सहकारिता करते हैं.

सूची-II (वाच्यार्थ)

1. सरल समाजों में काम करने का विन्यास.

3. औद्योगिक समाज.

4. औद्योगिक समाज में काम से जुड़े संगठन.

2. भरण-पोषण की आर्थिक वाले लघुस्तरीय समाज.

7. (B) भारतीय रिजर्व बैंक की स्थापना 1934 ई. के भारत शासन अधिनियम के तहत् की गयी. 1949 ई. में रिजर्व बैंक ऑफ इण्डिया का राष्ट्रीयकरण किया गया. RBI का मुख्य कार्य नोटों को जारी करना. सरकार के बैंकर, एजेण्ट, सलाहकर्ता, बैंकों का बैंकर आदि हैं.

8. (C) शिक्षा से प्रतिफल को मानवीय पूँजी माना गया है.

9. (B) जवाहरलाल नेहरू ने उद्योग को आधुनिक भारत का मन्दिर कहा है. जवाहरलाल नेहरू को भारत के औद्योगीकरण का जनक कहा जाता है.

10. (C) मूल्य-तन्त्र वह तन्त्र है, जिसमें मूल्य निर्धारण करने वाली बाजार शक्तियों की स्वतः प्रवर्तित गतिविधि होती है.

11. (C) पूँजीवादी व्यवस्था लाभ के सिद्धान्त पर निर्भर है. एक उत्पादक या व्यापारी से यह आशा की जाती है कि वह अपने उत्पादन को कुल लागत से अधिक मूल्य पर विक्रय करे. लाभ की अवधारणा वस्तु विनिमय प्रणाली और उपहार विनिमय प्रणाली के बाद सामने आई. लाभ की अवधारणा वर्ग हितों और सामाजिक प्रकार्यों के मध्य स्पष्ट रूप से विरोध उत्पन्न करती है.

12. (C)

लोक-समाज	—	सामूहिकवाद
औद्योगिक समाज	—	व्यक्तिवाद
सामन्त समाज	—	स्वामिभक्ति
उत्तर-औद्योगिक समाज	—	साहचर्यवाद

13. (A) मैकिम मेरियट ने लघु एवं महत् परम्पराओं के बीच सम्प्रेषण की प्रक्रियाओं के स्पष्टीकरण हेतु सार्वभौमीकरण एवं संकुचितीकरण की दो अवधारणाओं का विकास किया है.

14. (C) विसम्बन्धन की सबसे अधिक सम्भावना भूमिरहित मजदूर में पाई जाती है, क्योंकि इनके पास जीवनयापन का एकमात्र साधन श्रम होता है. ऐसी स्थिति में पलायन करना उनके लिए सरल होता है.

15. (B) उत्तर-औद्योगिक समाज एक ऐसा विचार है, जिसका प्रतिपादन उन व्यक्तियों द्वारा होता है जो यह मानते हैं कि सामाजिक परिवर्तन की प्रक्रिया हमें औद्योगिक समाज से परे एक ऐसे समाज की तरफ ले जा रही है, जो भौतिक वस्तुओं के उत्पादन की अपेक्षा सूचनाओं के उत्पादन पर निर्भर है.

16. (C) मैक्स वेबर ने अपनी पुस्तक 'The Protestant Ethic and the Spirit of Capitalism' में प्रोटेस्टेण्ट धर्म को पूँजीवाद के विकास में महत्वपूर्ण योगदान कहते हैं.

17. (A) समाजशास्त्रीय दृष्टिकोण से अनुबन्ध सामाजिक व्यवहारों का एक समझौता मात्र है, जबकि कारखाना, बाजार, श्रम-विभाजन आर्थिक संस्था के उदाहरण हैं. सम्पूर्ण समाज में व्यावसायिक विशिष्टता की एक प्रक्रिया श्रम-विभाजन है, जो विभिन्न गतिविधियों और संस्थाओं जैसे–परिवार, राज्य और अर्थव्यवस्था में सामाजिक जीवन की पृथक्ता को दर्शाता है.

18. (D) श्रम-विभाजन से आशय किसी भी स्थायी, संगठन में मिल-जुलकर काम करने वाले व्यक्तियों या समूहों द्वारा भिन्न, लेकिन समन्वयात्मक क्रियाओं के सम्पादन से है. इस अवधारणा का सामाजिक विज्ञानों में सर्वप्रथम प्रयोग एडम स्मिथ द्वारा अपनी पुस्तक 'Enquiry into the Nature and Courses of the Wealth of Nations' (1775) में पुरातन अर्थव्यवस्था के अध्ययन में किया गया जोकि आधुनिक अर्थव्यवस्था की पूर्वज कही जाती है.

19. (D) मैक्स वेबर ने सामाजिक क्रियाओं को चार श्रेणियों में विभाजित किया है–तार्किक, मूल्यांकनात्मक प्रभावात्मक और परम्परात्मक. तार्किक क्रिया वह क्रिया है, जोकि सचेत रूप से किसी योजना के अनुसार की जाए और उसमें उद्देश्य तथा साधनों का पूरा ध्यान रखा गया हो.

20. (D) नगरीय जीवन के साथ व्यक्तियों के समायोजन की प्रक्रिया को नगरवाद कहा जाता है. शिकागो सम्प्रदाय के लुई वर्थ के अनुसार नगरवाद या नगरीयता बसावट का ढंग नहीं है, लेकिन यह जीवन की एक विशिष्ट शैली है.

21. (D) प्रामाणिक श्रमिक संघ के प्ररूपी औपचारिक संगठन सामूहिक सौदाकारी तथा राजनैतिक सम्बन्ध है.

22. (B) स्पेन्सर का उद्‌विकासवादी सिद्धान्त दो इन्द्रियगोचर, लेकिन विचारों के अन्तर्सम्बन्धित तनावों को शामिल करता है–सरल समाजों से मिश्रित समाजों तक गति-शीलता जो उद्‌विकासीय क्रम-साधारण मिश्रित, दोहरे मिश्रित तथा तिहरे मिश्रित समाज के रूप में समुच्चयन के आधार पर विभाजित हुआ है.

23. (C)

सेन्ट साइमन	–	सैनिक, कानूनी तथा औद्योगिक
स्पेन्सर	–	सैनिक तथा औद्योगिक
टॉनीज	–	गौमाइनशाफ्ट तथा गेसेलशाफ्ट
मॉर्गन	–	समाज तथा नगर

24. (D) सरल समाजों की अर्थव्यवस्था को चार भागों में विभाजित किया जा सकता है–

1. शिकार और एकत्रीकरण
2. पशुचारी
3. अस्थायी कृषि
4. स्थायी कृषि

25. (D) रॉबर्ट रेडफील्ड ने कृषक समाज की विशेषताओं का वर्णन इस प्रकार किया है–कृषक समाज समरूप समाज है, ये अपना जीवनयापन भूमि करके एवं नियंत्रण रखकर करते हैं, यह अविभेदीकृत एवं अस्वीकृत समुदाय है, यह नगरों एवं कस्बों के कुलीन वर्ग से अलग है एवं आर्थिक आधार पर कृषक समाज दूसरे समाजों से भिन्न है.

26. (B)
27. (A) एशियाई उत्पादन प्रणाली में आदिम समुदाय की आर्थिक क्रियाएं एवं श्रम विभाजन पद्धति काफी सरल थीं. व्यक्तिगत समपत्ति की धारणा अत्यंत आरम्भिक अवस्था में थी. परिवार, नातेदारी, समूह और समुदाय उत्पादन के साधनों के स्वामी थे. हस्तशिल्प तथा कृषि में एकत्व था.
28. (B) दक्षिण एशियाई देशों में अल्पविकास से विकास की ओर अग्रसर होने के पर्याप्त तथ्य शामिल हैं. आधुनिक प्रविधियों का प्रयोग कर इन देशों ने अपनी अर्थव्यवस्था को प्रबल कर लिया है, जैसे–मलेशिया, सिंगापुर इत्यादि.
29. (C) दोहरी अर्थव्यवस्था में कृषि एवं उद्योग व्यावसायिक, कृषि एवं सहायक कृषि, आधुनिक उद्योग एवं व्यावसायिक कृषि के साथ निर्वाह खेती एवं परम्परागत हस्तशिल्प का सह-अस्तित्व होता है.
30. (B) ऑस्कर लेविस ने मैक्सिको एवं प्यूर्टोरिकी के शहरी समाज के अध्ययन के आधार पर सन् 1950 के दशक में निर्धनता की संस्कृति की अवधारणा का प्रतिपादन किया.
31. (A) औद्योगिक समाज के विकास के क्रम में जागीरदारी प्रथा, श्रेणी प्रणाली, गृह उत्पादन प्रणाली, औद्योगिक समाज है.
32. (B)

पीटर वर्सले	–	द थर्ड वर्ल्ड
डब्ल्यू. डब्ल्यू. रोस्टो	–	द. स्टेजिज ऑफ इकोनॉमिक ग्रोथ
आन्द्रे गुन्डर फ्रैंक	–	अण्डरडेवलपमेंट और रिवोल्यूशन
रीहार्ड बैडिक्स	–	नेशन बिल्डिंग स्टडीज ऑफ ऑवर चेजिंग सोशल ऑर्डर

33. (D) Post Industrial Society की अवधारणा डेनियल बेल ने अपनी पुस्तक The Coming of Post Industrial Society में प्रस्तुत की.

    डेनियल बेल के द्वारा उत्तर-औद्योगिक समाज से आशय ऐसे समाज से है जहाँ केन्द्रीय महत्व के रूप में सम्पत्तिजन सम्पदा का स्थान ग्रहण करती जा रही है और यह सत्ता/शक्ति और सामाजिक गतिशीलता का मुख्य स्रोत बनती जा रही है.
34. (B) मानव प्राणी तथा सामाजिक समूहों की भौतिक आवश्यकताओं की तुष्टि के लिए सीमित साधनों, तकनीकों तथा कार्यों का जिस प्रकार संगठन एवं आवंटन किया जाता है वह अर्थव्यवस्था का द्योतक है.
35. (D)

भूमि	लगान
श्रम	मजदूरी
पूँजी	ब्याज
संगठन	लाभ

36. (D) उत्पादन की औद्योगिक प्रणाली अन्य प्रणालियों से इस स्तर पर भिन्न है कि औद्योगिक प्रणाली में निर्जीव ऊर्जा स्रोत डीजल, पेट्रोल, कोयला इत्यादि का प्रयोग किया जाता है.
37. (C) आदिम समाज में आर्थिक क्रियाएँ प्रमुख रूप से शारीरिक अस्तित्व को बनाए रखने के लिए ही की जाती हैं. अतः उनकी अर्थव्यवस्था को 'निर्वाह अर्थव्यवस्था' कह सकते हैं. परिवार ही अर्थव्यवस्था का मूल आधार है. आदिम अर्थव्यवस्था की विशेषताएँ इस प्रकार हैं– तकनीकी ज्ञान और स्तर बहुत निम्न, संग्रह करने की प्रवृत्ति से युक्त, यातायात के साधनों का अभाव, वस्तु-विनिमय प्रथा, मुनाफाखोरी की प्रवृत्ति का अभाव उत्पादन व वितरण की तुलना में विनिमय पर क्रम बल, उपहार का विशेष महत्व आदि.
38. (D) पॉटलैच प्रथा अमरीका के उत्तर-पश्चिमी तट की जनजातियों में, अलास्का व ब्रिटिश कोलम्बिया में रहने वाली चार जनजातियाँ–हैडा, लिंगित, शिमशियन व क्वाक्विटल में पायी जाती है. यह एक भोज होता है. इसमें व्यक्ति कितना शक्तिशाली व समृद्ध होता है, यह दिखाने के लिए सम्पत्ति नष्ट की जाती है, जोकि इसका व्यक्त प्रकार्य है. नातेदारी व्यवस्था को बनाए रखना पॉटलैच का प्रच्छन प्रकार्य है.
39. (C)

तार्किकताकरण	–	मैक्स वेबर
सामरिक समाज और औद्योगिक समाज	–	सेन्ट सिमो
यान्त्रिक एकता और अवयवी एकता	–	इमाइल दुर्खीम
प्राथमिक द्वितीयक और तृतीयक क्षेत्र	–	कॉलिन क्लार्क

40. (D) आर्थिक विकास के मुख्य स्वर–
    1. शिकार एवं भोजन संकलनशील स्तर की अर्थव्यवस्था.
    2. पशुपालन स्तर की अर्थव्यवस्था
    3. कृषि-स्तर की अर्थव्यवस्था
    4. औद्योगिक स्तर की अर्थव्यवस्था

    कृषि स्तर की अर्थव्यवस्था में पेड़ लगाने के लिए मानव ने कुदाल और फावड़े का प्रयोग किया था.

41. (a) (B) नगरीयतावाद – लुई बर्थ
लोक-नगरीय निरन्तरता – रॉबर्ट रेडफील्ड
लघु परम्परा व वृहद् परम्परा – मिल्टन सिंगर
गरीबी की संस्कृति – ऑस्कर लेविस

41. (b) (B) ई. ई. एवान्स प्रिचर्ड ने केन्द्रीय शासन से भिन्न प्रकार के समाज को राज्यविहीन समाज कहा है.

42. (B) रूसी क्रान्ति (1917) मुख्यतः औद्योगिक मजदूरों द्वारा की गयी थी. चीनी क्रान्ति के जनक माओत्से तुंग कृषकों को क्रान्ति का उद्गम स्थल कहते हैं.

43. (D) पशुपालक जनजातियों में हिमाचल के गुज्जर तथा नीलगिरि के टोडा प्रमुख हैं. टोडा जनजाति भैंस-पालन करती है और इनकी संस्कृति को भैंस-संस्कृति (Buffalo-Culture) के नाम से जाना जाता है. पशु-पालन जनजातियों का आर्थिक जीवन दूध से बनी वस्तुओं पर निर्भर है.

44. (a) (A) डेनियल बेल – 'द कमिंग ऑफ पोस्ट इण्डस्ट्रियल सोसायटी
मैक्स वेबर – 'द प्रोटेस्टेन्ट इथिक्स एण्ड द स्प्रिट ऑफ कैपिटलिज्म'
गुन्नार मिर्डल – 'एशियन ड्रामा'

45. (b) (C) डेनियल बेल ने उत्तर-औद्योगिक समाज का उल्लेख किया है, जिसके अन्य प्रवर्तकों में एरो, अलेन टोरेन, ब्रेजेन्सिकी का नाम उल्लेखनीय है. उत्तर-औद्योगिक समाज में मशीनों की प्रधानता हो जाएगी, जो व्यावसायिक व तकनीकी पेशों की सर्वोच्चता को उजागर करती है.

46. (B)

47. (C) वेबर के द्वारा वर्ग का सम्बन्ध व्यक्ति की बाजार स्थिति व जीवन अवसर से है, जबकि जीवन-शैली प्रतिष्ठा, पारिवारिक पृष्ठभूमि का सम्बन्ध 'प्रस्थिति समूह' से है.

48. (D) वस्तुओं का विनिर्माण – कारखाना में
श्रमिक संघ – श्रम नेता
भूमण्डलीय प्रतिस्पर्द्धा – मुक्त अर्थव्यवस्था
विपुल उत्पादन – उपभोक्तावाद

49. (D) परम्पराओं की प्रधानता – कृषि अर्थव्यवस्था
विशेषज्ञता तथा तकनीकी निपुणता – जटिल अर्थव्यवस्था
प्रतिस्पर्द्धा की प्रधानता – बाजारोन्मुख अर्थ-व्यवस्था
राष्ट्र द्वारा नियन्त्रण – नियोजित अर्थव्यवस्था

50. (C) मैक्स वेबर के अनुसार प्रोटेस्टेन्ट आचार आर्थिक व्यवहार पर प्रभावी होते हैं. उन्होंने अपनी पुस्तक The Protestant Ethic and the Spirit of Capitalism में इसकी व्याख्या की है. मैक्स वेबर के अनुसार पूँजीवाद के विकास में प्रोटेस्टेन्ट धर्म के आचारों का प्रभाव निम्न-लिखित है–
1. काम करना ही सबसे बड़ा गुण है.
2. व्यावसायिक आचार.
3. धर्म के आधार पर ऋण पर सूद वसूल करने की मान्यता है.
4. छुट्टी के पक्ष में नहीं है.

51. (D) मुक्त अर्थव्यवस्था के उद्गम, बाजारी अर्थव्यवस्था–साम्राज्यवादी अर्थव्यवस्था–बहुराष्ट्रीय अर्थव्यवस्था–भूमण्डलीय पूँजीवाद के रूप में कहा जाता है.

52. (A) पूँजीवादी व्यवस्था की विशेषताएँ हैं–आर्थिक उत्पादन के साधनों का नियन्त्रण तथा केन्द्रीयकरण स्वयं मालिक के हाथों में स्वतन्त्र बाजार प्रणाली द्वारा सम्पदा तथा साधनों का अर्जन, स्वतन्त्र श्रमिकों द्वारा बाजार में अपने श्रम को बेचना, आर्थिक क्रिया के उद्देश्य एवं प्रेरणा के रूप में अधिकाधिक लाभ की आकांक्षा, वृहत्तर आधार पर उत्पादन आदि.

53. (A) प्रदत्त प्रस्थिति तथा वस्तु के रूप में क्षतिपूर्ति परम्परागत नौकरशाही की विशेषताएँ हैं. वेबर ने नौकर-शाही के आदर्श प्रारूप की व्याख्या की है, जिसके अन्तर्गत सोपानिकी, लक्ष्य, अवैयक्तिक नियम सम्बन्ध आदि आते हैं.

54. (B) वेब्स – 'इण्डस्ट्रियल डेमोक्रेसी'
लिपसेट – 'यूनियन डेमोक्रेसी'
टेलर – 'साइन्टिफिक मैनेजमेन्ट'
मायो – 'ह्यूमन रिलेशन्स'

55. (A) मध्ययुगीन नगरों के विकास के लिए प्रमुख कारण व्यापारिक क्रान्ति थी तथा उपनिवेश तथा विजयों ने पूर्व के लिए पश्चिमी बाजार द्वारा खोल दिया है.

56. (D) प्रश्नगत व्यवसाय का स्वरूप, व्यावसायिक संघ की कुल सदस्य संख्या, जिसका हरेक कर्मचारी सदस्य है, व वैयक्तिक प्रतिभा, संगठन के अन्दर पेशेवर लोगों के प्राप्त नियन्त्रण अधिकार की मात्रा पर आधारित होती है.

57. (A) इरविंग गॉफमेन ने पूर्ण संस्था (Total Institution) की अवधारणा का प्रतिपादन किया था जो अमरीका के एक मानसिक अस्पताल के लिए समय दिया.

58. (B) मैक्स वेबर के अनुसार वर्ग की अवधारणा का यथार्थ रूप जानने के लिए यह जरूरी है कि हम बाजार

अवस्था का उचित ज्ञान प्राप्त कर लें, क्योंकि यह बाजार ही है, जो व्यक्तियों के लिए सामान्य अवस्था को उत्पन्न करता है.

59. (D) किंग्सले डेविस के अनुसार, सम्पदा वितरण व्यवस्था का एक स्थायी पक्ष है. इसमें कुछ सीमित वस्तुओं पर अन्य व्यक्तियों तथा समूहों की तुलना में कुछ व्यक्तियों या समूहों के अधिकार तथा कर्तव्यों का समावेश होता है.

60. (C) C. Wright Molls ने अपनी पुस्तक Power Elite में उल्लेख किया है कि संयुक्त राज्य अमरीका में मुख्य प्रशासक तथा अत्यधिक धनवान दोनों एक ही वर्ग के हैं.

61. (A)

(a) हैबिटाट इकोनॉमी एण्ड सोसाइटी – डी. फोर्ड

(b) रिलिजन एण्ड द राइज ऑफ कैपिटलिज्म – एच. टॉनी

(c) पीजैन्ट स्ट्रगल इन इण्डिया – ए. आर. देसाई

(d) कास्ट एण्ड द इकोनॉमिक फ्रन्टियर – एफ. जी. बैले

62. (C) हॉबहाउस के अनुसार, "सम्पत्ति का अर्थ वस्तुओं पर मनुष्य के नियंत्रण से है, ऐसे नियंत्रण से जो समाज द्वारा मान्यता प्राप्त होती है तथा जिसे समाज मान्य और मूल्यवान समझता है."

63. (B) कार्ल मार्क्स के अनुसार प्रकृति पर मनुष्य की क्रिया के क्षण, श्रम, उत्पादन के सामाजिक सम्बन्ध और सामाजिक चेतना है. सामाजिक चेतना के बगैर वर्ग संघर्ष सम्भव नहीं है.

64. (C) मैलिनोवस्की ने अपनी पुस्तक Agrounouts of Western Pacific में ट्रोब्रियेण्ड आइलैण्ड्स की जनजातियों में आर्थिक क्रिया-कलाप से सम्बन्धित कुला एवं वासी प्रथा का अध्ययन किया.

65. (A) भारत जैसे विशाल देश के सभी ग्रामीण समुदाय कृषकों के समुदाय नहीं कहे जा सकते हैं. संरचनात्मक दृष्टि से भारतीय ग्रामों में काफी भिन्नता देखने को मिलती है. भारत में सम्पत्ति अधिकारों की संरचना, प्रस्थिति, सम्मान तथा शुद्धता की धाराएँ स्त्री की भूमिका और कृषक परिवार में कार्य-विभाजन का निर्धारण करती है.

66. (B) रेडफील्ड ने कृषक समाज की व्याख्या में लिखा है कि वे ग्रामीण व्यक्ति जो जीवनयापन के लिए अपनी भूमि पर नियंत्रण बनाए रखते हैं तथा उसे जोतते हैं और कृषि जिनके जीवन के लिए परम्परागत ढंग का एक भाग है.

67. (D) मार्क्स कृषक समाज को एशियाई समाज के रूप में कहते हैं. एशियाई समाज कृषि प्रधान समाज होता है. यह समाज कृषि उत्पादन करने वाली छोटी-छोटी इकाइयों में बँटा होता है. इस समाज में वंशानुगत सत्ता तथा नौकरशाही का महत्व होता है.

68. (B) 69. (D) 70. (B) 71. (B) 72. (B)
73. (D) 74. (C) 75. (A) 76. (D) 77. (A)
78. (D) 79. (C)

80. (D) पूँजीवाद, साम्यवाद तथा समाजवाद पूँजी की अवधारणा, उत्पादन व्यवस्था, स्वामित्व तथा संचालन के सिद्धान्त से जुड़ी है.

81. (A) मैक्स वेबर के अनुसार, "हम एक समूह को तब वर्ग कहा जा सकता है, जबकि उस समूह के लोगों को जीवन के कुछ विशिष्ट अवसर समान रूप से प्राप्त हों, यहाँ तक कि यह समूह वस्तुओं पर अधिकार या आमदनी की सुविधाओं से सम्बन्धित आर्थिक हितों द्वारा पूर्णतया निर्धारित तथा वस्तुओं या श्रमिक-बाजारों की अवस्थाओं के अनुरूप हो."

82. (B) सम्पदा प्रणाली का उद्‌भव प्राचीन रोमन साम्राज्य में हुआ तथा यह सामन्ती प्रणाली यूरोप में लम्बे समय तक मौजूद रही.

83. (C) प्रो स्वोवर्ग ने औद्योगिकपूर्ण समाज की अवधारणा का प्रस्ताव रखा था. उनके अनुसार तथाकथित आधुनिक समाजों व पूर्व औद्योगिक समाजों में अन्तर है. शहरी नगरों के विपरीत, पूर्व औद्योगिक समाज औद्योगीकरण से वंचित होते हैं. सेन्ट साइमन ने औद्योगिक समाज की अवधारणा प्रस्तुत की है. रॉबर्ट पार्क ने सीमान्त व्यक्ति की अवधारणा दी है.

84. (C) रिचथोपन के अनुसार, "कस्बा एक संगठित समूह है और, जिसमें सामान्यतः या प्रमुख व्यवसाय कृषि क्रियाओं के विपरीत वाणिज्य तथा उद्योग से सम्बन्धित है."

85. (D 86. (a) (C) 86. (b) (C)
87. (D) 88. (A) 89. (C)

90. (C) वर्ष 1991-2000 के अनुसार भारत में गरीबी रेखा के नीचे व्यक्तियों का राज्यवार प्रतिशत विवरण निम्नांकित है–

बिहार–42·60%

महाराष्ट्र–25·02%

तमिलनाडु–21·12%

राजस्थान–15·28%

91. (D) कर्म का सिद्धान्त बेरोजगारी को बढ़ाने के लिए नहीं, बल्कि रोजगार करने को कर्म की सहायता से प्रेरित करने को कहता है. कर्म के सिद्धान्त को एक वैज्ञानिक सिद्धान्त माना गया है और वह इस रूप में कि यह सिद्धान्त वैज्ञानिक कार्य के नियम पर आधारित है. इस नियम के अनुसार प्रत्येक घटना का एक कारण होता है और उस कारण से जो कुछ भी कार्य घटित होता है, उसका अपना प्रभाव होता है. कर्म के सिद्धान्त के अनुसार, मनुष्य अपने भाग्य का निर्माता कहा गया है.

92. (C) कारखाना व्यवस्था – प्रचालक
श्रेणी व्यवस्था – शिक्षु
घरेलू व्यवस्था – शिल्पकार
पारिवारिक उत्पादन प्रणाली – वणिक उद्यमी

93. (C) पारसन्स और स्मेल्सर के अनुसार उत्पादन की प्रक्रिया चार कारकों–भूमि, पूँजी, श्रमिक और उद्यमवृत्ति की अपेक्षा रखती है.

94. (A) Social System में पारसन्स ने औद्योगिक सामाजिक संरचना का अध्ययन आर्थिक भूमिका के आधार पर किया.

95. (B) एंजिल्स के द्वारा सम्पत्ति में बढ़ोतरी निर्धनता के अनुपात में ही होती है.

96. (D) आठवीं पंचवर्षीय योजना (1992–1997) में तत्कालीन प्रधानमंत्री पी. वी. नरसिंहराव के अनुसार आठवीं योजना का मूलभूत उद्देश्य विभिन्न पहलुओं में मानव विकास करना था.

97. (B) लुई वर्थ – नगरवाद एक जीवनदर्शन के रूप में
एल्टन मेयो – मानव सम्बन्ध
रॉबर्ट रेडफील्ड – लोक-नागरिक सातुल्य
फ्रेडिक टेलर – वैज्ञानिक प्रतिबन्ध

98. (A) औद्योगीकरण के फलस्वरूप समाज में दो परस्पर विरोधी वर्ग–पूँजीपति एवं श्रमिक वर्ग का जन्म हुआ, जिनके हित एक-दूसरे से टकराए फलतः आपसी संघर्ष बढ़ा, लेकिन समाज में ऐसे संघर्ष से आमूल-चूल परिवर्तन नहीं आ सकता, क्योंकि इनके संघर्षों से समाधान हेतु राजनीतिक सत्ता, न्यायपालिका जैसी समाधानकारी संस्थाओं को संस्थापित किया गया है.

99. (C) आधुनिक औद्योगिक व्यवस्था बाजार की कार्य प्रणाली, मुक्त बाजार और खुली प्रतिस्पर्द्धा पर निर्भर है. क्रेताओं तथा विक्रेताओं में आपसी प्रतिस्पर्द्धा तथा मोलभाव के कारण-दाम, वस्तुओं के गुण तथा संविदा के बीच सन्तुलन बना रहता है.

100. (A) कार्ल मार्क्स के द्वारा कृषक समाज एशियाई समाज है, जिसमें कृषि मुख्य आर्थिक व्यवस्था है. समाज में वंशानुगत सत्ता तथा नौकरशाही का विशेष महत्व होता है.

101. (B) जो सरल समाज जितनी ही आदिम अवस्था में होगा. उस समाज में उतना ही श्रम-विभाजन एवं विशेषीकरण का अभाव पाया जाता है तथा उसकी प्रकृति भी आधुनिक औद्योगिक एवं जटिल समाजों की अपेक्षा निम्न प्रकार की रहती है.

102. (A) जटिल समाजों में सफल आर्थिक विकास के लिए आवश्यक प्रमुख आर्थिक संस्थाएँ इस प्रकार हैं–
बड़े पैमाने पर उत्पादक प्रणाली, श्रम-विभाजन, वितरण प्रणाली, बाजार एवं विनिमय, फैक्ट्री प्रणाली, प्रतियोगिता, एकाधिकार विशेषीकरण आदि.

103. (C) औद्योगिक समाज में कार्यों का विशेषीकरण देखने को मिलता है. इस समाज की अर्थव्यवस्था और प्रौद्योगिकी दूसरे समाजों की अपेक्षा काफी विकसित होती है. बुर्जुआ शब्द का प्रयोग कार्ल मार्क्स ने सर्वहारा वर्ग से अलग एक धनी वर्ग को प्रदर्शित करने के लिए किया.

104. (A) औद्योगिक समाजों में व्यवसायों की बहुलता एवं विभिन्नता पायी जाती है. इसकी प्रौद्योगिकी तथा अर्थव्यवस्था काफी विकसित प्रकार की होती है. औद्योगीकरण के अन्तर्गत उत्पादन कार्यों में महत्वपूर्ण परिवर्तन होते हैं. इन परिवर्तनों में कुछ आधारभूत परिवर्तन वे होते हैं, जिनका सम्बन्ध किसी उपक्रम के यंत्रीकरण से होता है तथा जिसके द्वारा किसी नवीन उद्योग की स्थापना किसी नए बाजार की खोज और विस्तार दोनों ही बढ़ते हैं जो व्यावसायिक विविधता की ओर ले जाता है.

105. (C) एवरानम की पुस्तक 'Advance Sociology' के अनुसार, 20वीं शताब्दी के समय श्रम की एकता ने अपना स्वरूप परिवर्तित किया है, लेकिन श्रम का अपघटन नहीं हुआ है.

106. (B) निश्चित तरीके से श्रम के सामाजिक विभाजन में वृद्धि के साथ-साथ व्यक्ति की स्वतन्त्रता में बढ़ोतरी होती है. किसी भी समाज में आत्महत्या की दर गाँवों की अपेक्षा शहरों में अधिक होती है, क्योंकि गाँवों की तुलना में वैयक्तिक स्वतन्त्रता शहरों में अधिक पायी जाती है.

107. (C) एम. एन. श्रीनिवास ने स्वयं की प्रतिपादित संस्कृतिकरण नामक समाजशास्त्रीय अवधारणा में जाति गतिशीलता का उल्लेख किया है. श्रीनिवास का मत है कि स्थानीय प्रभु जातियाँ संस्कृतिकरण की आदर्श होती हैं. संस्कृतिकरण की प्रक्रिया निम्न गतियों की इस महत्वाकांक्षा और प्रयत्न की सूचक हैं कि वे उच्च जातियों की जीवन-शैली को ग्रहण करें और अपनी जातीय स्थिति को उच्च रखें. इसमें पृथक् जातियाँ सन्दर्भ समूह का कार्य करती हैं.

108. (A) ई. ई. इवान्स-प्रिटिकार्ड ने अजाण्डे और दक्षिण सूडान के पशुचारण समाज न्यूर का अध्ययन किया.

109. (C) मानव का प्रारम्भिक जीवन आखेट व फल-फूलों के इकट्ठे करने पर निर्भर था. शनैः-शनैः उसने पशुपालन आरम्भ किया और पशुचरण युग में प्रवेश किया. प्रकृति को फलते-फूलते देखकर उसे कृषि की प्रेरणा मिली और उसने अनेक प्रकार की दालों, फलों, तिलहनों एवं वस्तुओं का उत्पादन आरम्भ किया. कृषि से पैदा वस्तुओं एवं खनिजों से उसने कुटीर व्यवसाय आरम्भ किए और साथ ही उसने औद्योगिक युग में प्रविष्ट किया.

110. (B) सरल (आदिम) समाजों में आर्थिक क्रियाएँ प्रमुख रूप से आर्थिक अस्तित्व को बनाए रखने के लिए ही की जाती हैं. अतः उनकी अर्थव्यवस्था को निर्वाह अर्थव्यवस्था कह सकते हैं. परिवार ही उत्पादन एवं उपभोग करने वाली इकाई है. परिवार ही अर्थव्यवस्था का मूल आधार है. औद्योगिक समाज में परिवार की संरचना एवं उसके कार्य कृषक समाज से नितान्त अलग हैं. औद्योगिक समाज का परिवार संस्था न होकर एक सहभागिता है. परिवार उत्पादन इकाई न होकर उपभोक्ता इकाई बन गया है.

●●●

इकाई-VI

औद्योगिक और शहरी समाज
(Industrial And Urban Society)

"समाज व्यक्तियों का समूह नहीं है, यह समूह में रहने वाले व्यक्तियों के पारस्परिक सम्बन्धों की व्यवस्था है."
—राइट

ग्रामीण-नगरीय सातत्य
(Rural Urban Continuum)

समाजशास्त्र की दो विशिष्ट शाखाएँ ग्रामीण एवं नगरीय समाजशास्त्र के विकसित होने के बाद भी ग्राम एवं नगर की कोई सर्वमान्य परिभाषा अभी तक नहीं दी जा सकी है. इस सम्बन्ध में **बर्गल** ने लिखा भी है कि "हर व्यक्ति यह जानता प्रतीत होता है कि नगर क्या है? परन्तु किसी ने भी नगर की कोई संतोषजनक परिभाषा नहीं दी है." इस समस्या के कई कारण हैं—प्रथम, ग्राम एवं नगर के सीमांकन के लिए साधारणतः जनसंख्या को ही मुख्य आधार माना जाता है, परन्तु समाजशास्त्रीय विवेचन में जीवन क्रम और सामाजिक जीवन के आधार पर ही सामाजिक घटना विशेष की विशिष्टताओं को महत्व देने का प्रचलन है. ऐसे में जनसंख्या का आधार उचित मानदण्ड नहीं हो सकता है. दूसरा, नगरीकरण के सर्वव्यापी होने के कारण ग्रामीण लोगों का नगरों में आना तथा नगरों का फैलाव ग्रामों की ओर होने के कारण नगर और ग्राम में सामाजिक जीवन की समानताएँ विकसित होना स्वाभाविक हैं. तीसरा, प्रत्येक नगर की उत्पत्ति ग्रामों से होने के कारण ग्रामीण परिवेश की विशेषताएँ नगरों में समाहित हो जाती हैं. चौथा, किसी एक क्षेत्र विशेष के लिए प्रयुक्त मानदण्ड दूसरे क्षेत्र-विशेष के लिए अर्थहीन हो जाती है, क्योंकि प्रत्येक क्षेत्र की सामाजिक और सांस्कृतिक संरचना एक जैसी नहीं होती है. इसलिए **गिस्ट और हलबर्ट** ने लिखा कि "ग्रामीणता और नगरीयता का सुपरिचित विभाजन सामुदायिक जीवन के तथ्यों पर आधारित नहीं होने के स्थान पर अधिकतर एक मौखिक प्रत्यय है."

उपर्युक्त समस्याओं के कारण ग्राम एवं नगर में अन्तर करना समाजशास्त्रियों के लिए अत्यंत दुष्कर कार्य रहा है. अतः समस्या के समाधान के लिए पहले ग्रामीण-नगरीय विभेद (Rural-Urban Dichotomy) की संकल्पना का प्रयोग किया जाता था. इस संकल्पना के तहत् ग्राम एवं नगर को विपरीत छोर पर स्थित दो ध्रुव मानकर ही ग्राम एवं नगर के अन्तर को स्पष्ट किया गया है. इस दृष्टिकोण से ग्रामीण एवं नगरीय जीवन में निम्नलिखित आधारों पर अन्तर दृष्टिगोचर होता है—

1. **सामाजिक संगठन** (Social Organization)—सामाजिक संगठन के तहत् निम्नलिखित कारक ग्रामीण-नगरीय विभेद के प्रमुख आधार हैं—

(A) **परिवार**—ग्रामीण समुदाय की मुख्य कार्यात्मक इकाई परिवार ही है, परन्तु नगरीय समुदाय परिवार पर आधारित न होकर व्यक्ति पर आधारित होता है. ग्रामीण परिवार में कर्त्ता (पुरुष सदस्य) ही सर्वोच्च होता है, परन्तु नगरीय समुदाय में परिवार के सभी सदस्यों को समान महत्व दिया जाता है. संयुक्त परिवार व्यवस्था ग्रामीण समुदाय की मुख्य विशेषता है. नगरीय परिवार एकाकी परिवार की प्रकृति वाला होता है इसलिए नगरीय परिवारों में ग्रामीण परिवारों की अपेक्षा अनुशासन उतना कठोर नहीं होता है.

(B) **विवाह**—गाँवों में विवाह परिवार की आवश्यकता एवं स्तर के अनुसार ही निश्चित होते हैं. नगरों में विवाह व्यक्ति की आवश्यकता, पसन्द एवं स्तर के अनुसार होता है इसलिए नगरों में प्रेम एवं रोमांस को विवाह का एक सभ्य एवं उच्च स्वरूप माना जाता है. अतः कहा जा सकता है कि ग्रामीण विवाह दो व्यक्तियों के मिलन के बजाए परिवारों का मिलन है, जबकि नगरीय विवाह दो व्यक्तियों का मिलन मात्र है.

(C) **स्त्रियों की स्थिति**—कृषि प्रधान होने के कारण ग्रामीण समाज पुरुष प्रधान होता है. नगरों में स्त्रियाँ अधिक स्वतन्त्र एवं स्वावलम्बी होती हैं, क्योंकि नगरों में पुरुष एवं स्त्री के बीच किसी प्रकार का भेद नहीं किया जाता समाज में दोनों का समान महत्व तथा सहभागिता आवश्यक माना जाता है.

(D) **पड़ोस-समूह**—ग्रामों में पड़ोस एक प्रकार से विस्तृत परिवार ही होता है. उनके बीच निकट का घनिष्ठ एवं प्राथमिक सम्बन्ध पाया जाता है. व्यक्ति के पड़ोसी समूह में समान जाति, व्यवसाय तथा संस्कृति के लोग होते हैं इसलिए उनमें घनिष्ठता स्वाभाविक रूप से पनपती है. नगरों में पड़ोस मात्र औपचारिक समूह की भूमिका ही अदा करता है. एक व्यक्ति अपने पड़ोसी से जान-पहचान को आवश्यक नहीं समझता, क्योंकि उनमें समानता का कोई आधार नहीं होता है.

(E) **सामुदायिक भावना**—ग्रामों में घनिष्ठ सामाजिक सम्बन्ध के कारण सामुदायिक भावना अधिक पाई जाती है. हालाँकि यह गोत्र, जाति या सम्पूर्ण ग्राम स्तर पर बँटा हुआ भी हो सकता है. नगरों में अगर सामुदायिक भावना पाई भी जाती है, तो मात्र औपचारिक. क्योंकि नगरीय जीवन में गतिशीलता अधिक होती है तथा एक व्यक्ति के लिए एक शहर का त्याग करना सामान्य प्रक्रिया है इसलिए नगरों में समुदाय का अनुशासन भी प्रायः सूक्ष्म होता है.

(F) **सामाजिक स्तरीकरण**—ग्रामों में प्रदत्त या जन्मजात प्रस्थिति ही स्तरीकरण का मुख्य आधार होता है, जबकि नगरों में अर्जित प्रस्थिति के आधार पर ही व्यक्ति को समाज में उच्च या निम्न स्थान प्राप्त होता है. सम्पूर्ण ग्रामीण समाज मोटेतौर पर दो ही स्तरों में विभाजित होता है–जमींदार और किसान, परन्तु नगरीय समाज में कई स्तर पाए जाते हैं. **बोगार्डस** ने लिखा है कि "अत्यधिक वर्ग विषमता ही नगरों का प्रमुख लक्षण है."

2. **सामाजिक नियन्त्रण**—गाँवों में सामाजिक नियन्त्रण के प्राथमिक साधनों के अधिक संगठित एवं सुदृढ़ होने के कारण ग्रामीण समाज अधिक अनुशासनबद्ध होता है. धार्मिक भावना एवं ईश्वर का कोप भी इनमें विपथगामी प्रवृत्तियों पर अंकुश लगाता है. इसलिए ग्रामीण समाज में सामाजिक नियन्त्रण के अनौपचारिक साधनों का प्रयोग बहुत कम होता है.

नगरों में सामाजिक नियन्त्रण के प्राथमिक साधनों के शिथिल होने के कारण सामाजिक नियन्त्रण एक प्रमुख समस्या बनी रहती है. यहाँ विधि और कानून, पुलिस, न्यायालय, गुप्तचर एवं बंदीगृह जैसे अनौपचारिक साधनों के द्वारा ही समाज को नियन्त्रित किया जाता है. विभिन्न संस्कृतियों के लोगों के कारण व्यवहार का एक सामान्य आदर्श स्थापित नहीं हो पाता है. विशाल जनसंख्या एवं अनभिज्ञता तथा यातायात के विकसित साधनों के कारण व्यक्ति आसानी से किसी प्रकार के सामाजिक दण्ड से बच जाता है.

3. **सामाजिक सम्बन्ध** (Social Relationship)—ग्राम एवं नगर में सामाजिक सम्बन्धों की प्रकृति भी एकसी नहीं होती है. इसे वैयक्तिक एवं सामूहिक स्तर पर अलग-अलग स्पष्ट किया जा सकता है—

(A) **वैयक्तिक सम्बन्ध**—ग्रामों में जनसंख्या कम होने के कारण व्यक्तियों के बीच सम्पर्क के अधिक अवसर प्राप्त होते हैं. व्यवसायगत हित, जातिगत चेतना, दैनिक क्रिया-कलाप, धार्मिक पर्व तथा सांस्कारिक अनुष्ठान आदि के कारण व्यक्तियों का मिलन प्रतिदिन होता रहता है. इसलिए ये एक-दूसरे से अधिक परिचित होते हैं. अतः इनके बीच व्यक्तिगत एवं प्रत्यक्ष तथा घनिष्ठ सम्बन्ध स्थापित होता है.

नगरों में अधिक जनसंख्या के कारण ऐसा नहीं हो पाता है. इसके अलावा नगरों में मौद्रिक व्यवस्था के महत्वपूर्ण होने के कारण किसी व्यक्ति के लिए एक व्यक्ति की अपेक्षा मौद्रिक हित अधिक महत्वपूर्ण होता है. इस कारण वैयक्तिक सम्बन्ध विकसित नहीं हो पाते हैं. नगरों में व्यक्ति के बदले व्यक्ति के पद का महत्व अधिक होता है. समय एवं अवसर के अभाव के कारण भी एक व्यक्ति दूसरे व्यक्ति को जानने पहचानने की कोशिश नहीं करता है. किसी व्यक्ति का भावात्मक (Subjective) विश्लेषण के बदले विषयात्मक (Objective) विश्लेषण ही महत्वपूर्ण होता है, अर्थात् एक व्यक्ति दूसरे व्यक्ति के लिए कितने मतलब की चीज हो सकता है, इसी आधार पर सम्बन्धों का अल्पकालिक स्थापन होता है. इसलिए नगरीय सामाजिक सम्बन्धों में बनावटीपन भी प्रमुख रूप से पाया जाता है.

(B) **सामूहिक सम्बन्ध**—गाँवों में व्यक्ति की अधिकांश आवश्यकताएँ परिवार एवं मित्रमण्डलों के द्वारा ही पूरी हो जाती हैं. इसलिए व्यक्ति के लिए प्राथमिक समूह ही सबसे अधिक महत्वपूर्ण होते हैं. नगरों में इन प्राथमिक समूहों का अस्तित्व, तो अवश्य पाया जाता है, परन्तु व्यक्ति अनेक द्वैतियक समूहों के प्रति अधिक आबद्ध एवं सचेष्ट होता है, क्योंकि नगरों में इन द्वैतियक समूहों के बगैर व्यक्ति की आवश्यकताएँ पूरी नहीं हो सकती हैं.

4. **सामाजिक अन्तःक्रियाएँ** (Social Interactions)—विभिन्न प्रकार की पारस्परिक क्रियाएँ भी ग्रामीण एवं नगरीय परिवेश के विभेद को स्पष्ट करने में सहायक सिद्ध हुई हैं—

(A) **सामाजिक सम्पर्क**—ग्रामीण समाज में व्यक्ति के सामाजिक सम्पर्क का दायरा सीमित होता है. व्यक्ति का सम्पूर्ण जीवन कुछ गिने-चुने आत्मीय सम्बन्धों वाले व्यक्तियों के बीच ही व्यतीत हो जाता है. इस कारण ग्रामीण व्यक्तियों का दृष्टिकोण भी सीमित रह जाता है. नगरों में सामाजिक सम्पर्क का दायरा अति विस्तृत होता है. व्यवसाय, राजनीति, सामाजिक समस्याओं आदि के कारण व्यक्ति का प्रत्येक दिन कुछ नए लोगों से सम्पर्क स्थापित होता है. अधिकांश नगरीय सामाजिक सम्पर्क अप्रत्यक्ष एवं अवैयक्तिक होते हैं, लेकिन इन विस्तृत सामाजिक सम्पर्क के कारण नगरीय संस्कृति गतिशील होती है.

(B) **सहयोग**—गाँवों को एक सहयोगी समाज के रूप में देखा जाता है, परन्तु उल्लेखनीय है कि यह सहयोग अधिकतर परिवार एवं समुदाय तक ही सीमित रहता है. नगरों में प्रत्येक व्यक्ति यद्यपि अपने-अपने कार्यों में उलझा हुआ प्रतीत होता है, परन्तु नगर की आन्तरिक संरचना में सहयोगी प्रक्रिया निश्चित रूप से क्रियाशील रहती है अन्यथा नगरों में क्रियाशील श्रम विभाजन एवं विशेषीकरण की प्रक्रिया सफल नहीं हो पाती. इस प्रकार गाँवों में बर्हिमुखी सहयोग तथा नगरों में अन्तर्मुखी सहयोग पाया जाता है.

(C) **प्रतियोगिता**—ग्रामीण समाज में संतुष्टि की भावना व्याप्त होती है. सभी व्यक्ति अपने-अपने व्यवसाय एवं प्रस्थिति से संतुष्ट रहते हैं इसलिए उनमें ऊपर उठने की चाह न के बराबर होती है. अतः गाँवों में प्रतियोगिता की भावना बहुत अल्प मात्रा में पाई जाती है. नगरों में व्यक्ति योग्यता, कुशलता, क्षमता एवं परिश्रम के द्वारा उच्च से उच्चतर प्रस्थिति को प्राप्त कर सकता है, इसलिए व्यक्तियों में प्रतियोगिता की भावना प्रबल होती है.

(D) **संघर्ष**—ग्रामों में अभी भी संघर्ष का प्राचीन रूप ही पाया जाता है, अर्थात् लोग छोटी-छोटी बातों पर भी तुरन्त खून-खराबा पर उतर आते हैं. भूमि विवाद ही संघर्ष का मुख्य कारण होता है. संघर्ष नगरों में भी पाया जाता है, लेकिन यह दबे रूप में या अप्रत्यक्ष रूप में ही पाया जाता है. जैसे—हड़ताल, तालाबन्दी, जुलूस, चक्का जाम, घेराबन्दी इत्यादि.

(E) **समायोजन**—ग्रामीण जनों में भावनात्मक आवेश अधिक पाया जाता है. स्वभाव से ये पुरातनवादी व्यवस्था के सम्पोषक होते हैं. इसलिए सामाजिक परिवर्तन तथा नवीन परिस्थितियों से ये सरलता से समायोजन नहीं कर पाते हैं. नगरीय जीवन का एक प्रमुख लक्षण समायोजन का गुण है. ये सामाजिक परिवर्तन तथा अन्य नवीन परिस्थितियों से शीघ्र ही समायोजन कर लेते हैं.

(F) **एकीकरण**—ग्रामीण जीवन सजातीय समूहों का पुँज होता है. इसमें एक ही जाति तथा एक ही संस्कृति के लोग निवास करते हैं. अतः इनके बीच किसी प्रकार के एकीकरण का प्रश्न ही नहीं उठता है. नगरों में विभिन्न जातियों एवं संस्कृतियों से सम्बन्धित लोगों के निवास करने के कारण नगरों में एकीकरण की प्रासंगिकता बढ़ जाती है. एकीकरण की प्रक्रिया इनमें धीमी गति से कार्य करती रहती है, जो धीरे-धीरे इनमें अनुरूपता स्थापित करती रहती है.

5. **सामाजिक दृष्टिकोण**—पर्यावरण एवं संस्कृति की विभिन्नता के कारण ग्रामीण एवं नगरीय निवासियों के दृष्टि-कोण में भी कई प्रकार के अन्तर पाए जाते हैं. इस दृष्टिकोण के अन्तर को अग्रलिखित प्रमुख विषयों के सन्दर्भ में स्पष्ट किया जा सकता है—

(A) **सामाजिक परिवर्तन**—**ह्युमेयर** ने लिखा है, "ग्रामीण संस्कृति रूढ़िवादिता की ओर झुकी रहती है." अतः वे पुरातनवादी व्यवस्था के कट्टर अनुयायी होते हैं. ये किसी परिवर्तन को दबाव या विवशता की स्थिति में ही स्वीकार करते हैं. नगर के निवासियों में नवीन परिवर्तनों के प्रति जिज्ञासा का भाव रहता है. नवीन परिवर्तन इनमें रोमांच (Adventure) पैदा करता है. इसलिए ये नवीन परिवर्तनों के विरोध के बदले स्वागत करते हैं. अधिकांश परिवर्तनों का उद्गम स्थल भी नगर ही होता है.

(B) **राजनीति**—ग्रामीण समाजों में राजनीतिक क्रियाकलाप लगभग मृतवत होते हैं. जनता का राजनीतिक सरोकार केवल भूमि-विवाद या भूमि-सुधार तक ही सीमित होता है. राजनीति के अन्य पहलुओं के प्रति ग्रामीण जनता लगभग उदासीन ही होती है. नगर के निवासी राजनीतिक मामलों में सक्रिय सहयोग देते हैं. चुनाव के समय उम्मीदवारों के मूल्यांकन की बात हो या सरकार द्वारा लिए गए निर्णय, सभी सन्दर्भ में विस्तृत वाद-विवाद के द्वारा ये अपनी राजनीतिक जागरूकता का परिचय देते हैं. इसलिए नए-नए राजनीतिक दलों का जन्म भी नगरों में ही होता है.

(C) **सामाजिक सहिष्णुता**—आधुनिक समाजों में सामाजिक सहिष्णुता का गुण सबसे बड़ा गुण माना जाता है. लोक-तान्त्रिक जीवन प्रणाली के सफल कार्यान्वियन के लिए यह अति आवश्यक है. ग्रामीण समाजों में इसका अभाव पाया जाता है. ग्रामीण जन केवल अपनी संस्कृति एवं धर्म को ही श्रेष्ठ समझते हैं. इसलिए वे अन्य धर्म एवं संस्कृति के प्रति घृणा का भाव रखते हैं. अक्सर अन्य धर्म एवं संस्कृति के प्रति वे उग्र तेवर भी प्रदर्शित करते हैं, परन्तु नगरों में ऐसी बात नहीं पाई जाती है. नगरों में विस्तृत सामाजिक सम्पर्क के कारण व्यक्ति के ज्ञान का दायरा भी विस्तृत होता है. नगर निवासी इस बात में विश्वास करते हैं कि प्रत्येक व्यक्ति को अपने धर्म एवं संस्कृति के अनुसार जीवन व्यतीत करने का पूर्ण हक है. अतः इस पर किसी प्रकार का बन्धन आरोपित करना उचित नहीं है. वास्तविक अर्थों में वे स्वतन्त्रता एवं समानता के पूर्ण हिमायती होते हैं.

(D) **धर्म एवं आचार-विचार**—ग्रामीण समाज धर्म-प्रधान समाज होता है. ईश्वर एवं प्रकृति में इनका अनन्य विश्वास होता है. धार्मिक अनुष्ठान एवं कर्मकाण्ड में गहरी आस्था होने के कारण ही गाँवों में अन्धविश्वास का साम्राज्य अत्यधिक सुदृढ़ होता है. व्यक्ति के प्रत्येक पहलू में धर्म का प्रभाव स्पष्ट रूप से देखा जा सकता है, परन्तु नगरों में धर्म के प्रति आबद्धता कम पाई जाती है. लोग केवल तर्क एवं विवेक पर आधारित धार्मिक विचार ही स्वीकार करते हैं. इसलिए सदा से ही नगरों में कर्मकाण्ड के प्रति एक विरोध की लहर गुंजित होती रही है.

(E) **भाग्यवादिता**—धार्मिक प्रवृत्ति के कारण ग्रामीण व्यक्ति भाग्यवाद में अधिक विश्वास करते हैं. "जो कुछ भी होता है, वह ईश्वर की इच्छा है", "ईश्वर की इच्छा ही मनुष्य का भाग्य है", "मनुष्य समय से पहले और भाग्य से अधिक कुछ भी प्राप्त नहीं कर सकता है." इन भाग्यवादी वाक्यांशों पर ग्रामीणजनों की पूर्ण आस्था होती है. वे प्रत्येक प्राकृतिक आपदा को ईश्वरीय इच्छा मानकर स्वीकार कर लेते हैं, परन्तु नगरीय जीवन में ये वाक्यांश अर्थहीन माने जाते हैं. मानवीय परिश्रम एवं प्रयास ही नगरों में सर्वश्रेष्ठ मूल्य माना जाता है. नगरों में मनुष्य अपने प्रयास से सदा प्रकृति को अपने वश में करने की कोशिश करता है. इसलिए प्रत्येक वैज्ञानिक खोज का केन्द्र नगर ही होता है.

(F) **जीवन शैली**—**बोगार्डस** ने सही ही लिखा है कि "गाँव के लोग स्पष्टवक्ता, निष्कपट एवं सत्यनिष्ठ होते हैं. वे नगरीय जीवन के अनेक क्षेत्रों की कृत्रिमता से घृणा करते हैं." अर्थात् संक्षेप में कहा जा सकता है कि ग्रामीणजनों की जीवन शैली सादगीपूर्ण होती है, परन्तु नगरीय जीवन के प्रत्येक क्षेत्र में कृत्रिमता व्याप्त होती है. व्यक्ति अपनी वास्तविक प्रस्थिति को प्रत्येक समय बढ़ा-चढ़ाकर प्रदर्शित करने की कोशिश करता है. चाहे वह शारीरिक शृंगार के माध्यम से हो या आधुनिक भौतिक साधनों (White goods) के प्रयोग द्वारा हो या टूटे-फूटे विदेशी भाषाओं के प्रयोग द्वारा हो.

6. **सामाजिक गतिशीलता**—**सोरोकिन एवं जिमरमैन** ने लिखा है कि "ग्रामीण समुदाय एक घड़े में शान्त जल के समान और नगरीय समुदाय पतीलों में उबलते हुए पानी के समान है .... एक का विशिष्ट लक्षण स्थिरता है, तो दूसरे का गतिशीलता." नगरों में भौतिक एवं सामाजिक गतिशीलता दोनों ही अधिक मात्रा में पाई जाती हैं. नगरों में गतिशीलता के लिए आवश्यक सभी दशाएँ सर्वसुलभ होती हैं. गाँवों में लोग भूमि से बँधे होने के कारण भौतिक गतिशीलता के प्रति प्रेरित नहीं हो पाते हैं. दूसरी तरफ जातीय बन्धन लोगों के उदग्र गतिशीलता में बाधा डालती है.

7. **आर्थिक जीवन**—ग्रामीण एवं नगरीय परिवेश की आर्थिक विभिन्नता भी स्पष्ट रूप से देखी जा सकती है. यह निम्नलिखित रूप में दृष्टिगोचर होता है—

(A) **व्यवसाय**—**एन.एल. सिम्स** का कथन है कि "जीविकोपार्जन की दो मौलिक रीतियों ने नगरीय और ग्रामीण संसारों को पृथक् कर दिया है." वास्तव में भी ग्रामीण जन-जीवन मुख्यतः कृषि एवं कृषि से सम्बन्धित कुछ अन्य व्यवसायों से ही जुड़ा हुआ है. नगरों में अत्यधिक व्यवसायिक विभिन्नता देखने को मिलती है. व्यवसायिक बहुलता के कारण ही श्रम विभाजन, विशेषीकरण तथा मौद्रिक अर्थव्यवस्था नगरीय समाजों का प्रमुख लक्षण होता है.

(B) **जीवन स्तर**—**ई.ए. रॉस** ने लिखा है कि "ग्रामीण जीवन बचत करने का सुझाव देता है, तो दूसरी ओर नगरीय जीवन खर्च करने का सुझाव देता है." ग्रामीण परिवेश में अर्थोपार्जन के साधन सीमित होने के कारण एक तो व्यक्तियों की आय कम होती है. दूसरी ओर प्राकृतिक आपदाओं की बारम्बारता उन्हें बचत के लिए भी प्रेरित करती है. इसलिए व्यक्ति निम्न स्तर के साथ ही अपना जीवन व्यतीत कर लेता है. नगरों में सेवा क्षेत्र, उद्योग एवं व्यवसाय के अधिक विकसित होने के कारण धन का प्रवाह भी तेजी से होता है. इसलिए व्यक्ति के धनोपार्जन की सम्भावनाएँ अत्यधिक बढ़ जाती है. अतः नगरीय व्यक्तियों का जीवन स्तर उच्च होता है. सम्पूर्ण नगरीय जनजीवन उपभोगवादी संस्कृति को ही परिलक्षित करता है.

8. **सांस्कृतिक जीवन**—ग्रामीण परिवेश में अन्य तत्वों के साथ सांस्कृतिक विशिष्टताएँ भी स्थिर होती हैं. भारतीय गाँव इसके साक्षात् प्रमाण प्रस्तुत करते हैं. इसके अलावा ग्रामीण संस्कृति का मुख्य आधार जातिगत बन्धन एवं धार्मिक भावनाएँ होती हैं. यहाँ परम्पराओं की अक्षुण्णता को बनाए रखना ही श्रेष्ठ मूल्य माना जाता है.

नगरीय संस्कृति गतिशील होती है. नवीन परिवर्तनों एवं अन्य समूहों के सांस्कृतिक विशेषताओं को ग्रहण कर यह प्रगति के पथ पर आगे बढ़ती रहती है. परम्पराओं का अन्धानुकरण नगरीय संस्कृति में देखने को नहीं मिलता. प्रत्येक परम्परा को तर्क के तराजू पर तौलकर ही अपनाया जाता है. वास्तविक अर्थों में नगरों में किसी सामान्य परम्परा का निश्चित होना ही कठिन हो जाता है.

9. **सामाजिक स्वामित्व**—नगरों में सामाजिक विघटन की सम्भावना अधिक होती है. गाँवों में चूँकि प्रत्येक व्यक्ति की प्रस्थिति एवं भूमिका साधारणतया पूर्व निर्धारित होती है, इसलिए ग्रामीण व्यक्ति मानसिक संघर्ष की स्थिति से अछूता रहता है. गाँवों में सामाजिक स्वामित्व यथावत् बनी रहती है, परन्तु नगरों में व्यक्ति अपने प्रयत्नों द्वारा सदा उच्च स्थिति को ही नहीं प्राप्त करता, उच्चता के प्रयास में असफलता के कारण व्यक्ति निम्न स्थिति को भी प्राप्त करता है. नगरों में व्यक्ति की आर्थिक स्थिति में उलट-पलट की भी अपार सम्भावनाएँ होती हैं. इससे व्यक्ति में निराशा एवं मानसिक संघर्ष की स्थिति उत्पन्न होती है. इसके अलावा नगरों में विभिन्न संस्कृति एवं समुदाय के बीच विभिन्न रूपों में संघर्ष भी निरन्तर चलता रहता है. तीव्रगति से होने वाले सामाजिक परिवर्तन के कारण समस्या और भी कठिन हो जाती है. ये सभी स्थितियाँ सामाजिक विघटन को प्रोत्साहित करती हैं.

उल्लेखनीय है कि ग्राम एवं नगर के उपर्युक्त विभेद ग्राम एवं नगर की आदर्श स्थिति का चित्रण करते हैं. ऐसा

आदर्श ग्राम या नगर व्यवहार में कहीं नहीं दिखता है. प्रत्येक समुदाय ग्रामीण एवं नगरीय विशिष्टताओं का एक मिला-जुला रूप ही प्रस्तुत करते हैं. इसलिए ग्रामीण एवं नगरीय विभेद का व्यावहारिक परिस्थितियों के सन्दर्भ में मूल्यांकन करना एक कठिन कार्य हो जाता है. **रोसमैन** ने अपनी पुस्तक 'The Urban Process' में लिखा है कि "ग्रामीण नगरीय विभेद से सम्बन्धित सिद्धान्त विद्यार्थियों की पाठ्य पुस्तकों में ही सुरक्षित हैं और उनका केवल परीक्षा के समय ही महत्व होता है. अनुसन्धान की प्रविधि के समय उनका महत्व कभी भी प्रमाणित नहीं हुआ है." इसलिए समाजशास्त्रियों ने ग्रामीण-नगरीय विभेद के बदले ग्रामीण-नगरीय सातत्य या नैरन्तर्य की संकल्पना का प्रयोग प्रारम्भ किया. इस संकल्पना का तात्पर्य उन ग्रामीण और नगरीय विभेदों से है जो दोनों समुदायों को एक-दूसरे की तुलना में स्पष्ट करते हैं तथा उनके बीच निरन्तरता को बनाए रखते हैं. अर्थात् यह सिद्धान्त मानता है कि ग्रामीण लक्षण पूर्णरूप से एक सिरे पर पाए जाते हैं और नगरीय लक्षण दूसरे सिरे पर, फिर भी दोनों प्रकार के लक्षण कम या अधिक मात्रा में सभी क्षेत्रों में पाया जाता है. **बर्ट्रेण्ड** का कथन है कि "ग्रामीण तथा नगरीय अन्तर केवल तुलनात्मक अंशों में ही होता है तथा इन दोनों ध्रुवों के बीच एक ऐसी शृंखला भी स्पष्ट होती है जो इन्हें एक-दूसरे से जोड़ती है." इस शृंखला को निम्नलिखित रूप से प्रदर्शित किया जा सकता है—

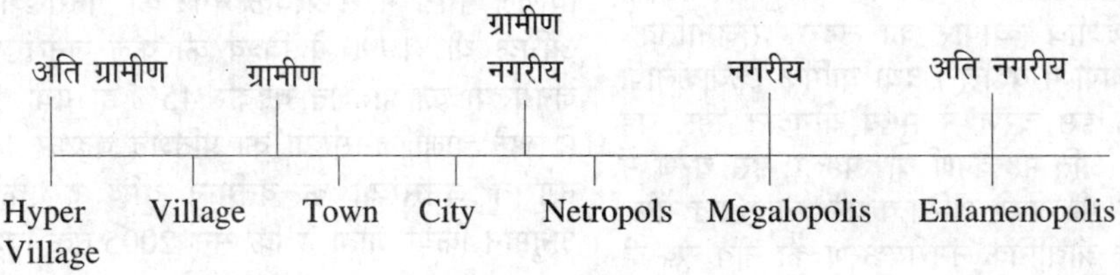

उपर्युक्त शृंखला में अति ग्रामीण एवं अतिनगरीय क्षेत्र ही ग्राम एवं नगर की विशिष्टताओं का सम्पूर्ण रूप से प्रतिनिधित्व करेंगे. अतः ग्रामीण-नगरीय विभेद एक अन्तिम सीमा पर ही स्पष्ट होते हैं. इन दोनों अन्तिम सीमाओं के बीच आने वाले सभी समुदाय ऐसी विशिष्टताओं को प्रदर्शित करते हैं जिस कारण उसे न तो ग्रामीण ही माना जा सकता है और न ही पूर्णतः नगरीय. अतः ग्रामीण एवं नगरीय नैरन्तर्य की अवधारणा उन विशेषताओं को स्पष्ट करती है जो ग्रामीण एवं नगरीय अवधारणा को बनाए हुए है.

आर.ई. पॉल (R.E. Paul) ने अपनी पुस्तक 'Readings in Urban Sociology' में ग्रामीण-नगरीय नैरन्तर्य के सम्बन्ध में लिखा है, "अतीत में ग्रामीण-नगरीय नैरन्तर्य की अवधारणा को नगरीकरण की प्रक्रिया के रूप में समझा जाता रहा था. इस प्रक्रिया के विश्लेषण में सीमा तत्व को कोई महत्व नहीं दिया गया. वास्तव में सामाजिक परिवर्तन की अवधि में आवास की भौतिक दशाएँ और व्यवसायिक स्वरूप इतना महत्वपूर्ण नहीं रहता जितना कि सामाजिक संरचना में उत्पन्न होने वाले परिवर्तन महत्वपूर्ण होते हैं. आज यदि कहीं ग्रामीण-नगरीय विभेद विद्यमान भी है, तो उसका आधार जनसंख्यात्मक अथवा भौतिक नहीं है, बल्कि यह सामाजिक प्रक्रिया के रूप में दृष्टिगत होता है. सबसे बड़ा तथ्य तो यह है कि आज विभिन्न क्षेत्रों में पुंज समाजों का विकास हो रहा है जिनमें नगरीय एवं ग्रामीण विशेषताओं का सम्मिलित प्रभाव देखने को मिलता है." वास्तव में भी संस्कृतिकरण, आधुनिकीकरण, पश्चिमीकरण आदि के बढ़ते प्रभाव के साथ नगरीयता के तत्वों का ग्रामों में विकास हो रहा है साथ ही अनेक नगर सीमा विस्तार के साथ गाँवों से जा मिले हैं. ऐसे में ग्रामीण-नगरीय विभेद की प्रासंगिकता समाप्त होती जा रही है. **टी.एल. स्मिथ** ने कहा है कि "ग्रामीण और नगरीय जीवन-क्रम पारस्परिक रूप से एक-दूसरे से पूर्णतया भिन्न श्रेणियों में विकसित होने की अपेक्षा किसी हद तक साधारणतया समाज का एक वर्ग प्रतीत होता है, जिसमें दूरवर्ती जंगल, अर्द्धग्रामीण उपनिवेश अगम्य रूप से ग्रामीण प्रतीत होते हैं और तब धीरे-धीरे ग्रामीणता के समस्त अंशों को पार करते हुए अर्द्ध-नगरीय और तब उससे भी बढ़कर अतिनगरीय प्रतीत होते हैं."

नगरीय विकास एवं नगरीयकरण (Urban Growth and Urbanisation)

नगरीय विकास का इतिहास मानवीय साधनों के विकास क्रम के साथ जुड़ा हुआ है. जबसे मनुष्य ने समूहों में रहने के बाद सामाजिक एवं आर्थिक जीवन को संगठित करना प्रारम्भ किया तभी से ही नगर की नींव पड़ चुकी थी. **रॉबर्ट बीरस्टीड** (Robert Biersted) ने अपनी कृति 'The Social Order' में लिखा है कि "नगरों की उत्पत्ति सात या आठ हजार वर्ष पूर्व हुई होगी, विशेषकर तब जब मानव ने कृषि के अतिरिक्त अन्य व्यवसायों को ढूँढ़ निकाला है." निःसन्देह यह नवपाषाण युग का ही समय था. अनेक पुरातात्विक

साक्ष्य भी ईसा से 5000 वर्ष पूर्व अनेक नगरों के अस्तित्व में होने का प्रमाण देते हैं. कालान्तर में सभ्यता के विकास के साथ ही नगरों का भी तेजी के साथ विकास हुआ जिससे नगरीयकरण की प्रक्रिया अस्तित्व में आई. प्राचीन समय से लेकर वर्तमान तक इस नगरीयकरण को चार मुख्य अवस्थाओं के सन्दर्भ में देखा जा सकता है—

1. **अति-प्राचीन नगरीयकरण** (Pre-mordial Urbanization)—कोयला एवं लोहा का प्रयोग, यातायात एवं हल्की-फुल्की मशीनों की खोज एवं अतिरिक्त अन्न उत्पादन के कारण कुछ सुविधाजनक बस्तियों में जनसंख्या संकेन्द्रित हुई. यद्यपि उस समय इन गिनी-चुनी बस्तियों में रहने वाली जनसंख्या काफी कम थी तथा इस जनसंख्या में एक लम्बे समय तक कोई विशेष वृद्धि नहीं हुई. यह नगरीयकरण का प्रारम्भिक चरण था.

2. **सुनिश्चित नगरीयकरण** (Definitive Urbanization)—वास्तविक अर्थों में नगरीय सभ्यता का जन्म इसी अवस्था में हुआ. इस चरण में विश्व के छः स्थानों–नील घाटी, मेसोपोटामिया, सिंध, ह्वांगहो, मेसो-अमरीका एवं पेरू में विकसित रूप में नगरीय सभ्यता स्थापित हुई. यहाँ नगरीय केन्द्र अतिरिक्त कृषि उत्पादन के वितरण तथा विकसित जीवन-स्तर के प्रतीक थे.

3. **पूर्व औद्योगिक नगरीयकरण** (Classic or Pre-industrial Urbanization)—हस्तकला एवं कुटीर उद्योगों का विकास, अन्तर्देशीय व्यापार का उदय, राजनीतिक-प्रशासनिक क्रियाकलापों में बढ़ोत्तरी तथा धार्मिक क्रियाकलापों का नगरीयकरण के इस चरण में मुख्य योगदान रहा. यह चरण कई मायने में अति-महत्वपूर्ण था. पहला, इस चरण में विकसित नगर आगे भी अपने अस्तित्व को बनाए रख सके. दूसरा, इसी चरण ने औद्योगिक नगरीयकरण की नींव रख दी थी जो नगरीयकरण का भविष्यगत मॉडल था. तीसरा, ग्रामीण-नगरीय प्रवास इसी चरण से प्रारम्भ हो गया. चौथा, आधुनिक नगरों की कई विशेषताएँ इन नगरों में भी पाई जाती थीं.

4. **औद्योगिक नगरीयकरण** (Industrial Urbanization)—18वीं सदी के मध्य में औद्योगिक क्रान्ति के परिणामस्वरूप उद्योगों का बड़े पैमाने पर केन्द्रीयकरण ने नगरीयकरण की नवीन प्रवृत्तियों को जन्म दिया. इस चरण में विकसित नगरों में निवास वाली विजातीय जनसंख्या ने नगरों की वृद्धि और विकास को अपने ढंग से प्रभावित किया. वाणिज्य एवं पेशागत विशिष्टताएँ तथा नए ज्ञान-विज्ञान नगरीय जीवन की अभूतपूर्व अपरिहार्यताएँ बन गईं. आधुनिक सुख-सुविधाओं, जैसे–रेल, डाक, तार, आवागमन और सन्देशवाहन, सुरक्षा, चिकित्सा आदि से लैस इन नगरों ने नगरीयकरण की प्रक्रिया को मूर्त रूप दिया है.

उपर्युक्त चारों अवधारणाएँ नगरीयकरण के ऐतिहासिक परिपेक्ष्य में विश्लेषित की गई हैं. किसी समय विशेष के परिपेक्ष्य में विश्व के सभी क्षेत्रों में नगरीयकरण की प्रवृत्ति अलग-अलग रही है. अतः समय-विशेष के परिपेक्ष्य में भी विश्व में नगरीयकरण की प्रवृत्तियों का विश्लेषण आवश्यक है.

विश्व में नगरीयकरण की प्रवृत्तियाँ (Trends of Urbanization in the World)

मानव इतिहास के लम्बे काल में नगरीयकरण ने बहुत धीरे-धीरे कदम बढ़ाया है. औद्योगिक क्रान्ति से पूर्व नगरीय विकास की वृद्धि-दर अति मंद थी. औद्योगिक क्रान्ति के पश्चात् नगरीय अनुपात की वृद्धि-दर अनवरत् तीव्र होती गई. ऐसा अनुमान लगाया जाता है कि 1800 ई. में विश्व की कुल नगरीय जनसंख्या 43 मिलियन थी, जो कुल जनसंख्या का 4·79% थी. कुल नगरीय जनसंख्या का 50% छोटे नगरों में, 14% मध्यम आकार के नगरों में तथा 36% वृहत् नगरों में निवास करता था. इस समय विश्व में कुल नगरों की संख्या लगभग 750 थी जिसमें कोई भी नगर ऐसा नहीं था जिसकी जनसंख्या 10 लाख हो.

सन् 1950 में विश्व की 29% जनसंख्या नगरों में निवास करने लगी. इस समय विश्व की कुल जनसंख्या की 12% जनसंख्या विशाल नगरों में निवास करती थी. इस विशाल नगरों में से प्रत्येक नगर की जनसंख्या 10 लाख से अधिक थी. 1990 में विश्व की कुल जनसंख्या में नगरीय जनसंख्या का प्रतिशत बढ़कर 45% हो गया. विशाल नगरों में रहने वाली जनसंख्या का प्रतिशत बढ़कर 17% हो गया. नगरीय जनसंख्या के वर्तमान वृद्धि दर के आधार पर अनुमान किया जाता है कि सन् 2005 तक विश्व में नगरीय जनसंख्या का अनुपात 50% को पार कर जाएगा. विश्व में नगरीय जनसंख्या के दशकीय वृद्धि को निम्नलिखित तालिका स्पष्ट करती है—

विश्व : नगरीय जनसंख्या

वर्ष	कुल जनसंख्या	नगरीय जनसंख्या	नगरीय जनसंख्या का प्रतिशत	नगरीय जनसंख्या की प्रति दशाब्दि प्रतिशत वृद्धि
1800	906	43·4	4·79	—
1850	1171	100·8	8·60	26·45
1900	1608	295·8	18·39	39·00
1950	2510	716·7	28·55	28·46
1960	3027	961·4	31·76	34·14
1980	4415	1633·0	37·00	34·93
1990	5292	2382·0	45·01	45·87

विश्व के विभिन्न भागों में नगरीय जनसंख्या का वितरण भी बड़ा ही असमान है. विकसित देशों की 72% जनसंख्या नगरों में निवास करती है, जबकि विकासशील देशों में यह अनुपात मात्र 31% है. विभिन्न महाद्वीपों में उत्तरी अमेरिका में नगरीयकरण सर्वाधिक हुआ है. यहाँ की 75% जनसंख्या नगरों में निवास करती है. इसके बाद यूरोप (73%), ओशनिया (72%) तथा लैटिन अमेरिका (68%) का स्थान है. अफ्रीका में नगरीय जनसंख्या 32% तथा एशिया में सबसे कम मात्र 28% ही है. एशिया एवं अफ्रीका के निम्न नगरीयकरण का मुख्य कारण कृषि आधारित अर्थव्यवस्था एवं लम्बी अवधि का औपनिवेशिक शासन है. निम्नलिखित सारणी विश्व के विभिन्न भागों की कुल जनसंख्या में नगरीय जनसंख्या के प्रतिशत को बताती है—

विश्व के विभिन्न क्षेत्रों के जनसंख्या में नगरीय जनसंख्या का प्रतिशत

विभिन्न प्रदेश	नगरीय जनसंख्या का प्रतिशत (1960-90)		
	1960	1980	1990
सम्पूर्ण विश्व	33	37	45
विकसित देश	60	71	73
विकासशील देश	20	30	37
अफ्रीका	18	18	34
पूर्वी एशिया	23	31	39
दक्षिण एशिया	18	25	27
लैटिन अमरीका	47	65	72
यूरोप	58	65	73
उत्तरी अमेरिका	70	72	75
ओशनिया	64	68	71
सोवियत रूस	49	60	66

उपर्युक्त तालिका से स्पष्ट होता है कि 60 के दशक में विश्व के जिन भागों में नगरीय जनसंख्या का प्रतिशत कम है वहाँ उत्तरोत्तर दशकों में यह अनुपात तेजी के साथ बढ़ा है, परन्तु जहाँ नगरीय जनसंख्या का प्रतिशत 1960 के दशक में ही अधिक है वहाँ नगरीय जनसंख्या का प्रतिशत धीमी गति से बढ़ रहा है. वर्तमान में विश्व के कई भागों में यह प्रतिशत स्थिर सा हो गया है.

सम्पूर्ण विश्व को नगरीय विकास स्तर की भिन्नता के आधार पर चार वर्गों में विभाजित किया गया है—

1. **निम्न नगरीय विकास**—इसके अन्तर्गत उन देशों को समाहित किया गया है जहाँ नगरीय जनसंख्या का प्रतिशत 25 से कम है. इस वर्ग के अन्तर्गत एशिया एवं अफ्रीका महादेश के ही कुछ देश आते हैं. एशिया के ओमान, थाइलैण्ड, वियतनाम, लाओस, कम्बोडिया, मालदीव, श्रीलंका, बांग्लादेश, भूटान, नेपाल एवं अफगानिस्तान ही इस वर्ग के अन्तर्गत आते हैं. अफ्रीका में इथियोपिया, युगांडा, सूडान, जाम्बिया, कीनिया, अंगोला, माली, नाइजर, गिनी-बिसाऊ ही इस वर्ग के अन्तर्गत आते हैं.

2. **मध्यम नगरीय विकास**—इस वर्ग के अन्तर्गत उन देशों को शामिल किया गया है जिनमें कुल जनसंख्या का 25 से 50% भाग नगरों में निवास करता है. मध्य अमरीका में होन्डुरास, ग्वाटेमाला तथा अल-साल्वाडोर, दक्षिण अमरीका में गुयाना, सूरीनाम, पराग्वे जैसे देशों में इसी प्रकार का नगरीयकरण प्रतिरूप देखने को मिलता है. अफ्रीका के मोजाम्बिक, तंजानिया, जिम्बाब्वे, मोरक्को, मिस्र, सेनेगल, लाइबेरिया, आइवरीकोस्ट, घाना, नाइजीरिया, सियरा लियोन, चाड़, कांगो, जायरे, नामीबिया जैसे देश इस वर्ग के अन्तर्गत आते हैं. एशिया में चीन, भारत, इण्डोनेशिया, मलेशिया, म्यांमार, फिलीपीन्स, पाकिस्तान, सीरिया एवं अमन इस वर्ग के अन्तर्गत आते हैं. इस वर्ग के अन्तर्गत आने वाले देश मुख्यतः कृषि प्रधान ही हैं. कृषि के साथ-साथ खनिज पदार्थ तथा उन पर आधारित औद्योगिक व्यवस्था भी सहचरी प्रक्रिया के रूप में यहाँ क्रियाशील हैं.

3. **उच्च नगरीय विकास**—इस वर्ग के तहत् उन देशों को शामिल किया गया है जहाँ नगरीय जनसंख्या का प्रतिशत 50 से 75 के बीच है. दक्षिण अमरीका में ब्राजील, पेरू, बोलीबिया, वेनेजुएला, चिली, अर्जेन्टीना, इक्वेडोर जैसे देश इस वर्ग के हैं. मध्य अमरीका तथा कैरेबियन क्षेत्र के देश, जैसे–मैक्सिको, पनामा, क्यूबा आदि भी इसी प्रकार की नगरीय विशेषता प्रदर्शित करते हैं. इन दोनों महादेशों में साओ-पोलो, रियो डिजनेरो, ब्यूनस आयर्स, मेक्सिको सिटी आदि विश्व में सबसे अधिक जनसंख्या वाले नगर हैं. अफ्रीका में अल्जीरिया, लीबिया, ट्यूनीसिया तथा एशिया में उत्तरी कोरिया, दक्षिणी कोरिया, मंगोलिया, ईरान, सऊदी अरब, इराक, कुवैत, तुर्की और लेबनान जैसे देश इसी प्रकार के नगरीय विकास वाले देश हैं. कुछ विकसित देश भी इस प्रकार के नगरीय विकास को प्रदर्शित करते हैं जैसे–रूस, दक्षिण अफ्रीका, फ्रांस, स्विट्जरलैण्ड, इटली, ग्रीस, रूमानिया, पोलैण्ड, युगोस्लाविया, हंगरी, बुल्गारिया, आस्ट्रिया, फिनलैण्ड, आयरलैण्ड, चेक गणराज्य, स्लोवाक गणराज्य आदि. इन देशों के नगर व्यापारिक, औद्योगिक एवं प्रशासकीय क्रियाकलापों में अति-विकसित अवस्था में है. यहाँ के कृषि कार्य एवं पशुपालन भी पूर्णतः मशीनीकृत हैं.

4. **अति उच्च नगरीय विकास**—इस वर्ग के अन्तर्गत विश्व के उन देशों को शामिल किया गया है जहाँ नगरीय जनसंख्या का प्रतिशत 75 से अधिक है. इस वर्ग के सभी देश न केवल नगरीय विकास में, बल्कि अन्य क्षेत्रों के विकास में भी चरम

अवस्था पर पहुँच चुके हैं. उत्तरी अमेरिका में सं. रा. अमरीका, कनाडा, यूरोप में ब्रिटेन, जर्मनी, स्पेन, हॉलैण्ड, बेल्जियम, स्वीडन, नार्वे, डेनमार्क, आस्ट्रेलिया में आस्ट्रेलिया तथा न्यूजीलैण्ड तथा एशिया में जापान तथा इजराइल ऐसे ही देश हैं. न्यूयार्क, टोकियो, लॉस एन्जिल्स जैसे बड़े नगर इन्हीं श्रेणी के देशों में हैं. इन देशों में ग्रामीण-नगरीय प्रवास का स्तर शून्य है.

उपर्युक्त तथ्यों से स्पष्ट है कि विश्व के पिछड़े राष्ट्रों में नगरीय विकास का स्तर निम्न है, परन्तु जहाँ तक कुल नगरीय जनसंख्या का सवाल है, उस दृष्टि से ये पिछड़े राष्ट्र विकसित राष्ट्रों से काफी आगे हैं. निम्नलिखित तालिका इस तथ्य को स्पष्ट करती है—

विश्व के प्रमुख क्षेत्रों में नगरीय जनसंख्या का वितरण (1990 में)

प्रमुख क्षेत्र	नगरीय जनसंख्या (मिलियन में)	विश्व की कुल नगरीय जनसंख्या में प्रतिशत
सम्पूर्ण विश्व	2382	100·00
विकासशील प्रदेश	1480	62·13
विकसित प्रदेश	902	37·87
एशिया (रूस को छोड़कर)	1058	44·42
अफ्रीका	220	9·23
लैटिन अमरीका	322	13·52
यूरोप (रूस को छोड़कर)	366	15·36
रूस	190	7·98
उत्तरी अमरीका	207	8·70
ओसानिया	190	7·98

1950 ई. के बाद विकसित देशों की अपेक्षा विकासशील देशों में नगरीय जनसंख्या तेजी के साथ बढ़ी है. 1980 में विकासशील देशों में नगरीय जनसंख्या वृद्धि दर 3·7% थी जो विकसित देशों के 1·3% नगरीय जनसंख्या वृद्धि-दर से तीन गुना अधिक थी. इसलिए कुल नगरीय जनसंख्या में विकसित भू-भागों की हिस्सेदारी घट रही है, जबकि विकासशील भू-भागों का योगदान बढ़ रहा है. उल्लेखनीय है कि विकासशील देशों में नगरीयकरण औद्योगिक प्रगति का प्रतिफल न होकर शासकीय कार्यों, वाणिज्य, व्यापार आदि के विस्तार का प्रतिफल है. इन प्रदेशों में अभी भी आधारभूत औद्योगिक ढाँचा तथा पूँजी संचय का स्तर निम्न है. ये प्रदेश अभी भी जनसंख्या वृद्धि की विस्फोटक अवस्था में ही हैं.

नगरीय जनसंख्या के अलावा विश्व में नगरों की संख्या तथा नगरों के आकार में भी काफी प्रगति हुई है. 1850 ई. में एक मिलियन जनसंख्या वाले नगरों में केवल लन्दन एवं पेरिस ही शामिल थे. 1900 ई. में इस श्रेणी में 11 नगर आ गए. 1961 में विश्व में दो मिलियन से ऊपर जनसंख्या वाले नगरों की संख्या 36 थी. 1971 में तीन मिलियन से ऊपर जनसंख्या वाले नगरों की संख्या 22 तक पहुँच चुकी थी. सन् 1950 में संयुक्त राज्य अमरीका के न्यूयार्क शहर की आबादी 1 करोड़ 23 लाख हो चुकी थी. सन् 1990 में मैक्सिको सिटी ने 2 करोड़ 2 लाख आबादी के साथ जनसंख्यात्मक दृष्टिकोण से विश्व में प्रथम नगर का स्थान प्राप्त कर लिया. वर्तमान में (अर्थात् 2001 के बाद) विश्व में दो नगर ऐसे हैं जिनकी आबादी 2 करोड़ से ऊपर है. प्रथम, मेक्सिको सिटी (मैक्सिको) है जिसकी आबादी 2 करोड़ 60 लाख है तथा दूसरा, साओ-पालो (ब्राजील) है जिसकी आबादी 2 करोड़ 21 लाख है. एक करोड़ से अधिक आबादी वाले वर्तमान में 23 नगर हैं. समुद्रतटीय क्षेत्रों में बड़े नगर अधिक मिलते हैं. इनमें से अधिकांश अपने-अपने देशों की राजधानी नगर भी हैं. इस आधार पर कहा जा सकता है कि नगरों के आकार को बढ़ाने में समुद्रतटीय प्रस्थिति एवं प्रशासनिक सुविधाएँ ही मुख्यरूप से जिम्मेवार हैं.

भारत में नगरीयकरण की प्रवृत्तियाँ (Trends of Urbanisation in India)

भारत में नगरीयकरण का प्रथम चरण सिन्धु घाटी सभ्यता से प्रारम्भ होता है. इस सभ्यता में 6 विकसित नगर होने के प्रमाण हैं. ये नगर थे–हड़प्पा, मोहनजोदड़ो, चन्हुदड़ो, कालीबंगा, लोथल तथा रोपड़. लगभग 600 ई.पू. से यहाँ नगरीयकरण का दूसरा चरण प्रारम्भ हुआ. इस चरण में धार्मिक, सांस्कृतिक तथा राज्य के प्रशासकीय केन्द्र के रूप में कई नगरों का विकास हुआ. इनमें से कई नगर तो समाप्त हो चुके हैं, परन्तु कई नगरों का अस्तित्व अभी भी कायम है. 18वीं सदी में यूरोपवासियों के भारत आगमन के साथ यहाँ नगरीयकरण का तीसरा चरण प्रारम्भ हुआ. यूरोपवासियों ने नगरीयकरण की आधुनिक विशेषताओं के आधार पर यहाँ नगरीय विकास को प्रेरित किया, इसलिए इस चरण में समुद्रतटीय स्थानों के साथ कई उद्योग सुलभ स्थानों का भी नगरों के रूप में आविर्भाव हुआ. पर्यटन, प्रशासनिक मुख्यालय, औद्योगिक केन्द्र के रूप में नगरों के विकास के अलावा दिल्ली, कोलकाता, मुम्बई तथा चेन्नई के रूप में चार महानगरों का उदय इस चरण की मुख्य विशेषता रही है.

20वीं सदी में भारत में न केवल कुल जनसंख्या में भारी वृद्धि हुई है, बल्कि इसके साथ-ही-साथ नगरीय जनसंख्या भी तेजी के साथ बढ़ रही है. 1901 में भारत की नगरीय

जनसंख्या मात्र 2·5 करोड़ थी. 2001 में यह बढ़कर 27·78 करोड़ हो चुकी है अर्थात् दस दशकों में यह 11 गुणी बढ़ चुकी है. निम्नलिखित तालिका भारत में नगरीय जनसंख्या की दशकीय वृद्धि को प्रदर्शित करती है—

भारत : नगरीय जनसंख्या वृद्धि (1901-2001)

वर्ष	कुल जनसंख्या (मिलियन में)	नगरीय जनसंख्या (मिलियन में)	दशकीय अन्तर (% में)	कुल जनसंख्या में नगरीय जनसंख्या का %
1901	236·3	25·7	—	10·84
1911	252·1	26·6	2·4	10·29
1921	251·4	28·6	7·3	11·18
1931	279·0	33·8	18·4	11·99
1941	318·7	44·3	31·1	13·86
1951	361·1	62·6	41·1	17·29
1961	439·2	78·8	25·9	17·97
1971	548·2	108·8	37·8	19·91
1981	683·3	156·2	46·1	23·34
1991	844·3	217·2	36·4	25·71
2001	1027·0	285·3	31·1	27·78

उपर्युक्त तालिका से स्पष्ट होता है कि भारत की नगरीय जनसंख्या की वृद्धि दर एक जैसी नहीं रही है. प्रथम तीस वर्षों में नगरीय जनसंख्या का प्रतिशत 11-12 के बीच ही रहा. 1931 में नगरीय जनसंख्या का प्रतिशत 12-13 था जो 1961 में बढ़कर 18 हो गया. इस दरम्यान नगरीय जनसंख्या 45 मिलियन बढ़ी है. सन् 1931 के पश्चात् (मात्र 1951-61 के दशक को छोड़कर) नगरीय जनसंख्या विकास दर सदा बढ़ती गई है. सन् 1951-61 की अवधि में नगरीय जनसंख्या की वृद्धि दर घटने का कारण नगर की परिभाषा में परिवर्तन था. इस परिभाषा परिवर्तन के कारण कई नगर, नगर की श्रेणी से हटा दिए गए. 1971-81 के दशक में वृद्धि दर उच्चतम अर्थात् 46% थी. पुनः 1981-2001 के दशकों में नगरीय जनसंख्या घटती प्रवृत्ति को प्रदर्शित कर रही है. इस घटती वृद्धि का मुख्य कारण कुल जनसंख्या में मन्द वृद्धि तथा ग्रामीण नगरीय प्रवास में कमी आना है.

भारत में नगरीय केन्द्रों को 6 वर्गों में विभाजित किया गया है. एक लाख से अधिक जनसंख्या वाले क्षेत्रों को भारत में नगर तथा एक लाख से कम जनसंख्या वाले क्षेत्रों को कस्बा कहा जाता है. 50 लाख से अधिक जनसंख्या वाले क्षेत्रों को महानगर की संज्ञा दी गई है. निम्नलिखित तालिका नगरीय वर्गों के आधार पर नगरीय जनसंख्या को प्रदर्शित करती है—

भारत : नगरीय वर्गों के आधार पर नगरीय जनसंख्या का विभाजन (2001)

वर्ग	जनसंख्या का आकार	नगरों की संख्या	जनसंख्या (करोड़ में)	कुल नगरीय जनसंख्या का %	प्रतिशत वृद्धि (1991-2001)
I	एक लाख से अधिक	423	17·20	61·48	23·12
II	50 हजार-एक लाख	498	3·44	12·30	43·45
III	20 हजार-50 हजार	1386	4·19	15·00	46·19
IV	10 हजार-20 हजार	1560	2·26	8·08	32·94
V	5 हजार-10 हजार	1057	0·79	2·85	41·49
VI	5 हजार से कम	227	0·08	0·29	21·21
योग	—	**5161**	**28·53**	**100·00**	**31·13**

उपर्युक्त तालिका से स्पष्ट है कि भारत में प्रथम वर्ग के नगरों में ही सबसे अधिक जनसंख्या संकेन्द्रित है. स्वतन्त्रता प्राप्ति के बाद प्रथम वर्ग से लेकर चतुर्थ वर्ग के नगरों की संख्या वृद्धि के साथ इसमें निवास करने वाली जनसंख्या में भी अपार वृद्धि हुई है. पंचम् एवं छठे वर्ग के नगरों की संख्या तथा इसमें निवास करने वाली जनसंख्या में कमी आई है. इसका मुख्य कारण इन नगरों का आकार वृद्धि है. जिसके कारण इस वर्ग के कुछ नगर अपने से उच्च वर्ग में शामिल हो गए हैं.

सन् 2001 की जनगणना के अनुसार प्रथम वर्ग के 423 नगरों में से 35 नगर महानगर की उपाधि प्राप्त कर चुके हैं, क्योंकि इन नगरों की जनसंख्या 10 लाख से बढ़ चुकी है. 1991 में इन महानगरों की संख्या मात्र 23 थी. इन 35 महानगरों में से 6 वृहत् नगर (Metropolitian City) हैं. इन नगरों की जनसंख्या 50 लाख से अधिक है.

भारत के वृहत् नगर (2001)

नगर	जनसंख्या (लाख में)
बृहत्तर मुम्बई (बम्बई)	163·7
कोलकाता (कलकत्ता)	132·2
दिल्ली	127·9
चेन्नई (मद्रास)	64·2
बंगलौर	56·9
हैदराबाद	55·3

इन 35 महानगरों में से तीन नगरों की आबादी एक करोड़ से भी बढ़ चुकी है. तीन नगर की आबादी एक करोड़ से कम एवं 50 लाख से अधिक है. सात नगरों की आबादी 20 लाख से अधिक है तथा 50 लाख से कम है तथा 22 नगरों की आबादी 20 लाख से कम, परन्तु 10 लाख से अधिक है. सन् 1991 में इन नगरों की जनसंख्या कुल नगरीय जनसंख्या का 32·5% थी, जो 2001 में बढ़कर 37·8% हो चुकी है. सन् 2001 में इन नगरों की कुल आबादी 10 करोड़ 78 लाख थी. 1991-01 के दशक के दरम्यान सभी वर्ग के नगरों की तुलना में इसकी जनसंख्या में 52% की वृद्धि हुई है. इन नगरों में जनसंख्या, तो तेजी के साथ बढ़ रही है, परन्तु उसी अनुपात में आर्थिक संसाधनों के न बढ़ने के कारण गंदी बस्तियों (Slum area) का विस्तार हो रहा है. ये गंदी बस्तियाँ इन नगरों में कई समस्याओं को जन्म दे रही हैं.

भारत में राज्यवार नगरीय जनसंख्या के वितरण के दृष्टिकोण से भी प्राप्त आँकड़ों में काफी अन्तर है. नगरीयकरण के दृष्टिकोण से मिजोरम का स्थान प्रथम है. गोआ द्वितीय एवं महाराष्ट्र तृतीय स्थान पर है. कुल नगरीय जनसंख्या के दृष्टिकोण से महाराष्ट्र प्रथम, उत्तर प्रदेश द्वितीय, तमिलनाडु तृतीय, पश्चिम बंगाल चतुर्थ एवं आन्ध्र प्रदेश पाँचवें स्थान पर है. महाराष्ट्र की कुल जनसंख्या का लगभग 38% जनसंख्या नगरों में निवास करती है. मिजोरम, गोआ एवं महाराष्ट्र के बाद उच्च नगरीकृत राज्य तमिलनाडु, गुजरात, कर्नाटक, पंजाब, पश्चिम बंगाल, आन्ध्र प्रदेश, केरल एवं मणिपुर हैं. इन राज्यों में नगरीय जनसंख्या का अनुपात राष्ट्रीय अनुपात से अधिक है. इसके विपरीत उड़ीसा, बिहार, अरुणाचल प्रदेश, असम, सिक्किम एवं हिमाचल प्रदेश में नगरीय जनसंख्या का अनुपात औसत राष्ट्रीय अनुपात के आधे से भी कम है. केन्द्रशासित प्रदेशों में चण्डीगढ़ (89·7) सबसे अधिक नगरीयकृत प्रदेश है. केवल दादर एवं नागर हवेली को छोड़कर सभी संघ शासित प्रदेशों का नगरीय जनसंख्या अनुपात राष्ट्रीय अनुपात से उच्च है. दिल्ली (90%) को पूर्ण राज्य का दर्जा मिलने के साथ ही यह देश में सबसे अधिक नगरीय विकास वाला राज्य हो जाएगा.

नगरीय विकास के तीन स्तर : कस्बा, नगर, महानगर
(Three stages of Urban growth : Town, City and Metropolis)

कस्बा (Town)

ग्रामीण एवं नगरीय दोनों प्रकार के तत्वों का मिला-जुला रूप प्रदर्शित करने वाले क्षेत्र 'कस्बा' कहलाते हैं. वस्तुतः जब बड़े गाँवों में नगरीय प्रवृत्तियाँ अपना पैर जमा लेती हैं, तो ऐसी बस्तियाँ ही कस्बा कहलाने लगती हैं. ऐसी नगरीय प्रवृत्तियों में व्यापारिक एवं औद्योगिक क्रियाकलाप ही प्रमुख हैं. इसके अलावा धर्म, कला, साहित्य, संस्कृति एवं शिक्षा सम्बन्धी गतिविधियों के विस्तार के कारण एक ग्रामीण क्षेत्र कस्बा का रूप धारण करता है. कस्बा की परिभाषा के सन्दर्भ में **बर्गल** का कहना है कि "कस्बा को एक नगरीय अविस्थापना (Urban Settlement) के रूप में परिभाषित किया जा सकता है जो पर्याप्त दूरी तक ग्रामीण क्षेत्रों पर आधिपत्य रखता है." अपने आस-पास के ग्रामीण क्षेत्रों की नगरीय आवश्यकताएँ पूरी करने की क्षमता के कारण ही कस्बों में ऐसी अधिपत्यता का गुण विकसित होता है. कस्बा निर्माण की प्रक्रिया की प्रकृति के सम्बन्ध में **मेयर एवं कोहन** का कहना है, "विभिन्न गतिविधियाँ (धर्म, कला, साहित्य, शिक्षा, संस्कृति एवं व्यापार) परस्पर किसी प्रकार से सम्बन्धित रहते हुए एक स्थायी और घनिष्ठ स्थापन्नता और साथ ही सामुदायिक संगठन के लिए किए गए कुछ प्रयत्न हों, तो वह स्थान कस्बा का लक्षण धारण कर लेता है."

प्राचीनकाल में अतिरिक्त ग्रामीण उत्पाद एवं नगरीय उत्पादों के आदान-प्रदान स्थल के रूप में ही कस्बों का उदय हुआ. परन्तु वर्तमान में यह उपर्युक्त विनिमय स्थल के अलावा बैंक, बीमा, यातायात, स्वास्थ्य, शैक्षिक, मनोरंजन तथा संचार सम्बन्धी प्रकार्यों को भी पूरा करता है. कुछ कस्बे प्रशासनिक एवं राजनीतिक कार्यों के भी महत्वपूर्ण केन्द्र होते हैं. इस प्रकार कस्बा ग्राम एवं नगर के बीच एक कड़ी के रूप में, नगरीय एवं ग्रामीण पड़ोसियों की व्यापक, जटिल और बहुउद्देशीय अन्तःक्रियाओं का महत्वपूर्ण केन्द्र होता है.

भारत में विभिन्न जनगणनाओं के दरम्यान कस्बा की अवधारणा के सन्दर्भ में विभिन्न मानदण्ड प्रस्तुत किए गए हैं. 1901 की जनगणना में कस्बा के लिए निम्नलिखित मानदण्ड निर्धारित किए गए—

(i) जहाँ किसी भी आकार की नगरपालिका हो,

(ii) सिविल लाइन का क्षेत्र, जो नगरपालिका के अन्तर्गत न हो,

(iii) प्रत्येक प्रकार का छावनी क्षेत्र,

(iv) सभी प्रकार के स्थायी निवास क्षेत्र जिसकी जनसंख्या 5 हजार से कम न हो.

1921 की जनगणना में कुछ नए तत्वों को जोड़कर कस्बा की अवधारणा को व्यापक रूप प्रदान किया गया. ये नए तत्व थे—

(a) जनसंख्या में नगरीय तत्वों की प्रधानता हो,

(b) जनसंख्या के घनत्व और आवास व्यवस्था के प्रकारों का आधार पक्का या स्थायी हो,

(c) व्यापारिक कार्यों का महत्व हो.

1961 की जनगणना में कस्बा को पुनः परिभाषित किया गया. नई परिभाषा के तहत् उन क्षेत्रों को कस्बा माना गया, जहाँ—

1. जहाँ नगरपालिका, नगर निगम, छावनी बोर्ड या नोटिफायड क्षेत्रीय समिति स्थापित हो.
2. जहाँ जनसंख्या कम-से-कम 5000 हो.
3. पुरुष कार्यशील जनसंख्या का कम-से-कम 75% भाग गैर कृषि कार्यों में संलग्न हो.
4. जनसंख्या घनत्व 400 व्यक्ति प्रति वर्ग किलोमीटर या उससे अधिक हो.

1961 से वर्तमान तक कस्बा की यही परिभाषा भारत में प्रयुक्त हो रही है.

नगर
(City)

'नगर' अंग्रेजी शब्द 'City' का हिन्दी रूपान्तरण है. सिटी शब्द की उत्पत्ति लैटिन भाषा के 'सिविटास' (Civitas) शब्द से हुई है, परन्तु नगर के शाब्दिक व्युत्पत्ति के दृष्टिकोण से वर्तमान नगर के सन्दर्भ में किसी निश्चित निष्कर्ष पर नहीं पहुँचा जा सकता है. सार्वभौमिकता के दृष्टिकोण से भी अभी तक नगर की कोई निश्चित परिभाषा नहीं दी जा सकी है.

नगर को परिभाषित करने के लिए लम्बे समय तक ग्रामीण-नगरीय विभेद (Rural-Urban dichotomy) की संकल्पना को आधार के रूप में प्रयोग किया जाता रहा. इस संकल्पना के आधार पर ग्रामीण क्षेत्र की विशिष्टताओं के ठीक विपरीत लक्षण प्रदर्शित करने वाले क्षेत्रों को 'नगर' कहा गया. **सरोकिन एवं जिम्मरमेन** जैसे अमरीकन समाजशास्त्री ने ऐसे आठ लक्षणों को आधार के रूप में प्रस्तावित किया है. ये आठ आधार हैं—

1. उद्योग
2. पर्यावरण
3. समुदाय का आकार
4. जनसंख्या का घनत्व
5. जनसंख्या की विषमता अथवा सजातीयता
6. सामाजिक भेद और स्तरण
7. गतिशीलता
8. अन्तःक्रिया की व्यवस्था.

परन्तु ग्रामीण नगरीय सातत्य (Rural-Urban Continuum) की संकल्पना के विकास के साथ ही ग्रामीण-नगरीय विभेद की संकल्पना महत्वहीन हो गई. इस सम्बन्ध में **द्रिवार्था** का कहना बिल्कुल सही है कि "नगरीय तथा ग्रामीण की संकल्पना मात्र एक मानसिक अनुभूति है, जो वास्तविकता से बहुत दूर है. वास्तव में यह विशाल जमघट से शुरू होकर लघु संहत बस्ती तक चलने वाली एक तारगम्य या न टूटने वाली एक कड़ी है, जिसमें यह निर्धारित करना कि कहाँ नगर समाप्त हुआ तथा कहाँ गाँव प्रारम्भ हुआ, अति कठिन है."

किसी प्रदेश विशेष में जिन स्थानों को नगर के रूप में जाना जाता है उन स्थानों में भी पारस्परिक रूप से कई प्रकार की भिन्नताएँ दृष्टिगोचर होती हैं. दो प्रदेशों के बीच ऐसी भिन्नता का होना तो स्वाभाविक ही है. इस दृष्टिकोण से भी नगर की सर्वमान्य एवं सार्वभौमिक परिभाषा देना कठिन है.

समाजशास्त्रीय दृष्टिकोण से सर्वप्रथम **जॉन स्टोव** ने नगर को परिभाषित करने का प्रयास किया है. **स्टोव** के अनुसार, "नगर मनुष्यों का एकत्रीकरण है जहाँ वे अपने धन और क्षमता को ईमानदारी से उपयोगिता हेतु लगाते हैं. ये शक्तियाँ कुछ समय बाद व्यापारिक निगमों के रूप में विकसित होती हैं .... इस प्रकार नगर एक व्यवस्थित और निर्देशित जीवन-क्रम का नाम है और यह नगरीय व्यवहार (Urbanitas) कहलाता है."

टी. ममफोर्ड (T. Mumford) ने नगर को विस्तार से समझाते हुए लिखा है कि "नगरीय जीवन एक विशिष्ट प्रकार का जीवन होता है. इसमें परिवार और पड़ोस के अतिरिक्त अन्य कई प्रकार के समूह होते हैं जो आर्थिक संगठनों द्वारा एक-दूसरे की सहायता करते हैं. नगर रूपी सामाजिक घटना में भौतिक परिस्थिति, यातायात और संचार की एक व्यवस्था होती है, साथ ही श्रम विभाजन द्वारा पारस्परिक अन्तःक्रियाओं की एक सामाजिक व्यवस्था भी." सार तत्व के रूप में **ममफोर्ड** का कहना है कि "स्पष्ट अर्थों में नगर एक भौगोलिक तन्तुजाल है, एक आर्थिक संगठन, एक संस्थायिक प्रक्रिया, सामाजिक क्रियाओं का मंच और संयुक्त इकाई का एक आध्यात्मिक चिन्तन भी."

विभिन्न देशों द्वारा व्यवहार में प्रयुक्त नगर की परिभाषा के आधार पर संयुक्त राष्ट्रसंघ नगर के पाँच वर्गों का उल्लेख किया है—

1. पहले वर्ग में उन राष्ट्रों को शामिल किया गया है, जो नगर की परिभाषा ऐतिहासिक, राजनीतिक व प्रशासनिक स्तर के आधार पर देते हैं.
2. दूसरे वर्ग में वे राष्ट्र हैं जो न्यूनतम जनसंख्या के आधार पर नगरीय बस्तियों का निर्धारण करते हैं. ऐसे कुछ राष्ट्रों द्वारा न्यूनतम जनसंख्या के साथ-साथ न्यूनतम जनसंख्या घनत्व को भी आधार बताया जाता है.

3. तीसरे वर्ग में वे राष्ट्र हैं जो स्थानीय स्वायत्त शासन के आधार पर नगर का निर्धारण करते हैं.
4. चौथे वर्ग के अन्तर्गत वे राष्ट्र आते हैं जो उपलब्ध सुविधाओं के आधार पर किसी बस्ती को नगरीय स्तर प्रदान करते हैं.
5. पाँचवें वर्ग में वे देश हैं जो गैर-कृषि कार्य में संलग्न जनसंख्या अनुपात के आधार पर नगरीय बस्ती का निर्धारण करते हैं.

अधिकांश राष्ट्रों ने नगर निर्धारण में जनसंख्या को ही मुख्य आधार माना है. स्कॉटलैण्ड, वेनेजुएला तथा कनाडा में 1000 जनसंख्या वाली बस्ती को नगर कहा जाता है. संयुक्त राज्य अमरीका, थाइलैण्ड, स्पेन, यूनान आदि देशों में 2500 जनसंख्या वाली बस्ती को नगर माना जाता है. ग्रीस, स्विट्जरलैण्ड, मलेशिया आदि में 10000 की जनसंख्या वाली बस्ती को नगर कहा गया है. सोवियत संघ ने नगर के लिए 12000 की जनसंख्या को आवश्यक माना है. नीदरलैण्ड ने 20,000 तथा जापान ने 30,000 को नगर के लिए न्यूनतम जनसंख्या माना है. अधिकांश राष्ट्र ऐसे भी हैं जो किसी एक आधार के बदले उपर्युक्त आधारों में से कई आधारों को संयुक्त कर नगर का निर्धारण करते हैं. जैसे–इजरायल, भारत, भूतपूर्व सोवियत संघ, पाकिस्तान इत्यादि.

भारत में 1901 की जनगणना में अपनाई गई नगर की परिभाषा निम्नलिखित है—

1. प्रत्येक नगरपालिका, छावनी परिषद् और सभी सिविल लाइन्स (जो नगरपालिका में शामिल नहीं है) तथा
2. आवासों का अनवरत् समूह जिसमें कम-से-कम 5000 लोग स्थायी रूप से रहते हों और जिसे प्रान्तीय जनगणना अधीक्षक नगर बनाने के लिए तैयार हों.

यह परिभाषा 1961 तक चलती रही. 1961 में अन्य प्रशासनिक और जनसांख्यिकीय विशेषताओं के साथ-साथ आर्थिक विशेषताओं को ध्यान में रखते हुए नगरीय क्षेत्र को पुनः परिभाषित किया गया. इस परिभाषा के तहत् निम्नलिखित स्थानों को नगर घोषित किया गया—

(A) वह स्थान जो या तो नगर निगम हो या निगम क्षेत्र हो, या नगरपालिका अथवा अधिसूचित क्षेत्र पालिका या छावनी बोर्ड के अधीन हो. अथवा

(B) निम्नलिखित मानदण्डों को पूरा करने वाला कोई भी स्थान—

(i) न्यूनतम 5000 व्यक्ति,

(ii) कुल जनसंख्या का 75% भाग गैर कृषि कार्य में संलग्न हो,

(iii) न्यूनतम जनसंख्या घनत्व 1000 व्यक्ति प्रति वर्ग मील हो,

(iv) ऐसे स्थान पर कुछ शहरी विशेषताएँ और सुविधाएँ होनी चाहिए. जैसे–नए स्थापित क्षेत्र, बड़ी आवास बस्तियाँ, पर्यटन महत्व के स्थान आदि.

इस प्रकार भारत में नगरीय क्षेत्र के निर्धारण के लिए विभिन्न आधारों का प्रयोग किया गया है, परन्तु नगरीय क्षेत्रों को केवल जनसंख्या के आधार पर ही छः वर्गों में विभाजित किया गया है—

वर्ग	जनसंख्या
I	1,00,000 और उससे अधिक
II	50,000 से 99,999 तक
III	20,000 से 49,999 तक
IV	10,000 से 19,999 तक
V	5,000 से 9,999 तक
VI	5,000 से कम

भारत में एक लाख से कम जनसंख्या वाले शहरी क्षेत्र ही 'नगर' कहलाते हैं. एक लाख या इससे अधिक जनसंख्या वाले शहरी क्षेत्र 'शहर' कहलाते हैं.

महानगर
(Metropolitan town or Metropolis)

ग्रीक साहित्य से उत्पन्न 'महानगर' शब्द का तात्पर्य 'मातृनगर' से है. ग्रीक नगर इसी आधार पर विकसित हुआ था. वर्तमान में 10 लाख से अधिक जनसंख्या वाली बड़ी बस्तियों को ही महानगर के रूप में जाना जाता है. ऐसी बस्तियों में विभिन्न प्रकार के कार्यों की स्पष्ट झलक मिलती है. अपनी प्रकार्यात्मक विविधता के कारण ही ऐसे स्थान अन्तर्राष्ट्रीय महत्व के होते हैं.

महानगरीय समुदायों के कार्यों की प्रकृति के सम्बन्ध में **आर.डी. मेकेन्जी** (R.D. Mekenzie) ने लिखा है, "सन्देशवाहन, वित्त-व्यवस्था और व्यापारिक तथा व्यावसायिक सेवाओं में विशेषज्ञता प्रमुख महानगरों में केन्द्रित होती है. उत्पादन तथा निर्माण की प्रवृत्तियों से सम्बन्धित क्रियाएँ महानगर से निर्देशित होती हैं तथा प्रादेशिक क्षेत्रों में बँटी व बिखरी हुई होती हैं."

एन.बी. ग्रॉस (N.B. Gross) ने महानगर निर्माण की प्रक्रिया के सन्दर्भ में लिखा है कि "एक नगर महानगर तब बनता है, जबकि वहाँ पर प्रादेशिक स्तर के कार्यों का जमाव हो जाता है. यहाँ पर व्यापार एवं वाणिज्य सम्बन्धी कार्य अधिक विकसित होते जाते हैं. यहाँ से सभी प्रकार की उत्पाद्य वस्तुएँ व सामग्री समीप के क्षेत्रों को वितरित की

जाती हैं. यह क्षेत्र नगर द्वारा आर्थिक सहायता प्राप्त करता है तथा उससे वह वस्तुओं का आदान-प्रदान करता है."

महानगर आर्थिक कार्यों के प्रमुख केन्द्र होते हैं इसमें कोई दो मत नहीं हैं, परन्तु वर्तमान विश्व एवं भारत में भी कई महानगर अपने राष्ट्र एवं प्रादेशिक क्षेत्रों के राजधानी नगर भी हैं. इसलिए आर्थिक क्रिया-कलापों के अलावा प्रशासनिक कार्यों के मिश्रित रूप में ही महानगरों की व्याख्या करना उचित है.

उल्लेखनीय है कि महानगरों का जन्म पूर्णतः आधुनिक प्रघटना है, क्योंकि 1800 ई. में विश्व में ऐसा कोई नगर नहीं था जिसकी जनसंख्या 10 लाख से ज्यादा हो. 1850 में ऐसे दो नगरों का उदय हुआ. लन्दन (20 लाख) तथा पेरिस (11 लाख). 1900 ई. में विश्व के दस नगर महानगर बन गए. इसके बाद से महानगरों की संख्या तेजी के साथ बढ़ती ही गई है. 2001 की जनगणना के अनुसार केवल भारत में ही 35 महानगर विद्यमान हैं.

औद्योगिक समाज की मूल विशेषताएँ (Basic Features of Industrial Society)

औद्योगिक समाज की मूल विशेषताओं को निम्नलिखित बिन्दुओं के आलोक में स्पष्ट किया जा सकता है—

1. **सामाजिक गतिशीलता**—औद्योगिक समाजों की सामाजिक संरचना मुख्यतः वर्गीय प्रकार की होती है. इसलिए ऐसे समाजों में प्रदत्त प्रस्थिति के बदले अर्जित प्रस्थिति को अधिक महत्व दिया जाता है. औद्योगिक संस्थाओं का इस तथ्य से कोई सरोकार नहीं होता है कि संस्थान में कार्य करने को इच्छुक व्यक्ति का नातेदारी सम्बन्ध कैसा है या उसकी पारिवारिक पृष्ठभूमि कैसी रही है? संस्थान केवल व्यक्ति की शैक्षणिक योग्यता, कुशलता, व्यावसायिक प्रशिक्षण, वैयक्तिक निपुणता एवं मनोवृत्ति आदि के आधार पर ही व्यक्ति का मूल्यांकन करता है. अतः स्वाभाविक रूप से ऐसे समाजों में सामाजिक गतिशीलता की अधिक मात्रा मिलती है.

औद्योगिक समाज में शैक्षिक पृष्ठभूमि को अधिक महत्व दिए जाने के कारण शिक्षा के सर्वसुलभता के लिए भी आवश्यक व्यवस्था की जाती है. शैक्षिक विकास के फलस्वरूप व्यक्ति की विचारधारा में अपने आप परिवर्तन आ जाता है. श्रमिकों में भी विशेष योग्यता की दृष्टि से गतिशीलता विकसित हो जाती है.

2. **स्त्रियों की परिस्थिति में परिवर्तन**—ऐसे समाजों की मुख्य मान्यता है कि स्त्री एवं पुरुष समाज के दो पहिए हैं. अतः संतुलित समाज के लिए दोनों का सामाजिक योगदान भी संतुलित एवं बराबर होना चाहिए. अतः ऐसे समाजों में स्त्रियों के ऊपर किसी प्रकार की पाबंदियाँ आरोपित नहीं की जातीं, बल्कि ऐसे प्रावधान किए जाते हैं जिससे कि स्त्रियाँ घर से बाहर निकलकर औद्योगिक संस्थान, दफ्तर तथा सामाजिक जीवन में भी अधिक-से-अधिक भाग ले सके. इसलिए ऐसे समाजों में स्त्री न केवल आर्थिक रूप से आत्मनिर्भर बल्कि शिक्षा, बुद्धिजीविता एवं सम्माननीय पदों के साथ समाज में उच्च प्रस्थिति भी प्राप्त करती है.

3. **जटिल श्रम विभाजन एवं विशेषीकरण**—श्रम विभाजन के सिद्धान्त पर आधारित विशेषीकृत जीवन-प्रणाली औद्योगिक समाजों की महत्वपूर्ण विशेषता होती है. औद्योगिक संस्थानों में भी एक वस्तु अपने निर्माण क्रम में कई चरणों से गुजरती है. अतः एक ही व्यक्ति के लिए यह सम्भव नहीं हो सकता कि वह सभी चरणों का पूर्ण ज्ञान रख सके, क्योंकि चरणों की प्रक्रिया भी जटिल होती है. अतः श्रम विभाजन का सिद्धान्त अपनाना अपरिहार्य हो जाता है. प्रत्येक प्रकार के कार्य भी साधारण व्यक्ति नहीं कर सकता है. अतः कार्यों की प्रकृति के अनुसार विशिष्ट प्रशिक्षण की भी आवश्यकता होती है. इसलिए ऐसे समाज में व्यवसायिक श्रेणियों की संख्या अधिक होती है.

4. **नौकरशाही का विकास**—बड़े पैमाने पर उत्पादन एवं विशेषीकृत जीवन शैली के कारण विशिष्ट नियमों की शृंखला इन समाजों में आवश्यक रूप से पाई जाती है. इन नियमों एवं नियमों को कार्यान्वित करने वाले व्यक्ति या संस्था की आवश्यकता ने नौकरशाही वर्ग के विकास को प्रेरित किया. औद्योगिक समाज के चाहे प्रशासकीय क्षेत्र हों या व्यापारिक क्षेत्र, नौकरशाही की अपरिहार्यता दोनों के लिए समान है.

5. **यान्त्रिक-शक्ति आधारित जीवन प्रणाली**—औद्योगिक समाज में मनुष्यों के यातायात एवं अन्य आवश्यकताओं की पूर्ति हेतु मानव एवं पशु शक्ति के उपयोग की मात्रा न्यूनतम होती है. यहाँ के सड़क एवं यातायात प्रतिमान, जल व्यवस्था, विद्युत् प्रकाश व्यवस्था इत्यादि सभी यान्त्रिक शक्ति आधारित ही होता है. ऐसे समाजों में कोई समुदाय जितनी अधिक मात्रा में यान्त्रिक एवं प्रौद्योगीकृत शक्तियों का प्रयोग करता है उसे उतना ही प्रगतिशील माना जाता है.

6. **रचनात्मकता का महत्व**—औद्योगिक समाजों में व्यक्ति में रचनात्मकता की प्रकृति अधिक पाई जाती है. प्रगतिशीलता इन समाजों की बुनियादी मान्यता है. व्यक्ति की प्रतिभा का समुचित मूल्यांकन तथा उसी अनुसार पुरस्कार का समुचित प्रबन्ध होने के कारण व्यक्ति में स्वतः ही रचनात्मक प्रवृत्ति उभरती है. यह रचनात्मक प्रवृत्ति न मात्र व्यक्ति की प्रस्थिति को ऊँचा उठाने में सहायक होता है, बल्कि सम्पूर्ण समाज को प्रगतिशीलता की दिशा में आगे बढ़ाता है. इन समाजों में पुनर्निर्माण की प्रक्रिया का व्यापक रूप से पाया जाना रचनात्मकता की प्रकृति का ही मुख्य परिणाम है.

समाज पर स्वचालन के प्रभाव (Impact of Automation on Society)

औद्योगीकरण के प्रसार के साथ सम्पूर्ण उत्पादन प्रणाली मशीन आधारित हो गई. वर्तमान में मनुष्य की इन आवश्यकताओं को पूरा करने वाली ऐसी कोई भी भौतिक वस्तु नहीं है, जिसके उत्पादन के लिए किसी छोटी या बड़ी मशीन का सहारा न लिया गया हो. इस मशीनीकृत उत्पादन प्रणाली को ही स्वचालन के नाम से जाना जाता है.

एन्थोनी गिडेन्स (Anthony Giddens) ने स्वचालन का अर्थ स्पष्ट करते हुए कहा है कि "स्वचालन का तात्पर्य उत्पादन व्यवस्था के संचालन एवं नियन्त्रण के लिए मशीनों के प्रयोग से है, जिसमें मानवीय हस्तक्षेप की कम-से-कम जरूरत पड़ती है."

मशीनीकरण में मानवीय हस्तक्षेप की प्रासंगिकता 20वीं सदी के पाँचवें दशक तक बनी हुई थी, क्योंकि बड़ी-बड़ी मशीनों को नियन्त्रित करने के लिए कुछ-न-कुछ मानवीय श्रम की आवश्यकता अवश्य होती थी, लेकिन 20वीं सदी के पाँचवें दशक में वैज्ञानिकों ने एक ऐसी मशीन का आविष्कार किया जिसने मानव के बौद्धिक क्षैतिज को विस्तृत आयाम प्रदान किया. यह मशीन 'आधुनिक कम्प्यूटर' है. विभिन्न मशीनों के आविष्कार द्वारा मनुष्य शारीरिक श्रम से पहले ही निजात पा चुका था. मानसिक श्रम से निजात पाने की दिशा में कम्प्यूटर सबसे महत्वपूर्ण युक्ति है. इससे न केवल अनेक प्रकार के मानसिक कार्यों में सहायता ली जा सकती है, बल्कि बड़ी-बड़ी मशीनों को इसके माध्यम से आदेश देना भी सम्भव हो सकता है. स्वचालन की सार्थकता अगर वास्तविक अर्थों में देखें, तो कम्प्यूटर के विकास के साथ ही स्थापित हुई है.

स्वचालन की आवश्यकता (Nessecity of Automation)

कई व्यक्ति स्वचालन को एक अनावश्यक प्रक्रिया के रूप में चित्रित करते हैं, परन्तु बदलते समय के साथ विश्व पटल पर कई नवीन परिदृश्यों का अविर्भाव हुआ, जिसने स्वचालन को समाज के लिए अपरिहार्य बना दिया. ऐसी मुख्य स्थितियाँ निम्नलिखित हैं—

1. विश्व की बढ़ती हुई जनसंख्या एवं तदनुसार बढ़ती हुई आवश्यकता की पूर्ति के लिए पारम्परिक उत्पादन व्यवस्था अक्षम्य साबित होने लगी.
2. नए समाज में एक व्यक्ति के ऊपर कई प्रकार की भूमिका निर्वाह का दायित्व आन पड़ा. ऐसे में व्यक्ति के लिए एक ही कार्य को करने में अधिक समय खर्च करना असम्भव हो गया.
3. व्यापार का क्षेत्र काफी विस्तृत हो जाने के कारण एकाएक अत्यधिक मात्रा में वस्तुओं की आवश्यकता होने लगी. नए व्यापार की प्रकृति भी सामन्तवादी युग के व्यापार से अलग थी. सामन्तवादी युग में विलासिता से सम्बन्धित वस्तुओं का व्यापार प्रचलित था, परन्तु नवीन व्यापार की प्रकृति व्यक्ति की आवश्यक आवश्यकता से जुड़ी हुई थी. जैसे—नमक, वस्त्र आदि.
4. प्रतिस्पर्द्धात्मक व्यापार के उदय के साथ ही वस्तुओं की गुणवत्ता एवं मूल्य का सामान्यीकरण अति आवश्यक हो गया. पारम्परिक उत्पादन व्यवस्था में ऐसा करना सम्भव नहीं था.

स्वचालन के गुण (Merits of Automation)

उपर्युक्त नवीन समस्याओं के समाधान के लिए औद्योगीकरण ने मशीनीकरण का विकल्प प्रस्तुत किया. मशीनीकरण के तीन गुण सबसे प्रमुख हैं–परिशुद्धता (Accuracy), विश्वसनीयता (Reliability) तथा गति (Speed). इन आधारभूत गुणों के कारण ही मशीनीकरण पारम्परिक उत्पादन व्यवस्था का सबसे बेहतर विकल्प साबित हुआ. स्वचालन के प्रमुख लाभों का ब्यौरा निम्नलिखित है—

1. उद्योगों में स्वचालन की प्रक्रिया ने वस्तुओं के निर्माण, सुधार एवं आधुनिकीकरण की प्रक्रिया को काफी तीव्र एवं सस्ता बना दिया. कम्प्यूटर के प्रयोग ने वस्तुओं के पुराने स्वरूप में सुधार को काफी आसान बना दिया है. पहले यह प्रक्रिया काफी दुरूह एवं खर्चीली थी, इसलिए इस ओर ध्यान नहीं दिया जाता था.
2. मशीनीकरण द्वारा अतिरिक्त समय की बचत ने कई लाभों का मार्ग प्रशस्त किया. समय की बचत के कारण व्यक्ति की रचनात्मकता के सृजन के लिए अधिक समय मिलने के साथ ही किसी कार्य का विभिन्न दृष्टिकोण से विश्लेषण के लिए भी समय मिला.
3. मशीनीकरण के द्वारा न केवल उत्पादन की प्रक्रिया सस्ती हुई वरन् वस्तुओं में एकरूपता भी आई. मशीनीकरण के द्वारा तेजगति से एक ही रंग, रूप एवं प्रकार की वस्तुएँ इच्छित मात्रा में प्राप्त करना सम्भव हो गया. इससे ऐसी वस्तुओं के मूल्य निर्धारण में आसानी हो गई.
4. मानवीय श्रम की एक मुख्य प्रवृत्ति थकान है. एक श्रमिक कुछ सीमित घण्टों तक ही लगातार कार्य कर सकता है. इसके बाद कुछ घण्टों तक आराम करने के पश्चात् ही वह पुनः कार्य करने के लायक होता है. मशीनों के साथ ऐसी समस्या नहीं है.
5. गलती करना मानव स्वभाव है. वृहत् उद्योग आधारित उत्पादन व्यवस्था में छोटी सी मानवीय भूल भी बड़ी आर्थिक हानि का कारण बन सकती है. मशीनीकरण द्वारा ऐसी हानियों को उन्मूलित किया जा सकता है.

स्वचालन के दोष (Demerits of Automation)

स्वचालन के लाभों की विवेचना से स्पष्ट है कि स्वचालन उत्पादन में वृद्धि और अन्ततः सामाजिक कल्याण की प्राप्ति के लिए एक आवश्यक प्रक्रिया है, लेकिन स्वचालन को केवल लाभ के दृष्टिकोण से ही नहीं देखा जा सकता है. इस व्यवस्था के कई दोष भी हैं—

1. **बेरोजगारी में वृद्धि**—स्वचालन से सबसे बड़ी हानि बेरोजगारी की समस्या में और इजाफा होना है. एक छोटीसी मशीन भी अल्प समय में ही कई श्रमिक के बराबर काम कर सकती है. अतः मशीनीकरण से बेरोजगारी दो तरह से बढ़ती है–पहला कि औद्योगिक इकाई में श्रमिकों के खपत की मात्रा कम हो जाती है. दूसरा–इस प्रक्रिया द्वारा स्वतन्त्र पारिवारिक इकाई के रूप में उत्पादन करने वाले व्यक्ति द्वारा निर्मित वस्तुएँ औद्योगिक इकाई द्वारा निर्मित वस्तुओं का मुकाबला नहीं कर पातीं. इसलिए कुटीर उद्योग में संलग्न ऐसे परिवार अपने पारम्परिक व्यवसाय को त्याग देते हैं. अतः संक्षेप में यह कहना ही उचित होगा कि स्वचालन का सबसे बड़ा लाभ ही इसका सबसे बड़ा दोष है.

2. **एकाधिकार की वृद्धि**—वृहत् उद्योगों की स्थापना के लिए वृहत् मात्रा में पूँजी की आवश्यकता होती है. अतः इन उद्योगों की स्थापना वे ही कर पाते हैं, जिनके पास पर्याप्त मात्रा में पूँजी उपलब्ध होती है. परिणामस्वरूप ऐसे व्यक्तियों का उद्योगों पर एकाधिकार हो जाता है. औद्योगिक घराने की स्थापना इसी कारण से होती है.

3. **औद्योगिक अशान्ति**—स्वचालित उत्पादन व्यवस्था में पूँजीपतिरूपी मालिक एवं श्रमिकों के दो वर्ग बन जाते हैं. पूँजीपति अधिक-से-अधिक मुनाफा कमाने के लिए श्रमिकों के आर्थिक एवं शारीरिक शोषण पर उतर आते हैं. साथ ही श्रमिक वर्ग अपनी सुविधाओं में बढ़ोत्तरी के लिए हड़ताल, तालाबन्दी आदि द्वारा पूँजीपति वर्ग पर दबाव बनाने की कोशिश करते रहते हैं. इस प्रकार वर्ग हितों के निरन्तर टकराव के कारण औद्योगिक अशान्ति बनी रहती है.

4. **दुर्घटनाओं में वृद्धि**—वृहत् उद्योगों में दुर्घटनाओं की सम्भावना अत्यधिक रहती है. इस दुर्घटना के शिकार न केवल संस्थानकर्मी बनते हैं, बल्कि कभी-कभी सम्पूर्ण समाज भी शिकार बन जाता है. जैसे–भारत में भोपाल गैस त्रासदी, रूस में चेर्नोबिल दुर्घटना आदि.

5. **असन्तुलित औद्योगिक विकास**—किसी एक उद्योग के प्रत्येक शाखा में मशीनों का प्रयोग नहीं किया जा सकता है. परिणामस्वरूप जहाँ मशीनों का प्रयोग होता है वहाँ तो प्रगति होती है, किन्तु जहाँ मशीनों का प्रयोग सम्भव नहीं होता वहाँ स्थिति यथावत् बनी रहती है. यह स्थिति असन्तुलित औद्योगिक विकास को प्रोत्साहित करती है.

6. **असन्तुलित सामाजिक विकास**—स्वचालन सामाजिक असमानता को भी प्रोत्साहित करती है. उद्योगों का सम्पूर्ण लाभ पूँजीपति वर्ग के हाथ में केन्द्रित होने के कारण वे दिनोंदिन और अधिक धनी बन जाते हैं, जबकि श्रमिक आर्थिक कुचक्र के कारण और गरीब बनता जाता है.

7. **क्षेत्रीय असन्तुलन को बढ़ावा**—स्वचालन आधारित उद्योग-धन्धे मुख्यतः नगरीय क्षेत्रों में ही केन्द्रित होते हैं. अतः ग्रामीण क्षेत्र के व्यक्ति रोजगार के नए अवसर की तलाश में इन नगरीय क्षेत्रों में संकेन्द्रित होने लगते हैं. इससे नगरीय क्षेत्र में कार्यशील जनसंख्या की अधिकता तथा ग्रामीण क्षेत्रों में कमी हो जाती है.

औद्योगीकरण एवं पर्यावरण (Industrialisation and Environment)

अपनी बढ़ती हुई नवीन आवश्यकताओं एवं इच्छाओं की पूर्ति के लिए औद्योगीकरण को अपनाकर मनुष्य अपने उद्देश्य एवं लक्ष्य की प्राप्ति में तो अवश्य सफल रहा, परन्तु इस लक्ष्य प्राप्ति के क्रम में मनुष्य जानबूझकर या अनजाने में पर्यावरण सम्बन्धी अनेक विकृतियों को भी पैदा किया है. अर्थात् पर्यावरण विकृति के मूल्य पर ही मनुष्य औद्योगीकरण के लाभों को प्राप्त कर सका है. इसलिए औद्योगीकरण की प्रक्रिया के साथ-साथ पर्यावरण का मुद्दा अभिन्न रूप से जुड़ गया है.

पर्यावरण को मुख्यरूप से दो भागों में बाँटा गया है—(i) भौगोलिक पर्यावरण एवं (ii) सामाजिक पर्यावरण. औद्योगीकरण इन दोनों ही प्रकारों से समान रूप से सम्बन्धित है. इसलिए इसका अलग-अलग विश्लेषण आवश्यक है.

औद्योगीकरण एवं भौगोलिक पर्यावरण (Industrialisation and Geographical Environment)

भौगोलिक पर्यावरण का तात्पर्य प्रकृति (Nature) से है. जीवन के अस्तित्व के लिए भूमि, जल, वायु, सूर्य प्रकाश आदि के रूप में प्राकृतिक देन ही प्राथमिक आवश्यकता है, परन्तु औद्योगीकरण प्रक्रिया द्वारा इन प्राकृतिक देनों पर ही गम्भीर आघात होता है. जिसे विभिन्न प्रकार के प्रदूषणों से इंगित किया जाता है. विभिन्न प्रकार के प्रदूषण एवं उनका मानव जीवन पर प्रभाव निम्नलिखित है—

1. **जल प्रदूषण** (Water Pollution)—प्राकृतिक जल में किसी अवांछित बाह्य पदार्थ का प्रवेश, जिससे जल की गुणवत्ता में कमी आए जल प्रदूषण कहलाता है. विभिन्न प्रकार की मानवीय गतिविधियाँ ही इसके लिए मुख्यरूप से जिम्मेदार हैं. जल प्रदूषण का सबसे प्रमुख कारण भौगोलिक अपशिष्ट है.

प्रत्येक उद्योग में उत्पादन प्रक्रिया के उपरान्त अनेक अनुपयोगी पदार्थ शेष बचे रहते हैं. अधिकांश उद्योगों के अपशिष्ट स्रावों में अनेक प्रकार के धात्विक तत्व, अम्ल, क्षार, लवण, तेल, वसा इत्यादि विषैले रासायनिक पदार्थ उपस्थित रहते हैं जिनसे गम्भीर जल प्रदूषण की सम्भावना रहती है. कागज उद्योग, शक्कर उद्योग, कपड़ा उद्योग, चर्म उद्योग, औषधि निर्माण उद्योग आदि उद्योगों के स्राव में इन अपशिष्टों की मात्रा अत्यधिक रहती है. इन अपशिष्ट पदार्थों के आसान निष्पादन के लिए ही बड़ी नदियों या जलाशयों के किनारे उद्योगों को स्थापित किया जाता है.

विभिन्न अपशिष्ट पदार्थों के मिलने से जल में अनेक भौतिक, रासायनिक तथा जैविक परिवर्तन आ जाते हैं. ये परिवर्तन किसी-न-किसी रूप में हानिकारक ही सिद्ध होते हैं. यह प्रदूषित जल अनेक प्रकार के रोगों का कारण होता है, जैसे—हैजा, टायफायड, डायरिया, पेचिश, पीलिया, हेपेटाइटिस इत्यादि.

2. **वायु प्रदूषण** (Air Pollution)—शुद्ध जल के समान ही स्वच्छ वायु भी स्वस्थ जीवन के लिए आवश्यक तत्व है. वायु का मौलिक संघटन (78% नाइट्रोजन, 21% ऑक्सीजन, 0·03% कार्बन डाइऑक्साइड तथा शेष अन्य गैस) में असन्तुलन ही वायु प्रदूषण है. वर्तमान में विभिन्न प्रकार से उत्पन्न धुएं से जहाँ वायु दूषित होती है, वहीं दूसरी ओर दहन की प्रक्रिया के फलस्वरूप वायुमंडलीय ऑक्सीजन की मात्रा घटती है. औद्योगिक क्षेत्रों के निकट के वायुमंडल में ऑक्सीजन की मात्रा तेजी से घट रही है तथा कार्बन डाइऑक्साइड (CO_2), सल्फर डाइऑक्साइड (SO_2), कार्बन मोनोऑक्साइड (CO) तथा अन्य हानिकारक तत्वों की मात्रा बढ़ रही है. उद्योगों में संदलन (Crushing), पिसाई (Grinding), शुष्कन (Drying), भंजन (Baking) तथा वाष्पन (Evaporation) तथा अन्य रासायनिक क्रियाओं के फलस्वरूप विभिन्न प्रकार के धूलकण, गैस, वाष्प तथा धूम जैसे प्रदूषक तत्व उत्पन्न होते हैं.

प्रदूषित वायु से मनुष्य का श्वसन तंत्र मुख्य रूप से प्रभावित होता है. दमा, आजमा, गले का दर्द, निमोनिया जैसे श्वसन रोग इसी के प्रतिफल हैं. श्वसन रोग के अलावा कैंसर, हृदय रोग, मधुमेह, नपुंसकता तथा बाँझपन इत्यादि के लिए भी वायु प्रदूषण उत्तरदायी है. उपर्युक्त गम्भीर रोगों के अतिरिक्त वायु प्रदूषण के कुछ सामान्य प्रभाव भी देखने में आत हैं. जैसे—आँखों का दुखना, सिर दर्द, सर चकराना, सर्दी, खाँसी इत्यादि.

3. **भूमि प्रदूषण** (Land Pollution)—खर्च एवं सुविधा के दृष्टिकोण से अधिकांश औद्योगिक अपशिष्टों को बिना समुचित उपचार के या तो भूमि पर यूँ ही फेंक दिया जाता है या फिर गड्ढा खोदकर दबा दिया जाता है. इनमें कई विषैले एवं जल्द अपघटित न होने वाले पदार्थ होते हैं. अतः ये अपशिष्ट व्यर्थ स्थान घेरने के साथ ही किसी-न-किसी रूप में भू-प्रदूषण का कारण बनते हैं.

भूमि प्रदूषण से भूमि की उर्वरा शक्ति का विनाश होता है. इसके अलावा कूड़े-कचरों द्वारा बीमारी वाहक कीटाणु भी तेजी से पनपते हैं.

4. **ध्वनि प्रदूषण** (Sound Pollution)—मनुष्य का श्रव्य-परास (Audible range) 20 हर्ट्ज (Hz) से लेकर 20,000 हर्ट्ज (Hz) तक है अर्थात् मनुष्य इस सीमा के अन्तर्गत समाहित ध्वनि तरंगों को ही सुन सकता है. सामान्य वार्तालापों में 3000 Hz तक ध्वनि तरंग उपस्थित रहती है. इससे उच्च आवृत्ति की ध्वनियाँ शोरपूर्ण समझी जाती हैं. वातावरण में शोरपूर्ण ध्वनि तरंगों का बढ़ना ही ध्वनि प्रदूषण है, जो अन्य प्रदूषणों के समान हमारी औद्योगिक प्रगति एवं आधुनिक सभ्यता का ही परोत्पाद (By-product) है. ध्वनि प्रदूषण के मुख्य स्रोत बड़ी-बड़ी मशीनें, परिवहन के आधुनिक साधन जैसे—रेल, बस, वायुयान इत्यादि तथा मनोरंजन के साधन अर्थात् तेज ध्वनि वाले संगीत यन्त्र हैं.

ध्वनि प्रदूषण जहाँ एक ओर मानव स्वास्थ्य पर विपरीत प्रभाव डालता है, वहीं दूसरी ओर उसकी कार्यक्षमता भी घटाता है. यह बहरापन एवं अनिद्रा लाने के साथ-साथ मानव स्वभाव को चिड़चिड़ा बना देता है.

औद्योगीकरण एवं औद्योगीकरण की अनुसंगी प्रक्रिया नगरीकरण के कारण तथा जंगलों की अन्धाधुन्ध कटाई के कारण पर्यावरण प्रदूषण की समस्या दिनोंदिन विकराल रूप धारण करती जा रही है. आधुनिक कृषि व्यवस्था में बढ़ते यन्त्रीकरण एवं रसायनों के बढ़ते प्रयोग ने एक ओर जहाँ खाद्य-उत्पादन को कई गुणा बढ़ा दिया है वहीं दूसरी ओर इससे भी पर्यावरण को गम्भीर क्षति हो रही है. **Goodman** एवं **Redclift** के अनुसार, "आधुनिक खाद्य उत्पादन व्यवस्था ने दीर्घकालीन पर्यावरणीय स्थिरता (Environmental sustainability) को नकारात्मक रूप से प्रभावित किया है."

बढ़ते पर्यावरण प्रदूषण के कारण ही विगत के वर्षों में ग्रीन हाउस प्रभाव (Green house effect) की अवधारणा अस्तित्व में आई है. पर्यावरण में हानिकारक गैसों की बढ़ती मात्रा के कारण सूर्य की घातक पराबैंगनी किरणों को रोकने वाली ओजोन परत का क्षरण एक गम्भीर समस्या है. इससे विश्व स्तर पर पृथ्वी के तापमान में धीरे-धीरे वृद्धि हो रही है. इससे ध्रुवीय बर्फ के पिघलने का खतरा बढ़ गया है. जिस कारण कई समुद्रतटीय नगरों का अस्तित्व समाप्त हो सकता है. तापमान बढ़ने से रेगिस्तान के फैलाव, कृषि उत्पादन में कमी, ग्रीष्म ऋतु के औसत तापमान में वृद्धि, शीत ऋतु के

औसत तापमान में कमी के साथ कई बीमारियों की सम्भावनाएँ बढ़ती जा रही है.

औद्योगीकरण एवं सामाजिक पर्यावरण (Industrialisation and Social Environment)

औद्योगीकरण न केवल प्राकृतिक पर्यावरण प्रदूषण के लिए मुख्यरूप से जिम्मेदार है, बल्कि कई प्रकार की सामाजिक समस्याओं का भी जनक है. ऐसी प्रमुख समस्याएँ निम्नलिखित हैं—

1. **आवास की समस्या**—औद्योगीकरण के कारण विशाल जनसंख्या का संकेद्रण एक छोटे से क्षेत्र में हो जाता है, चूँकि औद्योगीकृत नगरीय क्षेत्र में रोजगार की अपार सम्भावनाएँ होती हैं. इसलिए विशाल ग्रामीण जनसंख्या रोजगार एवं बेहतर जीवन स्तर की खोज में नगरों की ओर प्रवासित होती है. ऐसे में आवासीय समस्याएँ भीषण रूप धारण कर लेती हैं. निम्नवर्गीय लोग, खासकर श्रमिकों की अधिकता के कारण गन्दी बस्तियों (Slums) में वृद्धि होना कई समस्याएँ उत्पन्न करता है. अधिकांश आवासीय क्षेत्रों में अनियोजित-वास्तुकारिता के अनुभव-शून्य उपयोग के कारण सूर्य प्रकाश से वंचित, अन्धकारपूर्ण और सिमसिमा वातावरण अस्वास्थ्यकर पर्यावरण का ही निर्माण करते हैं. इस पर्यावरण में स्वास्थ्य और धन दोनों दृष्टिकोण से व्यक्ति अपने आपको असुरक्षित महसूस करता है.

2. **व्याभिचारिता में वृद्धि**—व्यापक सर्वेक्षणों में पाया गया है कि औद्योगीकृत क्षेत्रों में अपराध एवं बाल अपराध अधिक मात्रा में देखे जाते हैं. इसका मुख्य कारण ऐसे क्षेत्रों में प्राथमिक नियन्त्रण के साधनों का शिथिल होना है. माता-पिता अपनी व्यावसायिक उलझनों के कारण अपने बच्चों के समस्त क्रियाकलापों की देखभाल नहीं कर पाते. ऐसी स्थिति में बच्चों में अपराध एवं व्यभिचार की भावना पनपना कोई आश्चर्य की बात नहीं है.

नगरों में आवास की कमी के कारण श्रमिक अपने परिवार के साथ निवास नहीं कर पाते हैं. आर्थिक संकट एवं अवकाश की कमी के कारण वे अनेक महीनों एवं वर्षों तक घर नहीं लौट पाते. अतः यौन से सम्बन्धित अपनी इच्छा को न दबा पाने के कारण यौन जनित व्यभिचार का सहारा लेते हैं. इसलिए औद्योगीकृत क्षेत्रों में वेश्यावृत्ति ज्यादा फलती-फूलती है.

मद्यपान औद्योगीकृत नगरीय क्षेत्रों की तो एक सामान्य संस्कृति जैसी है. जहाँ उच्च वर्ग अपनी अभिजात्यता (Elightness) को प्रदर्शित करने के लिए मद्यपान ग्रहण करते हैं, वहीं श्रमिक वर्ग अपनी थकान दूर करने के नाम पर इसकी चपेट में आ जाता है.

3. **व्यक्तिवादी एवं भौतिकवादी विचारधारा**—औद्योगिक समाजों में व्यक्ति का अधिकांश समय मशीनों के साथ ही व्यतीत होता है. इसलिए व्यक्ति स्वयं भी काफी हद तक मशीनीकृत हो जाता है. व्यक्ति में मानवीय भावनाएँ शून्य होने लगती हैं, उसे समुदाय एवं व्यक्तियों के हितों से कोई मतलब नहीं रह जाता है. व्यक्ति उसी कार्य में संलग्न होना चाहता है जिससे कहीं-न-कहीं उसका व्यक्तिगत स्वार्थ सिद्ध होता हो. भौतिक साधनों के द्वारा ही अधिक-से-अधिक विलासी जीवन व्यतीत करना ही व्यक्ति का प्रधान लक्ष्य होता है.

उपर्युक्त विवेचन से स्पष्ट होता है कि औद्योगीकरण का पर्यावरण पर केवल नकारात्मक प्रभाव ही पड़ रहा है, लेकिन कहने की आवश्यकता नहीं कि मनुष्य के लिए जितना आवश्यक शुद्ध पर्यावरण है, औद्योगीकरण भी वर्तमान समय में मनुष्य के लिए उतना ही उपयोगी है. दोनों में से किसी को भी छोड़ा नहीं जा सकता है. इसलिए आवश्यकता है प्रदूषण समस्या के समुचित निदान की.

महत्वपूर्ण तथ्य

- 'नगर' शब्द अंग्रेजी भाषा के 'सिटी' (City) का हिन्दी अनुवाद है. स्वयं 'सिटी' शब्द लैटिन भाषा के 'सिविटास' से बना है जिसका तात्पर्य है नागरिकता.
- नगरीकरण शब्द नगर से ही बना है. सामान्यतः नगरीकरण का अर्थ नगरों के उद्‌भव, विकास, प्रसार एवं पुनर्गठन से लिया जाता है.
- नगरीकरण को परिभाषित करते हुए **गोल्ड** तथा **कार्ल्ब** ने कहा, "नगरीय जीवन सम्बन्धी व्यवहार का ग्रामीण समुदाय पर प्रसार हो जाने का नाम है 'नगरीकरण'."
- **डेविड** का मत है, "नगरीकरण एक निश्चित प्रक्रिया है, परिवर्तन का वह चक्र है जिसमें कोई समाज कृषक से औद्योगिक समाज में परिवर्तित होता है."
- **बर्गल** के अनुसार, "ग्रामीण क्षेत्रों के नगरीय क्षेत्रों में परिवर्तित होने की प्रक्रिया को ही हमें नगरीकरण कहना चाहिए."
- उपर्युक्त विद्वानों के विचारों से स्पष्ट है कि नगरीकरण का अर्थ केवल ग्रामीण जनसंख्या का नगर में आकर बसना या कृषि से सम्बन्धित कार्यों के स्थान पर अन्य कार्यों में अपने को लगाना ही नहीं है और न ही लोगों के नगर में आकर बस जाने मात्र से ही उनका नगरीकरण हो जाता है. वे ग्रामीण व्यक्ति भी, जोकि ग्रामीण व्यवसाय को त्यागते नहीं हैं, नगरीय हो सकते हैं यदि वे नगरीय जीवन शैली, मनोवृत्ति, मूल्य, व्यवहार एवं दृष्टिकोण को अपना लेते हैं.

- सामाजिक संरचना एवं संस्थानों पर नगरीकरण का निम्नलिखित प्रभाव पड़ा है—
  (i) परिवार पर प्रभाव
  (ii) विवाह पर प्रभाव
  (iii) जाति-प्रथा पर प्रभाव
  (iv) ग्रामीण समुदायों पर प्रभाव
- आर्थिक क्रियाओं और संस्थाओं में कभी नगरीकरण ने अनेक परिवर्तन उत्पन्न कर दिए हैं. आज नगरों में बड़े-बड़े उद्योग स्थापित हुए हैं, वे उत्पादन के केन्द्र बन गए हैं. वहाँ बाजार, बैंक, मुद्रा व साख, आदि की सुविधाएँ भी उपलब्ध हैं. इसी कारण नगर व्यापार और वाणिज्य के केन्द्र बन गए हैं. नगरों में श्रम-विभाजन और विशेषीकरण अधिक पाया जाता है. नगरों में उपलब्ध सुविधाओं के कारण ही नगरों में औद्योगीकरण अधिक हुआ है.
- नगरीकरण की प्रक्रिया ने राजनीतिक क्षेत्र को भी प्रभावित किया है. नगरों में ही लगभग सभी राजनीतिक दलों के कार्यालय होते हैं और नगर ही उनकी गतिविधियों के केन्द्र होते हैं. वे कई आन्दोलनों का आरम्भ नगरों से ही करते हैं. नगरों में सभी प्रकार के राजनीतिक दलों के अनुयायी पाए जाते हैं.
- नगरों में धर्म के प्रभाव धीरे-धीरे क्षीण होते जा रहे हैं. वहाँ लोग भाग्य तथा ईश्वर में कम विश्वास करते हैं और अपने श्रम पर अधिक भरोसा करते हैं.
- नगरीकरण के इसके अलावा अन्य निम्नलिखित प्रभाव हैं—
  (i) स्त्रियों की स्थिति में परिवर्तन
  (ii) रुचियों में परिवर्तन
  (iii) व्यक्तिवाद
  (iv) सामाजिक गतिशीलता
- नगरीकरण के भारतीय सामाजिक जीवन पर नकारात्मक प्रभाव निम्नलिखित हैं—
  (i) स्वास्थ्य पर प्रभाव
  (ii) अपराधों में वृद्धि
  (iii) मनोरंजन की समस्या
  (iv) सामाजिक विघटन
  (v) आवास की समस्या
  (vi) भिक्षावृत्ति
  (vii) मानसिक तनाव एवं संघर्ष
  (viii) वेश्यावृत्ति
  (ix) बढ़ती जनसंख्या
- औद्योगीकरण औद्योगिक क्रान्ति का प्रतिफल है. औद्योगीकरण एक ऐसी प्रक्रिया है जिसमें लघु एवं कुटीर उद्योगों का स्थान बड़े पैमाने के उद्योग ले लेते हैं. उद्योगों में जड़ शक्ति का प्रयोग किया जाता है और उत्पादन मशीनों की सहायता से होता है.
- **विल्बर्ट मूर** का मानना है कि "औद्योगीकरण का तात्पर्य आर्थिक उत्पादन के लिए शक्ति के निर्जीव साधनों का विस्तृत प्रयोग है, वह सब कुछ संगठन, यातायात एवं सन्देशवाहन, आदि के द्वारा उत्पन्न होता है."
- **क्लार्क केर** का कथन है, "औद्योगीकरण का अभिप्राय एक ऐसी स्थिति से है, जिसमें पहले का कृषक अथवा व्यापारिक समाज एक प्रौद्योगिक समाज की दिशा में परिवर्तित होने लगता है."
- औद्योगीकरण शब्द का प्रयोग व्यापक एवं संकुचित दो अर्थों में हुआ है. संकुचित अर्थ में औद्योगीकरण से तात्पर्य निर्माता उद्योगों की स्थापना एवं विकास से है. इस अर्थ में औद्योगीकरण आर्थिक विकास की प्रक्रिया का ही एक भाग है जिसका उद्देश्य उत्पादन के साधनों की कुशलता में वृद्धि करके जीवन स्तर को ऊँचा उठाना है. व्यापक अर्थ में, "औद्योगीकरण के द्वारा देश की सम्पूर्ण आर्थिक संरचना को परिवर्तित किया जा सकता है."
- औद्योगीकरण के लिए उत्तरदायी कारक निम्नलिखित हैं—
  (i) जड़ शक्ति का प्रयोग
  (ii) मशीनीकरण
  (iii) नवीन आविष्कार
  (iv) खनिज पदार्थों का प्रयोग
  (v) सभ्यता का विकास
- औद्योगीकरण के सामाजिक जीवन पर निम्नलिखित सकारात्मक प्रभाव हैं—
  (i) नगरीकरण
  (ii) यातायात के साधनों का विकास
  (iii) श्रमविभाजन एवं विशेषीकरण
  (iv) उत्पादन में वृद्धि
  (v) अन्तर्राष्ट्रीयवाद
  (vi) समाजवाद का उदय
  (vii) जाति-प्रथा में परिवर्तन
  (viii) स्त्रियों की स्थितियों में परिवर्तन
  (ix) व्यापारिक मनोरंजन
  (x) शिक्षा में वृद्धि
  (xi) कृषि का यन्त्रीकरण
  (xii) धार्मिक आडम्बरों एवं अंधविश्वासों की समाप्ति

- औद्योगीकरण के सामाजिक जीवन पर निम्नलिखित नकारात्मक प्रभाव हैं—
  (i) पूँजीवाद
  (ii) उपनिवेशवाद एवं साम्राज्यवाद
  (iii) सामाजिक विघटन एवं अपराध
  (iv) बेकारी
  (v) कुटीर उद्योगों का ह्रास
  (vi) आर्थिक संकट व पराश्रितता
  (vii) मकानों की समस्या
  (viii) स्वास्थ्य की समस्या
  (ix) दुर्घटनाओं में वृद्धि
  (x) आर्थिक प्रतिस्पर्धा
  (xi) सामाजिक नियंत्रण का अभाव
- सामान्यतः आर्थिक विकास का अर्थ आर्थिक समृद्धि एवं भौतिक सुख-सुविधाओं की प्राप्ति से लिया जाता है.
- अर्थशास्त्री आर्थिक विकास के दो अर्थ लगाते हैं—"कुल राष्ट्रीय आय में वास्तविक वृद्धि तथा (ii) प्रति व्यक्ति राष्ट्रीय आय में वृद्धि.
- **मेयर एवं बाल्डविन** का मानना है, "आर्थिक विकास एक ऐसी प्रक्रिया है जिसमें दीर्घकाल में अर्थव्यवस्था की वास्तविक राष्ट्रीय आय में वृद्धि होती है."
- **आर्थर लुइस** के अनुसार, "आर्थिक विकास का अर्थ प्रति व्यक्ति उत्पादन में वृद्धि होना है."
- उपर्युक्त में विद्वानों के विचारों के अध्ययन से स्पष्ट होता है कि आर्थिक विकास एक सतत् प्रक्रिया है, जिसमें एक निश्चित अवधि में देश की वास्तविक राष्ट्रीय आय में वृद्धि हो जाती है.
- किसी भी देश में आर्थिक व्यवहार को निर्धारित करने में अनेक कारकों की भूमिका होती है. प्राकृतिक साधन, मानवीय साधन, पूँजी, तकनीकी ज्ञान, संगठन, राज्य की नीति, विकास की इच्छा, सामाजिक संस्थाएँ, परम्पराएँ एवं व्यवहार, अन्तर्राष्ट्रीय परिस्थितियाँ आदि सभी आर्थिक व्यवहार को निर्धारित करने में महत्वपूर्ण भूमिका निभाते हैं.
- व्यक्ति के आर्थिक व्यवहार को प्रभावित करने वाले प्रमुख अनार्थिक निर्धारक निम्नलिखित हैं—
  (i) सामाजिक संस्थाएँ
  (ii) धार्मिक व अध्यात्मिक दृष्टिकोण
  (iii) जाति प्रथा
  (iv) संयुक्त परिवार
  (v) स्त्रियों की स्थिति
  (vi) सामाजिक संरचना
  (vii) मूल्य व्यवस्था
  (viii) प्रान्तीयता
  (ix) राजनीतिक दशा
- भौगोलिक पर्यावरण के अन्तर्गत उन सभी प्राकृतिक शक्तियों एवं वस्तुओं को सम्मिलित किया जाता है जो मानव के नियंत्रण से परे हैं तथा अप्रत्यक्ष था प्रत्यक्ष रूप से मानव जीवन को प्रभावित करती हैं. जैसे—भूमि, चाँद, तारे, सूरज, जलवायु, पानी, हवा, धूप, पेड़-पौधे, जीव-जन्तु, बाढ़, नदी, पहाड़, खनिज पदार्थ आदि सभी प्राकृतिक या भौगोलिक पर्यावरण का निर्माण करते हैं.
- अरस्तू के समय से लेकर आज तक यह विवाद चला आ रहा है कि मानव के सामाजिक जीवन पर भौगोलिक पर्यावरण का क्या प्रभाव पड़ता है. जो विद्वान् यह मानते हैं कि मानव के सामाजिक, आर्थिक, राजनीतिक, सांस्कृतिक, बौद्धिक एवं शारीरिक सभी पक्ष भौगोलिक पर्यावरण से प्रभावित होते हैं, उन्हें हम भौगोलिक पर्यावरणवादी एवं उनकी विचारधारा को भौगोलिक निश्चयवाद के नाम से जानते हैं.
- **माण्टेस्क्यू** का मत है कि "भौगोलिक पर्यावरण ही मानव के शरीर एवं मानसिक गुणों को विकसित करता है."
- **क्वेटलेट** का मत था कि "गर्म प्रदेशों एवं संसार के दक्षिणी भागों में हिंसा, बलात्कार और घातक लूटमार जैसे सम्पत्ति के विरुद्ध अपराध अधिक होते हैं."
- **सेबेरिन** ने तो यहाँ तक कहा कि "आप मुझे यह बता दीजिए कि आप क्या खाते हैं और मैं आपको बता दूँगा कि आप क्या हैं?"
- उपर्युक्त विवरण से स्पष्ट है कि भौगोलिक निश्चय-वादियों ने प्रत्येक मानवीय व्यवहार की व्याख्या भौगोलिक पर्यावरण के सन्दर्भ में की है. उन्होंने अन्य कारकों के महत्व को भुला दिया है.
- भूगोलवादियों का मत है कि मानवीय व्यवहारों, कार्यक्षमता, मानसिक योग्यता, आत्महत्या, अपराध एवं जन्म-दर और मृत्यु-दर पर जलवायु, तापक्रम एवं आर्द्रता आदि भौगोलिक कारकों का प्रभाव पड़ता है.
- हंटिंग्टन ने प्रतिभा तथा सभ्यताओं के विकास के लिए अनुकूल जलवायु का होना आवश्यक माना है, उसमें ही सभ्यताएँ फलती एवं फूलती हैं न कि विपरीत पर्यावरण में, टॉयनबी ने सभ्यता के विकास के लिए एक 'आदर्श जलवायु' की कल्पना भी की है.

- औद्योगीकरण एवं आर्थिक-सामाजिक विकास ने ग्रामों की आत्मनिर्भरता को समाप्त किया है. अब नगरों की कच्चे माल के लिए ग्रामों पर निर्भरता बढ़ी है. नगरों की प्रबलता और वहाँ उपलब्ध साधनों की प्रचुरता ने ग्रामवासियों को नगरों की ओर आकर्षित किया है. ग्रामवासियों का नगरीकरण हो रहा है अर्थात् वे नगरीय जीवन के तौर-तरीके अपनाते जा रहे हैं. दूसरी ओर नगरवासी ग्रामीण जीवन की अनेक विशेषताओं को अपनाते जा रहे हैं. इसे ग्रामीणीकरण कहते हैं.
- **मेकाइबर एवं पेज** का मानना है कि "ग्राम एवं नगर दोनों ही समान हैं, इनमें न कोई दूसरे से अधिक प्राकृतिक है और न ही कृत्रिम."
- रेडफील्ड ने मैक्सिको के एक प्रान्त 'युकेतन' में अपने क्षेत्रीय कार्य के आधार पर 'Folk Culture of Yukettan' नामक पुस्तक लिखी. इसी में उसने 'ग्राम्य-नगरीय नैरन्तर्य' की अवधारणा को समझाने का प्रयत्न किया है.
- रेडफील्ड को अपने क्षेत्रीय कार्य के दौरान चार विशिष्ट प्रकार के समुदायों की तुलना का अवसर मिला. ये चार समुदाय हैं—
  (i) मारिडा
  (ii) डिजतास
  (iii) चानकोम
  (iv) तशकी
- इन चार समाजों के अध्ययन के आधार पर रेडफील्ड ने मारिडा तथा डिजतास का उल्लेख नगरीय समुदाय के रूप तथा चानकोम व तशकी का लोक (ग्रामीण) समुदाय के रूप में किया है.
- प्राचीन समय में उत्पादन के कार्य में श्रम-विभाजन कम था और विशेषीकरण का भी अभाव था. उस समय के समाज में जिस प्रकार की एकता विद्यमान थी, दुर्खीम उसे 'यान्त्रिक एकता' की संज्ञा देते हैं.
- धीरे-धीरे उत्पादन मशीनों की सहायता से होने लगा जिन्हें संचालित करने के लिए मानव शक्ति एवं पशु शक्ति के स्थान पर जड़-शक्ति. जैसे–कोयला, पेट्रोल, डीजल एवं परमाणु शक्ति आदि का प्रयोग किया जाने लगा. स्वचालित यन्त्रों के प्रयोग से समाज में श्रम-विभाजन एवं विशेषीकरण पनपा, उत्पादन तीव्रगति से और अधिक मात्रा में होने लगा. समाज में पाई जाने वाली एकता के स्वरूप में भी परिवर्तन आया. दुर्खीम समाज में पाई जाने वाली इस एकता को 'सावयवी एकता' (Organic Solidarity) की संज्ञा देते हैं.
- **रॉबर्ट ब्लार्नर** ने अपने अध्ययन के पश्चात् पाया कि यन्त्रीकृत प्रौद्योगिकी पर आधारित उद्योगों ने जहाँ विस्तृत पैमाने पर उत्पादन को प्रोत्साहित किया. वहाँ अलगाव भी चरमसीमा पर पहुँच गया.
- जहाँ रॉबर्ट ब्लार्नर ने पाया कि स्वचालन वर्ग-संघर्ष की सम्भावना को कम करता है, वहीं फ्रांस के मार्क्सवादी समाजशास्त्री सार्ज मालेट ने अपने अध्ययन के आधार पर बताया कि स्वचालन वर्ग-संघर्ष की सम्भावना को बढ़ाता है.
- डंकन गैली ने अपने अध्ययन के पश्चात् बताया कि प्रौद्योगिकी के नवीन स्वरूपों का उद्भव किसी प्रकार के सामाजिक शून्य में नहीं होता, बल्कि ठीक से स्थापित संस्थात्मक व्यवस्थाओं वाले और सामाजिक संघर्ष के विशिष्ट प्रतिमानों वाले समाज में होता है.

प्रमुख अवधारणाएँ एवं सम्बन्धित समाजशास्त्री

1. सामूहिक प्रतिनिधान, सामूहिक चेतना, श्रम विभाजन, यान्त्रिक एकता एवं सावयवी एकता, सामाजिक तथ्य, आत्महत्या **— दुर्खीम**
2. सन्दर्भ समूह, माध्यमिक अभिसीमा सिद्धान्त, प्रकार्यवाद-प्रकार्य, अकार्य, प्रकट और अप्रकट प्रकार्य **— आर.के. मर्टन**
3. जाति की उत्पत्ति का प्रजातीय सिद्धान्त **— डॉ. घुरिए, रिजले**
4. अपराध का अनुकरण का सिद्धान्त **— गैबरियल टार्डे**
5. स्थानीयकरण एवं सार्वभौमीकरण **— मैकिम मेरियट**
6. मातृसत्तात्मक सिद्धान्त **— ब्रिफाल्ट, बेकोकन**
7. मौलिक मानवतावाद (रैडिकल ह्यूमनिज्म) **— एम.एन. राय**
8. सत्ता, नौकरशाही, सामाजिक क्रिया, अवबोधात्मक समाजशास्त्र (Verstehen Sociology) धर्म का समाजशास्त्र **— मैक्स वेबर**
9. सामाजिक परिवर्तन का सांस्कृतिक सिद्धान्त, भावनात्मक, चेतनात्मक एवं आदर्शात्मक संस्कृति **— सोरोकिन**
10. आर्थिक निर्धारणवाद, वर्ग-संघर्ष का सिद्धान्त, अतिरिक्त मूल्य का सिद्धान्त, इतिहास की भौतिक व्याख्या, अलगाव का सिद्धान्त, द्वन्द्वात्मक भौतिकवाद **— मार्क्स**

11. अन्तःसमूह एवं बाह्य समूह, जनरीतियाँ — समनर
12. लघु समुदाय, कृषक समाज, लोक संस्कृति, लघु एवं वृहद् परम्पराएं — रॉबर्ट रेडफील्ड
13. हरिजन एलीट — सच्चिदानन्द
14. प्रौद्योगिक निर्धारणवाद — वेब्लिन
15. सीमाओं का सिद्धान्त — सोरोकिन
16. समूह मन का सिद्धान्त — मैकूडूगल एवं ली बॉन
17. सांस्कृतिक तत्व या इकाई — विसलर
18. नातेदारी की श्रेणियाँ — मुरडॉक
19. सहानुभूत जादू, अनुकरणात्मक जादू, सांसर्गिक जादू — जेम्स फ्रेजर
20. पारस्परिक उत्तेजना का सिद्धान्त — आलपोर्ट
21. आभासी समूह — बोटोमोर
22. सांस्कृतिक लय का सिद्धान्त — ओपलर
23. स्थानीयकरण — मैकिम मैरियट
24. सामान्यीकृत अन्य — मीड
25. कुलीनतन्त्र का लौह नियम — रॉबर्ट माइकल
26. मुख्य भूमिका — ई.टी. हिलर
27. सापेक्ष वंचना — एस.ए. स्टाउफर
28. संस्कृति की प्रेरक मान्यताएं — ओपलर
29. संस्कृति क्षेत्र — विसलर
30. ऑफिस स्थिति संकुल तथा स्तर — किंग्सले डेविस
31. जीवन पथ के संस्कार — वान गेनप

वस्तुनिष्ठ प्रश्न

1. भारत में छोटे आकार वाले शहरों की तुलना में वर्ग-I के शहरों की उच्चतर दर से वृद्धि हो रही है. केवल इन्हीं शहरों में–
   (A) भारत की कुल नगरीय जनसंख्या 50% से कम लोग बसते हैं
   (B) भारत की कुल नगरीय जनसंख्या के 60% से अधिक लोग बसते हैं
   (C) भारत की कुल नगरीय जनसंख्या के 40% से अधिक लोग बसते हैं
   (D) भारत की कुल नगरीय जनसंख्या के 70% से अधिक लोग बसते हैं

2. वेतन और काम की सुविधाओं को लेकर कारखाने में मजदूरों तथा प्रबन्धकों के बीच झगड़ा चल रहा है. मेज पर बैठकर संवाद के जरिए, मजदूरों तथा प्रबन्धकों के प्रतिनिधियों ने झगड़ा निपटाने के भरसक प्रयास किए. बहुत कोशिशों के बावजूद वे झगड़ा निपटाने में असमर्थ रहे, जिसके फलस्वरूप सरकार को हस्तक्षेप करना पड़ा. उपर्युक्त मामले में औद्योगिक विवादों को निपटाने के तरीके सम्मिलित हैं. ये तरीके हैं–
   (A) समझाना-बुझाना और न्याय-निर्णय
   (B) मध्यस्थता और सामूहिक सौदेबाजी
   (C) न्याय-निर्णय और मध्यस्थता
   (D) सामूहिक सौदेबाजी और समझाना-बुझाना

3. सूची-I (उद्योग) को सूची-II (विशेषता) से सुमेलित कीजिए तथा सूचियों के नीचे दिए गए कूट का प्रयोग कर सही उत्तर चुनिए–

सूची-I (उद्योग)	**सूची-II (विशेषता)**
(a) कपड़ा उद्योग	1. पूँजी प्रगाढ़ता
(b) पेट्रोल उद्योग	2. श्रम प्रगाढ़ता
(c) बैंक उद्योग	3. लोचशील श्रम
(d) डॉट कॉम उद्योग	4. सेवाएँ

कूट :

	(a)	(b)	(c)	(d)
(A)	2	1	4	3
(B)	4	3	2	1
(C)	2	3	4	1
(D)	4	1	2	3

4. निम्नलिखित आर्थिक इकाइयों के आय-स्तर में असमानता को निम्नलिखित में से किससे मापते हैं?

(A) आपूर्ति वक्र (B) माँग वक्र

(C) मूल्य वक्र (D) लॉरेन्ज वक्र

5. निम्नलिखित में से कौनसी प्रक्रिया है, जिसके द्वारा मध्यमवर्ग के कुछ अंश श्रमिक वर्ग में प्रभावशाली रूप से आत्मसात हो जाते हैं?

(A) पूँजीपतिकरण

(B) सर्वहाराकरण

(C) विमुखता

(D) समरसताकरण

6. नगरीय विकास में 'भद्रलोकीकरण' कब होता है?

(A) जब विदेश से आए प्रवासी वहाँ रहने लगते हैं

(B) जहाँ फैशनेबल पड़ोस का नगरीय पुनरुत्थान होता है

(C) जहाँ सीमान्तीय समूह लगते हैं

(D) जहाँ वयोवृद्ध लोग रहते हैं

7. नगरीय समाज में मानवीय सम्बन्ध अभिलक्षित होते हैं–

(A) पारस्परिक विश्वास से

(B) बढ़े हुए संचार से

(C) बढ़ी हुई प्राथमिक अन्योन्यक्रिया से

(D) अप्रत्यक्ष और निर्वैयक्तिक सम्पर्कों से

8. निम्नलिखित विशेषताओं पर विचार कीजिए–

1. विनिमय तथा वस्तु विनिमय पर आधारित आर्थिक सम्बन्ध.
2. पूँजी पदार्थों का निर्माण.
3. तकनीकी योग्यताओं पर आधारित विशिष्टीकरण का अभाव.
4. नियमित बाजार का अभाव.

इनमें से कौनसी आदिम अर्थव्यवस्था की मुख्य विशेषताएँ हैं?

(A) 1, 2 तथा 3 (B) 1, 3 तथा 4

(C) 2, 3 तथा 4 (D) 1 तथा 4

9. सूची-I (सिद्धान्त) को सूची-II (विचारक) के साथ सुमेलित कीजिए और सूचियों के नीचे दिए गए कूट का प्रयोग कर सही उत्तर चुनिए–

सूची-I (सिद्धान्त)

(a) मानव पारिस्थितिकी

(b) नगरवाद जीवन के एक ढंग के रूप में

(c) गरीबी की संस्कृति

(d) लोग-नगरीय निरन्तरता

सूची-II (विचारक)

1. रॉबर्ट रेडफील्ड 2. रॉबर्ट ई. पार्क

3. लुई वर्थ 4. मैक्स वेबर

5. ऑस्कर लेविस

कूट :

	(a)	(b)	(c)	(d)
(A)	2	3	5	1
(B)	5	4	2	3
(C)	2	4	5	3
(D)	5	3	2	1

10. नगरीय विश्लेषण में पारिस्थितिक उपागम के विकास का श्रेय जाता है–

(A) फ्रैन्कफर्ट स्कूल को (B) वियना स्कूल को

(C) शिकागो स्कूल को (D) मैनचेस्टर स्कूल को

11. सन् 1981 की जनगणना के अनुसार भारत के नगरीय क्षेत्रों में रहने वाली जनसंख्या का प्रतिशत था–

(A) 20·4% (B) 23·7%

(C) 24·8% (D) 26·4%

12. निम्नलिखित में से किसने 'लोक-नगरीय निरन्तरता' शब्दावली को जन्म दिया?

(A) आर. ई. पार्क (B) आर. रेडफील्ड

(C) आर. डेहरेनडॉर्फ (D) बी. के. मैलिनोवस्की

13. सूची-I (अवधारणा) को सूची-II (विद्वान्) से सुमेलित कीजिए तथा सूचियों के नीचे दिए गए कूट का प्रयोग कर सही उत्तर चुनिए–

सूची-I (अवधारणा)

(a) समजातीय पारिस्थितिकीय तन्त्र

(b) गाँव एवं गणतन्त्र की भाँति

(c) उपनगरीय समूहन

(d) जग-दिखावे के लिए उपभोग

सूची-II (विद्वान्)

1. पैट्रिक गिड्डिस 2. चार्ल्स मैटकॉफ

3. टी. वेब्लन 4. रॉबर्ट पार्क

कूट :

	(a)	(b)	(c)	(d)
(A)	1	2	4	3
(B)	4	3	1	2
(C)	1	3	4	2
(D)	4	2	1	3

14. निम्नलिखित में से किसने समाज को, लोक तथा नगरीय, दो विस्तृत भागों में विभक्त किया है?
(A) आर. ए. निस्बेट (B) एल. एच. मॉर्गन
(C) जी. लेन्स्की (D) रॉबर्ट रेडफील्ड

15. निम्नलिखित कथनों पर विचार कीजिए–
एक औद्योगिक समाज चिह्नित होता है–
1. वृहत् स्तर की सामाजिक गतिशीलता से.
2. विस्तृत श्रम-विभाजन से.
3. पूर्व प्रतिष्ठित अर्जित प्रस्थिति से.
4. व्यापक स्वचलन से.
इनमें से कौनसे सही हैं?
(A) 1, 2 और 4 (B) 2, 3 और 4
(C) 2 और 3 (D) 1 और 4

16. सूची-I (पुस्तकें) को सूची-II (लेखक) के साथ सुमेलित कीजिए और सूचियों के नीचे दिए गए कूट का प्रयोग कर सही उत्तर चुनिए–
सूची-I (पुस्तकें)
(a) हिस्ट्री ऑफ यूनियनिज्म
(b) लेबर प्रोब्लम्स इन इण्डियन इण्डस्ट्री
(c) दि न्यू मैन ऑफ पॉवर
(d) यूनियन डेमोक्रेसी
सूची-II (लेखक)
1. वी. वी. गिरि 2. एस. एम. लिपसेट
3. सी. डब्ल्यू. मिल्स 4. एस. डी. पणिक्कर
5. सिडनी व ब्रिटिश वेब

कूट :

	(a)	(b)	(c)	(d)
(A)	3	1	2	5
(B)	5	4	3	2
(C)	3	4	2	5
(D)	5	1	3	2

17. नगरीय पुनर्चक्रण की संकल्पना का अर्थ है–
(A) प्रदूषण रोकने की क्रियाविधि
(B) उद्योगों को शहर में दूसरी जगह स्थानान्तरित करना
(C) पुरानी इमारतों का नवीकरण एवं नई इकाइयों का निर्माण
(D) शहर को किसी दूसरी जगह स्थानान्तरित करना

18. नगरों का अव्यवस्थित अतिवृद्धि को, जिसमें प्रायः भूमि का बिना योजना के तरीकों से उपयोग शामिल हो, सबसे ठीक-ठीक कहा जाता है–
(A) नगरीय फैलाव (B) पट्टी नगर
(C) वृहद् नगर (D) नगरीय परिधि

19. भारतीय आवासीय योजना बनाई गई, वर्ष–
(A) 1985 में (B) 1987 में
(C) 1991 में (D) 1999 में

20. वर्ष 1991 की जनगणना के अनुसार भारत में नगरीय संकुलनों की संख्या थी–
(A) 3768 (B) 2590
(C) 4444 (D) 5867

21. सूची-I को सूची-II से सुमेलित कीजिए तथा सूचियों के नीचे दिए गए कूट का प्रयोग करते हुए सही उत्तर चुनिए–
सूची-I
(a) महानगर (मेट्रोपोलिस)
(b) मेगालोपोलिस
(c) टायरेनोपोलिस
(d) नेक्रोपोलिस
सूची-II
1. मृतकों का नगर.
2. एक नगर मातृ नगर (मदर सिटी) बनने के लिए क्षेत्र के अन्दर एक बड़ी संख्या में निवासियों को आकर्षित करने में सफल हो जाता है.
3. सांस्कृतिक विवर्धन की अवस्था.
4. पूरे आर्थिक और सामाजिक क्षेत्रों में परजीविता का विस्तार.

कूट :

	(a)	(b)	(c)	(d)
(A)	1	2	3	4
(B)	2	3	4	1
(C)	1	3	4	2
(D)	2	4	3	1

22. लुई वर्थ ने नगरवाद को तीन विशेषकों के रूप में परिभाषित किया है. निम्नलिखित में से कौन एक उनकी सूची में शामिल नहीं है?
(A) गतिशीलता (B) आकार
(C) घनत्व (D) विषमता

23. मध्य-पूर्व के अपने अग्रणी अध्ययनों में लर्नर ने विविध निष्कर्ष प्रस्तुत किए. निम्नलिखित में से कौनसा एक उसका निष्कर्ष नहीं है?
(A) नगरीय वृद्धि साक्षरता-स्तर को बढ़ाने की ओर अभिमुख होती है

(B) बढ़ती हुई साक्षरता संचार-माध्यम प्रभावन को बढ़ाने की ओर अभिमुख होती है

(C) बढ़ते हुए संचार-माध्यम प्रभावन के परिणामस्वरूप आर्थिक तथा राजनीतिक सहभागिता में और अधिक व्यापकता आती है

(D) व्यापक आर्थिक तथा राजनीतिक सहभागिता वर्ग-संघर्ष की ओर ले जाती है

24. वह सिद्धान्त जिसके अनुसार प्रत्येक श्रमिक के कार्य दूसरे श्रमिक के कार्यों के साथ सरलीकृत तथा समाकलित हो जाते हैं, है–

(A) बैबेज सिद्धान्त (B) पीटर का सिद्धान्त

(C) पार्किन्सन का नियम (D) टेलर प्रणाली

25. सूची-I को सूची-II से सुमेलित कीजिए तथा सूचियों के नीचे दिए गए कूट का प्रयोग करते हुए सही उत्तर चुनिए–

सूची-I

(a) ओस्वाल्ड स्पेन्गलर (b) पिट्रिम ए. सोरोकिन

(c) सी. अर्नेस्ट वेस्टरमार्क (d) डब्ल्यू. एफ. ऑगबर्न

सूची-II

1. सोशल चेन्ज.
2. दि डिक्लाइन ऑफ द वेस्ट.
3. सोशल एण्ड कल्चरल डायनेमिक्स.
4. स्टडीज इन हिस्ट्री.
5. हिस्ट्री ऑफ ह्यूमन मैरिज.

कूट :

	(a)	(b)	(c)	(d)
(A)	3	2	5	4
(B)	3	4	5	1
(C)	2	3	4	1
(D)	2	3	5	1

26. निम्नलिखित में से कौनसा एक, उस प्रक्रिया को निर्दिष्ट करता है, जिसमें नगरीय फैलाव के अन्तर्गत पड़ोसी ग्राम एवं समुदाय नगर में समायोजित हो जाते हैं?

(A) नगरीकरण (B) अति-नगरीकरण

(C) उप-नगरीकरण (D) अर्ध-नगरीकरण

27. प्राचीन नगरीय विकास के निम्नलिखित स्थलों को उनके काल क्रमानुसार लगाइए–

1. सिन्धु घाटी
2. टिगरिस और यूफ्रेटिस घाटी
3. पीत नदी घाटी
4. नील घाटी

नीचे दिए गए कूट का प्रयोग कर सही उत्तर चुनिए–

(A) 2, 4, 1, 3 (B) 3, 4, 2, 1

(C) 2, 3, 1, 4 (D) 4, 1, 2, 3

28. सूची-I को सूची-II से सुमेलित कीजिए तथा सूचियों के नीचे दिए गए कूटों का प्रयोग करते हुए सही उत्तर चुनिए–

सूची-I (लेखक)	**सूची-II (पुस्तक)**
(a) एडगर बटलर	1. 'सिटीज इन इवॉल्यूशन'
(b) पैट्रिक गीड्स	2. 'दि सिटी'
(c) गिस्ट एवं हलबर्ट	3. 'अर्बन सोशियोलॉजी'
(d) मैक्स वेबर	4. 'अर्बन सोसायटी'

कूट :

	(a)	(b)	(c)	(d)
(A)	3	1	2	4
(B)	3	1	4	2
(C)	1	3	2	4
(D)	1	3	4	2

29. सूची-I को सूची-II से सुमेलित कीजिए तथा सूचियों के नीचे दिए गए कूटों का प्रयोग करते हुए सही उत्तर चुनिए–

सूची-I (अवधारणा)

(a) संवेदनशील संस्कृति

(b) अभौतिक संस्कृति

(c) उत्पादन की शक्तियाँ

(d) कारीगरी की सहज-प्रवृत्ति

सूची-II (विचारक के नाम)

1. सोरोकिन
2. ऑगबर्न
3. मार्क्स
4. वेब्लन

कूट :

	(a)	(b)	(c)	(d)
(A)	1	2	3	4
(B)	1	2	4	3
(C)	2	1	4	3
(D)	2	1	3	4

30. जब नगरीय जनसंख्या में वृद्धि होती है और सम्पूर्ण जनसंख्या में नगरीय जनसंख्या का अनुपात स्थिर रहता है, तो इसे कहा जाता है–

(A) नगरीकरण (B) अति-नगरीकरण

(C) नगरीय वृद्धि (D) जनसंख्या स्थायित्व

निर्देश–(प्रश्न 31 से 34 तक) (चार) प्रश्नांशों में दो वक्तव्य हैं. एक को 'कथन (A)' तथा दूसरे को 'कारण (R)' कहा गया है. इन दोनों वक्तव्यों का सावधानीपूर्वक परीक्षण कर इन प्रश्नांशों का उत्तर नीचे दिए गए कूट की सहायता से चुनिए–

कूट :

(A) (A) और (R) दोनों सही हैं तथा (R), (A) का सही स्पष्टीकरण है

(B) (A) और (R) दोनों सही हैं, परन्तु (R), (A) का सही स्पष्टीकरण नहीं है

(C) (A) सही है, परन्तु (R) गलत है

(D) (A) गलत है, परन्तु (R) सही है

31. **कथन (A) :** नगरों में स्वैच्छिक संस्थाएँ अधिक संख्या में पाई जाती हैं.

कारण (R) : जैव समेकता उच्च नैतिकता सघनता का परिणाम है.

32. **कथन (A) :** सन् 1618 तथा सन् 1648 के वर्षों के बीच यूरोपीय जनसंख्या भारी मात्रा में घटी.

कारण (R) : 1618 तथा 1648 वर्षों के बीच यूरोपीय देशों ने विज्ञान तथा प्रौद्योगिक में क्रान्तिकारी परिवर्तन देखे और वे अपेक्षाकृत शान्तिमय अवधि से गुजर रहे थे.

33. **कथन (A) :** नगरीकरण की शक्तियाँ परिवार को विसंगठित करती हैं.

कारण (R) : नगरीय मूल्यों तथा स्थायी सम्बन्धों में बैर होता है.

34. **कथन (A) :** उद्योगोत्तर समाज में सेवा अर्थव्यवस्था तथा बौद्धिक प्रौद्योगिकी की विशेषताएँ होती हैं.

कारण (R) : उद्योगोत्तर समाज में मूल बल उत्पादन के अधिकतमीकरण पर दिया जाता है.

35. सूची-I को सूची-II से सुमेलित कीजिए तथा सूचियों के नीचे दिए गए कूट का प्रयोग करते हुए सही उत्तर चुनिए–

सूची-I	**सूची-II**
(a) झुग्गी-झोंपड़ी बस्ती	1. पुरुष कामगारों का क्षेत्र
(b) मजदूर संघ	2. बाजार
(c) वस्तु उत्पादन	3. श्रमिक नेता
(d) उत्पादन की बिक्री	4. कारखाना
	5. प्रविधितन्त्री

कूट :

	(a)	(b)	(c)	(d)
(A)	1	3	4	2
(B)	3	1	2	5
(C)	1	3	2	5
(D)	3	1	4	2

निर्देश–(प्रश्न 36 से 39 तक) नीचे दो वक्तव्य दिए गए हैं, जिनमें से एक को कथन (A) तथा दूसरे को कारण (R) कहा गया है. इन दोनों वक्तव्यों का सावधानीपूर्वक परीक्षण कर इन प्रश्नों का उत्तर नीचे दिए हुए कूट की सहायता से चुनिए–

कूट :

(A) (A) और (R) दोनों सही हैं तथा (R), (A) का सही स्पष्टीकरण है

(B) (A) और (R) दोनों सही हैं, परन्तु (R), (A) का सही स्पष्टीकरण नहीं है

(C) (A) सही है, परन्तु (R) गलत है

(D) (A) गलत है, परन्तु (R) सही है

36. **कथन (A) :** विचलन प्रतिमानहीनता से प्रत्यक्ष रूप से जुड़ा है.

कारण (R) : औद्योगिक नगरीय समुदाय अहंवाद को बढ़ावा देते हैं.

37. **कथन (A) :** नगरीय समाज के सदस्य आंगिक संहति के द्वारा आपस में बँधे होते हैं.

कारण (R) : व्यक्तिवाद नगरीय सामाजिक संरचना की विशेषता है.

38. **कथन (A) :** नगरीय व्यक्ति अधिकांश समय द्वितीयक समूहों में सहभागिता करता है तथा अपनी आवश्यकताओं की पूर्ति करता है.

कारण (R) : आधुनिक समाजों में प्राथमिक समूहों का अस्तित्व समाप्त हो रहा है.

39. **कथन (A) :** मार्क्स के अनुसार नगरीकरण श्रम विभाजन तथा वर्ग रचना का आधार बना.

कारण (R) : जबकि दूसरी तरफ यह प्रशासन, पुलिस, कराधान इत्यादि की आवश्यकता को उपलक्षित करता है.

40. सूची-I को सूची-II से सुमेलित कीजिए तथा सूचियों के नीचे दिए कूट का प्रयोग करते हुए सही उत्तर चुनिए–

सूची-I

(a) संकेन्द्री-अंचल सिद्धान्त

(b) केन्द्रीय स्थान अवस्थिति सिद्धान्त

(c) क्षेत्रक सिद्धान्त

(d) बहु केन्द्रक सिद्धान्त

सूची-II

1. अर्नेस्ट बर्गेस
2. क्रिस्टॉलर
3. होमर हॉयट
4. हैरिस एवं उलमैन

कूट :

	(a)	(b)	(c)	(d)
(A)	2	1	3	2
(B)	1	2	4	3
(C)	1	2	3	4
(D)	2	1	4	3

41. निम्नलिखित में से कौन-कौनसे पूँजीवादी स्वरूप के उत्पादन में महिलाओं की कार्यशक्ति की विशेषता प्रस्तुत करते हैं?

1. आरक्षित सेना
2. प्रयोज्य श्रमिक
3. अंश-कालिक श्रमिक
4. श्रमबल

नीचे दिए गए कूट का प्रयोग करते हुए सही उत्तर चुनिए–

कूट :

(A) 1, 2 और 3 (B) 2, 3 और 4
(C) 1, 2 और 4 (D) 1, 3 और 4

42. ग्रामीण तथा नगरीय रूप में मानव बस्तियों के वितरण से बनता/ती है–

(A) द्विभाजन (B) सातत्यक
(C) द्वन्द्वात्मक व्यवस्था (D) नगरीय विकास

43. पुस्तक 'सोशियोलॉजी ऑफ इकोनॉमिक लाइफ' का लेखक है–

(A) ए. एट्जिओनी (B) जे. शुम्पीटर
(C) नील जे. स्मेल्सर (D) एम. वेबर

44. रॉबर्ट ब्लाउनर के अनुसार, प्रयुक्त प्रौद्योगिकी के स्तर और विसम्बन्धन के बीच X है, यहाँ X का आशय है–

(A) एक समान सम्बन्ध
(B) एक प्रतिलोम सम्बन्ध
(C) एक सकारात्मक सम्बन्ध
(D) कोई भी सम्बन्ध नहीं

45. एन्गेल्स के अनुसार–

(A) एक स्त्री का कार्य कभी पूर्ण नहीं होता
(B) श्रम के लिए स्त्रियाँ सबसे आखिर में ली जाती हैं और काम में सबसे पहले उन्हें ही निकाला जाता है
(C) स्त्रियाँ एक सुरक्षित श्रम शक्ति निर्मित करती हैं
(D) स्त्रियाँ केवल मौसमी श्रम शक्ति हो सकती हैं

46. नगर शब्द का अंग्रेजी रूपान्तरण 'City' किस शब्द से बना है?

(A) लैटिन (B) ग्रीक
(C) फ्रेंच (D) जर्मन

47. किसने कहा कि "नागरिक जीवन सम्बन्धी व्यवहार का ग्रामीण समुदाय पर प्रसार हो जाने का नाम, 'नगरीकरण' है?"

(A) ब्रीज (B) गोल्ड तथा कोल्ब
(C) डेविस (D) थॉमसन

48. किसने कहा कि "नगरीकरण एक निश्चित प्रक्रिया है; परिवर्तन का वह चक्र है जिसमें कोई समाज कृषक से औद्योगिक समाज में परिवर्तित होता है?"

(A) डेविस (B) मिचेल
(C) बर्गल (D) थॉमसन

49. निम्नलिखित में से किसने कहा कि "ग्रामीण क्षेत्रों के नगरीय क्षेत्रों में परिवर्तन होने की प्रक्रिया को ही हमें नगरीकरण कहना चाहिए?"

(A) मिचेल (B) बर्गल
(C) थॉमसन (D) डेविस

50. निम्नलिखित में से किसने नगरीकरण को नगरीय बनने की प्रक्रिया माना है?

(A) बर्गल (B) मिचेल
(C) डेविस (D) नेल्स एण्डरसन

51. "औद्योगीकरण का तात्पर्य आर्थिक उत्पादन के लिए शक्ति के निर्जीव साधनों का विस्तृत प्रयोग है. वह सब कुछ संगठन, यातायात एवं सन्देशवाहन आदि के द्वारा उत्पन्न होता है." यह कथन है–

(A) बिल्बर्ट मूर का (B) गेराल्ड ब्रीज का
(C) क्लार्क केर का (D) पी-कांग-चांग का

52. पोर्टलैथ प्रथा कहाँ पाई जाती है?

(A) भारत में (B) अमरीका में
(C) फ्रांस में (D) ब्रिटेन में

53. "बाजार शब्द का आशय किसी स्थान विशेष से नहीं वस्तु अथवा वस्तुओं एवं क्रेताओं और विक्रेताओं से होता है, जो आपस में प्रत्यक्ष रूप से प्रतियोगिता करते हैं." यह कथन है—

(A) चैपमेन का (B) केअर्नक्रास का
(C) मार्शल का (D) इनमें से किसी का नहीं

54. सूची-I (अवधारणा) को सूची-II (चिन्तक) के साथ सुमेलित कीजिए और सूचियों के नीचे दिए गए कूट का प्रयोग कर सही उत्तर चुनिए–

सूची-I (अवधारणा)	सूची-II (चिन्तक)
(a) उत्तर-पूँजीवादी समाज	1. कॉन और वाइनर
(b) उत्तर-आधुनिक युग	2. रॉल्फ डेहरेनडॉर्फ
(c) उत्तर-मध्यवर्गीय व्यवस्था	3. एमिताई एत्जियोनी
(d) उत्तर-आर्थिक समाज	4. जॉर्ज लिक्थाईम

कूट :

	(a)	(b)	(c)	(d)
(A)	2	3	4	1
(B)	4	1	2	3
(C)	2	1	4	3
(D)	4	3	2	1

55. लैम्बर्ट द्वारा भारतीय फैक्ट्री के अध्ययन के निष्कर्षों से निम्नलिखित में से किस कथन की पुष्टि होती है?
(A) फैक्ट्री की सामाजिक संरचना में पारम्परिक, सामाजिक संरचना के अनेक तत्व होते हैं
(B) अपनी उन्मुखता में भारतीय फैक्ट्री व्यवस्था मूलतः प्रभावशाली है
(C) भर्ती हेतु भारत में फैक्ट्रियाँ सभी के लिए खुली हैं
(D) फैक्ट्रियों में नियुक्ति से ऊर्ध्वगामी गतिशीलता निश्चित हो जाती है

56. सन्त्रांतिक युग में लोगों को 'अल्फा' और 'बीटा' श्रेणियों में डाला गया है. निम्नलिखित में से कौन 'अल्फा श्रेणी' में आते हैं?
(A) निरक्षर आदिवासी
(B) कृषक
(C) ग्रामीण दुकानदार
(D) प्रशिक्षित वैज्ञानिक और व्यवसायी

57. निम्नलिखित कथनों में से कौनसा एक सही है?
औद्योगिक समाज का अर्थ है–
(A) यान्त्रिकी एकता की दुर्खीम की अवधारणा
(B) गेसलशाफ्ट का टॉनीज का मॉडल
(C) पारसन्स का सामूहिक अभिमुखीकरण मॉडल
(D) रेडफील्ड का आदि समाज का प्रकार

58. सूची-I (विद्वान्) को सूची-II (नगरों का वर्गीकरण) के साथ सुमेलित कीजिए तथा सूचियों के नीचे दिए गए कूट का प्रयोग करते हुए सही उत्तर चुनिए–

सूची-I (विद्वान्)
(a) हेनरी पिरेने
(b) बी. एफ. हासलिज
(c) रॉबर्ट रेडफील्ड और मिल्टन सिंगर
(d) फिलिप एम. हॉसर

सूची-II (नगरों का वर्गीकरण)
1. पूर्व औद्योगिक, औद्योगिक तथा महानगरीय.
2. नियत विकसित तथा विषम विकसित.
3. प्रजनक तथा परजीवित नगर.
4. राजनीतिक-बौद्धिक तथा आर्थिक केन्द्र.

कूट :

	(a)	(b)	(c)	(d)
(A)	1	3	2	4
(B)	4	2	3	1
(C)	1	2	3	4
(D)	4	3	2	1

59. फिलिप एम. हॉसर के अनुसार, ग्रामीण क्षेत्रों से शहरी क्षेत्रों में लोगों का प्रवसन, कहलाता है–
(A) जनसंख्या अन्तः स्फोटन
(B) जनसंख्या विःस्फोटन
(C) जनसंख्या तकनीकी स्फोटन
(D) जनसंख्या परिस्फोटन

60. निम्नलिखित में से नगरों से सम्बन्धित कौनसा युग्म सही सुमेलित नहीं है?
(A) कृषितर क्रियाविधियाँ – व्यापार तथा वाणिज्य
(B) स्वैच्छिक संस्थाएँ – हित समूह
(C) आभासी – शहरी चमक-दमक
(D) सामाजिक गतिशीलता – स्थैतिक जनसंख्या

61. शहरी समुदाय के विकास विन्यास, भौतिक स्वरूप तथा सामाजिक समूहों के वितरण का स्थानिक अध्ययन कहलाता है–
(A) शहरी भूगोली
(B) शहरी आकारिकी
(C) शहरी पारिस्थितिकी
(D) शहरी संस्थिति-विज्ञान

62. निम्नलिखित में से किसका मत है कि जहाँ नगर का अन्त होता है और देहाती क्षेत्र का प्रारम्भ होता है, के बीच कोई सुस्पष्ट सीमांकन नहीं होता है?
(A) आर. एम. मैकाइवर (B) जे. मैज
(C) ई. मेयो (D) डब्ल्यू. मैक्डूगल

63. निम्नलिखित कथनों पर विचार करें–
शहर विकसित होते हैं, जहाँ–
1. संसाधनों का आधिक्य होता है.
2. इसमें सम्मिलित समाज अथवा समूह मात्र जीवन पुष्टि के लिए आवश्यकता से अधिक संसाधनों पर नियन्त्रण कर लेते हैं.
3. पर्याप्त मानव शक्ति.
उपर्युक्त कथनों में कौनसा सही है?
(A) केवल 2 (B) 1 और 2
(C) 1 और 3 (D) 1, 2 और 3

64. सूची-I को सूची-II के साथ सुमेलित कीजिए और सूचियों के नीचे दिए गए कूट की सहायता से सही उत्तर का चयन कीजिए–

सूची-I	सूची-II
(a) हेनरीमैन	1. युयुत्सु-औद्योगिक
(b) लैवी मॉर्गन	2. लोक-नागरिक सातत्य
(c) हर्बर्ट स्पेन्सर	3. प्रस्थिति-संविदा
(d) रॉबर्ट रेडफील्ड	4. धर्मरूढ़-धर्मनिरपेक्ष
	5. गैमिनशाफ्ट गैसिलशाफ्ट

कूट :

	(a)	(b)	(c)	(d)
(A)	1	2	3	5
(B)	2	3	4	1
(C)	3	4	1	2
(D)	4	1	2	5

65. निम्नलिखित में से किसने सघन ग्रामीण जनसंख्या वाले पूँजी-निर्धन राष्ट्रों में कुटीर और लघु उद्योगों को बनाए रखने का समर्थन किया है?

(A) एडम स्मिथ (B) एम. जे. लेवी
(C) सी. पी. किन्डलबर्गर (D) डब्ल्यू. ऑर्थर लुइस

66. दुर्खीम के अनुसार निम्नलिखित में से कौन एक आधुनिक आर्थिक विकास की पूर्वापेक्षा है?

(A) सामूहिक अन्तर्चेतना (B) सामूहिक प्रतिनिधान
(C) यान्त्रिक एकत्व (D) सावयवी एकत्व

67. नगरीय वृद्धि में निम्न में से कौनसी पारिस्थितिकीय प्रक्रिया नहीं है?

(A) केन्द्रीयकरण (B) विकेन्द्रीकरण
(C) आक्रमण (D) उपनगरीयता

68. दो या अधिक व्यापारिक संगठनों के बीच वह समझौता जिसमें उनके बीच उत्पादन सीमित करने, दाम नियत करने आदि कतिपय विनिर्दिष्ट तरीकों से प्रतिस्पर्धा को सीमित किया जाए, क्या कहलाता है?

(A) एकाधिकार (B) कुलीनतन्त्र
(C) उत्पादक संघ (D) संचय

69. निम्नलिखित में से कौनसा एक कथन सही है?
आधुनिक जटिल समाज में कमतर से कमतर निगमों द्वारा अर्थव्यवस्था की प्रतिस्पर्धा को कहते हैं–

(A) अल्पाधिकार (ओलिगोपॉली)
(B) अधिकारीतन्त्रीकरण
(C) व्यवसायीकरण
(D) कुलीनतन्त्र

70. रेडफील्ड तथा सिंगर के विचार में प्राथमिक नगरीकरण की प्रक्रिया को किसके विकास से विशेषीकृत किया जाता है?

(A) लोक परम्परा (B) अभिजात परम्परा
(C) वृहद् परम्परा (D) लघु परम्परा

71. सूची-I को सूची-II के साथ सुमेलित कीजिए तथा सूचियों के नीचे दिए गए कूट से सही उत्तर का चयन कीजिए–

सूची-I (अवधारणाएँ)
(a) नागर रूप
(b) लोक-नागरिक सातत्य
(c) लघु परम्परा तथा वृहद् परम्परा
(d) गरीबी की संस्कृति

सूची-II (लेखक)
1. ऑस्कर लेविस 2. एल. बर्थ
3. आर. रैडफील्ड 4. मिल्टन सिंगर

कूट :

	(a)	(b)	(c)	(d)
(A)	4	3	2	1
(B)	2	3	4	1
(C)	3	1	4	2
(D)	2	4	1	3

72. निम्नलिखित में से किन प्रक्रियाओं के साथ नगरीय विकास आवश्यक रूप से सम्बद्ध है?

1. ग्रामीण क्षेत्रों में अधिशेष खाद्य उत्पादन.
2. ग्रामीण क्षेत्रों में अधिशेष जनसंख्या.
3. अधिशेष अकृष्य भूमि.

निम्नलिखित कूट से सही उत्तर का चयन कीजिए–

(A) 1, 2 तथा 3 (B) 1 तथा 2
(C) 2 तथा 3 (D) 1 तथा 3

73. सूची-I को सूची-II से सुमेलित कजिए तथा सूचियों के नीचे दिए गए कूट से सही उत्तर का चयन कीजिए–

सूची-I (नगरीय प्रस्थिति के सन्दर्भ में रैंक विन्यास)
(a) प्रथम
(b) द्वितीय
(c) तृतीय
(d) चतुर्थ

सूची-II (राज्य)
1. गुजरात
2. उत्तर प्रदेश
3. बिहार
4. पश्चिम बंगाल

कूट :

	(a)	(b)	(c)	(d)
(A)	1	2	3	4
(B)	1	3	4	2
(C)	3	4	1	2
(D)	4	3	2	1

74. शहरी तथा ग्रामीण बस्तियों के उस बड़े जमावड़े को जिसकी सारी बस्तियाँ उस क्षेत्र के प्रमुख महानगर के सम्बन्धों से परस्पर जुड़ी हैं, कहा जाता है–
(A) सिटी प्रौपर (B) सिटी एरिया
(C) मैट्रोपॉलिटन एरिया (D) मैट्रोपॉलिटन रीजन

75. ममफोर्ड द्वारा प्रदत्त नगर के विकास की अवस्थाओं का सही क्रम क्या है?
1. पोलिस
2. इयोपोलिस
3. मैट्रोपोलिस
निम्नलिखित कूट से सही उत्तर का चयन कीजिए–
(A) 1, 2, 3 (B) 1, 3, 2
(C) 2, 1, 3 (D) 3, 1, 2

76. निम्नलिखित में से कौनसा कथन सही नहीं है?
(A) एक क्षेत्र की औपचारिक सीमाएँ होनी चाहिए
(B) एक क्षेत्र की एक विशिष्ट भौगोलिक विशेषता होनी चाहिए
(C) एक क्षेत्र आमतौर पर ग्रामीण तथा नगरीय समुदायों को मिलाकर एक कर देता है
(D) एक क्षेत्र अनेक प्रकार के हितों तथा क्रिया-कलापों को अपने में निहित करता है

77. एडवार्ड्स ने बिना ग्राम्य केन्द्र वाले एक ग्रामीण समुदाय का उल्लेख किया है, इस रूप में–
(A) लाइन ग्राम (B) ओपन-कंट्री समुदाय
(C) डाउन-कंट्री समुदाय (D) क्लोज्ड समुदाय

78. निम्नलिखित में से नगरीय समुदाय की विशेषताएँ कौनसी हैं?
1. वृहत् आकार.
2. स्वयंसेवी संस्थाओं की अधिकता.
3. अज्ञानता (Anonymity).
4. सम्पत्ति का संकेन्द्रण.
5. द्वितीयक तथा तृतीयक व्यवसायों की अधिकता.
निम्नलिखित कूट में से सही उत्तर का चयन कीजिए–
(A) 1, 2 तथा 4 (B) 2, 3 तथा 4
(C) 1, 2, 3 तथा 5 (D) 3, 4 तथा 5

79. छिटपुट ग्रामीण बस्तियाँ आमतौर पर पायी जाती हैं–
(A) आन्ध्र प्रदेश में (B) कर्नाटक में
(C) केरल में (D) तमिलनाडु में

80. 'अतिनगरीकरण' शब्द निम्न चार अर्थों में किससे सबसे अधिक नजदीक है?
(A) तीव्र नगरीकरण
(B) नगरीकरण ग्रामीण विकास की लागत पर
(C) आवश्यक आधारित संरचना के बिना नगरीकरण
(D) महानगर का उद्भव

81. ग्रामीण समाज तथा नगरीय समाज में अन्तर प्रस्तुत करने के लिए सोरोकिन ने निम्नलिखित में किन मापदण्डों का प्रयोग किया है?
1. व्यवसाय 2. जनसंख्या का आकार
3. अन्तर्क्रिया की व्यवस्था 4. विषमरूपता
5. गतिशीलता
निम्नलिखित कूट से सही उत्तर का चयन कीजिए–
(A) 1, 2 और 3 (B) 2, 3 और 4
(C) 3, 4 और 5 (D) 1, 2 और 4

82. निम्नलिखित में भारतीय समाज के वे कौनसे आधार हैं जिन पर क्षेत्रीय सीमांकन किया जाता है?
1. सांस्कृतिक तथा भाषायी कारक.
2. ऐतिहासिक तथा प्रशासनीय कारक.
3. लोगों की राजनीतिक आकांक्षाएँ.
निम्नलिखित कूट से सही उत्तर का चयन कीजिए–
(A) 1, 2 और 3 (B) 1 और 3
(C) 2 और 3 (D) 1 और 3

83. नगर और ग्राम में सामाजिक नियन्त्रण में अन्तर है, क्योंकि–
(A) जो अनाम बने रहने की इच्छा रखता है, नगर उसको अनामता प्रदान करता है
(B) ग्रामों में औपचारिक सामाजिक नियन्त्रण अनुपस्थित रहते हैं
(C) नगर में प्राथमिक समूहों का सामाजिक नियन्त्रण प्रभावपूर्ण नहीं होता
(D) द्वितीयक समूह विशिष्टतापरक उन्मुखता को निष्पादित नहीं कर पाते

84. निम्नलिखित पर विचार कीजिए–
1. नगर 2. कस्बा
3. ग्राम 4. प्रतिवेश
5. महानगर
सामुदायिक जीवन के बढ़ते घनत्व में उपर्युक्त में से कौनसा वर्तमान अनुक्रम सही है?

निम्नलिखित कूट से सही उत्तर का चयन कीजिए–

(A) 1, 2, 3, 4, 5 (B) 3, 4, 1, 2, 5

(C) 4, 3, 2, 1, 5 (D) 3, 4, 2, 5, 1

85. नगरीय बस्ती के संकेन्द्री सिद्धान्तों का प्रवर्तक कौन था?

(A) पार्क (B) ह्वाइट

(C) बर्गेस (D) हाउजर

86. एक नगर, ग्राम से किस प्रकार भिन्न है?

(A) द्वितीयक व्यवसायों की अधिकता से

(B) व्यावसायिक प्रगतिशीलता से

(C) उच्च जन्म-दर से

(D) अनौपचारिक सामाजिक नियन्त्रण से

87. लोक नागरिक अन्तर्सम्बन्धों के प्रक्रम में उच्च संस्कृति-निष्ठ कुछ खास तत्व किसी अन्य लघु परम्परा सन्दर्भ में जुड़ जाते हैं–

निम्नलिखित प्रक्रियाओं में कौनसी उपर्युक्त प्रक्रिया को सही रूप से प्रदर्शित करती है?

(A) संकीर्णताकरण (B) सार्वभौमीकरण

(C) संस्कृतिकरण (D) विकेन्द्रीकरण

88. निम्नलिखित में से किसने 'क्रमिक प्रवसन' सिद्धान्त को विकसित किया है?

(A) आर. पी. डोर (B) स्पेंग्लर

(C) रिवेन्सटीन (D) ममफोर्ड

89. एक क्षेत्र है–

(A) महाद्वीप अथवा राज्य

(B) प्रदेश जिसमें आर्थिक स्वायत्तता है

(C) नदी घाटी

(D) प्राकृतिक क्षेत्र जिसमें एक जैसी पारिस्थितिकीय विशेषताएँ हों

90. सूची-I को सूची-II से सुमेलित कीजिए तथा सूचियों के नीचे दिए गए कूट का प्रयोग करते हुए सही उत्तर चुनिए–

सूची-I (मॉडल)

(a) पाट्रीशियन तथा प्लेबियन नगर

(b) जेनेरेटिव तथा पैरासाइटिक नगर

(c) ऑर्थोजेनेटिक तथा हेट्रोजेनेटिक नगर

(d) पूर्व औद्योगिक तथा औद्योगिक नगर

सूची-II (विचारक)

1. बी. एफ. होजलिट्ज 2. जी. जोबर्ग

3. मैक्स वेबर 4. एम. सिंगर

कूट :

	(a)	(b)	(c)	(d)
(A)	1	3	2	4
(B)	1	3	4	2
(C)	3	1	2	4
(D)	3	1	4	2

91. निम्नलिखित में से कौन एक युग्म सही सुमेलित नहीं है?

(A) शुम्पीटर – उद्यमी

(B) चीन – सांस्कृतिक क्रान्ति

(C) रूस – औद्योगिक क्रान्ति

(D) मैक्स वेबर – दफ्तरशाही

92. सेलिग पर्लमैन के अनुसार निम्नलिखित में से कौनसा एक मजदूर संघों के उदय के लिए उत्तरदायी है?

(A) तादात्म्य की आवश्यकता

(B) कार्य दुर्लभता

(C) शोषण

(D) सुदृढ़ता की आवश्यकता

93. महानगर के निम्नलिखित में से किस एक विशेष गुण को परिभषित करने में उसे प्रजातीय अथवा सांस्कृतिक गलन पात्र कहा जाता है?

(A) विषमजातीयता

(B) गतिशीलता

(C) घनत्व

(D) आकार

94. निम्नलिखित कथनों में से कौनसा एक सही है?

(A) भारत में 1947 से निरन्तर नगरीकरण की उच्च-दर महसूस की जाती रही है?

(B) भारत में तीव्र नगरीय संवृद्धि मुख्यतः निबल प्रवसन के कारण है

(C) सहज वृद्धि भारत के नगरीकरण की एक सार्थक संघटक रही है

(D) भारत में छोटे नगरों में सर्वोच्च वृद्धि दर देखी गई

95. निम्नलिखित में से किनसे भारत में नगरीय जनसंख्या का आकार प्रभावित होता है?

1. जन्म-दर

2. मृत्यु-दर

3. स्थानों का पुनर्वर्गीकरण

नीचे दिए गए कूट से सही उत्तर चुनिए–

(A) 1, 2 तथा 3 (B) 1 तथा 2

(C) 2 तथा 3 (D) 1 तथा 3

96. निम्नलिखित में से किस एक के कारण नदी-घाटी सभ्यता के काल में नगरों की संवृद्धि हुई?
(A) हस्तशिल्प संवृद्धि
(B) जनसंख्या
(C) कृषि अधिशेष
(D) धातुकर्म कला

97. निम्नलिखित में से किसने ग्राम-नगर सातत्य की अवधारणा दी?
(A) ई. डब्ल्यू. वर्गीस (B) रॉबर्ट रेडफील्ड
(C) लुई बर्थ (D) रॉबर्ट पार्क

98. वे प्रदेश जिनमें अधिकतम साक्षरता दर पाई जाती है, स्थिर है–
(A) भारत के उत्तर-पूर्वी क्षेत्र में
(B) भारत के उप-हिमालयी क्षेत्र में
(C) भारत के गांगेय मैदान में
(D) भारत के रेगिस्तानी क्षेत्र में

99. भारत में श्रमिक संघ आन्दोलन का निम्नलिखित में कौन अग्रणी है?
(A) वी. वी. गिरि (B) बी. पी. वाडिया
(C) एम. के. गांधी (D) एस. ए. डांगे

100. निम्नलिखित में से किसने सामाजिक संहति के आधार पर पूर्व तथा उद्योगोत्तर समाजों में भेद किया है?
(A) मैक्स वेबर (B) कार्ल मार्क्स
(C) ई. दुर्खीम (D) कार्ल मैनहीम

101. निम्नलिखित में उद्योगोत्तर समाज के उदय के कौनसे कारण हैं?
1. नवीन प्रौद्योगिकियों का उदय.
2. नवीन राजनैतिक सत्ता का उदय.
3. नवीन वर्गों का उदय.
4. नवीन नैतिक व्यवस्था का उदय.

कूट :
(A) 1, 2, 3 (B) 2, 3, 4
(C) 4, 3, 2 (D) 1, 3, 4

102. सूची-I (अवधारणा) को सूची-II (विचारक) के साथ सुमेलित कीजिए और सूचियों के नीचे दिए गए कूट का प्रयोग कर सही उत्तर चुनिए–

सूची-I (अवधारणा)
(a) महानगरीय अन्धविश्वास (Conurbation)
(b) श्वेतपोश अपराध
(c) लोक-नगरीय सांतत्यक
(d) लोकरीतियाँ

सूची-II (विचारक)
1. डब्ल्यू. जी. समनर
2. रॉबर्ट रेडफील्ड
3. पैट्रिक गिडिस
4. ई. एच. सदरलैण्ड

कूट :

	(a)	(b)	(c)	(d)
(A)	2	4	3	1
(B)	3	1	2	4
(C)	3	4	3	1
(D)	2	1	3	4

103. समाज का वैज्ञानिक चरण उन्नीसवीं शताब्दी में आरम्भ हुआ और औद्योगिक समाज से इसका मिलान हुआ. इस सन्दर्भ में निम्नलिखित में से किसने 'औद्योगिक समाज' के रूप में उपयोग किया?
(A) ऑगस्त कॉम्टे (B) इमाइल दुर्खीम
(C) कार्ल मार्क्स (D) मैक्स वेबर

104. लेविस ममफोर्ड ने निम्नलिखित में से किस युग के नगर की विशेषता बताने के लिए 'कन्टेनर' शब्द का प्रयोग किया?
(A) नवप्रस्तर युग (B) पुराप्रस्तर युग
(C) मध्यप्रस्तर युग (D) सामन्ती युग

उत्तर व्याख्या सहित

1. (D) भारत में महानगरीकरण की प्रवृत्ति अधिक तेज है, जिसके कारण वृहद् नगरों में जनसंख्या वृद्धि अधिक तीव्र होती जा रही है. लघु नगरों की वृद्धि अपेक्षाकृत छोटी तथा सीमित है.
2. (C) मजदूरों तथा प्रबन्धकों के प्रतिनिधियों के झगड़े को सुलझाने में असफल होने के बाद सरकार को न्याय-निर्णय तथा मध्यस्थता के द्वारा हस्तक्षेप करना पड़ता है.
3. (A) कपड़ा उद्योग – श्रम प्रगाढ़ता
पेट्रोल उद्योग – पूँजी प्रगाढ़ता
बैंक उद्योग – सेवाएँ
डॉट कॉम उद्योग – लोचशील श्रम
4. (D) लॉरेन्ज वक्र की सहायता से आय स्तर में असमानता की माप की जाती है.
5. (B) मार्क्स के अनुसार सर्वहाराकरण के द्वारा मध्य वर्ग के कुछ अंश श्रमिक वर्ग में प्रभावशाली रूप से आत्मसात हो जाते हैं.
6. (D) नगरीय विकास में जब वयोवृद्ध व्यक्ति एक क्षेत्र में रहने लगते हैं, जो पश्चिमी समाजों में देखने को

मिलता है, तो यह भद्रलोकीकरण की प्रक्रिया को जन्म देता है.

7. (D) नगरीय समुदाय की जनसंख्या विषमता एवं विजातीयता धारण किये होती है तथा वहाँ जीवन-शैली की रचना अवैयक्तिक द्वितीयक सम्बन्धों द्वारा होती है.

8. (B) आदिम अर्थव्यवस्था की विशेषताएँ मुख्य रूप से निम्नलिखित हैं–
   1. झूम खेती
   2. विनिमय
   3. लाभकारी उद्देश्य का अभाव
   4. उत्प्रेषण या नवीनीकरण का अभाव
   5. अर्थव्यवस्था का सामुदायिक प्रकृति
   6. श्रम-विभाजन का अभाव
   7. सम्पत्ति अधिकार की विचारधारा व प्रकृति

9. (A) मानव पारिस्थितिकी – रॉबर्ट ई. पार्क
   नगरवाद जीवन के ढंग के रूप में – लुई वर्थ
   गरीबी की संस्कृति – ऑस्कर लेविस
   लोक-नगरीय निरन्तरता – रॉबर्ट रेडफील्ड

10. (C) नगरों के विकास पर विचार शिकागो स्कूल के लुई वर्थ पार्क और वर्गेस ने सन् 1925 में शिकागो शहर का केन्द्रीय वृत्त प्रतिरूप प्रखण्ड पर दबाव डाला.

11. (B) सन् 1981 की जनगणना के अनुसार भारत के नगरीय क्षेत्रों में निवास करने वाली जनसंख्या 23–34% थी. उपर्युक्त विकल्पों में सबसे पास वाली विकल्प 23·7% है.

12. (B) रॉबर्ट रेडफील्ड ने मैक्सिको के यूक्टैन ग्राम के अध्ययन के पश्चात् 1941 ई. में 'Folk Culture of Yuctan' में लोक-नगरीय निरन्तरता की विचारधारा प्रस्तुत की.

13. (D) समजातीयतन्त्र पारिस्थितिकीय तन्त्र – रॉबर्ट पार्क
   गाँव एवं गणतन्त्र की भाँति – चार्ल्स मैटकॉफ
   उपनगरीय समूहन – पैट्रिक गिडिड्स
   जग-दिखावे के लिए उपभोग – टी. वेब्लन

14. (D) रॉबर्ट रेडफील्ड ने लोक तथा नगरीय दो विस्तृत भागों में समाज को बाँटा. रेडफील्ड ने फोक अरबन कण्टीनम (Folk-Urban-Continum) बनाया था, जिनमें आदर्श लोक जीवन एक जगह व आदर्श नगरीय जीवन को दूसरे पर रखकर शहर तथा गाँवों के अन्तर जानने की कोशिश की थी.

15. (A) औद्योगिक समाज से आशय एक ऐसी सामाजिक व्यवस्था से है, जिसमें उत्पादन की विधि के रूप में शक्ति संचालित मशीनों का प्रयोग किया जाता है और जिसमें उद्योगवाद की सभी विशेषताएँ पायी जाती हैं. इस शब्द की रचना सेन्ट साइमन द्वारा पेश की गई.

16. (B) History of Trade Unionism — Sydany and British Wabe
   Labour Problem in Industries — S.D. Panniker
   The New Man of Power — C.W. Mills
   Union Democracy — S.M. Lipset

17. (B) जब उद्योगों की अधिकता से किसी नगर की नगरीय व्यवस्था में गन्दगी, शोर-शराब, यातायात में व्यवधान आदि पैदा होता है, तो नगरीय पुनर्चक्रण की प्रक्रिया स्वीकार की जाती है.

18. (A) जब गाँवों की जनसंख्या नगरों की ओर कूच करती है, तो नगरों के जन घनत्व पर दबाव बढ़ता है, जिससे अव्यवस्था फैलती है.

19. (A) गाँवों में निवास करने वालों की आवास सम्बन्धी जरूरतों की पूर्ति के लिए मई 1985 में जवाहर रोजगार योजना की उपयोजना के रूप में इन्दिरा आवास योजना आरम्भ की गई, जो राष्ट्रीय स्तर पर पहली आवासीय योजना है.

20. (A) भारत में कुल नगरों की संख्या–
   1951 — 2,795
   1961 — 2,270
   1971 — 2,476
   1981 — 3,245
   1991 — 3,609

21. (B) लेविस ममफोर्ड ने नगरीय विकास की छः अवस्थाओं का वर्णन किया है–
   इओपोलिस (पूर्वनगर), पोलिस (नगर), मेट्रोपोलिस (महानगर), मेगालोपोलिस (वृहन्नगर), टायरेनोपोलिस ने (ह्रासोन्मुख नगर) एवं नेक्रोपोलिस (नष्टप्राय नगर, मृतकों का नगर).

22. (A) लुई वर्थ के द्वारा समाजशास्त्रीय दृष्टिकोण से एक नगर की परिभाषा सामाजिक विषमता वाले लोगों के एक विस्तृत आकार में स्थायी रूप घने बसे हुए निवास क्षेत्र के रूप में की जा सकती है.

23. (D) "व्यापक आर्थिक एवं राजनीतिक सहभागिता वर्ग संघर्ष की ओर ले जाती है." यह मार्क्स की अवधारणा है.

24. (D) टेलर पद्धति के द्वारा प्रत्येक श्रमिक के कार्य दूसरे श्रमिक के कार्य दूसरे श्रमिकों के कार्यों के साथ सरलीकृत तथा समाकलित हो जाते हैं.

25. (D) ओस्वाल्ड स्पेन्गलर – 'दि डिक्लाइन ऑफ दि वेस्ट'
    पिट्रिम ए. सोरोकिन – 'सोशल एण्ड कल्चरल डाइनेमिक्स'
    सी. अर्नेस्ट वेस्टरमार्क – हिस्ट्री ऑफ ह्यूमन मैरिज
    डब्ल्यू. एफ. ऑगबर्न – 'सोशल चेन्ज'

26. (C) यह एक प्रक्रिया है जो नगरों की परिधीय विस्तार को दर्शाती है. शुरू में यह फैलाव जनसंख्या के बाह्य प्रवजन और आर्थिक कार्यकलापों के द्वारा बने नगरीय क्षेत्रों में कम घनी सटी बस्तियों के रूप में पाया जाता है.

27. (A) कालक्रमानुसार नगरीय विकास निम्न प्रकार से है, जैसे–टिगरिस और यूफ्रेटिस घाटी, नील घाटी, सिन्धु घाटी, पीत नदी घाटी.

28. (B) एडगर बटलर – 'अर्बन सोशियोलॉजी'
    पैट्रिक गीड्स – 'सिटीज इन इवॉल्यूशन'
    गिस्ट एवं हलबर्ट – 'अर्बन सोसायटी'
    मैक्स वेबर – 'दि सिटी'

29. (A) संवेदनशील संस्कृति – सोरोकिन
    अभौतिक संस्कृति – ऑगबर्न
    उत्पादन की शक्तियाँ – मार्क्स
    कारीगरी की सहज प्रवृत्ति – वेब्लन

30. (C) नगरीय वृद्धि में ही नगरीय जनसंख्या में वृद्धि होने के बाद भी सम्पूर्ण जनसंख्या का अनुपात स्थिर ही रहता है. जन्म एवं मृत्यु दर दोनों कम होने पर ही जनसंख्या स्थायित्व की स्थिति आती है.

31. (B) जैव समेकता उच्च नैतिक सघनता का निष्कर्ष है. नगरों में स्वैच्छिक संस्थाएँ ज्यादा पायी जाती हैं.

32. (B) 1618 तथा 1648 के वर्षों के मध्य यूरोप में मृत्यु दर नियंत्रित थी, लेकिन जन्म-दर अधिक हो रही थी. इसके उपरान्त इस समय में यूरोपीय जनसंख्या में वृद्धि हो रही थी.

33. (A) डेविड पोकोक इस बात से राजी हैं कि भारत में नगरीकरण का आशय जाति व्यवस्था एवं संयुक्त परिवार के विखण्डन से है. भारतीय सन्दर्भ में नगरीकरण का आशय पश्चिमीकरण से नहीं है.

34. (A) डेनियल बेल ने उत्तर औद्योगिक समाज की संकल्पना दी थी. उत्तर-औद्योगिक समाज का आशय उन नए सामाजिक ढाँचों से है जो औद्योगिक दृष्टि से विकसित समाजों में पायी जाती है. यह समाज कार्पोरेट पूँजीवाद से पनप रहा है.

35. (A) झुग्गी-झोपड़ी बस्ती – पुरुष कामगारों का क्षेत्र
    मजदूर संघ – श्रमिक नेता
    वस्तु उत्पादन – कारखाना
    उत्पादन की बिक्री – बाजार

36. (B) रॉबर्ट बेल ने विचलन को सांख्यिकीय आधार पर स्पष्ट करते हुए कहा है कि समाज में औसत व्यवहार से बहुत अधिक भिन्नता प्रकट करना ही विचलन कहलाता है.

37. (B) वह समुदाय जहाँ जनसंख्या का उच्च घनत्व अकृषिहर व्यवसायों का बाहुल्य, अत्यधिक श्रम-विभाजन तथा विशेषीकरण नियन्त्रण एवं व्यवस्था की औपचारिक संस्थाओं की प्रधानता हो नगरीय समुदाय कहा जाता है.

38. (C) प्राथमिक समूह को सामाजिक व्यवस्था स्थायी समूह कहा जाता है तथा यह सार्वभौम एवं सार्वकालिक होता है. सामाजिक विकास के प्रत्येक चरण में इसका महत्व मौजूद रहा है.

39. (D) मार्क्स के द्वारा श्रम-विभाजन तथा वर्ग रचना नगरीकरण की देन न होकर प्राचीनकाल से चला आ रही है. नगरीकरण प्रशासन, पुलिस, कराधान इत्यादि की जरूरत को उपलक्षित करता है.

40. (C) संकेन्द्री अंचल सिद्धान्त – अर्नेस्ट वर्गेस
    केन्द्रीय स्थान अवस्थिति सिद्धान्त – क्रिस्टॉलर
    क्षेत्रक सिद्धान्त – होमर हॉयट
    बहु केन्द्रक सिद्धान्त – हैरिस एवं उल मैन

41. (B) प्रयोज्य श्रमिक अंशकालिक श्रमिक तथा दृश्य श्रमबल पूँजीवादी स्वरूप के उत्पादन में महिलाओं की कार्यशक्ति की विशेषता पेश करते हैं.

42. (A) ग्रामीण एवं नगरीय रूप में मानव बस्तियों के वितरण से द्विभाजन बनता है.

43. (C) 'सोशियोलॉजी ऑफ इकोनॉमिक लाइफ' – नील जे. स्मेल्सर

44. (C) रॉबर्ट ब्लाउनर के द्वारा, प्रयुक्त प्रौद्योगिकी स्वर और विसम्बन्धन के मध्य एक सकारात्मक सम्बन्ध है.

45. (C) एन्गेल्स के द्वारा स्त्रियाँ एक सुरक्षित श्रम शक्ति का निर्माण करती हैं.

46. (A) 47. (B) 48. (A) 49. (A) 50. (B)
51. (A) 52. (B) 53. (A)

54. (C) उत्तर-पूँजीवादी समाज – रॉल्फ डेहरेनडॉर्फ
उत्तर-आधुनिक युग – कॉन-वाइनर
उत्तर-मध्यवर्गीय व्यवस्था – जॉर्ज लिक्थाईम
उत्तर-आर्थिक समाज – एमिताई एत्जियोनी

55. (A) लैम्बर्ट के द्वारा फैक्ट्री की सामाजिक संरचना में पारम्परिक सामाजिक संरचना के अनेक तत्व पाए जाते हैं.

56. (D)

57. (B) एफ. टॉनीज के अनुसार गेसलशाफ्ट शब्द का प्रयोग ऐसे सामाजिक सम्बन्धों का बोध देने वाले सामाजिक समूह के लिए किया गया, जिसकी प्रकृति अवैयक्तिक अनुबन्धात्मक तथा स्वार्थमय होती है. इस प्रकार के सम्बन्धों में आंशिकता, उपयोगवादिता तथा विशिष्टता है.

58. (D)
राजनीतिक-बौद्धिक तथा आर्थिक केन्द्र – हेनरी पिरेने
प्रजनक तथा परजीवित नगर – बी. एफ. हासलिज
नियत विकसित तथा विषम विकसित – रॉबर्ट रेडफील्ड एवं मिल्टन सिंगर
पूर्व औद्योगिक, औद्योगिक तथा महानगरीय – फिलिप एम. हॉसर

59. (B) ग्रामीण क्षेत्रों से शहरी क्षेत्रों में व्यक्तियों का प्रवसन जनसंख्या विस्फोटन कहा जाता है. भारत जनसंख्या विस्फोटन का गम्भीर रूप से शिकार देश बनता जा रहा है.

60. (D) लुई बर्थ तथा सोरोकिन एवं जिमरमैन के अनुसार शहरी सामाजिक व्यवस्था की निम्न विशेषताएँ पायी जाती हैं–जनसंख्या की विषमता, कार्य और व्यवहार की विशेषता, गुमनामी, अवैयक्तिकता, शहरी चमक-दमक, हित समूह आदि.

61. (B) शहरी आकारिकी में शहरी समुदाय के विकास विन्यास, भौतिक स्वरूप तथा सामाजिक समूहों का वितरण होता है.

62. (A) मैकाइवर के अनुसार जहाँ नगर का अन्त होता है और देहाती नगर का अन्त होता है और देहाती क्षेत्र का प्रारम्भ होता है, के मध्य सुस्पष्ट बँटवारा नहीं है.

63. (D) नगर-नियोजन विकास एवं समायोजन की एक ऐसी प्रक्रिया है, जिसमें नगर के परिवेश का विकास व्यक्तियों की आर्थिक और सामाजिक आवश्यकताओं के आधार पर किया जाता है.

इनके दो प्रमुख पक्ष होते हैं–
(i) भौतिक नियोजन तथा
(ii) सामाजिक नियोजन

64. (C) हेनरीमैन – प्रस्थिति-संविदा
लैवी मॉर्गन – धर्मरूढ़-धर्मनिरपेक्ष
हर्बर्ट स्पेन्सर – युयुत्सु-औद्योगिक समाज
रॉबर्ट रेडफील्ड – लोक-नागरिक सातत्य

65. (A) एडम स्मिथ (आधुनिक-अर्थशास्त्र के पिता) ने ग्रामीण जनसंख्या वाले पूँजी-निर्धन राष्ट्रों में कुटीर और लघु उद्योगों को बनाए रखने का समर्थन किया.

66. (D) दुर्खीम ने अपनी पुस्तक 'सोशल डिवीजन ऑफ लेबर' में स्पष्ट किया है कि परम्परागत समाज में यान्त्रिक एकता तथा आधुनिक आर्थिक विकास की सावयवी एकता पूर्वपिक्षा है.

67. (D) क्रियाओं की दृष्टि से नगर की पारिस्थितिकीय प्रक्रियाओं को संकेन्द्रण, विकेन्द्रीकरण विभाजीकरण तथा अवक्रमण के अन्तर्गत बाँटा गया है. नगर में एकत्रीकरण की परिस्थितिकीय प्रक्रिया के फलस्वरूप जनसंख्या का घनत्व बढ़ता जाता है.

68. (C) 69. (A)

70. (D) परम्परा परिपाटियों का एक पुंज है, जो कुछ व्यवहार सम्बन्धी मानदण्डों और मूल्यों, जो इस आधार पर स्वीकार किए जाने अथवा सम्पन्न किए जाने पर बल देती हैं कि इनका वास्तविक या काल्पनिक मूल के साथ तारतम्य है.

71. (B) ऑस्कर लेविस – गरीबी की संस्कृति
एल. बर्थ – नागर रूप
आर. रेडफील्ड – लोक नगरीय सातत्य
मिल्टन सिंगर – लघु परम्परा तथा वृहद् परम्परा

72. (B) नगरीय विकास आवश्यक रूप से ग्रामीण क्षेत्रों में अधिशेष खाद्य उत्पादन तथा अधिशेष जनसंख्या से सम्बद्ध है.

73. (A) लेकिन वर्तमान में क्रम बदल चुका है–
गोआ – 49·8%
तमिलनाडु – 44·0%
महाराष्ट्र – 42·4%
गुजरात – 37·4%

74. (D) जब लोग भीड़-भाड़, गन्दी बस्तियों तथा पानी की निकासी आदि समस्याओं से बचने के लिए मुख्य नगर के बाहर के आवास क्षेत्रों की ओर निवास करने लगते हैं, तो उसे 'उपनगर' कहते हैं. उपनगर ज्यादा साफ-सुथरा, सुनियोजित होता है.

75. (C) लेविस ममफोर्ड ने नगरीय विकास की छः अवस्थाओं का वर्णन किया है–

इयोपोलिस, पोलिस, मैट्रोपोलिस, मेगापोलिस, टायरनोपोलिस, नेक्रोपोलिस

76. (A) एक क्षेत्र या प्रदेश का आशय उसकी प्रकृति से लिया जाता है. एक क्षेत्र में समान लक्षणों की समरूपता होती है और वह अपने लक्षणों के द्वारा दूसरे से अलग होता है. क्षेत्र अनिश्चित, लेकिन एक समान फैलाव वाला भू-भाग होता है.

77. (B)

78. (C) वे समुदाय जहाँ जनसंख्या का उच्च घनत्व, अकृषि हर व्यवसायों का बाहुल्य सबसे ज्यादा श्रम-विभाजन तथा विशेषीकरण, नियन्त्रण एवं व्यवस्था की औपचारिक संस्थाओं की प्रधानता हो, नगरीय समुदाय कहे जाते हैं.

79. (C) केरल में बहुत कम बस्तियाँ पायी जाती हैं. सबसे छोटी आबादी वाले ग्रामों को खेड़ा और हेमलेट कहा जाता है. दक्षिण भारत में छोटे-छोटे ग्रामों को गुम्पू, मजरा आदि कहा जाता है.

80. (C) अतिनगरीकरण की प्रकिया में किसी सुनियोजित योजना का अभाव पाया जाता है. व्यक्ति मनमाने तरीके से बिना किसी आधारिक संरचना के निर्माण कार्य करना शुरू कर देते हैं.

81. (C)

82. (B) भारतीय समाज का भौगोलिक सीमांकन राज्य पुनर्गठन आयोग ने सांस्कृतिक, भाषायी एवं ऐतिहासिकता के साथ-साथ प्रशासनिक सुविधाओं को ध्यान में रखकर किया है.

83. (C) ग्रामीण समुदाय प्राथमिक समूह के नमूने हैं, जहाँ सामाजिक सम्बन्द्ध प्रत्यक्ष व्यक्तिगत और अनौपचारिक होते हैं. नगर के व्यक्तियों के बीच सम्बन्ध द्वितीयक समूहों पर आधारित होते हैं. ये सम्बन्ध अप्रत्यक्ष, अवैयक्तिक और औपचारिक होते हैं.

84. (C) सामुदायिक जीवन के बढ़ते घनत्व का वर्तमान सही अनुक्रम इस प्रकार दिया है–

प्रतिवेश–ग्राम–कस्बा–नगर–महानगर.

85. (C) नगरों के अध्ययन के सन्दर्भ में संकेन्द्री सिद्धान्त (Concentric Theory) बर्गेस व पार्क ने शिकागो शहर के आधार पर दिया था. इन्होंने औद्योगिक समाजों में नगरों के विकास को पाँच संकेन्द्रित घेरों के रूप में विभाजित किया है.

86. (A) आवागमन के साधनों के विकास, सामाजिक गतिशीलता राष्ट्र निर्माण की प्रक्रिया और सामाजिक-आर्थिक नियोजन के प्रभाव के कारण जनजातीय, ग्राम तथा नगर का पार्थक्य काफी दूर तक कम हुआ है.

87. (A) संकीर्णताकरण में वृहत् परम्परा के तत्व लघु परम्परा के साथ जुड़ जाते हैं, जबकि सार्वभौमीकरण में लघु-परम्परा के तत्व वृहत् परम्परा से जुड़ जाते हैं.

88. (C) क्रमिक प्रवसन का सिद्धान्त रिवेन्सटीन ने विकसित किया है.

89. (D) हेगेट के अनुसार, पृथ्वी तल का वह हिस्सा, जो अपने विशेष लक्षणों के कारण अपने समीपवर्ती दूसरे भागो में अलग समझा जाता है, क्षेत्र या प्रदेश कहा जाएगा.

90. (D) पाट्रीशियन तथा प्लेबियन नगर – मैक्स वेबर

जेनेटिव तथा पैरासाइटिक नगर – बी. एफ़ होजलिट्स

ऑर्थोजेनेटिक तथा हेट्रोजेनेटिक नगर – सिंगर और रेडफील्ड

पूर्व औद्योगिक एवं औद्योगिक नगर – जी. जोबर्ग

91. (C) औद्योगिक क्रान्ति ब्रिटेन में 18वीं शताब्दी के उत्तरार्द्ध में हुई थी, जबकि रूस में 1917 में वोल्शेविक क्रान्ति हुई थी.

92. (D) सेलिग पर्लमैन ने मजदूर संघों के उदय के लिए सुदृढ़ता की जरूरतों को स्वीकार किया है.

93. (A) महानगर अवस्था में नगर अधिक बड़ा होने तथा बड़े पैमाने पर कारखाने, शिक्षण संस्थाएँ, व्यापार तथा व्यापारिक संस्थाएँ आदि संकेन्द्रित कर लेता है. महानगर प्रजातीय या सांस्कृतिक गलन पात्र कहा जाता है.

94. (A) स्वतन्त्रता प्राप्ति के बाद नगरीकरण की प्रवृत्ति तेजी से बढ़ी है. वर्तमान में भारत की 27·8% जनसंख्या नगरों में रहती है. वर्तमान में कुछ नगरों की संख्या 5,161 है.

95. (A) निश्चित तौर पर जन्म-दर, मृत्यु-दर तथा स्थानों का पुनर्वर्गीकरण भारत में नगरीय जनसंख्या के आकार को प्रभावित करता है.

96. (C) ईसा पूर्व छठी शताब्दी में नगरों के विकास का कारण मुख्यतः कृषि अधिशेष था, जिसे जलमार्गों द्वारा व्यापार विनिमय के उद्देश्य से नदियों के किनारों स्थिति बाजारों तक ले जाता था. कालान्तर में यही व्यापारिक केन्द्र नगरों के रूप में बनाया गया था.

97. (B) ग्राम-नगर सातत्य की विचारधारा को मूलतः सोरोकिन एवं जिम्मरमैन द्वारा प्रस्तुत किया गया, लेकिन इसे परिष्कृत रूप में प्रस्तुत करने का श्रेय प्रो. रेडफील्ड को जाता है, जिन्होंने इसे एक निश्चित अर्थ व सन्दर्भ प्रदान किया है.

98. (A)

राज्य	साक्षरता दर
मिजोरम	88·8%
त्रिपुरा	73·2%
मणिपुर	70·5%
नगालैण्ड	66·6%
मेघालय	62·6%

99. (D) एस. ए. डांगे (सोशलिस्ट पत्र के सम्पादक) ने कृषकों तथा कामगारों को समर्थन देकर साम्यवादी विचारों का प्रसार किया.

100. (C) ईमाइल दुर्खीम ने अपनी पुस्तक 'Social Division of Labour' के प्रथम भाग में 'सामाजिक एकता' का विश्लेषण करते हुए कहा है कि इसके स्वरूप में परिवर्तन यान्त्रिक संहति से सावयवी संहति में होता है.

101. (A) उद्योगोत्तर समाज की विचारधारा डेनियल बेल द्वारा प्रस्तुत की गई. उत्तर-औद्योगिक समाज की विचारधारा व्यापक सामान्यीकरण है–आर्थिक सम्भाग, Service Economy, अव्यावसायिक वितरण Occupational Structure, धुरी का सिद्धान्त, भविष्य का अभिमुखन, निर्णय निर्धारण.

102. (A)

अवधारणा	विचारक
महानगरीय अन्धविश्वास	पैट्रिक गिडिस
श्वेतपोश अपराध	ई. एच. सदरलैण्ड
लोक-नगरीय सांतत्यक	रॉबर्ट रेडफील्ड
लोक-रीतियाँ	डल्यू. जी. सेमनर

103. (A) अगस्त कॉम्टे के अनुसार समाज का वैज्ञानिक चरण 19वीं शताब्दी में शुरू हुआ व औद्योगिक समाज से इसका मिलान हुआ. 'औद्योगिक समाज' शब्द की रचना सेंट-साइमन द्वारा एक ऐसे समाज को इशारा करने के लिए की गई, जिसमें उत्पादन के विशिष्ट रूप में वृहत् उद्योगों का प्रयोग होता हो.

104. (D) लेविस ममफोर्ड ने नगरों को चार रूपों में प्रस्तुत किया–मध्यकालीन नगर, अनवस्थित नगर, औद्योगिक नगर व विराट नगर, अनवस्थित नगर सामन्ती युग की देन है. अनवस्थित नगर के लिए ममफोर्ड ने कन्टेनर शब्द का प्रयोग किया है.

इकाई-VII

सामाजिक जनसांख्यिकी
(Social Demography)

"जनसांख्यिकी में हम जनसंख्या के आकार, उसके घटक, उसके क्षेत्रीय वितरण, उसकी जन्म-दर, मृत्यु-दर, विवाह-दर, गतिशीलता तथा प्रवास सम्बन्धी गणितीय जानकारी का अध्ययन करते हैं."

—डी. जे. बोग

भारत में जनसंख्या का आकार एवं वृद्धि (Size and Growth of Population in India)

क्षेत्रफल की दृष्टि से भारत का विश्व में सातवाँ स्थान है, परन्तु जनसंख्या की दृष्टि से विश्व में भारत का चीन के बाद दूसरा स्थान है. सन् 2001 की जनगणना के अनुसार भारत की कुल जनसंख्या 102·7 करोड़ अर्थात् एक अरब दो करोड़ सत्तर लाख है. यह विश्व की कुल जनसंख्या का 16·7 प्रतिशत है, जो विश्व क्षेत्रफल के मात्र 2·40 प्रतिशत (विश्व क्षेत्रफल के अनुपात में भारतीय क्षेत्रफल का प्रतिशत) पर ही निवास करती है. संयुक्त राज्य अमरीका की कुल जनसंख्या की तुलना में भारतीय जनसंख्या लगभग ढाई गुणा अधिक है, जबकि भारत का कुल क्षेत्रफल संयुक्त राज्य अमरीका के कुल क्षेत्रफल की तुलना में 65% है. भूमि की तुलना में भारत की जनसंख्या कितनी अधिक है? इसका सहज अनुमान इस बात से लगाया जा सकता है कि भारतीय जनसंख्या, उत्तरी अमरीका, दक्षिणी अमरीका तथा आस्ट्रेलिया की संयुक्त जनसंख्या से भी अधिक है. भारत में प्रति डेढ़ सेकण्ड पश्चात् एक बच्चे का जन्म होता है. इस दृष्टिकोण से भारत में प्रतिवर्ष 2 करोड़ बच्चों का जन्म होता है. इनमें से शिशु मृत्यु (Child Infanticide) समंकों को घटाने के पश्चात् लगभग 1·3 करोड़ का शुद्ध योग कुल जनसंख्या में प्रतिवर्ष होता है. संक्षेप में यह कहा जा सकता है कि भारतीय जनसंख्या में प्रतिवर्ष एक आस्ट्रेलिया जुड़ता जा रहा है. अति निम्न राष्ट्रीय उत्पादन दर एवं विशाल जनसंख्या के कारण भारत की राष्ट्रीय आय भी अति अल्प है, जो विश्व की कुल आय का मात्र 1·5 प्रतिशत है. निष्कर्षतः **'सीमित संसाधनों पर असीमित बोझ'** ही भारतीय जनसंख्या की परिचयात्मक विशेषता है.

भारतीय जनसंख्या के विशाल आकार का एक मुख्य कारण भारतीय जनसांख्यिकीय इतिहास का कई सौ वर्ष पुराना होना है, परन्तु पाषाण काल से लेकर सन् 1871 तक भारत में जनसंख्या के आकार, संरचना तथा वितरण में किस प्रकार परिवर्तन आए, इस सम्बन्ध में ठोस ऐतिहासिक, साक्ष्यों के अभाव के कारण कुछ निश्चित निष्कर्ष देना सम्भव नहीं है. हालाँकि इस सन्दर्भ में समय-समय पर अनेक इतिहासकारों द्वारा अनुमानित प्रयास अवश्य किए गए हैं. प्रसिद्ध इतिहासकार मोरलैण्ड ने 17वीं सदी के प्रारम्भ में भारत की जनसंख्या 10 करोड़ आँकी थी. डॉ. फिण्डले शिराज ने 1750 ई. में भारत की जनसंख्या 13 करोड़ बताई. भारतीय विद्वान् डॉ. राधा कमल मुखर्जी ने 1850 में भारत की जनसंख्या 15 करोड़ बताई.

1857 की क्रांति के पश्चात् आर्थिक सुधारों के क्रम में भारतीय जनसंख्या की व्यवस्थित गणना की आवश्यकता को महसूस किया गया. 1863 ई. में जनगणना का निर्णय लिया गया, परन्तु 1872 में जाकर तत्कालीन वायसराय लॉर्ड मेयो के शासनकाल में प्रथम बार व्यवस्थित रूप से जनगणना हुई. इस जनगणना के मुताबिक भारत की आबादी 20 करोड़, 62 लाख आँकी गई, लेकिन इस प्रथम जनगणना में पूरे भारत में जनगणना नहीं करके केवल जिला मुख्यालयों से अनुमानित आँकड़े ही प्राप्त किए गए और वह भी एक साथ नहीं किया गया. अतः सच्चे अर्थों में व्यवस्थित जनगणना का इतिहास सन् 1881 से प्रारम्भ होता है. सन् 1881 के बाद प्रत्येक दशक में यह जनगणना निरन्तर रूप से होती रही है.

सन् 1901 से सन् 2001 तक भारतीय जनसंख्या में हुई दस वर्षीय वृद्धि को अग्रलिखित तालिका द्वारा स्पष्ट किया जा सकता है—

भारतीय जनसंख्या में वृद्धि—1901 – 2001 तक

जनगणना वर्ष	कुल जनसंख्या (करोड़ में)	कुल वृद्धि (करोड़ में)	दशकीय वृद्धि दर (%) में	वार्षिक वृद्धि दर (%) में
1901	23·84	—	—	—
1911	25·21	1·37	5·75	0·56
1921	25·13	– 0·08	– 0·31	– 0·03
1931	27·90	2·76	11·00	1·04
1941	31·87	3·96	14·22	1·33
1951	36·11	4·24	13·31	1·25
1961	43·92	7·81	21·64	1·96
1971	54·79	10·89	24·80	2·20
1981	68·38	13·51	24·66	2·22
1991	84·34	16·30	23·86	2·14
2001	102·70	18·06	21·34	1·93

उपर्युक्त तालिका के आधार पर भारत में जनसंख्या वृद्धि को चार मुख्य मुख्य भागों में बाँटा जा सकता है—

1. **1872 से 1921 तक (धीमी वृद्धि की अवधि)**—1872 में भारत की जनसंख्या 20 करोड़, 62 लाख आँकी गई. 1881 में यह बढ़कर 21 करोड़, 40 लाख हुई. 1891 में 22 करोड़, 73 लाख हुई. तत्पश्चात् 1901 में 25 करोड़, 84 लाख तथा 1911 में 25 करोड़, 20 लाख तक पहुँची जो 1921 में घटकर 25 करोड़, 13 लाख ही रह गई.

इस प्रकार इस अवधि में जनसंख्या में अत्यंत धीमी वृद्धि दृष्टिगोचर होती है. इसका मुख्य कारण जन्म-दर एवं मृत्यु-दर दोनों का उच्च स्तर पर होना था. 1901 से 1921 की अवधि में जनसंख्या लगभग स्थिर प्रतीत होती है. इसका मुख्य कारण संदर्भित वर्ष में अकाल, प्लेग एवं इन्फ्लुएन्जा का भयंकर प्रकोप था. जिस कारण मृत्यु-दर बहुत अधिक बढ़ गई थी.

2. **1921 से 1951 तक (निरन्तर वृद्धि की अवधि)**—**एस. एन. अग्रवाल** ने सन् 1921 को 'महान् विभाजक वर्ष' (Great Divide Line or Big Divide year) कहा, क्योंकि 1921 के पश्चात् भारत की जनसंख्या में निरन्तर वृद्धि देखी गई. सन् 1921 में भारत की जनसंख्या जहाँ 25 करोड़, 13 लाख थी, वहीं 1951 में यह निरन्तर बढ़ते हुए 36 करोड़, 10 लाख हो गई. इसका मुख्य कारण देश में राष्ट्रीय चेतना और स्वतन्त्रता आन्दोलन की सबलता के परिणामस्वरूप मानव संसाधन में विकास के महत्व पर अत्यधिक जोर दिया जाना था. 1921-51 की अवधि में चिकित्सा एवं स्वास्थ्य सुविधाओं में विस्तार के फलस्वरूप महामारी पर नियन्त्रण किया गया. अर्थव्यवस्था में सुधार तथा सिंचाई सुविधाओं में विस्तार के फलस्वरूप अकाल पर भी नियन्त्रण स्थापित किया जा सका. परिवहन के विकसित साधनों के द्वारा खाद्यान्नों की कमी से उत्पन्न संकट पर भी नियन्त्रण पाया जा सका. इनके परिणामस्वरूप 1921 में मृत्यु-दर जहाँ 47 प्रति हजार थी, वह 1951 में घटकर 27 प्रति हजार हो कर रह गई, लेकिन जन्म-दर जो 1921 में 48 प्रति हजार थी वह 1951 में घटकर 40 प्रति हजार ही हुई. इस प्रकार मृत्यु-दर में तीव्र गिरावट एवं जन्म-दर में लगभग यथास्थिति के कारण इस कालावधि में जनसंख्या तेजी के साथ वृद्धि की ओर अग्रसर हुई.

3. **1951 से 1981 तक (तीव्र वृद्धि की अवधि)**—स्वतन्त्रता प्राप्ति के कुछ दशक पहले मृत्यु-दर में कमी के लिए जो प्रयास किए गए, स्वतन्त्रता प्राप्ति के पश्चात् उन प्रयासों को भारत सरकार द्वारा अत्यधिक जोर-शोर के साथ क्रियान्वित किया गया. भारत सरकार और राज्य सरकारों द्वारा स्वास्थ्य सम्बन्धित मामलों में तीन बातों को प्राथमिकता प्रदान की गई. पहली, प्राथमिक स्वास्थ्य केन्द्र (P.H.C.) की संख्या में वृद्धि; दूसरी, महामारियों को रोकने के लिए राष्ट्रीय कार्यक्रम अपनाना तथा तीसरी, विश्व स्वास्थ्य संगठन के निर्देशन में 1969 से प्रतिरोधी टीके के कार्यक्रम को राष्ट्रीय स्वास्थ्य कार्यक्रम का नम्बर वन एजेंडा बनाया गया. इसके साथ ही पंचवर्षीय योजनाओं की नीति द्वारा आर्थिक सुधारों को त्वरित करने की रणनीति अपनाई गई.

इन सकारात्मक उपायों के कारण शिशु मृत्यु-दर के साथ-ही-साथ अशोषित मृत्यु-दर (Crude death rate) में भी भारी कमी आई. 1951 में मृत्यु-दर 27 प्रति हजार थी जो घटकर 1981 में 12 प्रति हजार रह गई, लेकिन पुनः जन्म-दर में लभगभ यथास्थिति बनी रही. 1951 में जन्म-दर 40 प्रति हजार थी, जो 1981 में घटकर मात्र 34 प्रति हजार ही हो सकी. स्वाभाविक रूप से, जन्म-दर एवं मृत्यु-दर में उपर्युक्त वृहत् अन्तर के कारण भारत में जनसंख्या विस्फोट की स्थिति उत्पन्न हुई. 1951 में भारत की कुल जनसंख्या 36 करोड़ 10 लाख थी, जो 1981 में बढ़कर 68 करोड़ 38 लाख तक पहुँच गई. यह वृद्धि दोगुनी से कुछ ही कम थी. वर्ष 1971 की दशकीय वृद्धि प्रतिशत जनगणना के आरम्भ से वर्तमान तक सर्वाधिक वृद्धि प्रतिशत वाले वर्ष के रूप में अंकित किया गया. इस सम्पूर्ण अवधि अर्थात् 1951 से 1981 तक औसत वार्षिक वृद्धि लगभग 2·2% के उच्चतम स्तर पर रही. इस विस्फोटक वृद्धि के सम्बन्ध में जी.वी. सक्सेना ने टिप्पणी की है कि "मृत्यु-दर में भारी कटौती की खुशी हम लोग नहीं मना पाए, क्योंकि घटती मृत्यु-दर ने खाद्य समस्या, बेरोजगारी, महँगाई, कालाबाजारी तथा सर्वत्र अभाव ही अभाव को जन्म दिया और आज हम जनसंख्या के दानवी आकार से भयभीत हैं."

4. **1981 से 2001 तक (घटती वृद्धि की अवधि)**—1981 के पश्चात् भारत के जनांकिकीय इतिहास में एक नए युग की शुरूआत हो चुकी है. इस अवधि के दरम्यान जनसंख्या की कुल वृद्धि तो अधिक अवश्य है, परन्तु वृद्धि दर पिछले

दशकों की तुलना में कम है; अर्थात् जनसंख्या घटती हुई दर से बढ़ी है. 1971-81 में दशकीय वृद्धि 24·66% थी, जो 1981-91 में 23·86% तथा 1991-2001 में 21·34% ही है. इसी प्रकार 1971-81 में वार्षिक वृद्धि दर 2·22% थी, जो 1981-91 में 2·14% तथा 1991-2001 में 1·93% ही है. इसका मुख्य कारण मृत्यु-दर में कमी के साथ जन्म-दर में भी कमी होना है. मृत्यु-दर में ह्रास की प्रवृत्ति जारी तो है, परन्तु विगत वर्षों में इसकी दर धीमी हो चुकी है, जबकि इस अवधि में जन्म-दर तेजी के साथ घटी है. 1971 में जन्म एवं मृत्यु-दर का अन्तर जहाँ 22 (37–15) था, वहीं 1991 में 20–(31–11) तथा 1999 में 17 (26–9) ही है. जनसंख्या में ह्रास की यह प्रवृत्ति परिवार नियोजन के लिए किए गए सरकारी प्रयासों की आंशिक सफलता तथा छोटे परिवार के प्रति व्यक्ति में बढ़ रहे स्वतः रुझान का सम्मिलित प्रतिफल है. भारतीय जनसंख्या की उपर्युक्त नवीन प्रवृतियाँ सुखद तो अवश्य हैं, परन्तु संतोषजनक नहीं. जन्म-दर एवं मृत्यु-दर के अन्तर को और भी कम किया जाना अति आवश्यक है, ताकि जनसंख्या विस्फोट की चुनौती को जड़ से समाप्त किया जा सके.

इस प्रकार भारत में जनसंख्या का आकार और वृद्धि एक भयावह चित्र ही प्रस्तुत करती है. सन् 1995 के आँकड़ों के अनुसार विश्व में बड़ी जनसंख्या वाले प्रथम 10 राष्ट्रों में से मात्र 3 राष्ट्र (नाइजीरिया, पाकिस्तान तथा बांग्लादेश) ही ऐसे राष्ट्र हैं जिनकी वार्षिक जनसंख्या वृद्धि दर भारत से अधिक है. 1991-2001 की अवधि में भारत में जो जन-संख्या वृद्धि हुई है, वह विश्व की पाँचवीं बड़ी जनसंख्या वाले देश ब्राजील की जनसंख्या के बराबर है. वर्तमान विश्व में चीन के बाद केवल भारत ही ऐसा देश है जिसकी जनसंख्या एक अरब के आँकड़े को पार कर चुकी है. सन् 2001 की जनगणना के अनुसार चीन की जनसंख्या 1 अरब 26 करोड़ पाई गई है, लेकिन कठोर जनसंख्या नीति के कारण चीन ने जनसंख्या नियंत्रण के मामले में सराहनीय प्रगति की है. 1991-2001 के दरम्यान भारत की जनसंख्या जहाँ 18·10 करोड़ बढ़ी है, वहीं चीन की जनसंख्या 1990-2000 के दरम्यान मात्र 13·22 करोड़ ही बढ़ी है. चीन की वार्षिक वृद्धि दर मात्र 1·07% है, जबकि भारत में यह 1·95% है. इसलिए लीला बिसारिया एवं प्रवीण बिसारिया ने यह मत व्यक्त किया है कि "यदि भारत में जनसंख्या वृद्धि की रफ्तार यही रही, तो 21वीं सदी के मध्य तक भारत-चीन की जनसंख्या को पार करके विश्व का सर्वाधिक आबादी वाला राष्ट्र बन जाएगा."

भारत में आर्थिक विकास तथा जनसंख्या का समग्र विश्लेषण किया जाए, तो आज भारतीय सन्दर्भ में माल्थस का जनसंख्या सिद्धान्त पूर्णतः सत्य प्रतीत होता दिखाई दे रहा है. पश्चिमी देशों ने माल्थस के सिद्धान्त को अपनी सम्पूर्ण प्रगति द्वारा तो झुठला दिया है, लेकिन यदि भारत को भी ऐसा करना है, तो जनसंख्या की इस विकरालता पर नियंत्रण लगाना ही होगा. इसके अतिरिक्त अन्य कोई विकल्प नहीं है.

भारतीय जनसंख्या का संघटन (Composition of Indian Population)

प्रत्येक राष्ट्र की जनसंख्या की अपनी-अपनी विशिष्टताएँ होती हैं. ये विशेषताएँ ही जनसंख्या का संघटन कहलाती हैं. विभिन्न मानवीय पहलू (भौतिक, सामाजिक, सांस्कृतिक, धार्मिक तथा आर्थिक) के आधार पर ही इन विशेषताओं को वर्गीकृत किया जाता है, जो जनसंख्या की भावी रूपरेखा को समझने में महत्वपूर्ण होती है. ऐसे महत्वपूर्ण वर्ग निम्नलिखित हैं—

1. **लिंग संघटन** (Sex Composition)—जनसंख्या की लिंग सम्बन्धी विशेषताओं को सामान्यतः लिंगानुपात के रूप में व्यक्त किया जाता है. लिंगानुपात का तात्पर्य महिला एवं पुरुषों का पारस्परिक अनुपात है. भारत में प्रति एक हजार पुरुषों पर महिलाओं की संख्या के रूप में ही यह अनुपात व्यक्त किया जाता है.

विश्व के अधिकांश देशों में महिला आधिक्य है अर्थात् पुरुषों की अपेक्षा महिलाओं की संख्या अधिक है, परन्तु भारत में पुरुषाधिक्य है अर्थात् भारतीय लिंगानुपात पुरुषों के पक्ष में है. विश्व का औसत लिंगानुपात 986 है. विश्व में सर्वाधिक लिंगानुपात U.S.S.R. का है—लगभग 1150. अधिकतर यूरोपीय देशों में पुरुष की अपेक्षा महिलाओं की संख्या ही अधिक है, परन्तु अधिकतर एशियाई देशों में पुरुषों की अपेक्षा महिलाओं की संख्या कम है.

सन् 2001 की भारतीय जनगणना के अनुसार कुल जनसंख्या (102·7 करोड़) में पुरुषों की संख्या 53·13 करोड़ तथा महिलाओं की संख्या 49·57 करोड़ है. इस हिसाब से भारत में वर्तमान लिंगानुपात 933 है. विभिन्न दशकों में भारत के लिंगानुपात को निम्नलिखित तालिका प्रदर्शित करती है—

भारत में लिंगानुपात 1901–2001

वर्ष	लिंगानुपात
1901	972
1911	964
1921	955
1931	950
1941	945
1951	946
1961	941
1971	930
1981	934
1991	927
2001	933

उपर्युक्त तालिका से स्पष्ट है कि सन् 1901 में भारत में लिंगानुपात 972 था जो 1991 तक निरन्तर घटता ही रहा है. इसका मुख्य कारण स्त्री शिशु की अपेक्षा पुरुष शिशुओं का अधिक जन्म लेना, स्त्री शिशुओं की हत्या की प्रथा, प्रसव के दौरान स्त्री मृत्यु तथा महामारियों में स्त्रियों की अधिक संख्या में मृत्यु होना रहा है. 1991 के लिंगानुपात (927) की तुलना में 2001 में लिंगानुपात (933) कुछ बढ़ा है. लिंगानुपात में यह सुधार स्त्री भ्रूण हत्या रोकने के लिए किए गए व्यापक सरकारी प्रयास तथा स्त्री जागरूकता में वृद्धि का परिणाम है. वास्तव में, अभी भी अशिक्षित परिवारों में कई कारण से लड़की के जन्म को एक अतिरिक्त भार माना जाता है. चूँकि असंतुलित लिंगानुपात समाज में सामाजिक विघटन की स्थिति उत्पन्न करता है, इसलिए भारत में लिंगानुपात सुधार के लिए व्यापक प्रयास किया जाना अतिआवश्यक है.

भारत में यदि राज्यवार लिंगानुपात को देखा जाए, तो केरल ही ऐसा राज्य है जहाँ लिंगानुपात स्त्रियों के पक्ष में है. 1991 में यह 1040 था, जो 2001 में बढ़कर 1058 हो चुका है. अन्य सभी राज्यों का लिंगानुपात पुरुषों के पक्ष में ही है. राज्यों में सबसे कम लिंगानुपात हरियाणा (861) का है. केन्द्र-शासित प्रदेशों में सर्वाधिक लिंगानुपात पाण्डिचेरी (1001) का तथा सबसे कम दमन एवं दीव (710) का है. राष्ट्रीय औसत लिंगानुपात से अधिक लिंगानुपात वाले राज्य क्रमशः केरल, हिमाचल प्रदेश, तमिलनाडु, आन्ध्र प्रदेश, उड़ीसा, गोआ, कर्नाटक, मणिपुर, मेघालय, त्रिपुरा तथा उत्तरांचल है. 900 से कम लिंगानुपात वाले राज्यों में पंजाब, हरियाणा, उत्तर प्रदेश, सिक्किम, नगालैण्ड तथा अरुणाचल प्रदेश हैं. केन्द्रशासित प्रदेशों में पाण्डिचेरी एवं लक्षद्वीप का लिंगानुपात राष्ट्रीय औसत से अधिक है. दिल्ली, अण्डमान एवं निकोबार द्वीप समूह तथा चण्डीगढ़ में लिंगानुपात 900 से भी कम है. इस विश्लेषण के आधार पर भारत में लिंगानुपात के क्षेत्रीय प्रारूप के बारे में मोटे तौर पर निम्नलिखित निष्कर्ष दिए जा सकते हैं—

(i) दक्षिणी भारत की अपेक्षा उत्तर भारत का लिंगानुपात निम्न है.

(ii) मध्य भारत की जनजातीय शृंखला का लिंगानुपात उच्च है.

(iii) भारत के उत्तरी पश्चिमी भाग मुख्यतः पंजाब, हरियाणा, पश्चिमी उत्तर प्रदेश, राजस्थान तथा मध्य प्रदेश के उत्तरी पश्चिमी भागों में लिंगानुपात बहुत कम है.

(iv) भारत के उत्तर-पूर्वी भागों में नगालैण्ड, अरुणाचल प्रदेश तथा सिक्किम एक और ऐसा भाग बनाते हैं, जहाँ लिंगानुपात अति निम्न है.

भारत में ग्रामीण नगरीय प्रवास में पुरुषों की अधिकता होने के कारण ग्रामीण क्षेत्रों का लिंगानुपात नगरीय क्षेत्रों की अपेक्षा अधिक है. 2001 के आँकड़ों के अनुसार, ग्रामीण क्षेत्रों में लिंगानुपात 946 है, जबकि नगरीय क्षेत्रों में यह मात्र 901 ही है. इसी प्रकार धार्मिक समुदाय के दृष्टिकोण से भारत में ईसाइयों में लिंगानुपात सर्वाधिक है. इनके पश्चात् क्रमशः हिन्दू तथा मुसलमानों का स्थान है. सिखों का लिंगानुपात इस दृष्टिकोण से सबसे कम हैं.

2. **आयु संघटन** (Age Composition)—आयु, मनुष्य के जीवन के साथ ही जनांकिकी का भी महत्वपूर्ण पहलू है. एक व्यक्ति एक निश्चित आयु के बाद ही स्कूल जाना प्रारम्भ करता है, अर्थोपार्जन में संलग्न होता है, मताधिकार प्राप्त करता है, विवाह करता है या सेवा निवृत्त होता है. इसलिए किसी राष्ट्र की जनसंख्या में आश्रित एवं कार्यशील जनसंख्या का अनुपात जानने तथा जनसंख्या की भविष्यगत रूपरेखा निरूपित करने के लिए आयु संघटन का विश्लेषण आवश्यक होता है.

सामान्यतः आयु के आधार पर जनसंख्या को तीन वर्गों में विभाजित किया जाता है—(i) बाल वर्ग–5 से 14 वर्ष (ii) प्रौढ़ वर्ग–15 से 59 वर्ष (iii) वृद्ध–60 से ऊपर. प्रौढ़ वर्ग ही कार्यशील जनसंख्या कहलाती है. यही वर्ग सबसे अधिक सक्रिय तथा जनांकिकीय दृष्टि से सबसे अधिक गतिशील होता है. अन्य दोनों वर्गों के भरण-पोषण का भार इसी वर्ग पर रहता है. बाल वर्ग एवं वृद्ध वर्ग आर्थिक दृष्टि से अनुत्पादक होने के कारण 'आश्रित जनसंख्या' कहलाती है. यह अपनी आवश्यकताओं की पूर्ति हेतु प्रौढ़ वर्ग पर आश्रित रहते हैं.

सन् 1991 की जनगणना के अनुसार भारत में कुल जनसंख्या का 15·4% भाग 6 वर्ष से कम आयु का था. 15 वर्ष से कम आयु के बच्चों का प्रतिशत 36·5 था. कुल जनसंख्या का केवल 56·7% भाग प्रौढ़ वर्ग का था तथा 6·8% भाग वृद्ध वर्ग का था. स्पष्ट है कि भारत में कार्यशील जनसंख्या पर आश्रित जनसंख्या का अत्यधिक भार है. अतः देश की अधिकांश आय उपभोग में व्यय हो जाती है, जिसका परिणाम अल्प बचत एवं पूँजी-निर्माण की दर अति निम्न होना है.

भारतीय आयु संघटन की अन्य राष्ट्र के आयु संघटन से तुलना करने पर तीन निष्कर्ष प्राप्त होते हैं. पहला, भारत में कार्यशील जनसंख्या का अनुपात कम है, जबकि अन्य राष्ट्रों की अपेक्षा जन्म दर अधिक होने के कारण बाल वर्ग का अनुपात अत्यधिक है. दूसरा, मृत्यु दर के अधिक होने के कारण बड़े पैमाने पर मानव जीवन की क्षति हो रही है, खासकर बाल वर्ग में. तीसरा, मृत्यु दबाव अधिक होने के कारण भारत में जीवन-प्रत्याशा (Life expectency) कम है. 2001 की जनगणना के अनुसार यह 62 वर्ष है.

भारत में जिन राज्यों में जनसंख्या की वृद्धि दर तेज है. वहाँ 0–14 आयु वर्ग के लोगों की संख्या ज्यादा है. इसी कारण सन् 1990 के दौरान उत्तर प्रदेश में 15 वर्ष से कम आयु के लोगों की संख्या अधिकतम थी. केरल या तमिलनाडु जैसे राज्यों में जन्म दर में कमी होने के कारण अधिक आयु के लोगों की संख्या बढ़ी है. कुछ राज्यों में जैसे पंजाब एवं हिमाचल प्रदेश में वृद्धों की संख्या बढ़ी है. इसका कारण युवा वर्ग का भारी संख्या में रोजगार हेतु प्रवासित होना है.

3. **ग्रामीण नगरीय संघटन** (Rural Urban Composition)—जनसंख्या की सामाजिक एवं सांस्कृतिक विशेषताओं को स्पष्ट करने में ग्रामीण नगरीय संघटन जानना अति आवश्यक है, क्योंकि व्यवसाय, रहन-सहन के ढंग, सामाजिक सम्बन्ध, व्यक्तिगत सोच इत्यादि के सन्दर्भ में ग्रामीण तथा नगरीय लोगों में अनेक विभिन्नताएँ पाई जाती हैं. नगरीय परिवेश गैर-कृषि व्यवसाय, औपचारिक सामाजिक सम्बन्ध तथा तेज जीवन पद्धति वाला होता है. यह परिवेश आधुनिकता तथा चमक-दमक से परिपूर्ण विशिष्ट जीवन शैली वाला होता है. ग्रामीण परिवेश ठीक इसके विपरीत विशेषताओं को प्रदर्शित करता है.

स्वतन्त्रता प्राप्ति के पश्चात् भारत में तीव्र नगरीयकरण की प्रक्रिया प्रारम्भ हुई. अर्थात् 1951 के पश्चात् भारत की कुल जनसंख्या में नगरीय जनसंख्या का प्रतिशत तेजी से बढ़ा है, लेकिन संसार के अन्य देशों की तुलना में यह अभी भी बहुत कम है. सम्पूर्ण विश्व की लगभग 45% जनसंख्या नगरीय है, जबकि वर्तमान भारत में यह मात्र 27·78% ही है. विभिन्न दशकों में भारत की नगरीय एवं ग्रामीण जनसंख्या अनुपात को निम्न तालिका प्रस्तुत करती है—

वर्ष	ग्रामीण जनसंख्या (% में)	नगरीय जनसंख्या (% में)
1901	89	10
1911	90	10
1921	89	11
1931	88	12
1941	86	14
1951	83	17
1961	82	18
1971	80	20
1981	76·37	23·73
1991	73·90	26·10
2001	72·22	27·78

सन् 2001 की जनगणना के अनुसार कुल नगरीय जनसंख्या 28 करोड़ 54 लाख है तथा कुल ग्रामीण जनसंख्या 74 करोड़ 16 लाख है. सन् 1901 में भारत की कुल नगरीय जनसंख्या मात्र 2·59 करोड़ थी, जो वर्तमान में बढ़कर 28·54 करोड़ हो चुकी है अर्थात् भारत में नगरीय जनसंख्या की औसत वृद्धि दर 10·04% प्रतिवर्ष रही है, परन्तु इस अवधि में ग्रामीण जनसंख्या की औसत वार्षिक वृद्धि दर मात्र 2·49% प्रतिवर्ष ही रही है. इसका मुख्य कारण गाँवों में अधिक मृत्यु-दर तथा ग्राम से नगर की ओर तीव्र प्रवास ही है.

2001 की जनगणना के अनुसार गोआ (49·77) देश का सर्वाधिक नगरीकृत राज्य है. दूसरे स्थान पर मिजोरम (49·6%) तथा तृतीय स्थान पर तमिलनाडु (44·0%) राज्य है. सबसे कम नगरीय आबादी वाला राज्य हिमाचल प्रदेश (9·8%) है. भारत की कुल नगरीय जनसंख्या का आधा से अधिक भाग पाँच राज्यों महाराष्ट्र, उत्तर प्रदेश, आन्ध्र प्रदेश, पश्चिम बंगाल तथा तमिलनाडु में निवास करता है. हालाँकि उत्तर प्रदेश देश के निम्न नगरीय राज्यों में से एक है, परन्तु इसकी कुल नगरीय जनसंख्या बहुत अधिक (3·45 करोड़) है. इस दृष्टिकोण से उत्तर प्रदेश दूसरे स्थान पर है. प्रथम स्थान महाराष्ट्र का है. केन्द्रशासित प्रदेशों में दादर एवं नगर हवेली तथा अण्डमान-निकोबार द्वीप समूह को छोड़कर बाकी सभी प्रदेश अत्यधिक नगरीकृत हैं.

4. **व्यावसायिक संघटन** (Occupational Composition)—जनसंख्या का व्यावसायिक संघटन किसी समाज की आर्थिक स्थिति एवं उसमें होने वाले परिवर्तनों को उद्घाटित करने में महत्वपूर्ण होता है. विभिन्न व्यवसायों को सामान्यतः तीन वर्गों में बाँटा गया है—

(i) **प्रथामिक वर्ग**—इसके अन्तर्गत कृषि, वन, मत्स्य पालन, पशुपालन आदि को शामिल किया गया है.

(ii) **द्वितीयक वर्ग**—इसके अन्तर्गत मुख्यरूप से खनन् एवं उद्योग आते हैं.

(iii) **तृतीयक वर्ग**—इसे सेवा वर्ग या सेवा क्षेत्र भी कहा जाता है. इसके अन्तर्गत व्यापार, वाणिज्य, परिवहन, संचार, भण्डारण तथा अन्य प्रकार की सेवाओं को शामिल किया गया है.

भारत में व्यवसाय के दृष्टिकोण से कुल जनसंख्या का दो-तिहाई भाग प्राथमिक वर्ग के अन्तर्गत ही आता है. 1981 की जनगणना के अनुसार भारत में लगभग 70% व्यक्ति कृषि कार्य में लगे हुए थे. 2001 में यह घटकर लगभग 60% हो गया है, लेकिन अभी भी यह विकसित देशों की तुलना में अति उच्च स्तर पर है, जो भारतीय अर्थव्यवस्था के पिछड़ेपन का सूचक है. 1981 में 13% जनसंख्या द्वितीय वर्ग के कार्यों में संलग्न थी तथा 16·5% जनसंख्या तृतीय वर्ग के कार्यों से जुड़ी हुई थी. वर्तमान में द्वितीय क्षेत्र में संलग्न जनसंख्या का प्रतिशत लगभग यथावत् है, लेकिन तृतीय क्षेत्र में संलग्न

जनसंख्या का प्रतिशत बढ़ा है, हालाँकि इनका अधिकांश अनुपात मुख्यरूप से नगरीकृत जिलों तक ही सीमित है.

भारतीय व्यावसायिक संघटन में भी अत्यधिक लिंगीय विषमता दृष्टिगोचर होती है. कुल स्त्री कामगारों में से 71·9% से भी अधिक कृषि कार्यों में ही संलग्न हैं और शेष 28·1% स्त्री कामगार गैर-कृषि कार्यों में लगी हुई हैं. कृषि में पुरुष कामगारों का मात्र 51·8% ही संलग्न हैं. 47·8% पुरुष कामगार गैर-कृषि कार्य में संलग्न है. इस प्रकार भारत के कृषि व्यवसाय में स्त्री कामगारों की संख्या अधिक है, जबकि गैर-कृषि व्यवसाय में पुरुष कामगारों की संख्या अधिक है.

उपर्युक्त आँकड़ों से स्पष्ट है कि देश में आर्थिक संरचना में परिवर्तन के बावजूद जनसंख्या की व्यावसायिक संरचना में कोई विशेष परिवर्तन नहीं आया है. कृषि में लगे लोगों का प्रतिशत तो घटा है, परन्तु भूमिहीन श्रमिकों की संख्या बहुत बढ़ गई है. द्वितीय क्षेत्र का प्रतिशत लगभग स्थिर है. तृतीय क्षेत्र में मामूली सुधार हुआ है. देश की वर्तमान परिस्थितियों के दृष्टिकोण से निकट भविष्य में द्वितीय एवं तृतीय क्षेत्र में किसी विशेष प्रगति की आशा नहीं की जा सकती है, इसलिए कृषि सुधार एवं भूमि सुधार कार्यक्रमों को ही यदि प्रतिबद्धता के साथ कार्यान्वित कर प्राथमिक क्षेत्र को ही सुदृढ़ किया जाए, तो यह देश के हित में होगा.

5. **शैक्षणिक संघटन** (Educational Composition)—भारतीय जनगणना की क्रियाविधि में शैक्षणिक योग्यता के तहत् सिर्फ साक्षर या असाक्षर के मानदण्ड का ही प्रयोग किया जाता है. एक व्यक्ति जो स्वविवेक से किसी भी एक भाषा में लिख एवं पढ़ सके उसे जनगणना में साक्षर या शिक्षित माना जाता है. भारत में इस निम्नतम मानदण्ड अपनाए जाने के बाद भी साक्षरता दर में प्रगति की दर अत्यंत धीमी रही है. स्वतन्त्रता प्राप्ति के बाद साक्षरता की स्थिति को निम्न तालिका प्रदर्शित करती है—

भारत में साक्षरता दर (1951–2001)

वर्ष	कुल साक्षर व्यक्ति (% में)	पुरुष	स्त्री
1951	18·33	27·17	8·86
1961	28·30	40·40	15·35
1971	34·45	45·96	21·97
1981	43·57	56·38	29·76
1991	52·21	64·13	39·29
2001	64·8	75·85	54·16

सन् 1901 में कुल जनसंख्या में साक्षर जनसंख्या का प्रतिशत मात्र 5·35% था. 1951 में यह बढ़कर 18·33% तथा 2001 में बढ़कर 64·8% हो चुकी है. इस हिसाब से 100 वर्षों में लगभग 12 गुणी शैक्षिक प्रगति हुई है. यह प्रगति उल्लेखनीय तो है, परन्तु संतोषजनक नहीं. विकसित देशों की तुलना में यह अभी भी बहुत कम है. इसके अलावा साक्षरता में लिंगीय विषमता भी चिन्ताजनक है. वर्तमान में लगभग 75·85% पुरुष साक्षरता की तुलना में मात्र 54·16% स्त्रियाँ ही साक्षर हैं.

ग्रामीण नगरीय साक्षरता अनुपात के दृष्टिकोण से भी भारतीय शैक्षणिक संघटन में अत्यधिक विषमता है. 2001 की जनगणना के अनुसार केवल 59·4% ग्रामीण जनसंख्या ही साक्षर है, जबकि साक्षर नगरीय जनसंख्या का प्रतिशत 80·30 है. स्त्री साक्षरता दर ग्रामीण क्षेत्रों में और अधिक चिन्तनीय स्थिति में है. ग्रामीण क्षेत्रों में स्त्री साक्षरता दर केवल 46·70% है, जबकि नगरीय क्षेत्रों में यह 73·20% है.

राज्यवार साक्षरता दर का विश्लेषण किया जाए, तो इसमें भी अत्यधिक विषमता ही दृष्टिगोचर होती है. एक तरफ शीर्ष पर केरल जैसा राज्य है जिसे पूर्ण साक्षर का दर्जा दिया जा चुका है. हालाँकि 2001 के आँकड़ों के अनुसार यहाँ साक्षरता दर 90·92% ही है. इसमें साक्षर पुरुषों का प्रतिशत 94·20 तथा साक्षर महिलाओं का प्रतिशत 87·86 है. दूसरी ओर आधार पर बिहार जैसा राज्य है, जहाँ साक्षरता दर मात्र 47·53% है. इसमें पुरुषों की साक्षरता दर 60·32% तथा महिलाओं की साक्षरता दर 33·57% है. साक्षरता दर में मिजोरम (88·8%) तथा लक्षद्वीप (86·7%) का क्रमशः दूसरा और तीसरा स्थान है. दादर और नगर हवेली (57·6%) को छोड़कर सभी केन्द्रशासित प्रदेशों में साक्षरता दर अति उच्च (72% से अधिक) स्तर पर है.

उपर्युक्त आँकड़ों से स्पष्ट है कि भारत अभी तक शिक्षा के मात्रात्मक जाल में ही उलझा हुआ है. इसलिए शिक्षा की गुणात्मकता की बात करना बेइमानी होगी, लेकिन यह याद रखना अति आवश्यक है कि 20वीं सदी में आकर हमने जो कुछ भी शैक्षणिक प्रगति की है उसने हमें कार्य के प्रति घृणा, नैतिक रूप से कमजोर तथा सफेदपोश वेतनभोगी क्लर्कों के रूप में ही परिणत किया है.

6. **धार्मिक संघटन** (Religious Composition)—अन्य विविधताओं के साथ धार्मिक विविधता भारतीय जनसंख्या की प्रमुख पहचान है. वर्तमान विश्व के चार प्रमुख धर्मों का उद्गम स्थान भारत ही है. ये धर्म हैं—हिन्दू, बौद्ध, सिख एवं जैन. इनके अलावा कई अन्य धर्मावलम्बी अन्य क्षेत्रों से आकर भारत में बसते रहे हैं. अनुयायियों की संख्या की दृष्टि से वर्तमान भारत में चार प्रमुख धर्म हैं—हिन्दू, मुस्लिम, ईसाई तथा सिख. संख्या की दृष्टि से जैन, बौद्ध तथा पारसी धर्मावलम्बी बहुत कम हैं. सन् 1991 की जनगणना के अनुसार

भारत में विभिन्न धर्मावलम्बियों की संख्या निम्नलिखित तालिका प्रदर्शित करती है—

1991 में भारतीय जनसंख्या का धार्मिक संघटन

धर्म	कुल व्यक्ति	कुल जनसंख्या में प्रतिशत
हिन्दू	68·76	82·00
मुस्लिम	10·16	12·13
ईसाई	1·96	2·34
सिख	1·63	1·94
बौद्ध	0·64	0·76
जैन	0·34	0·40
अन्य	0·33	0·39

सम्पूर्ण भारत में केवल हिन्दू और मुस्लिम धर्मावलम्बी ही फैले हुए हैं. अन्य धर्मावलम्बी भारत के कुछ विशिष्ट क्षेत्र तक ही सीमित हैं. कुल जनसंख्या में हिन्दुओं का सबसे अधिक अनुपात हिमाचल प्रदेश (95·8%) में तथा सबसे कम मिजोरम (5·0%) में है. कुल संख्या की दृष्टि से सबसे अधिक मुस्लिम धर्मावलम्बी उत्तर प्रदेश में हैं. इस दृष्टिकोण से पश्चिम बंगाल तथा बिहार का क्रमशः दूसरा और तीसरा स्थान है. राज्य की कुल जनसंख्या में मुस्लिमों का सबसे अधिक अनुपात जम्मू और कश्मीर (68·3%) में तथा सबसे कम मिजोरम (0·6%) में है. केन्द्रशासित प्रदेशों में मुस्लिमों का सबसे अधिक अनुपात लक्षद्वीप (94·3%) में है. सबसे अधिक ईसाई धर्मावलम्बी केरल राज्य में निवास करते हैं. केरल की कुल जनसंख्या में इनका अनुपात 28·6% है. केरल के अलावा तमिलनाडु, आन्ध्र प्रदेश, मेघालय तथा नगालैण्ड में इनकी संख्या अधिक है. देश में सिखों की कुल जनसंख्या का लगभग 78·5% केवल पंजाब राज्यों में निवास करते हैं. पंजाब के अलावा हरियाणा, राजस्थान, उत्तरांचल तथा दिल्ली में इनकी संख्या अन्य राज्यों की तुलना में अधिक है. बौद्ध एवं जैनियों का सबसे अधिक संकेन्द्रण महाराष्ट्र राज्य में है. बौद्धों की कुल जनसंख्या का 79% तथा जैनियों का 28·8% महाराष्ट्र राज्य में निवास करता है. इसके अलावा लद्दाख, हिमाचल प्रदेश, सिक्किम, अरुणाचल प्रदेश तथा त्रिपुरा में बौद्धों की संख्या अधिक है. जैनियों की बाकी जनसंख्या राजस्थान, गुजरात तथा मध्य प्रदेश राज्य तक ही सीमित है.

7. **भाषाई संघटन** (Linguistic Composition)—संचार एवं शिक्षा का माध्यम होने के कारण भाषा का महत्व सार्वदेशिक है. लेकिन भारत में 1956 में राज्यों के पुनर्गठन के लिए भाषा को आधार बनाए जाने के कारण भारतीय जनसंख्या का भाषाई संघटन अतिमहत्वपूर्ण हो जाता है.

भारतीय संविधान द्वारा हिन्दी को राष्ट्रभाषा एवं हिन्दी तथा अंग्रेजी को भारतीय संघ की राजभाषाओं के रूप में मान्यता दी गई है. संविधान की आठवीं अनुसूची के अन्तर्गत 18 प्रमुख भारतीय भाषाओं को सूचीबद्ध किया गया है. सन् 1991 की जनगणना के अनुसार मातृभाषा के रूप में कुछ प्रमुख भाषाओं के बोलने वालों की संख्या निम्नलिखित तालिका प्रदर्शित करती है—

भारत : भाषाई संघटन (1991)

भाषा	सम्बन्धित मुख्य प्रदेश	मातृभाषा के रूप में बोलने वालों की संख्या (करोड़ में)	कुल जनसंख्या में प्रतिशत
हिन्दी	उत्तर भारत	33·73	40·42
बांग्ला	पश्चिम बंगाल	6·96	8·30
तेलगू	आन्ध्र प्रदेश	6·60	7·87
मराठी	महाराष्ट्र	6·25	7·45
तमिल	तमिलनाडु	5·30	6·32
उर्दू	अंशतः सम्पूर्ण भारत	4·34	5·18
गुजराती	गुजरात	4·07	4·85
कन्नड़	कर्नाटक	3·28	3·91
मलयालम	केरल	3·04	3·62
उड़िया	उड़ीसा	2·81	3·35
पंजाबी	पंजाब	2·34	2·79
संस्कृत	अंशतः सम्पूर्ण भारत	0·005 (50 हजार)	0·01

उल्लेखनीय है कि भारत के विभिन्न प्रदेशों में कोई एक अनुसूचित भाषा मुख्य रूप से बोली जाती है, लेकिन इस दृष्टिकोण से विभिन्न भाषाओं को किसी प्रदेश की सीमा रेखा के द्वारा बाँधा नहीं जा सकता है. लगभग सभी क्षेत्रों में लोग दो या दो से अधिक भाषाओं का प्रयोग करते हैं. इसलिए अनेक राज्यों में किसी एक भाषा को राज्यभाषा तथा किसी पड़ोसी राज्य की मुख्य भाषा को द्वितीय भाषा के रूप में मान्यता दी गई है. जैसे—केरल में मलयालम राज्य भाषा है और तमिल द्वितीय भाषा. तमिलनाडु में तमिल राज्य भाषा है और तेलुगू द्वितीय भाषा. आन्ध्र प्रदेश में तेलुगू राज्य भाषा है और उर्दू द्वितीय भाषा है. बिहार में हिन्दी राज्य भाषा है और उर्दू द्वितीय भाषा.

भारत की सबसे पुरानी भाषा संस्कृत मानी गई है. इसलिए भारत में संस्कृत को 'देव भाषा' कहा गया है, लेकिन बड़े आश्चर्य की बात है कि आज संस्कृत बोलने वालों की संख्या लगभग नगण्य है.

8. **जातीय संघटन** (Caste Composition)—जैसाकि सर्वविदित है जाति भारतीय संस्कृति एवं समाज का अहम हिस्सा है. इसलिए भारत में जनसंख्या विश्लेषण के सन्दर्भ में जातीय संघटन भी अति महत्वपूर्ण पक्ष है. एक लम्बे समय से भारत में जाति आधारित जनगणना की आवश्यकता महसूस की जाती रही है, परन्तु अनेक समस्याओं के कारण अभी तक ऐसा नहीं किया जा सका है, इसलिए कुछ छिट-पुट आँकड़े सिर्फ अनुसूचित जाति एवं अनुसूचित जनजाति संवर्ग में ही उपलब्ध हैं.

भारत में ब्रिटिश शासनकाल के दौरान पारित 'भारत शासन अधिनियम 1935' में पहली बार 'अनुसूचित जाति' शब्द का प्रयोग हुआ था. वर्तमान भारत में इसके अन्तर्गत कुल 542 जातियाँ शामिल हैं. स्वतन्त्रता प्राप्ति के समय भारत में अनुसूचित जातियों की जनसंख्या 5·17 करोड़ थी, जो 1991 में बढ़कर 13·82 करोड़ हो चुकी थी यानि कुल जनसंख्या का 16·48% भाग 1991 में अनुसूचित जातियों का था. 2001 में यह बढ़कर 16·65 करोड़ (16·2%) हो चुकी है. कुल जनसंख्या की दृष्टि से अनुसूचित जाति के सबसे अधिक लोग उत्तर प्रदेश (3·51 करोड़) में निवास करते हैं. पश्चिम बंगाल (1·6 करोड़) दूसरे स्थान पर है. इस दृष्टिकोण से अन्य प्रमुख राज्य बिहार, तमिलनाडु, आन्ध्र प्रदेश, मध्य प्रदेश, महाराष्ट्र, राजस्थान, कर्नाटक, पंजाब और उड़ीसा हैं. कुल जनसंख्या में अनुसूचित जाति की जनसंख्या के अनुपात की दृष्टि से प्रथम स्थान पंजाब राज्य (28·31%) का है. इसके बाद क्रमशः उत्तर प्रदेश, हिमाचल प्रदेश और पश्चिम बंगाल का स्थान आता है. नगालैण्ड तथा अण्डमान और निकोबार द्वीप समूह में इनकी जनसंख्या नगण्य (0) है.

वर्तमान भारत में 550 जनजातियाँ अनुसूचित जनजाति के रूप में सूचीबद्ध हैं. सन् 1951 में अनुसूचित जनजातियों की कुल जनसंख्या मात्र 2·25 करोड़ थी, जो कुल जनसंख्या का मात्र 5·6% था. 1991 की जनगणना के अनुसार इनकी कुल जनसंख्या बढ़कर 6·77 करोड़ हो गई जो कुल जनसंख्या का 8·08% थी. 2001 में यह बढ़कर 8·35 करोड़ (8·17%) हो चुकी है. अनुसूचित जनजाति की कुल जनसंख्या की दृष्टि से 1991 की जनगणना के अनुसार सबसे अधिक लोग मध्य प्रदेश (1·54 करोड़) में तथा सबसे कम गोआ (मात्र 566) में निवास करते हैं. 1991 में पंजाब तथा हरियाणा राज्य में अनुसूचित जनजाति की संख्या शून्य थी. केन्द्रशासित प्रदेशों में दिल्ली, चण्डीगढ़ तथा पाण्डिचेरी में भी इनकी संख्या नगण्य (0) थी. कुल जनसंख्या में जनजातीय संख्या का सबसे अधिक प्रतिशत (94·75) मिजोरम में है, जबकि विविध जनजातियों की संख्या के दृष्टिकोण से प्रथम स्थान उड़ीसा का है. देश की आधे से अधिक जनजातीय जनसंख्या देश के चार राज्यों में—मध्य प्रदेश, उड़ीसा, गुजरात और राजस्थान में निवास करती है.

भारत में जनसंख्या का वितरण (Population Distribution in India)

यद्यपि मनुष्य अन्य पशुओं से अधिक परिवर्तनशील है तथा उसमें वातावरण के साथ सामंजस्य स्थापित करने की क्षमता सर्वाधिक है. फिर भी, अभी तक कई पारिस्थितिकी जन्य (Ecological Oriented) समस्याएँ मनुष्य के काबू से परे हैं इसलिए मानव जाति ने भू-पटल के उन्हीं क्षेत्रों पर बसना स्वीकार किया है, जो उसके जीवन एवं विकास के लिए उपयुक्त था. इस कारण विश्व के कई बड़े भू-भाग अभी तक निर्जन एवं वीरान हैं, जबकि सीमित भू-भाग पर अत्यधिक जन जमाव है. विश्व में यह जन वितरण इतना अधिक असामान्य है कि विश्व की लगभग आधी जनसंख्या उसके केवल 5% क्षेत्र में ही निवास करती है.

जनसंख्या वितरण को प्रभावित करने वाले मुख्यतः तीन कारक हैं—भौतिक, सामाजिक-आर्थिक तथा जनांकिकीय. भौतिक कारक के अन्तर्गत किसी क्षेत्र विशेष का स्वरूप, उसकी मिट्टी, जलवायु तथा खनिज संसाधनों की सुलभता प्रमुख रूप से शामिल है. मानव निवास के लिए ये आधारभूत अनिवार्य आवश्यकताएँ हैं. सामाजिक-आर्थिक कारक द्वारा किसी क्षेत्र विशेष में नगरीयकरण एवं औद्योगीकरण को प्रोत्साहन मिलता है. इस कारण उन क्षेत्रों में मानव निवास का विस्तार तेजी से होता है. जनांकिकीय कारक के अन्तर्गत जन्म-दर, मृत्यु-दर तथा प्रवास आते हैं. इन तीनों के पारस्परिक अनुपात पर भी जनसंख्या का संकेन्द्रण निर्भर करता है.

जनसंख्या वितरण से सम्बन्धित सभी वैश्विक मान्यताएँ भारतीय सन्दर्भ में भी पूर्णतः लागू हैं. भारत की आधी से अधिक जनसंख्या इसके मात्र पाँच राज्यों—उत्तर प्रदेश, महाराष्ट्र, बिहार, पश्चिम बंगाल एवं आन्ध्र प्रदेश में निवास करती है. एक तरफ उत्तर प्रदेश जैसा बड़ा राज्य है जहाँ की जनसंख्या 16·6 करोड़ है, तो दूसरी तरफ सिक्किम जैसा छोटा राज्य है जहाँ की जनसंख्या मात्र 5·4 लाख है, लेकिन इस आधार पर यह सामान्य धारणा नहीं बनाई जा सकती है कि विशाल क्षेत्रफल वाले राज्यों की जनसंख्या ही विशाल है. क्षेत्रफल की दृष्टि से भारत में राजस्थान राज्य का प्रथम स्थान है, लेकिन यहाँ भारत की कुल जनसंख्या का मात्र 5·5% भाग ही निवास करता है. क्षेत्रफल की दृष्टि से दूसरा सबसे बड़ा राज्य मध्य प्रदेश (देश के क्षेत्रफल का 9·37%) का जनसंख्या प्रतिशत 5·88 ही है. इसके विपरीत उत्तर प्रदेश (7·26% क्षेत्रफल) तथा बिहार (2·86% क्षेत्रफल) जैसे राज्य जहाँ क्रमशः 16% तथा 8·07% जनसंख्या निवास करती है. 2001 की जनगणना के अनुसार भारत में 10 ऐसे राज्य हैं जहाँ प्रत्येक की जनसंख्या 5 करोड़ से अधिक है. 11 राज्य और 6 केन्द्रशासित प्रदेश ऐसे हैं जहाँ क्षेत्रफल प्रतिशत की तुलना में जनसंख्या प्रतिशत अधिक है.

जनसंख्या वितरण की असमानता का सर्वश्रेष्ठ मापक **'संकेन्द्रण सूचकांक'** है. यह जनसंख्या के वास्तविक दबाव को स्पष्ट करता है. संकेन्द्रण सूचकांक ज्ञात करने के लिए किसी जिले की वास्तविक जनसंख्या को प्रति जिले की औसत जनसंख्या से विभाजित कर दिया जाता है. 1981 की जनगणना के अनुसार सबसे अधिक संकेन्द्रण सूचकांक उत्तर प्रदेश (3·62) राज्य का था. अर्थात् 1981 में उत्तर प्रदेश सबसे अधिक घना बसा हुआ राज्य था. इस दृष्टिकोण से बिहार (2·27), महाराष्ट्र (2·04), प. बंगाल (1·78) तथा आन्ध्र प्रदेश (1·74) राज्य का क्रमशः दूसरा, तीसरा, चौथा और पाँचवाँ स्थान था. सबसे कम संकेन्द्रण सूचकांक सिक्किम (0·01) राज्य का था. केन्द्रशासित प्रदेशों में सबसे अधिक दिल्ली (5·70) तथा सबसे कम लक्षद्वीप (0·04) का था. 1981 में सभी राज्यों में 15 राज्य ऐसे थे, जहाँ का संकेन्द्रण सूचकांक 1 से कम था. 1991 की जनगणना में संकेन्द्रण सूचकांक के दृष्टिकोण से राज्यों की स्थिति यथावत् रही.

जनसंख्या वितरण का एक अन्य प्रचलित मापक जन घनत्व है. भौगोलिक क्षेत्र के प्रति इकाई वर्ग किमी में निवास करने वाले व्यक्तियों की संख्या जन घनत्व कहलाती है. 2001 की जनगणना के अनुसार भारत में औसत जन घनत्व 324 व्यक्ति प्रति वर्ग किमी है. इस दृष्टि से संसार में भारत का तीसरा स्थान है. बांग्लादेश (849) तथा जापान (334) क्रमशः प्रथम एवं दूसरे स्थान पर हैं. विश्व में सबसे अधिक जनसंख्या वाला देश चीन का 1997 में जन घनत्व मात्र 129 व्यक्ति प्रति वर्ग किमी ही था. स्पष्ट है कि अन्य देशों की तुलना में भारत में भूमि पर जनसंख्या का अत्यधिक दबाव है. भारत में विगत दशकों में हुए जन घनत्व वृद्धि को अग्रलिखित तालिका प्रस्तुत करती है—

भारत में जन-घनत्व

वर्ष	व्यक्ति (प्रति वर्ग किमी)
1921	81
1931	90
1941	103
1951	117
1961	141
1971	177
1981	216
1991	273
2001	324
2011	400 (अनुमानित)

भारत में न केवल जनसंख्या का घनत्व अधिक है, बल्कि यह जन घनत्व बहुत अधिक असमान है. गंगा सतलज के मैदान तथा समुद्रतटीय प्रदेश में स्थित राज्यों का जन घनत्व अपेक्षाकृत अधिक है. 2001 में जन घनत्व की दृष्टि से प्रथम 10 राज्यों की स्थिति निम्नलिखित तालिका प्रस्तुत करती है—

जन घनत्व के अनुसार प्रथम 10 राज्य (2001)

राज्य	जन घनत्व (2001)	स्थान	जन घनत्व (1991)	स्थान
प. बंगाल	904	1	767	1
बिहार	880	2	685	3
केरल	819	3	719	2
उत्तर प्रदेश	689	4	548	4
पंजाब	482	5	403	6
तमिलनाडु	478	6	429	5
हरियाणा	477	7	372	7
गोआ	363	8	316	8
असम	340	9	286	9
झारखण्ड	338	10	277	10

भारत में एक ओर प. बंगाल, बिहार तथा केरल जैसे राज्य हैं जहाँ जन-घनत्व अत्यधिक सघन है, तो दूसरी ओर अरुणाचल प्रदेश (13), मिजोरम (42) तथा सिक्किम (76) ऐसे राज्य हैं, जहाँ जन घनत्व अत्यधिक विरल है. केन्द्र-शासित प्रदेशों में दिल्ली प्रथम स्थान पर है, जहाँ जन घनत्व 9294 व्यक्ति प्रतिवर्ग किमी है. अण्डमान निकोबार द्वीप समूह तथा दादर एवं नगर हवेली (449) को छोड़कर बाकी सभी केन्द्रशासित प्रदेशों में जन-घनत्व 1500 व्यक्ति से अधिक है.

आज देश में जनसंख्या वितरण की कुछ नई प्रवृतियाँ उभर रही हैं, जिनका सम्बन्ध देश में रोजगार के बदलते क्षेत्रीय प्रारूप से है. गंगा-सतलज के सघन जनसंख्या वाले क्षेत्र से देश के अन्य भागों में जनसंख्या का प्रसार हो रहा है. अब व्यवसाय के प्राथमिक क्षेत्र की तुलना में द्वितीय एवं तृतीय क्षेत्रों के प्रति लोगों का आकर्षण बढ़ता जा रहा है. इसलिए वर्तमान में औद्योगीकृत एवं नगरीकृत क्षेत्र ही जनसंख्या वितरण को प्रभावित करने वाले सबसे मुख्य कारक हो चुके हैं.

जनसंख्या वृद्धि के घटक : जन्म, मृत्यु एवं प्रवास (Componants of Population Growth : Birth, Death and Migration)—जनसंख्या की मात्रा, संरचना एवं वितरण तथा इन सभी में परिवर्तन को प्रभावित करने वाले मुख्यतः तीन आधारभूत घटक या कारक हैं–जन्म, मृत्यु तथा प्रवास. इस कारण जनांकिकीशास्त्र में इन घटकों का स्थान सर्वोपरि है. बगैर इन घटकों के विस्तृत विश्लेषण की जनसंख्या से सम्बन्धित कोई भी जानकारी अधूरी ही रहेगी.

जन्म या प्रजननता (Birth or Fertility)

जनांकिकी की सबसे महत्वपूर्ण घटना जन्म है, क्योकि जन्म से ही जीवन का प्रारम्भ होता है जो वर्तमान ही नहीं, बल्कि भविष्य की जनसंख्या से सम्बन्धित प्रत्येक पहलू को निर्धारित करता है, लेकिन जन्म केवल जनांकिकीय तथ्य ही नहीं, बल्कि एक सामाजिक तथ्य भी है. समाज में जन्म की प्रघटना के द्वारा ही एक स्त्री एवं पुरुष की सामाजिक प्रतिष्ठा एक माता एवं पिता के रूप में स्थापित होती है और इस प्रकार मानवीय अस्तित्व तथा समाज की निरंतरता बनी रहती है.

जनांकिकी में जन्म से सम्बन्धित कुछ विशिष्ट अवधारणाएँ हैं, जिनको यहाँ जान लेना आवश्यक है—

1. **मृत प्रसव** (Still Birth)—U. N. O. के अनुसार, "मृत प्रसव वह भ्रूण मृत्यु है जो 28 सप्ताह की गर्भावधि के पश्चात् होती है." अर्थात् यदि 28 सप्ताह या 7 महीने की गर्भावधि के बाद बच्चा मृत अवस्था में पैदा होता है, तो ऐसा प्रसव मृत प्रसव कहलाएगा.

2. **शिशु मृत्यु** (Child Death)—यदि बच्चा जीवित अवस्था में जन्म ले, लेकिन जन्म लेने के कुछ देर पश्चात् उसकी मृत्यु हो जाए, तो यह शिशु मृत्यु कहलाएगी. यदि जन्म के चार सप्ताह की अवधि के बीच ही बच्चे की मृत्यु हो जाती है, तो ऐसी मृत्यु नवजात मृत्यु (Neo-natal death) कहलाती है, परन्तु यदि चार सप्ताह की अवधि के बाद बच्चे की मृत्यु होती है, तो उसे उत्तर नवजात मृत्यु (Post-neo-natal death) कहते हैं.

3. **संतानोत्पादकता एवं प्रजननता** (Fecundity and fertility)—संतानोत्पादकता का तात्पर्य किसी स्त्री के गर्भ धारण करने की क्षमता से है. साधारणतः एक स्त्री में रजोदर्शन (Mensturation) से रजोनिवृत्ति (Menopouse) तक की अवधि में ही यह क्षमता उपस्थित होती है, लेकिन कुछ स्त्रियों में यह क्षमता अनुपस्थित भी होती है. जिन स्त्रियों में यह क्षमता उपस्थित होती है वे 'Fecund' तथा जिनमें अनुपस्थित होती है वे 'Infecund' कहलाती हैं.

प्रजननता का तात्पर्य वास्तव में बच्चों को जन्म देने की घटना से है. यह किसी स्त्री के जीवित जन्मे बच्चों की बारम्बारता के आधार पर मापी जाती है. इस प्रकार एक स्त्री में यदि प्रजननता है, तो उसमें स्वाभाविक रूप से सन्तानोत्पादकता भी होगी, लेकिन यदि सन्तानोत्पादकता है, तो प्रजननता भी होगी. यह आवश्यक नहीं है. प्रजननता के लिए संतानोत्पादकता से युक्त स्त्री का पुरुष से सहवासित होकर गर्भ धारण करना तथा अन्ततः बच्चे को जन्म देना आवश्यक है. इसलिए **प्रो. एल्फ्रेड सौवे** का कहना है कि "सन्तानोत्पादन क्षमता एक जैविकीय अवयव है, जबकि प्रजननता एक सांख्यिकीय अवयव है जिसकी सामाजिक सार्थकता है."

प्रजननता की माप (Fertility measurement)

एक पीढ़ी में एक निर्धारित महिलाओं की संख्या अपने पूरे प्रजननकाल में कितने बच्चों को जन्म देती है? यह प्रजननता की माप कहलाती है. प्रजननता की माप का आधार 'प्रजनन आयु वर्ग की जनसंख्या' है. यद्यपि जन्म से पुरुष एवं स्त्री दोनों का समान सम्बन्ध है, लेकिन प्रजननता केवल स्त्रियों के ही अनुपात से निकाली जाती है. आधार सम्बन्धी विभिन्नता के कारण प्रजननता मापने की विभिन्न विधियाँ प्रचलित हैं. इनमें से कुछ प्रमुख विधियाँ निम्नलिखित हैं—

1. **अपरिष्कृत जन्म दर** (Crude birth-rate)—प्रजननता माप की यह सबसे सरलतम एवं सबसे अधिक प्रचलित विधि है. किसी राष्ट्र की जन्म-दर सम्बन्धी गणना वास्तव में अपरिष्कृत जन्म दर ही है. इसे वर्ष के मध्यावधि की प्रति हजार जनसंख्या पर होने वाले जीवित जन्म के आधार पर व्यक्त किया जाता है.

अपरिष्कृत जन्म-दर

$$= 1000 \times \frac{\text{एक वर्ष में कुल जीवित जन्मे बच्चों की संख्या}}{\text{उस वर्ष की मध्यावधि की कुल जनसंख्या}}$$

जनसंख्या के संघटन पर कोई विचार न किए जाने के कारण जनांकिकी में प्रजननता के इस माप की महत्ता अपेक्षाकृत कम है.

2. **सामान्य प्रजनन दर** (General fertility rate)—अपरिष्कृत जन्म दर में समस्त जनसंख्या को माप का आधार बनाया जाता है, जबकि समस्त जनसंख्या में प्रजननता नहीं होती है. जैसे–वृद्ध वर्ग, बालक वर्ग आदि. इस कमी को सामान्य प्रजनन दर की प्रविधि दूर करती है. यह विधि प्रजनन आयु की प्रति हजार स्त्रियों पर एक वर्ष में होने वाली जीवित जन्मता को व्यक्त करती है.

सामान्य प्रजनन दर

$$= 1000 \times \frac{\text{एक वर्ष में कुल जीवित प्रसव}}{\text{वर्ष मध्य में प्रजनन आयु वर्ग (15.45) की कुल स्त्रियों की संख्या}}$$

सभी स्थानों पर स्त्रियों की प्रजनन आयु एक जैसी नहीं होती है. कहीं यह 15-44 है, तो कहीं 15-49 तथा कहीं कुछ और. इस विधि द्वारा प्राप्त आँकड़े आपस में तुलनीय नहीं हो सकते हैं. साथ ही पूरे प्रजनन आयु काल में स्त्रियों की प्रजननता एक जैसी नहीं होती है. प्रारम्भिक काल (15-19 वर्ष की उम्र) में प्रजननता कम होती है, जबकि 19-30 की आयु में सर्वाधिक होती है और फिर यह घटने लगती है. इसलिए यह विधि भी सर्वोपयुक्त नहीं है.

3. **आयु विशिष्ट प्रजनन दर** (Age-specific fertility rate)—इस विधि का सुझाव 1981 में **जोन्स** द्वारा दिया गया था. इस विधि के तहत् प्रथमतः प्रजनन आयु वर्ग की सभी स्त्रियों को अनेक उप वर्गों में बाँटा जाता है. तत्पश्चात् प्रत्येक उप वर्ग के लिए अलग-अलग प्रजनन दर निकाली जाती है.

आयु विशिष्ट प्रजनन दर

$$= 1000 \times \frac{\text{एक निश्चित समय में एक निश्चित आयु वर्ग की स्त्रियों द्वारा जनित जीवित प्रसव की संख्या}}{\text{उस आयु वर्ग की कुल स्त्रियों की संख्या}}$$

इस प्रकार इस विधि द्वारा आयु परिवर्तन के साथ परिवर्तित होने वाली प्रजननता का भी बोध हो जाता है.

4. **कुल प्रजनन दर** (Total fertility rate)—कुल प्रजनन दर प्रजननता मापने की सबसे कठिन, परन्तु सबसे अधिक तर्कसंगत विधि है. इस विधि के तहत् विभिन्न आयु विशिष्ट प्रजनन दरों का योग कर उसे आयु-वर्गान्तर से गुणा कर दिया जाता है. तत्पश्चात् उसे 1000 से भाग दिया जाता है.

$$\text{T.F.R.} = \frac{A \times \sum_{i=15}^{49} \text{A. S. B. R.}}{1000}$$

जहाँ,

$$A = \text{आयु वर्गान्तर (Age interval)}$$

$$\sum_{i=15}^{49} \text{A. S. B. R.} = \text{15 से 49 प्रजनन आयु वर्ग की सीमा में विभिन्न आयु विशिष्ट प्रजनन दरों का कुल योग.}$$

इस सूत्र द्वारा यदि किसी संगणना में कुल प्रजनन दर 3·75 प्राप्त होती है, तो इसका अर्थ होगा 1000 औरतों द्वारा उनके सम्पूर्ण प्रजनन काल में 3750 बच्चों को जन्म दिया जाएगा. यदि किसी स्थिति में TFR = 2 प्राप्त होता है, तो इसका अर्थ होगा–प्रजनक दम्पत्ति केवल अपने आपको प्रति-स्थापित कर रहे हैं. अर्थात् जनसंख्या वृद्धि तो कदापि नहीं होगी, लेकिन जनसंख्या कुछ घट जरूर सकती है, क्योंकि हो सकता है प्रत्येक बच्चा प्रजनन आयु तक नहीं पहुँच पाए.

इन विधियों के अलावा भी प्रजननता मापने की कई अन्य विधियाँ हैं, जैसे—पुनरुत्पादन दर (Reproduction / Replacement Rate), सकल पुनरुत्पादन दर (Gross reproduction rate), शुद्ध पुनरुत्पादन दर (Net reproduction rate), प्रमाप प्रजनन दर (Standardised fertility rate) इत्यादि. इन सबकी भी अपनी-अपनी विशिष्टताएँ हैं.

उल्लेखनीय है कि एक ओर जहाँ जनसंख्या वृद्धि को प्रभावित करने में प्रजननता मुख्य घटक है वहीं दूसरी ओर प्रजननता में वृद्धि या कमी स्वयं कई घटकों से प्रभावित होती है. इन घटकों का विस्तृत विश्लेषण अगले पृष्ठों पर 'जनसंख्या वृद्धि के कारण' शीर्षक के अन्तर्गत किया गया है.

भारत में प्रजननता (Fertility trends in India)

विगत कई दशकों से भारत में जनसंख्या वृद्धि की गति अत्यधिक तीव्र रही है. अन्य कारणों के अलावा इसका मुख्य कारण ऊँची जन्म-दर या प्रजननता दर का होना है. यों तो ऊँची जन्म-दर के कई कारण हैं, परन्तु भारत में अशिक्षा एवं गरीबी तथा कुछ सांस्कृतिक प्रथाएँ हैं, जैसे–पुत्र की अनिवार्यता आदि ही इसके लिए मुख्यरूप से जिम्मेदार हैं. यद्यपि वर्तमान सदी में जन्म-दर में क्रमिक गिरावट ही आई है, परन्तु अभी भी यह विकसित देशों की तुलना में अति उच्च स्तर पर स्थिर है. विगत दशकों में जन्म-दर की स्थिति निम्नलिखित तालिका द्वारा प्रस्तुत की गई है—

भारत में जन्म-दर (1911–1999)

जनगणना वर्ष	अपरिष्कृत जन्म-दर [C.B.R.] (प्रति हजार)
1911	49
1921	48
1931	46
1941	45
1951	40
1961	42
1971	37
1981	34
1991	31
1999	26

उपर्युक्त तालिका से स्पष्ट है कि स्वतन्त्रता प्राप्ति के पश्चात् जन्म-दर में तेजी के साथ गिरावट आई है. लड़का एवं लड़की के लिए न्यूनतम विवाह की आयु निश्चित करना ब्रिटिश शासन के दौरान जन्म-दर को नियंत्रित करने की दिशा में एक महत्वपूर्ण कदम था. इससे बाल-विवाह प्रथा पर बहुत हद तक रोक लगी. स्वतन्त्रता प्राप्ति के पश्चात् परिवार नियोजन के लिए अनेक सरकारी प्रयास किए गए. परिवार नियोजन की शिक्षा तथा साधनों को सर्वसुलभ किया गया. स्त्री शिक्षा पर अत्यधिक जोर दिया गया. इन सबके परिणाम-स्वरूप जन्म-दर में तेजी के साथ गिरावट आई. हाल के वर्षों में लोगों में स्वयं भी 'छोटा परिवार' के प्रति जागृति आई है, लेकिन अभी भी यह मानक स्तर से काफी दूर है.

1991 के विभिन्न सर्वेक्षणों से पता चलता है कि भारत में एक महिला यदि अपने पूरे प्रजननकाल में विवाहित जीवन व्यतीत करे, तो औसत 4 से 5 बच्चों को जन्म देती है, जबकि संयुक्त राज्य अमरीका में एक महिला औसतन 2 से 3

तथा इंगलैण्ड में 1 से 2 बच्चों को जन्म देती है. अधिक बच्चों को जन्म देने से मातृ-मृत्यु (Maternal mortality) की सम्भावना बढ़ जाती है जिसका सीधा असर लिंगानुपात पर पड़ता है.

भारत के विभिन्न राज्यों में भी जन्म-दर से सम्बन्धित आँकड़े अत्यधिक विषमता को ही प्रदर्शित करते हैं. 1991 में सबसे कम जन्म-दर वाला राज्य गोआ था; जहाँ जन्म-दर 15·5 प्रति हजार थी. 1991 से पहले यह गौरव केरल राज्य को प्राप्त था, लेकिन 1991 में केरल इस दृष्टिकोण से द्वितीय स्थान पर आ गया, जहाँ जन्म-दर 19·1 प्रति हजार थी. तृतीय स्थान पर नगालैण्ड (19·3) राज्य था. 1991 में सबसे अधिक जन्म-दर वाला राज्य उत्तर प्रदेश रहा, जहाँ जन्म दर 37 प्रति हजार थी. 1991 में राष्ट्रीय औसत (31) से अधिक जन्म-दर वाले राज्य मेघालय (31·1), सिक्किम (31·4), राजस्थान (33·9), बिहार (34·4), हरियाणा (34·0), मध्य प्रदेश (35·1), अरुणाचल प्रदेश (35·2) तथा उत्तर प्रदेश (37·0) थे. इन राज्यों में हरियाणा ही ऐसा राज्य है जहाँ कुछ विरोधाभास दिखाई पड़ता है. इस राज्य में प्रति व्यक्ति आय तो उच्च है ही साथ-ही-साथ साक्षरता दर भी संतोषजनक स्थिति में है, लेकिन फिर भी यहाँ जन्म-दर उच्च है. सम्भवतः स्त्रियों की निम्न स्थिति ही इसका मुख्य कारण है. अधिक जन्म-दर वाले चार बड़े राज्य हैं—बिहार, मध्य प्रदेश, राजस्थान तथा उत्तर प्रदेश. इन्हें उत्पादकता संक्रमण के दृष्टिकोण से 'बीमारू राज्य' (BIMARU State) की संज्ञा दी गई है. ये कम विकसित हिन्दी भाषी क्षेत्र के ऐसे राज्य हैं जहाँ देश की कुल जनसंख्या का लगभग 40 प्रतिशत भाग निवास करता है. केन्द्रशासित प्रदेशों में सबसे कम जन्म-दर अण्डमान एवं निकोबार द्वीप समूह (20·4) का है तथा सबसे अधिक दादर एवं नगर हवेली (35·3) का है. दादर एवं नगर हवेली को छोड़कर बाकी सभी केन्द्रशासित प्रदेशों की जन्म-दर राष्ट्रीय औसत से निम्न है. सम्भवतः नगरीकरण का उच्च स्तर ही इसका मुख्य कारण है.

मृत्युक्रम (Mortality)

जनसंख्या वृद्धि को प्रभावित करने वाला दूसरा महत्वपूर्ण घटक 'मृत्युक्रम' है. वास्तव में, जनसंख्या वृद्धि प्रजननता एवं मृत्युक्रम का सम्मिश्रित निष्कर्ष होता है. पारिभाषिक दृष्टिकोण से जीवन के सभी प्रमाणों का मिट जाना ही मृत्यु है. अर्थात् मृत्यु तभी हो सकती है जब एक जीवित प्रसव होता है. इसलिए जनांकिकी में जन्म से पूर्व की मृत्यु को मृत्युक्रम में शामिल नहीं किया जाता है.

मानवीय जीवन में मृत्यु एक दुःखद घटना मानी गई है इसलिए मृत्यु पर विजय पाने की लालसा में ही मानव ने चिकित्साशास्त्र का विकास किया. नीतिशास्त्र एवं धर्मशास्त्र मृत्यु के भय एवं सत्य को उद्घाटित करने में प्रयत्नशील रहे हैं. दर्शनशास्त्र मृत्यु के रहस्य को खोजने में व्यस्त रहा है, लेकिन जनांकिकी मृत्यु को न तो कोई रहस्य मानता है और न ही ईश्वरीय इच्छा ही. जनांकिकी शास्त्र में मृत्यु को प्रजननता की ही तरह जनसंख्या निर्धारण का एक घटक मात्र माना जाता है.

यद्यपि प्रजननता एवं मृत्युक्रम दोनों ही जनसंख्या को प्रभावित करते हैं, किन्तु इसके प्रभाव में मौलिक अन्तर है. इस अन्तर को उद्घाटित करते हुए **प्रो. बर्कले** ने लिखा है कि "उन व्यक्तियों के लिए जो शिशु जन्म के जोखिम से ग्रस्त हैं, माता-पिता बनने का अवसर एक-से-अधिक बार आ सकता है. सांख्यिकी अभिलेख की दृष्टि से मृत्यु सम्बन्धी समंक अपेक्षाकृत सरल है, क्योंकि यह घटना केवल एक बार ही होती है, किन्तु एक जन्म हो जाने मात्र से कोई दम्पत्ति माता-पिता बनने के पद से हटते नहीं हैं. वास्तव में, अधिकांश माता-पिताओं के एक से अधिक बच्चे होते हैं."

मृत्युक्रम की माप (Mortality measurement)

मृत्यु का जनसंख्या पर दबाव जानने के लिए विभिन्न मापन विधियों का प्रयोग किया जाता है. इन विधियों द्वारा प्राप्त आँकड़ों को विभिन्न मृत्यु दरों के रूप में व्यक्त किया जाता है. प्रमुख मृत्यु-दर निम्नलिखित हैं—

1. **अशोधित मृत्यु-दर** (Crude death rate)—किसी देश की मृत्यु सम्बन्धी स्थिति का यह सरलतम माप है. इसे केवल 'मृत्यु-दर' के रूप में भी जाना जाता है.

$$\text{अशोधित मृत्यु-दर} = 1000 \times \frac{\text{एक वर्ष में होने वाली कुल मृत्यु की संख्या}}{\text{वर्ष की मध्यावधि में अनुमानित कुल जनसंख्या}}$$

मृत्युक्रम का यह माप सर्वप्रचलित तो अवश्य है, किन्तु यह केवल सामान्य दशा के निरूपण में ही सार्थक है. गहन विश्लेषण में इसका उपयोग नहीं किया जा सकता है. वास्तव में, विभिन्न जनसंख्या वर्गों में मृत्यु दर एकसमान नहीं होती, लेकिन यह मापन विधि इस अन्तर को स्पष्ट नहीं करती है. यह एक प्रकार का औसत मात्र है.

2. **आयु विशिष्ट मृत्यु-दर** (Age specific death rate)—जनसंख्या के विभिन्न आयु वर्गों में मृत्यु का दबाव एक जैसा नहीं होता है. अतः इस विधि के अन्तर्गत आयु वर्गानुसार मृत्यु-दर ज्ञात की जाती है.

$$\text{आयु विशिष्ट मृत्यु-दर} = 1000 \times \frac{\text{विशिष्ट आयु वर्ग में मृतकों की संख्या}}{\text{उस आयु वर्ग की कुल जनसंख्या}}$$

इस विधि में यदि वर्गीकरण, आयु के आधार पर किया गया हो, तो उसे आयु विशिष्ट मृत्यु दर ही कहा जाएगा, परन्तु यदि वर्गीकरण लिंग के अनुसार हो, तो **वह लिंग विशिष्ट मृत्यु-दर** (Sex specific Death rate) कहलाएगी.

3. **शिशु मृत्यु-दर** (Infant mortality rate)—एक वर्ष से कम आयु वाले बच्चों की मृत्यु को व्यक्त करने के लिए शिशु मृत्यु-दर का प्रयोग किया जाता है.

$$\text{शिशु मृत्यु-दर} = 1000 \times \frac{\text{एक वर्ष से कम आयु वर्ग के बच्चों की कुल मृत्यु}}{\text{कुल जीवित प्रसव}}$$

शिशु मृत्यु-दर से सम्बन्धित विभिन्न समंकों से पता चलता है कि इस आयु वर्ग में मृत्यु का दबाव अधिक होता है. जन्म सम्बन्धी अनियमितताएँ तथा संक्रामक बीमारी के प्रति कमजोर प्रतिरोधी क्षमता ही इसके मुख्य कारण हैं.

4. **मातृत्व मृत्यु-दर** (Maternal Mortality rate)—विवाहित स्त्रियों में प्रजनन आयु (15–49) में ही प्रसव के कारण मृत्यु की सम्भावना सबसे अधिक होती है. प्रसव या प्रसव से सम्बन्धित अन्य समस्याओं के कारण होने वाली स्त्री-मृत्यु को मातृत्व मृत्यु-दर के रूप में व्यक्त किया जाता है.

मातृत्व मृत्यु-दर

$$= 1000 \times \frac{\text{किसी क्षेत्र विशेष की प्रजनन आयु वर्ग की स्त्रियों की किसी अवधि विशेष में कुल मृत्यु की संख्या}}{\text{उसी क्षेत्र की स्त्रियों द्वारा उसी अवधि में जन्म दिए गए कुल बच्चों की संख्या}}$$

जिन देशों में स्त्री शिक्षा का स्तर निम्न होता है, बाल-विवाह तथा अन्य रूढ़ि एवं अंधविश्वास का प्रचलन रहता है, बच्चों को जन्म देने की बारम्बारता अधिक होती है प्रसूति सुविधाओं का अभाव रहता है, महिलाओं का औसत स्वास्थ्य निम्न होता है. वहाँ मातृत्व मृत्यु-दर अधिक होती है.

मृत्युक्रम से सम्बन्धित कुछ प्रमुख अवधारणाएं निम्न-लिखित हैं—

1. **अस्वस्थता** (Morbidity)—प्रत्येक मृत्यु का एक कारण होता है. इस कारण का प्रारम्भिक बिन्दु चाहे जो भी रहे, तत्कालिक कारण स्वास्थ्य सम्बन्धी अनियमितता अर्थात् अस्वस्थता ही होता है. इसलिए 'अस्वस्थता' को 'मृत्युक्रम' का पूर्वाध्याय कहा जाता है. सामान्य स्वास्थ्य के आधार पर ही व्यक्ति या समाज की मृत्यु-दर के बारे में पूर्वानुमान लगाया जा सकता है.

जनांकिकीशास्त्र, चूँकि मृत्यु की घटनाओं का संख्यात्मक विश्लेषण करता है, अतः इसका अध्ययन तब तक पूरा नहीं माना जा सकता है, जब तक कि मृत्यु से पूर्व अस्वस्थता का अध्ययन न कर लिया जाए. इसलिए जनांकिकी में अस्वस्थता, मृत्युक्रम का एक सहचर घटक है.

2. **जीवन प्रत्याशा** (Life expectency)—किसी राष्ट्र के व्यक्तियों की औसत आयु 'जीवन प्रत्याशा' कहलाती है. जीवन प्रत्याशा के द्वारा हम जान पाते हैं कि वर्तमान आयु विशिष्ट मृत्यु-दर के दबाव के बावजूद एक नवजात शिशु के औसतन कितने वर्ष जीवित रहने की सम्भावना है. जीवन प्रत्याशा न केवल जन्म-दर और मृत्यु-दर पर ही प्रकाश डालती है, बल्कि इसके द्वारा किसी राष्ट्र में नागरिकों को मिलने वाली सुविधाओं, राष्ट्र की कल्याणकारी कार्यों में अभिरुचि तथा आर्थिक विकास के स्तर का भी पता लगाया जा सकता है. **प्रो. डौर्न** का कथन है कि "दीर्घायु जीवन का अध्ययन जीव विज्ञान का विषय है. जनांकिकीवेत्ता की दिलचस्पी इस विषय में इसलिए है कि दीर्घायु जीवन मानव समूह एवं उसकी संरचना को प्रभावित करते हैं."

3. **जीवन तालिका** (Life Table)—सर्वप्रथम **जॉनग्राउन्ट** ने 1662 में प्रकाशित अपनी पुस्तक 'Natural and political observation' में जीवन तालिका की अवधारणा का उल्लेख किया. **विलिया पैटी** ने इसे वैज्ञानिक स्वरूप प्रदान किया. तत्पश्चात् **नैप एवं कुजिन्स** ने इसकी संरचना निर्माण में अपने महत्वपूर्ण योगदान द्वारा इसे जनांकिकी के सन्दर्भ में अति उपयोगी बनाया. यह किसी काल्पनिक जनसमूह या जनसंख्या की जीवन प्रत्याशा एवं मृत्युक्रम के बारे में जानकारी देने वाली सारणी होती है. **प्रो. बोग** के अनुसार, "जीवन तालिका एक गणितीय मॉडल है जो किसी समय विशेष में मृत्यु सम्बन्धी सम्भावनाओं का चित्रण करती है तथा जीवन प्रत्याशा के माप का आधार प्रस्तुत करती है."

भारत में मृत्युक्रम
(Mortality trends in India)

स्वतन्त्रता प्राप्ति से पूर्व प्राकृतिक प्रकोपों की अधिकता के कारण भारत में अस्वस्थता एवं मृत्युक्रम का अत्यधिक दबाव था. तत्कालिक अर्थव्यवस्था पूर्णतः कृषि आधारित थी. कृषि के असफल रहने पर सामान्य जनता को अकाल एवं भुखमरी से सामना करना पड़ता था. ऐसे में संक्रामक रोग, जैसे—हैजा, प्लेग, मलेरिया, इन्फ्लुन्जा इत्यादि स्थिति को और अधिक विकट बना देते थे. 1921 के बाद तत्कालिक सरकार द्वारा इस ओर ध्यान दिए जाने के कारण स्थिति में कुछ सुधार हुआ, लेकिन स्वतन्त्रता प्राप्ति के बाद भारतीय सरकार ने इस चिन्ताजनक स्थिति में सुधार के लिए अनेक

योजनाओं को प्रारम्भ किया. सर्वप्रथम स्वास्थ्य सुविधाएँ बढ़ाई गईं, प्रतिरोधी टीकों को सर्वसुलभ कराया गया तथा राशनिंग की व्यवस्था द्वारा खाद्यान्न समस्या से निपटने के व्यापक प्रयास किए गए. परिणामस्वरूप मृत्यु-दर में तेजी के साथ गिरावट आई. विगत दशकों में भारत में मृत्युक्रम की स्थिति को निम्नलिखित तालिका प्रस्तुत करती है—

भारत : मृत्यु-दर (1911–1999)

वर्ष	अशोधित मृत्यु-दर (C.D.R.) प्रति हजार
1911	43
1921	47
1931	36
1941	31
1951	27
1961	23
1971	15
1981	12
1991	11
1999	9

उपर्युक्त तालिका से स्पष्ट है कि 1921 के पश्चात् भारत में मृत्यु-दर में क्रमिक रूप से ह्रास होता रहा है. यह ह्रास प्रसन्नतासूचक तथ्य है, लेकिन कुछ मायने में निराशाजनक भी है. विगत दशकों में जन्म-दर में कमी के कारण भारत पर जो लाभकारी प्रभाव पड़ना चाहिए था वह इस मृत्यु-दर में गिरावट के कारण सम्भव नहीं हो सका.

भारत के विभिन्न राज्यों से सम्बन्धित मृत्यु-दर के आँकड़े उतने विषम नहीं हैं जितने जन्म-दर के हैं. 1991 के आँकड़ों के अनुसार सबसे कम मृत्यु-दर वाला राज्य नगालैण्ड (4·1) था. केरल (5·9) इस दृष्टिकोण से द्वितीय स्थान पर था, जबकि सबसे अधिक मृत्यु-दर वाला राज्य अरुणाचल प्रदेश (14·1) था. राष्ट्रीय औसत से अधिक मृत्यु दर वाले राज्य क्रमशः मेघालय (11·3), बिहार(12·3), उड़ीसा (12·6), उत्तर प्रदेश (12·6), मध्य प्रदेश (12·8) तथा अरुणाचल प्रदेश (14·1) थे. सभी केन्द्रशासित प्रदेशों में इस अवधि में मृत्यु-दर राष्ट्रीय औसत से कम थी. यह सबसे कम चण्डीगढ़ (3·8) में तथा सबसे अधिक दादर और नगर हवेली (8·5) में थी.

सन् 1991 के आँकड़ों के अनुसार भारत के ग्रामीण क्षेत्रों में मृत्यु-दर 11·1 प्रति हजार थी, जबकि नगरीय क्षेत्रों में यह मात्र 7·10 प्रति हजार थी. उल्लेखनीय है कि ग्रामीण क्षेत्रों का प्राकृतिक वातावरण नगरीय क्षेत्रों के प्राकृतिक वातावरण की तुलना में स्वास्थ्यप्रद होता है, परन्तु नगरीय क्षेत्रों में स्वास्थ्य के प्रति जागरूकता एवं स्वास्थ्य सम्बन्धी सुविधा अधिक होने के कारण नगरीय क्षेत्रों में मृत्यु-दर निम्न है.

सन् 1971–75 के बीच भारत में शिशु मृत्यु-दर 134 प्रति हजार थी. यह 1990 में घटकर 91 प्रति हजार तथा 1997 में 74 प्रति हजार हो चुकी है. 1997 में ग्रामीण क्षेत्रों में शिशु मृत्यु-दर 82 प्रति हजार पाई गई, जबकि शहरी क्षेत्रों में यह मात्र 45 प्रति हजार ही थी. 1990 में सबसे अधिक शिशु मृत्यु-दर उड़ीसा राज्य (122 प्रति हजार) में थी. इसके पश्चात् क्रमशः उत्तर प्रदेश (118), मध्य प्रदेश (117) तथा राजस्थान (96) का स्थान था. सबसे कम शिशु मृत्यु-दर केरल (22) राज्य में थी.

सन् 1947 में भारत में औसत जीवन प्रत्याशा मात्र 32 वर्ष थी. मृत्यु-दर में निरन्तर सुधार के कारण जीवन प्रत्याशा में भी निरन्तर वृद्धि होती रही है. 1998 में यह बढ़कर 62 वर्ष हो चुकी थी. सबसे ज्यादा जीवन प्रत्याशा केरल की पाई गई, जहाँ यह 70 वर्ष थी. इसी दौरान न्यूनतम जीवन प्रत्याशा उत्तर प्रदेश और मध्य प्रदेश राज्यों की थी जो मात्र 54 वर्ष थी.

निष्कर्षतः, जन्म-दर की अपेक्षा मृत्यु-दर को कम करने में भारत को अधिक सफलता मिली है. मृत्यु-दर एक संतोषजनक स्तर को प्राप्त कर चुकी है; परन्तु बड़े राज्यों में अभी भी मृत्यु-दर कम करने की बहुत सम्भावनाएँ हैं. यदि भविष्य में ऐसा सम्भव होता है, तो राष्ट्रीय औसत में भी कमी आ सकती है, लेकिन भारत में शिशु मृत्यु-दर की स्थिति अभी भी चिन्ताजनक ही है. विकसित देशों की तुलना में यह अभी भी चार गुणी अधिक है. आवश्यकता इस अभिशाप में सुधार करने की है.

जनसंख्या वृद्धि के कारण और परिणाम (Causes and Consequences of Population Growth)

जनसंख्या वृद्धि को प्रभावित करने वाले तीन आधारभूत कारक हैं. जन्म-दर, मृत्यु-दर तथा देशान्तर या अप्रवास. जन्म-दर की अपेक्षा मृत्यु-दर अनुपात कम होने की स्थिति में ही कुल जनसंख्या में वृद्धि की स्थिति उत्पन्न होती है. देशान्तर जनसंख्या वृद्धि को प्रभावित तो अवश्य करते हैं, परन्तु अति अल्प मात्रा में, क्योंकि देशान्तर एक समय विशिष्ट प्रघटना है. साथ ही देशान्तर अनेक राजनीतिक प्रतिबन्धों के कारण सीमित अंश में ही सम्भव हो पाता है. जैसे—1947 में भारत-विभाजन के पश्चात् बड़े पैमाने पर देशान्तर की प्रक्रिया प्रारम्भ हुई, परन्तु कुछ ही समय पश्चात् इस पर कड़े प्रतिबन्ध आरोपित कर दिए गए. वर्तमान में भारत के पड़ोसी देशों से यदि कुछ अप्रवासी भारत आते भी हैं, तो भारत की विशाल जनसंख्या के अनुपात में इन अप्रवासियों का प्रतिशत न के बाराबर होता है. इसलिए जनसंख्या वृद्धि मुख्य रूप से जन्म-दर एवं मृत्यु-दर का ही

परस्पर आनुपातिक प्रतिफल है. अतः जनसंख्या वृद्धि के मौलिक कारणों को स्पष्ट करने के लिए जन्म-दर एवं मृत्यु-दर को प्रभावित करने वाले विभिन्न कारकों का समुचित अन्वेषण आवश्यक है.

जन्म-दर को प्रभावित करने वाले मुख्य कारक निम्नलिखित हैं—

1. जैविक कारक

जैविक कारक के अन्तर्गत निम्नलिखित तथ्य अति महत्वपूर्ण हैं—

(A) **प्रजाति** (Race)—यह तय करना कठिन है कि प्रजाति सम्बन्धी विशेषताएँ किस प्रकार एवं कितने अंशों में जन्म-दर को प्रभावित करती हैं? क्योंकि विभिन्न प्रजातियाँ अपने मूल रूप में नहीं पाई जाती हैं. प्रजातियों का पारस्परिक घालमेल काफी अधिक हो चुका है. साथ ही एक प्रजाति के लोग विभिन्न वातावरण में निवास करते हैं. तथापि कुछेक ऐसे उदाहरण अवश्य प्राप्त होते हैं जो इस सम्बन्ध में सार्थक प्रयास को प्रेरित करते हैं. जैसे—ब्राजील एक ऐसा देश है जहाँ कॉकेशायड, मंगोलॉयड तथा निग्रायड तीनों ही प्रजाति के लोग निवास करते हैं तथा यहाँ इनमें जन्म-दर अनुपात भी भिन्न-भिन्न है.

(B) **सन्तानोत्पादन क्षमता**—स्त्रियों एवं पुरुषों की आनुवंशिक उर्वरता भी जन्म-दर को प्रभावित करने वाला मुख्य कारक है. स्त्रियों की संतानोत्पादन अवधि उनके मासिक धर्म (Mensturation) शुरू होने से समाप्ति तक का समय है. सामान्यतः यह 15 से 45 वर्ष तक की आयु तक ही होती है. पुरुषों में यह क्षमता 8 वर्ष की आयु से प्रारम्भ होकर मृत्यु पर्यन्त चलती रहती है. यह अवधि एक स्त्री से दूसरी स्त्री तथा एक पुरुष से दूसरे पुरुष में भिन्न-भिन्न हो सकता है. बाँझपन (Sterlity) की दशा में इस जैविक घटक का महत्व बढ़ जाता है.

(C) **स्वास्थ्य सम्बन्धी दशाएँ**—सर्वविदित है कि खराब स्वास्थ्य एवं अस्वच्छता की दशा में मृत्यु-दर उच्च होगी. ऐसी स्थिति में सामान्यतः लोग अधिक बच्चों की कामना करते हैं, ताकि अन्ततः दो या तीन बच्चे अवश्य जीवित रह सकें. इसलिए स्वास्थ्य सुविधाओं के विस्तार के साथ ही लोगों की सोच बदल जाती है और वे जन्म नियंत्रण साधनों की ओर अधिक आकृष्ट होते हैं, हालाँकि व्यावहारिक अवलोकन के दृष्टिकोण से इस तथ्य के उल्टे परिणाम दृष्टिगोचर होते हैं. जैसे—विकसित देशों में स्वास्थ्य सुविधाएँ भी विकसित होती हैं; लेकिन वहाँ जन्म-दर कम पाई जाती है, परन्तु विकासशील तथा अविकसित देशों में स्वास्थ्य सुविधाओं की अनुपलब्धता के बावजूद वहाँ जन्म-दर अधिक पाई जाती है.

(D) **स्तनपान की प्रवृत्तियाँ**—अनेक चिकित्सीय शोधों में यह प्रमाणित हो चुका है कि स्तनपान (Brest-feeding) एक नैसर्गिक गर्भ-निरोधक की तरह है. अर्थात् प्रसव के उपरान्त एक बच्चा जब तक केवल माँ के दूध रूपी आहार पर निर्भर रहता है तब तक स्त्रियों में गर्भ धारण की क्षमता अनुपस्थित रहती है, परन्तु वर्तमान समय में कई कारणों से स्तनपान की प्रवृत्ति घट रही है. इसलिए जन्म-नियंत्रण के इस नैसर्गिक अवरोध का लाभ लोगों को नहीं मिल रहा है.

2. प्राकृतिक कारक (Natural Factors)

इसके अन्तर्गत दो तथ्य महत्वपूर्ण हैं—

(A) **जलवायु**—उष्ण एवं आर्द्र जलवायु प्रजननता को अत्यधिक प्रभावित करती है. विषुवतीय प्रदेशों में जहाँ उष्ण जलवायु पाई जाती है, लड़कियाँ काफी कम उम्र में ही गर्भ-धारण की क्षमता प्राप्त कर लेती हैं. इन क्षेत्रों में लड़कियों में 12–13 वर्ष की उम्र से ही मासिक धर्म की शुरूआत हो जाती है. इसके विपरीत टुण्ड्रा प्रदेशों में जहाँ अति आर्द्र जलवायु पाई जाती है, वहाँ लड़कियों में न केवल 23–24 की उम्र से मासिक धर्म की शुरूआत होती है, बल्कि सम्पूर्ण वर्ष में केवल एक बार ही मासिक-स्राव होता है. अर्थात् ठण्डे प्रदेशों की अपेक्षा गर्म प्रदेशों में महिलाओं की गर्भ-धारण अवधि लम्बी होती है जो जन्म-दर को बढ़ाने में सहयोगी भूमिका निभाती है. इसके अलावा निषेचीकरण (Fertilisation) की प्रक्रिया में भी उष्णता की महत्वपूर्ण भूमिका है. जैविकीय शोधों के आधार पर यह बताया गया है कि 25° से 30° C का तापमान जीवों में निषेचीकरण के लिए आदर्श तापमान है.

(B) **प्राकृतिक संसाधन**—कई भौगोलिक क्षेत्रों में प्राकृतिक संसाधनों की उपलब्धता अधिक होती है, जबकि कई क्षेत्रों में यह बिल्कुल ही नहीं पाई जाती है. प्राकृतिक संसाधनों के विदोहण के लिए अधिक श्रम-शक्ति की आवश्यकता होती है. इसलिए ऐसे क्षेत्रों में जहाँ प्राकृतिक संसाधन की प्रचुरता हो, लेकिन श्रम-शक्ति का अभाव हो वहाँ जन्म-दर का अधिक होना एक शुभ लक्षण ही माना जाता है. जिन क्षेत्रों में प्राकृतिक संसाधन नहीं पाए जाते हैं या अल्प मात्रा में पाए जाते हैं, वहाँ मात्र व्यापार एवं वाणिज्य ही अर्थव्यवस्था का आधार होता है. जिसमें सीमित लोगों की ही आवश्यकता होती है.

3. जनसांख्यिकीय कारक

किसी क्षेत्र विशेष में पहले से उपलब्ध जनसंख्या की संरचनात्मक विशिष्टताएँ भी भावी जनसंख्या की रूपरेखा को निधारित करने में महत्वपूर्ण होती हैं. ऐसी विशेषताएँ निम्नलिखित हैं—

(A) **आयु संरचना**—15 से 45 आयु वर्ग के व्यक्ति ही प्रजनन-सक्षम होते हैं. अतः स्पष्ट है कि जिस राष्ट्र की जन-

संख्या में इस आयु वर्ग की संख्या अधिक होगी; वहाँ जन्म-दर भी अधिक होगी. एशिया, अफ्रीका तथा लैटिन अमरीका के अधिकांश राष्ट्रों में इसी आयु वर्ग की जनसंख्या अधिक है, अतः वहाँ जन्म-दर भी अधिक है.

(B) **लिंग-संरचना**—स्त्री एवं पुरुषों के संतुलित अनुपात की दशा में जन्म-दर अधिक होगी. यदि प्रति पुरुष स्त्रियों की उपलब्धता कम हो तो निश्चित रूप से कई पुरुषों को अविवाहित जीवन ही व्यतीत करना होगा. ऐसे में स्वाभाविक रूप से जन्म-दर कम होगी.

(C) **ग्रामीण-नगरीय अनुपात**—नगरीय जीवन की आवश्यकताएँ ग्रामीण जीवन की आवश्यकताओं से बहुत भिन्न होती हैं. नगरीय जीवन में व्यक्ति अपनी प्रस्थिति को बढ़ा-चढ़ा कर प्रदर्शित करने का प्रयास करता है. उच्च जीवन स्तर प्राप्त करने की महत्वाकांक्षा के कारण ही नगरीय व्यक्ति परिवार नियोजन के प्रति काफी सचेष्ट रहता है. इसके अलावा भी बहुत सारे सामाजिक एवं आर्थिक कारकों के कारण नगरीय क्षेत्रों में निम्न जन्म-दर पाई जाती है. अतः जिस राष्ट्र में ग्रामीण जनसंख्या का प्रतिशत अधिक होगा, वहाँ स्वाभाविक रूप से जन्म-दर भी अधिक होगी.

4. आर्थिक कारक (Economic Factors)

आर्थिक दशाओं का जनसंख्या के साथ प्रत्यक्ष सम्बन्ध होता है. उपलब्ध आर्थिक संसाधनों के आधार पर ही किसी राष्ट्र की जनसंख्या को 'आधिक्य' या 'अनुकूलतम' की श्रेणी प्रदान की जाती है. इसलिए विभिन्न आर्थिक स्थितियाँ जन्म-दर को नियंत्रित करती हैं. इस सन्दर्भ में महत्वपूर्ण आर्थिक मानदण्ड निम्नलिखित हैं—

(A) **व्यवसायिक संरचना** (Occupational Structure)—कृषि आधारित अर्थव्यवस्था वाले राष्ट्रों में जन्म-दर अधिक पाई जाती है, क्योंकि कृषि व्यवसाय संयुक्त परिवार व्यवस्था को प्रश्रय देता है. इसमें पति-पत्नी के अलावा सभी आयु वर्ग के सदस्यों की भूमिका अनिवार्य होती है. इसलिए इसमें वर्षपर्यन्त साथ रहते हुए आर्थिक उपार्जन में बराबर की भूमिका वहन करते हैं. इसके विपरीत वेतनभोगी व्यक्तियों की अपनी सीमाएँ होती हैं. आवास की सीमितता, साधनों की कमी तथा वैयक्तिक परिवार के कारण माता-पिता पर असीमित जिम्मेदारी ऐसे परिवारों में जन्म-दर को कम किए रहती है.

(B) **आय एवं जीवन का स्तर** (Income and life standard)—आय के आधार पर ही व्यक्ति या परिवार का जीवन स्तर निर्भर करता है. प्रायः ऐसा देखा गया है कि कम आय वाले परिवारों में जन्म-दर अधिक होती है. इसका मुख्य कारण मानसिक सोच है. निर्धन परिवारों में अधिक बच्चों को अधिक आय का स्रोत माना जाता है, चूँकि बच्चे काफी छोटी उम्र से ही अर्थोपार्जन में संलग्न हो जाते हैं जिससे वे अपना गुजारा तो कर ही लेते हैं साथ-ही-साथ अपने परिवार को भी कुछ हद तक आर्थिक सहयोग देने में सक्षम हो जाते हैं. इसके विपरीत ऊँची आय स्तर वाले लोगों में बच्चों को एक दायित्व माना जाता है. इसलिए ऐसे परिवार भौतिकी के आधारभूत नियम कि 'भार' (Mass) जितना कम होगा गतिशीलता (Velocity) उतनी ही अधिक होगी, का ही अनुपालन करते हैं.

(C) **खाद्यान्न पूर्ति** (Food supply)—सर्वप्रथम थॉमस रॉबर्ट माल्थस ने अपने जनसंख्या सिद्धान्त द्वारा खाद्यान्न पूर्ति एवं जन्म-दर के अन्तर्सम्बधों पर प्रकाश डाला था. माल्थस का कहना था कि खाद्यान्न की अपेक्षा जनसंख्या में तीव्र वृद्धि की प्रवृत्ति होती है. अतः प्रकृति स्वयं इस स्थिति में, हस्तक्षेप कर मनुष्य तथा खाद्यान्न में संतुलन स्थापित करती है. बाद में इस विषय पर अनेक तर्क-वितर्क दिए गए. एक धारणा यह भी फैली कि जिस समाज में खाद्यपूर्ति कम होती है वहाँ प्रजननता भी कम होती है, परन्तु ऐसी धारणाएँ वास्तविकता से परे हैं. खाद्यान्न पूर्ति को आय का स्रोत भर ही माना जा सकता है. इस सम्बन्ध में **प्रो. डगलस** का कहना सही है कि "केवल भोजन सम्बन्धी घटक ही मनुष्य की संख्या प्रभावित नहीं करते, बल्कि सामाजिक प्रतिष्ठा, स्थानीय रीति-रिवाज आदि अनेक घटक हैं, जो प्रजननता को प्रभावित करते हैं."

(D) **विकास की अवस्था** (Stage of Development)—जनसंख्या संक्रमण सिद्धान्त के द्वारा आर्थिक विकास की विभिन्न अवस्थाओं में जन्म-दर की प्रवृत्तियों का विस्तृत विश्लेषण किया गया है. इस सिद्धान्त के अनुसार, विकास की क्रमिक अवस्थाओं को पार करते हुए एक राष्ट्र कृषि अर्थ-व्यवस्था से औद्योगिक अर्थव्यवस्था की ओर आगे बढ़ता है. इस प्रकार की अर्थव्यवस्था में यातायात, संचार साधन, वैयक्तिक कार्य क्षमता, औषधि एवं चिकित्सा सुविधा, सफाई तथा स्वास्थ्य, शिक्षा, आवास, भोजन आदि सुविधाओं का विकास होता है. महिलाओं में गतिशीलता बढ़ती है. परिणामस्वरूप बच्चे अब परिसम्पत्ति नहीं वरन् दायित्व हो जाते हैं. व्यक्ति में उच्च जीवन स्तर को प्राप्त करने की महत्वाकांक्षा जाग्रत हो जाती है. अतः छोटा परिवार आवश्यक हो जाता है. संक्षेप में, विकास की उच्च अवस्था में मृत्यु-दर के साथ-ही-साथ जन्म-दर भी धीरे-धीरे घटने लगती है.

5. राजनीतिक कारक (Political Factors)

जन्म-दर के नियमन में कुछ राजनीतिक कारक भी महत्वपूर्ण हैं. इन्हें निम्नलिखित बिन्दुओं के तहत् स्पष्ट किया जा सकता है—

(A) **जनसंख्या सम्बन्धी नीति** (Population policy)—प्रत्येक राष्ट्र अपनी आवश्यकताओं के अनुरूप जनसंख्या के

आदर्शतम् आकार को सुनिश्चित करने के लिए एक निश्चित जनसंख्या नीति का निर्माण करता है. भारत एवं चीन जैसे राष्ट्र जो जनाधिक्य की समस्या से जूझ रहे हैं, अपनी जनसंख्या नीति में जन्म-दर कम करने के प्रावधानों पर बल देते हैं. इसके ठीक विपरीत कुछ यूरोपीय देश (जैसे–इटली) ऋणात्मक जनसंख्या वृद्धि दर की समस्या के कारण जन्म-दर बढ़ाने के प्रावधानों पर जोर देते हैं. भारत एवं चीन के सम्बन्ध में उल्लेखनीय है कि चीन दृढ़ राजनीतिक इच्छा शक्ति एवं कठोर जनसंख्या नीति के द्वारा ही काफी हद तक जन्म-दर को नियंत्रित करने में सफलता पा चुका है, परन्तु भारत अपने ढुलमुल रवैये के कारण इस क्षेत्र में कोई विशेष प्रगति नहीं कर पाया है.

(B) **अप्रवास नीति** (Migration Policy)—यद्यपि देशान्तरण को जनसंख्या वृद्धि के लिए एक निर्बल कारक ही माना जाता है तथापि कई ऐसे राष्ट्र हैं, जो लचीली अप्रवास नीति के कारण देशांतरण की समस्या से ग्रस्त हैं. जैसे—भारत. भारत के सभी पड़ोसी राष्ट्रों के निवासी असुरक्षित सीमा के कारण भारत में अनाधिकार रूप से प्रवेश कर या तो भारत के नागरिक के रूप में या शरणार्थी के रूप में निवास कर रहे हैं. सुदृढ़ अप्रवास नीति के अभाव के कारण ही अभी तक इनके पुनः स्वदेश प्रवास हेतु कोई सार्थक प्रयास नहीं हुआ है.

(C) **परिवार नियोजन हेतु सरकारी प्रयास** (Governmental efforts for family planning)—इसमें कोई दो मत नहीं कि परिवार नियोजन वैयक्तिक प्रयास का ही एक प्रकार है, परन्तु राष्ट्रीय चेतना की भावना जगाकर व्यक्तियों को इसके लिए प्रेरित करना तथा परिवार नियोजन के साधनों को सर्वसुलभ करवाना पूर्णतः सरकारी दायित्व ही है. जिन राष्ट्रों में अभी तक परिवार नियोजन की शिक्षा एवं साधनों का विस्तार जनसामान्य तक नहीं हो पाया है; वहाँ जन्म-दर उच्च है.

(D) **साम्प्रदायिक राजनीति** (Community Oriented Politics)—सामान्यतया ऐसा देखा गया है कि अल्पसंख्यक समुदायों में अपनी जनसंख्या तेजी के साथ बढ़ाने की प्रवृत्ति पाई जाती है. बहुसंख्यक समुदायों द्वारा दमन का भय इन्हें हरसमय आक्रांत करता है. ये किसी भी प्रकार के भेदभाव या अन्याय के लिए अपनी अल्प संख्या बल को मुख्यरूप से जिम्मेदार मानते हैं. **वैन हक** ने कैथोलिक धर्मावलम्बियों के सन्दर्भ में बताया है कि जब ये अल्पसंख्यक होते हैं और इनके प्रति किसी प्रकार का भेदभाव किया जाता है, तो आधारभूत कैथोलिक सिद्धान्तों का अधिक दृढ़ता से अनुगमन होता है. भारत में भी बहुत से अल्पसंख्यक धार्मिक या जातीय समुदाय में ऐसी भावना स्पष्ट रूप से देखी जा सकती है.

6. धार्मिक कारक (Religious Factors)

कई प्रकार की धार्मिक मान्यताएँ भी जन्म-दर को घटाने या बढ़ाने में सहायक होती हैं. ये मान्यताएँ किसी बाध्यकारी एजेंसी की तरह कार्य तो नहीं करती हैं, परन्तु ये मान्यताएँ वैयक्तिक सोच को अत्यधिक प्रभावित करती हैं. ऐसी मुख्य मान्यताएँ निम्नलिखित हैं—

(A) **परिवार नियोजन के प्रति धार्मिक दृष्टिकोण** (Religious attitude about family planning)—धर्मशास्त्रों में सन्तान प्राप्ति को वैयक्तिक इच्छा के बदले दैविक इच्छा एवं वरदान के रूप में इंगित किया गया है. इसलिए सभी धर्मां की मान्यताएँ ऐच्छिक परिवार नियोजन के विरुद्ध हैं. परिवार नियोजन को धार्मिक मान्यताओं के अनुसार दैविक इच्छा का उल्लंघन माना गया है, परन्तु ऐच्छिक परिवार नियोजन के विरुद्ध नियंत्रण की मात्रा विभिन्न धर्मों में भिन्न-भिन्न है. विश्व के विभिन्न धर्मों में यह देखा गया है कि इस्लाम धर्म का जनसंख्या वृद्धि को रोकने के लिए विभिन्न ऐच्छिक उपायों पर अधिकतम नियंत्रण है. इसी प्रकार पश्चिमी समाज में रोमन कैथोलिक धर्मावलम्बियों में प्रोटेस्टेन्ट धर्मावलम्बियों की अपेक्षा अधिक जन्म-दर पाई जाती है. इसका भी मुख्य कारण रोमन कैथोलिकों की जन्म नियंत्रण के विरुद्ध कठोर धार्मिक मान्यताओं का होना ही है.

(B) **पुत्र की अनिवार्यता** (Necessity of Son)—हिन्दू धर्मशास्त्रों में संतान के रूप में पुत्र प्राप्ति को अत्यधिक महिमा-मंडित किया गया है. इसलिए समाज में पुत्रवती स्त्रियाँ विशेष आदर प्राप्त करती हैं. शास्त्रों द्वारा मृतक के अन्तिम दाह-संस्कार का अधिकार भी पुत्र को ही दिया गया है. हिन्दू पुराणों में बताया गया है कि पुत्र के हाथों सम्पन्न दाह-संस्कार द्वारा ही पिता मोक्ष प्राप्त कर सकता है. इसके अलावा पुत्र द्वारा ही वंश कायम रहने की धारणा सर्वव्याप्त है. वृद्धावस्था में माता-पिता पुत्र का आश्रय ही स्वीकार करते हैं, क्योंकि माता-पिता का पुत्रियों के घर रहना सामाजिक दृष्टि से अनुचित माना जाता है. इसलिए भारत में पुत्र प्राप्ति की कामना सबसे बलवती है. हालाँकि विश्व के अन्य समाजों में भी पुत्र होने पर ही परिवार को पूर्ण माना जाता है. इन्हीं कारणों से अनेक लड़कियाँ होने पर भी दम्पति पुत्र की कामना में परिवार का आकार बढ़ाते रहते हैं.

(C) **सहवास सम्बन्धी धार्मिक मान्यताएँ** (Coitus Oriented Religious Sanctions)—भारतीय धर्मों में (विशेष रूप से हिन्दू, बौद्ध एवं जैन धर्म) जीवन के प्रथम 25 वर्षों में पवित्र जीवन एवं संयम बरतने पर अत्यधिक जोर दिया गया है. इन धर्मों द्वारा जीवन के श्रेष्ठ नैतिक मूल्यों में ब्रह्मचर्य को प्रमुख स्थान दिया गया है. एक तरफ इन 25 वर्षों में

स्त्री-पुरुष के लिए सहवास को निषिद्ध किया गया है, दूसरी तरफ गृहस्थावस्था में केवल एक जीवन साथी के साथ ही सहवास की अनुमति दी गई है.

अनेक समाजों में पूजा, पर्व, त्यौहार, धार्मिक अनुष्ठान आदि के अवसर पर सहवास न करने की परम्परा प्रचलित है. रजस्वला स्त्री (मासिक धर्मकाल में) से सहवास न करने की धारणा भी सर्वत्र प्रचलित है. हिन्दू परिवारों में रजस्वला औरतों को दैनिक पारिवारिक कार्यों (भोजन बनाना, पूजा-पाठ आदि) से भी दूर रखा जाता है. प्रसव के उपरान्त भी सहवास पर विभिन्न समाजों में विभिन्न समयावधि के प्रतिबन्ध आरोपित किए गए हैं. किसी समाज में मात्र कुछ सप्ताहों का प्रतिबन्ध है, तो किसी समाज में दो या तीन वर्षों का प्रतिबन्ध होता है. हालाँकि इस प्रकार के प्रतिबन्धों के कारणों में धार्मिक मान्यता के अलावा संक्रामक रोग की आशंका तथा घृणा भी सहचर भाव है.

सहवास सम्बन्धी उपर्युक्त प्रतिबन्धों के कारण एक अनुमान लगाया जाता है कि ये प्रतिबन्ध जन्म-दर को कम करने में सहायक हैं, परन्तु वास्तविकता कुछ अलग निष्कर्षों की ओर संकेत करती है. प्रथम कि सहवास एक वैयक्तिक प्रक्रिया है. अतः इस सम्बन्ध में ठोस आँकड़ा उपलब्ध करना अत्यधिक कठिन कार्य है. इसलिए ठोस आँकड़ों के अभाव में कोई निश्चित निष्कर्ष नहीं दिया जा सकता है. दूसरा कि यदि प्रतिबन्ध के कारण पति-पत्नी में कुछ दिनों का अलगाव होने के कारण सहवास की बारम्बारता (Frequency of Coitus) कम हो जाती है, तो दूसरी ओर इस कमी की पूर्ति के लिए काफी समय मिल जाता है और जहाँ तक गर्भधारण की बात है, तो उसके लिए एक सहवास भी पर्याप्त हो सकता है अपेक्षाकृत बारम्बार सहवास के. तीसरा, **प्रो. नाग** की रिपोर्ट के अनुसार—"औसत भारतीय नारी की सहवास की बारम्बारता अमरीका की औसत नारी की बारम्बारता से कहीं कम है, किन्तु दूसरी ओर औसत भारतीय नारी की प्रजननता अमरीका की नारी से अधिक है.

7. सामाजिक कारक (Social Factors)

सर्वविदित है कि यौन इच्छा की पूर्ति मनुष्य की एक जैविक आवश्यकता मात्र है, परन्तु संतान की इच्छा तथा प्राप्ति मनुष्य में मनोवैज्ञानिक सुख प्रदान करने वाली एक महत्वपूर्ण सामाजिक आवश्यकता है. इसलिए जन्म-दर को प्रभावित करने वाले अन्य कारकों की अपेक्षा सामाजिक कारकों की सूची अधिक लम्बी है. ऐसे प्रमुख सामाजिक कारक निम्नलिखित हैं—

(A) **विवाह की आयु एवं प्रथाएं** (Types and Age of Marriage)—विवाहित जीवन की अवधि के निर्धारण में विवाह की आयु महत्वपूर्ण है. जब विवाह की आयु कम होती है, तो प्रजनन आयु का विस्तार बढ़ जाता है, क्योंकि इसमें वैवाहिक जीवन की अवधि अधिक लम्बी हो जाती है. इसी प्रकार जब विवाह की आयु बढ़ती है, तो प्रजनन आयु का विस्तार घट जाता है. इसीलिए जिन समाजों में बाल-विवाह का प्रचलन है वहाँ जन्म-दर भी अधिक है. हालाँकि विवाह की आयु में वृद्धि से जन्म-दर में कमी आना प्रत्येक स्थिति में जरूरी नहीं है. अधिक उम्र में विवाह के बावजूद भी यदि जल्दी-जल्दी बच्चे होने लगें, तो यह धारणा गलत साबित होगी.

इसी प्रकार, वैवाहिक वर्जनाएं एवं वैवाहिक प्रथाएं भी जन्म-दर को अत्यधिक प्रभावित करती हैं. जिन समाजों में विवाह के उपरान्त भी स्वतन्त्र यौन व्यवहार की स्वीकृति होती है, उनमें यौन व्याधियों के अधिक होने के कारण उत्पादकता कम पाई जाती है. इसी प्रकार बहुपत्नी एवं बहुपति विवाह से जन्म-दर बढ़ने की बजाय घटती ही है, क्योंकि इस प्रथा में एक से अधिक पति या पत्नियों की भूमिका मात्र एक पति या पत्नी ही निभाते हैं. बहुपत्नी विवाह अनेक समाज में प्रतिष्ठासूचक मापदण्ड भी है. इसलिए अक्सर सहवास क्रिया में असक्षम व्यक्ति भी इस प्रकार का विवाह कर लेते हैं. ऐसी परिस्थितियों में इन प्रथाओं के कारण अक्सर नारी पुरुष की भोग्या मात्र बनकर ही रह जाती है. वे मातृ-सुख से अछूती रहकर जन्म-दर को कम करने में ही योगदान करती हैं.

(B) **तलाक एवं विधवा पुनर्विवाह** (Divorce and widow remarriage incidences)—प्रजनन के लिए वैवाहिक जीवन का होना अनिवार्य है, परन्तु यदि किसी कारणवश पति-पत्नी में तलाक हो जाए या पत्नी विधवा हो जाए, तो स्वाभाविक रूप से उसमें प्रजननता का लोप हो जाएगा, लेकिन यदि कोई स्त्री पति की मृत्यु या पति से तलाक के बाद शीघ्र दूसरा विवाह कर लेती है, तो उसकी प्रजनन क्षमता यथावत् ही रहेगी, किन्तु इसके लिए आवश्यक है कि समाज उसे ऐसा करने पर कोई रोक न लगाए. जैसे पश्चिमी समाजों में पुनर्विवाह एक सामान्य घटना है. समाज द्वारा इस पर किसी प्रकार का प्रतिबन्ध नहीं है, लेकिन भारतीय समाज में पुनर्विवाह को अच्छे दृष्टिकोण से नहीं देखा जाता है. धर्मशास्त्रों के द्वारा विधवा विवाह को पूर्णतः निषिद्ध किया गया है.

(C) **स्त्री की सामाजिक स्थिति** (Social status of women)—संकुचित एवं दकियानूसी विचार वाले समाजों में स्त्रियों का मुख्य कार्य गृहकार्य तथा सन्तानोत्पादन एवं संतानों का लालन-पालन ही माना जाता है. ऐसे समाजों में स्त्रियों के कार्य क्षेत्र का दायरा गृह क्षेत्र तक ही सीमित रहता है. इसके विपरीत आधुनिक ख्यालात वाले समाजों में स्त्रियाँ भी पुरुषों

के साथ कदम-से-कदम मिलाकर सामाजिक एवं राष्ट्रीय कार्यों में सक्रिय भूमिका निभाती हैं. सामाजिक प्रतिष्ठा, उच्च शिक्षा सम्पन्न विकसित व्यक्तित्व के साथ-ही-साथ ऐसे समाजों में महिलाएँ स्वतन्त्र आर्थिक अस्तित्व वाली होती हैं. स्वाभाविक रूप से ऐसी महिलाएँ अधिक प्रजनन का भार वहन नहीं करना चाहती हैं. इसीलिए प्रायः शिक्षित एवं रोजगार प्राप्त महिलाओं की प्रजननता अशिक्षित एवं गृह कार्यरत् महिलाओं से कम होती है. यही कारण है कि इस्लाम धर्मावलम्बी राष्ट्रों में आज भी जन्म-दर उच्च है. इसी प्रकार संयुक्त राज्य अमरीका में जन्म-दर इंगलैण्ड की अपेक्षा अधिक है, क्योंकि U.S.A. में इंगलैण्ड की तुलना में स्त्रियों की प्रस्थिति निम्न है.

(D) **सामाजिक सुरक्षा** (Social Security)—प्रारम्भिक समाजों में अधिक बच्चे समृद्धि एवं शक्ति के द्योतक थे. अतः बड़ा परिवार ही अच्छा माना जाता था. आज भी ग्रामीण समाजों में 'जितना हाथ उतना साथ' की धारणा सर्वव्याप्त है. ग्रामीण शक्ति संरचना में दबदबा बनाने के लिए परिवार का बड़ा आकार एक आवश्यक शर्त है.

(E) **शिक्षा का स्तर** (Level of Education)—मानसिक विकास के साथ वैयक्तिक चेतना को जागरूक बनाने में शिक्षा का अद्वितीय योगदान है. इसलिए जनांकिकीयवेत्ताओं का मानना है कि परिवार नियोजन का सबसे स्थायी एवं प्रभावी उपाय शिक्षा का प्रसार ही है, खासकर स्त्री शिक्षा का. शिक्षा ही व्यक्ति को विस्तृत मानसिक आयाम प्रदान करती है जिससे व्यक्ति परिवार नियोजन के प्रति स्वतः आकृष्ट होता है. शिक्षित परिवारों में बच्चे न तो आय के स्रोत माने जाते हैं और न ही भविष्य की सुरक्षा का साधन. शिक्षा, बच्चों के प्रति माता-पिता के मन में सम्पूर्ण उत्तरदायित्व की भावना को विकसित करती है. इसलिए शिक्षित परिवारों में बच्चे व्यय के मद ही समझे जाते हैं.

स्त्री शिक्षा एवं प्रजननता से सम्बन्धित एक सर्वेक्षण द्वारा भारत में यह पाया गया है कि 12 वर्ष की शिक्षा प्राप्त स्त्रियों के औसतन 2 बच्चे, 10 वर्ष की शिक्षा प्राप्त स्त्रियों के 4–6 बच्चे, 8 वर्ष की शिक्षा प्राप्त स्त्रियों के 5 बच्चे तथा 5 वर्ष की शिक्षा वाली स्त्रियों या अनपढ़ स्त्रियों के औसतन 6–6बच्चे हैं. **ब्यूजे गारनियर** ने अमरीका में एक सर्वेक्षण द्वारा पाया कि कम-से-कम चार वर्ष की विश्वविद्यालय स्तर की शिक्षा प्राप्त स्त्रियों के औसतन 1·86 बच्चे हैं तथा अशिक्षित स्त्रियों के औसतन 4·82 बच्चे हैं.

अन्त में, यह कहना अति आवश्यक है कि जन्म-दर के उपर्युक्त जितने भी निर्धारक कारक या तथ्य गिनाए गए हैं वे सैद्धान्तिक अधिक हैं. व्यवहार में किसी एक कारक के प्रभाव को पृथक् रूप से आँकना न तो सम्भव है और न ही न्यायोचित, क्योंकि जन्म-दर सभी कारकों के मिश्रित प्रभाव का प्रतिफल होती है. किसी क्षेत्र या समय विशेष में कोई एक कारक अन्य कारकों पर प्रभावी प्रतीत हो सकता है, लेकिन अन्य कारक कभी भी पूरी तरह से गौण नहीं हो सकते हैं.

जन्म-दर की भाँति ही मृत्यु-दर को प्रभावित करने वाले भी अनेक कारक हैं. कुछ प्रमुख कारक निम्नलिखित हैं—

1. **जनांकिकीय कारक**—आयु एवं लिंग संरचना मृत्यु-दर को प्रभवित करने वाले मुख्य जनांकिकीय कारक हैं. जन्म के प्रारम्भिक समय में तथा प्रौढ़ावस्था के बाद मृत्यु का खतरा अधिक होता है. इसलिए ऐसे देश जहाँ शिशु और वृद्धों की संख्या अधिक होती है वहाँ मृत्यु-दर भी अधिक होती है. लिंग के सम्बन्ध में यह एक जैविकीय सत्य है कि नर के अपेक्षा मादाओं में रोगों के प्रति प्रतिरोधी क्षमता अधिक होती है. इसलिए सभी देशों में स्त्रियों की जीवन प्रत्याशा भी पुरुषों से अधिक है, यद्यपि कुछ देशों में प्रसव आयु वर्ग में स्त्रियों की मृत्यु-दर उच्च है. इसका कारण वहाँ की सामाजिक स्थिति है. तिरस्कार, हीन भावना, पौष्टिक आहार का अभाव एवं निर्दयतापूर्ण व्यवहार वहाँ की महिलाओं को जीवन के प्रत्येक क्षेत्र में सीमित कर देता है.

2. **सामाजिक कारक**—वे सभी समाज जिनमें किसी-न-किसी रूप में शिशु हत्या का प्रचलन रहा है, उनमें मृत्यु दर भी उच्च रही है. भारतीय समाज में लड़की को एक भार तथा लड़के को एक पूँजी के रूप में देखा जाता रहा है. इसलिए भारत के अनेक क्षेत्रों में बालिका शिशु वध का प्रचलन था. इसके अलावा समाज का शैक्षिक स्तर भी मुख्य सामाजिक कारक है. शिक्षित समाजों में स्वास्थ्य के प्रति अत्यधिक जागरूकता पाई जाती है. सफाई व्यवस्था से लेकर व्यक्तिगत दैनिक जीवन में निषिद्ध खानपान एवं कार्य के प्रति लोग अत्यधिक सचेत रहते हैं. इसलिए ऐसे समाजों में मृत्यु-दर निम्न पाई जाती है.

3. **आर्थिक कारक**—सामान्यतः मृत्यु-दर तथा प्रति व्यक्ति आय या जीवन स्तर में ऋणात्मक सम्बन्ध पाया जाता है. प्रति व्यक्ति अधिक आय न केवल व्यक्ति को पौष्टिक भोजन उपलब्ध कराती है, बल्कि उसके लिए स्वास्थ्य सम्बन्धी सुविधाओं की उपलब्धि भी निर्धारित करती है. स्वास्थ्य सम्बन्धी खर्चे को अमीर वर्ग वहन करने में सक्षम होते हैं, परन्तु यदि स्वास्थ्य सुविधा सर्वसुलभ न हो, तो अस्वस्थता या कुपोषण झेलते रहना ही गरीबों की नियति बन जाती है.

4. **धार्मिक कारक**—अनेक समाजों में धार्मिक प्रभाव के कारण व्यक्ति आधुनिक चिकित्सीय सुविधाओं का विरोध करते हैं. खासकर पश्चिमी चिकित्सीय प्रणाली (एलोपैथ) के प्रति विरोध अधिक मुखर है. कुछ परम्परागत एवं जनजातीय समुदाय में लोग बीमारी की दशा में झाड़-फूँक एवं ओझा

गुनी का सहारा लेते हैं. कहने की आवश्यकता नहीं कि नतीजतन ऐसे समाजों में मृत्यु-दर उच्च होती है.

5. **प्राकृतिक कारक**—कुछ विशिष्ट भौगोलिक क्षेत्रों में प्राकृतिक विपदाओं की अधिक सम्भावना प्रत्येक समय बनी रहती है. इसका कारण उस क्षेत्र विशेष की प्राकृतिक स्थिति होती है. जैसे—समुद्रतटीय प्रदेशों में चक्रवातीय तूफान की सम्भावना बनी रहती है. नदीतटीय क्षेत्रों में बाढ़ की सम्भावना बनी रहती है. इसी प्रकार से भूगोल में कुछ क्षेत्रों को संवेदनशील भूकम्पीय क्षेत्रों के रूप में इंगित किया गया है, क्योंकि इन क्षेत्रों में अक्सर भूकम्प के झटके अनुभव किए जाते हैं. कुछ उष्ण कटिबन्धीय क्षेत्र हैं जहाँ अक्सर सूखे की समस्या ही रहती है. कुछ जंगली क्षेत्र हैं जहाँ संक्रामक बीमारियों का खतरा अधिक रहता है. इसलिए इस प्रकार के क्षेत्रों में मृत्यु-दर उच्च पाई जाती है.

6. **नगरीकरण की मात्रा**—मृत्यु-दर को बढ़ाने या घटाने दोनों में नगरीकरण एक प्रभावी घटक है. वास्तव में, मृत्यु-दर का नगरीकरण के साथ क्या सम्बन्ध होगा, यह नगरीकरण की मात्रा निर्धारित करती है. सामान्यतः ग्रामीण पर्यावरण को स्वास्थ्य के लिए लाभप्रद माना जाता है, लेकिन ग्रामीण क्षेत्रों में स्वास्थ्य सुविधा अनुपलब्ध होती है. नगरों में स्वास्थ्य सुविधाओं का केन्द्रीयकरण होने के कारण वहाँ मृत्यु-दर निम्न होती है, परन्तु जिन क्षेत्रों में अतिनगरीकरण के कारण औद्योगिक विकास अपनी चरम अवस्था पर पहुँच चुका हो वहाँ पर्यावरण प्रदूषण गम्भीर रूप धारण कर लेता है. जल प्रदूषण, वायु प्रदूषण, आवास सम्बन्धी समस्या, मलत्याग की अनुचित व्यवस्था आदि के कारण विभिन्न बीमारियों का प्रकोप बहुत बढ़ जाता है. अत्यधिक गंदगी एवं सघन आबादी के कारण संक्रामक एवं छुआछूत की बीमारियाँ तेजी से फैल जाती हैं. फलतः मृत्यु-दर पुनः उच्च हो जाती है. ऐसे क्षेत्रों में दुर्घटनाओं की सम्भावना भी बहुत बढ़ जाती है.

इन कारकों के अलावा भी मृत्यु-दर को प्रभावित करने वाले कई अन्य कारक हैं, जैसे युद्ध, अर्थव्यवस्था का प्रकार, रीति-रिवाज, प्रसव पद्धति, शिशुपालन की प्रविधियाँ, वैवाहिक स्तर, खाद्य पदार्थों की उपलब्धि इत्यादि. जन्म-दर की तरह मृत्यु-दर भी विभिन्न कारकों का सम्मिश्रित प्रतिफल होता है.

जन्म-दर एवं मृत्यु-दर को प्रभावित करने वाले विभिन्न कारकों के विश्लेषण के पश्चात् भारतीय जनसंख्या वृद्धि के सन्दर्भ में प्रासंगिक कारकों का विश्लेषण करना यहाँ आवश्यक है. भारत में एक ओर निर्धनता, अशिक्षा, विवाह की व्यापकता, पुत्र कामना, संतति निग्रह के प्रति ऋणात्मक धार्मिक भावना, परिवार नियोजन साधनों की अनुपलब्धता इत्यादि के कारण जन्म-दर उच्च रही है, तो दूसरी ओर पुनः निर्धनता, अशिक्षा, स्वास्थ्य सुविधाओं का अभाव, धार्मिक अंधविश्वास तथा प्राकृतिक आपदा की बारम्बारता के कारण मृत्यु-दर भी उच्च रही है, लेकिन सन् 1921 के बाद मृत्यु-दर को कम करने के लिए व्यापक सरकारी प्रयास किए गए. फलस्वरूप वर्तमान में मृत्यु-दर तो काफी निम्न स्तर पर आ चुकी है, लेकिन जन्म-दर के नियंत्रण में अधिक सफलता नहीं मिल पाई है. इस प्रकार उच्च जन्म-दर एवं निम्न मृत्यु-दर के कारण भारतीय जनसंख्या तीव्रगति से वृद्धि की ओर अग्रसर है.

जनसंख्या वृद्धि के परिणाम
(Consequences of Population Growth)

जनसंख्या वृद्धि के परिणाम के सन्दर्भ में विभिन्न विचारक दो भागों में बँटे हैं. एक भाग का मानना है कि चूँकि श्रम शक्ति आर्थिक विकास का सबसे सक्रिय साधन है. इसलिए बढ़ती जनसंख्या आर्थिक विकास की एक पूर्व शर्त है. इस धारणा के समर्थन में **प्रो. कैनन** ने तो यहाँ तक कहा कि "व्यक्ति अपने जन्म के साथ केवल खाने के लिए एक पेट ही नहीं वरन् काम करने के लिए दो हाथ भी लेकर आता है." **प्रो. साइमन कुजनेट्स** का कहना है कि "विश्व के अधिकांश देशों के आर्थिक विकास के इतिहास से ऐसा प्रतीत होता है कि जिन देशों में जनसंख्या बढ़ी वहाँ राष्ट्रीय आय भी बढ़ी एवं प्रति व्यक्ति आय भी बढ़ी." निम्न राष्ट्रीय आय के सन्दर्भ में **कुजनेट्स** का तर्क कुछ अलग ही है. **कुजनेट्स** के अनुसार–"विकसित देशों में राष्ट्रीय आय में कमी का मुख्य कारण कीमतों में उतार-चढ़ाव या आशावाद-निराशावाद या व्यापार पर चक्रीय प्रभाव है तथा पिछड़े देशों में राष्ट्रीय आय एवं प्रति व्यक्ति आय में कमी का कारण सूखा, बाढ़ आदि प्राकृतिक आपदाएँ हैं."

निम्नलिखित बिन्दुओं के आलोक में जनसंख्या वृद्धि के लाभकारी प्रभावों को देखा जा सकता है—

1. **जनसंख्या वृद्धि और उत्पादन** (Population growth and Production)—**प्रो. कुजनेट्स** का मानना है कि जनसंख्या वृद्धि से श्रम शक्ति बढ़ती है, श्रम विभाजन बढ़ता है, श्रमिकों की गतिशीलता बढ़ती है. मनुष्य को नए ज्ञान का सृजक मानना चाहिए. अतः जनसंख्या वृद्धि से वैज्ञानिक अभियन्ता, प्रबन्धक, शोधकर्ता सभी की संख्या बढ़ती है. परिणामस्वरूप देश के बेकार पड़े प्राकृतिक संसाधनों का शोषण प्रारम्भ होता है. अतः जनसंख्या वृद्धि को किसी देश के उत्पादन को बढ़ाने, लागत घटाने एवं अन्ततः प्रति व्यक्ति आय बढ़ाने का साधन माना जाना चाहिए, बाधक नहीं.

2. **जनसंख्या वृद्धि और पूँजी निर्माण** (Population growth and Capital formation)—सर्वविदित है कि आवश्यकता ही आविष्कार की जननी है. इसलिए जब घर का खर्चा बढ़ता है, तो व्यक्ति अपने बच्चों को समाप्त करने के बदले अपने खाली समय का सदुपयोग तथा विलासिता

सम्बन्धी आवश्यकताओं पर होने वाले व्यय को कम करके, अपने बच्चों की आवश्यकताओं पर व्यय को प्राथमिकता देता है. इस प्रकार जनसंख्या वृद्धि से समाज में कार्य करने, बचत करने तथा विनियोग करने की इच्छा में भी वृद्धि होती है. **प्रो. कुजनेट्स** का मानना है कि "जनसंख्या बढ़ने पर प्रारम्भ में पूँजी की पूर्ति घटती है. पूँजी महँगी होने से ऐसे आविष्कार होने लगते हैं कि कम पूँजी पर ही अधिक उत्पादन हो. परिणामस्वरूप पूँजी उत्पादन अनुपात बढ़ता है. इस प्रकार पूँजी का प्रतिफल बढ़ने से पूँजी का निर्माण बढ़ता है."

3. **जनसंख्या वृद्धि और उपभोग** (Population growth and Consumption)—जनसंख्या वृद्धि से यदि उत्पादन एवं पूँजी निर्माण का स्तर भी बढ़ता रहे, तो स्वाभाविक रूप से उत्पादन व्यवस्था में श्रमिकों की माँग बढ़ेगी. फलतः बाजार माँग में भी उछाल आएगा. व्यक्ति अपनी अर्जित आय को उपभोग में लगाएँगे, परिणामस्वरूप उपभोग बढ़ेगा.

प्रो. लेविस ने भी एक मॉडल द्वारा यह सिद्ध करने का प्रयास किया है कि ऐसी अर्थव्यवस्था जिसमें एक ओर पूँजीवादी क्षेत्र तथा दूसरी ओर जीवन निर्वाह क्षेत्र (ग्रामीण कृषि क्षेत्र) है वहाँ प्रथम क्षेत्र के विकसित होने पर स्वतः ही अर्थव्यवस्था के विकास को प्रोत्साहित करता है, क्योंकि पूँजीवादी क्षेत्र हमेशा ऊँची मजदूरी और ऊँचा प्रतिफल देता रहेगा तथा जीवन निर्वाह क्षेत्र उन्हीं मूल्यों को धीरे-धीरे अपनाता रहेगा.

दूसरे खेमे का मानना है कि उपलब्ध संसाधनों की तुलना में जनसंख्या में तीव्र वृद्धि के गुण पाए जाते हैं. इसलिए अक्सर भौतिक संसाधनों एवं जनसंख्या के बीच एक असंतुलित स्थिति ही उत्पन्न होती है. इससे राष्ट्रीय बचत एवं विनियोग पर ऋणात्मक प्रभाव पड़ता है. अतः तीव्र आर्थिक विकास के लिए यह अति आवश्यक है कि जनसंख्या वृद्धि पर अतिशीघ्र नियंत्रण लगाया जाए. **प्रो. एच. डब्ल्यू. सिंगर** का कहना है—"आर्थिक विकास तभी सम्भव हो सकता है, जबकि उत्पादन में वृद्धि दर जनसंख्या वृद्धि दर से अधिक हो." लेकिन अक्सर ऐसा नहीं हो पाता है. इसलिए जनसंख्या वृद्धि के कारण कई समस्याएँ ही उत्पन्न होती हैं.

जनसंख्या वृद्धि के हानिकारक प्रभावों को निम्नलिखित बिन्दुओं के तहत् स्पष्ट किया जा सकता है—

1. **जनसंख्या वृद्धि एवं पूँजी निर्माण** (Population growth and Capital formation)—पूँजी बचत का वह भाग है जो उत्पादन कार्य में लगाई जाती है. जनसंख्या वृद्धि उपभोग स्तर को अत्यधिक बढ़ा देती है. ऐसे में यदि आय स्थिर भी रहे, तो अल्प बचत स्वाभाविक है (चूँकि आय एवं उपभोग का अन्तर ही बचत कहलाता है). ऐसे में पूँजी निर्माण सम्भव नहीं हो पाता है. प्रति व्यक्ति वास्तविक आय के विद्यमान स्तर को बनाए रखने के लिए यह आवश्यक है कि राष्ट्रीय आय में उसी दर से वृद्धि हो, जिस दर से जनसंख्या में वृद्धि हो रही हो, लेकिन आय स्वतन्त्र चर नहीं है, इसलिए जनसंख्या नियन्त्रण ही एकमात्र विकल्प बचता है.

2. **जनसंख्या वृद्धि एवं खाद्यान्न पूर्ति** (Population growth and Food supply)—जनसंख्या एवं खाद्यान्न पूर्ति के सहसम्बन्धों को सर्वप्रथम **टी. आर. माल्थस** ने अपने सिद्धान्त द्वारा उभारा. **माल्थस** ने अपने सिद्धान्त द्वारा स्पष्ट किया कि जनसंख्या ज्यॉमितीय दर (अर्थात् 2, 4, 8, 16, 32, ...) से बढ़ती है, जबकि खाद्यान्न पूर्ति अंकगणितीय दर (अर्थात् 1, 2, 3, 4, 5 ...) से बढ़ती है. इसलिए जनसंख्या वृद्धि से गम्भीर रूप में खाद्यान्न समस्या उत्पन्न होती है. यह सत्य है कि जनसंख्या वृद्धि के साथ-साथ खाद्यान्नों का शुद्ध उत्पादन भी बढ़ता है. समस्या प्रति व्यक्ति खाद्यान्न उपलब्धि के सन्दर्भ में है, चूँकि अधिक जनसंख्या वृद्धि गाँवों में होती है. इस कारण कुल खाद्य उत्पादन में पारिवारिक उपभोग का भाग बढ़ जाता है. फलतः विक्रय अतिरेक (Marketable surplus) काफी कम बचता है.

3. **जनसंख्या वृद्धि और आश्रित अनुपात** (Population growth and Dependency ratio)—आश्रित वर्ग में उन सभी व्यक्तियों को शामिल किया जाता है जो अपने पालन-पोषण के लिए दूसरों पर निर्भर करते हैं. इस दूसरे का अर्थ उत्पादक उपभोक्ता अर्थात् देश की श्रम-शक्ति है. जनसंख्या वृद्धि के कारण समाज में आश्रित अनुपात बढ़ता है. आश्रितों का अधिक अनुपात में होना समाज में साधनों के काफी बड़े भाग को जो पूँजी निर्माण में गया होता, उन आश्रितों के ऊँचे प्रतिशत पोषण की ओर ले जाता है. इसके अलावा उत्पादक उपभोक्ताओं को अपनी आय का बड़ा भाग अपने आश्रितों पर व्यय करना पड़ता है. यह व्यय उनकी कार्यक्षमता को घटा देता है, जोकि औद्योगिक विकास के लिए दुर्भाग्यपूर्ण है.

4. **जनसंख्या वृद्धि और बेरोजगारी** (Population growth and Unemployment)—जनसंख्या वृद्धि के अनुपात में यदि देश में रोजगारों का सृजन न हो रहा हो, तो बेरोजगारों की संख्या बढ़ना स्वाभाविक है. भारत जैसे देश में जनसंख्या वृद्धि के कारण न केवल बेरोजगारी बढ़ रही है, बल्कि अर्द्ध बेरोजगारी एवं छिपी हुई बेरोजगारी भी बढ़ती जा रही है. जिस काम में सारा परिवार लगा रहता है उसे परिवार के केवल दो व्यक्ति ही कर सकते हैं. बेरोजगारी में वृद्धि के कारण जहाँ व्यक्तिगत जीवन स्तर निम्न होता जाता है, वहीं राष्ट्रीय सरकार पर अतिरिक्त रोजगार सृजित करने का दबाव बना रहता है. इस रोजगार सृजन की प्रक्रिया में राष्ट्रीय साधनों का एक बड़ा भाग व्यय हो जाता है.

5. **जनसंख्या वृद्धि और जीवन स्तर** (Population growth and Life standard)—आय से जीवन स्तर का प्रत्यक्ष सम्बन्ध है. पर्याप्त आय के अभाव में उच्च जीवन स्तर को बनाए रखना कठिन हो जाता है. जनसंख्या वृद्धि के कारण आय अर्जित करने वाले हाथ कम और उसे बाँटने वाले हाथ अधिक हो जाते हैं. फलतः प्रति व्यक्ति आय कम होने के कारण व्यक्तिगत जीवन समझौतावादी रुख अख्तयार कर लेता है. ऐसे में जीवन स्तर का गिरना स्वाभाविक ही है. खाद्य एवं कृषि संगठन (FAO) की एक रिपोर्ट के अनुसार—"भारत में 25 प्रतिशत व्यक्ति ऐसे हैं जिन्हें समुचित भोजन से वंचित रहना पड़ता है तथा इनमें 40 प्रतिशत लोग ऐसे हैं जो कुपोषण और भुखमरी के शिकंजे में हैं."

6. **जनसंख्या वृद्धि एवं कीमत स्तर** (Population growth and Price level)—जनसंख्या वृद्धि के कारण माँग में वृद्धि होने लगती है, परन्तु उसी अनुपात में वस्तुओं की पूर्ति न होने के कारण वस्तुओं की कीमत बढ़ने लगती है जिससे मुद्रा स्फीति की स्थिति उत्पन्न होने लगती है. मुद्रा स्फीति के कारण विकास योजनाएँ पूरी नहीं हो पातीं. बाजार में कालाबाजारी तथा सट्टेबाजी प्रारम्भ हो जाती है. औद्योगिक संस्थाओं में कर चोरी, तालाबन्दी, श्रम संघर्ष और राजनीतिक अशान्ति उत्पन्न हो जाती है. परिणामस्वरूप विकास के लिए अनुकूल वातावरण समाप्त हो जाता है.

7. **जनसंख्या वृद्धि एवं बुनियादी आवश्यकता** (Population growth and Basic needs)—भोजन, वस्त्र एवं आवास के बाद शिक्षा, स्वास्थ्य तथा परिवहन ही मनुष्य की बुनियादी आवश्यकताएँ हैं. जनसंख्या वृद्धि के कारण अधिक खाद्यान्न उत्पादन हेतु भूमि पर दबाव बढ़ता जा रहा है. ऐसे में कृषि भूमि का क्षेत्रफल बढ़ाने की आवश्यकता है, लेकिन कई देशों में कृषि भूमि को भवनों, सड़कों, कारखानों में परिवर्तित किया जा रहा है जिससे खाद्यान्न उत्पादन का प्रतिशत कम होता जा रहा है. जनसंख्या वृद्धि के कारण ही ग्रामीण शहरी प्रवास में तेजी आई है. फलतः शहर में जन घनत्व अत्यधिक हो रहा है जिससे शहरों में मलिन बस्ती (Slums) का क्षेत्रफल बढ़ता जा रहा है. शहरों में उपलब्ध अन्य नागरिक सुविधाओं, जैसे—अस्पताल, नागरिक सुरक्षा, ऊर्जा की उपलब्धता, शिक्षण संस्थानों में प्रवेश आदि पर अनावश्यक भार बढ़ता जा रहा है.

8. **जनसंख्या वृद्धि एवं सामाजिक समस्याएँ** (Population growth and Social problems)—अत्यधिक जनसंख्या के कारण समाज में सामाजिक नियंत्रण के साधन कमजोर पड़ने लगते हैं. कानून एवं सामान्य व्यवस्था में अराजकता आ जाती है. अपराध, बाल अपराध, भ्रष्टाचार, वेश्यावृत्ति आदि में आशातीत वृद्धि होने लगती है. जीवन के अत्यधिक प्रतियोगितापूर्ण हो जाने के कारण समाज में व्यक्तिवादिता का वर्चस्व कायम हो जाता है. फलतः सामाजिक सम्बन्ध एवं सामाजिक एकता का महत्व कम होने लगता है. इच्छित लक्ष्य को न प्राप्त कर पाने के कारण अनेक व्यक्ति मानसिक अवसाद से ग्रस्त हो जाते हैं. उनके लिए जीवन अर्थहीन हो जाता है.

9. **जनसंख्या वृद्धि एवं पर्यावरण** (Population growth and Environment)—जनसंख्या वृद्धि से हमारा पर्यावरण भी अत्यधिक प्रभावित हुआ है. नगरीय क्षेत्रों में जल एवं वायु प्रदूषण की समस्या काफी हद तक इसी की देन है. वर्तमान में नदियों के जल को नगरीकरण एवं औद्योगीकरण ने अत्यधिक प्रदूषित कर दिया है. अतः जल प्रदूषण आधुनिक जगत् की एक भीषण समस्या है. इस सन्दर्भ में विश्व बैंक ने हाल ही में एक रोचक भविष्यवाणी की है—"21वीं सदी में खनिज तेल के लिए नहीं, बल्कि पानी के लिए युद्ध होगा." बढ़ती जनसंख्या की आवश्यकताओं को पूरा करने के क्रम में वन धीरे-धीरे कटते जा रहे हैं तथा विषैली गैस छोड़ने वाले कारखाने बढ़ते जा रहे हैं. शहरों में बढ़ते शोर के कारण ध्वनि प्रदूषण भविष्यगत वृहत् समस्या है.

जनसंख्या वृद्धि के उपर्युक्त सकारात्मक एवं नकारात्मक प्रभावों के विश्लेषण के उपरान्त निष्कर्षतः यह कहा जा सकता है कि किसी देश की उत्पादन वृद्धि-दर के अनुसार ही जनसंख्या वृद्धि को उचित या अनुचित ठहराया जा सकता है. वास्तव में, आज कुछ मुट्ठी भर विकसित देश ही ऐसे हैं जहाँ जनसंख्या वृद्धि की आवश्यकता है. अन्यथा कई विकसित देशों के साथ सभी विकासशील एवं अविकसित देश जनसंख्या वृद्धि के नकारात्मक परिणामों से ही जूझते दिखाई देते हैं. ऐसे देशों की सूची में भारत शीर्ष पर है.

किसी राष्ट्र के सन्दर्भ में यह विश्लेषण करना कि वहाँ जनाधिक्य है या नहीं, एक अनावश्यक विवाद है, क्योंकि यदि वहाँ जनसंख्या आवश्यकता से अधिक हो, तो भी अतिरिक्त जनसंख्या का संहार नहीं किया जा सकता है. आवश्यकता इस बात की होगी कि अतिरिक्त जनसंख्या के निर्वाह के लिए उत्पादन में वृद्धि हो और दूसरी ओर जन्म-दर को नियंत्रित करने का प्रयास किया जाए, ताकि जनसंख्या वृद्धि दर को आवश्यकता के अनुकूल ढाला जा सके.

जनसंख्या एवं सामाजिक विकास
(Population and Social Development)

आधुनिक लोक-कल्याणकारी समाज में विकास ही सबसे बड़ा लक्ष्य है, लेकिन अक्सर विकास का अर्थ आर्थिक विकास समझ लिया जाता है. आर्थिक विकास का तात्पर्य समाज में धन की मात्रा में दीर्घकालीन वृद्धि से है. अर्थात् आर्थिक विकास, विकास का एक सीमित पहलू मात्र है. व्यापक अर्थ

में विकास के साथ सामाजिकता का पक्ष अनन्य रूप से जुड़ा हुआ है. सामाजिक विकास का तात्पर्य आर्थिक विकास के लाभ का समुचित वितरण से है. उच्च शैक्षिक एवं जीवन स्तर, आय एवं धन का न्यायपूर्ण वितरण, अल्पसंख्यक एवं बहुसंख्यक समुदायों के बीच सौहार्द्रपूर्ण सम्बन्ध की स्थापना, समाज के पिछड़े वर्गों तक जीवन की सुविधाओं की उपलब्धता, मानवाधिकारों की प्राप्ति, समाज में लोकतांत्रिक मूल्यों की स्थापना, अन्तर्वैयक्तिक सम्बन्धों में खुलापन एवं सहृदयता आदि सामाजिक विकास के विविध आयाम हैं. इनकी प्राप्ति के बिना विकास के मुख्य लक्ष्य (मानव जीवन की समृद्धि) की प्राप्ति असम्भव है. सापेक्ष में, अगर कहा जाय तो आर्थिक विकास, विकास का साधन मात्र है, जबकि सामाजिक विकास साध्य है.

ई.एम. बोगार्डस् ने सामाजिक विकास के विभिन्न मापदण्डों का उल्लेख किया है, जो निम्नलिखित हैं—

(i) सार्वजनिक हित में प्राकृतिक संसाधनों का सदुपयोग.

(ii) व्यक्तियों की शारीरिक एवं मानसिक स्वस्थता.

(iii) स्वस्थ वातावरण में वृद्धि.

(iv) सुदृढ़ पारिवारिक संगठन.

(v) व्यापार और उद्योग में जनता का समुचित अधिकार.

(vi) रचनात्मकता में वृद्धि के लिए अवसरों की विविधता एवं सुलभता.

(vii) सामाजिक दुर्घटनाओं के विरुद्ध सामाजिक बीमा की सुविधा.

(viii) व्यक्तियों के जीवन स्तर में विकास

(ix) जनता और सरकार के बीच पारस्परिक सहयोग.

(x) व्यक्ति का नैतिक विकास.

(xi) व्यावसायिक, बौद्धिक और कल्याणकारी शिक्षा का विस्तार.

(xii) सहयोगी अथवा सहकारी जीवन में वृद्धि.

इस प्रकार सामाजिक विकास वास्तविक एवं प्रत्यक्ष अर्थों में लोगों के विकास को सुनिश्चित करता है. सामाजिक विकास की सभी क्रियाओं का अंतिम उद्देश्य मानवीय दशाओं को सुधारना तथा लोगों के लिए विकल्पों को बढ़ाना है.

विकास को सामाजिक रूप से स्वीकार्य बनाने के लिए ही संयुक्त राष्ट्र विकास कार्यक्रम (U.N.D.P.) ने अपनी मानवीय विकास रिपोर्ट (Human Development Report, 1996) में निम्नलिखित पाँच प्रकार के विकास से बचने की सलाह विभिन्न राष्ट्रों को दी है—

1. **रोजगारहीन विकास** (Jobless growth)—रोजगारहीन विकास का अर्थ है, अर्थव्यवस्था में सकल देशीय उत्पाद की वृद्धि दर का बढ़ना, परन्तु उसकी तुलना में रोजगार के पर्याप्त अवसरों का विकास नहीं होना.

2. **निष्ठुर विकास** (Ruthless growth)—निष्ठुर विकास का अर्थ ऐसी विकास प्रक्रिया से है जिसमें आर्थिक विकास के लाभों का अधिकतर भाग समृद्ध वर्गों को प्राप्त होता है तथा गरीब परिवारों को और बढ़ती हुई गरीबी की परिस्थितियों में संघर्ष करना पड़ता है.

3. **मूक विकास** (Voiceless growth)—मूक विकास का तात्पर्य अर्थव्यवस्था के ऐसे विकास है; जिसमें लोकतंत्र का विकास नहीं होता है. अर्थात् गरीब और कम सम्पन्न वर्गों को साथ-साथ अधिकार प्रदान नहीं किए जाते. लड़के एवं लड़कियों के बीच साक्षरता दर में अधिक अन्तर, समृद्ध और कमजोर वर्गों की शैक्षणिक उपलब्धियों के बीच चौड़ी खाई, अनुसूचित जाति, अनुसूचित जनजाति और पिछड़े वर्गों की दयनीय दशा आदि सभी मूक विकास की ओर ही संकेत करते हैं.

4. **जड़हीन विकास** (Rootless growth)—जड़हीन विकास के कारण जनसाधारण की सांस्कृतिक पहचान विलुप्त हो जाती है. विकास प्रक्रिया में होने वाले विभिन्न निर्माण कार्य (बड़े बाँध, कारखाना, सड़क, रेलवे लाइन, नगर आदि) के कारण लाखों व्यक्तियों के विस्थापन (Displacement) से ऐसी समस्या उत्पन्न होती है.

5. **भविष्यहीन विकास** (Futureless growth)—भविष्यहीन विकास का अर्थ विकास की ऐसी प्रणाली से है जिसमें वर्तमान पीढ़ी भावी पीढ़ी के लिए आवश्यक संसाधनों का बुरी तरह अपव्यय करती है. जैसे—गैर-नवीकरण योग्य संसाधनों का तीव्र विदोहण, अधिक उपज प्राप्त करने के बाद भूमि की उर्वरा शक्ति की क्षतिपूर्ति न करने के कारण बंजर भूमि में वृद्धि, वनों की कटाई आदि.

सामाजिक विकास के लिए कुछ विशिष्ट परिस्थिति या दशाएँ आवश्यक हैं. इन परिस्थितियों की सहायता से ही सामाजिक विकास के लक्ष्यों को प्राप्त किया जा सकता है. जैसे—विकास का विश्वास, अवसरों की समानता, न्यूनतम जीवन स्तर की गारंटी, आदर्श भौगोलिक दशाएँ, प्रौद्योगिक उन्नति तथा नवीन आविष्कार, ज्ञान का संचय और प्रशिक्षण की उचित सुविधाएँ, योग्य राजनीतिक निर्देशन और नेतृत्व तथा उचित जनसंख्या. इन सभी परिस्थितियों में जनसंख्या सबसे महत्वपूर्ण है, क्योंकि विकास प्रक्रिया जनसंख्या के द्वारा ही सम्पन्न होती है और विकास का अन्तिम ध्येय भी जनसंख्या ही होती है, लेकिन यदि जनसंख्या की वृद्धि अथवा कुल जनसंख्या इतनी अधिक हो कि अथक प्रयास करने के बावजूद भी बढ़ती हुई आवश्यकताओं को पूरा न किया जा

सके, तो विकास का कोई भी लक्ष्य प्राप्त करना दुर्लभ हो जाएगा. **हॉबहाउस** (Hobhouse) ने भी सामुदायिक विकास के लिए आवश्यक कसौटियों के रूप में कार्यकुशलता, स्वतन्त्रता, पारस्परिक सेवा तथा उचित जनसंख्या का उल्लेख किया है.

सामाजिक विकास को गति और उचित दिशा प्रदान करने के लिए अति आवश्यक है कि देश की जनसंख्या अनुकूलतम स्तर (Optimum level) पर हो. जनसंख्या के अनुकूलतम स्तर का तात्पर्य उस जनसंख्या से है जिसके द्वारा किसी देश के प्राकृतिक साधनों का समुचित उपयोग हो सके और साथ-ही-साथ देश की प्रति व्यक्ति आय भी अधिकतम हो. अनुकूलतम जनसंख्या ही देश में व्यक्तियों के उच्चतम जीवन स्तर को बनाए रखने तथा जनसंख्या के अधिकतम कल्याण की परिस्थितियाँ निर्मित करती है. जनसंख्या यदि आवश्यकता से कम हो, तो देश की अर्थव्यवस्था, कारखानों, कार्यालयों, शिक्षा केन्द्रों, स्वास्थ्य केन्द्रों को संचालित करने वाले लोगों की कमी हो जाती है. फलतः देश का सर्वांगीण विकास बाधित होने लगता है. देश की सभी गतिविधियों को भलीभाँति क्रियाशील रखने के लिए दूसरे देश के निवासियों को आमंत्रित करना पड़ता है.

अप्रवासियों का आगमन देश की अर्थव्यवस्था को गतिमान रखने में तो सहायक होता है, परन्तु अनेक सामाजिक समस्याओं को भी उत्पन्न करता है जिनमें अप्रवासी तथा स्थानीय लोगों के बीच सम्बन्धों का उतार-चढ़ाव मुख्य है. दूसरी ओर, जनसंख्या यदि आवश्यकता से अधिक हो, तो जनसंख्या नियन्त्रण की स्थिति आवश्यक हो जाती है, क्योंकि सामाजिक विकास के लिए जिन आर्थिक संसाधनों की आवश्यकता होती है वे आर्थिक संसाधन तभी उपलब्ध हो पाते हैं जब जनता अपनी आवश्यकताओं की पूर्ति के पश्चात् कुछ बचत कर सके. बचत की यह राशि ही देश के आर्थिक एवं सामाजिक विकास में प्रयुक्त होती है. बड़े परिवारों में यह बचत सम्भव नहीं है. साथ ही जनसंख्या नियन्त्रण के कार्यान्वयन में भी राष्ट्रीय आय का एक बड़ा भाग खर्च हो जाता है, जो राष्ट्रीय बचत को प्रभावित करती है.

डेविड एम. हीर (David M. Heer) ने जनसंख्या वृद्धि के सकारात्मक पहलू को उजागर करते हुए लिखा है कि "बड़ी जनसंख्या एक बड़े बाजार का रूप ले लेती है जिसकी आवश्यकताओं की पूर्ति के लिए उत्पादन भी बड़े पैमाने पर होता है. बड़े पैमाने पर उत्पादन से उत्पादन की लागत घटती है और सस्ती दर पर सामान उपलब्ध होने लगता है." लेकिन जनसंख्या वृद्धि के नकारात्मक परिणामों के मद्देनजर **हीर** का यह सकारात्मक परिणाम शून्य से गुणित हो जाता है, क्योंकि बड़े पैमाने पर उत्पादन के लिए सबसे पहले पूँजी निर्माण की आवश्यकता होती है जिसमें विशाल जनसंख्या सबसे बड़ी बाधा है. फिर विशाल जनसंख्या में संसाधनों का वितरण भी एक बड़ी समस्या है, जो सामाजिक विकास की प्रथम सीढ़ी है.

जनसंख्या की निर्वाध वृद्धि की तुलना में उत्पादन स्तर के स्थिर रहने या मंद वृद्धि के परिणामस्वरूप समाज में एक असंतुलन की स्थिति उत्पन्न होती है. प्रति व्यक्ति आय के साथ ही लोगों का जीवन स्तर गिरता चला जाता है. अधिक बच्चों के जन्म से उनके पालन-पोषण, शिक्षा, स्वास्थ्य आदि पर व्यय बढ़ता है. जिसका नकारात्मक प्रभाव परिवार की सामाजिक-आर्थिक स्थिति पर पड़ता है. माता-पिता अधिक बच्चों का सही ढंग से लालन-पालन एवं देखरेख नहीं कर पाते हैं. फलतः व्यक्ति का समाजीकरण सही ढंग से नहीं हो पाता है. समाजीकरण का सही ढंग नहीं हो पाना व्यक्ति के व्यक्तित्व, कार्यकुशलता एवं जीवन उपलब्धि को प्रभावित करता है. कहने की आवश्यकता नहीं कि इनके अभाव में सामाजिक विकास का सपना साकार नहीं हो सकता है. इसके अतिरिक्त सामाजिक विकास के लिए जनसंख्या का साक्षर होना अति आवश्यक है, क्योंकि किसी भी प्रकार के विकास हेतु जिस नवीन तकनीक एवं अवधारणाओं की आवश्यकता होती हैं उनको समझने एवं उपयोग करने की क्षमता शिक्षित जन समुदाय में ही होती है. इस तकनीकी युग में नई प्रौद्योगिकी का विकास और उपयोग भी तभी सम्भव है जब देश की जनता साक्षर एवं जागरूक हो. साक्षरता और जागरूकता का यह स्तर तभी पाया जा सकता है जब देश की जनसंख्या बहुत अधिक न हो, ताकि प्रत्येक व्यक्ति तक शिक्षा और स्वास्थ्य सेवा आसानी से पहुँचाई जा सकें.

जनसंख्या नीति (Population Policy)

जनसंख्या नीति के तहत् जनसंख्या के संख्यात्मक एवं गुणात्मक पहलुओं की दिशा निर्धारित की जाती है. संख्यात्मक पहलू के तहत् जनसंख्या की मात्रा पर विचार किया जाता है. जनसंख्या नीति द्वारा जनसंख्या की मात्रा एवं राष्ट्रीय संसाधनों के बीच संतुलन स्थापित करने का प्रयास किया जाता है. गुणात्मक पहलू के तहत् जनसामान्य के स्वास्थ्य, जीवन प्रत्याशा, शिक्षा, प्रवासी प्रवृत्ति तथा संरचना आदि में सुधार पर विचार किया जाता है.

U.N.O. के जनसंख्या आयोग के अनुसार, "जनसंख्या नीति के अन्तर्गत वे समस्त कार्यक्रम एवं कार्यवाहियाँ शामिल की जाती हैं, जो जनसंख्या के आकार, उसके वितरण एवं विशेषताओं में परिवर्तन लाकर आर्थिक, सामाजिक, जनांकिकीय, राजनीतिक अथवा अन्य किसी सामूहिक उद्देश्य की प्राप्ति के लिए 'प्रयुक्त' की जाती है."

जनसंख्यात्मक मात्रा के सम्बन्ध में जनसंख्या नीति में तीन प्रकार की नीतियाँ प्रमुख होती हैं–पहली, मृत्युक्रम को

प्रभावित करने वाली नीतियाँ, दूसरा, प्रवास को प्रभावित करने वाली नीतियाँ तथा तीसरी, प्रजननता को प्रभावित करने वाली नीतियाँ. विभिन्न राष्ट्रों के आवश्यकतानुसार मात्रात्मक पहलू के आधार पर जनसंख्या नीति दो प्रकार की हो सकती है—

1. **जन्म के अनुकूल**—कोई देश यदि अल्प श्रमशक्ति की समस्या से जूझ रहा है, तो वह अपनी जनसंख्या नीति द्वारा जन्म-दर बढ़ाने का प्रयास करता है. जैसाकि फ्रांस ने 1939 में किया था. वर्तमान में कुछ यूरोपीय देश, जैसे—इटली इस प्रकार की नीति को अपनाए हुए हैं. अरब एवं इजराइल में भी यह नीति अपनाई जाती है.

2. **जन्म के प्रतिकूल**—जिन देशों में जनाधिक्य की समस्या है, वहाँ जनसंख्या नीति द्वारा जन्म-दर को कम करने का प्रयास किया जाता है. ऐसे देशों में जनसंख्या नीति, व्यवहार में जन्म नियंत्रण नीति ही हो जाती है. लगभग सभी विकासशील देश तथा कुछ ही विकसित देशों में इस प्रकार की जनसंख्या नीति अपनाई गई है.

भारत की जनसंख्या नीति (Indian Population Policy)

भारत विश्व का पहला विकासशील देश है जिसने जनसंख्या नीति के निर्माण की दूरदर्शिता दिखलाई थी. सन् 1952 में भारत ने परिवार नियोजन कार्यक्रम के रूप में राष्ट्रीय जनसंख्या नीति को औपचारिक रूप में स्वीकार किया. जनसंख्या नीति सम्बन्धी प्रावधानों को विभिन्न पंचवर्षीय योजनाओं का अहम हिस्सा बनाकर ठोस कार्यान्वियन का निर्णय लिया गया.

प्रथम पंचवर्षीय योजना ने जनसंख्या नियन्त्रण को मात्र साहित्य एकत्रीकरण एवं प्रविधि सम्बन्धी छानबीन तक ही सीमित रखा. राष्ट्रीय स्तर पर एक विस्तृत कार्यक्रम निर्धारण की बात द्वितीय योजना से ही प्रारम्भ हुई, परन्तु जनसंख्या वृद्धि पर गम्भीर चिन्तन तीसरी पंचवर्षीय योजना में ही आरम्भ हुआ. इस योजना में परिवार नियोजन के महत्व पर प्रकाश डालते हुए कहा गया कि "परिवार नियोजन को केवल विकास कार्यक्रम के रूप में ही नहीं अपनाना है, बल्कि एक राष्ट्रव्यापी आन्दोलन के रूप में अपनाना है जिससे व्यक्ति परिवार एवं समाज के जीवन में सुधार लाया जा सके." इस योजना में पहली बार अशोधित जन्म-दर को 1973 तक घटाकर 25 प्रति हजार तक करने का लक्ष्य रखा गया. इसके अलावा इस योजना काल में जनसंख्या नियन्त्रण के लिए व्यापक प्रचार-प्रसार की नीति अपनाई गई. परिवार नियोजन कार्यक्रम के केन्द्रों को कार्यालय से निकालकर व्यावहारिक स्थलों पर ले जाने का निर्णय किया गया. बन्ध्याकरण या नसबन्दी (Sterlisation) क‌ वाने वाले व्यक्तियों को नकद इनाम देना इस योजना में जनसंख्या नीति का नवीन आयाम था.

चौथी योजना में तीसरी योजना के नीतिगत प्रावधानों को ही विस्तार दिया गया. पाँचवीं योजना में कैफेटेरिया प्रणाली (Cafetaria Approach) अपनाई गई. इस प्रणाली के तहत् गर्भ निरोध के विज्ञान द्वारा स्वीकृत सभी उपायों के समेकित प्रयोग पर बल दिया गया. इसके अलावा शिक्षा एवं आर्थिक विकास पर भी बल दिया गया, जो जनसंख्या नियंत्रण में अप्रत्यक्ष, लेकिन प्रभावी भूमिका निभाता है. पाँचवीं योजना तक भारत की जनसंख्या नियन्त्रण सम्बन्धी सभी नीतियों का आधार प्रेरणा ही था.

जनसंख्या नीति, 1976

16 अप्रैल, 1976 को सरकार ने पृथक् जनसंख्या नीति की घोषणा की, चूँकि इस समय तक भारत में जनसंख्या वृद्धि भयंकर रूप प्राप्त कर चुकी थी. इस नीति में कहा गया कि "जनसंख्या विस्फोट ने एक गम्भीर संकट का रूप धारण कर रहा है, इसलिए जनसंख्या को सीमित करना हमारी सबसे महत्वपूर्ण राष्ट्रीय समस्या है. इस समस्या के समाधान के लिए सीधा प्रहार करना होगा." इस नीति के महत्वपूर्ण लक्षण निम्नलिखित थे—

1. गर्भपात (Abortion) को वैधता प्रदान की गई.
2. लड़कियों के लिए विवाह की न्यूनतम आयु 15 से बढ़ाकर 18 तथा लड़कों के लिए 18 से बढ़ाकर 21 कर दी गई.
3. 1971 की जनगणना के आधार पर लोक सभा और राज्य सभा के लिए निर्धारित राज्यों का प्रतिनिधित्व के 2001 तक यथावत् बनाए रखने का निर्णय लिया गया.
4. मौद्रिक क्षतिपूर्ति बढ़ा दी गई (जो नसबन्दी के एवज में लोगों को दी जाती थी).
5. जबरन नसबंदी के प्रति मौन समर्थन व्यक्त किया गया.

इस नीति की घोषणा के समय देश में आपातकाल लागू था. इस स्थिति का लाभ उठाते हुए जबरन नसबंदी का महाभियान चलाया गया. तीन या तीन से अधिक बच्चे वाले प्रजनन योग्य दम्पत्तियों के लिए नसबंदी को अनिवार्य कर दिया गया. नसबंदी नहीं कराने वाले दम्पत्तियों को अनेक नागरिक सुविधाओं से वंचित रखने का प्रावधान किया गया. प्रत्येक अधिकारी के लिए नसबंदी हेतु लक्ष्य निर्धारित कर दिया गया. इस प्रकार इस नीति द्वारा पहली बार जनसंख्या नियंत्रण के लिए प्रेरणा की नीति को त्यागकर बल प्रयोग की नीति अपनाई गई.

जनसंख्या नीति, 1977

1977 के आम चुनाव में आपातकालीन नसबंदी मुख्य चुनावी मुद्दा रहा. इस चुनाव में तत्कालीन कांग्रेस सरकार की भारी मतों से पराजय हुई. सत्ता जनता पार्टी को मिली. नई

सरकार ने जुलाई 1977 में नई जनसंख्या नीति घोषित की. इस नीति द्वारा जनसंख्या नियन्त्रण के पुराने ढर्रे को पुनः अपनाया गया. जनसंख्या की समस्या के समाधान के लिए स्वैच्छिक नियंत्रणों के प्रयोग पर बल दिया गया. परिवार नियोजन में से अनिवार्यता के बन्धन को हटा दिया गया. 'परिवार नियोजन' को 'परिवार कल्याण' नाम देकर इस बात पर जोर दिया गया कि परिवार नियोजन सेवाओं का समन्वय, स्वास्थ्य, प्रसूति तथा शिशु कल्याण और पोषाहार के साथ करना चाहिए.

छठी योजना में नई नीति को ही कार्यान्वित किया गया, लेकिन जो भी लक्ष्य निर्धारित किए गए, वास्तविक उपलब्धि उससे बहुत कम रही.

छठी योजना की असफलताओं को दृष्टिगत रखते हुए सातवीं योजना में स्वास्थ्य नीति को संशोधित किया गया. सन् 2000 तक शुद्ध प्रजनन दर को 1 तक लाने के पिछले लक्ष्य के बदले नया लक्ष्य 2006-2011 निर्धारित किया गया. सन् 2000 तक जनसंख्या की वार्षिक वृद्धि दर को 1·2 प्रतिशत तक लाने के लिए जन्म-दर को घटाकर 21 प्रतिशत तथा शिशु मृत्यु-दर को घटाकर 60 प्रति हजार करने का लक्ष्य रखा गया. अन्य कार्यक्रमों के अलावा बाल जीवित शेष दर (Child survival rate) में वृद्धि करना, जच्चा-बच्चा स्वास्थ्य कार्यक्रम (Maternity health programme) को प्राथमिकता तथा जच्चा मृत्यु-दर (Maternal mortality rate) को कम करना इस योजना में नया आयाम था. परिवार कल्याण कार्यक्रम की दिशा में यह एक सार्थक कदम था.

आठवीं योजना में स्वीकार किया गया कि जनसंख्या नियन्त्रण के लिए परिवार नियोजना उपायों के साथ-साथ सामाजिक-आर्थिक उपाय करना भी अति आवश्यक है. तभी निर्धारित अवधि तक इच्छित लक्ष्य प्राप्त किया जा सकता है. इस योजना के अन्त तक अशोधित जन्म-दर को कम करके 26 प्रति हजार, अशोधित मृत्यु-दर को कम करके 9 प्रति हजार तथा शिशु मृत्यु-दर को कम करके 70 प्रति हजार का लक्ष्य लगभग प्राप्त कर लिया गया, किन्तु जन्म-दर 21 प्रति हजार, जनसंख्या वृद्धि दर को 1·2 प्रतिशत तथा शुद्ध प्रजनन दर को ·1 के स्तर तक लाने के बारे में इस योजना में स्वीकार किया गया कि यह लक्ष्य 2011–16 ई. तक ही प्राप्त किया जा सकेगा.

उपर्युक्त विश्लेषण से स्पष्ट है कि भारतीय जनसंख्या नीति ने अभी तक गुणात्मक पहलू की देहरी पर कदम नहीं रखा है. यह अभी तक मात्रात्मक जाल में ही उलझा हुआ है. मात्रात्मक पहलू में भी जन्म-दर एवं मृत्यु-दर के आँकड़े संतोषजनक नहीं हैं. ऐसी स्थिति में जन घनत्व, आश्रित अनुपात, कार्यशील जनसंख्या की कमी आदि जैसे मुद्दे हमारी नीति के अंग नहीं बन पाए, तो कोई आश्चर्य की बात नहीं है. गुणात्मक पहलू के तहत् जो कुछ स्वास्थ्य सम्बन्धी कदम उठाए गए हैं, वह छलावा मात्र ही प्रतीत होता है, क्योंकि वे जनसंख्या नीति के बजाय जन स्वास्थ्य से सम्बन्धित मुद्दा है. आवश्यकता इस बात की है कि एक समन्वित जनसंख्या नीति अपनाई जाए जिसमें शिशु-स्वास्थ्य, महिला कल्याण, मातृत्व, विवाह, साक्षरता आदि सभी विषयों के सन्दर्भ में न केवल नीति निर्धारित की जाए, बल्कि जन जागृति के लिए भी सकारात्मक अभियान चलाया जाए, ताकि जनसंख्या नियंत्रण के प्रति जन सामान्य स्वमेव जागरूक हो सके.

नई जनसंख्या नीति – 2000 (New Population Policy – 2000)

डॉ. एम. एस. स्वामीनाथन की अध्यक्षता में गठित एक विशेषज्ञ दल की रिपोर्ट के आधार पर केन्द्र सरकार ने नई राष्ट्रीय जनसंख्या नीति-2000 की घोषणा 15 फरवरी, 2000 को की. इस नीति में जनसंख्या को ऐसे स्तर पर स्थिर बनाने की बात कही गई है, जो आर्थिक वृद्धि, सामाजिक विकास एवं पर्यावरण संरक्षण की दृष्टि के अनुरूप हो.

नई जनसंख्या नीति को तीन मुख्य उद्देश्यों के परिप्रेक्ष्य में निर्धारित किया गया है—

1. **तत्कालिक उद्देश्य**—आपूरित क्षेत्रों में पर्याप्त मात्रा में गर्भ निरोधकों, स्वास्थ्य सुरक्षा ढाँचा एवं स्वास्थ्य कर्मियों की आपूर्ति करना है.

2. **मध्यकालीन उद्देश्य**—सन् 2010 तक कुल प्रजननता दर (T.F.R.) को 2:1 के प्रतिस्थापन स्तर (Replacement level) तक लाना है.

3. **दीर्घकालीन उद्देश्य**—सन् 2045 तक स्थिर जनसंख्या के लक्ष्य को प्राप्त करना है.

उपर्युक्त नीतिगत उद्देश्य हासिल करने के लिए निम्नलिखित कदम उठाए जाने की बात इस नीति में कही गई है—

(i) 14 वर्ष की आयु तक स्कूली शिक्षा निःशुल्क और अनिवार्य बनाना.

(ii) स्कूलों में बीच में ही पढ़ाई छोड़ देने वाले छात्र-छात्राओं की संख्या 20 प्रतिशत से नीचे लाना.

(iii) शिशु मृत्यु-दर प्रति एक हजार जीवित बच्चों पर 30 से कम करना.

(iv) मातृ मृत्यु अनुपात प्रति एक लाख संतानों में एक सौ से कम करना.

(v) टीकों से रोके जाने वाले रोगों से सभी बच्चों को प्रतिरक्षित करना.

(vi) लड़कियों के देर से विवाह को बढ़ावा देना. विवाह 18 वर्ष से पहले न हो, बेहतर होगा अगर यह 20 वर्ष की आयु के बाद हो.

(vii) 80 प्रतिशत प्रसव अस्पतालों, नर्सिंग होमों आदि में और 100 प्रतिशत प्रसव प्रशिक्षित लोगों से कराना.

(viii) सभी को सूचना या परामर्श तथा जनन क्षमता नियमन की सेवाएँ और गर्भ निरोध के विभिन्न विकल्प उपलब्ध कराना.

(ix) जन्म-मरण, विवाह और गर्भ का शत-प्रतिशत पंजीयन करना.

(x) एड्स का प्रसार रोकना तथा प्रजनन अंग रोगों के प्रबन्ध तथा राष्ट्रीय एड्स नियंत्रण संगठन के बीच अधिक समन्वय स्थापित करना.

(xi) संक्रामक रोगों को रोकना और उन पर काबू पाना. प्रजनन और शिशु स्वास्थ्य सुविधाओं को घर-घर तक पहुँचाने के लिए भारतीय चिकित्सा प्रणालियों को समेकित करना.

नई जनसंख्या नीति में ऊँची जन्म-दर के लिए मुख्यतः तीन कारणों को चिह्नित किया गया है—पहला, प्रजनक आयु वर्ग में जनसंख्या का विशाल आकार, दूसरा, गर्भ निरोधक साधनों का सीमित क्षेत्रों में सीमित प्रयोग तथा तीसरा, शिशु मृत्यु-दर का अधिक होना. नई नीति में इन समस्याओं के लिए प्रभावी समाधान दिया गया है. इसके लिए 12 महत्वपूर्ण विषयों की पहचान की गई है, जो निम्नलिखित हैं—

(i) विकेन्द्रित आयोजना और कार्यक्रम क्रियान्वयन.

(ii) सेवाओं का रुख गाँव की ओर करना.

(iii) बेहतर स्वास्थ्य और पोषण के लिए महिलाओं का अधिकार सम्पन्न होना.

(iv) शिशु स्वास्थ्य और उत्तर जीविता.

(v) परिवार कल्याण सेवाओं की आवश्यकताएँ पूरी करना.

(vi) जनसंख्या के उपेक्षित वर्गों जैसे झुग्गी झोंपड़ी निवासियों, जनजातियों, पर्वतीय लोगों, विस्थापितों और प्रवासियों तथा किशोरों तक परिवार कल्याण सुविधा पहुँचाना.

(vii) विभिन्न स्वास्थ्य सेवियों से काम लेना.

(viii) गैर सरकारी संगठनों और निजी क्षेत्रों से सहयोग.

(ix) भारतीय चिकित्सा पद्धतियों और होम्योपैथी को मुख्य धारा में लाना.

(x) गर्भ निरोध टेक्नोलॉजी, प्रजनन तथा शिशु स्वास्थ्य के बारे में अनुसंधान को बढ़ावा देना.

(xi) 60 वर्ष से ऊपर आयु के बड़े-बुजुर्गों के लिए प्रावधान करना.

(xii) सूचना, शिक्षा और सम्प्रेषण.

नई जनसंख्या नीति में राज्यों की निर्भय सहभागिता सुनिश्चित करने के लिए लोक सभा की संरचना को 2001 के पश्चात् 25 वर्ष तक और आगे अपरिवर्तित रखने की घोषणा की गई है. अर्थात् लोक सभा में निश्चित सीटों की संख्या अब 2026 तक 543 ही बनी रहेगी तथा प्रत्येक राज्य से सीटों की संख्या भी तब तक यथावत् रहेगी.

छोटे परिवार (प्रति दम्पति 2 बच्चे) के मानक को अपनाने के लिए प्रोत्साहन के सम्बन्ध में इस नीति में निम्नलिखित उल्लेखनीय प्रयास किए गए हैं—

1. केन्द्र सरकार उन पंचायतों और जिला परिषदों को पुरस्कृत करेगी, जो अपने क्षेत्र में रहने वाले लोगों को जनसंख्या नियन्त्रण के उपाय को अधिकाधिक अपनाने के लिए प्रेरित करेंगी.
2. नई नीति के तहत् बाल-विवाह निरोधक अधिनियम तथा प्रसव पूर्व लिंग परीक्षण तकनीकी निरोधक अधिनियम को कड़ाई के साथ लागू किया जाएगा.
3. गरीबी रेखा के नीचे जीवनयापन करने वाले उन परिवारों को पाँच हजार रुपए की स्वास्थ्य बीमा की सुविधा दी जाएगी, जिनके सिर्फ दो बच्चे हों और दो बच्चों के जन्म के बाद उन्होंने बंध्याकरण करा लिया हो.
4. गरीबी रेखा के नीचे जीवनयापन करने वाले उन लोगों को पुरस्कृत किया जाएगा, जो निर्धारित आयु में विवाह करने के बाद पहले बच्चे को तब जन्म दें जब माँ की आयु 21 वर्ष हो जाए और वे छोटे परिवार के सिद्धान्त में विश्वास रखते हुए दो बच्चों को जन्म देने के बाद बंध्याकरण करा लें.
5. ग्रामीण क्षेत्रों में एम्बुलेंस की सुविधा उपलब्ध कराने के लिए उदार शर्तों पर ऋण तथा आर्थिक मदद उपलब्ध कराई जाएगी.
6. गर्भपात सुविधा को और मजबूत किया जाएगा.
7. गैर सरकारी स्वयंसेवी संस्थाओं को इस कार्य से जुड़ने के लिए प्रोत्साहित किया जाएगा.

नई नीति के सम्पूर्ण कार्यान्वियन पर निगरानी रखने एवं उसकी समीक्षा करने के लिए एक उच्चस्तरीय 'राष्ट्रीय जनसंख्या आयोग' का गठन करना इस नीति का एक महत्वपूर्ण पहलू है.

उपर्युक्त विश्लेषण से स्पष्ट है कि नई जनसंख्या नीति में कई नए आयाम जोड़कर जनसंख्या नियन्त्रण के प्रति नवीन दृष्टिकोण का श्रीगणेश किया गया है. छोटे परिवार के मापदण्ड के लिए प्रेरित करने के साधन के रूप में अब और बातों से हटकर स्वास्थ्य और शिक्षा सुविधाओं की उपलब्धता की ओर ध्यान केन्द्रित किया गया. इस नीति की सबसे महत्वपूर्ण विशेषता यह है कि इसमें स्वास्थ्य सुविधा प्रणाली को सुदृढ़ करने तथा स्वास्थ्य सेवाओं का रुख गाँवों की तरफ

मोड़ने की कार्य योजना दी गई. नीति के तहत् प्रत्येक गाँव में पर्याप्त साजोसामान से लैस एक 'प्रसूतिशाला' (Maternity hut) बनाने की बात कही गई है. बंध्याकरण एवं नसबंदी को बढ़ावा देकर लक्ष्य प्राप्ति के लिए 'प्रलोभन एवं प्रहार' की जिस नीति पर अब तक चला जा रहा था, उसे हमेशा के लिए छोड़ दिया गया है. लक्ष्यों को प्राप्त करने के लिए पंचायतों को और लड़कियों के भरण-पोषण के लिए माता-पिता को प्रोत्साहन दिया गया है.

अगर राजनीतिक प्रतिबद्धता सुदृढ़ हो, स्वास्थ्य सेवा प्रणाली कार्यकुशल हो और कार्यक्रम में स्थानीय निकायों और गैर-सरकारी संगठनों की कारगर भागीदारी हो, तो नई जनसंख्या नीति के उज्ज्वल भविष्य एवं सुखद प्रतिफल की आशा की जा सकती है. अतीत में बहुत से सुविचारित कार्यक्रम केवल कमजोर एवं दोषपूर्ण क्रियान्वयन की वजह से धरे के धरे रह गए हैं. जनसंख्या समस्या की विकरालता के चरमोत्कर्ष के कारण आशा की जानी चाहिए कि इस बार ऐसा न हो.

राष्ट्रीय जनसंख्या आयोग (National Population Commission)

11 मई, 2000 को (देश की जनसंख्या एक अरब के बिन्दु को पार करने वाला दिन) केन्द्र सरकार ने राष्ट्रीय जनसंख्या नीति – 2000 के क्रियान्वयन, निगरानी तथा समीक्षा के लिए प्रधानमंत्री अटल बिहारी वाजपेयी की अध्यक्षता में 100 सदस्यीय 'राष्ट्रीय जनसंख्या आयोग' का गठन किया. इस आयोग के गठन के इरादे की घोषणा 15 फरवरी, 2000 को राष्ट्रीय जनसंख्या नीति–2000 की घोषणा के समय ही की गई थी.

आयोग के प्रावधानों के अनुसार, योजना आयोग के उपाध्यक्ष ही इस आयोग के भी उपाध्यक्ष होंगे. इसके अन्य सदस्यों में केन्द्रीय परिवार कल्याण मंत्री एवं कुछेक अन्य सम्बन्धित केन्द्रीय मंत्रियों के अलावा सभी राज्यों एवं केन्द्रशासित क्षेत्रों के मुख्यमंत्री, जाने माने जनसंख्या शास्त्री, जन स्वास्थ्य विशेषज्ञ, संसद के दोनों सदनों के विपक्ष के नेता, विभिन्न राजनीतिक दलों के नेता, उद्योग व्यापार जगत् के प्रमुख व्यक्ति एवं गैर सरकारी संगठनों के प्रतिनिधियों को शामिल करने का प्रावधान है. आयोग का सचिवालय योजना आयोग के कार्यालय में ही स्थित होगा. इस आयोग की वर्ष में दो अनिवार्य बैठकें निर्धारित की गईं हैं.

यह आयोग राष्ट्रीय जनसंख्या नीति में निर्धारित लक्ष्यों की प्राप्ति के लिए इसके क्रियान्वयन की निगरानी के अलावा समय-समय पर समीक्षा एवं दिशा निर्देशन भी करेगा. जनसंख्या नियंत्रण के लक्ष्यों को प्राप्त करने के लिए यह आयोग स्वास्थ्य, शिक्षा, पर्यावरण तथा विकास कार्यक्रमों के बीच समन्वय को प्रोत्साहन देगा. आयोग केन्द्र तथा राज्य स्तर पर विभिन्न सेक्टरों तथा एजेन्सियों के माध्यम से योजना बनाने तथा उन्हें लागू करने में अन्तर्क्षेत्रीय समन्वय को प्रोत्साहन देगा. इस आयोग के गठन का लक्ष्य ऐसे कारगर जन कार्यक्रम तैयार करना है जो जनसंख्या नियंत्रण के राष्ट्रीय प्रयास में मददगार साबित हों.

महत्वपूर्ण तथ्य

- "जनांकिकी या जनसांख्यिकी एक ऐसा विज्ञान है, जो मनुष्यों के बारे में अध्ययन करता है."

  — आशिले गुइलार्ड (Achille Guillard)
- आशिले गुइलार्ड ने ही जनांकिकी (Demography) शब्द का प्रयोग पहली बार किया था.
- Demography = Demo + Graphy (Demo = जनता, Graphy = लिखना).
- जॉन ग्राण्ट को जनांकिकी विषय का जनक माना जाता है.
- जॉन ग्राण्ट की पुस्तक 'Natural and Political Observations Made upon the Bills of Morality', 1662 जनांकिकी की प्रथम महत्वपूर्ण पुस्तक मानी जाती है.
- जनांकिकी के सम्बन्ध में व्यवस्थित अध्ययन का आरम्भ थॉमस रॉबर्ट माल्थस का निबन्ध 'An Essay on the Principles of Population as its affects the future improvement of Society' प्रकाशित हुआ.
- माल्थस ने यूरोपीय देशों के आँकड़ों के आधार पर यह विचार प्रस्तुत किया कि जनसंख्या की वृद्धि ज्यॉमितीय दर (Geometric rate) से होती है, जबकि खाद्यान्न की आपूर्ति केवल अंकगणितीय दर से होती है. इन दोनों के बीच असंतुलन की सम्भावना बराबर बनी रहती है.
- माल्थस ने जनसंख्या की सापेक्षिक वृद्धि को रोकने के लिए दो प्रतिबंध या अवरोधों की चर्चा की—

  (1) प्राकृतिक अवरोध, (2) कृत्रिम अवरोध.
- प्राकृतिक अवरोध के निम्नलिखित प्रकारों की चर्चा माल्थस ने की है—(i) अस्वास्थ्यकर व्यवसाय, कठोर श्रम, अस्वास्थ्यकर तथा अपर्याप्त भोजन, भोजन तथा कपड़ा, बच्चों का उचित लालन-पालन न होना, बड़े शहर तथा कारखाने, युद्ध, शिशु हत्या, प्लेग, अकाल, सामान्य बीमारियाँ तथा अनेक प्रकार की अति का होना.
- कृत्रिम अवरोधों के अन्तर्गत माल्थस ने दो प्रकार के उपायों की चर्चा की है—1. नैतिक संयम (Moral Restraints) तथा 2. संतति निग्रह के विभिन्न उपाय, जिन्हें माल्थस ने 'पाप' (Vices) की संज्ञा दी है.

- माल्थस के अनुसार, प्राकृतिक अवरोधों के कारण जन-संख्या एवं जीवन निर्वाह के साधनों में संतुलन स्थापित तो अवश्य होता है, किन्तु यह संतुलन अल्पकालीन होता है, क्योंकि जनसंख्या वृद्धि की शक्तियाँ पुनः क्रियाशील हो जाती हैं. कुछ दिनों बाद प्राकृतिक अवरोध के कारण जनसंख्या नियंत्रित होती है, लेकिन यह नियंत्रण भी अस्थायी होता है. इस प्रकार घटनाओं का कुचक्र चलता रहता है. इस कुचक्र को 'माल्थूसियन चक्र' (Malthusian cycle) कहा जाता है.

माल्थूसियन चक्र
(Malthusian Cycle)

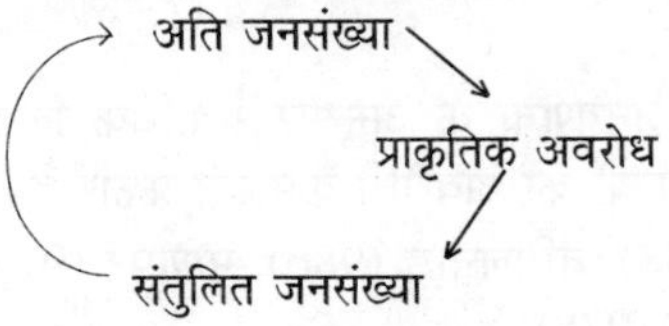

- नव-माल्थसवाद नामक आन्दोलन माल्थस के उन अनुयायिओं द्वारा आरम्भ किया गया, जो संतति निग्रह तथा अन्य उपायों द्वारा जनसंख्या कम करने में विश्वास रखते थे.
- सर्वोत्तम या अनुकूलतम जनसंख्या सिद्धान्त के प्रति-पादकों का मानना है कि देश की बढ़ती हुई जनसंख्या सदैव हानिकारक नहीं होती है. जनसंख्या का बढ़ना या घटना अच्छा है या बुरा यह देश की आर्थिक अवस्था पर निर्भर करता है.
- अनुकूलतम जनसंख्या के सिद्धान्त के अनुसार वह जनसंख्या ही सर्वोत्तम है, जो देश के संसाधनों के अनुरूप हो, यानि आवश्यकता से न कम हो न अधिक.
- अनुकूलतम जनसंख्या सिद्धान्तों में डाल्टन, रोबिन्स तथा कार साउण्डर्स के नाम प्रमुख हैं.
- जनांकिकी संक्रमण का सिद्धान्त समाज के आर्थिक, सामाजिक तथा सांस्कृतिक विकास के विभिन्न स्तरों से जनसंख्या वृद्धि को जोड़ता है.
- इस सिद्धान्त के प्रतिपादकों में सी. पी. ब्लेकर, कार्ल सेंक्स डोनेल्ड ओलेन काऊगिल, लैण्ड्रे, डब्ल्यू. एस. थॉमसन, एफ. डब्ल्यू. नोटेस्टाइन, बोग आदि के नाम प्रमुख हैं.
- जनांकिकीय संक्रमण के सिद्धान्त के अनुसार जनसंख्या का विकास नई अवस्थाओं से गुजर कर होता है—

1. **प्रथम अवस्था**—इस व्यवस्था में देश पिछड़ा हुआ होता है, जन्म और मृत्यु-दर ऊँची होती है और जनसंख्या की वृद्धि दर नीची होती है.
2. **द्वितीय अवस्था**—इस अवस्था में अर्थव्यवस्था में सुधार होता है, मृत्यु-दर में कमी होती है, जबकि जन्म-दर ऊँची बनी रहती है. परिणामतः जनसंख्या तीव्रगति से बढ़ती है, यानि **'जनसंख्या-विस्फोट'** होता है.
3. **तीसरी अवस्था**—इस अवस्था में आर्थिक विकास की दर और तेज होती है. रॉस्टोव के अनुसार, आर्थिक विकास की इस उच्च अवस्था में बच्चों को उत्पन्न करने की प्रवृत्ति में तीव्र कमी आती है. जन्म-दर भी निम्न होती है, परिणामतः जनसंख्या विकास धीमी गति से होता है.
4. **चतुर्थ अवस्था**—इस अवस्था में देश का आर्थिक विकास बहुत अधिक हो जाता है, जन्म एवं मृत्यु-दर दोनों ही निम्न स्तर पर स्थित हो जाती हैं. इस स्तर पर जनसंख्या में कमी के लक्षण दिखाई देने लगते हैं.

- भारत जनांकिकीय संक्रमण की तीसरी अवस्था यानि निम्न जन्म-दर एवं निम्न मृत्यु-दर की ओर बढ़ रहा है, किन्तु वर्तमान में 1·95% वार्षिक वृद्धि दर के कारण जनांकिकी संक्रमण की दूसरी अवस्था में ही माना जाएगा.
- कार्ल मार्क्स के जनसंख्या सिद्धान्त के अनुसार वर्तमान समय में अधिक जनसंख्या की समस्या और बेरोजगारी पूँजीवाद का परिणाम है.
- मार्क्स के अनुसार जनसंख्या की वृद्धि दर में गिरावट से उपभोग की प्रवृति में गिरावट आएगी. पूँजीपतियों का लाभ घटेगा और पूँजीवाद का ह्रास होगा.
- प्रजननता माप की एक विधि अशोधित जन्म-दर ज्ञात करना है.
- अशोधित जन्म-दर

$$= \frac{\text{एक वर्ष में जन्मे कुल बच्चों की संख्या}}{\text{उस वर्ष की (वर्ष के मध्य की कुल जनसंख्या)}} \times 100$$

अथवा

$$\text{CBR} = \frac{\Sigma B}{\Sigma P} \times 1000$$

उपर्युक्त सूत्र में,

CBR = अशोधित जन्म-दर
ΣB = एक वर्ष में जन्मे कुल बच्चों की संख्या
ΣP = उस वर्ष की (वर्ष के मध्य की) कुल जनसंख्या

- कुल उर्वरता दर (Total Fertility Rate) का अर्थ है विभिन्न आयु वर्गों की विशेष उर्वरता दरों का कुल योग. इस दर से यह जानकारी मिलती है कि यदि प्रजनन योग्य आयु में किसी स्त्री की मृत्यु न हो, तो इस काल में स्त्रियों द्वारा जन्मित शिशुओं की कुल प्रयाशित संख्या क्या होगी?
- TFR = ΣSpecific Pertility Rate (SFR) × i

  i = आयु वर्ग का विस्तार (Interval of the Age Groups)

- स्त्रियों की प्रजनन योग्य आयु सामान्यतः 15-45 अथवा 49 वर्ष की आयु अवधि मानी जाती है.
- मृत्यु-दर भी जनसंख्या की संरचना को प्रभावित करने वाले प्रमुख कारकों में से एक है.
- अशोधित मृत्यु-दर (Crude Death Rate) के माध्यम से जनसंख्या में होने वाली कमी का मापन किया जाता है.
- शिशु मृत्यु-दर के अन्तर्गत किसी निश्चित समयाविधि में एक वर्ष से कम आयु के सजीव जन्मे शिशुओं की मृत्यु-दर का आकलन किया जाता है.
- शिशु मृत्यु-दर को दो भागों में विभाजित किया जाता है—

(i) **नवजात शिशु मृत्यु-दर** (Neo-Natal Mortality Rate)—इसके अन्तर्गत जन्म से लेकर प्रथम चार सप्ताह के अन्तर्गत शिशु मृत्यु-दर का आकलन किया जाता है.

(ii) **नवजन्मोत्तरकाल शिशु मृत्यु-दर** (Post Neo-Natal Phase)—इसके अन्तर्गत चार सप्ताह के पश्चात् एक वर्ष तक यानि 48 हफ्तों में हुई सजीव जन्मे शिशुओं की कुल मृत्यु-दर का आकलन किया जाता है.

- Neo-Natal Death सामान्यतः अन्तगर्भाशयीय, आनुवंशिक तथा विकासीय तत्वों के कारण होता है, जबकि 'Post Neo-Natal Death पर्यावरण के प्रदूषण, आहार की कमी एवं असुविधाओं के कारण होता है.
- स्वतंत्रता प्राप्ति के बाद देश की छठी जनगणना सन् 2001 में सम्पन्न हुई. जनगणना की प्रक्रिया का आरम्भ, तो आबादी के पूर्व 1881 से विधिवत् रूप से प्रारम्भ हो चुका था. आबादी के बाद पहली जनगणना सन् 1951 में हुई.
- 2001 की जनगणना के अनुसार 1 मार्च, 2001 की मध्य रात्रि को भारत की कुल जनसंख्या 1 अरब, 2 करोड़, 70 लाख, 15 हजार, 2 सौ, 47 थी.
- सन् 1991 की तुलना में जनसंख्या में 18·10 करोड़ की वृद्धि हुई है.
- जनसंख्या की वार्षिक वृद्धि-दर 1·95 है.
- जनसंख्या की वार्षिक वृद्धि दर में सन् 1981-91 की तुलना में गिरावट आई है. सन् 1981-91 में यह वृद्धि-दर 2·16 थी.
- भारत की जनसंख्या विश्व की कुल जनसंख्या का 16·7% है, जबकि इसके पास विश्व के कुल क्षेत्रफल का 2·4% भाग ही उपलब्ध है.
- भारत में नगरीय जनसंख्या का प्रतिशत 27·70 है.
- भारत में जनसंख्या का घनत्व 2001 के आँकड़ों के अनुसार 324 व्यक्ति प्रति वर्ग किमी है. सन् 1991 में यह घनत्व 273 व्यक्ति प्रति वर्ग किमी था.
- देश की सबसे बड़ी जनसंख्या वाला राज्य उत्तर प्रदेश है. इसकी कुल आबादी 16 करोड़, 60 लाख, 52 हजार, 8 सौ 59 है.
- जनसंख्या की दृष्टि से उत्तर प्रदेश के बाद दूसरा स्थान महाराष्ट्र का और तीसरा स्थान बिहार का है.
- सन् 1991 में पुरुष साक्षरता का प्रतिशत 64·13 था, जबकि महिला साक्षरता का प्रतिशत 39·29 था. सन् 1991 में साक्षरता का कुल प्रतिशत 52·21 था.
- भारत में सर्वाधिक साक्षरता का प्रतिशत केरल राज्य में है. जहाँ कुल साक्षरता 90·92 प्रतिशत है. केरल में पुरुष साक्षरता 94·20% है, जबकि महिला साक्षरता 87·86% है.
- 2001 की जनगणना के अनुसार सर्वाधिक लिंगानुपात वाले चार राज्यों का अवरोधी क्रम इस प्रकार है— केरल (1058), तमिलनाडु (986), मणिपुर (978) तथा आन्ध्र प्रदेश (978).
- 2001 की जनगणना के अनुसार 900 से कम लिंगानुपात वाले राज्य हैं—हरियाणा, पंजाब, सिक्किम एवं उत्तर प्रदेश.

प्रतिनिधि समाजशास्त्री एवं उनकी रचनाएँ

विलफ्रेडो पैरेटो की रचनाएँ

1. दि रूलिंग क्लास इन इटली बिफोर 1900
2. ट्रैटेटो डी सोशियोलॉजिया जनरल (दि माइन्ड एण्ड सोसायटी)
3. मैन्युअल डी इकोनोमिया पॉलिटिका
4. कोर्स डी इकोनॉमी
5. पॉलीटिक
6. लेस सिस्टम्स, सोशियलिस्ट

लेस्टर फ्रेंक वार्ड की रचनाएँ

1. टेक्स्ट बुक ऑफ सोशियोलॉजी
2. दि आउट लाइन्स ऑफ सोशियोलॉजी
3. प्योर सोशियोलॉजी
4. डायनेमिक सोशियोलॉजी
5. एप्लाइड सोशियोलॉजी

पित्रिम सोरोकिन की रचनाएँ

1. सोशियल एण्ड कल्चरल डायनेमिक्स
2. कन्टम्प्रेरी सोशियोलॉजिकल थ्योरी
3. सोशियल मोबिलिटी
4. प्रिन्सिपल्स ऑफ रूरल अरबन सोशियोलॉजी
5. कल्चर एण्ड पर्सनेलिटी सोशियोलॉजी ऑफ रिवोल्यूशन

थार्सटीन वेब्लिन की रचनाएँ

1. वर्कमैनशिप, इन्जिनयर्स एण्ड दि प्राइस सिस्टम
2. थ्योरी ऑफ दि लेबर क्लास, दि इन्सटिंक्ट ऑफ
3. दि प्लेस ऑफ साइन्स इन मॉडर्न सिविलिजेशन, दि

एल. टी. हॉबहाउस की रचनाएँ

1. सोशियल डेवलपमेन्ट
2. सोशियल थ्योरी एण्ड पॉलिटिकल थ्योरी
3. मोरल्स इन इवोल्यूशन

अगस्त कॉम्ट की रचनाएँ

1. एजूकेशन एण्ड सोशियोलॉजी
2. पॉजिटिव फिलॉसफी, पॉजिटिव पॉलिटी, कैचिज्म ऑफ पॉजिटिविज्म

चार्ल्स डार्विन की रचनाएँ

1. दि डान ऑफ मैन
2. दि आरिजन ऑफ स्पेसीज

जॉर्ज सिमैल की रचनाएँ

1. दि सोशियल थ्योरी ऑफ जॉर्ज सिमैल
2. दि सोशियोलॉजी ऑफ जॉर्ज सिमैल

राधाकमल मुकर्जी की रचनाएँ

1. इण्डियन वर्किंग क्लास
2. दि सोशियल स्ट्रक्चर ऑफ वेल्यूज
3. फ्रिन्टिअर्स ऑफ सोशियल साइन्स
4. रीजनल सोशियोलॉजी
5. दि डायनामिक्स ऑफ ए रूरल सोसाइटी
6. दि सोशल कांसेप्शन ऑफ रिलीजन

के. एम. पणिक्कर की रचनाएँ

1. दि फाउण्डेशन ऑफ न्यू इण्डिया
2. हिन्दू सोसाइटी एट क्रोस रोड
3. इण्डियन सोशियल स्ट्रक्चर
4. ट्रेडिशन एण्ड चेन्ज

एम. एन. श्रीनिवास की रचनाएँ

1. रिलीजन एण्ड सोसाइटी अमंग दि कुर्गस् ऑफ साउथ इण्डिया
2. कास्ट इन मॉडर्न इण्डिया
3. द सोशियल सिस्टम ऑफ ए मैसूर विलेज
4. सोशियल चेन्ज इन मॉडर्न इण्डिया

ए. आर. देसाई की रचनाएँ

1. सोशियोलॉजी ऑफ कल्चर इन इण्डिया
2. रूरल सोशियोलॉजी इन इण्डिया
3. सोशियल बैकग्राउन्ड ऑफ इण्डियन नेशनलिज्म

श्यामाचरण दुबे की रचनाएँ

1. मानव और संस्कृति
2. एन इण्डियन विलेज
3. इण्डियाज चेन्जिंग विलेज

डी. एन. मजूमदार की रचनाएँ

1. रूरल प्रोफाइल्स
2. रेसेज एण्ड कल्चर्स ऑफ इण्डिया
3. कास्ट एण्ड कम्युनिकेशन इन एन इण्डियन विलेज

जी. एस. घुरिए की रचनाएँ

1. सिटीज एण्ड सिविलिजेशन
2. कास्ट क्लास एण्ड ओक्यूपेशन
3. दि एवोरिजनस – सोकाल्ड एण्ड देयर फ्यूचर
4. सोशियल टेन्शन इन इण्डिया
5. दि शिड्यूल ट्राइल्स

कुछ पुस्तकें एवं उनके लेखक

1. फोकवेज (Folkways) — समनर
2. सोशल स्ट्रक्चर एण्ड एनोमी (Social Structure and Anomie) — आर. के. मर्टन
3. सोशियोलॉजी : ए गाइड टू प्रॉब्लम एण्ड लिट्रेचर (Sociology : A Guide to Problem and Literature) — टी. बी. बोटोमोर
4. ए हेण्डबुक ऑफ सोशियोलॉजी (A Handbook of Sociology) — ऑगबर्न एवं निमकॉफ
5. सोशियल थ्योरी एण्ड सोशियल स्ट्रक्चर (Social Theory and Social Structure) — आर. के. मर्टन
6. सोशियल डिसऑर्गेनाइजेशन (Social Disorganization) — इलियट एवं मैरिल
7. सोशियोलॉजी (Sociology) — बोगार्डस्
8. कॉस्ट : ओल्ड एण्ड न्यू (Caste : Old and New) — आन्द्रेबिताई
9. रिलिजन एण्ड सोसायटी अमंग द कुर्गस् ऑफ साउथ इण्डिया (Religion and Society among the coorgs of South India) — एम. एन. श्रीनिवास
10. दि एलीमेण्ट्री स्ट्रक्चर ऑफ किनशिप (The Elementary Structure of Kinship) — लेवी स्ट्रास

11. मिरर फार मेन (Mirror for Man) — सी. क्लूखौन
12. दि हिस्ट्री ऑफ ह्यूमन मैरिज (The History of Human Marriage) — वेस्टरमार्क
13. दि गोल्डन बो (The Golden Bough) — सर जेम्स फ्रेजर
14. मैरिज एण्ड फैमिली इन इण्डिया (Marriage and Family in India) — के. एम. कपाड़िया
15. प्रिमिटिव कल्चर (Primitive Culture) — ई. बी. टायलर
16. सोल ऑफ दि प्रिमिटिव (Soul of the Primitive) — लेवि – ब्रुहल
17. दि पॉवर्टी ऑफ फिलोसफी (The Poverty of Philosophy) — कार्ल पॉपर
18. दि मदर्स (The Mothers) — ब्रिफाल्ट
19. टोटमिल्म एण्ड एण्डोगेमी (Totemism and Endogamy) — जेम्स फ्रेजर
20. फर्स्ट प्रिन्सीपल्स (First Principles) — हरबर्ट स्पेन्सर
21. प्रिन्सीपल्स ऑफ सोशियोलॉजी (Principles of Sociology) — हरबर्ट स्पेन्सर
22. स्ट्रक्चर एण्ड फंक्शन इन प्रमिटिव सोसायटी (Structure and Function in Primitive Society) — रेडक्लिफ ब्राउन
23. रिजन एण्ड अनरिजन इन सोसाइटी (Reason and Unreason in Society) — एम. गिन्सबर्ग
24. कमिंग ऑफ ऐज इन समोआ (Comming of Age in Samoa) — मार्गेट मीट
25. इण्डियाज चेन्जिंग विलेजेज (India's Changing Villages) — एस. सी. दुबे
26. ह्यूमन टाइप्स (Human Types) — आर. पर्थ
27. पीजेन्ट सोसाइटी एण्ड कल्चर (Peasant Society and Culture) — रॉबर्स रेडफील्ड
28. कास्ट, क्लास एण्ड ऑक्यूपेशन (Cast, Class and Occupation) — जी. एस. घुरिए
29. द नेचर एण्ड टाइप्स ऑफ सोशियोलॉजिकल थ्योरी (The Nature and Types of Sociological Theory) — डान मर्टिनडेल
30. दी अण्डमान आइसलैण्डर्स (The Andaman Islanders) — रैडक्लिफ ब्राउन
31. आइडियोलॉजी एण्ड यूटोपिया (Ideology and Utopia) — कार्ल मेनहीम
32. सोशियोलॉजी (Sociology) — हेरी जॉनसन

वस्तुनिष्ठ प्रश्न

1. जनांकिकी का सम्बन्ध समष्टि के व्यवहार से है न कि व्यष्टि के व्यवहार से, निम्नलिखित में से किसने कहा है?
   (A) डानल्ड जे. बाग (B) पीटर आर. कॉक्स
   (C) एच. स्ट्रेनफॉर्ड (D) डब्ल्यू. जी. बर्कले
2. भारत में आन्तरिक प्रव्रजन का सबसे बड़ा भाग है–
   (A) ग्राम शहरी प्रव्रजन
   (B) शहरी ग्रामीण प्रव्रजन
   (C) विवाह प्रव्रजन
   (D) ग्रामीण-ग्रामीण प्रव्रजन
3. निम्नलिखित में से किसने प्रतिपादित किया समाज के विकास के साथ जनन-क्षमता में वृद्धि होती है?
   (A) हर्बर्ट स्पेन्सर (B) कोराडो जिनी
   (C) ई. एम. हूवर (D) सी. पी. ब्लैकर
4. निम्नलिखित में से कौनसा जन्म, मृत्यु तथा प्रव्रजन का संयोजन शून्य जनसंख्या वृद्धि नहीं लाता?
   (A) 400 जन्म, 200 मृत्यु तथा 200 निवल उत्प्रवासी
   (B) 0 निवल उत्प्रवासी, 400 जन्म तथा 400 मृत्यु
   (C) 200 जन्म, 400 मृत्यु तथा 200 निवल अप्रवासी
   (D) 100 जन्म, 150 मृत्यु, 25 उत्प्रवासी तथा 175 अप्रवासी
5. यदि जनन क्षमता तथा मृत्यु-दर दोनों में कमी आए, तब–
   (A) निर्भर बालक-बालिकाओं का समानुपात बढ़ेगा
   (B) सक्रिय जनता का समानुपात बढ़ेगा
   (C) निर्भर वयोवृद्ध का समानुपात बढ़ेगा
   (D) निर्भर वयोवृद्ध का समानुपात घटेगा
6. जनता में निम्न जन्म-दर तथा गर्भ स्राव का मूल कारण है–
   (A) परम्परागत तरीके
   (B) मातृ कुपोषण
   (C) महिला निरक्षरता
   (D) अपर्याप्त स्वास्थ्य सुरक्षा

7. निम्नलिखित में से कौनसा क्रमवार प्रव्रजन को परिभाषित करता है?
   (A) समान मूलक्षेत्र तथा समान गन्तव्य स्थल वाले प्रवासियों का निकाय
   (B) माता-पिता और पति के बाद बच्चों और पत्नियों द्वारा प्रव्रजन
   (C) भरण-पोषण क्षेत्र से पूँजीवादी क्षेत्र की ओर जनसंख्या का प्रव्रजन
   (D) प्राकृतिक आपदाओं या तीव्र राजनीतिक उथल-पुथल के उपरान्त जनसंख्या का प्रव्रजन

8. भारत में जनसंख्या का अच्छा-खासा हिस्सा गरीबी रेखा के नीचे रहता है–निम्नलिखित में से कौनसा एक तथ्य इसका मुख्य कारण है?
   (A) सामाजिक-राजनीतिक अस्तव्यस्तताओं से समग्र सामाजिक आर्थिक विकास पर दबाव पड़ता है
   (B) पूँजी-निर्माण की दर से अधिक तीव्र गति से जनसंख्या बढ़ती है
   (C) देश की अर्थव्यवस्था मूलतः कृषि पर निर्भर है
   (D) कुल जनसंख्या में श्रमिकों का अनुपात काफी कम है

9. सूची-I (दर) को सूची-II (माप) से सुमेलित कीजिए और सूचियों के नीचे दिए गए कूट का प्रयोग कर सही उत्तर चुनिए–

सूची-I (दर)

(a) जनन क्षमता दर (b) मृत्यु-दर
(c) अप्रवास (d) क्रिया दर

सूची-II (माप)

1. दबाव एवं कर्षण परिकल्पना
2. बाल-महिला अनुपात
3. आर्थिक निर्भरता अनुपात
4. अशोधित मृत्यु-दर
5. अशोधित विवाह दर

कूट :

	(a)	(b)	(c)	(d)
(A)	3	4	1	2
(B)	2	1	5	3
(C)	3	1	5	2
(D)	2	4	1	3

10. मानवीय समूह का अस्तित्व–
   (A) सांस्कृतिक अन्योन्यक्रिया के बिना सम्भव है
   (B) सामाजिक अन्येन्यक्रिया के बिना सम्भव है
   (C) सामाजिक-सांस्कृतिक अन्योन्यक्रिया के बिना सम्भव है
   (D) सामाजिक-सांस्कृतिक अन्योन्यक्रिया के बिना सम्भव नहीं है

11. वस्तुतः (डि-फैक्टो) जनगणना विधि सम्बन्धित है–
   (A) स्थायी आवासीय प्रस्थिति पर आधारित जनगणना से
   (B) एक पखवाड़ा पहले लोग कहाँ रह रहे हैं–इस पर आधारित जनगणना से
   (C) एक रात पहले कहाँ रह रहे हैं–इस पर आधारित जनगणना से
   (D) उपर्युक्त तीनों में से किसी से नहीं

12. जब कालान्तर में, समाज में जीवन शैली में समूचे विकास के फलस्वरूप मृत्यु-दर कम हो जाए और जन्म-दर में कमी न आए, तो इसके परिणामस्वरूप जनसंख्या में तीव्र वृद्धि होती है. इसका परिणाम होता है–अति जनसंख्या. यह सिद्धान्त कहलाता है–
   (A) जनांकिकी सिद्धान्त
   (B) जनसंख्या विस्फोट सिद्धान्त
   (C) जनांकिकी संक्रमण सिद्धान्त
   (D) जनांकिकी विस्फोट सिद्धान्त

निर्देश–(प्रश्न 13 से 18 तक) में दो वक्तव्य हैं. एक को 'कथन (A)' तथा दूसरे को 'कारण (R)' कहा गया है. इन दोनों वक्तव्यों का सावधानीपूर्वक परीक्षण कर इन प्रश्नों का उत्तर नीचे दिए गए कूट की सहायता से चुनिए–

(A) (A) और (R) दोनों सही हैं और (R), (A) का सही स्पष्टीकरण है
(B) (A) और (R) दोनों सही हैं, परन्तु (R), (A) का सही स्पष्टीकरण नहीं है
(C) (A) सही है, परन्तु (R) गलत है
(D) (A) गलत है, परन्तु (R) सही है

13. **कथन (A) :** यह अनुमानित किया गया कि यद्यपि भारतवर्ष 2010 तक प्रजननता का प्रतिस्थापन स्तर प्राप्त करता है तथा इसे बनाए रखता है, तब भी 21वीं शताब्दी के अन्त में उसकी जनसंख्या 1·7 अरब तक पहुँच जाएगी.

कारण (R) : जनसंख्या की वर्तमान उम्र संरचना जनसंख्या में लगातार वृद्धि को दर्शाती है.

14. **कथन (A) :** इलेक्ट्रॉनिक, मोटर कार तथा आधुनिक यातायात के अन्य साधनों द्वारा मानवीय सम्बन्धों में महत्वपूर्ण बदलाव आए हैं.

कारण (R) : विज्ञान तथा प्रौद्योगिकी ने समाज के सभी वर्गों के लोगों के व्यवहार, मूल्यों व अभिवृत्तियों को प्रभावित किया है.

15. **कथन (A) :** जनांकिकी में, स्थिरता उस स्थिति की द्योतक है, जिसमें स्त्री-पुरुष की जनसंख्या के उम्र की वितरण में कोई परिवर्तन नहीं हो तथा वृद्धि दर चाहे धनात्मक, ऋणात्मक या शून्य हो, स्थिर रहती है.
कारण (R) : एक समय में प्रजननता की उम्र विशिष्ट दर तथा मृत्युता की उम्र विशिष्ट दर स्थित रहे.

16. **कथन (A) :** यद्यपि मृत्यु दर तीव्रता से घट रही है, फिर भी वर्ष 1950 से भारत में जनसंख्या की उम्र संरचना में विशेष परिवर्तन नहीं हुआ है.
कारण (R) : मृत्युता प्रत्यक्ष रूप से जनसंख्या स्तम्भ के आधार को प्रभावित करती है.

17. **कथन (A) :** कम्प्यूटर की सहायता से कार्य के स्थान तथा व्यवस्था को बदला जाता है.
कारण (R) : कम्प्यूटर से कार्यकर्ताओं के अवैक्तिकरण तथा निगरानी में वृद्धि सम्भव हुई है.

18. **कथन (A) :** सभी नगर तेजी से बढ़ रहे हैं. आबादी का लगभग 40% 20 वर्ष की आयु से कम है और 48% 20 से 49 वर्ष के वयस्क हैं.
कारण (R) : भूमि आकर्षण तथा अन्य सामाजिक-आर्थिक कारणों से कृषक वर्ग में अधिकाधिक कंगाली आ रही है, जिससे नगरीय क्षेत्रों में श्रमिकों का आवागमन अधिक हो रहा है.

19. निम्नलिखित तत्वों पर विचार कीजिए–
1. मौसम के अनुसार प्रव्रजन.
2. साप्ताहिक यात्रा करना.
3. स्थायी या अर्द्धस्थायी आधार पर आवास परिवर्तन.
4. जनगणना के पूरे समय के दौरान अपने सामान्य आवास से बाहर रहना.

उपर्युक्त में से कौनसा/से भारतीय जनगणना में प्रवासी की परिभाषा निर्धारित करने में तत्व है/हैं?
(A) 1, 2 और 3 (B) 2, 3 और 4
(C) 2 और 3 (D) केवल 4

20. सूची-I (भारत में मृत्यु तथा जनन क्षमता दर) का सूची-II (जनसंख्या वृद्धि चरण) से सुमेलित कीजिए तथा सूचियों के नीचे दिये कूट का प्रयोग कर सही उत्तर चुनिए–
सूची-I (भारत में मृत्यु तथा जनन क्षमता दर)
(a) 1921 ई. से पहले मृत्यु एवं जनन क्षमता दर बहुत अधिक थी.
(b) 1921 ई. के बाद जनन क्षमता दर बहुत ऊँचे स्तर पर रही, किन्तु मृत्यु-दर घटने लगी.
(c) 1971–81 ई. के बीच जनन क्षमता दर घटने लगी, लेकिन मृत्यु-दर तेजी से घटी.
(d) 1986 ई. से मृत्यु-दर बहुत लघु-स्तर पर स्थिर बनी हुई है, किन्तु जनन क्षमता दर धीरे-धीरे ही घट रही है.

सूची-II (जनसंख्या वृद्धि चरण)
1. मन्द स्थायी चरण की ओर
2. उत्तर विस्तारशील चरण की ओर
3. पूर्व विस्तारशील चरण
4. उच्च स्थायी चरण
5. ह्रास का चरण

कूट :

	(a)	(b)	(c)	(d)
(A)	2	1	5	3
(B)	4	3	2	1
(C)	2	3	5	1
(D)	4	1	2	3

21. भारत का जनसांख्यिकीय आयु स्तम्भ सूची का आधार व्यापक है और अल्पविकसित देश की जनसंख्या के अनुसार है, जिसमें दृष्टिगत होता है–
(A) किशोर और बाल जनसंख्या का वृहत् अनुपात
(B) किशोरों का वृहत् अनुपात तथा वयोवृद्धों का लघु अनुपात
(C) बाल तथा वयस्क जनसंख्या का वृहत् अनुपात
(D) वयोवृद्ध एवं बाल जनसंख्या का वृहत् अनुपात

22. पुनर्जनन की जैविक क्षमता को कहते हैं–
(A) उर्वरता (B) ब्रह्मचर्य
(C) बांझपन (D) जनन शक्ति

23. भारत की राष्ट्रीय जनसंख्या नीति का दीर्घकालिक उद्देश्य निम्नलिखित में से किस वर्ष तक जनसंख्या को स्थिर कर देना है?
(A) सन् 2010 तक (B) सन् 2055 तक
(C) सन् 2035 तक (D) सन् 2045 तक

24. पाँच साल से कम उम्र के बच्चों की संख्या को 15–44 साल की औरतों की संख्या से विभाजित कर एक हजार से गुणा करने से प्राप्त संख्या को कहते हैं–
(A) सामान्य प्रजनन दर
(B) अशोधित जन्म दर
(C) प्रजनन अनुपात
(D) जनन क्षमता

25. प्रचलित जनसंख्या के आकार के प्रक्षेपण के लिए निम्नलिखित विधियों पर विचार कीजिए–
1. जन्म-दर तथा मृत्यु-दर.
2. समय के कार्य की तरह समग्र जनसंख्या का समग्र निर्धारण, गणना का बहिर्वेशन.
3. अवयव विधि.
4. वक्र उपयुक्त विधि.

प्रकटन के सन्दर्भ में, इनका कालक्रमानुसार सही क्रम है–

(A) 4, 1, 2, 3 (B) 2, 4, 1, 3
(C) 2, 1, 3, 4 (D) 4, 2, 1, 3

26. निम्नलिखित में से कौनसा एक सिद्धान्त है, जो इस मान्यता कि धनाढ्यता अपने आप जन्म-दर में कमी लाती है या गरीबी की दर में ऊपर जाती है, का खण्डन करता है?
(A) इष्टतम जनसंख्या का सिद्धान्त
(B) बढ़ती हुई समृद्धि का सिद्धान्त
(C) तर्कवाद का सिद्धान्त
(D) संकल्पवाद का सिद्धान्त

27. प्रसवोत्तर अनार्तव की अवधारणा द्योतक है–
(A) स्त्री के दो रजःस्राव के बीच के समय का
(B) अन्तिम रजःस्राव तथा बच्चे के जन्म के समय का
(C) स्त्री के दो बच्चों के जन्म में अन्तर का
(D) बच्चे के जन्म के बाद स्त्री के रजःस्राव नहीं होने के समय का

निर्देश–(प्रश्न 28 से 30) में दो वक्तव्य दिए हैं. पहले को कथन (A) तथा दूरे को कारण (R) कहा गया है. इन दोनों वक्तव्यों का सावधानीपूर्वक निरीक्षण कर इन प्रश्नांशों का उत्तर नीचे दिए गए कूटों की सहायता से दीजिए–
(A) (A) और (R) दोनों सही हैं तथा (R), (A) की सही व्याख्या करता है
(B) (A) और (R) दोनों सही हैं, परन्तु (R), (A) की सही व्याख्या नहीं करता है
(C) (A) सही है, परन्तु (R) गलत है
(D) (A) गलत है, परन्तु (R) सही है

28. **कथन (A) :** संसार में चीन के बाद, भारत की जनसंख्या सबसे ज्यादा है.

कारण (R) : भारत की जन्म-दर संसार में सबसे अधिक है.

29. **कारण (A) :** जनसंख्या का संघटन इसके सामाजिक जीवन को प्रभावित करता है.

कारण (R) : एक समाज जिसमें बालकों तथा बूढ़े व्यक्तियों की संख्या की अधिकता के साथ लिंग अनुपात में सुस्पष्ट असमानता होती है, वहाँ उत्पादक श्रम में लगे व्यक्तियों की संख्या में कमी हो जाती है.

30. **कथन (A) :** विश्व स्वास्थ्य संगठन (WHO) के अनुसार सन् 1993 में पूरे विश्व में 16·5 मिलियन मृत्यु संक्रामक रोगों के कारण हुई.

कारण (R) : बिना स्वास्थ्य योजना के नगरीकरण बीमारियों के फैलने का कारण होता है.

31. सूची-I (जनसंख्या का आकार) को सूची-II (वृद्धि की प्रकृति) के साथ सुमेलित कीजिए और सूचियों के नीचे दिये गए कूट का प्रयोग कर सही उत्तर चुनिए–

सूची-I (जनसंख्या का आकार)
(a) पचास हजार की जनसंख्या का संकलन
(b) पाँच हजार की जनसंख्या की बस्ती
(c) एक लाख जनसंख्या की बस्ती
(d) दस लाख जनसंख्या की बस्ती

सूची-II (वृद्धि की प्रकृति)
1. महानगर 2. शहर
3. छोटा नगर 4. बड़ा नगर
5. नगरीयता

कूट :

	(a)	(b)	(c)	(d)
(A)	2	5	4	1
(B)	4	5	2	1
(C)	2	1	4	3
(D)	4	1	2	3

32. निम्नलिखित कथनों पर विचार कीजिए–ग्रामीण समाज का नगरीय समाज से विभेद किया जाता है–
1. लिंग अनुपात के सन्दर्भ में.
2. जनसंख्या के घनत्व के सन्दर्भ में.
3. जीवन के तरीके के सन्दर्भ में.
4. जनसंख्या के आकार के सन्दर्भ में.

इनमें से कौनसा/से सही है/हैं?
(A) केवल 1 (B) केवल 2
(C) 2 तथा 3 (D) 2, 3 तथा 4

33. निम्नलिखित पर विचार कीजिए–
1. स्थूल पुनरुत्पादन दर
2. शिशु-स्त्री अनुपात
3. उम्र-विशिष्ट प्रजनन दर
4. प्रथम विवाह की मध्यका उम्र

जनगणना के आँकड़ों में प्रजनन दर का अनुमान लगाने के लिए उपर्युक्त में से कौनसे प्रयोग में लाए जाते हैं?
(A) 1, 2 तथा 3 (B) 2 तथा 4
(C) 3 तथा 4 (D) 1, 3 तथा 4

34. निम्नलिखित कथनों पर विचार कीजिए–
मर्त्यता में परिवर्तन से सम्भावित परिणाम प्रभावित करते हैं–
1. पारिवारिक संरचना को.
2. अन्तर्वैयक्तिक बन्धन की प्रबलता को.
3. प्रजननता को.
4. जन्म-दर को.

इनमें कौनसे सही हैं?

(A) 1 तथा 2 (B) 2, 3 तथा 4

(C) 1, 3 तथा 4 (D) 1, 2 तथा 3

35. निम्नलिखित में से कौनसी एक जनसंख्या उच्च जनांकिकीय निवेश की सम्भावना को दर्शाती है?

(A) जनसंख्या जिसकी उम्र संरचना, संकुचित आधार तथा धीरे-धीरे शीर्ष की ओर कम होना दर्शाती है

(B) जनसंख्या जिसकी मध्यका उम्र बहुत कम है

(C) जनसंख्या जिसमें वयस्क निर्भरता बहुत कम है तथा वृद्ध निर्भरता अधिक है

(D) जनसंख्या जिसका एक बहुत बड़ा हिस्सा अकृषकीय कार्यों में संलग्न है

36. निम्नलिखित कारकों पर विचार कीजिए–

1. बढ़ती जन्म-दर.
2. अतिरिक्त अर्जक के रूप में बच्चों की महत्ता का अहसास.
3. घटती मृत्यु-दर.
4. विवाह की बढ़ती उम्र.

इनमें से कौनसे भारत में जनसंख्या विस्फोट के कारण हैं?

(A) 1, 2 और 3 (B) 3 और 4

(C) 2, 3 और 4 (D) 2 और 4

37. निम्नलिखित कथनों पर विचार कीजिए–

1. प्रजनन-दर मृत्यु-दर की अपेक्षा संरचना को काफी कम सीमा तक प्रभावित करती है.
2. प्राथमिक लिंग-अनुपात जीवित जन्म तथा गर्भ मृत्यु के लिंग-अनुपात की अपेक्षा काफी अधिक है.
3. जन्म के समय लिंग-अनुपात का माँ की आयु से सीधा सम्बन्ध है.
4. 70 वर्षों की जीवन सम्भावित वाली जनसंख्या पर मृत्यु-दर की गिरावट का खास प्रभाव नहीं पड़ता.

इनमें से कौन-कौनसे कथन सही हैं?

(A) 1, 2 और 3 (B) 2, 3 और 4

(C) 1 और 3 (D) 2 और 4

38. निम्नलिखित में से कौनसा एक उच्च प्रजनन-दर एवं उच्च मृत्यु-दर की स्थिति से गुजरती हुई जनसंख्या के आयु-लिंग की संरचना का सबसे अच्छा विवरण देता है?

(A) जनसंख्या का वह पिरामिड जिसका आधार संकीर्ण हो और शिखर की ओर क्रमशः शुण्डाकार हो जाए

(B) पिरामिड का आधार माध्यम आकार का हो, लेकिन बीच का हिस्सा, जो खासतौर से पुरुष जनसंख्या के लिए विनिर्दिष्ट हो, वृहद् हो और शिखर पर क्रमशः घटता जाए

(C) जनसंख्या पिरामिड जो अपेक्षाकृत चौड़े आधार और मन्द ढलान वाले पार्श्वों को निरूपित करता है

(D) पिरामिड का आधार, आसन्न उच्चतर आयु-अन्तराल की अपेक्षा संकीर्ण हो और शिखर पर क्रमशः घटता हो

39. निम्नलिखित सारणी में दिए गए आँकड़ों पर विचार कीजिए (भारत में दर प्रति 10,000 जनसंख्या)–

राज्य	शिशु मृत्यु-दर	महिला कार्य-सह-भागिता दर	18 वर्ष की आयु पूर्ण करने के पश्चात् विवाह करने वाली महिलाएँ	महिला साक्षरता-दर
राज्य I	455·6	406·6	1154·6	200·9
राज्य II	367·5	395·8	1559·3	260·6
राज्य III	495·6	351·9	1376·3	190·8
राज्य IV	356·7	402·7	1607·2	240·5

ऊपर दिये गए दत्त के आधार पर निम्नलिखित में से कौनसा राज्यों का युग्म विकास का उच्चतम स्तर प्राप्त करेगा?

(A) I और IV (B) II और III

(C) II और IV (D) I और IV

40. सूची-I को सूची-II से सुमेलित कीजिए तथा सूचियों के नीचे दिये गए कूटों का प्रयोग करते हुए सही उत्तर चुनिए–

सूची-I

(a) आर्थिक विकास प्रजनन शक्ति का संवर्द्धन करता है

(b) जनांकिकीय परिवर्तनों के प्रति बहुपक्षीय प्रत्युत्तर का सिद्धान्त

(c) श्रम-विभाजन तथा अत्यधिक जनसंख्या घनत्व

(d) माता-पिता से बच्चों को सम्पत्ति का प्रवाह जनसंख्या में प्रजनन शक्ति की दर को घटाता है

सूची-II

1. दुर्खीम 2. कैल्डवेल

3. माल्थस 4. किंग्स्ले डेविस

कूट :

	(a)	(b)	(c)	(d)
(A)	3	4	2	1
(B)	4	3	1	2
(C)	4	3	2	1
(D)	3	4	1	2

41. दिये गए मानचित्र में 1, 2, 3 और 4 से चिह्नित राज्यों का, इन राज्यों में साक्षरों की प्रतिशतता के आरोही क्रम में सही विन्यास है–

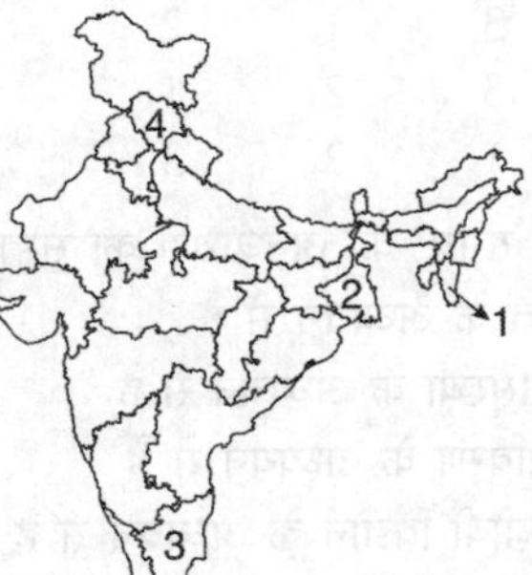

(A) 2, 3, 4, 1 (B) 3, 2, 1, 4
(C) 3, 2, 4, 1 (D) 2, 3, 1, 4

42. आयु-लिंग पिरामिड दर्शाने वाले निम्नांकित रेखाचित्रों में से कौनसा एक विकासशील देशों की प्रारूपिक विशेषता दर्शाता है?

(A) 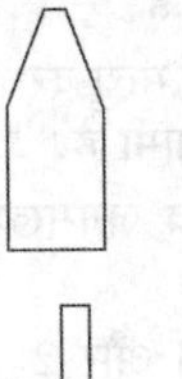 (B) 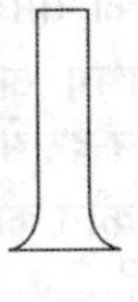

(C) 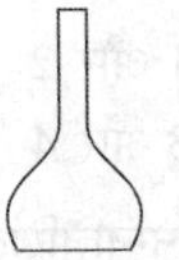 (D) 

43. वर्ष 1981–91 की दस वर्षीय जनसंख्या वृद्धि पर आधारित, अधिकतम तथा न्यूनतम वृद्धि दर वाले राज्य क्रमशः हैं–
(A) अरुणाचल प्रदेश तथा गोआ
(B) नगालैण्ड तथा केरल
(C) अरुणाचल प्रदेश तथा केरल
(D) राजस्थान तथा तमिलनाडु

44. सूची-I को सूची-II से सुमेलित कीजिए तथा सूचियों के नीचे दिए गए कूटों का प्रयोग करते हुए सही उत्तर चुनिए–

सूची-I (1991 की जनगणना के अनुसार जनांकिकीय लक्षण)
(a) जनसंख्या का सर्वोच्च चरम आकार.
(b) जनसंख्या में जैनों की सर्वोच्च चरम संख्या.
(c) निम्नतम महिला साक्षरता दर (7+).
(d) भारत में तीव्रतम रूप से बढ़ता हुआ नगरीय संकुलन.

सूची-II (राज्य)
1. महाराष्ट्र 2. बिहार
3. पश्चिम बंगाल 4. उत्तर प्रदेश
5. राजस्थान

कूट :

	(a)	(b)	(c)	(d)
(A)	2	3	4	5
(B)	4	1	3	5
(C)	4	1	5	3
(D)	1	2	4	3

45. निम्नलिखित में से कौनसा एक शिशु पालन व्यवहार सामाजिक जीवन के लोकतन्त्रीकरण के लिए अपेक्षाकृत अधिक उपयुक्त है?
(A) बच्चे दिखाई दें, लेकिन सुनाई न दें
(B) बच्चे की आलोचना करना
(C) 'मैं कहूँ तुम मानो'
(D) काम-काज के उचित तरीके सिखाना

46. 1991 की जनगणना के अनुसार निम्नलिखित राज्यों में से किस एक की जनसंख्या का घनत्व सबसे कम है?
(A) अरुणाचल प्रदेश (B) मिजोरम
(C) सिक्किम (D) मणिपुर

47. प्रथम एककालिक अखिल भारतीय जनगणना आयोजित की गई थी, वर्ष—
(A) 1871 में (B) 1872 में
(C) 1901 में (D) 1951 में

48. 1981 की जनगणना के अनुसार भारत के नगरीय क्षेत्रों में रहने वाली जनसंख्या का प्रतिशत था–
(A) 20·4 (B) 23·7
(C) 24·8 (D) 26·4

49. निम्नलिखित सारणी में दिए गए आँकड़ों पर विचार कीजिए—

(भारत में दर प्रति 10,000 जनसंख्या)

राज्य	शिशु मृत्यु-दर	महिला कार्य-सह-भागिता दर	18 वर्ष की आयु पूर्ण करने के पश्चात् विवाह करने वाली महिलाएँ	महिला साक्षरता दर
राज्य-I	455·6	406·6	1154·6	200·9
राज्य-II	367·5	395·8	1559·3	260·6
राज्य-III	495·6	391·9	1376·3	190·8
राज्य-IV	356·7	402·7	1607·2	240·5

ऊपर दिए गए दल के आधार पर निम्नलिखित में से कौनसा राज्यों का युग्म विकास का उच्चतम स्तर प्राप्त करेगा?

(A) I और IV (B) II और III
(C) II और IV (D) I और IV

50. 21वीं सदी की पहली जनगणना के अन्तिम आँकड़े कब जारी किए गए?

(A) 26 मार्च, 2002 (B) 26 मार्च, 2000
(C) 26 मार्च, 2001 (D) इनमें से कोई नहीं

51. भारत में पहली बार जनगणना कब सम्पन्न हुई?

(A) 1872 में (B) 1870 में
(C) 1874 में (D) 1868 मे

52. दिए हुए मानचित्र में 1, 2, 3 और 4 से चिह्नित राज्यों का प्रति वर्ग किलोमीटर जनसंख्या के घनत्व के अवरोही क्रम में, निम्नलिखित में से कौनसा एक सही विन्यास है?

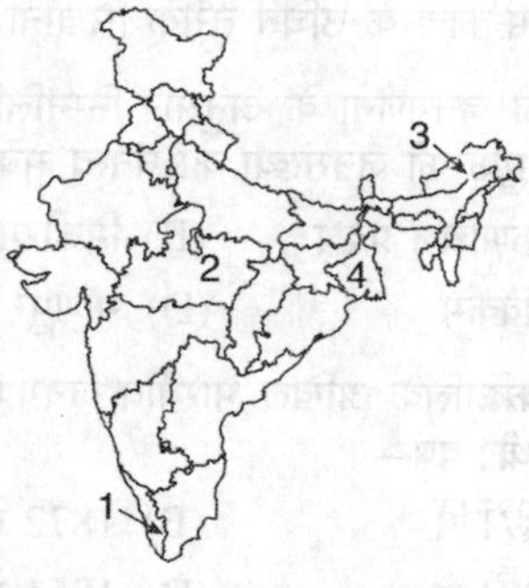

(A) 4, 3, 2, 1 (B) 4, 1, 2, 3
(C) 1, 2, 4, 3 (D) 2, 3, 1, 4

53. सूची-I को सूची-II से सुमेलित कीजिए तथा सूचियों के नीचे दिए गए कूटों का प्रयोग करते हुए सही उत्तर चुनिए–

सूची-I

(a) मेडिकल टर्मिनेशन ऑफ प्रेगनैन्सी एक्ट.
(b) वर्ष 1971 की जनसंख्या गणना के आधार पर लोक सभा तथा राज्य विधानसभाओं में, प्रतिनिधित्व पर 25 वर्षों के लिए कीलन.
(c) विवाह की न्यूनतम आयु को लड़कियों के लिए 18 तथा लड़कों के लिए 21 वर्ष किया जाना.

सूची-II

1. 1976 ई.
2. 1978 ई.
3. 1972 ई.

कूट :

	(a)	(b)	(c)
(A)	1	3	2
(B)	3	1	2
(C)	3	2	1
(D)	1	2	3

54. 'द्विगुणन समय' की अवधारणा का सम्बन्ध–

(A) वित्त के अध्ययन से है
(B) जनसंख्या के अध्ययन से है
(C) पर्यावरण के अध्ययन से है
(D) परजीवी विज्ञान के अध्ययन से है

55. निम्नलिखित कारणों पर विचार कीजिए–

1. विगत 50 वर्षों में जन्म-दर में कोई परिवर्तन नहीं हुआ है.
2. यद्यपि जन्म-दर में गिरावट हुई है, परन्तु मृत्यु-दर की गिरावट में और वृद्धि हुई है.
3. जन्म-दर में गिरावट होती रही है, जबकि मृत्यु-दर काफी समय से स्थिर हो गई है.
4. लगभग आधी शताब्दी से, मृत्यु-दर में गिरावट जन्म-दर में गिरावट की पूर्वगामी है.

इनमें से कौन-कौनसे भारत में तीव्र जनसंख्या वृद्धि के कारण हैं?

(A) 2 और 4 (B) 1 और 2
(C) 1 और 4 (D) 3 और 4

56. 1991 की जनगणना के अनुसार, निम्नलिखित राज्यों में से किस एक की जनसंख्या का घनत्व सबसे कम है?

(A) अरुणाचल प्रदेश (B) मिजोरम
(C) सिक्किम (D) मणिपुर

57. माल्थस के अनुसार जनसंख्या आधिक्य के नियन्त्रण में अकाल एक उदाहरण प्रस्तुत करता है–

(A) निरोधक रोकथाम का
(B) नकारात्मक रोकथाम का
(C) सकारात्मक रोकथाम का
(D) अस्वस्थ रोकथाम का

58. निम्नलिखित राज्यों पर विचार कीजिए–

1. पश्चिम बंगाल 2. राजस्थान
3. कर्नाटक 4. महाराष्ट्र

इन राज्यों का, उनकी जनसंख्या (1991 की जनगणना के अनुसार) के अवरोही क्रम में सही अनुक्रम है–

(A) 1, 4, 2, 3 (B) 1, 4, 3, 2
(C) 4, 1, 2, 3 (D) 4, 1, 3, 2

59. निम्नलिखित देशों पर विचार कीजिए–

1. पाकिस्तान	2. भारत
3. इण्डोनेशिया	4. बांग्लादेश

इन देशों का, इनमें मुस्लिम जनसंख्या के आधार पर, अवरोही क्रम में सही अनुक्रम है–

(A) 2, 3, 4, 1 (B) 3, 2, 4, 1

(C) 3, 2, 1, 4 (D) 2, 3, 1, 4

60. भारत में निम्नलिखित राज्यों में से किस एक में अनुसूचित जातियों की जनसंख्या का सर्वाधिक प्रतिशत है?

(A) पंजाब (B) राजस्थान

(C) असम (D) उड़ीसा

61. निम्नलिखित सारणी में प्रस्तुत आँकड़े पर विचार कीजिए–

दर भारत में प्रति 10,000 महिला जनसंख्या

राज्य	कॉलेज शिक्षित महिलाएँ	रोजगार में लगी हुई महिलाएँ	18 वर्ष की आयु के बाद विवाहित महिलाएँ	वे महिलाएँ जिन्होंने कभी विवाह नहीं किया है
1.	220·5	310·5	1487·2	3·0
2.	180·8	282·3	1376·3	2·5
3.	150·9	260·5	1154·6	1·7
4.	250·3	386·8	1559·3	4·0

उपर्युक्त आँकड़ों के आधार पर प्रान्तों में निम्नलिखित युग्मों से किए एक की न्यूनतम प्रजनन दर होगी?

(A) 1 और 3 (B) 2 और 3

(C) 1 और 4 (D) 2 और 4

62. सूची-I को सूची-II से सुमेलित कीजिए तथा सूचियों के नीचे दिये गए कूट का प्रयोग करते हुए सही उत्तर चुनिए–

सूची-I (सन् 1991 की जनगणना के अनुसार जनांकिकी लक्षण)

(a) भारत का सर्वाधिक जनसंख्या वाला राज्य.

(b) साक्षरता में राज्यों में प्रथम स्थान.

(c) 1981–91 के दशक में सर्वोच्च वृद्धि दर थी.

(d) देश में सर्वोच्च जनसंख्या का घनत्व था.

सूची-II (राज्य/संघराज्य-क्षेत्र)

1. केरल	2. नगालैण्ड
3. उत्तर प्रदेश	4. बिहार
5. दिल्ली	

कूट :

	(a)	(b)	(c)	(d)
(A)	1	2	3	4
(B)	3	1	2	5
(C)	4	1	5	3
(D)	3	5	1	4

63. मानचित्र में अंकित राज्यों में अनुसूचित जनजातियों की सम्पूर्ण जनसंख्या का अवरोही क्रम में सही अनुक्रम है–

(A) 4, 2, 1, 3 (B) 4, 2, 3, 1

(C) 2, 4, 1, 3 (D) 2, 4, 3, 1

64. निम्नलिखित राज्यों पर विचार कीजिए–

1. केरल	2. उत्तर प्रदेश
3. मध्य प्रदेश	4. पंजाब

इन राज्यों का, उनकी जनसंख्या के लिंग अनुपातों (1991 की जनगणना के अनुसार महिलाएँ प्रति एक हजार पुरुष) के सम्बन्ध में अवरोही क्रम में सही अनुक्रम है–

(A) 3, 1, 2, 4 (B) 3, 1, 4, 2

(C) 1, 3, 2, 4 (D) 1, 3, 4, 2

65. प्रथम एककालिक अखिल भारतीय जनगणना आयोजित की गयी थी, वर्ष–

(A) 1871 में (B) 1872 में

(C) 1901 में (D) 1951 में

66. महमूद ममदानी निर्धन लोगों में उच्च प्रजनन प्रतिरूप को मानता है–

(A) सामान्य (B) असामान्य

(C) विवेकपूर्ण (D) अविवेकपूर्ण

67. भारत में नगर की जनसंख्या वृद्धि में प्रमुख योगदान–

(A) प्रवसन के कारण है

(B) नैसर्गिक वृद्धि के कारण है

(C) नगर सीमाओं के पुनर्निश्चयन के कारण है

(D) औद्योगीकरण के कारण है

68. 2001 की जनगणना के अनुसार भारत में औसतन प्रतिवर्ग किमी कितने व्यक्ति रहते हैं?
(A) 320 (B) 315
(C) 240 (D) 324

69. विश्व में औसतन प्रति वर्ग किमी कितने व्यक्ति रहते हैं?
(A) 324 (B) 320
(C) 45 (D) 50

70. वर्तमान में भारत की साक्षरता कितने प्रतिशत है?
(A) 65·38% (B) 70%
(C) 72% (D) 75%

71. वर्तमान में भारत में पुरुष साक्षरता कितने प्रतिशत है?
(A) 75·85% (B) 54·16%
(C) 50% (D) 68%

72. वर्तमान में महिला साक्षरता कितने प्रतिशत है?
(A) 59% (B) 50%
(C) 51% (D) 54·16%

73. वर्तमान में महिला साक्षरता दर में सर्वाधिक वृद्धि किस राज्य में हुई है?
(A) छत्तीसगढ़ में (B) मध्य प्रदेश में
(C) केरल में (D) उड़ीसा में

74. जनगणना 2001 के अनुसार देश में 0–6 वर्ष आयु वर्ग के शिशुओं की संख्या है—
(A) 16 करोड़ (B) 17 करोड़
(C) 15·78 करोड़ (D) 16·78 करोड़

75. 2001 की जनगणना के अनुसार देश की कुल जनसंख्या में शिशुओं का प्रतिशत है—
(A) 15·42% (B) 20%
(C) 21% (D) 40%

76. 2001 की जनगणना के अनुसार देश में प्रजनन-दर—
(A) घटी है
(B) बढ़ी है
(C) स्थिर है
(D) अप्रत्याशित वृद्धि हुई है

77. नई जनगणना के अनुसार, गरीबी रेखा के नीचे रहने वाले लोगों का प्रतिशत है—
(A) 23% (B) 24%
(C) 23·33% (D) 24·44%

78. भारत में सबसे निर्धन राज्य है—
(A) उड़ीसा (B) बिहार
(C) कर्नाटक (D) केरल

79. निर्धनता के मामले में बिहार को कौनसा स्थान प्राप्त है?
(A) पहला (B) दूसरा
(C) तीसरा (D) चौथा

80. उड़ीसा में निर्धनों का प्रतिशत है—
(A) 47·15% (B) 50%
(C) 75% (D) 25%

81. बिहार में निर्धनों का प्रतिशत है—
(A) 40% (B) 47·15%
(C) 50% (D) 42·6%

82. मध्य प्रदेश को निर्धनता के मामले में कौनसा स्थान प्राप्त है?
(A) तीसरा (B) चौथा
(C) पाँचवाँ (D) पहला

83. भारत में 'टाउन' की जनगणना की परिभाषा एक बहुत लम्बी अवधि तक न्यूनाधिक एक ही रही. इसे राष्ट्रीय स्तर पर संशोधित किया गया था, वर्ष—
(A) 1961 में (B) 1971 में
(C) 1981 में (D) 1991 में

84. निम्नलिखित में किसने कहा है कि "सम्पत्ति की वृद्धि उसी अनुपात में होती है जिसमें निर्धनता?"
(A) मार्क्स ने (B) इंजेल्स ने
(C) वेबर ने (D) हीगल ने

85. 1 मार्च, 2001 को भारत की कुल जनसंख्या थी—
(A) 1,027,015,247 (B) 1,227,115,247
(C) 1,327,115,247 (D) 1,427,115,247

86. 1991 में देश की जनसंख्या की तुलना में 2001 की जनसंख्या कितनी अधिक थी?
(A) 19 करोड़ (B) 20 करोड़
(C) 22 करोड़ (D) 18·10 करोड़

87. 2001 की जनगणना के अनुसार भारत की जनसंख्या विश्व की कुल जनसंख्या का कितना प्रतिशत है?
(A) 16·87% (B) 16%
(C) 17·87% (D) 15%

88. भारत का कुल क्षेत्रफल विश्व के कुल क्षेत्रफल का कितना प्रतिशत है?
(A) 2·4% (B) 3·4%
(C) 4·4% (D) 5·5%

89. भारत को विश्व में जनसंख्या के मामले में कौनसा स्थान प्राप्त है?
(A) पहला (B) दूसरा
(C) तीसरा (D) चौथा

90. 2001 की जनगणना के अनुसार भारत में प्रति 1000 पुरुषों पर महिलाओं की संख्या है—
(A) 927 (B) 933
(C) 940 (D) 977

91. 1991 में प्रति 1000 पुरुषों पर कितनी महिलाएँ थीं?
(A) 927 (B) 933
(C) 947 (D) 950

92. 1991-2001 के दौरान देश की कुल जनसंख्या में कितने प्रतिशत वृद्धि हुई है?
(A) 21·34% (B) 22%
(C) 21·79% (D) 20%

93. 1991-2001 के दशक में जनसंख्या की वार्षिक वृद्धि दर कितनी रही?
(A) 1·90% (B) 1·95%
(C) 1·85% (D) 2%

94. 2001 की जनगणना के अनुसार भारत में कुल जनसंख्या में पुरुषों का प्रतिशत है?
(A) 51·73% (B) 48·27%
(C) 50% (D) 58%

95. 2001 की जनगणना के अनुसार भारत में कुल जनसंख्या में महिलाओं का प्रतिशत है—
(A) 51·73% (B) 48·27%
(C) 50% (D) 51%

96. निम्नलिखित सारणी में प्रस्तुत आँकड़ों पर विचार कीजिए—

दर भारत में प्रति 10,000 महिला जनसंख्या

राज्य	कॉलेज शिक्षित महिलाएं	रोजगार में लगी हुई महिलाएं	18 वर्ष की आयु के बाद विवाहित महिलाएं	वे महिलाएं जिन्होंने कभी विवाह नहीं किया है
I	220·5	310·5	1487·2	3·0
II	180·8	282·3	1376·3	2·5
III	150·9	260·5	1154·6	1·7
IV	250·3	386·8	1559·3	4·0

उपर्युक्त आँकड़ों के आधार पर प्रान्तों के निम्नलिखित युग्मों में से किस एक की न्यूनतम प्रजनन दर होगी?
कूट :
(A) I और III (B) II और III
(C) I और IV (D) II और IV

97. सूची-I को सूची-II के साथ सुमेलित कीजिए और सूचियों के नीचे दिये गए कूट की सहायता से सही उत्तर का चयन कीजिए–

सूची-I
(a) जनसंख्या का उच्चतम घनत्व
(b) स्त्रियों की उच्चतम जनसंख्या/1000 पुरुष
(c) जनसंख्या का वृहद् आकार
(d) सर्वाधिक क्षेत्र वाला राज्य

सूची-II
1. उत्तर प्रदेश
2. केरल
3. दिल्ली
4. मध्य प्रदेश

कूट :

	(a)	(b)	(c)	(d)
(A)	3	2	4	1
(B)	3	2	1	4
(C)	2	3	4	1
(D)	2	3	1	4

98. "आप जनसंख्या का ध्यान रखें जनसंख्या अपनी स्वयं देखभाल करेगी" यह नारा विश्व जनसंख्या सम्मेलन में दिया गया, जो आयोजित किया गया था–
(A) बैलग्रेड में (B) आल्मा आटा में
(C) बुखारेस्ट में (D) काहिरा में

99. निम्नलिखित में से कौन-सा/से युग्म सही सुमेलित है/हैं?
1. आयु के साथ मृत्यु-दर में विचरण 'J' आकृति के वक्र का निरूपण करता है–विकसित देशों की विशेषता.
2. प्रजनन के आसन्न चरों की अवधारणा के. डेविस तथा जूडिथ ब्लैक का योगदान
3. मृत्यु-दर में विचलन 'U' आकृति के वक्र का निरूपण करता है–अर्द्ध-विकसित देशों की विशेषता.
4. निबल जन्म-दर (एन. आर. आर.) एक (1) के बराबर होता है–गतिहीन जनसंख्या.

नीचे दिये गए कूट का प्रयोग करते हुए सही उत्तर चुनिए–
(A) 2 और 3 (B) 1, 2 और 4
(C) 1 और 3 (D) केवल 4

100. प्रजनन के निम्नलिखित मापों में से किस एक की गणना एक जनगणना के केवल आयु और लिंग के आँकड़ों से की जाती है?
(A) बाल-महिला अनुपात
(B) समग्र प्रजनन दर
(C) अशोधित जन्म-दर
(D) आयु-विशिष्ट प्रजनन दर

101. भारत में सन् 1901 में प्रति 1000 पुरुषों पर महिलाओं की क्या संख्या थी?

(A) 927 (B) 967
(C) 972 (D) 976

102. निम्नलिखित कथनों पर ध्यान दीजिए–

सन् 1991 की जनगणना के अनुसार–

1. भारत के सभी राज्यों में से अरुणाचल प्रदेश में पुरुषों के अनुपात में महिलाएँ न्यूनतम रहीं.
2. सभी राज्यों में से राजस्थान में महिला साक्षरता दर न्यूनतम थी.
3. हिन्दुओं, मुसलमानों, ईसाइयों और सिखों में से हिन्दुओं में वर्ष 1981-91 में सर्वोच्च प्रजनन दर दर्ज की गई.

इन कथनों में–

(A) 1 और 3 सही हैं (B) 1, 2 और 3 सही हैं
(C) 1 और 2 सही हैं (D) 2 और 3 सही हैं

103. सूची-I (कारण) को सूची-II (परिणाम) के साथ सुमेलित कीजिए और सूचियों के नीचे दिये गए कूट का प्रयोग कर सही उत्तर चुनिए–

सूची-I (कारण)

(a) जनसंख्या विस्फोट
(b) ग्रामीण-नगरीय-प्रव्रजन
(c) निर्भर जनसंख्या का महतर अनुपात
(d) ऊँची मृत्यु-दर

सूची-II (परिणाम)

1. राष्ट्र पर आर्थिक भार
2. लघु आयु सम्भाविता
3. लघु प्रतिव्यक्ति आय
4. आवास एवं स्वच्छता की समस्या

कूट :

	(a)	(b)	(c)	(d)
(A)	1	4	3	2
(B)	3	2	1	4
(C)	1	2	3	4
(D)	3	4	1	2

निर्देश–(प्रश्न 104 से 105 तक) में दो वक्तव्य दिए हैं. पहले को कथन (A) तथा दूसरे को कारण (R) कहा गया है. इन दो वक्तव्यों का सावधानीपूर्वक अध्ययन कर इन प्रश्नों का उत्तर नीचे दिए गए कूटों की सहायता से दीजिए–

कूट :

(A) (A) और (R) दोनों सही हैं तथा (R), (A) का सही स्पष्टीकरण करता है
(B) (A) और (R) दोनों सही हैं, परन्तु (R), (A) का सही स्पष्टीकरण नहीं करता है
(C) (A) सही है, परन्तु (R) गलत है
(D) (A) गलत है, परन्तु (R) सही है

104. **कथन (A) :** जननिक दोष विशेष के कारण महाराष्ट्र के अमरावती जिले में कोरकू लोगों में मृत्यु-दर बहुत ऊँची है.

कारण (R) : इस जनजाति में 'दात्त कोशिका अरक्तता' रोग पाया जाता है, जिससे आदिवासियों में रोग से बचाव की क्षमता कम हो जाती है.

105. **कथन (A) :** भारत के ग्रामीण परिवारों में गरीबी का मुख्य कारण है स्वातन्त्रयोत्तर भारत में अत्यधिक प्रौद्योगिकी.

कारण (R) : भारत की ग्रामीण जनता अपनी निरक्षरता तथा परम्परागत जीवनशैली के कारण आधुनिक तकनीकी की जटिलताओं का सामना नहीं कर पा रही है.

उत्तर व्याख्या सहित

1. (D) बर्कले के अनुसार जनांकिकी का सम्बन्ध समूह व्यवहार से होता है न कि व्यक्तिगत से.
2. (C) भारत में आन्तरिक प्रव्रजन का सबसे बड़ा भाग विवाह प्रव्रजन है. विवाह के बाद लड़कियाँ अपने पति के घर चली जाती हैं तथा उसका पति यदि किन्हीं कारणों से प्रवसित होता है, तो साथ-साथ उसे भी जाना पड़ता है.
3. (C) ई. एम. हूवर के अनुसार यदि जनसंख्या वृद्धि के साथ-साथ प्रति व्यक्ति आय में भी वृद्धि हो, तो आर्थिक विकास पर अनुकूल प्रभाव पड़ेगा अर्थात् आर्थिक विकास होगा.
4. (D) 100 जन्म, 150 मृत्यु, 25 उत्प्रवासी तथा 175 अप्रवासी में एक समय में विद्यमान व्यक्तियों में वृद्धि शून्य नहीं होगी. इसमें 150 अप्रवासी में वृद्धि हो जाएगी.
5. (B) यदि जनन क्षमता तथा मृत्यु-दर दोनों में कमी आए, तब सक्रिय जनता का समानुपात में वृद्धि होगी. यह पिरामिड तृतीय को व्यक्त करता है. इस तरह पिरामिड का स्वरूप मधुमक्खी के पुराने छत्ते की तरह होता है.
6. (B) जनता में निम्न जन्म-दर तथा गर्भ स्राव भारतीय जनसंख्या में स्त्री की निम्न स्थिति एवं स्वास्थ्य की तुलनात्मक रूप से विभिन्न स्थिति को दर्शाते हैं. सामान्यतः निम्न जीवन गुणवत्ता की ओर इंगित करते हैं.
7. (C) क्रमवार प्रव्रजन का आशय भरण-पोषण क्षेत्र से पूँजीवादी क्षेत्र की ओर जनसंख्या का प्रव्रजन है.
8. (B) भारत में जनसंख्या का एक अच्छा-खासा भाग गरीबी रेखा के नीचे रहता है, क्योंकि इसका एक मुख्य कारण है कि पूँजी निर्माण की दर से अधिक तीव्र गति से जनसंख्या बढ़ती है.

9. (D) जनन क्षमता दर – बाल महिला अनुपात
मृत्यु दर – अशोधित मृत्यु-दर
अप्रवास – दबाव एवं कर्षण परिकल्पना
क्रिया दर – आर्थिक निर्भरता अनुपात

10. (D) मानव सामाजिक-सांस्कृतिक प्राणी है, इसका कारण मानवीय समूह का अस्तित्व सामाजिक, सांस्कृतिक अन्योन्यक्रिया के बिना सम्भव नहीं है.

11. (C) तथ्य-सिद्ध पद्धति के अनुसार सारे देश में सभी लोगों की गणना एक साथ पूर्व-निश्चित रात्रि या दिन को उसी स्थान पर कर ली जाती है, जहाँ जनगणना के समय उपस्थित हो. चूँकि गणना का कार्य एक ही रात या दिन में पूरा करना पड़ता है, इसलिए इसे एक रात्रि गणना या तिथि पद्धति भी कहा जाता है.

12. (B) जनसंख्या विस्फोट सिद्धान्त के अनुसार जब समाज में जीवन-शैली में पूरे विकास के फलस्वरूप मृत्यु-दर कम हो जाए और जन्म-दर में कमी न आने पाए, तो इसके परिणामस्वरूप जनसंख्या में तेजी के साथ बढ़ोत्तरी होती है.

13. (B) अनुमानित किया गया कि यद्यपि भारतवर्ष 2010 तक प्रजननता का प्रतिस्थापन स्तर प्राप्त करता है तथा इसे कायम रखता है. तब भी 21वीं शताब्दी के आखिर में उसकी जनसंख्या 1·7 अरब तक पहुँच जाएगी. स्वामीनाथन समिति द्वारा सुझाए उपाय में 2010 ई. तक 2·1 की कुल जनशक्ति दर के उद्देश्य को प्राप्त करके जनसंख्या स्थिर करने की बात कही गई है. भारत में जनसंख्या वृद्धि की वार्षिक दर 3·5 प्रतिशत है. जनसंख्या की वर्तमान आयु संरचना जनसंख्या में लगातार वृद्धि को दर्शाती है.

14. (A) विज्ञान तथा प्रौद्योगिकी ने समाज के सभी वर्गों के व्यक्तियों के व्यवहार, मूल्यों व अभिवृत्तियों को प्रभावित किया है–इलेक्ट्रॉनिक, मोटर कार तथा आधुनिक यातायात के दूसरे साधनों द्वारा मानवीय सम्बन्धों में महत्वपूर्ण बदलाव आए हैं. विज्ञान के क्षेत्र में होने वाली प्रगति ने कई आविष्कारों को जन्म दिया है. आविष्कार ने जीवन के विभिन्न क्षेत्रों में महत्वपूर्ण परिवर्तन लाने में योग दिया है.

15. (A) जनांकिकी में स्थिरता उस स्थिति की द्योतक है जिसमें स्त्री-पुरुष की जनसंख्या के आयु वितरण में किसी प्रकार का परिवर्तन नहीं हो तथा वृद्धि पर चाहे धनात्मक, ऋणात्मक या शून्य हो, स्थिर रहती है, क्योंकि एक समय में प्रजननता की आयु विशिष्ट दर तथा मृत्युता की आयु विशिष्ट दर स्थिर रहे.

16. (B) भारत में वर्ष 1950 के बाद मृत्यु–दर तीव्र गति से घटी है. यह वर्ष 1950 में 27.4 प्रति हजार से कम होकर वर्ष 2001 में 8.1 हो गयी. जबकि आयु संरचना में वर्ष 1951-81 अवधि में कोई विशेष परिवर्तन नहीं हुआ. जैसे–0–14 आयु वर्ग में यह 37·4 से 39·71 परिवर्तन का इशारा करता है. जनसंख्या स्तम्भ के आधार की मृत्यु-पर तथा जीवन प्रत्याशा प्रभावित करती है.

17. (B) कम्प्यूटर की सहायता से कार्य के स्थान तथा व्यवस्था को बदला जाता है कम्प्यूटर से कार्यकर्ताओं के अवैक्तिकरण तथा देखभाल में बढ़ोत्तरी सम्भव हुई है.

18. (A) भूमि आकर्षक तथा दूसरे सामाजिक-आर्थिक कारणों से कृषक वर्ग में अधिकाधिक कंगाली आ रही है, जिससे नगरीय क्षेत्रों में श्रमिकों का आवगमन अधिक हो रहा है. नगरों में लगभग 40% वर्ष की आयु से कम तथा 18% 20–49 वर्ष के जवान लोग हैं.

19. (D) भारतीय जनगणना में प्रवासी में मौसम के अनुसार प्रजनन, साप्ताहिक यात्रा तथा स्थायी या अर्द्धस्थायी आधार पर आवास परिवर्तन को न स्वीकार करके, बल्कि जनगणना के पूरे समय के समय अपने सामान्य आवास से बाहर रहे को शामिल किया जाता है.

20. (B) जनन क्षमता दर एवं मृत्यु दर 1921 ई. से पहले और उसके बाद इस प्रकार है–

अवधि	जनन क्षमता	मृत्यु दर
1901-11	49.2	42.6
1911-21	48.1	48.6
1921-31	46.1	36.3
1931-41	45.2	31.2
1941-51	39.9	27.4
1951-61	41.7	22.8
1961-71	41.2	19.0
1971-81	37.2	15.0
1981-91	32.5	11.4
1991-96	27.2	10.0

21. (B) भारत का जनसांख्यिकीय आयु स्तम्भ सूची–

वर्ष	आयु वर्ग		
	(0-14)	(15-39)	60 से अधिक
1951	37.4	57.1	5.5
1961	41.0	53.3	5.7
1971	42.0	52.0	6.0
1981	39.7	54.05	6.25
1991	36.5	57.1	6.4
2001	35.6	58.2	6.3

22. (D) जननशक्ति पुनर्जनन की जैविक क्षमता है.

23. (D) नई जनसंख्या नीति का दीर्घकालिक उद्देश्य सन् 2045 तक स्थिर जनसंख्या के उद्देश्य को प्राप्त करना है.

24. (A) प्रो. बेन्जाइमन के अनुसार '15-44 आयु वर्ग' की प्रति हजार स्त्रियों द्वारा जन्मित जीवित बच्चों की संख्या ही सामान्य प्रजनन दर है.

सामान्य प्रजनन दर GFR = 100 × क्षेत्र विशेष में वर्षभर में सजीव जन्में बच्चों की संख्या उस क्षेत्र–विशेष में सन्तानोत्पादक आयु वर्ग की स्त्रियों की उस वर्ष की संख्या.

25. (B) जनसंख्या प्रक्षेपण की विधियों को दो शीर्षकों में रखा जा सकता है–(क) गणितीय विधि (ख) अवयव या संघटक विधि. गणितीय विधि के अन्तर्गत अन्तर्वेशन तथा बहिर्वेशन रखा जाता है, जबकि अवयवी विधि के अन्तर्गत जन्म-दर, मृत्यु-दर, प्रवास को रखा जाता है.

26. (C) जनसंख्या के तर्कवाद का सिद्धान्त अन्जर्न तथा स्टर्नबर्ग ने दिया उनके द्वारा सम्पन्नता तथा प्रजनन दर का सम्बन्ध तर्क संगत सम्बन्ध नहीं कहलाता है.

27. (D) बच्चे के जन्म के बाद स्त्री के रज स्राव नहीं होने तक के समय को प्रसवोत्तर अनार्तव कहते हैं.

28. (C) संसार में चीन के पश्चात् भारत की जनसंख्या सबसे अधिक है. भारत की जन्म-दर 27/1000 है.

अफगानिस्तान	–	50
भूटान	–	42.0
नेपाल	–	40.0
पाकिस्तान	–	39.0
जमैका	–	35.0
निकारागुआ	–	36
इथियोपिया	–	40.0 प्रति हजार है.

29. (B) जनसंख्या का संघटन इसके सामाजिक जीवन को प्रभावित करता है. एक समाज जिसमें बालकों तथा बूढ़े लोगों की संख्या की अधिकता के साथ लिंग अनुपात में सुस्पष्ट असमानता पायी जाती है, वहाँ उत्पादक श्रम में लगे लोगों की संख्या में कमी हो जाती है.

30. (A) नगरों में स्वास्थ्य योजना की समुचित व्यवस्था न होने से संक्रामक बीमारियाँ फैलना शुरू हो जाती हैं इसलिए कारण, कथन की सही व्याख्या करता है.

31. (B) 50,000 की जनसंख्या का संकलन–बड़ा नगर
5,000 की जनसंख्या की बस्ती–नगरीयता
1,00,000 की जनसंख्या की बस्ती–शहर
10,00,000 की जनसंख्या की बस्ती–महानगर

32. (D) रॉबर्ट रेडफील्ड ने लघु समुदाय की विचारधारा प्रस्तुत की जिसमें ग्रामीण तथा नगरीय समुदाय में अन्तर स्पष्ट किया–व्यवसाय के आधार पर, पर्यावरण समुदाय का आधार, जनसंख्या का घनत्व, जनसंख्या में एकरूपता और विषम-रुपता, सामाजिक विभेद व स्तरीकरण गतिशीलता, अन्तर्क्रिया की व्यवस्था आदि.

33. (A) किसी जनसंख्या की प्रजननशीलता की माप जनांकिकी के अध्ययन का महत्वपूर्ण हिस्सा है. जनगणना सम्बन्धी आंकड़ों के आधार पर प्रजनन दर मापने की प्रचलित विधि शिशु-स्त्री अनुपात, आयु-विशिष्ट प्रजनन दर, कुल प्रजनन दर, योगात्मक प्रजनन दर, पूर्ण प्रजनन दर, समूह प्रजनन दर, प्रामाणिक प्रजनन दर कुल पुनरुत्पादन दर आदि.

34. (C) मर्त्यता में परिवर्तन पारिवारिक संरचना, प्रजननता और जन्म-दर को प्रभावित करते हैं. अन्तर्वैयक्तिक बन्धन की प्रबलता अमूर्त होती है. इसका मर्त्यता से कोई आशय नहीं है.

35. (A) जनसंख्या जिसकी आयु संरचना, संकुचित आधार तथा शनै-शनै शीर्ष की ओर कम होना है दिखाती है, उच्च जनांकिकीय निवेश की सम्भावना को बताता है.

36. (A) भारत में जनसंख्या विस्फोट के कारण हैं–ऊँची जन्म-दर, शिक्षा का निम्न स्तर, परम्परावादी समाज, धार्मिक अन्ध-विश्वास, संयुक्त परिवार, लड़कों का महत्व, समाज में स्त्रियों का कम आदर, आर्थिक कारण, वायु संरचना एवं जलवायु, ग्रामीण समाज, मृत्यु दर में कमी आदि.

37. (D) प्राथमिक लिंगानुपात जीवित जन्म तथा गर्भ मृत्यु के लिंगानुपात की अपेक्षा काफी ज्यादा है. 70 वर्षों की जीवन सम्भाव्यता वाली जनसंख्या पर मृत्यु-दर की गिरावट का खास प्रभाव नहीं पड़ता है.

38. (C) उच्च जन्म-दर और उच्च मृत्यु-दर दिखाने वाला पिरामिड आधार में चौड़ा और ऊपर की ओर कम होता चला जाता है.

39. (C) राज्य–II और राज्य–IX की कम शिशु मृत्यु-दर महिलाओं की कार्य सहभागिता-दर, पूर्व आयु (18) वर्ष के बाद विवाह तथा साक्षरता-दर जैसी स्थिति का होना विकास को इंगित करता है.

40. (B) **दुर्खीम**–श्रम-विभाजन व अत्यधिक जनसंख्या घनत्व.

कैल्डवेल–माता-पिता से बच्चों को सम्पत्ति का प्रवाह जनसंख्या में प्रजनन शक्ति की दर को कम करता है.

माल्थस–जनांकिकीय परिवर्तनों के प्रति बहुपक्षीय प्रत्युत्तर का सिद्धान्त.

किंग्स्ले डेविस–आर्थिक विकास प्रजनन शक्ति का संवर्द्धन करता है.

41. (A) चिह्नित राज्य निम्नलिखित हैं–
पश्चिम बंगाल–69.22%
तमिलनाडु–73.47%
हिमाचल प्रदेश–73.73%
मिजोरम–88.49%

42. (D)

43. (B) वर्ष 1981-91 की दसवर्षीय जनसंख्या वृद्धि दर में सर्वाधिक नागालैण्ड (56·09%) की बढ़ोत्तरी हुई, जबकि सबसे कम केरल में 14.32% की बढ़ोत्तरी हुई.

44. (*) उपर्युक्त विकल्प सभी गलत हैं.
जनसंख्या का सर्वोच्च चरम आकार–उत्तर-प्रदेश
जनसंख्या में जैनों की सर्वोच्च चरमसंख्या–राजस्थान
निम्नतम महिला साक्षरता दर–बिहार
भारत में तीव्रतम रूप में बढ़ता हुआ नगरीय संकुलन–महाराष्ट्र

45. (D) शिशु पालन व्यवहार सामाजिक जीवन के लोकतंत्रीकरण के लिए काम-काज के उचित ढंग सिखाता है, क्योंकि बच्चे के स्वविवेक से कार्य करने को छूट देने से उनमें तार्किकता एवं मौलिकता का विकास होगा.

46. (A) 47. (A) 48. (B) 49. (C) 50. (C)

51. (A)

52. (B) दिए गए चिह्नित राज्यों का जनसंख्या घनत्व
केरल–749 व्यक्ति वर्ग किमी.
मध्य प्रदेश–149 व्यक्ति वर्ग किमी.
अरुणाचल प्रदेश–10 व्यक्ति वर्ग किमी.
पश्चिम बंगाल–767 व्यक्ति वर्ग किमी.

53. (B) मेडिकल टर्मिनेशन ऑफ–1972 ई. प्रेगनैन्सी एक्ट
वर्ष 1971 की जनसंख्या के–1972 ई. आधार पर लोक सभा व राज्य विधानसभाओं में प्रतिनिधित्व पर 25 वर्षों के लिए कीलन विवाह की न्यूनतम आयु–1978 ई. लड़कियों के लिए 18 तथा लड़कों के लिए 21 वर्ष किया जाना.

54. (B) द्विगुणन समय विधि अर्थात्–1, 2, 4, 8, 16, 32 आदि के क्रम के आधार पर जनसंख्या सम्बन्धी अध्ययन किया जाता है. माल्थस के अनुसार जनसंख्या वृद्धि ज्यामितिक विधि से 1 : 2 : 4 : 8 : 16 के रूप में होती है तथा खाद्य-पदार्थों की वृद्धि अंक गणितीय आधार से 1 : 2 : 3 : 4 इस क्रम में पाई जाती है. इनके अनुसार स्वाभाविक परिस्थिति में जनसंख्या 25 वर्षों में दोगुनी हो जाती है.

55. (A)

वर्ष	जन्मदर (प्रति 1000)	मृत्यु दर (प्रति 1000)
1950-51	39.9	27.4
1970-71	41.2	19.0
1990-91	33.9	12.5

56. (A) 1991 तथा 2001 की जनगणना के अनुसार उपर्युक्त राज्यों का जनसंख्या घनत्व निम्नलिखित है–

अरुणाचल प्रदेश	–	10-13
सिक्किम	–	57-76
मिजोरम	–	33-42
मणिपुर	–	82-107

57. (C) माल्थस के अनुसार जनसंख्या आधिक्य के नियन्त्रण में अकाल, प्लेग, भूकम्प, बाढ़ सकारात्मक रोकथाम के तरीके हैं.

58. (D) 1991 की जनगणना के अनुसार उपर्युक्त राज्यों का अवरोही क्रम निम्नलिखित है–महाराष्ट्र, पश्चिम बंगाल, कर्नाटक, राजस्थान.

59. (C) मुस्लिम जनसंख्या के आधार पर उपर्युक्त देशों का अवरोही क्रम इस प्रकार है–इण्डोनेशिया, भारत, पाकिस्तान, बांग्लादेश.

60. (A) सर्वाधिक प्रतिशत अनुसूचित जाति के जनसंख्या के आधार पर पंजाब–28.9%, हिमाचल प्रदेश 24.7%, पश्चिम बंगाल–23%, उत्तर प्रदेश–21.1% है.

61. (C) 1 व 4 में शिक्षित व नौकरी पेशा स्त्रियों की सर्वाधिक संस्था है तथा विवाह की उम्र भी अधिकांश के लिए 18 वर्ष के उपरान्त है. इसलिए स्पष्ट है कि इन वर्गों में न्यूनतम प्रजनन दर होगी.

62. (B) सर्वाधिक जनसंख्या–उत्तर प्रदेश वाला राज्य
सर्वाधिक साक्षरता दर–केरल
वर्ष–1981-91 की नागालैण्ड सर्वाधिक दशकीय वृद्धि
सर्वोच्च जनसंख्या घनत्व–दिल्ली

63. (B)

64. (C) सन्दर्भित राज्यों का लिंगानुपात निम्नलिखित है–

राज्य	महिलाएं	पुरुष
केरल	1036	1058
मध्य प्रदेश	912	919
उत्तर प्रदेश	876	898
पंजाब	862	876

65. (B) आधुनिक पद्धति की सबसे पहली जनगणना लॉर्ड मेयी के शासन काल में 1872 ई. में हुई थी. बाद में 1901 से नियमित रूप से प्रत्येक 10 वर्ष बाद जनगणना की जाती है.

66. (C) महमूद ममदानी गरीब व्यक्तियों में उच्च प्रजनन प्रतिरूप को विवेकपूर्ण कहता है.

67. (A) औद्योगिक नगरों की स्थापना एवं रोजगार उपलब्धता के कारण ग्रामीण जनसंख्या शहरों की ओर भाग रही है.

68. (D) 69. (C) 70. (A) 71. (A) 72. (D)

73. (A) 74. (C) 75. (A) 76. (A) 77. (C)

78. (A) 79. (B) 80. (A) 81. (D) 82. (A)

83. (A) 84. (A) 85. (A) 86. (D) 87. (A)

88. (A) 89. (B) 90. (B) 91. (A) 92. (A)

93. (B) 94. (A) 95. (B) 96. (C)

97. (B) जनसंख्या का उच्चतम घनत्व–दिल्ली (9340)

स्त्रियों की उच्चतम जनसंख्या 1000 पुरुष–केरल (1058)

जनसंख्या का वृहद् आकार–उत्तर प्रदेश 16,61,97921

सर्वाधिकार क्षेत्र वाला राज्य–वर्तमान में राजस्थान (3,42,239) वर्ग किमी., मध्य प्रदेश (3,08,245) वर्ग किमी.

98. (D) काहिरा में आयोजित विश्व जनसंख्या सम्मेलन में प्रश्न में उद्धत यह नारा लगाया गया कि "आप जनसंख्या का ध्यान रखें और जनसंख्या अपनी स्वयं देखभाल करेगी."

99. (D) गतिहीन जनसंख्या वह है जिसमें निबल जनन दर (NRR) एक के समान हो.

100. (B)

101. (C) भारत में सन् 1901 में लिंगीय अनुपात 972 था, जबकि सन् 1991 में 927 व सन् 2001 में 933 है.

102. (C) वर्ष 1981-91 में सबसे अधिक प्रजनन दर 32.76% मुस्लिमों में देखी गयी थी.

103. (D)

कारण	परिणाम
जनसंख्या विस्फोट	आवास एवं स्वच्छता की समस्या
ग्रामीण नगरीय प्रजनन	लघु प्रति व्यक्ति आय
निर्भर जनसंख्या का महत्तम अनुपात	राष्ट्र पर आर्थिक भार
ऊँची मृत्यु दर	लघु आयु सम्भाविता

104. (A) महाराष्ट्र के अमरावती जिले में कोरकू व्यक्तियों में दात्त कोशिका अरक्तता रोग होता है जिससे आदिवासियों में रोग से बचाव की क्षमता में कमी आ जाती है.

105. (A) भारत की ग्रामीण जनता अपनी निरक्षरता तथा परम्परागत जीवन-शैली के की वजह से आधुनिक तकनीकी की जटिलताओं का मुकाबला नहीं कर पा रही है. अधिकतर प्रौद्योगिकी ग्रामीण परिवारों में गरीबी का मुख्य कारण है.

●●●

इकाई-VIII

राजनीतिक-प्रक्रियाएँ
(Political Processes)

"राजनीति हर उस आदमी से सम्बन्धित है, जो उत्तरदायित्व की भावना रखता है." —सोल्टू

सत्ता
(Authority)

सत्ता शक्ति का एक अत्यन्त महत्वपूर्ण और प्रकट रूप है, जिसे राजनीतिक व्यवस्था की मूल-आत्मा माना जाता है. इसी के द्वारा शासन सम्बन्धी क्रियाओं का सम्पादन किया जाता है. सत्ता उस नेतृत्व को भी कहते हैं, जिसके माध्यम से शासन व्यवस्था के तमाम कार्यों को पूरा किया जाता है. दूसरे शब्दों में, अनुशासन, समन्वय, समायोजन आदि की स्थापना की स्थिति का नाम भी सत्ता है. इसमें औचित्यपूर्णता, विश्वास, तर्क आदि शामिल होते हैं. यही तत्व सत्ता के आज्ञापालन का कारण है. यह उल्लेखनीय है कि राजनीतिक शक्ति, राजनीतिक सत्ता में परिवर्तित हो जाती है, तब सत्ता व्यवस्था के रूप में राजनीतिक क्रियाओं को सम्पन्न करती है. यह ऊपर के माध्यम से नीचे के स्तर को आदेश सूचित करने व पालन करने की वह व्यवस्था है जिसमें शासन व्यवस्था जैसी क्रिया करती है वैसी ही क्रिया प्रशासनिक व्यवस्था के माध्यम से स्थापित करने का प्रयास किया जाता है.

लोकतंत्र में सत्ता, जनता की स्वयं पर नियंत्रित एवं सुव्यवस्थित रहने की प्रवृत्ति है, सत्ता को राजनीतिक व्यवस्था का अभिन्न अंग माना जाता है, क्योंकि इससे मात्र सत्ता में वृद्धि होती रहती है. सत्ता का अपना अलग अस्तित्व है. सत्ता, परिवार, समूह, संगठन राज्य के ऊपर निवास करती है. प्रशासन के निश्चित कार्यों के सम्पादन का प्राधिकार, सत्ता द्वारा ही प्राप्त होता है. सत्ता में मानवीय संस्थाओं एवं संगठनों के व्यवहार को भी बदलने की शक्ति पाई जाती है. मोटेतौर पर सत्ता शासकीय क्षमता का प्रतीक है.

परिभाषाएँ

1. **बायर्सटेड** का कहना है, "सत्ता शक्ति के प्रयोग का संस्थागत अधिकार है. सत्ता स्वयं शक्ति नहीं है, वरन् सत्ता के साथ निश्चित अधिकार भी जुड़े रहते हैं. इन अधिकारों को सम्पूर्ण करने का नाम ही सत्ता है."
2. **बीच** के अनुसार, "दूसरों के कार्यों या कार्य निष्पादन को प्रभावित या निर्दे को सत्ता कहते हैं."
3. **हरबर्ट साइमन** के अनुसार, "वरिष्ठ और अधीनस्थ कर्मचारियों के व्यवहार को लेकर सत्ता का अस्तित्व बना हुआ है. यदि इनके बीच व्यवहार नहीं होता, तो सत्ता शून्यता की स्थिति में रहती है."
4. **जे. मेरिटेन** के अनुसार, "हम सत्ता में नेतृत्व एवं आदेश देने, दूसरों के द्वारा सुने जाने एवं आज्ञापालन करने के अधिकार को सत्ता कहते हैं."
5. **यूनेस्को** की एक रिपोर्ट के अनुसार, "सत्ता वह शक्ति है, जो स्वीकृत, सम्मानित, ज्ञात एवं औचित्यपूर्ण हो."

इन परिभाषाओं के अवलोकन से स्पष्ट होता है कि सत्ता, शक्ति, प्रभाव और औचित्यपूर्णता से सम्बद्ध है. सत्ता की निम्नलिखित विशेषताएँ बताई जा सकती हैं—

1. सोपानीय व्यवस्था में सत्ता सर्वोच्च बिन्दु पर होती है.
2. सत्ता का स्वरूप कानूनी होने के साथ-साथ वैज्ञानिक भी है.
3. सत्ता आदेश निर्गत व अनुपालन से सम्बन्धित है.
4. सत्ता में नौकरशाही का अस्तित्व आवश्यक होता है.
5. सत्ता से जनकल्याण का कार्य सम्भव होता है.
6. सत्ता के लिए नेतृत्व आवश्यक है.
7. मानवीय व्यवहारों में प्रशासनिक अनुकूलता लाने का काम सत्ता का होता है.
8. सत्ता के द्वारा नियन्त्रण की स्थापना के लिए समन्वय का भी सहारा लिया जाता है.
9. राजनीति, शक्ति का दूसरा नाम होता है.
10. सत्ता के द्वारा संगठनात्मक एवं प्रशासनिक व्यवस्था स्थापित की जाती है.
11. सत्ता का स्वरूप करिश्माई भी हो सकता है.
12. सत्ता शासन-व्यवस्था की विभिन्न कार्य-क्रियाओं को एक साथ सम्पन्न कराने की क्षमता रखती है.

सत्ता के प्रकार

ऐसे तो सत्ता का अध्ययन बहुत पहले से किया जा रहा है. प्राचीन विद्वानों में सुकरात, प्लेटो आदि का नाम लिया जा सकता है. जिन्होंने सत्ता का अध्ययन किया है, लेकिन आधुनिक विचारकों में मैक्स वेबर का नाम सबसे आगे है जिसने सत्ता का अध्ययन किया और प्रकार बताया. यह स्पष्ट हो कि मैक्स वेबर औचित्य के आधार पर सत्ता का विभाजन करता है, क्योंकि सत्ता और औचित्य घनिष्ठ रूप से सम्बन्धित हैं. मैक्स वेबर के मतानुसार सत्ता के तीन प्रकार हैं–परम्परागत सत्ता, कानूनी सत्ता और करिश्माई सत्ता.

प्रथम प्रकार की सत्ता में उच्चस्थ अधिकारी द्वारा आज्ञाओं का पालन परम्पराओं के आधार पर कराया जाता है. इसमें आदेश की बाध्यता नहीं होकर स्वेच्छा का प्रभाव होता है. द्वितीय, कानूनी सत्ता जैसाकि नाम से ही स्पष्ट है पालन कानूनी आधार पर कराया जाता है. यह उचित माध्यम भी है. तृतीय, सत्ता का एक प्रकार करिश्माई भी होता है. कुछ लोगों का व्यक्तित्व ऐसा होता है कि उसके प्रभाव में भी सत्ता का अनुपालन होता है. इस प्रकार सत्ता में राजनीतिक शासक करिश्मा करने की अपार शक्ति रखते हैं. असाधारण ज्ञान, क्षमता के कारण करिश्मा करने वाला व्यक्ति शासन-व्यवस्था, प्रशासन व समाज में अपना प्रभाव स्थापित करता है.

सत्ता के उपर्युक्त तीन प्रकारों का मैक्स वेबर उनके केवल विशुद्ध रूप में वर्णन करता है. इसलिए ये प्रकार आदर्श प्रकार हैं, किन्तु मैक्स वेबर यह भी स्वीकार करता है कि यथार्थ में सत्ता का केवल मिश्रित प्रकार ही पाया जाता है. वास्तव में, किसी भी राजनीतिक व्यवस्था में जिस मात्रा तक उपर्युक्त तीनों प्रकार की सत्ता का मिश्रण होता है यह उस व्यवस्था के सामाजिक पर्यावरण पर निर्भर करता है. विकसित औद्योगिक समाज में बौद्धिक वैधानिक सत्ता का आधिपत्य रहता है, तो पिछड़े समाज में अधिकाधिक करिश्मा तथा परम्परा को स्थान दिया जाता है. इस प्रकार सत्ता शक्ति से जुड़ी एक महत्वपूर्ण अवधारणा है; जो राजनीतिक व्यवस्था के सामाजिक पर्यावरण से निर्धारित होती है.

सत्ता एवं शक्ति में भेद

शक्ति और सत्ता राजनीति विज्ञान की दो ऐसी अवधारणाएँ हैं, जो परस्पर सम्बन्धित हैं तथा जिन दोनों का राजनीति विज्ञान में अत्यधिक महत्व होने के बावजूद उनके स्वीकार्य अर्थों के बारे में मतभेद रहा है. ऐसी स्थिति में दोनों के बीच कुछ आधारभूत अन्तर जरूर हैं, जिन्हें निम्नलिखित रूप में रखा जा सकता है—

1. यदि शक्ति एक साधन है, तो सत्ता उनके प्रयोग का माध्यम, राजनीतिक जगत में जिन व्यक्तियों को कोई शक्ति प्राप्त होती है. उसका प्रयोग वे तब अधिक सुविधापूर्वक कर सकते हैं, जब वे सत्तारूढ़ हो जाते हैं.
2. शक्ति विहित व अविहित दोनों प्रकार की हो सकती है, जब वे सत्तारूढ़ हो जाते हैं.
3. सत्ता में अनिवार्यता के तत्व दृष्टिगोचर होते हैं, क्योंकि इनका आधार कानूनी होता है, जबकि शक्ति में अनिवार्यता के तत्व नहीं होते तथा एक शक्ति के प्रयोगकर्ता से अधिक शक्तिशाली व्यक्ति उसकी शक्ति का लोहा मानने से इनकार कर सकता है.
4. शक्ति का रूप अनिश्चित तथा सत्ता का रूप निश्चित होता है. शक्ति का प्रयोग कहाँ से होता है? यह प्रायः अस्पष्ट होता है, जबकि सत्ता का रूप संस्थागत होता है तथा यह सदा स्पष्ट रहता है कि उसका प्रयोग किस स्थान से किया जा रहा है?

इन मौलिक अन्तरों के बाद ही सत्ता और शक्ति घनिष्ठ है. इन दोनों के अस्तित्व की समीप्यता समाज एवं राज्य में सुव्यवस्था का कारण बन सकती है, अर्थात् जिस शासन व समाज में इन दोनों के बीच अगर अलगाव है, तो वहाँ अव्यवस्था व अराजकता का होना लाजमी है. वास्तव में, आज हर जगह शक्ति का सत्ता और सत्ता का शक्ति की ओर दौड़ना जारी है. दोनों के अस्तित्व का मिलन वैधता व प्रभावकारिता के लिए बेहद आवश्यक है.

सत्ता सम्बन्धी सिद्धान्त—बीच महोदय ने सत्ता के सम्बन्ध में दो सिद्धान्त का वर्णन किया है औपचारिक सिद्धान्त और स्वीकृत सिद्धान्त.

औपचारिक सत्ता सिद्धान्त के अनुसार सत्ता का प्रवाह ऊपर से नीचे की ओर चलता है. सत्ता का आदेश देने का अधिकार व्यवस्थाओं एवं संगठनों में विशिष्ट अधिकारियों को प्राप्त है. इसमें आदेश या सत्ता का एक पदक्रम बन जाता है, किन्तु मानव समन्धवादी स्वीकृत सिद्धान्त के अनुसार सत्ता कानूनी रूप से तो औपचारिक होती है, किन्तु वास्तव में सत्ता के या आदेश के अधिकार की सफलता अधीनस्थों की स्वीकृति पर निर्भर करती है. जब अधीनस्थ अपनी समझ और योग्यता के दायरे में आदेश को स्वीकार कर लेते हैं, तो यह स्थिति सत्ता स्थिति बन जाती है.

राजनीतिक समाजीकरण
(Political Socialisation)

राजनीतिक समाजीकरण का विकास—जब किसी राष्ट्र में राजनीतिक व्यवस्था कार्य करने लगती है, तब उसके आदाकार्य (इन-पुट) के रूप में राजनीतिक समाजीकरण की प्रक्रिया का उदय होना माना जाता है. प्रत्येक राष्ट्र की

राजनीतिक प्रणाली में समाजीकरण की प्रक्रिया पाई जाती है. यह लगातार चलने वाली प्रक्रिया है.

सबसे पहले हर्बर्ट साइमन द्वारा रचित पुस्तक 'राजनीतिक समाजीकरण' के प्रकाशित होने के बाद इस प्रक्रिया का उदय होना माना जाता है. राजनीतिक समाजीकरण का कठिन पक्ष माना जाता है. जिसमें एक पीढ़ी दूसरी पीढ़ी से शासन व्यवस्था के बारे में जानकारी हासिल करती है. रस एण्ड अलतोफ ने अपनी रचना में कहा है "राजनीतिक समाजीकरण वह प्रक्रिया है जिसमें व्यक्ति राजनीतिक तन्त्र के बारे में जानकारी प्राप्त करता है तथा उसके राजनीतिक प्रतिबन्धों एवं राजनीतिक घटनाओं के सम्बन्ध में व्यक्ति की प्रक्रियाओं को निश्चित करता है."

दूसरे शब्दों में एक विद्वान् के कथन को दुहराया जा सकता है कि "राजनीतिक व्यवस्था में जनता की सहभागिता होती है. व्यक्ति राजनीति में हिस्सा लेता है या नहीं और यदि वह लेता है, तो किस रूप में लेता है और यदि नहीं लेता है, तो क्यों नहीं लेता है? यह जानने की प्रक्रिया का नाम ही राजनीतिक समाजीकरण का उदय होना है."

राजनीतिक समाजीकरण का अर्थ—जहाँ तक राजनीतिक समाजीकरण के अर्थ का प्रश्न है, तो इस सन्दर्भ में विभिन्न विद्वानों ने अपने अलग-अलग मत प्रकट किए हैं. यह सीखने और सिखाने की लगातार चलने वाली प्रक्रिया है. समाजीकरण परम्परागत और आधुनिक परिवर्तन के बीच समाजीकरण का सूचक है. समाजीकरण संस्कृति का अंग है जिसमें शासन व्यवस्था के प्रति विश्वास, मूल्य व आस्थाओं को प्रकट किया जाता है. व्यक्ति के जीवन में प्रेरणा कितना प्रभावित करती है? जिससे वह राजनीति की ओर प्रेरित होता है. राजनीतिक परिवर्तनों की जानकारी रखने का नाम ही राजनीतिक समाजीकरण है. इसमें मानवीय ज्ञान, भावना, घटना आदि का सुगमतापूर्वक अध्ययन किया जाता है.

राजनीतिक समाजीकरण की परिभाषाएँ

इसकी परिभाषाएँ निम्नलिखित हैं—

1. डेविड ईस्टन व डेनिस के अनुसार, "राजनीतिक समाजीकरण विकास की ऐसी क्रिया है जिसके द्वारा व्यक्ति राजनीतिक अनुपस्थिति, ज्ञान तथा व्यवहार के प्रतिरूपों को प्राप्त करता है."
2. इर्विन के अनुसार, "समाजीकरण सम्पूर्ण प्रक्रिया है जिसके अन्तर्गत व्यक्ति मानवीय व्यवहार की व्यापक क्षमताओं को लेकर पैदा होता है जिसमें वास्तविक व्यवहार को सीखता है तथा जो कुछ वह सीखता है उसका क्षेत्र परम्परागत होता है, वही समाजीकरण कहलाता है."
3. हाइमैन के अनुसार, "राजनीतिक समाजीकरण विभिन्न मध्यस्थता करने वाली एजेन्सियों के माध्यम से व्यक्ति के द्वारा अपनी सामाजिक स्थिति से सम्बन्धित सामाजिक प्रतिरूपों का अध्ययन करने का नाम ही समाजीकरण है."

समाजीकरण की इन परिभाषाओं के पश्चात् निम्नलिखित विशेषताएँ दृष्टिगोचर होती हैं—

1. राजनीतिक समाजीकरण मुख्यतः अनुभव द्वारा सीखने की प्रक्रिया है. जिसमें विस्तृत, सूक्ष्म तथा निश्चित व्यक्ति व समूह का अध्ययन किया जाता है.
2. इसमें अराजनीतिक प्रतिक्रियाओं का अध्ययन भी किया जाता है.
3. राजनीतिक समाजीकरण की प्रक्रिया लगातार चलती रहती है. यह एक पीढ़ी से दूसरी पीढ़ी तक मनुष्यों के जीवन में जीवनपर्यन्त चलने वाली प्रक्रिया है.
4. समाजीकरण व्यक्ति के व्यवहार तक ही सीमित न होकर संस्थाओं, संगठनों, समूहों के प्रभाव तक व्यापक है.
5. समाजीकरण में व्यक्ति ही मुख्यरूप से अध्ययन का विषय है. इसमें मनःस्थिति, भावनाओं, अनुभूतियों और प्रेरणाओं का अध्ययन होता है.

अन्त में यह माना जा सकता है कि राजनीतिक समाजीकरण व्यक्ति व व्यक्तियों के समूहों को सूचनाएँ प्रेषित करने का कार्य करता है. जीवन के मूल्यों, दृष्टिकोणों को बदलने में कौन-कौन से तत्व सहायक हैं तथा इनका कितना प्रभाव जीवन में पाया जाता है? इसके बाद व्यक्ति का व्यवहार बदलता है और व्यक्ति शासन व्यवस्था में राजनीतिक दलों में राजनेताओं के रूप में अपनी भूमिका का निर्वाह करने लगता है.

राजनीतिक समाजीकरण के प्रकार—राजनीतिक समाजीकरण के अभिकरण मनुष्य के जीवन में अहम् भूमिका रखते हैं. बचपन से लेकर बुढ़ापे तक व्यक्ति का व्यवहार परिवर्तित होता रहता है. राजनीतिक समाजीकरण की प्रक्रिया सबसे ज्यादा महत्वपूर्ण इसलिए मानी जाती है कि मनुष्य समाज में जन्म लेता है और समाज के लिए जीवन व्यतीत करता है और समाज के लिए समर्पित भी रहता है, लेकिन फिर भी मनुष्य समाज में रहते हुए अन्तःक्रियाएँ करता है. इससे एक-दूसरे के व्यवहार को प्रभावित करने की क्षमता मनुष्य में आती जाती है. समाजीकरण मनुष्य के जीवन में दो प्रकार से होता है—

1. **प्रत्यक्ष समाजीकरण**—इसमें मनुष्य जीवन में प्रत्यक्ष रूप से प्रभाव डालने वाली सूचनाओं, घटनाओं के माध्यम से अपने आप ही सीखता है.

शासन व्यवस्था कैसे कार्य कर रही है? क्या कार्य कर रही है? इसके आदर्श क्या हैं? सिद्धान्त क्या हैं? नैतिकता

आदि का सीधा प्रभाव मनुष्य के जीवन में पड़ता है इससे मनुष्य कुछ-न-कुछ अवश्य सीखता है. राजनीतिक व्यवस्था राजनीतिक दल, राजनेताओं का व्यवहार, राष्ट्रीय आन्दोलनों के प्रतीक से व्यक्ति राजनीतिक प्रतिक्रियाओं को ही सीखता है और राजनीति के सम्बन्ध में ही व्यक्ति प्रतिक्रिया व्यक्त करता है. यही राजनीतिक समाजीकरण है.

2. **अप्रत्यक्ष समाजीकरण**—आर्थिक क्रियाओं और सांस्कृतिक क्रियाओं से मनुष्य का जीवन प्रभावित होता है. मनुष्य एक सामाजिक प्राणी है. मनोवैज्ञानिक प्रभाव राजनीति की ओर प्रेरित करता है. आर्थिक क्रियाएँ राजनीतिक क्रियाएँ करने के लिए प्रेरित करती हैं. अप्रत्यक्ष समाजीकरण में वे सभी चीजें आती हैं जिनसे मनुष्य स्वतः प्रेरित होकर राजनीतिक क्रियाओं को करने के लिए सक्षम होता है. आदर्श जीवन के मूल्य सार्वजनिक हित पर अप्रत्यक्ष असर डालते हैं जिनको मनुष्य अपने काल में भुला नहीं सकता.

राजनीतिक समाजीकरण के कार्य—राजनीतिक समाजीकरण राजनीतिक व्यवस्था के लिए राजनीतिक भर्ती करने का कार्य करता है. इसके निम्नलिखित कार्य हैं—

1. राजनीतिक नेताओं का निर्माण करना.
2. राजनीतिक व्यवस्था के प्रति विश्वास और अविश्वास का विकास करना.
3. नागरिकों में राष्ट्रीयता, लोकतंत्र तथा अन्तर्राष्ट्रीयता को विकसित करना.
4. राजनीतिक व्यवस्था और सामाजिक व्यवस्था को आपस में जोड़े रखना.
5. राजनीतिक व्यवस्था के लिए नए नेताओं की भर्ती के लिए अवसर उपलब्ध कराना.
6. राजनीतिक मूल्यों, आस्थाओं, मान्यताओं को बराबर रखना, इसके साथ-साथ नई मान्यताओं को विकसित करना.

राजनीतिक समाजीकरण के अभिकरण—राजनीतिक समाजीकरण की प्रक्रिया व्यक्ति के जीवन में चलने वाली नियमित प्रक्रिया है. प्रत्येक राष्ट्र में जो राजनीतिक तंत्र, संविधान, सरकार स्थापित होकर कार्य करते हैं उसकी वृहत और पूरी जानकारी मनुष्य अवश्य प्राप्त करता है. इससे व्यक्ति का व्यवहार, सोच, प्रतिक्रियाएँ बदलती हैं और निश्चित दिशा की ओर प्रभावशाली व्यवहार करने की क्षमता व्यक्ति में उत्पन्न होती है. इसे अनेक संस्थाओं द्वारा किया जाता है. समाजीकरण के कारण स्थिरता बनाए रखने का निर्णय लेने की क्षमता व्यक्ति में आती है.

डेनिस कावानाध ने राजनीतिक समाजीकरण के अभिकरणों को दो भागों में विभाजित किया है—

1. **उद्देश्यपूर्ण अभिकरण**—इसमें वे सभी शामिल हैं जिनका उद्देश्य राजनीतिक समाजीकरण करना होता है. राजनीतिक दल, संचार के साधन, दबाव समूह, राष्ट्रीय आन्दोलन के बलिदान, स्वतन्त्रता दिवस, गणतन्त्र दिवस, राजनीति सम्बन्धी व्यक्ति के स्वयं के अनुभव, राजनीतिज्ञों के विचारों का प्रभाव आदि समाजीकरण हेतु महत्वपूर्ण प्रभाव डालते हैं.

2. **अनुद्देश्यपूर्ण अभिकरण**—इनमें वे अभिकरण आते हैं जिनका प्रभाव व्यक्तियों पर अराजनीतिक तौर पर पड़ता है. सामाजिक संगठन, संस्थाएँ, सांस्कृतिक तत्व धार्मिक संगठन आदि व्यक्ति के जीवन में वृहत् प्रभाव डालते हैं. आर्थिक क्रियाएँ भी गैर-राजनीतिक प्रभाव डालती हैं. इनके प्रभाव का लक्ष्य कभी राजनीतिक नहीं होता है.

राजनीतिक समाजीकरण में किसी भी अभिकरण का महत्व कम या अधिक नहीं है. मनुष्य के जीवन में छोटी-से-छोटी प्रेरणा भी पूरे जीवन को बदल देती है. कभी-कभी बड़ी-से-बड़ी घटना भी व्यक्ति को नहीं बदलती है. एक विद्वान् के अनुसार, "परिवार, शिक्षा, संचार के साधन राजनीतिक दल तथा व्यक्ति का व्यवसाय, सरकार आदि. समाजीकरण के अभिकरण हैं, जो व्यक्ति को राजनीतिक व्यवस्था के सम्बन्ध में जानकारी देते हैं."

समाजीकरण के निम्नलिखित अभिकरण इस प्रकार हैं—

1. **परिवार**—समाजीकरण के लिए परिवार प्रथम पाठशाला होता है. परिवार में जन्म लेने के बाद व्यक्ति युवावस्था तक विभिन्न प्रकार की क्रियाओं प्रतिक्रियाओं के सम्बन्ध में यहीं पर जानकारी पाता है. इसीलिए परिवार को राजनीति का प्रथम प्रशिक्षण केन्द्र माना जाता है. व्यक्ति परिवार में ही सीखना शुरू कर देता है कि उसके देश के प्रधानमन्त्री कौन हैं और सरकार किस पार्टी की है? आदि.

2. **शिक्षण संस्थान**—शिक्षण संस्थानों को भी समाजीकरण का मुख्य अभिकरण माना जाता है. बालक स्कूल और आगे चलकर कॉलेज व विश्वविद्यालय जाकर राजनीति के क्षेत्र में अपने दृष्टिकोण को स्पष्ट करता है.

3. **राजनीतिक दल**—प्रत्येक राजनीतिक समाज में दलीय व्यवस्था होती है भले ही उनका स्वरूप एकदलीय, द्विदलीय या बहुदलीय हो राजनीतिक दलों द्वारा भी लोगों का राजनीतिक समाजीकरण किया जाता है.

4. **राष्ट्रीय प्रतीक चिह्नों**—राष्ट्रीय प्रतीक चिह्नों को राजनीतिक गौरव का प्रतीक माना जाता है. उससे व्यक्ति में त्याग, बलिदान, देशप्रेम, देशभक्ति की भावना जाग्रत होती है और व्यक्ति का राजनीतिक समाजीकरण होता है.

5. **व्यक्तित्व**—व्यक्ति विशेष का व्यक्तित्व भी लोगों को समाजीकरण की ओर लाता है और व्यक्ति विशेष प्रकार के राजनीतिक व्यवहार करने लगता है. उदाहरणार्थ, मार्क्स, लेनिन, माओ व गांधी के व्यक्तित्व ने लोगों के राजनीतिक व्यवहार को बहुत ज्यादा प्रभावित किया है.

राजनीतिक आधुनिकीकरण (Political Modernisation)

राजनीतिक आधुनिकीकरण का 'आधुनिक राजनीतिक सिद्धान्त' में एक ऐसा शब्द है, जिसकी कोई निश्चित परिभाषा देना मुश्किल है. फिर भी राजनीतिक आधुनिकीकरण के अर्थ के सम्बन्ध में कुछ कहने के पूर्व आवश्यकता इस बात की है कि पहले आधुनिकीकरण शब्द के अर्थ को जाना जाए. क्लॉड ई. वेल्थ, बेन्जामिन, श्वार्टज, रॉबर्ट ई. वार्ड और हंटिंगटन आदि विद्वानों ने आधुनिकीकरण को जिस प्रकार परिभाषित किया है, उससे यह बात स्पष्ट होती है कि आधुनिकीकरण एक बहुपक्षीय प्रक्रिया है. जिसके माध्यम से मानवीय विचार और क्रियाकलाप के सभी क्षेत्रों में परिवर्तन होता है.

राजनीतिक आधुनिकीकरण सामान्य आधुनिकीकरण की बहुमुखी प्रक्रिया का ही एक भाग है. राजनीतिक आधुनिकीकरण शब्द का प्रयोग सामाजिक एवं भौतिक पर्यावरणों में होने वाले परिवर्तनों के अनुरूप राजनीतिक संस्कृति के रूपान्तरण के लिए किया जाता है. राजनीतिक आधुनिकीकरण की धारणा इस मान्यता पर आधारित है कि राजनीतिक परिवर्तन का सम्बन्ध सामाजिक और आर्थिक कारणों के व्यापक प्रसंग से है. दूसरे शब्दों में, यह कहा जा सकता है कि समाज में सामाजिक संचालन और आर्थिक विकास के परिणामस्वरूप हुए राजनीतिक परिवर्तनों को सामान्यतः राजनीतिक आधुनिकीकरण का नाम दिया जाता है. इस परिवर्तन का सम्बन्ध राजनीतिक व्यवस्था से सम्बन्धित संस्थाओं, संरचनाओं, प्रक्रियाओं तथा व्यवहार प्रतिमानों से होता है. स्पष्टतः इसका अर्थ राजनीति से सम्बन्धित पहलुओं को लेकर मानव दृष्टिकोण में परिवर्तन लाना है. जेम्स एस. कोलमैन जैसे लेखकों ने इस बात पर बल दिया है कि राजनीतिक आधुनिकीकरण का सम्बन्ध ऐसी राजनीतिक व्यवस्था के विकास से है जो इतना लचीला है कि इस प्रकार की माँग को प्रस्तुत होने के अवसर प्रदान कर सके, किन्तु उसमें इतनी शक्ति सम्पन्नता भी हो कि हर प्रकार की माँग का समुचित ढंग से मुकाबला कर सके. दूसरे शब्दों में, हर उचित माँग को स्वीकार करने के साथ-साथ उसे पूरा करने और अनुचित माँग को दृढ़ता के साथ ठुकरा देने की क्षमता रखने वाली राजनीति को राजनीतिक दृष्टि से आधुनिक व्यवस्था कहा जा सकता है. राजनीतिक आधुनिकीकरण के अर्थ एवं परिभाषा से स्पष्ट है कि विशेष लक्षणों वाली राजनैतिक व्यवस्थाओं को ही राजनीतिक दृष्टि से आधुनिक व्यवस्था कहा जा सकता है.

लूसियन पाई के अनुसार—राजनैतिक आधुनिकीकरण की धारणा वैसे राजनैतिक रूपान्तरण की स्थिति की ओर संकेत करती है, जो आधुनिक युग में यूरोपीय राज्यों में देखी जा रही है. उसके अनुसार राजनैतिक आधुनिकीकरण के अन्तर्गत चार बातें निहित हैं—

1. समानता के प्रति ऐसा दृष्टिकोण जिसमें राजनीति में सहभागिता तथा सरकारी पदों के लिए सभी को समान रूप से अवसर प्राप्त हो सकें.
2. नीति-निर्धारित करने तथा उसके कार्यान्वियन की राजनीतिक व्यवस्था की क्षमता.
3. राजनीतिक कार्यों का विभेदीकरण एवं विशिष्टीकरण.
4. राजनीतिक प्रक्रिया का लौकिकीकरण अर्थात् राजनीति का धार्मिक प्रभाव से पृथक्करण.

हंटिंगटन के अनुसार—राजनीतिक आधुनिकीकरण के मानवीय विचार और क्रियाकलापों में परिवर्तन निम्नलिखित क्षेत्र में पाए जाते हैं—

1. मनोवैज्ञानिक स्तर पर व्यक्तियों के आदर्शों, मूल्यों एवं विश्वासों में परिवर्तन होता है.
2. बौद्धिक स्तर पर मानव ज्ञान का विस्तार होता है.
3. जनसंख्या के आधार व जीवन स्तर, स्वास्थ्य साधन और शहरीकरण में उन्नति होती है.
4. सामाजिक स्तर पर व्यक्तियों की निष्ठाओं का प्राथमिक समूहों की जगह स्वैच्छिक संगठनों के प्रति परिवर्तन होता है.
5. आर्थिक स्तर पर कृषि के साथ-साथ व्यापार में उन्नति और औद्योगिकीकरण आदि भी होता है.

विशेषताएँ

राजनीतिक आधुनिकीकरण की विशेषताओं को लेकर राजनीतिक समाजशास्त्र तथा तुलनात्मक राजनीति के विद्वानों में मत विभिन्नता पाई जाती है. लूसियन पाई जैसे विद्वानों ने राजनीतिक आधुनिकीकरण के चार लक्षणों या विशेषताओं की ओर संकेत किया, तो कुछ अन्य विद्वानों ने राजनीतिक आधुनिकीकरण की और अधिक विशेषताओं को निभाया है, परन्तु इन विभिन्नताओं के बावजूद सामान्यतौर पर राजनीतिक आधुनिकीकरण के तीन लक्षणों को प्रमुख माना जाता है—

(क) राज्यों में बढ़ता हुआ शक्तिशाली केन्द्र और सत्ता के परम्परागत स्रोतों का शक्तिहीन होना.

(ख) राजनीतिक संस्थाओं का विभिन्नीकरण और विशिष्टीकरण.

(ग) राजनीति में जनता की बढ़ती हुई सहभागिता, व्यक्तियों की सम्पूर्ण राजनीतिक व्यवस्था से अधिकाधिक अभिज्ञान.

राजनीतिक आधुनिकीकरण की उपर्युक्त तीनों विशेषताओं को अच्छी तरह से समझने के लिए उनका अध्ययन निम्न-लिखित विशेषताओं के अन्तर्गत किया जा सकता है—

1. **राज्य या केन्द्र में शक्ति का अधिकाधिक केन्द्रीयकरण**—राजनीतिक आधुनिकीकरण का एक महत्वपूर्ण लक्षण यह है कि मानवजीवन की गतिविधियों से सम्बन्धित सभी प्रकार की शक्तियों का राज्य या राजनीतिक व्यवस्था में केन्द्रीयकरण होने लगता है. राजनीतिक व्यवस्था अधिकाधिक शक्तियों का नियामक बनने लगती है. राज्य या राजनीतिक व्यवस्था में शक्ति का केन्द्रीयकरण राजनैतिक शक्ति को महत्वपूर्ण और अन्य शक्तियों का नियामक व संचालक बना देता है. ऐसी राजनीतिक व्यवस्था या राज्य वाला समाज राजनीतिक दृष्टि से आधुनिक कहा जाएगा.

2. **राज्य या केन्द्र का समाज में अधिकाधिक प्रवेश या पहुँच**—18वीं तथा 19वीं सदी में पुलिस राज्य की अवधारणा, जो व्यक्ति के जीवन में न्यूनतम हस्तक्षेप की मान्यता पर आधारित थी. उसका सम्बन्ध मूलतः बाह्य-आक्रमण से देश की रक्षा करना एवं आन्तरिक शान्ति एवं व्यवस्था बनाए रखने से था. 20वीं सदी में लोक कल्याणकारी राज्य के विकास ने सरकार या प्रशासन के कार्यों को इतना अधिक बढ़ा दिया है कि अब उसका समाज में प्रवेश होने लगा है. अब मनुष्य के जन्म से लेकर मृत्यु तक का सारा जीवन सरकार की पहुँच में आ गया है. समाज के क्षेत्र में सरकार की गतिविधियों के क्षेत्र के विस्तार में काफी सहायता पहुँचाई है. सरकार की गतिविधियों का क्षेत्र-विस्तार राजनीतिक आधुनिकीकरण की निशानी है.

3. **केन्द्र तथा परिसर की अन्तःक्रिया में वृद्धि**—आधुनिक राजनीतिक समाजों में केन्द्र और परिसर की अन्तःक्रिया बहुत बढ़ जाती है. यह उल्लेखनीय है कि यहाँ केन्द्र का अर्थ राजनीतिक व्यवस्था से है तथा परिसर का अर्थ समाज है. राजनीतिक दलहित और दबाव समूह नौकरशाही और निर्वाचनों के माध्यम से यह अन्तःक्रिया बढ़ती है संचार के साधनों के द्वारा इसमें निरंतरता बनी रहती है.

4. **सत्ता में परम्परागत क्षेत्रों का निर्बल होना**—परम्परागत राजनीतिक समाजों में राजनीतिक सत्ता का स्रोत, कबीलों के मुखिया, राजा-महाराजा, धार्मिक गुरु, पारिवारिक प्रमुख इत्यादि होते हैं. राजनीतिक आधुनिकीकरण में सत्ता के इन परम्परागत स्रोतों का लोप होने लगता है. अगर ये समाज में बने भी रहते हैं, तो भी इनकी शक्ति कम हो जाती है और व्यक्ति इनके प्रति निष्ठा नहीं रखकर राष्ट्रीय राजनीतिक सत्ता के प्रति निष्ठावान बन जाते हैं. हंटिंगटन तथा कार्ल डब्ल्यू. डॉयच ने राजनीतिक आधुनिकीकरण की इस विशेषता को सबसे महत्वपूर्ण माना है. उसके अभाव में आधुनिकीकरण के अन्य सभी लक्षण प्रभावहीन बन जाते हैं. इसलिए राजनीतिक आधुनिकीकरण की संक्षिप्त परिभाषा करते हुए हंटिंगटन ने इसे 'परम्परा से मुक्ति' कहा है.

5. **राजनीतिक संस्थाओं का विभिन्नीकरण एवं विशेषीकरण**—चूँकि आधुनिक राजनीतिक व्यवस्था के अन्तर्गत सरकार के कार्यों में अधिक वृद्धि हो जाती है. इसलिए सरकार को अपने विस्तृत कार्यों के सुचारु रूप से सम्पादन के लिए संस्थागत व्यवस्थाओं का विभिन्नीकरण करना आवश्यक हो जाता है. साथ-ही-साथ कार्यों के पेंचीदगी के चलते भी ऐसा करना आवश्यक हो जाता है. संस्थाओं के विभिन्नीकरण और विशेषीकरण के बिना यह सम्भव हो ही नहीं सकता कि सरकारें सब काम ठीक ढंग से कर सकें, जिन्हें करने के लिए आधुनिक समाजों में उन्हें उत्तरदायित्व सौंपा जाता है.

6. **राजनीति में जनसाधारण की बढ़ी हुई सहभागिता**—राजनीतिक संस्थाओं और प्रक्रियाओं में जन-सहभागिता भी राजनीतिक आधुनिकीकरण का एक महत्वपूर्ण मापदण्ड है. ऐसी जन-सहभागिता का अभाव विशेष रूप से विकासशील राजनीतिक व्यवस्थाओं में देखने को मिलता है. नागरिक राजनीतिक व्यवस्था के प्रति इतने उदासीन एवं निष्कृत होते हैं कि वे सहभागिता के सबसे महत्वपूर्ण अवसर निर्वाचन तक का उपयोग नहीं करते, परन्तु साथ-ही-साथ कुछ विकासशील राजनीतिक व्यवस्थाओं में सहभागिता सब सीमाओं को पार करके अराजकता की स्थिति की अवस्था की प्रवृत्ति को रखती है. ऐसी स्थिति में सहभागिता ऐसी होनी चाहिए जिसमें व्यक्ति अपने दायित्वों को समझते हुए भाग ले. स्पष्टतः राजनीतिक आधुनिकीकरण के लिए सहभागिता उत्तरदायित्वपूर्ण होनी चाहिए. बिना उत्तरदायित्व के सहभागिता निरर्थक है.

7. **व्यक्तियों का सम्पूर्ण राजनीतिक व्यवस्था से अब अधिकाधिक अभिज्ञान**—राजनीतिक आधुनिकीकरण वाली व्यवस्था में मनुष्यों के विचारों एवं दृष्टिकोणों में ऐसा परिवर्तन आता है कि राष्ट्रीय व्यवस्था अर्थात् सम्पूर्ण राजनीतिक व्यवस्था के प्रति निष्ठा की जड़ सुदृढ़ हो जाती है. अन्य राजनीतिक संस्थाओं के प्रति लगाव तथा निष्ठा से मनुष्य ऊपर उठ जाता है. यह ऊपर उठने की अवस्था ही राजनीतिक आधुनिकीकरण की अवस्था है.

8. **वृहत्तर तथा व्यापक आधार वाली नौकरशाही**—राजनीतिक आधुनिकीकरण वाले समाज में सरकार के कार्यों में वृद्धि एवं उन कार्यों के सफल सम्पादन के लिए नौकरशाही का आधार आवश्यक रूप से वृहत्तर हो जाता है, परन्तु राजनीतिक व्यवस्थाओं को केवल नौकरशाही के वृहत्तर

आकार के आधार पर ही आधुनिक नहीं कहा जा सकता. वास्तव में, आधुनिकीकरण के लिए नौकरशाही के वृहत्तर आकार से कहीं अधिक महत्वपूर्ण उसका व्यापक आधार है. अर्थात् ऐसी व्यवस्था हो, जिससे प्रशासक समाज के सभी वर्गों से आ सके. अफ्रीका, एशिया तथा लैटिन-अमरीका के देशों में व्यापक नौकरशाही का अभाव पाया जाता है. नौकरशाही अभिजन के वर्ग के नीचे के वर्गों से कोई प्रवेश पा सकना बहुत कठिन होता है.

राजनीतिक आधुनिकीकरण की उपर्युक्त विशेषताओं को अधिकांश पश्चिमी देशों ने प्राप्त किया है और यही कारण है कि उन्हें आधुनिकीकृत राजनीतिक व्यवस्था कहा जाता है, चूँकि विकासशील राज्यों में उपर्युक्त विशेषताएँ बहुत ही कम मात्रा में पाई जाती हैं. इसलिए उन्हें आधुनिकीकृत राजनीतिक व्यवस्था के रूप में स्वीकार नहीं किया जाता. निःसन्देह इन विकासशील देशों में अच्छी संवैधानिक व्यवस्थाएँ तथा संस्थागत व्यवस्थाएँ स्थापित की गई हैं, फिर भी राजनीतिक आधुनिकीकरण की विशेषताओं से विभूषित न होने से ये उस रूप में कार्य नहीं करते जिस रूप में पश्चिमी राजनीतिक व्यवस्थाएँ करती हैं.

9. **राजनीतिक आधुनिकीकरण में अभिकरण**—राजनीतिक आधुनिकीकरण की प्रक्रिया में विभिन्न प्रकार के अभिकरणों एवं माध्यमों की भूमिका रहती है. राजनीति के माध्यम या अभिकरण उन्हें कहा जा सकता है, जो राजनीतिक आधुनिकीकरण में परोक्ष या अपरोक्ष रूप से सहायक होते हैं. ऐसे अभिकरणों में कुछ ऐसे होते हैं, जो राजनीतिक आधुनिकीकरण की प्रक्रिया में मौलिक भूमिका निभाते हैं और कुछ को अभिकरणों की संज्ञा दी जाती है. समस्त मौलिक भूमिका निभाने वाले अभिकरणों तथा सहायक अभिकरणों की संख्या इतनी हो सकती है कि उन सबकी चर्चा सम्भव नहीं है.

जहाँ तक राजनीतिक आधुनिकीकरण के प्रमुख अभिकरणों तथा माध्यमों का प्रश्न है, ये तीन हैं—

(क) अभिजनों तथा बुद्धिजीवियों की भूमिका

(ख) विचारधारा की भूमिका

(ग) सरकार की भूमिका

राजनीतिक आधुनिकीकरण के सहायक अभिकरणों में राजनैतिक दलों, शिक्षण-संस्थाओं तथा चुनावों का नाम लिया जा सकता है. सच पूछा जाए, तो इन सहायक अभिकरणों की भूमिका मुख्य अभिकरणों से बहुत हद तक सम्बन्धित है. फिर भी अधिक स्पष्टता के लिए इनका अलग से संक्षिप्त विवरण प्रस्तुत किया जा सकता है.

अभिजनों तथा बुद्धिजीवियों की भूमिका—19वीं सदी की मध्य से परेटो, मोस्का, मिचैल्स तथा कुछ अन्य विद्वानों ने राजनीतिक अभिजनों की अवधारणा का समर्थन किया. राजनीतिक अभिजन वर्ग के सिद्धान्त के प्रतिपादकों के अनुसार प्रत्येक समाज में लोगों के एक छोटे से समूह द्वारा ही शासन किया जाता है और इस कार्य में प्रभुत्व की क्षमता के गुण होते हैं. यह बात लोकतांत्रिक शासन-प्रणालियों के बारे में भी उतनी ही सही है जितनी कि स्वेच्छाचारी या सर्वाधिकारवादी शासनों के बारे में, यह वर्ग अभिजनों तथा बुद्धिजीवियों का वर्ग है जो सत्ता के वास्तविक धारक या सम्भावित धारक होते हैं. राजनीतिक आधुनिकीकरण का सबसे महत्वपूर्ण अभिकरण उन्हीं को माना जा सकता है.

राजनीतिक अभिजन वर्ग तथा बुद्धिजीवियों के विचार मान्यताएँ तथा आकांक्षाएँ राजनीतिक आधुनिकीकरण का परिप्रेक्ष्य तैयार करती हैं. इन्हीं के द्वारा राजनीतिक आधुनिकीकरण की क्रियाएँ सक्रिय या शिथिल बनती हैं. हर सरकार का स्थायित्व और आधुनिकीकरण में योगदान इस बात पर निर्भर करता है कि इसमें संचालक अभिजन बदलती हुई सामाजिक आवश्यकताओं को पहचानने और उनके अनुरूप राजनीतिक व्यवस्था को बनाए रखने में कितने सक्षम हैं?

प्रत्येक राजनीतिक व्यवस्था में राजनीतिक प्रक्रिया को मोड़ने से लेकर उलटने तक का कार्य करने की क्षमता और शक्ति राजनीतिक अभिजनों में होती है. इसलिए राजनीतिक आधुनिकीकरण में इनका स्थान और महत्व निर्णायक होता है नौकरशाही अभिजन वर्ग का ही एक भाग है. इसका देश के प्रशासन और आधुनिकीकरण में महत्व सर्वाधिक है. यूँ तो राजनीतिक अभिजन वर्ग राजनीतिक आधुनिकीकरण में सकारात्मक भूमिका निभाने की क्षमता एवं शक्ति रखते हैं, परन्तु यदि वे अपनी भूमिका का ठीक तरह से निर्वाह नहीं कर पाए, तो राजनीतिक आधुनिकीकरण की प्रक्रिया ठप भी पड़ सकती है. यह बात अधिकांश विकासशील राज्यों में देखने को मिलती है.

विचारधारा की भूमिका—विचारधारा का भी राजनीतिक आधुनिकीकरण की प्रक्रियाओं में गति लाने के लिए सहारा लिया जाता है. राजनीतिक समाज में परिवर्तन की क्रियाओं को दिशा देने और प्राथमिकताओं के निर्धारण में राजनीतिक विचारधारा की भूमिका 20वीं सदी में विशेष रूप से काफी बढ़ गई है. राजनीतिक आधुनिकीकरण के लक्षणों का सम्बन्ध मनुष्यों की अभिवृत्तियों से होता है. विचारधारा के माध्यम से मनुष्यों की अभिवृत्तियों में परिवर्तन लाना आसान हो जाता है, जो राजनीतिक आधुनिकीकरण के अनुरूप हो. उदाहरण के लिए विचारधारा के आधार पर सत्ता के परम्परागत स्रोतों को निर्बल करना आसान हो जाता है. राष्ट्रीय अभिज्ञान, राज्य की एकता और ठोसता राजनीतिक सहभागिता एवं राष्ट्र के प्रति निष्ठा की उत्पत्ति में विचारधारा का योगदान बहुत अधिक होता है. पूर्व सोवियत रूस तथा अन्य यूरोपीय देशों में साम्यवादी विचारधारा द्वारा राजनीतिक आधुनिकीकरण की

प्रक्रिया में सराहनीय भूमिका अदा की गई. विकासशील राज्यों में निश्चित विचारधारा का अभाव पाया जाता रहा है.

सरकार की भूमिका—चूँकि सरकार के तत्वावधान में ही आधुनिकीकरण की सारी गतिविधियाँ संचालित होती हैं. इसलिए राजनीतिक आधुनिकीकरण के अभिकरणों के रूप में सरकार का विशेष महत्व हो जाता है. आधुनिक युग का नागरिक राजनीतिक आधुनिकीकरण लाने में सरकार को अधिक सक्षम मानता है, क्योंकि सरकार के पास बाध्यकारी शक्ति होती है. सरकारें अपने निर्णयों को क्रियान्वित करने की स्थिति में होती हैं. सत्ता में बने रहने के लिए सरकार राजनीतिक आधुनिकीकरण के कार्य को प्राथमिकता प्रदान करती है.

सरकार बाध्यकारी शक्ति का प्रयोग करके आधारभूत और आमूल परिवर्तन लाने की क्षमता रखती है. विकासशील राज्यों में राजनीतिक व्यवस्थाओं का आधुनिकीकरण करने में सरकारें ही सर्वाधिक महत्वपूर्ण संस्थात्मक व्यवस्थाएँ रही हैं. सरकारें आधुनिकीकरण के विरोध में उठने वाली स्वार्थी शक्तियों को हटाने की शक्ति से मुक्त होने के कारण विकासशील राज्यों में बहुत अधिक महत्व प्राप्त कर लेती हैं. यह भी उल्लेखनीय है कि विकासशील राज्यों में सरकारों पर जनता अत्यधिक आश्रित हो गई है और राजनीतिक आधुनिकीकरण सम्बन्धी कार्यों के निर्वाह का दायित्व सरकार पर ही छोड़ दिया जाता है.

राजनीतिक आधुनिकीकरण के उपर्युक्त तीनों महत्वपूर्ण अभिकरणों के अतिरिक्त राजनीतिक दल, शैक्षिक संस्थाएँ तथा चुनावों की भूमिका का भी उल्लेख किया जा सकता है. राजनैतिक दलों का संगठन सामान्यतः समान विचार के आधार पर होता है और राजनीतिक दलों के माध्यम से ही विचारधारा राजनीतिक आधुनिकीकरण की प्रेरक बनती है. राजनीतिक आधुनिकीकरण की प्रक्रिया में राजनीतिक दल विकासशील राज्यों तथा विकसित राज्यों दोनों ही राजनीतिक व्यवस्थाओं में सक्रिय रहते हैं.

शैक्षणिक संस्थाओं का भी राजनीतिक आधुनिकीकरण की प्रक्रिया में हाथ हो सकता है. शिक्षा के माध्यम से निश्चित रूप से लोगों की मनोवृत्ति एवं पूर्वधारणाओं को बदलने में सहायता मिल सकती है. जहाँ तक चुनावों का प्रश्न है. इसके चलते राजनीति में बढ़ती हुई जनसाधारण की सहभागिता सम्भव हो पाती है.

राजनीतिक आधुनिकीकरण के आयाम—विश्व के तमाम राष्ट्रों की शासन व्यवस्थाओं में राजनीतिक आधुनिकीकरण के एकसमान आयाम नहीं पाए जाते हैं अर्थात् विभिन्न शासन प्रणालियों में राजनीतिक आधुनिकीकरण के अलग-अलग आयाम पाए जाते हैं, इसके बावजूद इसमें अन्तर देखने को मिलता है और इनमें परिवर्तन भी होता रहता है. ये प्रत्येक व्यवस्था को बदलते रहे हैं और नए-नए आयामों का निर्माण करने में अनेक कारण भी माने जाते हैं.

एडवर्ड शिल्स ने राजनीतिक आधुनिकीकरण के आयामों को पाँच भागों में विभाजित किया है, जो इस प्रकार हैं—

1. **राजनीतिक लोकतंत्र**—इसे शिल्स प्रतिनिधि संस्थाओं एवं सार्वजनिक स्वतन्त्रताओं के माध्यम से नागरिक शासन मानते हैं. जिनके अनुसार इसकी निम्नलिखित विशेषताएँ हैं—प्रथम, सार्वजनिक मताधिकार नियमित समय पर निर्वाचित विधायिका. जो विधायी रूप में सर्वोच्च होती है. कार्यपालिका पर नियंत्रण रखती है और कानून बनाती है. द्वितीय, राजनीतिक दलों का अस्तित्व जो चुनाव में प्रतियोगिता करके सरकार बनाते हैं. तीसरी, राजनीतिक सत्ता एक निश्चित समय के लिए ही ग्रहण की जाती है. चौथी, आलोचना का अधिकार सुरक्षित रहता है. पाँचवीं, न्यायपालिका स्वतन्त्र होती है. छटवीं, आम जनता लोकतंत्रीय आत्मसंयम में रहती है. सातवीं, सरकार के प्रति लोगों की निष्ठा होती है. आठवीं, नौकरशाही का आधार व्यापक होता है. नवीं, सेना और पुलिस की व्यवस्था सन्तोषजनक होती है. दसवीं, आम जनता लोकतंत्रीय मूल्यों के प्रति प्रतिबद्ध होती है.

2. **अभिभावकीय लोकतंत्र**—अभिभावकीय लोकतंत्र से शिल्स का तात्पर्य वैसी राजनीतिक व्यवस्थाओं से है जहाँ लोकतंत्रीय संस्थाओं का अस्तित्व, तो कायम रहता है, लेकिन सत्ता का कार्यपालिका के हाथ में सर्वहस्त केन्द्रीयकरण हो जाता है, लेकिन शिल्स के अनुसार शासक वर्ग की प्रवृत्ति अन्ततोगत्वा राजनीतिक लोकतंत्र की ओर बढ़ने की होती है. इसकी निम्नलिखित विशेषताएँ हैं–पहली, इस व्यवस्था में शक्ति का मुख्य केन्द्र कार्यपालिका होती है जिसका निर्माण बहुत शक्तिशाली व्यक्तियों के समूह द्वारा किया जाता है और ये सरकार और दल दोनों पर नियंत्रण रखते हैं. दूसरी, व्यवस्थापिका कार्यपालिका के नियंत्रण में काम करती है और इसकी भूमिका सीमित कर दी जाती है. तीसरी, विरोध की गुंजाइश रहती है, लेकिन संचार के साधन नियंत्रित कर दिए जाते हैं. चौथी, एक सदन एवं कर्तव्यनिष्ठ नौकरशाही प्रशासन चलाती है. पाँचवीं, कानून का शासन एवं नागरिक आजादी मोटे तौर पर सुरक्षित रहते हैं.

3. **आधुनिकीकरणशील वर्गतंत्र**—इससे शिल्स का तात्पर्य वैसी राजनीतिक व्यवस्थाओं से है. जो परम्परागत वर्गतंत्र का केन्द्रीयकरण मुट्ठीभर नागरिकों के विशिष्ट वर्ग अथवा सैनिक विशिष्ट वर्ग के हाथ में होता है. यह निरंकुशवादी व्यवस्था है जिसकी निम्नलिखित विशेषताएँ हैं—पहली, संसद प्रशासन के निर्णय पर मुहर लगाने वाली संस्था रह जाती है, इसके हाथ में कोई अर्थपूर्ण अधिकार नहीं रह जाता. दूसरी, विरोध-पत्र को समाप्त कर दिया जाता है. तीसरी, राजनीतिक दल समाप्त

कर दिए जाते हैं. चौथा, निष्पक्ष चुनाव नहीं होते. पाँचवीं, जनसंचार के आधार पर सेन्सरशिप लागू कर दी जाती है. छटवीं, नौकरशाही काफी मजबूत होती है.

4. **सर्वाधिकारवादी वर्गतंत्र**—शिल्स के अनुसार सर्वाधिकारवादी वर्गतंत्र एक राजनीतिक सिद्धान्त को लेकर चलता है. इसके अन्तर्गत साम्यवादी और फासीवादी व्यवस्थाओं को शामिल किया जाता है. इसकी भी अपनी कई विशेषताएँ हैं—पहली, सम्पूर्ण शक्ति का केन्द्रीयकरण एक शासक-गिरोह के हाथ में हो जाता है. जिसका आधार वर्ग या जाति होती है. दूसरी, शासक समूह यह मानकर चलता है कि उसे ही इतिहास के चक्र का ज्ञान है. तीसरी, इसमें कानून का शासन नहीं होता और न्यायपालिका स्वतंत्र नहीं होती. चौथी, विशिष्ट वर्ग के लोग अनुशासित और एकीकृत गिरोह के रूप में काम करते हैं. दलीय अनुशासन बहुत कठोर होता है. पाँचवीं, प्रशासन और नौकरशाही दोनों का आधार एकदलीय शासन व्यवस्था होती है. छटवीं, व्यवस्था को समर्थन देने के लिए एक प्रतिबद्ध बुद्धिजीवी जमात खड़ी की जाती है.

5. **परम्परावादी वर्गतंत्र**—शिल्स का यह अन्तिम मॉडल आधुनिकीकरण और विकास में सशक्त नहीं माना जा सकता इसमें शासक का आधार रक्त सम्बन्ध, खानदान, रिश्तेदारी, देश, जाति आदि होते हैं. इसकी निम्नलिखित विशेषताएँ हैं—पहली, इसमें व्यवस्थापिका के लिए कोई महत्वपूर्ण स्थान नहीं होता. दूसरी, इसमें सक्षम नौकरशाही भी नहीं होती. तीसरी, इसमें सामन्तों का प्रभाव ज्यादा होता है. चौथी, विरोध पक्ष का अस्तित्व नहीं रहता और रहता भी है, तो प्रभावकारी नहीं होता. पाँचवीं, शासन को बनाए रखने के लिए एक छोटी फौज रखी जाती है.

लेकिन शिल्स के इस वर्गीकरण को बहुत से विद्वान् स्वीकार नहीं करते, क्योंकि उनकी दृष्टि में यह बहुत से तथ्यों की अवहेलना करता है और सन्तोषजनक नहीं है. जाहिर है कि राजनीतिक आधुनिकीकरण की परिभाषा इसकी विशेषता, इसके अभिकरणों तथा इसके मॉडल को लेकर तुलनात्मक राजनीति के विद्वानों में गम्भीर मतभेद हैं. कोई किसी पहलू पर जोर देता है, तो कोई दूसरे किसी पहलू पर, कोई सहभागिता को महत्वपूर्ण मानता है, तो कोई विभेदीकरण और विशेषीकरण को महत्वपूर्ण मानता है. यह राजनीतिक आधुनिकीकरण दृष्टिकोण और उपागम की पहली कमजोरी है. इसकी दूसरी कमजोरी यह है कि राजनीतिक आधुनिकीकरण को नापने के लिए यह उपागम कोई ठोस आधार प्रस्तुत नहीं करता. विभेदीकरण, विशेषीकरण, राष्ट्रीय बनाया जाए इसका कोई ठोस आधार राजनीतिक आधुनिकीकरण उपागम में हमें नहीं मिलता. इस उपागम की तीसरी कमजोरी यह है कि इसके समर्थक दुनिया की राजनीतिक व्यवस्थाओं को विशिष्ट वर्ग की अवधारणा के दृष्टिकोण से देखते हैं और इसी आधार पर दुनिया की राजनीतिक व्यवस्थाओं का वर्गीकरण भी करते हैं. अन्त में राजनीतिक आधुनिकीकरण उपागम राजनीति का इतना व्यापक दृष्टिकोण लेकर चलता है कि दूसरे सामाजिक शास्त्र के बीच सीमा रेखा ही समाप्त होने लगती है.

विवेचनोपरान्त निष्कर्ष के रूप में यह कहा जा सकता है कि राजनीतिक आधुनिकीकरण उपागम और दृष्टिकोण से तुलनात्मक राजनीतिक विश्लेषण में काफी महत्वपूर्ण है. इसके विकसित होने के कारण हमारा शोध कार्य काफी आगे बढ़ा है और तुलनात्मक राजनीति का क्षेत्र भी विस्तारित हुआ है.

प्रभावी गुट
(Pressure Groups)

वर्तमान समय में प्रभावी गुट को सामान्य रूप से राजनीतिक प्रक्रिया का एक बहुत ही महत्वपूर्ण भाग माना जाने लगा है. यूँ तो 1908 में ही सर्वप्रथम आर्थर बोण्टले (Arthur Bontley) ने अपनी पुस्तक 'The Process of Government' में दबाव समूहों की महता को स्वीकार किया था, परन्तु 1940 एवं 1950 वाले दशक में राजनीतिक शास्त्र में व्यवहारवाद के आगमन के पश्चात् ही दबाव समूहों के अध्ययन में वास्तविक अभिरुचि शुरू हुई. आज विशेष रूप से तुलनात्मक राजनीति में प्रभावी गुट का अध्ययन बहुत ही महत्वपूर्ण एवं रोचक विषय बन गया है. आमण्ड (Almond), बॉल (Boll), वी.ओ. के (V.O.Key) तथा बहुत से अन्य लेखकों ने प्रभावी गुटों के सम्बन्ध में रोचक तथा विस्तृत अध्ययन प्रस्तुत किए हैं.

यद्यपि अधिकांश विद्वान् इस बात को स्वीकार करते हैं कि आज दबाव समूह राजनीतिक प्रक्रिया के महत्वपूर्ण पहलू हो गए हैं, उनके बीच दबाव समूह के अर्थ के सम्बन्ध में उसके नामकरण के सम्बन्ध में मतैक्य नहीं पाया जाता. दबाव समूह के लिए हित समूह और लोभी समूहों जैसे शब्दों का इस्तेमाल किया जाता है, परन्तु दबाव समूह शब्द ही ज्यादा लोकप्रिय एवं मान्य रहा है.

प्रभावी गुट के सम्बन्ध में आमण्ड वी.ओ. के तथा कुछ अन्य विद्वानों ने जो परिभाषाएँ दी हैं, उनके आधार पर यह कहा जा सकता है कि दबाव समूह सामान्य उद्देश्य रखने वाला वैसे गैर-सरकारी प्रक्रिया का समूह होता है, जो औपचारिक सरकारी पदों पर अपने सदस्यों को लाने का प्रयास न करते हुए, विधायन एवं प्रशासकीय नीतियों के कार्यान्वयन अपने मनोनुकूल प्रभावित करने का प्रयत्न करते हैं. विधायन एवं सरकारी नीतियों के कार्यान्वयन को प्रभावित करने के लिए वे विभिन्न प्रकार के दबावों का सहारा लेते हैं और इसलिए समूह के पहले दबाव शब्द का प्रयोग सटीक प्रतीत होता है. यह उल्लेखनीय है कि औपचारिक सरकारी

पदों पर अपने सदस्यों को न लाने के चलते ये प्रभावी गुट राजनैतिक दलों से भिन्न हो जाते हैं.

प्रभावी गुट : परिभाषा व अर्थ—दबाव समूह विशेष हितों के साथ जुड़े ऐसे शक्ति संगठन है, जो अपने सदस्य के हितों की रक्षा के लिए सार्वजनिक नीति को प्रभावित करने की चेष्टा में रहते हैं. दबाव समूहों की कुछ प्रमुख परिभाषाएँ निम्नलिखित हैं—

1. **ओडेगार्ड** के अनुसार, "प्रभावी गुट ऐसे लोगों का औपचारिक संगठन है जिसके एक या अधिक सामान्य उद्देश्य अथवा स्वार्थ होते हैं और जो घटनाओं के क्रम को विशेष रूप से सार्वजनिक नीति के निर्माण और प्रशासनिक कार्यों को इसलिए प्रभावित करने का प्रयत्न करते हैं कि वे अपने हितों की रक्षा व वृद्धि कर सकें."
2. **एच. जेगलर** के शब्दों में, "प्रभावी गुट ऐसा संगठित समूह है जो अपने सदस्यों को सरकारी पदों पर बिठाए बिना सरकारी निर्णयों को प्रभावित करने की इच्छा रखते हैं."

स्पष्ट शब्दों में इन प्रभावी गुटों को सार्वजनिक नीति को प्रभावित करने के उद्देश्य हेतु 'गैर-सरकारी' समूह कहा जाता है. उदाहरणस्वरूप, व्यवसायों, उद्योगों, श्रमिक आदि अन्य वर्गों के गुट प्रशासनिक कार्यों को प्रभावित करने का प्रयास करते हैं जिनसे वे अपने हितों में कानून बनवा सकें या उनके हितों को हानि पहुँचाने वाले कानूनों को वापस करके अथवा उसमें संशोधन के लिए प्रशासनिक कार्यों को प्रभावित कर सके.

प्रभावी गुट के लक्षण

प्रभावी गुट के निम्नलिखित लक्षण हैं—

1. **सीमित सदस्यता**—प्रभावी गुट की सदस्यता एक वर्ग तक ही सीमित होती है. उदाहरणार्थ भारतीय मजदूर संघ, अखिल भारतीय ट्रेड यूनियन काँग्रेस इत्यादि की सदस्यता केवल मजदूरों तक ही सीमित होती है. इसी प्रकार अखिल भारतीय मिल मालिकों की सदस्यता अपने सदस्यों तक ही सीमित होता है.
2. **सीमित उद्देश्य**—प्रभावी गुट का उद्देश्य अपने सदस्यों के कल्याण तक ही सीमित होता है न कि सार्वजनिक जन कल्याण हेतु.
3. **संगठित तथा असंगठित स्वरूप**—प्रभावी गुट संगठित तथा असंगठित दोनों होता है. उदाहरण के लिए 'ऑल इण्डिया मिल ऑनर्स एसोसिएशन' और ऑल इण्डिया ट्रेड यूनियन कांग्रेस' तथा अखिल भारतीय व्यापार तथा वाणिज्य संघ पूरी तरह संगठित है, जबकि असंख्य छोटे-छोटे असंगठित प्रभावी गुट हैं.
4. **निजी हितों के सम्बद्ध**—प्रभावी गुट सदा ही अपने सदस्यों के हितों की वृद्धि से ही सम्बन्धित रहा है.
5. **शासन पर अधिपत्य जमाने की अनिच्छा**—प्रभावी गुट चुनाव में अप्रत्यक्ष रूप से भाग लेते हैं, लेकिन इनका उद्देश्य सत्ता हथियाना नहीं होता है. इनका उद्देश्य मन्त्रियों, शासनाधिकारियों और विधायकों पर विभिन्न तरीकों से प्रभाव डालकर अपना कार्य निकालना होता है.
6. **संवैधानिक और असंवैधानिक साधनों का प्रयोग**—प्रभावी गुट चुनाव में अपने हित पूर्ति के लिए किसी भी प्रकार के संवैधानिक या असंवैधानिक साधनों का प्रयोग करता है. अपने उद्देश्य पूर्ति के लिए उचित, अनुचित का अन्तर नहीं देखता है.

प्रभावी गुट और राजनीतिक दल—प्रभावी गुट ऐच्छिक और गैर राजनीतिक संगठन है. इसका प्रत्यक्ष रूप से किसी राजनीतिक दल से सम्बन्ध नहीं होता है, किन्तु वे उद्देश्यों की पूर्ति के लिए किसी-न-किसी दल से अपना सम्पर्क स्थापित अवश्य करते हैं. प्रभावी गुट के संगठन का मौलिक कारण सामाजिक, आर्थिक या व्यावसायिक होता है, राजनीतिक नहीं. इसके बावजूद ये राजनीतिक प्रक्रिया का एक अंग ही है, वह राजनीति को सुदृढ़ बनाने अथवा उससे बदलने का प्रयास करता है, परन्तु सरकार बनाना नहीं चाहते हैं और राजनीतिक दल के बीच अन्तर इस प्रकार है—

1. राजनीतिक दल प्रभावी गुट की अपेक्षा अधिक विस्तृत है.
2. प्रभावी गुट न केवल आकार या संगठन की दृष्टि से, बल्कि उद्देश्यों की दृष्टि से भी राजनीतिक दल से छोटे व संकीर्ण होते हैं. राजनीतिक दल के पास कार्यक्रम होते हैं, जबकि प्रभावी गुट का मुख्य उद्देश्य सदस्यों के हितों की रक्षा करना है. इसलिए वह किसी भी समय अपनी निष्ठा एक दल के बजाए दूसरों को दे सकता है.
3. राजनीतिक दल निर्वाचन में सक्रिय रूप से भाग लेते हैं, परन्तु प्रभावी गुट निर्वाचन में भाग नहीं लेते हैं. दूसरे शब्दों में, प्रभावी गुट निर्वाचन में अपने उम्मीदवार खड़ा नहीं करते हैं, वे तो केवल नीतियों को प्रभावित करके अपने हितों की रक्षा व वृद्धि चाहते हैं.
4. प्रभावी गुट राजनीतिक गतिविधियों में सक्रिय रूप से भाग नहीं लेते हैं, जैसाकि राजनीतिक दल लेते हैं, फिर भी ये विभिन्न राजनीतिक दलों और प्रशासनिक एजेन्सियों के माध्यम से सरकार पर प्रभाव डालते हैं.
5. राजनीतिक दल विधानमण्डल के भीतर और बाहर दोनों स्थानों पर कार्य करते हैं, जबकि प्रभावी गुट केवल विधानमण्डल के बाहर ही कार्य करता है.
6. एक व्यक्ति एक समय में एक ही राजनीतिक दल की सदस्यता ग्रहण कर सकता है, जबकि एक ही व्यक्ति एक समय में अनेक प्रभावी गुटों की सदस्यता ग्रहण कर सकता है.

7. प्रभावी गुट के सन्दर्भ में जैसाकि स्पष्ट है कि इसका उद्देश्य सत्ता प्राप्त करना नहीं होता है, जैसाकि राजनीतिक दलों का होता है. इसके साथ ही मतदाता का समर्थन राजनीतिक दल के पास होता है, जबकि प्रभावी गुट को एक विशिष्ट वर्ग का ही समर्थन प्राप्त होता है.

प्रभावी गुटों का वर्गीकरण—प्रभावी गुटों का वर्गीकरण अनेक आधारों पर किया जाता है. इसी कारण इनका वर्गीकरण उनके संगठन की प्रकृति अस्तित्व की अवधि और कार्यक्षेत्र आदि अनेक आधारों पर किया जाता है. उद्देश्यों की दृष्टि से प्रभावी गुट को 'स्वार्थी और लोकहितकारी' इन दो वर्गों में रखा जा सकता है. व्यापारी संघ, श्रमिक संघ आदि वर्ग विशेष के हितों की साधना करते हैं. अतः प्रभावी गुट को स्वार्थी कहा जाता है. दूसरी ओर गौ सेवा संघ, भारत सेवक समाज या नारी कल्याण संघ को लोकहितकारी समूह कहा जाता है.

संगठन की दृष्टि से प्रभावी गुट के दो भेद होते हैं; औपचारिक और अनौपचारिक. औपचारिक समूह के संगठन का एक विधान और निश्चित कार्यप्रणाली नहीं होती है. इसी तरह कार्यक्षेत्र के आधार पर जो समूह अत्यन्त सीमित क्षेत्र में कार्य करती है. उन्हें स्थानीय व जिनका क्षेत्र व्यापक होता है उन्हें देशव्यापी समूह कहा जाता है. आजकल राजनीति विज्ञान के कुछ विद्वानों द्वारा भी प्रभावी गुटों के वर्गीकरण सामने आते हैं—ब्लौण्डेल का वर्गीकरण तथा आमण्ड का वर्गीकरण.

ब्लौण्डेल ने दबाव समूहों का वर्गीकरण प्रेरक तत्वों के आधार पर किया है. इनके विचारानुसार, प्रमुख रूप से दो प्रकारों के प्रभावी गुट होते हैं. पहला सामुदायिक प्रभावी गुट और दूसरा संघात्मक प्रभावी गुट. आमण्ड ने इन गुटों को हित समूह का नाम देकर इन समूहों की चारित्रिक विशेषताओं को उनके वर्गीकरण का आधार माना है. आमण्ड के अनुसार 'गुटों' के चार प्रकार होते हैं—1. संस्थात्मक (Institutional) 2. असंस्थात्मक (Non-Associational), 3. प्रदर्शनात्मक (Anomic) और 4. संघात्मक (Associational).

ब्लौण्डेल एवं आमण्ड तथा अन्य विचारधाराओं के आधार पर प्रभावी गुटों को प्रमुखतया चार भागों में वर्गीकृत किया जा सकता है—

1. **समुदायात्मक प्रभावी गुट**—समुदायात्मक प्रभावी गुट उद्देश्यों की पूर्ति के लिए विशेष संगठित होता है. इनकी मुख्य विशेषता अपने विशेष हितों की पूर्ति करना होता है. इसमें मुख्य है—व्यावसायिक संगठन, श्रमिक संगठन, कृषक संगठन और सरकारी कर्मचारियों के संगठन आदि.

2. **संस्थानात्मक प्रभावी गुट**—संस्थानात्मक प्रभावी गुट राजनीतिक दलों, विधानमण्डलों, सेना, नौकरशाही इत्यादि में सक्रिय रहते हैं. इनके औपचारिक संगठन होते हैं. ये गुट अपने हितों की पूर्ति के साथ-साथ अन्य सामाजिक हितों का भी प्रतिनिधित्व करते हैं.

3. **प्रदर्शनकारी प्रभावी गुट**—प्रदर्शनकारी गुट वे हैं जो अपनी माँगों को लेकर गैर संवैधानिक उपायों का सहारा लेते हुए प्रदर्शनकारी विरोध और प्रत्यक्ष कार्यवाही का मार्ग अपनाते हैं.

4. **असमुदायात्मक प्रभावी गुट**—ये ऐसे प्रभावी गुट हैं जो धर्म, जाति, रक्त-सम्बन्ध अथवा अन्य परम्परागत लक्षण पर आधारित होते हैं. ये अनौपचारिक तथा असंगठित होते हैं. सामान्य भाषा में असमुदायात्मक समूहों को परम्परागत और समुदायात्मक समूहों को आधुनिक प्रभावी गुट कहा जाता है.

प्रभावी गुटों की कार्य प्रणाली या तकनीक

प्रभावी गुट द्वारा अपने उद्देश्यों की पूर्ति के लिए निम्नलिखित कार्य प्रणाली या तकनीक अपनाई जाती है—

1. **लॉबिंग**—लॉबिंग का साधारण अर्थ होता है–विधानमण्डल के सदस्यों को प्रभावित कर अपने हित में कानून निर्माण करवाना. लॉबिंग में व्यवस्थापिका के अधिवेशन के समय कुछ विशिष्ट विधेयक को लागू करवाने या न करवाने में रुचि ली जाती है. इस उद्देश्य के लिए विधायिका से व्यक्तिगत सम्पर्क स्थापित करता है. इसके उपरान्त प्रतिनिधि मण्डल, तार, टेलीफोन, शिष्ट मण्डल पत्र आदि साधनों की भी तकनीक अपनाई जाती है. प्रभावी गुट द्वारा ऐसे साधनों का उपयोग मुख्यतया पश्चिमी देशों में अपनाया जाता है. संयुक्त राष्ट्र संघ में लॉबिंग के बढ़ते हुए महत्व को देखते हुए कभी-कभी इसे विधानमण्डल का तीसरा सदन कहकर पुकारा जाता है. इस कार्य के लिए बड़े-बड़े कार्यालय होते हैं और उनमें हजारों अधिकारी तथा कर्मचारी काम करते हैं.

2. **आँकड़े प्रकाशित करना**—नीति-निर्माणकर्ता के अपने पक्ष को प्रभावशाली बनाने के लिए प्रभावी गुट आँकड़े प्रस्तुत करता है, जिससे कि वह अपनी बात को लागू करवा सके.

3. **प्रचार व प्रसार का साधन**—प्रभावी गुट अपने उद्देश्यों की पूर्ति के लिए जनता में अपने पक्ष में सद्भावना के लिए और अपने उद्देश्य पूर्ति में सहायक सिद्ध होने वाले लोगों के दृष्टिकोण को अपने पक्ष में करने के लिए ये विभिन्न प्रभावी गुट अथवा वर्गीय या आर्थिक हितों के प्रभावशाली संगठन, प्रेस, टेलीविजन, रेडियो और सार्वजनिक सम्बन्धों के विशेषज्ञों की सेवाओं का उपयोग करते हैं.

4. **न्यायालय की शरण**—जब प्रभावी गुटों के समुचित प्रयासों के बावजूद उनके हितों को आघात पहुँचाने वाला कानून पारित होता है, तब प्रभावी गुट न्यायालय में याचिका पेश करता है और अपने पक्ष में निर्णय करवाने का प्रयत्न

करता है. उदाहरणस्वरूप, भारत में जब 1969 ई. में 14 प्रमुख बैंकों का राष्ट्रीयकरण किया गया था, तब बैंक संचालकों ने अपने हितों की रक्षा हेतु मौलिक अधिकारों का सहारा लेकर न्यायालय से अपने पक्ष में निर्णय करवाया था.

5. **संसद सदस्यों के मनोनयन में रुचि**—प्रभावी गुट ऐसे व्यक्तियों को चुनावों में दलीय प्रत्याशी मनोनीत करवाने में मदद करते हैं, जो आगे चलकर संसद में उनके हितों की वृद्धि में सहायक हों. वर्तमान समय में ऐसा माना जाता है कि लोकतन्त्रात्मक शासन व्यवस्था में संसद सदस्य प्रभावी गुटों की जेब में होते हैं. चुनाव में संसद सदस्यों को पैसे की आवश्यकता होती है, जो प्रभावी गुट समूह उपलब्ध कराते हैं.

6. **गोष्ठियाँ आयोजित करना**—वर्तमान में प्रभावी गुट विचार-विमर्श तथा वाद-विवाद हेतु गोष्ठियाँ, सेमिनार, भाषण तथा वार्ताएँ आयोजित करता है और अपने मत से प्रभावित करने का प्रयत्न करते हैं.

7. **रिश्वत बेईमानी तथा अन्य उपाय**—अपने उद्देश्यों की पूर्ति के लिए प्रभावी गुट रिश्वत व घूस देने से भी नहीं हिचकिचाते हैं. ये हरसम्भव बेईमानी तथा विरोधी हित को बदनाम करने के प्रयास में रहते हैं. प्रत्येक देश की राजधानी में प्रभावी गुट के सदस्य सक्रियता के रूप में रहते हैं. आधुनिक तकनीकों के प्रयोग में व्यावसायिक प्रभावी गुट अन्य प्रभावी गुटों में सदा ही आगे रहते हैं.

प्रभावी गुट की भूमिका के निर्धारक तत्व

चूँकि प्रभावी गुट सर्वव्यापक है, परन्तु विभिन्न राजनीतिक व्यवस्था में उनके प्रभावों और भूमिका में अन्तर है. प्रभावी गुटों की भूमिका मुख्य रूप से चार तत्वों पर आश्रित होती है, जो निम्नलिखित हैं—

1. **शासन व्यवस्था का स्वरूप**—प्रजातांत्रिक राजनीतिक व्यवस्था में जहाँ व्यक्तियों को नागरिक स्वतन्त्रता प्राप्त होती है, प्रभावी गुट खुले रूप में और अधिक सक्रियता के रूप में कार्य करती है. इस प्रकार की शासन व्यवस्था में प्रभावी गुटों के अस्तित्वों को ही मान्यता प्रदान नहीं की जाती है, बल्कि उन्हें अधिक-से-अधिक कार्य करने की स्वतन्त्रता एवं सुविधा प्रदान की जाती है. इससे शासन तथा प्रभावी गुटों के बीच निरन्तर सम्पर्क स्थापित रहता है. इसके विपरीत सर्वाधिकार-वादी व्यवस्था में प्रभावी गुट गुप्त रूप में कार्य करते हैं और इनकी भूमिका अत्यन्त सीमित होती है. अतः प्रभावी गुटों की भूमिका इस बात पर निर्भर करती है कि शासन व्यवस्था संसदात्मक है या अध्यक्षात्मक. संसदात्मक व्यवस्था के सदस्यों पर कठोर दलीय अनुशासन और कानून निर्माण कार्य में कार्यपालिका के नेतृत्व के कारण प्रभावी गुटों की सक्रियता कम हो जाती है. प्रभावी गुट संसदात्मक व्यवस्था में कार्यपालिका और दलीय स्तर पर अपेक्षाकृत अधिक एवं व्यवस्थापिका के स्तर पर अपेक्षाकृत कम सक्रिय रहते हैं.

लेकिन अध्यक्षात्मक व्यवस्था में व्यवस्थापिका के सदस्यों पर कठोर दलीय अनुशासन नहीं होता तथा कानून निर्माण के क्षेत्र में कार्यपालिका व्यवस्थापिका का नेतृत्व नहीं करती है. अतः कानून निर्माण में प्रभावी गुट का बहुत अधिक प्रभाव पाया जाता है.

2. **राजनीतिक दलों की स्थिति**—प्रभावी गुटों का प्रभाव इस बात पर निर्भर करता है कि किसी राजव्यवस्था में किस प्रकार की दलीय व्यवस्था है? द्वि-दलीय व्यवस्था वाले राज्यों में प्रभावी गुट का प्रभाव अधिक और बहुदलीय व्यवस्था वाले राज्यों में दबाव गुट का प्रभाव कम पाया जाता है.

3. **राजनीतिक संस्कृति और सामाजिक स्थिति**—राजनीतिक संस्कृति और सामाजिक स्थिति प्रभावी गुट के महत्वपूर्ण निर्धारक तत्व हैं. यदि कोई समाज राजनीतिक संस्कृति की दृष्टि से विकसित, आधुनिकीकृत तथा खुला, सभ्य तथा औद्योगिक समाज है, तो वहाँ प्रभावी गुटों की विशेष सक्रियता और राजनीतिक व्यवस्था तथा प्रभावी गुट में निरन्तर सम्पर्क रखना नितान्त आवश्यक है.

4. **प्रभावी गुटों का काल, स्वरूप एवं कार्य संचालन**—राजनीतिक व्यवस्था में प्रभावी गुटों की भूमिका पर्याप्त सीमा तक प्रभावी गुटों का काल और स्वरूप और कार्य संचालन पर आश्रित होती है. अगर दबाव समूह लम्बे समय से चले आ रहे हैं, उनके पास वित्तीय साधन, क्षमता संगठन और नेतृत्व है, तो उनका प्रभावी होना तथा विपरीत परिस्थितियों में उनका कम प्रभावशाली होना नितान्त स्वाभाविक है.

प्रभावी गुट का दोष

प्रभावी गुटों की आलोचना निम्नलिखित आधारों पर की गई है—

1. **अप्रजातांत्रिक**—प्रजातांत्रिक व्यवस्था इस बात की माँग करती है कि जो व्यक्ति या संस्था राजनीतिक शक्ति का प्रयोग करते हैं, वे जनता के प्रति जवाबदेही हो, परन्तु प्रभावी गुट राजनीतिक व्यवस्था से पृथक् भूमिका निभाते हैं. वे राजनीतिक शक्ति का प्रयोग तो करते हैं, किन्तु अपनी स्थिति के लिए किसी के प्रति उत्तरदायी नहीं होते हैं. राजनीतिक दलों की भाँति प्रभावी गुट को दण्डित नहीं किया जा सकता. इसी अनुत्तरदायी राजनीतिक शक्ति के प्रयोग के कारण इसे अप्रजातांत्रिक माना जाता है.

2. **सार्वजनिक हितों को नजरअंदाज**—प्रभावी गुटों के कारण विभिन्न गुटों के बीच हित का संघर्ष चलता है तथा कभी-कभी वर्गीय हितों के सामान्य हित को हानि पहुँचाने का भय रहता है. विभिन्न प्रभावी गुटों के साधन, शक्ति और सदस्य संख्या में भारी अन्तर पाया जाता है. इस कारण

अधिक शक्तिशाली प्रभावी गुट अधिक दबाव डालकर सरकार से अपनी अनुचित माँगों को भी मनवा लेता है. इससे उन सार्वजनिक हितों की नजरअंदाजी होती है, जो उचित माँगों को लेकर भी कम साधन के कारण प्रशासन पर अधिक प्रभाव नहीं डाल पाते हैं.

3. **भ्रष्ट आचरण**—आलोचक प्रभावी गुट को भ्रष्ट आचरण का केन्द्र मानते हैं. प्रभावी गुट द्वारा विधायकों को घूस देने तथा अन्य अनुचित और अनैतिक आचरण के कार्य किए जाते हैं जिससे सार्वजनिक हित पर बहुत अधिक बुरा प्रभाव पड़ता है. वी.ओ. के शब्दों में, "प्रभावी गुट का प्रयोग मस्तिष्क में एक ऐसे शैतान 'लोबिइस्ट' का चित्र अंकित कर देता है, जो उचित पथगामी विधायक को सार्वजनिक हित की धारणा से हटाने के लिए अनुचित दबाव डालने का प्रयास कर रहा है."

4. **संकीर्णता के प्रतीक**—आलोचकों के अनुसार प्रभावी गुट विशेष हितों को प्रतिनिधित्व करते हुए सदस्यों में संकीर्ण अवधारणा को जन्म देने और वृद्धि करने का ही कार्य किए जाते हैं. संकीर्णता की यह स्थिति राष्ट्र और समाज के व्यापक हितों की साधना में बाधक बनता है.

5. **अन्तर्राष्ट्रीयता में बाधक**—प्रभावी गुट के अनैतिक कार्य कई बार अन्तर्राष्ट्रीय हितों को हानि पहुँचाने का आधार बन जाते हैं. उदाहरणस्वरूप, पश्चिमी देशों में शस्त्रों के निर्माण और क्रय-विक्रय को प्रोत्साहित करने वाले कुछ ऐसे प्रभावी गुट हैं, जो अपने लाभ के लिए साम्राज्यवादी प्रकृति को बढ़ावा देते हुए युद्ध को प्रोत्साहित करते हैं.

प्रभावी गुटों के कार्य और उनका महत्व तथा उपयोगिता

शुरूआत में प्रभावी गुटों को अनैतिक संगठन मानते हुए घृणा की दृष्टि से देखा जाता था, जनतंत्रीय धारणा में प्रभावी गुटों का कोई विशेष स्थान नहीं था, परन्तु धीरे-धीरे प्रभावी गुट की स्थिति में परिवर्तन आया है. राजनीतिक व्यवस्था में अब प्रभावी गुटों के महत्वों को समझा जाने लगा है और इसे राजनीतिक व्यवस्था के लिए अनिवार्य मान लिया गया. वर्तमान समय में लगभग सभी पक्षों द्वारा इसके अस्तित्व को अपना लिया गया है कि प्रजातांत्रिक व्यवस्था में प्रभावी गुट केवल आवश्यक ही नहीं वरन् वांछनीय भी हैं.

प्रभावी गुटों के कार्य और उनकी उपयोगिता तथा महत्व के प्रमुख कारण निम्नलिखित हैं—

1. **शासन के लिए सूचनाएँ एकत्रित करने वाले संगठनों के रूप में प्रभावी गुट**—प्रत्येक देश में सरकार तथा शासन के पास आवश्यक सूचनाएँ पर्याप्त रूप से होनी चाहिए. शासन की सूचनाओं के गैर-सरकारी स्त्रोत के रूप में प्रभावी गुट महत्वपूर्ण भूमिका निभाते हैं. प्रभावी गुट आँकड़े इकट्ठे करते हैं तथा सरकार को अपनी समस्याओं से परिचित करवाते हैं.

2. **जनतांत्रिक प्रक्रिया की अभिव्यक्ति के साधन**—प्रभावी गुटों को प्रजातंत्र की अभिव्यक्ति का गठन माना जाता है. प्रजातंत्र की आवश्यकता के लिए जनमत तैयार करना आवश्यक है जिससे विशेष नीतियों का समर्थन अथवा विरोध कर सके. विभिन्न देशों में प्रभावी गुट विभिन्न तरीकों से अपनी बात मनवाने का प्रयास करता है. जनता को शिक्षित करना, आँकड़े इकट्ठे करना, निर्माताओं के पास सूचनाएँ पहुँचाना आदि अनेक कार्य करके अपने उद्देश्य की प्राप्ति करना आज प्रजातांत्रिक व्यवस्था का अंग बन गया है.

3. **समाज और शासन में सन्तुलन स्थापित करना**—प्रभावी गुट के अस्तित्व से एक लाभ यह है कि विभिन्न हितों के बीच संतुलन कायम रहता है.

4. **व्यक्ति और सरकार के मध्य संचार के साधन**—प्रजातांत्रिक व्यवस्था में दबाव गुट व्यक्तिगत हितों के साथ सामंजस्य स्थापित करते हैं. प्रभावी गुट व्यक्ति और सरकार के बीच संचार साधन का काम करता है.

5. **शासन को प्रभावित करने वाले संगठनों के रूप में प्रभाव गुट**—प्रभावी गुटों का अस्तित्व वर्तमान समय में एक ऐसी संस्था के रूप में है जिसके पास संगठन की दृष्टि से काफी शक्ति होती है कि वह स्वार्थ या हित विशेष की रक्षा के लिए सरकारी मशीनरी पर उपयोग व सफल प्रभाव डाल सकें.

6. **सरकार की निरंकुशता को सीमित करना**—प्रत्येक शासन व्यवस्था में केन्द्रीयकरण की प्रवृत्ति बढ़ रही है और समूची शक्तियाँ सरकार के हाथों में केन्द्रित होती जा रही हैं. प्रभावी गुट अपने साधनों द्वारा सरकारी निरंकुशता को सीमित करते हैं.

वस्तुतः प्रभावी गुटों को प्रजातांत्रिक व्यवस्था का दूसरा नाम दिया जाता है और इन्हें प्रजातांत्रिक व्यवस्था का प्राण-वायु कहा जा सकता है. प्रभावी गुट के जो अवगुण बताए गए हैं, वह अधिकांश सैद्धान्तिक ही है. वस्तुतः प्रभावी गुटों को अप्रजातांत्रिक, राष्ट्रीय हित में बाधक या सार्वजनिक हितों की उपेक्षा करने वाला संगठन नहीं माना जा सकता है. विभिन्न प्रभावी गुटों के बीच जो प्रतिस्पर्द्धा होती है उससे दबाव समूहों की संकीर्णता समाप्त होकर सार्वजनिक हित को ध्यान में रखने वाला व्यापक दृष्टिकोण तैयार होता है.

वास्तव में, प्रभावी गुट उस आधार का निर्माण करता है, जिसके बल पर लोकतंत्र और राष्ट्रीय एकता को प्राप्त किया जा सकता है. प्रभावी गुटों के बिना जनता और शासन के बीच सम्पर्क सूत्रों का अभाव हो जाएगा तथा यह स्थिति लोकतांत्रिक संस्कृति और राष्ट्रीय हित तथा एकता के लिए घातक होगी.

प्रभावी गुट ने राजनीतिक व्यवस्था की एक अनिवार्य स्थिति प्राप्त कर ली है और लॉवेल के शब्दों को कुछ परिवर्तनों के साथ अपनाते हुए कहा जा सकता है कि "प्रभावी गुट

अच्छे हैं या बुरे इस प्रसंग में सूचना एकत्र करना वैसा ही है जैसा इस सम्बन्ध में विचार करने की हवाएँ और ज्वार-भाटे अच्छे होते हैं या बुरे."

ब्रिटेन में दबाव समूह—अन्य देशों की तरह इंगलैण्ड में भी प्रभावी गुटों का अस्तित्व है, परन्तु इनकी संख्या अमरीकी दबाव गुटों से कम है. इंगलैण्ड में प्रभावी गुट दल के अन्दर ही अपना प्रभाव डालते हैं. अनुदार दल और मजदूर दल दोनों में से किसी से गुट जुड़े रहते हैं. ये एक माध्यम के रूप में काम करते हैं, जिसके जरिए जनता के विशेष हितों के बारे में सरकार को परिचित कराते हैं.

ब्रिटेन में प्रभाव गुटों को दो वर्गों में बाँटा जा सकता है—हित और वैचारिक समूह. हित समूहों को पुनः दो भागों में बाँटा जा सकता है—उत्पादक समूह और उपभोक्ता समूह. उत्पादक समूह में दो हजार से ऊपर नियोजक संघ पाए जाते हैं. उत्पादकों की तुलना में उपभोक्ता समूह नहीं के बराबर संगठित हैं. फिर भी इनके कुछ शक्तिशाली समूह मौजूद होते हैं, जैसे ऑटोमोबाइल एसोसिएशन और रॉयल एसोसिएशन क्लब.

वैचारिक समूह हित समूह से भिन्न होते हैं. वै भौतिक फायदों के लिए नहीं वरन् कुछ विचारों को बढ़ावा देने के लिए बनाए जाते हैं. उनके सामने कुछ आदर्श होते हैं, जिनकी प्राप्ति के लिए वे संगठित होते हैं तथा प्रयास करते हैं.

ब्रिटिश प्रभावी गुट विधानमण्डल के जरिए अपना प्रभाव नहीं जमा पाते. वे प्रशासकीय विभागों और समितियों के माध्यम से काम करते हैं. व्यवहार में प्रायः ऐसा देखा जाता है कि ब्रिटिश मंत्रिपरिषद् कानून को अन्तिम रूप देने से पहले ही समस्त संगठित प्रभावी गुटों से परामर्श लेता है. इन गुटों से सरकार तथा निजी संस्थान दोनों ही परामर्श करते रहते हैं. प्रशासकीय विभाग तथा समितियाँ इनके विचारों को गम्भीर रूप से सोचता है.

स्थानीय एवं शासन के स्तर पर यह देखा जाता है कि उसकी इकाइयाँ एक गुट बनाकर दलों और सरकारों के कार्यक्रमों को प्रभावित करती है. काउन्टी परिषद् का संघ तथा स्विट्जरलैण्ड की काउण्टी परिषदें इसके उदाहरण हैं. इस तरह के प्रभावी गुट बहुत कम देशों में पाए जाते हैं. यद्यपि ब्रिटेन का प्रभाव गुट अधिकतर अदृश्य रूप से काम करते हैं, फिर भी उनका अमरीका की तुलना में सरकारी विभागों के कार्यों और नीतियों के निर्धारण में अधिक प्रभाव पाया जाता है.

अतः स्पष्ट है कि ब्रिटिश प्रभावी गुट इतना मजबूत नहीं है कि सरकारी विभागों को नियंत्रित कर सके. हाँ विभागों की नीतियों पर ये प्रभावी गुट हमेशा प्रभाव डालते हैं.

अमरीका में दबाव समूह—प्रभावी गुट सबसे पहले अमरीका में आरम्भ हुए और इस कारण वहाँ के दबाव समूह बहुत शक्तिशाली हैं. यहीं से अन्य प्रजातांत्रिक देशों में भी इनका विकास हुआ. अमरीका में प्रभावी गुट को दो भागों में बाँटा जा सकता है–आर्थिक और अनार्थिक. उदाहरणार्थ, अमरीका में नेशनल फेडरेशन ऑफ पोस्ट ऑफिस क्लर्क्स आर्थिक समूह हैं, तो अमरीकन यहूदी समिति अनार्थिक प्रभावी गुट है, जो अमरीकी प्रशासन और संसद को प्रभावित कर अपना काम निकलवाते हैं. इसी कारण इन्हें संविधान के बाहर कार्य करने वाला तृतीय सदन कहा जाता है.

प्रभावी गुट तथा हित समूह सबसे अधिक अमरीका में हैं. अमरीका में विभिन्न राज्यों में सैकड़ों प्रभावी गुट हैं. जैसे अमरीका चिकित्सा संस्था की काफी बड़ी सदस्यता है और वह अपनी नीतियों को मनवाने के लिए काफी धन भी इकट्ठा कर सकता है. उनके व्यवसाय की बहुत अधिक माँग है. इस कारण विधायिका बहुत सी माँगों को मान लेता है. अन्य बड़े प्रभावी गुट निर्माता संस्था है जिसकी सदस्य संख्या बहुत कम है, परन्तु उसके पास धन काफी है. इसलिए विभिन्न तरीकों से वे विधायकों को प्रभावित कर अपना काम निकलवा सकते हैं.

फ्रांस में प्रभावी गुट—प्रभावी गुटों का जितना प्रभाव अमरीका, ब्रिटेन या भारत में है उतना फ्रांस में नहीं है, क्योंकि शासन शक्ति व्यवस्थापिका के हाथों से निकलकर कार्यपालिका के हाथों में चली गई. अतः प्रभाव गुटों का प्रभाव फ्रांस में कम है. यद्यपि फ्रांस में आज भी बहुत से संगठनों का प्रभुत्व कायम है. उदाहरणस्वरूप, फ्रांस में व्यापारिक संस्थाएँ 'Confederation Nationable du Patronat Francis' में दबाव गुट मुख्यरूप से कायम है. संयुक्त राज्य अमरीका के 'नेशनल एसोसिएशन ऑफ मैनुफेक्चर्स' से किसी भी मामले में फ्रांस के ये संगठन कमजोर नहीं हैं. फ्रांस के किसान भी हित समूह के रूप में संगठित हैं. सात तरह के वृहत हित समूह हैं जिसमें चोटी पर Federation Nationable des Syndicate du Exploitants Agricoles जिसकी सदस्य संख्या लाखों में है. फ्रांस में देखा जाता है कि श्रमिक संघ अन्तर्कलह से ग्रसित हैं, फिर भी उनकी गतिविधियाँ परम्परागत लॉबी को संचालित करती हैं तथा उनकी चोटी पर 'Confederation General du Travail' अवस्थित है. प्रत्येक संघ सामाजिक सुरक्षा के मामले में अपने संघ के सदस्यों और सरकारी विभागों के बीच मध्यस्थता का काम करता है. उदाहरणस्वरूप, श्रमिकों का दबाव समूह, डिटिरियों और प्रशासकों पर एक जैसा डाला जाता है. फ्रांसीसी हित समूहों में परिवारी संघ समाज कल्याण विद्यालय कार्य के लिए प्रयत्नशील रहते हैं.

स्विट्ज़रलैण्ड में प्रभावी गुट—अन्य देशों की भाँति स्विट्ज़रलैण्ड में भी राजनीतिक प्रक्रिया के अतिरिक्त हित समूह पाए जाते हैं. हित समूहों के उद्‌भव तथा विकास के कई कारण हैं. पहला कारण है देश की बहुदलीय व्यवस्था.

राजनीतिज्ञों में मुख्य राजनीतिक सामाजिक तथा आर्थिक विचार में विभिन्नता पाई जाती है. फलतः ये हित समूहों का निर्माण करते हैं जो विशेष विचारों तथा हितों का प्रतिनिधित्व करते हैं. दूसरे हित समूहों के विकास के लिए संसदात्मक पद्धति भी अनुकूल वातावरण तैयार करती है. स्विट्जरलैण्ड में संसद सदस्यों के वेतन इतने कम हैं कि वे पूर्णरूप से राजनीति पर निर्भर नहीं कर सकते. अतः उनका स्थान व्यापारिक तथा वेतनभोगी अधिकारी लेते हैं. इसके अतिरिक्त स्विस मतदाता पेशेवर राजनीतिज्ञों को यों ही पसन्द नहीं करते हैं. तीसरा, विधायी प्रक्रिया के कई उपक्रमों पर हित समूहों को भाग लेने का अवसर प्राप्त होता है. चौथा, जनमत-संग्रह की व्यवस्था ने हित समूहों को बढ़ावा दिया है. सांविधानिक आरम्भण से भी हित समूहों को प्रोत्साहन मिलता है. आरम्भण के अवसर पर हित-समूहों को अपने लक्ष्य के प्रचार का बढ़ावा मिलता है.

स्विट्जरलैण्ड में चार प्रमुख हित समूह हैं—

1. **व्यापार एवं उद्योग संघ**—यह व्यापार तथा उद्योग के क्षेत्र में पाए जाने वाला हित समूह है.

2. **स्विस. कृषक संघ**—यह कृषि तथा माँस उद्योग से सम्बन्धित हित समूहों का संघ है.

3. **मजदूर संघों का स्विस फेडरेशन**—यह देश में पाए जाने वाले विभिन्न मजदूरों का संघ है.

4. **कला एवं दस्तकार स्विस. संघ**—छोटे-छोटे व्यापारिक संघ मिल-जुलकर इसका निर्माण करते हैं.

चार हित समूहों को संघीय सभा में प्रतिनिधित्व प्राप्त रहता है. देश में अन्य अनेक छोटे-छोटे हित समूह हैं जिनका देश की राजनीति तथा कानून पर पर्याप्त प्रभाव पड़ता है. हित समूहों के पक्ष में कहा जाता है कि राष्ट्रीय हित का निर्धारण उनके सहयोग के बिना नहीं हो सकता है तथा चूँकि प्रत्यक्ष प्राजातंत्र के अन्तर्गत अन्तिम विधायी शक्ति जनता के हाथ में है, इसलिए स्विट्जरलैण्ड में हित समूहों से अहित होने का कोई भय नहीं है.

भारत में प्रभावी गुट

अन्य जनतांत्रिक देशों की भाँति भारत में भी दबाव समूह राजनीतिक क्रियाओं के अभिन्न अंग बन गए हैं. इसमें कोई सन्देह नहीं है कि भारत में क्रियाशील प्रभावी गुट विकसित लोकतांत्रिक व्यवस्थाओं के बराबर संगठित तथा संस्थाबद्ध नहीं है, फिर भी इस बात से इनकार नहीं किया जा सकता है कि अनेक अन्य विकासशील देशों के मुकाबले भारत में सुसंगठित तथा संरचना वाले प्रभावी गुटों की संख्या काफी है. ये राजनीतिक व्यवस्था को अपने दावों के प्रति उन्मुख करने के लिए व्यापक तथा सुचारू प्रभाव प्रक्रिया का प्रयोग करते हैं.

यह उल्लेखनीय है कि भारत में प्रभावी गुट के अस्तित्व का अपेक्षाकृत लम्बा इतिहास है. स्वतन्त्रता प्राप्ति के पहले ही भारत में प्रभावी गुटों के निर्माण की प्रक्रिया शुरू हो गई थी. वास्तव में 1885 ई. में कांग्रेस दल की स्थापना भी एक दबाव समूह के रूप में हुई थी, जिसका उद्देश्य राजनीतिक तथा सामाजिक क्षेत्र में ब्रिटिश सरकार से अधिकतम सुविधाएँ प्राप्त करना था. 19वीं सदी के उत्तरार्द्ध से स्वतन्त्रता प्राप्ति के समय तक भारत में विभिन्न प्रकार के व्यावसायिक समूहों, श्रमिक संघ, अखिल भारतीय किसान सभा तथा कई अन्य प्रकार के प्रभावी गुट अस्तित्व में आ चुके थे. 1947 के स्वतन्त्रता प्राप्ति के पश्चात् दबाव समूहों की संख्या और उनकी कार्यशीलता में और वृद्धि हुई है.

भारत में क्रियाशील प्रभावी गुटों पर यदि ध्यान दिया जाए, तो उन्हें मुख्य रूप से दो श्रेणियों में रखा जा सकता है—

1. संगठित प्रभावी गुट, जो विशिष्ट व्यावसायिक हितों को ध्यान में रखकर किए जाते हैं तथा उन विशिष्ट व्यावसायिक हितों की प्राप्ति के लिए क्रियाशील रहते हैं.
2. असंगठित प्रभावी गुट, जो समाज के परम्परागत ढाँचों पर आधारित है. पहले प्रकार के प्रभावी गुट व्यापारिक संगठन किसानों का संगठन, मिल-मालिकों का संगठन आदि का नाम लिया जा सकता है. दूसरे प्रकार के प्रभावी गुट में धर्म, जाति अथवा भाषा आदि से सम्बन्धित संगठनों को लिया जा सकता है.

व्यापारिक समूह, विशिष्ट हितों से सम्बन्धित प्रभावी गुटों में सर्वप्रथम व्यापारिक समूह का उल्लेख किया जा सकता है. भारत में व्यावसायिक हित समूहों में इस बात की सबसे अधिक क्षमता पाई जाती है कि सरकार नीतियों एवं निर्णयों को अपने पक्ष में कर सके. इनके संगठन एवं प्रभाव को देखते हुए भारतीय शासन एवं राजनीति के बहुत से विद्वानों ने इसकी तुलना पश्चिमी देशों के प्रभावी गुटों के संगठन का महत्व से किया है. ऐसे संगठनों में भारतीय नियोक्ताओं का संघ, भारतीय वाणिज्य संघ का नाम प्रमुख रूप से लिया जा सकता है, चूँकि ये संघ पूँजीपतियों के व्यापारी के वर्ग का संगठन है इसलिए स्वाभाविक ही है कि ये सुसंगठित एवं अधिक साधन सम्पन्न है. इन संगठनों द्वारा संसद सदस्य, विधायकों, मंत्रिपरिषद् के सदस्यों तथा सेवी वर्ग को प्रभावित करने का प्रयत्न किया जाता है. व्यापारिक-समूह राजनीतिक दलों विशेष रूप से शासक दल पर भी सामूहिक रूप से या निजी आधार पर विशेष रूप से चुनाव के समय चंदा देकर प्रभाव डाला जाता है.

श्रमिक संगठन, भारत में उद्योगों के विस्तार के साथ-साथ श्रमिक वर्ग भी स्वाभाविक रूप से बढ़ता जा रहा है. श्रमिक वर्ग के संगठनों का विकास भी बहुत तेजी से हुआ है.

वास्तव में स्वतन्त्रता प्राप्ति के पहले व्यावसायिक संघ (Trade Union) का विकास तेजी से हो रहा था. राष्ट्रीय स्तर पर 1920 ई. में मजदूरों का पहला संगठन कायम हुआ जिसे ऑल इण्डिया ट्रेड यूनियन काँग्रेस (All India Trade Union Congress) के नाम से जाना जाता है. सन् 1920 के दशक में साम्यवादी विचारधारा तथा आन्दोलन के उदय ने भी श्रमिक संघों के निर्माण तथा विकास में भी महत्वपूर्ण भूमिका निभाई. 1929 ई. तक अखिल भारतीय ट्रेड यूनियन कांग्रेस पर साम्यवादियों का नियंत्रण हो गया. 1947 से लेकर 1950 तक विभिन्न राजनीतिक दलों के तत्वाधान में भिन्न-भिन्न मजदूर संगठनों का गठन हुआ. 1947 ई. में कांग्रेस (Congress) के नेताओं ने इण्डियन नेशनल ट्रेड यूनियन कांग्रेस (Indian National Trade Union Congress) की स्थापना की. 1948 ई. में समाजवादी दलों ने 'हिन्दू मजदूर दल' की स्थापना की तथा 1950 ई. में यूनाइटेड ट्रेड यूनियन (United Trade Union) का निर्माण साम्यवादी वामपंथी दल द्वारा किया गया.

श्रमिक संगठनों का उद्देश्य स्पष्टतः श्रमिक हितों की रक्षा करना है. इसके लिए श्रमिक संघ विभिन्न प्रकार के साधन का प्रबन्ध करते हैं. जहाँ साम्यवादी दल के तत्वावधान में निर्मित मजदूर संघ श्रमिक समस्याओं को यथासम्भव संवैधानिक तरीकों से हल करना चाहते हैं.

भारतीय श्रमिक संघों के सम्बन्ध में एक उल्लेखनीय बात यह है कि पूरी तरह सुसंगठित नहीं है और विभिन्न श्रमिक संघों के बीच सामंजस्य का अभाव पाया जाता है. इसके अतिरिक्त एक और कठिनाई है कि भारतीय श्रमिक संगठन राजनीतिक दलों के नियंत्रण में कार्य करते हैं. ऐसी स्थिति में सामाजिक, आर्थिक एवं राजनीतिक नीतियों को प्रभावित करने की उनकी क्षमता को काफी सीमित किया है. फिर भी भारत में सब मिलाकर श्रमिक संघों ने नीति निर्धारण पर दबाव में महत्वपूर्ण भूमिका निभाई है. श्रमिक संघ अपनी कुछ माँगों को पूरा कराने में सफल हुए हैं. उदाहरण के लिए मजदूरी की दरें बढ़वाने, काम करने की दशाओं में सुधार करने वाले आदि में उन्हें सफलता मिली है.

किसान संगठन, ऐसी सामाजिक व्यवस्था में जहाँ अधिकतर लोग ग्रामीण क्षेत्रों में रहते हैं और काम करने वालों का लगभग 76·46% कृषि पर निर्भर है, यह आशा की जाती है कि लोकतांत्रिक राजनीति में किसान संगठनों की भूमिका महत्वपूर्ण होगी, परन्तु भारत में जमींदारी व्यवस्था तथा किसानों को अपने अधिकारों के सम्बन्ध में जागरूकता के अभाव के चलते किसानों के संगठनों का निर्माण देर से शुरू हुआ. राष्ट्रीय स्तर पर 1936 ई. में कांग्रेस पार्टी तथा कम्युनिस्ट पार्टी के कुछ नेताओं द्वारा अखिल भारतीय किसान सभा की स्थापना की गई, जिसे 1937 ई. में अखिल भारतीय किसान सभा नाम दिया गया. इसके संगठन के साथ ही यह सभा वास्तविक रूप में साम्यवादियों के नियंत्रण में आ गया. अखिल भारतीय किसान सभा ने साम्यवादी दल के साधन के रूप में कार्य किया है. 1990 वाले दशक के पश्चात् कुछ अन्य दलों ने भी किसान सभाओं का गठन किया, परन्तु सच पूछा जाए, तो मजदूर संघों की भाँति किसानों को संगठित करने का प्रयास 1977 के आम चुनाव के बाद शुरू हुआ. पिछले लगभग 15 वर्षों में किसान सभाओं पर राजनीतिक दलों के नियंत्रण एवं प्रभाव में निश्चित रूप से वृद्धि हुई है. आज महेन्द्र सिंह टिकैत के नेतृत्व में निश्चित रूप से कृषकों के संगठन ने काफी महत्वपूर्ण स्थान प्राप्त कर लिया है. पिछले कुछ दिनों में कृषकों ने सरकार से कई प्रकार की रियायत लेने में सफलता प्राप्त की है.

अन्य समूह, बड़े प्रभावशाली वाणिज्य श्रमिक संघों तथा किसान संगठन के अतिरिक्त समाज में व्यवसाय तथा धन्धे पर आधारित अनेक गुट भी पाए जाते हैं. उनमें अध्यापकों के संगठन, विद्यार्थियों के संगठन आदि शामिल किए जा सकते हैं. इन समुदायों के प्रभाव शामिल किए जा सकते हैं. इन समुदायों का प्रभाव तथा दबाव डालने के तरीके समय तथा आवश्यकता पर निर्भर करते हैं. इस तरह के अधिकार समूह क्षेत्रीय अथवा राज्य स्तर पर अधिक सक्रिय हैं. राष्ट्रीय स्तर पर इनका प्रभाव कुछ कम है.

परम्परागत आधार पर आधारित गुट परम्पराग ढाँचे पर आधारित समूहों में साम्प्रदायिक तथा धार्मिक समुदाय, जातीय संगठन, भाषागत् समुदाय आदि का नाम लिया जा सकता है. साम्प्रदायिक आधार पर गठित समुदायों में आर.एस.एस. (R.S.S), बजरंग दल, बाबरी कार्य समिति, जनता-ए-इस्लाम, विश्व हिन्दू परिषद्, शिवसेना अकाली दल का नाम लिया जा सकता है. इसी प्रकार भाषा पर आधारित समुदायों का उदय हुआ है, परन्तु परम्परागत ढाँचे पर आधारित थी. यूँ तो दिन-प्रतिदिन की राजनीति में कोई महत्वपूर्ण भूमिका नहीं होती, परन्तु निर्वाचन के समय ये दबाव गुट राजनीति को काफी प्रभावित करते हैं. भारतीय राजनीति में जातिगत संगठनों का महत्व आम निर्वाचन के समय सर्वविदित एवं साम्प्रदायिकता पर आधारित R.S.S. विश्व हिन्दू परिषद् जैसे संगठन किस हद तक राजनीति को प्रभावित कर रहे हैं? यह बात भी सर्वविदित है. 1989 तथा 1991 के संसदीय निर्वाचन के समय ऐसे साम्प्रदायिक संगठनों ने मतदान व्यवहार को गहरे रूप से प्रभावित किया. भारत- में प्रभावी गुटों की एक खतरनाक विशेषता यह है कि भारत में आधुनिकीकरण एवं शहरीकरण के बावजूद परम्परागत ढाँचे पर आधारित प्रभावी गुटों की संस्था एवं लोकप्रियता में वृद्धि हुई है.

जाति और राजनीति
(Caste and Politics)

यह सामान्य रूप से स्वीकार किया जाता है कि भारत में राजनीतिक व्यवस्था तथा सामाजिक व्यवस्था एक-दूसरे को प्रभावित करती है. सामाजिक व्यवस्था के महत्वपूर्ण पहलुओं में जातिवाद एक महत्वपूर्ण पहलू है जो कमोवेश पूरे राष्ट्र में राजनीति को प्रभावित करता है. भारतीय राजनीति में जाति की भूमिका कितनी महत्वपूर्ण है? इस प्रश्न पर भारतीय राजनीतिक व्यवस्था की अध्ययन करने वाले रुडोल्फ एण्ड रुडोल्फ, हाईग्रेव जैसे पश्चिमी लेखकों का यह मत है कि भारतीय राजनीति तथा प्रशासन पर जाति का प्रभाव बहुत अधिक है. रुडोल्फ एण्ड रुडोल्फ [Rudolph and Rudolph] ने तो जाति को आधुनिकीकरण तथा संसदीय जनतंत्र की कार्यशीलता में सहायक बताया है. इन पश्चिमी विद्वानों से प्रभावित होकर कुछ भारतीय विद्वानों ने भी राजनीति में जाति की महत्वपूर्ण भूमिका को स्वीकार किया है.

पश्चिमी विद्वानों तथा कुछ भारतीय विद्वानों के बीच विपरीत भारतीय राजनीतिक व्यवस्था के अधिकांश शोधकर्ता न तो राजनीति में जाति की भूमिका को बहुत महत्वपूर्ण मानते हैं और न ही सकारात्मक. उनके अनुसार भारतीय राजनीति में जाति की जो भूमिका रही है, वह मुख्यतः नकारात्मक ही है. राजनीति में जाति की भूमिका सकारात्मक है या नकारात्मक, यह विवाद का विषय हो सकता है. फिर भी इससे इनकार नहीं किया जा सकता है कि भारतीय राजनीति में जाति की भूमिका महत्वपूर्ण रही है, भले ही वह उतनी महत्वपूर्ण नहीं रही हो, जितनी की पश्चिमी लेखक तथा उससे प्रभावित भारतीय लेखक बताते हैं.

भारतीय राजनीतिक व्यवस्था पर जाति का प्रभाव स्पष्ट रूप से राजनीतिक दलों, निर्वाचन की राजनीति, मतदान-व्यवहार राजनैतिक लाभों के वितरण तथा सरकारी निर्णयों आदि के संदर्भ में देखा जा सकता है.

1. **जाति एवं राजनीतिक दल**—भारत में मुख्य रूप से पिछले कुछ वर्षों में यह प्रवृत्ति देखने को मिली है कि राजनीतिक दलों का निर्माण जातिगत आधार पर होने लगता है. ऐसे राजनीतिक दल जातिवाद का नाम देकर ही अपने समर्थन का आधार बनाना चाहते हैं. डी.एम.के. (D.M.K.) तथा ए.आई.डी.एम.के. (A.I.D.M.K.) के निर्माण के पीछे ब्राह्मणवाद का विरोध ही मुख्य प्रेरक तत्व रहा है. पिछले कुछ दिनों से गठित बहुजन समाज पार्टी का आधार भी दलितों का समर्थन रहा है.

इसके अतिरिक्त जातिवाद में विभिन्न राजनीतिक दलों ने गुटों को जन्म दिया है और गुटों के बीच प्रतिस्पर्द्धा को बढ़ावा दिया है. भारतीय राष्ट्रीय कांग्रेस में हाल के वर्षों में यह बात और मुखर होकर सामने आई है. सी.पी.आई. (C.P.I.), सी.पी.एम. (C.P.M.), सी.पी.आई.एम.एल. (C.P.I.M.L.) जैसे घोर वामपंथी दल भी जातीय राजनीति से अपने को अलग नहीं कर पाए हैं. मण्डल कमीशन की सिफारिशों को लागू करने के प्रश्न पर जनता दल की छवि भी पिछड़ी जाति के एक दल के रूप में उभरी है.

2. **जातिवाद एवं निर्वाचन**—यदि पंचायत, नगरपालिका नगर निगम आदि को लिया जाए या राज्य स्तर पर विधान सभाओं के निर्वाचन को या राष्ट्रीय स्तर पर संसद के निर्वाचन को. यह बात स्पष्ट रूप से देखने को मिलती है कि जाति का निर्वाचन प्रक्रिया पर व्यापक प्रभाव है. अब तक भारतीय निर्वाचन से सम्बद्ध विभिन्न अध्ययनों एवं शोधों से यह स्पष्ट होता है कि विभिन्न स्तरों पर निर्वाचन के लिए राजनीतिक दल अपने उम्मीदवारों का चयन करते समय उनकी योग्यता से ज्यादा सम्बन्धित निर्वाचन क्षेत्रों में विभिन्न जातियों की जनसंख्या का विशेष रूप से ध्यान रखते हैं. चुनाव अभियान के समय भी राजनीतिक दलों द्वारा जातिवाद की भावना प्रायः उकसायी जाती है, ताकि सम्बन्धित प्रत्याशी को जाति के मतदाताओं का समर्थन प्राप्त हो सके.

3. **जातिवाद और मतदान व्यवहार**—निर्वाचन में भारतीय मतदाताओं का मत व्यवहार भी निश्चित रूप से जातिवाद से प्रभावित रहा है, ऐसा ब्रास तथा हरीसन (Brass and Harision) का मत है. भारत में मतदान व्यवहार से यद्यपि पूर्णरूप से ब्रास तथा हरीसन (Brass and Harision) के मत की पुष्टि नहीं होती और जाति के अतिरिक्त अन्य मुद्दों ने आमतौर पर भारतीय मतदाताओं के व्यवहार को अधिक प्रभावित किया है, परन्तु इस बात से इनकार नहीं किया जा सकता है कि जाति ने भारतीय मतदाताओं के व्यवहार पर सामान्य अवस्था में पर्याप्त प्रभाव डाला है. प्रत्याशी चाहे किसी भी दल का हो, उसकी जाति के लोगों का समर्थन उसे प्रायः मिलता रहता है. विशेष रूप से जाति ने मतदान व्यवहार को बिहार, उत्तर प्रदेश, मध्य प्रदेश, तमिलनाडु तथा हरियाणा में अधिक प्रभावित किया है. 1984 तथा 1991 के निर्वाचन में जातिवाद मतदान व्यवहार को प्रभावित करने वाले एक सशक्त कारक के रूप में उभरा निर्वाचन के बाद राजनीतिक दलों के नेतृत्व का प्रश्न प्रायः जाति के आधार पर तय किया जाता है.

4. **जातिवाद तथा राजनीतिक पुरस्कारों का वितरण**—राजनीतिक पदों पर पुरस्कारों के वितरण में जाति के आधार पर भेदभाव का अस्तित्व कोई आश्चर्य की बात नहीं है. जातिवाद का प्रभाव राजनीतिक क्षेत्र तक सीमित न रहकर प्रशासकीय क्षेत्र पर भी दिखाई पड़ता है. निगमों एवं आयोग की सदस्यता एवं अध्यक्षता में प्रायः जातीय प्रतिनिधित्व का

ख्याल रखा जाता है. सरकारी पदाधिकारियों द्वारा विभिन्न व्यक्तियों के बीच धर्म तथा जाति के आधार पर भेदभाव किए जाने की घटनाएँ सामने आती रही हैं.

5. **जातिवाद एवं सरकारी निर्णय**—भारत में जातिवाद ने सरकार के निर्णय-निर्माण की प्रक्रिया को भी प्रभावित किया है. राज्यों के पुनर्गठन के समय केन्द्रीय सरकार ने इस बात का ध्यान रखा कि राज्यों का पुनर्गठन इस प्रकार किया जाए कि किसी एक जाति की अत्यधिक संख्या राज्य में नहीं रहने पाए. 1990 ई. में मण्डल कमीशन की सिफारिशों को लागू करने की केन्द्रीय सरकार की घोषणा भी इस बात का उदाहरण है कि कैसे निर्णय-निर्माण की प्रक्रिया जातीय विचार से प्रभावित होता है?

6. **जातिवाद एवं राज्यों की राजनीति**—यूँ तो जातिवाद राष्ट्रीय स्तर पर राजनीति को व्यापक रूप से प्रभावित करता है, परन्तु उससे भी उसका व्यापक प्रभाव राज्य स्तर की राजनीति पर दिखाई देता है. भारत में विभिन्न राज्यों में राजनीति पर जातिवाद के प्रभाव चार प्रकार के रहे हैं—सर्वप्रथम, तमिलनाडु में विशेष रूप से डी.एम.के. तथा ए.आई.डी.एम.के. (D.M.K. and A.I.D.M.K.) के द्वारा सत्ता पर कब्जे के बाद इस संघर्ष में ब्राह्मण जाति पराजित हो चुकी है. दूसरे, महाराष्ट्र की राजनीति उस अर्थ में तमिलनाडु की राजनीति से भिन्न रही है कि यहाँ राजनीतिक संघर्ष मराठा एवं ब्राह्मणों के बीच रहा है न कि ब्राह्मणों एवं निम्न जाति के बीच है. तीसरे, गुजरात, आन्ध्र प्रदेश एवं कर्नाटक में कुछ मध्यम वर्गीय जातियाँ राजनीतिक संघर्ष में सक्रिय हैं.

अन्त में, बिहार की स्थिति उपर्युक्त राज्यों से भिन्न है. स्वतन्त्रता प्राप्ति के बाद एक लम्बे समय तक राजनीतिक नेतृत्व उच्च जातियों-भूमिहार, राजपूत, कायस्थ तथा ब्राह्मण के हाथ में रहा. इसलिए यह स्वाभाविक ही था कि राजनीतिक संघर्ष इन्हीं के बीच चले. पिछले लगभग दो दशकों में ऐसा राजनीतिक संघर्ष ग्वाला (यादव) जाति तथा राजपूतों के बीच देखा गया है, परन्तु हाल ही में मण्डल कमीशन की सिफारिशों को लागू करने के प्रश्न को लेकर उच्च जाति तथा निम्न जातियों के बीच जो तीव्र विभाजन रेखा बनी है वह किसी अन्य राज्य में नहीं बन पाई है.

भारतीय राजनीति में अब तक के जाति के प्रभाव से स्पष्ट है कि जाति ने भारतीय राजनीति को सामान्यतौर पर और राज्यों की राजनीति को विशेष रूप से प्रभावित किया है, परन्तु भारतीय राजनीति को केवल जातिवाद को ध्यान में रखकर ही समझने की कोशिश नहीं की जानी चाहिए. यह तो सर्वविदित है कि भारतीय राजनीति में जाति की भूमिका महत्वपूर्ण है और जब तक भारतीय समाज का आधुनिकीकरण नहीं हो जाता है तब तक यह प्रभाव बना रहेगा; परन्तु साथ-ही-साथ यह बात ध्यान देने योग्य है कि भारत में शहरीकरण, औद्योगीकरण तथा आधुनिकीकरण की प्रक्रिया के बढ़ने के साथ-साथ जाति का राजनीति पर प्रभाव कम होने की सम्भावना बढ़ी है और सच पूछा जाए, तो कुछ क्षेत्रों में उसका प्रभाव निश्चित रूप से कम हुआ है. उदाहरण के तौर पर भारतीय मतदाताओं का मतदान व्यवहार वर्तमान समय से जातिगत विचारों से पहले की भाँति प्रभावित नहीं होता है. 1971, 1977, 1980 तथा 1984 के संसदीय निर्वाचन के मतदान व्यवहार में यह बात स्पष्ट हो जाती है कि ज्यों-ज्यों भारत में आधुनिकीकरण की प्रक्रिया आगे बढ़ेगी, राजनीति में जाति का प्रभाव आवश्यक रूप से कम होगा.

भारत में राजनीतिक व्यवस्था (दबाव समूह) [Political System In India] (Pressure-Group)

राजनीतिक व्यवस्था का सम्बन्ध अनेक वर्गों और संगठनों से जुड़ा हुआ है; जैसे राजनीतिक दल, दबाव समूह, हित समूह, चुनाव-तन्त्र, लोकमत की अभिव्यक्ति के साधन, साम्प्रदायिक और गैर-साम्प्रदायिक गुटों, बुद्धिजीवियों, नौकरशाही और अभिजात्यवर्ग, आदि से. ये सवा वर्ग और संगठन देश विरोध की राजनीतिक व्यवस्था के स्वरूप को निर्धारित करते हैं. राजनीतिक व्यवस्था जनता को राजनीतिक प्रक्रिया में भाग लेने को प्रेरित करती है.

भारत में लोकतंत्रीय राजनीति व्यवस्था के अन्तर्गत एक प्राचीन और बड़े विविधतापूर्ण समाज का आधुनिकीकरण किया जा रहा है. भारत में समाज के विखण्डित ढाँचे में राजनीतिक संख्याओं, मूल्यों और विचारों का प्रवेश होता जा रहा है. भारत जैसी अराजनीतिक समाज व्यवस्था में राजनीतिक केन्द्र का उद्घाटन हो रहा है और समाज के विविध वर्गों को राज व्यवस्था में स्थान दिया जाने लगा है. राजनीतिकरण की बढ़ती हुई प्रवृत्ति के कारण अब तक जो गाँव, समाज, वर्ग और सम्प्रदाय राजनीतिक व्यवस्था से अलग रहे हैं वे भी इसके पास आ रहे हैं.

राजनीतिक व्यवस्था का अर्थ (Meaning of Political System)

राजनीतिक व्यवस्था के अन्तर्गत सभी प्रकार की औपचारिक और अनौपचारिक प्रक्रियाएं, प्रकार्य, संरचनाएं, मूल्य, आचार, आदि आ जाते हैं. राज्य व्यवस्था समाज-व्यवस्था की उप-व्यवस्था कही जाती है. डेविड ईस्टन के अनुसार, "राजनीतिक व्यवस्था उन अन्तः क्रियाओं का नाम है जिनके माध्यम से समाज के लिए मूल्यों का साधिकार विनिधान किया जाता है. राज्य व्यवस्था अपने परिवेश, उप-व्यवस्थाओं द्वारा व्यवस्थाओं के प्रभाव या निवेश (Input) ग्रहण करती है तथा उनको रूपान्तरित (Convert) करके

निर्गतीं (Out-put) में बदल देती है. उसका यह कार्य बाध्यकारी एवं प्राधिकृत होता है."

'राजनीतिक व्यवस्था' की अवधारणा में राजनीतिक जीवन में जैवकीय तथा मशीनीकृत व्यवस्था की अनुरूपता सन्निहित है. यह अवधारणा हमें सरकार, संस्था एवं उसके अनौपचारिक कार्य के परम्परागत अर्थ से अलग, लेकिन सीमित अर्थ में ध्यान आकर्षित किया करती है. इनमें राजनीति की गतिशील प्रक्रिया एवं व्यक्त एवं अव्यक्त समूह का वास्तविक व्यवहार भी सन्निहित होता है.

हम इन्हें जानते हैं कि संसद या विमण्डल तथा न्यायालयों के अलावा ऐसे बहुत-से अनौपचारिक ढाँचे–राजनीतिक दल, मजदूर संघ तथा दूसरी संस्थाएं जो राजनीतिक नहीं होती हैं–कृषक संगठन, वाणिज्य मण्डल, पक्षकार संगठन, जाति समूह, धार्मिक संस्थाएं आदि. जो नीतियों के निर्माण, कानून निर्माण तथा निर्णयों को प्रभावित किया करते हैं. यह भी जानते हैं कि जनमत, जनविश्वास तथा दृष्टिकोण, विचारधाराएं एवं आर्थिक स्थितियाँ भी राजनीतिक शक्तियों के व्यवहार पर अपना असर डालती हैं. इसके अलावा, सामान्यतः हम इससे भी परिचित हैं कि इनमें से प्रत्येक तत्व न केवल सरकार के निर्णय को प्रभावित करता है वरन् स्वयं ऐसे निर्णयों से प्रभावित होता है और इनमें से प्रत्येक आपस में एक-दूसरे को भी प्रभावित करता है. यह सभी अपने परस्पर प्रभावित व्यवहार के कारण एक स्थायी एवं व्यवस्थित राजनीतिक प्रबन्धों के कार्यों को भी सहायता प्रदान करते हैं. किन्हीं अवसरों पर इनमें से कुछ तत्वों के व्यवहार की वजह से 'तनाव' उत्पन्न हो सकता है जो संकट' की सीमा तक जा सकता है, फिर समझौते होते हैं जिसकी वजह से 'तनाव' समाप्त हो जाता है तथा 'संकट' भी समाप्त हो जाता है. आपस में उलझे हुए सभी तत्व मिलकर राजनीतिक वातावरण को अधिक जटिल तथा पेचीदा बनाते हैं. राजनीतिक व्यवस्था की विचार धारा इन परस्पर प्रभावी तत्वों में से कुछ व्यवस्थित रेखाएं तथा नियमितता ढूँढ़ने में सहायता देती है. भारतीय राजनीतिक व्यवस्था (Indian Political System).

जब हम 'भारतीय राजव्यवस्था' के बारे में सोचते हैं तो उसका आशय होता है कि शासन का स्वरूप क्या है, शासन का मतलब क्या है, नीति निर्माण कैसे किया जाता है, कौन-से इस प्रकार के तत्व पाए जाते हैं जो नीतियों के निर्माण को प्रभावित करते हैं, राज-कार्यों में जनता की हिस्सेदारी किस सीमा तक है और जनता के मूल्य, दृष्टिकोण और चरित्र का स्वरूप क्या है ? राज्य-व्यवस्था में न तो पदों का विन्यास होता है और न खाली संवैधानिक कानून. भारत की राजनीतिक रोजाना नए मोड़ ले रही है और रोजाना नए आयाम उजागर ही रहे हैं और उनसे राज-व्यवस्था का स्वरूप भी अवश्य ही साफ हो रहा है.

भारतीय राज-व्यवस्था के निर्धारक तत्व (Determinants of Indian Political System)

समाज में मौजूद आर्थिक, राजनीतिक और सामाजिक तत्व 'राजनीतिक व्यवस्था' के स्वरूप को बहुत हद तक निधारिक करते हैं. भारतीय राज-व्यवस्था के निर्धारक तत्व कुछ इस प्रकार हैं–

1. **भारतीय संविधान**–भारत का लिखित संविधान देश की जनता और समस्त विविधतापूर्ण संस्कृति वाले लोगों को मिलाता है. संविधान वयस्क मताधिकार की व्यवस्था करके जनता को शासन कार्यों में सक्रिय भागीदार बनाता है. संविधान यह उजागर कर देता है कि संसदात्मक और संघात्मक शासन-प्रणालियों का ही विकास इस देश में होगा. शासन के स्वरूप में महत्वपूर्ण परिवर्तन करने का अधिकार इस देश की जनता में निहित माना गया. सरकार की शक्ति का स्रोत जनता ही होगी.

2. **संविधान की प्रस्तावना**–संविधान की प्रस्तावना संविधान का कानूनी हिस्सा नहीं है. प्रस्तावना हमारी राज-व्यवस्था का स्वरूप निर्धारित करती है. प्रस्तावना के निर्माताओं ने हमारी राज-व्यवस्था के बुनियादी आदर्शों, आस्थाओं और प्रेरणाओं को वाणी प्रदान की है.

3. **ब्रिटिश विरासत**–भारतीय राज-व्यवस्था पर अंग्रेजी शासन का प्रभाव सर्वत्र दृष्टिगोचर होता है. अंग्रेजी शासन में महत्वपूर्ण राजनीतिक और विकास सम्बन्धी निर्णय सरकारी तरीके से किए जाते थे. ब्रिटिश काल में आई. सी. एस. अधिकारी शासन के महत्वपूर्ण स्तम्भ थे. स्वाधीनता के बाद की नूतन राज-व्यवस्था में सारे परिवर्तनों और नई नीतियों का भार सरकारी सेवाओं पर डाल दिया गया. सारी आर्थिक और राजनीतिक गतिविधियों का संचालन सरकारी अधिकारियों एवं नौकरशाही द्वारा किया जाता है. जो ब्रिटिश विरासत ही कहलाती है.

4. **एकीकरण की समस्या**–हमारे राष्ट्र-निर्माताओं के सामने बुनियादी समस्या एकीकरण की थी अर्थात् नए राजनीतिक केन्द्र-बिन्दु की स्थापना और विविधता को एक सूत्र में संग्रहण कर राष्ट्र का निर्माण ही उनकी चिन्ता का विषय था. नेहरूजी ने स्पष्ट कहा था कि मेरे जीवन का मुख्य काम भारत का एकीकरण है. इसी कारण भारत की राजनीतिक एकता में राष्ट्रीय सरकार की प्रधानता और अन्य हित समूहों व अल्प-संख्यकों के प्रति समझौते और सामंजस्य की नीति अपनाई गई. राष्ट्रीय एकीकरण की समस्या ने ही केन्द्रीकृत राज-व्यवस्था की नींव डाली.

5. **समायोजन और सहमति के सिद्धान्त**–ग्रेनविल ऑस्टिन ने कहा है कि भारतीय संविधान-निर्माताओं ने संविधान की रचना में दो सिद्धान्तों से काम लिया. एक यह है कि सभी निर्णय सहमति से किए जाएं, बहुमत के जोर पर नहीं. दूसरा, समझौते की भावना अर्थात् अल्पमत या अलगमत वालों का अधिक-से-अधिक ख्याल. देश के विभाजन और पाकिस्तान के निर्माण की घटना से देश के नेता समझ चुके थे कि बहुमत की ओर से फैसला करना एक नए लोकतंत्र के लिए अच्छा न रहेगा.

6. **आधुनिकीकरण**–आधुनिकीकरण वर्तमान युग की मुख्य प्रवृत्ति है और राजनीतिकरण इसकी संचालक शक्ति. आधुनिकता से हमारा समाज प्रभावित हुआ है और समाज के आधुनिकीकरण से राज-व्यवस्था के स्वरूप में निखार आया. नई शिक्षा, शासकीय नौकरियाँ, वयस्क मताधिकार और व्यवस्था के विस्तार ने पुरातन जाति-पाँति पर आधारित समाज को बदला. ऊँची जातियों और अमीरों के अलावा दलित जातियाँ और गरीब लोग भी राजनीतिक दृष्टि से संगठित होने लगे; उनकी आकांक्षाएं बढ़ने लगीं और राजनीतिक व्यवस्था में वे परस्पर के प्रतिस्पर्द्धी बन गए. चुनावों के फलस्वरूप सभी जातियाँ और उनके समूह राजव्यवस्था में सक्रिय भागीदार बन गए.

7. **धर्म निरपेक्षता**–भारत में धर्म ने राजनीतिक व्यवस्था को अत्यन्त प्रभावित किया है. धर्म के आधार पर भारत का बँटवारा हुआ और पाकिस्तान के निर्माण के बाद भी देश में सिख, पारसी, जैन, ईसाई, बौद्ध धर्मों के अतिरिक्त इस्लाम के अनुयायी विद्यमान हैं. अतः राजव्यवस्था के स्वरूप को धर्मनिरपेक्ष घोषित करना अपरिहार्य था.

8. **जाति**–हेरल्ड गोल्ड के अनुसार, "राजनीति का आधार होने के बजाय, जाति उसको प्रभावित करने वाला एक तत्व है."

9. **क्षेत्रीयता**–क्षेत्रीय विवाद राजनीतिक व्यवस्था को प्रभावित करते हैं. क्षेत्रीय समस्याएं राजनीतिक आन्दोलन को जन्म देती हैं. राज्यों के मध्य नदी-पानी-विवाद, सीमा-विवाद, आदि समस्याएं क्षेत्रीय संकीर्णता का परिणाम कही जा सकती हैं. क्षेत्रीय समस्याएं यदि गम्भीर रूप धारण कर लेती हैं, तो संविधान द्वारा निर्धारित व्यवस्था दुर्बल होने लगती है.

10. **भाषा**–एक सम्पर्क भाषा राजनीतिक व्यवस्था के विभिन्न तत्वों और अंगों को जोड़ती है. सम्पर्क भाषा के अभाव में राजव्यवस्था में विघटन की कमजोर भावनाएं उत्पन्न होती हैं. एक भाषा एक राष्ट्र का ज्ञान कराती है और यदि भाषागत विविधता में मान्य भाषा का अभाव होता है, तो फिर यदा-कदा आन्दोलन भी भड़काए जा सकते हैं. अतः हिन्दी को राष्ट्रभाषा का दर्जा दिया गया है.

भारतीय राजनीति में दबाव समूह
(Pressure Groups In Indian Politics)

राजनीतिक प्रक्रिया में दबाव समूहों का विशिष्ट महत्व है. **फ्रेडरिक** ने लिखा है कि, "क्या कूड़ा ढोने वाले और क्या राजनीतिशास्त्र के गम्भीर छात्र सभी इन दबाव समूहों को घटिया व तुच्छ दृष्टि से देखते थे. इन्हें ऐसी पापात्मा शक्ति माना जाता था जो लोकतंत्र की जड़ें कमजोर करने अथवा प्रतिनिध्यात्मक शासन को विचलित कर सकती थीं.

दबाव समूह : अर्थ एवं परिभाषा (Pressure Groups : Meaning and Definitions)

'दबाव समूह' को विभिन्न नामों से सम्बोधित किया गया है. जैसे, हित समूह (Interest Groups), गैर-सरकारी संगठन (Private Organization), लॉबीज (Lobbies), अनौपचारिक संगठन (Informal Groups), गुट इत्यादि. दबाव समूहों तथा अन्य संगठन में अन्तर अवश्य है. सभी संगठन दबाव समूह नहीं होते और न हित समूह और दबाव समूह समान ही हैं. प्रत्येक देश और समाज में सैकड़ों हित समूह होते हैं, लेकिन जब वे सत्ता को प्रभावित करने के इरादे से राजनीतिक दृष्टि से सक्रिय हो जाते हैं तो 'दबाव समूह' बन जाते हैं.

ओडिगार्ड के अनुसार, "दबाव समूह ऐसे लोगों का औपचारिक संगठन है जिनके एक अथवा अधिक सामान्य उद्देश्य या स्वार्थ होते हैं और जो घटनाओं के क्रम को विशेष रूप से सार्वजनिक नीति के निर्माण और शासन को इसलिए प्रभावित करने का प्रयत्न करते हैं कि वे अपने हितों की रक्षा एवं वृद्धि कर सकें."

उपर्युक्त परिभाषाओं के आधार पर दबाव समूहों के प्रमुख लक्षण इस प्रकार हैं–

(1) दबाव समूह अपने लक्ष्यों की प्राप्ति के लिए नीति-निर्माताओं को प्रभावित करते हैं.

(2) दबाव समूहों का सम्बन्ध विशिष्ट मामलों से होता है.

(3) ये राजनीतिक संगठन नहीं होते और न ही ये चुनाव में हिस्सा लेते हैं.

(4) दबाव समूहों को अज्ञात साम्राज्य कहा गया है. जब उनके हित खतरे में होते हैं तो वे सक्रिय बन जाते हैं.

दबाव समूहों का महत्व
(Importance of Pressure Groups)

1. **जनतान्त्रिक प्रक्रिया की अभिव्यक्ति के लिए दबाव समूह**–दबाव समूहों को लोकतन्त्र की अभिव्यक्ति का साधन

माना जाता है. लोकतन्त्र की सफलता के लिए लोकमत तैयार करना जरूरी है ताकि विशिष्ट नीतियों का समर्थन या विरोध किया जा सके.

2. **शासन के लिए सूचनाएं एकत्रित करने वाले संगठनों के रूप में दबाव समूह**–शासन की सूचनाओं के गैर-सरकारी स्रोत के रूप में दबाव समूह महत्वपूर्ण भूमिका पेश करते हैं. दबाव समूह आँकड़े इकट्ठे करते हैं, शोध करते हैं तथा सरकार को अपनी कठिनाइयों से अवगत कराते हैं.

3. **शासन को प्रभावित करने वाले संगठन के रूप में दबाव समूह**–आजकल दबाव समूहों का अस्तित्व एक ऐसी संस्था के रूप में है जिनके पास इस दृष्टि से काफी शक्ति होती है कि वह स्वार्थ या हित विशेष की रक्षा के लिए सरकारी मशीनरी पर उपयोगी व सफल प्रभाव डाल सकें.

4. **सरकार की निरंकुशता को सीमित करना**–प्रत्येक शासन-व्यवस्था में केन्द्रीयकरण की प्रवृत्ति बढ़ रही है और समूची शक्तियाँ सरकार के हाथों में केन्द्रित होती जा रही हैं. दबाव समूह अपने साधनों द्वारा सरकारी निरंकुशता को परिसीमित करते हैं.

5. **समाज और शासन में सन्तुलन स्थापित करना**–दबाव समूहों के अस्तित्व का एक लाभ यह है कि विभिन्न हितों के बीच सन्तुलन-सा बना रहता है और इस प्रकार कोई भी एकमात्र प्रभावशील सत्ता उदित नहीं हो पाती.

6. **व्यक्ति और सरकार के मध्य संचार के साधन**–दबाव समूह लोकतान्त्रिक राज-व्यवस्था में व्यक्तिगत हितों का राष्ट्रीय हितों के साथ सामंजस्य स्थापित करते हैं. ये समूह नागरिक और सरकार के बीच संचार साधन का कार्य करते हैं.

7. **विधानमण्डल के पीछे विधानमण्डल का कार्य**–दबाव समूह विधि-निर्माण में विधायकों की सहायता करते हैं. अपनी विशेषज्ञता तथा ज्ञानगुरुता के कारण ये विधि-निर्माता समितियों के सदस्यों को आवश्यक परामर्श देते हैं. इनका परामर्श और सहायता दोनों ही इतनी उपयोगी होती हैं कि इन्हें विधानमण्डल के पीछे का विधानमण्डल कहा जाने लगा है.

दबाव समूह एवं राजनीतिक दल (Pressure Groups and Political Parties)

प्रो. हरमन फाइनर का कथन है कि "जहाँ सिद्धान्त और संगठन में राजनीतिक दल कमजोर होंगे वहाँ दबाव समूह पनपेंगे, जहाँ दबाव समूह शक्तिशाली होंगे वहाँ राजनीतिक दल कमजोर होंगे और जहाँ राजनीतिक दल शक्तिशाली होंगे वहाँ दबाव समूह दबा दिये जाएंगे."

दबाव समूहों के तरीके (Pressure Group Techniques)

1. **प्रचार व प्रसार के साधन**–अपने लक्ष्यों की प्राप्ति के लिए, जनता में अपने पक्ष में सद्भावना का निर्माण करने के लिए और उद्देश्य प्राप्ति में सहायक सिद्ध होने वालों के दृष्टिकोण को अपने पक्ष में करने के लिए दबाव समूह प्रेस, रेडियो, टेलीविजन और प्रभावशाली संगठनों की सेवाओं का उपयोग व प्रयोग करते हैं.

2. **आँकड़े प्रकाशित करना**–नीति-निर्माताओं के समक्ष अपने पक्ष को प्रभावशाली ढंग से प्रस्तुत करने के लिए दबाव समूह आँकड़े प्रकाशित करते हैं, ताकि अपनी बात को पूरी कर सकें.

3. **गोष्ठियाँ आयोजित करना**–आजकल दबाव समूह विचार-विमर्श तथा वाद-विवाद के लिए गोष्ठियाँ, सेमिनार तथा भाषणमालाएं एवं वार्ताएं आयोजित करते हैं. इन गोष्ठियों में विधायिका तथा प्रशासिका के प्रमुख अधिकारियों को आमन्त्रित करते हैं और उन्हें अपने मत से प्रभावित करने का प्रयास करते हैं.

4. **संसद की लॉबियों में सक्रिय रहना**–दबाव समूह अपने एजेण्टों एवं वकीलों के द्वारा संसद के सभाकक्षों में जाकर सदस्यों को प्रभावित करने की कोशिश करते हैं.

5. **रिश्वत, बेईमानी तथा अन्य उपाय**–अपने ध्येय की रक्षा के लिए दबाव समूह रिश्वत व घूस देने से नहीं कतराते. कहीं-कहीं पर तो आवश्यकतानुसार सुरा और सुन्दरी का भी प्रयोग करते हैं.

6. **लॉबीइंग**–लॉबीइंग से अभिप्राय है 'सरकार को प्रभावित करना'. यह एक राजनीतिक उपाय है. लॉबीस्ट का कार्य करने वाले व्यक्ति दबाव समूह और सरकार के मध्य-मध्यस्थ होते हैं. लॉबीस्ट के माध्यम से दबाव समूह विधि निर्माताओं को प्रभावित करते हैं और वांछित लक्ष्यों की प्राप्ति करते हैं.

7. **संसद-सदस्यों के मनोनयन में रुचि**–दबाव समूह ऐसे व्यक्तियों को चुनावों में दलीय प्रत्याशी मनोनीत करवाने में मदद देते हैं जो आगे चलकर संसद में उनके हितों की अभिवृद्धि में सहायता प्रदान करें.

8. **प्रदर्शन**–कभी-कभी दबाव समूह उग्र आन्दोलनात्मक तथा प्रदर्शनकारी साधनों का भी प्रयोग करते हैं. आजकल तो दबाव गुट हड़ताल, जुलूस, रैली, आदि साधनों का आमतौर से प्रयोग करने में लगे हैं.

भारतीय राजनीति में दबाव समूह (Pressure Groups in Indian Politics)

एशिया की राजनीति के तीन अध्येताओं (काहिन, पार्क एवं टिंकर) का यह निष्कर्ष भारत पर भी लागू होता है कि "पश्चिमी देशों की राजनीतिक प्रक्रिया में हित समूहों की स्पष्ट अभिव्यक्ति हुई है, जबकि गैर-पश्चिमी देशों में ऐसा नहीं हुआ है." भारत में अमरीका की भाँति दबाव समूह विकसित

नहीं हो पाये हैं यद्यपि कतिपय व्यावसायिक संगठन दबाव समूहों के रूप में सक्रिय अवश्य हैं. लेकिन, अन्य समुदायों के दबाव समूह मध्यवर्गीय नेतृत्व के कारण सक्रिय रूप में राजनीतिक प्रक्रिया में निर्णयों को आधुनिक ढंग से प्रभावित नहीं कर पा रहे हैं. आर्थिक विपन्नता के कारण दबाव समूहों की माँग तथा शासकीय सामर्थ्य के मध्य एक बड़ा अन्तर भारत में दर्शनीय है. सार्वजनिक वयस्क मताधिकार के चलन, राजनीतिक अधिकारों की वृद्धि, जनता को प्राप्त विशेषाधिकारों एवं आर्थिक और सामाजिक क्षेत्रों में नियोजित कार्यक्रमों के विस्तार के कारण भारत की राजनीतिक संरचना में संगठित दबाव व हित समूहों का विस्तार होता जा रहा है.

दबाव समूहों के प्रकार (Kinds of Pressure Groups)

भारत में क्रियाशील दबाव समूहों को आल्मोण्ड तथा पॉवेल 'मॉडल' के आधार पर चार समूहों में विभाजित किया जा सकता है–

1. संस्थानात्मक दबाव समूह (Institutional Pressure Groups),
2. समुदायात्मक दबाव समूह (Associational Pressure Groups),
3. असमुदायात्मक दबाव समूह (Non-associational Pressure Groups),
4. प्रदर्शनात्मक दबाव समूह (Anomic Pressure Groups).

भारतीय दबाव समूहों की विशेषताएं (The Specific Features of Indian Model of Pressure Groups)

प्रो. मायरन बीनर की रचना **'पॉलिटिक्स ऑफ स्केरसिटी'** भारत में दबाव राजनीति का विश्लेषण करने वाली प्रथम वैज्ञानिक रचना है. वीनर के बाद स्टेनली कोचनीक का ग्रन्थ **'बिजनेस एण्ड पॉलिटिक्स इन इण्डिया'** भारतीय राजनीति में व्यापारियों के दबाव समूहों की भूमिका का सूक्ष्म अध्ययन प्रस्तुत करता है. वीनर तथा कोचनीक के निष्कर्षों के अनुसार भारत में दबाव व हित समूहों की निम्न निराली विशेषताएं हैं–

1. भारतीय राजनीति में परम्परावादी दबाव समूह जैसे जाति, समुदाय, धर्म और प्रादेशिक गुट निर्णायक भूमिका अदा कर रहे हैं. अधिकांश राजनीतिक दल जाति और समुदाय के आधार पर ही अपने अनुयायियों को संगठित करते हैं.
2. राजनीतिक दलों में विद्यमान संस्थागत दबाव समूह ने दलीय व्यवस्था को ही डांवाडोल करने की चेष्टा की है. सत्ताधारी और विपक्षी दलों में कार्यरत् गुटों ने बहुमत सरकार की कार्य-प्रणाली को ही चुनौती दी है.
3. विदेशी सहायता और विदेशी तकनीशियनों पर निर्भर होने के कारण विदेशी लॉबी भी हमारी नीतियों को प्रभावित करने के लिए दबाव डालते हैं.
4. समुदायात्मक और प्रदर्शनकारी दबाव समूह हिंसा, जन-आन्दोलन, हड़ताल, अनशन और सत्याग्रह जैसे अवैधानिक साधनों का प्रयोग करते नहीं हिचकिचाते.
5. भारत में दबाव समूह मुख्यतया प्रशासकों को प्रभावित करने में लगे रहते हैं न कि नीति-निर्माण को.
6. अधिकांश समुदायात्मक दबाव समूहों पर राजनीतिक दलों का नियन्त्रण है. उनका नेतृत्व राजनीतिक दलों के नेताओं के हाथों में है और उन्हें 'दल के पीछे दलीय सत्ता' कहा जा सकता है, किन्तु यह भी एक विचित्र सत्य है कि प्रमुख व्यापार-उद्योग हित समूह दलीय नियन्त्रण से स्वायत्त हैं.
7. अपने राजनीतिक हितों की पूर्ति के लिए कतिपय राजनीतिक दलों ने अर्द्ध-सैनिक स्वरूप वाले गुप्त संगठनों का भी निर्माण किया है.
8. स्वाधीनता प्राप्ति के तुरन्त बाद सार्वजनिक नीति के निर्माण में दबाव समूहों की सीमित भूमिका द्रष्टव्य है.
9. विगत कुछ वर्षों में केन्द्रीय सरकार की नीतियों पर भारतीय संघ के राज्यों का भी प्रभाव पड़ने लगा है और राज्य संगठित दबाव डालने का प्रयास करने लगे हैं.

निष्कर्षतः यह कहा जा सकता है कि भारत में असमुदायात्मक दबाव गुट सर्वाधिक प्रभावशाली हैं और उनमें भी 'जाति' का प्रभाव सर्वत्र दृष्टिगोचर होता है. उसके बाद संस्थानात्मक दबाव समूहों ने राजनीति को प्रभावित किया है. समुदायात्मक दबाव समूहों में केवल 'फेडरेशन ऑफ इण्डियन चैम्बर्स ऑफ कॉमर्स एण्ड इण्डस्ट्री' को ही आधुनिक दबाव समूह माना जा सकता है.

महत्वपूर्ण तथ्य

- समाजशास्त्र में शक्ति का विशेष अध्ययन किया जाता है. शक्ति को प्राचीन युग से लेकर आधुनिक युग तक राजनीति के लिए आवश्यक माना गया है. शक्ति का अस्तित्व सर्वव्यापक माना जाता है. शक्ति के बिना शासन व समाज को सुव्यवस्थित नहीं रखा जा सकता है. शक्ति, संगठन, राजनीति एवं शासन में संघर्ष की प्रतीक मानी जाती है. शक्ति नीचे से ऊपर की ओर केन्द्रीकृत होती है. इसमें पद सोपान व्यवस्था पाई जाती है. आधुनिक युग में प्रत्येक व्यक्ति शक्तिशाली बने

रहना चाहता है. शक्ति के माध्यम से दूसरे व्यक्तियों को प्रभावित करना एवं मानवीय व्यवहार पर नियंत्रण रखना होता है.

- शक्ति के यथार्थवादी अध्ययन में अरस्तू, हॉब्स, मैकियावली, मॉर्गेन्थाऊ का महत्वपूर्ण योगदान रहा है.
- आधुनिक शास्त्रियों में प्रो. केटलीन, प्रो. हेराल्ड, डी. लासवेल के नाम उल्लेखनीय हैं.
- हेराल्ड डी. लासवेल के अनुसार, "शक्ति का अर्थ अन्य व्यक्ति अथवा व्यक्ति के समूह की वह क्षमता है, जो अपनी इच्छानुसार दूसरे व्यक्तियों के व्यवहार को बदलती है."
- केटलिन के अनुसार, "अपने संकल्पों को कार्यान्वित करने की सामान्य इच्छा सभी में होती है. वह संकल्प अपनी इच्छा या लक्ष्य की प्राप्ति करने, का मुख्य अभिकर्ता होता है. इसकी प्राप्ति में स्वतन्त्रता की आवश्यकता होती है. शक्ति उस प्राप्ति का नाम है."
- मॉर्गेन्थाऊ के अनुसार, "शक्ति में ऐसी प्रत्येक वस्तु शामिल की जा सकती है, जिसके माध्यम से मनुष्य पर नियंत्रण किया जाता है. इसके साथ यह भी स्थापित मानते हैं कि राज्य शक्ति में लगे रहते हैं और शक्ति राजनीति का खेल खेलती है."
- लॉर्ड एक्टन के अनुसार, "शक्ति भ्रष्ट कर देती है और पूर्ण शक्ति पूर्णतया भ्रष्ट कर देती है."
- केटलिन ने राजनीति को शक्ति का अध्ययन माना है.
- जब हम शक्ति की चर्चा करते हैं, तो हमें यह ध्यान रखना चाहिए कि हम 'राजनीतिक शक्ति' की चर्चा कर रहे हैं और राजनीतिक शक्ति बल प्रयोग नहीं है.
- मैकाइवर के अनुसार, "शक्ति मानव जीवन का एक बहुपक्षीय तत्व है."
- एरिक कार्फमान ने अपनी पुस्तक में लिखा है कि राज्य के तीन मुख्य लक्ष्य हैं—शक्ति संचय, शक्ति प्रसार और शक्ति प्रदर्शन.
- हेराल्ड डी. लासवेल ने अपनी पुस्तक 'Politics Who gets What, When 'How' में कहा है कि "राजनीति का अध्ययन प्रभाव और प्रभावशाली का अध्ययन है."
- प्रायः शक्ति और बल को एक ही समझा जाता है, किन्तु वास्तव में इन दोनों में अन्तर है. शक्ति बल का पर्याय नहीं है, क्योंकि शक्ति अप्रत्यक्ष बल है और बल प्रकट शक्ति. इस प्रकार शक्ति अप्रकट तत्व है और बल प्रकट तत्व है.
- रॉबर्ट बायर्सटेड के अनुसार, "शक्ति बल प्रयोग की योग्यता है, न कि उसका वास्तविक प्रयोग."
- बायर्सटेड ने शक्ति के तीन रूप बताए हैं—बल, प्रभाव तथा प्रभुत्व.
- राजनीतिक शक्ति और सैनिक शक्ति दोनों व्यापक दृष्टिकोण से शक्ति के रूप हैं, किन्तु इन्हें एक ही नहीं समझना चाहिए. राजनीतिक शक्ति एक जटिल शब्द है जिसमें सदा ही शक्ति के अन्य रूप सम्मिलित होते हैं, जैसे—धन, शास्त्र-सामग्री, नागरिक सत्ता, मत पर प्रभाव आदि. सैनिक शक्ति एक स्पष्ट तत्व है जो सैन्य बल पर आधारित होता है. राजनीति में सैनिक शक्ति का स्थान अत्यन्त गौण है, क्योंकि शक्ति वास्तविक बल प्रयोग नहीं, बल की क्षमता है.
- मॉर्गेन्थाऊ ने राजनीतिक शक्ति को मनोवैज्ञानिक शक्ति माना है जिसके अनुसार मनुष्य दूसरे मनुष्य की क्रियाओं तथा मस्तिष्कों पर नियंत्रण रखता है. सैनिक शक्ति दमन का वास्तविक प्रयोग है.
- शक्ति और प्रभाव, यदि कुछ आधारों पर एक-दूसरे के समान हैं, तो दूसरी ओर इनमें महत्वपूर्ण असमानताएँ भी हैं.
- ब्रयाश और बारात ने अपनी पुस्तक 'Political Power' में इन दोनों में समानताएँ बतलाई हैं.
- चार्ल्स ई. मेरियम ने अपनी पुस्तक 'Political Power' में शक्ति और सत्ता में कोई भेद नहीं किया है.
- तानाशाही शासन में शक्ति के निम्नलिखित आधार हैं—बल प्रयोग, हिंसा, कठोर कदम, दण्ड और भय.
- लोकतंत्र में शक्ति के निम्नलिखित आधार हैं—प्रभाव, नेतृत्व, औचित्यपूर्णता, आज्ञापालन और सहमति.
- शक्ति के प्रत्यक्ष स्त्रोत हैं—व्यक्तित्व, नेतृत्व, संगठन, सत्ता, धन तथा संचार के साधन.
- शक्ति के अप्रत्यक्ष स्त्रोत हैं—आत्मज्ञान, बुद्धि, प्रभाव, आदेश तथा सम्प्रभुता.
- गोल्डमेमर के अनुसार, "एक व्यक्ति की उतनी शक्ति कही जा सकती है, जितनी मात्रा में वह इच्छा के अनुसार दूसरे के व्यवहार को परिवर्तित कर सके."
- व्यवहार में परिवर्तन की धारणा के अनुसार शक्ति तीन प्रकार की होती है—बल, प्रभुत्व और चातुर्य.
- भारत में राजनीति विज्ञान के जनक कौटिल्य ने 'दण्ड शक्ति' जो कि शक्ति का ही पर्याय है, को राजनीति का मूल आधार माना है.
- सत्ता को राजनीतिक व्यवस्था की आत्मा कहा जा सकता है. लोकतंत्र में सत्ता जनता द्वारा स्वीकृत किए जाने वाले वह बिन्दु हैं, जिनके माध्यम से जनता सुनिश्चित एवं सुव्यवस्थित रहने का प्रयास करती है. जनता इसके

अधीन रहते हुए सुनिश्चित व्यवहार करती है. राजनीतिक व्यवस्थाओं में सत्ता की मात्रा में वृद्धि होती रहती है, इसलिए सत्ता शासन व्यवस्था का विभिन्न अंग है. सत्ता का अपना अलग अस्तित्व है. सत्ता व्यक्ति, परिवार, समूह, संगठन, राज्य से भी ऊपर निवास करती है. सत्ता के अनेक प्रकार होते हैं. सत्ता राजनीतिक एवं नौकरशाही को निश्चित समय पर निश्चित कार्यों को सम्पन्न करने के लिए अधिकार एवं शक्तियाँ प्रदान करती है. सत्ता में मानवीय संस्थाओं एवं संगठनों का व्यवहार भी बदलने की शक्ति पाई जाती है. इसमें वैज्ञानिकता, आधुनिकता व औचित्यपूर्णता के आधार पर समस्त क्रियाएँ सम्पन्न कराई जाती हैं. सत्ता शासन व्यवस्था की क्षमता का प्रतीक मानी जाती है.

- वायर्सटेड के अनुसार, "सत्ता शक्ति के प्रयोग का संस्थागत अधिकार है, वह स्वयं शक्ति नहीं है."
- यूनेस्को के अनुसार, "सत्ता वह शक्ति है जो स्वीकृति, सम्मानित, ज्ञात एवं औचित्यपूर्ण हो."
- चीन के माओ जैसे महान् नेता ने कहा है, "सत्ता बन्दूक की नली में से निकलती है."
- बर्टेण्ड रसिल का विचार है कि सत्ता, "दूसरे के कार्यों को प्रभावित करने की क्षमता है."
- प्रो. एच.जे. मॉर्गेन्थाऊ का कहना है कि "राजनीति सत्ता के संघर्ष के अतिरिक्त कुछ नहीं है."
- इटली में 1922 में फासीवाद के उदय से सत्ता के सिद्धान्त को मूर्त रूप मुसोलिनी ने देकर घोषणा की, "राज्य के विरुद्ध कुछ नहीं, इससे ऊपर कुछ नहीं."
- प्रो. बीच (Beatch) द्वारा प्रतिपादित सत्ता निम्नलिखित प्रकार की है—

1. **औपचारिक सत्ता सिद्धान्त** (Formal Theory)—इस सिद्धान्त के अनुसार सत्ता को आदेश देने का अधिकार माना जाता है और सत्ता का प्रवाह ऊपर से नीचे की ओर चलता है. यह अधिकार व्यवस्थाओं एवं संगठनों में विशिष्ट एवं वरिष्ठ अधिकारियों को दिया जाता है और इससे आदेश या सत्ता का एक पाठ्यक्रम बन जाता है.

2. **स्वीकृति सिद्धान्त** (Acceptance Theory)—व्यवहारवादी या मानव सम्बन्धवादी औपचारिक सत्ता सिद्धान्त में विश्वास न रखते हुए 'स्वीकृति सिद्धान्त' का प्रतिपादन करता है. इन यथार्थवादी अध्ययनकर्ताओं के अनुसार सत्ता कानूनी रूप से, तो औपचारिक होती है, किन्तु वास्तव में सत्ता या आदेश के अधिकार की सफलता अधीनस्थों की स्वीकृति पर निर्भर करती है. जब अधीनस्थ अपने समक्ष और योग्यता के दायरे में आदेशों को स्वीकार कर लेते हैं, तो यह स्थिति सत्ता स्थिति बन जाती है.

- बर्नार्ड अपनी पुस्तक 'The Function of the Excutive' में लिखते हैं कि अधीनस्थ आदेशों को स्वीकार करे, इसलिए चार शर्तें पूरी होनी अवश्यक हैं—

1. अधीनस्थ अधिकारी आदेश अथवा सूचना को समझता है.
2. अपने निश्चय करने के समय उसका यह विश्वास हो कि आदेश संगठन के उद्देश्यों के साथ असंगत नहीं हो.
3. निर्णय लेने के समय वह यह सोचता हो कि एक समग्रता के रूप में सम्बन्धित आदेश उसके व्यक्तिगत हितों के अनुकूल हो.
4. वह मानसिक और शारीरिक दृष्टि से उस आदेश के अनुपालन की क्षमता रखता हो.

- सत्ता के निम्नलिखित प्रकार होते हैं—

1. कार्यपालिका, व्यवस्थापिका की क्रियाओं में भी सत्ता पाई जाती है. ये तीनों अंग एक-दूसरे से स्वतन्त्र रहकर अपना-अपना कार्य करते हैं.
2. सत्ता स्थानीय, प्रान्तीय, राष्ट्रीय और अन्तर्राष्ट्रीय स्तर पर क्रियाएँ करती है जिनमें सुरक्षा, शांति व्यवस्था भी सत्ता द्वारा स्थापित की जाती है.
3. सत्ता संविधान, साधारण कानून, अध्यादेश के माध्यम से भी अपनी उपस्थिति बनाए रखती है. जनहित, जनकल्याण सम्बन्धी कार्यों को सम्पन्न करती है.
4. सामाजिक, आर्थिक, राजनीतिक, सांस्कृतिक रूप से विभिन्न क्षेत्र में सत्ता एकता, अखण्डता स्थापित करने का कार्य करती है.
5. सत्ता संस्थागत संख्यात्मक रूप से एकल, बहुल, निगमनात्मक एवं मंडलात्मक रूप से भी पाई जाती है. यह विकेन्द्रीकृत केन्द्रीकृत रूप से भी कार्य करती है.

- 1651 में हॉब्स की पुस्तक 'Leviathan' प्रकाशित हुई, तभी से राष्ट्रीय व अन्तर्राष्ट्रीय क्षेत्रों में सत्ता की धारणा इस सीमा तक अन्वेषण का अतिमहत्वपूर्ण विषय बन गई है कि इसे मौलिक अनुसंधान का आधारभूत परिवेश माना जाता है.
- हॉब्स के उपरान्त सत्ता के विचार की प्रबल पुनरावृत्ति हीगल की रचना में हुई जिसने राज्य के प्रभुता-सम्पन्न शासक को परम बनाया.

● **सत्ता की सीमाएँ**

1. सत्ता राजनीतिक, सामाजिक, आर्थिक क्षेत्र में मूल्यों, आदर्शों, मर्यादाओं, परम्पराओं की सीमाओं का पालन करती है.
2. सत्ता पर नैतिकता की सीमाएँ लागू होती हैं.
3. सत्ता जन आकांक्षाओं को कुचलने का प्रयास कर सकती है.
4. सत्ता व्यक्ति को स्वतन्त्रता, समानता, न्याय के जीवन से वंचित नहीं कर सकती है.
5. सत्ता में लगे हुए लोग यदि सत्ता का दुरुपयोग करते हैं, तो सत्ता दण्ड की व्यवस्था करती है.
6. सत्ता भेदभाव नहीं कर सकती है. पक्षपातपूर्ण वातावरण कार्य, नीतियाँ लागू नहीं कर सकती है. सत्ता तटस्थ रहते हुए कार्य करती है.
7. सत्ता संवैधानिक, कानूनी, वैधानिक व राष्ट्रीय परम्पराओं का पालन करती है.
8. सत्ता दबाव समूह, संगठन, संघ के हितों की अवहेलना नहीं कर सकती है. उनके हितों को ध्यान में रखते हुए उनकी मर्यादाओं का पालन करती है.
9. सत्ता नौकरशाही के हितों का उल्लंघन नहीं कर सकती है.
10. सत्ता का दुरुपयोग पद व शक्ति के रूप में नहीं किया जा सकता है.

सत्ता का मार्क्सवादी दृष्टिकोण

मार्क्सवाद के अनुसार, सत्ता एक उपकरण है जो अर्थशास्त्र को राजनीति से जोड़ता है. राजनीति सामाजिक गतिविधि के एक क्षेत्र की द्योतक है, जिसमें दो विरोधी वर्ग राज्य अथवा समाज की सुसंगठित शक्ति पर नियंत्रण रखने हेतु संघर्ष में रत होते हैं. उत्पादन के साधनों का स्वामित्व मूल तत्व है, जो लोगों की श्रमशक्ति पर नियंत्रण का कारण बनता है जिनके पास ऐसा स्वामित्व बहुत कम अथवा नहीं के बराबर है तथा यही तथ्य राजनीतिक सत्ता का विभाजन निधारित करता है जिसे मार्क्स ने उत्पादन का साधन कहा है. इस अर्थ में सम्पत्ति का स्वामित्व उत्पादन पर नियंत्रण एवं राजनीतिक प्राधिकार को संलिप्त करता है. केवल वह वर्ग जिसके सदस्य अपने स्पष्ट वर्ग हितों के प्रति जागरूक हैं, जिनमें उस हित को प्रोत्साहित करने की इच्छा है तथा जिनके पास राजनीतिक संगठन है, राजनीतिक ढंग से कार्यशील कहे जा सकते हैं. अतः यदि सही तौर पर कहा जाए, तो राजनीतिक सत्ता एक वर्ग द्वारा दूसरे वर्ग का दमन करने की संगठित शक्ति है.

● औचित्यपूर्णता शब्द की उत्पत्ति लैटिन भाषा के 'Legitimus' से हुई है और मध्यकाल में इसे 'Legitimitas' या आंग्ल भाषा में 'Lawful' अर्थात् वैधानिक कहा गया है.

प्रतिनिधि समाजशास्त्री एवं उनकी रचनाएँ

टॉलकाट पारसन्स की रचनाएँ

1. ऐसेज इन सोशियोलॉजिकल थ्योरी
2. दि स्ट्रक्चर ऑफ सोशियल एक्शन
3. इकोनोमी एण्ड सोसाइटी
4. अरवन रूरल बैलेन्स
5. द सोशियल सिस्टम
6. दि थ्योरी ऑफ सोशियल एण्ड इकोनोमिक
7. ऑर्गेनाइजेशन

मारिस गिन्सबर्ग की रचनाएँ

1. स्टडीज इन सोशियोलॉजी
2. रीजन एण्ड अनरीजन इन सोसाइटी
3. सोशियोलॉजी, सोशियोलॉजिकल रिव्यू
4. दि साइकोलॉजी ऑफ सोसाइटी

समनर की रचनाएँ

1. बैलेन्सेज एण्ड अदर ऐसेज
2. हंगर एण्ड अदर ऐसेज
3. फोकवेज
4. फोरगौटन मैन एण्ड अदर ऐसेज
5. ह्वाट सोशियल क्लासेज ओ टू ईच अदर
6. दि साइन्स ऑफ सोसाइटी

कार्ल मैनहीम की रचनाएँ

1. क्रिमिनल जस्टिस एण्ड सोशियल रिकन्स्ट्रक्शन
2. मैन एण्ड सोसाइटी इन एन पेज ऑफ रिकन्स्ट्रक्शन
3. आइडियोलॉजी एण्ड यूटोपिया
4. सोशियोलॉजी ऑफ नॉलेज

फ्रैन्कलिन हेनरी गिडिंग्स की रचनाएँ

1. डेमोक्रेसी एण्ड एम्पायर
2. इण्डक्टिव सोशियोलॉजी
3. डिस्क्रिप्टिव एण्ड हिस्टोरीकल सोशियोलॉजी
4. सिविलाइजेशन एण्ड सोसाइटी
5. प्रिन्सिपल्स ऑफ सोशियोलॉजी
6. एलीमेन्ट्स ऑफ सोशियोलॉजी

हरबर्ट स्पेन्सर की रचनाएँ

1. प्रिन्सिपल्स ऑफ बायोलॉजी
2. फिलोसफी, प्रिन्सिपल्स ऑफ साइकोलॉजी
3. प्रिन्सिपल्स ऑफ इथिक्स, सिंथेटिक
4. डिस्क्रिप्टिव सोशियोलॉजी
5. फर्स्ट प्रिन्सिपल
6. प्रिन्सिपल्स ऑफ सोशियोलॉजी
7. सोशल स्टैटिक्स
8. दि स्टडी ऑफ सोशियोलॉजी

मैक्स वेबर की रचनाएँ

1. एनसिएण्ट जुडेइज्म
2. दि रिलिजन ऑफ इण्डिया
3. दि रिलिजन ऑफ चाइना
4. दि प्रोटेस्टेण्ट एथिक एण्ड दि स्प्रिट ऑफ कैपिटलिज्म
5. दि रेशनल एण्ड सोशल फाउण्डेशन ऑफ म्यूजिक
6. दि मैथडोलॉजी ऑफ सोशियल साइंसेज
7. इकोनोमी एण्ड सोसायटी
8. दि सोशियोलॉजी ऑफ रिलिजन
9. एसेज इन सोशियोलॉजी
10. जनरल इकोनोमिक हिस्ट्री

इमाइल दुर्खीम की रचनाएँ

1. दि डिविजन ऑफ लेवर इन सोसाइटी
2. दि एलीमेन्ट्री फार्म्स ऑफ रिलीजियस लाइफ
3. दि रूल्स ऑफ सोशियोलोजीकल मेथड
4. दि सुसाइड
5. सोशियोलॉजी एण्ड फिलोसफी
6. मोरल एजूकेशन, प्रगमैटिज्म एण्ड सोशियोलॉजी
7. दि सोशियलिज्म
8. एजूकेशन एण्ड सोशियोलॉजी
9. सोशियोलॉजी एण्ड सेन्ट साइमन

- सिसरो ने 'Legitimum' शब्द का प्रयोग 'विधि' द्वारा गठित शक्तियों या न्यायाधीशों के लिए किया है.
- अरस्तू से तर्क ग्रहण करते हुए 'मार्सीलियो ऑफ पेडुआ' ने इस शब्द की धर्मशास्त्री व्याख्या के स्थान पर संवैधानिक व्याख्या प्रस्तुत की.
- लोक ने सहमति एवं समझौते की धारणा के माध्यम से इस विचार का दृढ़ समर्थन किया.
- आधुनिक युग में एक सार्वभौमिक धारणा के रूप में इसका पहली बार प्रतिपादन मैक्स वेबर द्वारा किया गया. उसके अनुसार औचित्यपूर्णता विश्वास पर आधारित होती है और राजनीति व्यवस्था के लिए आज्ञापालन की स्थिति प्राप्त करती है.
- मैक्स वेबर ने औचित्यपूर्णता के तीन आधार बताए हैं—परम्परागत, बौद्धिक कानूनी और करिश्मात्मक.
- कार्ल स्किमिट ने लोकतांत्रिक औचित्यपूर्णता की समस्या पर विचार किया है.
- युगलील्यो फैरो ने लोकतांत्रिक औचित्यपूर्णता के दो आधार बताए हैं—पहला बहुमत तथा दूसरा अल्पसंरक्षक विरोधी दल.
- औचित्यपूर्णता एक ऐसी स्थिति का नाम है जिसके अन्तर्गत एक राजनीतिक व्यवस्था का सामान्य जनता को यह विश्वास होता है कि सत्ता धारक की सत्ता और उसका प्रयोग सामान्य स्वीकृत नियमों और क्रिया-विधियों पर आधारित है.
- डोल्फ के अनुसार, राजनेतागण अपने कार्यों को औचित्यपूर्णता प्रदान करने के लिए निरन्तर प्रयास करते हैं. वे अपने प्रभाव को औचित्यपूर्णता के वस्त्र पहनाते हैं और ऐसा हो जाने पर ही उसे सत्ता की स्थिति प्राप्त होती है.
- मैक्स वेबर ने केवल औचित्यपूर्ण सरकारों और सत्ताओं का ही विश्लेषण करना अपना मूल विषय माना है.
- एस.एम. लिपसेट के अनुसार, "किसी विशिष्ट लोकतंत्र की स्थिरता न केवल आर्थिक विकास पर ही, अपितु वहाँ की राजनीतिक व्यवस्था की वैधता और क्षमता पर निर्भर करता है.
- रॉबर्ट ए. डहल के अनुसार, "यदि सरकार में अव्यवस्थित पदाधिकारियों के कार्य, उनकी क्रियाएँ-प्रतिक्रियाएँ निर्णय-नीतियाँ, व्यक्ति एवं संस्थाओ के शासित मूल्यों के अनुरूप हो, तो ऐसी सरकार को औचित्य के आधार पर सरकार कहेंगे अन्यथा नहीं.
- राजनीति विज्ञान के कुछ आधुनिक लेखकों जैसे स्टर्न-बर्धर, मैक्स वेबर और रॉबर्ट डहल ने औचित्यपूर्णता के प्रकार और वर्गीकरण किए हैं.
- रॉबर्ट डहल ने औचित्यपूर्णता को सरकार के वर्गीकरण का व्यापक आधार बनाया है. वह उच्चस्तरीय औचित्य-पूर्णता रखने वाली सरकारों को एक वर्ग में रखता है और उन्हें औचित्यपूर्ण व्यवस्थाएँ कहता है तथा दूसरे वर्ग में दुर्बल औचित्यपूर्णता वाली सरकारों को रखता है जो परम्परागत शब्दों में 'अत्याचार तंत्रों का प्रतीक' है.

● **वैधता को प्राप्त करने और स्थिर रखने का तरीका**

1. नवीन परिस्थितियों के अनुसार राजनीतिक व्यवस्था में परिवर्तन
2. परम्पराओं की रक्षा
3. वैधानिक व्यवस्था की रक्षा
4. व्यक्तिगत चमत्कारिक गुणों द्वारा
5. प्रभाविकता द्वारा
6. लोकतांत्रिक ढाँचे में राजनीतिक संस्थाओं को सशस्त्र सेनाओं से पृथक् रखना.

● हरबर्ट हाइमैन की पुस्तक 'Political Socialisation' प्रकाशित होने के बाद राजनीतिक समाजीकरण की प्रक्रिया का उदय होना माना जाता है.

● राजनीतिक समाजीकरण एक व्यापक व निरन्तर चलने वाली प्रक्रिया है.

● राजनीतिक समाजीकरण में ज्ञान, मूल्यों, राजनीतिक व्यवस्था के अन्तर्गत दृष्टिकोण का जटिल पहलू माना जाता है, जिसके अन्तर्गत व्यक्ति और समूहों के बीच शासनतंत्र के बारे में सीखा जाता है और एक पीढ़ी से दूसरी पीढ़ी तक उसे समाज के अन्य लोगों को सिखाया जाता है.

● 'An Introduction to Political Socialisation' में रस एण्ड अलतोफ ने कहा है कि "राजनीतिक समाजीकरण वह प्रक्रिया है, जिसमें व्यक्ति राजनीतिक तन्त्र के बारे में जानकारी प्राप्त करता है तथा उसके राजनीतिक प्रतिबन्धों एवं राजनीतिक घटनाओं के सम्बन्ध में व्यक्ति की प्रतिक्रियाओं को निश्चित करती है."

● डेविड इस्टन व डेविस के अनुसार, "राजनीतिक समाजीकरण विकास की ऐसी प्रक्रिया है जिसके द्वारा व्यक्ति राजनीतिक अनुपस्थिति, ज्ञान तथा व्यवहार के प्रतिरूपों को प्राप्त करता है."

● आमण्ड व पावेल का कहना है कि "राजनीतिक समाजीकरण वह प्रक्रिया है जिसके द्वारा राजनीतिक संस्कृति बनी रहती है एवं परिवर्तित होती है. इस कार्य के निष्पादन के माध्यम से लोग राजनीतिक संस्कृति में प्रविष्ट होते हैं और राजनीतिक विषयों की ओर उनकी प्रवृत्तियों का निर्माण होता है.

● ग्रीन्सहीन ने कहा है कि "शिक्षक प्रतिनिधियों द्वारा जानबूझकर राजनीतिक सूचना, मूल्यों तथा प्रथाओं का प्रतिबोधन, जिन्हें औपचारिक रूप से दायित्व सौंपा गया है, राजनीतिक समाजीकरण है."

● राजनीतिक समाजीकरण के कार्य—राजनीतिक समाजीकरण राजनीतिक व्यवस्था के लिए राजनीतिक भर्ती करने का कार्य करती है. इसके निम्नलिखित कार्य हैं—

1. राजनीतिक नेताओं का निर्माण
2. राजनीतिक व्यवस्था के लिए नए नेताओं को भर्ती के अवसर उपलब्ध कराना.
3. राजनीतिक व्यवस्था के प्रति विश्वास व अविश्वास विकसित करना.
4. सामाजिक व्यवस्था को राजनीतिक व्यवस्था से जोड़ देना.
5. राजनीतिक मूल्यों को बनाए रखना.
6. नए राजनीतिक मूल्यों का विकास करना
7. नागरिकों में लोकतांत्रिक, राष्ट्रवादी एवं अन्तर्राष्ट्रीयतावादी मान्यताओं का विकास करना.

● समाजीकरण के अभिकरणों में परिवार, विद्यालय, राजनीतिक दल, राष्ट्रीय स्मारक, राष्ट्रीय चिह्न, राजनीतिक पूर्व ऐतिहासिक घटनाएँ आदि प्रमुख हैं.

● डेनिस कावानाथ ने राजनीतिक समाजीकरण के अभिकरणों को दो भागों में विभाजित किया है—

1. उद्देश्यपूर्ण अभिकरण तथा
2. गैर-उद्देश्यपूर्ण अभिकरण.

● राजनीतिक समाजीकरण के दो प्रत्यय हैं—एकरस (Homogeneous) तथा खंडित (Heterogeneous).

● राजनीतिक सामाजीकरण की मुख्यतः चार विशेषताएँ बताई जाती हैं—

1. राजनीतिक समाजीकरण आधारभूत रूप में एक अधिक विस्तृत या सामान्य सीखने व शिक्षण की प्रक्रिया का ही एक भाग है. इस प्रकार यह उस प्रक्रिया से केवल उन्हीं तत्वों को ग्रहण करता है जो राजनीतिक वस्तुओं, मूल्यों या गतिविधियों से संगतता व उपयोगी हो.
2. राजनीतिक समाजीकरण निरन्तर चलने वाली प्रक्रिया का नाम है.
3. राजनीतिक समाजीकरण की प्रक्रिया अतिविस्तारपूर्ण है, जिसमें तमाम बातें सम्मिलित हो जाती हैं.
4. समाजीकरण में सम्भावित उत्पादन अनगिनत और विविध स्वरूप के होते हैं.

● राजनीतिक आधुनिकीकरण की अवधारणा को विकसित करने का श्रेय यूरोपीय देशों को है. बाद में इसे एशिया, अफ्रीका, लैटिन अमरीका के राष्ट्रों ने अपनाया.

- राजनीतिक आधुनिकीकरण को राजनीतिक विकास का परिणाम मात्र माना जाता है.
- राजनीतिक आधुनिकीकरण, व्यापक आधुनिकीकरण का एक पक्ष विशेष है. उसका अन्ततः परिणाम समस्त सामाजिक मूल्यों के पुनर्निर्माण एवं वितरण में होता है. राजनीतिक विकास केवल औपचारिक एवं संरचनात्मक पक्ष पर ध्यान देता है. इसलिए गहराई एवं समग्रता से राजनीतिक व्यवहार को समझने के लिए उक्त अवधारणा को उपयोगी माना गया है. स्पष्टतः 'राजनीतिक आधुनिकीकरण' राजनीतिक विकास से मिलती-जुलती प्रक्रिया है.
- एडवर्ड शिल्स ने अपनी रचना 'Political Development in the New State' में राजनीतिक आधुनिकीकरण को परिभाषित करते हुए कहा है, "राजनीतिक आधुनिकीकरण एक राष्ट्र का ध्येय आधुनिकी होना है जिसमें उसके शासन में सक्रियता लोकतान्त्रिक समतावादी आर्थिक रूप से विकसित होकर उस राष्ट्र को सम्प्रभु व प्रभावशाली बनाना ही राजनीतिक आधुनिकीकरण है."
- एडम स्मिथ के अनुसार, "आधुनिकीकरण की प्रक्रिया के अन्तर्गत यह जानकारी शामिल होती है कि इतिहास एक निश्चित दिशा की ओर बढ़ रहा है तथा उस दिशा को खोजने का सतत् प्रयास किया जाता है."
- लुसियन पाई. ने अपनी रचना 'Communication and Political Development' में कहा कि "राजनीतिक आधुनिकीकरण में शासकीय शासन तथा सत्ता के अन्तर्गत कार्यों के सम्बन्धों में विशिष्टता की मात्रा पाई जाती है. इसमें शासन-तंत्र में राष्ट्रीय प्रयत्नों के माध्यम से जनसाधारण को एकत्र करने की क्षमता बढ़ती जाती है. इसके साथ-साथ जनता में सहभागिता की प्रक्रिया का विस्तार होता है. अतः शासकीय निर्णय को प्रभावित करने की क्षमता का नाम ही राजनीतिक आधुनिकीकरण है."
- राजनीतिक आधुनिकीकरण में अर्थव्यवस्था में परिवर्तन किया जाता है. गाँव के स्थान पर शहरीकरण बढ़ता है. नागरिक हित समूहों के माध्यम से अपने हित व्यक्त करने की कोशिश करते हैं.
- एडवर्ड शिल्स ने राजनीतिक आधुनिकीकरण के आयामों को पाँच भागों में विभाजित किया है—
  1. राजनीतिक लोकतंत्र
  2. अभिभाविकी लोकतंत्र
  3. आधुनिकीकरण का वर्गतंत्र
  4. सर्वाधिकारी लोकतंत्र
  5. परम्परागत लोकतंत्र
- आइजन्स्टेड के अनुसार, राजनीतिक आधुनिकीकरण की विशेषताएँ हैं—
  1. राजनीतिक व्यक्ति के कार्यों और संस्थाओं में उच्चमात्रा का विभिन्नीकरण तथा एक केन्द्रीकृत एवं एकीकृत शासनव्यवस्था का विकास
  2. संघीय प्रशासनिक एवं राजनीतिक संगठनों की गतिविधियों का विस्तार तथा उनकी समस्त सामाजिक क्षेत्रों में क्रमिक व्याप्ति तथा
  3. समाज की अन्तर्निहित शक्ति का अधिकाधिक समूहों तथा व्यस्क नागरिकों तक विस्तार.

प्रतिनिधि समाजशास्त्री एवं उनकी रचनाएँ

वॉनविज की रचनाएँ

1. सिस्टेमेटिक सोशियोलॉजी
2. एन इन्ट्रोडक्शन टू दि हिस्ट्री ऑफ सोशियोलॉजी

एडवर्ड वेस्टरमार्क की रचनाएँ

1. दि हिस्ट्री ऑफ ह्यूमन मैरिज
2. दि ओरिजन एण्ड डेवलपमेन्ट ऑफ दि मोरल आइडियाज

डब्ल्यू.एफ. ऑगबर्न की रचनाएँ

1. सोशियल करेक्टरस्टिक्स ऑफ सिटीज
2. सोशन चेन्ज

डब्ल्यू.ए. स्माल की रचनाएँ

1. जनरल सोशियोलॉजी
2. ओरिजन्स ऑफ सोशियोलॉजी

ए.एल. क्रोबर की रचनाएँ

1. एन्थ्रोपोलॉजी
2. दि नेचर ऑफ कल्चर

किम्बाल यंग की रचनाएँ

1. एन इण्ट्रोडक्ट्री सोशियोलॉजी
2. हैण्डबुक ऑफ सोशल साइकोलॉजी
3. पर्सनैलिटी एण्ड प्राब्लम्स ऑफ एडजस्टमैन्ट

आर.के. मर्टन की रचनाएँ

1. सोशियल थ्योरी एण्ड सोशियल स्ट्रक्चर
2. दुर्खीम्स डिविजन ऑफ लेबर इन सोसाइटी

बोटोमोर टी.बी. की रचनाएँ

1. सलेक्शन फ्रोम मार्क्स
2. सोशियोलॉजी
3. ऐलिट्स एण्ड सोसाइटी

एच.पी. फेयरचाइल्ड की रचनाएँ

1. डिक्शनरी ऑफ सोशियोलॉजी
2. जनरल सोशियोलॉजी

एमरी एस. बोगार्डस् की रचनाएँ

1. प्रिन्सिपल्स ऑफ कोऑपरेशन
2. सोशियोलॉजी
3. डेवलपमेन्ट ऑफ सोशियल थॉट

रेडक्लिफ ब्राउन की रचनाएँ

1. अफ्रीकन सिस्टम ऑफ किनशिप एण्ड मैरिज
2. स्ट्रक्चर एण्ड फंक्शन इन प्रिमिटिव सोसाइटी

जी.पी. मुरडॉल की रचनाएँ

1. दि सोशियल स्ट्रक्चर
2. दि साइन्स ऑफ मैन इन दि वर्ल्ड क्राइसिस

इवान्स प्रिचार्ड की रचनाएँ

1. सोशियल एन्थ्रोपोलॉजी
2. दि न्यूर

ए.जे. टॉयनबी की रचनाएँ

1. ए स्टडी ऑफ हिस्ट्री
2. मॉडर्न सोशियोलॉजी

राबर्ट रेड फील्ड की रचनाएँ

1. लिटिल कम्युनिटी
2. पीजेन्ट सोसाइटी एण्ड कल्चर

केवल मोटवानी की रचनाएँ

1. मनु धर्मशास्त्र
2. सोशियोलॉजी
3. ए स्टडी इन हिन्दू सोशियल थ्योरी

के.एम. कपाड़िया की रचनाएँ

1. मैरिज एण्ड फैमिली इन इण्डिया
2. हिन्दू किनशिफ

डी.पी. मुकर्जी की रचनाएँ

1. डाइवरसिटीज, पर्सनेलिटी एण्ड दि सोशियल साइन्सेज
2. ऑन इण्डियन हिस्ट्री
3. बेसिक कनसेप्ट इन सोशियोलॉजी
4. मॉर्डन इण्डियन कल्चर
5. व्यूज एण्ड काउण्टर व्यूज

- कार्ल डोयस, आमण्ड-पावेल आदि के अनुसार राजनीतिक आधुनिकीकरण की विशेषताएँ निम्नलिखित रूप में हैं—
  1. राज्य की लौकिक राजनैतिक सत्ता की वृद्धि तथा शक्ति का बढ़ता हुआ केन्द्रीयकरण.
  2. विशिष्ट एवं स्वशासी उपव्यवस्थाओं, संरचनाओं एवं व्यक्तिगत कार्यों की अधिकाधिक रचना अर्थात् संरचनात्मक विभिन्नीकरण.
  3. राजनीति में व्यापक जनसहभागिता तथा सम्पूर्ण राजनीतिक व्यवस्था में विश्वास.
  4. नवीन सामाजिक संघटन, जिसमें पुरानी मान्यताएँ मिटती जाती हैं और मनुष्य शिक्षा, निवास, नगर, व्यवसाय आय आदि के आधुनिक प्रतीकों के प्रति आकर्षित होता जाता है.
  5. हित-समूहों, राजनीतिक दलों, प्रेस, सम्मेलनों आदि के माध्यम से राजनैतिक माँगों तथा गतिविधियों का हित स्वरूपण.
  6. राजनीतिक व्यवस्था में समान भागीदारी.
  7. राजनीतिक व्यवस्था में अभिजन वर्ग की महत्वपूर्ण भूमिका.
- राजनीतिक आधुनिकीकरण विभिन्न देशों में अलग-अलग प्रकार से हुआ है. उनकी पद्धतियाँ, गतिशक्ति, प्रभाव, मात्रा आदि भिन्न-भिन्न हैं. उसके अनेक प्रतिमान पाए जाते हैं. जैसे—पश्चिमी यूरोपीय, पूर्वी यूरोपीय, संयुक्त राज्य अमरीका, जापानी, दक्षिण अमरीका, चीनी अफ्रीका प्रतिमान.
- राजनीतिक आधुनिकीकरण के समक्ष आनेवाली अनेक समस्याएँ या चुनौतियाँ हैं, जैसे—जाति या रंगभेद. परम्परावाद, उपराष्ट्रवादों द्वारा एकीकरण को चुनौती, राजनीतिक अस्थिरता, सामाजिक विशेषताएँ आदि.
- सी.ई. ब्लैक मेरियन, जै. लेवी, होल्ट एवं टर्नर, एप्टर, ओर्गेन्सकी, रॉबर्ट सिनाई, रिग्स, आइजन्स्टैड, पाई, लर्नर, सिडनी वर्षा, वीनर आदि विद्वानों ने राजनीतिक आधुनिकीकरण की समस्याओं पर अध्ययन किया है.
- 'दबाव समूह' या 'हित समूह' कोई नया विचार नहीं है, लगभग 80 वर्ष पहले आर्थर बैंटले ने अपनी पुस्तक 'The Process of Government' में औपचारिक समस्याओं पर कम बल दिया गया.
- दबाव समूह आधुनिक प्रजातंत्र के अभिन्न अंग हैं.
- सभी विकसित अथवा अविकसित प्रतातंत्रों में दबाव समूह देश की राजनीति में महत्वपूर्ण भूमिका निभाते हैं. दबाव समूह अमरीकी राजनीतिक व्यवस्था की देन है.

- आज प्रजातांत्रिक देशों की राजनीति में इन दबाव समूहों का इतना महत्व है कि फाइनर ने उन्हें 'अज्ञात सम्राट्' कहा है और मेकीन ने इन्हें 'न दिखाई देनी वाली सरकार' तथा सेलिन ने इसे अनौपचारिक सरकार कहा है.
- विशिष्ट अर्थों में दबाव समूह का अर्थ ऐसे समूहों से है जिनके अलग-अलग आर्थिक हों अर्थात् आर्थिक आधार पर जिनके बीच विभेद किया जा सके. इन अर्थों में श्रमिक, अध्यापक, कर्मचारियों, व्यापारियों, उत्पादकों, जैसे समूहों को ही दबाव समूह में कहा जाना चाहिए. एक धार्मिक या सांस्कृतिक समूह में विभिन्न आर्थिक हितों का प्रतिनिधित्व करने वाले व्यक्ति होते हैं. अतः विशिष्ट अर्थों में उन्हें हित समूह नहीं कहा जा सकता.
- वी. ओ. के. अनुसार, "हित समूह ऐसे गैर सरकारी संगठन हैं, जिनका निर्माण सार्वजनिक नीति को प्रभावित करने के लिए किया जाता है. यह प्रत्याशियों के चयन तथा सरकार को प्रभावित करने का प्रयत्न करके अपने हित साधन में लगे रहते हैं."
- ओडोगार्ड ने दबाव समूह का अर्थ बताते हुए यह लिखा है कि "एक दबाव समूह ऐसे लोगों का औपचारिक संगठन है, जिनके एक अथवा अधिक सामान्य उद्देश्य एवं स्वार्थ हों और जो घटनाओं के क्रम को विशेष रूप से सार्वजनिक नीति के निर्माण और शासन को इसलिए प्रभावित करने का प्रयास करें कि उनके अपने हितों की रक्षा और वृद्धि हो सके."
- कोई समूह दबाव समूह है या नहीं इसका निर्धारण इस बात से होता है कि वह सरकार पर दबाव डालता है या नहीं. उसका महत्व अथवा दबाव की सीमा उसके संगठन, सदस्य संख्या, सदस्यों की योग्यता और आर्थिक स्थिति जैसे तथ्यों पर निर्भर करती है.
- राजनीतिक दलों का मूल उद्देश्य राजनीतिक सत्ता को प्राप्त करना होता है, जबकि गुटों का लक्ष्य सरकार से कुछ सुविधाएँ प्राप्त करने के लिए उस पर दबाव डालना होता है. इसलिए राजनीतिक दल विभिन्न निर्वाचनों में अपने उम्मीदवार खड़े करते हैं और विधानमण्डल में अधिक-से-अधिक स्थान प्राप्त कराना चाहते हैं, जबकि दबाव गुट निर्वाचनों में अपना कोई उम्मीदवार नहीं खड़ा करते, बल्कि उस राजनीतिक दल का समर्थन करते हैं, जिनकी नीतियाँ उस समूह के हितों के अधिक अनुकूल होती हैं.
- राजनीतिक दल सदैव क्रियाशील रहते हैं और सरकार द्वारा बनाई जाने वाली नीतियों और किए जाने वाले कार्यों से सम्बद्ध रहते हैं, जबकि दबाव गुट सदैव सक्रिय नहीं रहते थे. उस समय सक्रिय होते हैं जब सरकार से कुछ सुविधाएँ चाहते हैं या सरकार द्वारा प्रतिपादित कोई नीति या कानून उन्हें अपने हितों के विरुद्ध दिखाई देता है और वे उसे परिवर्तित या संशोधित करना चाहते हैं.
- दबाव गुटों की सदस्यता परस्पर व्यापी होती है. अर्थात् एक व्यक्ति एक साथ एक से अधिक हित समूहों का सदस्य हो सकता है, जबकि कोई व्यक्ति एक साथ दो राजनीतिक दलों का सदस्य नहीं हो सकता. एक दबाव गुट में विभिन्न राजनीतिक विचारधारा मानने वाले हो सकते हैं, जबकि एक राजनीतिक दल के सभी सदस्य कुछ निश्चित राजनीतिक सिद्धान्तों को मानने वाले होते हैं. इस प्रकार एक राजनीतिक दल से अनेक हित समूह सम्बन्धित रहते हैं, जिनके आर्थिक हित तो भिन्न-भिन्न हैं, लेकिन एक ही विचारधारा में विश्वास करते हैं.
- दबाव गुटों का निर्माण समुदाय बनाने की स्वतन्त्रता पर निर्भर करता है. गैर जनतन्त्रीय शासन व्यवस्थाओं में समुदाय बनाने का अधिकार अत्यधिक सीमित होता है.
- भारत में दबाव गुटों का निर्माण स्वतन्त्रता प्राप्ति के पहले ही आरम्भ हो चुका था. स्वयं कांग्रेस दल की स्थापना 1885 में ऐसी संस्था के रूप में हुई थी, जिसका उद्देश्य राजनीतिक अथवा सामाजिक क्षेत्र में ब्रिटिश अधिकतम सुविधाएँ प्राप्त करना था.
- कलकत्ता में 'इंडियन लीग' नामक संस्था की स्थापना की गई थी, जिसका उद्देश्य ब्रिटिश, सरकार से यह माँग करना था कि भारतीय लोक सेवा में भारतवासियों के लिए स्थानों की संख्या बढ़ाई जाए तथा इस सेवा में प्रवेश के लिए निर्धारित अधिकतम सीमा को बढ़ाया जाए.
- भारतीय राजनीति में गांधी ने प्रवेश किया और राष्ट्रीय आन्दोलन को एक नई दिशा दी. गांधीजी ने कृषक दल तथा श्रमिक वर्ग को संगठित किया और कांग्रेस के द्वारा चलाए जाने वाले आन्दोलन को एक जन-आन्दोलन का रूप दिया. प्रथम विश्व युद्ध से पहले कुछ संगठनों का निर्माण हो चुका था. उदाहरण के लिए 1890 में बम्बई में एक ट्रेड यूनियन **'दि बाम्बे मिल हैड्स एसोसिएशन'** के नाम से संगठित हुई.
- 1918 से भारत में श्रमिक आन्दोलन तेजी से शुरू हुआ और केवल एक वर्ष में सात ट्रेड यूनियनों की स्थापना हुई. श्रमिक संगठन के निर्माण में गांधीजी ने महत्वपूर्ण योगदान दिया.
- 1920 में राष्ट्रीय स्तर पर एक ट्रेड यूनियन 'ऑल इंडिया ट्रेड यूनियन कांग्रेस' के नाम से संगठित हुई, जिसका अध्यक्ष कांग्रेस दल के तत्कालीन अध्यक्ष लाला लाजपत राय को बनाया गया.
- 1936 ई. में राष्ट्रीय स्तर पर किसानों की एक संगठन 'ऑल इंडिया किसान सभा' के नाम से संगठित हुई, जिसे कांग्रेस का निर्देशन तथा समर्थन प्राप्त था. इस

संस्था की ओर से जमींदारी उन्मूलन तथा भूमि के पुनर्वितरण की माँग की गई थी.

- रॉबर्ट एल. हाउग्रेथ ने भारत के दबाव गुटों की निम्नलिखित विशेषताएँ बतलाई हैं—
  1. भारत के दबाव गुट का विकास बहुत मंदगति से हुआ है जो दबाव गुट हैं भी, वे बहुत कमजोर हैं.
  2. अधिक शक्तिशाली न होने के कारण दबाव गुटों की प्रशासन तक पहुँच बहुत कम है और शक्तिहीनता की स्थिति होने के कारण वे सरकार को निचोड़ने वाली शक्ति समझते हुए यथासम्भव उससे अलग रहना चाहते हैं.
  3. कांग्रेस के अन्दर पाए जाने वाले गुटों में विशिष्ट हितों के एजेण्ट के रूप में कार्य किया है.
  4. अधिकांश भारतीयों में निम्न कोटि की राजनीतिक सामर्थ्य की भावना पाई जाती है. उनके विचार से सरकारी पदाधिकारी सामान्यतया दूरस्थ, अनुत्तरदायी तथा भ्रष्ट हैं. दूसरी ओर पदाधिकारी दबाव गुटों को शंका की दृष्टि से देखते हैं.
- भारत में व्यापारिक समूहों के निर्माण का इतिहास 19वीं शताब्दी के आरम्भ से शुरू होता है. 1883 के बाद जब भारत में ईस्ट इंडिया कम्पनी के व्यापारिक एकाधिकार का अन्त हो गया और भारत में व्यापार करने का अवसर ब्रिटेन के व्यापारिक हितों को खुले रूप में मिल गया, तो भारत ब्रिटिश व्यापारिक समूह बड़े पैमाने पर व्यापार में लग गए.
- 19वीं शताब्दी के अन्तिम भाग में विभिन्न उद्योगों तथा व्यापारिक हितों का प्रतिनिधित्व करने वाले समुदायों का निर्माण क्षेत्रीय स्तर पर होना आरम्भ हुआ. कलकत्ता, मद्रास, बम्बई आदि बड़े शहरों में क्षेत्रीय आधार पर व्यापारिक संगठनों की स्थापना हुई. ऐसा पहला चैम्बर 1885 में दक्षिण भारत में बना और 1887 में 'बंगाल नेशनल चैम्बर ऑफ कॉमर्स' के नाम से बंगाल में व्यापारिक हितों को बढ़ावा देने के लिए और व्यापार करने वालों के हितों को सुरक्षित रखने के लिए बनाया गया. जिसमें 35 व्यापारिक संस्थाएँ सदस्य बनी थीं.
- 1907 ई. में बम्बई में 'इंडियन मर्चेंट चैम्बर' और 1909 में 'दि सदर्न इंडियन चैम्बर ऑफ कॉमर्स' की स्थापना हुई.
- भारतीय व्यापारियों उत्पादकों के कुछ संगठनों का निर्माण भाषा, धर्म तथा जातीय विभिन्नताओं के आधार पर भी हुआ है.
- 1887 में पश्चिमी बंगाल में 'बंगाल नेशनल चैम्बर ऑफ कॉमर्स' की स्थापना की गई. जिसका उद्देश्य बंगाली व्यापारियों के हितों को विकसित करना था.
- 1900 में 'मारवाड़ी चैम्बर्स ऑफ कॉमर्स' का निर्माण किया गया जिसका लक्ष्य मारवाड़ी जाति के व्यापारिक हितों को सुरक्षित रखना था.
- 1932 में बंगाल में ही मुस्लिम व्यापारियों का एक संगठन 'मुस्लिम चैम्बर ऑफ कॉमर्स' स्थापित किया गया. स्वतन्त्रता के पश्चात् इसका नाम बदलकर 'ओरियन्टल चैम्बर ऑफ कॉमर्स' रख दिया गया.
- एसोसिएटेड चैम्बर्स सबसे प्राचीन व्यापारिक संगठन है, जिसकी स्थापना 1920 में हुई थी.
- 1920 में विभिन्न स्थानों पर बने इन व्यापारिक संगठनों ने एक केन्द्रीय संगठन 'एसोसिएटेड चैम्बर्स ऑफ कॉमर्स' नाम से बनाया. इस केन्द्रीय संगठन का निर्माण भारत में विकसित होने वाले राजनीतिक और आर्थिक राष्ट्रवाद तथा ब्रिटेन की सरकार का भारत के प्रति अपेक्षाकृत उदारवादी नीतियों को अपनाने के प्रतिक्रियास्वरूप हुआ. एसोसीएटेड चैम्बर्स ऑफ कॉमर्स पर बंगाल चैम्बर का प्रभाव रहा, क्योंकि इनके घटकों में सबसे ज्यादा मालदार संगठन था और इसी के द्वारा इस संघीय संगठन के व्यय का दायित्व लिया गया.
- 1919 के एक्ट ने व्यापारिक हितों की केन्द्रीय विधानमण्डल में प्रत्यक्ष प्रतिनिधित्व देने की व्यवस्था की. व्यापारिक समूहों ने विधानमण्डल के माध्यम से अपने हितों को प्रोत्साहित करने के बजाय गवर्नर, वायसराय तथा उच्च अधिकारियों से व्यक्तिगत सम्बन्ध करने पर ज्यादा जोर दिया.
- 1935 के एक्ट के अधीन यूरोपियन व्यापारिक समूहों को राष्ट्रीय तथा प्रादेशिक स्तर पर विधानमंडल में ज्यादा प्रतिनिधित्व देने की व्यवस्था की गई और इस प्रकार उन्हें लेजिस्लेटिव कौंसिल की ओर ज्यादा ध्यान देने का अवसर मिला. यूरोपियन समूहों की ओर से विधानमंडल से अपने प्रतिनिधियों के वेतन देने के हेतु एक कोष की स्थापना की गई.
- 1964 में 'एसोसिएटेड चैम्बर्स ऑफ कॉमर्स' में क्षेत्रीय चैम्बर्स के माध्यम से 2,500 बड़ी कम्पनियाँ सदस्य थीं. इस दृष्टि से यह संघीय व्यापारिक संगठन फेडरेशन ऑफ इंडियन चैम्बर्स ऑफ कॉमर्स एवं इंडस्ट्री से छोटा है.
- फेडरेशन ऑफ इंडियन चैम्बर्स ऑफ कॉमर्स एण्ड इंडस्ट्री भारत का सबसे प्रभावशाली व्यापारिक संघ रहा है. इसकी स्थापना 1927 में जी.डी. बिरला द्वारा की गई थी.
- व्यापारिक समूह अपने हितों को प्रोत्साहित तथा सुरक्षित रखने के लिए अग्रलिखित साधनों को मुख्य रूप से अपनाते हैं—

(i) राजनीतिक दलों की सम्बद्धता रखते हैं.

(ii) संसद से सम्पर्क बनाए रखते हैं.

(iii) मंत्रियों तथा स्थायी कमचारियों से व्यक्तिगत सम्पर्क बनाए रखते हैं.

(iv) प्रेस यानी मीडिया से सम्पर्क बनाए रखते हैं.

- भारतीय राजनीति में दूसरा महत्वपूर्ण गुट श्रमिकों का है. यद्यपि प्रथम विश्वयुद्ध के पहले कुछ ट्रेड यूनियनों का निर्माण हो चुका था, लेकिन भारत में श्रमिक आन्दोलन व्यवस्थित रूप से 1918 से आरम्भ हुआ, जब केवल एक ही वर्ष में 7 यूनियनों का संगठन हुआ.
- 31 अक्टूबर, 1920 को राष्ट्रीय स्तर पर एक श्रमिक संगठन 'ऑल इण्डिया ट्रेड यूनियन कांग्रेस' के नाम से स्थापित हुआ.
- 1947 में कांग्रेस के नेताओं ने एक अन्य श्रमिक संघ 'इण्डियन नेशनल ट्रेड यूनियन कांग्रेस' की स्थापना की. श्रमिक संगठनों का निर्माण दलीय आधार पर होना प्रारम्भ हुआ.
- 1948 में समाजवादी दलों ने एक श्रमिक संगठन 'हिन्द मजदूर सभा' की स्थापना की और 1950 में यूनाइटेड ट्रेड यूनियन कांग्रेस का निर्माण साम्यवादी वामपंथी दल द्वारा किया गया.
- 1917 में गांधी ने चम्पारण के किसानों को संगठित किया और गुजरात में लगान वसूली के खिलाफ 1918 में एक सत्याग्रह कराया.
- 1920 में गांधी के हाथों में कांग्रेस का नेतृत्व आने के पश्चात् गांधी ने ग्रामीण जनता का समर्थन प्राप्त करने पर विशेष बल दिया और किसानों को संगठित करने पर विशेष ध्यान दिया.
- 1928 में लगान के विरुद्ध बारदोली सत्याग्रह हुआ और 1932 में जूट और रुई के उत्पादकों को कांग्रेस द्वारा संगठित किया गया.

महात्मा गांधी की रचनाएँ

1. यंग इण्डिया	2. नव जीवन
3. हरिजन	4. सत्य के प्रयोग
5. खादी	6. राष्ट्रवाणी
7. ग्राम सेवा	8. आत्मशुद्धि
9. सत्याग्रह	10. गीता-बोध

मानवेन्द्र नाथ राय की रचनाएँ

1. India in Transition
2. New-Humanism : A manifesto
3. Reason, Romanticism and Revolution
4. The Problem of Freedom
5. Scientific Politics
6. One year of Non-coopration
7. Revolution and Counter Revolution in China
8. Matterialism
9. New Humanism and Politics

- 1936 में कांग्रेस के लखनऊ अधिवेशन में एक कृषि सुधार योजना अपनाई गई. इस वर्ष कुछ कांग्रेसियों और साम्यवादी दल के कुछ नेता के द्वारा 'ऑल इंडिया किसान कांग्रेस' की स्थापना की गई. कांग्रेस से अलग इस प्रकार के संगठन बनाने का विरोध कुछ कांग्रेसियों की ओर से किया गया' जिसके परिणामस्वरूप 1937 में इस संगठन के नाम से 'कांग्रेस' शब्द को निकाल दिया गया और सभा शब्द जोड़ा गया.
- 1937 में कांग्रेस द्वारा आठ सदस्यों में मंत्रिमंडल का निर्माण किया गया. इन कांग्रेसी सरकारों ने जमींदारी उन्मूलन की योजना नहीं बनाई-फलतः कृषक वर्ग इन सरकारों से असंतुष्ट थे.
- 1944 में बिहार के अत्यधिक प्रभावशाली किसान नेता स्वामी सद्यानन्द किसान सभा से अलग हो गए. उनका आरोप यह था कि साम्यवादी दल किसान सभा को दल प्रचार के लिए प्रयोग कर रहा था और साम्यवादी दल ने पाकिस्तान की माँग के सम्बन्ध में मुस्लिम लीग का समर्थन किया था. स्वामी सद्यानन्द ने एक पृथक् संगठन 'ऑल इंडिया यूनाइटेड किसान सभा' के नाम से संगठित किया.
- स्वतन्त्रता के पश्चात् जब साम्यवादी दल पर प्रतिबन्ध लगाया गया, तो किसान सभा पर रोक लगा दी गई. यह प्रतिबंध 1950 तक चलता रहा. 1950 में किसान सभा ने इस बात का प्रयत्न किया कि किसान सभा से अलग हुए व्यक्ति उसमें पुनः वापस आ जाएं, लेकिन इसमें कोई सफलता नहीं मिली. 1954 में 'ऑल इंडिया किसान सभा' ने 10,87,000 सदस्य होने का दावा किया जो 1956 में घटकर 73,600 हो गई.
- 1957 में 15वें प्रादेशिक सम्मेलन में किसान सभा ने इस बात की घोषणा की कि वह कृषि के लिए ऋण, सिंचाई सुविधाओं में सुधार, खाद्यान्न, शिक्षा, स्वास्थ्य, पीने का पानी तथा सिंचाई की दर को कम कराने के लिए आन्दोलन चलाएगी. सभा ने यह भी घोषणा की कि वह वर्तमान विधायी ढाँचे में रहते हुए अपने उद्देश्यों की पूर्ति के लिए प्रयत्न करेगी.

वस्तुनिष्ठ प्रश्न

निर्देश–(प्रश्न 1 से 3 तक) में दो वक्तव्य हैं. एक को 'कथन (A)' तथा दूसरे को 'कारण (R)' कहा गया है. इन दोनों वक्तव्यों का सावधानीपूर्वक परीक्षण कर इन प्रश्नों के उत्तर नीचे दिए हुए कूट की सहायता से चुनिए–

कूट :

(A) (A) और (R) दोनों सही हैं, और (R), (A) का सही स्पष्टीकरण है

(B) (A) और (R) दोनों सही हैं, परन्तु (R), (A) का सही स्पष्टीकरण नहीं है

(C) (A) सही है, परन्तु (R) गलत है

(D) (A) गलत है, परन्तु (R) सही है

1. **कथन (A) :** एक सत्तावादी राज्य, उत्तरजीविता के लिए, दमन, स्थायी गतिमानता तथा हेर-फेर का सहारा लेता है.

   कारण (R) : एक सत्तावादी राज्य में, दफ्तरशाही उपकरण जनसामान्य की आवश्यकताओं के प्रति जवाबदेह हो जाते हैं.

2. **कथन (A) :** प्रबल वर्ग की संस्कृति प्रभावी अर्थों को नियन्त्रित करती है.

   कारण (R) : वर्गों के मध्य सम्बन्धों की संरचना संस्कृति के क्षेत्र में अपने चरित्र के पुनरुत्पादन द्वारा अपने को बनाए रखती है.

3. **कथन (A) :** ग्रामीण भारत में गुट शायद ही कहीं जाति पर आधारित है.

   कारण (R) : क्रियाओं, रणनीतियों और खेल के नियमों के परिवर्तन के बावजूद वैयक्तिक स्वार्थ में टकराव ही गुटबन्दी का मूल कारण है.

4. शक्ति अधिकर्ता के निम्नलिखित प्रकारों पर विचार कीजिए–

   1. धार्मिक नेता   2. सैनिक नेता

   3. राजनीतिक नेता   4. औद्योगिक नेता

   5. बुद्धिजीवी

   सी. राइट मिल्स के अनुसार, अमरीकी समाज में शक्ति अधिकर्ताओं के अन्तर्गत हैं–

   (A) 1, 2, 3 और 5   (B) 2, 3 और 4

   (C) 1, 2, 4 और 5   (D) 1, 3 और 5

5. निम्नलिखित में से कौनसा एक मुकाबले और प्रतिरोध के बावजूद स्वतन्त्र क्रिया करने की क्षमता को निर्दिष्ट करता है ?

   (A) आत्म गौरव   (B) शक्ति

   (C) सत्ता   (D) प्रभाव

6. वेबर की शक्ति की अवधारणा–

   (A) आदर्शात्मक शक्ति

   (B) 'प्रकृतिवैशिष्ट्य' शक्ति

   (C) 'जीरो सम' शक्ति

   (D) 'तार्किकतात्मक' शक्ति

7. राइट मिल्स के मत में अभिजन वे होते हैं जो संस्थात्मक अधिक्रम में रखते हैं–

   (A) प्रतिष्ठापूर्ण स्थिति

   (B) समादेश-पद

   (C) सैनिक शक्ति

   (D) राजनीतिक शक्ति

8. शक्ति को समाज के संसाधनों के उन उद्देश्यों की प्राप्ति के लिए गति देने की क्षमता के रूप में जिनके लिए कि आम वादा किया गया हो, किसने अवधारणाबद्ध किया ?

   (A) मार्क्स   (B) वेबर

   (C) टाल्कॉट पारसन्स   (D) सी. राइट मिल्स

निर्देश–आगामी प्रश्न में दो वक्तव्य हैं. पहले को कथन (A) तथा दूसरे को कारण (R) कहा गया है. इन दोनों वक्तव्यों का सावधानीपूर्वक निरीक्षण कर इस प्रश्न उत्तर नीचे दिए गए कूट की सहायता से चुनिए–

कूट :

(A) (A) और (R) दोनों सही हैं तथा (R), (A) का सही स्पष्टीकरण करता है

(B) (A) और (R) दोनों सही हैं, परन्तु (R), (A) का सही स्पष्टीकरण नहीं करता है

(C) (A) सही है, परन्तु (R) गलत है.

(D) (A) गलत है, परन्तु (R) सही है.

9. **कथन (A) :** स्वातन्त्र्योत्तर भारत में, दलितों को राजनीतिक सुरक्षा मिल गई है, परन्तु उनकी सामाजिक-आर्थिक प्रगति सन्तोषजनक नहीं है.

   कारण (R) : भारतीय समाज जाति से बंधा समाज है जहाँ केवल कुछ जाति समूहों का ही सामाजिक तथा आर्थिक प्राधान्य है.

10. निम्नलिखित कथनों पर विचार कीजिए–

    नौकरशाही संरचना की निम्नलिखित विशेषताएं होती हैं–

    1. यह एक पदानुक्रमकारी संगठन है.

    2. विशिष्टताओं की जरूरत वाले विशालकाय संगठनों में नौकरशाही संरचना लागू होती है.

3. नौकरशाही संगठन में वैयक्तिक जवाबदेही खो जाती है.

इन कथनों में कौनसे सही हैं ?

(A) 1, 2 और 3 (B) 1 और 3
(C) 1 और 2 (D) 2 और 3

11. नीचे दो वक्तव्य दिए गए हैं जिनमें से पहले को कथन (A) तथा दूसरे को कारण (R) कहा गया है. नीचे दिए गए कूट की सहायता से सही उत्तर का चयन कीजिए–

कथन (A) : सत्ता में बने रहने के लिए निरंकुश राज्य को दमन, स्थायी सैन्यीकरण और छलकपट का सहारा लेना पड़ता है.

कारण (R) : निरंकुश राज्य में, नौकरशाही तन्त्र जनता की जरूरतों के प्रति उत्तरदायी हो जाता है

कूट :

(A) (A) और (R) दोनों सही हैं तथा (R), (A) का सही स्पष्टीकरण करता है
(B) (A) और (R) दोनों सही हैं, परन्तु (R), (A) का सही स्पष्टीकरण नहीं करता है
(C) (A) सही है, परन्तु (R) गलत है
(D) (A) गलत है, परन्तु (R) सही है

12. **कथन (A) :** ग्रामीण भारत में, जाति पर आधारित गुट कम ही पाए जाते हैं.

कारण (R) : भले ही कार्यकलापों, रणनीतियों और खेल के नियमों में बदलाव हुआ है, गुटबाजी का मुख्य कारण व्यक्तिगत हितों में टकराव होना है.

13. निम्नलिखित कथनों पर विचार कीजिए–

पूर्व-आधुनिक राजनीतिक प्रणाली में, नेता अपनी प्रभुता का प्रयोग करने हेतु किस प्रकार समर्थन प्राप्त करते हैं ?

1. अपनी सफलता के जरिए समर्थकों को लाभ दिलवाकर.
2. प्रतिरोधियों की पद्श्रेणी में फूट डालकर.
3. लाभों को वापस लेने की धमकी देकर.

इन कथनों में से कौनसे सही हैं ?

(A) 1, 2 और 3 (B) 1 और 2
(C) 2 और 3 (D) 1 और 3

14. निम्नलिखित कथनों पर विचार कीजिए–

1. सम्पत्ति, शक्ति और प्रतिष्ठा तक समान पहुँच का अन्त सामाजिक संस्तरण में होता है.
2. सम्पत्ति, शक्ति और प्रतिष्ठा तक अलग-अलग पहुँच का अन्त सामाजिक संस्तरण में होता है.
3. सम्पत्ति, शक्ति और प्रतिष्ठा तक असमान पहुँच का अन्त सामाजिक संस्तरण में होता है.

इन कथनों में से कौनसा/से कथन सही है/हैं ?

(A) केवल 1 (B) केवल 2
(C) 2 और 3 (D) 1 और 3

15. निम्नलिखित कथनों पर विचार कीजिए–

1. आधुनिक राजनीतिक प्रणालियों में शक्ति तथा सत्ता का सम्मिश्रण होता है, क्योंकि उन्हें जन-साधारण के मामलों को विनियमित करना पड़ता है.
2. शक्ति और सत्ता दो अलग-अलग चीजें हैं. व्यक्ति द्वारा स्वतंत्र निर्णय लेने की क्षमता को शक्ति कहते हैं जबकि सत्ता का सम्बन्ध पद से होता है, पदाधिकारी के लिए बिना सत्ता के काम करना सम्भव नहीं होता है.
3. शक्ति और सत्ता एक ही बात है. वे दोनों साथ-साथ चलती हैं.

इन कथनों में कौनसे सही हैं ?

(A) 1, 2 और 3 (B) 1 और 2
(C) 2 और 3 (D) 1 और 3

16. राजनीतिक आधुनिकीकरण एक बहुमुखी प्रक्रिया है जिसमें मानवीय विचारों एवं क्रियाओं के समस्त क्षेत्रों में परिवर्तन शामिल हैं जिन्हें निरूपित किया है–

(A) सी. ई. वैल्श (जूनियर) ने
(B) बेंजामिन स्वार्टज ने
(C) हटिंगटन ने
(D) पॉल ब्रास ने

17. निम्नलिखित कथनों पर विचार कीजिए–

सत्ता में शामिल है–

1. वैधता
2. योग्यता
3. शक्ति
4. नियमितता

उपरोक्त कथनों में से कौनसे सही हैं ?

(A) 1 और 4
(B) 2 और 3
(C) 1, 2 और 4
(D) 1, 3 और 4

18. राजनीति संस्कृति के अधिग्रहण की प्रक्रिया को कहते हैं–

(A) राजनीतिक आधुनिकीकरण
(B) राजनीतिक समाजीकरण
(C) राजनीतिक संस्तरीकरण
(D) राजनीतिक वैधता

19. निम्नलिखित कथनों पर विचार कीजिए–
राजनीतिक आधुनिकीकरण के साथ-साथ चलती है–
1. निरक्षरता
2. राजनीतिक भागीदारी
3. नगरीकरण
4. जनसंचार माध्यमों का उपयोग
इन कथनों में से कौनसे सही हैं ?
(A) 1 और 4 (B) 1 और 2
(C) 1, 2 और 3 (D) 2, 3 और 4

20. 'The Process of Government' किसकी रचना है?
(A) आर्थर बोण्टले (B) लॉस्की
(C) आमण्ड (D) ल्यूशियन पाई

21. 'बंगाल नेशनल चैम्बर ऑफ कॉमर्स' की स्थापना कब हुई?
(A) 1905 ई. में (B) 1887 ई. में
(C) 1957 ई. में (D) इनमें से कोई नहीं

22. 'इंडियन मर्चेंट चैम्बर' की स्थापना कब हुई?
(A) 1907 ई. में (B) 1917 ई. में
(C) 1911 ई. में (D) 1947 ई. में

23. 'फेडरेशन ऑफ इण्डियन चैम्बर्स ऑफ कॉमर्स' में कितने सदस्य होते हैं?
(A) 65 (B) 60
(C) 55 (D) 50

24. निम्नलिखित में कौन सुमेलित नहीं है?
(A) 'Political System' — David Easton
(B) 'Political Power' — Laswell
(C) 'The Function of the Executive' — Catlin
(D) 'A Grammar of Politics' — Laski

25. किसने कहा कि प्रभुसत्ता 'सामान्य इच्छा' में निहित है?
(A) हॉब्स (B) रूसो
(C) ग्रीन (D) प्लेटो

26. "राजनीतिक समाजीकरण विकास की ऐसी क्रिया है जिसके द्वारा व्यक्ति राजनीतिक अनुपस्थिति, ज्ञान तथा व्यवहार के प्रतिरूपों को प्राप्त करता है." यह कथन किस विद्वान् का है?
(A) डेविस
(B) डेविड ईस्टन
(C) उक्त A और B दोनों
(D) इनमें से कोई नहीं

27. किसने कहा कि "आधुनिकीकरण की प्रक्रिया के अन्तर्गत यह जानकारी शामिल होती है कि इतिहास एक निश्चित दिशा की ओर बढ़ रहा है तथा उस दिशा को खोजने का सतत् प्रयास किया जाता है."
(A) एडवर्ड मिल्स
(B) आइजन्स्टेड
(C) एडम स्मिथ
(D) इनमें से कोई नहीं

28. 'Political Socialisation' नामक पुस्तक किसकी रचना है?
(A) डेविस (B) अलतोफ
(C) हरबर्ट हाइमेन (D) इनमें से कोई नहीं

29. "राजनीतिक समाजीकरण वह प्रक्रिया है, जिसमें व्यक्ति राजनीतिक तंत्र के बारे में जानकारी प्राप्त करता है तथा उसके राजनीतिक प्रतिबन्धों एवं राजनीतिक घटनाओं के सम्बन्ध में व्यक्ति की प्रतिक्रियाओं को निश्चित करती है." यह कथन है—
(A) रस एण्ड अलतोफ का
(B) हरबर्ट हाइमैन का
(C) डेविस का
(D) इनमें से किसी का नहीं

निर्देश–(प्रश्न 30-31) आगामी दो प्रश्नों के लिए–नीचे दो वक्तव्य दिए गए हैं जिनमें से पहले को 'कथन (A)' तथा दूसरे को 'कारण (R)' कहा गया है. नीचे दिए गए कूट की सहायता से सही उत्तर का चयन कीजिए–
(A) (A) और (R), दोनों सही हैं और (R), (A) का सही स्पष्टीकरण है
(B) (A) और (R) दोनों सही हैं परन्तु (R), (A) का सही स्पष्टीकरण नहीं है
(C) (A) सही है, परन्तु (R) गलत है
(D) (A) गलत है, परन्तु (R) सही है

30. **कथन (A) :** तपजनित प्रोटेस्टेन्टिज्म में अपने विनाश के बीज निहित थे.
कारण (R) : जैसे-जैसे तर्क आधारित पूँजीवादी व्यवस्था में इसके उपदेश मिलते गए, वैसे-वैसे धार्मिक उन्मुखता और वैधता जल्दी-जल्दी क्षय होती गयी.

31. **कथन (A) :** प्रजातन्त्र में राजनीतिक संस्तरण का सबसे मुख्य संकेत सहभागिता है.
कारण (R) : सहभागिता के अवसरों तक पहुँच तथा इन अवसरों का वास्तविक उपयोग समाज में संस्तरण का आधार नहीं होता.

32. निम्नलिखित में से कौनसा कथन वरगिल्ड को सही रूप में वर्णित करता है ?
   (A) अभियुक्त द्वारा अपने को निरपराध सिद्ध करने हेतु की गई कठिन परीक्षा
   (B) आदिम जाति के लोगों में वर द्वारा जुटाया हुआ वधू-मूल्य का एक प्रकार
   (C) ट्यूटनिक लोगों में, मानव-वध और अन्य जघन्य अपराधों के लिए प्रायश्चित के तौर पर लगाया गया अर्थदण्ड
   (D) आदिवासियों में प्रचलित बलि से सम्बद्ध और पवित्र भोज

33. निम्नलिखित में जनतन्त्र की कौनसी विशेषताएँ हैं ?
   1. राजनीतिक दल
   2. निर्वाचक मण्डल
   3. स्वतन्त्र न्यायपालिका
   4. सार्वजनिक वयस्क मताधिकार

   निम्नलिखित कूट से सही उत्तर का चयन कीजिए–
   (A) 1, 2, 3 और 4   (B) 1, 2 और 3
   (C) 1, 2 और 4   (D) 1, 3 और 4

34. निम्नलिखित में किनको नौकरशाही संगठन की संज्ञा दी जाएगी ?
   1. औद्योगिक निगम
   2. दण्ड-संस्था
   3. चर्च
   4. धर्म-सभा

   निम्नलिखित कूटों से सही उत्तर का चयन कीजिए–
   (A) 1 और 2   (B) 1 और 4
   (C) 1, 2 और 3   (D) 1, 2 और 4

35. जब कोई संगठन सदस्यों के छोटे समूह द्वारा नियंत्रित किया जाता है, वह जाना जाता है–
   (A) एकतन्त्र   (B) अराजकता
   (C) वयोवृद्ध तन्त्र   (D) अल्पतन्त्र

36. 'Power and Society' नामक पुस्तक के लेखक कौन हैं?
   (A) लासवेल   (B) केटलिन
   (C) मार्टिन वाइट   (D) डेविस ईस्टन

37. "सत्ता शक्ति के प्रयोग का संस्थात्मक अधिकार है, वह स्वयं शक्ति नहीं है." उक्त कथन किस विद्वान का है?
   (A) बायर्सटेड   (B) लासवेल
   (C) गोल्डहैमर   (D) मैकाइवर

38. "दूसरे के कार्य निष्पादन को प्रभावित या निर्देशित करने के औचित्यपूर्ण अधिकार को सत्ता कहा जाता है." यह मत किसने दिया है?
   (A) बीच   (B) रोवे
   (C) बायर्सटेड   (D) डेविड ईस्टन

39. 'यूनेस्को' की रिपोर्ट के अनुसार, "सत्ता वह शक्ति है जो स्वीकृत, सम्मानित, ज्ञात एवं औचित्यपूर्ण हो."
   (A) यूनिसेफ की रिपोर्ट के अनुसार
   (B) अन्तर्राष्ट्रीय श्रम संगठन की एक रिपोर्ट के अनुसार
   (C) यह कथन सत्य है
   (D) उपर्युक्त में से कोई नहीं

40. "दबाव समूह गुट दलीय पद्धति में प्रतिनिधि के कार्य को सम्पन्न करके और क्षेत्रीय प्रतिनिधित्व की कमी को दूर कर देते हैं." यह कथन किसका है?
   (A) डायसी का   (B) लॉस्की का
   (C) गिलक्राइस्ट का   (D) बी.ओ.के. का

41. "जहाँ राजनीतिक दल सिद्धान्त और संगठन में कमजोर होगा, वहाँ दबाव समूह सफल होगा जहाँ राजनीतिक दल मजबूत हैं, वहाँ दबाव समूह असफल होगा." किसने कहा?
   (A) गेटेल   (B) फाइनर
   (C) जी.डी.एच. कोल   (D) लॉस्की

42. "दबाव गुट दलीय पद्धति में प्रतिनिधि के कार्य को सम्पन्न करने और प्रतिनिधित्व की कमी को दूर कर देते हैं." यह कथन है—
   (A) डायसी का   (B) लॉस्की का
   (C) गिलक्राइस्ट का   (D) वी.ओ. का

43. 'दि पॉलिटिक्स ऑफ स्कैरसिटी' नामक पुस्तक का सम्बन्ध है—
   (A) सरकार से   (B) संसद से
   (C) राजनीतिक दल से   (D) दबाव समूह से

44. समाजशास्त्र में 'राजनीतिक समाजीकरण' शब्द के निम्नलिखित में से कौनसे तात्पर्य हैं ?
   1. मास रैली में राजनीतिज्ञों एवं जनसमूह की अन्तक्रिया
   2. जनसंचार के माध्यम से राजनीतिक विषयों का प्रचार
   3. बच्चों में राजनीतिक मनोवृत्तियों का संचार करना

   निम्नलिखित कूट से सही उत्तर का चयन कीजिए–
   (A) 1, 2 तथा 3   (B) 1 तथा 2
   (C) 1 तथा 3   (D) 2 तथा 3

45. निम्नलिखित में से दबाव समूह के लिए कौनसा सही नहीं है ?

(A) ये राजनीतिक समूह हैं

(B) ये विशिष्ट हितों को बढ़ावा देते हैं

(C) ये चुनाव लड़ते हैं

(D) ये जटिल समाजों में पाए जाते हैं

46. जब एक व्यवहारवादी तथा नम्र व्यक्ति अपनी क्रियाएं तर्क और व्यवहारशीलता की सहायता से पारदर्शी बनाता है, तो उसको कहा जा सकता है–

(A) सत्तावादी (B) चमत्कारी

(C) दक्ष (D) उदार

47. एक दबाव समूह को आमतौर पर कहा जाता है–

(A) नृजाति समूह

(B) अनौपचारिक समूह

(C) विशिष्ट हित समूह

(D) जाति समूह

48. चमत्कारी सत्ता आधारित होती है–

(A) असाधारण वैयक्तिक प्रतिभा एवं शालीनता पर

(B) विधिक कानून की मान्यता में विश्वास पर

(C) मौलिक सक्षमता की मान्यता में विश्वास पर

(D) अति प्राचीन परम्पराओं की पवित्रता पर

49. सूची–1 (अवधारणा) को सूची–II (द्वारा प्रतिपादित) के साथ सुमेलित कीजिए और सूचियों के नीचे दिए गए कूट का प्रयोग कर सही उत्तर चुनिए–

सूची–I (अवधारणा)

(a) तृतीय विश्व

(b) नौकरशाही

(c) कुलीनतन्त्र का लौह नियम

(d) रहस्यात्मक सहभागिता का नियम

सूची–II (द्वारा प्रतिपादित)

1. लूसियन लैवी-ब्रूल
2. विन्सेंट द गोर्न
3. रॉबर्ट मिशेल
4. अल्फ्रेड सॉवी

कूट :

	(a)	(b)	(c)	(d)
(A)	4	1	3	2
(B)	3	2	4	1
(C)	4	2	3	1
(D)	3	1	4	2

निर्देश–नीचे दिए गए प्रश्न में दो वक्तव्य हैं. एक को 'कथन (A)' तथा दूसरे को 'कारण (R)' कहा गया है. इन दोनों वक्तव्यों का सावधानीपूर्वक परीक्षण कर इस प्रश्न का उत्तर नीचे दिए गए कूट की सहायता से चुनिए–

50. **कथन (A) :** कानून सामाजिक नियन्त्रण का एक अभिकरण है.

कारण (R) : राज्य कानून के माध्यम से ही सामाजिक परिवर्तन लाता है.

कूट :

(A) (A) और (R) दोनों सही हैं तथा (R), (A) का सही स्पष्टीकरण है

(B) (A) और (R) दोनों सही हैं, परन्तु (R), (A) का सही स्पष्टीकरण नहीं है

(C) (A) सही है, परन्तु (R) गलत है

(D) (A) गलत है, परन्तु (R) सही है

51. "एड-होक्रेसी" वह व्यवस्था है जिसके द्वारा अस्थायी परियोजना टीमों, टास्क फोर्सों और तदर्थ समितियों से युक्त एक प्रशासकीय प्रणाली बनेगी, जो गतिशीलता लाएगी और नौकरशाही को बदल देगी. इस शब्द के रचनाकार हैं–

(A) पीटर ब्लॉ

(B) ए. इटजिओनी

(C) आल्विन टॉफ्लर

(D) गोल्डथॉर्प

52. 'प्राधान्य की संकल्पना' शब्द का गठन किया है–

(A) अन्तोनियो ग्रैम्सी ने

(B) डी. आर. केले ने

(C) एल. अल्थूसर ने

(D) टालकॉट पारसन्स ने

53. लोगों को राजनीतिक संस्कृति में लाने की प्रक्रिया की संकल्पना की जा सकती है, राजनीतिक–

(A) परसंस्कृतिग्रहण के रूप में

(B) विकास के रूप में

(C) सहभागिता के रूप में

(D) समाजीकरण के रूप में

54. एक जनजातीय-प्रमुख उपयोग करता है–

(A) तार्किक-विधिक प्रभुत्व का

(B) करिश्माई प्रभुत्व का

(C) परम्परागत प्रभुत्व का

(D) जादुई प्रभुत्व का

55. निम्नलिखित में से किस एक को राजनीतिक व्यवस्था का उत्पाद प्रकार्य कहा जाता है ?
(A) हित सन्धियोजन
(B) हित समूहन
(C) नियम रचना
(D) राजनीतिक समाजीकरण

56. निम्नलिखित में से किसने मैक्स वेबर की, वैधता (लीगैलिटी) से औचित्यपूर्ण (लेजिटिमेसी) का प्रभेद करने की उसकी विफलता के लिए तीखी आलोचना की है ?
(A) जे. हैबरमास (B) सी. लेवि-स्ट्रास
(C) एफ. लीप्ले (D) डब्ल्यू. ए. ल्यूइस

57. दबाव समूहों के सन्दर्भ में निम्नलिखित कथनों पर विचार कीजिए–
1. वे अपने समूह के हितों को स्पष्ट करते हैं.
2. वे सरकार पर अपने प्रभाव का प्रयोग करते हैं.
3. वे अपने समूह के हितों का सुरक्षण करते हैं.
4. वे सामान्य जन पर प्रभाव डालते हैं.
इनमें से कौनसे सही हैं ?
(A) 1 और 4 (B) 1 और 2
(C) 1, 2 और 3 (D) 2, 3 और 4

58. 'राजनीतिक समाजीकरण' शब्द का प्रयोग करने वाला पहला व्यक्ति या व्यक्ति समुच्चय था–
(A) हर्बर्ट हाइमन
(B) हर्बर्ट स्पेन्सर
(C) एडमण्ड पॉवेल
(D) ईस्टन और डेनिस

59. एक अस्पृश्य का ईसाइयत को अपनाना एक उदाहरण है–
(A) समस्तर गतिशीलता का
(B) विषमस्तरीय गतिशीलता का
(C) सामाजिक अभिजात्य वर्ग का
(D) उपर्युक्त में से कोई नहीं

60. निम्नलिखित में से कौन एक, नागरिक वैधता के सिद्धान्त (Theory of Civil Legitimacy) का पक्ष-समर्थक है ?
(A) जॉन लॉक (B) थॉमस हॉब्स
(C) जे. जे. रूसो (D) अरस्तू

61. निम्नलिखित में से किसने यह विचार व्यक्त किया है कि नेतृत्व के लिए यह आवश्यक तत्त्व हैं कि, अनुयायी स्वैच्छिक रूप से विनीत हो ?
(A) मार्क्स (B) वेबर
(C) बॉटोमोर (D) सी. राइट मिल्स

निर्देश–नीचे दिए गए प्रश्न में दो वक्तव्य दिए गए हैं. एक को कथन (A) दूसरे को कारण (R) कहा गया है. इन दोनों वक्तव्यों का सावधानीपूर्वक परीक्षण कर इस प्रश्न का उत्तर नीचे दिए गए कूट की सहायता से चुनिए–

कूट :
(A) (A) और (R) दोनों सही हैं तथा (R), (A) का सही स्पष्टीकरण है.
(B) (A) और (R) दोनों सही हैं, परन्तु (R), (A) का सही स्पष्टीकरण नहीं है
(C) (A) सही है, परन्तु (R) गलत है
(D) (A) गलत है, परन्तु (R) सही है

62. **कथन (A) :** एक श्रेणीकृत समाज में, सदस्यों की आर्थिक संसाधनों पर समान पहुँच होती है, परन्तु प्रतिष्ठा पर उनकी पहुँच असमान होती है.
कारण (R) : सम्पत्ति का मूल्य उसे बाँटने के फलस्वरूप, अर्जित प्रतिष्ठा में है न कि उसके अर्जन करने से होने वाली प्रतिष्ठा में है.

63. सूची–I (अवधारणा) को सूची–II (सिद्धान्त) के साथ सुमेलित कीजिए व सूचियों के नीचे दिए गए कूट का प्रयोग करते हुए सही उत्तर चुनिए–
सूची–I (अवधारणा)
(a) राज्य एक नैसर्गिक संस्था के रूप में
(b) राज्य एक सामाजिक संस्था के रूप में
(c) राज्य प्रभावी कुल के एक उपकरण के रूप में
(d) प्रभुसत्ता राष्ट्र की परम शक्ति के रूप में
सूची–II (सिद्धान्त)
1. आंगिक सिद्धान्त
2. यन्त्रवादी सिद्धान्त
3. मार्क्सवादी सिद्धान्त
4. विधिक सिद्धान्त
कूट :

	(a)	(b)	(c)	(d)
(A)	1	4	3	2
(B)	3	2	1	4
(C)	1	2	3	4
(D)	3	4	1	2

64. जाति, नातेदारी तथा पड़ोस पर आधारित तदर्थ समीकरण, जो राजनीतिक गतिविधियों के लिए महत्वपूर्ण है, परन्तु चुनाव के पश्चात् क्रियाशील रहे या न रहें, इसे एड्रिन सी. मेयर कहते हैं–
(A) क्रिया-समूह (B) हित-समूह
(C) क्रिया-पुंज (D) हित-पुंज

65. निम्नलिखित में से धार्मिक संस्थाओं का कौनसा अव्यक्त प्रकार्य नहीं है ?
(A) समूह एकता को दृढ़ बनाना
(B) अनुष्ठानों और सिद्धान्तों को विकसित करना
(C) नैतिक मूल्यों को प्रोत्साहित करना
(D) सामाजिक नियन्त्रण को निष्पादित करना

66. निम्नलिखित में से राज्य की कौनसी विशेषता नहीं है ?
(A) राजनैतिक उपकरण
(B) संजातीयता
(C) भू-भाग
(D) कानून एवं बल प्रयोग

67. निम्नलिखित में से शक्ति प्राप्त करने के कौनसे आधार हैं ?
1. प्रवीणता एवं कुशलता
2. राजनीतिक स्थिति
3. उच्च प्रस्थिति समूह में विवाह
4. सम्पत्ति
निम्नलिखित कूट से सही उत्तर का चयन कीजिए–
(A) 2 और 3 (B) 2 और 4
(C) 1 और 3 (D) 1 और 4

68. समाजों के वर्गीकरण के आधार के रूप में निम्नलिखित में से किसने दबावमूलक (रिप्रेसिव) तथा इच्छामूलक (रेस्टिच्यूटिव) नियम में प्रभेद किया ?
(A) मैक्स वेबर (B) हेनरीमैन
(C) मॉन्टेस्क्यू (D) ईमाइल दुर्खीम

69. निम्नलिखित में से किसने दबाव समूहों का बहुलवादी सिद्धान्त निरूपित किया ?
(A) रॉबर्ट निस्बेट (B) रॉबर्ट मर्टन
(C) रॉबर्ट डाहल (D) माइकेल ऊसिएम

70. निम्नलिखित में से किसने वैधता संकट की अवधारणा निरूपित की ?
(A) फ्राज फानोन् (B) डेनियल बेल
(C) कार्ल पॉपर (D) जर्गन हैबरमास

71. निम्नलिखित में से कौन एक उपयुक्त सम्प्रत्यय नहीं है ?
(A) शक्ति (B) वैध सत्ता
(C) सत्ता (D) वैध क्रम

72. निम्नलिखित में से कौनसी एक दफ्तरशाही-सत्ता की चारित्रिक विशेषता नहीं है ?
(A) अविच्छिन्न संगठन (B) प्रजातन्त्रीकरण
(C) सोपान (D) भूमिका-खण्डीकरण

उत्तर व्याख्या सहित

1. (B) एक सत्तावादी राज्य, उत्तरजीविता के लिए दमन, स्थायी गतिमानता तथा उदल-बदल की सहायता लेता है. एक सत्तावादी राज्य में, दफ्तरशाही उपकरण जन-सामान्य की आवश्यकताओं के प्रति जवाबदेह हो जाते हैं.

2. (A) प्रबल वर्ग की संस्कृति प्रभावी अर्थों को नियंत्रित करती है, क्योंकि वर्गों के बीच सम्बन्धों की संरचना संस्कृति के क्षेत्र में अपने चरित्र के पुनरुत्पादन द्वारा अपनों को बनाए रखती है.

3. (D) भारतीय ग्रामीण परिदृश्य को देखने से स्पष्ट हो जाता है कि गुट जाति पर निर्भर है. क्रियाओं, रणनीतियों और खेल के नियमों के परिवर्तन के बावजूद वैयक्तिक स्वार्थ में टकराव की गुटबन्दी का मूल कारण है.

4. (B) सी. राइट मिल्स ने अमरीकी समाज में शक्ति अधिकर्ता के अन्तर्गत सैनिक नेता, राजनीतिक नेता तथा औद्योगिक नेता का उल्लेख किया है जो कि शक्ति, सत्ता एवं प्रतिष्ठान का प्रतीक है.

5. (B) व्यक्ति तथा समूह प्रायः निहित स्वार्थों की पूर्ति की दृष्टि से शक्ति का विरोध करते हैं, अथवा शक्ति को कमजोर करने की कोशिश करते हैं. शक्ति प्रतिरोध के अलावा उसका सामना कर सफल होती है.

6. (C) बेवर की शक्ति की अवधारणा को 'जीरो सम' शक्ति के रूप में जाना जाता है. बेवर के अनुसार जो शक्ति सम्पन्न होते हैं शक्ति की कुल मात्रा अचर होती है.

7. (B) राइट मिल्स के विचार में अभिजन वे कहे जाते हैं जो संस्थात्मक अधिक्रम में समावेश-पद रखते हैं. सी. राइट मिल्स के द्वारा अभिजन वे कहे जाते हैं जो प्रमुख परिणाम वाले निर्णय करते हैं, जो अपनी इच्छाओं को साकार करने में समर्थ हैं और जिनके पास वह सब कुछ है जो रखने योग्य है–धन, शक्ति और प्रतिष्ठा. अभिजन को वे प्रभुतासम्पन्न समूह कहा जाता है जिसके पास वैशिष्ट्य और अनन्यता व अलगपन होता है.

8. (C) पारसन्स ने शक्ति को समाज के संसाधनों के उन लक्ष्यों की प्राप्ति के लिए गति देने की क्षमता के रूप में जिनके लिए कि आम वादा किया गया हो, के रूप में परिभाषित किया है.

9. (A) दलितों की सामाजिक व आर्थिक पद्धति में यद्यपि सुधार हुआ है, लेकिन आज भी भारतीय समाज में कुछ जाति समूहों की ही सामाजिक एवं आर्थिक प्रधानता है.

10. (C) नौकरशाही शब्द का सबसे पहले प्रयोग सम्भवतः अर्थशास्त्री विन्सेट व गौरने द्वारा 19वीं शताब्दी में

राज्य द्वारा बढ़ते हुए हस्तक्षेप को इंगति करने के लिए किया गया. सन् 1895 ई. में मोजाका की पुस्तक 'The Rulingclass' में इस शब्द ने स्थायी रूप धारण किया. मेक्स बेवर के द्वारा कानून तथा नियमों द्वारा निर्धारित कार्यालय के कार्यों का निश्चित क्षेत्र, लिखित प्रलेखों पर आधारित प्रशासन व्यवस्था, प्रशासन का प्रशिक्षित व्यक्तियों द्वारा नियमानुसार संचालन, तकनीकी योग्यता के आधार पर चुनाव या धार्मिक उपासना में हानि होने के विषय में स्वतन्त्रता इसकी मुख्य विशेषताएं हैं.

11. (C) सत्ता में बने रहने के लिए निरंकुश राज्य को दमन, स्थायी सैन्यीकरण और छलपट ही सहायता लेनी पड़ती है. जब कोई शक्तिधारक अनौचित्यपूर्ण तरीके से शक्ति का प्रयोग करता है तो उसका रूप दमन होता है.

12. (A) ग्रामीण भारत में जाति पर आधारित गुम कम दिखाई पड़ते हैं, चाहे कार्यकलापों, रणनीतियों और खेल के नियमों में बदलाव हुआ है. गुटबाजी का मुख्य कारण व्यक्तिगत हितों में टकराव होना है.

13. (A) पूर्व आधुनिक राजनीतिक प्रणाली में नेता अपनी प्रभुता का प्रयोग करने हेतु अपनी सफलता के जरिए समर्थकों को लाभ देकर, प्रतिरोधियों की पदश्रेणी में फूट डालकर तथा लाभों को वापस लेने की धमकी देकर समर्थन हासिल कर लेते हैं.

14. (C) सम्पत्ति, शक्ति और प्रतिष्ठा तक भिन्न-भिन्न पहुँच का अन्त सामाजिक संस्तरण में होता है. मैक्स बेवर के अनुसार सम्पत्ति शक्ति तथा सम्मान समाज में स्तरीकरण उत्पन्न करते हैं.

15. (B) आधुनिक राजनीतिक प्रणाली में शक्ति तथा सत्ता का सम्मिश्रण होता है, क्योंकि उन्हें जनसाधारण के मामलों को विनियमित करना पड़ता है. यदि एक व्यक्ति अपनी बात को हाँ कराने में बल का प्रयोग करता है या बल प्रयोग करने की धमकी देता है तो वह शक्ति कहलाएगी. जब शक्ति को वैधानिक स्वीकृति प्राप्त हो जाती है तो उसे सत्ता कहा जाता है. शक्ति तथा सत्ता दोनों भिन्न-भिन्न हैं.

16. (C) राजनीतिक आधुनिकीकरण राजनीतिक दलों, संसद, वयस्क मताधिकार, गुप्त मतदान जैसी प्रमुख संस्थाओं की माँग करता है. बेंजामिन स्वार्टज के द्वारा राजनीतिक आधुनिकीकरण एक बहुमुखी प्रक्रिया है. जिसमें मानवीय विचारों एवं क्रियाओं के समस्त क्षेत्रों में वे परिवर्तन शामिल हैं.

17. (D) मैक्स बेवर के द्वारा सत्ता में वैधता, शक्ति तथा नियमितता पायी जाती है. सत्ता–पारम्परिक, तार्किक, कानूनी और करिश्माई के रूप में होती है.

18. (B) राजनीतिक समाजीकरण की विचारधारा एडमण्ड पावेल ने प्रस्तुत की. सीख की वह प्रक्रिया राजनीतिक समीकरण कही जाती है जिसके द्वारा व्यक्ति राजनीतिक व्यवस्था के आदर्शों एवं मूल्यों का आन्तरीकरण करता है.

19. (D) राजनीतिक आधुनिकीकरण के साथ-साथ राजनीतिक भागीदारी, नगरीकरण, जनसंचार के माध्यमों की प्रक्रिया साथ-साथ चलती है. राजनीतिक आधुनिकीकरण राजनीतिक दलों, संसद वयस्क मताधिकार, गुप्त मतदान जैसी प्रमुख संस्थाओं में विकास की मांग करता है.

20. (A) 21. (B) 22. (A) 23. (B) 24. (C)

25. (B) 26. (C) 27. (C) 28. (C) 29. (A)

30. (A) तपजनित प्रोटेस्टेन्टिज्म में अपने विनाश के बीज निहित में, क्योंकि जैसे-जैसे तर्क आधारित पूँजीवादी व्यवस्था में इसके उपदेश प्राप्त होते गए वैसे-वैसे धार्मिक उन्मुखता और वैधता जल्दी-जल्दी नष्ट होती गयी.

31. (C) प्रजातन्त्र में राजनीतिक संस्तरण का सबसे प्रमुख इशारा सहभागिता है, किन्तु निरपेक्ष या विशुद्ध प्रजातन्त्र में लिंग, आयु, जाति, प्रजाति, धर्म, सम्पदा, व्यवसाय, प्रतिभा, कुल, पद, प्रस्थिति जैसी व्यक्तिगत विशेषताओं को कोई महत्व नहीं दिया जाता है. शायद कहीं मौजूद रहा हो.

32. (C) आदिम जाति के व्यक्तियों में वर द्वारा जुटाया गया वधू-मूल्य का एक प्रकार 'लॉबोला' नाम से कहा जाता है. वरगिल्ड ट्यूरनिक व्यक्तियों में, मानव-वध और दूसरे जघन्य अपराधों के लिए प्रायश्चित के तौर पर लगाया गया अर्थदण्ड है.

33. (A) प्रजातन्त्र एक दर्शन, आदर्शों का पुंज या एक सामाजिक-राजनीतिक व्यवस्था को बताता है.

34. (A) मैक्स बेवर नौकरशाही संगठन की व्याख्या विवेक पर आधारित संगठन के रूप में कहते हैं. मैक्स बेवर ने सरकारी तथा निजी क्षेत्रों और उनके मित्र रॉबर्ट माइकल ने स्वयं सेवी संगठनों के अधिकारी तन्त्र पर विचार विमर्श किया है.

35. (D) सरकार का एक स्वरूप जिसमें कुछ लोगों द्वारा शासन किया जाता है, अल्पतन्त्र के नाम से विख्यात है.

36. (A) 37. (A) 38. (A) 39. (C) 40. (D)

41. (B) 42. (D) 43. (D)

44. (A) राजनीतिक समाजीकरण एडमण्ड पावेल की अवधारणा है. सीख की वह प्रक्रिया राजनीतिक समाजीकरण कही जाती है जिसके द्वारा लोग राजनीतिक व्यवस्था के आदर्शों तथा मूल्यों का आन्तरीकरण करता है.

45. (C) किसी एक विशिष्ट वर्ग (सरकार, जनसमूह या हित समूह) के समूह के हितों का प्रतिनिधित्व करने हेतु आपस में मिलकर लोगों, मालिकों या दूसरे संगठनों के समूहों को दबाव समूह कहलाता है.

46. (C) कानूनी–तार्किक सत्ता (Legal Rational Authority) का आधार बौद्धिक रूप में निर्मित नियम या कानून कहलाते हैं. कानूनी–तार्किक सत्ता का पालन किसी पद पर नियुक्ति के कारण नहीं, लेकिन उस वैधानिक व्यवस्था द्वारा होता है, जो उस पद के साथ जुड़ी हुई है.

47. (C) किसी एक विशिष्ट वर्ग (सरकार, जनसमूह या हित समूह) के समूह के हितों का प्रतिनिधित्व करते हुए आपस में मिलकर लोगों या मालिकों या दूसरे संगठनों के समूहों को दबाव गुट कहा जाता है.

48. (A) करिश्माई या चमत्कारी सत्ता का आधार व्यक्ति का चमत्कारी गुण अथवा विलक्षण व्यक्तित्व होता है इसकी विचारधारा को अर्नेस्टस्ट्रोलेच ने दिया व बाद में मैक्स वेबर ने विशद व्याख्या की.

49. (C) (1) अल्फ्रेड सॉवी–तृतीय विश्व

(2) विन्सेंट द गोर्न–नौकरशाही

(3) रॉबर्ट मिशेल–कुलीन तन्त्र का लौह नियम

(4) लूसियन लैवी-ब्रूल–रहस्यात्मक सहभागिता का नियम

50. (B) आदिमकाल से ही सामाजिक नियन्त्रण में कानून में कानून की प्रमुख भूमिका रही है. वर्तमान समाज के नियन्त्रण एवं संचालन में कानून की सबसे अहम् भूमिका होती है. (अभिकाम व साधन में J. P. Sing कोई फर्क नहीं मानते हैं) राज्य कानून के माध्यम से सामाजिक परिवर्तन लाता है.

51. (C)

52. (A) अन्तोनियों ग्रैम्सी ने प्राधान्य की संकल्पना में कहा है कि राजनीति और वैचारिक साधनों के सम्मिश्रण से किस प्रकार एक वर्ग द्वारा दूसरे वर्ग पर प्रभुत्व स्थापित किया जाता है.

53. (D) सीख की वह प्रक्रिया राजनीतिक समाजीकरण कही जाती है जिसके द्वारा व्यक्ति राजनीतिक व्यवस्था के आदर्शों एवं मूल्यों का आन्तरीकरण करता है. यह राजनीतिक मूल्यों, प्रतिमानों तथा व्यवहारों, संक्षेप में राजनीतिक संस्कृति का एक पीढ़ी से दूसरी पीढ़ी के हस्तान्तरण की प्रक्रिया है.

54. (C) जनजातीय प्रमुख का पद परम्परागत व्यवस्था के अनुसार परिभाषित किया जाता है. इस कारण उसे कुछ विशिष्ट सत्ता प्राप्त हो जाती है. इस प्रकार सत्ता परम्परागत विश्वासों पर टिकी होने के कारण 'पारम्परिक सत्ता' कही जाती है.

55. (C) राज्य के द्वारा नागरिकों के क्रिया-कलाप पर नियन्त्रण, रखा जाता है. राजनीतिक व्यवस्था के अनुसार कानून का निर्माण करना राज्य का प्रमुख कार्य कहा गया है. राज्य के द्वारा बनाए गए कानून सभी को स्वीकार होते हैं, क्योंकि राज्य सर्वोपरि सत्ता है.

56. (A) टी. बी. बॉटोमोर के द्वारा हैबरमास ने बेवर की वैधता एवं औचित्यपूर्णता का प्रभेद करने की विफलता पर आलोचना की है.

57. (C) किसी एक विशिष्ट वर्ग के समूह के हितों का प्रतिनिधित्व करने हेतु आपस में मिलकर लोगों, मालिकों या दूसरे संगठनों के समूहों को दबाव कहते हैं. वे अपने समूह के हितों को सुस्पष्ट करते हैं.

58. (C) राजनीतिक समाजीकरण शब्द का सबसे पहले प्रयोग एडमण्ड पॉवेल ने किया था. सीख की वह प्रक्रिया राजनैतिक समाजीकरण कही जाती है, जिसके द्वारा व्यक्ति राजनीतिक व्यवस्था के आदर्शों एवं मूल्यों का आन्तरीकरण करता है.

59. (D) विषमस्तरीय गतिशीलता वर्ग व्यवस्था पर मुख्यतः आधारित है. एक अस्पृश्य का ईसाइयत को स्वीकार किया एम. एन. श्रीनिवास द्वारा प्रतिपादित संस्कृतिकरण की प्रक्रिया में आता है, जो केवल पद मूलक परिवर्तन बताती है लेकिन, इसमें संरचनात्मक परिवर्तन नहीं आता है.

60. (D) जॉन लॉक, थॉमस हॉब्स व जे. जे. रूसो सामाजिक समझौते के सिद्धान्त से सम्बाधित है. अरस्तू एक राजनीतिक विचारक हैं, जो मनुष्य को एक सामाजिक प्राणी कहते हैं.

61. (B) बेवर के द्वारा नेतृत्व के लिए यह आवश्यक है कि अनुयायी स्वैच्छिक रूप से विनीत हों.

62. (A) श्रेणीकृत समाज में सदस्यों की आर्थिक संसाधनों पर समान पहुँच पायी जाती है, लेकिन प्रतिष्ठा पर पहुँच असमान पायी जाती है. इसका उदाहरण बेवर नए धनी (Noweaux riches) के माध्यम से करते हैं.

63. (C) राज्य एक नैसर्गिक संस्था के रूप में आंशिक सिद्धान्त राज्य एक सामाजिक संस्था के रूप में यंत्रवादी सिद्धान्त राज्य प्रभावी कुल के एक उपकरण के रूप में–मार्क्सवादी सिद्धान्त प्रभुसत्ता राष्ट्र की परम शक्ति के रूप में विधिक सिद्धान्त.

64. (C) एड्रिन सी. मेयर के अनुसार जाति, नातेदारी तथा पड़ोस पर आधारित तदर्थ समीकरण, जो राजनीतिक गतिविधियों के लिए जरूरी है, लेकिन चुनाव के बाद क्रियाशील रहे या न रहे क्रिया-पुंज को दर्शाते हैं.

65. (B) अनुष्ठानों एवं सिद्धान्तों के माध्यम से ही धार्मिक संस्थाएं धर्म सम्बन्धी विविध प्रयोजनों को सम्पादित कराती हैं, जो उसका प्रकट प्रकार्य है न कि अप्रकट प्रकार्य.

66. (B) समाज वह पक्ष अभिकरण या संस्था राज्य के नाम से प्रचलित है जिसे निर्दिष्ट भू-भाग पर शारीरिक शक्ति (Power) के प्रयोग का वैधानिक एकाधिकार प्राप्त होता है.

67. (D) मानव पर प्रभुत्व करने उन्हें भयभीत करने तथा नियन्त्रित करने, आज्ञा पालन करवाने, उनकी स्वतंत्रताओं में हस्तक्षेप करने तथा उनके व्यवहार को एक विशिष्ट में मोड़ने के लिए बाध्य करने की योग्यताआ/सत्ता को शक्ति कहा जाता है.

68. (D) दुर्खीम ने दो प्रकार की समाज-व्यवस्थाओं यथा यान्त्रिक एवं सावयविक के आधार पर दो प्रकार के कानूनों की चर्चा की है.

69. (C) रॉबर्ट डाहल के द्वारा दबाव समूहों को ऐसे समूहों के रूप में परिभाषित किया जा सकता है, जो अपने अधिकारों के प्रति चैतन्य का प्रदर्शन करते हुए किसी भी प्रकार के प्रदर्शन से नहीं चूकते हैं.

70. (D)

71. (B) शक्ति, सत्ता व वैध क्रम सम्प्रत्यय है. वैध सत्ता सम्प्रत्यय न होकर सत्ता की वैधता का अंग होता है.

72. (B) दफ्तरशाही सत्ता की चारित्रिक विशेषता में तानाशाही की प्रवृत्ति पायी जाती है, जबकि प्रजातंत्रीयकरण लोकतन्त्र की विशेषता है.

इकाई-IX

कमजोर वर्ग और अल्पसंख्यक
(Weaker Sections and Minorities)

"जब तक एक वर्ग का दूसरे वर्ग द्वारा शोषण किए जाने की सारी सम्भावनाएँ बिल्कुल नष्ट नहीं कर दी जातीं, तब तक वास्तविक एवं सही समानता नहीं हो सकती."
—लेनिन

सामाजिक न्याय
(Social Justice)

सामाजिक विसंगतियों को दूर करने एवं समाज में समानता को प्रतिस्थापित करने के क्रम में ही 'न्याय' की अवधारणा का विकास हुआ. न्याय का तात्पर्य किसी समाज द्वारा स्वीकृत नियमों को उस समाज के सदस्यों द्वारा पालन कराना है. प्रारम्भिक समाज में धर्म ही मानव व्यवहारों को नियंत्रित एवं निर्देशित करने वाला आधारभूत कारक था. धर्म के आधार पर ही समाज में नैतिक नियमों का विकास हुआ. इन नैतिक नियमों के पालन में समाज जनमत के प्रभाव का उपयोग करता था. कालान्तर में, राज्य की अवधारणा के विकास के परिणामस्वरूप समाज में प्रचलित नैतिक नियमों और परम्पराओं में वैधानिकता का भी समावेश हो गया. फलतः कुछ नैतिक नियमों एवं परम्पराओं को कानूनी रूप दिया गया. कानून के आविर्भाव के साथ कानून का अनुपालन ही न्याय का एकमात्र लक्ष्य हो गया. नैतिक नियमों एवं कानून में सबसे प्रमुख अन्तर यह था कि समाज किसी व्यक्ति से नैतिक नियमों के पालन की मात्र अपेक्षा कर सकता था, लेकिन कानून के पालन के लिए समाज ने राज्य को बल प्रयोग का भी अधिकार दिया. नैतिक नियमों के पालन की अपेक्षा भी मात्र इस उद्देश्य से की जाती थी कि कुछ व्यक्ति-निष्ठ धार्मिक लक्ष्यों को प्राप्त किया जा सके, लेकिन कानून के पालन का उद्देश्य अपेक्षाकृत काफी विस्तृत था. वस्तुतः 'कानून के पालन' की अवधारणात्मक विकास के साथ ही न्याय में सामाजिक आयाम का समावेश हुआ. न्याय के सामाजिक आयाम को मुख्यतः तीन भागों में बाँटा जा सकता है, जो न्याय के बुनियादी उद्देश्यों को भी स्पष्ट करता है.

1. **राजनीतिक न्याय** (Political Justice)—राजनीतिक न्याय का तात्पर्य, राजनीतिक क्रियाकलापों में मनुष्य और मनुष्य के बीच कोई मनमाना विभेद न किए जाने से है. राजनीतिक न्याय सुनिश्चित करने के लिए यह आवश्यक होता है कि समाज में प्रत्येक व्यक्ति को उसकी सम्पत्ति और शिक्षा पर ध्यान दिए बिना राजनीतिक व्यवस्था में भाग लेने का समान अवसर प्राप्त हो. इसके अतिरिक्त कानून के समक्ष समानता, न्यायालयों द्वारा सभी नागरिकों के अधिकारों की समानरूप से रक्षा, सभी नागरिकों को शासन में भाग लेने का समान अवसर, व्यवस्थापिका सभाओं और प्रशासन संस्थाओं के निर्वाचन में मतदान एवं उम्मीदवारी का समान अवसर इत्यादि राजनीतिक न्याय के मुख्य कार्यकारी पहलू हैं.

2. **आर्थिक न्याय** (Economic Justice)—आर्थिक न्याय का आशय राष्ट्रीय आय और सम्पत्ति में वृद्धि करके उनका समाज के सभी सदस्यों के बीच साम्यपूर्ण वितरण करने से है. आर्थिक न्याय के तहत धन एवं सम्पत्ति अमीर वर्ग से छीनकर गरीब तबके में वितरित नहीं किया जाता है, बल्कि इसके लिए कुछ विशिष्ट आर्थिक प्रणालियों को अपनाया जाता है जिसका उद्देश्य समाज से आर्थिक शोषण और आर्थिक शोषण के कारण होने वाले वर्ग-संघर्ष को पूर्णतः उन्मूलित करना होता है. ऐसी प्रणालियों में इस बात का पूर्णतः ख्याल रखा जाता है कि प्रत्येक व्यक्ति को अपने श्रम का यथोचित मूल्य प्राप्त हो और इस सम्बन्ध में विभिन्न व्यक्तियों के बीच किसी प्रकार का भेदभाव न किया जाए.

कार्ल मार्क्स ने अपने सम्पूर्ण अध्ययन में यही सिद्ध करने का प्रयास किया है कि सभी काल में सभी समाज शोषक और शोषितों के रूप में दो वर्ग में बँटे रहे हैं. ये दोनों वर्ग अपने आर्थिक हितों के लिए आपस में संघर्ष करते रहते हैं. इसलिए **मार्क्स** ने अपने 'कम्यूनिस्ट मैनिफेस्टो' के माध्यम से यह बताया कि "अब तक का मानव समाज का इतिहास वर्ग संघर्षों का ही इतिहास है." **मार्क्स** ने बताया कि प्राचीनकाल में यह संघर्ष स्वामी वर्ग और दास वर्ग के बीच

था. मध्यकाल में यह संघर्ष सामंत वर्ग और किसान वर्ग में चलता रहा. आधुनिककाल में यह पूँजीपति वर्ग और मजदूर वर्ग में चल रहा है. **मार्क्स** ने इस वर्ग संघर्ष की समाप्ति के लिए नई आर्थिक प्रणाली के रूप में 'समाजवाद' का विकल्प प्रस्तुत किया. समाजवादी आर्थिक प्रणाली में उत्पादन के साधनों और वितरण की प्रणाली पर समाज का नियंत्रण या स्वामित्व होता है. इस प्रकार **मार्क्स** के अनुसार समाज में आर्थिक विषमता को समाप्त करने या आर्थिक न्याय को कार्यान्वित करने का एक मात्र उपागम, उत्पादन के साधनों पर से व्यक्तिगत स्वामित्व हटाना अर्थात् समाजवाद को अपनाना ही है. **लॉस्की** ने भी समाज में समानता लाने के लिए आर्थिक न्याय को सबसे महत्वपूर्ण तथ्य माना है. **लॉस्की** का कहना है कि "आर्थिक समानता के वातावरण में ही वैधानिक और राजनीतिक समानता के आदर्शों को पूर्णरूप से कार्यान्वित किया जा सकता है."

3. **सामाजिक न्याय** (Social Justice)—सामाजिक न्याय सामाजिक ढाँचे के विभिन्न समूहों या वर्गों या व्यक्तियों के प्रतिद्वन्द्वात्मक दावों या हितों में विधि द्वारा सामन्जस्य पैदा करके सामाजिक असन्तुलन को दूर करने का व्यापक रूप है. सामाजिक न्याय का मुख्य उद्देश्य एक ऐसे सामाजिक वातावरण का निर्माण करना है जिसमें विभिन्न व्यक्ति एवं विभिन्न समूहों के बीच किसी भी प्रकार की विषमता या विभेद न पाया जाए. मानवाधिकार की दिशा में की गई प्रत्येक पहल सामाजिक न्याय का ही एक भाग है.

समाज में वंश जाति, गोत्र, वर्ण, सम्प्रदाय, लिंग इत्यादि के आधार पर सदा से भेदभाव होता आया है. जैसे—भारत में जाति-प्रथा के आधार पर सभी कालों में सामाजिक भेदभाव को प्रोत्साहन मिलता रहा, तो पश्चिमी समाजों में रंगभेद के कारण समाज में अत्यधिक सामाजिक विषमता दिखलाई पड़ती है. मध्यकाल में विभिन्न धर्मों में धार्मिक कट्टरता बढ़ने के परिणामस्वरूप धार्मिक भेदभाव एवं विद्वेष भी काफी परवान चढ़ा. पुरुषों की तुलना में स्त्रियों की हीन प्रस्थिति सदा से ही एक प्रमुख सामाजिक समस्या रही है. ऐसी सामाजिक परिस्थितियों में समाज के समृद्ध एवं उच्च वर्ग तो अपने विकास के साधनों को सुरक्षित कर लेते हैं, परन्तु समाज के कमजोर एवं गरीब वर्ग कई प्रकार के निर्योग्यताओं के शिकार हो जाते हैं. फलतः अमीर वर्ग दिनोंदिन और अमीर होता जाता है तथा गरीब वर्ग दिनोंदिन और गरीब होता जाता है. सामाजिक न्याय ऐसी स्थिति में ही एक बाधक तत्व की तरह कार्य करता है. सामाजिक न्याय के द्वारा उन सभी भेदभाव मूलक तथ्य एवं व्यवहारों के उन्मूलन की व्यवस्था की जाती है जो समाज के निम्न एवं कमजोर वर्गों को अपने विकास करने और समाज में ऊपर उठकर ऊँची हैसियत प्राप्त करने में रुकावट पैदा करती है एवं विकास के संसाधनों को उपलब्ध करवाने में सहायता प्रदान करती है.

सामाजिक न्याय के क्रियातंत्र को दो भागों में बाँटा जा सकता है—

(i) **समान अवसर** (Equal Opportunity)—समाज के कुछ व्यक्ति या व्यक्ति समूहों द्वारा कुछ ऐसे नियम विकसित किए जाते हैं जिसके द्वारा कुछ व्यक्ति समूहों को विशिष्ट अधिकारों से वंचित किया जाता है. जैसे—भारत में उच्च वर्गीय ब्राह्मणों द्वारा निम्न जातीय अछूतों के लिए मन्दिर प्रवेश पर प्रतिबन्ध लगा दिया गया. उन्हें शिक्षा प्राप्ति के मौलिक अधिकार से भी वंचित कर दिया गया. उच्च वर्णों की सेवा ही अछूतों का परम् कर्तव्य बताया गया. अछूतों पर आरोपित विभिन्न प्रकार के प्रतिबन्धों की रूपरेखा ही इस प्रकार निर्धारित की गई, ताकि वे अपना विकास न कर सकें और निम्न श्रेणी के कार्यों को समाज में सम्पादित करते रहें. सामाजिक न्याय के द्वारा इस प्रकार के भेदभाव को मिटाकर समाज में प्रत्येक व्यक्ति की उन्नति के लिए समान अवसर प्रदान किया जाता है. भारत में 1955 में पारित अस्पृश्यता उन्मूलन अधिनियम का उद्देश्य समाज में सभी व्यक्तियों को अपने विकास के लिए समान अवसर प्रदान करना था. समान अवसर प्रदान करना सामाजिक न्याय का स्थायी लक्ष्य होता है.

(ii) **विशिष्ट अवसर** (Special Opportunity)—भेदभावमूलक नीतियों के कारण समाज में कुछ व्यक्तिसमूह विकास के सन्दर्भ में अत्यधिक पिछड़ जाते हैं. ऐसे समूहों की मानसिक सोच भी कुण्ठित हो जाती है. इसलिए वे अपने निम्न-स्थिति के लिए भी स्वयं को ही जिम्मेवार मानने लगते हैं. ऐसे में यदि सामाजिक न्याय के द्वारा समाज में विकास के अवसरों को पूर्ण रूप से समान बना भी दिया जाए तब भी यह संदिग्धता बनी रहेगी कि ऐसे व्यक्ति समूह अपने विकास के लिए उद्यत हों और विकास की प्रतियोगिता में शामिल होकर अपने एवं अपने समूह के लिए कुछ लाभ अर्जित कर सकें. इसलिए सामाजिक न्याय के द्वारा समाज के ऐसे दबे-कुचले कमजोर वर्गों के त्वरित विकास के लिए उन्हें उन्नति के विशिष्ट अवसर प्रदान किए जाते हैं. हालाँकि इन विशिष्ट अवसरों की प्रकृति स्थायी नहीं होती है, इन्हें एक विशेष समयावधि के लिए ही किसी वर्गों को प्रदान की जाती है. यह समयावधि तब तक जारी रहती है जब तक कि ऐसे वर्ग विकास के एक औसत स्तर को प्राप्त नहीं कर लेते हैं. जैसे—भारत में संवैधानिक प्रावधानों के द्वारा आरक्षण की नीति को अपनाकर समाज के कमजोर वर्गों को विकास के विशिष्ट अवसर ही प्रदान करने की कोशिश की गई है.

अन्त में, यहाँ यह बताना अति-आवश्यक है कि न्याय का अन्तिम लक्ष्य सामाजिक न्याय के आदर्शों को ही व्यावहारिक रूप में प्राप्त करना है. इसलिए आर्थिक न्याय, राजनीतिक न्याय

या न्याय का कोई अन्य रूप सामाजिक न्याय रूपी साध्य को प्राप्त करने के लिए एक साधन के रूप में ही प्रयोग किया जाता है.

सामाजिक न्याय एवं लोक कल्याणकारी राज्य (Social Justice and Public Welfare State)

आधुनिक काल में सामन्तवाद की समाप्ति के पश्चात् लोकतंत्र की भावना का प्रसार हुआ. नवीन परिप्रेक्ष्य में लोकतन्त्र को काफी व्यापक अर्थ प्रदान किया गया. इसे न केवल शासन की एक विशिष्ट पद्धति के रूप में अपनाया गया, बल्कि इसे सहयोग पर आधारित विशिष्ट जीवन प्रणाली के रूप में भी देखा गया. फलतः राज्य की भूमिकाओं में भी परिवर्तन हुआ. 19वीं सदी के अन्त तक अधिकांश राज्य अपने आपको 'पुलिस राज्य' के रूप में ही संस्थापित किए हुए थे. उनका मुख्य काम शान्ति एवं व्यवस्था कायम करने मात्र तक ही सीमित था, लेकिन लोकतंत्र के प्रसार के कारण वर्तमान में अधिकांश राज्यों का स्वरूप एक 'लोक कल्याणकारी राज्य' के रूप में परिणत हो गया. अब अन्य कार्यों के अलावा जन-कल्याण के कार्यों को सम्पादित करना ही प्रत्येक राज्य की सर्वप्रमुख प्राथमिकता बन चुकी है.

लोक-कल्याणकारी राज्यों की स्थापना के साथ ही सामाजिक समानता के सिद्धान्त का भी प्रचार हुआ. जिससे सामाजिक न्याय अपना वास्तविक एवं व्यावहारिक रूप ग्रहण कर सकी. मध्यकाल में सामाजिक व्यवस्था बदलने के परिणाम-स्वरूप सामाजिक सुधारों की एक लहर तो चली, परन्तु वह पूर्णरूप से मूर्त्तता प्राप्त नहीं कर सकी. मध्यम वर्गीय बुर्जुआ क्रान्ति भी समाज में वास्तविक रूप में समानता का वातावरण उत्पन्न न कर सकी. लोक-कल्याणकारी राज्यों के आविर्भाव के साथ ही सामाजिक न्याय की अवधारणा मूर्तरूप में आ सकी. अब तो अनेक विचारकों का मत है कि राज्य केवल एक ऐसा समाज नहीं है जिसमें सामान्य प्रदेश हों और जिसको अपराधों को रोकने और विनिमय के लिए कायम किया गया हो, बल्कि यह परिवारों और परिवार समूहों के बीच कल्याण की सामाजिक भावना है, जिसका उद्देश्यपूर्ण और आत्म-निर्भर जीवन है. **टी. डब्ल्यू. केंट** ने कल्याणकारी राज्य को परिभाषित करते हुए कहा कि "कल्याणकारी राज्य वह राज्य है जो अपने नागरिकों के लिए दूरगामी सामाजिक सेवाओं की व्यवस्था करता है."

वर्तमान में लोक-कल्याणकारी राज्य का आदर्श सर्वत्र स्थापित हो चुका है. इसलिए सभी समाजों में सामाजिक न्याय का सबसे सशक्त अभिकरण (Agency) राज्य ही है. राज्य के अलावा कुछ अन्य स्वैच्छिक संगठन भी सामाजिक न्याय में महत्वपूर्ण भूमिका निभाते हैं, लेकिन राज्य के पास विधायी शक्ति होने के कारण ही सामाजिक न्याय के सन्दर्भ में अन्य संगठनों के योगदान के बनिस्पत राज्य का योगदान एवं भूमिका अधिक महत्वपूर्ण होती है. सामाजिक न्याय की भूमिका-निर्वाह में एक लोक-कल्याणकारी राज्य से निम्नलिखित अपेक्षाएँ की जाती हैं—

1. लोक-कल्याणकारी राज्य को इस बात का विशेष ध्यान रखना चाहिए कि उसके किसी भी प्रकार के क्रियाकलापों द्वारा व्यक्तिगत प्रेरणा, उत्तरदायित्व और आत्म-सम्मान की भावना नष्ट न होने पाए.
2. लोक-कल्याणकारी राज्यों द्वारा किया जाने वाला समाज सुधार का कार्य न ही औपचारिक होना चाहिए और न ही यान्त्रिक. ऐसा होने पर सामाजिक न्याय मात्र एक रस्म अदायगी या खानापूर्ति बनकर ही रह जाएगा.
3. सामाजिक विसंगतियों पर प्रत्यक्ष प्रहार करने से अक्सर उल्टे परिणाम आने की सम्भावना रहती है या अधिक सफलता की गुंजाइश नहीं होती है. इसलिए लोक-कल्याणकारी राज्यों को प्रत्यक्ष तरीके के साथ-ही-साथ अप्रत्यक्ष तरीकों का भी प्रयोग करना चाहिए. संक्षेप में, लोक-कल्याणकारी राज्यों की नीति लचीली होनी चाहिए.
4. सामाजिक विधायन विशेषकर ऐसे लोकतंत्रीय राज्यों में जहाँ कि जनता शिक्षित हो, जनमत से बहुत आगे बढ़ा हुआ नहीं होना चाहिए. यद्यपि जनमत का स्तर ऊँचा करने के लिए सामाजिक विधायन स्वयं भी एक महत्वपूर्ण साधन बन सकता है. लोक कल्याणकारी राज्यों को इस बात का विशेष ख्याल रखना चाहिए.
5. लोक-कल्याणकारी राज्यों को राजनीतिक सत्ता के विकेन्द्रीकरण पर विशेष बल देना चाहिए, क्योंकि स्थानीय स्वशासी संस्थाएँ या गैर-सरकारी संगठन ही स्थानीय सामाजिक समस्याओं को अच्छी तरह से समझ सकती है और तद्नुरूप बेहतर विकल्प भी ढूँढ़ सकती हैं.

स्वतन्त्रता प्राप्ति के पश्चात् भारतीय संविधान में जो 'राज्य के नीति निर्देशक तत्वों' (Directive Element of State Policy) को समाहित किया गया है, उनका मुख्य उद्देश्य सामूहिक रूप से भारत में आर्थिक और सामाजिक लोकतन्त्र की रचना करना तथा लोक-कल्याणकारी राज्य की स्थापना करना ही है. संविधान के प्रस्तावना में जिन आदर्शों को प्राप्त करने की परिकल्पना की गई है, राज्य का नीति निर्देशक तत्व उन आदर्शों को प्राप्त करने के लिए पथ प्रशस्त करता है. अन्य निर्देशों के अलावा इन निर्देशक तत्वों में सामाजिक न्याय की स्थापना हेतु राज्यों को जो निर्देश दिए गए हैं वे निम्नलिखित हैं—

1. राज्य समाज के कमजोर वर्गों की शिक्षा और धन सम्बन्धी हितों को विशेष रूप से संवर्धित करेगा तथा

सामाजिक अन्याय या अन्य किसी प्रकार के शोषण से उनकी रक्षा करेगा.

2. राज्य यह सुनिश्चित करेगा कि राज्य क्षेत्र में न्याय-पालिका इस प्रकार कार्य करे, ताकि समान अवसर के आधार पर न्याय सर्वसुलभ हो और खासकर आर्थिक या किसी अन्य निर्योग्यता के कारण कोई नागरिक न्याय प्राप्ति के अवसर से वंचित न रह जाए.
3. राज्य समाज के विभिन्न वर्गों के बीच प्रतिष्ठा, अवसरों और सुविधाओं की विषमता को समाप्त करने के लिए यथासम्भव प्रयास करेगा.
4. राज्य सभी बालकों को 14 वर्ष तक की आयु पूरी करने तक निःशुल्क एवं अनिवार्य शिक्षा के लिए सभी सुविधाओं का प्रबन्ध करेगा.
5. राज्य समाज के सभी सदस्यों के लिए एक समान सिविल संहिता का प्रयोग करेगा.

1976 में 42वें संविधानिक संशोधन द्वारा संविधान में जिन मूल कर्तव्यों का समायोजन किया गया उसमें भी भारतीय नागरिकों से यह अपेक्षा की गई है कि भारत के प्रत्येक नागरिक का यह कर्तव्य होगा कि भारत के सभी लोगों में समरसता और समान भ्रातृत्व की भावना का निर्माण करें जो धर्म, भाषा, प्रदेश या वर्ग पर आधारित सभी भेदभाव से परे हों. प्रत्येक नागरिक ऐसी प्रथाओं का त्याग करें जो स्त्रियों के सम्मान और अधिकार के विरुद्ध हों.

भारतीय समाज में कमजोर वर्ग (Weaker Section in India)

अनुसूचित जाति (Scheduled Caste)

'अनुसूचित जाति' शब्द का प्रथम प्रयोग 'साइमन आयोग' द्वारा किया गया था. इसके बाद 1935 के 'भारत शासन अधिनियम' में इस शब्द का विस्तृत प्रयोग किया गया. अनुसूचित जाति शब्द के प्रचलन के पहले इन जातियों को सम्मिलित रूप से कई अन्य नामों से भी जाना जाता था. प्राचीन भारतीय विधिशास्त्री आचार्य मनु ने इन जातियों के लिए 'स्वपच' (Svapachs) शब्द का प्रयोग किया. आधुनिक-काल तक इन जातियों के लिए 'अवर्ण' एवं 'अंत्यज' शब्द का प्रयोग किया जाता रहा. महात्मा गांधी ने इन जातियों को 'हरिजन' के रूप में नया नामकरण किया. डॉ. भीमराव अम्बदकर ने इन जातियों को 'दलित वर्ग' (Depressed Class) की संज्ञा दी.

अनुसूचित जातियों के अन्तर्गत उन जाति समूहों को शामिल किया गया है जिन्हें वर्ण-व्यवस्था के प्रचलन काल में या तो जाति-संस्तरण से बाहर रखा गया या जाति-संस्तरण में सबसे निम्न स्तर प्रदान किया गया था. ये जातियाँ प्राचीनकाल से ही समाज में निम्नस्तरीय कार्यों को सम्पादित करती रही हैं, लेकिन इनके द्वारा सम्पादित कार्यों को कभी भी महत्व नहीं दिया गया, बल्कि प्रदूषित कार्यों में संलग्न रहने के कारण ही इन जातियों के प्रति समाज में अस्पृश्यता की भावना विकसित हुई. फलतः इन जातियों को कई प्रकार की निर्योग्यताओं का शिकार होना पड़ा. इनके लिए समाज के किसी भी सार्वजनिक स्थलों का प्रयोग या भवनों में प्रवेश को वर्जित कर दिया गया था. ये अपने से ऊँचे वर्ण के घरों में न ही प्रवेश कर सकते थे और न इन्हें ऊँचे वर्गों के लोगों को छूने का अधिकार था. इनके छूने मात्र से ऊँचे वर्ण के लोग अपने आपको अपवित्र मानने लगते थे. ये जातियाँ न तो शिक्षा ग्रहण की अधिकारी थीं और न ही किसी प्रकार के सामाजिक एवं धार्मिक अनुष्ठानों में भाग ही ले सकती थीं. इन जातियों का निवास भी ग्राम की सीमा से बाहर अवस्थित होता था. इन निर्योग्यताओं के अलावा इन जातियों के लिए सबसे कठोर बंधन यह था कि ये जातियाँ कभी भी अपनी जाति एवं व्यवस्था को परिवर्तित नहीं कर सकती थीं. हिन्दू धर्म में अन्य उच्च वर्णों के लिए अनेक प्रकार के शुद्धि नियम तो बनाए गए हैं, परन्तु निम्न जातियों के लिए ऐसा कोई प्रावधान नहीं है. इन बन्धनों के कारण ये जातियाँ प्राचीनकाल से ही न केवल विकास से कोसों दूर रहे, बल्कि कालान्तर में जाति बन्धन की कठोरता के कारण समाज की मुख्य धारा से भी कोसों दूर होते गए.

यद्यपि अनुसूचित जाति शब्द के प्रयोग से एक सजातीय समूह का बोध होता है, परन्तु वास्तव में ऐसा नहीं है. अनुसूचित जाति के अन्तर्गत आने वाले विभिन्न जातियों के बीच भी एक निश्चित प्रकार का संस्तरण पाया जाता है. इस अर्थ में अनुसूचित जाति कई विजातीय समूहों का ही संकूल है. इनमें विजातीयता के मुख्य आधार व्यवसाय, संख्यात्मक शक्ति, भौगोलिक विस्तार एवं धार्मिक प्रस्थिति आदि है. इन्हीं आधारों पर इन जातियों के विभिन्न समूहों के बीच भी छुआछूत एवं विवाह सम्बन्धी निषेध पाए जाते हैं, लेकिन ऊँचे वर्णों की तुलना में अति निम्नस्तरीय सामाजिक-आर्थिक प्रस्थिति तथा अस्पृश्यता की भावना ही इन्हें एक सूत्र में पिरोता है.

विभिन्न प्रकार के निम्न जातीय आन्दोलनों एवं स्वतन्त्रता-प्राप्ति के पश्चात् संवैधानिक रक्षोपायों के कारण वर्तमान में अनुसूचित जातियों की स्थिति में कुछ सुधार हुआ है. छुआछूत की भावना दिनोंदिन कम होती जा रही है. सार्वजनिक स्थानों पर प्रवेश सम्बन्धी प्रतिबन्ध भी लगभग समाप्त हो चुके हैं. इसलिए अब इसमें शिक्षा का प्रसार भी हो रहा है. परम्परागत व्यवसाय अपनाने की बाध्यता भी लगभग समाप्त हो चुकी है. इसलिए अब अधिकांश अनुसूचित

जातियाँ या तो कृषि पेशे से जुड़ी हुई है या औद्योगिक मजदूर के रूप में कार्यरत हैं, लेकिन अभी भी जातीय संस्तरण में इनकी निम्न स्थिति यथावत् बनी हुई है. अन्य जातियों द्वारा इन्हें हेय दृष्टि से देखे जाने का सिलसिला भारतीय समाज में जारी है. इन जातियों में अशिक्षा, गरीबी, बेरोजगारी तथा ऋणग्रस्तता का स्तर आज भी लगभग वही है जो आज से 50 साल पहले था.

सन् 2001 की जनगणना के अनुसार भारत की जनसंख्या का लगभग एक-चौथाई भाग अनुसूचित जातियों का है. इन जातियों में सबसे अधिक संख्या 'चमार' जाति की है. अनुसूचित जातियाँ कमोवेश भारत के सभी राज्यों में पाई जाती हैं, परन्तु इनकी आधी से अधिक जनसंख्या उत्तर भारत के पाँच हिन्दी भाषी राज्यों में संकेन्द्रित है. ये राज्य हैं—उत्तर प्रदेश, मध्य प्रदेश, राजस्थान, बिहार एवं हरियाणा. दक्षिण भारत में इनकी सबसे अधिक जनसंख्या तमिलनाडु एवं आन्ध्र प्रदेश में संकेन्द्रित है. पूर्वी भारत में पश्चिम बंगाल में इनकी संख्या सबसे अधिक है. राज्यों की सम्पूर्ण जनसंख्या में अनुसूचित जातियों के अनुपात की दृष्टिकोण से प्रथम स्थान पंजाब राज्य का है. पंजाब की कुल जनसंख्या में लगभग 27% अनुसूचित जातियाँ हैं. भारत में अनुसूचित जातियाँ मुख्यतः ग्रामीण क्षेत्रों में ही निवास करती हैं.

अनुसूचित जनजाति (Scheduled Tribes)

विभिन्न जनजातियों के भारतीय संविधान में अनुसूचित होने के बावजूद भी जनजाति किसे कहा जाए, यह अभी तक एक विवाद का विषय है. अर्थात् जनजाति शब्द की न तो सर्वमान्य परिभाषा है और न तो कोई निश्चित आधार ही. फिर भी यह शब्द कुछ विशिष्ट जनसमूहों को लक्षित करने के लिए एक लम्बे काल से प्रयुक्त होता आया है. जिन अर्थों में, वर्तमान में जनजाति शब्द का प्रयोग किया जाता है, उस अर्थ स्थापन में कुछ ब्रिटिश मानवशास्त्रियों का योगदान महत्वपूर्ण है. **रेडक्लिफ ब्राउन, ईवान्स प्रिचार्ड तथा नेडेल** जैसे ब्रिटिश मानवशास्त्रियों ने ही सर्वप्रथम जनजाति शब्द का प्रयोग एक ऐसे जनसमूह के लिए किया, जिनकी एक विशिष्ट एवं सामान्य से कुछ अलग जीवन प्रणाली थी, निवास स्थान का एक निश्चित दायरा था तथा वे एक स्वशासी राजनैतिक समूह के रूप में संगठित थे.

एक सर्वमान्य परिभाषा के अभाव के कारण ही संसार के विभिन्न भू-भागों में रहने वाले कुछ जनसमूहों को उनके कुछ विशिष्ट शारीरिक, सांस्कृतिक एवं भौतिक विशेषताओं के आधार पर उन्हें जनजाति के रूप में चिह्नित किया जाता है. जैसे—भारत में उन जनसमूहों को जनजाति के रूप में जाना जाता है जो—

(i) समाज में सभ्य कहे जाने वाले जन समूहों से दूर, मुख्यतः पठारी या पहाड़ी भू-भागों के वनाच्छादित क्षेत्रों में निवास करते हैं.

(ii) जो 'आत्मावाद' (Animism) जैसे आदिम धर्म को मानने वाले हों.

(iii) जिनकी जीविका किसी आदिम व्यवसाय पर आधारित हो जैसे—शिकार करना, वनोपजों का संकलन करना इत्यादि.

(iv) प्राचीन भाषा-समूह के किसी एक ही प्रकार का प्रयोग करते हों इत्यादि.

हालाँकि, उपर्युक्त विशेषताएँ सभी जनजातियों में आवश्यक रूप से पाया ही जाए यह जरूरी नहीं है. जैसे—बहुत सी भारतीय जनजातियाँ अब किसी आदिम व्यवसाय पर अवलम्बित न होकर कृषि कार्य या औद्योगिक श्रम में संलग्न हैं. बहुत सी जनजातियाँ आत्मवाद जैसे प्राचीन धर्म को त्यागकर ईसाई या हिन्दू बन चुकी हैं. इसलिए विभिन्न विचारकों में उपरोक्त विशेषताओं के सम्बन्ध में भी अत्यधिक मतभेद हैं. जैसे—**रिवर्स**, क्षेत्रीय आवास को जनजातियों का एक प्रमुख लक्षण नहीं मानते हैं, जबकि **पेरी** जैसे लेखकों ने इस विशेषता पर काफी जोर दिया है और इतना तक बताया है कि घुमक्कड़ जनजातियाँ भी एक निश्चित क्षेत्र के अन्तर्गत ही घूमती हैं.

ब्रिटिश शासन के दौरान हिन्दू, मुस्लिम एवं अन्य धार्मिक-सामाजिक समूहों से विलग एक अन्य धार्मिक-सामाजिक समूह के रूप में पहचान हेतु ही विभिन्न जनजातियों को 1935 के 'भारत शासन अधिनियम' द्वारा अनुसूचित किया गया था. इसके बाद ये जनजातियाँ 'अनुसूचित जनजाति' के रूप में जाना जाने लगा. स्वतन्त्रता प्राप्ति के पश्चात् भारतीय संविधान की पाँचवीं अनुसूची में इन जनजातियों को यथारूप में सम्मिलित किया गया. 1971 में इस सूची में 527 जनजातियाँ शामिल थीं. 1950 में यह संख्या मात्र 212 थी. वर्तमान में यह 550 है.

1951 में भारत में अनुसूचित जनजातियों की जनसंख्या 2·25 करोड़ थी जो कुल जनसंख्या का 5·6 प्रतिशत था. 1991 में इनकी जनसंख्या बढ़कर 6·78 करोड़ हो गई जो कुल जनसंख्या का 8·08% (प्रतिशत) था. भौगोलिक स्थिति के आधार पर भारत में सम्पूर्ण जनजातीय क्षेत्रों को तीन मुख्य भागों में बाँटा गया है.

(i) **उत्तर पूर्वी क्षेत्र**—इस पट्टी के अन्तर्गत लद्दाख (जम्मू एवं कश्मीर), हिमाचल प्रदेश, उत्तरी उत्तर प्रदेश, सिक्किम एवं पूर्वी भारत के सातों राज्य (अरुणाचल प्रदेश, त्रिपुरा, मणिपुर, नागालैण्ड, मिजोरम, मेघालय तथा असम) आते हैं. नागा, कुकी, लुशाई, मिशमी, मिजो, गारो, खासी, अबोर,

भोंटिया, थारू, राजी, खस गद्दी आदि इस क्षेत्र की प्रमुख जनजातियाँ हैं.

(ii) **मध्य क्षेत्र**—इस पट्टी के अन्तर्गत पश्चिम बंगाल, उड़ीसा, झारखण्ड, दक्षिणी उत्तर प्रदेश, दक्षिणी राजस्थान, गुजरात, छत्तीसगढ़, मध्य प्रदेश तथा महाराष्ट्र आते हैं. क्षेत्र विस्तार एवं जनजातीय जनसंख्या के दृष्टिकोण से मध्य क्षेत्र का स्थान तीनों क्षेत्रों में सर्वप्रथम है. संथाल, मुण्डा, उराँव, असुर, हो, बैगा, गोंड, खोंड, खरिया, कमार, कोरकू, भील, मीणा, गरासिया, सेहरिया, दुबला, वारली इत्यादि इन क्षेत्रों की प्रमुख जनजातियाँ हैं.

(iii) **दक्षिणी क्षेत्र**—इस पट्टी के अन्तर्गत आन्ध्र प्रदेश, तमिलनाडु, कर्नाटक, केरल तथा अण्डमान-निकोबार द्वीप समूह एवं लक्षद्वीप आते हैं. चेंचू, कोया, कापू, थेनाडी, टोटा, कोटा, बड़ागा, कुरूँबा, इरूला, पानियान, कादर, ओंग, जरावा, निकोबारी, अण्डमानी आदि इस क्षेत्र की प्रमुख जनजातियाँ हैं.

प्रजातीय विभेद के दृष्टिकोण से भारतीय जनजाति को मुख्यतः तीन वर्गों में बाँटा गया है.

(i) **निग्रिटो** (The Negrito)—निग्रिटो को भारत का प्राचीनतम प्रजाति तत्व माना गया है और 'कादर' जनजाति इसके प्रतिनिधि बताए गए हैं. यह सबसे अल्प संख्या में भारत में मौजूद हैं. इस प्रजाति की अधिकांश जनसंख्या अण्डमान एवं निकोबार द्वीपसमूह में संकेन्द्रित है. इस प्रजाति तत्व का प्रतिनिधित्व करने वाले मुख्य जनजाति अण्डमानी, ओंग, जरावा, सेण्टिनलीज है.

(ii) **प्रोटो आस्ट्रेलॉयड** (The Proto Australoid)—मध्य क्षेत्र एवं दक्षिणी क्षेत्र के जनजातियों को प्रोटो आस्ट्रेलॉयड प्रजाति के साथ जोड़ा गया है.

(iii) **मँगोलॉयड** (The Mangoloid)—उत्तर-पूर्वी क्षेत्र के जनजातियों को मँगोलॉयड प्रजाति के साथ जोड़ा गया है.

भारतीय जनजातियों के प्रजाति विभेद के सम्बन्ध में यहाँ यह बताना आवश्यक है कि चूँकि भारत में वृहत् पैमाने पर प्रजातीय सम्मिश्रण हुआ है अतः प्रजातीय दृष्टि से भारत की जनजातियों को किसी भी निश्चित प्रजाति वर्ग में नहीं रखा जा सकता है. ऊपर जिन प्रकारों का उल्लेख किया गया है उनमें भी सभी जनजातियों को समाहित नहीं किया जा सकता है. जैसे—नीलगिरी में टोडाओं की प्रजाति अभी तक तय नहीं की जा सकी है.

भारतीय जनजातियों के तीन भौगोलिक क्षेत्रों के अनुरूप ही तीन भाषाई क्षेत्र भी हैं. उत्तर-पूर्वी क्षेत्र की अधिकांश जनजातियाँ चीनी-तिब्बती और तिब्बती-बर्मी भाषा-समूह की भाषाएँ बोलती हैं. इस क्षेत्र की ही कुछ जनजातियाँ आस्ट्रिक प्रकार की मोन-ख्मेर भाषाओं की मिश्रित भाषा भी बोलती है. मध्य क्षेत्र की जनजातियाँ मुख्यतः ऑस्ट्रिक भाषा-समूह की भाषाएँ प्रयोग करती हैं, लेकिन उराँव, कोलाय, खोंड, गोंड जैसी जनजातियाँ द्रविड़ भाषा-समूह की भाषाएँ बोलती हैं. छोटा नागपुर क्षेत्र में ऑस्ट्रिक परिवार की अभिश्लेषी मुण्डा भाषाएँ बोली जाती हैं. दक्षिणी भारत की जनजातियाँ किसी-न-किसी प्रकार की द्रविड़ भाषा समूह (तमिल, तेलगु, मलयालम, कन्नड़ आदि) की भाषाएँ बोलती हैं.

व्यावसायिक दृष्टिकोण से भी भारतीय जनजातियों में अत्यधिक विभिन्नता पाई जाती है. भारत में अभी भी कई जनजातियों के जीविका का आधार शिकार एवं वनोपज है. इस प्रकार की मुख्य जनजातियाँ जरावा, ओंग, चेन्चु, बिरहोर, कादर, मारिया, कुकी, बोन्डा, जुआंग एवं पालियान है. इन लोगों के शिकार करने का तरीका एवं शिकार करने में प्रयुक्त हथियार अभी तक आदिम प्रकृति के ही हैं, जबकि कुछ जनजातियाँ पशुपालन को ही मुख्य व्यवसाय के रूप में अपनाए हुए हैं. ऐसी जनजातियों में नीलगिरि के टोडा (तमिलनाडु) गुर्जर एवं बरकरवाल (जम्मू एवं कश्मीर), गद्दी एवं गुर्जर (हिमाचल प्रदेश) मालधारी एवं ऋषिपुत्र (गुजरात), भोटिया (उत्तर प्रदेश), गोलास, कुरूबस, लबादस (दक्षिण भारत) आदि प्रमुख हैं. कुछ जनजातियाँ पूर्णतः कृषि कार्यों में संलग्न है. जैसे—खासी, जयन्तिया (मेघालय), खस (जौन्सार), थारू (उत्तर प्रदेश), किन्नोरस, पेंगवाल, (हिमाचल प्रदेश), भूमिज, कोरा, भूइयाँ, संथाल, मुण्डा, उराँव, हो, खरवार, बैगा, गोंड (मध्य भारत), भील, मीणा, गरासिया, कोली महादेव, वार्लिस, ठाकुर, कोरकुस (पश्चिम भारत), कोया (आन्ध्र प्रदेश), मलयाली (तमिलनाडु) इत्यादि. वर्तमान भारत में जनजातीय जनसंख्या का सर्वाधिक भाग कृषि कार्यों में ही संलग्न है. ये मुख्यतः धान की फसल तथा लघु स्तर पर सब्जियों का उत्पादन करते हैं. अकुशल तकनीक एवं निम्न उत्पादकता वाले पहाड़ी-पठारी भूमि होने के कारण इनका उत्पादन स्तर अति निम्न है. कृषि कार्य के अतिरिक्त अनेक जनजातियाँ कुछ लघु उद्योग एवं हस्तशिल्प के कार्यों को भी सम्पादित करती हैं, जो उनकी जीविका में अतिरिक्त सहयोग करते हैं.

बढ़ती जनसंख्या एवं जीविका के पारम्परिक स्रोतों की अपर्याप्तता के कारण जनजातीय जनसंख्या का एक बड़ा भाग दैनिक मजदूर के रूप में भी कार्यरत् है. वर्तमान में कुछ उद्योग श्रम-शक्ति के लिए जनजातीय व्यक्ति-समूहों पर ही निर्भर हैं. असम एवं पश्चिम बंगाल के चाय बागानों में मुख्य रूप से छोटा नागपुर की जनजातियाँ ही श्रमिक के रूप में कार्यरत हैं. बिहार में लोहा एवं कोयला की खदानों में अधिकांश श्रमिक संथाल एवं हो जनजातियों के ही हैं. मध्य प्रदेश के मैंगनीज उद्योग में आधे-से-अधिक, जनजातीय लोग ही श्रमिक हैं.

भारत में राज्यवार वितरण के दृष्टिकोण से 1991 की जनगणना के अनुसार कुल जनजातीय जनसंख्या गोवा में सभी राज्यों से निम्न स्तर पर तथा मध्य प्रदेश में उच्चतम स्तर पर था. 1991 में केवल पंजाब और हरियाणा राज्यों में अनुसूचित जनजाति का एक भी व्यक्ति नहीं था. इसके अलावा चण्डीगढ़, दिल्ली और पाण्डिचेरी जैसे केन्द्र-शासित प्रदेशों में भी अनुसूचित जनजाति के लोग नगण्य थे. 1991 में राज्य की कुल जनसंख्या में जनजातीय जनसंख्या का सबसे अधिक प्रतिशत (94·75) मिजोरम में था. देश के चार प्रमुख राज्यों मध्य प्रदेश, उड़ीसा, गुजरात तथा राजस्थान में देश की आधे-से-अधिक जनजातीय जनसंख्या निवास करती है.

स्वतन्त्रता प्राप्ति के पश्चात् देश के सम्प्रति विकास के कारण जनजातियों में भी विकास की कुछ झलक दिखाई देती है. अब कुछ जनजातीय व्यक्ति भी समाज की मुख्य धारा में प्रतिष्ठित पदों या कार्यों को सम्पादित कर रहे हैं, परन्तु समग्र रूप में भारतीय जनजाति अभी भी अत्यधिक पिछड़ी अवस्था में ही जीवनयापन कर रही हैं. दुर्गम स्थानों में निवास होने के कारण सरकारी सहायता इन तक पहुँचाना एक दुरूह कार्य रहा है. इसलिए सरकारी योजनाओं के द्वारा ये अधिक लाभान्वित नहीं हो सके हैं. दूसरी ओर ये जनजाति अपनी जीविका के लिए जिन वनोपजों को जुटाते हैं, उनका इन्हें उचित मूल्य भी नहीं मिल पाता है. इन वनोपजों का मुख्य लाभ कुछ बिचौलिए व्यापारियों को ही मिलता है. इसलिए ये व्यक्ति समूह अभी तक निरक्षर, गरीब एवं सामाजिक-आर्थिक रूप में दीन-हीन जीवन को ही प्रदर्शित करते हैं.

अल्पसंख्यक (Minorities)

सामान्य अर्थ में, किसी निश्चित भौगोलिक सीमा के अन्दर कुछ निश्चित आधारों पर विभाजित मानव समूहों में अधिक जनसंख्या वाले मानव समूह बहुसंख्यक (Majority) तथा कम जनसंख्या वाले मानव-समूह अल्पसंख्यक (Minority) कहलाते हैं. इस दृष्टिकोण से बहुसंख्यक या अल्पसंख्यक एक सांख्यिकीय तथ्य है, परन्तु एक सामाजिक समुदाय के रूप में अल्पसंख्यक की अवधारणा इतनी सरल नहीं है.

राष्ट्रीय मानवाधिकार आयोग के अन्तर्गत् गठित अल्पसंख्यक उप-आयोग ने अल्पसंख्यकों के तहत् समाज के उन अप्रभावी (Non-dominent) मानव समूहों को शामिल किया जो अपने प्रजातीय, धार्मिक एवं भाषाई विशेषताओं तथा परम्पराओं की रक्षा के लिए प्रयासरत हों और इन आधारों पर वे समाज के अन्य समुदायों से बिलकुल अलग हों.

सामाजिक विज्ञान के अन्तर्राष्ट्रीय इनसाइक्लोपीडिया में रोज (Arnold Rose) ने अल्पसंख्यक को ऐसे समुदाय के रूप में परिभाषित किया है जो समाज में प्रजाति, राष्ट्रीयता, धर्म और भाषा के आधार पर विभेदीकृत हों और वे स्वयं अपने-आपको या समाज के अन्य समूहों द्वारा समाज से अलग समूह के रूप में समझे जाते हों.

इस प्रकार स्पष्ट है कि अल्पसंख्यक की अवधारणा एक सापेक्षिक (Relative) तथ्य है. किसी बहुसंख्यक समुदाय के सापेक्ष ही विपरीत लक्षणों को प्रदर्शित करने वाले मानव समूहों को अल्पसंख्यक की संज्ञा दी जा सकती है. इस अवधारणा में जहाँ तक समुदाय के जनसंख्यात्मक शक्ति का सवाल है, तो इस सम्बन्ध में ये स्पष्ट करना आवश्यक है कि प्रत्येक स्थिति में समुदाय विशेष के व्यक्तियों की संख्या ही निर्धारक तत्व नहीं होता. अक्सर ये देखने में आता है कि कम जनसंख्या वाले जनसमूह या बराबर जनसंख्या वाले जनसमूह में कोई एक जनसमूह भी बहुसंख्यक का पद ग्रहण कर लेता है, जैसाकि प्राचीन भारतीय समाज में स्पष्ट रूप से देखा जा सकता है. हालाँकि उस समय समाज में किसी भी प्रकार से अल्पसंख्यक या बहुसंख्यक की अवधारणा प्रचलित नहीं थी, परन्तु जिन अर्थों में हम आज इन अवधारणाओं का प्रयोग करते हैं उन अर्थों में संख्यात्मक दृष्टि से कम होते हुए भी ब्राह्मण वर्ग ही समाज में बहुसंख्यक वर्ग के रूप में स्थापित थे, जबकि अधिक संख्या होने के बाबजूद शूद्र वर्ग अल्पसंख्यक के रूप में ही जाने जा सकते हैं. ऐसी स्थितियों में इस अवधारणा का निर्धारक तत्व राजनैतिक सत्ता एवं अन्य भौतिक संसाधनों पर अधिकार ही होता है.

इसके अलावा उल्लेखनीय है कि ऊपर की परिभाषाओं में इस अवधारणात्मक निर्धारण के लिए जिन आधारों की चर्चा की गई है, उन आधारों पर निर्धारित किसी बहुसंख्यक या अल्पसंख्यक समूहों में पुनः कई आधारों पर बहुसंख्यक या अल्पसंख्यक के रूप में उप-समूहों का निर्माण होता रहता है. यह सिलसिला कई स्तरों तक आगे बढ़ता रहता है. जैसे—किसी देश में एक धार्मिक-समूह पुनः विभिन्न भाषाई समूहों में विभाजित हो सकता है. इस आधार पर कोई व्यक्ति प्रथम विभाजन में एक अल्पसंख्यक समूह का सदस्य हो सकता है, जबकि द्वितीय विभाजन में वही व्यक्ति एक बहुसंख्यक समूह का भी सदस्य हो सकता है.

इसी प्रकार से इस अवधारणात्मक निर्धारण में क्षेत्रीयता का आधार भी उतना ही प्रासंगिक है जितना कि अन्य आधार. किसी एक देश की सीमाओं के अन्दर ही किसी क्षेत्र विशेष में कोई एक समुदाय अल्पसंख्यक भी हो सकता है, जबकि देश के ग्राम्य क्षेत्रों में वह बहुसंख्यक भी हो सकता है. क्षेत्रीयता की प्रासंगिकता उन देशों में अधिक बढ़ जाती है, जो क्षेत्रफल विस्तार की दृष्टि से अत्यधिक बड़े हैं और उसमें कई भाषा, धर्म एवं जाति के लोग निवास करते हैं. जैसे—भारत, चीन, संयुक्त राज्य अमेरिका इत्यादि. सम्पूर्ण

भारत में मुस्लिम समुदाय अल्पसंख्यक के रूप में जाने जाते हैं, जबकि यह समुदाय जम्मू एवं कश्मीर राज्य में बहुसंख्यक है. इसी प्रकार ईसाई भी भारत में अल्पसंख्यक हैं, लेकिन गोआ, मेघालय, मिजोरम, नगालैण्ड आदि राज्यों में ये बहुसंख्यक हैं.

भारतीय संविधान में अल्पसंख्यक शब्द का प्रयोग तो बार-बार किया गया है, परन्तु पूरे संविधान में इसे कहीं भी परिभाषित नहीं किया गया है. भारत में इस शब्द की व्याख्या एवं परिभाषा में उच्चतम न्यायालय या विभिन्न उच्च न्यायालयों का योगदान ही महत्वपूर्ण है. न्यायालयों ने केवल भाषा एवं धर्म को ही मान्य आधारों के रूप में स्वीकार किया है. संस्कृति, वर्ण, प्रजाति एवं राष्ट्रीयता जैसे अन्य वैश्विक आधारों को भारत में अस्वीकार कर दिया गया है. भाषा एवं धर्म के आधार पर संख्यात्मक मात्रा के अनुसार ही भारत में किसी जन समुदाय को बहुसंख्यक या अल्पसंख्यक की संज्ञा दी गई है. किसी राज्य विशेष में जिस भाषाई एवं धार्मिक समुदाय का प्रतिशत आधा अर्थात् 50% से कम है वहाँ उसे अल्पसंख्यक के रूप में जाना जाता है.

संख्या एवं राजनीतिक शक्तियों के अभाव में अक्सर बहुसंख्यक समुदाय द्वारा अल्पसंख्यकों के शोषण की सम्भावना बनी रहती है. ऐसी परिस्थितियों में अक्सर अल्पसंख्यकों के अन्तर्मन में अलगाववादी भावनाएं पनपती हैं, जो किसी भी समाज के लिए एक गम्भीर खतरे की निशानी होता है. इसके अलावा अन्य समुदायों से समायोजन, संस्कृति एवं अस्तित्व की सुरक्षा, समुचित मूलाधिकारों की प्राप्ति, भेदभावपूर्ण व्यवहार इत्यादि अल्पसंख्यकों से जुड़ी प्रमुख समस्याएँ हैं. समाज के सम्पूर्ण विकास, सामाजिक न्याय की प्राप्ति, सामाजिक सौहार्द एवं बन्धुत्व में वृद्धि तथा सामाजिक समरसता की प्राप्ति हेतु अल्पसंख्यकों की इन समस्याओं का निराकरण किसी समाज एवं समुदाय के लिए अति आवश्यक होता है.

भारत में ब्रिटिश शासन के दौरान ही अल्पसंख्यकों की समस्याओं एवं अधिकार को प्रदूषित राजनीति का एक मुद्दा बना दिया गया. ब्रिटिश शासन के 'फूट डालो और राज करो' की नीति इस मुद्दे से सदा ही समृद्ध होती रही जिसकी परिणती सम्पूर्ण भारत के दो राष्ट्रों के रूप में विभाजन से हुआ. दुर्भाग्यवश यह मुद्दा स्वतंत्रता प्राप्ति के पश्चात् भी यथा रूप में आज तक चलता आ रहा है. वोट की राजनीति में प्रत्येक अल्पसंख्यक समुदाय एक 'वोट बैंक' के रूप में ही समझे जाते हैं. इसलिए वर्तमान में, अल्पसंख्यकों की वास्तविक समस्याओं के समाधान हेतु किसी कारगर उपायों को कार्यान्वित करने के बजाए प्रत्येक राष्ट्रीय एवं राज्य सरकारों द्वारा उन्हें कुछ रेवड़ियाँ ही बाँटी जा रही हैं, ताकि चुनावों के समय उनके वोट अधिकार को अपने पक्ष में किया जा सके. परिणामस्वरूप अतीत में अल्पसंख्यकों द्वारा कई घातक आन्दोलन हुए हैं और अभी भी हो रहे हैं. एक सबल भारत के निर्माण में यह एक बड़ी बाधा है.

कमजोर वर्गों के लिए संवैधानिक रक्षोपाय (Constitutional Safeguards for Weaker Sections)

1. अनुसूचित जातियों तथा जनजातियों के लिए विशेष उपबन्ध (Special Provisions for SC & ST)

भारतीय संविधान में अनुसूचित जाति तथा अनुसूचित जनजाति की कोई परिभाषा नहीं दी गई है, परन्तु संविधान के अनुच्छेद 341 तथा 342 के तहत् कौन व्यक्ति अनुसूचित जाति या जनजाति का सदस्य है यह निर्धारित करने का अधिकार राष्ट्रपति को दिया गया है. इसलिए भारत में राष्ट्रपति ही प्रत्येक राज्य के राज्यपाल से परामर्श करके अनुसूचित जातियों तथा जनजातियों की सूची तैयार करता है. हालाँकि संसद को इस सूची का पुनरीक्षण करने का अधिकार भी प्रदान किया गया है.

संविधान में अनुसूचित जाति तथा जनजाति के लिए उल्लिखित विशिष्ट उपबन्धों का विवरण निम्नलिखित है—

(i) **अनुच्छेद 15 [4]** के अनुसार, यदि कोई राज्य अनुसूचित जाति एवं जनजाति के पक्ष में कोई विशेष प्रावधान करता है, तो अन्य नागरिक ऐसे उपबन्धों की वैधता को इस आधार पर आक्षेपित नहीं कर सकते कि वे उपबन्ध उनके प्रति विभेदकारी है या अनुच्छेद 15 का उल्लंघन है.

(ii) **अनुच्छेद 19 [5]** के अन्तर्गत राज्य को यह अधिकार दिया गया है कि—वह अनुसूचित जातियों तथा जनजातियों के हितों की सुरक्षा के लिए इन क्षेत्रों में विशेष निर्बन्धन (Prohibition) अधिरोपित कर सकें. राज्य यह व्यवस्था कर सकता है कि अन्य नागरिक इन क्षेत्रों में आने-जाने, रहने, बसने तथा सम्पत्ति खरीदने, रखने और बेचने का अधिकार विनिर्दिष्ट प्रशासनिक अधिकारी की सहमति से ही विशेष दशा में प्राप्त कर सकते हैं या नहीं कर सकते हैं.

(iii) **अनुच्छेद 335** के तहत् यह प्रावधान किया गया है कि संघ या राज्य सरकार से सम्बन्धित सेवाओं और पदों पर नियुक्ति के समय अनुसूचित जातियों और जनजातियों के दावों को यथासम्भव ध्यान में रखा जाएगा.

(iv) **अनुच्छेद 46** में राज्य की ओर से कमजोर वर्गों खासकर अनुसूचित जातियों तथा अनुसूचित जनजातियों को आर्थिक और शिक्षा सम्बन्धी विशेष सुविधाएँ देने की व्यवस्था की गई है.

(v) **अनुच्छेद 338** के तहत् राष्ट्रपति को अनुसूचित जातियों तथा जनजातियों के लिए एक राष्ट्रीय आयोग नियुक्त करने का अधिकार दिया गया है.

(vi) **अनुच्छेद 339 [2]** के द्वारा संघ की कार्यपालिका को किसी राज्य की अनुसूचित जनजातियों के कल्याण के लिए आवश्यक योजनाओं को बनाने तथा कार्यान्वयन के सम्बन्ध में निर्देश देने का अधिकार दिया गया है. सरकार के इस कार्य में संसद के सदस्यों तथा जनता को सहभागी बनाने के लिए तीन संसदीय समितियाँ स्थापित की गई हैं. ये समितियाँ भारत सरकार को इस सम्बन्ध में आवश्यक सलाह देती हैं. **अनुच्छेद 275 [1]** में इन कल्याण योजनाओं के समुचित क्रियान्वयन के लिए वित्तीय सहायता का उपबन्ध किया गया है.

(vii) **अनुच्छेद 164** में उल्लिखित है कि बिहार, मध्य प्रदेश एवं उड़ीसा राज्य में अनुसूचित जनजातियों के कल्याण का प्रभारी एक मंत्री होगा. यह मंत्री अनुसूचित जातियों एवं अन्य पिछड़े वर्गों के कल्याण का प्रभारी भी हो सकता है. व्यवहार में ऐसे कल्याण मंत्रालय एवं प्रभारी मंत्री की व्यवस्था इन तीन राज्यों के साथ-साथ अन्य राज्यों में भी की गई है.

(viii) **अनुच्छेद 330, 332, 334** के द्वारा संसद एवं विधानसभाओं में अनुसूचित जातियों एवं जनजातियों के लिए स्थानों के आरक्षण एवं विशिष्ट प्रतिनिधित्व के लिए उपबन्ध किया गया है. मूल संविधान में यह उपबन्ध दस वर्षों के लिए ही किया गया था, परन्तु संविधान का 8वाँ, 23वाँ, 45वाँ, 62वाँ तथा 79वाँ संशोधन अधिनियमों द्वारा इसे 10-10 वर्षों की अवधि के लिए बढ़ाया गया है. इसलिए यह उपबन्ध वर्तमान में भी लागू है. 1999 में लोक सभा के 545 स्थानों में से 81 अनुसूचित जातियों तथा 49 अनुसूचित जनजातियों के प्रतिनिधियों के लिए आरक्षित थे. सभी राज्यों के विधान सभाओं के 3991 स्थानों में से 548 अनुसूचित जातियों के लिए तथा 527 अनुसूचित जनजातियों के प्रतिनिधियों के लिए आरक्षित थे.

अनुसूचित क्षेत्र एवं जनजाति क्षेत्रों का प्रशासन (Administration of Scheduled and Tribal Areas)

संविधान के दसवें भाग में उल्लिखित अनुच्छेद 244 के अलावा अनुच्छेद 339 तथा 5वीं एवं 6वीं अनुसूची में अनुसूचित तथा जनजातीय क्षेत्रों के प्रशासन के बारे में कुछ विशेष प्रावधान वर्णित हैं. इन प्रावधानों के तहत् राष्ट्रपति को यह अधिकार दिया गया है कि वह संघीय क्षेत्र या राज्य में स्थित किसी भी क्षेत्र को अनुसूचित और जनजाति क्षेत्र घोषित कर सकता है.

5वीं अनुसूची में निहित प्रावधान

राष्ट्रपति को प्रदत्त उपर्युक्त अधिकार के तत्वावधान में राष्ट्रपति द्वारा, असम, मेघालय, त्रिपुरा तथा मिजोरम राज्य के अलावा आन्ध्र प्रदेश, झारखण्ड, गुजरात, मध्य प्रदेश, महाराष्ट्र, उड़ीसा तथा राजस्थान के कुछ क्षेत्रों को अनुसूचित एवं जनजाति क्षेत्र घोषित किया गया है. इन क्षेत्रों के प्रशासन के बारे में 5वीं अनुसूची में निम्न प्रावधान किए गए हैं—

(क) संसद या राज्य विधानसभा का कोई विधान इस क्षेत्र में लागू नहीं होगा या उपान्तरित होकर लागू होगा. इस सम्बन्ध में राज्यपाल को विशिष्ट निर्देश देने का अधिकार होगा.

(ख) राज्यपाल इन क्षेत्रों में भूमि के आवन्टन या भूमि के अन्तरण या व्यवसाइयों के कारोबार का विनियमन कर सकेगा.

(ग) राज्यपाल को अनुसूचित जनजातियों से सम्बन्धित कल्याण के लिए सलाह देने हेतु 'जनजाति सलाहकार परिषदों' का गठन किया जाएगा.

(घ) इन क्षेत्रों के प्रशासन के बारे में राष्ट्रपति के माँगने पर राज्यपाल राष्ट्रपति को प्रतिवेदन भेजेगा.

(ङ) संघ की कार्यपालिका शक्ति का विस्तार इन क्षेत्रों के प्रशासन के बारे में निर्देश देने तक होगा.

6वीं अनुसूची में निहित प्रावधान

राष्ट्रपति द्वारा केवल असम, मेघालय, त्रिपुरा तथा मिजोरम राज्य में घोषित अनुसूचित एवं जनजातीय क्षेत्रों के प्रशासन के बारे में संविधान की 6वीं अनुसूची में विशेष प्रावधान वर्णित हैं. ये विशिष्ट प्रावधान निम्नलिखित हैं—

(क) ये जनजाति क्षेत्र स्वशासी जिले के रूप में प्रशासित होंगे.

(ख) इन क्षेत्रों में जिला परिषद् तथा प्रादेशिक परिषदों का गठन किया जाएगा.

(ग) जिला परिषद् तथा प्रादेशिक परिषद् पृथक् निकाय के रूप में कार्य करेगा. इन्हें कुछ निर्दिष्ट क्षेत्रों में विधायी अधिकार भी होगा.

(घ) इन परिषदों को भू-राजस्व के निर्धारण, संग्रहण तथा कुछ विशिष्ट करों को लगाने का अधिकार भी होगा.

(ङ) राज्यपाल द्वारा इन परिषदों को कुछ न्यायिक शक्ति का हस्तांतरण भी किया जा सकता है.

अनुसूचित जाति तथा जनजाति आयोग (Schedule Caste & Tribe Commission)

सन् 1990 में पारित संविधान के 65वें संशोधन अधिनियम द्वारा अनुच्छेद 338 का सीमित संशोधन करते हुए एक स्थायी 'अनुसूचित जाति एवं जनजाति आयोग' की

स्थापना की गई है. इस आयोग का गठन राष्ट्रपति द्वारा किया जाता है जिसमें एक अध्यक्ष, एक उपाध्यक्ष तथा पाँच अन्य सदस्य होते हैं. इस आयोग को सौंपे गए कार्यों में मुख्य कार्य निम्नलिखित हैं—

(क) अनुसूचित जाति तथा जनजाति के लिए प्रावधानित पूर्वगामी संवैधानिक रक्षोपायों के क्रियान्वयन का सम्पूर्ण अन्वेषण करना.

(ख) अन्वेषण से सम्बन्धित अपनी रिपोर्ट को प्रतिवर्ष राष्ट्रपति के पास भेजना.

(ग) इन जाति तथा जनजाति के सदस्यों द्वारा की गई शिकायतों की जाँच करना.

(घ) इन जाति तथा जनजाति के सदस्यों के सामाजिक तथा आर्थिक विकास की प्रक्रिया में सहयोग करना तथा प्रगति का मूल्यांकन करना इत्यादि.

उल्लेखनीय है कि केन्द्रीय सरकार (वाजपेयी सरकार) ने एक अति महत्वपूर्ण निर्णय के तहत् अनुसूचित जाति एवं जनजाति आयोग को पृथक् करने का फैसला किया. इस निर्णय के तत्वावधान में 26 फरवरी, 2004 को केन्द्र सरकार ने अनुसूचित जातियों के लिए एक पृथक् **'राष्ट्रीय अनुसूचित जाति आयोग'** का गठन किया. उसके प्रथम अध्यक्ष के रूप में राजनेता सूरजभान की नियुक्ति की गई. इसी प्रकार केन्द्रीय सरकार ने मार्च 2004 में एक पृथक् **'राष्ट्रीय अनुसूचित जनजाति आयोग'** का भी गठन किया. इसके प्रथम अध्यक्ष के रूप में कुँवर सिंह तथा उपाध्यक्ष के रूप में तापिरगाओ की नियुक्ति की गई.

2. अल्पसंख्यकों के लिए विशेष उपबन्ध (Special Provisions for Minorities)

भारतीय संविधान में अल्पसंख्यकों के हितों की सुरक्षा के लिए जो उपबन्ध किए गए हैं वे निम्नलिखित हैं—

(i) **अनुच्छेद 15** के द्वारा धर्म, मूलवंश, जाति, लिंग या जन्म स्थान के आधार पर विभिन्न जन समुदायों के बीच किसी भी प्रकार के विभेद का प्रतिषेध किया गया है.

(ii) **अनुच्छेद 29 (1)** में यह उल्लिखित है कि प्रत्येक राज्य या उसके किसी विशेष निवासी समुदाय को जिसकी अपनी विशेष भाषा, लिपि या संस्कृति है, उसे बनाए रखने का पूर्ण अधिकार होगा. राष्ट्रभाषा के रूप में हिन्दी के विकास से या प्राथमिक शिक्षा के राष्ट्रीय स्वरूप को लागू करके अनुच्छेद 29-30 द्वारा प्रत्याभूत अल्पसंख्यक समुदाय के भाषायिक अधिकार का हनन नहीं किया जा सकता है.

(iii) **अनुच्छेद 350 (क)** के द्वारा यह व्यवस्था की गई है कि प्रत्येक राज्य भाषाई अल्पसंख्यक समुदाय के बच्चों को प्राथमिक शिक्षा मातृभाषा में उपलब्ध करवाने के लिए पर्याप्त सुविधाओं की व्यवस्था करेगा. राष्ट्रपति को इस उद्देश्य की प्राप्ति हेतु राज्यों को आवश्यक निर्देश देने का भी अधिकार दिया गया है.

(iv) **अनुच्छेद 350 (ख)** के द्वारा राष्ट्रपति को भाषाई अल्पसंख्यकों के लिए उपबंधित रक्षोपायों से सम्बन्धित सभी विषयों के अन्वेषण के लिए एक विशेष अधिकारी नियुक्त करने का अधिकार दिया गया है.

(v) **अनुच्छेद 29 (2)** में यह प्रावधान है कि राज्य द्वारा संचालित था. राज्य निधि से सहायता प्राप्त किसी शिक्षा संस्थान में प्रवेश से किसी भी नागरिक को केवल धर्म, मूलवंश, जाति या भाषा के आधार पर वंचित नहीं किया जा सकता है.

(vi) **अनुच्छेद 30 (1)** के द्वारा सभी अल्पसंख्यकों को अपनी रुचि की शिक्षा संस्थाएँ स्थापित करने और उनके प्रशासन का अधिकार दिया गया है.

(vii) **अनुच्छेद 30 (2)** के द्वारा अल्पसंख्यकों से सम्बन्धित शिक्षा संस्थानों को राज्य द्वारा पर्याप्त वित्तीय सहायता देने का प्रावधान किया गया है.

(viii) **अनुच्छेद 16 (2)** के द्वारा सरकारी नियुक्तियों के सम्बन्ध में विभिन्न व्यक्तियों के बीच धर्म, मूलवंश, जाति के आधार पर किसी भी प्रकार के विभेद के प्रतिषेध का प्रावधान किया गया है.

इस प्रकार अनुच्छेद 15, 29, 30, 350 (क) एवं (ख) द्वारा अल्पसंख्यकों की सुरक्षा के लिए पर्याप्त उपबंध किए गए हैं.

राष्ट्रीय अल्पसंख्यक आयोग (National Minority Commission)

17 मई, 1992 को संसद ने राष्ट्रीय अल्पसंख्यक आयोग अधिनियम पारित किया. इस अधिनियम में एक स्थायी अल्प-संख्यक आयोग संघ तथा राज्य स्तर पर संस्थापित करने के प्रावधान के अलावा अल्पसंख्यकों के बारे में कहा गया है कि जिस समुदाय को केन्द्र सरकार अल्पसंख्यक के रूप में घोषित करें वही अल्पसंख्यक है. इस अधिनियम द्वारा इस आयोग को सौंपे गए कार्यों में से मुख्य कार्य निम्नलिखित हैं—

(i) संघ और राज्यों के अधीन अल्पसंख्यकों के विकास की प्रगति का मूल्यांकन करना.

(ii) संविधान में और संसद तथा राज्य विधान सभाओं द्वारा पारित विधियों में प्रावधानित रक्षोपायों का पर्यवेक्षण करना.

(iii) केन्द्र सरकार या राज्य सरकारों द्वारा अल्पसंख्यकों के हितों के संरक्षण के लिए रक्षोपायों के प्रभावी कार्यान्वयन के लिए सिफारिशें करना.

(iv) अल्पसंख्यकों को उनके अधिकारों और रक्षोपायों से वंचित करने के बारे में व्यक्तिगत शिकायतों की जाँच करना और ऐसे मामलों को विहित अधिकारियों के समक्ष प्रस्तुत करना.

(v) अल्पसंख्यकों के विरुद्ध किसी भी विभेद के कारण उत्पन्न समस्याओं का अध्ययन करना और उनके समुचित समाधान के लिए विकल्पों की सिफारिश करना.

(vi) अल्पसंख्यकों के सामाजिक, आर्थिक और शैक्षिक विकास से सम्बन्धित विषयों का अध्ययन, अनुसंधान और विश्लेषण करना.

(vii) किसी अल्पसंख्यक समुदाय के लिए केन्द्र या राज्य सरकार द्वारा उठाए जाने वाले आवश्यक कदमों का सुझाव देना.

(viii) अल्पसंख्यकों से सम्बन्धित समस्याओं पर केन्द्रित सरकार को समयबद्ध या विशेष प्रतिवेदन देना.

(ix) कोई अन्य विषय जो केन्द्रीय सरकार द्वारा उसे निर्दिष्ट किया जाए.

3. पिछड़े वर्गों के लिए विशेष उपबन्ध (Special Provisions for Backward Classes)

संविधान में पिछड़े वर्गों को भी परिभाषित नहीं किया गया है, परन्तु प्रायः पिछड़े वर्गों के अन्तर्गत उन समुदायों को शामिल किया जाता है जो सामाजिक तथा शैक्षणिक दृष्टि से पिछड़े हों. पिछड़े वर्गों का निर्धारण केन्द्र तथा राज्य सरकारों द्वारा किया जाता है. संविधान में इन वर्गों के कल्याण हेतु दो विशिष्ट उपबन्ध हैं—

(i) **अनुच्छेद 164 [1]** के तहत् पिछड़े वर्गों के कल्याण के लिए एक प्रभारी मंत्री की नियुक्ति का प्रावधान किया गया है.

(ii) **अनुच्छेद 340** में पिछड़े वर्ग की दशाओं के अन्वेषण के लिए आयोग की नियुक्ति के बारे में उपबन्ध हैं. ऐसे आयोगों की नियुक्ति राष्ट्रपति द्वारा की जाती है तथा वही आयोग की रूपरेखा भी निर्धारित करता है.

उपर्युक्त अधिकार के तहत राष्ट्रपति द्वारा अभी तक दो पिछड़ा वर्ग आयोगों का गठन किया गया है.

(क) **कालेलकर आयोग**—पहला आयोग जनवरी 1953 में काका कालेलकर की अध्यक्षता में गठित किया गया था. इस आयोग को तीन मुख्य कार्य सौंपे गए थे. पहला, पिछड़े वर्ग के निर्धारण के लिए आधारों का अन्वेषण तैयार करना. दूसरा, पूरे भारत के लिए पिछड़े समुदायों की सूची तैयार करना तथा तीसरा, इन वर्गों की स्थिति सुधारने के लिए सिफारिशें करना. इस आयोग की सिफारिशों को अमान्य कर दिया गया. केवल इस आयोग द्वारा निर्दिष्ट पिछड़े वर्गों की सूची को ही कुछ हद तक मान्यता दी गई. अतः राज्य सरकारों को यह आदेश तथा अधिकार दिया गया कि वे अपने राज्यों में इस सूची के पिछड़े वर्गों की पर्याप्त सहायता करें.

(ख) **मण्डल आयोग**—दूसरा आयोग सितम्बर 1978 में वी. पी. मण्डल की अध्यक्षता में गठित किया गया. इस आयोग द्वारा पिछड़े वर्गों के कल्याण हेतु की गई अधिकांश सिफारिशों को सरकार ने स्वीकार कर लिया. काफी जद्दोजहद के बाद केन्द्र सरकार ने इस आयोग की सिफारिश के आधार पर पिछड़ी जातियों के लिए केन्द्रीय सरकारी नौकरियों में 9 सितम्बर, 1993 से 27% स्थान आरक्षित कर दिया गया है. बाद में इस नीति का अनुसरण कई राज्यों द्वारा भी किया गया.

राष्ट्रीय पिछड़ा वर्ग आयोग (National Backward Class Commission)

सन् 1993 में संसद ने पिछड़े वर्गों के कल्याण हेतु 'राष्ट्रीय पिछड़ा वर्ग आयोग' अधिनियम पारित किया. इसके तहत् अगस्त 1993 में पाँच सदस्यों वाली एक स्थायी राष्ट्रीय पिछड़ा वर्ग आयोग गठित की गई है. इस आयोग के प्रथम अध्यक्ष आर. एन. प्रसाद थे. इस आयोग को निम्नलिखित कार्य सौंपे गए हैं—

(i) पिछड़े वर्गों की दशाओं तथा समस्याओं का अन्वेषण करना.

(ii) इन वर्गों की स्थिति सुधारने के लिए राष्ट्रपति से उपायों की सिफारिश करना.

(iii) इन वर्गों की स्थिति सुधार हेतु वित्तीय अनुदान के लिए सिफारिश करना इत्यादि.

4. आँग्ल-भारतीय समुदाय के लिए विशेष उपबंध (Special Provision for Anglo-Indian Community)

भारतीय संविधान के अनुच्छेद 366 [2] में आँग्ल-भारतीय समुदाय को परिभाषित करते हुए कहा गया है कि—"ऐसा व्यक्ति जिसका पिता या पितृ-परम्परा में कोई अन्य पुरुष जनक यूरोपीय मूल का है या था, किन्तु जो भारत के राज्यक्षेत्र में अधिवासी है और जो ऐसे राज्यक्षेत्र में ऐसे माता-पिता से जन्मा है या जन्मा था जो वहाँ साधारणतया निवासी रहे हैं और केवल अस्थायी प्रयोजनों के लिए वास नहीं कर रहे हैं."

संविधान के सोलहवें भाग में इन आँग्ल-भारतीय समुदाय के लिए विशेष उपबन्धों का विवरण है. इस भाग के अनुच्छेद 331 में लोकसभा में आँग्ल-भारतीय समुदाय का प्रतिनिधित्व,

अनुच्छेद 333 में राज्य की विधान सभाओं में आँग्ल-भारतीय समुदाय का प्रतिनिधित्व तथा अनुच्छेद 336 के तहत् कुछ सेवाओं में इस समुदाय के लिए विशेष उपबन्ध की व्यवस्था की गई है. अनुच्छेद 331 के तहत् ही राष्ट्रपति द्वारा लोकसभा में दो आँग्ल-भारतीय सदस्य मनोनीत किए जाते हैं. अनुच्छेद 333 के तहत् राज्य की विधान सभाओं में राज्यपाल द्वारा एक-एक आँग्ल-भारतीय सदस्य मनोनीत किए जाते हैं.

महत्वपूर्ण तथ्य (Important Facts)

- विवेकानन्द का विचार था कि "स्त्रियों की अवस्था में सुधार हुए बिना विश्व के कल्याण का कोई दूसरा मार्ग नहीं है."
- भारतीय संविधान में स्त्री-पुरुषों के समान अधिकारों को मान्यता दी गई, तो दूसरी ओर सामाजिक कानूनों के द्वारा स्त्रियों को विवाह और सम्पत्ति के क्षेत्र में पुरुषों के समान अधिकार दिए गए.
- नॉरमन लॉग का कथन है कि "उद्यमिता का अभिप्राय उद्यम तथा निर्णय की एक ऐसी जटिल प्रक्रिया से है जिसका उद्देश्य किसी आर्थिक क्रिया अथवा इकाई का प्रसार करना होता है."
- दूसरे शब्दों में कहा जा सकता है कि उद्यमिता एक ऐसी दशा है जो किसी उद्यमी अथवा उद्यमियों की प्रकृति तथा उनके द्वारा की जाने वाली क्रियाओं का बोध कराती है.
- शुम्पीटर का मत है, "एक उद्यमी वह व्यक्ति है जो देश की अर्थव्यवस्था में उत्पादन की किसी नई विधि को जोड़ता है, कोई ऐसा उत्पादन करता है जिससे उपभोक्ता पहले परिचित न हो, किसी तरह के नए स्रोत अथवा नए बाजारों की खोज करता है अथवा अपने अनुभवों के आधार पर उत्पादन के नए तरीकों को उपयोग में लाता है."
- साधारण शब्दों में कहा जा सकता है कि उद्यमी व्यक्ति वह है जो उत्पादन करने अथवा उत्पादन का विस्तार करने के लिए निर्णय लेने में स्वतन्त्र होता है तथा सही निर्णय के प्रतिफल के रूप में लाभ प्राप्त करता है.
- भारत में महिला उद्यमिता का तात्पर्य मुख्यतः किसी नए उद्योग के संचालन तथा उसकी व्यवस्था करने से ही है.
- विवेकानन्द का कहना है, "मानव उच्चता को कोई धर्म इतने सुन्दर रूप से व्यक्त नहीं करता जितना कि हिन्दू धर्म और किसी धर्म में मानव का इतना अद्योपतन भी देखने को नहीं मिलता जितना हिन्दू धर्म में."
- भारतीय संविधान के अनुच्छेद 341 के द्वारा राष्ट्रपति को यह अधिकार दिया गया है कि वह विभिन्न राज्यों के राज्यपालों से परामर्श करके प्रत्येक राज्य में उन जातियों की घोषणा करे जिन्हें धार्मिक, सामाजिक और आर्थिक आधारों पर शताब्दियों से अपने अधिकारों से वंचित किया जाता रहा था. इस प्रकार ऐसी जातियों की एक विस्तृत अनुसूची तैयार की गई. इस सूची में जिन जातियों को सम्मिलित किया गया. उन्हीं को 'अनुसूचित जातियाँ' कहा जाता है.
- जनजाति एक ऐसा मानव-समूह है जिसके सदस्य एक विशेष भू-भाग पर निवास करते हैं तथा जिनकी भाषा, धर्म, सामाजिक संस्थाएँ एवं जीवनयापन के ढंग सभ्य समुदायों से भिन्न होते हैं. ऐसे मानव-समूहों को कभी-कभी वनवासी अथवा 'आदिवासी' भी कह दिया जाता है.
- अनुसूचित जातियों के सामाजिक एवं आर्थिक विकास के लिए प्रतियोगिता के द्वारा की जाने वाली भर्ती में उनके लिए 15 प्रतिशत आरक्षण की व्यवस्था है, जबकि बिना प्रतियोगिता वाली भर्ती में अनुसूचित जातियों के लिए 16·66 स्थान आरक्षित हैं.
- सरकार के अनेक प्रयत्नों के बाद भी आज प्रतियोगी परीक्षाओं से सम्बन्धित नौकरियों में अनुसूचित जातियों का प्रतिशत 10·5 है.
- 'अनुसूचित जाति' का प्रथम प्रयोग 'साइमन आयोग' द्वारा किया गया था. इसके बाद 'भारत शासन अधिनियम 1935' में इस शब्द का विस्तृत प्रयोग किया गया.
- प्राचीन भारतीय विधिशास्त्री मनु ने इन जातियों के लिए 'स्वपच' शब्द का प्रयोग किया.
- पिछड़ी जातियों को महात्मा गांधी ने 'हरिजन' कहकर पुकारा, तो वहीं पर अम्बेदकर ने इसके लिए 'दलित वर्ग' का प्रयोग किया.
- सन् 2001 की जनगणना के अनुसार भारत की जनसंख्या का लगभग एक चौथाई भाग अनुसूचित जातियों का है.
- भारतीय संविधान की पाँचवी अनुसूची में इन जनजातियों को सम्मिलित किया गया है.
- 1971 में पाँचवीं सूची में 527 जनजातियाँ शामिल थीं. 1950 में यह संख्या मात्र 212 था. वर्तमान में यह 550 है.
- अल्पसंख्यक वर्ग को परिभाषित करते हुए कहा जा सकता है कि किसी निश्चित भौगोलिक सीमा के अन्दर कुछ निश्चित आधारों पर विभाजित मानव समूहों में अधिक जनसंख्या वाले मानव-समूह बहुसंख्यक तथा कम जनसंख्या वाले मानव-समूह अल्पसंख्यक कहलाते हैं.

- भारतीय संविधान के अनुच्छेद 338 के तहत् राष्ट्रपति को अनुसूचित जातियों तथा जनजातियों के लिए एक राष्ट्रीय आयोग नियुक्त करने का अधिकार दिया गया है.
- सन् 1990 में पारित संविधान के 65वें संशोधन अधिनियम द्वारा अनुच्छेद 338 का सीमित संशोधन करते हुए एक स्थायी 'अनुसूचित जाति एवं जनजाति आयोग' की स्थापना की गई है.
- इस आयोग का गठन राष्ट्रपति द्वारा किया जाता है जिसमें एक अध्यक्ष, एक उपाध्यक्ष तथा पाँच अन्य सदस्य होते हैं.
- भारतीय संविधान के अनुच्छेद 15 के द्वारा धर्म-मूलवंश जाति, लिंग या जन्म स्थान के आधार पर विभिन्न जन-समुदायों के बीच किसी भी प्रकार के विभेद का प्रतिषेध किया गया है.
- 17 मई, 1992 को संसद ने राष्ट्रीय अल्पसंख्यक आयोग अधिनियम पारित किया.
- भारतीय संविधान के अनुच्छेद 164 [1] के तहत् पिछड़े वर्गों के कल्याण के लिए एक प्रभारी मंत्री की नियुक्ति का प्रावधान किया गया है.
- योजना आयोग के अनुसार भारत में नियोजन का उद्देश्य एक ऐसी सामाजिक व्यवस्था की स्थापना करना है जिसमें सभी व्यक्तियों को सामाजिक न्याय तथा अवसरों की समानता मिल सके.
- योजना आयोग के अनुसार, "समाज कल्याण कार्य का तात्पर्य समाज के पीड़ित वर्गों के कल्याण और राष्ट्रीय विकास के आधारभूत पक्षों पर बल देने से है."
- भारत में समाज कल्याण सम्बन्धी कार्यक्रमों को योजना-बद्ध ढंग से पूरा करने के लिए 1953 में ही एक 'केन्द्रीय समाज-कल्याण बोर्ड' की स्थापना की गई.
- मार्क्स ने श्रमिकों को 'सामाजिक संरचना की नींव' कहा है.
- भारतीय खान अधिनियम 1952 के द्वारा स्त्रियों को खान के अन्दर काम करने पर प्रतिबन्ध लगा दिया गया.
- स्त्री-श्रमिकों के कल्याण में वृद्धि के लिए सबसे महत्व-पूर्ण अधिनियम, 1961 में पास हुआ. जिसे 'मातृत्व हितलाभ अधिनियम' कहा जाता है.
- सन् 1948 में 'कर्मचारी राज्य बीमा अधिनियम' पास किया गया, जिसके द्वारा चिकित्सा, बीमारी, मातृत्व, असमर्थता और आश्रित हित लाभ के रूप में श्रमिकों को अधिक सुविधा प्रदान की गई.
- सन् 1952 में कर्मचारी निर्वाह निधि अधिनियम पास किया गया. इसके द्वारा श्रमिकों को अपनी मजदूरी के अतिरिक्त भी कुछ आर्थिक सहायता मालिकों की ओर से प्राप्त होती है.

वस्तुनिष्ठ प्रश्न

निर्देश–(प्रश्न 1 से 6 तक) नीचे दो वक्तव्य दिए हैं. एक को कथन (A) दूसरे को कारण (R) कहा गया है. इन दोनों वक्तव्यों का सावधानीपूर्वक परीक्षण कर इन प्रश्नांशों का उत्तर नीचे दिए गए कूट की सहायता से चुनिए–

कूट :

(A) (A) और (R) दोनों सही हैं, तथा (R), (A) का सही स्पष्टीकरण है

(B) (A) और (R) दोनों सही हैं, परन्तु (R), (A) का सही स्पष्टीकरण नहीं है

(C) (A) सही है, परन्तु (R) गलत है

(D) (A) गलत है, परन्तु (R) सही है

1. **कथन (A) :** भारत का संविधान बनाते समय, अनुसूचित जातियों को एक निश्चित समय के लिए नौकरियों में आरक्षण देने का ध्यान रखा गया.

   कारण (R) : नौकरियों में आरक्षण का संवैधानिक प्रावधान के होते हुए भी अनुसूचित जातियों का एक निश्चित समय में सामाजिक आर्थिक उत्थान नहीं हो पाया.

2. **कथन (A) :** स्वतन्त्रता पूर्व के भारत में पिछड़ी जातियों का आन्दोलन सम्पूर्ण देश को प्रभावित करने के लिए कभी भी पर्याप्त सशक्त नहीं था.

   कारण (R) : विभिन्न पिछड़ी जातियों में गम्भीर आन्तरिक वैभिन्य थे और वे कभी साथ-साथ काम नहीं कर सकते थे.

3. **कथन (A) :** भुगतान वाले श्रम बाजार में महिला-जनसंख्या के नौकरियों के अवसर जितने अधिक हैं उतनी ही परिवार नियोजन की स्वीकृति की दर अधिक है.

   कारण (R) : अवसर और बच्चे पर लागत माँ की रोजगार प्रस्थिति के सीधे समानुपाती होती है.

4. **कथन (A) :** आज भारतवर्ष में महिलाएँ सभी क्षेत्रों में पुरुषों के समान अवसरों का उपयोग करती हैं.

   कारण (R) : भारत का संविधान महिलाओं के प्रति किसी भी प्रकार के भेदभाव का निषेध करता है.

5. **कथन (A) :** राज्य अनुसूचित जातियों और अनुसूचित जनजातियों के शैक्षिक तथा आर्थिक हितों का विशेष ध्यान देते हुए संवर्धन करता है.

कारण (R) : कमजोर तथा अल्पसुविधा प्राप्त वर्गों की शोषण से रक्षा तथा सामाजिक न्याय का संवर्धन कल्याणकारी राज्य के प्राथमिक प्रकार्यों में है.

6. **कथन (A) :** भारत सरकार द्वारा स्वतन्त्रता के बाद अनुसूचित जातियों/जनजातियों के लिए अपनाई गई संरक्षात्मक भेदभाव की नीति आज अत्यधिक विवादास्पद हो गई है.

   कारण (R) : शैक्षणिक संस्थाओं तथा व्यावसायिक क्षेत्रों में अनुसूचित जाति/अनुसूचित जनजाति के लिए आरक्षणों के एक ओर इन जातियों तथा दूसरी ओर उच्चतर जातियों के बीच दूरी संकुचित की है.

7. निम्नलिखित भारतीय राज्यों में से अनुसूचित जातियों के लिए सबसे अधिक आरक्षण प्रतिशत किस राज्य में है ?
   (A) महाराष्ट्र (B) उत्तर प्रदेश
   (C) पंजाब (D) तमिलनाडु

8. निम्नलिखित कथनों में से कौनसा एक सही है ?
   (A) संविधान का अनुच्छेद 341 अनुसूचित जाति शब्द को परिभाषित करता है
   (B) संविधान संसद को अनुसूचित जाति शब्द को परिभाषित करने की शक्ति प्रदान करता है
   (C) संविधान में अनुसूचित जाति शब्द की परिभाषा अन्तर्विष्ट नहीं है
   (D) अनुसूचित जाति शब्द को भारत सरकार अधिनियम वर्ष 1918 में परिभाषित किया गया है

9. भारत के संविधान की छठी अनुसूची का प्रमुख उपबन्ध निम्नलिखित में से किससे सम्बन्धित है ?
   (A) सरकारी नौकरियों में आरक्षण
   (B) जनजातीय भूमि का संरक्षण
   (C) उत्तर-पूर्वी भारत में जनजातीय क्षेत्रों के प्रशासन में स्वायत्तता
   (D) शैक्षणिक संस्थाओं में आरक्षण

10. देश के विभिन्न क्षेत्रों में जनजाति कल्याण हेतु कार्यरत समाज सेवा अभिकरणों का संघ, जिसे भारतीय आदिम जाति सेवक संघ के नाम से जाना जाता है, की स्थापना सन् 1948 में निम्नलिखित में से किसकी अध्यक्षता में हुई ?
    (A) डॉ. राजेन्द्र प्रसाद
    (B) जवाहरलाल नेहरू
    (C) जय प्रकाश नारायण
    (D) डॉ. बी. आर. अम्बेडकर

11. भारत के संविधान में कौनसे अनुच्छेद में राज्य द्वारा काम की न्यायसंगत और मानवोचित दशाओं को सुनिश्चित करने और प्रसूति सहायता का उपबन्ध है ?
    (A) अनुच्छेद 39 (B) अनुच्छेद 42
    (C) अनुच्छेद 23 (D) अनुच्छेद 15

12. संविधान (पैंसठवाँ संशोधन) अधिनियम, 1990 द्वारा अनुच्छेद 338 में संविधान के 'विशेष अधिकारी' के पद के स्थान पर निम्नलिखित में से किसे प्रतिस्थापित किया गया है ?
    (A) राष्ट्रीय अनुसूचित जाति और अनुसूचित जनजाति बोर्ड
    (B) राष्ट्रीय अनुसूचित जाति और अनुसूचित जनजाति आयोग
    (C) राष्ट्रीय अनुसूचित जाति और अनुसूचित जनजाति परिषद्
    (D) राष्ट्रीय अनुसूचित जाति और अनुसूचित जनजाति समिति

13. भारतीय संविधान के किस अनुच्छेद में उन कानूनों की चर्चा है जिनकी वैधता मौलिक अधिकारों से तथाकथित असंगति के आधार पर किसी भी न्यायालय में बहस का विषय नहीं हो सकती है ?
    (A) IX अनुसूची (B) VIII अनुसूची
    (C) VII अनुसूची (D) VI अनुसूची

14. "स्वामित्व को वस्तुओं पर मनुष्य के नियन्त्रण के रूप में समझना चाहिए, जो एक ऐसा नियन्त्रण है, जिसे समाज न्यूनाधिक स्थायी तथा विशिष्ट रूप से स्वीकार करता है."
    यह मत है—
    (A) एल. एच. मॉर्गन का
    (B) आर. एच. लोई का
    (C) एल. टी. हॉबहाउस का
    (D) एडम स्मिथ का

15. 'पॉलिटिक्स ऑफ दी कुला रिंग' नामक पुस्तक लिखी थी—
    (A) बी. मैलिनॉस्की ने
    (B) ए. आर. रेडक्लिफ-ब्राउन ने
    (C) डी. एन. मजूमदार ने
    (D) जे. पी. एस. ओबेरॉय ने

16. भारत में अल्पसंख्यक आयोग की स्थापना किस सन् में की गई?
    (A) 1952 (B) 1950
    (C) 1978 (D) 1988

17. अल्पसंख्यक प्रकोष्ठ की स्थापना किस सन् में की गई?
    (A) 1983 (B) 1990
    (C) 1994 (D) 1992

18. 1987 में गठित अल्पसंख्यक आयोग के अध्यक्ष कौन थे?
(A) वी. वी. जॉन
(B) एम. एच. बेग
(C) फखरुद्दीन अली अहमद
(D) शेख अब्दुल्ला

19. न्यूनतम मजदूरी अधिनियम किस सन् में बना?
(A) 1942 (B) 1945
(C) 1948 (D) 1950

20. किसने कहा कि "क्रिया में हम उन सब मानव व्यवहारों को सम्मिलित करते हैं जब और जिसका कर्ता के लिए कोई अर्थ होता है या जब वह अपने दृष्टिकोण में उसका कोई अर्थ लगता है?"
(A) मैकाइवर (B) दुर्खीम
(C) वेबर (D) पारसन्स

21. 'बोण्डेड लेबर सिस्टम (एबोलिशन) एक्ट' किस सन् में पारित हुआ?
(A) 1975 में (B) 1970 में
(C) 1976 में (D) 1989 में

22. 'सागड़ी प्रथा समाप्ति अधिनियम' किस सन् में पारित हुआ?
(A) 1976 में (B) 1980 में
(C) 1986 में (D) 1996 में

23. प्रथम खेतिहर श्रम जाँच समिति किस सन् में बनी?
(A) 1950–51 में (B) 1958–59 में
(C) 1955–56 में (D) 1961–62 में

24. भारतीय संविधान की छठी अनुसूची का मुख्य प्रावधान सम्बन्धित है–
(A) सरकारी नौकरियों में आरक्षण से
(B) जनजाति भूमि के परिरक्षण से
(C) उत्तर-पूर्वी भारत के जनजातीय क्षेत्रों में प्रशासन की स्वायत्तता से
(D) शैक्षणिक संस्थाओं में आरक्षण से

25. अनुसूचित क्षेत्र की जनजातियों ने अपने बच्चों के लिए संवैधानिक अधिकारों के तहत विशेष देखभाल की माँग की. यह देखभाल की माँग किस अनुच्छेद के अन्तर्गत की गई ?
(A) अनुच्छेद 21 (B) अनुच्छेद 46
(C) अनुच्छेद 52 (D) अनुच्छेद 73

26. अनुसूचित जातियों को आरक्षण इस अनुपात में दिया जाता है–
(A) सामाजिक पिछड़ापन
(B) आर्थिक आवश्यकताएँ
(C) जनसंख्या
(D) निम्न आनुष्ठानिक स्थिति

27. "स्त्रियों ने सभ्यता की सभी मूर्खताओं और बुराइयों को उपार्जित किया है और लाभदायक परिणाम को नहीं पा सकी है." उपर्युक्त कथन किसका है ?
(A) बीट्रिस वेब (B) मेरी वालस्टोनक्राफ्ट
(C) नैंसी चोडोरी (D) मारग्रेट मीड

28. संविधान के निम्नलिखित में से कौनसा/से अनुच्छेद लोक सभा और विधान सभा में अनुसूचित जनजातियों का उनकी जनसंख्या के अनुपात में प्रतिनिधित्व का संरक्षण करता है/करते हैं ?
(A) 330 और 332 (B) 275
(C) 265 (D) 340 और 342

29. भारत के संविधान में कौनसा अनुच्छेद अनुसूचित जाति और अनुसूचित जनजाति के लिए भारत के राष्ट्रपति द्वारा एक विशेष अधिकारी की नियुक्ति करने का प्रावधान करता है ?
(A) अनुच्छेद 164 (B) अनुच्छेद 341
(C) अनुच्छेद 342 (D) अनुच्छेद 338

30. निम्नलिखित में से कौनसा एक, भारतीय संविधान के अनुच्छेद 17 से आधारभूत सरोकार रखता है ?
(A) पिछड़े वर्गों का प्रतिनिधित्व
(B) अस्पृश्यता का उन्मूलन
(C) अनुसूचित जातियों के लिए सेवाओं में पदों का आरक्षण
(D) अनुसूचित जातियों को राजनैतिक प्रतिनिधित्व

31. "सामाजिक क्रिया कर्ता की परिस्थिति व्यवस्था में वह प्रक्रिया है जिसका अकेले कर्ता के लिए अथवा सामूहिक रूप में उस समूह के व्यक्तियों के लिए प्रेरणात्मक महत्व होता है." इस परिभाषा से सम्बन्धित है—
(A) पारसन्स (B) दुर्खीम
(C) मैकाइवर (D) पैरेटो

32. 'स्ट्रक्चर ऑफ सोशल ऐक्शन' नामक पुस्तक के लेखक कौन हैं?
(A) दुर्खीम (B) पैरेटो
(C) जे. एम. मिल (D) पारसन्स

33. 'पिछड़े वर्ग' शब्द का सर्वप्रथम प्रयोग कब किया गया?
(A) 1917–18 में (B) 1935 में
(C) 1952 में (D) 1930–31 में

34. पिछड़े वर्ग संघ की स्थापना प्रान्तीय स्तर पर कब की गई?
(A) 1947 में (B) 1934 में
(C) 1952 में (D) 1930 में

35. प्रान्तीय स्तर के 'पिछड़े वर्ग संघ' की स्थापना सर्वप्रथम किस प्रान्त में की गई?
(A) चेन्नई में (B) मध्य प्रदेश में
(C) बिहार में (D) उत्तर प्रदेश में

36. उत्तर प्रदेश सरकार ने सर्वप्रथम किस सन् में पिछड़े वर्गों के लिए शिक्षा सम्बन्धी सुविधाएं दीं?
(A) 1942 में (B) 1947 में
(C) 1930 में (D) 1948 में

37. अखिल भारतीय स्तर पर 'अखिल भारतीय पिछड़ा वर्ग महासंघ' की स्थापना सर्वप्रथम किस सन् में की गई?
(A) 1952 में (B) 1950 में
(C) 1942 में (D) 1982 में

38. किसने कहा कि "पिछड़े हुए वर्गों का अभिप्राय समाज के उन वर्गों से है जो सामाजिक, आर्थिक और शैक्षणिक निर्योग्यताओं के कारण समाज के अन्य वर्गों की तुलना में निचले स्तर पर हों?"
(A) रजनी कोठारी ने
(B) राजनीति कोश ने
(C) समाजशास्त्रीय शब्दकोश ने
(D) महात्मा गांधी ने

39. निम्नलिखित में से किसने भारतवर्ष में जनजातियों के लिए पृथक्कारी नीति का समर्थन किया ?
(A) घुरिए (B) बैली
(C) एल्विन (D) श्रीनिवास

40. विश्नोई समुदाय की महिलाएँ, एक महल के निर्माण हेतु पेड़ काटने वालों से पेड़ों को कटने से बचाने के लिए, पेड़ों से चिपक गईं–
(A) गुजरात में (B) हरियाणा में
(C) राजस्थान में (D) उत्तर प्रदेश में

41. अनुसूचित जातियों को आरक्षण दिया जाता है उनकी–
(A) गरीबी के सन्दर्भ में
(B) आर्थिक आवश्यकताओं के सन्दर्भ में
(C) संख्या के सन्दर्भ में
(D) निम्न आनुष्ठानिक स्थिति के सन्दर्भ में

42. अनुसूचित क्षेत्रों वाले हर राज्य के राज्यपाल को भारतीय संविधान की किस अनुसूची में आदिवासियों के हित में शक्तियाँ प्राप्त हैं ?
(A) 5वीं अनुसूची (B) 8वीं अनुसूची
(C) 4थी अनुसूची (D) 3सरी अनुसूची

43. भारतीय संविधान का अनुच्छेद-164 जनजातीय कल्याण के लिए पृथक् मन्त्रियों का प्रावधान करता है–
(A) राजस्थान, केरल और नागालैण्ड में
(B) उड़ीसा, बिहार और मेघालय में
(C) बिहार, मध्य प्रदेश और उड़ीसा में
(D) मध्य प्रदेश, असम और उड़ीसा में

44. भारत में 'पिछड़ा वर्ग आयोग' का प्रथम सभापति कौन था ?
(A) बी. पी. मण्डल (B) बी. आर. अम्बेडकर
(C) काका कालेलकर (D) एम. के. गांधी

45. अनुसूचित जातियों को पेय जल उपलब्ध कराने की प्रबन्ध व्यवस्था भारतीय संविधान के अन्तर्गत निम्नलिखित में से कौनसी है ?
(A) उनके लिए नए कुओं का निर्माण करना
(B) उन स्थानों पर उनके पुनर्वास की व्यवस्था जहाँ पर बहुत मात्रा में पीने का पानी उपलब्ध हो
(C) सभी कुओं तथा जलाशयों के उपयोग से प्रतिबन्ध हटाना
(D) उनके लिए विशिष्ट पीने के पानी की योजना शुरू करना

46. जनजातीय उत्थान के लिए पाँच मूल सिद्धान्त (पंचशील) सर्वप्रथम प्रस्तुत किए गए–
(A) वेरियर एल्विन द्वारा
(B) एन. के. बोस द्वारा
(C) जवाहरलाल नेहरू द्वारा
(D) जयपाल सिंह द्वारा

47. पिछड़े वर्गों के लिए काका कालेलकर आयोग की स्थापना कब की गई?
(A) 1950 में (B) 1952 में
(C) 1947 में (D) 1953 में

48. कर्नाटक सरकार ने एल. जी. हवानूर की अध्यक्षता में पिछड़े वर्गों के लिए आयोग की स्थापना कब की?
(A) 1970 में (B) 1965 में
(C) 1972 में (D) 1980 में

49. पिछड़े वर्गों से सम्बन्धित मण्डल आयोग के अध्यक्ष कौन थे?
(A) बी. पी. मण्डल (B) वी. पी. सिंह
(C) मोरारजी देसाई (D) चन्द्रशेखर

50. मण्डल आयोग ने पिछड़े वर्गों के लिए नौकरियों में कितने प्रतिशत स्थान आरक्षित करने का सुझाव दिया?
(A) 25 (B) 14
(C) 27 (D) 50

51. मण्डल आयोग ने पिछड़े वर्गों में कितनी जातियों को सम्मिलित किया?
(A) 2, 743 (B) 3, 743
(C) 4, 743 (D) 2, 399

52. वी. पी. सिंह ने सरकारी नौकरियों में पिछड़े वर्गों के लिए आरक्षण की घोषणा किस सन् में की?
(A) 1982 में (B) 1977 में
(C) 1988 में (D) 1990 में

53. मध्य प्रदेश में पिछड़े वर्गों के लिए कितना प्रतिशत आरक्षण किया गया है?
(A) 23 (B) 50
(C) 14 (D) 27

54. राजस्थान सरकार ने पिछड़े वर्गों के लिए आरक्षण की व्यवस्था कब लागू की?
(A) 1993 में (B) 1995 में
(C) 1994 में (D) 1990 में

55. 'सत्य शोधक समाज' के संस्थापक कौन थे?
(A) अम्बेडकर (B) ज्योतिराव फुले
(C) विनोबा भावे (D) ठक्कर बापा

56. श्रीनारायण धर्म परिपालन आन्दोलन प्रवर्तित किया था, प्रमुख रूप से–
(A) नाडारों में (B) ब्राह्मणों में
(C) एजारों में (D) नय्यरों में

57. मैलिनोवस्की ने 'कुला' संस्था का जो वर्णन किया है वह निम्नलिखित में से किसका उदाहरण है ?
(A) ऋण के निपटारे की पद्धति
(B) वस्तुओं के औपचारिक विनिमय की पद्धति
(C) समाज में उच्च प्रस्थिति प्राप्त करने की पद्धति
(D) सम्पत्ति को अर्जित करने का साधन

58. निम्नलिखित में कौनसा एक उपबन्ध भारत के संविधान में केवल जनजातियों से सम्बन्धित है ?
(A) सेवाओं और पदों पर नियुक्तियाँ (335)
(B) लोक सभा में सीटों का आरक्षण (330)
(C) राज्य विधान सभाओं में सीटों का आरक्षण (332)
(D) अनुसूचित क्षेत्र की घोषणा (224)

59. सामान्यत दायभाग का चलन किस राज्य में हैं ?
(A) राजस्थान (B) पश्चिम बंगाल
(C) पंजाब (D) महाराष्ट्र

60. भारतीय संविधान का निम्नलिखित में से कौनसा एक अनुच्छेद राष्ट्रपति को पिछड़ी जातियों की दशाओं का अन्वेषण करने के लिए आयोग नियुक्त करने एवं उनके सुधार के कुछ उपाय सुझाने की शक्ति प्रदान करता है ?
(A) अनुच्छेद 338
(B) अनुच्छेद 340
(C) अनुच्छेद 342
(D) अनुच्छेद 344

61. भारत के अधिनियम में छठी अनुसूची का सम्बन्ध है–
(A) अनुसूचित जनजाति से
(B) अनुसूचित जाति से
(C) अन्य पिछड़े वर्गों से
(D) अल्पसंख्यकों से

62. संरक्षात्मक 'भेदभाव' शब्द का सर्वोत्तम वर्णन है–
(A) केवल अनुसूचित जातियों के लिए अवसरों की बेहतर व्यवस्था
(B) विभिन्न अनुसूचित जनजातियों में प्रतियोगिता संघर्ष की भावना को प्रोत्साहन
(C) दुर्बल तबके के लोगों को केवल शिक्षा सुविधाएँ उपलब्ध कराना
(D) दुर्बल तबके के लोगों को सुधारने तथा कल्याणकारी उपाय उपलब्ध कराना

63. सूची-I (अनुच्छेद) सूची–II (प्रावधान) के साथ सुमेलित कीजिए और सूचियों के नीचे दिए गए कूट का प्रयोग कर सही उत्तर चुनिए–

सूची-I (अनुच्छेद)
(a) अनुच्छेद 15
(b) अनुच्छेद 330
(c) अनुच्छेद 46
(d) अनुच्छेद 17

सूची–II (प्रावधान)
1. अस्पृश्यता निवारण
2. अनुसूचित जनजाति, अनुसूचित जाति एवं अन्य कमजोर वर्गों के शैक्षिक तथा आर्थिक हितों का संवर्धन
3. धर्म, प्रजाति, जाति, लिंग अथवा जन्म स्थान के आधार पर भेदभाव का निषेध
4. लोक सभा में अनुसूचित जाति तथा अनुसूचित जनजाति के लिए सीटों का आरक्षण

कूट :

	(a)	(b)	(c)	(d)
(A)	2	4	3	1
(B)	3	1	2	4
(C)	2	1	3	4
(D)	3	4	2	1

64. भारत के तत्कालीन राष्ट्रपति ने काका कालेलकर आयोग का गठन कब किया था ?

(A) सन् 1952 (B) सन् 1953

(C) सन् 1954 (D) सन् 1951

65. नीचे दो वक्तव्य दिए गए हैं जिनमें एक को कथन (A) तथा दूसरे को कारण (R) कहा गया है–

कथन (A) : यह दावा नहीं किया जा सकता है कि हरिजनों पर अत्याचार की एवं उनके दमन की घटनाएँ पूर्ण रूप से समाप्त हो गई हैं, किन्तु पहले की तुलना में ये काफी कम हो गई हैं.

कारण (R) : हरिजनों के प्रति न्याय सुनिश्चित करने के लिए जिला प्राधिकारियों को उन लोगों के खिलाफ तत्काल कार्यवाही करने के आदेश दे दिए गए हैं, जो हरिजनों पर अत्याचार को प्रश्रय देते हैं.

कूट :

(A) (A) तथा (R) दोनों सही हैं तथा (R), (A) की सही व्याख्या है

(B) (A) तथा (R) दोनों सही हैं, परन्तु (R), (A) की सही व्याख्या नहीं है

(C) (A) सही है, परन्तु (R) गलत है

(D) (A) गलत है, परन्तु (R) सही है

66. निम्नलिखित में से किन राज्यों में भारतीय संविधान के अनुच्छेद 164 में जनजाति कल्याण हेतु मन्त्री का उपबन्ध है ?

1. बिहार 2. राजस्थान

3. मध्य प्रदेश 4. उड़ीसा

नीचे दिए गए कूट का प्रयोग कर सही उत्तर चुनिए–

कूट :

(A) 1, 2 तथा 3 (B) केवल 2, 3 तथा 4

(C) केवल 1, 3 तथा 4 (D) केवल 1, 2 तथा 4

67. भारतीय संविधान के अनुच्छेद 16(4) में निम्नलिखित में से कौनसा एक उपबन्धित है ?

(A) समाज के समस्त सदस्यों की विधि के समक्ष समानता

(B) सारी अनुसूचित जातियों एवं अनुसूचित जनजातियों के बच्चों को अनिवार्य तथा मुफ्त प्राथमिक शिक्षा

(C) पिछड़े वर्गों के नागरिकों के लिए नियुक्तियों या पदों का आरक्षण

(D) अनुसूचित जातियों तथा अनुसूचित जनजातियों की महिलाओं के लिए सभी विषयों में विशेष सुरक्षा

68. भारत में केन्द्र में महिला तथा समाज-कल्याण के लिए एक विशेष मन्त्रालय का गठन किया गया था, वर्ष–

(A) 1983 में (B) 1986 में

(C) 1976 में (D) 1991 में

69. निम्नलिखित में से किन राज्यों/संघ राज्य क्षेत्रों में किसी भी समुदाय को अनुसूचित जनजाति घोषित नहीं किया गया है ?

(A) गोवा, गुजरात और उत्तर प्रदेश

(B) राजस्थान, त्रिपुरा और पश्चिमी बंगाल

(C) केरल, तमिलनाडु और महाराष्ट्र

(D) हरियाणा, पंजाब और पाण्डिचेरी

70. भारत के संविधान (अनुच्छेद 35) में जिन राज्यों में जनजाति कल्याणमंत्री की नियुक्ति का उपबन्ध किया गया है, वे हैं–

(A) बिहार, मध्य प्रदेश तथा उड़ीसा

(B) बिहार, उड़ीसा तथा पश्चिम बंगाल

(C) बिहार, मध्य प्रदेश तथा उत्तर प्रदेश

(D) मध्य प्रदेश, उड़ीसा तथा महाराष्ट्र

71. भारत में निम्नलिखित में से कौनसे राज्य में अनुसूचित जातियों के लिए आरक्षण का प्रतिशत सर्वाधिक है ?

(A) महाराष्ट्र (B) उत्तर प्रदेश

(C) पंजाब (D) तमिलनाडु

72. निम्नलिखित में कौनसा एक कथन सही है ?

(A) संविधान का अनुच्छेद 341 अनुसूचित जाति शब्द की परिभाषा करता है

(B) संविधान, अनुसूचित जाति की परिभाषा करने के लिए संसद को अधिकार देता है

(C) संविधान में अनुसूचित जाति शब्द की परिभाषा नहीं दी गई है

(D) अनुसूचित जाति शब्द की परिभाषा भारत सरकार अधिनियम, 1918 में की गई है

73. भारत के संविधान का अनुच्छेद 17 निम्नलिखित में मूलतः किससे सम्बन्धित है ?

(A) पिछड़े वर्गों का प्रतिनिधित्व

(B) अस्पृश्यता का उन्मूलन

(C) अनुसूचित जातियों के लिए राजनीतिक प्रतिनिधित्व

(D) सरकारी कार्यालयों में अनुसूचित जातियों के लिए पदों का आरक्षण

74. निम्नलिखित में से किसने भारत में जनजातीय विकास के लिए सरकार को 'राष्ट्रीय उद्यान' का सुझाव दिया ?
(A) जी. एस. घुरिए (B) डी. एन. मजूमदार
(C) एन. के. बॉस (D) वेरियर एल्विन

75. सूची-I को सूची-II के साथ सुमेलित कीजिए तथा सूचियों के नीचे दिए गए कूट से सही उत्तर का चयन कीजिए–

सूची–I (जनजाति)
(a) गोण्ड (b) उरांव
(c) हो (d) भुइयाँ

सूची–II (आवासशाला का नाम)
1. घुमकुड़िया 2. गिटियोरा
3. ढंगरबस्सा 4. घोटुल
5. रंग-बंग

कूट :

	(a)	(b)	(c)	(d)
(A)	2	1	5	4
(B)	3	4	2	1
(C)	3	2	4	1
(D)	4	1	2	3

76. "पुरुष पूर्णतः समाज की उपज है जबकि स्त्री काफी हद तक प्रकृति की उपज है." यह कथन है--
(A) टॉल्काट पारसन्स का
(B) इमाईल दुर्खीम का
(C) जॉर्ज पीटर मरडॉक का
(D) रॉबिन फॉक्स का

77. नीचे दो वक्तव्य दिए गए हैं जिनमें से एक को कथन (A) तथा दूसरे को कारण (R) कहा गया है–

कथन (A) : संविधान तैयार करते समय यह इरादा था कि अनुसूचित जातियों के लिए रोजगारों का आरक्षण अनिधारित अवधि के लिए किया जाए.

कारण (R) : अनुसूचित जातियों के लिए रोजगारों के आरक्षण के सांविधानिक प्रावधानों ने निर्धारित अवधि में उनका सामाजिक तथा आर्थिक उत्थान सुनिश्चित नहीं किया.

उपर्युक्त दोनों वक्तव्यों के सन्दर्भ में निम्नलिखित में कौनसा कथन सही है ?
(A) (A) और (R) दोनों सही हैं तथा (R), (A) का सही स्पष्टीकरण करता है
(B) (A) और (R) दोनों सही हैं, परन्तु (R), (A) का सही स्पष्टीकरण नहीं है
(C) (A) सही है, परन्तु (R) गलत है
(D) (A) गलत है, परन्तु (R) सही है

78. छात्रवृत्तियों, शिक्षण संस्थानों में स्थान आरक्षण द्वारा अनुसूचित जनजातियों के शैक्षिक उत्थान के लिए भारतीय संविधान के किस अनुच्छेद में प्रावधान किया गया है ?
(A) अनुच्छेद 15(4)
(B) अनुच्छेद 16(4)
(C) अनुच्छेद 330 और 332
(D) अनुच्छेद 339(1)

79. सूची–I को सूची–II से सुमेलित कीजिए तथा सूचियों के नीचे दिए कूट का प्रयोग करते हुए सही उत्तर चुनिए–

सूची–I
(a) अनुच्छेद 15 (b) अनुच्छेद 330
(c) अनुच्छेद 46 (d) अनुच्छेद 17

सूची–II
1. अस्पृश्यता निवारण
2. अ. जा./अ. ज. जा. एवं अन्य कमजोर वर्गों की शिक्षा तथा आर्थिक हितों का उत्थान
3. धर्म, जाति, लिंग या जन्म स्थान के आधार पर भेदभाव का निषेध
4. लोक सभा में अ. जा. तथा अ. ज. जा. के लिए पदों का आरक्षण

कूट :

	(a)	(b)	(c)	(d)
(A)	1	4	2	3
(B)	1	2	4	3
(C)	3	2	4	1
(D)	3	4	2	1

80. निम्नलिखित में से कौनसा एक अनुसूचित जातियों के लिए संवैधानिक सुरक्षा है ?
(A) उनको कृषि भूमि प्रदान करना
(B) उनको रोजगार प्रदान करना
(C) उनको मकान प्रदान करना
(D) अस्पृश्यता का उन्मूलन

81. समेकित ग्रामीण विकास कार्यक्रम के तहत महिला लाभ-ग्राहियों के कितने प्रतिशत को लक्ष्य बनाया गया है ?
(A) 35% (B) 15%
(C) 20% (D) 30%

82. भारतीय संविधान के तहत अनुसूचित जातियों के शैक्षिक तथा आर्थिक हितों के उन्नयन हेतु निम्नलिखित में से किसमें प्रावधान किया गया है ?
(A) उद्देशिका (B) निर्देशक तत्व
(C) आठवीं अनुसूची (D) अनुच्छेद–18

83. निम्नलिखित में से कौन राज्य में अल्पसंख्यकों के हितों के संरक्षण के लिए विशेष अधिकारी को नियुक्त करने के लिए अधिकारिक है ?
(A) प्रधानमंत्री
(B) संसद
(C) राष्ट्रपति
(D) केन्द्रीय मन्त्रिमण्डल

उत्तर व्याख्या सहित

1. (B) भारतीय संविधान के अनुच्छेद 16(4) में अनुसूचित जातियों को नौकरियों में आरक्षण देने की व्यवस्था की गई.
2. (A) स्वतंत्रता पूर्व के भारत में पिछड़ी जातियों का आन्दोलन एक समस्या विशेषक व क्षेत्र विषयक रहा है, उनमें आपस में अत्यधिक भिन्नता के कारण वे एक साथ काम नहीं कर सकते थे.
3. (A) महिला जनसंख्या का वह हिस्सा, जो शिक्षित एवं महत्वपूर्ण पदों पर पदासीन है, उनमें परिवार नियोजन के प्रति विशेष जागरूकता पायी जाती है, क्योंकि अधिक बच्चों से उनकी सामान्य प्रभावित होती है.
4. (A) भारत के संविधान में समान अवसर तथा किसी भी प्रकार के भेदभाव के निषेध के कारण महिलाएं सभी क्षेत्रों में पुरुषों के समान अवसरों का उपयोग करती हैं. भारत के संविधान के अनुच्छेद 14 में भारतीय गणतंत्र में जाति, धर्म, लिंग के आधार पर होने वाले किसी भी प्रकार के भेदभाव को प्रतिबन्धित किया गया है.
5. (A) संविधान के अनुच्छेद 46 के आधार पर राज्य अनुसूचित जातियों एवं अनुसूचित जनजातियों के शैक्षिक तथा आर्थिक हितों का विशेष ध्यान देते हुए संवर्धन करता है सभी प्रकार के अन्याय एवं शोषण से उनकी सुरक्षा करता है. भारतीय संविधान के मूल अधिकार, नीति निर्देशक तत्व आदि में उनके रक्षोपाय की व्यवस्था की गयी है.
6. (A) भारत सरकार द्वारा स्वतंत्रता के पश्चात् अनुसूचित जातियों/जनजातियों के लिए स्वीकार की गयी संरक्षात्मक नीति में भेदभाव की समाप्त करने की बात की गयी है जिस पर अमल भी किया जा रहा है.
7. (D) भारतीय संविधान के 76वें संशोधन के द्वारा तमिलनाडु में वर्ष 1994 से अनुसूचित जातियों के लिए 66% आरक्षण दिया गया है.
8. (C) अनुच्छेद 341 में अनुसूचित जातियों को वर्गीकृत किया गया है. अनुसूचित जाति को समाविष्ट करने की शक्ति राज्यपाल के परामर्श पर राष्ट्रपति करता है. अनुसूचित पद को 1874 ई. में अंग्रेजों ने अनुसूचित क्षेत्र अधिनियम पारित किया.
9. (C) भारत के संविधान की छठी अनुसूची में असम, मेघालय, त्रिपुरा और मिजोरम राज्यों के जनजाति क्षेत्रों के प्रशासन के बारे में उपबन्ध है. भारतीय संविधान के अनुच्छेद 244(2) और अनुच्छेद 275(1) में व्याख्या है.
10. (A) सन् 1948 में डॉ. राजेन्द्र प्रसाद के साथ ठक्कर बापा ने भारतीय आदिम जाति सेवक संघ का निर्माण किया. इसका लक्ष्य–आदिम जातियों का सामाजिक, आर्थिक, सांस्कृतिक एवं भौतिक विकास जिससे उन्हें राष्ट्रीय जीवन में समान नागरिक का स्थान प्राप्त हो.
11. (B) अनुच्छेद–39 राज्य द्वारा अनुसरणीय कुछ नीति निर्देशक तत्व (जीविकोपार्जन के स्त्री-पुरुष को समान अवसर, समुदाय के भौतिक संसाधनों के स्वामित्व पर नियंत्रण आदि).

    अनुच्छेद–23 मानव के दुर्व्यवहार और बलात् श्रम का प्रतिषेध. अनुच्छेद–15 धर्म, मूल, वंश, जाति, लिंग या जन्म स्थान के आधार पर विभेद का प्रतिषेध.
12. (B) राष्ट्रीय अनुसूचित जाति और अनुसूचित जनजाति आयोग का गठन संविधान के अनुच्छेद 338 के अन्तर्गत एक उच्चस्तरीय स्वतंत्र निकाय के रूप में किया गया, जो अनुसूचित जाति/अनुसूचित जनजाति को प्रदान किए गए सुरक्षा उपायों को मॉनीटर करेगा और उनके कल्याण से सम्बन्धित मामलों की समीक्षा.
13. (A) भारतीय संविधान की IX अनुसूची में, जिसकी स्थापना प्रथम संविधान संशोधन के तहत की गयी, में भौतिक अधिकारी से असंगति के आधार पर किसी भी न्यायालय में बहस का विषय नहीं हो सकती है.

14. (D) 15. (A) 16. (C) 17. (A) 18. (B)
19. (C) 20. (C) 21. (C) 22. (A) 23. (A)

24. (C) संविधान की छठी अनुसूची असम, मेघालय, त्रिपुरा एवं मिजोरम राज्यों के जनजाति क्षेत्रों के प्रशासन से सम्बन्धित है.
25. (D) अनुच्छेद 21– प्राण एवं दैहिक स्वतंत्रता.
    अनुच्छेद 46– SC एवं ST के आर्थिक एवं शैक्षणिक अभिवृद्धि से सम्बन्धित.
    अनुच्छेद 52– भारत का राष्ट्रपति.
    अनुच्छेद 73– संघ की कार्यपालिका शक्ति का विस्तार.
26. (C) भारतीय संविधान के विभिन्न अनुच्छेदों द्वारा राज्यों के नागरिकों की सामाजिक रूप से और शैक्षणिक रूप से विशेषकर पिछड़े वर्गों और SC/ST की प्रगति के

लिए विशेष प्रावधान किया गया है. अनुच्छेद–15(4). अनुसूचित जातियों को आरक्षण जनसंख्या के अनुपात में दिया जाता है.

27. (A)

28. (A) अनुच्छेद 330– लोक सभा में आरक्षण.
अनुच्छेद 332– राज्य विधान सभा में आरक्षण.
अनुच्छेद 275– कुछ राज्यों को संघ से अनुदान.
अनुच्छेद 265– विधि के प्राधिकार के बिना करों का अधिरोपण न किया जाना.
अनुच्छेद 340– अन्य पिछड़े वर्ग के लिए आयोग.
अनुच्छेद 342– इस धारा में यह व्यवस्था है कि राष्ट्रपति सार्वजनिक उद्घोषणा द्वारा जनजातियों या जनजातीय समुदायों या उनके अंगों या समूहों का अनुसूचित जनजातियाँ घोषित कर सकता है.

29. (D)

30. (B) पिछड़े वर्गों का प्रतिनिधित्व अनुच्छेद–340 अनुसूचित जाति और अनुसूचित जनजाति के लिए सेवाओं में पदों का आरक्षण अनुच्छेद–335.
अनुसूचित जाति और अनुसूचित जनजाति के लिए राजनीतिक प्रतिनिधित्व अनुच्छेद–330 (लोकसभा)– अनुच्छेद–332 (विधानसभा).

31. (A) 32. (D) 33. (A) 34. (B) 35. (A)
36. (D) 37. (B) 38. (B)

39. (C) वेरियर एल्विन ने अपनी पुस्तक 'The Aboriginal' 1943 में यह स्थापित किया कि देश की जनजातियाँ भारतीय समाज की परम्परा का अंग नहीं है, उन्हें पृथक् रखा जाना चाहिए.

40. (A) विश्नोई समुदाय की महिलाएं, एक महल के निर्माण हेतु पेड़ काटने वालों से पेड़ों को कटने से बचाने के लिए राजस्थान में पेड़ों से चिपक गयी थीं.

41. (D) अनुसूचित जातियों को आरक्षण उनकी निम्न आनुएठानिक स्थिति के सन्दर्भ में दिया जाता है. आरक्षण इस वर्ग को सामाजिक न्याय के तौर पर दिया जाता है. अनुच्छेद 16(4) अनुच्छेद 330, 332 के तहत् आरक्षण की व्यवस्था की गयी है.

42. (A) 5वीं अनुसूची में अनुसूचित क्षेत्रों तथा अनुसूचित जनजातियों के प्रशासन और नियंत्रण के विषय में उपबन्ध हैं.

43. (C) भारतीय संविधान के अनुच्छेद–164 में जनजातीय कल्याण के लिए बिहार, मध्य प्रदेश व उड़ीसा में एक पृथक् मंत्री की व्यवस्था है. विदित हो कि अनुच्छेद–164 में संशोधन का प्रावधान 2003 में किया गया है जिसमें बिहार तथा मध्य प्रदेश की जगह झारखण्ड एवं छत्तीसगढ़ में विशेष मंत्री का प्रावधान किया जाएगा.

44. (C)

45. (C) संविधान के अनुच्छेद–15(2) के अनुसार किसी भी राज्य या आम नागरिक को कोई भी दुकान, सार्वजनिक भोजनालय, होटलों और सार्वजनिक मनोरंजन के स्थानों में प्रवेश या कुंओं, तालाबों तथा सार्वजनिक समागम के स्थानों के उपयोग में विभेद नहीं करेगा.

46. (A) वेरियर एल्विन ने अपनी पुस्तक The Abariginals में पंचशील उपागम तथा राष्ट्रीय वन की बात की थी. एल्विन को जवाहरलाल नेहरू ने उत्तर-पूर्वी सीमान्त क्षेत्र का आदिवासी सलाहकार बनाया था.

47. (D) 48. (C) 49. (A) 50. (C) 51. (B)
52. (D) 53. (C) 54. (C) 55. (B)

56. (C) इस आन्दोलन को केरल के नारायण गुरु स्वामी ने चलाया था. नारायण गुरु ने केरल में इझावा जाति, जो ताड़ी निकालने का कार्य किया करते थे, लेकिन होने वाले शोषण के विरुद्ध आन्दोलन चलाया. विद्यालय, मन्दिर में प्रवेश प्रतिबन्ध के खिलाफ भी आन्दोलन था. श्रीनारायण गुरु स्वामी ने नारायण गुरु परिपालन योगम् के नाम से एक क्रियात्मक कार्यक्रम बनाया.

57. (B) बी. मैलिनोवस्की द्वारा वर्णित मलेनेशिया के ट्रोबियाण्ड द्वीपवासियों की उपहार–विनिमय की एक ऐसी प्रथा 'कूला' के नाम से प्रचलित है. जिसके अनुसार दो प्रकार की सांस्कृतिक वस्तुओं ताब शंख व सफेद शंख का विनिमय किया जाता है.

58. (D) अनुच्छेद 335– SC. ST के सेवा एवं पदों पर नियुक्ति से सम्बन्धित है.
अनुच्छेद 330– SC. ST के लोक सभा में सीटों के आरक्षण से
अनुच्छेद 332– SC. ST के विधान सभा में सीटों के आरक्षण से.
अनुच्छेद 224– अनुसूचित क्षेत्रों की घोषणा.

59. (B) दायभाग–प. बंगाल, असम तथा द. भारत के कुछ भागों में देखा जाता है, जबकि महाराष्ट्र, पंजाब, राजस्थान में मिताक्षय व्यवस्था देखने को मिलती है.

60. (B) अनुच्छेद 338– राष्ट्रीय अनुसूचित जाति, जनजाति आयोग.
अनुच्छेद 340– पिछड़े वर्ग के लिए आयोग.
अनुच्छेद 242– अनुसूचित जातियाँ.
अनुच्छेद 344– राजभाषा आयोग एवं संसद की समिति.

61. (A) भारतीय संविधान की छठी अनुसूची में असम, मेघालय, त्रिपुरा, मिजोरम राज्यों के जनजाति क्षेत्रों के प्रशासन के विषय में उपबन्ध है.

62. (D) भारतीय संविधान के अनुच्छेद–46 में यह व्यवस्था की गई है कि राज्य, जनता के कमजोर वर्गों के विशिष्टतया, अनुसूचित जाति, अनुसूचित जनजाति के शिक्षा और अर्थ सम्बन्धी हितों की विशेष सावधानी से अभिवृद्धि करेगा व सामाजिक अन्याय और सभी प्रकार के शोषण से उनका संरक्षण करेगा.

63. (D)

अनुच्छेद 15–	धर्म, प्रजाति, जाति, लिंग अथवा जन्म स्थान के आधार पर भेदभाव का निषेध.
अनुच्छेद 330–	लोकसभा में अनुसूचित जाति तथा अनुसूचित जनजाति के लिए सीटों का आरक्षण.
अनुच्छेद 46–	अनुसूचित जनजाति, अनुसूचित जाति एवं अन्य कमजोर वर्गों के शैक्षिक तथा आर्थिक हितों का संवर्धन.
अनुच्छेद 17–	अस्पृश्यता निवारण.

64. (B) भारत के तत्कालीन राष्ट्रपति डॉ. राजेन्द्र प्रसाद ने काका कालेलकर की अध्यक्षता में 29 जनवरी, 1953 में एक पिछड़ा वर्ग आयोग की नियुक्ति की थी.

65. (A) हरिजनों पर अत्याचार की एवं उनकी दमन की घटनाएं काफी कम हुई हैं. हरिजनों के प्रति न्याय के लिए संविधान की धारा 17 अस्पृश्यता उन्मूलन अधिनियम 1955 तथा नागरिक संरक्षण अधिनियम 1986 के तहत सरकार ने व्यवस्था की है.

66. (C) अनुच्छेद–164 के अन्तर्गत मध्य प्रदेश, उड़ीसा तथा बिहार में जनजातियों के सामाजिक कल्याण हेतु राज्य स्तर पर अलग मंत्रालय की व्यवस्था की गई है.

67. (C) संविधान के अनुच्छेद 16(4) तथा 335 के अनुसार सार्वजनिक सेवा तथा सरकारी नौकरियों में जनजातियों के लिए स्थान सुरक्षित रखने की व्यवस्था है.

68. (B) सन् 1986 में केन्द्र सरकार ने महिला एवं समाज-कल्याण के लिए एक विशेष मंत्रालय का गठन किया गया जनवरी, 1992 में राष्ट्रीय महिला आयोग का गठन किया गया.

69. (D) भारत के संविधान की धारा 342 के अन्तर्गत राष्ट्रपति सार्वजनिक अधिघोषणा द्वारा जनजातियों या जनजातीय समुदायों या उनके अंगों या समूहों को अनुसूचित जनजातियाँ घोषित कर सकता है. उत्तर प्रदेश, जम्मू और कश्मीर, पंजाब, हरियाणा और हिमाचल प्रदेश में जनजातीय जनसंख्या नगण्य है.

70. (A) किन्तु 2005 में संविधान संशोधन द्वारा अनुच्छेद 164 में इस व्यवस्था का प्रावधान है कि झारखण्ड, छत्तीसगढ़ तथा उड़ीसा में जनजाति कल्याण मंत्री का उपबन्ध किया जाएगा. बिहार व मध्य प्रदेश के स्थान पर झारखण्ड व छत्तीसगढ़ में जनजाति कल्याण मंत्री का उपबन्ध किया जाएगा.

71. (D) तमिलनाडु में कुल आरक्षण 69% है.

72. (C) भारतीय संविधान में अनुसूचित जाति को परिभाषित नहीं किया जा चुका है.

73. (B) अस्पृश्यता के उन्मूलन की भारतीय संविधान के मूल अधिकार के अनुच्छेद 17 में व्यवस्था की गई है. पिछड़े वर्ग का प्रतिनिधित्व अनुच्छेद 16(4).

SC के लिए राजनीतिक प्रतिनिधित्व–अनुच्छेद 330.

SC का सरकारी पदों के लिए आरक्षण–अनुच्छेद 16(4).

74. (D) वेरियर एल्विन ने जनजातीय संस्कृति एवं परम्परा को अक्षुण्ण बनाए रखने के लक्ष्य से उनके लिए राष्ट्रीय उद्यान का सुझाव दिया था.

75. (D)

गोण्ड	–	घोटुल
उरांव	–	घुमकुड़िया
हो मुण्डा	–	गिटियोरा
भुइयाँ	–	ढंगरबस्सा

76. (D) रॉबिन फॉक्स के अनुसार, "पुरुष पूर्णतः समाज की उपज है, जबकि स्त्री काफी हद तक प्रकृति की उपज है."

77. (D) संविधान तैयार करते समय एवं लागू होने की तिथि से अनुसूचित जातियों के लिए आरक्षण 20 वर्षों के लिए निर्धारित किया गया था, इस अवधि के समाप्त होने पर 10–10 वर्ष के लिए आगे किया जा रहा है.

78. (A) अनुच्छेद–16(4) राज्य के पिछड़े नागरिकों के किसी वर्ग के पक्ष में जिनका प्रतिनिधित्व राज्य की राय में राज्य के अधीन सेवाओं में पर्याप्त नहीं है.

अनुच्छेद–330–लोक सभा में SC, ST के लिए आरक्षण.

अनुच्छेद–332–विधान सभा में SC, ST के लिए आरक्षण.

अनुच्छेद–339(1)–राष्ट्रपति द्वारा राज्यों के अनुसूचित क्षेत्रों के प्रशासन व कल्याण सम्बन्धी प्रावधान.

79. (D) अनुच्छेद–15–धर्म, जाति, लिंग के आधार पर भेदभाव पर रोक. अनुच्छेद–330–अनुसूचित जाति/ अनुसूचित जनजाति के लिए लोक सभा में सीटों का

आरक्षण. अनुच्छेद–46 अनुसूचित जाति/अनुसूचित जनजाति के लिए शिक्षा, आर्थिक हितों का उत्थान.

80. (D) संविधान के अनुच्छेद 17 द्वारा अस्पृश्यता के उन्मूलन की चर्चा की गई और किसी रूप में उसके आचरण को निषेध किया गया है तथा अस्पृश्यता को गैर-कानूनी मानते हुए, दोषी पाए जाने पर दण्ड का प्रावधान भी किया गया है. सन् 1976 में इस अधिनियम में संशोधन कर इसका नाम 6 नागरिक अधिकार संरक्षण कानून रख दिया गया.

81. (D) SGVP के अन्तर्गत गरीबी रेखा से नीचे निवास करने वाली 30% महिलाओं को लाभान्वित करने के लिए विभिन्न विकास कार्यक्रम चलाने का निर्णय लिया गया है.

82. (B) नीति निर्देशक तत्व के अधीन अनुच्छेद–46 में कहा गया है कि राज्य दुर्बलतर व्यक्तियों जिसमें अनुसूचित जातियाँ तथा अनुसूचित जनजातियाँ आती हैं, के शिक्षा सम्बन्धी तथा आर्थिक हितों की रक्षा करेगा और सभी प्रकार के सामाजिक अन्याय एवं शोषण से उनको बचाएगा.

83. (C) राष्ट्रपति राज्य में अल्पसंख्यकों के हितों के संरक्षण के लिए विशेष अधिकार संविधान के अनुच्छेद–350 (b) के तहत करते हैं, जिसका सृजन संविधान के 7वाँ संशोधन, वर्ष 1956 के तहत किया गया विशेष अधिकारी का मुख्यालय इलाहाबाद में तथा क्षेत्रीय कार्यालय कोलकाता, बेलगाम व चेन्नई में है.

●●●

इकाई-X

सामाजिक परिवर्तन
(Social Change)

"सामाजिक परिवर्तन वह शब्द है जिसका प्रयोग सामाजिक प्रक्रियाओं, सामाजिक प्रतिमानों, सामाजिक अन्तःक्रियाओं और सामाजिक संगठन के किसी भी पक्ष में उत्पन्न होने वाले परिवर्तन को समझने के लिए किया जाता है."
—जोन्स

सामाजिक परिवर्तन (Social Change)

सामाजिक परिवर्तन पर सर्वप्रथम समाजशास्त्रीय दृष्टिकोण से विवेचन 1922 में **डब्ल्यू. एफ. ऑगबर्न** (W.F. Ogburn) की पुस्तक 'Social Change' में प्रकाशित हुआ. इसके बाद ही सामाजिक उद्‌विकास, सामाजिक परिवर्तन तथा परिवर्तन में भौतिक एवं अभौतिक संस्कृति के महत्व को व्यापक आयाम प्रदान किया गया, जिससे 'सामाजिक परिवर्तन' समाजशास्त्रीय शब्दावली के प्रमुख सम्बोधों में प्रयुक्त होने लगा.

परिवर्तन प्रत्येक समाज का सहज, अनिवार्य तथा शाश्वत् अंग है. मानव सभ्यता के इतिहास में आज तक ऐसा कोई समाज नहीं है जो या तो अपने आपको या अपनी किसी विशेषता को स्थिर रख सका हो. परिवर्तन की प्रक्रिया निरंतर चलती ही रहती है. समाज में व्यक्ति के इर्द-गिर्द परिवर्तन की अनेक प्रघटनाएँ घटित होती रहती हैं. जैसे—ऋतु-परिवर्तन, हर साल होने वाले भौतिक परिवर्तन, व्यक्ति के अनुभवों में परिवर्तन आदि, लेकिन समाजशास्त्रीय विवेचन में इस तरह के परिवर्तन को शामिल नहीं किया जाता है. समाजशास्त्रीय विवेचन में सामाजिक परिवर्तन के अन्तर्गत केवल सामाजिक ढाँचे, सामाजिक संस्था तथा समाज के सदस्यों के आपसी सम्बन्धों में आए बदलावों को ही सम्मिलित किया जाता है.

प्रो. ग्रीन ने सामाजिक परिवर्तन के कारण की व्याख्या करते हुए कहा है कि "सामाजिक परिवर्तन इसलिए होता है, क्योंकि प्रत्येक समाज असन्तुलन के निरन्तर दौर से गुजर रहा है. कुछ व्यक्ति एक सम्पूर्ण संतुलन की इच्छा रख सकता है तथा कुछ इसके लिए प्रयास भी करते हैं." वास्तव में, असंतुलनकारी परिस्थितियों के कारण समाज में व्यक्तियों के बीच वैचारिक मतभेद उत्पन्न हो जाता है. अधिकांश व्यक्ति असन्तुलन के नकारात्मक परिवर्तन के कारण उपयोगी विकल्पों द्वारा नई व्यवस्था के लिए प्रयास करते हैं, जबकि कुछ व्यक्ति परिवर्तन लाने का प्रयत्न करने वाले का विरोध करते हैं. ये दोनों ही दशाएं उत्तरोत्तर क्रम में सामाजिक परिवर्तन को प्रोत्साहित करती रहती है. यदि परिवर्तनशील समाज की किसी विशेषता को स्थायी समझा जाता है तो इसका मतलब यह नहीं होता कि वो वास्तव में स्थायी है, बल्कि वास्तविकता तो यह है कि उसमें होने वाले आन्तरिक परिवर्तन को व्यक्ति देख नहीं पाता है या फिर परिवर्तन की गति इतनी धीमी होती है कि उसका अध्ययन करने के लिए व्यक्ति अधिक समय तक प्रतीक्षा नहीं करता है.

अनेक समाजशास्त्रियों ने सामाजिक परिवर्तन को अपने ढंग से परिभाषित करने का प्रयास किया है. इनमें से कुछ परिभाषाएँ निम्नलिखित हैं—

मैकाइवर एवं पेज ने सामाजिक परिवर्तन को अतिसंक्षिप्त रूप से परिभाषित करते हुए कहा है कि "चूँकि समाज स्वयं ही सामाजिक सम्बन्धों का जाल है, अतः सामाजिक परिवर्तन इन्हीं सम्बन्धों के सन्दर्भ में परिवर्तन है."

किंग्सले डेविस ने संरचनात्मक-प्रकार्यात्मक दृष्टिकोण से सामाजिक परिवर्तन को परिभाषित करते हुए कहा कि "सामाजिक परिवर्तन से हमारा अभिप्राय केवल उन्हीं परिवर्तनों से है, जो सामाजिक संगठन अर्थात् समाज के ढाँचे और प्रकार्यों में घटित होते हैं."

गिलिन एवं गिलिन ने सामाजिक परिवर्तन को सांस्कृतिक आधार पर परिभाषित किया है. इनके अनुसार, "सामाजिक परिवर्तन जीवन की मानी हुई रीतियों में परिवर्तन को कहते हैं. चाहे ये परिवर्तन भौगोलिक दशाओं में आए परिवर्तन से हुए हों या सांस्कृतिक संसाधनों, जनसंख्या की रचना या

विचारधारा के परिवर्तन से या समूहों के अन्दर के आविष्कारों के फलस्वरूप हुए हों."

एम. डी. जेन्सन के अनुसार "सामाजिक परिवर्तन को लोगों के कार्य करने तथा विचार करने के तरीकों में होने वाले रूपान्तर के रूप में परिभाषित किया जा सकता है."

मोरिस गिन्सबर्ग का कहना है कि "सामाजिक परिवर्तन से मेरा तात्पर्य सामाजिक ढाँचे में परिवर्तन अर्थात् समाज के आकार, इसके विभिन्न अंगों अथवा इसके संगठन के प्रकारों की बनावट एवं संतुलन में होने वाले परिवर्तन से है."

टी. बी. बॉटोमोर का कथन है, "सामाजिक परिवर्तन में उन परिवर्तनों को सम्मिलित करते हैं जो सामाजिक संरचना, सामाजिक संस्थाओं अथवा उनके पारस्परिक सम्बन्धों में घटित होते हैं."

एच. एम. जॉनसन ने कहा है कि "अपने मौलिक अर्थ में सामाजिक परिवर्तन का तात्पर्य सामाजिक संरचना के परिवर्तन से है."

उपर्युक्त परिभाषाओं के आधार पर सामाजिक परिवर्तन की विशेषताओं को निम्नलिखित रूप में स्पष्ट किया जा सकता है–

I. सामाजिक परिवर्तन द्वारा व्यक्ति-समूह के व्यवहार, सामाजिक संरचना तथा प्रकार्य एवं सांस्कृतिक विशेषताएँ परिवर्तित होती हैं.

II. सामाजिक परिवर्तन की अवधारणा समय सापेक्ष है. अर्थात् समाज के दो विशिष्ट समय बिन्दुओं के बीच तुलना करके ही परिवर्तन सम्बन्धी निष्कर्ष को ज्ञात किया जा सकता है.

III. सामाजिक परिवर्तन की गति सदैव एकसमान नहीं होती है. किसी समय में इसकी गति बहुत धीमी हो जाती है और किसी समय में बहुत तीव्र हो जाती है.

IV. सामाजिक परिवर्तन के सन्दर्भ में केवल अनुमान ही व्यक्त किया जा सकता है. किसी समय विशेष में कौन-कौनसे परिवर्तन होंगे इसे निश्चित रूप से नहीं कहा जा सकता है. परिवर्तन कभी-कभी अचानक भी हो जाता है.

V. सामाजिक परिवर्तन एक सार्वभौमिक एवं सर्वकालिक घटना है. कोई भी समाज पूर्णतः स्थिर अथवा पूर्णतः गत्यात्मक नहीं हो सकता है.

VI. सामाजिक परिवर्तन का दायरा विस्तृत होता है. समाज के अधिकांश व्यक्तियों द्वारा समाज में आने वाले बदलावों को अपने जीवन, व्यवहार एवं विश्वास में स्वीकारने के पश्चात् ही तथाकथित बदलावों को सामाजिक परिवर्तन के रूप में मान्यता दी जाती है.

VII. सामाजिक परिवर्तन एक अन्योन्याश्रय प्रक्रिया है. अर्थात् किसी भी क्षेत्र या पक्ष में उत्पन्न होने वाला परिवर्तन एकांकी नहीं होता है, बल्कि वह कम या अधिक सीमा तक सामाजिक जीवन के सभी दूसरे पक्षों को भी प्रभावित करता है.

सामाजिक परिवर्तन *बनाम* सांस्कृतिक परिवर्तन (Social Change *Versus* Cultural Change)

सामान्य अर्थ में समाज में होने वाले परिवर्तन सामाजिक परिवर्तन है और संस्कृति में होने वाले परिवर्तन सांस्कृतिक परिवर्तन है, किन्तु समाज एवं संस्कृति के अन्तर्सम्बन्धों की क्लिष्टता के कारण सामाजिक परिवर्तन एवं सांस्कृतिक परिवर्तन के सन्दर्भ में भ्रम उत्पन्न हो जाता है, जैसाकि गिलिन एवं गिलिन के द्वारा प्रतिपादित सामाजिक परिवर्तन की परिभाषा में दृष्टिगोचर होता है. **गिलिन एवं गिलिन** ने सामाजिक परिवर्तन को परिभाषित करते हुए कहा है कि "सामाजिक परिवर्तन का अर्थ जीवन की स्वीकृत विधियों में होने वाले परिवर्तन से है, चाहे ये परिवर्तन भौगोलिक दशाओं में परिवर्तन के कारण हों, सांस्कृतिक उपकरणों, जनसंख्या के रूप या विभिन्न सिद्धान्तों के कारण हों, अथवा एक समूह में आविष्कारों या संस्कृति के प्रसार से उत्पन्न हुए हों." इस परिभाषा में "जीवन की स्वीकृत विधि" भ्रम उत्पन्न करने वाली उक्ति है, क्योंकि जीवन की स्वीकृत विधि ही जीवन का समग्र तरीका या ढंग होता है और जीवन का समग्र ढंग ही संस्कृति है. ऐसे में सामाजिक परिवर्तन को सांस्कृतिक परिवर्तन से विलग करना कठिन हो जाएगा.

ऑगबर्न ने संस्कृति को दो भागों में बाँटा. भौतिक संस्कृति तथा अभौतिक संस्कृति. भौतिक संस्कृति के अन्तर्गत मानव निर्मित उन वस्तुओं को शामिल किया जाता है जिसे देखा जा सके या स्पर्श किया जा सके. अर्थात् भौतिक संस्कृति संस्कृति का मूर्त पक्ष है, जबकि अभौतिक संस्कृति के तहत् मानव निर्मित उन विश्वास, व्यवहार, मूल्य, आदर्श, धर्म, कला, जनरीति आदि को शामिल किया जाता है जिसे केवल महसूस किया जा सकता है. अर्थात् अभौतिक संस्कृति संस्कृति का अमूर्त पक्ष है. वास्तव में इन अभौतिक संस्कृति में होने वाले परिवर्तनों को ही सामाजिक परिवर्तन कहा जाता है, जबकि सम्पूर्ण संस्कृति (भौतिक एवं अभौतिक दोनों) में होने वाला परिवर्तन सांस्कृतिक परिवर्तन है.

के. डेविस ने सामाजिक एवं सांस्कृतिक परिवर्तन में अन्तर स्पष्ट करते हुए लिखा है कि "संस्कृति की किसी शाखा, जैसे–कला-साहित्य, दर्शन प्रविधि, विज्ञान, साहित्य, फैशन, कानून आदि में तथा सामाजिक संगठन के रूपों और

नियमों में परिवर्तन सांस्कृतिक परिवर्तन हैं, जबकि समाज की संरचना और प्रकार्यों में होने वाला परिवर्तन सामाजिक परिवर्तन है." प्रसिद्ध मानवशास्त्री **ए. एल. क्रोबर** (A. L. Kroeber) तथा समाजशास्त्री **टालकॉट पार्सन्स** (Tallcott Parsons) ने भी अपने एक संयुक्त लेख में लिखा कि "समाज का तात्पर्य व्यक्तियों तथा समूहों के बीच होने वाली अन्तर्क्रिया की व्यवस्था से है, जबकि संस्कृति से हमारा तात्पर्य अनेक मूल्यों, विचारों तथा अर्थ पूर्ण प्रतीकों की व्यवस्था से होता है. अतः सामाजिक परिवर्तन का अर्थ समाज की उस संरचना में परिवर्तन होना है जिसके द्वारा व्यक्ति एक-दूसरे से अन्तर्क्रिया करते हैं, जबकि सांस्कृतिक परिवर्तन का तात्पर्य उन सीखे हुए और प्रतीकात्मक व्यवहारों में परिवर्तन होना है जो अतीत की अन्तर्क्रियाओं का परिणाम होते हैं और बाद में हमारी भविष्य की अन्तर्क्रिया को प्रभावित करते हैं."

उपर्युक्त विश्लेषण के आधार पर सामाजिक परिवर्तन एवं सांस्कृतिक परिवर्तन के विभिन्न अन्तरों को निम्नलिखित रूप में प्रदर्शित किया जा सकता है—

I. सामाजिक परिवर्तन सांस्कृतिक परिवर्तन का एक भाग है.

II. सामाजिक परिवर्तन का क्षेत्र अपेक्षाकृत सीमित है, जबकि सांस्कृतिक परिवर्तन का क्षेत्र व्यापक है.

III. सामाजिक परिवर्तन का सम्बन्ध अभौतिक संस्कृति में परिवर्तन से है, जबकि सांस्कृतिक परिवर्तन का सम्बन्ध सम्पूर्ण संस्कृति के परिवर्तन से है.

IV. यद्यपि सामाजिक परिवर्तन किसी सांस्कृतिक परिवेश में ही प्रतिफलित होता है, किन्तु वह सम्पूर्ण संस्कृति को न छूकर केवल उसके एक विशिष्ट सामाजिक पक्ष को ही परिवर्तित करता है.

सामाजिक परिवर्तन के विभिन्न प्रतिरूप (Different Modes of Social Change)

समाज में सामाजिक परिवर्तन कई रूपों में दिखाई देता है. इन रूपों का सम्बन्ध सामाजिक परिवर्तन की प्रक्रिया से है. परिवर्तन की प्रक्रिया कई तरीके से क्रियाशील हो सकती है. क्रियान्वयन के दौरान ये प्रक्रियाएं अन्य नामों से जानी जाती हैं, परन्तु अन्ततः ये प्रक्रियाएँ सामाजिक परिवर्तन को ही परिलक्षित करती हैं. सामाजिक परिवर्तन के ये विभिन्न रूप निम्नलिखित हैं—

1. **उद्विकास के रूप में** (In the mode of Evolution)—उद्विकास की अवधारणा प्राणिशास्त्रीय अध्ययनों की देन है. डार्विन से प्रभावित होकर हरबर्ट स्पेंसर ने सामाजिक परिवर्तन की उद्विकासीय प्रक्रिया को प्रस्तुत किया. स्पेन्सर ने समाज के उद्विकास के सम्बन्ध में निम्नलिखित तथ्यों का उल्लेख किया—

(i) समाज निरन्तर लम्बवत् रूप में नीचे से ऊपर की ओर बढ़ता रहता है.

(ii) नीचे के स्तर पर सामाजिक संरचना सरल और सजातीय होती है, परन्तु ऊपर उठने के साथ सामाजिक संरचना जटिल और विजातीय होती जाती है.

(iii) निम्न स्तर पर समाज में विभेदीकरण की प्रक्रिया भी सीमित होती है, परन्तु समाज के ऊपर उठने के साथ विभेदीकरण की प्रक्रिया विस्तृत होती जाती है.

स्पेन्सर ने समाज के नीचे से ऊपर की ओर उद्विकास के लिए जनसंख्या वृद्धि को ही मुख्य कारण माना है. स्पेन्सर के अनुसार सामाजिक उद्विकास की उपर्युक्त प्रक्रिया अत्यन्त जटिल है, जो कुछ निश्चित स्तरों को पार करते हुए दीर्घ अवधि में ही सम्पन्न होती है.

2. **विकास या उन्नति के रूप में** (In the Mode of Development)—विकास या उन्नति की अवधारणा का स्वरूप सामाजिक, आर्थिक और प्रौद्योगिकीय है. शिक्षा का प्रसार, स्वास्थ्य में सुधार, आर्थिक उत्पादन में वृद्धि और प्रौद्योगिकी में सुधार उन्नति के सूचक हैं.

हॉबहाउस ने उद्विकास के स्थान पर सामाजिक उन्नति का प्रयोग किया है जिसके लिए उन्होंने चार कसौटियों का उल्लेख किया है—मात्रा, कुशलता, पारस्परिकता तथा स्वतन्त्रता. इन कसौटियों में वृद्धि को ही हॉबहाउस ने उन्नति माना है. विकास या उन्नति से सामाजिक जीवन के आगे बढ़ने का बोध होता है, लेकिन इसमें उचित या अनुचित का प्रश्न समाहित नहीं होता है. इसलिए विकास सदा अच्छाई ही नहीं वरन् कभी-कभी बुराई का भी द्योतक होता है.

3. **प्रगति के रूप में** (In the Mode of Progress)—प्रगति के रूप में सामाजिक परिवर्तन अच्छाई की ओर बढ़ता हुआ कदम है. इस प्रकार प्रगति के अन्तर्गत उन्नति पर औचित्य और वांछनीयता की दृष्टि से विचार किया जाता है. यहाँ अच्छाई का तात्पर्य समाज द्वारा निर्धारित मूल्य और आदर्श के अनुरूप लक्ष्य प्राप्ति है. उन्नति कुछ बुरे परिणामों को भी परिलक्षित कर सकती है. जैसे—आर्थिक उन्नति के साथ अपराध में वृद्धि, पारिवारिक विघटन की समस्या में वृद्धि, वैज्ञानिक उन्नति के साथ मानवीय विनाशक तत्वों में वृद्धि आदि की सम्भावना बनी रहती है, परन्तु प्रगति के साथ भौतिकता का प्रश्न हमेशा जुड़ा रहता है. इसलिए प्रगति के रूप में सामाजिक परिवर्तन सदा समाज कल्याण और सामूहिक हितों की पूर्ति करने वाला होता है.

4. **सामाजिक आन्दोलन के रूप में** (In the Mode of Social Movement)—समाज में विकास क्रम के दौरान

कुछ असंतुलनकारी स्थितियाँ उत्पन्न हो जाती हैं. ये स्थितियाँ ही सामाजिक समस्याओं के रूप में जानी जाती हैं. ये समस्याएँ समाज की प्रगति में बाधा उत्पन्न करती हैं. इसलिए समाज के कुछ प्रबुद्ध सदस्यों द्वारा इन्हें दूर करने के लिए सचेष्ट प्रयास किए जाते हैं. ये प्रयास ही सामाजिक आन्दोलन कहलाते हैं. सामाजिक आन्दोलनों के परिणामस्वरूप भी तत्कालीन व्यवस्था अंशतः या पूर्णतः परिवर्तित होती है.

5. **क्रान्ति के रूप में** (In the Mode of Revolution)—क्रान्ति धीरे-धीरे क्रमबद्ध रूप में तेज होने वाली ऐसी आँधी है जो अपने चरमोत्कर्ष के उपरान्त सम्पूर्ण समाज व्यवस्था को परिवर्तित कर देती है. अर्थात् क्रान्ति सामाजिक परिवर्तन का सबसे उग्र रूप है. क्रान्ति की स्थिति में राजनीतिक, आर्थिक और सामाजिक जीवन में महत्वपूर्ण उलट-फेर हो जाता है, जिसके फलस्वरूप फिर से एक नई समाज-व्यवस्था के निर्माण की आवश्यकता होती है. अक्सर क्रान्ति को एक आकस्मिक एवं हिंसाजनित घटना के रूप में ही लिया जाता है, परन्तु यहाँ यह बताना आवश्यक है कि क्रान्ति सदैव आकस्मिक या हिंसा-जनित ही नहीं होती है. एक लम्बी अवधि में संचित असंतोष ही एकाएक क्रान्तिरूपी लावा के रूप में फूटता है. विश्व सभ्यता में कई राष्ट्र-क्रान्ति के अलावा औद्योगिक क्रान्ति का भी एक मिशाल है जो हिंसा रहित होने के बावजूद भी किसी अन्य क्रान्ति की अपेक्षा कहीं अधिक सामाजिक परिवर्तन को प्रभावित किया है.

सामाजिक परिवर्तन के सिद्धान्त (Theories of Social Change)

सामाजिक परिवर्तन के कारणों के अन्वेषण-क्रम में विभिन्न समाजशास्त्रियों ने अलग-अलग मत का प्रतिपादन किया. ये अलग-अलग मत ही सामाजिक परिवर्तन के विभिन्न सिद्धान्त के रूप में जाने जाते हैं. इन सिद्धान्तों के तहत् किसी एक तत्व या कारक को महत्वपूर्ण आधार मानकर सामाजिक परिवर्तन की प्रक्रिया को विश्लेषित करने का प्रयास किया गया है. विभिन्न आधारों के दृष्टिकोण से ही **कोहेन** ने सामाजिक परिवर्तन के सात प्रकारों का उल्लेख किया है—तकनीकी, आर्थिक, संघर्ष, असंगत समन्वय, समायोजन, विचाराणात्मक एवं सांस्कृतिक अन्तःक्रिया का सिद्धान्त, परन्तु इन सभी सिद्धान्तों को मोटा-मोटी दो वर्गों के अन्तर्गत ही समाहित किया जा सकता है जो निम्नलिखित हैं—

1. **सामाजिक परिवर्तन का रेखीय सिद्धान्त** (Linear Theories of Social Change)—सामाजिक परिवर्तन का रेखीय सिद्धान्त इस मान्यता पर आधारित है कि सामाजिक व्यवस्था में परिवर्तन का एक प्राकृतिक या स्वाभाविक रेखीय क्रम होता है, अर्थात् प्रत्येक परिवर्तन के पश्चात् समाज कुछ स्तरों को पार करते हुए एक निश्चित दिशा में आगे की ओर बढ़ता जाता है. इस प्रकार इस सिद्धान्त के अनुसार वर्तमान व्यवस्था अपने आरम्भिक रूप में लगातार हो रहे सुधार का परिणाम है. संक्षेप में, हम कह सकते हैं कि सामाजिक परिवर्तन का रेखीय सिद्धान्त 'उद्विकास' की मान्यता पर आधारित है. रेखीय सिद्धान्त के प्रतिपादकों में मुख्य नाम कॉम्टे, स्पेन्सर, हॉबहाउस, मार्क्स एवं वेबलिन का है. यहाँ कॉम्टे, मार्क्स एवं वेबलिन के सिद्धान्तों की विस्तृत व्याख्या दी जा रही है.

(क) आगस्ट कॉम्टे का सिद्धान्त (Auguste Comte's Theory of Social Change)—कॉम्ट के सामाजिक परिवर्तन के सिद्धान्त को 'तीन स्तरों के नियम' (Law of three stages) के नाम से भी जाना जाता है. कॉम्ट ने इस सिद्धान्त द्वारा यह सिद्ध करने का प्रयास किया है कि सामाजिक परिवर्तन मनुष्य के बौद्धिक विकास का परिणाम है. कॉम्ट ने मनुष्य के बौद्धिक विकास के तीन स्तरों का उल्लेख किया है—

I. **धार्मिक अवस्था** (Theological Stage)—कॉम्ट के अनुसार व्यक्ति प्रारम्भ में किसी वस्तु का ज्ञान प्राप्त करने के लिए धार्मिक दृष्टि का ही सहारा लेता है. इस अवस्था में व्यक्ति किसी भी घटना को ईश्वरीय या अलौकिक शक्तियों के सन्दर्भ में ही व्याख्या करता है. व्यक्ति किसी भी घटना का अस्तित्व इन शक्तियों से परे नहीं मानता है.

II. **तात्विक या गुणवाची अवस्था** (Meta-Physical Stage)—कॉम्ट के अनुसार चिंतन के विकास की दूसरी अवस्था तात्विक अवस्था है जो धार्मिक अवस्था का संशोधित रूप है. इस अवस्था में व्यक्ति अलौकिक शक्तियों की महत्ता को नकारता तो नहीं है, परन्तु अलौकिक शक्तियों के अस्तित्व के साथ ही घटना या तत्व के तात्विक गुणों को भी समान रूप से स्वीकारता है. इसलिए इस अवस्था में व्यक्ति का ध्यान तात्विक विश्लेषण की ओर अधिक केन्द्रित रहता है.

III. **वैज्ञानिक या प्रत्यक्ष-बोध अवस्था** (Scientific or Positive Stage)—चिंतन की इस अवस्था में व्यक्ति अलौकिक सत्ता को पूर्णतः नकार देता है. तथ्यों की व्याख्या के लिए अब प्रत्यक्ष अवलोकन एवं प्रयोगसिद्ध तथा तर्कयुक्त विधियों का ही सहारा लिया जाता है. इस प्रकार इस अवस्था में पूर्णतः वैज्ञानिक आधार पर विभिन्न घटनाओं के अनुक्रम, सहसम्बन्ध, कारणों तथा परिणामों की व्याख्या द्वारा सत्य का अन्वेषण ही चिंतन का लक्ष्य बन जाता है.

कॉम्ट के अनुसार चिंतन के विकास के इन्हीं स्तरों के साथ सामाजिक संगठन तथा मानव प्रगति के रूप में सामाजिक परिवर्तन फलित होता रहता है.

कॉम्ट के उपर्युक्त सिद्धान्त की आलोचकों ने सर्वकालिकता एवं सर्वदेशीय आधार पर कटु आलोचना की है. आलोचकों का कहना है कि कॉम्ट ने चिंतन के विकास का जिस प्रकार सामान्यीकरण किया है, वह सभी समाज एवं सभी काल में सत्य नहीं हो सकता है. कोई जरूरी नहीं कि सभी स्थान एवं सभी समयों में चिंतन के विकास की प्रक्रिया कॉम्ट द्वारा निर्धारित स्तरों से ही गुजरे. इस आलोचना के बावजूद भी कॉम्ट का सिद्धान्त महत्वपूर्ण अवश्य है, क्योंकि कॉम्ट ने ही सर्वप्रथम सामाजिक विकासवाद के विश्लेषण के लिए आधारशिला प्रदान कर इस सन्दर्भ में भावी अनुसन्धान का मार्ग प्रशस्त किया.

कॉम्ट के बाद **स्पेन्सर** ने सामाजिक विकासवाद को व्यापक आयाम दिया. स्पेन्सर ने समाज के विभेदीकरण के सार्वभौमिक प्रक्रिया द्वारा सामाजिक परिवर्तन को स्पष्ट किया. विकास के क्रम में स्पेन्सर ने प्रवाह की दिशा, समरूपता से विषमता की ओर मानी. हॉबहाउस इस सन्दर्भ में कॉम्ट एवं स्पेन्सर से प्रभावित अवश्य था, परन्तु उसने मनोवैज्ञानिक कारकों को अधिक महत्वपूर्ण माना.

(ख) कार्ल मार्क्स का सिद्धान्त (Karl Marx's Theory of Social Change)—मार्क्स ने पूर्णतः आर्थिक आधार पर ही सामाजिक परिवर्तन की प्रकृति को स्पष्ट किया, क्योंकि मार्क्स का मानना था कि सामाजिक संरचना को कभी भी आर्थिक संरचना से अलग नहीं किया जा सकता है. आर्थिक संरचना के आधार पर ही सामाजिक, वैधानिक तथा राजनैतिक अधिसंरचना का निर्माण होता है.

मार्क्स ने अपने सिद्धान्त द्वारा स्पष्ट किया कि जब भी उत्पादन के तरीकों में परिवर्तन होता है, तो उत्पादन की शक्तियाँ (अर्थात् विभिन्न उपकरण, मशीन या स्वचालित यन्त्र) भी तेजी से परिवर्तित होने लगती है. उत्पादन की शक्तियों में परिवर्तन होने से आर्थिक सम्बन्धों में परिवर्तन होता है, जिससे अन्ततः सम्पूर्ण समाज ही परिवर्तित हो जाता है. इस प्रघटना को स्वयं मार्क्स ने इन शब्दों में व्यक्त किया है—"सामाजिक सम्बन्ध का उत्पादन की शक्तियों से घनिष्ठ सम्बन्ध है. उत्पादन की नई शक्तियों को प्राप्त करने के लिए व्यक्ति पहले उत्पादन के तरीकों में परिवर्तन करता है. इस प्रकार उत्पादन के तरीकों और आजीविका उपार्जित करने के तरीकों में परिवर्तन होने से उनके सामाजिक सम्बन्ध भी परिवर्तित हो जाते हैं."

मार्क्स ने अपने उपर्युक्त धारणा के प्रमाण में ऐतिहासिक साक्ष्यों को प्रस्तुत किया है. मार्क्स के अनुसार आरम्भ में व्यक्ति की आवश्यकताएँ बहुत सीमित थीं. इसलिए आरम्भ में उत्पादन के तरीके बहुत सरल प्रकृति के थे. अतः सम्पत्ति का वितरण सामूहिक आधार पर ही होता था. तत्पश्चात् कृषि एवं पशुपालन आधारित उत्पादन के तरीके के प्रादुर्भाव के साथ समाज में व्यक्तिगत सम्पत्ति की धारणा प्रबल हुई. इससे सम्पत्ति के असमान वितरण को प्रोत्साहन मिला. इसके बाद कृषि व्यवस्था में उत्तरोत्तर विकास के साथ सामन्तवादी आर्थिक व्यवस्था प्रारम्भ हुई, जिसमें थोड़े से व्यक्तियों का भूमि के अधिकांश हिस्सों पर एकाधिकार स्थापित हुआ. फलतः आर्थिक शोषण की प्रवृत्ति प्रारम्भ हुई. इसके बाद उत्पादन की आधुनिक व्यवस्था प्रारम्भ हुई. इसमें उत्पादन के लिए बड़े-बड़े कल-कारखानों का प्रादुर्भाव हुआ. इस व्यवस्था में उत्पादन के सम्पूर्ण साधनों पर मुट्ठी भर लोगों का पूर्ण एकाधिकार स्थापित हो गया, जिससे समाज में दो वर्गों का उदय हुआ. पहला, पूँजीपति या बुर्जुआ वर्ग दूसरा, श्रमिक या सर्वहारा वर्ग. पूँजीपति वर्ग श्रमिकों के श्रम को कम-से-कम मूल्य पर खरीदकर उससे अधिकतम लाभ प्राप्त करते हैं. इसके परिणामस्वरूप समाज में आर्थिक विषमता अपनी चरम सीमा पर पहुँच गई और वर्ग-संघर्ष युक्त समाज की स्थापना हुई. इस संघर्ष के परिणाम के रूप में मार्क्स ने एक नवीन समाज की कल्पना की. जिसमें उत्पादन के सभी साधनों पर श्रमिक वर्गों का ही पूर्ण एकाधिकार होगा. मार्क्स ने इस समाज को वर्ग रहित समाज तथा सामाजिक परिवर्तन का अंतिम स्वरूप माना.

इस प्रकार मार्क्स ने प्रौद्योगिकी को अप्रत्यक्ष कारक मानते हुए आर्थिक संरचना में परिवर्तन के आधार पर सामाजिक परिवर्तन की व्यवस्थित व्याख्या की, परन्तु अनेक आधारों पर मार्क्स के सिद्धान्त की कटु आलोचना की गई. आलोचकों का कहना है कि मार्क्स ने जिस वर्ग रहित समाज की कल्पना की है वहाँ सामाजिक परिवर्तन की प्रक्रिया विराम लेती प्रतीत होती है, परन्तु ऐसा कभी नहीं हो सकता है. सामाजिक परिवर्तन एक अनवरत् रूप से चलने वाली प्रक्रिया है. इसके अलावा मार्क्स ने सामाजिक परिवर्तन के लिए केवल आर्थिक कारकों को ही जिम्मेवार माना है, जोकि गलत है. केवल आर्थिक कारक ही सम्पूर्ण सामाजिक जीवन का निर्धारक नहीं हो सकता. मार्क्स ने वर्ग-संघर्ष को परिवर्तन के पूर्व-शर्त के रूप में प्रस्तुत किया है. यदि यह बात मान ली जाए, तो समाज में सहयोग का अस्तित्व गौण हो जाएगा. इसके अतिरिक्त अन्य कई आधारों पर आलोचकों ने मार्क्स के सिद्धान्त को अन्तर्विरोधी धारणाओं से ग्रस्त तथा शब्दों के परिभाषा की दृष्टि से अस्पष्ट करार दिया है. सोरोकिन ने तो यहाँ तक कह डाला कि "मार्क्स और ऐंजेल्स ने सामाजिक विज्ञान को प्रगतिशील बनाने के स्थान पर इसके विकास में अनेक बाधाएँ ही उत्पन्न की हैं."

वास्तव में, मार्क्स ने सामाजिक जीवन एवं परिवर्तन में प्रौद्योगिकी एवं आर्थिक कारकों के महत्व को जिस प्रकार से उद्घाटित किया है वह प्रशंसनीय अवश्य है. औद्योगिकीकरण

एवं नगरीकरण की प्रक्रिया द्वारा मार्क्स के चिंतन का साकार प्रतिरूप हमारे सामने है, परन्तु सामाजिक जीवन जैसे विस्तृत पहलू को केवल आर्थिक कारक के परिप्रेक्ष्य में ही विश्लेषित करना कैसे उचित हो सकता है?

(ग) थॉर्सटीन वेबलेन का सिद्धान्त (Thorstein Veblen's Theory of Social Change)—वेबलेन के सामाजिक परिवर्तन के सिद्धान्त को प्रौद्योगिक निर्णायकवाद (Technological Determinism) के रूप में जाना जाता है, क्योंकि वेबलेन ने अपने सम्पूर्ण सिद्धान्त को केवल प्रौद्योगिक आधार पर ही विश्लेषित किया है. वेबलेन ने प्रौद्योगिक दशाओं को सामाजिक परिवर्तन के लिए प्रत्यक्ष रूप से उत्तरदायी माना है.

अपने सिद्धान्त में वेबलेन ने दो प्रकार की मानवीय विशेषताओं का उल्लेख किया है—

I. **स्थिर विशेषताएँ**—इन विशेषताओं का सम्बन्ध मानव की मूल प्रवृत्तियों और प्रेरणाओं से होता है. इसलिए वेबलेन के अनुसार मानव की इन विशेषताओं में परिवर्तन बहुत ही कम होता है.

II. **परिवर्तनशील विशेषताएँ**—कुछ मानवीय विशेषताएँ अत्यधिक परिवर्तनशील होती हैं. जैसे—आदत, विचार, मनोवृत्ति आदि.

वेबलेन के अनुसार सामाजिक परिवर्तन का सम्बन्ध परिवर्तनशील मानवीय विशेषताओं के साथ है. आदत, विचार एवं मनोवृत्ति में होने वाला परिवर्तन ही सामाजिक संरचना में परिवर्तन का प्रमुख कारण है. आदत एवं विचारों में होने वाले परिवर्तनों का प्रमुख कारण भौतिक पर्यावरण है और भौतिक पर्यावरण का निर्धारक तत्व प्रौद्योगिकी ही है. इसलिए प्रौद्योगिकी में परिवर्तन के कारण ही सामाजिक परिवर्तन की प्रक्रिया प्रारम्भ होती है.

वेबलेन का कहना है कि "मनुष्य जैसा कार्य करता है वैसा ही बन जाता है, वह उसी प्रकार सोचता है और अनुभव करता है." उसके विचार और आदतें भी वैसे ही हो जाते हैं. दूसरे शब्दों में भौतिक पर्यावरण मनुष्य के विचारों, आदतों और कार्यों को निश्चित करता है. मनुष्य की आदतें धीरे-धीरे सुदृढ़ और स्थापित होकर संस्थाओं का रूप ग्रहण कर लेती हैं. विभिन्न संस्थाएँ ही सामाजिक ढाँचे का निर्माण करती हैं. इस प्रकार वेबलेन के अनुसार भौतिक पर्यावरण और प्रौद्योगिकी में परिवर्तन के फलस्वरूप मानव की आदतों, संस्थाओं और सामाजिक ढाँचे में भी परिवर्तन होता है और सामाजिक ढाँचे में परिवर्तन ही सामाजिक परिवर्तन है.

इस प्रकार मार्क्स की भाँति ही वेबलेन ने भी प्रौद्योगिक कारक को सामाजिक परिवर्तन के लिए महत्वपूर्ण माना है. हालाँकि दोनों में कुछ अन्तर भी हैं. जैसे—मार्क्स ने सामाजिक परिवर्तन में प्रौद्योगिकी को अप्रत्यक्ष कारक माना है, जबकि वेबलेन ने प्रत्यक्ष. इसके अलावा मार्क्स एक नवीन सामाजिक संरचना के लक्ष्य के दृष्टिकोण से प्रौद्योगिकी के महत्व को स्पष्ट किया, जबकि वेबलेन ने विकासवादी आधार पर प्रौद्योगिकी के प्रभावों को स्पष्ट किया है, लेकिन इन अन्तरों के बावजूद वेबलेन के सिद्धान्त में भी वे खामियाँ मौजूद हैं जो मार्क्स के सिद्धान्त में थीं. वेबलेन ने भी मार्क्स की तरह ही केवल एक कारक (प्रौद्योगिकी) के आधार पर ही सामाजिक परिवर्तन का विश्लेषण किया है जो उचित नहीं है. इसके अलावा, एक ही प्रौद्योगिक परिस्थिति में रहने वाले विभिन्न समूह एवं व्यक्ति के विचार एवं आदतों में अत्यधिक भिन्नता पाई जाती है. ऐसे में ये कैसे माना जा सकता है कि केवल प्रौद्योगिकी या भौतिक पर्यावरण ही मानवीय आचार, विचार एवं मनोवृत्ति के निर्धारक तत्व हैं.

2. **सामाजिक परिवर्तन का चक्रीय सिद्धान्त** (Cyclical Theories of Social Change)—सामाजिक परिवर्तन के रेखीय सिद्धान्तों की व्यावहारिक सार्थकता के सन्दर्भ में जब अनेक समाजशास्त्रियों ने इतिहास का समग्र विश्लेषण किया, तो उन्होंने पाया कि समय के साथ संस्कृति तो साधारणतया एकरेखीय क्रम में विकसित होती गई, परन्तु सामाजिक जीवन की विशेषताओं में उतार-चढ़ाव होता रहा है. प्राचीनकाल में मिस्र, बेबीलोनिया, ग्रीक, रोम, सिन्धु आदि की सभ्यताएँ धीरे-धीरे विकसित होकर चरमोत्कर्ष तक पहुँचीं, परन्तु चरमोत्कर्ष के पश्चात् धीरे-धीरे उनका विनाश होने लगा और नामोनिशान भी मिट गया. इसलिए इन समाजशास्त्रियों ने सामाजिक परिवर्तन के रेखीय सिद्धान्त को अस्वीकार करते हुए सामाजिक परिवर्तन के चक्रीय सिद्धान्त का प्रतिपादन किया. चक्रीय सिद्धान्त के अनुसार सामाजिक परिवर्तन एक चक्र की भाँति है जिसमें एक के बाद दूसरी, तीसरी और इसी प्रकार उत्तरोत्तर अवस्थाओं के पश्चात् वही चक्र फिर दोहराया जाता है. चक्रीय सिद्धान्त के प्रमुख समर्थकों में स्पेंगलर, सोरोकिन, परेटो एवं टायनबी जैसे समाजशास्त्री हैं. यहाँ स्पेंगलर, सोरोकिन एवं परेटो के सिद्धान्त की विस्तृत व्याख्या दी जा रही है—

(क) ऑस्वाल्ड स्पेंगलर का सिद्धान्त (Oswald Spengler's Theory of Social Change)—स्पेंगलर ने 1918 में प्रकाशित अपनी पुस्तक 'The Decline of the West' में सामाजिक परिवर्तन से सम्बन्धित अपने सिद्धान्त को प्रस्तुत किया. स्पेंगलर ने विश्व की आठ प्रमुख सभ्यताओं का ऐतिहासिक अध्ययन करके यह विचार दिया कि प्रत्येक समाज का जन्म, विकास तथा ह्रास से होता हुआ अन्त में पूरी तरह नष्ट हो जाता है. स्पेंगलर का विश्वास था कि कोई भी समाज चाहे विकास की ओर बढ़े या ह्रास की ओर, हमेशा बना नहीं रह सकता है. विकास के चरमोत्कर्ष के पश्चात्

उस समाज का पतन अवश्यम्भावी है. पूर्ण पतन के पश्चात् नए विचारों के साथ समाज पुनः जन्म लेता है. इस प्रकार सामाजिक परिवर्तन जन्म, विकास और पतन के चक्रीय रूप में निरन्तर चलता रहता है. अपने सिद्धान्तों के प्रमाण में स्पेंगलर ने बताया कि रोमन साम्राज्य धीरे-धीरे शक्तिशाली होता चला गया, लेकिन क्रमशः धराशायी भी हो गया. इसी प्रकार ब्रिटिश साम्राज्य धीरे-धीरे मजबूत हुआ, लेकिन धीरे-धीरे कमजोर भी होता गया. इसके विपरीत एशियाई देश जो सदियों से कमजोर और अविकसित थे, आज अपनी बढ़ती हुई सैनिक तथा आर्थिक शक्ति के आधार पर क्रमिक विकास की ओर अग्रसर हैं. स्पेंगलर ने समाज के पतन के संदर्भ में सिर्फ इतना ही बताया कि समाज में जब सांस्कृतिक विकास, भौतिक प्रगति अर्थात् सभ्यता के रूप में बदलाव आने लगता है, तो समाज का पतन प्रारम्भ हो जाता है.

इस प्रकार स्पेंगलर के उपर्युक्त सिद्धान्त द्वारा सिर्फ इतना ही प्रमाणित होता है कि सामाजिक परिवर्तन एक शाश्वत एवं अनिवार्य प्रक्रिया है. स्पेंगलर ने अपने सिद्धान्त में न तो सामाजिक परिवर्तन को उत्पन्न करने वाला मूल कारण और न ही विकास तथा ह्रास के सम्बन्ध में कोई निश्चित सीमा पर ही प्रकाश डाला है. अतः इन तथ्यों के अभाव में स्पेंगलर के सिद्धान्त की महत्ता कम होना स्वाभाविक ही है.

(ख) विल्फ्रेड परेटो का सिद्धान्त (Vilfred Pareto's Theory of Social Change)—परेटो ने अपनी प्रसिद्ध पुस्तक 'Mind and Society' में वर्णित 'अभिजात वर्गों के परिभ्रमण सिद्धात' (Circulation of Elites) द्वारा सामाजिक परिवर्तन की प्रकृति को स्पष्ट किया है. परेटो का सिद्धान्त ऐतिहासिक राजनीतिक घटनाओं के परिप्रेक्ष्य में विश्लेषित है.

परेटो ने अपने सिद्धान्त द्वारा यह सिद्ध करने का प्रयास किया है कि सामाजिक परिवर्तन व्यक्ति-समूह की राजनैतिक सत्ता के लिए होने वाले संघर्ष का परिणाम है. परेटो ने बताया कि प्रत्येक समाज दो वर्गों में बँटा हुआ होता है—(i) अभिजात या उच्च वर्ग (Elite or upper class)—सामाजिक संरचना के ऊपरी भाग में स्थित ये ऐसे लोग होते हैं जो अधिक गुण-सम्पन्न एवं कार्य कुशल होते हैं. इसलिए सत्ता पर इन्हीं लोगों का अधिकार होता है. (ii) निम्न वर्ग (Lower Class) है—सामाजिक संरचना के निचले स्तर पर स्थित लोग निम्न वर्ग कहलाते हैं. परेटो के अनुसार समाज में इन दोनों वर्गों के बीच स्थानों के अदला-बदली का क्रम चक्रीय रूप में चलता रहता है. अभिजात वर्ग अपने गुणों को खोकर निम्न वर्ग में आ जाता है, जबकि इन खाली स्थानों को भरने के लिए निम्न वर्ग में जो अधिक बुद्धिमान, कार्यकुशल और साहसी होते हैं वे आगे आ जाते हैं. उत्तरोत्तर रूप से यही क्रम चक्रीय क्रम में चलता रहता है. परेटो ने इसी स्थिति को 'अभिजात वर्गों का परिभ्रमण' कहा है. परेटो के अनुसार समाज के इन दोनों वर्गों की उपर्युक्त ढंग से सामाजिक स्थिति परिवर्तित होने के कारण सामाजिक संरचना बदलता रहता है और इस प्रकार सामाजिक परिवर्तन की प्रक्रिया निरंतर क्रियाशील रहती है.

परेटो ने अपने सिद्धान्त द्वारा परिवर्तन की एक व्यावहारिक स्थिति को काफी व्यवस्थित ढंग से प्रस्तुत किया है, लेकिन इस सिद्धान्त द्वारा सामाजिक परिवर्तन के सभी पहलुओं को नहीं समझा जा सकता है.

(ग) पित्रिम सोरोकिन का सिद्धान्त (Pitrim Sorokin's Theory of Social Change)—केवल चक्रीय सिद्धान्त में ही नहीं वरन् सामाजिक परिवर्तन के सभी सिद्धान्तों में सोरोकिन का सिद्धान्त सबसे महत्वपूर्ण है. सोरोकिन का मानना है कि सामाजिक परिवर्तन की कोई निश्चित दिशा नहीं होती. परिवर्तन विभिन्न सांस्कृतिक दशाओं के बीच एक उतार-चढ़ाव है.

सोरोकिन ने अपने पुस्तक 'Social and Cultural Dynamics' में तीन प्रकार की संस्कृतियों का उल्लेख किया है—

I. **इन्द्रियपरक संस्कृति** (Sensate Culture)—सोरोकिन के अनुसार इस संस्कृति का सम्बन्ध संसार की उन आवश्यकताओं की पूर्ति से है जिनके द्वारा भौतिक सुख की वृद्धि होती है. इस संस्कृति में धर्म का महत्व कम होता है. वस्तुओं के मूल्यांकन का आधार भौतिक सुख ही होता है. यह संस्कृति आराम के साधनों के विस्तार के लिए प्रौद्योगिकी के विस्तार पर बल देती है. वास्तव में इस संस्कृति में 'भोगवादी संस्कृति' की विचारधारा अन्तर्निहित होती है.

II. **विचारणात्मक संस्कृति** (Ideational Culture)—यह उपयोगितावादी या भोगवादी संस्कृति के विपरीत आध्यात्मवादी या भावनात्मक संस्कृति है, क्योंकि इसका सम्बन्ध भौतिक जगत् से न होकर, ईश्वरीय एवं आध्यात्मिक चिंतन से है. इस संस्कृति का उद्देश्य धर्म दर्शन एवं अन्तिम सत्य की खोज करना है. आध्यात्मवाद से प्रेरित होने के कारण यह संस्कृति शारीरिक सुखों को प्राप्त करने के बदले त्याग एवं संन्यास द्वारा शाश्वत सत्य से साक्षात्कार पर अधिक बल देती है.

III. **आदर्शवादी संस्कृति** (Idealistic Culture)—आदर्शवादी संस्कृति उपर्युक्त दोनों संस्कृतियों का समन्वयात्मक स्वरूप है. इस संस्कृति में भौतिक सुख एवं आध्यात्मिक चिंतन दोनों का ही सम्यक् समन्वय होता है. इस संस्कृति में भौतिक सुख एवं आध्यात्मिक सुख दोनों ही संतुलित रूप में पाए जाते हैं. यह केवल ज्ञान प्राप्ति ही नहीं, परन्तु ज्ञान के उपयोग को भी आवश्यक मानता है.

सोरोकिन का मानना है कि सांस्कृतिक परिवर्तन के रूप में उतार-चढ़ाव की प्रक्रिया इन्द्रियपरक एवं विचारणात्मक संस्कृतियों के बीच चलती रहती है. समाज में आदर्शवादी संस्कृति का ही वास्तविक अस्तित्व होता है. आदर्शवादी संस्कृति में ही कभी इन्द्रियपरक संस्कृति की विशेषताएँ बढ़ने लगती हैं, तो कभी विचारणात्मक संस्कृति की विशेषताएँ बढ़ने लगती हैं, लेकिन प्रत्येक संस्कृति के विकास की एक सीमा होती है जिसके बाद वह परिवर्तन की प्रक्रिया में आती है जिससे वह दूसरी संस्कृति की ओर उन्मुख होती है. इस सांस्कृतिक परिवर्तन के कारण के सम्बन्ध में सोरोकिन का कहना है कि जिस प्रकार कुछ आन्तरिक शक्तियों के कारण शरीर का विकास होता है, उसी प्रकार संस्कृति की व्यवस्था में होने वाले परिवर्तनों का कारण भी कुछ आन्तरिक और प्राकृतिक नियम है.

सोरोकिन के अनुसार, इसी सांस्कृतिक परिवर्तन का प्रतिफल सामाजिक परिवर्तन है. अपने सिद्धान्त के आधार पर सोरोकिन ने ये निष्कर्ष दिया कि वर्तमानकाल में इन्द्रियपरक संस्कृति का ही अत्यधिक महत्व है, लेकिन यह अपने चरमोत्कर्ष पर पहुँच चुकी है इसलिए निकट भविष्य में हमारा समाज अन्य सांस्कृतिक स्थितियों की ओर भी अधिक आकृष्ट होगा.

यद्यपि सामाजिक परिवर्तन के सम्बन्ध में सोरोकिन के सिद्धान्त को सर्वाधिक मान्यता दी गई है तथापि अनेक आधारों पर इसकी आलोचना भी की गई है. प्रथम कि इन्द्रियपरक एवं विचारणात्मक संस्कृति को सोरोकिन ने सांस्कृतिक परिवर्तन की सीमाओं के रूप में इंगित किया है, परन्तु स्वयं इनमें परिवर्तन किस सीमा तक होगा, इस सम्बन्ध में सोरोकिन ने कुछ नहीं कहा. द्वितीय कि सभी सामाजिक पहलुओं को केवल इन्द्रियपरक एवं विचारणात्मक संस्कृति के दायरे में रखकर ही परिवर्तन को स्पष्ट करना सम्भव नहीं है. कुछ सामाजिक पहलू इस सीमा से बाहर भी हैं जैसे—युद्ध, क्रान्ति आदि. तृतीय कि परिवर्तन के मूल कारणों के संदर्भ में सोरोकिन ने केवल इतना कहा है कि कुछ आन्तरिक एवं प्राकृतिक नियम के कारण ऐसा होता है, जबकि इन नियमों को भी स्पष्ट करना आवश्यक था.

3. **अन्य सिद्धान्त** (Other Theories of Social Change)—सामाजिक परिवर्तन के कुछ सिद्धान्त ऐसे भी हैं जो सामाजिक परिवर्तन के प्रकृति (रेखीय या चक्रीय) के बजाए केवल परिवर्तन के कारण पर ही केन्द्रित है. ऐसे सिद्धान्तों में ऑगबर्न का **'सांस्कृतिक विलम्बना सिद्धान्त'** प्रमुख है.

डब्ल्यू. एफ. ऑगबर्न (W.F. Ogburn) ने 1922 में प्रकाशित अपनी पुस्तक 'Social Change' में प्रथमतः 'सांस्कृतिक विलम्बन सिद्धान्त' (Theory of Cultural Lag) का उल्लेख किया. इस सिद्धान्त के अन्तर्गत ऑगबर्न ने संस्कृति को दो भागों में बाँटा है—भौतिक तथा अभौतिक संस्कृति. भौतिक संस्कृति के अन्तर्गत ऑगबर्न ने संस्कृति के उन उपादानों को रखा है जो मूर्त हैं अर्थात् जिसे छुआ और देखा जा सकता है. अभौतिक संस्कृति के अन्तर्गत संस्कृति के अमूर्त पक्ष जैसे—धर्म, कला, साहित्य, आचार-विचार, मूल्य, आदर्श आदि आती है. ऑगबर्न का कहना है कि विगत दशकों में सम्पूर्ण संस्कृति ने काफी विकास किया है, परन्तु इस विकास क्रम में अभौतिक संस्कृति की अपेक्षा भौतिक संस्कृति अधिक आगे बढ़ चुकी है. अभौतिक संस्कृति काफी पीछे रह गई है. इस प्रकार से संस्कृति के एक भाग का पिछड़ जाना ही ऑगबर्न के अनुसार सांस्कृतिक विलम्बना है. जैसे—परिवार नियोजन के तकनीक काफी विकसित हो चुके हैं, परन्तु लोग अभी तक इसे उसी मात्रा में स्वीकार नहीं किया है. ऑगबर्न के अनुसार संस्कृति के उभय पक्षों में असंतुलन के कारण समाज में तनाव की स्थिति उत्पन्न होती है. तनाव की इस स्थिति को समझने और उसके अनुरूप अपने को ढालने तथा परिवर्तित विचारधारा को अपनाने में लोगों को समय लगता है, किन्तु समाज को सुचारु ढंग से चलाने के लिए वे अपने आपको परिवर्तन के अनुरूप ढालते ही हैं.

मैकाइवर एवं पेज ने ऑगबर्न की आलोचना करते हुए कहा कि भौतिक संस्कृति एवं अभौतिक संस्कृति दोनों के दो चीज होने के कारण आपस में तुलना नहीं की जा सकती है. तुलना केवल एक संस्कृति के दो तत्वों के बीच ही की जा सकती है. अतः भौतिक एवं अभौतिक संस्कृति में से किसी एक को प्रगतिशील एवं दूसरे को पिछड़ा करार देना सम्भव ही नहीं है. मैकाइवर एवं पेज ने सांस्कृतिक विलम्बना के बदले तकनीकी विलम्बना (Technological lag) का सम्बोध सुझाया है, क्योंकि दो तकनीकों के बीच अक्सर यह स्थिति देखने में आती है. टी.बी. बोटोमोर (T. B. Botomore) ने सांस्कृतिक विलम्बन की अवधारणा को भारतीय समाज के संदर्भ में अधिक प्रासंगिक बताया है.

ऑगबर्न के उपर्युक्त सिद्धान्त के अलावा मैक्स वेबर (Max Weber) का 'धार्मिक आचार का सिद्धान्त', डब्ल्यू. आई. थॉमस (W.I. Thomas) का 'सात्मीकरण का सिद्धान्त' तथा इलियट स्मिथ (Elliatt Smith) का 'संस्कृति प्रसार का सिद्धान्त' भी सामाजिक परिवर्तन की प्रक्रिया को समझने के लिए महत्वपूर्ण है. इसके अलावा द्वंद्व या संघर्ष के द्वारा सामाजिक परिवर्तन को स्पष्ट करने वाले विचारकों में हीगेल, मार्क्स, रोजेनहोफर, स्माल तथा ओपेनहेमर आदि प्रमुख हैं.

सामाजिक परिवर्तन के कारक (Different Factors of Social Change)

सामाजिक परिवर्तन के विभिन्न सिद्धान्तों के विश्लेषण द्वारा यह स्पष्ट है कि सभी सिद्धान्त एकपक्षीय हैं. अर्थात्

सभी समाजशास्त्रियों ने किसी एक ही घटक या तथ्य के आधार पर सामाजिक परिवर्तन जैसी जटिल प्रक्रिया को स्पष्ट करने का प्रयास किया है. इसलिए ये सिद्धान्त मौलिक होने के बावजूद भी सामाजिक परिवर्तन के कारणों को स्पष्ट करने में अधिक प्रासंगिक नहीं है. इस सम्बन्ध में ए.एम. रोज (A. M. Rose) का कहना सही है कि, "सम्भवतः सामाजिक परिवर्तन का कोई कारण अथवा कारणों की एक शृंखला सभी समाजों में सभी परिवर्तनों के लिए उत्तरदायी नहीं है और न सिर्फ एक कारण ही किसी एक परिवर्तन के लिए उत्तरदायी है." ऐसे में यह अति आवश्यक है कि सामाजिक परिवर्तन की गति एवं दिशा निर्धारित करने वाले विभिन्न कारकों का समग्र विश्लेषण किया जाए, ताकि कारकों के पारस्परिक प्रभावों को भी समझा जा सके. सामाजिक परिवर्तन के विभिन्न कारक निम्नलिखित हैं—

1. **प्राकृतिक कारक** (Natural Factors)—प्रकृति मनुष्य को सदैव एक चुनौती देती रहती है. इस चुनौती के प्रत्युत्तर में मनुष्य द्वारा निर्मित विभिन्न पारिस्थितिक निर्माण (Ecological Adaptation) की प्रक्रिया सामाजिक परिवर्तन के ही अंग हैं. यह सर्वमान्य तथ्य है कि मनुष्य बसने के लिए उन्हीं क्षेत्रों का चुनाव करता है, जहाँ का प्राकृतिक वातावरण उसके अनुकूल हो, क्योंकि मानव जीवन में खुशी या दुःख बहुत हद तक प्राकृतिक कारकों पर ही निर्भर करती है. प्रतिकूल प्राकृतिक दशाएँ मानवीय जीवन को दुःखपूर्ण बना देती हैं, लेकिन मनुष्य जहाँ बसता है वहाँ की प्रत्येक प्राकृतिक अवस्थाएँ सदैव मानव जीवन के अनुकूल ही नहीं होतीं. साथ ही सभी क्षेत्रों की प्राकृतिक दशाएँ एक जैसी नहीं होतीं. समुद्रतटीय क्षेत्रों का पर्यावरण, पहाड़ी या मैदानी क्षेत्रों के पर्यावरण से अत्यधिक भिन्न होता है. इसलिए एक विशेष क्षेत्र में रहने वाले मनुष्य वहाँ के पर्यावरण के अनुकूल अपने आपको ढाल लेते हैं. अपनी बुद्धि और कौशल से पर्यावरण को मनुष्य नियंत्रित कर नए आविष्कार और जीवन शैली को जन्म देता है, जो संस्कृति के मुख्य भाग हैं. इसके अलावा प्राकृतिक विपदाएँ मनुष्य में प्रवास की प्रवृत्ति को भी बढ़ावा देती हैं. प्रवास के कारण न केवल व्यक्ति की जीवन शैली बल्कि व्यक्ति के सामाजिक सम्बन्धों का जाल भी परिवर्तित हो जाता है. इस प्रकार प्राकृतिक चुनौती मनुष्य को नए आविष्कार के लिए प्रेरित करती है जिससे व्यक्ति के विचार, जीवन शैली एवं सम्पूर्ण सामाजिक संगठन में परिवर्तन उत्पन्न होते हैं. प्राकृतिक कारकों को मुख्य आधार मानते हुए सामाजिक परिवर्तन को स्पष्ट करने वाले प्रमुख विद्वानों में हटिंगटन एवं जूलियन हक्सले हैं. इन लोगों ने यह स्वीकार किया है कि जलवायु में परिवर्तन होने से सभ्यता एवं संस्कृति में परिवर्तन होते हैं.

2. **जनांकिकीय कारक** (Demographic Factors)—सामाजिक संगठन में जनसंख्या की भूमिका अति महत्वपूर्ण होती है. जनसंख्या की विशेषताओं अर्थात् मात्रा, संरचना एवं वितरण के अनुसार सामाजिक संगठन को एक विशेष रूप प्राप्त होता है. अतः जनसंख्यात्मक विशेषताओं में परिवर्तन होने से सामाजिक संगठन का स्वरूप भी बदल जाता है.

समाज में उपलब्ध भौतिक एवं आर्थिक संसाधनों की तुलना में जनसंख्या अधिक होने से समाज में गरीबी एवं बेकारी का विकास होता है. परिणामस्वरूप व्यक्तियों के जीवन स्तर में गिरावट के कारण व्यक्ति की कार्यकुशलता भी घट जाती है. जीविका के साधनों को प्राप्त करने के क्रम में समाज में संघर्ष, प्रतियोगिता, अनैतिकता, भ्रष्टाचार आदि बढ़ जाते हैं. मैकाइवर एवं पेज ने कहा है— "19वीं सदी में जनसंख्या की अभूतपूर्व वृद्धि के साथ परिवार-नियोजन तथा विवाह के प्रति दृष्टिकोण पर भी प्रभाव पड़ा. इस कारण एकाकी परिवार की वृद्धि के अलावा विवाह एवं तलाक की सुविधा, पति-पत्नी के सम्बन्ध, माता-पिता के प्रति संतान का सम्बन्ध, परिवार की आर्थिक आत्मनिर्भरता आदि में परिवर्तन हो रहे हैं." इसी प्रकार से समाज में आवश्यक जनसंख्या न होने से भी सामाजिक परिवर्तन प्रभावित होते हैं.

जनसंख्या वृद्धि के कारण प्रवास की प्रवृत्ति बढ़ती है. प्रवास के कारण भिन्न संस्कृति, प्रजातीय विशेषताएँ, सामाजिक मूल्य और जीवन शैली वाले दो व्यक्ति समूहों का मिलन होता है. परिणामस्वरूप एक मिश्रित संस्कृति का विकास होता है. इस संस्कृति में एक व्यक्ति-विशेष की एवं व्यक्ति-समूह के चिंतन का ढंग, व्यवहार, प्रतिमान, जीवन शैली, मूल्य और आदर्श आदि परिवर्तित हो जाते हैं. दूसरी ओर प्रजातीय एवं सांस्कृतिक मिश्रण के भय से समाज में संघर्ष एवं तनाव की स्थिति भी उत्पन्न हो जाती है. दोनों ही रूपों में प्रवास सामाजिक परिवर्तन को अत्यधिक प्रभावित करता है.

सामाजिक परिवर्तन में जनसंख्या के आकार की तरह ही जनसंख्या की संरचना भी अत्यधिक महत्वपूर्ण है. जनसंख्या संरचना में अन्य तथ्यों के अलावा आयु वर्ग एवं यौनानुपात अधिक महत्वपूर्ण है. जिस समाज में वृद्ध आयु वर्ग की जनसंख्या अधिक होती है उसमें परम्परागत विचारों की रक्षा की भावना अधिक सशक्त होती है इसलिए ऐसे समाजों में किसी भी नए परिवर्तन का विरोध किया जाता है. इसके विपरीत अधिक युवा आयु वर्ग वाले समाज में परिवर्तन एवं नवीनता के प्रति अधिक आकर्षण होता है. परम्पराओं का महत्व घट जाता है. धार्मिक क्रियाकलापों में तर्क का समावेश हो जाता है. यानि ऐसे समाज में परिवर्तन को अधिक प्रोत्साहन मिलता है. इसी प्रकार से स्त्री एवं पुरुषों का परस्पर अनुपात समाज में उनकी भागीदारी को सुनिश्चित करता है. प्रथम विश्व युद्ध के पश्चात् पुरुषों की अत्यधिक कमी के कारण ही यूरोपीय समाज में स्त्रियों की भागीदारी बढ़ी. स्त्री-पुरुष के अनुपात के अनुसार ही समाज में वैवाहिक

प्रथाओं का स्वरूप भी निर्धारित होता है. यदि समाज में स्त्रियों की संख्या अधिक होगी तो बहुपत्नी विवाह, बाल-विवाह आदि प्रचलित होंगे और यदि पुरुषों की संख्या अधिक होगी, तो बहुपति विवाह और विलम्ब विवाह अधिक प्रचलित होंगे.

इसी प्रकार से जनसंख्या के वितरण द्वारा भी सामाजिक परिवर्तन प्रभावित होता है. जिन क्षेत्रों में जनसंख्या का जमाव अधिक होता है वहाँ सामाजिक विभेदीकरण और सामाजिक स्तरीकरण की प्रक्रियाएँ अधिक क्रियाशील होती हैं. इसका मुख्य कारण सीमित संसाधनों के बीच असीमित भागीदारी ही है.

जनसंख्या एवं सामाजिक परिवर्तन के सबसे चरमरूप क्रान्ति के अन्तर्सम्बन्ध के बारे में कार्ली (Karli) ने कहा है—"जिस अवधि में जनसंख्या में अधिक परिवर्तन हो रहे होते हैं, उसी अवधि में व्यक्तियों में मानसिक अस्थिरता भी सबसे अधिक होती है. यही अस्थिरता क्रान्ति और आन्तरिक संकटों का कारण है. जनसंख्या में अधिक ह्रास या वृद्धि होने से समाज के विभिन्न वर्गों में सामाजिक और आर्थिक स्थिति में भी उतार-चढ़ाव होता है. इस प्रक्रिया में निम्न वर्ग के व्यक्तियों को उच्च वर्ग में जाने से रोकने के जितने अधिक प्रयत्न किए जाते हैं, क्रान्ति की सम्भावना उतनी ही अधिक बढ़ जाती है."

3. **जैविक कारक** (Biological Factors)—सामाजिक परिवर्तन में जैविक कारकों का प्रत्यक्ष महत्व नहीं है. जैविक कारक प्रत्यक्ष रूप से जनसंख्या के आकार तथा संरचना को ही प्रभावित करते हैं. मानवीय प्रजनन, उर्वरता, जन्म-दर, मृत्यु-दर, जीवन प्रत्याशा, लिंगानुपात, विभिन्न आयु वर्ग में सदस्यों की संख्या आदि सभी तथ्यों के निर्धारण में जैविकीय तथ्य ही अधिक महत्वपूर्ण हैं. इस प्रकार जैविकीय कारक जनसंख्यात्मक विशेषताओं को निर्धारित करती है और जनसंख्यात्मक कारक सामाजिक परिवर्तन की गति और दिशा को निर्धारित करती है.

4. **आर्थिक कारक** (Economic Factors)—सामाजिक परिवर्तन की गति और दिशा निर्धारित करने में आर्थिक कारक भी बहुत ही महत्वपूर्ण हैं. सम्पूर्ण मार्क्सवाद में तो इन्हीं दोनों के अन्तर्सम्बन्धों को प्रमुखता से उकेरा गया है. हालांकि मार्क्स ने केवल 'उत्पादन के ढंग' को ही इतना महत्वपूर्ण आर्थिक कारक मान लिया है जो सभी तरह के सामाजिक परिवर्तन के लिए उत्तरदायी है, परन्तु वास्तव में इसके अलावा उपभोग की प्रवृत्ति, वितरण की व्यवस्था, आर्थिक नीतियाँ, औद्योगिकीकरण, श्रम विभाजन आदि भी किसी समाज के सुदृढ़ आर्थिक संरचना के निर्माण एवं स्थायित्व की दृष्टि से विशेष प्रासंगिक है. इन सभी में किसी भी प्रकार की असंगति से व्यक्तिगत आय-स्तर प्रभावित होती है. आय में विषमता बढ़ने के कारण ही व्यक्तिगत असंतोष उत्पन्न होता है जो बढ़कर क्रान्ति का रूप धारण करने लगता है. आर. बीरस्टीड (R. Bierstedt) ने सही ही कहा है कि "यदि हवा और पानी की तरह व्यक्ति को भोजन और वस्त्र भी बिना किसी बाधा के मिल जाते, तो न कोई आर्थिक समस्या उत्पन्न होती और न ही सामाजिक परिवर्तन को स्पष्ट करने के लिए आर्थिक कारकों को समझने की आवश्यकता होती."

वर्तमान में औद्योगीकरण ने सामाजिक परिवर्तन में सबसे अधिक योगदान दिया है. औद्योगीकरण के कारण ही नगरीकरण की प्रक्रिया में तेजी आयी है. इससे हाल के वर्षों में नगरीय संस्कृति का तीव्र गति से विकास एवं प्रसार हो रहा है. नगरीय संस्कृति का विस्तृत होकर ग्रामीण परिवेश में पहुँचने के कारण ही आज गाँवों में अनौपचारिक नियंत्रण के साधनों की प्रभावहीनता, पारिवारिक संरचना में परिवर्तन आदि देखने को मिलता है. औद्योगीकरण के कारण ही वर्तमान में समाज के प्रत्येक क्षेत्र में व्यापारिक प्रवृत्ति की प्रधानता पायी जाती है. हालांकि औद्योगीकरण के कई सकारात्मक प्रभाव भी है. जैसे—श्रम के महत्व का स्थापन, तार्किक जीवन का प्रसार, आजीविका वृत्ति में वृद्धि आदि. निश्चित रूप से इन सकारात्मक प्रभावों के कारण वर्तमान में व्यक्तिगत आय में वृद्धि हुई है जो व्यक्ति को एक ओर जहाँ नवीनता के लिए प्रेरित करती है वहीं दूसरी ओर नवीनता को स्वीकार करने में सहायक भी होती है. औद्योगीकरण का ही एक प्रमुख परिणाम समाज में प्रतिस्पर्द्धा का बढ़ना है. एच.एम. जॉन्सन (H. M. Johnson) ने प्रतिस्पर्द्धा को व्यापक सामाजिक परिवर्तन उत्पन्न करने वाला आधारभूत कारक माना है. इस बात से इनकार नहीं किया जा सकता है कि आज समाजवादी और साम्यवादी व्यवस्था का विकास आर्थिक प्रतिस्पर्द्धा की प्रतिक्रिया के रूप में ही हुआ है. आर्थिक प्रतिस्पर्द्धा स्वतंत्र हो या नियन्त्रित हो, प्रत्यक्ष या अप्रत्यक्ष रूप से यह सदैव सामाजिक परिवर्तन को प्रोत्साहित करता है.

केवल आर्थिक तथ्यों के आधार पर सामाजिक परिवर्तन को स्पष्ट करने के कारण मार्क्स की तो कटु आलोचना की गई, परन्तु ये सच है कि वर्तमान समय में किसी भी मानवीय पहलू को आर्थिक तथ्यों से अलग करके विश्लेषित करना सम्भव नहीं है. सभी मानवीय पहलुओं के केन्द्र में आर्थिक घटक ही अंशतः या पूर्णतः निर्धारक घटक की भूमिका निभाते हैं. ऐसा मौद्रिक व्यवस्था के प्रसार के कारण हुआ हो या लोक कल्याणकारी राज्य की अवधारणा के विकास के साथ व्यक्तिगत आय की विषमता कम होने के कारण हुआ हो या अन्य किसी कारण से, यह स्पष्ट रूप से नहीं कहा जा सकता, लेकिन केवल आर्थिक घटकों के आधार पर सामाजिक परिवर्तन को स्पष्ट करना एक अपूर्ण अध्ययन विधि होगी. ये सच है कि आर्थिक कारक जहाँ एक ओर आर्थिक संरचना को परिवर्तित कर प्रत्यक्ष रूप से सामाजिक परिवर्तन को

प्रभावित करते हैं वहीं दूसरी ओर सामाजिक परिवर्तन के अन्य कारकों को भी प्रभावित कर अप्रत्यक्ष कारक की भी भूमिका निभाते हैं. इसलिए सामाजिक परिवर्तन में आर्थिक कारक की व्यापकता से इनकार नहीं किया जा सकता है.

5. **सांस्कृतिक कारक** (Cultural Factors)—सांस्कृतिक परिवर्तन *बनाम* सामाजिक परिवर्तन के तहत् हम देख चुके हैं कि सामाजिक परिवर्तन सांस्कृतिक परिवर्तन का ही एक भाग है. वास्तव में सांस्कृतिक उपादानों के सीमित दायरे में ही सामाजिक जीवन की रूपरेखा निर्धारित होती है. संस्कृति ही आविष्कारों और अन्वेषणों के लिए आधार प्रदान करती है. संस्कृति ही जनसंख्या, तकनीक एवं उद्योग-धन्धों के प्रसार की दिशा निर्धारित करती है. हमारे आदर्श, विश्वास, धर्म, मूल्य, प्रथाएँ, संस्थाएँ, रूढ़ियाँ आदि हमारे सांस्कृतिक जीवन के ही प्रतिबिम्ब होते हैं. इन सांस्कृतिक प्रतिमानों के अभाव में किसी निश्चित सामाजिक संगठन की कल्पना भी नहीं की जा सकती है. इसलिए इन सांस्कृतिक प्रतिमानों के परिवर्तित होने पर सामाजिक परिवर्तन भी स्वतः ही हो जाता है. समग्र संस्कृति के अलावा संस्कृति के उभय पक्ष (भौतिक एवं अभौतिक) भी स्वतन्त्र रूप में सामाजिक परिवर्तन के लिए समान रूप से उत्तरदायी हैं. भौतिक संस्कृति व्यक्ति की आदतों में परिवर्तन लाती है एवं अभौतिक संस्कृति व्यक्ति के व्यवहार में परिवर्तन लाती है. व्यक्ति की आदतें एवं व्यवहार ही सामाजिक परिवर्तन के लिए प्राथमिक एवं अन्तिम रूप से उत्तरदायी होता है. सांस्कृतिक विशेषताओं में परिवर्तन का मुख्य कारण युद्ध या प्रवास के कारण दो भिन्न संस्कृतियों वाले व्यक्ति समूहों का मिलन है जिसमें सांस्कृतिक विशेषताओं का आदान-प्रदान होता है अथवा किसी समूह द्वारा अपनी उचित आवश्यकताओं की पूर्ति के क्रम में दूसरे समूह की सांस्कृतिक विशेषताओं को स्वेच्छा से स्वीकार करना है.

सामाजिक परिवर्तन में सांस्कृतिक कारकों के महत्व को उद्घाटित करने वाले समाजशास्त्री सोरोकिन एवं ऑगबर्न के विचारों से हम सामाजिक परिवर्तन के सिद्धान्त के तहत् अवगत हो चुके हैं. इस क्रम में एक महत्वपूर्ण विचार मैक्स वेबर का भी है. मैक्स वेबर ने एक ओर संस्कृति के एक पक्ष, धर्म और सामाजिक संरचना के पारस्परिक सम्बन्ध पर विचार किया है, दूसरी ओर विभिन्न धर्मों के आचारशास्त्र, अर्थ-व्यवस्था और पूँजीवादी व्यवस्था की विशेषताओं के सह-सम्बन्ध का तार्किक विश्लेषण किया है. विश्व के सात प्रमुख धर्मों के अध्ययन के आधार पर वेबर ने यह निष्कर्ष दिया कि प्रोटेस्टेन्ट धर्म के आदर्श एवं मूल्यों ने इस संसार में रहकर ही कर्तव्य की पूर्ति, श्रम, संचय, बचत एवं समय के मूल्य पर जोर दिया जो पूँजीवाद के विकास के लिए आवश्यक थे. अन्य धर्मों (हिन्दू, बौद्ध, इस्लाम आदि) के आचारशास्त्र में इस प्रकार के आर्थिक एवं भौतिक मूल्यों पर जोर नहीं दिया गया. इसलिए प्रोटेस्टेन्ट धर्मावलम्बी बहुल राष्ट्रों में पूँजीवाद अधिक विकसित हुआ. इसलिए वेबर का मानना था कि, चूँकि धर्म ही मानवीय व्यवहार को अत्यधिक प्रभावित करता है, अतः जब धार्मिक आदर्शों में परिवर्तन होता है, तो व्यक्तियों के विचार, विश्वास, उत्पादन की प्रविधियाँ और व्यवहार करने के ढंग अपने आप बदल जाते हैं.

6. **राजनीतिक कारक** (Political Factors)—राजनीतिक व्यवस्था का स्वरूप चाहे राजतंत्रवादी हो या प्रजातांत्रिक, तानाशाही हो या आधुनिक लोक कल्याणकारी, संगठित राज्य एवं सरकार के द्वारा राजनीतिक व्यवस्था, बहुत हद तक सामाजिक जीवन के प्रहरी के रूप में कार्य करता है. वर्तमान समय में राज्य एवं सरकार केवल राजनीतिक प्रशासन एवं आर्थिक नीतियों के निर्धारण तक ही सीमित नहीं है, बल्कि कुछ व्यावहारिक नीतियों का निर्धारण भी सरकार की ही जिम्मेदारी है. इसी के तहत् सरकार के द्वारा समय-समय पर आवश्यक सामाजिक अधिनियम पारित किए जाते हैं, जो सामाजिक परिवर्तन को प्रोत्साहित करती है. भारतीय समाज इसका सबसे स्पष्ट उदाहरण है. आजादी से पहले और आजादी के बाद भारत में सरकार द्वारा सती-प्रथा उन्मूलन बालिका-शिशु हत्या, विधवा पुनर्विवाह, विवाह एवं तलाक, उत्तराधिकार, धर्म-निरपेक्षता, छुआछूत आदि जैसे विभिन्न सामाजिक पहलुओं पर अनेक कानून पारित किए गए हैं. इन कानूनों के कारण भारतीयों की मनोवृत्ति, विचार विश्वास, लोकाचार, व्यक्ति की सामाजिक प्रस्थिति, परिवार की संरचना तथा पारस्परिक सम्बन्ध अत्यधिक परिवर्तित हुए हैं. ये परिवर्तन सरकार के नियोजित एवं जागरूक प्रयत्नों के प्रतिफल हैं. इसके अलावा राजनीतिक व्यवस्था में उलट-फेर या अव्यवस्था के कारण भी सामाजिक परिवर्तन व्यापक रूप से प्रभावित होता है. राजनीतिक उलट-फेर के सम्बन्ध में ही विल्फ्रेड परेटो ने 'अभिजात वर्गों के परिभ्रमण' का सिद्धान्त दिया था. प्रत्येक सत्ता परिवर्तन के बाद नई सरकारों द्वारा नए एजेंडों को कार्यान्वित किया जाता है. इससे भी सामाजिक संरचना प्रभावित होती है. सामाजिक परिवर्तन के चरम रूप क्रान्ति को केवल सामाजिक एवं व्यक्तिगत मनोवृत्ति में परिवर्तन के द्वारा ही नहीं, बल्कि राजनीतिक अव्यवस्था के सन्दर्भ में ही सम्पूर्ण रूप से विश्लेषित किया जा सकता है. इस प्रकार स्पष्ट है कि समाज में राजनीतिक व्यवस्था के संगठित एवं सुदृढ़ रूप धारण करने के पश्चात् नियोजित सामाजिक परिवर्तन की दिशा में इसके व्यापक एवं महत्वपूर्ण प्रभावों की अवहेलना नहीं की जा सकती है.

7. **महान् व्यक्तित्व** (Great Impressive Personality)—जिस प्रकार नए सिद्धान्तों की खोज से नए भौतिक आविष्कारों का मार्ग प्रशस्त होता है, उसी प्रकार नए अभौतिक आविष्कार अर्थात् नए चिंतन एवं विचार के द्वारा

भी सामाजिक संरचना में नवीनता आती है. ऐसे नए विचारों के प्रणेता कोई साधारण व्यक्ति नहीं, बल्कि महान् युग द्रव्य-द्रष्टा, पथ-प्रदर्शक एवं दूरदर्शिता से युक्त करिश्माई व्यक्तित्व वाले व्यक्ति होते हैं. इसलिए कॉम्ट ने एक अच्छे समाज के निर्माण के लिए दार्शनिकों और बुद्धिजीवी वर्ग की सेवाओं को सबसे अधिक महत्व दिया. ऐसे महान् व्यक्ति न केवल वर्तमान का समुचित विश्लेषण करते हैं, बल्कि भविष्य की आवश्यकताओं को भी समय से पहले भाँप लेते हैं. ये व्यक्ति न केवल नए उत्कृष्ट सिद्धान्तों का प्रतिपादन करते हैं, बल्कि आम जन-मानस को वर्तमान एवं भविष्य की आवश्यकताओं के प्रति जागरूक बनाने का भी कार्यभार ग्रहण करते हैं जिससे समाज में परिवर्तन की एक लहर चल पड़ती है. चाहे मध्यकालीन विश्व में धार्मिक सुधार की लहर हो या आधुनिक काल में आर्थिक सुधार की लहर हो या भारतीय समाज में सामाजिक सुधार की लहर हो सभी के नेपथ्य में कई महान् व्यक्तियों का व्यक्तित्व एवं कृतत्व ही प्रेरक तथ्य रहा है. मार्टिन लूथर किंग ने जहाँ यूरोप में धार्मिक सुधार एवं पुनर्जागरण की अलख जगाकर चर्च एवं सामन्तशाही को आघात पहुँचाई, वहीं मार्क्स ने आर्थिक सुधार के क्रम में समाजवादी धारणा का विकास कर दुनिया के मजदूरों को एक सूत्र में बाँधा. भारतीय समाज के प्राचीनकाल में बुद्ध और महावीर तो मध्यकाल में नानक, चैतन्य, कबीर एवं भक्ति तथा सूफी संतों ने पारम्परिक धार्मिक व्यवस्था की नींव ही हिला दी. आधुनिक काल में राजा राममोहन राय, ईश्वरचन्द्र विद्यासागर, रामकृष्ण परमहंस, स्वामी विवेकानन्द, महर्षि दयानन्द, महादेव गोविन्द रानाडे, महात्मा गांधी, डॉ. भीमराव अम्बेडकर आदि व्यक्तियों ने सामाजिक कुरीतियों, रूढ़िवादिता, अस्पृश्यता, स्त्री-अधिकार आदि के संदर्भ में व्यापक आन्दोलन चलाकर जिस प्रकार से भारतीय समाज को नया रूप दिया वे किसी बड़ी क्रान्ति से कम नहीं हैं. इस प्रकार इसमें कोई शक नहीं कि महान् व्यक्तियों के चिंतन एवं विचार चाहे जिस किसी मानवीय पहलुओं से सम्बन्धित हो, लेकिन अन्ततः वे सामाजिक संरचना को एक नवीन रूप देते ही हैं.

8. **प्रौद्योगिकी कारक** (Technological Factors)—पूर्व-पाषाणकाल से लेकर वर्तमान तक विभिन्न आवश्यकताएँ मनुष्य को प्रौद्योगिकीय विकास के लिए प्रेरित करती रही है. इसलिए मनुष्य अपने ज्ञान एवं कौशल के आधार पर प्रौद्योगिकी को नया रूप देने के लिए सदैव प्रयत्नशील रहा है, लेकिन एक छोटा-सा प्रौद्योगिकीय विकास भी जहाँ एक ओर मनुष्य की कई आवश्यकताओं को संतुष्ट करता है, वहीं दूसरी ओर कई नई आवश्यकताओं को जन्म भी देता है. प्रौद्योगिकीय विकास के इस चक्रीय क्रम में, चूँकि मनुष्य की आवश्यकताएँ उसके सामाजिक संगठन के अनुरूप होती हैं इसलिए नए आविष्कारों का स्वरूप भी सामाजिक संगठन के अनुरूप होना स्वाभाविक है. कहने का तात्पर्य है कि सामाजिक संगठन में प्रत्येक परिवर्तन नए प्रौद्योगिकीय विकास को प्रेरित करती है, तो दूसरी ओर प्रत्येक प्रौद्योगिकीय विकास से सामाजिक संगठन का स्वरूप भी परिवर्तित होता जाता है. इस क्रम में न केवल विकास का स्वरूप जटिल होता जाता है, बल्कि विकास के तदनुरूप सामाजिक संगठन का स्वरूप भी जटिल होता जाता है. उदाहरणस्वरूप आरम्भ में हल की प्रौद्योगिकीय और पशु-शक्ति पर आधारित समाज व्यवस्था कृषि तथा ग्राम-समुदाय के इर्द-गिर्द ही संगठित थी, लेकिन कालांतर में प्रौद्योगिकी विकास के कारण आज औद्योगीकरण के युग में नगर संस्कृति के प्रसार के कारण सामाजिक जीवन अत्यधिक जटिलता तथा अनेक सामाजिक समस्याओं से ग्रस्त है.

प्रौद्योगिकीय विकास के वे विविध आयाम जो सामाजिक संगठन एवं संरचना को नवीन स्वरूप प्रदान कर सामाजिक परिवर्तन को अत्यधिक प्रभावित किया है, वे निम्नलिखित हैं—

I. **कृषि का यांत्रिक स्वरूप** (Technological Structure of Agriculture)—वर्तमान कृषि-व्यवस्था पूर्णतः यांत्रिक है. कृषि कार्य में कोई भी ऐसा चरण नहीं है जिसके लिए कोई छोटी-बड़ी मशीन उपलब्ध न हो. न केवल कृषि कार्य बल्कि कृषि के लिए आवश्यक सामग्री जैसे—खाद, बीज, कीटनाशक, खाद्य सुरक्षा के लिए कोल्ड स्टोर इत्यादि सभी पूर्णतः बड़े-बड़े कल-कारखानों पर ही आधारित हैं. इसलिए आज कृषि का महत्व मात्र खाद्यान्न-आपूर्ति के साधन के रूप में ही नहीं, बल्कि व्यापारिक फसलों (गन्ना, तिलहन, जूट, कपास, तम्बाकू आदि) के रूप में बड़े उद्योगों के लिए कच्चे माल उपलब्ध करवाने के कारण अधिक हैं.

II. **परिवहन एवं संचार क्रान्ति** (Transport and Communication Revolution)—परिवहन के आधुनिक साधनों अर्थात् रेल, बस एवं हवाई-जहाज के विकसित होने के कारण दो स्थानों के बीच की दूरी अब महत्वहीन हो चुकी है. इससे व्यक्ति में प्रवास की प्रवृत्ति को बढ़ावा मिला है. इसी प्रकार से संचार के विभिन्न साधनों जैसे—डाक, तार, टेलीफोन, दूरदर्शन, रेडियो, इन्टरनेट, चलचित्र आदि के विकास के कारण विश्व के किसी क्षेत्र में घटी घटना मिनटों में पूरे विश्व में फैल जाती है. इसलिए व्यक्ति आज राष्ट्रीय या अन्तर्राष्ट्रीय घटनाओं के प्रति अतिशीघ्र गोलबन्द हो जाते हैं. वास्तव में परिवहन एवं संचार व्यवस्था में आयी क्रान्ति के कारण ही आज 'वैश्विक ग्राम' (Global Village) की अवधारणा प्रस्फुटित हुई एवं तदोपरान्त सुदृढ़ होती जा रही है.

III. **दैनिक जन-जीवन में यंत्रीकरण** (Technical Application in Daily Life)—प्रौद्योगिक विकास के कारण आज न केवल हमारी सम्पूर्ण उत्पादन व्यवस्था यंत्रीकृत हो चुकी है, बल्कि एक व्यक्ति एवं परिवार के दैनिक जीवन में भी प्रत्येक आवश्यकताओं की पूर्ति के लिए छोटी-छोटी मशीन उपलब्ध हैं. जैसे—यात्रा के लिए छोटे-बड़े वाहन, खाना पकाने के लिए गैस, प्रेशर-कुकर, स्टोव, उन्नत चूल्हा, कपड़ा धोने के लिए वाशिंग मशीन, खाद्य-प्रसंस्करण के लिए छोटी-बड़ी यांत्रिक चक्की, मनोरंजन के लिए टी. वी., रेडियो, चलचित्र आदि. इन सबके कारण समाज में भौतिकवादी एवं भोगवादी संस्कृति ही फल-फूल रही है. 'सादा जीवन, उच्च विचार' जैसे आदर्श वाक्य के बदले 'खाओ पियो और मौज करो' ही अब आदर्शतम वाक्य है.

IV. **शक्ति के नए साधन** (New Sources of Power)—प्रौद्योगिकीय विकास के साथ शक्ति के मौलिक स्रोत भी बदलते रहे हैं. प्राचीनकाल में मनुष्य प्रत्येक कार्य के लिए अपनी शारीरिक शक्ति पर ही निर्भर था. तत्पश्चात् अश्व-शक्ति प्रमुख शक्ति स्रोत हो गया. भाप-शक्ति के आविष्कार से औद्योगिक क्रान्ति का सूत्रपात हुआ. इसके बाद जल-शक्ति, विद्युत्-शक्ति, पेट्रोलियम-शक्ति और अब अणु-शक्ति का जमाना है. इन शक्ति स्रोतों के विकास से न केवल औद्योगिकीकरण को बढ़ावा मिला, बल्कि राजनीतिक एवं सामाजिक अर्थ में प्रयुक्त शक्ति की अवधारणा भी बदल गई. अब एक राष्ट्र की सैन्य-शक्ति को मापने के लिए उसके पैदल सैनिक या घुड़सवार सैनिकों की संख्या अप्रासंगिक हो चुकी है. अब किसी राष्ट्र के पास उपलब्ध युद्धक-विमान, युद्ध-पोत, प्रक्षेपास्त्र, तोप, रडार एवं अन्य आधुनिक सैन्य उपकरण ही उस राष्ट्र के सैन्य-शक्ति के प्रतीक हैं. इसलिए वर्तमान समय में युद्ध केवल दो राष्ट्र या दो समुदाय के प्रति ही खतरा का सूचक नहीं है, बल्कि मानवता के अस्तित्व से जुड़ा बुनियादी प्रश्न है.

V. **वैज्ञानिक ज्ञान का प्रसार** (Diffusion of Scientific Knowledge)—प्रौद्योगिक विकास के अन्तर्गत केवल नए भौतिक आविष्कारों को ही शामिल नहीं किया जाता है, बल्कि उन आधारभूत मान्यताओं को भी शामिल किया जाता है जिसके आधार पर वह आविष्कार अस्तित्व में आ सका. इसलिए प्रौद्योगिक विकास के तहत् न केवल समाज में भौतिक आविष्कारों की संख्या बढ़ती जाती है, बल्कि वैज्ञानिक मान्यताएँ एवं सिद्धान्त भी समृद्धता प्राप्त करते हैं. वैज्ञानिक मान्यताओं के विकास एवं प्रसार होने के कारण ही व्यक्ति अब किसी घटना के कार्य-कारण के सम्बन्ध में धार्मिक तर्कों का सहारा नहीं लेता है, बल्कि वैज्ञानिक सिद्धान्तों के आधार पर आनुभविक-तार्किक विश्लेषण का सहारा लेता है. वैज्ञानिकता के प्रसार के कारण ही 'ब्रह्म सत्यं, जगत् मिथ्या' की धारणा टूटती जा रही है. अब जो प्रत्यक्ष है उसी को सत्य माना जाता है.

यह सर्वमान्य तथ्य है कि प्रौद्योगिक विकास ने ही औद्योगीकरण को जन्म दिया और औद्योगीकरण के कारण नगरीयकरण की प्रक्रिया में तेजी आयी. उल्लेखनीय है कि प्रौद्योगिक विकास के उपर्युक्त प्रत्येक आयाम, औद्योगीकरण एवं नगरीकरण के विभिन्न स्तरों पर सामाजिक संरचना विभिन्न दृष्टिकोणों से प्रभावित एवं परिवर्तित होती है. इसलिए इन प्रभावों की सूची काफी लम्बी है, जिसे यहाँ समग्र रूप में नहीं रखा जा सकता है. इन प्रभावों की विशदता का अंदाजा मात्र इसी बात से लगाया जा सकता है कि ऑगबर्न ने केवल रेडियो के आविष्कार के कारण हुए 150 परिवर्तनों की चर्चा की है. बॉटोमोर ने भी भारतीय समाज में प्रौद्योगिक विकास एवं सामाजिक परिवर्तन के सम्बन्ध में स्वीकार किया है कि "भारतवर्ष में अनेक प्रक्रियाएँ एक साथ घटित हो रही हैं. औद्योगिकीय विकास की योजनाबद्ध कार्यशीलता तथा इसके साथ-ही-साथ कृषि सम्बन्धी अर्थव्यवस्था की महत्वपूर्ण योजना भी लागू है. इसके अनेक अवांछित और अनपेक्षित परिवर्तन दिखाई देते हैं, जो प्रत्यक्ष रूप में औद्योगीकरण तथा नवीनीकरण से उत्पन्न होते हैं. इन विराट परिवर्तनों का समाजशास्त्रियों द्वारा विश्लेषण करना तो दूर रहा, अभी तक उनका वर्णन भी नहीं किया गया है." इसलिए सामाजिक परिवर्तन में प्रौद्योगिकीय कारकों के प्रभावों को मोटेतौर पर दो भागों में बाँटकर इनका संक्षिप्त विवरण ही दिया जा सकता है—

I. **प्रत्यक्ष प्रभाव**—सामाजिक परिवर्तन में प्रौद्योगिकीय कारकों का प्रत्यक्ष प्रभाव, ग्रामीण परिवेश में नगरीय तत्वों का समावेश, परम्परागत श्रम संरचना में परिवर्तन, विश्लेषीकरण को प्रोत्साहन, सामाजिक सम्बन्धों का विस्तार, व्यक्ति एवं व्यक्ति समूह के भौगोलिक एवं सामाजिक गतिशीलता में वृद्धि, रोजगार की अनिश्चितता, सांस्कृतिक एवं प्रजातीय मिश्रण की समस्या, आधुनिक जीवन शैली, उच्च जीवन स्तर, स्त्रियों की सामाजिक-आर्थिक स्थिति में सुधार आदि रूपों में देखने को मिलता है.

II. **अप्रत्यक्ष प्रभाव**—सामाजिक परिवर्तन में प्रौद्योगिकीय कारकों के अप्रत्यक्ष प्रभाव के तहत् प्रतिस्पर्द्धा की भावना में वृद्धि, भौतिकवादी संस्कृति का प्रसार, व्यक्तिवादिता में वृद्धि, सामाजिक नियंत्रण के अनौपचारिक साधनों के घटते प्रभाव के कारण अपराधों में वृद्धि, विभिन्न आर्थिक वर्गों का निर्माण, पारिवारिक संरचना में परिवर्तन,

पारिवारिक तनाव में वृद्धि, नैतिकता की भावना में परिवर्तन, धर्म के महत्व में कमी औपचारिक समूहों की बढ़ती संख्या एवं कार्य क्षेत्र आदि को शामिल किया जा सकता है.

सामाजिक परिवर्तन में प्रौद्योगिक कारकों के उपर्युक्त विस्तृत प्रभावों के कारण ही एल. ममफोर्ड (L. Mumford) ने लिखा है कि "हमारे युग का नवीनतम् तथा व्यापक तत्व पूँजीवाद नहीं, बल्कि यंत्रीकरण है, जिसका परिणाम पूँजीवाद है. अब यह सर्वविदित है कि इस यंत्रीकरण ने हमारी जीवन विधि को तथा विचार पद्धति को परिवर्तित कर दिया है." लेकिन लेपियर (Lapiere) ने कहा—"सामाजिक व्यवस्था में प्रौद्योगिकी का महत्वपूर्ण स्थान है, लेकिन यह विचार कि यह कारक सभी सामाजिक परिवर्तन का एकमात्र आधार है, पूर्णतः भ्रमपूर्ण है. यद्यपि आर्थिक, राजनीतिक और वैचारिक परिवर्तनों में ही नहीं, बल्कि युद्ध और क्रान्तियों तक में प्रौद्योगिकी एक महत्वपूर्ण आधार रही है, लेकिन सामाजिक परिवर्तन के एक सिद्धान्त के रूप में इसे बिल्कुल भी प्रमाणित नहीं माना जा सकता."

सामाजिक परिवर्तन के कारकों में अन्तर्सम्बन्ध (Inter-relationship Among Different Factors of Social Change)

सामाजिक परिवर्तन के उपर्युक्त वर्णित कारकों के अलावा और भी बहुत से कारक हो सकते हैं जैसे—मनोवैज्ञानिक, वैचारिक, शैक्षिक संरचना इत्यादि. सामाजिक परिवर्तन के विभिन्न सिद्धान्तों के अध्ययन के तहत् देख चुके हैं कि आरम्भिक समाजशास्त्रियों में किसी एक कारक के आधार पर ही सम्पूर्ण सामाजिक परिवर्तन की व्याख्या की परम्परा रही है. इन लोगों ने किसी एक कारक को ही महत्वपूर्ण मान लिया और परिवर्तन के अन्य कारकों की सम्भावना पर विचार करना भी उचित नहीं समझा. इस आवश्यक आवश्यकता को कुछ आधुनिक समाजशास्त्रियों ने समझा. आधुनिक समाजशास्त्रियों ने न केवल विभिन्न कारकों की ओर ध्यान दिया, बल्कि विभिन्न कारकों के पारस्परिक अंतर्सम्बन्ध का भी समुचित विश्लेषण किया. टी. पारसन्स (T. Parsons) ने लिखा है—"सिद्धान्त रूप में सभी कारक, जो मानव व्यवहार को प्रभावित करते हैं, चाहे वे जैविकीय हों या भौतिक वातावरण सम्बन्धी, जनसंख्यात्मक मनोवैज्ञानिक, आर्थिक, कानूनी, राजनैतिक या सांस्कृतिक सभी सामाजिक परिवर्तन को समझने के लिए विस्तृत विचार की अपेक्षा करते हैं. अधिकतर यह इस बात पर निर्भर करता है कि विवेच्य परिवर्तन की प्रकृति क्या है." विल्बर्ट ई. मूरे (W. E. Moore) ने भी लिखा है—"सामाजिक ढाँचे और सामाजिक सम्बन्धों को किसी एक सिद्धान्त या कारक के द्वारा ही स्पष्ट नहीं किया जा सकता, इसलिए सामाजिक परिवर्तन को भी किसी एक सिद्धान्त या कारक के द्वारा स्पष्ट करना सम्भव नहीं है. इसके अलावा विभिन्न प्रकार के सामाजिक संगठनों की प्रकृति भी एक दूसरे से भिन्न होती है, इसलिए वहाँ परिवर्तन के कारण भी एक दूसरे से कुछ भिन्न होना स्वाभाविक है."

वास्तव में, सामाजिक परिवर्तन को एक बहुकारकीय प्रक्रिया के रूप में ही विश्लेषित किया जा सकता है. अन्यथा सामाजिक परिवर्तन का विश्लेषण अपूर्ण ही रहेगा. आज के जटिल समाज में तो यह और भी आवश्यक हो गया है. वर्तमान में सामाजिक परिवर्तन के कारण जिस प्रकार की समस्याएँ उभर रही हैं, उनका निदान परिवर्तन के विभिन्न कारकों के सम्पूर्ण अन्वेषण द्वारा ही सम्भव हो सकता है. जैसे—वर्तमान में विवाह का स्वरूप बदल रहा है. समाज में प्रेम-विवाह का प्रचलन बढ़ता जा रहा है, लेकिन भारत में प्रेम-विवाह से सम्बन्धित विभिन्न अध्ययन से पता चलता है कि ऐसे विवाह स्थायी नहीं होते हैं. न्यायालय में तलाक के लिए जितनी अर्जियाँ प्रतिवर्ष दी जाती हैं उनमें दो तिहाई अर्जियाँ ऐसे दम्पत्तियों द्वारा दी जाती हैं जिन्होंने प्रेम-विवाह किया था. इसलिए प्रश्न उठता है कि प्रेम-विवाह की संख्या बढ़ने के साथ तो तलाक की प्रवृत्ति कम होनी चाहिए थी, लेकिन ये बढ़ क्यों रही है? इस प्रश्न के उत्तर में कई तथ्य सामने आते हैं. प्रथम कि, सामाजिक नियन्त्रण के प्राथमिक साधन कमजोर होते जा रहे हैं. दूसरा, तलाक के सम्बन्ध में कानूनी प्रावधान उदार हुए हैं. तीसरा, जो अति महत्वपूर्ण है कि समाज में 'भोगवादी संस्कृति' का प्रसार हो रहा है. इस कारण अब हिन्दू युवा भी विवाह को जन्म-जन्मान्तर का बन्धन नहीं मानते. चौथा, व्यक्ति में सहनशीलता एवं समझौतावादी दृष्टिकोण का लोप होता जा रहा है. यानि तलाक की समस्या-समाधान के लिए सामाजिक परिवर्तन के सांस्कृतिक, आर्थिक, राजनैतिक एवं मनोवैज्ञानिक कारकों के तह तक जाना होगा. इन्हीं कारकों के अन्तर्गत हमें प्रेम-विवाह के बढ़ते प्रचलन का भी यथोचित कारण मिलेगा.

जहाँ तक विभिन्न कारकों के अन्तर्सम्बन्ध की बात है, तो हमें सदैव ध्यान रखना चाहिए कि सभी कारकों का स्वतन्त्र अस्तित्व भी है और परस्पर अन्योन्याश्रित भी अर्थात् सभी कारक स्वतन्त्ररूप से सामाजिक परिवर्तन को प्रभावित करते हैं, लेकिन साथ-ही-साथ किसी एक कारक में परिवर्तन होने पर उससे अन्य कारक भी परिवर्तित होते हैं और सभी कारकों में आए ऐसे परिवर्तन के द्वारा पुनः सामाजिक संरचना परिवर्तित होती है. जैसे—प्रौद्योगिक कारक में परिवर्तन से आर्थिक कारक प्रभावित होगा. आर्थिक से जनसंख्यात्मक, जनसंख्यात्मक से सांस्कृतिक कारक प्रभावित होंगे, यानि किसी एक कारक में परिवर्तन समाज में एक तरंग उत्पन्न करती है जिससे अन्य कारक प्रभावित होते हुए

अन्ततः सामाजिक परिवर्तन प्रभावित होते हैं. सभी सामाजिक परिवर्तन विभिन्न कारकों में पुनर्संयोजन को प्रोत्साहित करते हैं. इस प्रकार समाज में सामाजिक परिवर्तन की क्रिया निरन्तर क्रियाशील रहती है.

सामाजिक परिवर्तन के विभिन्न कारकों के सन्दर्भ में एक नवीन कारक उभरकर सामने आया है कि परिवर्तन में स्वयं एक गति है अर्थात् किसी भी सामाजिक परिवर्तन की प्रक्रिया प्रारम्भ में धीमी होती है, लेकिन उस दिशा में उत्तरोत्तर परिवर्तन की गति क्रमशः तेज होती जाती है. जैसे—प्रौद्योगिकीय कारक के तहत् संचार के एक साधन रेडियो के आविष्कार एवं प्रसार में लगभग एक सदी का फासला था, लेकिन रेडियो के बाद दूरदर्शन के आविष्कार एवं प्रसार में मात्र आधी सदी का ही फासला था, जबकि वर्तमान में इन्टरनेट का आविष्कार और प्रसार मात्र एक दशक का ही प्रतिफल है. प्रौद्योगिकीय साधन के रूप में इन तीनों आविष्कारों ने न केवल अपने आविष्कार और प्रसार का समयकाल घटाया, बल्कि अपने व्यापक प्रभाव द्वारा सामाजिक परिवर्तन की गति को भी बढ़ाया है.

सामाजिक आन्दोलन (Social Movement)

किसी सामाजिक समस्या को दूर करने के लिए एक वृहत् जनसमुदाय द्वारा किया गया सामूहिक प्रयत्न ही 'सामाजिक आन्दोलन' (Social Movement) कहलाता है. वास्तव में, सामाजिक विकास या सामाजिक परिवर्तन के दरम्यान समाज में कई प्रकार के वांछित या अवांछित तत्व उत्पन्न हो जाते हैं. वांछित तत्व तो सामाजिक प्रगति में सहायक होते हैं, परन्तु अवांछित तत्व सामाजिक समस्या के रूप में प्रकट होते हैं, चूँकि ये सामाजिक समस्याएँ समाज के उत्तरोत्तर प्रगति या विकास में बाधक होती हैं इसलिए समाज के प्रबुद्ध बुद्धिजीवियों द्वारा इनकी समाप्ति के लिए व्यापक प्रयास किए जाते हैं. इस प्रकार का व्यापक प्रयास ही सामाजिक आन्दोलन के रूप में जाना जाता है.

टर्नर एवं किल्हण (Turner and Kilhan) ने सामाजिक आन्दोलन को परिभाषित करते हुए कहा—"सामाजिक आन्दोलन वह सामूहिकता है जो उस समाज में या उस समूह में जिसका वह अंग है, परिवर्तन को प्रोत्साहित या प्रतिरोधित करने के लिए कुछ निरन्तरता के साथ कार्य करती है."

सामाजिक विज्ञान के **अन्तर्राष्ट्रीय इनसाइक्लोपीडिया** के अनुसार, "सामाजिक आन्दोलन परिवर्तन लाने वाले सामूहिक प्रयासों का एक प्रकार है. ये प्रयास या तो किसी सामाजिक संस्था में परिवर्तन के लिए हो सकते हैं या सामाजिक व्यवस्था से जुड़े किसी पहलू में परिवर्तन के लिए भी."

उपर्युक्त विवेचन से स्पष्ट है कि सामाजिक आन्दोलन के दो प्रमुख तत्व हैं. पहला, यह किसी व्यक्ति या छोटे समूह का नहीं, बल्कि वृहत् जन समूह द्वारा किया गया सुधारवादी प्रयत्न है. दूसरा, ऐसा प्रयास सामाजिक व्यवस्था में किसी परिवर्तन को प्रोत्साहित भी करता है या किसी परिवर्तन का प्रतिरोध भी कर सकता है.

उल्लेखनीय है कि प्रत्येक प्रकार का सामूहिक प्रयास सामाजिक आन्दोलन नहीं हो सकता. सामाजिक आन्दोलन में स्थायित्व की विशेषता भी अन्तर्निहित है. स्थायित्व की विशेषता ही सामाजिक आन्दोलन को भीड़-व्यवहार से अलग करती है. इसके अलावा भी सामाजिक आन्दोलन की कुछ आधारभूत विशेषताएँ हैं जो इसे अन्य आन्दोलनों से अलग करती है. जैसे—सहकारिता आन्दोलन या श्रमिक संघ आन्दोलन भी स्थायी प्रकृति का सामूहिक प्रयास है, लेकिन इसे सामाजिक आन्दोलन नहीं कहा जा सकता है. आन्दोलन का संस्थागत स्वरूप ही इन आन्दोलनों को सामाजिक आन्दोलन से अलग करती है. सहकारिता या श्रमिक संघ जैसे आन्दोलन कुछ निश्चित नियम एवं कानून पर आधारित होते हैं. इन आन्दोलनों की सदस्यता भी सभी व्यक्तियों के लिए नहीं होते. इन आन्दोलनों की संरचना में विभिन्न पदों के साथ-ही-साथ विभिन्न पदों में संस्तरण भी देखने को मिलता है. सदस्यों द्वारा किसी नियम को भंग करने पर इन आन्दोलनों में दण्ड की भी व्यवस्था होती है. ये विशेषताएँ ही सामाजिक आन्दोलन को अन्य आन्दोलनों से अलग करती हैं.

सामाजिक आन्दोलनों के चरण (Different Stages of Social Movement)

सामाजिक आन्दोलन एक क्रमबद्ध प्रक्रिया है जो कई चरणों में सम्पन्न होती है. आन्दोलन के प्रथम चरण में समाज के किसी विशेष असंगति या असंतुलन के सन्दर्भ में सामाजिक असन्तोष का उभार होता है. यही असन्तोष किसी भी आन्दोलन के मूल में निहित प्रमुख कारण होता है. द्वितीय चरण में किसी विशिष्ट असन्तोष के प्रति लोगों का सामूहिकीकरण प्रारम्भ होता है. जब विभिन्न लोग एक ही समस्या के कारण स्वविकास एवं समाज के विकास में बाधा का अनुभव करते हैं, तो यह स्थिति उन्हें समस्या समाधान की खोज में एक-दूसरे के नजदीक लाती है. तत्पश्चात् वे सामूहिक रूप से समस्या समाधान के लिए प्रयास प्रारम्भ करते हैं. इस स्तर पर समस्या के प्रति सामूहिक उत्तेजना स्पष्ट रूप से परिलक्षित होती है. इसी चरण में किसी विशेष सामाजिक दशा को समस्या के मूल कारण के रूप में चिह्नित भी किया जाता है. इसके बाद आन्दोलन तीसरे चरण में प्रवेश करता है. इस चरण में आन्दोलन के नेता तथा अनुयायियों में स्पष्ट विभाजन हो जाता है. कार्य-पद्धति के रूप में कुछ सिद्धान्तों

की स्थापना की जाती है. आन्दोलन के लिए आवश्यक धनराशि के सम्बन्ध में भी विचार किया जाता है. कहने का तात्पर्य है कि इस चरण में आन्दोलन की सम्पूर्ण रूपरेखा तैयार कर ली जाती है. इस चरण में व्यापक जन-समर्थन प्राप्त होने के पश्चात् आन्दोलन का चौथा चरण प्रारम्भ होता है. इस चरण में आन्दोलन के लिए एक मुख्य कार्यालय, विभिन्न प्रतीक चिह्न, प्रसार के अन्य स्रोत, इत्यादि का निर्माण किया जाता है. इस चरण में आन्दोलन के उद्देश्यों को समाज द्वारा स्वीकार कर लिया जाता है. आन्दोलन का पाँचवाँ एवं अन्तिम चरण परिणाम प्राप्ति या आन्दोलन की समाप्ति का होता है. कुछ आन्दोलन प्रारम्भ में ही सीमित उद्देश्यों की प्राप्ति के पश्चात् समाप्त हो जाते हैं, जबकि कुछ आन्दोलन अपने सम्पूर्ण उद्देश्यों की प्राप्ति के लिए काफी लम्बे समय तक चलते रहते हैं. कुछ आन्दोलनों में आन्दोलन के प्रमुख नेताओं में वैचारिक मतभेद होने के कारण आन्दोलन में विभाजन की स्थिति भी उत्पन्न हो जाती है. विभाजन के पश्चात् दोनों गुटों की सैद्धान्तिक विचारधारा एवं कार्यपद्धति में कुछ अन्तर आ जाता है. जैसाकि भारत में ब्रह्म समाज, आर्य समाज आदि जैसे सामाजिक आन्दोलनों की संस्थाओं में हुआ था.

अन्ततः उल्लेखनीय है कि यह जरूरी नहीं कि प्रत्येक आन्दोलन इन चरणों से होकर गुजरेगा ही. उपर्युक्त वर्णित चरण केवल औसत खाका मात्र है. वास्तव में आन्दोलन की गति एवं विकास अनेक कारकों पर निर्भर करता है जिनमें आन्दोलन का मुद्दा, आन्दोलन के नेता की क्षमता एवं सामाजिक स्वीकार्यता आदि जैसे तथ्य महत्वपूर्ण हैं.

सामाजिक आन्दोलन के प्रकार (Types of Social Movements)

सामाजिक आन्दोलन के विभिन्न उद्देश्यों के आधार पर सामाजिक आन्दोलन को चार भागों में विभाजित किया जा सकता है—

1. **प्रवासी आन्दोलन** (Migratory Movements)—बेहतर भविष्य की आशा में जब एक वृहत् जन समुदाय एक स्थान से दूसरे स्थान की ओर प्रवास करता है, तो ऐसे प्रवासों में भी एक आन्दोलन का रूप-रंग दिखाई पड़ता है. जैसे—1971 में बांग्लादेश से भारत की ओर प्रवास, प्रवासी आन्दोलन का ही एक उदाहरण था.
2. **सुधार आन्दोलन** (Reform Movement)—सुधार आन्दोलन का मुख्य उद्देश्य 'आदर्श समाज' (Ideal Society) की स्थापना होती है. इसलिए इस प्रकार के आन्दोलन के तहत् सामाजिक व्यवस्था के किसी विशिष्ट अंग में सुधार की माँग की जाती है न कि सम्पूर्ण व्यवस्था को उन्मूलित कर नवीन व्यवस्था के स्थापना की. इस प्रकार के आन्दोलन में मुद्दा के केन्द्र समाज के कुछ शोषित वर्ग होते हैं. जैसे—भारत में 19वीं एवं 20वीं सदी के सामाजिक-धार्मिक सुधार आन्दोलन.
3. **क्रान्तिकारी आन्दोलन** (Revolutionary Movement)—क्रान्तिकारी आन्दोलन, उग्र प्रवृत्ति का आन्दोलन है. इस प्रकार के आन्दोलन सम्पूर्ण व्यवस्था को परिवर्तित कर नवीन व्यवस्था की स्थापना के लिए चलाए जाते हैं. पुरातन व्यवस्था को उखाड़ फेंकना ही इस प्रकार के आन्दोलनों का सबसे मुख्य लक्ष्य होता है. जैसे—फ्रांस की राज्य क्रान्ति या सोवियत रूस की बोल्शेविक क्रान्ति. इन दोनों देशों की सामाजिक एवं राजनैतिक व्यवस्था में आमूल-चूल परिवर्तन ही क्रान्ति का एकमात्र उद्देश्य था.
4. **प्रतिरोधी या प्रतिक्रियावादी आन्दोलन** (Resistance or Reactionary Movement)—परिवर्तन के किसी पहलू से उपजे असन्तोष के कारण इस प्रकार के आन्दोलन चलाए जाते हैं. इस प्रकार के आन्दोलन का मुख्य कारण सामुदायिक हितों के प्रति आघात होता है. इसलिए किसी समुदाय-विशेष के लोगों द्वारा पुरानी व्यवस्था को लागू करने के लिए परिवर्तन के प्रतिरोध में आन्दोलन चलाए जाते हैं. जैसे—1989 में भारत में वी. पी. सिंह द्वारा मंडल कमीशन के प्रावधानों को लागू करने के पश्चात् देश भर में चलने वाला आरक्षण विरोधी आन्दोलन. कभी-कभी प्रतिद्वन्द्वी समुदाय से अपने समुदाय की रक्षा तथा सामुदायिक संगठन की सुदृढ़ता के लिए भी इस प्रकार के आन्दोलन चलाए जाते हैं.

सामाजिक आन्दोलन के प्रकार्य (Functions of Social Movement)

टूयूरिन (Touraine) ने सामाजिक आन्दोलन समाज के तीन प्रमुख प्रकार्यों का उल्लेख किया है—

1. **मध्यस्थता** (Mediation)—सामाजिक आन्दोलन, समाज एवं एक व्यक्ति के बीच मध्यस्थ की भूमिका निभाता है. सामाजिक आन्दोलन ही एक व्यक्ति का सामाजिक परिवर्तन में सहभागिता सुनिश्चित करता है. सामाजिक आन्दोलन के द्वारा ही एक व्यक्ति को सामाजिक परिवर्तन की प्रक्रिया में भाग लेने, अपने विचारों को व्यक्त करने तथा यथासम्भव भूमिका निभाने का अवसर प्राप्त होता है.
2. **दबाव** (Pressure)—सामाजिक आन्दोलन सुव्यवस्थित समूहों के निर्माण के लिए दबाव डालता है. सामाजिक आन्दोलनों से इस मत की अभिव्यक्ति होती है कि सामाजिक लक्ष्यों की प्राप्ति सुदृढ़ समूह के माध्यम से ही प्राप्त किया जा सकता है. ऐसा समूह केवल सामाजिक

योजनाओं के निर्माण एवं कार्यान्वयन के लिए नीतियों का निर्धारण ही नहीं करता, बल्कि समय-समय पर उनका मूल्यांकन कर अपेक्षित परिवर्तन को भी प्रोत्साहित करता है.

3. **सामूहिक चेतना का स्पष्टीकरण** (Clarification of Collective Consciousness)—सामाजिक आन्दोलनों द्वारा नए विचारों का जन्म एवं उसका पूरे समाज में प्रसार होता है जिससे सामूहिक चेतना में वृद्धि होती है, लेकिन उल्लेखनीय है कि सामाजिक आन्दोलन स्वयं भी सामूहिक चेतना के ही मुखर अभिव्यक्ति का प्रतीक है.

भारत में कृषक आन्दोलन (Peasant Movement in India)

भारत में कृषक आन्दोलनों का उदय और विकास राष्ट्रीय स्वतन्त्रता संग्राम के साथ अविछिन्न रूप से जुड़ा रहा है. इसका मुख्य कारण यह था कि स्वतन्त्रता संग्राम के अग्रगण्य नेता इस बात को अच्छी तरह समझते थे कि भारतीय राष्ट्रवाद के विकास में तब तक सबलता नहीं आ सकती है जब तक कि इसमें कृषकों का समर्थन न हासिल कर लिया जाए. इस कारण देश में कई प्रमुख नेताओं ने न केवल कृषक समस्याओं के प्रति सहानुभूति का भाव दिखाया, बल्कि समस्या समाधान के लिए कृषकों को एक संगठित आन्दोलन के प्रति उत्प्रेरित भी किया.

ब्रिटिश शासन के औपनिवेशिक नीतियों के कारण भारतीय कृषकों की स्थिति काफी दयनीय हो चुकी थी. शोषणकारी आर्थिक नीतियाँ, भू-राजस्व की नई प्रणालियाँ एवं उपनिवेशवादी प्रशासनिक व न्यायिक व्यवस्था के कारण प्राचीन भारतीय कृषि व्यवस्था के साथ-साथ कृषकों की कमर टूट चुकी थी. इसीलिए कृषकों ने अपनी दयनीय दशा में सुधार के लिए तत्कालीन भारतीय शासन के खिलाफ कई विद्रोहों को अंजाम दिया. कृषकों की मुख्य माँग थी लगान में कटौती, गैरकानूनी वसूली एवं बेगार की समाप्ति, जमींदारों के अत्याचार से राहत, ऋण-बोझ में कमी, अनुचित तरीके से जब्त की गई भूमि की वापसी, काश्तकारों की सुरक्षा इत्यादि, चूँकि कृषकों की उपर्युक्त माँगें स्थानीय एवं तात्कालिक थीं, इसलिए इनका संघर्ष या विद्रोह भी लगभग स्थानीय स्तर पर एवं अल्प अवधि वाला ही होता है. विभिन्न कृषक आन्दोलनों को राष्ट्रीय स्तर के नेताओं का समर्थन प्राप्त होने के पश्चात् ही कृषक संघर्ष का स्वरूप व्यापक होता गया. परिणामस्वरूप कई प्रान्तों में 'प्रान्तीय किसान सभा' का गठन हुआ. एन. जी. रंगा, स्वामी सहजानंद सरस्वती, राम मनोहर लोहिया, जय प्रकाश नारायण, इन्दुलाल याज्ञनिक जैसे वामपंथी नेताओं के प्रयास से सन् 1936 में लखनऊ में राष्ट्रीय स्तर पर 'अखिल भारतीय किसान सभा' गठित की गई. इस संगठन के प्रयासों से ही भारत में कृषक आन्दोलन का स्वरूप राष्ट्रीय स्तर पर उभर सका. हालाँकि क्षेत्रीय स्तर पर अनेक विद्रोह होते ही रहे.

भारत में हुए कुछ प्रमुख कृषक आन्दोलनों का विस्तृत विवरण यहाँ दिया जा रहा है. इस विवरण से भारतीय कृषक आन्दोलन की प्रकृति को समझा जा सकता है.

1. **बंगाल एवं बिहार का नील आन्दोलन**—1857 के विद्रोह के पश्चात् 1859-60 में बंगाल में वृहत् पैमाने पर नील की खेती करने वाले कृषको ने आन्दोलन किया. यह आन्दोलन कुछ अंग्रेज भूमिपतियों के विरुद्ध था, जो लम्बे अरसे से कृषकों को नील की खेती करने के लिए मजबूर किए हुए थे. ये लोग कृषकों पर अत्यधिक अत्याचार करते थे तथा ऐसी शर्तों पर नील उपजाने के लिए बाध्य करते थे जो कृषकों के हित में नहीं था. इसलिए कृषक नील की खेती की बजाय अन्य फसलों की खेती स्वतन्त्र रूप से करना चाहते थे.

सम्पूर्ण मामले में किसी प्रकार का सुधार न होते देखकर 1959 में पाबना और नदिया जिले के कृषकों ने दिगम्बर विश्वास एवं विष्णु विश्वास के नेतृत्व में नील की खेती बंद कर दी. शीघ्र ही यह हड़ताल जैसोर, खुलना, राजशाही, ढाका, मालदा, दीनाजपुर तथा बंगाल के अन्य क्षेत्रों में फैल गई. मालिकों द्वारा इस हड़ताल के विरुद्ध अत्याचार का रुख अपनाने पर कृषकों ने लगान चुकाना भी बंद कर दिया. बाद में उत्पादकों के खिलाफ मुकदमा भी दायर किया गया. सरकार ने 1857 के विद्रोह से मिले सीखों के कारण पूरे मामले में उदारवादी रवैया अपनाया. सरकार ने शीघ्र सूचना जारी की कि रैयतों के भूमि की रक्षा की जाए, जिसमें वे मनचाही फसल उपजा सकें. 1860 में एक नील आयोग (Indigo Commission) भी गठित किया गया. अपना पक्ष कमजोर होते देख नील उत्पादकों ने धीरे-धीरे अपने नील कारखानों को बंद करना प्रारम्भ किया. नतीजतन 1860 तक बंगाल में नील की खेती और कृषकों का नील आन्दोलन पूरी तरह समाप्त हो गया.

इस आन्दोलन की सफलता में नील कृषकों की एकजुटता के साथ-साथ बंगाल के बुद्धिजीवियों की सक्रिय भूमिका भी महत्वपूर्ण रही. इसमें 'हिन्दू पैट्रियट' के सम्पादक हरीशचन्द्र मुखर्जी का योगदान सबसे अधिक रहा. इन्होंने न केवल अपने अखबार में इस आन्दोलन से सम्बन्धित विभिन्न खबरों को लगातार छापा, बल्कि स्वयं कई लेख लिखकर इस समस्या को राष्ट्रीय राजनीतिक धरातल पर भी पेश किया. इस सिलसिले में दीनबन्धु मिश्र का नाटक 'नील दर्पण' का भी उल्लेखनीय योगदान रहा जिसमें कृषकों के इस शोषण को गहराई से चित्रित किया गया था.

बंगाल में मात खाकर ये अंग्रेज भूमिपति कालान्तर में यू. पी. तथा बिहार में अपने पाँव पसारने लगे. यहाँ भी इन भूमिपतियों का रवैया वही था जो बंगाल में रह चुका था. बिहार के चम्पारण क्षेत्र में नील उत्पादकों ने कृषकों से एक अनुबन्ध करा लिया था, जिसके तहत् कृषकों को अपनी जमीन के 3/20वें हिस्से में नील की खेती करना अनिवार्य था. उसे 'तिनकठिया' पद्धति के नाम से जाना जाता था. कृषकों ने जब नील की खेती से छुटकारा पाना चाहा तो नील उत्पादकों ने अनुबंध से मुक्ति के लिए नया लगान एवं अन्य गैरकानूनी करों की सूची पेश की. इसके विरोध में 1908 से नील कृषक आन्दोलन पर उतर आए, परन्तु जोर-जबरदस्ती एवं अत्याचार के बल पर नील उत्पादक मनमाने ढंग से कृषकों को नील उपजाने के लिए मजबूर करते रहे.

1917 में चम्पारण के राजकुमार शुक्ल ने महात्मा गांधी से आन्दोलन के नेतृत्व के लिए अनुरोध किया. महात्मा गांधी ने अपने अन्य सहयोगियों—राजेन्द्र प्रसाद, महादेव देसाई, नरहरि पारेख, जे. बी. कृपलानी आदि नेताओं के साथ आन्दोलन का नेतृत्व दृढ़ता के साथ किया. परिणामस्वरूप चम्पारण में तिनकठिया पद्धति समाप्त हो गई तथा अंग्रेज नील उत्पादक अवैध वसूली का 25% वापस करने पर राजी भी हुए. इसके एक दशक के बाद नील उत्पादकों ने चम्पारण भी छोड़ दिया.

हालाँकि चम्पारण का नील आन्दोलन उतना सफल नहीं हो सका जितना कि यह बंगाल में सफल रहा था. फिर भी, चम्पारण के नील आन्दोलन का अनेक कारणों से अत्यधिक महत्व है. पहला, दक्षिण अफ्रीका में रंगभेद के विरुद्ध संघर्ष करते हुए गांधी ने संघर्ष के लिए जिन सिद्धान्त एवं आदर्शों का निर्माण किया था भारतीय भूमि पर उन सिद्धान्तों का पहला परीक्षण स्थल चम्पारण ही बना. दूसरा, भारतीय किसान आन्दोलन को गांधी जैसे करिश्माई व्यक्तित्व एवं भविष्य के राष्ट्रीय नेता का नेतृत्व प्राप्त हुआ. तीसरा, चम्पारण आन्दोलन के बाद ही भारतीय कृषक आन्दोलन में 'गांधीवाद' का प्रवेश हुआ जो 1945 तक के कृषक आन्दोलनों में दिखता रहा.

2. **बंगाल का तेभागा आन्दोलन (1946-47)**—बंगाल का तेभागा आन्दोलन भारतीय कृषक आन्दोलन के इतिहास में कई मायने में नवीन प्रकृति का था. यह बँटाईदार कृषकों का जोतदारों के विरुद्ध एक हिंसक संघर्ष था.

1946 के उत्तरार्द्ध में बंगाल की प्रांतीय किसान सभा द्वारा फ्लाउड कमीशन (बंगाल भूराजस्व आयोग) की सिफारिशों को लागू करने के लिए एक जन-संघर्ष का आह्वान किया गया. यह जन-संघर्ष ही तेभागा आन्दोलन के रूप में उभरा. इस आन्दोलन की तीन मुख्य माँगें थीं—पहली, जोतदारों यानि भूस्वामियों को उपज का आधा नहीं, बल्कि एक-तिहाई (तेभागा) हिस्सा ही मिलेगा. दूसरा, हिस्सा बँटने तक पूरी उपज बँटाईदारों के खलिहानों में ही रहेगी, जोतदारों के खलिहानों में नहीं तथा तीसरी, लगान उपज में नहीं, बल्कि नकद रूप में लिया जाए.

इस आन्दोलन के मुख्य केन्द्र दिनाजपुर, रंगपुर, जलपाईगुड़ी, मैमनसिंह, मिदनापुर तथा 24 परगना थे. प्रारम्भ में आन्दोलन में केवल राजवंशी क्षत्रिय किसानों की ही सक्रिय भागीदारी थी, परन्तु शीघ्र ही इसमें मुसलमान, हजोंग, संथाल तथा उराँवों का भी योगदान आरम्भ हुआ.

आन्दोलन के उग्र रूप धारण करने के पश्चात् पुलिस, जोतदारों की तरफदारी में बँटाईदारों का हिंसक दमन करने पर उतारू हो गई. पुलिस दमन चक्र में वृद्धि के कारण फरवरी 1947 तक आन्दोलन काफी धीमा पड़ चुका था. इसके बाद कुछ जुझारू किसान तथा आदिवासी जन समुदाय उग्र संघर्ष के लिए दबाव डालते रहे, परन्तु गरीब एवं मँझोले किसान तथा शहरी व्यावसायिक समूह इस आन्दोलन से अपने हाथ खींचने लगे. कम्युनिस्टों ने मार्च में इस आन्दोलन में पुनः तेजी लाने का प्रयास किया, परन्तु हिन्दू महासभा के बंगाल विभाजन की माँग तथा मार्च में होने वाले शहरी दंगों के बढ़ने की ओट में तेभागा आन्दोलन स्वतः ओझल हो गया. हालाँकि 1950 में प्रान्तीय कांग्रेस सरकार द्वारा बँटाईदार विधेयक पारित करके तेभागा आन्दोलन की अधिकांश माँगों को स्वीकार कर लिया गया था.

3. **हैदराबाद का तेलंगाना आन्दोलन (1946-51)**—तेलंगाना आन्दोलन हिंसक कृषक संघर्ष का सबसे उग्र रूप था. यह आन्दोलन अब तक के भारतीय कृषक आन्दोलन से कई मायने में अलग था. इस आन्दोलन के आरम्भ (जुलाई 1946) तथा अन्त (अक्टूबर 1951) के बीच विरोध-प्रतिरोध की राजनैतिक चालों में काफी उलट-फेर होता रहा.

तेलंगाना कृषक विद्रोह भी जागीरदारों के विरुद्ध भूमिहीन या बँटाईदार कृषकों का विद्रोह था. ये जागीरदार ब्रिटिश शासन के अधीन नहीं थे, बल्कि हैदराबाद रियासत के निजाम शासकों के कारिन्दे थे. हैदराबाद रियासत में लगभग एक-तिहाई भूमि निजाम की अपनी थी और इस पर लगभग 20 लाख निर्धन परिवार आश्रित थे. बाकी क्षेत्र विभिन्न मुसलमान एवं ऊँची जाति के हिन्दू (देशमुख) जागीरदारों के अधीन था, परन्तु पूरी रियासत में सामन्तवादी शोषण का घोरतम रूप फैला हुआ था. जागीरदारों द्वारा निम्न जातियों एवं आदिवासी किसानों से न केवल बेगारी कराई जाती थी, बल्कि वस्तुओं के रूप में कुछ भुगतान भी लिया जाता था.

तेलंगाना आन्दोलन कम्युनिस्ट पार्टी के नेतृत्व में प्रारम्भ हुआ जो आन्ध्र महासभा के माध्यम से अनेक स्थानीय संघर्षों का नेतृत्व करके तेलंगाना क्षेत्र में पहले ही सशक्त आधार

बना चुका था. आन्दोलन के मुख्य केन्द्र नालगोंडा, सूर्यपेट, हुजूरनगर, वारंगल, खम्पम आदि जिले थे. शीघ्र ही इस आन्दोलन ने हिंसक रूप धारण कर लिया. कम्युनिस्टों के नेतृत्व में किसान छापामार युद्ध द्वारा निजाम और उसके जागीरदारों से लोहा लेते रहे. इन छापामारों ने कई गाँवों पर कब्जा भी कर लिया. कई जागीरदारों के पराजित होने से बड़ी मात्रा में अस्त्र-शस्त्र भी छापामारों के हाथ लगे थे. यह सब इस आन्दोलन के सफल होने का प्रतीक था.

दिसम्बर 1948 में स्वतन्त्र भारत के केन्द्रीय सरकार द्वारा पुलिस हस्तक्षेप से आन्दोलन का रूप रंग ही बदल गया. कांग्रेस नेतृत्व वाली केन्द्रीय सरकार एक तरफ स्वतन्त्र मुस्लिम वर्चस्व वाला राज्य स्थापित करने के निजाम के प्रयासों को रोकना चाहती थी, तो दूसरी ओर कम्युनिस्ट की प्रगति को भी रोकना चाहती थी. निर्मम पुलिस कार्यवाही से कम्युनिस्टों को समृद्ध किसानों का समर्थन मिलना बन्द हो गया और आन्दोलन भी धीरे-धीरे शिथिल पड़ गया, क्योंकि भारतीय सेना से संघर्ष जारी रखना न तो कम्युनिस्टों के वश में था और न भविष्य के लिए लाभकारी ही. यदा-कदा छिटपुट हमले होते रहे, परन्तु अन्ततः यह आन्दोलन 1951 में वापस ले लिया गया.

4. **नक्सलवादी आन्दोलन (1967-71)**—तेलंगाना आन्दोलन के बाद स्वतन्त्र भारत में नक्सलवादी आन्दोलन ही सबसे बड़ा किसान आन्दोलन था. अन्य किसान आन्दोलन की तरह नक्सलवादी आन्दोलन भी किसान आन्दोलन के क्षितिज पर एक आंधी की भाँति उदित हुआ, लेकिन इसमें प्रमुख अन्तर यह रहा कि अपने बदलते स्वरूप के साथ यह आज तक चल रहा है.

मई 1967 ई. में पश्चिम बंगाल के दार्जिलिंग जिले के नक्सलवाड़ी नामक स्थान में क्रमशः चारू मजूमदार, कानू सान्याल तथा टी. नागि रेड्डी जैसे महान् कम्युनिस्ट क्रान्तिकारियों के नेतृत्व में आर्थिक एवं सामाजिक विषमता, भूमि के असमान वितरण तथा सामंती शोषण के खिलाफ उचित मजदूरी की माँग को लेकर ऐतिहासिक किसान आन्दोलन प्रारम्भ हुआ. नक्सलवाड़ी नामक स्थान से प्रारम्भ होने के कारण ही इस आन्दोलन को 'नक्सलवाड़ी' या 'नक्सलवादी' आन्दोलन कहा गया. शीघ्र ही यह आन्दोलन देश के पूर्वोत्तर राज्यों के साथ-साथ अन्य भागों में भी फैल गया. मार्क्स और लेनिन के वर्ग संघर्ष तथा माओ की क्रान्तिकारी रक्तपात नीति से प्रेरित नक्सलवादी आन्दोलन इस विचारधारा पर आधारित है कि यदि अहिंसात्मक तरीके से विषमता का निवारण नहीं हुआ, तो इसके सदस्यों को हिंसा का मार्ग अपनाने में कोई हिचक नहीं होनी चाहिए.

जिस क्षेत्र में यह आन्दोलन प्रारम्भ हुआ वह क्षेत्र चीन के निकट था. इसलिए क्रान्तिकारियों का चीन की सरकार के साथ अंतरंग सम्बन्ध आसानी से कायम हो गया. (हालाँकि इस सम्बन्ध स्थापन के कई अन्य कारण भी थे.) एक तरफ चीन की सरकार और दूसरी तरफ गरीब किसानों के पुरजोर समर्थन के ही कारण इस आन्दोलन का विस्तृत प्रचार हुआ और इस आन्दोलन को देश के अनेक स्थानों पर व्यापक सफलता भी मिली. आन्दोलन के प्रसार के दौरान कार्यकर्ताओं द्वारा कई हिंसक वारदातों को भी अंजाम दिया गया. हिंसक एवं अराजकतावादी रुख अख्तियार करने के कारण ही जुलाई 1967 में भारत सरकार ने वृहत् स्तर पर पुलिसिया कार्यवाही द्वारा आन्दोलन को दबा दिया, लेकिन इस दरम्यान इस आन्दोलन ने यह झलक दिखा दी कि किसानों की शक्ति में क्रान्तिकारी रूप में विकसित होने की कितनी सम्भावना है और किसानों के हितों की उपेक्षा करना कितना खतरनाक हो सकता है, किन्तु साथ ही यह भी स्पष्ट हुआ कि प्रभावी राज्यतंत्र के समक्ष ऐसे विद्रोह की क्या सीमाएँ हैं?

जुलाई 1967 में आन्दोलन को तो दबा दिया गया, लेकिन इस आन्दोलन की सबसे बड़ी सफलता यह रही कि जिन उद्देश्यों को लेकर यह आन्दोलन प्रारम्भ किया गया, वे उद्देश्य 'नक्सल' की नवीन अवधारणा के साँचे में ढल गए. इसलिए यह आन्दोलन सच्चे अर्थों में उन्मूलित नहीं हो सका. कालान्तर में यह आन्दोलन कई भूमिगत संगठनों के माध्यम से अपने अस्तित्व में रहा. इसलिए आज सम्पूर्ण भारत में यह आन्दोलन कमोवेश किसी-न-किसी रूप में सक्रिय है. हालाँकि इसकी सक्रियता में सर्वाधिक प्रखरता बिहार, आन्ध्र प्रदेश, झारखण्ड, पश्चिम बंगाल, उत्तर प्रदेश, मध्य प्रदेश तथा महाराष्ट्र में विशेष रूप से देखी जा सकती है.

वर्तमान में यह आन्दोलन कई संगठनों के माध्यम से क्रियाशील है. जैसे—आई. पी. एफ., भाकपा (माले), लाल खंडी आन्दोलन, माओवादी कम्यूनिस्ट सेन्टर [M.C.C.], मजदूर किसान संग्राम समिति, पार्टी यूनिटी, पीपुल्स वार ग्रुप इत्यादि. इन संगठनों में कुछ सैद्धान्तिक मतभेद भी हैं. कुछ संगठन जरूरत पड़ने पर हिंसा की मुखालफत करते हैं, जबकि कुछ संगठनों का नारा ही है "क्रान्ति केवल बन्दूकों से ही हो सकती है." अधिकतर संगठन संसदीय प्रणाली के खिलाफ हैं और वे संसदीय चुनावों का बहिष्कार करते हैं, जबकि एक संगठन भाकपा (माले) संसदीय चुनावों में भाग लेता है. कुछ संगठन अपने जनाधार वाले क्षेत्रों में समानान्तर सरकार चलाते हैं और 'जन अदालत' का भी आयोजन करते हैं. सैद्धान्तिक मतभेद के कारण ही इन संगठनों में आपसी वर्चस्व की लड़ाई प्रारम्भ हो गई है जिसके लिए वे बड़े जनसंहारों को अंजाम देते रहते हैं. यह वर्चस्व की लड़ाई

नक्सलवादी आन्दोलन का अपने मूल लक्ष्य से विपथगमन या भटकाव का ही प्रतीक है.

निष्कर्ष—वर्तमान में सम्पूर्ण विश्व के साथ-साथ भारत में भी राजनैतिक कार्यक्रमों के दरम्यान अक्सर 'किसान-मजदूर एकता' की दुहाई देने वाले नारे गूँजते रहते हैं. गोया किसान और मजदूर एक ही सिक्के के दो पहलू हों, परन्तु यदि सामाजिक-आर्थिक दृष्टिकोण से देखा जाए, तो वास्तविकता कुछ और प्रतीत होती है. एक सामाजिक समूह की दृष्टि से जितनी सजातीयता मजदूरों में दिखाई पड़ती है उतनी किसानों में नहीं. इतिहास के प्रत्येक काल खण्डों में किसान स्पष्ट रूप से तीन वर्गों में विभाजित रहे हैं. उच्चतर या समृद्ध किसान, मँझोले किसान एवं निम्नस्तरीय भूमिहीन किसान या बँधुआ मजदूर. किसी औद्योगिक प्रतिष्ठान में मालिक एवं मजदूरों का दो वर्ग स्पष्ट रूप से देखे जा सकते हैं. इसलिए औद्योगिक संरचना में वर्ग संघर्ष की प्रघटना के अधिक फलीभूत होने की सम्भावना रहती है, लेकिन कृषि संरचना में वर्गों का ऐसा स्पष्ट विभाजन नहीं है. इसलिए भारतीय किसान आन्दोलन में एक महत्वपूर्ण प्रश्न सदा ही उठता रहा है कि आन्दोलन आखिर किसका है और किसके विरुद्ध है? राष्ट्रीय आन्दोलन के दरम्यान यह तथ्य अधिक उभरा. कई आन्दोलन जमींदारों के खिलाफ उठे और आन्दोलन आरम्भ करने वाले भूमिहीन श्रमिक थे. (दोनों ही किसान हैं) लेकिन शीघ्र ही आन्दोलन का स्वरूप ब्रिटिश सरकार *बनाम* किसान आन्दोलन का हो गया. 1921 में केरल का मोप्लिा विद्रोह भी एक किसान आन्दोलन ही था, लेकिन ब्रिटिश सरकार की कूटनीति से यह सांप्रदायिक संघर्ष में बदल गया. ऐसी ही स्थिति तेलंगाना आन्दोलन में भी दिखी. वस्तुतः ऐसी लक्ष्य विहीनता एवं अनिश्चितता की स्थिति के कारण ही भारत के अधिकतर किसान आन्दोलन असफल रहे हैं.

भारत में स्त्री आन्दोलन (Women's Movement in India)

भारतीय समाज में स्त्रियों की सामाजिक प्रस्थिति विभिन्न युगों में एक जैसी नहीं रही है. सिद्धान्ततः भारतीय समाज में स्त्री शक्ति, धन एवं ज्ञान की प्रतीक मानी गई है, परन्तु व्यवहार में स्त्रियों की ऐसी उच्च स्थिति वैदिक युग में ही थी. वैदिक युग में स्त्रियाँ वैयक्तिक विकास, शिक्षा, विवाह, सम्पत्ति आदि सभी दृष्टिकोणों से पुरुषों के समान थीं. परन्तु उत्तर वैदिक काल में स्त्रियों की ऐसी उच्च स्थिति कायम नहीं रह सकी. स्मृति युग तक स्त्रियों पर अनेक प्रकार के प्रतिबन्ध आरोपित कर दिए गए. वेदाध्ययन, धार्मिक संस्कार, विधवा विवाह तथा स्वतन्त्रता पर पाबंदी लगाने से स्त्रियों की स्थिति निम्न से निम्नतर होती गई. बाल विवाह के विकास के कारण स्त्री-शिक्षा का लोप हो गया. स्त्रियों का परम कर्तव्य पति सेवा बताया गया तथा स्त्रियों के लिए पति-परमेश्वर की धारणा को समाज में स्थापित किया गया. विधवाओं के लिए 'सती' होना सर्वोत्तम स्त्री संस्कार बताया गया. मध्यकाल में मुस्लिम आक्रान्ताओं से हिन्दू धर्म की रक्षा के लिए स्त्रियों के सतीत्व तथा रक्त की शुद्धता बनाए रखने के सन्दर्भ में नियमों को और भी कठोर बना दिया गया. (हालाँकि ये नियम उच्च वर्गीय स्त्रियों पर अधिक कड़ाई से लागू था. निम्न वर्गीय स्त्रियों की स्थिति इससे कुछ भिन्न थी.) स्त्रियों की ऐसी निम्न स्थिति का मुख्य कारण कुछ व्यक्तिगत कानून तथा धार्मिक प्रथाएँ ही थीं. मुस्लिम स्त्रियों को हिन्दू स्त्रियों की तुलना में धर्म ग्रन्थों द्वारा अनेक प्रकार के विशेषाधिकार प्राप्त थे, परन्तु पर्दा प्रथा एवं अशिक्षा के कारण वे भी अपने विशेषाधिकारों का प्रयोग नहीं कर पाती थीं. सामाजिक एवं आर्थिक दृष्टि से हिन्दू एवं मुस्लिम दोनों ही धर्मों की स्त्रियों की स्थिति एक जैसी ही थी. दोनों ही अनेक प्रकार की सामाजिक, आर्थिक, राजनैतिक एवं पारिवारिक निर्योग्यताओं की शिकार थीं.

ऐसी स्थिति में मानवतावादी और समतावादी भावनाओं से प्रेरित होकर 19वीं एवं 20वीं सदी के भारतीय समाज सुधारकों ने उनकी दशा में सुधार को अपने सुधारवादी आन्दोलन का अहम् हिस्सा बना लिया. कालान्तर में विभिन्न समाज सुधार संस्थाओं के द्वारा ही स्त्री आन्दोलन का प्रणयन होता रहा. इसके अलावा कुछ व्यक्तिगत प्रयास भी किए गए जो स्त्री सुधार आन्दोलन में मील का पत्थर साबित हुआ. ऐसे कुछ महत्वपूर्ण प्रयासों का संक्षिप्त विवरण यहाँ दिया जा रहा है—

1. **ब्रह्म समाज**—आधुनिक भारत में समाज सुधार की दिशा में प्रथम पहल राजा राम मोहन राय द्वारा की गई. राजा राम मोहन राय ने ही अपने समाज सुधार सम्बन्धी कार्यक्रमों के संस्थागत रूप में कार्यान्वयन हेतु 1828 में 'ब्रह्म समाज' नामक संस्था की स्थापना की. अपने समग्र रूप में ब्रह्म समाज पारम्परिक हिन्दू धर्म में सुधार के लिए आन्दोलन था. राजा राम मोहन राय के नेतृत्व में इस आन्दोलन ने हिन्दू धर्म के अभिन्न अंग बन चुके जड़वादी एवं दुराग्रही उपबन्धों पर प्रहार करना प्रारम्भ किया.

स्त्री सुधार के सन्दर्भ में इस आन्दोलन ने बाल विवाह, बहु-विवाह, सम्पत्ति में सीमित उत्तराधिकार, सती प्रथा आदि जैसी कुरीतियों के उन्मूलन के लिए सराहनीय कार्य किया. इस आन्दोलन में स्त्री सुधार के लिए स्त्री-शिक्षा का विकास एवं विस्तार को सबसे महत्वपूर्ण साधन के रूप में अपनाया गया. राजा राममोहन राय के अथक प्रयास से ही 1829 में तत्कालीन वायसराय विलियम बेंटिक ने 'सती प्रथा' के समूल उन्मूलन के लिए कानून पारित किया. केशवचन्द्र सेन ने घर पर ही महिलाओं के सम्पूर्ण शिक्षण एवं प्रशिक्षण के लिए

आवश्यक सुविधाओं को सर्व सुलभ करवाया. इन्होंने स्त्रियों के लिए 'बाम बोधिनी' नामक पत्रिका का भी प्रकाशन प्रारम्भ किया. इन्हीं के प्रयासों से 1872 में Civil Marriage Act भी पास किया गया. इसके तहत् अन्तर्जातीय विवाह और तलाक के लिए आवश्यक प्रावधानों के साथ-साथ विवाह की न्यूनतम आयु लड़की के लिए 14 वर्ष तथा लड़के के लिए 18 वर्ष निश्चित की गई.

2. **प्रार्थना समाज**—ब्रह्म समाज का समाज सुधार आन्दोलन केवल बंगाल एवं उत्तरी भारत तक ही सीमित रहा. ब्रह्म समाज के उद्देश्यों को पश्चिमी-दक्षिणी भारत में प्रार्थना समाज के द्वारा क्रियान्वित करने का प्रयास किया गया. प्रार्थना समाज की स्थापना 1867 ई. में डॉ. आत्माराम पाण्डु रंग द्वारा किया गया जिसे एम. जी. रानाडे तथा आर. जी. भण्डारकर के द्वारा सुदृढ़ता प्रदान की गई. 1869 में प्रार्थना समाज के अन्तर्गत ही 'Bombay Widow's Reform Association' की स्थापना की गई. प्रार्थना समाज के तत्वावधान में ही आर. जी. भण्डारकर तथा एन. जी. चन्द्रावरकर के द्वारा 1916 में भारत का पहला महिला विश्वविद्यालय बॉम्बे में स्थापित किया गया. प्रार्थना समाज का आन्दोलन सबसे अधिक स्त्री शिक्षा के विस्तार पर ही केन्द्रित रहा.

3. **आर्य समाज**—1875 में स्वामी दयानन्द सरस्वती ने आर्य समाज की स्थापना की. आर्य समाज भी धार्मिक जागरण के द्वारा समाज सुधार करने वाला प्रमुख आन्दोलन था. हिन्दू समाज की कुरीतियों को दूर करने के लिए स्वामी दयानन्द ने लोगों को 'वेदों की ओर लौटने' का आह्वान किया. स्त्री सुधार की दिशा में आर्य समाज ने स्त्रियों के लिए आवश्यक शिक्षा, कानून के द्वारा बाल विवाह का निषेध, बाल-विधवा पुनर्विवाह आदि का समर्थन किया, परन्तु यह आन्दोलन, तलाक, विधवा पुनर्विवाह, अन्तर्जातीय विवाह तथा स्त्रियों का घर के बाहर काम-काज में भागीदारी के पूर्णतः विरुद्ध था. आर्य समाज ने वैदिक प्रसंगों के तार्किक व्याख्या द्वारा प्राचीन भारत में स्त्रियों की उच्च स्थिति का जो शानदार चित्रण किया उससे समाज में स्त्री पुनरुद्धार के प्रति व्यापक जागरूकता का प्रसार हुआ. स्त्री शिक्षा की दिशा में आर्य समाज द्वारा किए गए कार्य अत्यधिक प्रशंसनीय रहे.

4. **मुस्लिम स्त्रियों में सुधार आन्दोलन**—19वीं सदी के उत्तरार्द्ध में मुस्लिम समुदाय में भी स्त्री सुधार आन्दोलन प्रारम्भ हुए. भोपाल की बेगम सैयद अहमद खान, अलीगढ़ के शेख अब्दुल्ला तथा लखनऊ के करमत हुसैन जैसे व्यक्तियों ने स्त्री शिक्षा में सुधार के लिए विभिन्न आन्दोलन चलाए. 1916 में बेगम सैयद अहमद खान ने' अखिल भारतीय मुस्लिम स्त्री सम्मेलन' की स्थापना की.

5. **कुछ व्यक्तिगत प्रयास**—स्त्रियों की दशा में सुधार के लिए उपर्युक्त संस्थागत प्रयासों के अलावा कुछ व्यक्तिगत प्रयास भी किए गए. जैसे 1819 में कुछ ईसाई मिशनरियों द्वारा कलकत्ता (कोलकाता) में 'कलकत्ता तरुण स्त्री सभा' की स्थापना की गई. 1849 में जे. ई. डी. बेटन ने कलकत्ता में ही एक बालिका विद्यालय स्थापित किया. पूना में प्रो. डी. के. कर्वे ने 1899 में एक विधवा आश्रम स्थापित किया. पण्डिता रमाबाई ने भी 'पूना सेवा सदन' के नाम से एक पृथक् विधवा आश्रम की स्थापना की.

व्यक्तिगत प्रयास के सन्दर्भ में सबसे उल्लेखनीय योगदान कलकत्ता संस्कृत कॉलेज के प्राचार्य ईश्वरचन्द विद्यासागर का रहा. इन्होंने बाल-विवाह का विरोध किया तथा स्त्री शिक्षा एवं विधवा पुनर्विवाह के लिए आजीवन प्रयत्नशील रहे. स्त्री शिक्षा के लिए इन्होंने स्वयं के प्रयत्नों से 25 बालिका स्कूलों की स्थापना की. मेथून-स्कूल के सचिव हैसियत से इन्होंने स्त्रियों की उच्च शिक्षा की प्रगति में भी सहयोग दिया. इन्हीं के प्रयासों से 1856 ई. में विधवा पुनर्विवाह कानून बनाया गया. भारत में पहला कानूनी विधवा विवाह कलकत्ता में 7 दिसम्बर, 1856 ई. को इन्हीं की प्रेरणा एवं देखरेख में सम्पन्न हुआ.

आन्ध्र प्रदेश में कण्डूकुरी वीरेसलिंगम् ने स्त्री-शिक्षा एवं विधवा विवाह के लिए वही कार्य किया जो बंगाल में ईश्वरचन्द विद्यासागर ने किया. वीरेसलिंगम् ने पश्चिमी शिक्षा के आधार पर स्त्री शिक्षा तथा सह-शिक्षा का समर्थन किया. अपनी पत्रिका 'विवेक बर्धन' में विभिन्न लेख तथा 'ब्रह्म-विवाहम्' जैसे नाटक के माध्यम से उन्होंने बाल-विवाह, दहेज-प्रथा, अल्पायु लड़कियों का वृद्ध पुरुषों से विवाह, आदि कुरीतियों का मजाक उड़ाया. 1879 में इन्होंने एक 'विधवा विवाह समुदाय' का संगठन किया. इन्होंने 1897 में मद्रास में तथा 1905 में राजमुन्दरी में विधवा आश्रम का भी निर्माण करवाया. 1883 में इन्होंने पूर्णतः स्त्री हितों के संवर्द्धन के लिए 'साथीहित बोधिनी' नामक मासिक पत्रिका का प्रकाशन भी आरम्भ करवाया. उन्होंने देवदासी प्रथा तथा वेश्यावृत्ति का भी विरोध किया. इस प्रकार वीरेसलिंगम् का सम्पूर्ण जीवन स्त्रियों की दशा में सुधार के प्रति समर्पित रहा.

राष्ट्रीय आन्दोलन के दरम्यान स्त्री आन्दोलन—19वीं सदी के समाज सुधारकों ने स्त्री उद्धार के लिए, जो सराहनीय प्रयास किए, उसका प्रभाव 20वीं सदी के आरम्भ में भारतीय राष्ट्रीय आन्दोलन में स्पष्ट रूप से दिखने लगा. स्त्रियों ने स्वदेशी आन्दोलन, असहयोग आन्दोलन एवं सविनय अवज्ञा आन्दोलन में भाग लेकर न केवल सक्रिय राजनीतिक सह-भागिता का परिचय दिया, बल्कि अपने उद्धार की जिम्मेदारी भी स्वयं सँभाल ली. 20वीं सदी के प्रारम्भ में स्त्रियों द्वारा

अनेक महिला संगठन की स्थापना की गई. 1917 में एक आयरिश महिला मारग्रेट कजन द्वारा 'Womens Indian Association' की स्थापना की गई. 1926 में 'National Council of Indian Women' स्थापित की गई. 1927 में स्थापित 'अखिल भारतीय महिला सभा' इस दिशा में एक महत्वपूर्ण घटना थी.

इन महिला संगठनों की स्थापना से स्त्री-मुक्ति आन्दोलन की प्रक्रिया एक तरफ काफी तेज हुई, तो दूसरी तरफ आन्दोलन में कुछ ढाँचागत परिवर्तन भी आए. राजनीतिक अधिकारों की माँग इसका सबसे प्रबल प्रमाण है. 1917 में पहली बार स्त्रियों के वोट डालने के अधिकार की माँग उठाई गई. इस सिलसिले में महिलाओं का एक शिष्टमण्डल तत्कालीन वायसराय से भी मिला. 1919 के संवैधानिक सुधारों द्वारा इसे अंशतः स्वीकार कर लिया गया. मद्रास ऐसा पहला प्रान्त था जिसमें स्त्रियों को वोट डालने का अधिकार प्रदान किया गया. इसके बाद से ही स्त्रियों ने विधायक के चुनाव में मत भी दिया और खुद उम्मीदवार के रूप में खड़ी भी हुईं. 1927 में मद्रास में डॉ. मुथु लक्ष्मी रेड्डी विधायक बनने वाली पहली स्त्री थी. 1917 में पहली बार भारतीय राष्ट्रीय कांग्रेस की अध्यक्ष भी एक महिला (श्रीमती एनी बेसेन्ट) बनी. बाद में सरोजिनी नायडू को भी यह सौभाग्य प्राप्त हुआ. कालान्तर में स्त्रियों ने क्रांतिकारी आन्दोलन के साथ-ही-साथ किसान आन्दोलन एवं ट्रेड यूनियन आन्दोलन में भी बढ़ चढ़कर हिस्सा लेना प्रारम्भ किया.

20वीं सदी के आरम्भिक दशकों में स्त्री आन्दोलन में जो नवीन प्रवृत्तियाँ उभरने लगीं निःसन्देह वह पूर्व के समाज सुधारकों द्वारा किए गए भागीरथी प्रयास का ही प्रतिफल था, लेकिन 20वीं सदी के महान् भारतीय नेता एवं समाज सुधारक महात्मा गांधी का भी इसमें अप्रतिम योगदान था. स्त्रियों को राजनीतिक क्षेत्र में लाने का प्रथम श्रेय महात्मा गांधी को ही है. स्त्री उद्धार के लिए महात्मा गांधी ने उन सभी कार्यक्रमों को जारी रखा जिसे 19वीं सदी के समाज सुधारकों ने प्रारम्भ किया था. स्त्री शिक्षा एवं समानता के लिए गांधीजी निरन्तर प्रयत्न करते रहे. उनका कहना था कि "स्त्री-पुरुष की सहचरी है, उसे भी समान मानसिक योग्यताएँ प्राप्त हैं. उसे अधिकार है कि वह पुरुषों के छोटे-बड़े क्रियाकलापों में भाग ले और उसे भी पुरुषों के समान स्वतन्त्रता का अधिकार मिले." महात्मा गांधी का यह मानना था कि स्त्रियों में स्व-बलिदान और सहिष्णुता का बहुत बड़ा गुण है और उनमें दुःखों को झेलने की वह योग्यता भी है जिसकी अहिंसात्मक संघर्ष के लिए आवश्यकता थी. इसलिए गांधीजी ने स्त्रियों को राजनीतिक आन्दोलन में शामिल करने पर अत्यधिक जोर दिया था. गांधीजी ने केवल स्त्री अधिकारों पर ही जोर नहीं दिया, बल्कि स्त्री कर्तव्यों पर भी बल दिया है. उन्होंने स्त्रियों की भूमिका को पुरुषों के पूरक के रूप में ही देखा. उनका आदर्श पश्चिम की नारी नहीं थी. उन्होंने सीता, दमयन्ती, शकुन्तला जैसी पौराणिक चरित्रों को ही आदर्श नारी के रूप में देखा. भारतीय स्त्रियों से वे सादगी, सत्यता, कर्मठता और जागृति की आशा करते थे.

स्त्री जागरूकता के सन्दर्भ में जवाहर लाल नेहरू के विचार भी अति प्रासांगिक हैं. स्त्री आन्दोलन को नवीन आयाम प्रदान करने में नेहरू के मौलिक विचारों ने महत्वपूर्ण भूमिका निभाई. नेहरू केवल स्त्री शिक्षा ही नहीं, बल्कि सभी मानवीय क्रियाकलापों में स्त्रियों को प्रशिक्षित करने के प्रबल हिमायती थे. जवाहरलाल नेहरू का कहना था कि "आर्थिक स्वतन्त्रता के बिना स्त्री समानता के अन्य पहलुओं को पूर्णरूप से नहीं समझा जा सकेगा …… यदि महिलाओं का संघर्ष सामान्य राजनीतिक, आर्थिक और सामाजिक संघर्ष से अलग रह गया, तो उनके आन्दोलन को अधिक लाभ एवं शक्ति, सुदृढ़ता नहीं मिलेगी और वे केवल उच्च वर्ग की महिलाओं तक ही सीमित रह जाएंगे."

स्वतन्त्र भारत में स्त्री-सुधार के संवैधानिक प्रयास—स्वतन्त्रता से पहले स्त्री की स्थिति में सुधार के लिए 'सती प्रथा निषेध अधिनियम, 1829', 'हिन्दू विधवा पुनर्विवाह अधिनियम, 1856', 'विशेष विवाह अधिनियम, 1872, 1923', 'बाल विवाह विरोध अधिनियम 1929 या शारदा एक्ट', 'हिन्दू स्त्रियों का सम्पत्ति में अधिकार अधिनियम, 1937', 'मुस्लिम विवाह-विच्छेद अधिनियम 1939' जैसे महत्वपूर्ण अधिनियमों को पारित कर ब्रिटिश सरकार ने स्त्री आन्दोलनों का सक्रिय समर्थन किया था, लेकिन स्वतन्त्रता प्राप्ति तक कई अधिनियमों के प्रावधान अपूर्ण साबित होने लगे. साथ ही कुछ नई समस्याएँ भी उठ खड़ी हुईं. ऐसे में स्वतन्त्रता प्राप्ति के पश्चात् भारतीय सरकार के लिए स्त्री-सुधार की दिशा में कुछ नवीन अधिनियमों को पारित करना अति आवश्यक हो गया. स्वतन्त्रता प्राप्ति के पश्चात् भारतीय सरकार द्वारा स्त्री की प्रस्थिति में सुधार के लिए जो संवैधानिक प्रयास किए गए उनमें प्रमुख हैं—'विशेष विवाह अधिनियम-1954', 'हिन्दू विवाह तथा विवाह विच्छेद अधिनियम-1955', 'हिन्दू उत्तराधिकार अधिनियम-1956', 'हिन्दू नाबालिग तथा संरक्षकता अधिनियम-1956', 'हिन्दू गोद लेना तथा भरण-पोषण का अधिनियम-1956', 'स्त्रियों तथा कन्याओं का अनैतिक व्यापार दमन अधिनियम-1956', 'दहेज निरोध अधिनियम-1961' इत्यादि.

उल्लेखनीय है कि उपर्युक्त अधिनियमों के कारण वर्तमान में न केवल स्त्रियों के प्रस्थिति में ही सुधार हुआ है, बल्कि ये अधिनियम कई प्रकार के सामाजिक परिवर्तनों के लिए प्रेरक कारक साबित हो रहे हैं. समाज तथा परिवार में स्त्रियों की बदलती भूमिका, एक सामाजिक संस्था के रूप में परिवार

तथा विवाह का बदलता स्वरूप जैसे तथ्यों में इन संवैधानिक विधानों का प्रभाव स्पष्ट रूप से देखा जा सकता है.

उपर्युक्त आधारभूत प्रयासों के अलावा स्त्रियों के कुछ आधुनिक समस्याओं के समाधान हेतु भी विभिन्न कानूनी एवं व्यवस्थात्मक प्रयास किए गए हैं. जैसे—मजदूरी भुगतान में लिंग विषमता को दूर करने के लिए 1976 में 'समान वेतन अधिनियम' पारित किया गया. 'फैक्ट्री संशोधन अधिनियम 1974' के तहत् प्रत्येक फैक्ट्री में ही एक अलग शिशु गृह स्थापित करने की व्यवस्था की गई है. 'मातृत्व लाभ अधिनियम 1961' को पारित करके काम-काजी महिलाओं के लिए प्रसवोपरान्त अतिरिक्त अवकाश की व्यवस्था की गई है. 1976 में इसे संशोधित करके उन महिलाओं को भी इसके अधीन शामिल कर लिया गया जो कर्मचारी राज्य बीमा अधिनियम 1948 की परिधि से बाहर थीं.

व्यवस्थात्मक उपायों के तहत् स्त्रियों के लिए 1975-76 से व्यवहारिक एवं प्रायोगिक शिक्षा का एक विशेष कार्यक्रम आरम्भ किया गया है. इसके तहत् स्वच्छता, खाद्य एवं पोषाहार, गृह प्रबन्ध, बच्चों की देखभाल, बच्चों की प्राथमिक शिक्षा, परिवार का बुनियादी स्वास्थ्य, प्राथमिक चिकित्सा, परिवार नियोजन के साधनों का ज्ञान इत्यादि के सम्बन्ध में समुचित शिक्षण-प्रशिक्षण की व्यवस्था की गई है.

स्त्री समस्याओं का बदलता स्वरूप (Changing Pattern of Women's Problem)

बहुत से लोगों का मानना है कि 19वीं और 20वीं सदी में स्त्री-सुधार के सम्बन्ध में जो मूल मुद्दे थे, वर्तमानकाल में यदि इक्का-दुक्का उदाहरणों को छोड़ दिया जाए, तो उनका लगभग पूर्ण उन्मूलन हो चुका है. इसलिए अब स्त्री आन्दोलन का स्वरूप भी स्त्री के नवीन समस्याओं के अनुसार ही होने चाहिए. वस्तुतः इसमें कोई दो मत नहीं है कि विभिन्न स्त्री आन्दोलनों एवं व्यापक सरकारी प्रयासों के कारण स्त्रियों की स्थिति दिन-प्रतिदिन सुधरती जा रही है, लेकिन जहाँ तक स्त्री-समस्याओं से सम्बन्धित मूल मुद्दों की बात है, तो इस सम्बन्ध में सच ये है कि अभी भी कई पुराने मुद्दे यथावत् हैं. जिन मुद्दों के लोप होने का आभास होता है, वास्तव में वे लुप्त नहीं हुए हैं, उनका स्वरूप और मौलिक कारण बदल गए हैं. जैसे—अब सती प्रथा के तहत् किशोर विधवाएँ नहीं जलाई जा रही हैं, लेकिन दहेज लोभ में नई बहुएँ अवश्य जलाई जा रही हैं. बालिका शिशु वध का उदाहरण मिले या ना मिले, परन्तु गर्भावस्था के दौरान भ्रूण-परीक्षण द्वारा बालिका भ्रूण-मृत्यु की घटना के बहुसंख्यक उदाहरण हैं. यदि बालिका-विवाह की घटना कम हुई है, तो दूसरी ओर वेश्यावृत्ति के व्यापार में बालिकाओं की तस्करी में अत्यधिक उछाल आया है. पारम्परिक समाज में यदि महिलाओं को पोषाहार एवं अन्य सुविधाएँ पुरुष के बराबर प्राप्त नहीं थी, तो आधुनिक समाज में भी मजदूरी एवं वेतन के मामले में लिंग विषमता एक प्रमुख मुद्दा है. यदि पारम्परिक समाज में महिलाओं की सामाजिक सक्रियता अति अल्प थी, तो वर्तमान भारत में संसद में महिलाओं के लिए एक-तिहाई सीटों के आरक्षण का मुद्दा, एक कठोर धरातल पर एक गेंद की तरह ऊपर नीचे हो रहा है. यदि घर की चहारदीवारी के भीतर एक स्त्री अपने पति के अत्याचार के कारण सिसकी ले रही थी, तो वर्तमान खुले समाज में एक कामकाजी महिला अपने सहकर्मियों या अन्य आपराधिक तत्वों से बलात्कार के कारण अपमान और बेबसी की घूँट पीती जा रही है.

उपर्युक्त तथ्यों के आलोक में स्त्रियों की नवीन समस्याओं को समझा जा सकता है. स्त्रियों की पारम्परिक समस्याओं एवं नवीन समस्याओं के समग्र विश्लेषण द्वारा एक अति महत्वपूर्ण तथ्य सामने आता है. स्त्रियों की पारम्परिक समस्याओं के केन्द्र में धार्मिक संकल्पनाएँ ही मुख्य रूप से क्रियाशील थीं, परन्तु आधुनिक समस्याओं के केन्द्र में सामाजिक तथ्य अधिक क्रियाशील हैं. इसलिए वर्तमान में यदि साक्षरता, अधिकार एवं समानता के सन्दर्भ में पुरुषों की तुलना में स्त्रियों की स्थिति निम्न है, तो इस समस्या का समाधान सामाजिक व्याधिकी (Social Pathology) में ही खोजा जाना चाहिए न कि समुदाय विशेष के धर्म ग्रंथों में.

निष्कर्ष—वर्तमान में, समाज कल्याण विभाग द्वारा स्त्री कल्याण के लिए अन्तर्विभागीय समन्वय समिति गठित करने तथा केन्द्र एवं राज्य स्तर पर 'महिला आयोग' के गठन एवं अधिकार सम्पन्न होने से स्त्री आन्दोलन का स्वरूप सामाजिक सुधार के एक अंग के बदले एक स्वतन्त्र तथ्य के रूप में उभरा है. इससे न केवल स्त्री आन्दोलन संस्थागत स्वरूप ग्रहण कर सका है, बल्कि 'स्त्री कल्याण, स्त्रियों के द्वारा' की भावना भी फैल रही है. इसके अलावा विभिन्न स्वयंसेवी संगठन एवं महिला मंडलों के द्वारा स्त्री आन्दोलन के परिप्रेक्ष्यों का विस्तार किया जा रहा है.

आधुनिक भारत में निम्न जातीय एवं दलित आन्दोलन (Backward Caste and Dalit Movement in Modern India)

भारतीय समाज के विकास में जाति-प्रथा अपने विकृत स्वरूप में सदैव एक बाधा ही प्रस्तुत किया है हालाँकि जाति-प्रथा भारतीय संस्कृति की एक महत्वपूर्ण विशेषता रही है, लेकिन इसके कारण कई सामाजिक समस्याएँ उत्पन्न होती रही हैं. समाज को विभिन्न इकाइयों में बाँटने में जाति-प्रथा सबसे प्रमुख कारक साबित हुई. जाति-प्रथा के कारण समाज

न केवल विभिन्न इकाइयों में बँटा, बल्कि इन इकाइयों में आपसी भेदभाव एवं वैमनस्य की भावना भी पनपी. अर्थात् भारत में जाति-प्रथा सामाजिक स्तरीकरण के लिए दोषपूर्ण आधार प्रस्तुत करके सामाजिक संघर्ष या कलह को ही प्रोत्साहित किया है.

जाति-प्रथा के समूल उन्मूलन के लिए प्राचीनकाल में महात्मा बुद्ध और भगवान महावीर ने प्रथम प्रयास किया था. इसके पश्चात् मध्यकाल में कुछ सूफी एवं भक्ति संतों जैसे—रामानन्द, कबीर, नानक, तुकाराम, एकनाथ, नामदेव आदि ने भी प्रयास किया था. जाति-प्रथा चूँकि धर्म समर्थित प्रथा थी, इसलिए उपरोक्त संतों ने उन धार्मिक उपबन्धों के उन्मूलन तक ही अपने आपको सीमित रखा जिसके कारण जाति-प्रथा की जड़ें सामाजिक व्यवस्था में गहराई से जमी हुई थीं. इसलिए ये संत अपने प्रयासों में आंशिक रूप में ही सफल रहे.

आधुनिक शिक्षा के प्रसार के कारण अनेक भारतीयों ने भी मानव की गरिमा को समझा. परिणामस्वरूप 19वीं एवं 20वीं सदी के भारतीय समाज सुधारकों ने जाति-प्रथा के अंत तथा अछूतोद्धार को अपने आन्दोलन का हिस्सा बना लिया. कालान्तर में अंग्रेजों के समानतावादी प्रशासनिक व्यवस्था के कारण जाति आन्दोलन को बल मिला. फलतः कुछ निम्न-जातीय व्यक्तियों द्वारा भी अपनी जाति को समाज में यथोचित सम्मान दिलाने और सभी अछूतों के उद्धार के लिए काफी सशक्त आन्दोलनों का नेतृत्व किया गया. ऐसे कुछ प्रमुख आन्दोलन निम्नलिखित हैं—

1. **ज्योतिबाराव फूले तथा सत्यशोधक समाज**—पश्चिम भारत में ज्योतिबाराव गोविन्दराज फूले द्वारा निम्न जातियों की स्थिति में सुधार हेतु एक पृथक् आन्दोलन चलाया गया. फूले का जन्म महाराष्ट्र के पूना में हुआ था और ये माली कुल से सम्बन्धित थे. निम्न जातियों के प्रति ब्राह्मण जातियों के तिरस्कार पूर्ण व्यवहारों के विरुद्ध ये आजीवन संघर्ष करते रहे.

1873 में इन्होंने 'सत्यशोधक समाज' की स्थापना की, जिसका उद्देश्य समाज के कमजोर वर्गों को सामाजिक न्याय दिलाना था. इन्होंने निम्न वर्गों में शिक्षा के प्रसार के लिए अनेक स्कूल एवं अनाथालयों की भी स्थापना की.

इन्होंने पूरे भारत की निम्न जातियों में जातीय चेतना जगाने हेतु 'गुलामगिरी' नामक पुस्तक लिखी. इस दिशा में इनकी अन्य महत्वपूर्ण पुस्तकें—धर्म तृतीय रत्न (पुराणों का भण्डाफोड़), इशारा, शिवाजी की जवानी इत्यादि थीं.

2. **श्री नारायण गुरु तथा एस. एन. डी. पी.**—केरल में एझवा जाति के श्री नारायण गुरु द्वारा अछूत जातियों की स्थिति में सुधार के लिए आन्दोलन चलाया गया. केरल में एझवा एक अछूत या अस्पृश्य जाति मानी जाती थी. श्री नारायण गुरु ने अपने विचार तथा कार्यक्रमों के प्रसार के लिए 'श्री नारायण धर्म परिपालन योगम्' (S. N. D. P.) नामक संस्था की भी स्थापना की.

श्री नारायण गुरु के समस्त क्रियाकलापों के मुख्य रूप से दो पहलू थे. पहला—अपने से निम्न जातियों के प्रति अस्पृश्यता की भावना को समाप्त करना तथा दूसरा—सभी वर्गों के खुले प्रवेश वाले विभिन्न मन्दिर बनवाना. इसके अलावा इन्होंने विवाह-संस्कार, धार्मिक अनुष्ठान तथा श्राद्ध आदि से सम्बन्धित कर्मकाण्डों को सरल बनाकर निम्न जातियों को उन्हें अपनाने हेतु भी प्रेरित किया.

चतुर्वर्ण एवं व्यक्ति के जन्मजात विभिन्नताओं के सन्दर्भ में नारायण गुरु का कहना था कि "फर्क सिर्फ ऊपरी है, जैसे—एक पेड़ की पत्तियों के बाह्य आकार और बनावट में विभिन्नता हो सकती है, लेकिन पत्तियों के रस में कोई फर्क नहीं होता. एक पेड़ की सारी पत्तियों से निचोड़े गए रस का स्वाद एक ही होता है." इसी तर्क के आधार पर उन्होंने गांधीजी के चतुर्वर्णीय व्यवस्था में विश्वास रखने के कारण उनकी आलोचना की थी. श्री नारायण गुरु ने एक नया नारा भी दिया था—"मानवमात्र के लिए एक धर्म, एक जाति तथा एक ईश्वर." बाद में उनके एक शिष्य ने इसमें इस प्रकार सुधार किया "मानव मात्र के लिए कोई धर्म नहीं, कोई जाति नहीं और कोई ईश्वर नहीं."

3. **दक्षिण भारत का आत्मसम्मान आन्दोलन**—दक्षिण भारत में जातीय कट्टरता और छुआछूत अपनी चरम सीमा पर थी. 1920 के बाद वहाँ गैर ब्राह्मण जातियों ने अपनी स्थिति सुधारने के लिए एक आत्मसम्मान आन्दोलन (Self-respect Movement) चलाया. इस आन्दोलन के अगुआ एक पुराने कांग्रेसी नेता 'पेरियार' ई. वी. रामास्वामी नैकर थे जो कांग्रेस से नाता तोड़ चुके थे. यह आन्दोलन ब्राह्मण पुरोहितों के बिना विवाह करवाने से आरम्भ करके मंदिरों में जबरदस्ती प्रवेश, मनुस्मृति को जलाने तक और कभी-कभी स्पष्ट नास्तिकता तक भी पहुँचा. अपनी माँगों को मनवाने के लिए इन्होंने अनेक सत्याग्रह कार्यक्रमों का भी आयोजन किया.

4. **जस्टिस पार्टी**—1917 में पी. त्यागराज, टी. एस. नैयर तथा सी. एन. मुदलियार द्वारा प्रथम गैर ब्राह्मण संस्था गठित की गई. यह संस्था "दक्षिण भारतीय उदारवादी संघ (South Indian Liberal Federation) के नाम से प्रसिद्ध हुआ. बाद में इसे ही 'न्याय दल' (Justice Party) कहा जाने लगा." 1937 के पश्चात् इस संस्था की कमान रामास्वामी नैकर के हाथों में आ गई. रामास्वामी ने आत्म-सम्मान आन्दोलन के कार्यक्रमों को ही इस संस्था के माध्यम से पुनर्कार्यान्वियन प्रारम्भ किया. अब वे अपने उद्देश्यों के प्रति कुछ अधिक उग्र हो गए थे. यह भावना उनके इस कथन से स्पष्ट होती है—"कुछ ऐसे तत्व होते हैं जिनका

सुधार नहीं हो सकता है, उनका केवल अन्त ही करना होता है. ब्राह्मणीय हिन्दू धर्म एक ऐसा ही तत्व है.”

5. **सी. एन. अन्नादुरै तथा द्रविड़ मुन्नेत्र कड़गम**—रामास्वामी नैकर के अनुयायियों द्वारा न्याय दल के कार्यक्रम को आगे बढ़ाया गया. इन्हीं अनुयायियों में सी. एन. अन्नादुरै भी एक थे. 1944 में न्याय दल का नाम बदलकर द्रविड़ कड़गम (द्रविड़ संघ) कर दिया गया. 1949 में इसमें विभाजन के पश्चात् अन्नादुरै के नेतृत्व में एक भाग का नाम द्रविड़ मुन्नेत्र कड़गम (द्रविड़ प्रगतिवादी संघ) रखा गया. आत्म सम्मान आन्दोलन के कार्यक्रमों एवं उद्देश्य प्राप्ति की दिशा में ही यह संस्था भी काम करती रही.

6. **वायकोम सत्याग्रह**—1923 में कांग्रेस ने छुआछूत के विरुद्ध ठोस कार्यक्रम बनाने का निर्णय किया. केरल काँग्रेस प्रदेश कमेटी ने इसे संघर्ष का सबसे महत्वपूर्ण मुद्दा बना लिया. अन्य कार्यक्रमों के अलावा हिन्दू मंदिरों तथा सार्वजनिक सड़कों पर हरिजनों के प्रवेश के लिए आन्दोलन छेड़ने का निर्णय लिया गया. वायकोम सत्याग्रह इसी दिशा में एक सशक्त पहल थी.

मार्च 1924 में त्रावनकोर के एक गाँव वायकोम से इस आन्दोलन की शुरूआत हुई. इस गाँव के एक बड़े मन्दिर में (जिसमें अवर्णों के प्रवेश पर मनाही थी) कांग्रेसियों के नेतृत्व में सवर्ण एवं अवर्ण लोगों का एक जनसमूह नियमों को तोड़ते हुए प्रवेश कर गया. मन्दिर के पुजारियों द्वारा इनका विरोध किया गया, जिन्हें त्रावनकोर की सरकार का समर्थन प्राप्त था.

के. पी. केशव मेनन तथा ई. वी. रामास्वामी नैकर के नेतृत्व में यह सत्याग्रह कुछ दिनों तक चलता रहा. भारत के अन्य भागों से भी इस आन्दोलन को समर्थन मिलता रहा. बाद में मार्च 1925 में महात्मा गांधी के हस्तक्षेप के परिणामस्वरूप मन्दिर के बाहर की सड़कें तो अवर्णों के लिए खोल दी गईं, परन्तु भीतर उनका प्रवेश वर्जित ही रहा.

7. **गुरुवायूर सत्याग्रह**—के. केलप्पण के नेतृत्व में केरल प्रदेश कांग्रेस कमेटी ने मन्दिरों में अवर्णों के प्रवेश का मुद्दा पुनः उठाया. इस बार आन्दोलन का केन्द्रस्थल गुरुवायूर (केरल का गाँव) था. आन्दोलन का स्वरूप पूरी तरह से वायकोम सत्याग्रह की तरह ही था.

वायकोम सत्याग्रह तथा गुरुवायूर सत्याग्रह अपने आन्दोलन के मूल उद्देश्यों की प्राप्ति में तो अंशतः ही सफल रहे, लेकिन इनकी व्यापक सफलता इस बात में निहित थी कि इन आन्दोलनों के द्वारा छुआछूत के खिलाफ विस्तृत एवं सशक्त जनमत तैयार हुआ. फलतः नवम्बर 1936 में त्रावनकोर के महाराजा द्वारा सभी सरकार नियंत्रित मन्दिरों को हिन्दुओं की सभी जातियों के लिए खोलने का आदेश जारी किया गया. 1937 के पश्चात् कांग्रेस शासित अन्य प्रान्तों में भी इस निर्णय का अनुसरण किया गया.

8. **महात्मा गांधी एवं दलितोद्धार**—दलित एवं पिछड़े वर्गों के सामाजिक एवं आर्थिक उत्थान तथा छुआछूत उन्मूलन, 1923 के बाद महात्मा गांधी के रचनात्मक कार्यों का एक अहम् हिस्सा बन गया. इसके लिए वे आजीवन प्रयासरत् रहे. अछूतों को उन्होंने एक नया नाम 'हरिजन' (अर्थात् भगवान् का आदमी) दिया. इनकी भलाई के लिए गांधीजी ने 'हरिजन' नामक एक साप्ताहिक पत्रिका तथा 'हरिजन सेवक संघ' नामक संस्था की स्थापना की.

महात्मा गांधी सामाजिक भेदभाव तथा छुआछूत आदि के विरुद्ध तो थे, लेकिन वर्ण व्यवस्था के उन्मूलन हेतु कोई अभियान नहीं चलाया, क्योंकि वे वर्ण-व्यवस्था के समर्थक थे.

9. **डॉ. भीमराव अम्बेदकर तथा अछूतोद्धार**—डॉ. भीमराव अम्बेदकर का जन्म महाराष्ट्र के महार कुल (एक अस्पृश्य हिन्दू कुल) में हुआ था. अति निम्न कुल के होने के कारण इन्होंने जातीय तिरस्कार के दर्द को काफी नजदीक से महसूस किया. इस दर्द ने ही अम्बेदकर को जातीय श्रेष्ठता के विरुद्ध संघर्ष करने के लिए प्रेरित किया.

अम्बेदकर के अछूतोद्धार आन्दोलन का उद्देश्य अछूतों के लिए मन्दिरों में प्रवेश तथा सार्वजनिक कुओं एवं तालाबों से अछूतों के लिए पानी का उपयोग करना था. अपने उद्देश्यों की प्राप्ति के लिए 1924 में इन्होंने बम्बई में 'बहिष्कृत हितकारिणी सभा' तथा 1942 में 'अखिल भारतीय दलित वर्ग संघ' [All India Dispressed Class Federation] नामक दो संस्थाओं की स्थापना की.

अछूतोद्धार के लिए अम्बेदकर ने कानूनी अधिकारों एवं संरक्षण को भी प्राप्त करने का प्रयास किया. उन्होंने ब्रिटिश सरकार से अछूतों के लिए अलग मताधिकार की माँग की. इस सम्बन्ध में विस्तृत बातचीत के लिए 1930 से 1932 के तीनों गोलमेज सम्मेलनों में उन्हें अछूतों के प्रतिनिधि की हैसियत से आमंत्रित किया गया और वार्ता के पश्चात् दलित वर्गों के लिए अलग निर्वाचन मण्डलों का प्रावधान किया गया, लेकिन महात्मा गांधी ने ब्रिटिश सरकार के इस निर्णय में छिपे असली उद्देश्य को समय पूर्व भाँप कर इस निर्णय को सफल नहीं होने दिया. इस कारण अम्बेदकर गांधीजी के प्रमुख आलोचक हो गए.

स्वतन्त्रता प्राप्ति के पश्चात् भारतीय संविधान के प्रारूप समिति के अध्यक्ष तथा सरकार में विधि मंत्री की हैसियत से इन्होंने अछूतोद्धार के लिए समुचित संवैधानिक एवं व्यावहारिक उपाय किए. उन्हीं के प्रयासों से 1955 में छुआछूत उन्मूलन अधिनियम पारित किया गया जिसमें छुआछूत को एक अपराध माना गया.

निष्कर्ष—ब्रिटिश सरकार जातीय आन्दोलन के प्रति किसी प्रकार की सक्रियता नहीं दिखलाई, क्योंकि इन आन्दोलनों के द्वारा अंग्रेजों की साम्राज्यवादी हितों का ही पोषण हो रहा था. यदि इन आन्दोलनों के सफल होने से सामाजिक एकता में वृद्धि होती, तो वह ब्रिटिश साम्राज्य के लिए कई दृष्टि से घातक हो सकती थी. इसलिए इन आन्दोलनों के प्रति ब्रिटिश सरकार तटस्थ ही रही.

स्वतन्त्रता प्राप्ति के पश्चात् सामाजिक एकता की वृद्धि भारतीय सरकार के समक्ष एक मुख्य चुनौती थी. इस चुनौती से निपटने के लिए जातिगत भेदभावों को समाप्त करना अति आवश्यक था. इसलिए भारतीय सरकार ने समानता के लिए न केवल समुचित संवैधानिक प्रबन्ध किए, बल्कि 1955 में 'छुआछूत उन्मूलन अधिनियम' भी पारित किया. निम्न जातियों को कई प्रकार के विशेषाधिकार भी दिए गए. फिर भी जाति-प्रथा पूर्णतः उन्मूलित नहीं हो सकी. 'जातिवाद' के रूप में यह अभी भी उतनी ही विकराल है जितनी आधी सदी पहले तक थी.

विज्ञान
(Science)

सामान्य रूप से व्यक्ति विज्ञान का आशय एक विशेष प्रकार की विषय-सामग्री (Subject matter) से लगाते हैं, लेकिन विज्ञान अपने आप में कोई विषय-सामग्री न होकर वैज्ञानिक पद्धति से प्राप्त किया गया एक व्यवस्थित ज्ञान है. यदि किसी प्रकार के विषय से जुड़े हुए तथ्यों को वैज्ञानिक पद्धति को काम में लेते हुए संगृहीत किया जाए तथा इस प्रकार से प्राप्त तथ्यों के आधार पर सिद्धान्त बनाए जाएं, तो ऐसे विषय को विज्ञान ही कहा जाएगा.

स्टुअर्ट चेज ने लिखा है, "विज्ञान का सम्बन्ध पद्धति से है न कि विषय-सामग्री से."

कार्ल पियर्सन के अनुसार, "सभी विज्ञान की एकता उनकी पद्धति में है न कि उनकी विषय-वस्तु में."

लैडिस के अनुसार, "विज्ञान विज्ञान ही है, चाहे वह भौतिकशास्त्र में हो या समाजशास्त्र में."

स्पष्ट है कि विज्ञान में वैज्ञानिक पद्धति का प्रयोग किया जाता है. लुण्डवर्ग के अनुसार, "व्यापक अर्थ में वैज्ञानिक पद्धति तथ्यों के व्यवस्थित अवलोकन, वर्गीकरण तथा व्याख्या से निर्मित है"

वैज्ञानिक पद्धति की विशेषताएँ–1. इसमें अवलोकन द्वारा तथ्यों का संकलन किया जाता है.

2. इसमें निश्चितता होती है.

3. इसमें संकलित तथ्यों का वर्गीकरण एवं विश्लेषण किया जाता है.

4. क्या है का वर्णन किया जाता है.

5. कार्य-कारणों सम्बन्धों की जाती है.

6. सिद्धान्तों का निर्माण एवं पुनर्परीक्षण होता है.

7. इसके अन्तर्गत भविष्यवाणी की जाती है.

8. इसमें तर्क की प्रधानता पायी जाती है.

9. इसमें वस्तुनिष्ठता (Objectivity) होती है.

सामाजिक नियन्त्रण की अवधारणा
(Concept of Social Control)

अमरीकन समाजशास्त्री **ई. ए. रॉस** पहला व्यक्ति था जिसने सामाजिक नियन्त्रण विषय पर 1901 में अपनी कृति 'Social Control' में व्यवस्थित विचार प्रस्तुत किए. सामाजिक नियन्त्रण के द्वारा व्यक्तियों के व्यवहारों को समाज के स्थापित प्रतिमानों के अनुरूप ढालने की कोशिश की जाती है. इस प्रकार सामाजिक नियन्त्रण वह विधि है, जिसके द्वारा एक समाज अपने सदस्यों के व्यवहारों का नियमन करता है. सामाजिक नियन्त्रण के द्वारा एक समाज अपने सदस्यों को उनकी निर्धारित भूमिकाएँ निभाने, नियमों का पालन करने एवं व्यवस्था बनाये रखने के लिए प्रेणना देता है. प्रत्येक समाज अपने सदस्यों से यह अपेक्षा करता है कि वे एक निर्धारित ढंग से समाज में आचरण करें, उचित रूप से अपनी भूमिकाओं एवं कर्तव्यों का निर्वाह करें अन्यथा समाज में व्यवस्था बनाये रखना एवं व्यक्तियों की आवश्यकताओं की पूर्ति करना मुश्किल हो जाएगा. प्रत्येक समाज अपने सदस्यों से यह अपेक्षा करता है कि वे उसकी संस्कृति के अनुरूप व्यवहार-प्रतिमानों, प्रथाओं, रीति-रिवाजों मूल्यों, आदर्शों एवं कानूनों के अनुरूप आचरण कर समाज को स्थायित्व एवं व्यवस्था प्रदान करें. इसलिए वह अपने सदस्यों पर कुछ नियन्त्रण लागू करता है. इसी प्रकार समाज में जब नयी परिस्थितियाँ पैदा होती हैं, तब भी समाज अपने सदस्यों के व्यवहारो पर अंकुश रखता है जिससे कि नयी परिस्थितियों से प्रभावित होकर लोग सामाजिक संरचना को तोड़ न दें. सामाजिक नियन्त्रण के अभाव में मानवीय सम्बन्धों की व्यवस्था एवं सम्पूर्ण मानव जीवन ही अस्त-व्यस्त हो जाएगा. **डेविस** लिखते हैं कि समाज का निर्माण ही 'सामाजिक सम्बन्धों' एवं 'नियन्त्रण की व्यवस्था' द्वारा होता है.

सामाजिक नियन्त्रण का अर्थ एवं परिभाषा
(Meaning and Definition of Social Control)

ऑगबर्न तथा **निमकॉफ** लिखते हैं, "दबाव का वह प्रतिमान, जिसे समाज के द्वारा व्यवस्था बनाये रखने और नियमों को स्थापित रखने के उपयोग में लाया जाता है, सामाजिक नियन्त्रण कहा जाता है."

पी. एच. लैण्डिस के अनुसार, "सामाजिक नियन्त्रण एक प्रक्रिया है जिसके द्वारा सामाजिक व्यवस्था स्थापित की जाती है और बनाये रखी जाती है."

पारसन्स के अनुसार, "विपथगामी प्रवृत्तियों की कली को फूल बनने से पहले ही कुचल देना सामाजिक नियन्त्रण है."

मैकाइवर एवं **पेज** के अनुसार, "सामाजिक नियन्त्रण का अर्थ उस तरीके से है जिससे सम्पूर्ण सामाजिक व्यवस्था की एकता और उसका स्थायित्व बना रहता है. इसके द्वारा यह समस्त व्यवस्था एक परिवर्तनशील सन्तुलन के रूप में क्रियाशील रहती है."

रॉस (Ross) के अनुसार, "सामाजिक नियन्त्रण का तात्पर्य उन सभी शक्तियों से है जिनके द्वारा समुदाय व्यक्ति को अपने अनुरूप बनाता है."

गिलिन तथा **गिलिन** के अनुसार, "सामाजिक नियन्त्रण सुझाव, अनुनय, प्रतिशोध, उत्पीड़न तथा बल प्रयोग जैसे साधनों की वह व्यवस्था है जिसके द्वारा समाज किसी समूह के व्यवहार को मान्यता प्राप्त प्रतिमानों के अनुरूप बनाता है अथवा जिसके द्वारा समूह सभी सदस्यों को अपने अनुरूप बना लेता है."

सामाजिक नियन्त्रण के साधन तथा अभिकरण (Means and Agencies of Social Control)

सामाजिक नियन्त्रण की व्यवस्था को प्रभावशाली बनाने के लिए अनेक साधनों एवं अभिकरणों की सहायता ली जाती है. सामान्यतः साधन एवं अभिकरण में कोई यह नहीं किया जाता है, लेकिन इनमें पर्याप्त अन्तर है. **अभिकरण** का आशय उन समूहों, संगठनों एवं सत्ता से है, जो नियन्त्रण को समाज पर लागू करते हैं. नियमों को लागू करने का माध्यम अभिकरण कहा है. उदाहरण के लिए, परिवार, राज्य, शिक्षण संस्थाएँ एवं अनेक संगठन जो प्रथाओं, परम्पराओं, नियमों और कानूनों को लागू करने वाले मूर्त साधन हैं, अभिकरण कहलाएंगे. **साधन** (Means) से आशय किसी विधि या ढंग से है जिसके द्वारा कोई भी अभिकरण या एजेन्सी अपनी नीतियों और आदेशों को लागू करती है. प्रथा, परम्परा, लोकाचार, हास्य, व्यंग्य, प्रचार, जनमत, कानून, पुरस्कार एवं दण्ड आदि सामाजिक नियन्त्रण के साधन हैं. सभी अभिकरण एवं साधन मिलकर सामाजिक नियन्त्रण की व्यवस्था को जारी रखते हैं. हम यहाँ सामाजिक नियन्त्रण के विभिन्न साधनों एवं अभिकरणों का वर्णन करेंगे.

1. **परिवार** (Family)–नियन्त्रण के अनौपचारिक, असंगठित और प्राथमिक साधनों में परिवार का स्थान सबसे ऊँचा है. परिवार व्यक्ति के समाजीकरण में प्रमुख भूमिका निभाता है. समाजीकरण के द्वारा परिवार व्यक्ति को सामाजिक विश्वासों, मूल्यों, आदर्शों, प्रथाओं एवं नियमों से जान-पहचान कराता है. व्यक्ति स्वतः ही सामाजिक नियमों को आत्मसात कर उनके अनुरूप आचरण करने लगता है जिससे कि समाज में नियन्त्रण बना रहता है. परिवार ही बच्चों को आदर्श नागरिकता का पाठ सिखाता है और उनमें सद्गुणों का विकास करता है. प्राथमिक समूह होने के कारण परिवार के सदस्यों से व्यक्ति का घनिष्ठ सम्बन्ध होता है और वह उसके प्रत्यक्ष सम्पर्क में आता है. परिवार के सदस्य, माता-पिता, पति-पत्नी, भाई-बहन एवं बच्चे प्रेम, प्रशंसा, निन्दा, अपमान, डांट-फटकार और उपेक्षा के द्वारा व्यक्ति के व्यवहार को नियन्ति करते हैं और उसे सामाजिक नियमों को मानने के लिए मजबूर करते हैं. अपने प्रियजनों एवं रिश्तेदारों की उपेक्षा व्यक्ति सहन नहीं कर सकता, क्योंकि वे ही तो बुरे दिनों में उसके सहायक होते हैं, उसके अपने होते हैं तथा सबसे अधिक विश्वसनीय एवं उसे प्रेम करने वाले होते हैं. इसलिए उनकी बात मानने के लिए बाध्य हो जाता है. इस प्रकार परिवार व्यक्ति के व्यवहार पर अंकुश रखकर समाज में नियन्त्रण बनाए रखता है.

2. **जनरीतियाँ** (Folkways)–**समनर** कहते हैं कि जनरीतियाँ प्राकृतिक शक्तियों के समान होती हैं जिनका पालन "व्यक्ति अचेतन रूप से करता है" **मैकाइवर** के अनुसार, "समाज में व्यवहार करने की स्वीकृत एवं मान्यता-प्राप्त विधियाँ, जनरीतियाँ कहलाती हैं." जनरीतियाँ भी सामाजिक नियन्त्रण में महत्वपूर्ण भूमिका निभाती हैं. इनका जन्म स्वतः होता है और बार-बार दुहराने से ये विकसित होती हैं. इनकी उत्पत्ति जान-बूझकर की गई कोशिशों से ही होती है चूँकि समाज के सभी व्यक्ति उनका पालन कर रहे हैं. अतः दूसरे व्यक्ति भी उन्हें अपना ही लेते हैं. बिना सोचे-विचारे और अचेतन रूप में ही व्यक्ति जनरीतियों का पालन करता है. उनका उल्लंघन करने पर समाज द्वारा निन्दा व आलोचना की जाती है, व्यक्ति की हंसी-मजाक उड़ायी जाती है और उस पर व्यंग्य किया जाता है. इस प्रकार जनरीतियाँ अधिक शक्तिशाली होती हैं. अतः इनका उल्लंघन करना सरल नहीं है.

3. **लोकाचार या रूढ़ियाँ** (Mores)–जब जनरीतियों में समूह-कल्याण की भावना जुड़ जाती है, तो वह लोकाचार का रूप धारण कर लेती हैं. ये जनरीतियाँ की अपेक्षा अधिक स्थिर होती हैं और उनका उल्लंघन करने पर कठोर दण्ड की व्यवस्था की जाती है. लोकाचार में उचित एवं अनुचित का भाव निहित होती है. लोकाचार **सकारात्मक** एवं **नकारात्मक** दो प्रकार की पायी जाती हैं. सकारात्मक लोकाचार हमें कुछ कार्य करने का निर्देश देते हैं, जैसे सदा सच बोलो, सभी पर दया करो, माता-पिता की आज्ञा मानो, ईमानदार बनो आदि. नकारात्मक लोकाचार हमें कुछ कार्यों को करने से रोकते हैं,

जैसे–चोरी मत करो, झूठ मत बोलो, हिंसा मत करो आदि. लोकाचारों का पालन करना नैतिक दृष्टि से उचित माना जाता है. लोकाचार अनौपचारिक एवं असंगठित नियन्त्रण का साधन है. इनका उल्लंघन करने पर नियन्त्रण की अनौपचारिक शक्तियों जैसे हास्य, व्यंग्य, आलोचना आदि का सामना करना पड़ता है. व्यक्ति स्वयं भी इनका उल्लंघन करना अनुचित मानता है, क्योंकि ऐसा करने से सामूहिक कल्याण खतरे में पड़ जाता है.

4. **प्रचार** (Propaganda)–वर्तमान समय में प्रचार भी सामाजिक नियन्त्रण का प्रमुख साधन बनता जा रहा है. व्यक्ति एवं समूह के व्यवहार पर प्रचार द्वारा नियन्त्रण रखा जाता है. प्रचार के लिए अनेक साधनों का उपयोग किया जाता है, जैसे अखबार, पत्र-पत्रिकाएँ, साहित्य, रेडियो, टेलीविजन, सिनेमा, प्रदर्शनी, मेले, सभा एवं समारोह आदि. प्रचार के द्वारा अच्छी और बुरी दोनों ही बातों का प्रसार किया जा सकता है. प्रचार के कारण ही हम आज कई सामाजिक कुप्रथाओं जैसे दहेज, बाल-विवाह, छुआछूत, विधवा-विवाह निषेध एवं अन्धविश्वासों से छुटकारा पाने में कुछ सीमा तक सफल हुए हैं. सन्तों, नेताओं एवं महापुरुषों के विचारों का प्रचार कर समाज में एकरूपता एवं नियन्त्रण उत्पन्न किया जाता है. आर्थिक नीतियों का प्रसार करने एवं शिक्षा के प्रति लोगों में जागृति उत्पन्न करने के लिए प्रचार का सहारा लिया जाता है. प्रचार द्वारा लोगों को एक विशेष प्रकार से आचरण करने का सुझाव दिया जाता है.

5. **प्रथाएँ** (Customs)–प्रथाएँ भी सामाजिक नियन्त्रण का एक महत्वपूर्ण साधन हैं. जब जनरीतियाँ व्यवहार में बहुत अधिक आ जाती हैं, पीढ़ी-दर-पीढ़ी हस्तान्तरित होती रहती हैं और सारे समूह अथवा समाज की आदत बन जाती हैं तो वे ही प्रथाओं का रूप ले लेती हैं. **गिसबर्ट** कहते हैं, "प्रथा व्यवहार का वह स्वरूप है, जो आदत का रूप ले लेता है तथा समाज के अधिकांश सदस्यों द्वारा उसका पालन किया जाता है. **शेक्सपियर** इन्हें 'क्रूर' बताता है तथा **मॉण्टेन** इन्हें 'गुस्सेबाज' और 'धूर्त स्कूल मास्टरनी' (Violent and Treacherous School mistress) पुकारा है. **बेकन** ने कहा है, "प्रथाएँ मनुष्य के जीवन की प्रमुख न्यायाधीश हैं." **लॉक** ने इनकी शक्ति को प्रकृति से भी महान बताया है. **शपेरा** ने कहा है कि आदिम समाजों में प्रथाओं के प्रति समर्पण स्वतः स्फूर्त होता है. प्रथाओं के पालन से व्यक्ति को सामाजिक सम्मान व भौतिक लाभ मिलते हैं, किन्तु **मैलिनोवस्की** की मान्यता है कि आधुनिक समाजों की तरह ही आदिम समाजों में भी व्यक्ति व्यक्तिगत लाभ के कारण ही प्रथाओं का पालन करता है.

6. **जनमत** (Public Opinion)–जनमत भी सामाजिक नियन्त्रण का एक महत्वपूर्ण अनौपचारिक साधन है. **बोटोमोर** कहते हैं, "जनमत व्यक्तियों के व्यवहारों को प्रतिबन्धित व निर्देशित करता है." आदिम एवं आधुनिक सभी समाजों में जनमत लोगों के व्यवहारों पर अंकुश रखता है. सभ्य समाजों में तो जनमत सरकार की नीतियों, संघों, राज्य, सामाजिक व्यवहार एवं समूहों पर अंकुश रखने वाली एक महान् सामाजिक शक्ति हैं. यदि प्रथाएँ **'एक निरंकुश राज्य'** की तरह समाज पर नियन्त्रण रखती हैं तो जनमत अनजाने ही व्यक्ति को समाज के अनुकूल आचरण करने की प्रेरणा देता है.

7. **हास्य तथा व्यंग** (Humour and Ridicule)–हास्य और व्यंग के द्वारा प्राचीन समय से ही सामाजिक नियन्त्रण रखा जाता रहा है. व्यक्ति के व्यवहारों पर हास्य एवं व्यंग द्वारा अप्रत्यक्ष एवं मधुर रूप से नियन्त्रण रखा जाता है. व्यक्ति के समाज-विरोधी व्यवहार पर कविता, साहित्य एवं कला के द्वारा मार्मिक रूप से व्यंग किया जाता है, व्यक्ति की हँसी उड़ायी जाती है जिससे दोषी व्यक्ति अपने व्यवहारों के प्रति जागरूक हो जाता है जिससे दोषी व्यक्ति अपने व्यवहारों के प्रति जागरूक हो जाता है और समाज-विरोधी व्यवहारों को त्यागकर समाज के अनुरूप व्यवहार करने लगता है.

8. **दण्ड एवु पुरस्कार** (Punishment and Reward)–दण्ड एवं पुरस्कार सामाजिक नियन्त्रण के महत्वपूर्ण साधन हैं. यदि व्यक्ति समाज-विरोधी कार्य करता है और सामाजिक नियमों की अवहेलना करता है तो समाज उसे दण्ड देता है जिससे कि वह भविष्य में उन गलतियों को न दोहराए. दण्ड के अनेक रूप हैं जो आँखें दिखाने, डराने, धमकाने, डाँटने, मारपीट करने तथा जुर्माने व जेल से लेकर मृत्युदण्ड तक हो सकते हैं.

दूसरी ओर यदि मानव समाज द्वारा मान्य व्यवहारों को करता है तो उसे पुरस्कार दिया जाता है. यह पुरस्कार चुम्बन, प्यार, प्रशंसा, धन्यवाद, पदक, उपाधि से लेकर किसी भौतिक वस्तु व सम्पत्ति के रूप में भी हो सकता है. कई बार लोग पुरस्कार पाने के लिए ही सामाजिक नियमों का पालन करते हैं. पुरस्कार के कारण व्यक्ति की कार्यकुशलता में बढ़ोत्तरी होती है.

9. **नेता** (Leader)–नेता सामाजिक नियन्त्रण के प्रभावशाली साधन होते हैं. नेतृत्व एवं नेता के अनेक प्रकार भी हो सकते हैं. राजनीतिक, सामाजिक, धार्मिक, सैनिक, परम्परावादी, चमत्कारिक एवं प्रजातन्त्रवादी सभी नेता समाज में किसी-न-किसी रूप में नियन्त्रण बनाए रखते हैं. दुर्खीम उन्हें सामुदायिक जीवन के प्रतिनिधि मानता है. इसलिए उनका प्रभाव उनके अनुयायियों पर अधिक होता है. नेता लोग अपने आचरण, चरित्र, आदर्श, बुद्धि, परिश्रम एवं सूझबूझ से लोगों के व्यवहारों को एक निश्चित दिशा प्रदान करते हैं. हिटलर, मुसोलिनी, गांधी, नेहरू, सुभाष, भगतसिंह, चन्द्रशेखर

आदि नेताओं ने क्रान्ति एवं शान्ति के समय लोगों को नेतृत्व प्रदान किया. लोगों ने उनके सुझावों एवं आदेशों का पालन करके अपने दायित्व को निभाया. सामाजिक नियन्त्रण में नेतृत्व के महत्व को बताते हुए **गिलिन** एवं **गिलिन** ने लिखा है, "सामाजिक नियन्त्रण में पहला चरण शायद प्रभावशाली व्यक्तियों द्वारा ही उठाया गया है. नेतृत्व और अधीनता पशु जीवन में भी देखने को मिलते है. 'महापुरुष' सदा की ही भाँति आज भी समाज में अपनी भूमिका अदा करता आ रहा है, यद्यपि आधुनिक प्रजातन्त्र ने उसे सेना के निर्देशक के स्थान पर उद्योग, शिक्षा, कला तथा विज्ञान के निर्देशक का नया रूप प्रदान कर दिया है."

10. **सामाजिक नियन्त्रण में कानून की भूमिका (महत्व)** [Role (Importance) of Law in Social Control]–सामाजिक नियन्त्रण में कानून की भूमिका अथवा महत्व को कई विद्वानों ने स्वीकार किया है. **रॉस** लिखते हैं, "कानून सामाजिक नियन्त्रण का सबसे अधिक विशेषीकृत और अत्यधिक स्पष्ट इंजन है जिसको स्वयं समाज क्रियाशील बनाता है."

रास्की पाउण्ड ने कानून द्वारा सामाजिक नियन्त्रण बनाए रखने में उसकी भूमिका को तीन भागों में विभाजित है– 1. शक्ति के व्यवस्थित प्रयोग द्वारा सामाजिक सम्बन्धों में समायोजन स्थापित करना एवं आचरणों में व्यवस्था बनाए रखना, 2. समाज के विवादों को सुलझाने के लिए समाज द्वारा स्वीकृत आदर्शों पर आधारित सिद्धान्तों को लागू करना, 3. प्रशासनिक ढाँचे को दृढ़ता प्रदान करना.

कानून समाज में दो प्रकार से नियन्त्रण रखता है– सकारात्मक एवं नकारात्मक ढंग से. नकारात्मक पद्धति में कानून कुछ कार्यों को करने के लिए मना करता है और ऐसा न करने पर दण्ड की व्यवस्था करता है. सकारात्मक प्रणाली में कुछ कार्यों को करने का निर्देश दिया जाता है तथा उसके लिए पुरस्कार, पदक, प्रमाण-पत्र आदि की व्यवस्था की जाती है.

सामाजिक नियन्त्रण में कानून की भूमिका को विभिन्न बिन्दुओं द्वारा प्रकट कर सकते हैं–

1. व्यक्ति के व्यवहारों पर नियन्त्रण,
2. प्रथाओं की रक्षा,
3. दण्ड व न्याय द्वारा नियन्त्रण,
4. आर्थिक जीवन पर नियन्त्रण,
5. सामाजिक जीवन पर नियन्त्रण,
6. पारिवारिक जीवन पर नियन्त्रण,
7. राजनीतिक जीवन पर नियन्त्रण,
8. परिवर्तन द्वारा नियन्त्रण,
9. द्वैतीयक समूहों एवं संस्थाओं पर नियन्त्रण.

इस प्रकार ज्ञात होता है कि कानून मानव व्यवहार के सभी पक्षों को नियन्त्रित करता है. ज्यों-ज्यों सामाजिक जटिलता बढ़ती जा रही है, कानून की नियन्त्रणकारी भूमिका भी महत्वपूर्ण होती जा रही है, लेकिन जो कानून शासकों द्वारा अपने स्वार्थों की पूर्ति के लिए बनाए जाते हैं और जिनमें सार्वजनिक हित शामिल नहीं होता, वे निरंकुश एवं दमनकारी होते हैं. ऐसे कानून क्रान्ति व विद्रोह को उत्पन्न करते हैं तथा समाज-व्यवस्था को सुचारु रूप से चलाने में असफल सिद्धदायक होते हैं.

11. **सामाजिक नियन्त्रण में राज्य की भूमिका** (Role of State in Social Control)–सामाजिक नियन्त्रण में राज्य द्वारा निभाई जाने वाली भूमिका को हम इस प्रकार व्यक्त कर सकते हैं–

(i) **प्रत्यक्ष कार्यों द्वारा नियन्त्रण**–कुछ कार्य ऐसे हैं जिनका सम्पादन प्रत्यक्ष रूप से राज्य द्वारा किया जाता है. उदाहरण के लिए, राज्य अनेक उद्योगों की स्थापना करता है, उनका संचालन करता है, खनिज एवं यातायात की व्यवस्था करता है. लोगों को श्रम के शोषण से बचाता है. इस प्रकार राज्य व्यापार, उद्योग, शिक्षा आदि के द्वारा समाज में प्रत्यक्ष रूप से नियन्त्रण बनाए रखता है–

1. बाह्य आक्रमणों से सुरक्षा,
2. सामाजिक क्रियाओं का नियन्त्रण एवं निर्देशन,
3. कल्याणकारी व्यवस्थाओं का निर्माण,
4. आन्तरिक सुव्यवस्था एवं शान्ति,
5. मौलिक अधिकारों का संरक्षण,
6. पारिवारिक नियन्त्रण,
7. दण्ड द्वारा नियन्त्रण,
8. कानून द्वारा नियन्त्रण,
9. आर्थिक व्यवस्था पर नियन्त्रण,
10. शिक्षा के प्रसार द्वारा नियन्त्रण,
11. अन्तर्राष्ट्रीय व्यवस्था के नियमन द्वारा.

इस प्रकार ज्ञात होता है कि आधुनिक युग में राज्य सामाजिक नियन्त्रण का एक शक्तिशाली अभिकरण बन गया है. राज्य की दमनकारी शक्ति को चुनौती देना मुश्किल है. अतः वह नियन्त्रण के अन्य साधनों की अपेक्षा ज्यादा कारगर साबित हुआ है.

12. **सामाजिक नियन्त्रण में धर्म की भूमिका** (Role of Religion in Social Control)–धर्म सामाजिक नियन्त्रण का प्रमुख साधन है. ईश्वर, पाप एवं नरक के भय से व्यक्ति समाज विरोधी कार्यों से बचता रहता है. सामाजिक नियन्त्रण में धर्म की भूमिका या महत्व को हम इस प्रकार प्रकट कर सकते हैं–

1. मानव व्यवहार पर नियन्त्रण,
2. मानव में सद्गुणों का विकास,
3. सुरक्षा की भावना पैदा करता है,
4. पवित्रता की भावना का विकास,
5. धार्मिक संस्कार,
6. कर्तव्य एवं कर्म के रूप में नियन्त्रण,
7. आर्थिक जीवन पर नियन्त्रण,
8. व्यक्तित्व का विकास,
9. मनोवैज्ञानिक सन्तोष,
10. लोकाचारों की पुष्टि,
11. सामाजिक एकीकरण,
12. सामाजिक परिवर्तन पर नियन्त्रण,
13. विभिन्न परिस्थितियों से सामंजस्य में योग,
14. अपराध व समाज-विरोधी कार्यों पर नियन्त्रण,
15. स्वस्थ मनोरंजन,
16. राजनीतिक क्रियाओं पर नियन्त्रण.

उपर्युक्त सम्पूर्ण विवेचन से स्पष्ट है कि धर्म सामाजिक नियन्त्रण में महत्वपूर्ण भूमिका निभाता है.

13. **नैतिकता एवं सामाजिक नियन्त्रण** (Morality and Social Control)–धर्म की तरह नैतिकता भी सामाजिक नियन्त्रण का एक महत्वपूर्ण साधन है. नैतिकता व्यक्ति को उचित-अनुचित का ज्ञान कराती है और साथ ही उसे अच्छे कार्य करने का निर्देश देती है. नैतिकता अनुचित एवं बुरे कार्यों पर प्रतिबन्ध लगाती है. नैतिकता हमें सत्य, ईमानदारी, अहिंसा, न्याय, समानता और प्रेम के गुण सिखाती है और असत्य, बेईमानी, अनाचार, झूठ, अन्याय, चोरी आदि दुर्गुणों से रक्षा है. नैतिक नियमों को समाज में उचित एवं आदर्श कहा गया है. इनके उल्लंघन पर सामाजिक निन्दा, खिल्ली उड़ने एवं प्रतिष्ठा की हानि का डर रहता है. नैतिकता में समूह-कल्याण की भावना छिपी होती है. धर्म के प्रभाव के कमजोर पड़ जाने के कारण आजकल नैतिकता सामाजिक नियन्त्रण में महत्वपूर्ण भूमिका निभा रही है.

इस प्रकार हमें देखने को मिलता है कि धर्म एवं नैतिकता दोनों ही सामाजिक नियन्त्रण के महत्वपूर्ण साधन हैं और परस्पर घनिष्ठ रूप से सम्बन्धित हैं, लेकिन वर्तमान समय में धर्म का प्रभाव क्षीण होता जा रहा है. अतः नैतिकता को अपना आधार बदलना होगा. इस सन्दर्भ में **बोटोमोर** कहते हैं, "वर्तमान युग में संस्कार और नैतिक नियमों के बीच एक स्पष्ट भेद किया गया है तथा धार्मिक विश्वास के ह्रास के साथ यह आवश्यक हो गया है कि नैतिक नियमों के लिए एक नए आधार व विषय-वस्तु को ढूँढ़ा जाए."

14. **सामाजिक नियन्त्रण के साधन के रूप में शिक्षा की भूमिका** (Role of Education as a Means of Social Control)–शिक्षा के विभिन्न प्रकार्यों में से एक महत्वपूर्ण प्रकार्य समाज में नियन्त्रण बनाए रखना भी है. सामाजिक नियन्त्रण के दूसरे साधन व्यक्ति के प्रति कठोरता बरत सकते हैं. दण्ड, दबाव एवं बदले की भावना से काम ले सकते हैं, लेकिन शिक्षा व्यक्ति में तर्क एवं विवेक उत्पन्न करती है, उसमें आत्म-नियन्त्रण की शक्ति उत्पन्न करती है जिससे कि वह स्वयं ही उचित एवं अनुचित को ध्यान में रखकर सामाजिक नियमों, प्रतिमानों एवं कानूनों का पालन करता है. समाज में नियन्त्रण बनाए रखने की दृष्टि से शिक्षा अपनी भूमिका निम्न प्रकार से निभाती है–

(i) बौद्धिक विकास द्वारा,
(ii) समाजीकरण द्वारा,
(iii) संस्कृति का हस्तान्तरण,
(iv) सामाजिक अनुकूलन में,
(v) सहयोग देकर.

नियोजित सामाजिक परिवर्तन (Directed Social Change)

परिवर्तन एक शाश्वत सत्य है, निरन्तर चलने वाली प्रक्रिया है. इतिहास में कोई भी ऐसा समय या काल दिखायी नहीं पड़ता जब समाज स्थिर हो गया हो अथवा परिवर्तन रूक गया हो. समय के साथ-साथ समूह, समाज एवं राष्ट्र बदलते हैं, उनके सोचने-विचारने, कार्य करने एवं मूल्यों, आदर्शों तथा आचार-व्यवहार में परिवर्तन आते हैं. उन्नीसवीं शताब्दी तक परिवर्तन के सम्बन्ध में यह विचार प्रचलित था कि यह स्वतः ही होता है और जान-बूझकर या चेतन प्रयत्न के द्वारा लाया नहीं जाता, किन्तु बीसवीं शताब्दी में इस धारणा में कुछ बदलाव आया. अब यह अनुभव किया जाने लगा कि समाज में निश्चित अवधि में परिवर्तन लाने हेतु चेतन रूप में कोशिश की जा सकती है, कोई योजना बनाकर आगे बढ़ा जा सकता है. यदि परिवर्तन को कोई दिशा नहीं दी जाए, यदि उसे ऐतिहासिक, भौतिक एवं प्राकृतिक शक्तियों पर छोड़ दिया जाए, तो सम्भव है कि भविष्य का समाज वैसा नहीं बन पाये जैसा हम बनाना चाहते हैं.

नियोजित सामाजिक परिवर्तन का अर्थ (Meaning of Planned Social Change)

यहाँ हमें प्रारम्भ में ही इस बात को भली-भाँति जान लेना चाहिए कि सामाजिक नियोजन (Social Planning) तथा नियोजित परिवर्तन (Planned Change) दो विभिन्न

अवधारणाएँ न होकर एक-दूसरे के समान हैं. नियोजित सामाजिक परिवर्तन को समझने की दृष्टि से यहाँ नियोजन के सम्बन्ध में यथार्थ जानकारी प्राप्त करना जरूरी है. **गुन्नार मिर्डल** (G. Myrdal) के अनुसार, "नियोजन का अर्थ एक देश की सरकार द्वारा सामान्यतः अन्य सामूहिक समितियों की सहभागिता सहित सामाजिक नीतियों को अधिक तार्किकता के साथ समन्वित करने का चेनत प्रयत्न (Conscious Attempt) है ताकि भावी विकास के इच्छित लक्ष्यों, जिनका निर्धारण राजनीतिक प्रक्रिया के द्वारा होता है, तक अधिक पूर्णतः और तेजी से पहुँचा जा सके." **ग्रिफिन** तथा **इनास** (Grifin and Enos) के अनुसार, "नियोजन लक्ष्यों की प्राप्ति के लिए एक बेहतर साधन है और मानवीय क्रियाओं की उद्देश्यपूर्ण दिशा हैं." **लारविन** ने बताया है, "नियोजन साधारणतया मानवीय शक्ति को विवेकसम्मत तथा वांछनीय लक्ष्य को प्राप्त करने हेतु निर्देशित करने का एक प्रयास है." उपर्युक्त परिभाषाओं से ज्ञात होता है कि **नियोजन वह चेतन प्रयास है जिसके द्वारा वांछनीय या इच्छित लक्ष्यों की प्राप्ति हेतु सामूहिक रूप से कार्य किया जाता है. इसमें मानवीय क्रियाओं को एक निश्चित दिशा में मोड़ने की कोशिश की जाती है.** निश्चित दिशा का निर्धारण इच्छित लक्ष्यों के आधार पर होता है और ये लक्ष्य राजनीतिक प्रक्रिया द्वारा तय होते हैं. **नियोजन या नियोजित परिवर्तन एक ऐसा प्रयत्न है, जिसमें सीमित साधनों का इस प्रकार विवेकपूर्ण ढंग से उपयोग किया जाता है कि अधिकतम लाभ की प्राप्ति और इच्छित उद्देश्यों की पूर्ति हो सके.**

नियोजन सामान्यतः दो प्रकार के होते हैं—प्रथम, आर्थिक नियोजन (Economic Planning) तथा **द्वितीय, सामाजिक नियोजन** (Social Planning). आर्थिक नियोजन के अन्तर्गत आर्थिक उद्देश्यों, जैसे कृषि, उद्योग-धन्धे, खनिज पदार्थ, व्यापार, यातायात, संचार तथा रोजगार आदि की अधिकतम पूर्ति पर ध्यान दिया जाता है. सामाजिक नियोजन के अन्तर्गत आने वाले उद्देश्यों में शराब-बन्दी, मातृत्व तथा बाल-कल्याण, पिछड़ी जातियों एवं जनजातियों का कल्याण आदि प्रमुख हैं. **अशोक मेहता** ने बताया है कि सामाजिक नियोजन आर्थिक रूपान्तरण को शामिल करता है, सामाजिक नियोजन भारत की सामाजिक संरचना में होने वाले परिवर्तनों को सम्मिलित करता है." वर्तमान भारत में आर्थिक और सामाजिक विकास की क्रिया साथ-साथ चल रही हैं. इन दोनों में परस्पर अन्तःक्रिया होती रहती है.

सोच-विचार कर प्रयत्नपूर्वक निश्चित लक्ष्यों को लेकर किसी समाज के विभिन्न पक्षों या सामाजिक-जीवन के विभिन्न पहलुओं को बदलना ही नियोजित सामाजिक परिवर्तन है. **उस परिवर्तन को नियोजित सामाजिक परिवर्तन** (Planned Social Change) **कहा जाता है, जो किन्हीं विशिष्ट लक्ष्यों को लेकर योजनाबद्ध ढंग से लाया जाता है.** अन्य शब्दों में, कुछ लक्ष्यों को निर्धारित कर निश्चित योजना बनाकर संगठित प्रयास द्वारा समाज-जीवन के विभिन्न क्षेत्रों में विचारपूर्वक परिवर्तन लाना ही **'नियोजित सामाजिक परिवर्तन'** (Planned Social Change) है.

नियोजित सामाजिक परिवर्तन की विशेषताएँ (Characteristics for Planned Social Change)

उपर्युक्त विवेचन से स्पष्ट है कि **नियोजित सामाजिक परिवर्तन की निम्नलिखित प्रमुख विशेषताएँ हैं—**

(i) नियोजित सामाजिक परिवर्तन का सामाजिक नीति के साथ घनिष्ठ सम्बन्ध पाया जाता है. सामाजिक नीति के अनुरूप ही नियोजित परिवर्तन लाने का प्रयत्न किया जाता है. इस नीति का निर्धारण राज्य के द्वारा किया जाता है.

(ii) नियोजित सामाजिक परिवर्तन में सामाजिक लक्ष्यों के अनुरूप समाज को बदलने की दिशा में संगठित प्रयास किया जाता है.

(iii) नियोजित सामाजिक परिवर्तन किसी व्यक्ति या कुछ व्यक्तियों से सम्बन्धित न होकर समाज के काफी बड़े वर्ग से सम्बन्धित होता है.

(iv) यह शान्तिपूर्ण एवं संगठित साधनों से समाज को बदलने का प्रयास है. इसमें इच्छित दिशा में परिवर्तन लाया जाता है.

(v) नियोजित सामाजिक परिवर्तन का रूप भिन्न-भिन्न समाजों में भिन्न होता है.

(vi) नियोजित सामाजिक परिवर्तन का आशय केवल आर्थिक या सामाजिक जीवन में परिवर्तन से ही नहीं है. इसमें वे सभी परिवर्तन सम्मिलित हैं जिनमें सामाजिक संरचना प्रत्यक्ष या अप्रत्यक्ष रूप से प्रभावित होती है.

(vii) नियोजित सामाजिक परिवर्तन सामान्यतः जीवन के सभी पक्षों से सम्बन्धित होता है, न कि किसी एक पक्ष से.

(viii) नियोजित सामाजिक परिवर्तन का कोई कार्यक्रम उसी दशा में सफल हो पाता है, जब वह सामाजिक मूल्यों के पूर्णतः विपरीत नहीं हो. अन्य शब्दों में, नियोजित सामाजिक परिवर्तन की किसी भी योजना के सफल होने के लिए यह आवश्यक है कि उसे परम्पराओं का समर्थन प्राप्त हो.

(ix) सामान्यतः किसी राजकीय सत्ता या सरकार के द्वारा नियोजित सामाजिक परिवर्तन लाया जाता है, यद्यपि कभी-कभी यह गैर-सरकारी संगठनों के द्वारा लाया जाता है.

नियोजित सामाजिक परिवर्तन में प्रमुखतः प्रयास के चार क्षेत्र सम्मिलित किए जाते हैं जो समाज की सामाजिक संरचना को बदलने में योग देते हैं. ये चार क्षेत्र निम्नलिखित हैं–

1. मूलभूत सामाजिक सेवाओं जैसे शिक्षा, स्वास्थ्य तथा आवास सुविधाओं का विकास.

2. ग्रामीण एवं नगरीय कल्याण तथा न्यूनतम आवश्यक सुविधाओं की व्यवस्था को सम्मिलित करते हुए समाज-कल्याण.

3. समाज के दलित एवं कमजोर वर्गों का कल्याण.

4. सामाजिक सुरक्षा.

उपर्युक्त विवरण से **संक्षेप में, हम कह सकते हैं कि सामाजिक नियोजन एक ऐसा प्रयत्न या प्रणाली है जिसके द्वारा समाज को इस प्रकार संगठित किया जाता है कि सामाजिक न्याय** (Social Justice), **समानता** (Equality), **स्वतन्त्रता** (Liberty) **एवं बन्धुत्व** (Fraternity) **में वृद्धि हो सके और साथ ही सामाजिक स्वास्थ्य को एक स्वचालित गति मिल सके या समाज अपने आप उस दिशा में आगे बढ़ सके.**

नियोजित सामाजिक परिवर्तन के उद्देश्य (Aims of Planned Social Change)

नियोजित परिवर्तन के प्रमुखतः चार उद्देश्य माने गए हैं–

1. समाज कल्याण (Social Welfare)
2. सामाजिक पुनर्निर्माण (Social Reconstruction)
3. सामाजिक स्थायित्व (Social Stability)
4. व्यक्तित्व का सम्वर्द्धन या विकास (Enrichment of Human Personality).

नियोजित सामाजिक परिवर्तन में निरोधात्मक एवं निर्माणात्मक (Preventive and Constructive) दोनों पक्षों पर बल दिया जाता है. आजकल उसी नियोजन को उपयुक्त समझा जाता है जिसमें इन दोनों तत्वों का समावेश हो. कार्ल मानहिम के अनुसार, नियोजित सामाजिक परिवर्तन का प्रमुख उद्देश्य पुनर्निर्माण (Reconstruction) है जिसकी प्राप्ति समाज के लोगों की कमियों को दूर करने के बाद की जा सकती है. इसके लिए मानवीय उद्देश्यों का पुनर्विवेचन, मानवीय क्षमताओं का रूपान्तरण तथा नैतिक संहिताओं का पुनर्निर्माण जरूरी है.

स्पेन्सर (Spencer) तथा **कॉम्ट** (Comte) के अनुसार, नियोजित सामाजिक परिवर्तन का मुख्य लक्ष्य सामाजिक पुनर्निर्माण के कार्यक्रम को क्रियाशील रखने से है जिसके निम्नलिखित लक्ष्य हैं–(i) समाज के सभी लोगों को आजीविका कमाने और आत्म-विकास के समान अवसर उपलब्ध कराना, (ii) अविकसित क्षेत्र के विकास का प्रयत्न करना और वहाँ के लोगों के लिए शिक्षा, चिकित्सा, आवास एवं अन्य आवश्यक वस्तुओं की व्यवस्था करना तथा आर्थिक असमानता को दूर करना, (iii) समाज के पिछड़े वर्गों एवं शारीरिक व मानसिक रूप से कमजोर लोगों के उत्थान के लिए विभिन्न कार्यक्रम बनाकर उन्हें क्रियान्वित करना, (v) समाज से अज्ञानता, अशिक्षा, कमी, बेकारी एवं बीमारी को दूर करना और (v) समाज के सभी व्यक्तियों के लिए सामाजिक सुरक्षा (Social Security) की व्यवस्था करना.

बॉटोमोर के अनुसार, "नियोजित सामाजिक परिवर्तन का उद्देश्य मानवीय स्वतन्त्रता एवं बौद्धिकता में विकास करना है जिसके लिए समाजशास्त्रीय ज्ञान अधिक महत्वपूर्ण हो सकता है."

जब हम नियोजित सामाजिक परिवर्तन के उद्देश्यों पर विशेषतः भारत के सन्दर्भ में विचार करते हैं तो पाते हैं कि यहाँ संविधान एवं पंचवर्षीय योजनाओं में इनका स्पष्ट वर्णन किया गया है. **भारत में न्याय, स्वतन्त्रता, समानता एवं बन्धुत्व के महत्वपूर्ण लक्ष्यों को ध्यान में रखकर नियोजित सामाजिक परिवर्तन लाने की दृष्टि से अनेक प्रयास किए गए हैं.** ये चार वे महत्वपूर्ण आधार हैं. यहाँ न्याय (Justice) का आशय ऐसे नियोजित परिवर्तन से है जिससे देश के सभी नागरिकों को समान आर्थिक अवसर या रोजगार की सुविधाएं मिल सकें, साथ ही लोगों में किसी प्रकार का सामाजिक भेदभाव नहीं हो और राजनीतिक क्षेत्र में सभी समान रूप से अपने अधिकारों का उपभोग कर सकें. **स्वतन्त्रता** (Liberty) का अर्थ ऐसे नियोजित परिवर्तन से है जिससे सभी लोगों को अपने विचार रखने और उन्हें व्यक्त करने की, किसी भी धर्म को मानने की तथा अपने विचारों के अनुसार अपना जीवन चलाने की स्वतन्त्रता हो. **समानता** (Equality) का आशय है कि देश के सभी नागरिकों को विकास के समान अवसर उपलब्ध हो. यहाँ नियोजित परिवर्तन के माध्यम से जातीय भेदभावों, अस्पृश्यता, ऊँच-नीच की भावना आदि को दूर करने का प्रयत्न किया गया है. यहाँ सभी लोगों को चाहे वे किसी भी जाति, धर्म, वर्ग, व्यवसाय, सम्प्रदाय, प्रान्त आदि से सम्बन्धित क्यों न हों समान अधिकार दिए गए. **बन्धुत्व** (Fraternity) का तात्पर्य यह भाव जगाने से है कि छोटे-छोटे भेदभावों या मत-मतान्तरों के बावजूद हम सब सब एक हैं, एक ही देश के नागरिक हैं, हममें एक-दूसरे के साथ बन्धुत्व के सम्बन्ध हैं. इसमें प्रत्येक व्यक्ति को राष्ट्र के एक घटक के रूप में समान महत्व देकर और उसके सम्मान को बनाये रखकर राष्ट्रीय एकता को बढ़ाने का प्रयत्न किया जाता है. भारत राष्ट्र में नियोजित परिवर्तन को ऐसी दिशा

देने का प्रयत्न किया गया कि विभिन्न प्रकार के भेदभावों को भुलाकर समूह एक-दूसरे के निकटता या घनिष्ठता का अनुभव करें, ताकि राष्ट्रीय एकता दृढ़ हो.

उपर्युक्त उद्देश्यों के अलावा यहाँ नियोजित सामाजिक परिवर्तन के कुछ अन्य लक्ष्यों का उल्लेख भी संविधान के नीति निदेशक तत्वों के अन्तर्गत किया गया है. यहाँ प्रमुखतः समाजवादी समाज की स्थापना का उद्देश्य रखा गया है. यहाँ नियोजित सामाजिक परिवर्तन को इस प्रकार की दिशा देने का संकेत किया गया है ताकि सभी लोगों को अपनी आजीविका चलाने के समुचित अवसर प्राप्त हों, उपलब्ध वस्तुओं और सेवाओं का समान रूप से वितरण हो, लोगों की सभी प्रकार के शोषण से रक्षा हो, कृषि क्षेत्र में सुधार हो, लोगों का रहन-सहन का स्तर ऊँचा उठे, शिक्षा का जन-जन तक प्रचार हो, स्वास्थ्य-सुविधाएँ सभी को उपलब्ध करायी जाएं और प्रजातन्त्र को ग्राम स्तर तक पहुँचाने तथा देश को समृद्ध बनाने में लोगों की सहभागिता को बढ़ाने के लिए पंचायती राज संस्थाओं की स्थापना की जाए.

नियोजित सामाजिक परिवर्तन की आवश्यकता अथवा महत्व : विशेषतः भारत एवं अन्य आधुनिक समाजों के सन्दर्भ में (Need or Importance of Planned Social Change : Especially with Reference to India and other Modern Societies)

नियोजित सामाजिक परिवर्तन का महत्व भारत में निम्नलिखित क्षेत्रों में विशेषतः पाया जाता है—

1. आर्थिक क्षेत्र में पायी जाने वाली विभिन्न समस्याओं के निवारण और देश को आर्थिक दृष्टि से उन्नत करने के लिए नियोजित सामाजिक परिवर्तन अत्यन्त आवश्यक है.

2. ग्रामीण क्षेत्रों में अशिक्षा, अन्धविश्वास, कुरीतियाँ, अस्वास्थ्य कर परिस्थितियाँ, चिकित्सा सुविधाओं की कमी तथा आवश्यक भौतिक वस्तुओं का अभाव पाया जाता है. ग्रामीण जीवन के विभिन्न पक्षों के समुचित विकास के लिए नियोजित सामाजिक परिवर्तन आवश्यक है.

3. **समाज कल्याण** की दृष्टि से भी भारत में नियोजित सामाजिक परिवर्तन का महत्व कम नहीं है. यहाँ अनुसूचित जनजातियों और पिछड़े वर्गों, समाज के कमजोर वर्गों में मातृत्व एवं शिशु कल्याण, श्रम-कल्याण, शारीरिक और मानसिक दृष्टि से असमर्थ लोगों के कल्याण, परिवार नियोजन तथा शिक्षा और स्वास्थ्य सुविधाओं को बढ़ाने की नितान्त आवश्यकता है. इन सबके लिए नियोजित सामाजिक परिवर्तन अति आवश्यक है.

4. अपराध, बाल-अपराध, श्वेतवसन अपराध, आत्महत्या, वेश्यावृत्ति, साम्प्रदायिकता, क्षेत्रवाद, भाषावाद, बेकारी, निर्धनता, युवा असन्तोष एवं सामाजिक जीवन में भ्रष्टाचार, वैयक्तिक, पारिवारिक, सामाजिक, सांस्कृतिक और सामुदायिक विघटन को रोकने और विघटन से पुनर्गठन की ओर बढ़ने के लिए नियोजित सामाजिक परिवर्तन ही एक प्रभावपूर्ण ढंग है.

5. **जनसंख्या-नियन्त्रण** की दृष्टि से भी सामाजिक नियोजन का काफी महत्व है. **परिवार कल्याण कार्यक्रम** (Family Welfare Programme) के द्वारा बढ़ती जनसंख्या को रोक सकते हैं.

सामाजिक विघटन (Social Disorganization)

अवधारणा (Concept)

सामाजिक संगठन और सामाजिक विघटन सापेक्ष अवधारणाएँ हैं. जैसे-जैसे समाजों में जटिलता बढ़ती है और सामाजिक परिवर्तन की गति तीव्र होती जाती है, वैसे-वैसे सामाजिक सामंजस्य के दबाव और तनाव अधिकाधिक गहन होते जाते हैं. यदि इनसे छुटकारा प्राप्त नहीं किया जाता है तो सामाजिक विघटन की मात्रा में वृद्धि जोती जाती है. अस्तित्व को बनाये रखने में सहायता पहुँचाती हैं, तब तक शरीर स्वस्थ है, उसमें संगठन बना हुआ है. जब शरीर का कोई भाग ठीक से अपने निश्चित कार्य को नहीं कर पाता, तो उसका प्रभाव दूसरे भागों की क्रियाशीलता पर भी पड़ता है. इस अवस्था में अन्य भागों के ठीक से कार्य-संचालन में बाधार उपस्थित होती है. इस स्थिति में शरीर के विभिन्न भागों में सामंजस्य का अभाव पाया जाता है, सभी भाग अपने निश्चित कार्यों को पूर्ण नहीं कर पाते और शरीर में विकास की स्थिति उत्पन्न हो जाती है. कालान्तर में शरीर के निर्मायक भाग शरीर के अस्तित्व को बनाये रखने के लक्ष्य में विफल हो जाते हैं, यह स्थिति विघटन की स्थिति ही है. ठीक यही बात समाज के सम्बन्ध में भी सही है. विभिन्न समाजों में समय-समय पर सामाजिक विघटन की स्थिति देखने को मिलती है. कोई भी समाज न तो पूर्णतः संगठित होता है और न ही पूर्णतः विघटित.

जब लोगों में सामाजिक लक्ष्यों और उनकी प्राप्ति हेतु अपनाये जाने वाले कार्यक्रमों के सम्बन्ध में ऐकमत्य का अभाव पाया जाता हो, प्रस्थिति और भूमिका सम्बन्धी अस्पष्टता हो, तीव्र परिवर्तनों के कारण व्यवहार-प्रतिमान तेजी से बदल रहे हों जिससे लोगों के सामने यह दुविधा हो कि वे क्या करें और क्या नहीं करें, तब ऐसी स्थिति को सामाजिक विघटन कहते हैं. इस अवस्था में सामाजिक

नियन्त्रण शिथिल पड़ जाता है और विभिन्न व्यक्ति और संस्थाएँ मनमाने तरीके से कार्य करने लगते हैं. इस स्थिति में समूह सम्बन्ध टूट जाते हैं, व्यक्तियों और समूह के पारस्परिक सम्बन्ध विकृत हो जाते हैं. अन्य शब्दों में, सामाजिक विघटन का आशय व्यवस्था के टूट जाने अथवा सामाजिक संरचना के विभिन्न भागों में एकता के अभाव से है.

सामाजिक विघटन की परिभाषा (Definition of Social Disorganization)

सामाजिक विघटन का अर्थ स्पष्ट करते हुए **इलियट** और **मैरिल** ने बताया है, "सामाजिक विघटन एक प्रक्रिया है, जिसके द्वारा एक समूह के सदस्यों के बीच सम्बन्ध टूट जाते या समाप्त हो जाते हैं."

न्यूमेयर के अनुसार, "जब समूह का ऐकमत्य तथा उसके उद्देश्य की एकता भंग हो जाए, सामाजिक संरचना का सन्तुलन अस्त-व्यस्त हो जाए और समाज के क्रियाशील सम्बन्ध टूट जाएं तो मानना चाहिए कि सामाजिक विघटन के लक्षण उपस्थित हो गए हैं."

थॉमस एवं **नैनिकी** के अनुसार, "सामाजिक विघटन समूह के सदस्यों पर से समाज के मौजूदा नियमों के प्रभाव का कम होना है."

सामाजिक विघटन के लक्षण (Symptoms of Social Disorganization)

निम्नलिखित लक्षणों के आधार पर यह कह सकते हैं कि किसी समाज में सामाजिक विघटन है या नहीं–

1. **ऐकमत्य का ह्रास** (Decline of Consensus)–ऐकमत्य का होना सामाजिक संगठन के लिए अत्यन्त जरूरी है. इसके अभाव में स्पर्द्धा एवं संघर्ष को प्रोत्साहन मिलता है और सामाजिक संगठन टूटने लगता है. जब सामाजिक जीवन से सम्बन्धित महत्पूर्ण विषयों पर अधिकांश सदस्यों में मत-भिन्नता हो, वे समान दृष्टिकोण से नहीं सोचते हों और सामाजिक समस्याओं का हल करने हेतु सामान्य प्रयासों को नहीं लगाते हों, तो समझना चाहिए कि समाज में सामाजिक विघटन व्याप्त है.

2. **सामूहिक आदर्शों का महत्व कम होना** (Lesser Importance of Collective Ideals)–सामाजिक संगठन उसी समय तक दृढ़ बना रह सकता है, जब तक समूह के सदस्य समूह के लिए त्याग करने एवं अपने स्वार्थों की बलि देने को तैयार हों. जब व्यक्ति सामूहिक आदर्शों की चिन्ता नहीं करते, जब वे व्यक्तिगत स्वार्थों को ही सब कुछ समझ लेते हैं, तो सामान्य हितों की पूर्ति में विघ्न पड़ती है. इसके फलस्वरूप सामाजिक विघटन की स्थिति जागती है.

3. **व्यक्तिवाद पर जोर** (Emphasis on Individualism)–सामूहिकता की भावना ही व्यक्ति को समाज की दृष्टि से सोचने-विचारने और कार्य करने की प्रेरणा देती है. यही भावना व्यक्तियों को समूह में एकता के सूत्र में बाँधे रखती है और उन्हें समूह के व्यवहार-प्रतिमानों के अनुसार आचरण करने को बाध्य करती है, लेकिन जब व्यक्ति समूह के स्थान पर 'मैं' को एवं सामान्य उद्देश्यों के स्थान पर व्यक्तिगत स्वार्थों को महत्व देने लगता है, तो इसका आशय यह है कि उसके द्वारा समूह की उपेक्षा की जा रही है. जब समाज के अधिकांश व्यक्ति इस प्रकार अपने-अपने स्वार्थों की पूर्ति में लग जाते हैं और समूह अथवा समाज की चिन्ता नहीं करते हैं, तो समझ लेना चाहिए कि सामाजिक विघटन आरम्भ हो चुका है. जहाँ व्यक्तिवाद पर जितना ज्यादा जोर दिया जाता है, वहाँ सामाजिक विघटन की उतनी ही अधिक सम्भावना रहती है.

4. **सामाजिक नियन्त्रण के साधनों का प्रभाव कम होना** (Lesser Effectiveness of the means of Social Control)–समाज में व्यवस्था बनाये रखने की दृष्टि से सामाजिक नियन्त्रण के साधनों का होना आवश्यक है. ये साधन व्यक्ति एवं समूह के व्यवहार को इस प्रकार नियन्त्रित करते हैं कि दूसरे के कार्यों में किसी प्रकार की कोई बाधा न पड़े. जब सामाजिक नियन्त्रण के विभिन्न साधनों जैसे जनरीतियों, प्रथाओं, रूढ़ियों, धर्म एवं विश्वास आदि का लोगों के व्यवहारों को नियन्त्रित करने की दृष्टि से प्रभाव ढीला पड़ जाता है, तो व्यक्ति और समूह मनमाने तरीके से अपने उद्देश्यों की पूर्ति में लग जाते हैं. इससे दूसरों के लक्ष्य-प्राप्ति के मार्ग में बाधा पड़ती है और संघर्ष होने लगता है. ऐसी स्थिति में सामाजिक सन्तुलन बिगड़ जाता है. परिणाम-स्वरूप सामाजिक विघटन पनपता है. अतः सामाजिक नियन्त्रण के साधनों के प्रभाव में कमी आना सामाजिक विघटन का सूचक है.

5. **कार्यों का एक समिति से दूसरी को हस्तान्तरण** (Transfer of Functions from One Association to Another)–मनुष्यों की आवश्यकताओं की पूर्ति के लिए अनेक समूह अथवा समितियाँ गठित की जाती हैं. इनमें से प्रत्येक समिति की सामाजिक संरचना में एक निश्चित स्थिति और कुछ कार्य होते हैं. जब सभी समितियाँ अपने नियत कार्यों को करती हैं और अन्य समितियों के कार्यों में हस्तक्षेप नहीं करती हैं, तो सामाजिक संगठन बना रहता है. इसके विपरीत, जब समितियाँ अन्य समितियों के कार्यों को करने लगती हैं, दूसरों के कार्यों में हस्तक्षेप करती हैं अथवा किसी समिति के द्वारा दूसरे के कार्यों को छीन लिया जाता है, तो सामाजिक विघटन की स्थिति पैदा होती है. समितियों के कार्यों के हस्तान्तरण से नवीन परिस्थितियाँ उत्पन्न हो जाती हैं जिनसे कई बार ये समितियाँ और समाज के सदस्य

अनुकूलन नहीं कर पाते. परिणामस्वरूप सामाजिक विघटन को बढ़ावा मिलता है.

6. **प्रस्थिति तथा भूमिका की अनिश्चितता** (Uncertainty of Status and Role)–**पारसन्स** ने इसे सामाजिक विघटन का एक मुख्य लक्षण कहा है. जहाँ समाज के अधिकतर लोगों की प्रस्थितियों और भूमिकाओं के बीच असन्तुलन पाया जाता है, वहाँ सामाजिक विघटन की दशा पायी जाती है. आज अधिकांश शिक्षित महिलाओं की प्रस्थिति और भूमिका में सन्तुलन का अभाव है, एक अनिश्चितता व्याप्त है. वह गृहणी के रूप में कार्य करे, नौकरी करे, सामाजिक कार्यकर्ता बने, क्या करे और क्या नहीं करे, इस सम्बन्ध में निश्चितता का अभाव दिखाई देता है. ऐसी स्थिति में असन्तोष और निराशा बढ़ती है, जो सामाजिक विघटन के लिए जिम्मेदार है.

7. **सामाजिक परिवर्तन की तेज गति** (Fast Speed of Social Change)–जब सामाजिक परिवर्तन की गति तेज होती है, तो समितियों एवं व्यक्तियों के सम्मुख अनुकूलन की कठिनाई उपस्थित हो जाती है. वे बदली हुई परिस्थितियों में शीघ्रता से अनुकूलन नहीं कर पाते. फलस्वरूप सामाजिक विघटन को बल मिलता है. **फेरिस** ने सामाजिक विघटन के आठ लक्षण बताये हैं, जो इस प्रकार हैं–(i) दिखावा या औपचारिकता, (ii) पवित्र तत्वों का ह्रास, (iii) स्वार्थ और रुचियों में वैयक्तिकता, (iv) व्यक्तिगत स्वतन्त्रता एवं अधिकारों पर बल, (v) सुख सम्बन्धी व्यवहार, (vi) जनसंख्या में विभिन्नता, (vii) पारस्परिक अविश्वास तथा (viii) अशान्तिपूर्ण घटनाएँ.

उपर्युक्त विवेचन से स्पष्ट है कि सहयोग, त्याग, कष्ट-सहन, पावित्र्य एवं परार्थवाद का प्रभाव जब घटने लगता है, तब आपसी सामंजस्य समाप्त होने लगता है और व्यक्ति को स्वार्थवाद आ घेरता है. व्यक्ति अपने लिए सब कुछ चाहने लगता है और दूसरों की तनिक भी परवाह नहीं करता है. व्यक्ति सामूहिक हित की चिन्ता नहीं करते हुए अपनी स्वार्थ-पूर्ति में इस प्रकार लग जाता है कि सामाजिक लक्ष्यों की पूर्ति में विघ्न पड़ने लगता है. जब किसी समाज में ऐसी स्थिति प्रारम्भ हो जाती है, तो धीरे-धीरे मतभेद, तनाव, कलह एवं संघर्ष आदि बढ़ने लगते हैं. ये सब लक्षण सामाजिक विघटन की स्थिति को दर्शाते हैं.

सामाजिक विघटन के कारण
(Causes of Social Disorganization)

सामाजिक विघटन के लिए जिम्मेदार विभिन्न कारण इस प्रकार हैं–

1. **आर्थिक कारण** (Economic Factor)–औद्योगिक क्रान्ति ने सदियों पुरानी सामाजिक व आर्थिक संरचना को परिवर्तित कर दिया. इसके फलस्वरूप फैक्ट्री प्रणाली का विकास हुआ. इसने ग्रामीण आत्मनिर्भरता को नष्ट कर दिया. परिणामस्वरूप ग्रामीण समुदाय विघटित होना आरम्भ हुआ. ग्रामों से सैकड़ों-हजारों व्यक्ति काम की तलाश में नगरों में जाना आरम्भ कर दिया. वहाँ भीड़भाड़ युक्त एवं असुरक्षित वातावरण में उनके सामने अनुकूलन की समस्या उठ खड़ी हुई. वे वहाँ अकेलापन महसूस करने लगे. जो लोग नगरीय परिस्थितियों के साथ सफलतापूर्वक अनुकूलन नहीं कर पाये, वे भावात्मक असन्तुलन की स्थिति का अनुभव करने लगे. परिणामस्वरूप वैयक्तिक एवं सामाजिक विघटन होने लगा.

इसके अतिरिक्त ग्रामों से हजारों-लाखों लोगों के नगरों में औद्योगिक श्रमिकों के रूप में आ जाने से नगरीय क्षेत्रों में अच्छे मकानों का अभाव हो गया. जिस तेजी से नगरों की जनसंख्या बढ़ी, उस गति से मकानों की संख्या नहीं बढ़ पायी. परिणाम यह हुआ कि औद्योगिक नगरों में गन्दी बस्तियों का विकास हुआ. इन बस्तियों के दूषित वातावरण ने वैयक्तिक एवं सामाजिक विघटन में योग दिया. यहाँ लोगों का स्वास्थ्य गिरने लगा तथा वे अनेक औद्योगिक बीमारियों जैसे तपेदिक, दिल की बीमारी, दमा, प्ल्यूरिसी आदि के शिकार होने लगे, उनमें अनेक मानसिक रोग फैलने लगे तथा उनकी कार्य-कुशलता घटने लगी. इसके अलावा गन्दी बस्तियों के दूषित वातावरण ने औद्योगिक श्रमिकों एवं उनके परिवार-जनों में नैतिक पतन और अपराधी प्रवृत्ति को भड़काने में योग दिया. यहाँ वे चोरी करने लगे, शराब पीने, जुआ खेलने, यौन अपराध करने लगे तथा वेश्यागामी बनने लगे. यह सारी परिस्थिति वैयक्तिक, पारिवारिक एवं सामाजिक विघटन के लिए जिम्मेदार है.

औद्योगिक क्रान्ति ने पूँजीवाद के विकास में योग दिया. पूँजीवाद के फलस्वरूप समाज प्रमुखतः दो वर्गों–पूँजीपति और श्रमिक में विभाजित हुआ. इन दोनों के मध्य अनेक कारणों से तनाव एवं संघर्ष की स्थिति पैदा हुई. एक ओर धनी अधिकाधिक धनी और दूसरी और गरीब अधिकाधिक गरीब होता गया. वेतन, बोनस, महँगाई-भत्ते तथा कार्य की दशाओं में सुधार को लेकर घेराव, प्रदर्शन, हड़ताल एवं तालाबन्दी होने लगी. इस सारी स्थिति का व्यक्ति, समाज व राष्ट्र पर बुरा प्रभाव पड़ता है और सामाजिक विघटन को बढ़ावा मिलता है.

आज के युग में व्यापारिक मनोरंजन ने भी सामाजिक विघटन को बढ़ाने में योग दिया है. वर्तमान में नाटक कम्पनियों, सिनेमा एवं क्लब आदि के द्वारा व्यक्तियों का मनोरंजन किया जाता है. ये कई बार लोगों के नैतिक स्तर को गिराने और उन्हें अपराध की ओर प्रेरित करने में योग देते हैं. सिनेमा में कामोत्तेजना, मारकाट एवं हत्या आदि से सम्बन्धित अनेक दृश्य दिखाये जाते हैं जिनका

लोगों पर साधारणतः बुरा प्रभाव पड़ता है, विशेषतः बालकों पर. परिणामस्वरूप वैयक्तिक एवं सामाजिक विघटन होने लगता है.

2. **सामाजिक कारक** (Social Factor)–वैचारिकी में परिवर्तन, सांस्कृतिक सम्पर्क, युद्ध एवं बेकारी आदि प्रमुख सामाजिक कारक हैं, जो सामाजिक विघटन की प्रक्रिया को शक्ति प्रदान करते हैं. जब वैचारिकी पर परिवर्तन का प्रभाव पड़ता है, तो इसमें बदलाव आता है. जब पुरानी वैचारिकी नवीन वैचारिकी से अनुकूलन नहीं कर पाती, तो सामाजिक विघटन आरम्भ होता है. वर्तमान में व्यक्तिवादी, सुखवादी एवं भौतिकवादी विचारधारा का व्यक्ति पर विशेष प्रभाव दिखायी पड़ता है. परिणाम यह होता है कि उसमें अपनी स्वार्थ-सिद्धि की भावना इतनी प्रबल हो जाती है कि वह समूह अथवा समाज की उपेक्षा करता है. इस स्थिति में वह नैतिक मर्यादाओं की भी चिन्ता नहीं करता. वह अपनी इच्छाओं की पूर्ति को ही अपने जीवन का परम उद्देश्य बना लेता है. तीव्र यौन-इच्छा भी कई बार व्यक्ति को व्यभिचार एवं समाज विरोधी कार्यों की ओर प्रेरित करती है. आजकल विवाह एक पवित्र धार्मिक संस्कार नहीं, वरन् एक सामाजिक समझौता मात्र माना जाने लगा है. अब विवाह-विच्छेद की ओर भी लोगों का झुकाव बढ़ गया है. ये सब कारक सामाजिक विघटन को बढ़ाने में योग देते हैं.

3. **राजनीतिक कारक** (Political Factor)–आज प्रजातन्त्रात्मक देशों में अनेक राजनीतिक दल पाये जाते हैं. ये दल सत्ता को हथियाने के लिए, शासन में आने के लिए या अपनी सरकार बनाने के लिए कई बार जनता को शस्त्र बनाते हैं तथा लोगों को प्रदर्शन, हड़ताल, गिरफ्तारी, तोड़-फोड़, आगजनी और विद्रोह तक के लिए प्रोत्साहित करते हैं. सत्ता की राजनीति विघटनकारी व्यवहार के लिए उत्तरदायी बनती है.

4. **संवैधानिक कारक** (Legal Factor)–आज कानून या न्याय इतना महँगा है कि साधारण व्यक्ति न्याय प्राप्त करने के लिए अदालत का सहारा नहीं ले सकता. कई बार सही न्याय नहीं मिलने तथा न्याय के महँगा और बहुत समय लेने वाला होने के कारण व्यक्ति की कानून पर से आस्था उठ जाती है. यह सारी परिस्थिति समाज-विरोधी कार्यों एवं सामाजिक विघटन को प्रोत्साहित करती है.

5. **धार्मिक-दार्शनिक कारक** (Religio-Philosophical Factor)–धार्मिक एवं दार्शनिक कारकों का भी सामाजिक विघटन की स्थिति पैदा करने में योग रहा है. प्रत्येक धर्म और दर्शन विशेष से सम्बन्धित लोग अपने ही धर्म एवं दर्शन को अच्छा कहते रहते हैं. लोग अपने ही चिन्तन को सर्वश्रेष्ठ समझते हैं. इस भावना ने अनेक प्रकार के धार्मिक एवं दार्शनिक मतभेदों को जन्म दिया है. जब धर्म और दर्शन ने संकुचित रूप ग्रहण कर लिया तो विद्वेष, तनाव, एवं संघर्ष बढ़े. जहाँ धर्म और दर्शन राग-द्वेष, घृणा-हिंसा, संघर्ष आदि को समाप्त करने की दृष्टि से महत्वपूर्ण थे, वहाँ धार्मिक कट्टरता एवं अन्ध-विश्वास के कारण अनेक अनर्थ भी हुए हैं. कई लोगों को मौत के घाट भी उतारा गया है. धर्म के नाम पर अनेक युद्ध भी हुए हैं.

6. **अन्य कारक** (Other Factors)–सामाजिक विघटन के अन्य कारकों में भौगोलिक और सांस्कृतिक कारकों का विशेषतः वर्णन किया जा सकता है. प्राकृतिक विपदाएँ जैसे अकाल, बाढ़, महामारी, भूकम्प आदि व्यक्ति के सम्मुख ऐसी परिस्थितियाँ पैदा कर देते हैं, जिनमें समायोजन बड़ा कठिन हो जाता है. प्राकृतिक पर्यावरण में परिवर्तन के कारण रोग बढ़ सकते हैं और अधिक लोगों की मृत्यु हो सकती है. इस स्थिति में सामाजिक विघटन को बढ़ावा मिलता है. इस कारक का प्रभाव विकसित समाजों बजाय पिछड़े समाजों पर अधिक पड़ता है. **सांस्कृतिक कारक में नवीन आविष्कारों एवं प्रसार का उल्लेख किया जा सकता है.** इनके परिणामस्वरूप संस्कृति में परिवर्तन आता है, लेकिन भौतिक संस्कृति में परिवर्तन की गति तीव्र और अभौतिक संस्कृति में मन्द होती है. परिवर्तन की यह असमान दर ही जिसे ऑगबर्न ने सांस्कृतिक विलम्बना कहा है, सामाजिक विघटन के लिए उत्तरदायी है.

इलियट और **मैरिल ने सामाजिक संरचना, सामाजिक परिवर्तन, सामाजिक अभिवृत्तियों, सामाजिक मूल्यों एवं सामाजिक संकट को सामाजिक विघटन के लिए उत्तरदायी माना है.**

बाल-अपराध
(Juvenile Delinquency)

बाल-अपराध सामाजिक और वैयक्तिक विघटन का परिणाम है. हाल ही में बाल-अपराध विज्ञान एक अलग विज्ञान के रूप में शुरू हुआ है. यह समाज-विज्ञान की वह शाखा है जो बच्चों के समाज-विरोधी व्यवहार का अध्ययन करती है. बच्चों में नटखटपन एक सार्वभौमिक तथ्य है, लेकिन जब यह नटखटपन समाज की मान्यताओं को भंग करने लगता है, तो वह बाल-अपराध के नाम से कहा जाता है. कुछ समय पूर्व तक युवा-अपराधियों और बाल-अपराधियों में कोई भेद नहीं किया जाता था और दोनों को समान रूप से दण्डित किया जाता था. प्राचीन मोजिक नियमों (Mosaic laws) में ऐसे पुत्र को जो माता-पिता की आज्ञा का पालन या अनादर करता था, मौत की सजा सुना दी जाती थी. सन् 1883 में इंगलैण्ड में एक बच्चे को दो पेन्स की चित्रकारी चुराने के अपराध में फांसी की सजा सुना दी गयी. उस समय के कानून के संरक्षक व निर्माता समाज रक्षा के लिए इस प्रकार के दण्ड को जरूरतमन्द मानते थे, लेकिन वर्तमान में

अपराधी बच्चे को दण्ड न देकर उसका सुधार एवं पुनर्वास किया जाता है, क्योंकि इसके अभाव में बाल-अपराधी ही आगे चलकर युवा अपराधी बनते हैं. हम यहाँ बाल-अपराध की परिभाषा, कारण और उन्हें सुधारने के विभिन्न उपायों का वर्णन करेंगे.

बाल-अपराध : परिभाषा और अर्थ (Juvenile Delinquency : Definition and Meaning)

जब किसी बच्चे द्वारा कोई कानून-विरोधी या समाज-विरोध कार्य किया जाता है, तो उसे बाल-अपराध कहा जाता हैं. भिन्न-भिन्न देशों में बाल-अपराधियों के लिए भिन्न-भिन्न आयु निर्धारित की गयी है. अधिकांश देशों में 7 वर्ष से कम की आयु के बालक द्वारा किया गया कानून व समाज विरोधी कार्य अपराध नहीं कहा जाता है, क्योंकि इस समय तक बालक में अच्छे-बुरे के भेद की समझ पैदा नहीं होती है. बाल-अपराध की अधिकतम आयु 18 से लेकर 20 वर्ष तक है. इसके बाद की आयु वाले व्यक्ति द्वारा किया गया समाज-विरोधी कार्य युवा अपराध में रखा जाता है, लेकिन समाजशास्त्री आयु को अधिक महत्व नहीं देते, क्योंकि व्यक्ति की मानसिक एवं सामाजिक परिपक्वता सदा ही आयु से प्रभावित नहीं होती. **सेठना** के अनुसार, "बाल-अपराध के अन्तर्गत किसी बालक या ऐसे तरुण व्यक्ति के गलत कार्य आते हैं, जोकि सम्बन्धित स्थान के कानेन (जो उस समय लागू हो) के द्वारा निर्दिष्ट आयु सीमा के अन्दर आते हों."

सिरिल बर्ट का कहना है–"तकनीकी दृष्टि से एक बालक को उस समय अपराधी माना जाता है जब उसकी समाज-विरोधी प्रवृत्तियाँ इतनी गम्भीर दिखायी दें कि उसके विरुद्ध वैधानिक कार्यवाही की जाती है या की जानी चाहिए."

प्रो. शेल्डन के अनुसार, "बालक द्वारा एक सामान्य सीमा से भी अधिक गम्भीर अपराध करना ही बाल अपराध है"

के फ्राइडलैण्डर के अनुसार, "बाल-अपराधी वह बच्चा है जिसकी मनोवृत्ति कानून को भंग करने वाली हो अथवा कानून को भंग करने का संकेत करती हो."

उपर्युक्त परिभाषाओं से **स्पष्ट है कि राज्य द्वारा निर्धारित आयु समूह के बच्चे द्वारा किया गया कानून विरोधी कार्य बाल-अपराध है.**

भारत में बाल-अपराध के निर्धारण में निम्नांकित तथ्य महत्वपूर्ण हैं–

1. भारत में **बाल-न्याय अधिनियम,** 1986 (Juvenile Justice Act, 1986) जोकि अक्टूबर 1987 से लागू किया गया, के अनुसार 16 **वर्ष तक की आयु के लड़कों एवं 18 वर्ष तक की आयु की लड़कियों को अपराध करने पर बाल-अपराधी की श्रेणी में सम्मिलित किया गया है.**

2. कोई भी बच्चा जिसकी आयु 7 वर्ष से कम है और जो कानून विरोधी व्यवहार करता है, तो वह बाल-अपराधी नहीं माना जाएगा, क्योंकि ऐसे बच्चे अबोध होते हैं, उन्हें उचित-अनुचित का ज्ञान नहीं होता.

3. केवल आयु ही बाल-अपराध को निर्धारित नहीं करती वरन् इसमें अपराध की गम्भीरता भी महत्वपूर्ण पक्ष है. 7 से 16 वर्ष का लड़का एवं 7 से 18 वर्ष की लड़की द्वारा कोई भी ऐसा अपराध न किया गया हो जिसके लिए राज्य मृत्यु-दण्ड अथवा आजीवन कारावास देता हो जैसे हत्या, देशद्रोह, घातक आक्रमण आदि तो वह बाल अपराधी माना जाएगा.

अपराध और बाल-अपराध में अन्तर (Difference between Crime and Delinquency)

1. **आयु भेद**–बाल-अपराध कम आयु के बालकों (अधिकांशतः 7 वर्ष से लेकर लड़कों के लिए 16 वर्ष तक और लड़कियों के लिए 18 वर्ष तक) द्वारा किया जाता है, जबकि अपराध युवा व्यक्ति (अधिकांशतः 21 वर्ष या उससे ऊपर की आयु के लोग) द्वारा.

2. **पृष्ठभूमि में भेद**–बाल-अपराध युवा अपराध के लिए पृष्ठभूमि तैयार करता है. बाल-अपराधी ही आगे चलकर अपराधी बनते हैं.

3. **समझ का भेद**–बाल-अपराधी कोमल मस्तिष्क के कारण अपराध की गम्भीरता को पूरी तरह से नहीं समझ पाते, जबकि युवा-अपराधी अपराध के परिणामों को भली-भाँति समझते हैं.

4. **सुधार के आधार पर भेद**–बाल-अपराधी का सुधार सरल एवं सम्भव है, क्योंकि बच्चे के अपरिपक्व मस्तिष्क को किसी भी दिशा में मोड़ा जा सकता है, जबकि युवा अपराध में सुधार की सम्भावना कम होती है.

5. **दण्ड मे भेद**–बाल-अपराधी को दण्ड के स्थान पर सुधारालय भेजा जाता है, जबकि अपराधी को उसे अपराध की प्रकृति के अनुसार दण्ड दिया जाता है.

6. **कारण भेद**–बाल-अपराधी में अपराध के कारणों को खोजना आसान, सरल है, क्योंकि उसने अपराधी कार्य आरम्भ ही किया होता है, जबकि युवा अपराधी के अपराध के कारणों का पता लगाना अपेक्षतया कठिन कार्य है, क्योंकि उसके पीछे एक लम्बा इतिहास होता है.

7. बाल-अपराधियों एवं युवा-अपराधियों द्वारा किए गए अपराधों की प्रकृति, प्रकार और मात्रा में भी अन्तर होता है.

8. **प्रशिक्षण में भेद**–कभी-कभी युवा-अपराधी संगठित अपराध या व्यावसायिक अपराध में बाल-अपराधियों का

सहारा लेते हैं. इस तरह से युवा अपराधी बाल-अपराधियों को प्रशिक्षण देते हैं, जबकि सामान्यतः कोई भी युवा अपराधी बाल-अपराधी से अपराध का प्रशिक्षण नहीं लेता.

9. **उपयोगिता में भेद**–कोहन की मान्यता है कि बाल-अपराध में अनुपयोगिता की मात्रा ज्यादा होती है अर्थात् बच्चा सदा ही किसी लाभ के लिए अपराध नहीं करता वरन् अज्ञानता के कारण भी करता है, जैसे बच्चे द्वारा किसी कक्षा के छात्र की पुस्तक चुराकर फाड़ देना. इस कार्य में उसे लाभ प्राप्त नहीं होता है.

10. **उद्देश्यों में भेद**–कई बच्चों द्वारा हँसी-मजाक या द्वेष के कारण ऐसे कार्य कर लिए जाते हैं, जो अपराध की श्रेणी में आते हैं, जैसे पत्थर फेंकने पर किसी के चोट लगना या किसी वस्तु का टूट जाना, जबकि अपराध में संगठित एवं योजनाबद्ध रूप से कार्य किया जाता है.

11. **प्रभाव में अन्तर**–बाल-अपराध अधिकांशतः वैयक्तिक विघटन का सूचक है, जबकि अपराध से सम्पूर्ण समाज व राष्ट्र को सामाजिक, राजनीतिक, आर्थिक हानि उठानी पड़ती है.

भारत में बाल-अपराध
(Juvenile Delinquency in India)

भारत में बाल-अपराध की निम्नांकित विशेषताएँ हैं–

1. गाँवों की तुलना में बाल-अपराध शहरों में अधिक होते हैं. शहरी क्षेत्रों में भी बड़े-बड़े शहर जैसे दिल्ली, चेन्नई, मुम्बई, कोलकाता, चण्डीगढ़, कानपुर आदि में बाल-अपराध ज्यादा पाये जाते हैं.

2. लड़कों में लड़कियों की तुलना में बाल-अपराध ज्यादा होते हैं.

3. महाराष्ट्र, मध्य प्रदेश, बिहार तथा आन्ध्र प्रदेश में कुल बाल-अपराधों का 68% भाग आता है. (भारतीय दण्ड संहिता के अन्तर्गत). स्थानीय तथा विशेष कानून के अन्तर्गत महाराष्ट्र तथा तमिलनाडु में कुल अपराधों का 73% भाग होता है.

4. भारत में अधिकतर बाल-अपराधों में आर्थिक प्रकृति के अपराध जैसे चोरी, सेंधमारी आदि होते हैं.

5. बाल-अपराधी व्यक्तिगत रूप से अपराध कम करते हैं. वे किसी अपराधी गिरोह के साथ मिलकर ही अपराध करते हैं. यह गिरोह उन्हें प्रशिक्षण देता एवं संरक्षण प्रदान करता है.

6. अधिकांश बाल-अपराध 14 से 16 वर्ष की आयु में ही किए जाते हैं.

7. शिक्षितों की तुलना में अशिक्षित बालकों द्वारा अपराध ज्यादा किए जाते हैं.

8. वर्ष 1988 में भारतीय दण्ड संहिता के अन्तर्गत 24,827 तथा स्थानीय और विशेष नियमों के अन्तर्गत 25,468 बाल-अपराध हुए.

9. भारत में कुल ज्ञातव्य अपराधों का 2% भाग बाल-अपराधों का है.

बाल-अपराध के कारण
(Causes of Juvenile Delinquency)

यहाँ हम बाल-अपराध के प्रमुख कारणों का उल्लेख करेंगे–

(I) **पारिवारिक कारण** (Familial Causes)

परिवार से सम्बन्धित कई कारण बालक को अपराधी बनाने के लिए उत्तरदायी हैं–

1. **भौतिक वंशानुक्रमण** (Physical heredity)–बच्चे के शरीर और स्वास्थ्य का सम्बन्ध उसके वंशानुक्रमण से भी है जोकि उसकी शारीरिक और सामाजिक भूमिकाओं को प्रभावित करता है. इटली के अपराधशास्त्री लोम्ब्रोसो ने तो अपराधी प्रवृत्ति को व्यक्ति की शारीरिक विशेषताओं से जनित ही माना था. अपराध को वंशानुक्रमण की देन मानने वाले विद्वान मेण्डल के वंशानुक्रमण के सिद्धान्त से प्रभावित थे.

लेकिन वर्तमान में अपराधशास्त्र में इस विचारधारा का बहिष्कार किया गया है. बर्ट और गिलिन ने अपने अध्ययनों में बाल-अपराध को वंशानुक्रमण से सम्बन्धित नहीं पाया. गिलिन लिखते हैं, "अपराध वंशानुक्रमण में प्राप्त नहीं किया जा सकता."

2. **टूटे परिवार** (Broken home)–परिवार निम्न दो प्रकार से टूट सकते हैं–

(अ) भौतिक रूप से (Physically) तथा (ब) मानसिक रूप से (Mentally).

भौतिक रूप से परिवार के टूटने का अर्थ है–परिवार के सदस्य की मृत्यु हो जाना, लम्बे समय तक अस्पताल, जेल, सेना आदि में रहने के कारण अथवा तलाक और पृथक्करण के कारण सदस्यों का परिवार में साथ-साथ नहीं रहना है.

मानसिक रूप से परिवार के टूटने का अर्थ है–सदस्य एक साथ तो रहते हैं, किन्तु उनमें मनमुटाव, मानसिक संघर्ष एवं तनाव पाया जाता है. ये दोनों स्थितियाँ बाल-अपराध को जन्म देती हैं.

3. **अपराधी भाई-बहन** (Delinquent Siblings)–माता-पिता का स्नेह सभी बच्चों को कई बार समान रूप से प्राप्त नहीं होता.

विभिन्न अध्ययन इस बात को प्रकट करते है कि बच्चों में अपराधी प्रवृत्ति के लिए उनके अपराधी भाई-बहनों की भूमिका भी महत्वपूर्ण रही.

4. **सौतेले माता-पिता** (Step Mother or Father)–सौतेले माँ या बाप होने पर भी बच्चों को परिवार में जो प्यार मिलना चाहिए, वह नहीं मिल पाता. उनके प्रति पक्षपातपूर्ण व्यवहार किया जाता है. परिणामस्वरूप बच्चे अपराध में लिप्त हो जाते हैं.

5. **पक्षपात** (Favouritism)–परिवार में पक्षपातपूर्ण व्यवहार होने पर भी बच्चों में निराशा और घृणा की भावना जन्म लेती है. भेदभावपूर्ण व्यवहार बच्चे में अपराधी मनोवृत्ति को जन्म देता है.

6. **दोषपूर्ण अनुशासन** (Defective Discipline)–परिवार में बच्चों पर बहुत अधिक नियन्त्रण होने पर वे कठोरता से बचने के लिए भागना चाहते हैं और ज्यों ही उन्हें अवसर मिलता है, वे उन कार्यों को करने लगते हैं जिनके लिए उन्हें मना किया गया है. इसके विपरीत, बच्चों को अत्यधिक ढील देने एवं अंकुश न रखने पर भी उनमें स्वच्छन्दता की प्रवृत्ति पैदा होती है जो अपराध के लिए उत्तरदायी है.

7. **गरीबी** (Poverty)–गरीबी ने बच्चों को अपराधी बनाने में महत्वपूर्ण भूमिका निभायी है. यह भी देखा गया कि अपराधी बच्चे के पिता जोन्स के शब्दों में यह कहा जा सकता है कि "ज्यों-ज्यों आर्थिक स्तर निम्न होगा, त्यों-त्यों बाल-अपराध की दर ऊँची होगी."

8. **प्रकार्यात्मक अपर्याप्तता** (Functional Inadequacy)–जब परिवार में अनुपयुक्त रूप से कार्य होता है या उसकी संरचना ही दोषपूर्ण हो तो बच्चे के शारीरिक, मानसिक, सामाजिक एवं नैतिक विकास पर बुरा प्रभाव पड़ता है.

9. **बच्चे का तिरस्कार** (Rejection of the Child)–पोर्टर फील्ड ने टेक्सास के अध्ययन में यह पाया कि बाल-अपराध के लिए माता-पिता द्वारा बालक का तिरस्कार एक महत्वपूर्ण कारण है.

10. **भीड़भाड़ युक्त परिवार** (Over Crowded Family)–वर्तमान में औद्योगीकरण के कारण शहरों की जनसंख्या में तेजी से वृद्धि हुई है. शहरों में रहने की उचित व्यवस्था नहीं है. सारा परिवार छोटे-से मकान अथवा एक कमरे में निवास करता है.

छोटे-छोटे घरों में बच्चों के खेलकूद व मनोरंजन के लिए उपयुक्त स्थान का अभाव होता है. अतः वे घर से बाहर निकल पड़ते हैं, जहाँ नियन्त्रण के अभाव में वे अपराधी बालकों के साथ पकड़ लेते हैं.

(II) **व्यक्तिगत कारण** (Personal Causes)

1. **शारीरिक कारक** (Physical Factors)–कुछ विद्वान् शारीरिक रचना को बाल-अपराध के लिए उत्तरदायी कहते हैं. कमजोर, बीमार और अस्वस्थ बच्चे अपराध की ओर अधिक झुकते हैं.

2. **मानसिक कारण** (Psychological Factors)–मनोवैज्ञानिकों और मनोचिकित्सकों ने मानसिक असामान्यताओं को बाल-अपराध के लिए उत्तरदायी माना है. उन्होंने इसे एक कारक के रूप में माना और उसी रूप में दर्शाया है, जैसा वे चाहते थे. मानसिक कारकों में मानसिक अयोग्यता तथा भावात्मक अस्थिरता और मानसिक संघर्ष अपराधी प्रकृति के निर्धारण में महत्वपूर्ण भूमिका निभाते हैं.

(i) **मानसिक योग्यता** (Mental Ability)–ऐसा माना जाता है कि बाल-अपराधी मानसिक रूप से पिछड़े होते हैं.

(ii) **भावात्मक अस्थिरता और मानसिक संघर्ष** (Emotional Instability and Mental Conflict)–मानसिक स्थिरता उच्च अनुकूलन का सूचक है. बर्ट ने अपने शोध में यह पाया कि अपराधियों में भावात्मक अस्थिरता एक महत्वपूर्ण प्रभावक रहा है.

(III) **सामुदायिक कारक** (Community Factors)

जिस समुदाय में बच्चा रहता है, यदि उसका वातावरण अनुपयुक्त है, तो वह बालक को अपराधी बना सकता है. समुदायिक कारकों में से कुछ प्रमुख का हम यहाँ वर्णन करेंगे–

1. **मनोरंजन** (Recreation)–मनोरंजन और बाल-अपराध के सह-सम्बन्ध का भी अध्ययन किया गया है. उचित मनोरंजन की सुविधा होने पर बाल-अपराध की दर में कमी आती है. खाली समय में जब बच्चा न तो स्कूल जाता है और न ही कोई काम करता है, तो अपराध की ओर प्रवृत्त होता है. शिकागो में किए गए एक सर्वेक्षण से ज्ञात हुआ कि बाल अपराधियों के लिए मनोरंजन की उचित व्यवस्था की गयी तो उनकी आदतों में सुधार आया.

2. **स्कूल** (School)–विद्यालय का अनुपयुक्त वातावरण होने पर बच्चे से अच्छा नागरिक बनने की अपेक्षा नहीं की जा सकती. विद्यालय ही बच्चों के लिए उचित सामाजिक जीवन व्यतीत करने हेतु उपयुक्त वातावरण पेश करता है. शिक्षा का बच्चे पर प्रत्यक्ष और अप्रत्यक्ष प्रभाव पड़ता है. स्कूल का वातावरण, अध्यापकों का व्यवहार, स्कूल के साथी छात्रों व अध्यापकों के साथ सम्बन्ध, अध्यापकों की प्रभावहीनता, अध्यापक का घर में संघर्ष, उनकी असुरक्षा, बीमारी एवं प्रशिक्षण, पाठ्यक्रम की कठोरता, मनोरंजन एवं आराम का अभाव, अयोग्य छात्रों की क्रमोन्नति, घर में अधिक काम तथा आलस्य आदि कुछ ऐसे कारण हैं, जो बच्चे के कोमल मस्तिष्क को प्रभावित कर उसे अपराधी या अयोग्य नागरिक बनाने में सहारा देते हैं. अशिक्षा अपराध को प्रोत्साहन देती है.

3. **अपराधी क्षेत्र** (Delinquency Area)–पड़ोस और अपराधी क्षेत्र में निवास का भी अपराधी प्रवृत्ति से घनिष्ठ सम्बन्ध है. वेश्याओं के अड्डे, जुआरियों, चोरों, शराबियों और गुण्डों के पास निवास-स्थान होने पर बच्चों के अपराधी होने के अधिक अवसर रहते हैं, क्योंकि बच्चों में अनुकरण एवं सुझाव-ग्रहणशीलता अधिक होने के कारण अपराधी प्रवृत्तियों के सीखने की सम्भावना रहती है.

4. **साथी** (Companions)–एक बच्चे को अपराधी बनाने में उसके साथियों का भी योगदान होता है. विभिन्न विद्वानों ने अमरीका में साथियों के प्रभाव का अध्ययन किया.

साथियों के सम्पर्क से ही एक बच्चा धूम्रपान, शराबवृत्ति, चोरी, जुआ आदि सीखता है.

5. **युद्ध** (War)–युद्ध सामाजिक विघटन एवं विनाश पैदा करता है तथा सामान्य पारिवारिक जीवन को नष्ट करता है.

6. **अन्य कारण** (Other Causes)–उपर्युक्त कारणों के अतिरिक्त बाल-अपराध के लिए कुछ अन्य कारण भी उत्तर-दायी हैं, जो इस प्रकार हैं–

(अ) **सांस्कृतिक भिन्नता एवं संघर्ष** (Cultural Difference and Conflict)–सैलिन ने अपनी पुस्तक 'Culture, Conflict and Crime' में सांस्कृतिक भिन्नता को अपराध के लिए उत्तरदायी ठहराया है. जब अलग-अलग संस्कृतियाँ एक साथ हों या व्यक्ति एक संस्कृति से दूसरी संस्कृति में जाए, तो वह दोनों में कई अन्तर देखता है, कई बार उनमें परस्पर संघर्ष पाया जाता है, इसका प्रभाव बालक के कोमल मस्तिष्क पर भी पड़ता है. वह अनिश्चय की स्थिति में होता है और अपराध कर बैठता है.

(ब) **जाति-व्यवस्था** (Caste System)–भारत में हुए अध्ययन इस बात का स्पष्ट इंगित करते हैं कि अपराध की दर अनुसूचित जातियों, जनजातियों एवं पिछड़े वर्गों में ज्यादा है. उनके प्रति बरता जाने वाला भेदभाव, छुआछूत उन्हें अपराध करने के लिए उग्र बना देता है.

(स) **नैतिक पतन** (Moral Degradation)–वर्तमान समय में राजनेताओं, व्यापारियों, सरकारी कर्मचारियों आदि का नैतिक पतन हुआ है. इसका प्रभाव बच्चों पर भी पड़ता है. वे भी उन्हें आदर्श मानकर उनकी तरह अनैतिक कार्यों में लग जाते हैं.

(द) **स्वतन्त्रता में वृद्धि** (Increased Freedom)–नवीन समाज व्यवस्था में नियन्त्रण शिथिल हुआ है, लोगों में स्वच्छन्दता बढ़ी है, अनैतिकता, हिप्पीवाद, व्यक्तिवाद, इच्छाओं में वृद्धि, यौन स्वन्त्रता आदि के कारण स्वतन्त्रता में बढ़ोत्तरी हुई और बच्चे उन्मुक्त होकर अपराध करने लगे हैं.

(य) **आर्थिक मन्दी** (Economic Depression)–आर्थिक संकट एवं कुचक्र आज के युग की विशेषता है. ऐसी स्थिति आने पर व्यक्ति अपनी आवश्यकताओं की पूर्ति नहीं कर पाता, मनोरंजन एवं शिक्षा की उचित व्यवस्था नहीं हो पाती, तब सुविधाएँ जुटाने के लिए अपराध का सहारा लिया जाता है.

स्पष्ट है कि बालक को अपराधी बनाने में किसी एक कारक का ही हाथ नहीं होता है, वरन् अनेक कारकों की सह-उपस्थिति ही बालक को अपराधी बनाने में योग देती है.

बाल-अपराध की रोकथाम

(Prevention of Juvenile Delinquency)

बाल-अपराधियों को सुधारने के लिए वर्तमान में दो प्रकार के उपाय किए गए हैं–प्रथम, उनके लिए नये कानून बनाये गए हैं और द्वितीय, सुधार सुस्थाओं एवं स्कूलों का निर्माण किया गया है जहाँ उन्हें रखने की सुविधाएँ हैं. यहाँ पर दोनों प्रकार के उपाय दिये जा रहे हैं.

(अ) **कानूनी उपाय** (Legal Remedies)–बाल-अपराधियों को विशेष सुविधा देने और न्याय की उचित पद्धति अपनाने के लिए बाल-अधिनियम (Children Act) और सुधारालय अधिनियम (Reformatory Act) बनाये गए हैं. भारत में बच्चों की सुरक्षा के लिए 20वीं सदी की दूसरी दशाब्दी में कई कानून बने. इससे पूर्व सन् 1850 के 'अप्रेण्टीसेज एक्ट' (Apprentices Act, 1850) के तहत 10 से 18 वर्ष की आयु के बच्चों के विरुद्ध अपराध करने पर कार्यवाही की जाती थी. सन् 1860 में भारतीय दण्ड संहिता के भाग 399 व 562 में बाल-अपराधियों को जेल के स्थान पर रिफोर्मेट्रीज में भेजने का प्रावधान किया गया कि बच्चों को दण्ड देने के अतिरिक्त उनमें सुधार किया जाए एवं उन्हें युवा-अपराधियों से अलग रखा जाए. उन्हें कुछ व्यवसायों का प्रशिक्षण देने की बात भी कही गयी. भाग 562 में प्रथम अपराधी को सजा से मुक्त करने की बात भी कही गयी यदि उसकी आयु 21 वर्ष से कम हो.

सम्पूर्ण भारत के लिए सन् 1876 में सुधारालय स्कूल अधिनियम (Reformatory School Act) बना जिसमें 1897 में पुनः संशोधन किया गया. यह अधिनियम भारत के दूसरे स्थानों पर 15 एवं मुम्बई में 16 वर्ष से बच्चों पर लागू होता था. इस कानून में बाल-अपराधियों को औद्योगिक प्रशिक्षण देने की बात भी कही गयी थी.

20वीं सदी में सामाजिक सुधार और अपराधी न्याय को प्रान्तों का विषय बना दिया गया. अब अखिल भारतीय स्तर के स्थान पर अलग-अलग प्रान्तों में बाल अधिनियम बने. सन् 1920 में चेन्नई में, 1922 में बंगाल में, 1924 में मुम्बई

में, 1928 में दिलली में, 1941 में मैसूर में, 1945 में पंजाब में, 1949 में उत्तर प्रदेश में और 1970 में राजस्थान में बाल अधिनियम बने. **सन् 1986 बाल-न्याय अधिनियम बना जिसने अन्य सभी प्रान्तों में बने कानून का स्थान ले लिया और सभी राज्यों एवं केन्द्रशासित प्रदेशों में एक-सा नियम लागू हो गया.** इस अधिनियम में उपेक्षित बालकों तथा बाल-अपराधियों के लिए अलग-अलग ढंग अपनाने की बात कही गई है. बाल-अपराधियों को किसी भी हालत में दूसरे अपराधियों के साथ जेल में रखने पर रोक लगा दी गई है. 'उपेक्षित बालकों' को बाल-गृहों या 'अवलोकन-गृहों' में रखा जाएगा तथा उन्हें बाल-कल्याण बोर्ड के समक्ष लाया जाएगा, जबकि बाल-अपराधियों को बाल-न्यायालय के समक्ष. इस अधिनियम में कहा गया है कि बाल-अपराधियों के लिए विशिष्ट गृह बनाने जाएं, जिनमें उनके निवास, शिक्षा, व्यावसायिक प्रशिक्षण और चरित्र निर्माण की समुचित व्यवस्था हो. राज्य सरकारों को चाहिए कि वे बाल-अपराधियों के कल्याण एवं पुनर्वास के लिए अलग से वित्त की व्यवस्था करें तथा एक सलाहकार बोर्ड बनाएं जो इनके लिए 'गृह' बनाने, चलाने एवं आर्थिक साधन जुटाने के बारे में सुझाव दे.

बाल न्यायालय (Juvenile Court)–19वीं सदी तक बाल-अपराधियों के साथ युवा अपराधियों की तरह ही व्यवहार किया जाता था. सन् 1899 में सर्वप्रथम अमरीका के इलिनोज राज्य के शिकागो शहर में बाल-न्यायालय की स्थापना की गयी. इस न्यायालय का मुख्य लक्ष्य यह था कि राज्य उन बच्चों को संरक्षण प्रदान करे जो अपने माता-पिता की लापरवाही के कारण अपराधी बन गये हैं. इन न्यायालयों में बाल अपराधियों की सुनवाई अनौपचारिक विधि से की जाती है. इनमें उनके प्रति बदले की भावना का अभाव होता है. इनके द्वारा बच्चे को संरक्षण एवं पुनर्वास की सुविधा प्रदान की जाती है. बालकों एवं नागरिकों के संवैधानिक अधिकारों की रक्षा की जाती है.

सेठना के शब्दों में, "बाल-न्यायालय, विशेष न्यायालय हैं जिनका उद्देश्य बाल-अपराधियों एवं बालकों जिन्हें संरक्षण की आवश्यकता होती है, को मदद और संरक्षण प्रदान करना है."

भारत के बाल-न्यायालय ब्रिटिश बाल-न्यायालयों के आदर्शों पर आधारित हैं और वे अमरीका की तरह सुधारात्मक के स्थान पर न्यायिक या अपराधी न्यायालय अधिक हैं.

भारत में पहला बाल-न्यायालय 1922 में कोलकाता में स्थापित किया गया. उसके बाद मुम्बई में 1927 में व चेन्नई में 1930 में स्थापित किए गए. आज अनेक प्रान्तों में बाल-न्यायालय हैं.

बाल न्यायालय में एक प्रथम श्रेणी का मजिस्ट्रेट, एक या दो ऑनरेरी लेडी मजिस्ट्रेट, अपराधी बालक, उसके माता-पिता एवं संरक्षक, प्रोबेशन अधिकारी, साधारण पोशाक में पुलिस, कोर्ट का क्लर्क और कभी-कभी वकील भी हाजिर रहते हैं. इनकी बैठक रिमाण्ड होम में साधारण तरीके से टेबुल-कुर्सी लगाकर की जाती है जिससे बच्चे को यह महसूस न हो कि वह अपराधी है. सुनवाई करने वालों और बच्चे के बीच अनौपचारिक बातचीत होती है. बाल-न्यायालय का सारा वातावरण इस प्रकार होता है कि बच्चे के मस्तिष्क से कोर्ट का आतंक और भय दूर हो जाए. ज्यों ही कोई बालक अपराध करता है तो पहले उसे रिमाण्ड होम में भेजा जाता है और 24 घण्टे के भीतर उसे बाल-न्यायालय के सम्मुख पेश किया जाता है. उसकी सुनवाई के समय उस व्यक्ति को भी बुलाया जाता है जिसके प्रति बालक ने अपराध किया है. सुनवाई की कार्यवाही आम अदालतों की तरह ही होती है. इन न्यायालयों की कार्यवाही को अखबारों में छापने की मनाही होती है तथा गोपनीयता बरती जाती है. सुनवाई के बाद अपराधी बालकों को चेतावनी देकर, जुर्माना करके या माता-पिता से बॉण्ड भरवा कर उन्हें सौंप दिया जाता है अथवा उन्हें परिवीक्षा पर छोड़ दिया जाता है या किसी सुधान संस्था, मान्यता-प्राप्त विद्यालय, परिवीक्षा होस्टल आदि में रख दिया जाता है.

(ब) **सुधारात्मक संस्थाएँ** (Reformative Institutions)–बाल अपराधों को रोकने का दूसरा प्रयास सुधारात्मक संस्थाओं एवं सुधारालयों की स्थापना करके किया गया है जिनमें कुछ समय तक बाल-अपराधियों को रखकर प्रशिक्षण दिया जाता है. हम यहाँ कुछ ऐसी ही संस्थाओं का वर्णन करेंगे–

रिमाण्ड होम या अवलोकन गृह (Remand Home or Observation Homes)–अपराध करने के बाद जब पुलिस बच्चों को पकड़ लेती है, तो सर्वप्रथम उन्हें रिमाण्ड होम में ही रखा जाता है. जेल में रखने पर बालक का सम्पर्क युवा-अपराधियों से होने पर उसके अपराधी बन जाने की सम्भावना ज्यादा रहती है. जब तक बच्चे की अदालती कार्यवाही चलती है, उसे रिमाण्ड होम में ही रखा जाता है. अनाथ और निराश्रित बच्चों एवं बन्दी-गृहों से पृथक् किए गए अपराधियों को भी ऐसे गृहों में रखा जाता है.

रिमाण्ड होम में प्रोबेशन अधिकारी बच्चे की पृष्ठभूमि, सामाजिक वातावरण तथा शारीरिक एवं मानसिक दशाओं का अध्ययन करता है. यहाँ बच्चों को मनोरंजन, शिक्षा एवं प्रशिक्षण प्रदान किया जाता है. ऐसे गृहों में बच्चे से सही सूचनाएँ प्राप्त की जाती हैं जो वे न्यायाधीश के सम्मुख देने से घबराते हैं. कहीं-कहीं पर लड़के व लड़कियों के लिए अलग-अलग रिमाण्ड होम हैं.

प्रमाणित विद्यालय (Certified School)–इन विद्यालयों में भी बल-अपराधियों को रखा जाता है. यह एक प्रकार से

औद्योगिक विद्यालय हैं, जिन्हें राज्य की स्वीकृति प्राप्त होती है. पहले बाल-अपराधी को रिमाण्ड होम में रखा जाता है. परिवीक्षा अधिकारी उसके सामाजिक वातावरण एवं पृष्ठभूमि का अध्ययन करके न्यायालय के सम्मुख अपना प्रतिवेदन प्रस्तुत करता है. इस प्रतिवेदन को ध्यान में रखते हुए यदि न्यायालय यह महसूस करता है कि उसे किसी सुधार संस्था में रखने की आवश्यकता है, तो उसे इस विद्यालय में रखा जाता है.

इन विद्यालयों में बच्चों की शिक्षा एवं प्रशिक्षण का प्रबन्ध भी होता है. यहाँ बच्चों का उनके माता-पिता एवं समाज के साथ सामंजस्य कराने का प्रयत्न किया जाता है. उनके लिए व्यवसाय व नौकरी की खोज भी की जाती है.

बोर्स्टल स्कूल (Borstal School)–इस पद्धति के जन्मदाता एल्विन रेगिल्स ब्राइस (Alwin Regils Brice) थे. सबसे पहले अमरीका के केण्टन प्रान्त में बोर्स्टल नामक स्थान पर इस प्रकार के स्कूल की स्थापना की गयी. बोर्स्टल एक स्थान है जहाँ किशोर अपराधियों को, जिनकी आयु 16 से 21 वर्ष हो, रखा जाता है. इन्हें वहाँ प्रशिक्षण एवं निर्देशन दिए जाते हैं तथा अनुशासन में रखकर उनका सुधार किया जाता है. अलग-अलग राज्यों में इन स्कूलों में अपराधियों को रखने का समय भिन्न-भिन्न है, जो 2 से लेकर 5 वर्ष तक है. चेन्नई में 23 वर्ष की आयु तक एवं मुम्बई में 23 वर्ष के बाद में अपराधियों को इस संस्था में रखा जाता है. इस संस्था में उन्हीं अपराधियों को प्रवेश दिया जाता है जिनकी सिफारिश अदालत या जेल महानिरीक्षक ने की हो.

अवधि समाप्त होने, अच्छे आचरण का आश्वासन देने एवं भविष्य में अपराध न करने का वचन देने पर अपराधी को इस विद्यालय से स्वतन्त्र किया जाता है. यहाँ अपराधी को मुक्त वातावरण में रखा जाता है. उसकी शारीरिक, मानसिक, नैतिक एवं चारित्रिक क्षमताओं का विकास किया जाता है. उसमें उत्तरदायित्व एवं आत्म-नियन्त्रण की भावना का विकास किया जाता है. उसके लिए जिमनास्टिक, उद्योग-धन्धों के प्रशिक्षण एवं शिक्षा आदि का प्रबन्ध किया जाता है. ये स्कूल अपराधी का समाज से पुनः सामंजस्य कराने में योग देते हैं. एक बोर्स्टल सकूल के अपराधियों को कई छोटे-छोटे समूहों में विभाजित किया है. प्रत्येक टुकड़ी का एक छात्र नायक होता है. उत्तम आचरण वाले को स्टार प्रदान किया जाता है. इन्हें वर्ष में 15 दिन तक घर जाने का अवकाश दिया जाता है. 1987 तक देश के केवल 9 राज्यों में बोर्स्टल स्कूल थे. तमिलनाडु, आन्ध्र प्रदेश, बिहार, महाराष्ट्र, केरल, कर्नाटक, पंजाब, मध्य प्रदेश एवं उत्तर प्रदेश में बोर्स्टल स्कूल हैं. अलग-अलग राज्यों में इनकी क्षमता 100 से लेकर 350 तक पायी जाती है. 1987 तक 1,295 अपराधी बालक इन बोर्स्टल स्कूलों में रह रहे थे. पत्र लिखने, रिश्तेदारों से मिलने, मन पसन्द प्रशिक्षण पाने, बिना देखभाल के बाहर घूमने आदि की इन्हें रियायत होती है. वर्कशाप व मनोरंजन-कक्ष तथा रसोईघर में काम करने एवं खेलकूद प्रतियोगिताओं में भाग लेने आदि की भी इन्हें छूट होती है.

परिवीक्षा होस्टल (Probation Hostels)–न्यायालय जब किसी बाल-अपराधी को परिवीक्षण पर छोड़ता है और जब किसी बच्चे के माता-पिता या संरक्षक नहीं होते हैं, तो उन्हें परिवीक्षा होस्टल में रखा जाता है. ऐसे होस्टल में रहने वाले व्यक्ति को दिन में नौकरी करने एवं घूमने-फिरने की स्वतन्त्रता होती है, किन्तु रात्रि को ठीक समय पर वापस वहाँ पहुँचना उसके लिए अनिवार्य होता है. होस्टल वार्डन इन लोगों की गतिविधियों की देखभाल रखता है.

किशोर बन्दीगृह (Juvenile Jail)–इस प्रकार की जेल बरेली में है जहाँ 21 वर्ष तक की आयु के अपराधियों को रखा जाता है. उन्हें जेल में शिक्षा एवं विभिन्न व्यवसायों का प्रशिक्षण दिया जाता है. उन्हें जेल से बाहर जाने एवं अध्ययन करने की छूट होती है. इनके लिए कैण्टीन तथा पंचायत की भी व्यवस्था होती है. पंचायत ही सफाई, भोजन एवं मनोरंजन आदि की व्यवस्था करती है. यहाँ बन्दियों की प्रगति का पूर्ण ब्यौरा रखा जाता है.

रिफोमेंट्री स्कूल (Reformatory Schools)–इन स्कूलों में 16 वर्ष से कम आयु के उन बच्चों को रखा जाता है जो पहले सजा ले चुके हैं या जिन्होंने गम्भीर अपराध नहीं किए हैं. सर्वप्रथम इंगलैण्ड में सन् 1854 में रिफोमेंट्री स्कूल अधिनियम बना. भारत में यह अधिनियम सन् 1897 में बना. इन अधिनियम के अन्तर्गत ऐसे व्यक्ति को किशोर अपराधी माना गया है जिसे कारागार या देश निष्कासन की सजा दी गयी हो और अपराध करने के समय मुम्बई में 16 वर्ष और अन्य राज्यों में 15 वर्ष से कम की आयु का हो. भिन्न-भिन्न प्रान्तों में इस प्रकार के स्कूलों में प्रवेश की शर्तों में अन्तर है, क्योंकि अधिनियम की धारा 8 की उपधारा 3 के अधीन राज्यों को यह अधिकार दिया गया है कि वे प्रवेश सम्बन्धी नियम बनाएं.

इस प्रकार के विद्यालयों का उद्देश्य अपराधी बालक का सुधार और पुनर्वास करना है. इन स्कूलों में बच्चों का सुधार करके उनका समाज के साथ सामंजस्य कराया और प्रशिक्षण देकर उन्हें कमाने योग्य बनाया जाता है. इन स्कूलों में अपराधियों का अध्ययन भी किया जाता है. उन्हें शिक्षित किया जाता एवं विभिन्न व्यवसायों का उनकी रुचि के अनुसार उन्हें प्रशिक्षण दिया जाता है. इनके द्वारा निर्मित वस्तुओं को बाजार में बेचकर लाभ को उनके कोष में जमा किया जाता है. इन विद्यालयों में रेडक्रास, स्काउटिंग, कृषि, चमड़े का काम, खिलौने, दरी, निवाड़, रस्सी बनाने, बढ़ईगीरी,

सिलई आदि काम सिखाया जाता है. यहाँ जिन बच्चों का काम अच्छा होता है, उन्हें वर्ष में 15 दिन तक घर जाने की छुट्‌टी भी दी जाती है. मुक्त होने के लिए इन्हें अर्जी देनी होती है. समय समाप्त होने पर या किसी अन्य उचित कारण के आधार पर अपराधी को स्वतन्त्र कर दिया जाता है. अधिकाधिक 7 एवं कम-से-कम 3 वर्ष तक अपराधियों को इन विद्यालयों में रखा जा सकता है. 18 वर्ष से कम आयु के बच्चों को सुधार विद्यालयों में नहीं रखा जाता. जबलपुर, हजारीबाग, लखनऊ आदि में इस प्रकार के विद्यालय हैं. जेल अधिकारियों का पूर्णतः प्रशिक्षित न होना, मनोवैज्ञानिक ज्ञान का अभाव, विभिन्न प्रकार के व्यवसाय हेतु प्रशिक्षण की सुविधाओं का न होना तथा सुधारालय के जेल विभाग का ही एक अंग होना आदि कुछ ऐसे कारक हैं, जिसके कारण से ऐसे विद्यालय अपने उद्देश्यों में पूर्णतः सफल नहीं हो रहे हैं. बाल-अपराधों की रोकथाम एवं बाल-अपराधियों के सुधार हेतु यह आवश्यक है कि बालकों को परिवार एवं स्कूल में स्वस्थ वातावरण प्रदान किया जाए अपराध सम्बन्धी कारणों की ठीक खोज की जाए, तथ्यों का वैज्ञानिक आधार पर विश्लेषण किया जाए और अधिकारियों में अपने कार्य के प्रति पूर्ण निष्ठा और कर्त्तव्य-परायणता जाग्रत की जाए.

पोषण गृह तथा सहायक-गृह (Foster Homes and Auxiliary Homes)–पोषण गृहों में 10 वर्ष से कम आयु के बच्चों को रखा जाता है. ये ऐसे बच्चे होते हैं जिनके माता-पिता में विवाह-विच्छेद या परित्याग हो गया हो या जिनकी मृत्यु हो गई हो अथवा लम्बे समय की कैद हो गयी हो. ऐसे बच्चे नियन्त्रण के अभाव में आवारागर्दी करते हैं तथा उनके भरण-पोषण की कोई व्यवस्था नहीं होती है. चूँकि 10 वर्ष से कम आयु के बच्चों को प्रमाणित स्कूलों में नहीं रखा जाता, इसलिए उनके लिए पोषण-गृहों की व्यवस्था की गयी है. ऐसे गृहों का उद्देश्य बाल-अपराध को रोकना है. इन गृहों का संचालन स्वयंसेवी संस्थाओं द्वारा किया जाता है और सरकार अपनी ओर से अंशदान प्रदान करती है. इस प्रकार के पोषण-गृह मुम्बई एवं चेन्नई में बहुत हैं. प्रमाणित स्कूलों एवं पोषण-गृहों से जुड़ी हुई संस्था सहायक-गृह है. पहले बच्चे को सहायक-गृह में रखने के बाद ही पोषण-गृह अथवा प्रमाणित स्कूलों में भेजा जाता है. इस संस्था में बच्चों की पृष्ठभूमि का अध्ययन किया जाता है. ये स्वयंसेवी संस्थाओं एवं सरकार दोनों के द्वारा चलाये जाते हैं.

उत्तर-संरक्षण संस्थाएँ (After-care Institutions)–भारत में तमिलनाडु, महाराष्ट्र, बिहार एवं उत्तर प्रदेश में उत्तर-संरक्षण सेवाओं की व्यवस्था है. जब बच्चा किसी सुधार संस्था में छः माह तक चलता रहता है और उस दौरान उसका व्यवहार अच्छा होता है, तो जेल मुख्य निरीक्षक ऐसे बच्चों को उत्तर-संरक्षण संस्था में भेज सकता है. इन संस्थाओं में बच्चों के निवास, भोजन, स्वास्थ्य, चिकित्सा, शिक्षा, औद्योगिक प्रशिक्षण जैसे चटाई, टोकरी, रस्सी, दरी एवं निवाड़ बनाने, सिलाई, कताई व बुनाई आदि सिखाने की व्यवस्था होती है.

सुधार कार्यों का मूल्यांकन एवं सुझाव (Evaluation of Reformatory Measures and Suggestions)

विभिन्न देशों की भाँति भारत में भी बाल-अपराधियों को सुधारने के लिए अनेक प्रयत्न किए गए हैं. इन प्रयासों के परिणामस्वरूप बहुत कुछ सीमा तक बाल-अपराधियों का सुधार हुआ है, उन्हें संरक्षण मिला है एवं बाल-अपराध की पुनरावृत्ति में कमी आयी है. फिर भी इन कोशिश में अभी बहुत कमियाँ हैं जिनहें दूर करना आवश्यक है. हम यहाँ बाल-अपराधियों के सुधार के लिए किए गए प्रयासों की कुछ कमियों का उल्लेख करेंगे–

1. भारत में बाल न्यायालयों की संख्या बहुत कम है और सामान्यतया बाल-अपराधियों को सामान्य न्यायालयों के सम्मुख ही पेश किया जाता है. इससे बालकों के मन में भय उत्पन्न होता है और वे मानसिक सन्तुलन खो बैठते हैं. अतः आवश्यकता इस बात की है कि अधिकाधिक बाल-न्यायालयों की सभी राज्यों में स्थापना की जाए.

2. विभिन्न राज्यों में बाल-अपराधियों की आयु सीमा में भी अन्तर रहा है. कहीं यह 7 से 16 वर्ष तो कहीं 7 से 12 वर्ष और कहीं 7 से 21 वर्ष थी. वर्तमान में सम्पूर्ण देश में समान नियम लागू है जिसके अनुसार लड़कों के लिए यह आयु सीमा 7 से 16 वर्ष तथा लड़कियों के लिए 7 से 18 वर्ष है.

3. बाल-अपराधियों के सुधार की संस्थाओं का संचालन अधिकतर स्वयंसेवी संगठनों द्वारा किया जाता है. ये व्यापारी संस्थाएँ हैं, इन पर सरकार के नियन्त्रण का अभाव है, इनका लक्ष्य सेवा नहीं वरन् लाभ कमाना है. आवश्यकता इस बात की है कि इन संस्थाओं की देखरेख एवं नियन्त्रण सरकार द्वारा किया जाए.

4. बाल-अपराधियों को सुधारने के कार्यक्रमों में लगे व्यक्ति सामान्यतः प्रशिक्षित नहीं होते. वे बाल-मनोविज्ञान तथा बाल-चिकित्सा से परिचित नहीं होते. अतः उनके द्वारा बालकों का उचित उपचार नहीं हो पाता. इसलिए इन संस्थाओं में मनःचिकित्सकों एवं समाजशास्त्रियों का सहयोग लिया जाना चाहिए.

5. सुधार की जो सुविधाएँ दी गयी हैं वे अधिकतर 16 वर्ष तक के बाल-अपराधियों के लिए ही हैं, जबकि अधिकांश

बाल-अपराध 16 से 21 वर्ष की आयु में किए जाते हैं. अतः सुविधाओं का 21 वर्ष की आयु के अपराधियों तक विस्तार किया जाना चाहिए.

6. बाल अपराधियों के पुनर्वास की सुविधाओं का भी अभाव है. जब तक वे दण्ड सहते हैं, उन्हें तब तक ही सुधार संस्थाओं का लाभ मिलता है. दण्ड का समय समाप्त होने के बाद उन पर किसी तरह का कोई ध्यान नहीं दिया जाता. परिणामस्वरूप वे पुनः अपराधी-कार्यों में लग जाते हैं. अतः उत्तर-संरक्षण सेवा में वृद्धि तथा विस्तार किया जाना सभी दृष्टियों से आवश्यक है.

बालक अपराध की ओर प्रवृत्त नहीं हों, इसके लिए जरूरी है कि बालकों को स्वस्थ मनोरंजन के साधन उपलब्ध कराये जाएं, अश्लील साहित्य एवं दोषपूर्ण चलचित्रों पर रोक लगायी जाए. बिगड़े हुए बच्चों को सुधारने में माता-पिता की सहायता करने हेतु बाल सलाहकार केन्द्र गठित किए जाएं. बालकों को बुरी संगति से बचाया जाए. साधारण अपराध करने वाले बालकों को न्यायालय के सम्मुख प्रस्तुत करने के बजाए प्रशिक्षित प्रशासकीय अधिकारी के सम्मुख उपस्थित किया जाना चाहिए. ऐसे अधिकारी बच्चों के सुधार में काफी उपयोगी सिद्ध हो सकते हैं. साथ ही यह भी जरूरी है कि बाल-न्यायालयों की संख्या में वृद्धि की जाए. छोटे बालकों के लिए नैतिक शिक्षा की व्यवस्था की जाए. गन्दी बस्तियों का सफाया किया जाए. गरीबी तथा बेकारी को दूर करने के भरसक प्रयत्न किए जाए.

मद्यपान
(Alcoholism)

औद्योगिक क्रान्ति के बाद शराब तथा अन्य मादक वस्तुओं का मुख्य प्रयोजन शरीर की थकावट दूर करना और परिवार को थोड़े समय के लिए चिन्ताएँ भूलकर शान्ति पाना हो गया है. आज हम शराब का प्रयोग निर्धन-से-निर्धन और निम्न-से-निम्न मजदूर वर्ग तक में अत्यधिक रूप में होते हुए देखते हैं. इस प्रकार मद्यपान वर्तमान भारत की एक गम्भीर सामाजिक-आर्थिक समस्या (Socio-economic Problem) है. हमारे देश की जनसंख्या का लगभग 12 प्रतिशत भाग इस बुराई में उलझा हुआ है जोकि अपनी आय का एक बड़ा भाग मद्यपान में व्यय कर देता है. मद्यपान करने वालों में कारखानों के मजदूर या निम्न वर्ग के लोग विशेष रूप में होते हैं. राष्ट्रीय, आर्थिक एवं सामाजिक दशाओं के देखते हुए एक कल्याण राज्य में यह आवश्यक है कि इस समस्या का जैसे भी सम्भव हो, शीघ्र समाधान होना चाहिए. वास्तव में इस समस्या के समाधान के लिए हमें 'मद्य-निषेध' (Probibition) का मार्ग अपनाना होगा.

मद्यपान क्या है
(What is Alcoholism)

नशीली वस्तुओं (Intoxicants) के अन्तर्गत सेवन की जाने वाली सामग्री दो प्रकार की हो सकती है, एक तो जड़ी-बूटियाँ (Drugs), जिनको अपनी वास्तवकि दशा में या उनका रूप परिवर्तन करके प्रयोग किया जाता है. इसमें हम भाँग, गाँजा, चरस, अफीम, सुल्फा आदि को सम्मिलित करते हैं तथा दूसरे ऐसे तरल पदार्थ (Alcohols), जिन्हें किसी रासायनिक विधि से तैयार किया जाता है. अपने देश भारत में सबसे अधिक भाँग व अफीम का प्रयोग किया जा रहा है, क्योंकि शिव के उपासक या अधिकांश हिन्दू भाँग को शिवजी की बूटी मानते हैं. अफीम का प्रयोग मुस्लिम व्यापारियों द्वारा नवीं शताब्दी में प्रारम्भ हुआ. नशीले तरल पदार्थों (Alcohols) में विभिन्न प्रकार की शराबें (Wines), देशी खींची गई शराब (Country liquors) तथा अन्य हल्के नशे के रासायनिक मिश्रण जैसे बीयर (Beer) आदि सम्मिलित किए जाते हैं. मद्यपान का सम्बन्ध इन्हीं तरल पदार्थों या शराब के प्रयोग से है. मित्रा (Mittra) के अनुसार, "मद्यपान वह अवस्था है, जबकि व्यक्ति के लिए शराब पीना इतना आकर्षक बन जाता है कि वह व्यक्ति बिना यह सोचे-समझे ही पीता रहता है कि उसके मन, शरीर, परिवार और समाज पर इसका कितना बुरा प्रभाव पड़ेगा." डॉ. डरफी (Dr. Durfee) का कहना है, "मद्यपान

मद्यपान के प्रमुख कारण
(Main Causes of Alcoholism)

सर्वश्री इलियट तथा मैरिल (Elliot and Merrill) ने शराब को 'संकट पेय' (Misery Drink) बताया है जिसके लिए कार्य का लम्बा समय, अपर्याप्त भोजन, आर्थिक सुरक्षा की कमी, भारी कार्य, बुरी गृह-व्यवस्था, अज्ञान आदि उत्तरदायी हैं. सर्वश्री कैट्लिन (Catlin), बोंगर (Bonger), स्टारलिंग (Starling), जैनेट (Janet) आदि विद्वानों ने मद्यपान के अनेक कारण बताये हैं. उनको सारांश रूप में यहाँ प्रस्तुत किया जा सकता है–

1. **परेशान और दुखी जीवन**–परेशान और दुःखी जीवन वाले लोग मद्यपान को एक वरदान मानते हैं, इसलिए मद्यपान में लिप्त रहते हैं.

2. **व्यावसायिक कष्ट**–जब किसी व्यक्ति को व्यवसाय के कारण कष्ट होता है, तो वह अपनी थकावट को दूर करने के लिए मदिरापान करता है. उदाहरणार्थ, सैनिक लोग युद्ध के भीषण, दृश्यों, कठोर परिश्रम, अत्यधिक ठण्डक, जीवन की नीरसता व एकाकीपन आदि को भुलाने के लिए शराब पीते हैं, ट्रक ड्राइवर हजारों मील भारी ट्रक चलाने के लिए शराब पीते हैं.

3. **मकान का ठीक न होना**–रहने के मकान ठीक न होने के कारण लोगों की भावनाओं का दमन होता है और जब उनकी सन्तुष्टि नहीं हो पाती है, तो वे शराब पीने लगते हैं.

4. **मनोरंजन के साधनों का अभाव**–मनोरंजन के अच्छे साधनों के अभाव के कारण भी व्यक्ति मद्यपान करने लगते हैं. यह ठीक ही है, क्योंकि व्यक्ति उदासीनता व नीरसता की स्थिति में मानसिक सन्तुष्टि चाहता है, मानसिक सन्तुष्टि मनोरंजन के अच्छे साधनों से ही प्राप्त हो सकती है और इसके अभाव में मद्यपान या नशीली वस्तुओं का प्रयोग ही एक वैकल्पिक उपाय है.

5. **अज्ञान व भ्रान्ति**–प्रायः लोगों में यह अज्ञान व भ्रान्ति रहती है कि अधिक मदिरापन शारीरिक शक्ति में वृद्धि करता है, इसलिए भी अनेक लोग मद्यपान को मामूली स्तर पर प्रारम्भ करते हैं, लेकिन धीरे-धीरे मद्यपान के आदी हो जाते हैं.

6. **मानसिक दुर्बलता**–जिन लोगों में वंशानुगत आधार पर मानसिक दुर्बलता पायी जाती है, वे उससे आराम पाने के लिए शराब पीने लगते हैं.

7. **व्यापारिक कारण**–अनेक शराब विक्रेता अपने क्रेताओं को अधिकाधिक आकर्षित करने के लिए व्यापारिक कारणों से मद्यपान कराते हैं.

8. **फैशन व मनोरंजन**–फैशन तथा मनोरंजन के लिए मद्यपान किया जाता है. अनेक उच्चवर्गीय स्त्री-पुरुष, फैशन की होड़ में आकर शराब पीते हैं. इतना ही नहीं, मद्यपान आधुनिकता व कुलीनता का प्रतीक भी समझा जाता है.

9. **नगरीकरण की प्रक्रिया**–श्री इलियट (Elliot) के अनुसार,नगरीकरण की प्रक्रिया से भी मद्यपान की प्रवृत्ति बढ़ती है. यही कारण है कि ग्रामीण परिवारों व समुदायों की अपेक्षा नगरों में शराब का उपयोग बढ़ता जा रहा है.

10. **धार्मिक व सामाजिक उत्सव**–भारतवर्ष में अनेक धार्मिक व सामाजिक उत्सव, त्यौहार आदि पर शराब पीना बुरा नहीं माना जाता है. कुछ जातियों में विवाह-शादी के मौके पर शराब को मंगल-शगुन माना जाता है और उसका उपयोग आवश्यक समझा जाता है. इतना ही नहीं, अभिजात वर्ग के लोगों द्वारा पार्टियों व नाइट क्लबों में मद्यपान को कार्यक्रम का एक आवश्यक अंग माना जाता है. वस्तुतः ये सब परिस्थितियाँ मद्यपान को तीव्रता से बढ़ावा देती हैं.

11. **अन्य कारण**–बुरी संगति, जुए या घुड़दौड़ में हारना, प्रेम में असफल होना आदि भी मद्यपान के कारण हैं. सच तो यह है कि व्यक्ति अपनी विफलताओं से बचने के लिए भी मद्यपान करता है.

जहाँ तक दुःख के कारण शराब पीने (Misery drinking) का सम्बन्ध है यदि स्थिति प्रायः औद्योगिक मजदूरों में देखने को मिलती है. इसी से मिलता-जुलता रूप 'अपने बचाव के लिए मद्यपान' (Escape drinking) मुख्यतः व्यापारी वर्ग से सम्बन्धित है, क्योंकि जब कोई व्यक्ति अपने व्यवसाय से सम्बद्ध किसी समस्या का सामना नहीं कर पाता है, तो अपना मुँह छिपाने का प्रयास करता है और परिणामस्वरूप मद्यपान करने लगता है. मजदूरों में मद्यपान प्रवृत्ति के बारे में भी बोंगर (Bonger) ने विभिन्न आधार बताये हैं. कारखाने के अधिक गर्म या ठण्डे वातावरण से होने वाली असुविधा को दूर करने को मजदूर मदिरा का प्रयोग करते हैं, जब उनके रोजगार की प्रकृति अस्थायी हो और उसके छूट जाने तथा वृद्धावस्था के कठिनाई से व्यतीत होने का भय हो, तो मन की शान्ति के लिए मद्यपान किया जाता है. सामाजिक स्तर पर डॉ. जेनेट (Janet) ने विभिन्न प्रकार से अध्ययन करने के पश्चात् मद्यपान का मुख्य आधार 'सामाजिक अपर्याप्तता' (Social indequancy) बताया है.

मद्यपान-उन्मूलन के सुझाव और मद्य-निषेध कार्यक्रम (Suggestion for the Eradication of Alcoholism and Prohibition Programme)

मद्यपान एक सामाजिक व आर्थिक समस्या (Social-economic Problem) है, इसलिए इसका उन्मूलन करना समाज के लिए अधिक हितकर होगा. मद्य-निषेध के नियोजित कार्यक्रमों द्वारा इस दिशा में पर्याप्त सफलता प्राप्त की जा सकती है. भारत में मद्य-निषेध कार्यक्रम की सफलता मद्यपान-उन्मूलन कार्यक्रम की सफलता होगी, क्योंकि मद्य-निषेध का अभिप्राय समाज में सभी मादक वस्तुओं के प्रयोग को वर्जित कर देना है, इसलिए 'मद्यपान-उन्मूलन' मद्य-निषेध का ही एक अंग है. कुछ भी हो, भारत में मद्यपान को रोकने के लिए निम्नलिखित उपायों या सुझावों का अवलम्बन किया जा सकता है–

1. सम्पूर्ण देश में अब से दो वर्ष बाद एक साथ पूर्ण मद्य-निषेध कार्यक्रम लागू किया जाना चाहिए. इस कार्य के लिए केन्द्रीय स्तर पर विशेषज्ञों की एक समिति गठित की जानी चाहिए ताकि विभिन्न राज्यों के मद्य-निषेध कार्यक्रमों में तालमेल स्थापित किया जा सके.

2. होटल, बार, रेस्तराँ, क्लब, सिनेमा, पार्टियों सामाजिक व धार्मिक उत्सवों में शराब का सेवन बिल्कुल बन्द कर देना चाहिए. विदेशी लोगों के लिए शराब की व्यवस्था सरकार की देख-रेख में कुछ दुकानों पर अलग से की जानी चाहिए.

3. ग्रामों व नगरों में शराब की दुकानों की संख्या निरन्तर कम की जानी चाहिए, ताकि दो वर्ष की अवधि में धीरे-धीरे शराब की सब दुकानें बन्द हो जाएं

4. सरकारी सेवाओं में काम करने वाले व्यक्तियों के लिए शराब का सेवन कानूनन वर्जित कर देना चाहिए.

5. नशा-निषेध कार्यक्रम या योजना को पूर्ण रूप से क्रियान्वित करने के लिए अधिक कठोर कानून बनाये जाने चाहिए.

6. कानूनों के साथ-साथ जनता में नशा-निषेध कार्यक्रम के अनुकूल जनमत बनाने के लिए सरकार की ओर से सरकारी और गैर-सरकारी संस्थाओं में प्रचार किया जाना चाहिए.

7. गैर-कानूनी तौर पर शराब बनाने को रोकने की दृष्टि से पुलिस स्टाफ की संख्या में उचित वृद्धि की जानी चाहिए.

मूल्यांकन—उपर्युक्त विवेचन से स्पष्ट है कि भारत में मद्य-निषेध कार्यक्रम के द्वारा मद्यपान-उन्मूलन की दिशा में तीव्रता के साथ बढ़ा जा सकता है, लेकिन इसके लिए आवश्यकता इस बात की है कि समाज के सभी व्यक्ति, हम, आप और सब मद्य-निषेध कार्यक्रम में मिल-जुलकर सरकार का हाथ बटाएँ और मादक द्रव्यों के सेवन करने वाले सभी व्यक्तियों को कानूनी तौर पर बिना भेदभाव के दण्डित करें, चाहे पद व गरिमा की दृष्टि से वे कितने ही प्रतिष्ठित व सम्मानित क्यों न हों. यदि ऐसा हुआ तो मद्यपान-उन्मूलन व मद्य-निषेध कार्यक्रम में वाँछित सफलता मिलेगी. वास्तव में हम, आप और सब इसी आशा को लगाए बैठे हैं.

सारांश—मद्यपान क्या है ? मद्यपान शराब पीने की उस आदत या लत को कहते हैं जिससे व्यक्ति के शरीर व मन पर बुरा प्रभाव पड़ता है और सामुदायिक कल्याण के लिए भी खतरा उत्पन्न हो जाता है. मद्यपान के प्रमुख कारण—1. परेशान और दुःखी जीवन, 2. व्यावसायिक कष्ट, 3. मकान का ठीक न होना, 4. मनोरंजन के साधनों का अभाव, 5. अज्ञान व भ्रान्ति, 6. मानसिक दुर्बलता, 7. व्यापारिक कारण, 8. फैशन व मनोरंजन, 9. नगरीकरण की प्रक्रिया, 10. धार्मिक व सामाजिक उत्सव, 11. अन्य कारण. **मद्यपान-उन्मूलन के सुझाव और मद्य-निषेध कार्यक्रम**—अनेक सुझाव, मुख्य सुझाव यह है कि दो वर्ष की अवधि में एक साथ सारे देश में पूर्ण मद्य-निषेध कार्यक्रम लागू किया जाना चाहिए. मूल्यांकन—मद्य-निषेध कार्यक्रम के द्वारा मद्यपान-उन्मूलन की दिशा में तीव्रता के साथ बढ़ा जा सकता है.

एड्स
(AIDS)

एड्स आज के युग की नवीनतम एवं सर्वाधिक खतरनाक बीमारी है, जिसका अभी तक पूरी तरह इलाज नहीं ढूँढ़ा जा सका है. इस रोग से ग्रसित व्यक्ति अधिक समय तक जीवित नहीं रह सकता. यह एक संक्रामक रोग है.

एड्स क्या है (What is AIDS)

एड्स की पूर्ण व्याख्या इस प्रकार है—

A—एक्वायर्ड (Acquired)—उपार्जित

I—इम्यूनो (Immuno)—प्रतिरक्षक

D—डेफिसियंसी (Deficiency)—अभाव

S—सिण्ड्रोम (Syndrome)—संलक्षण

इस प्रकार से इस बीमारी का पूरा नाम है—**'एक्वायर्ड इम्यूनो डेफिसियंसी सिन्ड्रोम'**. यह रोग एक विषाणु (वायरस) से होता है जिसका नाम है—**'ह्यूमन इम्यूनो डेफिसियंसी वायरस'** (Human Immuno Deficiency Virus), जिसे संक्षेप में एच.आई.वी. (HIV) कहा जा सकता हैं. **एक्वायर्ड** (Acquired) का तात्पर्य है, प्राप्त की गई. इससे स्पष्ट है कि एड्स की बीमारी दूसरे रोगियों से प्राप्त की गई बीमारी है न कि यकायक होने वाली. यह बीमारी एच.आई.वी. नामक विषाणुओं के प्रकोप से फैलती है. पूर्व में भिन्न-भिन्न जगह व्यक्तियों ने इस विषाणु (वाइरस) को अलग-अलग नाम दिया, लेकिन 1989 में एड्स का कारक एक ही विषाणु को माना गया और वह था एच.आई.वी. एच.आई.वी. विषाणु तरल पदार्थ जिसमें थोड़ा-सा भी म्यूकस होता है, के माध्यम से प्रवाहित होते हैं. इस प्रवाह के प्रमुख माध्यम वीर्य, रक्त और लार हैं.

जब किसी माध्यम से एच.आई.वी. विषाणु हमारे शरीर में पहुँच जाते हैं, तो ये हमारे शरीर में रोगों से लड़ने वाली 'टी' कोशिकाओं (T. Cells) अर्थात् असंक्राम्य तन्त्र (Immune System) एवं मस्तिष्क की कोशिकाओं को शनैः-शनैः प्रभावित करते हैं और उन्हें नष्ट करते रहते हैं. संक्रमण के लगभग 12 सप्ताह बाद ही रक्त की जाँच से यह ज्ञात होता है कि यह विषाणु शरीर में प्रवेश कर चुका है. जिस व्यक्ति के शरीर में एड्स रोग के विषाणु होते हैं, उसे 'एच.आई.वी. पॉजिटिव' (HIV Positive) कहा जाता है. ऐसे व्यक्ति के शरीर की प्रतिरक्षात्मक क्षमता समाप्त हो जाती है. कुछ वर्षों बाद (6 से 10 वर्ष) स्थिति यह हो जाती है कि शरीर आम रोगों के कीटाणुओं से अपना बचाव नहीं कर पाता और तरह-तरह के संक्रमण (इन्फेक्शन) तथा कैंसर जैसे रोगों से ग्रसित होने लगता है. इस अवस्था को ही 'एड्स' कहा जाता है. एच.आई.वी. पॉजिटिव व्यक्ति 6 से 10 वर्ष तक सामान्य जीवन व्यतीत कर सकता है, किन्तु वह दूसरों को बीमारी फैलाने में सक्षम होता है.

एक बार एच.आई.वी. विषाणु से संक्रमित होने का अर्थ है–"जीवन भर का संक्रमण एवं अकाल मृत्यु." एड्स से मृत्यु अत्यन्त पीड़ादायक होती है. एड्स का अभी तक कोई उपचार एवं बचाव का टीका नहीं है.

एड्स के विषाणु कहाँ रहते हैं ?

एड्स के विषाणुओं के रहने के प्रमुख स्थान हैं–

1. रोगी के रक्त में
2. रोगी के वीर्य में
3. रोगी के अंग-प्रत्यंग में
4. रोगी द्वारा प्रयुक्त की गयी सिरिन्ज में.

एड्स रोग के लक्षण (Symptoms of AIDS)

किसी व्यक्ति को एड्स रोग है इसका पता छोटे-बड़े लक्षणों से लगता है.

रोग के छोटे लक्षण हैं–

1. शरीर में खुजली होना.
2. पूरे शरीर पर घाव होना.
3. मुँह और गले में खराश रहना.
4. सारे शरीर में फुन्सियाँ हो जाना.
5. एक माह से अधिक समय तक खाँसी का बना रहना.
6. दो या तीन महीने से अधिक एक या दो जगह ग्रन्थियों में सूजन बनी रहना, आदि.

रोग के बड़े लक्षण इस प्रकार हैं–

1. भारी थकान का लगातार बने रहना.
2. शरीर के वजन का 10% से अधिक घट जाना.
3. एक महीने से अधिक दिन तक बुखार बने रहना.
4. एक महीने से अधिक दिन तक दस्त बने रहना.

उत्पत्ति सम्बन्धी सिद्धान्त

रेनी सेबेटीअर ने HIV की उत्पत्ति के तीन सिद्धान्त बताए हैं–

1. यह एक पुरानी मानवीय बीमारी है जो विज्ञान में ज्ञात नहीं थी, से विकसित हुई है.

2. यह मानव के अतिरिक्त अन्य नस्ल जैसे बन्दर, लंगूर आदि में पाये जाने वाली प्राकृतिक वाइरस बीमारी से पैदा हुई है.

3. यह प्रयोगशाला में जानबूझकर अकस्मात रूप से निर्मित की गई है.

एड्स कैसे फैलता है ? (How AIDS Spreads ?)

एड्स चूँकि एक संक्रामक रोग है. अतः संक्रमण ही इसके फैलाव का प्रमुख कारण है. **एड्स का फैलाव प्रमुख रूप से पाँच प्रकार से होता है–**

1. **एच.आई.वी. संक्रमित रोगी के साथ यौन सम्पर्क**–मानव में एड्स बीमारी का सवधिक प्रसार वीर्य के माध्यम से होना देखा गया है. एड्स के विषाणुओं को मानव के गुप्तांगों में छुपने एवं सुरक्षित रहने का अच्छा अवसर मिलता है. अतः जब भी कोई स्वस्थ व्यक्ति एड्स संक्रमित रोगी से यौन सम्पर्क करता है, तो रोगी के विषाणु स्वस्थ व्यक्ति के शरीर में वीर्य के माध्यम से प्रवेश कर जाते हैं और उसे रोगी बना देते हैं.

2. **संक्रमित सूई/सिरिन्ज का प्रयोग**–एड्स रोग से संक्रमित रोगी की सूई या सिरिन्ज का प्रयोग यदि बिना शुद्ध किए (अर्थात् 20 से 25 मिनट तक बिना उबाले) स्वस्थ व्यक्ति के लिए किया जाता है, तो उसे एड्स हो सकता है, क्योंकि सुई व सिरिन्ज का सम्पर्क रोगी के रक्त से होता है और इस रोगी के विषाणु उसपर चिपक जाते हैं. जब यह सूई स्वस्थ व्यक्ति के इंजेक्शन के लिए प्रयोग की जाती है, तो विषाणु उसके शरीर में पहुँच जाते हैं.

3. **रक्त स्थानापन्न**–जब एक व्यक्ति एच.आई.वी. विषाणु से संक्रमित हो और यदि उसका रक्त किसी अन्य व्यक्ति को दिया जाए, जिसे यह रोग नहीं हो रहा है, तो वह व्यक्ति भी एड्स का शिकार हो जाता है.

4. **संक्रमित माँ से शिशु को**–यदि एच.आई.वी. संक्रमित माँ गर्भवती हो जाती है, तो वह होने वाली सन्तान को जन्म से पूर्व गर्भ में ही या जन्म के समय या प्रसव के शीघ्र बाद शिशु को एच.आई.वी. विषाणु संक्रमित कर देती है. तीस प्रतिशत मामलों में माँ से शिशु को एड्स संक्रमण के अवसर होते हैं.

5. **अंग प्रत्यारोपण से**–यदि किसी व्यक्ति को एड्स रोग है और उसके शरीर का कोई अंग जैसे गुर्दा, आँख या कोई अन्य अंग जरूरतमन्द व्यक्ति के प्रत्यारोपित किया जाता है, तो उस व्यक्ति में एड्स फैलने की पूरी-पूरी सम्भावना होती है.

एड्स का खतरा जिन लोगों को अधिक है, वे हैं–1. एक से अधिक लोगों से यौन सम्बन्ध रखने वाले व्यक्ति.

2. वेश्यावृत्ति करने वाली स्त्री से यौन सम्पर्क रखने वाले व्यक्ति.

3. नशीली दवाइयाँ इंजेक्शन द्वारा लेने वाले व्यक्ति.

4. यौन रोगों से पीड़ित व्यक्ति.

5. एड्स से संक्रमित माँ से पैदा होने वाले बच्चे.

6. बिना जाँच के रक्त का आदान-प्रदान करने वाले व्यक्ति.

एड्स के बारे में भय एवं पूर्वाग्रह या भ्रान्तियाँ अथवा एड्स किन स्थितियों में नहीं फैलता है (Ways in which AIDS does not Spread)–1. एड्स के रोगी से हाथ मिलाने से एड्स नहीं होता है.

2. चुम्बन एवं आलिंगन से भी नहीं होता है, जब तक कि उस व्यक्ति के मुँह या होंठ पर कोई घाव, कटाव या छाले न हों.

3. खाँसी एवं छींक से भी एड्स नहीं होता है, क्योंकि एच.आई.वी. का संक्रमण हवा या पानी के माध्यम से नहीं होता है.

4. सार्वजनिक शौचालय के उपयोग से भी एड्स नहीं फैलता है.

5. ऐसे किसी भी व्यक्ति से जिसे एड्स है उसके पड़ौस में रहने, उसके कमरे में रहने, उसके पलंग या बिस्तर का उपयोग करने आदि से एड्स नहीं फैलता है.

6. एड्स के रोगी के साथ बैठकर खाने-पीने और उसके द्वारा काम के लिए गए बर्तनों, कप-प्लेट, चम्मच, चाकू, छुरी के प्रयोग से भी एड्स नहीं फैलता है.

7. स्वीमिंग पुल में एड्स के रोगी के साथ तैरने से भी एड्स नहीं होता है.

8. एक-दूसरे के वस्त्र पहनने या बिस्तर में साथ सोने पर भी एड्स नहीं होता है.

9. बच्चों के साथ खेलने से भी एड्स नहीं होता है.

10. यदि कोई मच्छर या खटमल एड्स से पीड़ित को काटने के पश्चात् स्वस्थ व्यक्ति को काटता है, तो उसे एड्स की सम्भावना नहीं रहती, क्योंकि कीटाणु से एड्स का संक्रमण नहीं होता.

11. संक्रमित माता द्वारा शिशु को दुग्धपान कराने पर भी शिशु को एड्स नहीं होता है.

12. एड्स के रोगी के साथ यात्रा करने से भी एड्स नहीं होता है.

एड्स का फैलाव (Spread of AIDS)

एड्स के बारे में जानकारी 25 वर्षों से अधिक पुरानी नहीं है, किन्तु एक संक्रामक रोग होने के कारण पिछले दस वर्षों में इसका फैलाव सम्पूर्ण विश्व में हो चुका है.

वर्ष 2001 के अन्त तक लगभग 2 करोड़ 20 लाख लोगों की मृत्यु एड्स के कारण हुई है. 1 करोड़ 30 लाख बच्चों की माता अथवा माता-पिता दोनों की मृत्यु इस रोग से हुई है और 4 करोड़ से अधिक व्यक्तियों में एच.आई.वी. विषाणु पाए गए. इनमें से 90% विकासशील देशों के हैं.

भारत में एड्स

भारत में एड्स रोग का पता 1980 में लगा तथा 1986 में पुणे में इसके प्रथम रोगी का पता लगा. वर्ष 2002 तक 45 लाख 80 हजार व्यक्ति एच.आई.वी. से पीड़ित थे. अगस्त 2003 से एच.आई.वी. सेंटीनेंटल सर्विलेंस राउड शुरू किया गया है. 30 अक्टूबर, 2003 तक सेंटीनेंटल केन्द्रों की संख्या 455 हो गई.

मुम्बई में स्थित **'एड्स अनुसन्धान एवं नियन्त्रण केन्द्र'** (AIDS Research and Control Centre) का कहना है कि केवल मुम्बई की वेश्याओं का लाल बत्ती क्षेत्र एक घण्टे में 3 या 4 व्यक्तियों में एच.आई.वी. संक्रमण बढ़ा रहा है. दूसरे शब्दों में, प्रत्येक 15 मिनट में पूरे विश्व में 400 व्यक्ति इस संक्रमण से ग्रसित हो रहे हैं जिनमें से एक मुम्बई में पैदा हो रहा है.

देश के 49 सबसे अधिक संक्रमित जिलों में से कुल 45 जिले आन्ध्र प्रदेश, कर्नाटक, महाराष्ट्र, मणिपुर, नागालैण्ड और तमिलनाडु में हैं, लेकिन मार्च 2001 से अगस्त 2003 के बीच इन राज्यों में एचआईवी/एड्स के नए मरीजों के बारे में जो आँकड़े दिए गए, उनके अनुसार इस दौरान आन्ध्र प्रदेश में 3,727, महाराष्ट्र में 7,000 तमिलनाडु में 14,000, कर्नाटक में 700, मणिपुर में 600 और नागालैण्ड में मात्र 240 नए मरीज पाए गए. इसका विवरण इस प्रकार से है–

केन्द्र	फैलाव
1. मुम्बई	महाराष्ट्र, गुजरात, उत्तर प्रदेश, बिहार, आन्ध्र प्रदेश, कर्नाटक एवं गोवा
2. चेन्नई	तमिलनाडु, केरल, आन्ध्र प्रदेश
3. नागालैण्ड	नागालैण्ड, मणिपुर, पश्चिम बंगाल, तमिलनाडु, त्रिपुरा, बिहार.

उत्तरी क्षेत्र में दिल्ली में एड्स के रोगी सर्वाधिक हैं. भारत में विभिन्न वर्षों में जिन लोगों के शरीर में एच.आई.वी. विषाणु पाए गए उनकी संख्या इस प्रकार हैं–

वर्ष	संक्रमित व्यक्ति
1998	35,00,000
1999	37,10,000
2000	38,60,000
2001	39,70,000
2002	45,80,000

एड्स के रोगी की सामाजिक-मानसिक समस्याएँ अथवा एड्स से पीड़ित व्यक्ति पर मनो-सामाजिक प्रभाव (Psycho-Socio Impacts on an Individual Suffering from AIDS)

एड्स से पीड़ित व्यक्ति की प्रमुख मनोवैज्ञानिक-सामाजिक समस्याएँ अथवा एड्स का व्यक्ति पर प्रभाव को हम निम्नांकित बिन्दुओं के अन्तर्गत दर्शा सकते हैं–

1. **डर** (Fear)–एड्स से पीड़ित व्यक्ति के मन में अनेक प्रकार के डर उत्पन्न हो जाते हैं. उसमें मरने का भय विशेष रूप से अकेले एवं कष्टप्रद रूप से मरने का भय पैदा हो जाता है.

2. **खो जाने का भय** (Loss)–एड्स के रोगी में यह भावना उत्पन्न हो जाती है कि वह अपना जीवन, आकांक्षाएँ, सामाजिक प्रतिष्ठा, व्यवसाय, आर्थिक स्थिरता, स्वतन्त्रता, शारीरिक आकर्षण एवं क्षमता, यौवन एवं जीवन सब कुछ खो रहा है.

3. **दु:ख** (Grief)–एड्स का रोगी उसे होने वाली शारीरिक, सामाजिक, मानसिक, आर्थिक एवं सभी प्रकार की हानियों का विचार करता है तथा आने वाले संकट के कारण घोर दु:ख को महसूस करता है.

4. **अपराधी भावना** (Feeling of Guilt)–रोगी को इस रोग से ग्रसित होने पर मन ही मन अपराध ज्ञान होता है. परिवार के सदस्यों, प्रियजनों एवं बच्चों को उसके कारण होने वाली मानसिक पीड़ा के लिए भी वह अपने को दोषी ठहराता है.

5. **मायूसी (उदासी)** (Depression)–एड्स का रोगी मायूस एवं उदास रहने लगता है.

6. **अस्वीकृति** (Denial)–कई रोगियों को जब यह कहा जाता है कि आप एड्स से पीड़ित हैं, तो वे इसे अस्वीकार करते हैं.

7. **चिन्ता** (Anxiety)–एड्स से पीड़ित व्यक्ति चिन्तित रहने लगता है.

8. **क्रोध** (Anger)–एड्स से पीड़ित होने पर कुछ व्यक्ति क्रोधी स्वभाव के हो जाते हैं.

9. **आत्महत्या** (Suicide)–एड्स के रोगी कभी-कभी आत्महत्या भी कर लेते हैं.

10. **सामाजिक प्रभाव** (Social Impacts)–एड्स के रोगी को अनेक सामाजिक कठिनाइयों का सामना करना पड़ता है. उसकी सामाजिक प्रतिष्ठा एवं पहचान समाप्त हो जाती है, वह अपने आप को अयोग्य मानने लगता है.

उसकी आर्थिक दशा दयनीय हो जाती है. एक तरफ वह पैसा नहीं कमा पाता है और दूसरी तरफ रोग के इलाज के लिए पैसा चाहिए. वह पराश्रित हो जाता है.

एड्स के कारण व्यक्ति अपने परिवार में ही अपनी प्रतिष्ठा और नियन्त्रण खो बैठता है. सामाजिक दृष्टि से व्यक्ति को कलंकित माना जाता है, लोग सोचते हैं कि उसने ऐसा कुछ अवश्य किया है जो अवांछनीय है.

एड्स की रोकथाम (बचाव) (Prevention of AIDS)

1. **सुरक्षित यौन सम्बन्ध** (Safer Sex)–एड्स को फैलने से रोकने का सबसे अच्छा तरीका है, सुरक्षित यौन सम्बन्ध जिसमें निम्नांकित तथ्य आते हैं–

(a) यौन सम्बन्ध हेतु सिर्फ एक भागीदार रखना.

(b) ऐसे व्यक्ति से ही यौन सम्बन्ध हों, जो एड्स संक्रमित न हो.

(c) यौन सम्बन्ध के समय निरोध का प्रयोग करें.

(d) वेश्याओं से यौन सम्बन्ध न रखें.

(e) यौन रोगों से ग्रसित रोगी से यौन सम्बन्ध न रखें.

(f) पति-पत्नी परस्पर वफादारी बरतें जिससे कि वे एच.आई.वी. संक्रमित न हों.

(g) कुछ लोग यौन सम्बन्ध ही न रखने का सुझाव देते हैं.

(h) जब आपको खुले कटाव, घाव या अन्य कोई यौन-जनित रोग हो, तो यौन सम्बन्धों को टाला जाए.

2. एड्स से पीड़ित महिलाएँ गर्भ धारण नहीं करें.

3. एच.आई.वी. संक्रमित व्यक्ति द्वारा प्रयुक्त सुई व सिरिन्ज का प्रयोग न करें.

4. मादक औषधियों के आदी व्यक्तियों द्वारा प्रयोग ली गई सुई एवं सिरिन्ज का प्रयोग न करें.

5. रक्त की आवश्यकता होने पर अनजान व्यक्तियों से रक्त न लें तथा रक्त की जाँच करा कर रोग-मुक्त रक्त ही लें.

6. अपने दन्त चिकित्सक एवं नाई द्वारा प्रयोग में लाए जाने वाले उपकरण जैसे जम्बूर, ब्लेड, उस्तरा आदि की कीटाणुरहितता (Sterilization) की स्थिति को सुनिश्चित करने के बाद ही उपयोग में लाएं.

7. त्वचा वेधनी उपकरणों (टोट मेकर, कान छेदन उपकरण, एक्यूपंजर सुइयाँ) को दोबारा प्रयोग में लाने से पूर्व साफ कर लें.

8. एड्स से बचाव के लिए यह आवश्यक है कि इसके बारे में लोगों को सही जानकारी व शिक्षा प्रदान करें. इसके बारे में रेडियो, टी.वी., पोस्टर, फिल्म, अखबार, गीत-संगीत, वाद-विवाद प्रतियोगिता, भाषण, नाटक एवं निबन्ध प्रतियोगिता आदि के द्वारा लोगों को सही जानकारी प्रदान करें.

9. वेश्यालयों एवं अवैध यौन-सम्बन्धों के केन्द्रों पर कानूनी रोक लगायी जाए.

10. एड्स से ग्रसित व्यक्ति का असम्मान न करें, उसे सहयोग दें एवं उसकी देख-रेख करें.

11. एड्स के रोगी द्वारा काम में लाए गए बर्तन, कप, प्लेट, चाकू, छुरी, चम्मच, वस्त्र आदि को साबुन, डिटर्जेण्ट, क्लोरीन पानी आदि से साफ कर व उबाल कर ही काम में लाएं, उन्हें सूर्य की रोशनी में सुखाएं. रोगी के टूथ ब्रुश, रेजर आदि का प्रयोग न करें.

12. एड्स से बचाव ही उपचार है.

जातिवाद (Casteism)

जातिवाद वह संकुचित भावना है जिसके वशीभूत हो व्यक्ति समाज और राष्ट्र को विशेष महत्व नहीं देकर अपने जाति-हितों को सर्वोपरि मानता है और अपनी जाति के स्वार्थों की दृष्टि से सोचता है. जातिवाद ने जातियों को आन्तरिक दृष्टि से शक्तिशाली बनाने में योग दिया है. वर्तमान में जाति के नाम पर शिक्षण संस्थाएँ, धर्मशालाएँ, औद्योगिक संस्थान, औषद्यालय, मन्दिर एवं अन्य संगठन पाए जाते हैं. इन संगठनों के माध्यम से जाति-विशेष की स्थिति को सामाजिक संस्तरण की प्रणाली में ऊँचा उठाने का प्रयास किया जाता है. ये संगठन अपनी जाति के व्यक्तियों को विशेष सुविधाएं प्रदान कर उन्हें अपनी सामाजिक स्थिति को उन्नत करने का अवसर देते हैं.

जातिवाद का अर्थ (Meaning of Casteism)

जातिवाद वह भावना है जो एक जाति के सदस्यों को अपनी ही जाति वालों के उत्थान, एकता एवं सामाजिक स्थिति को ऊँचा उठाने में सहायता करती है. इस भावना के कारण एक जाति के सदस्यों की निष्ठाएँ अपनी जाति के लोगों तक ही केन्द्रित हो जाती हैं, वे अपनी जाति के क्षुद्र स्वार्थ के दृष्टिकोण से ही सोच पाते हैं. उनमें अपनी जाति वालों के प्रति तो अपनेपन की भावना पायी जाती है, लेकिन दूसरी जाति वालों के प्रति पृथक्करण की. यह प्रवृत्ति साम्प्रदायिकता की पोषक और राष्ट्रीय एकता में बाधक है.

जातिवाद का अर्थ स्पष्ट करते हुए **डॉ. के. एन. शर्मा** ने लिखा है, **"जातिवाद या जाति-भक्ति एक ही जाति के व्यक्तियों की वह भावना है जो देश के या समाज के सामान्य हितों का ख्याल न रखते हुए केवल अपनी जाति के सदस्यों के उत्थान, जातीय एकता और जाति की सामाजिक प्रस्थिति को दृढ़ करने के लिए प्रेरित करती हो."**

इस सम्बन्ध में **के. एम. पत्रिकर** की मान्यता है कि **राजनीतिक भाषा में उपजाति के प्रति निष्ठा का भाव ही जातिवाद है.** आपने अन्यत्र लिखा है कि जब तक उपजाति की अवधारणा पायी जाती है तब तक जातिवाद अपरिहार्य है क्योंकि यह एक ऐसी स्थायी निष्ठा है जो हिन्दुओं ने उत्तराधिकार में प्राप्त की है. स्पष्ट है कि **जातिवाद वह संकीर्ण भावना है जो एक जाति के सदस्यों को अन्य लोगों के सामान्य हितों की चिन्ता नहीं करते हुए अपनी ही जाति के लोगों को जीवन के विभिन्न क्षेत्रों में प्राथमिकता देने को प्रेरित करती है.**

जातिवाद के विकास के कारक (Factors Responsible for Casteism)

(1) **वैवाहिक प्रतिबन्ध**–वैवाहिक क्षेत्र के अपनी ही जाति या उपजाति तक सीमित होने की वजह से लोगों का यह प्रयास रहता है कि अपनी ही जाति वालों को विभिन्न क्षेत्रों में आगे बढ़ने और नौकरियों तथा सुख-सुविधाओं को प्राप्त करने के अवसर मिलें.

(2) **यातायात एवं सन्देशवाहन के साधनों का विकास**–यातायात और सन्देशवाहन के साधनों के विकास ने जातिवाद को राष्ट्रव्यापी बना दिया है. जाति-बिरादरी वालों के आज प्रान्तीय ही नहीं, बल्कि अखिल भारतीय सन्मेलन होते हैं जिनमें अपनी जाति के सदस्यों के हितों के संरक्षण पर विचार-विमर्श किया जाता है. आज तो विभिन्न जातियों के पत्र-पत्रिकाएं तक निकलने और संगठन बनने लगे हैं जिनके फैलाव का क्षेत्र काफी व्यापक है.

(3) **जातीय स्थिति को ऊँचा उठाने की लालसा**–जातीय प्रतिष्ठा को ऊँचा उठाने और सामाजिक संस्तरण की प्रणाली में अपनी जाति की स्थिति को उन्नत करने की इच्छा ने जातिवाद के विकास में विशेष सहायता पहुँचायी है.

(4) **जजमानी प्रथा का विघटन**–आज जजमानी प्रथा के टूटने से विभिन्न जातियों के उदग्र सम्बन्ध (Vertical relations) समाप्त हो चुके हैं और एक जाति के सदस्यों के पारस्परिक सम्बन्धों, जिन्हें क्षैतिज सम्बन्ध कहा जाता है, में दृढ़ता आयी है. इसके फलस्वरूप जातिवाद को प्रोत्साहन मिला है.

(5) **औद्योगीकरण**–औद्योगीकरण के कारण परिवार तथा जाति के वंशानुगत पेशों को हानि पहुंची है. परिणाम यह हुआ है कि आर्थिक सुरक्षा समाप्त हो गयी है. ऐसी स्थिति में जाति के द्वारा अपने सदस्यों को आर्थिक सुरक्षा प्रदान करने

हेतु व्यक्ति अपनी ही जाति वालों को उच्च पद प्राप्त करने के अवसर देना चाहते हैं.

(6) **नगरीकरण**–नगरों में घनिष्ठ एवं दृढ़ समूह के रूप में जातीय संगठन बनने लगे जो अपनी जाति के लोगों की स्वार्थ-पूर्ति के कार्य में लग गए.

(7) **जातियों का विभेदीकृत विकास**–जातियों के विभेदीकृत विकास ने जातिवाद को प्रोत्साहित करने में सहायता पहुँचायी है. कुछ जातियों ने आर्थिक व राजनीतिक शक्ति प्राप्त कर ली और कई जातियों को इससे वंचित रहना पड़ा. इस स्थिति ने विभिन्न जातियों में कटुता को बढ़ाया है और परिणाम-स्वरूप जातीय संगठन दृढ़ हुए हैं. इस सारी परिस्थिति ने लोगों को अपनी जाति या उपजाति के संकुचित स्वार्थ के दृष्टिकोण से सोचने के लिए प्रेरित किया है.

(8) **संस्कृतिकरण**–संस्कृतिकरण (Sanskritization) की प्रक्रिया का उल्लेख **डॉ. श्रीनिवास** ने किया है. संस्कृतिकरण वह प्रक्रिया है जिसमें एक निम्न जाति, ब्राह्मण, क्षत्रिय या प्रभुजाति (Dominant Caste) के खान-पान, रहन-सहन, देवी-देवता, प्रथाओं, रीति-रिवाजों, वेश-भूषा, व्यवहार और जीवन जीने के तरीकों को अपनाती है. एक या दो पीढ़ी पहले वह अपने सम्बन्ध किसी ऊँची जाति से बताती है, बाल विवाह करना आरम्भ कर देती है, विधवा विवाह पर रोक लगा देती है तथा मांस और मदिरा का त्याग कर देती है. ऐसा करके वह निम्न जाति सामाजिक संस्तरण में ऊँचा उठना चाहती है. संस्कृतिकरण करने वाली जाति में जातिवाद की भावना उत्पन्न होती है, वह दूसरी निम्न जातियों से अपने को अच्छा समझने लगती है.

(9) **जातीय संगठन**–जातिवाद को विकसित करने में जातीय संगठनों ने भी महत्वपूर्ण भूमिका अदा की है. आज अनेक जातियों के क्षेत्रीय एवं राष्ट्रीय संगठन पाए जाते हैं. अपनी जाति के सदस्यों को संगठित करने एवं उनके हितों की रक्षा के प्रयत्न भी जातीय संगठन द्वारा किए जाते हैं.

(10) **राजनीति**–प्रजातन्त्र में वोट का मूल्य होता है और वोट प्राप्त करने का एक ढंग है लोगों में जातीय भावनाओं को उभारा जाए. इस प्रकार राजनीति ने जातिवाद को बढ़ावा दिया है.

जातिवाद के दुष्परिणाम (Evil Effects of Casteism)

(1) **जातिवाद प्रजातन्त्र विरोधी है**–आजादी के बाद भारत ने प्रजातन्त्र को अपनाया.

प्रजातन्त्र का अर्थ है जनता के लिए जनता द्वारा जनता का राज्य. प्रजातन्त्र के तीन मूल सिद्धान्त हैं–स्वतंत्रता, समानता एवं भाई-चारा (Freedom, Equality and Fraternity), किन्तु **जातिवाद अप्रजातान्त्रिक है,** यह प्रजातन्त्र के तीनों मूल सिद्धान्तों पर प्रहार करता है. जातिवाद प्रजातन्त्र की तरह समानता पर नहीं वरन् जन्म से ही असमानता पर आधारित है. विभिन्न जातियों के बीच असमानता का सिद्धान्त स्वीकार किए जाने के कारण जातिवाद में भाई-चारे की भावना का अभाव पाया जाता है. जातीय भेद के कारण जातीय तनाव व द्वेष, विषमता एवं घृणा पैदा होती है.

(2) **जातिवाद राष्ट्रीय एकीकरण के मार्ग में बाधक है**–जातिवाद के कारण छोटे-छोटे जातीय समूह संगठित हो जाते हैं तथा व्यक्ति की सामुदायिक भावना बहुत अधिक संकुचित हो जाती है. वह राष्ट्रीय दृष्टिकोण से विचार नहीं करके जातिगत कल्याण की दृष्टि से सोचता है.

(3) **जातिवाद औद्योगिक कुशलता में भी बाधक है**–जब बड़े-बड़े उद्योगों में लोग अपनी ही जाति के व्यक्तियों को उच्च पदों पर आने का अवसर देते हैं तो ऐसी स्थिति में औद्योगिक कुशलता में कमी आती है और श्रेष्ठ प्रतिभाओं का लाभ समाज प्राप्त नहीं कर पाता.

(4) **नैतिक पतन**–जातिवाद कुछ सीमा तक नैतिक पतन के लिए भी उत्तरदायी है. जातिवाद की भावना व्यक्ति को पक्षपातपूर्ण व्यवहार के लिए अग्रसर करती है.

(5) **भेदभाव को बढ़ावा**–जातिवाद **व्यक्ति-व्यक्ति के मध्य भेदभाव की दीवार** खड़ी कर देता है.

(6) **गतिशीलता में बाधक**–जाति व्यक्ति की गतिशीलता में भी बाधक रही है. गाँवों में जाति का नियंत्रण इतना कठोर है कि व्यक्ति अपनी जाति के दायरे तक ही सीमित रहता है. इस प्रकार गतिशीलता के अभाव में व्यक्ति की प्रगति भी रूक जाती है.

(7) **भ्रष्टाचार**–जातिवाद की भावना ने सभी क्षेत्रों में भ्रष्टाचार एवं भाई-भतीजावाद को जन्म दिया है.

(8) **सामाजिक समस्याओं का उदय**–कठोर जातीय नियमों के कारण ही समाज में आज अनेक समस्याएं पायी जाती हैं. बाल-विवाह, दहेज प्रथा, विधवा पुनर्विवाह पर रोक, कुलीन विवाह, आदि समस्याएं जातिवाद की ही देन हैं.

(9) **जातीय संघर्ष**–जातिवाद की भावना ने सामाजिक तनाव एवं जातीय संघर्षों को भी जन्म दिया है.

जातिवाद के निराकरण के उपाय (Measures to Eradicate Casteism)

(1) जातिवाद को समाप्त करने के लिए **डॉ. घुरिए का सुझाव है कि अन्तर्जातीय विवाहों को प्रोत्साहन दिया जाना चाहिए.**

(2) **पी. एच. प्रभु की मान्यता है कि उचित शिक्षा के द्वारा व्यवहार के आन्तरिक स्रोतों पर प्रभाव डालकर जातिवाद को दूर किया जा सकता है.**

(3) **डॉ. राव के अनुसार वैकल्पिक समूहों के निर्माण से जातिवाद की समस्या को हल किया जा सकता है.**

(4) **श्रीमती इरावती कर्वे ने सुझाव दिया है कि जातिवाद स छुटकारा प्राप्त करने के लिए विभिन्न जातियों में आर्थिक एवं सांस्कृतिक समानता लाना आवश्यक है.**

(5) जातिवाद को समाप्त करने तथा अस्पृश्यता निवारण हेतु **सितम्बर 1995 में दिल्ली में आयोजित सेमिनार में सुझाव दिया गया कि जाति शब्द का कम-से-कम प्रयोग किया जाए.**

(6) **सांस्कृतिक एकीकरण को प्रोत्साहन–डॉ. श्रीनिवास** ने बताया है कि सांस्कृतिक एकीकरण को प्रोत्साहत देकर भी जातिवाद से मुक्ति पायी जा सकती है.

(7) जातिवाद को समाप्त करने के लिए यह आवश्यक है कि जाति के नाम पर बनने वाले क्षेत्रीय एवं प्रान्तीय संगठनों पर रोक लगा दी जाए, क्योंकि ये संगठन ही जातिवाद की भावना पैदा करने एवं उभारने के लिए जिम्मेदार ठहराया है.

(8) जातिवाद को समाप्त करने के लिए यह आवश्यक है कि व्यावहारिक कानून बनें. उच्च आदर्श एवं अव्यावहारिक कानून केवल पुस्तकों की शोभा बनकर ही रह जाते हैं और व्यवहार में वे कुछ भी करने में असमर्थ होते हैं. जातिगत राजनीति को समाप्त करना जातिवाद को समाप्त करने के लिए आवश्यक है.

(9) जातिवाद से छुटकारा प्राप्त करने के लिए आर्थिक विकास अत्यन्त आवश्यक है.

जातिवाद के निराकरण हेतु किए गए प्रयत्न (Efforts Made to Remove Casteism)

स्वतन्त्र भारत में जातिवाद को समाप्त करने हेतु अनेक कोशिशें की हैं. उदाहरण के रूप में, साक्षरता के प्रसार, वैकल्पिक समूहों के निर्माण, जाति तथा धर्म के आधार पर सबके साथ समानता के व्यवहार को प्रोत्साहन देने और आर्थिक एवं सांस्कृतिक समानता लाने हेतु अनेक कदम उठाए गए हैं. यहाँ पिछड़ी जातियों, अछूतों एवं जनजातियों की निर्योग्यताओं को समाप्त कर उन्हें उच्च जातियों के समकक्ष लाने का प्रयत्न भी किया गया है. 'अस्पृश्यता निवारण अधिनियम, 1955' के द्वारा अस्पृश्यता को कानून के द्वारा समाप्त कर दिया गया है. पंचवर्षीय योजनाओं के माध्यम से देश के औद्योगिक विकास की भी भरसक कोशिश की गयी है ताकि लोगों को नौकरियाँ प्राप्त हो सकें. जैसे-जैसे साक्षरता बढ़ती है, स्कूलों एवं कॉलेजों में विभिन्न जातियों के बालक-बालिकाओं को एक-दूसरे के साथ अध्ययन एवं सम्पर्क स्थापित करने के अवसर बढ़ते हैं, अन्तर्जातीय विवाहों की संख्या में बढ़ोत्तरी होती है, औद्योगीकरण और नगरीकरण की गति तेज होती है, उसके साथ ही साथ जातिविहीन वातावरण की सृष्टि और जातिवाद की संकुचित भावना का अन्त हो सकेगा.

साम्प्रदायिकता (Communalism)

सामाजिक समस्या के रूप में साम्प्रदायिकता का उल्लेख करने से पूर्व साम्प्रदायिकता के अर्थ को जान लेना आवश्यक है.

रेण्डम हाउस डिक्शनरी के अनुसार, "साम्प्रदायिकता अपने ही जातीय समूह के प्रति न कि समग्र समाज के प्रति तीव्र निष्ठा की भावना है."

स्मिथ (Smith)–के अनुसार, "एक साम्प्रदायिक व्यक्ति अथवा समूह व है जो अपने धार्मिक या भाषा-भाषी समूह को एक ऐसी पृथक् राजनीतिक तथा सामाजिक इकाई के रूप में देखता है जिसके हित अन्य समूहों से पृथक् होते हैं और जो अक्सर उनके विरोधी भी हो सकते हैं."

उपर्युक्त परिभाषाओं से **साम्प्रदायिकता की निम्नांकित विशेषताएं प्रकट होती हैं–**

(1) **साम्प्रदायिकता का सम्बन्ध धार्मिक समूहों से है** अर्थात् एक धर्म के व्यक्ति अपने को एक सम्प्रदाय से सम्बन्धित मानते हैं, किन्तु जहाँ एक धर्म में ही विभिन्न मत-मातान्तर हैं वहाँ साम्प्रदायिकता का सम्बन्ध एक धर्म में ही विभिन्न छोटे-छोटे सम्प्रदायों से होता है.

(2) साम्प्रदायिकता में यह भाव मौजूद होते हैं कि अपना ही धर्म श्रेष्ठ है, अपनी ही भाषा एवं संस्कृति श्रेष्ठ है.

(3) साम्प्रदायिकता में अन्य धर्मों, भाषाओं एवं संस्कृतियों के प्रति घृणा, तिरस्कार एवं उपेक्षा के भाव दीख पड़ते हैं. ये **विरोधी भाव** ही साम्प्रदायिक तनाव एवं संघर्ष करते हैं.

(4) साम्प्रदायिकता पारस्परिक स्नेह एवं सहयोग के स्थान पर **सामाजिक एवं राजनीतिक अलगाव** पैदा करती है.

(5) साम्प्रदायिकता का आधार लोगों में उत्पन्न यह वास्तविकता या काल्पनिक भय है कि अन्य धार्मिक समूह उनके सम्प्रदाय और संस्कृतिक को नष्ट कर देंगे और जान-माल की हानि पहुँचायेंगे.

संक्षेप में हम कह सकते हैं कि **साम्प्रदायिकता वह संकीर्ण मनोवृत्ति है जो एक धर्म अथवा सम्प्रदाय के लोगों में अपने आर्थिक एवं राजनीतिक स्वार्थों की पूर्ति के लिए पायी जाती है और उसके परिणामस्वरूप विभिन्न धार्मिक समूहों में तनाव एवं संघर्ष पैदा होते हैं.**

साम्प्रदायिक तनावों एवं उपद्रवों के कारण (Causes of Communal Tensions and Riots)

साम्प्रदायिक उपद्रवों के प्रमुख कारण इस प्रकार हैं–

(1) मस्जिद के सामने गाने एवं बजाने के कारण भी साम्प्रदायिक दंगे हुए हैं. (2) किसी हिन्दू द्वारा होली के

अवसर पर मुसलमान पर रंग छिड़क देने पर भी साम्प्रदायिक दंगे हुए हैं. (3) मुसलमानों द्वारा मन्दिरों में तोड़-फोड़ करने या मूर्ति-भंजन करने अथवा हिन्दुओं द्वारा मस्जिद में तोड़-फोड़ करने के कारण भी उपद्रव हुए हैं. (4) हिन्दुओं के जुलूस पर पथराव करने अथवा मुसलमानों के धार्मिक जुलूस या मोहर्रम के समय पथराव की घटना के कारण भी साम्प्रदायिक तनाव भड़क उठते हैं. (5) साम्प्रदायिक तनाव का एक कारण मुसलमानों की देशभक्ति में अविश्वास किया जाना है. (6) हिन्दू व मुसलमानों का एक-दूसरे के प्रति सन्देह, भय एवं पूर्वाग्रह भी तनाव उत्पन्न करते रहे हैं. (7) दोनों में आर्थिक प्रतिस्पर्द्धा एवं आर्थिक हितों की सुरक्षा को लेकर भी उपद्रव हुए हैं. (8) कई साम्प्रदायिक उपद्रव तो केवल झूठी अपवाहें फैलाने के कारण हुए हैं. (9) कुछ अराजक तत्वों ने भी इस प्रकार के दंगे भड़काये हैं, क्योंकि दंगों के समय उन्हें लूट-पाट करने एवं अपनी वासनाओं को तृप्त करने का अवसर मिलता है. (10) संकीर्ण राजनीति, जातिवाद, भाषावाद, भाई-भतीजावाद एवं पक्षपात, आदि के कारण भी कई साम्प्रदायिक उपद्रव हुए हैं.

साम्प्रदायिकता (साम्प्रदायिक तनाव) के लिए उत्तरदायी कारक (Factors Responsible for Communalism Communal Tensions)

(1) **ऐतिहासिक कारक** (Historical Factors)–यह एक ऐतिहासिक सत्य है कि मुसलमान बाहर से आए और उन्होंने भारत में अपने धर्म प्रचार के लिए तलवार एवं जोर-जबर्दस्ती का सहारा लिया. औरंगजेब तथा कई दूसरे मुस्लिम शासकों ने लोगों को जबरन मुसलमान बना दिया. इस कारण से हिन्दुओं के मन में उनके प्रति घृणा पैदा हुई. मुस्लिम लीग की माँग ने भारत को दो भागों में बाँट दिया. विभाजन के समय दोनों ओर से होने वाले दंगों से हुई हानियों को कई लोग आज नहीं भुला सकते हैं.

(2) **मनोवैज्ञानिक कारक** (Psychological Factors)–साम्प्रदायिकता का एक कारक मनोवैज्ञानिक भी है. हिन्दू एवं मुसलमान दोनों में ही एक-दूसरे के प्रति घृणा, द्वेष, प्रतिकार, विरोध एवं पृथक्करण के मनोभाव देखने को मिलते हैं. इस प्रकार की मनोवृत्ति का कारण प्राचीन समय से चली आ रही भ्रान्तियां एवं पूर्वाग्रह हैं. हिन्दू मुसलमानों की राष्ट्रीय वफादारी में शंका व्यक्त करते हैं, यद्यपि हिन्दुस्तान-पाकिस्तान के युद्धों के दौरान कई देशभक्त मुसलमानों ने भारत भूमि के लिए प्राण तक गंवा दिए. पारस्परिक अविश्वास ने भी साम्प्रदायिकता को बढ़ावा दिया है.

(3) **सांस्कृतिक भिन्नता** (Cultural Differences)–साम्प्रदायिकता को जन्म देने में एक महत्वपूर्ण कारक हिन्दू एवं मुसलमानों की सांस्कृतिक भिन्नता है. दोनों में रहन-सहन, खान-पान, रीति-रिवाज, पहनावे, धर्म एवं विचारधारा में काफी अन्तर है. यह सांस्कृतिक भेद मनमुटाव एवं तनाव उत्पन्न करता है और दोनों सम्प्रदायों में अलगाव की स्थिति बनी रहती है.

(4) **भौगोलिक कारक** (Geographical Factors)–भौगोलिक कारकों ने भी साम्प्रदायिकता को बढ़ावा दिया. भारत में अधिकांशतः निवास का प्रतिमान यह है कि एक ही धर्म, जाति एवं भाषा-भाषी समूह एक ही भौगोलिक क्षेत्र में निवास करते हैं. इसके परिणामस्वरूप उनके 'हम समूह' (We group) में तो सहयोग एवं आत्मीयता की भावना पायी जाती है, लेकिन बाह्य समूहों (Out group) के प्रति घृणा, द्वेष एवं विरोध के भाव पाए जाते हैं जोकि साम्प्रदायिक तनावों को जन्म देते हैं.

(5) **धार्मिक असहिष्णुता** (Religious Intolerance)–विश्व के सभी धर्मों के मूल सिद्धान्तों में अनेक समानताएं हैं, किन्तु छोटे-छोटे विभेद भी हैं. इन विभेदों के कारण ही एक धर्म को मानने वाले लोग अपने धर्म को दूसरों से अच्छा समझते हैं. धार्मिक अन्ध-विश्वास का पालन करने एवं धर्म-गुरुओं द्वारा गलत दिशा-निर्देश करने के कारण भी साम्प्रदायिक तनावों में वृद्धि हुई है.

(6) **राजनीतिक स्वार्थ** (Political Interest)–आजादी के बाद भारत ने प्रजातन्त्रीय शासन प्रणाली अपनायी. प्रजातन्त्र में बहुमत के आधार पर सरकार का चुनाव जनता द्वारा किया जाता है. चुनावों में विजय प्राप्त करने एवं सत्ता हथियाने के लिए कई राजनीतिक दलों का गठन धार्मिक आधार पर किया गया. ये राजनीतिक दल मत प्राप्त करने एवं राजनीतिक उद्देश्यों की पूर्ति के लिए साम्प्रदायिकता की आग में घी डालते हैं.

(7) **साम्प्रदायिक संगठन** (Communal Organizations)–जैन, सिख, हिन्दू और मुसलमानों में कई साम्प्रदायिक संगठन पाए जाते हैं. ये साम्प्रदायिक संगठन अपने-अपने मतावलम्बियों को संगठित करते हैं और उन्हें दूसरी के प्रति उकसाते हैं.

(8) **असामाजिक तत्व एवं निहित स्वार्थ** (Anti-social Elements and Vested Interests)–साम्प्रदायिकता को बढ़ावा देने में समाज-विरोधी तत्वों एवं निहित स्वार्थ वालों का भी महत्वपूर्ण हाथ होता है. समाज में कुछ लोग ऐसे होते हैं जो तनाव एवं संघर्ष की स्थिति उत्पन्न करते रहते हैं जिससे उन्हें लूटपाट करने एवं यौन-व्यभिचार करने का अवसर प्राप्त हो तथा वे अपने व्यक्तिगत झगड़ों का बदला ले सकें.

(9) **धर्म-निरपेक्षता का दुरुपयोग** (Misuse of Secularism)–भारतीय संविधान भारत को एक धर्म-निरपेक्ष

राज्य घोषित करता है. इसका अर्थ है भारत में प्रत्येक धर्म एवं सम्प्रदाय को फलने, फूलने एवं विकास के समान अवसर उपलब्ध होंगे, कोई भी धर्म **'राज धर्म'** के रूप में अपनाया नहीं गया है. राज्य के लिए सभी धर्म समान हैं. हिन्दू, मुसलमान एवं ईसाइयों के लिए भिन्न-भिन्न प्रकार के सामाजिक विधानों की व्यवस्था की गयी. यद्यपि इस प्रकार के भेद का उद्देश्य सभी सम्प्रदायों को स्वतंत्र विकास के एवं बने रहने के अवसर प्रदान करना है, लेकिन सम्पूर्ण भारत के लिए समान विधान के अभाव में लोगों में सामाजिक एवं सांस्कृतिक दूरी बनी रहती है और वे आपस में एक नहीं हो पाते.

साम्प्रदायिकता के दुष्प्रभाव (Ill-effects of Communalism)

(1) **देशव्यापी दुष्प्रभाव** (Nation-wide Impact)–साम्प्रदायिकता हमेशा ही राष्ट्रीय एकता के मार्ग में बाधक रही है. साम्प्रदायिकता ने **भावात्मक एकता के लिए भी खतरा** पैदा किया है और हिन्दू व मुसलमानों में परस्पर मनमुटाव एवं विरोधी भाव उत्पन्न किए हैं.

(2) **तनाव एवं संघर्ष** (Tension and Conflict)–साम्प्रदायिकता के कारण विभिन्न सम्प्रदायों के बीच अविश्वास, घृणा, पूर्वाग्रह एवं संघर्ष अवश्य पैदा हुए जिसके परिणामस्वरूप देश में आन्तरिक कलह हुए, प्रशासन एवं न्याय व्यवस्था के लिए एक चुनौती पैदा हुई, लोगों ने एक-दूसरे के प्रति झूठे एवं घृणित प्रचार किए, जिससे उत्तेजना एवं हिंसा की आग भड़की और कई लोगों को आत्माहुति देनी पड़ी.

(3) **जन-धन की हानि** (Loss of Life and Property)–साम्प्रदायिक दंगों एवं उपद्रवों के कारण हजारों लोगों की जानें गयी हैं, अनेक के साथ मारपीट एवं अनैतिक व्यवहार हुए हैं. मकान, दुकानें, सरकारी कार्यालय, स्कूल, भवन, रेल, डाकतार कार्यालयों में आग लगा दी जाती है जिसके कारण अरबों रुपए की सम्पत्ति क्षतिग्रस्त हो जाती है और आर्थिक विकास रुक जाता है.

(4) **राजनीतिक दुष्परिणाम** (Political Evil Consequences)–साम्प्रदायिकता के कारण देश में राजनीतिक अस्थिरता पैदा होती है, लोगों का प्रशासन एवं सरकार के प्रति विश्वास उठ जाता है. शांति स्थापित करने के लिए न्याय एवं व्यवस्था की समस्या पैदा हो जाती है, लोगों का जीवन खतरे में पड़ जाता है और उनमें असुरक्षा के भाव पैदा होते हैं. इससे राष्ट्रीय एकता में विघ्न आता है.

(5) **आर्थिक विकास में बाधक** (Hindrance in Economic Development)–साम्प्रदायिकता के कारण समाज की आर्थिक प्रगति अवरुद्ध हुई है. उपद्रवों के समय कई कारखानों एवं उद्योगों में तोड़-फोड़ एवं आगजनी की घटनाओं से निर्माण कार्य बन्द हो जाता है. ऐसे क्षेत्रों में पूँजीपति पूँजी नहीं लगाना चाहते जहाँ साम्प्रदायिक तनाव पैदा होते रहते हैं, में रुकावट पैदा होती है.

(6) **असामाजिक तत्वों में वृद्धि** (Increase in Anti-social Elements)–साम्प्रदायिक संघर्षों एवं उपद्रवों के समय असामाजिक तत्वों को खुलकर खेलने का अवसर प्राप्त होता है. वे इस प्रकार के अवसर की ताक में रहते हैं जब साम्प्रदायिकता की आग भड़के जिससे कि वे लूट-पाट कर सकें, पैसा एकत्रित कर सकें और जिन लोगों से उनकी व्यक्तिगत दुश्मनी है उनसे बदला ले सकें.

(7) **सामाजिक-सांस्कृतिक विघटन** (Socio-cultural Disorganization)–साम्प्रदायिकता के कारण सामाजिक एवं सांस्कृतिक विघटन पैदा होता है. विभिन्न धर्मों, सम्प्रदायों एवं संस्कृतियों के लोग आपस में मिल नहीं पाते, अतः एकीकरण की प्रक्रिया में रुकावट आ जाती है और पृथक्ता के भाव बने रहते हैं.

साम्प्रदायिकता निवारण के लिए किए गए प्रयत्न एवं सुझाव (Efforts Made and Suggestions to Eradicate Communalism)

साम्प्रदायिकता की समस्या को हल करने के उद्देश्य से केन्द्रीय स्तर पर राष्ट्रीय एकता परिषद् का गठन किया गया. 16 अक्टूबर, 1969 को दिल्ली में हुई इसकी बैठक में यह तय किया गया है कि देश के सभी राजनीतिक दलों को जन-साधारण में साम्प्रदायिक सद्भाव जाग्रत करने के लिए विचार-विमर्श तथा शिक्षा के व्यापक कार्यक्रम अपनाने चाहिए.

(1) प्रजातान्त्रिक मूल्यों के आधार पर **प्रत्येक व्यक्ति के महत्व को मान्यता** दी जाय. धर्म-निरपेक्षता के उद्देश्य की प्राप्ति के लिए आवश्यक है कि विज्ञान और प्रौद्योगिकी के मूल्यों को पूर्णतः स्वीकार किया जाय.

(2) देश की सम्पूर्ण जनसंख्या के लिए **सामाजिक सुरक्षा की पूर्ण व्यवस्था करना अत्यन्त आवश्यक है.**

(3) **किसी भी राजनीतिक दल अथवा संगठन को धार्मिक आधार पर घृणा एवं वैमनस्य फैलाने की स्वतन्त्रता नहीं दी जानी चाहिए.**

(4) शिक्षा का पाठ्यक्रम इस प्रकार का हो जो पारस्परिक सद्भाव, राष्ट्रीय चरित्र एवं एकीकरण को बढ़ावा दे. इसके लिए राष्ट्रीय स्तर पर शिक्षा की नीति तैयार की जानी चाहिए.

(5) **प्रशासनिक शिथिलता को समाप्त किया जाय एवं साम्प्रदायिक तनाव** पैदा करने वालों के विरुद्ध कठोर कदम उठाया जाय.

(6) साम्प्रदायिकता को समाप्त करने के लिए यह आवश्यक है कि ग्राम स्तर से लेकर राष्ट्रीय स्तर तक के नेता

समाज और देश के हितों को प्रधानता देते हुए **प्रगतिशील दृष्टिकोण** स्वीकार करें.

(7) **साम्प्रदायिक सहिष्णुता का प्रचार किया जाय.** विभिन्न सम्प्रदायों के त्यौहारों और उत्सवों को सामूहिक रूप से राष्ट्रीय स्तर पर मनाया जाय और उन्हें परस्पर सम्पर्क में आने का अधिकाधिक अवसर प्रदान किया जाय.

(8) **चलचित्र, रेडियो, टेलीविजन, पत्र-पत्रिकाओं के माध्यम से साम्प्रदायिक एकता एवं सद्‌भाव का प्रचार किया जाना चाहिए.**

(9) साम्प्रदायिक सद्‌भाव पैदा करने में **स्त्रियों द्वारा विशेष योगदान** दिया जा सकता है. अतः उन्हें शिक्षित कर राष्ट्रीय हितों एवं सामाजिक सुधारों के प्रति जागरूक बनाया जाय.

(10) साम्प्रदायिकता की समस्या के निवारण के लिए **अल्पसंख्यकों की दशा सुधारने का प्रयत्न किया जाय.**

(11) **सामाजिक तत्वों एवं राजनीतिक स्वार्थी समूहों से सख्ती के साथ निपटा जाय.**

(12) लोगों को **नैतिक शिक्षा** प्रदान की जाय.

(13) **साम्प्रदायिकता के आधार पर लड़े गए चुनावों को अवैध घोषित किया जाय.**

(14) सम्पूर्ण देशवासियों के लिए **समान सामाजिक विधान बनाए जायं** जिससे पारस्परिक भेदभाव समाप्त होंगे एवं एकता को बल मिलेगा.

(15) **अल्पसंख्यकों को दी जाने वाली सुविधाएं समाप्त की जाए,** क्योंकि सभी एक विशाल भारत के अंग हैं, अतः किसी के लिए भी विशेष सुविधाएं जुटाना उपयुक्त नहीं है.

(16) डॉ. राजेन्द्र प्रसाद ने साम्प्रदायिकता को समाप्त करने के लिए विभिन्न सम्प्रदाय के **लोगों द्वारा सहजीवन व्यतीत करने का सुझव दिया है.** इससे प्रेम, सद्‌भाव, मैत्री एवं विश्वास पैदा होगा.

(17) गांधीजी एवं विनोबाजी ने साम्प्रदायिकता को समाप्त करने के लिए **शान्ति सेना बनाने का सुझाव दिया है** जो विभिन्न स्थानों पर शान्ति कायम करने, दंगों को समाप्त करने, पारस्परिक एकता, विश्वास एवं मैत्री पैदा करने का कार्य करे.

क्षेत्रवाद
(Regionalism)

देश की अखण्डता एवं राष्ट्रीय एकता के लिए सबसे बड़ा खतरा क्षेत्रवाद की भावना है. क्षेत्रवाद की भावना ने ही देश का विभाजन हिन्दुस्तान व पाकिस्तान में किया और आजादी के बाद भी इसी भावना के कारण देश के विभिन्न भागों से पृथक्करण की आवाज उठी. क्षेत्रवाद की भावना ने राष्ट्र की भावात्मक एवं राजनीतिक एकता की छवि धूमिल कर दी और समय-समय पर देश को तनाव एवं संघर्षों से जूझना पड़ा है.

साधारण अर्थों में प्रान्तवाद और क्षेत्रवाद का पर्यायवाची शब्दों के रूप में प्रयोग किया जाता है. जिसका अर्थ है, स्थानीयतावाद, पृथक्करण और अलगाव **बेबस्टर डिक्शनरी** के अनुसार, "क्षेत्रवाद में एक विशिष्ट उप-राष्ट्र या अधो-राष्ट्र क्षेत्र के प्रति जागरूकता और भक्ति पायी जाती है जिसकी विशेषता सामान्य संस्कृति, पृष्ठभूमि या हित है."

लुण्डबर्ग के अनुसार, "क्षेत्रवाद उस अध्ययन से सम्बन्धित है जिसमें एक भौगोलिक क्षेत्र तथा मानव व्यवहार के बीच पाए जाने वाले सम्बन्ध पर बल दिया जाता है. इस रूप में क्षेत्रीयता एक प्रकार का विश्व-परिस्थिति का विज्ञान है, क्योंकि इसकी रुचि विभिन्न क्षेत्रों के बीच तथा एक ही क्षेत्र के विभिन्न अंगों के बीच पाए जाने वाले प्रकार्यात्मक सावयवी सम्बन्धों में है."

बोगार्डस की मान्यता है कि एक भौगोलिक क्षेत्र के साधनों का विकास इस प्रकार से हो जाय कि वहाँ के लोगों में सामूहिक हितों, क्षेत्रीय लक्ष्यों एवं आदर्शों का विकास हो जाय तो उसे क्षेत्रवाद कहेंगे. उनका मत है कि क्षेत्रीयता में एक सांस्कृतिक समग्रता होती है. दूसरे शब्दों में, एक क्षेत्र में एक जैसी संस्कृति पायी जाती है, उसका एक सांस्कृतिक इतिहास होता है, इसके निवासियों की भाषा-भावना, विचारों एवं व्यवहारों में समानता पायी जाती है. क्षेत्रीय संस्कृति राष्ट्रीय संस्कृति के ऊपर नहीं होती है जैसाकि **मुकर्जी** लिखते हैं, क्षेत्रीयता राष्ट्रीयता के अधीन होती है.

क्षेत्रवाद की विशेषताएं (Characteristics of Regionalism)

(1) क्षेत्र के आधार पर प्रशासन का विवेकीकरण पाया जाता है.

(2) राष्ट्रीय एकता के लिए जब सभी इकाइयों पर एक ही राजनीतिक विचारधारा, भाषा, सांस्कृतिक प्रतिमान, आदि थोपे जाते हैं तो प्रतिक्रिया स्वरूप सामाजिक-सांस्कृतिक प्रति-आन्दोलन (Counter Movement) किया जाता है.

(3) संघात्मक संरचना में अधिकाधिक उप-संस्कृतियाँ स्वायत्तता प्राप्त करने के लिए राजनीतिक प्रति आन्दोलन (Political Counter Movement) करती हैं.

(4) इकाइयों में राजनीतिक आकांक्षाओं (Political Aspirations) को प्राप्त करने के लिए पृथक्करण की प्रवृत्ति देखने को मिलती है. ऐसा करने के पीछे चार उद्देश्य हो सकते हैं–

(i) क्षेत्रीय संस्कृति को पुनर्जीवित करना और उप-संस्कृति का निर्माण करना. (ii) प्रशासकीय और राजनीतिक जुए को

उतार फेंकना. (iii) केन्द्र व राज्य तथा क्षेत्र की दो या अधिक संस्कृतियों के बीच टकराव को दूर करना. (iv) केन्द्र व राज्यों या उप-संस्कृतियों में आर्थिक व राजनीतिक सन्तुलन कायम करना.

(5) क्षेत्रवाद स्थानीय देशभक्ति तथा क्षेत्रीय श्रेष्ठता की भावना को बल देता है.

(6) क्षेत्रवाद एक सीखा हुआ व्यवहार है.

(7) क्षेत्रवाद की मात्रा में अन्तर होता है.

(8) संकीर्ण क्षेत्रवाद स्वशासन एवं पृथक्करण को बल प्रदान करता है.

(9) सामान्यतः क्षेत्रवाद **संकीर्णता ही पैदा करता है** क्योंकि एक क्षेत्र के लोग अपनी भाषा, संस्कृति, आदर्श और सिद्धान्तों को ही श्रेष्ठ समझने लगते हैं, अपने हितों को ही सर्वोच्च प्राथमिकता देते हैं तथा अपनी माँगें मनवाने हेतु तोड़-फोड़, दंगे, विरोध एवं आन्दोलनों का सहारा लेते हैं. राष्ट्रीय राष्ट्रभक्ति के स्थान पर क्षेत्रवाद में स्थानीय वफादारी को अधिक महत्व दिया जाता है.

क्षेत्रवाद के लिए उत्तरदायी कारक (Factors Responsible for Regionalism)

भारत में क्षेत्रवाद की भावना को पैदा करने के लिए भौगोलिक, मानव पर्यावरण, ऐतिहासिक, सांस्कृतिक, आर्थिक, राजनीतिक शक्तियों का योगदान रहा है. वर्तमान में भारत में क्षेत्रवाद को जन्म देने में चार प्रमुख मुद्दे रहे हैं–

(i) भाषा समस्या, आर्थिक विषमता और स्थानीय नेतृत्व को अधिक मजबूत बनाने, आदि विषयों को लेकर एक क्षेत्र के लोग अपने को सम्पूर्ण भारत के स्थान पर एक प्रान्त या क्षेत्र से अधिक जुड़ा मानते हैं. (ii) राष्ट्रीय नेतृत्व के स्थान पर स्थानीय नेतृत्व पर अधिक बल दिया जाता है. (iii) केन्द्र व राज्यों में आर्थिक एवं राजनीतिक हितों को लेकर टकराव. (iv) केन्द्रीय सत्ता का उल्लंघन.

भारत में क्षेत्रवाद की धारणा के उदय के प्रमुख तीन कारक रहे हैं–(i) राजनीतिक, (ii) आर्थिक, (iii) सामाजिक.

(1) **राजनीतिक कारक**–क्षेत्रवाद को जन्म देने में प्रमुख कारक केन्द्र व राज्यों के तथा एक राज्य या राज्यों से तनावपूर्ण सम्बन्ध भी हैं. ये तनाव कई कारकों को लेकर उत्पन्न हुए; जैसे–विभिन्न प्रोजेक्ट्स किस प्रान्त में लागू किए जाएं, केन्द्र से दी जाने वाली आर्थिक सहायता, प्रान्तों द्वारा अधिकाधिक खाद्यान्न देने की माँग, प्रान्तों की सीमा निर्धारण, नदी पानी बंटवारे का विवाद, आदि. अपनी माँगों को मनवाने के लिए स्थानीय एवं प्रान्तीय राजनीतिक दबाव समूहों का उदय हुआ जिन्होंने स्थानीय राजनीति को जन्म दिया. कई राजनीतिक दलों ने भी क्षेत्रवाद की भावना को उभारा है.

(2) **आर्थिक कारक**–क्षेत्रवाद की भावना को जन्म देने में आर्थिक कारकों ने भी योग दिया. आर्थिक रूप से पिछड़े हुए क्षेत्रों ने अपनी यहाँ उद्योग खोलने की माँग की. ऐसा करते समय वे यह भूल जाते हैं कि आर्थिक दृष्टि से वह उद्योग उस क्षेत्र में लाभदायक सिद्ध होगा या नहीं. जब प्रान्तीय दबाव गहन हो जाता है तो उद्योग के आर्थिक दृष्टिकोण को त्यागना होता है.

(3) **सामाजिक सांस्कृतिक कारक**–क्षेत्रवाद को जन्म देने में सामाजिक-सांस्कृतिक कारकों का भी योगदान रहा है. भाषा, संस्कृति, आदि की समस्याओं आदि ने भी क्षेत्रवाद को बढ़ावा दिया. एक सांस्कृतिक क्षेत्र अपने को दूसरे से श्रेष्ठ समझता है. सांस्कृतिक श्रेष्ठता के दावों को लेकर भी क्षेत्रवाद पनपा है.

(4) **भौगोलिक कारक**–भारत में क्षेत्रवाद को जन्म देने में भौगोलिक कारकों ने भी महत्वपूर्ण भूमिका निभायी है.

भारत के प्रत्येक भौगोलिक भाग की विशेषता मिट्टी, जंगल, भू-भाग की आकृति और मौसम एक विशिष्ट प्रकार की है जो दूसरे भू-भाग से नहीं प्राप्ति होती है. भौगोलिक विभेद ने वहाँ के लोगों के सामाजिक, आर्थिक, राजनीतिक, सांस्कृतिक एवं सामूहिक जीवन को प्रभावित किया है और एक विशिष्ट रूप प्रदान किया है. यही कारण है कि क्षेत्र की भाषा, धर्म, निवास, व्यवस्था, प्रथाएं, रीति-रिवाज एवं आर्थिक हित दूसरे क्षेत्र से अलग है. इसके परिणामस्वरूप लोगों में क्षेत्रवाद की भावना को बल मिला है.

(5) **ऐतिहासिक कारक**–भौगोलिक कारकों की भाँति ऐतिहासिक कारकों ने भी क्षेत्रवाद को जन्म दिया है. प्रत्येक क्षेत्र का अपना एक इतिहास रहा है. प्राचीन समय में अलग-अलग क्षेत्र में अलग-अलग राजा राज्य करते थे. एक राजा अथवा सामन्त के शासन के अधीन रहने वाले लोगों में सांस्कृतिक-सामाजिक एकता एवं समानता पनपी. सम्पूर्ण भारत कभी भी राजनीतिक दृष्टि से अंग्रेजों के काल को एवं चन्द्रगुप्त व अशोक के काल को छोड़कर एक शासन के अधीन नहीं रहा. इतिहास ने ही क्षेत्रीय भिन्नता विरासत में दी है जो आज तक समाप्त नहीं हुई है.

(6) **भाषावाद**–क्षेत्रीय भावना को बढ़ावा देने में भाषा की समस्या ने भी महत्वपूर्ण भूमिका निभायी है. एक क्षेत्र के लोग एक भाषा का प्रयोग करते हैं. अपनी ही भाषा, उसकी शब्दावली, शैली एवं साहित्य को लेकर भी भारत में अनेक बार दंगे हुए हैं और आज भी यह समस्या ज्यों की त्यों है.

(7) **मनोवैज्ञानिक कारक**–अपने क्षेत्र के प्रति मानसिक लगाव तथा उसकी उन्नति की भावना ने भी क्षेत्रवाद को

जन्म दिया है, लेकिन यह भावना जब ईर्ष्या, द्वेष एवं संघर्ष का रूप ले लेती है तो राष्ट्रीय एकता को भी खतरा पैदा हो जाता है.

क्षेत्रवाद के दुष्परिणाम (Evil Consequences of Regionalism)

(1) विभिन्न क्षेत्रों में संघर्ष हुए.

(2) राज्य एवं केन्द्र के बीच तनाव उत्पन्न हुआ.

(3) स्वार्थी नेतृत्व का उदय हुआ.

(4) प्रत्येक क्षेत्र का सम्बन्ध एक भाषा विशेष से भी है. जब कभी क्षेत्रवाद का नारा बुलन्द किया जाता है तो भाषा की समस्या भी उठ खड़ी होती है.

(5) राष्ट्रीय एकीकरण एवं प्रजातन्त्र को खतरा उत्पन्न हुआ.

क्षेत्रवाद की भावना को दूर करने के उपाय (Measures to Eradicate Regionalism)

(1) **राष्ट्रीय भावना का प्रसार**–देशवासियों में राष्ट्रीय एकता की भावना का संचार किया जाय. इसके लिए चल-चित्र, रेडियो, पत्र-पत्रिकाओं, सम्मेलनों, आदि का आयोजन किया जाना चाहिए.

(2) लोगों को हमारे गौरवशाली इतिहास की जानकारी करायी जाय.

(3) क्षेत्रवादी राजनीतिक दलों पर प्रतिबन्ध लगाया जाय.

(4) यातायात के साधनों का अधिकाधिक प्रसाद एवं विस्तार किया जाय जिससे लोगों की गतिशीलता बढ़ेगी और विभिन्न क्षेत्रों के लोग जब परस्पर मिलेंगे-जुलेंगे तो उनकी संकीर्ण क्षेत्रवाद की भावना दूर होगी.

(5) शिक्षण संस्थाओं में क्षेत्रीय आधार पर चयन रोका जाय.

(6) राष्ट्रभाषा का प्रसार किया जाय.

(7) आर्थिक असन्तुलन को समाप्त किया जाय.

(8) केन्द्र व राज्यों के बीच मधुर सम्बन्ध कायम किए जायं.

(9) सांस्कृतिक एकीकरण को बढ़ावा दिया जाय.

(10) दबाव की राजनीति से शक्तिपूर्वक निपटा जाय.

महत्वपूर्ण तथ्य (Important Facts)

- सामाजिक परिवर्तन पर सर्वप्रथम समाजशास्त्रीय दृष्टि-कोण से विवेचन 1922 में डब्ल्यू.एफ. ऑगबर्न (W. F. Ogburn) की पुस्तक 'Social Change' में प्रकाशित हुआ.
- प्रो. ग्रीन ने सामाजिक परिवर्तन के कारण की व्याख्या करते हुए कहा कि "सामाजिक परिवर्तन इसलिए होता है, क्योंकि प्रत्येक समाज असन्तुलन के निरन्तर दौर से गुजर रहा है. कुछ व्यक्ति एक सम्पूर्ण सन्तुलन की इच्छा रख सकता है तथा कुछ इसके लिए प्रयास भी करते हैं."
- मैकाइवर एवं पेज के अनुसार, "चूँकि समाज स्वयं ही सामाजिक सम्बन्धों का जाल है. अतः सामाजिक परिवर्तन इन्हीं सम्बन्धों के रूपाकारों में परिवर्तन है."
- 'Human Society' नामक पुस्तक किंग्सले डेविस की महत्वपूर्ण रचना है.
- पुस्तक 'Social Change' ऑगबर्न की रचना है.
- किंग्सले डेविस का मत है, "सामाजिक परिवर्तन से हमारा तात्पर्य उन परिवर्तनों से है जो सामाजिक संगठन अर्थात् समाज की संरचना और कार्यों में उत्पन्न होते हैं."
- साधारण शब्दों में, सामाजिक परिवर्तन वह स्थिति है जिसमें समाज द्वारा स्वीकृत सम्बन्धों, प्रक्रियाओं, प्रतिमानों और संस्थाओं का रूप इस सीमा तक परिवर्तित हो जाता है कि उनसे पुनः अनुकूलन करने की समस्या उत्पन्न हो जाती है."
- सामाजिक परिवर्तनों की विशेषताओं के अध्ययन के दौरान ग्रीन ने पाया कि "परिवर्तन, उत्साहपूर्ण जीवन का प्रायः एक ढंग-सा बन चुका है."
- सामाजिक परिवर्तन का रेखीय सिद्धान्त इस मान्यता पर आधारित है कि सामाजिक व्यवस्था में परिवर्तन का एक प्राकृतिक या रेखीय क्रम होता है. अर्थात् प्रत्येक परिवर्तन के पश्चात् समाज कुछ स्तरों को पार कर एक निश्चित दिशा में आगे की ओर बढ़ता है.
- रेखीय सिद्धान्त के प्रतिपादकों में काम्टे, स्पेन्सर, हॉबहाउस, मार्क्स एवं वेबलिन मुख्य हैं.
- काम्टे ने सिद्ध करने का प्रयास किया है कि सामाजिक परिवर्तन मनुष्य के बौद्धिक विकास का परिणाम है.
- काम्टे ने मनुष्य के बौद्धिक विकास के तीन स्तरों का उल्लेख किया है जो इस प्रकार हैं—

  (i) धार्मिक अवस्था, (ii) तात्विक या गुणवाची अवस्था, (iii) प्रत्यक्ष बोध अवस्था.
- कार्ल मार्क्स ने पूर्णतः आर्थिक आधार पर ही सामाजिक परिवर्तन की व्याख्या की है.

- कार्ल मार्क्स का विचार था कि सामाजिक संरचना को कभी भी आर्थिक संरचना से अलग नहीं किया जा सकता है.
- वेबलेन के सामाजिक परिवर्तन के सिद्धान्त को प्रौद्योगिक निर्णायक वाद के रूप में जाना जाता है, क्योंकि वेबलेन ने अपने सम्पूर्ण सिद्धान्त को केवल प्रौद्योगिक आधार पर ही विश्लेषित किया है.
- वेबलेन के अनुसार सामाजिक परिवर्तन का सम्बन्ध परिवर्तनशील मानवीय विशेषताओं के साथ है.
- वेबलेन का मत है कि "मनुष्य जैसा कार्य करता है वैसा ही बन जाता है, उसी प्रकार सोचता है और अनुभव करता है."
- कार्ल मार्क्स ने सामाजिक परिवर्तन में प्रौद्योगिक को अप्रत्यक्ष कारक माना है, जबकि वेबलेन ने प्रत्यक्ष.
- चक्रीय सिद्धान्त के अनुसार सामाजिक परिवर्तन एक चक्र की भाँति है जिसमें एक के बाद दूसरी, तीसरी और इसी प्रकार उत्तरोत्तर अवस्थाओं के पश्चात् वही चक्र फिर दोहराया जाता है.
- चक्रीय सिद्धान्त के प्रमुख समर्थकों में स्पेंगलर, सोरोकिन एवं परेटो जैसे समाजशास्त्री हैं.
- स्पेंगलर ने 1918 में प्रकाशित अपनी पुस्तक 'The Decline of the West' में सामाजिक परिवर्तन से सम्बन्धित अपने सिद्धान्त को प्रस्तुत किया है.
- स्पेंगलर का विश्वास था कि कोई भी समाज चाहे विकास की ओर बढ़े या ह्रास की ओर, हमेशा बना नहीं रह सकता है.
- परेटो ने अपनी प्रसिद्ध पुस्तक 'Mind and Society' में वर्णित अभिजात वर्गों के परिभ्रमण सिद्धान्त द्वारा सामाजिक परिवर्तन की प्रकृति को स्पष्ट किया है.
- परेटो ने अपने सिद्धान्त द्वारा यह सिद्ध करने का प्रयास किया है कि सामाजिक परिवर्तन व्यक्ति समूह की राजनैतिक सत्ता के लिए होने वाले संघर्ष का परिणाम है.
- सोरोकिन का मानना है कि सामाजिक परिवर्तन की कोई दिशा नहीं होती. परिवर्तन विभिन्न सांस्कृतिक दशाओं के बीच एक उतार-चढ़ाव है.
- सोरोकिन ने अपनी पुस्तक 'Social and Cultural Dynamics' में तीन प्रकार की संस्कृतियों का उल्लेख किया है—

  (i) इन्द्रियपरक संस्कृति, (ii) विचारणात्मक संस्कृति, (iii) आदर्शवादी संस्कृति.
- सोरोकिन के अनुसार इन्द्रियपरक संस्कृति का सम्बन्ध संसार की उन आवश्यकताओं की पूर्ति से है जिनके द्वारा भौतिक सुख की वृद्धि होती है.
- विचारणात्मक संस्कृति उपयोगितावादी या भोगवादी संस्कृति के विपरीत आध्यात्मवादी या भावनात्मक संस्कृति है, क्योंकि इसका सम्बन्ध भौतिक जगत् से न होकर ईश्वरीय एवं आध्यात्मिक चिन्तन से है.
- आदर्शवादी संस्कृति उपर्युक्त दोनों संस्कृतियों का समन्वयात्मक स्वरूप है. इस संस्कृति में भौतिक सुख एवं आध्यात्मिक चिन्तन दोनों का ही सम्यक् समन्वय होता है.
- ऑगबर्न ने 1922 में प्रकाशित अपनी पुस्तक 'Social Change' में 'सांस्कृतिक विलम्बन सिद्धान्त' का उल्लेख किया है. इस सिद्धान्त के अन्तर्गत ऑगबर्न ने संस्कृति को दो भागों में बाँटा है—

  (i) भौतिक संस्कृति तथा (ii) अभौतिक संस्कृति.
- भौतिक संस्कृति के अन्तर्गत ऑगबर्न ने संस्कृति के उन उपादानों को रखा है जो मूर्त हैं अर्थात् जिसे छुआ और देखा जा सकता है.
- अभौतिक संस्कृति के अन्तर्गत धर्म, कला, साहित्य, आचार, विचार, मूल्य, आदर्श आदि आते हैं.
- बोटोमोर ने सांस्कृतिक विलम्बन की अवधारणा को भारतीय समाज के सन्दर्भ में अधिक प्रासंगिक बताया है.

वस्तुनिष्ठ प्रश्न

1. सूची-I (आन्दोलन) को सूची-II (नेता) के साथ सुमेलित कीजिए और सूचियों के नीचे दिए गए कूट का प्रयोग कर सही उत्तर चुनिए—

सूची-I (आन्दोलन)

(a) दलित आन्दोलन

(b) नक्सल आन्दोलन

(c) चिपको आन्दोलन

सूची-II (नेता)

1. सुन्दरलाल बहुगुणा 2. चारू मजूमदार
3. भीमराव अम्बेडकर 4. स्वामी सहजानन्द

कूट :

	(a)	(b)	(c)
(A)	3	4	1
(B)	1	2	3
(C)	3	2	1
(D)	1	4	3

2. निम्नलिखित में से किसने सामाजिक परिवर्तन का वह चक्रीय सिद्धान्त दिया जिसमें यह माना जाता है कि समाज तीन भिन्न प्रकार की मानसिकताओं के बीच झूलते रहते हैं ?
(A) वी. पैरेटो (B) पी. ए. सोरोकिन
(C) टी. वेब्लन (D) के. मार्क्स

3. हिन्दू जीवन-दर्शन के अनुसार चार युग होते हैं. निम्नलिखित में से कौनसा इन युगों का सही क्रम बताता है ?
(A) सतयुग–द्वापर–त्रेता–कलियुग
(B) कलियुग–द्वापर–सतयुग–त्रेता
(C) सतयुग–त्रेता–द्वापर–कलियुग
(D) त्रेता–द्वापर–सतयुग–कलियुग

4. निम्नलिखित में से कौन सामाजिक परिवर्तन के तकनीकी निर्धारण में विश्वास करता है ?
(A) ई. दुर्खीम
(B) डब्ल्यू. एफ. ऑगबर्न
(C) पिट्रिम ए. सोरोकिन
(D) थार्सटीन वेब्लन

5. विचारकों के निम्नलिखित समूहों में से कौनसा एक सामाजिक परिवर्तन के रेखीय विचार को मानता है ?
(A) कॉम्टे, पैरेटो और मार्क्स
(B) पैरेटो, सोरोकिन और ऑगबर्न
(C) कॉम्टे, ऑगबर्न और मार्क्स
(D) कॉम्टे, स्पेन्सर और पैरेटो

6. निम्नलिखित में से कौनसा एक परिवर्तन-संवर्धक आन्दोलन नहीं है ?
(A) साक्षरता आन्दोलन
(B) महिला मुक्ति आन्दोलन
(C) दलित आन्दोलन
(D) आरक्षण विरोधी आन्दोलन

7. कार्ल मार्क्स द्वारा वर्णित सामाजिक परिवर्तन के निम्नलिखित चरणों पर विचार कीजिए–
1. सामन्तवादी 2. आदिम साम्यवाद
3. पुरातन 4. पूँजीवादी
सामाजिक परिवर्तन के इन चरणों का सही क्रम है–
(A) 2, 3, 1 और 4 (B) 1, 3, 4 और 2
(C) 4, 1, 2 और 3 (D) 3, 2, 1 और 4

8. सन् 1974 में गढ़वाल में वनोन्मूलन के विरोध में हुए अहिंसक आन्दोलन में जब वन अधिकारी और ठेकेदार पेड़ों को गिराने आए तो स्त्रियाँ पेड़ों को काटने से बचाने के लिए पेड़ों से लिपट गईं. इस आन्दोलन का नाम क्या है ?
(A) चिपको (B) पर्यावरणीय
(C) गढ़वाल (D) तेभागा

9. सूची-I (समाज सुधारक) को सूची-II (संगठन) के साथ सुमेलित कीजिए और सूचियों के नीचे दिए गए कूट का प्रयोग कर सही उत्तर चुनिए–

सूची-I (समाज सुधारक)
(a) महात्मा गांधी (b) श्री नारायण गुरु
(c) बी. आर. अम्बेडकर (d) ज्योतिराव फुले

सूची-II (संगठन)
1. अखिल भारतीय अनुसूचित जाति परिसंघ
2. हरिजन सेवक संघ
3. एस. एन. डी. पी. योगम्
4. डी. एम. के.
5. सत्यशोधक समाज

कूट :

	(a)	(b)	(c)	(d)
(A)	2	5	1	3
(B)	1	3	4	5
(C)	1	5	4	3
(D)	2	3	1	5

10. भूदान आन्दोलन जिस उग्र किसान आन्दोलन के पश्चात् प्रारम्भ किया गया, वह है–
(A) नक्सलवादी आन्दोलन
(B) तेभागा आन्दोलन
(C) तेलांगाना आन्दोलन
(D) विजोलियान आन्दोलन

11. झारखण्ड आन्दोलन निम्नलिखित मुद्दों को लेकर संगठित है–
1. भूमि एवं वन विसम्बन्धन
2. असमान विकास
3. निरक्षरता
4. कार्यवंचन
5. पृथक्करण
नीचे दिए गए कूट का प्रयोग कर सही उत्तर चुनिए–
(A) 1, 2 और 3 (B) 3, 4 और 5
(C) 1, 2 और 4 (D) 2, 3 और 4

12. ऑगस्ट काम्ट के अनुसार सभ्यता के तीन चरणों में दूसरा युग है–
(A) ईश्वरमीमांसीय (B) सैन्य
(C) तत्त्वमीमांसीय (D) वैज्ञानिक

13. सूची-I को सूची-II के साथ सुमेलित कीजिए तथा सूचियों के नीचे दिए गए कूट का प्रयोग कर सही उत्तर चुनिए–

सूची-I (आन्दोलन)

(a) राजवंशी क्षत्रिय सभा आन्दोलन
(b) नक्सलवादी आन्दोलन
(c) नया सिनेमा आन्दोलन
(d) श्रीनारायण धर्म परिपालन आन्दोलन

सूची-II (काल)

1. उन्नीसवीं शताब्दी
2. बीसवीं शताब्दी की पहली तिमाही
3. 1968 ई. के आगे
4. 1960 ई. का दशक

कूट :

	(a)	(b)	(c)	(d)
(A)	1	3	2	4
(B)	3	2	4	1
(C)	2	4	1	3
(D)	2	3	4	1

14. निम्नलिखित कथनों पर विचार कीजिए–

दलित आन्दोलन का उद्देश्य है–

1. दलितों में, उनके अधिकारों के प्रति सामाजिक चेतना जाग्रत करना.
2. दलितों के लिए विशेषाधिकार प्राप्ति.
3. क्रान्ति के द्वारा सामाजिक परिवर्तन लाना.

इनमें से कौनसे सही हैं ?

(A) 1 तथा 2 (B) 2 तथा 3
(C) 1 तथा 3 (D) 1, 2 तथा 3

15. सूची-I (श्रेणियाँ) को सूची-II (उद्‌विकास की अवस्थाएँ) के साथ सुमेलित कीजिए और सूचियों के नीचे दिए गए कूट का प्रयोग कर सही उत्तर चुनिए–

सूची-I (श्रेणियाँ)

(a) कृषि
(b) औद्योगिक
(c) चरागाही
(d) शिकारी

सूची-II (उद्‌विकास की अवस्थाएँ)

1. प्रथम
2. तृतीय
3. द्वितीय
4. चतुर्थ

कूट :

	(a)	(b)	(c)	(d)
(A)	2	3	4	1
(B)	1	4	3	2
(C)	1	3	4	2
(D)	2	4	3	1

16. निम्नलिखित में से किसने सामन्तशाही समाज को दासता तथा आधुनिक पूँजीवाद के मध्य की क्रमानुसार तथा तार्किक दोनों ही रूप में अन्तरमध्यता की अवस्था कहा था ?

(A) लेनिन ने (B) स्टालिन ने
(C) दुर्खीम ने (D) मार्क्स तथा एन्जिल ने

17. सामाजिक परिवर्तन की निम्नलिखित अवस्थाओं पर विचार कीजिए–

1. अधिभौतिक
2. प्रत्यक्षवादीय
3. धर्मशास्त्रीय
4. सभ्य

कॉम्टे के अनुसार इनमें से कौनसी सामाजिक परिवर्तन की अवस्थाएँ हैं ?

(A) 1, 2 तथा 4 (B) 3 तथा 4
(C) 2 तथा 3 (D) 1, 2 तथा 3

18. निम्नलिखित में से किस स्रोत से ऑगबर्न का यह विचार प्रत्यक्षतः उधार लिया गया है कि परिवर्तन सबसे पहले भौतिक तकनीकी में होता है ?

(A) मार्क्स से प्रत्यक्षतः और सेन्ट साइमन तथा कोंडोरसेट से अप्रत्यक्षतः
(B) सेन्ट साइमन से प्रत्यक्षतः और मार्क्स से अप्रत्यक्षतः
(C) कोंडोरसेट से प्रत्यक्षतः और मार्क्स से अप्रत्यक्षतः
(D) ग्रेबियल टार्ड से प्रत्यक्षतः

19. सामाजिक परिवर्तन में चमत्कारिक नेतृत्व की भूमिका पर निम्नलिखित में से किसने जोर दिया ?

(A) सोरोकिन (B) पैरेटो
(C) मैक्स वेबर (D) रजनी कोठारी

20. निम्नलिखित में से किसने 'पुस्तक दृश्य' और 'क्षेत्र दृश्य' में विभेदीकरण किया है ?

(A) ए. आर. देसाई
(B) जी. एस. घुरिये
(C) एम. एन. श्रीनिवास
(D) आई. पी. देसाई

21. सूची-I (विद्वान्) को सूची-II (परिवर्तन का सिद्धान्त) से सुमेलित कीजिए तथा सूचियों के नीचे दिए गए कूट का प्रयोग कर सही उत्तर चुनिए–

सूची-I (विद्वान्)	सूची-II (परिवर्तन का सिद्धान्त)
(a) कार्ल मार्क्स	1. जैवीय सिद्धान्त
(b) हर्बर्ट स्पेन्सर	2. चक्रीय सिद्धान्त
(c) स्पेंग्लर	3. द्वन्द्वात्मक भौतिकवाद
	4. सामाजिक अनुबन्ध

कूट :

	(a)	(b)	(c)
(A)	4	1	2
(B)	3	2	1
(C)	4	2	1
(D)	3	1	2

22. निम्नलिखित पर विचार कीजिए–

1. सामूहिक क्रिया   2. नेतृत्व
3. विचारधारा   4. सन्तुलन की पुनःस्थापना
5. हित.

उपर्युक्त में कौनसे सामाजिक आन्दोलन के लक्षण हैं ?

(A) 1, 2, 3 और 5   (B) 2, 3, 4 और 5
(C) 1, 2, 3 और 4   (D) 1, 4 और 5

23. निम्नलिखित में से किस एक का विरोध करना गुजरात के खेड़ा आन्दोलन (1919) का प्रथम लक्ष्य था ?

(A) कर   (B) मूल्यों में अचानक वृद्धि
(C) महाजन वर्ग   (D) अदत्त बेगार

24. निम्नलिखित में कौनसी विशिष्टता मनुष्य का बाकी प्राणियों से प्रभेद करती है ?

(A) सीधा खड़ा होने की क्षमता
(B) वातावरण के अनुकूल होने की क्षमता
(C) औजार बनाने की क्षमता
(D) एक समूह में रहने की क्षमता

25. निम्नलिखित में से किसने कहा कि सारी संस्कृतियाँ बसन्त, ग्रीष्म, पतझड़, शरद् के समान नियमित क्रमिक चरणों से गुजरती हैं ?

(A) ए. जे. टॉयनबी   (B) ऑस्वल्ड स्पेन्गलर
(C) एफ. एस. चैपिन   (D) ए. एल. क्रोबर

26. योगेन्द्र सिंह द्वारा बताये सामाजिक आन्दोलन के दो प्रकारों से जुड़ी दो दिशाएँ निम्नलिखित में से कौनसी हैं ?

1. एकात्मकता   2. वैकल्पिकता
3. विसम्बन्धनत्व   4. सुधारात्मकता

नीचे दिए गए कूट का प्रयोग कर सही उत्तर चुनिए–

(A) 1 और 2   (B) 1 और 3
(C) 3 और 4   (D) 1 और 4

27. सूची-I (प्रारूप) को सूची-II (जनजाति आन्दोलन) के साथ सुमेलित कीजिए और सूचियों के नीचे दिए गए कूट का प्रयोग कर सही उत्तर चुनिए–

सूची-I (प्रारूप)	सूची-II (जनजाति आन्दोलन)
(a) नृजातीय	1. नागा आन्दोलन
(b) सुधार	2. झारखण्ड आन्दोलन
(c) पृथकतावादी	3. बिरसा आन्दोलन
(d) उप-राष्ट्रीय	4. भगत आन्दोलन

कूट :

	(a)	(b)	(c)	(d)
(A)	3	2	1	4
(B)	1	4	3	2
(C)	3	4	1	2
(D)	1	2	3	4

28. निम्नलिखित में से किसने एकात्मकता की दिशा और विसंगति की दिशा को सामाजिक आन्दोलन के दो प्रकारों के रूप में उल्लिखित किया है ?

(A) रजनी कोठारी   (B) आन्द्रे बेतेई
(C) केथलीन गफ   (D) योगेन्द्र सिंह

29. वह कौनसा महाराजा था जिसके संरक्षण में महाराष्ट्र में दलित आन्दोलन फला-फूला ?

(A) कोल्हापुर का महाराजा
(B) रायगढ़ का महाराजा
(C) नागपुर का महाराजा
(D) अमरावती का महाराजा

30. 'देश सेविका संघ' जिसकी बम्बई में धरना आयोजित करने में महत्वपूर्ण भूमिका रही है, स्थापित किया गया था–

(A) हंसा मेहता तथा अन्य द्वारा
(B) कमलादेवी चट्टोपाध्याय द्वारा
(C) कल्पना जोशी तथा अन्य द्वारा
(D) अरुणा आसफ अली द्वारा

31. निम्नलिखित में से किसने पश्चिम में जल्दी महिला मुक्ति के लिए वाहनों में स्वचालन के आविष्कार का कारण उदाहरण के रूप में दिया ?

(A) डब्ल्यू. जे. गुडे
(B) डब्ल्यू. ई. मूरे

(C) डब्ल्यू. एफ. ऑगबर्न
(D) डब्ल्यू. जी, समनर

32. निम्नलिखित में से कौनसी एक घटना ने विनोबा भावे को भू-दान आन्दोलन को प्रारम्भ करने को प्रेरित किया ?
(A) नलगोण्डा घटना
(B) श्री काकुलम घटना
(C) नक्सलवादी घटना
(D) मधुबनी घटना

33. सामाजिक परिवर्तन का किसका सिद्धान्त यह मानता है कि "यह नहीं मानो कि सामाजिक आन्दोलन राजनीतिक आन्दोलन से अलग होता है. कोई राजनीतिक आन्दोलन ऐसा कभी नहीं होता जो साथ-ही-साथ सामाजिक न हो" ?
(A) मार्क्स (B) मॉर्गन
(C) मान्टेस्क्यू (D) विको

34. निम्नलिखित में से किस विद्वान् ने कहा है कि, "मनुष्य जैसा कार्य करता है, वैसा ही बन जाता है. वह उसी प्रकार सोचता है और अनुभव करता है ?"
(A) किंग्सले डेविस (B) थोर्सटीन वेबलिन
(C) ग्रीन (D) मार्क्स

35. 'The Decline of the West' नामक पुस्तक किसकी रचना है ?
(A) किंग्सले डेविस (B) थॉर्सटीन वेबलिन
(C) स्पेंगलर (D) इनमें से कोई नहीं

36. स्पेंगलर ने विश्व की कितनी सभ्यताओं का अध्ययन किया ?
(A) आठ (B) चार
(C) दस (D) बीस

37. 'The Decline of the West' नामक पुस्तक कब प्रकाशित हुई ?
(A) 1920 में (B) 1921 में
(C) 1922 में (D) 1923 में

38. पुस्तक 'Mind and Society' किसकी रचना है ?
(A) परेटो (B) मोस्का
(C) ग्रीन (D) हिगेल

39. परेटो के अनुसार समाज कितने वर्गों में बँटा हुआ है ?
(A) एक (B) दो
(C) तीन (D) चार

40. पुस्तक 'Social and Cultural Dynamics' किसकी रचना है ?
(A) सोरोकिन (B) हिगेल
(C) परेटो (D) इनमें से कोई नहीं

41. 'धार्मिक आचार का सिद्धान्त' के प्रतिपादक हैं—
(A) ऑगबर्न (B) सोरोकिन
(C) मैक्स वेबर (D) मैकाइवर एवं पेज

42. 'संस्कृति प्रसार के सिद्धान्त' के प्रतिपादक हैं—
(A) ऑगबर्न (B) सोरोकिन
(C) मेक्स वेबर (D) स्मिथ

43. सांस्कृतिक विलम्बन की अवधारणा को भारतीय समाज के सन्दर्भ में अधिक प्रासंगिक बताया गया है, किसके द्वारा ?
(A) बोटोमोर (B) मोस्का
(C) परेटो (D) इनमें से कोई नहीं

44. पुस्तक 'Social Change' किसकी रचना है ?
(A) ऑगबर्न (B) मोस्का
(C) ग्रीन (D) इनमें से कोई नहीं

45. पुस्तक 'Human Society' किसकी रचना है ?
(A) ऑगबर्न (B) किंग्सले डेविस
(C) ग्रीन (D) परेटो

46. किसने कहा कि "चूँकि समाज स्वयं ही सामाजिक सम्बन्धों का जाल है. अतः सामाजिक परिवर्तन इन्हीं सम्बन्धों के रूपाकारों में परिवर्तन है ?"
(A) मैकाइवर एवं पेज
(B) किंग्सले डेविस
(C) गिलिन एवं गिलिन
(D) इनमें से कोई नहीं

47. सूची-I (पुस्तक) को सूची-II (लेखक) के साथ सुमेलित कीजिए और सूचियों के नीचे दिए गए कूट का प्रयोग करते हुए सही उत्तर चुनिए–

	सूची-I (पुस्तक)	सूची-II (लेखक)
(a)	माइण्ड एण्ड सोसायटी	1. वी. पैरेटो
(b)	दि रूलिंग क्लास	2. जी. मोस्का
(c)	ऐलिट्स एण्ड सोसायटी	3. टी. वी. बॉटोमोर
(d)	टोटम एण्ड टेबू	4. एस. फ्रॉयड

कूट :

	(a)	(b)	(c)	(d)
(A)	1	2	3	4
(B)	4	3	2	1
(C)	1	3	2	4
(D)	4	2	3	1

48. निम्नलिखित में से कौनसे वक्तव्य सही हैं ?
   1. प्रौद्योगिकी में परिवर्तन होने से संस्कृति में परिवर्तन होता है.
   2. संस्कृति में परिवर्तन होने से प्रौद्योगिकी में परिवर्तन होता है.
   3. प्रौद्योगिकी में परिवर्तन होने से प्रौद्योगिकी में परिवर्तन होता है.

   निम्नलिखित कूट में से सही उत्तर चुनिए–
   (A) 1 तथा 2 (B) 2 तथा 3
   (C) 1 तथा 3 (D) 1, 2 तथा 3

49. जो आन्दोलन एक आमूल सांस्कृतिक परिवर्तन के परिणामस्वरूप उत्पन्न होता है, वह है–
   (A) रूपान्तरण आन्दोलन
   (B) सहस्त्राब्दवादी आन्दोलन
   (C) विमुक्तिपरक आन्दोलन
   (D) वैकल्पिक आन्दोलन

50. औद्योगीकरण के प्रति सर्वाधिक प्रमुख परिपक्व नारी भूमिका के आविर्भाव के लिए निम्नलिखित में से किसको श्रेय दिया जाता है ?
   (A) वयोला क्लैन (B) ऐन ओकली
   (C) अर्न्सटीन फ्रीडल (D) थीयोडोर कैप्लॉ

51. वह सामाजिक आन्दोलन जो अलौकिक शक्ति के हस्तक्षेप द्वारा समाज को सहसा रूपान्तरित करने की आशा पर आधारित है, कहलाता है–
   (A) पुनर्जीवन आन्दोलन
   (B) स्वसंस्कृति आन्दोलन
   (C) सहस्त्राब्दीवादी आन्दोलन
   (D) प्राणतात्विक आन्दोलन

52. निम्नलिखित में से किए देश में 'शितोधर्म' तथा बौद्ध धर्म दोनों सह-अस्तित्व में हैं ?
   (A) भारत (B) जापान
   (C) बर्मा (D) कोरिया

53. निम्नलिखित में से कौनसा एक सुमेलित नहीं है ?
   (A) बौद्ध धर्म – मठविषयक रहस्यवाद
   (B) जैन धर्म – ईश्वरवाद
   (C) ईसाई धर्म – प्रार्थना द्वारा मोक्ष
   (D) हिन्दू धर्म – कर्म और धर्म

निर्देश–(प्रश्न 54 से 58 तक) प्रश्नांशों में दो वक्तव्य दिए गए हैं. एक को 'कथन (A)' तथा दूसरे को 'कारण (R)' कहा गया है. इन दोनों वक्तव्यों का सावधानीपूर्वक परीक्षण कर इन प्रश्नांशों का उत्तर नीचे दिए गए कूट की सहायता से चुनिए–

कूट :
   (A) (A) और (R) दोनों सही हैं तथा (R), (A) का सही स्पष्टीकरण है.
   (B) (A) और (R) दोनों सही हैं, परन्तु (R), (A) का सही स्पष्टीकरण नहीं है.
   (C) (A) सही है, परन्तु (R) गलत है.
   (D) (A) गलत है, परन्तु (R) सही है.

54. **कथन (A) :** औपनिवेशिक नीतियाँ, जैसेकि जल-कर, भूमि, राजस्व और कृषिक कीमतों सम्बन्धी नीतियाँ, निर्धन, मध्यवर्गीय एवं खुशहाल काश्तकारों के साथ-साथ छोटे-मोटे भूस्वामियों को भी जमींदारों एवं शक्तिशाली किसानों के खिलाफ आपस में एकजुट कर सकती हैं.

   कारण (R) : किसान की मनोवृत्ति किसान आन्दोलन को जन्म नहीं देती, बल्कि उनके जीवन के हालात इसके जिम्मेदार हैं.

55. **कथन (A) :** मनुष्य कई तकनीकों को बना सकते हैं, विकसित कर सकते हैं एवं अपना सकते हैं और वे नई तकनीकें बदले में नई प्रौद्योगिक, वैचारिक अथवा संगठनात्मक अनुकूलन की समस्याओं को पैदा कर सकती हैं.

   कारण (R) : तथापि कोई तकनीक सामाजिक परिवर्तन को सक्रिय करने का बल नहीं रखती.

56. **कारण (A) :** भारत में किसान आन्दोलनों द्वारा कुछ कृषि सुधार आया है.

   कारण (R) : ऐसे आन्दोलन सदैव आधार स्तर पर सुसंगठित होते हैं.

57. **कथन (A) :** तेलांगाना आन्दोलन भारत के महत्वपूर्ण जुझारू कृषक आन्दोलनों में से एक है.

   कारण (R) : भारतीय राष्ट्रीय कांग्रेस ने इसे प्रभावशाली नेतृत्व प्रदान किया.

58. **कथन (A) :** हाल के दिनों में युवाओं में मादक द्रव्य व्यसन बढ़ता जा रहा है.

   कारण (R) : बालकों पर परिवार का नियन्त्रण कम होता जा रहा है.

59. सूची-I (अध्येता) को सूची-II (सिद्धान्त) के साथ सुमेलित कीजिए और सूचियों के नीचे दिए गए कूट का प्रयोग कर सही उत्तर चुनिए–

सूची-I (अध्येता)	सूची-II (सिद्धान्त)
(a) आन्द्रे गुण्डर फ्रैंक	1. सम्भ्रान्त का परिचालन
(b) गुन्नार मिर्डल	2. सांस्कृतिक अन्तराल
(c) डब्ल्यू. एफ. ऑगबर्न	3. सांस्कृतिक पश्चता
(d) विल्फ्रेड पैरेटो	4. संचयी कार्योत्पादन
	5. आश्रयता

कूट :

	(a)	(b)	(c)	(d)
(A)	5	2	4	1
(B)	1	4	3	5
(C)	1	2	4	5
(D)	5	4	3	1

60. सूची-I (पुस्तक) को सूची-II (लेखक) के साथ सुमेलित कीजिए और सूचियों के नीचे दिए गए कूट का प्रयोग करते हुए सही उत्तर चुनिए–

सूची-I (पुस्तक)

(a) कास्ट इन मॉडर्न इण्डिया
(b) कास्ट, क्लास एण्ड पॉवर
(c) होमो हायरार्किक्स
(d) कास्ट इन इण्डियन पॉलिटिक्स

सूची-II (लेखक)

1. ए. बेतेई
2. एल. डूमों
3. आर. कोठारी
4. एम. एन. श्रीनिवास
5. जॉन डुई

कूट :

	(a)	(b)	(c)	(d)
(A)	4	1	2	3
(B)	3	1	2	4
(C)	4	2	5	3
(D)	3	2	5	4

61. निम्नलिखित में से किसने कहा है "मानव द्वारा वस्तुओं के ऊपर नियन्त्रण के सन्दर्भ में सम्पत्ति की कल्पना की जानी चाहिए ?"

(A) टी. वेब्लन (B) एल. टी. हॉबहाउस
(C) आर. एच. लुई (D) एल. एच. मॉर्गन

62. भूमि सुधार कार्यक्रम के अन्तर्गत अधिनियमित पहला अधिनियम था–

(A) पश्चिम बंगाल भूमि सुधार अधिनियम, 1956
(B) जमींदारी उन्मूलन अधिनियम, 1950
(C) बिहार भूमि सुधार अधिनियम, 1950
(D) बम्बई किरायेदारी अधिनियम, 1931

63. सूची-I (सिद्धान्त) को सूची-II (विचारक) से सुमेलित कीजिए और सूचियों के नीचे दिए गए कूट का प्रयोग करते हुए सही उत्तर चुनिए–

सूची-I (सिद्धान्त)	सूची-II (विचारक)
(a) भौगोलिक निर्धारणवाद	1. हंटिंग्टन
(b) वैचारिक निर्धारणवाद	2. वेबर
(c) सांस्कृतिक निर्धारणवाद	3. सोरोकिन
(d) प्रौद्योगिक निर्धारणवाद	4. वेब्लन

कूट :

	(a)	(b)	(c)	(d)
(A)	1	2	3	4
(B)	1	3	2	4
(C)	4	2	3	1
(D)	4	3	2	1

64. निम्नलिखित में से किस विद्वान् ने कहा है कि "समाज 'समय के क्रम' के रूप में ही विद्यमान रहता है. यह एक प्रक्रिया है, एक वस्तुगत उपाय नहीं ?"

(A) परेटो (B) मैकाइवर
(C) ऑगबर्न (D) इनमें से कोई नहीं

65. पुस्तक 'Society and Culture' किसकी रचना है ?

(A) मैकाइवर (B) ऑगबर्न
(C) मैरिल (D) परेटो

66. पुस्तक 'Social Organization' किसकी रचना है ?

(A) सी. एच. कोली (B) मैरिल
(C) ऑगबर्न (D) परेटो

67. पुस्तक 'Social Change' किसकी रचना है ?

(A) सोरोकिन (B) ऑगबर्न
(C) लेपियर (D) इनमें से कोई नहीं

68. निम्नलिखित में से किसने निम्नलिखित कथन को लिखा है "जनसंख्यात्मक कारक का तात्पर्य किसी समाज की जनसंख्या का आकार और घनत्व में वृद्धि अथवा ह्रास होना है ?"

(A) सोरोकिन (B) ऑगबर्न
(C) मोर (D) परेटो

69. निम्नलिखित में किस विद्वान् ने कहा कि "समाजशास्त्री के रूप में हमारा प्रत्यक्ष सम्बन्ध केवल सामाजिक सम्बन्धों से होता है. इस दृष्टिकोण से केवल सामाजिक सम्बन्धों में होने वाले परिवर्तनों को ही हम सामाजिक परिवर्तन कहते हैं ?"

(A) मैकाइवर (B) परेटो
(C) मार्क्स (D) गिलिन एवं गिलिन

70. निम्नलिखित में से किस विद्वान् ने कहा है कि "समाज 'समय के क्रम' के रूप में ही विद्यमान रहता है. यह एक प्रक्रिया है, एक वस्तुगत उपाय नहीं ?"

(A) परेटो (B) मैकाइवर
(C) ऑगबर्न (D) इनमें से कोई नहीं

71. निम्नलिखित में से किस विद्वान् ने 'सामाजिक ढाँचे के परिवर्तन को ही' सामाजिक परिवर्तन कहा है ?
(A) गिन्सबर्ग (B) जॉन्सन
(C) मार्क्स (D) मोस्का

72. किस विद्वान् ने कहा है कि "अपने मौलिक अर्थ में सामाजिक परिवर्तन का तात्पर्य सामाजिक संरचना के परिवर्तन से है ?"
(A) मैकाइवर एवं पेज
(B) गिलिन एवं गिलिन
(C) एच. एम. जॉनसन
(D) इनमें से कोई नहीं

उत्तर व्याख्या सहित

1. (C)

आन्दोलन	**नेता**
दलित आन्दोलन	भीमराव अम्बेडकर
नक्सल आन्दोलन	चारू मजूमदार
चिपको आन्दोलन	सुन्दरलाल बहुगुणा

2. (B) सोरोकिन ने 'सोशल एण्ड कल्चरल डायनेमिक्स' में समाज की संस्कृति को तीन हिस्सों में विभाजित किया जाता है–आदर्शात्मक संस्कृति, इन्द्रियपरक संस्कृति, आदर्शवादी संस्कृति.
3. (C) विष्णु पुराण के अनुसार चतुर्यगों का क्रम निम्न प्रकार से है–सतयुग–त्रेता, द्वापर–कलियुग.
4. (D) वेब्लन के अनुसार सामाजिक परिवर्तन वह प्रक्रिया है, जिसके माध्यम से हमारी सामाजिक व्यवस्था प्रौद्योगिकीय प्रगति को व्यक्त करती है.
5. (C) सामाजिक परिवर्तन के रेखीय सिद्धान्तकार कॉम्टे, मार्क्स, ऑगबर्न, हॉबहाउस, स्पेन्सर, एल. एच. मार्गन व टाल्कॉट पासन्स थे.
6. (D) आरक्षण विरोधी आन्दोलन जोकि पिछ्ड़े व्यक्तियों के लिए उत्थान की व्यवस्था के खिलाफ था को तर्कसंगत नहीं कहा जा सकता है.
7. (A) कार्ल मार्क्स ने German Ideology में सामाजिक परिवर्तन के चार चरण–जनजातीय, पुरातन, सामन्ती तथा पूँजीवादी का उल्लेख किया है.
8. (A) सन् 1974 में गढ़वाल में वनोन्मूलन के विरोध में हुए अहिंसक आन्दोलन विख्यात पर्यावरणविद् सुन्दरलाल बहुगुणा ने पेड़ों को कटने से बचाने के लिए किया, जिसमें स्त्रियों ने पेड़ों से चिपकर विरोध किया.
9. (D)

महात्मा गांधी	– हरिजन सेवक संघ
श्रीनारायण गुरु	– SNDP (श्रीनारायण गुरु धर्म परिपालन योगम्) योगम्
बी. आर. अम्बेडकर	– अखिल भारतीय अनुसूचित जाति परिसंघ
ज्योति राव फुले	– सत्यशोधक समाज

10. (C) भूदान आन्दोलन बिनोबा भावे ने आरम्भ किया था. उन्होंने तेलगांना के किसानों से भूदान के लिए कहा. 1956 ई. में हैदराबाद से भूदान आन्दोलन को शुरू किया.
11. (C) झारखण्ड आन्दोलन मुख्यतः भूमि एवं वन विसम्बन्धन, असमान विकास कार्यवंचन के कारण था.
12. (C) अगस्ट कॉम्टे के अनुसार मानव का बौद्धिक विकास तीन चरणों–धर्मशास्त्रीय (The Ological), तात्त्विक (Metaphysical) व प्रत्यक्षवादी (Positivistic) से पास होता है.
13. (D) राजवंशी क्षत्रिय सभा आन्दोलन – बीसवीं शताब्दी के पहली तिमाही में
नक्सलवादी आन्दोलन – 1968 ई. के आगे
नया सिनेमा आन्दोलन – 1960 ई. का दशक
श्रीनारायण धर्म परिपालन आन्दोलन – उन्नीसवीं शताब्दी
14. (B) दलित आन्दोलन का लक्ष्य दलितों में अधिकारों के प्रति सामाजिक चेतना जाग्रत करना तथा दलितों के लिए विशेषाधिकार प्राप्ति है.
15. (D)

शिकारी	– प्रथम
चरागाही	– द्वितीय
कृषि	– तृतीय
औद्योगिक	– चतुर्थ

16. (D) मार्क्स व एन्जिल ने मानव इतिहास को पाँच युगों में विभाजित किया है, जैसे–आदिम साम्यवादी युग, दासत्व युग, सामन्तवादी युग, पूँजीवादी युग व समाजवादी युग.
17. (D) अगस्ट कॉम्टे सामाजिक परिवर्तन की निम्न तीन अवस्थाओं का वर्णन किया है–अधिभौतिक, प्रत्यक्षवादी, धर्मशास्त्रीय.
18. (A) ऑगबर्न परिवर्तन को सबसे पहले भौतिक तकनीकी में स्वीकार करते हैं. वे मार्क्स से प्रत्यक्षतः और सेन्ट साइमन तथा कोंडोरसेट से अप्रत्यक्षतः रूप से प्रभावित है.
19. (C) मैक्स बेबर सामाजिक परिवर्तन के लिए तीन प्रकार की सत्ता का वर्णन करते हैं. वैधानिक सत्ता, परम्परागत सत्ता तथा चमत्कारिक सत्ता, किन्तु चमत्कारिक सत्ता पर सर्वाधिक जोर देते हैं
20. (C) एम. एन. श्रीनिवास ने भारतीय समाज के मूलाधारों की धर्मग्रन्थों या किताबी जानकारी को 'पुस्तक दृश्य' तथा भारत के अलग-अलग प्रदेशों से क्षेत्र-शोध द्वारा प्राप्त जानकारी को 'क्षेत्र दृश्य' पुकारा है.

21. (D) कार्ल मार्क्स – द्वन्द्वात्मक भौतिकवाद
हरबर्ट स्पेन्सर – जैवीय सिद्धान्त
स्पेंग्लर – चक्रीय सिद्धान्त
हॉब्स, लॉक, रूसो – सामाजिक अनुबन्ध

22. (A) सामाजिक आन्दोलन सामूहिक व्यवहार का एक रूप है, जिसमें अधिसंख्य व्यक्ति, न्यूनाधिक रूप से किन्हीं निश्चित सामाजिक लक्ष्यों की प्राप्ति हेतु एक कार्यक्रम बनाकर मिली-जुली कार्यवाही या संगठित की कोशिश करते हैं.

23. (A) गुजरात का खेड़ा आन्दोलन किसानों से फसल बर्बादी के बाद कर वसूलने के विरुद्ध किया गया. 'Servant of Indian Society' के नेताओं बिट्ठल भाई पटेल तथा गांधीजी ने पूरे मामले की जाँच की माँग की.

24. (C) औजार बनाने की क्षमता का अभी तक कोई स्पष्ट प्रमाण मनुष्य को छोड़कर किसी प्राणी के बारे में स्पष्ट नहीं है.

25. (B) ऑस्वल्ड स्पेन्लर के अनुसार सभी संस्कृतियाँ, ऋतुओं के समान उन्नत और अवनत अवस्था से गुजर कर ही एक दिन विकसित होती हैं.

26. (B) योगेन्द्र सिंह के अनुसार सामाजिक आन्दोलन के दो प्रकारों से जुड़ी दिशाएँ–एकात्मकता व विसम्बन्धनत्व हैं.

27. (C) नृजातीय आन्दोलन– बिरसा आन्दोलन, 1832 में; कोल विद्रोह 1957-58 में सन्थाल विद्रोह
उप-राष्ट्रीय आन्दोलन – झारखण्ड आन्दोलन असम व मध्य प्रदेश में पहाड़ी राज्य आन्दोलन
पृथकतावादी आन्दोलन – नागा आन्दोलन व मिजो आन्दोलन
सुधार आन्दोलन – भगत आन्दोलन, भूमिजों का वैष्णव आन्दोलन, सन्थालों का खैरवार आन्दोलन

28. (D) योगेन्द्र सिंह के अनुसार सामाजिक आन्दोलन के दो प्रकारों से जुड़ी दिशाओं एकात्मकता व विसम्बन्धनत्व हैं.

29. (A) 19वीं सदी के बीच भाग में महाराष्ट्र में सबसे पहले दलित आन्दोलन हुआ. कोल्हापुर के छत्रपति शाहूजी ने इस आन्दोलन में सहायता प्रदान की.

30. (B) 'देश सेविका संघ' की स्थापना कमला देवी चट्टोपाध्याय द्वारा मुम्बई में की गई थी.

31. (A) विलियम जे. गुडे ने महिला मुक्ति के लिए वाहनों के स्वचालन को एक कारण जाना है.

32. (A) सन् 1950 के प्रारम्भ में विनोबा भावे द्वारा चलाया गया भूदान आन्दोलन भूमि-वितरण के मुद्दे पर मुख्यतः वामपन्थी आन्दोलनों का प्रत्युत्तर था.

33. (C) मान्टेस्क्यू के अनुसार सामाजिक आन्दोलन राजनीतिक आन्दोलन के साथ ही चलता है न कि भिन्न-भिन्न.

34. (B) 35. (C) 36. (A) 37. (C) 38. (A)
39. (B) 40. (A) 41. (C) 42. (D) 43. (A)
44. (A) 45. (B) 46. (A)

47. (A) माइण्ड एण्ड सोसायटी – वी. पैरेटो
दि रूलिंग क्लास – जी. मोस्का
ऐलिट्स एण्ड सोसायटी – टी. वी. बॉटोमोर
टोटम एण्ड टेक – एस. फ्रॉयड

48. (D) प्रौद्योगिकी में परिवर्तन होने से संस्कृति में परिवर्तन होता है. संस्कृति में परिवर्तन होने से प्रौद्योगिकी में परिवर्तन होता है. प्रौद्योगिकी में परिवर्तन होने से प्रौद्योगिकी में परिवर्तन होता है.

49. (C) विमुक्तिपरक आन्दोलन व्यवस्था की मूलभूत संरचना अथवा सांस्कृतिक ताने-बाने में परिवर्तन लाने के उद्देश्य से प्रेरित होता है.

50. (B) ऐन ओकली ने औद्योगीकरण के प्रति नारी भूमिका को लेकर काफी सक्रिय रूप से योगदान दिया.

51. (C) सहस्त्राब्दीवादी आन्दोलन अलौकिक शक्ति के हस्तक्षेप द्वारा समाज को सहसा रूपान्तरित करने की आशा पर निर्भर है.

52. (B) जापान के शितो तथा बौद्ध धर्म दोनों का सह-अस्तित्व है.

53. (B) जैन धर्म ईश्वरविहीन धर्म है. बौद्ध धर्म मठविषयक रहस्यवाद का पोषक है. ईसाई धर्म में प्रार्थना तथा मोक्ष दोनों को स्वीकार किया जाता है. हिन्दू धर्म कर्म तथा धर्म दोनों को अपनाता है.

54. (A) किसानों के जीवन के हालात, किसानों की जमींदारों एवं शक्तिशाली किसानों के विरुद्ध आपस में एकजुट कर सकती है.

55. (C) ऑगबर्न के अनुसार प्रौद्योगिकी, जैसे–भौतिक कारक सामाजिक परिवर्तन में प्रमुख भूमिका निभाते हैं. अकेले रेडियो ही विश्व में लगभग 150 प्रकार के परिवर्तनों को लाया है.

56. (C) भारत में किसान आन्दोलनों द्वारा कृषि में सुधार निश्चित तौर पर आया है, किन्तु ऐसे आन्दोलन सदैव आधार स्तर पर सुसंगठित नहीं रहे हैं.

57. (A) हैदराबाद रियासत में सन् 1945-46 में कृषकों ने तेलंगाना आन्दोलन कम्युनिस्ट पार्टी एवं आन्ध्र महासभा के नेतृत्व में किया था.

58. (A) बालकों पर परिवार का नियन्त्रण कम होते जाने की वजह से भी युवाओं में मादक द्रव्य-व्यसन अधिक होता जा रहा है.

59. (D) आन्द्रे गुण्डर फ्रैंक – आश्रयता
गुन्नार मिर्डल – संचयी कार्योत्पादन
डब्ल्यू. एफ. ऑगबर्न – सांस्कृतिक पश्चता
विल्फ्रेड पैरेटो – सम्भ्रान्त का परिचालन

60. (A) कास्ट इन मॉडर्न इण्डिया – एम. एन. श्रीनिवास (1966)
कास्ट, क्लास एण्ड पॉवर – ए. बतेई (1965)
होमी हायरार्किक्स – एल. डूयों (1970)
कास्ट इन इण्डियन पॉलिटिक्स – आर. कोठारी (1970)

61. (B) एल. टी. हॉबहाउस के अनुसार, सम्पत्ति मानव द्वारा वस्तुओं के ऊपर नियन्त्रण के सन्दर्भ में जानी चाहिए.

62. (C) बिहार भूमि सुधार अधिनियम, 1950 भारत के भूमि सुधार कार्यक्रम का पहला अधिनियम था.

63. (A) भौगोलिक निर्धारणवाद – हंटिंग्टन
वैचारिक निर्धारणवाद – वेबर
सांस्कृतिक निर्धारणवाद – सोरोकिन
प्रौद्योगिक निर्धारणवाद – वेब्लन

64. (B) 65. (C) 66. (A) 67. (B) 68. (A)
69. (A) 70. (B) 71. (B) 72. (C)

●●●

इकाई-XI

परीक्षोपयोगी तथ्य

पारिभाषिक शब्दावली (Terminology)

- **विज्ञान** (Science)—प्रेरणा अध्ययन और परीक्षण द्वारा प्राप्त हुआ व्यवस्थित ज्ञान, वैज्ञानिक ज्ञान का परीक्षण किया जा सकता है, प्रमाणित अथवा सिद्ध किया जा सकता है.
- **पद्धति** (Method)—किसी सामाजिक घटना के विषय में सामग्री या तथ्य एकत्रित करने का ढंग जैसे—प्रेक्षण, साक्षात्कार, सर्वेक्षण आदि की पद्धति.
- **गतिशील** (Dynamic)—कोई वस्तु या बल, जो गतिशील अवस्था में हो. यह समाज में सामाजिक परिवर्तन का द्योतक है.
- "समाजशास्त्र एक विज्ञान है, जो सामाजिक क्रियाओं का व्याख्यात्मक बोध कराने का प्रयत्न करता है."

  —**मैक्स वेबर**
- "समाजशास्त्र सामाजिक सम्बन्धों के विषय में है, सामाजिक सम्बन्धों के इसी जाल को हम समाज कहते हैं."

  —**मैकाइवर एवं पेज**
- "**समाज** (Society) मानव समूह नहीं, बल्कि समूह के मध्य व्यक्तियों के आपसी सम्बन्धों की व्याख्या का नाम है."

  —**राइट**
- "**समाज** व्यवहारों और प्रणालियों की, अधिकार व परस्पर सहयोग की, अनेक समूहों और भागों की, मानव व्यवहारों के नियन्त्रणों और स्वाधीनता की व्यवस्था हैं."

  —**मैकाइवर एवं पेज**
- "**समाज** स्वयं एक संघ है, संगठन है, औपचारिक सम्बन्धों का योग है, जिसमें सहयोग से व्यक्ति परस्पर आबद्ध है."

  —**एच. एफ. गिडिंग्स**
- **समिति** (Association)—"समिति मनुष्यों का एक समूह है जिसे किसी सामान्य उद्देश्य या उद्देश्यों को प्राप्त करने के लिए संगठित किया जाता है."

  —**मैकाइवर एवं पेज**

  "समिति एक ऐसा संगठन है, जो प्रायः विशेष स्वार्थों की पूर्ति के लिए बनाया जाता है. इसका उद्देश्य अपने सदस्यों की विशेष या सामान्य इच्छाओं की सन्तुष्टि के अतिरिक्त और कुछ नहीं है."

  —**ऑगबर्न एवं निमकॉफ**
- **संस्था** (Institution)—"संस्थाएँ सामूहिक क्रिया की विशेषता व्यक्त करने वाली कार्यप्रणाली के स्थापित स्वरूप अथवा अवस्था को कहते हैं."

  —**मैकाइवर एवं पेज**
- **समुदाय** (Community)—"एक समुदाय एक ऐसा सामाजिक समूह है, जिसमें कुछ अंशों में हम की भावना पाई जाती है तथा जो एक निश्चित क्षेत्र में रहता है."

  —**बोगार्डस**
- **प्रस्थिति** (Status)—(i) "किसी विशेष व्यवस्था में कोई व्यक्ति, निर्दिष्ट समय में जो स्थान प्राप्त करता है, उस व्यवस्था के अनुसार वह उसकी प्रस्थिति की ओर संकेत करता है."

  —**लिन्टन**

  (ii) "प्रस्थिति किसी भी सामान्य संस्थात्मक व्यवस्था में किसी पद की सूचक है, ऐसा पद जो समाज द्वारा स्वीकृत है और जिसका निर्माण स्वतः ही हुआ है व जो जनरीतियों व रूढ़ियों से सम्बद्ध है."

  —**किंग्सले डेविस**
- **सामान्य प्रस्थिति या हैसियत**—व्यक्ति की विभिन्न प्रस्थितियों के योग से बनी उसकी पूर्ण प्रस्थिति ही सामान्य प्रस्थिति है.
- **औपचारिक सामाजिक प्रस्थिति** (Formal Social Status)—इस प्रस्थिति को धारण करने वाला व्यक्ति औपचारिक व वैधानिक नियमों के द्वारा अपने पद के कार्यों को सम्पन्न करता है.
- **अनौपचारिक सामाजिक प्रस्थिति** (Informal Social Status)—इसके अन्तर्गत वे पद आते हैं, जो जनजातियों एवं रूढ़ियों द्वारा वर्षों से चले आए हैं और इन्हीं के द्वारा इन प्रस्थितियों की कार्य अपेक्षाएँ निर्धारित होती हैं.

- **विशिष्ट प्रस्थिति** (Particularised Status)—इसके अन्तर्गत हम वे पद लेते हैं जो किसी व्यक्ति द्वारा उसके व्यक्तिगत अन्तःक्रिया क्षेत्र में होते हैं.
- **सत्ता** (Authority)—प्रभाव डालने की क्षमता, व्यक्ति को जब कानून, प्रथा अथवा अन्य किसी औपचारिक माध्यम से प्राप्त होती है, तो वह सत्ता कहलाती है.
- **शक्ति** (Power)—व्यक्तियों पर प्रभाव डालने का वह व्यक्तिगत गुण, जोकि किसी नियम अथवा कानून के आधार पर प्राप्त नहीं होता.
- **प्रदत्त प्रस्थिति** (Ascribed Status)—जो किसी व्यक्ति को जन्म के आधार पर प्राप्त होती है.
- **अर्जित प्रस्थिति** (Achieved Status)—योग्यता के आधार पर प्राप्त प्रस्थिति को अर्जित प्रस्थिति कहते हैं.
- **भूमिका** (Role)—भूमिका प्रस्थिति का गत्यात्मक पक्ष है (भूमिका के अन्तर्गत हमारे मूल्य, विश्वास व व्यवहार तीनों आते हैं).
- **भूमिका पालन** (Role Playing)—जब कोई व्यक्ति अपनी भूमिका समाज द्वारा अपेक्षित प्रतिमानों के आधार पर निभाता है, तो उसे भूमिका पालन कहते हैं.
- **भूमिकावरण** (Role Taking)—इस प्रक्रिया के अन्तर्गत हम विशिष्ट भूमिका को सीखते हैं.
- **अभिनय की भूमिका** (Playing at Role)—इसमें व्यक्ति अभिनय के माध्यम से किसी अन्य पात्र की भूमिका निभाता है.
- **भूमिका संघर्ष** (Role Conflict)—जब दो विभिन्न परिस्थितियों में भूमिका निभानी हो और उससे मानसिक अन्तर्द्वन्द्व का अनुभव होने लगे, तो उसे भूमिका संघर्ष कहते हैं.
- **भूमिका प्रतिमान** (Role Set)—जब एक विशिष्ट प्रस्थिति से सम्बन्धित विभिन्न प्रस्थितियों के व्यक्तियों के साथ एक व्यक्ति अपनी प्रस्थिति के अनुसार कार्य करता है, तो उसे भूमिका प्रतिमान कहते हैं.
- **प्रस्थिति प्रतिमान** (Status Set)—जब एक व्यक्ति की विभिन्न संस्थाओं में अलग-अलग प्रस्थिति हो, तो उसे प्रस्थिति प्रतिमान कहते हैं.
- **प्रस्थिति शृंखला** (Status Sequence)—एक व्यक्ति की अलग-अलग समय में अलग-अलग प्रस्थितियों का होना प्रस्थिति शृंखला है.
- **श्रेणी** (Rank)—समाज में पाई जाने वाली समान प्रतिष्ठा वाली स्थितियों की समग्रता को श्रेणी कहते हैं.
- **प्रतिष्ठा** (Prestige)—समाज में प्रत्येक प्रस्थिति के प्रति लोगों में आदर एवं शृद्धा की अलग-अलग पाई जाने वाली मात्रा को प्रतिष्ठा कहते हैं.
- **सम्मान** (Esteem)—सम्मान का सम्बन्ध किसी भी प्रस्थिति को धारण करने वाले व्यक्ति की कार्य-कुशलता, दक्षता, विशेषज्ञता-क्षमता, कर्त्तव्यपरायणता एवं सफलता से है.
- **मुख्य प्रस्थिति** (Key Status)—वह प्रस्थिति जो दूसरी प्रस्थितियों की तुलना में अधिक महत्वपूर्ण एवं अग्रणीय होती है.
- **भूमिका प्रत्याशा** (Role Expectation)—एक पद या प्रस्थिति धारण करने के फलस्वरूप व्यक्ति से जिस प्रकार की भूमिका की अपेक्षा की जाती है उसे भूमिका प्रत्याशा कहते हैं.
- **सामाजिक समूह** (Social Group)—"जब कभी भी दो या अधिक व्यक्ति एकत्रित होते हैं और एक-दूसरे पर प्रभाव डालते हैं, तो वे एक सामाजिक समूह का निर्माण करते हैं." —**ऑगबर्न एवं निमकॉफ**

  "समूह अन्तःक्रिया में संलग्न व्यक्तियों का एक संगठित संग्रह है." —**हाट एवं रेस**

  "समूह से हमारा तात्पर्य व्यक्तियों के किसी भी ऐसे संग्रह से है जो एक-दूसरे के साथ सामाजिक सम्बन्ध स्थापित करते हैं." —**मैकाइवर एवं पेज**
- **सन्दर्भ समूह** (Reference Group)—वह समूह जिसका कोई व्यक्ति सदस्य तो नहीं है, किन्तु सदस्य बनने की आकांक्षा रखता है.
- **प्राथमिक समूह** (Primary Group)—"प्राथमिक समूह का तात्पर्य दो या दो से अधिक ऐसे व्यक्तियों से है जो कनिष्ठ सहगामी और वैयक्तिक ढंग से एक-दूसरे से व्यवहार करते हैं." —**लुण्डबर्ग**

  "प्राथमिक समूह से मेरा तात्पर्य ऐसे समूहों से है जिनकी विशेषता आमने-सामने के कनिष्ठ सहचर्य और सहयोग के रूप में व्यक्त होता है." —**सी.एच. कूले**

  "प्राथमिक समूह व्यक्तिगत सम्बन्धों पर आधारित होता है, जिसमें सदस्य तुरन्त एक-दूसरे के साथ व्यवहार करते हैं." —**जिंसबर्ट**
- **द्वितीयक समूह** (Secondary Group)—"द्वितीयक समूह उन्हें कहते हैं, जिनमें प्राप्त अनुभवों में घनिष्ठता का अभाव होता है. आकस्मिक सम्पर्क ही द्वितीयक समूह का सार तत्व है." —**ऑगबर्न एवं निमकॉफ**

- **अर्द्ध-प्राथमिक समूह** (Quasi-Primary Group)—ऐसे समूह जिनमें प्राथमिक एवं द्वितीयक समूहों की मिश्रित विशेषताएँ पाई जाती हों.
- **समष्टि** (Collectivity)—ऐसे व्यक्तियों का समावेश जो एकसी भावनाओं, उद्वेगों व मूल्यों में विश्वास रखते हैं.
- **सामाजिक संवर्ग** (Social Category)—"इसमें वे व्यक्ति आते हैं जिनमें कुछ सामान्य सामाजिक या शारीरिक गुण होते हैं." —**गिटलर**
- **भीड़** (Crowd)—"किसी केन्द्र या आकर्षक बिन्दु के चारों ओर काफी संख्या में व्यक्तियों का एकत्रीकरण है." —**किम्बाल यंग**

  "भीड़ शारीरिक दृष्टि से संगठित लोगों का एक समूह है जिनमें परस्पर प्रत्यक्ष, अस्थायी और असंगठित सम्पर्क स्थापित हो जाता है." —**मेकाइवर एवं पेज**
- **सक्रिय या क्रियात्मक भीड़** (Active Crowd)—इसमें सभी एकत्रित व्यक्ति उत्तेजित होते हैं और इस उत्तेजना के प्रभाव से क्रियाशील हो जाते हैं.
- **श्रोता समूह** (Audience)—"श्रोता-समूह संस्थागत भीड़ का एक स्वरूप है." —**किम्बाल यंग**

  संगठित एवं औपचारिक भीड़ को प्रायः श्रोता समूह कहा जाता है.
- **जनता** (Public)—"जनता सामान्य रुचि वाले मनुष्यों का शिथिल रूप से संगठित और निर्मित समूह है." —**किम्बाल यंग**

  "जनता मनुष्यों का एक असंगठित संकलन है जिनकी संख्या इतनी अधिक है कि वे परस्पर व्यक्तिगत सम्बन्ध स्थापित नहीं कर सकते." —**जिन्सबर्ग**

  जनता भीड़ की तरह एक असंगठित समूह है जो किसी विशेष रुचि या लक्ष्य के आधार पर निर्मित हो जाती है.
- **राज्य** (State)—एक ऐसी समिति जो कानून और शासन अधिकार के द्वारा कार्य करती है और जिसे एक निश्चित भू-भाग के अन्दर सामाजिक व्यवस्था बनाए रखने के सर्वोच्च अधिकार प्राप्त होते हैं.
- **परिवार** (Family)—पर्याप्त निश्चित यौन सम्बन्ध द्वारा परिभाषित एक ऐसा समूह जो बच्चों के जनन एवं लालन-पालन की व्यवस्था करता है.
- **संयुक्त परिवार** (Joint Family)—जिसमें एकांकी परिवार से अधिक पीढ़ियों (अर्थात् तीन या अधिक) के सदस्य रहते हैं और जिनके सदस्य एक-दूसरे से सम्पत्ति आय और पारस्परिक अधिकारों तथा कर्त्तव्यों द्वारा सम्बद्ध है.
- **पितृसत्तात्मक परिवार** (Patriarchal Family)—जिसमें सत्ता एवं अधिकार पिता व पुरुषों के हाथ में होते हैं.
- **मातृसत्तात्मक परिवार** (Matriarchal Family)—जिसमें सत्ता एवं अधिकार, माता या स्त्री में निहित होती है.
- **जनरीतियाँ** (Folkways)—समूह की आदतों को जनरीतियाँ कहते हैं.

  "जनरीतियाँ दैनिक जीवन के व्यवहार के वे प्रतिमान है जो अनियोजित अथवा बिना किसी तार्किक विचार के ही सामान्यतः समूह में अचेतन रूप में उत्पन्न हो जाते हैं." —**गिलिन एवं गिलिन**
- **लोकाचार** (Mores)—"जब एक जनरीति में समूह कल्याण की भावना जुड़ जाती है, तो वही लोकाचार बन जाती है." —**लम्ले**
- **प्रथाएँ** (Customs)—"सामाजिक मान्यता प्राप्त व्यवहार समाज की प्रथाएँ हैं." —**मेकाइवर एवं पेज**
- **कानून** (Law)—नियमों की वह व्यवस्था जिन्हें राज्य के न्यायालयों द्वारा मान्यता प्राप्त होती है, न्यायालयों द्वारा इनकी विवेचना होती है और किसी विशेष परिस्थिति के अनुसार ही इन्हें लागू किया जाता है.
- **नैतिकता** (Morality)—नैतिकता कर्त्तव्य की आन्तरिक भावना है, जिसमें उचित-अनुचित का विचार सन्निहित होता है.
- **धर्म** (Religion)—"धर्म आध्यात्मिक शक्ति पर विश्वास है". —**ई.बी. टॉयलर**
- **शिक्षा** (Education)—"सांस्कृतिक विरासत एवं जीवन के अर्थ को प्राप्त करना ही शिक्षा है." —**बोगार्डस्**
- **फैशन** (Fashion)—सामाजिक परिपाटी का एक ऐसा प्रकार या पहलू जिसकी मुख्य विशेषता उसकी बदलती हुई प्रतियोगी प्रकृति है.
- **विश्वास** (Belief)—किसी व्यक्ति या वस्तु के प्रति विश्वास प्रकट करने की मानसिक क्रिया, दशा या आदत.
- **वैचारिकी** (Ideology)—वे विचार जिन्हें समाज के अधिकांश लोग मानते हैं तथा जिन्हें आदर्श प्रतिमानों का समर्थन प्राप्त होता है. वैचारिकी कहलाता है.
- **जनमत** (Public Opinion)—किसी निश्चित समय में जनता के द्वारा व्यक्त किए गए मत.
- **नगरीयवाद** (Urbanism)—लक्षणों का एक ऐसा समूह जो नगरों में एक विशिष्ट प्रकार का जीवन उत्पन्न करता है.

- **नगरीय** (Urban)—जीवन का एक विशेष ढंग या प्रणाली जो ग्रामीण जीवन के ढंग या प्रणाली से सर्वथा भिन्न होती है.
- **नगरीकरण** (Urbanisation)—जिस प्रक्रिया के द्वारा ग्रामीण क्षेत्रों का परिवर्तन नगरीय क्षेत्र में होता है.
- **कस्बा** (Town)—वह स्थान जहाँ ग्राम और नगर दोनों की विशेषताएँ पाई जाती हैं.
- **नगर** (City)—वह स्थान जहाँ के अधिकांश रहने वाले व्यक्ति कृषि कार्यों के अतिरिक्त अन्य उद्योगों में लगे होते हैं.
- **पारिस्थितिकी** (Ecology)—पर्यावरण के संदर्भ में व्यक्ति तथा उसकी संस्थाओं का अध्ययन.
- **सामाजिक परिवर्तन** (Social Change)—"सामाजिक परिवर्तन के अन्तर्गत उन परिवर्तनों को सम्मिलित करते हैं, जो सामाजिक संरचना सामाजिक संस्थाओं तथा उसके पारस्परिक सम्बन्धों में घटित होते हैं."

  —टी. बी. बोटोमोर
- **उद्विकास** (Evolution)—जब परिवर्तन में निरन्तरता नहीं होती वरन् परिवर्तन की एक दिशा भी होती है. उद्विकास निश्चित दिशा में होने वाला परिवर्तन है.
- **प्रगति** (Progress)—"प्रगति का अर्थ उस दिशा में होने वाला विकास है, जो सामाजिक मूल्यों का विवेकयुक्त हल प्रस्तुत करता है.

  प्रगति स्वीकृत मूल्यों के सन्दर्भ में इच्छित मूल्यों की ओर बढ़ता है." **—गुरविच और मूर**
- **सामाजिक विकास** (Social Development)—समाज का विकासोन्मुख परिवर्तन है जिसमें निश्चित उद्देश्यों की पूर्ति के लिए नियंत्रित एवं जागरूक प्रयत्न किए जाते हैं.
- **क्रान्ति** (Revolution)—एक सामूहिक क्रिया जिसमें पुरानी व्यवस्था के स्थान पर नई व्यवस्था स्थापित की जाती है.
- **नियोजन** (Planning)—वह चेतन प्रयास जिसके द्वारा वांछनीय या इच्छित लक्ष्यों की प्राप्ति हेतु सामूहिक रूप से कार्य किया जाता है.
- **सामाजिक संगठन** (Social Organization)—वह दिशा या स्थिति जिसमें एक समाज में विभिन्न संस्थाएँ अपने मान्य अथवा पूर्व-निश्चित उद्देश्यों के अनुसार कार्य कर रही होती हैं.
- **सामाजिक विघटन** (Social Disorganization)—वह स्थिति या दशा जिसमें एक समाज की विभिन्न संस्थाएँ अपने मान्य या पूर्व निश्चित उद्देश्यों के अनुसार न कार्य करके एक-दूसरे के कार्यों में हस्तक्षेप करती हैं.
- **सामाजिक संरचना** (Social Structure)—परस्पर सम्बन्धित संस्थाओं, एजेन्सियों, सामाजिक प्रतिमानों तथा समूह के प्रत्येक सदस्य द्वारा ग्रहण किए गए पदों तथा भूमिकाओं के विशिष्ट व्यवस्थित रूप को सामाजिक संरचना कहते हैं.
- **वैयक्तिक विघटन** (Personal Disorganisation)—विघटित व्यक्ति अपना कार्य दूसरों के साथ भली प्रकार नहीं कर पाता.
- **अपराध** (Crime)—कानून का उल्लंघन करना अपराध है.
- **आत्महत्या** (Suicide)—अपनी इच्छा से जानबूझकर किया गया आत्महनन.
- **प्रजाति** (Race)—"एक प्राणिशास्त्रीय समूह है, जोकि शारीरिक लक्षणों का विशिष्ट योग धारण करता है."

  —हॉवेल
- "**प्रजाति** वह समूह है जिसके कुछ वंशानुक्रमण द्वारा निर्धारित सामान्य लक्षण हैं." **—रेमण्ड फर्थ**
- "प्रजाति एक प्रमाणित प्राणिशास्त्रीय अवधारणा है. यह वह समूह है, जोकि वंशानुक्रमण, नस्ल, प्रजातीय गुणों अथवा उपजातियों के द्वारा जुड़ा हुआ है."

  —ए. एल. क्रोबर
- **जाति** (Caste)—"जाति एक बन्द वर्ग है."

  —डी. एन. मजूमदार
- **प्रभुत्वशील जाति** (Dominant Caste)—वे जातियाँ जो कर्मकांडीय रूप से उच्च न हों, परन्तु सम्पत्ति, राजनीतिक शक्ति एवं संख्यात्मक शक्ति के आधार पर उच्च प्रस्थिति (Status) रखती हों.
- "जब एक वर्ग पूर्णतः आनुवंशिकता पर आधारित होता है, तो हम उसे जाति कहते हैं." **—सी.एच. कूले**
- **वर्ग** (Class)—"एक सामाजिक वर्ग समुदाय का वह भाग है, जो सामाजिक स्थिति के आधार पर दूसरे से अलग किया जा सके." **—मेकाइवर एवं पेज**
- **स्तरीकरण** (Stratification)—किसी समाज व्यवस्था में व्यक्तियों का ऊँचे और नीचे क्रम-विन्यास में विभाजन ही स्तरीकरण है.
- **सामाजिक विभेदीकरण** (Social Differentiation)—वह प्रक्रिया जिसके द्वारा व्यक्तियों और समूहों को कुछ मूल आधारों पर विभाजित किया जाता है.

- **अस्पृश्य जातियाँ** (Untouchable Castes)—"वे जातियाँ जो अनेक सामाजिक और राजनैतिक निर्योग्यताओं का शिकार हैं." **डी. एन. मजूमदार**
- **अनुसूचित जातियाँ** (Scheduled Castes)—वे जातीय समूह जिनका नाम अनुसूचित जातियों के कानून में है.
- **राष्ट्रीय एकता** (National Integration)—किसी राष्ट्र के सदस्यों में पारस्परिक संगठन और एक-दूसरे के प्रति आत्मीयता तथा बन्धुभाव होना.
- **नियमहीनता** (Anomie)—नियम पालन के अभाव की दशा, एक सामान्य शून्यता, नियमों का निलम्बन.
- **नौकरशाही** (Bureaucracy)—"यह विवेकपूर्वक संगठित किया गया औपचारिक ढाँचा है जिसमें स्पष्ट रूप से परिभाषित और प्रतिमानिक क्रिया होती है जिसमें प्रत्येक कार्य प्रकार्यात्मक दृष्टि से संगठन के उद्देश्य से सम्बन्धित होता है." **—मर्टन**
- **संस्कृतिकरण** (Sanskritization)—"एक प्रक्रिया जिसके द्वारा कोई निम्न हिन्दू जाति या जनजाति या अन्य समूह अपनी प्रथाओं, कर्मकाण्ड, विचारधारा और जीवन पद्धति को किसी उच्च, बहुधा द्विज जाति की दिशा में बदल लेता है." **—एम.एन. श्रीनिवास**
- "**संस्कृति** (Culture) सामूहिक जीवन की उस व्यवस्था से सम्बन्धित है जो विभिन्न संस्कारों से गुजरने के बाद ही प्राप्त होती है." **—डी. एन. मजूमदार**
- "संस्कृति प्राप्त आवश्यकताओं की एक व्यवस्था तथा उद्देश्यपूर्ण क्रियाओं की संगठित व्यवस्था है." **—मैलिनोवस्की**
- "संस्कृति सीखे हुए व्यवहारों एवं व्यवहार परिणामों की वह समाकृति (संरुग्ण) है जिसके निर्माणकारी तत्व किसी विशिष्ट समाज के सदस्यों द्वारा प्रयुक्त होते हैं तथा हस्तांतरित होते हैं." **—राल्फ लिन्टन**
- "संस्कृति किसी समूह के कार्य और विचार करने की समस्त रीतियाँ हैं." **—ई.एस. बोगार्डस्**
- "संस्कृति एक जटिल सम्पूर्णता है जिसमें सभी वस्तुएँ सम्मिलित हैं, जिस पर हम विचार करते हैं, कार्य करते हैं और समाज के सदस्य होने के नाते उन्हें अपने पास रखते हैं." **—रॉबर्ट बीरस्टेड**
- **समाजीकरण** (Socialisation)—"वह शिक्षण जो सीखने वाले को सामाजिक कार्य करने के लिए समर्थ बनाता है, समाजीकरण है." **—एच. एम. जॉनसन**

  "समाजीकरण से हमारा तात्पर्य उस प्रक्रिया से है जिसके द्वारा व्यक्ति में एक क्रियाशील सदस्य बनने हेतु समूह की कार्य विधियों से समन्वय स्थापित करता है, इसकी परम्पराओं का ध्यान रखता है और सामाजिक परिस्थितियों से अनुकूलन करके अपने साथियों के व्यवहार से सामंजस्य स्थापित करता है." **—गिलिन एवं गिलिन**

  "प्रस्थिति के अनुसार कार्य करने की प्रक्रिया को सीखना ही समाजीकरण है."
- **व्यक्तित्व** (Personality)—"व्यक्तित्व उन समस्त लक्षणों का एकीकरण है जो समाज में व्यक्ति की भूमिका और स्थिति को निर्धारित करते हैं." **—बर्गेस**
- **सामाजिक नियन्त्रण** (Social Control)—वे सभी शक्तियाँ जिनके द्वारा समुदाय व्यक्ति को अपने अनुरूप बनाता है.

समाजशास्त्र विषय पर प्रमुख पुस्तकें (Important Books in Sociology)

द माइण्ड एण्ड सोसाइटी	— **वी. पेरेटो**
द इण्डियन केपिटलिस्ट क्लास	— **ई. एल. पावलाव**
द रूलिंग क्लास	— **जी. मोस्का**
द पॉलिटिकल पार्टीज	— **आर. माइकेल्स**
इलीट एण्ड सोसाइटी	— **टी.बी. बाटोमोर**
द न्यू क्लास	— **एस. डिजिलास**
कास्ट एण्ड रेस इन इण्डिया	— **डॉ. जी.एस. घुरिये**
कम्यूनिटी, पॉवर एण्ड स्ट्रक्चर	— **एफ. हण्टर**
इण्डिया टुडे	— **आर.पी. दत्ता**
प्रिमिटिव सोसाइटी	— **आर.एच. लॉवी**
द हिन्दू सोशल सिस्टम	— **मैक्स वेबर**
द ट्री ऑफ ग्रोथ एण्ड कल्चर	— **राल्फ लिंटन**
	— **मार्गरेट मीड**
टोटम एण्ड टेबू	— **सिगमण्ड फ्रायड**
इण्डस्ट्रियल रिलेशन एण्ड सोशल ऑर्डर	— **डब्ल्यू. ई. मूर**
मॉडर्न सोशल थ्योरी	— **पी.एच. कोहेन**
हिस्ट्री ऑफ वेस्टर्न फिलॉसफी	— **लॉर्ड रसेल**
द शैडयूल्ड ट्राइब्स	— **डॉ. जी.एस.घुरिये**
मैरिज इन इण्डिया	— **लेविस डूमांट**
पीजेन्ट सोसाइटी एण्ड कल्चर	— **रॉबर्ट रेडफील्ड**
सोशल साइकोलॉजी	— **एम. न्यूकाम्ब**
द माइण्ड एण्ड प्रिमिटिवा मैन	— **एफ. बोआस**

द पीपुल्स ऑफ इण्डिया एण्ड पाकिस्तान — **के. डेविस**
ट्रेडीशनल इण्डियन फैमिली — **एफ. एफ. गोरे**
सोशल पैथोलॉजी — **एम. लेमार्ट**
द स्ट्रीट कार्नर सोसाइटी — **डब्ल्यू. एच. ह्वाइट**
फ्यूडल सोसाइटी — **मार्क ब्लाच**
प्राब्लेम्स ऑफ सोशियोलॉजिकल थ्योरीज — **जॉन रेक्स रे**
इण्डियन इनटलेक्चुअल्स बिटवीन ट्रेडीशन एण्ड मॉडर्निटी — **शिल्स**
इंटरकास्ट टेन्शन्स — **राधाकमल मुखर्जी**
क्राइम एण्ड कस्टम इन सेवेज सोसाइटी — **बी. मैलिनोवस्की**
प्रिमिटिव सोसाइटी — **लॉवी**
द प्रिमिटिव मैन — **होबल**
ट्राइबल सोशल चेंज — **के.एल. कोठारी**
सोशियोलॉजी ऑफ डेविएशन इन इंडिया — **डॉ. सुशील चन्द्रा**
सोशियोलॉजी ऑफ क्राइम — **जोजेफ एण्ड रूसेक**
क्रिमिनल जस्टिस एण्ड सोशल रीकन्सट्रक्शन — **कार्ल मैनहीम**
क्राइम एगेन्स्ट वीमेन — **राम अहूजा**
सोशल डिसऑर्गेनाइजेशन — **इलियट एण्ड मेरिल**
आदिवासी भारत — **योगेश अटल**
ट्राइबल सोशल चेंज — **के.एल. कोठारी**
सोशल इकोनॉमी ऑफ ए पॉलिएण्ड्री पीपुल — **डॉ. आर.एन. सक्सेना**
एन्थ्रोपॉलोजी टुडे — **ए.एल क्रोबर**
द स्टडी ऑफ मैन — **राल्फ लिन्टन**
द क्राउड — **ली बॉन**
सोशल साइकॉलोजी — **मैकूडूगल**
ह्यूमन पर्सनेलिटी एण्ड प्राब्लम ऑफ एडजस्टमैन्ट — **किम्बाल यंग**
ह्यूमन नेचर इन पॉलिटिक्स — **ग्राहम वेल्स**
द सिटी — **मैक्स वेबर**
कल्चर ऑफ सिटी — **लेविस ममफोर्ड**
द मॉडर्न सिटी — **रीमर**
इण्डियन वर्किंग क्लास — **राधाकमल मुखर्जी**

द पॉलिटिकल मैन — **लिपसैट**
पॉलिटिक्स इन इण्डिया — **रजनी कोठारी**
एलीट एण्ड सोसाइटी — **टी.बी. बाटोमोर**
इण्डियन वीमेन — **नीरा देसाई**
सोसाइटी — **आर.एम. मेकाइवर एण्ड पेज**
द सोशल सिस्टम — **टॉलकॉट पारसन्स**
सोशल ऑर्गेनाइजेशन — **चार्ल्स एच. कूले**
द स्टडी ऑफ सोशियोलॉजी — **हरबर्ट स्पेन्सर**
सोशल स्ट्रक्चर — **जी.पी. मरडॉक**
द सोशल आर्डर — **रॉबर्ट बीरस्टेड**
द ह्यूमन ग्रुप — **जॉर्ज सी. होमन्स**
सोशल थ्योरी एण्ड सोशल स्ट्रक्चर — **रॉबर्ट के. मर्टन**
एसेज इन सोशियोलॉजिकल थ्योरी — **टॉलकॉट पारसन्स**
द रूल्स ऑफ सोशियोलॉजिकल मेथड — **इमाइल दुर्खीम**
पॉजिटिव फिलासिफी — **अगस्त कॉम्टे**
द प्रोटिस्टेन्ट इथिक एण्ड स्पिरिट ऑफ केपिटलिज्म — **मैक्स वेबर**
द लिटिल कम्यूनिटी — **रॉबर्ट रेडफील्ड**
ह्यूमन सोसाइटी — **किंग्सले डेविस**
नेचर एण्ड टाइप्स ऑफ सोशियालॉजिकल थ्योरीज — **डॉन मार्टिनडेल**
व्हाट इज सोशियोलॉजी — **एलेक्स इंकल्स**
सोशल चेंज — **विलबर्ट ई. मूर**
पैटर्नस ऑफ कल्चर — **रूथ बेनिडिक्ट**
सोशल ऑर्गेनाइजेशन — **रॉबर्ट लॉवी**
सोशल चेंज — **डब्ल्यू. एफ. ऑगबर्न**
आइडियोलॉजी एण्ड यूटोपिया — **कार्ल मैनहीम**
द स्टडी ऑफ मैन — **राल्फ लिंटन**
द सोशियोलॉजीकल इमेजिनेशन — **सी. राइट मिल्स**
द साइन्स ऑफ सोसाइटी — **विलियम ग्राहम समनर**
सोशल एण्ड कल्चरल डायनोमिक्स — **पिटरिम ए. सोरोकिन**
दास केपिटल — **कार्ल मार्क्स**
ओरिजिन ऑफ स्पीसीज — **चार्ल्स डार्विन**
सोशियोलॉजी एण्ड फिलासिफी — **इमाइल दुर्खीम**

ह्यूमन नेचर एण्ड द सोशल ऑर्डर — **चार्ल्स कूले**
द थ्योरी ऑफ लेजर क्लास — **थार्सनी वेब्लन**
द न्यू मैन ऑफ पॉवर — **सी. राइट मिल्स**
कल्चरल सोशियोलॉजी — **गिलिन एण्ड गिलिन**
सोशियोलॉजी — **टी.बी. बाटोमोर**
द माइन्ड एण्ड सोसाइटी — **विल्फ्रेड पेरेटो**
सोशल डेवेलपमेन्ट — **एल.टी. हॉबहाउस**
मोरल्स इन इवोल्यूशन — **एल.टी. हॉबहाउस**
द स्ट्रक्चर ऑफ सोशल एक्शन — **टॉलकॉट पारसन्स**
माइन्ड सेल्फ एण्ड सोसाइटी — **जी.एच. मीड**
प्योर सोशियोलॉजी — **लेस्टर वार्ड**
द डिक्लाइन ऑफ द वेस्ट — **ओस्वाल्ड स्पेंगलर**
द पॉवर्टी ऑफ फिलासिफी — **कार्ल मार्क्स**
ली. सोसाइड — **इमाइल दुर्खीम**
सोशल स्टेटिक्स — **हरबर्ट स्पेन्सर**
स्ट्रक्चर एण्ड फंक्शन इन प्रिमिटिव सोसाइटी — **रैडक्लिफ ब्राउन**
मैजिक, साइन्स एण्ड रिलिजियन एण्ड अदर एसेज — **बी. मैलिनोवस्की**
द मेथडोलॉजी ऑफ सोशल साइन्सेस — **मैक्स वेबर**
द सोशियोलॉजी ऑफ रेवोल्यूशन — **पिटरिम ए. सोरोकिन**
प्रिमिटिव कल्चर — **ई.बी. टायलर**
पापुलेशन ऑफ इण्डिया एण्ड पाकिस्तान — **किंग्सले डेविस**
एन इन्ट्रोडक्शन टू द हिस्ट्री ऑफ सोशियोलॉजी — **एच.ई. बारन्स**
द हिस्ट्री ऑफ ह्यूमन मैरेज — **वेस्टर मार्क**
क्राइम एण्ड पनिशमेंट — **पिटरिम ए सोरोकिन**
अफ्रीकन सिस्टम ऑफ किनशिप एण्ड मैरिज — **रेडक्लिफ ब्राउन**
इकोनॉमी एण्ड सोसाइटी — **मैक्स वेबर**
द पॉवर एलीट — **सी. राइट मिल्स**
सोशल पैथोलॉजी — **लारेंस जी. ब्राउन**
द प्रापर स्टडी ऑफ मैनकाइन्ड — **स्टूवर्ड चेज**
सोशल रिसर्च — **जॉर्ज ए. लुण्डबर्ग**
सोशल इवोल्यूशन — **वी. गार्डन चाइल्ड**

लाइफ इन नार्थ इण्डियन विलेज — **ऑस्कर लेविस**
द सोशल प्रोसेस — **सी.एच. कूले**
सोशियोलॉजी — **ई.एस. बोगार्ड्स**
फॉकवेज — **डब्ल्यू. ओ. समनर**
सोशियोलॉजी — **ए. डब्ल्यू. ग्रीन**
सोशियोलॉजी ए. सिस्टमेटिक इन्ट्रोडक्शन — **हेरी एम. जॉनसन**
मैन इन प्रिमिटिव वर्ल्ड — **ई.ए. होबल**
कनटेम्परेरी सोशियोलॉजिकल थ्योरीज — **पी.ए. सोरोकिन**
सोशियोलॉजी — **मोरिस गिंसबर्ग**
सोशियोलॉजी — **डब्ल्यू. जे.एच. स्प्रॉट**
मैन इन इनवारनमेन्ट — **पी.एच. लेंडिस**
द साइन्स ऑफ हेरीडिटी — **जे.एस.डी. बेकन**
द डिक्शनरी ऑफ सोशियोलॉजी — **एच.पी. फेयरचाइल्ड**
बेसिक सोशियोलॉजिकल प्रिन्सीपल्स — **एम.ई. जोन्स**
द कम्युनिस्ट मेनिफेस्टो (1848) — **कार्ल मार्क्स**
द अण्डमान आइलेण्डर — **ए. आर. रेडक्लिफ ब्राउन**
सोशियोलॉजिकल इमेजिनेशन — **सी.राइट मिल**
सम आस्पेक्टस ऑफ फैमिली इन महोबा — **आई.पी. देसाई**
होमो हाईरारक्किस — **एल. डूमो**
एसेस इन थ्योरी ऑफ सोसाइटी — **आर. डेहरनडार्फ**
द गवर्नर्स — **ए.आर. डाहल**
इण्डिया इण्डिपेंडेंट — **सी. वेटलहाइम**
वीमेन ऐज ए माइनारटी ग्रुप — **एच.एम. हेकर**
ए एग्रेरियन प्रोस्पेक्टस इन इण्डिया — **डी. थोर्नर**
सोशल स्ट्रेटीफिकेशन — **एम.एम. टूमिन**
सोशल स्ट्रेटीफिकेशन एण्ड चेंज इन इण्डिया — **डॉ. योगेन्द्र सिंह**
स्टेट पॉवर सोशियलाइज्म — **एल. पोवलान्टजास**
प्रिमिटिव मैरेज — **जे. एफ. मेकलेनन**
सोशल डेवलपमेंट (1924) — **एल. एफ. हाबहाउस**
एलीमेन्ट्स ऑफ सोशल जस्टिस — **एल. एफ. हाबहाउस**
माइन्ड, सेल्फ एण्ड सोसाइटी — **जी. एफ. मीड़**

नेचुरल साइन्स ऑफ सोसाइटी — ए. आर. रेडक्लिफ ब्राउन
हिस्ट्री ऑफ ह्यूमन मैरेज
मेटीरियल कल्चर एण्ड सोशल — ई. वेस्टरमार्क
इंस्टीट्यूशन्स ऑफ सिम्पल पीपुल — एल. एफ. हाबहाउस
किनशिप एण्ड सोशल ऑर्गेनाइजेशन — डब्ल्यू. एच.आर. रिवर्स
द कल्चरल बैकग्राउन्ड ऑफ पर्सनेलिटी — राल्फ लिंटन
द सेक्स एण्ड टेम्परामेंट इन प्री-प्रिमिटिव सोसाइटी — मार्गरेट मीड
लोनली क्राउड (Lonely Crowd) — डी. रोसमैन
मैन एण्ड सोसाइटी इन कम्युनिटी — पिटरिम ए. सोरोकिन
पीजेन्ट सोसाइटी एण्ड कल्चर — रॉबर्ट रेडफील्ड
द थ्योरी ऑफ सोशल एण्ड इकोनामिक ऑर्गेनाइजेशन — मैक्स वेबर
रिलिजियन ऑफ ह्यूमेनिटी — अगस्त कॉम्टे
द डिवीजन ऑफ लेबर इन सोसाइटी (1893) — इमाइल दुर्खीम
द फंक्शन्स ऑफ सोशल कनफ्लिक्ट — ए. कोजर लेविस
ए हेन्डबुक ऑफ सोशल साइकोलॉजी — किम्बाल यंग
कोऑपरेशन एण्ड कम्पीटीशन एमंग प्रिमिटिव पीपुल्स — मारग्रेट मीड
कास्ट ओल्ड एण्ड व्यू — आन्द्रे विताई
कास्ट, क्लास एण्ड पॉवर — आन्द्रे विताई
टवेन्टयिथ सेन्चुरी सोशियोलॉजी — लेवी स्टास
ग्रुप साइकोलॉजी एण्ड एनालिसिस ऑफ इगो — सिगमण्ड फ्रायड
मैथड्स इन सोशल रिसर्च — पी. जे. गुडे एण्ड पी.के हॉट
द स्टडी ऑफ हिस्ट्री — अर्नोल्ड टायनबी
कास्ट, क्लास एण्ड ऑक्यूपेशन — डॉ. जी. एस. घुरिये
रेसिज एण्ड कल्चर ऑफ इण्डिया — डॉ. जी. एन. मजूमदार
द सोशल स्ट्रक्चर ऑफ वेल्यूज — डॉ. राधाकमल मुखर्जी
इण्डियन विलेज — डॉ. श्यामाचरण दुबे
सोशियोलॉजी इन इण्डिया — ए.के. सरन
किनशिप ऑर्गेनाइजेशन इन इण्डिया — इरावती कर्वे
सोशल चेंज इन मॉडर्न इण्डिया — एम.एन. श्रीनिवास
मॉडर्नाइजेशन ऑफ इण्डियन ट्रेडीशन्स — डॉ. योगेन्द्र सिंह
मैरिज एण्ड फैमिली इन इण्डिया — के. एम. कपाड़िया
एन इन्ट्रोडक्शन टू सोशल एन्थ्रोपोलोजी — डॉ. डी.एन. मजूमदार एण्ड टी.एन. मदान
रूरल स्टडीज — डॉ. ब्रजराज चौहान
ट्राइबल इथनोग्राफी इन इण्डिया — डॉ. एल.पी. विद्यार्थी
पोलिटिक्स इन इण्डिया — रजनी कोठारी
हिन्दू मैनर्स एण्ड कस्टमस — अब्बे डूमांय
द नेचर ऑफ कल्चर — ए. एल. क्रोबर
चेंजिंग ब्यूज ऑन मैरिज एण्ड फैमिली — के. टी. मर्चेन्ट
रिव्यू ऑफ कास्ट इन इण्डिया — जे. मरडाक
हिन्दू सोशल ऑर्गेनाइजेशन — पी. एच. प्रभु
कास्ट एण्ड किनशिप इन सेन्ट्रल इण्डिया — एच. सी. मेयर
कास्ट एण्ड कम्यूनिकेशन इन इण्डियन विलेज — डी. एन. मजूमदार
हिन्दू किनशिप — के. एम. कपाड़िया
किनशिप एण्ड मैरिज — राबिन फॉक्स
द होली फैमिली — मार्क्स एण्ड एंजिल्स
द गोल्डन बफ — सर जेम्स फ्रेजर
द कल्चर एण्ड आर्ट इण्डिया — डॉ. राधाकमल मुखर्जी
सोशल थ्योरी एण्ड सोशल स्ट्रक्चर — रॉबर्ट के. मर्टन
थीम्स इन सोशियोलॉजिकल थ्योरी — लॉर्सन केल्विन
ऑन थ्योरी एण्ड वेरिफिकेशन इन सोशियोलॉजी — जीटरबर्ग आई. हेन्स
सोशियोलॉजिकल थ्योरीज कंस्ट्रक्शन — जैक गिब्स
एसेज इन सोशियोलॉजिकल थ्योरी — टॉलकॉट पारसन्स
हेंड बुक ऑफ मॉडर्न सोशियोलॉजी — आर.ई.आई. फेरिस

ग्लोसरी ऑफ सोशियोलॉजिकल टर्म्स
— **सी.एस. मिल रेनोबिच**
पॉवर एण्ड प्रोग्रेस — **रॉबर्ट बीरस्टेड**
मेथोडोलॉजी, प्रोसीजर एण्ड टेक्निक्स
इन सोशियोलॉजी — **जॉन सी. मेकिने**
वेल्यू इन सोशल थ्योरी — **गनर मिर्डल**
मॉडर्न सोशल थ्योरीज — **सी. एल. लूमिस एण्ड जेड. के. लूमिस**
लेनिमेथन — **थॉमस हरन्स**
सोशियोलॉजिकल थ्योरी ऑफ टुडे — **पिटरिम ए. सोरोकिन**
द स्ट्रक्चर ऑफ सोशियोलॉजिकल थ्योरी
— **जोनाथन टर्नर**
सोशल चेंज एण्ड कनफ्लिक्ट — **एन. जे. डेमिरथ एण्ड रिचर्ड पीटरसन**
द फाउन्डेशन ऑफ सोशियोलॉजी — **थ्योडोर एबिल**
सोसाइटी एवोल्यूशनरी एण्ड
कम्पेरेटिव परस्पेक्टिव — **टॉलकॉट पारसन्स**
केरेक्टर एण्ड सोशल स्ट्रक्चर — **एच. गर्थ एण्ड सी. राइट मिल्स**
सोशल काजेशन — **रॉबर्ट एम. मेकाइवर**
दी प्रोसेस ऑफ सोशल ऑर्गेनाइजेशन
— **मार्विन ई. आर्सन**
फंक्शनलिज्म — **मार्क अब्राहम**
सोशियोलॉजिकल थ्योरी रोजेनबर्ग — **एल. कोजर एण्ड बी.**
द फंक्शन ऑफ सोशल कनफ्लिक्ट
— **लेविस कोजर**
क्लास एण्ड क्लास कनफ्लिक्ट इन
इण्डस्ट्रियल सोसाइटी — **राल्फ डेहर डार्फ**
मास्टर्स ऑफ सोशियोलॉजिकल थॉट
— **लेविस कोजर**
मेन करेंट्स इन सोशियोलॉजिकल
थॉट — **रेमण्ड ऐरन**
कार्ल मार्क्स अर्लीराइटिंग्स — **टी.बी. बाटोमोर**
कनफ्लिक्ट सोशियोलॉजी — **रेनडल कालिन्स**
सोशल एक्सचेंज थ्योरी — **पीटर पी. एकेट**
इमेजिस ऑफ मैन — **सी. राइट मिल्स**
सोशल साइकोलॉजी — **ई.ए. रॉस**
लाइफ एण्ड स्टूडेन्ट — **सी.एच. कूले**

ह्यूमेन नेचर एण्ड सोशल ऑर्डर — **सी.एच. कूले**
सिम्बालिक इन्टरेक्शनइज्म — **जे. एम. चेरन**
कनटेम्परेरी सोशियोलॉजिकल थ्योरी
— **वेलेस एण्ड वुल्फ**
ए मैथोडोलाजी ऑफ सोशल रिचर्स
— **जी. गिंसबर्ग एण्ड रोजर नेट**
सोशियोलॉजीकल परसपेक्टिव — **एली चिनाय एण्ड जे.पी. हेविट**
व्हाट इज फिनोमिनोलॉजी — **जेम्स ऐडी**
द प्रोब्लम ऑफ सोशल रियेलटी — **एल्फ्रेड शुल्ज**
स्टीज इन एथनोमेथडोलॉजी — **हेरल्ड गारफिंकल**
सोशल एण्ड कल्चरल डाइनामिक्स
— **पिटरिम ए. सोरोकिन**
अर्बन सोशियोलॉजी — **एमोस हॉले**
ह्यूमन इकोलॉजी — **हेमोस एच. हॉले**
सोशल काजेशन — **आर. एम. मेकाइवर**
द सोशल वर्ल्ड — **हरविंग गॉफमैन**
इन्टरनेशनल रिचुअल — **हरविंग गॉफमैन**
एसीलम्स (Asylums) — **हरविंग गॉफमैन**
रीजन एण्ड अनरीजन इन सोसाइटी
— **मोरिस गिंसबर्ग**
लॉजिक ऑफ सोशल इन्क्वायरी — **कवेलहिन गिब्बान**
कास्ट एण्ड इकनोमिक फ्रन्टियर — **एफ. जी. बेले**
सोशल बैकग्राउन्ड ऑफ इण्डियन सोशलइज्म
— **ए.आर. देसाई**
इण्डियन चेंजिंग विलेजेस — **एस.सी. दुबे**
विलेज कम्युनिटी इन ईस्ट एण्ड वेस्ट
— **एच.एस. मेन**
स्ट्रीट कार्नर सोसाइटी — **डब्ल्यू. एच. ह्वाइट**
द इण्डियन विलेज कम्यूनिटी — **बी.एच. बेडन पावेल**
किलेज इंडिया — **मैकिम मेरियट**
नेशन एण्ड फैमिली — **ए. मिर्डल**
पॉपूलेशन थ्योरीज एण्ड देयर एप्लीकेशन
— **ई.एफ. पेनरोज**
वर्ल्ड पॉपुलेशन — **ए.एम. कार साण्डर्स**
ए. सिस्टम ऑफ लॉजिक — **जे.एस. मिल**
द मार्जिनल मैन — **ई.वी. स्टोन क्विस्ट**

द स्टडी ऑफ मैन — **राल्फ लिंटन**
ए एकेडेमिक मैन — **लोगर विल्सन**
वीमेन एण्ड मैन — **एमराम शीनपील्ड**

प्रमुख अवधारणाएँ और सिद्धान्त (Important Concepts and Theories)

प्राथमिक समूह — **चार्ल्स एच. कूले**
सकारात्मक एवं नकारात्मक समूह — **न्यू काम्ब**
सन्दर्भ समूह — **हरबर्ट हाईमैन**
लघु समुदाय — **रॉबर्ट रेडफील्ड**
संस्कृतिकरण — **एम. एन. श्रीनिवास**
सामाजिक तथ्य (Social fact) — **इमाइल दुर्खीम**
स्थानीयकरण — **मेकिम मेरियट**
प्रकृतिवाद — **मैक्स मुलर**
अन्तः समूह और बाह्य समूह — **समनर**
प्रकट और अप्रकट प्रकार्य — **रॉबर्ट मर्टन**
सामाजिक नियन्त्रण — **इ.ए. रॉस**
मुख्य भूमिका (Key Role) — **ई. टी. हिलर**
संस्था का विकास — **समनर**
विलासी वर्ग का सिद्धान्त — **थारस्टीन वेबलन**
सामाजिक परिवर्तन का चक्रीय सिद्धान्त — **ओसवाल्ड स्पेंग्लर**
स्व-दर्पण (Looking Glass Self) का सिद्धान्त — **चार्ल्स एव. कूले**
सांस्कृतिक विलम्बना (Cultural leg) का सिद्धान्त — **ऑगबर्न**

टॉलकॉट पारसन्स
1. सामाजिक प्रणाली की अवधारणा
2. क्रियात्मक दृष्टिकोण
3. विन्यास प्रकारान्तर (Pattern Variables)
4. प्रकार्यात्मक पूर्वापेक्षाएँ (Functional prerequisites)
5. प्रकार्यावाद और सामाजिक परिवर्तन

रॉबर्ट के. मर्टन
1. प्रकार्य की अवधारणा
2. संदर्भ संग्रह (Reference group) का सिद्धान्त
3. प्रकार्यात्मक विश्लेषण के आधार तत्व (Postulates of functional analysis)
4. प्रकार्यात्मक विश्लेषण का प्रतिरूप (Paradigm)

—कार्ल मार्क्स
1. ऐतिहासिक भौतिकवाद
2. वर्ग संघर्ष का सिद्धान्त
3. उत्पादन की शक्तियाँ
4. उत्पादन के सम्बन्ध
5. उत्पादन प्रणाली
6. अलगाव (Alienation) की अवधारणा
7. द्वन्द्वात्मक भौतिकवाद
8. सामाजिक परिवर्तन एवं क्रान्ति

—मैक्स वेबर
1. आदर्श प्रारूप (Ideal types)
2. धर्म के सम्बन्ध में वेबर का तुलनात्मक अध्ययन
3. प्रोटिस्टेन्ट नैतिकता तथा पूँजीवाद की प्रकृति
4. धर्म और आर्थिकी
5. शक्ति और सत्ता की अवधारणाएं
6. सामाजिक क्रिया के प्रकार
7. नौकरशाही (Bureaucracy)
8. तार्किक दृष्टिकोण
9. मूल्य विमुक्त समाजशास्त्र
10. वर्स्टीहेन (Verstehen) की अवधारणा

11. राजनीतिक वर्ग — **गेतानो मोस्का**
12. कुलीनतंत्र का लोह नियम — **रॉबर्ट मिचेला**

सांस्कृतिक क्षेत्र — **हर्सकोविट्स**
सन्दर्भ समूह (Reference Group) — **आटो क्लाइनबर्ग**
सामाजिक व्यवस्था का सिद्धान्त — **टॉलकॉट पारसन्स**
गेमिनशेफ्ट (Gemien Schaft) और जेसिल्स शेफ्ट (Gesells Schaft) — **टोनीज**
सामूहिक प्रतिनिधित्व का सिद्धान्त — **इमाइल दुर्खीम**
समाज की सावयवी अवधारणा — **हरबर्ट स्पेन्सर**
सामाजिक उद्विकास का सिद्धान्त — **हरबर्ट स्पेन्सर**
विज्ञानों का वर्गीकरण — **अगस्त कॉम्टे**
चिन्तन के तीन स्तरों का नियम — **अगस्त कॉम्टे**
सामाजिक पुनर्निर्माण की प्रत्यक्षवादी योजना — **अगस्त कॉम्टे**
आत्महत्या का सिद्धान्त — **इमाइल दुर्खीम**

धर्म की उत्पत्ति का सामाजिक सिद्धान्त	— **इमाइल दुर्खीम**
आर्थिक प्रतिस्पर्धा का नियम	— **थारस्टीन वेबलन**
संघर्ष का सिद्धान्त	— **सिमेल**
पॉवर एलीट थ्योरी	— **सी. राइट मिल्स**
संघर्ष प्रकार्यवाद	— **लेविस कोजर**
औपचारिक संघर्ष का सिद्धान्त	— **थियोडोर केपलाव**
विश्लेषणात्मक संघर्ष का सिद्धान्त	— **रेनडल कोलिन्स**
व्यक्तिवादी विनिमय सिद्धान्त	— **जॉर्ज सी. होमन्स**
नियमहीनता (Anomie) की अवधारणा	— **इमाइल दुर्खीम**
विवेकवाद और रोमांटिक आदर्शवाद	— **जी. एच. मीड**
प्रतीकात्मक अन्तःक्रिया (Symbolic interaction) का सिद्धान्त	— **जॉन किंच**
घटना विज्ञान (फिनोमेनोलोजी)	— **एडमण्ड हुसेरी**
जातीय पद्धतिशास्त्र (Ethnome-thodoloy)	— **हेराल्ड गारफिंकल**
नैतिक विकास का सिद्धान्त	— **जॉन पियाजे**
सामाजिक संविदा का सिद्धान्त	— **हॉब्स, लॉक और रूसो**
हरिजन एलीट	— **डॉ. सच्चिदानन्द**
आदशात्मक संस्कृति	— **पिटरिम ए. सोरोकिन**
पंचपरम्परा सूत्र	— **डॉ. श्यामाचरण दुबे**
धर्म का उद्‌विकास	— **ई.बी. टायलर**
चुनौती और प्रत्युत्तर का सिद्धान्त	— **टायन्बी**
सांस्कृतिक लाय (Theme) का सिद्धान्त	— **ओपलर**
समूह-मन (Group mind) का सिद्धान्त	— **मैकूडूगल और लीबा**
संस्कृति संकुल (Complex)	**विसलर**
जाति की उत्पत्ति का व्यावसायिक (Occupational) सिद्धान्त	— **जॉन सी. नेसफील्ड**
वर्स्टीहेन (Verstehen) की अवधारणा	— **मैक्स वेबर**
संस्कृति प्रतिमान (Pattern of Culture)	— **रुथ बेनीडिक्ट**
समाजमिति	**मोरेनो**
प्रमुख प्रस्थिति (Key Status) की अवधारणा	— **ई.टी. हिलर**

महत्वपूर्ण बिन्दु

सामाजिक विचारक

- **चार्ल्स डार्विन** (ब्रिटिश वैज्ञानिक) ने मानवीय विकास का अध्ययन किया, जिसका उल्लेख उनकी पुस्तक **'डेसेंट ऑफ मैन'** (Descent of Man) 1869 में किया. विकासवादी विचारकों, विशेषकर **हर्बर्ट स्पेंसर** ने इस सिद्धान्त को सामाजिक जगत् पर लागू किया.
- **जॉर्ज सिमेल** ने सर्वप्रथम **'सामाजिकता'** (Sociation) शब्द का प्रयोग किया. **सामाजिकता** से अभिप्राय समाज के ऐसे विशिष्ट विन्यास और स्वरूप से है, जिसमें समाज के विभिन्न सदस्य एक-दूसरे के सम्बन्धित होते हैं और अन्तःक्रिया करते हैं.

प्रेक्सिस (Praxis) की अवधारणा

प्रेक्सिस शब्द मूलतः ***'यूनानी'*** है जिसका अर्थ है हर प्रकार की क्रिया या कार्य. यूनानी दार्शनिक अरस्तू (Arestotle) ने **प्रेक्सिस** शब्द का अर्थ मनुष्य के कार्य तक ही सीमित करके इसकी तुलना सिद्धान्तों (थ्योरेटिका) से की है.

मध्यकालीन यूरोपीय दर्शन में **प्रेक्सिस** शब्द का प्रयोग सिद्धान्तों को आचरण या व्यवहार में लाने के सम्बन्ध में किया गया है.

लॉक (Locke) ने प्रेक्सिस के नैतिक पहलू पर ध्यान केन्द्रित किया है.

लॉक के अनुसार प्रेक्सिस वह क्रिया है, जिससे मनुष्य अपनी शक्ति और कर्म का उपयोग कर अच्छी और उपयोगी वस्तुएँ प्राप्त कर सकता है.

हीगल (Hegel) के अनुसार **'प्रेक्सिस'** परम सत्य का क्षण है.

मार्क्स की विचारधारा का केन्द्र बिन्दु **प्रेक्सिस** ही है. आपके अनुसार **प्रेक्सिस**, स्वतंत्र सचेतन क्रिया है, जिसके द्वारा **अलगाव** (Alienation) को मिटाया जा सकता है.

- **अगस्त कॉम्टे** ने समाजशास्त्र को दो भागों में बाँटा है—(i) सामाजिक स्थिति विज्ञान (Social Statics) और (ii) सामाजिक गति-विज्ञान (Social Dynamics), प्रथम का सम्बन्ध संरचना से है और दूसरे का सम्बन्ध **विकास** से.
- **अगस्त कॉम्टे** के अनुसार कोई भी अन्तिम शक्ति नहीं है, परन्तु मानवता एक परम वास्तविकता है (कॉम्टे ने मानवता के धर्म को प्रस्तुत किया है).
- **इमाइल दुर्खीम** ने अनुसार, "सामाजिक तथ्य (Social fact) व्यवहार (विचार, अनुभव या क्रिया) का वह पक्ष है जिसका निरीक्षण वैषयिक रूप से सम्भव है और जो

कि एक विशेष ढंग से व्यवहार करने को बाध्य करता है." अपने सामाजिक तथ्य की दो प्रमुख विशेषताओं—(i) बाह्यता (Exteriority) एवं बाध्यता (Constraint) का उल्लेख किया है.

- **दुर्खीम** के अनुसार सामाजिक एकता (Social Solidarity) के दो विभिन्न रूप हैं—(i) यान्त्रिक एकता (Mechanical Solidarity) और (ii) सावयवी एकता (Organic Solidarity). यान्त्रिक एकता तभी सम्भव है जब व्यक्ति का व्यक्तित्व सामूहिक व्यक्तित्व में विलीन हो जाता है और सावयवी एकता तभी उत्पन्न होती है जब प्रत्येक व्यक्ति के व्यक्तित्व का अस्तित्व अलग-अलग मान्य हो जाता है.
- **दुर्खीम** ने आत्महत्याओं के तीन प्रकारों का उल्लेख किया है—(i) अहम्‌वादी (Egoistic), (ii) परार्थवादी (Altruistic), (iii) अस्वाभाविक (Anomiqui).
- **मार्क्स और ऐंजिल्स** की संयुक्त रचना **'होली फैमिली'** (The Holy Family) में सर्वहारा वर्ग के विश्वव्यापी ऐतिहासिक उद्देश्यों से सम्बन्धित विचारों की एक प्रणाली दी गई.
- **कम्युनिस्ट घोषणा-पत्र** (Cammunist Manifest) कार्ल मार्क्स की अमर रचना है जो सन् 1848 में लन्दन से प्रकाशित हुई. यह वैज्ञानिक साम्यवाद का कार्यक्रम सम्बन्धी दस्तावेज है.
- सन् 1847 में **मार्क्स ने "दी फिलासॉफी ऑफ पावर्टी"** (The Philosophy of Poverty) की रचना की. इस रचना में मार्क्स ने पहली बार द्वन्द्वात्मक (Dialectical) और ऐतिहासिक भौतिकवाद (Historical materialism) के आधारभूत सूत्र को प्रस्तुत किया.
- **हीगल** (Hegal) के अनुसार, चिन्तन की प्रक्रिया ही वास्तविक जगत् की निर्माता है ओर विवेक ही विश्व में सत्ताधारी है, जिसके कारण मनुष्य और उसके जगत् का अस्तित्व सम्भव है.
- **मार्क्स** के अनुसार, समाज की भौतिक जीवन की अवस्थाएँ अन्तिम रूप से सामाजिक संरचना, विचार राजनैतिक संस्थाओं आदि को निर्धारित करती हैं.
- **मार्क्स** के सम्पूर्ण सामाजिक संरचना (Social structure) को दो मुख्य भागों में विभाजित करके उनके विषय में विश्लेषण किया. समाज के सम्पूर्ण ढाँचे के ऊपरी भाग को उन्होंने अधिसंरचना (Super-Structure) और निचले या बुनियादी भाग को उप-संरचना (Sub-structure) की संज्ञा दी है.
- **मार्क्स** के अनुसार, इतिहास के सभी परिवर्तन उत्पादन प्रणाली में परिवर्तन के ही फलस्वरूप होते हैं.
- **थार्सटीन वेब्लन** (Tharstein Veblen) के अनुसार मनुष्य की आदतों तथा मनोवृत्तियों, भौतिक पर्यावरण विशेषकर प्रौद्योगिकी में परिवर्तन के अनुसार परिवर्तन होता रहता है.
- जर्मन समाजशास्त्री **विलफ्रेडो परेटो** (Vilfredo Pareto) एक ऐसे समाजशास्त्र का निर्माण करना चाहते थे जो यथार्थ और वैज्ञानिक हो. आपने इस समाजशास्त्र को तार्किक प्रयोगात्मक विज्ञान (Logico-experimental Science) का नाम दिया.
- **परेटो** के अनुसार, समाज सामाजिक सन्तुलन की व्यवस्था है.
- **परेटो** ने समाज में पायी जाने वाली मानवीय क्रियाओं का वर्गीकरण दो भागों में किया है—(i) तर्कसंगत क्रियाएँ (Logical actions) तथा अतर्क संगत क्रियाएँ (Non-Logical actions) तर्कसंगत क्रियाओं का आधार सामान्यतः वैषयिक (Objecive) होता है, जबकि अतार्किक क्रियाओं का आधार प्रतीतिक (Subjective) है.
- परेटो के अनुसार, **"इतिहास कुलीनतंत्रों का कब्रिस्तान** है." अर्थात् अभिजात वर्ग समाज का शासन करते हैं, परन्तु अपनी कब्र को भी स्वयं ही खोदते हैं.
- आदर्श प्रारूप (Ideal type) का तात्पर्य है कुछ वास्तविक तथ्यों के तर्कसंगत आधार पर यथार्थ अवधारणाओं का निर्माण करना.
- **मैक्स वेबर** ने सामाजिक क्रिया को चार श्रेणियों (Categories) में बाँटा है—(i) तार्किक, (ii) मूल्यांकनात्मक, (iii) प्रभावात्मक, (iv) परम्परात्मक.
- **मैक्स वेबर** के अनुसार, सामाजिक परिस्थितियों को दो प्रणालियों द्वारा समझ सकते हैं—

  (1) युक्तिसंगत प्रणाली—इस प्रणाली के दो उपभाग हैं–(क) तार्किक (Logical) और (ख) गणितीय (Mathematical), (2) सहानुभूतिपूर्ण प्रणाली (Sympathic).
- **मैक्स वेबर** के अनुसार सत्ता (Authority) तीन प्रकार की है—(i) वैधानिक सत्ता, (ii) परम्परात्मक सत्ता और (iii) करिश्माई (Charismatic) सत्ता.
- **नौकरशाही** (Bureaucracy) एक प्रकार का संस्तरणात्मक संगठन है जिसका उद्देश्य बड़े पैमाने पर प्रशासकीय कार्यों को चलाने के काम में अनेक व्यक्तियों के काम का तर्कसंगत रूप से समन्वित करना होता है.
- **वेबर** के अनुसार सामाजिक व्यवस्था शक्ति पर आधारित होती है.

- **चार्ल्स कूले** (C.H. Colley) के अुनसार व्यक्ति और समाज की सृजनात्मकता (Creativeness) की क्षमता प्रगति (Progress) का आधार है.
- **सोरोकिन** (Sorokin) के अनुसार सम्पूर्ण सांस्कृतिक व्यवस्था के तीन प्रमुख प्रकार हैं—(i) चेतनात्मक संस्कृति (Sensate), (ii) आदर्शात्मिक (Idealistic), (iii) भावनात्मक (Ideational).
- सामाजिक क्रान्ति वह व्याधिकीय (Pathological) अवस्था है, जिसमें एक ओर लोगों के व्यवहार में और दूसरी ओर उनके मस्तिष्क, विचारधारा, विश्वासों तथा मूल्यांकनों में परिवर्तन हो जाता है.
- पारसन्स के अनुसार क्रिया की सामान्यात्मक व्यवस्था के चार तत्व हैं—(i) वंशानुसंक्रमण और पर्यावरण, (ii) साधन और लक्ष्य, (iii) अन्तिम मूल्य, (iv) प्रयत्न.
- "नातेदारी, सामाजिक उद्देश्यों के लिए स्वीकृत वंश सम्बन्ध है तथा यह सामाजिक सम्बन्धों के प्रथागत स्वरूप का आधार है." —**रेडक्लिफ ब्राउन**
- मॉरगन (Morgan) ने अमरीका की **इराक्यूस** (Iroguis) जनजाति का अध्ययन किया. आपने यह पाया कि इस जनजाति में जिस शब्द से पिता को सम्बोधित किया जाता है, उसी शब्द से पिता के भाई और माता के भाई को भी सम्बोधित करने का प्रचलन है. इसी प्रकार जिस शब्द से माँ को सम्बोधित किया जाता है वही शब्द माँ की बहिन के लिए भी प्रयुक्त किया जाता है.
- जब एक ही संज्ञा या सम्बोधन के द्वारा सामान्य वर्ग के अनेक लोगों को सम्बोधित किया जाता है, तब ऐसी सम्बन्ध संज्ञा को वर्गीकृत संज्ञा (Classificatory term) कहते हैं.
- **परिहार** (Avoidance)—एक विशेष रीति जिसके द्वारा कुछ विशेष नातेदारों को एक-दूसरे से घनिष्ठ सम्बन्ध स्थापित करने से रोका जाता है.
- **फ्रेजर** (Frazer) के मतानुसार परिहार सम्बन्धी रीतियों का उद्देश्य निकट सम्बन्धियों के बीच यौन-सम्बन्धों की सम्भावना को समाप्त करना है.
- **परिहास** का अर्थ है हंसी-मजाक, **रेडक्लिफ** ब्राउन के अनुसार "परिहास सम्बन्ध दो व्यक्तियों के बीच पाया जाने वाला वह सम्बन्ध है जिसमें एक पक्ष की प्रथा द्वारा यह छूट रहती है और कभी-कभी उससे यह अपेक्षा भी की जाती है कि वह दूसरे पक्ष को तंग करे या उससे हँसी-मजाक करे, लेकिन दूसरा पक्ष उसका कुछ भी बुरा न माने."
- माध्यमिक सम्बोधन (Telenonymy) नातेदारी व्यवस्था (Kinship) से सम्बन्धित एक विशेष रीति है, जिसके अनुसार एक व्यक्ति से यह आशा की जाती है कि वह अपने कुछ सम्बन्धियों को सम्बोधित करने या पुकारने के लिए उनका नाम न लेकर अन्य व्यक्ति के माध्यम से उन्हें सम्बोधित करे.
- **मातुलेय** (Avunculate) जनजातीय समाजों में नातेदारी की यह एक विशेष रीति है जो मातृसत्तात्मक परिवार व्यवस्था से सम्बन्धित है. इसमें बच्चों का अपने पिता की अपेक्षा अपने मामा से अधिक सम्बन्ध होता है. इसमें मामा के अधिकार ही प्रमुख हैं.
- जे.एच. हट्टन (J.H. Hutton) के अनुसार भारतीय जनसंख्या में इन प्रजातियों (Races) का मिश्रण पाया जाता है. (i) नीग्रेटो (Negrito), (ii) प्रोटो आस्ट्रेलायड (Proto-Austroloid), (iii) भूमध्यसागरीय (Mediterranean), (iv) इण्डो-एल्पाइन (Indo-Alpine), (v) मंगोल (Mongoloid) और (vi) इण्डो-आर्यन (Indo-Aryan).
- सर हरबर्ट रिजले (Sir Herbet Risley) ने अपनी पुस्तक '**द पीपुल ऑफ इण्डिया**' में इस बात का उल्लेख किया है कि भारत में द्राविड, मंगोल और इण्डो-आर्यन प्रजातियों के मिश्रण से इन चार प्रजातियों का प्रादुर्भाव हुआ. (i) तुर्को इरानियन, (ii) सीथो-द्राविडियन, (iii) आर्यो-द्राविडियन (Aryo-Dravidian), (iv) मंगोलो-द्राविड़ियन (Mongolo-dravidian).
- **मैलिनोवस्की** के अनुसार संस्कृति प्राप्त आवश्यकताओं की एक व्यवस्था तथा उद्देश्यपूर्ण क्रियाओं की संगठित व्यवस्था है.
- **टायलर** के अनुसार, संस्कृति वह जटिल व्यवस्था है जिसमें ज्ञान, विश्वास, कला, आचार, कानून, प्रथा और ऐसी ही दूसरी क्षमताओं और आदतों का समावेश है जिसे व्यक्ति समाज का सदस्य होने के नाते प्राप्त करता है.
- फ्रांसीसी दार्शनिक **वॉल्टेयर** (Voltaire) (1694–1778) ने धार्मिक सहिष्णुता और बोलने की स्वतंत्रता (Freedom of Speech) का समर्थन किया. वह व्यक्तियों के बोलने और अभिव्यक्ति के अधिकारों के भी पक्ष में था.
- **मॉण्टेस्क्यू** (1689–1755) ने अपनी पुस्तक 'द स्पिरिट ऑफ द लॉ' (The Spirit of the Law) में लिखा है कि प्रशासनिक विधायी और न्यायिक सत्ता का एक स्थान पर केन्द्रीयकरण नहीं होना चाहिए. वह अधिकारों के पृथकीकरण के सिद्धान्त और व्यक्ति की स्वतंत्रता के पक्ष में थे.

- **रूसो** (1912–1778) (Rousseau) ने अपनी विख्यात पुस्तक **'द सोशल कॉन्ट्रेक्ट'** (The Social Contract) में लिखा है कि किसी देश की जनता को अपना शासक चुनने का अधिकार है. उनका मत था कि लोगों के व्यक्तित्व का विकास तभी सम्भव है जब उनकी अपनी पसन्द की सरकार हो.
- **मैक्स वेबर** के धर्म के समाजशास्त्र की मूल विशेषता धर्म तथा आर्थिक व सामाजिक संगठन के बीच सम्बन्ध का सिद्धान्त है. वेबर का कहना है कि धार्मिक स्वार्थ कर्म को प्रेरित करते हैं और यह कर्म आर्थिक और सामाजिक संगठन को निश्चित करते हैं.
- **मैक्स वेबर** के अनुसार वर्ग (Class) की तीन प्रमुख विशेषताएँ हैं—(i) वर्ग के सभी सदस्यों को बहुत कुछ एक-सी आर्थिक सुविधाएँ या अवसर प्राप्त होते हैं, (ii) वर्ग पूर्णतया आर्थिक हितों पर आधारित होता है और इसके सदस्यों को वस्तुओं पर अधिकार और आय के सम्बन्ध में कुछ निश्चित अवसर प्राप्त होते हैं, (iii) ये अवसर या सुविधाएँ वस्तुओं तथा श्रमिकों के बाजार भाव के अनुसार बदलती रहती हैं.
- **कॉम्टे** (Comte) के अनुसार सामाजिक पुनर्निर्माण के लिए तीन शक्तियों का सामंजस्य होना चाहिए. ये शक्तियाँ हैं—(i) भौतिक शक्ति, (ii) बौद्धिक शक्ति और (iii) नैतिक शक्ति.

भारत में समाजशास्त्र

- भारत में समाजशास्त्र के विकास का श्रेय सर विलियम जेम्स (Sir William James), हेनरी मेने (Henry Maine), एल्फ्रेड लायल, मैक्स मुलर (Max Mullar) आदि को हो.
- **इरावती कर्वे** (Iravati Karve) ने मानवमितीय मापों (Anthropometric measurments) के आधार पर महाराष्ट्र के विभिन्न समूहों को विभाजित किया. आपने सामाजिक समूहों को भाषा के आधार पर विभाजित किया और इन सामाजिक समूहों के समान व्यवस्था के आधार पर उनके उद्‌गम का पता लगाया.
- **डॉ. कर्वे** ने अपनी मुख्य कृति **'किनशिप आर्गेनाइजेशन इन इण्डिया'** (1951) (Kinship Organization in India) में भारतवर्ष को चार भागों (क्षेत्रों) में बाँटा है और उनका तुलनात्मक अध्ययन किया.
- **डॉ. राधाकमल मुखर्जी** (1889–1968), सामाजिक परिस्थिति विज्ञान, जीवन मूल्यों आदि के संदर्भ में सामाजिक संरचना के क्षेत्रों में पहल करने वालों में से एक हैं.
- **डॉ. डी.पी. मुखर्जी** (1894–1962) ने भारतीय इतिहास का द्वन्द्वात्मक प्रक्रिया द्वारा विश्लेषण किया. परम्परा एवं आधुनिकता, उपनिवेशवाद तथा राष्ट्रवाद और व्यक्तिवाद तथा समूहवाद में परस्पर प्रभाव होता है. आपने परम्परा को संस्कृति का मुख्य आधार माना है. आपके अनुसार व्यक्तियों को परम्परा से पोषण मिलता है.
- **डॉ. डी.पी. मुखर्जी ने व्यक्तित्व के सामाजिक विकास, भारतीय संस्कृति में विविधता में एकता, भारत में आर्थिक विकास के ऐतिहासिक एवं सांस्कृतिक विशेषताओं का गहन अध्ययन किया है.**
- **डॉ. जी. एस. घुरिये** (1893–1984) मुम्बई विश्वविद्यालय के समाजशास्त्र विभाग में प्राध्यापक थे. वे नृजातिशास्त्री (Ethnographer) थे. आपने भारत की जातियों, जनजातियों का अध्ययन किया.
- 1930 के दशक में डॉ. जी. एस. घुरिए (Dr. G.S. Ghurey) ने भारत में जाति (Caste) और प्रजाति (Race) पर **'कास्ट एण्ड रेस इन इण्डिया'** (Caste and Race in India) नामक पुस्तक प्रकाशित की.
- **डॉ. घुरिये** के अनुसार भारत में नातेदारी (Kinship) और जाति व्यवस्था (Caste System) एकीकृत ढाँचे का कार्य करती है. आपके विचार में भारतीय समाज का विकास इन व्यवस्थाओं के माध्यम से विभिन्न जातीय और नृजातीय (Ethnic) समूहों के एकीकरण पर आधारित है.
- **डॉ. घुरिये** ने 1957 में महाराष्ट्र के पुणे जिले के **लोनी कांड** (Lonikand) गाँव का अध्ययन किया. इस अध्ययन का उद्देश्य सामाजिक ढाँचे की निरन्तरता को उभार कर प्रस्तुत करना था.
- **डॉ. घुरिये** के अनुसार भारत में नगरीकरण (Urbanization) औद्योगिक विकास का परिणाम नहीं है. आपके अनुसार शहरीकरण की प्रक्रिया ग्रामीण क्षेत्रों से ही आरम्भ हुई.
- मुम्बई (Mumbai) में समाजशास्त्र का आरम्भ करने का श्रेय पेट्रिक गिंडस (Petrick Geddes) को है. सन् 1991 में उनकी अध्यक्षता में समाजशास्त्र और नागरिकशास्त्र विभाग खोला गया. यह भारतीय समाजशास्त्र के विकास में एक महत्वपूर्ण घटना थी.
- भारतीय समाज, इसकी संस्कृति, कला, उसके दर्शन आदि के अध्ययन को भारतशास्त्र (Indology) कहते हैं.
- समाजशास्त्र में संगठनात्मक परिणामों को प्रकार्यात्मक और विघटनात्मक प्रभावों को अप्रकार्यात्मक माना गया है.

- संरचनात्मक प्रकार्यात्मक उपागम (Structural functional approach) यह बताता है कि किसी एक भाग में परिवर्तन का अन्य भागों पर प्रभाव पड़ता है.
- प्रकार्यात्मक, उपागम के अन्तर्गत किसी भी प्रघटना, संस्था या समाज पर होने वाले प्रभावों का विश्लेषण किया जाता है.
- **डेविस** ने प्रकार्यात्मक उपागम (Functional approach) को समाजशास्त्रीय उपागम (Sociological approach) माना है.
- **मर्टन** और **पारसन्स** के नाम प्रकार्यात्मक उपागम से सम्बन्धित है.
- मानवशास्त्रियों में मैलिनास्की और रेडक्लिफ ब्राऊन के नाम प्रकार्यात्मक उपागम के सम्बन्ध में उल्लेखनीय हैं.
- संघर्ष उपागम (Conflict approach) के अनुसार, समाज की विभिन्न समस्याओं का अध्ययन संघर्ष की प्रक्रिया को केन्द्र बनाकर किया जा सकता है.
- संघर्ष, उपागम को मानने वालों में कोजर डॉहरेन्डोर्फ, सिमेल और गालटुंग जैसे प्रसिद्ध समाजशास्त्री हैं.
- रेडिकल सोशियोलॉजी (Radical Sociology) की विचारधारा ने संघर्ष उपागम को अपने अध्ययन का केन्द्र बनाकर विद्यार्थियों, बुद्धिजीवियों और नीग्रोज को आकर्षित किया है.
- **नृवंश पद्धति** (Ethnomethodology) अन्तः क्रिया के सार को समझने का प्रयास करती है.
- नृवंश पद्धति के प्रवर्तकों में गारफिंकल, डेनियल और बरगर के नाम उल्लेखनीय हैं.
- समाजशास्त्र समाज व्यवस्था या सामाजिक व्यवस्था का अध्ययन है.
- सामाजिक व्यवस्था के अन्तर्गत सामाजिक प्रक्रिया, सामाजिक परिवर्तन, सामाजिक सम्बन्ध, सामाजिक नियंत्रण, सामाजिक संस्थाएँ व इससे सम्बन्धित प्रभाव और परिस्थितियों को सम्मिलित किया जाता है.
- सामाजिक व्यवस्था (Social System) को समझने के लिए हमें कर्त्ता (Actor), क्रिया (Action), लक्ष्य (Aim) व सामाजिक मानदण्डों को समझना आवश्यक है.
- सामाजिक व्यवस्था का निर्माण दो या दो से अधिक कर्त्ताओं के परस्पर सम्बन्धों से सम्भव होता है.
- प्रत्येक सामाजिक व्यवस्था की एक बाहरी और आन्तरिक सीमा होती है.
- प्रत्येक समाज में दो प्रकार की वास्तविकताएँ पाई जाती हैं—(1) आदर्शात्मक व्यवस्था (Normative order) और (2) यथार्थ व्यवहार (Factual behaviour).
- समाजशास्त्र के विषय क्षेत्र के सम्बन्ध में विद्वानों के मतों को दो भागों में बाँटा जा सकता है—(i) स्वरूपात्मक या विशिष्टात्मक सम्प्रदाय (Formal School) और (ii) समन्वयात्मक सम्प्रदाय (Synthetic School).
- स्वरूपात्मक सम्प्रदाय के अनुसार, अन्य विज्ञानों के समान समाजशास्त्र भी एक स्वतन्त्र और विशेष विज्ञान है.
- समन्वयात्मक सम्प्रदाय के अनुसार, समाजशास्त्र एक सामान्य विज्ञान है.
- "समाजशास्त्र एक सामाजिक विज्ञान है न कि प्राकृतिक विज्ञान." —**रॉबर्ट बीरस्टेड**
- समाजशास्त्र वास्तविकता का अध्ययन करने वाला विज्ञान है.
- समाजशास्त्र एक विशुद्ध (Pure) विज्ञान है.
- समाजशास्त्र एक अमूर्त विज्ञान है न कि मूर्त विज्ञान.
- समाजशास्त्र एक तार्किक (Rational) और एक अनुभवसिद्ध (Empirical) विज्ञान है.
- समाजशास्त्र की विषय-वस्तु (Subject matter) में, सामाजिक प्रक्रियाएँ, सामाजिक संस्थाएँ, सामाजिक नियन्त्रण एवं सामाजिक परिवर्तन को सम्मिलित करते हैं.
- अगस्ट कॉम्टे ने समाजशास्त्र को दो प्रमुख भागों में विभाजित किया है—(i) सामाजिक स्थिरता (Social statics) तथा (ii) सामाजिक गतिकी (Social dynamics).
- हरबर्ट स्पेन्सर की पुस्तक 'Principles of Sociology' तीन भागों (Volumes) में सन् 1877 में प्रकाशित हुई.
- स्पेन्सर ने समाजशास्त्र की विषय-वस्तु में परिवार, राजनीति, धर्म, सामाजिक नियन्त्रण, उद्योग या कार्य, समितियों, समुदायों, श्रम विभाजन, सामाजिक विभेदीकरण तथा स्तरीकरण, ज्ञान का समाजशास्त्र तथा कला और सौन्दर्यशास्त्र के अध्ययन को सम्मिलित किया है.
- **दुर्खीम** (Durkheim) के अनुसार, "समाजशास्त्र का सम्बन्ध, सामाजिक संस्थाओं और प्रक्रियाओं के अध्ययन से है."
- **वर्स्टेहेन** (Verstehen) सामाजिक अध्ययन की एक पद्धति है. इस पद्धति द्वारा अध्ययन करने वाला व्यक्ति स्वयं को उस परिस्थिति में रखकर अध्ययन करता है, जिसका वह अध्ययन करना चाहता है.
- **वेबर** (Weber) सामाजिक क्रिया एवं सामाजिक सम्बन्धों को समाजशास्त्र की विषय-वस्तु मानते हैं.

- "समाजशास्त्र का उद्देश्य सामाजिक व्यवहारों को समझना या उनकी व्याख्या करना है." —**मोरिस गिन्सबर्ग**
- समाजशास्त्र नवीन सामाजिक परिस्थितियों से अनुकूलन करने में सहायक है.
- समाजशास्त्र राष्ट्रीय एकता के निर्माण में सहायक है.
- समाजशास्त्र सामाजिक समस्याओं के समाधान में सहायक है.
- समाजशास्त्र श्रम समस्याओं के निराकरण में सहायक है.
- समाजशास्त्र अपराधी और व्याधिकीय (Pathological) समस्याओं को समझने में वैज्ञानिक दृष्टिकोण प्रदान करता है.
- ग्रामीण पुनर्निर्माण की दृष्टि से समाजशास्त्र की भूमिका महत्वपूर्ण है.
- समाजशास्त्र, समकालीन समाज में औद्योगिक एवं नगरीय विकास एवं समस्याओं के समाधान में सहायक है.
- जनजातीय समस्याओं के निराकरण और जनजातीय कल्याण में समाजशास्त्र का विशेष योगदान है.
- प्रजातन्त्र को सफल बनाने में समाजशास्त्र का महत्वपूर्ण योगदान है.
- समाजशास्त्र, सामाजिक नियोजन में सहायक है.
- समाजशास्त्र का अध्ययन सम्पूर्ण मानव समाज को समझने में सहायता प्रदान करता है.
- समाजशास्त्र समाज में सह-अस्तित्व की भावना का प्रसार करने में सहायक है.
- पारिवारिक जीवन में व्यक्ति को उसकी प्रस्थिति और भूमिका सम्बन्धी ज्ञान प्रदान करने में समाजशास्त्र की महत्वपूर्ण भूमिका है.
- यूनानी विचारक प्लेटो (Plato) ने अपनी पुस्तक **'रिपब्लिक'** (Republic) और अरस्तू (Aristotle) ने 'इथिक्स' एण्ड पॉलिटिक्स' (Ethics and Politics) में सामाजिक जीवन से सम्बन्धित विभिन्न समस्याओं और घटनाओं का व्यवस्थित विवरण दिया है.
- समाजशास्त्र के विकास में लुक्रेटिस (96–55 B.C.) सिसरो (106–43 B.C.). सेन्ट आगस्टाइन (354–430 A.D.) आदि का उल्लेखनीय योगदान है.
- थॉमस एक्यूनस और दान्ते ने मनुष्य को एक सामाजिक प्राणी माना और समाज को व्यवस्थित ढंग से संचालित करने के लिए सरकार की आवश्यकता पर बल दिया.
- हॉब्स (Hobbes), लॉक (Locke) और रूसो (Rousseau) द्वारा सामाजिक संविदा का सिद्धान्त (Theory of Social Contract) प्रतिपादित किया गया.
- **सर थॉमस मूर** (Sir Thomas Moore) ने अपनी पुस्तक 'यूटोपिया' (Utopic) में दैनिय सामाजिक समस्याओं को समझाने का प्रयास किया.
- मॉण्टेस्क्यू (Montesque) ने अपनी पुस्तक 'दी स्पिरिट ऑफ लॉज' (The Spirit of Laws) में मानव समाज पर भौगोलिक पर्यावरण के प्रभाव को स्पष्ट करने का प्रयत्न किया.
- **कण्डोरसेट** ने सामाजिक परिवर्तन के सिद्धान्त का प्रतिपादन किया.
- **जेम्स हेरिंगटन** ने इतिहास की आर्थिक व्याख्या से सम्बन्धित सिद्धान्त को प्रतिपादित किया.
- **माल्थास** (Malthus) ने जनसंख्या के सिद्धान्त और बढ़ती हुई जनसंख्या से सम्बन्धित समस्याओं पर प्रकाश डाला.
- जॉन स्टुअर्ट मिल (J.S. Mill) ने सन् 1843 में समाजशास्त्र का परिचय इंगलैण्ड में कराया.
- समाजशास्त्र को वैषयिक विज्ञान (Objective Science) बनाने का श्रेय फ्रांस के सामाजिक विचारक इमाल दुर्खीम (Emile Durkheim) को है.

समाज और समुदाय (Society and Community)

- "समाज उन व्यक्तियों का समूह है जो अन्तःक्रिया (Interation) द्वारा सम्बन्धित है." —**जॉर्ज सिमेल**
- "समाज, सामाजिक सम्बन्धों का जाल है." —**मेकाइवर और पेज**
- समाज में समानता और विभिन्नता पाई जाती है.
- समाज अमूर्त है, क्योंकि सामाजिक सम्बन्ध अमूर्त होते हैं.
- सामाजिक सम्बन्धों के लिए पारस्परिक जागरूकता का होना आवश्यक है.
- समाज में सहयोग और संघर्ष दोनों ही पाए जाते हैं.
- समाज परिवर्तनशील और जटिल व्यवस्था है.
- एक समाज (Asociety) व्यक्तियों का समूह है.
- "एक सीमित क्षेत्र में सामाजिक जीवन के सम्पूर्ण संगठन को समुदाय कहा जाता है." —**ऑगबर्न और निमकॉफ**
- "एक समुदाय एक ऐसा सामाजिक समूह है, जिसमें कुछ अंशों में 'हम की भावना' (We feeling) पाई जाती है तथा जो एक निश्चित भू-क्षेत्र में रहता है." —**बोगार्डस्**

- समुदाय का अंग्रेजी रूपान्तर या शब्द 'कम्युनिटी' (Community) दो लेटिन शब्दों—Com तथा Munis से बनाया 'Com' शब्द का अर्थ 'एक साथ में' (Together) और 'Munis' का अर्थ सेवा करने (Serving) से है.
- "जब किसी छोटे या बड़े समूह के सदस्य साथ-साथ इस प्रकार रहते हैं कि किसी विशेष हित में ही भागीदार न होकर सामान्य जीवन की मूलभूत दशाओं या स्थितियों में भाग लेते हों, तो ऐसे समूह को समुदाय कहा जाता है." **—मैकाइवर एवं पेज**
- समुदाय के आवश्यक तत्व हैं—(i) व्यक्तियों का समूह, (ii) निश्चित भू-भाग तथा (iii) सामुदायिक भावना.
- रॉबर्ट रेडफील्ड (Robert Redfield) ने लघु समुदाय (Little Community) का उल्लेख किया है.

संस्कृति (Culture)

- पर्यावरण का मानव निर्मित भाग को संस्कृति कहते हैं. **—हर्सकोविट्ज मैन एण्ड हिज वर्क**
- "संस्कृति जीवन व्यतीत करने की एक सम्पूर्ण विधि है, जोकि व्यक्ति की शारीरिक, मानसिक एवं अन्य आवश्यकताओं की पूर्ति करती है और उसे प्रकृति के बन्धनों से मुक्त करती है." **—बी. मैलिनोवस्की**
- **पारसन्स** ने अपनी पुस्तक **'द सोशल सिस्टम'** (The Social System) में संस्कृति को एक ऐसे पर्यावरण के रूप में परिभाषित किया है जो मानव क्रियाओं के निर्माण में मौलिक है.
- "संस्कृति वह सम्पूर्ण जटिलता है, जिसमें वह सभी वस्तुएँ सम्मिलित हैं, जिन पर हम विचार करते हैं, कार्य करते हैं और समाज के सदस्य होने के नाते अपने पास रखते हैं." **—रॉबर्ट वीरस्टेड—द सोशल ऑर्डर**
- **बूम** और **सेल्जनिक** ने संस्कृति को **सामाजिक विरासत** के रूप में स्वीकार किया है.
- **मेकाइवर** और **पेज** संस्कृति में केवल अभौतिक पक्ष को ही सम्मिलित करते हैं. उनके अनुसार संस्कृति हमारी आन्तरिक आवश्यकताओं की पूर्ति करती है.
- संस्कृति व्यवहार प्रतिमानों का कुल योग है जो किसी समाज के सदस्यों की विशेषता है, जोकि प्राणीशास्त्रीय विरासत की परिणाम नहीं है. **—ई.ए. होबल**
- **संस्कृति की विशेषताएँ**—(i) संस्कृति मानव निर्मित है, (ii) संस्कृति सीखी जाती है, (iii) संस्कृति हस्तान्तरित की जाती है, (iv) प्रत्येक समाज की एक विशिष्ट संस्कृति होती है, (v) संस्कृति मानव आवश्यकताओं की पूर्ति करती है, (vi) संस्कृति समूह के लिए आदर्श होती है, (vii) संस्कृति में सामाजिक गुण निहित होता है, (viii) संस्कृति में अनुकूलता की क्षमता होती है तथा (ix) यह मानव-व्यक्तित्व के निर्माण में मौलिक होती है.
- संस्कृति में परिवर्तन की गति धीमी होती है.
- संस्कृति में सन्तुलन और संगठन होता है.
- संस्कृति में परिवर्तनशीलता के गुण पाए जाते हैं.

समिति और संस्था (Association and Institution)

- "हम समिति के सदस्य हैं, संस्था के नहीं." **—मैकाइवर और पेज**
- "कुछ आधारभूत मानव आवश्यकताओं की सन्तुष्टि हेतु संगठित और स्थापित प्रणालियाँ सामाजिक संस्थाएँ हैं." **—ऑगबर्न और निमकॉफ**
- मनुष्य की कुछ मौलिक आवश्यकताओं की पूर्ति हेतु निर्मित विधि-विधानों एवं प्रणालियों की व्यवस्था ही सामाजिक संस्था है.
- "संस्था सामाजिक रीति-रिवाज का एक गुच्छा है." **—मिल्टन**
- "सामाजिक संस्था कुछ सांस्कृतिक विशेषताओं को प्रकट करने वाले वे नियम हैं, जिनमें काफी स्थायित्व होता है और जिनका कार्य सामाजिक आवश्यकताओं की पूर्ति करना होता है." **—गिलिन और गिलिन**
- "संस्थाएँ सामूहिक क्रिया की विशेषता व्यक्त करने वाली कार्य-प्रणाली के स्थापित स्वरूप या अवस्था को कहते हैं." **—मैकाइवर और पेज**
- प्रत्येक संस्था सांस्कृतिक व्यवस्था की एक मौलिक इकाई के रूप में कार्य करती है.
- संस्थाएँ संस्कृति की वाहक हैं.
- "संस्था वह अंग है, जिसके माध्यम से समाज के कार्यों को क्रियान्वित किया जाता है." **—हरबर्ट स्पेन्सर**
- संस्था का मुख्य कार्य व्यवहार का नियन्त्रण रखना है.
- "एक संस्था एक विचारधारा और ढाँचे से मिलकर बनती है." **—डब्ल्यू. जी. समनर**
- "समिति व्यक्तियों का एक समूह है, जिसे किसी सामान्य उद्देश्य या उद्देश्यों की प्राप्ति के लिए संगठित किया जाता है." **—मैकाइवर और पेज**
- **समिति की विशेषताएँ**—व्यक्तियों का समूह, निश्चित उद्देश्य, एक निश्चित संगठन, कुछ नियम, विचारपूर्वक स्थापना, **औपचारिक** सम्बन्ध, ऐच्छिक सदस्यता, अस्थायी प्रकृति हैं.

- **सांस्कृतिक विलम्बना** (Cultural Leg)—यह सिद्धान्त **ऑगबर्न** (Ogburn) ने प्रतिपादित किया है. इस सिद्धान्त के अनुसार, अभौतिक संस्कृति की तुलना में भौतिक संस्कृति में शीघ्र परिवर्तन होते हैं. इसके फलस्वरूप संस्कृति के इन दो पक्षों में अभौतिक पक्ष पिछड़ जाता है. इसे ही सांस्कृतिक विलम्बना कहते हैं.
- **सांस्कृतिक तत्व** (Cultural Element)—संस्कृति की वह छोटी इकाई जिसका और अधिक विभाजन नहीं किया जा सकता, सांस्कृतिक तत्व कहते हैं.
- **सांस्कृतिक संकुल**—जब सांस्कृतिक तत्व अर्थपूर्ण ढंग से एक-दूसरे से जुड़ जाते हैं और मानव आवश्यकताओं की पूर्ति करते हैं, तो उसे सांस्कृतिक संकुल कहते हैं.
- **सांस्कृतिक प्रसार** (Diffusion of Culture)—वह प्रक्रिया जिसके द्वारा किसी समाज में अधिकृत अथवा शोधित सांस्कृतिक तत्वों का प्रत्यक्ष या अप्रत्यक्ष रूप से अन्य समाजों में विस्तार होता है. सांस्कृतिक प्रसार कहते हैं.
- संस्कृति के तीन प्रमुख सिद्धान्त हैं—
  (i) विकासवादी सिद्धान्त (Evolutionary Theory)
  (ii) प्रसारवादी सिद्धान्त (Diffusionist Theory)
  (iii) प्रकार्यवादी सिद्धान्त (Functional Theory)
- **सांस्कृतिक सापेक्षवाद** (Cultural Relativism)—सांस्कृतिक सापेक्षता का अर्थ है, विभिन्न सांस्कृतियों का पाया जाना.
- **विपरीत संस्कृति** (Contra-Culture)—वह उस समूहों की संस्कृति को दर्शाती है जो विद्यमान प्रतिमानों को चुनौती देती है जिसे हिप्पी संस्कृति.
- **पर-संस्कृति ग्रहण** (Acculturation) इसका प्रभाव दो रूप में होता है—
  (i) व्यक्ति पर प्रभाव और
  (ii) सम्पर्क में आने वाली संस्कृतियों पर प्रभाव.
- **पर-संस्कृति ग्रहण** के लिए तीन स्थितियाँ (गिलिन और गिलिन के अनुसार) आवश्यक हैं—
  (i) व्यक्तियों का निकट एवं निरन्तर सम्पर्क.
  (ii) व्यक्तियों द्वारा विभिन्न सांस्कृतिक समूहों में जाकर रहना.
  (iii) विजयी संस्कृति के सदस्यों द्वारा पराजित लोगों पर अपनी संस्कृति **थोपना**.
- **जातीय केन्द्रीकता** (Ethnocentricism)—इसे नृजातीयता भी कहा जाता है, **'नृजाति'** शब्द ग्रीक शब्द **'ऐथनो'** से लिया गया है जिसका अर्थ है **'राष्ट्र'**.
- **नृजातीय** (Ethnic) का अर्थ आज एक ही राष्ट्र में कई समूहों के सह-अस्तित्व के लिए किया जाता है. इसका अर्थ ऐसे लोगों का समूह है जिन्हें उनकी जाति, प्रजाति, भाषा और संस्कृति के दूसरे पक्षों से सम्बन्धित विशेषताओं के आधार पर अलग किया जा सकता है.
- **नृजातीय** समूह वह समूह है जिसके सदस्यों में उपजाति, जाति, प्रजाति, सामान्य भाषा, धर्म, क्षेत्र, रीति-रिवाज, धार्मिक विश्वास आदि के आधार पर अपने को अन्य दूसरों से अलग मानते हैं.

प्रस्थिति और भूमिका (Status and Role)

- "प्रस्थिति (Status) वह सामाजिक पद है, जो व्यक्तिगत गुण और सामाजिक सेवा से पृथक्, व्यक्ति के आदर, प्रतिष्ठा तथा प्रभाव की मात्रा का निर्धारण करती है."
  —**मैकाइवर और पेज**
- प्रस्थिति के अनुकूल भूमिका (Role) के निर्वाह की स्थिति को सन्तुलन कहते हैं.
- प्रत्येक व्यक्ति की समाज में एक साथ अनेक प्रस्थितियाँ होती हैं, लेकिन किसी एक ही प्रस्थिति द्वारा समाज में जाना जाता है.
- समाज में प्रत्येक प्रस्थिति की एक प्रतिष्ठा (Prestige) होती है, प्रतिष्ठा का सम्बन्ध व्यक्ति से नहीं, बल्कि उसकी प्रस्थिति से है.
- **सम्मान** (Esteem) का सम्बन्ध किसी भी प्रस्थिति को धारण करने वाले व्यक्ति की कार्य-कुशलता, क्षमता, दक्षता, विशेषता, कर्तव्यपराणयता एवं सफलता से होता है.
- प्रस्थिति का सम्बन्ध सत्ता एवं शक्ति से भी है.
- **स्तर** (Stratum) का सम्बन्ध एक ही प्रकार के स्थिति संकुल (Station) को प्राप्त करने वाले विभिन्न व्यक्तियों से है.
- **प्रस्थिति प्रतीक** (Status Symbol)—कुछ प्रतीकों के आधार पर किसी व्यक्ति की प्रस्थिति को पहचाना जाता है.
- **मुख्य प्रस्थिति** (Key Status) की अवधारणा एक प्रसिद्ध समाजशास्त्री ई.टी. हिलर (E.T. Hiller) की देन है.
- प्रमुख प्रस्थिति वह है जो दूसरी प्रस्थितियों की तुलना में अधिक महत्वपूर्ण एवं अग्रणी है.
- भारत में जाति (Caste) व्यक्ति की मुख्य प्रस्थिति को निर्धारित करती है.

- 1936 में राल्फ लिंटन (Ralph Linton) ने प्रस्थितियों को दो प्रमुख भागों—प्रदत्त (Ascribed) और अर्जित (Achieved) में विभाजित किया.
- "प्रदत्त प्रस्थिति (Ascribed Status) वह होती है, जो व्यक्ति को बिना उसकी योग्यता को ध्यान में रखते हुए प्रदान की जाती है. इसका निर्धारण जन्म के समय ही हो जाता है." **—राल्फ लिंटन**
- भारतीय सामाजिक व्यक्ति को प्रस्थिति (Status) प्रदान करने का एक महत्वपूर्ण आधार जाति व्यवस्था है.
- भूमिका (Role) शब्द का प्रयोग किसी प्रस्थिति से सम्बन्धित सांस्कृतिक प्रतिमान की समग्रता के लिए किया जाता है.
- "अपनी प्रस्थिति की आवश्यकताओं को पूरा करने के वास्तविक तरीकों को भूमिका कहते हैं."

  —किंग्सले डेविस
- जॉनसन के अनुसार, "किसी स्थिति में अपेक्षित कार्य करने वाले व्यक्ति को कार्य अधियोक्त (Role occup out) कहते हैं."

सामाजिक संरचना (Social Structure)

- सामाजिक संरचना अमूर्त होती है. सामाजिक प्रक्रियाएँ सामाजिक संरचना का महत्वपूर्ण पक्ष है.
- सामाजिक संरचना में स्थिरता होती है.
- सामाजिक संगठन और विघटन दो प्रक्रियाँ हैं.
- सामाजिक नियन्त्रण के भंग होने के सामाजिक विघटन कहते हैं.
- "जहाँ प्रतिमान नहीं, वहाँ समाज भी नहीं."

  —रॉबर्ट बीरस्टेड
- प्रतिमानहीन समाज अधिक समय तक जीवित नहीं रह सकता.
- अगस्त कॉम्टे ने सामाजिक संगठन को एक सामान्य सामाजिक समझौता कहा है.
- **डॉ. राधाकमल मुखर्जी** के अनुसार, "मूल्य सामाजिक होते हैं और मनुष्य ही मूल्यों को जन्म देता है."
- मूल्य मनुष्य की शारीरिक आवश्यकताओं, सामाजिक सम्बन्धों और मानव के आदर्श पर आधारित हैं.

सामाजिक व्यवस्था (Social System)

- सामाजिक व्यवस्था का निर्धारण सांस्कृतिक व्यवस्था (Cultural system) के द्वारा होता है.
- **मैक्स वेबर** के अनुसार सामाजिक व्यवस्था के तीन प्रमुख तत्व हैं—(i) सामाजिक व्यवस्था, (ii) आर्थिक व्यवस्था और (iii) वैधानिक व्यवस्था.
- **टालकॉट पारसन्स** के अनुसार, "सामाजिक व्यवस्था अनिवार्य रूप से अन्तःक्रियात्मक सम्बन्धों का जाल है."
- सामाजिक व्यवस्था के संरचनात्मक तत्व हैं—(i) नातेदारी व्यवस्था, (ii) संस्तरण, (iii) शक्ति विभाजन, (iv) धर्म और मूल्य संगठन.
- सामाजिक व्यवस्था के दो पहलू हैं—(i) सकारात्मक व्यवस्था तथा (ii) नकारात्मक व्यवस्था.

सामाजिक क्रिया (Socil Action)

- जो क्रियाएँ समाज द्वारा बाध्य होकर की जाती हैं, वे सामाजिक क्रियाएँ हैं.
- प्रत्येक सामाजिक क्रिया सामूहिक क्रिया का परिणाम है.

  —इमाइल दुर्खीम
- मैक्स वेबर के समाजशास्त्र की अध्ययन वस्तु सामाजिक क्रिया है.
- सन् 1937 में टॉलकॉट पारसन्स की पुस्तक **'स्ट्रक्चर ऑफ सोशल एक्शन'** (Structure of Social Action) प्रकाशित हुई.
- पारसन्स के अनुसार क्रिया की नवीन सामान्यात्मक व्यवस्था के चार तत्व हैं—

  (i) वंशानुक्रमण तथा पर्यावरण (Heredity and Environment)

  (ii) साधन और साध्य (Means and Ends)

  (iii) उद्योग या प्रयत्न (Efforts)

  (iv) अन्तिम मूल्य (Ultimate Values)

सामाजिक समूह (Social Groups)

- "जब दो या दो से अधिक व्यक्ति एक साथ मिलते हैं और एक-दूसरे को प्रभावित करते हैं, तो वह एक समूह का निर्माण करते हैं." **—ऑगबर्न और निमकॉफ**
- "समूह से हमारा तात्पर्य व्यक्तियों के किसी ऐसे समूह से है, जो एक-दूसरे के साथ सामाजिक सम्बन्ध स्थापित करते हैं." **—मैकाइवर और पेज**
- मनुष्य की आवश्यकताओं, स्वार्थ, आदर्श एवं रुचियों की पूर्ति के लिए अनेक समूहों का निर्माण होता है.
- **रॉबर्ट के मर्टन** ने समूह निर्धारण के 26 आधारों का उल्लेख किया है, जिन्हें आपने समूह की विशेषताएँ या लक्षण माना है.

- **जॉर्ज सिमेल, हेरी एम. जॉनसन और जॉर्ज सी. होमन्स** ने छोटे समूहों को समाज के आधार के रूप में महत्वपूर्ण माना है.
- **जॉर्ज सी. होमन्स** ने पाँच छोटे समूहों का अध्ययन किया.
- **जॉर्ज सी. होमन्स** के अनुसार, "मनुष्य की समाज में ऐतिहासिक निरन्तरता केवल छोटे समूहों के रूप में है."
- **टी.बी. बाटोमोर** ने अर्ध-समूह (Quasi group) का उल्लेख किया है, जोकि स्थिर और अस्थिर समूह के बीच एक विशेष प्रकार का समूह है.
- **रॉबर्ट के मर्टन** ने सन्दर्भ समूह (Reference group) को ऐसा समूह माना है, जिसका कोई व्यक्ति सदस्य तो नहीं होता, परन्तु उस समूह के सदस्य बनने की आकांक्षा रखता है.
- **चार्ल्स एच. कूले** ने अपनी पुस्तक 'सोशियल ऑर्गेनाइजेशन (Social Organisation)' सन् 1909 में प्राथमिक समूह की अवधारणा को प्रस्तुत किया.
- प्राथमिक समूह के सदस्यों में आमने-सामने के सम्बन्ध पाये जाते हैं.
- **कूले** (Cooley) ने परिवार, पड़ोस और क्रीड़ा समूह को प्राथमिक समूह माना है.
- **किंग्सले डेविस** ने प्राथमिक समूह के निर्माण में तीन आवश्यक दशाओं—शारीरिक समीपता, समूह का छोटा आकार तथा सम्बन्धों की अवधि का उल्लेख किया है.
- "प्राथमिक समूह मौलिक मानव संघों के प्रतिनिधि हैं."

  —**किम्बाल यंग**
- "द्वितीयक समूहों (Secondary groups) में सदस्यों के सम्बन्ध अवैयक्ति, हित-प्रधान एवं व्यक्तिगत योग्यता पर आधारित होते हैं."

  —**लुण्डबर्ग**
- विद्यालय, महाविद्यालय, राजनीतिक दल, श्रमिक संघ और राष्ट्र आदि द्वितीयक समूह हैं.
- द्वितीयक समूहों में स्नेह, सहानुभूति और दूसरों के हित को अपना समझने की प्रवृत्ति पाई जाती है.
- द्वितीयक समूहों के अस्तित्व के लिए प्राथमिक समूह अनिवार्य है.
- प्राथमिक समूह में 'मैं' (I) के स्थान पर व्यक्ति 'हम' (We feeling) की भावना से प्रेरित होता है.
- "ऐसे समूह, जिनमें प्राथमिक और द्वैतीयक समूहों की मिश्रित विशेषताएँ पायी जाती हैं. इन्हें अर्ध-प्राथमिक समूह (Quasi primary group) कहते हैं." —**कूले**
- **मर्टन** ने आभासी समूह (Quasi group) को मनुष्यों का ऐसा संकलन माना है, जिसमें समान शारीरिक और सामाजिक लक्ष्य पाये जाते हैं, किन्तु वे परस्पर अन्तःक्रिया (Interact) नहीं करते हैं और उनमें सामाजिक सम्बन्ध नहीं पाया जाता है.
- **मर्टन** ने समूह की सदस्यता निर्धारित करने के दो मान-दण्ड—(i) व्यक्तिपरक और (ii) वस्तुपरक (Subjective and Objective) बताए हैं.
- **गिटलर** ने समूह के दो पक्षों-बाहरी पक्ष (Overt) और आन्तरिक (Covert) पक्ष का उल्लेख किया है.
- **गिलिन और गिलिन** ने समूह की व्याख्या में उत्तेजना और अनुक्रिया का उल्लेख किया है.
- समष्टि (Collectivity) में ऐसे व्यक्तियों का समावेश होता है, जो एक-सी भावनओं, उद्वेगों व मूल्यों में विश्वास करते हैं.
- **सामाजिक संवर्ग** (Social Category) में वे व्यक्ति आते हैं, जिनमें कुछ सामान्य सामाजिक या शारीरिक गुण होते हैं.
- प्रजाति (Race) सामाजिक संवर्ग का एक उदाहरण है.

पारसन्स के अनुसार सामाजिक प्रणाली (Social System) की विशेषताएँ

(i) दो या अधिक व्यक्तियों के मध्य अन्तःक्रिया होती है, अन्तःक्रियात्मक प्रक्रिया ही इसका मुख्य केन्द्रबिन्दु है.

(ii) अन्तःक्रिया ऐसी स्थिति में होती है, जिसमें किसी अन्य पात्र या व्यक्ति की अपेक्षा होती है. इन व्यक्तियों में संवेगों एवं मूल्यों के विषय में निर्णय लेने की शक्ति होती है तथा इनके द्वारा वे अपने लक्ष्यों और क्रिया के साधनों को प्राप्त करते हैं.

(iii) सामाजिक प्राणी में सामूहिक लक्ष्योन्मुखता (Aiming) होती है या समान मूल्य होते हैं ओर मानदण्डों तथा संज्ञानात्मक अर्थों में अपेक्षाओं पर सर्वसम्मति होती है.

- मैत्री समूह (क्लिक्स) किसी बड़े समूह के कुछ सदस्यों में बहुत घनिष्ठ सम्बन्धों के प्रतीक हैं.
- **किम्बाल यंग और ब्रिट** के अनुसार, "भीड़ (Crowd) की प्रकृति अस्थायी है."
- भीड़ का कोई निश्चित नेता, नियम, उद्देश्य, स्थान और कार्य नहीं होता, इसलिए भीड़ असंगठित होती है.
- "**एक सक्रिय भीड़** (Active Crowd) व्यक्तियों का एक समूह है, जोकि समान अवधान से अपने कार्यों, संवेगों तथा दृष्टिकोण को प्रकट करता है."

  —**किम्बाल यंग**

- जब भीड़ किसी भय के कारण दूसरे स्थान को भगाती है, तो ऐसी भीड़ को भयभीत भीड़ (Panic Crowd) कहते हैं.
- जब किसी भीड़ का उद्देश्य हिंसात्मक कार्य करना होता है, तो ऐसी भीड़ को आक्रमणकारी भीड़ (Aggressive Crowd) कहते हैं.
- 'समूह मन' के सिद्धान्त (Group-mind theory) का प्रतिपादन मैक्डगूल (Mc Dougall) ने किया.
- "मनुष्य अपनी मूल प्रवृत्तियों के अनुसार समाज विरोधी व्यवहार करता है." **—फ्रायड**
- भीड़ मनुष्यों का शारीरिक रूप से बना एक ऐसा संगठन है, जिसमें एक-दूसरे के साथ, प्रत्यक्ष, अस्थायी एवं असंगठित सम्पर्क पाया जाता है."

  —मेकाइवर और पेज
- क्रियाशील भीड़ (Mob) वह है, जिसमें प्रेम, भय, क्रोध या लड़ाई-झगड़ा पैदा होता है. **—किम्बाल यंग**
- भीड़ को जिधर चाहें उधर भगाकर ले जाया जा सकता है. **—रस्किन**
- भीड़ में आत्मचेतना (Self Consciousness) का अभाव होता है. **—मैकडूगल**
- अवरुद्ध चालकों की मुक्ति के सिद्धान्त (Theory of Repressed drive) का प्रतिपादन आस्ट्रिया के मनोवैज्ञानिक फ्रायड (Freud) ने किया.
- भीड़ व्यवहार को किसी समाज की सामाजिक दशाओं से पृथक् नहीं किया जा सकता. **—मोरिस गिन्सबर्ग**
- पारस्परिक उत्तेजना के सिद्धान्त के प्रतिपादक ऑलपोर्ट (Allport) हैं.
- किंग्सले डेविस के अनुसार श्रोता-समूह (Audience) सामाजिक संरचना का एक अंग है.
- **किम्बाल यंग** ने श्रोता-समूह को एक प्रकार की संस्थात्मक भीड़ माना है.
- जब किसी सामान्य उद्देश्य के कारण बिना परस्पर संचार के अनेक व्यक्ति सामान्य प्रतिक्रिया करते हैं, तो वे श्रोता-समूह का निर्माण करते हैं. **—रॉस**
- औपचारिक भीड़ (Formal Crowd) को श्रोता-समूह कहा जाता है.
- जनता (Public) का अर्थ जन-समूह (People) से है.
- "जनता एक ऐसा समूह है जिसके सदस्यों में आमने-सामने या कन्धे-से-कन्धे का सम्बन्ध होना आवश्यक नहीं. जनता में कुछ व्यक्ति जो दूर-दूर स्थानों पर बिखरे होते हैं. परोक्ष या यांत्रिक साधनों द्वारा प्रदान की गई किसी सामान्य उत्तेजना की प्रतिक्रिया करते हैं."

  —किम्बाल यंग
- जनता के सदस्यों की संख्या असीमित होती है.

सामाजिक स्तरीकरण (Social Stratification)

- समाज को विभिन्न स्तरों में विभाजित करने की प्रक्रिया को सामाजिक स्तरीकरण कहते हैं.
- सामाजिक स्तरीकरण (Social Stratification) समाज का ऐसे स्थायी समूहों अथवा श्रेणियों में विभाजन है जो उच्चता और अधीनता के सम्बन्धों द्वारा एक-दूसरे से जुड़े रहते हैं. **—जिस्बर्ट**
- स्तरीकरण, समाज का उच्च और निम्न सामाजिक इकाइयों में किया गया क्षैतिज विभाजन है.
- सामाजिक व्यवस्था में व्यक्तियों का ऊँचे और नीचे क्रम विन्यास में विभाजन ही स्तरीकरण है.

  —टॉलकॉट पारसन्स
- **कार्ल मार्क्स** सामाजिक स्तरीकरण का आधार आर्थिक मानते हैं.
- स्तरीकरण (Stratification) समाज की विभिन्न प्रस्थितियों का क्रम विन्यास है.
- सामाजिक स्तरीकरण का आधार प्रस्थिति है.
- जॉनसन ने परिवारों को सामाजिक स्तरीकरण की इकाई माना है.
- आज तक अस्तित्व में रहे समाजों का इतिहास वर्ग-संघर्ष का इतिहास है. **—कार्ल मार्क्स**
- किंग्सले डेविस और मूर ने स्तरीकरण के प्रकार्यात्मक आधार की विवेचना की है.
- **मैक्स वेबर** ने वर्ग, प्रस्थिति समूह व दल के आधार पर स्तरीकरण की व्याख्या की है.
- **सी. राइट मिल्स** ने अपने स्तरीकरण के सिद्धान्त में शक्ति (Power) के महत्व को स्वीकार किया है.
- **वारनर** ने **सम्मान** और **प्रस्थिति** समूह को वर्ग का आधार माना है.

प्रभू जाति (Dominant Caste)

- प्रमुख जाति को प्रधान या प्रभुत्वशील जाति भी कहा जाता है. इस अवधारणा का उल्लेख डॉ. एस.एन. **श्रीनिवास** ने अपनी पुस्तक **'सोशल चेंज इन मॉडर्न इण्डिया'** (Social Change in Modern India) में किया है.

- जातियों में पहले से उपस्थित सामान्य गुण-धर्मों में तीन गुण-धर्मों का योग होता है, जो निम्नलिखित है—

  (i) संख्यात्मक शक्ति.

  (ii) राजनीतिक शक्ति.

  (iii) भू-स्वामित्व के माध्य से प्राप्त आर्थिक शक्ति.
- कोई भी प्रमुख अथवा प्रभुत्वशील जाति वह है जो ग्रामीण समुदाय में उपर्युक्त तीनों गुण रखती है.
- इस धारणा के आधार पर किसी भी जाति की कर्मकाजीय प्रस्थिति अब सामाजिक सोपान में उसकी प्रस्थिति के लिए महत्वपूर्ण नहीं है.
- यदि कोई जाति निम्न स्थान में होने के कारण निम्न प्रस्थिति की होती है, तो भी वह उस गाँव में प्रभुत्वशील या प्रमुख या प्रधान जाति अथवा समूह बन सकती है, परन्तु इसके लिए यह आवश्यक है कि उस जाति के पास संख्यात्मक शक्ति, भू-स्वामित्व और ग्रामीण मामलों में राजनीतिक प्रभाव हो.
- इस अवधारणा के समर्थन हेतु डॉ. एम.एन. श्रीनिवास ने मैसूर के रामपुर गाँव और उत्तरी-पूर्वी उत्तर प्रदेश के **खालापुर** गाँव के दो उदाहरण दिए हैं.

जाति और वर्ग (Caste and Class)

- "जाति एक बन्द वर्ग है." —**डी.एन. मजूमदार**
- जाति से तात्पर्य एक ऐसे संवर्ग (Category) से है, जिसकी सदस्यता जन्म के आधार पर निर्धारित होती है.
- भारत में जाति-व्यवस्था से पूर्व वर्ण (Varna) व्यवस्था थी. वर्ण-व्यवस्था में स्तरीकरण वर्ग-व्यवस्था (Class System) के समान थी.
- प्रत्येक जाति के सभी सदस्यों की एक निश्चित जीवन शैली होती है.
- जाति अन्तर्विवाही (Endogamous) समूह है.
- जाति-व्यवस्था में ऊँच-नीच का क्रम पाया जाता है.
- प्रत्येक जाति का एक व्यवसाय होता है.
- जाति-व्यवस्था में खान-पान सम्बन्धी निषेध पाये जाते हैं.
- प्रत्येक जाति की एक पंचायत होती है जो जाति (Caste) के सामान्य नियमों का पालन करवाती है.
- जाति व्यवस्था में अस्पृश्यता पाई जाती है.
- वर्ण-व्यवस्था में कोई भी व्यक्ति एक वर्ण से दूसरे वर्ण में प्रवेश कर सकता है.
- वर्ण-व्यवस्था में ब्राह्मण, क्षत्रिय, वैश्य और शूद्र, चार वर्ण थे और यह चारों वर्ण कर्म पर आधारित थे.
- आधुनिक भारत में शिक्षा, औद्योगीकरण, नगरीकरण, धर्मनिरपेक्षतावाद, संविधान के प्रयासों से व नवीन मूल्यों की स्थापना के फलस्वरूप परम्परागत जाति-व्यवस्था में व्यापक परिवर्तन हुए हैं.
- डॉ. नर्मदेश्वर प्रसाद ने जाति की बहुचर्चित विशेषताओं के रूप में जातिगत स्थित रूप (Caste stereotype) की चर्चा की है.
- आज जाति के स्वरूप और कार्यों में व्यापक परिवर्तन हुए हैं, परन्तु जाति एक परम्परागत संस्था, आधुनिकता के प्रभाव में अपने स्वरूप को बदलती है. नष्ट नहीं होती.
- डॉ. एम.एन. श्रीनिवास ने संस्कृतिकरण की अवधारणा को प्रस्तुत किया है.
- "संस्कृतिकरण वह प्रक्रिया है, जिसके द्वारा निम्न हिन्दू जाति या कोई जनजाति अथवा अन्य समूह किसी उच्च और प्रायद्विज जाति की दिशा में अपने रीति-रिवाज, कर्मकाण्ड, विचारधारा और जीवन पद्धति को बदलता है." —**डॉ. एम. एन. श्रीनिवास**
- "संस्कृतिकरण की प्रक्रिया के परिणामस्वरूप जाति-व्यवस्था में केवल पदमूलक परिवर्तन (Positional Change) ही होते हैं, कोई संरचनात्मक परिवर्तन (Structural Change) नहीं होता."

  —**डॉ. एम. एन. श्रीनिवास**
- संस्कृतिकरण की प्रक्रिया भारतीय इतिहास में निरन्तर चलती रहती है.
- संस्कृतिकरण (Sanskritisation) की प्रक्रिया में एक जाति अपनी आसपास की जातियों से ऊपर उठ जाती है, और दूसरी नीचे आ जाती है, परन्तु यह सब अचल सोपान में होता है. इसके परिणामस्वरूप व्यवस्था में परिवर्तन नहीं होता.
- **मोरिस गिन्सबर्ग** ने वर्ग-व्यवस्था के व्यक्तिगत पक्ष के संदर्भ में तीन प्रकार की भावनाओं का उल्लेख किया है—(i) उच्चता की भावना, (ii) हीनता की भावना, (iii) समानता की भावना.
- प्रत्येक वर्ग (Class) की अपनी एक उपसंस्कृति (Sub-culture) होती है.
- एक ही वर्ग के लोगों का व्यवहार जीवन-शैली एक-सी होती है.
- एक वर्ग के विभिन्न सदस्यों की एक-सी सामाजिक प्रस्थिति होती है.

- प्रजातीय (Racial) आधार पर जाति प्रथा की उत्पत्ति के सिद्धान्त के समर्थकों में डॉ. जी. एस. घुरिए, रिजले और डॉ. डी. एन. मजूमदार का नाम उल्लेखनीय है.
- **नेसफील्ड, ब्लण्ट** (Blunt) तथा डेहलमैन (Dehlmann) के अनुसार जाति प्रथा की उत्पत्ति व्यवसाय के आधार पर हुई है.
- **होकार्ट** (Hocart) और **सेनार्ट** (Senart) ने जाति उत्पत्ति के धार्मिक सिद्धान्त को प्रस्तुत किया है.
- जे.एच. हट्टन (J.H. Hutton) ने जाति प्रथा की उत्पत्ति को आदिम संस्कृति का अध्ययन करके स्पष्ट किया है.
- इबेट्सन (Ibbetson) ने जाति प्रथा की उत्पत्ति के उद्‌विकासीय सिद्धान्त (Evolutionary Theory) को प्रतिपादित किया है.
- **शुद्धता** एवं **अपवित्रता** का सम्बन्ध इस विश्वास से जुड़ा हुआ है कि अस्वच्छ धन्धे, अछूत व्यक्ति, मृत्यु एवं शारीरिक उत्सर्जनों के सम्पर्क से व्यक्ति अपवित्र हो जाता है.
- **प्रधान** या **प्रमुख जाति** (Dominant Caste)—कोई भी प्रमुख या प्रभुत्वशील जाति वह है जो ग्रामीण समुदाय में तीन गुण रखती है, वे हैं—(i) संख्यात्मक शक्ति, (ii) राजनीति शक्ति और (iii) भू-स्वामित्व के माध्यम से प्राप्त आर्थिक शक्ति.
- प्रभुत्व जाति की अवधारणा का उल्लेख **डॉ. एम. एन. श्रीनिवास** ने अपनी पुस्तक **'सोशल चेंज इन मॉडर्न इण्डिया'** में किया है.

प्रजाति (Race)

- प्रजाति (Race) एक जैविकीय अवधारणा (Biological concept) है.
- दक्षिण भारत के पनियन और छोटा नागपुर की संथाल जनजाति द्रविड़ (Dravidian) प्रजाति के प्रतिनिधि हैं.
- भारत में बाहर से आकर बसने वाली प्रजातियों में इण्डो-आर्यन (Indo-Aryan) सर्वप्रथम प्रजाति थी.

  —**रिजले**
- उत्तर-भारत के हिमालय की सम्पूर्ण तहलटी तथा पर्वतीय प्रदेशों में मंगोलायड (Mongoloid) प्रजाति के लोग निवास करते हैं.
- द्रविड़ (Dravidian) भारत की मूल और प्राचीनतम प्रजाति है.
- मंगोलो-द्रविड़ (Mongolo-Dravidian) प्रजाति के प्रतिनिधि पश्चिम बंगाल और उड़ीसा की जनसंख्या में सबसे अधिक हैं.
- सीथो-द्रविड़यन (Scytho-Dravidian) प्रजाति के प्रतिनिधि महाराष्ट्र के ब्राह्मण हैं. मध्य प्रदेश, महाराष्ट्र तथा कुर्ग (Coorg) की पहाड़ियों के निवासी इस प्रजाति के हैं.
- **डॉ. डी. एन. मजूमदार** के अनुसार, भारत की मूल प्रजाति केवल प्रोटो-आस्ट्रोलायड ही है.
- डॉ. गुहा के अनुसार मध्य प्रदेश और दक्षिण भारत की प्रजातियों में नीग्रिटो तत्व पाया जाता है.

राजनीतिक प्रक्रियाएँ (Political Processes)

- **शक्ति** (Power) का अर्थ है ताकत अथवा नियंत्रण की क्षमता.
- **मैक्स वेबर** के अनुसार, "शक्ति सामाजिक सम्बन्धों का एक पहलू है. इसका सम्बन्ध एक व्यक्ति द्वारा दूसरे के आचरण पर अपनी इच्छा थोपने की सम्भावना से है.
- **वेबर** के अनुसार शक्ति के दो परस्पर विरोधी स्रोत हैं—
  - (i) वह शक्ति जो औपचारिक मुक्त बाजार में पनपने वाले हितों के मेल से प्राप्त होती है.
  - (ii) सत्ता की एक स्थापित प्रणाली जो आदेश देने के अधिकार तथा उसके पालन के कर्त्तव्य का निर्धारण करती है. जैसे सेना में एक जवान अपने अधिकारी का आदेश मानने को बाध्य है.
- **सत्ता** (Authority)—सत्ता के लिए मैक्स वेबर द्वारा जर्मन शब्द **'हैरशाफ्ट'** (Herschaft) का अनुवाद कई रूपों में हुआ है. इसका अर्थ है ऐसी स्थिति जिसमें **'हैर'** अथवा स्वामी अन्यों पर प्रभुत्व (Domenator) जमाता है या आदेश (Command) (हुक्म) देता है. कुछ विद्वानों ने इस शब्द का अर्थ सत्ता माना है.
- वेबर की **'हेरशाफ्ट'** की अवधारणा को सत्ता (Authority) शब्द द्वारा व्यक्त किया गया है.
- सत्ता से अभिप्राय है वैध शक्ति (Legal Power). इसका अर्थ है कि स्वामी का आदेश देने का अधिकार है और वह उसके अनुपालन की अपेक्षा कर सकता है.
- वेबर के अनुसार सत्ता के तीन प्रकार हैं—

  (i) पारम्परिक सत्ता.

  (ii) तर्क-विधिक सत्ता.

  (iii) चमत्कारिक सत्ता.

परिवार और विवाह (Family and Marriage)

- फेमिली (Family) शब्द का उद्‌गम लैटिन शब्द फैमुलस (Famulus) से हुआ है, जो एक ऐसे समूह के लिए प्रयुक्त है, जिसमें माता-पिता, बच्चे, नौकर और बस हों.
- केन्द्रीय या एकांकी परिवार (Nuclear family) आधुनिक औद्योगिक समाजों में प्रमुख रूप से पाये जाते हैं.
- एक-विवाही परिवार (Monogamous family) एक पुरुष व एक स्त्री के सम्मिलन से बनता है.
- पितृसत्तात्मक परिवारों (Patriarchal) में सत्ता एवं अधिकार पिता व पुरुषों के हाथ में होते हैं.

मूल परिवार (Nuclear family) की श्रेणियाँ

पालिन कोलेंडा (1987) के अनुसार मूल परिवार (Nuclear family) की निम्नलिखित गणनात्मक श्रेणियाँ हैं—

(1) **मूल या नाभिक परिवार**—यह परिवार जिसमें पति-पत्नी बच्चों के साथ या बच्चों के बिना हों.

(2) **अनुपूरित मूल परिवार**—जिसमें माता-पिता के साथ उनके अविवाहित बच्चों के अतिरिक्त उनके एक या अधिक अविवाहित, तलाकशुदा या विधुर विधवा सम्बन्धी रहते हों.

(3) **उप-मूल परिवार**—यह परिवार का ही एक अंश है. जिसमें कोई विधवा या विधुर अपने अविवाहित बच्चों या सगे भाई-बहिनों के साथ रहते हों.

(4) **एक व्यक्ति का परिवार**—इसमें केवल एक व्यक्ति ही होता है.

(5) **अनुपूरित उप-मूल परिवार**—ऐसे सम्बन्धियों के समूह से है, जिसमें कोई विधवा अपने अविवाहित बच्चों के साथ अपनी विधवा सास के पास रहती है.

- हिन्दू संयुक्त परिवार को सम्पत्ति के अधिकार की दृष्टि से दो भागों में बाँटा जा सकता है—(i) मिताक्षरा, और (ii) दायभाग.
- हिन्दू उत्तराधिकार अधिनियम (The Hindu Succession Act, 1956) में लागू हो जाने के फलस्वरूप मिताक्षरा और दायभाग सम्बन्धी अन्तर समाप्त हो गया है.
- विस्तृत परिवार (Extended family) में सभी रक्त सम्बन्धी और कुछ अन्य सम्बन्धी भी पाये जाते हैं.
- जब विवाह के पश्चात् पति, पत्नी के साथ पत्नी के माता-पिता के निवास स्थान पर रहने लगता है, तो उसे मातृस्थानीय (Matrilocal) परिवार कहते हैं, इन परिवारों में परम्परा माँ के नाम पर चलती है.
- जब एक पुरुष को एक समय में एक से अधिक स्त्रियों से विवाह करने की स्वीकृति होती है, तो उसे बहु-पत्नी परिवार (Polygamous family) कहते हैं.
- जहाँ एक स्त्री एक समय में एक से अधिक पुरुषों से विवाह करती हो, तो उसे बहुपति विवाह परिवार (Polyandrous family) कहते हैं.
- वह परिवार जिसमें एक व्यक्ति जन्म लेता है तथा उसका पालन-पोषण होता है, उसे जन्ममूलक परिवार (Family of Orientation) कहते हैं.
- प्रजननमूलक परिवार (Family of procreation) का निर्माण व्यक्ति विवाह के पश्चात् स्वयं करता है.
- नगरीय परिवार औद्योगीकरण एवं नगरीकरण की देन हैं.
- हिन्दू समाज की इकाई व्यक्ति नहीं, वरन् संयुक्त परिवार है. **—के.एम. पणिकर**
- मैक्समूलर (Max Muller) के अनुसार संयुक्त परिवार भारत की आदि परम्परा है, जिसे सांस्कृतिक विरासत के रूप में भारतवासी आज तक प्राप्त करते आ रहे हैं.
- संयुक्त परिवारों के पाँच प्रमुख आधार हैं—(i) नातेदारी, (ii) पीढ़ियों की संख्या, (iii) सम्पत्ति, (iv) पारस्परिक सहयोग.
- "हिन्दू मनोवृत्तियाँ आज भी संयुक्त परिवार के पक्ष में हैं." **—कपाड़िया**
- के.एम. कपाड़िया ने नवीन न्याय व्यवस्था, यातायात के नवीन साधन, शिक्षा का प्रसार, औद्योगीकरण और परिवर्तित मनोवृत्तियों को संयुक्त परिवार के विघटन के लिए उत्तरदायी माना है.
- 'मैरिज एण्ड फैमिली इन इण्डिया' (Marriage and Family) नामक पुस्तक के लेखक **के.एम. कपाड़िया.**
- विशेष विवाह अधिनियम, 1954 ने किसी भी जाति और धर्म के लोगों के मध्य विवाह की स्वीकृति प्रदान की है.
- बाल-विवाह निरोध अधिनियम, 1929 में पारित हुआ.
- 'किनशिप ऑर्गेनाइजेशन इन इण्डिया' (Kinship Organisation in India) नामक पुस्तक डॉ. इरावती कर्वे द्वारा लिखी गई है.
- भारत में परिवार का शास्त्रीय रूप संयुक्त परिवार रहा है.
- हिन्दू विवाह एक धार्मिक संस्कार है.
- बोगार्डस् (Bogardus) के अनुसार, "विवाह स्त्री और पुरुष को पारिवारिक जीवन में प्रवेश करवाने की एक संस्था है.

- **वेस्टरमार्क** द्वारा 'दी हिस्ट्री ऑफ ह्यूमन मेरेज' (The History of Human Marriage) नामक पुस्तक लिखी गई है.
- भारत में मालाबार क्षेत्र के नायरों, खासी, गारो और खास (Khas) जनजातियों में मातृस्थानीय परिवार (Matrilocal family) पाये जाते हैं.
- "विवाह एक प्रजननमूलक परिवार की स्थापना के लिए समाज द्वारा स्वीकृत एक विधि है."

  —**गिलिन और गिलिन**
- विवाह एक प्रकार से सामाजिक संविदा (Social contract) हैं. जिसमें स्त्री तथा पुरुष दोनों यौन सम्बन्ध स्थापित करने का स्वतन्त्र रूप से अवसर प्राप्त कर लेते हैं.
- स्त्रियों के एक समूह द्वारा पुरुषों के एक समूह से विवाह सम्बन्ध करने की प्रथा को समूह विवाह (Group Marriage) कहते हैं.
- मुस्लिम समाज में विवाह (निकाह) एक संविदा (Contract) है. यह संविदा दो व्यक्तियों (स्त्री एवं पुरुष) के मध्य में होता है. मुसलमानों में विवाह का प्रस्ताव और स्वीकृति, ये दोनों आवश्यक मानी गई हैं.
- **इद्दत** उस अवधि या समय को कहते हैं जिसके अन्दर विवाह नहीं होता. इस समय यह देखा जाता है कि स्त्री गर्भवती तो नहीं है.
- मुस्लिम समाज में विवाह का प्रस्ताव प्रायः लड़के की तरफ से होना चाहिए और उसकी स्वीकृति लड़की की तरफ से होनी चाहिए.
- **मेहर** वह धनराशि है, जो पति निकाह (विवाह) के लिए पत्नी को देता है. मेहर की रकम विवाह से पहले या बाद में दी जाती है.
- **मुताह विवाह** मुसलमानों में निकाह सर्वाधिक प्रचलित और स्थायी विवाह है. मुताह विवाह का शाब्दिक अर्थ है—उपभोग.
- फासिद विवाह को अनियमित विवाह माना गया है.
- मनु ने हिन्दू विवाह के आठ प्रकारों का उल्लेख किया है—(i) ब्रह्म विवाह, (ii) दैव विवाह, (iii) आर्ष विवाह, (iv) गान्धर्व विवाह, (vii) राक्षस विवाह, (viii) पैशाच विवाह.
- हिन्दू विवाह के उद्देश्य—(i) धर्म का पालन, (ii) पुत्र प्राप्ति, (iii) रति (Sex), (iv) पारिवारिक उद्देश्य, (v) सामाजिक उद्देश्य, (vi) व्यक्तित्व का विकास.
- बहिर्विवाह (Exogamy) का तात्पर्य उस विवाह से है, जो समूह के अन्दर अर्थात् निकटतम रक्त सम्बन्धियों में नहीं किया जाता है.
- अपने समूह के बाहर विवाह करने को बहिर्विवाह कहते हैं. हिन्दुओं में बहिर्विवाह तीन प्रकार का है—(i) गोत्र-बहिर्विवाह, (ii) प्रवर बहिर्विवाह, (iii) सपिण्ड बहिर्विवाह.
- अन्तर्विवाह (Endogamy) का तात्पर्य उस नियम से है जो यह बताता है कि एक व्यक्ति को अपने समूह में ही विवाह करना चाहिए, जैसे जाति-अन्तर्विवाह.
- **अनुलोम या कुलीन विवाह** (Hypergamy) वह प्रथा है जिसमें लड़का अपने वर्ण की तथा अपने से नीचे वर्ण की लड़की से विवाह करता है.
- प्रतिलोम विवाह (Hypogamy) में निम्न वर्ण का लड़का उच्च वर्ण की लड़की से विवाह करता है.
- बहुपत्नी विवाह (Polygamy) एक समय में एक से अधिक पत्नियाँ रखना बहुपत्नी विवाह कहलाता है.
- अन्तर्जातीय विवाह (Inter-Caste Marriage) का तात्पर्य उस विवाह से है, जिसमें वर और वधु विभिन्न जातियों व उपजातियों के हो.
- ईसाइयों में विवाह गिरजाघर में सम्पन्न होता है.
- ईसाई विवाह को दैवी उत्पत्ति मानते हैं तथा इसे पवित्र संस्कार कहते हैं.
- **कोर्टशिप**—ईसाइयों में विवाह से पूर्व कोर्टशिप का महत्वपूर्ण स्थान है. इसमें लड़के-लड़की पहले एक-दूसरे से सम्पर्क स्थापित करके समय लेते हैं, तब विवाह करते हैं.
- ईसाइयों में एक विवाह प्रथा का प्रचलन है.

नातेदारी (Kinship)

- नातेदार (Kinship) की तीन श्रेणियाँ हैं—प्रथम नातेदारी, द्वितीय नातेदारी और तृतीय नातेदारी.
- पति-पत्नी, माता-पिता एवं सन्तान, प्राथमिक नातेदार (Primary Kinship) हैं, क्योंकि इनमें प्रत्यक्ष सम्बन्ध है.
- आधुनिक परिवार में नातेदारी (स्वजनता) माता और पिता दोनों के जन्म के परिवारों के साथ जोड़ी जाती है, ऐसे परिवारों को द्विपक्षीय समूह कहा जाता है.
- **जी.पी. मरडाक** ने सामाजिक संगठन के 11 प्रकारों का एक अधिक विस्तृत वर्गीकरण प्रस्तुत किया है. इनमें से 6 प्रकारों में नातेदारी शब्दावली के आधार पर भेद किया है और अन्य 5 में वंशानुक्रमण के आधार पर भेद

किया है, जिनकी विशेषता पूर्वगामी के समान नातेदारी पदों पर आधृत हैं.

- जनजातीय समाजों में नातेदारी महत्वपूर्ण है.
- पश्चिमी देशों में सीमित नातेदारी होती है.
- एक ही पूर्वज के वंशज सपिण्ड कहलाते हैं.
- किसी व्यक्ति के पिता का भाई (चाचा या ताऊ) या उस व्यक्ति की सौतेली माँ को द्वितीय स्वजन या नातेदार कहा जाता है.
- भारतीय समाज में जीजा-साली, देवर-भाभी के मध्य परिहास सम्बन्ध पाये जाते हैं.
- **संगोत्रता** (Consanguinity)—इसका अर्थ रक्त के सम्बन्ध से है. किसी व्यक्ति के सगे-नातेदार उसके समरक्त होते हैं.
- **संगोत्रीय** (Agnate)—एक ही पूर्वज से निकला समूह वंश संगोत्रीय कहलाता है.
- उत्तर भारत में नातेदार समूह (Kinship groups) तीन प्रकार के हैं—

  (i) पितृवंश परम्परा, (ii) गोत्र और (iii) उपजाति.
- **वंशक्रम** (Descent)—एक पूर्वज से चली आ रही पीढ़ी वंशक्रम कहलाती है.
- **विवाह सम्बन्ध** (Affinity)—जिन व्यक्तियों का सम्बन्ध विवाह के माध्यम से होता है वे विवाहजन्य सम्बन्ध कहलाते हैं.
- **मातृक नातेदार** (Uterine kin)—किसी व्यक्ति के उसकी माँ की तरफ के नातेदार मातृक नातेदार कहलाते हैं.
- **गोत्र** (Clan)—ऐसी इकाई जिसमें विवाह नहीं किया जा सकता गोत्र कहलाता है.
- उत्तर भारत में नातेदारी व्यवस्था पर एकलवंशीय परम्परा (Unilinedal descent) पर आधारित है.
- **समानान्तर नातेदार** (Collaterals)—वंशक्रम में आने वाले वे नातेदार जो एक ही वंशक्रम के तो हैं, परन्तु वंश परम्परा की सीधी पंक्ति में नहीं आते.
- **के. एम. कपाड़िया** (1947)—ने हिन्दू नातेदारी के विवेचन में प्राचीन ग्रंथों का उपयोग किया है.
- **पी. एच. प्रभु** (P.H. Prabhu) (1954) ने संस्कृत के मूल ग्रंथों के आधार पर नातेदारी व्यवस्था का अध्ययन किया है.
- **इरावती कर्वे** (1940) और **डॉ. जी. एस. घुरिये** (1946–55) ने विस्तार से भारतीय नातेदारी पद्धति का उपयोग किया है.
- **मातृवंशीय परम्परा** (Matrilineral descent)—इसमें माता के माध्यम से बच्चों को वंशक्रम का सदस्य बनाया जाता है.
- **खासी** (Khasi)—एक मातृवंशीय परम्परा (Matritiny) मनाने वाली जनजाति है जो **मेघालय** की पहाड़ियों में निवास करती है. इसमें वंशक्रम का निर्धारण मातृवंश परम्परा द्वारा होता है. इसमें सबसे छोटी पुत्री को सम्पत्ति का उत्तराधिकार (Inheritence) मिलता है.
- भारत में दक्षिण-पश्चिम प्रदेश में केरल राज्य मातृवंश परम्परा वाले समुदाय का गढ़ रहा है.
- **केरल में मातृवंश परम्परा** तारवाड़ (Tarvad) है—केरल के नायरों (Nayar) का मातृवंश परम्परा वाला समाज (Matrilinedal society) अद्वितीय प्रकार का है.
- लक्षद्वीप का मुस्लिम समाज पति, पत्नी और बच्चे को सामाजिक इकाई के अभाव का एक विरल उदाहरण है.
- लक्षद्वीप में मातृवंश परम्परा वाले मुसलमान भी पाए जाते हैं. मुस्लिम जगत में ये अनोखी नातेदारी व्यवस्था वाले लोग हैं.
- ये मुस्लिम परिवार द्विस्थानिक आवास (Dioloeal residence) का पालन करते हैं.
- **द्विस्थानिक आवास** (Dioloeal residence) का अर्थ है कि पति और पत्नी अलग-अलग स्थानों या आवास में रहते हैं. पति रात को पत्नी के घर जाता है.
- **तारवाड** में वे सभी स्त्री-पुरुष सम्मिलित होते हैं जिनका वंशक्रम स्त्री-पूर्वज (Female ancestress) से चलता है.
- तारवाड के सदस्य अपने नाम से पूर्व तारवाड का नाम जोड़ते हैं.
- मेघालय राज्य में निवास करने वाली गारो (Garo) जनजाति में मातृवंश परम्परा का पुत्रियों द्वारा स्थापित घर-बार की व्यवस्था से पता चलता है. यह गृहस्थियाँ मूल गृहस्थी से बनती हैं. प्रत्येक मूल गृहस्थी (Original house-hold) स्त्री. उसकी पुत्री तथा दामाद होते हैं और पुत्री को उसमें रखकर मूल गृहस्थी की निरन्तरता को बनाए रखा जाता है.
- गारो जनजाति समाज नातेदारी की दो इकाइयों में बँटी हैं. इन दो नातेदारी इकाइयों को **मरक** (Marak) और **संगमा** (Sangma) कहते हैं. इन दो इकाइयों में अन्तर्विवाह नहीं होता.
- गारो समूह दो अंशों (Phratries) में बँटे हैं. गारो भाषा में अंश को **कटुची** (Katuchi) कहते हैं.
- गारो समाज में दामाद को **नोकरम** कहते हैं.

- गारो समाज में मातृवंश परम्परा (Matrilineage) को युवा गृह (Machong) कहा जाता है जिसका अर्थ है एक बस्ती में रहने वाला विस्तारित नातेदारी समूह (Extended group of kin).
- नवस्थानिक परिवार (Neolocal family)—ऐसे परिवार में विवाह के बाद पति-पत्नी द्वारा अपना अलग से घर बसाया जाता है, जिसमें वे एक स्वतंत्र बस्ती चलाते हैं.

धर्म और जादू (Religion and Magic)

- आध्यात्मिक शक्ति में विश्वास, धर्म है. —**टॉयलर**
- धर्म क्रिया की एक विधि है और साथ ही विश्वासों की एक व्यवस्था भी. धर्म एक समाजशास्त्रीय घटना के साथ-साथ एक व्यक्तिगत अनुभव भी है. —**बी. मैलिनावस्की**
- धर्म अलौकिक शक्तियों में विश्वास पर आधारित है, जिनमें आत्मवाद और मानावाद दोनों सम्मिलित हैं. —**हॉबेल**
- **कांगोकल्ट** (Congo-Cult)—**मैलेनेशिया** में पाए जाने वाले ऐसे धार्मिक सामाजिक आन्दोलन, जिनमें विश्वास किया जाता है कि आकाश द्वारा बहुत-सा सामान आदिवासियों के लिए आएगा और उनके जीवन का दुःख-दर्द मिट जाएगा और उसके जीवन में स्वर्ग युग का आविर्भाव होगा.
- धर्म, सामान्य मूल्यों तथा आदर्श नियमों का निर्माण करता है. उनके स्वरूपों को स्पष्ट करता है, प्रतीकों के रूप में उन्हें स्थायी बनाता है और अन्त में उन्हें सम्पूर्ण समाज में लागू करता है. —**एच. एम. जॉनसन**
- लोकाचारों (Mores) का कार्य सामाजिक कल्याण में वृद्धि करना होता है, परन्तु उन लोकाचारों की स्वीकृति धर्म के द्वारा ही होती है. —**ई.ई. मेरिल**
- नैतिकता कर्त्तव्य की आन्तरिक भावना है, जिसमें उचित-अनुचित का विचार सन्निहित है. —**किंग्सले डेविस**
- **नैतिकता** (Morality) का सम्बन्ध किसी विशिष्ट वर्ग के सामाजिक प्रतिमानों से होता है.
- इमाइल दुर्खीम (Emile Durkheim) ने अपनी पुस्तक 'The Elementary forms of Religious life' में धर्म की उत्पत्ति को सामूहिक प्रतिनिधान अथवा सामाजिक आधार पर प्रस्तुत किया है.
- दुर्खीम (Durkheim) के अनुसार धर्म पूर्णतया एक सामाजिक तथ्य है (Religion is a social fact).
- **दुर्खीम** के अनुसार समाज ही वास्तविक देवता है.
- **दुर्खीम** के अनुसार स्वर्ग का साम्राज्य एक महिमान्वित समाज है. (The kingdom of Heaven is a glorified Society).
- **दुर्खीम** ने आस्ट्रेलिया की अरन्टा (Arunta) जनजाति का विस्तृत अध्ययन किया.
- **मैक्स वेबर** के धर्म के समाजशास्त्र की मूल विशेषता धर्म तथा आर्थिक व सामाजिक संगठन के बीच सम्बन्ध का सिद्धान्त है.
- मैक्स वेबर (Weber) ने पूँजीवाद और प्रोटेस्टेन्ट आचरणों के बीच सम्बन्ध को स्पष्ट करने के लिए अनेक ऐतिहासिक प्रमाणों को प्रस्तुत किया है.
- मैक्स वेबर ने विश्व के 6 महान् धर्मों का अध्ययन किया. वे धर्म हैं—हिन्दू, बौद्ध, ईसाई, इस्लाम, यहूदी और कनफ्यूशियन धर्म.
- धर्म लोगों के लिए अफीम है. (Religion is opium of the people). —**कार्ल मार्क्स**
- धर्म का जन्म-नैतिकता से पूर्व हुआ, अतः वह नैतिकता का आधार है. —**अगस्त कॉम्टे**
- दुर्खीम और टॉनीज (Durkheim and Tonnies) के अनुसार धर्म से पूर्व नैतिकता का जन्म हुआ.
- न्याय, सच्चाई, स्वतन्त्रता, कर्तव्य पराणयता, पवित्रता, निष्पक्षता, ईमानदारी, पवित्रता, दया आदि नैतिक धारणाएँ हैं.
- पवित्र वस्तुओं से सम्बन्धित विश्वासों और क्रियाओं की एक संयुक्त व्यवस्था को धर्म कहते हैं. —**दुर्खीम**
- **मैक्स वेबर** की सर्वाधिक विख्यात रचना (The Protestant Ethics and the Spirit of Capitalism) 'दि प्रोटेस्टेन्ट इथिक एण्ड दि स्पिरिट ऑफ कैपिटलिज्म' में उन्होंने अपने धर्म के अध्ययनों का सूत्रपता किया है.
- **दुर्खीम** ने सामूहिक शक्ति व पवित्रता की धारणा को स्पष्ट करने के टोटमवाद (Totemism) को सबसे महत्वपूर्ण आधार माना है.
- **टोटम** कोई भी वह पशु, पक्षी, पौधा या निर्जीव पदार्थ है, जिससे जनजातियाँ अपना रहस्यपूर्ण सम्बन्ध मानती हैं. इन सम्बन्धों के आधार पर यह विश्वास किया जाता है कि टोटम गोत्र (Clan) की रक्षा करता है.
- धर्म जीवन के अन्तिम लक्ष्यों से सम्बन्धित क्रियाओं की सम्पूर्णता का नाम है. —**मेरियन जे. लेवी**
- जादू कारण-प्रभाव (Cause and effect) संघटकों के अवलोकन और प्रयोगीकरण पर आधारित है.

साम्प्रदायिकता (Communalism)

1. साम्प्रदायिकता का अर्थ है राजनीतिक उद्देश्यों से सामाजिक परम्पराओं का सामुदायिक शोषण.
2. साम्प्रदायिकता का उद्देश्य है स्थापित समूहों के हितों को ठेस पहुँचाना.
3. भारत में साम्प्रदायिकता औपनिवेशिक काल में उभरी.
4. साम्प्रदायिकता राजनीति धर्म एवं परम्परा के बल पर अपनी योजनाएँ आधारित करती हैं.
5. साम्प्रदायिक संगठनों में लोकतंत्र के लिए स्थान नहीं है. इसका प्रजातिवाद दृष्टिकोण होता है.
6. साम्प्रदायिकता शब्द का प्रयोग दो प्रकार से किया जाता है—(i) विश्वास व्यवस्था, (ii) सामाजिक परिघटना.

- **बोंगा** (Bonga) एक अस्पष्ट पारलौकिक शक्ति है, जो सभी क्रियाशक्तियों का कारण मानी जाती है.
- दूसरों को हानि पहुँचाने या बीमार करने वाले जादू को काला जादू (Black magic) कहते हैं.
- बी. मैलिनोवस्की ने अति-प्राकृतिक साधनों के उपयोग का जादू (Magic) कहा है.
- मैक्स वेबर ने जादू (Magic) शब्द का प्रयोग ऐसी धार्मिक क्रियाओं के लिए किया है, जिसके विषय में यह धारणा है कि वह स्वतः ही प्रभावपूर्ण है, चाहे लक्ष्य लौकिक हो या पारलौकिक.
- सोरसरी (Sorcery) और विचक्राफ्ट (Witchcraft) काले जादू के अन्तर्गत आते हैं.
- स्वास्थ्य लाभ, कृषि और युद्ध में विजय के लिए सफेद जादू (White magic) का प्रयोग किया जाता है.
- ए गोल्डन वीजर के अनुसार धर्म और जादू दोनों ही की जड़ें भावना में जमी हुई हैं.

सामाजिक प्रक्रियाएँ (Social processes)

- सामाजिक सम्पर्क (Social contact) अन्तःक्रिया की प्रथम अवस्था है. —**गिलिन एवं गिलिन**
- सहयोग एक सामान्य उद्देश्य के लिए व्यक्तियों को साथ-साथ कार्य करने की प्रेरणा प्रदान करता है. —**मैरिल और एलरिज**
- सहयोग के अन्तर्गत 'हम की भावना' (We felling) पायी जाती है.
- सहयोग एवं चेतन प्रक्रिया है, जिसमें सहयोग करने वाले व्यक्ति एक-दूसरे के प्रति जागरूक रहते हैं.
- मनुष्य सहयोग के द्वारा ही अपनी क्षमताओं, प्रतिभा और समूह का विकास करता है.
- समायोन सार्वभौमिक और निरन्तर प्रक्रिया है.
- सात्मीकरण का उद्देश्य सामूहिक हितों की पूर्ति करता है.
- सात्मीकरण वैयक्तिक या सामूहिक विभिन्नता को एकरूपता में परिवर्तित करने वाली सामाजिक प्रक्रिया है.
- सांस्कृतिक रूप से दो समूहों का समान तथा अभिन्न हो जाना ही सात्मीकरण (Assimilation) है. —**डासन और गेटिस**
- वर्तमान युग में सांस्कृतिक और आर्थिक परिस्थितियों की समानता सात्मीकरण के लिए एक आवश्यक स्थिति बनती जा रही है.
- सात्मीकरण की प्रक्रिया युद्धकाल, या शान्तिकाल में अधिक तीव्र होती है.
- एकीकरण (Integration) समरूपता न होकर संगठन है. —**गिलिन और गिलिन**
- एकीकरण वह प्रक्रिया है, जिसमें समाज के विभिन्न समूहों के मध्य प्रथाओं, मनोवृत्तियों, व्यवहारों और भावनाओं के क्षेत्र में संगठन की स्थिति उत्पन्न होती है.
- व्यवस्थापन (Accomodation) से तात्पर्य संघर्ष की स्थिति में व्यक्तियों का समूह में सामंजस्य स्थापना से है.
- व्यवस्थापन का अभिप्राय परस्पर विरोधी व्यक्तियों या समूह के मध्य पुनः सामान्य सम्बन्ध स्थापित करना है.
- दो व्यक्तियों या समूहों के मध्य प्रतिस्पर्धा होने की स्थिति में भी व्यवस्थापन सम्भव है.
- प्रतिस्पर्धा (Competition) तब होती है, जब अनेक लोग सीमित लक्ष्यों को प्राप्त करना चाहते हैं.
- सीमित साधनों का उल्लंघन होने की स्थिति में प्रतिस्पर्धा संघर्ष (Conflict) का रूप धारण कर लेती है.
- प्रतिस्पर्द्धा करने वालों में तनाव व संघर्ष भी हो सकता है.
- दो राष्ट्रों के मध्य प्रतिस्पर्द्धा या किसी खेल में दो टीमों के बीच प्रतिस्पर्द्धा अवैयक्तिक है.
- समाज द्वारा स्वीकृत, किसी संस्था द्वारा आयोजित प्रतिस्पर्द्धा को संस्थात्मक प्रतिस्पर्द्धा कहते हैं.
- गिलिन और गिलिन ने प्रतिस्पर्द्धा के दो आधार बताए हैं—(i) मूल्यों की व्यवस्था (System of values), और (ii) समूह संरचना (Group structure).
- क्षितिजीय गतिशीलता (Horizontal mobility) उसे कहते हैं, जब व्यक्ति अपने ही समूह में उच्च स्थिति प्राप्त करने का प्रयास करता है. इस प्रकार की गतिशीलता भारत में पायी जाती है.

- **लम्बवत् गतिशीलता** (Vertical mobiliy) उसे कहते हैं, जिसमें व्यक्ति अपनी स्थिति से ऊँची प्रस्थिति प्राप्त करता है. इस प्रकार की गतिशीलता अमरीकी समाज में पायी जाती है.
- **संघर्ष के स्वरूप**—(i) वैयक्तिक संघर्ष, (ii) प्रजातीय संघर्ष, (iii) वर्ग संघर्ष, (iv) राजनीतिक संघर्ष, (v) साम्प्रदायिक एवं जातीय संघर्ष, (vi) गुट सम्बन्धी संघर्ष.
- **मार्क्स** के अनुमान आज तक अस्तित्व में रहे, समाज का इतिहास वर्ग-संघर्ष का इतिहास है.
- जिन राष्ट्रों में विचारों की स्वतन्त्रता संविधान द्वारा स्वीकृत होती है, वहाँ अधिक संघर्ष होता है.
- **संघर्ष के कारण**—(i) व्यक्तिगत विभिन्नताएँ, (ii) सांस्कृतिक विभिन्नताएँ, (iii) परस्पर विरोधी स्वार्थ, (iv) सामाजिक परिवर्तन.
- **संघर्ष के परिणाम**—(i) समूह-एकता को चुनौती, (ii) व्यक्तित्व पर प्रभाव, (iii) अधीनस्थता, (iv) स्वामित्व, (v) व्यवस्थापन, (vi) जन-जन की हानि, (vii) समूह-एकता का सुदृढ़ होना.
- **प्रतिकूलता** (Contravention) की प्रक्रिया प्रतिस्पर्द्धा और संघर्ष के मध्य की प्रक्रिया है.
- मैक्स वेबर के राजनीतिक लेखों ने विशेषकर, सत्ता (Power) अधिकार (Authority) और सामाजिक परिवर्तन पर उनके द्वारा अधिक बल ने समाज के संघर्ष के सिद्धान्त के विकास में महत्वपूर्ण योगदान दिया है.
- मोस्का (Musca) का संघर्ष का सिद्धान्त राजनीति (Polity) में शक्ति संघर्ष के इर्द-गिर्द केन्द्रित है.
- मार्क्स संघर्ष—समाजशास्त्र के प्रमुख चिन्तक हैं.
- मार्क्स के अनुसार, विभिन्न वर्गों का अस्तित्व ही संघर्ष के लिए निरन्तर उत्तरदायी है.
- जो समाज के लिए अच्छा है, यह आवश्यक नहीं कि वही व्यक्ति के लिए भी अच्छा हो, यह व्यक्ति और समाज के बीच संघर्ष का आधार है.
- थॉमस (W.I. Thomas) के अनुसार व्यक्ति के व्यक्तित्व का उदविकास समाज और व्यक्ति के बीच निरन्तर संघर्ष का परिणाम है.
- सिमेल ने सामाजिक वास्तविकता (Social reality) में शान्ति (Peace) और संघर्ष को समान रूप में माना है. न तो यह मूलतः संरचनात्मक है और न ही विनाशकारी.
- संघर्ष में कुछ सकारात्मक (Positive) है. —**सिमेल**
- संघर्ष के सकारात्मक और नकारात्मक (Negative) पहलू एक-दूसरे से जुड़े हुए हैं, सैद्धान्तिक रूप में उन्हें अलग किया जा सकता है, परन्तु व्यावहारिक रूप में ऐसा सम्भव नहीं है.
- लेविस कोजर (Lewis Coser) ने वास्तविक (Realistic) और अवास्तविक (Non-realistic) दो प्रकार के संघर्ष में भेद बतलाया है.
- **होरोविट्ज** (Horowitz) के अनुसार एकमतता (Consensus) और संघर्ष (Conflict) दो घटनाएँ हैं, जोकि सामाजिक सहयोग या राजनीतिक संलग्नता (Cohesion) को विकसित या नष्ट कर सकती हैं.
- **डेहरनडार्फ** (Dehrendorf) ने इस बात पर बल दिया कि संघर्ष को अस्थायी रूप से दबाया जा सकता है या उसे निर्देशित या नियन्त्रित किया जा सकता है.
- सामाजिक संरचना में संघर्ष निहित होता है, परन्तु यह सदैव हिंसक या अभिव्यक्त (Manifest) नहीं होता.
- वर्गों के बीच संघर्ष के कारण सामाजिक संरचना में परिवर्तन होता है.
- डेहरनडार्फ के संघर्ष का सिद्धान्त मुख्यतः अधिकार (Authority) के सम्बन्धों पर आधारित है.
- **कार्ल मार्क्स** ने द्वन्द्वात्मक भौतिकवाद (Dialectical materialism) के सिद्धान्त को प्रतिपादित किया.
- कार्ल मार्क्स के वर्ग-संघर्ष का सिद्धान्त उल्लेखनीय है.
- **मिल्स** (Mills) के अनुसार वर्ग संघर्ष आधुनिक नौकरशाही (Bureaucracy) के श्रेणीक्रम (Hierarchy) के इर्द-गिर्द घूमता है.
- **मार्क्स** ने प्रभावित व्यक्तिगत सम्पत्ति को वर्ग-संघर्ष के केन्द्र में देखा.
- क्रीड़ा के सिद्धान्त (Games theory) को संघर्ष के विज्ञान (Sciences of Conflict) के नाम से भी पुकारा जाता है.
- कोजर (Lewis Coser) ने सामाजिक संघर्ष के सकारात्मक प्रकार्य (Positive function) पर विस्तृत रूप से लिखा है.

अर्थव्यवस्था और समाज (Economy and Society)

- अर्थव्यवस्था की धारणा का अभिप्राय भौतिक वस्तुओं एवं सेवाओं के उत्पादन (Production), वितरण (Distribution) और उपभोग (Consumption) से है.
- प्रत्येक समाज में उसके सदस्यों की कुछ आवश्यकताएँ ऐसी होती हैं, जो भौतिक वस्तुओं और अन्य लोगों की सेवाओं से पूरी हो सकती हैं. इन आवश्यकताओं को

पूर्ति के लिए उन्हें अर्थव्यवस्था पर निर्भर होना पड़ता है जो उन्हें भौतिक वस्तुएँ और सेवाएँ प्रदान करती हैं.

- आर्थिक व्यवस्था संस्थाओं का एक ढाँचा है जिसके द्वारा उत्पादन के साधनों तथा उनके द्वारा उत्पादित वस्तुओं के प्रयोग पर सामाजिक नियंत्रण किया जाता है.
- स्वतंत्र उपक्रम अर्थव्यवस्था (Free enterprise economy or capitalism) या पूँजीवाद में उत्पादन की संरचना **कीमत प्रणाली** द्वारा और साम्यवाद (Communism) में **सरकारी आदेश** द्वारा निर्धारित की जाती है.
- कार्यकुशलता, ज्ञान तथा उपयोगी वस्तुएँ बनाने एवं उनके प्रयोग कर सकने की क्षमता को **प्रौद्योगिकी** कहते हैं.
- **कार्ल मार्क्स** के अनुसार, "आर्थिक संस्थाएँ ही सामाजिक और सांस्कृतिक संरचना का आधार हैं."
- समाजवाद में उत्पादन के साधनों का राष्ट्रीयकरण होता है. इसमें राज्य को एक कल्याणकारी संस्था माना जाता है. इसमें देश के धन का न्यायोचित वितरण किया जाता है. इसका उद्देश्य आर्थिक समानता लाना है.
- पूँजीवाद (Capitalism) ने सामाजिक व्यवस्था में असन्तुलन को जन्म दिया है.

सामाजिक परिवर्तन (Social Change)

- **इंटरनेशनल एनसाइक्लोपीडिया ऑफ सोशल साइन्सेस** के अनुसार, "सामाजिक ढाँचे या लोगों के पारस्परिक व्यवहार में आए बदलाव ही सामाजिक परिवर्तन हैं.
- सामाजिक परिवर्तन का सम्बन्ध किसी व्यक्ति विशेष, समूह, संस्था, जाति, वर्ग, प्रजाति तथा समिति में होने वाले परिवर्तन से है.
- सामाजिक परिवर्तन का सम्बन्ध सम्पूर्ण समुदाय एवं समाज में होने वाले परिवर्तन से है.
- सामाजिक ढाँचे एवं प्रकार्य में होने वाले परिवर्तन को सामाजिक परिवर्तन कहते हैं.
- सामाजिक परिवर्तन का सम्बन्ध मानव के सामाजिक सम्बन्धों में परिवर्तन से है.
- मार्क्स एवं ऐंजिल्स के अनुसार वर्ग संघर्ष सामाजिक परिवर्तन एवं विकास का मुख्य स्रोत है.
- अगस्त कॉम्टे ने उद्विकासवादी (Evolutionary) परिवर्तन का विचार दिया.
- सांस्कृतिक परिवर्तन, सामाजिक परिवर्तन ही है, क्योंकि समस्त संस्कृति अपनी उत्पत्ति, अर्थ एवं प्रयोग में सामाजिक होती है. **—डासन और गैटिस**
- औद्योगिक क्रान्ति सन् 1760 के लगभग ब्रिटेन में प्रारम्भ हुई.
- **मेकाइवर और पेज** ने सामाजिक परिवर्तन की व्याख्या सामाजिक सम्बन्धों में परिवर्तन के द्वारा की है.
- **किंग्सले डेविस** ने सामाजिक परिवर्तन को संरचनात्मक—प्रकार्यात्मक दृष्टि से देखा है.
- विकास सामाजिक परिवर्तन की वह प्रक्रिया है जो नियोजित हो. विकास का एक मूल-परक (Value laden) अवधारणा है. विकास, नियोजन और परिवर्तन अन्तःसम्बन्धित अवधारणा है.
- सांस्कृतिक परिवर्तन (Cultural change) सम्पूर्ण संस्कृति (भौतिक व अभौतिक) में परिवर्तन है.
- सांस्कृतिक विलम्बन (Cultural lag) की अवधारणा का उल्लेख सर्वप्रथम ऑगबर्न (W.F. Ogburn) ने अपनी पुस्तक में किया.
- अभौतिक संस्कृति की तुलना में भौतिक संस्कृति (Material culture) शीघ्र परिवर्तित होती है. इन दोनों में असन्तुलन उत्पन्न हो जाता है. अभौतिक संस्कृति (Non-material culture) भौतिक संस्कृति (Material culture) की तुलना में पिछड़ जाती है. इसे ही सांस्कृतिक विलम्बना या सांस्कृतिक पिछड़ेपन (Cultural lag) कहते हैं.
- मेकाइवर और पेज ने सांस्कृतिक विलम्बना (Cultural lag) के स्थान पर तकनीकी विलम्बना (Techno-logical) का उल्लेख किया है.

पारिस्थितिकी (Ecology) के उपागम

पारिस्थितिकी (Ecology) प्राणीमात्र और उसके पर्यावरण (Environment) के मध्य अन्तर्सम्बन्ध का अध्ययन है. इसे विज्ञान का बहुवैषयिक क्षेत्र (Interdisciplinary) माना जाता है.

पारिस्थितिकी के उपागम निम्नलिखित हैं—

(i) निर्धारणवाद (Determinism) एवं सम्भावनावाद (Possibilism).

(ii) पारिस्थितिकी तंत्र स्वरूप (Eco-System model).

(iii) व्यवस्था का प्रारूप (Systems model)

- सामाजिक परिवर्तन के रेखीय सिद्धान्त (Linear theory of social change) के प्रतिपादन में अगस्त कॉम्टे, हरबर्ट, स्पेन्सर एल.टी. हॉबहाऊस और कार्ल मार्क्स का प्रमुख योगदान है.
- रेखीय सिद्धान्त को मानने वालों का यह मत है कि सामाजिक परिवर्तन एक सीधी रेखा में, एक चरण से दूसरे चरण में होता है.

- अगस्त कॉम्टे के अनुसार मानव समाज का विकास तीन स्तरों में हुआ है—(i) धार्मिक अवस्था (The social stage), (ii) तात्विक अवस्था (Metaphysical stage), (iii) वैज्ञानिक या प्रत्यक्ष बोध अवस्था (Scientific or Positive stage).
- आधुनिकीकरण के सिद्धान्तवादियों के अनुसार विकास का अन्तिम परिणाम समृद्धि एवं आपेक्षित राजनीति स्थिरता है.
- "जिस प्रकार के उत्पादन के साधन होंगे उसी प्रकार का समाज होगा." —मार्क्स
- मार्क्स ने सामाजिक परिवर्तन में किसी समाज की आर्थिक संरचना को प्रमुख माना है.
- पुरानी उत्पादन शक्ति में नई उत्पादन शक्ति के बीज छिपे रहते हैं.
- द्वन्द्वात्मक भौतिकवाद (Dialectical materialism) के अनुसार किसी भी व्यवस्था में, वाद (थीसिस), प्रतिवाद (एन्टिथीसिस) और संवाद (सिनथिसिस) तीन कारक कार्य करते हैं.
- मार्क्स ने सामाजिक परिवर्तन को प्रौद्योगिक एवं आर्थिक कारकों से जनित माना है.
- मैक्स वेबर (Max Weber) ने धर्म को सामाजिक परिवर्तन का आधार माना है.
- थोरसटीन वेबलिन (Thorstein Veblen) सामाजिक परिवर्तन के लिए प्रौद्योगिक दशाओं को उत्तरदायी मानते हैं.
- **थोर्सटीन वेबलन** (Thorstein Veblan) ने प्रौद्योगिक निर्णयवाद (Technological Determinism) का सिद्धान्त प्रतिपादित किया है.
- सामाजिक परिवर्तन के चक्रीय सिद्धान्त (Cyclical theory of social change) के प्रमुख समर्थकों में सोरोकिन (Sorokin), पैरेटो (Pareto) और टॉयनबी (Toynbae) के नाम उल्लेखनीय हैं.
- चक्रीय सिद्धान्त (Cyclical Theory) के अनुसार परिवर्तन एक चक्र की भाँति होता है, जिससे एक के बाद दूसरी, तीसरी और इसी प्रकार अन्य अवस्थाओं के बाद वही चक्र फिर दोहराया जाता है.
- **पैरेटो** (Pareto) के अनुसार, सामाजिक परिवर्तन समूह की राजनीतिक सत्ता के लिए होने वाले संघर्ष का परिणाम है.
- **विलफ्रेड पैरेटो** (Vilfred Pareto) सामाजिक परिवर्तन के चक्रीय सिद्धान्त को, अभिजात वर्ग के परिभ्रमण का सिद्धान्त (Theory of Circulation of Elites) कहते हैं.
- Mend and Society नामक पुस्तक के लेखक विलफ्रेड पैरेटो हैं.
- **टायनबी** (Toynbae) ने अपनी पुस्तक 'A Study of History' में सामाजिक परिवर्तन के सिद्धान्त को प्रस्तुत किया.
- टायनबी के सिद्धान्त को 'चुनौती एवं प्रत्युत्तर का सिद्धान्त' (Challenge and Response theory of social change) कहा जाता है.
- ओसवाल्ड स्पेंग्लर (Oswald Spangler) ने 1918 में अपनी पुस्तक 'The Decline of the West' में चक्रीय सिद्धान्त प्रस्तुत किया.
- स्पेंग्लर के अनुसार, सामाजिक परिवर्तन का एक चक्र चलता है, हम जहाँ से प्रारम्भ होते हैं, घूम फिर कर पुनः वहीं पहुँच जाते हैं.
- स्पेंग्लर ने एक समाज के बढ़ते हुए चरण को संस्कृति कहा है और पतन की स्थिति को सभ्यता कहा है.
- चार्ल्स डार्विन (Charles Darwin) के अनुसार किसी वस्तु का सरलता से जटिलता की ओर जाना उद्विकास (Evolution) है.
- उद्विकास (Evolution) में परिवर्तन की दिशा समता से विषमता की ओर होती है.
- उद्विकास परिवर्तन की एक दिशा है, जिसमें बदले हुए पदार्थ की अनेक दशाएँ प्रकट होती हैं और जिससे कि उस पदार्थ की वास्तविकता का पता चलता है.
- हरबर्ट स्पेन्सर (Herbert Spencer) ने डार्विन के प्राणीशास्त्रीय विकासवाद को सामाजिक जीवन में लागू करने का प्रयास किया.
- **हॉबहाउस** (Hobhouse) ने समाज के उद्विकास का चित्रण कुछ प्रगतिशील सन्दर्भ में किया है तथा उनकी यह मान्यता है कि समाज कुछ वांछित उद्देश्यों की ओर बढ़ता है.
- मार्गन, हैडन और बेकोफन ने परिवार, विवाह, धर्म व कला की उत्पत्ति में उद्विकासवादी सिद्धान्त को प्रस्तुत किया है.
- लेवी स्ट्रास, जिन्सबर्ग आदि ने उद्विकास को ऐसी प्रक्रिया माना है, जिसमें निरन्तर कुछ नवीनता उत्पन्न होती है.
- **ऑगबर्न और निमकॉफ** के अनुसार, "प्रगति (Progress) का अर्थ अच्छाई के लिए परिवर्तन है और इसलिए प्रगति में मूल्य निर्णय होता है".

- 1859 में चार्ल्स डार्विन की प्रसिद्ध कृति 'The Origin of Species' प्रकाशित हुई, जिसमें उन्होंने जीवों की उत्पत्ति के विषय में उद्विकासीय सिद्धान्त का प्रतिपादन किया.
- **हरबर्ट स्पेन्सर** ने अपनी पुस्तक (Principles of Sociology) में समाज और सावयव (Organism) में समानता स्थापित कर सामाजिक उद्विकास की धारणा को प्रस्तुत किया.
- **मॉगर्न** (Morgan) ने मानव समाज के उद्विकास के तीन स्तर जंगली अवस्था (Savagery), बर्बर अवस्था (Barberism) और सभ्यता (Civilization) की अवस्था माना है.
- ऑगबर्न (Ogburn) ने उद्विकास के चार कारकों का उल्लेख किया है—(i) आविष्कार (Invention), (ii) संचय (Accumulation), (iii) प्रसार (Diffusion), (iv) सामंजस्य (Adjustment).
- समाज में आविष्कार के कारण सर्वाधिक परिवर्तन होते हैं.

सामाजिक परिवर्तन के मुख्य स्रोत

(i) **खोज** (Discovery)—अनुभव और समझ के आधार पर पाया गया मानवीय ज्ञान खोज है. कोई भी खोज व्यवहार में लाई जाने वाली ही सामाजिक परिवर्तन का अंग बनती है.

(ii) **आविष्कार** (Invention)—पहले से उपलब्ध ज्ञान का नए तरीके से उपयोग या संशोधन आविष्कार कहलाता है. आविष्कार भौतिक भी हो सकता तथा सामाजिक भी.

(iii) **प्रसार** (Diffusion)—एक समूह से दूसरे समूह तक सांस्कृतिक आदान-प्रदान, सांस्कृतिक तत्वों का फैलना प्रसार कहलाता है. यह समाज के भीतर और दो समाजों के बीच सक्रिय रहता है.

- **उद्विकास के स्वरूप**—(i) समरेखीय उद्विकास, (ii) बहुरेखीय उद्विकास, (iii) चक्रीय या पेराबोलिक उद्विकास.
- **प्रगति** (Progress), स्वीकृत मूल्यों के सन्दर्भ में इच्छित मूल्यों की ओर बढ़ना है. **—गुरविच और मूर**
- **मोरिस जिन्सबर्ग** के अनुसार, "प्रगति का अर्थ उस दिशा में होने वाला विकास है जो सामाजिक मूल्यों का विवेकपूर्ण आधार (Criteria) प्रस्तुत करता है."
- प्रगति का सम्बन्ध सामूहिक लाभ एवं मूल्यों से है.
- प्रगति की धारणा परिवर्तनशील है.
- सामाजिक मूल्यों के साथ सामाजिक प्रगति से घनिष्ठ सम्बन्ध है.
- प्रगति के लिए सचेत और नियोजित प्रयत्न करने पड़ते हैं.
- प्रगति की अवधारणा समय और स्थान के अनुसार बदलता रहता है.
- प्रगति के मानदण्ड अलग-अलग समाजों में भिन्न-भिन्न होते हैं.
- प्रगति का क्षेत्र सीमित है. प्रगति का सम्बन्ध अच्छाई की ओर होने वाले परिवर्तन से है.
- प्रगति का सम्बन्ध समाज के मूल्यों, आदर्शों और नैतिकता से है.
- विकास (Development) परिवर्तन की एक ऐसी प्रक्रिया है जिसमें विभेदीकरण की प्रक्रिया होती है तथा यह सदैव ऊपर की ओर होता है.
- विकास में अच्छाई और बुराई दोनों ही हो सकती हैं.
- एल.टी. हॉबहाउस ने सामाजिक विकास के चार मानदण्डों का उल्लेख किया है—मात्रा, कार्यक्षमता, स्वतन्त्रता और सेवा की पारस्परिकता.
- हीगल और कार्ल मार्क्स ने विकास की व्याख्या द्वन्द्व और वर्ग-संघर्ष (Class struggle) के आधार पर की है.
- मैक्लीलैण्ड और हेगन (Hagen) ने विकास का आधार हमारे मन और मस्तिष्क से माना है.
- **पार्क और बर्गेस** के अनुसार, "एक क्रान्ति एक सामूहिक आन्दोलन होता है, जिसका उद्देश्य वर्तमान समाज व्यवस्था को नष्ट करके लोकाचारों को परिवर्तित करना होता है."
- क्रान्ति (Revolution) में परिवर्तन का कम तीव्र होता है.
- **किंग्सले डेविस** (Kingsley Davis) के अनुसार, "क्रान्ति एक ऐसा आकस्मिक सामाजिक परिवर्तन है, जो साधारणतः वर्तमान राजनीतिक व्यवस्था को बलपूर्वक उलट देने से घटित होता है और जिसके फलस्वरूप राजनीतिक और कानूनी नियन्त्रण के नए स्वरूपों की स्थापना होती है."
- क्रान्ति एक ऐसा परिवर्तन है, जो आकस्मिक रूप से घटित होता है.
- क्रान्ति का उद्देश्य वर्तमान सामाजिक व्यवस्था के स्थान पर नई सामाजिक व्यवस्था की स्थापना करना है.
- सामाजिक असन्तोष के कारण क्रान्ति होती है.
- क्रान्ति एक ऐसा परिवर्तन है जिसके लिए सचेत और जागरूक प्रयत्न किये जाते हैं.
- जब उद्विकास असफल हो जाता है, तो सामाजिक क्रान्ति होती है. **—बोगार्डस्**

- नियोजित परिवर्तन (Planned Change) के चार प्रमुख उद्देश्य हैं—समाज कल्याण, सामाजिक पुनर्निर्माण, सामाजिक स्थायित्व और व्यक्तित्व का विकास.
- कॉम्टे और स्पेन्सर के अनुसार, नियोजित परिवर्तन का मुख्य लक्ष्य सामाजिक पुनर्निर्माण के कार्यक्रम को क्रियाशील रखने से है.
- **विलबर्ट ई. मूर** के अनुसार, 'सामाजिक परिवर्तन परम्परागत एवं पूर्व आधुनिक समाज का प्रौद्योगिकी पर आधारित सामाजिक संगठनों जैसे कि आर्थिक रूप से विकसित एवं तुलनात्मक रूप से राजनीतिक स्थायित्व वाले परिवर्तन विश्व के राष्ट्रों में पूर्ण रूपान्तरण है."
- नियोजित परिवर्तन का सामाजिक नीति (Social Policy) के साथ घनिष्ठ सम्बन्ध होता है.
- सामाजिक परिवर्तन के अवरोधक हैं—अज्ञानता, निहित स्वार्थ, परम्पराएँ और रीति-रिवाज, जड़ता, सन्देहपूर्ण दृष्टिकोण.

सामाजिक आन्दोलन (Social Movements)

- जनसमुदाय की वे सामूहिक प्रक्रियाएँ जिनसे सामाजिक परिवर्तन होता है, सामाजिक आन्दोलन कहलाती हैं.
- सामाजिक आन्दोलन के तीन मुख्य कारक हैं—
  (i) सापेक्षिक वंचन, (ii) संरचनात्मक तनाव, (iii) पुनर्जीविकरण.
- **मैकलीफिलेन** के अनुसार, "सामाजिक आन्दोलन बहुत सारे लोगों द्वारा सामान्य समस्या को सामूहिक रूप से सुलझाने का प्रयास है."
- **टर्नर और किल्हन** के अनुसार, "सामाजिक आन्दोलन वह सामूहिकता है जो उस समाज में (या वह समूह जिसका वह अंग है) परिवर्तन को प्रोत्साहित या उद्धत करने के लिए कुछ निरन्तरता के साथ कार्य करती है."
- सामाजिक आन्दोलन की दो विशेषताएँ हैं—
  (i) निरन्तर क्रिया, (ii) अनायासतता.
- सामाजिक आन्दोलन एक ऐसा सामूहिक प्रयास है, जोकि न केवल परिवर्तन को प्रोत्साहित करता है, बल्कि परिवर्तन का प्रतिरोध भी करता है.
- **सामाजिक आन्दोलन के प्रारूप**—
  (i) प्रवासी आन्दोलन,
  (ii) सुधार आन्दोलन,
  (iii) क्रान्तिकारी आन्दोलन,
  (iv) प्रतिरोधी या प्रतिक्रियावादी आन्दोलन.
- **सामाजिक आन्दोलन के प्रकार्य** (Functions)
  (i) मध्यस्थता.
  (ii) दबाव.
  (iii) सामूहिक चेतना का स्पष्टीकरण.
- **कृषक आन्दोलन**—
  (i) बिहार के नील खेतिहरों का आन्दोलन (1860)
  (ii) बिहार में चम्पारण आन्दोलन (1917)
  (iii) बंगाल में तेभागा आन्दोलन (1946–47)
  (iv) तेलंगाना आन्दोलन (1948–49)
  (v) नक्सलवादी आन्दोलन (1967–71)
- **महिला आन्दोलन**—
  (i) **ब्रह्म समाज** की स्थापना 1828 में राजा राममोहन राय द्वारा की गई. इसका उद्देश्य स्त्रियों के विरुद्ध प्रतिबंधों और पूर्वाग्रहों को उखाड़ फेंकना था. इसमें सम्मिलित थे—बाल-विवाह, बहु-विवाह, उत्तराधिकार, महिला शिक्षा इत्यादि.
  (ii) **प्रार्थना समाज** की स्थापना 1867 में की गई. श्री एम.जी. रानाडे और श्री आर.जी. भण्डाकर इसके अगुआ थे. इसके उद्देश्य भी ब्रह्म समाज के समान ही थे.
  (iii) **आर्य समाज** की स्थापना 1875 में स्वामी दयानन्द सरस्वती ने की. इस आन्दोलन का नारा था 'वापस वैदिक काल में चलो'. आर्य समाज के जाति-प्रथा, स्त्रियों एवं पुरुषों के लिए आवश्यक शिक्षा कानून द्वारा बाल-विवाह का निषेध, बाल विधवा पुनर्विवाह का समर्थन किया.
  (iv) राजा राममोहन राय, रानाडे और स्वामी दयानन्द सरस्वती ने प्राचीन भारत में स्त्रियों की उच्च स्थिति का गुणगान किया.
  (v) भोपाल की बेगम सैयद अहमद खाँ, अलीगढ़ के शेख अबदुल्लाह और लखनऊ के करमत हुसैन जैसे व्यक्तियों ने मुस्लिम महिला शिक्षा में सुधार के आन्दोलन को तेज किया.
  (vi) 1916 में भोपाल में अखिल भारतीय मुस्लिम स्त्री सम्मेलन की स्थापना की गई.
  (vii) 1885 में भारतीय राष्ट्रीय कांग्रेस की स्थापना की गई. 1889 में इसके बम्बई अधिवेशन में दस महिलाओं ने भाग लिया.
  (viii) गांधीवादी विचारधारा का महिला आन्दोलन पर महत्वपूर्ण प्रभाव पड़ा. गांधीजी ने घोषणा की कि "स्त्री पुरुष की सहचरी है उसे भी समान मानसिक योग्यताएँ प्राप्त हैं."

(ix) 1931 के भारतीय राष्ट्रीय कांग्रेस के मौलिक अधिकार प्रस्ताव में पुरुषों एवं स्त्रियों के बीच समानता का एक उद्देश्य के रूप में माना गया.

सामाजिक नियंत्रण (Social Control)

- सामाजिक नियन्त्रण का तात्पर्य उन सभी शक्तियों से है, जिनके द्वारा समुदाय व्यक्ति को अपने अनुरूप बनाता है. —ई.ए. रॉस
- सामाजिक नियन्त्रण के महत्वपूर्ण लक्ष्य हैं—(i) समाज में समानरूपता लाना, (ii) व्यवहार में एकरूपता लाना, (iii) समाज में एकता एवं व्यवस्था स्थापित करना, (iv) संस्कृति में निरन्तरता, (v) सामाजिक परिवर्तन.
- **सामाजिक नियन्त्रण के साधन**—(i) रीति रिवाज, (ii) कानून, (iii) धर्म, (iv) शिक्षा, (v) परिवार, (vi) नेतृत्व, (vii) बल, (viii) जनसंचार के माध्यम—समाचार-पत्र, रेडियो, टेलीविजन इत्यादि.
- सामाजिक नियंत्रण के उद्देश्य हैं—सामाजिक सुरक्षा, सामाजिक संगठन की स्थिरता, सहयोग, सामूहिक एकता, परम्पराओं की रक्षा, सामाजिक सम्बन्धों में एकरूपता, व्यक्तिगत व्यवहार पर नियंत्रण.

सामाजिक नियन्त्रण की प्रभावशीलता के सीमित होने के कारण

(i) प्रत्येक समूह मान्यताओं और मूल्यों के आधार पर संगठित होता है. इन मान्यताओं से विचलन (Deviation) रोकने के लिए सामाजिक नियन्त्रण लागू किया जाता है, परन्तु विचलन पर पूर्णतः अंकुश लगाना सम्भव नहीं.

(ii) सामाजिक नियंत्रण को लागू करने के लिए अधिक धन की आवश्यकता होती है. जैसे पुलिस, जेल, मानसिक अस्पताल पर व्यय.

(iii) सांस्कृतिक निर्देशों में सामंजस्य के स्तर से भी सामाजिक नियंत्रण की प्रभावशीलता सीमित हो जाती है.

(iv) किसी जटिल समाज में, जोकि वर्ग, जाति, धर्म और प्रजाति के आधार पर बँटा होता है. सामान्यतः सभी समूहों पर समान सामाजिक नियन्त्रण थोपना सम्भव नहीं होता.

(v) कानून को सामान्य रूप में लागू करने में कभी-कभी अनेक कठिनाइयों का सामना करना पड़ता है.

- औपचारिक नियन्त्रण के साधन हैं—संविधान, सरकार, कानून, राज्य शिक्षण संस्थाएँ.
- औपचारिक नियन्त्रण की विधियाँ हैं—चेतावनी, पुरस्कार, दण्ड या जुर्माना, कारागार.
- अनौपचारिक सामाजिक नियन्त्रण के साधन प्रथाएँ, जनरीतियाँ, रूढ़ियाँ, धर्म, नैतिकता, विश्वास आदि हैं.
- अनौपचारिक नियन्त्रण की प्रविधियाँ—भाषा, कला, फैशन, पुरस्कार, सामाजिक दण्ड सुझाव, सीखना आदि हैं.
- परिवार अनौपचारिक नियन्त्रण का एक प्रमुख साधन है, जो अपने सदस्यों के व्यवहार को विभिन्न प्रकार से नियन्त्रित करता है.
- **सी. एच. कूले** (C.H. Cooley) सामाजिक नियन्त्रण के प्राथमिक साधनों, जैसे—परिवार, पड़ोस और मित्र-मण्डली को महत्वपूर्ण मानते हैं.
- हरबर्ट स्पेन्सर ने धर्म, प्रथा, सरकार और नैतिकता को सामाजिक नियन्त्रण के साधन माना है.
- सकारात्मक (Positive) सामाजिक नियन्त्रण से तात्पर्य है, व्यक्ति को पुरस्कार देकर उसे सही व्यवहार करने की प्रेरणा देना.
- नकारात्मक (Negative) सामाजिक नियन्त्रण से तात्पर्य ऐसे दण्ड की व्यवस्था से है, जिसके द्वारा विपथगामी व्यवहार रोका जा सके.
- **दुर्खीम** के अनुसार नियमहीनता (Anomie), नियम-पालन के अभाव की दशा है, एक सामान्य शून्यता, नियमों का निलम्बन, एक अवस्था जिसे कभी भी नियमहीनता कहा जा सकता है.
- माता-पिता, गुरु, मित्र या पड़ोसी द्वारा व्यक्ति पर नियन्त्रण को प्रत्यक्ष नियन्त्रण कहते हैं.
- सामाजिक नियन्त्रण के दुष्क्रियात्मक पहलू हैं—(i) शोषण, (ii) सुधार एवं परिवर्तन में बाधक, (iii) भावनात्मक एवं मनोवैज्ञानिक प्रभाव, (iv) समाजिक तनाव.
- टॉयलर दुर्खीम और मैक्समूलर ने सामाजिक नियन्त्रण स्थापित करने में धर्म के महत्व को विशेष रूप से स्वीकार किया है.
- जनमत न केवल आधुनिक समाज में, बल्कि आदिम समाजों में भी सामाजिक नियन्त्रण रखने में महत्वपूर्ण है.

ग्रामीण समुदाय (Village Communities)

- ग्रामीण समुदाय अधिक संगठित होते हैं.
- ग्रामीण समुदाय के सदस्यों में घनिष्ठ सम्बन्ध पाये जाते हैं. इसके फलस्वरूप उनमें हम की भावना पाई जाती है.
- ग्रामीण समुदाय में रहने वाले लोगों को अपनी भूमि से अत्यधिक लगाव होता है, क्योंकि वह उनके जीविकोपार्जन का मुख्य साधन है.
- ग्रामीण समुदायों में कठोर अनुशासन होता है.
- भारत के ग्रामीण समुदायों में जाति प्रथा कठोर रूप से पायी जाती है.

- ग्रामीण समुदाय में ग्राम पंचायत एक महत्वपूर्ण संगठन है.
- ग्रामीण समुदाय में प्रथा शासक होती है और जनरीतियाँ एवं रूढ़ियाँ व्यक्ति के व्यवहार को नियन्त्रित करती हैं.
- ग्रामीण समुदाय परिवार पर आधारित होता है.
- ग्रामीण भारत में संयुक्त परिवार का एक केन्द्रीय स्थान है, ये परिवार शक्तिशाली होते हैं. कई पीढ़ियों के सदस्य एक ही परिवार में साथ-साथ रहते हैं.
- ग्रामीण समुदायों में कृषि मुख्य व्यवसाय है.
- ग्रामीण समुदायों में जनसंख्या कम होने के कारण लोगों में व्यक्तिगत एवं प्रत्यक्ष सम्बन्ध पाये जाते हैं.
- ग्रामीण समुदाय में पड़ोस का महत्वपूर्ण स्थान है. प्रत्येक व्यक्ति अपने पड़ोसियों के विषय में जानता है.
- ग्रामीण समुदायों में प्राथमिक समूह पाये जाते हैं. गाँव के लोगों का अधिकांश समय परिवार एवं मित्र-मण्डली में व्यतीत होता है.
- ग्रामीण समुदायों का क्षेत्र सीमित होने के कारण सामाजिक सम्बन्धों की अत्यधिक न्यूनता होती है. ग्रामीण सामाजिक सम्बन्ध अधिक स्थायी होते हैं.
- ग्रामीण समुदाय में संस्कृति का प्रत्येक अंग अनुरूपता से पूर्ण होता है. ग्रामीण समुदाय में स्थिर संस्कृति पायी जाती है.
- ग्रामीण समुदाय में परम्परा की पूजा होती है और ग्रामीण समुदाय के सदस्यों का समस्त जीवन परम्पराओं द्वारा ही निर्देशित और नियन्त्रित होता है.
- ग्रामीण समुदाय का प्रकृति से घनिष्ठ सम्बन्ध है. इसके सदस्यों का प्रकृति के साथ अत्यन्त निकट का सम्बन्ध है. प्रकृति की प्रत्येक वस्तु से उनका विशेष लगाव है.
- "कृषि और संग्रहकार्य ग्रामीण अर्थव्यवस्था के आधार हैं. कृषक और ग्रामीण प्रायः पर्यायवाची शब्द हैं."
  —टी.एल. स्मिथ
- लघु समुदाय (Little Community) और ग्रामीण समुदाय (Rural Community) एक-दूसरे के पर्यायवाची बन गए हैं. **—टी.लिन स्मिथ**
- **रॉबर्ट रेडफील्ड** ने लघु समुदाय (Little Community) को सबोध विकसित किया है.
- ग्रामीण समुदाय में जनसंख्या का घनत्व कम (Low density of population) होता है.
- ग्रामीण समुदाय में जनसंख्या की समानता (Homogeneity) पाई जाती है.
- ग्रामीण समुदाय में अत्यधिक सामाजिक एकता पाई जाती है. ग्रामीण एकताा का आधार समान लक्ष्य, समान उद्देश्य, समान अनुभव आदि हैं.
- लघु समुदाय (Little Community) की विशेषताएँ हैं—(i) विशिष्टता (Distinctiveness), (ii) लघुता (Smallness), (iii) समानता (Homogeneity), (iv) आत्मनिर्भरता (Self-Sufficiency).
- "प्रत्येक गाँव एक दृढ़ लघु समुदाय है, जिसमें प्रत्येक व्यक्ति एक-दूसरे से परिचित होता है तथा जिसमें अनुभव का एक महान् कार्य सभी के लिए सामान्य होता है." **—डॉ. एम.एन. श्रीनिवास**
- 'Village India' नामक पुस्तक के लेखक **मैकिम मेरियट** (Mckim Marriott) हैं.
- "ग्राम समुदाय अनेक अनुभूतियों की एकता है, प्रथमतः यह एक भौतिक एकता है." **—डॉ. एम.एन. श्रीनिवास**
- ग्रामीण समुदाय उन व्यक्तियों के समूह को कहते हैं जो पारस्परिक सहयोग के आधार पर अपना जीवन व्यतीत करते हैं तथा एक निश्चित भू-भाग पर एक-दूसरे के पड़ोसी बनकर रहते हैं.
- "प्रत्येक गाँव एक स्वतन्त्र इकाई है जो कुछ व्यक्तिगत लोकाचार और उपयोग रखती है और एक सहयोगी एकता भी." **—डॉ. श्यामाचरण दुबे**
- गाँव प्रत्येक प्रकार के दैनिक कार्यों के लिए आत्म-सम्पन्न है.
- सबसे कम जनसंख्या वाले गाँव को खेड़ा (Kheda) या हेमलेट (Hamlet) कहते हैं.
- दक्षिणी भारत में छोटे गाँव को गम्पू (Gampu), माजरा (Majra) और ग्राम (Grama) कहते हैं.

जजमानी व्यवस्था (Jajmani System)

- सर्वप्रथम जजमानी व्यवस्था (Jajmani System) के विषय में विस्तृत व्याख्या 'वाइजर' (William Henricks Wiser) ने की है.
- जजमानी व्यवस्था के अनुसार प्रत्येक जाति का एक निश्चित व्यवसाय होता है. यह व्यवसाय उनके पूर्वजों से चला आता है.
- जजमानी व्यवस्था के अन्तर्गत प्रत्येक जातीय समूह से यह आशा की जाती है कि वह दूसरी जाति के परिवारों को कुछ प्रमाणित (Standardized) सेवाएँ प्रदान करें,
  —ऑस्कर लेविस (Oskar Lewis)
- **एन.एस. रेड्डी** (N.S. Reddy) के अनुसार, "सेवा-सम्बन्ध जो वंशानुगत अधिकरण (Hereditary

ternure) द्वारा शामिल होते हैं, जजमान-परजन सम्बन्धों के नाम से पुकारे जाते हैं."

- जजमानी व्यवस्था के अन्तर्गत व्यवसाय परम्परागत होता है.
- जजमानी व्यवस्था सम्पूर्ण भारत में पाई जाती है.
- जजमानी व्यवस्था में जो व्यक्ति सेवा करते हैं उन्हें परिजन, प्रजा इत्यादि कहते हैं.
- ग्रामीण परिवार का परम्परात्मकस्वरूप प्रधानतया संयुक्त या विस्तृत परिवार (Joint or extended family) है.
- ग्रामीण परिवार में अनेक पीढ़ियों के सदस्य साथ-साथ रहते हैं.

नगरीय समुदाय (Urban Community)

- नगरीय समुदाय की विशेषताएँ हैं—(i) जनसंख्या का घनत्व, (ii) जनसंख्यात्मक विविधता (Heterogeneity of population), (iii) औपचारिक सामाजिक सम्बन्ध, (iv) विस्तृत श्रम-विभाजन, (v) द्वितीयक समूहों की प्रधानता, (vi) व्यक्तिवादिता, (vii) भौतिकवादिता, (viii) स्थानीय और व्यावसायिक गतिशीलता, (ix) एकाकी परिवार, (x) अनेक प्रकार के व्यवसाय एवं व्यापार, (xi) कृत्रिम पर्यावरण, (xii) कानून की प्रधानता, (xiii) सामाजिक नियंत्रण की समस्या, (xiv) अत्यधिक भीड़-भाड़, (xv) वर्ग विषमताएँ, (xvi) सामुदायिक भावना का अभाव, (xvii) गन्दगी, (xviii) प्रदूषण, (xix) पडोसीपन की भावना का ह्रास.
- व्यक्ति जब भी चाहे अपरिचितों के सागर में विलीन होकर किसी भी प्राथमिक समूह के कठोर नियन्त्रण से बच सकता है—**किंगसले डेविस** ने नगरीय समुदाय के लोगों के विषय में यह टिप्पणी की है.
- **डॉ. योगेन्द्र सिंह** के अनुसार, "नियोजित विकासवादी गतिविधि का एक महत्वपूर्ण परिणाम भारत के ग्रामीण एवं शहरी क्षेत्रों में विभिनन श्रेणियों के शक्तिशाली मध्यम वर्ग (Middle Class) का उदय होना है."
- नगरीय समुदाय में गाँव की तुलना में स्त्रियों की सामाजिक स्थिति अच्छी होती है. वे परिवार की गृहिणी एवं स्वामिनी होती हैं.
- नगर वैयक्तिक सम्बन्धों की अपेक्षा अवैयक्तिक सम्बन्धों को प्रोत्साहन देता है. —**गिस्ट और हेलबर्ट**
- नगरीय समुदाय में यंत्रीकरण का अधिक प्रभाव है.
- नगरों में व्यक्ति को समझना सम्भव नहीं, क्योंकि इसके लिए समय और अवसर दोनों का ही अभाव रहता है.
- नगरीय समुदाय में जटिल सामाजिक सम्बन्ध पाये जाते हैं.
- नगरीय समुदाय में अधिकांश सामाजिक सम्बन्ध अप्रत्यक्ष और अवैयक्तिक होते हैं.
- नगरीय समुदाय में श्रम-विभाजन और विभेदीकरण का अत्यधिक महत्व है.
- नगरीय समुदाय में प्रतिस्पर्धा (Competition) पाई जाती है.
- नगरीय समुदायों में अत्यधिक सामाजिक सहिष्णुता पायी जाती है. इसलिए व्यवस्थापना (Accommodation) उसका प्रमुख गुण और लक्षण हैं.
- नगरीय समुदाय में लोगों में संघर्ष अप्रत्यक्ष रूप से होता है.
- नगरों में सांस्कृतिक एकीकरण (Assimilation) की प्रक्रिया सदैव कार्य करती है.
- नगरीय समुदाय में सामाजिक परिवर्तन की गति ग्रामीण समुदाय की तुलना में तीव्र होती है.
- नगरीय समुदायों में धर्म एवं आचार के प्रति लोगों के विचारों में शिथिलता पायी जाती है.
- नगरीय समुदाय में लोगों को अपनी शक्ति एवं बल पर अधिक विश्वास होता है. यहाँ के लोग भाग्य के स्थान पर कर्म में अधिक विश्वास रखते हैं.
- नगरीय समुदाय के लोगों में सामाजिक सहिष्णुता (Social tolerance) अधिक पाई जाती है, क्योंकि उन्हें विभिन्न संस्कृतियों का ज्ञान होता है.
- नगरीय समुदाय में सामाजिक गतिशीलता (Social mobility) व्यापक रूप से पायी जाती है.
- नगरों में सांस्कृतिक गतिशीलता होती है.
- नगरों की संस्कृति का आधार लौककीकरण (Secularism) है.
- नगरों में परम्पराओं का कम प्रभाव होता है, क्योंकि नगर में रहने वाले लोगों पर नवीन विचारधाराओं का सदैव प्रभाव पड़ता है.
- नगरों में व्यापार तीव्र गति से होता है और धनोपार्जन की मात्रा अत्यधिक होती है.
- नगरीय समुदायों में व्यक्तिग, पारिवारिक और सामाजिक विघटन अधिक मात्रा में पाया जाता है.
- नगरों की अपरिचित भीड़-भाड़ मनुष्य को अपराध करने के लिए प्रोत्साहित करती रहती है.
- नगरीय समुदाय की समस्याएँ हैं—(i) आवास की समस्या, (ii) गन्दी बस्तियों का विकास, (iii) बेकारी,

(iv) निर्धनता, (v) प्रदूषण, (vi) अपराध-दर में वृद्धि, (vii) भ्रष्टाचार, (viii) स्वास्थ्य स्तर में गिरावट, (ix) स्वच्छ पेयजल की समस्या इत्यादि.

- शहरी शब्द पर विचार करते समय इसे **'शहर'** शब्द से एक विशिष्ट प्रकार की जीवन शैली (Style of life) से सम्बद्ध किया जाता है. **शहरी** (Urban) एवं शहर (City) दोनों ही शब्दों का प्रायः एक ही आशय को व्यक्त किया जाता है. यूनान, मेसोपोटामिया, सुमेरिया आदि की प्राचीन सभ्यताओं में सिवीटास (Civitas) शब्द का प्रयोग परिवारों के धार्मिक एवं राजनीतिक संघ के लिए किया जाता था.
- **गार्डन, चाइल्ड, मैक्स वेबर** आदि अनेक समाजशास्त्रियों के अनुसार शहर का मुख्य लक्षण बाजार (Market) एवं उसमें विशिष्ट वर्ग के व्यवसायियों की उपस्थिति है.
- लुई बर्थ के अनुसार शहरी जीवन की प्रमुख विशेषताएँ हैं—

  (i) मानव सम्बन्धों की औपचारिकता

  (ii) तर्कसंगति (Rationality)

  (iii) धर्मनिरपेक्षता

  (iv) विशेषज्ञता में वृद्धि एवं श्रम-विभाजन

  (v) परिवार के प्रकार्यों में ह्रास.

औद्योगिक और शहरी समाज (Industrial and Urban Society)

- **ग्रामीण-शहरी सांतत्यक** (Rural-Urban Continuum)—यह अवधारणा ग्रामीण एवं शहरी (नगरीय) विशिष्टाताओं पर आधारित है. **जी.वी. फ्यूग्टि** (G.V. Fuguit) ने ग्रामीण शहरी सांतत्यक की ओर संकेत किया है. इस अवधारणा से आशय ग्रामीण नगरीय अखण्डता से है.
- **नगरीय** (Urban) जीवन का एक विशेष ढंग या प्रणाली जो ग्रामीण जीवन के ढंग या प्रणाली से सर्वथा भिन्न है, नगरीय कहलाती है.
- **नगरीयता (शहरवाद या नगरीयवाद)** (Urbanism)—**लुईस विर्थ** के अनुसार, "शहरीयता जीवन की एक प्रणाली है."
- **नगरीयता** (Urbanism) की विशेषताएँ हैं—(i) विषमता (Heterogeneity), (ii) ऊपरी दिखावा (Outer show) और (iii) दूसरों पर निर्भरता (Dependence on others).
- **शहरीकरण या नगरीकरण** (Urbanisation)—**बर्गल** (Bergel) के अनुसार, "जिस प्रक्रिया के द्वारा ग्रामीण क्षेत्रों का परिवर्तन नगरीय क्षेत्र में होता है, उसे हम नगरीकरण कहते हैं."
- **नगरीकरण के परिणाम**—(i) सामाजिक गतिशीलता, (ii) प्रतिस्पर्धा, (iii) औद्योगिकरण, (iv) व्यक्तिवादिता, (v) नैतिकवादिता, (vi) विशेषीकरण.
- **कस्बा** (Town)—कस्बा वह स्थान है जहाँ गाँव और शहर दोनों की विशेषताएँ देखने को मिलती हैं.
- कस्बा आसपास की ग्रामीण जनसंख्या की आवश्यकताओं को पूर करता है.
- **शहर या नगर** (City)—**सोमबार्ट** (Sombart) के अनुसार, "शहर वह स्थान है जो इतना बड़ा है कि उसके निवासी परस्पर एक-दूसरे को नहीं चाहिए."
- **विर्थ** (Wirth) का कहना है, "सभ्यता के इतिहास को नगरों के संदर्भ में लिखा जाना चाहिए."
- **स्पेंगलर, ममफोर्ड** और **डॉ. जी.एस. घुरिये** ने ऐतिहासिक दृष्टिकोण के आधार पर नगर की व्याख्या की है.

अनुसूचित जातियाँ एवं अनुसूचित जनजातियाँ (Scheduled Castes and Scheduled Tribes)

- अनुसूचित जाति नामक शब्द **साइमन कमीशन** (1927) द्वारा गढ़ा गया.
- अनुसूचित जातियों की निर्योग्यताएँ हैं—(i) सामाजिक नियोग्यताएँ, (ii) धार्मिक नियोग्यताएँ, (iii) आर्थिक निर्योग्यताएँ, (iv) राजनीतिक निर्योग्यताएँ.
- देश को स्वतन्त्र हुए लगभग 45 वर्ष से अधिक हो चुके हैं, भारत के संविधान में भी अनुसूचित जातियों और जनजातियों के लिए उनकी सामाजिक एवं आर्थिक स्थिति सुधारने के लिए प्रावधान किया गया है, परन्तु आज भी उनकी स्थिति में उस गति से सुधार नहीं आया जितना आना चाहिए.
- "अनुसूचित जाति वह समूह है, जिसका एक विशेष नाम, एक विशेष समय पर लागू अनुसूचित क्रम के अन्तर्गत आता है."

  —जी.एस. घुरिये
- "अस्पृश्य जातियाँ वे समूह हैं जो अनेक सामाजिक व राजनीतिक निर्योग्यताओं (Disabilities) का शिकार हैं. इसमें से अनेक निर्योग्यताएँ उच्च जातियों द्वारा परम्परागत आधार पर निर्धारित और सामाजिक दृष्टि से लागू की गई हैं."

  —डॉ. डी. एन. मजूमदार
- अनुसूचित जातियों की समस्याएँ—(i) अस्पृश्यता (Untouchability), (ii) समाज में निम्न स्थिति (Low status in society), (iii) सामाजिक शोषण (Social exploitation), (iv) आर्थिक शोषण, (v) आर्थिक

विषमता, (iv) मन्दिरों में प्रवेश पर प्रतिबन्ध, (vii) जाति के आधार पर अत्याचार, (viii) निर्धनता, (ix) बेकारी, (x) ऋणग्रस्तता, (xi) अशिक्षा.

अल्पसंख्यक (Minorities)

- अल्पसंख्यक वर्ग के अन्तर्गत मुस्लिम, सिख, ईसाई, बौद्ध तथा पारसी आते हैं.
- भारत में अल्पसंख्यक वर्ग का आधार धर्म है. भारत में सर्वाधिक जनसंख्या हिन्दू धर्म के मानने वालों की है.
- भारतीय संविधान अल्पसंख्यक शब्द का प्रयोग तो करता है, परन्तु इसको कहीं भी परिभाषित नहीं किया गया है.
- सर्वोच्च न्यायालय एवं अनेक राज्यों ने अल्पसंख्यक की व्याख्या सांख्यिकीय आधार पर की है.
- भारत के संविधान में दो विशिष्ट अनुच्छेद (Articles) 29 एवं 30 हैं जो भारत में अल्पसंख्यकों के हितों की रक्षा की गारण्टी देते हैं.
- अल्पसंख्यक समूह का बहुसंख्यक समुदाय से शारीरिक या सांस्कृतिक विशेषताओं के आधार पर विभेद किया जा सकता है.
- अल्पसंख्यक समूह को समाज के अनेक कार्यक्रमों में पूर्णतः भागीदार नहीं होने दिया जाता.
- अल्पसंख्यक समूह किसी रूप में बहुसंख्यक (Majority) के अधीन होते हैं.
- भेदभाव (Discrimination), पक्षपात (Prejudice) एवं निषेध (Exclusion) अल्पसंख्यक (Minority group) के पहचान के आधार हैं.
- **'पॉलिटिक्स ऑफ माइनॉरिटीज'** (Politics of Minorities) नामक पुस्तक के लेखक **मोहन शकीर** हैं.
- प्रोफेसर हुमायूँ कबीर की **'माइनॉरिटीज इन डेमोक्रेसी'** (Minorities in Democracy) नामक पुस्तक सन् 1968 में प्रकाशित हुई.
- 17 नवम्बर, 1984 को उत्तर प्रदेश सरकार द्वारा उत्तर प्रदेश अल्पसंख्यक वित्तीय एवं विकास निगम लि. की लखनऊ में स्थापना की गई.
- इस निगम की स्थापना का मुख्य उद्देश्य उत्तर प्रदेश में अल्पससंख्यक वर्ग (मुस्लिम, सिख, ईसाई, बौद्ध तथा पारसी) के लोगों के लिए सामाजिक, आर्थिक एवं शैक्षणिक योजनाएँ संचालित करना है.
- राष्ट्रीय अल्पसंख्यक आयोग (National Minority Commission) नई दिल्ली में स्थित है.
- उत्तर प्रदेश अल्पसंख्यक आयोग का कार्यालय लखनऊ में है.